红樓夢

上

三家評本

［清］曹雪芹　高鶚　著
［清］王希廉　姚燮　張新之　評

上海古籍出版社

圖書在版編目（CIP）數據

紅樓夢：三家評本 /（清）曹雪芹，（清）高鶚著；（清）王希廉，（清）姚燮，（清）張新之評．—上海：上海古籍出版社，2021.10（2024.7重印）
ISBN 978-7-5732-0015-0

Ⅰ．①紅…　Ⅱ．①曹…　②高…　③王…　④姚…　⑤張…　Ⅲ．①章回小説－中國－清代　Ⅳ．①I242.4

中國版本圖書館CIP數據核字（2021）第139438號

紅樓夢　三家評本
（全三册）
［清］曹雪芹　高　鶚　著
［清］王希廉　姚　燮　張新之　評
上海古籍出版社出版發行
（上海瑞金二路272号　郵政編碼200020）
（1）網址：www.guji.com.cn
（2）E-mail：guji1@guji.com.cn
（3）易文網網址：www.ewen.co
常熟市人民印刷有限公司印刷
開本850×1168　1/32　印張70.375　插頁16　字數1,549,000
2021年10月第1版　2024年7月第4次印刷
印數：6,100 — 7,600
ISBN 978-7-5732-0015-0
I·3573　定價：288.00元

賈寶玉

意綢語密態温存，攝盡名姝百種魂。二十一年情賺足，翛然一揖入空門。

林黛玉　脈脈含情苦未酬，盈盈欲淚揾還流。啼鵑哀雁憨鸚鵡，銷盡秋窗雨露愁。

薛寶釵

絳芸軒裏鴛鴦夢，滴翠亭前蛺蝶圖。攘得月圓旋復缺，半生贏受繡幃孤。

賈元春

鳳藻承恩第一才，百花頭上倚雲栽。宮車過銅山裂，珍重如天雨露來。

贾迎春

紫雲洲畔水雲空，感應空傳不語中。閒譜羣芳數開落，此花最不耐東風。

賈探春

一帆風雨海天來，爽氣秋高遠俗埃。脂粉本饒男子氣，錫名排玉合玫瑰。

賈惜春

暖香别塢小壺天，小妹丹青劇自憐。色即是空空是色，從來畫理可參禪。

史湘雲

香夢沉沉眠芍藥，芳心脈脈拾麒麟。文君新寡嬌逾甚，逝水愁雲一愴神。

秦可卿　出夢迷離入夢明，蘭閨春睡喚卿卿。嫩寒芳氣人何處，情不可傾只可輕。

妙玉

芳潔情懷入定中，濃春色相未全空。本來人較梅花淡，一著東風便染紅。

王熙鳳

司晨才調惹風狂，衣錦還鄉路渺茫。此婦若除貪與詐，承歡理劇勝姑嫜。

巧姐

盈盈弱質墮奸謀，紡織聲中織女愁。阿母機心曾百出，而今事急且依劉。

李紈

蛾眉淡掃玉無痕，種得蘭芽淑教存。

一瞬興亡多少夢，侯門猶有稻香村。

前言

魏同賢

在我國古代長篇小説的傳播史上，就版本的衆多和複雜情況而言，《紅樓夢》都是數一數二的。《紅樓夢》的版本，從體系上講，固然只有曹雪芹原稿的八十回本和程偉元、高鶚整理的一百二十回本之别，可如果從流傳形式的角度看，則可以説是已經歷了四個不同的階段。這就是以傳抄爲標誌的脂硯齋評閲八十回本階段，以活字排印爲標誌的程、高整理過的一百二十回白文本階段，以石印和鉛印並行爲標誌的各家評批一百二十回本階段及新中國建立後以校勘鉛印與照相影印爲標誌的整理本階段。這些各具特色的版本，不僅使《紅樓夢》小説得以廣泛傳播，而且，它們所具有的思想資料和學術價值，已經並將不斷推動着《紅樓夢》研究的深入發展。因之，也就有將各種具有代表性的重要版本重新出版的必要。

粗略算來，脂評抄本大約獨占過紅壇三十年。脂硯既説「四閲評」過，曹雪芹亦明言「增删五次」，加以抄手的改動，不同異文的抄本是頗多的。目前，在國内外已發現了十二種抄本，其中先後得到影印的已有甲戌本、庚辰本、己卯本、乾隆抄本和列寧格勒藏本，以庚辰本爲底本的校勘整理注釋本也于前數年面世。程高本的出現，幾乎完全取代了抄本的流傳，它和它的各種派生本已有了將近兩個世紀的傳播史。其中的程乙本更爲風行，建國後最早得到整理校點出版。由于《紅樓夢》小説本身的魅力，加上我國小説評點派的傳統影響，脂評之後，踵繼者蠭起，採取通讀全書、逐回品評的方法，將心得附麗于正文之下。嘉慶十六年（公元一八一一），東觀閣重刊本《紅樓夢》，不但有了行間批語，而且冠以「新增批評」的名目以自高身價。至道光三十年（公元一八五〇）張新之《妙復軒石頭記》行世的時候，銘東屏在給他的信中已説到：「《紅樓夢》批點，向來不下數十家。」可見當時評點之盛。而將各家批評收集攏來，形成一個包羅衆家之言的彙評本，實在可稱是《紅樓夢》刊印史上的一個盛舉。它反映了讀者對這種融合作者與評者雙重勞動的版本形式的認許和歡迎，在《紅樓夢》的出版史上決不應該被人們忽視。

最早的彙評本出現于十九世紀八十年代的光緒年間，粤人徐潤在上海開設的廣百宋齋書局首先推出了《增評補圖石頭記》，該書在正文之前，「首程偉元序；次護花主人批序；次太平閒人讀法附補遺、訂誤；次護花主人總評，護花主人摘誤，大某山民總評，明齋主人總評，或問，讀花人論贊，周綺題詞，大觀園影事十二詠，大觀園圖及圖説，音釋；次目録；次繡象……十九頁，前圖後贊」。正文「有圈點、重點、重圈、行間評及眉批，回末又有護花主人評及大某山民評」（見一粟編著《紅樓夢書録》）。嗣後，鑄記書局將該書稍作增删，增加劉家銘的「雜記」九條，删太平閒人的「補遺」和「訂誤」，並將書名改爲《精校全圖鉛印評注金玉緣》排印出版。至光緒十四、十五年間，徐潤開設的另一家書局——同文書局，又石印了《增評補象全圖金玉緣》。較之他的首印本，删去了程偉元的原序，新增了華陽仙裔的序文和太平閒人的文中雙行夾批，并將上贊下圖式的繡象擴充爲一百二十幅。至此，作爲一個彙評本，它已相當完備，所以能够别樹一幟，「風行海内」(《懺玉樓叢書提要》語)。

由《石頭記》或《紅樓夢》更名爲《金玉緣》，我們不但迄今尚未發現文獻上的應有依據，而且書名似乎還落入了曹雪芹所極力反對過的熟濫舊套的窠臼，這是不可取、不高明的。究其原因，大概不僅僅是出於刊印者的故爲標新，而是有其不得不改的社會政治原因，這就是爲了逃避清廷的禁燬政策。清代以少數民族入主中原，爲了鞏固其統治地位，竭力借正統的儒家思想來約束異端、箝制人口，聖祖玄燁就説過：「朕惟治天下以人心風俗爲本，欲正人心、厚風俗，必崇尚經學，而嚴絶非聖之書。」(王先謙《東華録》康熙九十三)于是，凡有礙于夷夏之防的，便大興文字獄，像《明史》案等，其殘酷程度史所罕見；而對于戲曲小説，也以「小説淫詞，荒唐俚鄙，殊非正理，不但誘惑愚民，即縉紳士子，未免游目而蠱心」(同上)爲借口，而通令嚴禁。據王利器輯録《元明清三代禁毁小説戲曲史料》所載，有清一代的二百六十多年間，僅中央政權就發佈禁令一百多次，不能不説文禁森嚴。在這些禁令中，不但《紅樓夢》被多次列入禁目，而且還牽連到不少續書如《續紅樓夢》《後紅樓夢》等。處在這種文化高壓政策下的《紅樓夢》，如不改頭换面，它還能存在下去嗎?!

《紅樓夢訟案》一文曾揭載：

誨淫之書，在前清時懸爲厲禁，不但《倭袍》《玉蒲團》等認爲禁書，即《紅樓夢》也未能幸免。光緒十八年秋間，上海縣署受理淫書訟案一種，有自稱書業董事管斯俊呈請稱：「今年六月初間，聞有《倭袍》《玉蒲團》，並將《紅樓夢》改爲《金玉緣》等，繪圖石印，曾經稟請英公廨飭查在案。繼查有嚴登發訂書作坊夥馮逸卿與書販何秀甫，託萬選書局石印之《金玉緣》二千五百部，嚴亦附股。旋竟商通差夥，由何裝運他埠發售等語。因思既經遠去，即可緘默了事。詎本月中，聞何在他埠已將書銷完，又託萬選復印等情。派人探訪，果印有《金玉緣》《绿牡丹》等。據實具呈，乞飭提西門外萬選書局書董宋康安，着交坊夥馮逸卿、訂書作主嚴登發並何秀甫等到案究辦。」（刊一九四七年十月二十九日《中央日報·上海通》二四二號）

《紅樓夢》改名《金玉緣》的緣由及其被當局查究的情況，于此可見一斑。

對小説除了禁毁之外，還有提出删改辦法的。説是：

江蘇紳士遂有禁毁淫書之舉，計費萬餘金，各書坊均取具永禁切結，誠盛典也。惟收毁淫書，搜羅必難遍及，況利之所在，旋毁旋刻，望洋驚歎，徒唤奈何！向嘗于無可如何之中，擬一釜底抽薪之法，欲羅列各種風行小説，除《水滸》《金瓶梅》百數十種業已全數禁毁外，其餘苟非通部應禁，間有可取者，儘可用删改之法，擬就其中之不可爲訓者，悉爲改定，引歸于正，抽换板片，仍可通行。……宜約集同人，籌款設局，匯集各種小説，或續或增，或删或改，仍其面目，易其肺肝，使千百年來習傳循誦膾炙人口諸書，一旦汰其蕪穢，益以新奇。（余治《得一録》卷十一之一）

這種「仍其面目，易其肺肝」的倡議，雖未被當道者明令採納，卻在方法上爲刊刻者所接受。儘管他們未必有這種「汰其荒穢」的明確的衞道動機，卻至少對小説禁書抱有一種予取予奪的輕率態度。

被名爲《金玉緣》的《紅樓夢》，經過初步核校，大致可以斷定它由程甲本過渡而來，可也發現不論在字句上還是某些段落上，都同程甲本存有差異。這種出入，究竟是怎樣造成的呢？第一不是曹雪芹某一種稿本或抄本的重新被發現，這不但因爲它出現的時間距作者存世的時間已相去一個多世紀，而且這個版本不見於任何公私著録；第二不是有另外的程偉元、高鶚式的整理者進行的一次新工程，因爲在内容上並未發現有什麽增加，其所作的一些修改，帶有很大的隨意性而尋找不到所遵循的一定的原則。這樣，剩下來的可能性只有一個，即出于刊印者的隨意改動。這改動者不外是兩種人，一是書局的編者，他們基于自己的思想感情、文學素養和藝術趣味，從個人的理解、愛憎、好惡出發，而對于原著輕率地改動；二是石印的抄手，他們在提高速度以求報酬的謄寫過程中，極易發生錯抄和漏抄現象，加以校對不精、重抄不易，所以就出現了改易和失誤。按照常情，出現這種情況是不難理解的。試想，在一個多世紀之前的清朝末年，書局的商業色彩日益濃厚，學術觀念相對淡薄，加以當時的編印工作難有科學、嚴格的準則，工作人員的態度亦參差不齊。于是，在編和抄的某一個環節，或者是編和抄的兩個環節便可能出現改動了。在這種情況下産生的《金玉緣》，在版本學上和脂評各種抄本、程高本自然不能同日而語，但它表明，在《紅樓夢》的傳播史上，確曾有過這樣一個流傳廣泛的版本，《紅樓夢》的傳播史有幸因它不但没有被禁中斷，反而改頭换面地爲更多的讀者所接受，這是它有功于紅學史的。直到今天，我們不但仍然可以把它作爲一個通行的版本提供給讀書界，而且可以利用其中的某些異文來作爲校勘工作的參考。

和《金玉緣》本的正文相比，它的評批部分的價值就高得多了。評批部分的項目很多，内容也很龐雜，但是，這種種都是從當時衆多的評批文字中有選擇地逐步地彙輯起來的，可以看得出來，彙輯者的着眼點建立在各種評批影響的大小這一客觀事實之上。像王希廉、姚燮、張新之的評批，在當時不但流傳廣泛，而且影響巨大，頗得美譽。所以入選的各家評批，都具有不同的内容和特色，確能够代表《紅樓夢》評批史上的一個異説紛呈的重要階段，這也就顯示出彙輯者的眼光了。

《金玉緣》一般著録爲「護花主人王希廉、大某山民姚燮、太平閒人張新之評」，這只是就回評言之，實際上回前所收的序、論、評、贊、問、詠、讀法、補遺、訂誤、題詞、圖説、音釋等達八九家之多，除王、姚、張三家之外，涂瀛、諸聯的評和論贊也頗有價值並産生過相當的影響。有了這些，雖然尚不能説所有的評點派成果已搜羅無遺，但都可以毫不誇張地説那些有代表性的評點派的精華已經基本具備，這裏所提供的資料是相當豐富了。

學術界似乎有一種習尚，即喜「新」厭「舊」，一種新思潮、新觀念、新方法、新學派出現的時候，對于舊的存在往往全盤否定。實際上，學術上的發展，于新舊之間不可能截然斷分，新陳代謝之中還存在着新陳相因。因爲，從事物的本質上看，舊事物必定有其合理的因素，而新事物亦不可能十全十美；從遭遞關係上看，舊孕育了新並裨助了新的發展；從發展表現上看，新的誕生與壯大會是迅猛的，也會是逐步的，而舊的衰謝卻並不會是驟然的。拿紅學來講，新紅學的誕生，的確曾以摧枯拉朽之勢，占據了紅壇，它以考證代替索隱，從而取得了舊紅學所沒能取得的成果。不過，要是缺少舊紅學所提供的必要的資料和各種豐富的思想素材，新紅學的考證可能便喪失了堅實的依據，從而便喪失了新紅學本身。舊紅學的表現形式各種各樣，有的學者將其梳理爲雜評派、評點派和索隱派等流派，似乎也只能是大體言之，難以全部包容和截然劃分的。它在思想內容、學術觀點方面所呈現的紛紜面貌，簡直令人眼花繚亂，以至于如果我們簡單地沿用習慣上所謂的精華和糟粕來加以概括或區分，倒顯出了詞彙的貧乏。《紅樓夢》的高度文學成就，引起了不同層次、觀點、愛好的讀者的廣泛歡迎，注定舊紅學必然是一種包羅衆説的複雜學問。因而，對於舊紅學也像對待其他古代學術一樣，不應該也不可能進行簡單的肯定或者否定，而必須經過縝密的、實事求是的分析，作出歷史的、科學的評價，並引出必要的經驗。

舊紅學中的脂硯齋評、索隱以及王國維評論，都應該作專門的研究探討，這裏無暇涉及。單就本書所輯評批而論，簡直可以說是一座有待開採的寶貴礦藏。其中既有對《紅樓夢》主旨内容和藝術特點的分析、辨證，也有對《紅樓夢》總體的概括與評價；既有對《紅樓夢》各種藝術典型的褒貶剖析，也有對這些文學形象塑造得失的議論；既有對作品多種描寫手法的熱情肯定，也有對一些具體問題的探幽索微。涉及的方面既廣，達到的程度亦深，實在值得我們認真地甄别。

我國古代小説的發展雖然源遠流長，可它在文學史上獲得相應地位的歷程卻十分艱難。早在元末明初，楊維楨在陶宗儀編纂的《説郛》所寫的序中，就從小説應該接受儒家之道制約的觀點，指出了小説的「其可傳于世無疑」。羅燁在《醉翁談録·舌耕敍引》中不但肯定了小説「言其上世之賢者可以爲師，排其近世之愚者可以爲戒」，從而可使「高士善口贊揚」「才人怡神嗟呀」的社會作用，而且認爲小説作家必須「務多聞」，做到「博覽該通」，具有堅實的「根基」，方才成功，而能與文學大家相比並。嗣後，李開先評《水滸傳》「委曲詳盡，血脈貫通，《史記》而下，便是此書，且古來更無有一事而二十册者」（《詞謔》）。陳繼儒提出《列國傳》「足補經史之所未賅」，而可「與經史並傳」。文壇巨擘李贄頌《水滸傳》爲「忠義」。胡應麟以「古今著述，小説家獨盛；而古今書籍，小説家獨傳」爲根據，明確主張「小説，子書流也」，而對「子之爲類，略有十家，昔人所取凡九，而其一小説弗與焉」的不公正現象表示了憤慨。此外，公安派領袖的袁宏道，通俗文學集大成者的馮夢龍，文壇怪傑的金聖歎等，也都爲小説地位的提高作出過卓越的貢獻。可是，這個問題的真正解決，也還是西學東漸、民主革命興起之後。在爲小説争地位的長達六個多世紀的過程中，舊紅學的評批家們也作出了他們的貢獻。護花主人王希廉在《批序》中將「詩賦歌詞，藝術稗官」乃至小説作爲詹詹的「小言」，而相對于「仁義道德，羽翼經史」的炎炎「大言」，力主二者「道一而已，語小莫破，即語大莫載；語有大小，非道有大小也」。這種重視小説文學地位的見解是值得稱道的。

具體到《紅樓夢》，由於它的思想内容的豐富複雜和文學表現的隱微含蓄，從來就是毁譽不一的，毁者至詆爲淫書。《金玉緣》的評批則針鋒相對，以爲它「善惡報施，勸懲垂誡，通其説者且與之神聖同功」（王希廉《批序》）。「全部一百二十回書，吾以三字概之：曰真，曰新，曰文。」（明齋主人諸聯《總評》）他們以推崇闡彰爲己任，太平閒人張新之《讀法》開宗明義即稱：「《石頭記》一書，不惟膾炙人口，亦且鐫刻人心，移易性情，較《金瓶梅》尤造孽，以讀者但知正面，而不知反面也。間有巨眼能見知矣，而又以恍惚迷離，旋得旋失，仍難脱累，一經批評，使作者正意，書中反面，如指上螺紋，一目了然，方知《石頭記》之造孽與否，豈不大妙！」諸聯《總評》則説：「是書之傳聞于世也久矣，痛無真能讀、真能解者。……昔賢詔人讀有用書，然有用無用，不在乎書，在讀之者。此書傳兒女閨房瑣事，最爲無用，而中寓作文之法，狀難顯之情，正有無窮妙義。不探索其精微，而概曰無用，是人之無用，非書之無用。」所謂「書中反面」「一目了然」，所謂「有用無用在讀之者」云云，都是在有意識地履行文學批評引導讀者的責任，爲《紅樓夢》的傳播鳴鑼開道。

魯迅先生説過：「（《紅樓夢》）單是命意，就因讀者的眼光而有種種：經學家看見《易》，道學家看見淫，才子看見纏綿，革命家看見排滿，流言家看見宫闈秘事。」（《集外集拾遺·〈絳洞花主〉小引》）的確，關于《紅樓夢》的題材和主旨，即使僅在評批家之間，那也是見仁見智、言人人殊的。張新之説：「《石頭記》乃演性理之書。」「是書大意，闡發《學》《庸》，以《周易》演消長，以《莊》《騷》寓本旨，以《國風》正貞淫，以《春秋》示予奪，《禮經》《樂記》，融會其中。」（《讀法》）姚燮説：「秦，情也，情可輕而不可傾，此爲全書綱領。」（《總評》）涂瀛則在《紅樓夢贊》中對此發了一通議論：「夫色愛易也，敬爲難；親易也，養爲難。此處有急索解人不得者。是必由生知安行，加以盡性至命功夫，直造到人欲盡净，天理流行，然後一念之仁，而衆美各若其性；一念之義，而衆美各暢其情；一念之禮，而衆美各忘其形；一念之智信，而衆美各盡其才、各奠其位而已也。」諸聯則乾脆稱《紅樓夢》爲「戒淫之書」（《總評》）。王希廉説：「《石頭記》專敍寧榮二府盛衰情事，因薛寶釵是寶玉之配，親情更切，衰運相同，故薛蟠家事，亦敍得詳細。」「《石頭記》雖是説賈府盛衰情事，其實專爲寶玉、黛玉、寶釵三人而作。」（《總評》）上述的各種見解，都能從不同的角度給讀者以啓迪。

尤可注意的是，各家的評批，關於人物的品評特别豐富，佔據着一個主要地位，可以説已經奠定了《紅樓夢》人物評的堅實基礎。張新之説：「寫黛玉處處口舌傷人，是極不善處世，極不自愛之人，致蹈殺機而不覺。寫寶釵處處以財帛籠絡人，是極有城府，極圓熟之一人，究竟亦是枉了。這兩種人都做不得。」（《讀法》）王希廉總數近千條的回後評中，對人物的品評也特多，例如：「可見賈母年少理家，寬嚴得體，出入有經，較之鳳姐苛刻作威，相去天壤。」（第一〇七回）「王夫人持家嚴正，固爲正理，但未免性急偏聽，金釧之投井、晴雯之屈死、司棋之殞命，及芳官等之出家，皆王夫人所作之孽，是故一味嚴峻，亦非和氣致祥之道。」（第七七回）「賈瑞固屬邪淫，然使鳳姐初時一聞邪言，即正色呵斥，亦何至心迷神惑，至于殞命？乃鳳姐不但不正言拒斥，反以情話挑引，且兩次誆約，毒施凌辱，竟是誘人犯法，置之死地而後已，不但極寫鳳姐之刁險，且以描其平日鍾情之處，亦必如此引盗入室。」（第一二回）「寶釵見寶玉進瀟湘館，即抽身走回；聽小紅同墜兒私語，復假裝尋人：善于避嫌，是寶釵一身得力處。小紅傳平兒説話，瑣碎而明白，活寫出伶俐小丫頭口吻。」（第二七回）「襲人既欲輕生，何須擇地？己自不顧，何暇顧人？依違以維，必無良策，雪芹曲傳無可如何之情，曰『只得忍住』，殆罪疑惟輕云耳。余亦難信另抱琵琶，渠無此意也。」（第九八回）相形之下，姚燮的品評稍感簡略，然而能一針見血，精到不讓王評。「薛姨媽寄人籬下，陰行其詐，笑臉沉機，書中第一。尤姦處，在搬入瀟湘館。」「寶釵姦險性生，不讓乃母。」「鳳姐壞處，筆難罄述，但使事老祖宗作一猥婢，自是可兒。」「鳳之辣，人所易見，釵之譎，人所不覺，一露一藏也。」「指襲人爲妖狐，李嬤嬤自是識人。」（《總評》）而王希廉那段以福、壽、才、德四字爲標準，對于賈母、賈敬等二十一人所作的論斷，尤能予人以啓發。各家的人物品評，也像關于主旨和題材的看法一樣，並不都是一致的，有的屬於褒貶的程度不一，有的則截然相反。王希廉對寶釵就與衆不同，説她「有德有才」，似乎偏愛。

結合人物品評，還往往觸及到藝術形象的描繪特點。王希廉評：「王熙鳳出來，另用一副筆墨，細細描畫，其風流能幹有權陰薄氣象，已活跳紙上，真是寫生妙手。」（第三回）「秦氏房中畫聯陳設，俱著意描寫，其人可知，非專侈華麗也。」（第五回）「寶釵說黛玉一張嘴，叫人恨又不是，喜歡又不是，真將一個極靈極妒的女孩，活現紙上。」（第八回）「寫黛玉替寶玉戴斗笠，實是疼愛寶玉，若是寶釵如此，又不知惹出黛玉多少話來，今默無一語，真是大方女子，兩相形容，文章細活。」（第八回）「寶釵怒而能忍，借靚兒尋扇發話，又借戲文譏誚寶黛，其涵養靈巧固高于黛玉，而其尖利處亦復不讓。」（第三〇回）「寫劉老老在家商量，及到門上問話，周瑞家引進榮府，看見服食陳設，見王熙鳳說話，活畫出一鄉里老嫗到富貴人家光景，真是寫生之筆。」（第六回）這類評批，都能抓住特點，要言不煩，既指出了作品的精義所在，又頗能給人以進一步思考的啓示。

《紅樓夢》的評批是沿襲了我國小說評點的傳統和方法的，所以也還特別講究描寫的技法。「此回全用借筆作伏筆，有手揮五弦，目送飛鴻之妙。」（第二〇回）「寶玉抬回賈母房中，人人俱到，獨黛玉不來，是在瀟湘館痛哭，不好意思走來，所以下回說眼睛腫得桃兒一般，其痛更甚于別人，是暗描，不是漏筆。」（第三三回）「紫鵑自言自語，恰是黛玉心事，不便自己說，故借紫鵑代說，如畫正午牡丹，無從落筆，借貓眼一綫畫出。夾敍邢岫烟事，旁襯黛玉之婚姻無就。」（第五七回）他如「事後追神法」「文章剪裁法」等等，不一而足（均見王希廉回後評）。這類評批，在今天看來，似乎有些陳腐，但卻能見出當時文學批評的習尚。

對于《紅樓夢》的各家評批，我國紅學界似乎尚未來得及給予必要的重視與研究，如今彙評本的重新校點出版，希望能有助于這方面的工作。平心而論，包括王希廉、張新之、姚燮、涂瀛、諸聯等人在内的各家評批，在我國古代文學批評史上，既没能站在時代的尖端有所開拓，又没能形成各自的或整體的體系，因而算不得重要的流派。可是，它們在紅學史上卻不應該被忽視，更不應該被一筆抹煞、盲目否定。這不僅因爲它們大多産生過廣泛的影響，推動過《紅樓夢》的傳播，幫助過讀者對《紅樓夢》的鑒賞、理解，而且，它們佔據着紅學發展鏈條中的重要一環，從脂硯齋評的以透露作者身世和作品原貌爲主，發展到以文學批評爲主，使紅學走上了文藝學的正常軌道。它們在《紅樓夢》的主題思想、人物性格、文學技巧等方面的論述，都給後來的紅學家以有益的啓示。而且，這種不拘形式、隨感而發的議論，它的可讀性、趣味性都很濃，既能給人以學術觀點上的增益，又能給人以美感的享受。

由此，我又有一些聯想。其一是，對于文化遺産包括紅學遺産，要實行批判地繼承，這有個認真的熟悉、分辨、消化、吸取的過程，温故既可以知新，在前賢成就基礎上的發展，才是真正的學術開拓。否則，抹煞前人或者捧煞前人，而急于掛招牌、貼標語、故作新奇，都是與事無補而背離科學精神的。其二是，百家争鳴是推動學術發展的正確方針和可靠途徑，但爲了保證這一方針的貫徹執行和不至走入歧途，在客觀上還需要一個寬鬆的環境，在主觀上也還需要具備一個正確的態度，要在學術争鳴中彼此尊重、取長補短、啓發思慮、共同發展。否則，先立門户、彼此指摘、戴帽打棍、兩敗俱傷，陷入無休止的消耗戰，既與學術無益，徒授人以笑柄。其三是，紅學成果車載斗量，顯示了巨大的成績和生命力，的確令人鼓舞，然在形式上嚴肅有餘、活潑不足，高頭講章式的大塊文章多于一得之見的隨筆雜記，今後不妨在形式上也來個百花齊放。

一九八六年九月二十六日晨

校點凡例

一、本書原名《增評補象全圖金玉緣》。易《紅樓夢》《石頭記》爲《金玉緣》，蓋避當時禁燬，故這次整理，仍恢復《紅樓夢》本名。

二、護花主人王希廉、大某山民姚燮、太平閒人張新之三家合評本，主要有以下幾種刊本：

（一）光緒十年（一八八四）上海同文書局石印本。扉頁背面題「光緒十年甲申仲冬上海同文書局石印」。

（二）光緒十四年（一八八八）上海石印本。扉頁背面題「戊子仲冬滬上石印」。

（三）光緒十五年（一八八九）上海石印本。扉頁背面題「己丑仲夏滬上石印」。

以上三種石印本，書首均有華陽仙裔光緒十四年小陽月望日序。卷首依次爲太平閒人《石頭記》讀法，護花主人批序、摘誤、總評，明齋主人總評，大某山民總評，讀花主人論讚，或問，大觀園影事十二詠，題詞，音釋，大觀園圖説，繡像一百二十幅。正文每面十七行，行三十九字。這三種本子，内容及版式均同，當屬同一系統。

（四）光緒十五年上海同文書局石印本。封裏題「鐵城廣百宋齋藏本，上海同文書局石印」，扉頁背面題「己丑仲夏上海同文書局石印」。卷首内容同光緒十年本，繡像僅四十二幅。正文每面十八行，行三十九字。

（五）光緒三十四年（一九〇八）求不負齋石印本。扉頁題「增評全圖足本金玉緣」，扉頁背面題「光緒戊申九月求不負齋印行」。卷首内容同光緒十年本，但多「評論」六條，繡像僅十八幅。正文每面十八行，行四十字。第十五回回内雙行夾批與各本差異較大。

華陽仙裔序，除求不負齋本署光緒三十四年外，各本均署光緒十四年十月，因此，光緒十年刊本的印行時間的可靠性頗令人懷疑。以常理揆之，序作於光緒十四年十月，書印於翌年似更合理；同時，上述前三種本子又屬同一系統，因此，這次整理，選定光緒十五年上海石印本爲底本，以光緒十四年上海石印本，光緒十年、十五年同文書局本及求不負齋本爲校本。

三、本書正文所依據的本子，或是早期抄本，與今傳世的各種《石頭記》脂評抄本和程偉元刊活字本均有較大的差異。凡脂本與程本出入較大處，本書或同脂本，或同程本；在字句上，與脂本及程本均不相同處，比比皆是。因此，本書在校點時，復取《脂硯齋重評石頭記》庚辰本、戚蓼生序本及人民文學出版社排印程乙本參校。

四、本書卷首據求不負齋本補入了「評論」六則。第十五回内雙行夾批據求不負齋本補入他本未收的評語二十九條，標以「〔求本〕」識之。

五、全書正文一般不作改動，即僅勉强可通，亦存其舊觀。凡明顯刊誤，則徑行改正，不出校。異體字、俗字及當時一些習慣寫法，則酌情依通行的規範字和習慣寫法予以統一，不出校。

六、底本中錯漏，徑從各校本改正，不出校。如各校本與底本錯漏情況相同，則參脂本及程本校訂。凡改文加〔　〕，以原字加（　）繫於改文之下；凡補文加〔　〕，衍文加（　），以示區別。

七、底本評語中的錯漏，參各校本改正，如各校本錯漏相同，則據文意直接改正，不出校。

八、原書回內太平閒人評作雙行小字，列原字句下，今改排單行，位置不變。原書回後總評，首爲太平閒人評，未署名，次爲護花主人、大某山民評，今一仍其舊。

九、原書行側有圈點、重點、重圈，今予删去。

一〇、原書每回前，各以兩句回目爲題，配有兩幅插圖，均予保留，仍置於各回前。書前原有一百二十幅人物繡像，今選取寶玉及金陵十二釵像，弁之書首，餘均删去。

一一、本書由申孟、王維堤、張明華、甘林點校。

目録

序

天名離恨，僅看一現之曇華；地接長安，擬種連枝之芍藥。絳珠幻影，黛玉前身。源竭愛河，慧生頑石。紅樓夢醒，猶疑人月團圓；碧簡灰飛，誰信滄桑顛倒。儘許情根蟠結，原爲烏有之談；直教慧劍精瑩，難割鴛儔之累。此間以眼淚洗面，旁觀方手倦支頤。似空似色，疑假疑真。如曹雪芹《石頭記》原編，繼以沈青士《紅樓夢》諸賦，端相正面者，墮風月寶鑑之情魔；别具會心者，即玉茗傳奇之性理。乃復夢中説夢，癡不勝癡，圖繪傳神，評贊索隱，斷以《春秋》之筆，凝爲水墨之魂。太虚幻境，偏多柱史之才；新誌《齊諧》，亦有卧遊之樂。彼姑妄言，我參别解。一人一贊，一卷一圖，或合或分，生漸生悟。茶初酒半，燈爐香温，其求諸《南華》之解脱乎，抑寄諸北苑之丰神乎？則此卷之旖旎蕭疏，殆有勝於博弈之百損而無一益也已。光緒十四年小陽月望日，華陽仙裔識。

太平閒人《石頭記》讀法

《石頭記》一書，不惟膾炙人口，亦且鐫刻人心，移易性情，較《金瓶梅》尤造孽。以讀者但知正面，而不知反面也。間有巨眼能見知矣，而又以恍惚迷離，旋得旋失，仍難脱累。得閒人批評，使作者正意，書中反面，一齊湧現，夬然後聞之足戒，言者無罪，豈不大妙。

《石頭記》乃演性理之書，祖《大學》而宗《中庸》，故借寶玉説「明明德之外無書」，又曰「不過《大學》《中庸》」。

是書大意闡發《學》《庸》，以《周易》演消長，以《國風》正貞淫，以《春秋》示予奪。《禮經》《樂記》，融會其中。

《周易》《學》《庸》是正傳；《石頭記》竊衆書而敷衍之，是奇傳。故云「倩誰記去作奇傳」。

致堂胡氏曰：孔子作《春秋》，常事不書，惟敗常反理，乃書於策，以訓後世，使正其心術，復常循理，交適於治而已。是書實竊此意。

「世事洞明皆學問，人情練達即文章」，是此書到處警省處，故其鋪敘人情世事，如燃犀燭，較諸小説後來居上。

《石頭記》一百二十回，一言以蔽之，左氏曰「譏失教也」。

《易》曰：「臣弑其君，子弑其父，非一朝一夕之故，其所由來者漸矣。」故謹「履霜」之戒。一部《石頭記》，一「漸」字。

《鶴林玉露》云：莊子之書，以無爲有。《戰國策》之文，以曲作直。東坡平生熟此二書，爲文惟意所到，俊辨痛快，無復滯礙。我欲以此語轉贈《石頭記》。

是書敘事，取法《戰國策》、《史記》、三蘇文處居多。

《石頭記》脱胎在《西遊記》，借徑在《金瓶梅》，攝神在《水滸傳》。

《石頭記》是暗《金瓶梅》，故曰意淫。《金瓶梅》有苦孝説，因明以孝字結，《石頭記》則暗以孝字結。至其隱痛，較作《金瓶梅》者尤深。

《金瓶梅》演冷熱，此書亦演冷熱。《金瓶梅》演財色，此書亦演財色。

今日小説，閒人止取其二：一《聊齋志異》，一《石頭記》。《聊齋》以簡見長，《石頭》以煩見長。《聊齋》是散段，百學之或可肖其一；《石頭》是整段，則無從學步。千百年後，人或有能學之者，然已爲千百年後人之書，非今日之《石頭記》矣。或兩不相掩未可知，而在此書自足千古。故閒人特爲著佛頭糞。其他續而又續，及種種效顰部頭，一概不敢聞教。

《紅樓夢》乃此書正名，而開手空空道人「因空見色」一段文中，有《石頭記》《情僧録》《風月寶鑑》《金陵十二釵》諸名目，而絶無《紅樓夢》三字，即此便是舍形取影，乃作者大主意。故凡寫書中人，都從影處着筆。

《紅樓夢》三字，出於第五回，實即十二釵之曲名，是《十二釵》爲夢之目，《情僧録》「情」字爲夢之綱。故聞人於前十二回分作三大段：第一段結《石頭記》，第二段結《紅樓夢》，第三段結《風月寶鑑》。而《情僧録》《十二釵》一綱一目，在其中矣。

百二十回大書，若觀海然，茫無畔岸矣，而要自有段落可尋。或四回爲一段，或三回爲一段，至一二回爲一段，無不界劃分明，囫圇吞棗者不得也。聞人爲指出之，省卻閲者多少心目。

寶玉有名無字，乃令人在無字處追尋，所謂喜怒哀樂未發之前，又先天本來無字也。

是書釵、黛爲比肩，襲人、晴雯，乃二人影子也。凡寫寶玉同黛玉事跡，接寫者必是寶釵。寫寶玉同寶釵事跡，接寫者必是黛玉。否則用襲人代釵，用晴雯代黛，間有接以他人者，而仍不脱本處。乃是一絲不走，牢不可破，通體大章法。

寫黛玉處處口舌傷人，是極不善處世、極不自愛之一人，致蹈殺機而不覺。寫寶釵處處以財帛籠絡人，是極有城府、極圓熟之一人，究竟亦是枉了。這兩種人都做不得。

或問：是書姻緣，何必内木石而外金玉？答曰：玉石演人心也。心宜向善，不宜向惡，故《易》道貴陽而賤陰，聖人抑陰而扶陽。木行東方主春生，金行西方主秋殺。林生於海，海處東南，陽也。

金生於薛，薛猶云雪，錮冷積寒，陰也。此爲林爲薛，爲木爲金之所由取義也。

此書凡演姻緣離合，其人如尤二、尤三、夏金桂等，不可枚舉，而無非演寶、黛、釵。凡演天人定勝，其人如王道、王醫、包勇、傻大姐等，不可牧舉，而無非演劉老老。換湯不換藥，如此而已。解如此觀，勢如破竹。

書中詩詞，各有隱意，若謎語然，口説這裏，眼看那裏。其優劣都是各隨本人，按頭製帽，故不揣摩大家高唱。不比他小説，先有幾首詩，然後以人硬嵌上的。

是書名姓，無大無小，無巨無細，皆有寓意。甄士隱、賈雨村自揭出矣，其餘則令讀者自得。有正用，有反用；有莊言，有戲言；有照應全部，有隱括本回；有即此一事而信手拈來：從無隨口雜湊者。可謂妙手靈心，指麾如意。

書中大致凡歇落處，每用吃飯，人或以爲笑柄，不知大道存焉。寶玉乃演人心，《大學》正心必先誠意。意，脾土也。吃飯，實脾土也。實脾土，誠意也。問世人解得吃飯否？

書中多用俗諺巧話，皆道地北語京語，不雜他處方言，有過僻者間爲解釋。

是書又總分三大支：自第六回「初試雲雨情」至三十六回「夢兆絳芸軒」爲第一支，以劉老老爲主宰，以元春副之，以秦鍾受之，以北静王證之；自四十回「三宣牙牌令」至六十九回「吞生金自逝」爲第二支，以鴛鴦爲主宰，以薛寶琴副之，以尤二姐受之，以尤三姐證之；自七十一回「無意遇鴛鴦」至一百十三回「鳳姐託村嫗」爲第三支，以劉老老、鴛鴦合爲主宰，以傻大姐副之，以夏金桂字，瑣瑣碎碎，可謂繁矣，而尚有千百剩義。是望善讀者觸類旁通，以會所未逮爾。一部《石頭記》計百二十回，灑灑洋洋，可謂繁矣，而無一句閑文。一部《石頭》評，計三十萬

受之，以包勇證之。是又通身大結構。

有謂此書止八十回，其餘四十回乃出另手，吾不能知。但觀其通體結構，如常山蛇首尾相應，安根伏綫，有牽一髮全身動之妙，且詞句筆氣，前後全無差別。則所增之四十回，從中後增入耶，抑參差夾雜增入耶？覺其難有甚於作書百倍者。雖重以父兄命、萬金賞，使閒人增半回不能也。何以耳爲目，隨聲附和者之多！

閒人幼讀《石頭記》，見寫一劉老老，以爲插科打諢如戲中之丑脚，使全書不寂寞設也。繼思作者既設科諢，則當時與燕笑。乃百二十回書中，僅記其六至榮府，末後三至，乃足完前三至。則但謂之三至也可，又若甚省而珍之者。而且第三至在喪亂中，更無所用科諢。因而疑。再詳讀《留餘慶》曲文，乃見其爲救巧姐重收憐貧之報也。似得之矣。但書方第六回，要緊人物未見者甚多，且於寶玉初試雲雨之次，恰該放口談情，而乃重頓特提，必在此人，又源源本本敍親敍族，歷及數代。因而疑轉甚。於是分看合看，一字一句，細細玩味，及三年乃得之，曰：是《易》道也。是全書無非《易》道也。太平閒人《石頭記》批評實始於此。試指出之：劉老老一純《坤》也，老陰生少陽，故終「救巧姐」。巧生於七月七日，七少陽之數也。然陰不遽陰，從一陰始。一陰起於下，在卦爲《姤》☰☴，以寶玉純陽之體而初試雲雨，則進初爻一陰而爲

《姤》矣，故緊接曰「劉老老一進榮國府」。一陰既進，馴至於《剥》䷖，則老老之象已成，特餘一陽在上而已。《剥》，九月之卦也，交十月即爲《坤》䷁。故其來爲秋末冬初，乃大往小來至極之時，故入手尋頭緒曰「小小一個人家」「小小之家姓王」「小小京官」，「小小」字凡三見，計六「小」字，悉有妙義。《乾》䷀連即王字之三横，加一直破之則斷而成《坤》。其斷自下而上，初爻斷爲《巽》☴，巽爲長女，故爲母居女家。二爻斷爲《艮》☶，艮爲狗，故婿名狗兒。三爻斷爲《坤》☷，坤臣道也，故做官。與王姓聯宗，則因重之爲六畫之《坤》䷁。自《姤》䷫而《遯》䷠，而《否》䷋，而《觀》䷓，而《剥》䷖，而《坤》䷁，悉自小小而進，其勢甚利，不可制止，故聯宗爲勢利。而榮府正當盛時，其極尚遠，故爲遠族。狗兒之祖，但曰姓王，但曰本地人氏，而無名。本地人氏，《坤》爲地也，地道無成而代有終，故不名，而名其子爲成，亦相繼身故也。狗兒一《艮》，王成亦即《艮》，《艮》東北之卦，萬物之所成終而所成始，故曰成。東北爲春冬之交，故生子名板兒。板文木反，水令退，木令反矣。又生一女名青兒，青乃木之色，由北生東，是即老陰生少陽也。《艮》在五行爲土，故以務農爲業。老寡婦無子息，陰不生也。久經世代者，貞元運會，萬古如斯。而聖人作《易》，扶陽抑陰，及至無可如何，而此生生不息之真種，必謹謹保留之，是則所謂劉老老也。劉，留也。奈何世人身心性命之際，獨不理會一劉老老，而且爲王熙鳳之所笑，悲夫！

書中借《易》象演義者，元、迎、探、惜爲最顯，而又最晦。元春爲《泰》䷊，正月之卦，故行大。

迎春爲《大壯》䷡，二月之卦，故行二。探春爲《夬》䷪，三月之卦，故行三。惜春爲《乾》䷀，四月之卦，故行四。然悉女體，陽皆爲陰，則元春《泰》轉爲《否》䷋，迎春《大壯》轉爲《觀》䷓，探春《夬》轉爲《剝》䷖，惜春《乾》轉爲《坤》䷁，乃書中大消息也。歷評在各人本傳。

護花主人批序

《南華經》曰：「大言炎炎，小言詹詹。」仁義道德，羽翼經史，言之大者也。詩賦歌詞，藝術稗官，言之小者也。言而至於小説，其小之尤小者乎？士君子上不能立德，次不能立功、立言，以共垂不朽，而戔戔焉小説之是講，不亦鄙且陋哉！雖然，物從其類，嗜有不同，麋鹿食薦，蝍且甘帶，其視薦帶之味，固不異於粱肉也。余菽麥不分，之無僅識，人之小而尤小者也。以最小之人，見至小之書，猶麋鹿蝍且適與薦帶相值也。則余之於《石頭記》，愛之讀之，讀之而批之，固有情不自禁者矣。客有笑於側者曰：「子以《石頭記》爲小説耶？夫福善禍淫，神之用也；勸善懲惑，聖人之教也。《石頭記》雖小説，而善惡報施，勸懲垂誡，通其説者且與之神聖同功，而子以其言爲小，何徇其名而不究其實也？」余曰：「客亦知夫天與海乎？以管窺天，管内之天即管外之天也；以蠡測海，蠡中之海即蠡外之海也。謂之無所見，可乎？謂所見之非天海，可乎？並不得謂管蠡内之天海别一小天海，而管蠡外之天海又一大天海也。道一而已，語小莫破，即語大莫載；語有大小，非道有大小也。《石頭記》作者既自名爲小説，吾亦小之云爾。若夫禍福自召，勸懲示儆，余於批本中已反覆言之矣。」客無以難，曰：「子言是也。」即取副本藏之而去。因書其言，以弁卷首。

道光壬辰花朝日，吴縣王希廉雪香氏書於雙清仙館。

護花主人摘誤

《石頭記》結構細密，變換錯綜，固是盡美盡善，除《水滸》《三國》《西遊》《金瓶梅》之外，小説中無有出其右者。然細細翻閲，亦有脱漏紕繆及未愜人意處。余所閲袖珍是坊肆翻板，是否作者原本，抑係翻刻漏誤，無從考正。姑就所見，摘出數條，以質高明。非敢雌黄先輩，亦執經問難之意爾。

第二回冷子興口述賈赦有二子，次子賈璉。其長子何名，是否早故，並未敍明，似屬漏筆。

十二回内説是年冬底林如海病重，寫書接林黛玉，賈母叫賈璉送去。至十四回中，又説賈璉遣昭兒回來投信，林如海於九月初三日病故，二爺同林姑娘送靈到蘇州，年底趕回，要大毛衣服等語。若林如海於九月初身故，則寫書接黛玉應在七八月間，不應遲至冬底。況賈璉冬底自京起身，大毛衣服應當時帶去，何必又遣人來取？再年底纔自京起程到揚，又送靈至蘇，年底亦豈能趕回？先後所説，似有矛盾。

史湘雲同列十二金釵中，且後來亦曾久住大觀園，結社聯吟，其豪邁爽直，别有一種風調，則初到寧、榮二府時，亦當敍明來歷態度。及十二回以前，並未提及，至十三回秦氏喪中，敍忠靖侯史鼎夫人來吊，忽有史湘雲出迎，亦不知何時先到寧府。突如其來，未免無根，恐係翻刻誤填，非作者原本。

十七回大觀園工程告竣，櫳翠庵已圈入園中，究係何時建造，何人題名，妙玉於何時進庵，如何與賈母等會面，竟無一字提及，未免欠細。

十八回元妃見山環佛寺，即進寺焚香拜佛，自然即是櫳翠庵。維時妙玉若已進庵，豈敢不迎接元妃？抑係尚未進庵，或暫時迴避，似應敍明。

三十四回襲人赴寶釵處，等至二更，寶釵方回來，曾否借書，一字不提，竟與未見寶釵無異，似有漏句。

三十六回襲人替寶玉繡兜肚，寶釵走來，愛其生活新鮮，於襲人出去時，無意中代繡兩三花瓣。文情固嫵媚有致，但女工刺繡，大者上綳，小者手刺，均須繡完配裏，方不露反面鍼脚。今兜肚是白綾紅裏，則正裏兩面已經做成，斷無連裏刺繡之理，似於女工欠妥。

三十五回寶玉聽見黛玉在院内説話，忙叫快請。究竟曾否去請，抑黛玉已經回去，與三十六回情事不接，似有脱漏。

五十三回賈母慶賞元宵，將上年囑做燈謎一節，竟不提起，似欠照應。

五十八回將梨園女子，分派各房，畫薔之齡官，是死是生，作何着落，並未提及，似有漏筆。

六十三回平兒還席，尤氏帶佩鳳、偕鸞同來，正在園中打鞦韆時，忽報賈敬暴亡，尤氏即忙忙坐車帶賴昇一干老家人媳婦出城。佩鳳、偕鸞，並未先遣回家，稍覺疏漏。

六十七回尤三姐自刎，尤老娘送葬後，並未回家，自應仍與尤二姐同住。乃六十八回王鳳姐到尤二姐處，並不見尤老娘，尤二姐進園時，母女亦未一見，殊屬疏漏。

六十九回尤二姐吞金，既云人不知鬼不覺，何以知其死於吞金？不於賈璉見屍時將吞金屍痕敍明一筆，亦似疏漏。

七十三回賈政差竣回京，先一日珍、璉、寶玉既出迎一站，回家伺候，應先稟知賈母、王夫人，次日即應俱在大門迎接，何致賈政已在賈母房中，直待丫頭匆忙來找，寶玉始更衣前去？此處敍事，未免前後失於照應。

七十七回晴雯被逐病危，寶玉私自探望，晴雯贈寶玉指甲及換着小襖，是夜寶玉回園，臨睡時襲人斷無不見紅襖之理，寶玉必向説明，囑令收藏。乃竟未敍明，實爲缺漏。

八十三回説夏金桂趕了薛蟠出去，雖八十回中曾有「十分鬧得無法，薛蟠便出門躲避」之句，似不過偶然暫避，旋即回家。若多日不回，薛姨媽、寶釵豈有不叫人尋找，聽其久出之理？今寫金桂與寶蟾噪鬧，竟似薛蟠已久不回家，未免先後照應不甚熨貼。

一百十二回賈母所留送終銀兩，尚在上房收存，以致被盜，則鴛鴦生前豈有不知？乃一百十一回中鴛鴦反問鳳姐銀子曾否發出，此處似不甚鬬榫。

林黛玉雖是仙草降凡，但心窄情癡，以致自促其年。即返真還元，應仍爲仙草，與寶玉之石頭無異，纔是本來面目。論其生前情欲，不應即超凡入聖，遽爲上界神女。至瀟湘妃子，不過因其所居之館，又善於悲哭，故借作詩社别號，且「妃子」二字，亦與閨媛不稱，何必坐實其事？一百十六回中寶玉神遊太虛幻境，似宜同尤三姐等恍恍惚惚，似見非見，引至仙草處，見其微風吹動，飄摇嫵媚，及仙女説出因緣，便可了結。末後絳殿珠簾請回侍者一段文字，轉覺畫蛇添足。應否删節，請質高明。

一百十九回寶玉不見，次日薛姨媽、薛蝌、史湘雲、寶琴、李嬸娘等俱來慰問，惟李綺、邢岫煙二人不到。李綺當是已經出閣，邢岫煙與寶釵爲一家姑嫂，且寶釵素日待之甚厚，乃竟不一來，終覺欠細。

護花主人總評

《石頭記》一百二十回，分作二十一段看，方知結構層次。第一回爲一段，説作書之緣起，如制藝之起講，傳奇之楔子。第二回爲二段，敍寧、榮二府家世及林、甄、王、史各親戚，如制藝中之起股，點清題目眉眼，纔可發揮意義。三、四回爲三段，敍寶釵、黛玉與寶玉聚會之因由。五回爲四段，是一部《石頭記》之綱領。六回至十六回爲五段，結秦氏誨淫喪身之公案，敍熙鳳作威造孽之開端。按第六回劉老老一進榮國府後，應即敍榮府情事，乃轉詳於寧而略於榮者，緣賈府之敗，造釁開端，實起於寧。秦氏爲寧府淫亂之魁，熙鳳雖在榮府，而弄權實始於寧府，將來榮府之獲罪，皆其所致，所以首先細敍。十七回至二十四回爲六段，敍元妃沐恩省親，寶玉姊妹等移住大觀園，爲榮府正盛之時。二十五回至三十二回爲七段，是寶玉第一次受魔幾死，雖遇雙真持誦通靈，而色孽情迷，惹出無限是非。三十三回至三十八回爲八段，是寶玉第二次受責幾死，雖有嚴父痛責，而癡情益甚，又值賈政出差，更無拘束。三十九回至四十四回爲九段，敍劉老老、王熙鳳得賈母歡心。四十五回至五十二回爲十段，於詩酒賞心時，忽敍秋窗風雨，積雪冰寒，又於情深情濫中，忽寫無情絶情，變幻不測，隱寓泰極必否、盛極必衰之意。五十三回至五十六回爲十一段，敘寧、榮二府祭祠家宴，探春整頓大觀園，氣象一新，是極盛之時。五十七回至六十三上半回爲第十二段，寫園中人多，又生出許多唇舌事件，所謂興一利即有一弊也。六十三下半回至六十九回爲第十三段，敘賈敬物故，賈璉縱慾，鳳姐陰毒，了結尤二姐、尤三姐公案。七十回至七十八回爲第十四段，敘大觀園中風波疊起，賈氏宗祠先靈悲歎，寧、榮二府將衰之兆。七十九回至八十五回爲第十五段，敘薛蟠悔娶，迎春誤嫁，一嫁一娶，均受其殃，及寶玉再入家塾，賈環又結仇怨，伏後文中舉、串賣等事。八十六回至九十三回爲第十六段，寫薛家悍婦，賈府匪人，俱召敗家之禍。九十四回至九十八回爲第十七段，寫花妖異兆，通靈走失，元妃薨逝，黛玉夭亡，爲榮府氣運將終之象。九十九回至一百三回爲第十八段，敘大觀園離散一空，賈存周官箴敗壞，並了結夏金桂公案。一百四回至一百十二回爲第十九段，寫寧、榮二府一敗塗地，不可收拾，及妙玉結局。一百十三回至一百十九回爲第二十段，了結鳳姐、寶玉、惜春、巧姐諸人，及寧、榮二府事。一百二十回爲第二十一段，總結《石頭記》因緣始末。此一部書中之大段落也。至於各大段中尚有小段落，或夾敘別事，或補敘舊事，或埋伏後文，或照應前文，禍福倚伏，吉凶互兆，錯綜變化，如綫穿珠，如珠走盤，不板不亂，總評中不能臚列，均於各回中逐細批明。

《石頭記》一書，全部最要關鍵是「真假」二字。讀者須知真即是假，假即是真；真中有假，假中有真；真不是真，假不是假。明此數意，則甄寶玉、賈寶玉是一是二，便心目了然，不爲作者冷齒，亦知作者匠心。

《石頭記》雖是説賈府盛衰情事，其實專爲寶玉、黛玉、寶釵三人而作。若就賈、薛兩家而論，賈府爲主，薛家爲賓。若就寧、榮二府而論，榮府爲主，寧府爲賓。若就榮國一府而論，寶玉、黛玉、寶釵三人爲主，餘者皆賓。若就寶玉、黛玉、寶釵三人而論，寶玉爲主，釵、黛爲賓。若就釵、黛二人而論，則黛玉卻是主中主，寶釵卻是主中賓。至副册之香菱，是賓中賓；又副册之襲人等，不能入席矣。讀者須分别清楚。

甄士隱、賈雨村爲是書傳述之人，然與茫茫大士、空空道人、警幻仙子等，俱是平空撰出，並非實有其人，不過借以敍述盛衰，警醒癡迷。劉老老爲歸結巧姐之人，其人在若有若無之間。蓋全書既假託村言，必須有村嫗貫串其中，故發端結局，皆用此人，所以名劉老老者，若云家運衰落，平日之愛子嬌妻、美婢歌童，以及親朋族黨、幕賓門客、豪奴健僕，無不雲散風流，惟剩此老嫗收拾殘碁敗局。滄海桑田，言之酸鼻，聞者寒心。

《石頭記》專敍寧、榮二府盛衰情事，因薛寶釵是寶玉之配，親情更切，衰運相同，故薛蟠家事，亦敍得詳細。

從來傳奇小説，多託言於夢。如《西廂》之草橋驚夢，《水滸》之英雄惡夢，則一夢而止，全部俱歸夢境。《還魂》之因夢而死，死而復生，《紫釵》彷彿相似，而情事迥别。《南柯》《邯鄲》，功名事業，俱在夢中，各有不同，各有妙處。《石頭記》也是説夢，而立意作法，另開生面。前後兩大夢，皆遊太虚幻境，而一是真夢，雖閲册聽歌，茫然不解；一是神遊，因緣定數，了然記得。且有甄士隱夢得一半幻境，絳芸軒夢語含糊，甄寶玉一夢而頓改前非，林黛玉一夢而情癡愈痼。又有柳湘蓮夢醒出家，香菱夢裏作詩，寶玉夢與甄寶玉相合，妙玉走魔惡夢，小紅私情癡夢，尤二姐夢妹勸斬妒婦，王鳳姐夢人强奪錦匹，寶玉夢至陰司，襲人夢見寶玉，秦氏、元妃等託夢，及寶玉想夢無夢等事，穿插其中。與别部小説傳奇説夢不同。文人心思，不可思議。

《石頭記》一書，有正筆，有反筆，有襯筆，有借筆，有明筆，有暗筆，有先伏筆，有照應筆，有著色筆，有淡描筆。各樣筆法，無所不備。

一部書中，翰墨則詩詞歌賦，制藝尺牘，爰書戲曲，以及對聯扁額，酒令燈謎，説書笑話，無不精善；技藝則琴碁書畫，醫卜星相，及匠作構造，栽種花菓，畜養禽鳥，鍼黹烹調，巨細無遺；人物則方正陰邪，貞淫頑善，節烈豪俠，剛强懦弱，及前代女將，外洋詩人，仙佛鬼怪，尼僧女道，倡伎優伶，黠奴豪僕，盗賊邪魔，醉漢無賴，色色皆有；事蹟則繁華筵宴，奢縱宣淫，操守貪廉，宫闈儀制，慶吊盛衰，判獄靖寇，以及諷經設壇，貿易鑽營，事事皆全；甚至壽終夭折，暴亡病故，丹戕藥誤，及自刎被殺，投河跳井，懸梁受逼，並吞金服毒，撞階脱精等事，亦件件俱有。可謂包羅萬象，囊括無遺，豈别部小説所能望見項背。

書中多有説話衝口而出，或幾句説話止説一二句，或一句説話止説兩三字，便咽住不説。其中或有忌諱，不忍出口；或有隱情，不便明説，故用縮句法咽住，最是描神之筆。

福、壽、才、德四字，人生最難完全。寧、榮二府，只有賈母一人，其福其壽，固爲希有；其少年理家事蹟，雖不能知，然聽其臨終遺言説「心實吃虧」四字，仁厚誠實，德可概見；觀其嚴查賭博，洞悉弊端，分散餘貲，井井有條，才亦可見一斑，可稱四字兼全。此外如男則賈敬、賈赦無德無才，賈政有德無才，賈璉小有才而無德，賈珍亦無德無才，賈環無足論，寶玉才德另是一種，於事業無補。女則邢夫人、尤氏無德無才，王夫人雖似有德，而偏聽易惑，不是真德，才亦平庸。至十二金釵：王鳳姐無德而有才，故才亦不正；元春才德固好，而壽既不永，福亦不久；迎春是無能，不是有德；探春有才，德非全美；惜春是偏僻之性，非才非德；黛玉一味癡情，心地褊窄，德固不美，衹有文墨之才；寶釵卻是有德有才，雖壽不可知，而福薄已見；妙玉才德近於怪誕，故陷身盜賊；史湘雲是曠達一流，不是正經才德；巧姐才德平平；秦氏不足論：均非福壽之器。此十二金釵所以俱隸薄命司也。

《石頭記》一書，已全是夢境，余又從而批之，真是夢中説夢，更屬荒唐。然三千大千世界，古往今來事物，何處非夢，何人非夢？以余夢夢之人，夢中説夢，亦無不可。

明齋主人總評

《石頭記》一書，膾炙人口，而閲者各有所得。或愛其繁華富麗；或愛其纏綿悱惻；或愛其描寫口吻，一一逼肖；或愛隨時隨地，各有景象；或謂其一肚牢騷；或謂其盛衰循環，提矇覺聵；或謂因色悟空，回頭見道；或謂章法句法，本諸盲左腐遷：亦見淺見深，隨人所近耳。

書中無一正筆，無一呆筆，無一複筆，無一閒筆，皆在旁面、反面、前面、後面渲染出來。中有點綴，有翦裁，有安放。或後回之事先爲提挈，或前回之事閑中補點。筆臻靈妙，使人莫測。總須領其筆外之神情，言時之景狀。

作者無所不知，上自詩詞文賦、琴理畫趣，下至醫卜星相、彈碁唱曲、葉戲陸博諸雜技，言來悉中肯綮。想八斗之才，又被曹家獨得。

全部一百二十回書，吾以三字概之：曰真，曰新，曰文。

名姓各有所取義：賈與甄，夫人知之矣。若賈母之姓史，則作者以野史自命也。他如秦之爲情，邢之爲淫，尤之爲尤物，薛之爲雪，王之爲忘，林之爲靈，政之爲正，璉之爲戀，環之爲頑，瑞之爲瘁，湘蓮之爲相憐；赦則言其獲罪也，釵則言其差也，黛則言其代也，紈則言其完節也，晴雯言其情文相生也，襲則言其充美也，鴛鴦言其不得雙飛也，司棋言其厮奇也；鶯爲出谷，言其得隨寶釵也；香菱不在園中，言與香爲鄰也；岫煙同於就煙，言其無也；鳳姐欲壑難盈，故以豐爲之輔，平爲之概；蟹卿善哭，故婢爲啼血之鵑，雪中之雁。其餘亦必有所取，特粗心人未曾覺悟耳。

書本脱胎於《金瓶梅》，而褻嫚之詞，淘汰至盡。中間寫情寫景，無些黠牙後慧。非特青出於藍，直是蟬蜕於穢。

凡值寶、黛相逢之際，其萬種柔腸，千端苦緒，一一剖心嘔血以出之。細等縷塵，明如通犀。若云空中樓閣，吾不信也。即云爲人記事，吾亦不信也。

公子之名，上一字與薛家同，下一字與林家同，自己日趣於下，父母必欲其向上，洎乎飄然遠去，則又不上不下。

所引俗語，一經運用，罔不入妙。胸中自有鑪錘。

寶玉於黛玉，木石緣也。其於寶釵，金玉緣也。木石之與金玉，豈可同日語哉！

人憐黛玉一朝奄忽，萬古塵埃，穀則異室，死不同穴，此恨綿綿無絶。予謂寶釵更可憐：纔成連理，便守空房，良人一去，絶無眷顧，反不若齎恨以終，令人憑吊於無窮也。要之均屬紅顔薄命耳。

或指此書爲導淫之書，吾以爲戒淫之書。蓋食色天性，誰則無情？見夫釵、黛諸人，西眉南臉，連袂花前月底，始是鶯儔燕侶，彼村婦巷女之憨情妖態，直可糞土視之，庶幾懺悔了竊玉偷香膽。

凡稗官小説，於人之名字、居處、年歲、履歷，無不鑿鑿記出，其究歸於子虛烏有。是書半屬含糊，以彼實之皆虛，知此虛者之必實。

自古言情者，無過《西廂》。然《西廂》只兩人事，組織歡愁，摛詞易工。若《石頭記》則人甚多，事甚雜，乃以家常之説話，抒各種之性情，俾雅俗共賞，較《西廂》爲更勝。

白門爲六朝佳麗地，係雪芹先生舊遊處，而全無一二點染，知非金陵之事。且鳳姐臨終時，聲聲要到金陵去，寶玉謂他去做甚；又於二十五回云跳神，五十七回云鼓樓西，八十三回云衚衕，八十七回云南邊北邊。明辨以晰，益知非金陵之事。

總核書中人數，除無姓名及古人不算外，共男子二百三十二人，女子一百八十九人，亦云夥矣。

園中諸女，皆有如花之貌，即以花論：黛玉如蘭，寶釵如牡丹，李紈如古梅，熙鳳如海棠，湘雲如水仙，迎春如梨，探春如杏，惜春如菊，岫煙如荷，寶琴如芍藥，李紋、李綺如素馨，可卿如含笑，巧姐如荼蘼，妙玉如薝蔔，平兒如桂，香菱如玉蘭，鴛鴦如凌霄，紫鵑如蠟梅，鶯兒如山茶，晴雯如芙蓉，襲人如桃花，尤二姐如楊花，三姐如刺桐梅。而如蝴蝶之栩栩然遊於其中者，則怡紅公子也。

昔賢詔人讀有用書，然有用無用，不在乎書，在讀之者。此書傳兒女閨房瑣事，最爲無用，而中寓作文之法，狀難顯之情，正有無窮妙義。不探索其精微，而概曰無用，是人之無用，非書之無用。頭腦冬烘輩斥爲小説不足觀，可勿與論矣。若見而信以爲有者，其人必拘；見而決其爲無者，其人必無情；大約在可信可疑、若有若無間，斯爲善讀者。

人至於死，無不一矣。如可卿之死也，使人思；金釧之死也，使人惜；晴雯之死也，使人慘；尤三姐之死也，使人憤；二姐之死也，使人恨；司棋之死也，使人駭；黛玉之死也，使人傷；金桂之死也，使人爽；迎春之死也，使人惱；賈母之死也，使人羨；鴛鴦之死也，使人敬；趙姨娘之死也，使人快；鳳姐之死也，使人歎；妙玉之死也，使人疑：竟無一人同者。非死者之不同，乃生者之筆不同也。

昔仲春之夕，與友會飲晦香居，酒既咻，各述生平奇夢。一客曰：「吾曾夢歷天庭，手掿星斗，雲霞拂衫袖，下視城郭，蠕蠕欲動。」一曰：「吾夢爲僧，結廬深山頂，覺爾時萬緣俱寂。」一曰：「吾夢得窖銀數百萬，遂治園亭，蓄姬媵，食必珍，出必車馬，座上客滿，譽聲盈耳，若固有之矣。」一曰：「吾夢與靈（均）（俱）談，維時蘭蕙百畮，香沁心腑，徐叩《天問》《招魂》諸篇意義，笑而不答。」一曰：「吾夢涉海，汪洋萬頃，四顧無人，不知身之所如。」一曰：「吾夢錦標簪花以歸。」一曰：「吾夢諸兒成立，侍養無缺。」一曰：「吾夢殺賊，振臂大呼，羣醜悉竄。盜魁倔强，引刀斬之，髑髏滚地，血濺衣履。」一曰：「吾夢至地獄，見斷手缺足者，現諸苦惱狀。」一曰：「吾夢爲丐，飢腸作鳴，沿門叫呼，訖無一應。」余時不語。客詰之，余曰：「備聞諸夢，幻也，壯也，清也，妖也，噩也。諸公之夢，皆吾之夢。吾多夢，吾亦無夢。且與諸公同讀《石頭記》一夢。」

余自歎年來死灰槁木，已超一切非非想，祇鏡奩問尚恨恨不能去。適來無事，雨窗展此，唯恐擅失，竊謂當煮苦茗讀之，爇名香讀之，於好花前讀之，空山中讀之，清風明月下讀之，繼《南華》《離騷》讀之，伴《涅槃》《維摩》讀之。天下不少慧眼人，其以予言爲然乎，否乎？

袁子才詩話謂紀隨園事，言難徵信，無釐毫似處。不過珍愛倍至，而硬拉之，弗顧旁人齒冷矣。一知道人説夢曰：寶玉如主司，金釵十二爲應試諸生。迎春、探春、惜春似迴避不入闈者；湘雲、李紋、李綺似不屑作第二想，竟不入闈者；岫煙、寶琴業已許人，似隔省遊學生，例不入闈者；紫鵑、鶯兒似已列副車，臨榜抽出者；寶釵似頂冒而僥倖中式者；襲人似以關節中副車者；其餘諸婢，似録遺無名，欲觀光而不能者。吾謂黛玉似因奪元而被擯者，可卿似進場後斃於號舍者，妙玉、鴛鴦似弗工時藝不及入闈者，金釧、晴雯似犯規致黜者，平兒、香菱似佐雜職不許入闈者，五兒似繳白卷者，小紅似不得終場者，芳官、四兒似未入泮不敢入場者。他若李紈、尤氏、鳳姐諸人，皆紛紛送考者耳。

又云：賈赦色中之厲鬼，賈珍色中之靈鬼，賈璉色中之餓鬼，寶玉色中之精細鬼，賈環色中之偷生鬼，賈蓉色中之刁鑽鬼，賈瑞色中之饞癆鬼，薛蟠色中之冒失鬼。吾謂秦鍾色中之倒運鬼，湘蓮色中之强鬼，賈薔色中之倒塌鬼，焙茗色中之小鬼。

賈媪生二子一女，赦之出也愛其媳，政之出也愛其子，敏之出也愛其女：其爲愛也公而溥。

小説家結搆，大抵由悲而歡，由離而合。是書則由歡而悲，由合而離，遂覺壁壘一新。

大某山民總評

賈母第一會尋樂人，亦第一不解事人。

元妃之歸，枕霞獨不與，而自識南安太妃，故姜季南有詩云：「憨雲不預宫車會，獨識南安老太妃。」

薛姨媽寄人籬下，陰行其詐，笑臉沈機，書中第一。尤姦處，在搬入瀟湘館。

李嬸娘來時坐雇車，一府皆笑，豈知自亦爾爾。

甄夫人之來，爲取寄帑耳，豈知又遭抄去乎？

劉老老攜巧姐去，是謂潛飛。

指襲人爲妖狐，李嬤嬤自是識人。

宫裁得禮之正，故父名守中。

鳳姐壞處，筆難罄述，但使事老祖宗作一猥婢，自是可兒。

寶釵姦險性生，不讓乃母。

鳳之辣，人所易見；釵之譎，人所不覺。一露一藏也。

二姐墮胎，爲鳳姐生平第一罪。

人謂鳳姐險，我謂平兒尤姦，蓋鳳姐亦被其籠絡也。

湘雲未見園中另住，記賈母之不袒母族，以反襯王夫人也。

懷古詩謎，人有猜之者矣，予未敢深信。

迎春花開於春先，春初已落，是爲不耐東風。

賈氏孫男，俱從玉旁，探春玫瑰之名，恰有深意，不獨色香刺也。

惜春獨善丹青，早爲卧佛張本。

姜季南詩謂鴛鴦之死，半殉主，半殉節。殉節之意於襲人、赦老口中見之，又於吃口脂時知之，非唐突也。

婢名琥珀，以喻長在松根。賈母，松也。

送殯之去，但藏珍珠、琥珀於上房，是失檢處，亦誨盜處。

鸚哥者，紫鵑舊名；珍珠者，襲人舊名。賈母補此二人，欲使寶、黛如在膝下也。

尤氏以婦人一味不妒，視男子爲可有可無，毫無關切，其情尚可問哉！

秦，情也。情可輕而不可傾，此爲全書綱領。

賈珍一生昏憒，於寶珠之事益信。

秋桐定屬邢夫人以鴛鴦之故，〔授〕（援）意使其來擾，豈知反爲鳳姐所使。

王夫人代襲人行妒，於晴雯一事尤謬誤。

花襲人者，爲花賤人也。命名之意，在在有因。偶標一二，餘俟解人自解。

一人有一人身分，秋紋諸事，每覺器小。

鏡，即月也。鏡中相射，是爲麝月。

鳳姐之嫉黛玉固由畏忌，亦由小紅在側爲齋中語，故定多暗中播弄也。

未曾真個消魂者，茜雪一人而已。

妙玉於芳潔中別饒春色，雪裏紅梅，正是此意。

香菱家室遭焚，遇人不淑，英蓮者，終身火中蓮也。

雪雁之不返江南，作者有餘痛焉。

鳳生之日，即釧生之日也。水仙一祭，井中人無恨矣。擬曰洛神，卻切。

彩雲爲惡姻緣。

一着錯，滿盤輸，故以司棋名之。

侍書罵王家的，勝乃主之打。

紫鵑從四姑娘出家，所謂主未成雙，婢卻作對，一僧一尼之謂也。

鶯兒絡玉一筆，直貫一百零九回「妙合而凝」一語，刺釵也。

柳女曰五兒，五者，寤也。北音五讀如寤。

彩霞於寶玉寫經時，燈後神情獨妙。

瓶梅斜抱，定是小螺。

木頭無聲，全憑橘樹有刺。

翠墨私囑小蟬，致滋紛擾，故解語花有妙有不妙也。若彩屏不同清静，去紫鵑遠矣。

文杏爲釵婢，蘅蕪秋院，而亦惹春風。着一杏字，所以刺寶釵遠矣。

戴若恩、石崇輩，不及一岫煙之篆兒。

善姐必爲王鳳姐所使。

小鵲本來報喜，反致受驚，故吉凶不在鳥音中。

傻大姐一笑死晴雯，一哭死黛玉，其關係不小。

林家死絶一語，雖屬率爾，何堪入林之孝妻之耳乎！

一樣爲奴，獨依兩姓，奴何不幸而爲贈嫁之奴，如周瑞家的是已。

鮑二嫂曰閻王，尤三姐曰夜叉，都爲二奶奶定評。

秦顯家的以五日京兆，即時撤委。

打王善保家的，僅僅一掌，我猶恨其少。

若彩霞者，奈旺兒媳婦何？若玉桂媳婦，亦被玫瑰花刺者。

於鴛鴦辱金文翔媳婦，浮一大白，更罰東風一大白。東風，赦老也。

吴貴婦宜配包勇。

多姑娘之於璉兒，醜態可掬。

文官爲梨香班首。芳官侍寶玉，抹墨二字，玉哥定從戲字上生出，然其情可想。藕官侍黛玉，與寶玉恨不作女兒同心，故曰一流人。蕊官以女兒學旦，輕車熟路。釵之來住梨香院，後作戲院，刺之者深矣。葵官侍湘雲，色配净。荳官侍寶琴，色配丑。艾官侍探春，色配外。茄官侍尤氏，色配老旦。齡官與寶官、玉官，俱屬先去。

警幻仙姑第一淫人，玉猶後焉。

兼美爲釵黛關鎖。

寶玉《姽嫿行》獨壓平日之作，蓋社中不欲諸女一人下第，深情體貼，故藏才焉。

真真國女，真耶，假耶？不過閒中點綴耳。

傅秋芳真所謂處士虚聲者。

張金哥死而有知，必爲厲鬼相報。

劉老老於若玉爲抽柴之説，真所謂滿口柴胡。

王作梅作張小姐之媒，故曰作梅。

嬌杏以婢作夫人，何等儌幸！

紅衣女，亦無中生有。

可人，一曇花耳。

北静王爲玉哥生平第一知己。

政老謂寶玉哄了賈母十九年，吾謂被哄者甚衆。○據《癡人説夢》，十九年作二十年。

以霸王、虞姬擬小柳、小尤，亦新而切。

姜季南詠秦鍾句云：「優尼戲罷伴僧眠。」僧謂寶玉，蓋討智能之便宜，以供寶玉之算帳也。蚪與菱獨有深情，自在意言之表。若金桂者，我亦不敢奉命。

敗子回頭真寶貝，故曰甄寶玉。

賈蘭者，賈闌也。賈蘭中而賈氏闌珊矣。

賈薔真是假牆，廟中固多此物，然一入廟中，便如將軍何也。

讀花人論贊

賈寶玉贊

寶玉之情，人情也。爲天地古今男女共有之情，爲天地古今男女所不能盡之情。天地古今男女所不能盡之情，而適寶玉爲林黛玉心中、目中、意中、念中、談笑中、哭泣中、幽思夢魂中、生生死死中悱惻纏緜固結莫解之情，此爲天地古今男女之至情。惟聖人爲能盡性，惟寶玉爲能盡情。負情者多矣，微寶玉其誰與歸！孟子曰：「伯夷聖之清者也，伊尹聖之任者也，柳下惠聖之和者也。」我故曰：寶玉聖之情者也。

此龍門得意之筆也，不圖於小品中見之。梅閣

林黛玉贊

人而不爲時輩所推，其人可知矣。林黛玉人品才情，爲《石頭記》最，物色有在矣。乃不得於姊妹，不得於舅母，並不得於外祖母，所謂曲高和寡者，是耶，非耶？語云：「木秀於林，風必摧之；堆出於岸，流必湍之；行高於人，衆必非之。其勢然也。」於是乎黛玉死矣！

結句七字，無限感慨，無限深情，令古今天下才子佳人，英雄豪傑，一齊淚下。我欲哭矣。梅閣

薛寶釵贊

觀人者，必於其微。寶釵静愼安詳，從容大雅，望之如春，以鳳姐之黠、黛玉之慧、湘雲之豪邁、襲人之柔姦，皆在所容，其所蓄未可量也。然斬寶玉之癡，形忘忌器；促雪雁之配，情斷故人。熱面冷心，殆春行秋令者與？至若規夫而甫聽讀書，謀侍而旋聞潑醋，所爲大方家者，竟何如也？寶玉觀其微矣。

微而婉，正而嚴，從知古今人不曾放鬆一個。梅閣

史湘雲贊

處林、薛之間，而能以才品見長，可謂難矣。湘雲出而顰兒失其辨、寶姐失其妍，非韻勝人，氣爽人也。惟是遭際早厄，與顰顰共不辰之憾，宜乎同病相憐矣。而乃佐襲人詆寶玉，經濟酸論，厭人聽聞，不免墮幾窠臼。然青絲拖於枕畔，白臂撩於牀沿，夢態決裂，豪睡可人，至燒鹿大嚼，裀藥酣眠，尤有千仞振衣、萬里濯足之概，更覺豪之豪也，不可以千古與！

英雄本色，名士風流，文之不可揜如此。梅閣

賈探春贊

可愛者不必可敬，可畏者不復可親。非致之難，兼之實難也。探春品界林、薛之間，才在鳳、平之後，欲以出人頭地，難矣。然春華秋實，既温且肅；玉節金和，能潤而堅。殆端莊雜以流麗，剛健

含以婀娜者也。其光之吉與？其氣之淑與？吾愛之，旋復敬之；畏之，亦復親之。

祥光繚繞，瑞氣氤氳，文中之牡丹也。　梅閣

薛寶琴贊

薛寶琴爲色相之花，可供可嗅，可畫可簪，而卒不可得而種，以人間無此種也。何物小子梅，得而享諸！雖然，蘆雪庭之雪，非即薛寶琴之薛乎？櫳翠庵之梅，非即梅翰林之小子梅乎？則白雪紅梅，天然配偶矣。惜乎園中姐妹，脩不到此也。爰醒其意曰：玉京仙子本無瑕，總爲塵緣一念差。姐妹是誰脩得到，生時只許嫁梅花。

清微澹遠。　梅閣

平兒贊

求全人於《石頭記》，其維平兒乎？平兒者，有色有才，而又有德者也。然以色與才、德，而處於鳳姐下，豈不危哉！乃人見其美，鳳姐忘其美；人見其能，鳳姐忘其能；人見其恩且惠，鳳姐忘其恩且惠。夫鳳姐固以色市、以才市，而不欲人以德市者也；而相忘若是，鳳姐之忘平兒與？抑平兒之能使鳳姐忘也？嗚呼！可以處忌主矣。

漢之留侯，明之中山，差足以當之。真能一粒粟現大千世界者。　梅閣

鴛鴦贊

司馬子長有言：死或重於泰山，或輕於鴻毛。若是乎死之必得其所也。鴛鴦，一婢耳。當赦

老垂涎之日，已懷一致死之心，設使竟死，何莫非真氣節。然古今來以此自裁，卒湮没而不彰者，何可勝道，彼鴛鴦何以稱焉？則泰山、鴻毛之辨也。死而有知，不當偕母入賈氏之祠乎？他年赦老來歸，將何以爲情也！

史云：大家夫婦，未知死所。死固有所，但恐求之不得耳。若鴛鴦者，殆鄭子産所謂「得其所哉，得其所哉」。梅閣

紫鵑贊

忠臣之事君也，不以羈旅引嫌；孝子之事親也，不以螟蛉自外。紫鵑於黛玉，在臣爲羈旅，在子爲螟蛉，似乎宜與安樂，不與患難矣。乃痛心疾首，直與三閭、七子同其隱憂，其事可傷，其心可悲也。至新交情重，不忍效襲人之生；故主恩深，不敢作鴛鴦之死：尤爲仁至義盡焉。嗚呼，其可及哉！

可以教孝，可以教忠，令人正襟危坐讀之。梅閣

芳官贊

芳官品貌似寶玉，豪爽似湘雲，刁鑽似晴雯，穎異似黛玉，而其一往直前、悍然不顧之概，則又似鴛鴦，似尤三姐。合衆美而爲人，是絶人而爲美也，人間那得有此！然不有鷹鸇之王夫人，其墮落亦未可究竟。夫人之狂暴，夫人之慈悲也。不識佛如來，其母能容否？

無端幽緒，一片慈音，文生情耶？情生文耶？梅閣

晴雯贊

有過人之節而不能以自藏，此自禍之媒也。晴雯人品心術，都無可議，惟性情卞急，語言犀利，爲稍薄耳。使善自藏，當不致逐死。然紅顔絶世，易啓青蠅；公子多情，竟能白璧。是又女子不字，十年乃字者也，非自愛而能若是乎？

節短韻長，列贊中有數文字。梅閣

金釧贊

金釧金簪落井之對，與漢高祖對楚霸王龍駒龍馭之喻相彷彿。顧霸王不殺高祖，而王夫人已殺金釧，是喑啞叱咤之雄，尚慈於持齋念佛之婦也。於是乎殺機動矣，大觀園之禍亟矣。讀《石頭記》者，且不暇爲金釧惜也。

賈迎春贊

才者，造物之所忌也，則德尚已。然女子無才，謂之有德。若迎春者，非其人耶？何所遇之慘也。說者以爲非賈赦遺孽不至此。由是言之，婚姻之故，雖曰天命，豈非人事哉！

賈惜春贊

人不奇則不清，不僻則不浄，以知清浄法門，皆奇僻性人也。惜春雅負此情，與妙玉交最厚，出塵之想，端自隗始矣。然玉不去則志終不決，恐投鼠者傷器也。非大有根器而能若是乎？彼夫柳怒而花嗔，鶯讒而燕妒者，真塵且俗耳。奇僻豈負於人哉！或云妙玉之去，惜春與知之。

妙玉贊

妙玉之刼也，其去也。去而何以言刼？混也。何混乎爾？所以卸當事之責，而重刼盜之罪也。何言乎卸當事之責，而重刼盜之罪也？妙玉壁立萬仞，有天子不臣、諸侯不友之概，而爲包勇所窘辱矣。其去也，有恨之不早者。而適芸、林當事，刼盜鬧事之日，以情論，失物爲輕，失人爲重；以案論，刼財爲重，刼人爲輕。相與就輕而避重，則莫若混諸刼，此賈芸、林之孝妝點成文，而記事者故作疑陣也。不然，其師神於數者，豈有勸之在京，以待强盜爲結果乎？且云以脅死矣，而幻境重遊，獨不得見一面，抑又何也。然則其去也，非刼也。我故曰：殆《易》所謂「見幾而作，不俟終日」者與？其來也，吾占諸鳳；其去也，吾象諸龍。

語云：「天若有情天亦老。」吾易之云：「地如無陷地常平。」此翁吾患其易老，此心吾見其常平。梅閣

秦可卿贊

可卿，香國之桃花也，以柔媚勝。愛牡丹者愛之，愛蓮者愛之，愛菊者亦愛之。然賦命羣芳爲至薄，女子忌之，故談星相者以「命帶桃花」「面似桃花」爲病。可卿獲於人而不獲於天，命帶之乎？亦面似之也。愛可卿者，並怨桃花。

風雅絶倫。梅閣

香菱贊

香菱以一憨，直造到無眼耳鼻舌心意，無色聲香味觸法，故所處無不可意之境，無不可意之事，無不可意之人，嬉嬉然蓮花世界也。其殆袁寶兒後身乎？何遇之奇也！然一爲煬帝妃，一爲獃霸王妾。帝之與王，其號雖殊，其名貴則一也。且安知今之王，不即古之帝與？嘻嘻！

似歌似哭，究竟是歌是哭？吾欲哭矣，吾不能歌矣。梅閣

侍書贊

以詞令見長者，除鳳姐俚俗外，如黛玉之新穎，湘雲之豪爽，探春之壯麗，平兒之端詳，類皆一時選，然總不若侍書對王善保家數語，尤爲珠圓玉潤，味腴韻辣，使人受不得辭不得。竊謂黛玉近於《騷》，湘雲近於《策》，探春、平兒近於《史》，若侍書其寢食於盲左者乎？可與康成婢抗衡矣。

藕官贊

以真爲戲，無往而非戲也。以戲爲真，無往而非真也。惟在有情與無情耳。藕官多情，故以戲情爲真情，因是由戲入真，由真入魔，由魔入惡，而患且不測，非遇多情公子，其能已於禍耶？夫人不幸而多情，又不幸不獲多情相與言情，則寧無情而已矣。然豈我輩之所爲情哉！

一片天機，一點真機，一味道機，佛法不與焉。梅閣

蕊官荳官葵官贊

兔死狐悲，物傷其類，此義氣也。然末俗偷漓，往往有視沈溺不救，又從而下石者，未嘗不在讀

書談道之儒。此無他，利害分明之過也。蕊官等惟不知利害，故不避死生，一時義氣激發，直與顏佩韋、楊念如、馬杰、沈揚、周文元同其梗概。以小喻大，不難執干戈以衛社稷也。禮失而守在夷，典亡而求諸野，蕊官諸人，顧可少乎哉！

説得如許關係，范文正公「先天下而憂，後天下而樂」，此物此志哉！ 梅閣

秋紋贊

國士衆人之説，可以施之常人，不可施之君父。以臣子但知感恩戴德，不知其他也。秋紋丫鬟中衆人耳，借他人之餘光，爲自己之福澤，亦可悲矣。而乃感恩戴德，言不足而長言，長言不足而反覆言，任他人譏笑訕罵，已惟頌德謳仁，何其誠也。使易處襲人之位，其晚節必有可觀。誰爲遏抑者，而竟以衆人終也。悲夫！

沈鬱頓挫，一往情深。 梅閣

麝月贊

小人甘爲小人，又定不樂人爲君子，故必多方束縛之，挾持之。其不從者，必掘之使去；其從者，則暫借爲黨援，事成之後，亦必掘之盡去，如襲人之於麝月是也。麝月有爲善之資，不自振拔，往往爲所制伏，至不敢以真面目對寶玉，此亦少年鋭進，苟且以就功名之誤也。豈知事尚未成，而秋宵伴讀，已不獲與差遣，其後悔何及哉！然寶玉出家，猶及見襲人抱琵琶上別船去，或亦忠厚之報與？

功名中人無論已，即道學中人亦不免中此病。文固慷慨悲歌以爲言者。梅閣

邢岫烟贊

斂才就範，抑氣歸神，此詣非十年讀書、十年養氣不到也。邢岫烟在親較寶釵近，在遇比黛玉難，然厚寶釵如彼，薄黛玉如此，人情概可知矣。秋水菱花，能無顧影自憐耶？乃漠然其遇，淡然其衷，不忮不求，與人世毫無争患，則超超元箸也。謂非學養兼到之作與？攬其風度，如披古會元風。

爛熟時文批語，用來異樣新鮮，是真能點鐵成金者。梅閣

李紋李綺贊

李紋、李綺行事，無所見其大致，只於一二詩句彷彿之，徜亦南康公主所謂「我見猶憐」者也。想其丰韻在明月梅花之間，良欲得爲友焉。

繡橘贊

已無才而能用人之才，不失其爲才也。已無智而能用人之智，不失其爲智也。惟不能自用，又不能用人，斯真無用耳。繡橘才智，以輔探春則不足，以相迎春則有餘，莫謂秦無人也。乃教歌者，不能教喉嚨；教哭者，不能教眼淚。此郤正所以屢窘於安樂公也。木從繩則正，其如朽者何？

庸流之遇，其害如此，豈獨繡橘之不幸哉！文極「手揮五絃，目送飛鴻」之妙。梅閣

入畫贊

小題大做，在作文則見才思，在科罪則爲深文。入畫之事，若以之命題，則「私下傳送」四字，

可以大發議論，包舉全史；若以之科罪，直不應輕律，薄責之而已矣，而何遽逐之也？良禽擇木，良臣擇主，有以也夫！

蕙香贊

同生爲夫婦之語，不聞諸奶奶經也，度亦小兒胡謅，聊以相戲云爾。而搆釁者乃直以爲莫須有證據，池魚之殃，未有無辜如此者。而卒不聞一語自辨。豈以寶玉雞肋，固已食之無肉，棄之良得耶？蕙香真晦氣也。

賈母贊

人情所不能已者，聖人弗禁，況在所溺愛哉！寶玉於黛玉，其生生死死之情，見之數矣。賈母即不爲黛玉計，獨不爲寶玉計乎？而乃掩耳盜鈴，爲目前苟且之安。是殺黛玉者賈母，非襲人也。促寶玉出家者賈母，非黛玉也。嗚呼！「我雖不殺伯仁，伯仁由我而死」，是誰之過與！

晉趙盾弒其君，許世子弒其父，是此篇藍本。文固以《春秋》法作游戲法者。梅閣

賈政贊

賈政迂疏膚闊，直偪宋襄，是殆中書毒者。然題園偶興，搜索枯腸，鬚幾斷矣，曾無一字之遺，何其乾也。倘亦食古不化者與？孔子曰：「孟公綽爲趙、魏老則優，不可以爲滕、薛大夫。」政之流亞也。

王夫人贊

人不可以有才，有才而自恃其才，則殺人必多。人尤不可以無才，無才而妄用其才，則殺人愈

多：王夫人是也。夫人情偏性執，信讒任姦，一怒而死金釧，再怒而死晴雯，死司棋，出芳官等於家。爲稽其罪，蓋浮於鳳焉。是殺人多矣，顧安得有後哉！蘭兒之興，李紈之福，非夫人之福也。

治亂興衰之故，實始於此，作論贊者，其有憂患乎？梅閣

賈元春贊

元春品貌才情，在公等碌碌之間，宜其多厚福也。然猶不永其壽，似庸才亦遭折者。說者謂其歉於壽，全於福矣。使天假之年，歷見母家不祥之事，傷心孰甚焉！天不欲傷其心，庸之也，越於史氏多矣。

李紈贊

李紈幽閒貞静，和雍肅穆，德有餘矣，而不足於才。然正唯無才，故能闇淡以終。雖無奇功，亦無厚禍，淵淵宰相風度也，可與共太平矣。

姚善應變，宋善守文，人言姚之才高，吾謂宋之福大。梅閣

賈蘭贊

賈蘭習於寶玉，而不溺其志；習於賈環，而不亂其行：可謂出淤泥而不染矣。然乳臭未脱，即諄諄然以八股爲務，是於下下乘中覓立足地也，其陷溺似比甄寶玉猶深。嗣是而仕途中多一熱人矣，嗣是而性靈中少一韻人矣。可以救庸而不可以醫俗，惜哉！然而李紈有子矣。

此便是熱中根子，於此見作者性情之淡，位置之高。梅閣

王熙鳳贊

鳳姐，治世之能臣，亂世之奸雄也。向使賈母不老，必能駕馭其才，如高祖之於韓、彭，安知不爲賈氏福？無如王夫人、李紈，昏柔愚懦，有如漢獻，適以啓奸人窺伺之心，英雄之不貞，亦時勢使然也。「騎虎難下」，豈欺人語哉！然亦太自喜矣。

亦駘宕，亦風流，極文人之能事，極文章之樂事。梅閣

賈巧姐贊

鳳姐一生權力，適足爲後人斂怨，媒虋之報，人嫌其後矣。而卒之臨危有救，豈以毒攻毒，以火攻火，法有靈與？抑敬老憐貧，善足以敵之也？乃明珠欲墮，援來陌路之人；白璧無傷，媒作田家之婦。倘所謂絢爛歸於平淡者，有如是耶？爰爲之詠曰：「聽罷笙歌樵唱好，看完花卉稻芒香。」何悲乎巧姐！

薛姨媽贊

優柔寡斷，至足以貽數世之憂，家與國無二理也。薛姨媽旅進旅退，有李東陽伴食之風。顧黛玉終身，業已心及之矣，而卒未聞一言之薦，豈非姑待之説中之與？卒之黛玉死矣，寶玉出家，而寶釵亦因之以寡，伊戚之貽，誰之咎也？孟子曰：「是亦羿有罪焉。」

尤氏贊

人之美者曰尤，然不曰美人，而曰尤物，其爲不祥可知。尤氏見於書，已在徐娘半老之會，然風

情固不薄也。設雞皮未皺，更復何如？氏之曰尤，蓋比於夏姬也。

傻大姐贊

傻大姐無知無識，蠢然如彘，而實爲《石頭記》一大關鍵。大觀園中落之故，實始於此。其宋之逐狗者與？楚之獻黿者與？抑周之賣檿弧箕服者也？人耶，妖耶，吾不得而知之，則以爲傻大姐而已矣。

絶大眼孔。梅閣

小鵲赞

鵲，報喜者也。然鵲之小者，自忘其爲鵲，人亦共忘其爲鵲。不特忘之也，或且疑爲鴉，已亦自疑爲鴉。由是杯弓蛇影，總屬真情；鶴唳風聲，盡成實相。無所爲計，只獲將大千世界佛脚歷歷遍抱，而佛菩薩乃在極樂國中吃吃笑不休，真堪絶倒也。然究之所爲，不失爲喜也。謂之爲鵲，誰曰不宜！

偏能從無文字處做文字，莊、老逸音。梅閣

小紅贊

杯弓蛇影之疑，有致死不悟者。起禍者不知也，受禍者不知也，即嫁禍者亦不知也，然而禍自此始矣，則莫如小紅失帕，寶釵聞之而故爲覓黛玉一事。夫以黛玉之招忌也，有無端而訕議者矣，況中其心病哉！則異日衆人之前，未有不力爲排擠者，黛玉厄而寶釵亨矣。若小紅者，其應刦之魔與？秦漢間發難之陳涉也。

始讀之以爲想當然耳，既讀之曰理有固然，三讀之曰勢所必然。梅閣

柳五兒贊

繼晴雯而興者，有柳五兒，然已在平王東遷、康王南渡之後矣。雖曰英雄，其如無用武地何！況卧榻之側，眈眈者已有人也。吁嗟乎！當年洞口，桃花着意引來；此日門中，人面不知何處。五兒得毋有撫景神傷者乎？爰有眼淚別灑旃。

王景略相秦，許魯齋仕元，非本志也，英雄不甘淪落耳。梅閣

鶯兒贊

鶯兒憨態，直欲登香菱之堂而嚌其胾，亦卧榻之側所不容駐足者也。而襲人首薦之，毋亦以寶釵之故。然而鄭靈之鼎，已無異味矣，雖欲染指，何可得哉！其後與秋紋、麝月，不知所終，以意度之，大約比襲人修潔。

翠縷贊

翠縷陰陽究論，如村童覆書，愈説愈亂；如竈嫗説鬼，愈出愈奇。然其妙，妙在通而不通，若使鑿鑿言之，便老生常談矣，安得爲詩瘋子婢哉！

劉老老贊

劉老老深觀世務，歷練人情，一切揣摩求合，思之至深。出其餘技，作游戲法，如登傀儡場，忽

而星娥月姐，忽而牛鬼蛇神，忽而癡人説夢，忽而老吏斷獄，喜笑怒駡，無不動中窾要，會如人意，因發諸金帛以歸，視鳳姐輩真兒戲也。而卒能脱巧姐於難，是又非無真肝膽、真血氣、真性情者。殆黠而俠者，其諸彈鋏之傑者與？

今人只學得劉老老這一黠字，學不到劉老老那一俠字，文故以進之者予之。予劉老老，所以奪今人也。梅閣

板兒贊

蝶，吾知其戀花也；蜂，吾知其採花也。非蜂非蝶，不知戀，亦不知採，而能與花爲緣者，其花之蝨乎？板兒何竟似此。然而蝶有怨矣，蜂有嗔矣，惟蝨飽飲花露，倦卧花心，不識不知，真花花世界也。蜂蝶羡蝨，吾羡板兒矣，幾生修得到此。

有化工之筆，即有化工之贊，天之不愛才，吾妒焉。梅閣

琥珀贊

古來孤臣孽子，往往以遭際迍邅，遂成不朽之事業。從知盤根錯節，乃以别利器也。琥珀言談舉動，絶肖鴛鴦，然烈烈者如彼，庸庸者如此，豈才之不逮與？亦遇之無奇也。則所謂士窮見節義、世亂識忠臣者，非不窮不亂無節義忠臣也，特不見不識耳。由是言之，鴛鴦之不幸乃其幸，琥珀之幸乃其不幸也夫！

其人如仙露明珠，其文似渾金璞玉。梅閣

玉釧贊

玉釧於寶玉有不反兵之義，徒以主僕之故，敢怒而不敢言，然眉睫間餘憾未平也。胡頽顔公子又欲賣癡憨，作息夫人之蠱哉！則使心機費盡，强博一笑於紅顔；而詞色不親，終帶三分乎白眼。於義有足多焉。

語語生稜，幾令人不敢捫讀。梅閣

焙茗贊

寶玉栽培脂粉，作養蛾眉，爲花國之靖臣，作香林之戒行，宜其深仁厚澤，無不淪肌浹髓矣。乃除黛玉外，別無一知己，而能如人意，不盡如人意，莊也而出之以謔，諧也而規之以正，順其性而利導之，如大禹之治水，適行其所事，而卒也無不行之言，嗚呼，其惟焙茗乎！東方曼倩之儔也。

尤二姐贊

尤二姐容貌性情，兩無所惡，置身大觀園中，在在爲花柳生色，而顧不齒於羣芳者，徒以爲路柳牆花耳。嗚呼！一失足成千古恨，再回頭已百年身，若是乎解之，無可解也。然揚雄服事新莽，荀彧輔弼曹瞞，其所失與二姐未識如何？使一旦望漢來歸，其蹂躪踐踏之形，正復何如也。嗚呼！失身而不爲長樂老人，其悔豈可及哉！

賈蓉贊

賈蓉絶好皮囊，而性情嗜好，每每與寶玉相反。寶玉憐香，賈蓉轉能蹂香；寶玉惜玉，賈蓉專能蹂玉。花柳之蟊賊也，鳳姐錯認人矣。然小意動人，頗能忘恨，故鳳姐終愛之。啜茗傳神，良有以也。

《石頭記》妙到怎地，論贊亦妙到怎地，吾何間然。梅閣

賈璉贊

賈璉燒琴煑鶴，大殺風景，何樓市中物也，以配鳳姐，且在所辱，況乎兒哉！然負荊一節，頗能自降，拔其幟而樹娘子幟，亦腹負將軍解風雅者也。收入色界中，置風流壇外，作金剛尊者。

尤三姐贊

士爲知己者死。尤三姐之死，死於不知己矣。不知己而何以死？然而三姐則固以湘蓮爲知己也。湘蓮知己，而適不知己，仍不失爲知己，則舍知己而適不知己、仍不失爲知己之湘蓮，天下斷無有不知己而能知己如湘蓮者。天下而無不知己而能知己如湘蓮矣，而竟有知己而適不知己、仍不失爲知己之湘蓮，是知己而適不知己，仍不失爲知己者，乃真知己也。而竟不知己，則安得而不死哉！然而湘蓮去矣，是知己而適不知己，仍不失爲知己，而竟不知己者，究未嘗不知己也。三姐何嘗死哉！

秀瘦皺透，兼而有之，其米老相者石耶？梅閣

柳湘蓮贊

柳湘蓮，一風流蕩子耳，尤三姐遽引爲知己，豈曰知人？然紈袴中無雅人，文墨中無確人，道學

中無達人，仕宦中無骨人；則與其爲俗子、狂生、腐儒、禄蠹之婦也，毋寧風流浪子耳。不然，三姐死矣，幾見紈袴之儔、文墨之儔、道學仕宦之儔，能與道人俱去者哉？湘蓮遠矣。

罵殺。爲其所罵者，亦點頭咋舌曰：「快殺！」梅閣

齡官贊

齡官憂思焦勞，抑鬱憤懣，直於林黛玉脱其影形，所少者眼淚一副耳。然烏知非責之過卑而利已無所輸乎？亦安知非負之過深而本已有所虧乎？是安得有放來生債者，預借一副眼淚，爲今日揮灑地也，而其債將濫矣。危哉！賈薔何修而得此。

賈薔贊

賈薔，市井小人耳，烏足以言風雅？然其於齡官，意柔柔而斐亹，情款款而紆縈，似非不知道者。意衣鉢真傳，必有所自祖也。其寶玉大弟子乎？可與言情矣。

司棋贊

從古以過而創爲奇節者，君子悲其志，未嘗不諒其人。司棋失身潘又安，過已；乃竟一其心相待，以死繼之，非節非烈。何莫非節非烈也，蓋其志已定於搜贓時矣。觀過知仁，諒哉！

潘又安贊

人當無可如何之際，計無所出，惟以一死自絶，此以死塞責者耳，非以爲樂也。若夫當死之時，無感慨，無憤激，無張皇卻顧，心平氣和，意靜神恬，其死也與哉？其歸也。真疊山所謂「從容就義」

者。潘又安其知道乎？有死以來，未有暇豫如斯者也。

潘又安於情界中，身分極高，故能當得一道字。文固不妄用字者。梅閣

襲人贊

蘇老泉辨王安石姦，全在不近人情。嗟乎，姦而不近人情，此不難辨也，所難辨者近人情耳！襲人者，姦之近人情者也。以近人情者制人，人忘其制；以近人情者讒人，人忘其讒。約計平生，死黛玉，死晴雯，逐芳官、蕙香，間秋紋、麝月，其虐肆矣。而王夫人且視之爲顧命，寶釵倚之爲元臣。向非寶玉出家，或及身先寶玉死，豈不以賢名相終始哉！惜乎天之後其死也。詠史詩曰：「周公恐懼流言日，王莽謙恭下士時，若使當年身便死，一生真僞有誰知？」襲人有焉。

絶大見識，絶大議論，不作襲人贊讀通，即作襲人贊讀快。梅閣

蔣玉函贊

寶玉動謂男子爲濁物，度一面目黧黑、于思于思者耳。使温潤如好女，未嘗不以脂粉蓄之，然未有纏綿如蔣玉函者。豈從來冤家大抵由歡喜結來耶？巾之持贈也，玉實主之矣。襲人之嫁，玉函之娶，或無憾焉。

彩雲贊

人各有一知己，不得謂君子是而小人非，特慮其不終耳。彩雲之於賈環，其相與可無究，至甘心爲此作賊，亦何淫且賤也！然乎兒詰盜，慨然挺身；寶玉認贓，毫無輸色。落落乎石乞子風也，

而不可以對賈環耶？然而環且貳矣。古今來陷身於賊而卒爲所疑者，豈少人哉！君子是以知小人之必無知己也。

亦悲亦壯，於以痛哭古人，亦以留贈後人。梅閣

賈環贊

賈環純秉母氣，蠭目而豺聲，忍人也，獨賈赦賞鑒之，氣味有在矣。然政老御之，亦卒較恕於寶玉。豈以公子州吁，固嬖人之子也耶？賢如賈政，尚莫知其子之惡，又何怪乎衞莊哉！

李嬷嬷贊

李嬷嬷龍鍾潦倒，度其年紀，在賈母之上，不足爲寶玉乳也。至其老而不死，尤當叩脛者百。然襲人一生隱惡，從無發其覆者，獨此老借題發揮，一洩無餘，比陳琳討操檄，尤爲淋漓痛快，亦愈頭風之良劑也。昔蘇子美讀漢文，至博浪沙一椎，擊節叫快，浮一大白，用以此賞之。

趙姨娘贊

食色，性也，而亦有不盡然者。鮮于叔明嗜臭蟲，劉邕嗜瘡痂，賀蘭進明嗜狗糞。今將趙姨娘合水火五味而烹炮之，不徒臭蟲、瘡痂也，直狗糞而已矣，而賈政且大嚼之有餘味焉。豈所賞在德耶？然糞穢卒産靈芝，鵋鵙能卵雛鳳，其下體可采也。賦詩斷章，或不誣焉。

雪雁贊

《春秋》責備賢者，然當君父之際，亦不容以庸愚之故，稍寬悖逆之責者，良以臣子所許在心耳。

雪雁於黛玉，有更相爲命之形，所謂生死而肉骨者也。即萬不容已，寧不可以死辭？而乃靦然人面，舍瀕危之故主，伴他人作姑娘，豈復有人心哉！人將不食其餘矣。速作之配，絶之也。

王善保家贊

段秀實之擊朱泚也，吾聞其聲矣，若拊朽然，其雋不足稱也。淮南王之擊辟陽侯也，吾聞其聲矣，若築腐然，其快不足稱也。若夫積之愈厚，鍛之愈堅，礮焉而不能攻，鑽焉而莫可入，有佛菩薩焉，運五指之峰，作巨靈之擘。香風蓋去，春雷與新筍齊生；翠袖翻來，鴻爪共烏泥並現。嘻，此何聲也！其殆博浪椎之嗣響乎？贊曰：探春之掌，是震是響；老嫗之喙，惟脂惟脆。蛾眉吐氣，爲大白浮者三；老魅殺風，爲舞劍起者再。

黄絹幼婦，外孫虀臼。梅閣

賈赦邢夫人贊

賈赦似剛非剛，乃剛愎之剛；邢夫人似柔非柔，乃柔邪之柔。剛愎之剛，非理之剛也，故有小泥鰍之禍；柔邪之柔，非理之柔也，故有金鴛鴦之羞。竊謂賈赦之剛，有似乎楚子玉；邢夫人之柔，有似乎魯哀姜。

賈敬贊

天下豈有神仙？然但能盡我性，怡我情，傀儡場中，何莫非洞天福地也。故有富貴之神仙，有忠孝之神仙，有詩酒花月之神仙，有托鉢叫化之神仙，而乘雲跨鶴者不與焉。彼燒丹燒汞，導引胎息者，直自討苦吃耳。然伊古以來，輕萬乘而速禍敗者，史不絕書，豎儒何知焉！

賈珍贊

十惡之條，一曰内亂，犯此者，在家必喪，在國必亡。賈珍席祖父餘業，恣其下流，即比房婈婧，列屋柔靡，亦何不可；而乃爲不鮮不殄之求，作大蛇小蛇之弄，東府中無完人矣。借非獅子介石之堅，其能免乎？然吾聞之方山子，賢者生平得獅子力居多，賈珍胡不幸焉！

賈瑞贊

賈瑞雅負癡情，不以草茅自廢，願觀光於上國，亦有志之士也，特未免不自諒耳。鳳姐遽置之死，無乃過甚。雖然，溺糞何物也，而敬以持贈，是欲以曾經妙處之餘相餉也，可不謂多情哉！獨不識所贈物，果鳳姐親遺否？

極諧謔，極風調，但見其雅，不覺其褻。梅閣

焦大贊

賈家法，於乳母頗厚，重於酬庸矣。然而人盡母也，惟其乳而已。焦大以身捍患，似什伯乎乳之勞，即祔賈廟以血其食，非倖也。而乃混於輿臺，儕於隸僕，致僕婦奴子皆得牛馬走之，宜其無限壘塊，借酒杯以澆之也。然而馬糞之填，亦未始非努力勸加餐之意，不可謂不厚者。特恐醉漢飽不知德耳。

秦鍾贊

秦鍾者，情種也。爲鍾情於人之種耶？爲人鍾情之種耶？爲鍾情於人之種，斯爲風流種；爲人鍾情之種，則爲下流種。然爲鍾情之人，固不得不爲人鍾情之人，則合風流、下流二種而爲種，斯爲真情真種。其於智能也，莫爲之前，雖美勿彰；其於寶玉也，莫爲之後，雖盛不傳。然顧前不顧後，其象爲夭，故不永其壽云。

如是我佛説偈曰：「女歡男愛，無罣無礙。一點生機，成此世界。」用爲斯文持贈。梅閣

薛蟠贊

薛蟠粗枝大葉，風流自喜，而實花柳之門外漢，風月之假斯文，真堪絶倒也。然天真爛漫，純任自然，倫類中復時時有可歌可泣之處，血性中人也，脱亦世之所希者與？晉其爵曰王，假之威曰霸，美之謚曰獃，譏之乎？予之也。

謔而虐，可以下酒，可以噴飯。梅閣

北静王贊

北静王表表高標，有天際真人之概，嫦娥思嫁之矣，何論乎談文章説經濟者也，而林黛玉直以臭男人蓄之。嗟乎，王也而乃臭乎哉！是天下更無不臭者矣。天下而更無不臭者也，舍寶玉其誰與哉？死矣！

甄寶玉贊

太上忘情，其次多情，其次任情，其下矯情，矯情不可問矣。甄寶玉不能爲太上之忘情，不失爲其次之多情也。自經濟文章之説中之，而情矯矣。則甄寶玉者，世俗之偉人，而實賈寶玉之罪人也。罪人則黜之而已矣，故終之以甄寶玉云。

情字始，情字終，雖游戲文章，仍是篇法一綫。梅閣

或問

或問：「《石頭記》伊誰之作？」曰：「我之作。」「何以言之？」曰：「語語自我心中爬剔而出。」

或問：「《石頭記》爲子意中之書，而獨翻妙玉之案，則何也？」曰：「予亦不自知其何心，第覺良心上煞有過不去處。」

或問：「子能作寶玉乎？」曰：「能。」「何以痛詆襲人也？」笑曰：「我止不能爲襲人之寶玉。」

或問：「寶釵似在所無譏矣，子時有微詞，何也？」曰：「寶釵深心人也。人貴坦適而已，而故深之，此《春秋》所不許也。」

或問：「寶釵深心，於何見之？」曰：「在交歡襲人。」

或問：「襲人不可交乎？」曰：「君子與君子爲朋，小人與小人爲朋，方以類聚，物以羣分。吾不識寶釵何人也，吾不識寶釵何心也。」

或問：「寶釵與襲人交，豈有意耶？」曰：「古來奸人干進，未有不納交左右者。以此卜之，寶釵之爲寶釵，未可知也。」

或問：「寶釵與黛玉，孰爲優劣？」曰：「寶釵善柔，黛玉善剛；寶釵用屈，黛玉用直；寶釵徇情，黛玉任性；寶釵做面子，黛玉絶塵埃；寶釵收人心，黛玉信天命，不知其他。」

或問：「襲人與晴雯孰爲優劣？」曰：「襲人善柔，晴雯善剛；襲人用屈，晴雯用直；襲人徇情，晴雯任性；襲人做面子，晴雯絶塵埃；襲人收人心，晴雯信天命，不知其他。」

或問：「《石頭記》寫寶釵如此，寫襲人亦如此，則何也？」曰：「襲人，寶釵之影子也。寫襲人，所以寫寶釵也。」

或問：「《石頭記》寫黛玉如彼，寫晴雯亦如彼，則何也？」曰：「晴雯，黛玉之影子也。寫晴雯，所以寫黛玉也。」

或問：「寶玉與黛玉有影子乎？」曰：「有。鳳姐地藏庵拆散之因緣，則遠影也；賈薔之於齡官，則近影也；潘又安之於司棋，則有情影也；柳湘蓮之於尤三姐，則無情影也。」

或問：「藕官是誰影子？」曰：「是林黛玉銷魂影子。」

或問：「齡官是誰影子？」曰：「是林黛玉離魂影子。」

或問：「傻大姐是誰影子？」曰：「是醉金剛影子。」

或問：「寶玉古今人孰似？」曰：「似武陵源百姓。」「黛玉古今人孰似？」曰：「似賈長沙。」「寶釵古今人孰似？」曰：「似漢高祖。」「湘雲古今人孰似？」曰：「似虬髯公。」「探春古今人孰似？」曰：「似太原公子。」「寶琴古今人孰似？」曰：「似藐姑仙子。」「平兒古今人孰似？」曰：「似鄭子産。」「紫鵑古今人孰似？」曰：「似李令伯。」「妙玉古今人孰似？」曰：「似阮始平。」「晴雯古今人孰似？」曰：「似楊德祖。」「劉老老古今人孰似？」曰：「似馮驩。」「鳳姐古今人孰似？」曰：「似曹瞞。」「襲人古今人孰似？」曰：「似吕雉。」

或問：「子之處寶釵也將如何？」曰：「妻之。」「處晴雯也將如何？」曰：「妾之。」「處芳官等也將如何？」曰：「子女之。」「處紫鵑也將如何？」曰：「臣之。」「處湘雲也將如何？」曰：「友之。」「處平兒也將如何？」曰：「賓之。」「處探春也將如何？」曰：「宗師之。」「處寶琴也將如何？」曰：「君之。」「處寶玉也將如何？」曰：「佛之。」「處黛玉也將如何？」曰：「仙之。」

或問：「何以蓄劉老老也？」曰：「俳優之。」「何以蓄鶯兒等也？」曰：「奴之。」「何以蓄鳳姐也？」曰：「賊之。」「何以蓄襲人也？」曰：「蛇蝎之。」

或問：「王夫人逐晴雯、芳官等，乃家法應爾，子何痛詆之深也？」曰：「《石頭記》只可言情，不可言法，若言法，則《石頭記》可不作矣。且即以法論，寶玉不置之書房而置之花園，法乎否乎？不付之阿保而付之丫鬟，法乎否乎？不遊之師友而遊之姐妹，法乎否乎？即謂一誤不堪再誤，而用襲人則非其人，逐晴雯則非其罪，徒使僉人倖進，方正流亡，顛顛倒倒，畫出千古庸流之禍，作書者有危心也。貶之不亦宜乎？」

或問：「鳳姐之死黛玉，似乎利之，則何也？」曰：「不獨鳳姐利之，即老太太亦利之。何言乎利之也？林黛玉葬父來歸，數百萬家貲，盡歸賈氏，鳳實領之。脱爲賈氏婦，則鳳姐應算還也；不爲賈氏婦，而爲他姓婦，則賈氏應算還也。而得不死之耶？然則黛玉之死，死於其才，亦死於其財也。」

或問：「林黛玉數百萬家資，盡歸賈氏，有明徵與？」曰：「有。當賈璉發急時，自恨何處再發二三百萬銀子財，一『再』字知之。夫再者，二之名也，不有一也，而何以再耶？」

或問：「林黛玉聰明絶世，何以如許家資，而乃一無所知也？」曰：「此其所以爲名貴也，此其所以爲寶玉之知心也。若好歹將數百萬家資横據胸中，便全身煙火氣矣，尚得爲黛玉哉！然使在寶釵，必有以處此。」

或問：「《石頭記》有病乎？」曰：「有。元春長寶玉二十六歲，乃言在家時曾訓詁寶玉，豈三十以後人尚能入選耶？其他惜春屢言小；巧姐初不肯長，後長得太快；李嬤嬤過於龍鍾：諸如此類，未可悉數。然不可以此疵之者，故作罅漏，示人以子虚烏有也。」

大觀園影事十二詠

寶釵撲蝶

紛飛蛺蝶繞樓臺，暖逐東風撲幾回。扇影亂搖忙玉腕，粉痕斜溜濕香腮。偶因遊戲閒消遣，豈爲迷藏暗捉來。恰怪亭中私語久，防人忽把綺窗開。

黛玉葬花

遠離丘墓附姻親，蓬梗飄零惜此身。況復經過寒食節，更教愁殺斷腸人。有緣玉骨歸香土，無主芳心泣暮春。底事紅顏同薄命，問花花亦悄含顰。

湘雲眠石

宴罷羣芳酒滿卮，雲根小憩力難支。碧縈苔篆侵雙鬢，紅沁花香入四肢。醉態朦朧身欲化，春情約略夢先知。偶聞啼鳥微驚覺，扶起還應倩侍兒。

寶琴立雪

新詩詠罷散空庭，微步衝寒酒半醒。雪裏裘披痕粲粲，風前玉立影亭亭。泥人一笑舒眉黛，伴汝雙丫抱膽瓶。更有梅花顏色好，都應寫照入丹青。

晴雯補裘

熏籠斜倚鬢鬖鬆，手把裘裳仔細縫。未抱衾裯心已碎，强拈鍼綫力還慵。劇憐衣上餘金縷，何意人間斷玉容。他日啓箱重認取，不勝惆悵對芙蓉。

小紅遺帕

年來心事漸知愁，手帕遺忘何處求。感帨無聲誰拾取，沾巾有淚自雙流。秋波斜溜曾留約，春夢微酣尚帶羞。差幸小鬟能解意，隔窗私語訴綢繆。

藕官焚紙

逢場作戲歷年年，優孟衣冠亦偶然。豈料癡心成幻想，錯疑結髮締良緣。魂銷夜月埋香玉，腸斷春風泣紙錢。撲朔迷離渾莫辨，鸞膠今尚續新絃。

玉釧嘗羹

憶調阿姊惱萱堂，强送杯羹暗自傷。欲藉柔情消彼恨，故將巧説賺先嘗。懷疑試辨膏腴味，徼幸微沾口澤香。爲問噙丹人在否，一經回首轉凄涼。

齡官畫薔

忽聞花外發哀音，知是何人帶淚吟？身隔雲霞難識面，眼隨波磔亦關心。畫成依樣文無異，事若書空怪轉深。急雨飛來渾不覺，相呼始訝各霑襟。

香菱鬭草

豔陽天氣草繽紛，團坐庭前喜結羣。姐妹喧呼皆雅謔，夫妻名色本新聞。狂風亂撲揎紅袖，積雨微沾涴茜裙。恰笑東君情太熱，惜花别具意殷勤。

平兒藏髮

行李歸家着意看，伊誰翦髮贈新歡。浪交原是癡郎錯，表記須將大婦瞞。詭説同心機善變，僅存把鼻罰從寬。如何乘間反來奪，深恐留藏作禍端。

鶯兒結絡

倚牀斜坐態盈盈，費盡工夫組織精。玉彈雙肩看秀削，絲抽十指任縱横。花團已覺翻新樣，絮女猶憐話小名。更把柳條輕折取，編籃餘技亦聰明。

題詞并序

余偶沾微恙，寂處小樓，苦無消遣計。適案頭有王雪香夫子所評《石頭記》在，略翻數卷，不禁詫異。蓋將人情世態，盡寓於粉跡脂痕，較諸《水滸》《西廂》等書，尤爲痛快絶倒，使雪芹有知，當亦引爲同心也。然箇中情事，淋漓盡致者固多，而未盡然者亦復不少。戲擬十律，再廣其意，然畫蛇添足，而亦未嘗以假失真。詩甫脱稿，神倦腸枯，假寐間，見一古衣冠者揖余而言曰：「子一女子也，弄月吟風，已乖姆教，而況更作《石頭記》詩乎？豈不懼吾輩貽譏哉！」余應之曰：「君之言誠是，然樂而不淫，哀而不傷，爲《國風》之始，如必以此詩爲瓜李之嫌，較之言具彬彬而行仍昧昧者，奚啻相懸天壤耶？」言未竟，人忽不見，余夢亦醒，但聞桂香入幕，梧葉飄風，樓頭淡月，撩人眉黛而已。古吴女史緑君周綺序。

黛玉焚詩

不辨啼痕與淚痕，無情火斷有情根。者宵果應燈花讖，往日空憐蜀鳥魂。慧業已隨人遯世，癡鬟休爲竹開門。鴨爐獸炭寒如水，剩得心頭一縷温。

香菱學詠

花前月下自凝眸，寸寸柔腸寸寸搜。着意個中誠足惜，處身如此不關愁。眠餐好在吟成後，啼笑都從夢裏頭。知否苦辛天報汝，芳名非仗可兒留。

湘雲醉眠芍藥裀

席翻脂粉醉飛觴，酒力難支近夕陽。無限困人聊困睡，不勝紅雨覆紅妝。倘非玉骨還宜暖，幸是冰肌未礙涼。一種嬌憨又嬌怯，畫工要畫費平章。

晴雯死領芙蓉神

一現優曇命太輕，臨題那得不憐卿。便填癡誄難償恨，真做花神始稱名。素願何嘗形色笑，平生轉爲誤聰明。從來此事銷魂最，已斷塵緣未斷情。

青女素娥李紈悲黛玉

月中霜裏擬翩翩，姊妹班頭掌翰仙。定爲清才遭白眼，豈宜紅粉逝青年。情雖有爲情應篤，病到無辜病最憐。竹自迎人人寂寂，嘻吁我獨淚潸然。

冰寒雪冷慧婢恨怡紅

妒花風雨瘁花姿，義(憒)(慣)偏鍾小侍兒。果易分明仍一夢，信難憑準是相思。怡紅意氣能無恨，湘館情懷爲甚癡。幾許傷心何處訴，頓教重立不多時。

苦尤娘遭賺墮計

花是丰姿月是神，東君應不負終身。傷心漫怨庸醫藥，委曲難通妒婦津。未必無情歸幻境，定然有恨隔凡塵。紅顔大抵都如此，腸斷千秋薄命人。

俏平兒被打含情

究未呼天剖素胸，淚紛紛咽屈重重。好花風總憑空妒，閒草春多不意逢。薄責原非長恨事，無言確是有情鍾。羨卿心底分明甚，要學夫人卻易容。

妙玉聽琴警悟

機微領略不言中，一曲絲桐忍聽終。好夢未醒長恨客，美人已定可憐蟲。從前枉受情癡累，此後都歸色相空。無限傷心成獨想，餘音任付月溟濛。

鴛鴦殉主全貞

芳心遲早固難勝，待得人歸付幅綾。爲日之多豈所願，此身以外更何憑。休憐碎玉銷香恨，應愧沾名釣譽稱。竟可夢中先醒夢，金釵十二有誰能。

以香豔纏綿之筆，作銷魂動魄之言，别開生面，唤醒人情，士林中皆當斂手，況出之閨閣中耶？想紅樓仕女，定亦相顧驚奇。蔣伯生師

以此書之實事，作詩中之三昧，故能胸中了了，筆下超超。讀此詩而人情可悟，讀此詩而私慾潛消。雪香

音釋

第一回

揑音湼，捻聚也。　甄音真，姓也。　癩音賴，疥疾也。

跣音先，足親地也。　跛彼義切，音賁，偏任也。　很音痕上聲，俗作狠。

掐音恰，爪刺也。　唬音嚇，義同，虎聲也。　羼音鏟，相雜也。

第二回

[口+褱]姑回切，衆聲，胡鬧也。　汞音閧，丹砂所化爲水也。　傻音沙上聲，不慧貌。

第三回

瞧才笑切，音樵去聲，偷視也。　鏨音蠶，鑿也。

靨音魘，頰也。　捽音卒，棄於地也。

第四回

黹音指。　獃音開。　喒子感切，音昝上聲，俗云我也。

第五回

骯音慷。　髒音葬。

第六回

達逃達之達，音闥，放恣也。　嗐音轄，大開口也。

第七回

呫音帖，附耳小語也。　舀音遥上聲，挹彼注此也。　靦音腆，面目之貌。

睓音腆，慚也。　謅音鄒，胡言也。

第九回　菌音郡。　揕音碪，擊也。

第十回　揝音昝，手動也。

第十二回　閧虛鴐切，音訝，門閉也。　搴音慶，以手按之也。　魊音域，鬼旋風也。

哼他郭反，口吹氣也。　喇音辣。

第十七回　蘪音麋，水草也，同蘼、縻。　摳驅侯切，音彄，挖也。　咤音侘，同詫，誇也。

撩洛蕭切，音聊。

第十八回　翣音啑，大扇也。　瞥音匹，暫見也。

第十九回，　磹他念切，音添，以舌取物也。　瓤音囊，皮中實也。　踢音儻，申足伏卧也。

呵許箇切，噓氣也。

第二十回　啐音倅，語相呵拒也。　踢音剔，足傷人也。

第二十一回　靸音趿，履也。　齁音庫，鼻息出氣也。　抿音敏。

第二十二回　啃音乞。　筅音選。　拑音箝，同鉗。

第二十四回　趔趄音列疽，足不進也。　唏音喜，笑聲也。

第二十八回　瞟匹妙切，音飄去聲，目小貌。　哼虛庚切。　嗡音翁，蟲聲。

甩俗字讀作豁。

第三十三回　葳蕤音威蕊，麗草也。江浙人爲娃草。　屜音替。

第三十四回　穵同挖，手探穴也。　晾音亮，暴也。　刨音包，削也。

第四十一回　敁敠音顛掇，稱量也。　嗆音鏘。　斝音駕，爵也。

𤬪音班，瑞瓜。　爮音袍，飲器。

𥂁音喬，椀也。　踱音鐸，乍前乍卻也。　𪔛鼕音蓬彤，鼓聲也。

凸音突，高出貌。　鼾音翰，鼻息入氣也。

第四十六回　尲尬音緘戒，行不正也。　硶音損，物雜沙也。

第四十七回　嫣音烟，美貌也。　乜彌也切，音哶。

第四十九回　膻音羶，義同，羊臭也。　羓音巴，腊屬，與豝同。　揌北音讀作顋。

第五十回　罽音計，織毛爲之。　扠㧋音叉牙，不正貌。

第五十二回　嚏音帝，噴鼻也。　㗜音嗅，以鼻收氣也。　氄音冗，附肉細毛也。

第五十八回　跴音徙，與躧同，步也。　楦音喧，履中模範也。

第六十回　搋音移，以拳觸人也。　吣𡃤音鏨唧，言多也。　鏇音旋，温器。

第七十回　籰音蠖，收絲器。

第七十三回　箍音孤，以篾束物也。　攥初患切，逆而奪取也。

第七十四回　体音笨，性不慧也。

第七十六回　凹音坳，窪下也。　贔屭音避戲，作力貌。

第七十八回　姽嫿音詭畫，好貌。　顑頷音坎含，飯不飽而面黃也。　觶音至，酒器。

唼喋音帀牒，魚食之聲也。

第八十四回　搐音觸，牽制也。　喀音客，嘔也。

第八十八回　撬音蹺，舉也。　嘩同譁。

第九十七回　趤音湯，走也。　愞音軟，怯弱也。　瞤音犉，動也。

第一百一回　嘁音蹙。　㖪音豁，聲也。　唰音刷，鳥理毛也。

嘍音樓，鳥聲。　咈音佛。　哧音赫。

第一百十九回　扔音仍，牽引也。

查全部書中，眼生之字尚多，且間有俗體，字典所不載者，只可相沿意會，未能一一音釋，掛漏之譏，知不免也。

大觀園圖說

謹就第十七回中所載録出，間有增益，俱參全書而貫串之，但頭緒紛如，良多掛漏，閲者諒焉。

園在兩府之中，東盡會芳園地，西及榮府舊園及下人所住餘房歸併而改建之，計週圍三里半。正門五間，上面銅瓦泥鰍脊，門闌、窗格，俱細雕時新花樣，並無朱粉塗飾，一色水磨磚牆，下鋪白石苔階，鑿成西番花樣。左右雪白粉牆，其下虎皮石，隨意亂砌，自成紋理。進門一帶翠嶂擋住，望去白石崚嶒，或如鬼怪，或如猛獸，縱横拱立。其上苔蘚斑駁，藤蘿掩映，中間微露羊腸小徑。從此徑迤邐進山口，上有鏡面石一塊，題曰「曲徑通幽」。入石洞，佳木葱蘢，奇花爛灼，一道清泉從花木深處瀉於石隙之下。再進數武，漸次向北，平坦寬敞，兩旁雕甍繡檻，皆隱於山坳樹杪間。俯視則清溪瀉玉，石磴穿雲，白石闌杆環抱沼沚。石梁跨港爲沁芳橋，橋有亭，爲泌芳亭。聯有「繞隄柳借三分翠，隔岸花分一脈香」句。近怡紅院，爲園中出入所必經諸處總路也。寶玉與黛玉於此花下看《會真記》。赴探春招，於此接賈芸信。自蘆雪庭回怡紅院，於此見探春從秋爽齋來，一同出園。同寶釵、寶琴自薛蝌處回，於此遇襲人、香菱等看魚。訪黛玉，於此見雪雁領婆子送菱藕等。受紫鵑氣，於此發騃。遇岫煙，於此商寫答妙玉帖。又小紅往蘅蕪院問鶯兒取筆，於此遇李媽。又黛玉找寶玉，於此看各色水禽。遇傻大姐，於此言明娶寶釵事。又晴雯送傅試家婆子，於此止。又香菱以詠月詩送黛玉看，於此遇李紈等。又史太君還湘雲席，於此小坐。亭後有桃花、山子石，山後爲黛玉葬花處。橋之西南曰議事廳，即省親時太監所起坐者也，後熙鳳病，李紈等於此理事。額曰「體仁諭德」。再西爲梨香院，近榮府之東南角，爲榮公養静之所，前廳後舍，另有門户通街，院之西南有角門，通王夫人正房。薛蟠母子初至居此。後入大觀園，爲教演女樂之所。出沁芳亭過池，一帶粉垣，數楹修舍，有千百竿翠竹掩映，門内迴廊曲折，鸚鵡唤茶，階下石子漫成甬路，上面小小三間房舍，兩明一暗，窗映茜紅。裏間房裏又有一門，外種大〔株〕梨花並芭蕉。小退步一間，爲後院，牆下開溝尺許，引泉一脈，灌入牆内，繞階緣屋至前院，盤旋竹下而出，是即瀟湘館也。聯曰「寶鼎茶閒煙尚緑，幽窗棋罷指猶涼」。館側有橋曰翠煙，由此達怡紅院。小紅往黛玉處借噴壺經此。橋畔有亭曰滴翠，傍池而築，四面遊廊曲檻，雕鏤格子。四月二十六日餞花會，寶釵撲蝶至此，聞小紅、墜兒説還帕事。出瀟湘館而左爲秋爽齋，中曰曉翠堂，聯曰「煙霞閒骨格，泉石野生涯」。探春結社，於此同黛玉等賦海棠詩。賈母還史湘雲席，於此擺飯。又名秋掩書齋。院後種梧桐。此處從園之東角門進，向北過沁芳橋亦便。近秋爽齋者曰荇葉渚。又名柳葉，亦作杏葉，賈母於此登舟過花溆至蘅蕪院。鶯兒同蕊官至瀟湘館，於此摘柳條編花籃。由瀟湘館前行，青山斜阻，轉過山懷中，隱隱露出一帶黄泥牆，牆上皆稻莖掩護。春日杏花百株，如蒸霞噴火。裏面數椽茅屋，外以桑、柘、槿、榆各色樹之新條，隨其曲折，編就兩溜青籬。籬外土井一，旁置桔槔、轆轤，分畦列畝，佳蔬菜花，一望無際。有石題曰「杏帘在望」。稍進則竹竿挑一酒幌於樹梢，樹旁豢養雞鵝鴨之類。步入茅堂，紙窗木榻，富貴氣象一洗而盡，是爲稻香村。聯云「新漲緑添澣葛處，好雲香護采芹人」。出村過山坡，穿花度柳，撫石依泉，過荼蘼架，入木香棚，越牡丹亭，度芍藥圃，内有小敞廳三間，即紅香圃。寶玉、平兒、岫煙、寶琴同日生辰，探春、李紈、尤氏諸人及鴛鴦、襲人、紫鵑等於此擺酒祝壽。外即湘雲醉眠處也。由芍藥圃入薔薇院，到芭蕉塢，盤旋曲折，忽聞水聲潺潺出於石洞，上則蘿薜倒垂，下則落花浮蕩，元妃賜名花溆。至此分水陸兩路，由秋爽齋側至紫菱洲，賈母還史湘雲席，從瀟湘館來，於此登舟至秋爽齋，比陸路稍近。自紫菱洲而左曰暖香塢。東西兩邊皆是過街門，門樓上裏外都嵌石頭扁，西曰度月，東曰穿雲，中有蓼風軒。此地近秋爽齋，亦云與稻香村鄰近。意稻香圃畦本廣，迤邐而達此耳，否則已隔暖香，秋爽，荇葉諸處矣，何以復近乎。賈母從蘆雪庭到此，看惜春畫大觀園圖。寶玉訪惜春，見與妙玉下棋。過暖香塢，穿入一條夾道，通藕香榭。榭蓋池中，遥對綴錦閣，四面有窗臨水，左右有迴廊跨水接峰，後面係曲折橋，編竹爲之，行則有聲，熙鳳所云「咯吱咯吱」者也。聯云「芙蓉影破歸蘭槳，菱藕香深瀉竹橋」。史湘雲請賈母等吃蟹，於此賞桂賦詩。賈母還席，亦於此先命女優吹彈。從竹橋過去，穿蘆度葦，過一徑，傍山臨水，河灘之上一帶幾間竹房，茅檐土壁，槿籬竹牖，推窗便可垂釣，四面皆是蘆荻掩覆，是爲蘆雪庭。李紈於此開社，同寶玉、寶釵等雪中聯句，並賦紅梅詩，熙鳳、賈母先去至惜春處看圖。此從花溆所分之水路也。陸路從山上盤道，攀藤撫樹，第見水波溶蕩，曲折迂迴，池邊兩行垂柳，雜以桃杏，遮天蔽日，柳陰中露一朱闌板橋。過橋諸路可通，有一所清涼瓦舍，一色水磨磚牆，清瓦花堵，大主山所分之脈皆穿牆而過。門内迎面突出插天大玲瓏山石來，四面繞旋各色石塊，將所有房屋悉皆遮住。無一株花，惟種異草，牽藤引蔓，或垂山巔，或穿石脚，或垂檐繞柱，或盤砌縈階，或翠帶飄摇，或金繩盤屈，或實若丹砂，或花如金桂，稱名不一，散見諸書。其房兩旁皆抄手遊廊，上面五間清廈，連着捲棚，四面迴廊，緑窗油壁，清雅比他處不同，曰蘅蕪院。聯云「吟成荳蔻詩猶豔，睡足荼蘼夢亦香」。院側橋曰蜂腰，以板爲之，通怡紅院。小紅取筆，於此遇賈芸。寶玉於此遇李紈請熙鳳之人。出院不多遠，則見崇閣巍峨，層樓高起，面面琳宮合抱，迢迢複道縈紆。青松拂檐，玉蘭繞砌，金輝獸面，彩煥螭頭，已是正殿。聯曰「天地啓宏慈，赤子蒼生同感戴；古今垂曠典，九州萬國被恩榮」。省親前，元妃先御正殿，賈政等男戚於月臺下排班行禮，史太君等女戚於月臺上排班行禮。省親後於殿上開讌。東面飛樓曰綴錦閣，閣上藏圍屏、桌椅、船篷、篙槳、花燈之類，閣下史太君還湘雲席，三宣牙牌令。西面斂樓曰含芳閣。殿外玉石牌坊，龍螭蟠護，玲瓏鑿就，題曰省親別墅。後面正樓曰大觀樓。繞過西邊至大主山，山峰脊上爲凸碧山莊，莊有廳，廳前有平臺，以備賞月地。中秋夜賈母領賈赦、賈政及諸男暨王夫人等於此賞月聞笛。山坡下爲凹晶館，從凸碧山莊下坡灣曲一轉即是，蓋在池邊與凸碧一上一下、一明一暗、一山一水遥相對，直通藕香榭路徑。中秋夜黛玉、湘雲、妙玉於此聯句，同至櫳翠庵。過此至一大橋，水如晶簾，奔入此橋，通外河之閘，引泉而入者，乃沁芳之正源。一路行來，或清堂，或茆舍，或堆石爲垣，或編花爲門，或山下得優尼佛寺，或林中藏女道丹房。其四面植紅梅者曰櫳翠庵，爲妙玉焚脩地。小沙彌所居之達摩庵，女道士所住之玉皇廟，俱在此。或長廊曲洞，或方廈圓亭，不一而足。忽見前面又現出一所院落來，一徑引入，繞着碧桃花，穿過竹籬花障編就月洞門，俄見粉垣環護，緑柳遮垂。進門兩邊遊廊相接，院中點襯幾塊山石，一邊種幾本芭蕉，一邊種一株西府海棠，其勢若蓋，絲垂金縷，葩吐丹砂。上面小小五間抱廈，曰怡紅院。其中收拾與別處不同，分不出間隔。四面皆雕空玲瓏木板，或流雲百蝠，或歲寒三友，或山水人物，或翎毛花卉，或集錦仿古，或萬福萬壽，各種花樣，皆經名手雕鏤，銷金嵌玉。逐一幅中或貯書，或設鼎，或安置筆硯，或供設瓶花，或安放盆景。其格之式樣，或圓或方，或葵花蕉葉，或連環半璧，真是花團錦簇，玲瓏剔透。倏爾五色紗糊，竟是小窗；倏爾彩綾輕覆，竟如幽户。且滿牆皆是隨依古董玩器之形摳成槽子，如琴、劍、懸瓶之類，俱懸於壁，而都與壁相平。地上磚面皆碧緑鑿花。轉過一架玻璃鏡後，此鏡有機括，可以開合，掩過鏡子，内有門。兩層紗廚，廚後爲寶玉卧房。便是後院。院中滿架薔薇。過花障，又見青溪前阻。此溪有八尺寬廣，石頭砌岸，上有白石一塊，横架爲梁。再去爲月洞門，爲花障，劉老老於此誤入。此溪從閘起流至洞口，從東北山坳引至村莊，又開一道岔口，引至西南，總共至此，再南則仍合一處，從牆下出去。溪邊大山阻路，由山脚下一轉，便是平坦大路，忽然大門現於前矣。此從花溆來之陸路也。外如榆蔭堂，平兒生日於此答席。嘉蔭堂，賈母八旬於此擺席，請各王妃及諸誥命。又中秋夜賈母於此焚香陳瓜菓。俱在園中，未及細考處所，則惟備列之耳。又大門之旁尚有聚錦門，在西南角上，史湘雲病時管事吴大娘於此領大夫進園診看。東角門在東南角，後門五間。諸姊妹住園中以此爲内廚房，派柳嫂子管理，專辦園中食用。以上俱係元妃省親時改建修造，一切經劃布置，出老名工胡山子野居多。此大觀園之大略也，其詳不得而考已。

評論

此書開場演説，籠起全部大綱。以下逐段出題，至游幻起一波，總使全書全節，瞭如指掌。文勢已促，故借劉老老入手，從遠處落墨，以疏文氣。中間協理東府、元妃晉封等事，波瀾極大，氣局却空。至省親則沈浸濃豔，寫盡繁華氣象，其實皆是閑文，故借東府演戲一點，煞住歸入本文。自入園後，正寫題面。至受笞起一大波，文氣一歇。以後就景生情，筆意一變。至壽怡紅精神一振，總起全書。接入獨豔理喪，一落千丈。順勢串寫瑣務，關合正文，伏後敗壞之根。檢園以下，逐段細寫散場光景。忽作掉包一變，盡情盡相，推開大局，且敘且結，應前盛局，喚醒癡庸，重游幻境，則滴滴歸源，文章已歸返魂，至於中鄉魁、綿世澤，有餘不盡之頌揚而已。

自開卷至演説，如牡丹初吐，香豔未足，顏色鮮明。至游幻如花初開，濃豔温香，精彩奪目。至歸省則樓上起樓，直是國色天香，錦帷初捲。至壽怡紅則重樓大開，碧白紅黄，一時香發，錦天綉地，繁華極盛。至賈母生辰，則花已開乏，香色雖酣，丰韻已減。至黛玉生辰，則紅榦香老，光豔已銷，獨花心一點生紅不死。以後如花之老境，漸次摇落，不堪入目矣。不難敘前半之盛，難敘後半之哀。或曰八十回後如出兩人，不知于何見得。

書中動人處在實事翻空，空處閑文，卻是實事針對。故一百二十回，無一死事。

此書戲文皆有關會：開場賈敬生辰演《雙官誥》，應兩府全局；省親四齣應元妃全局；年戲寫應東府混亂；清虛觀三本，應榮府全局；元宵《八義·觀燈》，寫繁華景象。他如《還魂》《彈詞》，應秦氏托夢；《相約》《相罵》，應寶玉背約；寶釵生日，《西游》應賈母壽終，《山門》應寶玉出家，《當衣》應鳳姐典當；《西樓》應蘆雪庭大會；《尋夢》應重遊幻境；《男祭》應水仙庵；黛玉生日，《冥升》應黛玉，《吃糠》應兩府中落，《渡江》應寶玉；《花魁》應襲人。

是書喜用複筆：一遊幻境，必再遊幻境；一入家塾，必兩入家塾；一秦氏之喪，又有賈母之喪；一協理東府，又有協理西府；一陪靈看家，又有送殯看家；一馮淵人命，又有張三人命；一寶玉受笞，又有賈璉受笞；一鴛鴦剪髮，又有惜春剪髮；一寶釵生辰，又有慶生辰；一莊頭送新，又有送果子；一設春燈謎，又有製春燈謎；一宣牙牌令，又有擲曲牌名。他如一藥方有可卿，又有黛玉；一例賞有襲人之母，又有趙國基之類：種種細事，不可縷記。其實皆同而不同，變化不測，純是《水滸》筆法。

書中敍事，每逢歡場，必有驚恐。如賈政生辰，忽報內監來；鳳姐生辰，忽有鮑二家之事；賞中秋賈赦失足；賀遷官薛家凶信；接風報查抄之類：是否泰相因，循吉凶倚仗之理。其用心之細，雖縷細不能盡寫也。

第一回　甄士隱夢幻識通靈　賈雨村風塵懷閨秀

此開卷第一回也。作者自云，曾歷過一番夢幻之後，歷過夢幻之後，則是書爲既醒之書可知。故將真事隱去，而借通靈說此《石頭記》一書也。故曰「甄士隱」云云。「真事隱去」明明說出，則全部無一真事可見。看者正不必指爲某氏、某處解。目録上句，只此一行。通靈，明德也，借通靈「明明德」也。說石頭，「新民」也。以《大學》評《紅樓》，我亦自覺迂闊煞人。但書中所記何事何人？自己又云：風塵碌碌，一事無成，忽念及當日所有之女子，一一細考較去，真事既隱，尚何所有？既無所有，尚何一一？既無一一，尚何考較？此即是「假語村言」之案。要看他自相矛盾處，方能揉碎虛空。通部書皆是如此。覺其行止識見，皆出我之上。我堂堂鬚眉，誠不若彼裙釵，我實愧則有餘，悔又無益，大無可如何之日也。此即辛酸淚，乃書之由來，實作者隱痛。當此日，欲將已往所賴天恩祖德，錦衣紈袴之時，飫甘饜肥之日，背父母教育之恩，負師友規訓之德，以致今日一技無成、半生潦倒之罪，編述一集，以告天下。知我之負罪固多，然閨閣中歷歷有人，萬不可因我之不肖，自護己短，一並使其泯滅也。數語當着眼。故當此蓬牖茅椽，繩牀瓦竈，未足妨我襟懷；況對着晨風夕月，階柳庭花，更覺潤人筆墨。我雖不學無文，又何妨用假語村言，敷衍出來，又是「假語村言」，不可被他瞞過。亦可使閨閣昭傳，復可破一時之悶，醒同人之目，不亦宜乎？故曰「賈雨村」云云。「故曰甄士隱云云」，「故曰賈雨村云云」，大開大合，兩峯對峙，極文字大觀。而上扇只一行，下扇十餘行，能銖兩悉稱，古大家能得幾人？〇「真」「假」二字，此書主意也。真則去，假則言，告讀者使各知此書主意，何讀者動輒顛倒？更於篇中間用「夢」「幻」等字，卻是此書本旨，兼寓提醒閱者之意。夢幻是本旨，通靈石頭是本旨也。通靈石頭而寓提撕警覺，實《大學》是本旨也。

看官，你道此書從何而起？說來雖近荒唐，細玩深有趣味。卻說那女媧氏煉石補天之時，於大荒山無稽崖，曰大荒，曰無稽，便是「真事隱」注脚。此書凡人名、地名，皆有借音，有寓意，從無信手拈來者。甄士隱、賈雨村、大荒山、無稽崖，作者明舉一隅，讀者當知三反矣。煉成高十二丈、十二辰。四方二十四丈二十四氣。大的頑石三萬六千五百零一塊。周天度數三百六十五，積百年則三萬六千五百有奇。一者，奇也，概歲差也。人生以百歲爲率，此頑石是演人身爲一小天。天不可補，故書不可續也。那媧皇只用了三萬六千五百塊，單單剩下一塊未用，棄在青埂峯下。誰知此石自經煅煉之後，靈性已通，自去自來，可大可小。明明指出「性」字，隱然演出「心」字。因見衆石俱得補天，獨自己無才，不得入選，遂自怨自艾，日夜悲哀。生機在此，夢機在此，補天下手功夫也。一日，正當嗟悼之際，俄見一僧一道，是書經緯，而乃借徑二氏，以演儒學。遠遠而來，四字有還追本源，三教合一之意，而究非三教合一也。生得骨相不凡，丰神迥異。來到青埂峯下，席地坐談。見着這塊鮮瑩明潔的石頭，且又縮成扇墜一般，扇，善；墜，遂：言「止於至善」。是書凡「善」字，皆借用扇以演義。甚屬可愛。那僧托於掌上，笑道：「形體倒也是個靈物了，是人。只是没有實在好處，須得再鐫上幾個字，實在好處在鐫上幾個字，乃「莫失莫忘」也。其下語則效驗，謂非心而何。使人人見了，便知你是件奇物。然後攜你到那昌明隆盛之邦，詩禮簪纓之族，花柳繁華之地，温柔富貴之鄉，去走一遭。」總括全部百二十回在個裏。如此布局，試問諸小説家有否？石頭聽了大喜，因問：「不知可鐫何字？攜到何方？望乞明示。」那僧笑道：「你且莫問，日後自然明白。」説畢，便袖了同那道人飄然而去，竟不知投向何方。

又不知過了幾世幾劫，所謂渺渺、茫茫，所謂真假。因有個空空道人，空空道人，作者自謂也。故直曰「情僧録」。訪道求仙，從這大荒山無稽崖青埂峯下經過。忽見一塊大石上面，字迹分明，編述歷歷。空空道人乃從頭一看，原來是無才補天，幻形入世，被那茫茫大士、渺渺真人攜入紅塵、引登彼岸的一塊頑石。轉以空空楔出茫茫、渺渺，文勢如龍，不可捉摸。上面敘着墮落之鄉，投胎之處，以及家庭瑣事、閨閣閑情、詩詞謎語，倒還全備，只是朝代年紀，失落無考。總括細目，看官又何必求朝代、算年紀。後面又有一偈云：

無才可去補蒼天，枉入紅塵若許年。此係身前身後事，倩誰記去作奇傳？或問開卷第一章詩，卻如此草草，不知被他瞞過了。請試思「身前身後」四字，「作奇傳」三字，方能得文陣中主纛也。俟後評。

空空道人看了一回，曉得這石頭有些來歷，遂向石頭説道：「石兄，你這一段故事，據你自己説來，有些趣味，故鐫寫在此，意欲問世傳奇。據我看來，第一件無朝代年紀可考；第二件並無大賢大忠，理朝廷治風俗的善政。其中只不過幾個異樣女子，或情或癡，或小才微善，我縱然鈔去，也算不得一種奇書。」石頭果然答道：「我師何必太癡。我想歷來野史的朝代，無非假借漢、唐的名色，莫如我這石頭所記，不借此套，只按自己的事體情理，反倒新鮮別致。況且那野史中，或訕謗君相，或貶人妻女，姦淫凶惡，不可勝數。更有一種風月筆墨，其淫穢污臭，最易壞人子弟。至於才子佳人等書，則又開口文君，滿篇子建，千部一腔，千人一面，且終不能不涉淫濫。在作者不過要寫出自己的兩首情詩豔賦來，故假捏出男女二人名姓，又必旁添一小人撥亂其間，如戲中小丑一般。更可厭者，之乎者也，非理即文，大不近情，自相矛盾。抹倒一切小說，而幅中語仍半明半晦。才子欺人如此。竟不如我半世親見親聞的這幾個女子，雖不敢說强似前代書中所有之人，但觀其事迹原委，亦可消愁破悶。至於幾首歪詩，亦可以噴飯下酒。其間離合悲歡，興衰際遇，俱是按迹循蹤，不敢稍加穿鑿，至失其真。說謊。只願世人當那醉餘睡醒之時，或避事消愁之際，把此一玩，不但洗了舊套，換新眼目，卻也省了些壽命筋力，不比那謀虚逐妄。我師意爲何如？「洗了」「換新」「省了些」「不比那」，隱闡《大學》，措詞不即不離。空空道人聽如此說，思忖半晌，將這「石頭記」再檢閱一遍。因見上面大旨不過談情，大書特書曰「談情」，此「情」字是何「情」字？真說謊欺人！亦只實録其事，並無傷時淫穢之病。方從頭至尾鈔寫回來，問世傳奇。從此空空道人因空見色，由色生情，傳情入色，自色悟空，遂改名情僧，改《石頭記》爲《情僧録》。圓明一點本非空。僧，空也。情空則性見，所謂水落石出。東魯孔梅溪題曰《風月寶鑑》。後因曹雪芹於悼紅軒中，披閱十載，增删五次，纂成目録，分出章回，又題曰《金陵十二釵》，明提作者。其名目皆有實義，俟歷評出。並題一絶。即此便是《石頭記》的緣起。一結横絶。詩云：

滿紙荒唐言，一把辛酸淚。都云作者癡，誰解其中味？此一詩婆心發見，不忍更欺人矣。○「荒唐言」，賦子虚也。「辛酸淚」，蓄隱痛也。「都云」懼罪我者之多，「誰解」歎知我者之少。

《石頭記》緣起既明。承接得峭拔。正不知那石頭上，記着何人何事，看官請聽。關目新奇，不可忽讀。

按那石頭上書云：當日地陷東南，以天缺起，以地陷承。天地一大缺陷，何況人事？是爲闡缺陷之書。這東南有個姑蘇城，姑蘇，吴人。吴，無也。問世人解得「無」字否？城中閶門，最是紅塵中一二等富貴風流之地。這閶門外有個十里街，十里，「實理」也。此書不演虛無。街内有個仁清巷，無中生有，則惟一仁。仁，種也；仁，人也。清，無所淆，則先天也。去水加心，則人情也。是此書大落墨處。巷内有個古廟，因地方窄狹，人皆呼作葫蘆廟。無極而太極，太極而兩儀，便是葫蘆。葫蘆既判，人事出矣，真假分矣。此皇古一大妙也。廟旁住着一家鄉宦，姓甄，正發「真」字，實際與「假」字對照。名費，字士隱。「君子之道費而隱」。又「費」「廢」同。嫡妻封氏，封，風也，風無形質。又秘也，有秘而不宣之意。性情賢淑，深明禮義。家中雖不甚富貴，然本地也推他爲望族了。因這甄士隱秉性恬淡，不以功名爲念，每日只以觀花種竹、酌酒吟詩爲樂，倒是神仙一流人物。只是一件不足，年過半百，膝下無兒。第一缺陷。只有一女，乳名英蓮，英蓮，音應憐。全書之人無不應憐也。後名香菱，香菱，鏡也，風月寶鑑所自出。故生於真而混於假，卒於雪。此鏡實照全部人物，因於葫蘆提首言之。此等綫索，何書更及！年方三歲。一日炎夏無事，士隱於書房閒坐，手倦抛書，伏几盹睡。不覺朦朧中走至一處，不辨是何地方。忽見那廂來了一僧一道，入題。且行且談。只聽道人問道：是道問，是僧答，有「朝聞道，夕死可」之隱義。「你攜了此物，意欲何往？」那僧笑道：「你放心。三字起得突兀，爲夢幻中第一言。通部人無非放心者，無非不放心者。故後文寶玉亦以此三字告黛玉，以結此案。如今現有一段風流公案，正該了結。這一干風流冤家，尚未投胎入世，趁此機會，就將此物夾帶於中，氣以成形而理亦賦焉，故曰夾帶。使他去經歷經歷。」那道人道：「原來近日風流冤家，又將造劫歷世。但不知起於何處，落於何方？」那僧道：「此事説來好笑。只因西方靈河岸上，心源。三生石畔，性本。有絳珠草一株。絳爲心之色，珠爲心之慧。一草一石爲書之主，一金一玉爲書之賓。千頭萬緒，不外乎此。那時這個石頭，因媧皇未用，卻也落得逍遥自在，各處去遊玩。一日來到警幻仙子處，曰空空，曰警幻，皆作者自命也。空空爲體，警幻爲用。那仙子知他有些來歷，因留他在赤霞宫居住，心狀。就名他爲赤霞宫神瑛侍者。他卻常在靈河岸上行走，看見這株仙草可愛，心之靈敏。遂日以甘露灌溉，這絳珠草始得久延歲月。後來既受天地精華，復得甘露滋養，遂脱了草木之胎，得换人形，僅僅修成女體，終日遊於離恨天外，飢餐秘情果，渴飲灌愁水。一遊、一餐、一飲，已爲還淚安根。又暗藏取坎填離一部金丹大道。只因尚未酬報灌溉之德，故甚至五内鬱結着一段纏綿不盡之意。常説：『自己受了他雨露之惠，我並無此水可還，他若下世爲人，我也同去走一遭，但把我一生所有的眼淚還他，也還得過了。』「還淚」二字，乃風流冤家常事，但直至今日方才被他道破發源，主意奇創之極。因此一事，就幻出多少風流冤家，多少風流冤家，有寶釵在内矣。此篇並無一意一語及金玉因緣，觀者切須詳察。都要下凡，造歷幻緣，那絳珠仙草也在其中。此正演「夢幻識通靈」也。而通靈之匹，厥惟絳珠，則寶、黛爲書中主腦可知。今日這石頭復還原處，你我何不將他仍帶到警幻仙子案前，給他掛了號，同這些情鬼下凡，一了此案？」那道人道：「果是好笑，僧曰「説來好笑」，道曰「果是好笑」，總括全部孝字，書中隱贊也。從來不聞有還淚之説。趁此你我何不也下世，度脱幾個，豈不是一場功德？」自下注脚。那僧道：「正合吾意。你且同我到警幻仙子宫中，將這蠢物交割清楚，待這一干風流孽鬼下世，你我再去。如今有一半落塵，猶未全集。」爲諸人年歲小作周旋，及考其事實，則年紀全然不對，故意以矛盾見長也。作者何嘗忽略，請看後評。道人道：「既如此，便隨你去來。」

卻說甄士隱俱聽得明白，遂不禁上前施禮，笑問道：「二位仙師請了。」那僧、道也忙答禮相問。士隱因説道：「適聞仙師所談因果，實是人世罕聞者，但弟子愚拙，不能洞悉明白。若能大開癡頑，備細一聞，弟子洗耳諦聽，稍能警醒，亦可免沈淪之苦。」二仙笑道：「此乃玄機，不可預洩者。到那時只要不忘了我兩人，便可跳出火坑矣。」士隱聽了，不便再問，不便再問，所謂隱也。而世人偏喜再問。因笑道：「玄機固不可洩，但適云蠢物，不知爲何，或可得見否？」那僧説：「若問此物，倒有一面之緣。」説着取出遞與士隱。士隱接了看時，原來是塊鮮明美玉，上面字迹分明，鐫着「通靈寶玉」四字，後面還有幾行小字，「識通靈」正面。正欲細看時，那僧便説「已到幻境」，便强從手中奪了去，通靈寶玉只一真字足了之矣。其後小字，乃歷劫之工夫，既真者，無隱也，故不與看。與道人竟過一大石牌坊，上面大書四字，乃是「太虛幻境」。是天，是人，是夢，是茫茫、渺渺、空空，其實爲警幻所居之地。四字包羅萬象。兩邊又有一副對聯道：

假作真時真亦假，無爲有處有還無。歷評此二語者，以爲打破禪關矣，已爲作者竊笑，殊不知乃實實道出作書主意也。篇目云「甄士隱夢幻識通靈」，真既隱矣，尚能識甚通靈？一切夢幻，皆假語村言而已，所以云「假作真時真亦假」。「亦」字當重讀。假語村言，無而已矣。既成假語村言，則是「無爲有處有還無」也。「還」字須實看。此處十四字，乃串説，至第五回及百十六回方是對語，讀者當具隻眼。

甄士隱意欲也跟了過去，方舉步時，忽聽一聲霹靂，若山崩地陷，士隱大叫一聲，定睛看時，但見烈日炎炎，芭蕉冉冉，暢演真字。夢中之事，便忘了一半。忘了一半最妙，寫出夢，筆特簡勁。又見奶姆抱了英蓮走來。士隱見女兒越發生得粉裝玉琢，乖覺可喜，便伸手接來，抱在懷中，逗他頑耍一〔回〕（面），又帶至街前看那過會的熱鬧。方欲進來時，只見從那邊來了一僧一道，那僧癩頭跣足，那道跛足蓬頭，瘋瘋顛顛，揮霍而至。及到了他門前，看見士隱抱着英蓮，緊接夢中第一人，真夢出，假夢入矣。那僧便大哭起來。又向士隱道：「施主，你把這有命無運、累及爹娘之物，抱在懷中作甚？」直指應憐，爲全書大哭，包一切，歸一切。士隱聽了，知是瘋話，也不睬他。那僧還說：「捨我罷，捨我罷！」士隱不耐煩，便抱女兒轉身欲進去，那僧乃指着他大笑，又大笑。僧、道爲經緯，笑、哭爲杼軸。口中念了四句言詞，道是：

慣養嬌生笑你癡，菱花空對雪澌澌。好防佳節元宵後，便是煙消火滅時。一詩統括全書。菱花，鏡也。雪，薛也。下二句以近脈言則照失女被災，以遠脈言則元妃死後一切冷敗皆是。

士隱聽得明白，既云士隱，而偏云明白，可知書中愈明白愈隱。心下猶豫，意欲問他來歷。只聽道人說道：「你我不必同路，就此分手，各幹營生去罷！「營生」二字有實義。三劫後，我在北邙山等你，會齊了同往太虛幻境銷號。」歸根復命。那僧道：「最妙，最妙！」一哭、一笑、兩贊，僧道事畢矣。說畢，二人一去，再不見個蹤影了。士隱心中此時自忖這兩人必有來歷，很該問他一問，如今後悔，卻已晚了。

這士隱正癡想，忽見隔壁葫蘆廟內真在葫蘆外，假在葫蘆內。寄居的一個窮儒，遞入下半回。窮儒曰「寄居」，與鄉宦曰「住着」，皆有意味可想。姓賈名化，表字時飛，化，變化也。能變一時之非，則假亦可化而爲真，奈何其不化也。有多少期望意。又化、話同，便是村言。又變化飛騰，及時通顯。一名一字，中邊俱徹。別號雨村的，真無別號，假則有之。一部假語村言，所謂别號，所謂傳奇。走了來。是走了來，不是就了去。一個出頭人，才下筆便調侃。這賈雨村原係湖州人氏，湖州，「胡謅」也。闗合假語村言，令人不覺。也是詩書仕宦之族。因他生於末世，父母祖宗根基已盡，人口衰喪，只剩得他一身一口，在家鄉無益，因進京求取功名，再整基業。立雨村小傳，語語生刺。自前歲來此，又淹蹇住了，形容盡致。暫寄廟内安身，每日賣文作字爲生，故士隱常與他交接。當下雨村見了士隱，忙施禮陪笑道：「老先生倚門佇望，敢街市上有甚麽新聞？」士隱笑道：「非也。適因小女啼哭，小女啼哭正是新聞，從此假話開口。引他出來作耍，正是無聊的很。賈兄來得正好，請入小齋，彼此俱可消此永晝。」説着便令人送女兒進去，自攜了雨村，攜了，妙。來至書房中，小童獻茶。方談得三五句話，所話三五，通部《易》道。忽家人飛報「嚴老爺來拜」，烈烈炎炎中假話三五句，嚴老爺便來了，寫得怕人。士隱慌的忙起身謝道：「恕誑駕之罪，且請略坐，弟即來奉陪。」雨村亦起身讓道：「老先生請便，晚生乃常造之客，稍候何妨？」説着，士隱已出前廳去了。

這裏雨村且翻弄詩籍解悶，忽聽得窗外有女子嗽聲，入「懷閨秀」。文字只如此寫，有斟酌。雨村遂起身往外一看，原來是一個丫鬟在那裏掐花。生得儀容不俗，眉目清秀，雖無十分姿色，卻也有動人之處，雨村已不覺看得呆了。通部演「財」「色」二字，此處自當略一點逗。那甄家丫鬟掐了花方欲走時，猛抬頭見窗内有人，敝巾舊服，雖是貧窘，然生得腰圓背厚，面闊口方，更兼劍眉星眼，直鼻方腮。這丫鬟忙轉身迴避，心下自想：「這人生的這樣雄壯，卻又這樣襤褸，想他定是我家主人常説的什麽賈雨村了，每有意幫助周濟他，只是没甚機會。我家並無這樣貧窘親友，想一定就是此人了。怪道又説他必非久困之人。」如此想，不免又回頭一兩次。雨村見他回了頭，便以爲這女子有意於他，便狂喜不禁，自謂此女子必是個巨眼英豪，風塵中之知己。點敍正面，不即不離，圓潤無匹。一時小童進來，雨村打聽得前面留飯，不可久待，遂從夾道中自便門出去了。去來寫得苟且。士隱待客既散，知雨村已去，便也不去再邀。

一日到了中秋佳節，士隱家宴已畢，又另具一席於書房，自己步月至廟中，來邀雨村。原來雨村自那日見了甄家之婢曾回顧他兩次，自謂是個知己，便時刻放在心上。今又正值中秋，不免對月有懷，因而口占五言一律云：

未卜三生願，頻添一段愁。悶來時斂額，行去幾回眸。自顧風前影，誰堪月下儔。蟾光如有意，先上玉人頭。此詩重在「玉人頭」三字，以通部假話演寶玉也。前四語寫本事，照諸人；下三語則明點風月，暗點寶鑑，以士隱乃鑑主也。

雨村吟罷，因又思及平生抱負，苦未逢時，乃又搔首對天長歎，復高吟一聯云：

玉在櫝中求善價，釵於奩内待時飛。此一聯釵、玉對舉，玉爲黛玉，釵爲寶釵。最妙在一「求」字，一「待」字，迹黛玉生平無非求，而求卒不得；釵無非待，而待卒得之。然求不善求，求轉待也；待非真待，待實求也。一則死，一則孀，究何益？故同在假語對天處吟出。釵字在假文中方一露，上半回僧、道、士隱文中無有也。可見金鎖來歷非真。

恰值士隱走來聽見，笑道：「雨村兄真抱負不凡也！」雨村忙笑道：「不敢，不過偶吟前人之句，何期過譽如此。」因問：「老先生何興至此？」士隱笑道：「今夜中秋，俗謂團圓之節。想尊兄旅寄僧房，不無寂寥之感，故特具小酌，邀兄到敝齋一飲，不知可納芹意否？」雨村聽了，並不推辭，便笑道：「既蒙謬愛，何敢拂此盛情？」説着，便同了士隱，復過這邊書院中來。須臾茶畢，早已設下杯盤，那美酒佳肴，自不必説。二人歸坐，先是款斟慢飲，漸次談至興濃，不覺飛觥獻斝起來。當時街坊上，家家簫管，户户笙歌，當頭一輪明月，飛彩凝輝，二人愈添豪興，酒到杯乾。雨村此時已有七八分酒意，狂興不禁，乃對月寓懷，口占一絶云：

時逢三五便團圞，滿把清光護玉欄。天上一輪纔捧出，人間萬姓仰頭看。此一詩作假語村言者自贊也。洛陽紙貴，斯足當之。

士隱聽了，大叫：「妙極！弟每謂兄必非久居人下者，今所吟之句，飛騰之兆已見，不日可接履於雲霄之上了。可賀，可賀！」乃親斟一斗爲賀。雨村飲乾，忽歎道：「非晚生酒後狂言，若論時尚之學，晚生也或可去充數掛名，自負乃如此。只是如今行囊路費，一概無措，神京路遠，非賴賣字撰文，那能到得。」士隱不待説完，便道：「兄何不早言？弟已久有此意，但每遇兄時，並未談及，故未敢唐突。今既如此，弟雖不才，『義利』二字卻還識得。假言「時尚」，真言「義利」，判然矣，不可以閑言略過。且喜明歲正當大比，兄宜作速入都，春闈一捷，隱然是孝廉也。「孝廉」二字，反面便是財色。方不負兄之所學。其盤費餘事，弟自代爲處置，亦不枉兄之謬識矣。」當下即命小童進去，速封五十兩白銀並兩套冬衣。又云：「十九日乃黄道之期，兄可即買舟北上。十成數，九陽數，十除九爲一，一則吉，故真勸行而假不應。此書凡有明着日期處，皆有意義。待雄飛高舉，明冬再晤，豈非大快之事！」雨村收了銀衣，不過略謝一語，並不介意，此書極寫勢利，此處略一點逗，透第三回「託內兄」。仍是吃酒談笑。那天已交三鼓，二人方散。士隱送雨村去後，回房一覺，直至紅日三竿方醒。因思昨夜之事，意欲寫薦書兩封與雨村帶至都中去，使雨村投謁個仕宦之家，爲寄身之地。調侃讀書人。因使人過去請時，那家人回來説：「和尚説，賈爺今日五鼓已進京去了，也曾留下話與和尚轉達老爺，説讀書人不在黄道黑道，總以事理爲要，不及面辭了。」自收了銀衣至此，與前立雨村小傳及諸處形容寫法迥異。半回書中如此，故知作者特以矛盾自喜也。士隱聽了，也只得罷了。

真是閑處光陰易過，倏忽又是元宵佳節。士隱令家人霍啓，霍然而起，甄士隱從此仙矣，是正意。又火起、禍起音相通，書中人名借音者類此。抱了英蓮去看社火花燈。半夜中，霍啓因要小解，便將英蓮放在一家門檻上坐着，等他小解完了來抱時，那有英蓮的蹤影？急得霍啓直尋了半夜，至天明不見，那霍啓也不敢回來見主人，便逃往他鄉去了。那士隱夫婦見女兒一夜不歸，便知有些不妙，再使幾個人去找尋，回來皆云影響全無。夫婦二人，半世只生此女，一旦失去，何等煩惱！因此晝夜啼哭，幾乎不顧性命。看看一月，士隱已先得病，夫人封氏也因思女搆病，日日請醫問卜。不想這日三月十五，三月《夬》卦，夬月之望，一陰待煉，則成純陽，此好了之機也。葫蘆廟中作供，那和尚不小心，油鍋火逸，便燒着窗紙。南方人家，俱用竹籬木壁，也是劫數應當如此，於是接二連三，牽五掛四，將一條街燒得如火焰山一般。二、三、五、四、一，乃劫數；接、連、牽、掛，乃仙機。數語包括張紫陽《悟真篇》全部。彼時雖有軍民來救，那火已成了勢了，如何救得下？直燒了一夜方息，也不知燒了多少人家。只可憐甄家在隔壁，早已成了一堆瓦礫場了。燒破葫蘆，更無隔壁，好了到也。只有夫婦並幾個家人的性命，不曾傷了，急得士隱惟跌足長歎而已。與妻子商議，且到田莊上去住。偏值近年水旱不收，盜賊蠭起，官兵勦捕，田莊上又難以安身。只得將田地都折變了，攜了妻子與兩個丫鬟，投他岳丈家去。

他岳丈名喚封肅，風而肅，冷至矣。大如州人情，大概如斯也。本貫大如州人氏。雖是務農，家中卻還殷實。今見女婿這等狼狽而來，心中便有些不樂。大如。幸而士隱還有折變田產的銀子在身邊，拿出來託他隨便置買些房地，以爲後日衣食之計。那封肅便半用半賺的略與他些薄田破屋。大如。士隱乃讀書之人，不慣生理稼穡等事，勉强支持了一二年，越發窮了。一二年，三年也。所謂三年乳哺，嬰兒成人，分陰悉盡，方是窮了。封肅見面時便説些現成話，且人前人後，又怨他不善過活，只一味好吃嬾做。大如。士隱知投人不着，心中未免悔恨。再兼上年驚嚇急忿，怨痛已傷，暮年之人，貧病交攻，竟漸漸的弄出那下世的光景來。世情冷暖，人事變遷，寫來歷歷。面有妙文，骨有妙義，極手揮目送之樂。可巧這日拄了拐杖，掙到那街前散散心時，忽見那邊來了一個跛足道人，有道無僧，《風月寶鑑》不談空也。瘋狂落拓，麻鞋鶉衣，口内念着幾句詞道：

世人都曉神仙好，只有功名忘不了，古今將相在何方？荒塚一堆草没了！世人都曉神仙好，只有金銀忘不了，終身只恨聚無多，及到多時眼閉了！世人都曉神仙好，只有嬌妻忘不了，君生日日説恩情，君死又隨人去了！世人都曉神仙好，只有兒孫忘不了，癡心父母古來多，孝順子孫誰見了！失女陰去，被火陽生，仙機在彼，此歌則但令人警省耳。《風月寶鑑》序勢利財色而歸重孝字，一歌特分析指出。若謂士隱聞此即悟，便是笨伯。

士隱聽了，便迎上來道：「你滿口說些什麽？只聽見些好了，好了。」那道人笑道：「你果聽見『好了』二字，還算你明白呢！總結上數處明白字義。可知世上萬般，好便是了，了便是好；若不了，便不好；若要好，須是了。我這歌兒，便名《好了歌》。」此數語爲上智人說法，讀之如瓶瀉水。士隱本是有夙慧的，一聞此言，心中早已徹悟，因笑道：「且住，待我將你這《好了歌》注解出來何如？」留待閑人。道人笑道：「你就請解。」士隱乃說道：

陋室空堂，當年笏滿牀；衰草枯楊，曾爲歌舞場。蛛絲兒結滿雕梁，緑紗今又糊在蓬窗上。說甚麽脂正濃，粉正香，如何兩鬢又成霜？昨日黄土隴頭堆白骨，今宵紅綃帳裏卧鴛鴦。金滿箱，銀滿箱，轉眼乞丐人皆謗！正歎他人命不長，那知自己歸來喪？訓有方，保不定日後作强梁；擇膏粱，誰承望流落在煙花巷！因嫌紗帽小，致使鎖枷扛。昨憐破襖寒，今嫌紫蟒長。亂烘烘你方唱罷我登場，反認他鄉是故鄉。甚荒唐，到頭來都是爲他人作嫁衣裳。解得悲涼，歌得沈鬱，夢中說夢，作者當亦啞然自笑。末語堪想。

那瘋跛道人聽了，拍掌大笑道：「解得切，解得切！」士隱便說一聲「走罷」，將道人肩上搭褳搶了過來背上，敢云負荷。竟不回家，同了瘋道人飄飄而去。當下哄動街坊，衆人當作一件新聞傳說。封氏聞知此信，哭得死去活來，只得與父親商議，遣人各處尋訪。那討音信？無奈何，只得依靠着他父母度日。幸而身邊還有兩個舊日的丫鬟伏侍，主僕三人日夜做些針綫，幫着父親用度。那封肅雖然每日抱怨，也無可奈何了。

這日那甄家的大丫鬟在門前買綫，此綫甚長。忽聽得街上喝道之聲，衆人都説新太爺到任了。丫鬟隱在門内看時，只見軍牢快手，一對一對過去，俄而大轎内抬着一個烏帽猩袍的官府過去。丫鬟倒發個怔，自思：「這官好面善，倒像在那裏見過的。」於是進入房中，也就丟過不在心上。至晚間，正待歇息之時，忽聽一片聲打的門響，許多人亂嚷，説本縣太爺的差人來傳人問話。封肅聽了，嚇得目瞪口呆。

不知有何禍事，且聽下回分解。

自此回至四回，爲一大段，乃全書總冒。此回又本段之總冒。一真一假，太極分判，森羅萬象，從此而起。

石頭是人、是心、是性、是天、是明德。曰「通靈」，即虚靈不昧也，惟一真能識之。故上半云「識」。情是物欲，是污染。曰「風塵」，即所拘所蔽，而中藏皆假也。故下半曰「懷」。一真一假，開手舉出，謂非性理之書，吾不信。

此回如子母連環，陣勢相對，一頭二臂二足：《石頭記》緣起以前總冒也，爲一頭；下入真、假二傳，爲二臂；二傳既畢，復以失女、出家，找足「識通靈」，爲一足；以買綫遇官，找足「懷閨秀」，爲一足。合具全體，紓縈聯絡，已見大觀。

護花主人評曰：

開卷第一回是一段，而一段之中，又分三小段：自第一句起，至「提醒閲者之意」句止，爲第一段，説親見盛衰，因見作書之意；自「看官你道」句起，至「看官請聽」句止，爲第二段，是代石頭説一生親歷境界，實敍其事，並非揑造，以見空即是色，色即是空之意，故借空空道人抄寫得來；自「按那石上書云」句起，至末爲第三段，提出「真」「假」二字，以甄士隱之夢境出家引起寶玉，以英蓮引起十二金釵，以賈雨村引起全部敍述。

石高十二丈，四方二十四丈，按周年十二月，二十四氣。三萬六千五百一塊，按周天三百六十五度四分度之一之數。

情僧者，情生也。《情僧録》者，因情生緣也。《風月寶鑑》者，即因色悟空也。《金陵十二釵》，情緣之所由生也。

《石頭記》者，緣寧、榮二府在石頭城内也。悼紅軒，似即是怡紅院故址。當是曹雪芹先生曩年目擊怡紅院之繁華，乃十年之後，重遊舊地，風景宛然，而物换星移，園非故主，院亦改觀，不禁有滿目山河之感。故題其軒曰悼紅，以見烏啼花落，無非可悼，此一把辛酸淚，不由人不落也。

葫蘆廟有二義：葫蘆雖小，其中日月甚長，可以藏三千大千世界，喻此書雖是小説，而包羅萬象，離合悲歡，盛衰善惡，有無數感慨勸懲，此一義也；此書雖是荒唐，卻是實録其事，並非揑飾，所謂依樣葫蘆，此又一義也。故甄士隱必住在廟旁，賈雨村必住在廟内。或曰：「尚有一義。」余問何義，答曰：「葫蘆音同胡盧。」人生若夢，幻境皆虚，離合盛衰，生老病死，不過如泡影電光。書雖實録其事，而隱藏真迹，假託姓名，演爲小說，以供胡盧一笑耳。此亦一義也。」所説亦有意味，因附記之。

賈雨村口吟「玉在櫝中」一聯，暗伏黛玉、寶釵二人。

跛道人《好了歌》及甄士隱注解，是一部《紅樓》影子。

甄士隱向跛道人説「走罷」，即不回家，直伏一百十九回寶玉之一走。

大某山民評曰：

還淚之説甚奇，然天下之情至不可解處，即還淚亦不足以極其纏綿固結之情也。書中林黛玉，自是可人，淚一日不還，黛玉尚在，淚既枯，黛玉亦物化矣。

神瑛與絳珠，一草一石，所謂木石緣也。人皆重金玉而賤木石，豈天意亦與爲轉移耶？

《好了歌》醒世最爲曉暢，惜恒河沙中，絶少領悟人。

卷首士隱出家，卷末寶玉出家，卻是全部書底面，蓋前後對照。

此時雨村在窮困中，猶不失讀書人本色，不知後來一入仕途，且居顯要，便换一副面目肺腸，誠何故也？然今日已成爲通病矣。

此回寫士隱之依丈人者，爲全書中如黛玉之依外祖母，薛氏母女之依姊妹，邢岫煙之依姑母，李嬸母女之依侄女，尤氏母女之依女婿等，以見依人者之必無好收成也。若豪僕如周、林等，寵婢如鴛、琥等，門客如詹、王等，猶其下焉者耳。

第二回　賈夫人仙逝揚州城　冷子興演説榮國府

卻説封肅聽見公差傳喚，忙出來陪笑啓問，那些人只嚷：「快請出甄爺來！」封肅忙陪笑道：「小人姓封，並不姓甄，只有當日小壻姓甄，今已出家一二年了，不知可是問他？」那些公人道：「我們也不知什麽『真』、『假』，既是你的女壻，便帶了你去，面稟太爺便了。」大家把封肅推擁而去。封家各各驚慌，不知何事。至二更時分，封肅方回來。衆人忙問端的，「原來新任太爺姓賈名化，本湖州人氏，曾與女壻舊交。因在我家門首看見嬌杏丫頭買綫，僥倖也，偶因一顧，遂得所歸，僥倖於意外，反照本書諸缺陷者。只説女壻移住此間，所以來傳。我將緣故回明，那太爺感傷歎息了一回，又問外孫女兒，我説看燈丢了，太爺説：『不妨，待我差人去，務必找尋回來。』只不過如此寫法。説了一回話，臨走又送我二兩銀子。」甄家娘子聽了，不覺感傷，一夜無話。

次日，早有雨村遣人送了兩封銀子、四疋錦緞，答謝甄家娘子。答謝不過如此，真是加倍奉還。又一封密書與封肅，託他向甄家娘子要那嬌杏作二房。封肅喜得眉開眼笑，巴不得去奉承太爺，大如。便在女兒前一力攛掇，當夜用一乘小轎，便把嬌杏送進衙內去了。雨村歡喜，自不必言，絶倒。又封百金贈與封肅，又送甄家娘子許多禮物，令其且自過活，以待訪尋女兒下落。卻説嬌杏那丫鬟，便是當年回顧雨村的，因偶然一顧，便弄出這段奇緣，也是意想不到之事。一部眼淚書，偏開頭寫一得意人，故云「意想不到」。誰知他命運兩濟，不承望自到雨村身邊，只一年便生一子，又半載雨村嫡配忽染疾下世，雨村便將他扶作正室夫人。正是：

偶因一回顧，便爲人上人。二語重看「回顧」，不僅收束嬌杏，有言外意在。

原來雨村因那年士隱贈銀之後，他於十六日便起身赴京。棄九用六，背陽用陰，明寫一惡人。則凡「假語村言」正面處可想而知。大比之期，十分得意，中了進士，選入外班，今已升了本縣太爺。是本縣太爺，記清了。雖才幹優長，未免貪酷，且恃才侮上，那官員皆側目而視。非爲雨村出考也，乃自下全部演義注脚。不上一年，便被上司參了一本，説他「性情狡猾，擅改禮儀，外沽清正之名，暗結虎狼之勢，使地方多事，民命不堪」等語，再下注脚。龍顔大怒，即批革職。部文一到，本府各官，無不喜悦；那雨村雖十分慚恨，面上全無一點怨色，仍是嘻笑自若。交代過公事，將歷年所積宦囊並家屬人等，送至原籍安頓妥當，卻自己擔風袖月，遊覽天下勝迹。「風」「月」一點。○文字不滿一頁，許多事實略無不盡，此筆難得。

那日偶又遊至維揚地方，聞得今年鹽政點得是林如海。這林如海姓林名海，表字如海，乃是前科的探花，今已升蘭臺寺大夫。本貫姑蘇人氏，今欽點爲巡鹽御史，黛玉爲一書之主，自然當用重筆特提。而作者即以自贊木石姻緣，故姓林，自負其書才大如海，故所生爲林如海，水生木也。其書維持名教，扶陽抑陰，故地處維揚。鹽爲人家所必需，故官居鹽政；又北方之味，木無生氣矣，概林之終身。其文無非寫脂粉，則曰探花。其意無非寓諷諫，則是蘭臺。本貫姑蘇，姑蘇，吴也，旲，無也，究云無是公。試問作者，以閑人爲然否？到任未久。原來這林如海之祖，曾襲過列侯，今到如海，業經五世。起初只襲三世，因當今隆恩盛德，額外加恩，至如海之父，又襲了一代。至如海便從科甲出身。雖係世禄之家，卻是書香之族。歷敍根基高貴，家世清華，正抬舉黛玉處，以反對薛氏，所謂貴陽而賤陰。只可惜這林家支庶不盛，人丁有限，雖有幾門，卻與如海俱是堂族，没甚親支嫡派的。芟除煩蕪，是文家預爲斡旋法。今如海年已四十，只有一個三歲之子，又於去歲亡了。雖有幾房姬妾，奈命中無子，亦無可如何之事。又皆隨手抹去。只嫡妻賈氏，生得一女，非賈生林，實因林生賈。木所生則爲榮，看府名曰榮，可知總爲黛玉而設。乳名黛玉。黛玉之玉與寶玉之玉，是一不是二。黛，黑色也。故後文有可染眉之説。得情之正爲通靈，爲寶玉；一涉人欲則受染而失通靈，爲黛玉矣。年方五歲，士隱夢識通靈乃在盛夏，嗣是失女、失火、移居，而病、而走，以及雨村官來官去，遊覽歷年，計之與五歲相符，作者何嘗忽略？至後則兩玉年紀皆故作囈語矣。夫妻愛之如掌上明珠。見他生得聰明俊秀，也欲使他識幾個字，不過假充養子之意，聊解膝下荒涼之歎。且説雨村在旅店，偶感風寒，愈後又因盤費不繼，正欲得一居停之所，以爲息肩之地。宦囊家屬回籍云云，知非閑筆，特爲此處安頓。爲文非易事也。偶遇兩個舊友，認得新鹽政，知他正要請一西席教訓女兒，遂將雨村薦進衙門去。這女學生年紀幼小，身體又弱，工課不限多寡，其餘不過兩個伴讀丫鬟，故雨村十分省力，正好養病。

看看又是一載有餘。不料女學生之母賈氏夫人，一病而亡。已得魚兔，可棄筌蹄，既安「恤孤女」之根，又黛玉才出便寫憂患。女學生侍奉湯藥，守喪盡禮，過於哀慟，素本怯弱，因此舊症復發，有好些時不曾上學。雨村閒居無事，每當風日晴和，飯後便出來閒步。這一日，偶至郊外，意欲賞鑒那村野風光。信步至一山環水漩、茂林修竹之處，隱隱有座廟宇，門巷傾頹，牆垣朽敗，有額題曰「智通寺」，智通則無累。門傍又有一副舊破的對聯云：

身後有餘忘縮手，眼前無路想回頭。兩言總括勢利財色種種累智之物。黛玉出矣，冷子興矣，一切生、旦、淨、丑皆要登場，故過脈處用特筆一頓。

雨村看了，因想道：「這兩句文雖甚淺，其意則深。也曾遊過些名山大刹，倒不曾見過這話頭，其中想必有個翻過筋斗來的也未可知，自狀其書。何不進去一訪？」走入看時，只有一個龍鍾老僧，在那裏煮飯。雨村見了，卻不在意，及至問他兩句話，那老僧既聾且昏，又齒落舌鈍，所答非所問。當尋於語言文字之外，其實老僧是廣長舌。雨村不耐煩，仍退出來，意欲到那村肆中沽飲三杯，以助野趣。於是款步行來，剛入肆門，只見座上吃酒之客有一人起身大笑，接了出來，口內說：「奇遇，奇遇！」四字微旨。雨村忙看時，此人是都中古董行中貿易，誠是一部大古董。姓冷，號子興的，姓字愁慘，滿目陰凝，借《金瓶·冷遇》而反用之。舊日在都相識，雨村最贊這冷子興是個有作爲、大本領的人，劉四罵人。而一冷一假，是全書作爲本領。這子興又借雨村斯文之名，故二人最相投契。雨村忙亦笑問：「老兄何日到此？弟竟不知。今日偶遇，真奇緣也。」一説奇遇，一説偶遇，奇偶相參，一陰一陽，便是《易》道六十四卦所從出。子興道：「去年歲底到家，今因還要入都，從此順路找個敝友，説一句話。承他之情，留我多住兩日。我也無甚緊事，且盤桓兩日，待月半時也就起身了。本文敍景，儼然三月，此月半當是三月十五，乃上回甄家被火之日也。被火而真成丹，雹行而賈復職，針鋒隱對。○北地呼雹曰「冷子」。今日敝友有事，我因閒步至此，不期這樣巧遇。」又一巧遇，合上奇緣，凡冷香丸、金鎖等魂魄已攝在個裏。一面説，一面讓雨村同席坐了，另整上酒肴來，二人閒談慢飲，敍些别後之事。

雨村因問：「近日都中可有新聞没有？」慣問新聞，以新聞自賞也。子興道：「倒没有什麽新聞。倒是老先生的貴同宗家，出了一件小小的異事。」銜玉而生，新亦新極矣。作書立意時不知從何處得來，乃曰「小小異事」，旨深哉！○我固言演「明德」。雨村笑道：「弟族中無人在都，何談及此？」子興笑道：「你們同姓，豈非一族？」雨村問：「是誰家？」子興笑道：「榮國賈府中，榮，草木之華也。因黛玉而生出榮府，乃在冷子興口中敍出。冷子何物，榮其堪乎？可也不玷辱了老先生的門楣。」雨村道：「原來是他家。若論起來，寒族人丁卻不少，自東漢賈復以來，漢爲劉氏，凡事當留。賈復爲源，當思「七日」。作者徵故鄭重如此，而劉老老已到。支派繁盛，各省皆有，誰能逐細考查？若論榮國一支，卻是同譜，但他那等榮耀，我們不便去認他，故越發生疏了。」不即合拍，妙能摇曳，通章如此。子興歎道：「老先生休如此説，如今的這榮、寧二府，也都蕭索了，因林生榮，因榮生寧，蕭索自注冷字。不比先時的光景。」雨村道：「當日榮、寧兩宅，人口也極多，如何便蕭索了？」冷子興道：「正是，説來也話長。」雨村道：「去歲我到金陵，金位西，主殺；陵，邱隴墳墓也。善於用古，恰爲十二釵一哭。因欲遊覽六朝遺迹，無非金粉。那日進了石頭城，恰好有此城，信手拈來，頭頭是道。從他老宅門前經過。街東是寧國府，街西是榮國府，二宅相連，街東、街西，如何相連？正是夢話開端。竟將大半條街占了。大門外雖冷落無人，隔着圍牆一望，裏面廳殿樓閣，也還都峥嶸軒峻，就是後邊一帶花園裏，樹木山石，也都還有蒼蔚温潤之氣，那裏像個衰敗之家？」子興笑道：「虧你是進士出身，原來不通。罵人。古人有言：『百足之蟲，死而不僵。』說盡巨家。如今雖說不似先年那樣興盛，較之平常仕宦之家，到底氣象不同。如今生齒日繁，事務日盛，主僕上下，安富尊榮者儘多，運籌謀畫者無一，其日用排場費用，又不能將就省儉。如今外面的架子雖未甚倒，內囊卻也盡上來了。《易》曰：「臣弑其君，子弑其父，非一朝一夕之故，其所由來者漸也。」故謹履霜之戒。一部《紅樓》演一「漸」字。這也小事。更有一件大事：誰知這樣鐘鳴鼎食之家，翰墨詩書之族，如今的兒孫，竟一代不如一代了！」雨村聽說，也道：「這樣詩禮之家，豈有不善教育之理？全書以左氏「譏失教也」一言概之，賈、冷二人口中，「不善教育」四字，乃大書特書。別門不知，只說這寧、榮兩宅，是最教子有方的。」

子興歎道：「正說的是這兩門呢，待我告訴你。當日寧國公、榮國公是一母同胞弟兄兩個。寧公居長，生了四個兒子。寧國公死後，長子賈代化是其上代，則用代字排之。其人已化，則便以化字名之。此等處即《金瓶》之西門達也。襲了官，也養了兩個兒子：長名敷，有實不可無虛，故又以一名敷者，敷衍之而隨手抹去。八九歲上死了；只剩了一個次子賈敬，「無不敬」，冠《曲禮》。敬在賈，則假敬，寫其生平大不敬也，是爲罪首。襲了官，如今一味好道，只愛燒丹煉汞，餘者一概不在他心上。爲巨室癡兒立一照。幸而早年留下一子，名喚賈珍，玉旁一輩因寶玉而生，乃演人心。珍失人心而行歹事，去玉加歹，則爲殄，當殄滅之也。因他父親一心想作神仙，絕倒！所謂「斷除妄想重增病，趨向真如亦是妖」。把官倒讓他襲了。他父親又不肯回原籍來，只在都中城外和那些道士們胡羼。這位珍爺也倒生了一個兒子，今年纔十六歲，名叫賈蓉。無所容於天地之間也。十六乃二八，重陰之數。如今敬老爺是一概不管，這珍爺那裏肯讀書，只一味高樂不了，把那寧國府竟翻過來了，翻了過來，一切全演反面。也没有敢來管他的人。再説榮府你聽，方纔所説異事就出在這裏。自榮公死後，長子賈代善襲了官，娶的是金陵世家史侯的小姐爲妻。代善，代嬗也，過去也。史字姓得最妙，請觀廿三史中，善惡貞淫，何所不有，正是太君生平。又作者以太史自負。生了兩個兒子，長名賈赦，罪人邀恩得釋曰赦，則赦言罪人也，故字恩侯。妻邢氏，邢者，刑也。次名賈政。政乃「道之以政」之政，如周衰大夫猶有刑政治其私邑者，故字曰存周。而夫人則王氏，其政字注脚在《毛詩·王風》故也。又王爲卦體，乃通部《詩》《易》合傳。如今代善早已去世，太夫人尚在。長子賈赦襲了官，爲人平静中和，也不管理家務。次子賈政自幼酷喜讀書，四字都是反面。爲人端方正直，四字似是而非。祖父鍾愛，原要他以科甲出身的，不料代善臨終時，遺本一上，皇上因恤先臣，即時令長子襲官外，問還有幾子，立刻引見，遂又額外賜了這政老爺一個主事之職，令其入部學習，如今現已升了員外郎。這政老爺的夫人王氏，頭胎生的公子，名唤賈珠，珠義取圓，故早示寂。其匹爲紈，合成圓潔。本書惟於李紈無貶詞，陷溺中留人種也。十四歲進學，不到二十歲就娶了妻，生了子，一病就死了。第二胎生了一位小姐，生在大年初一，就奇了。奇則非正，故書中以元春爲氣數之天。不想次年又生了一位公子，是次年又生一位公子，記清。説來更奇，一落胞胎，嘴裏便銜下一塊五彩晶瑩的玉來，還有許多字迹，石破天驚之語，惜乎聽之既熟，埋没作者苦心，怠慢作者得意。你道是新聞異事不是？」銜玉而生，奇矣。凡此歷述，尤皆奇筆，得未曾有。

雨村笑道：「果然奇異，只怕這人的來歷不小。」子興冷笑道：「萬人皆如此説，因而乃祖母愛如珍寶。那周歲時，政老爺便要試他將來的志向，爲政字略一注。便將那世上所有之物，擺了無數，與他抓取。誰知他一概不取，伸手只把些脂粉釵環抓來玩弄。那政老爺便不喜歡，説他將來是酒色之徒耳，因此便不甚愛惜，獨那太君還是命根一般。説來又奇，如今長了七八歲，雖然淘氣異常，但聰明乖覺，百個不及他一個。説起孩子話來也奇怪，他説：『女兒是水做的骨肉，男人是泥做的骨肉，我見了女兒便清爽，見了男子便覺臭濁逼人。』數語足醫淹纏病，而底面都在。你道好笑不好笑？將來色鬼無疑了。」雨村岸然厲色，忙止道：「非也。可惜你們不知道這人來歷，大約政老前輩也錯以淫魔色鬼看待了。若非多讀書識字，加以致知格物之功，悟道參玄之力者，不能知也。」此數語别無美刺，實作者藉雨村口中自洩其機，是書所由來也。下文「天地生人」至「易地則同」灑灑落落一篇大文，不過爲格致自援證佐。子興見他説得這樣重大，忙請教其故。雨村道：「天地生人，除大仁大惡，餘者皆無大異。若大仁者，則應運而生，大惡者，則應劫而生。運生世治，劫生世危。堯、舜、禹、湯、文、武、周、召、孔、孟、董、晁、周、程、朱、張，皆應運而生者。蚩尤、共工、桀、紂、始皇、王莽、曹操、桓温、安禄山、秦檜等，皆應劫而生者。大仁者修治天下，大惡者擾亂天下。立言得體。清明靈秀、天地之正氣，仁者之所秉也；殘忍乖僻，天地之邪氣，惡者之所秉也。今當祚永運隆之日，太平無爲之世，清明靈秀之氣所秉者，上至朝廷，下至草野，比比皆是。所餘之秀氣，漫無所歸，遂爲甘露，爲和風，洽然溉及四海。彼殘忍乖僻之氣，不能洋溢於光天化日之下，遂凝結充塞於深溝大壑之中。偶因風蕩，或被雲摧，略有摇動感發之意，一絲半縷，偶爾溢出者，值靈秀之氣偶過，正不容邪，邪復妒正，兩不相下，如風水雷電，地中相遇，既不能消，又不能讓，必致搏擊掀發後始盡，故其氣亦必賦人，發洩一盡始散。使男女偶秉此氣而生者，上則不能爲仁人君子，下亦不能爲大凶大惡。置之千萬人之中，其聰俊靈秀之氣則在千萬人之上，其乖僻邪謬不近人情之態，又在千萬人之下。若生於公侯富貴之家，則爲情癡情種；若生於詩書清貧之族，則爲逸士高人；縱偶生於薄祚寒門，亦斷不至爲走卒健僕，甘遭庸夫驅制駕馭，必爲奇優名倡。如前之許由、陶潛、阮籍、嵇康、劉伶、王謝二族、顧虎頭、陳後主、唐明皇、宋徽宗、劉庭芝、温飛卿、米南宫、石曼卿、柳耆卿、秦少游，近日倪雲林、唐伯虎、祝枝山，再如李龜年、黄幡綽、敬新磨、卓文君、紅拂、薛濤、崔鶯、朝雲之流，此皆易地則同之人也。」亦奇亦正，其驅役前代諸人，原自有不倫不類之處，緣以籠罩全書人物大致，又仍存爲假語村言，正當如此議論也。或者謂爲諸人作定評，豈非笨伯！

子興道：「依你説，『成則公侯敗則賊』了？」雨村道：「正是這意。此問答是明點，是正點。你還不知，我自革職以來，這兩年遍遊各省，也曾遇見兩個異樣孩子，所以方纔你一説這寶玉，我就猜着了八九也是這一派人物。不用遠説，只這金陵城内，欽差金陵省體仁院總裁甄家，承天命而體仁，則爲甄家。你可知道？」子興道：「誰人不知？這甄府就是賈府老親，他們兩家來往極親熱的。有假家即有真家，是乃一氣循環，遞爲消長，非有二也。故曰「老親」，曰「來往」。至於真假既判，則成對待，此後兩寶玉俱悉作對待言，直至百十六回「得通靈」方合。至在下也和他家往來非止一日了。」雨村笑道：「去歲我在金陵，也曾有人薦我到甄府處館。假語村言，實與真假兩處互相貫串，故曰「也曾處館」。我進去看其光景，誰知他家那等榮貴，卻是個富而好禮之家，倒是個難得之館。但是這個學生雖是啓蒙，卻比一個舉業的還勞神。説起來還可笑，他説：『必得兩個女兒伴着我讀書，我方能認得字，心上也明白。不然，我心裏自己糊塗。』又常對着跟他小厮們說：『這女兒兩個字極尊貴極清净的，比那瑞獸珍禽、奇花異草更覺希罕尊貴呢。你們這種濁口臭舌，萬萬不可唐突了這兩個字，最爲要緊。若使要說的時候，必用净水香茶漱了口方可；設若說錯，便要鑿牙穿眼的。』其暴虐頑劣，種種異常。只放了學進去，見了那些女兒們，其温厚和平，聰敏文雅，竟變了一個樣子。因此他令尊也曾下死笞楚過幾次，竟不能改。每打的吃疼不過時，他便姐姐妹妹的亂叫起來。後來聽得裏面女兒們拿他取笑：『因何打急了，只管叫姐妹作什麽？莫不叫姐妹們去說情討饒？你豈不愧煞！』他回答的最妙，他說：『急痛之時，只叫姐姐妹妹字樣，或可解疼也未可知。因叫了一聲，果覺疼得好些，遂得了秘法，每疼痛之極，便連叫姐妹起來了。』你說可笑不可笑？極奇極創文字，爲寶玉正照。其說真正乃說假也，借村言立案。可笑不可笑最重，真則可，假則不可。笑，孝也。爲他祖母溺愛不明，每因孫辱師責子，我所以辭了館出來的。這等子弟，必不能守父祖基業，從師友規勸的。只可惜他家幾個好姊妹，都是少有的。』真假相對，只寫一寶玉而已。若必及其姊妹，則爲蛇足，然又不可不作一虛影。故方才提出，急以子興接敘賈府三個云云截住，以見子興敘事不突，而文義遂滴水不溢。作小説豈是易事！

子興道：「便是賈府中現在三個也不錯。政老爺之長女名元春。「元者，善之長」；春則生意也。書中以元春爲氣數之天，故名以此。因賢〔孝〕才德，四字重看，俟「省親」回評出，非閑人好以腐語作傅會。選入宫作女史去了。寶玉只小元春一歲，元春已作女史，寶玉年紀當有多大？二小姐乃是赦老爺姨娘所出，名迎春。三小姐政老爺庶出，名探春。四小姐乃寧府珍爺之胞妹，名惜春。三女立名，慨乎言之。曰迎、曰探、曰惜，青旂鸞輅，甫及郊迎，一瞬流光，又傷遲暮，人壽幾何，而歎息隨之。探，歎；惜，息也。所謂「勘破三春不久長」，得此一元，切當保泰。因史老夫人極愛孫女，多跟在祖母這邊一處讀書，聽得個個不錯。」雨村道：「更妙在甄家風俗，女兒之名，亦皆從男子之名命取，以陰從陽則成真。不似別家另外用這些春、紅、香、玉等豔字。何得賈府亦落此俗套？」子興道：「不然，只因現今大小姐是正月初一所生，故名元春，餘者方從了『春』字。自下三春注脚，包羅萬象。上一排的卻也是從弟兄而來的。現有對證，目今你貴東家林公之夫人，即榮府中赦、政二公之胞妹，在家時名喚賈敏。「地道敏樹」，故爲林匹，有深意存。不信時，你回去細訪可知。」雨村拍手笑道：「是極！我這女學生名叫黛玉，他讀書凡『敏』字他皆念作『密』字，黛玉以口舌取禍，病在敏，病在疏也。讀敏爲密，所以示戒。寫字遇着『敏』字，亦減一二筆，我心中每每疑惑。今聽你說，是爲此無疑矣。怪道我這女學生，言語舉止，另是一樣，不與凡女子相同。度其母不凡，故生此女，今知爲榮府之外孫，又不足罕矣。榮府爲黛而設，故急串入，以便繳還上半回。可惜上月其母竟亡故了。」子興歎道：「老姊妹三個，這是極小的，又沒了。長一輩的姊妹一個也沒了，只看這小一輩的將來的東牀何如呢？」雨村道：「正是。方纔說政公已有了一個銜玉之子，又有長子所遺弱孫，這赦老竟無一個不成？」子興道：「政公既有玉兒之後，其妾又生了一個，倒不知其好歹。只眼前現有二子一孫，卻不知將來何如。若問那赦公，也有二子，次名賈璉，赦有二子，次名璉，其長子何名？至十三回玉旁者有賈琮居首，後寶玉在邢夫人處又有賈琮來問好。夫來問好，而不說請安，則寶玉之兄也。乃邢夫人又有責奶媽子之語，又當是小兒。如此類都是夢話。今已二十來往了。親上做親，娶的是政爺夫人王氏之內侄女，今已娶了二年。這位璉爺身上，現捐的是個同知，官是同知，絶倒！璉、斂同音，聚斂也，歎世人同知聚斂也。也是不喜讀書的，於世路上好機變，言談去得，所以目今現在乃叔政老爺家住，幫着料理家務。誰知自娶了令夫人之後，倒上下無一人不稱頌他夫人的，璉爺倒退了一舍之地。模樣又極標致，言談又極爽利，心機又極深細，竟是一個男人萬不及一的。」熙鳳爲敗榮之人，故於冷子興口中最後演出，且虛虛立一小傳，針綫縝密。雨村聽了笑道：「可知我言不謬。你我方纔所説的這幾個人，只怕都是那正邪兩賦而來一路之人，未可知也。」收束完固。子興道：「正也罷，邪也罷，只顧算別人家的賬，你也吃一杯酒纔好。」雨村道：「只顧説話，就多吃了幾杯。」子興笑道：「説着別人家的閒話，正好下酒，即多吃幾杯何妨？」雨村向窗外看道：「天也晚了，仔細關了城，我們慢慢進城再談，未爲不可。」於是二人起身，算還酒錢。

方欲走時，忽聽得後面有人叫道：「雨村兄，恭喜了！特來報個喜信的。」以虛喝作結，小説常套，而已注「復世職」百十九回。雨村忙回頭看時，要知是誰，且聽下回分解。

上回爲寶玉來歷，此回乃黛玉來歷。上半回發依賈府之由，下半回設會寶玉之所。而此中見彼，彼中見此，不能分析，是爲奇文。

第一、第二兩卷，總爲寶、黛立傳，其實總爲一玉立傳也。玉，通靈也。通靈，心也。一奇一偶，陰陽對立。上回演「心」字之源，以真假爲究竟；此回演「情」字之始，以冷熱爲樞機。雨村，熱中人也。子興，冷姓人也。首演真假，是自出杼軸，次演冷熱，是借人門徑。而仍以半隱半明出之，是則青出於藍。

前半回事甚繁，敍來何其簡；後半回事甚簡，敍來何其繁。而賓主正餘一絲不走，洵爲大才。

自上半入下半，已如行山陰道上矣。及至下半一問一答，順逆相承，虛實相生，無一平筆，無一弱筆，能令讀者忽而喜，忽而怒，忽啞然而笑，忽放心而哭，龍門復生，當不以予言爲過，而其實不過善讀《水滸傳》而已。我於此不敢輕《紅樓》，尤不敢忘《水滸傳》。

是書無非隱演《四書》《五經》。以寶玉演「明德」，以黛玉演物染，一紅一黑，分合一心，天人性道，無不包舉，是演《四書》。政、王乃所自出，政字演《書》，王字演《易》，合政、王字演《國風》。若賈赦之赦，邢氏之刑，則演《春秋》之斧鉞也。至「毋不敬」三字，冠首《曲禮》。禮主春生，故東府之主曰敬，乃大有期望之意。奈其背敬叛禮，爲造釁開端之罪首，遂至所出爲珍，倫理澌滅矣。珍之轉音通烝，即禽獸行上下亂之名，不必指定以下烝上。總一亂成《春秋》之大僇而已。必如此看去，是書本意，自然洞澈。

護花主人評曰：

嬌杏者，儌幸也。賈雨村之罷官就館，因館而復得官，如嬌杏之由婢而妾，由妾而正，皆儌幸也。

智通寺者，言惟智者能通此書之義也。

冷子興者，喻寧、榮二府極熱鬧後，必歸冷落也。

寧、榮二府，頭緒紛繁，若於後文補敍家世，竟不知該於何時補敍，勢必冗雜。若不分晰敍明，東西兩府，又牽混不清。妙在借冷子興在村肆中閒談敘及，且將林、甄、王、史各親戚參差點出，既有根蒂，又毫無痕迹，真善於點題者。

邪、正二氣，夾雜而生，所論最有意思。

情癡、情種，是寶玉、黛玉品題。

第二回一段之中，應分兩小段：自起句起，至「不曾上學」句止，爲一段，敘賈雨村得官娶嬌杏，及罷官處館，是補敘前事，引出林黛玉；自「雨村閒居無聊」句起，至末爲二段，敘寧、榮家世，寶玉性情，趁勢逗出甄寶玉。

大某山民評曰：

此回書中，將寧、榮二府人名，一一點出，惟賈珠之妻李氏、李氏之子蘭、政之妾趙氏、趙氏之子環、璉之妻王熙鳳，俱用暗點。至珍之妻尤氏、蓉之妻秦氏，此回中俱未點出。

第三回　託内兄如海薦西賓　接外孫賈母恤孤女

卻説雨村忙回頭看時，不是別人，乃是當日同僚一案參革的張如圭。絶倒！七十二鑽無遺策矣。而二土成圭，乃來復之主，故報復職之信，故名如圭，而戊己真信在其中矣。不止罵人。他係此地人，革後家居，今打聽得都中奏准起復舊員之信，他便四下裏尋情找門路。忽遇見雨村，故忙道喜。二人見了禮，張如圭便將此信告知雨村。雨村歡喜，忙忙敘了兩句，各自別去回家。冷子興聽得此言，即忙獻計，令雨村央求林如海，轉向都中去央煩賈政。姓冷的偏會趕熱，而實撮合寶、黛綫索。雨村領其意而別，回至館中，忙尋邸報看真確了。

次日，面謀之如海。如海道：「天緣湊巧，如海開口道此四字，一部缺陷書通身反振。○巧乃釵，「湊巧」則與巧敵，是有天在。因賤荆去世，都中家岳母念及小女無人依傍，前已遣了男女船隻來接。因小女未曾大痊，故尚未行，此刻正思送女進京。因向蒙教誨之恩，未經酬報，遇此機會，豈有不盡心圖報之理。弟已預籌之，修下薦書一封，託内兄務爲周全，方可稍盡弟之鄙誠。即有所費，弟於内兄信中注明，不勞吾兄多慮。」人情世事，練達洞明。雨村一面打恭，謝不釋口，一面又問：「不知令親大人，現居何職？

只怕晚生草率，不敢進謁。」如海笑道：「若論舍親，與尊兄猶係一家，乃榮公之孫。大內兄現襲一等將軍之職，名赦，字恩侯；二內兄名政，字存周，二人表字，出自海口。現任工部員外郎，其爲人謙恭厚道，大有祖父遺風，非膏粱輕薄之流，故弟致書煩託。否則不但有污尊兄清操，即弟亦不屑爲矣。」口吻如聞，神情如繪，當局者誰自覺之？雨村聽了，心下方信了昨日子興之言，於是又謝了林如海。如海又說：「擇了出月初二日，以上回寫景處推之，此當是四月初二日，純《乾》用事之月，「亢龍有悔」之占。二數爲陰，合四得六，爻又成老陰。陽極則反，黛玉死矣！小女入都，吾兄即同路而往，豈不兩便？」雨村唯唯聽命，心中十分得意。如海遂打點禮物並餞行之事，雨村一一領了。

那女學生原不忍棄父而去，無奈他外祖母必欲其往，且兼如海說：「汝父年已半百，再無續室之意。且汝多病，年又甚小，上無親母教養，下無姊妹扶持，今去依傍外祖母及舅氏姊妹，正好減我內顧之憂，如何不去？」黛玉聽了，方洒淚拜別，隨奶娘及榮府中幾個老婦，登舟而去。寫別不着累筆，是文字有輕重處。雨村另有一隻船，帶兩個小童，依附黛玉而行。

一日到京都，雨村先整了衣冠，帶了小童，拿了宗侄的名帖，至榮府門上投了。彼時賈政已看了妹丈之書，即忙請入相會。見雨村相貌魁偉，言談不俗；其書自狀。且這賈政最喜的是讀書人，禮賢下士，拯溺扶危，八字乃本地風光，莫認爲賈政出考，見雨村失職如溺如焚也。是書從無閑話。大有祖風；況又係妹丈致意；因此優待雨村，更又不同，便極力幫助。題奏之日，謀了一個復職，不上二月，便選了金陵應天府，辭了賈政，擇日到任去了，不在話下。上回說他是本縣太爺，今謀復職則仍太爺矣，而選了應天府。所謂夢話，處處當作如是觀，讀者切勿誤爲徵實。蓋雨村此來，但令他送黛玉入榮府耳。故以三五語了之，只兩頁而上半已完，可謂惜墨如金。

且說黛玉自那日棄舟登岸時，便有榮府打發轎子並拉行李車輛伺候。這林黛玉常聽得母親說，他外祖母家與別家不同；此處下筆不易，用襯起，兩面俱到。他近日所見的這幾個三等的僕婦，穿吃用度已是不凡，何況今至其家，多要步步留心，時時在意，不要多說一句話，不可多行一步路，恐被人恥笑了去。通部寫黛玉乃一無心人，爲極不善處世、不善隄防，以致墮入術中者示警，與寶釵作大對照也。而入手偏說要步步留心，時時在意，不多說，不多行。作是想者乃死機，作是想而究不能如其想以行者，乃所以死機。自上了轎，進了城，從紗窗中瞧了一瞧，其街市之繁華，人煙之茂盛，自與別處不同。又行了半日，忽見街北蹲着兩個大石獅子，三間獸頭大門，門前列坐着十來個華冠麗服之人。正門不開，只東西兩角門有人出入。正門之上有一匾，匾上大書「敕造寧國府」五個大字。因黛玉設榮府，因榮府設寧府，故敍榮府必歷歷從黛玉眼中寫出，而於寧府則略略點過。重主輕賓如此。黛玉想道：「這是外祖的長房了。」又往西不遠，空中樓閣。黛玉何必不自西來，而必步步往西，則步步是死方也。照樣也是三間大門，方是榮國府。坐北朝南，東寧西榮。此後一路門户、徑路，悉有一定方向，是此書實際處，看官記清。卻不進正門，只由西角門而進。西角門。轎子抬着走了一箭之遠，將轉彎時，轉彎。○此轉彎當向西。便歇了轎，後面的婆子也都下來了，另換了四個衣帽周全十七八歲的小廝上來，抬着轎子，衆婆子步下跟隨。至一垂花門前落下，垂花門。衆小廝又退了出去，衆婆子上前打起轎簾，扶黛玉下了轎。林黛玉扶着婆子手進了垂花門，兩邊是超手遊廊，正中是穿堂。穿堂。當地放着一個紫檀架子大理石屏風。劈頭見大理石屏風。石也，屏風也，大理也，乃全書。轉過屏風，小小三間廳房，廳房是倒廳。廳後便是正房大院。正面五間上房，上房五間。皆是雕梁畫棟，兩邊穿山遊廊廂房，掛着各色鸚鵡、畫眉等雀鳥。點綴雀鳥，亦有關合。台階上坐着幾個穿紅着緑的丫頭，一見他們來了，都笑迎上來説道：「剛纔老太太還念呢，可巧就來了。」從衆人口中，劈頭偏説「可巧」「來」則「了」也。於是三四人争着打簾子，一面聽得人説：「林姑娘來了！」

黛玉方進房，只見兩個人扶着一位鬢髮如銀的老母迎上來，黛玉知是外祖母了，正欲下拜，早被外祖母抱住摟入懷中，「心肝兒肉」叫着，大哭起來。當下侍立之人，無不下淚，黛玉也哭個不休。衆人慢慢勸解住了，黛玉方拜見了外祖母。此後諸人，一一都從黛玉眼中看出，則黛玉爲一書之主可知。當下賈母一一指與黛玉：「這是你大舅母，這是二舅母，這是你先珠大哥的媳婦珠大嫂。」出邢、王、李氏。黛玉一一拜見了。賈母道：「請姑娘們來。今日遠客初來，可以不必上學去。」衆人答應了一聲，便去了兩個。不一時，只見三個奶媽並五六個丫鬟，擁着三位姑娘來了。第一個肌膚微豐，身材合中，腮凝新荔，鼻膩鵝脂，温柔沈默，觀之可親。畫出迎春。迎在卦爲《大壯》之《觀》，以「豐」字「觀」字隱演之。第二個削肩細腰，長挑身材，鴨蛋臉兒，俊眼修眉，顧盼神飛，文彩精華，見之忘俗。畫出探春。探在卦爲《夬》之《剥》，以「削」字隱演之。第三個身量未足，形容尚小。畫出惜春。惜在卦爲《乾》之《坤》，其機在《復》卦，以「未足」「尚小」，隱演一復初爻一陽之義也。其釵環裙襖，三人皆是一樣的妝束。三春形神俱從黛玉眼中描繪，而兩詳一略，妙不板滯。黛玉忙起身迎上來見禮，互相厮認，歸了坐位，丫鬟送上茶來。不過敍些黛玉之母如何得病，如何請醫服藥，如何送死發喪。在所必談，而殊難安放，以三「如何」點過。不免賈母又傷感起來，因説：

「我這些女兒，所疼者獨有你母，今一旦先我而逝，不得見一面，教我怎不傷心！」着此數語，既不累重，又不輕忽。說着，攜了黛玉的手，又哭起來。家人忙相勸慰，方略略止住。衆人見黛玉年貌雖小，其舉止言談不俗，身體面龐雖弱不勝衣，卻有一段風流態度，便知他有不足之症。在衆人眼中略寫，自不可少。因問：「常服何藥？如何不治好了？」黛玉道：「我自來如此，從會吃飯時便吃藥，到如今了，經過多少名醫，總未見效。那一年我纔三歲，記得來了一個癩頭和尚，說要化我去出家。我父母固是不從，他又說：『既捨不得他，但只怕他的病一生也不能好的。苦也。若要好時，除非從此以後總不許見哭聲，除父母之外，凡有外親，一概不見，方可平安了此一生。』這和尚瘋瘋顛顛，說了這些不經之談，也沒人理他。寶、黛一書之主，而僧道則經緯，此處自當一點而絕不着實，是慘淡經營處。如今還是吃人參養榮丸。」言此人身寄養於榮，正觸和尚外親之戒也。又，榮，心血也，人身難得，道在養心，是言外意。賈母道：「這正好，我這裏正配丸藥呢，叫他們多配一料就是了。」

一語未休，只聽後院中有笑聲說：「我來遲了，不曾迎接遠客！」黛玉思忖道：「這些人個個皆是斂聲屏氣如此，這來者是誰，這樣放誕無禮？」熙鳳與西風音相通，肅殺之令，刑木壞榮，致榮府之抄者此人，主金玉因緣而殺黛玉者此人，而「放誕無禮」一想，殺機已伏。心下想時，只見一羣媳婦丫鬟擁着一個麗人從後房進來。這個人打扮，與姑娘們不同：曰麗人，曰這個人，捫之生稜。彩繡輝煌，恍若神妃仙子，頭上戴着金絲八寶攢珠髻，綰着朝陽五鳳掛珠釵，項上戴着赤金盤螭瓔珞圈，身上穿着縷金百蝶穿花大紅雲緞窄褃襖，寫這個人先從衣飾起，而前四句三「金」字一「釵」字，林死矣。外罩五彩刻絲石青銀鼠褂，下着翡翠撒花洋縐裙。一雙丹鳳三角眼，兩彎柳葉掉梢眉，身量苗條，體格風騷，粉面含春威不露，丹唇未啓笑先聞。寫形容，語語是刺。黛玉連忙起身接見。賈母笑道：「你不認得他，他是我們這裏有名的一個潑辣貨，南京所謂『辣子』，你只叫他鳳辣子就是了。」是戲語，是莊言，辣辛味而甚，西金之味也，乃西風注脚。黛玉正不知以何稱呼，衆姊妹都忙告訴黛玉道：「這是璉嫂子。」黛玉雖不曾識面，聽見他母親説過，大舅賈赦之子賈璉，娶的就是二舅母王氏之内侄女，自幼假充男兒教養的，學名叫做王熙鳳。來歷敍清。黛玉忙陪笑見禮，以嫂呼之。這熙鳳攜着黛玉的手，上下細細打量了一回，便仍送至賈母身邊坐下，因笑道：「天下真有這樣標緻人物，我今日纔算見了。況且這通身的氣派，竟不像老祖宗的外孫女兒，竟是個嫡親的孫女，嫡親孫女一言，已有《西廂》兄妹爲之之意，此作者用背攻法。怨不得老祖宗天天口頭心頭一刻不忘。只可憐我這妹妹這樣命苦，怎麽姑媽偏就去世了！」説着，便用帕拭淚。賈母笑道：「我纔好了，你倒來招我。你妹妹遠路纔來，身子又弱，也纔勸住了，快休再題前話。」這熙鳳聽了，忙轉悲爲喜道：「正是呢！我一見了妹妹，一心都在他身上，又是喜歡，又是傷心，竟忘記了老祖宗。該打，該打！」是書寫鳳姐無一懈筆，無一滯筆，作者極賣弄精神而以振聾起瞶者。看他劈頭一段，忽喜忽悲，忽啼忽笑，一身小解數已令人眼花撩亂，如聞其聲，如見其人。《金瓶》《水滸》極見長者，亦拜下風。又忙攜黛玉之手，問：「妹妹幾歲了？可也上過學？現吃什麽藥？在這裏不要想家，要什麽吃的，什麽頑的，只管告訴我。丫頭老婆們不好，也只管告訴我。」一面又問婆子們：「林姑娘的行李東西，可搬進來了？帶了幾個人來？你們趕早打掃兩間下房，讓他們去歇歇。」説話時，已擺了茶菓上來，熙鳳親爲捧茶捧菓。又見二舅母問他月錢放完了不曾，熙鳳道：「月錢也放完了。開口提錢，見其爲當家人。又書中總括財色之人也。剛纔帶了人到後樓上找緞子，找了半日，也没見昨日太太説的那樣，想是太太記錯了。」王夫人道：「有没有，什麽要緊？」因又説道：「該隨手拿出兩個來，給你這妹妹裁衣裳的，等晚上想着，再教人去拿罷。」熙鳳道：「倒是我先料着了，知道妹妹這兩日到的，我已預備下了，等太太回去過了目好送來。」王夫人一笑，點頭不語。送緞，斷送也。後樓找緞子，則賈氏其無後乎？「先料着」、「已預備」，則黛玉其能逃乎？王夫人一笑，點頭不語，是何景象？一笑點頭不語，似與找緞子、送緞子此些小事用不着這樣寫，始終照應，《春秋》寓意。

當下茶菓已撤，賈母命兩個老嬷嬷帶了黛玉去見兩個舅舅去。維時賈赦之妻邢氏，忙起身笑回道：「我帶了外〔甥〕(孫)女過去，到底便宜些。」賈母笑道：「正是呢，你也去罷，不必過來了。」賈母、邢氏姑媳之間到底是這等落落然寫法。那邢夫人答應了，遂帶了黛玉，與王夫人作辭，大家送至穿堂。垂花門前，早有衆小廝拉過一輛翠幄清油車來。邢夫人攜了黛玉坐上，衆婆娘們放下車簾，方命小廝們抬起。拉至寬處，方駕上馴騾，亦出了西角門，往東過榮府正門，方才轉彎處。入一黑油大門内，黑油大門在榮、寧之間，赦居於此，則兩府悉罪人也。至儀門前，方下車來。邢夫人挽了黛玉的手，進入院中。黛玉度其處必是榮府中之花園隔斷過來的。進入三層儀門，果見正房、廂廡、遊廊，悉皆小巧别致，不似那邊的軒峻壯麗，赦襲榮爵，則赦當居榮府正室。今居於此，所以隱示削奪。且院中隨處之樹木山石皆好。及進入正室，早有許多盛妝麗服之姬妾丫鬟迎着。是這樣人家。邢夫人讓黛玉坐了，一面令人到外書房中請賈赦。一時來回説：「老爺説道：連日身上不好，見了姑娘，彼此傷心，暫且不相見。勸姑娘不要傷懷想家，跟着老太太和舅母，是同家裏一樣，姊妹們雖拙，大家一處伴着，亦可以解些煩悶，或有委曲之處，只管説得，不要外道纔是。」只這樣寫，既省筆墨，又見赦之爲人。而傳語周到，善摹大人家應酬客套。黛玉忙站起身來，一一聽了，再坐一刻，便告辭。邢夫人苦留吃過飯去，苦留得突兀，寫邢氏腹中是何景象。此畫工筆也。黛玉笑回道：「舅母愛惜賜飯，原不應辭，只是還要過去拜見二舅舅，恐遲去不恭。異日再領，望舅母容諒。」邢夫人道：「這也罷了。」活畫一没分曉人。遂命兩個嬤嬤，用方纔坐來的車子，送了過去。於是黛玉告辭，邢夫人送至儀門前，又囑咐了衆人幾句，眼看着車去了方回去。

一時黛玉進入榮府，下了車，衆嬤嬤引着，便往東轉彎，即方纔轉彎之處，而此則往東。走過一座東西的穿堂，東西大穿堂。向南大廳之後，儀門內大院落，上面五間大正房，向南大廳之後，儀門大院落，大正房。兩邊廂房鹿頂，耳門鑽山，四通八達，軒昂壯麗，比賈母處不同。黛玉便知這方是正內室，是正室。一條大甬路，直接出大門的。大甬路。進入堂屋，抬頭迎面先見一個赤金九龍青地大匾，匾上寫着斗大三個字是「榮禧堂」，能以一心修其天爵，則福禄綏之，所謂榮禧。後有一行小字：某年月日書賜榮國公賈源。所從出，因曰源。又有「萬幾宸翰」之寶。大紫檀雕螭案上設着三尺來高青緑古銅鼎，懸着待漏隨朝墨龍大畫，着此一畫，點教忠教孝之睛。一邊是鏨金彝，一邊是玻璃〔盒〕〔盒〕。地下兩溜十六張楠木椅子。又有一副對聯，乃是烏木聯牌，鑲着鏨銀字迹，道是：

座上珠璣昭日月，堂前黼黻焕煙霞。聯語爲文章設色，而日月盈虛、煙霞變幻在其中矣。

下面一行小字，道是「鄉世教弟勳襲東安郡王穆蒔拜手書」。穆，深遠也。蒔，培植也。穆言文之體，蒔言文之用。

能得其意，則爲東安主矣。原來王夫人時常居坐宴息，亦不在這正室，只在東邊的三間耳房內。耳房三間。○榮禧正室既不許罪人居矣，而賈、王亦不居此，以其所行不過衰世之政，如周室僅存，王降爲風，東遷下堂之日耳。故又有東邊耳房。於是老嬷嬷引黛玉進東房門來。臨窗大炕上鋪着猩紅洋毯，正面設着大紅金錢蟒引枕，秋香色金錢蟒大條褥，兩邊設一對梅花式洋漆小几，左邊几上文王鼎、匙、箸、香盒，右邊几上汝窑美人觚，內插着時鮮花卉，鼎曰文王鼎，觚曰汝窑美人觚，有《周南》《汝墳》《關雎》雅化隱意，而賈、王仍不居此，其爲衰世之政而失教也無疑。並茗碗、茶具等物。地下面西一溜四張椅上，都搭着銀紅撒花椅搭，底下四副脚踏，兩邊又有一對高几，几上茗碗、瓶花俱備。其餘陳設，不必細說。其餘陳設，不必細說，則一鼎一觚乃係特提可見。老嬷嬷讓黛玉上炕坐，炕沿上卻也有兩個錦褥對設，黛玉度其位次，便不上炕，仍乃虛位。只就東邊椅上坐了，本房的丫鬟忙捧上茶來。黛玉一面吃了茶，打量這些丫鬟們妝飾衣裙，舉止行動，果與別家不同。

茶未吃了，只見一個穿紅綾襖青緞掐牙背心的一個丫鬟，伊何人？走來笑道：「太太說請林姑娘到那邊坐罷。」老嬷嬷聽了，於是又引黛玉出來，到了東廊三間小正房內。幾處房舍都在黛玉眼中寫如列眉，可使觀者指畫而得。獨此小正房寫得閃灼恍惚，五間大正房之東有小正房三間，此房爲偏院則可，而乃曰東廊，相繚戾矣。蓋演通靈者只是演空，空生寶玉，本無是公，故獨於此地設一疑團。○書中房舍有一定可指畫處，有必不容指畫處，空中樓閣，正當如此。才子筆墨，豈肯爲畫宮於堵伎倆耶？正面炕上，橫設一張炕桌，上面堆着書籍、茶具，靠東壁面西設着半舊的青緞靠背引枕。王夫人卻坐在西邊下首，亦是半舊青緞靠背坐褥，據此方向，及出後房門，恰仍是正房。見黛玉來了，便往東讓。黛玉心中料定這是賈政之位，因見挨炕一溜三張椅子上也搭着半舊的彈花椅袱，黛玉便向椅上坐了。王夫人再三讓他上炕，他方挨王夫人坐了。王夫人乃說：「你舅舅今日齋戒去了，與賈赦不見同是省筆，而彼在家不見，此外出不見，寫赦、政既有軒輊，而文字亦不板。齋戒去了，妙事，妙語，令人失笑。政老上場第一關目如此，作者靈心，善戲謔兮。再見罷。只是有一句話囑咐你：三個姊妹倒都極好，以後一處念書認字，學針綫，或偶一頑笑，都有個儘讓的。但我最不放心的卻有一件，敍寶玉於其所自出而開口用「不放心」三字，直接首回僧道口中「你放心」也。我有一個孽根禍胎，曰孽根禍胎，所謂不識寶玉，不識本心。是家裏的混世魔王，魔即是道，道即是魔。果能煉魔，自能合道。今日因廟裏還願去，尚未回來。此願終不能還。晚間你看見，便知道了。你以後只不要睬他，你這些姊妹都不敢沾惹他的。」黛玉素聞母親說過，有個內侄乃銜玉而生，頑劣異常，不喜讀書，最喜在內幃廝混，外祖母又溺愛，無人敢管。今見王夫人所說，便知是這位表兄。略寫心照，是輕筆。一面陪笑道：「舅母所說的可是銜玉而生的這位表兄？在家時記得母親常說，這位哥哥比我大一歲，小名就叫寶玉，性雖憨頑，說待姊妹們極好的。況我來了，自然和姊妹同一處，兄弟們自另院別室，豈有得沾惹之理？」天經地義，侃侃言之。玉自是寶，何嘗有黛？使之沾惹而縱令爲黛者，罪無可逃矣。數語說得凜然，「理」字其聲甚厲，理欲交戰，寶、黛拚命處也。王夫人笑道：「你不知道原故。他與別人不同，自幼因老太太疼愛，原係同姊妹們一處嬌養慣的。罪案。若姊妹們不理他，他倒還安靜些。若一日姊妹們和他多說了一句話，他心上一喜，便生出許多事來。所以囑咐你莫睬他。他嘴裏一時甜言蜜語，一時有天無日，瘋瘋傻傻，只休信他。」略一案已覺筆上生花。黛玉一一的都答應着。

忽見一個丫鬟來說：「老太太那裏傳晚飯了。」王夫人忙攜了黛玉，從後房門從後門行，明來幽去矣。

既關隱意，又以所在房舍周歷寫出，以便安頓後面百卄回許多事迹之地，布局豈易言哉！由後廊往西出了角門，角門。是一條南北甬道，此甬道便是直接出大門的。南邊是倒座三間小小抱廈廳，抱廈廳。北邊立着一個粉油大影壁，後有一半大門，小小一所房室。鳳姐居於直北，正當主室之後，西風陰肅，榮曷克當。王夫人笑指向黛玉道：「這是你鳳姐姐的屋子，回來你好向這裏找他去。少什麼東西，但少金鎖耳。只管和他説就是了。」這院門上，也有幾個纔總角的小厮，都垂手侍立。王夫人遂攜黛玉穿過一個東西穿堂，東西穿堂。便是賈母的後院了。賈母後院。於是進入後房門，已有多人在此伺候，見王夫人來了，方安設桌椅。賈珠之妻李氏捧飯，熙鳳安箸，王夫人進羹。賈母正面榻上獨坐，兩傍四張空椅，熙鳳忙拉黛玉在左邊第一張椅子上坐下，黛玉十分推讓，賈母笑道：「你舅母和嫂子們左右不在這裏吃飯，你是客，原該如此坐的。」黛玉方告了坐，就坐了。賈母命王夫人也坐了。迎春姊妹三個告了坐，方上來，迎春坐右手第一，探春左第二，惜春右第二，傍邊丫鬟執着拂塵、漱盂、巾帕，李、鳳二人立於案傍勸讓。外間伺候之媳婦丫鬟雖多，卻連一聲咳嗽不聞。歷歷如繪，若或見之。飯畢，各各有丫鬟用小茶盤捧上茶來。當日林家教女，以惜福養身，每飯後必過片時方吃茶，不傷脾胃。今黛玉見了這裏許多規矩，不似家中，亦只得隨和着些，接了茶。甘而不苦，是在家。來此則隨和，甘苦同嘗矣。寫黛玉步步留心乃如此。〇吃茶吃飯，書中要務，發源於此。又有人捧過漱盂來，黛玉也漱了口，又浣手畢，然後又捧上茶來，這方是吃的茶。賈母便説：「你們去罷，讓我們自在説話兒。」王夫人聽了，忙起身，説了兩句閑話，方引李、鳳二人去了。

賈母因問黛玉念何書，黛玉道：「剛念了《四書》。」黛玉又問姊妹們讀何書，賈母道：「讀什麼書，不過認幾個字罷了。」

一語未了，只聽外面一陣脚步響，丫鬟進來報道：「寶玉來了。」四字轟雷掣電，而先聞者爲脚步，八面俱到。黛玉心中想：「這個寶玉，不知是怎生個憊懶人物。」及至進來，原來一個青年公子，頭上戴着束髮嵌寶紫金冠，齊眉勒着二龍搶珠金抹額，一件二色金百蝶穿花大紅箭袖，先寫裝飾，首數語三見「金」字，林之死所而寶之收束物也。束着五彩絲攢花結長穗宮縧，外罩石青起花八團倭緞排穗褂，登着青緞粉底小朝靴；面若中秋之月，色如春曉之花，鬢若刀裁，眉如墨畫，鼻如懸膽，眼似秋波，雖怒時而似笑，即瞋視而有情；從黛玉眼中寫一寶玉，又從寶玉眼中寫一黛玉，方用實筆、重筆，聚精會神在此兩大扇文字內，極吃緊主腦處也。項上金螭纓絡，又有一根五采絲縧，繫着一塊美玉。「美玉」一點。黛玉一見，便吃一大驚，心中想道：「好生奇怪，倒像在那裏見過的，何等眼熟！」此筆自不可少，尚是能人所能，此後則能人所不能者正多也。只見這寶玉向賈母請了安，賈母便命：「去見你娘來。」文勢一曲，而未見黛玉必先見娘，立孝字之根，明一心之本。即轉身去了。一回再來時，已換了冠服：頭上周圍一轉的短髮，結成小辮，紅絲結束，共攢至頂中胎髮，總編一根大辮，黑亮如漆，從頂至梢，一串四顆大珠，用金八寶墜脚；身上穿着銀紅撒花半舊大襖，仍舊帶着項圈、寶玉、寄名鎖、護身符等物；重寫一番，所謂言之不足，又長言之。下面半露松花撒花綾褲，錦邊彈墨襪，厚底大紅鞋。越顯得面如傅粉，唇若施脂，轉盼多情，語言若笑。天然一段風韻，全在眉梢；平生萬種情思，悉堆眼角。特演人心。看其外貌，最是極好，卻難知其底細。後人有作《西江月》二詞，批寶玉極確，其詞曰：

無故尋愁覓恨，有時似傻如狂。縱然生得好皮囊，腹内原來草莽。潦倒不通庶務，愚頑怕讀文章。行爲偏僻性乖張，那管世人誹謗！

富貴不知樂業，貧窮難耐淒涼。可憐辜負好韶光，於國於家無望。天下無能第一，古今不肖無雙。寄言紈袴與膏粱，莫效此兒形狀！詞是莊語，是半語，乃既見黛玉之寶玉，無復通靈之寶玉也；是假語村言之寶玉，非真事隱去之寶玉也。明着警省，爲中下人説法，何等婆心！○調用《西江月》，詞用二：月陰象，二陰數也。

卻説賈母笑道：「外客未見，賈母曰「外客」，與鳳姐「嫡親孫女」之説適合，直射九十六回。就脱了衣裳！還不去見你妹妹。」寶玉早已看見了一個姊妹，便料定是林姑媽之女，忙來作揖。相見畢，歸坐，細看形容，與衆不同：兩彎似蹙非蹙籠煙眉，一雙似喜非喜含情目。態生兩靨之愁，嬌襲一身之病。淚光點點，嬌喘微微。閑静似嬌花照水，行動疑弱柳扶風。心較比干多一竅，病如西子勝三分。從寶玉眼中寫黛玉，多從「心」「病」二字着筆，人所不覺。寶玉看罷笑道：「這姊妹我曾見過的。」此則能人所不能矣。賈母笑道：「可又是胡説！你何曾見過他？」寶玉笑道：「雖然未曾見過他，然看着面善，心裏倒像是舊相認識，恍若遠别重逢的一般。」玲瓏剔透，如聞慧舌。賈母笑道：「好，好！若如此，更相和睦了。」此筆關目節奏難得。寶玉便走向黛玉身邊坐下，又細細打量一番，因問：「妹妹可曾讀書？」黛玉道：「不曾讀書。前云「讀了《四書》」，今曰「不曾讀書」，是又既見寶玉之黛玉也。只上了一年學，些須認得幾個字。」寶玉又道：「妹妹尊名？」黛玉便説了名。寶玉又道：「表字？」黛玉道：「無字。」先天無字，故兩玉同無字，不爲寶而爲黛，則有字矣。寶玉笑道：「我送妹妹一字，莫若『顰顰』二字極妙。」探春便道：「何處出典？」寫探春露一角。寶玉道：「《古今人物通考》上說：『西方有石名黛，可代畫眉之墨。』況這妹妹，眉尖若蹙，用取這兩個字，豈不甚美？」自爲「黛」字下注脚，而「顰顰」二字概其生平，内外俱到。又「西方有石」與寶玉之本原爲石同。探春笑道：「只恐又是杜撰。」寶玉笑道：「除《四書》，杜撰的太多，偏是我杜撰不成？」豈寶玉亦迂腐而必尊崇《四書》乎？可爲閑人評語轉相發明矣。又問黛玉：「可有玉没有？」設想得未曾有，而我所云此玉是一不是二可見。衆人都不解。普説看此書而不解絳黛之理者。黛玉便忖度着：「因他有玉，故問我有無。」因答道：「我没有，既黛矣，則無玉矣。那玉亦是件罕物，豈能人人皆有？」寶玉聽了，登時發作起狂病來，摘下那玉就狠命摔去，罵道：「什麽罕物，人的高低不識，還説靈不靈呢！奇事，奇想，奇談，而其實是極平常的道理。我也不要這勞什子！」什，物也。勞什者，役於物之謂。○演此一段真是想入非非，其妙不可思議。嚇的地下衆人，一擁争去拾玉。賈母急的摟了寶玉道：「孽障！你生氣，要打罵人容易，何苦摔那命根子？」三字正點。寶玉滿面淚痕，泣道：「家裏姐姐妹妹都没有，單我有，我説没趣，悲天憫人。如今來了這個神仙似的妹妹，也没有，可知這不是個好東西！」賈母忙哄他道：「這妹妹原有玉來的，因你的姑媽去世時，捨不得你妹妹，無法可處，遂將他的玉帶了去。一則全殉葬之禮，盡你妹妹之孝心，「孝心」二字直截了當，能此則没玉是有玉也。此是莊語，是實際，讀者勿當作騙小兒閑話看也。二則你姑媽之靈，亦可權作見了你妹妹之意。因此他只説没有玉，也是不便自己誇張之意。你如今怎比得他？還不好生慎重帶上，仔細你娘知道了！」因黛玉之娘，提寶玉之娘，「孝」字脱胎。説着，便向丫鬟手中接來，親與他帶上。寶玉聽如此説，想一想，也就不生別論了。不生別論，我故曰直截了當，全部書一「孝」外更無別論。

當下奶娘來問黛玉房舍，賈母便説：「將寶玉挪出來，同我在套間暖閣裏，把你林姑娘暫安置碧紗廚裏，等過了殘冬，春天再與他們收拾房屋，另作一番安置罷。」寶玉道：「好祖宗，我就在碧紗廚外牀上很妥當，何必又出來，鬧你老祖宗不得安静。」賈母想了一回，説：「也罷了。」此段大書特書賈母罪案，一死一亡所從來也。○《西廂記》「老夫人閑春院」是這等寫。同爲《春秋》筆法。是書演一「漸」字義，從此始。每人一個奶娘並一個丫頭照管，餘者在外間上夜聽喚。一面早有熙鳳命人送了一頂藕合色花帳，鳳姐送帳子是藕合色。藕，偶也。反照九十六回。並錦被緞褥之類。黛玉只帶了兩個人來：一個是自己的奶娘王嬤嬤，王爲一土，木所植也，又爲《易》理。一個是十歲的小丫頭名喚雪雁。雁有別之鳥，雪雁則潔白也。照九十七回「乾净」二字。又隨陽之鳥，關合攙拜寶釵。賈母見雪雁甚小，一團孩氣，王嬤嬤又極老，料黛玉皆不遂心，將自己身邊一個二等丫頭名喚鸚哥的，鸚哥能言之鳥，黛以言取禍，所以示戒。與了黛玉。亦如迎春等一般，每人除自幼乳母外，另有四個教引嬤嬤，除貼身掌管釵釧盥沐兩個丫頭外，另有四五個灑掃房屋來往使役的小丫頭。當下王嬤嬤與鸚哥，陪侍黛玉在碧紗廚内；寶玉之乳母李嬤嬤，李、理同音，所謂氣以成形而理亦賦焉。故爲寶玉乳母。並大丫頭名喚襲人者，掩旗息鼓，攻人於不及覺，曰襲也。陪侍在外大牀上。

原來這襲人亦是賈母之婢，本名珍珠，本名珍珠，狀其圓活無定也。旁從兩王，純《坤》至陰之象，有劉老老在焉。賈母因溺愛寶玉，生恐寶玉之婢不中任使，素知襲人心地純良，遂與寶玉。又一罪案。○偏下考語「心地純良」，且二十一回又有「賢襲人」之目，作者筆下顛倒是非如此，何讀者多未覺也。寶玉因知他本姓花，姓得妙！一部花敍，敍此而已，又以掩其取名所由來也。又曾見前人詩句有「花氣襲人知晝暖」之句，遂回明賈母，即更名襲人。賈母許其襲人矣，人心道心，天人理欲，全書演義，從此一「人」字出。這襲人有些癡處，伏侍賈母時，心中眼中只有一個賈母；今跟了寶玉，心中眼中又只有一個寶玉。只因寶玉性情乖僻，每每規諫，寶玉不聽，心中着實憂鬱。皮裏陽秋。是晚寶玉、李嬤已睡了，他見裏面黛玉、鸚哥猶未安歇，他自卸了妝，悄悄的進來，笑問：「姑娘怎麽還不安歇？」此人是一死一亡大機括，故特敘。黛玉忙笑讓：「姐姐請坐。」襲人在炕沿上坐了。鸚哥笑道：「林姑娘在這裏傷心，自己淌眼抹淚的，第一次眼淚從襲人邊寫出，有分際。説：『今兒纔來了就惹出你家哥兒的病，倘或摔壞了那玉，豈不是因我之過？』再下「黛」字注脚。所以傷心。説得可憐。我好容易勸好了。」襲人道：「姑娘快休如此，將來只怕比這更奇怪的笑話兒還有呢！記準他的行徑，始終一絲不走，直呼之欲出。若爲他這種行狀，你多心傷感，只怕你還傷感不了呢。快別多心！」如聞其聲，如見其人。黛玉道：「姐姐們説的，我記着就是了。」又敘了一回，方纔安歇。

次早起來，省過賈母，因往王夫人處來，正值王夫人與熙鳳在一處拆金陵來的書信，又有王夫人之兄嫂處遣來的兩個媳婦兒來説話的。雖黛玉不知原委，探春等卻曉得是議論金陵城中居住的薛家姨母之子，表兄薛蟠，倚財仗勢，打死人命，現在應天府案下審理。虛喝下文，是小説故套，然此處已覺薛家不堪。如今母舅王子騰得了信，遣人來告訴這邊，王子騰虛上，評在後。意欲喚取進京之意。

未知後事如何，且看下回分解。

此回乃寶、黛合傳之始，方實實寫出兩人，是提綱挈領處。

立言之旨，在問玉一段。賈母口中説出「孝心」兩字，亦是脱胎《金瓶》苦孝説，大關目處。

黛玉之死，寶玉之亡，不遂心所致，有天命，有人事。而兩小無猜，致成牢結，則自賈母開其漸也。有《周易》，有《春秋》，有《國風》。

此回乃寶、黛相合之首，而再提《四書》，故我以是書爲「明明德」之奇傳，是他所自有，而我特爲抉發之，非閑人迂腐而强爲拉扯傅會也。看《石頭記》批評，有點頭者否？

目録上句略點一過，而此回皆下句裏事。蓋從此無非假語村言矣。曰「接」，曰「恤」，曰「孤」，都是史筆。通書中時令，都無真話：如黛玉之行在四月，而到日乃冬令，豈在路經兩季耶？鳳姐穿銀鼠褂，黛玉安置碧紗廚裏，等過殘冬，再收拾房屋，悉是夢話。

護花主人評曰：

賈雨村至京得缺到任，幾句撇開，即細叙黛玉正文，得隨起隨落之法。

黛玉開口説病，説癩頭和尚，説不要見哭聲，説不要見外親等語，已逗明一生因緣結果。

王熙鳳出來，另用一副筆墨，細細描畫，其風流能幹、有權陰薄氣象，已活跳紙上。真是寫生妙手。

王夫人對黛玉説寶玉嬌養瘋傻樣子，已將日後同黛玉情況，隱隱伏出。

黛玉初見寶玉，便吃一驚，想着像在那裏見過，寶玉亦如此説，宿緣已見。鋪叙寶玉裝束面貌，更覺動人，卻先心中想道「不知是怎樣憊懶人物」，反挑一句，文筆曲折生動。

《西江月》一詞，罵殺紈絝公子。

描寫黛玉形容，可憐可愛，的是癡情人。

寶玉一見黛玉，便摔玉哭泣，黛玉亦因摔玉，夜間淌淚。此時之兩淚，是一生眼淚根源，且伏後來砸玉、失玉情事。

第三回，專寫黛玉形貌神情，是此回之主，中間帶寫王熙鳳、迎春、探春、惜春，是因主及賓，故亦寫及裝束儀容。又帶出王夫人、邢夫人、李紈及寧、榮二府房屋、家人、小使、丫鬟，即點出襲人、鸚哥、王嬷、李嬷等人，末後帶起薛寶釵家。看他不慌不忙，出落次序，有極力描寫者，有淡描本色者，有略言大段者，有賓有主，有賓中之主，賓中之賓，筆墨籠罩全部。

大某山民評曰：

點襲人之名，特用一個「者」字，作者之微意也。若他人出場，並無此例。

按此回寧、榮二府房屋，中有花園隔住，東首爲寧國府，賈赦、邢夫人所住也；稍西黑油大門，乃榮府之旁院，再西爲榮國府大門，其正堂之東一院，賈政、王夫人所住也；其正堂之後，王夫人所住之西者，鳳姐之所住也；其自儀門内西垂花門進去，一所院落，賈母之所住也。出賈母所住後門，與鳳姐所住之院落相通，故鳳姐入賈母處，從後門來。路徑甚清晰，不得草草讀過，負作者之苦心也。

第四回　薄命女偏逢薄命郎　葫蘆僧判斷葫蘆案

卻説黛玉同姐妹們至王夫人處，見王夫人與兄嫂處的來使計議家務，又説姨母家遭人命官司等語。薛家登場是如此寫法。因見王夫人事情冗雜，姐妹們遂出來，至寡嫂李氏房中來了。原來這李氏即賈珠之妻，珠雖夭亡，幸存一子，取名賈蘭，一書止於此人差無貶詞，故姓曰李。李，理也，禮也。蘭，闌也，範圍堤防，留此人種，遏人欲，復天理，循環之機也。故後寫其每與賈環同行住，非因類也。今方五歲，已入學攻書。這李氏亦係金陵名宦之女，父名李守中，守此定理，斯不外馳。曾爲國子祭酒，師儒位。族中男女，無不讀詩書者。至李守中繼續以來，便謂「女子無才便爲德」，是理言，不是假語村言。故生了〔此女〕便不〔叫他〕十分認真讀書，只不過將些《女四書》《列女傳》讀讀，認得幾個字罷了，記得前朝這幾個賢女便了，卻以紡績女紅爲要，因取名爲李紈，紈，完也。取其潔白爲完人也。字宮裁。斐然成章，知所裁之，國學之教以此。理以字傳，故李獨有字。因此這李紈雖青春喪偶，且居處於膏粱錦繡之中，竟如槁木死灰一般，一概不問不聞，惟知侍親「孝」字暗點。教子，外則陪伴小姑等針黹誦讀而已。所謂守中。敍其家世名字爲人，皆用特筆莊重出之，俗語所謂「靛缸中拉出白布」也。今黛玉雖客居於此，自有這幾個姑嫂相伴，除老父之外，餘者也就無庸慮及了。

如今且説賈雨村授了應天府，一到任，就有件人命官司詳至案下。乃是兩家爭買一婢，各不相讓，以致毆傷人命。彼時雨村即拘原告之人來審，那原告道：「被毆死者乃小人之主人。因那日買了一個丫頭，不想係拐子拐來賣的。這拐子自已得了我家的銀子。我家小主原説第三日方是好日子，再接入門，這拐子又悄悄的賣與了薛家，出薛家，乃在告狀人口中。被我們知道了，去找拿賣主，奪取丫頭。無奈薛家係金陵一霸，倚財仗勢，衆豪奴將我小主人竟打死了。凶身主僕，皆已逃走無蹤迹了，只剩了幾個局外之人。小人告了一年的狀，竟無人作主，葫蘆提。求太老爺拘拿凶犯，以扶善良，存殁感激天恩不盡！」雨村聽了大怒道：「豈有這等事！打死了人，竟白白走了，拿不來的？」發簽差公人，立刻將凶犯家屬拿來拷問。假語村言原有個初心要人識得，便是風月寶鑑反面。只見案旁立着一個門子，使眼色不令他發簽。雨村心下狐疑，只得停了手，退堂，轉面了。至密室，令從人退去，只留此門子一人伏侍。

門子忙上前請安，笑問：「老爺一向加官進禄，八九年來，就忘了我了？」兜心一擊。雨村道：「卻十分面善，一時想不起來。」門子笑道：「貴人多忘事，把出身之地竟忘了？乾、坤，《易》之門户，故爲門子，正一真一假所從出。不記得當年葫蘆廟裏之事麽？」直接首回。雨村大驚，方憶起往事。原來這門子本是葫蘆廟裏一個小沙彌，因被火之後，無處安身，想這件生意倒還輕省，耐不得寺院淒涼景況，遂趁年紀尚輕，蓄了髮，充當門子。雨村那裏料得是他？便忙攜手笑道：「原來是故人。」因令坐了好談。這門子不敢坐，雨村笑道：葫蘆一笑，情僧緣起矣。「貧賤之交，不可忘也。爲交道歎。此係私室，但坐何妨?」調侃不少。這門子方告了坐，斜簽着坐了。雨村道：「方纔何故不令發簽?」這門子道：「老爺榮任到此，難道就没抄一張本省的『護官符』來不成?」同聲一哭。雨村忙問：「何爲『護官符』?」門子道：「如今凡作地方官者，皆有一個私單，上面寫的是本省最有權勢、極富貴的大鄉紳名姓，各省皆然。倘若不知，一時觸犯了這樣的人家，不但官爵，只怕連性命也難保呢！寫來怕人。所以叫做『護官符』。方纔所説的這薛家，老爺如何惹得他?他這件官司，並無難斷之處，從前的官府都因礙着情分臉面，所以如此。」一面説，一面從順袋中取出一張抄的「護官符」來，遞與雨村。看時，上面皆是本地大族名宦之家的諺俗口碑，「護官符」乃諺俗口碑，葫蘆僧、賈雨村面面俱到。云：賈不假，白玉爲堂金作馬。特用金玉對待提出。阿房宫，三百里，住不下金陵一個史。大結構，亡秦者秦也。東海缺少白玉牀，龍王來請金陵王。特以牀言熙鳳主之，而王爲《易》象，首於乾龍。豐年好大雪，珍珠如土金如鐵。明言薛是雪，則一書皆當作如是觀，木之敵也。而珍珠爲襲人，金爲寶釵，如土如鐵，賤之也。

雨村尚未看完，歷數四家，非歌非謡，古氣磅礴。尚未看完，含蓄最妙。忽聞傳點，報王老爺來拜。雨村忙具衣冠出去迎接，有頓飯工夫，方回來。葫蘆提一王老爺來拜，見此四家終亦必亡而已。全部《易》象寓此，而四家之亡不過頓飯工夫，言之慨然。問這門子，門子道：「這四家，三字陡接。皆連絡有親，一損俱損，一榮俱榮，扶持遮飾，皆有照應的。全書總頓。今告打死人之薛就是『豐年大雪』之薛。也不單靠這王家，他的世交親友在都在外者本亦不少。老爺如今拿誰去?」反照八十五回「復惹放流刑」、九十九回「老舅擔驚」之衰，不過頓飯工夫也。雨村聽如此説，便笑問門子道：「如你這樣説來，卻怎麼了結此案?你大約也深知這凶犯躲的方向了。」門子笑道：「笑」字罵人。「不瞞老爺說，不但這凶犯躲的方向我知道，並這拐賣的人我也知道，死鬼買主也深知道，待我細說與老爺聽。明明孽鏡臺，寫得十分瀏亮。這個被打死的，乃是一個小鄉紳之子，名喚馮淵。冤業相逢也。父母俱亡，又無兄弟，守着些薄產度日。年紀十八九歲，酷愛男風，男風，南風也，故與薛爲對頭。非閑筆，非趣筆。不甚好女色。這也是前生冤孽，明點。可巧遇見這拐子賣丫頭，他便一眼看上了這丫頭，立意買來作妾，設意不近男色，也不再娶第二個了，所以鄭重其事，必待三日後方進門。爲「薄命」下注脚。誰知這拐子又偷賣與薛家，他意欲捲了兩家的銀子而逃。誰知又走不脫，兩家拿住，打了個半死，都不肯收銀，各要領人。那薛公子豈肯讓人的？便喝令下人動手，將馮公子打了個稀爛，抬回去，三日竟死了。薛公子第一事如此。這薛公子原早擇下日子要上京去的，既打了馮公子，奪了丫頭，他便如沒事人一般，只管帶了家眷走他的路，並非爲此而逃，這人命些些小事，自有他弟兄奴僕在此料理。行文如瀉水銀瓶，說事如吹燈草灰，可以醫鈍疾，恰爲李祥、薛蝌反照。這且別說。老爺可知這被賣之丫頭是誰？」四字風雨驟至。雨村道：「我如何得知？」門子冷笑道：冷笑得怕人。「這人還是老爺的大恩人呢！他就是葫蘆廟旁住的葫蘆何曾葫蘆，而葫蘆死矣。甄老爺的女兒，小名英蓮的。」百二十回一大結穴。雨村駭然道：「原來就是他！聞得他自五歲被人拐去，卻如今纔賣呢？」問得鬆泛，看他寫這種人心，這般口吻，真覺腕底有鬼。門子道：「這種拐子，單拐的是幼女，養至十二三歲，帶至他鄉轉賣。當日這英蓮，我們天天哄他頑耍，極相熟的，所以隔了七八年，雖模樣出脫得齊整，然大段未改，所以認得他。但他眉心中原有米粒大的一點胭脂痣，痣，記也。《風月寶鑑》一胭脂記也，故寶玉愛紅。而太極一點，大道寓焉。從胎裏帶來的。偏生這拐子又租了我的房舍居住，那日拐子不在家，我也曾問他，他（說）是被拐子打怕了的，萬不敢說，只說拐子是他親爹，因無錢還債，故賣的。我哄他再四，他又哭了，只說：『我原不記得小時之事。』這無可疑了。那日馮公子相見了，兑了銀子，因拐子醉了，英蓮自歎道：『我今日罪孽可滿了！』後又聽見馮公子三日後纔令過門，他又轉有憂愁之態。又反跌「薄命」。我又不忍，等拐子出去，又叫妻子去解釋他：『這馮公子必待好日期來接，可知必不以丫鬟相看。況他是個絶風流人品，家裏頗過得，素性又最厭惡堂客，今竟破價買你，後事不言可知。只耐得三兩日，何必憂悶？』他聽如此說，方略解些，自謂從此得所。誰料天下竟有不如意事，第二日他偏又賣了與薛家。若賣與第二家還好，這薛公子的混名，人稱他『獃霸王』，最是天下第一個弄性尚氣的人，出混號自是貶詞，而曰霸，曰獃，尚許其爲三代後無心粗暴之一人耳。故疏以「弄性尚氣」字樣。乃若其妹則不獃矣，則直霸王矣。參看三十四回「錯裏錯」，文義自見。而且使錢如土，這打了個落花流水，生拖死拽把個英蓮拖去，如今也不知死活。這馮公子空喜一場，一念未遂，反花了錢，送了命，豈不可歎！」

雨村聽了亦歎道：「這也是他們的孽障遭遇，亦非偶然。不然，這馮淵如何偏只看上了這英蓮？又爲「薄命郎」及「偏逢」字一注。這英蓮受了拐子這幾年折磨，纔得了個頭路，且又是個多情的，若果聚合了，倒是件美事，偏又生出這段事來。這薛家縱比馮家富貴，想其爲人，自然姬妾衆多，淫佚無度，未必及馮淵定情於一人。這正爲夢幻情緣，恰遇見一對薄命兒女。且不要議論他人，此段筆歌墨舞，要看一句一轉用虛字眼處，而陡落千丈，是書終矣。只目今這官司如何剖斷纔好？」忽接此句，何處得來？我欲下拜。寫出喪心骨髓，我欲磨刀。門子笑道：「老爺當年何其明決，今日何反成個沒主意的人了？渡下無痕。小的聞得老爺補升此任，係賈府、王府之力。何以知之？此薛蟠即賈府之親，老爺何不順水行舟，做個人情，將此案了結，日後也好去見賈、王二公的。」撇開「大恩人」三字，以此語作斡旋，已是責包茅不入矣。人心之險，文字之難，一齊都到。雨村道：「你說的何嘗不是？是。但事關人命，蒙皇上隆恩，起復委用，正竭力圖報之時，是。豈可因私枉法？是實不忍爲的。」是。門子聽了冷笑道：「老爺說的何嘗不是，但如今世上是行不去的。豈不聞古人有言：『大丈夫相時而動。』又曰：『趨吉避凶者爲君子。』依老爺這說，不但不能報效朝廷，亦且自身不保。還要三思爲妥。」一言之慨然。雨村低了頭，半日方說：「依你怎麼樣呢？」門子道：「小人已想了個極好的主意在此：老爺明日坐堂，只管虛張聲勢，動文書，發簽拿人，凶犯自然是拿不來的。原告固是不依，自然將薛家族人，及奴僕人等，拿幾個來拷問。小的在暗中調停，令他們報個暴病身亡，合族中及地方上共遞一張保呈。老爺只說善能扶鸞請仙，堂上設了乩壇，令軍民人等只管來看。老爺只說『乩仙批了，死者馮淵，與薛蟠原係宿孽，今狹路相遇，原因了結。今薛蟠已得了無名之病，被馮魂追索而死，獃霸王死於葫蘆僧之口矣，便已是報應昭然，何必不有其事乎？其禍皆由拐子而起。除將拐子按法處治外，餘不略及』等語。小人暗中囑拐子令其實招。衆人見乩仙批語與拐子相符，自然不疑了。薛家有的是錢，老爺斷一千也可，五百也可，與了馮家作燒埋之費。那馮家也無甚要緊的人，不過爲的是錢，有了銀子，也就無話了。老爺細想，此計如何？」雨村笑道：一笑起，一笑結。問世人識得此笑否？「不妥，不妥！等我再斟酌斟酌，或可壓服口聲也罷了。」二人計議已定。

至次日坐堂，勾取一干有名人犯，雨村詳加審問，果見馮家人口稀少，不過藉此欲得些燒埋之銀，薛家仗勢倚情，偏不相讓，故致顛倒未決。雨村便狥情枉法，胡亂判斷了此案。乾净之極。了此案，了假語村言實、黛、釵全案也。馮家得了許多燒埋銀子，銀子特提，亦是全案要緊東西。也就無甚話說了。雨村便疾忙修書二封與賈政並京營節度使王子騰，王子騰只虛寫，至其死通部中未一見，故曰騰。京營節度使，經營此文而節省筆墨有如此云。後升爲九省都檢點，亦此意。不過說「令甥之事已完，不必過慮」之言寄去。有賈、王之令甥，無甄士隱之令愛矣。此事皆由葫蘆廟内沙彌新門子所爲，雨村又恐他對人說出當日貧賤時事來，因此心中大不樂意，後來到底尋了他一個不是，遠遠的充發了纔罷。與賈何仇，而寫至此，作者惡賈之意可知。而新門子用特提，乃以空演實大意。

當下言不着雨村。且說那買了英蓮，打死馮淵的那薛公子，亦係金陵人氏，本是書香繼世之家。只是如今這薛公子幼年喪父，其父何名？作者何妨隨意造一名耶？寡母又憐他是個獨根孤種，未免溺愛縱容些，此句着眼。遂至老大無成。且家中有百萬之富，現領着内帑錢糧，採辦雜料。這薛公子學名薛蟠，表字文起，一名一字，見蛟螭之性不可馴，爲釵之兄。又自謅此文由起，而目爲詞宗也。性情奢侈，言語傲慢。雖也上過學，不過略識幾個字，終日惟有鬥雞走馬，遊山玩景而已。雖是皇商，一應經紀世事，全然不知，不過賴祖上舊日情分，户部掛個虛名，支領錢糧，其餘事體，自有夥計老家人等措辦。一賈人子耳。寡母王氏，政妻王，此亦王耳，非必父無名而母有氏。乃現任京營節度使王子騰之妹，與榮國府賈政的夫人王氏是一母所生的姊妹，敍其黨。今年方四十上下，只有薛蟠一子。還有一女，比薛蟠小兩歲，乳名寶釵。釵，差也，差錯也。跡其生平所用心，無非鑄成一錯。又釵從金，一玉之匹，一玉之敵也。一名寓如許意，乃有讀者評曰「寶釵好」，又曰「我愛寶卿」云云，怪哉！生得肌骨瑩潤，舉止嫺雅。略寫尤物。當時他父親在日，極愛此女，令其讀書識字，較之乃兄，竟高十倍。所以不猷。自父親死後，見哥哥不能安慰母心，他便不以書字爲念，只留心針黹家計等事，好爲母親分憂代勞。是賢是孝，鬼蜮文字，千古奇觀。近因今上崇尚詩禮，徵採才能，降不世之隆恩，除聘選妃嬪外，在世宦名家之女，皆得報名達部，以備選擇，爲公主、郡主入學陪侍，充爲才人、贊善之職。寶釵來路是待選，猶曰自獻也。而此後絕不一提，我所以說是鬼蜮文字。自薛蟠父親死後，各省中所有的買賣承局、總管、夥計人等，見薛蟠年輕不諳諸事，便趁勢拐騙起來。京都幾處生意，漸亦銷耗。薛蟠素聞得都中乃第一繁華之地，正思一遊，便趁此機會，一來送妹待選，寶釵來歷寫得不倫不類。二來望親，三來親自入都銷算舊賬，再計新支。其實只爲遊覽上國風光之意。因此早已檢點下行裝細軟，以及饋送親友各色土物人情等類，正擇日起身。不想偏遇了那拐子，賣了英蓮。薛蟠見英蓮生得不俗，立意買了。英蓮爲甄士隱之女，則爲真女，似當以清潔好筆寫之。而必寫其歷遭苦難，終歸薛氏，以及六十二回之「石榴裙」，何辱奪乃爾。殊不知正以見風月鑑之主，出真入假之原，一薄命無不薄命也。若但用潔筆而不用污筆，豈不是只照了書中一半人物，不成其爲鏡矣。又遇馮家來奪，因恃强喝令手下豪奴，將馮淵打死。他便將家中事務，一一囑託了族中人並幾個老家人，他便帶了母、妹等，竟自起身長行去了。人命官司，他卻視爲兒戲，自謂花上幾個臭錢，没有不了的。反照後文，雖寫盛衰異致，究覺難易大别，知作者故以矛盾自喜也。

在路不計其日。那日已將入都，又聞得母舅王子騰升了九省統制，奉旨出都查邊。省去此人，以便書寫賈府，故云九省統制。文中不見，故云查邊。薛蟠心中暗喜道：「我正愁進京去有母舅管轄，不能任意揮霍，如今升出去，可知天從人願！」因和母親商議道：「咱們京中雖有幾處房舍，只是這十年來没人居住，那看守的人，未免偷着租賃與人，須得先着人去打掃收拾纔好。」他母親道：「何必如此招摇？咱們這進京去，原是先拜望親友，或是在你舅舅處，一處。或是你姨爹家，他們家的房舍極是寛敞的。咱們且住下，再慢慢的着人去收拾，豈不消停些？」薛蟠道：「如今舅舅正升了外省去，家裏自然忙亂起身，咱們這回子反一窩一拖的奔了去，豈不没眼色些？」他母親道：「你舅舅雖升了去，還有你姨娘家。况這幾年來，你舅舅、姨娘兩處，每每帶信捎書，接咱們來。如今既來了，你舅舅雖忙着起身，你賈家姨娘，未必不苦留我們。咱們且忙忙的收拾房子，豈不是使人見怪？你的意思我卻知道，守着舅舅、姨母住着，未免拘緊了你，不如各住，好任意施爲。你既如此，你自去挑所宅子去住；我和你姨娘姊妹們别了這幾年，卻要厮守幾日，我帶了你妹妹去投你姨娘家去。你道好不好？」寫薛姨媽不是賈母，不是王夫人，不是邢夫人，不是劉老老，而處處掩卷能認得他。寫薛蟠不是諸紈袴，不是邢大舅，不是醉金剛，亦處處認得他。是爲能品。而自命曰「投」，與三回「接」字對勘。薛蟠見母親如此説，情知扭不過的，只得吩咐人夫，一路奔榮國府而來。寫他母子一路説話字眼氣概，又一副新鮮科白，自始至終，一絲不走。

那時王夫人知薛蟠官司一事，虧賈雨村就中維持了，纔放了心。又見哥哥升了邊缺，正愁少了娘家的親戚來往，略加寂寞。過了幾日，忽家人報：「姨太太帶了哥兒、姐兒合家進京，在門外下車了。」喜的王夫人忙帶了人接出大廳來，將薛姨媽等接了進去。姊妹們暮年相見，悲喜交集，自不必說。敘了一番契闊，又引着拜見賈母，將人情土物，各種酬獻了。是黛玉没有的。合家俱廝見過，又治席接風。薛蟠拜見過賈政、賈璉，又引着見了賈赦、賈珍等。賈政便使人來對王夫人說：「姨太太已有了春秋，外甥年輕，不知庶務，在外住着，恐怕又要生事。既知如此，而以後夢夢，何以爲政？咱們東南角上梨香院一所十來間，白空閒着，叫人打掃了，請姨太太和姐兒哥兒住了甚好。」王夫人原要留住，賈母也就遣人來說：「請姨太太就在這裏住下，大家親密些。」薛姨媽正欲同居一處，方可拘緊些；若另住在外，恐薛蟠縱性惹禍，遂忙道謝應允。又私與王夫人說明，一應日費供給，一概免卻，方是處常之法。王夫人知他家不難於此，是黛玉没有的。遂亦從其願。從此後薛家母子就在梨香院中住了。梨香院猶曰梨園，故後爲女樂所居。今薛氏居此，是何等看承？○《紅樓夢》一部傳奇也。寶、黛爲生、旦，釵爲黛比肩，則脚色爲小旦，又隱然爲大花面戲之生發大主腦也，固當居此。又梨雲，言夢主也。

原來這梨香院乃當日榮公暮年養静之所，小小巧巧，小小巧巧，恰好影射。約有十餘間房舍，前廳後舍俱全。另有一門通街，另有門通街，記清。○此街當是後街，此院當在賈赦所居之後，看角門在西南，一夾道通正房東院，可見是確寫處。薛蟠家人，就走此門出入。西南又有一角門，通一夾道，出了夾道，便是王夫人正房的東院了。每日或飯後，或晚間，薛姨媽便過來，或與賈母閒談，或與王夫人相敘。寶釵日與黛玉、迎春姊妹等一處，或看書下棋，或做針黹，倒也十分樂意。皆略點一過，而不及寶玉，是章法，是筆法，是心法。只是薛蟠起初原不欲在賈府中居住，生恐姨父管束，不得自在，無奈母親執意在此，且賈宅中又十分殷勤苦留，只得暫且住下，一面使人打掃出自家的房屋，再移居過去。誰知自此間住了，不上一月，賈宅族中凡有的子侄，俱已認熟了一半，都是那些紈絝氣習，莫不喜與他來往，今日會酒，明日觀花，甚至聚賭嫖娼，無所不至，虛籠數語，已覺不堪。引誘的薛蟠比當日更壞了十倍。看此語直是人禽之辨，奪妾殺人之外，請問這十倍怎樣加法？是何罪狀？雖説賈政訓子有方，治家有法，果然。一則族大人多，照管不到；二則現在房長乃是賈珍，彼乃寧府長孫，又現襲職，凡族中事都是他掌管；三則公私冗雜，且素性瀟灑，不以俗事爲要，果然。所謂「賢襲人」「賢寶釵」種種贊語，都是這話。每公暇之時，不過看書着棋而已。況這梨香院相隔兩層房舍，又有街門別開，任意可以出入，這些子弟們可以放意暢懷的。因此遂將移居之念漸漸打滅了。筆筆開脱，筆筆坐實，鐵案如山而絶不及賈赦，所謂「首罪寧」。

未知日後如何，且看下回分解。

此回開首着李紈來歷，篇中出寶釵來歷。寫李處若瑞草靈芝，寫薛處若狂風冷霧，是小章法。寫薛氏家世糊塗，根基淺薄，來路突兀，無一諱詞，則寶釵可知；回看黛玉出身何等正大，何等清潔，是大章法。

因薄命女有薄命郎，故着一馮淵名姓，其餘告狀人及家屬拐子等悉不着一名，墨瀋一滴不肯浪費，又以合葫蘆案之旨也。

此回文字，步步收縮，步步生發，平整中有突兀峯巒，乃大結搆處。作者通身力量在此。如善打拳者，拳及人身即回，斷不致命，而致命即在此拳。看出寶釵乃在此回之末，且不過虛寫，是何等章法。

自首回至此爲一大段，還《石頭記》命名大旨也。真假對勘，冷熱互見。寶、黛聚合爲生、旦家門，僧道往來爲因緣綫索，而應憐，而薄命，實始終之。歸結在一葫蘆僧，歸結在一甄士隱也。生發在一葫蘆案，生發在一賈雨村也。從此寶釵登場，雪木相敵，靈通澌滅，夢幻昏迷，演過《石頭記》，便唱《紅樓夢》，開出下四回一大段。

護花主人評曰：

寶玉、黛玉、寶釵，是一部之主。寶、黛已經會合，第四回必當敍及寶釵。但一住應天，一住都中，如何合併一處？因借人命一案，牽合相聚，即將英蓮帶出，以爲引綫。後來許多事件，俱於此回埋根。且將賈、王、史、薛四家親戚，均即帶敍，省卻後文許多補筆。真是匠心獨苦，亦是天衣無縫。

蓮花命名，大概用青紅香白翠紫緑玉等字，今取英字，與人獨異。英者，落英也，蓮落則菱生矣。

葫蘆廟小沙彌斷案，説盡仕路趨炎情態。又見赫赫諸大宦，跳不出小小葫蘆。

小沙彌勸結冤案，自己仍被賈雨村尋事充發。不但報應不爽，可爲小人儆戒，且了結此沙彌，以省後來閒筆。

梨花如雪，梨香院正好住薛寶釵。

王子騰若不出京，薛蟠一家自應相依王宅，不便即住梨香院。如此安頓，是文章善渡法。薛寶釵是主，英蓮是賓，卻先敍英蓮，後敍寶釵，是因賓及主法。篇中說寶釵舉止品度，又是一樣，已隱隱中賈母之選，且爲衆人欽服。

三、四回一大段中，又分四小段：三回首句起，至「不在話下」句止，爲一段，敍賈雨村送黛玉進京，復得官到任；「且說黛玉」句起，至三回末，爲一段，敍黛玉進榮府與諸人相見，及初見寶玉情事；四回首句起，至充發小沙彌止，爲一段，了結薛蟠命案；自「且說買了英蓮」句起，至四回末，爲一段，敍寶釵同母兄往賈府梨香院緣由。

第五回　賈寶玉神遊太虛境　警幻仙曲演紅樓夢

第四回中既將薛家母子在榮府中寄居等事略已表明，此回則暫不能寫矣。首四回爲一段，特自提明。如今且説林黛玉自在榮府，一來賈母萬般憐愛，寢食起居一如寶玉，而迎春、惜春、探春「靡不有初」，而三春置探在末，則有深意。三個孫女，倒且靠後；便是寶玉和黛玉二人之親密友愛處，亦較別個不同。誰則使之？日則同行同坐，夜則同止同息，真是言和意順，似漆如膠。天實爲之，然已語中生刺。不想如今忽然來了一個薛寶釵，「不想」二字下得極糊塗，極清楚，寶、黛不想耶？衆人不想耶？作者不想耶？觀者不想耶？明此二字，便可打破葫蘆。年紀雖大不多，然品格端方，一善。容貌美麗，一善。人謂黛玉所不及。以人事言之誠然。而寶釵行爲豁達，果然。隨分從時，果然。不比黛玉孤高自許，目無下塵，寫步步留心，時時在意者乃如此。故深得下人之心。小用小效。便是那些小丫頭們，亦多與寶釵頑笑。寫得不堪，而後面三十回「借扇」文中寶釵又有「我和誰頑過」之語，豈非自相矛盾？因此黛玉心中便有些不忿之意，天意也，死機也。寶釵卻渾然不覺。妙用。那寶玉亦在孩提之間，況自天性所稟，一片愚拙偏僻，視姊妹兄弟，皆出一意，並無親疏遠近之別。如今與黛玉同處則歸墨。賈母房中坐卧，賈母罪案，又一醒。故略比別個姊妹熟慣些。既熟慣，則更覺親密；既親密，則不免有求全之毁，不虞之隙。這日不知爲何，他二人言語有些不合起來，黛玉又在房中獨自垂淚，寶玉又自悔言語冒撞，前去俯就，那黛玉方漸漸回轉來。此等萬難着筆之地，而輕描淡寫，曲曲傳來，虚籠數語，寶、黛情景全在個中，後文便不突不慢。是何等力量！

因東邊寧府花園内梅花盛開，梅花盛開，時令記清，乃《易》道也，請俟後評。賈珍之妻尤氏，尤，罪自外至者也，故爲珍之内。又尤、由通，見其一味迎合，不能匡夫教子，而二姐、三姐，一由而無不由，以釀成聚麀之亂。麀，尤之轉聲也。乃治酒具，請賈母、邢夫人、王夫人等賞花。「神遊」一回出自寧府，倡自尤氏。是日先帶了賈蓉夫妻二人來面請。賈母等於早飯後過來，就在會芳園遊玩。「會桃李之芳園，敘天倫之樂事」，此日則寫何事哉！是爲「天倫」二字痛哭。一園名，實隱括苦孝説。先茶後酒，不過是寧、榮二府眷屬家宴，並無別樣新文趣事可記。略道家宴，不與其會芳也，別無可記，急欲記新文趣事也。凡此等處，在他書是按下，在此書爲提起。一時寶玉倦怠，「寶玉倦怠」四字極重，蓋自新之功，但一間斷，則夢幻中之。欲睡中覺，賈母命人好生陪着，歇息一回再來。賈蓉之妻秦氏，秦、禽同音，轉聲爲情，《紅樓》首敘此人，則《紅樓》自云「談情」正面反面一齊在内。便忙笑道：「我們這裏有給寶叔收拾下的屋子，老祖宗放心，「放心」二字即首回僧道對言「你放心」字，乃全書大關目。只管交與我就是了。」是取之於賈母，而賈母與之者，定賈母罪案。〔因〕（親）向寶玉的奶娘丫鬟等道：「嬷嬷姐姐們，請寶叔隨我這裏來。」看寫法。賈母素知秦氏是極妥當的人，生得嫋娜纖巧，行事又温柔和平，「温柔和平」是字眼，正釵、襲一氣。是重孫媳婦中第一個得意之人。再足一句。見他去安置寶玉，自是安穩的。

當下秦氏引了一簇人來至上房内間，寶玉抬頭看見是一幅畫貼在上面，人物固是好，其故事乃是「燃藜圖」，天禄校書而見太乙，乃此書正意發源之處，不是本回反襯。他心中便有些不快。又有一副對聯，寫道是：

世事洞明皆學問，人情練達即文章。是致知，是格物，能見太乙下手工夫在此矣。一畫一對，本末始終顯然舉出，何觀者但認他談情，且只認他談物欲之情，而摇首攢眉，罵閑人迂腐耶？試問此處迂腐否？何世人説「快出去，快出去」者之多耶！

及看了這兩句，縱然室宇精美，鋪陳華麗，亦斷斷不肯在這裏了，忙説：「快出去，快出去！」秦氏聽了笑道：「這裏還不好，往那裏去呢？不然，往我屋裏去罷。」寫至此，真癡口，真棘手，看他一摇曳，一合拍，良工心苦。寶玉點頭微笑。淫極矣。有一嬷嬷説道：「那裏有個叔叔往侄兒媳婦房裏睡覺的禮？」非嬷嬷呆，實作者自欲喝破。秦氏笑道：「噯喲，不怕他惱，他能多大了，就忌諱這些麽？上月你没有看見我那個兄弟來了，雖然和寶叔同年，兩個人若同站立在一處，只怕那一個還高些呢！」特作斡旋，即入鯨卿。寶玉道：「我怎麽没有見過他？你帶他來我瞧瞧。」衆人笑道：「隔着二三十里，那裏帶去？見的日子有呢。」説着，大家來至秦氏房中，剛至房中，便有一股細細的甜香襲人。一股甜香，入幻境矣。特犯「襲人」兩字，已生出下回，一而二二而一也。寶玉便覺得眼餳骨軟，連説：「好香！」是何景象。入房，向壁上看時，有唐伯虎畫的恰有此等古人替他湊趣。唐多内亂，虎能食人，虎爲西金，寅爲東木，一金一木，所謂兼美。寅、淫同音，小字六如，正合夢幻，寶、黛、釵並到矣。作者直善役鬼驅神，評者未必捕風捉影。《海棠春睡圖》，是紅樓夢。兩邊有宋學士秦太虛寫的一副對聯：又有此古人，名是秦氏，是入太虚境，轉似特爲此回書捏造者，咄咄怪事！

嫩寒鎖夢因春冷，芳氣襲人是酒香。二語八面玲瓏。上句說夢，是本回「神遊」；下句「襲人」，是下回「初試」。而上句第三「鎖」字對下句第三「襲」字，兩末字乃「冷」「香」，則金鎖、冷香丸方是真正主人翁。三十六回「絳芸軒」之「夢兆」，先演於此。天下才人尚以閑人爲謬否？○前一畫一聯是甄士隱邊事，此一畫一聯是賈雨村邊事。

案上設着武則天當日鏡室中設的寶鏡，一邊擺着趙飛燕立着舞的金盤，盤内盛着安禄山擲過傷了太真乳的木瓜，上面設着壽陽公主於含章殿下卧的寶榻，懸的是同昌公主製的連珠帳。寫陳設而述其人，有一非淫亂者否？寶玉含笑道：「這裏好，這裏好！」是好。秦氏笑道：「我這屋子，大約神仙也可以住得的。」是住得。說着，親自展開了西施浣過的紗衾，移了紅娘抱過的鴛枕，明寫出薦衾枕矣，而猶曰夢，作者誠不欲捌破這層紙耳。於是衆奶姆服侍寶玉卧好了，款款散去，只留下襲人、秋紋、晴雯、麝月四個丫鬟爲伴。出四婢，襲、晴皆有本傳，俟後批出。統此而言，則紋、雯皆空虛，花、麝有着落。秦氏便吩咐小丫鬟們好生在檐下看着猫兒打架。是猫兒打架。

那寶玉纔合上眼，便恍恍惚惚的睡去。恍兮惚兮，其中有精。原是神仙住得的，豈僅寫夢？我說「譏失教也」一言可概《紅樓》，於此可見。猶似秦氏在前，遂悠悠蕩蕩，隨了秦氏至一所在。但見朱欄玉砌，緑樹清溪，真是人迹不逢，飛塵罕到。寶玉在夢中歡喜，想道：「這個去處有趣，我就在這裏過一生，雖然失了家也願意，强如天天被父母先生刻責。」忽胡思之間，聽見山後有人作歌曰：

春夢隨雲散，飛花逐水流。寄言衆兒女，何必覓閒愁。此歌是正言警省處。

寶玉聽了，是女兒的聲氣。歌音未息，早見那邊走出一個麗人來，蹁躚嫋娜，與凡人不同。有賦爲證：

方離柳塢，乍出花房。但行處，鳥驚庭樹；將到時，影度迴廊。仙袂乍飄兮，聞蘭麝之馥郁；荷衣欲動兮，聽環珮之鏗鏘。靨笑春桃兮，雲堆翠髻；唇綻櫻顆兮，榴齒含香。盼纖腰之楚楚兮，風迴雪舞；耀珠翠之輝煌兮，鴨綠鵝黃。出沒花間兮，宜嗔宜喜；徘徊池上兮，若飛若揚。蛾眉顰笑兮，將言而未語；蓮步乍移兮，欲止而欲行。羨彼之良質兮，冰清玉潤；慕彼之華服兮，閃爍文章。愛彼之容貌兮，香温玉篆；美彼之態度兮，鳳翥龍翔。其素若何？春梅綻雪；其潔若何？秋蕙披霜。其静若何？松生空谷；其豔若何？霞映澄塘。其文若何？龍遊曲沼；其神若何？月射寒江。應慚西子，實愧王嬙。奇矣哉！生於孰地，來自何方？信矣乎！瑶池不二，紫府無雙。果何人哉，若斯之美也！竊洛神、巫女寫烏有、子虛，警幻之賦也，而無一警幻意思。山後走出一人，曰塢，曰房，曰庭樹，曰迴廊，作者狡獪至此，笨伯又曰：「惜欠精確。」

寶玉見是一個仙姑，喜的忙來作揖，笑問道：「神仙姐姐，不知從那裏來，如今要往那裏去？我也不知這裏是何處，三語先注通靈。望乞攜帶攜帶。」那仙姑道：「吾居離恨天之上，灌愁海之中，乃放春山遣香洞太虚幻境警幻仙姑是也。作者履歷。曰恨，曰愁，曰放，曰遺，是何境界。司人間之風情月債，掌塵世之女怨男癡。因近來風流冤孽，纏綿於此，是以前來訪察機會，佈散相思。以散爲收，是書作用。今日與爾相逢，亦非偶然。此離吾境不遠，別無他物，僅有自採仙茗一盞，親釀美酒一甕，素練魔舞歌姬數人，新填《紅樓夢》仙曲十二支，可試隨我一遊否？」特用整鍊筆墨，寫得好！寶玉聽了，喜躍非常，便忘了秦氏在何處，竟隨了仙姑。至一所在，有石牌横建，上書「太虚幻境」四大字，兩邊一副對聯，乃是：

假作真時真亦假，無爲有處有還無。此即首回之聯語，而真假有無，此處卻不串看。緣彼道作書之綱，此則概書中諸人之目，又爲既入夢之寶玉，當用對看。

轉過牌坊，便是一座宫門，上横書四個大字，道是「孽海情天」。實有其處。又有一副對聯，大書道：

厚地高天，堪歎古今情不盡；癡男怨女，可憐風月債難酬。即以本聯注本額，在「不」字「難」字，「堪歎」「可憐」，則警幻也。

寶玉看了，心下自思道：「原來如此。但不知何爲古今之情，何爲風月之債？從今倒要領略領略。」現身説法，所謂翻過筋斗的。寶玉只顧如此一想，不料早把些邪魔招入膏肓了。當下隨了仙姑，進入二層門内，只見兩邊配殿皆有扁額對聯，一時看不盡許多，惟見幾處寫着的是「癡情司」「結怨司」「朝啼司」「暮哭司」「春感司」「秋悲司」。無非如此。看了，因向仙姑道：「敢煩仙姑，引我到那各司中遊玩遊玩，不知可使得麽？」仙姑道：「此中各司，貯的是普天之下所有的女子過去未來的簿册，爾凡眼塵軀，未便先知的。」寶玉聽了，那裏肯依，復央之再三。警幻便看這司的匾，説：「也罷，就在此司内略隨喜隨喜罷。」寶玉喜不能勝，抬頭看這司的匾上，乃是「薄命司」三字，陡接前回，徹上徹下。兩邊寫着對聯云：

春恨秋悲皆自惹，花容月貌爲誰妍。一聯寫得兩無交涉，令人寒心，令人失笑。

寶玉看了，便加感歎。他偏感歎，此天下所以學寶玉者多也。進入門中，只見有十數個大廚，皆用封條封着，看那封條上，皆有各省字樣。寶玉一心只揀自己家鄉的封條看，只見那邊廚上封條，大書「金陵十二釵正冊」。釵同差，所謂十二分錯了也。寶玉因問：「何爲『金陵十二釵正冊』？」警幻道：「即貴省中十二冠首女子之冊，故爲正冊。」寶玉道：「常聽人説金陵極大，怎麽只十二個女子？如今單我們家裏，上上下下，就有幾百個女孩兒。」警幻微笑道：「貴省女子固多，不過擇其緊要者録之。兩邊二廚則又次之，餘者庸常之輩，則無冊可録矣。」寶玉再看下首一廚，上寫着「金陵十二釵副冊」，又一廚上寫着「金陵十二釵又副冊」。寶玉便伸手先將又副冊廚門開了，拿出一本冊來，妙有錯落，且合賓主。先出又副冊晴、襲兩人，爲釵、黛之一影。揭開看時，只見這首冊頁上畫的，既非人物，亦非山水，不過是水墨滃染，滿紙烏雲濁霧而已。後有幾行字迹，寫道是：

霽月難逢，彩雲易散。心比天高，身爲下賤。風流靈巧招人怨。壽夭多因誹謗生，多情公子空牽念。晴雯終局。着眼一「空」字。

寶玉看了，又見後面畫着一簇鮮花，一牀破蓆，也有幾句言詞道：

枉自温柔和順，空云似桂如蘭。堪羡優伶有福，誰知公子無緣。襲人終局。「枉」字、「空」字，作者自行投首處。

寶玉看了不解。遂擲下這個，去開了副冊廚門，拿起一本冊來，揭開看時，只見畫着一枝桂花，下面有一池沼，其中水涸泥乾，蓮枯藕敗。次副冊出香菱，先懸一鏡照起諸人。後面書云：

根並荷花一莖香，平生遭際實堪傷。自從兩地生孤木，致使芳魂返故鄉。香菱終局。「兩地孤木」乃桂字，「返」則歸真矣。

寶玉看了又不解。又去取正册看，只見頭一頁上面，畫着兩株枯木，木上懸着一圍玉帶；又有一堆雪，雪下一股金釵。是木是雪，余言不謬。也有四句詩道：

可歎停機德，誰憐詠絮才？玉帶林中掛，金簪雪裏埋。釵、黛必作合傳，是天道，是人事，曰德曰才，悉反話也。玉掛則明明顯出，金埋則暗暗藏伏，如「玉生香」「絳芸軒」等處是。「可歎」「誰憐」，都是枉了。

寶玉看了仍不解。待要問時，知他必不肯洩漏天機，待要丟下，又不捨。遂往後看時，只見畫着一張弓，弓上掛着一香櫞，也有一首歌詞云：

二十年來辨是非，榴花開處照宮闈。三春怎及初春景，虎兕相逢大夢歸。元春終局。將以其演氣數之天，故末句指人生處。

後面又畫着兩人放風箏，一片大海，一隻大船，船中有一女子，掩面泣涕之狀。也有四句寫云：

才自清明志自高，生於末世運偏消。清明涕〔泣〕〔送〕江邊望，千里東風一夢遥。探春終局。

後面又畫幾縷飛雲，一灣逝水。其詞曰：

富貴又何爲？襁褓之間父母違。〔展〕眼吊斜暉，湘江水逝楚雲飛。湘雲終局。末句楚江乃「漢」字，請俟下評。

後面又畫着一塊美玉，落在污泥之中。其斷語云：

欲潔何曾潔？云空未必空！可憐金玉質，終掉陷泥中。妙玉終局。一詩妙極，上二句爲大衆説，後二句爲釵、黛説，所以設一妙玉也如此。○元春既過，若以齒序，當及迎春，而探春先之，爲迎爲惜同聲一歎也。三春又當遞及矣，而插入湘雲、妙玉，是見人壽無常，長春難駐，空空而已。故着二人於中。湘雲空象也，妙玉空門也，即論文章不是□簿，萬無刻板處所。

後面忽畫一惡狼，追撲一美女，有欲啖之意。其書云：

子係中山狼，得志便猖狂。金閨花柳質，一載赴黄粱。迎春終局。

後面便是一所古廟，裏面有一美人，在内看經獨坐。其判云：

勘破三春景不長，緇衣頓改昔年妝。可憐繡户侯門女，獨卧青燈古佛旁。惜春終局。

後面便是一片冰山，上有一隻雌鳳。其判云：

凡鳥偏從末世來，都知愛慕此生才。一從二令三人木，哭向金陵事更哀。王熙鳳終局。二令三人木，冷來也。

後面又是一座荒村野店，有一美人在那裏紡績。其判曰：

勢敗休云貴，家亡莫論親。偶因濟劉氏，巧得遇恩人。巧姐終局。重下二句首四字。

詩後又畫一盆茂蘭，傍有一位鳳冠霞帔的美人。也有判云：

桃李春風結子完，到頭誰是一盆蘭？如冰水好空相妒，枉與他人作笑談！李紈結果。以此一人收束諸人，欲留人種也。看前二句可知。後二句則用背面敷粉法，在本人不着筆墨，而大致自見。

詩後又畫一座高樓，上有一美人懸梁自盡。其判云：

情天情海幻情深，情既相逢必主淫。漫言不肖皆榮出，造釁開端實在寧。末出秦可卿，非結上，乃起下。明明是懸梁美人，一詩則爲全書寫，而「幻」字爲本回之主，「淫」字爲通部之主，下二句乃立案。作者真是太阿倒持，授人以柄。

寶玉還欲看時，那仙姑知他天分高明，性情穎慧，恐洩漏天機，便掩了卷册，笑向寶玉道：「且隨我去遊玩奇景，何必在此打這悶葫蘆！」寶玉恍恍惚惚，不覺棄了卷册，又隨了警幻來至後面。但見朱簾繡幙，畫棟雕檐，説不盡的光摇朱户金鋪地，雪照瓊樓玉作宫。金、玉字又一點染。更見仙花馥郁，異草芬芳，真好個所在。又聽警幻笑道：「你們快出來迎接貴客。」一言未了，只見房中走出幾個仙子來，皆是荷袂蹁躚，羽衣飄舞，嬌若春花，媚如秋月。一見了寶玉，都怨謗警幻道：「我們不知係何貴客，忙的接出來，姐姐曾説今日今時，必有個絳珠妹子的生魂前來遊玩，故我等久待。何故引了這濁物來污染這清淨女兒之境？」何曾有黛玉事，而必提黛玉者，正爲真實意淫之一人寫也。故以「清淨女兒」四字醒之，直照黛玉臨終之言，此所以爲《海棠春睡圖》也。寶玉聽如此説，便嚇得欲退不能，果覺自形污穢不堪。警幻忙攜住寶玉的手，向衆姊妹笑道：「你等不知原委，今日原欲往榮府去接絳珠，一語蓋過，而寶、黛同爲一心，不容分別。適從寧府經過，偶遇榮、寧二公之靈，囑吾云：『吾家自國朝定鼎以來，功名奕世，富貴流傳，已歷百年。奈運終數盡，不可挽回。我等之子孫雖多，竟無可以繼業者，惟嫡孫寶玉一人，稟性乖張，性情怪譎，雖聰明靈慧，略可望成，無奈吾家運數合終，恐無人規引入正。幸仙姑偶來，可望先以情慾聲色等事警其癡頑，或得使彼跳出迷人圈子，入於正路，亦吾兄弟之幸矣！』自是莊言，作者立意如此，然而何嘗引入佛老。如此囑吾，故發慈心，引彼至此。先以彼家中上、中、下三等女子之終身册籍，令彼熟玩，尚未覺悟，故引彼再到此處，令其歷飲饌聲色之幻，或冀將來一悟，未可知也。」説畢，攜了寶玉入室。

但聞一縷幽香，不知所聞何物，寶玉遂不住相問。警幻冷笑道：「此香塵世中所無，爾何能知？此係諸名山勝境初生異卉之精，合各種寶林珠樹之油所製，名爲羣芳髓。」三字新奇，而銷鑠羣芳至骨，正眼錫骨軟實際。寶玉聽了，自是羨慕。（已而）（而已）大家入座，小鬟捧上茶來。寶玉自覺香清味美，迥非常品，因又問何名。警幻道：「此茶出在放春山遺香洞，又以仙花靈葉上所帶宿露而烹，此茶名曰千紅一窟。」千紅一哭也。寶玉聽了，點頭稱賞。因看房内瑶琴寶鼎，古畫新詩，無所不有。更喜窗下亦有唾絨，奩間時漬粉污。壁上亦有一副對聯，書云：

幽微靈秀地，無可奈何天。絶妙好辭。上語性命之源，下語缺陷之理，即「眼前無路想回頭」之處。人窮則反本，不到無可奈何，不能復其幽微靈秀。

寶玉看畢，無不羨慕。因又請問衆仙姑姓名，一名癡夢仙姑，一名鍾情大士，一名引愁金女，一名度恨菩提，四道號皆警幻注脚，其意自明。各各道號不一。少刻有小鬟來調桌安椅，擺設酒饌，真是瓊漿滿泛玻璃盞，玉液濃斟琥珀杯。更不用再説此饌之盛。寶玉因此酒香冽異常，又不禁相問。警幻道：「此酒乃以百花之蕤，萬木之汁，加以麟髓之醅，鳳乳之麯釀成，因名爲萬豔同杯。」萬豔同悲也。一茶一酒，包括全書，何嘗有一歡喜境地。寶玉稱賞不迭。

飲酒間，又有十二個舞女上來，請問演何調曲。警幻道：「就將新製《紅樓夢》點明書名。十二支演上來。」舞女們答應了，便輕敲檀板，款按銀箏，聽他歌道是：

開闢鴻濛……

方歌了一句，警幻道：「此曲不比塵世中所填傳奇之曲，必有生、旦、淨、末之別，又有南北九宮之調。此或詠歎一人，或感懷一事，偶成一曲，即可譜入管絃，非個中人不知其中之妙，料爾亦未必深明此調。若不先閱其稿，後聽其曲，反成嚼蠟矣。」兩言自明其書，已極詳盡，特未將底本示人耳。而閑人自許得偷見了。而「開闢鴻濛」一言，自負《六經》之外，雜説之間，空古絶今矣。説畢，回頭命小鬟取了《紅樓夢》原稿來，遞與寶玉。寶玉接過來，一面目視其文，耳聆其歌曰：

【紅樓夢・引子】開闢鴻濛，誰爲情種？都只爲風月情濃。奈何天，傷懷日，寂寥時，試遣愚衷。因此上，演出這悲金悼玉的《紅樓夢》。一引寫演義之由。曰「誰爲情種」，曰「都只爲風月情濃」，見情種所以難得者，正爲「風月情濃」者在在皆是耳。可見情種是一事，風月情濃又是一事，則真正情種當求之性命之體，聖賢之用。設若不作此解，則「誰爲」一起，「都只爲」一承，豈不是大不通的語句？

【終身誤】都道是金玉良緣，俺只念木石前盟。空對着山中高士晶瑩雪，終不忘世外仙姝寂寞林。歎人間，美中不足今方信，縱然是齊眉舉案，到底意難平。曲名「終身誤」，代寶釵自悔也。語意皆作出自寶玉者，見强致之徒勞。○本無生、旦、淨、末之別，是渾合言之。若按部排場，亦自有一定脚色，黛爲旦，釵爲小旦，是定脚，則此曲當先黛次釵。今首釵者，見釵之終得匹玉也。至曲文用一「俺」字，便已劃在寶玉生脚邊去，是生曲非小旦曲，則文直無寶釵矣。筆意何等森嚴！

【枉凝眉】一個是閬苑仙葩，一個是美玉無瑕。若説没奇緣，今生偏又遇着他！若説有奇緣，如何心事終虚話？一個枉自嗟呀，一個空勞牽掛。一個是水中月，一個是鏡中花。想眼中能有多少淚珠兒，怎經得秋流到冬，春流到夏？「枉凝眉」爲凡爲顰顰者醒也。此全作對舉，見是正匹，而中間着一「他」字略注寶玉，緣所演十二釵並無生脚曲子，而生又不可略，故消納在釵、黛曲中，此曲亦當略注，仍以還淚故事作結，並不奪黛玉專曲。

卻説寶玉聽了此曲，散漫無稽，未見得好處；但其聲韻淒婉，竟能消魂醉魄。因此也不問其原委，也不究其來歷，就暫以此釋悶而已。因又看下面道：着此段一頓，以定賓主。乃説讀者。

【恨無常】喜榮華正好，恨無常又到。眼睁睁把萬事全抛，蕩悠悠芳魂銷耗，望家鄉路遠山高。故向爹娘夢裏相尋告：兒命已入黄泉，天倫呵，須要退步抽身早！「恨無常」爲不安氣數者訓也。重「天倫」字，看「省親」文自明。

【分骨肉】一帆風雨路三千，把骨肉家園，齊來抛閃。恐哭損残年。告爹娘休把兒懸念。自古窮通皆有定，離合豈無緣？從今分兩地，各自保平安。奴去也，莫牽連！「分骨肉」爲兒女勘究竟也。都作曠達語。探春胸襟如此，而堅忍已在言外。

【樂中悲】襁褓中，父母歎雙亡。縱居那綺羅叢，誰知嬌養？幸生來英豪闊大寬宏量，從未將兒女私情，略縈心上。好一似霽月光風耀玉堂，厮配得才貌仙郎，博得個地久天長，準折得少年時坎坷形狀。終久是雲散高唐，水涸湘江。這是塵寰中消長數應當，何必枉悲傷？「樂中悲」闡陰陽倚伏也。「霽月光風耀玉堂」句是眼，湘雲風月鑑中玉影也。

【世難容】氣質美如蘭，才華馥比仙，天生成孤癖人皆罕。你道是啖肉食腥羶，視綺羅俗厭；卻不知好高人愈妒，過潔世同嫌。可歎這青燈古殿人將老，孤負了紅粉朱樓春色闌。到頭來依舊是風塵骯髒違心願，好一似無瑕白璧遭泥陷，又何須王孫公子歎無緣？「世難容」妙人妙文，自歎息也。俯仰宇宙，誰是知音？

【喜冤家】中山狼，無情獸，全不念當日根由，一味的驕奢淫蕩貪歡媾。覷着那侯門豔質同蒲柳，作踐的公府千金似下流。歎芳魂豔魄，一載蕩悠悠。「喜冤家」爲凡爲迎者懺悔也。重「全不念」句。

【虛花悟】將那三春看破，桃紅柳綠待如何？把這韶華打滅，〔覓〕那清淡天和。說什麽天上天桃盛，雲中杏蕊多。到頭來誰見把秋捱過？則見那白楊村裏人嗚咽，青楓林下鬼吟哦。更兼着連天衰草遮墳墓，這的是昨貧今富人勞碌，春榮秋謝花折磨。似這般生關死劫誰能躲？聞說道，西方寶樹喚婆娑，上結着長生菓。「虛花悟」爲惜春而不知留春者指路頭也。「昨貧今富」不識何法，所謂「任君聰慧過顏閔，不過真師莫浪猜」。

【聰明累】機關算盡太聰明，反算了卿卿性命！生前心已碎，死後性空靈。家富人寧，終有個家亡人散各奔騰。枉費了意懸懸半世心，好一似蕩悠悠三更夢。忽喇喇似大廈傾，昏慘慘似燈將盡。呀！一場歡喜忽悲辛，歎人世，終難定！「聰明累」爲耳目作針砭也。「財色」兩字，毀心滅性，耳目實爲之役，至於死生係之。重「生前」「死後」一聯，鳳所以爲禽之首也。

【留餘慶】留餘慶，留餘慶，忽遇恩人。幸娘親，幸娘親，積得陰功。勸人生濟困扶窮，休似俺那愛銀錢忘骨肉的狠舅奸兄。正是乘除加減，上有蒼穹。「留餘慶」勸善勿自悔而惡勿自棄也。一「忽」字、一「幸」字正見所得之巧，而此巧機處處有，時時有，不可交臂失之，致上蒼但有除而無乘。

【晚韶華】鏡裏恩情，更那堪夢裏功名！那美韶華去之何迅！再休題繡帳鴛衾。只這戴珠冠，披鳳襖，也抵不了無常性命。雖説是人生莫受老來貧，也須要陰騭積兒孫。氣昂昂頭戴簪纓，光燦燦胸懸金印，威赫赫爵禄高登，昏慘慘黃泉路近。問古來將相可還存？也只是留得個虚名兒與後人欽敬。「晚韶華」申明「留餘慶」之旨，而著其效也。曲文通體高一層着筆，勘透《紅樓夢》盡頭處，是爲中人以上説法。中間「雖説是」「也須要」二語，則是脚踏實地，無人不當知者，發明《紅樓》作用也。即此已收束全部，不必俟「飛鳥各投林」一曲也。

【好事終】畫梁春盡落香塵，擅風情，秉月貌，便是敗家的根本。箕裘頹墮皆從敬，家事消亡首罪寧，宿孽總因情。「好事終」，履霜之終爲堅冰，爲「漸」字訓也。「風」「月」字即引子中「風月情濃」之「風月」，「情」字卻不是引子中「情種」之情，乃談情之情，是爲秦禽情。

【飛鳥各投林】爲官的家業凋零，富貴的金銀散盡。有恩的死裏逃生，無情的分明報應。欠命的命已還，欠淚的淚已盡。冤冤相報豈非輕，分離聚合皆前定。欲知命短問前生，老來富貴也真徼倖。看破的遁入空門，癡迷的枉送了性命。好一似食盡鳥投林，落了片白茫茫大地真乾淨。「飛鳥各投林」總結演義之終，還他乾淨大地一片，黄粱熟矣。

歌畢，還又歌副歌。警幻見寶玉甚無趣味，因歎：「癡兒竟尚未悟！」此句自不可少。那寶玉忙止歌姬不必再唱，自覺矇矓恍惚，告醉求卧。警幻便命撤去殘席，送寶玉至一香閨繡閣中。其間鋪陳之盛，乃素所未見之物。更可駭者，早有一位女子在內，其鮮豔嫵媚有似乎寶釵，風流嬝娜則又如黛玉。所謂兼美。〇似乎寶釵，因「絳芸軒」中同此一夢是矣。而又似黛玉，且雙提並舉，豈不有誣黛玉？殊不知「淫」字實際，固釵所有；而「淫」字空虚，黛不能無。况此處重點「意淫」，而真正意淫且當專屬黛玉。則可卿名曰兼美，不亦宜乎？正不知何意，忽警幻道：「塵世中多少富貴之家，那些緑窗風月，繡閣煙霞，皆被淫污紈袴與那些流蕩女子悉皆玷辱。更可恨者，自古來多少輕薄浪子，皆以『好色不淫』爲解，又以『情而不淫』作案，此皆飾非掩醜之語也。好色即淫，知情更淫。鐵案。是以巫山之會，雲雨之歡，直説「夢」字。皆由既悦其色，復戀其情所致也。《紅樓夢》面子是淫書，作者已直認不諱。吾所愛汝者，乃天下古今第一淫人也。」二語石破天驚。夫第一淫人而警幻愛之，以此字但一轉身便直達性命之源，此仙佛聖人求其人而不得者也。寶玉聽了，唬的忙答道：「仙姑差了。我因懶於讀書，家父母尚每垂訓飭，豈敢再冒淫字？况且年紀尚幼，不知淫爲何物。」既説不知，又有何敢冒不敢冒？在他口中作露馬脚語，乃作者喜露馬脚也。警幻道：「非也，淫雖一理，意則有别。如世之好淫者，不過悦容貌，喜歌舞，調笑無厭，雲雨無時，恨不能天下之美女，供我片時之趣興，此皆皮膚濫淫之蠢物耳。其實搦管所寫，亦只此事，亦只此物，但作一層遮隔也。如爾則天分中生成一段癡情，吾輩推之爲意淫。意乃心之所發，吾故曰才一轉身便直達性命。惟『意淫』二字，可心會而不可口傳，可神通而不可語達。自立真詮，全書作如是觀。汝今獨得此二字，在閨閣中固可爲良友，然於世道中未免迂闊怪詭，百口嘲謗，萬目睚眦。閑人亦不免此病。今既遇令祖寧、榮二公，剖腹深囑，吾不忍君獨爲我閨閣增光而見棄於世道，故引子前來，醉以美酒，沁以仙茗，警以妙曲，再將吾妹一人，乳名兼美，表字可卿者，卿，情也。可污可潔，可人可禽，一可無不可，可字何等悚然！許配於汝。今夕良時，即可成姻。不過令汝領略些仙閣幻境之風光，尚然如此，何況塵世之情景哉！而今而後，萬萬解釋，改悟前情，留意於孔孟之間，委身於經濟之道。」說畢，便秘授以雲雨之事，上句是「孔孟之間」「經濟之道」，緊接「授以雲雨之事」，千古奇事，千古奇文！便是我所說一轉身佐證。推寶玉入房中，將門掩上自去。

那寶玉恍恍惚惚，依警幻所囑之言，未免有兒女之事，難以盡述。筆下乾净。至次日，便柔情繾綣，軟語温存，與可卿難解難分。從此放筆談情，一部書實始於此。因二人攜手出去，遊玩之時，忽然至一個所在，但見荆榛遍地，狼虎同行，迎面一道黑溪阻路，並無橋梁可通。正在猶豫之間，忽見警幻從後追來説道：「快休前進，作速回頭要緊！」寶玉忙止步問道：「此係何處？」警幻道：「此即迷津也。指出迷津，自是不可少之筆，而絶不多着筆墨。深有萬丈，遥亘千里，中無舟楫可通，只有一個木筏，乃木居士掌柁，灰侍者撑篙，所謂槁木死灰，於上回李紈小傳中一見之。不受金銀之謝，但遇有緣者渡之。爾今偶遊至此，設如墮落其中，則深負我從前諄諄警戒之語矣。」話猶未了，只聽迷津内響如雷聲，有許多夜叉海鬼將寶玉拖將下去。全部人物登場。嚇得寶玉汗下如雨，一面失聲喊叫：「可卿救我！」非可卿救我，警幻救我也。非警幻救我，我救我也。「我」字乃釋氏所謂大獅子吼。嚇得襲人輩衆丫鬟忙上來摟住，叫：「寶玉不怕，我等在這裏！」

卻說秦氏緊接是他。正在房外，囑咐小丫頭們好生看着猫兒狗兒打架，打開壁子說亮話。忽聞寶玉在夢中喚他的小名，因納悶道：「我的小名，這裏從無人知道，他如何知得，在夢中叫出來？」若要不知，除非莫爲。正在不解，且聽下回分解。全書起於此回，一情出於此事，所事生於此人，不可道，不可詳。秦氏正在不解，我亦正在不解，則但以不解解之。下回分解，仍不能分解也。怪哉，怪哉！

前四回爲一段，是寶、黛正傳。此回至「巧合」回爲一大段，乃釵、玉合傳。而以黛玉起，以黛玉結。卷首先提黛玉，即寫釵、黛用心行事，已有不能共立之勢。絕大章法，絕細針綫。

前四回寫得潔淨，此四回寫得穢褻。是寶玉本文，亦是寶釵本文也。看第八回總結以「巧合」字樣，便曉然矣。

此回專演《紅樓夢》矣。本曲文見「夢」字者四：「引子」曲中作者點題，「恨無常」曲中點「孝」字，「聰明累」曲中點「財」字，「晚韶華」曲中點「留」字，俱是書中吃緊關頭，故更明出之，不是可有可無。

寶玉、賈蓉，明明叔侄，則可卿此夢，非亂倫而何？一部《紅樓》，談情有何大恨，而必以亂倫開談情之首，於是讀者猜疑百出，或以爲罵人，或以爲嫉世，致作者之罪業，莫能解脱。然而誤矣。作者固自演《大學》《中庸》，天人之微，理欲之極，必無中立處也。臣弒其君，子弒其父，豈生而然哉！「寶玉倦怠」一語，乃百二十回所自出，是曰法語，是曰危言，勿疑作者。

護花主人評曰：

一回至四回，已將賈、王、史、薛親戚家世，大略敘明。黛玉、寶釵，已與寶玉合併一處。入後應細敘居恒情事，然十二金釵尚未點明，若逐人另敘，文章便平蕪瑣碎，故以畫册、歌曲將各人一生因果逐一暗暗點出，後來便都有根蒂。但又不便如賈氏宗支可借冷子輿口中細説，所以撰出一夢，在虛無縹緲之境。夢是幻仙，筆亦仙幻。

寧府賞梅，爲入夢之由。梅者，媒也。蓉者，容也。秦者，情也。命名取氏，俱有深意。

寶玉先到上房内間，一見畫、對，即不肯安歇，描出一個不願讀書孩子。然後秦氏引入自己卧房，是由淺入深法。

叔叔不應在侄媳房裏睡，略借嬤嬤口中説一句，秦氏即順口掃開。用筆有深意。又引起後文秦鍾。

秦氏房中畫聯陳設，俱着意描寫，其人可知，非專侈華麗也。

秦氏説「神仙也可以住得」，引起警幻仙來。

衆奶媽散去，襲人等四丫鬟，秦氏吩咐在檐下看猫。此時秦氏，理應出去陪侍賈母及邢、王夫人；書中並不敘及，是深筆，不是漏筆。

警幻仙一賦，不亞於巫女、洛神。

又副册第一幅是晴雯、金釧等，二幅是襲人。

副册一幅是香菱，即英蓮。

正册一幅是林黛玉、薛寶釵，第二幅是賈元春，第三幅是賈探春，第四幅是史湘雲，第五幅是妙玉，第六幅是賈迎春，第七幅是賈惜春，第八幅是王熙鳳，第九幅是巧姐，第十幅是李紈，第十一幅是秦氏，鴛鴦其替身也。十二金釵正册，畫止十一幅，黛玉是寶玉意中人，寶釵是寶玉鏡中人，故同爲一幅，文法亦不板。

寶玉入夢，因在秦氏房中，然無端入夢，便覺無因，故託寧、榮二公囑警幻仙點化之説，既爲後半埋根，夢亦有因而起。

茶名千紅一窟，酒名萬豔同杯，言目前雖有千紅萬豔，日後總歸抔土一穴，同是點化語，不是贊仙家茶酒。

《紅樓夢》第一曲，是總領。第二曲「終身誤」，指薛寶釵。第三曲「枉凝眉」，指林黛玉。第四曲「恨無常」，指賈元春。第五曲「分骨肉」，指賈探春。第六曲「樂中悲」，指史湘雲。第七曲「世難容」，指妙玉。第八曲「喜冤家」，指賈迎春。第九曲「虛花悟」，指賈惜春。第十曲「聰明累」，指王熙鳳。第十一曲「留餘慶」，指巧姐。第十二曲「晚韶華」，指李紈。第十三曲「好事終」，指秦氏。第十四曲「飛鳥各投林」，是總結。

金釵十二人，畫止十一幅，曲則十四拍，亦是變動法。「意淫」二字甚新。

迷津難渡，只有心如槁木死灰，方免沈溺。

第五回自爲一段，是寶玉初次幻夢，將正册十二金釵及副册、又副册二三妾婢點明，全部情事俱已籠罩在内，而寶玉之情竇亦從此而開。是一部書之大綱領。

大某山民評曰：

此回是大開，一百十六回是大合。此回以前之四回是緣起，一百十六回以後之四回是餘波。

第六回　賈寶玉初試雲雨情　劉老老一進榮國府

卻說秦氏因聽見寶玉在夢中喚他的乳名，心中自是納悶，又不好細問。彼時寶玉迷迷惑惑，若有所失，正點「失通靈」於此。衆人忙端上桂圓湯來。補心之藥也，而既失難補。喝了兩口，遂起身整衣。襲人伸手與他繫褲帶時，剛伸手至大腿處，只覺冰冷一片沾濕，在他處明寫。唬的忙伸出手來，問是怎麽了。寶玉紅漲了臉，把他的手一捻。襲人本是個聰明女子，年紀又比寶玉大兩歲，近年也漸省人事，今見寶玉如此光景，心中便覺察了一半，妙是一半。不覺羞得紅漲了臉面，遂不敢再問。仍舊理好了衣裳，隨至賈母處來，胡亂吃過晚飯，過這邊來。襲人趁衆奶娘丫鬟不在旁時，另取出一件中衣與寶玉換上。寶玉含羞央道：「好姐姐，千萬别告訴别人。」襲人含羞笑問道：「你夢見什麽故事了？是那裏流出來的那些髒東西？」寶玉道：「一言難盡。」便把夢中之事，細説與襲人知了。説至警幻所授雲雨之情，羞的襲人掩面伏身而笑。夢中説夢第一人，而情景都現。寶玉亦素喜襲人柔媚姣俏，遂與襲人同領警幻所訓雲雨之事。點明上半回題目。襲人自知係賈母將他與了寶玉的，今便如此，亦不爲越理，遂和寶玉偷試了一番，又重敍一過，轉從襲人邊寫出「偷」字，作者亦掩耳盜鈴。幸無人撞見。自此寶玉視襲人更與別個不同，襲人待寶玉越發盡職。是何職？一歎。但云盡職，職而已矣，並非情也，是已勘透終極。暫且別無話説。按下上半回，從此另起爐灶，大開排場。

按榮府一宅中合算起來，人口雖不多，從上至下也有三百餘口；事雖不多，一天也有一二十件，竟如亂麻一般，並沒有個頭緒，可作綱領。突然一按，按得離奇，百二十回文字至此才第六回，便已若無一人可寫，無一事可記，豈江郎才盡於此耶？殊不知得頭緒、挈綱領都在此，作者斷不肯順筆遞出，故特作大提掇、鄭重語。○此按按《易》道也，三百餘口、一二十件，都是《易》象，已開其端。正思從那一件事、那一個人寫起方妙，卻好忽從千里之外，芥豆之微，小小一個人家，渺渺茫茫，原原本本。因與榮府略有些瓜葛，瓜葛，藤蔓，與維繫之。這日正往榮府中來，因此便就這一家説起，倒還是個頭緒。明明自説頭緒，如何輕易看過？

原來這小小之家姓王，姓王，一部《易》理在此矣。乃本地人。本地人。其祖上曾做過一個小小京官，「小小」字三見。昔年曾與鳳姐之祖、王夫人之父認識，王夫人之父，自然是鳳姐之祖，必如此敍者，重在鳳姐邊也。又爲鳳姐定明輩數。因貪王家的勢利，是爲狗之祖。便連了宗，連了宗。認作侄兒。那時只有王夫人之大兄、則王子騰當排二，王子勝當排三。鳳姐之父，與王夫人隨在京的，知有此一門遠族，遠族。餘者皆不知也。目今其祖早故，只有一個兒子，名喚王成。名王成。因家業蕭條，仍搬出城外原鄉中住了。王成亦相繼身故。相繼身故。有子小名狗兒，名狗兒，歷敍子若孫皆有名，而本人則但曰姓王，而無名。娶妻劉氏，劉氏。生子小名板兒，板兒。又生一女，名喚青兒，青兒。一家四口，以務農爲業。務農。因狗兒白日間又作些生計，劉氏又操井臼等事，青、板姊弟兩個無人看管，狗兒遂將岳母劉老老接來，一處過活。劉老老上場了。這劉老老乃是個久經世代的老寡婦，老寡婦而久經世代，語亦奇。膝下又無子息，無子息。只靠兩畝薄田度日，如今女婿接了養活，豈不願意？遂一心一計，幫着女兒、女婿過活起來。艮東北，坤西南，位相對，故云一心一計幫着過活。且王成與老老爲對頭親家，凡詳演《艮》象者，正從對面勘定坤位，惟恐衆人不明劉老老之爲《坤》，而全書隱參《易》道之旨也。

因這年秋盡冬初，九月十月之交，《剥》極而《坤》之候。天氣冷將上來，家中冬事未辦，狗兒未免心中煩慮，吃了幾杯悶酒，在家〔閑〕（門）尋氣惱。劉氏不敢頂撞，巽順。因此劉老老看不過，乃勸道：「姑爺，你别嗔着我多嘴，喒們村莊人家，那一個不是老老成成，守着多大碗兒吃多大的飯？你皆因年小時託着那老的福，吃喝慣了，如今所以把持不定。有了錢就顧頭不顧尾，没了錢就瞎生氣，成了什麽男子漢大丈夫了？如今喒們雖離城住着，終是天子脚下，又下《艮》土注脚。凡此妙義，殊難盡説，閑人既發其大段，他若「年小時託老的福」，乃「乾坤六子，艮爲少男」，諸如此類，以意會之可也。這長安城中遍地皆是錢，只可惜没人會去拏罷了。在家跳蹋也没用！」狗兒聽了道：「你老只會在炕頭上坐着混説，難道叫我打劫去不成？」劉老老説道：「誰叫你打劫去呢？也到底大家想個方法兒纔好，不然，那銀子錢會自己跑到喒們家裏來不成？」設一村嫗，便逼真一村嫗。設一莊家人，便逼真一莊家人。所以爲神品。狗兒冷笑道：「有法兒還等到這會子呢！我又没有收税的親戚，做官的朋友，漸次引到賈府情事，如見如聞。有什麽法子可想的？便有也只怕他們未必來理我們呢！」劉老老道：「這倒也不然。謀事在人，成事在天。喒們謀到了，靠菩薩的保佑，二語着眼，即我所謂「聖人到無可如何之時，亦惟保此生生不息之真種」而已。有些機會，「機會」二字正對「頭緒」。也未可知。我倒替你們想出一個機會來：當日你們原是和金陵王家連過宗的，二十年前，他們看承你們還好，如今是你們拉硬屎，不肯去俯就他，故疏遠起來。想當初我和女兒還去過一遭，他家的二小姐着實爽快，會待人的，倒不拿大，如今現是榮國府拍到榮府。賈二老爺的夫人。聽得他們說，如今上了年紀，越發憐貧恤老，最愛齋僧布施。在村嫗口中點染「留」字如此恰好，又見正是王夫人等之留而已。如今王府雖升了邊任，只怕二姑太太還認得咱們，你何不去走動走動，或者他還念舊，有些好處，亦未可知。只要他發一點好心，拔一根寒毛比咱們的腰還壯呢！」劉氏一旁接口道：「你老說得是！你我這樣嘴臉，怎麼好到他門上去？只怕他那門上人也不肯去通報，没的去打嘴現世。」誰知狗兒利名心重，是狗兒。聽如此說，心下便有些活動起來。又聽他妻子這番話，便笑接道：「老老既如此說，況且當日你又見過這姑太太一次，何不你老人家明日就去走一遭，先試試風頭看？」劉老老道：「噯喲！可是說的。侯門似海，我是個什麼東西，他家人又不認得我，去了也是白去的。」狗兒道：「不妨。我教你個法兒：你竟帶了外孫小板兒先去找陪房周瑞，河出《圖》，聖瑞也。故引進之人曰周瑞，乃《周易》之來源。以陰從陽，故爲陪房。若見了他，就有些意思了。這周瑞先時曾和我父親交過一樁事，我們本極好的。」劉老老道：「我也知道，只是許多時不走動，知道他如今是怎樣？這說不得的了。你又是個男人，這樣個嘴臉，自然去不得。我們姑娘，年輕媳婦，也難賣頭賣脚去。倒還是捨了我這副老臉，去碰一碰，果然有些好處，也大家有益。」當晚計議已定。

次日天未明時，劉老老便起來梳洗了，又將板兒教了幾句話。必帶板兒去者，見老陰少陽相續不息，乃點巧姐生機，又以此行爲刻板定理，不可更易。五六歲的孩子，聽見帶了他進城逛去，便喜的無不應承。於是劉老老帶了板兒進城，至寧榮街來。至榮府大門前石獅子旁，只見簇簇的轎馬。劉老老便不敢過去，鋪張盛景，老老自不敢過去。且撣撣衣服，又教板兒幾句話，然後蹭在角門前。只見幾個挺胸凸肚、指手畫脚的人，坐在大門上説東談西的。活畫。劉老老只得挨上前來，問：「太爺們納福。」衆人打量了他一回，便問是那裏來的，劉老老陪笑道：「我找太太的陪房周大爺的，煩那位太爺，替我請他出來。」那些人聽了，都不睬他，半日方説道：「你遠遠的在那牆脚下等着，一會子他們家裏有人就出來的。」内中有一年老的説道：「不要誤了他的事，何苦耍他？」因向劉老老道：「那周大爺往南邊去了，其時正盛，爲《易》道南行。他在後一帶住着，他娘子卻在家裏。你從這邊繞到後街門上找就是了。」

劉老老謝了，遂攜着板兒繞至後門上。只見門上歇着些生意擔子，老老從後門來，正陰進之方，而循環生機，實寓於此。故歇着許多生意擔子，此際要人擔荷也。也有賣吃食的，也有賣頑耍的物件，鬧吵吵三二十個孩子，在那裏廝鬧。劉老老便拉住一個道：三二十個孩子，三二爲五，兩五爲十，總一土數，歸藏於《坤》，即亥子兩時之交，正老老得信處，故拉住一個問。「我問哥兒一聲，有個周大娘，可在家麽？」孩子道：「那個周大娘？我們這周大娘有三個呢，還有兩位周奶奶，《連山》《歸藏》《周易》，周爲第三，故「周大娘有三個」；乃不易，乃變易，故周奶奶有兩個。不知是那一行當上的？」劉老老道：「他是太太的陪房。」孩子道：「這個容易，你跟我來。」引着劉老老進了後院，至一院牆邊指道：「這就是他家。」自榮府大門至此，敍得情景宛然，畫也畫不出。一路都是如此，煞是好看，煞是好聽。忙又叫道：「周大媽，有個老奶奶來找你呢。」

周瑞家的在内忙迎了出來，問：「是那位？」瑣瑣碎碎，作者何處得來？真能留心世故者，此等處批不勝批，贊不勝贊。劉老老迎上來，問了個：「好呀，周嫂子！」周瑞家的認了半日，方笑道：「劉老老，你好呀？你説這幾年不見，我就忘了，一問雙管齊下，何等宛轉。請家裏坐。」劉老老一面走，一面笑説道：「你老是貴人多忘事了，那裏還記得我們。」説着，來至房中，周瑞家的命雇的小丫頭倒上茶來。吃着，周瑞家的又問：「板兒倒長了這麽大了？」又問些別後閑話，又問劉老老：「今日還是路過，還是特來的？」劉老老便説：「原是特來瞧瞧你嫂子，二則也請請姑太太的安，若可以領我見一見更好，若不能便借重嫂子轉致意罷了。」周瑞家的聽了，便已猜着幾分來意。只因他丈夫昔年争買田地一事，多得狗兒之力，闔合《艮》土，又是狗兒先已自留今日地步。今見劉老老如此，心中難卻其意，二則也要顯弄自己的體面。便笑説：「老老你放心，大遠的誠心誠意來了，豈有個不教你見個正佛去的！論理人來客至回話，卻不與我相干。我們這裏，都是各占一樣兒：我們男的只管春秋兩季地租子，春秋兩季地租子，隱括天地陰陽《易》理，故爲周瑞所管。閑時帶着小爺們出門，就完了；我只管跟太太奶奶們出門的事。乾、坤《易》之門，故管出門。只因你老是太太的親戚，又拿我當個人，投奔了我來，我竟破個例，與你通個信去。但只一件，老老有所不知，我們這裏，不比五年前了，如今太太不大理事，都是璉二奶奶當家了。三句三轉。你道這璉二奶奶是誰？就是太太的内侄女兒，當日大舅老爺的女兒，小名鳳哥的。」轉到主腦。劉老老聽了納罕，問道：「原來是他？怪道呢，我當日就説他不錯的。這等説來，我今兒還得見了他？」榮之敗壞，鳳爲禍首，故陰之進從他始，人事也。若演天道，則重寶玉。周瑞家的道：「這個自然的。如今有客來，都是這鳳姑娘周旋接待。今兒寧可不見太太，倒要見他一面，纔不枉走這一遭兒。」劉老老道：「阿彌陀佛！這全仗嫂子方便了。」周瑞家的説：「老老説那裏話來，俗語説的『自己方便，與人方便』，成語顛倒説來，恰是這種婦人口吻，而有至理存焉。不過用我一句話兒，那裏費我什麽事？」説着，便喚小丫頭去倒廳上，悄悄的打聽老太太屋裏擺了飯没有。小丫頭去了，這裏二人又説了些閒話。劉老老因説：「這位鳳姑娘，今年不過二十歲罷了，就這等有本事，當這樣的家，可是難得的。」周瑞家的聽了道：「嗐！我的老老，告訴不得你呢！這位鳳姑娘年紀雖小，行事卻比別人都大呢！如今出跳得美人一般的模樣兒，少説些有一萬個心眼子，再要賭口齒，十個會説的男人也説不過他呢。回來你見了，就知道了。爲鳳姐虛畫一照，句句如聞其聲。就這一件，待下人未免嚴了些。」説着，小丫頭回來説：「老太太屋裏已擺完了飯，二奶奶在太太屋裏呢。」周瑞家的聽了，忙起身催着劉老老快走：「這一下來，他吃飯是空兒，咱們先等着去了，若遲一步，回事的人多了，就難説話。再歇了中覺，越發没了時候了。」説着，一齊下了炕，整頓衣服，又教了板兒幾句話，板兒幾句話，三致意焉。隨着周瑞家，逶迤往賈璉的住宅來。

先至倒廳，周瑞家的將劉老老安插在那裏，略等一等。自己先過影壁，走進了院門，知鳳姐未出來，先找着了鳳姐的一個心腹通房大丫頭名喚平兒的。平，屏也，爲風之蔽，故爲鳳姐心腹通房，而能隨處遮護之，使留餘於萬分之一者也。周瑞家的先將劉老老起初來歷説明，又説：「今日大遠的來請安，當日太太是常會的，今兒不可不見，所以我帶了他進來，等奶奶下來，我細細回明，諒奶奶也不責我莽撞的。」平兒聽了，便作了個主意，「叫他們進來，先在這裏坐着就是了。」出色寫平兒。周瑞家的方出去領了他們進來。上了正房台階，小丫頭打起了猩紅氈簾，纔入堂屋，只聞一陣香撲了臉來，竟不辨是何氣味，此香非泛寫，即秦氏房中之甜香，太虛幻境之幽香，同爲引老老之物。身子便似在雲端裏一般。滿屋中之物，都是耀眼争光，使人頭暈目眩。劉老老此時點頭咂嘴念佛而已。佛，覺也，處處念佛，處處令人覺也。不僅寫村嫗常情。於是引他到東邊生方。這間屋裏，乃是賈璉的大女兒睡覺之所。鳳姐並無二女，而曰「大女兒」者，見此少陽所關甚大。平兒站在炕沿邊，打量了劉老老兩眼，只得問個好，讓了坐。劉老老見平兒遍身綾羅，插金戴銀，花容月貌的，便當是鳳姐兒了，屏、風原不可分。纔要稱姑奶奶，只見周瑞家的説：「他是平姑娘。」又見平兒趕着周瑞家的叫他周大娘，方知不過是個有體面的丫頭。於是讓劉老老和板兒上了炕，平兒和周瑞家的對面坐在炕沿上，小丫頭們倒上茶來吃了。

劉老老只聽見咯噹咯噹的響聲，大有似乎打羅櫃篩麪的一般，不免東瞧西望的。忽見堂屋中柱子上掛着一個匣子，底下又墜着一個秤鉈般一物，卻不住亂晃。暗寫一自鳴鐘耳。第四十回中寫劉老老亦曾出入巨家，豈竟不識此物，而矛盾若此。或曰爲形容村嫗作科諢設，是胥失之。夫自鳴鐘，十二辰之定位，子午同宮，有天地陰陽和同之象，正是一劉老老影子。劉老老之爲《易》道用暗寫，故自鳴鐘亦用暗寫也。劉老老心中想着：「這是什麼東西，有煞用呢？」正獃時，陡聽得噹的一聲，又若金鐘銅磬一般，倒嚇了一跳，展眼接着又是一連八九下，當是巳初，陽盛時也。又八九得七十二，爲地數，爲元功。方欲問時，只見小丫頭們一齊亂跑，説：「奶奶下來了！」平兒與周瑞家的忙起身説道：「老老只管坐着，等是時候，我們來請你。」説着，迎出去了。

劉老老只屏聲側耳默候，只聽遠遠有人笑聲，約有一二十個婦人，衣裙悉索，漸入堂屋，往那邊屋内去了。陰氣之微。又見三兩個婦人，都捧着大紅漆捧盒進這邊來等候。聽得那邊説道：「擺飯。」漸漸的人纔散出去，只有伺候端菜幾人。半日，鴉雀不聞。忽見兩個人抬了一張炕桌來，放在這邊炕上，桌上碗盤擺列，仍是滿滿的魚肉在内，不過略動了幾樣。排場氣概，無出此書之右者，如此等處是。板兒一見了，便吵了要肉吃，劉老老一巴掌打了開去。忽見周瑞家的笑嘻嘻走過來，招手兒叫他，劉老老會意，於是帶着板兒下炕，至堂屋中。周瑞家的又和他唧唧了一會，方蹭到這邊屋内。只見門外銅鈎上懸着大紅灑花軟簾，南窗下是炕，炕上大紅條氈，靠東邊板壁立着一個鎖子錦靠背與一個引枕，鋪着金心綫閃緞大坐褥，傍邊有銀唾盒。那鳳姐家常帶着紫貂昭君套，圍着那攢珠勒子，穿着桃紅灑花襖，石青刻絲灰鼠披風，大紅洋縐銀鼠皮裙，粉光脂豔，端端正正坐在那裏，手内拿着小銅火箸兒撥手爐内的灰。儼然見一人在紙上，真奇。此秋末冬初也，而鳳姐已帶紫貂昭君套，撥手爐灰，正覺陰進之速有如此。撥灰有生生不息意，又一意在焦大口中者。而寫端端正正坐在那裏，絶倒。平兒站在炕沿邊，捧着小小的一個填漆茶盤，盤内一個小蓋鍾。鳳姐也不接茶，也不抬頭，只管撥手爐的灰，慢慢的道：「怎麽還不請進來？」一面説，一面抬身要茶時，攝神取影之筆。只見周瑞家的已帶了兩個人立在面前了，這纔忙欲起身，猶未起身，滿面春風的問好，又嗔周瑞家的怎麽不早説。劉老老已是在地下拜了數拜，此拜當不起，寫得怕人。問姑奶奶安。鳳姐忙説：「周姐姐，攙着不拜罷。不能不拜。我年輕不大認得，可也不知是甚麽輩數，不敢稱呼。」託大口氣極肖，又有微旨在言外。周瑞家的忙回道：「這就是我纔回的那個老老了。」鳳姐點頭，劉老老已在炕沿上坐下了，板兒便躲在他背後，百端的哄他出來作揖，他死也不肯。非寫鄉里小兒，正見鳳姐當不得此板一揖也。

鳳姐笑道：「親戚們不大走動，都疏遠了。知道的呢，説人家棄厭我們，不肯常來；不知道的那起小人，還只當我們眼裏没有人似的。」劉老老忙念佛道：「我們家道艱難，走不起，來了這裏，没的給姑奶奶打嘴，就是管家爺們看着也不像。」鳳姐笑道：「這話没的教人惡心。不過借賴着祖父虚名，作個窮官兒罷了，誰家有什麽？不過是個舊日的空架子。俗語説：『朝廷還有三門子窮親』呢，何況你我。」一席話是從何處揣摩來的，而「何況你我」一句其聲甚厲，紙上有聲，千古才人，誰不下拜！説着，又問周瑞家的：「回了太太了没有？」周瑞家的道：「如今等奶奶的示下。」鳳姐兒道：「你去瞧瞧，要是有人有事就罷，得閒呢，就回，看怎麽説。」周瑞家的答應去了。這裏鳳姐叫人抓些菓子與板兒吃，剛問了幾句閒話時，就有家下許多媳婦兒管事的來回話。平兒回了，鳳姐道：「我這裏陪客呢，晚上再來回。若有要緊的，你就帶進來現辦。」平兒出去一會進來，説：「我問了，没什麽要緊事，我就叫他們散了。」鳳姐點頭。只見周瑞家的回來，向鳳姐道：「太太説了，今日不得閒，二奶奶陪着便一樣的，多謝費心想着。白來逛逛呢，便罷；若有甚説的，只管告訴二奶奶，都是一樣。」劉老老道：「也没甚的説，不過是來瞧瞧姑太太、姑奶奶，也是親戚們情分。」周瑞家的便道：「没有甚説的便罷，若有話，只管回二奶奶，是和太太一樣的。」一面説，一面遞眼色與劉老老。買田出力，無留不報，非寫周瑞家的也。

劉老老會意，未語先飛紅的臉，欲待不説，今日又所爲何來？只得忍恥道：「論理今日初次見姑奶奶，卻不該說的。開口告人難，言之慨然。而寫老老何等身分，恥之於人大矣。只是大遠的奔了你老這裏來，少不得說了。」剛說到這裏，只聽二門上小廝們回說：「東府裏小大爺進來了。」劉老老方才論理，而小大爺已來了，是故「一進」緊接「初試」，「送宮花」緊接「一進」。鳳姐忙止道：「劉老老，不必說了。」一面便問：「你蓉大爺在那裏呢？」只聽一路靴子脚響，進來了一個十七八歲的少年，面目清秀，身材夭矯，輕裘寶帶，美服華冠。老老眼中寫出賈蓉。劉老老此時坐不是，立不是，藏莫處藏。非老老怯生，正對照言容之無可容也。鳳姐笑道：「你只管坐着，這是我侄兒。」正名定分。劉老老方扭扭捏捏在炕沿上坐了。賈蓉笑道：先笑。「我父親打發我來求嬸子，說上回老舅太太給嬸子的那架玻璃炕屏，借炕屏點睛。炕，床第，屏爲障蔽，乃玻璃者，雖欲障而不能。明日請一個要緊的客，借去略擺一擺，就送過來的。」鳳姐道：「遲了一日，昨兒已給了人了。」當是給了可卿。賈蓉聽說，便嘻嘻的笑着，在炕沿子上下個半跪道：「嬸子若不借，我父親又說我不會說話了，又挨了一頓好打呢。嬸子只當可憐侄兒罷。」寫來不堪寓目。鳳姐笑道：也笑。「也沒見我們王家的東西都是好的，你們那裏也放着那些好東西，只是看不見我的東西纔罷，一見了就要想拿去。」賈蓉笑道：「只求開恩罷。」鳳姐道：「碰壞一點，你可仔細你的皮！」有神情。因命平兒：「拿了樓門上鑰匙，傳幾個妥當人來抬去。」賈蓉喜的眉開眼笑，忙說：「我親自帶了人拿去，別由他們亂碰。」說着，便起身出去了。這鳳姐忽又想起一事來，何事耶？便向窗外叫：「蓉兒回來。」外面幾個人接聲說：「請蓉大爺快回來。」賈蓉忙轉回來，垂手侍立，聽何指示。那鳳姐只管慢慢的吃茶，出了半日神，方笑道：「罷了，你且去罷，晚飯後你來再說罷。這會子有人，我也沒精神了。」現淫婦身，說淫婦法。作者之心，鬼耶？魔耶？佛耶？這正是劉老老沒藏處，能詳辨此段，即能詳辨下回「戲」字。賈蓉方慢慢退出。

這劉老老身心方安，便說道：「我今日帶了你侄兒，鳳姐適云不知輩數，劉老老亦不知輩數了。王姓與王夫人之父聯宗，而認爲侄，則王姓與王夫人爲一輩，其子王成乃王夫人宗侄矣，與鳳姐爲一輩，王成之子狗兒乃鳳姐侄輩，至板兒乃孫輩。「今日帶了你侄兒」，是已亂其輩數，直越板兒而上之，擠鳳姐而下之，使與狗兒等矣。作者寓意每在矛盾，他處或有知者，而此處存此細賬，藏此深意，當是千人千忽者，閑人之閑有矣夫！不爲別的，只因他爹娘在家裏，連吃的也沒有，天氣又冷了，只得帶了你侄兒，奔了你老來。」說着，又推板兒道：「你爹在家裏怎麼教你的？打發喒們來作煞事的？只顧吃菓子呢。」鳳姐早已明白了，聽他不會說話，因笑止道：「不必說了，我知道了。」活現。因問周瑞家的道：「這老老不知可用了早飯没有呢？」劉老老忙道：「一早就往這裏來咧，那裏還有吃飯的工夫咧。」鳳姐忙命快傳飯來。一時周瑞家的傳了一桌客饌來，擺在那邊屋裏，過來帶了劉老老和板兒過去吃飯。鳳姐說道：「周姐姐好生讓着些兒，我不能陪了。」於是過東邊房裏來。留在此處。鳳姐又叫過周瑞家的去，道：「方纔回了太太，說了些什麼？」周瑞家的道：「太太說：他們原不是一家，是當初他們的祖與老太爺在一處做官，因連了宗的，又敍清輩數，作者何嘗忘記。這幾年不大走動。當時他們來了，卻也從没空過的。今來瞧瞧我們，也是他的好意，不可簡慢了他，便有什麼話說，叫二奶奶裁度着就是了。」王夫人留。鳳姐聽了說道：「怪道既是一家子，我如何連影兒也不知道。」若知道就好了。

說話間，劉老老已吃完了飯，拉了板兒過來，舚唇咂嘴的道謝。鳳姐笑道：「且請坐了，聽我告訴。你老人家方纔的意思，我也知道了。論親戚之間，原該不待上門來，就有照應纔是。但如今家中事情太多，太太上了年紀，一時想不到是有的。況我接着管事，都不大知道這些親戚們。一則外面看着雖是烈烈轟轟，不知大有大的難處，說與人也未必信呢。今你既大遠的來了，又是頭一次兒向我張口，怎好教你空手回去？可巧昨兒太太給我的丫頭們作衣裳的二十兩銀子，還没動呢，你不嫌少，且先拿了去用罷。」鳳姐留以此，而在《坤》德爲「黄裳元吉」，巧姐生矣。故曰做衣服的銀子二十兩，兩土數，亦爲《坤》訓也。那劉老老先聽見告艱苦，只當是没想頭了，鳳姐說難，老老没想，求者與者，大概如斯，是人人能寫出的，而獨能寫得熨貼恰好。又聽見給他二十兩銀子，喜得眉開眼笑道：「我們也知艱難的。但俗語道：『瘦死的駱駝比馬還大些。』直當面以獸罵之。憑他麽樣，你老拔一根寒毛比我們的腰還壯呢。」你的毛比他們的腰，令人讀之笑，思之更笑。此語再見，勸人但拔一毛即是留也。周瑞家的在旁，聽見他說的粗鄙，我尚道他蘊藉。只管使眼色止他。既來之，則安之，老老止不住也。鳳姐笑而不睬，叫平兒把昨兒那包銀子拿來，再拿一串錢來，全書是錢，老老是一串，正是眼。都送至劉老老跟前。鳳姐道：「這是二十兩銀子，暫且給這孩子們作件冬衣罷。改日無事，只管來逛逛。開再來之路，曰逛逛，則狂走而又狂走，是何景象。方是親戚們的意思。天也晚了，不虚留你們了，留是點劉，不留是點今日之老老。到家該問好的都問個好兒。」一面說，一面就站了起(了)來。劉老老只是千恩萬謝的，拿了銀錢，隨周瑞家的走至外廂。周瑞家的道：「我的娘，你怎麽見了他倒不會說了？開口就是你侄兒。明摘此句。我說句不怕你惱的話，便是親侄兒也要說和軟些，親侄兒，侄兒矣，也要和軟些，奇談。那蓉大爺纔是他的侄兒呢，又是正名定分。他怎麽又跑出這樣侄兒來了？」劉老老笑道：「我的嫂子，我見了他，心眼兒愛還愛不過來，那裏還説得上話兒來？」我見猶憐，趣絶。二人説着，又至周瑞家中，坐了片刻，劉老老要留下一塊銀與周瑞家的孩子們買菓子吃，周瑞家的如何放在眼裏，執意不肯。劉老老感謝不盡，仍從後門去了。後門來，後門去。寫得黑魆魆。

未知劉老老去後如何，且聽下回分解。

此回不滿一頁紙，繳銷上半回，以「初試」即是「神遊」，不過借襲人完足之，是收縮法。而「初試」即是「一進」，隨以一賈蓉環繳之，是引伸法。

世故人情，到此回觀止矣。一人有一人口氣，一事有一事光景。即今百年閲歷，處處留心，而有必非所見，必非所聞者，竟亦鑿鑿道出，真是神工鬼斧。

描摹世故人情，難矣。而於這裏頭隱藏一部後天《周易》，手揮五絃，目送飛鴻，他小説有之否？

寫底裏正義，《西遊記》優爲之，而面子非僧即魔，猶易能也。寫面子，狀聲口，肖情形，《水滸》能之，而無底裏可顧。挾勢利，繪淫蕩，《金瓶》能之，亦無底裏可顧。此書後來居上。

護花主人評曰：

文章有暗寫，有明寫。不便明寫者，當暗寫，寶玉於秦氏房中夢教雲雨是也。不必暗寫者，即明寫，寶玉與襲人初試雲雨是也。

秦氏房中，如果夢中云云，寶玉何必含羞，又何必央求別告訴人？寶玉說「一言難盡」，又細說與襲人，其情其事，躍然紙上。

秦氏房中，是寶玉初試雲雨，與襲人偷試，卻是重演。讀者勿被瞞過。

按着秦氏房中之夢，便寫與襲人試演，可見寶玉一生淫亂，皆從秦氏房中一睡而起。

頭緒萬端，直無從說起，借劉老老敍入，覺文情閒逸，且爲巧姐結果伏綫。

寫劉老老在家商量，及到門上問話，周瑞家引進榮府，看見服食陳設，見王熙鳳說話，活畫出一鄉裏老嫗到富貴人家光景，真是寫生之筆。

賈蓉借玻璃炕屏，何必寫眉眼身材、衣服冠帶？作者自有深意。鳳姐先假不允，賈蓉屈膝跪求始允借給，賈蓉出去，又喚轉來，鳳姐出神半日，笑說「罷了，晚飯後你再來再說，這會子有人」等語，神情閃爍飄蕩，慧眼人必當看破。

第七回　送宫花賈璉戲熙鳳　赴家宴寶玉會秦鍾

話説周瑞家的送了劉老老去後，劉老老至三十九回方再見，而中間二十餘回，無非演劉老老者，不可不知。莫見佛方拜，纔是善讀。便上來回王夫人話。誰知王夫人不在上房，問丫鬟們，方知往薛姨媽那邊閑話去了。周瑞家的聽説，便出東角門至東院，往梨香院來。此徑路清寫，此後凡徑路房舍清寫者，不着批。剛至院門前，只見王夫人的丫鬟金釧兒，金釧爲「金」字作貫串也，即寶釵之影身，另有正傳。和那一個纔留了頭的小女孩兒，用香菱隱隱一照，亦頭緒也。站在臺磯上頑。見周瑞家的來了，便知有話來回，因向内努嘴兒。周瑞家的輕輕掀簾進去，只見王夫人和薛姨媽長篇大套的説些家務人情等語。長篇大套從此起矣，下因即接寶釵。周瑞家的不敢驚動，遂進裏間來。

只見薛寶釵此開頭爲寶釵寫照，而先從周瑞家的眼中看出，正適送劉老老起身之人。家常打扮，頭上只挽着鬢兒，坐在炕裏邊，伏在小炕几上，同丫鬟鶯兒鶯兒狀金之色，而其口如簧。又鶯鶯乃《西廂》之主。俟後批。正描花樣子呢。簇新花樣從此始。見他進裏來，寶釵便放下筆，轉身來，滿面堆笑，讓「周姐姐坐」。何等和藹，非黛所能。周瑞家的也忙陪笑問道：「姑娘好。」一面炕沿上坐了。因説：「這有兩三天也没見姑娘到那邊逛逛去，只怕是你寶玉兄弟沖撞了你不成？」寶釵笑道：「那裏話。只因我那種病又發了兩天，虛寫此筆，恰好。所以且靜養兩日。」周瑞家的道：「正是呢，姑娘到底有什麼病根兒，也該趁早請個大夫認真醫治。小小的年紀，倒作下個病根，也不是頑的。」寶釵聽說笑道：「再不要提起。爲這病根，何病？也不知請了多少大夫，吃了多少藥，花了多少錢，越總不見一點效驗。後來還虧了一個禿頭和尚，和尚在寶釵口中自己提出，而書中無有也，故曰禿頭。不然和尚則和尚已，何必定說禿頭？專治無名之病，是無名之病。因請他看了。他說我這是從胎裏帶來的一般熱毒，病是胎裏帶來，則病是先天。病是熱毒，則焚爍後天，幾無噍類。幸而我先天結壯，還不相干。若吃丸藥，是不中用的。他就說了一個海上方，海上方，仙方也。仙方，一冷字也。又給了一包末藥作引，異香異氣的。他說發了時，吃一丸就好。於極熱場中，但能着一冷字，便是一服清涼散，奈何寶釵平生服而不服耶？倒也奇怪，這倒效驗些。」周瑞家的因問道：「不知是什麼海上方？姑娘說了，我們也好記着，說與人知道。倘遇見這樣的病，也是行好的事。」寶釵笑道：「不問這方兒還好，若問這方，真真把人瑣碎壞了。因有這部瑣碎書。東西藥料，一概都有限，易得的，只難得『可巧』二字：寶釵一生大作用，「巧」字是綱，「等」字是目，故下云「只好等罷了」。要春天開的白牡丹花蕊十二兩，夏天開的白荷花蕊十二兩，秋天的白芙蓉蕊十二兩，冬天的梅花蕊十二兩。將這四樣花蕊，於次年春分這日曬乾，和在末藥一處，一齊研好。又要雨水這日的天落水十二錢。」周瑞家的忙笑道：「噯喲！這樣說來，這就得三年的工夫。倘或雨水這日不下雨，可又怎麼呢？」寶釵笑道：「所以了，那裏有這樣可巧的雨？也只好再等罷了。還要白露這日的露水十二錢，霜降這日的霜十二錢，小雪這日的雪十二錢，春、夏、秋、冬乃天時，雨、露、霜、雪乃節候，數用十二，乃十二辰，亦天數也。見寶釵之誤人自誤，亦有天數在。把這四樣水調勻，和了龍眼大的丸子，龍眼，隱言天心。盛在舊磁罈內，埋在花根底下。若發了病時，拿出來吃一丸，用十二分黃柏究竟得吃苦，二字則釵之巧正釵之拙而已。煎湯送下。」周瑞家的聽了笑道：「阿彌陀佛！爲懺悔之，是劉老老口念之佛。真巧死了人。巧死了人，奇談，爲釵下頂門針。等十年都未必這樣巧呢。」寶釵道：「竟好，自他說了去後，一二年間，可巧都得了。好容易配成一料，以巧配成。如今從南帶至北，出生入死。現埋在梨花樹下。」三十回寶玉以釵比楊妃，梨花樹下，楊妃埋玉之所也。周瑞家的又道：「這藥本有名字沒有呢？」寶釵道：「有，這也是那癩和尚說下的，叫作冷香丸。」名字新豔，何等心思，何等結構，括寶釵於二字中矣。周瑞家的聽了點頭兒，因又說：「這病發了時，到底覺怎麽樣？」寶釵道：「也不覺什麽，私說妙。只不過喘嗽些，痰也。火乃無形之痰，痰乃有影之火，仍熱毒也。又六經喘嗽不離於肺，肺金病也。吃一丸也就罷了。」

周瑞家的還要說話時，忽聽王夫人問道：「誰在這裏？」周瑞家的忙出去答應了，便回了劉老老之事。回劉老老之事，中間夾寫冷香丸。既演天理、天道，不能不演天運、天數。略等半刻，見王夫人無話，方欲退出去，薛姨媽忽又笑道：「你且站住，我有一(宗)(種)東西，你帶了去罷。」說着，便叫：「香菱。」明出香菱。簾櫳響處，纔和金釧兒頑的那個小丫頭進來了，問：「奶奶叫我做什麽？」薛姨媽道：「把那匣子裏的花兒拿來。」香菱答應了，向那邊捧了個小錦匣兒來。薛姨媽道：「這是宮裏頭作的新鮮花樣兒薛姨媽第一事是送花，宮，帝所也，見送此花亦有天在。堆紗花十二支，北音殺、紗通，堆紗，摧殺也。十二支，則十二釵。同聲一哭。昨兒我想起來，白放着可惜舊了，何不給他們姊妹們戴去？昨兒要送去，偏又忘了。你今兒來得巧，就帶了去罷。你家的三位姑娘，每位二支，下剩六支，送林姑娘二支，那四支給鳳姐兒罷。」鳳姐得攤殺獨多。王夫人道：「留着給寶丫頭戴也罷了，又想着他們。」薛姨媽道：「姨媽不知，寶丫頭古怪呢，他從來不愛這些花兒粉兒的。」寫寶釵愛素，關合終局。而實此花之主，不愛較愛者甚也。說着，周瑞家的拿了匣子走出房門，見金釧兒仍在那裏曬日陽。金附熱。周瑞家的因問他道：「那香菱小丫頭子，可就是時常說的臨上京時買的、爲他打人命官司的那個小丫頭子？」金釧道：「可不就是他。」正說着，只見香菱笑嘻嘻的走來，周瑞爲《易》，香菱爲鏡，悉爲金玉木石作串合，故三人一總會於送宮花十二支時。周瑞家的便拉了他的手，細細的看了一回，因向金釧兒笑道：「這個模樣兒，竟有些像咱們的東府裏蓉大奶奶的品格。」鏡中要緊應照之人，故像他。金釧道：「我也是這麽說呢。」周瑞家的又問香菱：「你幾歲投身到這裏？」又問：「你父母今在何處？今年十幾歲了？本處是那裏人？」上明追第四回，此暗追第一回。香菱聽問，搖頭說：「不記得了。」「真事隱」三字勘語。周瑞家的和金釧兒聽了，倒反爲歎息感傷一回。所謂應憐。

一時周瑞家的，攜花至王夫人正房後。原來近日賈母說孫女們太多，一處擠着倒不便，只留寶玉、黛玉二人在這邊解悶，獨留寶、黛同住，重申前案，作一安頓。卻將迎春、探春、惜春三人，移到王夫人這邊房後三間抱廈內居住，令李紈陪伴照管。如今周瑞家的故順路先往這裏來。只見幾個小丫頭兒都在抱廈內聽呼喚默坐，迎春丫鬟司棋與探春的丫鬟侍書元、迎、探、惜丫頭用琴、棋、書、畫字樣，皆有取義。司棋，私期也，一着錯，滿盤空，另有傳。侍書，書能行遠，爲遠嫁張本。二人正掀簾子出來，手裏都捧着茶盤茶鍾。周瑞家的便知他姊妹在一處坐着，也進入内房。只見迎春、探春二人正在窗下圍棋，有强有弱。周瑞家的將花送上，説明原故，他二人忙住了棋，都欠身道謝，命丫鬟們收了。周瑞家的答應了，〔因〕（回）説：「四姑娘不在房裏，只怕在老太太那邊呢。」丫鬟們道：「在那屋裏不是？」周瑞家的聽了，便往這邊屋裏來。只見惜春正同水月庵的小姑子智能兩個一處頑笑，無非鏡花水月，空影而已。雖有智能，無所用之。尼庵於此一點，固爲惜春出家伏案，而本回乃鳳姐之書，又暗伏十五回事。見周瑞家的進來，惜春便問他何事，周瑞家的便將花匣打開，説明原故。惜春笑道：「我這裏正和智能兒説，我明兒也剃了頭同他作姑子去。可巧兒又送了花來，若剃了頭，卻把這花戴在那裏？」借花一影後文。説着，大家取笑一回。惜春命丫鬟入畫來收了。入畫名字照空色，乃出陰入陽之畫，《剥》極得《復》者。周瑞家的因問智能：「你是什麼時候來的？你師父那秃歪剌那裏去了？」智能道：「我們一早就來了。我師父見過太太，就往余老爺府裏去了。余老爺，魚水和諧矣。隨手拈來，而「水月庵」已見。叫我在這裏等他呢。」周瑞家的又道：「十五的月例香供銀子，可得了没有？」智能道：「不知道。」惜春聽了，便問周瑞家的：「如今各廟月例銀子，是誰管着？」周瑞家的道：「是余信管着。」余信，猶言愚信。管各廟月例，可見布施之説不過愚人所信而已。看此一名，作者何嘗佞佛，是書何嘗只演空空。惜春聽了笑道：「這就是了。他師父一來了，余信家的就趕上來和他師父咕唧了半日，想就是爲這事了。」那周瑞家的又和智能兒嘮叨了一回，便往鳳姐處來。

穿夾道，從李紈後窗下揆其處，李紈所居正在賈政居室之後，政其有後乎。越過西花牆，出西角門，進入鳳姐院中。走至堂屋，只見小丫頭豐兒，豐，風也。平兒曰大丫頭，此曰小丫頭，明點次序爲「屏風」二字。坐在鳳姐的房門檻上。見周瑞家的來了，連忙擺手兒叫他往東屋裏去。周瑞家的會意，忙的躡手躡脚的往東邊房裏來。只見奶子拍着大姐兒睡覺呢，周瑞家的悄問奶子：「姐兒睡中覺呢？也該請醒了。」奶子搖頭兒。正問着，只聽那邊一陣笑聲，卻有賈璉的聲音。接着，房門響處，平兒拿着大銅盆出來，叫豐兒舀水進去。寫得曖曖昧昧，隱隱綽綽，何事坐門檻，何事擺手會意，何事躡手躡脚，何事搖頭兒，而一陣笑、房門響、叫舀水，本回上半了然矣。平兒便進這邊來，一見了周瑞家的，便問：「你老人家又來作什麼？」「又來」又字回顧劉老老。周瑞家的忙起身，拿匣子與他，說送花來。平兒聽了，便打開匣子，拿了四支，轉身去了。半刻工夫，手裏拿出兩支來，先叫彩明來，文彩鮮明，爲鳳設色。吩咐他：「送到那邊府裏，給小蓉大奶奶戴。」必應串入此人，受摧殺之首也。次後方命周瑞家的回去道謝。周瑞家的這纔往賈母這邊來。

過了穿堂，頂頭忽見他的女兒打扮着纔從他婆家來，周瑞家的忙問：「你這會子跑來作什麼？」他女兒說：「媽，一向身上好？我在家裏等了這半日，媽竟不出去。什麼事情，這樣忙的不回家？我等煩了，自己先到了老太太跟前請了安了，這會子請太太安去。媽還有什麼不了的差事，手裏是什麼東西？」周瑞家的笑道：「噯，今兒偏生來了個劉老老，我自己多事，爲他跑了半日。是得意聲口。這會子被姨太太看見了，叫送這幾支花兒與姑娘奶奶們，這會子還沒送完呢。你這會子來，一定有什麼事情的。」他女兒笑道：「你老人家倒會猜着，實對你老人家說，你女婿因前兒多吃了幾杯酒，和人分争起來，不知怎的被人放了一把邪火，說他來歷不明，冷子興來歷不明，歎世人不知冷之所從起也，是亦一劉老老。其人爲周瑞之婿，一部《周易》不過陰陽而已，不過冷熱而已，是演説榮府時便已是演説《易》理也。告到衙門裏，要遞解還鄉。所以我來和你老人家商議商議，這個情分，求那一個可了事？」周瑞家的聽了道：「我就知道的，這有什麽大不了的？寫勢利。你且家去等我，我送這林姑娘的花兒去了就回家來。此時太太、二奶奶都不得閑兒，你回去等我，這有什麽忙的！」他女兒聽説，便回去了，還説：「媽好歹快來。」周瑞家的道：「是了，小人兒家没經過什麽事的，就急得這樣的。」喃喃呢呢，母女活畫，氣焰之旺，自在言下。説着，便到黛玉房中去了。

誰知此時黛玉不在自己房裏，卻在寶玉房中，大家解九連環作戲。九連環，天數也。寶、黛何能解此！周瑞家的進來笑道：「林姑娘，姨太太着我送花來與姑娘戴。」寶玉聽説，便説：「什麽花？拿來與我看。」一面便伸手接過來了。此花用他接。開匣看時，原來是兩支宫製堆紗新巧的假花。黛玉只就寶玉手中看了一看，便問道：「還是單送我一人，還是别的姑娘們都有的？」黛玉之受摧殺最慘，故欲單送我一人。而究竟得乾净而歸，則又未嘗受。周瑞家的道：「各位都有了，這兩支是姑娘的了。」黛玉冷笑道：「我就知道，别人不挑剩下的也不給我。」與寶釵對照，是何口角！步步留心、時時在意者，固如是乎？殺機也。周瑞家的聽了，一聲兒不言語。寶玉問道：「周姐姐，你作什麽到那邊去了？」周瑞家的因説：「太太在那裏，我回話去了，姨太太就順便叫我帶來的。」寶玉道：「寶姐姐在家裏作什麽呢？怎麽這幾日也不過來。」虚寫一問，恰是。周瑞家的道：「身上不大好呢。」寶玉聽了，便和丫頭們説：「誰去瞧瞧？就説我和林姑娘打發來問姨娘、姐姐安。即此已見内黛而外釵。問姐姐是什麽病，吃什麽藥。論理我該親自來的，就説纔從學裏回來，也着了些涼，改日再親來。」即遞入下回。説着，茜雪便答應去了。遣問薛家則曰茜雪，而「茜香羅」公案已到。周瑞家的自去無話。

原來周瑞家的女婿，便是雨村的好友冷子興。直追第二回，雨村亦關到。一部《易》理，借此二人演出者也。如此等穿插，是何等綫索。近日因賣古董，和人打官司，故叫女人來討情分。周瑞家的仗着主子的勢，把這些事也不放在心上，晚間只求求鳳姐兒便完了。勢利財色，統於一人。

至掌燈時，鳳姐已卸了妝，來見王夫人，回説：「今兒甄家送來的東西，我已收了。咱們送他的，趁着他家有年下送鮮的船，交給他帶了去了。」一收一送，自然是送禮，而禮字不明提，但曰東西，作交易之語，以真假正交易之道，《易》與《禮》通也。王夫人點點頭。甄家對賈家説，直映照到底，第一處當在鳳姐口中出。「點點頭」，有微旨。鳳姐又道：「臨安伯接口是臨安，惟真則安也。老太太生日的禮，已經打點了，太太派誰送去？」王夫人道：「你瞧誰閑着，叫四個女人去就完了，又來問我。」鳳姐又道：「今日珍大嫂子來請我明日去逛逛，明日倒没有什麽事。」王夫人道：「有事没事，都害不着什麽，每常他來請，有我們你自然不便，他既不請我們，單請你，可知是他誠心叫你散淡散淡，别辜負了他的心，倒該過去走走纔是。」鳳姐答應了。當下李紈、迎、探等姊妹們，亦各定省畢，各歸房無話。

次日，鳳姐梳洗了，先回王夫人畢，方來辭賈母。寶玉聽了，也要逛去。閑閑之筆，都非易易，而上追「神遊」，下遞「巧合」，與本回「戲」字打成一片。鳳姐只得答應着，立等换了衣裳，姐兒兩個坐了車，一時進入寧府。早有賈珍之妻尤氏與賈蓉之妻秦氏婆媳兩個，引了多少侍妾丫鬟等，接出儀門。那尤氏一見了鳳姐，必先嘲笑一陣，周緻。一手攜了寶玉，同入上房來歸坐。秦氏獻茶畢，主人翁。鳳姐便說：「你們請我來作什麼？拿什麼東西來孝敬，就獻上來，我還有事呢。」另是一種景象，而「孝敬」字乃是反面。尤氏、秦氏未及答應，幾個媳婦先笑道：「二奶奶今日不來就罷，既來了，就依不得你了。二奶奶……」正說着，只見賈蓉進來請安。筆墨生發。寶玉因問：「大哥哥今日不在家麼？」尤氏道：「今日出城請老爺爺安去了。」藏過此人，是省筆，而已與「孝」字打通。又道：「可是，你怪悶的，坐在這裏，何不出去逛逛？」秦氏笑道：「今日可巧，上回寶叔要見我兄弟，今兒也在這裏，想在書房裏，寶叔何不去瞧一瞧？」春雲一展。寶玉即下炕要走，尤氏便吩咐人：「小心跟着，別委曲着他，倒比不得跟着老太太過來就罷了。」鳳姐道：「既這麼着，何不請進這小爺來，我也見見，難道我是見不得他的？」春雲再展。尤氏笑道：「罷，罷，可以不必見他，比不得咱們家的孩子，胡打海摔慣了的，人家的孩子，都是斯斯文文慣了的，不像你這潑辣貨形象，倒要被你笑話死了呢。」加倍寫。鳳姐笑道：「我不笑話就罷。」竟叫快領去。賈蓉道：「他生得靦腆，没見過大陣仗兒，嬸子見了没得生氣。」再用他說，又加倍渲染。鳳姐啐道：「他是哪吒，我也要見一見！別放你娘的屁了！再不帶來，給你一頓好嘴巴子！」賈蓉笑道：「我不敢强，就帶他來。」

一會兒，果然帶了一個小後生來，較寶玉略瘦些，眉清目秀，粉面朱唇，身材俊俏，舉止風流，似在寶玉之上。畫一小後生，真能別開生面，曹、潘、沈、宋未必能然，問他何處得來藍本。○無多筆墨，而寫到如此，卻是在幾個虛字眼上形容出來，狡獪之極。開出文章多少方便法門。只是怯怯羞羞，有女兒之態，靦腆含糊的向鳳姐作揖問好。令人咬指。鳳姐喜的先推寶玉笑道：「比下去了！」便探身一把攜了這孩子的手，就命他身旁坐下，慢慢問他年紀讀書等事，方知他學名叫秦鍾。秦鍾，情種也。小字鯨卿，則總讀爲情字曰情情。情有指點意，有太息意，有斟酌意，有恐懼意，鯨鯢吞噬，誰則當之？本文是「寶玉會秦鍾」，而其名乃從鳳姐邊敘出，面面都到。早有鳳姐跟的丫鬟媳婦們，看見鳳姐初見秦鍾，並未備得表禮來，表裏注脚。遂忙過那邊去告訴平兒。平兒素知鳳姐與秦氏厚密，遂自作主意，拿了一疋尺頭、兩個狀元及第的小金錁子，交付來人送過去，鳳姐還説太簡薄些。秦氏等謝畢，一時吃過了飯，尤氏、鳳姐、秦氏等抹骨牌，亦爲陰陽進退點染，如九連環等皆是。總不脱劉老老文字。不在話下。

寶玉、秦鍾二人，隨便起坐説話。那寶玉自一見秦鍾人品，心中便有所失。既爲情種，便是通靈失處，故夢可卿日有所失，會秦鍾日亦有所失。癡了半日，自己心中又起了獃意，乃自思道：「天下竟有這等的人物！如今看了，我竟成了泥猪癩狗了。寫秦鍾便是寫寶玉，一而二二而一者也。可恨我爲什麽生在這侯門公府之家？若也生在寒儒薄宦之家，早得與他交接，也不枉生了一世。《紅樓夢》曲首云：「開闢洪濛，誰爲情種？」彼情種乃仙佛聖賢之根蒂，指通靈未失説；此情種乃餓鬼畜生之萌蘖，指通靈既失説，風月情濃之混號而已。故後云彼此以號混稱。我雖比他尊貴，可知綾錦紗羅也不過裹了我這枯株朽木，美酒羊羔也只不過填了我這糞窟泥溝。自注頑石，筆意深刻。『富貴』二字，不啻遭我荼毒了！」秦鍾自見寶玉形容出衆，舉止不浮，更兼金冠繡服，豔婢嬌童，「果然怨不得人人溺愛他。「溺」字不通，「溺」字可怕。可恨我「我」字俏，「我」字響。偏生於清寒之家，那能與他交接？可知『貧富』二字限人，亦世界上大不快事。」二人一樣的胡思亂想。情種斷語乃此四字，令人失笑。而文字對舉，乃大落墨。寶玉又問他讀什麽書，秦鍾見問，便依實而答。二人你言我語，十來句後，越發親密起來。一時擺上茶果吃茶，寶玉便説：「我們兩個又不吃酒，把果子擺在裏間小炕上，我們那裏坐去，省得鬧你們。」於是二人進裏間來吃茶。秦氏一面張羅與鳳姐擺果酒，一面忙進來囑寶玉道：「寶叔，你侄兒年小，倘或言語不防頭，你千萬看着我，不要睬他。他雖腼腆，卻性子左强，不大隨和些是有的。」寶玉笑道：「你去罷，我知道了。」「我」字俏，「我」字響。秦氏又囑了他兄弟一回，方去陪鳳姐。

一時鳳姐、尤氏又打發人來問寶玉：「要吃什麽，外面有，只管要去。」寶玉只答應着，也無心在飲食間。暗用「食而不知其味」語注失字。只問秦鍾近日家務等事，秦鍾因言：「業師於去歲辭館，家父年紀老了，有疾在身，公務繁冗，因此尚未議及延師，目下不過在家温習舊課而已。再讀書一事，也必須有一二知己爲伴，來了。時常大家討論，纔能進益。」寶玉不待説完，便道：「正是呢，我們家卻有個家塾，合族中有不能延師的，便可入塾讀書，親戚子弟，可以附讀。入第九回。我因上年業師回家去了，也現荒廢着。家父之意，亦欲暫送我去，且温習着舊書，待明年業師上來，再各自在家亦可。寶玉自有業師，請問此師當是何人？家祖母因説，一則家學裏子弟太多，生恐大家淘氣，反不好；二則也因我病了幾天，遂暫且耽擱着。如此説來，尊翁如今也爲此事懸心，今日回去何不稟明，就在我們這敝塾中來，我亦相伴，彼此有益，豈不是好事？」秦鍾笑道：「家父前日在家，提起延師一事，也曾提起這裏的義學倒好，原要來和這裏的親翁商議引薦，因這裏又有事忙，不便爲這點小事來聒絮的。寶叔果然度小侄或可磨墨滌硯，何不速速的作成，彼此不致荒廢，又可以常相談聚，更急。又可以慰父母之心，又可以得朋友之樂，是朋友之樂。豈不美事？」寶玉道：「放心，放心，連點二字乃是書大法眼。喒們回來，先告訴你姐夫姐姐和璉二嫂嫂。情種相合在此三人，是點睛處。今日你回家就稟明令尊，我回去稟明了祖母，再無不速成之理。」二人計議已定。那天氣已是掌燈時分，陰氣太甚，只此一言，抵「初試」「一進」下半回灑灑洋洋許多文字。彼演一《剥》卦，此演一戌時。彼何難，此何易！真是芥納須彌。出來又看他們頑了一回牌，算賬時，卻又是秦氏、尤氏二人輸了戲酒的東道，言定後日吃這東道。一面又吃了晚飯。因天黑了，尤氏說：「派兩個小子，送了秦相公家去。」媳婦們傳出去半日，秦鍾告辭起身。尤氏問：「派誰送去？」媳婦們回說：「外頭派了焦大。焦乃既燒之餘，大則一人而已。見黑暗地獄中忽得一炬，恃有此一人而已。是從柳湘蓮口中石獅子互勘出來的。誰知焦大醉了。其實止有此人獨醒而已。打到「醉金剛」。又罵呢。」尤氏、秦氏都道：「偏又派他作什麼？那個小子派不得，偏又惹他！」鳳姐道：「成日家說你太軟弱了，縱得家裏人這樣，還了得呢！」尤氏道：「你難道不知這焦大的？連老爺都不理他的，你珍大哥也不理他。因他從小兒跟着老太爺出過三四回兵，從死人堆裏把太爺背了出來，得了命，自己挨着餓，卻偷了東西給主子吃，兩日没水，得了半碗水給主子吃，他自己喝馬溺。不過仗着這些功勞情分，是何等事業，而曰「不過這些」，底面都到。有祖宗時都另眼相待，如今誰肯難爲他？他自己又老了，又不顧體面，是不顧體面。一味的好酒，喝醉了無人不罵。罵的何嘗是人。我嘗說給管事的，以後不要派他差事，只當他是個死的就完了。今兒又派了他！」鳳姐道：「我何曾不知這焦大？到底是你們没主意，何不遠遠的打發他到莊子上去就完了。」莊子，田土也，乃云可憐焦土。說着，因問：「我們的車可齊備了？」衆媳婦們說：「伺候齊了。」

鳳姐也起身告辭，和寶玉攜手同行。尤氏等送至大廳口，見燈火輝煌，衆小厮們都在丹墀侍立。那焦大又恃賈珍不在家，因趁着酒興，先駡大總管賴二，不承認曰賴，有叛心曰二，此後有賴大無賴二，不令與焦大並尊也。焦之爲焦，不以榮、寧分；賴之爲賴，亦不以榮、寧分。若說賴大、賴二分役榮、寧，便是笨伯。說他不公道，欺軟怕硬，「有好差事派了别人，這樣黑更半夜送人，就派我。没良心的忘八羔子！瞎充管家！你也不想想，焦大太爺蹺起一隻腿比你的頭還高些。二十年頭裏的焦大太爺眼裏有誰？别說你們這一把子的雜種們！」正駡得興頭上，賈蓉送鳳姐的車出來。衆人喝他不住，賈蓉忍不得便駡了幾句，叫人：「捆起來，等明日酒醒了問他，還尋死不尋死！」那焦大那裏有賈蓉在眼裏，反大叫起來，趕着賈蓉叫：「蓉哥兒，你别在焦大跟前使主子性兒！别說你這樣兒的，就是你爹、你爺爺也不敢和焦大挺腰子呢！不是焦大一個人，你們能彀做官兒享榮華受富貴？確。你祖宗九死一生掙下這個家業，到如今不報我的恩，反和我充起主子來了！確。不和我說别的還可，再說别的，咱們白刀子進去，紅刀子出來！」不能有此事，不可無此言。鳳姐在車上，說與賈蓉：「還不早些打發了，没王法的東西，留在家裏，豈不是害？親友知道，豈非笑話！咱們這樣的人家，連個規矩都没有？」王法規矩，言之慨然。賈蓉答應「是」了，衆人見他太撒野，只得上來了幾個揪翻捆倒，拖往馬圈裏去。午火之地。焦大益發連賈珍都說出來，亂嚷亂叫，說要往祠堂裏哭太爺去，可爲痛哭。「那裏承望到如今生下這些畜生來，每日偷雞戲狗，爬灰的爬灰，養小叔的養小叔子，我什麽不知道？咱們胳膊折了往袖子裏藏！」自「神遊」至此回，作者已寫得頭悶氣結，滿紙迷漫黑霧，故打這一個焦雷，自己討些痛快。我不知他是苦是樂，要説他苦便極苦，要説他樂便極樂。衆小廝見他説出來的話有天没日的，唬得魂飛魄喪，便把他捆起來，用土和馬糞滿滿的填了他一嘴。鳳姐和賈蓉也遥遥聽得，都妝作不聽見。妝得妙。寶玉在車上聽見，因問鳳姐道：「姐姐，你聽他説『爬灰的爬灰』，是什麽？」當下便是。鳳姐連忙喝道：「少胡説！那是醉漢嘴裏胡唚，你是什麽樣的人，不説不聽見，還倒細問？等我回了太太，仔細搥你不搥你！」唬得寶玉連忙央告：「好姐姐，我再不敢説這些話了。」鳳姐哄他道：「好兄弟，正名定分。這纔是。等回去咱們回了老太太，打發人家學裏説明了，請了秦鍾歸到此人。家學裏念書去要緊。」説着自回榮府而來。

要知端的，且聽下回分解。

此回上半熙鳳文字，與寶釵無涉也，而先敍冷香丸。下半回秦鍾文字，與熙鳳無涉也，而重敍送表禮。乃上半以數行字了之，下半以再問答了之，令人費想。

寫寶釵熱是骨，冷是面，巧是本領，直鄭莊、操、莽大奸雄化身，在小説則借《金瓶》之月娘、《水滸》之宋江爲藍本。

一榮府爲黛玉設，故徑路房舍，皆從他眼中寫出。而其實爲演《易》道設，故借送宫花，又從周瑞家的脚下歷敍。

情種乃風月情濃之「情種」，即壞明德之物欲，《大學》立教以此也。設一秦鍾，生出第九至十二回一大段「風月寶鑑」文字。

下半回寫情種相合，寶玉、秦鍾，是一非二，而以焦大數語證之。慘慘傷心，至斯已極，有別之禽獸不甘認也。而今日假斯文讀《紅樓》乃成迷，慕情種，學情種，豈不大誤！

賈璉、鳳姐，夫婦也。上半回目録着以「戲」字已奇，而書中又寫得曖昧蹊蹺。或曰男女居室，不應以書故耳，此乃呆話。看把花分送秦氏，末後焦大一罵，則得之矣。作者既不欲明寫，閑人亦不忍透評，從周瑞家的眼中耳中，寫一「戲」字，旋即平兒問「又來作什麽」，是既帶劉老老去而又來也。「初試」「一進」之案，到此方了。

護花主人評曰：

薛寶釵冷香丸，經歷春夏秋冬，雨露霜雪，臨服用黄柏煎湯，備嘗盛衰滋味，終於一苦。俱以十二爲數，真是香固香到十二分，冷亦冷到十二分也。又埋在梨花樹下，不免於先合終離矣。

迎春、探春在一處，惜春獨同小姑子頑笑，戲説剃頭，直伏後來出家根苗，且爲十五回鳳姐弄權、秦鍾得趣伏筆。

鳳姐夫婦白晝宣淫，其不端可知。

宫花小物，黛玉亦有妒心，器量真是褊淺。

周家女兒，爲壻求情，周瑞家全不在意，鳳姐之平日弄權於斯可見。

鳳姐以宫花分送秦氏，明日秦氏婆媳又單請鳳姐，中多藏筆，須以意會。

鳳姐帶寶玉同赴寧府，引出秦鍾，惹起焦大，即借焦大醉駡，露出諸醜。讀者勿以醉後胡駡視作無關緊要。

秦鍾與寶玉一見，便彼此胡想，冶容富貴動人如此。紈袴公子，慎之慎之！

第七回專寫鳳姐與寧府往來親熱，爲後來治喪埋根。中間帶出秦鍾、寶玉相聚，而先寫鳳姐夫婦白晝宣淫以作陪襯，又埋伏惜春出家、寶釵結局、香菱可傷等事，至於焦大醉駡、黛玉妒花，皆文人深筆。

第八回　賈寶玉奇緣識金鎖　薛寶釵巧合認通靈

話説寶玉和鳳姐回家，見過衆人，寶玉便回明賈母要約秦鍾上家塾之事，自己也有個伴讀的朋友，正好發憤。又着實稱讚秦鍾的人品行事，最使人憐愛。鳳姐又在一旁幫着説：所謂表裏。「改日秦鍾還來拜老祖宗呢。」説得賈母喜悦起來。鳳姐又趁勢請賈母後日過去看戲。「花解語」回從看戲起，此回亦必從看戲起，釵、襲固一人也。賈母雖高年，卻極有興頭，至後日尤氏來請，遂攜了王夫人、林黛玉、寶玉等過去看戲。至晌午，賈母便回來歇息了。王夫人本是好清靜的，見賈母回來，也就回來了。然後鳳姐坐了首席，盡歡至晚而罷。

卻説寶玉送賈母回來，待賈母歇了中覺，竟欲還去看戲，又恐攪的秦氏等人不便。此語着眼。因想起寶釵近日在家養病，未去親候，意欲去望他。若從上房後角門過去，又恐遇見別事纏擾，又恐遇他父親，更爲不妥，寧可繞遠路而去。當下衆嬤嬤丫鬟伺候他換衣服，見不換，仍出二門去了，衆嬤嬤丫鬟只得跟隨出來，還只當他去那邊府中看戲。誰知到了穿堂，便向東轉北繞廳後而去。偏頂頭遇見了門下清客相公詹光、單聘仁，隨手串出若輩。詹光，沾光；單聘仁，善騙人也。仿《金瓶·熱結》等人名意。而單爲單折之單，詹爲占卜之占，又《易》道也。二人走來，一見了寶玉，便都趕上來笑着，一個抱住腰，一個攜着手，都道：

「我的菩薩哥兒，稱謂奇創，若輩身分已見骨髓。作者從何設想來的？當是司空見慣。我說做了好夢呢，好容易遇見了你。」亦夢中必有之物，而菩薩實一心也，故點夢字。說着請了安，又問好，嘮叨了半日纔走開。不堪。老嬤叫住，因問：「你二位爺是往老爺跟前來的不是？」他二人點頭道：「老爺在夢坡齋坡乃蘇玉局，政此夢無蘇時，兩玉終局坐此矣。坡又言不平，是書爲不平寫。小書房裏歇中覺呢，不妨事的。」一面說，一面走了。說的寶玉也笑了。於是轉灣向北奔梨香院來。可巧銀庫房的總領名喚吳新登與倉房的頭目名喚戴良，還有幾個管事的頭目，共七個人，從賬房裏出來，一見寶玉走來，都一齊垂手站立。獨有一個買辦名喚錢華，因他多日未見寶玉，忙趕來打千兒，請寶玉的安。寶玉忙含笑拉他起來。衆人都笑說：「前兒在一處看見二爺寫的斗方兒，字法越發好了。吳曰無，銀庫而無新登，則開除現在而財匱矣。戴曰待，良曰糧，倉房而待糧，食乏矣。兩名已兆衰敗。買辦曰錢華，則但有錢花而已。曰七人，曰斗方，皆大落墨。多早晚賞我們幾張貼貼。」寶玉笑道：「在那處看見了？」衆人道：「好幾處都有，都稱讚的了不得，還和我們尋呢。」寶玉笑道：「不值什麼，你們說給我的小幺兒們就是了。」一面說，一面前走。衆人待他過去，方都各自散了。

閑言少述。於往看寶釵時夾敘銀錢，因寶釵慣以銀錢籠絡人者，而《易》道寓焉。以爲此回發端。且說寶玉來至梨香院中，先入薛姨媽屋裏來，見薛姨媽打點針黹與丫鬟們呢，寶玉忙請了安。薛姨媽忙一把拉住他，抱入懷中，笑說：「這麼冷天，我的兒，難爲你想着來，快上炕來坐着罷。」命人倒滾滾的茶來。寶玉因問：「哥哥不在家？」薛姨媽歎道：「他是没籠頭的馬，天天逛不了，那裏肯在家一日！」寶玉道：「姐姐可大安了？」薛姨媽道：「可是呢，你前兒又想着，打發人來瞧他。他在裏間不是？你去瞧他，那裏比這裏暖和，你那裏坐着，我收拾收拾就進來和你説話兒。」寫得不堪，所謂送花。黛玉之死是賈母釀成，寶釵之合是薛姨自獻。

寶玉聽了忙下炕來，至裏間門前，只見吊着半舊的紅紬軟簾。寶玉掀簾，一步進去，先就看見寶釵坐在炕上作針綫，此針綫甚密。頭上挽着黑漆油光的鬢兒，蜜合色綿襖，玫瑰紫二色金銀鼠比肩褂，葱黄綾綿裙，一色半新不舊，看去不覺奢華。唇不點而紅，眉不畫而翠，臉若銀盆，眼如水杏。罕言寡語，人謂裝愚，安分隨時，自云守拙。寶玉一面看，一面問：「姐姐可大愈了？」前在周瑞家的眼中只虛寫，此從寶玉方實寫，乃黛玉之比肩而寶玉之正匹也。太虛境會可卿已云有似寶釵矣，直至此回兩人方實在對寫。○「人謂」「自云」四字有眼。寶釵抬頭，至此始抬頭，信乎？只見寶玉進來，連忙起身，含笑答道：「已經大好了，多謝記掛着。」説着，讓他在炕沿上坐了，即令鶯兒倒茶來。一面又問老太太、姨娘安，又問别的姊妹們好，一面看寶玉：頭上戴着纍絲嵌寶紫金冠，額上勒着二龍捧珠金抹額，身上穿着秋香色立蟒白狐腋箭袖，繫着五色蝴蝶鸞絛，項上掛着長命鎖、記名符，另外有那一塊落草時銜下來的寶玉。從寶釵眼中又寫一寶玉，是大章法。與第三回見黛玉同而有詳略之别。寶釵因笑説道：「成日家説你的這玉，究竟未曾細細的賞鑒，未曾細細賞鑒，是已見過，特未細細耳。斡旋之筆，直入本題。我今兒倒要瞧瞧。」説着，便挪近前來。寶玉亦湊了上去，有光景，而一挪來，一湊上，句中有眼。從項上摘了下來，遞在寶釵手内。寶釵托在掌上，玩之掌上，黛玉不能。只見大如雀卵，燦若明霞，瑩潤如五色酥，花紋纏護着。是好玉贊。大如雀卵，朱雀南方火爲心，卵乃生生不息，孕先天於後天者。

看官們須知道，這就是大荒山中青埂峯下的那塊頑石幻相。一提，文勢横絶。後人曾有詩嘲云：

女媧煉石已荒唐，又向荒唐演大荒。失去幽靈真境界，幻來新舊臭皮囊。好知運敗金無彩，堪歎時乖玉不光。白骨如山忘姓氏，無非公子與紅粧。一詩非爲玉歎，爲釵歎也。非爲釵歎，爲千古失幽靈真境者歎耳！那頑石亦曾記下他這幻相，並癩僧所鐫的篆文。篆文至此方點，已見主人翁也。今亦按圖畫於後。但其真體最小，方從胎中小兒口中銜下，今若按其體畫，恐字迹過於微細，使觀者大費眼光，亦非暢事。故按其形式，無非略展放些，使觀者便於燈下醉中可閱。今註明此故，方不至以胎中之兒口有多大，怎得銜此狼犺蠢大之物爲誚。故意戲弄看官，閑人則不受此欺哄。

通靈寶玉正面

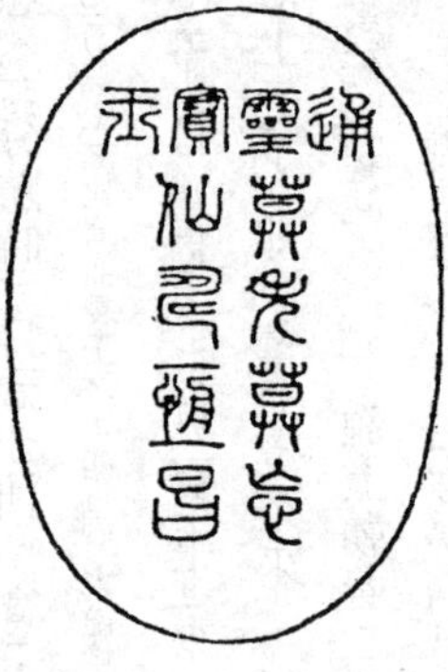

通靈寶玉反面

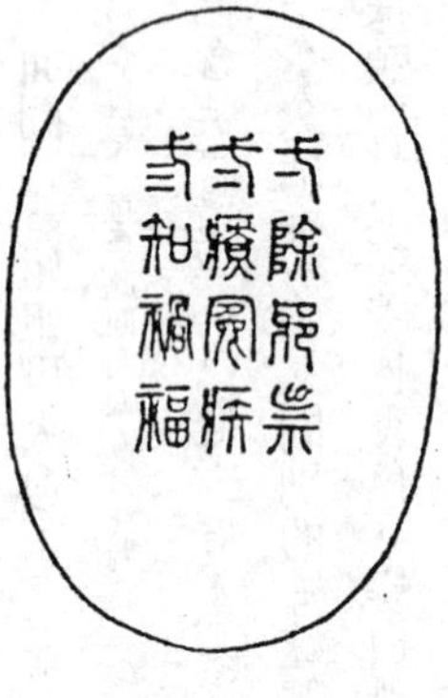

「操則存，舍則亡，出入無時，莫知其向，惟心之謂與？」兩「莫」字何等丁寧，尚說此書不演性理乎？「仙壽恒昌」，則完足上句效驗而已。作者運用儒學，乃引而不發之意，願普告人又不肯普告人，故以一「仙」字蓋藏之，推向空空渺渺裏去。○反面三語乃心之用，而惟「莫失莫忘」者能之。

寶釵看畢，又從先翻過正面來細看，口裏念道：「莫失莫忘，仙壽恒昌。」念了兩遍，念的有意。乃回頭向鶯兒笑道：「你不去倒茶，也在這裏發獃作甚麽？」不便自説，特挑撥鶯兒。○閑人評錯了，其實鶯兒也是活局中人。鶯兒嘻嘻的笑道：「我聽這兩句話，倒像和姑娘項圈上的兩句話逼出項圈。是一對兒。」「是一對兒」四字戳耳。寶玉聽了忙笑道：「原來姐姐那項圈上也有八個字，一人他圈，再跳不出。我也賞鑒賞鑒。」寶釵道：「你別聽他的話，没有什麽字。」寶玉央道：「好姐姐，你怎麽瞧我的呢？」寶釵被他纏不過，因説道：「也是個人是人不是天，乃自招承語。給了兩句吉利話兒鏨上了，恰是人工。所以天天帶着，不然，沈甸甸的有什麽趣兒？」一面説，一面解了排扣，底裏已見。從裏面大紅襖上將那珠寶晶瑩、黄金燦爛的瓔珞摘將出來。寶玉托着鎖看時，果然一面四個字，兩面八個字，共成兩句吉讖。亦曾按式畫下形象：

辟邪金鎖正面

辟邪金鏁反面

圈言圈套，鎖言束縛，是寶釵大本領，而隱然有桎梏之象。勸爲寶釵者，何必如此圈套而自尋桎梏耶？其文「不離不棄」，雖有助「莫失莫忘」之旨，而懼其離棄之意已在言外。此作者狀釵之心事即以伏寶玉之終離棄也。○下句亦冀幸之詞，「繼」則已斷而復續之謂，無所爲「恒昌」矣。深文曲筆，請看後評。

寶玉看了，也念了兩遍，又念自己的兩遍，因笑問：「姐姐這八個字，倒與我的是一對兒。」許其爲一對。鶯兒笑道：「是個癩頭和尚送的，他説必須鏨在金器上。」影影綽綽。寶釵不待他説完，便嗔他不去倒茶。截住得妙。一面又問寶玉從那裏來。寶玉此時與寶釵相近，只聞一陣陣香氣，不知是何氣味，遂問：「姐姐熏的是何香？我竟從未聞過這氣味兒。」寶釵笑道：「我最怕熏香，好好的衣服，熏的煙火氣的。」寶玉道：「既如此，是什麽香？」寶釵想了一想説：「是了，是我早起吃了冷香丸的香氣。」寶玉笑道：「什麽冷香丸？這樣好聞。姐姐給我一丸嘗嘗。」寶釵笑道：「又混鬧了，一個丸藥也是混吃的！」

一語未了，忽聽外面人説：「林姑娘來了。」話猶未了，林黛玉已摇摇擺擺的來了。金玉既合，此人便到，乃大章法。一見寶玉，便笑道：「噯喲！我來的不巧了！」一語括盡生平，正與「巧合」反對，此寶釵、黛玉發言之始，特作此語，如聞其聲。寶玉等忙起身讓坐。寶釵因笑道：「這話怎麽説？」黛玉道：「早知他來，我就不來了。」寶釵道：「我不解這意。」「人謂裝愚」。黛玉笑道：「要來時一齊來，要不來一個也不來；所謂「不想如今又來了一個薛寶釵」。今兒他來，明兒我來，如此間錯開了來，豈不天天有人來了？「來」字如珠走盤，伶俐尖酸，口角逼肖。也不至太冷落，也不至太熱鬧。冷、熱二字一點，是正訓寶釵之語，其如天道何？姐姐如何不解這意思？」寶玉因見他外面罩着大紅羽緞對襟褂子，因問：「下雪了麽？」地下婆子們說：「下了這半日了。」雪當令，木落矣。寶玉道：「取了我的斗篷來。」黛玉便笑道：「是不是？我來了，他就該去了。」寶玉道：「我何曾說要去？不過拿來預備着。」寶玉的奶姆李嬷嬷天理、人理，異出同源。因說道：「天又下雪，也要看早晚的，就在這裏和姐姐妹妹一處頑頑罷。姨媽那裏擺茶菓兒，我叫丫頭去取了斗篷來，說給小幺兒們散了罷？」寶玉應了，李嬷嬷出去，命小厮們都散了。

這裏薛姨媽已擺了幾樣細巧茶菓，留他們吃茶。寶玉因誇前日在那邊府裏珍大嫂子的好鵝掌鴨信，珍大嫂子有媳，薛姨媽有女，因鵝鴨而類及之。薛姨媽連忙把自己糟的取來與他嘗。「連忙」妙。寶玉笑道：「這個須要酒方好。」薛姨媽便命人灌了上等的酒來。李嬷嬷便上來道：「姨太太，酒倒罷了。」「理」字再演。寶玉笑央道：「媽媽，我只吃一杯。」李媽道：「不中用，當着老太太、太太，那怕你吃一罈呢！想那日我眼錯不見，一會不知是那個没調教的，只圖討你的好，給了你一口酒吃，葬送得我挨了兩日的罵。姨太太不知，他性子又可惡，吃了酒更弄性。有一日老太太高興又儘着他吃，什麽日子又不許他吃，何苦我白賠在裏面。」「理」字暢演。○活畫一無知崛强婆子，作者人譜花樣，當有三車。薛姨媽笑道：「老貨，笑得堅忍，頑笑得勉强。你只管放心吃你的去，我也不許他吃多了。便是老太太問，有我呢。」一面命小丫頭來：「讓你奶奶去也吃杯，搪搪寒氣。」煞費周旋。那李嬷嬷聽如此說，只得且和衆人吃酒去。這裏寶玉又說：「不必燙暖了，我只愛吃冷的。」「愛吃冷的」，字眼。薛姨媽道：「這可使不得，吃了冷酒，寫字手打顫兒。」寶釵笑道：「寶兄弟，虧你每日家雜學旁收的，難道就不知道酒性最熱，若熱吃下去，發散的就快，若冷吃下去，便凝結在內，五臟去暖他，豈不受害？自下平生注脚。「受害」二字，三面俱到。從此還不改了，快不要吃那冷的了！」自說不要吃，乃天籟不能終秘。寶玉聽這話有情理，寫寶釵有學問、有作用，談言微中，無非情理足以服人。正作者婆心，指點一世，但遇此等人切須留心。便放下冷的，令人燙來方飲。

黛玉嗑着瓜子兒，只管抿着嘴笑。但知以口舌相磕碰而已，而瓜子是劉老老意。可巧黛玉的丫鬟雪雁走來，與黛玉送小手爐。黛玉因含笑問他含笑問是自作聰明處。說：「誰叫你送來的？難爲他費心，那裏就冷死了我！」雪雁道：「紫鵑姐姐鵑鳥善啼，啼至出血。黛玉還淚而來，其婢自應名此。鵑血而紫，血淚殷矣。前此賈母所給丫頭名鸚哥，今忽見紫鵑而不見鸚哥，此有深意。蓋鸚哥爲能言之鳥，黛玉果能知機而謹慎言語，未必受禍至此。乃處處總如鸚哥，則步步但爲紫鵑矣。鸚哥化鵑，戒言語也，全書最重之義。又鵑名杜鵑，《牡丹亭》乃杜家故事，俟後評。怕姑娘冷，叫我送來的。」黛玉一面接了，抱在懷中，笑道：「也虧你倒聽他的話，我平日和你說的全當耳旁風，怎麽他說了你就依的比聖旨還快些！」即此便是鸚哥。○釵、黛甫合即如此寫，黛無生之氣，釵有必死之心矣。寶玉聽這話，知是黛玉借此奚落他，也無回覆之詞，只嘻嘻的笑一陣罷了。寶釵素知黛玉是如此慣了的，補筆。也不去睬他。「成於殺」也。薛姨媽因道：「你素日身子單弱，禁不得冷的，他們記掛着你倒不好？」黛玉笑道：「姨媽不知道，幸虧是姨媽這裏，倘或在別人家，豈不要惱的？難道看得人家連個手爐也沒有，巴巴兒的從家裏送個手爐來？不說丫頭們太小心，還只當我素日是這等輕狂慣了呢。」是之謂留心，又自謂善蓋藏。薛姨媽道：「你是個多心的，多心者，無心也。有這樣想，我就沒有這些心。」說話時，寶玉已是三杯過去了。李嬷嬷又上來攔阻，寶玉正在那心甜意洽之時，又兼姐妹們說說笑笑的，那裏肯不吃？只得屈意央告：「好媽媽，我再吃兩杯就不吃了。」李嬤嬤道：「你可仔細，今兒老爺在家，隄防着問你的書。」斗然一提，「孝」字「教」字都到，是曰理。寶玉聽了此話，便心中大不悦，慢慢的放了酒，垂了頭。見心原愛理，特懼物欲蒙蔽耳。黛玉忙説：「掃了大家的興。舅舅若叫你，只説姨媽留着呢。接口便是黛玉慫恿，正是黛字注脚。這個媽媽，他吃了酒，又拿我們來醒脾了。」一面悄推寶玉，使他賭賭氣，又下黛字佐證。一面悄悄的咕噥説：「別理那老貨，咱們只管樂咱們的。」那李媽也素知黛玉的，因説道：「林姐兒，你不要助着他了，你倒勸他，只怕他還聽些。」林黛玉冷笑道：「我爲什麼助他？我也不犯着勸他。你這媽媽太小心了，往常老太太又給他酒吃，如今在姨媽這裏多吃了一口，料也不妨事。必定姨媽這裏是外人，不當在這裏的也未可知。」其言如刀，適足以殺其軀而已矣。李嬤嬤聽了，又是急，又是笑，説道：「真真這林姐兒，説出一句話來，比刀子還利害。我這話算什麼？」寶釵也忍不住笑着把黛玉腮上一擰，説道：「真真這個顰丫頭的一張嘴，叫人恨又不是，喜歡又不是。」輕鬆圓浄，片語都解，我怕寶釵、愛寶釵，實怕作者、愛作者。薛姨媽一面又説：「別怕，別怕，我的兒，來了這裏，沒好的你吃，別把這點子東西唬的存在心裏，倒叫我不安。只管放心吃，有我呢。越發吃了晚飯去，便醉了，就跟着我睡罷。」任欲不任理，薛姨成之，而實黛玉始之也。故玉之爲寶爲黛不可分。因命：「再燙些酒來，我來陪你吃兩杯，可就吃飯罷。」寶玉聽了，方又鼓起興來。

李嬤嬤因吩咐小丫頭：「你們在這裏小心着，我家去換了衣服就來。」悄悄的回姨太太，別由他的性兒多吃了。」説着，便家去了。理去了。這裏雖還有兩三個婆子，都是不關痛癢的，傷哉言乎。見李嬷嬷走了，也都悄悄自尋方便去了。只剩兩個小丫頭，樂得討寶玉的歡喜。幸而薛姨媽千哄萬哄，只容他吃了幾杯，就忙收過了。作了酸笋雞皮湯，吃的不過是酸湯。才爲玉笋班，轉瞬雞皮嫗，亦何必哉！一湯有味。寶玉痛喝了幾碗，又吃了半碗多碧粳粥。性寒之食也，乃白虎湯之引藥。○或謂閑人：一湯一粥隨便而設，何傳會乃爾？曰：是書他處尚以小物點睛，況此爲寶、黛、釵第一聚會處？太虚境有千紅一窟、萬豔同杯，此處自必不苟。一時薛、林二人也吃完了飯，又釅釅的吃了幾碗茶，薛姨媽方放了心。雪雁等三四人也吃了飯，進來伺候。黛玉因問寶玉道：「你走不走？」寶玉乜斜倦眼道：「你要走，我和你一同走。」直注終局。黛玉聽説，遂起身道：「喒們來了這一日，也該回去了。」一死一亡。説着，二人便告辭。小丫頭忙捧過斗笠來，寶玉便把頭低一低，叫他戴上。那丫頭就便將這大紅猩毡斗笠一抖，纔往寶玉頭上一合，寶玉便説：「罷了，罷了！好蠢東西，你也輕些兒，難道没見别人戴過？讓我自已戴罷。」黛玉站在炕沿上道：「過來，我與你戴罷。」寶玉忙近前來，黛玉用手輕輕籠住束髮冠兒，將笠沿掖在抹額之上，將那一顆核桃大的絳絨簪纓扶起，顫巍巍露於笠外。整理已畢，端〔詳〕(像)了一會，説道：「好了，披上斗篷罷。」黛字又注，而情景如見。寶玉聽了，方接了斗篷披上。薛姨媽忙道：「跟你們的媽媽都還没來呢，且略等等。」寶玉道：「我們倒去等他們？有丫頭們跟着也彀了。」薛姨媽不放心，吩咐兩個婦女跟着，送了他兄妹們去。他二人道了擾，一徑回至賈母房中。

賈母尚未用晚飯，知是薛姨媽處來，更加歡喜，因見寶玉吃了酒，遂命他自回房中歇着，不許再出來了。因命人好生看待着。忽想起跟寶玉的人來，遂問衆人：「李奶子怎麽不見？」衆人不敢直説他家去了，只説：「纔進來的，想有事又出去了。」寶玉踉蹌回顧道：「他比老太太還受用呢，問他作什麽？没有他，只怕我還多活兩日。」欲與理敵。一面説，一面來至自己卧室。只見筆墨在案，晴雯先接出來笑道：「好，好，晴雯乃黛玉影子也，故必接此人。金玉既合，黛玉死矣，而「好好」字，即黛玉臨終呼寶玉「你好」「好」字也。叫我研了墨，早起高興，只寫了三個字，丢下筆就走了，哄我等了這一天。快來給我寫完了這些墨纔罷。」憨跳活畫，而第一事是墨，墨即黛也。寶玉方纔想起早起的事來，因笑道：「我寫的那三個字在那裏呢？」晴雯笑道：「這個人可醉了。有神情。你頭裏過那府裏去，囑咐我貼在門斗兒上的，我生怕别人貼壞了，親自爬高上梯，貼了半日，這會兒還凍得手僵呢。」寶玉道：「我倒忘了。你手冷，我替你握着。」便伸手攜着晴雯的手，是一是二？同看門斗上新寫的三個字。

一時黛玉來了，寶玉笑道：「好妹妹，你别撒謊，你看這三個字那一個好？」黛玉仰頭看見是「絳芸軒」三字，三字已在晴雯口中，而必在黛玉眼中寫出者，以釵之案而黛之敵也。批在第三十六回。笑道：「個個都好，是「好」，是「個個」。怎麽寫得這樣好法？明兒也替我寫個匾。」固所願也，而究竟未寫。寶玉笑道：「又哄我呢。」説着，又問：「襲人姐姐呢？」「絳芸軒」緊要人證。晴雯向裏間炕上努嘴，寶玉看時，只見襲人和衣睡着。寶玉笑道：「好，太睡早了些。」又問晴雯道：「今兒我那邊吃早飯，有一碟兒豆腐皮的包子，是包，包藏也。我想着你愛吃，和珍大嫂子説了，只説我留着晚上吃，叫人送過來的。你可曾見麽？」晴雯道：「快别提了！一送來，我便知道是我的，偏纔吃了飯，就擱在那裏。後來李奶奶來了，看見説：『寶玉未必吃了，拿去給我孫子吃罷。』就叫人送了家去了。」正説着，茜雪捧上茶來，寶玉還讓林妹妹吃茶，衆人笑道：「林姑娘早走了，影在而形可去矣。晴雯因包子挑寶玉，是黛玉慫恿吃酒餘文。還讓呢！」寶玉吃了半盞茶，忽又想起早晨的茶來，因問茜雪道：「早起斟了一碗楓露茶，是露，呈露也。我説過那茶是三四次後出色的，這會子怎麼又斟上這個茶來？」茜雪道：「我原是留着的，那會子李奶奶來了吃了去。」寶玉聽了，將手中杯子順手往地下一擲，屢狀醉意，至此不突。豁瑯一聲，打個粉碎，打個粉碎，爲包爲露，同歸於盡。潑了茜雪一裙子。又跳起來問着茜雪道：「他是你那一門子的奶奶？你們這樣孝敬他！不過是我小時候吃過他幾日奶罷了，如今慣的比祖宗還大！攆了出去，大家乾淨！」任欲背理，恣肆至此。説着，立刻便要去回賈母攆他乳母。

原來襲人實未睡着，不過是故意妝睡，引寶玉來慪他頑耍。寫襲人處總是逆筆，便移置不到他處，文字巧處。先聞得説字、問包子等，也還可以不必起來。後來摔了茶鍾，動了氣，遂連忙起來解釋勸阻。早有賈母遣人來問是怎麼了，襲人忙道：「我纔倒茶來，被雪滑倒了，失手砸了鍾子。」一面又勸寶玉道：「你立意要攆他也好，我們都願意出去，不如趁勢連我們一齊攆了，我們也好，你也不愁没有好的來伏侍你。」寶玉聽了，方無言語，被襲人等挾至炕上，脱了衣裳。不知寶玉口内還説些什麼，只覺口齒纏綿，眉眼愈加餳澀，忙伏侍他睡下。襲人摘下那通靈寶玉來，用手帕包好，寶釵獻鎖，正是襲人包玉。塞在褥子下，次日帶時便冰不着脖子。那寶玉到枕就睡着了。彼時李嬷嬷等已進來了，聽見醉了，也就不敢上前。又悄悄的打聽睡了，方放心散去。用他總束。

次日醒來，就有人回：「那邊小蓉大爺，帶了秦鍾來拜。」寶玉忙接出去，領了拜見賈母。賈母見秦鍾形容標緻，舉止溫柔，堪陪寶玉讀書，心中十分歡喜。便留茶留飯，又命人帶去見王夫人等。衆人因愛秦氏，見了秦鍾是這樣人品，也都歡喜，臨去時都有表禮。賈母又與了一個荷包擔荷包庇，都是此老。並一個金魁星，魁字十二鬼，十二釵鬼而已。取文星和合之意。又囑咐他道：「你家住的遠，或一時寒熱不便，只管住在我這裏，只和你寶叔在一處，大開方便門。別跟着那不長進的東西們學。」秦鍾一一的答應，回家稟知他父親。他父親秦邦業，秦邦言西國，死方也，空界也。現任營繕郎，年近七旬，夫人早亡。因當年無兒女，便向養生堂抱了一個兒子並一個女兒。誰知兒子又死了，只剩女兒，小名喚可兒。爲淫惡，爲首禍，非本生所固有，故爲抱養。子死女存，所以爲業。長大時生得形容嫋娜，性格風流。因素與賈家有些瓜葛，二字照射劉老老，老老之來，正因可卿。故結了親。秦邦業五旬之上，方得了秦鍾。這情種即可爲那情種，一氣相承，故秦鍾是親生；這情種不是那情種，悉屬後起，故其生也晚。因去歲業師回南，在家溫習舊課，正要與賈親家商議，附往他家塾中去。可巧遇見寶玉這個機會，又知賈家塾中司塾的乃賈代儒，儒而曰代，則今之儒且又爲賈代，儒尚成其爲儒乎？司塾以此，其教可知。現今之老儒，秦鍾此去可望學業進益，從此成名，透「夭逝」一回矣。因十分喜悅。只是宦囊羞澀，那邊都是一雙富貴眼睛，少了拿不出來，兒子的終身大事，說不得東拼西湊，恭恭敬敬，封了二十四兩贄見禮，二十四氣，天運也。是書無非東拼西湊。帶了秦鍾，到代儒家來拜見。然後聽寶玉揀的好日子，入學日子是寶玉自揀，絕倒。是直無賈政矣。一同入塾。

至塾中之事如何，且看下回分解。

此回上半重「奇」字，奇則非正；下半重「巧」字，巧實成拙。一「識」一「認」，釵玉合矣。但必俟「絳芸軒」方結穴，故出絳芸軒三字在此篇之末。

襲人是寶釵影子，晴雯是黛玉影子，一溫柔而得實，一尖利而取禍。尚有影中之影，請俟後評。蓋作者韡燈匣劍，不過寫寶、黛、釵而已。若止從本人實寫，則是書數回可了，成鬼賬簿矣。

薛姨媽寫得不堪，竟有鴇母光景，用一李嬷直破之，此從《水滸傳》李逵駡宋江處套出，而喻言獨絶。

寶、黛初見有摔玉，因出襲人。釵、玉初合有看鎖，因出晴雯。遥遥相對，是皆爲情種也，故以秦鍾終。此篇即以起下回。

自「神遊太虛境」至此回爲一大段，發《紅樓夢》命名之旨，以金玉作一大結束也。做夢者爲寶玉，夢中人爲寶釵，用可卿以立虛影，用襲人以明實際，熙鳳總承財色，秦鍾痛闡死生。金鎖果真，渺渺茫茫，未經一語；宫花斷送，曖曖昧昧，盡殺諸人。誰能打焦大一個霹靂，震碎紅樓，使夢者醒而烈日當空，劉老老偃旗息鼓，搬向原鄉裏去住。

護花主人評曰：

王鳳姐贏來戲席，賈母、王夫人先回，鳳姐然後盡歡至晚。此半日中有許多事情在筆墨之外。

寶玉繞路至梨香院，偏遇見清客、家人，兩番問安索字，固是文筆曲折，亦寫盡趨奉公子情態。

〔此〕（第）一回專敍金玉配合之緣，故將寶釵面貌衣飾及寶玉之裝束，又極力描寫一番。

寶玉之玉，是寶釵要看，寶玉遞送寶釵之金鎖，卻從丫頭鶯兒口中露出。大方得體，不露痕迹。

黛玉驀地走來，妙極！若黛玉不來，寶玉與寶釵兩人說話，一時便難截住。

黛玉開口尖酸，寶釵落落大方，便使黛玉不得不遁辭解說。

黛玉借手爐，隱刺寶玉平日不聽他勸，好吃冷酒，今日寶釵一說便聽。妙在寶玉心中曉得，寶釵似曉不曉，薛姨媽真是不懂，四人各有不同。黛玉又遁辭掩飾，靈變含蓄。文心如鬼工。

寶釵說黛玉一張嘴「叫人恨又不是，喜歡又不是」，真將一個極靈極妒的女孩，活現紙上。

寫黛玉替寶玉戴斗笠，實是疼愛寶玉。若是寶釵如此，又不知惹出黛玉多少話來。今默無一語，真是大方女子。兩相形容，文章細活。

晴雯貼字，寶玉握手，兩情從此而起。

寶玉摔杯，是專惱李嬤，乃寫及襲人裝睡，聞氣起勸，含糊答應賈母，捨己攔阻寶玉，覺有一個恃愛靈婢，跳躍紙上。

秦鍾入塾，伊父望其學成名立，是反跌後文，且將秦氏來歷于此回補出。

大某山民評曰：

按前第三回，黛玉入榮府依外家，查係己酉年秋晚冬初。自後一切事情，至寶、黛過梨香院薛姨媽處飲酒遇雪，皆本年冬底事也。入第九回寶玉與秦鍾入塾爲始，當係次年初春矣。迨後十一回中，記賈敬生日在九月時，並追敍上月中秋云云，又記菊花盛開，又記十一月三十云云，又記十二月初二云云，又記冬底林如海云云，至治秦氏之喪，又是一年之春矣。作者雖未表明又是一年，而書中之節次具在也。故入第九回，即爲入書正傳之第二年庚戌，迨至十二回春日治秦氏之喪，則入書正傳之第三年辛亥也。閱者記清。

己酉、庚戌兩年過接處，作者欠界劃清楚，令粗心讀過者，無界限可尋，然斷斷不能併作一年事也。

第九回　訓劣子李貴承申飭　嗔頑童茗煙鬧書房

話説秦鍾父子，專候賈家的人來送上學之信。原來寶玉急於要和秦鍾相遇，遂擇了後日，一定上學。打發人送了信。至（是）日一早，寶玉起來時，襲人早已把書筆文物收拾停妥，坐在床沿上發悶。「發悶」二字有奇悟，有痛罵。見寶玉起來，只得伏侍他梳洗。寶玉見他悶悶的，因問道：「好姐姐，你怎麽又不自在了？難道怪我上學去，丢的你們冷清了不成？」道破了一半。襲人笑道：「這是那裏的話？讀書是極好的事，不然就潦倒了一輩子，終久怎麽樣呢。但只一件，要是念書的時節想着書，不念書的時節想着家，家是何人？終别和他們一處頑鬧，碰見老爺，不是頑的。雖説是奮志要强，那工課寧可少些，一則貪多嚼不爛，二則身子也要保重。這就是我的意思，你可時時體諒。」襲人是這般口吻，能記清便處處認得他了。諸人自然。襲人説一句，寶玉應一句。襲人又道：「大毛衣服我也包好了，交給小子們去了。學裏冷，好歹想着添換，比不得家裏有人照顧。脚爐、手爐，也交出去的了，你可逼着他們那一起懶賊，你不説，他們樂得不動，白凍壞了你。」一對小兒女，好看好聽，贊不得許多。寶玉道：「你放心，我出外頭，自己都會調停的。你們也可别悶死在這屋裏，長和林妹妹一處去頑耍纔好。」

必是林妹妹。說着，俱已穿戴齊備，襲人催他去見賈母、賈政、王夫人等。寶玉又囑咐了晴雯、麝月幾句，儼然遠別，絕倒。方出來見賈母。賈母也未免有幾句囑咐的話。然後去見王夫人，又出來到書房中見賈政。

偏生這日賈政回家早，「偏生」二字若父子相見爲奇逢。正在書房中與相公清客們閑話。忽見寶玉進來請安，回說上學裏去。賈政冷笑道：開場先冷笑。「你如果再提『上學』兩個字，連我也羞死了！依我的話，你竟頑你的去是正經，仔細站髒了我這地，靠髒了我這門！」如聞其聲，如見其人，寫「政」字道地，然實有其人，而且不少，作者不過貌而述之耳。衆清客相公們都起身笑道：「老世翁何必如此？今日世兄一去，二三年就可顯身成名的了，斷不似往年仍作小兒之態的。天也將飯時，世兄竟快請罷。」情詞都肖。說着，便有兩個年老的攜了寶玉出去。賈政因問：「跟寶玉的是誰？」只聽見外面答應了一聲，早進來三四個大漢，打千兒請安。賈政看時，認得寶玉奶姆之子名喚李貴的，李貴名義，言之慨然。「禮之用，和爲貴」，「小大由之」，父子天親，豈容暴戾，義方之訓無有也，天倫之樂亦無有也。道以政，齊以刑，民尚不可，況子哉！賈政何嘗認得。因向他道：「你們成日家跟他上學，他到底念了些什麼書？倒念了些流言混語在肚子裏，學了些精緻的淘氣。等我閑一閑，先揭了你的皮，再和那不長進的算賬！」又如聞如見。唬的李貴忙雙膝跪下，摘了帽子碰頭，連連答應是，又回說：「哥兒已念到第三本《詩經》，什麼『呦呦鹿鳴，荷葉浮萍』，小的不敢撒謊。」說的滿座閧然大笑起來。李貴能使政及若輩閧然大笑，見和之用有如此。而《小雅》兩言，非誤讀也，言未赴鹿鳴，證蓮因而散萍蹤也。直注百十九回「中鄉魁」「卻塵緣」。賈政也撐不住笑了。閱至此，我亦大笑，而有底有面，是何伎倆！因説道：「那怕再念三十本《詩經》，也都是掩耳盜鈴，哄人而已。你去請學裏太爺的安，就道我説的，什麽《詩經》、古文，一概不用虚應故事，《詩經》即是古文，政老實廢《關雎》矣！只是先把《四書》一齊講明背熟，是最要緊的！」「道之以政」，政字在《四書》原未説壞，故他尚能知《四書》要緊。李貴忙答應是，見賈政無話，方退出去。

此時寶玉獨站在院外，屏聲静候，待他們出來，便同走了。李貴等一面撣衣服，一面説道：「哥兒，可聽見了不曾？先要揭我們的皮呢！又曲肖，而重言揭皮，見政只知禮之皮毛而已。人家的奴才跟主子賺些好體面，我們這些奴才白陪着挨打受駡的，從此也可憐見些纔好。」寶玉笑道：「好哥哥，你别委曲，我明兒請你。」李貴道：「小祖宗，誰敢望請？只求聽一兩句話就有了。」説着，又至賈母這邊。秦鍾早已來了，賈母正和他説話呢。於是二人見過，辭了賈母。政不與聞，政亦荒矣。寶玉忽想起來未辭黛玉，便是秦鍾。又忙至黛玉房中來作辭。彼時黛玉在窗下對鏡理妝，聽寶玉説上學去，因笑道：「好，這一去可是要蟾宫折桂了，我不能送你了。」「卻塵緣」「斷癡情」都到。寶玉道：「好妹妹，等我下學，再吃晚飯。那胭脂膏子也等我來再製。」愛紅狀心本色，又見獨注絳珠。胭脂膏，絳珠草之液也，與黛對勘。嘮叨了半日，方抽身去了。黛玉忙又叫住問道：「你怎麽不去辭辭你寶姐姐來？」寶玉笑而不答，便是秦鍾。一徑同秦鍾上學去了。

原來這義學，也離家不遠，義學即義方之訓，離家不遠，有微旨。原係當日始祖所立，恐族中子弟有不能延師者，即入此中讀書。凡族中爲官者，皆有幫助銀兩，以爲族中膏火之費。舉年高有德之人爲塾同往，師。一段追原，焦大所哭。如今秦、寶二人來了，一一的都互相拜見過，讀起書來。自此後二人同來同往，同起同坐，愈加親密。兼之賈母愛惜，也常留下秦鍾，一住三五天，自己重孫一般看待。因見秦鍾家中不甚寬裕，又助些衣服等物，不上一兩月工夫，秦鍾在榮府裏便熟慣了。寶玉終是個不能安分守理的人，一味的隨心所欲，因此發了癖性，爲這情種，特提「理」「欲」，分明「性」字直按。又向秦鍾悄說：「咱們兩個人一樣的年紀，況又同窗，以後不必論叔侄，只論兄弟朋友就是了。」先是秦鍾不敢當，寶玉不從，只叫他兄弟，或叫他的表字鯨卿，也只得混着亂叫起來。我故曰情種，是「風月情濃」之混號而已。

原來這學中雖多是本族子弟與些親戚家的子侄，俗語說的好：「一龍九種，種種各别。」龍陽物也，一笑。而大《易》寓焉。未免人多了，就有龍蛇混雜，下流人物在內。自秦、寶二人來了，都生的花朵兒一般的模樣，又見秦鍾腼腆温柔，未語先紅，怯怯羞羞，有女兒之風；寶玉又是天生成慣能作小服低，賠身下氣，性情體貼，話語纏綿。因此二人又這般親厚，也怨不得那起同窗人起了嫌疑之念，影影綽綽立一疑案，而着「也怨不得」一語，極妙。背地裏你言我語，詬誶謠諑，佈滿書房内外。不諱言之。

原來薛蟠自來王夫人處住後，便知有一家學，學中廣有青年子弟，偶動了龍陽之興，因此也假說了來上學。不過是「三日打魚，兩日晒網」，白送些束脩禮物與賈代儒，卻不曾有一些進益，師乎，師乎？只圖結交些契弟。誰想這學内的小學生，圖了薛蟠的銀錢穿吃，寫此物，傷哉！被他哄上手的，也不消多記。又有兩個多情的小學生，亦不知是那一房的親眷，亦未考真名姓，無非秦鍾小注，「不知那房親眷，亦未考真名姓」，乃作者立心忠厚，與可卿養生堂抱來同意，在文章則爲省筆。只因生得嫵媚風流，滿學中都送了他兩個外號，一叫香憐，一叫玉愛。雖係都有竊慕之意，將不利於孺子之心，只是都懼薛蟠的威勢，虛寫「蟠」字，見不可馴。不敢來沾惹。如今秦、寶二人來了，見了他兩個，亦不免繾綣羨愛，亦皆知係薛蟠相知，故未敢輕舉妄動。香、玉二人心中，一般的留情與秦、寶，因此四人心中雖有情意，只未發迹。每日一入學中，四處各坐，卻八目勾留。或設言託意，或詠桑寓柳，遥以心照，卻外面爲避人眼目。寫散館是散館，寫頑童是頑童，乃温嶠然犀，警省安置子弟者，不小婆心也。而香、玉是黛，桑、柳是林，文自各有所主。不料偏又有幾個滑賊看出他形景來，都背後擠眉弄眼，或咳嗽揚聲。這也非止一日。

可巧這日代儒有事要回家，只留下一句七言對聯，令學生對了，令其自相偶矣，一笑。而七爲巧數。明日再來上書。將學中之事，又命長孫賈瑞管理。瑞音睡，亦一做夢人，「正照風月鑑」者也。又瑞反面爲妖，代儒繩武之人如此。妙在薛蟠如今不大上學應卯了，應卯，一笑。而本回實演「木」字。因此秦鍾趁此和香憐弄眉擠眼，二人假出小恭，走至後院説話。秦鍾先問他：「家裏的大人，可管你交朋友不管？」我擬作書，試思此處當造爲何語，累日不得也。及看他一問，不覺拍案叫絶，作者可殺！而弄眉擠眼，乃是黛玉。一語未了，只聽見背後咳嗽了一聲，二人嚇的忙回顧時，原來是窗友名金榮的。金榮，爲財字哭也。而乃演金之於榮於玉，亦猶金榮之於秦於香也。香憐本有些性急，便羞怒相激，問他道：「你咳嗽什麽？難道不許我們説話不成？」金榮笑道：「許你們説話，難道不許我咳嗽不成？我只問你們：有話不分明説，瞧你們這樣鬼鬼祟祟的，幹什麽故事？我可也拿住了，還賴什麽？先讓我抽個頭兒，咱們一聲兒不言語，不然大家就翻起來。」圓若轉丸，悉不易有之文。秦、香二人，就急得飛紅的臉，便問道：「你拿住什麼了？」金榮笑道：「我現拿住了是真的。」紙上活跳，而乃「滴翠亭」案。説着，又拍着手笑嚷道：「貼得好燒餅！你們都不買一個吃去？」秦鍾、香憐二人，又氣又忿，忙進來向賈瑞前告金榮，説金榮無故欺負他兩個。

原來這賈瑞最是個圖便宜没行止的人，每在學中，以公報私，勒索子弟們請他。後又助着薛蟠〔圖些〕銀錢酒肉，一任薛蟠〕橫行霸道，他不但不去管約，反助紂爲虐討好兒。切中時下教館學長之病。偏那薛蟠本是浮萍心性，今日愛東，明日愛西，近來有了新朋友，把香、玉二人丢開一邊。就連金榮也是當日的好友，自有了香、玉二人，便見棄了金榮，近日連香、玉亦已見棄。敍事只追龍門，而用在此等處尤難，其實是鳳姐傳。故賈瑞也無了提攜幫襯之人，不怨薛蟠喜新厭故，只怨香、玉二人不在薛蟠前提攜了。因此賈瑞、金榮等一干人，也正醋妒他兩個。今見秦、香二人來告金榮，賈瑞心中便不自在起來，雖不敢呵叱秦鍾，卻拿着香憐作法，反説他多事，着實搶白了幾句。香憐反討了没趣，連秦鍾也訕訕的，各歸坐位去了。金榮越發得了意，摇頭咂嘴的，口内還説許多閑話。玉愛偏又聽了，兩個人隔座咕咕唧唧的角起口來。金榮只一口咬定説「方纔明明的撞見他兩個在後院裏親嘴摸屁股，兩個商議定了，一對兒論長道短」之言。只顧得志亂説，卻不防還有别人，誰知早又觸怒了一個人。

你道這一個人是誰？原來這人名唤賈薔，用一提頓，使文氣一舒而筆力矯健。○薔有茨，不可掃也。亦係寧府中之正派玄孫。父母早亡，從小兒跟着賈珍過活，如今長了十六歲，比賈蓉生得還風流俊俏。他兄弟二人，正名定分。最相親厚，常共起居。兄弟如此，正是當然。偏這裏八字寫得蹊蹺。寧府中人多口雜，那些不得志的奴僕，專能造言誹謗主人，因此不知又有什麼小人詬誶謠諑之辭。自説自掩。○大放厥辭，一齊拖下渾水。賈珍想亦風聞得些口聲不好，自己也要避些嫌疑，二語更蹊蹺。如今竟分與房舍，命賈薔搬出寧府，自己立門户過活去了。這賈薔外相既美，内性又聰敏，雖然虚名來上學，亦不過虚掩耳目而已，仍是鬥雞走狗，賞花閲柳爲事。上有賈珍溺愛，下有賈蓉匡助，因此族中人誰敢觸逆於他。正手忙脚亂之時，插敍珍、蓉、薔一段曖昧大疑案，而清若列眉，是何神勇。既和賈蓉最好，今見有人欺負秦鍾，如何肯依？串入本文，兔起鶻落。如今自己要挺身出來報不平，心中且忖度一番：「金榮、賈瑞一等人，都是薛大叔的相知，賈瑞亦下渾水了，絶倒。而乃是鳳姐與寶玉。我又與薛大叔相好，招承。倘或我一出頭，他們告訴了老薛，我們豈不傷和氣？欲不管，如此謡言，説的大家没趣。如今何不用計制伏，又止息聲口，又不傷臉面。」想畢，也妝出小恭去，走至後面，悄悄把跟寶玉的書童茗煙唤至身邊，如此這般調撥他幾句。寫聰敏便是聰敏，乃鳳姐之借刀殺人。茗煙言名教湮滅，因此作書以培植之，故後改名焙茗，焙通培也。正爲失教點睛，故爲下半回書之主，乃作者自命也。這茗煙乃是寶玉第一個得用的，且又年輕不諳事，如今聽賈薔説金榮如此欺負秦鍾，「連你的爺寶玉都牽連在内，不給他個知道，下次越發狂縱了！」這茗煙無故就要欺壓人的，如今得了這信，又有賈薔助着，便一頭進來找金榮，也不叫金相公了，只説：「姓金的，是什麼東西！」賈薔遂跺一跺靴子，故意整整衣服，看看日影兒，説：「正時候了。」遂先向賈瑞説有事要早走一步，賈瑞不敢止他，只得隨他去了。綽有餘閑。這裏茗煙走進來，便一把揪住金榮問道：「我們臊屁股不臊，管你𣬉毴相干？横豎没臊你爹就罷了！你是個好小子，出來動一動你茗大爺！」作者又是無賴，而痛罵一金，正是村言。嚇的滿室中子弟都茫茫的癡望。賈瑞忙喝：「茗煙不得撒野！」金榮氣黃了臉，說：「反了！奴才小子都敢如此，我只和你主子說。」便奪手要去抓打寶玉。秦鍾剛轉出身來，聽得腦後颼的一聲，早見一方硯瓦飛來，並不知係何人打來，卻打了賈藍、賈菌的座上。這賈藍、賈菌亦係榮府的近派重孫，這賈菌少孤，其母疼愛非常，書房中與賈藍最好，所以二人同座。誰知這賈菌年紀雖小，志氣最大，極是淘氣不怕人的。藍、菌無貶詞，蘭之通，芝之屬也。他在位上冷眼看見金榮的朋友暗助金榮飛硯來打茗煙，偏打錯了，落在自己面前，將個磁硯水壺打了粉碎，濺了一書黑水。飛硯人不着名字是文字化板爲活處，砸碎墨水乃傷黛也。賈菌如何依得，便罵：「好囚攮的們！這不都動了手了麽？」罵着，也便抓起硯磚來要飛打那人。賈藍是個省事的，忙按住硯磚，極口勸道：「好兄弟，不與咱們相干。」賈菌如何忍得，見按住硯磚，他便兩手抱書篋子來，照這邊摜了來。終是身小力薄，卻摜不到，反摜至寶玉、秦鍾案上，就落下來了。只聽豁啷一響，砸在桌上，書本、紙片、筆硯等物，撒了一桌，又把寶玉的一碗茶也砸得碗碎茶流。那賈菌即便跳出來，要揪打那飛硯的人。金榮此時隨手抓了一根毛竹大板在手，地狹人多，那裏經得舞動長板，茗煙早吃了一下，亂嚷：「你們還不來動手！」寶玉還有幾個小廝，一名掃紅，一名鋤藥，一名墨雨，四小廝名字雅極，一再讀則黯然，猶「千紅一窟，萬豔同杯」。○三春消歇，藥裏空存，泉路冥濛，姓名湮滅。可勝歎息！這三個豈有不淘氣的？一齊亂嚷：「小婦養的，動了兵器了！」墨雨遂掇起一根門閂，掃紅、鋤藥手中都是馬鞭子，蜂擁而上。賈瑞急得攔一回這個，勸一回那個，誰聽他的話？肆行大亂。衆頑童也有幫着打太平拳助樂的，也有膽小藏過一邊的，也有立在桌上拍着手亂笑，喝着聲兒叫打的，登時鼎沸起來。紙上真若鼎沸，較《聊齋》所述口技如何？

外邊幾個大僕人李貴等聽見裏邊作反起來，忙都進來，一齊喝住，問是何故。衆聲不一，這一個如此說，那一個又如此說。李貴且喝罵了茗煙等四個一頓，攆了出去。秦鍾的頭早撞在金榮的板上，打去一層油皮，寶玉正拿褂襟子替他揉，見喝住了衆人，便命李貴：「收書，拉馬來！我去回太爺去！我們被人欺負了，不敢説別的，守禮來告訴瑞大爺，瑞大爺反派我們的不是，聽着人家罵我們，還調唆人家打我們。茗煙見人欺負我，他豈有不爲我的？他們反打夥兒打了茗煙，連秦鍾的頭也打破了。還在這裏念書麽？」不懈。李貴勸道：「哥兒不要性急，太爺既有事回家去了，這會子爲這點子事去聒噪他老人家，倒顯的咱們没禮似的。暗寫「禮」字可以排難解紛。依我的主意，那裏的事情，那裏了結，何必驚動老人家？這都是瑞大爺的不是，太爺不在這裏，你老人家就是這學裏的頭腦了，衆人看你行事。衆人有了不是，該打的打，該罰的罰，如何等鬧到這步田地還不管？」賈瑞道：「我吆喝着都不聽。」李貴道：「不怕你老人家惱我，素日你老人家到底有些不是，所以這些兄弟不聽。就鬧到太爺跟前去，連你老人家也脱不了的。還不快作主意，撕羅開了罷！」寶玉道：「撕羅什麽？我必要回去的。」秦鍾哭道：「有金榮在這裏，我是要回去的了。」寶玉道：「這是爲什麽？難道別人家來得，咱們倒來不得的？我必回明白衆人，攆了金榮去。」又問李貴：「這金榮是那一房的親友？」李貴想一想道：「也不用問了，若説起那一房親戚，更傷了弟兄們和氣。」「和」字明點。茗煙在窗外道：「他是東街裏璜大奶奶的侄兒，璜黄同，金之色。那是什麽硬掙仗腰子的，也來嚇我們！璜大奶奶是他姑媽。你那姑媽只會打旋磨兒，給我們璉二奶奶跪着借當頭，我眼裏就看不起他那樣主子奶奶！」「財」字一哭。李貴忙喝道：「偏這小狗養的知道，有這些蛆嚼！」寶玉冷笑道：「我只當是誰的親，原來是璜嫂子的侄兒，我就去問他！」說着便要走，叫茗煙進來包書。茗煙進來包書，又得意洋洋的道：「爺也不用自己去見他，等我去他家，就說老太太有話問他呢，雇上一輛車子拉進去，當着老太太問他，豈不省事。」李貴忙喝道：「你要死！仔細回去，我好不好先捶了你，然後回老爺、太太，就說寶哥全是你調唆的。我這裏好容易勸哄的好了一半，你又來生了新法兒。你鬧了學堂，點題。不說變個法兒壓息了纔是，倒還往火裏奔！」茗煙方不敢做聲。此時賈瑞也生恐鬧不清，自己也不乾净，只得委曲着來央告秦鍾，又央告寶玉。先是他二人不肯。後來寶玉說：「不回去也罷了，只叫金榮賠不是便罷。」金榮先是不肯，後來經不得賈瑞也來逼他權賠個不是，李貴等只得好勸金榮說：「原是你起的端，你不這樣，怎得了局？」金榮强不過，只得與秦鍾作了揖。寶玉還不依，定要磕頭。都是說寶釵，乃制金也。賈瑞只要暫息此事，又悄悄的勸金榮說：「俗語云：『忍得一時忿，終身無惱悶。』」

未知金榮從也不從，且聽下回分解。

前兩大段計八回，釵、黛文字，俱鋪敘一過，曰《石頭記》、曰《紅樓夢》，命名之意，亦已演出。此四回一大段，則敘《風月寶鑑》之旨，而演左氏一言曰「讖失教也」。故以寶玉入學始，而以賈瑞照鑑終。

此回爲「學」字一哭，爲「錢」字一哭，點醒爲父兄而思所以愛護成全安置子弟之處，極明極透，而儼然師儒同木偶者，自當汗下。是有功世道文字。

此篇下半回文字，另開生面，是險境，是絶徑，而能掉臂遊行，毫無阻滯，穿插映帶，頭緒如麻中，一一隨案隨斷；中間又横出賈珍一段奇文，龍門復生，未必見過，乃在本書不多見之筆墨。

護花主人評曰：

賈政申飭李貴，嗔説寶玉，是反襯後文大鬧，又爲李貴調停之伏筆。

寶玉於女色，自幼親近，且自秦氏房中一睡，襲人試演一番，已深知其味。而于男色尚未沈溺，又有秦鍾同學，從此男、女二色，皆迷入骨髓矣。

寶玉男、女二色，皆由秦而起。此秦氏所以爲寧府之首罪也。

秦者情也；秦鍾者，情種也。

學堂大鬧，極言聚徒爲塾，魚龍混雜，其醜有不可勝言者。

第九回專寫寶玉與秦鍾相厚是主，其餘皆是賓，而香憐、玉愛，又是賓中賓。

第十回　金寡婦貪利權受辱　張太醫論病細窮源

話説金榮因人多勢衆，又兼賈瑞勒令賠了不是，給秦鍾磕了頭，寶玉方纔不吵鬧了。大家散了學，金榮自己回到家中，越想越氣，説：「秦鍾不過是賈蓉的小舅子，又不是賈家的子孫，附學讀書，也不過和我一樣。他因仗着寶玉同他相好，就目中無人。既是這樣，就該行些正經事，也沒的説；他素日又和寶玉鬼鬼祟祟的，只當人多是瞎子看不見。今日他又去勾搭人，偏偏撞在我眼裏，就是鬧出事來，我還怕什麽不成？」他母親胡氏，胡何也，不知何氏也，有問「貪利」「受辱」何人解免之意，作者沈痛乃爾。聽見他咕咕唧唧的，説：「你又要管什麽閑事？好容易我望你姑媽説了，你姑媽又千方百計的向他們西府裏璉二奶奶跟前説了，你纔得了這個念書的地方。若不是仗着人家，咱們家裏，還有力量請得起先生麽？況且人家學裏，茶飯都是現成的，你這二年在那裏念書，家裏也省好大的嚼用呢。省出來的，你又愛穿件鮮明衣服。再者，因你在那裏念書，你就認得什麽薛大爺了，那薛大爺一年也幫了咱們七八十兩銀子。爲「學」字哭，爲「錢」字哭，而七八十五，正寶釵將笄之年。你如今要鬧了了這個學房，若再要找這樣一個地方，我告訴你説罷，比登天的還難呢！你給我老老實實的頑回子，睡你的覺去，好多着的呢！」於是金榮忍氣吞聲，不多一時，也自睡覺了。次日，仍就上學去了，不在話下。

且說他姑娘，原來給的是賈家「玉」字輩的嫡派，名喚賈璜，但其族人那裏皆能像寧、榮二府的富勢？原不用細說。這賈璜夫妻，守着些小小的產業，又時常到寧、榮二府裏去請安，又會奉承鳳姐兒並尤氏，所以鳳姐兒、尤氏也時常資助資助他，方能如此度日。今日正遇天氣晴明，又值家中無事，遂帶了一個婆子，坐上車，來家裏走走，瞧瞧寡嫂並侄兒。閑話之間，金榮的母親，偏提起昨日賈府學房裏的事，從頭至尾一五一十都向他小姑子說了。這璜大奶奶不聽則已，聽了怒從心上起，說道：「這秦鍾小子是賈門的親戚，難道榮兒不是賈門的親戚？人（別要太）（太別要）勢利了，況且多做的是什麼有臉的事！就是寶玉也不犯向着他到這個田地。等我去到東府瞧瞧我們珍大奶奶，再和秦鍾的姐姐說說，叫他評評這個理！」是婦人口角心情如畫，乃即薛姨也。這金榮的母親聽了，急的了不得，忙說：「這都是我的快嘴，告訴了姑奶奶，求姑奶奶快別去說罷！別管他們誰是誰非，倘或鬧出來，怎麼在這裏站得住？若站不住，家裏不但不能請先生，反在他身上添出許多嚼用來呢！」爲勢利哭，說得可憐，「受辱」正面已了。璜大奶奶說道：「那裏管得許多？你等我說了，看是怎麼樣。」也不容他嫂子勸，一面叫老婆子瞧了車，坐了望寧府裏來。

到了寧府，進了東角門，下了車，進去見了賈珍的妻子尤氏。未敢氣高，殷殷勤勤，敍過了寒温，孰無血性，奈汨没何！說了些閑話，方問道：「今日怎麼不見蓉大奶奶？」遞下半回。尤氏說：「他這些日子不知怎麽，經期有兩個多月没有來，經，常也，經失期，亂常也。○秦氏乃自縊死，實無病，寫其病，寫其亂常而已。叫大夫瞧了，又説並不是喜。那兩日，到下半日就懶待動了，話也懶怠説，眼神發眩。我叫他：『你且不必拘禮，早晚不必照例上來，你竟養養罷。就是有親戚來，還有我呢。就有長輩怪你，等我替你告訴。』連蓉哥我都囑咐了，我説：『你不許累掯他，不許招他生氣，正對金氏。叫他好生静養静養就好了。他要想什麼吃，只管到我這裏來取。倘或他有個好歹，你再要娶這一個媳婦兒，這麼個模樣兒，這麼個性情兒，只怕打着燈籠兒也没處去找呢。』他這爲人行事，那個親戚，那個長輩不喜歡他？是無不可，是有似寶釵。所以我這兩日，好不心煩。偏生今兒早起他兄弟來瞧他，誰知他那小孩子家不知好歹，看見他姐姐身上不好，這些事也不當告訴他，就受了萬分委曲，也不該當着他説。誰知昨日學房裏打架，不知是那裏附學的學生，倒欺負了他，裏頭還有些不乾不浄的話，都告訴了他姐姐。嬸子，你是知道的，叫一聲，紙上有聲。那媳婦雖則見了人有説有笑的，他可心細，心又多，不拘聽見什麼話兒，多要忖量個三日五夜纔罷。是無一可，是有似黛玉。這病就是從這用心太過上得來的。今兒聽見有人欺負了他的兄弟，又是惱，又是氣。惱的是那狐朋狗友，搬是弄非，調三惑四；氣的是爲他兄弟不學好，不上心讀書，以致如此學裏吵鬧。他爲了這事，索性連早飯還没吃。我纔到他那邊，安慰了他一會，又勸解了他的兄弟幾句。我叫他兄弟到那邊府裏找寶玉兒去了。尤氏一套科白，娓娓瑣瑣，瀏亮之極。我又瞧着他吃了半盞燕窩湯，我纔過來的。嬸子你説，我心焦不心焦？再叫一聲。況目今又没個好大夫，我想到他這病上，我心裏如同針扎一般。你們知道有什麼好大夫没有？」落下從容。

金氏聽了這一番話，把方纔在他嫂子家的那一團要向秦氏理論的盛氣，早嚇的丟在爪窪國去了。聽見尤氏問他好大夫的話，連忙答道：「我們也没聽見人説什麼好大夫。如今聽起大奶奶這個病來，定不得還是喜呢。嫂子倒别叫人混治，倘若治錯了，可了不得。」尤氏道：「正是呢。」説話之間，賈珍從外進來，見了金氏，便問尤氏道：「這不是璜大奶奶麽？」賈珍登場，從璜金邊寫出，見亦此物害之者。而必從秦氏「論病」「窮源」之時，則深文也。金氏向前給賈珍請了安。賈珍向尤氏説：「讓這大奶奶吃了飯去。」賈珍説着話，便向那屋裏去了。金氏此來原要向秦氏説秦鍾欺負他侄兒的事，聽見秦氏有病，連提也不敢提了。況且賈珍、尤氏又待的甚好，因轉怒爲喜的，失心。又説了一會子閑話，方家去了。

金氏去後，賈珍方過來坐下，問尤氏道：「今日他來有什麼説的？」尤氏答道：「倒没什麼説。一進來，臉上倒像有些着惱的氣色似的。及至説了半天話，又提起媳婦的病，他倒漸漸的氣色平静了。你又叫留他吃飯，他聽見媳婦這樣的病，也不好意思只管坐着，又説幾句閑話，就去了。倒没有求什麼事。了過上半。如今且説媳婦這病，你那裏尋一個好大夫給他瞧瞧要緊，可别躭誤了。現今咱們家走的這羣大夫，那裏要得！一個個都是聽着人的口氣，見人怎麽説，他也添幾句文話兒説一遍。寫時醫絶倒。「添幾句文話兒」句，真能窮神盡相。然尚是能文話時醫也。可倒殷勤的很，三四個人，一日輪流着倒有四五遍來看脈，大家商量着立個方兒，吃了也不見效。抉大家立方之弊，是婆心。倒弄得一日三五次換衣服、坐起來見大夫，其實於病人無益。」賈珍説：「可是這孩子也糊塗，何必又脱脱換換的，倘或又着了涼，更添一層病，還了得？任憑什麼好衣裳，又值什麼呢？孩子的身體要緊。就是一天穿一套新的，也不值什麼。寫他口吻是這等，乃銀子害之者。我正要告訴你：方纔馮紫英來看我，他見我有些抑鬱之色，問我是怎麼了，我告訴他媳婦身子不大爽快，因爲不得個好太醫，斷不透是喜是病，喜即是病，病即是喜，言下憬然。又不知有妨礙無妨礙，所以我心裏實在着急。馮紫英因說，馮紫英猶言善於逢迎之紅人也。色至紫紅，又深矣。又紫石英主治女人血海胞胎而鎮心，故爲代請張太醫之人，又意主此回說。他有一個幼時從學的先生，姓張名友士，有此一士也，亦作者自託。長弓善攻，用以攻秦氏之〔病〕（媳）。學問最淵博，更兼醫理極精，且能斷人的生死。今年是上京給他兒子捐官，上京爲子捐官，亦主馮家，乃調侃語。現在他家住着呢。這樣看來，或者媳婦的病，該在他手裏除災也未可定。我已叫人拿我的名帖去請了。今日天晚，或未必來，明日想一定來的。且馮紫英又回家親替我求他，務必請他來瞧的。等張先生來瞧了再說罷。」串入下回。

尤氏聽說，心中甚喜，因說：「後日又是太爺的壽日，到底怎麼辦法？」賈珍說：「我方纔到了太爺那裏去請安，兼請太爺來家受一受一家子的禮。太爺因說道：『我是清靜慣了的，我不願意往你們那是非場中去。你們必要說是我的生日，要叫我去受些衆人的頭，你莫如把我從前注的《陰隲文》給我叫人好好的寫出來刻了，比叫我無故受衆人的頭還强百倍呢。活畫愚夫，《陰隲文》掃地。生日受頭曰無故，但說受頭而不說磕頭，生於空桑乎？敬字絶倒。倘或明日、後日這兩天一家子要來，你就在家裏好好的款待他們就是了，一隙之明，見爲人到地尚有可教而擴充之地。也不必給我送什麼東西來，連你後日也不必來。

你要心中不安，你今日就給我磕了頭去。倘或後日你又跟許多人來鬧我，我必和你不依。』如此說了，後日我是再不敢去的了。且叫來升來，來升，來生也，猶言那世，見於此處，則以敬爲既死之人。吩咐他預備兩日的筵席。」尤氏因叫了賈蓉來：「吩咐來升，照例預備兩日的筵席，要豐豐富富的。你再親自到西府裏，請老太太、大太太、二太太和你璉二嬸子來逛逛。你父親今日又聽見一個好大夫，已打發人請去了，想明日必來，你可將他這些日子的病症細細的告訴他。」賈蓉一一答應着出去了。正遇着方纔到馮紫英家去請那先生的小子回來了，因回道：「奴才方纔到了馮大爺家，拏了老爺名帖請那先生去。那先生說道：『方纔這裏大爺也向我說了，但是今日拜上一天的客，纔回到家，此時精神實在不能支持，就是去到府上，也不能看脈，須得調息一夜，明日務必到府。』他又說：『醫學淺薄，本不敢當此重薦，因馮大爺和府上既已如此說了，又不得不去。你先代我回明大人就是了。大人的名帖着實不敢當。』仍叫奴才拿回來了。哥兒替奴才回一聲兒。」客談，不即不離。賈蓉復轉身進去，回了賈珍和尤氏的話，方出來叫了來升，吩咐預備兩日的筵席的話。來升聽畢，自去照例料理，不在話下。

且說次日午間，門上人回道：「請的那張先生來了。」賈珍遂延入大廳坐下，茶畢，方開言道：「昨日承馮大爺示知老先生人品學問，又兼深通醫學，小弟不勝欽敬。」張先生道：「晚生粗鄙下士，知識淺陋，昨因馮大爺示知大人家第，謙恭下士，又承呼喚，敢不奉命。但毫無實學，倍增汗顏。」賈珍道：「先生不必過謙，就請先生進去看看兒婦，仰仗高明，以釋下懷。」於是賈蓉同了進去。到了内堂，見了秦氏，向賈蓉説道：「這就是尊夫人了。」賈蓉道：「正是。請先生坐下，讓我把賤内的病症説一説，再看脈何如？」那先生道：「依小弟意下，竟先看脈，再請教病源爲是。我初造尊府，本也不知道什麽，但我們馮大爺務必叫小弟過來看看，小弟所以不得不來。如今看了脈息，看小弟説得是不是，再將這些日子的病勢講一講，大家斟酌一個方兒。可用不可用，那時大爺再定奪就是了。」先切後問，是張大其醫學，而非醫道之正，又以見秦氏原無病源可問也。賈蓉道：「先生實在高明，如今恨相見之晚，就請先生看一看脈息，可治不可治，得以使家父母放心。」於是家下媳婦們捧過大迎枕來，一面給秦氏靠着，一面拉着袖口，露出手腕來。書中寫診女脈皆用帳幔遮隔，此而無有，見秦氏不容隱也。這先生方伸手按在右手脈上，調息了至數，凝神細診了半刻工夫，換過左手，亦復如是。診畢了，説道：「我們外邊坐罷。」

賈蓉於是同先生到外邊屋裏炕上坐了，一個婆子端了茶來。賈蓉道：「先生請茶。」茶畢，問道：「先生看這脈息，還治得治不得？」先生道：「看得尊夫人脈息，左寸沈數，左寸。左關沈伏，左關。右寸細而無力，右寸。右關虚而無神。右關。其左寸沈數者，乃心氣虚而生火；左關沈伏者，乃肝家氣滯血虧；右寸細而無力者，乃肺經氣分太虚；右關虚而無神者，乃脾土被肝木尅制。心氣虚而生火者，應現今經期不調，夜間不寐；肝家氣滯血虧者，應脅下痛脹，月信過期，心中發熱；肺經氣分太虚者，應頭目不時眩暈，寅卯間必然自汗，如坐舟中；脾土被肝木尅制者，必定不思飲食，精神倦怠，四肢酸軟。據我看這脈，當有這些症候纔對。因脈説主病，因主病説見症。或以這個病的爲喜脈，則小弟不敢聞命矣。」「非喜」二字，凡太虛幻境悲哭等意都包在內，此一語正所以攻其隱。旁邊一個貼身伏侍的婆子道：「何嘗不是這樣呢，真正先生説得如神，倒不用我們説的了。張太醫一通脈案，可謂詳晰而有隱意。夫脈有六，而左右各三，曰寸、關、尺也。尺爲兩腎，腎中有命，是胎是病，應死應生，必須視此。今但云左寸、左關、右寸、右關，主病主症，悉按方書，分毫不舛，而獨不及尺脈，作者博學多能，豈竟遺漏如此。不知腎命乃生人根本，既無是脈，則直無是人，明虛幻也。腎命主下部，秦氏病悉坐此，今絶不提及，所謂「中冓之言，言之醜也」。四藏皆病，而尺脈無病者，雖凶不死，今無是症，是原本無病也。無病而竟死，暗指自縊也。即自縊亦是捏造，而捏造中又設掩覆如此。作者真善賦子虛，且善繪子虛之影，何苦嘔心血乃爾。末一語又恐有人來問，閑人奈何。如今我們家裏，現有好幾位太醫老爺瞧着病，都不能説得這樣真切。調侃時醫，雖婆子亦見不得。有的説道是喜，有的説道是病，這位説不相干，這位又説怕冬至前後，總沒有個真着話兒。求老爺明白指示指示。」

那先生説：「大奶奶這個症候，可是衆位耽擱了。直攻衆位，言下慄然。要在初次行經的時，就用藥治起，只怕此時已全愈了。「初次行經」一語無理，夫天癸之至，女子在二七之年，豈彼時已嫁，而耽擱之咎即在衆位乎？不知此四回主譏失教，今曰初次當治，見整理綱常當在始初，不惟責所主，並以責所出，長弓之攻若此。如今既是把病耽誤到這地位，也是應有此災。依我看起來，病倒尚有三分治得，吃了我這藥看，若是夜間睡的着覺，那時又添了二分拿手了。據我看這脈息，大奶奶是個心性高强，聰明不過的人。但聰明太過，則不如意事常有；不如意事常有，則思慮太過。又實實爲自縊開出來路，寫影之影。此病是憂慮傷脾，歸於中宮。肝木忒旺，藏於血海。經血所以不能按時而至。大奶奶從前行經的日子問一問，斷不是常縮，必是常長的，是不是？」這婆子答道：「可不是！從没有縮過，或是長兩三日，以至十日不等，都長過的。」都長過的，「長」字關合兩意。夢呼小名者非某長者乎？此其一。先生聽道：「是了，這就是病源了。從前若服養心調氣之藥，何至於此。如今明顯出一個水虧火旺的症來，是「病源」。待我用藥看。」於是寫了方子，遞與賈蓉：

益氣養榮補脾和肝湯

人參　白朮　雲苓　熟地　歸身　白芍　黄蓍　川芎　醋柴胡　香附　懷山　阿膠　延胡　炙草　引用建蓮七粒、去心大棗二枚 因案立方。〇人參爲首，人身難得也。十全止九，明缺陷也。中寓逍遥，關合死趣也。引寓失心太早。引有數目，而方用排開，卻無分兩，是無所謂病，並無所謂方，與論不及尺同意。

賈蓉看了説：「高明的很。還要請教先生，這病與性命終久有妨無妨？」先生笑道：「大爺是最高明的人，病到這個地位，非一朝一夕的症候了。「臣弑其君，子弑其父，非一朝一夕之故」，我評此書爲演一「漸」字，看此一語，豈不信然？吃了這藥，也要看醫緣了。依小弟看來，今年一冬是不相干的，過了春分，就可望全愈了。」記清。賈蓉是個聰明人，也不往下細問。含糊得妙，而有許多聰明人偏要往下問。

於是賈蓉送了先生去了，方將這藥方子並脈案，都給賈珍看了，説的話也都回了賈珍並尤氏了。尤氏向賈珍道：「從來大夫不像他説的痛快，想必用藥不錯的。」賈珍道：「他原來不是混飯吃的久慣行醫的人，因爲馮紫英我們相好，他好容易求了他來的。既有了這個人，媳婦的病或者就能好了。他那方子上有人參，就用前買的那一斤好的罷。」反照衰時用人參，結有微旨。賈蓉聽説畢話，方出來，叫人打藥去煎給秦氏吃。

不知秦氏服了此藥，病勢如何，且聽下回分解。

此回在演財色中間敍一太醫，上追「神遊」，下注「夭逝」，設一攻治之法，曰初次行經，就用藥調治。

上半回寫得可憐，下半回寫得可怕。中間敍一璜大奶奶，順出賈珍，而尤氏一談，消繳上半，串聯下半。片帆飛渡，直是順利。

下半回文字人謂易易，不過形容一醫士，談脈立方，按方書鈔録即得，我亦云然。但看他脈無尺，方無數，特藏許多隱意，使題中「窮源」二字，反身跳出，此則非我所能矣。笨伯解得否？

護花主人評曰：

金榮大鬧書房一節，若竟不再提，則第九回書直可删卻半回。若從賈璜之妻告訴發覺，便難于收拾。今借秦氏病中，秦鍾訴知，秦氏氣惱，轉從尤氏口中告知金氏，令金氏不敢聲言，隨即掃開，真是指揮如意。

張友士細説病源，莫止作病看，須知是描出一副色慾虚怯情狀。

第十回將完結秦氏公案，故細説病源，以見是不起之證，又帶出賈敬生日，引起下回。

大某山民評曰：

金氏以鬧書房事來和秦氏理論，是爲母家受辱之故。適值秦氏卧病，遇見尤氏，乃金氏常受其恩惠者，寫得低聲下氣，活畫出含怒强忍之態。加以尤氏即以其人之道，還治其人之身，直令金氏怒而來，喜而返，欲言不得。深爲藉人資助者一歎。

秦氏抱病而乃翁耽憂，筆極嚴冷，已預爲第十三回治喪伏筆。

銅盤銘富貴

第十一回　慶壽辰寧府排家宴　見熙鳳賈瑞起淫心

話説是日賈敬的壽辰，一回穢褻不堪文字，劈頭云是賈敬壽辰。賈珍先將上等可吃的東西，稀奇的菓品，裝了十六大捧盒，俗所云禮彀。着賈蓉帶領家下人送與賈敬去，向賈蓉説道：「你留神看太爺喜歡不喜歡，你就行了禮起來，説：『父親遵太爺的話，不敢前來，在家裏率領合家都朝上行了禮了。』」賈蓉聽罷，即率領家人去了。

這裏漸漸的就有人來。先是賈璉、賈薔來看了各處的座位，並問：「有什麼頑意兒没有？」家人答道：「我們爺算計，本來請太爺今日家來，所以並未敢預備頑意兒。前日聽見太爺不來了，現叫奴才們找(了)(一)一班小戲兒，並一檔子打十番的，都在園子裏戲臺上預備着呢。」次後邢夫人、王夫人、鳳姐兒、寶玉都來了，賈珍並尤氏接了進去。尤氏的母親已先在這裏，尤氏母親虛見。大家見過了，彼此讓了坐。賈珍、尤氏二人遞了茶，因笑道：「老太太原是個老祖宗，我父親又是侄兒，這樣年紀日子，原不敢請他老人家來；但是這時候天氣又涼爽，滿園的菊花盛開，天氣涼爽，菊花盛開，與梅花盛開對。請老祖宗過來散散悶，看看衆兒孫熱熱鬧鬧的，是這個意思。誰知老祖宗又不賞臉。」侄不行禮而責嬸不來，又明知我父親是侄兒，阿珍腹中何等突兀。鳳姐兒未等王夫人開口，先説道：又一個僭越的，恰與珍對，乃顛倒錯亂全書之兩人也。「老太太昨日還説要來呢，因爲晚上看見寶兄弟吃桃兒，寶玉吃桃，暗用分桃故事，映射第九回，以聯絡本大段。他老人家又嘴饞了，吃了有大半個，五更天時候就一連起來了兩次。今日早晨，略覺身子倦些，因叫我回大爺，今日斷不能來了。説有好吃的要幾樣，還要很爛的呢。」賈珍聽了笑道：「我説老祖宗是愛熱鬧的，今日不來，必定有個緣故。這就是了。」王夫人説：「前日聽見你大妹妹説蓉哥媳婦身上有些不大好，到底是怎麽樣？」尤氏道：「他這個病，得的也奇。上月中秋，還跟着老太太、太太頑了半夜，回家來好好的。到了二十日已後，一日比一日覺懶了。又懶得吃東西，這將近有半個多月。經期又兩個月没來。」婦女應有之病而曰奇，「奇」字有眼。曰上月中秋，曰二十日，曰半個多月，曰兩個月，核之菊花盛開，則此爲九月極分明也。而其實極糊塗。夫寶玉入學穿大毛衣服當爲冬月，至鬧書房之日未必有自冬而春而夏而秋之久。金氏尋尤氏、秦鍾告秦氏皆鬧書房次日事，是時秦氏已病，且張太醫未到之前已先敍賈敬生辰，又張太醫云「今年一冬是不相干的」，本時爲冬耶，抑由今秋而及今冬耶？看此糊塗之處，可知假語村言，無非夢話。觀者尚欲按圖索驥乎？〇到此等糊塗處，他偏要排上許多日子，清清楚楚，以文爲戲，並以人爲戲。邢夫人接着説道：「莫是喜罷？」正説着，外頭人回道：「大老爺、二老爺並一家的爺們都來了，在廳上呢。」賈珍連忙出去了。這裏尤氏復説：「從前大夫也有説是喜的，昨日馮紫英薦來他幼時從學過的一個先生，醫道很好，瞧了説不是喜，是一個大症候。一覆。昨日開了方子，吃了一劑藥，今日頭眩的略好些，别的仍不見大效。」鳳姐兒道：「我説他不是十分支持不住，今日這樣日子，再也不肯挣扎着上來。」尤氏道：「你是初三日是幾月初三？在這裏見他的，他强扎挣了半天，也是因你們娘兒兩個好的上頭，還戀戀的捨不得去。」鳳姐聽了，眼圈兒紅了一會子，方説道：「『天有不測風雲，人有旦夕禍福』。這點年紀，倘或因這病上有個長短，人生在世，有甚麽趣兒？」

正説着，賈蓉進來給邢夫人、王夫人、鳳姐兒都請了安，方回尤氏道：「方纔我給太爺送吃食去，並回説我父親在家伺候老爺們款待一家子的爺們，遵太爺的話，並不敢來。太爺聽了甚歡喜，説這纔是，叫告訴父親母親，好生伺候太爺、太太們。叫我好生伺候叔叔、嬸子雙關語，伺候得很好。並哥哥們。還説：『那《陰隲文》叫他們急急刻出來，印一萬張散人。』我將此話都回了我父親了。我這會子還得快出去打發太爺們並合家爺們吃飯。」鳳姐兒説：「蓉哥兒，你且站着，你媳婦今日到底是怎麽？」賈蓉皺着眉頭兒説道：「不好麽！嬸子回來瞧瞧去就知道了。」一問一答，妙有神情，尤妙在「你且站着」，聲色俱見。於是賈蓉出去了。這裏尤氏向邢夫人、王夫人道：「太太們在這裏吃飯，還是在園子裏吃去？有小戲兒現在園子裏預備着呢。」王夫人向邢夫人道：「這裏很好。」尤氏就吩咐媳婦婆子們快擺飯來，門外一齊答應了一聲，都各人端各人的去了。不多時，擺上了飯。尤氏讓邢夫人、王夫人並他母親都上坐了，先邢、王後並他母親，讓得不倫不類。他與鳳姐兒、寶玉側席坐了。邢夫人、王夫人道：「我們來原爲給大老爺拜壽，這豈不是我們來過生日來了麽？」生日既過則死日也，又明以死人待之，而自是諧謔。鳳姐兒説：「大老爺原是好養静的，已修煉成了，也算得是神仙了。太太們這麽一説，就叫做『心到神知』了。」一句話，説得滿屋裏都笑起來。

尤氏的母親並邢夫人、王夫人、又正敍尤、邢、王次序，真是顛倒弄人。鳳姐兒都吃了飯，漱了口，淨了手，纔説要往園子裏去。賈蓉進來向尤氏道：「老爺們並各位叔叔哥哥們都吃了飯了，大老爺説家裏有事，二老爺是不愛聽戲，又怕人鬧的慌，都去了。所謂全不管賬，乃此大段中譏失教本旨。別的一家子爺們，被璉二叔並薔大爺都讓過去聽戲去了。方纔南安郡王、東平郡王、西寧郡王、北靜郡王北静有正意，東、南、西、「平」、「安」、「寧」特爲北作陪，敍諸勛爵，又以見榮、寧正當盛時也。四家王爺，並鎮國公牛府等六家，中靖侯史府等八家，牛重笨之獸，故爵曰鎮。史與屎同，故爵曰中靖，中淨也，廁也。史形其穢，牛罵其畜，爲本回設色，即映合全書，見爲同氣也。都差人持名帖送壽禮來，俱回了我父親，先收在賬房裏，禮單都上了檔子了。領謝的名帖，都交給各家的來人了，來人各照例賞過，都讓吃了飯去了。敍得井井。母親該請二位太太、老娘、嬸子，都過園子裏去坐着罷。」尤氏道：「也是，纔吃完了飯，就要過去了。」鳳姐兒説：「我回太太：我先瞧瞧蓉哥媳婦去，我再過去罷。」王夫人道：「很是。我們都要去瞧瞧，倒怕他嫌我們鬧的慌。説我們問他好罷。」尤氏道：「好妹妹，媳婦聽你的話，你去開導開導他，我也放心。你就快些過園子裏來。」寶玉也要跟着鳳姐兒去瞧秦氏，王夫人道：「你看看就過去罷，那是侄兒媳婦呢。」電光一閃。於是尤氏請了王夫人、邢夫人並他母親，都過會芳園去了。

鳳姐兒、寶玉方和賈蓉到秦氏這邊來。進了房門，悄悄的走到裏間房門，秦氏見了要站起來，鳳姐兒説：「快别起來，看頭暈。」於是鳳姐兒緊行了兩步，拉住了秦氏的手説道：「我的奶奶，怎麼幾日不見，就瘦的這樣子？」於是就坐在秦氏坐的褥子上，與「絳芸軒」寶釵坐襲人所坐之坐同。寶玉也問了好，在對面椅子上坐了。對面二字有話。賈蓉叫：「快倒茶來，嬸子和二叔在上房還未吃茶呢。」秦氏拉着鳳姐兒的手强笑道：「這都是我没福，這樣人家，公公、婆婆當自家的女兒似的待。嬸娘，你侄兒雖説年輕，卻是他敬我，我敬他，從來没有紅過臉兒。就是一家子的長輩同輩之中，除了嬸子不用説了，别人也從無不疼我的，也從無不和我好的。如今得了這個病，把我那要强的心一分也没有了。公婆面前未得孝順一天兒，就是嬸娘這樣疼我，我就有十分孝順的心，如今也不能彀了。我自想着未必熬得過年去。」與過春分相合，而三篇鬼話，寫來恰像。

寶玉正把眼瞅着那《海棠春睡圖》並那秦太虚寫的「嫩寒鎖夢因春冷，芳氣襲人是酒香」的對聯，直挽第五回。不覺想起在這裏睡晌覺時夢到太虚幻境的事來。正在出神，「失通靈」也。聽得秦氏説了這些話，如萬箭攢心，那眼淚不覺流下來了。不諱言之。鳳姐兒見了，心中十分難過，但恐病人見了這個樣子，反添心酸，倒不是來開導他勸解他的意思了，此人自同在此，大家雪亮。説：「寶玉，你忒婆婆媽媽的了。他病人不過是這樣説，那裏就到這田地？況且年紀又不大，略病病就好。」又回向秦氏道：「你别胡思亂想，「思慮傷脾」。豈不是自家添病了麽？」賈蓉道：「他這病也不用别的，只吃得下些飯食，就不怕了。」鳳姐兒道：「寶兄弟，太太叫你快些過去呢，你倒别在這裏只管這麽着，倒招得媳婦也心裏不好過，在鳳姐口中寫出一哽咽不堪之寶玉，用背攻法。太太那裏又惦着你。」因向賈蓉説道：「你先同寶叔過去，我還略坐坐呢。」大難爲情，遣開爲妙。這般人也自有許多苦處。賈蓉聽説，即同寶玉過會芳園去了。大家會意。這裏鳳姐兒又勸解了一番，又低低説了許多衷腸話兒，此話甚秘，惜爲閑人搠破。尤氏打發人催了兩三遍，鳳姐兒纔向秦氏説道：「你好生養着，我再來看你罷。合該你這病要好了，所以前日遇着這個好大夫，再也是不怕的了。」惜攻治已遲。秦氏笑道：「任憑他是神仙，治了病治不了命。點明是怨命，不是害病。嬸子我知道這病，不過是捱日子的。」鳳姐兒説道：「你只管這麽想，這那裏能好呢？總要想開了纔好。況且聽得大夫説，若是不治，怕的是春天不好。咱們若是不能吃人參的人家，也難説了；這人參不是那人身。你公公、婆婆聽見治得好，別説一天二錢人參，就是二斤也吃得起。好生養着罷，設一覆，又設得嚴嚴密密。我就過園子裏去了。」秦氏又道：「嬸子恕我不能跟過去了，閑了的時候還求過來瞧瞧我呢，咱們娘兒們坐坐，多説幾句閑話兒。」鳳姐兒聽了，不覺眼圈兒又紅了，説道：「我得了閑兒，必常來看你。」

於是帶着跟來的婆子媳婦們，並寧府的媳婦婆子們，從裏頭繞進園子的便門來。只見：

黄花滿地，白柳横坡。小橋通若耶之溪，曲徑接天台之路。石中清流滴滴，籬落飄香；樹頭紅葉翩翩，疏林如畫。西風乍緊，猶聽鶯啼；暖日當暄，又添蛩語。遥望東南，建幾處依山之榭；近觀西北，結三間臨水之軒。笙簧盈座，別有幽情；羅綺穿林，倍添韻致。忽鋪四六一段，語都費解，觀者以意得之也可，笨伯又曰：惜平平。

鳳姐兒正看園中景致，一步步行來。正讚賞時，猛然從假山石後一篇羅刹文字，看他如何寫出。而必寫假山石，又不脱寶玉也。走出一個人來，向前對鳳姐説道：「請嫂子安。」鳳姐兒猛一驚，將身往後一退，説道：「這是瑞大爺不是？」此筆尚易。賈瑞説道：「嫂子連我也認不得了？」一宕，是順筆。鳳姐兒道：「不是不認得，猛然一見，想不到是大爺在這裏。」仍是宕。賈瑞道：「也是合該我與嫂子有緣，我方纔偷出了席，在這裏清净地方略散一散，不想就遇見嫂子。這不是有緣麼？」一面拿眼睛不住的覷看鳳姐。鳳姐是個聰明人，見他這個光景，如何不猜八九分呢？因向賈瑞假意含笑道：「怪不得你哥哥常提你，説你好。今日見了，聽你這幾句話兒，就知道你是個聰明和氣的人了。此筆則難。這會子我要到太太們那邊去呢，不得合你説話。等閑了再會罷。」賈瑞道：「我要到嫂子家裏去請安，又怕嫂子年輕，不肯輕易見人。」鳳姐又假笑道：「一家骨肉，説什麽年輕不年輕的話。」賈瑞聽了這話，心中暗喜，因想道：「再不想今日得此奇遇！」那情景越發難看了。鳳姐兒説道：「你快去入席去罷，看他們拿住了，罰你的酒！」宕筆中着一關切語，是逆筆而殺機一露。賈瑞聽了，身上已木了半邊，慢慢的走着，一面回過頭來看。鳳姐兒故意的把脚放遲了，見他去遠了，心裏暗忖道：「這纔是『知人知面不知心』呢。殺機再露。那裏有這樣禽獸的人？自注。他果如此，幾時叫他死在我手裏，他纔知道我的手段！」此轉是順筆，一透下文而已。

於是鳳姐兒方移步前來。將轉過了一重山坡兒，見兩三個婆子慌慌張張的走來，見鳳姐兒笑道：「我們奶奶見二奶奶不來，急的了不得，叫奴才們又來請奶奶來了。」鳳姐兒説：「你們奶奶就是這樣急脚鬼似的。」鳳姐兒慢慢的走着，問：「戲文唱了幾齣了？」那婆子回道：「唱了八九齣了。」説話之間，已到天香樓後門，天香在會芳園，正説天倫之樂，而在寧國，則國色天香抽寫中間一「色」字而已。見寶玉和一羣丫頭小子們那裏頑呢。頑在天香樓後門，隱注此大段開首「鬧書房」事。作者亦善掉皮。鳳姐兒説：「寶兄弟，别忒淘氣了。」一個丫頭説道：「太太們都在樓上坐着呢，請奶奶就從這邊上去罷。」

鳳姐兒聽了，款步提衣上了樓。尤氏已在樓梯口等着。尤氏笑道：「你們娘兒兩個忒好了，見了面總捨不得來了。你明日搬來，和他同住罷。點睛。你坐下，我先敬你一鍾。」於是鳳姐兒至邢夫人、王夫人前告坐，尤氏拿戲單來讓鳳姐兒點戲。鳳姐兒説：「太太們在上，如何敢點？」邢夫人、王夫人説道：「我們和親家太太點了好幾齣了，你點幾齣好的我們聽。」鳳姐兒立起身來答應了，接過戲單來，從頭一看，點了一齣《還魂》，是此書之主，續者奮然興矣。一齣《彈詞》，〔九轉貨郎兒〕「不提防」一隻，是何景象。遞過戲單來，説：「現在唱的這《雙官誥》完了，榮、寧消歇。再唱這兩齣也就是時候了。」雙關語，是書凡點戲之處，皆是眼目。王夫人道：「可不是呢，也該趁早叫你哥哥、嫂子歇歇，他們心裏又不静。」尤氏説道：「太太們又不是常來的，娘兒們多坐一會子去纔有趣，天氣還早呢。」天氣果是還早。鳳姐兒立起身來望樓下一看，説：「爺們都往那裏去了？」傍邊一個婆子道：「爺們纔到凝曦軒，帶了十番那裏吃酒去了。」凝曦正從天還早來，十番凝曦，僅一句耳。鳳姐兒道：「在這裏不便宜，背地裏又不知幹什麽去了。」「潑醋」等回都到，淫、妒、悍相連。尤氏笑道：「那裏都像你這麽正經人呢？」絶倒。於是説説笑笑，點的戲都唱完了，方纔撤下酒席，擺下飯來。吃畢，大家纔出園子來。到上房坐下吃了茶，纔叫預備車，向尤氏的母親告了辭。尤氏率同衆姬妾並家人媳婦們送出來，賈珍率領衆子侄在車傍侍立，都等候着，見了邢、王二夫人説道：「二位嬸子明日還過來逛逛。」王夫人道：「罷了，我們今兒整坐了一日，也乏了，明日也要歇歇。」於是都上車去了。賈瑞猶不住拿眼看着鳳姐兒。不懈。

賈珍進去後，李貴纔拉過馬來，寶玉騎上，隨了王夫人去了。

這裏賈珍同一家子的兄弟子侄吃過飯，方大家散去。次日仍是衆族人等鬧了一日，不必細說。此後鳳姐不時親自來看秦氏，也有幾日病好了些，也有幾日歹些。幾日、幾日，又設疑局。賈珍、尤氏、賈蓉好不焦心。

且說賈瑞到榮府來了幾次，偏都值鳳姐兒往寧府去了。這年正是十一月三十日冬至，到交節的那幾日，清清楚楚，陰晦既極，一陽生矣。賈母、王夫人、鳳姐兒日日差人去看秦氏，回來的人都說：「這幾日未見添病，也未見甚好。」都是謊也。王夫人向賈母說：「這個症候，遇着這樣節氣不添病，就有指望了。」賈母說：「可是呢，好個孩子，若有個長短，豈不叫人疼死。」此老又已知之。說着一陣心酸，向鳳姐兒說道：「你們娘兒們好了一場，明日大初一，又是清清楚楚。過了明日，你再看看他去。你細細的瞧瞧他的光景，倘或好些兒，你回來告訴我。那孩子素日愛吃什麼，你也常叫人送些給他。」鳳姐兒一一答應了。

到初二日，初二日。○書演一《復》，復在冬至，秦氏一書之主，故必演之歷歷。吃了早飯，來到寧府裏，看見秦氏光景，雖未添甚病，但那臉上身上的肉都瘦乾了。方書云：「脱大肉者死。」故此處暗以「瘦乾了」三字代演之，然仍是脾絶。脾主肌肉也，仍是「思慮傷脾」也。則秦氏自縊，實因思慮，見雖敗壞倫常如秦氏，尚知思慮，而特思慮之已遲，無可自容而自殺耳。看後文夢中告鳳姐語，即所謂經。不然秦氏豈解大義之人，而能見及祭田家塾教養之急務乎？甚矣，思慮之宜早也！於是和秦氏坐了半日，說了些閑話，又將這病無妨的話開導了一番。秦氏道：「好不好，春天就知道了。」又清楚。如今現過了冬，又沒怎麼添症，或者好的了，也未可知。嬸子回老太太、太太放心罷。昨日老太太賞的那棗泥餡的山藥糕，猶云早槁，而皆補脾之物，見人求藥宜早也。我倒吃了兩塊，倒像尅化的動的〔似〕〔是〕的。」鳳姐兒道：「明日再給你送來。我到你婆婆那裏瞧瞧，就要趕着回去回老太太話去。」秦氏道：「嬸子替我請老太太、太太安罷。」鳳姐兒答應着就出來了。到了尤氏上房坐下，尤氏道：「你冷眼瞧瞧媳婦是怎麼樣？」鳳姐兒低了半日頭，說道：「這個就沒法兒了。你也該將一應的後事，給他料理料理，沖一沖也好。」尤氏道：「我也暗暗的叫人預備了。就是那件東西，不得好木頭，且慢慢的辦着罷。」於是鳳姐兒吃了茶，說了一會子話兒，說道：「我要快些回去回老太太的話去呢。」尤氏道：「你可緩緩的說，別嚇着老人家。」色色像。鳳姐兒道：「我知道。」於是鳳姐兒就回來了。

到家中，見了賈母，說：「蓉哥媳婦請老太太安，給老太太磕頭，說他好些了，求老祖宗放心罷。他再略好些，還給老祖宗磕頭請安來呢。」賈母道：「你看他是怎麼樣？」鳳姐兒說：「暫且無妨，精神還好呢。」賈母聽了，沈吟了半日，因向鳳姐說：「你換換衣服，歇歇去罷。」鳳姐兒答應着出來，見過了王夫人，到了家中。平兒將烘的家常衣服給鳳姐兒換了，鳳姐兒方坐下，問：「家中沒有什麼事麼？」平兒方端了茶來，遞了過去，說道：「沒有什麼事，就是那三百兩銀子的利銀，「財色」二字，總屬鳳姐，此處點出。放債利銀三百，本多少耶？主其事者爲旺，言此時光景也。又旺，枉也，乃「一文將不去，只有孽隨身」兩言演。旺兒媳婦送進來，我收了。再有，瑞大爺使人來打聽奶奶在家沒有，他要來請安說話。」緊接「色」

字。鳳姐兒聽了，哼了一聲，説道：「這畜生合該作死！是畜生，是作死。看他來了怎麽樣！」平兒回道：「這瑞大爺是爲什麽，只管來？」鳳姐兒遂將九月裏在寧府園子裏遇見他的光景，他説的話，都告訴了平兒。所謂屏。平兒説道：「癩蛤蟆想吃天鵝肉，没人倫的混賬東西！起這樣念頭，叫他不得好死！」三語妙：第一語乃云不配吃，而自有配吃者在；第二語直罵之，眼光四射，鳳姐亦在内，見屏亦有時不能爲之蔽；第三語説究竟都到矣。鳳姐兒道：「等他來了，我自有道理。」

不知賈瑞來時作何光景，且聽下回分解。

此回上半寫失教之端屬，下半寫失教之究竟。「造釁開端實在寧」，而寧之主賈敬自在，奈其爲活死人何？故通回總以可卿爲起伏。

太虚境册子畫秦氏爲懸梁美人，後鴛鴦死，又是他來接引，則爲自縊無疑。而偏寫病，寫脈，寫大衆候問，擬議吉凶，惟恐不詳不到，而其實皆作者譸張爲幻。而又慮無人知之，故於月日寫得清清楚楚，復自行抹畫之，使人得而疑，得而悟。而「思慮傷脾」及「不得好死」諸意旨，一時如桶底脱。

護花主人評曰：

第十一回專寫秦氏病重，賈瑞心邪，是正文。賈敬生日，是借作引綫。若非慶壽，寶玉何由再至秦氏房中？鳳姐何由同秦氏細談衷曲？賈瑞何由撞見鳳姐？

寶玉看見畫聯，觸起前夢，一聞秦氏絮語，不覺淚下。迴環照應，妙手深筆。

單寫寶玉淚下，秦氏默無一言，因賈蓉、鳳姐在坐也。讀者思之。

衷腸話必須低低說，含蓄入妙。

賈瑞見色蔑倫，因邪喪命，亦從寧府而起。可見一切醜事，階由寧府，謂之「首罪」，誰曰不宜？

尤氏笑說：「你娘兒兩個，見面總捨不得，你明兒搬來和他同住罷。」雖是戲言，作書人卻有深意。

鳳姐哄誘賈瑞，以致殞命，只算是替秦鍾報仇。

第十二回　王熙鳳毒設相思局　賈天祥正照風月鑑

卻說鳳姐正與平兒說話，只見有人回說：「瑞大爺來了。」鳳姐命：「請進來罷。」賈瑞見請，心中暗喜，見了鳳姐，滿面陪笑，連連問好。鳳姐兒也假意殷勤，讓坐讓茶。賈瑞見鳳姐如此打扮，越發酥倒，因餳了眼問道：「二哥哥怎麼還不回來？」鳳姐道：「不知什麼緣故。」賈瑞笑道：「別是路上有人絆住了脚，捨不得回來了。」一拍。鳳姐道：「可知男人家見一個愛一個也是有的。」一湊，乃實實寫《風月鑑》中諸人，即寶玉亦是如是。賈瑞笑道：「嫂子，這話錯了，我就不是這樣。」鳳姐笑道：「像你這樣的人能有幾個呢？十個裏頭也挑不出一個來。」醜。賈瑞聽了，喜的抓耳撓腮。又道：「嫂子天天也悶得很。」鳳姐道：「正是呢，只盼個人來說話解解悶兒。」再湊。賈瑞道：「我倒天天閑着，若天天過來替嫂子解解悶兒，可好麼？」言談雅致，而與「不得好死」相發明。鳳姐笑道：「你哄我呢，你那裏肯往我這裏來？」賈瑞道：「我在嫂子面前若有一句謊話，天打雷劈！只因素日聞得人說嫂子是個利害人，在你跟前一點也錯不得，所以唬住了。鳳姐未必果於殺賈瑞，實賈瑞果於自殺，在此數語，即此已是「正照風月鑑」處。○「聞得人說」，聞得何人說耶？我如今見嫂子是個有說有笑極疼人的，我怎麼不來？寫其獃而不是薛蟠。死了也情願！」透筆。鳳姐笑道：「果然你是個明白人，比賈蓉兄弟强遠了。我看他那樣清秀，只當他們心裏明白，誰知竟是兩個糊塗東西，一點不知人心。」賊人胆虛，陡然自提賈蓉兄弟兩個，而即用抵賴勾抹之詞，既掩其真，又行其假，使賈瑞死心塌地上他死路。緣既已聞得人説，則不能令爲未聞者，止有殺之而已。非鳳姐殺之，賈瑞自殺之耳。賈瑞聽了這話，越發撞在心坎兒上，由不得又往前湊了一湊，覷着眼看鳳姐的荷包，近身了，乃直透鴛鴦戲蓮兜肚。又問：「帶的什麽戒指？」要伸手了，而乃示戒。鳳姐悄悄的道：「放尊重些，别叫丫頭們看見了。」淫極，是千准萬肯語。賈瑞如聽綸音佛語一般，書以空渺寫王言。忙往後退。鳳姐笑道：「你該去了。」非催其去，正逼其來。此筆難得。賈瑞道：「我再坐一坐兒，好狠心的嫂子。」鳳姐兒又悄悄的道：「大天白日，人來人往，你就在這裏也不方便。醜。你且去，等到晚上起了更，你來，到此方纔落題。悄悄的在西邊穿堂兒等我。」賈瑞聽了，如得珍寶，忙問道：「你别哄我。但是那裏人過的多，怎麽好躲呢？」寫其黠正是獃，而「珍寶」字有眼。鳳姐道：「你只放心，我把上夜的小厮們都放了假，兩邊門一關了，再没有别人來。」賈瑞聽了，喜之不盡，忙忙的告辭而去，心内以爲得手。

盼到晚上，果然黑地裏摸入榮府，趁掩門時鑽入穿堂。一切門徑，第三回寫出，爲此等處用。穿堂位置此但加詳，是書中有定處。果見漆黑無一人來往，往賈母去的那邊門已倒鎖，只有向東的門未關。賈瑞側耳聽着，半日不見人來。忽聽咯噔一聲，東邊的門也關上了。賈瑞急的也不敢則聲，只得悄悄出來，將門撼了撼，關得鐵桶一般，此時要出去亦不能了。南北俱是大牆，要跳也無可攀援。這屋内又是過門風，空落落的，現是臘月天氣，夜又長，是臘月初二日夜間，亦清楚，亦糊塗，點景簡净。朔風凜凜，侵肌裂骨，一夜幾乎不曾凍死。好容易盼到早晨，只見一個老婆子先將東門開了進來，去叫西門。賈瑞瞅他背着臉，一溜煙抱了肩跑出來。幸而天氣尚早，人都未起，從後門一徑跑回家去。此後門見於此回，卻是有定處。原來賈瑞父母早亡，失教在天，失教在人。只有他祖父代儒教養。那代儒素日教訓最嚴，不許賈瑞多走一步，生怕他在外吃酒賭錢，有誤學業。看「鬧書房」是何等寫，而此處偏云然，作者長技。今忽見他一夜不歸，只料定他在外非飲即賭，嫖娼宿妓，那裏想到這段公案？「由辨之不早辨也」。因此氣了一夜。賈瑞也捻着一把汗，少不得回來撒謊，只說：「往舅舅家去的，天黑了，留我住了一夜。」代儒道：「自來出門，非稟我不敢擅出，如何昨日私自出去了？據此也該打，何況是撒謊！」因此發狠撳倒，打了三四十板，還不許吃飯，命他跪在院内讀文章，定要補出十天工課也方罷。不教而殺，又一賈政變相。賈瑞先凍一夜，又遭了打，且餓着肚子跪在風地裏讀文章，其苦萬狀。

此時賈瑞邪心未改，再想不到鳳姐捉弄他。過了兩日，過了兩日，此兩日含糊。得了空，仍來找尋鳳姐。鳳姐故意抱怨他失信，賈瑞急的賭咒發誓。鳳姐因他自投羅網，少不得再尋別計令他知改，「成於殺」。故又約他道：「今日晚上，你別在這裏了，你在我這房後小過道裏特設一處，仍是有定處。那間空屋裏等我，可別冒撞了。」賈瑞道：「果真？」鳳姐道：「誰來哄你？你不信就別來。」是撒謊，是實意。賈瑞道：「來，來，來！死也要來。」再透筆。鳳姐道：「這會子你先去罷。」賈瑞料定晚間必妥，此時先去了。鳳姐在這裏便點兵派將，設下圈套。八字如觀戲台後場。

那賈瑞只盼不到晚上，偏生家裏親戚又來了，直吃了晚飯纔去，那天已有掌燈時分。又等他祖父安歇，方溜進榮府，直往那夾道中屋子裏來等着，熱鍋上螞蟻一般。只是左等不見人影，右聞也没聲響，心中害怕，不住猜疑道：「别是又不來了，又凍一夜不成？」正自胡猜，只見黑魆魆的來了一個人。賈瑞便意定是鳳姐，不管皂白，等那人剛至面前，便如餓虎撲食、猫兒捕鼠的一般，抱住叫道：「親嫂子，等死我了。」説着，抱到屋裏炕上，就親嘴扯褲子，滿口裏親爹親娘的亂叫起來。醜態畢露，寫來又不是賈璉，而賈瑞、賈蓉已明明現於寶鑑，爲珍、蓉、薔諸人一一點睛。那人只不做聲。此筆從容。賈瑞扯了自己的褲子，硬幫幫就想頂入。絶倒，而明明如此。忽見燈光一閃，只見賈薔舉着個蠟台照道：「誰在屋裏？」只見炕上那人笑道：「瑞大叔要肏我呢。」絶倒，而明明如此。賈瑞一見，卻是賈蓉，直臊得無地可入，不知怎樣纔好。回身就要跑脱，被賈薔一把揪住道：「别走，如今璉二嬸已經告到太太跟前，説你調戲他，他暫用了脱身計，哄你在那邊等着。太太氣死過去，因此叫我來拿你。快跟我去見太太去！」點兵派將乃此兩人，此何事而兩人得預爲之？鳳之毒，鳳之拙而已。〇鳳與賈薔疑案始見此回。賈瑞聽了，魂不附體，只説：「好侄兒，你只説没有我，我明日重重謝你。」絶倒，而乃正名定分。賈薔道：「放你不值什麼，不知你謝我多少。況且口説無憑，寫一文契來。」賈瑞道：「如何落紙呢？」賈薔道：「這也不妨，寫一個『賭錢輸了外人賬目，借頭家銀若干兩』便罷。」賈瑞道：「這也容易。」賈薔翻身出來，紙筆現成，紙筆現成，與鳳姐點兵派將同爲漏洞。拿來命賈瑞寫。他兩個做好做歹，只寫了五十兩銀子，畫了押。書中許多一五一十，其數皆起於此。賈薔收起來。然後撕擺賈蓉。賈蓉先咬定牙不依，只説明日告訴族中的人評評理。賈瑞急的至於叩頭，賈薔做好做歹的，也寫了一張五十兩欠契纔罷。賈薔又道：「如今要放你，我就擔着不是。老太太那邊的門早已關了，老爺正在廳上看南京來的東西，一個活死人，而南東西有深義。那一條路定難過去，如今只好走後門。若這一走，倘或遇見了人，連我也不好。這是實話。○種種破綻，只以欺睡夢漢。甚矣，鑑之不可正照，通靈之不可昧也。這屋裏你還藏不住，少時就來堆東西。等我尋個地方。」説畢，拉着賈瑞，仍息了燈，出至院外，摸着大台階底下，説道：「這窠兒裏好，只蹲着別哼一聲，等我來再走。」説畢，二人去了。賈瑞此時身不由己，只得蹲在那台階下。正要盤算，只聽頭頂上一聲響，唿喇喇一净桶尿糞從上面直潑下來，可巧澆了他一身一頭。寫得出，題中「毒」字暢滿。賈瑞忍不住「噯喲」一聲，忙又掩住口，不敢聲張，滿頭滿臉皆是尿屎，渾身冰冷打顫。「成於殺」。只見賈薔跑來叫：「快走，快走！」賈瑞方得了命，三步兩步，從後門跑到家中。天已三更，只得叫開了門。家人見他這般光景，問：「是怎麽了？」少不得撒謊説：「天黑了，失脚掉在茅廁裏了。」一面即到自己房中，更衣洗濯。心下方想到鳳姐頑他，因此發一回狠。再想想鳳姐的模樣兒標致，又恨不得一時摟在懷裏。胡思亂想，一夜不曾合眼。

自此雖想鳳姐，只不敢往榮府去了。賈蓉等兩個常常來索銀子，他又怕祖父知道，正是相思尚且難禁，況又添了債務，財色一醒。日間工課又緊。他二十來歲人，尚未娶親，（邇）（還）來想着鳳姐不得到手，未免有些「指頭兒告了消乏」。更兼兩回凍惱奔波，因此三五下裏夾攻，不覺就得了一病，心内發膨脹，口内無滋味，脚下如綿，眼中似醋，黑夜作燒，白日常倦，下溺遺精，咳痰帶血：如此諸症，不上一年，都添全了。一病歷歷。於是不能支持，一頭跌倒，合上眼，還只夢魂顛倒，滿口説胡話，驚怖異常。百般請醫療治，諸如肉桂、附子、鱉甲、麥冬、玉竹等藥，吃了有幾十斤下去，也不見個動静。

倏又臘盡春回，這病更有沉重。倏又臘盡春回，自臘月初二夜被第一次局，過了兩日第二次被局，兩日者含糊之詞，不必定是兩日，猶云幾日，而總在十日内，則不過臘月半以前。自此雖想鳳姐，總不敢往榮府去，至得了一病，縱極速亦必半月工夫，是以臘盡春回，又倒插一句「不上一年都添全了，於是不能支持」，「倏又臘盡春回」，明明是第二年事。代儒也着了忙，各處請醫療治，皆不見效。因後來吃獨參湯，代儒如何有這力量，只得往榮府裏來尋。王夫人命鳳姐秤二兩給他，鳳姐回說：「前兒新進替老太太配了藥，那整的太太又說留着送楊提督的太太配藥，偏偏昨兒我已着人送了去了。」陽氣足，督脈充，何用人參，點綴附熱。王夫人道：「就是咱們這邊沒了，你打發個人往那邊你婆婆處問問。或是你珍大哥哥那裏有，尋些來湊着，給人家吃好了，救人一命，也是你們的好處。」王夫人的好處所謂如此。鳳姐應了，也不遣人去尋，只將些渣末湊了幾錢，命人送去，只說太太送來的，再也沒有了。所謂毒，所謂辣。然後向王夫人只說：「都尋了來，共湊了有二兩送去。」

那賈瑞此時要命心急，無藥不吃，只是白花錢，不見效。忽然這日有個跛足道人來化齋，甄士隱是跛足道人度去，即以爲甄士隱也可。化齋是此書心願，欲人各去其思慮之不齊者，正不知何人喜捨也。口稱：「專治冤業之症。」「二醫冤疾」，通靈玉背面之文也。賈瑞偏生在内聽了，直着聲叫喊說：「快去請進那位菩薩來救命！」稱道人爲菩薩，不脱茫茫大士，與封寶玉爲真人參看。一面在枕上叩首。衆人只得帶了那道士進來。賈瑞一把拉住，連叫：「菩薩救我！」那道士歎道：「你這病非藥可醫，非藥可醫，見尚有可醫者在。我有個寶貝與你，你天天看時，此命可保矣。」風月寶鑑可以保命，是認源頭處。説畢，從搭連中取出正反面皆可照人的鏡，背上面鏨着「風月寶鑑」四字，自首回至此，方點明四字，乃孔梅溪所題書名。鏡有反正面，則書有反正面。風月寶鑑鏨在背面，則所以爲寶爲鑑者全在背面，故閑人痛發他背面。遞與賈瑞道：「這物出自太虚元境不曰幻境，而曰元境，見有實義，有真功。背面原亦不容泛泛一照，乃闡《大學》三「在」字。空靈殿上，心性命。警幻仙子所製，教。專治邪思妄動之症，知止。有濟世保生之功。至善。所以帶他到世上來，單與那些聰明俊傑、風流王孫等看照。看官請聽。千萬不可照正面，看官請聽。只照他的背面，看官請聽。要緊，要緊！反覆叮嚀，至深且切。三日後吾來收取，管叫他好了。」話畢，徜徉而去，衆人苦留不住。

賈瑞接了鏡子，想道：「這道士倒有意思，我何不照一照試試？」想畢，拿起風月寶鑑來，向反面一照，只見一個骷髏立在裏面。是這件東西，人以爲老生常談，誰不解得？看得破，忍不過耳。不知這東西有實在作用，有實在效驗，有不可浪猜處，斷非老生常談也。嚇得賈瑞連忙掩了，駡道士：「混賬！如何嚇我？我倒再照照正面是什麽。」想着，便將正面一照，只見鳳姐站在裏面點首兒叫他。賈瑞心中一喜，蕩悠悠覺得進了鏡子，與鳳姐雲雨一番，鳳姐仍送他出來。是幻是真？幻即真也。到了床上，嗳喲了一聲，一睁眼，鏡子從新又掉過來，仍是反面立着一個骷髏。再點這東西。賈瑞自覺汗津津的，底下已遺了一灘精。心中到底不足，又翻過正面來，只見鳳姐還招手叫他，他又進去。如此三四次。鳳姐實賬即實叙實賬，三四得七，乃「巧合」也。到了這次，剛要出鏡子來，只見兩個人走來，拿鐵鎖把他套住，拉了就走。賈瑞叫道：「讓我拿了鏡子再走！」我是誰？鏡子何在？一語喝破。只説這句，就再不能説話了。

旁邊伏侍的人，只見他先還拿着鏡子照，落下來，仍睜開眼拾在手內，末後鏡子掉下來，便不動了。衆人上來看看，已嚥了氣，身子底下冰涼精濕一大灘精。這纔忙着穿衣抬床。代儒夫婦哭的死去活來，大罵道士：「是何妖鏡！本是寶鏡，而在瑞則爲妖，亦視其人而已。若不毁此鏡，遺害世人不小！」遂命人架火來燒。吾見其人，吾聞其語。當今之世，代儒實多，使此鏡果可燒，則拉雜燒之，亦復大快。無如既造不能化，既鑄不能銷，愈燒愈多，不可制止，而爲賈瑞者日出不窮，是此鏡遺害者衆而保命者少。代儒之罵，原自非冤，跛足道人何能辭咎？數十年後，閑人出，爲之懼，爲之惜，批之評之，順導之，逆折之。夫而後爲賈瑞者不願照，而照者悉不爲賈瑞。既悉不爲賈瑞，則唐虞以下古今之寶鑑正自汗牛，何必尚需此風月寶鑑，不燒愈於燒矣。道人不必生悔，代儒可以省氣。只聽空中叫道：「誰叫你們瞧正面了的！」當答云：「誰教你有正面！」你們自己以假爲真，爲何燒我此鏡？」代儒結舌。忽見那面鏡子從空飛出。代儒出門看時，只見還是那個跛足道人喊道：「誰毁風月寶鑑？」「誰毁」二字，理直氣壯，敢自負爲必傳之作。但看此言則書中每每隱然自贊，可以無疑。說着，搶了鏡子，眼看着他飄然去了。

當下代儒料理喪事，各處去報。三日起經，七日發引，寄靈鐵檻寺，「鐵檻寺」三字至此出現，敍不出鐵檻之第一人。《風月鑑》之副末登場，亦即《紅樓夢》之副末登場矣。故名音睡。日後帶回原籍。一時賈家衆人，齊來吊問。榮府賈赦贈銀二十兩，賈政也是二十兩，寧府賈珍亦有二十兩，其餘族中人貧富不一，或一二兩，三四兩不等。外又有各同窗家中分資，也湊了二三十兩。代儒一罵，羣然附之，便可得錢，亦何樂而不爲代儒。○一篇細賬，調侃假道學不少。代儒家道雖然淡薄，得此幫助，倒也豐豐富富，完了此事。

誰知這年冬底，這是何年冬底？林如海因爲身染重疾，寫書來特接林黛玉回去。賈母聽了，未免又加憂悶，只得忙忙的打點黛玉起身。寶玉大不自在，爭奈父女之情，也不好攔阻。於是賈母定要賈璉送他去，仍叫帶回來。一應土儀盤費，不消煩絮說，自然要妥貼。作速擇了日期，賈璉與林黛玉辭別了同人，帶領僕從，登舟往揚州去了。一件大事，只數行寫過，但欲藏過黛玉而已。文之重主如此。

要知端的，且聽下回分解。

此回是倒裝文法，乃先「正照」而後「設局」者。賈瑞二次落套，都是「正照」裏許事。鳳姐屢次招手，都是「設局」裏許事。

上半下半不可分，而卻又整整齊齊兩段，前後中不夾寫一事一人。末出黛玉歸家，則是大段落裏賬。

前半之妙，妙在無文字處。如「素日聞得人說」，鳳姐急接言賈蓉，而賈瑞「撞在心坎上」，夾縫中有許多事迹在。

按本回計算月日，賈瑞由病至死，竟有兩年，豈非夢囈？或曰是皆究極其時而倒寫之，爲賈瑞從旁單立一傳也。其正文接筍賈瑞二次落套後，便是這年冬底，便是黛玉回家，便是賈璉出，便是秦氏死，似亦有理，而實不然，看十四回林如海九月初三日死，便不容計算了。

此上四回爲一段，乃發明是書名《風月寶鑑》之旨也。教養並重，財色雙提。繩武象賢，賈政、代儒，都爲夢夢；分桃斷袖，香憐、玉愛，總是卿卿。受辱無非愛財，論病只爲淫色。寧國無主，枉慶壽辰，教可知矣；儒裔蔑倫，獃陷毒局，養何益乎？是須懸起風月鑑，以代當年名教醫。

護花主人評曰：

第十二回寫賈瑞之癡邪及鳳姐之險詐，真有張藻畫松，雙管齊下，一作生枏，一作枯枝之妙。

賈瑞固屬邪淫，然使鳳姐初時一聞邪言，即正色呵斥，亦何至心迷神惑，至于殞命？乃鳳姐不但不正言拒斥，反以情話挑引，且兩次誆約，毒施凌辱，竟是誘人犯法，置之死地而後已。不但極寫鳳姐之刁險，且以描其平日鍾情之處，亦必如此引盜入室。

第二次賈瑞説「死也要來」，説出一個「死」字，是讖語，又是伏筆。

鳳姐點兵派將，不叫別人，獨叫賈蓉、賈薔；此何等醜事，而令此二人做圈套，是作者深文刻筆。

蠟燭忽來，紙筆現成，又引至院外，想見鳳姐設謀定計時光景。

跛足道人忽然而來，取給風月寶鑑，迴照第一回内所敍書名。賈瑞因此喪身，好色者當發深省。

背面是骷髏，正面是鳳姐，美人即骷髏，骷髏即美人，所謂「色即是空，空即是色」也。

借賈瑞停棺，逗出鐵檻寺，伏筆自然。

賈瑞死于淫，秦氏亦死于淫，賈瑞是賓，秦氏是主，故下回即寫秦氏病亡。

大某山民評曰：

前第三回黛玉入榮府，爲入書正傳之第一年己酉，至第九回鬧書房，入第二年庚戌，至此回末則第二年又盡矣。下自治秦氏喪起，爲第三年之春辛亥，至第十八回元妃歸省，乃入第四年壬子之春。節次分明，不得草草讀過。

第十三回　秦可卿死封龍禁尉　王熙鳳協理寧國府

話説鳳姐兒自賈璉送黛玉往揚州去後，心中實在無趣，每到晚間不過同平兒説笑一回，就胡亂睡了。這日夜間，正和平兒燈下擁爐倦繡，仍是這年冬底耶？早命濃熏繡被，二人睡下，屈指算行程該到何處。寫急色絶倒，隱然又似久別，特爲騰挪年月。不知不覺，已交三鼓，平兒已睡熟了。兩語清挺。鳳姐方覺睡眼微朦，四字已是夢。恍惚只見秦氏從外走來，含笑説道：「嬸嬸好睡！特點「夢」字。我今日回去，你也不送我一程。因娘兒們素日相好，我捨不得嬸嬸，故來別你一別。還有一件心願未了，非告訴嬸嬸，別人未必中用。」鳳姐聽了，恍惚問道：「有何心願，只管託我就是了。」秦氏道：「嬸嬸，你是胭脂粉隊裏的英雄，連那些束帶頂冠的男子也不能過你，你如何連兩句俗語也不曉得？常言『月滿則虧，水滿則溢』，又道是『登高必跌重』。道其實。如今我們家赫赫揚揚，已將百載，一日樂極生悲，若應了那句『樹倒猢猻散』的俗語，豈不虛稱了一世詩書舊族了？」大道理。乃此書大旨，於劉老老暗演之，於秦氏明演之。笨伯又曰：「人之將死，其言也善。」〇「樹倒猢猻散」，隱注林死。鳳姐聽了此話，心中不快，十分敬畏，曰「不快」，猶可解，而曰「敬畏」，夫鳳姐豈能敬能畏者？忙問道：「這話慮的極是。明明點出一

「慮」字。但有何法，可以永保無虞？」秦氏冷笑道：「嬸嬸好癡也。否極泰來，榮辱自古周而復始，豈人力所能常保的？但如今能於盛時籌畫下將來衰時的事業，亦可以常永保全了。即如今日，諸事俱妥，只有兩件未妥，若把此事如此一行，則日後可保永全了。」鳳姐便問何事。秦氏道：「目今祖塋雖四時祭祀，明談天運，故「才選」一回在此大段中。只是無一定的錢糧；第二，家塾雖立，無一定的供給。依我想來，如今盛時固不缺祭祀供給，但將來敗落之時，此二項有何出處？莫若依我定見，趁今日富貴，將祖塋附近多置田莊房舍地畝，所謂劉老老。以備祭祀供給之費皆出自此處，「孝」字特提。將家塾亦設於此。「教」字即在孝之中，不容稍有分析。合同族中長幼大家定了則例，日後按房掌管這一年的地畝錢糧、祭祀供給之事。如此周流，又無爭競，也沒有典賣諸弊。便是有罪，他物可入官，這祭祀產業連官也不入的。伏下一百五回。便敗落下來，子孫回家讀書務農也有個退步，祭祀又可永繼。若目今以爲榮華不絶，不思後日，終非長策。上云「依我想來」，此云「不思後日」，「思」「想」二字是眼。○伏百五回。眼前不日又有一件非常喜事，伏十六回。真是烈火烹油，鮮花着錦之盛。要知道也不過是瞬息的繁華，一時的歡樂，萬不可忘了那『盛筵不散』的俗語。若不早爲後慮，又點「慮」字。只恐後悔無益了。」鳳姐忙問：「有何喜事？」秦氏道：「天機不可洩漏，只是我與嬸嬸好了一場，臨別贈你兩句話，須要記着。」因念道：

三春去後諸芳盡，各自須尋各自門。兩言爲「生促死速」立案，即以遠關全部，近起本回，而「各自門」乃吾儒之門，非二氏之門也。

鳳姐還欲問時，只聽二門上傳事雲板連叩四下，正是喪音，將鳳姐驚醒。人回：「東府蓉大奶奶沒了！」鳳姐嚇一身冷汗，出了一回神，只得忙穿衣往王夫人處來。數語寫得支離。「嚇」字已可疑，猶曰「乍聞人死吃一驚」耳。驚定即痛，當哭矣；而云「出了一回神」，又可疑，猶曰「思其病，思其死，將信將疑」，關切過甚者，容或有之。思之果然，又當哭矣；而云「只得忙穿衣往王夫人處來」。夫忙穿衣則忙穿衣，正急欲一視之情，而云「只得」，若或迫之不得不勉然者，真是蹊蹺。彼時合家皆知，無不納悶，都有些疑心。久病之人，後事已備，其死乃在意中，有何悶可納，又有何疑？寫得閃爍。一本作「都有些傷心」，非是。那長一輩的想他素日孝順，平輩的想他素日和睦親密，下一輩的想他素日的慈愛，以及家中僕從老小，想他素日憐貧惜賤，愛老慈幼之恩，莫不悲號痛哭。「莫不悲號痛哭」，又與上兩語繚戾。

閑言少敘。又用橫截一句，閑言不是閑言。卻說寶玉因近日林黛玉回去，剩得自己落單，也不和人頑耍，每到晚間，便索然睡了。補筆，自不可少。如今從夢中聽見說秦氏死了，連忙翻身爬起來，只覺心中似戳了一刀的，不覺哇的一聲，直奔出一口血來。不諱言之。襲人等慌慌忙忙上來扶着，問是怎麼樣的，又要回賈母去請大夫。寶玉道：「不用忙，不相干，這是急火攻心，血不歸經。」自注二語，此「經」字便是秦氏經病之經，同一亂常也。説着，便爬起來，要衣服換了，來見賈母，即時要過去。襲人見他如此，心中雖放不下，又不敢攔阻，只得由他罷了。似露不露，似掩不掩。賈母見他要去，因説：「纔嚥氣的人，那裏不乾淨，二則夜裏風大，等明早再去不遲。」寶玉那裏肯依，賈母命人備車，多派跟從人役，擁護前來。又奉此老命來。

一直到了寧國府前，只見府門大開，兩邊燈火照如白晝，亂烘烘人來人往，裏面哭聲摇山振岳。寶玉下了車，忙忙奔至停靈之室，痛哭一番。怪事。然後見過尤氏。誰知尤氏正犯了胃痛舊症，睡在床上。胃爲中宫，舊病在此，而出脱尤氏亦在此。然後又出來見賈珍。彼時賈代儒、代修、賈敕、賈效、賈敦、賈赦、賈政、賈琮、賈㻞、賈珩、賈珖、賈琛、賈瓊、賈璘、賈菖、賈薔、賈菱、賈芸、賈芹、賈蓁、賈萍、賈藻、賈蘅、賈芬、賈芳、賈藍、賈菌、賈芝等都來了。賈氏族人於此總提，演其盛也。其名義有事迹者則有評在本傳，餘不過人文玉草，各從其類敷衍而已，不必强爲解釋。賈珍哭的淚人一般，怪事。正和賈代儒等説道：「合家大小，遠近親友，誰不知我這媳婦比兒子還强十倍，如今伸腿去了，奇談。○「伸腿」語妙。可見這長房内絶滅無人了。」説着，又哭起來。怪事。衆人忙勸道：「人已辭世，哭也無益。且商議如何料理要緊。」賈珍拍手道：「如何料理，不過儘我所有罷了！」怪事。正説着，只見秦業、秦鍾並尤氏的幾個眷屬尤氏姊妹也都來了。尤氏姊妹虚上。賈珍便命賈瓊、賈琛、賈璘、賈薔四個人去陪客，一面吩咐去請欽天監陰陽司來擇日，擇準停靈七七四十九日，三日後開喪送訃聞。這四十九日，單請一百零八僧衆，在大廳上拜大悲懺，超度前亡後化鬼魂。另設一壇於天香樓上，是九十九位全真道士，打十九日解冤洗業醮。然後停靈於會芳園中，靈前另外五十衆高僧、五十位高道，對壇按七作好事。怪事。那賈敬聞得長孫媳死了，因自爲早晚就要飛昇，絶倒。如何肯又回家染了紅塵，將前功盡棄？故此並不在意，只憑賈珍料理。其子絶滅之，自亦早先絶滅之矣。

且説賈珍恣意奢華，觀者謂此言正説賈珍矣，不知乃是掩覆。看板時，幾副杉木板皆不中意。可巧薛蟠來吊，因見賈珍尋好板，俗語云送棺材座子的，在一薛蟠，眼光四射。便說：「我們本店裏是本店。有一副板，叫作什麽檣木。檣，桅也，危也。出在潢海鐵網山上，鐵爲黑金，網即絡，乃絡寶玉之絡。作了棺材，萬年不壞。作者自負其書亦萬年不壞。這還是當年先父帶來的，是先父帶來，與蟠一氣。原係義忠親王老千歲要的，因他壞了事，就不曾用，義忠親王而壞，則所謂義忠親皆詐耳。現在還封在店裏，也没有人買得起。你若是要，就來看看。」賈珍聽說甚喜，即命抬來。大家看時，只見幫底皆厚八寸，紋若檳榔，味若檀麝，以手扣之，聲如玉石。是好木贊，僅十六字，何等凝鍊，卻又能字字雙關，乃爲奇文。看官着眼「玉石」二字，便都解了。大家稱奇。賈珍笑問道：「價值幾何？」「喜」字、「笑」字，怪事。薛蟠笑道：「拿着一千兩銀子，只怕没買處。什麽價不價？賞他們幾兩銀子作工錢便是了。」是薛蟠。賈珍聽說：忙謝不盡，即命解鋸造成。賈政因勸道：「此物恐非常人可享，殮以上等杉木也罷了。」二語顧惜「政」字。賈珍如何肯聽。忽又聽見秦氏之丫鬟名喚瑞珠的，見秦氏死了，也觸柱而亡。怪事。○瑞珠，猶言人妖當誅也。許多曖昧，惟恐不出，特作此以顯之，而秦氏生前可想見矣。此事可罕，合族都稱歎。稱歎，絶倒。賈珍遂以孫女之禮殯殮之，怪事。一並停靈於會芳園之登仙閣。會芳而有登仙，天倫滅也。又有小丫鬟名寶珠的，前瑞珠之瑞，即賈瑞，鏡中會鳳姐而受蓉薔之毒者，則鳳姐也；此寶珠之寶，即寶玉，太虛幻境呼可卿小名者，皆當誅也。因秦氏無出，願爲義女，請任摔喪駕靈之任。賈珍甚喜，即時傳命，從此皆呼寶珠爲小姐。怪事。那寶珠按未嫁女之禮，在靈前哀哀欲絶。怪事。於是合族人丁，並家下諸人，都各遵舊制行事，自不得錯亂。此等處反照一百十回，人人得而知之。

賈珍因想道：賈蓉不過是個黌門監，靈旛上寫時不好看，便是執事也不多，因此心下甚不自在。可巧這日正是首七第四日，早有大明宮掌宮内監戴權，冠帶可以權宜，故曰戴權。先備了祭禮遣人來，次坐了大轎，打道鳴鑼，親來上祭。賈珍忙接陪讓坐，至逗蜂軒獻茶。逗蜂乃花心矣，固是戴權坐處。賈珍心中早打定了主意，因而趁便説要與賈蓉捐個前程的話。戴權會意，因笑道：「想是爲喪禮上風光些？」賈珍忙道：「老内相所見不差。」戴權道：「事倒湊巧，正有個美缺。如今三百員龍禁尉缺了兩員，禮儀三百，正天所設禁，以防民滛者也，故曰龍禁尉，而言之慨然。昨兒襄陽侯的兄弟老三來求我，現拿了一千五百兩銀子送到我家裏。你知道咱們都是老相好，不拘怎麽，看着他爺爺的分上，胡亂應了。還剩了一個缺，誰知永興節度使馮胖子要與他孩子捐，我就没工夫應他。虚寫兩家，情事如繪，而爲「陽」爲「興」，又從「龍」字掉皮。既是咱們的孩子要捐，快寫個履歷來。」賈珍忙命人寫了一張紅紙履歷來，上寫着：「江南應天府江寧縣監生賈蓉，年二十歲。曾祖，原任京營節度使世襲一等神威將軍賈代化；祖，丙辰科進士賈敬；父，世襲三品爵威烈將軍賈珍。」戴權看了，「寫了一張紅紙履歷」，接「戴權看了」云云，可已，而必歷寫一通，見此龍禁當自祖若父先之也。回手遞與一個貼身的小廝收了，道：「回去送與户部堂官老趙，《百家姓》趙次則錢，趙在錢上，爲户部堂官固宜。説我拜上他，起一張五品龍禁尉的票，再給個執照，就把這履歷填上，明日我來兑銀子送過去。」寫權。小厮答應了。戴權告辭，賈珍款留不住，只得送出府門。臨上轎，賈珍問：「銀子還是我到部去兑，還是送入内相府中？」戴權道：「若到部兑，你又吃虧了。不如秤準一千兩銀子，送到我家就完了。」如繪。賈珍感謝不盡，因説：「待服滿後，親帶大小犬到府叩謝。」於是作别。

接着，又聽喝道之聲，原來是忠靖侯的夫人來了。史湘雲、突出湘雲亦在此回。○湘雲亦夢中人主腦，寶、黛、釵三人共爲一影身者，故好作男子裝，又有陰陽一理之談。名義取瀟湘雲夢，乃「夢」字歇後語，故册中詩有「湘江水逝楚雲飛」之詞。王夫人、邢夫人、鳳姐等剛迎入正房，又見錦鄉侯、川寧侯、壽山伯錦川、壽山皆石名，爲石頭生色。三家祭禮也擺在靈前。少時，三人下轎，賈珍接上大廳。如此親朋你來我去，也不能計數。總透一筆。只這四十九日，寧國府街上一條白漫漫人來人往，花簇簇官來官去。一頓，筆勢矯健。

賈珍令賈蓉次日換了吉服，領憑回來，靈前供用執事等物，俱按五品職例。靈牌疏上皆寫「誥授賈門秦氏宜人之神位」。宜人猶曰可人也，恰合。會芳園臨街大門洞開，會芳園有臨街大門，可與造大觀園參看。兩邊起了鼓樂廳，兩班青衣按時奏樂，一對對執事擺的刀斬斧截。更有兩面硃紅銷金大牌豎在門外，大書道「防護內廷紫禁道明點帝所。御前侍衛龍禁尉」。對面高起着宣壇，僧道對壇，榜上大書「世襲寧國公家孫婦、防護內廷御前侍衛龍禁尉賈門秦氏宜人之喪。四大部洲至中之地，奉天永建太平之國，總理虛無寂静教門僧録司正堂萬虛，都是假。總理元始正一教門道紀司正堂葉生等，業隨身。敬謹修齋，朝天叩佛」，以及「恭請諸伽藍、揭諦、功曹等神，聖恩普錫，神威遠振，四十九日消災洗業平安水陸道場」等語，亦不及繁紀。種種怪事，由他搗鬼，而熱鬧如見。

只是賈珍雖然心滿意足，但裏面尤氏又犯了舊病，不〔能〕（惟）料理事務，惟恐各誥命來往，虧了禮數，怕人笑話，透入下半回不哭。因此心中不自在。當下正憂慮時，所憂慮者如此，絶倒！因寶玉在側便問道：「事事都算妥貼了，大哥哥還愁什麽？」賈珍便將裏面無人的話告訴了他。寶玉聽説，笑道：「這有何難？我薦一個人與你，權理這一個月的事，管保妥當。」賈珍忙問是誰，寶玉見坐間還有許多親友，不便明言，走向賈珍耳邊説了兩句。薦暫攝内人事自然該背人説，難兄難弟，絶倒！賈珍聽了，喜不自勝，笑道：「果然妥貼，如今就去。」説着，拉了寶玉，辭了衆人，便往上房裏來。可巧這日非正經日期，非正經日期，有字眼。親友來的少，裏面不過幾位近親堂客，邢夫人、王夫人、鳳姐並合族中的内眷陪坐。聞人報：「大爺進來了。」唬的衆婆娘嗯的一聲，往後藏之不迭，本來可怕。獨鳳姐款款站了起來。從容。賈珍此時也有些病症在身，怪事。二則過於悲痛，怪事。因拄個拐跛了進來。杖矣，杖期耶，不杖期耶？〇怪事。邢夫人等因説道：「你身上不好，又連日事多，也該歇歇纔是，又進來做什麽？」賈珍一面拄拐扎挣着要蹲身跪下請安道乏，邢夫人等忙叫寶玉攙住，命人挪椅子與他坐。賈珍不肯坐，因勉强陪笑道：「侄兒進來，有一件事要求二位嬸嬸并大妹妹。」邢夫人等忙問什麽事，賈珍忙説道：「嬸嬸自然知道，如今孫子媳婦没了，侄兒媳婦又病倒，我看裏頭着實不成體統，要屈尊大妹妹一個月，在這裏料理料理，我就放心了。」邢夫人笑道：「原來爲這個，你大妹妹現在你二嬸嬸家，只和你二嬸嬸説就是了。」一路是邢氏問答，到此卸到這邊，安置鳳姐必爲邢、赦之子媳，正是爲此，於政、王猶有顧惜也。王夫人忙道：「他一個小孩子，何曾經過這些事？倘或料理不清，反叫人笑話。倒是再煩别人好。」虚虚一阻，寫王氏。賈珍笑道：「嬸嬸的意思，侄兒猜着了，是怕大妹妹勞苦了。若説料理不開，從小兒大妹妹頑笑時就有殺伐決斷，好考語。如今出了閣，在那府裏辦事，越發歷練老成了。又好考語。我想了這幾日，除了大妹妹，再無人可來了。嬸嬸不看侄兒與侄兒媳婦面上，只看死的分上罷！」説着流下淚來。怪事。

王夫人心中怕的是鳳姐未經過喪事，怕他料理不起，被人見笑。今見賈珍苦苦的説，心中已活了幾分，寫王氏只如此。卻又眼看着鳳姐出神。「出神」二字奇。那鳳姐素日最喜攬事，好賣弄能幹，自殺之機。今見賈珍如此央他，心中早已允了。「早已允了」，「允」字有三面。又見王夫人有活動之意，便向王夫人道：「大哥説得如此懇切，太太就依了罷。」王夫人悄悄的問道：「你可能麽？」鳳姐道：「有什麽不能？算外面的大事，已經大哥哥料理清了，不過是裏面照管照管，便是我有不知的，問太太就是了。」王夫人見説得有理，便不出聲。賈珍見鳳姐允了，又陪笑道：「也管不得許多了，横豎要求大妹妹辛苦辛苦，我這裏先與大妹妹行禮，等完了事，我再到那府裏謝謝。」説着，便作揖下去。鳳姐連忙還禮不迭。賈珍便命人取了寧國府對牌來，寧府入鳳姐之手，交易而退，對牌雙關。命寶玉送與鳳姐。對牌過付，正是此人。説道：「妹妹愛怎麽就怎麽樣辦，要什麽只管拿這個去取，也不必問我。只求別存心替我省錢，要好看爲上。二則也同那府裏一樣待人纔好，不要存心怕人抱怨。只這兩件外，我再没不放心的了。」鳳姐不敢就接牌，只看着王夫人。王夫人道：「珍哥既這麽説，你就照看照看罷了，只是別自作己意，有了事，打發人問你哥哥、嫂子一聲兒要緊。」寶玉早向賈珍手裏接過對牌來，强遞與鳳姐了。賈珍又問：「妹妹還是住在這裏，還是天天來呢？若是天天來，越發辛苦了，我這裏趕着收拾出一個院落來，妹妹住過這幾日倒安穩。」鳳姐笑説：「不用，那邊也離不得我，倒是天天來的好。」「笑」字有眼。兩語雙關。賈珍説：「也罷，也罷。」然後又説了一回閑話，方纔出去。

一時女眷散後，王夫人因問鳳姐：「你今兒怎麼樣？」鳳姐道：「太太只管請回去，我須得先理出一個頭緒來，纔回去得呢。」看他寫歷練老成。王夫人聽説，便先同邢夫人回去，不在話下。這裏鳳姐來至三間一所抱廈内坐了，因想：頭一件是人口混雜，遺失東西；二件事無專管，臨期推諉；三件需用過費，濫支冒領；四件任無大小，苦樂不均；五件家人豪縱，有臉者不能服（鈐）（黔）束，無臉者不能上進。此五件實是寧府中風俗。五事自是巨家通弊，而第一句「人口混雜」可想。

不知鳳姐如何處治，且聽下回分解。

此回至十六回爲一大段，又爲上三大段作總束。此回開首死秦氏，十六回下半死秦鍾，中間無非死趣死路。「鳳藻」半回，正是天命無常，榮華易盡，在此段如病篤人之回光而已。讀秦氏夢中一聯可見。

我言此書重「孝」字「教」字，以《大學》等書爲究竟，無有信者，以閑人爲怪誕迂腐。看此回，鳳姐、秦氏是何等樣人，偏要寫他兩人一夢，而夢中叮嚀，乃爲祖塋家塾計長久，一若與人家國坐而論道氣象。而造釁開端者言之，弄權致禍者聽之，是蓋演《大學》一「慮」字也。秦爲情種，乃即人欲，物極則返，仍歸虚靈，故作者言於既死之後，見這情種與那情種相爲倚伏，其轉機在一「慮」字，「知止」「定」「静」「安」逐層工夫，一「慮」字周匝之矣。秦氏不能慮，故爲情種，爲自殺，而定其死於「思慮傷脾」之一言。今言置莊田地畝，無非理脾也，乃「有土」；備錢糧供給，無非理財也，乃「有土此有財」。《大學》固理財之書，視仁與不仁而已，奈鳳姐之務財用何？百二十回統括於此。

此回開首説黛玉往揚州去，是一必死之人也，而愈於寶釵之不死。故上回末此回首明明遣開，而以一棺木，隱然演寶釵之影。

此回閑人叫怪事者計十四處，非怪賈珍，怪作者也。拈筆弄墨，自娱娱人，繪獸寫禽，有何隱恨？豈三百篇止見《新臺》耶？

書是以假語村言寫夢中人，凡生者無不夢也，至死則醒，醒則真。今於死者寫「孝」寫「教」，便是真話。

此回無非痛罵，而每以戲筆掉弄，如逗蜂軒等處是。至賈珍並無次子，而對戴權曰「大小犬」，則大小皆犬而已。尤罵得妙。

護花主人評曰：

秦氏託夢，籠罩全部盛衰，且以見一衰便難再盛，須早爲後日活計。是作者借以規勸賈母。

寶玉一聞秦氏凶信，便心如刀戳，吐出血來。夢中雲雨，如此迷人，其然豈其然乎？

秦氏一死，合族俱到，男女姻親，亦皆齊集，固見秦氏平日頗得人心，亦以見賈珍素日之愛憐其媳。

秦氏死後，不寫賈蓉悼亡，單寫賈珍痛媳，又必覓好棺，必欲封誥，僧道薦懺，開喪送柩，盛無以加，皆是作者深文。

鳳姐協理喪事，既見其才，又見其權。若非尤氏患病，賈珍難于相請，脱卸處不露痕迹。

鳳姐協理秦氏之喪，固顯其有才有權。然幸是盛時，呼應俱靈，反照一百十回賈母喪事。

第十四回　林如海捐館揚州城　賈寶玉路謁北静王

話説寧國府中都總管來升，來升，來生也。曰都總管，徹上徹下都爲死趣。聞知裏面委請了鳳姐，因傳齊同事人等説道：「如今請了西府裏璉二奶奶管理内事，倘或他來支取東西，或是説話，須要小心伺候，每日大家早來晚散，寧可辛苦這一個月，過後再歇息，不要把老臉面丢了。那是個有名的烈貨，臉酸心硬，考語極確，又隱然爲才惜。所謂「協理」，用其才於不正也。一時惱了不認人的。」衆人都道有理。又有一個笑道：「論理，我們裏面也該得他來整治整治，都忒不像了。」正説着，只見來旺媳婦拿了對牌來領呈文經榜紙劄，寧之旺即榮之旺，故第一拿對牌者，其所領之物，則呈文經榜，一書正旨也。票上開着數目。衆人連忙讓坐倒茶，一面命人按數取紙。來旺抱着，同來旺媳婦一路來至儀門，方交與來旺媳婦自己抱進去了。

鳳姐即命彩明定造册簿。即時傳了來升媳婦要家口花名册查看，又限明日一早傳齊家人媳婦，進府聽差。大概點了一點數目單册，問了來升媳婦幾句話，先略寫，有步驟，爲文當學。便坐車回家。至次日卯正二刻，便過來了。那寧國府中婆子媳婦，聞得到齊，只見鳳姐與來升媳婦分派衆人執事，不敢擅入，在窗外打聽。聽見鳳姐和來升媳婦道：「既託了我，我就説不得要討你們嫌了。我可比不得你們奶奶好性兒，由着你們去。再不要説你們這府裏原是這樣的話，如今可要依着我行，錯我半點兒，管不得誰是有臉的，誰是没臉的，一例清白處治。」語語從紙上聽者，我亦凜然。此才可惜協理用之，此才可惜説夢用之。説罷，便吩咐彩明念花名册，按名一個一個叫進來看視。一時看完，又吩咐道：「這二十個分作兩班，一班十個，每日在内單管人客來往，倒茶，别事不用他們管。這二十個也分作兩班，每日單管本家親戚茶飯，也不管别事。這四十個人也分作兩班，單在靈前上香、添油、掛幔、守靈、供飯、供茶、隨起舉哀，也不管别事。這四個人專在内茶房收管杯碟茶器，若少一件，四人分賠。這四個人單管酒飯器皿，少一件也是分賠。這八個人單管收祭禮。這八個人單管各處燈油、蠟燭、紙劄，我總支了來交與你八個人，然後按我的定數再往各處去分派。這三十個每日輪流各處上夜，照管門户，監察火燭，打掃地方。這下剩的按房屋分開，某人守某處，某處所有桌椅古玩起至於痰盒、撣帚，一草一苗，或丢或壞，就問這看守之人賠補。來升家的每日攬總查看，或有偷懶的，賭錢吃酒打架拌嘴的，立刻來回我，休要徇情，經我查出，三四輩子的老臉就顧不成了。如今都有了定規，以後那一行亂了，只和那一行説話。井井有條，文氣如瓶瀉水，非三家村學究所辨。素日跟我的人，隨身都有鐘表，不論大小事，皆有一定時刻，横竪你們上房裏也有時辰鐘。卯正二刻，我來點卯；巳正吃早飯；凡有領牌回事的，只在午初二刻；戌初燒過黄昏紙，我親到各處查一遍，回來上夜的交明鎖匙。第二日仍是卯正二刻過來。説不得咱們大家辛苦這幾日罷，事完了，你們大爺自然賞你們的。」說畢，又吩咐按數發與茶葉、油燭、雞毛撢子、笤帚等物，一面又搬取傢伙：桌圍、椅搭、坐褥、氈席、痰盒、脚踏之類，一面交發，一面提筆登記，某人管某處，某人領物件，開得十分清楚。衆人領了去，也都有了投奔，不似先時只檢便宜的做，剩下苦差没個招攬。各房中也不能趁亂迷失東西，便是人來客往，也都安静了，不比先前紊亂無頭緒。一切偷安竊取等弊，一概都蠲了。

鳳姐自己威重令行，心中十分得意。原有效驗，立竿見影，豈止寧府五事，以天下推之可也。○頓此一筆，想作者亦十分得意。因見尤氏犯病，賈珍也過於悲哀，不大進飲食，居喪應爾。自己每日從那府中熬了各樣細粥，精美小菜，令人送來勸食。百忙中偏有此閑情逸致唱齣影戲，而送粥所以待親喪，駡得刻毒。賈珍也另外吩咐每日送上等菜到抱廈内，單與鳳姐。鳳姐不畏勤勞，天天按時刻過來點卯理事，獨在抱廈内起坐，不與衆妯娌合羣。便有眷客來往，也不迎送。遥遲寫來。

這日乃五七正五日上，那應佛僧正開方破獄，傳燈照亡，參閻君，拘都鬼，延請地藏王，開金橋，引幢旛。那道士們正伏章申表，朝三清，叩玉帝。禪僧們行香，放焰口，拜水懺。又有十二衆青年尼僧，搭繡衣，靸紅鞋，在靈前默誦接引諸咒。十分熱鬧。果然熱鬧，而骨肉災祲在此矣。那鳳姐知道今日客來不少，寅正便起來梳洗，及收拾完備，更衣盥手，吃了兩口奶子，漱口已畢，正是卯正二刻了。來旺媳婦率領衆人，伺候已久。鳳姐出至廳前上了車，前面一對明角燈，上寫「榮國府」三個大字。來至寧府大門首，門燈朗掛，兩邊一色矗燈，照如白晝，白汪汪穿孝家人兩行侍立。請車至正門上，小廝退出，衆媳婦上來揭起車簾。鳳姐下了車，一手扶着豐兒，兩個媳婦執着手把燈照着，撮擁鳳姐進來。寧府諸媳婦迎着請安。鳳姐款步走入會芳園中前寫會芳園有臨街大門，今又寫由寧府大門進來，步入會芳園中，雖兩處原可通，而卻是迷惑人處，已爲大觀園作地步也。登仙閣靈前，一見棺木，那眼淚恰似斷綫之珠，滾將下來。院中多少小厮垂手侍立，伺候燒紙。鳳姐吩咐一聲「供茶燒紙」，只聽一棒鑼鳴，諸樂齊奏，早有人端過一張大圈椅來，放在靈前，鳳姐坐了放聲大哭。直至此處方寫鳳姐一哭，一切排場搬演如見。於是裏外上下男女，都接聲嚎哭。一時賈珍、尤氏令人勸止，鳳姐方止住。來旺媳婦倒茶漱口畢，鳳姐方起身，別了族中諸人，自入抱廈來。

按名查點各項人數，俱已到齊，只有迎送親客上的一人未到。即令傳來。那人惶恐，鳳姐冷笑道：「原來是你誤了，你比他們有體面，所以不聽我的話！」那人回道：「小的天天都來的早，只有今兒來遲了一步，求奶奶饒過初次。」正説着，只見榮國府中的王興媳婦來在前探頭。妙有波折，誓不作一直筆。○王興，死亡從此始也。鳳姐且不發放這人，卻問王興媳婦來作什麼。王興媳婦近前説：「領牌取綫打車轎網絡。」領綫打絡，死亡相續矣。説着，將個帖兒遞上去。鳳姐令彩明念道：「大轎兩頂，小轎四頂，車四輛，共用大小絡子若干根，每根用珠兒綫若干觔。」鳳姐聽了數目相符，便命彩明登記，取榮國對牌擲下。王興家的去了。鳳姐方欲説話，只見榮國府的四個執事人進來，都是要支取東西領牌的。鳳姐問他們要了帖念過，聽了一共四件，因指兩件道：「這個開銷錯了，再算清了來領。」説着，將帖子擲下。那二人掃興而去。鳳姐因見張才家的在旁，因問：「你有什麼事？」張才家的忙取帖子回道：「就是方纔車轎圍做成，領〔取〕（去）裁縫工銀若干兩。」領裁縫工銀的便是張才，又自贊此書組織工細。看劉老老再來，有他同周瑞家的陪待。鳳姐聽了，取了帖子，命彩明登記，待王興交過得了買辦的回押相符，然後與張才家的去了。一面又命念那一件，是爲寶玉外書房完竣，支領買紙料糊裱。鳳姐聽了，即命收帖兒登記，待張才家的繳清再發。

鳳姐便説道：「明兒他也來遲了，後兒我也來遲了，將來都没有人了。許多波折，陡接此句，好筆好局。本來要饒你，只是我頭一次寬了，下次就難管别人了，不如開發的好。」登時放下了臉，命帶出去打二十板子。衆人見鳳姐動怒，不敢怠慢，拉出去照數打了，進來回覆。自應設一人一事寫他殺伐決斷，信賞必罰，所謂「都知愛慕此生才」，我亦云然也。鳳姐又擲下寧府對牌：「説與來升，革他一月銀米！」寫餘怒凛然，真是好筆。吩咐：「散了罷！」衆人方各自辦事去了，那時被打之人亦含羞飲泣而去。彼時榮、寧兩處領牌交牌人往來不絶，鳳姐又一一開發了。於是寧府中人纔知鳳姐利害，自此各兢兢業業，不敢偷安，不在話下。略。

如今且説寶玉，因見人衆，恐秦鍾受了委曲，遂同他往鳳姐處坐坐。串入此人，乃本段主腦。鳳姐正吃飯，見他們來了，笑道：「好長腿子，快上來罷！」趣語，思之令人失笑。寶玉道：「我們偏了。」鳳姐道：「在這邊外頭吃的，還是那邊吃的？」寶玉道：「同那些渾人吃什麽？原是那邊我還同老太太吃了來的。」説着，一面歸坐。鳳姐飯畢，就有寧府一個媳婦來領牌，爲支取香燈。鳳姐笑道：「我算着你今兒該來支取，想是忘了。要終久忘了，自然是你包出來，都便宜了我。」那媳婦笑道：「何嘗不是忘了？方纔想起來，再遲一步，也領不成了。」於領牌中又翻一様，妙參活相。説畢，領牌而去。一時登記交牌。秦鍾因笑道：「你們兩府裏都是這牌，倘別人私造一個支了銀子去怎麽？」真假隱然一逗。鳳姐笑道：「依你説，都没王法了！」寶玉因道：「怎麽咱們家没人來領牌子支東西？」鳳姐道：「他們來領的時候，你還做夢呢。雖閑話，既映真假，必提「夢」字，是局陣緊嚴處。我且問你，你們多早晚纔念夜書呢？」念夜書是冬，纔念夜書是初冬，而秦氏之死已過五七，究死於何時耶？寶玉道：「巴不得今日就念纔好。只是他們不快給收拾出書房來，也是没法。」鳳姐笑道：「你請我一請，包管就快了。」寶玉道：「你也不中用，他們該做到那裏的時候，自然有了。」鳳姐道：「就是他們做也得要東西，擱不住我不給對牌是難的。」寶玉聽説，便挨向鳳姐身上，立刻要牌，説：「好姐姐，給他們牌，好支東西去收拾。」鳳姐道：「我乏的身上生痛，還擱的住你這揉搓？寫得親熱，寫得頑皮，而淫極矣。偏敢明明寫出，是爲奇書。你放心罷，「放心」二字處處指點。今兒纔領了紙裱糊去了。裱糊猶云周遮，乃鳳姐爲薦賢答禮。他們該要的還等叫去呢，可不傻了？」寶玉不信，鳳姐便叫彩明查册子與寶玉看了。

正鬧着，人來回：「蘇州去的昭兒來了。」昭兒隱然有爲黛玉招魂之意，蓋死林如海正絶黛玉之維繫，使不能不再來，不能不就死也。鳳姐急命喚進來。昭兒打千兒請安，鳳姐便問：「回來做什麽的？」昭兒道：「二爺打發回來的，林姑老爺是九月初三巳時没的。林如海之死只用昭兒一語了之。原是黛玉之楔子，既楔出黛玉矣，便即收拾，即以斷他歸路。如何病，如何死，黛玉如何居喪，便是累筆贅墨。文字布局，無他謬巧，賓主分明而已。○倘寫死的有月有日有時，計算黛玉回揚云在這年冬底，乃賈瑞既死時也。今如海死在九月，自然是這年的次年，而秦氏病篤於賈瑞被局之先，賈瑞由局而病而死，歷寫有兩年之久，豈秦氏之病轉能延至兩年後纔死耶？一個大疑團，不過告人秦氏無病，又以見夢話必當這樣説。觀此尚有欲爲寶玉作年譜者，閑人歷指，特爲釋厄。二爺帶了林姑娘，同送林姑爺的靈柩到蘇州，大約趕年底就回來。又是一個年底，去時之年底自然是上年了。二爺打發小的來報個信，請安，討老太太示下。還瞧瞧奶奶家裏好，叫把大毛衣服帶幾件去。」鳳姐道：「你見過別人了没有？」昭兒道：「都見過了。」説畢，連忙退出。鳳姐向寶玉笑道：「你林妹妹可在喒們家住長了。」敍上半回便是爲此，特點出之。寶玉道：「了不得，想來這幾日他不知哭的怎樣呢。」説着，蹙眉長歎。

鳳姐見昭兒回來，因當着人不及細問賈璉，心中自是記罣；待要回去，奈事未了畢，少不得耐到晚上回來，復令昭兒進來，此筆應有。細問一路平安信息。問一路平安，又似方才去者。連夜打點大毛衣服，去年穿什麼來？答曰：帶去者不敷用，須添帶幾件去耳。然則此必是初冬，方趕得上應用。和平兒親自檢點包裹，再細細追想所需何物，一並包裹，交付昭兒。又細細吩咐昭兒：「在外好生小心伏侍，不要惹你二爺生氣，時時勸他少吃酒，别勾引他認得混賬女人，回來打折你的腿！」吃緊在此，使下文悍妒文字不突。趕亂完了，天已四更，睡下不覺早又天明，忙梳洗過寧府來。

那賈珍因見發引日近，親自坐車，帶了陰陽司吏，往鐵檻寺來踏看寄靈所在，又一一囑咐住持色空，鐵檻寺住持色空，面面俱到。好生預備新鮮陳設，多請名僧，以備接靈使用。色空忙備晚齋，賈珍也無心茶飯，因天晚不及進城，竟在浄室胡亂歇了一夜。繼賈瑞而進鐵檻之一人，故寫其宿。次日早，便進城來料理出殯之事。一面又派人先往鐵檻寺，連夜另外修飾停靈之處，並廚灶等項，接靈人口。

鳳姐見日期有限，也預先逐細分派料理，一面又派榮府中車轎人從跟王夫人送殯，又顧自己送殯去占下處。目今正值繕國公誥命亡故，善亡則惡存而已。王、邢二夫人又去上祭送殯；西安郡王妃華誕，送壽禮；鎮國公誥命生了長男，預備賀禮；歷敍許多事故，以見鳳姐之能，又反照後文「力詘」回。又有胞兄王仁連家眷回南，胞兄王仁虛上。一面寫家信稟叩父母並帶往之物；又有迎春染病，每日請醫服藥，看醫生啓帖、症源、藥案；各事冗雜，亦難盡述。又作一束。又兼發引在邇，因此忙得鳳姐茶飯無心，坐卧不寧；剛到了寧府，榮府的人跟着，既回到榮府，寧府的人又跟着。鳳姐雖然如此之忙，只因素性好勝，惟恐落人褒貶，故費盡精神，籌畫得十分整齊。於是合族中上下，無不稱歎。

這日伴宿之夕，裏面兩班小戲，並要百戲的與親朋等伴宿，尤氏猶卧於内室，秦氏之喪，尤氏始終不與其事，正寫罪自外至。一切張羅款待，獨是鳳姐一人周全承應。合族中雖有許多妯娌，也有羞口羞脚的，也有不慣見人的，也有懼貴怯官的，種種之類，俱不及鳳姐舉止大雅，言語典則，因此也不把衆人放在眼裏，揮霍指示，任其所爲，旁若無人。「才」字寫得暢滿，筆有餘閑。一夜中燈明火彩，客送官迎，那百般熱鬧，自不用説。至天明吉時，一般六十四名青衣請靈，前面銘旌上大書「誥封一等寧國公冢孫婦防護内庭紫禁道御前侍衛龍禁尉享强壽賈門秦氏宜人之靈柩」。一應執事陳設，皆係現趕新做出來的，一色光彩奪目。寶珠自行未嫁女之禮，摔喪駕靈，十分哀苦。怪事。

那時官客送殯的，有鎮國公牛清之孫現襲一等伯牛繼宗，理國公柳彪之孫現襲一等子柳芳，齊國公陳翼之孫世襲三品威鎮將軍陳瑞文，治國公馬魁之孫世襲三品威遠將軍馬尚平，修國公侯曉明之孫世襲一等子侯孝康。繕國公誥命亡故，其孫石光珠守孝，不得來。這六家與榮、寧二家，當日所稱「八公」的便是。餘者更有南安郡王之孫，西寧郡王之孫，忠靖侯史鼎，平原侯之孫世襲二等男蔣子寧，定城侯之孫世襲二等男兼京營遊擊謝鯤，襄陽侯之孫世襲二等男戚建光，景田侯之孫五城兵馬司裘良。餘者錦鄉伯公子韓奇，神武將軍公子馮紫英，陳也俊、衛若蘭等諸王孫公子，不可枚數。一段送殯諸人，王孫公子，歷歷寫出，以形其盛。其名姓所稱八公，各有取意，曰牛、曰彪、曰翼、曰馬、曰侯、曰珠，或以姓，或以名，無非禽獸也，故爲榮、寧同類。又以修、齊、治、平等字爲演《大學》之映照，且爲本回北静「静」字之賓。餘則在有意無意之間，不必强爲附會，而深細按之，仍不脱禽獸名在内。堂客也共有十來頂大轎，三四十頂小轎，連家下大小轎車輛，不下百十餘乘。連前面各色執事、陳設、百耍，浩浩蕩蕩，一帶擺三四里遠。

走不多時，路上彩棚高搭，設席張筵，和音奏樂，俱是各家路祭。第一棚是東平王府的祭，第二棚是南安郡王的祭，第三棚是西寧郡王的祭，第四棚便是北静郡王的祭。入下半回，北静是主腦，用東、南、西陪出。原來這四王，當日惟北静王功最高，及今子孫猶襲王爵。現今北静王世榮，北爲死方，静爲死趣，故曰北静。而陰極生陽，一轉春生，萬物復榮，實根於此。往過來續，遞嬗無息，所謂世榮也。年未弱冠，生得美秀異常，情性謙和。近今寧國府冢孫婦告殂，因想當日彼此祖父有相與之情，同難同榮，未以異姓相視，因此不以王位自居，上日也曾探喪上祭，如今又設路奠，命麾下各官在此伺候。自己五鼓入朝，公事一畢，便換了素服，坐大轎，鳴鑼張傘而來。至棚前落轎，手下各官，兩旁擁侍，軍民人衆，不得喧譁。

一時只見寧府大殯浩浩蕩蕩、壓地銀山一般從北而至。是寫得出，曰大殯從北而至，死方轉入生方也。早有寧府開路傳事人等，報與賈珍，賈珍即命前面札駐，同賈赦、賈政三人，連忙迎來，以國禮相見。略寫路祭，即入本文。世榮在轎内欠身，含笑答禮，仍以世交稱呼接待，並不自大。賈珍道：「〔犬〕（大）婦之喪，累蒙郡駕下臨，蔭生輩何以克當？」世榮笑道：「世交至誼，何出此言。」遂回頭命長史官主祭代奠。賈赦等一傍還禮，復親身來謝恩。世榮十分謙遜，因問賈政道：「那一位是銜玉而誕者？久欲得一見爲快，今日一定在此，何不請來？」世榮乃「復其見天地之心乎」一「心」字，故爲王，而爲北王，此心正是寶玉，正是通靈，一而二，二而一，故寫兩人相得無間。賈政忙退下，命寶玉更衣，領他前來謁見。那寶玉素聞得世榮是個賢王，且才貌俱全，風流跌宕，不爲官俗國體所縛，每思相會，只是父親拘束，不克如願。今兒反來叫他，自是歡喜。一面走，一面瞥見那世榮坐在轎内，好個儀表。

不知近前又是怎樣，且聽下回分解。

此大段重寫死喪，黛玉乃死喪之主，故於此回上半收拾過其所自出，以便放筆寫他後面陷死機、入死路，洒洒洋洋諸大文。設一北静王，乃演一《復》卦，爲通靈來復之機，死裏求生之道，故必在秦氏大殯路次要截之，否則何時何地不可見耶？目録「謁」字猶言遏也，即所謂劉老老由《剥》而《坤》而《復》。

看此回書，當看他忙裏偷閑，鬧中取静，一步一結束處，能明此何等散漫題目，難得手住。

護花主人評曰：

第十四回，極寫鳳姐之勤能，喪儀之華盛，及吊祭之熱鬧，皆係反襯後來賈母之喪潦草雜亂。

鳳姐靈前大哭，是真哭，不是假哭。秦氏靈動聰明，是鳳姐知心，其情亦大略相似，惺惺惜惺惺，安得不慟。

鳳姐在寧府辦事，夾寫榮府巨細諸事，足見部署裕如，不慌不忙，然皆是有餘氣象。寫秦氏喪事正文是主，中間夾敘「林如海捐館」，爲黛玉將來久住大觀園之根，又夾敘北静王要見寶玉是賓。而林黛玉是賓中主，北静王是賓中賓。

第十五回　王鳳姐弄權鐵檻寺　秦鯨卿得趣饅頭庵

話説寶玉舉目，見北静王世榮頭上戴着浄白簪纓銀翅王帽，穿着江牙海水五爪龍白蟒袍，繫着碧玉紅鞓帶，面如美玉，目如朗星，真好秀麗人物。〔求本〕不料下一回林黛玉竟以臭男人目之。寶玉忙搶上來參見，世榮忙從轎内伸手挽住，見寶玉帶着束髮銀冠，勒着雙龍出海抹額，穿着白蟒箭袖，圍着攢珠銀帶，面若春花，目如點漆。二人眼中必彼此寫一過，是對待大章法。而此處尤要緊，蓋北静、寶玉同演一心。北静爲通靈未失之心，故面如美玉，目如朗星，昭質無虧，虚靈不昧也。寶玉爲通靈既失之心，故面如春花，目如點漆，花爲怡紅，漆爲黛色，舊染之污也。絶非雜湊，大道存焉。至本書明説男子裝飾，惟雨村、寶玉、北静、包勇四人，其餘更無一人何冠何服，有甚深微義，不得以書無朝代淺觀之也。説在《孟子》「雞鳴而起」篇中，而包勇乃「欲知舜蹠」之一「知」字。世榮笑道：「名不虚傳，貴有其實，着一「名」字，便是通靈既失者。果然如寶似玉。」〔求本〕如寶似玉，命名之意，敍于北静王口中，絶無累墜。問：「銜的那寶貝在那裏？」寶玉見問，連忙從衣内取出，遞與世榮。世榮細細看了，又念了那上頭的字，重一念字。因問：「果靈驗否？」賈政忙道：「雖如此説，只是未曾試過。」世榮乃一面極口稱奇，奇乃是正。一面理順綵絛，親與寶玉帶上，又攜手問寶玉幾歲，現讀何書，寶玉一一答應。世榮見他語言清朗，談吐有致，「靈」字贊語。一面又向賈政笑道：「令郎真乃龍駒鳳雛，非小王在老世翁前唐突，將來『雛鳳清於老鳳聲』，未可量也。」乃云一陽來復，而吐屬逼肖。賈政陪笑道：「犬子豈敢謬承金獎，賴藩郡餘禎，果如所言，亦蔭生輩之幸矣。」世榮又道：「只是一件，令郎如此資質，想老太夫人輩自然鍾愛極矣。但吾輩後生，甚不宜溺愛，〔求本〕金玉良言。溺愛則未免荒失了學業。「大哉王言」，乃是正意。昔小王曾蹈此轍，想令郎亦未必不如是也。若令郎在家，難以用功，不妨常到寒第，小王雖不才，卻多蒙海內衆名士凡自都者，未有不垂青眼，是以寒第高人頗聚，令郎常去談談會會，則學問可以日進矣。」所謂琢磨。○〔求本〕自是河間獻王一流人物。賈政忙躬身答道：「是。」世榮又將腕上一串念珠卸下來，遞與寶玉道：「今日初會，倉卒無敬賀之物，此係聖上所賜蕶苓香念珠一串，權爲敬賀之禮。」珠言智慧；蕶苓，靈也；聖上所賜，所謂天賦；念珠一串，念之念之，不可略有間斷也。此正北静爲寶玉丁寧者。寶玉連忙接了，回身奉與賈政。賈政與寶玉一齊謝過了。於是賈赦、賈珍等一齊上來請回輿，世榮道：「逝者已登仙界，非碌碌你我塵寰中人也。小王雖上叨天恩，虛邀郡襲，豈可越仙輀而進也。」此則普通垂教，見人人各有一寶玉，即秦氏亦然。○〔求本〕以上是寶玉初見郡王一段小小過脈文字。賈赦等見執意不從，只得告辭謝恩，回來命手下人掩樂停音，將殯過完，方讓世榮過去，不在話下。

且説寧府送殯，〔求本〕接入送殯正文。一路熱鬧非常，剛至城門，又有賈赦、賈政、賈珍等諸同寅屬下各家祭棚接祭，一一的謝過，然後出城，竟奔鐵檻寺大路而來。彼時賈珍帶賈蓉來到諸長輩前，讓坐轎上馬，因而賈赦一輩的各自上了車轎，賈珍一輩的也將要上馬。鳳姐因記罣着寶玉，怕他在郊外縱性，不服家人的話，〔求本〕步步想到。賈政管不着，惟恐有閃失，因此命小廝來喚他。寶玉只得到他車前。鳳姐笑道：「好兄弟，你是個尊貴人，同女孩兒一般人品，是奇語，卻是掩覆之筆。別學他們猴在馬上。下來，咱們姐兒兩個同車，〔求本〕「惠而好我，攜手同車」，忘卻「嫂叔不通問」。鳳姐僅可明《詩》，未遑習《禮》。豈不好麽？」好則好，其如焦大何？寶玉聽説，便下了馬，爬上鳳姐車上，二人説笑前進。不一時，只見那邊兩騎馬直奔鳳姐車，下馬扶車回道：「這裏有下處，奶奶請歇歇更衣。」蹴起波瀾。鳳姐命請王、邢二夫人示下，那二人回説：「太太們説不歇了，叫奶奶自便。」鳳姐便命歇歇再走。小廝帶着轅馬，岔入人羣，往北而來。寶玉在車，急命請秦相公。回頭轉奔死方，秦相公不可不請。那時秦鍾正騎着馬，隨他父親的轎，忽見寶玉的小廝跑來請他去打尖，秦鍾遠看這寶玉所騎的馬搭着鞍籠，隨着鳳姐的車往北而去，便知寶玉同鳳姐一車，自己也帶馬趕上來，同入一莊門内。

那莊農人家，無多房舍，婦女無處迴避。那些村姑莊婦，見了鳳姐、寶玉、秦鍾的人品衣服，幾疑天人下降。妍皮裹媸骨，寫來恰像。〔求本〕鄉人見寶玉等疑爲天仙，寶玉見莊家什物甚爲希奇，少所見者多所怪，此必然也。鳳姐進入茅屋，先命寶玉等出去頑頑，〔求本〕敍事宛而達，鳳姐至村甿家，命寶玉出去，爲溲便故。此婦女出門要事，筆底無微不到。寶玉會意，因同秦鍾帶了小廝們各處遊玩。凡莊家動用之物，俱不曾見過的，寶玉見了，都以爲奇，不知何名何用。小廝中有知道的，一一告訴了名目，並其用處。寶玉聽了，因點頭道：石點頭。「怪道古人詩上説『誰知盤中餐，粒粒皆辛苦』，正爲此也。」數語包得前人多少咏歎。一面説，一面又到一間房内，見炕上有個紡車，越發以爲稀奇。〔求本〕寶玉之不識紡車與劉姥姥之不識自鳴鐘，其揆一也。小廝們又告以紡紗織布之用。既能詳寫瑣悉，又爲本文點染。借鳳姐方便開出小小一段支文，爲「弄權」「得趣」之引，筆下不善生發者學此。寶玉便上炕摇轉作耍。只見一個村莊丫頭，約有十七八歲，走來説道：「別弄壞了！」衆小廝忙喝住了。寶玉也住了手，説道：「我因不曾見過，所以試一試頑兒。」那丫頭道：「你們不會，我轉給你瞧。」秦鍾暗拉寶玉道：「此卿大有意趣。」爲「得趣」引子。寶玉推他道：「再胡説，我就打了。」嚷嚷如見，而乃胡説中之微意。説着，只見那丫頭紡起紗來，果然好看。〔求本〕見所未見，自然好看。忽聽那邊老婆子叫道：「二丫頭快過來。」那丫頭丢了紡車，一徑去了。借此紡車設輪迴象，爲二丫頭、釵、黛視此矣。寶玉悵然無趣。只見鳳姐打發人來叫他兩個進去。鳳姐洗了手，换了衣服，問他换不换，寶玉道：「不换也就罷了。」僕婦們端上茶食菓品來，又倒上香茶來。鳳姐等吃過茶，待他們收拾完備，便起身上車。外面旺兒預備賞封賞了那莊户人家，那莊婦人等來謝賞，寶玉留心看時，並不見紡紗之女。走不多遠，卻見這二丫頭懷裏抱了個小孩子，纔見丫角，亦既抱子，流光迅速，此情何堪。正此大段點睛處。想是他的兄弟，同着幾個小女孩子説笑而來。寶玉情不自禁，無可奈何天。然身在車上，只得以目相送，一時電捲風馳，回頭已無蹤迹了。輪迴之速如此，文勢亦如電轉風馳，抵得一部《金剛經》揭。

説笑間，忽已趕上大殯。早又前面法鼓金鐃，幢旛寶蓋，鐵檻寺中僧衆，〔求本〕語有禪悟。已列路旁。少時到了寺中，另演佛事，重設香案，安靈於内殿偏室之中，〔求本〕有分寸。寶珠安理寢室爲伴。外面賈珍款待一應親友：也有擾飯的，也有就告辭的，一一謝過之後，公、侯、伯、子、男，一起一起而散，至未末方散盡了。裏面的堂客，皆是鳳姐陪伴接待，先從誥命散起，也到晌午方散完了，〔求本〕收拾送殯文字，簡而不漏。只有幾個近親本族，等做過三日道場方散呢。那時邢、王二夫人知鳳姐必不能回家，便要進城，王夫人要帶了寶玉同去。寶玉乍到郊外，那裏肯回去？只要跟鳳姐住着。〔求本〕只此一住，遂生出後面許多文字。王夫人只得交與鳳姐而去。交與而去。

原來這鐵檻寺是寧、榮二公當日修造的，現今還有香火地畝，以備京中老了人口，在此停靈。妙玉已到。其中內外兩宅，俱是預備妥貼的，好爲送靈人口寄居。不想如今後人繁盛，其中貧富不一，或情性參商：有那家艱難安分的，便住在這裏了；有那有錢勢尚排場的，只說這裏不方便，一定另外或村莊或尼庵尋個下處，〔求本〕引起水月庵。爲事畢宴退之所。世情爛熟。即今秦氏之喪，族中諸人，皆權在鐵檻寺下榻，獨鳳姐嫌不方便，〔求本〕若在鐵檻寺下榻，不往水月庵中，則銀子何由到手？若錢來湊人，自能巧合。因遣人來和饅頭庵的姑子淨虛說了，淨虛，言無有也。騰出兩間房子來做下處。原來這饅頭庵就是水月寺，一提駭人，見一部鏡花水月文章，無非土饅頭滋味而已。其義意發明在妙玉傳中。〔求本〕然則饅頭庵即水月庵，此處已一一表明，何後來作書者文分作兩處然？此等處真不可解。因他廟裏做的饅頭好，一氣而已。就起了這個渾名，〔求本〕庵以饅頭得名，即作氣之所。〔求本〕特筆，與「原來這鐵檻寺」六字相呼應。離鐵檻寺不遠。是一是二？妙有微旨。當下和尚工課已完，奠過晚茶，賈珍便命賈蓉請鳳姐歇息。鳳姐見還有幾個妯娌陪着女親，自己便辭了衆人，帶了寶玉、秦鍾往水月庵來。三人共爲水月。○〔求本〕用「帶了」二字，以見「饅頭庵」一段孽案實鳳姐爲罪之首。

原來秦邦業年邁多病，不能在此，只命秦鍾等待安靈罷。那秦鍾只跟了鳳姐寶玉，一時到了水月庵。生出本義。淨虛帶了智善、雖有善者，亦無如何。智能兩個徒弟出來迎接，大家見過，〔求本〕鳳姐帶寶玉、秦鍾，淨虛帶智能，一樣筆法。鳳姐等至淨室更衣洗手畢，因見智能兒越發長高了，模樣兒越發出息了，因説道：「你們師徒怎麼這些日子也不往我們那裏去？」淨虛道：「可是，這幾日都沒工夫，因胡老爺府裏産了公子，〔求本〕胡老爺又不知何許人，于此而四矣。太太送了十兩銀子來這裏，叫請幾位師父念三日血盆經。是胡老爺念血盆經，隱括全書。忙的沒個空兒，就沒來請奶奶的安。」〔求本〕春雲一展。

不言老尼陪着鳳姐，且説寶玉、秦鍾二人，正在殿上頑耍，因見智能過來，寶玉笑道：「能兒來了！」秦鍾説：「理那東西作什麼？」絕妙設色，善繪風影。而東西特提，金木並到。寶玉笑道：「你別弄鬼。那一日在老太太房裏，一個人沒有，你摟着他作什麼？〔求本〕鍾之與能其鬼鬼祟祟者殆非一日矣。這會子還哄我！」秦鍾笑道：「這可是沒有的話。」寶玉道：「有沒有也不管你，〔求本〕詞林俱妙。你這叫住他倒碗茶來我吃，就丟開手。」情情，情乃智能所不免，正是太息處。必從吃茶説入，仍寶、黛公案也。〔求本〕如不然，先生將奈何？秦鍾笑道：「這又奇了，你叫他倒去，還怕他不倒？何必要我説呢？」寶玉道：「我叫他倒的是無情意的，不及你叫他倒的是有情意的。」秦鍾只得説道：「能兒倒碗茶來。」那智能兒自幼在榮府走動，無人不識，常與寶玉、秦鍾頑笑，如今長大了，漸知風月，便看上了秦鍾人物風流，那秦鍾也愛他妍媚，二人雖未上手，卻已情投意合了。〔求本〕補前文所無。智能走去倒了茶來，秦鍾笑道：「給我。」寶玉又叫：「給我。」智能兒抿嘴笑道：「一碗茶也爭，難道我手上有蜜？」寫兩頑皮一油嘴，都現紙上。寶玉先搶得了喝着，方要問話，只見智善來叫智能去擺菓碟子，一時來請他兩個去吃茶菓。他兩個那裏吃這些東西？略坐一坐，仍出來頑耍。

鳳姐也略坐片時，便回至淨室歇息，老尼相送。此時衆婆娘媳婦見無事，都陸續散了，自去歇息，跟前不過幾個心腹小婢。此處無平兒乃深文。老尼便趁機説道：「我有一事，要到府裏求太太，先請奶奶一個示下。」黑魆魆的來了。鳳姐問（何）（好）事，老尼道：「阿彌陀佛！只因當日我先在長安縣善才庵内一縣一庵，絶倒。出家的時節，那時有個施主姓張，是大財主。他有個女兒，小名金哥，那年都往我廟裏來進香，不想遇見了長安府太爺的小舅子李衙内，一心看上，要取金哥，打發人來求親。不想金哥已受了原任長安守備的聘定，張家若退親，又怕守備不依，因此説已有了人家。誰知李公子執意要娶他女兒，張家正無計策，兩處爲難。不料守備家一知此信，也不問青紅皂白，便來作踐辱罵，説一個女兒許幾個人家，偏不許退定禮，就打官司告狀起來。那家急了，只得着人上京來尋門路，賭氣偏要退定禮。我想如今長安節度雲老爺與府上相契，可以求太太與老爺説聲，發一封書求雲老爺和那守備説一聲，不怕他不依。若是肯行，張家連傾家孝順也都情願。」設此一案，無非要寫鳳姐弄權致禍，自速其死之因，爲一「財」字存證據，不重爲烈女義夫作傳。故在淨虛口中説來，不過姓張姓李而已。女名金哥，財而已矣。看守備父子無名姓，可見至節度名雲光亦猶尼爲淨虛耳。笨伯又曰：可惜一部傳奇何不爲之演出。○前寫鳳姐打人，並無姓名，不過説威重令行而已。作者不浪擲一滴墨如此。鳳姐聽了笑道：「這事倒不大，只是太太再不管這樣的事。」老尼道：「太太不管，奶奶可以主張了。」鳳姐笑道：「我也不等銀子使，也不做這樣的事。」淨虛聽了，打去妄想，半晌歎道：「雖如此説，只是張家也知我來求府裏，如今不管這事，張家不知道没工夫管這事，不希罕他的謝禮，倒像府裏連這點子手段也没有的一般。」鳳姐聽了這話，便發了興頭，説道：「你是素日知道我的，從來不信什麽陰司地獄報應的，憑説什麽事，我説要行就行。你叫他拿三千兩銀子來，我就替他出這口氣。」老尼聽説，喜之不勝，忙説：「有，有！這個不難。」鳳姐又道：「我比不得他們拉篷扯摔的圖銀子，這三千兩銀子不過是給打發去説的小厮們作盤纏，使他們賺幾個辛苦錢，我一個錢也不要，便是三萬兩我此刻還拿的出來。」老尼忙答應道：「既如此，奶奶明日就開恩也罷了。」鳳姐道：「你瞧瞧我忙得，那一處少了我？既應了你，自然快快的了結。」老尼道：「這點子事，在別人跟前，就忙的不知怎麽樣；若是奶奶跟前，再添上些，也不彀奶奶一發揮的。只是俗語説的『能者多勞』，太太見奶奶大小事都妥貼，越發都推給奶奶了，奶奶也要保重貴體才是。」一路奉承「奶奶」，鳳姐越發受用，也不顧勞乏，更攀談起來。此事了過，在老尼口中，許多扭捏，許多軒輊，有順透處，有逆繳處，而鳳姐忽離忽合，到底以一「貪」字墮地獄中。燦花妙舌，照見神姦，可謂盡態極妍矣。而仍都是順筆拖卻，但完「弄權」二字便了。

誰想秦鍾趁黑晚無人，來尋智能。剛至後面房中，只見智能獨在那裏洗茶碗，秦鍾便摟着親嘴。智能急得跺足説：「做什麽？」就要叫喚。秦鍾道：「好人，我已急死了，你今日再不依我，我就死在這裏！」智能道：「你想怎麽樣，除非等我出這牢坑，離了這些人纔好呢。」秦鍾道：「這也容易，只是遠水〔救〕（就）不得近火。」説着一口吹了燈，滿屋漆黑，將智能抱到炕上，就雲雨起來。點題。那智能百般掙挫不起，又不好叫得，少不得依的。寫秦鍾不是寶玉行徑，見「情種」二字，凡書中人無問粗細雅俗、男女都在個裏，亦猶寫香菱有潔筆即有污筆，亦總照入鏡中也。正在得趣，只見一人進來將他二人按住，也不出聲。他二人唬得魂飛魄散，倒是那人「嗤」的一聲笑了，方知是寶玉。頑皮如畫。秦鍾連忙起來抱怨道：「這算什麼？」寶玉道：「你倒不依，咱們就叫喊起來。」羞得智能趁暗中跑了。寶玉拉了秦鍾出來道：「你可還和我强？」秦鍾笑道：「好人，連叫「好人」，「好」字子女兩在。你只別嚷的衆人知道，你要怎樣，我都依你。」寶玉笑道：「這會子也不用說，等一會睡下，再細細的算賬。」所謂好人。一時寬衣安歇的時節，鳳姐在裏間，秦鍾、寶玉在外間，是外間。滿地下皆是家下婆子打鋪坐更，鳳姐因怕通靈玉失落，便等寶玉睡下，令人拿來，塞在自己枕邊。大書特書。寶玉不知與秦鍾算何賬目，未見真切，此係疑案，不敢纂創。寶玉同秦鍾在外間，而寶玉又被拿來在鳳姐枕邊，此賬我算不清，作者乃欲算秦、寶的賬，觀者亦但知算秦、寶的賬，我不信他謊賬。一宿無語。如何無話？

至次日一早，便有賈母、王夫人打〔發人〕來看寶玉，又命多穿兩件衣服，無事寧可回去。如何無事？寶玉那裏肯回去，又有秦鍾戀着智能，挑唆寶玉求鳳姐再住一天。鳳姐想了一想，喪儀大事雖妥，還有些小事未安排，可以借此再住一天，豈不又在賈珍跟前送了滿情，才。二則又可以完了淨虛的那件事，財。三則順了寶玉的心。色。因有此三益，總作一束。便向寶玉道：「我的事都完了，你要在這裏逛，少不得越發辛苦了，明日是一定要走的了。」寶玉聽說，千姐姐萬姐姐的央求：「只住一日，明日必回去的。」於是又住了一夜。鳳姐便命悄悄將昨日老尼之事，説與來旺兒，一文將不去，枉費心機而已，故用來旺。旺兒心中俱已明白，急忙進城找着主文的相公，假託賈璉所囑，修書一封，連夜往長安縣來。不過百里之遥，兩日去來，俱已妥協。那節度使名唤雲光，久欠賈府之情，這些小事，豈有不允之理，略作交代，絶不費筆。給了回書，旺兒回來，不在話下。鳳姐等又過了一日，次日方別了老尼，着他三日後往府裏去討信。那秦鍾與智能，百般不忍分離，背地裏多少幽期密約，俱不用細述，只得含恨而別。鳳姐又到鐵檻寺中照望一番，寶珠執意不肯回家，賈珍只得另派婦女相伴。此人從此更無下落。

要知後事，且聽下回分解。

此第十五回矣。以前每回皆如題語，上下分敘，有交互處，有倒裝處，未見有題無文如此回者。夫鳳姐弄權，因浄虚而攬張李之訟，乃饅頭庵事，何嘗在鐵檻寺？乃上半回云「弄權鐵檻寺」，醉語耶？睡語耶？殊不知饅頭庵即是鐵檻寺。寫一弄權之鳳姐，則凡爲鳳姐者，無不送入饅頭矣。寫一鐵檻寺，則凡送大殯而入鐵檻寺者，亦無不送入饅頭矣。何必既到饅頭方弄權耶？抑既到饅頭，又從何而更弄權耶？甚矣，鐵檻之限人也！不出鐵檻，便是水月，便是饅頭，一而三，三而一也。看後文「掀翻風月案」以前，插女尼女道，以〔至〕（用）鳳姐吐血諸事迹可見。

此回局陣已開十七、八兩回之先，彼處目録，亦用此法。

此回以寶玉起，以寶玉結，一在北静王手裏，一在鳳姐枕邊。不能一串念珠，展轉通靈失落，雖有智能，適足自殺，爲秦鍾者，當知懼知悔知悟。

書中不得其死者九人，曰金釧、曰金鴛鴦、曰金桂、曰金哥，尤二姐則吞金，尤三姐飲劍，則亦金，在金居其大半，作者於金，有深痛焉。「弄權」一案，獨以金哥著名，殺人自殺，豈止爲鳳姐、寶釵點悟！

護花主人評曰：

寫鄉村女子紡紗等事，直伏巧姐終身。

鐵檻寺化作水月，已由堅固而變虛浮；水月變爲饅頭，愈變愈下矣。所謂「縱有千金鐵門檻，終須一個土饅頭」也。

净虚説「倒像府裏没手段」，深得激將法。三姑六婆，真可畏哉！

來旺是鳳姐鷹犬，於此回點眼。

鳳姐一生舞弊作孽，不可勝言。若逐事細説，冗雜瑣煩；若一概不敍，又似虛枉。故就鐵檻寺弄權及後文尤二姐事最惡最險者，細寫原委，以包括諸惡孽。

秦鍾與智能偷情，及與寶玉苟且情事，是夭亡根據。妙在一是明寫，一是暗寫。

大某山民評曰：

鳳姐因張家得銀三千兩，净虛是引子；薔、蓉因賈瑞得銀一百兩，鳳姐是引子。前後遥遥對照。

智能對秦鍾云：「你想怎麽樣。」秦鍾對寶玉云：「你要怎樣。」可知「怎麽樣」三字與「怎樣」二字，總是那一樣耳。

鳳姐在饅頭庵再住一天，不寫鳳姐要住，而寫秦鍾要住。秦鍾不好説自己要住，卸肩在寶玉。鳳姐不能説自己要住，亦卸肩在寶玉。一爲浄虛，一爲智能，皆是寶玉爲之了結也。

第十六回　賈元春才選鳳藻宮　秦鯨卿夭逝黃泉路

且說秦鍾、寶玉二人，跟着鳳姐自鐵檻寺照應一番，坐車進城，到家見過賈母、王夫人等，回到自己房中，一夜無話。至次日，寶玉見收拾了外書房，約定了與秦鍾讀夜書。偏生那秦鍾秉性最弱，因在郊外受了些風霜，又與智能兒偷期繾綣，未免失於調養，回來時便咳嗽傷風，懶怠進飲食，大有不勝之態，只在家中調養，不能上學。寶玉便掃了興，然亦無法，無可奈何天。只得候他病痊再議了。那鳳姐卻已得了雲光的回信，俱已妥協，老尼達知張家，果然那守備忍氣吞聲，退了前聘之物。誰知愛勢貪財之父母，卻養了一個知義多情的女兒，聞得退了前夫，另許李門，他便一條汗巾悄悄的尋了個自盡。那守備之子聞知金哥自縊，他也是個情種，遂投河而死。特作一重孽案。可憐張、李二家没趣，真是人財兩空。這裏鳳姐卻安享了三千兩，王夫人連一點消息也不知道。自此鳳姐膽識愈壯，以後所作所爲，諸如此類，不可勝數。要緊在此數語，伏西風壞榮之根，而敍事有案有斷，簡潔明淨，不着纖塵，洵爲妙品。

一日，正是賈政的生辰，賈政生辰但云「一日正是」，而無月分，是他故意含糊處。寧、榮二處人丁，都齊集慶賀，熱鬧非常。忽有門吏報道：「有六宫都太監夏老爺，特來降旨。」炎勢方張，故爲夏老爺。而爲太監則無後，名秉忠見此夏令正中也。嚇的賈赦、賈政一干人不知何事，忙止了戲文，撤去酒席，擺香案，啓中門，跪接。早見都太監夏秉忠乘馬而至，又有許多跟從的内監。那夏太監也不曾負詔捧勅，直至正廳下馬，滿面笑容，走至廳上，南面而立，口内説：「奉特旨，立刻宣賈政入朝，在臨敬殿陛見。」説畢，也不吃茶，便乘馬去了。恰有這等情事，真寫得出，與「錦衣查抄」文勢對峙。賈政等也猜不出是何兆頭，只得即忙更衣入朝。

賈母等合家人心俱惶惶不定，不住的使人飛馬來往探信。有兩個時辰，忽見賴大等三四個管家喘吁吁跑進儀門報喜，又説「奉老爺命，速請老太太率領太太等進宫謝恩」等語。那時賈母心神不定，在大堂廊下佇候，邢、王二夫人，尤氏、李紈、鳳姐、迎春姊妹，以及薛姨媽等，皆聚在一處，打聽信息。賈母又唤進賴大來，細問端的，賴大稟道：「小的們只在臨莊門外伺候，裏頭的消息一概不知。後來夏太監出來道喜，説咱們家的大小姐晉封爲鳳藻宫尚書，加封賢德妃。絶大世面，寫得井井，而恍惚拉雜，面面俱到。○鳳藻宫尚書，作者自贊其文。賢德妃乃立一氣數之天，無非闡「賢德」二字也。後來老爺出來亦如此吩咐小的。如今老爺又往東宫去了，速請老太太們去謝恩。」賈母等聽了，方心安，一時皆喜見於面。於是都按品大妝起來，賈母率領邢、王二夫人並尤氏，一共四乘大轎，魚貫入朝。賈赦、賈珍亦換了朝服，帶了賈薔、賈蓉，奉侍賈母前往。於是寧、榮兩處，上下内外人等，莫不欣喜。獨有寶玉置若罔聞。既爲情種，便與天違。

你道什麼緣故？原來近日水月庵的智能，私逃入城，來找秦鍾。不意被秦邦業知覺，將智能逐去，將秦鍾打了一頓，自己氣的老病發了，三五日光景，嗚呼哀哉了。情種究極，乃至殺父。秦鍾本自怯弱，又帶病未痊，受了笞杖，今見老父氣死，此時悔痛無及，又添了許多病症。賈瑞一套路數。因此寶玉心中悵悵不樂，雖有元春晉封之事，那解得他愁悶？賈母等如何謝恩，如何回家，親友如何來慶賀，寧、榮兩府近日如何熱鬧，衆人如何得意，獨他一個皆視有如無，毫不介意。偖大喜事都縮入寶玉愁悶中，以五個「如何」了之，上半回書已完結，作者真善爲鬼蜮。因此衆人嘲他越發獃了。且喜賈璉與黛玉回來，先遣人來報信，明日就可到家了。可是年底否？寶玉聽了方纔有些喜意。是正文。細問原由，方知賈雨村亦進京引見，前數十回皆賈雨村言矣，但不過提綱挈領之文，必俟「試才」「歸省」，重新特提。至「情切切」回頭方是假語村言着實分際，其發端在此回，故必特提賈雨村又進京。皆由王子騰累上薦本，此來候補京缺，與賈璉是同宗兄弟，又與黛玉有師徒之誼，故同路作伴而來。林如海已葬入祖塋了，諸事停妥。賈璉此番進京，若按站而走，本該出月到家，出那個月？又搗鬼。因聞元春喜信，遂晝夜兼程而進，一路俱各平安。寶玉只問了黛玉平安二字，餘者也就不在意了。是書主意。

好容易盼到明日午錯，果報璉二爺和林姑娘進府了。見面時彼此悲喜交集，未免大哭一場，又致慰慶之詞。寶玉心中忖度：黛玉越發出落的超逸了。「超逸」字雙關。黛玉又帶了許多書籍來，只此物。忙着打掃臥室，安排器具，又將些紙筆等物分送與寶釵、迎春、寶玉等。只此人情。寶玉又將北靜王所賜蕶苓香串珍重取出，轉送黛玉。黛玉說：「什麼臭男人拿過的，我不要這東西！」遂擲而不取。甘心爲情種而死，不肯一念通靈，反覆丁寧無益也。一轉送，一不取，鑄下鐵案。寶玉只得收回，暫且無話。

且說賈璉自回家見過衆人，回至房中，正值鳳姐事繁，無片刻閑空，見賈璉遠路歸來，少不得撥冗接待。少時房内無外人，便笑道：「國舅老爺大喜！國舅老爺一路的風塵辛苦，小的聽見昨日的頭起報馬來報，說今日大駕歸府，略預備了一杯水酒洗塵，不知可賜光謬領否？」一片話寫熱夫妻遠別乍逢情形絶妙，而口吻恰是此人，我不知如何設想出的。○其實是上半回主文，看兩「國舅老爺」，便曉他用傍敲側擊法矣。而文筆已入化境。賈璉笑道：「豈敢，豈敢！多承，多承！」一面平兒與衆丫鬟參見畢，獻茶。賈璉遂問別後家中諸事，又謝鳳姐的操持辛苦。鳳姐道：「我那裏管得這些事來？見識又淺，口角又笨，心腸又直率，人家給個棒槌我就認作針，臉又軟，擱不住人給兩句好話，心裏就慈悲了。況且又没經過大事，膽子又小，太太略有些不自在，就連覺也睡不着了。我苦辭過幾回，太太又不許，倒說我圖受用，不肯學習。殊不知我是捻着一把汗呢！一句也不敢多說，一步也不敢妄行。你是知道的，咱們家所有的這些管家奶奶，那一個是好纏的？錯一點兒他們就笑話打趣，偏一點兒他們就指桑說槐的抱怨，坐山看虎鬥，借刀殺人，引風吹火，站乾岸兒，推倒油瓶不扶，都是全掛子的武藝。況且我年紀輕，不壓人，怨不得不放我在眼裏。更可笑那府裏蓉兒媳婦死了，珍大哥再三在太太跟前跪着討情，只要請我幫他幾日，我是再四推辭，太太做情允了，只得從命，依舊被我鬧了個馬仰人翻，更不成個體統。至今珍大哥還抱怨後悔呢！你明兒見了他，好歹描補描補，就說我年紀小，原没見過世面，誰叫大爺錯委了他？」拉拉雜雜，如花如火，弄賈璉於股掌之上，讀之令人心曠神怡。

説着，只聽外間有人説話，鳳姐便問是誰，平兒進來回道：「姨太太打發了香菱妹子來問我一句話，寫「才選鳳藻」不能不出香菱，故虛見一影。我已經説了，打發他回去了。」賈璉笑道：「正是呢，我方纔見姨媽去，和一個年輕的小媳婦子撞了個對面，生得好齊整模樣。我疑惑咱家並無此人，説話時問姨媽，方知是上京買來的那小丫頭名喚香菱的，竟與薛大傻子作了房裏人，開了臉，越發出跳的標致了。那薛大傻子真玷辱了他！」鳳姐道：「哎！往蘇、杭走了一趟回來，也該見些世面了，還是這樣眼饞肚飽的。你要愛他，不值什麽，我拿平兒去换了他來如何？那薛老大也是吃着碗裏瞧着鍋裏的，這一年來的光景，他爲香菱兒不能到手，和姨媽打了多少飢荒。四穿八達，都拉下渾水，而聲口如聞。補筆周詳，寫香菱正是照「鳳藻」，而「一年」二字是夢話。那姨媽看着香菱模樣兒好還是小事，其爲人行事，更又比别的女孩子不同，温柔安静，差不多的主子姑娘還跟不上他，故此擺酒請客的費事，明堂正道，與他做了妾。過了没半月，也看的没事人一大堆了。我倒心裏可惜他。」

一語未了，二門上小廝傳報：「老爺在大書房等二爺呢。」文勢一曲。賈璉聽了，忙忙整衣出去。這裏鳳姐乃問平兒：「方纔姨媽有什麽事，巴巴兒的打發香菱來？」平兒道：「那裏來的香菱，是我借他暫撒個謊兒。又出力寫「屏」字。奶奶，你説旺兒嫂子越發連個成算也没有！」説着，又走至鳳姐身邊，悄悄説道：「奶奶的那利銀遲不送來，早不送來，這會子二爺在家，他偏送這個來了！財亦《風月寶鑑》吃緊東西，正亦香菱所照。幸虧我在堂屋裏碰見，不然他走了來回奶奶，二爺少不得要知道。我們二爺那脾氣，油鍋裏的還要撈出來花呢，知道奶奶有了體己，他還不大着膽子花麼？所以我趕着接過來，教我說了他兩句。誰知奶奶偏聽見了，我故此當着二爺面前，只說香菱兒來了。」鳳姐聽見笑道：「我說呢，姨媽知道你二爺回了，忽剌巴的反打發個房裏人來了？原來你這蹄子鬧鬼。」說着，賈璉已進來了，接入。鳳姐命擺上酒饌來，夫妻對坐。鳳姐雖善飲，卻不敢任興，只陪侍着。賈璉的乳母趙嬤嬤走來，他的乳母自然是「錢」字上的。賈璉、鳳姐忙讓吃酒，令其上炕去。趙嬤嬤執意不肯。平兒等早於炕沿設一几，又有小脚踏，趙嬤嬤在脚踏上坐了。此等排場，悉皆道地，惜見者少。賈璉向桌上揀兩盤餚饌，與他放在几上自吃。鳳姐又道：「媽媽很嚼不動那個，沒的倒咯了他的牙。」因問平兒道：「早起我留那一碗火腿燉肘子很爛，俗名金銀肘子，與惠泉酒同爲「財」字設色。正好給媽媽吃，你怎麼不拿了去，趕着叫他們熱來？」又道：「媽媽，你嘗一嘗你兒子帶來的惠泉酒。」趙嬤嬤道：「我喝呢。奶奶也喝一鍾，怕什麼？只不要過多了就是了。我這會子跑了來，倒也不爲酒飯，倒有一件正經事，奶奶好歹記在心裏，疼顧我些罷。我們這爺只是嘴裏說的好，到了跟前就忘了我們，瑣悉寫來，如在目前。幸虧我從小兒奶了他這麼大。我也老了，有的是那兩個兒子，你就另眼照看他們些，別人也不敢呲牙兒的。我還再三的求了你幾遍，你答應的倒好，如今還是燥屎。這如今又從天上跑出這樣一件大喜事來，那裏用不着人？所以倒是來和奶奶說是正經。靠着我們爺，只怕我還餓死了呢。」非趙嬤嬤爲兒子討事做，正仍是做上半回文字一點，如蜻蜓點水，筆墨悉化烟雲。鳳姐笑道：「媽媽，你的兩個奶哥哥都交（給）（結）我，你從小兒奶的兒子，還有什麼不知他那脾氣的？拿着皮肉倒往那不相干的外人身上貼。可見現放着奶哥哥，那一個不比人强？你疼顧照看他們，誰敢説個不字兒？没的白便宜了外人。我這話也説錯了，我們看着是外人，你卻看着是『内人』一樣呢。」一轉，電掣星飛，莫名其妙。説着，滿屋裏人都笑了。趙嬷嬷也笑個不住，又念佛道：「可是屋子裏跑出青天來了。若説内人、外人這些混賬緣故，我們爺是没有，不過是臉軟心慈，擱不住人求兩句罷了。」鳳姐笑道：「可不是呢，有内人的他纔慈軟呢，他在咱們娘兒們跟前纔是剛硬呢。」生龍活虎。趙嬷嬷道：「奶奶説的太有情了，我也樂了，再吃一杯好酒，從此我們奶奶作了主，我就没的愁了。」兩片婆舌，都有蓮花，多大神通。

賈璉此時没好意思，只是赸笑道：「你們别胡説了，快盛飯來吃，還要往珍大爺那邊去商議事呢。」鳳姐道：「可是，别誤了正事。纔剛老爺叫你説什麽？」賈璉道：「就爲省親的事。」一部鳳藻宫尚書止爲「省親」二字設，故做「才選」文章都用側筆，而遞入下二回，「省親」二字則直出。鳳姐忙問道：「省親的事竟準了？」賈璉笑道：「雖不十分準，也有八九分了。」鳳姐笑道：「可見當今的隆恩，歷來聽書看戲，古時從來未有的。」趙嬷嬷又接口道：「可是呢，我也老糊塗了。我聽見上上下下，吵嚷了這些日子，什麽省親不省親，我也不理論他去。如今又説省親，到底是怎麽個緣故？」賈璉道：「如今當今體貼萬人之心，世上至大莫如『孝』字，「孝」字特提。想來父母兒女之情，皆是一理，不在貴賤上分的。當今自爲日夜侍奉太上皇、皇太后，尚不能略盡孝意，因見宫裏嬪妃才人等皆是入宫多年，抛離父母，豈有不思想之理，極重大事情卻從乳娘邊閑閑問答出之，凡人子之於父母可想見矣。有微風起於蘋末之致。且父母在家思想女兒，不能一見，倘因此成疾，亦大傷天和之事。孝之源出於天。故啓奏上皇、太后，每月逢二六日期，准其椒房眷屬入宫請候省視。於是太上皇、皇太后大喜，深讚當今至孝純仁，體天格物。體天格物，所謂「明明德」之外無書。一部《紅樓》無非體天，無非格物，四字出賈璉口中，亦猶秦、鳳夢商祖塋家塾。因此二位老聖人又下諭旨，説椒房眷屬入宫，未免有關國體儀制，母女尚未能愜懷，竟大開方便之恩，特降諭諸椒房貴戚，除二六日入宫之恩外，凡有重宇别院之家，可以駐蹕關防者，不妨啓請内庭鑾輿入其私第，庶可盡骨肉私情，共享天倫之樂事。此旨下了，誰不踴躍感戴！大觀園來路，其命自天。現今周貴妃的父親已在家裏動工了，修蓋省親的别院呢。我説此書隱闡《周易》《國風》，聞者不信，請觀此一虚襯而必爲周貴妃者何故？又有吴貴妃的父親吴天祐家，也往城外踏看地方去了。吴爲天口，肆談天之口而爲此書，乃天之佑啓衆人也。此一襯是書之來源，故特著其名。周則書中隱爲取給者，故只著其姓。看此書出名不出名意思，便曉他不是隨撮周、吴、鄭、王姓氏作陪襯的。這豈非有八九分了？」

趙嬷嬷道：「阿彌陀佛！原來如此。這樣説起，咱們家也要預備接大小姐了？」方纔遞入。賈璉道：「這何用説？不然這會子忙的是什麽？」鳳姐笑道：「果然如此，我可以見個大世面了。可恨我小幾歲年紀，若早生二三十年，如今這些老人家，也不薄我没見世面了。説起當年太祖皇帝仿舜巡的故事，比一部書還熱鬧，我偏没造化趕上。」趙嬷嬷道：「噯喲喲，那可是千載希逢的。那時候我纔記事兒，咱們賈府正在姑蘇、揚州一帶監造海船，修理海塘，只預備接駕一次，把銀子花的像淌海水似的。是書原有許多事迹在引而不發之間，然究是空中樓閣，作者以之故意炫惑人耳。乃欲刻舟求劍，定指其家，定指某處者，何其愚！說起來……」鳳姐忙接道：「我們王府裏也預備過一次，錯落有致。那時我爺爺專管各國進貢朝賀的事，凡有外國人來都是我們家養活，變於夷。粵、閩、滇、浙所有的洋船貨物，都是我們家的。」趙嬤嬤道：「那是誰不知道的？如今還有個口號兒呢，說：東海少了白玉床，龍王來請金陵王。這說的就是奶奶府上了。接得好，特提口號，我評「護官符」時故曰爲鳳姐一人設也。如今還有現在江南的甄家，甄家虛照。噯喲喲，好世派！獨他家接駕四次，惟真爲能承天，四次與四時合其序矣。若不是我們親眼看見，告訴誰也不信的。其言有物。別講銀子成了土泥，憑是世上有的，没有不是堆山積海的，『罪過可惜』四個字竟顧不得了！」鳳姐道：「我常聽見我家太爺說，也是這樣的，豈有不信的？只納罕他家怎麽就這樣富貴呢？」他視甄家則以此。趙嬤嬤道：「告訴奶奶一句話，也不過拿着皇帝家的銀子往皇帝身上使罷了，真乃天與，不假外取。誰家有那些錢，買這個虛熱鬧去？」

正說着，王夫人又打發人來，瞧鳳姐吃完了飯不曾。鳳姐便知有事等他，忙忙的吃了飯，漱口要走。又有二門上小廝們回：「東府裏蓉、薔二位哥兒來了。」乳娘語畢，蓉、薔便來，是尚可無鳳藻宮尚書乎？賈璉纔漱了口，平兒捧着盆盥手，見他二人來了，便問：「說什麽話？」鳳姐因亦止步。只聽賈蓉先回說：「我父親打發我來回叔叔：大觀園規模是從他父子邊生出。老爺們已經議定了，從東邊一帶「帝出乎震」。借着東府裏花園起至西北，丈量了一共三里半大，可以蓋造省親別院了。乾位西北，此別院帝天鑒之。共三里半，得一千二百六十步，成六百三十弓，以《易》數計之，顛倒天根月窟之理，乃「三十六宮都是春」，大觀包羅萬象也。已經傳人畫圖樣去，明日就得。叔叔纔回家，未免勞乏，不用過我們那邊去，有話明日一早再請過去面議。」

賈璉笑說：「多謝大爺費心體諒，我就從命不過去了。正經是這個主意纔省事，蓋造也容易。若採置別的地方去，那更費事，且倒不成體統。你回去說：這樣很好，若老爺們再要改時，全仗大爺諫阻，這個地方原是自家有的，即爲人至，大爺亦可諫阻者。萬不可另尋地方。明日一早我給大爺請安去，再議細話。」賈蓉忙應幾個是。賈薔又近前回說：「下姑蘇請聘教習，採買女孩子，置辦樂器、行頭等事，大爺派了侄兒，院是別院，書是奇傳，故採買戲具是第一事，而聘請教習又爲「教」字點睛。若不是這般解，請問預備省親應辦之事正多，而必先及戲具耶？○賈薔乃第一不可道之人，故差派亦第一。帶領着來管家兩個兒子，還有單聘仁、單聘仁，善騙人也。卜固修卜固修，不顧羞也。兩個清客相公一同前往。所以命我來見叔叔。」賈璉聽了，將賈薔打量了一回，笑道：「你能彀在行麼？這個事雖不甚大，裏頭卻有藏掖的。」賈薔笑道：「只好學習着辦罷了。」

賈蓉在身傍燈影下悄拉鳳姐的衣襟，八面玲瓏，纖悉畢露。鳳姐會意，因笑道：「你也太操心了，難道大爺比咱們還不會用人？大爺是會用人。偏你又怕他不在行了。誰都是在行的？孩子們已長的這麼大了，是這麼大了。没吃過猪肉也看見過猪跑，大爺派他去，原不過是個坐纛旗兒，難道認真的叫他去講價錢會經紀呢？依我說很好。」「很好」字如聞，薔爲戲之坐纛旗，實爲大觀之坐纛旗。賈璉道：「自然是這樣，並不是我要駁回，少不得替他籌算籌算。」阿璉絕倒。因問：「這一項銀子動那一處的？」賈薔道：「剛纔也議到這裏，賴爺爺說，竟不用從京裏帶銀子去，江南甄家還收着我們五萬銀子，明日寫一封書信會票我們帶去，銀子會自甄家，則此一部傳奇本於一真。先支三萬兩，剩二萬兩存着等置辦彩燈、花燭並各色簾幟帳幔的使用。」燈燭是明，簾幔是暗，戲具之餘留辦此物，假語村言，無非明說暗說。賈璉點頭道：「這個主意好。」鳳姐忙向賈薔道：「既這樣，我有兩個在行妥當人，你就帶他們去辦，這個便宜了你呢。」賈薔忙陪笑道：「正要和嬸娘討兩個人呢，這可巧了。」酷肖。因問名字，鳳姐便問趙嬤嬤。彼時趙嬤嬤已聽話聽獃了。聽戲聽獃了也。平兒忙笑推他，纔醒悟過來，恰有是情，然既獃而悟者幾人。忙說：「一個叫趙天梁，一個叫趙天棟。」天梁，天涼也。天棟，天凍也。凍甚於涼，而忙說之，見盛衰一瞬，此正是傳奇中所搬演故事。鳳姐道：「可別忘了，我幹我的去了。」一到涼凍，便幹他的去了，直注「歷劫返金陵」。說着，便出去了。賈蓉忙跟出來，悄悄的向鳳姐道：「嬸娘要什麼東西，吩咐了，開個賬兒，給我兄弟帶去，按賬置辦了來。」又是八面玲瓏。鳳姐笑道：「別放你娘的屁！我的東西還沒處撂呢，希罕你們鬼鬼祟祟的？」說着，一徑去了。這裏賈薔也是問賈璉要什麼東西，順便織來孝敬。賈璉笑道：「你別興頭，纔學着辦事，倒先學會了這把戲。短了什麼，少不得寫信來告訴你，且不要論到這裏。」說畢打發他二人去了。接着回事的人，不止三四起，賈璉乏了，便傳與二門上，一應不許傳報，俱待明日料理。鳳姐至三更時分方下來安歇，一宿無話。

次早賈璉起來，見過賈赦、賈政，便往寧國府中來，合同老管事人等，並幾位世交門下清客相公，審察兩府地方，繪畫省親殿宇，一面參度辦理人丁。自此後各行匠役齊全，金銀銅錫以及土木磚瓦之物，搬運移送不歇。先令匠役拆寧府會芳園牆垣樓閣，直接入榮府東大院中。會芳園荒穢已極，拆之爲便。榮府東邊所有下人一帶羣房，已盡拆去。當日寧、榮二宅，雖有一小巷界斷不通，然這小巷亦係私地，榮寧相去僅一間耳，私故也。並非官道，故可以連絡。會芳園本是從北牆角下引來一股活水，北牆下活水乃生死關頭。今亦無煩再引。其山石樹木雖不敷用，賈赦住的乃是榮府舊園，此等佈置，切實指出。其實賈赦所居既已併入園中，此後賈赦居於何所，無明文矣。其中竹樹山石，以及亭榭欄杆等物，皆可挪就前來。如此兩處又甚近，湊來一處，省許多財力，縱有不敷，所添有限。全虧一個胡老名公，號山子野，這人氏號再見。一一籌畫起造。賈政不慣於俗務，只憑賈赦、賈珍、賈璉、賴大、來升、林之孝、吳新登、詹光、程日興等幾人，林之孝姓名出於此，見是書爲林黛玉傳奇而實教孝之別本。程日興，工程日興也，關合本回。安插擺佈，堆山鑿池，起樓豎閣，種竹栽花，一應點景，又有山子野調度。下朝閑暇，不過各處看望看望，最要緊處和賈赦等商議商議便罷了。賈赦只在家高臥，有芥豆之事，賈珍等或自去回明，或寫節略，或有話說，便傳呼賈璉、賴大等來領命。賈蓉單管打造金銀器皿，書中總演財色，而消爍悉受於金，故爲戲具第二事。賈薔已起身往姑蘇去了。賈珍、賴大等又點人丁，開册籍，監工等事。一筆不能寫到，不過是喧闐熱鬧而已。暫且無話。

且說寶玉近因家中有這等大事，賈政不來問他的書，心中自是暢快。無奈秦鍾之病，日重一日，也着實懸心，不能快樂。閑閑一勘，遞入本文。這日一早起來，纔梳洗了，意欲回了賈母，去望候秦鍾。忽見茗煙在二門照壁前探頭縮腦，寶玉忙出來問他做什麽，茗煙道：「秦相公不中用了！」寶玉聽了嚇了一跳，忙問道：「我昨兒纔瞧了他，還明明白白，補筆應有。怎麽說不中用了？」茗煙道：「我也不知道，剛纔是他家的老頭子來特告訴我的。」寶玉聽了，忙轉身回明賈母。賈母吩咐派妥當人跟去，「到那裏盡一盡同窗之情，就回來，不許多躭擱了。」此老夢夢，所以爲史。寶玉忙出來更衣。到外邊車猶未備，急的滿廳亂轉，一時催促的車到，忙上了車，李貴、茗煙等跟隨。來至秦家門首，悄無一人，纔說喧闐熱鬧，轉頭便是此境。遂蜂擁至內室，唬的秦鍾的兩個遠房嬸母並幾個弟兄，都藏之不迭。

此時秦鍾已發過兩三次昏了，「昏」字是徹上徹下的。已易簀多時矣。寶玉一見，便不禁失聲。李貴忙勸道：「不可，不可，秦相公是弱症，未免炕上挺打的骨頭不受用，所以暫且挪下來鬆散些。哥兒如此，豈不反添了他的病？」寶玉聽了，方忍住，近前見秦鍾面如白蠟，合目呼吸，展轉枕上。寶玉忙叫道：「鯨哥，寶玉來了。」連叫了兩三聲，秦鍾不睬。寶玉又叫道：「寶玉來了。」泥佛說土佛。寶玉何嘗來了，言下憬然。那秦鍾早已魂魄離身，只剩得一口悠悠餘氣在胸，正見許多鬼判持牌提索來捉他。那秦鍾魂魄那裏肯就去，又記念着家中無人掌着家務，又記罣着智能尚無下落，因此百般求告鬼判。無奈這些鬼判，都不肯狥私，反叱咤秦鍾道：「虧你還是讀過書的人，豈不知俗語說的『閻王叫你三更死，誰敢留人到五更』？我們陰間上下都是鐵面無私的，不比陽間瞻情顧意，有許多的關礙處。」正鬧着，那秦鍾魂魄忽聽見「寶玉來了」四字，便忙又央求道：「列位神差略慈悲，讓我回去和一個好朋友說一句話就來了。」衆鬼道：「又是什麼好朋友？」秦鍾道：「不瞞列位，就是榮國公孫子，小名寶玉的。」都判官聽了，先就唬慌起來，忙喝罵鬼使道：「我說你們放了他回去走走罷，你們斷不依我的話，如今等的請出個運旺時盛的人來纔罷！」衆鬼見都判如此，也皆忙了手脚，一面又抱怨道：「你老人家先是那等雷霆火炮，原來見不得『寶玉』二字。依我們愚見，他是陽，我們是陰，怕他亦無益於我們。」書是夢書，原不戒説鬼話，而説鬼話中特用詼諧調侃，底面悉關，若有若無之語，真是斟酌盡善。

畢竟秦鍾死活如何，且聽下回分解。

此大段陰極矣，而一陽來復之機已伏三陽開泰之理。將演「元宵歸省」，先演「才選元春」，所謂復其見天地之心乎？

上半回乃談天之口，而天究不可談，故悉用旁筆出之。又乃作者自言其書真際都在隱處，不容明談也。五「如何」是縮法，兩「國舅」是伸法，狡獪乃爾。

下半回乃畫鬼之筆，所謂打殺無常，始死一秦氏，末夭一秦鍾，情種斷根，方有下兩回天倫之樂。否則終歸死路，雖有元春來復之機，仍是回光返照，至於不可救藥。「寶玉來了」，亦無可如何矣。

首回明提空空道人改名情僧，改《石頭記》爲《情僧録》，此其一；東魯孔梅溪題曰《風月寶鑑》，此其二；曹雪芹增刪纂成題曰《金陵十二釵》，此其三。一隱姓字，二出姓字，皆籌畫鳳藻宫尚書，起造大觀園之人也。特於卷中用「全虧一個胡老名公，號山子野」兩句點出三人，乃設爲問答之詞。若曰籌畫此書，起造此園，所賴者何老名公乎？則答之曰三子也。胡何也，南音「山」「三」不分，「也」音同「野」，看「老名公」三字，作者自許爲如何？

自第十三回至此回爲一段，切指人壽無常，死生事大，情欲沈溺，殺人尤速，總束以上十二回三大段作書命名之本意也。名爲情種，實結禍胎。意外財鄉，眼前孽海。可卿無一可，封龍禁乃死犯天誅；熙鳳作西風，入饅頭直生歸泉路。詳細伸明鬼趣，迅速打殺無常。遏北静而轉春宫，掛念珠而觀鳳藻。

護花主人評曰：

張金哥自縊，守備子投河，此二人亦死于情，而業則歸于鳳姐。乃欲安享三千金，豈可得哉！

於慶壽日，忽得封妃恩旨，華如錦上添花；於喜慶時，獨有寶玉悶悶，冷如炭裏藏冰。情爲孽因，孽爲情果。可卿已死，鯨卿將故，情已消滅，孽亦隨化。情孽安得獨存？此秦邦業之所以先秦鍾而死也。

北静王香串，人皆視同至寶，黛玉獨嗔爲臭物，其品高情深，固不待言。亦可想見其過于自矜處。

鳳姐備酒接風，戲語趣話，描盡美俊口吻。其自謙處，正是自發才能。善用反挑筆法。薛蟠收香菱爲妾，借平兒説謊帶筆敍明。既不須另起頭緒，又帶出鳳姐放債。平兒知心情事，可謂八面玲瓏。

趙奶媽閒話，雖是爲他兒子的事，而借此老嫗口中，細説省親原委，便不費氣力。且逗出甄家豪富，則賴大説存銀五萬兩，便有根蒂。并與第四回「護官符」内所説，遥遥照應。

賈蓉聽見賈璉説賈薔可能在行，即悄拉鳳姐衣襟，鳳姐亦即會意幫襯。三人情况何如？

讀者當自思之。

蓋造省親園，規模宏大，一切安插擺佈，寫來甚不費力。若窘才俗筆，非兩三回不能盡。

第六回至十六回一大段中，應分六小段：六回是一段，敍劉老老進榮府之始；七回是一段，敍寶玉見秦鍾之初；八回是一段，敍金玉之緣；九、十兩回是一段，敍秦鍾與寶玉相厚，爲衆人所妒，及秦氏病中加氣，病勢愈增；十一、十二兩回敍賈瑞以淫喪命，鳳姐毒設圈套公案；十三至十六回了結秦氏姊弟俱以色殞命，及鳳姐之弄權造孽，中間帶敍林黛玉回京，北静王等事，爲後文引綫。

大某山民評曰：

賈雨村進京引見，卻與賈璉、黛玉同伴回京，一筆帶過，毫不費力，且於後文有着落。

蕶苓香串，北静王以聖上所賜，視爲珍重。黛玉卻不要，反説臭男人拏過的。但怡紅院中器皿，豈無互相投贈者？具曰予聖，誰知玉之雌雄。

賈璉回家，鳳姐爲之洗塵，是夫妻久違之情，固亦有焉。觀其一席狐媚之詞，洋洋得意，克發二字，畢露行間，可見女士舌鋒，與文士筆鋒，交相焕發。

此回一小夢也。元春封妃，似乍入夢境；秦鍾身故，似已到夢殘。一喜一悲，一熱一冷，兩兩相形，無異邯鄲一夢，足令讀者悟盛即是衰、泰極必否之象，謂之小夢，誰曰不宜？

第十七回　大觀園試才題對額　榮國府歸省慶元宵

話説秦鍾既死，劈頭下此四字，見情種不死，必無可「試」，必無可「省」。寶玉痛哭不止，李貴好容易勸解半日方住，歸時還帶餘哀。賈母幫了幾十兩銀子外，又另備奠儀，寶玉去吊喪，七日後便送殯掩埋了，別無記述。秦鍾既死，便是「七日來復」，此下演「歸省」，暢演「復」字也。別無記述，正是記述發端。只有寶玉日日感悼，思念不已，然亦無可如何了。又不知過了幾時纔罷。

這日賈珍等來回賈政：「園内工程，俱已告竣，大老爺已瞧過了，只等老爺瞧了，或有不妥之處，再行改造，好題匾額對聯的。」賈政聽了，沈思一會，説道：「這匾對倒是一件難事，説難實難。論禮該請貴妃賜題纔是，然貴妃若不親觀其景，亦難懸擬；若直待貴妃遊幸時再請題，若大景致，若干亭榭，無字標題，任是花柳山水也斷不能生色。」天生之，天不能教之。衆清客在旁笑答道：「老世翁所見極是。如今我們有個主意：各處匾對，斷不可少，亦斷不可定。如今且按其景致，或兩字、三字、四字，虛合其意，擬了來，暫且做出燈匾對聯懸了，待貴妃遊幸時，再請定名，豈不兩全？」賈政聽了道：「所見不差。我們今日且看看去，只管題了，若妥便用，若不妥再將雨村請來令他再擬。」大觀即村言，此處必當照顧此人。衆人笑道：「老爺今日一擬定佳，何必又待雨村？」賈政笑道：「你們不知，我自幼於花鳥山水題詠上就平平，如今上了年紀，且案牘勞煩，於這怡情悦性文章上，更生疏了。已自外於情性文章矣。縱擬出來，不免迂腐古板，反使花柳園亭因而減色，轉没意思。」此書勘語。衆清客道：「這也無妨，我們大家看了公擬，各舉所長，優則存之，劣則删之，未爲不可。」賈政道：「此論極是。且喜今日天氣和暖，天氣和暖，特提之筆。「和也者天下之達道也」。大家去逛逛。」説着，起身引衆人前往。賈珍先去園中，知會衆人。

可巧近日寶玉因思念秦鍾，憂傷不已，將欲寫「才」字，先寫才之汩没處。「試才」之才乃天之降才，看官不可把題詠之才解他。賈母常命人帶他到新園中來戲耍。此時方纔進去，忽見賈珍來了，向他笑道：「你還不快出去，一會子老爺來了。」寶玉聽了，帶着奶娘小厮們，一溜煙就出園來。方轉過灣，頂頭撞見賈政引着衆客來了。此筆意思極重「試才」「歸省」，皆主「孝」字，而寶玉則一心也。後起紛乘之時，若不轉灣，何能猛省？頂頭撞見，乃不期然而然者。躲之不及，只得一傍站了。賈政近因聞得塾師稱讚他專能對對，雖不喜讀書，偏有些歪才，「才」字點出，歪則不正，乃通靈既失之才。所以此時便命他跟入園中，意欲試他一試。「試」字點出。寶玉未知何意，只得隨往。

剛至園門，出榮府大門乎？未出榮府大門乎？園自爲園乎？抑以榮府之門爲門乎？下手便是糊塗賬。只見賈珍帶領許多執事旁邊侍立。賈政道：「你且把園門閉了，我們先瞧外面，再進去。」以下是看園，是看書，雙管齊下矣。賈珍命人將門關上。賈政先秉正看門，只見正門五間，《石頭記》《情僧録》《風月寶鑑》《金陵十二釵》《紅樓夢》，書名有五，故門面五間。上面銅瓦泥鰍脊，那門欄窗槅俱是細雕時新花樣，並無朱粉塗飾，一色水磨是好門，是好書。羣牆，下面白石臺階鑿成西番花樣。左右一望，皆雪白粉牆，下面虎皮石隨意亂砌，自成紋理，不落富麗俗套，自是歡喜。皆大歡喜。遂命開門，只見一帶翠嶂擋在面前，衆清客都道：「好山，好山！」便是大荒山，所謂「又向荒唐演大荒」。滿紙荒唐，都成遮蔽，誰云一目了然。賈政道：「非此一山，一進來園中所有之景，悉入目中，則有何趣？」衆人都道：「極是，非胸中大有丘壑，焉能想到這裏？」自贊。說畢，往前一望，見白石崚嶒，或如鬼怪，或似猛獸，縱横拱立，《石頭記》人物視此。上面苔蘚斑駁，或藤蘿掩映，其中微露羊腸小徑。原自有路可尋，這便是「歸省」一綫之緣。賈政道：「我們就從此小徑遊去，回來由那一邊出去，方可遍覽。」說畢，命賈珍前導，自己扶了寶玉逶迤走進山口。抬頭忽見山上有鏡面白石一塊，便是《石頭記》之石，故第一留題在此。正是迎面留題處。賈政回頭笑道：「諸公請看此處題以何名方妙？」衆人聽說，也有說該題「叠翠」二字的，也有說該題「錦嶂」的，不是山。又有說「賽香爐」的，不是商周隱人。又有說「小終南」的，不是仕宦捷徑。一切擬議，皆有襯貼本書意旨在。種種名色，不止幾十個。原來衆客心中，早知賈政要試寶玉的才，故此只將些俗套來敷衍。寶玉亦知此意。賈政聽了，便回頭命寶玉擬來。寶玉道：「嘗聞古人云：編新不如述舊，刻古終勝雕今。是述舊，是刻古，《易》《傳》而下，元曲而上，無不取給。況此處並非主山正景，原無可題之處，通靈原是空空，何處着語言文字？不過是探景一進步耳。莫如直書古人『曲徑通幽』這舊句在上，倒也大方。」曲則非直，徑則別路，而幽微靈秀通之矣。所謂奇傳。○又，下文乃「禪房花木深」，第一題已伏寶玉終局，真能正喻兼到，八面玲瓏。衆人聽了讚道：「是極，妙極！二世兄天分高，才情遠，不似我們讀腐了書的。」賈政笑道：「不當過獎他。他年小的人，不過以一知充十用，取笑罷了。再俟選擬。」

說着，進入石洞來。只見佳木蘢葱，奇花爛灼，一帶清流從花木深處瀉於石隙之下。再進數步，漸向北邊，平坦寬豁，兩邊飛樓插空，雕甍繡檻，皆隱於山坳樹杪之間。此等安插皆糊塗賬。俯而視之，則青溪瀉玉，石磴穿雲，白石爲欄，環抱池沼，石橋三港，獸面銜吐，橋上有亭。賈政與諸人到亭内坐了，問：「諸公以何題此？」衆人都道：「當日歐陽公《醉翁亭記》云：『有亭翼然。』就名『翼然』罷。」謂其羽翼經傳也，而仍非作者之意，以其不同於諸子之書。賈政笑道：「『翼然』雖佳，但此亭壓水而成，還須偏於水題爲稱。依我拙裁，歐陽公句『瀉於兩峯之間』，竟用他這一個『瀉』字。」有一客道：「是極，是極，竟是『瀉玉』二字妙。」有此玉而瀉之，是譏政之不善教也。賈政拈鬚尋思，因叫寶玉也擬一個來。寶玉回道：「老爺方纔所說已是，但如今追究了去，似乎歐陽公題釀泉用一『瀉』字則妥，今日此泉也用『瀉』字，似乎不妥。酒可瀉，玉不可瀉。況此處既爲省親別墅，省親別墅已先說出。亦當依應制之體，用此等字，亦似粗俗不雅，求再擬蘊藉含蓄者。」賈政笑道：「諸公聽此論何如？方才衆人編新，你說不如述古；如今我們述古，你又說粗陋不妥。你且說你的。」述古即在編新之中，是書無迂板語。寶玉道：「用『瀉玉』二字，則不若『沁芳』二字，第一題是石頭，此緊接出心字，是爲沁芳，心乎草也。豈不新雅？」賈政拈鬚點頭不語。衆人都忙迎合，稱讚寶玉才情不凡。「心」字一出便指才情，共一源也。賈政道：「匾上二字容易，再作一副七言對來。」寶玉四顧一望，機上心來，乃念道：

繞堤柳借三篙翠，隔岸花分一脈香。分借花柳，寫此芳香，一綠一紅，陰陽對待，鼻頭眼底，總是塵根。

賈政聽了，點頭微笑。衆人又稱讚個不已。人同此心。

於是出亭過池，一山一石，一花一木，莫不着意觀覽。虛寫數語，妙參活相。忽抬頭見前面一帶粉垣，數楹修舍，有千百竿翠竹遮映。衆人都道：「好個所在。」於是大家進入。只見進門便是曲折遊廊，階下石子漫成甬路，上面小小三間房舍，兩明一暗，裏面都是合着地步打的床几椅案。從裏間房裏又有一小門出去，卻是後園，有大株梨花並芭蕉。書中寶、黛是主，既以白石、沁芳映出寶玉，故即接到黛玉所在，而以梨蕉映合夢主，梨雲、蕉鹿，皆云夢也。又有兩間小小退步。後院牆下忽開一隙，得泉一脈，開溝僅尺許，灌入牆內，繞階緣屋至前院，盤旋竹下而出。賈政笑道：「這一處倒還好，若能月夜坐此窗下讀書，也不枉虛生一世。」於此處特題讀書，是爲寶、黛尋救藥。說着，便看寶玉。嚇的寶玉忙垂了頭，衆人忙用閑話解說。又二客說：「此處的匾，該題四個字。」該題四字，言宜偶也。賈政笑問：「那四字？」一個道是「淇水遺風」，「女子有行，遠父母兄弟」，失之矣。賈政道：「俗。」又一個道是「睢園遺迹」，賈政道：「也俗。」不欲氣凌彭澤。賈珍在旁說道：「還是寶兄弟擬一個來。」用賈珍說，妙有變換。賈政道：「他未曾做，先要議論人家的好歹，可見就是個輕薄人。」衆客道：「議論的極是，其奈他何？」賈政忙道：「休如此縱了他。」因命他道：「今日任你狂爲亂道，先說出議論來，方許你做。方纔衆人說的，可有使得的否？」寶玉見問，便答道：「都似不妥。」賈政冷笑道：「怎麽不妥？」寶玉道：「這是第一處行幸之所，處是第一處，則人是第一人矣。必須頌聖方可。若用四字的匾，又有古人現成的，何必再做？」賈政道：「這太板了，莫若『有鳳來儀』四字。」絶妙字面，關合頌揚，極爲得體，而底裏則寶玉求凰處也。儀，匹也。《詩》云：「實維我儀。」衆人都鬨然叫妙。果妙，乃全書一贊。賈政點頭道：「畜生，畜生，可謂管窺蠡測矣。」因命再題一聯來。寶玉便念道：

寶鼎茶閑烟尚緑，幽窗棋罷指猶涼。上言吃苦，下言失着，黛玉死矣。而句面甚好。

賈政搖頭道：「也未見長。」説畢，引人出來。

方欲走時，忽想起一事來，問賈珍道：「這些院落屋宇，並几案桌椅，都算有了。還有那些帳幔簾子，並陳設玩器古董，可也都是一處一處合式配就的麽？」賈珍回道：「那陳設的東西，早已添了許多，自然臨期合式陳設。帳幔簾子，昨日聽見璉兄弟説還不全，那原是一起工程之時，就畫了各處的圖樣，量準尺寸，就打發人辦去的，想必昨日得了一半。」賈政聽了，便知此事不是賈珍的首尾，便叫人去唤賈璉。一時來了，賈政問他共有幾種，尚欠幾種，賈璉見問，忙向靴桶内取出靴掖内裝的一個紙摺節略來，看了一看，回道：「粧、蟒、繡、堆，刻絲、彈墨，並各色綢綾大小幔子一百二十架，昨日得了八十架，下欠四十架。簾子二百掛，昨俱得了。外有猩猩毡簾二百掛，湘妃竹簾二百掛，金絲藤紅漆竹簾二百掛，黑漆竹簾二百掛，五彩綫絡盤花簾二百掛，每樣得了一半，簾子縱横四時，亦用不至如許，見書中遮隔掩覆之妙有如此。也不過秋天都全了。一段妙有波瀾，「不過秋天」四字記清。椅搭、桌圍、床裙、几套，每分一千二百件，也有了。」

一面説，一面走着，忽見青山斜阻。轉過山限中，隱隱露出一帶黄泥牆，牆上皆用稻莖掩護。

有幾百枝杏花，如噴火蒸霞一般。杏花盛開，自是春天，須記清。裏面數楹茅屋，外面卻是桑、榆、槿、柘，各色樹稚新條，隨其曲折，編就兩溜青籬。籬外白坡之下，有一土井，傍有桔槔、轆轤之屬。下面分畦列畝，佳蔬菜花，一望無際。寶、黛、釵並爲主腦，既已敍過黛玉所居，便當及寶釵居處矣，而先敍李紈居處，文字妙有錯綜，且隱寓留一人力回天之人，以爲「歸省」的脈。賈政笑道：「倒是此處有些道理，雖係人力穿鑿，人力字一點。而入目動心，未免勾引起我歸農之意。我們且進去歇息歇息。」說畢，方欲進去，忽見籬門外路旁有一石，必須如此，此力方堅。是又一石。亦爲留題之所。衆人笑道：「更妙，更妙！此處若懸匾待題，則田舍家風一洗盡矣。立此一碣，又覺許多生色，非范石湖田家之詠不足以盡其妙。」此不是樂。賈政道：「諸公請題。」衆人云：「方才世兄云編新不如述舊，此處古人已道盡矣，莫若直書杏花村爲妙。」杏，性也。一書悉村言而無一明作村言者，獨於此處明出「村」字，是此人轉不在村言中也。而寫若輩丘壑絕倒。賈政聽了，笑向賈珍道：「正虧提醒了我，此處都好，只是還少一個酒幌，明日竟做一個來，就依外面村莊的式樣，不必華麗，用竹竿挑在樹梢頭。」須當特爲標識。賈珍應了，又回道：「此處竟不必養別的雀鳥，只養些鵝、鴨、雞之類，纔相稱。」賈政與衆人都道妙極。賈政又向衆人道，「杏花村固佳，只是犯了正村名。賈政何至以「杏花村」爲佳，特欲點出犯了正村名」語，以自明寫此段是背攻假語村言。直待請名方可。」衆客都道：「是呀，如今虛的，卻是何字樣好？大家想想。」寶玉卻等不得了，言望人各盡復性之功，正寫「歸省」「試才」處，是乃大聲疾呼，故云「卻等不得」。也不等賈政的命，便說道：「舊詩有云『紅杏梢頭掛酒旗』，日邊紅杏，天上酒旗，引此句隱寓炳如日星意，重節也。如今莫若且題以『杏帘在望』四字。」衆人都道：「好個『在望』，又暗合杏花村意思。」寶玉冷笑道：「村名若用『杏花』二字，則俗陋不堪了。又有唐人詩云『柴門臨水稻花香』，水木相生，乃劉老老意。何不用『稻花村』的妙？」杏，性也；稻，道也。是悉闡性道之旨，而語面典雅之極。衆人聽了，越發同聲拍手道妙。賈政一聲斷喝：「無知的業障！你能知道幾個古人，能記得幾首舊詩？也敢在老先生前賣弄！你方纔那些胡説，也不過是試你的清濁，取笑而已，你就認真了！」

説着，引衆人步入茆堂，裏面紙窗木榻，富貴氣象，一洗皆盡。賈政心中自是歡喜，卻瞅寶玉道：「此處如何？」衆人見問，都忙悄悄的推寶玉，教他説好。寫賈政、寫寶玉、寫衆人到一處有一處關目科白，無不曲肖，無一滯筆，此從《國策》文中得來，而底合全書，無一閑字。寶玉不聽人言，便應聲道：「不及『有鳳來儀』多矣。」寫一心在黛玉，斷定終身。至於彼順天然而死，此逆天然而生，逆不如順之安，原自有不如者在。賈政聽了道：「無知的蠢物！你只知朱樓畫棟，惡賴富麗爲佳，那裏知道這清幽氣象？終是不讀書之過。」此是「試才」寫正面處。餘悉旁側之筆。寶玉忙答道：「老爺教訓的固是，「教訓」二字正寫正答。但古人嘗云『天然』，此二字不知何意？」衆人見寶玉牛心，都怪他獃癡不改，今見問「天然」二字，衆人忙道：「別的都明白，如何天然反不明白？天然者，天之自成，而非人力之所爲也。」寶玉道：「卻又來！此處置一田莊，分明是人力造作而成，遠無鄰村，近不附郭，背山山無脈，臨水水無源，高無隱寺之塔，下無過市之橋，峭然孤出，似非大觀，爭似先處有自然之理、得自然之趣？雖種竹引泉，亦不傷穿鑿。古人云『天然圖畫』四字，正畏非其地而强爲其地，非其山而强爲其山，即百般精巧，終不相宜。」此段問答，最爲緊要。人生缺陷，天實爲之。而順受其正者爲天然。然能順受全在逆折，理欲交攻，人力極苦，是由絶不天然處，而還其天然也。看此處遠無隣村，近不負郭，峭然孤出，何等扭捏，雖極精巧，終不相宜，乃爲守節人寫黃柏滋味也。而孝子忠臣視此矣。未及說完，賈政氣的喝命：「扠出去！」纔出去，又喝命：「回來！」命：「再題一聯，若不通，一併打嘴！」寶玉只得念道：

新漲綠添浣葛處，好雲香護采芹人。《詩》咏《周南》，《頌》升《泮水》，吃緊教化在此，貫蘭到矣。

賈政聽了，搖頭道：「更不好。」

一面引人出來，轉過山坡，穿花度柳，撫石依泉，過了荼蘼架，入木香棚，越牡丹亭，度芍藥圃，入薔薇院，來到芭蕉隖。虛寫許多處，所在若有若無之間，而名目悉非雜湊。盤旋曲折，忽聞水聲潺潺，出於石洞。儒言性道不是空空洞洞的，節孝其見端也。上既言節，此緊接言孝，而特設此石洞，方爲本書主宰。看元春歸省第一處先到此，閑人之言無疑矣。上則蘿薜倒垂，下則落花浮蕩，衆人都道：「好景，好景！」賈政道：「諸公題以何名？」衆人道：「再不必擬了，恰恰乎是『武陵源』三字。」賈政笑道：「又落實了，而且陳舊。」武陵源，避秦也。以爲避秦鍾之秦亦無不可，然三教避秦之書，汗牛充棟，故爲落實陳舊。衆人笑道：「不然，就用『秦人舊舍』四字也罷。」寶玉道：「越發過露了。」秦，禽也，猶言人獸關頭。是書亦因此而作，而卻不露，故寶玉嫌過露。若不作此解，請問他說的過露何事？『秦人舊舍』說避亂之意，如何使得？此乃作者自爲剖白之詞，見並非憂時傷亂之書，而爲循理遏欲教孝之書也。莫若『蓼汀花溆』四字。」《詩・蓼莪》章，孝子之言也。「蓼」字入聲，此「蓼」字上聲，字畫則一，作者引以爲教孝之詞，而切切叮嚀也。故曰蓼汀。汀，丁也。書中悉不明言，不過以脂粉金玉花樣敍出，故曰花溆。是乃全書總匯之處，故不爲人所居，以此事不容專屬一人說也。賈政聽了道：「更是胡說。」特借賈政下一注脚。胡說猶言假語村言也。於是賈政進了港洞，又問賈珍：「有船無船？」賈珍道：「採蓮船共四隻，座船一隻，如今尚未造成。」船，傳也，深望後人有以造成之。賈政笑道：「可惜不得入了。」賈珍道：「從山上盤道亦可以進去。」説畢，在前導引，大家攀藤撫樹過去。

只見水上落花愈多，其水愈清，溶溶蕩蕩，曲折縈紆。文勢亦曲折縈紆，溶溶蕩蕩。池邊兩行垂柳，雜以桃杏，此是寶釵住處矣。看他人地雙寫。遮天蔽日，真無一些塵土。無不在其籠絡。忽見柳陰中又露出一個折帶朱欄板橋來。度過橋去，諸路可通，便見一所清涼瓦舍，一色水磨磚牆，清瓦花堵。那大主山所分之脈皆穿牆而過。賈政道：「此處這一所房子，無味的很。」「回頭試想真無趣」，寶釵生平如此，故先以「無味」二字一醒。因而走入門時，忽迎面突出插天的大玲瓏山石來，「插天」二字不通無理，使山石果然，則其高出牆，未入門見之矣，必走入門始迎面突出，而其高插天耶？正是狀釵之作用。四面羣繞各式石塊，竟把裏面所有房屋悉皆遮住。厚貌深情，不容測度。且一株花木也無，狀其一洗鉛華。只見許多異草，或有牽藤的，或有引蔓的，或垂山巔，或穿石脚，甚至垂檐繞柱，縈砌盤階，或如翠帶飄飖，或如金繩蟠屈，或實若丹砂，或花如金桂，味香氣馥，非凡花之可比。能引人入勝而不知其所以然。賈政不禁道：「有趣！「有趣」二字對上「無味」。只是不大認識。」有的説是薜荔、藤蘿，賈政道：「薜荔、藤蘿，那得有此異香？」寶玉道：「果然不是。這衆草中也有藤蘿、薜荔，那香的是杜若、蘅蕪，在寶玉口中先點蘅蕪。那一種大約是茝蘭，這一種大約是金葛，那一種是金萱草，這一種是玉蕗藤，紅的自然是紫芸，緑的定是青芷。想來那《離騷》《文選》所有的那些異草，有叫作什麼藿納、薑彙的，也有叫作什麼綸組、紫絳的，還有什麼石帆、水松、扶留等樣的，見於左太沖《吴都賦》。又有叫作什麽緑荑的，還有什麽丹椒、蘼蕪、風連，見於《蜀都賦》。狀其贍富淵博，而廣引諸名，皆藤葛蔓生之物，左氏「無使滋蔓」一言，乃蘅蕪院主意。其人固别開生面，作者意想布置亦别開生面，真是大有丘壑。如今年深歲改，人不能識，故皆象形奪名，漸漸的唤差了，也是有的。」未及説完，賈政喝道：「誰問你來？」唬得寶玉倒退，不敢再説。

賈政因見兩邊俱是抄手遊廊，便順着遊廊步入。只見上面五間清廈，連着捲棚，四面出廊，緑窗油壁，更比前清雅不同。賈政歎道：「此軒中煮茶操琴，亦不必再焚香矣。琴瑟之好在此矣。而煮茶則隱含吃苦，與「有鳳來儀」聯用茶字對照。此造卻出意外，諸公必有佳作新題，以顔其額，方不負此。」自贊。衆人笑道：「莫若『蘭風蕙露』貼切了。」若輩以爲蘭蕙，失之矣。賈政道：「也只好用這四字。其聯云何？」一人道：「我想了一對，大家批削改正。」道是：

麝蘭芳靄斜陽院，杜若香飄明月洲。獨於此處最費擬議，而「斜陽」「明月」，陰氣生矣。

衆人道：「妙則妙矣，只是『斜陽』二字不妥。」那人引古詩「蘼蕪滿院泣斜陽」句，衆人云：「頽喪，頽喪。」一人引詩，一説頽喪，直爲道破。又一人道：「我也有一聯，諸公評閲評閲。」念道：

三徑香風飄玉蕙，一庭明月照金蘭。此一聯點金玉之合。

賈政拈鬚沈吟，意欲也題一聯。忽抬頭見寶玉在傍不敢作聲，因喝道：「怎麽你應説話時又不説了！還要等人請教你不成？」寶玉聽了，回道：「此處並没有什麽蘭蕙、明月、洲渚之類，若這樣着迹説來，就題二百聯也不能完。」是不着迹，而觀者必欲着迹説來。賈政道：「誰按着你的頭，教你必定説這些字樣呢？」寶玉道：「如此説，則匾上莫若『蘅芷清芬』四字，猶言「恒止情分」也。任其能謀善誘，究得到手，其如情分不得不止何？此恒理也。對聯則是：

吟成荳蔻詩猶艷，睡足荼蘼夢也香。」荳蔻葳蕤，荼蘼事了，此聯結穴則三十六回，而夢中人地固是主也。故特著夢字。

賈政笑道：「這是套的『書成蕉葉文猶緑』，不足爲奇。」衆人道：「李太白鳳凰臺之作，全套《黄鶴樓》，只要套得妙，《左傳》之鄭莊，《水滸》之宋江，《金瓶》之月娘都是《黄鶴樓》詩。如今細評起來，方纔這一聯，竟比『書成蕉葉』尤覺幽雅活動。」自贊語，而蕉葉又有夢字，八面玲瓏。賈政笑道：「豈有此理。」以豈有此理煞住，絶妙文心。

説着，大家出來。走不多遠，則見崇閣巍峨，層樓高起，面面琳宮合抱，迢迢複道縈紆。青松拂檐，玉蘭繞砌，金輝獸面，彩焕螭頭。筆墨莊嚴。賈政道：「這是正殿了，只是太富麗了些。」衆人都道：「要如此方是。雖然貴妃崇尚節儉，然今日之尊，禮儀如此，不爲過也。」一面説，一面走，只見正面現出一座玉石牌坊，上面龍蟠螭護，玲瓏鑿就。賈政道：「此處書以何文？」衆人道：「必是『蓬萊仙境』方妙。」若輩見演空空渺渺矣，便以爲是仙境，殊不知是理境。賈政摇頭不語。寶玉見了這個所在，心中忽有所動，尋思起來，倒像在那裏見過的一般，卻一時想不起那年月的事了。太虚幻境，太虚元境，茫茫、渺渺，警幻、可卿，一齊都到，通靈既失，故想不起。而寫一時恍惚，恰好。賈政又命他題詠，寶玉只顧細思前景，全無心於此了。衆人不知其意，只當他受了這半日折磨，精神耗散，才盡詞窮了，再要作難逼迫，着了急，或生出事來倒不便，遂忙都勸賈政道：「罷了，明日再題罷了。」「試才」既至此處，可以止矣。賈政心中也怕賈母不放心，遂冷笑道：「你這畜生，也竟有不能之時了。正點「試」字，正點「才」字。也罷，限你一日，明日題不來，定不饒你。這是第一要緊處所，要好生作來。」虛伏此語，是透筆，是補筆。

説着，引人出來，再一觀望，原來自進門至此纔遊了十之五六。又值人來回有雨村處遣人回話，插入他，假話始從此回也。賈政笑道：「此數處不能遊了。雖如此，到底從那一邊出去，也可略觀大概。」説着，引客行來。至一大橋，水如晶簾一般奔入，原來這橋便是通外河之閘，引泉而入者。賈政因問：「此閘何名？」寶玉道：「此乃沁芳源之正流，心之源。即名『沁芳閘』。」賈政道：「胡説，偏不用『沁芳』二字。」所謂違心。

於是一路行來，或清堂，或茅舍，或堆石爲垣，或編花爲門，或山下得幽尼佛寺，或林中藏女道丹房，或長廊曲洞，或方廈圓亭，又虛設若干處所。賈政皆不及進去。因半日未嘗歇息，腿酸脚軟，忽又見前面露出一所院落來，既出正殿，本文已完，乃寶玉實爲人心，而天心道心悉在於此，必應詳寫者也。故接寫一沁芳源，即便遞到此處。取義幽深，爲文周密。賈政道：「到此可要歇息歇息了。」説着一徑引入，繞着碧桃花，穿過竹籬花障編就的月洞門，俄見粉垣環護，緑柳遮垂。賈政與衆人進了門，兩邊盡是遊廊相接，院中點襯幾塊山石，是石頭。一邊種幾本芭蕉，是做夢的。那一邊是一株西府海棠，其勢若傘，絲垂金縷，葩吐丹砂。衆人都道：「好花，好花！海棠也有，從没見過這樣好的。」賈政道：「這叫做女兒棠，乃是外國之種，是絳珠，是其父名海，故爲外國之種，而名女兒也。俗傳出女兒國，故花最繁盛。亦荒唐不經之説耳。」

衆客道：「畢竟此花不同，女國之説，想亦有之。」寶玉云：「大約騷人韻士，以此花紅若施脂，弱如扶病，近乎閨閣風度，重贊海棠，乃重贊黛玉。故以女兒命名。世人以訛傳訛，都未免認真了。」衆人都道：「領教，妙解！」爲海棠解，爲黛玉解也。而已爲畫一小照。○黛玉乃談情之首，不過騷人韻士以文命名而已，何世人認真者之多，爲補爲續，日出不窮，而不一領教妙解？一面説話，一面都在廊下榻上坐了。賈政因道：「想幾個什麽新鮮字來題？」一客道：「『蕉鶴』二字妙。」蕉鶴隱言夢死。又一個道：「『崇光泛彩』方妙。」賈政與衆人都道：「好個『崇光泛彩』！」寶玉也道妙，又説：「只是可惜了。」崇光泛彩，象心之華，故寶玉亦自説好，而所以失此寶玉者，正以「怡紅快緑」之故。紅乃絳珠，緑則黛玉，是可惜也。衆人問：「如何可惜？」寶玉道：「此處蕉棠兩植，其意暗畜『紅緑』二字在内，若説一樣，遺漏一樣，便不足取。」賈政道：「依你如何？」寶玉道：「依我題『紅香緑玉』四字，明明絳珠，明明黛玉，心所着也，與擬「有鳳來儀」參看，便知木石爲正配，金玉爲比肩，特以氣數之天演出缺陷。方兩全其美。」不能。賈政摇頭道：「不好，不好。」不許。

説着，引人進入房内。只見其中收拾的與别處不同，竟分不出間隔來的。原來四面皆是雕空玲瓏木板，或流雲百蝠，或歲寒三友，或山水人物，或翎毛花卉，或集錦，或博古，或萬福、萬壽各種花樣。皆是名手雕鏤，五彩銷金嵌玉的。一槅一槅，或貯書，或設鼎，或安置筆硯，或供設瓶花，或安放盆景；其槅式樣，或圓或方，或葵花蕉葉，或連環半璧：真是花團錦簇，玲瓏剔透。屋是奇屋，人是奇人，書是奇書。花團錦簇，玲瓏剔透，真是難爲他怎麽做的。倏爾五色紗糊，竟係小窗；倏爾彩綾輕覆，竟如幽户。且滿牆皆是隨依古董玩器之形摳成的槽子，如琴、劍、爐、瓶之類，俱懸於壁，卻都是與壁相平的。

衆人都讚道：「好精緻，難爲怎麼做的！」原來賈政走了進來，未到兩層，便都迷了舊路，隱然一座迷樓，物欲如此，通靈亦如此。左瞧也有門可通，右瞧也有窗暫隔，及到跟前，又被一架書擋住，其實擋不住，但能打破他鏡子便了。回頭又有紗窗明透門徑可行。及至門前，忽見迎面也進來了一起人，與自己形相一樣，卻是一架玻璃鏡。轉過鏡去，一發見門多了。這鏡最要緊，劉老老、甄寶玉都得從這裏尋。賈珍笑道：「老爺隨我來，從此門出去，便是後院。出了後院，倒比先近了。」引着賈政及衆人，轉了兩層紗廚，果得一門出去。「魯一變至於道」，這情種、那情種一轉耳。院中滿架薔薇，轉過花障，來花障，去花障，寶玉蒙蔽以此，而薔薇則刺深矣。只見清溪前阻。衆人詫異道：「水又從何而來？」賈珍遥指道：「原從那閘起流至那洞口，從東北山坳裏引到那村莊裏，又開一道岔口，引至西南上，共總流到這裏，仍舊合在一處，從那牆下出去。」滴滴歸源，歸省於此。衆人聽了，都道：「神妙之極！」自贊。說着，忽見大山阻路。衆人都迷了路，迷了路是衆人。賈珍笑道：「隨我來。」乃在前導引，衆人隨着，由山脚下一轉，便是平坦大路，豁然大門現於面前。塞極而通，固有其人。衆人都道：「有趣，有趣！搜神奪巧，至於此極！」自贊。於是大家出來。

那寶玉一心只記掛着裏邊姊妹們，又不見賈政吩咐，只得跟到書房。賈政忽想起來道：「你還不去，恐老太太記念，才之不得成，老太太之故也。一切罪案，明爲勘定。難道你還逛不足麼？」寶玉方退了出來。至院外，便有跟賈政的小厮上來抱住說道：「今日虧了老爺喜歡，方纔老太太打發人出來問了幾次，我們回說老爺喜歡，若不然老太太叫你進去了，就不得展才了。人人都說你纔那些詩，比衆人都强。今兒得了彩頭，該賞我們了。」寶玉笑道：「每人一吊。」每人一吊，妙有雙關，看前大段，無非一吊。衆人道：「誰没見那一吊錢？把這荷包賞了罷。」説着一個個都上來解荷包、解扇袋，不容分説，將寶玉所佩之物，盡行解去。便已是無牽掛，其如衣底有一荷包何？此一解去佩物，是文字生發處。又道：「好生送上去罷。」一個個圍繞着，送至賈母門前。那時賈母正等着他，見他來了，知道不曾難爲他，心中自是歡喜。

少時襲人倒了茶來，見身邊佩物一件不存，因笑道：「帶的東西又是那起没臉的東西們解了去了。」林黛玉聽説，走過來一瞧，果然一件無存。因向寶玉道：「我給你的那個荷包也給他們了？你明兒再想我的東西，可不能彀了。」説畢，生氣回房，將前日寶玉囑咐他做而未完的香袋，拿起剪子來就鉸。寶玉見他生氣，便忙趕過來，早已剪破了。適演紅香，而香已剪破，黛玉死兆也。乃由於襲人一言挑起，見黛玉之死雖出於自賊，而實襲人有以致之。寶玉曾見過這香袋，雖未完工，卻也十分精巧，無故剪了，卻也可氣。因忙把衣解了，從裏面衣襟上將所繫的荷包解了下來遞與黛玉道：「你瞧瞧，這是什麼東西？我何曾把你的東西給人？」林黛玉見他如此珍重，帶在裏面，可知是怕人拿去之意，因此又自悔莽撞剪了香袋，低着頭一言不發。寶玉道：「你也不用剪，我知你是懶怠給我東西，我連這荷包奉還如何？」説着，擲向他懷中而去。黛玉越發氣得哭了，拿起荷包又剪。一對癡兒女寫來如畫，此回剪香與第三回摔玉遥遥相對。寶玉忙回身搶住，笑道：「好妹妹，饒了他罷！」黛玉將剪子一摔，拭淚説道：「你不用合我好一陣，歹一陣的。要惱，就撂開手。」説着，賭氣上床，面向裏倒下拭淚。禁不住寶玉上來「妹妹」長「妹妹」短賠不是。

前面賈母一片聲找寶玉，衆人回説：「在林姑娘房裏。」賈母聽説道：「好，好，讓他姊妹們一處頑頑罷。纔他老子拘了他這半天，讓他開心一會子罷。又爲此老立案。只別叫他們拌嘴。」衆人答應着。黛玉被寶玉纏不過，只得起來道：「你的意思不叫我安生，我就離了你。」説着，往外就走。寶玉笑道：「你到那裏，我跟到那裏。」一面仍拿荷包來帶上。黛玉忙伸手搶道：「你説不要，這會子又帶上，我也替你怪臊的！」説着，「嗤」的一聲笑了。寶玉道：「好妹妹，明兒另替我做個香袋兒罷。」黛玉道：「那也瞧我的高興罷了。」情態如生，真善揣摩。一面説，一面二人出房，到王夫人上房中去了。可巧寶釵亦在那裏。緊接此人，是大章法。

此時王夫人那邊熱鬧非常，原來賈薔已從姑蘇採買了十二個女孩子，十二女樂，隱括十二金釵《紅樓夢》曲。並聘了教習以及行頭等事來了。那時薛姨媽另遷於東北上一所幽静房舍居住，遷於東北，所謂王成，所謂狗兒。○此房有另門無另門及通大觀之門，皆不明説。將梨香院另行修理了，就令教習在此教演女戲。梨香院住梨園女兒，正住也。而薛家初來安置於此，其意可見。又另派家中舊曾學過唱的衆女人們，如今皆是皤然老嫗，着他們帶領管理。就令賈薔總理其日月出入銀錢等事，以及諸凡大小所需之物料賬目。賈薔總理女樂，演《國風·牆茨》耳。又有林之孝家來回：「採訪聘買得十二個小尼姑、小道姑，隱照僧道。數皆十二，十二釵悉歸渺茫矣。都到了，連新做的十二分道袍也有了。道袍單提，而不言尼衣，則此道字另有微旨，非僧非道也，否則此言何必。外又有一個帶髮修行的，此便是道。不僧不俗，此便是妙。本是蘇州人氏，無是公。祖上也是讀書仕宦之家，因自幼多病，買了許多替身，皆不中用，到底這姑娘入了空門，方纔好了，説究竟。所以帶髮修行。今年十八歲，取名妙玉。妙玉出於此回，正作者自贊其書寫此一玉爲妙文也。觀册詩「欲潔何曾潔」，普説衆人也；「云空未必空」，特明書義也。下二語則爲釵、黛警，而惜其陷溺，因有此妙文。○凡妙玉傳中有照黛玉處，有照寶釵處，請俟後評。如今父母俱已亡故，黛玉到。身邊只有兩個老嬷嬷、一個小丫頭伏侍。文墨也極通，釵、黛並到。經典也極熟，模樣又極好。因聽説長安都中有觀音遺迹並貝葉遺文，去年隨了師父上來，寶釵到。妙玉選佛入京，寶釵赴選入京也。現在西門外牟尼院住着。是書如牟尼一串，而勸人念慮警省者也。他師父精演先天神數，是書有先天神數。於去冬圓寂了。遺言説他不宜回鄉，在此静候，自有結果。側重黛玉。○最無結果，而云自有結果，此便是先天神數。所以未曾扶靈回去。」王夫人便道：「這樣，我們何不接了他來？」林之孝家的回道：「若接他，他説：侯門公府必以貴勢壓人，我再不去的。」王夫人道：「他既是宦家小姐，自然要傲些，就下個請帖請他何妨？」林之孝家的答應着出去，叫書啓相公寫個請帖去請妙玉，請妙玉用林之孝家，此玉之妙妙在孝也。次日遣人備車轎去接。

不知後來如何，且聽下回分解。

以上四大段，每段各四回，此第十七、十八兩回，自爲一段。以前是鋪排場面，分派脚色；此段方點定戲文，副末登場。至第十九回，纔開全本傳奇。

此回題目最難解，園名大觀，元妃所賜，此時無所謂大觀園也。而上半曰「大觀園試才題對額」。杏花盛開，各色簾幔俟秋天方全，其時非元宵也；園工未完，題本未上，元妃未來，無所謂歸省也。而下半曰「榮國府歸省慶元宵」。睡語，睡不至如此；醉語，醉不至如此。總之饅頭庵事而説在鐵檻寺者，爲更殊謬。不知此乃作者特筆單提，以講明此書之用，指點此書之妙，告人心法，告人讀法，以便讀「情切切」、「意綿綿」以下之書。「試才」試天賦之性情，「歸省」省生人之沈溺。纔試才便是歸省，纔歸省便是元宵，三五團圓，生意暢達之會矣。蓋主陽明「良知」之説，而擴充則自「孝」字下手。試才、歸省，不可分拆，而極文字之大觀，便在此處。若曰：我爲此書，敢云「大觀」；凡屬有才，請各「歸省」。

試才是情字，不能歸省是情字，故篇末特着黛玉剪香袋一事，乃在所當省者第一義也。

妙玉出於此卷之終，正以一「妙」字收煞大觀園，又即以一「空」字收煞寶、黛、釵諸人事。

護花主人評曰：

大觀園工程告竣，若祇請賈政一看，毫無意味。今以聯扁爲題，則此一看，爲最要緊之事，不徒爲遊玩起見，而各處亭臺樓榭，殿閣山水，即可挨次細叙，不覺瑣煩。非善于敍景者，不能有此想。

寶玉試才，爲下回做詩引綫。若此時不預先一試，則下回做詩，豈不突如其來？

寶玉不待賈政傳喚，而適相撞見，省卻多少閒筆。

寶玉遊園，已經多日，其各處景致，自已熟悉，且云衆清客心中，早知賈政要試寶玉之才，寶玉亦知此意等語，則賈政之欲令寶玉擬題聯扁，已早露消息，並非臨時起念，其處處議論，安知不有宿搆。

於遊歷時，忽想起帳簾陳設等事，趁勢補入，簡净便利。

鋪寫各種奇花異卉，用賈政喝住，變筆極妙。

清客引古詩「泣斜陽」，于無意中微露盛極必衰之意。

李白「鳳凰臺」全套《黄鶴樓》，雖是替寶玉解説，然崔、李二詩，均有感慨興亡之意，亦是無意中伏筆。

玉石牌坊，寶玉心中忽若見過，直射第五回夢中所見太虚幻境的牌坊。省親不過是一時熱鬧，亦與幻境何殊？前後照應，在有意無意之間，的是化工妙手。

遊覽園景，只到了十之五六，含蓄不盡，妙極！

賈政看園至怡紅院而止，亦歸結得妙。

衆小厮分解佩物，事甚無謂，而借此描寫黛玉褊妒多疑，煞有意思。

借採辦小尼，帶出妙玉，不必另起頭緒，省筆最好。

妙玉父母雙亡，不知何姓，其師亦不知姓氏籍貫，又已圓寂，不知其平日用度及珍貴器皿、老嬷丫頭，從何得來，實令人可疑。

第十四、五回，寫寧府秦氏喪事之盛；此回同下回，寫榮府元妃歸省之榮。一凶一吉，皆是反襯後來冷落光景。

大某山民評曰：

此回賈政遊園，自正殿以外，特詳寫稻香村、怡紅院、瀟湘館、蘅蕪院四處。

觀鉸荷包一事，其黛玉褊淺之性，已刻露十二分矣。然一種嬌癡之態，卻又令人可憐，宜寶哥之俯首受羈也。

此回末一段，補寫女伶、女尼諸事，是造園已就後一番布置。隨手爲妙玉出身點明，真善於構局者。

第十八回　皇恩重元妃省父母　天倫樂寶玉呈才藻

話說彼時有人回工程上等着糊東西的紗綾，請鳳姐去開庫找紗綾。又有人來回請鳳姐開庫收金銀器皿。王夫人並上房丫鬟等，皆不得空閑。寶釵說：「喒們別在這裏礙手礙腳。」說着，同寶玉等往迎春房中來。

王夫人日日忙亂，直到十月裏，此月點清。纔全備了。監督都交清賬目；各處古董文玩，俱已陳設齊備；採辦鳥雀，自仙鶴、鹿、兔以及雞、鵝等，俱買全交於園中各處飼養；賈薔那邊也演出二十齣雜戲來；一班小尼姑、道姑，也都學會念佛經咒。於是賈政方略心安意暢，又請賈母等到園中，色色斟酌點綴妥當，再無些微不當之處，賈政纔敢題本。「題本」二字，妙有關合，卷中所云「皇恩」「父母」等字，皆本也。本上之日，奉旨：於明年正月十五上元之日，貴妃省親。月、日明點，天語煌煌，三陽具足矣。省親如此其重。賈府奉了此旨，一發日夜不閑，連年亦不曾好生過的。偏要補一筆。

轉眼元宵在邇，自正月初八，人日之次，上弦生意。就有太監出來，先看方向：何處更衣，何處燕坐，何處受禮，何處開宴，何處退息。又有巡察地方總理關防太監帶了許多小太監來，各處關防，擋圍幙，指示賈宅人員何處出入，何處進膳，何處啓事，種種儀注。又有工部官員並五城兵馬司打掃街道，攆逐閑人。賈赦等監督工人紮花燈煙火之類，至十四日俱已停妥。這一夜上下通不曾睡。言此回不是夢。

至十五日五鼓，自賈母等有爵者，俱各按品大妝。大觀園内帳舞蟠龍，簾飛彩鳳，金銀焕彩，珠寶生輝，鼎焚百合之香，瓶插長春之蕊，静悄悄無一人咳嗽。點染排場，不即不離，是好斟酌文。賈赦等在西街門外，賈母等在榮府大門外。街頭巷口，用圍幙擋嚴。正等的不耐煩，忽然一個太監騎匹馬來了，賈政接着，問其消息。太監云：「早多着哩，未初用晚膳，未正還到寶靈宫拜佛，酉初進大明宫領宴看燈，方請旨，只怕戌初纔起身呢。」鳳姐聽了道：「既這樣，老太太與太太且請回房，等到了時候，再來也未爲晚。」於是賈母等且自便去了。園中賴鳳姐照料。鳳姐命執事人等，帶領太監們去吃酒飯，一面傳人挑進蠟燭，各處點起燈來。

忽聽外面馬跑之聲不一，有十來個太監喘吁吁跑來拍手兒，這些太監都會意，知道是來了，各按方向站立。整齊嚴肅，真寫得出。賈赦領合族子弟在西街門外，賈母領合族女眷在大門外迎接。此等路數又不即不離，筆伯又曰可見榮府現有下落。半日，静悄悄的。忽見兩個太監騎馬緩緩而行，至西街門下了馬，將馬趕出圍幙之外，便面西站立。半日又是一對，亦是如此。少時，便來了十來對，方聞隱隱鼓樂之聲。一切儀注光景，如拍手兒，將馬趕出圍幙等，又似隱然有着落。一對對龍旌鳳翣，雉羽宫扇，又有銷金提爐，焚着御香。然後一把曲柄七鳳金黄傘過來，便是冠袍帶履，又有執事太監捧着香巾、繡帕、漱盂、拂塵等物，一隊隊過完，後面方是八個太監抬着一座金頂金黃繡鳳鑾輿緩緩行來。文氣一舒，漢宮威儀，寫來如見。賈母等連忙跪下，早有太監過來扶起賈母等。那鑾輿抬入大門是何大門？儀門，往東一所院落門前，又一門。有太監跪請下輿更衣。於是抬入門，入苑門。太監散去，只有昭容、彩嬪等引元春下輿。只見苑內各色花燈爛灼，皆係紗綾扎成，一假字隱點。精緻非常，上面有一匾燈，寫着「體仁沐德」四個字。「仁德」二字是主骨。元春入室更衣出，復上輿進園。此方進園，苑與園是一是二？只見園中香煙繚繞，花影繽紛，處處燈光相映，時時細樂聲喧，說不盡這太平景象，富貴風流。

卻說賈妃在轎內，看了此園內外光景，因點頭歎道：「太奢華過費了！」忽又見太監跪請登舟，賈妃下輿登舟，只見清流一帶，勢若游龍，兩邊石欄上，皆係水晶玻璃各色風燈，點的如銀光雪浪。上面柳杏諸樹，雖無花葉，卻用各色綢綾紙絹及通草爲花，黏於枝上，又是假字。每一株懸燈萬盞。更兼池中荷荇、鳧鷺之屬，亦皆係螺蚌羽毛做就的諸燈，上下争輝。真是琉璃世界，珠寶乾坤。船上又有各種盆景燈，珠簾繡幙，桂楫蘭橈，自不必說。已而入一石港，港上一面匾燈，明現着「蓼汀花漵」四字。前回賈政來看，大門五間，入門即見大山，此大門必行幸正路。今寫入門並不寫見山，或者繞山自有正路至清溪瀉玉、石橋三港處所，因而舍輿登舟，以至正殿。乃忽入一石港，而爲「蓼汀花漵」，夫「蓼汀花漵」在歷過「有鳳來儀」「杏帘在望」，經前實寫兩處之後，又有虛寫如薔薇院、芭蕉隖等處，揆其位置正遠，何元春第一行幸之處在此？則「蓼汀花漵」意可知矣。黑山村烏莊頭同此意。看官聽說：這「蓼汀花漵」四字及「有鳳來儀」等字，皆係上回賈政偶試寶玉之才，何至便認真用了？想賈府世代詩書，自有一二名手題詠，豈似暴發之家，竟以小兒語搪塞了事呢？只緣當日這賈妃未入宮時，自幼亦係賈母教養。後來添了寶玉，賈妃乃長姊，寶玉爲幼弟，賈妃念母年將邁，方始得此弟，是以獨愛憐之。且同侍賈母，刻未相離。那寶玉未入學之先，三四歲時，已得賈妃口傳授受，教了幾本書，識了數千字在腹中。雖爲姊弟，有如母子。纔出「蓼汀花漵」，便用「看官」一段特提，以「有鳳來儀」陪之，剖説用試才所擬聯額有情有理。讀書不細心，被他疑陣所陷矣。曾記冷子興演説之語乎？「一位小姐生在大年初一，就奇了。不想次年又生一位公子，説來更奇。一落胎胞，嘴裏銜下一塊美玉」云云。生在大年初一，非元春乎？銜玉而生，非寶玉乎？明明説是次年又生，則寶玉僅小元春一歲，豈十餘回以前之書作者竟已忘之，而曰長姊、曰幼弟、曰傳書字、曰如母子？則是書爲賦子虛，寶玉年譜可不作，觀者可以醒矣。凡男子二八天癸至，今人嗜欲雖然早開，及十三歲當不能更早，則以初試雲雨爲寶玉十三歲，歷算至此年正月，已年十八歲矣。豈非笑話？自入宮後，時時帶信出來與父兄説：「千萬好生扶養，不嚴不能成器，過嚴恐生不虞，二訓天語煌煌。且致祖母之憂。」眷念之心，刻刻不忘。前日賈政聞塾師讚他儘有才情，故於游園時聊一試之，雖非名公大筆，卻是本家風味。二語謙詞藹藹。且使賈妃見之，知愛弟所爲，亦不負其平日切望之意。因此故將寶玉所題用了。那日未題完之處，後來又補題了許多。

且説賈妃看了四字笑道：「『花漵』二字便好，何必『蓼汀』？」但用「花漵」而「蓼汀」在其中矣。天之愛道乃爾，其實只「笑道」二字已了，並可不用「花漵」。侍座太監聽了，忙下舟登岸，飛傳與賈政。賈政即刻換了。彼時舟臨內岸，去舟上輿，便見琳宮綽約，桂殿巍峨。石牌坊上正現「天仙寶境」四大字，賈妃命換了「省親别墅」四字。以爲「天仙寶境」便混於虛無，其實爲「省親别墅」也，此四字已見於前回寶玉口中者。○六經四子無非教孝之書，而爲正經正傳，《紅樓》亦教孝之書，則爲别墅，以其用花漵而隱蓼汀也。於是進入行宮，只見庭燎燒空，香屑布地，火樹琪花，金窗玉檻，説不盡簾捲蝦鬚，毯鋪魚獺，鼎飄麝腦之香，屏列雉尾之扇。真是金門玉户神仙府，桂殿蘭宫妃子家。莊嚴鋪敍，自不可少。賈妃乃問：「此殿何無匾額？」隨侍太監跪啓道：「此係正殿，外臣未敢擅擬。」天道難知。賈妃點頭不語。禮儀太監請升座受禮，兩階樂起。二太監引賈赦、賈政等，此處無賈敬，而後文賞賜又有賈敬，自外於天，自外於禮，敬可知矣。於月臺下排班上殿，昭容傳諭曰：「免。」乃退出。又引榮國太君及女眷等，自東階升月臺下排班，昭容再諭曰：「免。」於是亦退。茶三獻，賈妃降座，樂止，退入側室更衣，方備省親車駕出園。

至賈母正室，欲行家禮。賈母等俱跪止之。賈妃垂淚，彼此上前廝見，一手挽賈母，一手挽王夫人，三個人滿心皆有許多話，俱説不出，只是嗚咽對泣而已。寫得出。邢夫人、李紈、王熙鳳、迎春、探春、惜春三人，俱在旁垂淚無言。半日，賈妃方忍悲强笑，安慰賈母、王夫人道：「當日既送我到那不得見人的去處，好容易今日回家，娘兒們一會，不説不笑，反倒哭個不了。其言若有怨詞，是爲氣數之天，乃文字最難開口處。一會子我去了，又不知多早晚纔能一見呢。」將前文每月二、六日許椒房眷屬入宫省視之言，自己抹去。而下文又説一月許進内一次，處處矛盾，總不許人捉摸。説到這句，不禁又哽咽起來。邢夫人忙上來勸解。賈母等賈妃歸坐，又逐次一一見過，又不免哭泣一番。然後東西兩府執事人等在外廳行禮，其媳婦丫鬟行禮畢。賈妃歎道：「許多親眷，可惜都不能見面。」王夫人啓道：「現有外親薛王氏及寶釵、黛玉在外候旨。外眷無職，不敢擅入。」引出薛、林。賈妃即命請來相見。一時薛姨媽等進來，欲行國禮，命免過，上前各敍闊別。又有貴妃原帶進宮的丫鬟抱琴等叩見，琴，禁也，所以禁人心之蕩，故爲天所使。其三春之婢名同此生發，因類及之，重在此名，而四十九回寶琴已到。賈母連忙扶起，命入別室款待。執事太監及彩嬪、昭容各侍從人等，寧府及賈赦那宅兩處，自有人款待，忽插寧府。只留三四個小太監答應。母女姊妹敍些久別情形，及家務私情。

又有賈政至簾外問安，賈妃於內行參等事。又向其父說道：「田舍之家，齏鹽布帛，得遂天倫之樂。「天倫樂」三字點出。今雖富貴，骨肉分離，終無意趣。」賈政亦含淚啓道：「臣草莽寒門，鳩羣鴉屬之中，豈意得徵鳳鸞之瑞。今貴人上錫天恩，下昭祖德，此皆山川日月之精奇，祖宗之遠德，鍾於一人，幸及政夫婦。且今上體天地生生之大德，垂古今未有之曠恩，雖肝腦塗地，豈能報效於萬一。惟朝乾夕惕，忠於厥職。伏願我君萬歲千秋，乃天下蒼生之福也。貴妃切勿以政夫婦殘年爲念，更祈自加珍愛，惟勤慎肅恭以侍上，庶不負上眷顧隆恩也。」一段莊嚴鄭重科白，非寫賈政，乃作者自還歸省正面文字。而「皇恩重」「天倫樂」、「教」字、「省」字，寫得圓密精湛，箴頌無遺，是豈鄉學究所辦。賈妃亦囑以「國事宜勤，暇時保養，切勿記念」。賈政又啓：「園中所有亭臺軒館，皆係寶玉所題，如果有一二可寓目者，請即賜名爲幸。」元妃聽了寶玉能題，便含笑說道：「果進益了。」賈政退出。賈妃因問：「寶玉因何不見？」賈母乃啓道：「無職外男，不敢擅入。」元妃命引進來。小太監引寶玉進來，先行國禮畢，命他近前，攜手攬於懷內，居然孩提，故知上「看官」一段文字之妙。或問：「何妨於冷子興文中略改數字，豈不省許多周旋？」答曰：「公乃笨伯。」又撫其頭頸笑道：「比先長了好些。」一語未終，淚如雨下。至性至情，寫得盡致，是爲天心，筆有神力。

尤氏、突出尤氏。鳳姐等上來啓道：「筵宴齊備，請貴妃遊幸。」元妃起身，命寶玉導引，遂同諸人步至園門前。看步至園門，則園在府中無疑矣。早見燈光之中，諸般羅列，進園先從「有鳳來儀」「紅香緑玉」「杏帘在望」「蘅芷清芬」等處，先到「有鳳來儀」固已，而以賈政試才時之路揆之，離「紅香緑玉」則尚遠。後文黛玉擬住瀟湘館，寶玉云「我就住怡紅院、喒們兩個又近」，則此時方過「有鳳來儀」，即至「紅香緑玉」，又相對，然究無從指實。既欲作寶玉年譜，又欲畫大觀園圖者，心可歇了。○四大處必不是連簇緊接，而敍游幸偏先總撮四處。登樓步閣，涉水緣山，眺覽徘徊。一處處鋪陳不一，一樁樁點綴新奇。賈妃極加獎讚，又勸：「以後不可太奢了，此皆過分。」既而來至正殿，諭免禮歸坐，大開筵宴。賈母等在下相陪，尤氏、李紈、鳳姐等捧羹把盞。元妃乃命筆硯伺候，親拂羅箋，擇其喜者賜名。題其園之總名曰大觀園，大觀園天命之。正殿匾額云「顧恩思義」，恩、義是「天倫」，顧、思是「歸省」。對聯云：

天地啓宏慈，赤子蒼生同感戴；古今垂曠典，九州萬國被恩榮。歸省天倫，人莫能外。是書之作，縱横無遺。

又改題：

有鳳來儀，賜名瀟湘館。賜名「瀟湘館」，則竹不栖鳳而漬淚矣。天實爲之，謂之何哉？

紅香緑玉，改作怡紅快緑，賜名怡紅院。去一「香玉」則凡爲女兒者無不爲紅爲緑，無不可怡可快矣。香玉乃黛玉寓言，奈天心早已去之何。

蘅芷清芬，賜名蘅蕪院。蘅蕪，荒穢不治也，而亦有天數在。

杏帘在望，賜名澣葛山莊。后妃之化，宛許此人莊莊也。

正樓曰大觀樓。因大觀而更上一層。

東面飛樓曰綴錦閣，西面飛樓曰含芳閣。「錦」字從金，而在東，金刑木，見寶釵之强。「芳」字從草，而在西，草入秋，見黛玉之弱。一部大觀，演此而已。

更有蓼風軒、藕香榭、紫菱洲、荇葉渚等名。迎、探、惜各住處而陪一荇葉渚，隱然望《周南》之化。又有四字匾額，如「梨花春雨」「桐剪秋風」「荻葉夜雪」等名，不可勝紀。四字額有春秋冬而無夏，缺陷可想。又命舊有匾聯不可摘去。於是先題一絶句云：

銜山抱水建來精，多少功夫築始成。天上人間諸景備，芳園應錫大觀名。一詩落落大方，肖爲天語，自不雕琢。「天上人間」四字，重明其書有如此也。

寫畢，向諸姊妹笑道：「我素乏捷才，且不長於吟咏，姊妹們素所深知。今夜聊以塞責，不負斯景而已。異日少暇，必補撰《大觀園記》並《省親頌》等文，以紀今日之事。即此是記，即此是頌。妹等亦各題一匾一詩，隨意發揮，不可爲我微才所縛。且知寶玉竟能題詠，一發可喜，此中瀟湘館、蘅蕪院二處，我所極愛，二處並重，奈厥後人力紛馳，即天心默爲轉移也。是爲氣數之天。次之怡紅院、澣葛山莊，此四大處，謂之四大處，而有澣葛山莊，可見是書不僅談情欲之情。必得別有章句題詠方妙。前所題之聯雖佳，如今再各賦五言律一首，使我當面試過，方不負我自幼教授之苦心。」寶玉只得答應了下來，自去搆思。

迎春、探春、惜春三人，中要算探春又出於姊妹之上，然自忖亦難與薛、林爭衡，只得勉强隨衆塞責而已。李紈也勉强湊成一律。賈妃挨次看姊妹們的，寫道是：下半回正面。○以下諸匾額詩句，皆發明是書本意，又自與本人關照。

匾額　曠性怡情第一額特提「性情」二字，是此書源流。　迎　春

園成景物特精奇，奉命羞題額曠怡。誰信世間有此境，游來寧不暢神思。詩稺弱，肖迎春，此書凡有詩詞，皆就各人才情設爲之。

匾額　萬象争輝次言是書氣象森羅，無所不有，一詩意同。　探　春

名園築就勢巍巍，奉命多慚學淺微。精妙一時言不盡，果然萬物有光輝。

匾額　文章造化自無之有謂之造，自有之無謂之化，是此書終始。　惜　春

山水橫拖千里外，樓臺高起五雲中。園開日月光輝裏，景奪文章造化功。一詩皆排偶，去律之首尾爲絶句者，此便是造化，又反映惜春終不偶也。

匾額　文采風流於風流公案中而維持名教，是爲李紈，書中一人而已。詩重末句。　李　紈

秀水明山抱復回，風流文采勝蓬萊。緑裁歌扇迷芳草，紅襯湘裙舞落梅。珠玉自應傳盛世，神仙何幸下瑶臺。名園一自邀遊賞，未許凡人到此來。

匾額　凝暉鍾瑞瑞音睡，夢之主也。李紈詩七律，寶釵亦七律，是同歸賈氏者，律故相同。詩中第二聯隱然與黛玉爲敵，三聯則伸明作書之旨。　薛寶釵

芳園築向帝城西，華日祥雲籠罩奇。高柳喜遷鶯出谷，修篁時待鳳來儀。文風已著宸游

夕，孝化應隆歸省時。睿藻仙才瞻仰處，自慚何敢再爲辭。釵詩何其和柔，黛詩何其傲岸，釵得天心，黛失天心在此矣。我故云元妃爲氣數之天。

區額　世外仙源　世外仙源，自外於天而死矣。　林黛玉

宸游增悦豫，仙境別紅塵。借得山川秀，添來氣象新。香融金谷酒，花媚玉堂人。何幸邀恩寵，宮車過往頻。寶玉詩五律，黛亦五律，見匹偶固當在此也。而其如金玉何？故詩中腹聯用「金玉」字。衆人之才，以林、薛爲最，故設爲其詩，必較優於衆人。然特不過形容閨中筆墨而已，只作如此便得，非作者必不能揣摩陶、王、韋、孟，借此書爲流傳也。間有人評《紅樓夢》詩詞惜平平者，請以此言告之。○每一詩詞必顧書旨，必隱寓意，必按本人，有許多束縛，亦不易也。

賈妃看畢，稱賞一番。又笑道：「終是薛、林二妹之作，與衆不同，非愚姊妹所及。」原來林黛玉安心今夜大展奇才，將衆人壓倒，寫其設心如此，正是寫他呆處，點化人不小。不想賈妃只命一匾一詠，倒不好違諭多做，只胡亂做一首五言律應命罷了。

彼時寶玉尚未做完，纔做了「瀟湘館」與「蘅蕪院」兩首，正做「怡紅院」一首，起稿内有「緑玉春猶捲」一句。寶釵轉眼瞥見，便趁衆人不理論，推他道：「貴人因不喜『紅香緑玉』四字，纔改了『怡紅快緑』，「紅香緑玉」乃黛玉也，貴人不喜，見此段因緣天所不許，而許在金玉因緣也，故特用寶釵提白。你這會子偏又用『緑玉』二字，豈不是有意和他分馳了？況且蕉葉之典故頗多，再想一個改了罷。」寶玉見寶釵如此説，便拭汗説道：「我這會子總想不起什麽典故出處來。」寶釵笑道：「你只把『緑玉』的『玉』字改作『蠟』字就是了。」是他捉刀改去「玉」字。寶玉道：「緑蠟可有出處？」寶釵悄悄的咂嘴點頭笑道：

「虧你今夜不過如此，將來金殿對策，你大約連『趙錢孫李』都忘了呢。姓也即性也，隱然毀性在此。○「逞才藻」之才，即「試才」之才，方逞才時而塗改者有寶釵，傳遞者有黛玉，此才亦幾乎息矣。唐朝韓翃詠芭蕉詩頭一句『冷燭無煙緑蠟乾』都忘了麽？」玉不爲玉而爲蠟，又以此句注之，心灰淚竭，黛玉死矣。寶玉聽了，不覺洞開心意，笑道：「該死，眼前現成之句，一時竟想不到，該死語妙。姐姐真可謂一字師了。「前村深雪裏，昨夜一枝開」，關合處妙絶，妙絶！從此只叫你師傅，再不叫姐姐了。」寶釵亦悄悄的笑道：「還不快做上去，只姐姐妹妹的，誰是你姐姐？那上頭穿黃袍的纔是你姐姐呢！」所謂應天順人，而唧唧噥噥，寫得好看。一面説笑，因怕他躭延工夫，遂抽身走開了。寶玉續成了此首，共有三首。此時黛玉未得展才，才字在他處再點。心上不快，因見寶玉搆思太苦，走至案傍，知寶玉只少「杏帘在望」一首，代做此題，猶爲黛玉存其潔也。因叫他抄録了前三首，卻自己吟成一律，寫在紙條上，搓成個團子，擲向寶玉跟前。寶玉打開一看，覺比自己做的三首高得十倍，遂忙恭楷謄完呈上。賈妃看是：

有鳳來儀

秀玉初成實，堪宜待鳳凰。竿竿青欲滴，个个緑生涼。迸砌防階水，穿簾礙鼎香。莫摇分碎影，好夢正初長。第一句、第四句點緑玉，末二句點夢，而切懼其紛碎。

蘅芷清芬

蘅蕪滿靜院，蘿薜助芬芳。軟襯三春草，柔拖一縷香。輕煙迷曲徑，冷翠濕衣裳。誰詠池塘曲，謝家幽夢長。第四句關合二十八回「紅麝串」，見天意如此也。末聯點「夢」字，而隱然側重草邊，情有獨鍾也。

怡紅快緑

深庭長日静，兩兩出嬋娟。緑蠟春猶捲，紅妝夜未眠。憑欄垂絳袖，倚石護清煙。對立東風裏，主人應解憐。兩兩嬋娟，釵黛並在，通首如此。

杏帘在望

杏帘招客飲，在望有山莊。菱荇鵝兒水，桑榆燕子梁。一畦春韭緑，十里稻花香。盛世無饑餒，何須耕織忙。此黛玉代做者，著一客字，黛玉終於客而已。看怡紅、蘅蕪曰院，則金玉相合矣。瀟湘曰館，館非客居乎？寫本題重二聯，曰兒、曰子，李紈其有後。四詩面面俱到，三用陽，一用先韻，《易》道也。

賈妃看畢，喜之不盡，説：「果然進益了。」又指「杏帘」一首爲四首之冠，遂將「澣葛山莊」改爲「稻香村」，寶玉口中已出之名。又命探春將方纔十數首詩，另以錦箋謄出，令太監傳與外廂。賈政等看了，都稱頌不已。賈政又進《歸省頌》。元妃又命以瓊酪金膾等物賜與寶玉並賈蘭。此時賈蘭尚幼，未諳諸事，只不過隨母依叔行禮而已。此處一寫賈蘭，決不可少，方束得住「天倫樂」。

那時賈薔帶領一班女戲子在樓下，正等得不耐煩，只見一個太監飛跑下來，説：「做完了詩了，快拿戲目來。」賈薔忙將戲目呈上，並十二個人的花名册子。少時點了四齣戲：

第一齣《豪宴》，第二齣《乞巧》，第三齣《仙緣》，第四齣《離魂》。既以賈蘭束住本回，又以四齣戲束住大段。「豪宴」本回事，「乞巧」寶釵傳，「仙緣」寶玉結果，「離魂」黛玉傳。

賈薔忙張羅扮演起來。一個個歌有裂石之音，舞有天魔之態，雖是妝演的形容，卻做盡悲歡情狀。

剛演完了，一太監執一金盤糕點之屬，進來問：「誰是齡官？」人壽無常，誰是齡官，問得警醒。賈薔便知是賜齡官之物，連忙接了，命齡官叩頭。太監又道：「貴妃有諭：説齡官極好，再做兩齣戲，不拘那兩齣就是了。」賈薔忙答應了。因命齡官做《游園》《驚夢》二齣。齡官自以爲此二齣原非本角之戲，執意不從，定要做《相約》《相罵》二齣。按女樂中寶官爲生，玉官爲旦，是爲寶、黛影身。齡官爲小旦，乃是寶釵，故爲元妃所賞。《游園》《驚夢》旦脚戲，而事映黛玉，故爲原非本角，執意不從。《相約》《相罵》即約釵、鬧釵事，映寶釵，故定要做。又以餘文關照九十七回，以完釵黛之案。賈薔扭他不過，只得依他做了。已爲「畫薔」設伏。賈妃甚喜，命：「莫難爲了這女孩子，好生教習。」額外賞了兩疋宮綢，兩個荷包，並金銀錁子，金玉因緣定矣。食物之類。然後撤筵，將未到之處，復又游玩。忽見山環佛寺，忙盥手進去焚香拜佛，又題一匾云「苦海慈航」，末題一匾，是全書名。又額外加恩與一班優尼女道。既不置優尼女道於虚設，又關合茫茫渺渺，本文經緯，點水不漏。

少時太監跪啓：「賜物俱齊，請驗按例行賞。」乃呈上節略。賈妃從頭看了無語，即命照此而行。太監下來，一一發放。原來賈母的是金、玉如意各一柄，諸賞賜重金玉如意，餘皆易解。沈香拐杖一根，伽楠念珠一串，「富貴長春」宮綢四疋，「福壽綿長」宮綢四疋，紫金「筆錠如意」錁十錠，「吉慶有餘」銀錁十錠。邢夫人等二分，只減了如意、拐、〔珠〕〔杖〕四樣。賈敬、又有賈敬，恍恍惚惚。賈赦、賈政等，每分御製新書二部，寶墨二匣，金銀盞各二雙，表禮按前。寶釵、黛玉諸姊妹等，每人新書一部，寶硯一方，新樣格式金錠錁二對。寶玉亦同。〔賈蘭則是〕〔錁二對〕金銀項圈二個，金錁二對。尤氏、李紈、鳳姐等，皆金銀錁四錠，表禮四端。另有表禮二十四端，青錢一千串，是賞與賈母、王夫人及各姊妹房中奶娘衆丫鬟。賈璉、賈珍、賈環、賈環雜出於此，環無端之物，爲天運之象也。賈蓉皆是表禮一端，金銀錁一對。其餘彩緞百疋、白銀千兩、御酒數瓶，是賜東西兩府及園中管理工程、陳設、答應及司戲、掌燈諸人的。外又有青錢五百串，是賜廚役、優伶、百戲、雜行人等的。衆人謝恩已畢，執事太監啓道：「時已丑正三刻，丑正三刻，丑餘一刻矣。瞬息交寅，即「虎兔相逢大夢歸」之會。請駕回鑾。」賈妃不由的滿眼又滾下淚來，卻又勉强笑着，拉了賈母、王夫人的手，不忍放，再四叮嚀：「不須牽掛，好生保養。如今天恩浩蕩，一月許進内省視一次，或月一至，隱言歸省是容易的，特人不肯省耳。見面儘容易的，何必過悲。倘明歲天恩仍許歸省，不可如此奢華糜費了。」賈母等已哭的哽咽難言了。賈妃雖不忍別，奈皇家規矩，違錯不得的，此語甚厲，乃是大聲疾呼，所謂苦海慈航。只得忍心上輿去了。這裏諸人好容易將賈母勸住，及王夫人攙扶出園去了。

未知後事如何，且聽下回分解。

此回乃足完前一卷意義而指點之，其實只同前卷作一回看，不容分析。上半回「省」字，便是前卷下半回「省」字；下半回「才」字，便是前卷上半回「才」字，曰「父母」，曰「天倫」，出實際也。

此兩回合爲一大段，乃單提特舉，頓住以前十六回，而生以後百有二回。一熱一冷、大開大合文字也。書名有五，無非「苦海慈航」；氣運一元，不落「天仙寶境」。隱蓼汀於花漵，試才當溯源流；死秦鍾而返元春，歸省自然容易。傷哉緑玉，嗟彼黃金。一部大觀，諸天諦聽。

護花主人評曰：

第十八回省親，是第一曠典，第一大事，故全用正筆細寫。補敍寶玉三四歲時，曾經元妃教讀，以見上回擬題聯扁，是有意，不是無心。元妃初見賈母、王夫人，三人執手，一句話説不出，只是嗚咽對泣，情景真切。下文臨别時，賈母等别無一言，更妙。

寶釵改「緑玉」爲「緑蠟」，是聰明，不是憐愛。黛玉代做杏帘詩，是憐愛，不是聰明。各有分别。

元妃點戲四齣，末齣點《離魂》，是讖兆，亦是伏筆。

大某山民評曰：

自此回省親起，爲入書正傳之第四年壬子歲正月半。至二十二回寶釵生日，尚是正月。二十三回二月二十二日，始入園分住。寫黛玉葬花，是三月中。二十六回已交夏初。二十七回中，點明四月二十六日，已近五月。二十九回清虚觀作醮事，是五月初一日。三十回是六月間事。至三十八回，點明過了八月。三十八回詠菊，是九月。至五十三回，方過是年之冬。壬子一年，共計書三十五回，俱寫兩府極盛之時。

第十九回　情切切良宵花解語　意綿綿静日玉生香

話説賈妃回宮，次日見駕謝恩，並回奏歸省之事。龍顔甚悦。又發内帑彩緞金銀等物，以賜賈政及各椒房等員，不必細説。

且説榮、寧二府中連日用盡心力，真是人人力倦，各各神疲，又將園中一應陳設動用之物收拾了兩天方完。第一個鳳姐事多任重，開首是此人。別人或可偷閑躲静，獨他是不能脱得的；二則本性要强，不肯落人褒貶，只扎挣着與無事的人一樣。第一個寶玉卻是極無事最閑暇的。偏這一早，襲人的母親又親來回過賈母，接襲人家去吃年茶，晚間纔可回來。因此寶玉只和衆丫頭們擲骰子、趕圍棋作戲。正在房内頑得没興頭，忽見丫頭們來回説：「東府裏珍大爺來請過去看戲、放花燈。」寶玉聽了，便命換衣裳。纔要出去時，忽又有賈妃賜出糖蒸酥酪來。酥酪隱言乳哺，是歸省餘文。寶玉想上次襲人喜吃此物，便命留與襲人了，自己回過賈母，過去看戲。

誰想賈珍這邊唱的是《丁郎認父》《黄伯央大擺陰魂陣》，更有《孫行者大鬧天宮》《姜太公斬將封神》等類的戲文，倏爾神鬼亂出，忽又妖魔畢露，内中揚旛過會，號佛行香，鑼鼓喊叫之聲，遠聞巷外，滿街上個個都讚：「好熱鬧戲，别人家斷不能有的。」《陰魂陣》《鬧天宮》《斬將封神》，固熱鬧矣，何以《丁郎認父》亦在其中？且第一便舉此戲，可見爲歸省餘文，是書爲教孝之書也。其餘戲名皆有隱意，《陰魂陣》即風月鑑中之骷髏，《鬧天宮》演一心之無所不至，《斬將封神》則同歸於盡，而爲呂尚戲。書至金玉，兩呂既成，玉做和尚去矣。寶玉既繁華熱鬧到如此不堪的田地，「不堪」二字新鮮，書中熱鬧處皆其寫不堪處也。滿街上人何能解此。只略坐了一坐，便走往各處閑耍。先是進内去和尤氏並丫頭姬妾説笑了一回，便出二門來。尤氏等仍料他出來看戲，遂也不曾照管。賈珍、賈璉、薛蟠等，只顧猜謎行令，百般作樂，縱一時不見他在坐，只道在裏邊去了，也不論理。至於跟寶玉的小厮們，那年紀大些的，知寶玉這一來了，必是晚間纔散，因此偷空，也有會賭錢的，也有往親友家去吃年茶的，茗烟已伏其中，是書無一突筆。或賭或飲，都私自散了，待晚間再來；那小些的都鑽進戲房裏瞧熱鬧去了。寶玉見一個人没有，因想：「素日這裏有個小書房，内曾掛着一軸美人，極畫的得神，今日這般熱鬧，想那裏自然無人，那美人也自然是寂寞的，須得我去望慰他一回。」奇情異致，迴不猶人。想着，便往那廂來。剛到窗前，聞得房内呻吟之聲，寶玉倒唬了一跳，想着：「敢是美人活了不成？」一部《紅樓》作如是觀。乃大着膽子舔破窗紙向内一看，那軸美人卻不曾活，卻是茗煙按着一個女孩子也幹那警幻所訓之事。陡提第五回，是談情之始，是襲人文字。寶玉禁不住大叫：「了不得！」一脚踹進門去，將那兩個唬開了，抖衣而顫。茗烟見寶玉，忙跪下哀求。寶玉道：「青天白日，這是怎麽説？珍大爺知道，你是死是活？」一面看那丫頭，雖不標緻，倒白净，些微亦有動人心處，「任是無情也動人」，實即寶釵文字也。羞的臉紅耳赤，低首無言。寶玉跺脚道：「還不快跑！」一語提醒了那丫頭，飛也似的去了。寶玉又趕出去叫道：「你別怕，我是不告訴別的人的。」急得茗煙在後叫：「祖宗，這是分明告訴人了！」文情絶倒，真寫得出。而「絳芸軒」案作者是不告訴人，而又分明告訴人。寶玉因問：「那丫頭十幾歲了？」茗煙道：「大約不過十六七歲了。」寶玉道：「連他的歲數也不問問，別的自然越發不知了。自注其書都是如此糊塗的。可見他白認得你了，可憐，可憐！」又問：「名字叫什麽？」茗煙笑道：「若説出名字來話長，真正新鮮奇文。他説他母親養他的時節做了一個夢，是一夢。夢得了一疋錦，上面是五色富貴不斷頭的卍字花樣，有杼柚，有經緯，花樣簇新。所以他的名字就叫做萬兒。」萬，盈數也，總括之詞。又，佛胸爲卍字也。寶玉聽了笑道：「真也新奇，想必他將來有些造化。」是新奇，是爲文章造化特自讚。説着，沈思一會。此一沈思最關緊要，可卿之死，不思而已。

茗烟因問：「二爺爲何不看這樣的好戲？」寶玉道：「看了半日，怪煩的，出來逛逛，就遇見了你們了。這會子做什麽呢？」閑閑而來。茗煙微微笑道：「這會子没人知道，我悄悄的引二爺往城外逛去，一會兒再往這裏來，他們就不知道了。」寶玉道：「不好，仔細花子拐去了。不是寶玉説孩子話，上半回正襲人拐寶玉處，實是被花子拐去也。襲人姓花，透筆敏妙絶倫。且是他們知道了，又鬧大了。不如往近些的地方去，還可就來。」茗煙道：「就近地方誰家可去？這卻難了。」文氣恬逸，而「難了」字着眼。寶玉笑道：「依我的主意，咱們竟找花大姐姐去，尋花乃談情之始。瞧他在家做什麽呢。」茗煙笑道：「好好，我倒忘了他家。」又道：「他們知道了，説我引着二爺胡走，要打我呢。」寶玉道：「有我呢。」茗煙聽説，拉了馬，二人從後門就走了。

幸而襲人家不遠，不過一半里路程，轉眼已到門前。茗煙先進去叫襲人之兄花自芳。「庭樹不知人去盡，春來猶發舊時花。」又：「笑駡由他笑駡，好官我自爲之。」花自芳名義也，隱照襲人終局。此時襲人之母，接了襲人與幾個外甥女兒，幾個侄女兒來家，外甥女兒，侄女兒，虛虛一照。正吃菓茶。聽見外面有人叫「花大哥」，花自芳忙出去看時，見是他主僕兩個，唬的驚疑不定，連忙抱下寶玉來，至院内嚷道：「寶二爺來了！」寫得出。別人聽見還可，襲人聽了，也不知爲何，忙跑出來迎着寶玉，一把拉着問：「你怎麽來了？」寶玉笑道：「我怪悶的，來瞧瞧你作什麽呢。」絶倒。襲人聽了，纔把心放下來。「放心」二字，書之眼目，談情之始，在所必提。說道：「你也胡鬧了，可作什麽來呢？」一面又問茗烟：「還有誰跟來？」茗烟笑道：「別人都不知，就只我們兩個。」襲人聽了，復又驚慌，說道：「這還了得，倘或撞見了人，或是遇見了老爺，街上人擠馬碰，有個閃失，也是頑得的！活畫。你們的膽子比斗還大，都是茗烟挑唆的，回去我定告訴嬷嬷們打你！」茗烟撅了嘴道：「二爺駡着打着，叫我引了來的，這會子推到我身上。我說別要來罷，不然我們還去罷。」寫得像。花自芳忙勸道：「罷了，已是來了，也不用多說了。只是草檐草舍，又窄又不乾净，爺怎麽坐呢？」

襲人之母也早迎了出來，襲人拉了寶玉進去。寶玉見房中三五個女孩兒，見他進來，都低了頭羞臉通紅。花自芳母子兩個，恐怕寶玉寒冷，又讓他上炕，又忙另擺菓桌，又忙倒好茶。與初次到寶釵家作大對照。襲人笑道：「你們不用白忙，我自然知道，菓子也不用擺了，不敢亂給東西他吃。」一面說，一面將自己的坐褥拿了鋪在一個椅子上，寶玉坐了；用自己的脚爐墊了脚；向荷包内取出兩個梅花香餅兒來，又將自己的手爐掀開焚上，仍蓋好，放與寶玉懷内；又照顧手爐。然後將自己的茶杯斟了茶，送與寶玉。彼時他母兄已是忙着，齊齊整整的擺上一桌子菓品來。襲人見總無可吃之物，因笑道：「既來没有空去的理，好歹嘗一點兒，也是來我家一趟」。説着，便拈了幾個松子瓤，松爲木公，金母之配，正與寶釵一氣。吹去細皮，用手帕托着，送與寶玉。寶玉看見襲人兩眼微紅，粉光融滑，因悄問襲人道：「好好的哭什麽？」襲人笑道：「何嘗哭？纔迷了眼揉的。」因此便遮掩過了。因見寶玉穿着大紅金蟒狐腋箭袖，外罩石青貂裘排穗褂，説道：「你特爲往這裏來，又换新衣服，他們就不問你往那裏去的？」寶玉笑道：「原是珍大爺請過去看戲换的。」這便是戲中第一人。襲人點頭，又道：「坐一坐就回去罷。這個地方，不是你來的。」寶玉笑道：「你也家去纔好呢，我還替你留着好東西呢。」光景如畫。好東西，酥酪也，像何物？一笑。襲人笑道：「悄悄的，叫他們聽着什麽意思？」是好形容。一面又伸手從寶玉項上來將通靈玉摘下來。寶玉入他手矣，便是「巧合認通靈」。向他姊妹們笑道：「你們見識見識，時常説起來，都當稀罕，恨不能一見，今兒可盡力瞧了。再瞧什麽稀罕物兒，也不過是這麽個東西。」其言輕以肆，而隱括中庸。説畢，遞與他們傳看了一遍，仍與寶玉掛好。又命他哥哥去或雇一乘小轎，或雇一輛小車，送寶玉回去。花自芳道：「有我送去，騎馬也不妨了。」襲人道：「不爲不妨，爲的是碰見人。」花自芳忙去雇了一頂小轎來，衆人也不好相留，只得送寶玉出去。襲人又抓些菓子與茗煙，又把些錢與他買花炮放，叫他：「不可告訴人，連你也有不是。」一面説着，一直送寶玉至門前，看着上轎，放下轎簾。籠罩之物。茗煙二人牽馬跟隨，來至寧府街，茗煙命住轎，向花自芳道：「須得我同二爺還到東府裏混一混纔好過去的，不然人家就疑惑了。」花自芳聽了有理，忙將寶玉抱出轎來，送上馬去。寶玉笑説：「倒難爲你了。」於是仍進後門來，俱不在話下。

卻說寶玉自出了門，房中這些丫鬟們，都越發恣意的頑笑。也有趕圍棋的，也有擲骰抹牌的，磕了一地的瓜子皮。偏他奶母李嬤嬤拄拐進來請安，蹴起波瀾，是亦歸省餘文。瞧瞧寶玉，見寶玉不在家，丫鬟們只顧頑鬧，十分看不過，因歎道：「只從我出去，不大進來，你們越法沒樣兒了，別的嬤嬤越不敢說你們了。娓娓瑣瑣，口吻逼肖，而覺其言甚悲。那寶玉是個丈八的燈臺，照見人家照不見自己的，只知嫌人家腌臢。這是他的屋子，由着你們糟蹋，越不成體統了。」言之慨然。這些丫頭們明知寶玉不講究這些，二則李嬤嬤已是告老卸事出去的了，如今管不着他們，因此只顧頑笑，並不理他。那李嬤嬤還只管問：「寶玉如今一頓吃多少飯？什麼時候睡覺？」一乳母耳，寫得恁親切，是加一倍法。丫頭們總胡亂答應，有的說：「好個討厭的老貨！」李嬤嬤又問道：「這蓋碗裏是酥酪，怎不送與我吃？」遞入元妃，映合乳哺，是乃元妃所賜，天錫之者。說畢，拿起就吃。一個丫頭道：「快別動，那是說了給襲人留着的，回來又惹氣了。你老人家自己承認，別帶累我們受氣。」李嬤嬤聽了又氣又愧，便說道：「我不信他這樣壞了腸子，別說我吃了一碗牛奶，就是再比這個值錢的，也是應該的。難道待襲人比我還重？談情之始，首在襲人，未談之先，必敘此一事，正壞天倫而阻歸省處也。難道他不想想怎麼長大了？其聲甚厲，其如不思何。我的血變的奶，吃的長這麼大，如今我吃他一碗牛奶，他就生氣了？借映鞠育，而凡乳母口角氣焰都到。我偏吃了，看他怎麼樣！你們看襲人不知怎樣，那是我手裏調理出來的毛丫頭，什麼阿物兒！」是必借他一罵。一面說，一面賭氣將酥酪吃盡。又一丫頭笑道：「他們不會說話，怨不得你老人家生氣。寶玉還送東西孝敬你老人家去，豈有爲這個不自在的。」李嬤嬤道：「你們也不必妝狐媚子哄我，打量上次爲茶攆茜雪的事我不知道呢。反找第八回自寶釵處醉歸事，而用補筆收拾茜雪。茜，遣也。寶釵、襲人是爲一致。凡此皆以影定形，誅寶釵於百二十回之外。明兒有了不是，我來領。」說着，賭氣去了。

少時寶玉回來，命人去接襲人。只見晴雯躺在床上不動，寫出不曉事之晴雯，乃黛玉影子。寶玉因問：「敢是病了？再不然輸了？」秋紋道：「他倒是贏的，誰知李老太太來了混輸了，他氣的睡去了。」寶玉道：「你們別和他一般見識，由他去就是了。」是爲移孝作情，談情是這般談起。說着，襲人已回，彼此相見。襲人又問寶玉何處吃飯，多早晚回來，又代他母妹問諸同伴姊妹好。一時換衣卸妝，寶玉命取酥酪來。丫鬟們回說：「李奶奶吃了。」寶玉纔要說話，襲人便忙笑說道：「原來是留的這個，多謝費心，前日我吃的時候好吃，吃過了好肚子疼，鬧的吐了纔好了。原是難受。他吃了倒好，擱在這裏白糟蹋了，我只想風乾栗子吃，使民戰栗，示警深矣。你替我剝栗子，我去鋪床。」

寶玉聽了信以爲真，方把酥酪丟開，取栗子來自向燈前檢剝。是爲自剝。一面見衆人不在房中，乃笑問襲人道：「今兒那個穿紅的，是你什麼人？」襲人道：「那是我的兩姨妹子。」是兩姨親，與寶釵映。緑只黛玉一人，紅則公共者也。寶玉聽了，讚歎了兩聲。襲人道：「歎什麼，我知道你心裏的緣故，想是說他那裏配穿紅的？」寶玉笑道：「不是，不是，那樣的人不配穿紅的，誰還敢穿？我因爲見他實在好得很，怎麼也得他在咱們家就好了。」見一紅愛一紅，情字又是這般說起。襲人冷笑道：「我一個人是奴才命罷了，難道連我的親戚都是奴才命不成？定還要揀實在好的丫頭，纔往你家來？」凡寫襲人鈐制寶玉處，純是逆筆。寶玉聽了，忙笑道：「你又多心了。我說往咱們家來，必定是奴才不成？說親戚就使不得？」襲人道：「那也搬配不上。」寶玉便不肯再説，只是剥栗子。襲人笑道：「怎麽不言語了？想是我纔冒撞沖犯了你，明兒賭氣花幾兩銀子買他們進來就是了。」又一拍。寶玉笑道：「你説的這話，怎麽叫人答言呢？我不過是讚他好，正配生在這深堂大院裏，没的我們這種濁物倒生在這裏。」襲人道：「他雖没這造化，倒也是姣生慣養的，我姨父、姨娘的寶貝。如今十七歲，各樣的嫁妝都齊備了，明年就出嫁。」虚虚映到九十七回。寶玉聽了「出嫁」二字，不禁又嗐兩聲。

正不自在，文意殊不在紅。又聽襲人歎道：「只從我來纔幾年，姊妹們都不得在一處，如今我要回去了，他們又都去了。」匕首出懷。寶玉聽這話内有文章，不覺吃一驚，忙丢下栗子問道：「怎麽，你如今要回去了？」正要他問。襲人道：「我今兒聽見我媽和哥哥商議，教我再煩耐一年，明年他們上來就贖我出去呢。」寶玉聽了這話，越發忙了，因問：「爲什麽要贖你？」襲人道：「這話奇了，我又比不得是你這裏的家生女兒，我一家都在别處，獨我一個人在這裏，怎麽是個了局？」是没個了局。寶玉道：「我不叫你去，也難。」襲人道：「從來没有這理，便是朝廷宫裏，也有定例，或幾年一選，幾年一入，没有長遠留下人的理，别説你家！」其言輕以肆。寶玉想一想，果然有理。又道：「老太太不放你，也難。」襲人道：「爲什麽不放我？果然是個最難得的，或者感動了老太太、太太，必不放我出去的，設或多給我家幾兩銀子留下，然或有之；其實我也不過是個最平常的人，比我强的多而且多。自我從小兒來跟着老太太，先服侍了史大姑娘幾年，補此筆，見湘雲亦寶玉影子也。如今又伏侍你幾年，如今我們家來贖，正是該叫去的，只怕連身價也不要，就開恩叫我去。即「雲雨情」亦所不顧，談情是如此談起，足令聞者寒心，已露狐尾，奈彼昏不知何。若說爲伏侍得你好，不叫我去，斷然没有的事。那伏侍的得好是分内應當的，不是什麽奇功。性理學問，舉凡忠孝，一齊勘透語。而作此等用在他口中出，便成極不堪怪語。我去了，仍舊又有好的了，不是没了我就成不得的。」又一露。寶玉聽了這些話，竟是有去的理，無留的理，心裏越發急了。所謂頑石。因又道：「雖然如此說，我的一心要留下你，不怕老太太不和你母親說，多多給你母親些銀子，他也不好意思接你了。」襲人道：「我媽自然不敢强。且慢些和他說，又多給銀子；就便不好和他說，一個錢也不給，安心要强留下我，他也不敢不依。但只是咱們家從没幹過這倚勢仗貴霸道的事。這比不得别的東西，因爲喜歡，加十倍利弄了來給你，那賣的人不得吃虧，可以行得；如今無故平空留下我，於你又無益，反叫我們骨肉分離，筆有花，舌有刀。這件事老太太、太太斷不肯行的。」直説究竟。寶玉聽了，思忖半晌，乃說道：「依你說來說去，是去定了。」襲人道：「去定了。」寶玉聽了自思道：「誰知這樣一個人，這樣薄情無義呢？」是熱極語，而斷定其人。乃歎道：「早知道都是要去的，我就該不弄了來，臨了剩我一個孤鬼兒。」說着，便賭氣上床睡了。無可奈何天。

原來襲人在家聽見他母兄要贖他回去，何嘗？他就說至死也不回去的，又說：「當日原是你們没飯吃，就剩我還值幾兩銀子，若不叫你們賣，没有個看着老子娘餓死的理。如今幸而賣到這個地方，吃穿和主子一樣，又不朝打暮罵，況如今爹雖没了，寶釵他没爹。你們卻又整理的家成業就，復了元氣。若果然還艱難，把我贖回來，再多掏摸幾個錢也還罷了，其實又不必了，這會子又贖我做什麽？權當我死了，再不必起贖我的念頭。」因此鬧哭了一陣。他母兄見他這般堅執，自然必不出來的了。未必。況且原是賣倒的死契，明着仗賈宅是慈善寬厚之家，不過求一求，只怕連身價銀一併賞了還是有的事呢；二則賈府中從不曾作踐下人，只有恩多威少的，劉老老之根是正筆，若曰差賴有此耳。且凡老少房中所有服侍的女孩子們，更比待家下衆人不同，平常寒薄人家的小姐也不能那樣尊重的。背面敷粉。因此他母子兩個，就死心不贖了。次後忽然寶玉去了，他二人又是那般光景，他母子二人心中更明白了，越發一塊石頭落了地。而且是意外之想，彼此放心，石頭落了地，難乎爲石頭矣。成語妙，又點放心。○以上鋪敘是真，以下推原是假。作者狡獪乃爾！再無贖念了。

且說襲人自幼見寶玉性格異常，其淘氣憨頑，自是出於衆小兒之外，更有幾件千奇百怪口不能言的毛病兒。情字裝潢，乃「花解語」之根。近來仗着祖母溺愛，父母亦不能十分嚴緊拘管，更覺放縱弛蕩，任情恣性，最不喜務正。每欲勸諫，恐不能聽。看他說是勸務正。今日可巧有贖身之論，故先用騙詞以探其情，情字直出，乃第一點題處。以壓其氣，氣乃情之配，爲正爲邪，無不恃此以赴之。然後好下箴規。謂之箴規。今見寶玉默默睡去，知其情之不忍，氣已餒墮，分疏情氣，下字極確。自己原不想栗子吃，只因怕爲酥酪生事，又像那茜雪之茶，是以假要栗子爲由，混過寶玉不提就完了。鋌而走險，何知戰栗。於是命小丫頭子們將栗子拿去吃了，自己來推寶玉。何等周旋，何等作用。只見寶玉淚痕滿面，襲人便笑道：「這有什麼傷心的？果然留我，我自然不出去。」一語收拾，而「果然」二字有棱。寶玉見這話有因，便說道：「你倒說說，我還要怎樣留你？我自己也難說。」答他「果然」。襲人笑道：「咱們素日好處，自不用說，但今日你安心留我，不在這上頭。換「果然」爲「安心」，蓋以權術行其挾制，殊非易易，其詞氣扭捏如此。我另說出三件事來，你果然依了我，就是你真心留我了，刀擱在脖子上，我也是不出去的了。」何等瀦蓄，方才洩出，緣三件事乃萬難遽出諸口者也。寶玉忙笑道：「你説那幾件？我都依你。好姐姐，好親姐姐，别説兩三件，就是兩三百件我也依的。再用一頓。只求你們同看着我守着我，等我有一日化成了飛灰，飛灰還不好，有形有迹，還有知識，還等我化成一般輕烟，風一吹便散了的時候，你們也管不得我，我也顧不得你們了，造語石破天驚，其究竟乃一空字，照映寶玉出家，襲人自去。那時憑我去，我也憑你們愛那裏去就去了。」急得襲人忙握他的嘴説：「好，好，我正爲勸你這些，更説的狠了！」寶玉忙説道：「再不説這話了。」襲人道：「這是頭一件要改的。」若板板敍三件事，有何意趣？看他寫第一件便逆從寶玉口中説出，是好杼軸。寶玉道：「改了，再説你就擰嘴。還有什麽？」襲人道：「第二件，你真喜讀書也罷，假喜也罷，孩語有致。只在老爺跟前，或在别人跟前，你别只管批駁誚謗，只作出個喜讀書的樣子來，活得妙，曰箴規乃如此。也叫老爺少生些氣，在人前也好説嘴。欺天，欺人，自欺。他心裏想着我家世代讀書，只從有了你，不承望你不但不喜讀書，已經他心裏又氣又惱了，而且背前面後亂説那些混話。凡讀書上進的人，你就起個名字叫做禄蠹，何嘗不是？陳雨村以次，比比皆然。又説只除『明明德』外無書，都是前人自己不能解聖人之書，便另出己意，混編纂出來的。這些話，包一切，掃一切，通靈寶玉實演《大學》一部。作者造想，説他奇直到曠古超今，説他正便在耳濡目染，如補天石、通靈玉、銜玉而生、還淚及此等説話都是。怎怨得老爺不氣，不時時打你？叫别人怎麽想你？」寶玉笑道：「再不説了，那是我小時不知天高地厚，信口胡説，如今再不敢説了。所謂天籟，而今亡矣。還有什麽？」襲人道：「再不可毁僧謗道、此一禁是誘其入僧道矣，正與「明明德」對勘處。○毁僧道、斥禄蠹、尊「明德」，是真寶玉也，今悉反之。調脂弄粉。惟他脂粉。還有更要緊的一件事，再不許吃人嘴上擦的胭脂了，與那愛紅的毛病兒。」欲以一紅抹倒羣紅，愚矣。寶玉道：「都改，都改。再有什麽？快説！」襲人道：「再也没有了。只是百事檢點些，不任意任情的就是了。以「情意」二字束住。你若果然都依了，便拿八人轎也抬不出我去了。」寶玉笑道：「你這裏長遠了，不怕没八人轎你坐。」襲人冷笑道：「這我可不希罕的，有那個福氣，妙有餘文，「福」字是眼。没有那個道理，總坐了也没甚趣。」二人正説着，只見秋紋走進來説：「三更天了，該睡了。方纔老太太打發嬷嬷來問，我答應睡了。」寶玉命取表來看時，果然針已指正亥正。陰極矣。一篇大文，讀來真如鬼怪。方從新盥漱，寬衣安歇，不在話下。

至次日清晨，襲人起來，便覺身體發重，頭疼目脹，四肢火熱。害人自害，其意隱然。先時還扎挣的住，次後捱不住，只要睡着，因而和衣躺在炕上。寶玉忙回了賈母，傳醫診視，説道不過偶感風寒，吃一兩劑藥疏散疏散就好了。開方去後，令人取藥來煎好，剛服下去，命他蓋上被窩渥汗。病固密也。寶玉自去黛玉房中來看視。遞入下文。凡寫敍襲人後，必接黛玉，乃一定大章法。

彼時黛玉自在床上歇午，丫鬟們皆出去自便，滿屋内静悄悄的。寶玉揭起繡綫軟簾，進入裏間，只見黛玉睡在那裏。忙走上來推他道：「好妹妹，纔吃了飯，又睡覺。」將黛玉唤醒。黛玉見是寶玉，因説道：「你且出去逛逛，我前兒鬧了一夜，今兒還没有歇過來，渾身酸疼。」寶玉道：「酸疼事小，睡出病來的事大。我替你解悶兒，混過困去，就好了。」黛玉只合着眼説道：「我不困，只略歇歇兒，你且别處去鬧會子再來。」寶玉推他道：「我往那裏去？見了别人就怪膩的。」黛玉聽了，

「嗤」的一聲笑道：「你既要在這裏，那邊去老老實實的坐着，咱們説話兒。」癡兒女如畫。寶玉道：「我也歪着。」同一歪着，同一不正。黛玉道：「你就歪着。」寶玉道：「没有枕頭，咱們在一個枕頭上。」明説要共枕。黛玉道：「放屁！外面不是枕頭？拿一個來枕着。」明説不許共枕。寶玉出至外間看了一看，回來笑道：「那個我不要，也不知是那個腌臢老婆子的。」黛玉聽了，睁開眼起身笑道：「真真你就是我命中的天魔星！着，着，着！是須煉魔合道。請枕這一個。」説着，將自己枕的推與寶玉，又起身將自己的再拿了一個來枕了，明明兩枕。二人方對面倒下。明明對面倒下。

黛玉回看，見寶玉左邊腮上有鈕扣大小的一塊血漬，便欠身湊近前來，以手撫之明明湊近以手撫之。細看，又道：「這又是誰的指甲刮破了？」寶玉側身，一面躲，一面笑道：「不是刮的，只怕是剛纔替他們淘澄胭脂膏子濺上了一點兒。」絶倒。纔受約法三章，旋即犯下一樣，襲人枉害病矣。説着，便找手帕子來要揩拭。黛玉便用自己的帕子替他揩拭了，替他揩拭。口内説道：「你又幹這些事了。幹也罷了，必定還要帶出幌子來。便是舅舅看不見，别人看見了，又當奇事新鮮話兒去學舌討好。背攻約法。吹到舅舅耳朶裏，又大家不乾净惹氣。」黛玉從未説這些話，乃抉襲人心事在此。寶玉總未聽見這些話，只聞得一股幽香，卻是從黛玉袖中發出，聞之令人醉魂酥骨。此香在太虚幻境生出。寶玉一把便將黛玉的衣袖拉住，明明拉住衣袖。要瞧籠着何物。黛玉笑道：「這等時候，誰帶什麽香呢？」寶玉笑道：「既如此，這香是那裏來的？」黛玉道：「連我也不知道，想必是櫃子裏頭的香氣，衣服上薰染的，也未可知。」明明自認薰染。寶玉摇頭道：「未必，這香的氣味奇怪，不是那些香餅子、香毬子、香袋子的香。」黛玉冷笑道：「難道我也有什麼羅漢真人給我些奇香不成？便是得了奇香，也没有親哥哥親兄弟弄了花兒、朵兒、霜兒、雪兒替我炮製，我有的不過是那些俗香罷了。」嚦嚦鶯聲溜滴圓。寶玉笑道：「凡我説一句，你就拉上這些，不給你個利害也不知道，從今兒可不饒你了！」説着，翻身起來，將兩隻手呵了兩口，便伸向黛玉膈肢窩内兩脇下亂撓。兩手入兩脇下，明明一反一覆了。黛玉素性觸癢不禁，寶玉兩手伸來亂撓，便笑着喘不過氣來，口裏説：「寶玉，你再鬧，我就惱了！」寶玉方住了手，笑問道：「你還説這些不説了？」黛玉笑道：「再不敢了。」一面理鬢笑道：「我有奇香，你有暖香没有？」尖利無匹，而奇正冷暖，一齊都到。寶玉見問，一時解不來，因問：「什麼暖香？」黛玉點頭笑歎道：「蠢才，蠢才！你有玉，人家就有金來配你；人家有冷香，你就没有暖香？」玲瓏剔透，蠢才字是眼。寶玉方聽出來，笑道：「方纔求饒，如今更説狠了。」説着，又去伸手。黛玉忙笑道：「好哥哥，我可不敢了。」膩極，而再言不敢，大是警戒。寶玉笑道：「饒便饒你，只把袖子我聞一聞。」説着，便拉了袖子，籠在面上聞個不住。明明聞個不住。黛玉奪了手道：「這可該去了。」寶玉笑道：「要去不能，咱們斯斯文文的躺着説話兒。」説着，復又倒下。黛玉也倒下，用手帕蓋上臉。

寶玉有一搭没一搭的説些鬼話，是鬼話，便是情談。黛玉只不理。寶玉問他幾歲上京，路上見何景致古迹，揚州有何遺迹故事，土俗民情，黛玉不答。寶玉只怕他睡出病來，便哄他道：「嗳喲，你們揚州衙門裏有一件大故〔事〕，你可知道？」黛玉見他説的鄭重，實是鄭重，故必從揚州，重在扶陽也。又且正言厲色，只當是真事，因問：「什麼事？」寶玉見問，便忍着笑，順口謅道：所謂賈雨村，所謂湖州人，該括全書。「揚州有一座黛山，山上有個林子洞。」木石因緣。黛玉笑道：「這就扯謊，自來也沒有聽見這山。」寶玉道：「天下山水多着呢，你那裏知道這些不成？等我說完了，你再批評。」留待閑人。黛玉道：「你且說。」寶玉又謅道：「林子洞裏原來有一羣耗子精。鼠居十二辰之首，以其前四爪後五爪，前四刻爲陰，後四刻爲陽也。演此香玉正演陰陽倚伏之機，又《艮》爲鼠，是劉老老大義。那一年臘月初七日，陰極陽生之候，便是《艮》象。老耗子升座議事，說：『明日乃是臘八日，世上人都熬臘八粥。如今我們洞中菓品短少，艮爲果蓏。須得趁此打劫些來方好。』乃拔令箭一枝，遣一能幹小耗前去打聽一巡。小耗回答：『各處察訪打聽已畢，惟有山下廟裏菓米最多。』老耗問：『米有幾樣？菓有幾品？』小耗道：『米豆成倉，不可勝記。菓品有五種：一紅棗，二栗子，三落花生，四菱角，五香芋。』芋去聲，玉入聲，而兩音通，是書借音處可推類。略米豆詳五果，而五果之末爲香芋，乾坤六子，《艮》在第五也。餘四果亦皆有關會。老耗聽了大喜，即時點耗前去。乃拔令箭問：『誰去偷米？』一耗便接令去偷米。又拔令箭問：『誰去偷豆？』又一耗接令去偷豆。然後一一的都各領令去了。只剩香芋一種，因又拔令箭問：『誰去偷香芋？』只見一個極小極弱的小耗應道：『我願去偷香芋。』老耗並衆耗見他這樣，恐不諳練，又恐怯懦無力，都不准他去。小耗道：『我雖年小身弱，卻是法術無邊，口齒伶俐，機謀深遠，此去管比他們偷得還巧呢。』衆耗忙問：『如何得比他們巧呢？』小耗道：『我不學他們直偷，我只摇身一變，也變成個香芋，滾在香芋的堆裏，使人看不出，聽不見，卻暗暗的用分身法搬運，漸漸的就搬運盡了。豈不比直偷硬取的巧些？』衆耗聽了都道：『妙卻妙，只是不知怎麼個變法，你去先變個我們瞧瞧。』小耗聽了笑道：『這個不難，等我變來。』説畢，摇身説變，竟變了一個最標緻美貌的一位小姐。衆耗忙笑説道：『變錯了，原説變菓子的，如何變出小姐來？』小耗現形笑道：『我説你們没見世面，只認得這菓子是香芋，卻不知鹽課林老爺的小姐，纔是真正的香玉呢！』」説一笑話，聲口如聞。此一笑話正是喚醒黛玉，使其自陰之陽，不落死套之法，在能變化機謀，不爲直偷，以勝寶釵之巧處，而全此香玉也。其如氣數之天何哉？黛玉聽了，翻身爬起來，按着寶玉笑道：「我把你爛了嘴的！我就知道你是編我呢。」説着，便擰。按着便擰，又明明一仰一覆，而爛了嘴，正戒多言。寶玉連忙央告：「好妹妹，饒我罷，再不敢了。我因爲聞見你的香氣，忽然想起這個故典來。」寶是故典。黛玉笑道：「饒罵了人，還説是故典呢！」

一語未了，只見寶釵走來，必接此人，章法牢不可破。笑問：「誰説故典？我也聽聽。」黛玉忙讓坐，笑道：「你瞧瞧，還有誰？他饒罵了，還説是故典。」寶釵道：「原來是寶兄弟，怪不得他，他肚子裏的故典原來多。只是可惜一件，凡該用故典之時，他偏就忘了。有今日記得的，前兒夜裏的芭蕉詩，就該記得。眼面前的倒想不起來，殊不知此故典正將以救彼故典也。如能以耗子變香玉，何致緑玉爲緑蠟乎！見別人冷的那樣，他急得只出汗，這會子偏又有記性了。」黛玉聽了笑道：「阿彌陀佛！到底是我的好姐姐，你一般也遇見對手了。可知一還一報，不爽不錯的。」是佛，是對手，是還報，用此關束通回。剛説到這裏，只聽寶玉房中一片聲吵嚷起來。

未知何事，且聽下回分解。

此回至二十二回爲一段，方是《紅樓夢》開場。

第一回空空道人檢閲《石頭記》，見大旨不過是情，此談情之始，故此回以「情」字冠首。而「情」字之主則寶、黛、釵而已。使此回必直以釵、寶對提，文字便板，因用一影一真，以見側重黛玉之下半回，而上半寫襲人正以寫寶釵也。

寶、黛同歪着一段，至身親手交，顛倒反覆，無所不至，而悉皆明明寫出，其不及亂，只争毫髮一間。此太虚幻境之兼美，必有似黛玉也。而其究竟止不過如此，實不曾亂，實留一乾浄身子，是所謂「玉帶林中掛」，以見其顯豁呈露，如此而止。至寫寶釵，則平日恭恭敬敬，斯斯文文，而一段曖昧，則在絳芸軒裏，所謂「金簪雪裏埋」。「掛」字「埋」字，是大眼目。

此回下半與三十六回上半「夢兆絳芸軒」是全書一大對照。一虚事，一實事，辨得此兩回意指，全書自然粉碎。

此回談情矣，而上半必不肯脱口便談，必把歸省餘文再三敷衍。説酥酪，説戲名，説乳母，何等鄭重，而以卍兒一名，總括全書，言所以爲此湮滅名教、淫溺穢褻之書，無非如來心印，以暢上文苦海慈航之旨。從此談情，庶言者無罪，聞者足戒。

襲人約法三章，無他謬巧，使不許親近第二人，而鈐制其人，並鈐制其親而已。至由約法而擺出寶玉性情則奇，惟太史公有此法。

護花主人評曰：

寧府演劇，倏爾神鬼亂出，忽又妖魔畢露，及揚旛過會，號佛行香，一派邪亂空虚，暗照寧府行爲結局。

卍兒與茗烟，乘間私通，可見寧府家教之疏。

寶玉若非厭看熱鬧戲，何由一人走至小書房；若非撞見茗煙與卍兒偷情，何由尋至襲人家。文章善于引綫。

襲人不肯出賈府心事，後文補寫，卻先於寶玉眼中，看見他兩眼圈紅，問他哭什麽爲伏筆，則補寫一層便不鶻突。

襲人説前日吃酥酪肚痛嘔吐，善於排解。

襲人試探寶玉，規勸寶玉，實是解語花。

寶玉説等我化成輕煙，被風吹散，憑你們去，直伏後來出家走散。

黛玉同寶玉，雖是兩個枕頭，卻是對面同睡。又看見寶玉左腮紅點，湊近手撫，用帕揩拭，兩人恣意戲謔，若非寶釵走來，恐有不堪問處。作者借寶釵截住，又借李嬷噪鬧走散，是以藏蓄筆作截斷筆。

花解語，玉有香，自然巧對。

此回寫襲人一心跟定寶玉，反照後來改嫁蔣伶。寫黛玉自然有香，正照寶釵丸藥生香。

大某山民評曰：

此回接上回，寫壬子年正月半後事。

第二十回　王熙鳳正言彈妒意　林黛玉俏語謔嬌音

話説寶玉在林黛玉房中説耗子精，寶釵撞來，諷刺寶玉元宵不知「緑蠟」之典，三人正在房中互相譏刺取笑。那寶玉正恐黛玉飯後貪眠，一時存了食，或夜間走了困，皆非保養身體之法，幸而寶釵走來，大家談笑，那林黛玉方不欲睡，自己纔放了心。忽聽他房中嚷起來，大家側耳聽了一聽，林黛玉先笑道：「這是你媽媽和襲人叫喚呢。那襲人待他也罷了，你媽媽再要認真排揎他，可見老背晦了。」黛玉見地是如此。寶玉忙欲趕過去，寶釵一把拉住道：「你別和你媽媽吵才是，他老糊了，倒要讓他一步爲是。」寶釵見地是如此。相形之下，孰巧孰拙？寶玉道：「我知道了。」説畢走來，見李嬤嬤拄着拐杖，在當地駡襲人：「忘了本的小娼婦！我擡舉你起來，這會子我來了，你大模大樣的躺在炕上，見我也不理一理。一心只想妝狐媚子哄寶玉，哄得寶玉不理我，只聽你們的話。你不過是幾兩銀子買來的毛丫頭，這屋裏你就作耗，如何使得！好不好，拉出去配一個小子，看你還妖精似的哄人不哄人！」句句着，句句確，是正筆，是背攻王夫人，猶之焦大一駡也。襲人先只道嬤嬤不過爲他躺着生氣，少不得分辨説：「病了纔出汗，蒙着頭，原没看見你老人家。」後來聽見他説哄寶玉，又説配小子，由不得又羞又委曲，禁不住哭起來。寶玉雖聽了這話，也不好怎樣，少不得替他分辯病了吃藥，又説：「你不信，只問別的丫頭們。」李嬷嬷聽了這話，越發氣起來了，説道：「你只護着那起狐狸，那裏還認得了我？叫我問誰去？誰不幫着你呢！誰不是襲人拿下馬來的！我都知道那些事，我只和你在老太太、太太跟前去講。再映歸省，字字痛切。把你奶了這麼大，到如今吃不着奶子，把我丢在一旁，逞着丫頭們要我的强！」一面説，一面也哭起來。彼時黛玉、寶釵等也走過來勸道：「媽媽，你老人家擔待他們些就完了。」此處必寫釵、黛一勸，蓋與襲人同爲阻歸省之物，而終之以鳳姐，是色是財皆情字也。李嬷嬷見他二人來了，便訴委曲，將當日吃茶，茜雪出去，與昨日酥酪等事，嘮嘮叨叨，説個不了。

可巧鳳姐正在上房算了輸贏賬，聽得後面一片聲嚷動，便知是李嬷嬷老病發了，排揎寶玉的人，聽後面一片聲嚷，是寶、黛已移居於正室之後，不同在賈母套間矣。正值他今日輸了錢，遷怒於人。便連忙趕過來，拉了李嬷嬷笑道：「嬷嬷别生氣，大節下老太太剛喜歡了一日，你是老人家，别人吵嚷還要你管他們纔是，難道你反不知規矩，在這裏嚷起來，叫老太太生氣不成？你説誰不好，我替你打他。我家燒的滚熱的野雞，快跟我來吃酒去。」一面説，一面拉着走。又叫豐兒：「替你李奶奶拿着拐棍子、擦眼睛的手帕子。」那李嬷嬷脚不沾地，跟了鳳姐兒走了，一面還説：「我也不要這老命了，索性今兒没了規矩，鬧一場子，討個没臉，强似受那娼婦的氣。」一駡妙有餘波，情景皆妙。後面寶釵、黛玉見鳳姐兒這般，都拍手笑道：「虧他這一陣風來，把個老婆子撮了去。」明明説他是風。

寶玉點頭歎道：「這又不知是那裏的賬，只揀軟的欺負。又不知是那個姑娘得罪了，上在他賬上了。」一句未完，晴雯在旁説道：「誰又不瘋了，得罪他做什麽？便得罪了他，就有本事承任，不犯着帶累别人。」襲人一面哭，一面拉着寶玉道：「爲我得罪了一個老奶奶，你這會子又爲我得罪這些人，這還不彀我受的，還只是拉别人。」爲晴雯、襲人立一不兩立之案，情文相生，眼光四射。寶玉見他這般病勢，又添了這些煩惱，連忙忍氣吞聲，安慰他仍舊睡下出汗。又見他湯熱火燒，自己守着他，歪在旁邊，勸他只養着病，别想那些没要緊的事生氣。襲人冷笑道：「要爲這些事生氣，這屋裏一刻還住得了？但只是天長日久，只管如此吵鬧，可叫人怎麽樣過呢？你只顧一時，爲我得罪了人，他們都記在心裏，遇着坎兒，説得好説不好聽，大家什麽意思。」一面説，一面禁不住流淚。又怕寶玉煩惱，只得勉强忍着。一時雜使的老婆子端了二和藥來，寶玉見他纔有汗意，不叫他起來，便自己端着，與他就枕上吃了，即令小丫鬟們鋪炕。襲人道：「你吃飯不吃飯，到底老太太、太太跟前坐一會子，與作出喜讀書樣子來同一用心。和姑娘們頑一會子再回來，我就静静的躺一躺也好。」寶玉聽説，只得依他，去了簪環，看他躺下，自往上房來，同賈母吃飯。

飯畢，賈母猶欲同那幾個老管家的嬤嬤鬥牌，寶玉記着襲人，便回至房中，見襲人朦朧睡去。自己要睡，天氣尚早。彼時晴雯、綺霞、秋紋、碧痕出綺霞、碧痕兩人，晴雯之類也。都尋熱鬧找鴛鴦、琥珀等耍戲去了，出鴛鴦、琥珀。賈母侍婢以鳥名者二，鴛鴦、鸚哥是也。鸚哥給黛玉後，但言紫鵑，至黛玉既死，方再見，是一是二，不可解。鴛鴦相匹之鳥，名意反用，乃是《易》卦，自有本傳。其他皆取玉旁，見賈母左右無非寶玉，無非寶玉之累，而無非乾坤合體。見麝月一人在外間房裏燈下抹骨牌。月乃花之配，而麝爲臍爲煤，故與襲人同氣。寶玉笑道：「你怎麽不同他們去？」麝月道：「没有錢。」寶玉道：「床底下堆着那些還不彀你輸的？」麝月道：「都頑去了，這屋子交給誰呢？那一個又病了，滿屋裏上頭是燈，下頭是火，那些老婆子們都老天拔地，服侍了一天，也該叫他歇歇，小丫頭們也服侍了一天，這會子還不叫他們頑頑去。所以我在這裏看着。」寶玉聽了這話，公然又是一個襲人，公然又是一個襲人，寫來恰便又是一個襲人，筆有神工。因笑道：「我在這裏坐着，你放心去罷。」麝月道：「你既在這裏，越發不用去了，咱們兩個説話頑笑，豈不好？」寶玉道：「咱們兩個做什麽呢？怪没意思的。也罷了，早辰你説頭癢，這會子没什麽事，我替你篦頭罷。」從何設想得來。麝月聽了便道：「就是這樣。」説着，將文具鏡匣搬將來，卸去釵釧，打開頭髮，寶玉拿了篦子，替他一一梳篦。只篦了三五下，見晴雯忙忙走進來取錢，一見了他兩個，便冷笑道：「哦，交杯盞還没吃，倒上了頭了！」一語道破。寶玉笑道：「你來，我也替你篦一篦。」晴雯道：「我没這麽樣大福。」徹底語。説着，拿了錢便摔了簾子出去了。

寶玉在麝月身後，麝月對鏡，二人在鏡内相視。寫得活脱。寶玉便自鏡内笑道：「滿屋裏就只是他磨牙。」是説黛玉。麝月聽説，忙向鏡中擺手。所謂月，一部書視此矣，寫來自是奇情。寶玉會意。忽聽唿一聲簾子響，晴雯又跑進來問道：「我怎麽磨牙了？咱們倒得説説。」麝月笑道：「你去你的罷，何苦又來問人了。」晴雯笑道：「你又護着。你們那瞞神弄鬼的，我都知道。兔起鶻落，而二「們」字，釵、襲俱到。

等我撈回本兒來再説話。」説着，一徑出去了。這裏寶玉通了頭，命麝月悄悄的伏侍他睡下，不肯驚動襲人。一宿無話。一路寫來，不知有話無話，凡此等處皆是幛燈匣劍，不比他小説作閑話用的。

次日清晨起來，襲人已是夜間發了汗，覺得輕省些，只吃些米湯静養，寶玉放了心。因飯後走到薛姨媽這邊來閑逛，彼時正月内，是正月内。學房中放年學，閨閣中忌針黹，都是閑時。因賈環也過來頑，正遇見寶釵、香菱、鶯兒三個人圍碁作耍，入本傳。賈環見了也要頑。寶釵素昔看他也如寶玉，並没他意，看他寫法。今兒聽他要頑，讓他上來，坐了一處頑。一磊十個錢，頭一回自己贏了，心中十分歡喜。誰知後來接連輸了幾盤，便有些着急。趕着這盤，正該自己擲骰子，若擲個七點便贏，若擲個〔六〕〔一〕點亦該贏，鶯兒擲三點就輸了。因拿起骰子來，狠命一擲，一個坐定了五，一個亂轉，鶯兒拍着手只叫「幺」，賈環便瞪着眼「六七八」混叫。那骰子偏生轉出幺來。賈環急了，伸手抓起骰子，然後就拿錢，説是個六點。鶯兒便説：「分明是個幺。」所擲點數該輸該贏都不對，無此事，並無此人也。又言賈環不幺不六，而因幺六而争而妒，則仍釵也。合幺六爲七巧。寶釵見賈環急了，便瞅鶯兒道：「越大越没規矩，難道爺們還賴你？還不放下錢來呢！」鶯兒滿心委曲，見寶釵説，不敢出聲，只得放下錢來，口内嘟囔説：「一個做爺們，還賴我們，這幾個錢，連我也不放在眼裏。前日和寶二爺頑，他輸了那些，也没有着急，剩的錢還是幾個小丫頭子們一搶，他一笑就罷了。」寶釵不等説完，就忙喝住了。賈環道：「我拿什麽比寶玉？你們怕他，都和他好，都欺負我，我不是太太養的。」説着便哭。寶釵忙勸他：「好兄弟，快别説這話，人家笑話你。」又罵鶯兒。是好作用。

正值寶玉走來，見了這般形況，問：「是怎麼了？」賈環不敢作聲。寶釵素知他家規矩，凡做弟的怕哥哥。却不知那寶玉是不要人怕他的，他想着：「兄弟一併都有父母教訓，何必多事，反生疏了呢。用他自敍，是乃妙文。況且我是正出，他是庶出，饒這樣看待，還有人背後談論，還禁得轄治了他？」此似是而非。更有個獃意思存在心裏。你道是何獃意？因他自幼姊妹叢中長大，親姊妹有元春，親姊妹而無探春，同環一視，大道存焉。叔伯的有迎春、惜春，親戚中又有史湘雲、林黛玉、薛寶釵等人，他便料定天地靈淑之氣，只鍾於女子，男兒們不過是些渣滓濁沫而已。因此把一切男子，都看成濁物，可有可無。只是父親伯叔兄弟之倫，因是聖人遺訓，不敢違忤，只得聽他幾句，所以弟兄之間，不過盡其大概的情理就罷了，一段呆話，文情奇肆，聖人遺訓數語，乃爲寶玉二字定可出可入之機。並不想自己是男子，須要爲子弟之表率。是以賈環等都不怕他，却怕賈母，纔讓他三分。現今寶釵生怕寶玉教訓他，倒没意思，便連忙替賈環掩飾。寶玉道：「大正月裏哭什麼？這裏不好，到别處頑去。你天天念書，倒念糊塗了。譬如這件東西不好，横竪那一件好，就捨了這件取那件，難道你守着這件東西哭會子就好了不成？你原來是取樂的，倒招的自己煩惱，不如快回去呢。」圓通具足，而寶之結局、釵之深文都在。賈環聽了，只得回來。

趙姨娘見他這般，趙是錢字上面的姓，而環之無端，所自出也，害寶殺鳳，不過錢而已矣。因問：「是那裏墊了踹窩來了？」踹窩，車溝也。人被屈壓爲墊踹窩，北人俗語也。賈環便説：「同寶姐姐頑來着，鶯兒欺負我，賴我的錢，寶玉哥哥攆我來了。」趙姨娘啐道：「誰叫你上高台盤了？下流没臉的東西，那裏頑不得，誰叫你跑了去討没意思？」開口便肖，何處得來？正説着，可巧鳳姐在窗外過，都聽在耳內，便隔窗説道：「大正月裏怎麽了？兄弟們小孩子家，一半點兒錯了，你只教導他，説這樣話做什麽？憑他怎麽去，還有太太、老爺管他呢，就大口家啐他？他現是主子，不好，横豎有教訓他的人，與你什麽相干？生發多少枝葉。環兄弟出來，跟我頑去。」賈環素日怕鳳姐比怕王夫人更甚，聽見叫他，忙的出來，趙姨娘也不敢出聲。鳳姐向賈環説道：「你也是個没性氣的東西。時常説給你，要吃要喝，要頑要笑，你愛同那一個姐姐妹妹哥哥嫂子頑，就同那個頑，你總不聽我的話，反教這些人教你的歪心邪意，狐媚子霸道。自己又不尊重，要往下流裏走，安着壞心，還只怨人家偏你呢。上半回正面完，而聲情畢現。輸了幾個錢，就這麽様兒。」因問賈環：「你輸了多少錢？」賈環見問，只得諾諾的説道：「輸了一二百錢。」鳳姐道：「虧你還是爺們，輸了一二百錢就這樣。」回頭叫豐兒：「去取一串錢來，歸到「錢」字，乃是主意。姑娘們都在後頭頑呢，把他送了頑去。你明兒再這樣下流狐媚子，我先打了你，再叫人告訴學裏，皮不揭了你的！爲你這不尊重，你哥哥恨得牙癢癢，不是我攔着，窩心脚把你的腸子踢出來呢！」喝令：「去罷！」如聞如見。賈環諾諾的跟了豐兒，得了錢，自己和迎春等頑去，不在話下。

且説寶玉正和寶釵頑笑，忽見人説：「史大姑娘來了。」寶玉聽了，抬身就走。寶釵笑道：「等着，咱們兩個一齊走，瞧瞧他去。」説着下了炕，同寶玉來至賈母這邊。只見史湘雲大笑大説的，至此方爲湘雲寫照，早有瀟湘雲夢，海闊天空氣象。上半非寶玉、寶釵正文也，故以湘雲一間，而仍必接入黛玉，章法一絲不走。見了他兩個，忙問好厮見。正值林黛玉在旁，因問寶玉：「在那裏來？」寶玉便説：「在寶姐姐家來。」黛玉冷笑道：「我説呢，虧在那裏絆住。不然早就飛來了。」一語兩擊。寶玉道：「只許同你頑，替你解悶兒，不過偶然去他那裏一遭，就説這話。」黛玉道：「好没意思的話，去不去，管我什麽事？又没叫你替我解悶兒，可許你從此不理我呢！」説着，便賭氣回房去了。黛玉情急才疏，其妒至使寶玉亦有過不去處，此所以取死也。寶玉忙跟了來問道：「好好的又生氣了，緊接。就是我説錯句話，你到底也還坐在那裏，和别人説笑一會子，又自己來納悶。」黛玉道：「你管我呢！」寶玉笑道：「我自然不敢管你，只是你自己作踐了身子呢。」黛玉道：「我作踐了我的身子，我死我的，與你何干？」又是究竟。寶玉道：「何苦來？大正月裏，死了活了的。」黛玉道：「偏要説死，我這會就死。你怕死，你長命百歲的何如？」寶玉笑道：「要像只管這樣的鬧，我還怕死呢，倒不如死了乾净！」黛玉忙道：「正是了，要是這樣鬧，不如死了乾净。」寶玉道：「我説自家死了乾净，别錯聽了話賴人。」正説着，寶釵走來説：「史大妹妹等你呢。」説着便推寶玉走了。這裏黛玉越發生氣，悶向窗前流淚。點「淚」字。

没兩盞茶時，寶玉仍來了。黛玉見了越發抽抽噎噎的哭個不住。寶玉見了這樣，知難挽回，打疊起千百樣的款語温言來勸慰，不料自己未張口，只聽黛玉先説道：「你又來作什麽？死活憑我去罷了，横豎如今有人和你頑耍，比我又會念，又會作，又會寫，又會説會笑，又怕你生氣，拉了你去，你又來作什麽？」姿態横生。寶玉聽了，忙上前悄悄的説道：「你這個明白人，難道『親不隔疏，後不僭先』也不知道？心心相印，情有獨鍾，造語特妙。我雖糊塗，卻明白這兩句話。頭一件，咱們是姑舅姊妹，寶姐姐是兩姨姊妹，論親戚他比你疏。第二件，你先來，咱們兩個一桌吃，一床睡，自小兒一處長大的，他是纔來的，豈有個爲他疏你的？」黛玉啐道：「我難道叫你疏他？我成了什麼人呢了！我爲的是我的心。」寶玉道：「我也爲的是我的心，你的心，難道就知道你的心，絶不知道我的心不成？」黛玉聽了，低頭不語，半日説道：「你只怨人行動嗔怪了你，你再不知道你自己慪人難受。就拿今日天氣比，方説心，忽以天證，是一是二。分明今兒冷些，怎麼你倒脱了青肷披風呢？」寶玉笑道：「何嘗不穿着，見你一惱，我一暴燥，就脱了。」黛玉歎道：「回來傷了風，又該餓着吵吃的了。」收拾無迹。

二人正説着，只見湘雲走來笑道：「愛哥哥，「愛哥哥」雙關語，既映黛玉，又自呈也。而特設其爲短舌，則作黛玉多言之戒，猶丫頭名鸚哥之意。林姐姐，你們天天一處頑，我好容易來了，也不理我一理兒。」黛玉笑道：「偏是咬舌子愛説話，連個『二』哥哥也叫不上來，是爲他設，故用他解。只是『愛』哥哥的。回來趕圍棋兒，又該你鬧『幺愛三』了」。寶、黛、釵並到。寶玉笑道：「你學慣了，明兒連你還咬起來呢。」湘雲道：「他再不放人一點兒，專挑人的不是。你自己便比世人好，也不犯着見一個打趣一個。指點當學戒言。我指出一個人來，你敢挑他麽，我就服你。」黛玉便問：「是誰？」湘雲道：「你敢挑寶姐姐的短處，就算你是個好的。」湘雲爲寶釵籠絡，寶釵爲湘雲佩服，無文字處有許多文字，而「絳芸軒」、「芍藥裀」爲實影矣。黛玉聽了冷笑道：「我當是誰，原來是他，我那裏敢挑他呢？」「他」字響。寶玉不等説完，忙用話分開。湘雲笑道：「這一輩子我自然比不上你，我只保佑着明兒得一個咬舌兒林姐夫，時時刻刻你可聽愛呀厄的去，湘雲亦寶玉影身，此影寶玉之心。阿彌陀佛，此影寶玉之局。那時纔現在我眼裏呢！」説的衆人大笑，湘雲忙回身跑了。

要知端的，且聽下回分解。

財色都是「情」字。前回暢説「色」字裏面事矣，此上半自當爲「財」字一談。「彈妒意」爲因財受害伏根株也，乃鳳姐傳。下半回寶、黛、釵、雲，互爲情擾，似重黛矣，而實湘雲傳。看目録「謔」字，讀文中「愛」字，便知賓主。

李嬤嬤一罵，用在卷首，罵襲人正以抑「情」字，是乃天心。作者談情，又不敢放口談情如此。次設麝月一鏡，又告聽談情者，莫忘了風月寶鑑。

護花主人評曰：

元妃省親後正月未過，無事可寫，故敘婢女們賭錢，以見富貴之家新正熱鬧氣象。

借李嬤嬤噪罵，寫襲人之能忍。借襲人之病睡，逗起麝月、晴雯，爲後文伏筆。

借賈環之稚蠢，寫趙姨之妒忌，亦是伏筆。

鳳姐于李嬤噪罵，用好言勸解；於趙姨之忌妒，則用正言彈壓。一是愛憐襲人，一是憎嫌趙姨。而趙姨之敢怒而不敢言，其結怨亦始於此。

借史湘雲之來，寫黛玉之賭氣，説出「倒不如死了」等語，亦是伏筆。

第二十回，敘新正瑣碎細事，因十八、十九回敘過元妃省親大事，寧府演戲熱鬧，必當敘及細事，是文章巨細濃淡相間法。

此回全用借筆作伏筆，有「手揮五絃，目送飛鴻」之妙。

大某山民評曰：

此回仍是壬子年正月間事。

第二十一回　賢襲人嬌嗔箴寶玉　俏平兒軟語救賈璉

話説史湘雲跑了出來，怕林黛玉趕上，寶玉在後忙説：「絆倒了，那裏就趕上了？」林黛玉趕到門前，被寶玉叉手在門框上攔住，笑道：「饒他這一遭兒罷。」林黛玉拉着手説道：拉着手説，妙！此寶釵所必檢點的。「我要饒了雲兒，再不活着。」湘雲見寶玉攔門，料黛玉不能出來，便立住脚笑道：「好姐姐，饒我這遭兒罷！」卻值寶釵來在湘雲身背後，也笑道：「我勸你兩個看寶兒弟面上，都丟開手罷。」也是一語兩擊，而説來含蓄。黛玉道：「我不依，你們是一氣的，都戲弄我不成！」以實影實，誠然。寶玉勸道：「誰敢戲弄你？你不打趣他，他焉敢説你？」四人正難分解，同一愛，實同一厄，四人真難分解。有人來請吃飯，方往前邊來。那天已掌燈時分，王夫人、李紈、鳳姐、迎春、探春、惜春姊妹等都往賈母這邊來。大家閑話了一回，各自歸寢。湘雲仍往黛玉房中安歇。寶玉送他二人到房，那天已二更多時，襲人來催了幾次，急煞。方回自己房中來睡。

次早天方明時，便披衣靸鞋往黛玉房中來。忙煞。卻不見紫鵑、翠縷二人，出翠縷名字是即爲湘雲之烘染。只有他姊妹兩個尚卧在衾内。那黛玉嚴嚴密密裹着一幅杏子紅綾被，安穩合目而睡。那史湘雲卻一把青絲拖於枕畔，被只齊胸，一彎雪白膀子撂於被外，又帶着兩個金鐲子。絶妙一幅美人春睡圖。杏，幸也。黛玉不及亂，幸有所自被而已。湘雲上場便寫一睡，後又寫「芍藥裀」一睡，正發揮夢字。必寫金鐲，乃釵案也。寶玉見了歎道：「睡着還是不老實，回來風吹了，又嚷肩窩疼了。」一面說，一面輕輕的替他蓋上。明寫處，乃黛虛影。林黛玉早已醒了，覺得有人，就猜着定是寶玉，不須臾離。因翻身一看，果不出所料。因說道：「這早晚就跑過來作什麼？」寶玉說：「這早晚還早呢？你起來瞧瞧。」黛玉道：「你先出去，讓我們起來。」寶玉出至外間。黛玉起來，叫醒湘雲，二人都穿了衣裳。寶玉復又進來，坐在鏡臺傍邊。只見紫鵑、雪雁進來伏侍梳洗。湘雲洗了臉，翠縷便拿殘水要潑，寶玉道：「站着，我趁勢洗了就完了，省得又過去費事。」何等省事，絶倒。說着，便走過來，彎腰洗了兩把。紫鵑遞過香皂去，寶玉道：「這盆裏就不少，不用搓了。」正爲這個。再洗了兩把，便要手巾。翠縷道：「還是這個毛病兒，多早晚纔改呢。」寶玉也不理他，忙忙的要青鹽擦了牙，漱了口。完畢，見湘雲已梳完了頭，便走過來笑道：「妹妹，替我梳上頭。」湘雲道：「這可不能了。」寶玉笑道：「好妹妹，你先時怎麼替我梳了呢？」湘雲道：「如今我忘了，怎麼梳呢？」是補筆，而即生上半回文字，是借徑法。寶玉道：「橫豎我不出門，又不戴冠子勒子，不過打幾根辮子就完了。」說着，又千妹妹萬妹妹的央告。湘雲只得扶過他的頭來，一一梳篦。在家不戴冠子，並不總角，只將四圍短髮編成小辮，往頂心髮上歸了總，編一根大辮，紅縧結住。自髮頂至辮梢，一路四顆珍珠，下面有金墜脚。湘雲一面編着，一面說道：「這珠子只三顆了，這一顆不是的。我記得是一樣的，怎麼少了一顆？」補筆。寶玉道：「丢了一顆。」襲人本名珍珠，丢了一顆，襲人案也，即可卿案。湘雲道：「必定是外頭去掉下來，不防被人揀了去。倒便宜他。」呢呢喃喃，如聞如見。黛玉傍邊冷笑道：「也不知是真丢，也不知是給了人鑲什麼戴去了。」隱戳之，面面到。寶玉不答，因鏡臺兩邊都是妝奩等物，順手拿起來賞玩。不覺順手拈了胭脂，意欲往口邊送，是約法三章内事。又怕湘雲説。正猶豫間，湘雲在身後伸過手來，拍的一下，將胭脂從他手中打落，説道：「不長進的毛病兒，多早纔改？」

一語未了，只見襲人進來，寫來令人失笑，襲人已早到也。見這光景，知是梳洗過了，只得回來自己梳洗。氣煞。忽見寶釵走來，因問：「寶兄弟那裏去了？」看他明寫，釵、襲合一之始。襲人冷笑道：「寶兄弟那有在家的工夫？」他也稱「寶兄弟」，大奇。一縷酸味從脚根起。此「冷笑」是不檢點處，問卿卿他家在那裏？一笑。寶釵聽説，心中明白。寫深心人。又聽襲人歎道：「姊妹們和氣也有個分寸禮節，也没有黑夜白日鬧的。其言恰是，爲公乎，爲私乎？憑人怎麼勸，都是耳旁風。」寶釵聽了，心中暗忖道：「倒别看錯了這個丫頭，聽他説話倒有些見識。」此一暗忖是熱毒。寶釵便在炕上坐下，慢慢的閑言中，套問他年紀家鄉等語，留神窺察其言語志量，深可敬愛。一套問，一窺察，襲人入彀矣。斷以深可敬愛，是上半回目録中「賢」字之來脈。

一時寶玉來了，寶釵方出去。寶玉便問襲人道：「怎麼寶姐姐和你説的這麼熱鬧，見我進來就跑了？」問一聲不答。真是怪事。再問時，襲人方道：「你問我麼？我那裏知道你們的原故。」一網打盡，其聲凶横。寶玉聽了這話，見他臉上氣色非往日可比，將寫「賢」字是這般寫法，絶倒。便笑道：「怎麼，又動了真氣了？」「真氣」二字寶玉有所覺照矣，而旋復溺入，在襲人爲露馬脚則險。襲人冷笑道：「我那裏敢動氣？只是你從今別進這屋子了，橫豎有人伏侍你，再不必支使我，是何言與？只可欺寶玉耳。我仍舊還伏侍老太太去。」一面說，一面便在炕上合眼倒下。直是悍狀。寶玉見了這般景況，深爲駭異，禁不住趕來勸慰。那襲人只管合着眼不理。寶玉無了主意，因見麝月進來，便問道：「你姐姐怎麼了？」麝月道：「我知道麼？問你自己便明白了。」一氣。寶玉聽了，呆了一回，自覺無趣，便起身嘆道：「不理我罷，我也睡去！」說着，便起身下炕，到自己床上睡下。襲人聽他半日無動靜，微微的打鼾，料他睡着，便起來，拿一領斗篷來替他蓋上。只聽「嗯」的一聲，寶玉便掀過去，仍合目妝睡。襲人明知其意，便點頭冷笑道：「你也不用生氣，從此後我也只當啞了，再不說你一聲何如？」寶玉禁不住起身問道：「我又怎麼了？你又勸我。你勸也罷了，剛纔又沒勸我，一進來你就不理我，賭氣睡了，我還摸不着是爲什麼，其實已摸着三分了。這會子你又說我惱了，我何嘗聽見你勸我的是什麼話兒？」襲人道：「你心裏還不明白，還等我說呢！」屢言明白，自寶釵之一明白始。

正鬧着，賈母遣人來叫他吃飯。文氣一舒，書中敘事每以叫吃飯作歇落，詳在總評。方往前邊來，胡亂吃了幾碗飯，仍回至自己房中。只見襲人睡在外頭炕上，麝月在旁抹骨牌。寶玉素知麝月與襲人親厚，明點。一並連麝月也不理，揭起軟簾，自往裏間來。麝月只得跟進來。寶玉便推他出去，說：「不敢驚動你們。」麝月只得笑着出來，喚兩個小丫頭進來。寶玉拿一本書，歪着看了半天。因要茶，抬頭只見兩丫頭在地下站着，一個大些的生得十分清秀。寶玉便問：「你叫什麼名字？」那丫頭答道：「叫蕙香。」寶玉又問：「是誰起的這個名字？」蕙香道：「我原叫芸香，是花大姐姐改的。」寶玉道：「正經該叫晦氣罷咧，什麽蕙香呢！」寶玉諸婢名意皆空虚之物，見寶玉爲心爲天也。而壞天心者惟人心，故首着一襲人爲斷定之。今蕙香本名芸香，草邊取義，黛爲草也。而芸香本是書香，乃爲花大姐姐改去，易書香爲晦氣矣。又問：「你姊妹幾個？」蕙香道：「四個。」寶玉道：「你第幾個？」蕙香道：「第四。」寶玉道：「明日就叫四兒，四兒乃黛玉第四影身也。第一晴雯，第二湘雲，第三小紅，第四四兒，第五五兒。看官信否？請閲後評。不必什麽蕙香蘭氣的。那一個配比這些花，没的玷辱了好名好姓的。」直罵襲人，襲人險極。一面説，一面命他倒了茶來吃。襲人和麝月在外間聽了半日，抿嘴兒笑。笑得勉强。

這一日，寶玉也不出房門，自己悶悶的，只不過拿書解悶。或弄筆墨，也不使唤家人，只叫四兒答應。誰知這個四兒是個乖巧不過的丫頭，見寶玉用他，他便變盡方法籠絡寶玉。本以鈐制，使不得近第二人，而四兒忽然自己上前，何必何必？正唤醒多少苦用心機人。至晚飯後，寶玉因吃了兩杯酒，眼餳耳熱之餘，若往日則有襲人等，大家喜笑有興，今日卻冷清清的一人對燈，好没興趣。〔待〕〔得〕要趁了他們去，又怕他們得了意，已後越來勸了。若拿出作上人的模樣鎮唬他們，似乎無情太甚。説不得横了心，只當他們死了，横豎自家也要過的，這個自然，所以爲黛玉勉。便權當他們死了，所謂看得破，忍不過。毫無牽掛，反能怡然自悦。所謂「既然洞達須剛斷，煩惱魔空道即休」。此段演「心」字，出入中邊俱澈。因命四兒剪燭烹茶，自己看了一回《南華經》。纔能回向，便見南華。至外篇《胠篋》一則，其文曰：

故絶聖棄智，大盜乃止；擿玉毁珠，小盜不起。焚符破璽，而民朴鄙；剖斗折衡，而民不争。殫殘天下之聖法，而民始可與論議。擢亂六律，鑠絶竽瑟，塞瞽曠之耳，而天下始人含其聰矣。滅文章，散五彩，膠離朱之目，而天下始人含其明矣。毀絶鈎繩而棄規矩，儷工垂之指，而天下始人含其巧矣。

看至此，意趣洋洋，趁着酒興，不覺提筆續曰：寶玉覺照矣，被盜而終不被盜，在此文。

焚花散麝，而閨閣始人含其勸矣。戕寶釵之仙姿，灰黛玉之靈竅，喪滅情意，而閨閣之美惡始相類矣。彼含其勸，則無參商之虞矣。戕其仙姿，無戀愛之心矣。灰其靈竅，無才思之情矣。彼釵、玉、花、麝者，皆張其羅而穴其隧，所以迷眩纏陷天下者也。焚花散麝固已，而與釵黛何尤，乃亦必戕之灰之？蓋懼其迷眩纏陷也。是寶玉已豁然，正以一見之心難昧有如此。

續畢，擲筆就寢，頭剛着枕，便忽然睡去。一夜竟不知所之。蝴蝶栩栩。

直至天明方醒，翻身看時，只見襲人和衣睡在衾上。寶玉將昨日的事，已付之度外，便推他説道：「起來，好生睡着，看涷了。」談情到此，幾乎息矣，而一言以鉤勒回轉上一段，謂如《西廂記》「我待要賢賢易色將心戒」一語也可。〇襲人險極，文字險極。原來襲人見他無曉夜和姊妹厮鬧，若真勸他，料不能改，故用柔情以警之，料他不過半日片刻仍復好了。不想寶玉一日夜竟不回轉，自己反不得主意，真一夜没好生睡。今忽見寶玉如此，料是他心意回轉，便索性不睬他。寶玉見他不應，便伸手替他解衣，何苦來。剛解開了鈕子，被襲人將手推開，又自扣了。寶玉無法，只得拉他的手笑道：「你到底怎麽了？」文境曲折，情思幽險，作者有心人，我怕甚。連問幾聲，襲人睜眼説道：「我也不怎麽，你睡醒了，你自過那邊房裏去梳洗，再遲了就趕不上了。」至此方出本事，可見挾制人亦難事。與約法三章事相同，而行文步驟何等委宛。寶玉道：「我過那裏去？」襲人冷笑道：「你問我，我知道嗎？你愛那裏去就過那裏去，從今咱們兩個丢開手，省得雞争鵝鬥，叫別人笑。橫豎前邊膩了過來，這邊又有個什麼四兒五兒伏侍，說四兒已帶五兒，有意無意。我們這起東西可是白玷辱了好名好姓的。」寶玉笑道：「你今兒還記得呢。」襲人道：「一百年還記着呢。空算長。比不得你拿着我的話當耳旁風，夜裏說了，早起就忘了。」逼拶到此方點題。寶玉見他嬌嗔滿面，情不可禁，點情。便向枕邊拿起一根玉簪來，一跌兩段，說道：「我再不聽你說，就同這簪一樣。」兩玉結果在此一箴，令人爲玉恨，爲心恨。襲人忙的拾了簪子說道：「大早起，這是何苦來？聽不聽什麼要緊，也值得這個樣子。」寶玉道：「你那裏知道我心裏急。」襲人笑道：「你也知道着急麼？可知我心裏怎麼？亦是兩「心」字收煞。快起來，洗臉去罷。」說着，二人方起來梳洗。

寶玉往上房去後，誰知黛玉走來，必接此人。見寶玉不在房中，因翻弄案上書看。可巧便翻出昨兒的《莊子》來，看見寶玉所續之處，不覺又氣又笑，不禁也提筆續一絶云：

無端弄筆欲何云，勦襲《南華》莊子文。不悔自家無見識，卻將醜語詆他人。黛玉會也，「不悔」字當重讀，見雖以無識，而至死不悔也。

題畢，也往上房來見賈母，後往王夫人處來。

誰知鳳姐之女大姐兒病了，入下半回。正亂着請大夫診脈。大夫說：「替夫人奶奶們道喜，姐兒發熱是見喜了，並非別症。」纔讀《南華》便見天花亂墜。王夫人、鳳姐聽了，忙遣人問：「可好不好？」大夫道：「症雖險卻順，倒還不妨，預備桑蟲、猪尾要緊。」雖險卻順，是巧姐結局。桑蟲得木中生意，猪尾乃水後根株，皆少陽也。鳳姐聽了，登時忙將起來，一面打掃房屋，供奉痘疹娘娘，一面傳與家人忌煎炒等物，一面命平兒打點鋪蓋衣服與賈璉隔房，一面又拿大紅尺頭與奶子丫頭親近人等裁衣。外面又掃淨室，款留兩位醫生，輪流斟酌診脈下藥，十二日不放家去。歷敍俗規，悉皆道地巨家。賈璉只得搬出外書房來安歇。「只得」二字絶倒。鳳姐與平兒都隨王夫人日日供奉娘娘。那賈璉只離了鳳姐，便要尋事。獨寢了兩夜，十分難熬，此背面敷粉法，寫賈璉實寫鳳姐也。只得暫將小廝內清俊的選來出火。不想榮國府內，有一個極不成才破爛酒頭廚子，名喚多官人，調侃官人，而且是多，所謂同知。見他懦弱無用，官人考語。都喚他作多渾蟲。因他父母給他娶了一個媳婦，父母餘蔭。今年方二十歲，也有幾分人材，又兼生性輕薄，最喜拈花惹草。多渾蟲又不理論，只是有酒有肉有錢便諸事不管了，所以榮、寧二府之人都得入手。蓉、薔非寧府人乎？寶玉非榮府人乎？賈璉非「都不理論」者乎？一網打盡，肆口笑罵，聲聲多姑娘，目視鳳姐矣。因這媳婦妖嬈異常，輕浮無比，八字凝鍊。衆人都呼他作多姑娘兒。絶倒。如今賈璉在外煎熬，往日也見過這媳婦，垂涎久了，只是內懼嬌妻，外懼孌童，不曾下得手。那多姑娘兒也有意於賈璉，只恨沒空。今聞賈璉挪在外書房來，他便沒事也要走三四趟去招惹。賈璉似飢鼠一般，少不得和心腹小廝們計議，多以金帛相許，焉有不允之理，況都和這媳婦是舊交，一說便成。是夜多渾蟲醉倒在炕，二鼓人定，賈璉便溜進來相會。一見面早已神魂失據，也不及情談款敍，絶倒，不想談情之書竟有不及談情之處。便寬衣動作起來。誰知這媳婦有天生的奇趣，一經男子挨身，便遍體筋骨癱軟，使男子如卧綿上；更兼淫態浪言，壓倒娼妓。罵得够了。賈璉此時恨不得渾身化在他身上，那媳婦故作浪語在下説道：「你家女兒出花兒，供着娘娘，你也該忌兩日，倒爲我腌臢了身子，快離了我這裏罷。」賈璉一面大動，一面喘吁吁答道：「你就是娘娘，那裏還有什麽娘娘！」用提筆寫醜態，徑生筆硬，形容不堪，令人大笑。設語設想，作者是何鬼怪。那媳婦越浪起來，賈璉不禁醜態畢露。一時事畢，兩個又盟山誓海，難捨難分。仍用提筆了結，試問他書能有此否？自此後遂成相契。是餘波，是伏筆。

一日大姐毒盡瘢回，十二日後送了娘娘，固是皦寫俗例，十二日毒盡瘢回，儼寓陰極陽生之象。娘娘又隱與老老相激射。合家祭天地祀祖宗，還願焚香，慶賀放賞已畢，賈璉仍復搬進卧室。見了鳳姐，正是俗語云「新婚不如遠别」，更有無限恩愛，自不必細説。十二日曰遠别，絶倒。不必細説，方才已細説了也。以文爲戲。次日早起，鳳姐往上房裏去後，平兒收拾外邊拿〔進〕（起）來的衣服鋪蓋，不承望枕套中抖出一綹青絲來。平兒會意，忙藏在袖内。入平兒正傳。便走至這邊房内，拿出頭髮來，向賈璉笑道：「這是什麽？」寫得出，問得匪夷所思，如此入題，亦匪夷所思。賈璉一見，連忙搶上來要奪。平兒便跑，被賈璉一把揪住，按在炕上，從手中來奪。平兒笑道：「你是没良心的，我好意瞞着他來問你，你倒賭狠，等他回來我告訴了，看你怎麽樣？」「軟語」一。賈璉聽説，忙陪笑央求道：「好人，你賞我罷，我再不敢賭狠了。」絶倒，所謂懦弱無能。一語未了，只聽鳳姐聲音進來，賈璉聽見，鬆了不是，搶又不是，只叫：「好人，别叫他知道。」平兒纔起身，鳳姐已走進來，命平兒：「快開匣子，替太太找樣子。」平兒忙答應了找時，鳳姐見了賈璉，忽然想起來，便問平兒：「前日拿出去的東西，都收進來没有？」平兒道：「收進來了。」鳳姐道：「可少什麼沒有？」平兒道：「細細查了，並沒少一件兒。」鳳姐又道：「可多什麼沒有？」平兒笑道：「不少就罷了，怎麼還有得多出來？」「軟語」二。歷歷寫一平兒，是乃得意之筆，出力之作。鳳姐又笑道：「這半個月難保乾淨，或者有相厚的丟下的東西，戒指汗巾等物，亦未可定。」鳳之靈亦復不昧。一席話，說的賈璉臉都黃了，畫亦畫不出。在鳳姐身背後，只望着平兒殺雞抹脖使眼色求他遮蓋。絕倒，真寫得出。平兒只作看不見，因笑道：「怎我的心就和奶奶一樣，我就怕有這麼的，留神搜了一搜，竟一點破綻也沒有。奶奶不信，親自搜一搜。」「軟語」三。鳳姐笑道：「傻丫頭，他便有這些東西，那裏就叫我們搜着？」說着，拿了樣子去了。

平兒指着鼻子，搖着頭兒笑道：「這件事你該怎麼謝我呢？」喜得賈璉眉開眼笑，跑過來摟着，心肝腸兒肉兒亂叫。平兒手裏拿着頭髮笑道：「這是一輩子的把柄兒，好就好，不好咱們就抖出這個來。」賈璉笑着央告道：「你好生收着罷，千萬可別叫他知道。」口裏說着，瞅他不提防，一把便搶過來，笑道：「你拿着終是禍胎，不如我燒了，就完了事了。」一面說，一面掖在靴摺子內。鳳姐賊矣，而爲平所哄。平巧矣，而有不忽及防，人情伊於胡底耶。平兒咬牙道：「沒良心的，過了河兒就拆橋。明兒還想我替你撒謊呢！」絕倒。賈璉見他嬌俏動情，便摟着求歡。平兒奪手跑了出來，急得賈璉彎着腰恨道：「死促狹小娼婦兒，一定浪上人的火來，他又跑了。」聲情畢現。平兒在窗外笑道：「我浪我的，誰叫你動火？難道圖你受用，叫他知道了，又見不得我呀！」賈璉道：「你不用怕他，等我性子上來，把這醋罐子打個稀爛，他纔認得我呢。他防我像防賊似的，只許他同男子說話，不許我和女人說話。

略近些他就疑惑，他不論小叔子侄兒，大的小的，説説笑笑，就不怕我吃醋了！已後我也不許他見人！」不惟映射「潑醋」一回，而鳳姐之蕩，賈璉之昏，一齊擺出。○説他昏，他又透亮，其如多官人不理論何。平兒道：「他醋你使得，你醋他使不得，他原行的正，走的正，你行動便有壞心，連我也不放心，別説他！」回顧「屏」字。賈璉道：「你兩個一口賊氣，都是你們行的是，果然。我凡行動都存壞心，多早晚纔叫你們都死在我手裏呢！」

一句未了，鳳姐走過院來，因見平兒在窗外，便問道：「要説話，怎麽不在屋裏，跑出來隔着窗子，是什麽意思？」屏之爲屏，殊不容易。賈璉在内接嘴道：「你可問他，倒像屋裏有老虎吃他呢！」平兒道：「屋裏一個人没有，我在他跟前作什麽？」鳳姐笑道：「正是没人纔好呢。」平兒聽説便道：「這話是説我麽？」鳳姐便笑道：「不説你説誰？」平兒道：「别叫我説出好話來了！」説着，也不打簾子，一徑往那邊去了。鳳姐自掀簾子進來，説道：「平兒丫頭瘋魔了，這蹄子認真要降伏起我來了！以逆爲屏。仔細你的皮要緊！」賈璉聽了，倒在炕上拍手笑道：「我竟不知平兒這麽利害，從此倒服了他了。」是得意語，亦是真語。鳳姐道：「都是你興的他，我只和你算賬就完了。」賈璉聽了啐道：「你兩個不睦，又拿我來墊喘兒。我躲開你們。」鳳姐道：「我看你躲到那裏去？」賈璉道：「我有處去。」説着就走。不即收拾，妙。鳳姐道：「你别走，我有話和你説呢。」

不知何事，且聽下回分解。

上半回襲人文字，而其實仍爲湘雲傳，見其不容湘雲，與不容黛玉等。惟寶釵則既已防之於先，又復收之於後，遂處處爲所用，是即《南華》外篇《胠篋》也。然則嚮之所謂防者，今乃爲大盜積者也。今襲人之箴寶玉，惟恐其近第二人，是固爲防胠篋矣。即黛玉、湘雲之互相忌嫉，亦總爲防胠篋。殊不知巨盜如寶釵，方且收襲人、籠湘雲、擠黛玉，而負匱揭篋，擔囊而得寶玉而去矣，可勝浩歎！

襲人曰「賢襲人」，與五十六回寶釵曰「賢寶釵」，同加一「賢」字，讀者猶未曉乎？

初試雲雨情，便接到劉老老。此回情不可禁，跌簪設誓，以後情極矣，便接巧姐天花見喜，是亦一劉老老也。此正作者談情，隨談隨束，惟恐所談誤人，而必處處間以警覺提撕之苦心。

護花主人評曰：

天色纔明，寶玉即披衣靸鞋，往黛玉房中。描出寶玉夜間雖睡在自己房中，卻一心只在黛玉、湘雲處。與《西廂》「梵王宫殿月輪高」句，一樣筆法。

湘雲剩水殘香，寶玉以爲鮮潔非常，描盡「意淫」二字。

湘雲替寶玉梳頭，查看失珠一顆，暗補從前梳洗，已非一次。

寶釵聽襲人説話，有心賞識，留神探問，爲後文伏筆。且暗寫寶釵端重，與湘雲、黛玉不同。

四兒纔伺候寶玉，便想設法籠絡，已伏將來被攆之由。

寶玉續《南華經》，雖是一時興趣，卻是後來勘破根苗。但此時寶玉在忽迷忽悟之時，且欲釵、玉、花、麝，自己焚散戕滅，並非自能解脱，故隨即斷簪立誓，仍纏綿于色魔也。

黛玉題詩譏誚説「不悔自家無見識」，駁得極是。此即作者之意。

賈璉私通多兒，爲後來私通鮑二妻及私娶尤二姐引子。

平兒搜得頭髮，既壓服主人，又即以示恩，真是可人。

賈璉説「不論小叔小侄兒，説説笑笑」，卻也看出破綻。平兒説「别叫我説出好話來」，是皮裏陽秋。

大某山民評曰：

湘雲跑出，黛玉趕上，寶玉攔住，寶釵勸以「看寶兄弟面上，丢開手罷」，四人情況何如？好個酸醋世界。我爲爾詐，爾爲我虞。

此回仍是壬子年正月半後事。

以下第二十二回，接寫寶釵生日，如在正月二十一日，則是省親以後至此，不過自十七、八至二十間三四日内事也，餘向無可議者。其最不合理，是鳳姐大姐兒種痘，賈璉獨睡半月後數語，如云果有半月，則此時當是二月初上矣，何以下回開卷便説二十一日是某某生日耶？或疑當時是二月二十一日，則下文第二十三回又明明説賈母擇二月二十二日使諸姊妹搬入園中一事，則寶釵之生日，信乎在正月也。而此三四日之中，便云賈璉在外半月，何作者荒謬乃爾！此等處須酌改之。

第二十二回　聽曲文寶玉悟禪機　製燈謎賈政悲讖語

話説賈璉聽鳳姐兒説有話商量，因止步問是何話。鳳姐道：「二十一是薛妹妹的生日，二十一日寶釵生日，六十二回探春云「過了燈節就是老太太和寶姐姐生日」，則此二十一日當是正月。然自正月十五元妃歸省計之，至二十一中間僅五日，中有寶玉至襲人家因「花解語」爲襲人病之三日，「意綿綿」「彈妒意」「謔嬌音」謂之同時事可也，而「箴寶玉」「續《南華》」又二日，五日功夫已盡。乃又有巧姐出花十二日，送娘娘祭祖還願慶賀以至「救賈璉」當又需數日，此二十一日正月耶，非正月耶？本回湘雲又明説「大正月裏」云云，作者矛盾，讀者知否？你到底怎麽樣？」賈璉道：「我知道怎麽樣？你連多少大生日都料理過了，這會子倒没有主意了？」鳳姐道：「大生日是有一定的規矩，如今他這生日，大又不是，小又不是，所以和你商量。」賈璉聽了低頭想了半日道：「你竟糊塗了，現有比例，那林妹妹就是例。爲寶釵作生日須援黛玉例，亦若是爲寶釵第一次作生日矣。乃寶釵來在「初試雲雨情」之前，中間實歷多年，豈皆未過生日耶？令人悶煞。往年怎麽給林妹妹做的，如今也照依給薛妹妹做就是了。」鳳姐聽了，冷笑道：「我難道這個也不知道？我原也這麽想定了。但昨日聽見老太太説，問起大家的年紀生日來，聽見薛大妹妹今年十五歲，十五歲由他説，則寶玉呼姐姐當不及十五矣。雖不是整生日，也算得將笄之年。有此黨援，金玉姻緣定矣。

「將笄」二字是眼。老太太說要替他做生日，自然與往年給林妹妹的不同了。」右釵左黛，心事如畫，八面俱到。賈璉道：「既如此，就比林妹妹的多增些。」鳳姐道：「我也這麼想着，所以討你的口氣。我若私自添了東西，你又怪我不告訴明白你了。」賈璉笑道：「罷，罷！這空頭情我不領，你不盤察我就彀了，我還怪你？」找足上文。說着，一徑去了，不在話下。

且說史湘雲住了兩日，因要回去，且又未到二十一日。○二十一日，三七也，皆奇數。年十五，三五也，又奇數。名得偶而實不偶也，乃寶釵終局，乃天數也，故合之得三十六。賈母因說：「等過了你寶姐姐的生日，看了戲，再回去。」史湘雲聽了，只得住下。又一面遣人回去，將自己舊日作的兩件針綫活計取來，爲寶釵生辰之儀。

誰想賈母自見寶釵來了，喜他穩重和平，穩重和平乃大作用，賈母一喜，作用有效，而著「誰想」二字，無文字處有文字，當與「不想又來了一個寶釵」意參看。正值他纔過第一個生辰，又明欺人，而寫來恰是第一個生辰。便自己蠲資二十兩，偶數。喚了鳳姐來，交與他備酒戲。鳳姐湊趣笑道：「一個老祖宗給孩子們做生日，不拘怎樣，誰還敢爭？又辦什麼酒席。既高興要熱鬧，就說不得自己花費幾兩老庫裏的體己，這早晚找出這霉爛的二十兩銀子來做東，意思還叫我們賠上。果然拿不出來也罷了，金的、銀的、圓的、扁的壓塌了箱子底，只是累掯我們。舉眼看看，誰不是你老人家的兒女，難道將來只有寶兄弟頂你老人家上五臺山不成？舌有蓮花，隱然以寶釵爲寶玉之匹，而自居並肩也。那些東西只留與他。我們如今雖不配使，也別苦了我們。這個彀酒的，彀戲的？」說的滿屋裏都笑起來。賈母亦笑道：「你們聽聽這嘴！我也算會說的了，怎麼說不過這猴兒？其實如哀梨并剪，人是猴兒。你婆婆也不敢强嘴，你就和我啣阿啣的。」鳳姐笑道：「我婆婆也是一樣的疼寶玉，我也没處去訴寃，倒説我强嘴。」説着，又引賈母笑了一會，賈母十分喜悦。

到晚上，衆人都在賈母前。定省之餘，大家娘兒姊妹等説笑時，賈母因問寶釵愛聽何戲，愛吃何物。寶釵深知賈母年老人，喜熱鬧戲文，愛吃甜爛之物，便總依賈母素喜者説了一遍，賈母更加歡喜。既善窺伺，又善迎合，人焉得不入玄中。讀「深知」二字自見。次日先送過衣服、玩物去，王夫人、鳳姐、黛玉等人，皆有隨分的，不須細説。

至二十一日，明點。就賈母内院中搭了家常小巧戲臺，定了一班新出小戲，崑、弋兩腔俱有。北調南腔一個人，作者自道。就在賈母上房擺了幾席家宴酒席，并無一個外客，只有薛姨媽、史湘雲、寶釵是客，餘者皆是自己人。此處黛玉在自己人内，至六十二回則説不是本家人矣。見此處乃寶釵得意之始，猶未暢也，故云第一生日。這日早起，寶玉因不見林黛玉，他到他房中來尋，只見黛玉歪在枕上。已没好氣了。寶玉笑道：「起來吃飯去，就開戲了。你愛聽那一齣？我好點。」黛玉冷笑道：「你既這樣説，你就特叫一班戲，揀我愛的唱與我聽。這會子犯不上借着光兒問我。」其實難堪，如自取何。寶玉笑道：「這有什麽難的？明兒就這樣行，也叫他們借着咱們的光兒。」一面説，一面拉他起來，但有他拉，已見衆人冷落。攜手出去。吃了飯，點戲時，賈母一面先叫寶釵點，寶釵推讓一遍，無法，只得點了一齣《西遊記》。巧合心猿，巧合悟空，而西遊之故則爲金也。一戲名而寶玉究竟、寶釵迎合，面面俱到。賈母自是歡喜。然後便命鳳姐點，釵即次鳳，已並肩矣。既見賈母偏愛，又見黛玉有冷落之機，而文字賓主分明。鳳姐雖有王夫人在前，但因賈母之命，不敢違拗，且知賈母喜熱鬧，更喜謔笑科諢，便先點了一齣，卻是《劉二當衣》。又善迎合。〇衰兆已伏，而「劉」字爲劉老老一映。賈母果真更又喜歡。然後便命黛玉點，方及黛玉。黛玉又讓王夫人等先點，賈母道：「今兒原是我特帶着你們取樂，咱們只管咱們的，别理他們。我巴巴的唱戲擺酒，爲他們不成？他們在這裏白聽白吃，已經便宜了，還讓他們點戲呢。」説着，大家都笑。黛玉方點了一齣。此回乃寶釵正傳，非黛玉傳。故只云點了一齣，布置斟酌如此。然後寶玉、史湘雲、迎春、探春、惜春、李紈等俱各點了。略過。按齣扮演。

至上酒席時，賈母又命寶釵點，寶釵點了一齣《魯智深醉鬧五臺山》。入本回正文，又一個和尚。寶玉道：「你只好點這些戲。」寶釵道：「你白聽了這幾年戲，那裏知道這齣戲的好處？排場又好，詞藻更妙。」是自贊其書。寶玉道：「我從來怕這些熱鬧戲。」寶釵笑道：「要説這一齣熱鬧，還算你不知戲呢。誰不説此書熱鬧，而其實不知此書。你過來，我告訴你，這一齣戲是一套《北點絳唇》，是色、是紅，又爲「絳芸軒」一逗。鏗鏘頓挫，那音律不用説是好的了，只那詞藻中有一隻《寄生草》，填得極妙，「寄生草」寓言黛玉寄生於此，而爲絳珠草固也。乃曲文係寶玉出家之兆，則猶言此草實寶所寄生，此草死則寄生者走矣。看黛玉點戲而無名，可見以寶玉、寶釵爲主。〇一戲名，兩曲名，能關合全書，是所謂「文章本天成，妙手偶得之」。此等處如秦太虛對聯、唐寅畫皆是。你何曾知道？」

寶玉見説的這般好，便湊近來，央告道：「好姐姐，念與我聽聽。」寶釵便念道：他是主人翁，自應他念。

漫搵英雄淚，相離處士家。謝慈悲剃度在蓮臺下，没緣法轉眼分離乍，赤條條來去無牽掛。那裏討煙蓑雨笠捲單行，一任俺芒鞋破鉢隨緣化。一曲原文，讀者自解，而語語關合，轉似因此書而有此曲者，是真奇事。

寶玉聽了，喜的拍膝搖頭，稱賞不已。又讚寶釵無書不知。此戲全部名《虎囊彈》，虎，金神也。林黛玉道：「安静看戲罷，還没唱《山門》，你就《妝瘋》了。」寶玉瘋癲因黛玉也，故用他從旁一擊。説的湘雲也笑了。湘雲是三人合一人，故歸其胡盧一笑。書文書義，一齊收拾。於是大家看戲，到晚方散。

賈母深愛那做小旦的與一個做小丑的，有賈母此一愛，生出五花八門、七穿八達文字，幾令人賓主不分。要知愛小旦，愛寶釵也。愛小丑，愛鳳姐也。看上文愛處及讓點戲處，便豁然解。笨伯又云：小旦是黛玉，故下面説他像黛玉。則請問小丑説誰？因命人帶進來。細看時一發可憐兒。因問年紀，那小旦纔十一歲，小丑纔九歲。二人年紀合成二十，正賈母交出鳳姐領辦生辰之銀數。大家歎息了一回。賈母令人另拿些肉菓與他兩個，又另賞錢兩吊。是應兩吊。鳳姐笑道：「這個孩子扮上活像一個人，你們再看不出。」疑陣豎旗，是人再看不出的，其實亦不難看出。解得黛玉爲寶釵似是而非者，則小旦像黛玉曉然矣。寶釵心内也知道，只點點頭，不説。寶玉也點了點頭，亦不敢説。史湘雲便接口道：「倒像林姐姐的模樣。」湘雲三面像，故用他説破，不止形容心直口快。寶玉聽了，忙把湘雲瞅了一眼，使個眼色。衆人聽了這話，留神細看，都笑起來，説：「果然像得很。」衆人神理都在紙上，亂如理髮，清若列眉，是真好筆。一時散了。此書了也。

晚間，湘雲便命翠縷把衣包收拾了。奇峯突出。翠縷道：「忙什麽，等去的那日包也不遲。」湘雲道：「明早就走，還在這裏做什麽？看人家的嘴臉。」寫湘雲有黛玉氣息，而又不是黛玉。寶玉聽了這話，忙近前説道：「好妹妹，你錯怪了我。林妹妹是個多心的人，别人分明知道，不肯説出來，也皆因怕他惱。誰知你不防頭就説了出來，他豈不惱？我怕你得罪了人，所以纔使眼色。你這會子惱了我，豈不辜負了我？可憐見，何苦來。若是別個，那怕他得罪了十個人，與我何干呢？」湘雲摔手道：是拉手説的。「你那花言巧語，別望着我説，我也原不如你林妹妹，別人拿他取笑都使得，只我説了就有不是。我原不配説他，他是主子小姐，我是奴才丫頭，得罪了他了。」湘雲伶俐，正是獃處。寶釵窺之審矣，故一收便合。寶玉急的説道：「我倒是爲你爲出不是來了，我要有壞心，立刻化成灰，教萬人踐踏！」湘雲道：「大正月裏，少信口胡説。是大正月裏。這些没要緊的惡誓，散語歪話，説給那些小性兒、行動愛惱人、會轄治你的人聽去，別叫我啐你。」此是説黛玉也，而不知乃説襲人矣。説襲人乃説寶釵矣。襲人愛聽惡誓，會挾制，尤不如聲色不動之寶釵也。湘雲獃。説着，至賈母裏間屋裏，忿忿的躺着去了。

寶玉没趣，只得又來尋黛玉。誰知纔進門，便被黛玉推出來，將門關上了。奇峯對峙。寶玉又不解何故，在窗外只是低聲叫「好妹妹」，黛玉總不理他。寶玉悶悶的，垂頭不語。襲人早知端的，必須插入他來，乃寶釵正傳，用替身法。當此時再不能勸。那寶玉只呆呆的站着，黛玉只當他回去了，卻開了門，只見寶玉還站在那裏。黛玉不好再閉門，寶玉因隨進來問道：「凡事都有個緣故，説來人也不委曲。好好的就惱了，到底是爲什麼起？」黛玉冷笑道：「問的我倒好，我也不知爲什麼。我原是給你們取笑的，拿着我比戲子，給衆人取笑。」深文曲筆。寶玉道：「我並没有比你，也並没有笑你，爲什麼惱我呢？」黛玉道：「你還要比，你還要笑？你不比不笑，比人家比了笑了的還利害呢。」雖屬鍛鍊，受者無詞。寶玉聽説，無可分辯。黛玉又道：「這一節還可恕，再者你爲什麼又和雲兒使眼色，這安的是什麼心？莫不是他和我頑，就自輕自賤了？他是公侯的小姐，我們原是貧民家的丫頭，他和我頑，設如我回了口，豈不是他白惹輕賤？你是這個主意不是？你卻也是好心，只是那一個不領你的情，一般也惱了。你又拿我作情，倒說我小性兒、行動肯惱人，你又怕他得罪了我。我惱他，與你何干？他得罪了我，又與你何干？」筆如弄丸。寶玉聽了，方知纔與湘雲私談，他也聽見了。細想自己原爲怕他二人生隙，故在中間調停，不料自己反落了兩處的貶謗，正〔合〕〔與〕前日所看《南華經》内「巧者勞而智者憂，無能者無所求，蔬食而遨遊，汎若不繫之舟」，又曰「山木自寇，源泉自盜」等句，《南華》一提，見是寶釵正文。因此越想越無趣。再細想來，如今不過這幾個人，尚不能應酬妥協，將來猶欲何爲？問公猶欲何爲。想到其間，也無庸分解，自己轉身回房。只「悟禪機」三字必用如許逼拶方能落到，爲文豈是容易？冬烘先生可以歇。林黛玉見他賭氣去了，一言也不曾發，便也回思無趣，不禁自己越添了氣，便說：「這一去一輩子也別來了，也別說話！」那寶玉不理，竟回來躺在床上，只是悶噂咄的。仍不肯便入。

襲人深知原委，不敢就說，只得以他事來解說，因笑道：「今兒看了戲，又勾出幾天戲來，寶姑娘一定要還席呢。」寶玉冷笑道：「他還不還與我什麼相干？」着。襲人見這話，不似往日口吻，因又笑道：「這是怎麼說？好好的大正月裏，娘兒們、姊妹們都喜喜歡歡，你又怎麼這個行景了？」寶玉冷笑道：「他們娘兒們、姊妹們歡喜不歡喜，也與我無干。」着。襲人笑道：「他們隨和，你也隨和些，豈不大家彼此都喜歡？」寶玉道：「什麼大家彼此，他們有大家彼此，我只是赤條條無牽掛的。」到此方入。言及此句，不覺淚下。此下淚是回頭路。襲人見此景況，不敢再說。寶玉細想這一句意味，不禁大哭起來。（一哭回得更快。）翻身站起來，至案邊提筆，立占一偈云：

你證我證，心證意證。是無有證，斯可云證。無可云證，是立足境。（此一偈不過爲究竟作一探，有你有我，有心有意，正是四人難分解處。末語「是立足境」乃透搬入大觀園事迹，非真歸着語也。用寶釵一解，可見。）

寫畢，自己雖解悟，又恐人看此不解，因又填一隻《寄生草》寫在偈後，又念一過，自覺心中無有掛礙，（與續《南華》同一樣子。）便上床睡了。

誰知黛玉見寶玉此番果斷而去，假以尋襲人爲由，來視動靜。襲人回道：「已經睡了。」黛玉聽了，就欲回去。襲人笑道：「姑娘請站着，有一個字帖兒瞧瞧，是什麽話。」便將寶玉所寫的與黛玉看。黛玉看了，知寶玉爲一時感忿而作，（特爲一注。）不覺可笑可歎，便向襲人道：「作的是頑意兒。」說畢，便拿了回房去，與湘雲同看。次日，又與寶釵看。寶釵念其詞曰：（必須他念，是他文字，非黛玉文字也。與續《南華》對照。）

無我原非你，從他不解伊。肆行無礙憑來去。茫茫着甚悲愁喜？紛紛說甚親疏密！從前碌碌卻因何？到如今回頭試想真無趣。（曲與偈同，不過寫無趣而已。若果便悟徹，是書便完了。若爲擬悟徹語句，下文豈不另起爐灶乎？）

看畢，又看那偈語，又笑道：「這個人悟了，都是我的不是，是我昨兒一隻曲子惹出來的。這些道書機鋒，最能移性，明兒認真起來，說些瘋話，存了這個念頭，豈不是從我這一隻曲子起，我成了個罪魁了。」（重此句。）說着，便撕了個粉碎，遞與丫頭們叫快燒了。黛玉笑道：「不該撕了，等我問他。你們跟我來，包管叫他收了這個癡心邪念。」自案自斷，我故云一偈一詞是乃一探。

三人果往寶玉屋裏來。黛玉先笑道：「寶玉，我問你：至貴者寶，至堅者玉，爾有何貴，爾有何堅？」此一問又爲黛玉寫肚裏賬，至貴言心，至堅便是「從他不解伊」，乃後文「我只取一瓢飲」等語，作者故爲迷陣。寶玉竟不能答。二人笑道：「這樣愚鈍，還參禪呢。」湘雲也拍手笑道：「寶哥哥，可輸了！」又是他胡盧一笑。黛玉又道：「你那偈末云『無可云證，是立足境』，固然好了。只是據我看來，還未盡善，我還續兩句在後。」因念云：「無立足境，方是乾淨。」此方透到一死一亡，這乾淨貼寶、黛邊。寶釵道：「實在這方悟徹。緊接一贊一證。當日南宗六祖惠能，初尋師至韶州，聞五祖弘忍在黄梅，他便充役火頭僧。五祖欲求法嗣，令徒弟諸僧各出一偈。上座神秀説道：『身是菩提樹，心如明鏡臺。時時勤拂拭，莫使有塵埃。』彼時惠能在廚房碓米，聽了這偈説道：『美則美矣，了則未了。』因自念一偈曰：『菩提本非樹，明鏡亦非臺。本來無一物，何處染塵埃？』五祖便將衣鉢傳他。《傳燈録》從寶釵道出。今兒這偈語亦同此意了。只是方纔這句機鋒，尚未完全了結，這便丟開手不成？」又找機鋒，又寶釵肚裏賬，要知他堅之所在。黛玉笑道：「他不能答，就算輸了。這會子答上了，也不爲出奇了。只是以後再不許談禪了，連我們兩個所知所能的，你還不知不能呢，還去參禪呢。」寶玉自己以爲覺悟，不想忽被黛玉一問，便不能答，寶釵又比出語録來，此皆素不見他們能者，自己想了一想：「原來他們比我的知覺在先，這句心照。尚未解悟，我如今何必自尋苦惱？」有趣了。想畢，便笑道：「誰又參禪，不過是一時的頑話兒罷了。」説畢，四人仍復如舊。得趣便歇，所悟如此，其正解則在「明明德」注語中。故下面緊接娘娘送燈謎。

忽然人報娘娘差人送出一個燈謎來，入下半回。燈，明也，所謂虛靈不昧。謎，昧也，所謂有時而昏。有天有人，故爲娘娘送來。元春氣數之天也。命他們大家去猜，猜後每人也作一個送進去。四人聽説，忙出來，至賈母上房，只見一個小太監拿了一盞四角平頭白紗燈，專爲燈謎而製，上面已有了一個，衆人都争看亂猜。小太監又下諭道：「衆小姐猜着，不要説出來，每人只暗暗的寫了，一齊封送進去，候娘娘自驗是否。」寶釵聽了，近前一看，此皆寶釵正傳，故必是他看。其謎語亦必俟同大衆燈謎寫出，重「悲讖語」也。是一首七言絶句，並無新奇，《大學》不是新奇書。口中少不得稱讚，只説難猜，故意尋思，其實早猜着了。寫深心人自應如此。寶玉、黛玉、湘雲、探春四個人，也都解了，無惜春、李紈，一空一實，皆不在個裏。各自暗暗的寫了。一並將賈環、賈蘭等傳來，一齊各揣心機猜了，寫在紙上。然後各人拈一物作成一謎，恭楷寫了，掛於燈上。

太監去了，至晚出來，傳諭道：「前日娘娘所製，俱已猜着，惟二小姐與三爺猜的不是。迎春誤於感應，賈環已屬無端，故皆不是。小姐們作的也都猜了，不知是否。」説着，也將寫的拿出來，也有猜着的，也有猜不着的。人心叵測，天亦難知。太監又將頒賜之物，送與猜着之人，每人一個宫製詩筒，一柄茶筅，詩筒、茶筅，人同此心，先覺爲貴也。獨迎春、賈環二人未得。迎春自以爲頑笑小事，並不介意，賈環便覺得没趣。且又聽太監説：「三爺所作這個不通，娘娘也没猜着，兩人分際寫得都好，文宜錯落，否則人各猜着，此必無之事，必無之文。賈蘭未有明文，同李紈也。叫我帶回問三爺，是個什麽。」衆人聽了，都來看他作的是什麽，寫道：

大哥有角只八個，二哥有角只兩根。大哥只在床上座，二哥愛在房上蹲。謎語絶倒，然卻是道地兒語。

衆人看了，大發一笑。賈環只得告訴太監說：「是一個枕頭，一個獸頭。」三哥分際，人獸關頭，諸燈謎先以此，不是科諢笑駡，謎中人都如此也。太監記了，領茶而去。

賈母見元春這般有興，自己一發喜樂，便命速作一架小巧精緻圍屏燈來，設於堂屋，命他姊妹們各自暗暗的做了，寫出來黏在屏上，然後預備下香茶細菓以及各色玩物，爲猜着之賀。賈政朝罷，見賈母高興，況在節間，是何節？又混人。晚上也來承歡取樂。上面賈母、賈政、寶玉一席；王夫人、寶釵、黛玉、湘雲又一席，迎春、探春、惜春三人又一席，俱在下面。地下婆子丫鬟站滿。李宫裁、王熙鳳二人在裏間又一席。賈政因不見賈蘭，便問：「怎麽不見蘭哥兒？」不脱本旨。地下女人們忙進裏間問李氏，李氏起身笑着回道：「他説方纔老爺並没去叫他，他不肯來。」婆子回覆了賈政，衆人都笑説：「天生的牛心古怪。」便寫頭角，是乃謎外人也。賈政忙遣賈環與兩個婆子將賈蘭唤來，非也，乃劉老老。賈母命他在身邊坐了，抓菓子與他吃，大家説笑取樂。一堂聚慶，即是元宵，所以云況在節間，作者固有深意存焉。往常間只有寶玉長談闊論，今日賈政在這裏，便唯唯而已。餘者，湘雲雖係閨閣弱質，卻素喜談論，今日賈政在席，也自箝口禁語；黛玉本性嬌懶，不肯多話；寶釵原不妄言輕動，此時亦是坦然自若。爲四人按，極有斟酌。〇元妃歸省，湘雲未經應制，故不做燈謎。又以見本回自有主在。故此一席，雖是家常取樂，反見拘束。惟其爲政，致失天和，大書特書。

賈母亦知因賈政一人在此所致，酒過三巡，便攆賈政去歇息。賈政亦知賈母之意，攆了他去好讓他姊妹兄弟們取樂。因陪笑道：「今日原聽見老太太這裏大設春燈雅謎，故也備了綵禮酒席，特來入會。何疼孫子孫女之心，便不略賜與兒子半點？」數語若怨若責，不樂正坐於此，追魂攝魄之筆。賈母笑道：「你在這裏，他們都不敢説笑，没的倒教我悶的慌。你要猜謎，我便説一個你猜，猜不着是要罰的。」賈政忙笑道：「自然受罰。若猜着了，也要領賞呢。」家庭之樂，世俗之情，無不曲肖。賈母道：「這個自然。」便念道：

猴子身輕站樹梢。　打一菓名。此一謎即秦氏託夢鳳姐「樹倒猢猻散」之一語也，現當盛時，故云然。

賈政已知是荔枝，荔枝借音立枝，正肖嫣嫣文法。而一書深義悉是借音，甄真賈假，其大目也，即寶玉云「是立足境」，本回偈語，即以本回謎語解之。故意亂猜，罰了許多東西，然後方猜着了，也得了賈母的東西。然後也念一個燈謎與賈母猜，念道：

身自端方，體自堅硬。雖不能言，有言必應。　打一用物。「言必信，行必果，硜硜然」，是爲政，是爲頑石所自出。玩其語氣，豈家庭所可行哉？

説畢，便悄悄的説與寶玉。寶玉會意，又悄悄的告訴了賈母。賈母想了一想，果然不差，寫得好，而「瞞消息」回已直透。便説：「是硯台。」是墨石，是黛玉，通靈坐毀於此。賈政笑道：「到底是老太太，一猜就是。」回頭説：「快把賀彩獻上來。」地下婦女答應一聲，大盤小盒，一齊捧上。賈母逐件看去，都是燈節下所用所頑新巧之物，是燈節下，他只顧要寫出他一部底裏，於文字面皮，直不怕炫惑煞人。心中甚喜，遂命：「給你老爺斟酒。」寶玉執壺，迎春送酒，賈母因說：「那屏上都是他姐兒們做的，再猜一猜我聽。」賈政答應，起身走至屏前。只見第一個是元妃的，寫着道：

能使妖魔膽盡摧，身如束帛氣如雷。一聲震得人方恐，回首相看已化灰。打一物。元春讖重「氣」字。

賈政道：「這是爆竹呢。」寶玉答道：「是。」賈政又看迎春的道：

天運人功理不窮，有功無運也難逢。因何鎮日紛紛亂，只爲陰陽數不同。打一用物。二五間隔。

賈政道：「是算盤。」迎春笑道：「是。」又往下看是探春的道：

階下兒童仰面時，清明妝點最堪宜。游絲一斷渾無力，莫向東風怨別離。打一物。遠嫁。

賈政道：「好像風箏。」探春道：「是。」賈政再往下看，是黛玉的道：

朝罷誰攜兩袖煙？琴邊衾裏兩無緣。曉籌不用雞人報，五夜無煩侍女添。焦首朝朝還暮暮，煎心日日復年年。光陰荏苒須當惜，風雨陰晴任變遷。打一物。猶綠蠟也，是還淚賬。

賈政道：「這個莫非更香？」寶玉代言道：「是。」用他代言，玉是一玉，文字亦有變換。賈政又看道：

南面而坐，北面而朝，「象憂亦憂，象喜亦喜」。打一物。人以爲風月寶鑑一語便了，殊不知南面而坐爲舜，北面而朝有瞽瞍，亦憂亦喜有兄弟，是乃君臣父子兄弟之倫，一鏡中有如許大道理，問諸人識得否？

賈政道：「好，好！我猜鏡子，妙極！」作者自贊也。寶玉笑回道：「是。」賈政道：「這一個卻無名字。

空空、渺渺、茫茫，是無名字。是誰做的？」賈母道：「這個大約是寶玉做的。」不過演通靈而已。賈政就不言語。通靈不落語言文字，不言語底面都到。往下再看寶釵的，道是：

有眼無珠腹内空，荷花出水喜相逢。梧桐葉落紛離別，恩愛夫妻不到冬。打一物。此乃竹夫人也。元春謎語是竹，他也是竹，見其能合天運，其得爲夫人在此矣。而本文不明宣其物，見其陰行苟合而爲夫人有如此。

賈政看完，心内自忖道：「此物還倒有限，只是小小年紀作此等言語，學問文章，林、薛居上，他處詩詞，寶釵必勝他人，今承元妃命作謎語，何粗陋如此？其不諱言之可知矣。更覺不祥，看來皆非福壽之輩。」萬水朝宗。想到此處，愈覺煩悶，大有悲戚之狀，「悲」字點題作結。只是垂頭沈思。賈母見賈政如此光景，想到他（身）（自）體勞乏，又恐拘束了他衆姊妹，不得高興頑耍。即對賈政道：「你竟不必在這裏了，安歇去罷，讓我們再坐一會子，也就散了。」賈政一聞此言，連忙答應幾個是，又勉强勸了賈母一回酒，方纔退出去了。回至房中，只是思索，翻來覆去，甚覺悽惋。餘波而直攻「始提親」回。

這裏賈母見賈政去了，便道：「你們樂一樂罷。」此樂何在？一語未了，只見寶玉跑至圍屏燈前，指手畫脚，信口批評，這個這一句不好，那個破的不恰當，如同開了鎖的猴子一般。寶玉一猴子，鳳姐一猴兒，爲中間賈母一謎作證。黛玉便道：「還像方纔大家坐着，説説笑笑，豈不斯文些兒？」鳳姐自裏間屋裏出來，插口説道：「你這個人，就該老爺每日合你寸步不離方好。剛纔我忘了，爲什麽不當着老爺攛掇，叫你作詩謎兒？這會子不怕你不出汗呢。」説的寶玉急了，拉着鳳姐兒厮纏了一會。還要混人，而望人各尋天倫，各慶元宵之意深切矣。賈母又與李宫裁並衆姊妹等説笑一會，覺有些困倦，聽了聽交四鼓了，因命將食物撤去，賞與衆人，起身道：「我們安歇罷，明日還是節呢，該當早起，明日晚上再頑罷。」於是衆人散去。一散寫得興頭，是方盛時，而直照「散餘資」回。

要知後事，且聽下回分解。

上半回寫「悟」是假，下半回寫「悲」是真。令寶玉不悟而悟，悟而不悟者，釵、黛也。而其實祖若父爲之主，而父之過無所逃，故一衆没結果謎讖，皆令他打。開釋賈母入賈政，作一大結束。

自第十九回至此回爲一段，乃寶釵正傳也。因色生情，因情生妒。花能解語，無非曲念《寄生》；玉用屢箴，立見簪成兩斷。襲即釵，釵即襲，居然兩個夫人；雲爲黛，黛爲雲，同應一聲歎子。究聽《西遊記》，誰尋療妒羹？甚勿愛哥哥，早思劉老老。世人都有春燈謎，何事空談秏子精？既繳寶釵，請評黛玉。

護花主人評曰：

寶釵生日，賈母獨捐資辦戲，已見賈母屬意寶釵也。黛玉悶睡房中，必待寶玉拉起然後出來，是暗寫醋意。

寶釵點《醉閙五臺山》，念出《寄生草》一曲，分明是寶玉後來避入空門樣子。

史湘雲心直口快，説出小旦像黛玉，當下並不提黛玉着惱，直至人散後方説破，而黛玉惱湘雲光景，已活現紙上，妙極！若于席間露出，則與賈母特辦戲酒面上，不好收拾。此文章於事後追神法。

寶玉一偈一詞，卻已入悟境，不過尚有人我相，若後文六祖之偈，真是離一切諸相。

黛玉續偈之「無立足境，方是乾净」，固爲超脱，而其不壽，亦于此可見。

寶釵引語録，是不要寶玉談禪，但以冰阻水，冰消水長，恐寶玉禪心因此更深，不特《寄生草》一曲誤了寶玉也。是文章暗深一層法。

各人燈謎，就是各人的小照，與《紅樓夢》曲遥遥照應。

寶釵燈謎，是竹夫人，未曾説明，是藏閃法。

第二十二回於慶壽賞燈熱鬧中，插入禪機讖謎，如夏至炎熱，一陰已生，直與造化同功。

大某山民評曰：

自元妃省親一回至此，皆壬子年正月半後事。

第二十三回　西廂記妙詞通戲語　牡丹亭豔曲警芳心

話說賈元春自那日幸大觀園回宮去後，便命將那日所有的題詠，命探春依次鈔録妥協，自己編次，敍其優劣。又令在大觀園勒石，爲千古風流雅事。事從天上來，乃千古風流雅事，作者特提。因此賈政命人各處選拔精工名匠，大觀園磨石鐫字。又是空空道人鐫《石頭記》。賈珍率領賈蓉、賈萍等監工。萍無根着，用以監工，一部大觀隨風聚散。因賈薔又管理着文官等十二個女戲子十二釵一映，而此曰文官等，重文章也。並行頭等事，不得空閑，因此又將賈菖、賈菱唤來監工。監工又用菖、菱，見甫方昌盛，旋即陵夷。一日湯蠟釘硃，動起手來，這也不在話下。

且説那個玉皇廟並達摩庵兩處，兩廟名，一天一祖。一般的十二個小沙彌並十二個小道士，茫茫、渺渺一映。如今挪出在大觀園來，賈政正想發到各廟去分住。必用賈政正想，其意鄭重。不想後街上住的賈芹之母周氏，芹住後街，母爲周氏，見當如周魯之鸞旂芹藻佑啓後人。乃不教不學，而令入於僧道歧路，重違天祖矣。是賈政罪案。正打算到賈政這邊謀一個大小事件與兒子管管，也好弄些銀錢使用，可巧聽見這邊有事，便坐車來求鳳姐。鳳姐因見他素日不大拿班做勢的，便依允了。想了幾句話，便回王夫人説：「這些小和尚、道士，萬不可打發到別處去。一時娘娘出來，就要應承的。倘或散了，若再用時，可又費事。依我主意，直説是依他主意。不如將他們都送到家廟鐵檻寺去，月間不過派一個人拿幾兩銀子去買柴米就是了。説聲用，走去叫一聲就來，一點兒不費事。」就只多費了銀子。王夫人聽了，便商之於賈政。賈政聽了笑道：「倒是提醒了我，就是這樣。」是提醒，是置芹死路。即時喚賈璉。賈璉正同鳳姐吃飯，一聞呼喚，放下飯便走。鳳姐一把拉住笑道：「你且站住，聽我説話。若是別的事，我不管，若是爲小和尚、小道士們的那事，好歹依我這麽着。」如此這般，教了一套話。賈璉笑道：「我不知道，你有本事你説去。」鳳姐聽説，把頭一梗，把筷子一放，腮上帶笑不笑的瞅着賈璉道：「你當真，還是頑話兒？」絶妙神情。賈璉笑道：「西廊下五嫂子的兒子芸兒來求了我兩三遭，要件事管管，我應了，叫他等着。下回伏綫。好容易出來這件事，你又奪了去。」鳳姐兒笑道：「你放心，園子東北角上，娘娘説了，還叫多多的種松柏樹，陰陽進退之方，是宜培植。樓底下還叫種些花草等。這件事出來，我包管叫芸兒管這工程。」賈璉道：「果然這樣，也倒罷了。但只一件，昨日晚上我不過是要改個樣兒，你就扭手扭脚的。」異想天開。不數十字而畫春册全本，是乃神工鬼斧。問他小説能否？《西廂》《還魂》皆拜下風矣。鳳姐聽了，「嗤」的一聲笑了，向賈璉啐了一口，低下頭便吃飯。

賈璉一徑笑着去了。走到前面，見了賈政，果然是爲小和尚的事。賈璉便依了鳳姐的主意説道：「看來芹兒倒大大的出息了，這件事竟交與他去管辦，横豎照在裏頭的規例，每月叫芹兒支領就是了。」賈政原不大理論這些小事。曰「正想」，曰「提醒」，而歸於「不大理論」，寫來絶倒。作者云「世事洞明皆學問」，如此等地方警醒當家人不少。聽賈璉如此說，便依允了。賈政夢夢，鳳姐得以暢所欲爲，舉小以例大。賈璉回至房中，告訴鳳姐，鳳姐即命人去告訴周氏。賈芹便來見賈璉夫妻，感謝不盡。鳳姐又做情先支三個月的費用，「弄權」罪案。叫他寫了領字，賈璉批票畫了押，登時發了對牌出去，銀庫上按數發出三個月的供給來，白花銀三百兩。《詩》三百，白花了，言之慨然。賈芹隨手拈了一塊與掌平的人，叫他們吃了茶罷。世事。於是命小厮拿了回家，與母親商議。登時雇個脚驢自己騎，又雇幾輛車子，至榮國府角門前，喚出二十四個人來，坐上車子，一徑往城外鐵檻寺去了。二十四個人往鐵檻寺去，不是往水月庵去，看官記清。當下無話。

如今且說賈元春在宮中編《大觀園題詠》之後，忽想起那園中的景致，自從幸過之後，賈宅必定敬謹封鎖，不叫人進去，豈不辜負此園？況家中現有幾個能詩會賦的姊妹們，何不命他們進去居住，也不使佳人落魄，花柳無顏。元妃之命，大書特書，一部大觀，乃從此始。卻又想寶玉自幼在姊妹叢中長大，不比別的兄弟，若不命他進去，又怕冷落了他，恐賈母、王夫人心上不喜，須得也命他進去居住方妥。命太監夏忠其時正盛，爲夏之中。到榮府下一道諭，命寶釵等在園中居住，不可封錮，命寶玉也隨進去讀書。一命寶釵，再命寶玉，天數定矣。賈政、王夫人接了諭命，夏忠去後，便回明賈母，遣人進去各處收拾打掃，安設簾幔床帳。要緊東西。別人聽了還猶自可，惟寶玉喜之不勝。正和賈母盤算要這個，要那個，忽見丫鬟來說：「老爺叫寶玉。」寶玉呆了半晌，登時掃了興，臉上轉了色，便拉着賈母扭的扭股兒糖似的，死也不敢去。賈母只得安慰他道：「好寶貝，你只管去，有我呢，他不敢委曲了你。

况你做了這篇好文章，想是娘娘叫你進園去住，他吩咐你幾句話，不過是怕你在裏頭淘氣。他説什麽，你只好生答應着就是了。」一面安慰，一面喚了兩個老嬤嬤來，吩咐：「好生帶了寶玉去，别叫他老子唬着他。」老嬤嬤答應了。情事口吻，無不曲肖。

寶玉只得前去，一步挪不了三寸，蹭到這邊來。可巧賈政在王夫人房中商議事情，金釧兒、彩雲、彩鳳、繡鸞、繡鳳等彩雲名字忽雲忽霞，另有做意，故用兩彩兩繡陪出，以爲含混。衆丫頭都在廊檐下站着呢。一見寶玉，都抿着嘴兒笑他。寫得出。金釧一把拉着寶玉，悄悄的説道：「我這嘴上是纔擦的香漬的胭脂，你這會子可吃不吃了！」淫豔之極，正不知以前有若干文字。彩雲一把推開金釧笑道：「人家心裏正不自在，你還要奚落他。趁這會子喜歡，快進去罷。」寫得又好。寶玉只得挨門進去，原來賈政和王夫人都在裏間呢。趙姨娘打起簾子，寶玉挨身而入，只見賈政和王夫人對坐在炕上説話，地下一排椅子，迎春、探春、惜春、賈環四人都坐在那裏。一見他進來，惟有探春、惜春和賈環站了起來。賈政一舉目見寶玉站在跟前，神彩飄逸，秀色奪人，是好寶玉，贊寶玉正以罪賈、王。又看見賈環人物委瑣，舉止粗糙，忽又想起賈珠來。再看看王夫人只有這一個親生的兒子，素愛如珍，自己的鬍鬚將已蒼白，因這幾件上，把平日嫌惡寶玉之心，不覺减了八九分。一句一轉，天理人情，一時並現，真是好筆。半晌説道：「娘娘吩咐你説，日日在外邊嬉遊，漸次疏懶，如今禁管你同姐妹們在園裏讀書。是禁管讀書，絶倒。你可好生用心習學，再不守分安常，你可仔細！」寶玉連連答應了幾個是。王夫人便拉他在身邊坐下，他姊弟三人依舊坐下。排場周到。王夫人摸索着寶玉的脖項説道：「前兒的丸藥都吃完了没有？」寶玉答應道：「還有一丸。」碩果僅存，尚堪救藥，其如天數何？王夫人説：「明早再取十丸來，天天臨睡時候，叫襲人伏侍你吃了再睡。」寶玉道：「自從太太吩咐了襲人，天天臨睡打發我吃的。」賈政便問道：「誰叫襲人？」第一毒藥。王夫人道：「是個丫頭。」賈政道：「丫頭不拘叫個什麽罷了，是誰起這樣刁鑽的名字？」恰是。王夫人見賈政不自在了，便替寶玉掩飾道：「是老太太起的。」賈政道：「老太太如何曉得這樣的話？一定是寶玉。」寶玉見瞞不過，只得起身回道：「因素日讀詩，曾記古人有句詩云『花氣襲人知晝暖』，因這丫頭姓花，便隨意起的。」王夫人忙向寶玉説道：「你回去改了罷，老爺也不用爲這小事生氣。」賈政道：「其實也無妨礙，不用改。不用改是他説的忽昧忽明，是謂燈謎。只可見寶玉不務正，專在這些濃詞豔詩上做工夫。」駡得着。説畢，斷喝了一聲：「作孽的畜生，還不出去！」斷送了也。王夫人也忙道：「去罷，去罷，怕老太太等吃飯呢。」寶玉答應了，慢慢的退出去，向金釧兒笑着伸伸舌頭，種種關目都好，在人意中，出人意外。帶着兩個老嬤嬤一溜煙去了。

剛回至穿堂門，只見襲人倚門而立，急煞。○甫見賈政，緊接是他，乃入大觀之始。見寶玉平安回來，堆下笑來問道：「叫你做什麽？」寶玉告訴：「没有什麽。不過怕我進園淘氣，吩咐吩咐。」一面説，一面回至賈母跟前，回明原委。只見林黛玉正在那裏，寶玉便問他：「你住在那一處好？」黛玉正盤算這事，忽見寶玉一問，便笑道：「我心裏想着瀟湘館好，我愛那幾竿竹子，隱着一道曲欄，比别處幽静。」幽静，死趣也。寶玉聽了，拍手笑道：「正合我的主意，我也要叫你那裏去住。我就在怡紅院，紅緑相匹。○天數自是命寶釵，人情實重在黛玉，故先提清兩人住處。咱們兩個又近，又都清幽。」幽静換清幽，清，「卻塵緣」，幽，「歸離恨」也。二人正計議，就有賈政遣人來回賈母說：「二月二十二日是好日子，二月二十二日，好春也，而一派陰數。綜之得六十，花甲一周，天運復始，大觀全部在内。反之爲十六，紫陽所謂「正好修二八」也。一月日徹上徹下。哥兒姐兒們好搬進去的。這幾日内，遣人進去分派收拾。」薛寶釵住了蘅蕪院，寫得略，忽之也。林黛玉住了瀟湘館，賈迎春住了綴錦樓，探春住了秋掩書齋，惜春住了蓼風軒，三春居處，有定無定。李氏住了稻香村，寶玉住怡紅院。每一處添兩個老嬷嬷、四個丫頭，除各人奶娘親隨丫頭外，另有專管收拾打掃的，至二十二日一齊進去。登時園内花招繡帶，柳拂香風，不似前番那等寂寞了。

閑言少敘。轉眼災祲，便復寂寞，敘前番乃敘後面也，而作者云「閑言少敘」，少敘這個，多敘甚麽？且說寶玉自進園來，心滿意足，再無别項可生貪求之心。每日只和姊妹丫鬟們一處，或讀書，或寫字，或彈琴下棋，作畫吟詩，以至描鸞刺鳳，鬥草簪花，低吟悄唱，拆字猜枚，無所不至，倒也十分快意。恰是十分快意，恰是無所不至，千萬人讀《紅樓》無不豔羨者，窮骨措大且擬學之，可惜被閑人撕破了。他曾有幾首四時即事詩，雖不算好，卻是真情真景。是真情、真景，掉謊。○將入大觀，先以四詩冠首，乃特提也。春夏秋冬，天運復始，即所謂二月二十二日。四詩瑕瑜不掩，有明秀新豔處，有稺弱支離處，爲寶玉擬作恰好。

《春夜即事》云：

霞綃雲幄任鋪陳，隔巷蛙聲聽未真。枕上輕寒窗外雨，眼前春色夢中人。盈盈燭淚因誰泣，點點花愁爲我嗔。自是小鬟嬌懶慣，擁衾不耐笑言頻。第二句罵人，三、四好，明點「夢」字，五黛玉，六寶釵，花即襲，即釵也。

《夏夜即事》云：

倦繡佳人幽夢長，金籠鸚鵡喚茶湯。窗明麝月開宫鏡，室靄檀雲品御香。琥珀杯傾荷露滑，玻璃檻納柳風涼。水亭處處齊紈動，簾捲朱樓罷晚妝。首句點「夢」字，是晝夢。末又云「罷晚妝」，中幅用人名堆砌，是爲寶玉擬夢詩。

《秋夜即事》云：

絳芸軒裏絶喧嘩，桂魄流光浸茜紗。苔鎖石紋容睡鶴，井飄桐露濕棲鴉。抱衾婢至舒金鳳，倚檻人歸落翠花。静夜不眠因酒渴，沈煙重撥索烹茶。秋令肅殺，夢將終矣，故明無「夢」字。首提「絳芸軒」，以次映寶釵處多，是所以爲秋者，詩則較勝。

《冬夜即事》云：

梅魂竹夢已三更，錦罽鸘衾睡未成。松影一庭惟見鶴，梨花滿地不聞鶯。女奴翠袖詩懷冷，公子金貂酒力輕。卻喜侍兒知試茗，掃將新雪及時烹。此又明提「夢」字，夢既醒也。次聯好，釵、黛雙映。末句説雪，薛也，收拾殘夢乃是此人，而暗用《金瓶》吴月娘掃雪烹茶意思，引出本回《西廂記》《牡丹亭》，是何等針綫乎。

不説寶玉閑吟，且説這幾首詩，當時有一等勢利人，見是榮國府十二三歲的公子做的，説他十二三歲，真好硬嘴，好老面皮。抄録出來，各處稱頌。再有等輕薄子弟，愛上那風流妖艷之句，也寫着扇頭壁上，不時吟哦賞讚。此是直罵不解其書者。因此上竟有人來尋詩覓字，倩畫求題的。是乃掩覆之筆，與十三回説賈珍恣意奢華同。寶玉一發得意，每日家做這些外務。

誰想静中生動，忽一日不自在起來，妙有微旨，一部書所由來也。這也不好，那也不好，出來進去，只是悶悶的。園中那些女孩子，正是混沌世界，天真爛漫之時，坐卧不避，嬉笑無心，那裏知寶玉此時的心事。掩覆蓋藏，特提重頓。那寶玉心内不自在，便懶在園内，只在外頭鬼混，卻又癡癡的。茗煙見他這樣，因想與他開心，左思右想，皆是寶玉頑煩了的，只有這件，寶玉不曾看見過。入題如此委宛。想畢，便走到書坊内把那古今小説並那飛燕、合德、武則天、虚。楊貴妃實。的外傳，與那傳奇歌本，買了許多來引寶玉。着一引字，名教湮滅在此，培植名教亦在此。寶玉一看，如得珍寶。是珍是寶，榮、寧俱到。茗煙又囑咐道：「不可拿進園去，若叫人知道了，我就吃不了兜着走呢。」寶玉那裏肯不拿進園去，踟躕再四，單把那文理雅道些的，揀了幾部進去，放在床上，無人時方看。伏筆層次。那些粗俗過露的，都藏於外面書房内。知我罪我，都在這件。

那日正當三月中浣，早飯後，寶玉攜了一套《會真記》，走到沁芳閘大觀之始乃在心源。橋那邊桃花底下桃花底下，多少雙關。一塊石上石頭。坐着，展開《會真記》，出《西廂》不曰《西廂》而曰《會真》，自有真際，令人體會得之。○《會真記》不是曲文。從頭細看。正看到「落紅成陣」，只見一陣風過，樹上桃花吹下一大斗來，落得滿身滿書滿地皆是花片。本地風光，異常鮮豔。寶玉要抖將下來，恐怕脚步踐踏了，只得兜了那花瓣來至池邊，抖在池内。那花瓣浮在水面，飄飄蕩蕩，竟流出沁芳閘去了。文亦如之。回來只見地下還有許多花瓣。寶玉正踟躕間，只聽背後有人説道：「你在這裏做什麽？」寶玉一回頭，卻是林黛玉來了，肩上擔着花鋤，花鋤上掛着紗囊，手内拿着花帚。絶妙出相。寶玉笑道：「好，好，來把這個花掃起來，撂在那水裏去罷。我纔撂了好些在那裏呢。」林黛玉道：「撂在水裏不好，你看這裏的水乾淨，只一流出去，有人家的地方，什麽没有？「出山泉水濁。」仍舊把花糟蹋了。那畸角上我有一個花塚，如今把他掃了，裝在這絹袋裏，埋在那裏，日久隨土化了，豈不乾淨。」直照黛玉死，「乾淨」二字着眼。

寶玉聽了，喜不自禁，笑道：「待我放下書「書」字突出。幫你來收拾。」黛玉道：「什麽書？」寶玉見問，慌的藏之不迭，便説道：「不過是《中庸》《大學》。」此固形容倉猝答語，但何書不可説，而必説寶玉必不説之書？曰《中庸》《大學》，作者之意可知矣。一部《紅樓》不過是《中庸》《大學》。黛玉道：「你又在我跟前弄鬼。誠是弄鬼。趁早兒給我瞧瞧，好多着呢。」寶玉道：「妹妹，若論你，我是不怕的，你看了好歹别告訴别人。真正這是好文章，是好文章，而且文章以外更有好文章。你若看了，連飯也不想吃呢。」一面説，一面遞了過去。黛玉把花具放下，接書來瞧，從頭看去，越看越愛，將十六齣俱已看完，但覺詞句警人，餘香滿口。雖看完了，卻只管出神，心内還默默記誦。四十二回已到。

寶玉笑道：「妹妹，你説好不好？」林黛玉笑道：「果然有趣。」寶玉笑道：「我就是個『多愁多病的身』，你就是那『傾國傾城的貌』。」突開奇境。林黛玉聽了，不覺連腮帶耳通紅，登時豎起兩道似蹙非蹙的眉，瞪了兩隻似睜非睜的眼，桃腮帶怒，薄面含嗔，用力寫出。指着寶玉道：「你這該死的，胡説！好好的把這淫詞艷曲弄了來，説這些混賬話來欺負我，我告訴舅舅、舅母去！」説到「欺負」二字，就把眼圈兒紅了，轉身就走。這書乃寶釵影本，黛玉未經實受者，故先着此決裂。寶玉着了忙，上前攔住道：「好妹妹，千萬饒我這一遭，原是我説錯了。若有心欺負你，明兒我掉在池子裏叫個癩頭黿吃了去，變個大忘八，等你明兒做了一品夫人，病老歸西的時候，我往你墳上替你馱一輩子碑去。」異想奇談，是急煞求告語，中隱「負重」二字，言寶玉重負黛玉而會真爲虛談也。「嫁個男人是烏龜」一直注射。說的林黛玉「撲嗤」的一聲笑了。原在有意無意之間。一面揉着眼，一面笑道：「一般唬的這個調兒，還只管胡說，呸！原來也是個『銀樣蠟鎗頭』。」絶妙出相。寶玉聽了笑道：「你說說你這個呢，我也告訴去。」林黛玉笑道：「你說你會過目成誦，難道我就不能一目十行麽？」心許之矣。寶玉一面收書，一面笑道：「正經快把花埋了罷，别提那個了。」一語畫開，舉重若輕。二人便收拾落花，正纔掩埋妥協，繳明「乾净」二字。只見襲人走來緊接是他。說道：「那裏没找到，摸在這裏來。那邊大老爺身上不好，姑娘們都過去請安，老太太叫打發你去呢。快回去换衣服罷。」寶玉聽了，忙拿了書，别了黛玉，同襲人回房换衣不提。

這裏林黛玉見寶玉去了，聽見衆姊妹也不在房中，自己悶悶的，正欲回房，剛走到梨香院牆角外，承上起下，用梨香院，寶釵原居處也。只聽見牆内笛韻悠揚，歌聲婉轉。林黛玉便知是那十二個女子演習戲文。雖未留心去聽，偶然兩句吹到耳内，明明白白，一字不落，道：「原來是姹紫嫣紅開遍，似這般都付與斷井頽垣。」《牡丹亭》先出曲詞在《遊園》一折，正是黛玉大觀本色。林黛玉聽了，倒也十分感慨纏綿，便止步側耳細聽。又唱道是：「良辰美景奈何天，賞心樂事誰家院？」先爲大觀園下勘語。聽了這兩句，不覺點頭自歎，心下自思：「原來戲上也有好文章，可惜世人只知看戲，未必能領略其中的趣味。」想畢，又後悔不該胡想，躭誤了聽曲子。再聽時，恰唱道：「只爲你如花美眷，似水流年。」黛玉聽了這兩句，不覺心動神搖，又聽道「你在幽閨自憐」等句，寫得好，不突不慢。越發如醉如癡，站立不住，便一蹲身，坐在一塊山子石上，細嚼「如花美眷，似水流年」八個字的滋味。忽又想起前日見古人詩中有「水流花謝兩無情」之句，再詞中又有「流水落花春去也，天上人間」之句，又兼方纔所見《西廂記》中「花落水流紅，閑愁萬種」之句，都一時想起來，湊聚在一處。歷舉詩詞，不離花水。仔細忖度，不覺心痛神馳，眼中落淚。正没個開交，忽覺背後有人擊他一下，及回頭看時，原來是個女子。此正生死關頭，黛玉打不出，在此作者特爲欲打出者開門路，須急回頭看這面鏡子，受他當頭一擊。

未知是誰，且聽下回分解。

自此回至二十六回爲一大段，方纔是大觀園正經文字。看開卷説大觀勒石，説元妃命住，説賈芹管僧道，悉爲特舉之筆，然後用《西廂記》《牡丹亭》兩部傳奇，舉爲綱領，又先之以四景詩開出一大場面，至「春困發幽情」方作結束。如此分開段落，見百二十回書，不容增，不容損，閑人特爲劃清，看官應亦爽目。

上大段是寶釵文字，以「情切切」「情」字始。此大段是黛玉文字，以「發幽情」「情」字終。兩「情」字綰兩頭，中間安放灑灑洋洋八回文字，局陣何等完固。

上大段以賈政作結，此大段以罪賈政發端，暢演「情」字中，不脱責失教本旨。

上半「西廂記」，結穴在《酬簡》一齣，寶釵實事也，則是寶釵傳。而必發在黛玉者，以太虚境中兼美原釵、黛並到，而黛玉只幸免耳，不必過爲黛玉出豁，看「春困發幽情」便解。下半「牡丹亭」，結穴在《離魂》一齣，則專爲黛玉傳。上半是賓，下半是主，通部書當從此賓主看去。

黛玉是意淫之主，此大段專寫意淫。十九回「情切切」「意綿綿」，因「意」字又作此大段，而總爲談情文字，乃錯綜生發之法。

《西廂記》是寶釵，看其婢名鶯兒可見，鶯，崔鶯也。《牡丹亭》是黛玉，看其婢名紫鵑可見，鵑，杜鵑也。《西廂》崔、張有實事，《牡丹》杜、柳是夢交，又各有專屬。

護花主人評曰：

芹兒管事在芸兒之先，足見鳳姐之權勝于賈璉。賈璉于説芹、芸管事時，忽帶説昨晚褻語，描寫少年夫婦情景，最爲深刻。

寶玉同諸姊妹不住園中，不能有許多事情，但賈政古板，必不肯辦，元妃傳諭，方好遵依，是大觀園聚集之始。

金釧戲言，可見寶玉吃渠胭脂已非一次矣。不但爲後事伏筆，且爲前事補筆。

寶玉四景詩是後來詩會聯句引子。

寶玉一見小説傳奇，便視同珍寶。黛玉一見《西廂》，便情意纏綿。淫詞艷曲，移人如此，可畏，可畏。此處直伏四十二回情事。

花冢埋花，雖是雅事，卻是黛玉結果影子。

黛玉聽曲，至「如花美眷，似水流年」二句，想起多少古詩，傷心落淚，短命人往往如此。於聚集大觀園之始，獨敍黛玉埋花傷心等事，此黛玉之所以終於園中也。

大某山民評曰：

此回已入壬子年三月間事。

第二十四回　醉金剛輕財尚義俠　癡女兒遺帕惹相思

話説林黛玉正在情思縈逗，纏綿固結之時，「情」字一點。忽有人從背後擊了他一下，當是棒喝，能領此一擊，黛玉可以不死。説道：「你做什麽，一個人在這裏？」一個人，言下點悟。做什麽，問得警醒。林黛玉道：「你這個……」是獅子吼。回頭看時，不是别人，卻是香菱。業鏡高懸，大觀普照。林黛玉道：「你這個傻丫頭，唬我一跳。你這會子打那裏來？」從來處來。一段提敍，不是閑文。香菱嘻嘻的笑道：「我來尋我們姑娘的，仍照章法，暗接寶釵。總找不着他。你們紫鵑也找你呢，説璉二奶奶送了什麽茶葉來給你的，送茶葉有若干激射，俟後評。回家去坐着罷。」一面説，一面拉着黛玉的手，回瀟湘館來。寫來恰是憨狀，腕底有鬼。果然鳳姐送了兩小瓶上用新茶來，林黛玉和香菱坐了談講些「這一個繡的好」「那一個刺的精」，又下一回棋，看兩句書，爲學詩映。香菱便走了，不在話下。

如今且説寶玉因被襲人找回房去，只見鴛鴦歪在床上看襲人的針綫呢，不把金針度與人。見寶玉來了，便説道：「你往那裏去了？老太太等着你呢，叫你過那邊請大老爺安去，還不快去換了衣服走呢。」襲人便進房去取衣服。寶玉坐在床沿上，褪了鞋，等靴子穿的工夫，回頭見鴛鴦穿着水紅綾子襖兒，青緞子背心，束着白縐綢汗巾兒，黛玉初到王夫人處，見一丫鬟是這樣打扮，到此方隱隱點出是鴛鴦。臉向那邊，低着頭看針綫，脖子上帶着扎花領子。寶玉便把臉湊在脖項上聞那香氣，不住用手摩撫，其白膩不在襲人以下，便挨上身去涎臉笑道：「好姐姐，把你嘴上的胭脂賞我吃了罷。」一面說，一面扭股糖似的黏在身上。淫極矣，而其實是意淫，以其明明寫出也。鴛鴦便叫道：「襲人，你出來瞧瞧，你跟他一輩子，也不勸勸他，還是這麼着！」數語都到。襲人抱了衣服出來，向寶玉道：「左勸也不改，右勸也不改，你倒是怎麼樣？你再這麼着，這個地方可也就難住了。」是他口語。一邊說，一邊催他穿衣服，同鴛鴦往前面來。

見過賈母，出至外面，人馬俱已齊備。剛欲上馬，只見賈璉請安回來，正下馬，二人對面，彼此問了兩句話。只見傍邊轉出一個人來，「請寶叔安」。寶玉看時，只見這人生的容長臉，長挑身材，年紀只有十八九歲，生得着實斯文清秀，倒也十分面善，只是想不起是那一房的，叫什麼名字。賈璉笑道：「你怎麼發獃，連他也認不得？他是後廊上住的五嫂子的兒子芸兒。」書香在是。寶玉笑道：「是了，是了，我怎麼就忘了。」因問他母親好，這會子什麼勾當。賈芸指賈璉道：「找二叔說句話。」說種樹，乃說培植書香也。寶玉笑道：「你倒比先越發出跳了，倒像我的兒子。」賈璉笑道：「好不害臊，人家比你大四五歲呢，就給你做兒子？」寶玉笑道：「你今年十幾歲？」賈芸道：「十八歲了。」原來這賈芸最伶俐乖巧的，聽寶玉說像他的兒子，便笑道：「俗語說的好：『搖車鈴兒的爺爺，拄拐棍兒的孫子。』雖然年紀大，『山高遮不住太陽』。只從我父親死了，這幾年也没人照管，若寶叔不嫌侄兒蠢，認做兒子，就是侄兒的造化了。」「式穀似之」。賈璉笑道：「你聽見了，認了兒子，不是好開交的。」說着，就進去了。寶玉笑道：「明兒你閑了，只管來找我，別和他們鬼鬼祟祟的。這會子我不得閑兒，明兒你到書房裏來，和你說天話兒，我帶你園裏頑去。」說着，扳鞍上馬，衆小廝隨往賈赦這邊來。

見了賈赦，不過是偶感些風寒，先述了賈母問的話，然後自己請了安。賈赦先站起來，回了賈母問的話，便喚人來：「帶進哥兒去太太屋裏坐着。」寶玉退出來，至後面到上房。邢夫人見他，先站了起來，請過賈母的安，寶玉方請安。邢夫人拉他上炕坐了，方問別人。此段請安不過使賈赦處不擱置，又特爲遇賈芸而設，而寫來一人有一人心地，一人有一人口吻，爲文不苟如此。又命人倒茶。茶未吃完，只見賈琮來問寶玉好。賈琮無傳，若有若無，榮、寧兩宗如此而已。○來問好乃寶玉之兄也。邢夫人道：「那裏找活猴兒去，你那奶媽子死絕了，也不收拾收拾，弄得你黑眉烏嘴的，那裏還像個大家子讀書的孩子。」與賈環對照。正說着，只見賈環、賈蘭小叔侄兩個也來請安。邢夫人叫他兩個在椅子上坐着。賈環見寶玉同邢夫人坐在一個坐褥上，邢夫人又百般摸索撫弄他，早已心中不自在了。坐不多時，便向賈蘭使個眼色兒要走。賈蘭只得依他，一同起身告辭。寶玉見他們起身，也就要一同回去。邢夫人笑道：「你且坐着，我還和你說話。」寶玉只得坐了。邢夫人向他兩個道：「你們回去，各人替我問各人母親好罷。你們姑娘姐妹們，都在這裏呢，鬧的我頭昏，今兒不留你們吃飯了。」賈環等答應着，便出去了。寶玉笑道：「可是姐妹們都過來了？怎麼不見？」邢夫人道：「他們坐了會子，都往後頭不知那屋裏去了。」寶玉説：「大娘説有話説，不知是什麽話？」邢夫人笑道：「那裏什麽話，不過叫你等着同姐妹們吃了飯去。還有一個好頑的東西，給你帶回去頑兒。」娘兒兩個説着，不覺又晚飯時候，請過衆位姑娘們來，調開桌椅，羅列杯盤，母女姊妹們吃畢了飯。寶玉辭别賈赦，同衆姐妹回來，見過賈母、王夫人等，各自回房安歇，不在話下。

且説賈芸進去見了賈璉，因打聽可有什麽事情。賈璉告訴他説：「前兒倒有一件事情出來，偏生你嬸娘再三求了我給了賈芹了。他許我説，「他許我」，絶倒。明兒園裏還有幾處要栽花木的地方，等這個工程出來，一定給你就是了。」那賈芸聽了，半晌説道：「既是這樣，我就等着罷。説得没奈何。叔叔也不必先在嬸娘跟前，提我今兒來打聽的話，到跟前再説也不遲。」賈璉道：「提他做什麽？我那裏有這工夫説閑話兒呢。明日還要到興邑去一走，必須當日趕回來方好。你先去等着，後日起更以後，你來討信，早了我不得閑。」説着，便向後面换衣服去了。

賈芸出了榮國府回家，一路思量，設爲一有心人。想出一個主意來，伏下一事。便一徑往他母舅卜世仁家來。猶曰不是人，而三字正意打通全部。原來卜世仁現開香料鋪，方纔從鋪子裏回來，一見賈芸，便問爲什麽事來。賈芸道：「有件事求舅舅幫襯，要用冰片、麝香，好歹舅舅每樣賒四兩給我，八月節按數送了銀子來。」卜世仁冷笑道：「再休提賒欠一事。前日也是我們鋪子裏一個夥計，替他的親戚賒了幾兩銀子的貨，至今總未還上，因此我們大家賠上，立了合同，再不許替親友賒欠，誰要犯了，就罰他二十兩銀子的東道。大都是這等回覆。况且如今這個貨也短，你就拿現銀子到我們這小鋪子裏來買，也還没有這些，又一轉。只好倒扁兒去。這是一件。二則你那裏有正經事，不過賒了去又是胡鬧。又一轉。你只管説舅舅見你一遭兒就派你一遭兒不是，你小人家很不知好歹，也要立個主意，賺幾個錢，弄弄穿的吃的，我看着也喜歡。」心事口角，如見如聞。作者真能洞明世事。賈芸笑道：「舅舅説的有理，但我父親没的時節，我年紀又小，不知事體。後來聽我母親説都還虧舅舅們在我們家去出主意，料理的喪事。難道舅舅是不知道的，還是有一畝地，兩間房子，在我手裏花了不成？語中有刺。○已爲王仁設一影子，直照後文巧姐事，而言之慨然。『巧媳婦做不出没米的飯來』，叫我怎麽樣呢？一軟。還虧是我呢，要是别個，死皮賴臉的，三日兩頭兒來纏舅舅，要三升米、二升豆子的，舅舅也就没有法兒呢。」言亦侃侃。卜世仁道：「我的兒，舅舅要有，還不是該的？我天天和你舅母説，只愁你没個算計，你但凡立得起來，到你大房裏，就是他們爺兒們見不着，便下個氣和他們的管家或者管事的人們嬉和嬉和，也弄個事兒管管。前兒我出城去，撞見你三房裏的老四，妙有穿插，芹行四，詩有四始也。騎着大叫驢，帶着四五輛車，有四五十和尚道士，往家廟裏去了。他那不虧能幹，就有這樣的事到他了？」賈芸聽了嘮叨的不堪，凡一毛不拔者偏會嘮叨不堪。便起身告辭。卜世仁道：「怎麽急的這樣？吃了飯去罷。」一句話尚未説完，只見他娘子説道：「你又糊塗了，説着没有米，這裏買了半斤麵來下給你吃，這會子還裝胖呢，留下外甥挨餓不成？」卜世仁道：「再買半斤來添上就是了。」他娘子便叫女兒銀姐：一吹一唱，情景逼肖。其女名銀，八面俱到。「往對門王奶奶家去，問有錢借二三十個，明日就送來還的。」夫婦兩個説話，那賈芸早説了幾個「不用費事」，去的無影無踪了。

不言卜家夫婦，且說賈芸賭氣離了母舅家門，一徑回來，心下正自煩惱，一邊想，一邊走。低着頭，不想一頭就碰在一個醉漢身上，把賈芸一把拉住，罵道：「你瞎了眼，碰起我來了？」賈芸聽聲音像是熟人，仔細一看，原來是緊隣倪二。許多氣力，方才逼入本文。這倪二是個潑皮，專放重利債，在賭博場吃飯，專愛喝酒打架，此時正從欠錢人家索債歸來，已在醉鄉，不料賈芸碰了他，就要動手。寫潑皮便是潑皮。賈芸叫道：「老二住手，是我沖撞了你。」寫舊家子又是舊家子。倪二一聽他的語音，將醉眼睜開一看，見是賈芸，忙鬆了手，趔趄着笑道：「原來是賈二爺，這會子那裏去？」賈芸道：「告訴不得你，平白的又討了個没趣兒。」倪二道：「不妨，有什麽不平的事，告訴我，我替你出氣。這三街六巷憑他是誰，若得罪了我醉金剛倪二的街隣，管叫他人離家散。」金剛而醉，則金爲火困，而金無力。倪即是泥，泥之爲物，一土一水，故云倪二。有水有土，則木生矣。此正抑金扶木，爲黛玉叫不平作用也。賈芸道：「老二，你別生氣，聽我告訴你這緣故。」便把卜世仁一段事告訴了倪二。倪二聽了大怒道：「要不是二爺的親戚，我便駡出來。真正氣死我！寫得好，而氣死我，氣芸舅實氣黛舅也。也罷，你也不必愁，我這裏現有幾兩銀子，你要用，只管拿去。我們好街坊，這銀子是不要利錢的。」一頭說，一頭從搭包内掏出一包銀子來。賈芸心下自思：「倪二素日雖然是潑皮，卻也因人而施，頗有義俠之名。點題。若今日不領他這情，怕他臊了，倒恐不美。不如用了他的，改日加倍還他就是了。」因笑道：「老二，你果然是個好漢。既蒙高情，怎敢不領？回家照例寫了文約，送過來便了。」倪二大笑道：「這不過是十五兩三錢銀子，數目分明，醉而不醉，又寫一有心人也。○十五兩三，綜數二十，即賈母爲寶釵做生辰之數。你若要寫文契，我就不借了。」賈芸聽了，一面接銀子，一面笑道：「我便遵命罷了，何必着急？」倪二笑道：「這纔是了。天氣黑了，也不讓茶讓酒，我還有點事情到那邊去，你竟請回。我還求你帶個信兒與我們家，叫他們閉門睡罷，我不回家去。如聞其聲，如見其形。倘或有事，叫我們女孩兒女孩兒一點。明兒一早到馬販子王短腿家找我。」馬兒短腿，行而不行，抑王氏也。馬屬午火，制雪者也。一面說，一面趔趄着脚兒去了，不在話下。

且說賈芸偶然碰了這件事，心下也十分稀罕，想那倪二倒果然有些意思，只是怕他一時醉中慷慨，到明日加倍要來便怎麼處。忽又想道：「不妨，等那件事成了，可也加倍還得起他。」因走到一個錢鋪內，將那銀子稱一稱，分兩不錯，心上越發歡喜。到家先將倪二的話捎與他娘子，方回家來。見他母親自在炕上拈綫，見他進來，便問：「那裏去了一天？」賈芸恐他母親生氣，便不提卜世仁的事來，只說在西府裏等璉二叔的。問他母親吃了飯不曾，隱然孝子排場，非揚賈芸也，乃發有似寶玉於未失通靈以前之旨。他母親說：「吃了，還留飯在那裏。」叫小丫頭拿過來與他吃。那天已是掌燈時候，賈芸吃了飯，收拾安歇，一宿無話。又是一樣人家。

次日一早起來，洗了臉，便出南門大街，在香鋪買了香麝，便往榮府來。打聽賈璉出了門，賈芸便往後面來。到賈璉院門前，只見幾個小厮拿着大高的笤箒在那裏掃院子呢。忽見周瑞家的從門裏出來，叫小厮們：「先別掃，奶奶出來了。」賈芸忙上去笑道：「二嬸娘那裏去？」周瑞家的道：「老太太叫，想必是裁什麼尺頭。」須留尺頭，不可掃光，戒鳳姐也。正說着，只見一羣人簇擁着鳳姐出來了。

賈芸深知鳳姐是喜奉承愛排場的，搔着癢處。忙把手逼着，恭恭敬敬搶來請安。鳳姐連正眼也不看，仍往前走，只問他母親好，「怎麼不來我們家逛逛？」賈芸道：「只是身上不好，倒時常記罣着嬸娘，要瞧瞧，總不能來。」鳳姐笑道：「可是你會撒謊，不是我提起，他就不想我了。」賈芸笑道：「侄兒不怕雷打，就敢在長輩跟前撒謊？昨日晚上還提起嬸娘來，説嬸娘身上生得單弱，事情又多，虧嬸娘好大精神，竟料理的周周全全，要是差一點兒的，早累的不知怎麼樣了。」鳳姐兒聽了，滿臉是笑，不由的止了步問道：「怎麼好好的你娘兒兩個在背地裏嚼説起我來？」其實乃深喜之。賈芸道：「有個緣故。入步。只因我有個極好的朋友，家裏有幾個錢，現開香鋪。此便是紅香，乃小紅引綫也。因他身上捐了個通判，前月選了雲南不知那一府，此香從倪二來，則通判乃説倪二，通盤判斷在此，其機尚遠，故爲選往雲南。連家眷一齊去。他這香鋪也不開了，便把貨物攢了一攢，該給人的給人，該賤發的賤發，像這貴重的都送與親友。所以我得了些冰片、麝香，又爲「紅麝串」一引，曰冰、麝，則冷香丸也。我就和我母親商量，賤賣了可惜，若送人也没有人家配使這些香料。因想嬸娘往年間還拿大包的銀子買這東西呢，別説今年貴妃宫中，就是這個端陽節，所用也一定比往常要加上十幾倍，故此孝敬嬸娘。」一邊將一個錦匣遞過去。鳳姐正是辦端陽節的禮，近端陽節。須用香料，便命豐兒：「接過芸哥兒的來，送了家去，交給平兒。」因又説道：「看着你這樣知道好歹，是知好歹。怪道你叔叔常提起你來，説你好，説話明白，心裏有見識。」有似哄賈瑞之言，彼則哄人，此被人哄。賈芸聽這話入港，便打進一步來，故意問道：「原來叔叔也常提我的？」又賊。鳳姐見問，便要告訴給他事情管的話，一想又恐被他看輕了，只説得了這點兒香料便混許他管事了，因又止住，且把派他種花木工程的事，都一字不提，隨口説了幾句淡話，便往賈母房裏去了。一宕。

賈芸也不好提起，只得回來。因昨日見了寳玉，叫他到外書房等着，故此吃了飯，便又進來，到賈母那邊儀門外綺散齋書房裏來。賈芸乃榮、寧破敗之機，故設以綺散齋名目。只見茗煙改名焙茗的，並鋤藥兩個小厮下象棋，爲奪車奪車，一笑。正拌嘴呢。還有引泉、掃花、挑雪、伴鶴四五個，既出《西廂記》《牡丹亭》，茗煙便改名了，而以鋤藥、引泉、掃花、挑雪、伴鶴陪之，見名教湮滅，自然以性命賠償，至此救藥無及，不過引歸泉路。春花不再，陰雪易凝，只有伴鶴翺翔冥漠而已。拆視諸童名字，言下悚然，而面子何等雅致。在房檐下掏小雀兒頑。掏雀兒，一笑，作者掉皮。賈芸進入院内，把脚一跺，説道：「猴兒們淘氣，爲綺散齋一注。猴兒即「樹倒猢猻散」勘語。我來了。」衆小厮看見了他，都纔散去。賈芸進書房内，便坐在椅子上，問：「寳二爺下來没有？」焙茗道：「今日總没下來。二爺説什麽，我替你哨探哨探去。」説着，便出去了。

這裏賈芸便看字畫古玩，有一頓飯工夫，還不見來。再看看别的小子，都頑去了。正在煩悶，只聽門前嬌音嫩語的叫了一聲「哥哥」，是叫哥哥，如聞其聲。賈芸往外瞧時，只見是一個十五六歲的丫頭，生的倒也十分精細乾浄。精細乾浄。那丫頭見了賈芸，便抽身躲了。恰值焙茗走來，見那丫頭在門前，便説道：「好，好，正抓不着個信兒。」賈芸見了焙茗，也就趕出來問：「怎麽樣？」焙茗道：「等了這一日，也没個人兒過來。這就是寳二爺房裏的。」因説道：「好姑娘，你進去帶個信，一遞。就説廊上二爺來了。」是二爺，是廊上二爺，見此芸果爲芸，即可登之廊廟之上，其如爲失通靈之寳玉何？那丫頭聽見，方知是本家的爺們，便不似從前那等迴避，下死眼把賈芸釘了兩眼。寫得結實。聽那賈芸説道：「什麽廊上廊下的，你只説芸兒就是了。」半晌，那丫頭冷笑道：「依我説，二爺且請回去罷，明日再來。今日晚上得空兒，我回一聲。」焙茗道：「這是怎麽説？」那丫頭道：「他今兒也没睡中覺，自然吃的晚飯早，晚上又不下來，難道只是要二爺在那裏等着挨餓不成？不如家去，明兒來是正經。何等關切，何等自承，又是一副伶俐聲口。就便回來，有人帶信，不過口裏答應着，他肯給帶到嗎？」以逆爲順，語妙。賈芸聽這丫頭的話簡便俏麗，待要問他名字，因是寶玉房裏的，又不便問，只得説道：「這話倒是，我明日再來。」亦以逆應。説着，便往外去了。焙茗道：「我倒茶去，二爺吃茶再去。」賈芸一面走，一面回頭説：「不吃茶，我還有事呢。」口裏説話，眼睛瞧那丫頭，還站在那裏呢。

那賈芸一徑回來。至次日，來至大門前，可巧遇見鳳姐往那邊去請安，纔上了車，見賈芸來，便命人唤住，隔窗子笑道：「芸兒，你竟有膽子在我跟前弄鬼！怪道你送東西給我，原來你有事求我。昨日你叔叔纔告訴我，説你求他。」賈芸笑道：「求叔叔的事，嬸娘休題，我這裏正後悔呢。早知這樣，我一起頭就求嬸娘，這會子也早完了，誰承望叔叔竟不能的。」開出多少求告法門，洵爲佞口，而正意乃責寶玉也。鳳姐笑道：「怪道你那裏没成兒，昨日又來尋了。」賈芸道：「嬸娘辜負了我的孝心，我並没有這個意思，若有這意，昨兒還不求嬸娘？如今嬸娘既知道了，我倒要把叔叔丢下，少不得求嬸娘好歹疼我一點兒。」順水推船，妙絶，妙絶。鳳姐冷笑道：「你們要揀遠路兒走，叫我也難。早告訴我一聲兒，什麽不成了？多大點兒事，耽誤到這會子。心高膽大，是乃破敗之根。那園子裏還要種樹種花，我只想不出個人來，早說不早完了。」一落千丈强。賈芸笑道：「這樣，嬸娘明日就派我罷。」鳳姐半晌道：「這個我看着不大好，等明年正月裏的煙火燈燭那個大宗兒下來，再派你罷。」仍又一漾，煙火雖虛，亦有寓意。賈芸道：「好嬸娘，先把這個派了我罷。果然這件辦的好，再派我那件。」鳳姐笑道：「你倒會拉長綫兒。見能培植則木生火而爲昌熾，否則基禍根而兆散火耳，這便是長綫兒。罷了，若不是你叔叔說，我不管你的事。又賊。○此筆匪夷所思，我所不能。凡好文字必不肯即合，必不肯即落，必能詳人所略，而必言人所共知共解而共不能言之處，故妙也。我不過吃了飯就過來，你到午矬時候來領銀子，真快。後日就進去種花。」說着，命人駕起香車，徑去了。

賈芸喜不自禁，來至綺散齋，打聽寶玉。誰知寶玉一早便往北静王府裏去了。自「路謁」至此方一虛點，死趣已隱伏矣。賈芸便呆呆的坐到晌午，打聽鳳姐回來，便寫個領票來領對牌。至院外命人通報了，彩明走了出來，單要了領票進去，批了銀數、年月，一並連對牌交與賈芸。賈芸接看那批上批着二百兩銀子，心中喜悦，翻身走到銀庫上，領了銀子回家，告訴他母親，自是母子俱喜。次日五更，賈芸先找了倪二還了銀子，又拿了五十兩銀子出西門，買香出南門，尋花匠出西門，都在不即不離。找到花兒匠方椿家裏去買樹，時則方春。不在話下。

且說寶玉自這日見了賈芸，曾說過明日着他進來說話，這原是富貴公子的口角，那裏還記在心上？因而便忘懷了。寫得好，而責心志不堅，自在言外。這日晚上，卻從北静王府裏回來，見過賈母、王夫人等，回至園內，換了衣服，正要洗澡。襲人因被薛寶釵煩了去打結子，自留神窺察至此，已固結不可解了。秋紋、碧痕兩個去催水，檀雲麝月之對，見前詩。又因他母親病了，接了出去，麝月又現在家中病着，還有幾個做粗活聽使喚的丫頭，料是叫他不着，都出去尋夥覓伴的去了，不想這一刻的工夫，只剩了寶玉在房內。偏生的寶玉要吃茶，開發衆人，使他徑入，而生發在吃茶，吃茶乃寶、黛正案也。一連叫了兩三聲，方見兩三個老婆子走進來。寶玉見了，連忙摇手説：「罷，罷，不用了。」老婆子們只得退出。

寶玉見没丫頭們，只得自己下來拿了碗，向茶壺去倒茶。只聽背後有人説道：「二爺仔細燙了手，等我來倒。」一面説，一面走上來接了碗去。寫得突兀。寶玉倒唬了一跳，問：「你在那裏的？忽然來了，唬我一跳。」那丫頭一面遞茶，一面笑着回道：「我在後院裏，纔從裏間後門進來，難道二爺就没聽見脚步響？」寶玉一面吃茶，一面仔細打量那丫頭：穿着幾件半新不舊的衣裳，倒是一頭黑鴉鴉的好頭髮，挽着鬢兒，容長臉面，細巧身材，卻十分俏麗甜凈。寶玉便笑問道：「你也是我這屋裏的人麽？」那丫頭道：「是的。」寶玉道：「既是這屋裏的，我怎麽不認得？」那丫頭聽説，便冷笑一聲道：「不認得的也多呢，豈止我一個。鬱而必發，其言爽朗。從來我又不遞茶遞水，拿東拿西，眼前的事，一件也做不着，那裏認得呢。」看官認得了，而直撲影傳。寶玉道：「你爲什麽不做那眼前的事？」那丫頭道：「這話我也難説。聲情逼肖，真寫得出。只是有一句話回二爺，昨日有個什麽芸兒來找二爺，我想二爺不得空兒，便叫焙茗回他，今日早起來，不想二爺又往北府裏去了。」

剛説到這句話，只見秋紋、碧痕唏唏哈哈的笑着進來，兩個人共提着一桶水，一手撩衣裳，趔趄趔趄潑潑撒撒的。那丫頭便忙迎出去接，那秋紋、碧痕正對抱怨，「你濕了我的衣裳」，那個又説

「你端了我的鞋」，忽見走出一個人來接水，二人看時，不是別人，原來是小紅。小紅名字，至此方出。二人便都詫異，將水放下，忙進房看時，並沒別人，只有寶玉，便心中俱不自在。千頭一面。只得且預備下洗澡之物，待寶玉脱了衣裳，二人便帶上門出來，走到那邊房内，找着小紅問他：「方纔在屋裏作什麽？」小紅道：「我何曾在屋裏的？只因我的手帕子不見了，出手帕入本文。往後頭找去。不想二爺要吃茶，叫姐姐們一個也没有，是我進去倒了碗茶，姐姐們便來了。」秋紋兜臉啐了一口道：「没臉面的下流東西，正經叫你催水去，你説有事，倒叫我們去，你可做這個巧宗兒，一里一里的這不上來了！難道我們倒跟不上你麽？你也拿那鏡子照照，配遞茶遞水不配！」碧痕道：「明兒我説給他們，凡要茶要水拿東西的事，咱們都別動，只叫他去便是了。」秋紋道：「這麽説還不如我們散了，單讓他在這屋裏呢。」一篇口角，乃寶、黛、釵全傳。二人你一句，我一句，正鬧着，只見有個老嬤嬤進來傳鳳姐的話説：「明日有人帶花兒匠來種樹，插入種樹，本文逗笋。叫你們嚴緊些，衣服裙子，別混曬混晾的。那土山一帶，都攔着幃幙，可別混跑。」秋紋便問：「明日不知是誰帶進匠人來監工？」那老婆子道：「什麽後廊上的芸哥兒。」秋紋、碧痕俱不知道，只管混問別的話，那小紅心内明白，知是昨日外書房所見的那人了。心印。

原來這小紅本姓林，小名紅玉，因玉字犯了寶玉、黛玉的名，便單唤他做小紅。小紅黛玉第三影身也。爲絳珠，爲海棠，是爲紅，故此曰小紅。曰姓林，則明説矣。寶玉、黛玉之玉是一玉，因污染失其爲寶而爲黛，此玉不能紅矣，故曰犯了玉字，而去玉加小。蓋是書寫情、寫淫、寫意淫，釵、黛並爲之主，於本人必不能處處實寫，故必多設影身以寫之。在黛玉影身五：一晴雯，二湘雲，三即小紅，四四兒，五五兒。看秋紋、碧痕提水開發衆人，而獨無晴雯下落，可見共爲一影矣。○寶釵擠黛玉，霸寶玉，鳳姐黨而爲之謀，爲之成，此作者大不平處也。故設小紅、賈芸一案以少彰報施。看後來害巧姐者有賈芸，而賈氏破敗自倪二發端，便明其意矣。原來是府中世僕，他父親現在收管各處田房事務。林之孝乃是書命意，故曰管重務，本文含糊，妙有深意。這紅玉年十六，進府當差，把他派在怡紅院中，是他先入怡紅院。倒也清幽雅靜。不想後來命姊妹及寶玉等進大觀園居住，偏生這一所兒又被寶玉點了。這小紅雖然是個不諳事體的丫頭，不諳事體是黛玉。因他原有三分容貌，心内妄想向上攀高，每每要在寶玉面前現弄現弄，只是寶玉身邊一干人都是伶牙俐爪的，那裏插得下手去。不想今日纔有些消息，又遭秋紋等一場惡話，心内正灰了一半。正悶悶的，忽然聽見老嬤嬤説起賈芸來，不覺心中一動，便悶悶回房，睡在床上，暗暗思量，翻來掉去，正没個抓尋。忽聽窗外低低的叫道：「小紅，你的手帕子我拾在這裏呢。」手帕是寶、黛公案，此乃影傳。小紅聽了忙走出來看，不是别人，正是賈芸。小紅不覺粉面含羞，問道：「二爺在那裏拾着的？」賈芸笑道：「你過來，我告訴你。」一面説，一面就上來拉他。那小紅轉身一跑，卻被門檻絆倒。黛玉乃夢主，故在他亦設一夢。夢耶，真耶？作如是觀也可。

要知端的，且聽下回分解。

凡寶黛聚談之後，必接寶釵，是正章法。此卷首陡接香菱，乃《西廂記》《牡丹亭》。既皆演出，作一大聲疾呼之處，而仍提「找我們姑娘」，又暗交還正章法。

上半重「輕財」「輕」字，是爲鳳姐下腦後針。下半重「惹相思」「惹」字，是爲黛玉尋清涼散。

此回伏榮、寧破敗之機，故先設賈璉興邑之行，又從倪二口出「人離家散」一言，直透「生大浪」一百四回事，以洩不平之忿。

護花主人評曰：

鴛鴦絶無憐愛寶玉意，與衆不同，其結果亦與衆不同。

賈芸未得鳳姐歡心，先爲寶玉所愛，是爲小紅引綫。

卜世仁不肯賒給賈芸香料，反襯倪二之義助，又伏一百四回情事。

賈芸送香料，正在端節需用之時，宜鳳姐之欣然收受，可謂善于鑽營者。

鳳姐向芸兒賣情，芸兒即將賈璉撇開，真是善于逢迎者。

小紅不見手帕，於秋紋、碧痕查問時説出，不露芸兒拾得痕迹，善用藏筆法。

小紅之屬意賈芸，是秋紋、碧痕譏誚奚落逼之使然，否則必專心勾引寶玉矣。

小紅一夢，是一小《紅樓》，妙在入夢時不先説破，讀者幾疑窗外真有芸兒叫他，化工之筆。

第十七回至二十四回一大段，應分三小段：十七、八回爲一段，敘大觀園告竣，元妃省親大事；十九、二十、二十一回爲一段，寫寶玉、黛玉深情，及襲人、平兒之靈慧；二十二、三、四回爲一段，寫寶玉禪機發動，各人燈謎讖語，黛玉之因曲傷情，及初聚園中，栽種花菓之盛。

大某山民評曰：

芸兒口舌便利，云「求嬸娘當已早完」，鳳姐又云「先告什麽不成」，及芸兒求派差，則故以待來年作一跌，芸又乘機伸後脚，一對小花臉，活現跳出來。

前於芸兒眼中云「十分精細乾浄」，此於寶玉眼中云「十分俏麗甜浄」，亦仁者見之爲仁，知者見之爲知之意。

使我爲怡紅院主，必當入院之初，稽查人數，上等丫頭幾人，次幾人，下幾人，婆子幾人，一一俱如銜官點卯，個個看過，方不至有遺珠之憾，則升黜可自操矣。寶玉之不認得小紅，少年莽人，何未計及此。

小紅與秋紋等年紀不相上下，而言語不敢相抗者，亦朝廷尚爵之意。

秋紋、碧痕、小紅三人，有時你妒我，我妒你，有時一人銜幾人，有時兩人夾一人，皆玲瓏剔透，齒裏有風，方心木舌者所不能作，并不能讀。

此回仍是壬子年三月間事。

第二十五回　魘魔法叔嫂逢五鬼　通靈玉蒙蔽遇雙真

話説小紅心神恍惚，情思纏綿，便是聽《遊園》曲子光景。忽朦朧睡去，遇見賈芸要拉他，卻回身一跑，被門檻絆了，一嚇醒過來，方知是夢。便是「癡魂驚噩夢」。因此翻來覆去，一夜無眠。至次日天明，方纔起來，就有幾個丫頭來會他去打掃房子地面，提洗面水。這小紅也不梳洗，向鏡中胡亂挽了一挽頭髮，洗了手，腰中束一條汗巾，便來打掃房屋。誰知寶玉昨兒見了他，也就留心，若要指名喚他來使用，一則怕襲人等多心，二則又不知他是何性情，因而納悶，早晨起來，也不梳洗，只坐着出神。賈芸是寶玉影身，寫寶玉處只須如此。一時下了窗子，隔着紗屜子向外看的真切，只見幾個丫頭打掃院子，都擦胭抹粉，插花帶柳的，獨不見昨日那一個。寶玉便靸了鞋走出了房門，只妝做看花，東瞧西望。一擡頭只見西南角上遊廊下欄干傍有一個人倚在那裏，卻爲一株海棠花所遮，看不真切。一幅好畫圖，海棠所遮，隱指黛玉影身。前進一步，仔細一看，正是昨日那個丫頭在那裏出神。要迎上去，又不好意思。正想着，忽見碧痕來請他洗臉，只得進去了，不在話下。如此而止，絶不奪主。

卻説小紅正自出神，忽見襲人招手叫他，必是他叫，歸釵、黛大章法。只得走上前來。襲人笑道：「我們的噴壺壞了，你到林姑娘那邊借來一用。」所借之物，戒多口也。小紅便走向瀟湘館去。到翠烟橋，翠烟猶言緑影。擡頭一望，只見山坡高處都攔着帷幙，方想起今日有匠役在此種樹。原來遠遠的一簇人在那裏掘土，賈芸正坐在山子石上監工。小紅待要過去，又不敢過去，只得悄悄向瀟湘館取了噴壺而回。無精打彩，自向房中倒着。衆人只説他是身子不快，也不理論。虛虛一按。

過了一日，原來次日是王子騰的夫人壽誕，將入馬道婆案，因以王子騰夫人作影，映馬之奔騰也。那裏原打發人來請賈母、王夫人的。王夫人見賈母不去，也便不去了，倒是薛姨媽同着鳳姐兒並賈家三個姊妹、寶釵、寶玉一齊都去了，至晚方回。王夫人正過薛姨媽房裏坐着，見賈環下了學，命他去抄《金剛經呪》諷誦。不能自鎮，空寫《金剛》，適以招邪而已。那賈環便來到王夫人炕上坐着，命人點了蠟燭，拏腔做勢的抄寫。一時又叫彩雲倒杯茶來，一時又叫玉釧剪蠟花，出玉釧，與金釧對照。又説金釧擋了燈亮兒。衆丫鬟們素日厭惡他，都不答理他，只有彩霞還和他合得來，倒了茶與他。叫倒茶乃彩雲，忽又説彩霞倒茶與他。因向他悄悄的道：「你安分些罷，何苦討人厭？」賈環把眼一瞅道：「我也知道，你別哄我，如今你和寶玉好，不大理我，我也看出來了。」彩霞咬着牙向他頭上戳了一指頭道：「没良心的，狗咬呂洞賓，不識好歹！」又設一案，即「情悟梨香院」意，見人各有所着也。而又生出若干文字，總見賈、王夢夢。

兩人正説，只見鳳姐同着王夫人都過來了。王夫人便一長一短問他，今日是那幾位堂客，戲文好歹，酒席如何。不多時，寶玉也來了，見了王夫人，也規規矩矩説了幾句話，便命人除去了抹額，脱了袍服，拉了靴子，便一頭滾在王夫人懷裏。王夫人便用手摩挲撫弄他，寶玉也扳着王夫人的脖子説長説短。王夫人道：「我的兒，又吃多了酒，臉上滾熱的。你還只是揉搓，一會子鬧上酒來！還不在這裏静静的躺一會子去呢。」説着，便叫人拏枕頭。寶玉因就在王夫人身後倒下，又叫彩霞來替他拍着，寶玉便和彩霞説笑。是在王夫人身後説笑，其防閑可知矣。只見彩霞淡淡的不大答理，兩眼只向着賈環。寶玉便拉他的手説道：「好姐姐，你也理我理兒。」一面説，一面拉他的手。彩霞奪手不肯，便説：「再鬧我就嚷了。」嚷給誰聽？二人正鬧着，原來賈環聽見了，素日原恨寶玉，今見他和彩霞頑耍，心上越發按不下這口氣，因一沈思，計上心來，故作失手，將那一盞油汪汪的蠟燭向寶玉臉上只一推。以色之妒，入財之妒，爲「魘魔」作引。只聽寶玉「噯喲」的一聲，滿屋裏人都唬一跳，連忙將地下的矗燈移過來一照，只見寶玉滿臉是油。王夫人又氣又急，一面命人替寶玉擦洗，一面駡賈環。鳳姐三步兩步上炕去替寶玉收拾着，一面説道：「老三還是這樣毛脚雞似的，我説你上不得臺盤，趙姨娘平時也該教導教導他！」形容語言八面俱到。一句話提醒了王夫人，遂叫過趙姨娘來，駡道：「養出這樣黑心種子來，也不教訓教訓，幾番幾次，我都不理論，你們一發得了意了，一發上來了！」那趙姨娘只得忍氣吞聲，也上去幫着他們替寶玉收拾。只見寶玉左邊臉上起了一溜燎泡，先見油後見泡，小處亦入細。幸而没傷眼睛。王夫人看了又心疼，又怕賈母問時難以回答，急的又把趙姨娘駡一頓，又安慰了寶玉，一面取了敗毒散來敷上。寶玉説：「有些疼，還不妨事，明日老太太問，只説我自己燙的就是了。」寫得好。鳳姐道：「便説自己燙的，也要駡人不小心，横豎有一場氣的。」王夫人命人好生送了寶玉回房去。襲人等見了，都慌的了不得。

林黛玉見寶玉出了一天的門，便悶悶的，晚間打發人來問了兩三遍，知道燙了，便親自趕過來。只瞧見寶玉自己拿鏡子照呢，左邊臉上滿滿的敷了一臉藥。自聞《牡丹亭》曲以後之寶、黛是這等寫法，妙在有步驟。林黛玉只當十分燙的利害，忙近前瞧瞧。寶玉卻把臉遮了，搖手叫他出去，知他素性好潔，故不要他瞧。潔字一提，而妙入微細。黛玉也就罷了，但問他疼得怎樣，寶玉道：「也不很疼，養一兩日就好了。」林黛玉坐了一會回去了。次日寶玉見了賈母，雖自己承認自己燙的，賈母免不得又把跟從的人罵了一頓。寫得又好。

過了一日，有寶玉寄名的乾娘馬道婆到府裏來，入題。○馬言其爲獸，馬而在道，則奔馳放逸，不可收挽，是正狀心之放蕩，乃貪財好色者所自招。見了寶玉，唬了一大跳。問其緣由，說是燙的，便點頭歎息。一面向寶玉臉上用指頭畫了幾畫，口內唧唧噥噥的又呪誦了一回，說道：「包管好了，形容得出。這不過是一時飛災。」又向賈母道：「老祖宗，老菩薩，那裏知道那佛經上說的利害！是何佛經，人心而已。大凡王公卿相人家的子弟，只一生長下來，暗裏便有許多促狹鬼跟着他，得空便擰他一下，或掐他一下，或吃飯時打下他的飯碗來，或坐着推他一跤，所以往往的那些大家子孫多有長不大的。」其言詭誕，而寓意存焉。賈母聽如此說，便問道：「有什麼佛法解釋沒有呢？」馬道婆便說道：「這個容易，只是都替他做些因果善事，也就罷了。再那經上還說西方有位大光明普照菩薩，專管照耀陰暗邪祟，隱一「正」字。若有善男信女虔心供奉者，可以永保兒孫康寧，再無撞客邪祟之災。」賈母道：「倒不知怎麼供奉這位菩薩？」馬道婆說：「也不值什麼，不過除香燭供奉以外，一天多添幾斤香油，點了個大海燈，這海燈便是菩薩現身法像，晝夜不敢息的。」賈母道：「一天一夜，也得多少油？我也做個好事。」馬道婆說：「這也不拘多少，隨施主願心。一宕。像我家裏就有好幾處的王妃誥命供奉的。安南郡王府裏太妃，他許的願心大，一天是四十八斤油，一斤燈草，那海燈也只比缸略小些；絶倒。錦鄉侯的誥命次一等，一天不過二十斤油。再有幾家，或十斤八斤、三斤五斤的不等，也少不得要替他點。」賈母點頭思忖。馬道婆道：「還有一件，若是爲父母尊長的，多捨些不妨，若老祖宗爲寶玉，若捨多了，怕哥兒擔不起，反折了福。見一思忖，連忙改說，形容入細。要捨，大則七斤，小則五斤也就是了。」賈母道：「既是這樣說，便一日五斤，每月打總兒來關了去。」馬道婆道：「阿彌陀佛，慈悲大菩薩！」像。賈母又叫人來吩咐：「以後寶玉出門，拿幾串錢，交給他小子們，一路施捨與僧道貧苦之人。」未寫「魘魔」，先設此段文字，定賈母罪案，見鳳姐之財，寶玉之色，因財色而招邪魔，皆賈母縱之使然也。問之信之，伊誰咎與？警省居家者不少。說畢，那道婆便往各房問安閑逛去了。

一時來到趙姨娘房裏，二人見過，趙姨娘命小丫頭倒茶給他吃。趙姨娘正黏鞋呢，鞋邪通，言他自沾邪。馬道婆見炕上堆着些零星綢緞，因說：「我正没有鞋面子，奶奶給我些零碎綢子緞子，不拘顏色，做雙鞋穿罷。」趙姨娘歎口氣道：一歎便是沾邪。「你瞧那裏頭那裏還有塊成樣的麽？就有好東西，也到不了我這裏。你不嫌不好，挑兩塊去就是了。」馬道婆便挑了幾塊，掖在懷裏。不辭巨細，兼收並蓄。趙姨娘又問：「前日我打發人送了五百錢去，你可在藥王面前上了供没有？」馬道婆道：「早已替你上了供了。」趙姨娘歎氣道：「阿彌陀佛，我手裏但凡從容些，也時常來上供，補筆，寫愚婦人已到。只是心有餘而力不足。」馬道婆道：「你只放心，將來熬的環哥大了，得了一官半職，那時你要做多大功德還怕不能麼？」戳心。趙姨娘聽了笑道：「罷，罷，再別提起。如今就是榜樣兒，我們娘兒們跟得上這屋裏那一個兒？寶玉兒還是小孩子家，長的得人意兒，大人偏疼他些兒也還罷了；放鬆寶玉，財色各有專屬，非開豁趙姨娘也。我只不伏這個主兒。」一面説，一面伸了兩個指頭。馬道婆會意，便問道：「可是璉二奶奶？」趙姨娘唬的忙摇手，起身掀簾子一看，見無人，方回身向道婆説：「了不得，了不得！提起這個主兒，這一分家私要不都叫他搬了娘家去，我也不是個人。」專在財字。

馬道婆見説，便探他的口氣道：「我還用你説？難道都看不出來？也虧你們心裏也不理論，只憑他去倒也好。」形容盡致，恍見恍聞。趙姨娘道：「我的娘，不憑他去，難道誰還敢把他怎麼樣呢？」又像。馬道婆道：「不是我説句造孽的話，你們没本事，也難怪，明裏不敢怎麼樣，暗裏也算計了，還等到如今？」趙姨娘聞聽這話裏有話，心内暗暗的歡喜，便説道：「怎麼暗裏算計？我倒有個心，只是没這樣的能幹人。你若教給我這法子，我大大的謝你。」便是方纔賈母一問一隍入處。馬道婆聽了這話，打攏了一處，便又故意説道：「阿彌陀佛，你快休問我，我那裏知道這些事，罪罪過過的。」趙姨娘道：「你又來了，你是最肯濟困扶危的人，難道就眼睁睁的看人家來擺佈死了我們娘兒兩個不成？難道還怕我不謝你麼？」馬道婆聽如此，便笑道：「若説我不忍你們娘兒兩個受别人委曲還猶可，若説謝，我還想你們什麼東西麼？」趙姨娘聽這話鬆動了些，便説：「你這麼個明白人，怎麼糊塗了？果然法子靈驗，把他兩人絶了，這家私還怕不是我們的？是兩人，是家私。那時候你要什麼不得呢？」馬道婆聽了，低頭半日，說：「那時節事情妥當了，又無憑據，你還理我呢。」趙姨娘說：「這有何難，我攢了幾兩體己，還有些衣服首飾，你先拿幾樣去，我再寫個欠銀文契給你，到那時我照數給你。」馬道婆道：「使得。」

趙姨娘將一個小丫頭也支開，賈府丫頭都有體面，而趙姨娘僅有小丫頭同室，無是理也。則邪由自招，無所謂魘魔耳。連忙開了箱櫃，將衣服首飾拿了些出來，並體己的散碎銀子，又寫了五十兩一張欠約，遞與馬道婆道：「你先拿去作個供養。」馬道婆見了這些東西，又有欠字，遂不顧青紅皂白，滿口應承。伸手先將銀子拿了，然後收了欠契，向趙姨娘要了張紙，拿剪子鉸了兩個紙人兒，遞與趙姨娘，叫把他二人的年庚寫在上面。又找了一張藍紙，鉸了五個青面鬼，叫他併在一處，拿針釘了。「我在家中作法，自有效驗的。」一段商量，乃畫鬼筆，寫得又圓到，又支離，文字絕有斟酌。說完，忽見王夫人的丫頭進來道：「奶奶可在這裏？太太等你呢。」二人散了，不在話下。

卻說林黛玉因寶玉燙了臉，不大出門，倒時常在一處說閑話兒。這日飯後，看了兩篇書，又同紫鵑等作了一會針綫，總悶悶不舒，一同行步出來，看庭前纔出的新笋。不覺出了院門，來到園中，四望無人，惟見花光鳥語，信步便往怡紅院來。「念茲在茲」。「信步」二字，真寫得透而絕不吃力。只見幾個丫頭舀水，都在迴廊上看畫眉洗澡呢。聽見房內笑聲，原來是李宮裁、鳳姐、寶釵寶釵同李、鳳同敍，儼然妯娌之列，開出此段文字。都在這裏，一見他進來，都笑道：「這不又來了兩個。」黛玉笑道：「今兒齊全，誰下帖子請的？」下帖請的，一逗。鳳姐道：「我前日打發人送兩瓶茶葉與姑娘，可還好麽？」找上文送茶，乃木石姻緣大生發處。黛玉道：「我正忘了，多謝想着。」寶玉道：「我嘗了不好，是終不好。不知別人嘗了怎麽樣。」寶釵道：「味倒好，他是好。只是没甚顔色。」愧之也。鳳姐道：「那是暹羅國貢的，夷物，夷，傷也，與茜香羅同一來路。我嘗了也不覺甚好，還不如我們常吃的呢。」常吃的好。黛玉道：「我吃着好，不知你們的脾胃是怎麽樣的。」其實意欲好。寶玉道：「你説好，把我的都拿了去吃罷。」其意亦實欲與共好。鳳姐道：「我那裏還多着的呢。」黛玉道：「我叫丫頭取去。」鳳姐道：「不用，我打發人送來。我明日還有一事求你，一同叫人送來。」何事何物？

林黛玉聽了笑道：「你們聽聽，這是吃了他家一點子茶葉，就使喚起人來了。」刻刻留心者，其言如此，太阿倒持矣。鳳姐笑道：「你既吃了我家的茶，怎麽還不給我們家作媳婦兒？」得間而入，而全書「茶」字作用明出。衆人都大笑不止。黛玉紅了臉，回過頭去，一聲兒不言語。寶釵笑道：「我們二嫂子的詼諧是好的。」黛玉道：「什麽詼諧，不過是貧嘴賤舌的討人厭罷了。」寶釵亦在内。説着，又啐了一口。心許之。鳳姐兒道：「你替我家做了媳婦，少些什麽？」指着寶玉道：「你瞧瞧，人物兒配不上？門第兒配不上？根基家私配不上？聲口曲肖，其慮深矣，是乃鳳姐逼拶寶釵不能不殺黛玉處。蓋金玉姻緣鳳主之，主於黨援門户，其實主於財耳。黛玉孤寒，在此數語，而聽者且爲暢心滿意也。寶、黛亦何愚乎！那一點兒玷辱了你？」黛玉起身便走。寶釵叫道：「顰兒急了，還不回來呢，走了倒没意思。」説着站起來拉住。是能堅忍，其謀急矣。纔至房門，只見趙姨娘和周姨娘兩個人都來瞧寶玉，寶玉與衆人都起身讓坐，獨鳳姐不理。寶釵正欲説話，只見王夫人房裏的丫頭來説：「舅太太來了，請奶奶姑娘們出去呢。」李宫裁連忙同着鳳姐兒走了。趙、周兩人也辭了出去。出去的無寶釵，須記清。寶玉道：「我不能出去，你們好歹別叫舅母進來。」又説：「林妹妹你略站一站，與你説句話。」留住的又無寶釵。鳳姐聽了，回頭向林黛玉道：「有人叫你説話呢！」聲情俱妙。便把林黛玉往後一推，和李紈一同去了。仍無寶釵，特設疑陣。

這裏寶玉拉了黛玉的手只是笑，又不説話。這已是「魘魔」。黛玉不覺又紅了臉，掙着要走。數語抵多少情談。寶玉道：「噯喲，好頭疼！」黛玉道：「該，阿彌陀佛！」寶玉魘魔一段以黛玉念佛起，以黛玉念佛結。寶玉大叫一聲，將身一跳，離地有三四尺高，口内亂嚷，盡是胡話。黛玉並衆丫鬟都唬慌了，忙報知王夫人與賈母。此時王子騰的夫人也在這裏，必夾寫此人，狀意馬奔騰也。都一齊來看。寶玉一發拿刀弄杖，尋死覓活的，鬧的天翻地覆。賈母、王夫人一見，唬的抖衣亂戰，兒一聲肉一聲，放聲大哭。於是驚動了衆人，連賈赦、邢夫人、賈珍、賈政並璉、蓉、芸、芹、薛姨媽、薛蟠並周瑞家的一干人上中下人等並丫鬟媳婦等，都來園内看視，登時亂麻一般。正没個主意，只見鳳姐手持一把明晃晃的刀，砍進園來，必持刀，爲利字映。見雞殺雞，見犬殺犬，見了人瞪着眼就要殺人。衆人一發慌了。周瑞媳婦是引進劉老老之人。帶着幾個力大的女人上前抱住，奪了刀，擡回房中。平兒、豐兒等哭的哀天叫地。賈政也心中着忙。當下衆人七言八語，有説送祟的，有説跳神的，有薦玉皇閣張道士捉怪的，整鬧了半日，祈求禱告，百般醫治，並不見好。日落後，王子騰夫人告辭去了。

次日，王子騰也來問候。接着小史侯家、邢夫人弟兄伏此人。並各親戚都來瞧看，也有送符水的，也有薦僧道的，也有薦醫的。虚寫。他叔嫂二人一發糊塗，不省人事，身熱如火，在床上亂説，到夜裏更甚。因此那些婆子丫鬟不敢上前，故將他叔嫂二人都搬到王夫人的上房內，財色總會之處。着人輪班守視。賈母、王夫人、邢夫人並薛姨媽寸步不離，只圍着哭。此時賈赦、賈政又恐哭壞了賈母，日夜熬油費火，鬧的上下不安。賈赦還各處去尋覓僧道。賈政見不效驗，因阻賈赦道：「兒女之數，總由天命，非人力可强。他二人之病，百般醫治不效，想是天意該如此，也只好由他去。」賈赦不理，仍是百般忙亂。賈赦、賈政都寫得恰好。看看三日光陰，那鳳姐、寶玉躺在床上，連氣息都微了。合家都説没了指望了，忙的將他二人的後事都治備下了。賈母、王夫人、賈璉、平兒、襲人等，更哭的死去活來。一路寫來，拉拉雜雜，各人各事，無不逼肖，到此作一小束，便不散漫。只有趙姨娘外面假作憂愁，心中稱願。

至第四日早，寶玉忽睜開眼向賈母説道：「從今以後，我可不在你家了，快打發我走罷。」説究竟，又起下半回，而中邪如畫。賈母聽見這話，如同摘了心肝一般。趙姨娘在旁勸道：「老太太也不必過於悲痛，哥兒已是不中用了，不如把哥兒的衣服穿好，讓他早些回去，也免他受此苦，只管捨不得他，這口氣不斷，他在那裏也受罪不安。」其言已若自首。這些話没説完，被賈母照臉啐了一口唾沫，駡道：「爛了舌頭的混賬老婆，怎麼見得不中用了？你願意他死了，有什麼好處？你别作夢！掤破一夢。他死了，我只合你們要命！都是你們素日調唆着逼他念書寫字，把膽子唬破了，見了他老子就像個避猫鼠兒一樣。都不是你們這起小婦調唆的！這會子逼死了他，你們就隨了心了。我饒那一個？」亦是賈母受魘魔處，而聲情雙絶。一面哭，一面駡。賈政在旁聽見這些話，心裏越發着急，忙喝退了趙姨娘，委婉勸解了一番。忽有人來回：「兩口棺木都做齊了。」賈母聞知，如刀刺心，一發哭着大罵，問：「是誰叫做的棺材？快把做棺材的人拿來打死！」鬧了個天翻地覆。兩見天翻地覆，劉老老隱至矣。

忽聽見空中隱隱有木魚聲，念了一句「南無解冤解結菩薩！有那人口不利、家宅不安、中邪祟、逢凶險的，我們善醫治」。普同懺悔，大衆回向，是書來意也。賈母、王夫人便命人向街上找尋去。原來是一個癩和尚，同一個跛道士。那和尚是怎麽模樣：情經情緯，明一登場。一癩一跛，所謂天缺地陷，故各以詩重頓。

鼻如懸膽兩眉長，目似明星有寶光。破衲芒鞋無住迹，腌臢更有一頭瘡。重「無住」二字，末句是今日之寶玉。

那道人是如何模樣：

一足高來一足低，渾身帶水又拖泥。相逢若問家何處，却在蓬萊弱水西。重「何處」二字，二句與上詩末句同。

賈政因命人請了進來，問他二人在何山修道。那僧笑道：「長官不消多話，因知府上人口欠安，特來醫治的。」賈政道：「有兩個人中了邪，不知有何方可治？」那道人笑道：「你家現有希世之寶可治此病，何須問方？」是人固有，不假外求。賈政心中便動了，此機莫失。因道：「小兒生時雖帶了一塊玉來，上面刻着能除凶邪，然亦未見靈效。」那僧道：「長官有所不知，那寶玉原是靈的，只因爲聲色貨利所迷，故此不靈了。請問看官是演《大學》否？你今將此寶取出來，待我持誦持誦，從解冤解結起。就依舊靈了。」賈政便向寶玉項上取下那塊玉來，遞與他二人。那和尚擎在掌上，長歎一聲道：「青埂峯下別來十三載矣！又哄人。人世光陰迅速，塵緣未斷，柰何，柰何！是今日語。可羨你當日那段好處呵：

天不拘兮地不羈，心頭無喜亦無悲。只因煅煉通靈後，便向人間惹是非。全詩演無極而太極之旨，第三句言既得通靈，急須煅煉，陰陽判，是非分，只爭一間耳。

可惜今日這番經歷呀：

粉漬脂痕污寶光，房櫳日夜困鴛鴦。沉酣一夢終須醒，冤債償清好散場。」見此魘魔，實所自取，通靈之失，豈在今日。色之冤，財之債，當醒矣，語意自明。

念畢，又摩弄了一回，說了些瘋話，遞與賈政道：「此物已靈，不可褻瀆，但能一念，便是通靈。其如褻瀆旋至也何。懸於卧室檻上，除自己親人外，是省親。不可令陰人沖犯。是抑陰。三十三日之後，參伍錯綜，悉成天數。包管好了。」賈政忙命人讓茶，那二人已經走了，只得依言而行。

鳳姐、寶玉果一日好似一日的，漸漸醒來，知道餓了。後天以脾胃爲主，在心爲意，在意爲誠，妙有微旨。○書中每以叫吃飯作結，即是此意。賈母、王夫人纔放了心。放心一點。衆姊妹都在外間聽消息，林黛玉先念一聲佛，前念佛，魘魔興，此念佛，魘魔滅，正通靈消息。寶釵笑而不言。惜春道：「寶姐姐笑什麼？」用他問，乃懺悔寶釵也。寶釵道：「我笑如來佛比人還忙，又要度化衆生，又要保佑人家病痛都叫他速好，又要管人家的婚姻叫他成就，你說可忙不忙，可好笑不好笑？」「卧榻之側，豈容他人酣睡。」寶釵此時此語意也，面子自從容不迫，聲口亦聰明絕頂。一時林黛玉紅了臉，啐了一口道：「你們都不是好人，再不跟着好人學，只跟着鳳丫頭學的貧嘴。」總歸一處。一面説，一面掀簾子出去了。

欲知端的，且聽下回分解。

此大段黛玉本傳也。上段爲寶釵文字，串入鳳姐「彈妒意」，爲魘魔伏根。此段黛玉文字，亦串入鳳姐「逢五鬼」，爲魘魔立案。見財之害人與色正等。

此回文意當串看，「魘魔」即「蒙蔽」，「蒙蔽」即「五鬼」，與馬道婆無涉，皆一心所自爲。看發作在黛玉念佛時即見，而其時李、鳳、周、趙出去，悉一一寫明，而獨無寶釵下落，則寶釵實同黛玉共爲蒙蔽，共爲魘魔而已。「遇雙真」末一詩明白點出。

護花主人評曰：

抄《金剛經》引出馬道婆，惹起五鬼、雙真，由道入魔，祛魔成道，即是仙佛工夫。

二十回中，寶玉嗔説賈環，鳳姐正斥趙姨，及此回中之寶玉戲彩霞，鳳姐之提醒王夫人，俱爲趙姨呪詛根由。怨毒之于人甚矣哉！

鳳姐之鐵檻寺弄權，是浄虚尼説合。趙姨之給衣物魘魔，是馬道婆作法。三姑六婆，爲害不淺。

五鬼將作祟前，夾寫鳳姐戲謔一段文字。雙真解釋邪祟後，夾寫寶釵譏笑黛玉一番説話。便覺精彩陸離。

寫趙姨勸賈母，暗描小人以爲得計，反跌出空中木魚聲來。

此回實寫趙姨、馬婆之惡迹，爲後來報應證據。且見寶玉之塵緣未斷，鳳姐之惡貫未盈，故雙真特來解救，爲一部書中結上起下之肯綮。

大某山民評曰：

彩霞眼注三爺，而與二爺淡泊相遭，彩霞非無目者，亦以齊大非偶，且捷足甚多，不如降格以就，饔飧不殄，爲燕婉之求。鄙語曰「與其合偷牛，孰若獨偷狗」，此異乎人之情，而自深其情者也。

天下之最呆、最惡、最無能、最不懂者，無過趙氏。不意政老與之生環兒，更不意先能生探春。

此回書是在壬子年三四月間事。

第二十六回　蜂腰橋設言傳心事　瀟湘館春困發幽情

話説寶玉養過了三十三天之後，不但身體强壯，亦且連臉上瘡痕平復，仍回大觀園去。仍回大觀園，仍爲情囿而已。三十三天，氣運一周，陰從此滅，復從此生，故緊接賈芸、小紅，寶、黛諸影身。這也不在話下。且説近日寶玉病的時節，賈芸帶着家下小廝坐更看守，晝夜在這裏，那小紅同衆丫鬟也在這裏守着寶玉，彼此相見多日，都漸漸混熟了。逐漸而來，「漸」字當着眼。小紅見賈芸手裏拿着手帕子，倒像是自己從前掉的，待要問他，又不好問的，不料那和尚道士來過，用不着一切男人，賈芸仍種樹去了。前云不令陰人沖犯，此云用不着男人，而賈芸仍去種樹，可見此陰即在男人，非人自人，陰自陰也。其如人各不種樹何？這件事待放下，又放不下，待要問去，又怕人猜疑。正是猶豫不決，神魂不定之際，便是五鬼。忽聽窗外問道：「姐姐在屋裏没有？」小紅聞聽，在窗眼内往外一看，原來是本院的個小丫頭，名叫佳蕙的。佳蕙，嘉會也。既遇雙真，即當回向此嘉會也。因答説：「在家裏呢，你進來罷。」佳蕙聽了跑進來，就坐在床上，笑道：「我好造化，纔在院子裏洗東西，是洗東西，所謂滌其舊染之污。寶玉叫往林姑娘那裏送茶葉，正是寶玉黛玉茶葉之案，五鬼所由逢，雙真所由遇。花大姐姐第一鬼。交給我送去。可巧老太太給林姑娘送錢來，錢，全也，泉也，但能識得嘉會，可以各全性命，而不枉入黃泉也。正分給他們的丫頭們呢。見我去了，林姑娘就抓了兩把給我，也不知多少。所全無數。你替我收着。」「替」字暗點黛玉影身。便把手帕子打開，手帕一映。把錢倒了出來。小紅總替他一五一十的數了收起。一五一十，中央成數，土也，便是「知道餓了」。

佳蕙道：「你這一陣子，心裏到底覺怎麽樣？依我說，你竟家去住兩日，歸省。請一個大夫來瞧瞧，自治。吃兩劑藥就好了。」小紅道：「說那裏的話，好好的家去做什麽？」所謂「不悔自家無見識」，所謂墜兒。佳蕙道：「我想起來了，林姑娘生的弱，時常他吃藥，你就和他要些來吃也是一樣。」明說「也是一樣」，作者明說暗點，惟恐觀者不知小紅爲黛玉影身如此。小紅道：「胡說，藥也是混吃的？」佳蕙道：「你這也不是個長法兒，又懶吃懶喝的，終久怎麽樣？」言下點悟，便是嘉會。問得悚然。小紅道：「怕什麽，還不如早些死了倒乾净。」是黛玉究竟，「乾净」字特提。佳蕙道：「好好的怎麽說這些話？」小紅道：「你那裏知道我心中的事。」佳蕙點頭，想了一會道：「想了一會」，「會」字是眼。「可也怨不得你，這個地方，本也難站。警醒。就像昨兒老太太因寶玉病了這些日子，說伏侍的人都辛苦了，如今身上好了，各處還香了願，教把跟着的人都按着等兒賞他們。我們算年紀小，上不去，我也不抱怨，像你怎麽也不算在裏頭？與寶釵做生日、讓點戲諸光景都在這裏。我心裏就不服。襲人那怕他得十分兒，也不惱他，原該的，說句良心話，誰還能比他呢？特提襲人，乃是寶釵，見其籠絡諸人心悦誠服也。別說他素日殷勤小心，便是不殷勤小心，也拚不得。一轉語妙無敵。只可氣晴雯、綺霞主晴雯，又賓綺霞，正小紅一路影身，乃是反言。他們這幾個，都算在上等裏去，仗着老子娘的臉面，晴雯何嘗有老子娘。衆人倒捧着他去，你說可氣不可氣？」小紅道：「也不犯着氣他們。俗語説的『千里搭長棚，没有個不散的筵席』，爲寶釵説究竟。誰守一輩子呢？爲黛玉説究竟。不過三年五載，各人幹各人的去了，那時誰還管誰呢！」爲大衆説究竟。這兩句話不覺感動了佳蕙心腸，從此感動，嘉會方長。由不得眼圈兒紅了。又不好意思無端的哭，只得勉强笑道：正該大哭，而勉强笑，三十三天得一嘉會，枉得了也。「你這話説的是。昨兒寶玉還説明兒怎麽樣收拾房子，怎麽樣做衣裳，房子、衣裳，設言蒙蔽。倒像有幾百年的熬煎。」「熬煎」二字正説。

小紅聽了，冷笑兩聲，方要説話，一路問答，寓意深遠，而兩兒女噥噥絮語，如見如聞。只見一個未留頭的小丫頭走進來，是小丫頭。手裏拿着些花樣子並兩張紙，説道：「這兩個花樣子叫你描出來呢。」説着，向小紅擲下，回轉身就跑了。小紅向外問道：「到底是誰的？也等不的説完就跑，誰蒸下饅頭等你，你怕冷了不成？」趣語，乃吃飯也。那小丫頭在窗外只説得一聲：「是綺大姐姐的。」適言晴雯、綺霞矣，此便是他的花樣，同小紅共一影本也。小紅便賭氣把那樣子擲在一邊，向抽屜内找筆。找了半天，都是禿了的，因説道：「前兒一枝新筆放在那裏了？怎麽想不起來。」一面説，一面出神。想了一回，方笑道：「是了，前兒晚上鶯兒拿了去了。」凡此花樣，都入他手。便向佳蕙道：「你替我取了來。」佳蕙道：「花大姐姐還等着我替他拿箱子，你自取去罷。」指明令其自取。〇箱子亦籠絡之物，悉有映射。小紅道：「他等着你，你還坐着閑打牙兒，我不叫你取去，他也不等你了。壞透了的小蹄子！」説着，自己便出房來，方入本題。出了怡紅院，一徑往寶釵院内來。寫上半回而必從寶釵處起，乃照顧大章法。

剛至沁芳亭畔，只見寶玉的奶娘李嬷嬷從那邊來，逗笋用此人，是乃又一嘉會。小紅立住笑問道：「李奶奶，你老人家那裏去了，怎麼打這裏來？」李嬤嬤站住，將手一拍道：「你説，好好的又看上了那個什麼雲哥兒雨哥兒的，雲雨一逗。這會子逼着我叫了他來。明兒叫上房裏聽見，可又是不好。」小紅笑道：「你老人家當真的就信着他去叫麼？」聽者有意，惟恐其不當真也。李嬤嬤道：「可怎麼樣呢？」小紅笑道：「那一個要是知好歹，就回不進來纔是。」惟恐不進來也，而正意存焉。李嬤嬤道：「他又不傻，爲什麼不進來？」語妙。小紅道：「既是進來，你老人家該同他一齊兒來，冀得單遇。回來叫他一個人亂磞，可是不好麼。」李嬤嬤道：「我有那門大工夫和他走？不過告訴了他，回來打發個小丫頭子或是老婆子，帶進他來就完了。」説着，拄着拐一徑去了。

小紅聽説，便站着出神，且不去取筆。不多時只見一個小丫頭跑來，見小紅站在那裏，便問道：「紅姐姐，你在這裏作什麼呢？」小紅擡頭，見是小丫頭子墜兒。墜，遂也，徑情一往又沈溺不返之意。小紅道：「那裏去？」墜兒道：「叫我帶進芸二爺來。」説着，一徑跑了。這裏小紅剛走至蜂腰橋門前，此橋名目即從上回「逢五鬼」出，猶言逢妖也。纔遇雙真，旋復魘魔。只見那邊墜兒引着賈芸來了。那賈芸一面走，一面拿眼把小紅一溜，那小紅只妝着和墜兒説話，也把眼去一溜賈芸，四目恰好相對，小紅不覺把臉一紅，一扭身往蘅蕪院去了。真寫得出。不在話下。

這裏賈芸隨着墜兒逶迤來至怡紅院中，墜兒先進去回明了，然後方領賈芸進去。賈芸看時，只見院内略略有幾點山石，種着芭蕉，那邊有兩隻仙鶴，在松樹下剔翎。一溜迴廊上，吊着各色籠子，各色仙禽異鳥。上面小小五間抱廈，一色雕鏤新鮮花樣，槅扇上懸着一個匾，四個大字題道是「怡紅快緑」。為寶玉影身，故「怡紅快緑」一切處所從他眼中更寫一過。賈芸想道：「怪道叫怡紅院，原來匾上是這四個字。」正想着，只聽裏面隔着紗窗子笑説道：「快進來罷，我怎麼就忘了你兩三個月。」賈芸聽見是寶玉的聲音，連忙進入房内，擡頭一看，只見金碧輝煌，文章閃爍，卻看不見寶玉在那裏。如遊獅子林，正是迷心處。一回頭，只見左邊立着一架大穿衣鏡，此鏡在所必點。從鏡後轉出兩個一對兒十五六歲的丫頭來，説：「請二爺裏頭屋裏坐。」賈芸連正眼也不敢看，連忙答應了。又進一道碧紗幮，只見小小一張填漆床，上懸着大紅銷金撒花帳子，其如此帳金不可銷，花不可撒，徒奈紅何。寶玉穿着家常衣服，靸着鞋，倚在床上，拿着本書，看見他進來，將書擲下，早帶笑立起身來。賈芸忙上前請了安，寶玉讓坐，便在下面一張椅上坐了。

寶玉笑道：「只從那個月見了你，我叫你在書房裏來，誰知接接連連許多事情，就把你忘了。」賈芸笑道：「總是我没福，偏偏又遇着叔叔欠安。叔叔如今可大安了？」寶玉道：「大好了。我倒聽見説你辛苦了好幾天。」賈芸道：「辛苦也是該當的，叔叔大安了，也是我們一家子的造化。」説着，只見有個丫鬟端了茶來與他。那賈芸口裏和寶玉説話，眼睛卻瞅那丫鬟，細挑身子，長容臉兒，穿着銀紅襖兒，青緞子背心，白綾細摺兒裙子。若或見之。那賈芸只從寶玉病了，他在裏頭混了兩天，都把有名人口，記了一半，他看見這丫鬟，知道是襲人，敘賈芸入怡紅所見第一人亦必是他。他在寶玉房中，比别人不同，如今端了茶來，寶玉又在旁邊坐着，便忙站起來笑道：「姐姐怎麼替我倒起茶來？我來到叔叔這裏，又不是客，讓我自己倒罷了。」寶玉道：「你只管坐着罷，丫頭們跟前也是這樣。」賈芸笑道：「雖如此説，叔叔房裏姐姐們，我怎麼敢放肆呢？」一面説，一面坐下吃茶。關目口白，一切道地，而必從吃茶起，直注寶、黛。那寶玉便和他説些没要緊的散話，又説道誰家的戲子好，誰家的花園好，又告訴他誰家的丫頭標緻，誰家的酒席豐盛，又是誰家有奇貨，又是誰家有異物。那賈芸口裏只得順着他説。都是魘魔中物，而形容紈袴恰是，既能詳又能略。説了一回，見寶玉有些懶懶的了，便起身告辭。寶玉也不甚留，只説：「你明兒閑了，只管來。」仍命小丫頭子墜兒送出去了。

出了怡紅院，賈芸見四顧無人，便脚步慢慢的停着些走，口裏一長一短和墜兒説話。先問他：「幾歲了？名字叫什麼？你父母在那行上？在寶叔房内幾年了？一個月多少錢？共總寶叔房内有幾個女孩子？」那墜兒見問，便一椿椿的都告訴他了。賈芸又道：「剛纔那個與你説話的，他可是叫小紅？」打到正主。墜兒笑道：「他就叫小紅，你問他作什麼？」賈芸道：「方纔他問你什麼手帕子，我倒揀了一塊。」墜兒聽了笑道：「他問了我好幾遍，可有看見他的手帕子的，我那麼大工夫，管這些事？今兒他又問我，他説我替他找着了，他還謝我呢。纔在蘅蕪院門口説的，是裝和墜兒説話時説的。二爺也聽見了，不是我撒謊。好二爺，你既揀了，給我罷，我看他拿什麼謝我。」小鬼頭説話如聞。原來上月賈芸進來種樹之時，便揀了一塊羅帕，知是這園内的人失落的，但不知是那一個人的，故不敢造次。今聽見小紅問墜兒，知是他的，心内不勝喜幸。必以帕爲聯合者，乃寶、黛大關目處，則二人影身萬不能移置他處。又見墜兒追索，心中早得了主意，便向袖中將自己的一塊取了出來，寶玉送黛玉的手帕原是舊的。向墜兒笑道：「我給是給你，你若得了他的謝禮，可不許瞞我的。」已伏下回。墜兒滿口裏答應了，接了手帕子，送出賈芸。回來找小紅，不在話下。大關照。

如今且説寶玉打發賈芸去後，意思懶懶的，歪在床上，似有朦朧之態。皆本回「困」字生發。襲人便走上來，坐在床沿上推他説道：「怎麽又要睡覺，你悶的很，出去逛逛不好？」寶玉見説，攜着他的手笑道：「我要去只是捨不得你。」襲人笑道：「快起來罷。」一面説，一面拉了寶玉起來。寶玉道：「可往那裏去呢，怪膩膩煩煩的。」襲人道：「你出去就好了，只管這麽葳蕤，越發心裏膩煩了。」寶玉無精打彩，只得依他，就出了房門，在迴廊上調弄了一回雀兒，出自院外順着沁芳溪看了一回金魚。只見那邊山坡上兩隻小鹿箭也似的跑來。鹿乃夢中物，設賈蘭射鹿，正欲唤醒春困癡人，而又使賈蘭不久冷落。寶玉不解何意，正自納悶，只見賈蘭在後面拿着一張小弓兒追了下來。一見寶玉在前，便站住了笑道：「二叔叔在家裏呢，我只當出門去了。」寶玉道：「你又淘氣了，好好的射他做什麽？」賈蘭笑道：「這會子不念書，閑着做什麽？所以演習演習騎射。」不即不離。寶玉道：「把牙嗑了，那時候纔不演呢。」

説着，順着脚「念茲在茲」，順着脚與上回黛玉信步同一寫法。一徑來至一個院門前，鳳尾森森，龍吟細細，卻是瀟湘館。有不期然而然者，寫心印處如此深刻。寶玉信步走入，信步遥對。只見湘簾垂地，悄無人聲。走至窗前，覺得一縷幽香從碧紗窗中暗暗透出。意閑筆倩，是好光景，而此幽香乃自太虛幻境中來。寶玉便將臉貼在紗窗上，往裏看時，耳內忽聽得細細的長歎了一聲道：「每日家情思睡昏昏。」《西廂》妙詞，倒捲二十三回，統括此大段，而「情」字以談情，「睡」字以點夢，至於「昏昏」，其夢沈矣。心事和盤託出，是爲意淫之主。寶玉聽了，不覺心内癢將起來，「癢」字下得精刻。再看時，只見黛玉在床上伸懶腰。絶妙畫圖，乃此書造孽處。寶玉在窗外笑道：「爲什麼『每日家情思睡昏昏』的？」一問底面都到。一面説，一面掀簾子進來了。黛玉自覺忘情，不覺紅了臉，拿袖子遮了臉，翻身向裏妝睡着了。寶玉纔走上來，要扳他的身子，明明寫出，間不及亂，險極矣。○「玉生香」一回寫得尚是無心，此則寫得兩心有不可制止而仍如此而止，是爲兼美，是爲乾淨。只見黛玉的奶娘並兩個婆子都跟了進來，説：「妹妹睡覺呢，等醒來再請罷。」這便是杏綾被，又預顧五十四回「破陳腐舊套」中「只小姐和緊跟的一個丫頭」之語，操縱自如，布置周密。剛説着，黛玉便翻身坐了起來，笑道：「誰睡覺呢。」下半點題已畢。那兩三個婆子見黛玉起來，便笑道：「我們只當姑娘睡着了。」説着，便叫紫鵑説：「姑娘醒了，進來伺候。」是必寫兩三個婆子，救兵絡繹。一面説，一面都去了。

黛玉坐在床上，一面擡手整理鬢髮，一面笑向寶玉道：「人家睡覺，你進來做什麼？」又是畫圖。寶玉見他星眼微餳，香腮帶赤，不覺神魂早蕩，明明説，實實寫。一歪身坐在椅子上，笑道：「你纔説什麼？」黛玉道：「我没説什麼。」寶玉道：「給你個榧子吃呢，我都聽見了。」心情口角，形容入微，○榧子能殺蟲，是從「癢」字來。○用三指相撮，捻而成聲，謂之打榧子，北人遇訕笑時每做此。二人正説話，只見紫鵑進來，寶玉笑道：「紫鵑，把你們的好茶倒碗我吃。」茶一逗。紫鵑道：「那裏有好的呢，要好的，只好等襲人來。」吃茶公案在襲人，實在寶釵也。黛玉道：「别理他，你先給我舀水去罷。」紫鵑道：「他是客，自然先倒了茶來，再舀水去。」説着，倒茶去了。寶玉笑道：「好丫頭，『若共你多情小姐同鴛帳，怎捨得叫你疊被鋪床』。」是又直説。林黛玉登時撂下臉來，説道：「二哥哥，你説什麼？」寶玉笑道：「我何嘗説什麼?」黛玉便哭道:「如今新興的,外頭聽了村話來,也説給我聽,看了混賬書,也拿我取笑兒。我成了替爺們解悶兒的!」一面哭,一面下床來,往外就走。前一險是人救之,此一險是自救之,都是杏綾被。寶玉不知要怎樣,心下慌了,忙趕上來説:「好妹妹,我一時該死,你別告訴去,我再敢説這樣話,嘴上就長個疔,爛了舌頭。」此是猪八戒語,絶非寶玉吐屬,所以爲賈雨村言,束此兩大段。

正説着,只見襲人走來,緊接大章法。説道:「快回去穿衣服,老爺叫你呢。」寶玉聽了,不覺打了個焦雷一般,也顧不得別的,底面俱到。疾忙回來穿衣服。出園來,只見焙茗在二門前等着。寶玉問道:「你可知道叫我是爲什麼?」焙茗道:「爺快出來罷,横竪是見去的,到那裏就知道了。」名教敗壞如此。一面説,一面催着寶玉。轉過大廳,寶玉心中還自狐疑,只聽牆角邊一陣呵呵大笑,這便是焦雷。回頭見薛蟠拍着手跳出來,笑道:「要不説姨父叫你,你那裏肯出來的這麼快!」「春困」可醒。焙茗也笑着跪下了。寶玉怔了半天,方解過來是薛蟠哄他出來。絶倒文字,寫寶玉入微。薛蟠連忙打恭作揖賠不是,又求「不要難爲了小子,都是我央他去的」。寶玉也無法了,只好笑問道:「你哄我也罷了,怎麼説我父親呢。我告訴姨娘去,評評這個理,可使得麼?」薛蟠忙道:「好兄弟,我原爲求你早些出來,就忘了忌諱這句話,改日就要哄我,也説我父親就完了。」絶倒文字,寫薛蟠入微,作者是從何設想。寶玉道:「噯喲,越發的該死了!」又向焙茗道:「反叛肏的,還跪着做什麼?」焙茗連忙叩頭起來。薛蟠道:「要不是我也不敢驚動,只因明兒五月初三日是我的生日,五月初一至初五,俗謂之五毒日,蟠生日正在毒中,與熱毒關合。誰知古董行的程日興,與冷子興同行,兩「興」字括全部。他不知那裏尋了來的這麼粗這麼長粉脆的鮮藕，這麼大的西瓜，藕合瓜綿，釵玉結果。這麼長這麼大一個暹羅國進貢的靈柏香燻的暹羅猪魚，夷誅之餘，釵玉警懼。你說這四樣禮物，可難得不難得？三樣說四樣，見蟠之混沌，而實尚有靈柏香也，此香真可惜。那魚猪不過貴而難得，撇開猪魚，有全不顧夷誅之意，亦是墜兒。這藕和瓜，虧他怎麼種出來的！重說瓜藕，見非容易謀得，皆說寶釵也。我連忙孝敬了母親，儼然能孝，照顧書旨。凡寫薛蟠處，有「罪人不孥」之意，然正以重罪寶釵而貴賈氏也。看前說「更壞了十倍」，意可見。○傷哉斯言，如見薛蟠尚能明此，何世人並此夢夢也。能解此句，則嗣後寶琴、薛蝌來意都解，作者何等忠厚，何等期望。趕着給你們老太太、姨母送了些去。儼有親親仁民愛物差等在其胸中，正闡「明明德」之外無書。如今留了些，我要自己吃，恐怕折福。豈是薛蟠之言。左思右想，除我之外，惟你還配吃，所以特請你來。你即我，我即你，同此心，同此理。而一路言談，設一獃霸王便是獃霸王，到此句我直笑不能忍。一底一面，鬼斧神工。可巧唱曲兒的一個小子又來了，虛伏蔣玉函。我同你樂一日何如？」是其父聲口，而賈政所未聞也。

一面說，一面來至他書房裏。只見詹光、程日興、胡斯來、何從而來也。又云胡斯賴，而即是胡老名公山子野。單聘仁等，并唱曲兒的，都在這裏，見他進來，請安的問好的，都彼此見過了。吃了茶，薛蟠便命人擺酒來。說猶未了，衆小厮七手八脚擺了半天，七手八脚而見盛設，又見是此等排場，作擺了半天，作者閱歷之多，我真不能測。方纔停當歸坐。寶玉果見瓜藕新異，重在此物。因笑道：「我的壽禮還未送來，倒先擾了。」薛蟠道：「可是呢，你明兒來拜壽，打算送什麼新鮮禮物？」寶玉道：「我沒有什麼送的，若論銀錢穿吃等類的東西，究竟還不是我的，惟有寫一張字，或畫一張畫，這算是我的。」絶妙言談。薛蟠道：「你提畫兒，提畫兒來是那話兒，則一張字起當是「絳芸軒」三字。我纔想起來了，昨兒我看人家一本春宮兒，畫的着實好，上面還有許多字，我也没細看，没細看，妙，看官卻宜細看也。只看落的款，原來是什麽庚黄的，真好的了不得。」寶玉聽説，心下猜疑道：「古今字畫也都見過些，那裏有個庚黄？」想了半天，不覺笑將起來，命人取過筆來，在手心裏寫了兩個字。心心相印，看官各須理會。又問薛蟠道：「你看真了是庚黄麽？」薛蟠道：「怎麽看不真？」寶玉將手一撒與他看道：「可是這兩個字罷？其實與庚黄相去不遠。」衆人都看時，原來是「唐寅」兩個字，第五回《海棠春睡圖》是他畫的，其取義之妙，已經評出，玲瓏剔透矣。今説春宫在薛蟠口中，又復爲意外生情，至於不可思議，正不知作者心有幾竅。○庚黄猶言人壽無常，迅歸黄土，六如一證也，爲大衆言。説吃茶，説瓜藕，而有金者成之，黄乃金色，爲寶釵言。是謂畫，是謂春宫，是謂唐寅，號曰伯虎也。都笑道：「想必是這兩個字，大爺一時眼花了，是衆人語，看官慎勿眼花。也未可知。」薛蟠自覺没意思，笑道：「誰知他是糖銀果銀的。」銀與金映。

正説着，小厮來回：「馮大爺來了。」寶玉便知是神武將軍馮康之子馮紫英來了。馮唐易老，神武言其速也，則此逢迎亦復何必。薛蟠等一齊都叫：「快請！」説猶未了，只見馮紫英一路説笑，已進來了。衆人忙起席讓坐，馮紫英笑道：「好呀！也不出門了，在家裏高樂罷！」寶玉、薛蟠都笑道：「一向少會，補筆。老世伯身上康健？」紫英答道：「家父倒也託庇康健，近來家母偶着了些風寒，不好了兩天。」父母一提，與「連忙孝敬母親」相映合，於逢迎中特留餘地也。薛蟠見他面上有些青傷，便笑道：「這臉上又和誰揮拳來，掛出幌子了？」馮紫英笑道：「從那一遭把仇都尉的兒子打傷了，我記了，再不慪氣，如何又揮拳？這個臉上是前日打圍，在鐵網山可卿棺材木出在此山，彼云潢海，是一是二？教兔鶻捎了一翅膀。」

寶玉道：「幾時的話？」紫英道：「三月二十八日去的，春餘二日，所謂易老。前兒也就回來了。」寶玉道：「怪道前月初三四兒，當是四月初三四，三四爲七，翌日浴佛，寶玉究竟。我在沈世兄家赴席，沈沉同字，是爲墜兒。不見你呢。我要問，不知怎麽忘了。單你去了，還是老世伯也去了？」紫英道：「可不是家父去，我没法兒，去罷了，難道我閑瘋了？咱們幾個人，吃酒聽唱的不樂，尋那苦惱去？補筆。這一次大不幸之中，卻有大幸。」寶玉復得通靈，黛玉終爲乾净都是。薛蟠衆人見他吃完了茶，都説道：「且入席，有話慢慢的説。」馮紫英聽説，便立起身來説道：「論理我該陪飲幾杯纔是，只是今日有一件大大要緊事，回去還要見家父面回，實不敢領。」要緊事是見家父。薛蟠、寶玉衆人那裏肯依，死拉着不放。即是「五鬼」。馮紫英笑道：「這又奇了，你我這些年，那一回有這個道理的？明明説這些年，則寶玉果十二三歲人耶？弄人如戲。果然不能遵命。若必定教我領，拏大杯來，我領兩杯就是了。」衆人聽説，只得罷了。薛蟠執壺，寶玉把盞，斟了兩大海，那馮紫英站着一氣而盡。寶玉道：「你到底把這個不幸之幸説完了再走。」馮紫英笑道：「今兒説的也不盡興，我爲這個，還要特治一個東兒，請你們去細談一談。有情有景，寫得如見如聞。二則還有奉懇之處。」説着，撒手就走。薛蟠道：「越發説的熱刺刺的丢不下，撒手就走，已是説了，看官亦熱刺刺否？多早晚纔請我們，告訴了也免人猶豫。」馮紫英道：「多則十日，少則八天。」曾未一句，所謂易老。一面説，一面出門上馬去了。衆人回來，依席又飲了一回方散。此會令人難解。

寶玉回至園中，襲人正記掛着他去見賈政，不知是禍是福。其實是見賈政，禍福皆本於此。只見寶玉醉醺醺回來，因問其原故，寶玉一一向他説了。襲人道：「人家牽腸掛肚的等着，你且高樂去，也到底打發個人來給個信兒。」寶玉道：「我何嘗不要送信兒，因馮世兄來了，就混忘了。」正説着，只見寶釵走進來，又緊接是他。笑道：「偏了我們新鮮東西了。」寶玉笑道：「姐姐家的東西，自然先偏了我們了。」寶釵搖頭笑道：「昨兒哥哥倒特特的請我吃，我不吃，我叫他留着送與別人罷。我知道我是命小福薄，不配吃這個。」雖得瓜藕，其如福薄何？自説究竟。説着，丫鬟倒了茶來吃茶，説閑話兒，不在話下。

卻説那林黛玉，又緊接是他。聽見賈政叫了寶玉去了，一日不回來，心中替他憂慮。至晚飯後，聞得寶玉來了，心裏要找他問問是怎麼樣了，一步步行來。見寶釵進寶玉的房內去了，又緊接是他。自己也隨後走了來。剛到了沁芳橋，只見各色水禽盡都在池中浴水，也認不出名色來，但見一個個文彩閃灼，好看異常，暗寫本文生趣，與寶玉、鴛鴦看金魚小小對照。因而站住，看了一回。再往怡紅院來，門已閉了，黛玉即便叩門。一自戕。誰知晴雯和碧痕二人正拌了嘴没好氣，忽見寶釵來了，那晴雯正把氣移在寶釵身上，正在院内報怨説：「有事没事跑了來坐着，叫我們三更半夜的不得睡覺。」忽聽又有人叫門，晴雯越發動了氣，也並不問是誰，便説道：「都睡下了，明兒再來罷。」冤有頭，債有主，而晴雯性氣、奴僕口聲都到。林黛玉素知丫頭們的性情，他們彼此頑耍慣了，恐怕院内丫頭没聽見是他的聲音，只當別的丫頭們了，所以不開門，因而又高聲説道：「是我，還不開門麼？」再自戕。晴雯偏生還没聽見，便使性子説道：「憑你是誰，二爺吩咐的，一概不許放人進來呢。」林黛玉聽了，不覺氣怔在門外。三自戕。晴雯、黛玉，一人也，而「埋香塚」之泣因此，乃一心自戕也。待要高聲問他，逗起氣來，自己又回思一番：「雖說是舅母家如同自己家一樣，到底是客邊，如今父母雙亡，無依無靠，現在他家依棲，三語寫盡孤寒，而鳳姐之所以左黛右釵者，即在此。如今認真慪氣，也覺没趣。」一面想，一面又滚下淚珠來了。其實可憐。正是回去不是，站着不是，正没主意，只聽裏面一陣笑語之聲，細聽一聽，竟是寶玉、寶釵二人。此際何堪！林黛玉心中越發動了氣，左思右想，忽然想起早起的事來：「必竟是寶玉惱我告他的原故，抹過中間薛、馮一會，仍歸到下半本文。但只我何嘗告你去了？你也不打聽打聽，就惱我到這步田地。你今兒不叫我進來，難道明兒就不見面了？」寫「癡」字入木三分。越想越傷感起來，也不顧蒼苔露冷，花徑風寒，獨立墻角邊花陰之下，悲悲切切，嗚咽起來。寫出一團鬼氣，結住「幽情」，何等心思，何等筆力。

原來這林黛玉秉絶世姿容，具稀世俊美，不期這一哭，那附近柳枝花朵上宿鳥棲鴉，一聞此聲，俱忒楞楞飛起遠避，不忍再聽。我亦在忒楞楞飛起中，文直到「飛鳥各投林」一曲矣。正是：花魂點點無情緒，鳥夢癡癡何處驚。魂夢情癡，連綴而出。因有一首詩道：

顰兒才貌世應稀，獨抱幽芳出繡闈。嗚咽一聲猶未了，落花滿地鳥驚飛。一詩特提顰兒，收拾上八回文字，詳黛略叙，乃扶陽抑陰本意也。

那林黛玉正自啼哭，忽聽吱嘍一聲，院門開處，不知是那一個出來。

要知端的，且聽下回分解。

此回局勢，亦一蜂腰。下半「發幽情」乃黛玉文字，上半「傳心事」亦黛玉文字。上半之前設佳蕙一段言語，下半之後設薛蟠一番宴會。正中間着賈蘭射鹿一小段，居然蜂腰。何等興會，何等機杼。

上半接「遇雙真」，因指點曰佳會難逢。下半遞「埋香塚」，因勘破曰馮唐易老。切勿爲墜兒之徑情直遂，當念庚黄，而於生身處早尋出不幸中之大幸也。

自二十三回至此回爲一大段，乃黛玉正傳也。以《西廂記》起，以《西廂記》結。絳芸軒裏，酬簡固是鶯娘；《牡丹亭》中，驚夢原爲杜麗。相思心事，一情直入九幽；財色癡人，片念都爲五鬼。瞪起金剛之目，庶幾春困早醒；抉出蒙蔽之根，莫使雙真枉遇。荼原自苦，藕亦徒甘。叔之云亡，嫂爲多事。

護花主人評曰：

小紅説「千里搭長棚，没有不散的筵席」，又説「不過三年五載，各人幹各人的去」。雖非實在看透，卻是後來讖語。

佳蕙説「寶玉説怎麽收拾房屋，怎麽做衣裳」，小紅冷笑，正要説話，卻被小丫頭打斷。妙極！若再議論短長，不但與上文重複，筆亦不靈活。

小紅同李嬤説話，一是無心，一是有意。妙極。

《西廂》元微之同雙文原是中表姊妹，不終所願，與寶、黛相似。引用曲文亦非無意。

寫薛蟠識别字，活畫一個獃霸王。

馮紫英來而即去，正是爲蔣伶伏綫。

黛玉聽見晴雯不肯開門，已是氣忳，又聽見寶釵在裏頭説笑，其妒其惱，真有不可言語形容者。付之一哭，安得不鳥飛花落？晴雯遭忌，已于不肯開門時肇端。

大某山民評曰：

蟠兒以西瓜、鮮藕爲無福消受，亦自慚形穢，較夫滿身塵垢，謬托清高者奚啻有上下床之别。

黛玉走到沁芳橋，既在晚飯後，如何還看得出池中水禽？或云晚飯頗早，尚是濛濛未暝時也。然下文院門已關，而晴雯有三更半夜之説，則爲時已遲可知矣，其斷不能看見池中水禽無疑也。此等亦作者疏忽處。

晴雯移氣於寶釵，復得罪夫黛玉，仗着模樣兒，目中無人，釵、黛尚然，何況於衆？其不諧同輩，有自來也。

「到底是客邊」五字，是黛玉一生受氣不得發洩處。甚矣，依人者之苦也！身爲千金小姐，乃遭門外之麾，已是憤填胸臆，矧與我争者又適在内，烏能忌而不思耶？

此回是四月間事。

第二十七回　滴翠亭寶釵戲彩蝶　埋香塚黛玉泣殘紅

話説林黛玉正自悲泣，忽聽院門響處，只見寶釵出來了，寶玉、襲人一羣人送了出來。待要上去問着寶玉，又恐當着衆人問，羞了寶玉不便，深刻之筆。因而閃過一傍，讓寶釵去了，寶玉等進去關了門，方轉過來，尚望着門灑了幾點淚。鬼趣。自覺無味，轉身回來，無精打彩的，卸了殘粧。紫鵑、雪雁素日知道林黛玉的情性，無事悶坐，不是愁眉，便是長歎，且好端端的不知爲了什麽，常常的便自淚不乾的，還淚文字將發大端，故特爲一總。先時還有人解勸，誰知後來一年一月的竟常常如此，把這個樣兒看慣了，也都不理論了，所以也没人去理，由他悶坐，只管睡覺去了。那林黛玉倚着牀欄杆，兩手抱着膝，眼睛含着淚，好是木雕泥塑的一般，直坐到二更多天方纔睡了。真寫得出。一宿無話。

至次日，乃是四月二十六日。原來這日未時交芒種節，明寫一節氣爲「埋香塚」兆也。二、四、六皆陰數，十土數，綜之得二十四數，又爲天運一周，與上文三十三天相對待。芒種五月節也，四月《乾》卦，純陽既過，一陰始進，乃成《姤》象。寶、黛婚矣。必曰未時，未字土木相連，黛玉死矣。是書無隨便着日期者，今寫一節氣且着其時刻，正有若干隱意，開此回此段之大端。尚古風俗，凡交芒種節的這日，都要設擺各色禮物，祭餞花神，不餞於立夏而餞於芒種，三春易過，小滿難持，人當於生生之機忙思種植，莫忘了劉老老也。「尚古風俗」四字重。言芒種一過，便是夏日了，衆花皆謝，花神退位，須要餞行。閨中更興這件風俗，所以大觀園中之人，都早起來了。那些小孩子們或用花瓣柳枝編成轎馬，或用綾錦紗羅疊成干旄旌幢的，都用綵綫繫了，每一顆樹、每一枝花上，都繫了這些物事，滿園裏繡帶飄飄，花枝招展。更兼這些人打扮的桃羞杏讓，燕妒鶯慚，一時也道不盡。重提特敘，花團錦簇，令人神往。夫誰不説此書熱鬧。

且説寶釵、迎春、探春、惜春、李紈、鳳姐等，並大姐兒、香菱，總敍諸人，寶釵爲首，主人翁也。次三春，見光陰迅速。中着李紈，是爲關鍵。次鳳姐，西風旋至。次大姐，宜早爲留。終以香菱，總照一羣薄命而已。是大提頓。衆丫鬟們，都在園内頑耍，獨不見林黛玉。好筆力，好局勢。迎春因説道：「林妹妹怎麽不見？好個懶丫頭，這會子還睡覺不成？」寶釵道：「你們等着，等我去鬧了他來。」入題處是尋黛玉。説着，便丢了衆人，一直往瀟湘館來。正走着，只見文官等十二個女孩子也來了。亦是總頓之筆，非必十二個板板整整一齊來也。上來問了好，説了一回閑話。寶釵回身指道：「他們都在那裏呢，你們找他們去，我找林姑娘去就來。」説着，逶迤往瀟湘館來。忽然擡頭見寶玉進去了，寶釵便站住，低頭想了一想：「寶玉和林黛玉是從小兒一處長大，既是補筆，亦顧章法。他兄妹間多有不避嫌疑之處，嘲笑不忌，喜怒無常，是不避，是不忌。況且黛玉素昔猜忌，好弄小性兒的。是死之根。此刻自己也跟了進去，一則寶玉不便，二則黛玉嫌疑，倒是回來的妙。」寫出深心，而其實作者搗鬼。想畢，抽身回來。

剛要尋別的姊妹去，忽見面前一雙玉色蝴蝶，蝴蝶雙飛，洵稱好夢，乃寶、黛也，其如撲者從旁至乎？看「玉色」二字是眼。大如團扇，一上一下，迎風翩躚，十分有趣。寶釵意欲撲了來頑耍，遂向袖中取出扇子來，向草地下來撲。只見那一雙蝴蝶，忽起忽落，來來往往，將欲過河去了。寫蝴蝶便是蝴蝶，而撲者枉了。倒引的寶釵躡手躡脚的，一直跟到池邊滴翠亭上，滴翠，敵翠也，與緑玉有不兩立之勢。香汗淋淋，嬌喘細細。八字雙關，是何景象？乃「絳芸軒」案。寶釵也無心撲了，剛欲回來，只聽那亭裏邊嘁嘁喳喳有人説話。便是蝶，便是翠，好筆力。原來這亭子四面俱是遊廊曲欄，蓋在池中水上，四面雕鏤槅子糊着紙。寶釵在亭外聽見説話，便煞住脚，往裏細聽。只聽説道：「你瞧瞧，這手帕子遙接上回。果然是你丢的那塊，你就拿着，要不是就還芸二爺去。」特提明芸二爺，是實供。又有一人説話：「可不是我那塊？拿來給我罷。」又聽道：「你拿什麽謝我呢？難道白找了來不成。」又答道：「我已經許了謝你，自然不是哄你的。」又聽説道：「我找了來給你，自然謝我，但只是那揀的人你就不謝他麽？」那一個又説道：「你别胡説，他是個爺們家，揀了我們的東西，自然該還的，叫我拿什麽謝他呢？」又聽説道：「你不謝他，我怎麽回他呢？況且他再三再四的和我説了，若没謝的，不許我給你呢。」半晌，又聽説道：「也罷，拿我這個給他算謝他的罷。「這個」卻是何物，三首詩耳。你要告訴别人呢，須説一個誓。」又聽説道：「我要告訴人，嘴上就長一個疔，日後不得好死！」又聽説道：「嗳呀，喒們只顧説話，看有人來悄悄的在外頭聽見，不如把這槅子都推開了，槅子推開，四明顯露，手帕公案如此而止。便是人見喒們在這裏，他們只當我們説頑話呢。若是到跟前，喒們也看的見，就别説了。」

寶釵外面聽見這話，心中吃驚，想道：「怪道從古至今，那些姦淫狗盗的人，心機都不錯，這一開了，見我在這裏，他們豈不臊了？罵人自罵，作者善爲鬼蜮。況且說話的語音，大似寶玉房裏紅兒的言語，用他點明。他素日眼空心大，是個頭等刁鑽古怪東西。是說黛玉。今兒我聽了他的短兒，人急造反，狗急跳墻，不但生事，而且我還没趣。何等見解，乃是搗鬼。如今便趕着躲了，便是瀟湘館抽身回來之想。料也躲不及，少不得要使個金蟬脱殼的法子。」「暗算無常死不知」，這方正點寶釵此時心事，宋祖下南唐定矣。猶未想完，只聽「咯吱」一聲，寶釵便故意放重了脚步，何等心機。笑着叫道：「顰兒，我看你往那裏藏？」明明叫出顰兒，問看官小紅是顰兒否？蝴蝶是寶釵否？一面說，一面故意往前趕。何等作用？那亭内的小紅、墜兒剛一推窗，只聽寶釵如此說着往前趕，兩個人都唬怔了。明點二人。寶釵反向他二人笑道：「你們把林姑娘藏在那裏了？」是藏林姑娘。墜兒道：「何曾見林姑娘了？」寶釵道：「我纔在河那邊看着林姑娘在這裏蹲着弄水兒呢，我要悄悄的唬他一跳，還没有走到跟前，他倒看見我了，朝東一繞就不見了。黛玉一死轉入生方。別是藏在裏頭了。」一面說，一面故意進去尋了一尋，抽身就走，口内說道：「一定是鑽在山子洞裏去了，遇見蛇咬一口也罷了。」即卿即蛇，終必被咬。一面說，一面走。心中又好笑：「這件事算遮過去了，通部書釵玉這件事算遮過去了。不知他二人是怎樣。」

誰知小紅聽了寶釵的話，便信以爲真，乾浄身子。○寫一寶釵，寫一「戲」字，通身解數，如生龍活虎。讓寶釵去遠，便拉墜兒道：「了不得了！林姑娘蹲在這裏，一定聽了話去了。」巧至釵説話亦有漏洞，可見無不可察之機械也。墜兒聽說，也半日不言語。小紅又道：「這可是怎樣呢？」墜兒道：「便聽見了，管誰筋疼！各人幹各人的就完了。」所謂墜兒，自注遂字。小紅道：「若是寶姑娘聽見，倒還罷了。林姑娘嘴裏又愛剋薄人，心裏又細，自下注脚。他一聽見了，倘或走露了，怎麽樣呢？」二人正説着，只見文官、香菱、司棋、侍書等上亭子來了，接寫四人，都有意會。二人只得掩着這話，且和他們頑笑。只見鳳姐兒站在山坡上招手叫小紅，小紅連忙棄了衆人，跑至鳳姐前，堆着笑問：「奶奶使喚做什麽事？」鳳姐打諒了一回，見他生的乾浄俏麗，説話知趣，因笑説道：「我的丫頭今兒没跟我進來，我這會子想起一件事來，要使喚個人出去，不知你能幹不能幹，説的齊全不齊全。」破寶、黛姻緣乃鳳姐。小紅黛玉的影身，故亦必用他叫去。小紅笑道：「奶奶有什麽話，只管吩咐我説去，若説的不齊全，誤了奶奶的事，任憑奶奶責罰就是了。」鳳姐笑道：「你是那位姑娘房裏的？當是林姑娘房裏的。我使你出去，他回來找你，我好替你説。」小紅道：「我是寶二爺房裏的。」鳳姐聽了笑道：「嗳喲！你原來是寶玉房裏的，怪道呢。有何可怪。也罷了，等他問我替你説。你到我們家，告訴你平姐姐，外頭屋裏桌子上汝窰盤子架兒底下放着一卷銀子，那是一百二十兩，給繡匠的工價，等張材家的來要，當面秤給他瞧了，再給他拿去。再裏頭牀頭上有一個小荷包拿了來。」鳳姐總重在包苴財利，破姻緣掉包兒之所以然處。

小紅聽説，撤身去了。不多時回來了，只見鳳姐不在這山坡上了。因見司棋從山洞裏出來，站着繫裙子，隱射七十三回「繡春囊」，彼事即此事，無兩事也。便趕來問道：「姐姐，不知道二奶奶往那裏去了？」司棋道：「没理論。」小紅聽了，回身又往四下裏一看，只見那邊探春、寶釵在池邊看魚。小紅上來陪笑道：「姑娘們可知道二奶奶剛纔那裏去了？」探春道：「往你大奶奶院裏找去。」小紅聽了，再往稻香村來。必在此處，全書歸宿也。頂頭只見晴雯、綺霞、碧痕、秋紋、麝月、侍書、入畫、鶯兒等一羣人來了。晴雯一見小紅，便說道：「你只是瘋罷，院子裏花兒也不澆，雀兒也不喂，茶爐子也不弄，就在外頭逛。」小紅道：「昨兒二爺說了，今兒不用澆花，過一日澆一回罷。我喂雀兒的時候，姐姐還睡覺呢。」碧痕道：「茶爐子呢？」小紅道：「今日不該我的班兒，有茶沒茶休問我。」寫小紅真是活小紅。綺霞道：「你聽聽他的嘴，你們別說了，讓他逛罷。」小紅道：「你們再問問我逛了沒逛，二奶奶纔使喚我說話取東西去的。」說着將荷包舉給他們看，方沒言語了。大家走開，晴雯冷笑道：「怪道呢，原來爬上高枝兒去了，把我們不放在眼裏了。不知說了一句話半句話，名兒姓兒知道了不曾，就把他興頭的這個樣。自相殘賊。這一遭兒半遭兒的算不得什麼，過了後兒還得聽呵！有本事從今兒出了這園子，長長遠遠的在高枝兒上纔算得。」是透下文，反說究竟。一面說着去了。

這裏小紅聽說，不便分證，只得忍着氣來找鳳姐兒。到了李氏房中，果見鳳姐兒在這裏和李氏說話兒呢。小紅上來回道：「平姐姐說：奶奶剛出來了，他就把銀子收起來了。纔張材家的來取，當面稱了，給他拿去了。」說着，將荷包遞了上去。所事已完。又道：「平姐姐叫我來回奶奶：纔旺兒進來，討奶奶的示下，好往那家子去的，平姐姐就把那話按着奶奶的主意，打發他去了。」鳳姐笑道：「他怎麼按我的主意打發去了？」小紅道：「平姐姐說：我們奶奶問這裏奶奶好，原是我們二爺不在家，雖然遲了兩天，只管請奶奶放心。等五奶奶好些，我們奶奶還會了五奶奶來瞧奶奶呢。五奶奶前兒打發了人來，說舅奶奶帶了信來了，問奶奶好，還要和這裏的姑奶奶尋兩丸延年神驗萬金丹。若有了，奶奶打發人來，只管送在我們奶奶這裏，明兒有人去，就順路給那邊舅奶奶帶去的。」五花八門，如聞其聲，隱放利債，隱姑舅親，隱兩姨親，無非眷屬，寶釵大禮成矣。而延年萬金丹何處得來？

話未説完，李氏道：「噯喲喲，這話我就不懂了，什麽奶奶爺爺的一大堆！」李紈一語，底面都到，無非一奶奶一爺爺而已。鳳姐笑道：「怨不得你不懂，這是四五門子的話呢。」説着，又向小紅笑道：「好孩子，難爲你説的齊全，不像他們扭扭捏捏蚊子似的。黛玉之死，多言所致，小紅不終於怡紅而入鳳姐之手，亦因能言而去也。是即鸚哥，是即噴壺，多言多敗，警戒之意深矣。嫂子不知道，如今除了我隨手使的這幾個丫頭老婆子之外，我就怕和別人説話。他們必定把一句話，拉長了作兩三截兒，咬文嚼字，拿着腔兒，哼哼唧唧的，是黛非釵，非哼哼韻。急的我冒火，他們那裏知道！先是我們平兒也是這麽着，我就問着他，難道必定妝蚊子哼哼就是美人了？」絶倒，而乃罵寶釵也。説着，大家也都笑了。李紈又笑道：「都像你潑辣貨纔好！」「潑辣貨」三字，在黛玉初見時一點，今又一點，大是杼柚。鳳姐道：「這一個丫頭就好，方纔兩遭説話雖不多，聽那口角就很剪斷。」説着，又向小紅笑道：「明兒你伏侍我去罷，我認你做女兒，寶玉認賈芸爲子，鳳姐認小紅爲女，遥遥相對。我一調理你就出息了。」小紅聽了，「撲嗤」一笑。鳳姐道：「你怎麽笑？你説我年輕比你能大幾歲，就做你的媽了？你做春夢呢！你打聽打聽，這些人比你大的趕着我叫媽我還不理他呢！今兒擡舉了你了！」小紅笑道：「我不是笑這個，我笑奶奶錯認了輩數兒了。我媽是奶奶的女兒，這會子又認我做女兒。」文似看山不喜平。鳳姐道：「誰是你媽？」李宫裁笑道：「你原來不認的他，他是林之孝的女兒。」用逆筆折出，家世必用此人説出，爲黛玉留潔也。鳳姐聽了，十分詫異，因説道：「哦！原來是他的丫頭。」林之孝大管家也，而其女久經屈抑，是爲黛玉。又笑道：「林之孝兩口子都是錐子扎不出一聲兒來的，我成日家説他們倒是配就了的一對夫妻，一個天聾，一個地啞，天缺地陷，雖帝天司命亦無如何，面子語妙。那裏承望養出這麽個伶俐丫頭來。你十幾歲了？」方才品評，陡接「你十幾歲了」一問，三人神情，一筆畫出，不易得文字。小紅道：「十七歲了。」又問名字，小紅道：「原叫紅玉的，因爲重了寶二爺，如今只叫小紅了。」鳳姐聽説，將眉一皺，把頭一回，説道：「討人嫌的很，得了玉的便宜似的，你也玉，我也玉。」黛玉死矣。因説：「嫂子不知道，我和他媽説：『賴大家的如今事多，也不知這府裏誰是誰，你替我好好的挑兩個丫頭我使。』他一般的答應着他總不挑，倒把他這女孩子送了別處去。難道跟我必定不好？」李紈笑道：「你可是又多心了。他進來在先，你説在後，怎麽怨着他媽？」鳳姐説道：「你這麽着，明兒我同寶玉説，叫他再要人，叫這丫頭跟我去。可不知本人願意不願意。」設一能言人便是能言人，而小紅往矣，是謂不幸中之大幸。小紅笑道：「願意不願意，我們也不敢説，只是跟着奶奶，我們學些眉高眼低，出入上下，大小的事兒也得見識見識。」剛説着，只見王夫人的丫頭來請，鳳姐便辭了李宮裁去了。小紅回怡紅院去，不在話下。妙不收煞。

如今且説林黛玉遞到此人。因夜間失寐，次日起來遲了，聞得衆姊妹都在園中做餞花會，恐人笑他癡懶，連忙梳洗了出來。遥接卷首，此來乃寶釵所見。剛到了院中，只見寶玉進門來了，便笑道：「好妹妹，你昨兒可告了我了不曾？我懸了一夜心。」倒找上文。黛玉便回頭叫紫鵑道：「把屋子收拾了，下一扇紗屜，看那大燕子回來，把簾子放了下來，拿獅子倚住，燒了香，就把爐罩上。」氣忿吩咐，如聞如見，而隱意存焉。言從此回頭，收拾乾淨，睹彼燕雛，念父母生我劬勞之重，而屏除外緣，作獅子吼，而焚妙香，亦何致自賊自戕，終歸香塚。一面說，一面又往外走。寶玉見他這樣，還認作是昨日晌午的事，那知晚間的這件公案，這段公案是不能知。還打恭作揖的。林黛玉正眼也不看，各自出了院門，一直找別的姊妹去了。

寶玉心中納悶，自己猜疑：「看起這樣光景來，不像是爲昨兒的事，但只昨日我回來得晚了，又沒有見他，再沒有沖撞了他的去處了。」一面想，一面由不得隨後追了來。只見寶釵、探春必寫二人一處，爲釵歎也，爲林責也。正在那邊看鶴舞。令威何日歸來？見黛玉來了，三個一同站着說話兒。又見寶玉來了，探春便笑道：「寶哥哥身上好？爲哥哥歎，爲寶歎。我整整的三天沒見你了。」寶玉笑道：「妹妹身上好？我前兒還在大嫂子跟前問你呢。」探春道：「寶哥哥，你往這裏來，我和你說話。」寶玉聽說，便跟了他，離了釵、玉兩個，果能離了釵、玉否耶？是可歎。到了一棵石榴樹下。榴，留也，多子之果。探春因說道：「這幾天老爺可曾叫你？」寶玉笑道：「沒有叫。」探春道：「昨兒我恍惚聽見說老爺叫你出去的。」是瓜藕之會，「恍惚」二字，既責之，又釋之。寶玉笑道：「那想是別人聽錯了，並沒叫的。」探春又笑道：「這幾個月我又攢下有十來吊錢了，你還拿了去，明兒出門逛去的時候，或是好字畫、好輕巧頑意兒，替我帶些來。」寶玉道：「我怎麼逛去，城裏城外，大廊大廟的逛，也沒見個新奇精緻東西，總不過是那些金玉銅磁器，首提金玉，在其所輕。沒處擱的古董，再就是綢緞吃食衣服了。」探春道：「誰要這些？怎麼像你上回買的那柳枝兒編的小籃子，是木。真竹子根挖的香盒兒，是竹。而編之挖之，竹木何堪。膠泥垛的風爐兒，是熬煎。這就好了，我喜歡的什麼似的。是其所重，乃爲可歎。誰知他們都愛上了，都當寶貝似的搶了去了。」衆人不許。寶玉笑道：「原來要這個，這不值什麼，拿幾百錢出來給小子們，管拉兩車來。」探春道：「小厮們知道什麽，你揀那樸而不俗、直而不拙的這些東西，你多多替我帶了來，我還像上回的鞋做一雙你穿，比你那雙還加工夫，如何呢？」手足相關，禁其亂走而入於邪，而寶玉從此逝矣。

寶玉笑道：「你提起來，我想起故事來了。那回穿着，可巧遇見了老爺，老爺就不受用，問是誰做的，我那裏敢提三妹妹三個字，我就回説是前兒我生日，是舅母給的。王子騰夫人也，爲戒意馬奔騰而究竟奔騰，探成之也。老爺聽見是舅母給的，纔不好説什麽的。半日，還説『何苦來，虚耗人力，作踐綾羅，做這樣的東西』。寶、黛、釵都在一鞋裏許，而探春之爲《剥》明演。我回來告訴了襲人，是告訴他。襲人説：『這還罷了，趙姨娘氣的抱怨的了不得，正經兄弟鞋蹋拉襪蹋拉的没人看得見，且做這些東西。』」串出「妒」字，其妒在財，與色無涉。探春聽説，登時沈下臉來道：「你説，這話糊塗到什麽田地？怎麽我是該做鞋的人麽？環兒難道没有分例的？衣裳是衣裳，鞋襪是鞋襪，丫頭老婆一屋子，怎麽抱怨這些話，給誰聽呢！我不過閑着没事，作一雙半雙，愛給那個哥哥兄弟，隨我的心，誰敢管我不成？這也是他瞎氣。」寶玉聽了，點頭笑道：「你不知道，他心裏自然又有個想頭了。」探春聽説，一發動了氣，將頭一扭，説道：「連你也糊塗了，他那想頭自然是有的，不過是那陰微鄙賤的見識。他只管這麽想，我只管認得老爺、太太兩個人，別人我一概不管。就是姊妹兄弟跟前，誰和我好，我就和誰好，什麽偏的庶的，我也不知道。論理我不該説他，但他忒昏聵得不像了！夾立探春小傳，其性情語言，又自別開生面，有明決處，有堅忍處，有似是而非處，而無忠厚處，此其所以爲《夬》之《剥》也，生發後面許多大文。而此回一鞋則爲釵、黛説法，爲寶玉一走定局，故着於上下之間。近有因一鞋而別作批評者，閑人不敢聞。還有笑話兒呢，就是上回我給你那錢替我帶那頑耍的東西，過了兩天他見了我，也是説没錢使，怎麽難處。我也不理他。誰知後來丫頭們出去了，他就抱怨起我來，説我攢的錢爲什麽給你使，倒不給環兒使了。我聽見這話，又好笑，又好氣，我就出來往太太跟前去了。」

正説着，只見寶釵那邊笑道：「説完了，來罷，（這便是鞋。）顯見得是哥哥妹妹了，（反撲寶、黛。）丢下别人，且説體己去，我們聽一句就使不得了？」探春、寶玉二人，方笑着來了。寶玉因不見了林黛玉，便知他躲了别處去了，想了一想，索性遲兩天，等他的氣息一息，再去也罷了。（鞋而不鞋。）因低頭看見許多鳳仙、石榴等各色落花，錦重重的落了一地。因歎道：「這是他心裏生了氣，也不收拾這花兒來了。待我送了去，明兒再問着他。」説着，只見寶釵約着他們往外頭去。寶玉道：「我就來。」等他二人去遠，把那花兜了起來，登山渡水，過樹穿花，一直奔了那日同林黛玉葬桃花的去處來。將已到了花塚，（遞到「香塚」。）猶未轉過山坡，只聽山坡那邊有嗚咽之聲，一面數落着，哭的好不傷心。（回顧《西廂記》。）寶玉心下想道：「這不知是那房裏的丫頭受了委屈，跑到這個地方來哭。」一面想，一面煞着脚步，聽他哭道是：

花謝花飛飛滿天，紅銷香斷有誰憐？游絲軟繫飄春榭，落絮輕沾撲繡簾。閨中女兒惜春暮，愁緒滿懷無釋處。手把花鋤出繡簾，忍踏落花來復去。柳絲榆莢自芳菲，不管桃飄與李飛。桃李明年能再發，明年閨中知有誰？三月香巢已壘成，梁間燕子太無情。明年花發雖可啄，卻不道人去梁空巢亦傾。一年三百六十日，風刀霜劍嚴相逼。明媚鮮妍能幾時，一朝飄泊難尋覓。花開易見落難尋，階前愁煞葬花人。獨把花鋤淚暗灑，灑上空枝見血痕。杜鵑無語正黄昏，荷鋤歸去掩重門。青燈照壁人初睡，冷雨敲窗被未温。怪奴底事倍傷神？半爲憐春半惱春。憐春忽至惱忽去，至又無言去不聞。昨宵庭外悲歌發，知是花魂與鳥魂。花魂鳥魂總難留，鳥自無言花自羞。願奴脅下生雙翼，隨花飛到天盡頭。天盡頭，何處有香坵？未若錦囊收艷骨，一抔净土掩風流。質本潔來還潔去，强如污淖陷泥溝。爾今死去儂收葬，未卜儂身何日喪。儂今葬花人笑癡，他年葬儂知是誰？試看春殘花漸落，便是紅顔老死時。一朝春盡紅顔老，花落人亡兩不知。纏綿宛轉，的是好詞，正寫處多，讀者自解。○「紅消香斷有誰憐」、「紅香」二字是點題。「質本潔來還潔去」、「潔去」二字是着眼。餘悉自感而無怨詞，便是墜兒死而無悔，致終受寶釵之欺於不覺，乃擬爲此詩下筆斟酌處。

寶玉聽了，不覺癡倒。

要知端詳，且聽下回分解。

自此回至三十回爲一大段，釵黛並舉文字。滴翠亭，敵翠亭也。敵謀、敵陣、敵兵、敵器，都在下回。

上半回是「成大禮」之根，見寶釵必決殺黛玉。下半回乃「歸離恨」之兆，見黛玉之終讓寶釵。中間叫去小紅，了結「焚稿斷癡情」之案在一手帕。而探春乃黛玉臨死相送之人也，袒釵殺黛而走寶玉，彼實成之，故立小傳於「埋香塚」之前，用一鞋寓禁止。其如寶、黛、釵同爲墜兒何哉！

一本作「滴翠亭楊妃戲彩蝶，埋香塚飛燕泣殘紅」，大謬，今正之。

寶釵見寶玉進瀟湘館，即抽身走回，聽小紅同墜兒私語，復假裝尋人，善於避嫌，是寶釵一生得力處。

護花主人評曰：

小紅傳平兒説話，瑣碎而明白，活寫出伶俐小丫頭口吻。

探春做鞋一段話，是於閒中描補趙姨之妒鄙。

黛玉哭花塚末句云「花落人亡兩不知」，直射將來死時光景。

埋花與黛玉同埋，哭塚亦只寶玉聽聞，兩相照應，文情兼美。

黛玉哭花詞極歎紅顔薄命，是一生因果，與「紅樓夢曲」遥遥關照。

寶玉聞哭慟倒，亦是預伏後來得知黛玉凶信時情狀。

第二十七回寫小紅與賈芸情事，是賓；寫寶玉、黛玉兩人心事，是主。

大某山民評曰：

賈芸與林小紅之事，寶釵聞之；潘又安與秦司棋之事，小紅見之。可知園中奸淫狗盜之輩，非一人也，餘但不覺察耳。

前二十四回，賈芸見小紅云「精細乾净」，寶玉於小紅云「俏麗甜净」，兹於鳳姐目中云「乾净俏麗」，可知有目共賞。

晴雯冷笑小紅名兒姓兒知也罷，不知也罷，能爬上高枝，即可不放人在眼裏。此晴雯猶未省人事，特爲之進一解。

此回入壬子年四月底事。

第二十八回　蔣玉函情贈茜香羅　薛寶釵羞籠紅麝串

話說林黛玉只因昨夜晴雯不開門一事，錯疑在寶玉身上，次日又可巧遇見餞花之期，正在一腔無明，未曾發洩，又勾起傷春愁思，因把些殘花落瓣去掩埋，由不得感花傷己，哭了幾聲，便隨口念了幾句。不想寶玉在山坡上聽見，隨口念了幾句，全章詩從寶玉耳中清晰乃爾，必無之事也。此正見玉爲一玉，詩出一口，一部書作如是觀。先不過點頭感歎，次又聽到「儂今葬花人笑癡，他年葬儂知是誰？一朝春盡紅顏老，花落人亡兩不知」等句，花落爲黛玉，人亡乃寶玉。不覺慟倒山坡上，懷裏兜的落花撒了一地。照顧落花，必不遺漏。試想林黛玉的花顏月貌，將來亦到無可尋覓之時，寧不心碎腸斷！既黛玉終歸無可尋覓之時，推之於他人，如寶釵、香菱、襲人等，亦可以到無可尋覓之時矣；但說三人，似爲不類，而實爲類，是大結搆，看官着眼。寶釵等終歸無可尋覓之時，則自己又安在哉！且自身尚不知何在何往，則斯處斯園斯花斯柳又不知當屬誰姓矣。所謂「花落人亡」，層層勘入，統括全書，都是正筆。因此一而二，二而三，反覆推求了去，一二三推求了去，六十四卦在其中矣。真不知此時此際，如何解釋這段悲傷。正是：

花影不離身左右，鳥聲只在耳東西。即聲即色，左右逢源，便是一而二，二而三。

那時林黛玉正自傷感，忽聽山坡上也有悲聲，心下想道：「人人都笑我有癡病，難道還有一個癡子不成？」是同一癡，不可分析。抬頭一看，見是寶玉，黛玉便道：「啐！我當是誰，原來是這個狠心短命——」剛説到「短命」二字的，又把口掩住，何等顧恤。長歎一聲，自己抽身便走了。這裏寶玉悲慟了一回，見黛玉去了，便知黛玉看見他躲開了，自己也覺無味，抖抖土起來，下山尋歸舊路，尋歸舊路，仍歸「情」字而已。適纔悟機，又蒙蔽也。往怡紅院來。

可巧看見黛玉在前頭走，看他寫歸舊路，迤逗處不易易而「情」字已到絶頂。連忙趕上去説道：「你且站着，我知你不理我，我只説一句話，從今以後撩開手。」林黛玉回頭，見是寶玉，待要不理他，聽他説只説一句話，便道：「請説來。」寶玉笑道：「兩句話説了你聽不聽？」黛玉聽説，回頭就走。此等寫法，看之欲笑，思之欲拜，斷非閑人所能。寶玉在身後面歎道：「既有今日，何必當初？」又好。黛玉聽見這話，由不得站住回頭道：「當初怎麽樣？今日怎麽樣？」能令聞者不能不問。寶玉道：「噯！「噯」聲如出紙上。當初姑娘來了，那不是我陪着頑笑？憑我心愛的，姑娘要就拿去；我愛吃的，聽見姑娘也愛吃，連忙收拾的乾乾浄浄，收着等了姑娘到來。一桌子吃飯，一牀兒上睡覺。丫頭們想不到的，我怕姑娘生氣，我替丫頭們想到。我心裏想着姊妹們從小兒長大，親也罷，熱也罷，和氣到了底，纔見得比人好。一拍一湊，黛死寶亡，一漸字成之也。如今誰承望姑娘人大心大，不把我放在眼睛裏，倒把外四路的什麽寶姐姐、鳳姐姐的放在心坎上，特爲點悟認賊爲子。倒把我三日不理，四日不見的。我又没個親兄弟、親妹妹，雖然有兩個，你難道不知道是我隔母的？我也和你是獨出，見上回立探春小傳之妙。只怕同我的心一樣，誰知我是白操了這一番心，有冤無處訴！」說着，不覺滴下淚來。真寫得出。那時林黛玉耳內聽了這話，眼內見這形景，心內不覺灰了大半，也不覺滴下淚來，低頭不語。此際倘非木居士、灰侍者，斷難遣寫「情」字如此深刻，未免造孽。寶玉見這般形象，遂又說道：「我也知道我如今不好了，但只任憑着我怎麽不好，萬不敢在妹妹跟前有錯處。便有一二分錯處，你或教導我，戒我下次，或罵我幾句，打我幾下，我都不灰心。誰知你總不理我，叫我摸不着頭腦，少魂失魄，不知怎麽樣纔是。便就死了也是個屈死鬼，任憑高僧高道懺悔，也不能超脱，還得你申明了緣故我纔得託生呢。」是莊言，是微言，面面俱到。黛玉聽了這話，不覺將昨晚的事俱忘在九霄雲外了。方歸舊路。便說道：「你既這麽說，爲什麽我來了，你不叫丫頭開門？」寶玉詫異道：「這話從那裏說起？我要是這樣，立刻就死了！」黛玉啐道：「大清早起死呀活的，也不忌諱！你說有呢便有，沒有就沒有，起什麽誓呢？」寶玉道：「實在沒有見你去，就是寶姐姐坐了一坐，就出來了。」一證。林黛玉想了一想，笑道：「是了，想必是你丫頭們懶待動，喪聲歪氣的，也是有的。」寶玉道：「想必是這個原故，等我回去問了是誰，教訓教訓他們就好了。」黛玉道：「你的那些姑娘們，也該教訓教訓。只是論理我不該說，今兒得罪了我的事小，倘或明兒寶姑娘來，什麽貝姑娘來，也得罪了，事情豈不大了？」是黛玉口白。說着，抿着嘴笑。寶玉聽了，又是咬牙，又是笑。語妙神妙，癡兒女活現。

二人正說話，見丫頭來請吃飯，遂都到前頭來了。王夫人見了黛玉，因問道：「大姑娘，你吃那鮑太醫的藥可好些？」既是埋香，便在枯魚之肆，尚何救藥？然既已埋香，落得乾淨身子而去，則全其爲姑娘大節矣。故此處呼曰大姑娘。林黛玉道：「也不過這麽着，老太太還叫我吃王大夫的藥呢。」是云人亡。寶玉道：「太太不知道，林妹妹是内症，先天生的弱，所以禁不住一點兒風寒，不過吃兩劑煎藥，疏散了風寒，是醫是藥，必當疏散風寒，鳳之風，薛之雪，可怕也。還是吃丸藥的好。」王夫人道：「前兒大夫說了個丸藥的名字，我也忘了。」寶玉道：「那些丸藥？不過叫他吃什麽人參養榮丸。」黛玉初來便服此藥。王夫人道：「不是。」不許其養榮矣。寶玉又道：「八珍益母丸，左歸右歸，再不就是八味地黄丸。」爲珍爲益，終歸黄土而已，言之慨然。王夫人道：「都不是，我只記得有個『金剛』兩個字的。」惟此二字乃不死方。寶玉拍手笑道：「從來没聽見有個什麽金剛丸，金剛難得，隱闡「吾未見剛者」之語。若有了金剛丸，自然有菩薩散了。」但能金剛，便是菩薩，言下點悟。説的滿屋裏人都笑了。寶釵抿嘴笑道：「想是天王補心丹。」就一丸藥寓言警醒，而形容婦人舛誤，小兒諧謔，都如聞見。王夫人笑道：「是這個名兒，是他道破，天心如此，已透「紅麝串」消息。如今我也糊塗了。」寶玉道：「太太倒不糊塗，都是叫金剛菩薩支使糊塗了。」見無金剛，自然糊塗，此心終不能補矣。王夫人道：「扯你娘的臊！又欠你老子搥你了。」父母一提，又是歸省，稱父曰老子，固屬北語，而《道德》五千寓此矣。寶玉笑道：「我老子再不爲這個搥我。」王夫人又道：「既有這個名兒，明兒就叫人買些來吃。」

寶玉道：「這些藥都是不中用的，當頭棒喝。太太給我三百六十兩銀子，周天之數。我替妹妹配一料丸藥，包管一料不完就好了。」王夫人道：「放屁！什麽藥就這麽貴？」寶玉笑道：「當真的呢，我這個方子，比別的不同，那個藥名兒也古怪，此藥無名。一時也說不清。只講那頭胎紫河車、人形帶葉參、三百六十兩四足龜、大何首烏、千年松根茯苓膽，諸如此類的藥，不算爲奇，只在羣藥裏算。

那爲君的藥説起來，唬人一跳！紫河車，混元一氣也，是爲先天。人參，人身也，是爲後天。三百六十，周天度數。龜，一陰也，爲水。烏，一陽也，爲火。松根、伏苓，一土一木也。先天、後天、陰陽、五行俱備，而獨缺金，黛玉所無而寶釵所有也。則金爲君藥，必須薛大哥配成也。配成此藥第一乃紫河車，乃是吃人，故可「唬人一跳」，而寶玉欲以生黛玉者，正寶釵所以殺黛玉也。〇但言君藥唬人一跳，並未説出何物，而陡接薛大哥至花了上千銀子纔配成。參以羣藥，寓意五行缺金，我故知金爲金藥，是演一金鎖也。前年薛大哥哥求了我一二年，我纔給了他這方子，此藥用之，甚爲秘密。他拿了方子去，又尋了二三年，花了有上千兩銀子，纔配成了。太太不信，只問寶姐姐。」寶釵聽説，笑着搖手兒説道：「我不知道，也沒聽見，你別叫姨娘問我。」王夫人笑道：「到底是寶丫頭好孩子，不撒謊。」信之贊之，藥之效驗。寶玉站在當地，聽見如此説，一回身，把手一拍，説道：「我説的倒是真話呢，倒説撒謊。」口裏説着，忽一回身，只見林黛玉坐在寶釵身後，在那裏吃藥。抿着嘴笑，用手指頭在臉上畫着羞他。寶釵有此藥而云不知道、沒聽見，王夫人信之，黛玉亦自不疑，而轉疑寶玉而羞之以爲撒謊，此其所以日服寶釵之毒至死而不悟也。

鳳姐因在裏間房裏看着人放桌子，聽如此説，便走來笑道：「寶兄弟不是撒謊，這倒是有的。前日薛大哥親自和我來尋珍珠，我問他做什麽，他説配藥。配成此藥，是他一力，看八十四回「始提親」事，有「天配成的姻緣，一個寶玉，一個金鎖」之語，是他説的，可見金是君藥。他還抱怨説：『不配也罷了，如今那裏知道這麽費事。』煞是費事。如「瞞消息」「設奇謀」等，事豈易易。我問什麽藥，他説是寶兄弟的方子，説了多少藥，我也不記得。他又説：『不然我也買幾顆珍珠了，只是定要頭上帶過的，所以來和妹妹尋。妹妹就沒散的花兒，那頭上下來的也使得。過後我揀好的，再給妹妹穿了來。』我沒法兒，把兩枝珠花現拆了給他。寶玉這方，黛玉配不成，寶釵配成之，以既有金，而又有家兒、有銀子、有鳳姐也。還要一塊三尺長上用的大紅紗，珠，誅也。紗，殺也。都取之自鳳姐處。又襲人原名珍珠，亦是方中要緊藥材。拿乳鉢乳了麵子呢。」此紅粉碎。鳳姐說一句，寶玉念一句佛，既爲配藥懺悔，又自明服藥以後之歸着。說：「太陽在屋子裏呢。」矢之天日，又見鳳姐瞞天。鳳姐說完了，寶玉又道：「太太想這不過是將就呢，寶玉不死，亦將就耳。正經按這方子，那珍珠寶石定要在古墳裏的，便是「埋香塚」。有那古時富貴人家妝裹的頭面拿了來纔好。如今那裏爲這個去刨墳掘墓，所以只是活人帶過的，也可以使得。」鳳姐也帶過，寶釵也帶過，一在「饅頭庵」，一在「絳芸軒」。王夫人聽了道：「阿彌陀佛，不當家花拉的，北人俗語以輕慢造孽爲「不當家花拉」。就是墳裏有，人家死了幾百年，這會子翻尸倒骨的，作了藥也不靈。」又自懺而並爲寶釵懺，見徒自翻尸盜骨而無益也。寶玉因向黛玉說道：「你聽見了沒有？難道二姐姐也跟着我撒謊不成？」臉望着林黛玉說，卻拿眼睛瞟着寶釵。三曹對案，當場質證，其如釵不認而黛不悟何！林黛玉便拉王夫人道：「舅母聽聽，寶姐姐不替他圓謊，不認。他只問着我。」不悟。王夫人也道：「寶玉很會欺負你妹妹。」是欺負。寶玉笑道：「太太不知道這原故，寶姐姐先在家裏住着，那薛大哥哥的事他也不知道，何況如今在這裏頭住着呢，自然是越發不知道了。林妹妹纔在背後以爲是我撒謊，就羞我。」再三提醒。

正說着，見賈母房裏的丫頭找寶玉、林黛玉去吃飯。此等處每每以叫吃飯收住，寓言實意土而養命云，詳在《讀法》。林黛玉也不叫寶玉，便起身扶了那丫頭走。他先走是「斷癡情」。那丫頭道：「等着寶二爺一塊兒走。」林黛玉道：「他不吃飯，不同咱們走，我先走了。」說着便出去了。寶玉道：「我今兒還跟着太太吃罷。」王夫人道：「罷，罷，我今兒吃齋，你正經吃你的去罷。」寶玉道：「我也跟着吃齋。」也吃齋是「卻塵緣」。說着，便叫那丫頭：「去罷。」自己跑到桌子上坐了。王夫人向寶釵等笑道：「你們只管吃你們的，由他去罷。」寶釵因笑道：「你正經去罷，吃不吃，陪着林妹妹走一趟，他心裏打緊的不自在呢。」配藥心事，不覺吐露。寶玉道：「理他呢，過一會子就好了。」

一時吃過飯，寶玉一則怕賈母記掛着，二則也記掛着林黛玉，忙忙的要茶漱口。探春、惜春都笑道：「二哥哥，你成日家忙些什麼？吃飯吃茶，也是這麼忙碌碌的。」可勝歎息。寶釵笑道：「你叫他快吃了瞧瞧林妹妹去罷，叫他在這裏胡鬧些什麼？」再露。寶玉吃了茶，便出來一直往西院來。可巧走到鳳姐兒院前，只見鳳姐在門前站着，蹬着門檻子，拿耳挖子剔牙，若或見之，善畫淫態，而檻內人檻外人都到。看着十來個小廝們挪花盆兒。是移花接木，是掉包兒。見寶玉來了，笑道：「你來的好，進來，進來，善繪淫聲。替我寫幾個字兒。」寶玉只得跟了進來，到了房裏，鳳姐命人取過筆硯紙來，向寶玉道：「大紅妝緞四十疋，蟒緞四十疋，各色上用紗一百疋，金項圈四個。」金項圈是眼。寶玉道：「這算什麼，又不是賬，又不是禮物，怎麼個寫法？」也是賬，也是禮物，乃「絳芸軒」之賬，「成大禮」之禮。鳳姐兒道：「你只管寫上，橫豎我自己明白就罷了。」是「設奇謀」。寶玉聽說，只得寫了。鳳姐一面收起來，一面笑道：「還有句話告訴你，不知依不依。你屋裏有個丫頭叫小紅的，我要叫了來使喚，明兒我再替你挑幾個，可使得麼？」結到小紅，乃結黛玉。寶玉道：「我屋裏的人也多的很，姐姐喜歡誰，只管叫了來，何必問我？」乃責寶玉無可不可之大關節處，詳在後評。鳳姐笑道：「既這麼着，我就叫人帶他去了。」寶玉道：「只管帶去。」説着便要走。鳳姐道：「你回來，我還有一句話呢。」這話難説，又善繪淫影。寶玉道：「老太太叫我呢，有話等回來罷。」

説着，便至賈母這邊。只見都已吃完了飯，賈母因問他：「跟着你娘吃了什麼好的？」寶玉笑道：「也没什麼好的，我倒多吃了一碗飯。」吃齋好處。因問：「林姑娘在那裏？」賈母道：「裏頭屋裏呢。」寶玉進來，只見地下一個丫頭吹熨斗，炕上兩個丫頭打粉綫，黛玉彎着腰拿剪子裁什麼呢。一齊剪斷。寶玉走進來笑道：「哦，這是做什麼呢？纔吃了飯，這麼控着頭，一會子又頭疼了。」黛玉並不理，只管裁他的。有一個丫頭説道：「那塊綢子角兒還不好呢，再熨他一熨。」黛玉便把剪子一撂，説道：「理他呢，過一會子就好了。」針鋒相對。寶玉聽了，自是納悶。只見寶釵、探春等也來了，和賈母説了一回話，寶釵也進來問：「林妹妹做什麼呢？」因見林黛玉裁剪，笑道：「越發能幹了，連裁剪都會了。」黛玉笑道：「這也不過是撒謊哄人罷了。」尖利無匹，死機在此。寶釵笑道：「我告訴你個笑話兒，剛纔爲那個藥，我説了個不知道，寶兄弟心裏不受用了。」林黛玉道：「理他呢，過會子就好了。」三言「過會子就好了」，乃爲三人説究竟也。寶玉向寶釵道：「老太太要抹骨牌，正没人，你抹骨牌去罷。」天地人數。寶釵聽説，便笑道：「我是爲抹骨牌纔來麽？」説着，便走了。寶玉外寶釵，寶釵知之矣，故情愈急而心愈險。林黛玉道：「你倒是去罷，這裏有老虎，看吃了你。」其實是老虎。説着，又裁。寶玉見他不理，只得還陪笑説道：「你也去逛逛再裁不遲。」黛玉總不理。寶玉便問丫頭們：「這是誰教他裁的？」黛玉見問丫頭們，便説道：「憑他誰教我裁，也不管二爺的事。」《五美吟》所以成。寶玉方欲説話，只見有人進來回說：「外頭有人請。」寶玉聽了，忙撤身出來。黛玉向外頭説道：「阿彌陀佛，趕你回來我死了也罷了！」又下究竟。

寶玉出來外面，只見焙茗說：「馮大爺家請。」寶玉聽了，知道是昨日的話，便說：「要衣裳去。」就自己往書房裏來。焙茗一直到了二門前等人。只見出來一個老婆子，焙茗上去説道：「寶二爺在書房裏等出門的衣裳，你老人家進去帶個信兒。」那婆子道：「放你娘的屁！倒好，寶二爺如今在園裏住着，跟他的人都在園裏，你又跑了這裏來帶信兒。」焙茗聽了笑道：「罵的是，我也糊塗了。」説着，一徑往東邊二門前來。只一藥名，是書已了，故插敍此段，隱然演出。大觀新門，是由歸省之路而從新敷衍也。否則東邊那裏又有二門，焙茗又何必糊塗如此？着此一段有趣味。可巧門上小廝在甬路底下踢毬，渾然一氣，是大點染。焙茗將原故說了，有個小廝跑了進去，半日纔抱了一個包袱出來，遞與焙茗。回到書房裏，寶玉換了，命人備馬，只帶着焙茗、鋤藥、雙瑞、壽兒鋤藥爲上文映，又有雙瑞、壽兒，則以人壽無常提醒睡夢而已。四個小廝去了。

一徑到了馮紫英門口，有人報與馮紫英，出來迎接進去。則見薛蟠早已在那裏久候了，還有許多唱曲兒的小廝們，這方入本文。並唱小旦的蔣玉函，函，匣也。蔣玉函，猶言將玉函蓋閉藏也。既函寶玉，又函黛玉，玉是一玉也。是爲襲人之配，即寶釵他身，故全入在本回寶釵傳裏。小旦乃寶釵本角色目也。錦香院的妓女雲兒。函能藏蓋，雲則蒙蔽，連類而及，錦香院則亦釵也。大家都見過了，然後吃茶。寶玉擎茶笑道：「前兒所言幸與不幸之事，我晝夜懸想，今日一聞呼喚即至。」馮紫英笑道：「你們令姑表弟兄，倒都心實，前日不過是我的設辭，遥接前文，全書無非設辭。誠心請你們一飲，恐有推託，故説下這句話，今日一邀即至，誰知都信真了。」看官都信真了。説畢，大家一笑。一孝一笑。然後擺上酒來，依次坐定。

馮紫英先命唱曲兒的小厮過來讓酒，然後命雲兒也來敬。那薛蟠三杯下肚，不覺忘了情，拉着雲兒的手笑道：「你把那體己新樣兒的曲子唱個我聽，我吃一罈何如？」又是一種排場。雲兒聽説，只得拿起琵琶來唱道：

兩個冤家，都難丢下，想着你來又記掛着他。兩個人形容俊俏都難描畫。想昨宵幽期，私定在荼蘼架。一個偷情，一個尋拿，拿住了三曹對案，我也無回話。便是方纔寶、黛、釵三曹對案，而責寶玉深矣。

唱畢笑道：「你喝一罈子罷了。」薛蟠聽説笑道：「不值一罈，再唱好的來。」寶玉笑道：「聽我説來，如此濫飲，易醉而無味，我先喝一大海，發一個新令，以兩二門一頓一提，是又開新鮮大觀奇文矣，故曰發個新令。有不遵者，連罰十大海，逐出席外，與人斟酒。」馮紫英、蔣玉函等都道：「有理，有理。」又恐人忘爲性理之書，故連着「有理」二字。寶玉拿起海來，一氣飲盡，雖是新令，並非間斷，實則一氣呵成，自贊其才如海。説道：「如今要説悲、愁、喜、樂四字，無非四字，而悲愁即在喜樂之中。卻要説出女兒來，是説女兒。還要註明這四個原故。説完了飲門杯，酒面要唱一個新鮮時樣曲子，酒面是新鮮曲子，正此書之面。酒底要席上生風一樣東西，或古詩、舊對、《四書》《五經》成語。」酒底有《四書》《五經》，我説此書有個底子，乃是性理，乃是《四書》《五經》，人信者少，其亦何勿從此等處着想耶！薛蟠未等説完，先站起來攔道：「我不來，別算我，這竟是捉弄我呢。」似劉老老矣，而又不是。雲兒也站起來推他坐下，笑道：「怕什麽。這還虧你天天吃酒呢，難道連我也不如？妓也不如，罵蟠乃罵釵也。我回來還説呢，説是了罷，不是了不過罰上幾杯，那裏就醉死了你？罵得妙也。如今一亂令，倒喝十大海，下去斟酒不成？」衆人都拍手道妙，薛蟠聽説無法，只得坐了。

聽寶玉説道：「女兒悲，青春已大守空閨。女兒愁，悔教夫壻覓封侯。此是寶釵究竟，着眼在「悲愁」二字。女兒喜，對鏡晨妝顏色美。女兒樂，鞦韆架上春衫薄。」衆人聽了，都説道好，薛蟠獨揚着臉摇頭説：「不好，該罰。」衆人問：「如何該罰？」薛蟠道：「他説的我全不懂，怎麽不該罰？」等到「以錯勸哥哥」時自然懂了。雲兒便擰他一把笑道：「你悄悄的想你的罷，回來説不出又該罰了。」於是拿琵琶聽寶玉唱道：

滴不盡相思血淚抛紅豆，開不完春柳春花滿畫樓。睡不穩紗窗風雨黄昏後，忘不了新愁與舊愁。咽不下玉粒金波噎滿喉，照不盡菱花鏡裏形容瘦。展不開的眉頭，捱不明的更漏。呀！恰便似遮不住的青山隱隱，流不斷的緑水悠悠。此是黛玉，乃一心所專注也。着眼在金玉青緑等字，乃還淚賬。

唱完，大家齊聲喝采，獨薛蟠説無板。演此還淚文字，奇創實無藍本，故薛蟠説無板。寶玉飲了門杯，便拈起一片梨來，梨，離也，俗名團圓果，即團圓即離，乃是寶釵。説道：「雨打梨花深閉門。」用《西廂》語，又關合梨香院。完了令。下該馮紫英，説道：「女兒喜，頭胎養個雙生子。女兒樂，私向花園掏蟋蟀。先言喜樂，關合通部，不即不離，而無本人專指。女兒悲，兒夫染病在垂危。女兒愁，大風吹倒梳妝樓。」説畢，端起酒來唱道：

你是個可人，你是個多情，你是個刁鑽古怪鬼靈精，你是個神仙也不靈。我說的話兒你全不信，只叫你去背地裏細打聽，纔知道我疼你不疼。但說寶玉，甚有斟酌。

唱完，飲了門杯，說道：「雞聲茅店月。」酒底詩意，過客而已。見此酒令有賓有主，客則無可專指。令完。

下該雲兒，雲兒便說道：「女兒悲，想來終身依靠誰？」薛蟠笑道：「我的兒，有你薛大爺在，你怕什麼？」此亦客也，故但說本身而止，而首句則映射寶釵，在有意無意之間以妓目之也。夾雜薛蟠笑謔，情文相生，如聞如見。衆人都道：「別混他。」雲兒又道：「女兒愁，媽媽打罵何時休？」薛蟠道：「前兒我見了你媽，還吩咐他不叫他打你呢。」衆人都道：「再多嘴罰酒十杯。」薛蟠連忙自己打了一個嘴巴子，說道：「没耳性，再不許說了。」雲兒又道：「女兒喜，情郎不捨還家裏。女兒樂，住了簫管弄絃索。」說完，便唱道：

豆蔻花開三月三，一個蟲兒往裏鑽。鑽了半日鑽不進去，爬到花兒上打鞦韆。肉兒小心肝，我不開了，你怎麼鑽？此直是寶釵矣。蘅蕪院聯語非「吟成荳蔻詩猶艷」乎？其結穴乃「絳芸軒」蟲兒一個。

唱畢，飲了門杯，說道：「桃之夭夭。」桃之夭夭，「成大禮」也。逃之杳杳，「卻塵緣」也。令完。

下該薛蟠。薛蟠道：「我可要說了：女兒悲……」說了半日，不見說底下的。馮紫英笑道：「悲什麼？快說。」薛蟠登時急的眼睛銅鈴一般，便說道：「女兒悲……」又咳嗽了兩聲，方說道：「女兒悲，嫁了個男人是烏龜。」一悲而已形容絶倒。襲人爲寶釵影身，不惟寶玉未死改嫁琪官，寶玉是龜，即明媒正娶之寶釵，乃先有「絳芸軒」一案，寶玉亦即是龜。其書外之書，詳在後評。衆人聽了，都大笑起來。我亦忍笑不住。薛蟠道：

「笑什麽？難道我説的不是？一個女兒嫁了漢子要做忘八，怎麽不傷心呢！」果然。衆人笑的彎腰，忙説道：「你説的是，快説底下的罷。」薛蟠瞪了瞪眼，又説道：「女兒愁……」説了這句，又不言語了。衆人道：「怎麽愁？」薛蟠道：「繡房鑽出個大馬猴。」寶玉鑽出項圈走也，心意爲猿爲馬，爲開了鎖的猴子。衆人哈哈笑道：「該罰，該罰！先還可恕，這句更不通。」説着，便要斟酒。寶玉笑道：「押韻就好。」薛蟠道：「令官都准了，你們鬧什麽。」衆人聽説，方罷了。雲兒笑道：「下兩句越發難説了，我替你説罷。」薛蟠道：「胡説，當真我就没好的了？聽我説罷：女兒喜，洞房花燭是他許了。朝慵起。」所謂「二五之精，妙合而凝」。衆人聽了，都詫異道：「這句何其太雅？」我亦詫異，文字活變，其妙如此。薛蟠道：「女兒樂，一根⿺毛乙⿺毛巴往裏戳。」直道假語村言，而其實不過此事而已。白犀麈柄，已見一悲一樂，蟠不爲釵諱言。衆人聽了，都回頭説道：「該死，該死！情鍾究竟，風月鑑中之骷髏現。快唱了罷。」薛蟠便唱道：「一個蚊子哼哼哼。」衆人都怔了，説道：「這是個什麽曲兒？」薛蟠還唱道：「兩個蒼蠅嗡嗡嗡。」借薛蟠作如此村言，仍恐看官不悟是説寶釵，故又以此曲隱隱言之，實則明明證之「絳芸軒」故事非趕蚊子蒼蠅乎？衆人都道：「罷，罷，罷！」薛蟠道：「愛聽不愛聽？這是新鮮曲兒，叫做哼哼韻兒。哼哼韻有韻無字也。通部書中寫寶玉、寶釵無一褻語，至有本回「紅麝串」文字，即至「絳芸軒」結穴處，猶是匣劍幃燈，不着明文。此真是從古未聞新鮮曲兒也，愛聽不愛聽在衆人耳。你們要懶〔怠〕(待)聽，連酒底都免了，我就不唱。」衆人都道：「免了罷。獨此無底，見此即是底，更無所謂底也。倒別躭誤了別人家。」

於是蔣玉函説道：「女兒悲，丈夫一去不回歸。女兒愁，無錢去打桂花油。女兒喜，燈花並頭結雙蕊。女兒樂，夫唱婦隨真和合。」此是襲人，文意自明，而巧在「夫唱」二字。說畢，唱道：

可喜你天生成百媚嬌，恰便似活神仙離碧霄。度青春年正小，配鳳鸞真也巧。呀！看天河正高，聽譙樓鼓敲，剔銀燈同入鴛幃〔悄〕（俏）。是襲人，而「真也巧」「也」字是先有一巧之寶釵在，故曰「也巧」。

唱畢，飲了門杯，笑道：「這詩詞上我倒有限，幸而昨日見了一副對子，只記得這句，可巧席上還有這件東西。」特作周旋，文字不突，而恰是對子。說畢，便乾了酒，拿起一朵木樨來，「木樨香中亦解禪」，既爲寶玉究竟，又寓多少警省。念道：「花氣襲人知晝暖。」明點。衆人倒都依了，令完。薛蟠又跳了起來喧嚷道：「了不得，了不得！該罰，該罰！這席上並没有寶貝，你怎麽說起寶貝來？」蔣玉函忙說道：「何曾有寶貝？」薛蟠道：「你還賴呢，你再念來。」蔣玉函只得又念了一遍。薛蟠道：「襲人可不是寶貝，是什麽？特作此語，惟恐人不信襲人即寶釵也。前黛玉口中不嘗云寶姑娘貝姑娘乎？你們不信，只問他。」說畢，指着寶玉。寶玉没好意思，起來說：「薛大哥你該罰多少？」薛蟠道：「該罰，該罰！」說着，拿起酒來一飲而盡。閱至此我亦浮一大白。馮紫英與蔣玉函等猶問他原故，雲兒便告訴了出來。奇哉，襲人原委用雲兒告出，則寶玉與雲兒事在言外，而釵、襲、雲三而一矣。蔣玉函忙起身陪罪，衆人都道：「不知者不作罪。」

少刻，寶玉出席解手，蔣玉函隨了出來。二人站在廊檐下，蔣玉函又陪不是。寶玉見他嫵媚温柔，四字便是襲人考語。心中十分留戀，便緊緊的搭着他的手，叫他：「閑了往我們那裏去。還有一句話問你，也是你們貴班中有一個叫琪官兒的，他如今名馳天下，可惜我獨無緣一見。」此話隱射黛玉，又是册詩。蔣玉函笑道：「就是我的小名兒。」寶玉聽説，不覺欣然，跌脚笑道：「有幸，有幸！寶、黛乃不幸中之幸，特點出。果然名不虛傳。今兒初會，便怎麽樣呢？」想了一想，向袖中取出扇子，將一個玉玦扇墜解下來，玦，訣也，玉與襲人訣矣。遞與琪官道：「微物不堪，略表今日之誼。」琪官接了笑道：「無功受禄，何以克當？也罷，我這裏也得了一件奇物，今日早起方繫上，還是簇新，聊可表我一點親熱之意。」説畢，撩衣將繫小衣兒一條大紅汗巾子解了下來，遞與寶玉道：「這汗巾子是茜香國女國王所貢之物，此名目爲黛玉設，茜草可以染紅，即絳珠草也。又茜同遣，謂之遣香，黛玉死矣。是有天命，故貢自天。必得自琪而歸之襲，見黛死寶走而襲嫁矣。夏天繫着，肌膚生香，不生汗漬。黛玉之死，天實爲之，故本文即接「紅麝串」。昨日北静王給的，今日纔上身。若是别人，我斷不肯相贈。請二爺把自己繫的解下來，給我繫着。」寶玉聽説喜不自禁，從此撒手，是原可喜。連忙接了，將自己一條松花汗巾解了下來，遞與琪官。二人方束好，陰陽配合，紅緑相映。只聽一聲大叫：「我可拿住了！」只見薛蟠跳了出來，拉着二人道：「放着酒不吃，兩個人逃席出來幹什麽？此句伏寶釵，而聲情活現。快拿出來我瞧瞧！」二人都道没有什麽，薛蟠那裏肯依，還是馮紫英出來纔解開了。解以鎮心之藥石。於是復又歸坐，飲酒至晚方散。

寶玉回至園中，寬衣吃茶。襲人見扇子上的扇墜兒没了，便問他：「往那裏丢了？」寶玉道：「馬上丢了。」馬上丢了，眼光四射。睡覺時，只見腰裏一條血點似的大紅汗巾子，襲人便猜了八九分，因説道：「你有了好的繫褲子，把那條還我罷。」寶玉聽説，方想起那條汗巾子原是襲人的，不該給人纔是，不由人。心裏後悔，口裏説不出來，只得笑道：「我賠你一條罷。」襲人聽了，點頭歎道：「我就知道又幹這些事，也不該拿我的東西給那起混賬人，也難爲你心裏没個算計兒。」豈容算計。再欲説幾句，又恐慪上他的酒來，便是嫁時「一想」「再想」。少不得也睡了，一宿無話。何得無話？

至次日天明，方纔醒了，只見寶玉笑道：「夜裏失了盜也不曉得，你瞧瞧褲子上。」如此要話，而曰一宿無話，作者慣掉這般謊。襲人低頭一看，只見昨日寶玉繫的那條汗巾子繫在自己腰裏呢，便知是寶玉夜間換了，忙一頓就解下來，説道：「我不稀罕這行子，趁早兒拿了去。」寶玉見他如此，只得委婉勸解了一回。襲人無法，又是無法。只得繫上。過後寶玉出去，終久解下來，擲在個空箱子裏，自己又換了一條繫着。

寶玉並未理論，百十九回此物方見，是不可以理論。因問起昨日可有什麼事情，襲人便回説：「二奶奶打發人叫了小紅去了。緊接此事，所謂茜香。他原要等你來的，我想什麼要緊，我就做了主，打發他去了。」是他做主，黛之死亦是他做主，大書特書。寶玉道：「很是，我已知道了，從此知道。○上「未理論」，此「已知道」，都是眼目。不必等我罷了。」黛玉先死，寶玉方走。襲人又道：「昨兒貴妃打發夏太監出來，送了一百二十兩銀子，二六偶數，其數自天。叫在清虚觀即通靈，即天，即心。初一到初三打三天平安醮，此是五月也，曰一曰三悉爲奇爲陽，抑陰扶陽，是爲平安，乃心之用也。唱戲獻供，叫珍大爺領着衆位爺們跪香拜佛呢。跪香拜佛，乃用此人，是爲氣數之天。還有端午兒的節禮也賞了。」入本文。説着，命小丫頭來將昨日的所賜之物取了出來。只見上等宫扇兩柄，其柄操之自天。紅麝香珠二串，是麝月，是襲人，是寶釵，相爲串合。鳳尾羅二端，芙蓉簟一領。固結絲蘿乃是鳳，引薦枕席乃是花。寶玉見了，喜不自勝，此喜則在寶釵。問：「别人也都是這個？」襲人道：「老太太多着一個香玉如意，香玉大不如意，而曰如意，重乾淨身子也。一個瑪瑙枕。一枕夢鄉，無非煩惱，從此起頭。老爺、太太、姨太太的只多着一個香玉如意，此三人但有如意而無枕頭，是一切煩惱皆由賈母，禍之首，罪之魁，一人而已。你的同寶姑娘的一樣。是爲配偶自天，寶釵以人合天，作用已到。林姑娘同二姑娘、三姑娘、四姑娘只單有扇子同數珠兒，數珠兒，念珠也，與「紅麝串」似是而非。別的都没有。大奶奶、二奶奶他兩個是每人兩疋紗，兩疋羅，兩個香袋兒，兩個錠子藥。」絲蘿既結，有後無後，當自救藥，在紈爲勉，在鳳爲戒。寶玉聽了笑道：「這是怎麽個原故？怎麽林姑娘的倒不同我的一樣，肚裏賬。倒是寶姐姐的同我一樣？別是傳錯了罷。」襲人道：「昨兒拿出來都是一分一分的寫着籤子，怎麽就錯了？所謂氣數之天，不可以理論者也。閑人之評以元春爲天，在歸省，以爲氣數之天，在此回，金玉姻緣所由定也。你的是在老太太屋裏的，是在此處。我去拿了來了。是由他手。老太太説了，明兒叫你一個五更天進去謝恩呢。」清明平旦，自此而復，恩自應謝。寶玉道：「自然要走一趟。」走字直透。説着，便叫了紫鵑來：不使人送而叫他來，血淚既完，不如歸去。「拿了這個到你們姑娘那裏去，就説是昨兒我得的，愛什麽留下什麽。」紫鵑答應了，拿了去。不一時回來説：「姑娘説了，昨兒也得了，二爺留着罷。」天不可挽。寶玉聽説，便令人收了。

剛洗了臉出來，要往賈母那裏請安去，只見林黛玉頂頭來了。頂頭兒是逆來。寶玉趕上去笑道：「我的東西叫你揀，你怎麽不揀？」林黛玉昨日所惱寶玉的心事，早又丢開，只顧今日的事了，寫「情」字深刻。因説道：「我没這麽大福禁受，大勘斷語。比不得寶姑娘，什麽金什麽玉的，直出金玉。我們不過是個草木之人罷了。」明説草木。一部書但明金玉草木四字關目看去，從此勢如破竹，説來説去不過爾爾。寶玉聽他提出

「金玉」二字來，不覺心動疑猜，便説道：「除了别人説什麽金什麽玉，我心裏要有這個想頭，天誅地滅，萬世不得人身！」信誓旦旦，是乃正筆。○别人説金玉，其幾動矣。而知而不防，遂受其禍，此書固教人處世之書也。林黛玉聽他這話，便知他心裏動了疑，忙又笑道：「好没意思，白白的説什麽誓？管你什麽金什麽玉的呢！」寶玉道：「我心裏的事也難對你説，日後自然明白，除了老太太、老爺、太太這三個人，第四個就是妹妹了，要有第五個人，我也起個誓。」侃侃言之，絶無宛轉，是正筆，是勁筆。林黛玉道：「你也不用起誓，我很知道你心裏有妹妹，但只是見了姐姐就把妹妹忘了。」是不信寶釵配藥而屈責説藥方老。寶玉道：「那是你多心，我再不是這樣的。」是乃無心，處世大忌。林黛玉道：「昨兒寶丫頭不替你圓謊，仍以爲謊。爲什麽問着我呢？那要是我，你又不知怎麽樣了。」

正説着，只見寶釵從那邊來了，二人便走開了。寶釵分明看見，只妝看不見，低頭過去，其心愈險。○是大章法，而又變换，板而不板。到了王夫人那裏，坐了一回，然後到賈母這邊。只見寶玉也在這裏。寶釵因往日母親對王夫人等曾提過金鎖是和尚給的，等日後有玉的結爲婚姻等話，一提頓，與襲人名字用雲兒説同意，萬不可忽略者。此乃抉破金鎖之假，釵玉之婚乃薛姨自獻也。用一没來歷人工製造之金鎖，而借爲和尚之言説等有玉的方可結婚。夫銜玉而生，事出至奇，豈能更有其二？是明明説出只等寶玉一人而已，將誰欺乎？何看官受作者之欺，比比皆是。○第八回説也是個人給了兩句吉利話兒，鏨上了，又説八個字是和尚送的，必須鏨在金器上。今乃説金鎖是和尚給的，是乃狀薛姨母女自相矛盾露實處，非如他處作者以矛盾自娱也。所以總遠着寶玉。偏這般説。昨日見元春所賜的東西獨他與寶玉一樣，心裏越發没意思，正是得意。幸虧寶玉被一個黛玉纏住，心心念念只記罣着黛玉，並不理論這事。彼事已成，此事未了，奈何，奈何！見這種人心裏無一刻安適。此刻忽見寶玉笑道：「寶姐姐，我瞧瞧你那香串子。」可巧寶釵左腕上籠着一串，言其用心左也。見寶玉問他，少不得褪了下來。話中有話，妙極。寶釵原生的肌膚豐澤，容易褪不下來。是不容易，而究竟褪下者，除此更無可敵心心念念之黛玉也。寶玉在傍邊看着雪白的臂膊，不覺動了羨慕之心，蜻蜓點水，如此而止。暗暗想道：連忙抹掉。「這個膀子若長在林姑娘身上，或者還得摸一摸，偏長在他身上，恨我没福。」倒抹到他身上去，九子六花，未爲疑陣，是連哼哼韻亦且怕人聽去矣。作者狡獪可殺。忽然想起金玉一事來，再看寶釵形容，只見臉若銀盆，眼同水杏，唇不點而紅，眉不畫而翠，比黛玉另具一種嫵媚風流，不覺就呆了，如觀林際燈火，忽滅忽明，是曰兼美，而文字直趨「繡鴛鴦」回。寶釵褪下串子來，遞與他，也忘了接。寶釵見他呆了，自己倒不好意思，丢下串子，回身纔要走，便是「絳芸軒」消息。只見黛玉登着門檻，嘴裏咬着手帕笑。是手帕，倒找到「滴翠亭」。寶釵道：「你又禁不得風吹，不禁鳳姐之風。怎麽又站在風口裏？」黛玉笑道：「何曾不是在房裏的？只因聽見天上一聲叫，出來瞧了瞧，原來是個獃雁。」一聲叫，孤雁也。寶釵道：「獃雁在那裏呢？我也瞧瞧。」黛玉道：「我纔出來，他就忒兒一聲飛了。」口裏説着，將手裏帕子一抛，向寶玉臉上抛來。寶玉不知，正打在眼上，「嗳喲」了一聲。所謂「一個偷情，一個尋拿」，而責寶玉深矣。乃《五美吟》之因。

要知端詳，且聽下回分解。

此回皆寶釵傳，乃從「埋香塚」倒捲到「戲彩蝶」，復從「戲彩蝶」倒落到「茜香羅」。設一藥方，作大鋪大排文字，正戲蝶、埋香夾縫裏事。蓋戲蝶而寶黛之機洩，埋香而釵玉之婚成，中間所以然，則有一藥方配合，方妥妥當當藥殺黛玉。

「情切切」是襲人文字，乃即寶釵文字，與本回「茜香羅」同是一套。本文並未明説「茜香羅」三字，但説茜香國所貢，特影羅字，作者自鳴獨把這本姻緣簿也。

本回在原刻本計十六頁，去卷首繳「埋香塚」三頁，一藥方撒謊圓謊去四頁，上半一酒令解羅繫羅去六七頁，及至下半大文不滿一頁，似乎强賓奪主，其實演藥方即是演茜香，演茜香即是演麝串，直到篇末一點便了，是悉從「埋香塚」倒生出來的。前回與本回不可分拆，此回上下亦不可分拆，局勢奇絶。

自「情切切」至此作大結束，承上起下，重頓特提，乃百二十回最着眼處，寫得好看煞人。

護花主人評曰：

黛玉之哭，只哭得自己；寶玉之慟，直慟倒一家。深淺不同，是兩人分别處關鍵。

寫黛玉之不睬寶玉，越顯其鍾情寶玉。文筆反襯得足，則一筆兜轉，正面已透。

黛玉處處不放寶釵，寶釵處處留心黛玉。二人一般心事，兩樣做人。

寶釵冷香丸是自己細説，黛玉丸方是寶玉謊説，遥遥關照。

寶玉説「理他呢，過一會子就好了」，卻被黛玉聽見，借端譏誚，可見黛玉先走並未徑走，原有心等寶玉同行。作者於後文描出前情，既省筆墨，更爲得神。

酒令各曲，俱有情關照，惟薛蟠所説所唱，村俗可笑，曲亦並未唱完，酒底亦不説，描盡獃霸王粗蠢，文筆亦换變不板。

蔣玉函於酒令中無意説出「襲人」二字，松花汗巾玉函先已束腰間，大紅汗巾夜間寶玉又繫襲人腰裹，姻緣固有前定，伏筆構思甚巧。

元妃節禮，寶玉與寶釵一樣，不但賈母屬意寶釵，即元妃亦同有此心。

寶玉見寶釵肌容，發獃呆看，是鍾情亦是意淫。

黛玉咬帕暗笑，想見已在門檻上偷看多時。

順手敍出鳳姐要小紅，前後血脈貫通。

大某山民評曰：

寶玉説「過一會子就好」是在寶釵前聊作應酬語，而黛玉如何忍得？故一則曰「過一會子就好」，再則曰「過一會子就好」，問者無可支吾，只得納悶陪笑耳。放翁云「花如解語還多事，石不能言最可人」，一聯殆爲寫照。

馮家席上，獃霸王打諢，自不可少，如此方成好令，更妙其中雜一雅語。至玉函所説，直注卷末。

寶玉、寶釵，一樣禮物，頒自椒房，只算敕賜爲夫婦。

寫玉函、襲人汗巾之後，接寫寶玉、寶釵賜物，若論吉兆皆吉，若論凶兆皆凶，事異而兆同也。

曹操爭天下，心中眼中，祇有一先主，其餘不足介意。黛玉爭寶玉，亦祇一寶釵，妒之甚即愛之甚也。昔人咏李青蓮云「世人欲殺是憐才」，則黛玉乃寶釵第一知己。

膀子在林姑娘身上，可以一摸，非姐姐之不可摸，惟妹妹乃值得摸耳。倘以辭害志，與耳食何殊？「唇不點而紅，眉不畫而翠」，二句是從「增之太長，減之太短」句脱胎出來。

黛玉出來瞧獃雁，抑何藴藉知微，妙舌根定有妙蓮花。

此回中寶釵襲人之終身已定矣。

此回仍是第四年壬子四月底事。

第二十九回　享福人福深還禱福　惜情女情重愈斟情

話説寶玉正自發怔，不想黛玉將手帕子拋了來，正碰在眼睛上，倒唬了一跳，問是誰，林黛玉搖着頭兒笑道：「不敢，是我失了手。心口活現，而正乃失手處也。因爲寶姐姐要看獃雁，我比給他看，不想失了手。」寶姐姐得了手也。寶玉揉着眼睛待要説什麼，又不好説的。一時鳳姐兒來了，因説起初一日在清虛觀清醮的事來，約着寶釵、寶玉、黛玉等看戲去。寶釵笑道：「罷，罷，怪熱的，什麼沒看過的戲，我不去的。」鳳姐道：「他們那裏涼快，兩邊又有樓，咱們要去，我頭幾天打發人去把那些道士都趕出去，把樓上打掃了，掛起簾子來，一個閑人不許放進廟去，纔是好呢。自以爲關防秘密，而小道士乃旋出矣，正是警省。我已經回了太太了，你們不去，我自家去。這些日子也悶得很了，家裏唱動戲，我又不得舒舒服服的看。」賈母聽説，就笑道：「既這麼着，我同你去。」清虛觀心也，寶玉也，醮爲婚嫁之理，此鳳姐行之，賈母轉爲附和，故曰我同你去。鳳姐聽説笑道：「老祖宗也去，敢是好，可就是我又不得受用了。」賈母道：「到明兒我在正面樓上，你在傍邊樓上，你也不用到我這邊來立規矩，不立規矩微旨。可好不好？」鳳姐笑道：「這就是老祖宗疼我了。」賈母因向寶釵道：「你也去，此醮正是此人。連你母親也去。醮必由其母。長天老日的在家裏也是睡覺。」寶釵只得答應着。賈母又打發人去請了薛姨媽，順路告訴王夫人，要帶了他們姊妹去。王夫人因一則身上不好，二則預備元春有人出來，早已回了不去的，此醮即賈母尚爲附和，況王夫人，故不去。聽賈母如此說，笑道：「還是這麽高興。」打發人去到園裏告訴，有要逛去的，只管初一跟老太太逛去。「女子生而願爲之有家」。這個話一傳開了，別人都還可已，只是那些丫頭們天天不得出門檻兒，聽了這話，誰不要去？便是各人的主子懶怠去，他也百般的攛掇了去。切近人情，而無非秦氏殯中之二丫頭。因此李宫裁等第一乃舉一孤孀，爲釵兆，爲釵醒也。都説去，賈母越發心中喜歡，早已吩咐人去打掃安置，都不必細説。

單表到了初一這一日，榮國府門前車輛紛紛，人馬簇簇，那底下凡執事人等聞得是貴妃做好事，賈母親去拈香，正是初一日乃月之首日，況是端陽節間，月之首日，大書特書，五月初一至初五爲五惡，爲五毒，見寶釵之惡毒方張也。因此凡動用的什物一色都是齊全的，不同往日。往日又何嘗不齊全，必須端陽節間？正闡發寶釵熱毒之病，即我所云敵謀、敵陣、敵兵、敵器一色齊全也。少時，賈母等出來。賈母坐一乘八人大轎，李氏、鳳姐、薛姨媽每人一乘四人轎，寶釵、黛玉二人共坐一輛翠蓋珠纓八寶車，迎春、探春、惜春三人共坐一輛朱輪華蓋車，然後賈母的丫頭鴛鴦、鸚鵡、琥珀、珍珠，鸚鵡、鸚哥是一是二？珍珠、襲人是一是二？都是疑團。林黛玉的丫頭紫鵑、雪雁、春纖，又有春纖，以前未見。纖，殲也，黛玉生命殲於此矣。又丫頭用三，其數不偶。寶釵的丫頭鶯兒、文杏，鶯兒之下緊接文杏，乃《西廂》之雙文矣。杏即首回之嬌杏，一名字包括兩大事，而面子何其雅。迎春的丫頭司棋、繡橘，橘中之欒，因棋生也。探春的丫頭侍書、翠墨，因書生墨。惜春的丫頭入畫、彩屏，因畫生屏。薛姨媽的丫頭同喜、同貴，見其依炎附勢，人喜亦喜，人貴亦貴而已。是書痛罵薛家，尚未明乎？外帶香菱、香菱的丫頭臻兒，臻之轉音爲鏡，乃云鏡，而臻之北音爲真，乃云真兒，甄士隱之所出也。本義訓至，凡書中爲應憐爲薄命爲秦氏者，悉臻於此。李氏的丫頭素雲、碧月，是乃月白。鳳姐兒的丫頭平兒、豐兒、小紅，小紅歸鳳手，黛玉歸鳳手矣。丫頭亦三，同一不偶，受者黛，主者鳳。並王夫人的兩個丫頭金釧、彩雲，也跟了鳳姐兒來，有寶釵影身在，故亦跟來。奶子抱着大姐兒另在一車上，還有兩個此醮乃巧字成功，故末出大姐。而大姐之爲巧，乃爲生生不息演也，今用以映射「巧合認通靈」之「巧」字，故爲另在一車。丫頭，凡爲丫頭不過兩個丫頭，不過秦氏大殯所遇之二丫頭而已，不設名字，思之慨然。一共又連上各房的老嬤嬤、奶娘並跟出門的家人媳婦們，墨壓壓的站了一街的車。賈母等已經坐轎去了多遠，這門前尚未坐完。這個説「我不同你在一處」，那個説「你壓了我們奶奶的包袱」，那邊車上又説「招了我的花兒」，這邊又説「碰了我的扇子」，咭咭呱呱，説笑不絶。恍如聞見，而語皆有著。周瑞家的走來過去的説道：「姑娘們，這是街上，看人笑話。」便是不立規矩。説了兩遍，方見好了。前頭的全副執事擺開，早已到了清虚觀門口。寶玉騎着馬在賈母轎前，街上人都站在兩邊。

將至觀前，只聽鐘鳴鼓響，早有張法官執香披衣帶領衆道士在路旁迎接。賈母的轎剛至山門以内，見了土地、本境城隍各位泥塑聖像，便命住轎。泥佛説土佛。賈珍帶領各子弟上來迎接，鳳姐兒知道鴛鴦等在後面，趕不上賈母，自己下了轎忙要上來攙。獨力幫扶。可巧有個十二三歲的小道士兒，拿着剪筒，照管剪各處蠟花，十二三，十五也，今年寶釵十五歲，二十二回固説他是將笄之年。小道見非大道，剪蠟花見此花燭姻緣乃用小道剪取得來也。正欲得便且藏出去，不想一頭撞在鳳姐兒懷裏。行此小道，藏不出去，撞在他懷，欲令其猛省也，而寫來絕倒。鳳姐便一揚手，照臉一下，把那小孩子打了一個筋斗，罵道：「小野雜種往那裏跑？」有此狠手毒口，乃敢打此小道。那小道士也不顧拾燭剪，爬起來往外還要跑。正值寶釵等下車，緊接是他，與鳳姐同一小道。衆婆娘媳婦正圍隨的風雨不透，但見一個小道士滾了出來，都喝聲叫打。衆目昭彰，人人共忿。賈母聽了，忙問是怎麽了，賈珍忙出來問。鳳姐上去攙住賈母，就回說：「一個小道士兒剪燭花的，没躲出去，這會子混鑽呢。」賈母聽說，忙道：「快帶了那孩子來，别唬着他，小門小户的孩子，都是嬌生慣養慣了的，那裏見過這個勢派？倘或唬着他，倒怪可憐兒的，他老子娘豈不疼的慌。」演賈母慈善是面，演賈母包庇是裏。説着，便叫賈珍：「去好生帶了來。」賈珍只得去拉了那孩子，一手拿着燭剪，寫得出，而此剪到底不放。○前云「也不顧拾燭剪」，今又云「手拿着燭剪」，此剪隨手而有，小道真是神通。跪在地下亂顫。賈母命賈珍拉起來，叫他不要怕，問他幾歲了，那孩子總説不出話來。又寫得出，而小道無語言。賈母還説可憐兒的，又向賈珍道：「珍阿哥，帶他去罷，給他些錢買果子吃，叫人别難爲了他。」便是養癰成患。賈珍答應，領他去了。

這裏賈母帶着衆人，一層一層的瞻拜觀玩。外面小厮們見賈母等進入二層山門，忽見賈珍領了一個小道士出來，叫人來帶去，給他幾百錢，不要難爲了他。家人聽説，忙上來領了下去。賈珍站在臺磯上，因問管家在那裏，底下站的小厮們見問，都一齊喝聲説：「叫管家！」此回大提掇之書，故爲管家而不名，重之也。是演小紅有根基處，即黛玉也。登時林之孝一手整理着帽子，跑了來，到賈珍跟前。賈珍道：「雖説這裏地方大，今兒咱們人多，你使的人，你就帶了在這院裏罷，使不着的打發到那院裏去。把小幺兒多挑幾個在這二層門上同兩邊的角門上，伺候着要東西傳話。看寫他是管家勢派，乃親生女屈在下等，爲黛玉叫冤也。又是矛盾自喜。你可知道不知道？今兒姑娘奶奶也都出來，一個閑人也不許到這裏來。」但有個小道士。林之孝忙答應曉得，又説了幾個是。賈珍道：「去罷。」又問：「怎麽不見蓉兒？」一聲未了，只見賈蓉從鐘樓裏跑了出來。賈珍道：「你瞧瞧他，我這裏也没熱，他倒乘涼去了。」其聲如聞。喝命家人啐他，那小厮們都知道賈珍素日的性子，違拗不得，便有個小厮上來向賈蓉臉上啐了一口。賈珍還眼向着他，那小厮便問賈蓉道：「爺還不怕熱，哥兒怎麽先乘涼去了？」賈蓉垂着手，一聲不敢説。形容道地，我見多矣。那賈芸、賈萍、賈芹等聽見了，不但他們慌了，亦且連賈璉、賈㻞、賈瓊等也都忙了，一個一個從牆根下慢慢的溜上來。寫得出，是爲「道之以政」。賈珍又向賈蓉道：「你站着做什麽？還不騎了馬跑到家裏，告訴你娘母子去？母曰娘母子，道地北語，與父曰老子同，見天親一氣，母子不分折的。今此清虚，正演天心，而特王夫人不來，天親已分折矣。故此醮命出於氣數之天。老太太同姑娘們都來了，快來伺候。」賈蓉聽説，忙跑了出來，一疊連聲的要馬，一面抱怨道：「早都不知做什麽的，這會子尋趁我。」當面規矩，轉頭埋怨，寫來絶倒。一面又駡小子：「捆着手呢麽？馬也拉不來。」要打發小厮去，又恐怕後來對出來，説不得親自走一趟，騎馬去了。絶倒，政固不如教也。

且説賈珍方要抽身進來，只見張道士站在旁邊，陪笑説道：看他寫一老道士便活畫一老道士，鬚眉畢現，聲口如聞，贊不勝贊。「論理我不比別人，應該裏頭伺候，開口便妙，而「理」字陡提，正對小道。只因天氣炎熱，衆位千金都出來了，法官不敢擅入，理在此，法即在此，故爲法官。請爺的示下。恐老太太問，或要隨喜那裏，我只在這裏伺候罷了。」來回話，絶倒！乃欲引出一段來歷。賈珍知道這張道士雖然是當日榮國公的替身，是祖。曾經先王是天。御口親呼爲大幻仙人，渺渺、茫茫、空空、警幻。如今現掌道録司印，是大道，故姓張，張大也。又是當今封爲終了真人，甄士隱太虚情。現今王公藩鎮都稱爲神仙，今稱神仙，古則曰聖賢也，一面一底。所以不敢輕慢。二則他又常往兩府裏去的，凡夫人小姐都是見的。法官來歷不用另提，悉從賈珍邊敍出，真是妙品。今見他如此説，便笑道：「咱們自己，你又説起這話來，再多説我把你這鬍子還揪了你的呢！還不跟我進來。」又酷肖。那張道士呵呵大笑着，跟了賈珍進來。賈珍到賈母跟前，控身陪笑説道：「張爺爺進來請安。」賈母聽了，忙道：「攙他來。」賈珍忙去攙了過來。那張道士先呵呵笑道：「無量壽佛！老祖宗，一向福壽康寧，衆位奶奶小姐納福，一向没到府裏請安，老太太氣色越發好了。」既會寫馬道婆，又會寫張道士，此畫鬼筆也。賈母笑道：「老神仙你好？」張道士笑道：「託老太太的萬福，小道也還康健。別的倒罷了，只記掛着哥兒，一向身上好？前日四月二十六，我這裏做遮天大王的聖誕，四、二、六皆陰數，故爲遮天，乃鳳姐、寶釵作用，「戲彩蝶」「泣殘紅」便是此日。人也來的少，東西也很乾浄，我説請哥兒來逛逛，怎麽説不在家？」賈母説道：「果真不在家。」失通靈是此日，得通靈亦此日，果真不在家，一語兩到。一面回頭叫寶玉。

誰知寶玉解手去了纔來，解手穢事也，明通靈所以失，否則何事不可説。忙忙上前問：「張爺爺好？」張道士忙抱住問了好，又向賈母笑道：「哥兒越發發福了。」賈母道：「他外頭好，裏頭弱，又搭着他老子逼着他念書，生生的把個孩子逼出病來了。」實是逼出病來。張道士道：「前兒我在好幾處看見哥兒寫的字，做的詩，都好的了不得，怎麽老爺還抱怨説哥兒不大喜歡念書呢？依小道看來，也就罷了。」又歎道：「我看見哥兒的這個形容身段，言談舉動，怎麽就同當日國公爺一個稾子。」天親一氣，指點根源，是爲大道。說着，兩眼流下淚來。多少笑字忽換流下淚來，爲孝哭，爲道哭，爲寶玉哭。賈母聽了，也由不得滿臉淚痕，亦必一哭，此回乃大可哭之事。説道：「正是呢，我養了這些兒子孫子，也没一個像他爺爺的，就只這玉兒像他爺爺。」那張道士又向賈珍道：「當日國公爺的模樣兒，爺們一輩的不用説，自然没趕上，大約連大老爺、二老爺也記不清楚了。」隱指忘本，未必赦、政幼年失父賬也。説畢，又呵呵大笑道：真是活跳。「前日在一個人家看見一位小姐，今年十五歲了，也十五歲。生的倒也好個模樣兒。我想着哥兒也該尋親事了，若論這個小姐模樣兒，聰明智慧，根基家當，倒也配的過，無姓氏而但云一個人家，一位小姐，特着「根基」二字作眼，隱言此婚當是黛玉，看初敍黛玉，歷敍其家世根基便曉。但不知老太太怎麽樣，小道也不敢造次。等請了老太太示下，纔敢向人家張口呢。」賈母道：「上回有個和尚是薛姨媽口中的和尚。説了，這孩子命裹不該早娶，等再大一大兒再定罷。你如今也隨聽着，不管他根基富貴，不管富貴則可，不管根基，是豈賈母之言？而無如醮命之成卻果在無根基者。初敍寶釵其父並無名字，可想見矣。只要模樣兒配的上，就來告訴我。便是那家子窮，不過給他幾兩銀子，自罵，罵他。只是模樣兒、嫵媚風流。性格兒温柔敦厚。難得好的。」

説畢，只見鳳姐兒笑道：用他將話岔開，底面都到。「張爺爺，我們丫頭的寄名符兒你也不换去。是乃回報此段姻緣，不必另議，已自巧合，故插入大姐寄名符，又「始提親」恰在巧姐驚風日。前兒虧你還有那麽大臉，打發人和我要鵝黃緞子去。形容卻好，而黃爲土色，鵝孕月生，乃劉老老。要不給你，又恐怕你那老臉上過不去。」張道士呵呵大笑道：「你瞧，我眼花了，也没見奶奶在這裏，也没道謝。寄名符早已有了，前日原想送去的，不指望娘娘來做好事，也就混忘了。還在佛前鎮着，待我取來。」説着，跑到大殿上去，一時拿了一個茶盤，搭着大紅蟒緞經袱子，托出符來。大姐兒的奶子接了符，張道士方欲抱過大姐兒來，只見鳳姐笑道：「你就手裏拿出來罷了，又用個盤子托着。」張道士道：「手裏不乾不浄的，怎麼拿？用盤子潔浄些。」鳳姐笑道：「你只顧拿出盤子，倒唬我一跳。我不説你是爲送符，倒像是和我們化佈施來了。」衆人聽説，鬨然一笑，謔浪詼諧，果然可笑，而其實打到劉老老也。我言此書處處有劉老老在，寫清虚大道處豈肯抛荒。連賈珍也掌不住笑了。見人即至賈珍亦有劉老老在。賈母回頭道：「猴兒，猴兒！又點猴兒，此正「樹倒猢猻散」時也。你不怕下拔舌地獄？」正筆。鳳姐笑道：「我們爺兒們不相干，他怎麼常常的説我該積陰隲，遲了就短命呢？」劉老老之用正筆隱點。張道士也笑道：「我拿出盤子來一舉兩用，卻不爲化佈施，乃化人心。倒要將哥兒的這玉請了下來，托出去給那些遠來的道友並徒子徒孫們見識見識。」一道同源。賈母道：「既這麼着，你老人家老天拔地的跑什麼？就帶他去瞧了叫他進來，豈不省事？」張道士道：「老太太不知道，看着小道是八十歲的人，托老太太的福，倒也健朗；一則外面的人多，氣味難聞，況是個暑熱的天，哥兒受不慣，倘或哥兒中了腌臢氣味，倒值多了。」莫中熱毒，再三指點。賈母聽説，便令寶玉摘下通靈玉來，放在盤内。張道士兢兢業業的，是演操存，是云大道。用蟒袱子墊着，蟒袱見心之不易馴，在儒爲克己，在禪爲制毒龍，在道爲招赤鳳，無非欲此蟒伏。捧了出去。

這裏賈母與衆人各處遊玩一回，方去上樓，只見賈珍回說：「張爺爺送了玉來。」剛說着，只見張道士捧了盤子走到跟前，笑道：「衆人託小道的福，見了哥兒的玉，實在稀罕，都没什麽敬賀，這是他們各人傳道的法器，都願意爲敬賀之禮。萬法歸一。哥兒便不稀罕，只當着頑耍賞人罷。」賈母聽說，向盤内看時，只見也有金璜，也有玉玦，金璜色耀，玉玦情斷，爲此醮設。或有事事如意，或有歲歲平安，如意平安而曰或有，冀倖之詞也。見有金玉不能如意平安。皆是珠穿寶嵌，玉琢金鏤，再頓金玉。共有三五十件。三五成八，《坤》數八，歸之於十，土數十，又一劉老老。因說道：「你也胡鬧，他們出家人，是那裏來的？何必這樣？這斷不能收。」張道士笑道：「這是他們一點敬意，小道也不能阻擋。老太太若不留下，豈不叫他們看着小道微薄，不像是門下出身了。」賈母聽如此說，方命人接下了。寶玉笑道：「老太太，張爺爺既這麽說，又推辭不得，我要這個也無用，不如叫小子捧了這個跟着我出去，散給窮人罷。」賈母笑道：「這話說的是。」張道士又忙攔道：「哥兒雖要行好，但這些東西雖說不甚稀罕，到底也是幾件器皿，若給了乞丐，一則與他們也無益，二則反倒糟蹋了這些東西。要捨給窮人，何不就散錢於他們？」寶玉聽說，便命：「收下，等晚間拿錢施捨罷。」說畢，張道士方纔退出。

這裏賈母與衆人上了樓，正在前面樓上歸坐。鳳姐等上了東樓，衆丫頭等在西樓，輪流伺候。賈珍一時來回道：「神前拈了戲，頭一本《白蛇記》。」賈母問：「《白蛇記》是什麽故事？」賈珍道：「漢高祖斬蛇方起首的故事。楚漢分争，是乃釵、黛。第二本是《滿床笏》。」榮、寧之始。賈母道：「這倒是，第二本也還罷了，神佛要這樣，也只得罷了。」著兩「罷了」，見其時已過，榮、寧將消歇矣。否則《滿床笏》尚有何不美，而賈母作此不足之詞？又問第三本，賈珍道：「第三本是《南柯夢》。」即歸一夢。賈母聽了，便不言語。不言語，底面都到。賈珍退了下來，至外邊預備着申表、焚錢楮、開戲，不在話下。

且說寶玉在樓上，坐在賈母傍邊，因叫個小丫頭子捧着方纔那一盤子賀物，將自己的玉帶上，不漏。用手撥弄尋撥，一件一件的挑與賈母看。賈母因看見有個赤金點翠的麒麟，赤金有寶釵，點翠則有黛玉，麒麟公子之象，又寶玉也。一湘雲三影身，信然。便伸手拿起來笑道：「這件東西好像是我看見誰家的孩子也帶着一個的。」寶釵笑道：「史大妹妹有一個，比這個小些。」賈母道：「原來是雲兒有這個。」寶玉道：「他這麽往我們家去住着，我也沒看見。」在寶玉且未見，而釵見之，不容黛玉，又何能容湘雲？探春笑道：「寶姐姐有心，不管什麽他都記得。」旁觀者清，探春會也。林黛玉冷笑道：「他在別的上頭心還有限，惟有這些人帶的東西上越發留心。」是乃自道，此等用心，是一非二，惟釵才足以制黛，而黛拙不能防釵耳。這便是一劉一項，椿齡像黛玉是演此意。寶釵聽說，便回頭裝沒聽見。堅忍成事。寶玉聽見史湘雲有這件東西，自己便將那麒麟忙拿起來揣在懷裏，一面心裏又想到怕人看見他聽是史湘雲有了也就留着這件，是何心事？所謂兼美。因此手裏揣着，卻拿眼睛瞟人。只見衆人倒都不理論，惟有林黛玉瞅着他點頭兒，似有讚歎之意。勢不兩立，柰木不能制金何？不容湘雲與釵一轍。寶玉不覺心裏沒意思起來，又掏出來向着黛玉赸笑道：「這個東西倒好頑，我替你留着，到家穿上你帶。」側重在黛。黛玉將頭一扭道：「我不稀罕。」寶玉笑道：「你既不稀罕，我少不得就拿着。」說着，又揣了起來。

剛要再說，只見賈珍之妻尤氏和賈蓉新近續娶的媳婦方言兼美，兼美後身即到。妙在無名無氏。婆媳兩個來了，見過賈母。賈母道：「你們又來做什麽？我不過没事來逛逛。」一句話説了，只見人報馮將軍家有人來了。既寫逢迎，又寓藥石，何能「成大禮」。原來馮紫英家聽見賈府在廟裏打醮，連忙預備猪羊香燭茶食之類的東西送禮。鳳姐聽了，忙趕過正樓來，拍手笑道：「嗳呀！我卻不防這個，只説咱們娘兒們來閑逛逛，人家只當咱們大擺齋壇的來送禮。都是老太太鬧的，這又不曾預備賞封兒。」剛説了，只見馮家的管家兩個婆子上樓來了。馮家兩個未去，接着趙侍郎家也有禮來了。錢上頭的，此大禮之成於錢也。於是接二連三，都聽見賈母打醮，女眷都在廟裏，凡一應遠親近友世家相與都來送禮。賈母纔後悔起來，是要後悔。説：「又不是什麽正經齋事，我們不過閑逛逛，没的驚動人。」若要人不知，除非己莫爲。「瞞消息」何能「成大禮」。因此雖看了一天戲，至下午便回來了。次日便懶得去。便到一百十回。鳳姐又説：「打牆也是動土，已經驚動了人，今兒樂得還去逛逛。」所謂墜兒。賈母因昨日見張道士提起寶玉説親的事來，誰知寶玉一日心中不自在，回家來生氣，嗔着張道士與他説了親，口口聲聲説：「從今以後，再不見張道士了！」不知小道，因不知大道，認賊爲子，以恩爲仇。别人也並不知爲什麽原故。二則林黛玉昨日回家又中了暑。是中熱毒，熱尚陽，病暑則陰病矣，此非閑筆。因此二事，賈母便執意不去了。鳳姐見不去，自己帶了人去，也不在話下。寶釵同去，在話下了。看後文問看何戲可見。

且説寶玉因見林黛玉病了，心裏放不下，飯也懶得吃，不時來問。黛玉又怕他有個好歹，因説道：「你只管看你的戲去，在家裏做什麽？」寶玉因昨日張道士提親事，心中不大受用，今聽見林黛玉如此説，心裏因想道：「别人不知道的還可恕，連他也奚落起我來。」因此心中更比往日更煩惱加了百倍。寫「情」字一步緊一步。若是別人跟前，斷不能動這肝火，木之所生乃自焚也。只是黛玉説了這話，倒又比往日別人説這話不同，由不得立刻沈下臉來説道：「我白認得了你，罷了，罷了！」林黛玉聽説，便冷笑了兩聲道：「白認得我了？那裏像人家有什麽配得上的呢！」寶玉聽了，便向前來，直問到臉上道：「你這麽説，是安心咒我天誅地滅？」找到上回，而非天非地，人自誅滅。林黛玉一時解不過這話來。寶玉又道：「昨兒還爲這個賭了幾回咒，今兒你到底又重找一句，我便天誅地滅，你又有什麽益處？」七穿八達，不惟黛玉解不過這話，看官亦心迷目炫矣。黛玉一聞此言，方想起上日的話來。今日原自己説錯了，一撥便醒。又是着急，又是羞愧，便戰戰兢兢的説道：「我要安心咒你，我也天誅地滅。何苦來？我知道昨日張道士説親，你怕攔了你的〔好〕姻緣，便是解不過來。你心裏生氣，來拿我煞性子。」

原來那寶玉有一種下流癡病，一篇對面兩扇大文，都用特提寫出，此提寶玉。況從幼時和黛玉耳鬢廝磨，心情相對，及如今稍明時事，又看了那些邪書僻傳，凡遠親近友之家所見的那些閨英闈秀，皆未有稍及林黛玉者，所以早存一段心事，只不好説出來，故每每或喜或怒，變盡法子，暗中試探。那林黛玉偏生也是個有些癡病的，此提黛玉，先立一「癡」字案，用「癡病」二字作一起。也每用假情試探，因你既將真心真意瞞了起來，只用假意，我也將真心真意瞞了起來，只用假意。如此兩假相逢，終有一真，「真假」二字經幾個轉身。其間瑣瑣碎碎，難保不有口角之爭。口角之爭屢寫屢變，無稍重複，是爲奇文。○略作一頓。即如此刻，寶玉的心内想的是：用「心想」字作一承。「別人不知我的心還可恕，難道你就不想我的心裏眼裏只有你？你不能爲我解煩惱，反來以這話奚落堵噎我，可見我心裏一時一刻皆有你，你心裏竟没我了。」

寶玉是這個意思，只口裏說不出來。那林黛玉心裏想着：亦用「想」字作一承，而「你合裏有我，我合裏有你」，管夫人小詞無此層折。「你心裏自然有我，雖有金玉相對之說，你豈是重這邪說不重我的？我便時常提起金玉，你只管了然無聞的，方見得是待我重，無毫髮私心了。如何我只一提金玉的事，你就着急，可知你心裏時時有金玉，見我一提，你又怕我多心，故意着急，安心哄我。」深文曲筆，深細乃爾，從二程有妓無妓之論套出，而責寶玉深矣。看來兩個人，原本是一個心，卻多生了枝葉，反弄成兩個心了。本是一個心，明明說出了，閑人評玉是一玉，即心是一心，不是謬解。以上雙起雙承，到此用這三句作一束，力重千鈞。寶玉心中又想着：用「又想」字作一轉。「我不管怎麽樣都好，只要你隨意，我便立刻因你死了也情願。你知也罷，不知也罷，只由我的心，那纔是你和我近，不和我遠。」林黛玉心裏又想着：亦用「又想」字作一轉。「你只管你，你好我自好，你何必爲我把自己失了？殊不知你失我也失，可見你不叫我近你，竟叫我遠你了。」如此看來，卻都是求近之心反弄成疏遠之意，剥蕉抽繭，直到盡頭，本回曰「斟情」，本書曰談情，真不負題矣。此皆他二人素昔所存私心，難以盡述。既用雙起雙承雙轉，復作出語，方落到砸玉作一合，何等章法緊嚴。如今只述他們外面的形容。用法無痕，鏤空文字，真成印泥畫沙。

那寶玉又聽見他說「好姻緣」三個字，越發逆了己意，陡接三個字，中間若干提敘文字，令人不覺，真神品也。心裏乾噎，口裏說不出話來，便賭氣向頭上摘下通靈玉來，咬咬牙，狠命往地下一摔道：「什麽勞什子，我砸了你就完了事了！」一見面寫摔玉，至此又寫摔玉，乃全書大落墨處，何得輕率，故以前以後都用排偶雙行夾寫，整齊章法。偏生那玉堅硬非常，摔了一下，竟文風不動。是爲頑石。寶玉見不破，便回身找東西來砸。是助長，是揠苗。黛玉見他如此，早已哭起來，說道：「何苦來？你摔砸那啞吧東西，有砸他的，不如來砸我。」二人鬧着，紫鵑、雪雁等忙解勸。後來見寶玉下死砸玉，忙上來奪，又奪不下來，便已是「雙護玉」。見比往日鬧的大了，少不得去叫襲人。認賊爲子。襲人忙趕了來，纔奪了下來。寶玉冷笑道：「我是砸我的東西，與你們什麼相干？」襲人見他臉都氣黃了，眼眉都變了，從來沒氣得這樣，便拉着他的手笑道：「你和妹妹拌嘴，不犯着砸他。倘砸壞了，叫他心裏臉上怎麼過的去？」林黛玉一行哭着，一行聽了這話，說到自己心坎兒上來，可見寶玉連襲人不如，越發傷心大哭起來。心裏一煩惱，方纔吃的香薷飲解暑湯便承受不住，哇的一聲都吐了出來。此熱毒不解而解。紫鵑忙上來用手帕子接住，登時一口一口的把塊手帕子吐濕。雪雁忙上來搥，紫鵑道：「雖然生氣，姑娘到底也該保重着，纔吃了藥好些，這會子因和寶二爺拌嘴，又吐了出來。倘或犯了病，寶二爺怎麼過的去呢？」寶玉聽了這話，說到自己心坎兒上來，可見黛玉不如一紫鵑，又用兩「心坎」字、兩「不如」字作兩扇。又見黛玉臉紅頭脹，一行啼哭，一〔行〕〔人〕氣輳，一行是淚，一行是汗，不勝怯弱，寶玉見了這般又自己後悔：「方纔不該同他較証，這會子的這樣光景，我又替不了他。」心裏想着，也由不得滴下淚來了。

襲人見他兩個哭，由不得守着寶玉也心酸起來。又摸着寶玉的手冰涼，待要勸寶玉不哭罷，一則又恐寶玉有什麼委曲悶在心裏，二則又恐薄了黛玉，不如大家一哭，就丟開手了，因此也流下淚來。紫鵑一面收拾了吐的藥，一面拿扇子替黛玉輕輕的搧着，見三個人都鴉雀無聲，各自哭各自的，也由不得傷起心來，也拿手帕子拭淚。四個人都無言對泣。四人同哭是何景象，而各人各心事，寫得刻露精深，局勢亦散亦整，千古才人一齊俯首。一時襲人勉强笑向寶玉道：「你不看别的，你看看這玉上穿的穗子，也不該同林姑娘拌嘴。」剪香袋是襲人提起，剪玉穗又是襲人提起，一死一亡，皆出他口。黛玉聽了，也不顧病，趕來奪過去，順手抓起一把剪子來就剪。襲人、紫鵑剛要奪，已經剪了幾段。大書特書。黛玉哭道：「我也是白效力，他也不稀罕，自有别人替他再穿好的去。」襲人忙接了玉道：「何苦來，這是我纔多嘴的不是了。」寶玉向林黛玉道：「你只管剪，我横竪不帶他也没什麽。」餘文仍是對偶。

只顧裏頭鬧，誰知那些老婆子們見黛玉大哭大吐，寶玉又砸玉，又是對偶。不知道要鬧到什麽田地，倘或連累了他們，一齊往前頭回賈母、王夫人知道，好不干連了他們。那賈母、王夫人見他們忙忙的做一件正經事來告訴，也都不知有了什麽大禍，便一齊進園來瞧他兄妹。急的襲人抱怨紫鵑爲什麽驚動了老太太、太太，紫鵑又只當是襲人去告訴的，也抱怨襲人。映「雙護玉」，仍以偶結，一絲不走。那賈母、王夫人進來，見寶玉也無言，林黛玉也無話，問起來又没爲什麽事，便將這禍移到襲人、紫鵑兩個人身上，説：「爲什麽你們不小心服侍，這會子鬧起來却不管了！」絶倒，史之爲史，王之爲王，夢夢可知。因此將二人連駡帶説，教訓了一頓。二人都没話，只得聽着，還是賈母帶出寶玉去了，方纔平服。歸根在此。

過了一日，至初三日，此鬧乃五月初二日也，在寶釵所謂「二五之精，妙合而凝」；在黛玉則爲二五不和，偶而不偶矣。故通體都用偶文，是釵、黛大交代，是通部大筋節。乃是薛蟠生日，家裏擺酒唱戲，找「茜香羅」，找瓜藕，亦是排偶。賈府諸人都去了。寶玉因得罪了黛玉，二人總未見面，心中正自後悔，無精打彩的，那裏還有心腸去看戲，因而推病不去。林黛玉不過前日中了些暑溽之氣，本無甚大病，聽見他不去，心裏想：「他是好吃酒看戲的，今日反不去，自然因爲是昨兒氣着了。再不然，他見我不去，他也没心腸去。心心相印。只是昨兒千不該萬不該剪了那玉上的穗子，管定他再不帶了，還得我穿了他纔帶。」因而心中十分後悔。那賈母見他兩個都生了氣，只説趁今兒那邊去看戲他兩個見了也就完了，不想又都不去，老人家急的抱怨説：「我這老冤家，是那世裏孽障，偏生遇見這麼兩個不省事的小冤家，没有一天不叫我操心。真是俗語説的『不是冤家不聚頭』！通部書所自出，而書正爲解此一語而作也。借此老一醒出之，是大眼目。幾時我閉了眼，斷了這口氣，憑這兩個冤家鬧上天去，我眼不見，心不煩，也就罷了。偏又不嚥這口氣！」自己抱怨着，也哭了。聲口神情，如聞如見，揣摩入微。

這話傳入寶、林二人耳内，他二人竟從未聽見過「不是冤家不聚頭」的這句俗話，如今忽然得了這句話，好似參禪的一般，都低頭細嚼這句話的滋味，都不覺潸然泣下。鄭重注釋，雙管歸一管。雖不曾會面，然一個在瀟湘館臨風灑淚，一個在怡紅院對月長吁，便是冤家，文乃對偶。卻不是人居兩地，情發一心麽？「一心」兩字再用特提，方纔結住通章。襲人因勸寶玉道：「千萬不是，都是你的不是，往日家裏小厮們和他的姊妹拌嘴，或是兩口子分争，你聽見了還罵小厮們蠢，不能體貼女孩兒們的心腸，今兒你也這麽着了。明兒初五大節下，你們兩個再這麽仇人似的，老太太越發要生氣，一定弄的不安生。依我勸你正經下個氣，賠個不是，大家還是照常一樣，這麽也好，那麽也好。」此處襲人勸寶玉，彼處紫鵑勸黛玉，章法自是一偶；而本回以襲人一勸作收，偶而不偶，是在襲人，何等綫索，何等剪裁。

寶玉聽了，不知依與不依，要知端詳，且聽下回分解。

「禱」者，悔過遷善之詞，上半曰「禱福」，正見賈母之過在顛倒錯亂，爲鳳姐所愚，以致人亡家破，不能悔過，適以致禍而已，故卷末有「不知什麽大禍」之説。以此酌彼之謂「斟」，見此醮命實由黛玉自己推讓，使彼寶釵滿引而去。《昏義》：「父親醮子而命之迎。」故女子之嫁曰醮，醮即斟酒，借平安醮，寓言寶釵之醮乃爲黛玉所斟給也，故下半曰「斟情」。

「夢兆絳芸軒」，寶釵是襲人；「初試雲雨情」，襲人是秦氏。故賈蓉續娶媳婦，在此回見，無姓無名，是即寶釵而已，特用賈珍跪香，亦是點眼。

黛玉一身孤寄，欲得寶玉而無才以取之，一味情急，推其心，黛之欲殺釵與釵之欲殺黛正相等，而愚而傲而疏，致爲大衆厭棄而不覺，熙鳳因得乘隙以暢所欲爲，夫復誰尤！以身涉世者鑑之哉。

寶釵爲色，熙鳳爲財、爲勢亦爲色。使黛得配寶，林之嗇必不如薛之豐，林之孤必不如薛之衆。且王本與林遠，與薛近也，是爲財爲勢。況黛玉口尖心狹，鐵檻寺中之寶玉尚能到熙鳳枕邊乎？是亦爲色。

「父母之命，媒妁之言」，張道士有之。説人家，説小姐，而不敢造次，必得請示纔敢張口，堂堂正正也，是乃道，乃笑，乃孝。其如鳳姐、寶釵，必由小道而剪取花燭何？設爲小道一段，有何意味？請問是這等解説否？

護花主人評曰：

清虚觀打醮，極力鋪張熱鬧，反照異日淒涼。

寫鳳姐打小道士，賈母安慰小道士，恃勢、厚道，兩相對照。

寫張道士説話舉動，的是一個有體面的老道，又是榮國公之替身。最妙處是説寶玉形容舉動同國公一樣，流下淚來一段，此老道才能不可及處。

張道士用盤送符，請寶玉通靈玉，給衆道看，中間夾寫鳳姐戲言，不但前後靈活，且即借伏鳳姐短命。

神前拈戲，第一本《白蛇記》，漢高祖斬蛇起事，是初封國公已往之事。第二本《滿床笏》，是現在情形。第三本《南柯夢》，是後來結局。故賈母默然，止演第二本。

寶釵金鎖，已惹黛玉妒心，偏又弄出金麒麟及張道士説親，黛玉安得不更妒？真是多心人偏遇刺心事。

黛玉説寶釵專留心人帶的東西，有意尖刻，寶釵妝没聽見，亦非無意，只是渾含不露。

寶玉砸玉，黛玉吐藥，寶、黛、襲、紫四人無言對泣，描寫嘈鬧情形，既真切又有孩子氣。

玉可砸，則穗亦當剪，寶、黛姻緣中斷，已兆於此。

大某山民評曰：

此回已交壬子年五月初間事。

第三十回　寶釵借扇機帶雙敲　椿齡畫薔癡及局外

話説黛玉自與寶玉口角後，也自後悔，但又無去就他之理，因此日夜悶悶，如有所失。照顧前文，又是補筆。紫鵑度其意，乃勸道：「論前日之事，竟是姑娘太浮躁了些。別人不知那寶玉脾氣，難道咱們也不知道的？爲那玉也不是鬧了一兩遭了。」黛玉啐道：「你倒來替人派我的不是，我怎麽浮躁了？」兩字極確而仍不認，實中餒也。紫鵑笑道：「好好的，爲什麽剪了那穗子？豈不是寶玉只有三分不是，姑娘倒有七分不是？我看他素日在姑娘身上就好，皆因姑娘小性兒，常要歪派他，纔這麽樣。」借此慧舌爲一發揮，此與襲人勸寶玉是一偶，而分此爲本回之首，正見黛玉之禍悉皆自召。黛玉欲答話，只聽院外叫門，紫鵑聽了一聽笑道：「這是寶玉的聲音，想必是來賠不是來了。」挽合處絶不費力。黛玉聽了，説：「不許開門。」色厲内荏。紫鵑道：「姑娘又不是了，這麽熱天毒日頭地下，晒壞了他如何使得呢？」代爲道破，觀之審矣。口裏説着，便出去開門，何至用紫鵑開門，是以司閽許之也，閽同婚。果然是寶玉。一面讓他進來，一面笑着説道：「我只當寶二爺再不上我們的門了，誰知道這會子又來了。」直透「淚灑相思地」。寶玉笑道：「你們把極小的事，倒説大了。好好的，爲什麽不來？我便死了，魂也要一日來一百遭。與「怎令你叠被鋪床」之戲相映射，娓娓呢呢，都成血淚，紫鵑已心肯也。妹妹可大好了？」紫鵑道：「身上病好了，只是心裏氣還不大好。」寶玉笑道：「我曉得有什麽氣。」一面說着，一面進來，只見林黛玉又在床上哭。

那黛玉本未曾哭，聽是寶玉來，由不得傷心了，止不住滚下淚來。寶玉笑着走近床來道：「妹妹身上可大好了？」黛玉只顧拭淚，並不答應。寶玉因便挨在床沿上坐了，一面笑道：「我知道你不惱我，但只是我不來，叫傍人看見，倒像是咱們又拌了嘴似的。若等他們來勸咱們那時節，豈不咱們倒覺生分了？真善揣摩，非此更無處着筆。不如這會子你要打要駡，憑着你怎麽樣，千萬别不理我。」說着，又把「好妹妹」叫了幾十聲。宛轉纏綿，寫來乃爾。黛玉心裏原是再不理寶玉的，未必。這會子聽見寶玉說「叫別人知道咱們拌了嘴就生分了是的」這一句話，又可見得比別人原親近，因又拿不住便哭道：「你也不用來哄我，從今以後，我也不敢親近二爺，權當我去了。」一賓。寶玉聽了笑道：「你往那裏去呢？」黛玉道：「我回家去。」寶玉笑道：「我跟了去。」黛玉道：「我死了呢？」一主。寶玉道：「你死了，我做和尚。」明說究竟，不是透筆，乃矢天日。黛玉一聞此言，登時把臉放下來問道：「想是你要死了，胡說的是什麽！你家倒有幾個親姐姐親妹妹呢，明日都死了，你幾個身子去做和尚？駡得惡毒。明日我倒把這話告訴去評評。」告訴何人？如何評法？寶玉自知這話說的造次了，後悔不來，登時臉上紅漲，低了頭不敢則一聲。幸而屋裏没人，黛玉兩眼直瞪瞪的，瞅了他半天，氣的「噯」了一聲，說不出話來。盡在不言中。見寶玉逼得臉上紫漲，便咬着牙，用指頭狠命的在他額上戳了一下，「哼」了一聲，咬着牙說道：「你這……」歇後語，非呪非駡，乃許之而若恐其或負也。而一時情景已臻神化。剛說了兩個字，便又歎了一口氣，仍拿起手帕子來擦眼淚。寶玉心裏原有無限心事，又兼說錯了話，正自後悔，又見黛玉戳他一下，要說也說不出來，自歎自泣，因此也有所感，不覺滾下淚來。深刻乃爾。要用帕子揩拭，不想又忘了帶來，便用衫袖去擦。黛玉雖然哭着，卻一眼看見了他穿着簇新藕合紗衫，是藕合色。竟去拭淚，便一面自己拭着淚，一面回身將枕上搭的一方綃帕拿起來向寶玉懷裏一摔，一語不發，仍掩面而泣。此等搬演，匪夷所思，我欲下拜。寶玉見他摔了帕子來，忙接住拭了淚，又挨近前些，伸手挽了黛玉一隻手笑道：「我的五臟都碎了，你還只是哭！走罷，我同你往老太太跟前去。」間不容髮。黛玉將手摔道：「誰同你拉拉扯扯的？一天大似一天的，還這麼涎皮賴臉的，連個理也不知道。」仍是青天白日。

一句話沒說完，只聽嚷道：「好了！」是好是了，如聞其聲。寶、黛兩個不防是都不防。都唬了一跳，回頭看時，只見鳳姐兒跑了進來，笑道：「老太太在那裏怨天怨地，只叫我來瞧瞧你們好了沒有。我說不用瞧，過不了三天他們自己就好了。老太太罵我，說我懶。我來了，果然應了我的話。也沒見你們兩個，有些什麼可拌的，三日好了，兩日惱了，越大越成了孩子了。有這會子拉着手哭的，昨兒爲什麼又成了烏眼雞呢？乃妝糊塗。還不跟我走到老太太跟前，叫老人家也放些心。」說着，拉了黛玉就走。一身孤寄，命懸他手，寫得怕人。黛玉回頭叫丫頭們，一個也沒有。鳳姐道：「又叫他們做什麼？有我伏侍呢。」一面說，一面拉了就走。寶玉在後面跟着，出了園門，到了賈母跟前。鳳姐笑道：「我說他們不用人費心，自己就會好的，老祖宗不信，一定叫我去說和。我及至到那裏要說和，誰知兩個人倒在一處對賠不是，對笑對說的，倒像黃鷹抓住鷂子的脚，鷙鳥自戕。兩個都扣了環了，那裏還要人去？」說的滿屋裏都笑起來。寶、黛情事，鳳姐知之，賈母知之，滿屋都笑則衆悉知之。知之而究縱容之，眩惑之，愚弄之，而終不分折之，鳳亦鋌而走險矣。

此時寶釵正在這裏，仍歸章法，而於此大落墨之後，必間以鳳姐者，非鳳無以成寶釵也。那黛玉一言不發，挨着賈母坐下。寶玉没甚說的，便向寶釵笑道：「大哥哥好日子，偏生〔我〕又不好了，没别的禮送，連個頭也不去磕。大哥哥不知我病，倒像我懶，推故不去呢。倘或明兒閑了，姐姐替我分辨分辨。」爲疏爲遠，客氣周旋，寶玉心事自見。寶釵笑道：「這也多事，你便要去也不敢驚動，何況身上不好。弟兄們終日一處，要存這個心，倒生分了。」以客氣答，二人是這等寫。寶玉又笑道：「姐姐知道體諒我就好了。」又道：「姐姐怎麼不看戲去？」此戲乃薛蟠擺酒唱戲之戲，而隱然有清虚觀昨日之戲。寶釵道：「我怕熱，是須冷香丸。看了兩齣，熱得很，要走，客又不散，我少不得推身上不好，就來了。」見他一日也放不下。寶玉聽說，自己由不得臉上没意思，這意思没得古怪。只得又搭赸笑道：「怪不得他們拿姐姐比楊貴妃，原也體胖怯熱。」用本主直駡，較之他人爲痛切，較之李嬷嬷駡薛姨、雲兒駡薛蟠爲尤快，作者忿懣一洩。寶釵聽說，不由的大怒，又不好怎樣，回思了一回，臉紅起來，是爲良心。便冷笑了兩聲，何等堅忍。說道：「我倒像楊貴妃，只是没一個好哥哥好兄弟可以做得楊國忠的。」設一深心，設一利口，不鳴則已，一鳴驚人，元妃爲之撮合，乃落痛駡。

二人正說着，可巧小丫頭靚兒因不見了扇子，扇善同，不善見機也。又扇子乃卻熱之物，已伏下回上半。和寶釵笑道：「必是寶姑娘藏了我的。寶釵善藏。好姑娘，賞我罷。」寶釵指他道：「你要仔細，我和誰頑過！你來疑我？第五回說小丫頭亦和寶釵頑笑，今又如此說。和你素日嘻皮笑臉的那些姑娘們，是誰？你該問他們去。」說的靚兒跑了。便是靚兒。寶玉自知又把話說造次了，與之以隙。當着許多人，便更比纔在黛玉跟前更不好意思。便急回身，又同別人搭赸去了。

黛玉聽見寶玉奚落寶釵，心中着實得意，纔要搭言，也趁勢取個笑，不想靚兒因找扇子，寶釵又發了兩句話，他便改口說道：「姐姐，你聽了兩齣什麼戲？」寶釵因見黛玉面上有得意之態，一定是聽了寶玉方纔奚落之言，遂了他的心願，忽又見問他這話，便笑道：「我看的是李逵罵了宋江，二盜。後來又賠不是。」黛玉便笑道：「姐姐通今博古，色色都知道，怎麼連這一齣戲的名兒也不知道，就說了這麼一串。這叫個《負荊請罪》。」步步墮入。寶釵笑道：「原來這叫《負荊請罪》。你們通今博古，纔知道『負荊請罪』，我不知什麼是『負荊請罪』。」一句說破。一句話未說了，寶玉、黛玉二人心裏有病，聽了這話，早把臉羞紅了。鳳姐這些上雖不通，但只看他三人形景，便知其意，也笑問道：「這麼大熱天，誰還吃生薑呢？」衆人不解其意，便說道：「沒有吃生薑的。」鳳姐故意用手摸着腮，詫異道：「既沒人吃生薑，怎麼這樣辣辣的？」自點綽號，已在急需。寶玉、黛玉二人，聽見這話，越發不好意思了。寶釵再欲說話，亦一黛玉。見寶玉十分羞愧，形景改變，也就不好再說，只得一笑收住。其笑有刀。別人總未解得他四個人的言語，因此付之一笑。一部書不過是這言語，不過是一笑，惜別人總未解得。一時寶釵、鳳姐去了。是一路。黛玉笑向寶玉道：「你也試着比我利害的人了，其實利害，識得制不得。誰都像我心拙口夯的，其實心拙口夯，此都是正筆。由着人說呢。」寶玉正因寶釵多心，自己沒趣，又見黛玉來問着他，越發没好氣起來。欲待要説兩句，又恐黛玉多心，説不得忍氣，無精打彩，一直出來。寫得又好。誰知目今盛暑之際，又當早飯已過，各處主僕人等多半都因日長神倦，寶玉背着手，到一處一處鴉雀無聲。文閑静，筆清挺。從賈母這裏出來，往西走過了穿堂，往西「西」字闕疑，當是往東。便是鳳姐的院落。到他院門前，只見院門掩着，知道鳳姐素日的規矩，每到天熱，午間必要歇一個時辰的，進去不便。借金釧作抑制寶釵文字，故先一提鳳姐，此書從無閑文。遂進角門，來到王夫人上房内。只見幾個丫頭手裏拿着針綫，卻打盹兒。寫長夏如畫。王夫人在裏間涼榻上睡着，是睡着。金釧兒坐在旁邊搥腿，也乜斜着眼亂恍。寶釵影身而寫來如見。寶玉輕輕的走到跟前，把他耳上帶的墜子一摘，言提其耳。金釧兒睜眼，見是寶玉，寶玉便悄悄笑道：「就困的這麽着！」繪神。金釧抿嘴一笑，擺手令他出去，仍合上眼。是寶釵。寶玉見了他，就有些戀戀不捨的，悄悄的探頭瞧瞧王夫人合着眼，便自己向身邊荷包裏帶的香雪潤津丹，香雪是冷香丸，潤津預透跳井，造名殊爲雅艷。掏了一丸出來，便向金釧兒口裏一送。金釧兒並不睜眼，只管噙了。是已熟慣。寶玉上來便拉着手，悄悄的笑道：「我〔和〕（知）太太討你，咱們在一處罷。」金釧兒不答。寶玉又道：「不然，等太太醒來，我就討。」金釧兒睜開眼，將寶玉一推，笑道：「你忙什麽？『金簪兒掉在井裏頭，有你的只是有你的』。金簪，金釵也，言金玉姻緣，到底是有，井則明説本事。連這句俗語，難道也不明白？我告訴了你個巧方兒，設此一事而曰「巧方」，映射釵玉。你往東小院子裏，拿環哥兒和彩雲去。」寶玉笑道：「憑他怎麽去罷，我只守着你。」只見王夫人翻身起來，照金釧兒臉上就打了一個嘴巴子，指着罵道：「下作小娼婦！好好爺們，都叫你們教壞了！」打罵金釧是乃打罵寶釵，故一路都寫成盛暑光景，熱毒方張，必須抑制。寶玉見王夫人起來，早一溜烟去了。這裏金釧兒半邊臉火熱，不敢言語。登時衆丫頭聽見王夫人醒了，都忙進來，王夫人便叫玉釧兒：金玉對舉。「把你媽叫上來，帶出你姐姐去！」「金釧兒聽見，忙跪下哭道：「我再不敢了，太太要打要罵，只管發落，别叫我出去就是天恩了。我跟了太太十來年，這會子攆了出去，我還見人不見人呢！」王夫人固然是個寬仁慈〔厚〕（原）的人，凡此考語，都是似是而非。從來不曾打過丫頭們，今忽見金釧兒行此無恥之事，此乃平生所最恨者，睡着忽醒，於金釧則然矣，於襲乃不覺，此作者爲釵恐、爲王惜耳。故氣忿不過，打了一下，駡了幾句，雖金釧兒苦求，亦不肯收留，到底喚了金釧兒之母白老媳婦來領了去。白老媳婦，言之慨然。是寶釵苦用心機，甫出閨而寶玉走，雖爲媳婦，白老而已。則天下凡爲寶釵者，亦何必哉！那金釧兒含羞忍辱的出去，不在話下。

且説寶玉見王夫人醒了，自己没趣，忙進大觀園來。只見赤日當天，樹陰合地，滿耳蟬聲，静無人語。四語凝鍊。剛到了薔薇架，入下半回，乃演薔茨。只聽見有人哽噎之聲。當哭爲白老媳婦，是即唱《約釵》《鬧釵》之人。寶玉心中疑惑，便站住細聽，果然架下那邊有人。此時正是五月，點熱毒是眼。那薔薇花葉茂盛之際，寶玉悄悄的隔着籬笆洞兒一看，只見一個女孩蹲在花下，手裏拿着根綰頭的簪子，又是簪，則又釵也，綰頭的，結髮也。在地上摳土，一面悄悄的流淚呢。寶玉心中想道：「難道這也是個癡丫頭，又像顰兒來葬花不成？」正是同顰兒一樣心事的。因又自笑道：「若真也葬花，可謂東施效顰，不但不爲新特，且更可厭了。」醜之也，而劃開黛玉，見的是寶釵。想畢，便要叫那女子説：「你不用跟着林姑娘學了。」情有獨鍾。話未出口，幸而再看時，心不能歇，情不能忍。這女孩子面生，不是個侍兒，倒像是那十二個學戲的女孩子之內一個，卻辨不出他是生旦淨丑那一個脚色來。生旦淨丑，作用俱備，寶釵是好脚色。寶玉忙忙把舌頭一伸，將口掩住，自己想道：「幸而不曾造次，上兩回皆因造次了，顰兒也生氣，寶兒也多心。賓顰主寶。如今再得罪了他們，越發没意思了。」又認不得這個是誰，留神細看，只見這女孩子眉蹙春山，眼顰秋水，面薄腰纖，嫋嫋婷婷，大有黛玉之態。寶釵影身，偏說像黛玉，真善設疑，閑人歷評出矣。寶玉早又不忍棄他而去，其於寶釵亦然，而終棄之而去者，情有獨鍾也。只管癡看。只見他雖然用金簪畫地，是金簪。並不是掘土埋花，不是死。竟是向土上畫字。便是殷浩書空。寶玉用眼隨着簪子的起落，一直到底，一畫一點一勾的，看了去數。一數十八筆，自己又在手心裏用指頭按着他方纔的規矩寫了，猜是個什麼字。寫成一想，原來就是個薔薇花的「薔」字。薔强也，有茨之物，正刺寶釵之强，徒爲自苦，而惜其不悟也。故三十六回「夢兆絳芸軒」必緊對「情悟梨香院」。寶玉想道：「必定是他也要做詩填詞，這會子見了這花，因有所感。或者偶成了兩句，一時興至恐忘，在地下畫着推敲，也未可知。且看他底下，再寫什麼。」一面想，一面又看。只見那女孩子還在那裏畫呢，畫來畫去，還是個「薔」字。無所不用其强。再看還是個「薔」字。裏面的原是早已癡了，畫完一個「薔」，又畫一個「薔」，已經畫了有幾十個。外面的不覺也看癡了，底裏是一寶釵，面子是一椿齡，作者搦管設想時，不知有何神助。兩個眼睛珠兒，只管隨着簪子動，心裏卻想：「這女孩子一定有什麼話說不出的大心事，誠然。這麼個形景，外面他既是這個形景。心裏不知怎麼熬煎呢。看他的模樣兒這般單薄，心裏那裏還擱得住煎熬。可恨我不能替你分些過來。」深刻。伏中陰晴不定，片雲可以致雨，乃云陰其凝矣。忽一陣涼風過了，颯颯的落下雨來。寶玉看那女子頭上滴下水來，紗衣裳登時濕了，寶玉想道：「這是下雨了，他這個身子如何禁得驟雨一激？」因此禁不住便說道：「不用寫了，本文既畢，便當收拾，一語省多少糾纏，是文字討巧法。你看下大雨，身上都濕了。」那女孩子聽說，倒唬了一跳，抬頭一看，只見花外一個人叫他不要寫，下大雨了。一則寶玉臉面俊秀，二則花葉繁茂，上下俱被枝葉隱着，剛露着半邊臉，那女孩子只當是個丫頭，再不想是寶玉，因笑道：「多謝姐姐提醒了我，難道姐姐在外頭有什麼遮雨的？」絶倒，而文心想入非非矣。一句提醒了寶玉，「噯喲」了一聲，纔覺得渾身冰涼，低頭看看自己身上，也都濕了。寫情寫癡，真到絶頂，而兩用「提醒」字，則大指點。說：「不好了！」一氣跑回怡紅院去了。心裏卻還記罣着那女孩子没處避雨。

原來明日是端陽節，再點熱毒，而明日端陽，有大疑陣。那文官等十二個女孩子仍是文官等。都放了學，進園來各處頑耍。可巧小生寶官、正旦玉官兩個女孩子，設爲小生正旦，爲寶爲玉安置在此，刻定方纔畫薔者乃是小旦。小旦乃寶釵本脚色，惟恐看官不明演椿齡實演寶釵。正在怡紅院和襲人頑笑，被雨阻住。大家把溝堵了，水積在院内，把些緑頭鴨、花瀏鵜、彩鴛鴦捉的捉，趕的趕，縫了翅膀，放在院内頑耍，將院門關了，襲人等都在遊廊上嘻笑。布景都有奇趣，特爲一踢設也。寶玉見關着門，便用手扣門。裏面諸人只顧笑，那裏聽見？叫了半日，拍得門上響，裏面方聽見了。料着寶玉這會子再不回來的，襲人笑道：「誰這會子叫門？没人開去。」寶玉道：「是我。」麝月道：「是寶姑娘的聲音。」豈有麝月誤聽至此，正隱演寶玉自金釧、椿齡一路而來，都是寶釵也。與晴雯不給黛玉開門作對照。晴雯道：「胡說，寶姑娘這會子做什麼來？」襲人道：「讓我隔着門縫兒瞧瞧，可開就開，别叫他淋着回去。」說着，便順着遊廊，到門前往外一瞧，只見寶玉淋得雨打雞一般。襲人見了，又是着忙，又是可笑，忙開了門，笑的彎腰拍手道：「那裏知道是爺回來了！你怎麽大雨裏跑了來？」

寶玉一肚子没好氣，滿心裏要把關門的踢幾脚，方開了門，並看不真是誰，還只當是那些小丫頭們，便抬腿踢在肋上。襲人「噯喲」了一聲，寶玉還道：「下流東西們，我素日擔待你們得了意，一點兒也不怕，越拿着我取笑兒了！」打罵襲人正是打罵寶釵也，陰抑其强，以舒忿懣。口裏説着，低頭見是襲人哭了，方知踢錯了，忙笑道：「噯喲！是你來了？踢在那裏？」襲人從來不曾受過一句大話的，今忽見了寶玉生氣踢他一下，又當着許多人，又是羞，又是氣，又是疼，真一時置身無地。待要怎麽樣，料着寶玉未必是安心踢他，少不得忍着説道：「没有踢着，還不換衣裳去。」寫得妙。寶玉一面進房來解衣，一面笑道：「我長了這麽大，今日是頭一遭兒生氣打人，不想偏生遇見了你。」襲人一面忍痛換衣裳，一面笑道：「我是個起頭兒的人，直認不諱，是綰頭簪。也不論事之大小好歹，自然也該從我起。但只是别説打了我，明日順手也打起别人來。」寶玉道：「我纔也不是安心。」襲人道：「誰説是安心呢？素日開門關門都是那起小丫頭們的事，他們是憨皮慣了，早已恨得人牙癢癢。他們也没個怕懼，你原打諒是他們，踢一下子唬唬也好。何等婉轉。剛纔是我淘氣，不叫開門的。」

説着，那雨已住了，寶官、玉官也早去了。找清。襲人只覺肋上疼得心裏發惱，晚飯也不曾吃。至晚洗澡時，脱了衣服，只見肋上青了碗大一塊，「見」「青」合成靚兒，此一踢不安心如安心矣。自己倒唬了一跳，果然黑白分明，自然可嚇。又不好聲張。一時睡下，夢中作痛，由不得「噯喲」之聲從睡中哼出。此夢實痛。寶玉雖説不是安心，因見襲人懶懶的，也不安穩。「雖説」二字中有語病，與下句「因」字「也」字不貫串，作者抑陰之意深矣。村學先生又説當改數字便順。夜間聞得「噯喲」，便知踢重了，自己下床來悄悄的秉燈來照。剛到床前，只見襲人嗽了兩聲，吐出一口痰來，「噯喲」一聲，睁眼見了寶玉，倒唬一跳道：「做什麼？」寶玉道：「你夢裏噯喲，必定踢重了，我瞧瞧。」襲人道：「我頭上發暈，嗓子裏又腥又甜，你倒照一照地下看。」寶玉聽説，果然持燈向地下一照，只見鮮血在地。此血便是寶釵之血，吐在地下，殊自枉了，駡之打之踢之至於見血，其惡寶釵居何等耶！寶玉慌了，只説：「了不得了！」襲人見了也就心冷了半截。隱透悟字。

要知端的，且聽下回分解。

自「滴翠亭」至此回爲一大段，釵、黛並舉，而側重寶釵文字。以一「敵」字作主，釵强黛弱，而生死分焉。至此回方作報復，扶陽抑陰，乃大落墨。

上半回「機」字從靚兒出，乃寶、黛已識寶釵之奸，故當面一駡一得意。在寶釵亦既知之，而其心愈堅矣。爲「絳芸軒」以籠絡寶玉，爲「解疑癖」以籠絡黛玉，都出於此。是文字大生發處。

釵敵黛而勝，黛敵釵而敗，乃大不平事也。本回上半示之懼，下半示之悟，中着一金釧，誅其現在；末着一襲人，警其將來。

閑人言此回是報復，無信之者。夫夏至三庚入伏，人人得知，夏至爲五月中節氣，亦人人得知。今云「伏中陰晴不定」，又云「明日端陽」，豈有五月初四已在伏中者？制伏庚金，預在熱毒方張之日，顯然矣。閑人評至此，亦有如黛玉之得意，而浮大白以自賞。

上大段自「西廂記」至「發幽情」，乃從十九回「意綿綿」「意」字撰出。此四回作一大段，又從二十回「彈妒意」「妒」字生發也。機事不密，彩蝶已見雙飛；醮酒誰斟，獃雁豈容共奠！通靈函去，麝串貽羞；大幻媒來，香羅自泣。禱福適成速禍，惜情乃是戕生。慎勿傳藥方，切防踢一脚。具通天本領，得半世孤孀。冤哉，冤哉！枉了，枉了！

護花主人評曰：

寶玉向黛玉説「你死了我做和尚」，是以讖語作伏筆。

黛玉一面哭一面又將手帕摔給寶玉拭淚，並不發一語，描畫妒愈深而情更深。

寶釵怒而能忍，借靚兒尋扇發話，又借戲文譏誚寶、黛，其涵養靈巧，固高於黛玉，而尖利亦復不讓。

金釧説金簪落在井裏，亦是以讖語作伏筆。

女伶齡官于薔薇架邊畫「薔」字，真是睹物懷人，又爲三十六回伏筆。

寶玉淋雨，襲人被踢，俱是意外事，引出後文金釧投井，寶玉受責等意外事來。

襲人一口鮮血，引起後文寶玉遍身是血。

襲人忍痛不怨，真是可人。

大某山民評曰：

寶釵對寶玉説「倒生分了」一語，在寶釵雖是無心，在寶玉卻是有心。不相期而適相值，致有楊貴妃之誚。

齡官畫得出神，寶玉看得出神，活寫兩個情癡，躍然紙上。作者一枝筆，真能繪影繪聲，竊恐龍眠、虎頭亦未易臻此妙境。

此回仍是壬子年五月初間事。

第三十一回　撕扇子作千金一笑　因麒麟伏白首雙星

話説襲人見了自己吐的鮮血在地，也就冷了半截。想着往日常聽人言：「少年吐血，年月不保，縱然命長，終是廢人了。」想起此言，不覺將素日想作後來争榮誇耀之心，盡皆灰了，眼中不覺的滴下淚來。是正筆。果能解此，便可看破。寶玉見他哭了，也不覺心酸起來，因問道：「你心裏覺得怎麽樣？」襲人勉强笑道：「好好的，覺怎麽呢！」多少宛委，多少閉藏。寶玉的意思，即刻便要叫人燙黄酒，要山羊血嚟峒丸來。襲人扯住他的手笑道：「你這一鬧不打緊，鬧起多少人來，倒抱怨我輕狂。分明人不知道，倒鬧得人知道了，你也不好，我也不好。正經你明日打發小子問問王太醫去，弄點子藥吃吃就好了。人不知鬼不覺的可不好！」寶玉聽了有理，也只得罷了。向案上斟了茶來，襲人忙漱了口。襲人知寶玉心内也不安穩的，也不安穩，乃有所悔之詞。待要不叫他伏侍，他又必不依；二則定要驚動別人，不如由他去罷。因此倚在榻上，由寶玉去伏侍。啞子吃黄連。一交五更，寶玉顧不得梳洗，忙穿衣出來，將王濟仁叫來，王濟仁因醫造名，而隱《易》道，乾坤之道在《坎》《離》，《坎》《離》顛倒爲《既濟》《未濟》。調水火，爲抽添，則在人。親自確問。王濟仁問其原故，並不延診，但用一問，是爲閉藏。不過是傷損。便説了個丸藥的名字，怎麽服，怎麽敷。寶玉記了，回園來依方調治，不在話下。話下自有話。

這日正是端陽佳節，蒲艾簪門，虎符繫臂。點景簡浄。午間，不惟點五日，且必點午時，見正天中時方昌盛，而陰起於午矣。王夫人治了酒席，請薛家母女等賞午。看他自初一至端陽，一日一日寫來挨次，特與「伏中」二字顯爲剌謬，以痛發熱毒。寶玉見寶釵是乃熱毒之主。淡淡的，也不和他説話，自知是昨日的原故。王夫人見寶玉没精打彩，也只當是昨日金釧兒之事，他没好意思的，越發不理他。林黛玉見寶玉懶懶的，只當是他因爲得罪了寶釵的原故，心中不自在，形容也就懶懶的。鳳姐昨日晚間王夫人就告訴了他寶玉、金釧的事，知道王夫人不自在，自己如何敢説笑，也就隨着王夫人的氣色行事，更覺淡淡的。迎春姊妹見衆人無意思，也都無意思了。各人有各人心事，而賞午一席寫來如此冷淡，這便是九十七、八回以後景象，上大段已將「斷癡情」「成大禮」演完矣。○此席獨無賈母，是無禮也，蓋已作壽終以後觀。因此大家坐了一坐就散了。是大家散了。林黛玉天性喜散不喜聚，他想得也有一個道理。他説：「人有聚，就有散，聚時喜歡，到散時豈不冷清？既冷清，則生感傷，所以不如倒是不聚的好。比如那花開時令人愛慕，謝時則增惆悵，所以倒是不開的好。」故此人以爲歡喜時，他反以爲悲。從「孟施舍之養勇」套來，見其終竟能守得一身乾浄身子在此。那寶玉的情性只願常聚，生怕一時散了，那花只願常開，生怕一時謝了。只到筵散花謝，雖有萬種悲傷，也就無可如何了。從「北宫黝之養勇」套來，是務敵人所如轍合也。○寶、黛對提，各設一想，寫得新鮮精湛。是乃正偶，是乃一心。爲此大段特提重頓。因此今日之筵，大家無興散了，林黛玉倒不覺得，死者已矣。倒是寶玉心中悶悶不樂，回至自己房中，長吁短歎。生者何堪。

偏生晴雯上來換衣服，此是黛玉切近影身，入他正傳，仍是黛玉傳也。不防又把扇子失了手跌在地下，將骨子跌折。當此熱毒方張之日，而扇子失了手，將何所卻此熱毒乎？晴雯死，黛玉死矣。寶玉因歎道：「蠢才，蠢才！晴雯蠢才，黛玉亦是蠢才也。黛玉蠢才，寶玉亦是蠢才也。三而二，二而一也。將來怎麼樣？明日你自己當家立業，難道也是這麼顧前不顧後的？」有所期而正訓之。晴雯冷笑道：「二爺近來氣大的很，行動就給臉子瞧，前日連襲人都打了，今日又來尋我們的不是！要踢要打憑爺去。是他口吻，一絲不走。就是跌了扇子，也是平常事體。原是平常事，所云不過《大學》《中庸》。先時連那麼樣的玻璃缸、瑪瑙碗，璃，離；瑙，惱。脱離煩惱，正扇之用。不知弄壞了多少，也沒見個大氣兒。這會一把扇子就這麼着急了，何苦來？嫌我們，就打發了我們再挑好的使。好離好散的，倒不好？」便是「寶玉你好！你好！」寶玉聽了這些話，氣的渾身亂戰。因此説道：「你不要忙，將來有散的日子！」透筆。襲人在那邊早已聽見，必接是他，一定章法。忙趕過來向寶玉道：「好好的又怎麼了？可是我説的，一時我不到，就有事故兒。」是他口吻，一絲不走。晴雯聽了冷笑道：「姐姐既會説，就該早來，也省了爺生氣。自古以來，「自古以來」四字不通，而語妙無敵，又偌大隱意存焉。就是你一個人伏侍爺的，我們原沒伏侍過。因爲你伏侍的好，昨日纔挨窩心脚。我們不會伏侍的，明日還不知是個什麼罪呢！」靈心慧舌，尖利無匹，而禍基矣。襲人聽了這話，又是惱，又是愧。待要説幾句話，又見寶玉已經氣的黄了臉，少不得自己忍了性子，堅忍。推晴雯道：「好妹妹，你出去逛逛，原是我們的不是。」晴雯聽了他説「我們」二字，自然是他和寶玉了，是黛玉心事。不覺又添了醋意，冷笑幾聲道：「我倒不知道你們是誰，別教我替你們害臊了！便是你們鬼鬼祟祟幹的那事，也瞞不過我去，那裏就稱起我們來了？你們我們，紙上有聲。瀏亮輕鬆，可醫瘖病。那明公正道連個姑娘還沒挣上去呢，也不過和我似的，那裏就稱上我們了！」

襲人羞的臉紫漲起來，想一想原是自已把話説錯了。何等堅忍。正用之，便入聖賢。寶玉一面説道：「你們氣不忿，我明日偏抬舉他。」襲人忙拉了寶玉的手道：「他是一個糊塗人，蠢才注脚。你和他分證什麽？况且你素日又是有擔待的，比這大的過去了多少，今日是怎麽了？」晴雯冷笑道：「我原是糊塗人，那裏配和你説話！我不過奴才罷咧！」活像。襲人聽説道：「姑娘到底是和我拌嘴，是和二爺拌嘴呢？要是心裏惱我，你只和我説，不犯着當着二爺吵。要是惱二爺，不該這麽吵的萬人知道。我纔不過爲了事，進來勸開了，好大家保重。姑娘倒尋上我的晦氣！又不像是惱我，又不像是惱二爺，夾鎗帶棒，終久是個什麽主意？我就不説，讓你説去。」説着便往外走。看此書，我亦耳聾目炫。乃作者消消停停，把個主意寫出。奇情，奇文。寶玉向晴雯道：「你也不用生氣，我也猜着你的心事了。我回太太去，你也大了，打發你出去，可好不好？」透筆。晴雯聽了這話，不覺又傷起心來，是書中大傷心處。含淚説道：「我爲什麽出去？要嫌我，變着法兒打發我去也不能彀的。」寶玉道：「我何曾經過這樣吵鬧？一定是你要出去了。不如回太太去，打發你罷！」説着站起來就要走。

襲人忙回身攔住，笑道：「往那裏走？」寶玉道：「回太太去！」襲人笑道：「好没意思！認真的去回，你也不怕臊了他？便是他認真要去，也等把這氣平下去了，等無事中説話兒回了太太也不遲。透筆。這會子急急的當一件正經事去回，豈不叫太太犯疑！」主意定矣，已透三十四回必令不犯疑方可說。是有作用。寶玉道：「太太必不犯疑，我只明說是他鬧着要去的。」晴雯哭道：「我多早晚鬧着要去的？饒生了氣，還拿話壓派我。只管去回，我一頭碰死了也不出這門呢！」有如皎日，襲人愧死。寶玉道：「這又奇了，你又不去，你又鬧些什麽？我經不起這吵，不如去了倒乾浄。」說着一定要去回。襲人見攔不住，只得跪下了。便是九十六回王夫人前之一跪。碧痕、秋紋、麝月等衆丫鬟見吵鬧得利害，都鴉雀無聞的在外頭聽消息，這會子聽見襲人跪下央求，便一齊進來都跪下了。筆有餘閑。寶玉忙把襲人拉起來，歎了一聲，在床上坐下，叫衆人起去。作收場。向襲人道：「叫我怎麽樣纔好！這個心使碎了，也没人知道。」說着，不覺滴下淚來。歸到心字、道字，而語氣如聞。襲人見寶玉流下淚來，自己也就哭了。以哭作結。晴雯在傍方哭着欲說話，只見林黛玉進來，便出去了。

林黛玉笑道：是笑道。「大節下怎麽好好的哭起來？難道是爲争粽子争惱了不成？」争粽子語趣甚。寓言此鬧不過争種子一事而已。又寓争真種子，有大關會。寶玉和襲人「嗤」的一笑。林黛玉道：「二哥哥不告訴我，我只問你也就知道了。」神情活現。一面說，一面拍着襲人的肩笑道：「好嫂子，正名定分，自己避席。你告訴我。必定是你們兩個拌了嘴，告訴妹妹，替你們和勸和勸。」襲人推他道：「林姑娘，你鬧什麽！我們一個丫頭，姑娘只是混說。」黛玉笑道：「你說你是丫頭，我只拿你當嫂子待。」「我們」兩字晴争之，黛許之。是有識。寶玉道：「你何苦來替他招駡名兒？饒這麽着，還有人說閑話，還擱得住你來說這話！」襲人笑道：「林姑娘，你不知道我的心事。除非一口氣不來，死了倒也罷了。」反說究竟。林黛玉笑道：「你死了別人不知怎麽樣，我就先哭死了。」寶玉笑道：「你死了，我做和尚去。」是許黛玉，是許嫂子，則嫂子原有專屬。襲人笑道：「你老實些罷，何苦還説這些話。」林黛玉將兩個指頭一伸，抿嘴笑道：「做了兩個和尚了！其實是一個，這便是不信寶玉説方寶釵配藥，而寫來心口如見如聞。我從今已後都記着你做和尚的遭數兒。」寶玉聽了，知道是他點前日的話，自己一笑，自己一笑，有大關會。也就罷了。一時黛玉去了，就有人來説：「薛大爺請。」緊接寶釵，是大章法。寶玉只得去了，原來是吃酒，不能推辭，只得終席而散。

晚間回來，已帶了幾分酒，踉蹌來至自己院内，只見内院早把乘涼的枕榻設下，榻上有個人睡着。入上半回。寶玉只當是襲人，只當是襲人，而乃是晴雯。明演「卧榻之側，豈容他人酣睡」意。一面在榻沿上坐下，一面推他問道：「疼的好些麼？」只見那人翻身起來，説：「何苦來？又招我！」寶玉一看，原來不是襲人，卻是晴雯。活跳。寶玉將他一拉，拉在身傍坐下，笑道：「你的性子越發慣嬌了，早起就是跌了扇子，乃午間賞午散席以後事。今日早起，見此扇早已跌了也。矛盾處，正著意處。我不過説了那兩句，你就説上那些話。你説我也罷了，襲人好意來勸，你又拉扯上他。你自己想想，該不該？」晴雯道：「怪熱的，拉拉扯扯做什麼！叫人來看見像什麼！我這身子也不配坐在這裏。」寶玉笑道：「你既知道不配，爲什麼睡着呢？」晴雯没的説，「嗤」的又笑了，説道：「你不來使得，你來了就不配了。起來，讓我洗澡去。襲人、麝月都洗了澡，我叫了他們來。」寶玉笑道：「我纔又吃了好些酒，還得洗一洗。你既没有洗，拿了水來，咱們兩個洗。」狎暱已極，聲情畢現。晴雯摇手笑道：「罷，罷！我不敢惹爺。隱透乾浄身子。還記得碧痕打發你洗澡，足有兩三個時辰，又是一樣洗法。一笑。也不知道做什麼呢，我們也不好進去的。後來洗完了，進去瞧瞧，地下的水淹着床腿，連席子上都汪着水。絶妙一幅水戰圖，用側筆明明寫出。是暗《金瓶梅》，是意淫。○碧痕，晴雯類也，而必寫他有此故事，乃即用以起下文湘雲在。湘雲既影黛，又影釵，影黛即以影晴雯，影釵即以影碧痕矣。痕，痕迹也。也不知是怎麼洗的，便是襲人、麝月洗法。笑了幾天。我也没工夫收拾水，也不用同我洗去。今日也涼快，那會子洗了，這會子可以不用。是乾浄。我倒舀一盆水來，你洗洗臉，通通頭。纔鴛鴦送了好些果子來，都湃在那水晶缸裏呢，水晶缸裏，此果明透清潔。叫他們打發你吃去。」寶玉笑道：「既這麼，你也不許洗去，是不洗去，不爲痕也。只洗洗手，拿果子來吃罷。」晴雯笑道：「我慌張的很，連扇子還跌折了，那裏還配打發吃果子。倘或再打破盤子，此盤已破，絶無曖昧。還更了不得。」寶玉便笑道：「你要打就打。這些東西，原不過是供人所用，你愛這樣，我愛那樣，各有性情不同。比如那扇子，原是搧的，你要撕着頑，也可使得，只是不可生氣時拿他出氣。就如杯盤，原是盛東西的，你若歡喜聽那一聲響，就故意砸了，也可以使得，只别在生氣時拿他出氣。這就是愛物了。」愛物之論，亦奇亦正，是真能格物而一旦貫通者。晴雯聽了笑道：「既這麼説，你就拿扇子來把我撕，我最喜歡撕的。」撕，提撕也。撕，思也。寶玉聽了，便笑着遞與他。晴雯果然接過來，「嗤」的一聲撕了兩半，接着又聽「嗤嗤」幾聲。寶玉在傍笑着説：「響的好，再撕響些！」撕響，思想。正説着，只見麝月走過來笑道：「少作些孽罷！」少作些孽，便是扇，便是善。寶玉趕上來，一把將他手裏扇子也奪了，遞與晴雯。又當推以及人。晴雯接了，也就撕作幾半了。二人都大笑。都大笑，都大孝也，至善矣。麝月道：「這是怎麼説，拿我的東西開心兒！」寶玉道：「打開扇子匣子你揀去，是什麼好東西！」麝月道：「既這麼説，就把扇子都搬出來，讓他儘力撕，豈不好？」又是他的聲口，寫來從不稍誤。寶玉笑道：「你就搬去。」麝月道：「我不可造這樣孽！便是扇。他沒撕折了手，叫他自己搬去。」晴雯笑着便倚在床上説道：「我也乏了，明日再撕罷。」明日再思，所謂「又日新」。○面子真是活畫。寶玉笑道：「古人云：『千金難買一笑。』幾把扇子能值幾何？」難能可貴，而其實平常。一面説着，一面叫襲人。襲人纔換了衣服走進來。小丫頭佳蕙過來拾了破扇，拾去破扇，必用佳蕙，是即「遇雙真」後所演之佳蕙。見能思善，便是通靈之佳會矣。大家乘涼，不消細説。

至次日午間，王夫人、薛寶釵、林黛玉衆姊妹正在賈母房中坐着，就有人回：「史大姑娘來了。」一時果見史湘雲帶領衆多丫鬟媳婦走進院來。便是「振振公子」之象。寶釵、黛玉等忙迎至階下相見。青年姊妹間青年隱言公子。經月不見，一旦相逢，一蔽三百。其親密自不消説得。一時迎入房中，請安問好，都見過了。賈母便説：「天熱，仍是午間。把外頭的衣服脱脱罷。」史湘雲忙起身寬衣。王夫人因而笑道：「也沒見穿上這些做什麼！」湘雲道：「都是二嬸娘叫穿的，誰願意穿這些！」點湘雲家事，爲受寶釵籠絡伏綫。寶釵在傍笑道：「姨媽不知道，他穿衣裳還更愛穿那別人的衣裳。可記得舊年三四月裏住着，三四爲七，在月爲巧，乃「巧合」之影。把寶兄弟的袍子穿上，靴子也穿上，額子也勒上，猛一瞧，倒像是寶兄弟，就是多兩個耳墜子。既扮男妝，何不摘去兩個墜子？而必留兩個墜子者，乃演又爲釵黛影身，兩個都是墜兒。我言湘雲一人三影，益信。他站在那椅子背後，哄的老太太只是叫：『寶玉，你過來！是寶玉影身。仔細那上頭掛的燈穗子招下灰來迷了眼！』是迷了眼。他只是笑，也不過去。後來大家忍不住笑了，老太太纔笑了，説扮作男人好看了。」林黛玉道：釵説了黛説。「這算什麼！惟有前年正月裏接了他來，住了沒兩日，下起雪來。老太太和舅母那日想是纔拜了影回來，「影」字映射。老太太的一個新新的大紅猩猩毡斗篷放在那裏，誰知眼不見他就披了，又大又長，他就拿兩個汗巾子攔腰繫着，和丫頭們在後院子撲雪人兒去。撲雪是撲薛。一跤栽倒溝跟前，弄了一身泥。」因撲薛而一身污。說着，大家都想着前情，是非前情，乃終竟也。卷末賈政在雪影裏見寶玉乃披大紅猩猩毡斗篷倒身下拜，已於此處借影身演出矣。笑了一場。

寶釵笑問那周奶媽道：本回闡陰陽，演《易》道，故奶媽爲姓周。猶帶劉老老必用周瑞家的，及巧姐之嫁亦必歸周姓，及周貴妃周瓊也。「周媽，你們姑娘還那麽淘氣不淘氣了？」周奶媽也笑了。迎春笑道：「淘氣也罷了，我就嫌他愛說話。也没見睡在那裏還是咭咭呱呱的，笑一陣說一陣，也不知是那裏來的那些謊話！」其名湘雲，乃瀟湘雲夢，歇後語耳。正是夢主，故夢話謊話都在他。王夫人道：「只怕如今好了。前日有人家來相看，眼見有婆婆家了，是寶釵。還是那麽着。」賈母因問：「今日還是住着，還是家去呢？」周奶媽笑道：「老太太没有看見，衣服都帶了來了，可不住兩天！」湘雲問道：「寶玉哥哥不在家麽？」情之所鍾。寶釵笑道：「他再不想着别人，只想寶兄弟。心事不禁吐露。兩個人好頑的，這可見還没改了淘氣。」隨即掩飾。乃如此深心亦自有不及檢點之處，妒之於人甚矣。賈母道：「如今你們大了，别提小名兒了。」見與寶玉乃是一人，不分名姓。

剛說着，只見寶玉來了，笑道：「雲妹妹來了！怎麽前日打發人接去，你不來？」王夫人道：「這裏老太太纔說這一個，他又來提名道姓了。」林黛玉道：「你哥哥有好東西等着你呢！」指金麒麟。寫黛玉是深心，是快口，是蠢才。湘雲道：「什麽好東西？」是寶釵。寶玉笑道：「你瞧他，幾日不見，越發高了。」湘雲道：「襲人姐姐好麽？」寶玉道：「好，多謝你想着。」湘雲道：「我給他帶了好東西來了。」金麒麟好東西，戒指亦好東西，則指金正以示戒也。說着拿出手帕子來，挽着一個扢搭。手帕扢搭是黛玉。寶玉道：「什麽好的？你倒不如把前日送來的那種絳紋石的戒指兒絳紋則絳珠草、絳芸軒並在内，石則寶玉也。爲黛爲釵爲寶同一爲戒而已。帶兩個給他。」湘雲笑道：「這是什麽？」說着便打開，衆人看時，果然是上次送來的那絳紋戒指，一包四個。林黛玉笑道：「你們瞧瞧他這個人，前日一般的打發人給我們送來，已經普同示戒。你就把他的也帶了來，豈不省事？今日巴巴的自己帶了來，而又有必應特戒之人。我當又是什麽新奇東西，此戒本是平常，不偏不倚。原來還是他！真真你是個糊塗人。」自道也。又寓湘雲陰陽不分，爲糊糊塗塗之一人。史湘雲笑道：「你纔糊塗呢！我把這理說出來，大家評一評誰糊塗。給你們送東西，就是使來的人不用說話，拿進來一看自然就知是送姑娘們的了。若帶他們的這東西，須得我告訴來人這是那一個丫頭的，那是那一個丫頭的，那使來的人明白還好，設糊塗些，丫頭的名字他也記不得，混鬧胡說的反連你們的東西都攪糊塗了。示戒說理。本書以糊塗東西演《易》之用。若是打發個女人來還罷了，偏前日又打發小子來，可怎麽說丫頭們的名字呢？還是我來給他們帶來，豈不清白！」有差等，有分別，說理清白。說着，把四個戒指放下，說道：「襲人姐姐一個，是書中第一應戒之人。鴛鴦姐姐一個，戒其名。金釧兒姐姐一個，戒其事。平兒姐姐一個。戒其用。這倒是四個人的，難道小子們也記得這麽清白？」小子聽之。衆人聽了，都笑道：「果然明白。」寶玉笑道：「還是這麽會說話，不讓人。」林黛玉聽了冷笑道：是黛玉。「他不會説話，就配帶金麒麟了？」自戕。一面説着，便起身走了。寫與湘雲格格不入，是自驅之入寶釵黨。幸而諸人都不曾聽見，只有薛寶釵抿嘴一笑。是有同心。走者常情，笑不可測。寶玉聽見了，倒自己後悔又説錯了話。忽見寶釵一笑，由不得也一笑。寶釵見寶玉笑了，忙起身走開，同一金，同一笑，是乃自走其走，非走黛玉之走。找了黛玉説笑去了。轉找他去。

賈母因向湘雲道：「吃了茶，歇一歇，瞧瞧你嫂子去。花園裏也涼快，同你姐姐們去逛逛。」湘雲答應了。因將三個戒指包上，在賈母處，自然已給鴛鴦了，故剩三個。而鴛鴦不寫明給，鴛鴦其名而不鴛鴦其實，無所用其戒也者，是書李紈之外一人而已。又鴛鴦在四十回以後爲劉老老之替身，借演《易》道之人。歇了一歇，便起身要瞧鳳姐等去。衆奶娘丫頭跟着，到了鳳姐那裏，説笑了一回。出來，此處寫得褻慢，已影寶釵。便往大觀園來，見過了李宮裁。少坐片時，此處寫得莊嚴，已影黛玉。便往怡紅院來找襲人。因回頭説道：「你們不必跟着，只管瞧你們的朋友親戚去，留下翠縷伏侍就是了。」衆人聽了，自去尋姑覓嫂，單剩下湘雲翠縷兩個。兩個是一個，生出絶大奇文。翠縷道：「這荷花怎麽還不開？」荷花寓寶釵。史湘雲道：「時候還没到呢。」「絳芸軒」時候没到。翠縷道：「這也和咱們家池子裏的一樣，是樓子花。」明點是一樣。樓子花，身外身也。湘雲道：「他們這個還不如咱們的。」翠縷道：「他們那邊有顆石榴，接連四五枝，石寓石頭，榴寓絳珠。寶黛影身，各有四五。真是樓子上起樓子，這也難爲他長。」史湘雲道：「花草也是同人一樣，明打到人。氣脈充足，長的就好。」是書自贊，又是《孟子》「動心」章。翠縷把臉一扭，説道：「我不信這話！若説同人一樣，我怎麽不見頭上又長出一個頭來的人？」駁得絶倒，無語可答。少所見而多所怪，爲翠縷者正復不少。湘雲聽了，由不得一笑，我亦付之一笑。說道：「我說你不用說話，你偏好說。果然。這叫人怎麼好答言！天地間都賦陰陽二氣所生，或正或邪，或奇或怪，千變萬化，都是陰陽順逆。書中之人，書中之事，都在裏許。就是一生出來人人罕見的，銜玉而生。究竟道理還是一樣。」花上有花，頭上有頭，無非演此道理。翠縷道：「這麼說起來，從古至今，開天闢地，都是些陰陽了？」是，是，是！湘雲笑道：「糊塗東西，太極圖是糊塗東西，此後凡此字都作此用。越說越放屁。演說的是假語村言，原是放屁。什麼『都是些陰陽』！況且『陰陽』兩個字，還只是一個字。陽盡了就成陰，陰盡了就成陽。不是陰盡了又有一個陽生出來，陽盡了又有個陰生出來。」真失即假，假省即真，冷極便熱，熱極便冷。真假冷熱，書中大旨；這情種便是那情種，書中隱義：無非《易》理。在劉老老用暗演，在史湘雲用明演。看官猶未信乎？翠縷道：「這就糊塗死了我！什麼是個陰陽，沒影沒形的？果然。我只問姑娘，這陰陽是怎麼個樣兒？」我亦要問。湘雲道：「這陰陽不過是個氣罷了，即上半回生氣的氣字。器物賦了，纔成形質。「氣以成形，而理亦賦焉。」天命性道，從此勘出。譬如天是陽，地就是陰，水是陰，火就是陽。日是陽，月就是陰。」翠縷聽了，笑道：「是了，是了！我今日可明白了。羲、文、周、孔而外，能有幾人明白？所謂「百姓日用而不知」，形容癡丫頭聲口逼肖。怪道人都管着日頭叫太陽呢，算命的點出命字。管着月亮叫什麼太陰星，就是這個理了。」點出理字。湘雲笑道：「阿彌陀佛！剛剛明白了。」此乃借湘雲口，調侃讀是書者。以爲熱鬧，以爲淫豔，正照風月鑑者無論已；即有巨眼，由渺茫空空看百二十回以至寶玉出家而拍案大呼曰：「我明白了，是書蓋演我佛因果。」殊不知剛明白了，乃是阿彌陀佛，乃仍是翠縷也。空而不空，借徑仙釋，歸於周孔，誰則明白。

翠縷道：「這些東西有陰陽也罷了，難道那些蚊子、虼蚤、蠓蟲兒、草兒、花兒、瓦片兒、磚頭兒，也有陰陽不成？」低低都都，如瓶瀉水，亦癡亦慧，其聲鬆脆。湘雲道：「怎麼没有呢！比如那一個樹葉兒還分陰陽呢。那邊向上朝陽的，就是陽，這邊伏下背陰的，就是陰。」翠縷聽了，點頭笑道：「原來這樣，我可明白。明白了。只是咱們這手裏的扇子，這便是上半回撕的扇子。怎麼是陽，怎麼是陰呢？」湘雲道：「這邊正面就是陽，那邊反面就爲陰。」正即爲善，善即是陽。反善爲惡，惡即是陰。陰陽之論，至此而住，所謂「在止於至善」。翠縷又點頭笑了，還要拿幾件東西來問，因想不起什麼來，猛低頭看見湘雲身上金麒麟掛着，乃入本文。便提起來，笑道：「姑娘，難道這個也有陰陽？」湘雲道：「走獸飛禽，雄爲陽，雌爲陰，牝爲陰，牡爲陽，怎麼没有呢？」翠縷道：「這是公的，還是母的呢？」湘雲啐道：「什麼公的母的，又胡説了！」公母不分，正是胡説中之湘雲，豈止頭上有頭。翠縷道：「這也罷了，怎麼東西都有陰陽，咱們人倒没有陰陽呢？」擴充到盡頭處，誰説翠縷獃？湘雲沈了臉説道：「下流東西，下而能留，便是善調陰陽。好生走罷！越問越説出好的來了！」翠縷道：「這有什麼不告訴我的呢？我也知道了，不用難我。」絶倒。不惟有聲氣，直若見嘴臉。我閱此回，每笑失聲。作者演如此大道理，而以如此筆墨出之，是真怪物。湘雲「撲嗤」的笑道：「你知道什麼？」翠縷道：「姑娘是陽，我就是陰。」絶倒。而寶玉影身在此矣。湘雲拿手帕子掩着嘴笑起來。翠縷道：「説的是了，就笑的這麼樣兒！」憨狀可掬，作者握管至此，想亦自妝鬼臉。湘雲道：「很是，很是！」翠縷道：「人家説主子爲陽，奴才爲陰。我連這個大道理也不懂得？」地道也，妻道也，臣道也，何嘗不是大道理。湘雲笑道：「很懂得！」

正説着，只見薔薇架下金晃晃的一件東西，是「畫薔」處。彼一金簪，此一金麟，同爲一金。湘雲指着問道：

「你看那是什麼？」翠縷聽了，忙趕去拾起來，看着笑道：「這可分出陰陽來了！」本文結穴。説着先拿史湘雲的麒麟瞧。史湘雲要他揀的瞧，翠縷只管不放手，情形逼肖。笑道：「是件寶貝，寶姑娘，貝姑娘。姑娘瞧不得！這是從那裏來的？好奇怪！我從來在這裏没見人有這個。」活畫。湘雲道：「拿來我瞧瞧！」翠縷將手一撒，笑道：「姑娘請看。」湘雲舉目一驗，却是文彩輝煌的一個金麒麟，比自己佩的又大，又有文彩。是雄，是牡，是公，是寶貝，是寶玉。湘雲伸手擎在掌上，只是默默不語，正自出神。出神便是入夢，寶玉已從那裏來了。

忽見寶玉從那邊來了，笑道：「你們兩個在這日頭底下做什麼呢？怎麼不找襲人去呢？」史湘雲連忙將那麒麟藏起來，道：隱然是偷。「正要去呢！咱們一處走罷。」説着大家進入怡紅院來。襲人正在階下倚檻迎風，襲人迎風，風乃成金玉之大用。忽見湘雲來了，連忙迎下來，攜手笑説一回別情，一面進來歸坐。寶玉因問道：「你該早來，我得了一件好東西，專等你呢。」黛已言之。説着一面在身上掏了半天，「嗳喲」了一聲，凡爲金者，同一失聲。便問襲人：「那個東西你收起來了麼？」襲人道：「什麼東西？」寶玉道：「前日得的麒麟。」襲人道：「你天天帶在身上的，怎麼問我？」寶玉聽了，將手一拍，説道：「這可丢了！往那裏找去？」就要起身自己尋去。史湘雲聽了，方知是他遺失的，便笑問道：「你幾時又有個麒麟了？」寶玉道：「前日好容易得的呢，是好容易得的。不知多早晚丢了，我也糊塗了。」再點糊塗。史湘雲笑道：「幸而是頑的東西，還是這麼慌張！」説着將手一撒，終歸撒手。笑道：「你瞧瞧，是這個不是？」寶玉一見，由不得歡喜非常。

要知歡喜的事如何，且看下回分解。

自此回至三十四回爲一大段，乃從這情種追原那情種，於身心性命源頭處痛下箴砭，以扶陽抑陰、化惡爲善之作用也。上大段既將寶釵謀奪，鳳、襲黨翊，史、王蔽惑，以至黛玉死、寶玉亡，設象闡發，而末後用打金釧、踢襲人寓擿伏懲奸之意矣。然而誅不勝誅，貶不勝貶，不如從理欲本根顯出指示，庶幾金可不病熱毒，玉自全其通靈，爲絳不爲黛，以還清虛自在之天，絶不更蹈刑政撲責，《大學》《中庸》爲握要矣。

寶玉於「西廂記」回中曾云「不過《大學》《中庸》」，又曾云「『明明德』外無書」，自是至言。蓋子思之學出自孔子，《中庸》乃在《大學》中也。讀此回上半演《大學》，下半演《中庸》，而以一「善」字串到底，便明此意。

扇，善也。撕扇，思善也。即是「慮而後能得」「慮」字。失了手，失了節，即是氣稟所拘，故一路總演生氣。然既思善，必爲理欲交戰。去染復初，非氣無以配之，是又必不可少之氣。卷末論花曰：「氣脈充足，長的就好。」正明此氣也，是歸一孝字。孝乃徹始徹終之事，下手體驗工夫在此，參贊位育亦只是此。乃平常，乃難能，故曰「千金一笑」。笑，孝也。大笑，大孝也。舜之大德，《中庸》之極功，《大學》之止善也。晴雯「自古以來」一語，便是《大學》八條目一提之古字。屢説洗澡，便是滌其舊染之污。愛物一段，廣大圓融，便是格物致知。到豁然貫通時候，不曰格物，而曰愛物，從親親仁民推出也。正見發源在一孝字，乃完千金一笑也。

金麒麟演《麟趾》也，《麟趾》爲《關雎》之應，而書中婚姻，無非反此，爲公子惜，爲通靈戒矣。絳石戒指，一心之用。不能以私欲爲戒，而迷而不悟，夢而不醒，天命性道，悉就消亡。亦誰解勘透陰陽、理氣、天人之界，下學上達，作一睁睁雙眼、清醒白醒之人哉！故曰「因麒麟伏白首雙星」。白首猶言百首，省括《詩》篇；雙星，婚姻之正。又星，醒也。糊塗東西，忽成粉碎。

此回底中有底，面上有面。扇卻熱毒底矣，而有一部《大學》《中庸》在。金麒麟、金玉因緣，借麟爲獸頭，以罵寶釵底矣，而有《毛詩》《周易》一部在。看官信此説否？

護花主人評曰：

晴雯奚落襲人，反襯後來晴雯被攆，襲人送衣錢等事。

寶玉要打發晴雯出去，亦是反跌後文。

寶玉、襲人哭，黛玉走來沖散。黛玉去後，薛蟠請酒醉歸。隨起隨落，緊湊超脱。

寶玉又説做和尚，回顧前文，黛玉笑記遭數，哭化爲笑，靈活非常。

借晴雯口中補寫寶玉與碧痕洗澡，借寶釵、黛玉口中補寫湘雲假扮寶玉及撲雪人兒情事，覺有善戲美女跳躍紙上。

寫湘雲分送襲人等戒指，必須親自帶來，甚有情理。但金釧此時應已逐出，不知此戒指着落於何處。

黛玉説湘雲配帶金麒麟，引起後文湘雲拾得金麒麟。

湘雲説陰陽二字頗有意味，且暗藏消長之理。末後以翠縷主僕分陰陽截住上文，不致説破男女，尤爲得體。

薔薇架下金麒麟，必是寶玉遇雨時遺失。可想見昨日淋雨，倉皇走來，誤踢襲人，一夜心慌意亂，不暇檢尋光景。是暗暗補寫法。

翠縷拾得麒麟，笑説分出陰陽來了，先拿湘雲的麒麟瞧，不説明誰陰誰陽，含蓄得妙。

湘雲説無數人物陰陽俱是賓，只有翠縷拾起金麒麟，笑説分出陰陽句是主。

大某山民評曰：

黛玉稱襲人以好嫂子者，因有端委，姑爲惡謔，並不是醋。蓋各有身分，若施及卑人，則不成爲黛玉矣。

黛玉對湘雲道：「你哥哥有好東西等着你呢！」過後離卻黛玉，寶玉見了湘雲，果有此説。可知黛玉之防備留心者已久。

湘雲問寶玉云：「幾時又有個麒麟了？」生疑即以生急，關心遂致多心。筆情之妙，在閒在淡。

一個金麒麟，翠縷將手一撒，撒給湘雲看也。湘雲將手一撒，撒給寶玉看也。雖曰主如其婢，卻是婢如其主也。

此回仍是壬子年五月初旬事。

第三十二回　訴肺腑心迷活寶玉　含恥辱情烈死金釧

話說寶玉見了麒麟，心中甚是歡喜，便伸手來拿，笑道：「虧你揀着了，你是何時拾的？」何時拾的，卻無從考。史湘雲笑道：「幸而是這個，明日倘或把印也丟了，難道也就罷了不成？」語面近於祿蠹，逐漸逼拶至黛玉竊聽，以落上半回之首。寶玉笑道：「倒是丟了印平常，若丟了這個，我就該死了。」人爵無關緊要，天爵生死係之。麟趾、麟角、麟定豈可丟者？是又從《周易》《國風》著眼。襲人斟了茶來與史湘雲吃，一面笑道：「大姑娘，我聽前日你大喜呀！」男女以正，婚姻以時，故姑娘爲大姑娘，而喜爲大喜，寶、黛、釵無有也。爲其影者自不答應。○又道喜出自襲人口，道金麒麟喜，並道金鎖喜也。以唱明清虛觀之醮，故云前日。史湘雲紅了臉吃茶，一聲也不答應。襲人笑道：「這會子又害臊了！你可記得十年前，咱們在西邊煖閣上住着晚上你同我說的話兒？那會子不害臊，兩金之喜，同一不害臊，特用他說。這會子怎麼又臊了？」史湘雲笑道：「你還說呢！那會子咱們那麼好，是補前，是串後。後來我們太太没了，我家去住了一程子，怎麼就把你派了跟二哥哥。我來了，你就不像先待我了。」襲人笑道：「你還說呢！先姐姐長姐姐短哄着我替你梳頭洗臉，做這個弄那個。如今大了，就拿出小姐的款兒來。你既拿小姐的款，我怎麼敢親近呢？」史湘雲道：「阿彌陀佛！冤枉冤哉！我要這樣，就立刻死了。你瞧瞧，這麼大熱天，我來了，必定趕來先瞧瞧你。不信你問縷兒，我在家時時刻刻，那一回不念你幾聲？」

話猶未了，襲人和寶玉都勸道：「説頑話兒，你又認真了。還是這麼性急。」史湘雲道：「你不説你的話咽人，倒説我性急。」一面説，一面打開手帕子，將戒指遞與襲人。落到戒指。本段主意，戒襲人即以戒釵，並以自戒。其如俱爲墜兒何哉！○三個戒指，有金釧一個。時金釧已死，正見金之徑行，更無從戒。襲人感謝不已，因笑道：「你前日送你姐姐們的，我已得了。今日你親自又送了來，可見是沒忘了我。只這個就試出你來了。戒指兒能值多少，可見你的心真。」史湘雲道：「是誰給你的？」襲人道：「是寶姑娘給我的。」湘雲歎道：「我只當林姐姐送你的，原來是寶姐姐給了你。雲亦黛之影，而兩金則鎔成一片，自此處始。故先用一歎撇開黛玉。我天天在家裏想着，這些姐姐們，再沒一個比寶姐姐好的。可惜我們不是一個娘養的，我但凡有這麼個親姐姐，就是沒了父母，也沒妨礙的！」拳拳服膺，至於如此。「蘭言解疑癖」以後之黛玉，亦是這般。是則同。説着，眼圈兒就紅了。寶玉道：「罷，罷，罷！不用提起這話了。」情有獨鍾。史湘雲道：「提這話便怎麼？我知道你的心病，恐怕你的林妹妹聽見，又嗔我讚了寶姐姐了。可是爲這個不是？」襲人在傍「嗤」的一聲，説道：「雲姑娘，你如今大了，越發心直口快了。」心直口快，正是獃蠢自戕。寶玉笑道：「我説你們這幾個人難説話，果然不錯。」史湘雲笑道：「好哥哥，你不必説話叫我惡心！只會在我跟前説話，見了你林妹妹，又不知怎麼好了。」在他口中，已直抉寶黛之隱，不待對襲人訴肺腑也。「惡心」二字是眼。

襲人道：「且別説頑話，已太難堪，故即岔開。正有一件事要求你呢。」史湘雲便問什麼事，襲人道：「有一雙鞋，摳了墊心了，我這兩日身上不好，不得做，你可有工夫替我做做？」入拾金麒麟隱事，以一雙鞋串之。是乃墊心子者，見非寶玉所專心於此也。替他做做可想。史湘雲道：「這又奇了，你家放着這些巧人不算，還有什麼針綫上的，裁剪上的，怎麼叫我做起來？你的活計叫人做，誰好意思不做呢？」襲人笑道：「你又糊塗了！你難道不知道，我們這屋裏的針綫，是不要那些針綫上的人做的。」史湘雲聽了，便知是寶玉的鞋，因笑道：「既這麼説，我就替你做做罷。明明許之，已直注「繡鴛鴦」。只是一件，你的我纔做，別人的我可不能。」襲人笑道：「又來了！我是個什麼兒，就敢煩你做鞋子？實告訴你，可不是我的，你別管是誰的，不是我的，而是我的可想。横竪我領情就是了。」史湘雲道：「論理，你的東西也不知煩我做了多少，今日我倒不做的原故，你必定也知道。」一宕，有神。襲人道：「我倒也不知道。」史湘雲冷笑道：「前日我聽見把我做的扇套兒拿着和人家比，賭氣又鉸了。扇即撕扇之扇。善不應套，黛之剪，明決也，而用虚寫，見黛亦不能實爲此明決。我早就聽見了，你還瞞我！這會子又叫我做，我倒成了你們奴才了。」寶玉忙笑道：「前日的那事，本不知是你做的。」襲人也笑道：「他本不知是你做的，是我哄他的話，此處是他哄，「絳芸軒」亦是他哄，直認不諱。説是『新近外頭有個會做活的，札的絶出奇的花兒，我叫他們拿了一個扇套兒試試看好不好』，他就信了。拿出去給這個瞧、那個看的，不知怎麼又惹惱了那一位，鉸了兩段。回來他還叫趕着做去，我纔説了是你做的，他後悔的什麼似的！」史湘雲道：「這越發奇了！林姑娘也犯不上生氣，他既會剪，就叫他做。」各幹各事，亦何不可？就叫他做，而他究竟不做，是乃不幸之大幸。襲人道：「他可不做呢。饒這麽着，老太太還怕他勞碌着了。大夫又説好生靜養纔好。誰還肯煩他做呢？舊年好一年的工夫，做了個香袋兒。今半年來，還没見拿針綫呢。」香可韜，扇不可蔽。

正説着，有人來回説：「興隆街的大爺來了，纔説做香袋，而興隆街大爺便來。見假語村言，必無做香袋鉸扇套時也。老爺叫二爺出去會。」寶玉聽了，便知賈雨村來了，心中好不自在。襲人忙去拿衣服，寶玉一面登着靴子，一面抱怨道：「有老爺和他坐着，就罷了。回回定要見我！」史湘雲一邊摇着扇子，笑道：「自然你能會賓接客，老爺纔叫你出去呢！」形容有致，一登靴，一摇扇，二人神情，恍然紙上。以前以後，三人一室，喁偶絮語，敍舊談心，有順有逆，有離有合，襲之柔佳，雲之爽朗，寶之因循愛戀，無不如吮而出。我已歎敍事能品矣！而其底裏，爲金玉勾連，爲木石擺脱，顧大段撕扇本旨，近逼「訴肺腑」，遠透「情中情」，而趨「絳芸軒」以結穴，尤於此處歎觀止矣。寶玉道：「那裏是老爺！都是他自己要請我見的。」湘雲笑道：「主雅客來勤，自然你有些警動他的好處，他纔要會你。」寶玉道：「罷，罷！我也不稱雅，我乃俗中又俗的一個俗人，並不願同這些人往來。」湘雲笑道：「還是這個情性，改不了。如今大了，你就不願讀書去考舉人進士的，也該常會會這些爲官作宰的，談談講講那些仕途經濟的學問，也好將來應酬庶務，日後也有個朋友。没見你成年家只在我們隊裏攪些什麽？」寶玉聽了道：「姑娘請别的姐妹屋裏坐坐，我這裏仔細腌臢了你知經濟學問的人！」襲人道：「姑娘快别説這話，上回也是寶姑娘説過一回，他也不管人臉上過得去過不去，他就咳了一聲，拿起脚來走了。這裏寶姑娘的話也没説完，見他走了，登時羞得臉通紅，説又不是，不説又不是。幸而是寶姑娘，那要是林姑娘，不知又鬧得怎麽樣、哭得怎麽樣呢！提起這些話來，寶姑娘叫人敬重，自己過了一會子去了。我倒過不去，只當他惱了，誰知過後還是照舊一樣，真真是有涵養，心地寬大的。誰知這一個反倒同他生分了。那林姑娘見他賭氣不理，他後來不知賠多少不是呢。」寶玉道：「林姑娘從來説過這些混賬話不曾？若他説過這些混賬話，我早和他生分了。」自登靴摇扇至此，寫雲寶不合，因同寶釵連類搶白，終以「混賬」二字束之，這便已「訴肺腑」也。夫釵實爲禄蠹，襲則同一用心，雲不過得其是陶淑緒餘，而遂自爲一種見地，一副聲口之人，僉誤之耳。而三人實同爲混賬，故以村言爲尚雅，以趨勢爲警動，以違性情爲經濟學問，其迷心殆不在黛玉下。至襲人以寶釵之堅忍包羞爲涵養，又不足言矣。乃不知登靴之爲踏實地，摇扇之爲拂其本心也，共爲不害臊之一篇混賬而已。襲人和湘雲都點頭笑道：「這原是混賬話！」

原來林黛玉知道史湘雲在這裏，寶玉一定又趕來説麒麟的原故，按照章法，入上半回。因心下忖度着：近日寶玉弄來的外傳野史，多半才子佳人，都因小巧玩物上撮合，是在《西廂記》《牡丹亭》之外。或有鴛鴦，或有鳳凰，或玉環金佩，或鮫帕鸞縧，歷數小物，半虚半實，而金玉爲之主。皆由小物而遂終身之願；今忽見寶玉亦有麒麟，便恐借此生隙，道破麒麟，道破金鎖也。同史湘雲也做出那些風流佳事來。因而悄悄走來，見機行事，何嘗真能見機行事。彼有「滴翠亭」，便有「埋香塚」，相去何啻天壤。以察二人之意。不想剛走來，正聽見史湘雲説經濟一事，寶玉又説「林妹妹不説這樣混賬話，若説這話，我也同他生分了」。林黛玉聽了這話，不覺又驚又喜，又悲又歎。所喜者果然自己眼力不錯，素日認他是個知己，果然是個知己。所驚者他在人前一片私心稱揚於我，其親熱厚密，竟不避嫌疑。所歎者你既爲我知己，自然我亦可爲你知己，既你我是爲知己，則又何必有金玉之論？既有金玉之論，也該你我有之，而又何必來一寶釵呢！所悲者父母早逝，雖有銘心刻骨之言，無人爲我主張。況近日每覺神思恍惚，病已漸成，醫者更云氣弱血虧，恐致勞怯之症。我雖爲你知己，但恐不能久待；你縱爲我知己，奈我薄命何！驚喜悲歎，確切分疏，文如剥蕉抽繭。在黛玉亦自爲脚踏實地矣，而不知正是心迷。想到此間，不禁滾下淚來。待進去相見，自覺無味，便一面拭淚，一面抽身回去了。脱離混賬。

這裏寶玉忙忙的穿了衣裳出來，忽見林黛玉在前面漫漫的走，若有拭淚之狀，便忙趕上來笑道：「妹妹往那裏去？怎麽又哭了？又是誰得罪了你？」林黛玉回頭見是寶玉，便勉强笑道：「好好的，我何曾哭了？」寶玉笑道：「你瞧瞧，眼睛上的淚珠兒未乾，還撒謊呢！」一面説，一面禁不住抬起手來替他拭淚。林黛玉忙向後退了幾步，説道：「你又要死了！做什麽這般動手動脚的。」寶玉笑道：「説話忘了情，不覺的就動了手，也就顧不得死活。」林黛玉道：「死了倒不值什麽，只是丢下了什麽金，又是什麽麒麟，可怎麽好呢！」一句話又把寶玉説急了，趕上來問道：「你還説這話，到底是呪我還是氣我呢？」林黛玉見問，方想起前日的事來，遂自悔自己又説造次了，忙笑道：「你别着急，我原説錯了，這有什麽，筋都叠暴起來，急得一臉汗！」一面説，一面禁不住近前，伸手替他拭面上的汗。兩禁不住，深刻之極。寶玉瞅了半天，方説道：「你放心。」此處「你放心」三字，方是太虚幻境僧道口中真實指點。林黛玉聽了，怔了半天，説道：「我有什麽不放心？我不明白這話。你倒説説，怎麽放心不放心？」一定要水落石出。寶玉歎了一口氣，問道：「你果然不明白這話？難道我素日在你身上的心都用錯了？連你的意思都體貼不着，就難怪你天天爲我生氣了。」林黛玉道：「果然我不明白放心不放心的話。」寶玉點頭歎道：「好妹妹，你別哄我。果然不明白這話，不但我素日之意白用了，且連你素日待我之意也都辜負了。你皆因多是不放心的原故，纔弄了一身的病。但凡寬慰些，這病也不得一日重似一日。」同一「心」，同一「肺腑」，同一「迷」。寫「訴」字入木三分。林黛玉聽了這話，如轟雷掣電，細細思之，竟比自己肺腑中掏出來的還覺懇切，竟有萬句言語，滿心要說，只是半個字也不能吐，卻怔怔的望着他。此時寶玉心中有萬句言詞，不知一時從那一句說起，卻也怔怔的望着黛玉。兩個人怔了半天，林黛玉只「咳」了一聲，兩眼不覺滾下淚來，回身便要走。寶玉忙上前拉住道：「好妹妹，且略站住，我說一句話再走！」黛玉一面拭淚，一面將手推開，說道：「有什麼可說的，你的話我都知道了。」口裏說着，卻頭也不回竟自去了。便是情感，便已放心滿引而去也。

寶玉望着，只管發起獃來。原來方纔出來慌忙，不曾帶得扇子。又着眼扇子。所以心迷，正是忘了扇子。襲人怕他熱，忙拿了扇子，趕來送與他。忽抬頭見了林黛玉和他站着，一時黛玉走了，他還站着不動，因而趕上來說道：「你也不帶了扇子去，虧我看見了，趕着送來。」寶玉出了神，見襲人和他說話，並未看出是何人來，便一把拉住說道：「好妹妹，我的這心事，從來也不敢說，今日我大膽說出來，死也甘心。我爲你也弄了一身的病在這裏，又不敢告訴人，只好捱着。等你的病好了，只怕我的病纔得好呢。睡裏夢裏也忘不了你！」此寫「心迷」正面，其實轉是餘文。襲人聽了，嚇得驚疑不止，只叫：「神天菩薩，坑死我了！」便推他道：「這是那裏的話？敢是中了邪？還不快去！」寶玉一時醒過來，方知是襲人送扇。寶玉羞得滿臉紫漲，奪了扇子，便抽身的跑了。

這裏襲人見他去了，自思方纔之言，一定是因林黛玉而起。如此看來，將來難免不才之事，令人可驚可畏。想到此間，不覺的怔怔的滴下淚來，心下暗度：如何處治，方免此醜禍？正裁疑間，襲人一思，曰驚畏，曰難免不才，曰免此醜禍，皆二十一回「賢」字裏面話，勿爲作者瞞過。其「暗度」「裁疑」，方有實際。忽見寶釵從那裏走來，必須接他。笑道：「大毒日頭地下，出什麼神呢？」襲人見問，忙笑道：「那兩個雀兒打架，明說是雀兒打架。此處尤爲吃緊。倒也好頑，我就看住了。」寶釵道：「寶兄弟這會子穿了衣服，忙忙的那裏去了？我纔看見走過去，倒要叫住問他呢，他如今說話越發没了經緯，便是《螃蟹詠》。我故此没叫他，由他過去罷。」襲人道：「老爺叫他出去。」寶釵聽了，忙說道：「嗳喲！這麼黄天暑熱的，叫他做什麼？别是想起什麼來，生了氣，叫他出去教訓一場了？」已透下回，若已知之。襲人笑道：「不是這個，想是有客要會。」寶釵笑道：「這個客也没意思，這麼熱天，不在家裏涼快，還跑些什麼！」襲人笑道：「你可說麽！」寶釵因而問道：「雲丫頭在你們家做什麼呢？」襲人笑道：「纔說了一會子閑話。你瞧我前日粘的那雙鞋子，串到鞋。明日求他做去。」一夢將結未結，故尚須等明日。寶釵聽見這話，便兩邊回頭，看無人來往，笑道：「你這麼個明白人，怎麼一時半刻的就不會體諒人情？近來我看着雲姑娘的神情，風裏言風裏語的，聽起來，在家裏一點點做不得主。他們家嫌費用大，竟不用那些針綫上的人，差不多的東西，都是他們娘兒們動手。爲什麼這幾次他來了，他和我說話兒，見没人在眼前，他就說家裏累得很？我再問他兩句家常過日子的話，他就連眼圈兒都紅了，惟其如此，故易籠絡。口裏含含糊糊，待說不說的。想其形景，自然從小没了爹娘的苦。我看他，也不覺的傷起心來。」襲人見説這話，將手一拍道：「是了，是了！怪道上月我求他打十根蝴蝶兒結子，過了那些日子，纔打發人送來。還説：『這是粗打的，且在别處將就使罷。要勻淨的，等明日來住着，再好生打罷。』如今聽姑娘這話，想來我們求他，他不好推辭，不知他在家裏怎麽三更半夜的做呢！可是我也糊塗了，早知道是這樣，我也不該求他的。」寶釵道：「上次他告訴我，説在家裏做活做到三更天，若是替别人家做一點半點，他家的那些奶奶太太們還不受用呢。」襲人道：「偏生我們那個牛心左性的小爺，憑着小的大的活計，一概不要家裏這些活計上的人做，我又弄不開這些。」寶釵笑道：「你理他呢，只管叫人做去就是了。」襲人道：「那裏哄得過他？他纔是認得出來呢！説不得我只好慢慢的累去罷了。」寶釵笑道：「你不必忙，我替你做些何如？」特自攬承。甫有一黛，又有一雲，而在雲又有金麒麟與金鎖相比肩，是「絳芸軒」故事不可更緩，而先須排擠者必在湘雲。故此鞋不許他做，直自認替做也。何等心機。襲人笑道：「當真的？這樣就是我的造化了！言下曖昧。晚上我親自過來。」

一句話未了，忽見一個老婆子忙忙走來説道：「這是那裏説起！金釧兒姑娘好好投井死了！」金釧之死必從他二人邊寫出，三而一也。襲人聽得，唬了一跳，忙問：「那個金釧兒？」那老婆子道：「那裏還有兩個金釧兒呢！豈但兩個，且有三個。就是太太屋裏的。前日不知爲什麽攆他出去，在家裏哭天抹淚的，也都不理會他。誰知找不着他，纔有打水的人説：『那東南角上梨香院非東南角乎？井裏打水，見一個屍首。』趕着叫人打撈起來，誰知是他！他們還只管亂着要救活，那裏中用了！」寶釵道：「這也奇了！」襲人聽説，點頭讚歎。想素日同氣之情，是同氣。不覺流下淚來。寶釵聽見這話，忙向王夫人處來安慰。這裏襲人回去不提。

卻説寶釵來至王夫人房裏，只見鴉雀無聞，獨有王夫人在裏間房内坐着垂淚。情景逼真。寶釵便不好提這事，只得一旁坐了。王夫人便問：「你從那裏來？」寶釵道：「從園裏來。」王夫人道：「你從園裏來，可曾見你寶兄弟？」寶釵道：「纔倒看見了他，穿着衣服出去了，不知那裏去。」王夫人點頭歎道：「你可知道一樁奇事？金釧兒忽然投井死了。」寶釵道：「怎麽好好的投井？這也奇了！」王夫人道：「原是前日他把我一件東西弄壞了，我一時生氣，打了一下，攆了他下去。我只説氣他幾天，還叫他上來。東西既已弄壞，還可叫他上來？王亦惑之甚矣。誰知他這麽氣性大，就投井死了。豈不是我的罪過！」寶釵笑道：「姨娘是慈善人，固然是這樣想。據我看來，他並不是賭氣投井，多半是下去住着，或是在井跟前頑，失了脚掉下去的。是失了脚而其實是投來者。他在上頭拘束慣了，這一出去，自然要到各處去頑頑逛逛。豈有這樣大氣性呢？總然有這樣大氣，也不過是個糊塗人，也不爲可惜。」使他自道。王夫人點頭歎道：「這話雖然如此，到底我心不安。」寶釵笑道：「姨娘也不勞關心。十分過不去，不過多賞他幾兩銀子，發送他，也就盡主僕之情了。」王夫人道：「剛纔我賞了五十兩銀子與他〔媽〕，五十兩，土數也，金所生，即金所歸。原要還把你妹妹們新衣服給他妝裹，誰知各丫頭可巧都没有什麽新做的衣服，只有你林妹妹做生日的兩套。我想你林妹妹那個孩子，素日是個有心的，況且他原也三災八難的，既説了給他做生日，這會子又給人去妝裹，豈不忌諱？惟恐人以金釧「情烈」劃到黛玉身上，故着此段。因爲這麽樣，我纔現叫裁縫趕着做一套給他。要是别的丫頭，賞他幾兩銀子也就完了。金釧兒雖然是個丫頭，素日在我跟前，比我的女兒也差不多。」口裏説着，不覺流下淚來。寶釵忙道：「姨娘這會子又何用叫裁縫趕去，我前日倒做了兩套，拿來給他，豈不省事？況且他活的時候，也穿過我的舊衣服，身量又相對。」看此便明金釧是寶釵，不容更易。王夫人道：「雖然這樣，難道你不忌諱？」寶釵笑道：「姨娘放心，我從來不計較這些。」何等曠達。一面説，一面起身就走。王夫人忙叫了兩個人跟寶姑娘去。一時寶釵取了衣服回來，只見寶玉在王夫人旁邊坐着垂淚。王夫人正纔説他，因見寶釵來了，就掩住口不説了。寶釵見此景況，察言觀色，早已知覺了七八分。七八十五，土數，即將笄之年。寶釵枉知覺矣。於是將衣服交明，王夫人將金釧母親叫來拿了去。

要知後事如何，再看下回分解。

此回上半黛玉文字，其實湘雲文字，因談混賬話，生喜驚悲歎，而「訴」，而「迷」也。然究竟仍是寶釵文字，爲「絳芸軒」結根蒂耳。下半回金釧本傳，又仍是寶釵文字。見其自坎自陷，甘含恥辱，爲徑情一往之墜兒，因其墜而墜之。是作者已死寶釵於此，罵之踢之，不蔽辜也。看湘雲口中説剪扇套兩「奇了」，寶釵口中説金釧死兩「奇了」，便明都是「奇緣識金鎖」裏邊事，轉以「訴肺腑」作過脈。篇中戒指、扇子，是此大段關鍵。乃欲生既死之寶釵，醒既迷之寶、黛，以共領上回之警教。

護花主人評曰：

借襲人向湘雲道喜，補敍十年前情事，想見兩小同處，無話不説，靈活可愛。

借襲人央湘雲做鞋，補寫黛玉剪扇袋，不露痕迹一些。

史湘雲勸寶玉留心經濟學問，即順手借襲人口中説寶釵亦曾勸過，又讚寶釵有涵養。既補前事，又遠伏後來寶釵勸諫一節。

黛玉竊聽湘雲等説話，若竟進門相見，便費唇舌。即暗自驚喜悲歎，抽身走回，既省煩筆，又引出彼此訴説一層。

寶玉因黛玉竟去，出神呆想，引起下回感歎金釧，撞見賈政。

湘雲摇扇，襲人送扇，是撕扇餘波。

湘雲心事委曲，借寶釵口中敍出，即將做鞋一層脱卸，簡净靈動。

黛玉不要寶玉拭淚，卻自己與寶玉拭汗。先是假撇清，後是真癡情。

寶玉發獃，誤認襲人爲黛玉，襲人恐難免不才之事，暗想如何處治，伏三十四回向王夫人一番説話。

寶釵將自已衣服給金釧妝裹，深得王夫人之心，已隱然是賢德媳婦。

寶釵見寶玉垂淚，王夫人欲説不説，便知覺七八分。人固聰慧，文亦靈活。

寫黛玉戔戔小器，必帶敍寶釵落落大方。寫寶釵事事寬厚，必帶敍黛玉處處猜忌。兩相形容，賈母與王夫人等俱屬意寶釵，不言自顯。

第二十五回至三十二回一大段中，應分三小段：二十五回爲一段，敍趙姨咒魘，通靈蒙蔽，爲寶玉第一次災難；二十六、七、八回爲一段，敍黛、釵性情舉動迥然各别，是主，中間帶敍小紅私情，蔣伶夙緣，是賓；二十九回三十二回爲一段，借元妃醮事，描寫黛玉妒忌，寶玉獃迷，中間夾敍晴雯、金釧作陪。

大某山民評曰：

此回仍是壬子年夏間事。

第三十三回　手足耽耽小動唇舌　不肖種種大受笞撻

卻說王夫人喚上他母親來，拿幾件簪環當面賞與，又分咐請幾衆僧人念經超度他。他母親磕頭謝了出去。原來寶玉會過雨村回來，聽見了金釧兒含羞自盡，心中早已五内摧傷，進來又被王夫人數說教訓了一番，也無可回說。看見寶釵進來，方得便走出，茫然不知何往。背着手，低着頭，一面感歎，一面慢慢的信步來至廳上。剛轉過屏門，不想對面來了一人，正往裏走，可巧撞了一個滿懷。自試才題額一撞，至此方又一撞，此才或幾乎息矣。只聽那人喝一聲：「站住！」寫得突兀。喝聲站住，此正全其知止也。寶玉唬了一跳，抬頭看時，不是別人，卻是父親。雙管齊下，寫來酷肖。早不覺倒抽了一口氣，只得垂手一旁站住了。賈政道：「好端端的，你垂頭喪氣嗐些什麼？方纔雨村來了，要見你，那半天纔出來！既出來了，全無一點慷慨揮灑的談吐，仍是葳葳蕤蕤的。我看你臉上一團私慾愁悶氣色，這會子又噯聲歎氣，你那些還不足，還不自在？無故這樣，卻是爲何？」問得警確，其如平日總夢坡何！寶玉素日雖然口角伶俐，只是此時一心總爲金釧兒感傷，恨不得此時也身亡命殞，跟了金釧兒去。如今見他父親說這些話，究竟不曾聽見，只是怔怔的站着。這方實詮「心迷」。賈政見他惶悚，應對不似往日，原本無氣的，這一來倒生了三分氣。原本無氣，活死人也。生了三分，陽一轉也。

方欲説話，忽有回事人來回：「忠順親王順君非忠，順親非孝，臣子猶然，況父之於子哉！故忠順王爲蔣玉函之主，其實定賈政罪案。府裏有人來要見老爺。」賈政聽了，心下疑惑，暗暗思忖道：「素日並不與忠順府來往，爲什麼今日打發人來？」一面想，一面快請廳上坐，急忙進內更衣。出來接見時，卻是忠順府長史官。一面彼此見了禮，歸坐獻茶。未及敍談，那長史官先就説道：「下官此來，並非擅造潭府，皆因奉命而來，有一件事相求。看王爺面上，敢煩老先生做主。不但王爺知情，且連下官輩亦感謝不盡。」賈政聽了這話，找不着頭腦，忙陪笑起身問道：「大人既奉王命而來，不知有何見諭？望大人宣明，學生好遵命承辦。」那長史官冷笑道：「也不必承辦，只用老先生一句話就完了。我們府裏有一個做小旦的琪官，一向好好在府，如今竟三五日不見回去，各處去找，又摸不着他的道路，因此各處察訪。這一城内，十停人倒有八停人都説他近日和銜玉的那位令郎相與甚厚。爲「錯裏錯」安根，必提明銜玉，是眼。下官輩聽了，尊府不比別家，可以擅來索取，因此啓明王爺。王爺亦説：『若是別的戲子呢，一百個也罷了。只是這琪官，隨機應答，謹慎老成，是寶釵，是襲人。甚合我老人家的心境，斷斷少不得此人。』求老先生轉達令郎，請將琪官放回。一則可慰王爺諄諄奉懇之意，二則下官輩可免操勞求覓。」説畢，忙打了一躬。關目口白，無不曲盡情事。賈政聽了這話，又驚又氣，即命喚寶玉出來。寶玉也不知是何原故，忙忙趕來。賈政便問：「該死的奴才，你在家不讀書也罷了，怎麼又做出這些無法無天的事來！那琪官現是忠順王爺駕前承奉的人，你是何等草莽，無故引逗他出來，如今禍及於我！」寶玉聽了，唬了一跳，忙回道：「實在不知此事。究竟琪官兩個字不知爲何物，況更加以『引逗』二字！」説着便哭。賈政未及開口，只見那長史官冷笑道：「公子也不必隱飾，或藏在家，或知其下落，早説了出來，我們也少受些辛苦，豈不念公子之德！」寶玉連説：「實在不知，恐有訛傳也未見得。」那長史官冷笑兩聲道：「現有證據，必定當着老大人説了出來，公子豈不吃虧？既説不知此人，那紅汗巾子怎得到了公子腰裏？」真贓實犯。寶玉聽了這話，不覺轟了魂魄，目瞪口呆。心下自思：「這話他如何得知？若要不知，除非莫爲。他既連這樣機密事都知道了，大約別的瞞他不過，不如打發他去了，免得再説出別的事來。」尚有別事，引而不發。因説道：「大人既知底細，如何連他置買房舍這樣大事倒不曉得了？反問得妙。以上略作抵賴，以下直認不辭，絶不作一鈍筆。聽得説，他如今在東郊離城二十里有個什麼紫檀堡，紫檀，硬木也，以之爲函，此函甚固。他在那裏置了幾畝田地，幾間房舍。想是在那裏也未可知。」那長史官聽了，笑道：「這樣説，一定是在那裏。我且去找一回，若有了便罷，若没有，還要來請教。」説着，便忙忙的告辭走了。賈政此時氣得目瞪口呆，一面送那官員，一面回頭命寶玉：「不許動！回來有話問你！」一直送那官員去了，纔回身。

忽見賈環帶小厮一陣亂跑，入上半回。賈政喝命小厮：「給我快打！」賈環見了他父親大怒，嚇得骨軟筋酥，忙低頭站住。賈政問：「你便跑什麼！帶着你的那些人都不管你，不知往那裏去，由你野馬一般！」喝叫：「跟上學的人呢？」賈環見他父親甚怒，便乘機説道：「方纔原不曾跑，只因從那井邊一過，那井裏淹死了一個丫頭。我看人頭這樣大，身子這樣粗，泡得實在可怕，所以纔趕着跑了過來。」賈政聽了驚疑，問道：「好端端的，誰去跳井？我家從無這樣事情！以漸有之。自祖宗以來，皆是寬柔待下。大約我近年於家務疏懶，自然執事人操剋奪之權，致使弄出這暴殄輕生的禍患。若是外人知道，祖宗的顏面何在！」念及祖宗，而仍從顏面起見，是乃所以爲政也。喝令：「叫賈璉、賴大來！」小廝們答應了一聲，方欲去叫，賈環忙上前拉住賈政袍襟，貼膝跪下道：「父親不用生氣！此事除太太房裏的人，別人一點也不知道。豫事無防閑，臨事無鎮静。手足口舌，因間而入，亦政罪案。我聽見我母親説……」仍從此來。説到這句，便回頭四顧一看。善於摹繪。賈政知其意，將眼色一丢，自開納讒之路。小廝們明白，都往兩邊後面退去。賈環便悄悄説道：「我母親告訴我説，寶玉哥哥前日在太太房裏拉着太太的丫頭金釧兒，强奸不遂，打了一頓，金釧兒便賭氣投井死了。」

話未説完，把個賈政氣得面如金紙，大喝：「拿寶玉來！」一面説，一面便往書房去，喝道：「今日再有人來勸我，我把這冠帶家私一應就交與他與寶玉過去！我免不得做個罪人，把這幾根煩惱鬢毛剃去，尋個乾浄去處自了，也免得上辱先人，下生逆子之罪！」數語儼然氣急敗壞，而神吻一絲不走。寶玉出家，先導之矣。衆門客僕從見賈政這個形景，便知又是爲寶玉了，一個個咬指吐舌，連忙退出。如見如聞。賈政喘吁吁直挺挺的坐在椅子上，滿面淚痕，一叠連聲：「拿寶玉！拿大棍！拿繩捆上！把門都關上！有人傳信到裏頭去，立刻打死！」衆小廝們只得齊聲答應着，有幾個來找寶玉。那寶玉聽見賈政吩咐他不許動，早知凶多吉少，那裏知道賈環又添了許多的話？正在廳上旋轉，怎得個人來往裏頭通信，偏生没個人來，連焙茗也不知在那裏。焙茗特提。正盼望時，只見一個老媽媽出來，百忙中大廳前何來此老媽媽？這便是鳳姐笑話中之聾子也。北静王、劉老老一齊都到。寶玉如得了珍寶，便趕上來拉住他説道：「快進去告訴，老爺要打死我呢！快去快去，要緊要緊！」寶玉一則急了，説話不明白，二則老婆子偏生又是耳聾，不曾聽見是什麽話，把要緊二字只聽做跳井二字。便笑道：「跳井讓他跳去，二爺怕什麽！」寶玉見是個聾子，便着急道：「你出去叫我的小厮來罷！」那婆子道：「有什麽不了的事？老早的完了！又賞了銀子，怎麽不了事呢？」振聾發聵，全在不了二字。

寶玉急得手脚正没抓尋處，只見賈政的小厮走來，逼着他出去了。賈政一見，眼都紅了。也不暇問他在外流蕩優伶，表贈私物，在家荒疏學業，淫逼母婢，只喝令：「堵起嘴來，着實打死！」「不肖」二字一總，或出或入，寫政絶倒。小厮們不敢違，只得將寶玉按在櫈上，舉起大板，打了十來下。寶玉自知不能討饒，只是嗚嗚的哭。賈政還嫌打的輕，一脚踢開掌板的，自己奪過板子來，狠命的又打了十幾下。寶玉生來未經過這樣苦楚，起先覺得打的疼，不過還亂嚷亂哭，後來漸漸氣弱聲嘶，哽咽不出。衆門客見打的不祥了，趕着上來，懇求奪勸。賈政那裏肯聽？説道：「你們問問他幹的勾當，可饒不可饒？素日皆是你們這些人把他釀壞了！到這步田地，還來勸解，明日釀到他弑父弑君，你們纔不勸不成！」一時情事，聲情畢現。以釀壞歸之衆人，而以弑父弑君作門面語説過。寫心，寫漸，寫政，寫夢，一筆有千百化身。

衆人聽這話不好聽，知道氣急了，忙亂着覓人進去給信。王夫人不敢先回賈母，只得忙穿衣出來，也不顧有人没人，忙忙扶了一個丫頭，趕往書房中來。慌得衆門客小厮等避之不及。賈政方要再打，一見王夫人進來，更加火上添油，那板子越下去的又狠又快。奪板自打，已善繪矣。及觀此筆，益歎文境無窮，而有死氣無生氣矣。按寶玉的兩個小厮，忙鬆手走開。寶玉早已動彈不得了。賈政還欲打時，早被王夫人抱住板子。賈政道：「罷了，罷了！今日必定要氣死我了！」真像。王夫人哭道：「寶玉雖然該打，老爺也要保重。且炎暑天氣，老太太身上又不大好，打死寶玉事小，倘或老太太一時不自在了，豈不事大？」倒找根源，以點本大段意旨。賈政冷笑道：「倒休題這話！我養了這不肖的孽障，我已不孝。倫常本自相因。平日教訓一番，又有衆人護持他。不如趁今日結果了他的狗命，以絶將來之患！」一部書中，政字、存周字，至此闡發無遺。説着便要繩來勒死。王夫人連忙抱住哭道：「老爺雖然應當管教兒子，也要看夫妻分上。我如今已五十歲的人，只有這個孽障，必定苦苦的以他爲法，我也不敢深勸。今日越發要他死了，豈不是有意絶我？既要勒死他，快拿繩先勒死我，再勒死他！我們娘兒們不如一同死了，在陰司裏也得個倚靠。」數語柔緩中有剛制，彼以政來，此以政應。説畢，抱住寶玉放聲大哭起來。此哭如聞。賈政聽了此話，不覺長歎一聲，此歎如聞。向椅子上坐了，淚如雨下。王夫人抱着寶玉，只見他面白氣弱，底下穿着一條緑紗小衣，一片皆是血漬。禁不住解下汗巾去，由腿看至臀脛，或青或紫，或整或破，竟無一點好處，不覺失聲大哭起「苦命的兒」來。因哭出「苦命的兒」來，又想起賈珠來，便叫着賈珠哭道：「若有你活着，便死一百個我也不管了！」此筆又在人意中，出人意外，文心靈通，興會乃爾。此時裏面的人聞得王夫人出來，那李宫裁、王熙鳳與迎春姊妹，早已出來了。王夫人哭着賈珠的名字，別人還可，惟有李宫裁禁不住也放聲哭了。賈政聽了，那淚更似走珠一般滾了下來。至情至性，易易寫出。

正没開交處，忽聽丫鬟來説：「老太太來了！」一句話未了，只聽窗外顫巍巍的聲氣説道：

「先打死我，再打死他，豈不乾净了！」此處第一言與「鬧書房」秦鍾問香憐第一言同一難下筆。看他寫來如此其易，真是神工。賈政聽他母親來了，又急又痛，連忙迎出來。只見賈母扶着丫頭，搖頭喘氣的走來。賈政上前躬身陪笑説道：「大暑熱天，母親有何生氣，自己走來？有話只叫兒子進去吩咐。」賈母聽了，便止步喘息，一面厲聲道：「你原來和我説話！我倒有話吩咐，只是我一生沒養個好兒子，卻叫我和誰説去！」一承又敏妙絶倫。賈政聽了這話不像，忙跪下含淚説道：「爲兒的教訓兒子，也爲的是光宗耀祖。母親這話，我做兒的如何當得起？」賈母聽説，便啐了一口，説道：「我説了一句話，你就禁不起！你那樣下死手的板子，難道寶玉就禁得起了？便是一轉，絶不吃力。你説教訓兒子是光宗耀祖，當日你父親是怎麽教訓你來？」政字又一自注。説着也不覺滾下淚來。賈政又陪笑道：「母親也不必傷感，皆是做兒子的一時性急，從此以後再不打他了。」賈母便冷笑幾聲説道：「你也不必和我賭氣，你的兒子，自然你要打就打。想來你也厭煩我們娘兒們，不如我們早離了你，大家乾净！」説着便命人：「去看轎！我和你太太、寶玉立刻回南京去！」若果便轉，文又徑直。復生一波，文境開闊。家下人只得答應着。賈母又叫王夫人道：「你也不必哭了，如今寶玉年紀小，你疼他。他將來長大，爲官作宦的，也未必想着你是他母親了。你如今倒不用疼他，只怕將來還少生一口氣呢！」言下冷然，卻是正旨。賈政聽説，忙叩頭説道：「母親如此説，兒子無立足之地了！」賈母冷笑道：「你分明使我無立足之地，你反説起你來！同一無立足之地，實同一罪人也。只是我們回去了，你心裏乾净，看有誰來不許你打！」一面説，一面只命快打點行李車輛轎馬回去。賈政直挺挺跪着，叩頭認罪。政字總發。賈母一面説，一面來看寶玉。只見今日這頓打，不比往日，又是心疼，又是生氣，也抱着哭〔個〕（過）不了。王夫人與鳳姐等勸解了一會，方漸漸的止住。

早有丫鬟媳婦等上來要攙寶玉，鳳姐便罵：「糊塗東西！也不睁開眼瞧瞧，這個樣兒，如何攙着走得？還不快進去，把那藤屜子春凳抬出來呢！」百忙中神理一絲不走，且無一筆順拖平帶，如此托出「大受笞撻」「大」字，何人覺得？衆人聽了，連忙進去，果然抬出春凳來，將寶玉抬放凳上，隨着賈母、王夫人等進去，送至賈母房中。彼時賈政見賈母怒氣未消，不敢自便，也跟了進來。看看寶玉，果然打重了。再看看王夫人，一聲肉一聲兒的哭道：「你替珠兒早死了，留着珠兒，也免你父親生氣，我也不白操這半世的心了。這會子你倘或有個好歹，丢下我，叫我靠那一個？」數落一場，又哭不争氣的兒。刻劃至情，入細入微。賈政聽了，也就灰心自己不該下毒手打到如此地步。先勸賈母，賈母含淚説道：「兒子不好，原是要管的，不該打到這個分兒。你不出去，還在這裏做什麽？難道於心不足，還要眼看着他死了纔去不成？」此方一合，仍不平落。○能辨賈母起承轉合四段文字，古作、時藝都非難事。賈政聽説，方退了出來。

此時薛姨媽同寶釵、香菱、襲人、史湘雲等也都在這裏。四人一總。襲人滿心委曲，只不好十分使出來。見衆人圍着，灌水的灌水，打扇的打扇，自己插不下手去。即便走出來，到二門前，命小厮們找了焙茗來，細問：必是他問。有眼。「方纔好端端的，爲什麽事打起來？你也不早來透個信兒？」焙茗急的説：「偏生我没在跟前，打到中間，我纔聽見了，忙打聽原故，卻是爲琪官同金釧姐姐的事。」襲人道：「老爺怎麽知道的？」焙茗道：「那琪官的事，多半是薛大爺素昔吃醋，没法兒出氣，不知在外頭挑唆了誰來，在老爺跟前下的火。「錯裏錯」來源。那金釧兒的事，大約是三爺説的，我也是聽見跟老爺的人説。」襲人聽了這兩件事都對景，心中也就信了七八分。若虛若實，恰得打聽神理。尚有三分含蓄不盡。然後回來，只見衆人都替寶玉療治。調停完備，賈母命：「好生抬到他房中去！」衆人一聲答聲，七手八脚，忙把寶玉送入怡紅院内自己牀上卧好。又亂了半日，衆人漸漸散去，襲人方進來經心服侍。

要知端的，且聽下回分解。

此回暢發失教本旨。古人自灑掃應對，以及修齊治平，由小學入大學，樂有賢父兄也。而思善實貫終始，孝弟慈則其大端。顧乃父不慈，子不孝，兄不友，弟不悌，以致門内門外，讒謗叢生，倫常乖舛，立見消亡矣。賈政上不能悟親，下不能教子，説私欲愁悶而不察所從來，説弑父弑君而不思所自弭，一打了事，何其愚哉？家敗人亡，實坐於此。中間着一聾子，乃點大家散了之睛，是大有功世道文字。

此回聚精會神，可謂書中不多得文字矣。一人有一人口吻，一人有一人神情。夾敘門客，夾敘小厮以及衆人，拉拉雜雜中，無不鬚眉畢現，聲口如聞。而其實只爲下回「情中情」作過脈耳。惟善讀者乃能得之。

護花主人評曰：

寶玉情迷出神，無心接待雨村，于賈政口中補出，妙，妙！

琪官置買莊房，已伏後來娶襲人事。

蔣琪官在東郊二十里紫檀堡地方置買田房，王府中尚且不知，寶玉何以獨知其細？暗寫寶玉與琪官情好甚密，不時往來。甚至紫檀堡莊上寶玉亦曾到過，亦未可知。

賈政大怒，是聽賈環之言金釧兒之死，是主，蔣琪官之事是賓。

夾敘聾嫗一段，文情曲折可愛。

馬婆魘魔，衅起生彩霞，寶玉幾死于鬼；賈環搬舌，禍由死金釧，寶玉幾死于打。其實皆趙姨所致，是後來結果案據。

寶玉擡回賈母房中，人人俱到，獨黛玉不來，是在瀟湘館痛哭，不好意思走來。所以下回説眼睛腫得桃兒一般，其痛更甚于别人。是暗描，不是漏筆。

焙茗向襲人所説，賈環是實，薛蟠是虚，故用猜疑之筆，爲後薛蟠剖辯地步。

大某山民評曰：

嗚呼！金釧之投井，王夫人使之也，寶玉其次也。何以言之？寶玉膽敢向夫人處討金釧到自己房中去者，必其房中之丫頭多從夫人處討來者居多。不然，寶玉豈不思王夫人之許討不許討，而竟曰討你去耶？縱於平日，而責於一時，親之溺愛，往往如此，吾於王夫人又何責焉。

此回仍是壬子年夏間事。

第三十四回　情中情因情感妹妹　錯裏錯以錯勸哥哥

話説襲人見賈母、王夫人等去後，便走來寶玉身邊坐下，含淚問他：「怎麼就打到這步田地？」寶玉歎氣説道：「不過爲那些事情，問他做什麼！（儼然外之，入手即搶情感緊脈。）只是下半截疼得很，你瞧瞧，打壞了那裏？」襲人聽説，便輕輕的伸手進去，將中衣脱下，略動一動，寶玉便咬着牙叫曖喲，襲人連忙住手。如此三四次，纔褪下來了。襲人看時，只見腿上半段青紫，都有四指闊的傷痕高了起來。（此打因玉函、金釧，無非因寶釵、襲人，故特以傷示之。）襲人咬着牙説道：「我的娘！這麼下這般的狠手！你但凡聽我一句話，也不到得這步田地！（此等語真令人嘔惡。）幸而没動筋骨，倘或打出個殘疾來，可叫人怎麼樣呢？」

正説着，只見丫鬟們説：「寶姑娘來了。」（必是他來。）襲人聽見，知道穿不及中衣，便拿了一床夾紗被，替寶玉蓋了。（縱有被蓋，終是赤身，在襲則明，在釵則暗。）只見寶釵手裏托着一丸藥，（冷香丸耶？）走進來，向襲人説道：「晚上把這藥用酒研開，替他敷上，把那淤血的熱毒散開，（明説熱毒。總此大段，包括全書。）可以就好了。」説畢遞與襲人。又問：「這會子可好些？」寶玉一面道謝，説：「好些了。」又讓坐。寶釵見他睜開眼説話，不像先時，心中也寬慰好些。只如此寫。便點頭歎道：「早聽人一句話，也不至有今日。與襲如出一口。別説老太太、太太心疼，就是我們看着，心裏也有……」説到「心裏也有」，半句便咽住，見此熱毒亦有忽不及持而吐露之處。而一時神情嫵媚如見。剛説半句，便忙咽住，自悔説的話太急了，不覺紅了臉，低下頭來。寶玉聽得這話如此親切稠密，大有深意，忽見他又咽住不往下説，紅了臉，低下頭只管弄衣帶，那一種姣羞怯怯，竟難以言語形容，越覺心中感動，「情感」之前先作情感，乃安絳芸軒「夢兆」之根，茜紗窗「癡理」之證。將疼痛早已丢在九霄雲外去了。想道：「我不過挨了幾下打，他們一個個就有這些憐苦之態，令人可親可敬。假若我一時竟遭殃横死，他們還不知是何等悲感呢！既是他們這樣，我便一時死了，得他們如此，一生事業總然盡付東流，亦無足歎惜矣。」寫這情種，精深刻露。正思着，只聽寶釵問襲人道：「怎樣好好的動了氣，就打起來了？」襲人便把焙茗的話説出來了。寶玉原來還不知賈環的話，見襲人説出，方纔知道。因又拉上薛蟠，遞下半回。惟恐寶釵沈心，忙又止住襲人道：「薛大哥從來不這樣的，你們別混猜度。」

寶釵聽説，便知寶玉是怕他多心，用話攔襲人。因心中暗暗想道：「打得這個形象，疼還顧不過來，還這樣細心，怕得罪了人。此筆尚易。你既這樣用心，何不在外頭大事上做工夫，老爺也歡喜了，也不能吃這樣虧。是襲人三件事内「妝愛讀書樣子」轉身語。你雖然怕我存心，所以攔襲人的話，難道我就不知我哥哥素日恣心縱慾，毫無防範的那種心性？當日爲一個秦鍾，還鬧的天翻地覆，便鑄一錯。自然如今比先又加利害了。」想畢，因説道：「你們也不必怨這個，怨那個，據我想，到底寶兄弟素日肯和那些人來往，老爺纔生氣。空中樓閣，而用補筆，令人費十日思。就是我哥哥說話不防頭，一時說出寶兄弟來，也不是有心挑唆。此筆則難。一則也是本來的實話，二則他原不理論這些防嫌小事。恰是他見地，是他吐屬，是他本領。襲姑娘從小兒只見過寶兄弟這樣細心人，你何嘗見過我哥哥那天不怕，地不怕，心裏有什麽，口裏說什麽的人呢？」坐實「錯」字，轉已出脫薛蟠。襲人因說出薛蟠來，見寶玉攔他的話，早已明白自己說造次了，恐寶釵沒意思。聽寶釵如此說，更覺羞愧無言。寶玉又聽寶釵這番話，一半是堂皇正大，一半是去已的疑心，更覺比先心動神移。方欲說話時，只見寶釵起身說道：「明日再來看你，好生養着罷。方纔我拿了藥來，交給襲人，晚上敷上，管就好了。」說着便走出門。襲人趕着送出院外，說：「姑娘倒費心了，改日寶二爺好了，親自來謝。」直趨「絳芸軒」。寶釵回頭笑道：「有什麽謝處？你只勸他好生静養，别胡思亂想的就好。要想什麽吃的頑的，悄悄的往我那裏去取了，不必驚動老太太、太太、衆人。何等大方。倘或吹到老爺耳朵裏，雖然彼時不怎麽樣，將來對景，終是要吃虧的。」說着去了。一段話，隱隱綽綽，曖曖昧昧，筆墨悉化煙雲。襲人抽身回來，心内着實感激寶釵，進來見寶玉沈思默默，似睡非睡的模樣，因而退出房外櫛沐。寶玉默默的躺在床上，無奈臀上作痛，如針挑刀挖一般，更熱如火炙，略輾轉時，禁不住「噯喲」之聲。那時天色將晚，因見襲人去了，卻有兩三個丫鬟伺候，此時並無呼喚之事，因說道：「等叫時再來。」衆人聽了，也都退出。

這裏寶玉昏昏默默，只見蔣玉函走了進來，訴說忠順府拿他之事。一時又是金釧兒進來，哭說爲他投井之情。寶玉半夢半醒，都不在意。魂夢恍惚，傷病中恰有是景。但玉函、金釧，乃寶玉情所深屬之人，何至都不在意？則情所獨鍾，固自有在，而釵、襲究竟枉了。此是「情中情」進一步寫法。忽又覺有人推他，恍恍惚惚聽得有人悲切之聲。寶玉從夢中驚醒，睜眼一看，不是別人，卻是林黛玉。猶恐是夢，若人若鬼，亦夢亦真，另一寫法。忙又將身子欠起來，向臉上細細一認，只見他兩個眼睛腫得桃兒一般，觀此愈見寶釵堅忍。滿面淚光，不是黛玉卻是那個？寶玉還欲看時，怎奈下半截疼痛難禁，支持不住，便「噯喲」一聲，仍舊倒了。歎了一聲，說道：「你又做什麼來？雖然太陽落下去，那地下的餘熱未散，走來倘又受了暑呢？我雖然捱了打，並不覺疼痛。我這個樣兒，是裝出來哄他們，好在外頭佈散與老爺聽。其實是假的，你不可信真。」此時林黛玉雖不是嚎啕大哭，然越是這等無聲之泣，氣噎喉堵，更覺利害。何等深刻。聽了寶玉這番話，心中雖然有萬句言詞，只是不能說得。半日方抽抽噎噎的說道：「你從此可都改了罷！」此一言下有千百轉身。寶玉聽說，便長歎一聲道：「你放心！仍歸到此三字，便是都不在意。別說這樣話，我便爲這些人死了，也是甘心情願的。」你放心，則當專爲你死矣，而爲這些人無不可死，無不情願，這又是茜紗窗「癡理」。一句話未了，只見院外人說：「二奶奶來了！」林黛玉便知是鳳姐來了，此處闖散一定用此人。連忙立起身來，說道：「我從後院子裏去罷，回來再來。」寶玉一把拉住道：「這又奇了。好好的，怎麼怕起他來？」是該怕他，奇而不奇。林黛玉急得跺脚，悄悄的說道：「你瞧瞧我的眼睛！又該他們取笑開心了。」寶玉聽說，趕忙的放了手。無可奈何天，亦只可放了手。黛玉三步兩步轉過床後，剛出了後院，鳳姐從前頭已進來了。問寶玉：「可好些了？想什麼吃？叫人往我那裏取去。」接着薛姨媽又來了。一時賈母又打發了人來。

至掌燈時分，寶玉只喝了兩口湯，便昏昏沈沈的睡去。接着周瑞媳婦、吴新登媳婦、鄭好時媳婦，這幾個有年紀長往來的，此處用此三人：周明《易》道；吴管銀庫爲金；乃「正好時」也，是「周吴鄭王」歇後語，隱一王字。便是乾坤轉變。〇周亦云有年紀，與何三語相戾。聽見寶玉捱了打，也都進來。襲人忙迎出來，悄悄的笑道：「嬸娘們略來遲了一步，二爺睡着了。」說着一面帶他們到那邊房裏坐了，倒茶與他們吃。幾個媳婦子都悄悄的坐了一回，向襲人說：「等二爺醒了，你替我們說罷。」襲人答應了，送他們出去。剛要回來，只見王夫人使個婆子來，口稱：「太太叫一個跟二爺的人呢。」襲人見說，想了一想，此一想，想得怕人。便回身悄悄的告訴晴雯、麝月、秋紋等，說：「太太叫人，你們好生在房裏，我去了就來。」說畢，同那婆子一徑出了園子，來至上房。

王夫人坐在涼榻上，搖着芭蕉扇子，扇子是此段大關目。王夫人搖芭蕉扇，枝葉零落矣。見他來了，說道：「你不管叫個誰來也罷了，不必一定叫他，所以定讒慝之主在襲人。又丢下來誰伏侍他呢？」襲人見說，連忙陪笑說道：「二爺纔睡安穩了，那四五個丫頭如今也好了，都會伏侍二爺了，太太請放心。恐怕太太有什麽話吩咐，打發他們來，一時聽不明白，倒躭誤事了。」以言餂之。王夫人道：「也没有甚話，特用一漾。只問問他這會疼的怎麽樣？」襲人道：「寶姑娘送來的藥，我給二爺敷上了，比先好些了。特舉寶姑娘，是有好藥。先疼的躺不穩，這會子都睡沈了，可見好些。」王夫人又問：「吃了什麽没有？」襲人道：「老太太給的一碗湯喝了兩口，只嚷乾渴，要吃酸梅湯。我想酸梅是個收斂東西，剛纔捱打，又不許叫喊，自然急的熱毒熱血，未免存在心裏。是熱毒存心。倘或吃下這個去，激在心裏，更弄出大病來，可怎麼樣？因此我勸了半天，纔没吃。只拿那糖醃的玫瑰滷子和了，吃了小半盞，嫌吃絮了，不香甜。」酸爲木味，梅則媒合，暗指黛玉，是寶玉所要吃，而襲人必不許者也。玫瑰言紅香，則衆人所公共，即襲即是。故以此代酸梅，而無如已吃絮了。語面説得有講究，有道理，是爲寶釵副手。王夫人道：「噯喲！你何不早來和我説？前日有人送了幾瓶子香露來，原要給他一點子的，我怕胡糟蹋了，就没給。既是他嫌那玫瑰膏子絮煩，把這個拿兩瓶子去，一碗水裏只用挑得一茶匙，就香的了不得呢！」香無所隱。説着即忙就喚彩雲來，把前日的那幾瓶香露拿了來。襲人道：「只拿兩瓶來罷，多也白糟蹋。等不彀，再來取也是一樣。」彩雲聽了，去了半日，果然拿了兩瓶來，付與襲人。已隱伏六十回。襲人看時，只見兩個玻璃小瓶，卻有三寸大小，上面螺螄銀蓋，鵝黃籤上寫着「木樨清露」，那一個寫着「玫瑰清露」。「木樨香中亦解禪」，花開酉月，色黃，屬金，乃寶釵也。而玫瑰露則是襲人。襲人笑道：「好尊貴東西！這麼個小瓶兒，能有多少？」王夫人道：「那是進上的，有天數在。你没看見鵝黃籤子？你好生替他收着，別糟蹋了。」

襲人答應着，方要走時，水盡山窮。王夫人又叫：「站住，我想起一句話來問你。」柳暗花明。襲人忙又回來。王夫人見房内無人，便問道：「我恍惚聽見寶玉今日捱打，是環兒在老爺跟前説了什麼話。你可有聽見這個話没有？你要聽見，告訴我，我也不吵出來叫人知道是你説的。」政聽之，王問之，是悉太阿倒持，慎之哉！襲人道：「我倒没聽見這話。此非襲果爲環、趙開脱，以非（生員）切己（事）（字）耳。爲二爺霸占住戲子，人家來和老爺要，爲這個打的。」亦非説焙茗所打聽之説，以有關薛蟠，即有關寶釵處也。故只就王府要人衆所共知者搪塞之，何等斟酌，何等奸險。王夫人摇頭説道：「也爲這個，還有別的原故。」襲人道：「別的原故實在不知道了。我今日大胆在太太跟前説句不知好歹的話，論理……」説了半截，忙又咽住。截住得妙，要他來問。王夫人道：「你只管説。」襲人道：「太太別生氣，我就説了。」合拍。王夫人道：「我有什麽生氣的，你只管説來。」襲人道：「論理，我們二爺也得老爺教訓教訓。若老爺再不管，不知將來做出什麽事來呢！」仍從「論理」接。以下襲人所説，其實句句是理，但用理濟其陰毒耳。伊古讒人害正，大概如斯。王夫人一聞此言，便合掌念聲「阿彌陀佛」，由不得趕着襲人叫了一聲：「我的兒！虧了你也明白，這話和我的心一樣。我何曾不知管兒子？先時你珠大爺在，我是怎麽樣管他，難道我如今倒不知管兒子了？只是有個原故，如今我想，我已經五十歲的人了，通共剩了他一個，他又長得單弱，況且老太太寶貝似的，若管緊了他，倘或再有好歹，或是老太太氣壞了，那時上下不安，豈不倒壞了？所以就縱壞了他。似是而非，是乃爲王。我常常辨着口兒，説一陣，勸一陣，哭一陣，彼時他好過，後來還是不相干。端的吃了虧纔罷！設若打壞了，將來我靠誰呢？」説着，由不得滾下淚來。襲人見王夫人這般悲感，自己也不覺傷了心，陪着落淚。此淚落得詐而露。若在寶釵必無是也，故襲人終是奴才。又道：「二爺是太太養的，太太豈不心疼！便是我們做下人的，伏侍一場，大家落個平安，平安字有斟酌。也算是造化了。要這樣起來，連平安都不能了。那一日那一時我不勸二爺？只是再勸不醒。偏生那些人又肯親近他，也怨不得他這樣。總是我們勸的倒不好了。誰説不好？是乃遁詞。今日太太提起這話來，我還記罣着一件事，一件事，黛玉也，沖口而出，是又不檢。每要來回太太，討太太個主意。只是我怕太太疑心，不但我的話白説了，且連葬身之地都没了。」特爲險重語以要之，使必驚，必問，必信。

王夫人聽了這話內中有因，忙問道：「我的兒！你只管說。近來我因聽見衆人背前面後都誇你，我只說你不過在寶玉身上留心，或是諸人跟前和氣這些小意思。誰知你方纔和我說的話，全是大道理，正合我的心事。步步墮入。你有什麽，只管說什麽，只別叫別人知道就是了。」襲人道：「我也没甚麽别的說，我只想着討太太一個示下，怎麽變個法兒，已後竟還叫二爺搬出園外來住就好了。」王夫人聽了，吃一大驚，忙拉了襲人的手問道：「寶玉難道和誰作了怪不成？」搬出園即一件事耶？抑因另一件事須搬出園耶？當前便是怪。襲人連忙回道：此連忙是真連忙。「太太別多心，並没有這話。這不過是我的小見識，如今二爺也大了，裏頭姑娘們也大了，況且林姑娘、寶姑娘又是兩姨姑表姊妹，雖說是姊妹們，到底是男女之分，日夜一處，起坐不方便，由不得叫人懸心。說好處則舉薛，說不好處則林、薛並舉，而林且在先。便是外人看着，也不像大家子的體統。俗語說的好：『没事常思有事。』世上多少没頭腦的事，多半因爲無心中人做出，有心人看見，當做有心事，反說壞了。只是預先不防着斷然不好。二爺素日性格太太是知道的，他又偏好在我們隊裏鬧。倘或不防，前後錯了一點半點，不論真假，人多口雜，那起小人的嘴有什麽避諱？心順了，說的比菩薩還好，心不順，就編的連畜生不如。二爺將來倘或有人說好，不過大家直過；設若叫人哼出一聲不是來，我們不用說，粉身碎骨，罪有萬重，都是平常小事，但二爺後來一生的聲名品行豈不完了？二則太太也難見老爺。俗語又說：『君子防未然。』不如這會子防避的爲是。太太事情多，一時固然想不到；我們想不到則可，既想到了，若不回明太太，罪越重了。近來我爲這事日夜懸心，又不好說與人，惟有燈知道罷了。」皎皎如月，滔滔如河，一篇大道理，賈母、政、王所不能知，不能言，而自他言之，是乃爲寶、黛哭，而本大段大聲疾呼者也。

王夫人聽了這話，如雷轟電掣的一般，安得不爾。正觸了金釧兒之事，觸在金釧，誅襲人說理之心也。心下越發感愛襲人不盡。忙笑道：「我的兒！你竟有這個心胸，想得這樣周全，我何曾又難想到這裏？只是這幾次有事就忘了。你今日這一番話提醒了我，難爲你成全我娘兒兩個聲名體面，這便是成全，絶倒。真真我竟不知道你這樣好。罷了，你且去罷，我自有道理。有何道理？只是還有一句話，你今既說了這樣的話，我就把他交給你了，認賊爲子，交給他了，絶倒。好歹留心，保全了他，就是保全了我，我自然不辜負你。」襲人連連答應着去了。

回來正值寶玉睡醒，襲人回明香露之事，寶玉喜不自禁，即令調來吃，果然香妙非常。因心下記罣着黛玉病，心裏要打發人去，只是怕襲人。何等跋扈，令人髮指。便設一法，先使襲人往寶釵那裏去借書。何書？襲人去了，在寶亦明知二人一氣，故於前駡之踢之，以爲非必無意。寶玉便令晴雯來，必用他，是一是二。吩咐道：「你到林姑娘那裏看看做什麼呢，他要問我，只說我好了。」晴雯道：「白眉赤眼兒的，做什麼去呢？到底說句話兒，也像一件事。」便是襲人記罣的一件事。寶玉道：「沒有什麼可說的。」肺腑已訴，尚有何說。晴雯道：「若不然，或是送件東西，或是取件東西。這東西便是金釧弄壞的。不然我去了，怎麼樣搭赸呢？」寶玉想了一想，便伸手拿了兩條手帕子，所是東西，心而已矣，心不可見，而信手拈來便是。撩與晴雯，笑道：「也罷，就說我叫你送這個給他去了。」晴雯道：「這又奇了！他要這半新不舊的兩條帕子？他又要惱了，說你打趣他。」我亦云然。寶玉笑道：「你放心，令晴放心，令黛放心也。他自然知道。」心是一心。

晴雯聽了，只得拿了帕子往瀟湘館來。只見春纖正在欄杆上晾手帕子，生命之主殲於此矣，故春纖到此一見，而已晾手帕了。見他進來，忙摇手兒説：「睡下了！」晴雯走進來，滿（屋）（面）漆黑，並未點燈，一團黑氣。黛玉已睡在床上，問：「是誰？」晴雯忙答道：「晴雯。」黛玉道：「做什麽？」晴雯道：「二爺送帕子來給姑娘。」黛玉聽了，心中發悶，暗想：「做什麽送手帕子來給我？」略作一宕，因自不可少。問：「這帕子是誰送他的？必定是好的，叫他留着送别人去罷，我這會不用這個。」晴雯笑道：「不是新的，就是家常舊的。」林黛玉聽了，越發悶住，細心搜求，一時方大悟過來。「情」字「心」字一齊結。連忙説：「放下，去罷。」四字徹上徹下。晴雯只得放了，抽身回來。一路盤算，不解何意。

這林黛玉體貼出手帕子的意思來，不覺神魂馳蕩：「寶玉這番苦心，能領會我這番苦意，又令我可喜。我這番苦意不知將來如何，又令我可悲。忽然好好的送兩塊帕子來，若不是領我深意，單看了這帕子，又令我可笑。再想私相傳遞，我又可懼。我自己每每好哭，想來也無味，又令我可愧。」喜、悲、笑、懼、愧，正與三十二回驚喜悲歎相針對。如此左思右想，一時五内沸然，由不得餘意纏綿，便命掌燈，也想不起嫌疑避諱等事，研墨蘸筆，便向那兩塊舊帕上寫道：

眼空蓄淚淚空垂，暗灑閑抛卻爲誰？尺幅鮫綃勞惠贈，教人焉得不傷悲！其一。第一詩慮其不知而知矣。重「卻爲誰」「勞惠贈」，意乃説既往。

抛珠滾玉只偷潸，鎮日無心鎮日閑。枕上袖邊難拂拭，任他點點與斑斑。其二。第二詩慮其不定而定矣。重「無心」「任他」，意乃説現在。

彩綫難收面上珠，湘江舊迹已模糊。窗前亦有千竿竹，不識香痕漬也無？其三。第三詩既知既定，是明明以妃許之。妃，配也。重「湘江」「舊迹」，意乃説將來。○此三詩總還淚賬。帕猶言怕，不放心也，又承淚之物。一還一收，（收）彼此清結。

林黛玉還要往下寫時，覺得渾身火熱，面上作燒。走至鏡臺，揭起錦袱一照，只見腮上通紅，真合壓倒桃花。卻不知病由此深。病由此深乃作者提掇之語，透下文「斷癡情」也。而在黛玉則心安意穩，以爲此事定矣，故自此以後與寶玉更無口角，是乃大交關處。一時方上床睡去，猶拿着帕子思索，不在話下。

卻説襲人來見寶釵，誰知寶釵不在園内，往他母親那裏去了。襲人不便空手回來，等至二更，寶釵方回。原來寶釵素知薛蟠情性，心中已有一半疑薛蟠挑唆了人來告寶玉的，誰知又聽襲人説出來，越發信了。究竟襲人是焙茗説的，那焙茗也是私心窺度，並未據實，大家都是一半猜度，一半據實，竟認準是他説的。薛蟠因素日有這個名聲，其實這一次卻不是他幹的，被人生生的一口咬死是他，有口難分。此非反話隱話，乃實爲薛蟠出脱。蓋號爲獃霸王，猶許爲三代以下負氣任性不可馴制之人，在薛氏尚有罪人不孥之意。今以此事，衆共信之，釵亦信之，而勸、而仇，至於置之死地而不顧，是乃於釵又坐一重因色殺兄罪案也。評在四十八回。這日正從外頭吃了酒回來，見過母親，只見寶釵在這裏，説了幾句閑話，因問：「聽見寶兄弟吃了虧，是爲什麽？」薛姨媽正爲這個不自在，見他問時，便咬着牙道：「不知好歹的冤家！都是你鬧的，你還有臉來問？」薛蟠見説，便怔了，忙問道：「我何嘗鬧什麽！」薛姨媽道：「你還裝腔呢！人人都知道是你説的，還賴呢！」薛蟠道：「人人説我殺了人，也就信了罷？」薛姨媽道：「連你妹妹都知道是你説，難道他也賴你不成？」寶釵忙勸道：「媽媽和哥哥且別叫喊，且別叫喊，絶倒。消消停停的，就有個青紅皂白了。」要這青紅皂白則甚？向薛蟠道：「是你説的也罷，不是你説的也罷，事情也過去了，不必較正，倒把小事弄大了。我只勸你，從此以後少在外頭胡鬧，少管別人的事。天天一處大家胡逛，你是個不防頭的人，過後没事就罷了，倘或有事，不是你幹的，人人都也疑惑説是你幹的。不用别人，我先就疑惑你。」愈開脱愈坐實。「我」字甚響。

薛蟠本是個心直口快的人，見不得這樣藏頭露尾的事，又是寶釵勸他不要逛去，他母親又説他犯舌，寶玉之打是他治的，早已急得亂跳，賭神發誓的分辨。又駡衆人：「誰這樣編派我？我把那囚攮的牙敲了！罵得痛快。分明是爲打了寶玉，没的獻勤兒，拿我做幌子。難道寶玉是天王？他父親打了他一頓，一家子定要鬧幾天！那一回爲他不好，姨父打了他兩下子，過後老太太不知怎麽知道了，説是珍大哥治的，好好的叫了去駡了一頓。虚設一案，與「當日爲秦鍾鬧的天翻地覆」暗相影射。今日越發拉上我了！既拉上我，也不怕，索性進去把寶玉打死了，我替他償命，大家乾浄！」不必有此事，不可無此言。一面嚷，一面找起一根門閂來就跑。慌得薛姨媽抓住駡道：「作死的孽障！你打誰去？你先打我來！」薛蟠的眼急得銅鈴一般，嚷道：「何苦來！又不叫我去，又好好的賴我！將來寶玉活一日，我耽一日的口舌，不如大家死了清浄。」三「我」字如聞，立一獃霸王傳。筆歌墨舞，暢滿已極。寶釵忙也上前勸道：「你忍耐些兒罷！媽媽急的這個樣兒，你不説來勸，你倒反鬧得這樣。别説是媽媽，便是旁人來勸你，也爲你好，倒把你的性子勸上來了！」薛蟠道：「你這會子又説這話，都是你説的！」寶釵道：「你只怨我説，再不怨你那顧前不顧後的形景！」薛蟠道：「你這會怨我顧前不顧後，你怎麽不怨寶玉在外頭招風惹草的呢？別説別的，只拿前日琪官兒的事比給你們聽。那琪官兒我們見了十來次，他並未和我説一句親熱話，怎麽前日見了他，連姓名還不知，就把汗巾子給與他？難道這也是我説的不成？」一陣吵鬧，悉是摹空。至此，反從薛蟠口中打到實際，何等文心。薛姨媽和寶釵急的説道：「還提這個！可不是爲這個打他呢！可見是你説的了。」薛蟠道：「真真的氣死人了！賴我説的，我不惱，我只爲一個寶玉就鬧得這樣天翻地覆的！」三「我」字又響。寶釵道：「誰鬧？你先持刀動杖的鬧起來，倒説是別人鬧！」薛蟠見寶釵説的話句句有理，難以駁正，比母親的話反難回答，因此便要設法拿話堵回他去，就無人敢攔自己的話了。也因正在氣頭上，未曾想話之輕重，便道：「好妹妹，你不用和我鬧，我早知道你的心了。獃到絶頂，薛蟠死也！從前媽媽和我説你這金要揀有玉的纔可配，你留了心，見寶玉有那勞什子，你自然如今行動護着他。」金要配玉，和我説猶可言也，和王夫人説不可言也。夫既和我説矣，以我之心直口快，焉知我不更與非我者説？既可與非我者説，焉保無一二耳明心亮者出一語而立破其詐？則是和我説者已聚九州鐵鑄此一大錯，其將何法使既和我説仍爲未和我説者乎？事至此，我亦不知何以安置我耳。話未説了，把個寶釵氣怔了。非氣怔，乃嚇極。拉着薛姨媽哭道：「媽媽你聽！哥哥説的是什麽話！」薛蟠見妹妹哭了，便知自己冒撞，便賭氣走到自己房裏安歇不提。

寶釵滿心委屈氣忿，待要怎樣，又怕他母親不安，自然不安。少不得含淚別了母親，各自回來。到了房裏整哭了一夜。一夜中多少佈置。次日一早起來，也無心梳洗，胡亂整理，便出來瞧母親。可巧遇見黛玉獨在花影之下，問他：「那裏去？」寶釵因說：「家去。」口裏說着，便只管走。黛玉見他無精打彩的去了，又見眼上好似有哭泣之狀，大非往日可比。便在後面笑道：「姐姐也自己保重些兒！就是哭出兩缸淚來，也醫不好棒瘡！」刻薄尖酸，益無忌憚。「蘭言解疑癖」一番用度，在釵必不可緩矣。

不知寶釵如何對答，且聽下回分解。

此回爲黛玉作一束，自「意綿綿」「警芳心」「發幽情」「惜情女」諸回書迤邐而來，到此結穴。爲寶釵作一起，凡「梅花絡」「絳芸軒」「解疑癖」「金蘭語」「見土儀」以至「成大禮」諸回書絡繹而生，從此發源。黛到此已無心，釵到此方有事。而「情」字又不容上下分析，黛爲情，釵亦何嘗非情？這情種原無分別，而在寶則情有獨鍾，故曰「情中情」，見釵情矣，而黛又情中之情也。看寫寶釵送藥，先有一情感境界可知。

自「撕扇子」至此爲一大段，以扇子串到底。晴雯撕扇，佳蕙拾扇，湘雲說扇搖扇，寶玉忘扇，襲人送扇，至王夫人芭蕉扇止，則思善之意可知。而所云《學》《庸》《詩》《易》，非閑人好爲附會。

此大段乃從理欲本根顯爲指示，而慨然於慶元宵天倫樂之難逢，以重明失教之禍烈也。孝先百行，一笑豈但偶逢？婚重人倫，兩小誰令自感！傷通靈之既溺，政已徒存；揚熱毒於方張，坎爲自陷。不思而已，何以行之？須速尋糊塗東西，訪個消息；切要防撞客胡說，陡宣底藴！

護花主人評曰：

寶釵説得半句，便咽住不説，寶玉已心感神移，痛亦不覺。此雙真之所以説塵緣未斷，無可奈何。通靈之玉不蔽于鬼，仍蔽于情矣。

寶釵已認定琪官一節是薛蟠播揚，引秦鍾舊事爲證，既勸寶玉改過，又爲乃兄排解，真是光明正大。

寶釵探望送藥，堂皇明正。黛玉進房，無人看見，又從後院出去，其鍾情固深于寶釵，而行蹤詭密，殊有涇渭之分。

寶釵勸寶玉説：「早聽人一句話，也不至有今日。」又説：「你這樣細心，何不在大事上做工夫？」理正而言直。黛玉勸寶玉，只説：「你從此可都改了罷！」言婉而情深。亦迥然各別。借王夫人問賈環話，引出襲人一番説話。襲人固善于乘機，文筆亦不鶻突。賈環搬舌，襲人諱而不言，省卻無數是非。

襲人説黛玉、寶釵，在山色有無中，妙極。

黛玉與寶玉處處不避嫌疑，密語私言。寶釵與寶玉往往正言相勸，毫無褻狎。二人舉動不同，鍾情無異。襲人雖心欽寶釵，而于防閑之處，仍相並提及，不分輕重，立言得體。

黛玉題詩潸泣，寶釵勸兄氣哭，一是情不自禁，一是情由人激，然總是因寶玉一人而起。

黛玉笑寶釵之哭，卻忘了自己眼腫，可謂恕己責人。

大某山民評曰：

襲人欲寶玉搬出園外住，卻是先説林姑娘，次説寶姑娘，一倒置而軒輊已分，正是妙處不在多也。

前揭襲人之隱者，有李嬤嬤。今揭寶釵之隱者，有薛蟠。前後相映成文。

此回仍是壬子年夏間事。

第三十五回　白玉釧親嘗蓮葉羹　黃金鶯巧結梅花絡

話説寶釵分明聽見林黛玉刻薄他，因記罣着母親、哥哥，并不回頭，一徑去了。這裏林黛玉還是立於花陰之下，遠遠的卻向怡紅院内望着。只見李宫裁、迎春、探春、惜春并各項人等，都向怡紅院内去過之後，一起一起的散盡了，只不見鳳姐兒來。心内自己盤算道：「如何他不來看寶玉？便是有事纏住了，他必定也是要來打個花胡哨，明知虎傷人，而故攖其怒，是爲蠢才。討老太太、太太的好兒纔是。今兒這早晚不來，必有原故。」一面猜疑，一面抬頭再看時，只見花花簇簇一羣人，又向怡紅院内來了。定睛看時，只見賈母搭着鳳姐兒的手，後頭邢夫人、王夫人，跟着周姨娘並丫頭媳婦等人，都進院去了。從他眼中歷寫諸人，衆寡相形，其實難受。黛玉看了，不覺點頭，想起有父母的好處來，早又淚珠滿面。少頃，只見寶釵、薛姨娘等也進去。忽見紫鵑從背後走來説道：「姑娘吃藥去罷，開水又冷了。」黛玉道：「你到底要怎麼樣？只是催我！吃不吃與你什麼相干？」紫鵑笑道：「咳嗽的才好了些，又不吃藥了。如今雖是五月裏，又提五月。天氣熱，到底也該小心些。大清早起來，在這個潮地方站了半日，也該回去歇息了。」一句「歇息」話提醒了黛玉，方覺得有點腿酸。呆了半日，方慢慢的扶着紫鵑回瀟湘來。入情入理，寫得可憐。

一進院門，只見滿地下竹影參差，苔痕濃淡，不覺又想起《西廂記》中所云「幽僻處可有人行？點蒼苔白露泠泠」二句來，因暗暗的歎道：「雙文雖然命薄，尚有孀母弱弟。今我黛玉之薄命，一併連孀母弱弟俱無。」想到這裏，欲滴下淚來，即景生情，千條萬緒，其孤不敵釵明矣。不防廊上的鸚哥見黛玉來了，嘎的一聲撲了下來，倒嚇了一跳。因說道：「你作死呢，又搧了我一頭灰！」那鸚哥又飛上架去，便叫：「雪雁！快掀簾子，姑娘來了！」黛玉便止步，以手叩架道：「添了食水不曾？」那鸚鵡長歎一聲，竟大似黛玉素日吁歎音韻，接着念道：「儂今葬花人笑癡，他年葬儂知是誰？」即以其人之道，還治其人之身。口舌之禍，究至於此，其如不悟何！黛玉、紫鵑聽了，都笑起來。紫鵑笑道：「這都是姑娘素日念的，難爲他怎麼記了。」黛玉便將架摘下來，另掛在月洞窗外的鉤上，於是進了屋子，在月洞窗內坐了。吃畢藥，只見窗竹影映入紗窗，滿屋內陰陰翠潤，几簟生凉。黛玉無可釋悶，便隔着紗窗調逗鸚〔哥〕作戲，又將素日所喜的詩詞也教與他念，這且不在話下。

且說寶釵來至家中，只見母親正是梳洗呢，一見他來了，便說道：「你大清早起跑來做什麼？」寶釵道：「我看看媽媽身上好不好。昨兒我去了，不知他可又過來鬧了没有？」一面說，一面在他母親身上坐了，由不得哭將起來。此一哭有千百轉身。薛姨媽見他一哭，自己掌不住，也就哭了一場。一面又勸道：「我的兒，你别委曲了，你等我處分那孽障。你要有個好歹，我指望那一個來？」薛蟠在外聽見，連忙跑了過來，對着寶釵左一個揖，右一個揖，只說：「好妹妹，恕我這次罷！原是我昨兒吃了酒，回來晚了，路上撞着客了，來家未醒，不知胡說了什麽，連自己也不知道，怨不得你生氣。」寶釵原是掩面哭的，聽如此話，由不得又好笑了。遂抬頭向地下啐了一口，說道：「你不用做這象生兒，我知道你的心裏多嫌我們娘兒兩個，你是變着法兒叫我們離了你，就心净了。」薛蟠聽說，連忙笑道：「妹妹，這從那裏說起！妹妹從來不是這樣多心說歪話的人。」歪，不正也，便是倒話，又被薛蟠道破。薛姨媽忙又接着道：「你只會聽你妹妹的歪話，難道昨兒晚上你說的那話，就該的不成？當真是你發昏了。」薛蟠道：「媽媽也不必生氣，妹妹也不必煩惱，從今以後，我再不同他們一處吃酒閑逛，如何？」寶釵笑道：「這才明白過來了。」薛姨媽道：「你要有個横勁，那龍也下蛋了！」薛蟠道：「我若再和他們一處逛，妹妹聽見了，只管啐我，再叫我畜生，不是人，如何？自罵，罵他。何苦來，爲我一個，教娘兒兩個天天操心！媽媽爲我生氣還猶可恕；若只管叫妹妹爲我操心，我更不是人。如今父親没了，我不能多孝順媽媽，多疼妹妹，反叫娘母子生氣，妹妹煩惱，連個畜生不如了！」口裏說着，眼睛裏禁不住也滚下淚來。薛姨媽本不哭了，聽他一說，又吊起傷心來。寶釵勉强笑道：「你鬧够了，這會子又招着媽媽哭起來。」薛蟠聽說，忙收了淚，笑道：「我何曾招媽媽哭起來？罷，罷，罷！丢下這事莫提了。如何便能丢得下！香菱，來倒茶妹妹吃。」寶釵道：「我也不吃茶，等媽媽洗了手，我們就進去了。」薛蟠道：「妹妹的項圈，我看看只怕該炸一炸去了。」寶釵道：「黄澄澄的，又炸他作什麽？」薛蟠又道：「妹妹如今也該添些衣服了，要什麽顔色花樣，告訴我。」寶釵道：「連那些衣服還没穿遍了，又做什麽？」一時薛姨媽换了衣服，拉着寶釵進去，薛蟠方出去了。

這裏薛姨媽和寶釵進園來看寶玉，到了怡紅院中，只見抱廈裏外迴廊上許多的丫頭老媽站着，便知賈母等都在這裏。母女兩個進來，大家見過了。只見寶玉睡在榻上，薛姨媽問他：「可好些？」寶玉忙欠身，答應着：「好些。」又問他：「想什麼？只管告訴我。」寶玉笑道：「我想起來，自然和姨媽要去的。」王夫人又問：「你想什麼吃？回來好給你送來的。」寶玉笑道：「也倒不想什麼吃，倒是那一回做的小荷葉兒、小蓮蓬兒的湯還好些。」荷葉、蓮蓬，藕之所生。寓言思得偶也。鳳姐一旁笑道：「聽聽！口味不算高貴，只是太磨牙了。太磨牙，便是黛玉。鳳隱知專屬在此。巴巴的想這個吃了！」賈母便一疊連聲的叫：「做去！」鳳姐兒笑道：「老祖宗別急，我想想這模子是誰收着呢。」因回頭吩咐個婆子，問管廚房的去要。那婆子去了半日，來回說：「管廚房的說，四副湯模子，都繳上來了。」鳳姐兒聽說，又想了一想道：「記得也交上來了，就記不得交給誰了，多半在茶房裏。」又叫人去問管茶房的，也不曾收，次後還是管金銀器的送來了。薛姨媽先接過來看看，必是他接。原來是個小盒子，裏面裝着四副銀模子，都有一尺多長，一寸兒方，尺，人身也。方寸，人心也。絡其身，絡其心，都在此。上面鏨着有豆子大小，也有菊花的，也有梅花的，也有蓮蓬的，也有菱角的，共有三四十樣，打的十分精巧。因笑向賈母、王夫人道：「你們府上也都想絕了！吃碗湯，還有這些樣子。若不說出來，我見了這個，也認不得這是做什麼用的。」鳳姐也不等人說話，便笑道：「姑媽那裏曉得，這是去年備膳，他們想的法兒。其定自天，鳳姐但替天行道。不知弄些什麼麵印出來，借點新荷葉的清香，全仗着好湯，究竟没意思。誰家常吃他呢？那一回呈樣的做了一次，他今兒怎麼想起來了。」說着接了過來，遞與個婦人，吩咐廚房裏立刻拿幾只雞，另外添了東西，做出十碗湯來。此湯須集全力，故數用十。王夫人道：「要這些做什麽？」鳳姐兒笑道：「有個原故，這一宗東西，家常不大吃，今兒寶兄弟提起來了，單做給他吃，老太太、姑媽、太太都不吃，似乎不好。不如借勢兒弄些大家吃，托賴着連我也嘗個新兒。」直認嘗新。賈母聽見笑道：「猴兒，猴兒特點。把你乖的！拿着官中的錢做人情。」説的大家笑了。鳳姐也忙笑道：「這不相干，這個小東道，我還做得起。」便回頭吩咐婦人：「説給廚房裏，只管好生添補着做了，在我賬上領銀子。」婆子答應着去了。

寶釵一旁笑道：「我來了這麽幾年，留神看起來，二嫂子憑他怎麽巧，再巧不過老太太去。」賈母聽説，便答道：「我的兒！我如今老了，那裏還巧什麽？當日我像鳳姐兒這麽大年紀，比他還來的呢！他如今雖説不如我們，也就算好了，比你姨娘强多了！你姨娘可憐兒的，不大説話，和木頭似的，活木主便是賈政，原本無氣。在公婆跟前就〔不〕獻好兒。鳳姐兒嘴乖，怎麽怨得人疼他！」寶玉笑道：「若這麽説，不大説話的就不疼了？」賈母道：「不大説話的，又有不大説話的可疼之處。嘴乖的，也有一宗可嫌的，這是説黛玉，賈母已嫌之矣。倒不如不説的好。」寶玉笑道：「這就是了！我説大嫂子倒不大説話呢，老太太也是和鳳姐姐一樣看待。若説單是會説話的可疼，這些姐妹裏頭，也只鳳姐姐和林妹妹可疼了。」賈母道：「提起姊妹們，不是我當着姨太太的面奉承，千真萬真，從我們家裏四個女孩兒算起，都不如寶丫頭。」薛姨媽聽説，忙笑道：「這話老太太説偏了！」王夫人忙又笑道：「老太太時常背地和我説寶丫頭好，這倒不是説假話。」寶玉勾着賈母原爲讚林黛玉，不想反讚起寶釵來，倒也事〔出〕望外，便看着寶釵一笑。寶釵早扭過頭去，和襲人説話去了。

忽有人來請吃飯，賈母方立起身來，命寶玉：「好生養着罷！」把丫頭們囑咐了一回，方扶着鳳姐兒，讓薛姨媽，大家出房去了。猶問：「湯好了不曾？」又問薛姨媽等：「想什麽吃，只管告訴我。我有本事叫鳳丫頭弄出來咱們吃。」薛姨媽道：「老太太也會慪他的，時常弄了東西孝敬，究竟又吃不多。」鳳姐兒笑道：「姑媽，你倒别這樣説！我們老祖宗只是嫌人肉酸，若不嫌人肉酸，早已把我還吃了呢！」一句話没説了，引的賈母衆人都哈哈的笑起來。寶玉在房裏也忍不住笑。襲人笑道：「真真的二奶奶的嘴怕死人。」寶玉伸手拉着襲人，笑道：「你站了這半日，可乏了？」一面説，一面拉他身傍坐下了。身傍坐下，已爲「絳芸軒」寫一照。襲人笑道：「可是又忘了！趁寶姑娘在院子内，你和他説，煩他們的鶯兒來打上幾根絛子。」寶玉笑道：「虧你提起來。」説着，便仰頭向窗外道：「寶姐姐，吃過飯叫鶯兒來，煩他打幾根絛子，可得閑麽？」寶釵聽見，回頭道：「怎麽不得閑兒？一會叫他來就是了。」賈母等尚未聽真，都止步問寶釵，説明了，賈母便説道：「好孩子！你叫他替你兄弟打幾根，你要人使，我那裏閑的丫頭多着呢，你喜歡誰，只管叫來使唤。」薛姨媽、寶釵等都笑道：「只管叫他來做就是了，有什麽使唤的去處？他天天也是閑着淘氣。」

大家説着，往前正走，忽見湘雲、平兒、香菱等在山石邊掐鳳仙花呢，見了他們走來，都迎上來。少頃，出至園外，王夫人恐賈母乏了，便欲讓至上房内坐。賈母也覺的腿酸，便點頭依允。王夫人便命丫頭忙先去鋪設坐位。那時趙姨娘推病，只有周姨娘與那婆娘丫頭們忙着打簾子，立靠背，鋪褥子。賈母扶着鳳姐兒進來，與薛姨媽分賓主坐了。薛寶釵、史湘雲坐在下面。必寫釵坐，正室婚主也。王夫人親捧了茶來，奉與賈母。李宮裁捧與薛姨媽。賈母向王夫人道：「讓他們小妯娌伏侍，你在那裏坐了好說話兒。」王夫人方向一張小杌上坐下了，便吩咐鳳姐兒道：「老太太的飯，放在這裏，添了東西來。」鳳姐兒答應出去，便命人至賈母那邊告訴。那邊的婆娘們忙往外傳了，丫頭們忙都趕過來，王夫人便命請姑娘們去。請了半天，只有探春、惜春兩個來了。此際可勝歎息。迎春身上不耐煩，不吃飯。林黛玉是不消說，十頓飯只好吃五頓，衆人也不着意了。少頃飯至，衆人調放了桌子，鳳姐兒用手巾裹了一把牙筯，站在地下，笑道：「老祖宗和姨媽不用讓，還聽我說說就是了。」賈母笑向薛姨媽道：「我們就是這樣。」薛姨媽笑着應了。於是鳳姐放下四雙筯，上面兩雙，是賈母、薛姨媽，兩邊是寶釵、湘雲的。王夫人、李宮裁等都在下面看放着菜。鳳姐先忙着要乾净傢伙來，替寶玉揀菜。少頃荷葉湯來，賈母看過了，王夫人回頭見玉釧兒在那裏，便命玉釧與寶玉送去。鳳姐道：「他一個拿不去。」可巧鶯兒和同喜兒都來了，寶釵知道他們已吃了飯，便向鶯兒道：「寶二爺正叫你去打縧子，你們兩個一同去罷。」是爲同喜。鶯兒答應着，同玉釧兒出來。

鶯兒道：「這麼怪熱的，怎麼端了去？」玉釧笑道：「你放心，我自有個道理！」說着便命一個婆子來，將湯飯等類放在一個捧盒内，命他端了跟着，他兩個卻空着手。一直到了怡紅院門口，玉釧兒方接了過來，同鶯兒進入房中。襲人、麝月、秋紋三個人正和寶玉頑笑呢，見他兩個來了，都忙起來笑道：「你們兩個怎麼來（的這麼）碰巧，一齊來了！」一面說，一面接了下來。玉釧便向一張小杌上坐了。鶯兒不敢坐下，襲人便忙端了個脚踏來，鶯兒還不敢坐。寶玉見鶯兒來了，卻倒十分歡喜。見了玉釧兒，便想起他姐姐金釧兒來，又是傷心，又是慚愧。倒騰到上半回，情景恰像。便把鶯兒丢下，且和玉釧說話了。襲人見把鶯兒不理，恐鶯兒沒好意〔思〕的，又見鶯兒不肯坐，便拉鶯兒出來，到外邊房裏去吃茶說話去了。

這裏麝月等預備了碗筯來伺候吃飯，寶玉只是不肯吃。便問玉釧兒：「你母親身上可好？」玉釧兒滿臉怒色，正眼也不看寶玉，半日，方說了一個「好」字。寶玉便覺沒趣。半日，只得又陪笑問道：「誰叫你替我送來的？」玉釧兒道：「不過是奶奶太太們！」寶玉見他還是哭喪着臉，便知他是爲金釧兒的緣故。待要虛心下氣的哄他，又見人多，不好下氣得。因而便尋方法，將人都支出去，然後又陪笑問長問短。那玉釧兒先雖不欲理他，只管見寶玉一些性氣也沒有，憑他怎麽喪謗，還是温存和氣，自己倒不好意思的了，臉上方有三分喜色。寶玉便笑求他：「好姐姐，你把那湯端來，我嘗嘗。」玉釧兒道：「我從來不會喂人東西，等他們來了再吃。」寶玉笑道：「我不是要你喂我，我因爲走不動，你遞給我吃了，你好趕早回去交代了，你好吃飯的。我只管躭誤了時候，你豈不餓壞了？你要懶待動，我少不得忍了疼，下去取來。」說着便要下床來，扎挣起來，禁不住「噯喲」之聲。玉釧兒見他這般，忍耐不住，起身說道：「躺下去罷。那世裏造下了孽，這會子現世現報，叫我那一個眼睛看得上！」一面說，一面「撲」的一聲又笑了，端過湯來。寶玉笑道：「好姐姐！你要生氣，只管在這裏生罷。見了老太太、太太，可放和氣些。若還這樣，你就要挨罵了。」玉釧道：「吃罷，吃罷！不用和我甜嘴蜜舌的，我不信這樣話。」説着催寶玉喝了兩口湯。寶玉故意説：「不好吃！」玉釧兒道：「阿彌陀佛！這還不好吃，什麽好吃呢？」寶玉道：「一點味兒也没有。你不信，嘗一嘗，就知道了。」玉釧兒果真賭氣嘗了一嘗。寶玉笑道：「這可好吃了！」玉釧兒聽説，方解過他的意思來，原是寶玉哄他吃一口。便説道：「你既説不吃，這會子説好吃，也不給你吃了！」寶玉只管陪笑，央求要吃。玉釧兒又不給他，一面又叫人打發吃飯。

丫頭方進來時，忽有人來回話，説：「傅二爺家的兩個媽媽來請安，來見二爺。」寶玉聽説，便知是通判傅試家的媽媽來了。那傅試原是賈政的門生，原來都賴賈家的名聲得意，賈政也着實看待，與别個門生不同，他那裏常遣人來走動。寶玉素昔最厭勇男蠢婦的，今日卻如何又命這兩個婆子進來？其中原來有個緣故。只因那寶玉聞得傅試有個妹子名唤秋芳，也是個閨瓊秀玉，常人傳説才貌俱佳，雖未目睹，然遐思遥愛之心，十分誠敬，不命他每進來，恐薄了傅秋芳，因此連忙命讓進來。那傅試原是暴發的，因傅秋芳有幾分姿色，聰明過人，那傅試安心仗着妹子，要與豪門貴族結親，不肯輕易許人，所以躭誤到如今，傅秋芳已二十三歲，尚未許人。怎奈那些豪門貴族，又嫌他本是窮酸，根基淺薄，不肯求配。那傅試與賈家親密，也自有一段心事。今日遣來的兩個婆子，偏生是極無知識的，聞得寶玉要見，進來只剛問了好，説了没兩句話。那玉釧兒見生人來，也不和寶玉厮鬧了，手裏端着湯，卻只顧聽。寶玉又只顧和婆子説話，一面吃飯，伸手去要湯。兩個人的眼睛都看着人，不想伸猛手，便將碗撞翻，將湯潑了寶玉手上。玉釧兒倒不曾燙着，嚇了一跳，忙笑道：「這是怎麽了？」慌的丫頭們忙上來接碗。寶玉自己燙了手，倒不覺的，只管問玉釧兒：「燙了那裏了？疼不疼？」玉釧兒和衆人都笑了。玉釧兒道：「你自己燙了，只管問我！」寶玉聽了，方覺自己燙了。衆人上來，連忙收拾。寶玉也不吃飯了，洗手吃茶，又和那兩個婆子説了兩句話。然後兩個婆子告辭出去，晴雯等送至橋邊方回。

那兩個婆子見没人了，一行走，一行談論。這一個笑道：「怪道有人説他們家寶玉是像貌好，裏頭糊塗，中看不中吃的。果然竟有些獃氣的！他自己燙了手，倒問別人疼不疼，這可不是獃子？」此是眼見。那一個又笑道：「我前一回來，聽見他家裏許多人抱怨，千真萬真的有些獃氣。大雨淋的水雞似的，他反告訴別人：『下雨了，快避雨去罷！』你説可笑不可笑？時常没人在跟前，就自哭自笑的。看見燕子，就和燕子説話。河内看見魚，就和魚兒説話。見了明星月亮，他便不是長吁短歎的，就是咕咕噥噥的。且一點剛性也没有，連那毛丫頭的氣都受到了。愛惜起東西來，連個綫頭都是好的。糟蹋起來，那怕值千值萬的，都不管好歹了。」又立寶玉小傳，與傅試一段相照。兩個人一面説，一面走，出園回去，不在話下。

且説襲人見人去了，便携了鶯兒過來，問寶玉：「打什麽縧子？」寶玉笑向鶯兒道：「纔只顧説話，就忘了你。煩你來不爲别的，替我打幾根絡子。」鶯兒道：「裝什麽的絡子？」寶玉見問，便笑道：「不管裝什麽的，你都每樣打幾個罷。」鶯兒拍手笑道：「這還了得！要這樣，十年也打不完了。」畫出鶯兒，恍然紙上，乃責博愛。寶玉笑道：「好姐姐，你閑着也没事，都替我打了罷。」襲人笑道：

「那裏一時都打得完！如今先揀要緊的打兩個罷。」鶯兒道：「什麽要緊，不過是扇子、香墜兒、汗巾子。」寶玉道：「汗巾子就好。」鶯兒道：「汗巾子是什麽顔色？」寶玉道：「大紅的。」鶯兒道：「大紅的要黑絡子纔好看，或是石青的，纔壓得住顔色。」寶玉道：「松花配什麽？」鶯兒道：「松花色配桃紅。」寶玉道：「這纔姣豔。再要雅淡之中，帶些姣豔。」鶯兒道：「葱緑、柳黄，我是最愛的。」寶玉道：「也罷了。也打一條桃紅，再打一條葱緑。」鶯兒道：「什麽花樣呢？」寶玉道：「前兒你替三姑娘打的那花樣是什麽？」鶯兒道：「是攢心梅花。」寶玉道：「就是那樣好。」一面說，一面襲人剛拿了綫來。窗外婆子說：「姑娘們的飯都有了。」寶玉道：「你們吃飯去，快吃了來罷。」襲人笑道：「有客在這裏，我們怎好去的？」鶯兒一面理綫，一面笑道：「這話又打那裏説起？正經快吃了飯來。」襲人等聽説，方去了，只留下兩個小丫頭呼唤。

寶玉一面看鶯兒打絡子，一面説閑話。因問他：「十幾歲了？」鶯兒手裏打着，一面答説：「十六歲了。」寶玉道：「你本姓什麽？」鶯兒道：「姓黄。」寶玉笑道：「這個名字倒對了，果然是個黄鶯兒。」鶯兒笑道：「我的名字，本來是兩個字，叫個金鶯。姑娘嫌拗口，就單叫鶯兒，便是寶釵。鶯，崔鶯也，《西廂》之主。如今就叫開了。」寶玉道：「寶姐姐也算疼你了，到明日寶姐姐出嫁，少不得是你跟去了。」鶯兒抿嘴一笑。寶玉笑道：「我常常和襲人説，明兒不知那一個有福的，消受你們主兒兩個呢！」鶯兒笑道：「你還不知我們姑娘，有幾樣世上人都没有的好處呢，模樣兒還在其次。」

好姐姐，告訴我聽。」鶯兒道：「我告訴你，你可不許又告訴他去。」寶玉笑道：「這個自然的。」一段寶玉見鶯兒姣腔婉轉，語笑如癡，早不勝其情了，那堪更提起寶釵來？便問道：「他好處在那裏？

百轉千腔，而好處究在不能説處。

正説着，只聽見外頭説道：「怎麽這樣静悄悄的？」二人回頭看時，不是别人，正是寶釵來了。寶玉忙讓坐，寶釵坐了。因問鶯兒：「打什麽呢？」一面問，一面向他手裏去看，纔打了半截。寶釵笑道：「這有什麽趣兒？倒不如打個絡子，把玉絡上呢。」一句話提醒了寶玉，便拍手笑道：「倒是姐姐説得是，我就忘了。只是配什麽顔色纔好？」寶釵道：「若用雜色，斷然使不得，用大紅又犯了色，黄的又不起眼，黑的又太暗。等我想個法兒，把那金綫拿來配着黑珠兒綫，一根一根的拈上，打成絡子，這纔好看。」寶玉聽説，喜之不盡，一叠連聲就叫襲人來取金綫。正值襲人端了兩碗菜走進來，告訴寶玉道：「今兒奇怪，剛纔太太打發人替我送了兩碗菜來。」寶玉笑道：「必定是今兒菜多，送給你們大家吃的。」襲人道：「不是，指名給我來，還不叫我過去磕頭，你看這可是奇了？」寶釵笑道：「給你的，你就去吃，這有什麽猜疑的。」襲人道：「從來没有的事，倒叫我不好意思的。」寶釵抿嘴一笑，説道：「這就不好意思了？明兒還有比這個更叫你不好意思的呢！」知之諗矣。襲人聽説話内有因，素知寶釵不是輕口薄舌奚落人的，自已想起上日王夫人的意思來，便再不提。將菜與寶玉看了，説：「洗了手，來拿綫。」説畢便一直出去了。吃過飯，洗了手進來，拿金綫與鶯兒打絡子。此時寶釵早被薛蟠來請出去了。

這裏寶玉正看着打絡子，忽見邢夫人那邊遣了兩個丫頭，送了兩樣果子來與他吃，問他：「可走得了麽？若走得動，叫哥兒明早過去散散心，太太着實記罣着呢。」寶玉忙道：「若走得了，必定過來請太太、哥哥的安了。今疼的比先好些，請太太放心罷。」一面叫他兩個坐下，一面又叫：「秋紋來，把纔那果子拿一半送與林姑娘去。」秋紋答應了，剛欲去時，只聽黛玉在院内説話。寶玉忙叫：「快請！」

要知端的，且看下回分解。

自此回至三十八回爲一大段，乃寶釵文字，結「奇緣」「巧合」之案。凡「設奇謀」「成大禮」「斷癡情」「卻塵緣」，無不一齊結穴。

本回上下不容分析，玉釧、金鶯、寶釵乃一人。嘗羹、結絡是「巧合」一事。必先結後嘗，故唤金鶯在先，差玉釧在後；然非嘗無以結，故鶯釧同來，而嘗究先於結。釧之情急，釧之謀亦良苦矣。

第八回曰「巧合」，乃金玉甫會合而未合，必結之而始真合也。此回曰「巧結」、曰「絡」，而玉入金中，斯真合而爲一矣。其實皆文人自布其文。將寫「成大禮」，必先寫「繡鴛鴦」；將寫「繡鴛鴦」，必先寫「梅花絡」。其步驟自應爾也。

護花主人評曰：

寶釵因晚間受薛蟠委曲，又記掛母兄，所以早起。黛玉起得更早，是專想寶玉，又不好進院，獨立花陰之下。其千思萬想，一夜無眠，如畫紙上。

鸚鵡念詩，獨念哭花二句，可見黛玉無日不哭，無日不念哭花詩。又先引《西廂》二句以襯哭花詩，文章既前後映照，而黛玉之癡情，亦描寫透澈。

自「寶釵來至家中」句至「薛蟠方出去」句止一段文字，是補寫寶釵早起回家後情事，以了結昨晚薛蟠胡鬧一節。

「蓮葉羹」「梅花絡」，引出三十七回「海棠社」「菊花題」。

寶玉想讚黛玉，賈母偏讚寶釵，更見賈母久已屬意寶釵。

玉釧、金鶯，亦是關照金玉良緣。

夾寫傅秋芳一段，形容寶玉癡獃。

鶯兒正要說寶釵好處，卻被寶釵走來沖斷，藏蓄大有意味。

鶯兒正打梅花絡，寶釵忽叫打玉絡，又用金綫配搭，金與玉已相貼不離。

黛玉綫穗已經剪斷，寶釵綫絡從此結成。

大某山民評曰：

此回仍是壬子年夏間事。

第三十六回　繡鴛鴦夢兆絳芸軒　識分定情悟梨香院

話説賈母自王夫人處回來，見寶玉一日好一日，心中自是歡喜。因怕將來賈政又叫他，遂命人將賈政的親隨小厮頭兒喚來，吩咐他：「已後倘有會人待客諸樣的事，你老爺要叫寶玉，你不用上來傳話，就回他説我説：一則打重了，要着實將養幾個月纔走得；二則他的星宿不利，祭了星，不見外人，過了八月，纔許出二門。」賈母一番吩咐，大書特書，其罪不待言矣。在政之上不能悟親、下不能教子，一打了事；王之知而不知，「我自有道理」，其道理果安在哉？可勝歎息！是此回、此段，大提掇文字。○過了八月，過秋金三月也，則星宿當爲金，恰是不利。那小厮頭兒聽了，領命而去。賈母又命李嬷嬷、襲人等來，將此話説與寶玉，使他放心。那寶玉素日本就懶與士大夫諸男人接談，又最厭峨冠禮服、賀吊往還等事，今日得了這句話，越發得了意，不但將親戚朋友一概杜絶了，而且連家庭中晨昏定省，一發都隨他的便了。大書特書。日日只在園中遊玩坐卧，是漸字。不過每日一清早到賈母、王夫人處走走就回來了，卻每日甘心爲諸丫頭充役，竟也得十分消閑日月。或如寶釵輩有時見機勸導，此回開首寫他是勸導，絶倒。反生起氣來了，説：「好好的一個清浄潔白女子，也學的釣名沽譽，入了國賊禄蠹之流。這總是前人無故生事，立意造言，原爲引導後世的鬚眉濁物。不想我生不幸，亦且瓊閨繡閣中亦染此風，真真有負天地鍾靈毓秀之德！」從此便不能清淨潔白了，罵得痛快！乃將寫合，先寫離，見終竟既合而仍離也。衆人見他如此瘋顛，也都不向他說正經話了。獨有林黛玉自幼不曾勸他去立身揚名，所以深敬黛玉。黛在此，黛而直用其黛亦在此，尚得爲古之愚。

閑言少述。如今且說鳳姐自見金釧兒死後，忽見幾家僕人常來孝敬他些東西，其主金玉便是爲此。又不時的來請安奉承，自己倒生了疑惑，不知何意。這日又見人來孝敬他東西，因晚間無人時，笑問平兒。平兒冷笑道：「奶奶連這個都想不起來了？我猜他們的女兒，都必是太太房裏的丫頭。如今太太房裏有四個大的，一個月一兩銀子的分例，下剩的都是一個月只幾百錢。如今金釧兒死了，必定他們要弄這一兩銀子的巧宗兒呢。」鳳姐聽了，笑道：「是了，是了，倒是你提醒了我。看來這起人也太不知足，錢也賺彀了，苦事情又攤不着，弄個丫頭搪塞身子就罷了，又要想這個！也罷了，他們幾家的錢也不能容易花到我跟前，這是他們自尋的，送什麼來我就收什麼，橫豎我有主意。」鳳姐兒安下這個心，所以只管躭延着，等那些人把東西送足了，然後乘空方回王夫人。

這日午間，薛姨媽母女兩個與林黛玉等正在王夫人房裏，大家吃西瓜。便是瓜爬犁。鳳姐兒得便回王夫人道：「自從金釧兒姐姐死了，太太跟前少着一個人了，太太或看準了那個丫頭，就吩咐了，下月好發放月錢。」王夫人聽了，想了一想道：「依我說，什麼是例，必定四個五個的，彀使就罷了，竟可以免了罷。」鳳姐笑道：「論理，太太說的也是。只是原是舊例，別人屋裏還有兩個哩，太太倒不按例了？況且省下一兩銀子，也有限的。」王夫人聽了，又想一想道：「也罷，這個分例只管關了來，不用補人，就把這一兩銀子給他妹妹玉釧兒罷。他姐姐伏侍了我一場，沒個好結果，剩下他妹妹跟着我，吃個雙分子也不爲過。」二而一，釵必用雙。鳳姐答應着，回頭望着玉釧兒笑道：「大喜，大喜！」玉釧兒過來磕了頭。王夫人又問道：「正要問你，如今趙姨娘、周姨娘的月例多少？」鳳姐道：「那是定例，每人二兩，趙姨娘有環兄弟的二兩，共是四兩，另外四串錢。」王夫人道：「月月可都按數給他們？」鳳姐見問得奇，忙道：「怎麼不按數給？」王夫人道：「前兒恍惚聽見有人抱怨，説短了一串錢，「絳芸軒」即「初試」，即「一進」，乃劉老老循環演義，故先以一串錢從周、趙處發之。一串錢，劉老老也。是什麼緣故？」鳳姐忙笑道：「姨娘們的丫頭月例，原是人各一吊錢。從舊年他們外頭商議的，姨娘們每位丫頭分例減半，人各五百錢。每位兩個丫頭，所以短了一串錢。這也抱怨不着我，我倒樂得給呢，他們外頭又扣着，我難道添上不成？這個事，我不過是接手兒，怎麼來，怎麼去，由不得我做主。我倒説了兩三回，仍舊添上這兩分的爲是，他們説只有這個數，叫我難再説了。如今我手裏，每月連日子都不錯給他們呢。先時在外頭關，那個月不打饑荒？何曾順順溜溜的得過一遭兒！」王夫人聽説，就停了半晌，又問：「老太太屋裏幾個一兩的？」鳳姐道：「八個。如今只有七個，那一個是襲人。」王夫人道：「這就是了。你寶兄弟也并沒有一兩的丫頭，襲人還算老太太房裏的人。」鳳姐笑道：「襲人還是老太太的人，不過給的寶兄弟使，他這一兩銀子，還在老太太的丫頭分例上領。如今説因爲襲人是寶玉（的）人，裁了這一兩銀子，斷乎使不得。襲人得備妾數，亦由他夾攻而來。若説再添一個人給老太太，這個還可以裁他的。若不裁他的，須得環兄弟屋裏也添上一個，纔公道均勻了。纔説公道，而寶玉乃有丫頭十六人，環有之乎？是皆鏤空之筆。就是晴雯、麝月等七個大丫頭，每月人各月錢一吊，佳蕙等八個小丫頭們，每月人各月錢五百，大小丫頭，晴雯、佳蕙爲首，宜細按。還是老太太的話，例又自老太太破。別人如何惱得氣得呢！」

薛姨媽笑道：「只聽鳳丫頭的嘴，倒像倒了核桃車子似的，只聽他的賬也清楚，理也公道。」用他一贊，托出鳳姐一篇説話光景。鳳姐笑道：「姑媽，難道我説錯了不成？」薛姨媽笑道：「説的何嘗錯，只是你慢些説，豈不省力？」鳳姐纔要笑，忙又忍住了，聽王夫人示下。王夫人想了半日，向鳳姐道：「明兒挑一個丫頭，送去老太太使喚，補襲人。把襲人的一分裁了，把我每月的月例二十兩銀子裏，拿出二兩銀子一吊錢來，給襲人去。已後凡事有趙姨娘、周姨娘的，也有襲人的。只是襲人的這一分，都從我的分例上勻出來，不必動官中的就是了。」自有道理，乃是如此。鳳姐一一的答應了，笑推薛姨媽道：「姑媽聽見了，我素日説的話何如？今兒果然應了我的話！」若干補筆，在夾縫中。薛姨媽道：「早就該如此。模樣兒自然不用説的，他的那一種行事大方，説話見人，和氣裏頭帶着剛硬要强，這個實在難得。」釵亦云然。王夫人含淚説道：「你們那裏知道襲人那孩子的好處，比我的寶玉强十倍！寶玉果然是有造化的，能彀得他長長遠遠的伏侍一輩子，也就罷了。」可爲痛哭流涕，儆覺多少愚人。鳳姐道：「既這麽様，就開了臉，明放他在屋裏，豈不好？」王夫人道：「這不好。一則年輕，二則老爺也不許，三則那寶玉見襲人是他丫頭，縱有放縱的事，倒能聽他的勸，如今做了跟前人，那襲人該勸的，也不敢十分勸了。如今且渾着，且渾着，妙極。見陰行苟合，悉出母命，則撮合「繡鴛鴦」，暢所欲爲矣。等再過兩三年再説。」

説畢，鳳姐見無事，便轉身出來。剛至廊檐下，只見有幾個執事的媳婦子正等他回事呢，見他出來，都笑道：「奶奶今兒回什麽事？説了這半天，可不要熱着。」鳳姐把袖子挽了幾挽，跐着那角門的門檻子笑道：「這裏過堂風倒涼快，吹一吹再走。」是又事之所有而文之所無，我焉能不下拜？觀此等處，始信半生爲文，當握管時，眼前真情真景遺漏多多；而且思得佳文於六合外也，豈不羞煞！○文奇矣，而尤非閑文，乃照顧檻内人、檻外人，是尤奇。又告訴衆人道：「你們説我回了這半日的話，太太把二百年的事都想起來問我，難道我不説罷？」又冷笑道：「我從今以後倒要幹幾件刻薄事了，抱怨給太太聽我也不怕。糊塗油蒙了心，爛了舌頭，不得好死的下作東西們，别做娘的春夢了！上找「魘魔法」，下伏「死仇讎」。檻内檻外，衆妙一終。明兒一裏腦扣了的日子還有呢！如今裁了丫頭的錢，就抱怨了喒們，也不想一想自己也配使三個丫頭？」一面駡，一面方走了，自去挑人，回賈母話去，不在話下。

卻説薛姨媽等這裏吃畢西瓜，又説一回閑話，方各自散去。寶釵與黛玉等回至園中，寶釵因約黛玉往藕香榭去，黛玉因説立刻要洗澡，藕，偶也。此約豈可同行？立刻洗澡，取乾净爲是。便各自散了。寶釵獨自行來，順路進了怡紅院，請告看官：讀書至此，一字不可放過。看此「行來」是「獨自」，是「順路」。意欲尋寶玉去談講，以解午倦。不想一入院中，鴉雀無聞，陰極。一並連兩隻仙鶴在芭蕉下都睡着了。夢境。寶釵便順着遊廊來至房中，只見外間床上横三豎四，三、四、七，乃巧數。至此縱横皆可。都是丫頭們睡覺。轉過十錦稿子，來至寶玉的房內，寶玉在床上睡着了。是睡着。夢叫「可卿救我」，也是睡着。襲人坐在身旁，手裏做針綫，旁邊放着一柄白犀麈。坐在身旁是他，「白犀麈」一柄，是何物？寶釵走近前來，悄悄的笑道：「你也過於小心了。有致，有神。這個屋裏，還有蒼蠅、蚊子？還拏蠅刷子趕什麽？」蠅逐臭，蚊噬血。○麈柄是文話，刷子是土話，總説「那話」，乃一陽物也。襲人不防，他轉不防，便是「初試」回「偷」字轉在他邊。猛抬頭見是寶釵，忙放針綫起身，悄悄笑道：「姑娘來了？我倒不防，唬了一跳。所做何事而唬一跳？姑娘不知道，雖然没有蒼蠅、蚊子，誰知有一種小蟲子，這蟲子便是卿卿。從這紗眼裏鑽進來，人也看不見，只睡着了咬一口，就像螞蟻叮的。」寶釵道：「怨不得，這屋子後頭又近水，又都是香花兒，這屋子裏頭又香，這種蟲子都是花心裏長的，是水，是花，是香，是在花心裏長出的，便是雲兒所唱「一個蟲兒往裏鑽」。聞香就撲。」

説着，一面就瞧他手裏的針綫：原來是個白綾紅裏的兜肚，上面扎着鴛鴦戲蓮的花樣，紅蓮緑葉，五色鴛鴦。鴛鴦是何鳥？戲蓮是何事？兜在肚下是何處？外白裏紅是何象？此乃點眼。寶釵道：「噯喲！好鮮亮活計！是活計。乃生生不息之處，一陰一陽之爲道也。這是誰的？也值得費這麽大工夫？」裝糊塗。襲人向床上掫嘴兒。有致，有神。寶釵笑道：「這麽大了，是這麽大了。還帶這個？」襲人笑道：「他原是不帶，所以特特做好了，叫他看見由不得不帶。原是不帶，又由不得不帶，乃襲人撮合力量。此意見于寶玉鶯兒上回問答及本回夢話。如今天熱，睡覺都不留神，哄他帶上了，是哄他帶。便是夜裏總蓋不嚴些兒，也就罷了。你説這一個就用了工夫，還没看見他身上帶的那一個呢！」那一個，卿耶？雲耶？可卿耶？寶釵笑道：「也虧你耐煩。」襲人道：「今兒做的工夫大了，脖子低的怪酸的。」所謂做了旁邊人，心先怯了，便是低頭。又笑道：此一笑中有無限事迹。「好姑娘！你略坐一坐，我出去走走就來。」兩言納須彌于芥子。說着，就走了。寶釵只顧看着活計，便不留心。是不留心，而不留即放心矣，寶玉去，僧道來矣。一蹲身，剛剛的也坐在襲人方纔坐的那個所在。襲人所坐何處也？而蹲身剛剛也坐在那個所在，暗如行霧，明如觀火。因又見那個活計實在可愛，活計可愛，多少功夫都從一愛生出。不由的拿起針來就替他作。拏起針來是不由的，「不由」二字費想。就替他做，到此釵玉事了。

不想「不想」二字嚇人。林黛玉因遇見史湘雲，約他來與襲人道喜，來者定是他。道襲人喜，道寶釵喜矣。必同湘雲，是爲兼美。二人來至院中，見靜悄悄的，湘雲便轉身先到廂房裏去找襲人。與釵一路者，轉先避開。幻境之兼美，釵、黛而已，不必另影。林黛玉卻來至窗外，隔着窗紗往裏一看，只見寶玉穿着銀紅紗衫子，隨便睡着在床上，銀紅衫子是何色？隨便是何景？床上是何處？寶釵坐在身旁做針綫，旁邊放着蠅刷子，刷子再用特點。林黛玉見了這個景兒，非常之景，落在他眼，乃爲「戲彩蝶」答禮。連忙把身子一藏，手握着嘴，不敢笑出來。招手兒叫湘雲。湘雲一見他這般光景，只當有什麼新聞，歸之于笑。一切底裏概行隱起，打到面上，而一窗裏、一窗外，所謂「林中掛」「雪裏埋」。事是新聞，文亦新聞，百廿回書演此而已。忙也來一看，也要笑時，雲亦要笑，究竟有何可笑，仍半底半面。忽然想起寶釵素日待他厚道，便忙掩住口。是一氣，而言下影影綽綽。使果爲一睡着、一做活，以日相習慣之人，何至不掩口便傷厚道耶？知道黛玉口裏不讓人，怕他取笑，便忙拉過他來道：「走罷！我想起襲人來，他說午間要到池子裏去洗衣裳，是須洗，其如既污不能洗何！想必去了，咱們那裏找他去。」黛玉心下明白，冷笑了兩聲，只得隨他走了。明白，冷笑，而仍隨他。又亮，又暗，所以死也。

這裏寶釵只剛做了兩三個花瓣，兩三得五，二而兩之是四，共成七數，所謂「二五之精，妙合而凝」。又七爲巧數，是爲

「巧合」。又兩三成六，六爲純陰，劉老老來矣，是爲「二進」，與一串錢合。忽見寶玉在夢中喊罵說：「和尚、道士的話如何信得！什麽是金玉姻緣！我偏說是木石姻緣！」薛寶釵聽了這話，不覺怔了。不云忽聽，而云忽見，則寶釵同在夢中矣。至金玉姻緣之說，書中屢見，木石之說，三十六回前無有也。即在寶、黛，自亦不知何所謂木石，乃夢中喊罵和尚道士，和尚道士豈任受乎？在釵「繡鴛鴦」方畢，而聞此言，何能不怔？〇前夢呼可卿是將合，此夢斥金玉是將離，皆大眼目。

忽見襲人走進來，又必接他。笑道：「還沒有醒呢！」寶釵搖頭。襲人又笑道：「我纔碰見林姑娘、史大姑娘，他們可曾進來？」寶釵道：「沒見他們進來。」因向襲人笑道：「他們沒告訴你什麽？」便接他事。襲人紅了臉笑道：「總不過是他們那些頑話，有什麽正經説的！」寶釵笑道：「今兒他們説的，可不是頑話！我正要告訴你呢，你又忙忙的出去了。」一句話未完，只見鳳姐打發人來叫襲人。又必接他。寶釵笑道：「就是爲那話了。」襲人只得喚起兩個丫頭來，一同寶釵出怡紅院，同爲「那話」，同爲麈柄刷子而已。人同一人，事同一事，「一同」字着眼。自往鳳姐這裏來。果然是告訴他這話，又叫他與王夫人磕頭，且不必去見賈母，倒把襲人不好意思的。見過王夫人，急忙回來，寶玉已醒了。醒了二字着眼。問起原故，襲人且含糊答應，至夜間人靜，襲人方告訴了。

寶玉喜不自禁，又向他笑道：「我可看你回家去不去了！那一回往家裏走了一趟回來，就説你哥哥要贖你，又説在這裏没着落，終久算什麽，説那些無情無義的生分話唬我。從今以後，我可看誰來敢叫你去！」找「花解語」回，在寶玉已明其隱。襲人聽了，便冷笑道：「你倒別這麽説。從此以來，我是太太的人了。我要走，連你也不必告訴，只回了太太便走。」着，着，着！〇「絳芸軒」回中用襲人自説一究竟，說襲乎？說釵乎？何信蘭桂齊芳于百二十回外者之多！寶玉笑道：「就便算我不好，你回了太太竟去了，教別人聽見，說我不好，你去了，你也没意思。」襲人笑道：「有什麼没意思？難道强盜賊我也跟着罷？再不然，還有一個死呢！人活一百歲，横豎要死，這一口氣不在，聽不見，看不見，就罷了。」寶玉聽見這話，便忙握他的嘴，説道：「罷，罷，罷！不用你説這些話了。」狺語梟聲，令人髮指，令人失笑。寶玉握嘴，亦嘔惡而厭聞耳。○跟强盜、有一死，是妙玉疑案，即寶釵疑案，此書中不聽見、不看見者。何必要聽、必要看者之多！襲人深知寶玉情性古怪，聽見奉承吉利語，又厭虚而不實；聽了這些盡情實話，又生悲感，便悔自己冒撞了。連忙笑着，用話截開，只揀那寶玉素日喜歡的春風秋月，再談及脂淡粉紅，狐媚百出。然後談到女兒如何好，不覺又談到女兒死。襲人忙掩住口。寶玉聽至濃快處，見他不説了，便笑道：「人誰不死，只要死的好。此是破他「活一百歲，横豎要死」之説。而真死者即黛玉，是爲死得好。在襲則不死而再嫁。影如此，形何如？那些鬚眉濁物，只知道文死諫、武死戰，這二死是大丈夫死名死節，究竟何如不死的好。必定有昏君，他方諫，他只顧他邀名，猛拚一死，將來置君於何地？必定有刀兵，他方戰，猛拚一死，他只顧圖汗馬之名，將來棄國於何地？所以這皆非正死。」自是高一層落墨，語近蒙莊，亦平正，亦離奇。襲人道：「忠臣良將，皆出於不得已他纔死。」寶玉道：「那武將不過仗血氣之勇，疏謀少略，他自己無能，送了性命，這難道也是不得已？那文官更不比武官了。他念兩句書，記在心裏，若朝廷少有瑕疵，他就胡彈亂諫，只顧他邀猛烈之名，濁氣一湧，即時拚死，這難道也是不得已？還要知道那朝廷是受命於天，他非聖人，那天也斷斷不把這萬幾重任與他了。可知他那些死的，都是沽名，並不知大義。比如我此去若果有造化，該死於〔此〕時的，如今趁你們在，我就死了。再能彀你們哭我的眼淚，流成大河，把我的屍首漂起來，送到那鴉雀不到的幽僻之處，隨風化了，自此再不要託生爲人，就是我死的得時了」。茹古涵今議論之後，忽接到此，文境奇創，得未曾有，而爲人之難，從可知矣。正是不脱輪迴之説。襲人忽見説出這些瘋話來，忙説「困了」，不理他，那寶玉方合眼睡着，次日也就丢開了。丢開了，寶釵奈何。

一日，寶玉因各處遊的煩膩，便想起《牡丹亭》曲子來。雖演《酬簡》鶯娘，終憶離魂倩女。自己看了兩遍，猶不愜懷，因聞得梨香院的十二個女孩兒中，有小旦齡官，梨香院，釵之舊居；齡官，釵之影身。最是唱的好。因着意出角門來找時，只見寶官、玉官寶官、玉官，點明生旦，乃是寶黛，方能定準齡官是釵。都在院内。見寶玉來了，都笑讓坐。寶玉問他：「齡官在那裏？」都告訴他説：「在他房裏呢！」寶玉忙至他房内，只見齡官獨自倒在枕上，見他進來，聞風不動。便是「蘅芷清芬」，不動，止也。寶玉在身旁坐下，身旁坐下是眼，不明此眼，下半回書直無從讀。上半回寶玉身旁坐下者，寶釵也。此是對掉演法。又素昔與別的女孩子頑慣了的，只當齡官也同別人一樣，因近前來陪笑，央他起來唱「裊晴絲」一套。《尋夢》曲也，便是上半回。不想齡官見他坐下，忙抬頭起來躲避，正色説道：「嗓子啞了，便演「卻塵緣」，便是夢罵和尚道士。前兒娘娘傳進我們去，我還没有唱呢。」元妃端陽賜物，釵玉相同，已定金玉姻緣矣。而寶玉究竟棄之而去，這便是娘娘叫唱亦不唱。寶玉見他坐正了，點明是他，正明點是釵。看「坐正了」三字，自見寶之正室也。再一細看，原來就是那日薔薇花下畫「薔」字的那一個，又見如此景況，從來未經過這番被人棄厭，自己便訕訕的，紅了臉，只得出來了。

寶官等不解何故，我亦不解何故。讀書之難如此。因問其所以，寶玉便説了出來。寶官便説道：「只略等一等，薔二爺來了，他叫他唱，是必唱的。」寶玉聽了，心下納悶。因問：「薔哥兒那裏去了？」寶官道：「纔出去了。一定就是齡官要什麽，他去變弄去了。」寶玉聽了，以爲奇特。少站片時，果見賈薔從外頭來了，手裏提着個雀兒籠子，上面扎着小戲臺，並一個雀兒，此亦寶玉心上之黛玉，而其實乃寶玉既走之釵也。興興頭頭，往裏來找齡官，見了寶玉，只得站住。寶玉問他：「是個什麽雀兒，會銜旗串戲？」戲中有戲，乃在此文。賈薔笑道：「是個玉頂金頭。」金頭金矣，而又爲玉頂以蓋之，是爲寶釵而又爲寶玉。寶玉道：「多少錢買的？」賈薔道：「一兩八錢銀子。」一兩八錢，二九之數。兩兩不滿，同爲缺陷。寶黛欲兩而黛死，釵玉既兩而玉亡，同一不滿而已。故後又云二三兩，二三兩得五數，奇數也。這便是「分定」。「畫薔」說十八筆，便是這一兩八錢。一面說，一面讓寶玉坐，自己往齡官房裏來。

寶玉此刻把聽曲子的心都沒了，且要看他和齡官是怎麽樣。只見賈薔進去，笑道：「你來瞧這個頑意兒！」齡官起身，問是什麽。賈薔道：「買了雀兒你頑，省得天天悶的無個開心的。我先頑個你看！」便拿些穀子，哄的那個雀兒果然在那戲台上亂串，銜鬼臉、旗幟。衆女孩子都道：「有趣！」獨齡官冷笑了兩聲，賭氣仍睡着去了。居然黛玉，是乃貌似黛玉。賈薔還只管陪笑，問他好不好。齡官道：「你們家把好好的人弄了來，關在這牢坑裏，學這個勞什子還不算，你這會子又弄個雀兒來，也偏生會幹這個。你分明弄了他來打趣形容我們，還問我好不好！」言下點悟。賈薔聽了，不覺忙起來，連忙賭神發誓，又道：「今兒我那裏的脂油蒙了心，費了二三兩銀子買他來，原說解悶，就沒有想到這上頭。罷，罷！放了生，免你的災病！」說着，果然將那雀兒放了，乃金放玉。一頓便將籠子拆了。齡官還説：「那雀兒雖不如人，他也有個老雀兒在窩裏。你拿了他來弄這個勞什子，也忍得？黛玉父母俱無，釵則有母。觀此，便不能混作黛之影身看。今兒我咳嗽出兩口血來，太太打發人來找你，叫你請大夫來細細問，你且弄這個來取笑兒。偏是我這没人管的没人理的，又偏病！」賈薔聽説，連忙説道：「昨兒晚上我問了大夫，他説不相干，吃兩劑藥，後兒再瞧。誰知今兒又吐了！這會子就請他去。」説着，便要請去。齡官又叫：「站住！這會子大毒日頭地下，你賭氣了去請了來，我也不瞧。」賈薔聽如此説，只得又站住。

寶玉見了這般景况，不覺癡了，這纔領會過畫薔深意。畫，籌畫也。畫薔得薔，乃演寶玉本領，其如終歸一「悟」。自「戲彩蝶」至「繡鴛鴦」，如許深意亦枉用了。自己站不住，便抽身走了。賈薔一心都在齡官身上，也不顧送人。倒是别的女孩子送了出來。那寶玉一心裁奪盤算，癡癡的回至怡紅院中。正值林黛玉和襲人坐着説話兒呢。釵必接黛，一定章法。此處直接黛玉，則齡之爲釵無疑。必同襲人者，是亦恒止情分之一人。寶玉一進來，就和襲人長歎説道：「我昨兒晚上的話竟説錯了！怪道老爺説我是管窺蠡測。道在眼前。昨夜説你們的眼淚單葬我，這就錯了。我竟不能全得了！從此後，只是各人得各人的眼淚罷了。」點「情悟」，直追「成大禮」以後事。見此淚有黛無釵。襲人只道昨夜不過是些頑話，已經忘了，不想寶玉又提起來，便笑道：「你可真真有些瘋了！」寶玉默默不對。自此深悟人生情緣，各有分定。只是每每暗傷：「不知將來葬我洒淚者爲誰？」

且説林黛玉當下見了寶玉如此形象，便知是又從那裏着了魔來，即卿即魔。也不便多問，因説道：

「我纔在舅母跟前，聽見説明兒是薛姨娘的生日，叫我順便來問你出去不出去，你打發人前頭説一聲去。」寶玉道：「上回連大老爺的生日我也没去，這會子我又去，倘或碰見了人呢？我一概都不去。這麽怪熱的，又穿衣裳，我不去姨媽也未必惱。」襲人忙道：「這是什麽話。在非所重。○薛姨生日此處無明文。他比不得大老爺，是何言與？這裏又住的近，又是親戚，你不去，豈不叫他思量？你怕熱，只清早起來，到那裏磕個頭，吃鍾茶再來，豈不好看？」向誰好看？寶玉尚未説話，黛玉便先笑道：「你看着人家趕蚊子的分上，也該去走走。」又揭破了。襲尚能容之乎？寶玉不解，裝糊塗。非寶玉裝糊塗，作者裝糊塗也。忙問：「怎麽趕蚊子？」襲人便將昨日睡覺無人作伴，寶姑娘坐了一坐的話説了出來。寶玉聽了，忙説：「不該！我怎麽睡着了，就褻瀆了他！」悔詞也。「褻瀆」二字怪。一面又説：「明日必去。」情面礙不過。

正説着，忽見史湘雲穿得齊齊整整走來，辭説家裏打發人來接他。以湘接黛，以湘代釵，歸章法也。寶玉、黛玉聽説，忙站起來讓坐。史湘雲也不坐，寶、黛兩個只得送他至前面。那史湘雲只得眼淚汪汪的，見有他家人在跟前，又不敢十分委屈。少時寶釵趕來，愈覺繾綣難捨。還是寶釵心内明白，他家人若回去告訴了他嬸娘，待他家去，又恐怕受氣，因此倒催他走了。催走了，又以湘影寶玉歸空，以結上半一「夢」，下半一「悟」。衆人送至二門前，寶玉還要往外送他，倒是史湘雲攔住了。一時回身又叫寶玉到跟前，悄悄的囑咐道：「便是老太太想不起我來，你時常提着，好等老太太打發人來接我去。」寶玉連連答應了。眼看着他上車去了，大家方纔進來。

要知端的，且看下回分解。

此回適當三十六回，天數也，又爲六六陰極之數也，爲是書一大眼目。如磨之有心，得此則千推萬轉，磨心終不移易。百二十回作者作此，觀者觀此，不過敍釵黛，不過一虛一實，釵爲實，此便是正演實虛。

此上半演實處矣，而絕不作一實筆。自「奇緣巧合」回以後，旁敲側擊，立影設象。暗爲映合者若干，而又就此一事撮合之，逼拶之，使不得不作此舉；明爲結搆者又若干，如「滴翠亭」之竊聽，「謔嬌音」之旁觀，「機帶雙敲」竟加謾駡，「結梅花絡」而對鶯兒且有「不知那一個有福的消受」之言。玉之内黛而外己，心明曉矣，而情又不能舍。則籠絡之法，惟有背城借一而結之以此而已。空中樓閣，其步驟乃如此。爲文豈易言哉？

此回上下明是兩截，其實是一串，下半乃自駡僧道而生也，欲得黛而黛終不可得；「絳芸軒」是釵，「成大禮」是釵。分定如斯，缺陷究不能補。在釵雖有薔之强，到底亦只得「丢開了」三字而已。則「情悟」非寶玉情悟，正欲看官詳聽談情，而各爲一情悟。於財色淫妒文字中，自尋取大丈夫無適無莫之一條正路，以合大義，不爲黛玉之徒拚一死云爾。故中間特着死名死節一番議論，而開卷以失教、結末以棄禮，綰住兩頭。是書中絕大處所。

護花主人評曰：

賈母若不分付小使，過了八月方許寶玉出二門，則此四五月中，寶玉在園中諸事無從細敍。此文章開展法。

寶釵輩時常見機勸導，惟黛玉自幼不勸寶玉立身揚名。作者只用閒筆一寫，以省絮煩，而黛玉之一味情癡，不知正道，已顯然可見。

借衆人想要金釧月錢，引出王夫人厚待襲人，與周、趙二姨一樣，接榫自然。鳳姐說：「環兄弟該添一個丫頭。」是反挑筆。

寶釵刺繡尚可，蠅刷實在可疑。不但黛玉疑，湘雲亦不免于疑。

借寶玉夢中說出「木石姻緣」，直伏後來出走情事。

寶釵告訴襲人的話，是在同出怡紅院一面走、一面說的。書中藏而不露，妙極。

寶玉議論忠臣良將皆非正死，又說到自己即死于此時，一派獃話，總因通靈爲情欲蒙蔽之故。

寶玉要得衆人眼淚漂化屍身，又因齡官鍾情賈薔，說不能全得衆人眼淚，是總結三十三回寶玉受責後衆多眼淚。

寶玉悟人生情緣各有分定，其悟雖是，其迷愈甚。

齡官一層，固是宣明三十回中「畫字」之意，實是爲黛玉陪襯。雀兒串戲，是鸚鵡念詩陪襯。

湘雲忽然回去，引起不入海棠社。臨行悄囑寶玉，引起同擬菊花題。兩番詩會，便不合掌。

大某山民評曰：

前段寫分例銀，是花姑娘分未正而名已定也。此段寫夢中語，是薛姑娘名未正而分已定也。吾蓋爲顰兒、晴姐歎焉。

小紅之於芸兒，一味以柔勝。椿齡之於薔兒，一味以剛勝。小紅不得志於寶哥，然後有芸兒；齡官既志得於薔兒，又安有寶哥也！

寫賈薔、齡官，另有一種情意。能繡鳳皇者，必能改織鴛鴦。非同村夫子講書，終日喃喃，只此一義也。

此回是壬子年六月間事。

紅樓夢

下

三家評本

[清] 曹雪芹 高鶚 著

[清] 王希廉 姚燮 張新之 評

上海古籍出版社

第七十八回　老學士閒徵姽嫿詞　癡公子杜撰芙蓉誄

話説兩個尼姑領了芳官等去後，王夫人便往賈母處來。見賈母喜歡，便趁便回道：「寶玉屋裏有個晴雯，那個丫頭也大了，而且一年之間，病不離身，黛玉多病。我常見他比別人分外淘氣，也懶。前日又病倒了十幾天，叫大夫瞧，説是女兒癆，所以我就趕着叫他出去了。「上下相蒙」。若養好了，也不用叫他進來，就賞他家配人去也罷了。再那幾個學戲的女孩子，我也做主放了。一則他們都會戲，口裏没輕没重，只會混説，女孩兒聽了，如何使得？二則他們唱了一回子戲，白放了他們，也是應該的。況丫頭們也太多，若説不彀使，再上幾個來，也是一樣。」賈母聽了，點頭道：「這是正理，我也正想着如此。況晴雯這丫頭，我看他甚好，言談針綫，都不及他，將來還可以給寶玉使唤的。誰知變了！」史亦隨衆，右釵左黛者，大半因多病也。王夫人笑道：「老太太挑中的人原不錯，只是他命裏没造化，所以得了這個病。俗語又説『女大十八變』。況且有本事的人，未免就有些調歪，老太太還有什麽不曾經歷過的？三年前，我也就留心這件事，先只取中了他，我便留心看去，他色色比人强，只是不大沈重。知大體，莫若襲人第一。雖説賢妻美妾，也要性情和順，舉止沈重的更好些。襲人的模樣，雖比晴雯次一等，然放在房裏，也算得一二等的。況且行事大方，心地老實，這幾年從未同着寶玉淘氣。凡寶玉十分胡鬧的事，他只有死勸的。因此品擇了二年，一點不錯了，我悄悄的把他丫頭的月錢止住，我的月分銀子裏批出二兩銀子來給他。不過使他自己知道，越發小心效好之意。且沒有明說，一則寶玉年紀尚小，老爺知道了，又恐說躭誤了書；二則寶玉自以爲自己跟前的人，不敢勸他說他，反倒縱性起來。所以直到今日，纔回明老太太。」了結「斷癡情」，生發「成大禮」。賈母聽了，笑道：「原來這樣，如此更好了。此老夢，是爲罪魁。襲人本來從小兒不言不語，我只說是沒嘴的葫蘆，葫蘆案第一有嘴人。既是你深知，豈有大錯誤的？」王夫人又回今日賈政如何誇獎，如何帶他們逛去。賈母聽了，更加喜悅。

一時，只見迎春妝扮了前來告辭過去。鳳姐也來請早安，伺候早飯，又說笑一回。賈母歇晌，王夫人便喚了鳳姐，問他丸藥可曾配來。鳳姐道：「還不曾呢，如今還是吃湯藥，太太只管放心，我已大好了。」王夫人見他精神復初，也就信了。因告訴攆逐晴雯等事。既了黛玉，便了大衆。從迎春「誤嫁」始，至鳳姐「歷劫」終，此書已完矣。又說：「寶丫頭怎麼私自回家去了？你們都不知道？我前兒順路都查了一查，誰知蘭小子的這一個新進來的奶子，也十分的妖調，也不喜歡他。我說與你大嫂子了，好不好，叫他各自去罷。奶子者，母也。蘭母乃紈，王至以紈爲汚，王之昏亦甚矣，着此一事，以證逐晴留襲之非。我因問你大嫂子：『寶丫頭出去，難道你不知道不成？』他說是告訴了他的，不兩三日，等姨媽病好了就進來。姨媽究竟沒甚大病，不過是咳嗽腰疼，年年是如此的。他這去必有原故的，不是有人得罪了他不成？那孩子心重，親戚們住一場，別得罪了人，反不好了。」與鳳姐不可抄檢親戚同意，而彼昏不知，寫來絶倒。鳳姐笑道：「誰可好好的得罪着他？」王夫人道：「別是寶玉有嘴無心，從來没個忌諱，高興了信嘴胡説，也是有的。」鳳姐笑道：「這可是太太過於操心了。若説他出去幹正經事，説正經話，卻像傻子。若是叫他進來在這些姐妹跟前，以至於大小的丫頭跟前，最有仁讓，又恐怕得罪了人，卻是再不得有人惱他的。用鳳姐爲寶玉出結，乃用背攻法以攻王之陰私。我想薛妹子此去，必爲着前夜搜檢衆丫頭原故，他自然爲信不及園裏的人，他又是親戚，現也有丫頭老婆在内，我們又不好去搜檢了。恐我們疑他，所以多了這個心，自己迴避了。也是應該避嫌疑的。」將何以處林乎？甚矣，黨之爲禍烈也。

王夫人聽了這話不錯，自己遂低頭一想，便命人去請了寶釵來，分晰前日的事情，以解他的疑心，又仍命他進來照舊居住。寶釵陪笑道：「我原要早出去的，因姨娘有許多大事，所以不便來説。可巧前日媽媽又不好了，家中兩個靠得的女人又病，所以我趁便去了。姨娘今日既已知道了，我正好回明，就從今日辭了，好搬東西。」王夫人、鳳姐都笑道：「你太固執了。正經再搬進來爲是，休爲没要緊的事，又疏遠了親戚。」寶釵笑道：「這話説的太重了，並没爲什麽事要出去。我爲的是媽媽近來神思比先大減，而且夜晚没有得靠的人，統共只我一二人。二則如今我哥哥眼看娶嫂子，即串出「悔娶河東吼」。多少針綫活計，並家裏一切動用器皿，尚有未齊備的，我也須得幫着媽媽去料理。姨媽和鳳姐姐都知道我們家的事，不是我撒謊。再者自我在園裏，東南上小角門子就常開着，東南巽方，風門也。原是爲我走的，保不住出入的人，圖省走路，也從那裏走。又没個人盤查，設若從那裏弄出事來，豈不兩礙？而且我進園裏來住，原不是什麽大事，大事已畢。因前幾年年紀都小，且家裏没事，在外頭不如進來，姊妹們在一處頑笑作針綫，都比在外頭一人悶坐好些。如今彼此都大了，況姨娘這邊，歷年皆遇不遂心之事，所以那園子裏，倘有一時照顧不到的，皆有關係。惟有少幾個人，就可以少操些心了。直刺黛玉，其情愈險，其心愈惡。所以今日不但我決意辭去，此外還要勸姨娘，如今該減省的就減省些，也不爲失了大家的體統。能令捲堂大散，蓋本人既去，則於寶、黛不能更爲防檢，必逼令分拆乃可放心。據我看，園裏這一項費用，也竟可以免的，說不得當日的話。姨娘是深知我家的，難道我家當日，也是這樣零落不成？」一篇話，宛轉詳明，情理兼到，謀定之軍，成功者退矣。揆其心事，有自明，有自悔，有自懼。作者優孟衣冠，何善揣摩乃爾！鳳姐聽了這篇話，便向王夫人笑道：「這話依我竟不必强他。」王夫人點頭道：「我也無可回答，只好隨你的便罷了。」

說話之間，只見寶玉已回來了，因說：「老爺還未散，恐天黑了，所以先叫我們回來了。」王夫人忙問：「今日可丢了醜沒有？」寶玉笑道：「不但不丢醜，反拐了許多東西來。」接着就有老婆子們從二門上小廝手内接了東西來。王夫人一看時，只見扇子三把，扇墜三個，筆墨共六匣，香珠三串，玉縧環三個。必是扇子、扇墜，書重止善也，餘物乃云以珠聯璧合之筆墨，演《中庸》《大學》之文章。寶玉說道：「這是梅翰林送的，那是楊侍郎送的，這是李員外送的。楊李爲梅之繼，同得春生。每人一分。」說着，又向懷中取出一個檀香小護身佛來，說：「這是慶國公單給我的。」終竟歸佛，爲寶玉慶。而榮、寧罄於此矣！王夫人又問在席何人，做何詩詞。說畢，只將寶玉一分，令人拿着，同寶玉、環、蘭來見賈母。賈母看了，喜歡不盡，不免又問些話。無奈寶玉一心記着晴雯，緊接上文，以入本回。答應完了，便說：「騎馬顛了，骨頭疼。」賈母便說：「快回房去換了衣服，疏散疏散就好了，不許睡。」寶玉聽了，便連忙進園來。

當下麝月、秋紋已帶了兩個丫頭來等候，見寶玉辭了賈母出來，秋紋便將筆墨等物拿着，隨寶玉進園來。寶玉滿口裏說：「好熱。」一壁走，一面便摘冠解帶，將外面的大衣服都脱下來。麝月拿着，只穿着一件松花綾子夾襖，襟内露出血點般大紅褲子來。《寄生草》詞「赤條條」句。秋紋見這條褲子是晴雯針綫，因歎道：「真是物在人亡了。」云無牽掛，牽掛正多。麝月將秋紋拉了一把，笑道：「這褲子配了松花色襖兒，石青靴子，越顯出靛青的頭，雪白的臉來了。」寶玉在前，只妝没有聽見，晴雯死信出於此二人，是死於襲人也，寶玉不答，深文曲筆。又走了兩步，便止步道：「我要走一走。「走」字雙關。這怎麽好？」麝月道：「大白日裏怕什麽，還怕丢了你不成？」「丢」字直透「卻塵緣」回賈蘭出場云「二叔丢了」之「丢」。因命兩個丫頭：「跟着，我們送了這些東西去再來。」寶玉道：「好姐姐，等一等我再去。」寶丢襲嫁，何嘗肯等。麝月道：「我們去了就來。兩個人手裏都有東西，倒像擺執事的，一個捧着文房四寶，一個捧着冠袍帶履，成個什麽樣子？」文妙真人，儼然儀從。寶玉聽了，正中心懷，便讓他二人去了。

他便帶了兩個小丫頭，到一塊山子石後頭，不脱石頭，丫頭無名，不過秦氏殯中之二丫頭。悄問他二人道：「自我去了，你襲人姐姐打發人去瞧晴雯姐姐没有？」這一個答道：「打發宋媽去了。」寶玉道：「回來說什麽？」小丫頭道：「回來說：晴雯姐姐直着脖子叫了一夜，今日早起，就閉了眼，住了口，世事不知，只有倒氣的分兒了。」寶玉忙道：「一夜叫的是誰？」小丫頭道：「一夜叫的是娘。」孝乃書旨，特先揭出一部《紅樓》，但要令人各知叫娘而已。寶玉拭淚道：「還叫誰？」小丫頭說：「没有聽見叫别人了。」寶玉道：「你糊塗，想必没有聽真。」孝乃全書隱意，極糊塗，極真，更有何人聽出。傍邊一個小丫頭最伶俐，凡看寶鑑正面者，無不自詡伶俐。聽寶玉如此説，便上來説：「真個他糊塗。」又向寶玉道：「不但我聽得真切，我還親自偷着看去的。」談《紅樓》者，又多如此。寶玉聽説，忙問：「怎麽又親自看去？」我正要問。小丫頭道：「我因想晴雯姐姐素日與別人不同，待我們極好。如今他雖受了委屈出去，我們不能別的法子救他，只親去瞧瞧，也不枉素日疼我們一場。就是人知道了，回了太太，打我們一頓，也是願受的。「罪我者，其惟《春秋》乎！」所以我拚着一頓打，偷着出去，瞧了一瞧。誰知他平生爲人聰明，至死不變，見我去了，便睁開眼拉我的手，問：『寶玉那裏去了？』問寶玉，問一心也，正是叫娘。我告訴了他。他歎了一口氣，説不能見了。我就説：『姐姐何不等一等他回來見一面？』他就笑道：『你們不知道，我不是死，如今天上少了一位花神，是花溆，是傳花，作者以神道設教自命。玉皇爺命我去管花兒。自天命之，是曰昊天祐。我如今在未正二刻就上任去了，未合土木成字，刻分爲二，則一土一木，令人各知培植本根，重教孝也。未叠一木成字，刻而分之，則爲二木林也。故書主林榮，重春生也，是作者所自任。寶玉須得未正三刻纔到家，只少得一刻的工夫，不能見面。未字短一，則但存木字，故書演木石。世上凡有該死的人，閻王勾取了去，是差些小鬼來捉人魂魄，若要遲延一時半刻，不過燒些紙錢，澆些漿飯，那鬼只顧搶錢去了，該死的人，就可少待個工夫。調侃不小。我這如今是天上的神仙來召請，豈可捱得時刻？』我聽了這話，竟不大信。調侃看官。及進來到房裏留神看時辰表，果然是未正二刻，他嚥了氣。正三刻上，就有人來叫我們，説你來了。」寶玉忙道：「你不認得字，所以不知道，這原是有的，不但一花有一花神，還有總花神，但他不知做總花神去了，還是單管一樣花神？」牡丹鼇冠羣芳，爲總花神，乃寶釵。本書擯斥惟恐不力。這丫頭聽了，一時謅不來。恰好這是八月時節，園中池上芙蓉正開。俯拾即是，書如此成。這丫頭便見景生情，忙答道：「我已曾問他：『是管什麽花的神？告訴我們，日後也好供養的。』他説：『你只可告訴寶玉一人，除他之外，不可洩了天機。就告訴他：説我就是專管芙蓉花的。』」「風露清愁」，是乃黛玉。而隱用石曼卿爲芙蓉城主故事。寶一石，黛一石，合爲談情之主。寶玉聽了這話，不但不爲怪，亦且去悲生喜，便回頭來看着那芙蓉笑道：「此花也須得這樣一個人去主管。我就料定他那樣的人，必有一番事業。雖然超生苦海，從此再不能相見了！」免不得傷感思念。因又想：「雖然臨終未見，如今且去靈前一拜，也算盡這五六年的情意。」

想畢，忙至房中，正值麝月、秋紋找來。寶玉又自穿戴了，只説去看黛玉，看晴雯即是看黛玉。遂一人出園，往前次看望之處來，意爲停柩在內。誰知他哥嫂見他一嚥氣，便回了進去，希圖早些得幾兩發送例銀。王夫人聞知，便命賞了十兩銀子。十字縱横，了結全部《易》象。又命：「即刻送到外頭焚化了罷，女兒癆死的，斷不可留。」木生火以制金，甚欲其速，或以爲演王之忍也，抑又何必。他哥嫂聽了這一句話，一面得銀，一面雇人立刻入殮，抬往城外化人廠上去了。「化人」二字，乃風月寶鑑、苦海慈航一切名義，真實用處。剩的衣服簪環，約有三四百金之數，三四成七，巧數也。寶釵「巧合」，到此一結。他哥嫂自收了，爲後日之計。二人將門鎖上，一同送殯去了。寶玉走來，撲了一個空，「空」字雙關。站了半天，並無别法，只得復身進入園中。

及回至房中，甚覺無味。見其歸空，實非得已。因順路來找黛玉，不在房中，必歸於此，而晴不在，即黛不在也。問其何往，丫鬟們回説：「往寶姑娘那裏去了。」寶玉又至蘅蕪院中，只見寂静無人，房内搬的空空落落，不覺吃一大驚，纔想起前日彷彿聽見寶釵要搬出去，黛之不在，因此人耳。仍虚還，大章法。只因這兩日功課忙，就混忘了。這時看見如此，纔知道果然搬出，怔了半天。因轉念一想，不如還是和襲人厮混，再與黛玉相伴。此見情有獨鍾。只這兩三個人，此見一心博愛。只怕還是同死同歸。是一非二。想畢，仍往瀟湘館來。是日夢。偏黛玉還未回來。正在不知所之，忽見王夫人的丫頭進來找他說：「老爺回來了，找你呢，又得了好題目了，快走！快走！」寶玉聽了，只得跟了出來。到王夫人房中，他父親已出去了。與再看晴雯同一寫法。王夫人命人送寶玉至書房中。

彼時賈政正與衆幕友們談論尋秋之勝。又說：「今日臨散時，忽談及一事，最是千古佳話，『風流雋逸，忠義感慨』，八字皆備。倒是個好題目，尋秋而得一事，一事而寓八字，總括全書，包藏《易》道，是好題目。大家要做一首輓詩。」輓即是誄。衆幕賓聽了，都請教：「係何等妙事？」賈政乃道：「當日曾有一位王爵，封曰恒王，《易》上經首《乾》《坤》，是曰王；下經首《咸》《恒》，是曰恒王。恒，夫婦之道也，爲寶、黛，奈寶玉之無恒心何！出鎮青州。青爲木之色，居東海，是爲黛玉所自出。這恒王最喜女色，且公餘好武，因選了許多美女，日習武事，令衆美女學習戰攻鬥伐之事。一部《紅樓》，戰攻鬥伐之書也。內中有個姓林行四的，姿色既佳，且武藝更精，皆呼爲林四娘。姓林則明指黛玉，行四則先天八卦《震》居第四，爲木也。請教看官，此評是否。恒王最得意，遂超拔林四娘統轄諸姬，又呼爲姽嫿將軍。」將軍，兵主也，主殺伐。姽嫿，好貌。宋玉《神女賦》云：「既姽嫿於幽靜兮，復婆娑乎人間。」正合夢旨，與芙蓉神是一非二。以姽嫿而爲將軍，則包羅千古家國女禍，正《風月寶鑑》所由作。衆清客都稱：「妙極神奇，竟以『姽嫿』下加『將軍』二字，反更覺嫵媚風流，真絕世奇文也。書贊。想這恒王也是千古第一風流人物了。」賈政笑道：「這話自然如此，但更有可奇可歎之事。」衆清客都驚問道：「不知底下有何奇事？」賈政道：「誰知次年，便有黃巾、赤眉一干流賊餘黨，復又烏合，搶掠山左一帶。釵、鳳、襲皆賊黨。恒王意爲犬羊之輩，不足大舉，因輕騎進勦。不意賊衆詭譎，兩戰不勝，寶玉正以輕敵致敗。恒王遂被賊衆所戮。於是青州城内，文武官員，各各皆謂：『王尚不勝，你我何爲？』寶、黛之婚，衆人無一贊助者，正是此境。遂將有獻城之舉。林四娘得聞凶信，遂聚集衆女將，發令説道：『你我皆向蒙王恩，戴天履地，不能報其萬一。今王既殞身國患，我意亦當殞身於王。爾等有願隨者，即同我前往。不願者，亦早自散去。』衆女將聽他這樣，都一齊説：『願意。』於是林四娘帶領衆人，連夜出城，直殺至賊營裏頭。衆賊不防，也被斬殺了幾個首賊。後來大家見是不過幾個女兒，料不能濟事，遂回戈倒兵，奮力一陣，把林四娘等一個不曾留下，倒作成了這林四娘的一片忠義之志。《五美吟》因以虞姬列次西施。後來報至都中，天子百官，無不歎惜。想其朝中自然又有人去勦滅，天兵一到，化爲烏有，不必深論。百廿回外之寶釵，正不必深論。只就林四娘一節，衆位聽了，可羨不可羨？」衆幕友都歎道：「實在可羨可奇！實是個妙題，原該大家輓一輓纔是。」

説着，早有人取了筆硯，按賈政口中之言，稍加改易了幾個字，便成了一篇短序，遞與賈政看了。賈政道：「不過如此，他們那裏已有原序。昨日又因奉恩旨：着察核前代以來，應加褒獎，而遺落未經奏請各項人等，無論僧尼乞丐女婦人等，有一事可嘉，即行彙送履歷至禮部，備請恩獎。所以他這原序，也送往禮部去了。大家聽了這新聞，所以都要作一首《姽嫿詞》，以志其忠義。」衆人聽了，都又笑道：「這原該如此。只是更可羨者，本朝皆係千古未有之曠典，可謂『聖朝無闕事』了。」一段賈政談吐，幕友身分，令人如聞如見。賈政點頭道：「正是。」

説話間，寶玉、賈環、賈蘭俱起身來看了題目。賈政命他三人各吊一首，胡老名公三子也。誰先做成者賞，佳者額外加賞。賈環、賈蘭二人，近日當着許多人，皆做過幾首了，膽量愈壯。今看了題目，遂自去思索。一時，賈蘭先有了，因「得佳讖」通「卻塵緣」，故必有環，而蘭則先成，有後者無後，無後者有後也。賈環生恐落後，也就有了。二人皆已録出。寶玉尚自出神。「出神」二字，八面玲瓏。賈政與衆人，且看他二人的二首。賈蘭的是一首七言絶句，七爲少陽之數，曰絶句，絶則必繼也。寫道是：

姽嫿將軍林四娘，玉爲肌骨鐵爲腸。捐軀自報恒王後，此日青州土尚香。詩意自明。

衆幕賓見了，便皆大讚：「小哥兒十三歲的人，十三歲以十分三，則仍餘七數。就如此，可知家學淵源真不誣矣。」賈政笑道：「稚子口角，也還難爲他。」又看賈環的是首五言律，五爲中央土數，四象之所環歸。又五數爲奇，律數則偶，奇偶相生，環之爲也。寫道是：

紅粉不知愁，將軍意未休。掩啼離繡幕，抱恨出青州。自謂酬王德，誰能復寇仇？好題忠義墓，千古獨風流。詩意自明。

衆人道：「更佳，到底大幾歲年紀，年歲含糊，亦在不必深論之例。立意又自不同。」賈政道：「倒不甚大錯，終不懇切。」衆人道：「這就罷了。三爺纔大不多幾歲，俱在未冠之時。如此用心做去，再過幾年，怕不是大阮、小阮了麽？」賈政笑道：「過獎了，只是不肯讀書的過失。」因問寶玉。衆人道：「二爺細心鏤刻，定又是風流悲感，不同此等的了。」寶玉笑道：「這個題目，似不稱近體，須得古體，或歌或行，長篇一首，方能懇切。」所以有百廿回。衆人聽了，都立起身來，點頭拍手道：「我説他立意不同，每一題到手，必先度其體格宜與不宜，這便是老手妙法。這題目名曰《姽嫿詞》，且既有了序，此必是長篇歌行，方合體式。或擬温八叉《擊甌歌》，或擬李長吉《會稽歌》，或擬白樂天《長恨歌》，或擬詠古詞，都是本書所取挹。半敘半詠，流利飄逸，始能盡妙。」

賈政聽說，也合了主意，遂自提筆向紙上要寫。又向寶玉笑道：「如此甚好，你念我寫。這場冤業非不可挽，寶作之，政成之，一念一寫，是爲循環，是爲氣數。若不好了，我搥你的肉，誰許你先大言不慚的！」寶玉只得念了一句道：

恒王好武兼好色，

賈政寫了搖頭道：「粗鄙。」本書多是俗話，每多視爲粗鄙。一幕友道：「要這樣方古，究竟不粗。且看他底下的。」此下都是說書，凡本意即在幕友批評中指點。賈政道：「姑存之。」寶玉又道：

遂教美女習騎射。穠歌艷舞不成歡，列陣挽戈爲自得。

賈政寫出，衆人都道：「只這第三句，便古朴老健，極妙。這第四句平敘，也最得體。」賈政道：「休謬加獎譽，且看轉的何如？」寶玉念道：

眼前不見塵沙起，將軍俏影紅燈裏。

衆人聽了這兩句，便都叫：「妙！好個『不見塵沙起』。又續了一句『俏影紅燈裏』，用字用句，皆入神化了。」寶玉道：

叱咤時聞口舌香，霜矛雪劍嬌難舉。

衆人聽了，更拍手笑道：「越發畫出來了！當日敢是寶公也在座，見其嬌而且聞其香？不然，何體貼至此？」寶玉笑道：「閨閣習武，任其勇悍，怎似男人？不問而可知嬌怯之形了。」賈政道：「還不快續。這又有你説嘴的了？」寶玉只得又想了一想，念道：

丁香結子芙蓉絛，

衆人都道：「轉『蕭』韻更妙，這纔流利飄逸。而且這句子也綺靡秀媚得妙。」賈政寫了道：「這一句不好，已有過了『口舌香』、『嬌難舉』，何必又如此？這是力量不加，故又弄出這些堆砌貨來搪塞。」寶玉笑道：「長歌也須得要此詞藻點綴點綴，不然便覺蕭索。」賈政道：「你只顧説那些，這一句底下，如何轉至武事呢？再若多説兩句，豈不蛇足了？」寶玉道：「如此，底下一句兜轉煞住，想也使得。」賈政冷笑道：「你有多大本領！上頭説了一句大開門的散話，如今又要一句連轉帶煞，豈不心有餘而力不足呢？」寶玉聽了，垂頭想了一想，説了一句道：

不繫明珠繫寶刀。

忙問：「這一句可還使得？」衆人拍案叫絶。賈政笑道：「且放着再續。」寶玉道：「使得，我便一氣聯下去了。若使不得，索性塗了，我再想别的意思出來，再另措詞。」賈政聽了便喝道：「多話！不好了再做。便做十篇百篇，還怕辛苦了不成？」寶玉聽説，只得想了一會，便念道：

戰罷夜闌心力竭，脂痕粉漬污鮫綃。

賈政道：「這又是一段了，底下怎麽樣？」寶玉道：

明年流寇走山東，强吞虎豹勢如蜂。

衆人道：「好個『走』字，便見得高低了。且通首轉的也不板。」寶玉又念道：

王率天兵思勦滅，一戰再戰不成功。腥風吹折隴中麥，日照旌旗虎帳空。青山寂寂水澌澌，正是恒王戰死時。雨淋白骨血染草，月冷黄昏鬼守屍。

衆人都道：「妙極，妙極！佈置、敍事、詞藻，無不盡美。且看如何至四娘，必另有妙轉奇句。」寶玉又念道：

紛紛將士只保身，青州眼見皆灰塵。不期忠義明閨閣，憤起恒王得意人。

衆人都道：「鋪敍得委婉。」賈政道：「太多了，底下只怕累贅呢。」寶玉又道：

恒王得意數誰行？姽嫿將軍林四娘。號令秦姬驅趙女，穠桃艷李臨疆場。繡鞍有淚春愁重，鐵甲無聲夜氣涼。勝負自難先預定，誓盟生死報前王。賊勢猖獗不可得，柳折花殘血凝碧。馬踏胭脂骨髓香，魂依城郭家鄉隔。星馳時報入京師，誰家兒女不傷悲！天子驚慌愁失守，此時文武皆垂首。何事文武立朝綱，不及閨中林四娘。我爲四娘長歎息，歌成餘意尚傍徨。詩意自明，可稱合作。其粗處皆其細處，不勞改削。而凡諸人問答，都是此書筋節，作者自道一切慘淡經營處也。不比他處形容幕客口吻神情，幸勿忽視。

念畢，衆人都大讚不止，又從頭看了一遍。賈政笑道：「雖説幾句，到底不大懇切。」書中無非不了語，不了賬，是爲不大懇切，又挽而不挽，正寶之於黛，不大懇切也。因說：「去罷。」三人如放了赦的一般，一齊出來，各自回房。

衆人皆無別話，不過至晚安歇而已。獨有寶玉一心悽楚，回至園中，猛見池上芙蓉，想起小丫鬟說：「晴雯做了芙蓉之神。」不覺又喜歡起來，乃看着芙蓉，嗟歎了一會。忽又想起：「死後並未至靈前一祭，如今何不在芙蓉前一祭，豈不盡了禮。」想畢，便欲行禮。忽又止道：「雖如此，亦不可太草率了，須得衣冠整齊，奠儀周備，方爲誠敬。」想了一想：「古人云：『潢污行潦，苻藻蘋蘩之賤，可以羞王公，薦鬼神。』原不在物之貴賤，全在心之誠敬而已。」引用左氏何等自負，而一心誠敬，聖學在其中矣。然非自作一篇誄文，這一段悽慘酸楚，竟無處可以發洩了。」因用晴雯素日所喜之冰鮫縠一幅，楷字寫成，名曰《芙蓉女兒誄》，芙蓉女兒，黛玉也。祭晴實以祭黛，惟恐看官不明，特用冰鮫縠寫成以著之。鮫帕寫詩，非黛玉公案乎！前序後歌。又備了晴雯素喜的四樣吃食。於是黃昏人靜之時，命那小丫頭捧至芙蓉前，先行禮畢，將那誄文，即掛於芙蓉枝上，乃泣涕念曰：

維太平不易之元，蓉桂競芳之月，無可奈何之日，怡紅院濁玉，謹以羣花之蕊，冰鮫之縠，沁芳之泉，楓露之茗：四者雖微，聊以達誠申信。乃致祭於白帝宮中撫司秋艷芙蓉女兒之前曰：

竊思女兒，自臨人世，迄今凡十有六載。其先之鄉籍姓氏，湮淪而莫能考者久矣。而玉得於衾枕櫛沐之間，棲息宴遊之夕，親暱狎褻，相與共處者，僅五年八月有奇。憶女曩生之昔，其爲質則金玉不足喻其貴，其爲體則冰雪不足喻其潔，其爲神則星日不足喻其精，其爲貌則花月不足喻其色。姊娣悉慕媖嫻，嫗媪咸仰慧德。孰料鳩鴆惡其高，鷹鷙翻遭罦罬；薋葹妒其臭，茝蘭竟被芟鉏！花原自怯，豈奈狂飈？柳本多愁，何禁驟雨？偶遭蠱蠆之讒，遂抱膏肓之疚。故櫻唇紅褪，韻吐呻吟；杏臉香枯，色陳顑頷。諑謡謑詬，出自屏帷；荆棘蓬榛，蔓延窗户。既懷幽沈於不盡，復含罔屈於無窮。高標見嫉，閨闈恨比長沙；貞烈遭危，巾幗慘於雁塞。自蓄辛酸，誰憐夭折？仙雲既散，芳趾難尋。洲迷聚窟，何來卻死之香？海失靈槎，不獲回生之藥。眉黛烟青，昨猶我畫；指環玉冷，今倩誰溫？鼎爐之剩藥猶存，襟淚之餘痕尚漬。鏡分鸞影，愁開麝月之奩；梳化龍飛，哀折檀雲之齒。委金鈿於草莽，拾翠盒於塵埃。樓空鳷鵲，徒懸七夕之針；帶斷鴛鴦，誰續五絲之縷？況乃金天屬節，白帝司時。孤衾有夢，空室無人。桐階月暗，芳魂與倩影同消；蓉帳春殘，嬌喘共細腰俱絕。連天衰草，豈獨蒹葭；匝地悲聲，無非蟋蟀。露階晚砌，穿簾不度寒砧；雨荔秋垣，隔院希聞怨笛。芳名未泯，簾前鸚鵡猶呼；艷質將亡，檻外海棠預萎。捉迷屏後，蓮瓣無聲；鬥草庭前，蘭芳枉待。拋殘繡綫，銀箋綵袖誰裁？摺斷冰絲，金斗御香未熨。昨承嚴命，既驅車而遠陟芳園；今犯慈威，復拄杖而遣拋孤柩。及聞慧棺被燹，頓違共穴之情；石槨成災，愧逮同灰之誚。爾乃西風古寺，淹滯青燐；落日荒邱，零星白骨。楸榆颯颯，蓬艾蕭蕭。隔霧壙以啼猿，繞烟塍而泣鬼。豈道紅綃帳裏，公子情深；始信黃土隴中，女兒命薄！汝南淚血，斑斑洒向西風；梓澤餘衷，默默訴憑冷月。嗚呼！固鬼蜮之爲災，豈神靈之有妒？毀詖奴之口，討豈從寬？剖悍婦之心，恨猶未釋。在卿之塵緣雖淺，而玉之鄙意尤深。因蓄惓惓之思，不禁諄諄之問。始知上帝垂旌，花宮待詔；生儕蘭蕙，死轄芙蓉。聽小婢之言，似涉無稽；據濁玉之思，深爲有據。何也？昔葉法善攝魂以撰碑，李長吉被詔而爲記：事雖殊，其理則一也。故相物以配才，苟非其人，惡乃濫乎？始信上帝委托權衡，可謂至洽至協，庶不負其所秉賦也。因希其不昧之靈，或陟降於茲；特不揣鄙俗之詞，有污慧聽。乃歌而招之曰：

天何如是之蒼蒼兮，乘玉虬以遊乎穹窿耶？地何如是之茫茫兮，駕瑤象以降乎泉壤耶？望繖蓋之陸離兮，抑箕尾之光耶？列羽葆而爲前導兮，衛危虛於傍耶？驅豐隆以爲庇從兮，望舒月以臨耶？聽車軌而伊軋兮，御鸞鷖以征耶？聞馥郁而飄然兮，紉蘅杜以爲佩耶？爛裙裾之爍爍兮，鏤明月以爲璫耶？藉葳蕤而成壇畤兮，檠蓮焰以燭蘭膏耶？文匏瓟以爲觶斝兮，洒醽醁以浮桂醑耶？瞻雲氣而凝眸兮，彷彿有所覘耶？俯波痕而屬耳兮，恍惚有所聞耶？期汗漫而無際兮，捐棄予於塵埃耶？倩風廉之爲予驅車兮，冀聯轡而攜歸耶？予中心爲之慨然兮，徒噭噭而何爲耶？卿偃然而長寢兮，豈天運之變於斯耶？既窀穸且安穩兮，反其真而又奚化耶？予猶桎梏而懸附兮，靈格予以嗟來耶？來兮止兮，卿其來耶？

若夫鴻濛而居，寂靜以處，雖臨於兹，予亦莫睹。搴烟蘿而爲步障，列蒼蒲而森行伍。警柳眼以貪眠，識蓮心之味苦。素女約於桂巖，宓妃迎於蘭渚。弄玉吹笙，〔寒〕（搴）簧擊敔。徵嵩嶽之妃，啓驪山之姥。龜呈洛浦之靈，獸作咸池之舞。潛赤水兮龍吟，集珠林兮鳳翥。爰格爰誠，匪簠匪筥。發〔軔〕（輛）乎霞城，還旌乎玄圃。既顯微而若逋，復氤氳而倏阻。離合兮烟雲，空濛兮霧雨。塵霾斂兮星高，溪山麗兮月午。何心意之怦怦，若寤寐之栩栩。予乃欷歔悵怏，泣涕彷徨。人語兮寂歷，天籟兮篔簹。鳥驚散而飛，魚唼喋以響。誌哀兮是禱，成禮兮期祥。嗚呼哀哉！尚饗！文意自明，亦稱合作。晴雯無姓，即以吴貴之吴爲姓。吴，無也。全書總一無也。其間十有六載，及五年八月有奇等句，則包羅《易》道，太極歸根於無極，屢見前評，可以意會。至悍婦詖奴，明明痛罵釵、鳳、襲諸人。此誄既知所以然，而容妒養奸，坐視其死，一篇誅心文字，寶玉將何所逃？

讀畢，遂焚帛奠茗，依依不捨。小丫鬟催至再四，方纔回身。忽聽山石之後，有一人笑道：「且請留步。」凡卷後故作驚疑語，乃小説常套。而此則發明晴、黛爲一人一影也，再提山石，是爲木石姻緣。「且請留步」，及今猶可挽也，一語該括幾許。二人聽了，不覺大驚。那小丫鬟回頭一看，卻是個人影，從芙蓉花裏走出來，他便大叫：「不好，有鬼，晴雯真來顯魂了。」

唬得寶玉也忙看時，究竟不知是人是鬼，且聽下回分解。

此回從上回「抱屈」「斬情」生出，有彼兩事，因有此兩文，乃作者自明其書來歷也。而一詞一誄之先，必虛寫寶玉、蘭、環作詩得賞一段。詩無文字，欲令人尋繹於本書文字之先，又慮人之終不明也，故於所賞之物之人，而隱躍告之，然究不欲以扇子、扇墜之真機盡洩也。因又故着一護身佛，仍令看官都爲「我可明白了」之翠縷。

自「開夜宴」至此回爲一大段，黛玉死，寶玉亡，收拾東西，一大結束也。爲凹爲凸，天地之理如斯；何樂何悲，生死之關最大。滴溜圓一輪寶月，明日即虧；畢撥清三弄梅花，無人共倚。斬他春蠶，演義畫以爲留；尋此秋悲，擬《騷經》而作誄。《閑情》自賦，杜撰何妨。要伸白手化人，且聽黄州説鬼。

護花主人評曰：

補敍王夫人將辦理園內之事回明賈母，極其周匝。寶釵告辭回家，不但聞知搜檢各房，理應避嫌，且爲將來説親，出閣地步。《姽嫿詞》是《芙蓉誄》陪襯，而姽嫿將軍是實事實寫，芙蓉花神是虛言虛擬。賓主虛實，錯綜變化。

林四娘死得慷慨激烈，晴雯死得抑鬱氣悶。一則重於泰山，一則輕若鴻毛，迥不相同。而於一回書中並寫，有擊鼓催花之妙。

輓姽嫿將軍，有衆客讚揚。誄芙蓉花神，有黛玉竊聽。文法方不單薄。

第七十回至七十八回一大段，應分六小段：七十回爲一段，寫詩社之不能再盛，人將離散之機；七十一、二回爲一段，敍鳳姐之招怨多病，司棋之私情敗露；七十三、四回爲一段，敍園中姦盜，有查抄之兆；七十五、六回爲一段，寫寧府之夜宴鬼歎，榮府之賞月淒清，爲將衰之象；七十七回爲一段，了結晴雯、芳官等終身；七十八回爲一段，寫寶玉癡情，爲詩社聯句餘音。

大某山民評曰：

晴雯爲芙蓉神，不但作者造其誑，讀者辨其誑，寶玉即甚愚，亦何至不知其誑？然天下事何者爲真？何者爲誑？何者非誑？何者非真？以真者之皆誑，又安知誑者之非真耶？或有笑寶玉受丫頭之誑者，則真誑人也已矣！

此回仍是甲寅年秋時事。

第七十九回　薛文起悔娶河東吼　賈迎春誤嫁中山狼

話説寶玉纔祭完了晴雯，只聽花影中有個人聲，倒嚇了一跳。細看不是别人，卻是黛玉，滿面含笑，寫滿面含笑，而祇覺一團鬼氣，此筆難學。口内説道：「好新奇的祭文，可與《曹娥碑》並傳了。」《芙蓉誄》何得與《曹娥碑》並傳？可見歸結在二「孝」字，看官猶未信乎！至以「絶妙好詞」爲此書贊，是又一意。而「黄絹」爲金色，「幼婦」爲「成大禮」，「外孫」乃黛之與史，「齏臼」乃鳳之潑辣，則神乎神矣！寶玉聽了，不覺紅了臉，「知恥近乎勇」，乃下手工夫。笑答道：「我想着世上這些祭文，都過於熟爛了，作者再三自白。所以改個新樣。原不過是我一時的頑意兒，可見百廿回無非此兩句。誰知被你聽見了。有什麼大使不得的，何不改削改削？」黛玉道：「原稿在那裏？倒要細細的看看。長篇大論，不知説的是什麼。只聽見中間兩句，什麼『紅綃帳裏，公子情深；黄土隴中，女兒命薄』，這一聯意思卻好。只是『紅綃帳裏』，未免俗濫些。放着現成的真事，爲什麼不用？」寶玉忙問：「什麼現成的真事？」黛玉笑道：「咱們如今都係霞綵紗糊的窗槅，何不説『茜紗窗下，公子多情』呢？」寶玉愛紅而情不專，故以紅綃爲濫。茜則從草，絳珠一人而已，正欲其專也。「多」字改「深」字，正責其濫也。寶玉聽了，不覺跌脚笑道：「好極，好極！到底是你想得出，説得出。可知天下古今現成的好景好事儘多，只是我們愚人想不出來罷了。但只一件，雖然這一改新妙之極，卻是你在這裏住着還可以，我實不敢當。」說着又連説「不敢當」。明知爲好，而不敢自任，是胆小注脚。黛玉笑道：「何妨？我的窗即可爲你之窗，何必如此分晰？也太生疏了。古人異姓陌路，尚然『肥馬輕裘，敝之無憾』，何況咱們？」寶玉笑道：「論交道，不在『肥馬輕裘』，即『黄金白璧』，亦不當『錙銖較量』。倒是這唐突閨閣上頭，卻萬萬使不得的。一則引而近，一則推而遠，同一愚人而已。如今我索性將『公子』、『女兒』改去，竟算是你誄他的倒好。以自誄自，是明自殺。況且素日你又待他甚厚，所以寧可棄了這一篇文，萬不可棄這『茜紗』新句。莫若改作『茜紗窗下，小姐多情，黄土隴中，丫鬟薄命』。如此一改，雖與我不涉，我也愜懷。」一齊推卸。黛玉笑道：「他又不是我的丫鬟，何用此話？況且小姐丫鬟，亦不典雅。等得紫鵑死了，我再如此説，還不算遲。」説紫鵑實以愧寶玉。寶玉聽了忙笑道：「這是何苦，又咒他？」黛玉笑道：「是你要咒的，並不是我説的。」寶玉道：「我又有了，這一改可極妥當了。莫若説：『茜紗窗下，我本無緣，黄土隴中，卿何薄命！』」當面指點，氣數之天定矣。黛玉聽了，陡然變色。雖有無限狐疑，不曰駭而曰疑，又是誅心之筆。外面卻不肯露出，反連忙含笑點頭稱妙，説：「果然改得好。再不必亂改了，快去幹正經事罷。數語眼光四射。剛纔太太打發人叫你，説明兒一早過大舅母那邊去。你二姐姐已有了人家求準了，所以叫你們過去呢。」因談薄命，即引一人證。迎死於狼，黛何嘗不死於寶？寶玉拍手道：「何必如此忙，我身上也不大好，明兒還未必能去呢。」黛玉道：「又來了，我勸你把脾氣改改罷。一年大，二年小……」一面説話，一面咳嗽起來。寶玉忙道：「這裏風冷，咱們只顧站着，涼了可不是頑的。不早自主而歸咎于風，熙鳳不任受也。快回去罷。」黛玉道：

「我也家去歇息了，明兒再見罷。」説着，便自取路去了。寶玉只得悶悶的轉步，忽想起黛玉無人隨伴，忙命小丫頭跟送回去。此段文字寫得離奇恍惚，筆筆都生芒刺，吾不知是用何法。自己到了怡紅院中，果有王夫人打發嬤嬤們來，吩咐他明日一早過賈赦那邊來，與方纔黛玉之言相對。

原來賈赦將迎春許與孫家了。這孫家乃是大同府人氏，祖上係軍官出身，乃當日寧、榮府中之門生，算來亦係至交。如今孫家只有一人在京，現襲指揮之職。此人名喚孫紹祖，迎在卦爲《大壯》之《觀》，其變爻則以《震》之長男，《巽》之長女，合爲雷風《恒》卦，交天地之間，而生生不息，爲孫紹祖也。又孫即猻，乃象心猿，此心一放，不至爲狼不止。人之大同，故爲大同人氏。祖爲寧、榮之門生，其門所生，大多禽獸，而兩府中間黑油大門，則赦舊居，是爲中山狼也。狼即赦，赦即狼，珍、蓉、璉、寶一而已矣。生得相貌魁梧，體格健壯，弓馬嫻熟，應酬權變，年紀未滿三十，且又家資饒富，現在兵部候缺提升。因未曾娶妻，賈赦見是世交子侄，且人品家當，都相稱合，遂擇爲東床嬌婿。亦曾回明賈母。賈母心中卻不十分願意，但想兒女之事，自有天意，況且他親父主張，何必出頭多事？黛玉末路亦是如此，已入「噩夢」。因此只説「知道了」三字，餘不多及。賈政又深惡孫家，雖是世交，不過是他祖父當日希慕榮寧之勢，有不能了結之事，强拜在門下的，並非詩禮名族之裔。手寫孫家，目視薛家。因此倒勸諫過兩次，無奈賈赦不聽，也只得罷了。

寶玉卻未曾會過這孫紹祖一面的。次日，只得過去聊以塞責。只聽見那娶親的日子甚近，不過今年，就要過門的。又見邢夫人等回賈母，將迎春接出大觀園去，越發掃興，每每癡癡獃呆的，不知作何消遣。又聽説要陪四個丫頭過去，四陰在下，明演《觀》象。更又跌足道：「從今後，這世上又少了五個清淨人了。」因此天天到紫菱洲一帶地方，徘徊瞻眺。見其軒窗寂寞，屏帳翛然，不過只有幾個該班上夜的老嫗。總成一剥，同歸老老。再看那岸上蓼花葦葉，也都覺搖搖落落，似有追憶故人之態，迥非素常逞妍鬥色可比。所以情不自禁，乃信口吟成一歌曰：

池塘一夜秋風冷，吹散菱荷紅玉影。蓼花菱葉不勝悲，重露繁霜壓纖梗。不聞永晝敲棋聲，燕泥點點污棋枰。古人惜別憐朋友，況我今當手足情。詩意自明，乃由一輓一誄而生，從此三春以漸收拾。

寶玉方纔吟罷，忽聞背後有人笑道：「你又發什麼獃呢？」寶玉回頭忙看是誰，原來是香菱。第一薄命人，仍是黛玉。寶玉忙轉身笑問道：「我的姐姐，你這會子跑到這裏來做什麼？許多日子也不進來逛逛。」香菱拍手笑嘻嘻的說道：「我何曾不要來？如今你哥哥回來了，那裏比先時自由自在的了。剛纔我們太太使人來找你鳳姐姐去，竟没有找着，說往園子裏來了。我聽見這個話，我就討了這個差事，進來找他。遇見他的丫頭，說在稻香村呢。如今我往稻香村去，誰知又遇見了你。我還要問你：襲人姐姐這幾日可好？怎麼忽然把個晴雯姐姐也没了？到底是什麼病？二姑娘搬出去的好快！雙提並舉，一鑑高懸。你瞧瞧，這地方一時間就空落落的了。」寶玉只有一味答應，又讓他同到怡紅院去吃茶。香菱道：「此刻竟不能，等找着璉二奶奶，說完了正經事，再來。」當前一照。寶玉道：「什麼正經事，這般忙？」香菱道：「爲你哥哥娶嫂子的事，所以要緊。」將爲黛玉作大報復，以懲陰惡，是爲正經。寶玉道：「正是，說的到底是那一家的？只聽見吵鬧了這半年，今兒有說張家的好，明兒又要李家的，後兒又議論王家的。這些人家的女兒，他也不知造了什麼罪，叫人家好端端的議論？」香菱道：「如今定了，可以不用拉扯別家了。」寶玉忙問道：「定了誰家的？」香菱道：「因你哥哥上次出門時，順路到了個親戚家去。上次出門乃釵主使，特點夏金桂來路，乃釵所自召。這門親原是老親，寒極則熱，熱極則寒，本於一氣，原是老親。且又和我們是同在戶部掛名行商，也是數一數二的大門戶。前日說起來時，你們兩府都也知道的。合京城裏，上至王侯，下至買賣人，都稱他家是桂花夏家。」寶玉忙笑道：「如何有這稱呼？」香菱道：「本姓夏，非常的富貴。其餘田地不用說，單有幾十頃地種着桂花，凡這長安那城裏城外桂花局，俱是他家的。連宮裏一應陳設盆景，亦是他家供奉。普同供養，務使分陰悉盡。因此纔有這個混號。如今太爺也沒了，只有老奶奶帶着一個親生的姑娘過活，也並沒有哥兒弟兄，可惜他一門盡絕了後。」寶玉忙道：「咱們也別管他絕後不絕後，只是這姑娘可還好？你們大爺怎麼就中意了？」此指黛玉，又指鳳姐。香菱笑道：「一則是天緣，二來是『情人眼裏出西施』。《五美吟》首西施，特借俗語點明，一洩不平之氣。當年時又通家來往，從小兒都在一處頑過。敍親是姑舅兄妹，又沒嫌疑。明明寶、黛，用金桂殺薛蟠，直以黛玉報寶釵矣。雖離了這幾年，前兒一到他家，夏奶奶又是没兒子的，一見了你哥哥出落得這樣，又是哭，又是笑，竟比見了兒子的還勝。又令他兄妹相見。誰知這姑娘出落得花朵似的了，在家裏也讀書寫字，所以你哥哥當時就一心看準了。連當鋪裏老夥計們一羣人，遭擾了人家三四日，他們還留多住幾天，好容易苦辭，纔放回家。你哥哥一進門，就咕咕唧唧，求我們太太去求親。愧寶之於黛，不能如薛蟠之徑求諸史、王也。我們太太原是見過的，又且門當戶對，也依了。和這裏姨太太、鳳姑娘商議了，打發人去一說，就成了。但是娶的日子太急，所以我們忙亂得很。我也巴不得早些娶過來，又添了一個做詩的人了。」《葬花詩》《螃蟹詠》及「一夜北風緊」，都是做詩人。寶玉冷笑道：「雖如此說，但只我倒替你擔心慮後呢。」包涵大衆。香菱道：「這是什麼話？我倒不懂了。」寶玉笑道：「這有什麼不懂的？只怕再有個人來，薛大哥就不肯疼你了。」香菱聽了，不覺紅了臉，正色道：「這是怎麼說？素日咱們都是厮抬厮敬，今日忽然提起這些事來，怪不得人人都說你是個親近不得的人。」菱鏡貞淫皆照，解裙爲照釵，此處乃照黛也。而明明解裙一回書，直不認賬，何其狡獪。一面說，一面轉身走了。

寶玉見他這樣，便悵然如有所失，獃獃的站了半日，只得沒精打彩，還入怡紅院來。一夜不曾安睡，種種不寧。次日便懶進飲食，身體發熱。也因近日抄揀大觀園，逐司棋，別迎春，悲晴雯等，羞辱、驚恐、悲悽所致，兼以風寒外感，遂致成疾，卧床不起。以病總頓，透下「失玉」。賈母聽得如此，天天親來看視。王夫人心中自悔，不合因晴雯過於逼責了他。心中雖如此，臉上卻不露出，只吩咐衆奶娘等好生伏侍看守。一日兩次，帶進醫生來診脈下藥。一月之後，方纔漸漸的痊愈。好生保養過百日，方許動葷腥油麪，又透後文。方可出門行走。這百日內，院門皆不許到，制心而用幽囚，愚亦甚矣。所謂「斷除妄想重增病」。只在房中頑笑；至四五十日後，就把他拘的火星亂迸，那裏忍耐得住？雖百般設法，無奈賈母、王夫人執意不從，也只得罷了。因此和些丫鬟們，無所不至，恣意頑笑。又聽得薛蟠那裏又請客擺酒唱戲，熱鬧非常，已娶親入門。聞得這夏小姐十分俊俏，也略通文翰，寶玉就恨不得過去一見纔好。夏、薛之婚，隱括木石、金玉姻緣兩事，以「設奇謀」「成大禮」事在釵而名則黛也。以因病未見消納之，有如許深意在內。再過些時，又聞得迎春出了閣。寶玉思及當時姊妹，耳鬢厮磨，從今一別，縱得相逢，必不得似先前這等親熱了。即又消納一事，亦省文亦深文。眼前又不能去一望，真令人悽惶不盡。已到攜蝗大嚼圖。少不得潛心忍耐，暫同這些丫鬟們厮鬧釋悶，幸免賈政責備逼迫讀書之難。這百日內，只不曾拆毀了怡紅院，實已從此拆毀矣。和這些丫頭們無法無天，凡世上所無之事，都頑耍出來，如今且不消細說。史王罪案，寶玉微言。

且說香菱自那日搶白了寶玉之後，自爲寶玉有意唐突，「從此倒要遠避他些纔好」。以文爲戲，且以人爲戲。因此，以後連大觀園也不輕易進來了。日日忙亂着薛蟠娶過親，自以爲得了護身符，護身符即護官符，直翻「葫蘆案」，而「賈不假」「一個史」「金陵王」「豐年雪」，一齊提訊。自己身上分去責任，到底比這樣安靜些。二則又知是個有才有貌的佳人，自然是典雅和平的。因此心中盼過門的日子，比薛蟠還急十倍。故作縱送，小説常套。而此則直追開首八回，借一鏡以兩銷釵黛，則奇文也。好容易一日盼得娶過了門，便十分殷勤小心伏侍。金桂過門，都從香菱邊敍出，文境新，文心密。

原來這夏家小姐，今年方十七歲，十，完數，是黛；七，巧數，是釵。閑人以金桂一名隱寓三人益信。生得亦頗有姿色，亦頗識得幾個字，釵、黛混合。若論心中的丘壑涇渭，頗步熙鳳的後塵。只吃虧了一件，從小時父親去世的早，又無同胞兄弟，寡母獨守此女，嬌養溺愛，不啻寶珍，凡女兒一舉一動，他母親皆百依百順，因此未免釀成個盜跖的情性，自己尊若菩薩，他人穢如糞土；外具花柳之姿，内秉風雷之性。明明孽鏡臺，大翻黛玉全案。提筆莊嚴，而菩薩、糞土、花柳、風雷，都有實在着落，不是隨手拈用。在家中和丫鬟們使性賭氣，輕罵重打的，今日出了閣，自以爲要做當家的奶奶，比不得做女兒時靦腆温柔，須要拿出威風來，纔鈐壓得住人。鳩盤荼現身説法。況且見薛蟠氣質剛硬，舉止驕奢，若不趁熱竈一氣炮製，將來必不能自豎旗幟矣。曰熱竈、曰炮製，是火是藥，滅雪銷金，與貼燒餅同一掉皮。又見有香菱這等一個才貌俱全的愛妾在室，越發添了宋太祖滅南唐之意。

書中屢用此典，乃釵、黛不並立心事也。因他家多桂花，他小名就叫做金桂。一場大冤業，併于三字中。桂爲木，則黛也，乃以黛殺薛；旺于秋，爲金令，其性熱毒，則寶釵也，乃以釵自殺；其味辣，則鳳姐也，乃以鳳併合釵黛。以殺薛人事耳，而天心見焉，故姓曰夏，爲天時，爲火令。火能爍金，雪更何當耶？而金桂名字到此方出，在作者提筆中，其惡金爲何如耶！立尤二姐案以殺釵，是順用，立夏金桂案以殺釵，是逆用，同一殺也。他在家不許人口中帶出「金」「桂」二字，凡人有不留心，誤道了一字者，他便定要苦打重罰纔罷。此意深微，不容宣洩。他因想「桂花」二字，是禁不住的，須得另換一名，想這桂花曾有廣寒嫦娥之說，便將桂花改爲嫦娥花，又寓自己身分如此。嫦娥爲月主，黛玉爲書主，鬥寒圖以嫦娥況黛玉，改桂花爲嫦娥花，則金桂即黛玉矣，夫復何疑？薛蟠本是個憐新棄舊的人，且是有酒膽無飯力的，雖屬過責而寶玉無辭。如今得了這一個妻子，正在新鮮興頭上，凡事未免儘讓他些。再明膽小。口狀薛蟠，目注寶玉。那夏金桂見是這般形景，便也試着一步緊似一步。一月之中，二人氣概都還相平。至兩月之後，便覺薛蟠的氣概，漸次的低矮下去了。立一篇羅刹傳，何等簡潔，何等熨貼，是爲能品，而寓無限隱意，則又神品矣！

一日，薛蟠(的)酒後不知要行何事，何妨造爲一事，而必曰不知何事，乃借以直翻葫蘆案也。先與金桂商議。金桂執意不從，薛蟠便忍不住，發了幾句話，賭氣自行了。金桂哭得如醉人一般，茶湯不進，妝起病來。請醫療治，醫生又說：「氣血相逆，肺爲氣母，肝爲血海，一金一木，相逆相殺。當進寬胸順氣之劑。」薛姨媽恨得罵了薛蟠一頓，說：「如今娶了親，眼前抱兒子了，還是這樣胡鬧。人家鳳凰似的，不脫鳳。好容易養了一個女兒，比花朵兒還輕巧。不脫花。原看的你是個人物，纔給你做老婆。你不說收了心，安分守己，一心一計和和氣氣的過日子，還是這樣胡鬧，喝了黃湯，折磨人家。這會子花錢吃藥白操心。」一夕話，說得薛蟠後悔不迭，反來安慰金桂。金桂見婆婆如此説，越發得意了，更妝出些張致來，不理薛蟠。薛蟠没了主意，惟有自歎而已。好容易十天半月之後，纔漸漸的哄轉過金桂的心來。自此便加一倍小心，氣概不免又矮了半截下來。那金桂見丈夫旗纛漸倒，婆婆善良，也就漸漸的持戈試馬。先時不過挾制薛蟠，後來倚姣作媚，將及薛姨媽，爲「愛語慰癡顰」答禮。後將至寶釵。爲「金蘭契」答禮。寶釵久察其不軌之心，不軌者，反也。正是黛反。每每隨機應變，暗以言語彈壓其志。以己制己。金桂知其不可犯，便欲尋隙，苦於無隙可乘，倒只好曲意俯就。

一日，金桂無事，和香菱閑談，問香菱家鄉父母。香菱皆答忘記了。金桂便不悦，説有意欺瞞了他。因問：「『香菱』二字是誰起的？」香菱便答道：「姑娘起的。」金桂冷笑道：「人人都説姑娘通，只這一個名字就不通。」以前皆提敘，至此方是金桂口中第一語，而乃問香菱斥寶釵，即以爲本回作結，作者之意可見矣！香菱忙笑道：「奶奶若説姑娘不通，奶奶没和姑娘講究過。説起來他的學問，連咱們姨老爺時常還誇的呢！」

欲知香菱説出何話，且聽下回分解。

自此回至「驚噩夢」回爲一大段，從《芙蓉誄》生發，彼以影定形，此以夢完真，就黛玉本身作一結果也。本事初起即本文再起，故此回首曰「薛文起」。

薛娶夏乃後半部循環報復，倒行逆施文字，故本回目録即用倒裝法。因黛受吞噬之禍，故令薛受炮製之毒，遂寫「中山狼」於前，而寫「河東吼」於後也。其間樞紐，在一香菱，是月、是鏡、是葫蘆、是書。

護花主人評曰：

於一篇誄詞中，摘出「紅綃帳裏」四句，再三改易，忽然映到黛玉身上。一是無心，一偏有意，靈活關照，真有宜僚弄丸之妙。

紫菱洲口吟，是上回輓、誄餘波。

寶玉替香菱擔憂，是正射後文。香菱盼新人進門，是反跌後文。

薛蟠娶夏金桂，是娶妻不賢。迎春嫁孫紹祖，是嫁夫失所。正宜作一回寫，而金桂之不賢，已敍一二分。迎春之失所，尚未敍及，仍有次敍先後。

大某山民評曰：

此回仍是甲寅年秋時事。

第八十回　美香菱屈受貪夫棒　王道士胡謅妒婦方

話説金桂聽了，將脖項一扭，嘴脣一撇，鼻孔裏哧哧兩聲冷笑道：「菱角花開，誰見香來？若是菱角香了，正經那些香花，放在那裏？可是不通之極。」神情口吻別開生面，以冷笑駁「香」字，乃滅冷香，爲改緑蠟答禮也。香菱道：「不獨菱花香，就連荷葉蓮蓬，都是有一股清香的，但他原不是花香可比。若靜日靜夜，或清早半夜，細領略了去，那一股清香，比是花都好聞呢。讚菱正以讚月鑑，惜能領略者少。就連菱角、雞頭、葦葉、蘆根，得了風露，那一股清香，也是令人心神爽快的。」金桂道：「依你説，這蘭花、桂花，倒香的不好了。」用蘭、桂喻諸經傳。香菱説到熱鬧頭上忘了忌諱，便接口道：「蘭花、桂花的香，又非別的香可比……」一句未完，金桂的丫鬟名喚寶蟾的，蟾有毒，桂亦有毒，故爲金桂婢。又蟾、桂皆月中物，正嫦娥花點睛也。忙指着香菱的臉説道：「你可要死！你怎麼叫起姑娘的名字來？」亦開生面，此後爲金桂、寶蟾立傳，都是聚精會神之筆，美不勝評。香菱猛省了，反不好意思，忙陪笑説：「一時順了嘴，奶奶別計較。」金桂笑道：「這有什麼，你也太小心了。但只是我想這個香字，到底不妥，意思要換一個字，不知你服不服？」此筆恰好。香菱笑道：「奶奶説那裏話？此刻連我一身一體，俱是奶奶的，何得換一個名字反問我服不服，叫我如何當得起！奶奶説那一個字好，就用那一個。」金桂冷笑道：再用冷笑。「你雖說得是，只怕姑娘多心。」香菱笑道：「奶奶原來不知：當日買了我時，原是老太太使喚的，故此姑娘起了這個名字。後來伏侍了爺，就與姑娘無涉了。如今又有了奶奶，益發不與姑娘相干。且姑娘又是極明白的人，如何惱得這些呢。」金桂道：「既這樣說，『香』字竟不如『秋』字妥當。秋冷爲金，主釵；秋行西風，主鳳。同殺木實自殺。只一「秋」字，便將夏金桂三字融成一片。菱角、菱花，皆盛於秋，豈不比香字有來歷些?」香菱笑道：「就依奶奶這樣罷。」自此後，遂改了「秋」字。寶釵亦不在意。徑行直遂，不在意，害之耳！

只因薛蟠天性是得隴望蜀的，直斥「揆癡理」。如今娶了金桂，又見金桂的丫頭寶蟾有三分姿色，舉止輕浮可愛，便時常要茶要水的故意撩逗他。寶蟾雖亦解事，只怕金桂，不敢造次，且看金桂的眼色。金桂亦覺察其意，想着：「正要擺佈香菱，無處尋隙。如今他既看上寶蟾，我且捨出寶蟾與他，他一定就和香菱疏遠了。我再乘他疏遠之時，擺佈了香菱。那時寶蟾原是我的人，也就好處了。」所謂步熙鳳後塵。打定了主意，俟機而發。這日薛蟠晚間微醺，又命寶蟾倒茶來吃。薛蟠接碗時，故意捏他的手，寶蟾又喬妝躲閃，連忙縮手，兩下失誤，「豁啷」一聲，茶碗落地，潑了一身一地的茶。薛蟠不好意思，佯說：「寶蟾不好生拿着。」寶蟾說：「姑爺不好生接。」金桂冷笑道：「兩個人的腔調兒，都彀使的了。別打諒誰是傻子！」薛蟠低頭微笑不語。寶蟾紅了臉出去。

一時安歇之時，金桂便故意的攆薛蟠別處去睡，「省的得了饞癆似的。」薛蟠只是笑。金桂道：「要做什麼和我說，別偷偷摸摸的不中用。」薛蟠聽了，仗着酒蓋臉，就勢跪在被上，拉着金桂笑道：「好姐姐，你若把寶蟾賞了我，你要怎樣就怎樣，你要活人腦子也弄來給你。」金桂笑道：「這話好不通，你愛誰，説明了，就收在房中，省得别人看着不雅。我可要什麽呢？」薛蟠得了這話，喜的稱謝不盡。是夜曲盡丈夫之道，竭力奉承金桂。次日也不出門，只在家中厮鬧，越發放大了膽子。至午後，金桂故意出去，讓個空兒與他二人。薛蟠便拉拉扯扯的起來，寶蟾心裏也知八九分了，就半推半就，正要入港。一段事實，各人情形，如見如聞，已屬能品。而輕鬆明浄，則逸品矣！誰知金桂是有心等候的，料着在難分之際，便叫小丫頭小捨兒過來。原來這小丫頭也是金桂在家從小使喚的，因他自小父母雙亡，無人看管，便大家叫他做小捨兒，寫一小捨，隱然湘、黛境遇，乃窺見「絳芸軒」情景之兩人，此其複本也。即蟾即釵。專做些粗活。金桂如今有意，獨喚他來吩咐道：「你去告訴秋菱，到我屋裏將我的絹子取來，不必説我説的。」小捨兒聽了，一徑去尋着秋菱，説：「菱姑娘，奶奶的絹〔子〕忘記在屋裏了，你去取了來送上去，豈不好？」秋菱正因金桂近日每每的挫折他，不知何意，百般竭力挽回。聽了這話，忙往房裏來取，不防正遇着他二人推就之際，一頭撞了進去，自己倒羞的耳面通紅，轉身迴避不及。神奸一照，而必用取絹子，則翻手帕公案也。薛蟠自爲是過了明路的，除了金桂，無人可怕，所以連門也不掩。這會秋菱撞來，故雖不十分在意，無奈寶蟾素日最是説嘴要强的，今既遇了秋菱，便恨得無地可入，忙推開薛蟠，一徑跑了，口内還怨恨不絶，説他强姦力逼。薛蟠好容易哄得上手，卻被秋菱撞散，不免一腔的興頭，變做了一腔的惡意，都在秋菱身上，不容分説，趕出來啐了兩口，罵道：「死娼婦，你這會子做什麽來撞屍遊魂？」秋菱料事不好，三步兩步早早跑了。薛蟠再來找寶蟾，已無踪迹了。於是只恨得駡秋菱。至晚飯後，已吃得醺醺然，洗澡時，不防水略熱了些，燙了脚，便説秋菱有意害他。他赤條精光，趕着秋菱，踢打了兩下。秋菱雖未受過這氣苦，既到了此時，也説不得了，只好自悲自怨，各自走開。桂、蟾、菱總歸一路，合成寶鑑，統照本書。

彼時金桂已暗和寶蟾説明，今夜令薛蟠在寶蟾房中去成親，命秋菱過來陪自己安睡。先是秋菱不肯，金桂説他嫌腌臢了，再必是圖安逸，怕夜裏勞動伏侍。又罵説：「你没見世面的主子，見一個愛一個，寶玉考語，苛而不苛。把我的丫頭霸佔了去。又不叫你來，到底是什麽主意？想必是逼死我就罷了。」薛蟠聽了這話，又怕鬧黄了寶蟾之事，忙又趕來罵秋菱：「不識抬舉！再不去就要打了！」秋菱無奈，只得抱了鋪蓋來。金桂命他在地下鋪着睡，秋菱只得依命。剛睡下，便叫倒茶，一時又要搥腿。如是者，一夜七八次，總不使其安逸穩卧片時。

那薛蟠得了寶蟾，如獲珍寶，一概都置之不顧。恨得金桂暗暗的發恨道：「且叫你樂幾天，等我慢慢的擺佈了他，那時可別怨我！」一面隱忍，一面設計擺佈秋菱。照尤二姐，乃照釵也。半月光景，忽又妝起病來，只説心痛難忍，四肢不能轉動，療治不效。衆人都説是秋菱氣的。鬧了兩天，忽又從金桂枕頭内抖出個紙人來，上面寫着金桂的年庚八字，有五根針釘在心窩並脅肢骨縫等處。照馬道婆，乃照人心，是大眼目。於是衆人當作新聞，先報與薛姨媽。薛姨媽先忙手忙脚的，薛蟠自然更亂起來，立刻要拷打衆人。金桂道：「何必冤枉衆人？大約是寶蟾的鎮魘法兒。」薛蟠道：「他這些時並没多空兒在你房裏，何苦賴好人？」金桂冷笑道：「除了他，還有誰？莫不是我自己害自己不成？雖有别人，如何敢進我的房呢？」薛蟠道：「秋菱如今是天天跟着你，他自然知道，先拷問他，就知道了。」金桂冷笑道：「拷問誰？誰肯認？依我說，竟妝個不知道，大家丟開手罷了。橫豎治死了我，沒有什麼要緊，樂得再娶好的。若據良心上說，左不過是你三個多嫌我。」一面說着，一面痛哭起來。照「潑醋」等事，乃照鳳姐，而寶釵寓焉。

薛蟠更被這些話激怒，順手抓起一根門閂來，一徑搶步，找着秋菱，不容分說，便劈頭劈臉渾身打起來，一口只咬定是秋菱所施。秋菱叫屈。薛姨媽跑來禁喝道：「不問清白就打起人來，這丫頭伏侍我這幾年，那一點不小心？直注「葫蘆案」。他豈肯如今做這沒良心的事？你且問個青紅皂白，再動粗鹵。」金桂聽見他婆婆如此說，怕薛蟠心軟意活了，便潑聲喪氣大哭起來，說：「這半個多月，把我的寶蟾霸佔了去，不容進我的房，惟有秋菱跟着我睡。我要拷問寶蟾，你又護在頭裏。你這會子又賭氣打他去，治死我，再揀富貴的標致的娶來就是了，何苦做出這些把戲來？」薛蟠聽了這些話，越發着了急。薛姨媽聽了金桂句句挾制着兒子，百般惡賴的樣子，十分可恨。無奈兒子偏不硬氣，已是被他挾制軟慣了。如今又勾搭上丫頭，被他說「霸佔了去」，自己還要佔溫柔讓夫之禮。這魘魔法，究竟不知誰做的？正是俗語說的好，「清官難斷家務事」，此時正是公婆難斷房幃的事了。因無法，只得賭氣喝薛蟠，說：「不爭氣的孽障，狗也比你體面些！誰知你三不知的把陪房丫頭也摸索上了，必演薛蟠收寶蟾，固爲下半部絕大生發，而意中實有解裙一案在也。夫香菱入居園中，非隱然爲釵之陪房乎！叫老婆說霸佔了丫頭，什麼臉出去見人？也不知誰使的法子，也不問清就打人。我知道你是個得新棄舊的東西，白辜負了當日的心。晴之逐、襲之嫁並照。他既不好，你也不許打。我即刻叫人牙子來賣了他，你就心淨了。」說着，又命秋菱：「收拾了東西跟我來。」一面叫人：「去快叫個人牙子來，多少賣幾兩銀子，拔去肉中刺、眼中釘，刺爲木，釘爲金，歸重金木不交，乃大寓言。大家過太平日子。」薛蟠見母親動了氣，早已低了頭。金桂聽了這話，便隔着窗子往外哭道：「你老人家只管賣人，不必説着一個拉着一個的。我們很是那吃醋拈酸容不得下人的不成？怎麽『拔去肉中刺、眼中釘』？是誰的釘？誰的刺？但凡多嫌着他，也不肯把我的丫頭也收在房裏了。」所謂龍下蛋。薛姨媽聽説，氣得身戰氣咽道：「這是誰家的規矩？婆婆在這裏説話，媳婦隔着窗子拌嘴！虧你是舊人家的兒女，滿嘴裏大呼小喊，説的是什麽？」薛蟠急得跺脚，説：「罷喲，罷喲！看人家聽見笑話。」金桂意謂一不做，二不休，越發喊起來了，説：「我不怕人笑話！你的小老婆治害我，我倒怕人笑話了？再不然，留下他，賣了我！誰還不知道薛家有錢，行動拿錢墊人，又有好親戚，挾制着别人！勢力財色無不畢照，釵、黛兩局在此中矣，讀之令人痛快。你不趁早施爲，還等什麽？嫌我不好，誰叫你們瞎了眼，三求四告的，三四七數，完結「巧合」。跑了我們家做什麽去了？」一面哭喊，一面自己拍打。薛蟠急得説又不好，勸又不好，打又不好，央告又不好，只是出入噯聲歎氣，抱怨説：「運氣不好！」統歸氣數之天，乃大落墨。

當下薛姨媽被寶釵勸進去了，只命人來賣香菱。寶釵笑道：「咱們家只知買人，並不知賣人之説，此語兩面，釵慣以財物籠絡人，是只知買人不知賣人也。薛則總以釵要結賈王諸人，是知賣即知買也，語妙無敵。媽媽可是氣糊塗了，倘或叫人聽見，豈不笑話？哥哥、嫂子嫌他不好，留着我使喚，我正也没人呢。」薛姨媽道：「留下他，還是惹氣，不如打發了乾净。」寶釵笑道：「他跟着我也是一樣，横豎不叫他進前頭去。從此，斷絶了他那裏，也與賣了的一樣。」香菱早已跑到薛姨媽跟前，痛哭哀求，不願出去，情願跟姑娘。薛姨媽只得罷了。自此後來，香菱果跟隨寶釵去了，把前面路徑竟自斷絶。總照全書，一切離棄。雖然如此，終不免對月悲傷，挑燈自歎。雖然在薛蟠房中幾年，皆因血分中有病，是以並無胎孕。今復加以氣怒傷肝，內外折挫不堪，竟釀成乾血之症，日漸羸瘦，飲食懶進，請醫服藥不效。全書寫病，不一而足，於此總照，而轉與末卷相反，俟後評。

那時金桂又吵鬧了數次，薛蟠有時仗着酒膽，挺撞過兩次，持棍欲打，那金桂便遞身叫打；這裏持刀欲殺時，便伸着脖項叫殺：薛蟠也實不能下手，只得亂了一陣罷了。如今已成習慣自然，反使金桂越長威風。前以敘筆爲惡姻緣立狀，已如花如火，令人目炫。此又用提筆一總，在人意中，出人意外。又漸次辱嗔寶蟾。順流而下，絕不枝節。寶蟾比不得香菱，最是個烈火乾柴，明說火木。既和薛蟠情投意合，便把金桂放在腦後。近見金桂又作踐他，他便不肯低服半點。先是一沖一撞的拌嘴，後來金桂氣急，甚至於罵，再至於打，他雖不敢還手，便也撒潑打滾，尋死覓活，晝則刀剪，夜則繩索，無所不鬧。言簡意賅，一切受妒人悉皆照破，讀之令人神爽。薛蟠一身難以兩顧，惟徘徊觀望，十分鬧得無法，便出門躲着。爲「復惹放流刑」地步。金桂不發作性氣，有時歡喜，便糾聚人來弄牌擲骰行樂。又生平最喜嚼骨頭，每日務要殺雞鴨，將肉賞人吃，只單是油炸的焦骨頭下酒。吃得不耐煩，便肆行侮罵，明演獸行，照諸獸行。明演妖象，照諸妖象。而文字則心花怒發，不知從何處得來？說：「有別的忘八粉頭樂的，我爲什麽不樂？」照書中一切行樂。薛家母女，總不理他，惟暗地裏落淚。薛蟠亦無別法，惟悔恨不該娶這攪家精，罵話的確。都是一時没了主意。一洩憤懣，而仍隱責寶玉。於是寧、榮二府之人，上上下下，無有不知，無有不歎者。總歸兩府，總發一歎。

此時寶玉已過了百日，出門行走。接落無痕。亦曾過來見過金桂：舉止形容也不怪厲，一般是鮮花嫩柳，與衆姊妹不差上下，十二釵統照入，而曰花、曰柳，一釵、一黛爲之冠也。焉得這等性情？可爲奇事。因此心中納悶。這日與王夫人請安去，又正遇見迎春奶娘來家請安，説起孫紹祖甚屬不端，「姑娘惟有背地裏淌眼淚，只要接了來家散蕩兩日。」王夫人因説：「我正要這兩日接他去，只是七事八事的，都不遂心，所以就忘了。前日寶玉去了，回來也曾説過的。明日是個好日子，就接他去。」正説時，賈母打發人來找寶玉，説：「明兒一早往天齊廟還願去。」天齊總轄十地，是爲死趣，以結上文。東嶽主鎮東方，是爲生理，以起下文。寶玉如今巴不得各處去逛逛，聽見如此，喜的一夜不曾合眼。絶處逢生，是爲可喜。夜不合眼，則夢醒矣。

次日一早，梳洗穿戴已畢，隨了兩三個老嬤嬤，坐車出西城門外天齊廟燒香還願。東嶽而在西門，生方即死方也。這廟裏已於昨日預備停妥的。寶玉天性怯懦，不敢近猙獰神鬼之象，心本無惡。是以忙忙的焚過紙馬錢糧，便退至道院歇息。一時吃飯畢，衆嬤嬤和李貴等圍隨寶玉，李貴特提，是大關節，而必有嬤嬤圍隨，見一心爲羣陰繞之也。到各處頑耍了一回，寶玉困倦，寶玉困倦與「神遊太虚境」同一發端，請參彼評。復回至淨室安歇。衆嬤嬤生恐他睡着了，「神遊」爲入夢之始，此處爲出夢之始，故恐睡着。因請了當家的老王道士來，陪他説話兒。清虚觀道士曰大；天齊廟道士曰老。彼渾演《六經》，故姓張，是以大對小；此專演《易》象，故姓王，是以老生少。總一换湯不换藥之劉老老而已。這老道士專在江湖上賣藥，弄些海上方治病射利。海上方，仙方也。此書爲治病之仙方。一部《周易》，利與不利而已。「元亨貞」統於此，是曰射利。廟外現掛着招牌，丸散膏藥，色色俱備。亦長在寧榮二府走動慣熟的，與他取了個渾號，唤他做「王一貼」，王而一貼，總演陽奇。言他膏藥靈驗，一貼病除。陰盡則生。

當下王一貼進來。寶玉正歪在炕上想睡着，見王一貼進來，笑道：「來得好，王師父你極會説笑話兒的，乾坤六子，無非一孝，無非笑話。說一個與我們大家聽聽。」王一貼笑道：「正是呢，哥兒別睡，仔細肚子裏麪筋作怪。」麪出於麥，氣備四時。斤十六兩，數合二八，兩而兩之，生息無窮，推至三百八十四爻，無非麪筋而已。正作者作怪實用。說得滿屋裏的都笑了。真實效驗，而無如善聽笑話者寡耳。寶玉也笑着起身整衣。笑話能使人心整肅。王一貼命徒弟們：「快泡好茶來。」焙茗道：「我們爺不吃你的茶，坐在這屋裏還嫌膏藥氣息呢。」與秦氏房中一股甜香相對，香引夢生，藥驅夢滅。王一貼笑道：「不當家花拉的！膏藥從不拿進屋裏來的。膏藥象太極，合乾坤爲一體。乾坤以六子用事，自不當家，故云不當家花拉。知道二爺今日必來，三五日頭裏，就拿香熏的了。」寶玉道：「可是呢，天天只聽見你的膏藥好，到底治什麽病？」王一貼道：「若問我的膏藥，說來話長。其中細底，一言難盡。《易》道難窮。共藥一百二十味。周天十二月，每月各得一成，總爲一百二十味。君臣相濟，温涼兼用。內則調元補氣，養榮衛，開胃口，寧神定魄，去寒去暑，化食化痰。外則和血脈，舒筋絡，去死生新，祛風散毒。其效如神，貼過便知。」內說大衆，並贈千古，是風月鑑可以保命。外則專主寶、黛，是書中演義。血脈屬心，筋絡象木，能早去鳳之風，散釵之毒，則去死生新，而木石姻緣成矣，其如未貼過何？寶玉道：「我不信，一張膏藥就治這些病？我且問你，倒有一種病，也貼得好麽？」王一貼道：「百病千災，無不立效。如不效，二爺只管揪鬍子打我這老臉，拆我這廟何如？只說了病源出來。」何等自任，而無如能說病源者寡耳。寶玉道：「你猜，若猜得着，便貼得好。」王一貼聽了，尋思一會，笑道：「這倒難猜，只怕膏藥有些不美了。」看此書而用猜，此書大有不美。寶玉命他坐在身邊，王一貼心動，此書最易誘人入於邪淫，看「心動」二字乃是現身說法。便笑着悄悄的說道：「我可猜着了，想是二爺如今有了房中的事情，要滋助的藥，可是不是？」不以爲保命仙方，而以爲房中助藥，自說猜着，大是不美。直追「神遊」，以結此夢，而見寶玉年紀長成，尚何須嬤嬤圍隨乎！

乃以本文注釋本意。

話猶未完，焙茗先喝道：「該死，打嘴！」寶玉猶未解，忙問：「他説什麽？」焙茗道：「信他胡説！」信胡説爲房事滋助，則其人該死，正照風月鑑者也。唬得王一貼不敢再問，只説：「二爺明説了罷。」寶玉道：「我問你，當自問心。可有貼女人妒病的方子没有？」勢利財色，只一「妒」字，生滅無窮。一貼治内，所以清源。一貼治外，所以節流。王一貼聽了，拍手笑道：「這可罷了，不但説没有方子，就是聽也没有聽見過。」此方即在此書，而無如聽見者寡耳。寶玉笑道：「這樣還算不得什麽。」王一貼又忙説道：「這貼妒膏藥倒没經過。有一種湯藥，湯即膏。或者可醫，只是略慢些兒，不能立刻見效的。」寶玉道：「什麽湯？怎麽吃法？」王一貼道：「這叫做『療妒湯』，用極好的秋梨一個，二錢冰糖，一錢陳皮，水三碗，梨熟爲度。每日清晨吃這一個梨，吃來吃去，就好了。」梨者，離也。秋者，冷也。陳則過而不留也。寡欲清心，是爲内治。又皆理肺之藥，正欲金不尅木，是爲外治。寶玉道：「這也不值什麽，只怕未必見效。」王一貼道：「一劑不效，吃十劑。今日不效，明日再吃。今年不效，明年再吃。横豎這三味藥，都是順肺開胃不傷人的，甜絲絲的，又止咳嗽，又好吃，吃過一百歲，人横豎定要死的，死了還妒什麽？那時就見效了。」以詼諧闡大道，一部《紅樓》，豁然夢醒。説着，寶玉、焙茗都大笑不止，罵他嚼的舌頭。王一貼道：「不過是閑着解午睡罷了，有什麽關係？是又自白，而要人醒悟之意深矣！説笑了你們就值錢。明説勸孝。告訴你們説：連膏藥也是假的。我有真藥，我還吃了做神仙！有真的，跑到這裏來混？」竊取《六經》、百氏以演此書，在作者何嘗以聖賢自命，亦自謙亦自任。正説之間，吉時已到，真假對勘已畢，吉時到矣，所謂佳蕙。請寶玉出去奠酒，焚化錢糧，散福。功課完畢，寶玉方進城回家。

那時迎春已來家好半日，孫家婆娘媳婦等人，已待晚飯，打發回家去了。迎春方哭哭啼啼在王夫人房中訴委屈，説：「孫紹祖好色，好賭，酗酒，家中的媳婦丫頭，將及淫遍。略勸過兩三次，便駡我是『醋汁子老婆擰出來的』。反説老爺曾收着五千銀子，不該使了他的。如今他來要了兩三次不得，便指着我的臉説道：『你可别和我充夫人娘子。借此一駡，將本回「貪」「妒」二字一並收拾，總歸刑赦。你老子使了我五千銀子，把你準折賣給我的。不知賣人之證。好不好，打你一頓，攆到下房裏睡去。當日有你爺爺在時，希冀上我們的富貴，趕着相與的。論理，我和你父親是一輩，如今壓着我的頭，晚了一輩，指板兒爲鳳姐之侄，亦是壓晚一輩，乃劉老老。不該做了這門親，倒没的叫人看着趕勢利似的。』」王與王連宗，爲「貪勢利」。一行説，一行哭得嗚嗚咽咽，連王夫人並衆姊妹無不落淚。王夫人只得解勸，説：「已是遇見不曉事的人，可怎麼樣呢？想當日你叔叔也曾勸過大老爺，不叫做這門親的。大老爺執意不聽，一心情願，到底不做好了。我的兒！這是你的命。」上半以「運」字結，下半以「命」字結。迎春哭道：「我不信我的命就這麼苦？從小兒没有娘，幸而過嬸娘這邊來，過了幾年浄心日子。如今偏又是這麼個結果。」王夫人一面勸，一面問他隨意要在那裏安歇。迎春道：「乍離了姊妹們，只是眠思夢想。二則還記罣着我的這屋子。還得在園裏住得三五天，死也甘心了，不知下次還可得住否？」三春都了，大觀終矣。王夫人忙勸道：「快休亂説，年輕的夫妻們鬥牙鬥齒，也是人的常事，何必説這些喪氣話？」仍命人忙忙的收拾紫菱洲房屋，命姊妹們陪伴着解釋。又吩咐寶玉：「不許在老太太跟前走漏風聲，倘或老太太知道這些事，都是你説的。」寶玉唯唯的聽命。

迎春是夕，仍在舊館安歇。衆姊妹丫鬟等，更加親熱異常。一連住了三日，纔往邢夫人那邊去。先辭過賈母及王夫人，然後與衆姊妹分別，各皆悲傷不捨。還是王夫人、薛姨媽等安慰勸釋，方止住了，過那邊去。又在邢夫人處住了兩日，就有孫家的人來接去。迎春雖不願去，無奈孫紹祖之惡，勉强忍情作辭去了。邢夫人本不在意，也不問其夫妻和睦、家務煩難，只面情塞責而已。

要知後事如何，且看下回分解。

此回書從賞中秋而生，用菱、桂、蟾三人合成一月。上半重二「貪」字，貪財固貪，貪色尤貪也。下半重一「妒」字，妒色固妒，妒財尤妒也。財色並提，爲書中不可多得文字。

上半回演氣數之天，下半回演道理之天，都是《易》象，故總以迎春爲關鍵，貞下起元，以立春鍵二十四氣之始也。

護花主人評曰：

香菱改秋菱，「秋」字遠不如「香」字，可見夏金桂之不通。且一改「秋」字，香菱便遭屈棒，亦是秋老菱枯之兆。

王熙鳳之挑唆秋桐，是借劍殺人。夏金桂之甘捨寶蟾，是以新間舊。一樣行爲，兩樣心思。

紙人鎮魘，香菱受屈，爲後文砒霜毒人，金桂自害引子。

婦人諸病可醫，惟「妒」之一字，不死不休。王道士療妒方，不是胡謅，是作者借此詼諧，説透妒病。

金桂之潑悍，已寫得淋漓盡致；迎春之受折磨，必當明敍。故即於此回敍入。

大某山民評曰：

此回仍是甲寅年秋間事。

第八十一回　占旺相四美釣游魚　奉嚴詞兩番入家塾

且說迎春歸去之後，邢夫人像没有這事，倒是王夫人撫養了一場，卻甚是傷感，在房中自己歎息了一回。只見寶玉走來請安，看見王夫人臉上似有淚痕，也不敢坐，只在傍邊站着。王夫人叫他坐下，寶玉纔挨上炕來，就在王夫人身傍坐了。此回重下半「入家塾」，故開端以「孝」「弟」「慈」三字隱約敷衍此意，言孝而慈在其中。王夫人見他呆呆的瞅着，似有欲言不言的光景，便道：「你又爲什麽這樣呆呆的？」寶玉道：「並不爲什麽，只是昨兒聽見二姐姐這種光景，我實在替他受不得。雖不敢告訴老太太，卻這兩夜只是睡不着。我想咱們這樣人家的姑娘，那裏受得這樣的委屈？況且二姐姐是個最懦弱的人，向來不會和人拌嘴，偏偏兒的遇見這樣没人心的東西，竟一點兒不知道女人的苦處！」此意是弟，而説迎即有黛，並有自責。説着，幾乎滴下淚來。王夫人道：「這也是没法兒的事。俗語説的：『嫁出去的女孩兒，潑出去的水。』上半以魚水演姻緣，先以「水」字一逗。叫我能怎麽樣呢？」寶玉道：「我昨兒夜裏倒想了一個主意，咱們索性回明了老太太，把二姐姐接回來，還叫他紫菱洲住着，仍舊我們姐妹弟兄們一塊兒吃，一塊兒頑，省得受孫家那混賬行子的氣。等他來接，咱們硬不叫他去。由他接一百回，咱們留一百回。只説是老太太的主意。這個豈不好呢？」雖是獃説，正責寶玉。夫迎爲既潑之水，尚欲如此收拾，而黛爲未潑之水，何竟悠忽處之耶！回明老太太是眼，乃進一步夾攻法。王夫人聽了，又好笑，又好惱，説道：「你又發了獃氣了，混説的是什麼？大凡做了女孩兒，終久是要出門去的。嫁到人家去，娘家那裏顧得？也只好看他自己的命運，碰得好就好，碰得不好也就没法兒。你難道没聽見人説『嫁雞隨雞，嫁狗隨狗』，雖是常言，而寓雞金狗土，隱括黛玉害於金而歸於土，以直趨本大段「驚噩夢」。那裏個個都像你大姐姐做娘娘呢？特提氣數之天，而近而「染恙」，遠而「薨逝」，已爲反射。況且你二姐姐是新媳婦，孫姑爺也還是年輕的人，各人有各人的脾氣，新來乍到，自然要有些扭别的。過幾年，大家摸着脾氣兒，生兒長女，以後那就好了。此是「成大禮」以後之釵、玉。你斷斷不許在老太太跟前説起半個字，我知道了，是不依的。你快些幹你的去罷，不要在這裏混説。」説得寶玉也不敢作聲，坐了一回，無精打彩的出來了。憋着一肚子悶氣，無處可洩，走到園中，一逕往瀟湘館來。必到此處，吾以爲演迎即以演黛，復何疑。

剛進了門，便放聲大哭起來。書爲大哭之書，結王夫人一篇話。黛玉正在梳洗纔畢，見寶玉這個光景，倒嚇了一跳，問：「是怎麽了？合誰慪了氣了？」連問幾聲，寶玉低着頭，伏在桌子上，嗚嗚咽咽哭的説不出話來。黛玉便在椅子上怔怔的瞅着他，一會子問道：「到底是别人合你慪了氣了，還是我得罪了你呢？」寶玉摇手道：「都不是，都不是。」黛玉道：「那麽着，爲什麽這麽傷起心來？」寶玉道：「我只想着，咱們大家越早些死的越好，活着真真没有趣兒。」包一切，掃一切，這情種，那情種，不可分拆了。黛玉聽了這話，更覺驚訝道：「這是什麽話？你真正發了瘋了不成？」寶玉道：「也並不是我發瘋，我告訴你，你也不能不傷心。前兒二姐姐回來的樣子，和那些話，你也都聽見看見了，我想人到了大的時候，爲什麽要嫁，嫁出去受人家這般苦楚？還記得喒們初結海棠社的時候，大家吟詩做東道，那時候何等熱鬧。哭由一歎，故直提探春結社。如今寶姐姐家去了，連香菱也不能過來，必提此兩人，正情種不可分拆盡頭處，是爲寶鑑。二姐姐又出了門去了，幾個知心知意的人，都不在一處，弄得這樣光景。我原打算去告訴老太太，接二姐姐回來，誰知太太不依，倒説我獃，混説。我又不敢言語。這不多幾時，你瞧瞧園中光景，已經大變了。若再過幾年，又不知怎麽樣了？故此，越想不由人不心裏難受起來。」黛玉聽了這番言語，把頭漸漸的低着下去，身子漸漸的退至炕上，一言不發，歎了口氣，便向裏躺下去了。

紫鵑剛拿進茶來，見他兩個這樣，正在納悶，只見襲人來了，以襲代釵，乃大章法。進來看見寶玉，便道：「二爺在這裏呢麽？老太太那裏叫呢。我估量着二爺就是在這裏。」黛玉聽見是襲人，便欠身起來讓坐。黛玉的兩個眼圈兒已經哭的通紅了，「二姐姐又出了門」，跟寶釵、香菱説，今寫黛玉同哭，再勘斷這情種。寶玉看見道：「妹妹，我剛纔説的，不過是些獃話，你也不用傷心。你要想我的話時，身子更要保重纔好。只解如此，語有百轉。你歇歇兒罷，老太太那邊叫我，我看看去就來。」説着，往外走了。襲人悄問黛玉道：「你兩個人又爲什麽？」黛玉道：「他爲他二姐姐傷心，我是剛纔眼睛發癢揉的，並不爲什麽。」襲人也不言語，忙跟了寶玉出來，各自散了。寶玉來到賈母那邊，賈母卻已經歇晌，只得回到怡紅院。

到了午後，寶玉睡了中覺起來，甚覺無聊，隨手拿了一本書看。襲人見他看書，忙去泡茶伺候。誰知寶玉拿的那本書卻是古樂府，隨手翻來，正看見曹孟德「對酒當歌，人生幾何」一首，不覺刺心。因放下這一本，又拿一本看時，卻是晉文，「樂府」，「晉文」，乃以漸逼「卻塵緣」之路也。翻了幾頁，忽然把書掩上，托着腮，只管癡癡的坐着。襲人倒了茶來，見他這般光景，便道：「你爲什麽又不看了？」寶玉也不答言，接過茶，喝了一口，便放下了。襲人一時摸不着頭腦來，也只管站在傍邊，獃獃的看着他。忽見寶玉站起來，嘴裏咕咕噥噥的説道：「好一個『放浪形骸之外』。」襲人聽見又好笑，又不敢問他，只得勸道：「你若不愛看這些書，不如還到園裏逛逛，也省得悶出毛病來。」那寶玉只管口中答應，只管出着神，往外走了。有迫之走者。

一時走到沁芳亭，心源特提。但見蕭疏景象，人去房空。又來至蘅蕪院，更是香草依然，門窗掩閉。心走矣，正在此處，而詞意明浄，情景宛然。轉過藕香榭來，四美爲得偶之人，故云轉過藕榭。遠遠的只見幾個人在蓼汀一帶闌干上靠着，必提蓼汀，歸重「孝」字。有幾個小丫頭蹲在地下找東西。寶玉輕輕的走在假山背後聽着。只聽一個説道：「看他洑上來不洑上來？」好似李紋的語音。一個笑道：「好，下去了。我知道他不上來的。」這個卻是探春的聲音。一個又道：「是了。姐姐你别動，只管等着他，横竪上來。」一個又説：「上來了。」這兩個卻是李綺、邢岫烟的聲兒。邢、紋、綺爲一琴，探爲一歎，書止矣，正合演濠梁觀魚意思，而文筆出落有致。寶玉忍不住，拾了一塊小磚頭兒，往那水裏一撂。如石投水。「咕咚」一聲，四個人都嚇了一跳，驚訝道：「這是誰這麽促狹？嚇了我們一跳。」寶玉笑着從山子後頭直跳出來笑道：「你們好樂呵。「焉知魚之樂」？怎麽不叫我一聲兒。」探春道：「我就知道，再不是别人，必是二哥哥，這樣淘氣。没什麽説的，你好好兒的賠我們的魚罷！剛纔一個魚上來，剛剛兒的要釣着，叫你嚇跑了。」寶玉笑道：「你們在這裏頑，竟不找找我，還要罰你們呢！」大家笑了一回。

寶玉道：「咱們大家今兒釣魚，占占誰的運氣好。看誰釣得着，便是他今年的運氣好；釣不着，就是他今年運氣不好。書以氣數之天注姻緣簿，同占運氣，占姻緣也。魚爲陰中陽象，正合書旨。咱們誰先釣？」探春便讓李紋，李紋不肯。探春笑道：「這樣就是我先釣。」回頭向寶玉説道：「二哥哥，你再趕走了我的魚，我可不依了。」寶玉道：「頭裏原是我要嚇你們頑，這會子你只管釣罷。」探春把絲繩抛下，没十來句話的工夫，就有一個楊葉竄兒，吞着鈎子，把漂兒墜下去。探春把竿一挑，往地下一撩，卻是活迸的。侍書在滿地上亂抓，兩手捧着擱在小磁罈内，清水養着。探春結社，變女爲男，陰中陽象起首人也。故他先釣。然十二釵無非薄命，探以遠嫁爲薄命，故所得魚爲楊葉竄，飄零遠竄之意也。探春把釣竿遞與李紋，李紋也把釣竿垂下，但覺絲兒一動，忙挑起來，卻是個空鈎子。又垂下去，半晌，鈎絲一動，又挑起來，還是空鈎子。李紋把那鈎子拿上來一瞧，原來往裏鈎了。李紋笑道：「怪不得釣不着。」忙叫素雲把鈎子敲好了，換上新蟲子，上邊貼好了葦片兒，垂下去。一會兒，見葦片直沈下去，急忙提起來，倒是一個二寸長的鯽瓜兒。鯽瓜，及瓜也，婚姻以時之義，紋、綺皆册外人，在本書空而又空，故以兩次空鈎演之，既寓正意，又使文字不板。李紋笑着道：「寶哥哥釣罷。」寶玉道：「索性三妹妹合邢妹妹釣了，我再釣。」岫烟卻不答言。只見李綺道：「寶哥哥先釣罷。」説着，水面上起了一個泡兒。探春道：「不必儘着讓了，你看那魚都在三妹妹那邊呢，還是三妹妹快着釣罷。」錯落有致。李綺笑着得了釣竿兒，果然沈下去就釣了一個。然後岫烟也釣着了一個。同在册外，故同無名，所得之魚，無非一個而已。隨將竿子仍舊遞給探春，探春纔遞與寶玉。以爲演「不親授受」矣，不知此篇乃演寶、黛分拆文字，則寶玉此竿豈能得自李綺？以探爲過接，其責之也深矣。寶玉道：「我是要做姜太公的。」太公名尚，做和尚以遠舉矣，用古人化，巧奪天工。便走下石磯，坐在池邊釣起來。豈知那水裏的魚看見人影，都躲到别處去了。寶玉掄着釣竿兒，等了半天，那釣絲兒動也不動，剛有一個魚兒在水邊吐沫，寶玉把竿子一晃，又嚇走了。事在意中，文來意外。急的寶玉道：「我最是個性兒急的人，他偏性兒〔慢〕（漫），這可怎麽樣呢？好魚兒快來罷，你也成全成全我呢。」其與黛玉只解如此，而文情姿態橫生。説得四人都笑了。一言未了，只見釣絲微微一動，寶玉喜得滿懷用力往上一兜，把釣竿往石頭上一碰，折作兩段，竹爲黛玉，竿折，黛玉死矣，是爲不好運氣之主。絲也振斷了，鈎子也不知往那裏去了。衆人越發笑起來。探春道：「再没見像你這樣莽人。」以莽責玉，必自探春，是又深義。

正説着，只見麝月慌慌張張的跑來，説：「二爺，老太太醒了，叫你快去呢！」五個人都嚇了一跳。探春便問麝月道：「老太太叫二爺什麽事？」麝月道：「我也不知道，就只聽見説是什麽鬧破了，叫寶玉來問，還要叫璉二奶奶一塊兒查問呢。」馬道婆案正演意馬奔騰，即是莽人注解。嚇得寶玉發了一回獃，説道：「不知又是那個丫頭遭了瘟了！」直找晴雯，隱歸黛玉，與走馬燈謎鎔成一片。探春道：「不知什麽事，二哥哥你快去，有什麽信兒，先叫麝月來告訴我們一聲兒。」故作驚疑，悉藏妙藴。説着，便同李紋、李綺、岫烟走了。

寶玉走到賈母房中，只見王夫人陪着賈母摸牌。寶玉看見無事，纔把心放下了一半。賈母見他進來，便問道：「你前年那一次大病的時候，後來虧了一個瘋和尚，和個瘸道士治好了的。那會子病裏，你覺得是怎麽樣？」寶玉想了一回道：「我記得得病的時候兒，好好的站着，倒像背地裏有人把我攔頭一棍，力主金玉姻緣，此一棍乃鳳姐。疼的眼睛前頭漆黑，看見滿屋子裏都是些青臉獠牙拿刀舉棒的惡鬼。躺在炕上，覺着腦袋上加了幾個腦箍似的。已後便疼的任什麽不知道了。到好的時候，又記得堂屋裏一片金光，直照到我房裏來，那些鬼都跑着躲避，便不見了。我的頭也不疼了，心上也就清楚了。」因金破玉，亦因金成玉。此心終得擺脱，金爲之也，故見金光而愈，起「失通靈」，即注「得通靈」。賈母告訴王夫人道：「這個樣兒，也就差不多了。」

説着，鳳姐也進來了，見了賈母，又回身見過了王夫人，説道：「老祖宗要問我什麽？」賈母道：「你前年害了邪病，你還記得怎麽樣？」鳳姐兒笑道：「我也全不記得，但覺自己身子不由自主，倒像有些鬼怪拉拉扯扯，要我殺人纔好。有什麽拿什麽，見什麽殺什麽。自己原覺很乏，只是不能住手。」一切貪妒，若或使之，是爲運氣，即操、莽終局，亦是如此。賈母道：「好的時候，還記得麽？」鳳姐道：「好的時候，好像空中有人説了幾句話似的，卻不記得説什麽來着。」但能空裏來空裏去，貪妒自然冰釋。此空空之説，仙佛之説也。而其實不過《中庸》《大學》聖賢之説。賈母道：「這麽看起來，竟是他了。他姐兒兩個病中的光景，合纔説的一樣。這老東西竟這樣壞心，寶玉枉認了他做乾媽。與他何尤。倒是這個和尚、道人，阿彌陀佛，不識心，並不識佛。纔是救寶玉性命的，只是没有報答他。」鳳姐道：「怎麽老太太想起我們病來呢？」賈母道：「你問你太太去，我懶得説。」「欲知性命根，須究生身處」。而老人氣度，摸牌光景，直如聞見。王夫人道：「纔剛老爺進來，説起寶玉的乾媽竟是個混賬東西，邪魔怪道的，如今鬧破了，被錦衣府拿住，送入刑部監，要問死罪的了。前幾天被人告發了，那個人叫做什麽潘三保，潘，拚也。三保，三寶也，乃寶玉去路。本書重「孝」字，因重友于之愛。本回起首隱演黛玉，實明演迎春也。因「放聲大哭」，轉出「放浪形骸之外」，不歸儒而歸墨矣。是歸三寶原非本心，有所迫之，遂拚舍於不得已耳。有一所房子，賣與斜對過當鋪裏，當鋪釵所開，房子釵所佔，正拚三寶之故，必曰斜對過，斜則不正也。這房子加了幾倍價錢，潘三保還要加，當鋪裏那裏還肯？潘三保便買囑了這老東西，一心自害，與釵原自無尤。因他常到當鋪裏去，那當鋪裏人的内眷都與他好的，他就使了個法兒，叫人家的人便得了邪病，家翻宅亂起來。他又去説，這個病他能治，就用些神馬紙錢燒獻了，果然見效。他又向人家的内眷們，要了十幾兩銀子。豈知老佛爺有眼，應該敗露了。這一天急要回去，掉了一個絹包兒，掉包兒即鳳姐「奇謀」。當鋪裏人檢起來一看，裏頭有許多紙人，還有四丸子很香的藥，丸必曰四，寶、黛、釵、鳳同一魘魔也。正詫異着呢，那老東西倒回來找這絹包兒。這裏的人，就把他拿住，身邊一搜，搜出一個匣子，裏面有象牙刻的一男一女，不穿衣服，光着身子的兩個魔王，四人心事總共如此，必曰象牙，「象有齒以焚其身」也。財色兩到。還有七根硃紅繡花針。七爲巧數，專指「巧合」，而結穴在「繡鴛鴦」。立時送到錦衣府去，問出許多官員家大户太太姑娘們的隱情事來。包括全書若干淫盜，而廣伸三姑六婆之戒。所以知會了營裏，把他家中一抄，抄出好些泥塑的煞神，兩府查抄，亦自爲魘魔而已。幾匣子悶香。炕背後空屋子裏掛着一盞七星燈，七星爲魁，十二鬼也，隱十二釵。燈下幾個草人，有頭上戴着腦箍的，有胸前穿着釘子的，有項下拴着鎖子的。兩府諸人無限苦惱，是乃老東西實義。櫃子裏無數紙人兒，全書演一假字，無非紙人而已。底下幾篇小賬，上面記着某家驗過，應找銀若干。得人家油錢香分也不計其數。」

鳳姐道：「咱們的病一準是他。我記得咱們病後，那老妖精向趙姨娘處來過幾次，要向趙姨娘討銀子，見了我，便臉上變貌變色，兩眼黧雞是的。雞又指金。我當初還猜疑了幾遍，總不知什麽原故。如今説起來，卻原來都是有因的。但只我在這裏當家，自然惹人怨恨，怪不得人治我。寶玉可合人有什麽讐呢，忍得下這樣毒手？」賈母道：「焉知不因我疼寶玉，不疼環兒，竟給你們種了毒了呢。」王夫人道：「這老貨已經問了罪，決不好叫他來對證。没有對證，趙姨娘那裏肯認賬？事情又大，鬧出來，外面也不雅。等他自作自受，少不得要自己敗露的。」賈母道：「你這話說的也是。這樣事，没有對證，也難作準。只是佛爺菩薩看得真，他們姐兒兩個，如今又比誰不濟了呢？」勢利財色，總括此段，是「療妒方」結案，而循環報復在其中矣。文字不脱不沾。罷了，過去的事，鳳哥兒也不必提了。今日你合你太太都在這裏吃了晚飯再過去罷。」遂叫鴛鴦、琥珀等傳飯。鳳姐趕忙笑道：「怎麽老祖宗倒操起心來？」王夫人也笑了。只見外頭幾個媳婦伺候。鳳姐連忙告訴小丫頭子傳飯：「我合太太都跟着老太太吃。」正説着，只見玉釧兒走來，對王夫人道：「老爺要找一件什麽東西，請太太伺候了老太太的飯完了，自己去找一找呢。」找東西與吃飯同要緊。賈母道：「你去罷，保不住你老爺有要緊的事。」

王夫人答應着，便留下鳳姐兒伺候，自己退了出來，回至房中，合賈政説了些閑話，把東西找了出來。不明説何東西，而以引「兩番入塾」，則東西即寶玉也，便是上文許多老東西結證。賈政便問道：「迎兒已經回去了，必以迎爲過脈。他在孫家怎麽樣？」王夫人道：「迎丫頭一肚子眼淚，説孫姑爺兇横的了不得。」因把迎春的話説了一遍。賈政歎道：「我原知不是對頭。無奈大老爺已説定了，教我也没法，不過迎丫頭受些委屈罷了。」王夫人道：「這還是新媳婦，只指望他已後好了便好。」説着，嗤的一笑。賈政道：「笑什麽？」一笑一問，聲情畢現，而實「教」字「孝」字雙提也。王夫人道：「我笑寶玉今兒早起，特特的到這屋裏來，説的都是些孩子話。」孩提知愛。賈政道：「他説什麽？」王夫人把寶玉言語，笑述了一遍。賈政也就忍不住的笑。底面都妙。因又説道：「你提寶玉，我正想起一件事來。孝先百行，教者教此，學者學此而已，是爲一事。這小孩子天天放在園裏，也不是事。是爲夢坡。生女兒不得濟，還是别人家的人，生兒若不濟，關係非淺。前日倒有人和我提起一位先生來，學問人品都是極好的，也是南邊人。但我想南邊先生，性情最是和平，咱們城裏的孩子，個個踢天弄井，鬼聰明倒是有的，可以搪塞就搪塞過去了，膽子又大，先生再要不肯給沒臉，一日哄哥兒似的，沒的白躭誤了。所以老輩子不肯請外頭的先生，只在本家擇出有年紀、再有點學問的，請來掌家塾。如今儒大太爺，雖學問也只中平，但還彈壓得住這些小孩子們，不至以顢頇了事。我想寶玉閑着總不好，不如仍舊叫他家塾中讀書去罷。」此篇議論，凡聞者無不曰很是矣。殊不知大有深意。夫南邊離火爲文明之正方，性情和平爲禮樂之成就，不此之務而務爲當代之假儒，其用心亦誤甚矣。曰給沒臉，曰彈壓，遂畢教學中事乎。此段文字，大是造孽，如何看得正面。王夫人道：「老爺說的很是。自從老爺外任去了，他又常病，竟躭擱了好幾年。又去好幾年。如今且在家學裏，温習温習，也是好的。」賈政點頭，又說些閑話不題。

且說寶玉次日起來，梳洗已畢，早有小厮們傳進話去，說老爺叫二爺說話。寶玉忙整理了衣服，來至賈政書房中，請了安，站着。賈政道：「你近來作些什麼功課？雖有幾篇字，也算不得什麼。我看你近來的光景，越發比頭幾年散蕩了。況且每每的見你推病，不肯念書。如今可大好了？我還聽見你天天在園子裏，和姊妹們頑頑笑笑，甚至和那些丫頭們混鬧，把自己的正經事，總丢在腦袋後頭。就是做得幾句詩詞，也並不怎麼樣，有什麼稀罕處？比如應試選舉，到底以文章爲主。你這上頭倒沒有一點兒功夫。我可囑咐你：自今日起，再不許做詩做對的了。詩爲心聲，必先廢此，反和平矣。單要學習八股文章。即賈雨村所云時尚之學，是乃代儒。限你一年，若毫無長進，你也不用念書了，我也不願有你這樣的兒子了。」遂叫李貴來說：「明兒一早，傳焙茗跟了寶玉去，上找「鬧書房」。收拾應念的書籍，一齊拿過來我看看。親自送到到家學裏去。」喝命寶玉：「去罷！必由喝命，與和平反。明日起早來見我。」

寶玉聽了半日，竟無一言可答，因回到怡紅院來。襲人正在着急聽信，見説取書，倒也歡喜。獨有寶玉要人即刻送信與賈母，欲叫攔阻。賈母得信，便命人叫過寶玉來，告訴他説：「只管放心先去，别叫你老子生氣。有什麽難爲你，有我呢。」寶玉没法，只得回來，囑咐了丫頭們：「明日早早叫我，老爺要等着送我到家學裏去呢。」襲人等答應了，同麝月兩個，倒替着醒了一夜。

次日一早，襲人便叫醒寶玉，梳洗了，换了衣服，打發小丫頭子傳了焙茗在二門上伺候，拿着書籍等物。襲人又催了兩遍，寶玉只得出來，過賈政書房中來，先打聽老爺過來了没有。隱注夢坡齋。書房中小厮答應：「方纔一位清客相公，請老爺回話，裏邊説『梳洗呢』，命清客相公出去候着去了。」寶玉聽了，心裏稍稍安頓，連忙到賈政這邊來。恰好賈政着人來叫寶玉，便跟着進去。賈政不免又囑咐幾句話，帶了寶玉，上了車，焙茗拿着書籍，一直到家塾中來。早有人先搶一步，回代儒説：「老爺來了。」代儒站起身來，賈政早已走入，向代儒請安。拉着手問了好，又問：「老太太近日安麽？」寶玉過來也請了安。賈政站着，請代儒坐了，然後坐下。賈政道：「我今日自己送他來，因要求託一番。這孩子年紀也不小了，到底要學個成人的舉業，纔是終身立身成名之事。如今他在家中，只是和些孩子們混鬧，雖懂得幾句詩詞，也是胡謅亂道的。就是好了，也不過是風雲月露，與一生的正事，毫無關涉。」《詩》三百篇被他抹倒。代儒道：「我看他相貌也還體面，靈性也還去得，爲什麽不念書，只是心野貪頑。詩詞一道，不是學不得的，只要發達了已後，再學還不遲呢。」以時尚之學目詩，誤矣。而到處是這般説。賈政道：「正是如此。

自今只求叫他讀書、講書、作文章，倘或不聽教訓，還求太爺認真的教管他，纔不至有名無實的，白耽誤了他的一世。」説畢，站起來，又作了一個揖，然後説了些閑話，纔辭了出去。代儒送至門首，説：「老太太前，替我問好請安罷。」賈政答應着，自己上車去了。隨手搬演，周旋如見。

代儒回身進來，看見寶玉在西南角，坤方奥主。靠窗户擺着一張花梨小桌，右邊堆下兩套舊書，薄薄兒的一本文章，叫焙茗將紙墨筆硯，都擱在抽屜裏藏着。代儒道：「寶玉，我聽見説你前兒有病，如今可大好了？」寶玉站起來道：「大好了。」代儒道：「如今論起來，你可也該用功了。你父親望你成人，懇切的很。你且把從前念過的書，打頭的理一遍。每日早起理書，飯後寫字，晌午講書，念幾遍文章就是了。」寶玉答應了個「是」。回身也坐下時，不免四面一看，見昔時金榮輩不見了幾個，又添了幾個小學生，都是些粗俗平常的。用旁筆寫「兩番入塾」正面。忽然想起秦鍾來，再提秦鍾，徹上徹下。如今没有一個做得伴，説得知心話兒的，心上淒然不樂，卻不敢作聲，只有悶着看書。代儒告訴寶玉道：「今日頭一天，早些放你家去罷。清早入塾，並未吃飯，是否塾中早飯，又未明言，便已放學，乃背攻本書許多吃飯文義也，夫誰覺得？明日要講書了。但是你又不是很愚夯的，明日我倒要你先講一兩章書我聽，試試你近來的工課何如，我纔曉得你到怎麽個分兒上頭。」説得寶玉心中亂跳。搬演學究，恍如見聞，而乃説得心跳，底面玲瓏萬狀。

欲知明日聽解何如，且聽下回分解。

此回從薛蟠口中「運氣」兩字生出，重注下半回「入家塾」，其上半回只一過脈而已。古人樂有賢父兄，方是真實好運氣。而乃以代儒之儒，賈政之政，縱令意馬奔騰，心跳不可收拾，於此而欲求好運氣，豈可得哉？

書演《大學》「正心」「誠意」之功，必不容略有間斷。今曰「兩番」，則中斷矣。以此爲教，以此爲學，只驅一心入於歧途而已，當重看「心跳」二字，爲人父師，其加意之。

護花主人評曰：

敍寶玉想出主意，要接迎春來家，不放回去，描寫獃公子説話入神。

敍寶玉到黛玉處大哭，提起海棠社，及寶釵、香菱俱去，再過幾年，園中不知作何光景，不如早死等説，觸起黛玉心事，與前後文遥遥照應，通篇皆血脈貫通。

借釣魚占兆，獨寶玉落空，釣竿折斷，爲將來出家預兆。

馬道婆事敗，伏趙姨娘將來鬼附自責事。

寶玉再入家塾，學做八股，爲後來中舉地步。

大某山民評曰：

寶玉欲接迎春，懇求王夫人，而舌存無補，知春之不得迎矣。於是放聲大哭，以早死爲幸。太史公云：好色不淫。微斯人其誰與歸？

邢岫烟、李紋、李綺三人，似與寶玉無甚交關，是在蓼溆灘垂釣授竿時驗之。不然，則不至若是之淡漠也。

此回仍是甲寅年秋間事。

第八十二回　老學究講義警頑心　病瀟湘癡魂驚噩夢

話説寶玉下學回來，見了賈母。賈母笑道：「好了，如今野馬上了籠頭了。」馬道婆指點。「去罷，見見你老爺，回來散散兒去罷。」教之放心，愛語如聞。寶玉答應着，去見賈政。賈政道：「這早晚就下了學來麽？師父給你定了工課没有？」寶玉道：「定了，早起理書，飯後寫字，晌午講書念文章。」賈政聽了，點點頭兒，因道：「去罷，還到老太太那邊陪着坐坐去，你也該學些人功道理，别一味的貪頑。晚上早些睡，天天上學，早些起來。你聽見了？」寶玉連忙答應幾個「是」，退出來，忙忙又去見王夫人，又到賈母那邊打了個照面兒，趕着出來，恨不得一步就走到瀟湘館纔好。

剛進門口，便拍着手笑道：「我依舊回來了。」心原不二。猛可的倒唬了黛玉一跳。紫鵑打起簾子，寶玉進來坐下。黛玉道：「我恍惚聽見你念書去了，這麽早就回來了？」寶玉道：「噯呀了不得！我今兒不是被老爺叫了念書去了麽？心上倒像没有和你們見面的日子了。近擒「驚噩夢」，遠攝「得通靈」。好容易熬了一天，這會子瞧見你們，竟如死而復生的一樣。真真古人説『一日三秋』，這話再不錯的。」一段微言，而你而們之，則壞心壞書者不止一黛也。黛玉道：「你上頭去過了没有？」寶玉道：「都去過了。」黛玉道：「别處呢？」

寶玉道：「没有。」黛玉道：「你也該瞧瞧他們去。」他們正對你們。寶玉道：「我這會子懶得動了，只和妹妹坐着説一會子話兒罷。老爺還叫早睡早起，只好明兒再瞧他們去了。」黛玉道：「你坐坐兒，可是正該歇歇兒去了。」寶玉道：「我那裏是乏？只是悶得慌。這會子咱們坐着，纔把悶散了，你又催起我來！」仍只有你無們，何況於他。黛玉微微的一笑，文外有文，直趨「噩夢」，皆淩空騰挪之筆。因叫紫鵑：「把我的龍井茶給二爺泡一碗。噩夢醒，通靈復，吃茶公案結矣。曰龍井，「潛龍勿用」之意也，《乾》之初，《復》之始也。二爺如今念書了，比不得頭裏。」紫鵑笑着，答應去拿茶葉，叫小丫頭子泡茶。寶玉接着説道：「還提什麼念書？我最厭這些道學話。一語乃拼三寶佐證。更可笑的，是八股文章，拿他誆功名混飯吃也罷了，還要説『代聖賢立言』。好些的，不過拿些經書湊搭湊搭還罷了。更有一種可笑的，肚子裏原没有什麼，東拉西扯，弄的牛鬼蛇神，還自以爲博奥。這那裏是闡發聖賢的道理？又作拼三寶訴狀，而抹倒一切小説，即本書亦只如此。目下老爺口口聲聲叫我學這個，我又不敢違拗，你這會子還提念書呢！」黛玉道：「我們女孩兒家，雖然不要這個，但小時跟着你們雨村先生念書，直提一假，入夢之因，上追開首，下抵結末，百廿回書都入八股。也曾看過，内中也有近情近理的，也有清微淡遠的。那時候雖不大懂，也覺得好，不可一概抹倒。況且你要取功名，這個也清貴些。」自説其書，而切望寶玉之心，自在言外。乃追神攝影之筆。寶玉聽到這裏，覺得不甚入耳，所謂混賬話，所謂假語村言，又是夢因。因想：「黛玉從來不是這樣的人，怎麼也這樣勢欲薰心起來？」又不敢在他跟前駁回，只在鼻子眼裏笑了一聲。

正説着，忽聽外面兩個人説話，卻是秋紋和紫鵑。只聽秋紋道：「襲人姐姐叫我老太太那裏接去，誰知卻在這裏？」他們來了，而以襲代釵，仍歸章法。紫鵑道：「我們這裏纔泡了茶，索性讓他喝了再去。」說着，二人一齊進來。寶玉和秋紋笑道：「我就過去，又勞動你來找。」客氣話，正分別他們。秋紋未及答言，只見紫鵑道：「你快喝了茶去罷，人家都想了一天了。」因彼之想，生此之夢，寫意淫得頂上圓。秋紋啐道：「呸！好混賬丫頭。」說的大家都笑了。一直說，一直認，而寶、黛不覺，所以終歸噩夢。寶玉起身，纔辭了出來。黛玉送到屋門口兒，紫鵑在台階下站着，寶玉出去，纔回房裏來。又自客氣。

卻說寶玉回到怡紅院中，進了屋子，只見襲人從裏間迎出來，便問：「回來了麼？」秋紋應道：「二爺早來了，在林姑娘那邊來的。」寶玉道：「今日有事沒有？」襲人道：「事卻沒有，方纔太太叫鴛鴦姐姐來吩咐我們：如今老爺發狠叫你念書，如有丫鬟們再敢和你頑笑，都要照着晴雯、司棋的例辦。我想伏侍你一場，賺了這些言語，也沒什麼趣兒。」說着，便傷起心來。寶玉忙道：「好姐姐，你放心，我只好生念書，太太再不說你們了。我今兒晚上，還要看書，明日師父叫我講書呢。我要使喚，橫竪有麝月、秋紋呢，你歇歇去罷。」襲人道：「你要真肯念書，我們伏侍你也是歡喜的。」同一世故。寶玉聽得了，趕忙吃了晚飯，必曰晚飯，爲早飯對擊。就叫點燈，把念過的《四書》翻出來。只是從何處看起？翻了一本看去，章章裏頭，似乎明白。細按起來，卻不很明白。看着小註，又看講章，鬧到梆子下來了。自己想道：「我在詩詞上覺得很容易，在這個上頭竟沒頭腦。」便坐着呆呆的猷想。所謂恍惚，乃拼三寶知識。襲人道：「歇歇罷，做工夫也不在這一時的。」寶玉嘴裏，只管胡亂答應。麝月、襲人，纔伏侍他睡下，兩個也纔睡了。及至睡醒一覺，聽見寶玉炕上，還是翻來覆去。襲人道：「你還醒着呢麼？你倒別混想了，養養神，明日好念書。」以思無益，直指幻境仙緣來路。寶玉道：「我也是這樣想，只是睡不着，你來給我揭去一層被。」襲人道：「天氣不熱，別揭罷！」寶玉道：「我心裏煩躁的很。」自把被窩褪下來。襲人忙爬起來按住，把手去他頭上一摸，覺得微微有些發燒。「斷除妄想重增病」。襲人道：「你別動了，有些發燒了。」寶玉道：「可不是？」襲人道：「這是怎麽説呢！」寶玉道：「不怕，是我心煩的原故。你別吵嚷，省得老爺知道了，必説我裝病逃學。不然，怎麽病的這樣巧？「兩番入塾」之故，即二「巧」字，病因即夢因也。明兒好了，原到學裏去，就完事了。」襲人也覺得可憐，説道：「我靠着你睡罷！」便和寶玉搥了一回脊梁，不知不覺，大家都睡着了。

直到紅日高升，方纔起來。寶玉道：「不好了，晚了。」急忙梳洗畢，問了安，就往學裏來了。代儒已經變着臉，説：「怪不得你老爺生氣，説你没出息，第二天你就懶惰，這是什麽時候纔來？」爲代儒傳神。寶玉把昨兒發燒的話，説了一遍，方過去了，此處何妨一及早飯，吾故謂是書妙義都在無文字處。原舊念書。到了下晚，代儒道：「寶玉，有一章書，你來講講。」當代俗儒何嘗不口道聖賢，特以真方賣假藥耳！此下兩章書，都是正義正解，無俟批評。寶玉過來一看，卻是「後生可畏」章。寶玉心上説：「這還好，幸虧不是《學》《庸》。」何嘗不是《學》《庸》，是日恍惚。問道：「怎麽講呢？」代儒道：「你把節旨句子，細細兒講來。」寶玉把這章先朗朗的念了一遍，説：「這章書，是聖人勉勵後生，教他及時努力，不要弄到……」藉駡代儒，作一波折，文情甚妙。説到這裏，抬頭向代儒一瞧。代儒覺得了，笑了一笑道：「你只管説，講書是没有甚麽避忌的。《禮記》上説『臨文不諱』，只管説，不要弄到什麽？」寶玉道：「不要弄到老大無成。代儒傷心，寶玉短氣。先將『可畏』二字，激發後生的志氣，後把『不足畏』三字，警惕後生的將來。」説罷，看着代儒。代儒道：「也還罷了，串講呢？」寶玉道：「聖人説：人生少時，心思才力，樣樣聰明能幹，實在是可怕的。那裏料得定他後來的日子，不像我的今日？若是悠悠忽忽，到了四十歲，又到了五十歲，既不能發達，這種人雖是他後生時像個有用的，到了那個時候，這一輩子，就没有人怕他了。」怕即帕，一送帕一題帕，正情感之歸宿，乃「後生可畏」「不足畏」真際，着一帕子，方才合到本傳，非漫然説書，而稺語自妙。代儒笑道：「你方纔節旨講的倒清楚，只是句子裏有些孩子氣。『無聞』二字，不是不能發迹做官的話，『聞』是實在自己能彀明理見道，就不做官也是有聞了。不然，古聖賢有遯世不見知的，豈不是不做官的人？難道也是『無聞』麽？『不足畏』是使人料得定，方與『焉知』的『知』字對針，不是『怕』的字眼。要從這裏看出，方能入細。你懂得不懂得？」寶玉道：「懂得了。」代儒道：「還有一章，你也講一講。」代儒往前揭了一篇，指給寶玉。寶玉看是「吾未見好德如好色者也」。寶玉覺得這一章，卻有些刺心，寶玉一心也，其言「明明德」外無書，此章德色對勘，是爲刺心。便陪笑道：「這句話没有什麽講頭。」寶玉無字。代儒道：「胡説！譬如場中出了這個題目，也説没有做頭麽？」又爲代儒一按，而全部胡説，亦行乎不得不行也。寶玉不得已，講道：「是聖人看見人不肯好德，見了色，便好的了不得。殊不想德是性中本有的東西，人偏都不肯好他。至於那個色呢，雖也是從先天中帶來，無人不好的，此語原有所本，而出自寶玉口，語面甚妙。然這情種即那情種，閑人非敢創説，則謂此語爲正義正解也可。但是德乃天理，色是人慾，仍還他分晰。人那裏肯把天理好的像人慾似的？孔子雖是歎息的話，又是望人回轉來的意思。並且見得人就有好德的，好得終是浮淺，直要像色一樣的好起來，那纔是真好呢。」此章講解以創爲因，以稺爲老，全書所從生也。代儒道：「這也講的罷了，我有句話問你：你既懂得聖人的話，爲什麼正犯着這兩件病？我雖不在家中，你們老爺也不曾告訴我，其實你的毛病我卻盡知的。假藥何能治真病？做一個人，怎麼不望長進？你這回兒正是『後生可畏』的時候，有聞不足畏，全在你自己做去了。我如今限你一個月，把念過的舊書全要清理。再念一個月文章，已後我要出題目，叫你作文章了。如若懈怠，我是斷乎不依的。自古道：『成人不自在，自在不成人。』兩語似是而非，借代儒言爲三教反覆推勘。你好生記着我的話。」寶玉答應了，也只得天天按着功課幹去不提。

且說寶玉上學之後，怡紅院中，甚覺清靜閑暇。襲人倒可做些活計，拿着針綫要繡個檳榔包兒，鳳掉包兒，掉於此日也。想着寶玉如今有了工課，丫頭們可也沒有飢荒了，早要如此，晴雯何至弄到沒有結果？兔死狐悲，不覺滴下淚來。由晴入黛，乃是追原自其取死之詞，非襲人假慈悲也。忽又想道自己終身本不是寶玉的正配，原是偏房，原可再嫁。寶玉的爲人，卻還拿得住，只怕娶了一個利害的，自己便是尤二姐、香菱的後身。素來看着賈母、王夫人光景，及鳳姐兒往往露出話來，自然是黛玉無疑了。入下兩回，即演「提親」。金玉姻緣，早已一氣逼成，豈有今日襲人猶以爲屬在黛玉乎？幸勿爲作者所弄。追原立心之始，非今日事，是作者自蓋，不是自宣。那黛玉就是個多心人。橫插一句，力有千鈞。想到此際，臉紅心熱，拿着針不知戳到那裏去了。寫得出。便把活計放下，走到黛玉處去探探他的口氣。豈今日事？

黛玉正在那裏看書，見是襲人，欠身讓坐。襲人也連忙迎上來，問：「姑娘這幾天身子可大好了？」黛玉道：「那裏能彀？不過略硬朗些。閑閑而入，仍非閑文，破寶、黛之所以得詞，病而已矣。你在家裏做什麼呢？」

襲人道：「如今寶二爺上了學，房中一點事兒没有，因此來瞧瞧姑娘，説説話兒。」説着，紫鵑拿茶來，襲人忙站起來道：「妹妹坐着罷。」因又笑道：「我前兒聽見秋紋説，妹妹背地裏説我們什麽來着？」紫鵑也笑道：「姐姐信他的話？我説寶二爺上了學，寶姑娘又隔斷了，連香菱也不過來，自然是悶的。」大家和盤托出。襲人道：「你還提香菱呢，這才苦呢！撞着這位太歲奶奶，難爲他怎麽過！」把手伸着兩個指頭，道：「説起來，比他還利害，連外頭的臉面都不顧了。」一段議論，釵、鳳並到，是既往，是將來。曰太歲奶奶，太歲爲木，正是黛玉。黛玉接着道：「他也彀受了，尤二姑娘怎麽死了？」襲人道：「可不是，想來都是一個人，不過名分裏頭差些，何苦這樣毒？外面名聲也不好聽。」黛玉從不聞襲人背地裏説人，今聽此話有因，便説道：「這也難説，但凡家庭之事，不是東風壓了西風，就是西風壓了東風。」兩句俗言，全書了義。西風爲金，東風爲木，究竟東不能壓西，而西壓東也。黛玉死矣，以兩語爲自戕指點。襲人道：「做了旁邊人，心裏先怯了，那裏還敢去欺負人呢？」欲兩解，實兩結。宋祖下江南定矣。此全段皆「巧合認通靈」以後、「夢兆絳芸軒」以前文字，特補於此，百廿回書焉得一目了然。

説着只見一個婆子，在院裏問道：「這裏是林姑娘的屋子麽？那位姐姐在這裏呢？」雪雁出來一看，模模糊糊，認得是薛姨媽那邊的人。春夢婆來矣，模模糊糊，已入夢境，是文字争先處。便問道：「作甚麽？」那婆子道：「我們姑娘打發來給這裏林姑娘送東西的。」雪雁道：「略等等兒。」雪雁進來回了黛玉，便叫領他進來。那婆子進來請了安，且不説送什麽，只是覷着眼瞧黛玉，看的黛玉倒不好意思，因問道：「寶姑娘叫你來送什麽？」婆子方笑着回道：「我們姑娘叫給姑娘送了一瓶兒蜜餞荔支來。」荔熱蜜甘，又是燕窩，殺黛結案，而「猴子身輕站樹梢」結案矣。回頭又瞧見襲人，便問道：「這位姑娘，不是寶二爺屋裏的花姑娘麼？」襲人笑道：「媽媽怎麼認得我？」婆子笑道：「我們只在太太屋裏看屋子，不大跟太太姑娘出門，所以姑娘們都不大認得。姑娘們碰着到我們那邊去，我們都模糊記得。」說着，將一個瓶兒遞給雪雁，又回頭看着黛玉，因笑着向襲人道：「怨不得我們太太說，這林姑娘和你們寶二爺是生成的一對兒，原來真似天仙似的。」襲人見他說話造次，連忙岔道：「媽媽你乏了，坐坐吃茶罷。」那婆子笑嘻嘻的道：「我們那裏忙呢，都張羅琴姑娘的事呢。姑娘還有兩瓶荔支，叫給寶二爺送去。」演一夢婆，令人都如夢中聞見，乃怪筆也。而來自釵，去自寶，以花姑娘指寶，黛之終破，以琴姑娘定寶，黛之宜成，又括全書終始，與上回王夫人一段話正相敵對。說着，顫顫巍巍，告辭出去。黛玉雖惱這婆子方纔冒撞，但因是寶釵使來的，也不好怎麼樣他，等他出了屋門，纔說一聲道：「給你們姑娘道費心。」聲情絶妙，八面玲瓏。那老婆子還只管嘴裏咕咕噥噥的，說：「這樣好模樣兒，除了寶玉，什麼人擎受的起？」再爲斷定，妙有餘波。黛玉只裝没聽見。襲人笑道：「怎麼人到了老來，就是混說白道的，叫人聽着又生氣又好笑。」一時雪雁拿過瓶子來與黛玉看，黛玉道：「我懶得吃，拿了擱起去罷。」已吃彀了，夫豈今日？又說了一回話，襲人纔去了。

一時晚妝將卸，黛玉進了套間，猛抬頭看見了荔支瓶，不禁想起日間老婆子的一番混話，甚是刺心。當此黃昏人静，千愁萬緒，堆上心來。將寫入夢，先作一提，文陣整齊。想起自己身子不牢，年紀又大了，看寶玉的光景，心裏雖没別人，但是老太太、舅母又不見有半點意思，深恨父母在時，何不早定了這頭婚姻。又轉念一想道：「倘若父母在別處定了婚姻，怎能彀似寶玉這般人才心地？不如此時尚有可圖。」心內一上一下，輾轉纏綿，竟像轆轤一般。歎了一回氣，吊了幾點淚，無情無緒，和衣倒下。

不知不覺，只見小丫頭走來説道：「外面賈雨村老爺請姑娘。」夢從他起。黛玉道：「我雖跟他讀過書，卻不比男學生，要見我做什麽？況且他和舅舅往來，從未提起，我也不便見的。」因叫小丫頭回覆：「身上有病，不能出來，與我請安道謝就是了。」小丫頭道：「只怕要與姑娘道喜，乾淨歸去，是固可喜。南京還有人來接。」説着，又見鳳姐兒、邢夫人、王夫人、寶釵等，鳳姐、寶釵乃所以歸去之人，邢、王則類及之。都來笑道：「我們一來道喜，二來送行。」黛玉慌道：「你們説什麽話？」鳳姐道：「你還裝什麽獃？你難道不知道？林姑爺升了湖北的糧道，猶云苦楚寒涼。娶了一位繼母，十分合心合意。如今想着你撂在這裏，不成事體，因託了賈雨村作媒，將你許了你繼母的什麽親戚，還説是續絃，仍是母黨，則仍是寶玉，而曰續絃，已先死「絳芸軒」之寶釵矣。所以着人到這裏來接你回去。大約一到家中，就要過去的。都是你繼母作主，怕的是道兒上没有照應，還叫你璉二哥哥送去。」説得黛玉一身冷汗。黛玉又恍惚父親果在那裏做官的樣子，心上急着，硬説道：「没有的事，都是鳳姐姐混鬧！」只見邢夫人向王夫人使個眼色兒，道：「他還不信呢，咱們走罷。」其事邢不與謀，而必云然者，鳳即邢也。黛玉含着淚道：「二位舅母坐坐去。」衆人不言語，都冷笑而去。

黛玉此時，心中乾急，又説不出來，哽哽咽咽，恍惚又像和賈母在一處的似的。夢中演夢，恍惚迷離，恰恰是夢。心中想道：「此事惟求老太太，或還可救。」於是兩腿跪下去，抱着賈母的腰説道：「老太太救我！我南邊是死也不去的。責寶玉也。況且有了繼母，又不是我的親娘，我是情願跟着老太太一塊兒的。」

但見老太太呆着臉兒笑道：「這個不干我事。」是真非夢，即夢演夢，而恰是不干他事，以有阻他干而無使之干者也。黛玉哭道：「老太太，這是什麼事呢？」老太太道：「續絃也好，倒多一副妝奩。」財之累人甚矣，誅心之筆，從史寫出，餘人無不在矣。黛玉哭道：「我若在老太太跟前，決不使這裏分外的閑錢。只求老太太救我。」賈母道：「不中用了，做了女人，終是要出嫁的。你孩子家不知道，在此地終非了局。」黛玉道：「我在這裏，情願自己做個奴婢過活，自做自吃，也是願意。只求老太太作主。」老太太總不言語，黛玉抱着賈母的腰哭道：「老太太，你向來最是慈悲的，又最疼我的，到了緊急的時候，怎麼全不管？不要説我是你的外孫女兒，是隔了一層了，我的娘是你的親生女兒，看我娘分上，也該護庇些。」説着，撞在懷裏痛哭。賈母道：「鴛鴦，你來送姑娘出去歇歇，必令鴛鴦送出，是寶、黛原爲不鴛鴦而真鴛鴦者。我倒被他鬧乏了。」

黛玉情知不是路了，求去無用，不如尋個自盡。點明自殺。站起來，往外就走，深痛自己沒有親娘，便是外祖母與舅母姊妹們，平時何等待的好，可見都是假的。特提假字。又一想：「今日怎麼獨不見寶玉？或見一面，看他還有法兒？」便見寶玉站在面前，以心見心，隨在即是，是夢境，是真義。笑嘻嘻的説：「妹妹大喜呀。」一語乃真實妙義。黛玉聽了這一句話，越發急了，也顧不得什麼了，把寶玉緊緊拉住説：「好，寶玉，我今日纔知道你是個無情無義的人了！」爲「寶玉你好」四字下一轉語。寶玉道：「我怎麼無情無義？你既有了人家兒，咱們各自幹各自的了。」爲「你死了我做和尚」之語作對勘。黛玉越聽越氣，越沒了主意，「主意」二字，天人合勘。只得拉着寶玉哭道：「好哥哥，你叫我跟了誰去？」寶玉道：「你要不去，就在這裏住着。你原是許了我的，所以你纔到我們這裏來。我待你是怎麼樣的，你也想想。」又是天人合勘。黛玉恍惚，又像果曾許過寶玉的，心內忽又轉悲作喜，忽疑忽信，信仍是疑，是爲二心。氣數得以乘之矣，夫誰尤？問寶玉道：「我是死活打定主意的了，你到底叫我去不去？」寶玉道：「我說叫你住下。你不信我的話，你就瞧瞧我的心。」一心自問。說着就拿着一把小尖刀子，往胸口上一劃，此刀信手拈來，一心自戕，到底成就。只見鮮血直流。黛玉嚇得魂飛魄散，忙用手握着寶玉的心窩，哭道：「你怎麼做出這個事來？你先來殺了我罷！」已先殺了。寶玉道：「不怕！我拿我的心給你瞧。」還把手在劃開的地方兒亂抓。黛玉又顫又哭，又怕人撞破，抱住寶玉痛哭。寶玉道：「不好了！我的心沒有了，活不得了！」說着，眼睛往上一翻，「咕咚」就倒了。太極未判，原本無心，一落後天，絳黛分矣。此是追原寶玉本來也。聖賢學問，以理制欲，使心常存，不落虛無寂滅；今日無心，歸渺茫矣！此是切責寶玉去路也。

黛玉拚命放聲大哭。只聽見紫鵑叫道：「姑娘，姑娘！怎麼魘住了？快醒醒兒，脫了衣服睡罷！」黛玉一翻身，卻原來是一場噩夢。《紅樓》全部總結，「一翻身」三字最重。喉間猶是哽咽，心上還是亂跳，枕頭上已經濕透，肩背身心，但覺冰冷，想了一回，「父親死得久了，與寶玉尚未放定，這是從那裏說起？」又想夢中光景，無倚無靠，再真把寶玉死了，那可怎麼樣了？一時痛定思痛，神魂俱亂。心藏神乃寶，肝藏魂乃黛，神魂俱亂，責人事也。又哭了一回，遍身微微的出了一點兒汗。扎掙起來，把外罩大襖脫了，叫紫鵑蓋好了被窩，又躺下去。翻來覆去，那裏睡得着？只聽得外面淅淅颯颯，又像風聲，又像雨聲。又停了一會子，又聽得遠遠的吆呼聲兒，卻是紫鵑已在那裏睡着，鼻息出入之聲。自己扎掙着爬起來，圍着被坐了一會，覺得窗縫裏透進一縷涼風來，吹得寒毛直豎，便又躺下。正要朦朧睡去，聽得竹枝上，不知有多少鴉雀兒的聲兒，啾啾唧唧，叫個不住。那窗上的紙，隔着屜子，漸漸的透進清光來。一段情景，極盡精微，千古才人，一齊擱筆。

黛玉此時，已醒的雙眸炯炯，一回兒咳嗽起來，連紫鵑都咳嗽醒了。紫鵑道：「姑娘你還沒睡着麽？又咳嗽起來了，想是着了風了，這會兒窗户紙發清了，也待好亮起來了。歇歇兒罷，養養神，別儘着想長想短的了。」黛玉道：「我何嘗不要睡？只是睡不着，你睡你的罷！」説了，又咳起來。紫鵑見黛玉這般光景，心中也自傷感，睡不着了。聽見黛玉又咳，連忙起來捧着痰盒。這時天已亮了，黛玉道：「你不睡了麽？」紫鵑笑道：「天都亮了，還睡什麽呢？」黛玉道：「既這樣，你就把痰盒兒換了罷。」紫鵑答應着，忙出來換了一個痰盒兒，將手裏的這個盒兒放在桌上，開了套間門出來，仍舊帶上門，放下撒花軟簾，出來叫醒雪雁，開了屋門。去倒那盒子時，只見滿盒子痰，痰中好些血星，以失血結惡夢，以失心結惡夢也。《經》曰血生於心。唬了紫鵑一跳，不覺失聲道：「噯喲！這還了得？」黛玉裏面接着問：「是什麽？」紫鵑自知失言，連忙改説道：「手裏一滑，幾乎撂了痰盒子。」黛玉道：「不是盒子裏的痰有了什麽？」紫鵑道：「没有什麽。」説着這句話時，心中一酸，那眼淚直流下來，聲兒早已岔了。

黛玉因爲喉間有些甜腥，早自疑惑，方纔聽見紫鵑在外邊詫異，這會子又聽見紫鵑説話聲音帶着悲慘的光景，心中已覺了八九分。八九七十二，地數一終，而寫一紫鵑，字字皆成血淚。便叫：「紫鵑進來罷！外頭看涼着。」紫鵑答應了一聲，這一聲更比頭裏悽慘，竟是鼻中酸楚之音。黛玉聽了，涼了半截。看紫鵑推門進來時，尚拿手帕拭眼。黛玉道：「大清早起，好好的爲什麽哭？」紫鵑勉强笑道：「誰哭來？早起起來，眼睛裏有些不舒服。姑娘今夜，大概比往常醒得時候更早罷！我聽見咳嗽了大半夜。」黛玉道：「可不是！越要睡，越睡不着。」紫鵑道：「姑娘身上不大好，依我說，還得自己開解着些。身子是根本，俗語說的『留得青山在，依舊有柴燒』。柴乃木火通明，正是一心作用，奈寶、黛之没主意何！況這裏自老太太、太太起，那個不疼姑娘？」只這一句話，又勾起黛玉的夢來。有紫鵑一段文字，方掩得住黛玉一段文字，全書只此一場惡夢，只此一篇大文，故其聚精會神如此。覺得心頭一撞，眼中一黑，神色俱變。紫鵑連忙端了痰盒，雪雁搥着脊梁，半日纔吐出一口痰來，痰中一縷紫血，簌簌亂跳。紫鵑、雪雁臉都唬黃了，兩個旁邊守着，黛玉便昏昏躺下。紫鵑看着不好，連忙努嘴，叫雪雁叫人去。

雪雁纔出屋門，只見翠縷、翠墨兩個人，笑嘻嘻的走來。翠縷便道：「林姑娘怎麼這早晚還不出門？我們姑娘和三姑娘，都在四姑娘屋裏，講究四姑娘畫的那張園子景兒呢。」三春消歇，惡夢醒矣，大觀成矣，評在「勇晴雯」回，此段當與「絶粒」回合看。雪雁連忙擺手兒，翠縷、翠墨二人倒都唬了一跳，說：「這是什麼原故？」雪雁將方纔的事，一一告訴他，二人都吐了吐舌頭兒，說：「這可不是頑的。你們怎麼不告訴老太太去？這還了得！你們怎麼這麼糊塗？」雪雁道：「我這裏纔要去，你們就來了。」正說着，只聽紫鵑叫道：「誰在外頭說話？姑娘問呢。」三個人連忙一齊進來，翠縷、翠墨見黛玉蓋着被躺在牀上，見了他二人，便說道：「誰告訴你們了？你們這樣大驚小怪的。」翠墨道：「我們姑娘和雲姑娘，纔都在四姑娘屋裏，講究四姑娘畫的那張園子圖兒，叫我們來請姑娘來。不知姑娘身上又欠安了。」黛玉道：「也不是什麼大病，不過覺得身子略軟些，躺躺兒就起來了。你們回去告訴三姑娘和雲姑娘，飯後若無事，倒是請他們來這裏坐坐罷。寶二爺没到你們那邊去？」「念茲在茲」。二人答道：「没有。」翠墨又道：「寶二爺這兩天上了學了，老爺天天要查功課，那裏還能像從前那麽亂跑呢？」黛玉聽了，默然不言。四字有千百轉身。二人又略站了一回，都悄悄的退出來了。

且説探春、湘雲正在惜春那邊，評論惜春所畫大觀園圖，説這個多一點，那個少一點，這個太疏，那個太密。大家又議着題詩，着人去請黛玉商議。正説着，忽見翠縷、翠墨二人回來，神色匆忙。湘雲便先問道：「林姑娘怎麽不來？」翠縷道：「林姑娘昨日夜裏又犯了病了，咳嗽了一夜。我們聽見雪雁説，吐了一盒子痰血。」探春聽了詫異道：「這話真麽？」翠縷道：「怎麽不真？」翠墨道：「我們剛纔進去，瞧了瞧顔色不成顔色，説話兒的氣力也都微了。」湘雲道：「不好的這麽着，怎麽還能説話呢？」探春道：「怎麽你這麽糊塗，不能説話，不是已經……」説到這裏，卻咽住了。黛以多言取禍，因有此戒言之書，正作者引而不發之意也，是爲咽住。惜春道：「林姐姐那樣一個聰明人，我看他總有些瞧不破，一點半點兒都要認起真來。天下事那裏有多少真的呢！」一場惡夢，謹嚴注釋。探春道：「既這麽着，咱們都過去看看，倘若病的利害，咱們好過去告訴大嫂子，回老太太，傳大夫進來瞧瞧，也得個主意。」湘雲道：「正是這樣。」惜春道：「姐姐們先去，我回來再過去。」寶、黛情事，惜亦知之，此不去看，鄙其人也。而究落頑空，是故爲惜，惜其不得性情之正耳！評在「矢素志」回。

於是探春、湘雲扶了小丫頭，都到瀟湘館來。進入房中，黛玉見他二人，不免又傷心起來。因又轉念想起夢中，連老太太尚且如此，何況他們？「況且我不請他們，他們還不來呢！」此種想頭，是黛自殺之機，到此特追明之，以垂戒也。心裏雖是如此，臉上卻礙不過去，只得勉强令紫鵑扶起，口中讓坐。探春、湘雲都坐在牀沿上，一頭一個，看了黛玉這般光景，也自傷感。探春便道：「姐姐怎麼身上又不舒服了？」黛玉道：「也没什麼要緊，只是身子軟得很。」紫鵑在黛玉身後，偷偷的用手指那痰盒兒。湘雲到底年輕，性情又兼直爽，伸手便把痰盒拿起來看。不看則已，看了唬的驚疑不止，説：「這是姐姐吐的？這還了得！」湘合三影，此血從他説破，使黛必死。既影寶、黛自殺，又影釵殺之也。初時黛玉昏昏沈沈，吐了也没細看，此時見湘雲這麼説，回頭看時，自己早已灰了一半心。探春見湘雲冒失，連忙解説道：「這不過是肺火上炎，肺火正是金之熱毒。帶出一半點來，也是常事。偏是雲丫頭，不拘什麼，就這樣蠍蠍螫螫的！」湘雲紅了臉，自悔失言。探春見黛玉精神短少，似有煩倦之意。連忙起身説道：「姐姐靜靜的養養神罷，我們回來再瞧你。」黛玉道：「累你二位惦着。」探春又囑咐紫鵑：「好生留神伏侍姑娘。」紫鵑答應着。探春纔要走，只聽外面一個人嚷起來。

未知是誰，且看下回分解。

書至此回，已爲圓滿，此後無非了事而已。其提撕警覺之意，全在上半回，蓋因頑生惡，不警則驚矣。是爲心説，是爲夢説，即一回括一百二十回。

自「河東吼」至此回爲一大段，就黛玉本心作一結果文字也。賬中冤孽，重開起鳳之文；簿上姻緣，誰遂如魚之愛。羹名療妒，王道無方；錐善刺心，代儒莫究。虛飄飄一雙蝴蝶，自惹風吹；忒楞楞兩翼鴛鴦，同遭棒嚇。頃刻工夫惡夢，黃面老漫〔作〕（漫）貪癡；没甚要緊閑書，草頭醫喜行狼虎。

護花主人評曰：

寶玉厭薄八股，卻有意思博取功名，不得不借作階梯。作者借寶、黛兩人口中，俱爲道破。代儒講書，真是對證下藥，善於教子弟者。

寶玉是夜發熱，先爲心痛引子。如此小事，亦有先伏後應，文章細而且活。

寫黛玉夢境，恍恍惚惚，迷迷離離，的是夢中境象，真傳神入妙之筆。以寶玉剖心跌倒，爲哭醒出夢，尤爲妙絶。而寶玉是夜心痛，又與夢暗合。夢與神通，神與夢合，是耶非耶，真疑鬼疑神之筆。

黛玉之夭亡，於斯已決。

惜春畫大觀園圖，久不提起，故用閑筆略描。又於探春、湘雲口中，評論多少、疏密，以見圖稿尚未定局。

惜春説黛玉「總是看不破，天下事那裏有多少真的」，已是出家人口氣。

大某山民評曰：

此回仍是甲寅年秋間事。

第八十三回　省宮闈賈元妃染恙　鬧閨閫薛寶釵吞聲

話説探春、湘雲纔要走時，忽聽外面一個人嚷道：「你這不成人的小蹄子！你是個什麼東西，來這園子裏頭混攪！」送荔支一夢婆而夢生，罵蹄子一夢婆而夢滅，生以一薛姨，滅以一賈母。黛玉聽了，大叫一聲道：「這裏住不得了！」一手指着窗外，兩眼反插上去。原來黛玉住在大觀園中，雖靠着賈母疼愛，然在别人身上，凡事終是寸步留心。聽見窗外老婆子這樣罵着，在别人呢，一句是貼不上的，他竟像專罵着自己的。自思一個千金小姐，只因没了爹娘，不知何人指使這老婆子來這般辱罵，那裏委屈得來？因此肝腸崩裂，哭暈去了。紫鵑只是哭叫：「姑娘怎麼樣了？快醒轉來罷！」探春也叫了一回。半晌，黛玉方回過這口氣，還説不出話來，那隻手仍向窗外指着。

探春會意，開門出去，看見老婆子手中拿着拐棍，趕着一個不乾不净的毛丫頭道：「我是爲照管這園中的花果樹木，來到這裏。你作什麼事來？等我家去，打你一個知道。」這丫頭扭着頭，把一個指頭探在嘴裏，瞅着老婆子笑。探春駡道：「你們這些人，如今越發没了王法了。這裏是你罵人的地方兒嗎？」老婆子見是探春，連忙陪着笑臉兒説道：「剛纔是我的外孫女兒，看見我來了，他就跟了來。我怕他鬧，所以纔吆喝他回去，那裏敢在這裏罵人呢？」探春道：「不用多説了，快給我都出去。這裏林姑娘身上不大好，還不快去麽！」老婆子答應了幾個「是」，説着，一扭身去了。必拿拐棍，惜賈母之無主張也。外孫女則明指黛玉，毛丫頭乃未經人道之女，是黛爲乾浄身子，今轉云不乾不浄者，黛正意淫之主也。其指揮往來，悉聽探春，見寶黛姻緣，探得而左右之，何致一死一亡耶？乃釋賈母、責探春文字，故必從看花果「興利」而來，而歸咎仍在黛之所自取。看把一個指頭探在嘴裏，以手指口，重戒不多言之意也。而繪畫憨態，如見其人，知作者心有幾竅？那丫頭也就跑了。

探春回來，看見湘雲拉着黛玉的手只管哭，紫鵑一手抱着黛玉，一手給黛玉揉胸口。黛玉的眼睛方漸漸的轉過來了，探春笑道：「想是聽見老婆子的話，你疑了心了麽？」黛玉只摇着頭兒。探春道：「他是罵他外孫女兒，我纔剛也聽見了。這種東西説話，再没有一點道理的，他們懂得什麽避諱？」黛玉聽了，點點頭兒，拉着探春的手道：「妹妹……」叫了一聲，又不言語了。探春又道：「你別心煩，我來看你，是姊妹們應該的。你又少人伏侍，只要你安心肯吃藥，心上把喜歡事兒想想，能彀一天一天的硬朗起來，大家依舊結社做詩，豈不好呢。」湘雲道：「可是三姐姐説的，那麽着不樂？」黛玉哽咽道：「你們只顧要我喜歡，可憐我那裏熬得上這日子？只怕不能彀了。」探春道：「你這話説的太過了，誰没個病兒災兒的？那裏就想到這裏來了。你好生歇歇兒罷。我們到老太太那邊，回來再看你。你要什麽東西，只管叫紫鵑告訴我。」黛玉流淚道：「好妹妹，你到老太太那裏，只説我請安，身上略有點不好，不是什麽大病，也不用老太太煩心的。」探春答應道：「我知道，你只管養着罷。」説着，纔同湘雲出去了。歇落又極周詳。

這裏紫鵑扶着黛玉躺在牀上，地下諸事，自有雪雁照料。自己只守着旁邊，看着黛玉，又是心酸，又不敢哭泣。瀟湘館寫來若只得黛、鵑、雁三人者，是皆疑影之筆，便覺似夢非夢。那黛玉閉着眼，躺了半晌，那裏睡得着？覺得園裏頭，平日只見寂寞，如今躺在牀上，偏聽風聲，蟲鳴聲，鳥語聲，人走的脚步聲，又像遠遠的孩子們啼哭聲，一陣一陣的聒噪的煩躁起來，因叫紫鵑放下帳子來。寫病中情事妙入微茫，與出夢時一段正相敵。雪雁捧了一碗燕窩湯，遞與紫鵑，紫鵑隔着帳子，輕輕問道：「姑娘，喝一口湯罷？」黛玉微微應了一聲，紫鵑復將湯遞給雪雁，自己上來，攙扶黛玉坐起，然後接過湯來，擱在唇邊，試了一試，一手摟着黛玉肩臂，一手端着湯送到唇邊。黛玉微微睜眼，喝了兩三口，兩三口不偶也，到此重申燕窩之毒，黛玉至死不悟。便摇摇頭兒，不喝了。紫鵑仍將碗遞給雪雁，輕輕扶黛玉睡下。静了一時，略覺安頓，只聽窗外悄悄説道：「紫鵑妹妹在家麽？」雪雁連忙出來，見是襲人，夢從他起，夢從他結。因悄悄説道：「姐姐屋裏坐着。」襲人也便悄悄問道：「姑娘怎麽着？」一面走，一面雪雁告訴夜間及方纔之事。襲人聽了這話，也唬怔了，因説道：「怪道剛纔翠縷到我們那邊，説你們姑娘病了，唬得寶二爺連忙打發我來看看是怎麽樣。」

正説着，只見紫鵑從裏間掀起簾子望外，看見襲人，點頭兒叫他。襲人輕輕走過來問道：「姑娘睡着了嗎？」紫鵑點點頭兒，問道：「姐姐纔聽見説了？」襲人也點點頭兒，蹙着眉道：「終久怎麽樣好呢？寶、黛之不可離，襲知之最稔，而竟悍然不顧而間離之，亦鋌而走險矣！警省多少明知硬做人。那一位昨夜也把我唬了個半死兒！」紫鵑忙問：「怎麽了？」襲人道：「昨日晚上睡覺，還是好好兒的，誰知半夜裏，一疊連聲嚷起心疼來。以心印心，非真非夢。嘴裏胡説白道，只説好像刀子割了去的是的，直鬧到打亮梆以後纔好了些。出陰入陽之候。你說唬人不唬人？今日不能上學，還要請大夫來吃藥呢。」正說着，只聽黛玉在帳子裏又咳嗽起來。紫鵑連忙來捧痰盒兒接痰。黛玉微微睜眼問道：「你合誰說話呢？」紫鵑道：「襲人姐姐來瞧姑娘來了。」說着，襲人已走到牀前。黛玉命紫鵑扶起，一手指着牀邊讓襲人坐下。襲人側身坐了，連忙陪着笑勸道：「姑娘倒還是躺着罷！」黛玉道：「不妨，你們快別這樣大驚小怪的，剛纔是說誰半夜裏心疼起來？」襲人道：「是寶二爺偶然魘住了，不是認真怎麼樣。」微言。黛玉會意，知道是襲人怕自己又懸心的原故，又感激又傷心。又吃燕窩。因趁勢問道：「既是魘住了，不聽見他還說什麼？」襲人道：「也没說什麼。」黛玉點點頭兒，遲了半日，歎了一聲，纔說道：「你們別告訴寶二爺說我不好，看躭擱了他的工夫，又叫老爺生氣。」此等語已將私心和盤托出，襲深聞矣！襲人答應了，又勸道：「姑娘還是躺躺歇歇罷。」黛玉點頭，命紫鵑扶着歪下。襲人不免坐在旁邊，又寬慰了幾句，然後告辭。回到怡紅院，只說黛玉身上略覺不受用，也没什麼大病。得遮掩且遮掩，愚矣哉！寶玉纔放了心。

且說探春、湘雲出了瀟湘館，一路往賈母這邊來。探春因囑咐湘雲說道：「妹妹回來見了老太太，別像剛纔那樣冒冒失失的了。」深心。湘雲點頭笑道：「知道了。我頭裏是叫他唬的忘了神了。」以淺證深。說着，已到賈母那邊。探春因提起黛玉的病來，賈母聽了，自是心煩。因說道：「偏是這兩個主兒多病多災的，兩個主兒仍合說，金玉未必定也。林丫頭一來二去的大了，他這個身子也要緊，我看那孩子太是個心細。」此語在依違之界。衆人也不敢答言。此衆人以探爲首。賈母便向鴛鴦道：「你告訴他們，明兒大夫來瞧了寶玉，就叫他到林姑娘那屋裏去。」鴛鴦答應着出來，告訴了這婆子們，婆子們自去傳話。這裏探春、湘雲就跟着賈母吃了晚飯，然後回到園中去不提。

到了次日，大夫來了，瞧了寶玉，不過説飲食不調，着了點兒風邪，傷意土，感木邪，因成惡夢。沒大要緊，疏散疏散就好了。放心微指。這裏王夫人鳳姐等，一面遣人拿了方子回賈母；一面使人到瀟湘館，告訴説：「大夫就過來。」紫鵑答應了，連忙給黛玉蓋好被窩，放下帳子，雪雁趕着收拾房裏的東西。一時賈璉陪着大夫進來了，便説道：「這位老爺是常來的，陰陽來往，《易》道有常，是劉老老。姑娘們不用迴避。」老婆子打起簾子，賈璉讓着，進入房中坐下。賈璉道：「紫鵑姐姐，你先把姑娘病勢，向王老爺説説。」「王」字仍明提，此重《易》道也。王大夫道：「且慢説。等我診了脈，聽我説了，看是對不對。若有不合的地方，姑娘們再告訴我。」與張太醫一樣寫法，秦氏一夢，黛玉亦一夢，所謂兼美也。紫鵑便向帳中扶出黛玉的一隻手來，擱在迎手上。紫鵑又把鐲子連袖子輕輕的摟起，不叫壓住脈息。那王大夫診了好一會兒，又換那隻手也診了，便同賈璉出來，到外間屋裏坐下，秦氏無此搬演，乃明黛玉爲守禮而死之人也。説道：「六脈皆弦，因平日鬱結所致。」説着，紫鵑也出來，站在裏間門口。那王大夫便向紫鵑道：「這病時常應得頭暈，減飲食，多夢；每到五更，必醒個幾次；即日間聽見不干自己的事，也必動氣，且多疑多懼。不知者疑爲性情乖誕，其實因肝陰虧損，心氣衰耗，都是這個病在那裏作怪。又與張太醫略同，而彼病爲亂常，此病爲傷心，則迥異也。不知是否？」紫鵑點點頭兒，向賈璉道：「説的很是。」王大夫道：「既這樣就是了。」説畢，起身同賈璉往外書房去開方子，小厮們早已預備下一張梅紅單帖。王太醫吃了茶，因提筆先寫道：

六脈弦遲，素由鬱結。左寸無力，心氣已衰。「論病窮源」，脈不言尺，此處亦不言尺，同一無是公也。彼歷言左右寸、關而不及尺；此則止明言左寸，而冠以六脈弦遲。脈既有六，是無尺而有尺矣。尺爲下體，或污或潔，又自分晰。關脈獨洪，肝邪偏旺。木氣不能疏達，勢必上侵脾土，飲食無味，甚至勝所不勝，肺金定受其殃。氣不流精，凝而爲痰；血隨氣湧，自然咳吐。理宜疏肝保肺，涵養心脾。雖有補劑，未可驟施。姑擬「黑逍遥」以開其先，後用「歸脾固金」以繼其後。不揣固陋，俟高明裁服。黑逍遥寓言冥路也，歸脾即「斷癡情」，固金即「成大禮」，而恰有此等藥方，爲他湊合。且逍遥散適七味，乃巧數，正合黛死於敘之巧也。

又將七味藥與引子寫了。賈璉拿來看時，問道：「血勢上沖，柴胡使得麽？」王大夫笑道：「二爺但知柴胡是升提之品，爲吐衄所忌。豈知用鱉血拌炒，非柴胡不足宣少陽甲膽之氣。以鱉血製之，使其不致升提，吴貴膽小，寶玉亦膽小，便是鱉血炒柴胡之義，請看前評。且能培養肝陰，制遏邪火。所以《内經》説：『通因通用，塞因塞用。』柴胡用鱉血拌炒，正是『假周勃以安劉』的法子。」賈璉點頭道：「原來是這麽着。這就是了。」王大夫又道：「先請服兩劑，再加減，或再換方子罷。我還有一點小事，不能久坐，容日再來請安。」説着，賈璉送了出來，説道：「舍弟的藥，就是那麽着了？」王大夫道：「寶二爺倒没什麽大病，大約再吃一劑就好了。」説着，上車而去。

這裏賈璉一面叫人抓藥，一面回到房中，告訴鳳姐黛玉的病原，與大夫用的藥，述了一遍。必歸於鳳，以完此夢。只見周瑞家的走來，回了幾件没要緊的事。賈璉聽到一半，便説道：「你回二奶奶罷，我還有事呢。」説着，就走了。周瑞家的回完了這件事，這件事即全書也，驚夢方纔一半，到斷情則了矣。曰没要緊，乃作者自白。又説道：「我方纔到林姑娘那邊，看他那個病，竟是不好呢。臉上一點血色也没有，摸了摸，身上只剩得一把骨頭。問問他，也没有話説，只是淌眼淚。回來紫鵑告訴我説：『姑娘現在病着，要什麽自己又不肯要，我打算要問二奶奶那裏支用一兩個月的月錢。如今吃藥，雖是公中的，零用也得幾個錢。』我答應了他，替他來回奶奶。」鳳姐低了半日頭，説道：「竟這麽着罷，我送他幾兩銀子使罷。也不用告訴林姑娘。這月錢卻是不好支的。一個人開了例，要是都支起來，那如何使得呢？插入此段，是爲「致禍」作一關照。你不記得趙姨娘和三姑娘拌嘴了？也無非爲的是月錢。況且近來你也知道，出去的多，進來的少，總繞不過彎兒來。不知道的，還説我打算的不好。更有那一種嚼舌根的，説我搬運到娘家去了。周嫂子，你倒是那裏經手的人，這個自然還知道些。」周瑞家的道：「真正要屈死人，這樣大門頭兒，除了奶奶這樣心計兒當家罷了，别説是女人當不來，就是三頭六臂的男人，還撑不住呢。還説這些個混賬話！」説着，又笑了一聲，道：「奶奶還没聽見呢，外頭的人，還更糊塗呢。前兒周瑞回家來，説起外頭的人，打諒着咱們府裏不知怎麽樣有錢呢。也有説：『賈府裏的銀庫幾間，金庫幾間，使的傢伙都是金子鑲了、玉石嵌了的。』也有説：『姑娘做了王妃，自然皇上家的東西分了一半子給娘家。前兒貴妃娘娘省親回來，我們還親見他帶了幾車金銀回來，所以家裏收拾擺設的水晶宫似的。都是水族而爲龍居，《易》理也。那日在廟裏還願，花了幾萬銀子，只算得牛身上拔了一根毛罷咧。』有人還説：『他門前的獅子，只怕還是玉石的呢！園子裏還有金麒麟，叫人偷了一個去，如今剩下一個了。家裏的奶奶姑娘不用説，就是屋裏使唤的姑娘們，也是一點兒不動，喝酒下棋，彈琴畫畫，横豎有伏侍的人呢，單管穿羅罩紗。吃的戴的，都是人家不認得的。那些哥兒姐兒們更不用説了，要天上的月亮也有人去拿下來給他頑。』還有歌兒呢，説是：『寧國府，榮國府，金銀財寶如糞土。吃不窮，穿不窮，算來……』」説到這裏，猛然咽住。此段又總括全書妙義，承上起下，以一歌結之，必從周瑞演出，重明《易》道也。尤妙在咽住末句，一部極不好極没要緊小説，處處無非咽住也。原來那歌兒説道是：「算來總是一場空。」這周瑞家的説溜了嘴，説到這裏，忽然想起這話不好，因咽住了。

鳳姐兒聽了，已明白必是句不好的話了，也不便追問。因説道：「那都没要緊，只是這金麒麟的話，從何而來？」全書只演寶、黛、釵而已，湘雲一人三影，故金麒麟用特問。周瑞家的笑道：「就是那廟裏的老道士，送給寶二爺的小金麒麟兒。後來丢了幾天，虧了史姑娘撿着，還了他。外頭就造出這些謡言來了。奶奶説這些人可笑不可笑？」全書無非謡言，無非笑話。鳳姐道：「這些話倒不是可笑，倒是可怕的。全書的旨特出於總括財色之口，有甚深微妙。咱們一日難似一日，外面還是這樣講究，俗語説的『人怕出名猪怕壯』，此「猪」字即「老母猪，不抬頭」之猪。況且又是個虚名兒，終久還不知怎麽樣呢？」周瑞家的道：「奶奶慮的也是，只是滿城裏茶坊酒鋪兒，以及各衚衕兒都是這樣説，並且不是一年了，那裏握的住衆人的嘴？」洛陽紙貴。鳳姐點點頭兒，因叫平兒稱了幾兩銀子，遞給周瑞家的道：「你先拿去交給紫鵑，只説我給他添補買東西的，若要官中的，只管要去，别提這月錢的話。他也是個靈透人，自然明〔白〕。説我的話。我得了空兒，就去瞧姑娘去。」周瑞家的接了銀子，答應着自去不提。

且説賈璉走到外面，只見一個小厮迎上來回道：「大老爺叫二爺説話呢。」賈璉急忙過來，見了賈赦。賈赦道：「方纔風聞宫裏頭傳了一個太醫院御醫、兩個吏目去看病，想來不是宫女兒下人了。這幾天娘娘宮裏，有什麼信兒没有？」本回「染恙」，九十五回「薨逝」之兆也。元春死，賈氏敗，在榮府以赦爲罪魁，故此信從他先聞。賈璉道：「没有。」賈赦道：「你去問問二老爺和你珍大哥，不然，還該叫人去到太醫院裏打聽打聽纔是。」賈璉答應了，一面吩咐人往太醫院去，一面連忙去見賈政、賈珍。賈政聽了這話，因問道：「是那裏來的風聲？」賈璉道：「是大老爺纔説的。」賈政道：「你索性和你珍大哥到裏頭打聽打聽。」賈璉道：「我已經打發人往太醫院打聽去了。」一面説着，一面退出來，去找賈珍。只見賈珍迎面來了，賈璉忙告訴賈珍。賈珍道：「我正爲也聽見這話，同一罪首，故同聞知。來回大老爺、二老爺去的。」於是兩個人同着來見賈政。賈政道：「如係元妃，少不得終有信的。」説着，賈赦也過來了。

到了晌午，打聽的尚未回來，門上人進來回道：「有兩個内相，在外要見二位老爺呢。」賈赦道：「請進來。」門上的人領了老公進來，賈赦、賈政迎至二門外，先請了娘娘的安，一面同着進來。走至廳上，讓了坐。老公道：「前兒這裏貴妃娘娘，有些欠安。昨日奉過旨意，宣召親丁四人，進裏頭探問。許各帶丫頭一人，餘皆不用。親丁男人，只許在宮門外遞個職名請安，聽信，不得擅入。準於明日辰巳時進去，申酉時出來。」賈政、賈赦等站着聽了旨意，復又坐下，讓老公吃茶畢，老公辭了出去。賈赦、賈政送出大門，回來先稟賈母。賈母道：「親丁四人，自然是我和你們兩位太太了。那一個人呢？」衆人也不敢答應，賈母想了想道：「必得是鳳姐兒，他諸事有照應。你們爺兒們，各自商量去罷。」李紈乃冢孫婦，與元妃較鳳自親，而親丁有鳳無李，史之顛倒錯亂亦甚矣！是爲總罪魁，是爲外道理，以合成氣數之天。賈赦、賈政答應了出來，因派賈璉、賈蓉看家，兩人果可看家乎？是又微言。外凡「文」字輩至「草」字輩都去，吩咐家人預備四乘緑轎，十餘輛大車，明兒黎明伺候。」家人答應去了。賈赦、賈政又進去回明老太太：「辰巳時進去，申酉時出來。歸省戌初來，丑正去，自陰之陽也。省疾辰巳時往，申酉回，自陽之陰也。中間僅餘兩時，而天心轉易，人事變遷，不早思省，悔之何及！此氣數之不可任，而理道之宜求也。今日早些歇歇，明日好早些起來，收拾進宮。」賈母道：「我知道，你們去罷。」赦、政等退出，這裏邢夫人、王夫人、鳳姐兒也都説了一會子元妃的病，又説了些閑話，纔各自散了。

次日黎明，各間屋子丫頭們，將燈火俱已點齊。太太們各梳洗畢，爺們亦各整頓好了。一到卯初，林之孝合賴大進來，至二門口，回道：「轎車俱已齊備，在門外伺候着呢。」不一時，賈赦、邢夫人也過來了。大家用了早飯，鳳姐先扶老太太出來，衆人圍隨，各帶使女一人，緩緩前行。又命李貴等二人，先騎馬去外宮門接應。必先之以李貴與林、賴，皆特提，不可忽讀。自己家眷隨後，文字輩至草字輩各自登車騎馬，跟着衆家人，一齊去了。賈璉、賈蓉在家中看家。

且説賈府的車輛轎馬俱在外西垣門口歇下等着。一回兒，有兩個内監出來説道：「賈府省親的太太奶奶們着令入宮探問。爺們内宮門外請安，不得入見。」門上人叫：「快進去。」賈府中四乘轎子，跟着小内監前行。賈家爺們在轎後步行跟着，令衆家人在外等候。走近宮門口，只見幾個老公在門上坐着，見他們來了，便站起來説道：「賈府爺們至此。」賈赦、賈政便挨次立定。轎子抬至宮門口，便都出了轎，早有幾個小内監引路，賈母等各有丫頭扶着步行。走至元妃寢宮，只見奎壁輝煌，琉璃照耀。又有兩個小宮女兒傳諭道：「只用請安，一概儀注都免。」賈母等謝了恩，來至牀前請安畢，元妃都賜了坐。賈母等又告了坐。元妃便問賈母道：「近日身上可好？」賈母扶着小丫頭，顫顫巍巍站起來，答應道：「托娘娘洪福，起居尚健。」元妃又向邢夫人、王夫人問了好，邢、王二夫人站着回了話。元妃又問鳳姐：「家中過的日子若何？」鳳姐站起來，回奏道：「尚可支持。」元妃道：「這幾年來難爲你操心。」氣數之天不明如此。鳳姐正要站起來回奏，只見一個宮女，傳進許多職名，請娘娘龍目。元妃看時，就是賈赦、賈政等若干人。那元妃看了職名，眼圈兒一紅，止不住流下淚來。用看職名流淚截住鳳姐回奏，八面玲瓏。宮女兒遞過絹子，元妃一面拭淚，一面傳諭道：「今日稍安，令他們外面暫歇。」賈母等站起來，又謝了恩。元妃含淚道：「父女弟兄，反不如小家子得以常常親近。」賈母等都忍住淚道：「娘娘不用悲傷，家中已託着娘娘的福多了。」元妃又問：「寶玉近來若何？」賈母道：「近來頗肯念書，因他父親逼得嚴緊，如今文字也都做上來了。」近注「始提親」，遠注「中鄉魁」。元妃道：「這樣纔好。」遂命外宮賜宴，便有兩個宮女兒，四個小太監，引了到一座宮裏。已擺得齊整，各按位次坐了，不必細述。一時吃完了飯，賈母帶着他婆媳三人，謝過宴。又躭擱了一回，看看已近酉初，不敢羈留，俱各辭了出來。元妃命宮女兒引道，送至内宮門，門外仍是四個小太監送出。賈母等依舊坐着轎子出來，賈赦接着，大夥兒一齊回去。到家，又要安排明後日進宮，仍令照舊齊集不提。明後日進宮，再進、三進矣，寫以虚筆，即遞夏雪，是正《易》道。

且説薛家夏金桂，自趕了薛蟠出去，日間拌嘴，没有對頭。秋菱又住在寶釵那邊去了，只剩得寶蟾一人同住。既給與薛蟠作妾，寶蟾的意氣，又不比從前了。金桂看去，更是一個對頭，自己也後悔不來。一日吃了幾杯悶酒，躺在炕上，便要借那寶蟾做個醒酒湯兒，提筆敏妙，曰醒酒湯，乃以醒釵也。因問着寶蟾道：「大爺前日出門，到底是到那裏去？你自然是知道的了。」寶蟾道：「我那裏知道？他在奶奶跟前還不説，誰知道他那些事？」金桂冷笑道：「如今還有什麽奶奶太太的，都是你們的世界了。別人是惹不得的，有人護庇着，我也不敢去虎頭上捉虱子。虎即酒，同一金。你還是我的丫頭，問你一句話，你和我摔臉子説塞話。你既這麽有勢力，爲什麽不把我先勒死了，你和秋菱，不拘誰做了奶奶，那不清浄了麽？偏我又不死，礙着你們的道兒。」寶蟾聽了這話，那裏受得住，便眼睛直直的瞅着金桂道：「奶奶這些閑話，只好説給別人聽去，我並没合奶奶説什麽。奶奶不敢惹人家，何苦來拿着我們小軟兒出氣呢？正經的，奶奶又妝聽不見，没事人的一大堆了。」説着，便哭天哭地起來。金桂越發性起，便爬下炕來，要打寶蟾。寶蟾也是夏家風氣，半點兒不讓。金桂將桌椅杯盞，盡行打翻。那寶蟾只管喊冤叫屈，那裏理會他半點兒？一熱一毒，自相攻擊，寫來恍如聞見。

豈知薛姨媽在寶釵房中，聽見如此吵嚷，叫：「香菱，你去瞧瞧，且勸勸他。」寶釵道：「使不得，媽媽別叫他去。他去了，豈能勸他？那更是火上澆了油了。」明指爲火，從木而生，所謂禍發必剋。薛姨媽道：「既這麽樣，我自己過去。」寶釵道：「依我説，媽媽也不用去，由着他們鬧去罷。」「鬧」字從他點出，熱毒自鬧而已。這也是没法兒的事了。」薛姨媽道：「這那裏還了得！」説着，自己扶了丫頭，往金桂這邊來。寶釵只得也跟着過去。又囑咐香菱道：「你在這裏罷。」母女同至金桂房門口，聽見裏頭正還嚷哭不止。薛姨媽道：「你們是怎麽着，又這樣家翻宅亂起來？這還像個人家嗎？矮牆淺屋的，難道都不怕親戚們聽見笑話了麽？」數語如聞，而予人以隙，直上追「巧合」以次一切事迹。金桂屋裏接聲道：「我倒怕人笑話呢！只是這裏掃帚顛倒豎，也没有主子，也没有奴才，也没有妻没有妾，是個混賬世界了。我們夏家門子裏，没見過這樣規矩，實在受不得你們家這樣委屈了。」得釵靈心，得黛利口，既自殺即仇殺，而棄禮自上，實夏雪之漸，掃帚顛倒，雪一光矣。寶釵道：「大嫂子，媽媽因聽見鬧得慌，纔過來的。就是問的急了些，沒有分清『奶奶』『寶蟾』兩字，也沒有什麽。如今且先把事情説開，大家和和氣氣的過日子，也省的媽媽天天爲喒們操心。」喒們針對你們。那薛姨媽道：「是啊，先把事情説開了，你再問我的不是，還不遲呢。」金桂道：「好姑娘，好姑娘！你是個大賢大德的，你日後必定有個好人家，好女壻，決不像我這樣守活寡，舉眼無親，叫人家騎上頭來欺負的。我是個沒心眼兒的人，只求姑娘，我説話，別往死裏挑撿！我從小兒到如今，沒有爹娘教道。再者，我們屋裏老婆、漢子、大女人、小女人的事，姑娘也管不得。」此段乃代黛玉暢洩不平，即一洩全書憤懣也。夫沒心眼、沒爹娘，非黛玉乎？得好壻、守活寡，非寶釵乎？如此肆口毀罵，猶未明作者之意，而信其稱「賢寶釵」乎！

寶釵聽了這話，又是羞，又是氣，見他母親這樣光景，又是疼不過。還「呑聲」正面。因忍了氣説道：「大嫂子，我勸你少説句兒罷。誰挑撿你？又是誰欺負你？因挑撿而欺負，自「蘭言解疑癖」以後種種心情，令人普照。有甘受之黛，因生一不甘受之桂也，釵奈之何？不要説是嫂子，就是秋菱，我也從來沒有加他一點聲氣兒的。」金桂聽了這幾句話，更加拍着炕檐大哭起來，説：「我那裏比得秋菱？連他脚底下的泥，我還跟不上呢！他是來久了的，知道姑娘心事，又會獻勤兒。因菱射襲。我是新來的，又不會獻勤兒，如何拿我比他？何苦來！天下有幾個都是貴妃命？行點好兒罷。近跟省疾，遠注薨逝，正釵所恃以成金玉者也。別修的像我嫁個糊塗行子，守活寡，那就是活活兒的現世報了！」前用反説，此用正説，醒之之意深矣！薛姨媽聽到那裏，萬分氣不過，便站起身來道：「不是我護着自己的女孩兒，他句句勸你，你卻句句慪他。你有什麽過不去，不要尋他，勒死我倒也是稀鬆的！」寶釵忙勸道：「媽媽，你老人家不用動氣。咱們既來勸他，自己生氣，倒多了層氣。不如且出去，等嫂子歇歇兒再說。」技窮力竭。因吩咐寶蟾道：「你可别再多嘴了。」跟了薛姨媽，出得房來。

走過院子裏，只見賈母身邊的丫頭，同着秋菱迎面走來。薛姨媽道：「你從那裏來？老太太身上可安？」那丫頭道：「老太太身上好，叫來請姨太太安，還謝謝前兒的荔支，還給琴姑娘道喜。」元春染恙，寶釵吞聲，《易》道轉矣，故道雪梅之喜，而如此大事，只遣一丫頭來。賈之於薛，何其簡率。寶釵道：「你多早晚來的？」那丫頭道：「來了好一會子了。」薛姨媽料他知道，紅着臉説道：「這如今，我們家裏，鬧得也不像個過日子的人家了，叫你們那邊聽見笑話。」丫頭道：「姨太太説那裏的話？誰家没個碟大碗小，磕着碰着的呢。那是姨太太多心罷咧。」説着，跟了同到薛姨媽房中，略坐了一回，就去了。丫頭坐了，薛姨是何身分？寶釵正囑咐香菱些話，只聽薛姨媽忽然叫道：「左脇疼痛的很。」左脇木位，木病大作，指明此鬧全爲黛玉洩憤。説着，便向炕上躺下，唬得寶釵、香菱二人，手足無措。

要知後事如何？且看下回分解。

自此回至「解琴書」回爲一大段，合金玉，破木石，到此方定，而於天心人事間，重申氣數之不可恃文字也。本回上半曰「染恙」，由上回惡夢而來。黛之夢，即元之恙也，故所染何恙無明文。下半回曰「吞聲」，由上半回染恙而來。元之數盡，釵之聲吞矣！故將究竟藉金桂痛抉。上半如見漢官威儀，下半恍聞家人詬誶，洵不易得。

護花主人評曰：

寫黛玉病中所見所聞，無不觸心刺耳，真有「風聲鶴唳，草木皆兵」境況。王大夫藥案，黛玉已是不起之證。臨行向賈璉説「寶二爺倒没有什麽大病」，意在言外。外人説寧、榮二府富豪氣象，實在謡言可怕。王鳳姐亦頗有見識，惜其貪利忘害，不能思患預防，遂至合着謡言「算來總是一場空」之末句。可見富貴人，均須於極盛時子細留心，爲持盈保泰之道。作者借此警人，莫作閒話看。

以黛玉患病，引出元妃有恙。

寫金桂撒潑，越顯出寶釵涵養。有枯枝生幹，雙管齊下之妙。

大某山民評曰：

此回與上回接寫一時事。

第八十四回　試文字寶玉始提親　探驚風賈環重結怨

卻說薛姨媽一時因被金桂這場氣，慪得肝氣上逆，左脇作痛。寶釵明知是這個原故，明知硬做，鋌而走險。也等不及醫生來看，先叫人去買了幾錢鈎藤來，濃濃的煎了一碗，給他母親吃了。藥中鈎刺狀釵心事，能平肝風相火，則火不能制金，釵有所恃而不恐矣！故敢悍然霸寶殺黛，就一藥爲本回作引，極妙關合。又和秋菱給薛姨媽搥腿揉胸。停了一會兒，略覺安頓。這薛姨媽只是又悲又氣，氣的是金桂撒潑，悲的是寶釵有涵養，倒覺可憐。寶釵又勸了一回，不知不覺的睡了一覺，此夢終醒。肝氣也漸平復了。寶釵便說道：「媽媽，你這種閑氣不要放在心纔好。過幾天走得動了，樂得往那邊老太太、姨媽處，去說說話兒，散散悶也好。家裏有我和秋菱照看着，諒他不敢怎麽樣。」視桂如無物，視黛如無物也。薛姨媽點點頭道：「過兩日看罷了。」

且說元妃疾愈之後，家中俱各歡喜。過了幾日，有幾個老公走來，帶着東西銀兩，宣貴妃娘娘之命，因家中省問勤勞，俱有賞賜，把物件銀兩，一一交代清楚。賞賜東西都無明文，但曰銀兩，重在金也。從此引入「提親」，氣數之天命之矣。賈赦、賈政等稟明了賈母，一齊謝恩畢。太監吃了茶去了。大家回到賈母房中，說笑了一回。外面老婆子傳進來說：「小廝們來回道：『那邊有人請大老爺說要緊的話呢。』」賈母便向賈赦道：「你去罷。」遣開此人，文簡意該。賈赦答應着，退出來，自去了。這裏賈母忽然想起，合賈政笑道：「娘娘心裏，卻甚實惦記着寶玉，前兒還特特的問他來着呢。」賈政陪笑道：「只是寶玉不大肯念書，辜負了娘娘的美意。」賈母道：「我倒給他上了個好兒，說他近日文章都做上來了。」賈政笑道：「那裏能像老太太的話呢。」賈母道：「你們時常叫他出去，作詩作文，難道他都沒作上來麽？小孩子家，慢慢的教導他。可是人家說的：『胖子也不是一口兒吃的。』」胖文月半，從此骨月分離，俗語恰合大意。賈政聽了這話，忙陪笑道：「老太太說的是。」

賈母又道：「提起寶玉，我還有一件事和你商量。如今他也大了，你們也該留神，看一個好女子給他定下，這也是他的終身的大事。也別論遠近親戚，什麽窮啊富的，此語不必定是釵。只要深知那姑娘的脾氣兒好，模樣兒周正的就好。」此語不必定是黛。見賈一無主張，而骨肉分離矣。賈政道：「老太太吩咐的很是，但是一件，姑娘也要好，第一要他自己學好纔好。此語眼光四射，「好」字最重，「寶玉你好」在此，《好了歌》亦在此。不然不稂不莠的，反倒躭誤了人家的女孩兒，豈不可惜？」賈母聽了這話，心裏卻有些不喜歡，便說道：「論起來，現放着你們作父母的，那裏用我去操心？但只我想寶玉這孩子，從小兒跟着我，未免多疼他一點兒，躭誤了他成人的正事，也是有的。只是我看他那生來的模樣兒，也還齊整，心性兒也還實在，未必一定是那種沒出息的，必致糟蹋了人家的女孩兒。也不知是我偏心，我看着橫豎比環兒略好些。不知你們看着怎麽樣？」一段話雙提，本回以環比寶，正氣數之不可挽而循環之莫逃也。偏之爲害，必至於此。幾句話，說得賈政心中甚實不安，連忙陪笑道：「老太太看的人也多了，既說他好，有造化的，想來是不錯的。只是兒子望他成人性兒太急了一點，或者竟合古人的話相反，倒是『莫知其子之美』了。」一部《大學》，通身反過，乃全書大落墨。一句話，把賈母也慪笑了，衆人也都陪着笑了。笑字又全書大落墨，前評屢詳。賈母因說道：「你這會子也有了幾歲年紀，又居着官，自然越歷鍊越老成。」說到這裏，回頭瞅着邢夫人合王夫人，笑道：「想他那年輕的時候，那一種古怪脾氣，比寶玉還加一倍呢。直等娶了媳婦，纔略略的懂了些人事兒。如今只抱怨寶玉。這會子我看寶玉，比他還略體些人情兒呢！」「道之以政」，政字在《論語》中原未説大壞，此赦之不與此言也。今追原政字，必合邢説者「道之以政」，勢必「齊之以刑」也。皆是大發明處。說的邢夫人、王夫人都笑了。因說道：「老太太又說起逗笑兒的話兒來了。」說着，小丫頭子們進來告訴鴛鴦：「請示老太太，晚飯伺候下了。」賈母便問：「你們又咕咕唧唧的說什麼？」鴛鴦笑着回明了。賈母道：「那麼着，你們也都吃飯去罷，單留鳳姐兒和珍哥媳婦跟着我吃罷。」此處吃飯尤加詳敍，而必令尤、鳳跟吃，重明偏之爲害。〇此晚飯請記清。賈政及邢、王二夫人，答應着，伺候擺上飯來。賈母又催了一遍，纔都退出各散。

卻說邢夫人自去了。賈政同王夫人進入房中。賈政因提起賈母方纔的話來，說道：「老太太這樣疼寶玉，畢竟要他有些實學，日後可以混得功名纔好，不枉老太太疼他一場，也不至糟蹋了人家的女兒。」王夫人道：「老爺這話，自然是該當的。」賈政因着個屋裏的丫頭，傳出去告訴李貴：「寶玉放學回來，索性吃飯後再叫他過來，說我還要問他話呢。」李貴答應了「是」。至寶玉放了學，剛要過來請安，只見李貴道：「二爺先不用過去。老爺吩咐了，今日叫二爺吃了飯再過去呢！聽見還有話問二爺呢。」寶玉聽了這話，又是一個悶雷。地雷《復》機，隱而未發，故曰悶雷。只得見過賈母，便回園吃飯。三口兩口吃完，忙漱了口，便往賈政這邊來。賈政此時在內書房坐着。寶玉進來請了安，一旁侍立。賈政問道：

「這幾日我心上有事，也忘了問你。那一日，你説你師父叫你講一個月的書，就要給你開筆。如今算來，將兩個月了，你到底開了筆没有？」寶玉道：「纔做過三次，師父説：『且不必回老爺知道，等好些，再回老爺知道罷。』因此這兩天總没敢回。」賈政道：「是什麼題目？」寶玉道：「一個是『吾十有五而志於學』，一個是『人不知而不愠』，一個是『則歸墨』三字。」題乃作者自負，其書以《大學》爲主宰，古人十五而入大學也，無如知此意者世少其人，但看寶玉終做和尚，以爲演釋氏空空歸墨而已，其自惜有如此。就三題，已被閑人指出全書真義，設有疑者，則問其「人不知」句果作何指？賈政道：「都有稿兒麽？」寶玉道：「都是作了抄出來，師父又改的。」賈政道：「你帶了家來了，還是在學房裏呢？」寶玉道：「在學房裏呢。」賈政道：「叫人取了來，我瞧。」寶玉連忙叫人傳話與焙茗，叫他往學房中去，「我書桌子抽屜裏，有一個薄薄兒竹紙本子，上面寫着『窗課』兩字的就是，快拿來。」

一會兒，焙茗拿了來，遞給寶玉，寶玉呈與賈政。賈政翻開看時，見頭一篇寫着題目，是「吾十有五而志於學」。他原本破的是：「聖人有志於學，幼而已然矣。」代儒卻將「幼」字抹去，明用「十五」。賈政道：「你原本『幼』字，便扣不清題目了。『幼』字是從小起，至十六以前都是『幼』。這章書，是聖人自言學問工夫與年俱進的話，所以十五、三十、四十、五十、六十、七十，俱要明點出來，纔見得到了幾時有這麽個光景，到了幾時又有那麽個光景。師父把你『幼』字改了『十五』，便明白了好些。」敷衍如題，自明其義，而必明點十五，正明點《大學》。看到承題，那抹去的原本云：「夫不志於學，人之常也。」賈政摇頭道：「不但是孩子氣，可見你本性不是個學者的志氣。」又看後句：「聖人十五而志之，不亦難乎？」説道：

「這更不成話了！」然後看代儒的改本云：「夫人孰不學？而志於學者卒鮮。此聖人所爲自信於十五時歟？」便問：「改的懂得麽？」寶玉答應道：「懂得。」又看第二篇，題目是：「人不知而不愠。」便先看代儒的改本云：「不以不知而愠者，終無改其悦樂矣。」方覷着眼看那抹去的底本，説道：「你是什麽？『能無愠人之心，純乎學者也。』上一句以單做了『而不愠』三個字的題目，下一句又犯了下文君子的分界。必如改筆，纔合題位呢。且下句找清上文，方是書理。須要細心領略。」寶玉答應着。賈政又往下看：「夫不知，未有不愠者也；而竟不然。是非由悦而樂者，曷克臻此？」原本末句「非純學者乎」。賈政道：「這也與破題同病的。這改的也罷了，不過清楚，還説得去。」第三篇是「則歸墨」。賈政看了題目，自己揚着頭想了一想，因問寶玉道：「你的書講到這裏了麽？」寶玉道：「師父説，《孟子》好懂些，所以倒先講《孟子》，大前日纔講完了。孟出於孔，故先講《孟子》，乃説看官不懂此書，其自負有如此。如今講上《論語》呢。」賈政因看這個破承，倒没大改。破題云：「言於舍楊之外，若别無所歸者焉。」賈政道：「第二句倒難爲你。」「夫墨，非欲歸者也。而墨之言已半天下矣。則舍楊之外，欲不歸於墨，得乎？」如題敷衍，已盡歎息之神，半天下談《紅樓》者，皆當改口。吾謂此書實演儒理，不落空空，猶未明乎！而寶玉之走，爲迫於不得已，即在言下。賈政道：「這是你做的麽？」寶玉答應道：「是。」賈政點點頭兒，因説道：「這也并没有什麽出色之處，但初試者筆能如此，還算不離。前年我在任上時，還出過『惟士爲能』這個題目。此一題乃承接三題而出，見讀此書而知其義者，惟外釋道而志儒學之士爲能也。而寶玉之不志正學而愠而走，乃無恒心所致，其責政之意深矣！那些童生都讀過前人這篇，不能自出心裁，每多抄襲。抹倒多少説部。你念過没有？」寶玉道：「也念過。」賈政道：「我要你另换個主意，不許雷同了前人，只做個破題也使得。」全書有起無結，是但有破題，而木石姻緣破矣。

寶玉只得答應着，低頭搜索枯腸。賈政背着手，也在門口站着作想。只見一個小厮往外飛走，看見賈政，連忙垂手側身站住。賈政便問道：「作什麽？」小厮回道：「老太太那邊姨太太來了，即破題之人。二奶奶傳出話來，叫預備飯呢。」此飯看官請記清。賈政聽了，也没有説，那小厮自去了。誰知寶玉自從寶釵搬回家去，十分想念。這便是無恒心，「五美吟」「姽嫿詞」一齊攝至。聽見薛姨媽來了，只當寶釵同來，心中早已忙了，便乍着膽子回道：「破題倒作了一個。釵來破題。但不知是不是？」賈政道：「你念來我聽。」寶玉念道：「天下不皆士也，能無恒產者亦僅矣。」普告看官。賈政聽了，點着頭道：「也還使得。以後作文，總要把界限分清，把神理想明白了，再去動筆。你來的時候，老太太知道不知道？」寶玉道：「知道的。」賈政道：「既如此，你還到老太太處去罷！」寶玉答應了個「是」，只得拿捏着，慢慢的退出。

剛過穿廊月洞門的影屏，便一溜煙跑到老太太院門口。急得焙茗在後頭趕着叫：「看跌倒了！老爺來了。」寶玉那裏聽得見？剛進得門來，便聽見王夫人、鳳姐、探春等笑語之聲。此三人一總皆同，爲破題之人也。丫頭們見寶玉來了，連忙打起簾子，悄悄告訴道：「姨太太在這裏呢。」寶玉趕忙進來，給薛姨媽請安，過來纔給賈母請了晚安。賈母便問：「你今兒怎麽這早晚纔散學？」寶玉悉把賈政看文章，並命作破題話，述了一遍。賈母笑容滿面。即注「壽終」。寶玉因問衆人道：「寶姐姐在那裏坐着呢？」薛姨媽笑道：「你寶姐姐没過來，家裏和香菱作活呢。」此日薛賈婚姻，並無成議，何寶釵必不可來？且釵雖不來，相居伊邇，安能禁寶玉不往？如此等寫法，恍惚支離，令人費想。寶玉聽了，心中索然，又不好就走。只見説着話兒，已擺上飯來了。

「試文字」前，賈母留尤、鳳跟吃晚飯，寫得詳悉。今又詳寫吃晚飯，豈賈母一日吃兩晚飯乎？抑在本回不滿四頁，作者已忘而複叙乎？或曰此飯因薛姨而再設耳，然鳳又何必再陪？王又何云吃齋？或又曰此飯即彼飯，薛姨來適值耳，然「試文字」非隔日事，其功夫當不下數刻，其時前飯已完，此數刻中又何所作？而彼有尤無探，此有探無尤，尤又何往？探又何來？忽略看去，埋没作者苦心矣。夫飯爲中饋，中饋婦道也。今於「始提親」回特寫賈母再飯，乃上抉「絳芸軒」案叙爲再飯，下罵百廿回外之叙當爲再飯也。晴、襲兩影，一死一嫁，此處隱寓實義於此。不然，一部精緻縝密大結構中，斷無重複沓雜留此罅漏供人指摘之理，讀者信否？自然是薛姨媽、賈母上坐，「自然是」三字捫之生棱，請問何故？探春等陪坐。薛姨媽道：「寶哥兒呢？」賈母忙笑説道：「寶玉跟着我這邊坐罷。」寶玉連忙回道：「頭裏散學時，李貴傳老爺的話，叫吃了飯過去，我趕着要了一碟菜，泡茶吃了一碗飯，就過去了。」雖有此飯，寶玉究竟不吃。而吃茶泡飯，茶固屬黛玉也。老太太和姨媽姐姐們用罷。」賈母道：「既這麼着，鳳丫頭就過來跟着我，你太太纔説他今兒吃齋，叫他們自己吃去罷。」王夫人也道：「你跟着老太太、姨太太吃罷，不用等我。我吃齋呢。」於是鳳姐告了坐，丫頭安了杯筯，鳳姐執壺斟了一巡，纔歸坐。

大家吃着酒，賈母便問道：「可是纔姨太太提香菱，我聽見前兒丫頭們説秋菱，不知是誰？問起來，纔知道是他，怎麼那孩子好好的，又改了名字呢？」菱爲一鑑之主，總諸薄命。「始提親」正葫蘆案始終總匯處，故必特提此人。薛姨媽臉飛紅，歎了一口氣道：「老太太可别提起，自從蟠兒娶了這個不知好歹的媳婦，成日家咕咕唧唧，如今鬧的也不成個人家了。我也説過他幾次，他牛心不聽説。再飯時用薛姨媽一歎，而首提金桂牛心，此劉老老之義也。我也没什麼大精神和他們儘着吵去，只好由他們去。可不是，他嫌這丫頭的名兒不好，改的。」賈母道：「名兒什麼要緊的事呢！」薛姨媽道：「説起來，我也怪臊的。其實老太太這邊，有什麽不知道的？他那裏是爲這名兒不好？聽見説，他因爲是寶丫頭起的，他纔有心要改。」賈母道：「這是什麽緣故呢？」這原故，當局者無一知之，須問造化小兒。薛姨媽把手絹子不住的擦眼淚，未曾説，又歎了一口氣道：「老太太還不知道呢。一歎又一歎，是探春之義，而聲情逼肖。這如今媳婦子，專和寶丫頭慪氣。前兒老太太打發人看我去，我們家裏正鬧呢。」賈母連忙接着問道：「可是前兒聽見姨太太肝氣疼，要打發人看去。後來聽見説好了，所以没着人去。依我勸姨太太，竟把他們别放在心上。再者，他們也是新過門的小夫妻，過些時自然就好了。我看寶丫頭性格兒温厚和平，雖然年輕，比大人還强幾倍呢。前日那小丫頭子回來説，我們這邊，還都讚歎了他一會子。都像寶丫頭那樣心胸兒脾氣兒，真是百裏挑一的。不是我説句冒失話，那給人家作了媳婦兒，怎麽叫公婆不疼，家裏上上下下的不賓服呢？」寶釵必由金桂説入，仍在有意無意間。其言與鶯兒結絡時寶玉之言相合，在史猶非一定也。寶玉頭裏已經聽煩了，推故要走，及聽見這話，又坐了獃獃的往下聽。深文曲筆，是無恒心。薛姨媽道：「不中用。他雖好，到底是女孩兒家。養了蟠兒這個糊塗孩子，真真叫人不放心，只怕在外頭喝點子酒，鬧出事來。即伏下文。幸虧老太太這裏的大爺二爺，常和他在一塊兒，我還放點心兒。」寶玉聽到這裏，便接口道：「姨媽更不用懸心，薛大哥相好的，都是些正經買賣大客人，都是有體面的，那裏就鬧出事來？」薛姨媽笑道：「依你這樣説，我敢只不用操心了。」説話間，飯已吃完。寶玉先告辭了：「晚間還要看書。」便各自去了。

這裏丫頭們剛捧上茶來，只見琥珀走過來，向賈母耳朵旁邊説了幾句，賈母便向鳳姐兒道：「你快去瞧瞧巧姐兒去罷。」「驚風」信息，從琥珀來，正暢演琥珀名義。鳳姐聽了，還不知何故，大家也怔了。琥珀遂過來，向鳳姐道：「剛纔平兒打發小丫頭子來回二奶奶，說巧姐兒身上不大好，請二奶奶忙着些過來纔好。」賈母因說道：「你快去罷，姨太太也不是外人。」鳳姐連忙答應，在薛姨媽跟前告了辭，又見王夫人說道：「你先過去，我就去。小孩子家，魂兒還不全呢，聲情逼肖，而魂不全一語是眼，肝藏魂，此正示破木之警也。別叫丫頭們大驚小怪。屋裏的猫兒狗兒，也叫他們留點神兒。儘着孩子脾氣，偏有這些瑣碎。」鳳姐答應了，然後帶了小丫頭，回房去了。這裏薛姨媽又問了一回黛玉的病，又照顧「慰癡顰」，而此問尤惡。賈母道：「林丫頭那孩子倒罷了，只是心重些，所以身子就不大很結實了。要賭靈性兒，也合寶丫頭不差什麼。要賭寬厚待人裏頭，却不濟他寶姐姐有躭待、有儘讓了。」此則明明左黛右釵，人事天心面面都到，而「提親」文字，已畢於此。薛姨媽又說了兩句閑話兒，便道：「老太太歇着罷，我也要到家裏去看看，只剩下寶丫頭和香菱了。打那麼同着姨太太看看巧姐兒。」賈母道：「正是。姨太太上年紀的人，看看是怎麼不好，說給他們，也得點主意。」薛姨媽便告辭，同着王夫人出來，往鳳姐院裏去了。「提親」即「驚風」，「驚風」即「結怨」，非兩事也。

却說賈政試了寶玉一番，心裏却也喜歡，走向外面和那些門客閑談，說起方纔的話來。便有新近到來最善大棋的一個王爾調名作梅的說道：「提親」「結怨」之間，着此一段以爲過脈，乃爲金玉姻緣反覆警省。其人必姓王，點《易》道也，名爾調，號作梅，重究明《易》道調燮陰陽，取梅之春生，棄雪之積冷，通盤勝負在此一舉也。故其人善大棋。此外衆清客姓如詹、如卜、如程，都是闢合《易》道。「據我們看來，寶二爺的學問，已是大進了。」賈政道：「那有進益？不過略懂得些罷咧。『學問』兩個字，早得很呢。」詹光道：「這是老世翁過謙的話，不但王大兄這般說，就是我們看寶二爺，必要高發的。」賈政笑道：「這也是諸位過愛的意思。」那王爾調又道：「晚生還有一句話，不揣冒昧，合老世翁商議。」賈政道：「什麼事？」王爾調又陪笑道：「也是晚生相與的，做過南韶道的張大老爺家，張大爲陽，南韶近海，乃黛玉之映。有一位小姐，說是生得德容言工俱全，此時尚未受聘。他又没有兒子，家資巨萬，但是必要富貴雙全的人家，女壻又要出衆，纔肯作親。晚生來了兩個月，必曰兩個月，奇偶相生，正是王，正是棋。瞧着寶二爺的人品學業，是必要大成的。老世翁這樣門楣，還有何說？若晚生過去，包管一說就成。」賈政道：「寶玉説親，卻也是年紀了，並且老太太常説起。但只張大老爺，素來尚未深悉。」詹光道：「王兄所提張家，晚生卻也知道。況合大老爺那邊是舊親，老世翁一問便知。」賈政想了一回道：「大老爺那邊，不曾聽得這門親戚。」詹光道：「老世翁原來不知，這張府上，原和邢舅太爺那邊有親的。」爲邢之戚，見非王之黨矣。賈政聽了，方知是邢夫人的親戚。坐了一回進來了，便要向王夫人説知，轉問邢夫人去，誰知王夫人陪了薛姨媽到鳳姐那邊看巧姐兒去了。那天已經掌燈時候，薛姨媽去了，王夫人纔回去了。賈政告訴了王爾調和詹光的話，又問：「巧姐兒怎麼了？」王夫人道：「怕是驚風的光景。」賈政道：「不甚利害呀？」王夫人道：「看着是搐風的來頭，祇還没搐出來呢！」賈政聽了，便不言語，各自安歇。一宿晚景不提。

卻説次日邢夫人過賈母這邊來請安，王夫人便提起張家的事，一面回賈母，一面問邢夫人。邢夫人道：「這張家雖係老親，但近年來久已不通音問，不知他家的姑娘是怎麼樣的。倒是前日孫親家太太，打發老婆子來問安，卻説起張家的事。説他家有個姑娘，託孫親家那邊有對勁的提一提。插入孫家代爲求配，明此配不得，其害同虎狼也。聽見説，只這一個女孩兒，十分嬌養，也識得幾個字，見不得大陣仗兒，常在房中不出來的。張大老爺又説：只有這一個女孩兒，不肯嫁出去，怕人家公婆嚴，姑娘受不得委屈，必要女壻過門，贅在他家，給他料理些家事。」賈母聽到這裏，不等説完，便道：「這斷使不得。我們寶玉別人伏侍他還不彀呢，倒給人家當家去？」未得媳已失子，既得媳仍失子，此配不得之究竟也。邢夫人道：「正是老太太這個話。」賈母因向王夫人道：「你回來告訴你老爺，就説我的話，這張家的親事是做不得的。」氣數如此。王夫人答應了。賈母便問：「你們昨日看巧姐兒怎麼樣？頭裏平兒來回我，説很不大好，我也要過去看看呢。」邢、王二位夫人道：「老太太雖疼他，他那裏躭得住？」賈母道：「卻也不止爲他，我也要走動走動，活活筋骨兒。」説着，便吩咐：「你們吃飯去罷，回來同我過去。」邢、王二夫人答應着出來，各自去了。

一時吃了飯，都來陪賈母到鳳姐房中。鳳姐連忙出來，接了進去。賈母便問：「巧姐兒到底怎麼樣？」鳳姐兒道：「只怕是搐風的來頭。」賈母道：「這麼着還不請人趕着瞧？」鳳姐道：「已經請去了。」賈母因同邢、王二夫人進房來看，只見奶子抱着，巧姐此時尚在提抱，都是夢話。用桃紅綾子小綿被兒裏着，臉皮發青，眉稍鼻翅微有動意。賈母同邢、王二夫人看了看，便出外間坐下。正説間，只見一個小丫頭向鳳姐道：「老爺打發人問姐兒怎麼樣？」鳳姐道：「替我回老爺，就説請大夫去了。一會兒開了方子，就過去回老爺。」賈母忽然想起張家的事來，向王夫人道：「你就該去告訴你老爺，省得人家去説了，回來又駁回。」又問邢夫人道：「你們和張家，如今爲什麼不走動了？」邢夫人因又説：「論起那張家的行事，也難和咱們作親，太嗇剋，没的玷辱了寶玉。」嗇與豐對，林嗇而薛豐。刻與寬對，釵寬而黛刻。用現成兩字，抉木石姻緣必破之根，真是人奪天巧。鳳姐聽了這話，已知八九，七十二地數，到此歸結。便問道：「太太不是說寶兄弟的親事？」邢夫人道：「可不是麽。」賈母接着，因把剛纔的話，告訴鳳姐。鳳姐笑道：「不是我當着老祖宗太太們跟前說句大膽的話，現放着天配的姻緣，何用别處去找？」天配姻緣，元春到矣，鳳特代天而行耳。曰大膽，正與寶玉膽小相對，而詞意若決江河，爲真蓄之已久矣。賈母笑問道：「在那裏？」鳳姐道：「一個『寶玉』，一個『金鎖』，老太太怎麽忘了？」自「識金鎖」「認通靈」一回迤邐至此，萬派千支，一齊歸着。賈母笑了一笑，因說：「昨日你姑媽在這裏，你爲什麽不提？」鳳姐道：「老祖宗和太太們在前頭，那裏有我們小孩子家說話的地方兒？弄衆人於股掌之上。況且姨媽過來瞧老祖宗，怎麽提這些個？這也得太太們過去求親纔是。」加以訓詞，而反攻史之短，視薛直同奴隸。賈母笑了，邢、王二夫人都也笑了。如此大事，而以兩「笑了」收住，奇事、奇情、奇文，見此事匪伊朝夕，到此點頭會意而已。賈母因道：「可是我背晦了。」背晦二字，乃是正訓。

說着，人回：「大夫來了。」一語實雙關，說着金玉既成，而釵玉不可救藥。說着木石既破，而寶黛轉爲得藥。從此一死、一亡，一復通靈、一復乾淨，同爲老陰生少陽之巧姐。大夫爲巧姐來，實爲寶、黛來，故此姻緣定於驚風之會。若釵之巧，何益哉？賈母便坐在外間，邢、王二夫人略避。那大夫同賈璉進來，給賈母請了安，方進房中。看了出來，站在地下，躬身回賈母道：「姐兒一半是内熱，一半是驚風。内熱是釵，驚風是黛，同分一巧。須先用一劑發散風痰藥，還要用四神散纔好。因病勢來得不輕，如今的牛黄都是假的，要找真牛黄方用得。」牛黄猶云坤土，乃劉老老也。巧之所從生，復之所從起，而真假對勘，全書收束。賈母道了乏。那大夫同賈璉出去，開了方子，去了。此處大夫不着姓名，乃作者自命也。鳳姐道：「人參家裏常有，這牛黄倒怕未必有。外頭買去，只是要真的纔好。」王夫人道：

「等我打發人到姨太太那邊去找找。牛黃來路正在薛家，所以「初試」即接「一進」。他家蟠兒是向與那些西客們做買賣，或者有真的，也未可知。我叫人去問問。」正說話間，衆姊妹都來瞧了，坐了一回，也都跟着賈母等去了。

這裏煎了藥，給巧姐兒灌了下去，只見喀的一聲，連藥帶痰都吐出來。鳳姐纔略放了一點兒心。放心一點。只見王夫人那邊的小丫頭，拿着一點兒小紅紙包兒，說道：「二奶奶，牛黃有了。太太說了，叫二奶奶親自把分兩對準了呢。」鳳姐答應着，接過來，便叫平兒配齊了真珠、冰片、硃砂，快熬起來。自己用戥子按方秤了，攙在裏面，等巧姐兒醒了，好給他吃。只見賈環掀簾進來，五行四象全歸土，環之義，即牛黃之義也。「提親」「結怨」一大收束。說：「二姐姐，你們巧姐兒怎麽了？媽叫我來瞧瞧他。」此種口吻，令人叫絕。鳳姐見了他母子便嫌，說：「好些了，你回去說，叫你們姨娘想着。」那賈環口裏答應，只管各處瞧看。看了一回，便問鳳姐兒道：「你這裏聽得說有牛黃，不知牛黃是怎麽個樣兒？給我瞧瞧呢！」鳳姐道：「你別在這裏鬧了，姐兒纔好些。那牛黃都煎上了。」賈環聽了，便去伸手拿那銚子瞧時，豈知措手不及，「沸」的一聲，銚子倒了，火已潑滅了一半。攢簇五行，和合四象，都在於此。賈環見不是事，自覺没趣，連忙跑了。鳳姐急得火星直爆，駡道：「真真那一世的對頭冤家！你何苦還來使促狹！從前你媽要想害我，如今又來害姐兒，我和你幾輩子的仇呢？」妙義環生，非千言可罄，請看諸評，以意會之可也。一面駡平兒不照應。

正駡着，只見丫頭來找賈環，鳳姐道：「你去告訴趙姨娘，說他操心也太苦了！巧姐兒死定了，不用他惦着了。」交代「結怨」文字，轉非深義。平兒急忙在那裏配藥再熬。那丫頭摸不着頭腦，便悄悄問平兒道：「怪不得他不敢回來，躲到别處去了。這環哥兒明日還不知怎麽樣呢！平姐姐，我替你收拾罷。」平兒説：「這倒不消，幸虧牛黄還有一點。來復之機必不斷絶，道家所謂「活子時」，吾儒所謂「一日克己復禮」，牛黄還有一點之義也。如今配好了，你去罷。」丫頭道：「二奶奶爲什麽生氣？」平兒將環哥弄倒藥銱子説了一遍。丫頭道：「我一準回去告訴趙姨奶奶，也省得他天天説嘴。」

丫頭回去，果然告訴了趙姨娘。趙姨娘氣的叫快找環兒。環兒在外間屋子裏躲着，被丫頭找了來。趙姨娘便駡道：「你這下作種子，現成駡話，恰合牛黄，來復種子作於下也。你爲什麽弄撒了人家的藥，招的人家咒駡？我原叫你去問一聲，不用進去。你偏進去，又不就走，還要『虎頭上捉虱子』！此語夏金桂曾説過，是一非二。你看我回了老爺，打你不打！」這裏趙姨娘正説着，只聽賈環在外間屋子裏更説出些驚心動魄的話來。固是結尾常套，而驚心動魄，恰有實義。肺藏魄，金也，所畏者火，心爲火，是正以火剋金，爲「提親」「結怨」總作收場。

未知何言，且看下回分解。

全書演金玉、木石兩姻緣而已，則提親一事，何等鄭重，此回乃最吃緊文字也。故明以《大學》起，暗以《周易》結。提親、結怨，全歸巧姐。老陰之極，少陽所生，如環無端，周而復始，《大學》《周易》爲一書作骨，看官猶未信乎！

護花主人評曰：

寶玉詩詞聯對燈謎，俱已做過，惟八股未曾講究，若不一試，將來中舉便無根脚，故於再入家塾後，專寫制藝一層。

試過文藝後，即接寫説親一事，引起寶釵金鎖，賈母求親，是寶玉、釵、黛三人結果之因。以張家親事，襯出寶釵，文情曲折舒徐。寶釵親事，於巧姐病中説起，是以成親，亦在寶玉病中。作者暗以伏筆作讖兆。賈環因巧姐而結怨，爲將來串賣之根由。

大某山民評曰：

金石姻緣，此回作合，是一書之大結。

此回仍是甲寅年秋間事。

第八十五回　賈存周報升郎中任　薛文起復惹放流刑

話説趙姨娘正在屋裏抱怨賈環，只聽賈環在外間屋裏發話道：「我不過弄倒了藥銱子，撒了一點子藥，那丫頭子又没就死了，值的他也駡我，你也駡我，賴我心壞，把我往死裏糟蹋。等着我明兒還要那小丫頭子的命呢！看你們怎麼着？只叫他們堤防着就是了。」預透下文，小説常法，而「堤防着」乃大警覺。那趙姨娘趕忙從裏間出來，握住他的嘴，説道：「你還只管信口胡説，還叫人家先要了我的命呢！」此説釵、黛，乃用環、趙爲借徑。娘兒兩個吵了一回。趙姨娘聽見鳳姐的話，越想越氣，也不着人來安慰鳳姐一聲兒。過了幾天，巧姐兒也好了。因此兩邊結怨，比從前更加一層了。

一日，林之孝進來回道：「今日是北静郡王的生日，提親既畢，寶、黛一心，來復之機動矣。故緊接北静生日，仍是牛黄衍義。請老爺的示下。」賈政吩咐道：「只按向年舊例辦了，回大老爺知道，送去就是了。」林之孝答應，自去辦理。不一時，賈赦過來同賈政商議，帶了賈珍、賈璉、寶玉，去與北静王拜壽。别人還不理論，惟有寶玉，素日仰慕北静王的容貌威儀，巴不得常見纔好。遂連忙换了衣服，跟着來到北府。賈赦、賈政遞了職名候諭。不多時，裏面出來了一個太監，手裏掐着數珠兒，數珠上映「路謁」回之念珠，而在太監手中，賈政其無後乎？已與「郎中任」照會。見了賈赦、賈政，笑嘻嘻的説道：「二位老爺好。」賈赦、賈政也都趕忙問好。他弟兄三人也過來問好。那太監道：「王爺叫請進去呢。」於是爺兒五個跟着那太監進入府中。過了兩層門，轉過一層殿去，裏面方是内宫門。剛到門前，大家站住，那太監先進去回王爺去了，這裏門上小太監都迎着問了好。一時那太監出來，説個「請」字，爺兒五個肅敬跟入。只見北静王穿着禮服，已迎到殿門廊下。賈赦、賈政先上來請安，挨次便是珍、璉、寶玉請安。那北静郡王單看寶玉道：「我久不見你，很惦記你。」因又笑問道：「你那塊玉兒好？」以心印心，是一是二。寶玉躬着身打着一半千兒，回道：「蒙王爺福庇，都好。」北静王道：「今日你來没有什麽好東西給你吃，倒是大家説説話兒罷。」説着，幾個老公打起簾子，北静王説「請」，自己卻先進去，然後賈赦等都躬着身跟進去。王者氣度，寫來如見。而此處六人隱布一《復》卦，《復》起初爻一陽先進也。「復世職」「沐皇恩」，諸義都到。先是賈赦請北静王受禮，北静王也説了兩句謙詞，那賈赦早已跪下。次及賈政等挨次行禮。自不必説。

那賈赦等復肅敬退出，北静王吩咐太監等，讓在衆戚舊一處，好生款待。卻單留寶玉在這裏説話兒，又賞了坐。寶玉又磕頭謝了恩，在挨門邊繡墩上側坐，説了一回讀書作文諸事。北静王甚加愛惜，又賞了茶。因説道：「昨兒巡撫吴大人來陛見，吴，無也，無是公也。文爲天口，又全書總義。説起令尊翁前任學政時，秉公辦事，凡屬生童俱心服之至。他陛見時，萬歲爺也曾問過，他也十分保舉，可知是令尊翁的喜兆。」寶玉連忙站起，聽畢這一段話，纔回啓道：「此是王爺的恩典，吴大人的盛情。」正説着，小太監進來回道：「外面諸位大人老爺，都在前殿謝王爺賞宴。」説着，呈上謝宴並請午安帖子來。北静王略看了一看，仍遞給小太監，笑了一笑，説道：「知道了，勞動他們。」排場道地。那小太監又回道：「這賈寶玉，王爺單賞的飯預備了。」北静王便命那太監，帶了寶玉到一所極小巧精緻的院裏，派人陪着吃了飯。吃飯即是好話，總束書中許多吃飯。又過來謝了恩，北静王又説了些好話兒，忽然笑説道：「我前次見你那塊玉，倒有趣兒。回來説了個式樣，叫他們也做了一塊來。今日你來得正好，就給你帶回去了罷。」因命小太監取來，親手遞給寶玉。北静乃「一陽來復」真機，豈反以假寶玉給真寶玉之理？此正以反覆指示真假宜早辨也，義貫全書，文開八面，詳在總評。寶玉接過來捧着，又謝了，然後退出。北静王又命兩個小太監跟出來，纔同着賈赦等回來了。

賈赦便各自回院裏去。這裏賈政帶着他三人回來，見過賈母，請過了安，説了一回府裏遇見的人。寶玉又回了賈政吳大人陛見保舉的話。賈政道：「這吳大人本來喒們相好，也是我輩中人，還倒是有骨氣的。」又説了幾句閑話兒，賈母便叫：「歇着去罷。」賈政退出，珍、璉、寶玉都跟到門口。賈政道：「你們都回去，陪老太太坐着去罷。」説着，便回房去。剛坐了一坐，只見一個小丫頭回道：「外面林之孝請老爺回話。」説着，遞上個紅單帖來，寫着吳巡撫的名字。不着何名，是有微意。談天之口，在隱處也。賈政知道是來拜，便叫小丫頭叫林之孝進來。賈政出至廊檐下，林之孝進來回道：「今日巡撫吳大人來拜，奴才回了去了。再奴才還聽見説，現今工部出了一個郎中缺，工爲空部，郎中中郎也。寶玉兄珠，弟環，在上下之間，正是賈政之中郎，既定金玉姻緣，從此歸空而去矣。外頭人和部裏，都吵嚷是老爺擬正呢。」賈政道：「瞧罷咧。」曰擬，曰瞧，未定之詞，此時金玉尚未明定也，扶陽抑陰之意，多少遲留。林之孝又回了幾句話，纔出去了。

且說珍、璉、寶玉三人回去，獨有寶玉到賈母那邊，一面述說北静王待他的光景，並拿出那塊玉來，大家看着笑了一回。假處無非一笑，真處無非一孝。賈母因命人：「給他收起去罷，別丢了。」此老認假。因問：「你那塊玉好生帶着罷，別鬧混了。」此老昧真，皆大落墨，其映照下文小焉者也。寶玉在項上摘了下來，說：「這不是我那一塊玉？那裏就掉了呢！比起來，兩塊玉差遠着呢，那裏混得過？惟心識心，甚深微妙。我正要告訴老太太：前兒晚上我睡的時候，把玉摘下來，掛在帳子裏，他竟放起光來了，滿帳子都是紅的。」自有黛玉，神瑛已失其紅。今黛將死，絳珠歸而通靈復，此玉此心紅光現矣。賈母說道：「又胡說了，全書總一胡說，乃湖州人氏，胡老名公。帳子的檐子是紅的，火光照着，自然紅是有的。」不識玉，不識心。寶玉道：「不是。那時候燈已滅了，屋裏都漆黑的了，還看得見他呢。」邢、王二夫人抿着嘴笑，鳳姐道：「這是喜信發動了。」「提親」便是「結怨」，在寶、黛原爲喜信，在釵、鳳則爲凶信也。認凶爲喜，誤盡蒼生。寶玉道：「什麽喜信？」賈母道：「你不懂得，今兒個鬧了一天，你去歇歇兒去罷，別在這裏說獃話了。」寶玉又站了一回兒，纔回園中去了。

這裏賈母問道：「正是，你們去看薛姨媽，說起這事没有？」王夫人道：「本來就要去看的，因鳳丫頭爲巧姐兒病着，就擱了兩天，今日纔去的。這事我們都告訴了，姨媽倒也十分願意，只說：『蟠兒這時候不在家，目今他父親没了，只得和他商量商量再辦。』」十分願意，只有一蟠須待，此正追原「錯裏錯」以次寶釵心事，即以起下回「放流刑」。賈母道：「這也是情理的話，既這麽樣，大家先别提起，等姨太太那邊商量定了再說。」猶作遲留。

不說賈母處談論親事，且說寶玉回到自己房中，告訴襲人道：「老太太與鳳姐姐，剛纔說話，含含糊糊，不知是什麽意思？」心之昏，正乃玉之光。襲人想了想，笑了一笑道：一想一笑，全案第一人證供招呈上。「這個我也猜不着，但只剛纔説這些話時，林姑娘在跟前没有？」上回提親，非襲所預聞。今已隱躍周知，可見同謀歷年所矣。寶玉道：「林姑娘纔病起來，這些時何曾到老太太那邊去呢？」正説着，只聽外間屋裏，麝月與秋紋拌嘴。襲人道：「你兩個又鬧什麽？」麝月道：「我們兩個鬥牌，他贏了我的錢，他拿了去。他輸了錢，就不肯拿出來。這也罷了，他倒把我的錢都搶了去了。」麝月即襲人，此謀既成，方以爲贏，而不知且折老本也。寶玉笑道：「幾個錢，什麽要緊。傻丫頭不許鬧了。」説的兩個人都咕嘟着嘴坐着去了。這裏襲人打發寶玉睡下，不提。

卻説襲人聽了寶玉方纔的話，也明知是給寶玉提親的事，因恐寶玉每有癡想，這一提起，不知又招出他多少獃話來，所以故作不知。自己心上，卻也是頭一件關切的事。夜間躺着，想了個主意，不如去見見紫鵑，看他有什麽動静，自然就知道了。行險徼倖，多少躊躇，而動静求自紫鵑，其情費解。次日一早起來，打發寶玉上了學，自己梳洗了，便慢慢的走瀟湘館來。只見紫鵑正在那裏掐花兒呢。摧折自取。見襲人進來，便笑嘻嘻的道：「姐姐屋裏坐着。」襲人道：「坐着，妹妹掐花兒呢嗎？姑娘呢？」紫鵑道：「姑娘纔梳洗完了，等着温藥呢。」紫鵑一面説着，一面同襲人進來，見了黛玉，正在那裏拿着一本書看。以書串合，上注「通戲語」，下注「解琴書」。襲人陪着笑道：「姑娘清晨起來就看書，我們寶二爺念書，能像姑娘這樣，豈不好了呢！」黛玉笑着，把書放下，雪雁已拿着個小茶盤，裏托着一鍾藥，一鍾水，小丫頭在後面捧着痰盒漱盂進來。原來襲人來時，要探探口氣，坐了一回，無處入話。又想着黛玉最是心多，探不成消息，再惹着了他，倒是不好。又坐了一會，搭訕着辭了出來了。襲既明知金玉訂定，有何口氣可探？此來甚覺無味，不知是乃抉襲人之幽隱。蓋既謀成寶釵，必須謀殺黛玉也。看一鍾藥是眼，故下文即接鋤藥。將到怡紅院門口，只見兩個人在那裏站着呢。襲人不便往前走，那一個早看見了，連忙跑過來。襲人一看，卻是鋤藥。因問：「你作甚麼？」鋤藥道：「剛纔芸二爺來了，芸亦寶玉一影，鳳姐受報之人也，故此來。隱破「巧合」，而寫得暗昧蹊蹺，則所以攻寶玉之隱。拿了個帖兒，說給咱們寶二爺瞧的，在這裏候信。」襲人道：「寶二爺天天上學，你難道不知道？還候什麼信呢？」鋤藥笑道：「我告訴他了，他叫告訴姑娘，聽姑娘的信呢！」襲人正要說話，只見那一個也慢慢的蹭了過來。細看時，就是賈芸，溜溜湫湫往這邊來了。襲人見是賈芸，連忙向鋤藥道：「你告訴說知道了，回來給寶二爺瞧罷！」那賈芸原要過來，和襲人說話，無非親近之意。又不敢造次，只得慢慢踱來。相離不遠，不想襲人說出這話，自己也不好再往前走，只好站住這裏。襲人已掉背臉往回裏去了。賈芸只得怏怏而回，同鋤藥出去了。

晚間，寶玉回房，襲人便回道：「今日廊下小芸二爺來了。」寶玉道：「作什麼？」襲人道：「他還有個帖兒呢。」寶玉道：「在那裏？拿來我看看。」麝月便走去在裏間屋裏書槅子上頭拿了來。寶玉接過看時，上面皮兒上寫着：「叔父大人安稟。」寶玉道：「這孩子怎麼又不認我作父親了？」歸宗明義，示以復也。不予有子，示以空也，當與送海棠札參看。襲人道：「怎麼？」寶玉道：「前年他送我白海棠時，稱我作父親大人。今日這帖子封皮上，寫着叔父，可不是又不認了麼？」襲人道：「他也不害臊，你也不害臊！他那麼大了，倒認你這麼大兒的作父親，可不是他不害臊？你正經連個……」雖有妻，仍無妻，歇語底面俱妙。剛說到這裏，臉一紅，微微的一笑。寶玉也覺得了，便道：「這倒難講，俗語說：『和尚無兒，孝子多着呢。』

只是我看着他還伶俐得人心兒，纔這麽着。他不願意，我還不希罕呢。」説着，一面拆那帖兒。襲人也笑道：「那小芸二爺也有些鬼鬼頭頭的。什麽時候又要看人，什麽時候又躲躲藏藏的，可知也是個心術不正的貨。」寶玉只顧拆開看那字兒，也不理會襲人這些話。安放恰好，而心術不正由於不理會耳。襲人見他看那帖子，皺一回眉，又笑一笑兒，又摇摇頭，後來光景竟不大耐煩起來。襲人等他看完了，問道：「是什麽事情？」寶玉也不答言，把那帖子已經撕作幾段。襲人見這般光景，也不便再問，便問寶玉：「吃了飯，還看書不看？」寶玉道：「可笑芸兒這孩子，竟直様的混賬。」襲人見他所答非所問，便微微的笑着問道：「到底是什麽事？」寶玉道：「問他做什麽！咱們吃飯罷。吃了飯，歇着罷。心裏鬧的怪煩的。」説着叫小丫頭子點了一點火兒來，把撕的帖兒燒了。此隱隱躍躍以張家親事指黛玉親事，其如寶玉以恩爲仇何哉！與屏絶張道士同爲憒憒。一切情形，都從襲人眼中寫出，其義自明。

一時小丫頭們擺上飯來，寶玉只是怔怔的坐着。襲人連哄帶慪，催着吃了一口兒飯，便擱下了，仍是悶悶的歪在床上。一時間，忽然吊下淚來。此段深文，皆責寶玉一心無主也。除黛之外，必不容另提親事，「情中情」之所感，固有獨鍾，而優柔兼愛，認賊爲子，金玉已成，彼昏不知也，徒哭何爲？此時襲人、麝月都摸不着頭腦，麝月道：「好好兒的，這又是爲什麽？都是什麽芸兒鬧的，不知什麽事，弄了這麽個浪帖子來，惹的這麽傻了的似的，哭一會子，笑一會子。要天長日久，鬧起悶葫蘆來，可叫人怎麽受呢？」直追「初試雲雨」，實直責「絳芸軒」案也。這悶葫蘆，何人打破？説着，竟傷起心來。襲人旁邊由不得要笑，一哭一笑，全書了義。便勸道：「好妹妹，你也别慪人了。他一個人就彀受了，你又這麽着。他那帖子上的事，難道與你相干？」麝月道：「你混説起來。知道他帖兒上寫的是什麽混賬話？你混往人身上扯。要那麽説，他帖兒上只怕倒與你相干呢！」襲、麝二人，同爲釵影，正相干，犯木石姻緣者也。襲人還未答言，只聽寶玉在床上撲哧的一聲笑了，爬起來抖衣裳説：「咱們睡覺罷，别鬧了。明日我還起早念書呢！」一笑、一睡、一念，書之主、書之文、書之用。説着，便躺下睡了，一宿無話。一夕話只話二「無」字而已。

次日，寶玉起來梳洗了，便往塾裏去。走出院門，忽然想起，叫焙茗略等，急忙轉身回來，叫：「麝月姐姐呢？」麝月答應着出來問道：「怎麽又回來了？」一心反覆。寶玉道：「今日芸兒要來了，告訴他别在這裏再鬧。我就回老太太和老爺去了。」一心自戕，與不見張道士同。麝月答應了。寶玉纔轉身去了。剛往外走着，只見賈芸慌慌張張往裏來。看見寶玉，連忙請安，説：「叔叔大喜了！」喜歸空部。那寶玉估量着是昨日那件事，便説道：「你也太冒失了！不管人心裏有事無事，只管來攪。」賈芸陪笑道：「叔叔不信，只管瞧去。人都來了，咱們大門口呢！」寶玉越發急了，説：「只是那裏的話？」正説着，只聽外邊一片聲嚷起來。賈芸道：「叔叔聽，這不是？」寶玉越發心裏狐疑起來。只聽一個人嚷道：「你們這些人好没規矩！這是什麽地方，你們在這裏混嚷！」那人答道：「誰叫老爺升了官呢！怎麽不叫我們來吵喜呢？别人家盼着吵還不能呢。」寶玉聽了，纔知道是賈政升了郎中了，人來報喜的，木石既破，中郎歸空，二而一也，故納在二「喜」字内，以迷離恍惚出之，正合夢話。心中自是甚喜。連忙要走時，賈芸趕着説道：「叔叔樂不樂？叔叔的親事要再成了，不用説，是兩層喜了。」至此略露，到「欺弱女」回方纔點明。寶玉紅了臉，啐了一口，道：「呸！没趣兒的東西！還不快走呢。」賈芸把臉紅了，道：「這有什麽的？我看你老人家就不……」寶玉沉着臉道：「就不什麽？」賈芸未及説完，一部《紅樓》到底未完。也不敢言語了。

寶玉連忙來到家塾中，只見代儒笑着説道：「我剛纔聽見你老爺升了，你今日還來了麽？」寶玉陪笑道：「過來見了太爺，好到老爺那邊去。」代儒道：「今日不必來了，放你一天假罷。可不許回園子裏頑去。你年紀不小了，雖不能辦事，也當跟着你大哥他們學學纔是。」寶玉答應着回來。剛走到二門口，只見李貴走來迎着，旁邊站住，笑道：「二爺來了麽？奴才纔要到學裏請去。」寶玉笑道：「誰説的？」李貴道：「老太太纔打發人到院裏去找二爺。那邊的姑娘們説『二爺學裏去了』。剛纔老太太打發人出來，叫奴才去給二爺告幾天假，聽説還要唱戲賀喜呢。二爺就來了。」説着，寶玉自己進去。進了二門，只見滿院裏丫頭、老婆，都是笑容滿面。見他來了，笑道：「二爺這早晚纔來？還不快進去給老太太道喜去呢。」代儒笑，李貴笑，衆人笑，許多「笑」字都須理會。寶玉笑着，進了房門，只見黛玉挨着賈母左邊坐着呢，右邊是湘雲，底下邢、王二夫人，探春、惜春、李紈、鳳姐、李紋、李綺、邢岫煙一干姊妹都在屋裏，只不見寶釵、寶琴、迎春三人。不見此三人，有深意存。

寶玉此時喜的無話可説，忙給賈母道了喜，又給邢、王二夫人道喜，一一見了衆姐妹，便向黛玉笑道：「妹妹身體可大好了？」黛玉也微笑道：「大好了。此微笑似笑不笑，也當着眼。聽見説二哥哥身上也欠安，好了麽？」寶玉道：「可不是，我那日夜裏，忽然心裏疼起來，這幾天剛好些，就上學去了。也没能過去看妹妹。」黛玉不等他説完，早扭過頭和探春説話去了。重提「噩夢」，歸在探春。鳳姐在地下站着笑道：「你兩個那裏像天天在一處的？倒像是客一般，有這些套話？可是人説的『相敬如賓』了。」誤引成語，直合木石姻緣，而究竟破之，乃鳳之誤而不悟也。説的大家一笑。林黛玉滿臉飛紅，又不好説，又不好不説，遲了一回兒，纔說道：「你懂得什麽？」衆人越發笑了。鳳姐一時回過味來，纔知道自己出言冒失。乃無主張。正要拿話岔時，只見寶玉忽然向黛玉道：「林妹妹，你瞧芸兒這種冒失鬼……」以芸爲冒失，正黛之所以爲鬼也。與「不好說，不好不說」一針鋒相對。而兩玉心情形容微至。說了這一句，方想起來，便不言語了，招的大家又都笑起來，大家胡盧一笑，葫蘆案結矣，即起下「放流刑」。說：「這從那裏說起？」黛玉也摸不着頭腦，也跟着訕訕的笑。寶玉無可搭赸，因又說道：「可是剛纔我聽見有人要送戲，說是幾兒？」大家都瞅着他笑。鳳姐兒道：「你在外頭聽見，你來告訴我們，你這會子問誰呢？」寶玉得便說道：「我外頭再去問問去。」賈母道：「別跑到外頭去。頭一件，看報喜的笑話；第二件，你老子今日大喜，回來碰見你，又該生氣了。」一件二件抉出此喜不是真喜，能明老子生氣而報之乃是喜也，是有深意。否則寶玉何必被報喜的笑話，而報喜笑話，且爲第一件耶！寶玉答應了個「是」，纔出來了。

這裏賈母因問鳳姐：「誰說送戲的話？」鳳姐道：「說是舅太爺那邊說：後兒日子好，送一班新出的小戲兒，給老太太、老爺、太太賀喜。」歸空是放心，放心是意馬奔騰，故戲必送自王子騰。因又笑着說道：「不但日子好，還是好日子呢！」說着這話，卻瞅着黛玉笑。許多「笑」字，水落歸槽，而語妙如環。黛玉也微笑。王夫人因道：「可是呢，後日還是外甥女兒的好日子呢。」前云黛玉生日在花朝，與襲人同日。今又云云。以「婉嫿詞」之尋秋及下文之「撫秋聲」揆之，仍在此秋中間，非有歷秋冬而春之隔，正以見春秋轉變，生促死速，要人早留老老也，與賈母生日演義正同。賈母想了一想，也笑道：「可是，我如今老了，什麽事都糊塗了。」糊塗是《易》體，老了是《易》象，想一想是讀《易》者。虧了有我這鳳丫頭，是我個『給事中』。諫官也，《易》所以寡過。而以譏爲諫者，自誤矣。既這麽着，很好。他舅舅家給他們賀喜，你舅舅家就給你做生日，豈不好呢？」舅家，母家也。說母而父在其中，所謂究取生身處也，能辨此方是喜，方是生日，而語妙如環，與鳳姐好日子兩語正相敵。說的大家都笑起來，說道：「老祖宗說句話兒，都是上篇上論的，怎麼怨得有這麼大福氣呢！」此篇此論總統《六經》，是爲大福。說着，寶玉進來，聽見這些話，越發樂的手舞足蹈了。括《孟子》「仁之實」全章書義。以笑演孝，洵不誣矣！一時大家都在賈母這邊吃飯，其熱鬧自不必說。飯後，那賈政謝恩回來，雖是故事，卻非閑文，而謝恩回來，則忠在其中矣。給宗祠裏磕了頭，便來給賈母磕頭，站着說了幾句話，便出去拜客去了。這裏接連着親戚族中的人，來來去去，鬧鬧嚷嚷，車馬填門，貂蟬滿座。真是：

花到正開蜂蝶鬧，月逢十足海天寬。一部鏡花水月，到此一結，全書及本回上下過脈。

如此兩日，一者奇，兩者偶，偶爲陰，曰兩日，陰進也。已是慶賀之期。這日一早，王子騰和親戚家已送過一班戲來，就在賈母正廳前搭起行臺。外頭爺們都穿着公服陪待。親戚來賀的，約有十餘桌酒。裏面爲着是新戲，又見賈母高興，便將琉璃屏隔在後廈，裏面也擺下酒席。特提此席，外男内女，乃成《否》象。上首薛姨媽一桌，是王夫人、寶琴陪着。對面老太太一桌，是邢夫人、岫煙陪着。此席坐得不倫不類，而琴、岫皆得婚姻之正者，又寓深意。下面尚空兩桌，賈母叫他們快來。一回兒只見鳳姐領着衆丫頭，都簇擁着林黛玉來了。黛玉略換了幾件新鮮衣服，打扮得宛如嫦娥下界，含羞帶笑的出來，必用鳳姐簇擁，而宛如嫦娥，則夏金桂已到。見了衆人。湘雲、李紋、李紈都讓他上首座，黛玉只是不肯。賈母笑道：「今日你坐了罷。」薛姨媽站起來問道：「今日林姑娘也有喜事麽？」必用他問，其喜之所由來也。賈母笑道：「是他的生日。」薛姨媽道：「咳！我倒忘了。」走過來說道：「恕我健忘！回來叫寶琴過來拜姐姐的壽。」黛玉笑說不敢，大家坐了。此席無李綺，所謂綺散齋。無探、惜，更無春氣矣，作者以脱漏演深意，乃長技也。那黛玉留神一看，獨不見寶釵。便問道：「寶姐姐可好麽？爲什麼不過來？」問得緊要，而至死不悟。死日在此，生日在此。薛姨媽道：「他原該來的，只因無人看家，所以不來。」黛玉紅着臉微笑道：「姨媽那裏又添了大嫂子，直提金桂，其報甚速，下半回已到。怎麼倒用寶姐姐看起家來？大約是他怕人多熱鬧，嬾怠來罷？我倒怪想他的。」薛姨媽笑道：「難得你惦記他，他也常想你們姊妹們，過一天我叫他來大家敍敍。」何等委宛，「提親」惟恐洩漏。

説着，丫頭們下來斟酒上菜，外面已開戲了。出場自然是一兩齣吉慶戲文。乃前部書文，説吉慶，又何嘗吉慶？及至第三齣，書分四册，及此書已三停。只見金童玉女，旗旛寶幢，引着一個霓裳羽衣的小旦，頭上披着一條黑帕，唱了一回兒進去了。衆皆不識。聽見外面人説，這是新扮的《蘂珠記》裏的《冥昇》，小旦扮的是嫦娥，前因墮落人寰，幾乎給人爲配，幸虧觀音點化，他就未嫁而逝。此演黛玉「歸離恨」，以結全書，人人得而知之，衆人不識，歎知此理者寡耳！此時昇引月宫，不聽曲裏頭唱的：「人間只道風情好，那知道秋月春花容易抛？幾乎不把廣寒宫忘卻了。」第四齣是《吃糠》，吃糠演寶玉既走之寶釵。第五齣是達摩帶着徒弟渡江回去。正扮出些海市蜃樓，好不熱鬧。演「卻塵緣」，海市蜃樓，所謂渺茫，而無不以此書爲熱鬧也。

衆人正在高興時，正在高興，而夏金桂之毒已發，戒凡爲寶釵者也。正在高興，而「放流刑」已作，戒凡爲鳳姐者也。正在高興，而没興一齊來，戒凡爲史、王、薛、賈諸人者也。一語煞有關係。忽見薛家的人，滿頭汗闖進來，向薛蝌説道：「二爺快回去，並裏頭回明太太，也請速回去。家中有要緊事。」薛蝌道：「什麼事？」家人道：「家去説罷。」薛蝌也不及告辭，就走了。薛姨媽見裏頭丫頭傳進話去，更駭得面如土色，即忙起身，帶着寶琴，必帶寶琴，已爲薛蟠預伏春生，是龍下蛋，是劉老老。蟠可禁可赦，而釵必不可禁必不可赦也。别了一聲，即刻上車回去了。弄得内外愕然。賈母道：「喒們這裏打發人跟過去聽聽，到底是什麼事？大家都關切的。」衆人答應了個「是」。薛禍即賈禍，故曰大家，曰衆人。

不説賈府依舊唱戲，書已三停，戲正未了。單説薛姨媽回去，只見有兩個衙役站在二門口，葫蘆案大發作。幾個當鋪裏夥計陪着，説：「太太回來，自有道理。」正説着，薛姨媽已進來了。那衙役見跟從着許多男婦，簇擁着一位老太太，便知是薛蟠之母。看見這個勢派，也不敢怎麼，只得垂手侍立，讓薛姨媽進去了。那薛姨媽走到廳房後面，早聽見有人大哭，卻是金桂。冤有頭，債有主，桂大哭，林亦大哭。薛姨媽趕忙走來，只見寶釵迎出來，滿面淚痕，爲還淚人分痛，而其實則假，至此則殺兄之事已成也。見了薛姨媽便道：「媽媽聽了，先別着急，辦事要緊。」薛姨媽同着寶釵進了屋子，因爲頭裏進門時，已經走着聽見家人説了，嚇的戰戰兢兢的了，一面哭着，因問：「到底是合誰？」只見家人回道：「太太此時且不必問那些底細。憑他是誰，打死了人總是要償命的。且商量怎麼辦纔好。」一片葫蘆提，而總要償命，則「葫蘆案」已翻，故搬演一切驚惶，不嫌與四回大相矛盾，以既「復見天心」，自不比以前之無天無日也。已打通下回。薛姨媽哭着出來道：「還有什麼商議？」家人道：「依小的們的主見，今夜打點銀兩，同着二爺趕去，同大爺見了面，就在那裏訪一個有斟酌的刀筆先生，許他些銀子，先把死罪撕擄開。開脱死罪，必用刀筆，所謂「筆則筆，削則削」，作者隱竊《春秋》也。回來再求賈府去上司衙門説情。遞下回，而説情便是談情。還有外面的衙役，太太先拿出幾兩銀子來打發了他們，好趕着辦事。」薛姨媽道：「你們找着那家子，許他發送銀子，再給他些養濟銀子。原告不追，事情就緩了。」寶釵在簾内説道：「媽媽使不得，這些事越給錢越鬧的凶，倒是剛纔小厮説的話是。」與鳳姐同一見解，而以財物籠絡人者技窮。薛姨媽又哭道：「我也不要命了，趕到那裏見他一面，同他死在一處就完了。」再翻「葫蘆案」，而前後情節不符，明明説出。寶釵急的一面勸，一面在簾子裏叫人：「快同二爺辦去罷！」丫頭們攙進薛姨媽來，薛蝌纔往外走，寶釵道：「有什麽信，打發人即刻寄了來。你們只管在外頭照料。」薛蝌答應着去了。

這寶釵方勸薛姨媽，那裏金桂趁空兒抓住香菱，又和他嚷道：「平常你們只管誇他們家裏打死了人，一點事也没有，就進京來了的。如今攛掇的真打死人了，「攛掇」二字，乃釵鐵案。平日裏只講有錢有勢有好親戚，這時候我看着也是嚇的慌手慌脚的了。大爺明兒有個好歹兒不能回來，你們各自幹你們去了，撂下我一個人受罪！」自説即以説釵，「冥昇」之根一洩。説着又大哭起來。這裏薛姨媽聽見，越發氣的發昏。寶釵急的没法。正鬧着，只見賈府中王夫人早打發大丫頭過來打聽來了。道寶琴喜用小丫頭，問薛蟠禍用大丫頭，禍福轉變，正《易》道大小往來之處也，故皆無名字。寶釵雖心知自己是賈府的人了，殺兒正是因此。一則尚未提明，殺兒、殺黛而寶玉終走，此則釵所未明者也。二則事急之時，「絳芸軒」事，亦出事急。只得向那大丫頭道：「此時事情頭尾尚未明白，就只聽見説，我哥哥在外頭打死了人，被縣裏拿了去了，也不知怎麽定罪呢。剛纔二爺纔去打聽去了，一半日得了準信，趕着就給那邊太太送信去。你先回去道謝太太惦記着，底下我們還有多少仰仗那邊爺們的地方。」那丫頭答應着去了。如此大事，而只遣一丫頭來往。賈縱輕薛，豈惜遣一管家婆乎！何書之支離乃爾。讀者當得間而入，信閑人之評矣。

薛姨媽和寶釵在家抓摸不着，過了兩日只見小厮回來了，拿了一封書，交給小丫頭拿進來。寶釵拆開看時，書内寫着：

大哥人命是誤傷，不是故殺。蟠雖誤傷，釵則故謀。今早用蝌出名，補了一張呈紙進去，尚未批出。大哥前頭口供甚是不好，待此紙批准後，再録一堂，能彀翻供得好，便可得生了。既爲誤殺，而必待翻供得生，「葫蘆案」是如此，蝌蚪文是如此。快向當鋪内，再取銀五百兩來使用，五爲半數，爲土數，黛之死固上當，釵之生又何嘗非上當？故歷提當鋪，寓大警省。千萬莫遲。並請太太放心，餘事問小厮。

寶釵看了，一一念給薛姨媽聽了。薛姨媽拭着眼淚説道：「這麽看起來，竟是死活不定了。」寶釵道：「媽媽先别傷心，等着叫進小厮來問明了再説。」一面打發小丫頭把小厮叫進來。薛姨媽便問小厮道：「你把大爺的事，細説與我聽聽。」小厮道：「我於那天晚上，聽見大爺和二爺説的，把我嚇糊塗了。」

未知小厮説出什麽話來，且聽下回分解。

此回不惟在本大段最重，在全部亦最重。蓋上大段既以惡夢結寶、黛，此大段宣惡夢之始終，而明此書非二氏之書也。

上半回是「提親」究竟，而棄父母，歸空部，乃不孝。雖復不復，故開首以北静給假玉明之，非真能由北静而生一陽，爲天人性道之正也。故於道喜時無數「笑」字中，忽着「只不見寶釵、寶琴、迎春三人」之語。蓋釵乃所以壞孝之人，琴所以禁不孝之人，迎春乃立春第一節氣，必真復而真開泰者乃能見之也。

下半回是「結怨」報復，轉真得循環真得復機於積冷凝寒之下者，乃天理之自然也，而由於蟠之自留。薛姨「面如土色」，「帶着寶琴，别了一聲」，正與不見三人兩相對待。

護花主人評曰：

敍北静王生日，先向寶玉説吴巡撫保舉一節，則升任郎中，原有因由，文章便不鶻突。

玉放紅光，是精華外露，爲走失之象，不是喜兆。寫寶玉疑心，襲人有意偏在黛玉一邊，是反跌後文賈芸報信。一實一虚，即此一段閒事，文法亦不雷同。鳳姐出言冒失，寶玉忽提芸兒，也是冒失。妙在一明一暗，俱與黛玉心事相關。而鳳姐之言，黛玉明知。寶玉之話，黛玉與衆人俱不懂。雖都是反照黛玉之姻事不諧，卻是兩樣文法。

《蕊珠記》《冥昇》一齣，是黛玉夭亡影子。《吃糠》是寶釵暗苦影子。「達摩帶徒弟過江」是寶玉出家影子。

於極熱鬧時，忽接薛蟠打死人命，有風雲不測之象。

第七十九回至八十五回一大段，應分三小段：七十九、八十回爲一段，敍薛蟠娶妻不賢，迎春遇人不淑，爲犯案、磨死之由；八十一、二回爲一段，敍寶玉再入家塾，伏中舉之根；八十三、四、五回爲一段，敍賈環又結仇怨，薛蟠復遭人命，伏將來串賣巧姐，金桂淫毒自害等事。中間夾敍黛玉惡夢、元妃染恙，及寶玉提親、釣魚占兆、賈政升官，均係敍現在事迹，伏後文根綫。

大某山民評曰：

此回接前文，仍是甲寅年秋中事。

第八十六回　受私賄老官翻案牘　寄閒情淑女解琴書

話説薛姨媽聽了薛蝌的來書，因叫進小厮問道：「你聽見你大爺説，到底是怎麽就把人打死了呢？」小厮道：「小的也没聽真切。那一日大爺告訴二爺説……」説着，回頭看了一看，見無人，纔説道：「大爺説：自從家裏鬧的忒利害，大爺也没心腸了，所以要到南邊置貨去。追原本根，此鬧在「錯勸哥哥」。這日想着約一個人同行，這人在咱們這城南二百多地住。火旺之鄉，正與金敵。大爺找他去了，遇見在先和大爺好的那個蔣玉函，禍起於此人，禍起於「錯裏錯」明矣！帶着些小戲子進城，大爺同他在個鋪子裏吃飯喝酒。因爲這當槽兒的儘着拿眼瞟蔣玉函，大爺就有了氣了。後來蔣玉函走了，第二天大爺就請找的那個人喝酒。酒後想起頭一天的事情，天三生木，天一生水，是爲黛玉報復，故必曰第二天。想起頭一天，正是以水生木。叫那當槽兒的换酒，那當槽兒的來遲了，大爺就駡起來了。那個人不依，大爺拿起酒碗照他打去，誰知那個人也是個潑皮，便把頭伸過來叫大爺打。大爺拿碗就砸他的腦袋，一下他就冒了血了，〔躺〕〔淌〕在地下。頭裏還駡，後頭就不言語了。」薛姨媽道：「怎麽也没人勸勸嗎？」鴛鴦、探春諸人，同受責備。小厮道：「這個也没聽見大爺説，小的不敢妄言。」薛姨媽道：「你先去歇歇罷。」小厮答應出來。

這裏薛姨媽自來見王夫人，託王夫人轉求賈政。賈政問了前後，也只好含糊應了，只說等薛蝌遞了呈子，看他本縣怎麽批了，再作道理。這裏薛姨媽又在當鋪裏兑了銀子，叫小厮趕着去了。三日後，果有回信，薛姨媽接着了，即叫小丫頭告訴寶釵，連忙過來看了。只見書上寫道：

帶去銀兩做了衙門上下使費。哥哥在監，也不大吃苦，請太太放心。獨是這裏的人很刁，屍親、見證都不依，連哥哥請的那個朋友也幫着他們。也幫他們，是無良之面；而在談天之口，明報復之理，是吴良之底。我與李祥兩個，俱係生地生人，他小厮無名，此獨曰李祥，見此理之宜詳，自然得生機於死地也。幸找着一個好先生，所謂刀筆，乃好先生。許他銀子，纔討個主意，說是「須得拉扯着同哥哥喝酒的吴良，吴良有面有底，必用拉扯，大衆都到。弄人保出他來，許他銀兩，叫〔他〕〔你〕撕擄。他若不依，便說張三是他打死，張，大也；三，《乾》三連也，此天理循環自復而《乾》也，與前打死馮淵相對待，彼則自《姤》而《坤》。明推在異鄉人身上。他吃不住，就好辦了」。我依着他，果然吴良出來。現在買囑屍親見證，又做了一張呈子，前日遞的。今日批來，請看呈底便知。

因又念呈底道：

具呈人某，呈爲兄遭飛禍，代伸冤抑事：竊生胞兄薛蟠，本籍南京，寄寓西京。於某年月日，備本往南貿易。去未數日，家奴送信回家，云遭人命，生即奔憲治，知兄誤傷張姓。及至囹圄，據兄泣告，實與張姓素不相識，並無仇隙。偶因换酒角口，生兄將酒潑地，恰值張三低頭拾物，一時失手，酒碗誤碰顖門身死。蒙恩拘訊，兄懼受刑，承認鬥毆致死。仰蒙憲天仁慈，知有冤抑，尚未定案。生兄在禁，具案訴辯，有干例禁；生念手足，冒死代呈。伏乞憲慈恩准，提證質訊，開恩莫大，生等舉家仰戴鴻仁，永永無既矣！激切上呈。

批的是：

屍場檢驗，證據確鑿。且並未用刑，爾兄自認鬥殺，供招在案。今爾遠來，並非目睹，何得揑詞妄控？理應治罪，姑念爲兄情切，且恕。不准。一呈一批，不即不離，合葫蘆案；而曰胞兄，固許蟠與蝌、琴同氣也。

薛姨媽聽到那裏，說道：「這不是救不過來了麽！婚不可救，案不可救。這怎麽好呢？」寶釵道：「二哥的書，還沒看完，後面還有呢。」因又念道：「有要緊的問來使便知。」薛姨媽便問來人，因說道：「縣裏早知我們的家當充足，須得在京裏謀幹得大情，再送一分大禮，歸着一情字一金字。還可以覆審，從輕定案。太太此時必得快辦，再遲了，就怕大爺要受苦了。」

薛姨媽聽了，叫小厮自去，即刻又到賈府與王夫人說明原故，懇求賈政。賈政只肯託人與知縣說情，不肯提及銀物。政之爲正，一出一入。薛姨媽恐不中用，求鳳姐與賈璉說了，花上幾千銀子，纔把知縣買通，薛蝌那裏也便弄通了，絶無累筆贅墨。然後知縣掛牌坐堂，傳齊了一干鄰保、證見、屍親人等，監裏提出薛蟠，刑房書吏俱一一點名。知縣便叫地保對明初供，又叫屍親張王氏三爲《乾》，王爲《坤》，《復》《姤》《否》《泰》之理總包此兩字内，此案正張大報復之日也，絶不是雜湊。並屍叔張二問話。張王氏哭稟道：「小的的男人是張大，南鄉裏住，十八年前死了。大兒子、二兒子也都死了。三出於大，大爲陽，爲《乾》，先天八卦，乾位南方，故居南鄉。大兒、二兒皆死，則初爻二爻皆斷，而成陰爲《艮》卦矣，是即狗兒之義。死於十八年前，乃二九之數，九爲陽，又即二陽下斷也。其叔行二，亦即此義，故受賄叛親，爲陰爲惡。光留下這個死的兒子，叫張三，今年二十五歲，還沒有娶女人呢。二十五截二得十五數，即寶釵將笄之年。截下得二十，即爲寶釵作生日之金。案成於此，故必曰沒有娶親；且沒娶親，則更無子息，劉老老又到。爲小人家裏窮，沒得養活，在李家店裏做當槽兒的。此理宜窮，而李家店、吴良合成天理良心，爲鳳姐訊家童開口語，尤二姐案並發。那一天晌午，李家店裏打發人來叫俺說：『你兒子叫人打死了。』我的青天老爺！小的就唬死了！三陽並斷，以成純《坤》，是現在之象，而特叫青天，正靚兒之義也，不止曲肖聲口。跑到那裏，看見我兒子頭破血出的，躺在地下喘氣兒。問他話也說不出來，不多一會就死了。小人就要揪住這個小雜種拼命。」村婦口詞，形容盡致，而肆行毁駡，正乃惡雪惡陰無諱詞也，與釵父無名同相激射。衆衙役吆喝一聲，張王氏便磕頭道：「求青天老爺伸寃！小人就只這一個兒子了！」知縣便叫下去。又叫李家店的人問道：「那張三是在你店内傭工的麽？」那李二回道：《易》理一爲奇，二爲偶，偶爲陰，是又既死之張三，絶非以張大、張二雜湊。「不是傭工，是做當槽兒的。」兩語之妙，不可思議。以爲形容鄉愚，失之矣。蓋此回由「郎中任」回中出，以寶玉之歸空，非人倫之正道，而作者實不演空部也，故曰不是傭工。書以天理循環遏人放心。槽爲養馬之用，當槽正是收意馬遏放心也，故曰是當槽兒。槽文木曹，爲木所司，則正春令。當者，擋也，爲木將及。又是木反爲板兒，爲青兒，來自《艮》卦之義也。否則於葫蘆提案中，正怕多着筆墨以爲累，更何暇着此等市井戲言，以形容一没要緊之人乎！知縣道：「那日屍場上，你說張三是薛蟠將碗砸死的，你親眼見的麽？」李二說道：「小的在櫃上，聽見說客房裏要酒，不多一回，便聽見說：『不好了，打傷了！』小的跑進去，只見張三躺在地下，也不能言語。小的便喊稟地保，一面報他母親去了。他們到底怎麽打的，實在不知道，求太爺問那喝酒的便知道了。」知縣喝道：「初審口供，你是親見的，怎麽如今說没有見？」李二道：「小的前日嚇昏了亂說。」衙役又吆喝了一聲。

知縣便叫吴良問道：「你是同在一處喝酒的麽？薛蟠怎麽打的？據實供來。」吴良說：「小的那日在家，這個薛大爺叫我喝酒。他嫌酒不好，要换，張三不肯。薛大爺生氣，把酒向他臉上潑去，不曉得怎麽樣，就碰在那腦袋上了。天理良心，循環報復，最難曉得。這是親眼見的。」知縣道：「胡說。此處「胡說」，乃爲「翻案」點睛，不可忽讀。前日屍場上，薛蟠自己認拿碗砸死的，你說你親眼見的，怎麽今日的供不對？掌嘴！」衙役答應着要打，掌嘴是借胡說戒多言，乃說打未打，戒而不戒也。吴良求着說：「薛蟠實没有與張三打架，酒碗失手，碰在腦袋上的。求老爺問薛蟠，便是恩典了！」知縣叫提薛蟠，問道：「你與張三到底有什麽仇隙？畢竟是如何死的？實供上來。」薛蟠道：「求太老爺開恩，小的實没有打他，爲他不肯换酒，故拿酒潑他。不想一時失手，酒碗誤碰在他的腦袋上。小的即忙掩他的血，那裏知道再掩不住，血淌多了，過了一回就死了。前日場上怕太老爺要打，所以說是拿碗砸他的，只求太老爺開恩。」不答有什麽仇隙之問，見釵、黛諸人本自無仇，而以妒成殺，卒至死亡相尋而已。知縣便喝道：「好個糊塗東西！糊塗東西，乃《易》卦圖，書中屢用隱演，此處尤重。本縣前日問你怎麽砸他的，你便供說惱他不换酒纔砸的，今日又供是失手碰的！」知縣假作聲勢，要打要夾。薛蟠一口咬定。知縣叫仵作：「將前日屍場填寫傷痕，據實報來。」仵作禀報說：「前日驗得張三屍身無傷，惟顖門有磁器傷，長一寸七分，深五分，皮開，顖門骨脆，裂破三分。實係磕碰傷。」一寸分去七餘三，合五得八；五分合三分，仍得八。八八六十四，卦氣一周也。七分八分得十五，所謂將笄之年。張三案實寶釵案也。

知縣查對屍格相符，早知書吏改輕，也不駁詰，胡亂便叫畫供。張王氏哭喊道：「青天老爺！前日聽見，還有多少傷，怎麽今日都没有了？」知縣道：「這婦人胡說！現有屍格，你不知道麽？」叫屍叔張二便問道：「你侄兒身死，你知道有幾處傷？」張二忙供道：「腦袋上一傷。」知縣道：「可又來！」叫書吏將屍格給張王氏瞧去，並叫地保、屍叔指明與他瞧：現有屍場親押、證見，俱供並未打架，不爲鬥毆，只依誤傷，吩咐畫供，將薛蟠監禁候詳，餘令原保領出，退堂。結「翻案」正面，而支離恍惚，斟酌恰好，是文字極難着筆處。張王氏哭着亂嚷，知縣叫衆衙役：「攆他出去！」張二也勸張王氏道：「實在誤傷，怎麽賴人？現在太老爺斷明，不要胡鬧了。」

薛蝌在外打聽明白，心内歡喜，便差人回家送信，等批詳回來，便好打點贖罪，且住着等信。只聽路上三三兩兩傳説：「有個貴妃薨了，三三見九，爲陽數盡，三三合六，爲陰數成。三三爲六畫之《乾》。兩皆兩之，則成《坤》，乃《姤》之終，《復》之始也。兩兩合四，《乾》之四爻曰「或躍」，或者，疑詞。故薨爲周妃，爲元妃之疑。《坤》四爻曰「括囊」，死周妃所以死元妃。死元妃明以抑氣數，而氣數使然，則由自取。黛玉之死雖氣數，而因口舌不能括囊也。只此四字，妙義無窮。而看官或以爲閑文，但不解死者必定是周妃，何此書愛令人姓周耶！皇上輟朝三日。」這裏離陵寢不遠，知縣辦差墊道，一時料着不得閑，住在這裏無益，不如到監告訴哥哥：「安心等着，我回家去，過幾日再來。」薛蟠也怕母親痛苦，帶信説：「我無事，必須衙門再使費幾次，便可回家了，只是不要吝惜銀錢。」薛蝌留下李祥在此照料，一徑回家，見了薛姨媽，陳説知縣怎樣循情，怎樣審斷，終定了誤傷，「將來屍親那裏，再花些銀子，一准贖罪便没事了。」薛姨媽聽説，暫且放心，説：「正盼你來家中照應。賈府裏本該謝去，況且周貴妃薨了，他們天天進去，家裏空落落的。我想着要去替姨太太那邊照應照應，作伴兒，只是咱們家又没人，你這來的正好。」薛蝌道：「我在外頭，原聽見説是賈妃薨了，這麽纔趕回來的。我們元妃好好兒的，怎麽説死了？」周妃之薨，即元妃薨逝之先聲，必在薛家說出，見氣數之必抑，報復之必彰，必從薛起也。又騰挪出夏金桂許多報復文字。薛姨媽道：「上年原病過一次，也就好了。這回又沒聽見元妃有什麼病。「省宮闈」計爲日無多，今又曰上年，又曰這回沒病，都是夢話。只聞那府裏頭幾天老太太不大受用，合上眼便看見元妃娘娘，衆人都不放心。直至打聽起來，又沒有什麼事。到了大前兒晚上，老太太親口說是：『怎麼元妃獨自一個人到我這裏？』衆人只道是病中想的話，總不信。老太太又說：『你們不信，元妃還與我說是：「榮華易盡，須要退步抽身。」』以夢證夢，指點大意，轉是明筆，而退步抽身，金玉猶可止也。衆人都說：『誰不想到，這是有年紀的人，思前想後的心事。』所以也不當件事。恰好第二天早起，裏頭吵嚷出來，說娘娘病重，宣各誥命進去請安。他們就驚疑的了不得，趕着進去。他們還沒有出來，我們家裏已聽見周貴妃薨逝了。有他們所未知，而此已知之者。你想外頭的訛言，家裏的疑心，恰碰在一處，可奇不奇？」

寶釵道：「不但是外頭的訛言舛錯，便在家裏的，一聽見『娘娘』兩個字，也就都忙了，過後纔明白。一切喪敗，過後明白，則明白又何益乎？正釵之自道，而戒凡爲釵者也。這兩天，那府裏這些丫頭婆子來說，他們早知道不是咱們家的娘娘。我說：『你們那裏拿得定呢？』他說道：『前幾年正月，外省薦了一個算命的，說得很準。元妃一篇命理，乃是丫頭婆子口中說，寶釵耳中聽者，此等筋節請着眼。那老太太叫人將元妃八字，夾在丫頭們八字裏頭，無非二丫頭，無非薄命，元妃固不能外，十二釵冊子也。送出去叫他推算。他獨說：「這正月初一日生日的那位姑娘，只怕時辰錯了，錯字特提，正明釵之爲差爲錯而恃氣數之誤。不然真是個貴人，也不能在這府中。」老爺和衆人說：「不管他錯不錯，照八字算去。」那先生便說：「甲申年，正月丙寅，這四個字，內有『傷官』

『敗財』。惟『申』字內有『正官』祿馬，這就是家裏養不住的，也不見得什麼好。這日子是乙卯，初春木旺，雖是『比肩』，那裏知道愈『比』愈好，就像那個好木料，愈經斲削，纔成大器。」獨喜得時上什麼辛金爲貴，什麼巳中「正官」祿馬獨旺，這叫作「飛天祿馬格」。又說什麼「日祿歸時，貴重的很。天月二德坐本命，貴受椒房之寵。這位姑娘，若是時辰準了，定是一位主子娘娘」。這不是算準了麼？我們還記得說：「可惜榮華不久，只怕遇着寅年卯月，這就是『比』而又『比』，『劫』而又『劫』，譬如好木，太要做玲瓏剔透，本質就不堅了。」閑人不善星學，考之書與本文亦相合，非若《水滸傳》盧俊義八字之並無其人。然甲申年丙寅月而生於正月初三方有辛巳時，以云初一則不對。至云元妃薨於甲寅，得年四十三，則當生於壬申。云生甲申，得年四十三，則當死於丙寅，確非甲寅矣！蓋立一元春案，所以立破木石成金玉一氣數之天，而此天與道理爲敵，雖一時縱橫恣肆，道理無可如何，致惡人暢達，善人屈伏。及至時移事過，復見清明，氣數亦歸消滅，正陽伸而陰邪退矣。故黛雖死而愈於生，釵雖生而不如死，元妃亦同歸於盡，其八字一生一死，非申之金，即寅之木，明言甲申重在木也，暗藏壬丙調水火也。而顛倒錯亂，總以見氣數不可恃也。他們把這些話都忘記了，只管瞎忙。我纔想起來，告訴我們大奶奶，今年那裏是寅年卯月呢。』」

寶釵尚未說完，元妃之命，生死總在寶釵，而婆子丫頭傳來，是書無非大戒陰人之口。而必「告訴我們大奶奶」，一篇命理，曰夏、曰金，曰桂而已。而婆子丫頭能了了言，寶釵能明明記，夢話直不怕眩惑煞人？書中黛玉完，元春先之而完，釵則到底未完，故尚未說完，其實無待續部。薛蝌急道：「且不要管人家的事。既有這樣個神仙算命的，我想哥哥今年什麼惡星照命，遭這麼橫禍，快開八字與我，給他算去，薛之八字，即元之八字，同一算也。看有妨礙麼。」寶釵道：「他是外省來的，不知如今在京不在了？」京之外皆外省，此命理取用廣、來路遠。說着，便打點薛姨媽往賈府去。到了那裏，只有李紈、探春等在家接着，便問道：「大爺的事，怎麼樣了？」薛姨媽道：「等詳上司纔定，看來也到不了死罪了。」這纔大家放心。探春便道：「昨晚太太想着，説上回家裏有事，全仗姨太太照應。如今自己有事，也難提了。心裏只是不放心。」薛姨媽道：「我在家裏，也是難過。只是你大哥遭了這事，你二兄弟又辦事去了，家裏你姐姐一個人，中什麼用？況且我們媳婦兒，又是個不大曉事的，所以不能脱身過來。目今那裏知縣，也正爲預備周貴妃的差事，不得了結案件，所以你二兄弟回來了，我纔得過來看看。」李紈便道：「請姨太太這裏住幾天更好。」薛姨媽點頭道：「我也要在這邊給你們姐妹們作作伴兒，就只你寶妹妹冷静些。」惜春道：「姨媽要惦着，爲什麼不把寶姐姐也請過來？」薛姨媽笑着説道：「使不得。」惜春道：「怎麼使不得？他先怎麼住着來呢？」一轉一深，一剥一醒。李紈道：「你不懂的，人家家裏如今有事，怎麼來呢？」惜春信以爲實，也不便再問。信以爲實是儒理，不再問是空門。一段問答，包羅萬象，與命理同爲本回本大段之鎮。

正説着，賈母等回來，見了薛姨媽，也顧不得問好，便問薛蟠的事。薛姨媽細述了一遍，寶玉在旁聽見什麼蔣玉函一段，當着人不問，心裏打量是他，「既回了京，怎麼不來瞧我？」又見寶釵也不過來，不知是怎麼個原故。心内正自呆呆的想呢，恰好黛玉也來請安，寶玉稍覺心裏喜歡，便把想寶釵來的念頭打斷，同着姊妹們在老太太那裏吃了晚飯。大家散了，薛姨媽將就住在老太太的套間屋裏。

寶玉回到自己房中，換了衣服，忽然想起蔣玉函給的汗巾，便向襲人道：「你那一年没有繫的那條紅汗巾子，還有没有？」襲人道：「我擱着呢，問他做什麼？」語中有刺。寶玉道：「我白問問。」襲人道：

「你没有聽見薛大爺相與這些混賬人，所以鬧到人命關天，你還提那些作什麽？」立「放流刑」案正立釵、襲案，此段此處在所必提。有這樣白操心，倒不如静静的念念書，把這些個没要緊的事擱開了也好。」寶玉道：「我並没鬧什麽，偶然想起，有也罷，没也罷，我白問一聲，你們就有這些話。」襲人笑道：「並不是我多話，一個人知書達理，就該往上巴結纔是，就是心愛的人來了，也叫他瞧着喜歡尊敬啊。」「愛」字深文，心是釵，口是黛，這已是鳳姐掉包兒。寶玉被襲人一提，便説：「了不得，方纔我在老太太那邊，看見人多，没有與林妹妹説話，他也不曾理我。散的時候，他先走了。此時必在屋裏，我去就來。」説着就走，因「心愛」二字直認黛玉，是情有獨鍾，故説着就走。襲人道：「快些回來罷，「諫癡」「護玉」都到。這都是我提頭兒，「提」字直認不諱。倒招起你的高興來了。」

寶玉也不答言，低着頭，一徑走到瀟湘館來。遞入下回，曰低着頭，見此歸空不得已也。只見黛玉靠在桌上看書。寶玉走到跟前笑説道：「妹妹早回來了？」黛玉也笑道：「你不理我，我還在那裏做什麽？」一語膩極，見你之外更無人也。與寶之另有念頭，針鋒相對。寶玉一面笑道：「他們人多説話，我插不下嘴去，所以没有和你説話。」一面瞧着黛玉看的那本書，書上的字，一個也認不得。琴之爲禁，全不認得，是追以前，是救現在，金玉猶可止也。有的像「芍」字，有的像「茫」字，也有一個「大」字旁邊「九」字，加上一勾，中間又添個「五」字；也有上頭「五」字「六」字，又添一個「木」字，底下又是一個「五」字。書中所演無非空渺，而止是像，其實非也，實則《易》理，「大」「九」「五」「木」皆陽，「勾」又勾萌，亦陽，惟「六」爲陰，文中一見，特借琴譜演出扶陽抑陰，顛倒交變，妙不可言。看着，又奇怪又納悶，便説：「妹妹近日愈發進了，看起天書來了。」《易》以一畫開天，正是天書，人能知此書奇怪，而因而納悶求解，便是看天書機會。黛玉「嗤」的一聲笑道：其實又只歸之一笑。「好個念書的人，連個琴譜都没有見過？」《易》道只在眼前，並不關念書不念書。寶玉道：「琴譜怎麽不知道？爲什麽上頭的字一個也認不得？雖知道不認得，大家通病。既知又認，周、孔以次，殊難其人。妹妹，你認得麽？」黛玉道：「不認得瞧他做什麽？」寶玉道：「我不信，從没有聽見你會撫琴。先天之心不識琴，先天無所用其禁也。後天之心轉認得琴，正所以禁後天也。我們書房裏掛着好幾張，前年來了一個清客先生，叫做什麽嵇好古，琴客則名嵇好古，其義自明，而《廣陵散》成絶響矣，作者何等自負。老爺煩他撫了一曲，他取下琴來説都使不得，賈政之琴都使不得，政知禁而不知所以禁也。既使不得，而煩他撫了一曲，未撫而若已撫者，琴之爲禁，不在聲也。還説：『老先生若高興，改日攜琴來請教。』想是我們老爺也不懂，他便不來了。以調侃語爲譏失教指點，而知音難遇，作者何等自惜。怎麽你有本事藏着？」黛玉道：「我何嘗真會呢？雖會不真，一死非性命之正也。前日身上略覺舒服，在大書案上翻書，看有一套琴譜，甚是雅趣，上頭講的琴理甚通，手法説的也明白，真是古人静心養性的工夫。心性特提。我在揚州，也聽得講究過，也曾學過，只是不弄了，就没有了。這果真是『三日不彈，手生荆棘』。工夫不可間斷。前日看這幾篇，没有曲文，只有操名，我又到别處找了一本有曲文的來，看着纔有意思。本無文字語言，即聲已落後天，必找有曲文的，這便是不真會。究竟怎麽彈得好，實在也難。書上説的：師曠教琴，能來風雷龍鳳。孔聖人尚學琴於師襄，一操便知其爲文王。高山流水，得遇知音。」説到這裏，眼皮兒微微一動，慢慢的低下頭去。《五美吟》所以作，黛之低頭，正即寶玉低頭，而寫來神情如畫。

寶玉正聽得高興，便道：「好妹妹，你纔説的實在有趣！只是我纔見上頭的字，字都不認得，你教我幾個呢。」黛玉道：「不用教的，一説便可以知道的。」都是微言，所謂良知當以意會。寶玉道：「我是個糊塗人，得教我那個大字加一勾，中間一個五字的。」黛玉笑道：「這大字九字，是用左手大拇指按琴上的九徽，這一勾加五字，是右手鈎五絃，並不是個字，乃是一聲，是極容易的。借容易之「易」，明點《周易》之「易」，《易》在先天，本無文字。還有吟、揉、綽、注、撞、走、飛、推等法，是講究手法的。」是手法即筆法，說琴說書。寶玉樂得手舞足蹈的，「樂之實」即「仁之實」，必至手舞足蹈，方是真會。說：「好妹妹，你既明琴理，我們何不學起來？」黛玉道：「『琴者，禁也』。古人制下，原以治身，涵養性情，抑其淫蕩，去其奢侈。全書大旨，到此方纔說出，可見百廿回無非演此，何看官總不經意耶！若要撫琴，必擇静室高齋，或在層樓的上頭，或在林巖的裏面，或是山巔上，或是水涯上，再遇着那天地清和的時候，風清月朗，焚香静坐，心不外想，氣血和平，纔能與神合靈，與道合妙。所以古人說：『知音難遇。』若無知音，寧可獨對着那清風明月，蒼松怪石，野猿老鶴，撫弄一番，以寄興趣，方爲不負了這琴。是乃說書知音之難如此，是即「人不知而不愠」之義。還有一層，又要指法好，取音好。若必要撫琴，先須衣冠整齊，或鶴氅，或深衣，要如古人的儀表，那纔能稱聖人之器。如法搬演，自含妙義，乃作者自負。然後盥了手，焚上香，方纔將身就在榻邊，把琴放在案上，坐在第五徽的地方兒，對着自己的當心，兩手方從容抬起，這纔身心俱正。還要知道輕重疾徐，卷舒自若，體態尊重方好。」又作者自白。寶玉道：「我們學着頑，若這麼講究起來，那就難了。」

兩個人正說着，只見紫鵑進來，看見寶玉，笑說道：「寶二爺今日這樣高興。」高興屢提，正對低頭，「過猶不及」，一死一亡，皆非中道。寶玉笑道：「聽見妹妹講究的，叫人頓開茅塞，所以越聽越愛聽。」紫鵑道：「不是這個高興，說的是二爺到我們這邊來的話。」直抉另有念頭，有彼一高興，因成此兩高興也。寶玉道：「先時妹妹身上不舒服，我怕鬧的他煩，再者，我又上學，因此顯着就疏遠了似的。」紫鵑不等説完，便道：「姑娘也是纔好。二爺既這麽説，坐坐也該讓姑娘歇歇兒了，别叫姑娘只是講究勞神了。」此段問答語有芒角，與勸拿主意對勘方解。寶玉笑道：「可是，我只顧愛聽，也就忘了妹妹勞神了。」黛玉笑道：「説這些倒也開心，也没有什麽勞神的。只是怕我只管説，你只管不懂呢。」寶玉道：「横豎慢慢的自然明白了。」都是會而不會，言下指點。説着，便站起來道：「當真的妹妹歇歇兒罷，明兒我告訴三妹妹和四妹妹去，叫他們都學起來，讓我聽。」黛玉笑道：「你也太受用了，即如大家學會了撫起來，你不懂，可不是對……」黛玉説到那裏，想起心上的事，便縮住口不往下説了。二「對」字爲心上事，所謂偶，所謂坤，所謂牛。而受用於此，不懂亦即此，劉老老雖來未來也。寶玉便笑着道：「只要你們能彈，我便愛聽，也不管牛不牛的了。」復非真復，牛竟不牛也，拆用成語，入微入妙。黛玉紅了臉一笑，再以一笑作結。紫鵑、雪雁也都笑了。

於是走出門來，只見秋紋帶着小丫頭，捧着一小盆蘭花來説：「太太那邊有人送了四盆蘭花來，因裏頭有事，没有空兒頑他，叫給二爺一盆，林姑娘一盆。」琴者，禁也。蘭者，闌也。黛玉終得禁制範圍而乾净以去。必寶、黛各一盆，是已與爲偶矣。黛玉看時，卻有幾枝雙朵兒的，心中忽然一動，也不知是喜是悲，便呆呆的獃看。那寶玉此時卻一心只在琴上，蘭既得偶，琴即和鳴，木石雖破實完。便説：「妹妹有了蘭花，就可以做《猗蘭操》了。」《猗蘭操》作於孔子，乃《大學》之源也。本大段以《大學》起，以《周易》結，琴是《周易》，蘭是《大學》，總歸於此。而黛玉之孤芳自賞，終得乾净身子而去。寶玉一心無主，與琴與蘭總爲不知音而已。黛玉聽了，心裏反不舒服，回到房中，看着花，想到：「草木當春，花鮮葉茂，想我年紀尚小，便像三秋蒲柳。若是果能隨願，或者漸漸的好來；不然只恐似那花柳殘春，怎禁得風催雨送？」想到那裏，不禁又滴下淚來。必當一點還淚，以結琴蘭。紫鵑在旁，看見這般光景，卻想不出原故來。方纔寶玉在這裏，那麼高興，高興又提。如今好好的看花，怎麼又傷起心來？正愁沒個法兒勸解，只見寶釵那邊打發人來。此等大關節處必接大章法。

未知何事，且聽下回分解。

此回來路甚遠，所以圓惡夢而揭全書實義。上半回從「葫蘆案」來，此老官即假語村言，作者自命也。蓋納污含垢，以成此書，正以葫蘆案不可不翻，故曰「受私賄」「翻案牘」也。所演事迹，皆是反說。下半回又作者自白，見翻此案、解此琴，無非「寄閑情」而已。乃從「歸省慶元宵」生出，以明琴書真實作用，故用元妃命理爲過脈。

自「省宮闈」至此回爲一大段，乃爲「斷癡情」「成大禮」再作遲留，以挽氣數而伸道理之文字也。惡夢誰尋，驚風自作。葫蘆案下，結不了冤怨官司；鳳藻宫中，鬧不清姻緣頭緒。老官秉筆，要攔大衆吃糠，工部郎中偏報到；文起彈琴，不許一人歸墨，李家店主試提來。放流刑忽認忽翻，閨閣聲半吞半吐。此中無文字，何處寄閑情。惜哉北静王，笑煞南無佛。

護花主人評曰：

蔣玉函久不提起，今離聘娶襲人爲時不遠，因借薛蟠途遇，邀同飲酒敘及，且即以當槽張三注視玉函，爲次日薛蟠生氣擲死張三根由。並寶玉聞知，查問紅汗巾，襲人嗔説，反挑將來聘取情事。靈活關照，真雕龍手筆。

先敍批駁初呈，後敍覆審翻案，財可通神，寫盡貪官情狀。

周妃薨逝，是元妃影子。又補敍算命一層，爲本年元妃薨逝埋根。

賈母夢元妃說：「榮華易盡。」不是夢境，是預兆。

寶玉不識琴譜，最爲確切。曾憶予八九歲時，偶於書架上見琴譜一本，翻閱一遍，一字不識。遂細查字典，《正字通》《海篇》《六書》等，並無譜中一字，疑爲異書，又疑爲仙符，不知作何用處，三四日尋思不得。既而照寫幾字，請問嚴君，方知是彈琴手法。今讀此書，恍如昔年光陰，不禁爲之啞然。

牛不牛，寶玉自說，妙極。

送蘭花引出《猗蘭操》，又因《猗蘭操》引出下回寶釵歌詞、黛玉和韻，血脈一氣貫注。

大某山民評曰：

此回仍是甲寅年秋間事，因下回猶點明九月節候一句也。

第八十七回　感秋聲撫琴悲往事　坐禪寂走火入邪魔

卻説黛玉叫進寶釵家的女人來，問了好，呈上書子。黛玉叫他去喝茶，便將寶釵來書打開看時，只見上面寫着：何必不來而以札，明告之矣，是乃催死符，惜黛之不悟也。

妹生辰不偶，家運多艱，姊妹伶仃，萱親衰邁。兼之猇聲狺語，旦暮無休；更遭慘禍飛災，不啻驚風密雨。夜深輾側，愁緒何堪！屬在同心，能不爲之愍惻乎？迴憶海棠結社，序屬清秋，對菊持螯，同盟歡洽。猶記「孤標傲世偕誰隱，一樣開花爲底遲」之句，未嘗不歎冷節遺芳，如吾兩人也。感懷觸緒，聊賦四章。匪曰無故呻吟，亦長歌當哭之意耳。一札有自懼，有自悔，能將騎虎之勢洋溢言下，乃極吃力文字。

悲時序之遞嬗兮，又屬清秋。感遭家之不造兮，獨處離愁。北堂有萱兮，何以忘憂？無以解憂兮，我心咻咻！一解。

雲憑憑兮秋風酸，步中庭兮霜葉乾。何去何從兮，失我故歡。静言思之惻肺肝。二解。

惟鮪有潭兮，惟鶴有梁。鱗甲潛伏兮，羽毛何長。搔首問兮茫茫。高天厚地兮，誰知予之永傷？三解。

銀河耿耿兮寒氣侵，月色橫斜兮玉漏沈。憂心炳炳兮，發我哀吟。吟復吟兮，寄我知音。四解。

○一歌四解，四大一齊解散。黛死寶亡，釵亦不知所終矣。擬爲寶釵心聲，何哀以思耶！

黛玉看了，不勝傷感。又想：「寶姐姐不寄與別人，單寄與我，也是『惺惺惜惺惺』的意思。」到底認賊爲子。正在沈吟，只聽見外面有人說道：「林姐姐在家裏呢麽？」黛玉一面把寶釵的書疊起，口內便答應道：「是誰？」正問着，只見幾個人進來，卻是探春、湘雲、李紋、李綺，探結財，湘結色，紋、綺結琴書，便是四解。彼此問了好，雪雁倒上茶來，大家喝了，說些閑話。因想起前年的菊花詩來，黛玉便道：「寶姐姐自從挪出去，來了兩遭，如今索性有事也不來了，真真奇怪。我看他終久還來我們這裏不來？」奇怪納悶，是即寶玉看天書。而以不來爲有事，蟠之事即釵之事也，獃到絕頂。探春微笑道：「怎麽不來？橫豎要來的。寫探春深心，坐視家敗人亡，夷然不顧，乃《剥》乃《夬》之實際，其寫「興利」，猶是以淺形深也。看「微笑」二字，令人髮指。如今是他們尊嫂有些脾氣，姨媽上了年紀的人，又兼有薛大哥的事，自然得寶姐姐照料一切，那裏還比得先前有工夫呢？」

正說着，忽聽得唿喇喇一片風聲，吹了好些落葉，打在窗紙上，停了一回兒又透過一陣清香來。寫景淒清，而聞香於落葉之中，是即《剥》中得《復》。衆人聞着，都說道：「這是何處來的香風？這像什麽香？」黛玉道：「好像木樨香。」「居士聞木樨香否？是吾無隱乎爾！」晦堂答山谷之語。今黛云然，乃誅後來之鳳姐，現在之探春，同爲一陰也。探春笑道：「林姐姐終不脫南邊人的話，這大九月裏的，那裏還有桂花呢？」明點九月，《剥》卦用事。黛玉笑道：「原是啊！不然怎麽不竟說是桂花香，只說似乎像呢？」金桂報復，隱然言下，而書中禪機，只是好像，不可認真。湘雲道：「三姐姐，你也別説。你可記得『十里荷花，三秋桂子』？在南邊正是晚桂開的時候了，你只没有見過罷了，等你明日到南邊去的時候，你自然也就知道了。」探春笑道：「我有什麽事到南邊去？況且這個也是我早知道的，愈説知道愈不知道，知幾其神乎！不用你們説嘴。」李紋、李綺只抿着嘴兒笑。已無所用其禁矣。黛玉道：「妹妹，這可説不齊。俗語説：『人是地行仙。』今日在這裏，明日就不知在那裏。譬如我原是南邊人，怎麽到了這裏呢？」湘雲拍着手笑道：「今兒三姐姐可叫林姐姐問住了。不但林姐姐是南邊人到這裏，就是我們這幾個人，就不同。也有本來是北邊的，也有根子是南邊的長在北邊的，也有生長在南邊到這北邊的。今兒大家都湊在一處，可見人總有一個定數。大凡地和人，總是各自有緣分的。」南北混合，通達無碍，便是四解。衆人聽了都點頭，探春也只是笑。又説了一會子閑話兒，大家散出。黛玉送至門口，大家都説：「你身上纔好些，別出來了，看着了風。」

於是黛玉一面説着話兒，一面站在門口，又與四人殷勤了幾句，便看着他們出院去了。進來坐着，看看已是林鳥歸山，夕陽西墜。八字妙合，不泛寫景。因史湘雲説起南邊的話，便想着：「父母若在，南邊的景致，春花秋月，水秀山明，二十四橋，六朝遺迹。不少下人伏侍，諸事可以任意，言語亦可不避。香車畫舫，紅杏青帘，惟我獨尊。今日寄人籬下，縱有許多照應，自己無處不要留心。不知前生作了什麽罪孽，今生這樣孤悽！真是李後主説的『此間日中只以眼淚洗面』矣！」入題寫「感」字「悲」字委婉，而眼淚洗面，因「卧榻之側，不容酣睡」也。而作者之辛酸淚實與俱下。一面思想，不知不覺，神往那裏去了。

紫鵑走來看見這樣光景，想着必是剛纔因説起南邊北邊的話來，一時觸着黛玉的心事了，便問道：「姑娘們來説了半天話，想來姑娘又勞了神了。纔剛我叫雪雁告訴廚房裏，給姑娘作了一碗火肉白菜湯，加了一點兒蝦米兒，配了點青筍紫菜，姑娘想着好麽？」黛玉道：「也罷了。」紫鵑道：「還熬了一點江米粥。」一粥一湯隱然五行歸中，又是四解。黛玉點點頭兒，又説道：「那粥該你們兩個自已熬了，不用他們廚房裏熬纔是。」紫鵑道：「我也怕廚房裏弄的不乾浄，我們各自熬呢。就是那湯，我也告訴雪雁合柳嫂兒説了，要弄乾浄些。柳嫂兒説了：他打點妥當，拿到他屋裏，叫他們五兒瞅着燉呢。」即已到「候芳魂」。黛玉道：「我倒不是嫌人家腌臢，只是病了好些日子，不周不備，都是人家，這會子又湯兒粥兒的調度，未免惹人厭煩。」步步留心，只是如此。説着眼圈兒又紅了。紫鵑道：「姑娘這話，也是多想。姑娘是老太太的外孫女兒，又是老太太心坎兒上的，別人求其在姑娘跟前討好兒還不能呢，那裏有抱怨的？」黛玉點點頭兒，因又問道：「你纔説的五兒，不是那日和寶二爺那邊的芳官在一處的那個女孩兒？」紫鵑道：「就是他。」黛玉道：「不聽見説要進來麽？」紫鵑道：「可不是。因爲病了一場，後來好了，纔要進來，正是晴雯他們鬧出事來的時候，也就躭擱住了。」又找「斬情」。黛玉道：「我看那丫頭倒也還頭臉兒乾浄。」特提乾浄。

説着，外頭婆子送了湯來。雪雁出來接時，那婆子説道：「柳嫂兒叫回姑娘：這是他們五兒作的，不敢在大廚房裏作，怕姑娘嫌腌臢。」此廚原以備園内人，豈黛玉平日不吃飯乎？蹊蹺話有深警。雪雁答應着，接了進來，黛玉在房中已聽見了，吩咐雪雁：「告訴那老婆子回去説，叫他費心。」雪雁出來説了，老婆子自去。這裏雪雁將黛玉的碗筯，安放在小几兒上，因問黛玉道：「還有喒們南來的五香大頭菜，以五合五，總歸於土。拌些麻油、醋可好麽？」黛玉道：「也使得，只不必累贅了。」一面盛上粥來，黛玉吃了半碗，用羹匙舀了兩口湯喝，就擱下了。兩個丫鬟撤了下來，拭淨了小几，端下去，又換上一張常放的小几。黛玉漱了口，盥了手，便道：「紫鵑，添了香了没有？」紫鵑道：「就添去。」黛玉道：「你們就把那湯合粥吃了罷，味兒還好，且是乾淨。待我自己添香罷。」兩個人答應了，在外間自吃去了。

這裏黛玉添了香，自己坐着，纔要拿本書看，只聽得園内的風，自西邊直透到東邊，穿過樹枝，都在那裏唏嚠嘩喇不住的響。一回兒檐下的鐵馬，也只管叮叮噹噹的亂響起來。寫秋聲微妙，而東風、西風，乃黛死所，寶玉因金而走，是爲鐵馬。一秋聲中有死、有亡。一時雪雁先吃完了，進來伺候。黛玉便問道：「天氣冷了，我前日叫你們把那些小毛兒衣服晾晾，可曾晾過没有？」雪雁道：「都晾過了。」黛玉道：「你拿一件來我披披。」雪雁走去，將一包小毛的衣服抱來，打開氈包，給黛玉自揀。只見内中夾着個絹包兒。黛玉伸手拿起，打開看時，卻是寶玉病時送來的舊手帕，自己題的詩，上面淚痕猶在，裏頭卻包着那翦破了的香囊、扇袋，並寶玉通靈玉上的穗子。原來晾衣服時，從箱中撿出，紫鵑恐怕遺失了，遂夾在這氈包裏的。這黛玉不看則已，看了時，也不説穿那一件衣服，手裏只拿着那兩方手帕呆呆的看那舊詩。看了一回，不覺得簌簌淚下。此段直注「斷癡情」，總預演黛玉一死而已。紫鵑剛從外間進來，只見雪雁正捧着一氈包衣裳，在旁邊呆立。小几上卻擱着翦破的香囊，兩三截兒扇袋，和那鉸斷了的穗子。黛玉手中自拿着兩方舊帕，上邊寫着字迹，在那裏對着滴淚。必從紫鵑眼中再寫一過，與寶玉問襲人茜香羅相針對。正是：

失意人逢失意事，新啼痕間舊啼痕。還淚賬了，而所以失意，乃人事，非天心也。首句明點。

紫鵑見了這樣，知是他觸物傷情，感懷舊事，料道勸也無益，只得笑着道：「姑娘還看那些東西作什麽？那都是那幾年寶二爺和姑娘小時，一時好了，一時惱了，鬧出來的笑話兒。要像如今這樣厮抬厮敬，那裏能把這些東西白糟蹋了呢？」紫鵑這話，原給黛玉開心，不料這幾句話，更提起黛玉初來時和寶玉的舊事來，一發珠淚連綿起來。紫鵑又勸道：「雪雁這裏等着呢，姑娘披上一件罷。」那黛玉纔把手帕撂下，紫鵑連忙拾起，將香袋等物包起拿開。

這黛玉方披了一件皮衣，自己悶悶的走到外間來坐下。回頭看見案上寶釵的詩啓，尚未收好，又拿出來瞧了兩遍，歎道：「境遇不同，傷心則一。不免也賦四章，翻入琴譜，可彈可歌，明日寫出來寄去，以當和作。」便叫雪雁將外邊桌上筆硯拿來，濡墨揮毫，賦成四疊。疊即解，釵以解而生，黛以疊而死，疊而在琴，所以死也，與釵大異。又將琴譜翻出，借他《猗蘭》《思賢》兩操，合成音韻。《猗蘭》《思賢》直追尼父，全書大旨借琴以演聖經也。與自己做的配齊了，然後寫出，以備送與寶釵，又即叫雪雁向箱中將自己帶來的短琴拿出，拿琴必用雪雁，一部《國風》在此矣。調了絃，又操演了指法。黛玉本是個絕頂聰明人，又在南邊學過幾時，雖是手生，到底一理就熟。撫了一番，夜已深了，便叫紫鵑收拾睡覺不題。安頓文字不突，而至此上半回已了。

卻說寶玉這日起來，梳洗了，帶着焙茗，正往書房中來。只見墨雨笑嘻嘻的跑來，迎頭說道：「二爺，今日便宜了。太爺不在書房裏，都放了學了。」寶玉道：「當真的麽？」墨雨道：「二爺不信，那不是三爺和蘭哥兒來了？」寶玉看時，只見賈環、賈蘭跟着小厮們，兩個笑嘻嘻的，嘴裏咭咭呱呱不知說些什麽，循環之理，正說不明，便是探春不知南邊。迎頭來了，見了寶玉，都垂手站立。寶玉問道：「你們兩個怎麽就回來了？」賈環道：「今日太爺有事，説是放一天學，明兒再去呢。」入下半回。「入邪」實因放學起，是大眼目。寶玉聽了，回身到賈母、賈政處稟明了，然後回到怡紅院中。襲人問道：「你怎麽就回來了？」寶玉告訴了他，只坐了一坐兒，便往外走。襲人道：「往那裏去？這樣忙法？就放了學，依我説也該養養神兒了。」讀之令人耳如針刺。寶玉站住脚，低了頭説道：「你的話也是，但是好容易放一天學，還不散散去，你也該可憐我些兒了。」奇情怪筆，而究竟寓焉。襲人見説的可憐，笑道：「由爺去罷。」正説着，端了飯來，寶玉也没法兒，只得且吃飯，三口兩口，忙忙的吃完，必間以吃飯，與黛玉吃飯對，兩三口即五香菜。漱了口，一溜煙往黛玉房中去了。

走到門口，只見雪雁在院中晾絹子呢。再提絹子。寶玉因問：「姑娘吃了飯了麽？」雪雁道：「早起喝了半碗粥，懶得吃飯，雖吃飯而究未吃飯。這時候打盹兒呢。二爺且到别處走走，回來再來罷。」寶玉只得回來，無處可去，忽然想起惜春有好幾天没見，便信步走到蓼風軒來。剛到窗下，只見静悄悄寂無人聲，寶玉打諒他也睡午覺，不便進去。纔要走時，只聽屋裏微微一響，不知何聲。静極生動，「雷在地中」，不知何聲，仍是迷《復》。寶玉站住再聽。半日，又「啪」的一響。寶玉還未聽出，只聽一個人道：「你在這裏下了一個子兒，那裏你不應麽？」寶玉方知是下大棋。以棋引琴，因争生禁也。而棋之黑白分明，正琴之陰陽對待，此理甚大，故曰大棋。但只急切聽不出這個人的語音是誰。莫名其妙，以下文字是棋是《易》。底下方聽見惜春道：「怕什麽？你這麽一吃，我這麽一應，你又這麽吃，我又這麽應。還緩着一着兒呢，終久連得上。」那一個又道：「我要這麽一吃呢？」惜春道：「呵嗄！還有一着反撲在裏頭呢，我倒没防備。」寶、黛一切託大，全不防備，借棋演之，所以爲妙。寶玉聽了聽，那一個聲音很熟，卻不是他個姊妹。料着惜春屋裏，也没外人，輕輕的掀簾進去，看時，不是别人，卻是那櫳翠庵的「檻外人」妙玉。至此必應特提此人，以結全書。這寶玉見是妙玉，不敢驚動。妙玉和惜春正在凝思之際，也没理會。喪敗死亡，是没理會，歸着渺茫，是没理會，所以爲妙，妙在没理會也。寶玉卻站在旁邊，看他兩個的手段。只見妙玉低着頭，問惜春道：「你這個畸角兒不要了麽？」既無畸角，則不方不正，所謂「惑偏私」。惜春道：「怎麽不要？你那裏頭都死着子兒，我怕什麽？」妙玉道：「且别説滿話，試試看。」惜春道：「我便打了起來，看你怎麽樣？」妙玉卻微微笑着，把邊上子一接，卻搭轉一吃，把惜春的一個角兒都打起來了，笑着説道：「這叫做倒脱靴勢。」「跣脚上船會也麽！」所理會者如此而已，乃倒乃不正。

惜春尚未答言，寶玉在旁情不自禁，哈哈一笑，把兩個人都唬了一大跳。惜春道：「你這是怎麽説？進來也不言語，這麽使促狹唬人。自盗自寇。你多早晚進來的？」寶玉道：「我頭裏就進來了，看看你們兩個争這個畸角兒。」説着，一面與妙玉施禮，一面又笑問道：「妙公輕易不出禪關，今日何緣下凡一走？」「走」字八面玲瓏，近則「走火」，遠則「御塵」。妙玉聽了，忽然把臉一紅，也不答言，低了頭，自看那棋。寶玉自覺造次，連忙陪笑道：「倒是出家人比不得我們在家的俗人。頭一件，心是静的。静則靈，靈則慧。」寶玉尚未説完，乃儒理，非禪機，本書所未説完者。只見妙玉微微的把眼一抬，看了寶玉一眼，復又低下頭去，那臉上的顔色，漸漸的紅暈起來。爲「走火」安根，如春雲展。寶玉見他不理，只得訕訕的旁邊坐了。惜春還要下子，妙玉半日説道：「再下罷。」便起身理理衣裳，重新坐下，癡癡的問着寶玉道：「你從何處來？」寶玉巴不得問這聲，好解釋前頭的話，忽又想道：「或是妙玉的機鋒？」轉紅了臉，答應不出來。妙玉微微一笑，自合惜春説話。惜春也笑道：「二哥哥，這什麽難答的？你没的聽見人家常説的，『從來處來』麽？這也值得把臉紅了，見了生人的似(是)的？」聖賢道理只在眼前，「來處來」正是「孝」字根源，奈何推入機鋒也，是大指點。妙玉聽了這話，想起自家心上一動，臉上一熱，必然也是紅的，倒覺不好意思起來。寶之紅即妙之紅，並落惜春眼内，其義微妙。因站起來説道：「我來得久了，要回庵裏去了。」惜春知妙玉爲人，也不深留，送出門口。妙玉笑道：「久已不來，這裏彎彎曲曲的，回去的路頭都要迷住了。」有來處來，無去處去，切指歸空之誤。寶玉道：「這倒要我來指引指引何如？」但須反問此心。妙玉道：「不敢，二爺前請。」

於是二人别了惜春，離了蓼風軒，必明提蓼風軒，曰離了，明死、亡同爲離孝也，否則此句可省。彎彎曲曲，走近瀟湘館，纔離蓼風，便到此處，理欲之界甚迫。忽聽得叮咚之聲。妙玉道：「那裏的琴聲？」寶玉道：「想必是林妹妹那裏撫琴呢。」妙玉道：「原來他也會這個，怎麽素日不聽見提起？」寶玉悉把黛玉的事，述了一遍，因説：「咱們去看他。」妙玉道：「從古只有聽琴，再没有看琴的。」耳得而爲聲，目遇而爲色，琴又何不可看？是正拖泥帶水，爲妙玉立「走火」之案，轉無深意。寶玉笑道：「我原説我是個俗人。」直破妙玉，直破空渺，檻内人、世人只能完成一「俗」字而已。説着，二人走至瀟湘館外，在山子石坐着静聽。山子野、石頭記，雜衆妙於一琴矣。甚覺音調清切。只聽得低吟道：是乃黛玉絶筆，而託於琴，是禁而能受禁者也，非若釵之解而不解，不知所終。

風蕭蕭兮秋氣深，美人千里兮獨沉吟。望故鄉兮何處？倚欄干兮涕沾襟。以「風」字起，「風脈脈」「風故故」都到，而《五美吟》在其中矣。

歇了一回，聽得又吟道：

山迢迢兮水長，照軒窗兮明月光。耿耿不寐兮銀河渺茫，羅衫怯怯兮風露涼。以「山」字起，説石頭也，木石雖破實完，風月鑑中得幾許光明而去。

又歇了一歇。妙玉道：「剛纔『侵』字韻是第一疊，如今『陽』字韻是第二疊了。咱們再聽。」裏邊又吟道：

子之遭兮不自由，予之遇兮多煩憂。之子與我兮心焉相投，思古人兮俾無尤。此以「子」字起，合下以「人」字起，一己一人，心爲二心，乃絳黛之義，死則合矣，便已到「幻境得通靈」。至此曲爲答寶釵之作，後兩語用《國風》，直以嫡自居，以庶目之，以琴操勉，其操旨微矣！

妙玉道：「這又是一拍，何憂思之深也！」寶玉道：「我雖不懂得，但聽他的音響，也覺得過悲了。」裏頭又調了一回絃。妙玉道：「君絃太高了，與無射律只怕不配呢。」無射爲九月之律，在時爲秋，在卦爲《剥》，黛之死所也，而實因心君高亢，以致不得所配而然。裏邊又吟道：

人生斯世兮如輕塵，天上人間兮感夙因。感夙因兮不可惙，素心何如天上月！起句一「塵」字，末句一「月」字，到「卻塵」，《風月寶鑑》終矣。四疊音節詞意與四解適相敵，擬爲黛作，迥不是釵。

妙玉聽了，呀然失色道：「如何忽作變徵之聲！音韻可裂金石矣！」五音徵爲事，裂寶之石、釵之金而獨死，乃人事之變，非天心也。請與「失意人逢失意事」評參看。只是太過。」過且不可，況於太乎！傲慢自喜者聽之哉。寶玉道：「太過便怎麽？」妙玉道：「恐不能持久。」正訓、明訓，爲黛訓，實爲大衆訓也。正議論時，聽得君絃磞的一聲斷了，妙玉站起來，連忙就走。寶玉道：「怎麽樣？」妙玉道：「日後自知，你也不必多説。」竟自走了。黛死寶亡，演以作結，人人得而知之。至爲演下半回正面則非人所知已。蓋黛之死，寶之亡，釵之不知所終，無非「走火入邪」，合成一妙，下文找足之也。弄得寶玉滿腹疑團，没精打彩的，歸至怡紅院中不表。

單説妙玉歸去，早有道婆接着，掩了庵門，坐了一回，把「禪門日誦」念了一遍。吃了晚飯，點上香，拜了菩薩，即黛之吃飯、添香、彈琴。命道婆自去歇着，自己的禪牀靠背，俱已整齊，屏息垂簾，跏趺坐下，斷除妄想，趨向真如。《丹訣》云：「斷除妄想重增病，趨向真如亦是妖。」引此八字，特明作意，看官猶謂其演空渺耶！坐到三更過後，冬至子之半，乃是真復，寶、黛不能，故爲入魔之候。聽得屋上「唃碌碌」一片瓦響。妙玉恐有賊來，雷從下起而聲自上，乃是賊，是迷《復》。下了禪牀，出到前軒，但見雲影横空，月華如水。寫景凝鍊，而上四字是書面，下四字是書底，不是信手拈來。那時天氣尚不很涼，一切敗壞猶可及止，天氣正對人事。獨自一個，憑欄站了一回，忽聽房上兩個貓兒，一遞一聲廝叫。貓兒打架，直追可卿一夢，乃大眼目。那妙玉忽想起日間寶玉之言，不覺一陣心跳耳熱，自己連忙收攝心神，走進禪房，仍到禪牀上坐了。怎奈神不守舍，一時如萬馬奔馳，覺得禪牀便恍蕩起來，身子已不在庵中。便有許多王孫公子，要來娶他；又有些媒婆，扯扯拽拽，扶他上車。自己不肯去。一回兒又有盜賊劫他，持刀執棍的逼勒，只得哭喊求救。早驚醒了庵中女尼、道婆等衆，都拿火來照看，只見妙玉兩手撒開，口中流沫。急叫醒時，只見眼睛直豎，兩顴鮮紅，駡道：「我是有菩薩保佑，你們這些强徒，敢要怎麽樣？」一段畫鬼筆，絶不拖累，與惡夢相映射。衆人都唬的没了主意，都説道：「我們在這裏呢，快醒轉來罷。」妙玉道：「我要回家去，你們有什麽好人，送我回去罷！」道婆道：「這裏就是你住的房子。」説着，又叫别的女尼，忙向觀音前禱告。求了籤，翻開籤書看時，是觸犯了西南角上的陰人。西南坤位，觸犯劉老老之忌也。就有一個說：「是了，大觀園中西南角上，本來没有人住，陰氣是有的。」一面弄湯弄水的，在那裏忙亂。那女尼原是自南邊帶來的，伏侍妙玉自然比別人盡心，圍着妙玉坐在禪牀上。妙玉回頭道：「你是誰？」女尼道：「是我。」「是我」兩字直揭本來面目。妙玉仔細瞧了一瞧道：「原來是你。」便抱住那女尼，嗚嗚咽咽的哭起來，說道：「你是我的媽呀，「原來是你」，確然究取生身；「你是我媽」，「孝」字真實道理也，斯爲走火之救。你不救我，我不得活了。」那女尼一面喚醒他，一面給他拍着，道婆倒上茶來喝了，直到天明，纔睡了。

女尼便打發人去請大夫來看脈，也有說是思慮傷脾的，也有說是熱入血室的，也有說是邪祟觸犯的，也有說是內外感冒的，終無定論。猜測病證，乃笑看此書而不知此書所演爲何證者。獨首句思慮傷脾是眼，與可卿同一病也，請參彼評。後請得一個大夫來看了，無名無姓，而曰後來，乃待後來讀此書而識此證者也，閑人何敢多讓。問：「曾打坐過没有？」道婆說道：「向來打坐的。」大夫道：「這可是昨夜忽然來的麽？」道婆道：「是。」大夫道：「這是走火入魔的原故。」衆人問：「有碍没有？」大夫道：「幸虧打坐不久，魔還入得淺，可以有救。」猶可及止。寫了降伏心火的藥，救之之法，只是如此，冷香丸一「冷」字而已。吃了一劑，稍稍平復些。外面那些遊頭浪子聽見了，便造作許多謡言，說：「這樣年紀，那裏忍得住？況且又是很風流的人品，很乖覺的性靈，以後不知飛在誰手裏，便宜誰去呢？」過了幾日，妙玉病雖略好，神思未復，終有些恍惚。

一日，惜春正坐着，彩屏忽然進來回道：「姑娘知道妙玉師父的事嗎？」仍歸到此，詞圓義足，不曰病而曰事，便是琴之變徵也。惜春道：「他有什麽事？」彩屏道：「我昨日聽的邢姑娘和大奶奶那裏說呢，必得從此兩人聽來，又是正義，琴之正音也。他自從那日和姑娘下棋回去，夜間忽然中了邪，嘴裏亂嚷，說：强盜來搶他來了，到如今還沒好。姑娘你説這不是奇事嗎？」乃「奇緣識金鎖」之奇，釵之變徵也。惜春聽了，默然無語。知之稔矣。因想：「妙玉雖然潔浄，畢竟塵緣未斷。兩語三面。可惜我生在這種人家，不便出家；我若出了家時，那有邪魔纏擾？一念不生，萬緣俱寂。」所以爲惜，惜其爲陰爲《復》，只是如此也。想到這裏，驀與神會，若有所得，便口占一偈云：

大造本無方，云何是應住？既從空中來，應向空中去。圓明一點本非空，即釋氏亦自有實際。此云空來空去，不惟昧「來處來去處去」之真旨，即云何應住之旨，亦誤會矣，即「惑偏私」一證，而揭本書底中之底。

占畢，即命丫頭焚香。自己静坐了一回，又翻開那棋譜來，把孔融、王積薪等所著，看了幾篇。兩古人用得出神入化，孔乃《學》《庸》，王爲《周易》，書之主骨，方云空空，即明實際，看官何又以爲附會耶！內中「荷葉包蟹勢」「黄鶯搏兔勢」，鷹誤作鶯，誤出有意。都不出奇；「三十六局殺角勢」，一時也難會難記；獨看到「八龍走馬」，覺得甚有意思。正在那裏作想，「荷包蟹」，雖隱必現也，是諸淫穢。「鶯搏兔」，兔爲木，鶯爲金，金剋木也，是釵殺黛。「三十六殺角」，角亦木，三十六天數也，以元妃氣數之天主金玉而同殺木也。是皆全書演義，而一部《易》理實爲貫串。在惜春，正《乾》之《坤》，乾爲龍，爲馬，而曰八、曰走，以陽轉陰，因得爲《復》也，故曰甚有意思。借棋勢點全書，何其神妙乃爾！只聽見外面一個人走進院來，連叫「彩屏」。

未知是誰，用鴛鴦作虛歇，正是《易》理。且聽下回分解。

以前八十六回，除十七、十八兩回爲一段，餘皆每段四回。自此换三回爲一段矣，至「散花寺」止。是乃奇偶相生，陰陽倚伏之大概，故此回特以琴棋並舉，以闡全《易》。

上半回從「始提親」來，既有「成大禮」，必有「斷癡情」也，乃死黛玉文字。下半回從「郎中任」來，既有「斷癡情」，必有「卻塵緣」也。而寶、黛、釵及榮、寧一切人事，總括於二「妙」字之中。

寶釵與黛玉，原是寶玉境中、意中人，且寶釵亦獨與黛玉最爲親厚，實是閨閣知音，久不相見，若無詩札往來，殊不近情，此回必不可少。

護花主人評曰：

探春笑說：「寶釵横豎要來。」無心卻似有心。

香風是蘭花，但竟說蘭花，不但文情徑直，且探春等四人，又須大家看花，殊費閒筆墨。今以像桂花漾開，即借桂花說起南北各方，人有定數，爲探春南嫁伏筆，玲瓏之極。

補敍柳五兒耽遲不進園緣故，周匝無遺。

因小毛皮衣，忽見舊物舊詩，新愁舊恨，一時并集。即非善哭之黛玉，亦當爲之酸鼻。

黛玉和歌，翻入琴譜。若在房中，獨自撫吟，絕無知音聽賞，有何意味？故寫妙玉聽琴，審音知兆，以見琴聲凄斷，歌詞酸楚。

有琴不可無棋，亦借妙玉與惜春，閒閒帶敍。

妙玉一見寶玉，臉便一紅，又看一眼，臉即漸漸紅暈，可見平日鍾情不淺。此時妙玉，已經入魔，夜間安得寧静？

寶玉疑妙玉是機鋒，不覺臉紅。妙玉見寶玉臉紅，亦自知臉紅。一樣臉紅，兩樣心事，妙極。

園中路徑，妙玉若不慣熟，豈能獨至惜春處下棋？不過要寶玉引路，爲同行之計，且可同聽琴音，講究一番。文心何靈妙如此！

寶釵四歌，於紙上寫來；黛玉於口中吟出，又於琴中彈出。文法變換不一。

妙玉走魔，伏起日後盜劫情事，即趁勢伏惜春之出家，已有定念。

惜春一偈，真是無所住而生其心者，較之妙玉眼界未淨，即生意識界，遂致心有罣碍恐怖、顛倒夢想，霄淵判絶。

大某山民評曰：

此回仍是甲寅年深秋時事。

第八十八回　博庭歡寶玉讚孤兒　正家法賈珍鞭悍僕

卻説惜春正在那裏揣摩棋譜，忽聽院内有人叫彩屏，不是别人，卻是鴛鴦的聲兒。揣摩棋而來者不是别人，見鴛鴦即棋，棋即鴛鴦，總一《易》卦也，否則此句可省。彩屏出去，同着鴛鴦進來。那鴛鴦卻帶着一個小丫頭，提了一個小黄絹包兒。惜春笑問道：「什麽事？」鴛鴦道：「老太太因明年八十一歲，賈母八旬在本年八月初三，則明年爲八十一壽是已。至本年八月節後有寶玉病百日，則已歷九、十、十一月，且更有「探宫闈」「始提親」「放流刑」「翻案牘」等事，而上回猶曰秋令，今年耶，又一年耶？吾不得而知之矣。是個『暗九』，九九陽數盡，暗則陰晦生矣。黛之死期即史之死期。許下一場九晝夜的功德，發心要寫三千六百五十零一部《金剛經》。首回石頭數目十分之一，所謂暗九；又減十分之九，則爲周天度數一終，亦是暗九。而寫《金剛》，石頭歸空矣；助金之剛以殺木之柔，石頭遂不得不歸空矣！因一「暗」字，其弊如此，其罪如此。這已發出外面人寫了。但是俗説：《金剛經》就像那道家的符殼，《心經》纔算是符膽。故此《金剛經》内，必要插着《心經》，更有功德。説《金經》必及符籙，釋、道並在矣。而寫《金經》用外面人，寫《心經》用親丁，見此書外面寫茫渺歸空，而底裏實一心之功德，絶不游移於二氏之學也。夫曰親丁，非「孝」字乎！非蓼汀乎！老太太因《心經》是更要緊的，觀自在又是女菩薩，自在本來何嘗是女？史不知經，故不知心。所以要幾個親丁奶奶姑娘們，寫上三百六十五部。《心經》之數又減

《金剛》之數十分之九，是乃氣數。如此，又虔誠，又潔浄。咱們家中，除了二奶奶，壞心壞經之第一人，故除去。頭一宗他當家没有空兒，二宗他也寫不上來，其餘會寫字的，不論寫得多少，連東府珍大奶奶，姨娘們都分了去，罪自外至，猶容懺悔。本家裏頭自不用説。」惜春聽了，點頭道：「別的我做不來，若要寫經，我最信心的。信屬土，曰信心，乃歸土之心，非得天之心也。一死一亡，都是信心。你擱下，喝茶罷。」鴛鴦纔將那小包兒擱在桌上，同惜春坐下。

彩屏倒了一鍾茶來。用茶一點，便歸黛玉，不是閑文。惜春笑問道：「你寫不寫？」鴛鴦道：「姑娘又説笑話了。那幾年還好，這三四年來，姑娘見我還拿了拿筆兒麽？」惜春道：「這卻是有功德的。」鴛鴦道：「我也有一件事：向來伏侍老太太安歇後，自己念念米佛，已經念了三年多了。《易》乃真實道理，所謂菽粟，故念米方真能念心，而寫與不寫，其功德則總在一笑話也。我把這個米收好，等老太太做功德的時候，我將他襯在裏頭供佛施食，也是我一點誠心。」誠心即信心。惜春説道：「這樣説來，老太太做了觀音，你就是龍女了。」鴛鴦道：「那裏跟得上這個分兒？卻是除了老太太，別的也伏侍不來，不曉得前世什麽緣分兒。」説着要走，叫小丫頭把小絹包打開，拿出來道：「這素紙一札，是寫《心經》的。」又拿起一子兒藏香道：「這是叫寫經時點着寫的。」藏者，藏也。書演「心」字，實義都在藏伏之處。惜春都應了。

鴛鴦遂辭了出來，同小丫頭來至賈母房中，回了一遍。看見賈母、李紈打雙陸。老少兩寡而打雙陸，正是《心經》。鴛鴦旁邊瞧着，李紈的骰子好，擲下去，把老太太的錘打下了好幾個去。氣數之天，究不敵道理之天。鴛鴦抿着嘴兒笑。與《易》點契。忽見寶玉進來，方入上半回，由《心經》過雙陸，由雙陸過「孤兒」，孤兒之重如此。手中提了兩個細篾絲小籠子，籠内有幾個蟈蟈兒。蟈蟈螽斯之類，爲《周南》之應，劉老老已到。說道：「我聽說老太太夜裏睡不着，我給老太太留下解解悶。」既爲養心，即爲解心，奈終不可解何？賈母笑道：「你別瞅着你老子不在家，你只管淘氣。」直提老子，重孝也。寶玉笑道：「我没有淘氣。」賈母道：「你没淘氣，不在學房裏念書，爲什麽又弄這個東西呢？」這東西正是書，正是念。寶玉道：「不是我自己弄的，今日因師父叫環兒和蘭兒對對子，環兒對不來，我悄悄的告訴了他。他說了，師父喜歡，誇了他兩句。他感激我的情，買來孝敬我的。「孝」字明點，而對子對不來，瞞師父而代對，遂至「瞞消息」「洩機關」，報復循環，無非一心之咎也。我纔拿了來孝敬老太太的。」賈母道：「他没有天天念書麽？爲什麽對不上來？對不上來，就叫你儒太爺爺打他的嘴巴子，看他臊不臊。你也彀受了。不記得你老子在家時，一叫做詩做詞，唬的倒像個小鬼兒似的。小爲陰，鬼又陰，一心本陽而乃變陰，政之罪也。這會子又說嘴了。那環兒小子，更没出息，求人替做了，就變着方法兒打點人。這麽點兒孩子，就鬧鬼鬧神的，也不害臊！趕大了，還不知是個什麽東西呢。」曰鬼神，曰東西，皆「環」字妙義，正爲「孤兒」所由來。說的滿屋子人都笑了。

賈母又問道：「蘭小子呢，做上來了没有？這該環兒替他了，他又比他小了，是不是？」範圍不過，是爲又小。寶玉笑道：「他倒没有，卻是自己對的。」陰陽匹偶，一出自然。賈母道：「我不信，不然就也是你鬧了鬼了。如今你還了得，『羊羣裏跑出駱駝來了』，羊柔駝健，正是一心之用，其如以鬧鬼失之何！而寫溺愛如聞，是「博庭歡」正面。就是你大，你又會做文章了。」寶玉笑道：「實在是他作的，師父還誇他明兒一定有大出息呢。」老太太不信，就打發人叫了他來，親自試試，老太太就知道了。」賈母道：「果然這麽着，我纔喜歡。我不過怕你撒謊。既是他做的，這孩子明兒大概還有一點兒出息。」曰大有出息，曰一點出息，得一點自得其大也。此方是《復》卦初爻「一陽下動」真義，而在史之忽李重鳳，偏心見於語面。因看着李紈，又想起賈珠來，「這也不枉你大哥哥死了你大嫂子拉扯他一場！日後也替你大哥哥頂門壯户。」父母兄弟一齊彙萃，孝弟節義總括於中。說到那裏，不禁流下淚來。此淚如烈日，還淚之淚如輕霜，人心所以不死也。李紈聽了這話，卻也動心，此動心是聖賢，彼動心是邪魔。只是賈母已經傷心，自己連忙忍住淚，哭中有真樂，閑人創言之，讀至此頗覺相發明。笑勸道：「這是老祖宗的餘蔭，我們託着老祖宗的福罷咧。只要他應得老祖宗的話，就是我們的造化了。老祖宗看着也喜歡，怎麼倒傷起心來呢？」因又回頭向寶玉道：「寶叔叔，明兒別這麼誇他，他多大孩子，知道什麼？你不過是愛惜他的意思，他那裏懂得？一來二去，眼大心肥，那裏還能彀有長進呢？」何等提防，是爲理是爲闌。賈母道：「你嫂子這也說的是，二「也」字是騎馬夾賬。就只他還太小呢，也別很逼緊了他；小孩子膽兒小，膽爲少陽甲木，正演《復》卦一陽。一時逼急了，弄出點子毛病來，書倒念不成，把你的工夫都白糟蹋了。」賈母說到這裏，李紈卻忍不住撲簌簌掉下淚來，連忙擦了。

只見賈環、賈蘭也都進來，給賈母請了安。賈蘭又見過他母親，然後過來在賈母旁邊侍立。這方到「歡」字真際。賈母道：「我剛纔聽見你叔叔說你對的好對子，師父誇你來着？」賈蘭也不言語，只管抿着嘴兒笑。抿嘴一笑，正演二「孝」於無言也。鴛鴦過來說道：「請示老太太，晚飯伺候下了。」賈母道：「請你姨太太去罷。」琥珀接着，便叫人去王夫人那邊請薛姨媽。這裏寶玉、賈環退出，素雲和小丫頭過來，把雙陸收起，李紈尚等着伺候賈母的晚飯。賈蘭便跟着他母親站着。賈母道：「你們娘兒兩個，跟着我吃罷。」此飯必帶紈，蘭同吃，爲史開一面之綱。李紈答應了，一時擺上飯來，丫鬟回來稟道：「太太叫回老太太，姨太太這幾天浮來暫去，不能過來陪老太太，今日飯後家去了。」此飯必不容薛姨同吃。於是賈母叫賈蘭在身旁邊坐下，大家吃飯，不必細述。

卻説賈母剛吃完了飯，盥漱了，歪在牀上説閑話兒。閑話仍歸於歪，飯枉吃了。只見小丫頭子告訴琥珀，琥珀過來回賈母道：「東府大爺請晚安來了。」纔一歪而東府大爺即來，晚得安乎？賈母道：「你們告訴他，知他辦理家務乏乏的，叫他歇着去罷，我知道了。」小丫頭告訴老婆子們，老婆子纔告訴賈珍，賈珍然後退出。

到了次日，賈珍過來料理諸事，門上小厮陸續回了幾〔件〕（什）事，又一個小厮回道：「莊頭送果子來了。」榮、寧結果於此矣。賈珍道：「單子呢？」那小厮連忙呈上，賈珍看時，上面寫着不過是時鮮果品，還夾帶菜蔬野味若干在内。賈珍看完，問：「向來經管的是誰？」門上的回道：「是周瑞。」榮、寧結果，《易》道一終，故必是他經管。便叫周瑞：「照賬點清，送往裏頭交代。等我把來賬抄下一個底子，留着好對。」又叫：「告訴廚房，把下菜中添幾宗給送果子的來人，照常賞飯給錢。」周瑞答應了，一面叫人搬至鳳姐兒院裏去了，外珍内鳳，同爲結果。又把莊上的賬同果子交代明白，出去了。一回兒又進來回賈珍道：「纔剛來的果子，大爺曾點過數目没有？」賈珍道：「我那裏有功夫點這個呢？此數顯而微，豈賈珍所能點？給了你賬，你照賬點就是了。」周瑞道：「小的曾點過，也没有少，也不能多出來。六十四卦不能少不能多。大爺既留下底子，再叫送果子來的人問問他，這賬是真的假的。」真假特提，直到末回。賈珍道：「這是怎麽説？不過是幾個果子罷咧，有什麼要緊？我又没有疑你。」説着，只見鮑二走來，磕了一個頭，説道：「求大爺原舊放小的在外頭伺候罷。」一蘭，二鮑，一《復》，二《姤》，上下相對。賈珍道：「你們這又是怎麼着？」鮑二道：「奴才在這裏，又説不上話來。」賈珍道：「誰叫你説話？」鮑二道：「何苦來在這裏作眼睛珠兒？」周瑞接口道：「奴才在這裏經管地租莊子銀錢出入，每年也有三五十萬來往，三五八，乃卦數，十爲土數，萬盈數，八卦俱歸中央，是爲結果，是爲何三，而忽稱小的，忽稱奴才，都有妙義。老爺、太太、奶奶們從没有説過話的，何況這些零星東西？若照鮑二説起來，爺們家裏的田地房産，都被奴才們弄完了。」賈珍想道：「必是鮑二在這裏拌嘴，不如叫他出去。」因向鮑二道：「快滚罷！」又告訴周瑞説：「你也不用説了，你幹你的事罷。」二人各自散了。

賈珍正在厢房裏歇着，聽見門上鬧的翻江攪海，叫人去查問，回來説道：「鮑二和周瑞的乾兒子打架。」賈珍道：「周瑞的乾兒子是誰？」門上的回道：「他叫何三，何爲《河圖》，三爲卦體，六十四卦統屬於《乾》，周瑞之義如此，故爲周瑞乾兒，云義子也。本來是個没味兒的，作者特設何三以宣周瑞通部《易》道之義，猶恐人不能知，又特以「没味」二字指出。何之爲河，蓋「海鹹河淡」也，惟淡故不着五味也，其妙如此。天天在家裏喝酒鬧事，常來門上坐着。聽見鮑二與周瑞拌嘴，他就插在裏頭。」劉老老「一進」是演《姤》卦，因出周瑞。鮑二拌嘴亦是《姤》卦，因出何三。賈珍道：「這卻可惡。把鮑二和那個什麼何幾，推至三百八十四爻，無非何幾。給我一塊兒捆起來。周瑞呢？」門上的回道：「打架時，他先走了。」賈珍道：「給我拿了來。這還了得呢！」衆人答應了。正嚷着，賈璉也回來了，賈珍便告訴了一遍。賈璉道：「這還了得！」同云「這還了得」，正同一結果，而一時情事，寫來活現。又添了人去拿周瑞。周瑞知道躲不過，也找到了。賈珍便叫：「都捆上。」賈璉便向周瑞道：「你們前頭的話卻也不要緊，大爺說開了很是了，爲什麼外頭又打架？你們打架已經使不得，又弄個野雜種什麼何三來鬧。是果、是菜蔬、是野味。你不壓伏壓伏他們，倒竟走了！」就把周瑞踢了幾脚。賈珍道：「單打周瑞不中用。」喝命人把鮑二和何三，各人打了五十鞭子，五十皆土數，大衆歸土矣，下半回正面已到。攆了出去，方和賈璉兩個商量正事。下人背地裏，便生出許多議論來。也有說賈珍護短的，也有說不會調停的，也有說他本不是好人，「前兒尤家姊妹弄出許多醜事來，那鮑二不是他調停着二爺叫了來的嗎？這會子又嫌鮑二不濟事，必是鮑二的女人伏侍不到了。」人多嘴雜，紛紛不一。加此一段，切中情事，而明宣珍、璉罪案，以透「查抄」，自不可少。

卻說賈政自從在工部掌印，家中人儘有發財的。那賈芸聽見了，也要插手弄一點事兒，便在外頭說了幾個工頭，講成了數，便買了些時新繡貨，要走鳳姐兒門子。前香料、此繡貨，都是書義。鳳姐在房中，聽見丫頭們說：「大爺、二爺都生了氣，在外頭對打人呢。」鳳姐聽了，不知何故，正要叫人去問問，只見賈璉已進來了，把外面的事告訴了一遍。鳳姐道：「事情雖不要緊，但這風俗兒斷不可長。此刻還算咱們家裏正旺的時候兒，他們就敢打架，已後小輩兒們當了家，他們越發難制伏了。前年我在東府裏，親眼見過焦大吃的爛醉，躺在台階子底下罵人，不管上上下下，一趟子的混罵。他雖是有過功勞的人，到底主子奴才的名分，也要存點兒體統纔好。因鮑二找焦大，道理徹上徹下，「名分」二字，八面玲瓏。珍大奶奶，不是我說，是個老實頭，個個人都叫他養得無法無天的。如今又弄出一個什麼鮑二，我還聽見是你和珍大爺得用的人，爲什麼今兒又打他呢？」直掀「尤二姐」案，珍、璉、鳳方融成一片，而語面尤妙。賈璉聽了這話刺心，便覺訕訕的，拿話來支開，借有事說着就走了。

小紅進來回道：「芸二爺在外頭，要見奶奶。」鳳姐一想：「他又來做什麼？」便道：「叫他進來罷。」小紅出來，瞅着賈芸，微微一笑。必是小紅，寶之報，即黛之報。賈芸趕忙湊近一步問道：「姑娘替我回了沒有？」小紅紅了臉，説道：「我就是見二爺的事多！」賈芸道：「何曾有多少事能到裏頭來勞動姑娘呢？就是那一年，姑娘在寶二叔房裏，我纔和姑娘……」小紅怕人撞見，不等説完，趕忙問道：「那年我換給二爺的一塊絹子，二爺見了沒有？」了結手帕公案。那賈芸聽了這句話，喜的心花頓開，纔要説話，只見一個小丫頭從裏面出來，賈芸連忙同着小紅往裏走。兩個人一左一右，相離不遠。賈芸悄悄的道：「回來我出來，還是你送出我來。我告訴你，還有笑話兒呢。」事隔多時，豈賈芸、小紅到此方通此語，是乃結手帕公案，即寶黛一死一亡之前，立一報復之標也。都作不了語，一段又括全傳。小紅聽了把臉飛紅，瞅了賈芸一眼，也不答言。同他到了鳳姐門口，自己先進去回了，然後出來，掀起簾子點首兒，口中卻故意説道：「奶奶請芸二爺進來呢。」

賈芸笑了一笑，跟着他走進房來，見了鳳姐兒，請了安，並説：「母親叫問好。」鳳姐也問了他母親好。鳳姐道：「你來有什麼事？」賈芸道：「侄兒從前承嬸娘疼愛，心上時刻想着，總過意不去。欲要孝敬嬸娘，又怕嬸娘多想。如今重陽時候，前是端陽是《姤》，此是重陽乃《剥》，而九九陽數一終，榮、寧盡矣，至歷計其時都是夢話。略備了一點兒東西。嬸娘這裏那一件沒有？不過是侄兒一點孝心。只怕嬸娘不肯賞臉。」鳳姐笑道：「有話坐下説。」賈芸纔側身坐了，連忙將東西捧着擱在旁邊桌上。鳳姐又道：「你不是什麼有餘的人，何苦又去花錢？我又不等着使，你今日來意，是怎麼個想頭兒，你倒是實説。」賈芸道：「並沒有別的想頭兒，不過感嬸娘的恩惠，過意不去罷咧。」説着，微微的笑了。芸乃寶玉影身，寶玉歸空因鳳之破婚而走也，故芸謀工頭必走鳳姐門子，故以此處一笑點醒之，乃照鳳、寶「饅頭庵」賬也。筆能繪風。鳳姐道：「不是這麼説。你手裏窄，我很知道，我何苦白白兒使你的？你要我收下這個東西，須先和我説明白了，要是這麽『含着骨頭露着肉』的，我倒不收。」賈芸没法兒，只得站起來，陪着笑兒説道：「並不是有什麽妄想，前幾日聽見老爺總辦陵工，侄兒有幾個朋友，辦過好些工程，極妥當的，要求嬸娘在老爺跟前提一提，辦得一兩種，侄兒再不忘了嬸娘的恩典。若是家裏用得着，侄兒也能給嬸娘出力。」鳳姐道：「若是別的，我却可以作主。至於衙門裏的事，上頭呢，都是堂官司員定的；底下呢，都是那些書班衙役辦的。就是你二叔去，亦只是爲的是各自家裏的事，他也並不能攙越公事。論家事，這裏是踩一頭兒撬一頭兒的，連珍大爺還彈壓不住。你的年紀兒又輕，輩數兒又小，那裏纏得清這些人呢？況且衙門裏頭的事，差不多兒也要完了，設此一段，乃責寶與鳳既有骨肉之亂，自無不可以婚必主黛之言直告之。而「含着骨頭露着肉」，致使木石終破，鳳轉得一齊推卸。曰「堂官司員」，推之史、王也。曰「書班衙役」，推之大衆也。而曰「差不多也要完了」，見金玉雖提而尚未定，差不多要完，猶可不完也，而乃到底完成以結冤業。骨肉之亂，正骨肉之災也。不過吃飯瞎跑。你在家裏什麽事做不得，難道没了這碗飯吃不成？我這是實在話，你自己回去想想就知道了。你的情意，我已經領了，把東西快拿回去，是那裏弄來的，仍舊給人家送了去罷。」

正説着，只見奶媽兒一大起，帶了巧姐兒進來。冤業已到。那巧姐兒身上穿得錦團花簇，手裏拿着好些頑意兒，笑嘻嘻走到鳳姐身邊學舌。學舌自是形容小女兒，而實以點此冤之結，結於口舌之傷也。賈芸一見，便站起來，笑盈盈的趕着説道：「這就是大妹妹麽？你要什麽好東西不要？」那巧姐兒便啞的一聲哭了，全書無非一哭，而寫巧姐此時尚是孩提，乃爲夢話。賈芸連忙退下。鳳姐道：「乖乖不怕。」連忙將巧姐攬在懷裏道：「這是你芸大哥哥，怎麼認起生來了？」聲情酷肖，讀之易，學之難。賈芸道：「妹妹生得好相貌，將來又是個有大造化的。」老陰生少陽，正是大造化。那巧姐兒回頭把賈芸一瞧，又哭起來，叠連幾次。此冤非一日，非一事。賈芸看這光景坐不住，便起身告辭要走。鳳姐道：「你把東西帶了去罷！」賈芸道：「這一點子孀娘還不賞臉？」鳳姐道：「你不帶去，我便叫人送到你家去。芸哥兒，你不要這麼樣，你又不是外人，我這裏有機會，少不得打發人去叫你；沒有事也沒法兒，不止如聞其聲，儼有兩人現於紙上，真傳神之筆。不在乎這些東東西西上的。」賈芸看見鳳姐執意不受，只得紅着臉道：「既這麼着，我再找得用的東西孝敬孀娘罷。」東西累提，無非金木。鳳姐便叫小紅拿了東西，跟着賈芸送出來。來是小紅，去是小紅，冤業賬了。

賈芸走着，一面心中想道：「人説二奶奶利害，果然利害，一點兒都不漏縫，真正斬釘截鐵，怪不得沒有後世。「斬釘截鐵」，殺木亦即殺金；「沒後世」亦即自殺也，已到「懺宿冤」地。這巧姐兒更怪，見了我好像前世的冤家似的，真正悔氣，白鬧了這麼一天。」小紅見賈芸沒得采頭，也不高興，拿着東西跟出來。賈芸接過來，打開包兒，揀了兩件悄悄的遞給小紅，小紅不接，嘴裏説道：「二爺別這麼着，看奶奶知道了，大家倒不好看。」賈芸道：「你好生收着罷，怕什麼？那裏就知道了呢？你若不要，就是瞧不起我了。」小紅微微一笑，纔接過來，説道：「誰要你這些東西，算什麼呢？」説了這句話，把臉又飛紅了。賈芸也笑道：「我也不是爲東西，況且那東西也算不了什麼。」此段演寶、黛只解如此，與紫鵑勸拿主意之説相反，請參彼評。説着話兒，兩個已到二門口，賈芸把下剩的，仍舊揣在懷裏，小紅催着賈芸道：「你先去罷，有什麼事情，只管來找我。我如今在這院裏了，又不隔手。」賈芸點點頭兒説道：「二奶奶太利害，我可惜不能長來。剛纔我説的話，你横竪心裏明白。

得了空兒，再告訴你罷。」小紅滿臉羞紅，説道：「你去罷。明兒也來長走走，誰叫你和他生疏呢！」生疏正直責寶玉。賈芸道：「知道了。」賈芸説着，出了院門。這裏小紅站在門口，怔怔的看他去遠了，纔回來了。知道了，回來了，「復」字隱義也。

卻説鳳姐在房中，吩咐預備晚飯。因又問道：「你們熬了粥了没有？」丫頭們連忙去問，回來回道：「預備了。」鳳姐道：「你們把那南邊來的糟東西，弄一兩碟來罷。」秋桐答應了，叫丫頭們侍候。平兒走來笑道：「我倒忘了，今兒晌午，奶奶在上頭老太太那邊的時候，水月庵的師父鐵檻、饅頭總一水月，前評已詳。打發人來，要向奶奶討兩瓶南小菜，還要支用幾個月的月銀，説是身上不受用。我問那道婆來着：『師父怎麼不受用？』他説：『四五天了。九數既終，陰氣自作。前兒夜裏，因那些小沙彌、小道士裏頭有幾個女孩子，睡覺没有吹燈，他説了幾次不聽。那一夜，看見他們三更以後燈還點着呢，他便叫他們吹燈，個個都睡着了，没有人答應，只得自己親自起來給他們吹滅了。回到炕上，只見有兩個人，一男一女，一部《石頭記》無非一男一女。坐在炕上。他趕着問是誰，那裏把一根繩子往他脖子上一套，他便叫起人來。衆人聽見，點上燈火，一齊趕來，已經躺在地下，滿口吐白沫子。幸虧救醒了。此時還不能吃東西，又是「走火入魔」，在妙玉寫色，在淨虛寫財，即鳳姐也，故上文但説水月庵師父而無名。所以叫來尋些小菜兒的。』我因奶奶不在房中，不便給他。我説：『奶奶此時没有空兒，在上頭呢，回來告訴。』便打發他回去了。剛纔聽見説起南菜，方想起來了；不然，就忘了。」鳳姐聽了，呆了一呆，平兒説得淡漠，鳳姐呆了一呆，是乃出脱平兒不與聞此事也。深文隱義，夫誰覺得？説道：「南菜不是還有呢，叫人送些去就是了。那銀子，過一天叫芹哥來領就是了。」月錢例不可破，不支給黛玉而支給淨虛，乃隱曲之筆，而殺金哥即殺黛玉，此鬼之來乃黛玉也。又見小紅進來回道：「剛纔二爺差人來，説是今晚城外有事，不能回來，先通知一聲。」鳳姐道：「是了。」

説着，只聽見小丫頭從後面喘吁吁的嚷着，直跑到院子裏來。外面平兒接着，還有幾個丫頭們咕咕唧唧的説話。鳳姐道：「你們説什麽呢？」平兒道：「小丫頭兒有些胆怯，説鬼話。」説鬼話是胆怯，正戒明知鬼話而膽敢者。鳳姐叫那一個小丫頭進來問道：「什麽鬼話？」那丫頭道：「我剛纔到後邊去叫打雜兒的添煤，吹燈添煤都從火上起，見是鬼是火是木所生，以制金，所謂子復母仇。只聽得三間空屋子裏『嘩喇嘩喇』的響，我還道是猫兒耗子；又聽得『噯』的一聲，像個人出氣兒的是的。我害怕，就跑回來了。」鳳姐駡道：「胡説！此書實演人理，並不妄託鬼神，特借鳳之悍然不顧以發之，「胡説」字是眼。我這裏斷不興説神説鬼。我從來不信這些個話，快滾出去罷。」那小丫頭出去了。鳳姐已叫彩明，將一天零碎日用賬，對過一遍。「財」字一點，宣明鬼賬，非閑文也。時已將近二更，大家又歇了一回，略説些閑話，二更至陰之候，又歇一回，則復機動矣，這便是胡説，卻不是閑文。遂叫各人安歇去罷。鳳姐也睡下了。

將近三更，鳳姐似睡不睡，覺得身上寒毛一乍，自己驚醒了，鬼賬寫來宛然，自己驚醒，多少勸懲。越躺着，越發起〔滲〕〔躁〕來，因叫平兒、秋桐過來作伴。二人也不解何意。那秋桐本來不順鳳姐，後來賈璉因尤二姐之事，不大愛惜他了，鳳姐又籠絡他，如今倒也安静，只是心裏比平兒差多了，外面情兒。安頓恰好，底面玲瓏。今見鳳姐不受用，只得端上茶來。鳳姐喝了一口道：「難爲你，睡去罷，只留下平兒在這裏就彀了。」秋桐卻要獻勤兒，因説道：「奶奶睡不着，倒是我們兩個輪流坐坐也使得。」鳳姐一面説，一面睡着了。平兒、秋桐看見鳳姐已睡，只聽得遠遠的雞叫了，他二人方都穿着衣裳略躺了一躺，就天亮了，連忙起來伏侍鳳姐梳洗。鳳姐因夜中之事，心神恍惚不寧，只是一味要强，仍然扎挣起來。正坐着納悶，忽聽個小丫頭兒在院裏問道：「平姑娘在屋裏麽？」平兒答應了一聲，那小丫頭掀起簾子進來，卻是王夫人打發過來來找賈璉，説：「外頭有人回要緊的官事。用官事作虚喝，下注「查抄」，鬼案打結。老爺方纔出了門，太太叫快請二爺過去呢。」鳳姐聽見，嚇了一跳。

未知何事，且聽下回分解。

此回與「評女傳」一回相爲對待，以發明一男一女性情各正之義，皆從上大段末回之琴書生出，故入上半回以雙陸作引。陸爲大六，爲六十，雙則兩二爲四，合六十四；又雙六而雙之，得八八，仍是六十四，與《心經》與棋與琴，無一非《易》道而已。而《易》之最妙在一《復》卦，紈、蘭爲真復演義，不比走火入魔之假復，故寫一孤兒如此其重，正《復》之初爻爲孤陽下起也。至走火入魔之寶、黛、釵等，無非一《姤》，乃《復》之對，故下半回即演鮑二。《姤》極則《剥》，直注「查抄」。而鳳爲致禍之人，故以一篇鬼賬打結。

護花主人評曰：

上回敍妙玉走魔，此回即接寫惜春寫《心經》，以揭「心定自静，心明自慧」妙諦。

惜春説：「老太太做了觀音，鴛鴦就是龍女。」鴛鴦説：「除了老太太，别的也服侍不來。」俱與將來殉主關照。

要寫寶玉讚賈蘭，先寫賈環不長進作襯。

寶玉説：「師父讚賈蘭，一定有大出息。」是爲賈蘭中舉伏筆。

鮑二、何三打架受責，是後來糾盜根苗。

丫頭中，小紅最爲不堪。小輩中，芸兒最爲下作。不堪之幼婢，自然看中下作之小主。

寫賈芸謀薦匠人，即暗描工部之弊。

巧姐一見賈芸便哭，伏後來串賣情事。

水月庵老尼見鬼，自是東窗事發，鳳姐安得不一動心？此心一動，諸邪俱入，空屋人聲，三更發滲，不獨尤二姐一人也！

大某山民評曰：

此回仍是甲寅年深秋間事。

第八十九回　人亡物在公子填詞　蛇影杯弓顰卿絶粒

卻説鳳姐正自起來納悶，忽聽見小丫頭這話，又唬了一跳，連忙問道：「什麽官事？」小丫頭道：「也不知道，剛纔二門上小廝回進來，説老爺有要緊的官事，所以太太叫我請二爺來了。」鳳姐聽是工部裏的事，纔把心略略的放下。豈知工部事即水月庵事乎！因説道：「你回去回太太，就説二爺昨日晚上出城有事，沒有回來，打發人先回珍大爺去罷。」那丫頭答應着去了。

一時賈珍過來，見了部裏的人，問明了，進來見了王夫人，回道：「部中來報：昨日總河奏到，河南一帶決了河口，患同河決，工部之事如此。湮沒了幾府州縣。又要開銷國帑，修理城工。工部司官又有一番照料，所以部裏特來報知老爺的。」説完，退出。及賈政回家來問明。從此，直至冬間，點時令乃夢話。賈政天天有事，常在衙門裏。寶玉的工課也漸漸鬆了，暗用「鬆」字抵換「漸」字，再定賈政罪案，以爲本回發端。只是怕賈政覺察出來，不敢不常在學房裏去念書，連黛玉處也不敢常去。

那時已到十月中旬，寶玉起來，要往學房中去，覺得天氣陡寒，只見襲人襲人之「人」字對「天」字説，前評詳之。此回「填詞」「絶粒」都是道心息滅、人心恣肆之時，故又必從他起。早已打點出一包衣服，向寶玉道：「今日天氣很冷，早晚寧使暖些。」說着，把衣服拿出來，給寶玉挑了一件穿。又包了一件，叫小丫頭拿出交給焙茗，囑咐道：「天氣涼，二爺要換時，好生預備着。」焙茗答應了，抱着毡包跟着寶玉自去。寶玉到了學房中，做了自己的工課，忽聽得紙窗「呼喇喇」一派風聲。代儒道：「天氣又發冷。」把風門推開一看，只見西北上一層層的黑雲，漸漸往東南撲上來。即一推風門，便儼然見一學房一代儒在紙上。而西北乾天已爲雲蔽，直撲東南巽風之位，天蔽於人，實蔽於風，而究之蔽於代儒之失教也。是再爲「塡詞」「絶粒」作引。焙茗走進來回寶玉道：「二爺，天氣冷了，再添些衣服罷。」寶玉點點頭兒，只見焙茗拿進一件衣服來。再以焙茗過脈，何等步驟。寶玉不看則已，看時神已癡了。那些小學生都巴着眼瞧，文筆周密。卻原是晴雯所補的那一件雀金裘。入上半回，一落千丈。寶玉道：「怎麼拿這一件來？是誰給你的？」焙茗道：「是裏頭姑娘們包出來的。」寶玉心事襲豈不知？而必以此衣傷其心者，見殺黛即以走寶，而走寶正以逼釵之離棄也。害人自害，氣數之天如此，道理之天亦復如此。寶玉道：「我身上不大冷，且不穿呢，包上罷。」代儒只當寶玉可惜這件衣服，卻也心裏喜他知道儉省。誤教誤學，禍所由來，是謂代儒。焙茗道：「二爺穿上罷。着了涼，又是奴才的不是了。二爺只當疼奴才罷。」寶玉無奈，只得穿上，與代儒反，是謂焙茗，名教自能服人。呆呆的對着書坐着。代儒也只當他看書，不甚理會。晚間放學時，寶玉便往代儒託病告假一天。代儒本來上年紀的人，也不過伴着幾個孩子解悶兒，時常也八病九痛的，八病九痛，八九七十二，地數也，因師之真病遂致弟之假病，至於陰氣大漸，不復可救，代儒之誤人如此，而寫來情事恰合。樂得去一個少操一日心。況且明知賈政事忙，賈母溺愛，便點點頭兒。

寶玉一徑回來，見過賈母、王夫人，也是這樣說，自然沒有不信的。略坐一坐，便回園中去了。見了襲人等，也不似往日有說有笑的，便和衣躺在炕上。襲人道：「晚飯預備下了，這會兒吃，還是等一等兒？」寶玉道：「我不吃了，心裏不舒服。你們吃去罷。」心不舒服，故不吃飯，越不吃飯，越不舒服，乃此回大點睛處。襲人道：「那麽着，你也該把這件衣服換下來了。那個東西，那裏禁得住揉搓？」寶玉道：「不用換。」襲人道：「倒也不但是嬌嫩物兒，你瞧瞧那上頭的針綫，也不該這麽糟蹋他呀。」直與「送土儀」回情節暗合矣，是大循環。寶玉聽了這話，正碰在他心坎兒上，歎了一口氣道：「那麽着，你就收起來給我包好了。我也總不穿他了！」說着，站起來脱下。襲人纔過來接時，寶玉已經自己叠起。襲人道：「二爺怎麽今日這様勤謹起來了？」寶玉也不答言，悍婦詖奴，一篇誅恨，都見於此。叠好了，便問：「包袱呢？」麝月連忙遞過來，讓他自己包好，回頭卻和襲人擠着眼兒笑。寶玉也不理會，明明是恨，而究不理會，此悍詖所以肆行無忌也。自己坐着，無精打彩。猛聽架上鐘響，自己低頭看了看表針，已指到酉初二刻了。惟不理會，故金玉究合，「酉」金「二」偶也，聽鐘看表，耳目昭然。一時小丫頭點上燈來。襲人道：「你不吃飯，喝一口粥兒罷，別浄餓着。看仔細餓上虚火來，那又是我們的累贅了。」寶玉摇摇頭兒說：「這不大餓，强吃了倒不受用。」襲人道：「既這麽着，就索性早些歇着罷。」於是襲人、麝月鋪設好了，寶玉也就歇下，翻來覆去，只睡不着。將及黎明，反矇矓睡去。不一頓飯時，早又醒了。惟不吃飯，自難静安，晨昏顛倒矣，逼拶「填詞」，如許委宛。

此時襲人、麝月也都起來。襲人道：「昨夜聽着你翻騰到五更多，我也不敢問你，後來我就睡着了，不知到底你睡着了没有？」寶玉道：「也睡了一睡，不知怎麽就醒了。」以歸空爲復，非真能復也，是「不知怎麽就醒了」。襲人道：「你没有什麽不受用？」寶玉道：「没有，只是心上發煩。」「煩」字正定静安慮之反。襲人道：「今日學房裏去不去？」寶玉道：「我昨兒已經告了一天假了，今兒我要想園裏逛一天，散散心，「逛」文狂走，即是放心。只是怕冷。你叫他們收拾一間房子，備下一爐香，擱下紙墨筆硯，你們只管幹你們的，我自己靜坐半天纔好，别叫他們來攪我。」麝月接着道：「二爺要靜靜兒的用工夫，誰敢來攪！」襲人道：「這麽着很好，也省得着了涼，自己坐坐，心神也不散。」因又問：「你既懶得吃飯，今日吃什麽？早説，好傳給廚房裏去。」寶玉道：「還是隨便罷，不必鬧的大驚小怪的。倒是要幾個果子擱在那屋裏，借點果子香。」不吃飯結果。襲人道：「那個屋裏好？别的都不大乾淨，只有晴雯起先住的那一間，因一向無人，還乾淨。就是清冷些。」步步淒步步殺，其心直不可問，乃借襲人爲利欲昏迷者醒。寶玉道：「不妨，把火盆挪過去就是了。」襲人答應了。

正説着，只見一個小丫頭，端了一個茶盤兒，一個碗，一雙牙筯，遞給麝月道：「這是剛纔花姑娘要的，廚房裏老婆子送了來了。」麝月接了一看，卻是一碗燕窩湯，便問襲人道：「這是姐姐要的麽？」襲人笑道：「昨夜二爺没吃飯，又翻騰了一夜，想來今日早起，心裏必是發空的。所以我告訴小丫頭們，叫廚房裏作了這個來的。」襲人一面叫小丫頭放桌兒。麝月打發寶玉喝了，漱了口，黛不吃飯，因受釵之燕窩；寶不吃飯，因受襲之燕窩：甚矣，人當及早吃飯，以免燕窩之毒也！只見秋紋走來説道：「那屋裏已經收拾妥了，但等着一時炭勁過了，二爺再進去罷。」炭爲木火，木火通明，正是學問。然貴得中，不可過也，過則狂走而已。寶玉點頭，只是一腔心事，懶意説話。一時小丫頭來請，説：「筆硯都安放妥當了。」寶玉道：「知道了。」又一個小丫頭回道：「早飯得了，二爺在那裏吃？」寶玉道：「就拿了來罷，不必累贅了。」小丫頭答應了自去，一時端上飯來。

寶玉笑了一笑，向襲人、麝月道：「我心裏悶得很，自己吃，只怕又吃不下去，不如你們兩個同我一塊兒吃，或者吃得香甜，我也多吃些。」麝月笑道：「這是二爺的高興，我們可不敢。」襲人道：「其實也使得，我們一處喝酒，也不止今日。只是偶然替你解悶兒，還使得。若認真這樣，還有什麼規矩體統呢。」說着，三人坐下，寶玉在上首，襲人、麝月兩個打横陪着。吃了飯，屢寫不吃飯，而忽寫三人同吃，正心誠意，豈容二三也！小丫頭端上漱口茶，兩個看着撤了下去。寶玉因端着茶，默默如有所思，所思在茶，所思在黛也，惟恐人分看了晴、黛是兩人。又坐了一坐，便問道：「那屋裏收拾妥了麼？」麝月道：「頭裏就回過了，這回子又問？」又問者，一問晴，一問黛也。不是閑文。

寶玉略坐了一坐，便過這間屋子去，親自點了一炷香，擺上些果品，便叫人出去，關上了門。外面襲人等都靜悄無聲。寶玉拿了一幅泥金角花的粉紅箋出來，一箋與芙蓉相映。口中祝了幾句，便提起筆來寫道：

怡紅主人焚付晴姐知之：酌茗清香，庶幾來饗！

其詞云：

隨身伴，獨自意綢繆。誰料風波平地起，頓教軀命即時休。孰與話輕柔？東逝水，無復向西流。想像更無懷夢草，添衣還見翠雲裘。脈脈使人愁。詞意自明，「草」字、「翠」字是眼，指黛玉也。調寄《望江南》，江水生木，南火制金，深望人各扶陽抑陰也，乃是隱義。

寫畢，就在香上點個火，焚化了。靜靜兒等着，直待一炷香點盡了，纔開門出來。

襲人道：「怎麽出來了？想來又悶的慌了？」寶玉笑了一笑，假説道：「我原是心裏煩，纔找個地方兒静坐坐兒。這會子好了，還要外頭走走去呢。」説着，一徑出來。到了瀟湘館中，在院裏問道：「林妹妹在家裏呢麽？」紫鵑接應道：「是誰？」掀簾看時，笑道：「原來是寶二爺，姑娘在屋裏呢。請二爺到屋裏坐着。」寶玉同着紫鵑走進來，黛玉卻在裏間呢，説道：「紫鵑，請二爺屋裏坐罷。」寶玉走到裏間門口，看見新寫的一副紫黑色泥金雲龍箋的小對，紫爲絳之過，黑爲黛之過，一死一亡，無非過，無非雲龍之擾。上寫着：

緑窗明月在，青史古人空。十字收拾寶、黛，總括全書，而自命爲何如！

寶玉看了，笑了一笑，笑了一笑，幅中凡三見，是歸結文字。走入門去，笑問道：「妹妹做什麽呢？」黛玉站起來，迎了兩步，笑着讓道：「請坐。我在這裏寫經，只剩得兩行了。等寫完了，再説話兒。」心心相印，便是寫經，走是行，死亦是行，便是兩行。因叫雪雁倒茶。寶玉道：「你别動，只管寫。」説着，一面看見中間掛着一幅單條，上面畫着一個嫦娥，帶着一個侍者；又一個女仙，也有一個侍者，捧着一個長長兒的衣囊似的，二人身旁邊略有些雲護，别無點綴，全仿李龍眠白描筆意，上有《鬥寒圖》三字，用八分書寫着。又用一畫合上一聯，總結全書，與「神遊」回一畫一聯相對待，其妙不可思議。曰《鬥寒圖》即「滴翠亭」，青女霜神爲釵，素娥月主爲黛，其勢不能兩立也。是書總演《易》象，故書用八分，三百八十四爻，無非八分也。是書都用白描，故全仿白描。而李之爲理，龍之爲《震》象《乾》，作《易》卦之首，眠合夢境，妙合天然。不料秦太虚、唐六如之外，更有此人爲之巧合，能不令人拍案叫絶！寶玉道：「妹妹，這幅《鬥寒圖》可是新掛上的？」黛玉道：「可不是！昨日他們收拾屋子，我想起來，拿出來叫他們掛上的。」寶玉道：「是什麽出處?」黛玉笑道:「眼前熟得很的,還要問人。」寶玉笑道:「我一時想不起,妹妹告訴我罷。」黛玉道:「豈不聞『青女素娥俱耐冷,月中霜裏鬥嬋娟』?」寶玉道:「是啊!這個實在新奇雅致,又是書贊。卻好此時拿出來掛。」「填詞」「絶粒」,《鬥寒圖》終在此時矣。説着,又東瞧瞧西走走。

雪雁泡了茶來,寶玉吃着。又等了一會子,黛玉經纔寫完,站起來道:「簡慢了。」寶玉笑道:「妹妹還是這麽客氣。」結瀟湘館「館」字義。但見黛玉身上穿着月白繡花小毛皮襖,加上銀鼠坎肩,頭上挽着隨常雲髻,簪上一枝赤金扁簪,別無花朶;腰下繫着楊妃色繡花錦裙。便是白描,而顏色異常鮮豔。月白爲黛,衣以揚之;楊妃爲釵,裙以抑之。而坎肩但曰銀鼠,不明出面子顏色者,銀爲白金,鼠爲香芋,合釵、黛共爲比肩也。頭上但有金簪,比而不敵,因爲所壓而死矣。此收拾寶、黛文字。真比如:

亭亭玉樹臨風立,冉冉香蓮帶露開。亭亭樹立,黛以不污而死;冉冉蓮開,寶以不染而亡。特爲雙結。而含「風」「露」二字於中,所謂「風露清愁」,仍是「絶粒」本傳也。

寶玉因問道:「妹妹這兩日彈琴來着没有?」既用一聯頓住上下,隨又以彈琴再爲「絶粒」作引,與「填詞」以前同一鄭重。黛玉道:「兩日没彈了,因爲寫字,已經覺得手冷,那裏還去彈琴?」不彈琴正對不吃飯。寶玉道:「不彈也罷了。我想琴雖是清奇之品,卻不是好東西,從没有彈琴的彈出富貴壽考來的,只有彈出憂思怨亂來的。再者,彈琴也得心裏記譜,未免費心。能彈琴自能處憂思怨亂,琴之爲禁,正爲憂思怨亂而作,以爲費心置之,何一心之迷惑乃爾!此其所以歸二氏而不顧也,是當與第十七回稻香村「天然不天然」之説參看。依我説,妹妹身子又單弱,不操這心也罷了。」「操則存,舍則亡」,一死一亡皆不操心之咎也。黛玉抿着嘴兒笑。隱然不以爲然,黛之死較勝寶之亡。寶玉指着壁上道:「這張琴可就是麽？怎麽這麽短？」黛玉笑道：「這張琴不是短，因我小時學撫的時候，別的琴都彀不着，因此特地做起來的。等身作則，斯能守身不亂，得乾净而死。然究死於情欲，非情之正，故爲短琴。雖不是焦尾枯桐，這鶴山鳳尾，還配得齊整；龍池雁足，高下還相宜。你看這斷紋，不是牛毛似的麽？所以音韻也還清越。」是琴贊，是人贊，是書贊。寶玉道：「妹妹，這幾天來，做詩没有？」黛玉道：「自結社以後，没大作。」寶玉笑道：「你別瞞我。我聽見你吟的什麽『不可惙，素心何如天上月』，因琴及詩，是一非二。你擱在琴裏，覺得音節分外的響亮。有的没有？」黛玉道：「你怎麽聽見了？」寶玉道：「我那一天從蓼風軒來聽見的，又恐怕打斷你的清韻，所以静聽了一會就走了。找「撫琴」回，合作本大段，不提妙玉，底面都細。我正要問你：前路是平韻，到末了兒忽轉了仄韻，是個什麽意思？」黛玉道：「這是人心自然之音，做到那裏就到那裏，原没有一定的。」琴理、人理、書理，一齊都到。寶玉道：「原來如此。可惜了我不知音，枉聽了一會子！」黛玉道：「古來知音人能有幾個？」用「知音」二字抉發兩人此際心事，乃是專責寶玉。寶玉聽了，又覺得出言冒失了，又怕寒了黛玉的心，坐了一坐，心裏像有許多話，卻再無可講的。黛玉因方纔的話，也是衝口而出，此時回想，覺得太冷淡些，也就無話。寶玉一發打量黛玉設疑，遂訕訕的站起來説道：「妹妹坐着罷，我還要到三妹妹那裏瞧瞧去呢。」脱卸到此。黛玉道：「你若見了三妹妹，替我問候一聲罷。」寶玉答應着，便出來了。

黛玉送至屋門口，自己回來，悶悶的坐着，心裏想道：「寶玉近來説話半吐半吞，忽冷忽熱，也不知他是什麽意思？」入下半回正面。正想着，紫鵑走來道：「姑娘，經不寫了？我把筆硯都收好了。」黛玉道：「不寫了，收拾去罷。」説着，自己走到裏間屋裏床上歪着，慢慢的細想。紫鵑進來問道：「姑娘喝碗茶罷。」紫鵑問喝茶，對襲人問吃飯，爲上下兩半之引，茶爲婚禮也。黛玉道：「不喝呢，我略歪歪兒，你們自己去罷。」

紫鵑答應着出來，只見雪雁一個人在那裏發獃。紫鵑走到他跟前，問道：「你這會子有了什麽心事了麽？」雪雁只顧發獃，倒被他嚇了一跳，因説道：「你別嚷，今日我聽了一句話，我告訴你聽，奇不奇？你可別言語。」説着，往屋裏努嘴兒。因自己先行，點着頭兒，叫紫鵑同他出來，到門外平臺底下，悄悄兒的道：「姐姐，你聽見了麽？寶玉定了親了。」紫鵑聽見，嚇了一跳，説道：「這是那裏來的話？只怕不真罷。」雪雁道：「怎麽不真！別人大概都知道，就只咱們没聽見。」紫鵑道：「你是那裏聽來的？」雪雁道：「我聽見侍書説的，弓影必發於侍書，木石實破於探春也，已詳前評。是個什麽知府家，家資也好，人才也好。」紫鵑正聽時，只聽得黛玉咳嗽了一聲，似乎起來的光景。紫鵑恐怕他出來聽見，便拉了雪雁摇摇手兒，往裏望望，不見動静，穿插周密，必不可少。纔又悄悄兒的問道：「他到底怎麽説來？」雪雁道：「前兒不是叫我到三姑娘那邊去道謝嗎，是道謝，謝得死所也。三姑娘不在屋裏，只有侍書在那裏。大家坐着，無意中説起寶二爺的淘氣來。他説：『寶二爺怎麽好！只會頑兒，全不像大人的樣子，此等處乃文字極不好下手處，而以淘氣不像大人樣子説起，何等熨貼。而棄儒歸空致失《大學》之旨隱然言下，夫誰覺得？已經説親了，還是這麽獃頭獃腦。』我問他：『定了没有？』他説是：『定了，是個什麽王大爺做媒的。仍以王爾調爲影射，恍惚迷離，正合書旨。那王大爺是東府裏的親戚，所以也不用打聽，一説就成了。』」紫鵑側着頭想了一想：「這句話奇。」雪雁説奇不奇，紫鵑想這話奇，直追「奇緣識金鎖」。又問道：「怎麽家裏没有人説起？」雪雁道：「侍書也説的，是老太太意思。若一説起，恐怕寶玉野了心，所以都不提起。侍書告訴了我，又叮囑千萬不可露風説出來，只道是我多嘴。」一把手往裏一指，「所以他面前也不提。今日是你問起，我不犯瞞你。」

正説到這裏，只聽鸚鵡叫喚，學着説：「姑娘回來了，快倒茶來！」回來了快倒茶，乃言黛玉以吃苦而死，實多言有以致之。倒把紫鵑、雪雁嚇了一跳，回頭並不見有人，便罵了鸚鵡一聲，走進屋内。只見黛玉喘吁吁的剛坐在椅子上。紫鵑搭赸着問茶問水。黛玉問道：「你們兩個那裏去了？再叫不出一個人來。」説着，便走到炕邊，將身子一歪，仍舊倒在炕上，往裏躺下，叫把帳子撩下。紫鵑、雪雁大家出去，他兩個心裏疑惑方纔的話，只怕被他聽了去了，只好大家不提。又安放恰好，寫二「影」字，都是慘淡經營。

誰知黛玉一腔心事，又竊聽了紫鵑、雪雁的話，雖不很明白，已聽得七八分，七八分乃十五分，乃寶釵將笄之年，爲做生日日也，是乃追原。如同將身撂在大海裏一般，思前想後，竟應了前日夢中之讖，千愁萬恨，堆上心來。左右打算，不如早些死了，免得眼見了意外的事情，那時反倒無趣。又想到自己没了爹娘的苦，自今以後，把身子一天一天糟蹋起來，一年半載，少不得身登清淨。打定了主意，被也不蓋，衣也不添，竟是合眼裝睡。紫鵑和雪雁來伺候幾次，不見動静，又不好叫喚。晚飯都不吃。又不吃飯。至點燈已後，紫鵑掀開帳子，見已睡着了，被窩都蹬在脚後。怕他着了凉，輕輕兒拿來蓋上。黛玉也不動彈，待他出去，他就仍然褪下。那紫鵑只管問雪雁：「今兒的話，到底是真的假的？」雪雁道：「怎麽不真？」紫鵑道：「侍書怎麽知道的？」雪雁道：「是小紅那裏聽來的。」影在探，影又在鳳，而聽自小紅，仍以黛聽黛而已。紫鵑道：「頭裏咱們説話，只怕姑娘聽見了。你看剛纔的神情，大有原故。今日以後，倒別提這件事了。」説着，兩個人也收拾要睡。紫鵑進來看時，只見黛玉被窩又蹬下來，復又給他輕輕蓋上。一宿晚景不提。不提晚景，正乃特提早景也。

次日，黛玉清早起來，也不叫人，獨自一個呆呆的坐着。紫鵑醒來，看見黛玉已起，便驚問道：「姑娘怎麽這樣早？」黛玉道：「可不是，睡得早，所以醒得早。」紫鵑連忙起來，叫醒雪雁，伺候梳洗。那黛玉對着鏡子只管獃獃的自看。看了一回，那淚珠兒斷斷連連，早已濕透了羅帕。自竊聽後寫得情事逼真，總結《風月寶鑑》一部還淚賬。正是：

瘦影自臨春水照，卿須憐我我憐卿。以小青遇人不淑責寶玉，而「牡丹亭」打結矣！

紫鵑在傍，也不敢勸，只怕倒把閑話勾引舊恨來。遲了好一會，黛玉纔隨便梳洗了，那眼中淚漬，終是不乾。又自坐了一會，叫紫鵑道：「你把藏香點上。」紫鵑道：「姑娘你睡也没睡得幾時，如何點香？不是要寫經？」黛玉點點頭兒。紫鵑道：「姑娘今日醒得太早，這會子又寫經，只怕太勞神了罷。」黛玉道：「不怕，早完了早好。又追《好了歌》，恨聲如聞。況且我也並不是爲經，倒借着寫字解解悶兒，以後你們見了我的字迹，就算見了我的面兒了。」一明言此書不演空空，而傷心語寫得刻摯。說着，那淚直流下來。紫鵑聽了這話，不但不能再勸，連自己也掌不住滴下淚來。

原來黛玉立定主意，自此已後有意糟蹋身子，茶飯無心，每日漸減下來。以「漸」點「絶粒」正面。寶玉下學時，也常抽空問候。只是黛玉雖有千萬言語，自知年紀已大，又不便似小時可以柔情挑逗，所以滿腔心事，只是說不出來。寶玉欲將實言安慰，又恐黛玉生嗔，反添病症。兩個人見了面，只得用浮言勸慰，真真是親極反疏了。特用提筆寫兩人心事，非寫今日也，「填詞」「絶粒」，總由自取。那黛玉雖有賈母、王夫人等憐惜，不過請醫調治，只説黛玉常病，那裏知他的心病？此則揭「弓影」所由來，實在探春。紫鵑等雖知其意，也不敢説。此則普説李紈以次諸人。從此，一天一天的減。到半月之後，腸胃日薄一日，果然粥都不能吃了。黛玉日間聽見的話，都似寶玉娶親的話，看見怡紅院中的人，無論上下，也像寶玉娶親的光景。精深刻摯，文不負題。薛姨媽來看，黛玉不見寶釵，越發起疑心。索性不要人來看望，也不肯吃藥，只要速死。睡夢之中，常聽見有人叫「寶二奶奶」的。一片疑心，竟成蛇影。落到寶釵，方得「蛇影」實義，直抉「滴翠亭」回中被蛇咬之言，結末出題，文無泛設。一日竟是絶粒，粥也不喝，懨懨一息，垂斃待盡。

未知黛玉性命如何，且看下回分解。

此回收束通部叫吃飯之旨，上下不可分析。「填詞」即「絶粒」，「絶粒」即「填詞」，都是追原以前文字。見不能誠意，因不能正心，遂陷溺情欲，至死而不覺，悉由所思之不正也，故曰「絶粒」，曰「填詞」。詞乃詩餘，非詩之正也。

自「撫琴悲往事」至此爲一大段，合下大段，皆從「解琴書」生發。重「博庭歡」一回，闡寶、黛之死、亡，雖復而非真復也。譜就三秋，總是入魔之路；傳來四解，無非催命之符。悲哉往事顛頇，蛇影認來熟慣；枉矣新詞繾綣，雀裘補已堅牢。不明鮑二何三，猷把燕窩當飯；雖有慈孫孝子，反教蝗母成災。家敗人亡，一齊散火；曲終琴罷，萬籟無聲。

護花主人評曰：

寶玉、釵、黛原拆開不得，寶釵有歌，黛玉有操，寶玉亦須有所作，故借雀金裘引出「填詞」。

黛玉房中對聯，已有人琴俱亡之感。

素娥、青女，是寶釵、黛玉影身。月中霜裏，耐冷鬥寒，畢竟晨霜不久，明月長存。兩人之結局，已在圖中照出。

寶玉説我不知音，黛玉説知音有幾？原都是無心。轉念一想，彼此已似有意，寶玉尚可，黛玉已難以爲情。偏又聽見雪雁一番説話，其何以堪？怨生覓死，幾至不可救藥。文章一層緊一層。

大某山民評曰：

此回已入甲寅年十月中旬。

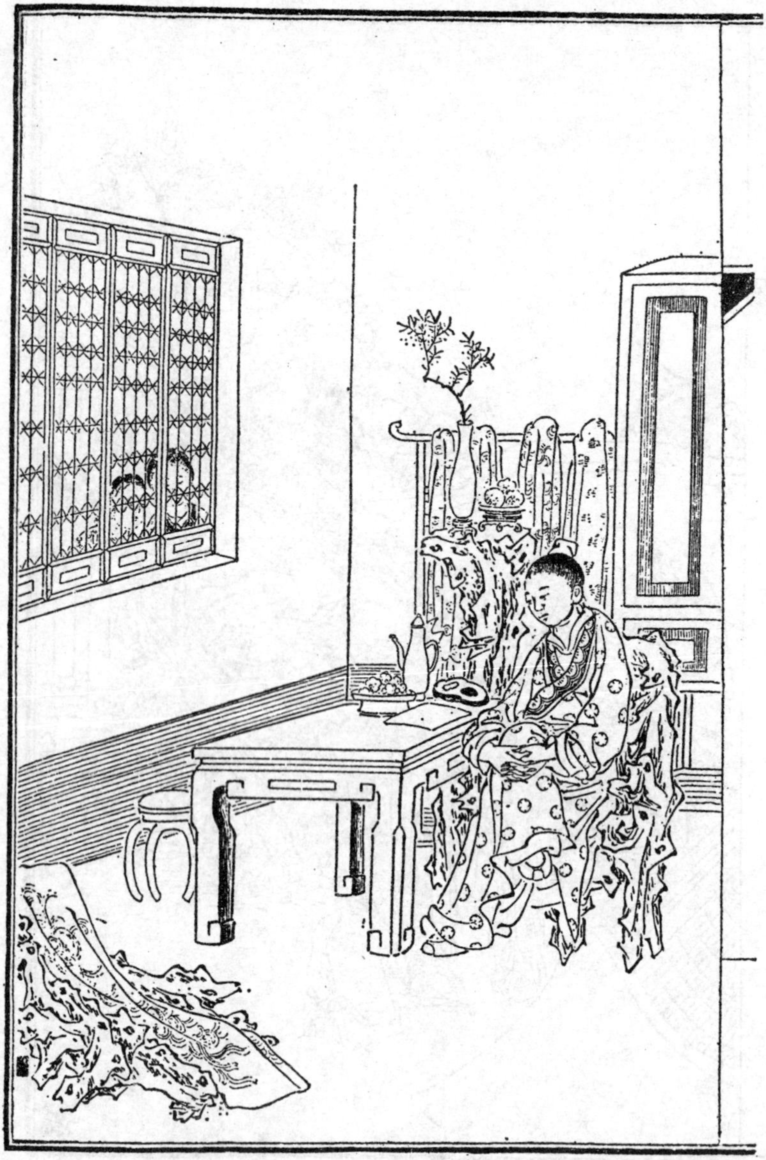

第九十回　失綿衣貧女耐嗷嘈　送果品小郎驚叵測

卻說黛玉自立意自戕之後，漸漸不支，一日竟至絕粒。曰立意自戕，曰漸漸，曰一日，明是追原一往之詞，以爲此回發端。從前十幾天內，賈母等輪流看望，他有時還有幾句話；這兩日索性不大言語，心裏雖有時昏暈，卻也有時清楚。賈母等見他這病，不似無因而起，病非無因，賈母知之，衆人知之，而終無一言者，見黛之不容於衆非一日矣！是爲自戕。也將紫鵑、雪雁盤問過兩次。兩個那裏敢說？便是紫鵑欲向侍書打聽消息，又怕越鬧越真，黛玉更死得快了，所以見了侍書，毫不提起。那雪雁是他傳話弄出這樣原故來，此時恨不得長出百十個嘴來，說我没說，自然更不敢提起。到了這一天，黛玉絕粒之日，紫鵑料無指望了，守着哭了會子，因出來偷向雪雁道：「你進屋裏來，好好兒的守着他，我去回老太太、太太和二奶奶去。今日這個光景，大非往常可比了。」雪雁答應，紫鵑自去。

這裏雪雁正在屋裏伴着黛玉，見他昏昏沉沉，小孩子家那裏見過這個樣兒，只打諒如此便是死的光景了，心中又痛又怕，恨不得紫鵑一時回來纔好。解鈴繫鈴都是侍書，中間必須着此一段，乃作者謀篇布局嘔心鏤血處，讀者未必知也。正怕着，只聽窗外脚步走響，雪雁知是紫鵑回來，纔放下心了，連忙站起來，掀着裏間簾子等他，只見外面簾子響處，進來了一個人，卻是侍書。多少搖曳，方出侍書。那侍書是探春打發來看黛玉的，可殺之，可生之，探春也！見雪雁在那裏掀着簾子，便問道：「姑娘怎麼樣？」雪雁點點頭兒，叫他進來。侍書跟進來，見紫鵑不在屋裏，瞧了瞧黛玉，只剩得殘喘微延，唬的驚疑不止。因問：「紫鵑姐姐呢？」雪雁道：「告訴上屋裏去了。」那雪雁此時，只打諒黛玉心中一無所知了，又見紫鵑不在面前，因悄悄的拉了侍書的手問道：「你前日告訴我說的，什麼王大爺給這裏寶二爺說了親，是真話麼？」落到此處，煞非容易。侍書道：「怎麼不真？」雪雁道：「多早晚放定的？」侍書道：「那裏就放定了呢？」一緊一解，不容驟轉，千波萬折，如此脱卸。那一天我告訴你時，是我聽見小紅說的。後來我到二奶奶那邊去，二奶奶正和平姐姐說呢，說：『那都是門客們借着這個事，討老爺的喜歡，往後好拉扯的意思。別說大太太說不好，就是大太太願意，說那姑娘好，那大太太眼裏看的出什麼人來？前云東府，此云大太太，虛虛實實，無非弓影。再者，老太太心裏早有了人了，就在咱們園子裏的，影中有影，五花八門。大太太那裏摸得着底呢？老太太不過因老爺的話，不得不問問罷咧。』又聽見二奶奶說：『寶玉的事，老太太總是要親上作親的，憑誰來說親，橫豎不中用。』」雪雁聽到這裏，也忘了神了，因說道：「這是怎麼說？白白的送了我們這一位的命了！」不惟聲口如聞，直是神情如見，而探春罪無可逭矣！侍書道：「這是從那裏說起？」雪雁道：「你還不知道呢。前日都是我和紫鵑姐姐說來着，這一位聽見了，就弄到這步田地了。」再足此段，見此病有因，若大若小，無不周知。侍書道：「你悄悄兒的說罷，看仔細他聽見了。」與前不敢提起一段互相照發。雪雁道：「人事都不醒了，瞧着罷，左不過在這一兩天了。」

正説着，只見紫鵑掀簾進來，説道：「還了得！你們有什麽話還不出去説，還在這裏説！索性逼死他就完了！」侍書道：「我不信有這樣奇事。」紫鵑道：「好姐姐，不是我説，你又該惱了。你懂得什麽呢？懂得也不傳這些舌了。」又如聞見，何等揣摩，他小説能否？這裏三個人正説着，只聽黛玉忽然又嗽了一聲，紫鵑連忙跑到炕沿前站着，侍書、雪雁也都不言語了。紫鵑彎着腰，在黛玉身後輕輕問道：「姑娘，喝口水罷！」黛玉微微答應了一聲，雪雁連忙倒了半鍾滚白水，紫鵑接了托着，侍書也走近前來。紫鵑和他摇頭兒，不叫他説話，侍書只得咽住了。站了一回，黛玉又嗽了一聲。紫鵑趁勢問道：「姑娘喝水呀。」黛玉又微微應了一聲，那頭似有欲抬之意，那裏抬得起？紫鵑爬上炕去，爬在黛玉傍邊，端着水，試了冷熱，送到唇邊，扶了黛玉的頭，就到碗邊喝了一口。紫鵑纔要拿時，黛玉意思還要喝一口，紫鵑便托着那碗不動。黛玉又喝了一口，摇摇頭兒，不喝了。喘了一口氣，仍舊躺下。即一喝水寫得如此周致，洵爲能品，而水之生木，在言下矣。半日微微睜眼説道：「剛纔説話不是侍書麽？」紫鵑答應道：「是。」侍書尚未出去，因連忙過來問候。黛玉睜眼看了，點點頭兒，又歇了一歇，説道：「回去問你姑娘好罷。」侍書見這番光景，只當黛玉嫌煩，只得悄悄的退出去了。在他手必急搶下文矣，而獨能從容宛轉，合理合情。

原來黛玉雖則病勢沉重，心裏却還明白。此兩句乃徹上徹下語，雖污而不污在此。起先侍書、雪雁説話時，他也模糊聽見了一半句，却只作不知，也因實無精神答理。及聽了雪雁、侍書的話，纔明白過前頭的事情原是議而未成的。又兼侍書説是鳳姐説的，老太太的主意，親上作親，又是園中住着的，非自己而誰？因此一想，陰極陽生，心神頓覺清爽許多，所以纔喝了兩口水，又要想問侍書的話。恰好賈母、王夫人、李紈、鳳姐聽了紫鵑之言，都趕着來看。黛玉心中疑團已破，自然不似先前尋死之意了。雖身體軟弱，精神短少，卻也勉强答應一兩句了。此段在事是正理，在書是反文。鳳姐因叫過紫鵑問道：「姑娘也不至這樣。這是怎麽説，你這樣唬人！」紫鵑道：「實在頭裏看着不好，纔敢去告訴的。回來見姑娘竟好了許多，也就怪了。」設爲鳳姐責問紫鵑，正要逼出此句，奈大衆見怪不怪何！賈母笑道：「你也别怪他，他懂得什麽？看見不好就言語，這倒是他明白的地方。小孩子家不嘴懶脚懶就好。」開脱紫鵑，見賈母一隙之明，尚有可挽。説了一回，賈母等料着無妨，也就去了。正是：

心病終須心藥治，解鈴還是繫鈴人。上語惟恐人不知是心，不知是心之病，乃追原已往，否則既到此處，尚何藥可治乎？下語乃作者自謂，莫謂是説探春。

不言黛玉病漸減退。且説雪雁、紫鵑，背地裏都念佛。雪雁向紫鵑説道：「虧他好了。只是病的奇怪，好的也奇怪。」好的奇怪正與念佛互發，見黛之死雖好而非正好非實好也。紫鵑道：「病的倒不怪，就只好的奇怪。想來寶玉和姑娘必是姻緣。人家説的『好事多磨』，又説道『是姻緣棒打不回』，這樣看起來，人心天意，他們兩個竟是天配的了。是乃正意，不可作反照後文看。再者，你想那一年，我説了『林姑娘要回南去』，把寶玉没急死了，鬧得家翻宅亂。如今一句話，又把這一個弄得死去活來。可不説的三生石上五百年前結下的麽？」再爲木石訂定，特借雁之潔、鵑之恨，以成此書也。而兩兒女喁喁，恍然紙上。説着，兩個抿着嘴悄悄的笑了一回。雪雁又道：「幸虧好了，咱們明兒再别説了。就是寶玉娶了别的人家兒的姑娘，我親見他在那裏結親，我也再不露一句話了。」直透雪雁攙拜，轉是淺文。紫鵑笑道：「這就是了。」不但紫鵑和雪雁在私下裏講究，就是衆人也都知道黛玉的病也病得奇怪，好也好得奇怪，三三兩兩，唧唧噥噥議論着。不多幾時，連鳳姐兒也都知道了。邢、王二夫人也有些疑惑，倒是賈母略猜着了八九。前數十回已將此意明演暗透，直到此處方纔點出，何等涵蓄。而賈母略猜曰八九分，夫略則不能八九，八九則不止略，一語中故作矛盾，非別書所經見，以見其知而不知以成禍敗，而作罪魁，歸於八九七十二地數而已。

那時正值邢、王二夫人、鳳姐等在賈母房中説閑話，説起黛玉的病來。賈母道：「我正要告訴你們。寶玉和林丫頭是從小兒在一處的，此是八九分。我只説小孩子們，怕什麽？以後時常聽得林丫頭忽然病，忽然好，都爲有些知覺了。自招罪狀。所以我想他們若儘着擱在一塊兒，畢竟不成體統。你們怎麽説？」始合之，終離之，反問之衆人，此便是略猜。王夫人聽了，便呆了一呆，此一呆，道理深微。只得答應道：「林姑娘是個有心計兒的。至於寶玉，獃頭獃腦，不避嫌疑是有的。看起外面，卻還都是個小孩兒形象。此時若忽然或把那一個分出園外，不是倒露了什麽痕迹了麽？古來説的：『男大須婚，女大須嫁。』老太太想，倒是趕着把他們的事辦辦也罷了。」此段（登）答從「呆一呆」來，故多作騎牆之語，既迴護内親黨與，又顧慮寶、黛情事，故但曰「男女婚嫁」「辦辦」而已。其如史之附鳳鋌而走險何哉！賈母皺了一皺眉，説道：「林丫頭的乖僻，雖也是他的好處，我的心裏不把林丫頭配他，也是爲這點子。仍歸黛玉自取，其與釵之一等一求判然矣，此是八九，此是氣數。况且林丫頭這樣虛弱，恐不是有壽的，只有寶丫頭最妥。」王夫人道：「不但老太太這麽想，我們也是這樣。但林姑娘也得給他説了人家兒纔好。不然，女孩兒家長大了，那個没有心事？倘或真與寶玉有些私心，若知寶玉定下寶丫頭，那倒不成事了。」寫得十分没奈何，皆黛玉不堪文字，雖得乾净而去，而黛之所以爲黛者，作者仍不放過也。

賈母道：「自然先給寶玉娶了親，然後給林丫頭說人家。再沒有先是外人，後是自己的。況且林丫頭到底比寶玉年紀小兩歲。依你們這樣說，倒是寶玉定親的話，不許叫他知道倒罷了。」鳳姐便吩咐衆丫頭們道：「你們聽見了？寶二爺定親的話，不許混吵嚷；若有多嘴的，提防着他的皮！」天心人事，何等扭捏，史以「設奇謀」授鳳姐矣。賈母又向鳳姐道：「鳳哥兒，叫得何等親熱，而哥兒爲男子之稱，直令化雌爲雄，以專家政也。你如今自從身上不大好，也不大管園裏的事了。我告訴你，須得經點心兒。不但這個，就像前年那些人喝酒要錢，都不是事？你還精細些，少不得多分點心兒，嚴緊嚴緊他們纔好。況且我看他們，也就只還服你。」一園統歸鳳姐，此老主之。而喝酒要錢非隔年事，乃曰前年，是爲夢話。鳳姐答應了，娘兒們又說了一回話，方各自散了。

從此鳳姐常到園中照料。一日，剛走進大觀園，本回上半轉從鳳姐入手，明寫「貧女」，正設一制鳳之法。到了紫菱洲畔，只聽見一個老婆子在那裏嚷。黛玉處亦曾有老婆子嚷。鳳姐走到跟前，那婆子纔瞧見了，早垂手侍立，口裏請了安。鳳姐道：「你在這裏鬧什麼？」婆子道：「蒙奶奶們派我在這裏看守花果，看花果必不脱探春。我也沒有差錯，不料邢姑娘的丫頭說我們是賊。」本來是賊。鳳姐道：「爲什麼呢？」婆子道：「昨兒我們家的黑兒，跟着我到這裏頑了一回，探春聞嚷是因外孫，鳳姐聞嚷是因黑兒，皆所以隱指黛玉也。他不知道，又往邢姑娘那邊去瞧了一瞧，我就叫他回去了。今兒早起，聽見他們丫頭說丟了東西了。我問他丟了什麼？他就問起我來了。」這便是黛玉見識。鳳姐道：「問了你一聲，也犯不着生氣呀。」婆子道：「這裏園子，到底是奶奶家裏的，並不是他們家裏的。我們都是奶奶派的，賊名兒怎麼敢認呢？」明明是賊而不認，賈母以次諸人都在。

鳳姐照臉啐了一口，集大衆普通一啐，總管大觀園是如此評。厲聲道：「你在我跟前嘮嘮叨叨的！你在這裏照看，姑娘丟了東西，你們就該問哪。怎麽説出這些没道理的話來？「没道理」三字，隱然獨釋李紈於一啐之外。把老林叫了來，攆出他去！」丫頭們答應了。只見邢岫煙赶忙出來，迎着鳳姐陪笑道：「這使不得。没有的事，事情早過去了。」突然三語，妙合情事。鳳姐道：「姑娘，不是這個話。不是這話，以岫煙在册外出書中也。倒不講事情，這名分上太豈有此理了。」一部《紅樓》，正要正名定分。岫煙見婆子跪在地下告饒，便忙請鳳姐到裏邊去坐。鳳姐道：「他們這些人，我知道他除了我，其餘都没上没下的了。」岫煙再三替他討饒，只説自己的丫頭不好。鳳姐道：「我看着邢姑娘的分上，饒你這一次。」婆子纔起來磕了頭，又給岫煙磕了頭，纔出去了。煙雲一縷，舒卷自如。

這裏二人讓了坐，鳳姐笑問道：「你丟了什麽東西了？」岫煙笑道：「没有什麽要緊的，是一件紅小襖兒，已經舊了的。紅小襖，晴雯絶命衣也，上映「填詞」。已經舊了，便是事情早過去了之義。我原叫他們找，找不着就罷了。這小丫頭不懂事，問了那婆子一聲，那婆子自然不依了。這都是小丫頭糊塗不懂事，我也罵了幾句。已經過去了，不必再提了。」鳳姐把岫煙内外一瞧，看見雖有些皮綿衣服，已是半新不舊的，未必能暖和，他的被窩多半是舊的。至於房中桌上擺設的東西，就是老太太拿來的，卻一些不動，收拾的乾乾浄浄。岫煙爲山火《賁》，火熱無須綿，白賁無須紅，失轉爲得，非婆子所知。鳳姐心上便很愛敬他，鳳姐何知愛敬？而竟能使之愛敬，「柔來文剛」，《賁》之用也。玉之黛何能如煙之白，以自蹈危亡而不悟。説道：「一件衣服原不要緊，這時候冷，又是貼身的，怎麽就不問一聲兒呢！這撒野的奴才，了不得了！」説了一回，鳳姐出來，各處去坐了一坐，就回去了，到了自己房中，叫平兒取了一件大紅洋縐的小襖兒，一件松花色綾子一抖珠兒的小皮襖，一條寶藍盤錦廂花綿裙，一件佛青銀鼠褂子，包好叫人送去。紅、緑、寶藍、佛青、珠、鼠，無非寶、黛之映。

那時岫烟被那老婆子聒噪了一場，雖有鳳姐來壓住，心上終是不安，想起：「許多姊妹們在這裏，没有一個下人得罪他的。獨自我這裏，他們言三語四，剛剛鳳姐來碰見。」想來想去，終是没意思，又説不出來。正在吞聲飲泣，看見鳳姐那邊的豐兒送衣服過來。境與黛同，相處又同是鳳姐，而黛則取殺，岫則取敬，實大不同。岫烟一看，決不肯受。豐兒道：「奶奶吩咐我説：『姑娘要嫌是舊衣裳，將來送新的來。』」再明是舊事，非新文。岫烟笑謝道：「承奶奶的好意。只是因我丢了衣服，他就拿來，我斷不敢受。你拿回去，千萬謝你們奶奶。承你奶奶的情，我算領了。」倒拿個荷包給了豐兒。荷則不污，包則不放，黛所不能。那豐兒只得拿了去了。不多時，又見平兒同着豐兒過來，岫烟忙迎着問了好，讓了坐。平兒笑説道：「我們奶奶説：姑娘特外道的了不得！」平所謂外道，是外於書；岫所謂不外道，是不外於理。岫烟道：「不是外道，實在不過意。」平兒道：「奶奶説：『姑娘要不收這衣裳，不是嫌太舊，就是瞧不起我們奶奶。』剛纔説了，我要拿回去，奶奶不依我呢。」岫烟紅着臉笑謝道：「這樣説了，叫我不敢不收。」豐來不受，平、豐同來則受之，受屏風以自蔽也，黛所不能。而究竟所以能自蔽者，知恥而已，「紅着臉」一語最要緊。又讓了一回茶。

平兒同豐兒回去，將到鳳姐那邊，碰見薛家差來的一個老婆子，接着問好。平兒便問道：「你那裏來的？」婆子道：「那邊太太、姑娘，叫我來請各位太太奶奶姑娘們的安。我纔剛在奶奶前，問起姑娘來，説姑娘到園中去了，可是從邢姑娘那裏來麽？」平兒道：「你怎麽知道？」婆子道：「方纔聽見説，真真的二奶奶和姑娘們的行事叫人感念。」平兒笑了一笑，說：「你回來坐着罷。」婆子道：「我還有事，改日再過來瞧姑娘罷。」說着走了。着此一段甚似無味，反覆思之，方得其解，在開口一問一答。夫平兒問：「你那裏來的？」是不知其自薛家來也。婆子答：「那邊太太、姑娘叫我來。」亦並未提自薛家來，答與問相隔塞。此下即問，「從邢姑娘那裏來麼？」而一贊奶奶姑娘行事便走，直淡煞人，殊不知乃作者但借岫煙得婚姻之正，以反形黛玉，而卻不許薛氏得岫煙爲婦也。許蝌與琴、岫自爲一宗，而卻不許同爲一薛也。請安之婆子，即嗷嘈之婆子，同一沒來歷之薛姨而已。其惡雪惡金直居何等！用如此深文，以爲下半回過脈，真不能更索解人矣！

平兒回來，回覆了鳳姐，不在話下。話上即是話下，故陡接夏金桂。

且說薛姨媽家中，被金桂攪得翻江倒海，婆子回來述岫煙事，而先突提金桂「翻江倒海」一語，文義不連，解此自解上文過脈一段之妙。看見婆子回來，述起岫煙的事，寶釵母女二人不免滴下淚來。寶釵道：「都爲哥哥不在家，所以叫邢姑娘多吃幾天苦。如今還虧鳳姐姐不錯。喒們底下也得留心，到底是喒們家裏人。」說着，只見薛蝌進來說道：「大哥哥這幾年在外頭相與的，都是些什麼人！連一個正經的也沒有。來一起子，都是些狐羣狗黨。以蟠爲狐狗，蝌已除於薛氏。我看他們那裏是不放心，不過將來探探消息兒罷咧。這兩天都被我趕出去了。以後吩咐了門上，不許傳進這種人來。」薛姨媽道：「又是蔣玉函那些人那？」指蔣正指釵。薛蝌道：「蔣玉函卻倒沒來，倒是別人。」蟠尚爲可赦之人，故爲別人。薛姨媽聽了薛蝌的話，不覺又傷心起來，說道：「我雖有兒，如今就像沒有的了。有兒沒兒，已不許以蟠爲之子，況於蝌乎！語面卻合。就是上司准了，也是個廢人。你雖是我侄兒，我看你還比你哥哥明白些，我這後輩子全靠你了。你自己從今後要學好。再者，你聘下的媳婦兒，家道不比往時了。人家的女孩兒出門子不是容易，再沒別的想頭，岫無別的想頭，則釵有別的想頭也，躍躍言下。只盼着女婿能幹，他就有日子過了。若邢丫頭也像這個東西……」曰東西則一木一金，都入映照。說着，把手往裏頭一指，道：「我也不說了。邢丫頭實在是個有廉恥有心計兒的，又守得貧，耐得富。只是等咱們的事情過去了，早些把你們的正經事完結了，也了我一宗心事。」薛蝌道：「琴妹妹還沒有出門子，這倒是太太煩心的一件事。至於這個，可算什麽呢？」

大家又說了一回閑話，又說閑話，可見上文全非閑話。薛蝌回到自己房中，吃了晚飯，吃飯之義，此較他處尤重。想起邢岫煙住在賈府園中，終是寄人籬下；況且又窮，日用起居，不想可知。況兼當初一路同來，模樣兒，性格兒，都知道的。可知天意不均，如夏金桂這種人，偏教他有錢，嬌養得這般潑辣；邢岫煙這種人，偏教他這樣受苦。閻王判命的時候，不知如何判法的？以閑情閑筆寫《周南》寤寐之思。想到悶來，也想吟詩一首，《關雎》爲二《南》之首，故吟詩一首，是有深意，否則此書從無此等俚俗不堪句法。寫出來，出出胸中的悶氣，又苦自己沒有工夫，只得混寫道：

蛟龍失水似枯魚，兩地情懷感索居。同在泥塗多受苦，不知何日向清虛！設此一詩，直與鳳姐「一夜北風緊」同一無味，豈必以薛蝌能詩爲美談乎？抑必以此等俗句形容薛蝌之拙乎？則一詩大屬可疑。能疑則悟，自得其解。是蓋爲寶、黛、釵起死回生之藥，而實全部《紅樓》立言底本。書以詩演思，以書演《易》，而統歸《大學》，「吟詩一首」冠三百篇，《易》首重《乾》，取象六龍，九二「大人」，九五「大人」，今曰失水、曰兩地、曰泥塗，非「見龍在田」之「大人」乎？曰向清虛，非「飛龍在天」之「大人」乎？是爲詩爲《易》，無非爲大人之學也。斯爲一心之正，故以吃飯引起，夫豈以情死以空結者所可同日而語哉！

寫畢，看了一回，意欲拿來黏在壁上，又不好意思，自己沉吟道：「不要被人看見笑話。」又念了一遍，道：「管他呢！左右黏上，自己看着解悶兒罷。」又看了一回，到底不好，拿來夾在書裏。此一段乃作者自呈狡獪處。《詩》《易》《大學》演一「孝」字，一笑話也，要與人知，又不輕與人知，故云不要被人看見，但自己解悶而已。曰到底不好，曰夾在書裏，分明以「底裏」二字嵌在句中，則凡書中所夾無非《詩》《易》《大學》也。又思：「自己年紀可也不小了，家中又碰見這樣飛災橫禍，不知何日了局。致使幽閨弱質，弄得這般淒涼寂寞。」

正在那裏想時，以「正想」二字結住《詩》《易》，以下便借寶蟾寫大衆邪想矣。是頓筆，是提筆，可謂雙管齊下。只見寶蟾推進門來，拿着一個盒子，笑嘻嘻放在桌上。薛蝌站起來讓坐。寶蟾笑着向薛蝌道：「這是四碟果子，一小壺兒酒，大奶奶叫給二爺送來的。」薛蝌陪笑道：「大奶奶費心，但是叫小丫頭們送來就完了，怎麽又勞動姐姐呢？」以小丫頭別兒妾，名義粲然，是爲正想。寶蟾道：「好說，自家人，二爺何必說這些套話？再者我們大爺這件事，實在叫二爺操心，大奶奶久已要親自弄點什麽兒謝二爺，又怕別人多心。二爺知道的，喒們家裏都是言合意不合，送點子東西没要緊，倒没的惹人七嘴八舌的講究。七八十五，正是將笄之年，嘴舌正起於此。所以今日些微的弄了一兩樣果子，一壺酒，叫我親自悄悄兒的送來。」說着，又笑瞅了薛蝌一眼，道：「明兒二爺再別說這些話，叫人聽着，怪不好意思的。我們不過也是底下的人，伏侍的着大爺，就伏侍的着二爺，這有何妨呢？」直注「平兒理妝」，蟾之語抉寶之心也。而姿態橫生，恍如聞見。

薛蝌一則秉性忠厚，二則到底年輕，只是向來不見金桂和寶蟾如此相待，心中想到剛才寶蟾說爲薛蟠之事，也是情理，是情是理，是爲正想。因說道：「果子留下罷，這個酒兒，姐姐只管拿回去。」果爲木實，酒爲水金，留木卻金，乃寶玉專情黛玉之映。我向來的酒上實在很有限，擠住了，偶然喝一鍾，不說不喝，而說擠住了也喝，便是的我作得主，獨這一件事，我可不敢應承。大奶奶的脾氣兒，二爺是知道。我拿回去，不説二爺不喝，倒要説我不盡心了。」薛蝌没法，只得留下。「絳芸軒」案由不得不帶，便是没法留下。寶蟾方纔要走，又到門口往外看看，回過頭來，向着薛蝌一笑。又用手指着裏面説道：「他還只怕要來親自給你道乏呢。」直注鳳姐同車焦大一罵，而現淫婦身，説淫婦法，一套小解數，已覺咄咄逼人。薛蝌不知何意，反倒尷尬的起來，因説道：「姐姐替我謝大奶奶罷。天氣寒，看涼着。再者，叔嫂也不必拘禮。」明點叔嫂，曰禮，曰天，何等正想。寶蟾不答，笑着走了。薛蝌始以爲金桂爲薛蟠之事，或真是不過意，備此酒果給自己道乏。及見寶蟾這種鬼鬼祟祟不尷不尬的光景，也覺了幾分，釵、襲之奸，寶亦覺之。卻自己回心一想：「他到底是嫂子的名分，那裏就有别的講究呢？正名定分，心如天日，是爲大人之學。或者寶蟾不老成，自己不好意思怎麽樣，卻指着金桂的名兒，也未可知。然而到底是哥哥屋裏人。」忽又轉念：「那金桂素性毫無閨閣理法，況且有時高興，打扮得妖嬈非常，自以爲美，又焉知不是懷着壞心呢？愈轉愈深，愈罵愈毒。不然就是他和琴妹妹也有什麽不對的地方兒，所以設下這個毒法兒，要把我拉在渾水裏，弄個不清不白的名也未可知。」想到這裏，又怕起來。此一轉念乃是生機，寶、黛死亡不知怕，不知轉念也。一切相思局總在個中。正在不得主意的時候，忽聽窗外撲嗤的笑了一聲，有聲無形，以蟾之月寫鳳姐之風，歸之一笑，是書終矣。薛蝌倒嚇了一跳。

未知是誰，且聽下回分解。

自此回至「參聚散」爲一大段，與上段俱從「解琴書」回中來。本回乃既死論病源，爲寶、黛、釵追原已往文字，令凡爲寶、黛、釵者，及早知所自處也。上半回從「絶粒」來，以岫煙爲黛玉針砭；能如岫煙，則自無「埋香塚」及「斷癡情」一切事迹矣。下半從「走火」來，以薛蝌爲寶玉針砭；能如薛蝌，則自無「絳芸軒」及「卻塵緣」一切事迹矣。

護花主人評曰：

黛玉之夭亡，已是意中事。然竟絶粒而死，不但文情徑直無味，且轉覺鍾情尚未至深，死亦死得糊塗。今因聽訛言而覓死，又因聽密語而復生，委曲纏綿，文愈曲而情愈深，且反跌後文竟娶寶釵，更爲緊凑。

賈母欲將寶玉移出園外，既照應前文襲人對王夫人一番説話，又伏寶玉病後移出地步。分付寶玉定親，不要叫黛玉知道，伏後文沖喜掉包，黛玉驚迷情事。

寫邢岫煙之涵養，反襯夏金桂之淫蕩。

鳳姐送衣服，是敬重岫煙。金桂送菓酒，是勾引薛蝌。一正一邪，互相映襯。

大某山民評曰：

此回仍是甲寅年十月間事。

第九十一回　縱淫心寶蟾工設計　布疑陣寶玉妄談禪

話説薛蝌正在狐疑，忽聽窗外一笑，唬得一跳，心中想道：「不是寶蟾，定是金桂。一而二，二而一，書中縱横設計，如釵、鳳諸人，不是寶蟾，定是金桂也。只不理他們，看他們有什麽法兒。」任他風浪起，我只不開門，「路謁北静王」之作用也。聽了半日，卻又寂然無聲，自己也不敢吃那酒果，掩上房門。與其爲柳下惠，不若爲魯男子，掩門之義也。剛要脱衣時，只聽見窗紙上微微一響。薛蝌此時被寶蟾鬼混了一陣，心中七上八下，七上則六，八下則九，用六用九，《乾》《坤》正義，《風月寶鑑》寫此而已。故提筆指是寶蟾。筆伯又曰：乃爲洗出不是金桂，抑又何必。竟不知是如何是好。聽見窗紙微響，細看時又無動静，自己反倒疑心起來，掩了懷坐在燈前，呆呆的細想。又把那果子拿了一塊，翻來覆去的細看。寫來情事宛然，而能疑能想，正能看結果者也。猛回頭，看見窗上紙濕了一塊，走過來覷着眼看時，卻不防外面往裏一吹，把薛蝌唬了一大跳，聽得吱吱的笑聲。看果子匪夷所思矣，此尤匪夷所思。吾不知從何想入，從何寫出，真是奇情奇筆，能將「淫」字寫出骨髓。薛蝌連忙把燈吹滅了，屏息而卧。其難較魯男子爲尤甚，寫正想又是如此，方與寶蟾文字相敵，又正發明稻香村絶不天然處。只聽外面一個人説道：「二爺爲什麽不喝酒吃果子就睡了？」這句話仍是寶蟾的語音。曰一個人，曰仍是，明明金桂在其中矣。薛蝌只不作聲粧睡。又隔有兩句話時，又聽得外面似有根聲道：「天下那裏有這樣没造化的人！」薛蝌聽了是寶蟾，又是金桂似的語音，纔知道他們是這麽一番意思。這意思乃全書意思，《風月寶鑑》蟾、桂而已。寶、黛、釵、鳳同一没造化之人而已。而只是兩句語，一爲笑，一爲恨也。天缺地陷，非恨而何？蓼汀花溆，非笑而何？翻來覆去，直到五更後纔睡着了。五更交陽分而睡着，正見睡着，正見一片陰晦中有此清醒之一人也。

剛到天明，早有人來叩門，薛蝌忙問：「是誰？」外面也不答應。薛蝌只得起來，開了門看時，卻是寶蟾，攏着頭髮，掩着懷，穿一件片錦邊琵琶襟小緊身，上面繫一條松花緑半新的汗巾，下面並未穿裙，正露着石榴紅灑花夾褲，一雙新繡紅鞋。無非紅緑，而緊身必説琵琶襟。「琵琶」二字亦從二王，然非琴瑟之正，其何能緊身？故爲掩着懷。原來寶蟾尚未梳洗，恐怕人見，趕早來取傢伙。薛蝌見他這樣打扮便走進來，心中又是一動。人非聖賢，又非鐵石，輒云不動，無是心，無是人耳。克復工夫，正起於此，特著此語，不惟理圓義足，而借薛蝌直勘性理學問一到盡頭處。只得陪笑問道：「怎麽這樣早就起來了？」寶蟾把臉紅着，把臉紅着「把」字奇絶。緣喜怒可把而假，紅不可把而假也。寫「淫」字直入微微，與岫煙臉紅，勘理欲又到盡頭處。並不答言，只管把果子折在一個碟子裏，端着就走。薛蝌見他這般，知是昨晚的原故，心裏想道：「這也罷了，倒是他們惱了，索性死了心，也省得來纏。」於是把心放下，這纔是真正放心，惟能不放心，始能放心也。喚人舀水洗臉。洗臉對前吃飯，總是《大學》，切莫作閑文看。自己打算在家裏靜坐兩天，一則養養心神，定静安慮，一在裏許。一則出去怕人找他。原來和薛蟠好的那些人，因見薛家無人，只有薛蝌在那裏辦事，年紀又輕，便生許多覬覦之心，也有想插在裏頭做跑腿的，也有能做狀子的，認得一二個書役的，要給他上下打點的，甚至又想在内趁錢的，也有造作謡言恐嚇的，種種不一。都爲釵、鳳、襲諸人映射，財色並到。薛蝌見了這些人，遠遠躱避，又不敢面辭，恐怕激出意外之變，只好藏在家中聽候轉詳，不題。非寶黛所能。

且說金桂昨夜打發寶蟾送了些酒果去，探探薛蝌的消息，寶蟾回來，將薛蝌的光景一一的說了。金桂見事有些不大投機，便怕白鬧一場，反被寶蟾瞧不起，欲把兩三句話遮飾，改過口來，又可惜了這個人，心裏倒没了主意，只怔怔的坐着。那知寶蟾亦知薛蟠難以回家，此皆借蟾、桂演釵、襲心事，直照襲人嫁人，則釵之末路已可於百廿回之外見之矣。看薛蟠難以回家是眼。正欲尋個頭路，因怕金桂拿他，所以不敢透漏。今見金桂所爲，先已開了端了，他便樂得借風使船，東風、西風全到。先弄薛蝌到手，不怕金桂不依，所以用言挑撥。見薛蝌似非無情，此從心中一動生出。又不甚兜攬，一時也不敢造次。後來見薛蝌吹燈自睡，太覺掃興，回來告訴金桂，有甚方法再作道理。及見金桂怔怔的，似乎無技可施，他也只得陪金桂收拾睡了。夜間那（看金桂）裏睡得着？翻來覆去，想出一個法子來：不如明日一早起來，先去取了傢伙，卻自己換上一兩件動人的衣服，也不梳洗，越顯出一番嬌媚來，只看薛蝌的神情，自己反倒妝出一番惱意，索性不理他，那薛蝌若有悔心，自然移船泊岸，不愁不先到手。及至見了薛蝌，仍是昨晚光景這般，並無邪僻之意。自己只得以假爲眞，端了碟子回來，卻故意留下酒壺，以爲再來搭轉之地。此等搬演在他書已爲能品，是書則數見不鮮矣。

只見金桂問道：「你拿東西去，有人碰見麽？」寶蟾道：「没有。」「二爺也没問你什麽？」寶蟾道：「也没有。」金桂因一夜不曾睡着，也想不出一個法子來，只得回思道：「若作此事，别人可瞞，寶蟾如何能瞞？不如我分惠於他，他自然没有不盡心的。我又不能自去，少不得要他作脚，倒不如和他商量一個穩便主意。」因帶笑説道：「你看二爺到底是個怎麽樣的人？」寶蟾道：「倒像個糊塗人。」即「糊塗東西」正義。金桂聽了笑道：「你如何説起爺們來了！」寶蟾也笑道：「他辜負奶奶的心，我就説得他。」金桂道：「他怎麽辜負我的心？你倒得説説。」寶蟾道：「奶奶給他好東西吃，他倒不吃，這不是辜負奶奶的心麽？」説着卻把眼溜着金桂一笑。此等搬演，不知作者怎樣想出，而好東西則釵、黛並到，一笑又關合書旨。即此數言，「紅樓夢」了矣，直是怪文。乃讀者只賞其情景，惜哉！金桂道：「你别胡想。因能胡想，故能胡説。我給他送東西，爲大爺的事，不辭勞苦，我所以敬他；又怕人説瞎話，所以問你。你這些話向我説，我不懂是什麽意思。」此説讀者。寶蟾笑道：「奶奶别多心！我是跟奶奶的，還有兩個心麽？但是事情要密些，倘或聲張起來，不是頑的。」單刀直入，更不另作引起。金桂也覺得臉飛紅了，因説道：「你這個丫頭，就不是個好貨，想來你心裏看上了，卻拿我作筏子，是不是呢？」寶蟾道：「只是奶奶那麽想罷咧，我倒替奶奶難受。奶奶要真瞧二爺好，我倒有個主意。奶奶想，那個耗子不偷油吃？他也不過怕事情不密，大家鬧出亂子來不好看。寫題中「縱」字、「工」字，已臻絶頂，而耗子偷油，直揭「意綿綿」回黛玉心事。蓋一部淫書，固以黛玉爲主也。依我想，奶奶且别性急，時常在他身上不周不備的去處張羅張羅。他是個小叔子，又没娶媳婦兒，奶奶就多盡點心兒，和他貼個好兒，别人也説不出什麽來。過幾天，他感奶奶的情，自然要謝候奶奶。那時奶奶再備點東西在咱們屋裏，（那）我幫着奶奶灌醉了他，怕跑了他？他要不應，咱們索性鬧起來，就説他調戲奶奶。他害怕，他自然得順着咱們的手兒。他再不應，他也不是人，咱們也不至白丢了臉面，奶奶想怎麽樣？」還題面自不可少。金桂聽了這話，兩顴早已紅暈了，笑罵道：「小蹄子，你倒像偷過多少漢子似的。我則要問作者。怪不得大爺在家時離不開你。」寶蟾把嘴一撇，笑説道：「罷喲！人家倒替奶奶拉縴，奶奶倒〔和〕(往)我們説這個話咧！」收得精湛完密。從此金桂一心籠絡薛蝌，倒無心混鬧了，家中也稍覺安靜。

當日寶蟾自去取了酒壺，仍是穩穩重重一臉的正氣。酒壺必不脱漏，而一臉正氣則寶釵本領也。文字餘勇可賈。薛蝌偷眼看了，反倒後悔，疑心或者是自己錯想了他們也未可知；果然如此，倒辜負了他這一番美意，保不住日後倒要和自己也鬧起來，豈非自惹的呢？過了兩天，甚覺安静，薛蝌遇見寶蟾，寶蟾便低頭走了，連眼皮兒也不抬；遇見金桂，金桂卻一盆火兒的趕着。再足「工」字，何其暇耶？而一盆火，一見於「偷娶尤二姨」，再見於「寶蟾工設計」。以火制金，以金自殺，同一寶釵而已。薛蝌見這般光景，反倒過意不去，這且不表。是悉書之裏，非書之表也，不是他小説按下故套。

且説寶釵母女覺得金桂幾天安静，待人忽親熱起來，一家子都爲罕事。薛姨媽十分歡喜，想道：「必是薛蟠娶這媳婦時，沖犯了什麽，纔敗壞了這幾年。「悔娶河東吼」，即在本年秋令。今日這幾年，乃以夢話爲釵追原既往。而沖犯之説又直注「錯勸哥哥」撞客之説，以明薛蟠敗壞所從來。目今鬧出這樣事來，虧得家裏有錢，賈府出力，方纔有了指望。媳婦兒忽然安静起來，財色勢利並到。或者是蟠兒轉過氣運來了，也未可知。」歸到氣數之天，元妃死矣。於是自己心裏倒以爲希有之奇。這日飯後，扶了同貴過來，榮壞於雪，雪壞於夏，同一壞也，故必特提同貴。到金桂房裏瞧瞧。走到院中，只聽一個男人和金桂説話。同貴知機，四字中有大發揮。便説道：「大奶奶，老太太過來了。」説着已到門口。只見一個人影兒在房門後一躲，薛姨媽一嚇，倒退了出來。人影兒一躲，全書大作用，正欲令人知嚇知退。金桂道：「太太請裏頭坐，没有外人。此火因心生滅，不自外來。他就是我的過繼兄弟，本住在屯裏，劉老老屯裏人，夏三亦屯裏人，乃剛柔難生，天造草昧之象，正善惡初萌之候。善爲性生所固有，惡則爲性生所本無。故夏三之來，則爲過繼。不慣見人。因没有見過太太，今日纔來，還没去請太太的安。」薛姨媽道：「既是舅爺，不妨見見。」金桂叫兄弟出來，見了薛姨媽，作了一個揖，問了好。薛姨媽也問了好，坐下敍起話來。搬演薛氏如此不堪。薛姨媽道：「舅爺上京幾時了？」那夏三道：「前月我媽没有人管家，把我過繼來的，前日纔進京，今日來瞧瞧姐姐。」用提筆指出夏三，作者自權自予。四五六月，得夏令之三，熱毒方張，寶釵當之。合黛、釵、鳳三人爲一人，金桂當之，故曰夏三。薛姨媽看那人不尷尬，於是略坐坐兒，便起身道：「舅爺坐着罷。」回頭向金桂道：「舅爺頭上末下來的，留在喒們這裏吃了飯再去罷。」與「巧合」回留寶玉吃酒針鋒相對。金桂答應着，薛姨媽自去了。

金桂見婆婆去了，便向夏三道：「你坐着，今日可是過了明路的了，省得我們二爺查考你。能查考夏三者，蚪而已矣。我今日還叫你買些東西，夏三第一事是買東西，人知爲砒霜伏綫，而不知爲收拾榮寧安根。只别叫衆人看見。」夏三道：「這個交給我就完了，你要什麽，只要有錢，我就買得來。」爲「錢」字一歎，爲「金」字一歎，「一把辛酸淚」所從來也。金桂道：「且别説嘴，你買上了當，我可不收。」上了當，又翻「慰癡顰」回當票公案。説着，二人又笑了一回。然後金桂陪夏三吃了晚飯，又告訴他買的東西，又囑咐一回，夏三自去。從此夏三往來不絶，此段乃文章難境，一片荆棘中而能掉臂游行，吾不知其才幾許。雖有個年老的門上人，知是舅爺，也不常回。從此生出無限風波，這是後話，不表。

一日，薛蟠有信回來，薛姨媽打開，叫寶釵看時，上寫：

男在縣裏也不受苦，母親放心。但昨日縣裏書辦説，府裏已經准詳，想是我們的情到了。豈知府裏詳上去，道裏反駁下來。道裏不准，正見天人合道，則氣數之天不足恃矣。虧得縣裏主文相公好，即刻做了回文頂上去。道裏卻把知縣申飭。現在道裏要親提，若一上去，又要吃苦。必是道裏沒有託到。母親見字，快快託人求道爺去。還叫兄弟快來，不然就要解道。銀子短不得，火速，火速！火速即是夏三，不止形容薛蟠筆墨。

薛姨媽聽了，又哭了一場，自不必説。薛蝌一面勸慰，一面説道：「事不宜遲。」薛姨媽沒法，只得叫薛蝌到縣照料，命人即便收拾行李，兑了銀子。家人李祥本來在那裏照應的，薛蝌又同了一個當中夥計，連夜起程。

那時手忙脚亂，雖有下人辦理，寶釵又恐他們思想不到，親來幫着，直鬧至四更纔歇。陰極陽生，正火速之會。到底富家女子，嬌養慣的，心上又急，又勞苦了一會，晚上就發燒。發燒正是火速。到了明日，湯水都吃不下。鶯兒去回了薛姨媽。薛姨媽急來看時，只見寶釵滿面通紅，身如燔灼，火速如此。話都不説。薛姨媽慌了手脚，便哭得死去活來。寶琴扶着，勸薛姨媽。秋菱也淚如泉湧，只管叫着。寶釵不能説話，手也不能摇動，眼乾鼻塞。叫人請醫調治，漸漸蘇醒回來，金玉姻緣猶可及止，在釵此時猶可救藥。薛姨媽等大家略略放心。早驚動榮、寧兩府的人，先是鳳姐打發人送十香返魂丹來，必先説榮、寧，即夏三買東西之義。而先是鳳姐，禍之媒也。曰返魂丹，黛死矣。隨後王夫人又送至寶丹來，賈母、邢、王二夫人以及尤氏等都打發丫頭來問候。卻都不叫寶玉知道。一連治了七八天，終不見效。七八十五，所謂將笄之年。還是他自己想起冷香丸，吃了三丸，纔得病好。二「冷」字，乃妙藥。此不能求諸外，須從自己想起也。服三丸，則夏三之毒可全解矣。後來寶玉也知道了，因病好了，沒有瞧去。此等處補不得，漏不得，最爲棘手。而閑閑一語，恰爲下半過脈，是乃神品。

那時薛蝌又有信回來。薛姨媽看了，怕寶釵躭憂，也不叫他知道，書面安頓，固如鐵桶。自己來求王夫人，並述了一會子寶釵的病。薛姨媽去後，王夫人又求賈政。賈政道：「此事上頭可託，底下難託，必須打點纔好。」王夫人又提起寶釵的事來，因說道：「這孩子也苦了，既是我家的人了，也該早些娶了過來纔是，別叫他糟蹋壞了身子。」賈政道：「我也是這麼想。但是他家忙亂，況且如今到了冬底，已經年近歲逼，自「桃花社」至此方明寫一年，而一片夢話，不過演「成大禮」而已。無不各自要料理些家務。今冬且放了定，明春再過禮。過了老太太的生日，就定日子娶。你把這番話先告訴薛姨太太。」王夫人答應了。

到了明日，王夫人將賈政的話向薛姨媽述了。薛姨媽想着也是。「也是」「也」字，多少含蓄。到了飯後，王夫人陪着來到賈母房中，大家讓了坐。凡此等事，都是薛姨就來。大禮之成，令人齒冷。賈母道：「姨太太纔過來？」薛姨媽道：「還是昨兒過來的。因爲晚了，沒得過來給老太太請安。」王夫人便把賈政昨夜所說的話向賈母述了一遍，賈母甚喜。說着，寶玉進來了。賈母便問道：「吃了飯了沒有？」寶玉道：「纔打學房裏回來，吃了要往學房裏去，吃飯、上學，此處必用連及。先見見老太太。又聽見說姨媽來了，過來給姨媽請安。」因問：「寶姐姐可大好了？」薛姨媽笑道：「好了。」「好了」二字括全書。原來方纔大家正說着，見寶玉進來，都煞住了。寶玉坐了坐，見薛姨媽情形，不似從前親熱，雖是此刻沒有心情，也不犯大家都不言語，滿腹猜疑，寶玉猜疑與薛蝌猜疑互相發明，入下半回。自往學中去了。

晚間回來，都見過了，便往瀟湘館來。掀簾進去，紫鵑接着。見裏間屋内無人，寶玉道：「姑娘那裏去了？」紫鵑道：「上屋裏去了。知道薛姨太太過來，姑娘請安去了。二爺没有到上屋裏去麽？」寶玉道：「我去了來的，没有見你姑娘。」紫鵑道：「這也奇了。」寶玉道：「姑娘到底那裏去了？」紫鵑道：「不定。」將入「疑陣」文字，起處便作一片迷離，曰奇了，曰不定，微言也。寶玉往外便走，剛出屋門，只見黛玉帶着雪雁冉冉而來。寶玉道：「妹妹回來了！」縮身退步進來。黛玉進來，走入裏間屋内，便請寶玉裏頭坐。顯見情有獨鍾，以發本文，因以見上文補筆之妙。紫鵑拿了一件外罩換上，然後坐下，問道：「你上去看見姨媽没有？」寶玉道：「見過了。」黛玉道：「姨媽説起我没有？」寶玉道：「不但没有説起你，連見了我也不像先時親熱。今日我問起寶姐姐病來，他不過笑了一笑，並不答言。難道怪我這兩天没有去瞧他麽？」故作斡旋，而姻事顯而易見。黛玉笑了一笑，道：「你去瞧過没有？」寶玉道：「頭幾天不知道，這兩天知道了也没有去。」黛玉道：「可不是？」寶玉道：「老太太不叫我去，太太也不叫我去，老爺又不叫我去，我如何敢去？再作斡旋，其支離處皆其經營處。若是像從前這扇小門走得通的時候，要我一天瞧他十轉也不難。如今把門堵了，要打前頭過去，自然不便了。」一語有千百轉身，一心之昏有如此。黛玉道：「他那裏知道這個原故？」寶玉道：「寶姐姐爲人是最體諒我的。」黛玉道：「你不要自己打錯了主意。若論寶姐姐，更不體諒。又不是姨媽病，是寶姐姐病，向來在園中做詩、賞花、飲酒，何等熱鬧；如今隔開了，你看見他家裏有事了，他病到那步田地，你像没事人一般，他怎麽不惱呢？」此見黛玉但知寶玉之專屬於己，其餘皆非所知，乃「疑陣」正面。

寶玉道：「這樣難道寶姐姐便不和我好了不成？」黛玉道：「他和你好不好，我卻不知，我也不過是照理而論。」由「疑陣」入「談禪」。

寶玉聽了，瞪着眼呆了半晌。黛玉看見寶玉這樣光景，也不睬他，只是自己叫人添了香，又翻出書來，細看了一會。未談禪，先説書、香，乃一書正義，否則此處成閑文矣。只見寶玉把眉一皺，把脚一跺，道：「我想這個人生他做什麼？天地間没有了我倒也乾浄。」此見寶之不能忘情於釵，乃黛之所不能不慮者，故爲「談禪」發端。黛玉道：「原是有了我，黛玉自謂。便有了人。謂寶釵。有了人，便有無數的煩惱生出來：恐怖、顛倒、夢想，更有許多纏碍。捽玉、剪香、驚夢、絶粒，一切情事。纔剛我説的都是頑話，你不過是看見姨媽没精打彩，如何便疑到寶姐姐身上去？姨媽過來原爲他的官司事情，心緒不寧，那裏還來應酬你？都是你自己心上胡思亂想，鑽入魔道裏去了。」又着此一轉，自説自解，便是薛蝌疑悔以蟾、桂爲美意。寶玉豁然開朗，笑道：「很是。你的心靈比我竟强遠了，怨不得前年我生氣的時候，你和我説過幾句禪語，我實在對不上來。又找前文，遞到「談禪」，其步驟乃爾。能辨此等用筆，自然不突，能辨寶蟾，直指金桂心事，自然不慢。我雖丈六金身，還藉你一莖所化。」莖者，草也，即黛玉之絳珠草。寶玉存亡視此矣，所謂《寄生草》。請參看「聽曲文」評。黛玉乘此機會説道：「我便問你一句話，你如何回答？」此番談禪，索訂定婚姻左券而已，不是釋部深文，笨伯不必妄參，請看「乘此機會」四字便解。禪則有何機會之可乘耶？寶玉盤着腿，合着手，閉着眼，撅着嘴道：「講來。」鋪排面子神理俱得，妙哉。黛玉道：「寶姐姐和你好，你怎麽樣？寶姐姐不和你好，你怎麽樣？寶姐姐前兒和你好，如今不和你好，你怎麽樣？今兒和你好，後來不和你好，你怎麽樣？你和他好，他偏不和你好，你怎麽樣？你不和他好，他偏要和你好，你怎麽樣？」二「好」字如珠落盤，其實只借過去、未來、現在之説以探其心之所定耳，與問「爾有何貴，爾有何堅」之旨通。寶玉呆了半晌，忽然大笑道：或作悟境以惑看官。「任憑弱水三千，我只取一瓢飲。」弱水在海，林出於海，言黛玉之外更無可定之人也。黛玉道：「瓢之漂水奈何？」寶玉道：「非瓢漂水，水自流，瓢自漂耳。」此防金玉之奪也。能知其奪而不敵其奪，且自取能其奪，乃黛玉自責；常人之心如瓢在水，則責寶玉也。黛玉道：「水止珠沈，奈何？」寶玉道：「禪心已作沾泥絮，莫向東風舞鷓鴣。」此見金玉之奪，乃寶之漫無主張以致之耳。一問再堅之，一答再許之，以完「你死了，我做和尚」之説。黛玉道：「禪門第一戒是不打誑語的。」仍不十分信服，《五美吟》固有所見也。寶玉道：「有如三寶。」黛玉低頭不語。方纔死心塌地。

只聽見檐外的老鴉呱呱的叫了幾聲，便向東南上去了。老鴉凶鳥，是書所演無非凶。老鴉孝鳥，是書所指無非孝。鳥聲爲陽氣，東南爲陽方，書至此正陰極陽生之候也。寶玉道：「不知主何吉凶？」黛玉道：「『人有吉凶事，不在鳥音中』。」特引此語，以見黛玉心事千妥萬妥。忽見秋紋走來説道：「請二爺回去，老爺叫人到園裏來問過，説：『二爺打學裏回來了没有？』襲人姐姐只説：『已經來了。』快去罷。」嚇得寶玉站起身來，往外就走。黛玉也不敢相留。此篇大落墨後必接大章法，以襲代釵固矣。而此來乃矯其父命，致寶之起身便走，黛玉不敢相留。不惟寶、黛在其掌上，即賈政亦在術中。其誅襲乃以誅釵，實則並以誅金誅雪而已。

未知何事，且看下回分解。

上回爲人既死論病源，此回爲人既死論病狀。知病源則能謹疾於未然，知病狀則能謹疾於初起，爲大衆痛下針砭也。

上半回以蟾、桂立釵、襲等影身，曰「縱」、曰「工」，其病日深日甚矣，終於殺人自殺。生不如死，其禍在一巧。下半回就寶、黛本身發，一心昏憒，曰「疑」、曰「妄」，是爲養癰貽患矣，終於殺身滅性。一死一亡，其禍在於一拙。拙亦病，巧亦病，是皆不能知幾如同貴，而甘受夏三之毒者也。文字則上篇以深爲淺，下篇以淺爲深。其妙非他小説所能，即在本書亦不數見。

護花主人評曰：

寶蟾設計教金桂勾引薛蝌，金桂纔肯安静。因金桂安静，薛姨媽纔到金桂房中去。因到金桂房中，纔看見夏三。因夏三時常走動，將來買毒藥有人。層層相因，節節貫注。

寶玉病，黛玉病，寶釵亦當患病，才是一路人。然寶玉之病或因魔魘，或因癡獃，或係假粧；黛玉之病本係氣體單弱，又因疑多情切：均非正病。惟寶釵因勞所致，病得光明正大。人品不同，病亦各異。

黛玉問話，層層剥繭；寶玉答語，頗有悟機。而黛玉則説到水止珠沉，寶玉則説到有如三寶，兩人結局於斯可見。此老鴉之所以一連幾聲，飛向東南去也。

黛玉説薛姨媽心緒不寧，如何還能應酬，纔不疑及親事，亦是反跌後文。

大某山民評曰：

此回仍是甲寅年冬時事。

第九十二回　評女傳巧姐慕賢良　玩母珠賈政參聚散

話説寶玉從瀟湘館出來，連忙問秋紋道：「老爺叫我作什麽？」秋紋笑道：「没有叫，襲人姐姐叫我請二爺，我怕你不來，纔哄你的。」矯其父命出自秋紋，即襲即釵也，故與薛蟠請寶玉飲酒同一騙法。寶玉聽了，纔把心放下，放心由於一騙，已到卷末「參聚散」。因説：「你們請我也罷了，何苦來唬我。」説着，回到怡紅院内。襲人便問道：「你這好半天到那裏去的？」寶玉道：「在林姑娘那邊。説起薛姨媽、寶姐姐的事來，便坐住了。」襲人又問道：「説些什麽？」寶玉將打禪語的話述了一遍。襲人道：「你們再没個計較，正經説些家常閑話兒，或講究些詩句也是好的，怎麽又説到禪語上了？又不是和尚。」寶玉道：「你不知道。我們有我們的禪機，别人是插不下嘴去的。」襲人笑道：「你們參禪參翻了，又叫我們跟着打悶葫蘆了。」寶玉道：「頭裏我也年紀小，他也孩子氣，所以我説了不留神的話，他就惱了。如今我也留神，他也没有惱的了。只是他近來不常過來，我又念書，偶然到一處，好像生疏了似的。」襲人道：「原該這麽着纔是，都長了幾歲年紀了，怎麽好意思還像小孩子時候的樣子？」寶玉點頭道：「我也知道。一篇問答，責寶玉誅襲人文字也。夫談禪爲訂姻，以談禪告襲人，是以訂姻告襲人也。「初試雲雨」，第六回明明寫出，則寶之於襲，何事不可説？非若鳳姐饅頭庵也還用隱説賬。乃告不直告，使必不敢破木石，必不敢成金玉，以弭一切陰謀，而乃以隱躍告之曰：「我們的禪機，别人插不下嘴去。」則襲人又何憚而不東西自便耶？曰「我也知道」，所知果何道？如今且不用説那個。我問你，老太太那裏打發人來説什麽來着没有？」襲人道：「没有説什麽。」寶玉道：「必是老太太忘了，明日不是十一月初一日麽？年年老太太那裏必是個老規矩，一方一圓，統該《易》道。要辦消寒會，齊打夥兒坐下喝酒説笑。我今日已經在學房裏告了假了，這會子没有信兒，明日可是去不去呢？若去了呢，白白的告了假；若不去，老爺知道了又説我偷懶。」消寒會必費若許擬議，在寶玉非真能消寒者也。襲人道：「據我説，你竟是去的是。纔念的好些兒了，又想歇着，依我説也該上緊些纔好。昨日聽見太太説蘭哥兒念書真好，他打學房裏回來，還各自念書作文章，天天晚上弄到四更多天纔睡。你比他大多了，又是叔叔，倘或趕不上他，又叫老太太生氣，不如明日早起去罷。」以消寒、讀書爲兩事，便是襲人見識，而特提賈蘭，乃與巧姐同爲真復者也。麝月道：「這樣冷天，已經告了假了，又到學房裏去。既這麽着，就該不告假呀，顯見的是告謊假脱滑兒。依我説，落得歇一天，就是老太太忘記了，咱們這裏就不消寒了麽？咱們也鬧個會兒不好麽？」襲人道：「都是你起頭兒，二爺更不肯去了。」麝月道：「我也是樂一天是一天，又比不得你要好名兒，使唤一個月再多得二兩銀子。」襲人啐道：「小蹄子！人家説正經話，你又來胡拉混扯的了。」麝月道：「我倒不是混拉扯，我是爲你。」襲人道：「爲我什麽？」麝月道：「二爺上學去了，你又該咕嘟着嘴想着，巴不得二爺早一刻兒回來就有説有笑的了。這會子又假撇清，何苦呢？我都看見了。」花月亦自相攻伐，見消寒之不易，而語妙如聞。

襲人正要駡他，只見老太太那裏打發人來説道：「老太太説了，叫二爺明日不用上學去呢。明日請了姨太太來，給他解悶，消寒會乃爲薛解悶，正明陰雪之宜解也。只怕姑娘們都來家裏的。史姑娘、邢姑娘、李姑娘們都請了，明日來赴什麼消寒會呢。」寶玉没有聽完，便喜歡道：「可不是？老太太最高興的，明日不上學，是過了明路的了。」襲人也便不言語了，那丫頭回去。寶玉認真念了幾天書，巴不得頑這一天，又聽見薛姨媽過來，想着寶姐姐自然也來，心裏歡喜，便説：「快睡罷，明日早些起來。」於是一夜無話。

到了次日，果然一早到老太太那裏請了安，又到賈政、王夫人那裏請了安，回明了老太太今日不叫上學，賈政也没言語，消寒而政無言，所學差，則所教亦差也。在語面恰好。便慢慢退出來。走了幾步，便一溜煙跑到賈母房中。見衆人都没來，只有鳳姐那邊的奶媽子，帶了巧姐兒，跟着幾個小丫頭，過來給老太太請了安，説：「我媽媽先叫我來請安，陪着老太太説説話兒。媽媽回來就來。」賈母笑着，道：「好孩子，我一早就起來了，等他們總不來，只有你二叔叔來了。」那奶媽子便説：「姑娘給你二叔叔請安。」寶玉也問了一聲：「（妞妞）（姐姐）好。」巧姐兒道：「我昨夜聽見我媽媽説，要請二叔叔去説話。」寶玉道：「説什麼呢？」巧姐兒道：「我媽媽説我跟着李媽認了幾年字，此李即李紈之理，凡書中姓李者皆視此。不知我認得不認得。我説都認得，我認給媽媽瞧。媽媽説我瞎認，不信，説我一天儘子頑，那裏認得。消寒便是回陽，乃後天所有，事載在書契，故必須認字。我瞧着那些字也不要緊，就是那《女孝經》也是容易念的。劈頭便提《孝經》，聖賢萬言明此而已，故曰字没要緊。孝則舉念即是，不假外求，故曰容易。寒消於此，陽回於此，是書歸結於此矣。看官猶未信「一笑」之旨乎？媽媽説我哄他，要請二叔叔得空兒的時候給我理理。」賈母聽了笑道：「好孩子，你媽媽是不認得字的，所以說你哄他。明日叫你二叔叔理給他瞧瞧，他就信了。」自不認字，並不信巧姐認字，此其所以爲財色之魁，即因劉老老而成《留餘慶》一曲，亦平旦幾希一息而已。人至鳳姐，尚有復機，幸勿自棄。寶玉道：「你認了多少字了？」巧姐兒道：「認了三千多字，數通《曲禮》，道合春生。念了一本《女孝經》，半個月頭裏又上了《列女傳》。」孝爲性本，故曰一本。陰陽交易，如環無端，來復之機，無分男女。上大段既以賈蘭明此理，此大段又以巧姐明此理，太極兩儀，始無餘蘊，而一「孝」字總之。故《孝經》外即提《列女傳》，曰半個月，正上弦下弦、盈虛進退之候也。至《列女傳》乃劉向所作，正合劉老老來歷。寶玉道：「你念了懂得嗎？你要不懂，我倒是講講這個你聽罷。」賈母道：「做叔叔的也該講究給侄女兒聽聽。」寶玉道：「那文王后妃是不必說了，想來是知道的。是書以《國風》正貞淫，而皆在語言文字之外，故文王后妃曰不用說。至其爲勸爲懲，奈知者少哉！那姜后脱簪待罪，齊國的無鹽雖醜，能安邦定國，是后妃裏頭的賢能的。若說有才的，是曹大家、班婕妤、蔡文姬、謝道蘊諸人。孟光的荊釵裙布，鮑宣妻的提甕出汲，陶侃的母截髮留賓，還有畫荻教子的，這是不厭貧的。那苦的裏頭，有樂昌公主破鏡重圓，蘇蕙的迴文感主。那孝的是更多了：木蘭代父從軍，曹娥投水尋父的屍首等類也多，我也說不得許多。那個曹氏的引刀割鼻，是魏國的故事。那守節的更多了，只好慢慢的講。若是那些艷的，王嬙、西子、樊素、小蠻、絳仙等。妒的，是禿妾髮、怨洛神等類。文君、紅拂也是女中的豪傑。」賈母聽到這裏，說：「彀了，不用說了。自姜后以下，皆書中諸人所取給，而終之以文君、紅拂。紅拂指黛玉，其評已見於《五美吟》，因黛之不能如，故本書以一死了之。文君則指寶釵，既寡而嫁者也。於空中樓閣，更留疑影，令人迷亂。作者之孽，不止導淫，得閑人救之，應亦起舞於九泉也。此段起云不必說，是書之隱情；結云不用說，是書之餘恨。一黛，一釵，一紅拂，一文君終之矣。你講的太多，他那裏還記得呢？」巧姐兒道：「二叔叔纔說的也有念過的，也有没念過的，二叔叔一講我更知道了好些。」寶玉道：「那字是自然認得的了，不用再理，寶玉之復，非巧姐之復，故不爲理。明日我還上學去呢。」巧姐兒道：「我還聽見我媽媽昨日說，我們家的小紅，頭裏是二叔叔那裏的，我媽媽要了來，還没有補上人呢。我媽媽想着要把什麽柳家的五兒補上，不知二叔叔要不要？」一部扶陽抑陰之書，借「金」「木」兩字發之。黛爲木，五兒乃黛之影，於此處必從巧姐出之。寶玉聽了更喜歡，笑着道：「你聽你媽媽的話，要補誰就補誰罷咧，又問什麽要不要呢？」游移無定，再責寶玉。因又向賈母笑道：「我瞧大（妞妞）（姐姐）這個小模樣兒，又有這個聰明兒，只怕將來比鳳姐姐還强呢，又比他認的字。」賈母道：「女孩兒家認得字呢也好，只是女工針黹倒是要緊的。」巧姐兒道：「我也跟着劉媽媽學着做呢，學書字則李，學女工則劉，劉老老又到。什麽紮花兒咧，拉鎖子咧，雖弄不好，卻也學着會做幾針兒。」賈母道：「咱們這樣人家，固然不仗着自己做，但只到底知道些，日後纔不受人家拿捏。」說來都是爲人之學，史之爲留如此，而口吻逼肖。巧姐兒答應着是，還要寶玉解說《列女傳》，見寶玉呆呆的，也不敢再說。

你道寶玉呆的是什麽？只因柳五兒要進怡紅院，頭一次是他病了，不能進來；第二次王夫人攆了晴雯，大凡有些姿色的都不敢挑。後來又在吴貴家看晴雯去，五兒跟着他媽給晴雯送東西去，見了一面，更覺嬌娜嫵媚。今日虧得鳳姐想着，叫他補入小紅的窩兒，竟是喜出望外了，所以呆呆的想他。黛玉影身，到此一總，而木石終破，一「呆」字了之矣。

賈母等着那些人，見這時候還不來，又叫丫頭去請。回來李紈同着他妹子、探春、惜春、湘雲、黛玉都來了。衆人以李紈爲首，又是一巧姐。大家請了賈母的安，衆人厮見，獨有薛姨媽未到。賈母又叫請去，果然薛姨媽帶着寶琴過來。寶玉請了安，問了好，只不見寶釵、邢岫煙二人。黛玉便問起寶姐姐爲何不來，薛姨媽假說身上不好。邢岫煙知道薛姨媽在坐，所以不來。寶玉雖見寶釵不來，心中納悶，因姻事不來，特用一人所共知之岫煙以映照寶釵，而寶、黛尚不能知，是曰獃，是曰傻，是曰呆。因黛玉來了，便把想寶釵的心暫且擱開。不多時，邢、王二夫人也來了。鳳姐聽見婆婆先到了，自己不好落後，只得打發平兒先來告假，說是正要過來，因身上發熱，過一回兒就來。賈母道：「既是身上不好，不來也罷。消寒會不與，其寒已不能消矣。咱們這時候很該吃飯了。」丫頭們把火盆往後挪了一挪兒，就在賈母榻前一溜擺下兩桌，大家序次坐下吃了飯，依舊圍爐閑談，不須多贅。消寒之理，不可言宣。

且說鳳姐因何不來？頭裏爲着倒比邢、王二夫人遲了，不好意思；後來旺兒家的來回說：「迎姑娘那裏打發人來請奶奶安，還說並沒有到上頭，只到奶奶這裏來。」鳳姐聽了納悶，不知又是什麼事，便叫那人進來，問：「姑娘在家好？」那人道：「有什麼好的？奴才並不是姑娘打發來的，實在是司棋的母親央我來求奶奶的。」鳳姐道：「司棋已經出去了，爲什麼來求我？」那人道：「司棋自從出去，終日啼哭。忽然那一日他表兄來了，他母親見了，恨得什麼似的，說他害了司棋，一把拉住要打。那小子不敢言語。誰知司棋聽見了，急忙出來，老着臉和他母親道：『我是爲他出來的，我也恨他没良心。如今他來了，媽又打他，不如勒死了我。』他母親罵他：『不害臊的東西！你心裏要怎麼樣？』司棋說道：『一個女人配一個男人，我一時失脚上了他的當，我就是他的人了，決不可再失身給別人的。我恨他爲什麼這樣膽小，一人作事一人當，爲什麼要逃？就是他一輩子不來了，我也一輩子不嫁人的。媽要給我配人，我原拼着一死的。今日他來了，媽問他怎麽樣？若是他不改心，我在媽跟前磕了頭，只當是我死了，他到那裏，我跟到那裏，就是討飯吃，也是願意的。』侃侃而談，便立一篇紅拂影傳，惜黛玉不能也。而有如皦日，直令釵、襲等愧死。其責膽小，乃明責寶玉。他媽氣得了不得，便哭着駡着，説：『你是我的女兒，我偏不給他，你敢怎麽着？』那知道那司棋這東西糊塗，便一頭撞在牆上，把腦袋撞破，鮮血直流，竟死了。司棋死烈，鴛鴦殉主，同一糊塗東西，同一《易》道。他媽哭着，救不過來，便要叫那小子償命。他表兄説道：『你們不用着急，我在外頭原發了財，因想着他纔回來，心也算是真了。此心是真，其餘皆假而已。「真」字特點。你們若不肯信，只管瞧。』説着，打懷裏掏出一匣子金珠首飾來。他媽看見了，便心軟了，説：『你既有心，爲什麽總不言語？』他外甥道：『大凡女人，都是水性楊花，我若説有錢，他便是貪圖銀錢了。如今他只爲人，就是難得的。我把金珠給你們，我去買棺盛殮他。』那司棋的母親接了東西，也不顧女孩兒了，「金寡婦」演義，史、薛、王、鳳悉在其中。便由着外甥去。那裏知道他外甥叫人抬了兩口棺材來。司棋的母親看了詫異，説：『怎麽棺材要兩口？』他外甥笑道：『一口裝不下，得兩口纔好。』司棋的母親見他外甥又不哭，只當是他心疼傻了。豈知他忙着就把司棋收拾了，也不啼哭，眼錯不見，把帶的小刀子往脖子上一抹，也就抹死了。這才是一篇真鴛鴦傳，寫得有聲有色，驚天地，泣鬼神。亦支離，亦周詳，而出於那人之口，無名無姓，其作者自道乎？書中許多「那人」都如此用。司棋的母親懊悔起來，倒哭得了不得。如今坊上知道了，要報官。他急了，央我來求奶奶説個人情，他再過來給奶奶磕頭。」鳳姐聽了，詫異道：「那有這樣傻丫頭？偏偏的就碰見這個傻小子。以義烈爲傻，是爲鳳姐。怪不得那一天翻出那些東西來，他心裏没事人似的，敢道是這麽個烈性孩子。論起來，我也没這麽大工夫管他這些閑事，但只你纔説的，叫人聽着怪可憐見兒的。也罷了，你回去告訴他，我和你二爺説，打發旺兒給他撕擄就是了。」鳳姐打發那人去了，纔過賈母這邊來，不提。以《列女傳》冠消寒會首，以司棋事結消寒會尾，鳳雖未與消寒，而終得消寒於巧姐者，以尚有幾希之留在也。

且説賈政這日正與詹光下大棋，入下半回，用棋接棋，顯發《易》道，以再立賈政失教之罪。通局的輸贏也差不多，單爲着一隻角兒，死活未定，在那裏打結。門上的小厮進來回道：「外面馮大爺要見老爺。」賈政道：「請進來。」小厮出去請了，馮紫英走進門來，一角未分死活，金玉姻緣猶未明定，可及止也，尚可救藥，故馮紫英來。紫石英，藥石也。賈政即忙迎着。馮紫英進來，在書房中坐下，見是下棋，便道：「只管下棋，我來觀局。」詹光笑道：「晚生的棋是不堪瞧的。」馮紫英道：「好説，請下罷。」賈政道：「有什麽事？」馮紫英道：「没有什麽話，老伯只管下棋。我也學幾着兒。」賈政向詹光道：「馮大爺是我們相好的，既没事，我們索性下完了這一局再説話兒。索性終局，可止不止也，藥亦枉來。馮大爺在旁邊瞧着。」馮紫英道：「下采不下采？」詹光道：「下采的。」下采隱言納采，金玉姻緣此時尚未納采，而終竟成之，故云下采的。馮紫英道：「下采的是不好多嘴的。」不好多嘴，有藥仍無藥也。賈政道：「多嘴也不妨。他横竪輸了十來兩銀子，終久是不拿出來的，往後只好罰他做東便了。」詹光笑道：「這倒使得。」罰金作東，乃扶陽抑陰之義。馮紫英道：「老伯和詹子亮對下麽？」賈政笑道：「從前對下，他輸了；如今讓他幾個子兒，他又輸了，時常還要悔幾着。此局終悔。不叫他悔，他就急了。」詹光也笑道：「没有的事。」此句説書。賈政道：「你試試瞧。」此句説看官。大家一面説笑，一面下完了，收起棋來，此句歸結書旨。詹光還了棋頭，輸了七個子兒。七爲巧數，以釵之巧，到底是輸。馮紫英道：「這盤終吃虧在打結裏頭，老伯結少，就便宜了。」冤怨緣無非結，甚矣，人之不可多結也。

賈政對馮紫英道：「有罪，有罪。咱們説話兒罷。」馮紫英道：「小侄與老伯久不相見，一來會會，二來因廣西的同知，廣西位處西南，正母珠所産之鄉，人當同知此理也。進來引見，帶了四種洋貨，可以做得貢的。洋貨則生於海，四種則氣備四時，是書借一黛玉隱演天道不愧明廷，故可作貢，其自負如此。一件是圍屏，所以禦冬，即可消寒，故爲第一。有二十四扇槅子，都是紫檀雕刻的，借二十四氣統二十四番，三春歇，羣芳盡矣。中間雖説不是玉，卻是絶好的硝石，所謂假寶玉。石上鏤出山水、人物、樓臺、花鳥等物。一扇上有五六十個人，五六十，綜之得二十一數，三七也。《河圖》天三生木，天七成火，木火爲陽，是書重在扶陽。都是宮妝的女子，名爲《漢宮春曉》。「三十六宮都是春」，特以劉老老爲主宰，令人各曉爲留，故曰《漢宮春曉》。既曉則夢醒矣。人的眉目口鼻以及出手衣摺，刻得又清楚，又細膩，點綴布置都是好的。我想尊府大觀園中正廳上卻可用得着。此是自説其書好處正是一部大觀。還有一個鐘表，有三尺多高，也是一個小童兒，拿着時辰牌，到了什麼時候，他就報什麼時候，裏頭也有些人在那裏打十番的。子午同宮，是爲天體。天三生木，是高三尺。小童乃少陽。周而復始是爲十番。而鐘者終也，元春死矣。這是兩件重笨的，卻還沒有拿來。現在我帶在這裏兩件，卻有些意思兒。」屏、鐘之用虛，珠、帳之用實，兩虛兩實，寫來底面皆合。就在身邊拿出一個錦匣子兒，幾重白錦裹着，揭開了蓋子，第一層是一個玻璃盒子，裏頭金托子，大紅縐綢托底上放着一顆桂元大的珠子，光華耀目。馮紫英道：「據説這就叫做母珠。」因叫拿一個盤兒來。詹光即忙端過一個黑漆茶盤，道：「使得麽？」馮紫英道：「使得。」便又向懷裏掏出一個白絹包兒，將包兒裏的珠子都倒在盤子裏散着，把那顆母珠擱在中間，將盤置於桌上。看見那些小珠子兒，滴溜滴溜都滾到大珠身邊來，一回兒把這顆大珠子抬高了，別處的小珠子一顆也不剩，都黏在大珠上。詹光道：「這也奇怪。」賈政道：「這是有的，所以叫做母珠，原是珠之母。」四種洋貨總括全書，書旨在孝，故以母珠爲主。孝不外求，故隨身即是。「參聚散」者賈政，則此珠即賈母壽終之義也。而究竟仍是黛玉。蓋黛爲絳珠，而爲木爲心，故曰「桂元大」，桂元木果，養心之藥也。書中自題瀟湘館對聯以次，每以茶爲演義，故必用茶盤。曰黑漆，黛色也。自十二釵以及榮、寧兩府一切人物，無非演心，即無非珠子，故小的一顆不剩。以爲奇怪者失之矣。

馮紫英回頭看着他跟來的小廝，道：「那個匣子呢？」那小廝趕忙捧過一個花梨木匣子來。大家打開看時，原來匣内襯着虎紋錦，錦上疊着一束藍紗。詹光道：「這是什麼東西？」馮紫英道：「這叫做鮫綃帳。」鮫綃帳，交消賬也。又鮫帕題詩乃寶黛還淚賬，至此一齊交消，黛玉死寶玉走矣。其曰花梨木匣，即蔣玉函之紫檀堡，與梨香院之寶釵同爲一人也。其曰虎紋錦，虎爲西風，乃鳳姐也。其色必藍，天之色，即木之色也。在匣子裏拿出來時，疊得長不滿五寸，厚不上半寸。五寸五分合成土數，四象之所歸也。馮紫英一層一層的打開，到十來層，已經桌子上鋪不下了。書至十九回，寶玉不知所終，是十來層外已鋪不下。馮紫英道：「你看裏頭還有兩摺，必得高屋裏去，纔張得下。此帳雖小，實隱大道，其借徑二氏，曲曲折折，乃兩摺也。而欲闢開兩摺，舍渺茫而歸真實，必須於高大去處尋究乃得之。這就是鮫綃絲所織。暑熱天氣，張在堂屋裏頭，蒼蠅蚊子一個不能進來，屏用鏁鳳之西風，於帳用鏁釵之熱毒，能知用帳，何有「絳芸軒」之案，而白犀麈柄入寶釵手，聽蚊子哼哼韻耶？又輕又亮。」賈政道：「不用全打開，怕疊起來倒費事。」文字以終而不終爲妙，況此書爲演缺陷之書乎！萬無續理。乃笨伯見尚餘兩摺，誤認寶、黛，而續部踵出，必要全行打開，並不顧疊起費事，冤哉！詹光便與馮紫英一層一層摺好收了。馮紫英道：「這四件東西價兒也不很貴，兩萬銀他就賣，母珠一萬，鮫綃帳五千，

《漢宮春曉》與自鳴鐘五千。」萬爲全數，知用此物則寶、黛可以兩全；萬爲一草，黛爲草，故母珠一萬；「五千」「五千」合爲一萬，而得中央土數，鐘鳴夢曉，鮫帕公案了矣。賈政道：「那裏買得起！」馮紫英道：「你們是個國戚，難道宮裏頭用不着麽？」賈政道：「用的着的很多，只是那裏有這些銀子？」冷子興口中「消索」二字迤邐演來。等我叫人拿進去，給老太太瞧瞧。」政不用而諉之於史，罪案層層。馮紫英道：「很是。」

賈政便着人叫賈璉把那兩件東西送到老太太那邊去，並叫人請了邢、王二夫人、鳳姐兒都來瞧看，一干人犯都到。又把兩樣東西一一試過。賈璉道：「他還有兩件，一件是圍屏，一件是樂鐘，共總要賣二萬銀子呢。」鳳姐兒接着道：道則道矣，而必曰接着道，則大衆罪狀又總歸於鳳姐一人。「東西自然是好的，也知是好。但是那裏有這些閑錢？咱們又不比外任督撫，要辦貢。我已經想了好些年了，像咱們這種人家，必得置些不摇動的根基纔好，或是祭田，或是義莊，再置些墳屋，往後子孫遇見不得意的事，還有點兒底子，不到一敗塗地。此秦氏夢中語也，既以四物總結全書，又以此段指明作書之意。秦意即鳳意，鳳意即大衆意，而實則作者意，故下云「我的意思是這樣」。我的意思是這樣，不知老太太、老爺、太太們怎麽樣？若是外頭老爺們要買，只管買。」其言武斷，内外總在掌握，是爲接着道。賈母與衆人都説：「這話説的倒也是。」買四物、置祭田乃一事也，今分而爲二，則大誤矣，故曰倒也是。賈璉道：「還了他罷。原是老爺叫我送給老太太瞧，爲的是宮裏好進，誰説買來擱在家裏？老太太還没開口，你便説了一大些喪氣話。」説着，便把兩件東西拿了出去，告訴了賈政，説：「老太太不要。」四物皆藥石，史之不要，鳳實主之，而罪則必歸諸史。便與馮紫英道：「這兩件東西好可好，就只没銀子，我替你留心，有要買的人，我便送信給你去。」

馮紫英只得收拾好，坐下説些閑話，没有興頭，就要起身。賈政道：「你在我這裏吃了晚飯去罷。」馮紫英道：「罷了，來了就叨擾老伯嗎？」賈政道：「説那裏的話。」正説着，人回：「大老爺來了。」此係收拾全局，此人必不可少。賈赦早已進來，彼此相見，敍些寒温。「寒温」二字從消寒會來，非閑文也。不一時擺上酒來，肴饌羅列，大家喝着酒。至四五巡後，説起洋貨的話。不一時，四五巡，都是洋貨的話，評不勝評。聞有人説此書不惟無閑語，並無閑字，洵知言哉。馮紫英道：「這種貨本是難銷的，除非要像尊府這樣人家，還可銷得，其餘就難了。」賈政道：「這也不見得。」賈赦道：「我們家裏也比不得從前了，這回兒也不過是個空門面。」馮紫英又問：「東府珍大爺可好麽？我前日見他，説起家常話兒來，提到他令郎續娶的媳婦，遠不及頭裏那位秦氏奶奶了。此大結局，豈可有赦無珍，有榮無寧，故必着此問，以虚代實。如今後娶的到底是那一家的，我也没有問起。」没名没姓，久已書中未提，紫英不問珍、蓉家常，不可救藥矣。賈政道：「我們這個侄孫媳婦兒也是這裏大家，從前做過京畿道的胡老爺的女孩兒。」京畿道乃言官之首，一部書首罪寧，一部書實無非諫也。其姓胡即胡老名公，胡庸醫，及一切胡説，止一假語村言而已。紫英道：「胡道長我是知道的，但是他家道上也不怎麽樣。也罷了，只要姑娘好就好。」

賈璉道：「聽得内閣裏人説起，賈雨村又要升了。」方提胡道長，即接賈雨村，是一非二。賈政道：「這也好，不知準不準？」賈璉道：「大約有意思的了。」四種洋貨曰有意思，賈雨村亦曰有意思，全書一意思也。馮紫英道：「我今日從吏部裏來，也聽見這樣説。雨村老先生是貴本家不是？」賈政道：「是。」馮紫英道：「是有服的，還是無服的？」賈政道：「説也話長。他原籍是浙江湖州府人，流寓到蘇州，甚不得意。有個甄士隱和他相好，時常周濟他。已後中了進士，得了榜下知縣，便娶了甄家的丫頭，如今的太太不是正配。豈知甄士隱弄到零落不堪，没有找處。雨村革了職以後，那還與我家並未相識。只因舍妹丈林如海林公，在揚州巡鹽的時候，請他在家做西席，外甥女兒是他的學生，因他有起復的信要進京來，恰好外甥女兒要上來探親，林姑老爺便託他照應上來的。還有一封薦書，託我吹噓吹噓。那時看他不錯，大家常會。豈知雨村也奇，我家世襲起，從『代』字輩下來，寧、榮兩宅人口房舍以及起居事宜，一概都明白。此明白中有一冷子興在。因此遂覺得親熱了。」因又笑説道：「幾年間門子也會鑽了，由知府推升轉了御史，不過幾年，升了吏部侍郎，署兵部尚書。爲着一件事降了三級，如今又要升了。」知府爲守，御史爲諫，吏部爲天，兵部爲夏，降三級便是夏三，又皆全書要義，而一套官階總出於一笑道之中。文則神來，意則岳峙。馮紫英道：「人世的榮枯，仕途的得失，終屬難定。」是爲藥石之言，以起下文，令人真假自定。賈政道：「像雨村算便宜的了。還有我們差不多的人家，就是甄家，從前一樣的功勳，一樣的世襲，一樣的起居，我們也是時常來往。不多幾年，他們進京來，差人到我這裏請安，很還熱鬧。一回兒抄了原籍的家財，至今杳無音信，不知他近況若何，真假對勘，特出甄家抄没，以起賈家抄没。心下也着實惦記。看了這樣，你想做官的怕不怕？」賈赦道：「咱們家是再没有事的。」赦、政各爲一見，有底有面。馮紫英道：「果然尊府是不怕的：一則裏頭有貴妃照應，二則故舊好、親戚多，所謂逢迎。三則你家自老太太起至於少爺們，没有一個刁鑽刻薄。」三則正合四種。賈政道：「雖然無刁鑽刻薄，卻没有德行才情的，白白的衣租食税，那裏當得起？」就二「政」字立一復機，方束得住兩大段，透得到「延世澤」。

賈赦道：「咱們不用説這些話，大家吃酒罷。」大家又喝了幾杯，擺上飯來。吃畢喝茶，馮家的小厮走來，輕輕的向紫英説了一句，馮紫英便要告辭了。賈赦、賈政道：「你説什麽？」小厮道：「外面下雪，早已下了梆子了。」陰雪洊至，正四物所預防也。賈政叫人看時，已是雪深一寸多了。「由辨之不早辨也」。賈政道：「那兩件東西你收拾好了麽？」馮紫英道：「收好了。若尊府要用，價錢還自然讓些。」賈政道：「我留神就是了。」再着問答，文面圓，文心密。紫英道：「我再聽信罷。天氣冷，請罷，別送了。」賈赦、賈政便命賈璉送了出去。

未知後事如何，且看下回分解。

此回上半與「讚孤兒」相對，彼以一賈蘭演《復》卦真機，而反之者賈環；此以一巧姐演《復》卦真機，而反之者鳳姐。以夾攻寶玉之「卻塵緣」，雖復而非真復也。下半與「鞭悍僕」相對，彼以珍、璉明致禍之因，此以赦、政定失教之罪，皆重上半回，乃爲九十一回打一大結之處。故自甄士隱、賈雨村、秦氏、冷子興、山子野，一切要緊關節人物，無不畢見，而總納於司棋一局、紫英四種，一部《易》理全，一部大觀止矣。

自「失綿衣」回至此爲一大段，皆從「解琴書」回生發，相爲對待，不容分析，皆追原以往文字，其旨深矣。知耻近乎勇，篆煙一縷，貧女乃閨閣之師；閑邪存其誠，古字三千，小郎得大人之學。堂堂寶鑑，奈何共道誨淫？的的明珠，到底都云皈佛。復天心於七日，有真有假，即於吾道尚析毫釐；問歧路於三叉，可東可西，卻怪那人善排疑陣。賢良是守，劉老老拉巧姐而來；果品徒嘗，情哥哥入渺茫而走。鐘鳴夢醒，賬了書完。

護花主人評曰：

巧姐以侯門之女，出嫁耕織之家，如《列女傳》中孟光一流人物，故借寶玉講書爲伏筆。

司棋係迎春之婢，所以其母假託迎春之名，央人求鳳姐。

司棋之死，與尤三姐激烈相似。但三姐是明受柳湘蓮之聘，司棋是私與潘又安相訂，邪正不同。柳湘蓮揮劍斬情，潘又安拔刀自刎，其心亦似相同。但柳生之去，飄忽不測；潘郎之死，明白顯著：文筆迥殊。

賈母如一顆母珠，在則兒孫繞聚，死則家業消亡。借此一參，暗伏後文。

賈政說甄家被抄，是正伏後文；賈赦説我家斷無其事，反跌後文。

補敘賈雨村來歷，與第二回遥遥照應。

大某山民評曰：

此回已入甲寅年十一月事。

第九十三回　甄家僕投靠賈家門　水月庵掀翻風月案

卻説馮紫英去後，賈政叫門上的人來吩咐道：「今日臨安伯那裏來請吃酒，知道是什麽事？」門上的人道：「奴才曾問過，並没有什麽喜慶事，不過南安王府裏到了一班小戲子，都説是個名班。伯爺高興，唱兩天戲，請相好的老爺們瞧瞧，熱鬧熱鬧。大約不用送禮的。」一部熱鬧書，無非喪敗，故没喜慶事；無非亂常，故不用送禮。重頓特提，以開下廿八回。説着，賈赦過來問道：「明日二老爺去不去？」賈政道：「承他親熱，怎麽好不去的？」説着，門上進來回道：「衙所裏書辦來請老爺明日上衙門，有堂派的事，必得早些去。」工部，空部也。渺茫空空，乃本書借徑，以終寶玉歸空之局，故次即特提。賈政道：「知道了。」説着，只見兩個管屯裏地租子的家人走來，請了安，磕了頭，旁邊站着。賈政道：「你們是郝家莊的？」兩個答應了一聲。書演天地生成之道，故即接管地租人。書重明一「孝」字，故來爲烏進孝之人。賈政也不往下問，竟與賈赦各自説了一回話兒散了。書譏失教，《春秋》責備賢者，此處專責賈政，今見進孝人來而不往下問，是何所學而何所教耶？只有與不可赦之罪人同歸一散而已。看「也不往下問」，「也」字何等詫異？家人等秉着手燈，送過賈赦去。

這裏賈璉便叫那管租的人道：「説你的。」三字神來之筆，人人口耳中所有，而筆下所必不能有。那人説道：「十月裏的租子奴才已經趕上來了，《坤》卦用事，地租之所歸藏，孝道成矣。原是明日可到。誰知京外拿車，把車上的東西，不由分說都掀在地下。奴才告訴他說是府裏收租子的車，不是買賣車。他更不管這些。奴才叫車夫只管拉着走，幾個衙役就把車夫混打了一頓，硬拉了兩輛車去了。拉車惡習，人所共恨，因寫一通，以爲有司者告是矣。然必寫於進孝來人，則尚有深意。見孝之所以不行，皆假政有以誤之也。故賈政號存周，而取義於「大車檻檻」之大夫。奴才所以先來回報，求爺打發個人到衙門裏去要了來纔好，再者也整治整治這些無法無天的差役纔好。爺還不知道呢，更可憐的是那買賣車，客商的東西全不顧，掀下來趕着就走。那些趕車的但說句話，打的頭破血出的。」賈璉聽了駡道：「這個還了得！」立刻寫了一個帖兒，叫家人：「拿去向拿車的衙門裏要車去，並車上東西，若少了一件，是不依的。快叫周瑞。」周瑞不在家；又叫旺兒，旺兒晌午出去了，還没有回來。賈璉道：「這些忘八羔子，一個都不在家。書歸痛駡。他們終年間吃糧不管事。」書無煞尾。因吩咐小廝們：「快給我找去！」說着，也回到自己屋裏睡下不題。

且說臨安伯第二天又打發人來請，賈政告訴賈赦道：「我是衙門裏有事，璉兒要在家等候拿車的事情，也不能去，倒是大老爺帶寶玉應酬一天也罷了。」賈赦點頭道：「也使得。」賈政遣人去叫寶玉，說：「今日跟大老爺到臨安伯那裏聽戲去。」寶玉又稟父命。寶玉喜歡的了不得，便換上衣服，帶了焙茗、掃紅、鋤藥三個小子出來，其數不偶，而名義顯然。見了賈赦請了安，上了車，來到臨安伯府裏。門上人回進去，一會子出來，說：「老爺請。」於是賈赦帶着寶玉走入院內，只見賓客喧闐。賈赦、寶玉見了臨安伯，又與衆賓客都見了禮，大家坐着說笑了一回。只見一個掌班的，拿着一本戲單，一個牙笏，向上打了一個千兒，説道：「求各位老爺賞戲。」先從尊位點起，挨至賈赦，也點了一齣。那人回頭見了寶玉，便不向别處去，竟搶步上來，打個千兒道：「求二爺賞兩齣。」寶玉一見那人面如傅粉，唇若塗朱，鮮潤如出水芙蕖，飄揚似臨風玉樹，原來不是别人，就是蔣玉函。掌班人名字必從寶玉眼中鄭重提出，乃一部傳奇另開場面處。蔣爲掌班，乃襲爲掌班，而實則釵爲掌班也。其贊語皆有着落。前日聽得他帶了小戲子進京，也没有到自己那裏，此時見了，又不好站起來，只得笑道：「你多早晚來的？」蔣玉函把手在自己身上一指，笑道：「怎麽二爺不知道麽？」一指即一齣，底面俱妙，已到百十九回。寶玉因衆人在坐，也難説話，只得胡亂點了一齣，蔣玉函去了。便有幾個議論道：「此人是誰？」有的説：「他向來是唱小旦的，如今不肯唱小旦，年紀也大了，就在府裏掌班，頭裏也改過小生。陰陽轉换，此書一終。他也攢下好幾個錢，家裏已經有兩三個鋪子，只是不肯放下本業，原舊領班。」有的説：「想必成了家了？」有的説：「親還没有定，他倒掌定一個主意，説是人生配偶，關係一生一世的事，不是混鬧得的。不論尊卑貴賤，總要配得上他的纔罷，所以到如今還並没娶親。」寶玉暗忖度道：「不知日後誰家的女孩兒嫁他？要嫁着這樣的人材兒，也算是不辜負了。」以「結絡」回寶玉對鶯兒所説之語，於暗忖中提出，則於襲爲淺文，於釵有曲筆矣。

那時開了戲，也有崑腔，也有高腔，也有弋腔、梆子腔，此書無腔不備。做得熱鬧。過了晌午，便擺開桌子吃酒，又看了一回。賈赦便欲起身，臨安伯過來留道：「天色尚早，聽見説蔣玉函還有一齣《占花魁》，是他頂好的首戲。」花爲襲姓，「豔冠羣芳」爲釵所得牡丹花籤，乃合釵、襲爲一花魁。曰占花魁，則襲、釵同一不免矣。是爲首戲。寶玉聽了，巴不得賈赦不走，於是賈赦又坐了一會。果然蔣玉函扮着秦小官，伏侍花魁醉後神情，把這一種憐香惜玉的意思，做得極情盡致。以後對飲對唱，纏綿繾綣。寶玉這時，不看花魁，只把兩隻眼睛獨射在秦小官身上。秦小官即秦鍾，即黛玉，故眼睛獨射，見其不看花魁也，襲、釵奈何？凡爲襲、釵者可知矣。更加蔣玉函聲音響亮，口齒清楚，按腔落板，寶玉的神魂都唱了進去了。直等這齣戲進場後，更知蔣玉函極是情種，非尋常戲子可比。進場後寶玉走矣。非尋常戲子，是曰文妙真人。因想着：「《樂記》上説的是，『情動於中，故形於聲，聲成文，謂之音』。所以知聲、知音、知樂，有許多講究。聲音之原，不可不察。詩詞一道，但能傳情，不能入骨，自後想要講究講究音律。」因戲而及《樂記》，則《六經》在其中，因樂而及詩，舉一該四矣。而此「情」字究是何情？此等處看官何不一留意，但罵閑人迂闊耶？寶玉想出了神，忽見賈赦起身，纔想《樂記》而赦忽起身，則寶玉之外《六經》而歸空，皆有攸歸矣。主人不及相留。寶玉没法，只得跟了回來。

到了家中，賈赦自回那邊去了。寶玉來見賈政，賈政纔下衙門，正向賈璉問起拿車之事。賈璉道：「今日叫人拿帖兒去，知縣不在家。他的門上説了：『這是本官不知道的，並無牌票出去拿車，都是那些混賬東西在外頭撒野擠訛頭。政之爲政如此。既是老爺府裏的，我便立刻叫人去追辦，包管明日連車連東西一並送來，如有半點差遲，再行稟過本官，重重處治。此刻本官不在家，求這裏老爺看破些，可以不用本官知道更好。』」賈政道：「既無官票，到底是何等樣人在那裏作怪？」賈璉道：「老爺不知外頭都是這樣，想來明日必定送來的。」賈璉説完了下來，寶玉上去見了。賈政問了幾句，便叫他往老太太那裏去。

賈璉因爲昨夜叫空了家人，出來傳喚，那起人多已伺候齊全。賈璉罵了一頓，叫大管家賴升：「將各行檔的花名開了拿來，你去查點查點，寫一張諭帖叫那些人知道：若有並未告假，私自出去，傳喚不到，貽誤公事的，立刻給我打了攆出去！」上映「鞭悍僕」，下映「狗彘奴」，以爲本回上半作引。賴升連忙答應了幾個「是」，出來吩咐了一回，家人各自留意。

過不幾時，忽見有一個人，頭上戴着毡帽，身上穿着一身青布衣裳，脚下穿着一雙撒鞋，本書寫男子衣裝，寶玉、賈雨村、賈蓉、北静王之外，更不多見。今於包勇必明明寫出，而可今可古，正爲「包」字先作敷衍，而上、中、下分《易》卦，正與劉老老之包頭衫裙同義。走到門上，向衆人作了個揖。衆人拿眼上上下下打諒了一番，上上下下，又是卦象。便問他：「是那裏來的呢？」那人道：「我自南邊甄府中來的，並有家老爺手書一封，求這裏的爺們呈上尊老爺。」衆人聽見他是甄府來的，纔站起來讓他坐下，道：「你乏了，且坐坐，我們給你回就是了。」自南之北，陽極則陰，此「神遊」回「真亦假」之義。寫包勇舉動雍容不迫，衆人言動鄙俗不堪，爲假爲真，入手便見。門上一面進來回明賈政，呈上來書。看時，上寫着：

世交夙好，氣誼素敦，遥仰襜帷，曷勝依切。弟因菲材獲譴，自分萬死難償，幸邀寬宥，待罪邊隅。迄今門户凋零，家人星散。所有奴子包勇，向曾使用，雖無奇技，人尚慤實。倘使得備奔走，糊口有資，屋烏之愛，感佩無涯矣。專此奉達，餘容再敘，不宣。隨便一札，無非深義。曰世交，陰陽交易，貞下起元，《易》道也。襜帷乃《大車》之詩教也。菲材皆木，不重木而重金，以致凋零星散，因是獲譴。一切亂倫蔑理，成於一人，萬死難償。忠孝一源，書重孝並重忠，故十八回曰「皇恩重」，曰「天倫樂」，幸邀寬宥，屋烏之愛也。奉達則顯，不宣則秘，是皆爲薦包勇之用。包勇者，陰陽出入之門户，真假變易之機關，乃本書第三支取證之人也。「包」字上下兩勾合抱而成，上勾右轉而順下，中象「句陳」之「句」字。下勾左旋而逆上，中象「巳土」之「巳」字。簇五行於二土，合四象於中間，《河》《洛》精義，一「包」字括之矣。往過來續，强健不息，故名曰勇，即狗兒之祖連宗勢利之義。《易》道至常，故無奇技；土性敦厚，故人慤實：是又一劉老老也。得閑人指出，讀者應共爽然。

賈政看完，笑道：「這裏正因人多，甄家倒薦人來，又不好卻的。」統數語於「笑道」二字中，一句一轉，均有微意。吩咐門上：「叫他見我，且留他住下，因材使用便了。」門上出去，帶進人來見賈政。便磕了三個頭，起來道：「家老爺請老爺安。」自己又打個千兒，說：「包勇請老爺安。」恭而有禮。書中寫一包勇，全括《六經》，都在言下，請詳察之。曰三個頭、曰請安，皆有微義，莫作浮文看。賈政回問了甄老爺的好，便把他上下一瞧，但見包勇身長五尺有零，爲包勇出像，五行全備，而重於土，故爲五尺。尺爲十數，土生於五，成於十，成位中央也。零則奇，奇爲陽，太極分判，因一奇始也。肩背寬肥，濃眉爆眼，磕額長髯，氣色粗黑，垂着手站着。便問道：「你是向來在甄家的，還是住過幾年的？」包勇道：「小的向在甄家的。」天地一誠，人性本善，原無所謂假，故爲向在甄家。賈政道：「你如今爲什麼要出來呢？」包勇道：「小的原不肯出來，只是家老爺再三叫小的出來，君義臣忠兩得之。說是別處你不肯去，這裏老爺家裏，只當原在自己家裏一樣的，有陽即有陰，有真即有假，同源異出，是爲自己家裏一樣。前札不具名，即此義。所以小的來的。」賈政道：「你們老爺不該有這事情，弄到這樣的田地。」臨安難安，不能自覺，喚醒多少癡人。包勇道：「小的本不敢說，我們老爺只是太好了，一味的真心待人，反倒招出事來。」賈政道：「真心是最好的了。」包勇道：「因爲太真了，人人都不喜歡，討人厭煩是有的。」賈政笑了一笑道：「既這樣，皇天自然不負他的。」

包勇還要說時，賈政又問道：「我聽見說你們家的哥兒不是也叫寶玉麼？」此以《易》道演《中庸》也，在兩「太」字，《中庸》無過無不及，太則過而失，與不及者等，乃物極必反，陰陽互易之義。正「包」字大旨，而其旨秘而不宣，故起於不明說，止於還要説。賈政已直提寶玉，爲《中》爲《易》，無非演一心之用，無非演一寶玉也。包勇道：「是。」賈政道：「他還肯向上巴結麽?」包勇道：「老爺若問我們哥兒，倒是一段奇事。哥兒的脾氣也和我家老爺一個樣子，也是一味的誠實。所謂肖子，所謂真心。從小兒只管和那些姐妹們在一處頑，老爺、太太也狠打過幾次，他只是不改。那一年太太進京的時候，我哥兒大病了一場，已經死了半日，把老爺幾乎急死，裝裹都預備了。幸喜後來好了，所謂譬如昨日死今日生。嘴裏説道：走到一座牌樓那裏，見了一個姑娘，領着他到了一座廟裏，見了好些櫃子，裏頭見了好些册子。又到屋裏，見了無數女子，説是多變了鬼怪似的，也有變做骷髏兒的。他嚇急了，便哭喊起來。五十六回寶玉一夢，及「遊太虚」「悟仙緣」前後兩夢，總括於此夢。老爺知他醒過來了，連忙調治，漸漸的也就好了。漸漸就好了，絶無僧道之説，乃其父調治，即張太醫所云「初次行經時，便當調理」者，正包勇之義。而爲真爲好，出於天倫，非若賈寶玉之終歸渺茫也。老爺仍叫他在姐妹們一處頑去，他竟改了脾氣了，好着時候的頑意兒一概都不要了，惟有念書爲事。就有什麽人來引誘他，他也全不動心。即警幻所云「孔孟之間」「經濟之道」。如今漸漸的能彀幫着老爺料理些家務了。」賈政默然想了一回，道：「你去歇歇去罷。以真形假，失教之罪，俯首無辭。等這裏用着你時，自然派你一個行次兒。」棄勇不用。包勇答應着退下來，跟着這裏人出去歇息，不題。

一日賈政早起，剛要上衙門，看見門上那些人在那裏交頭接耳，好像要使賈政知道的似的，又不好明回，只管咕咕唧唧的説話。「風月案」必要如此翻，既要人知，又不明教人知，特提筆也。賈政叫上來問道：「你們有什麽事，鬼鬼祟祟的?」一陽來復，必從下起，而政以爲鬼祟，所以爲假。門上的人回道：「奴才們不敢説。」賈政道：

「有什麽事不敢説的？」門上的人道：「奴才今日起來開門出去，見門上貼着一張白紙，上寫着許多不成事體的字。」賈政道：「那裏有這樣的事！寫的是什麽？」門上的人道：「是水月庵裏的腌臢話。」與包勇同一不敢説。此書無非不成事體的字，無非腌臢話。賈政道：「拿給我瞧。」門上的人道：「奴才本要揭下來，誰知他貼的結實，揭不下來。只得一面抄，一面洗，剛纔李德揭了一張給奴才瞧，風月寶鑑既鑄不能毁，但能一面抄一面洗，則書之理自得於心，遂揭下矣。故云理得。就是那門上貼的話。奴才們不敢隱瞞。」説着，呈上那帖兒。賈政接來看時，上面寫着：

西貝草斤年紀輕，水月庵裏管尼僧。一個男人多少女，窩娼聚賭是陶情。不肖子弟來辦事，榮國府内出新聞。六語又括全書。泮水芹香乃學之正，而一出於假，則新聞出矣。六句七言，六爲老陰，七爲少陽，即劉老老不是隨便。

賈政看了，氣得頭昏目暈，趕着叫門上的人不許聲張，悄悄叫人往寧、榮兩府靠近的夾道子牆壁上再去找尋。隨即叫人去唤賈璉出來，賈璉即忙趕至。

賈政忙問道：「水月庵中寄居的那些女尼女道，向來你也查考查考過没有？」賈璉道：「没有。一向都是芹兒在那裏照管。」賈政道：「你知道芹兒照管得來，照管不來？」賈璉道：「老爺既這麽説，想來芹兒必有不妥當的地方兒。」賈政歎道：「你瞧瞧這個帖兒寫的是什麽！」賈璉一看，道：「有這樣事麽？」二十三回派芹管女尼女道，乃鳳姐主意，送到家廟鐵檻寺，賈政説倒提醒了我，則此事鳳主之，政成之，以鑄成此必不可赦一案也。而鐵檻即饅頭，即水月，略無分别矣，屢見前評。正説着，只見賈蓉走來，拿着一封書子，寫着「二老爺密啓」。打開看時，也是無頭榜一張，與門上所貼的話相同。「無頭榜」三字，總括全書一干人犯，故必用賈蓉送來，賈赦、賈珍在其中矣。曰二老爺密啓，乃賈赦口氣，他人不得如此稱，賈璉在其中矣。是總合榮、寧以取供招。賈政道：「快叫賴大不承認曰賴，與罪案相關合，故必用賴大。帶了三四輛車子到水月庵裏去，把那些女尼女道士一齊拉回來，不許泄漏，只説裏頭傳喚。」以元妃爲指稱，氣數之天，亦在同罪。賴大領命去了。

且説水月庵中小女尼女道士等初到庵中，沙彌與道士原係老尼收管，僧道歸鐵檻而以爲歸水月者，乃書中正面之水月也。若芳官方是「斬情歸水月」之人，方是真正水月。日間教他些經懺，已後元妃不用，也便習學得懶怠了。那些女尼子們年紀漸漸的大了，都也有個知覺了，更兼賈芹也是風流人物，打量芳官等出家，只是小孩子性兒，便去招惹他們。那知芳官竟是真心，不能上手，便把這心腸移到女尼女道士身上。賈芹即寶玉，此映其愛博不專。因那小沙彌中有個名叫沁香的，和女道士中有個叫做鶴仙的，長得都甚妖嬈，賈芹便和這兩個人勾搭上了，凡書中一切勾搭，無非沁香、鶴仙，壞通靈而歸空渺者也。閑時便學些絲絃、唱個曲兒。那時正當十月中旬，「人亡物在」回有那時已到十月中旬之語，「評女傳」回有十一月初一之語，今又云十月中旬，豈作者健忘乃爾？則大疑陣設於中矣。蓋「風月案」乃譏失教之書，故第九回「訓劣子」用李貴發鹿鳴荷葉之義，以責賈政之棄子。本回用李德發水月尼僧之義，以責寶玉之棄親。而中間過脈全在成金玉破木石。「人亡物在」，乃棄親之來路，故曰那時已到十月中旬。此則棄親之究竟，故曰那時正當十月中旬，純坤至陰用事。「已到」猶可遷延，「正當」不可制止。至若貞下起元，十月既過，即轉一陽，特教既失教，自學不成學，而總落於不陰不陽之間，以混歸空渺而已。兩評參看，作者狡獪自見。賈芹給庵中那些人領了月例銀子，便想起法兒來，告訴衆人道：「我爲你們領月錢，不能進城，又只得在這裏歇着，怪冷的，怎麼樣？我今日帶些果子酒，大家吃着樂一夜，好不好？」這些女孩子都高興，便擺起桌子，連本庵裏女尼也叫來了，惟有芳官不來。賈芹喝了幾杯，便説道：「要行令。」沁香等道：「我們都不會，倒不如猜拳罷，誰輸了喝一杯，豈不爽快。」本庵的女尼道：「這天剛過晌午，混嚷混喝的不像，且先喝幾鍾，愛散的先散去，誰愛陪芹大爺的，回來晚上儘量喝去，我也不管。」正説着，只見道婆急忙進來説：「快散了罷，府裏賴大爺來了。」衆女尼忙亂收拾，便叫賈芹躲開。賈芹因多喝了幾杯，便道：「我是送月錢來的，怕什麽？」話猶未完，已見賴大進來。見這般樣子，心裏大怒，爲的是賈政吩咐不許聲張，只得含糊裝笑道：「芹大爺也在這裏呢麽？」賈芹連忙站起來，道：「賴大爺，你來作什麽？」賴大説：「大爺在這裏更好，快快叫沙彌道士收拾上車進城，宫裏傳呢。」賈芹等不知原故，還要細問。賴大説：「天已不早了，快快的好趕進城。」衆女孩子只得一齊上車。賴大騎着大走騾，押着趕進城，不題。一段敘事，周至詳明，絶不拖沓。

卻説賈政知道這事，氣得衙門也不能上了，獨坐在内書房歎氣。寫賈政處令人失笑，緣此又是「不肖種種」回樣子。賈璉也不敢走開。忽見門上的進來稟道：「衙門裏今夜該班是張老爺，因張老爺病了，有知會來，請老爺補一班。」政補張班，正病在張皇失措，致寶玉不能不歸空也。賈政正等賴大回來，要辦賈芹，此時又要該班，心裏納悶，也不言語。賈璉走上去説道：「賴大是飯後出去的，水月庵離城二十來里，就趕進城，也得二更天。今日又是老爺的幫班，請老爺只管去。賴大來了，叫他押着，也别聲張，等明日老爺回來再發落。倘或芹兒來了，也不用説明，看他明日見了老爺怎麽樣説。」弄賈政於股掌之上，内則鳳，外則璉，此案焉得不翻。二語絶倒。賈政聽來有理，只得上班去了。賈璉抽空纔要回到自己房中，一面走着，心裏抱怨鳳姐出的主意，明找二十三回，作者何嘗一些遺誤？欲要埋怨，因他病着，只得隱忍，慢慢的走着。

且説那些下人，一人傳十，傳到裏頭，先是平兒知道，即忙告訴鳳姐。鳳姐因那一夜不好，用「那一夜」三字，直追「弄權」，全書妙旨。懨懨的總没精神，正是惦記鐵檻寺的事情。聽説外頭貼了匿名揭帖的一句話，嚇了一跳，忙問：「貼的是什麽？」平兒隨口答應，不留神就説錯了道：「没要緊，是饅頭庵裏的事情。」前云原來這饅頭庵就是水月寺，是水月饅頭共爲一處，已有明文，特以「寺」字「庵」字略作差别，而絶不與鐵檻相通也。乃自「弄權」「得趣」回，目録已爲混合，迤邐至此，牢不可破。一部《紅樓》，此三處來，此三處去矣。鳳姐本是心虚，聽見饅頭庵的事情，這一嚇直嚇怔了，一句話没説出來，急火上攻，眼前發暈，咳嗽了一陣，哇的一聲，吐了一口血來。寶玉一口血因色，鳳姐一口血因財，此是作者以正筆醒人處，以直趨「託村嫗」也。平兒慌了，説道：「水月庵裏不過是女沙彌女道士的事，奶奶着什麽急？」鳳姐聽是水月庵，纔定了定神，説道：「呸！糊塗東西，到底是水月庵呢，是饅頭庵？」忽分忽合，五花八門。平兒笑道：「是我頭裏錯聽了是饅頭庵，後來聽見不是饅頭庵，是水月庵，我剛纔也就説溜了嘴，説成饅頭庵了。」對面撒謊，而機械變詐如見。鳳姐道：「我就知道是水月庵，那饅頭庵與我什麽相干？直認不諱，卻只認「色」字一半罪案，到「致禍抱羞」回，方財色並認。原是這水月庵是我叫芹兒去管的，大約剋扣了月錢。」又必不脱「財」字。平兒道：「我聽着不像月錢的事，還有些腌臢話呢。」鳳姐道：「我更不管那個，你二爺那裏去了？」平兒説：「聽見老爺生氣，他不敢走開。我聽見事情不好，我吩咐這些人不許吵嚷，不知太太們知道了麽？但聽見説老爺叫賴大拿這些女孩子去了，且叫個人前頭打聽打聽。奶奶現在病着，依我竟先别管他們的閑事。」正説着，只見賈璉進來。鳳姐欲待問他，見賈璉一臉的怒氣，暫且裝作不知。賈璉飯没吃完，旺兒來説：「外頭請爺呢，賴大回來了。」賈璉道：「芹兒來了没有？」旺兒道：「也來了。」賈璉便道：「你去告訴賴大説：『老爺上班兒去了，把這些個女孩子暫且收在園裏，明日等老爺回來，送進宫去。』只叫芹兒在内書房等着我。」旺兒去了。

賈芹走進書房，只見那些下人指指點點，此回屢點下人，乃點一《姤》一《復》之眼。不知説什麽。看起這個樣兒來，不像宫裏要人。此案正爲氣數之天所誤。想着問人，又問不出來，正在心裏疑惑。只見賈璉走出來，賈芹便請了安，垂手侍立，説道：「不知道娘娘宫裏即刻傳那些孩子們做什麽，叫侄兒好趕。幸喜侄兒今日送月錢去，還没有走，便同着賴大來了。二叔想來是知道的。」賈璉道：「我知道什麽？你纔是明白的呢。」賈芹摸不着頭腦兒，也不敢再問。賈璉道：「你幹的好事！把老爺都氣壞了。」賈芹道：「侄兒没有幹什麽，庵裏月錢是月月給的，孩子們經懺是不忘記的。」賈璉見他不知，又是平素常在一處頑笑的，便歎口氣道：「打嘴的東西，你自己去瞧瞧罷。」口吻如聞，情事如見，赦、政罪何可逃？便從靴掖兒裏頭拿出那個揭帖來，扔與他瞧。扔音忍，北人謂擲物與人曰扔。賈芹拾來一看，一扔一拾，斯文掃地，又爲「芹」字惜也。嚇得面如土色，即到饅頭。説道：「這是誰幹的？我並没得罪人，爲什麽這麽坑我？所謂青埂峰。我一月送錢去，只走一趟，並没有這些事。若是老爺回來，打着問我，侄兒便該死了。又找「大受笞撻」。我母親知道，更要打死。」爲孝訓，爲教訓。説着，見没人在旁邊，便跪下去，説道：「好叔叔，救我一救兒！」説着，只管磕頭，滿眼流淚。本爲席上珍，忽作階下囚。哀哉！賈璉想道：「老爺最惱這些，要是問準了有這些事，這場氣也不小，政之爲政如此。鬧出來也不好聽，又長那個貼帖兒的人的志氣了。貼帖人即作書人，何嘗有心坑人，乃人自坑耳。演此正是要人增長志氣，以守宮牆之教而已。將來咱們的事多着呢。書中翻案處不可勝數。倒不如趁着老爺上班兒，和賴大商量着，若混過去就可以没事了。釀成此案是鳳主意，消弭此案是璉主意，縱令掀翻，仍舊葫蘆，所以必用賴大。現在没有對證。」一想定主意，便説：「你别瞞我，你幹的鬼鬼祟祟的事，你打諒我都不知道呢！若要完事，就是老爺打着問你，你一口咬定没有纔好。再點「賴」字，其義從《大學》第六章來，故此段必從賈璉飯未吃完起。没臉的，起去罷！」又暗演「知恥近乎勇」之義。此書所謂不過《大學》《中庸》，而一路問答，面子逼肖。叫人去喚賴大。

不多時，賴大來了。賈璉便與他商量。賴大説：「這芹大爺本來鬧的不像了。奴才今日到庵裏的時候，他們正在裏面喝酒呢，帖兒上的話是一定有的。」賴也賴不去，所謂如見肺肝。其「商量」二字，於本文省卻多少累墨，而能把「小人閑居」章「而後」字、「揜」字、「著」字，細膩精微，一齊演出。神乎，神乎，義藴深矣！賈璉道：「芹兒你聽，賴大還賴你不成？」再點「賴」字，令人一身冷汗。賈芹此時紅漲了臉，一句也不敢言語。一紅爲復機，不言乃天道，所謂包勇。還是賈璉拉着賴大，央他：「護庇護庇罷。只説是芹哥兒是在家裏找來的。你帶了他去，只説没有見我。明日你求老爺，也不用問那些女孩子了，竟是叫了媒人來領了去，一賣完事。果然娘娘再要的時候兒，咱們再買。」一段護庇，轉出自璉。看「還是」二字，其意顯然罪在父兄，此案定矣。賴大想來，鬧也無益，且聲名不好，就應了。賈璉叫賈芹：「跟了賴大爺去罷。聽着他教你，你就跟着他。」筆墨何等簡浄，而作者搔首問天，閑人廢書一歎。説罷，賈芹又磕了一個頭，跟着賴大出去。必再作此，非文字餘波，乃正爲「没臉的，起去罷」一聲大喝。到了没人的地方兒，又給賴大磕頭。賴大説：「我的小爺，你太鬧的不像了，不知得罪了誰，鬧出這個亂兒。你想想誰和你不對罷？」賈芹想了一想，忽然想起一個人來。一篇冠袍大戲，而終之以嬉笑吊場，侮人太甚。

未知是誰，且看下回分解。

自此回至寶玉瘋顛爲一大段。起以甄賈，結以真假，乃歸結全書末路一大提頓，至謹至嚴之處，故薈萃四子六經，合爲一篇；而針無迹，斧無痕，令讀者自然不言而喻，而究竟不過一戲而已，不過演一《占花魁》而已。而廿一史一切興亡，無不包羅。閑人評到此，五味畢集矣。要問賈芹貼此帖者是那一個人，一個人是誰？

護花主人評曰：

不法胥役之指官擾累，與不肖子弟之藉勢放縱無異，故以縣役搶車爲賈芹鬧事作陪襯。

寶玉忖度：誰家女兒得嫁蔣玉函，不爲孤負？豈知嫁玉函者，即是自己平日最愛最親之婢女，是側筆映照法。

賈府無數美婢，惟襲人得所。玉函《占花魁》一齣，是正筆映照法。

寫包勇身材相貌，便是有武藝氣象。

甄家抄没，是賈府前車。今賈府禍事不遠，故借薦來包勇口中提明。

包勇述説甄寶玉病中夢醒，忽然改變性情，惟以念書爲事，且能料理家務，賈政便默想一回。試思賈政因何默想，絶不再問？中間暗藏無限情事，讀者須心領神會，勿被作者瞞過。

沁香、鶴仙，已被賈芹勾上；其餘女尼女道，亦俱放縱不堪；獨芳官一人涅而不淄。人固可愛可敬，文亦省卻無數累筆。

水月庵平兒誤説饅頭庵，以致鳳姐驚昏嘔血，不是平兒口誤，卻是暗中有鬼。

第八十六回至九十三回一大段，應分五小段：八十六、七回爲一段，寫薛蟠之以賄翻案，妙玉之以色走魔，中間夾敘黛玉撫琴，引起下文；八十八回爲一段，敘佳兒、悍僕，伏異時中舉、糾盜之根；八十九回爲一段，寫寶黛癡情；九十、九十一回爲一段，敘夏金桂之淫蕩，邢岫煙之涵養，薛寶釵之持重；九十二、三回爲一段，寫巧姐幼慧，賈芹敗事，中間夾敘母珠聚散，甄家抄没，引出賈府不祥諸事。

大某山民評曰：

此回仍是甲寅年冬時事。

第九十四回　宴海棠賈母賞花妖　失通靈寶玉知奇禍

話說賴大帶了賈芹出來，一宿無話，那一個人便是一宿話靶，焉得無話？真是轉眼欺人。靜候賈政回來。單是那些女尼女道，重進園來，都喜歡的了不得，欲要到各處逛逛，明日預備進宮。不料賴大便吩咐了看園的婆子並小廝看守，惟給了些飯食，卻是一步不許走開。那些女孩子摸不着頭腦，只得坐着等到天亮。園裏各處的丫頭，雖都知道拉進女尼們來預備宮裏使喚，卻也不能深知原委。到了明日早起，賈政正要下班，因堂上發下兩省城工估銷冊子，立刻要查核，一時不能回家，便叫人回來告訴賈璉，說：「賴大回來，你務必查問明白，該如何辦，就如何辦了，不必等我。」虎頭蛇尾，寫政絕倒。

賈璉奉命，先替賈芹喜歡，「先」字着眼。又想道：「若是辦得一點影兒都沒有，又恐賈政生疑，不如回明二太太，討個主意辦去，歸到此人。便是不合老爺的心，我也不至甚擔干係。」主意定了，進內去見王夫人，陳說：「昨日老爺見了揭帖生氣，把芹兒和女尼女道等都叫進府來查辦。今日老爺沒空問這種不成體統的事，叫我來回太太，該怎麼便怎麼樣。我所以來請示太太，這件事如何辦理？」王夫人聽了，詫異道：「這是怎麼說？若是芹兒這麼樣起來，這還成咱們家的人了麼？」說芹即說寶，夢夢如此。但只是這個貼帖兒的也可惡，這些話可是混嚼説得的麼？作者自己掉皮，遂令讀者大索。你到底問了芹兒有這件事没有呢？」賈璉道：「剛纔也問過了，太太想：别説他幹了没有，就是幹了，一個人幹了混賬事也肯應承麼？所謂賴大，一部《紅樓夢》都是幹了不肯應承。但只我想芹兒也不敢行此事，知道那些女孩子都是娘娘一時要叫的，倘或鬧出事來，怎麼樣呢？依侄兒的主見，要問他不難，若問出來，太太怎麼個辦法呢？」王夫人道：「如今那些女孩子在那裏？」賈璉道：「都在園裏鎖着呢。」王夫人道：「姑娘們知道不知道？」賈璉道：「大約姑娘們都也知道是預備宫裏頭的話，外頭並没提起别的來。」幃燈匣劍，都是爲此。王夫人道：「很是。這些東西一刻也是留不得的，頭裏我原要打發他們去來着，都是你們説留着好。如今不是弄出事來了麼？你竟叫賴大把那些女子帶去，細細的問他本家有人没有，將文書查出，花上幾十兩銀子，雇隻船，派個妥當人，送到本地，一概連文書發回了，也落得無事。所謂「白茫茫大地真乾淨」，即以寫王之能留以爲「復世職」作綫。若是爲着一兩個不好，個個都押着他們還俗，那又太作孽了。一兩個，奇偶也，以還俗爲造孽，乃笑讀此書而不得書之真解者。若在這裏發給官媒，雖然我們不要身價，他們弄去賣錢，那裏顧人的死活呢？迎、探、惜之嫁，無非如此。芹兒呢，你便狠狠的説他一頓，全書作用。除了祭祀喜慶，無事叫他不用到這裏來，看仔細碰在老爺氣頭兒上，那可就吃不了兜着走了。直攻政之非。並説與賬房兒裏，把這一項錢糧檔子銷了。一齊了賬。還打發個人到水月庵説，老爺的諭：除了上墳燒紙，若有本家爺們到他那裏去，不許接待。優柔不斷，而劉老老在言下。若再有一點不好風聲，連老姑子一並攆出去。」

賈璉一一答應了出去，將王夫人的話告訴賴大，説是太太主意：王主之，《易》主之也。「叫你這麼辦去，辦完了告訴我去回太太，你快辦去罷！回來老爺問，你也按着太太的話回去。」賴大聽説，便道：「我們太太真正是個佛心，「佛心」二字是眼，提醒翠縷，笑煞湘雲。這班東西，東木西金，總括十二釵矣。還着人送回去。既是太太好心，纔説佛心，又説好心，佛爲寶之所歸，好爲黛之所恨也。不得不挑個好人。好人是誰？釵之末路，不能求此人於書中矣。芹哥兒竟交給二爺開發了罷。那個貼帖兒的，奴才想法兒查出來，重重的收拾他纔好。」賈璉點頭説：「是了。」點頭是了，微旨也，妙旨也。即刻將賈芹發落。芹爲璉所發落，可勝浩歎。賴大也趕着把女尼等領出，按着主意辦去了。不説何人主意，乃作者主意也。晚上賈政回家，賈璉、賴大回明賈政，賈政本是省事的人，聽了也便撂開手了。寫賈政全不理會，而掉包兒得肆行者也。獨有那些無賴之徒，聽得賈府發出二十四個女孩子出來，那個不想？必明其數，十二月二十四氣，渺渺茫茫，一部《石頭記》緣起特提矣。而發自無賴，作者亦何心哉！究竟那些人能彀回家不能，未知着落，亦難虛擬。

且説紫鵑因黛玉漸好，園中無事，聽見女尼等預備宮裏使喚，不知何事，十二釵既了，即陡接黛玉，而釵、黛事迹必緊接連，乃一定章法。此處方説難虛擬之女尼，可見其説寶釵無疑矣。便到賈母那邊打聽打聽。恰遇着鴛鴦下來閑着，坐下説閑話兒。一部閑話，出自鴛鴦，乃大落墨。提起女尼的事，鴛鴦詫異道：「我並没有聽見，回來問問二奶奶就知道了。」鴛鴦不知，歎一部《易》理更無人知也。正説着，只見傅試家兩個女人過來請賈母的安，既隱以黛接釵，又隱以釵接黛，傅秋芳固釵之虛影也。鴛鴦要陪了上去，那兩個女人因賈母正睡晌覺，就與鴛鴦説了一聲兒，回去了。紫鵑問：「這是誰家差來的？」鴛鴦道：「好討人嫌！家裏有了一個女孩兒，生得好些，便獻寶的似的，明説薛姨。常常在老太太面前誇他家姑娘長得怎麼好，心地怎麼好，禮貌上又能，説話兒又簡絶，做活計兒手兒又巧，會寫會算，尊長上頭最孝敬的，就是待下人也是極和平的。來了就編這麼一大套，

「送宮花」回薛姨説大套而大套起，「宴海棠」回賈母聽大套而大套結。甚矣，偏之爲害也！常常説給老太太聽，我聽着很煩。這幾個老婆子，真討人嫌。我們老太太偏愛聽那些個話。老太太也罷了，還有寶玉，素常見了老婆子便很厭煩的，偏見了他們家的老婆子便不厭煩，你説奇不奇？此誅寶玉之心，而直追「奇緣識金鎖」。前兒還來説他們姑娘現有多少人家兒來求親，他們老爺總不肯應，心裏只要和咱們這種人家作親纔肯。一回誇奬，一回奉承，把老太太的心都説活了。」紫鵑聽了一呆，「一把辛酸淚」，無非紫鵑一呆。便假意道：「若老太太喜歡，爲什麽不就給寶玉定了呢？」因一呆生出一部假意書。

鴛鴦正要説出原故，聽見上頭説：「老太太醒了。」鴛鴦趕着上去，原故將出未出，史已醒，鴛鴦已去，書完矣。紫鵑只得起身出來。回到園裏，一頭走，一頭想道：「天下莫非只有一個寶玉？人同此心，心同此理，理原只一個。你也想他，我也想他，既有你我，便有兩個，加以想他，百千萬億矣。我們家的那一位，越發癡心起來了。看他的那個神情兒，是一定在寶玉身上的了，三番五次的病，可不是爲着這個是什麽？即爲黛玉加一注釋。這家裏金的銀的還鬧不清，若再添一個什麽傅姑娘，更了不得了。「十也無良，二三其德」，病之由也。我看寶玉的心，也在我們那一位的身上，是一非二。聽着鴛鴦的説話，竟是見一個愛一個的，鐵案。這不是我們姑娘白操了心了嗎？」紫鵑本是想着黛玉，往下一想，連自己也不得主意了，不免掉下淚來。鵑之血，書之淚。要想叫黛玉不用瞎操心呢，又恐怕他煩惱；若是看着他這樣，又可憐見兒的。此又曲原大衆，木石之破，自破之也。左思右想，一時煩躁起來。自己啐自己道：「你替人躭什麽憂？就是林姑娘真配了寶玉，他的那性情兒也是難伏侍的。寶玉性情雖好，又是貪多嚼不爛的。我倒勸人不必瞎操心，我自己纔是瞎操心呢。從今以後我盡我的心伏侍姑娘，其餘的事全不管。」這麼一想，心裏倒覺清淨。由煩躁得清淨，此紫鵑結局已先明證，而寫來千波萬折，令人黯然傷，釋然喜。

回到瀟湘館來，見黛玉獨自一人坐在炕上，理從前做過的詩文詞稿。即透「焚稿」。擡頭見紫鵑進來，便問：「你到那裏去了？」紫鵑道：「我今兒瞧瞧姐妹們去。」黛玉道：「敢是找襲人姐姐去麼？」紫鵑道：「我找他做什麼？」問得纏擾，答得決絶。黛玉一想：「這話怎麼順嘴説了出來？」反覺不好意思，黛欲瞞鵑，與寶不告襲正相同。便啐道：「你找誰與我什麼相干？倒茶去罷。」歸到茶，徒自苦。紫鵑也心裏暗笑，出來倒茶。只聽見園裏的人一疊聲亂嚷，不知何故。一面倒茶，一面叫人去打聽，回來説道：「怡紅院裏的海棠，本來萎了幾棵，也没人去澆灌他。昨日寶玉走去，瞧見枝頭上好像有了骨朵兒似的，人都不信，没有理他。忽然今日開得很好的海棠花，海棠乃黛玉，「風露清愁」評已詳。既萎復生，正黛玉之不污而死，爲由剥得復也，故與下半回之「失玉」爲大對待。衆人詫異，不明剥復，徒知詫異，是爲衆人。都争着去看，連老太太、太太都鬨動了，來瞧花兒呢。所以大奶奶叫人收拾園裏敗葉枯枝。這些人在那裏傳説。」一部大觀十分蕪穢，寫一李紈，正打掃收拾之用，故以爲「賞花」「失玉」之發端，與「兩宴大觀園」相對待。彼處説傳，此處説傳，真由剥得復之人也。黛玉也聽見了，知道老太太來，便更了衣，叫雪雁去打聽：「若是老太太來了，即來告訴我。」探此信必用雪雁，不是隨便。雪雁去不多時，跑來説：「老太太、太太好些人都來了，請姑娘就去罷。」

黛玉略自照了一照鏡子，掠了一掠鬢髮，乃直提風月鑑也。寫閑情非閑文，而掠鬢髮又暗點「解疑癖」之毒。便扶着紫鵑到怡紅院來。已見老太太坐在寶玉常卧的榻上，黛玉便説道：「請老太太安。」退後便見了邢、王二夫人，回來與李紈、探春、惜春、邢岫煙彼此問了好。只有鳳姐因病未來，大局既成，無須謀主。史湘雲因他叔叔調任回京，接了家去，死亡既定，無須設影。薛寶琴跟他姐姐家去住了，此心既好，無須更禁。李家姐妹因見園中多事，李嬸娘帶了在外居住，所以黛玉今日見的只有數人。大家説笑了一回，講究這花開得古怪。賈母道：「這花兒應在三月裏開的，如今雖是十一月，因節氣遲還算十月，應着小陽春的天氣，這花開因爲和暖是有的。」十月《坤》卦用事，十一月《復》卦用事，由《剥》而《坤》而《復》，乃花開失玉演義。然以死亡爲復，究非真復，故以不明不白之十月十一月演之，是所謂小陽春也。何嘗陽？何嘗春？皆史有以致之而氣數之天定矣，故曰天氣。王夫人道：「老太太見的多，説得是，也不爲奇。」邢夫人道：「我聽見這花已經萎了一年，怎麼這回不應時候兒開了？必有個原故。」李紈笑道：「老太太與太太説的都是。據我的糊塗想頭，必是寶玉有喜事來了，此花先來報信。」《易》重扶陽，刑爲勸善，全書無非此意，故曰都是。然史、王、邢皆壞道理之人，必據李紈之理方是真實《易》理。糊塗東西起頭，必在一陽之復，故説「據我的糊塗想頭」，而切指爲寶玉喜事。説寶玉喜，黛玉喜在其中矣。探春雖不言語，心内想：「此花必非好兆。大凡順者昌，逆者亡，草木知運，不時而發，必是妖孽。」只不好説出來。此書由一歎而生，因設一探春爲一《夬》一《剥》之用，故本回題目「妖」字從他説破，只不好説出。此乃作者胸臆也。而寫探之敏，誅探之心，尤須意會。獨有黛玉聽説是喜事，心裏觸動，此非寫黛玉傻，乃斷定寶、黛心爲一心，喜爲一喜也。看「觸動」二字便解。便高興説道：「當初田家有荆樹一棵，三個弟兄因分了家，那荆樹便枯了；後來感動了他弟兄們，仍舊歸在一處，那荆樹也就榮了，可知草木也隨人的。如今二哥哥認真念書，舅舅喜歡，那棵樹也就發了。」賈母、王夫人聽了喜歡，便説：「林姑娘比方得有理，很有意思。」理爲孝友之理，乃作者意思也。

正説着，賈赦、賈政、賈環、賈蘭都進來看花。賈赦便道：「據我的主意，把他砍去，必是花妖作怪。」妖而見賞，不可赦也。一干人犯都到，然與木何辜？賈政道：「見怪不怪，其怪自敗，不用砍他，隨他去就是了。」賈母聽見，便説：「誰在這裏混説？人家有喜事好處，什麼怪不怪的！若有好事，你們享去；若是不好，我一個人當去，你們不許混説話。」賈政聽了不敢言語，訕訕的同賈赦等走了出來。

那賈母高興，叫人傳話：「到廚房裏，快快預備酒席，大家賞花。點題正面，罪歸一人。叫寶玉、環兒、蘭兒各人做一首詩誌喜。林姑娘的病纔好，不要他費心，若高興，給你們改改。」對着李紈道：「你們都陪我喝酒。」李紈答應了「是」，便笑對探春道：「都是你鬧的。」李必應開釋，探必不應開釋，都是你鬧的，乃「趙盾弑其君」之筆，夫誰覺得？探春道：「饒不叫我們做詩，怎麽説我們鬧的？」李紈道：「海棠社不是你起的麽？如今那棵海棠也要來入社了。」大家聽着都笑了。一時擺上酒菜，一面喝着，彼此都要討老太太的喜，大家説些興頭話。寶玉上來斟了酒，便立成四句詩，寫出來念與賈母聽，道：

海棠何事忽摧隤，今日繁花爲底開？應是北堂增壽考，一元旋復占先梅。此説全書。「何事」「爲底」，歎知此書者少也。三句説孝，書之主骨，而賈母壽終於此矣。四句演《易》，而「復世職」「沐皇恩」於此矣。惜春未完之畫，此詩完之。

賈環也寫了來，念道：

草木逢春當茁芽，海棠未發候偏差。人間奇事知多少，奇則非正。冬月開花獨我家。末句「我」字最重，就循環之理，明氣數之天。

賈蘭恭楷謄正，呈與賈母，命李紈念道：輕環重蘭，文有變换，而恭楷謄正，李紈念道，則其意自明。

煙凝媚色春前萎，霜浥微紅雪後開。莫道此花知識淺，欣榮預佐合歡杯。環詩語疑，此語決，以破氣數之天，宣缺陷之蘊。

賈母聽畢，三詩乃失玉之成案，禍首之勘斷，而在史只是聽畢，冤哉！便説：「我不大懂詩，聽去倒是蘭兒的好，語面是偏心，語底明公好。環兒做得不好，都上來吃飯罷。」寶玉看見賈母喜歡，更是興頭，因想起：「晴雯死的那年，借影定形，而那年是何年？海棠死的；今日海棠復榮，我們院内這些人自然都好，但是晴雯不能像花的死而復生了。」透「歸離恨」，而續者勃然興矣。頓覺轉喜爲悲。忽又想起前日巧姐説鳳姐要把五兒補入，「或此花爲他而開，也未可知。」五兒爲黛玉第五影身，故設以夾攻此花。卻又轉悲爲喜，依舊説笑。

賈母還坐了半天，然後扶了珍珠回去了。王夫人等跟着過來，只見平兒笑嘻嘻的迎上來説：「我們奶奶知道老太太在這裏賞花，自己不得來，叫奴才來伏侍老太太、太太們，還有兩疋紅送給寶二爺包裹這花，當作賀禮。」襲人過來接了，呈與賈母看。賈母笑道：「偏是鳳丫頭行出點事兒來，叫人看着又體面又新鮮，很有趣兒。」作者自贊。襲人笑着向平兒道：「回去替寶二爺給二奶奶道謝，要有喜大家喜。」賈母聽了笑道：「噯喲！我還忘了呢，鳳丫頭雖病着，還是他想得到，送得也巧。」我還忘了，他想得到，爲聽詩點眼。至送得也巧，「巧」字直寶釵作用，不〔惟〕（爲）史聽詩，即鳳亦只聽詩而已。一面説着，衆人就隨着去了。平兒私與襲人道：「奶奶説，這花開得奇怪，叫你鉸塊紅綢子掛掛，便應在喜事上去了，明知破木石之逆，而自愚自用，恃有掉包之謀耳。警省多少恃才故犯者。以後也不必只管當作奇事混説。」襲人點頭答應，亦以意會。送了平兒出去，不題。屏去則風無所蔽，以爲下半回發端。不題正是特題。

且説那日寶玉本來穿着一裹圓的皮襖在家歇息，因見花開，只管出來看一回，賞一回，歎一回，愛一回的，心中無數悲喜離合，都弄到這株花上去了。忽然聽説賈母要來，便去換了一件狐腋箭袖，罩一件玄狐腿外褂，出來迎接賈母。匆匆穿換，未將通靈寶玉掛上。及至後來賈母去了，仍舊換衣。襲人見寶玉脖子上没有掛着，明明説玉未掛，是通靈之失，寶玉自知之矣。夜氣所存，何嘗昧卻，特無如匆匆脱去一裏圓何耳。便問：「那塊玉呢？」當答之曰：「在絳芸軒。」寶玉道：「剛纔忙亂換衣摘下來放在炕桌上，桌必曰炕，乃床笫也，「初試雲雨」「夢兆絳芸」是一張炕桌。我没有帶。」襲人回看桌上，並没有玉，便向各處找尋，蹤影全無，嚇得襲人滿身冷汗。寶玉道：「不用着急，少不得在屋裏的，問他們就知道了。」襲人當作麝月等藏起嚇他頑，便向麝月等笑着説道：「小蹄子們頑呢，到底有個頑法，把這件東西藏在那裏了？別真弄丢了，那可就大家活不成了。」怡紅院人都落渾水，晴雯時已去，五兒時未來也。麝月等都正色道：「這是那裏的話！頑是頑，笑是笑，這個事非同兒戲，你可別混説。你自己昏了心了。冤有頭，債有主，一片正論。「昏心」二字是眼，此下皆不易着之筆，不可煩，不能不煩，我看他煩而不煩。想想罷，想想擱在那裏了？這會子又混賴人了。」襲人見他這般光景，不像是頑話，便着急道：「皇天菩薩，小祖宗！天祖之間夾以菩薩，是即寶玉去路也，而口吻逼肖。到底你擱在那裏去了？」寶玉道：「我記得明明放在炕桌上的，你們到底找呢。」襲人、麝月、秋紋等也不敢叫人知道，大家偷偷兒的各處搜尋。若要人不知，除非己莫爲，此「偷」字即「初試」之偷。鬧了大半天，毫無影響，甚至翻箱倒籠，實在没處去找，便疑到方纔這些人進來，不知誰撿了去了。襲人説道：「進來的誰不知道這玉是性命似的東西呢？誰敢撿了去呢？略作一按。你們好歹先别聲張，快到各處問去。若有姐妹們撿着嚇我們頑呢，你們給他磕頭，要了回來；若是小丫頭偷了去，問出來，也不回上頭，不論把什麽送他換了出來，都使得的。怡紅院外正自有人，亦在應問，而一時情事宛然。這可不是小事，真要丢了這個，比丟了寶二爺的還利害呢！」是奇談，乃正談，人固以心爲主也。一面一底，其妙不可思議。麝月、秋紋剛要往外走，襲人又趕出來囑咐道：「頭裏在這裏吃飯的倒先别問去，找不着，再惹出些風波來，更不好了。」隨接隨起。麝月等依言，分頭各處追問。人人不曉，個個驚疑。麝月等回來，俱目瞪口呆，面面相窺。寶玉也嚇怔了，襲人急的只是乾哭。找是没處找，回又不敢回，怡紅院裏的人嚇得個個像木雕泥塑一般。略作再按。

大家正在發獃，只見各處知道的都來了。探春叫把園門關上，先命個老婆子帶着兩個丫頭，再往各處去尋去。知道的第一是探春，即命關園門去找，則此園在掌握矣。看官何不於此等處着眼，而總疑閑人責探春能言而不能言之非耶！一面又叫告訴衆人：「若誰找出來，重重的賞銀。」號令特出。大家頭宗要脱干係，二宗聽見重賞，不顧命的混找了一遍，甚至於毛廁裏都找到。正是其處。誰知那塊玉竟像繡花針兒一般，此繡花針即《西遊記》之繡花針。找了一天，總無影響。略作三按。李紈急了，知道的探次即紈，而劈頭説急了，乃明其不能言而不言也。又以點復《姤》之機甚速。説：「這件事不是頑的，我要説句無禮的話了。」衆人道：「什麽呢？」李紈道：「事情到了這裏，也顧不得了。現在園裏除了寶玉，都是女人，要求各位姐姐妹妹姑娘都要叫跟來的丫頭脱了衣服，大家搜一搜。若没有，再叫丫頭們去搜那些老婆子，並粗使的丫頭。」大家説道：「這話也説得有理。上下齊搜，出於李紈，非形其拙也，正以明窮理之功，如此庶幾於剥中得復。現在人多手亂，魚龍混雜，非潛非躍，便是混雜。倒是這麽一來，你們也洗洗清。」探春獨不言語。獨不言語「獨」字有眼，而其所以不言者，究以其不能窮理而坐視敗亡於不顧耳。而面子寫得深刻。那些丫頭們也都願意洗净自己，先是平兒起。平兒説道：「打我先搜起。」於是各人自己解懷，李紈一氣兒混搜。解懷爲剥，一氣則復，底深面淺。

探春嗔着李紈道：「大嫂子，你也學那起不成材料的樣子來了。《易》無方無體，是爲不成材料，豈探所能知？而語面逼肖是他。那個人既偷了去，還肯藏在身上？況且這件東西，在家裏是寶，到了外頭，不知道的是廢物，偷他做什麽？底若〔撥〕（剥）雲，面如觀火，寫「敏」字警刻。我想來必是有人使促狹。」衆人聽説，又見環兒不在這裏，昨兒是他滿屋裏亂跑，都疑到他身上，只是不肯説出來。探春又道：「使促狹的，只有環兒。環之無端，固不具論，而必以「使促狹的」猜母弟，探之居心何心哉！你們叫個人去，悄悄的叫了他來，背地裏哄着他，叫他拿出來，然後嚇着他，叫他不用聲張，這就完了。」大家點頭稱是。衆不肯説，他獨肯説，此所以視骨肉如陌路也。李紈便向平兒道：「這件事，還是得你去纔弄得明白。」平兒答應，就趕着去了。

不多時同了環兒來了。「興利」回演《剥》象，釵、鳳、探、李、平成五陰爻，是李、平亦在《剥》之中，故此行必出自他。衆人假意裝出没事的樣子，叫人沏了碗茶，擱在裏間屋裏，衆人故意搭赸走開。原叫平兒哄他，平兒便笑着問環兒道：「你二哥哥的玉丢了，你瞧見了没有？」問得直而拙，與李紈搜尋同是出脱剥之罪。如釵、鳳、探則精細不爾矣。賈環便急得紫漲了臉，瞪着眼，説道：「人家丢了東西，你怎麽又叫我來查問疑我？我是犯過案的賊麽？」才一問便決裂，何平兒直拙乃爾？作者爲一極伶俐之平兒擬話頭，而直拙乃爾。倘察此，則書中之五花八門，讀閑人評而或信也。平兒見這樣子，倒不敢再問，一問而已。便又陪笑道：「不是這麽説，怕三爺拿了去嚇他們，所以白問問瞧見了没有，好叫他們找。」賈環道：「他的玉在他身上，看見不看見該問他，怎麽問我？再問再駁，駁得道地而至理存焉。捧着他的人多着咧，得了什麽不來問我，丢了東西就來問我！」丢了問我，此「我」字即《海棠》詩中之我。説着，起身就走。衆人不好攔他。這裏寶玉倒急了，説道：「都是這勞什子鬧事，我也不要他了，你們也不用鬧了。」環兒一去，必是嚷得滿院裏都知道了，這可不是鬧事了麼？」禍發必尅，乃循環定理。襲人等急得又哭道：「小祖宗！你看這玉丢了没要緊，若是上頭知道了，我們這些人就要粉身碎骨了。」此乃追原既往。説着，便嚎啕大哭起來。衆人更加傷感，明知此事掩飾不來，只得要商議定了話，回來好回賈母諸人。寶玉道：「你們竟也不用商議，硬説我砸了就完了。」主之黛。平兒道：「我的爺，好輕巧話兒！上頭要問爲什麽砸的呢？他們也是個死呵！倘或要起砸破的渣兒來，那又怎麽樣呢？」玉無渣，黛無蹤矣。不得已而歸之釵。寶玉道：「不然便説我前日出門丢了。」衆人一想，這句話倒還混得過去，但是這兩天又没上學，又没往别處去。寶玉道：「怎麽没有？大前兒還到臨安伯府裏聽戲去了呢，便説那日丢的。」《占花魁》正失玉之所。探春道：「那也不妥。探明説不妥。既是前兒丢的，爲什麽當日不來回？」略作四按。

衆人正在胡思亂想，要裝點撒謊，只聽得趙姨娘的聲兒，哭着走來，説：「你們丢了東西，自己不找，怎麽叫人背地裏拷問環兒？我把環兒帶了來，索性交給你們這一起洑上水的，該殺該剮，隨你們罷！」説着，將環兒一推，説：「你是個賊，快快的招罷！」氣得環兒也哭喊起來。此處言語最難摹寫，而寫得恰好，底面皆合。李紈正要勸解，丫頭來説：「太太來了。」襲人等此時無地可容。寶玉等趕忙出來迎接。趙姨娘暫且也不敢作聲，跟了出來。王夫人見衆人都有驚惶之色，纔信方纔聽見的話，便道：「那塊玉真丢了麽？」衆人都不敢作聲。王夫人走進屋裏坐下，便叫襲人。慌得襲人連忙跪下，含淚要稟。王夫人道：「你起來，快快叫人細細找去，一忙亂倒不好了。」襲人哽咽難言。寶玉生恐襲人直告訴出來，便説道：「太太，這事不與襲人相干，是我前日到臨安伯府那裏聽戲，在路上丢了。」聽戲正與襲人相干，一心之昏乃爾，非今日事也。王夫人道：「爲什麽那日不找？」寶玉道：「我怕他們知道，没有告訴他們。我叫焙茗等在外頭各處找過的。」因襲人自欺以欺所生。甚矣，人心之害道心也！王夫人道：「胡説！因人害道，乃胡説所從來。如今脱換衣服，不是襲人他們伏侍的麽？大凡哥兒出門回來，手巾荷包短了，還要查個明白，何況這塊玉不見了，便不問的麽？」所謂動察。寶玉無言可答。趙姨娘聽見，便得意了，忙接過口道：「外頭丢了東西，也賴環兒。」話未説完，被王夫人喝道：「這裏説這個，你且説那些没要緊的話！」彼失即此得，這話即那話，以爲没要緊，誤矣。趙姨娘便不敢言語了。還是李紈、探春從實的告訴了王夫人一遍。王夫人也急得淚如雨下，索性要回明賈母，去問邢夫人那邊跟來的這些人去。

鳳姐病中，也聽見寶玉失玉，知道王夫人過來，料躲不住，謀主何能躲住？便扶了豐兒來到園裏。正值王夫人起身要走，鳳姐嬌怯怯的説：「請太太安。」寶玉等過來問了鳳姐好。王夫人因説道：「你也聽見了麽？這可不是奇事嗎？剛纔眼錯不見，就丢了，再找不着。你去想想，又非易着之筆。打從老太太那邊丫頭起，至你們平兒，誰的手不穩？誰的心促狹？必連平兒説，固自有「理妝」一案在也。是爲色。我要回了老太太，認真的查出來纔好。不然，是斷了寶玉的命根子了！」鳳姐回道：「咱們家人多手雜，自古説的，『知人知面不知心』，那裏保得住誰是好的？有「魘魔」一案在也。是爲財。但是一吵嚷，已經都知道了。偷玉的人，若叫太太查出來，明知是死無葬身之地。「比丢了寶二爺更利害」之注脚。他着了急，反要毁壞了滅口，那時可怎麽處呢？據我的糊塗想頭，只説寶玉本不愛他，撂丢了，也没有什麽要緊，只要大家嚴密些，别叫老太太、老爺知道。所見又高出衆人，實乃自道其徑情以往之心事。這麽説了，暗暗的派人去各處察訪，哄騙出來，那時玉也可得，罪名也好定，此又宣寶釵以待爲求之心事。不知太太心裏怎麼樣？」王夫人遲了半日，纔説道：「你這話雖也有理，但只是老爺跟前怎麼瞞的過呢？」便叫環兒過來道：「你二哥哥的玉丢了，白問了你一句，怎麼你就亂嚷？若是嚷破了，人家把那個毁壞了，我看你活得活不得！」賈環嚇得哭道：「我再不敢嚷了。」趙姨娘聽了，那裏還敢言語。王夫人便吩咐衆人道：「想來自然有没找到地方兒，好端端的在家裏的，還怕他飛到那裏去不成？只是不許聲張，限襲人三天内給我找出來。要是三天找不着，只怕也瞞不住，大家那就不用過安静日子了。」以安頓環、趙收住，正三天之義，即糊塗想頭之理也。略作五按。説着，便叫鳳姐兒跟到邢夫人那邊商議踩緝，不題。

這裏李紈等紛紛議論，便傳唤看園子的一干人來，叫把園門鎖上，快傳林之孝家的來，悄悄兒的告訴了他，叫他：「吩咐前後門上，三天之内不論男女下人，從裏頭可以走動，要出去時，一概不許放出。三天《乾》體，窮剥復之理，窮此而已，故此命李主之，林承之。只説裏頭丢了東西，待這件東西有了着落，然後放人出來。」林之孝家的答應了「是」，因説：「前次奴才家裏也丢了一件不要緊的東西，寶失即林之失，一東西而已，一心而已，總以爲没要緊而失之，故用林之孝特提。林之孝必要明白，必要明白，是曰林之孝。上街去找了一個測字的。測字即是窮理。那人叫做什麼劉鐵嘴，鐵色黑，嘴屬水，皆北方至陰之象，是又一劉老老。而劉者，留也。鐵嘴多言，不能自留，此所以黛死寶亡也。横設一測字氏號，全書統括在内。測了一個字，説的很明白。回來依舊一找，便找着了。」惟孝能依劉，能依劉即能找着，都是微言。襲人聽見，便央及林家的道：「好林奶奶，出去快求林大爺替我們問問去！」那林之孝家的答應着出去了。邢岫煙道：「若説那外頭拆字打卦的，是不中用的。我在南邊聞妙玉能扶乩，何不煩他問一問？一峯未平，一峯又起，又即一劉鐵嘴也。蓋劉演全書，妙合三人，劉該萬事，妙總一心，故劉曰外頭，而妙曰南邊。況且我聽見説這塊玉原有仙機，想來問得出來。」衆人都詫異道：「咱們常見的，從没有聽他説起。」有讀書至爛熟而不知妙玉之爲妙者，衆人大概然也。麝月便忙問岫煙道：「想來別人求他是不肯的，好姑娘，我給姑娘磕個頭，求姑娘就去。若問出來了，我一輩子總不忘你的恩。」麝月如此之求，正風月寶鑑求知之急如此也。但賞其心情口吻，淺矣。説着趕忙就要磕下頭去，岫煙連忙攔住。黛玉等也都慫恿着岫煙速往櫳翠庵去。

一面林之孝家的進來説道：「姑娘們大喜！林之孝測了字回來，説這玉是丢不了的，將來横豎有人送還來的。」衆人聽了，也都半信半疑。「無往不復」，正是字理；而半信半疑者衆。惟有襲人、麝月喜歡的了不得。襲、麝一寶釵也。即至此人尚有可信之機，是乃反攻。探春便問：「測的是什麽字？」林之孝家的道：「他的話多，奴才也學不上來。說元春八字而瑣悉能詳，説寶玉二字而話多難學，蓋氣數本易言，而性道不易言也。記得是拈了個賞人東西的『賞』字，賞與罰對，一部奇文，人以爲共欣賞而已，而不知爲罰惡之書也。字頭爲尚，隱做和尚意猶淺。那劉鐵嘴也不問，便説：『丢了東西不是？』」李紈道：「這就算好。」林之孝家的道：「他還説『賞』字上頭一個『小』字，底下一個『口』字，小爲陰，口爲陰，上下俱陰，又是《坤》象。這件東西很可嘴裏放得，必是個珠子寶石。」衆人聽了，誇讚道：「真是神仙！往下怎麽説？」以爲神仙，乃是衆人；至其實演儒理，「往下怎麽説」，則非衆人所知。當與李紈説「算好」互勘。林之孝家的道：「他説底下『貝』字，拆開不成一個『見』字，可不是不見了？因上頭拆了『當』字，叫快到當鋪裏找去。當鋪乃釵之當鋪，其做和尚，上釵之當而已。『賞』字加一『人』字，可不是『償』字？只要找着當鋪，就有人，有了人，便贖了來，可不是償還了嗎？」償乃填還，一部循環報復之書，以此一字結之，即《飛鳥各投林》曲中「欠命還命、欠淚還淚」之兩語也。衆人道：「既這麽着，就先往左近找起，横豎幾個當鋪都找遍了，少不得就有了。寫術士，寫大衆，恍惚迷離，無不曲肖。咱們有了東西，再問人就容易了。」李紈道：「只要東西，那怕不問人都使得。但要東西，所謂求諸己。林嫂子，煩你就把測字的話快去告訴二奶奶，回了太太。先叫太太放心，就叫二奶奶快派人查去。」作大指點一出於李。林家的答應了便走。

衆人略安了一點兒神，呆呆的等岫煙回來。正呆等，只見跟寶玉的焙茗在門外招手兒，叫小丫頭子快出來。那小丫頭趕忙的出去了。焙茗便説道：「你快進去！告訴我們二爺和裏頭太太、奶奶、姑娘們，天大喜事！」用虛喝作收，小説常套，此則重培植名教以結書旨。天大喜事是眼。那小丫頭道：「你快説罷，怎麽這麽累贅？」焙茗笑着拍手道：「我告訴姑娘，姑娘進去回了，咱們兩個人都得賞錢呢。你打量什麽？寶二爺的那塊玉呀，我得了準信來了。」

未知後事如何，且聽下回分解。

此回合上下兩回爲一大段，但當作一回觀，更不容分析，乃真假之轉關，風月之收場，以爲下三回一大段總匯全部百二十回之大結也。以前九十三回，無非逼取此回；以後二十六回，無非繳還此回，即「斷癡情」「成大禮」回，亦不過完足此回而已。

此回書最拉雜，最難寫，而在下半回尤難。要看他於拉雜中有雲斷山連、風起波回之妙。

護花主人評曰：

水月庵一案，若待賈政回家問出沁香、鶴仙等同賈芹私通情事，礙難發落；今趁賈政上班從寬完結，省卻無數累筆。且元妃將薨，留此女尼女道，甚屬無謂；早爲遣去，又省後來再辦，最爲簡净得體。

賈芹之胡行，已經發覺；賈赦等之造孽，亦當敗露。以小事引起大事。

紫鵑説寶玉見一個愛一個，貪多嚼不爛，是「意淫」二字注脚。

紫鵑輾轉思量，忽然醒悟自啐，後來願入空門，於此已露端倪。

賈赦説花妖作怪，不如砍去；賈政説見怪不怪，其怪自敗；探春知係妖孽，默無一言；鳳姐囑襲人掛塊紅綢，希冀應到喜事上去。各人身分及心事説話雖有不同，而以爲不祥無異。惟賈母、王夫人、黛玉等以爲寶玉喜事，所謂溺愛者不明也。

李紈要搜衆人身上，探春嗔言其非，畢竟見識高出一層；但疑心環兒使促狹，又惹趙姨娘噪鬧，似屬多事。

劉鐵嘴測字，亦頗有靈機，惟「當」字、「償」字，的是江湖一派。

花妖兆怪、通靈走失後，從此元妃薨逝，寶玉瘋癲，寧府抄没，賈母、鳳姐相繼病亡。甚至引盜入室，串賣巧姐，種種凶事，接踵而至。此回是賈府盛極而衰一大轉關處。

大某山民評曰：

此回仍是甲寅年十一月間事。

第九十五回　因訛成實元妃薨逝　以假混真寶玉瘋癲

話説焙茗在門口和小丫頭子説寶玉的玉有了，那小丫頭急忙回來告訴寶玉。衆人聽了，都推着寶玉出去問他，衆人在廊下聽着。寶玉也覺放心，便走到門口問道：「你那裏得了？快拿來！」焙茗道：「拿是拿不來的，還得託人做保去呢。」寶玉道：「你快説是怎麼得的？我好叫人取去。」焙茗道：「我在外頭知道林爺爺去測字，我就跟了去。我聽見説在當鋪裏找，我没等他説完，便跑到幾個當鋪裏去找，比給他們瞧。有一家便説：『有。』我説：『給我罷。』那鋪子裏要票子，我説：『當多少錢？』他説：『三百錢的也有，五百錢的也有。前兒有一個人拿這麼一塊玉，當了三百錢去。今兒又有人也拿一塊玉，當了五百錢去。』」寶玉不等説完，便道：「你快拿三百五百錢去取了來，我們挑着看是不是。」裏頭襲人便啐道：「二爺不用理他，我小時候兒聽見我哥哥常説，有些人賣那些小玉兒，没錢用便去當，想來是家家當鋪裏有的。」衆人正在聽得詫異，被襲人一説，想了一想，倒大家笑起來，説：「快叫二爺進來罷，不用理那糊塗東西了。」橫插此段，人以爲安下半以假混真之根者，非也。蓋此書爲扶植名教而作，故茗煙改名焙茗。今於測字扶乩之間特用他爲過脈，明測字爲真實工夫，扶乩爲渺茫究竟，讀者不可以扶乩讀此書，當以測字讀此書也。曰「天大喜事」，曰「得了準信」，曰「三百五百」，三五成八，統歸《易》道，無非從測字來。而「寶玉也覺放心」，襲人一語破之，「不用理那糊塗東西」，致糊塗東西之理不明，而渺茫之説共信，可勝浩歎。他説的那些玉，想來不是正經東西。」寶玉正笑着，只見岫煙來了。

原來岫煙走到櫳翠庵，見了妙玉，不及閑話，便求妙玉扶乩。扶乩用提筆敍出，底面都得。妙玉冷笑幾聲，説道：「我與姑娘來往，爲的是姑娘不是勢利場中的人，開口便認得是他，而「冷笑」兩字又括全書，而合爲一妙。今日怎麽聽了那裏的謡言過來纏我？況且我並不曉得什麽叫扶乩。」説着將要不理。岫煙懊悔此來，知他脾氣是這麽着的，作者豈亦有悔心乎？一片婆心因什麽來？「一時我已説出，不好白回去，又不好與他質證他會扶乩的話。」只得陪着笑，將襲人等性命關係的話説了一遍。見妙玉略有活動，聞襲人性命之説而活動，語妙八面。便起身拜了幾拜。作者亦屈己已甚。妙玉歎道：「何必爲人作嫁？但是我進京已來，素無人知，今日你來破例，恐將來纏擾不解。」岫煙不解，作者不解，閑人亦復不解。岫煙道：「我也一時不忍，「不忍」二字，凡所不解，豈爲此耶？知你必是慈悲的，因以成此苦海慈航，又誰知止是扶乩並非測字乎？便是將來他人求你，願不願在你，誰敢相强？」妙玉笑了一笑，歸之一笑，雖演空渺，「孝」字顯然，測字固在扶乩中也。叫道婆焚香，在箱子裏找出沙盤乩架，書了符，命岫煙行禮祝告畢，干卿甚事，爲此僕僕？起來同妙玉扶着乩。不多時只見那仙乩疾書道：疾書是故套，此處是隱情，恰與「賞」字合，乃疾惡之書也。

噫！來無迹，去無蹤，青埂峯下倚古松。欲追尋，山萬重，入我門來一笑逢。擬乩便是乩，不是奇，奇在以扶乩合測字，將一部隱情豁然道破，中無閑字。其開首曰「噫」，意戒口也。「無迹」「無蹤」，演空渺也，實演孔孟所言「莫知其鄉」也。「倚古松」，松爲木，爲陽，聖人扶陽也。「山萬重」，遮隔重重，令人自尋也。「入我門」，二氏之門，實孔孟之門也。「一笑逢」，上則天倫樂，下則全孝道，而蓼汀花漵一終，絶不與拈花一笑相干也。則扶乩何嘗止説扶乩乎？書畢，停了乩。疾書至此，書已停矣。岫煙便問：「請是何仙？」妙玉道：「請的是拐仙。」著一仙名，又合扶乩測字爲一。拐姓李，李者，理也，明爲仙乩，隱爲儒理也。何妙合乃爾。岫煙録了出來，請教妙玉解識。妙玉道：「這個可不能，連我也不懂。妙玉即文妙真人也，見首不見尾，訖無分明，故曰「不懂」。你快拿去，他們的聰明人多着呢。」

岫煙只得回來，進入院中，各人都問：「怎麼樣了？」岫煙不及細説，便將所録乩語遞與李紈、衆姊妹看，寶玉看着，都解的耳目心思大衆皆同。是：「一時要找是找不着的，然而丢是丢不了的，不知幾時不找便出來了。但是青埂峰不知在那裏？」李紈道：「這是仙機隱語，李語必用李接，至衆姊妹則李拐各半。咱們家裏，那裏跑出青埂峰來？必是誰怕查出，擱在松樹的山子石底下，也未可定。隱語難明，而一木一石之理則可想。獨是『入我門來』這句，到底是入誰的門呢？」倘以爲入二氏之門，則非李之所知。黛玉道：「不知請的是誰？」岫煙道：「拐仙。」探春説道：「若是仙家的門，便難入了。」不能窮理，坐視敗亡，因以仙門難入斷定之。襲人心裏着忙，便捕風捉影的混找，没一塊石底下不找到，只是没有。回到院中，寶玉也不問有無，只管傻笑。傻笑已透「瘋癲」，而必從襲人邊寫出，百忙中文義一絲不走。麝月着急道：「小祖宗，你到底是那裏丢的？説明了，我們就是受罪，也在明處啊。」寶玉笑道：「我説外頭丢的，你們又不依。你如今問我，我知道麽？」李紈、探春道：「今日從早起鬧起，已到三更來的天了，冬至子之半，乃是復機。你瞧林妹妹已經撑不住，各自散去，我們也該歇歇兒了。便是《飛鳥各投林》一曲。明日再鬧罷。」説着，大家散去。寶玉即便睡下。可憐襲人等哭一回，想一回，一夜無眠，暫且不題。略作六按。失玉、找玉，極易惹厭文字，乃隨按隨起，貫串分明，不令耳絮。閑人評有以助之矣。

且說黛玉先自回去，想起金玉的舊話來，反自歡喜，設爲失玉，正以破金玉而合木石，故曰「反自歡喜」。心裏說道：「和尚道士的話真個信不得，果真金玉有緣，寶玉如何能把這玉丢了呢？兩語當着眼，見其破金玉之假猶淺，此書不演空渺則深也。或者因我之事，沖散他們的金玉，也未可知。」想了半天，更覺安心，把這一天的勞乏竟不理會，重新倒看起書來。此書直追「葬花」時之《大學》《中庸》。紫鵑倒覺身倦，連催黛玉睡下。黛玉雖躺下，又想到海棠花上，說：「這塊玉原是胎裏帶來的，非比尋常之物，來去自有關係。若是這花主好事呢，不該失了這玉呀。看來此花開的不祥，莫非他有不吉之事？」不覺又傷起心來。又轉想到喜事上頭，此花又似應開，此玉又似應失。如此一悲一喜，直想到五更方睡着。就黛玉設想，文所必有，而深心奧義，千迴萬折，縮於尺幅，其簡潔精微洵非夫人所能。

次日，王夫人等早派人到當鋪裏去查問，鳳姐暗中設法找尋，一連鬧了幾天，總無下落。還喜賈母、賈政未知。「未知」二字，大書特書。襲人等每日提心吊膽，寶玉也好幾天不上學，只是怔怔的不言不語，沒心沒緒的。王夫人只知他因失玉而起，也不着意。那一日，正在納悶，忽見賈璉進來請安，嘻嘻的笑道：「今日聽得軍機賈雨村打發人來告訴二老爺，說舅太爺升了內閣大學士，奉旨來京，已定明年正月二十日宣麻。設一王子騰，狀意馬之奔騰，以明《易》卦之周流。書至此，木已還，石已復，金玉已合，氣數之天已定，自可收拾。且既可收拾元春，自可收拾王子騰，氣數盡，則抄沒到矣。而欲擒先縱，特說宣麻。宣麻者，大拜也，大敗也。正月二十日大敗，而得死信於正月十七日，所謂「謹防佳節元宵後，便是煙消火滅時」兩語也。至謂賈之大敗，由於不能齊家，一部假語村言，實實演此。有三百里的文書去了。想舅太爺晝夜趲行，半個多月就要到了。侄兒特來回太太知道。」王夫人聽說，便欣喜非常，正想娘家人少，薛姨媽家又衰敗了，兄弟又在外任，照應不着。今日忽聽兄弟拜相回京，王家榮耀，將來寶玉都有倚靠，便把失玉的心又略放開些了。寶玉終走，植黨之禍也。天天只望兄弟來京。

忽一天，賈政進來，滿臉淚痕，喘吁吁的説道：「你快去稟知老太太，即刻進宫，不用多人的，是你伏侍進去。因娘娘忽得暴病，現在太監在外立等。他説太醫院已經奏明痰厥，不能醫治。」痰乃有形之火，元死於痰，死於火也。火能制金，爲木所生，是曰子報母仇。元右金而左木，雖氣數不能逃，實理道所深惡，故死之以火，而爲痰厥之症。厥逆也。作者逆氣數之意爲何如？王夫人聽説，便大哭起來。賈政道：「這不是哭的時候，快快去請老太太，説得寬緩些，不要嚇壞了老人家。」賈政説着，出來吩咐家人伺候。王夫人收了淚，去請賈母，只説元妃有病，進去請安。賈母念佛道：「怎麽又病了？前番嚇的我了不得，後來又打聽錯了。寫「錯了」，與「探宫闈」回似是而非，不過一錯，不過一釵而已。是乃點題中「訛」字。這回情願再錯了也罷。」王夫人一面回答，一面催鴛鴦等開箱取衣服穿戴起來。王夫人趕着回到自己房中，也穿戴好了，過來伺候。一時出廳上轎，進宫不題。上次有邢、鳳至，此則無須。人死則善也，不題者此而已。

且説元春自選了鳳藻宫後，聖眷隆重，身體發福，未免舉動費力，每日起居勞乏，時發痰疾。因前日侍宴回宫，偶沾寒氣，寒氣者，雪氣也。勾起舊病。病起於「呈才藻」，篤於「紅麝串」。不料此回甚屬利害，竟至痰氣壅塞，四肢厥冷。一面奏明，即召太醫調治。豈知湯藥不進，連用通關之劑，並不見效。内官憂慮，奏請預備後事，所以傳旨，命賈氏椒房進見。賈母、王夫人遵旨進宫，見元妃痰塞口涎，不能言語。見了賈母，只有悲泣之狀，卻少眼淚。寫病形恰合。「卻少眼淚」一語，所謂「淚已還，命已盡」，爲黛作大報復。賈母進前請安，説些寬慰的話。少時，賈政等職名遞進，宮嬪傳奏。元妃目不能顧，漸漸臉色改變。内宮太監即要奏聞，恐派各妃看視，椒房姻戚未便久羈，請在外宮伺候。賈母、王夫人怎忍便離，無奈國家制度，只得下來。又不敢啼哭，惟有心内悲戚。朝門内官員有信。不多時，只見太監出來，立傳欽天監。元之死，賈、王不見，即黛之死，賈、王不見也。而死信傳自欽天監，一部喪敗書，要人知欽天而已。賈母便知不好，尚未敢動。稍刻，小太監傳諭出來，說：「賈娘娘薨逝。」是年甲寅年十二月十八日立春，元春薨日，是十二月十九日，已交卯年寅月，十八立春，十九死，得一日春，猶是元春之義。而生於此，即死於此也。卯年寅月，卯寅皆木，黛之生方，即元之死所，所謂「虎兔相逢大夢歸」。存年四十三歲。「老官翻案」回說元春八字歷歷，乃生於甲申年。甲申人存年四十三，當死於丙寅。今云死於甲寅，存年四十三，當生於壬申。夢話應如此說，氣數應如此滅，道理應如此復，請參彼評。賈母含悲起身，只得出宮上轎回家。賈政等亦已得信，一路悲戚。到家中，邢夫人、李紈、鳳姐、寶玉等出廳，分東西迎着賈母，請了安，並賈政、王夫人請安，大家哭泣不題。哭泣從此起，不題正是題。

次日早起，凡有品級的，按貴妃喪禮進内請安哭臨。賈政又是工部，此中郎歸空之根，故必特提工部。雖按照儀注辦理，未免堂上又要周旋，他些同事又要請教他，所以兩頭更忙，非比從前太后與周妃的喪事了。三而一。但元妃並無所出，惟謚曰賢淑貴妃，此是王家制度，王家制度乃言天法也，謚有未備，因無所出，氣數固一時偶然，非同往過來續之有所出也。不必多贅。只講府中男女，天天進宮，忙的什麼似的。幸喜鳳姐兒近日身子好些，還得出來照應家事，又要預備王子騰進京接鳳賀喜。鳳姐胞兄王仁，知道叔叔入了内閣，仍帶家眷來京。已到「欺弱女」回。鳳姐心内歡喜，便有些心病，有這些娘家的人來，也便撂開，植黨因而破木，破木所以病心。所以身子倒覺比前好了些。王夫人看見鳳姐照舊辦事，又把擔子卸了一半，又眼見兄弟來京，諸事放心，倒覺安靜些。語又蹊蹺。

獨有寶玉，原是無職之人，又不念書。代儒學裏知他家内有事，也不來管他。賈政正忙，自然没有空兒查他。好入下半回，必父師並提，責有攸歸也。想來寶玉趁此機會，竟可與姊妹們天天暢樂。不料他自失了玉後，終日懶怠走動，説話也糊塗了。並賈母等出門回來，有人叫他去請安，便去；没人叫他，他也不動。襲人等懷着鬼胎，又不敢去招惹他，恐他生氣。此生氣當與「撕扇子」回生氣合看。每天茶飯端到面前便吃，不來也不要。襲人看這光景，不像是有氣，竟像是有病的。襲明知此病之所在。襲人偷着空兒到瀟湘館，告訴紫鵑説是：「二爺這麽着，求姑娘給他開導開導。」紫鵑雖即告訴黛玉，只因黛玉想着親事上頭，一定是自己了，如今見了他，反覺不好意思，以反形釵因親事不來，而毫無覺察之獃，以直注「斷情」「成禮」。「若是他來呢，原是小時在一處的，也難不理他；若説我去找他，斷斷使不得。」所以黛玉不肯過來。襲人又背地裏去告訴探春。病又成之於此。那知探春心裏明白，知道海棠開的怪異，寶玉失的更奇，接連着元妃姐姐薨逝，諒家道不祥，日日愁悶，那有心腸去勸寶玉？況兄妹們男女有别，只好過來一兩次，寶玉又終是懶懶的，所以也不大常來。又立探春罪狀，以「明知」二字作眼。然以親兄妹尚有别，況中表乎？作此微言，則仍以釋探入史。或甚以此語及前做鞋另有評説，則非閑人所敢知。

寶釵也知失玉，因薛姨媽那日應了寶玉的親事回去，親事而應了回去，見此應不出於來求，而應於往就，何能成爲大禮？乃仍以正匹予黛，故失玉但云「也知」。此等微詞，百讀百略。便告訴了寶釵。薛姨媽還説：「雖是你姨媽説了，我還沒有應準，説等你哥哥回來再定。迄未明定。你願意不願意？」此書面欺人語，金鎖來歷，果然真耶？寶釵反正色對母親道：「媽媽這話説錯了！女孩兒家的事情，是父母做主的。如今我父親沒了，媽媽應該做主的，再不然問哥哥，怎麽問起我來？」一篇鬼話，仍寫「賢」字。作者老臉直硬如鐵。所以薛姨媽更愛惜他，説他雖是從小嬌養慣的，卻也生來的貞静，因此在他面前反不提起寶玉了。寶釵自從聽此一説，把「寶玉」二字自然更不提起了。必再足之，方才快意。變亂是非如此，大是造孽。如今雖然聽見失了玉，心裏也甚驚疑，倒不好問，只得聽旁人説去，竟像不與自己相干的。此一轉則語中有刺矣。作者何嘗一定瞞人，無奈人多自瞞耳。只有薛姨媽打發丫頭過來了好幾次問信。因他自己的兒子薛蟠的事焦心，只等哥哥進京，便好爲他出脱罪名；故爲縱送，豈知罪之出脱，不脱於王子騰，而脱於龍下蛋乎？又知元妃已薨，雖然賈府忙亂，卻得鳳姐好了，出來理家，也把賈家的事撂開了。只苦了襲人，仍即串到襲人，一絲不走。雖然在寶玉跟前低聲下氣的伏侍勸慰，寶玉仍是不懂。襲人只有暗暗的着急而已。寫一瘋顛，步驟如此。

過了幾日，元妃停靈寢廟，賈母等送殯去了幾天。豈知寶玉一日獃似一日，也不發燒，也不疼痛，只是吃不像吃，睡不像睡，甚至説話都無頭緒。那襲人、麝月等一發慌了，回過鳳姐幾次。鳳姐不時過來。起先道是找不着玉生氣，如今看他失魂落魄的樣子，只有日日請醫調治。煎藥吃了幾劑，只有添病的，沒有減病的。及至問他那裏不舒服，寶玉也不説出來。直至元妃事畢，賈母惦記寶玉，親自到園看視，王夫人也隨過來。襲人等忙叫寶玉接去請安。寶玉雖説是有病，每日原起來行動。今日叫他接賈母去，他依然仍是請安，惟是襲人在旁扶着指教。病狀如此，實病因如此。賈母見了，便道：「我的兒，我打諒你怎麼病着，故此過來瞧你。今你依舊的模樣兒，我的心放了好些。」「放心」特提。王夫人也自然是寬心的。惟寬故放，都是奧義。但寶玉並不回答，只管嘻嘻的笑。即賈璉之嘻嘻。賈母等進屋坐下，問他的話，襲人教一句，他說一句，大不似往常，直是一個傻子似的。賈母愈看愈疑，便說：「我纔進來看時，不見有什麼病，如今細細一瞧，這病果然不輕，細細一瞧，可惜遲了，而究竟未遲。竟是神魂失散的樣子。心藏神。到底因什麼起的呢？」王夫人知事難瞞，又瞧瞧襲人那可憐的樣子，到底照顧襲人。只得便依着寶玉先前的話，將那往臨安伯府裏去聽戲時，丢了這塊玉的話悄悄的告訴了一遍，心裏也徬徨的很，生恐賈母着急，並說：「現在着人在四下裏找尋，求籤問卦，都說在當鋪裏找，少不得找着的。」

賈母聽了，急的站起來，眼淚直流，說道：「這件玉如何是丢得的？你們忒不懂事了！難道老爺也是撂開手的不成？」神情口吻，底面都肖。王夫人知賈母着急，叫襲人等跪下，自己斂容低首回說：「媳婦恐老太太着急，老爺生氣，都沒敢回。」賈母咳道：「這是寶玉的命根子，因丢了，所以他是這麼失魂喪魄的，還了得！泥佛說土佛。況且這玉滿城裏都知道，誰撿了去，便叫你們找出來麼？叫人快快請老爺，我與他說！」那時嚇的王夫人、襲人等哀告道：「老太太這一生氣，回來老爺更了不得了。禍首明在史，而實明在政有齊家之責者也。看二「更」字，嚴於斧鉞。現在寶玉病着，交給我們儘命的找來就是了。」賈母道：「你們怕老爺生氣，有我呢！」特出包庇，其聲如聞。便叫麝月傳人去請。不一時，傳進話來說：「老爺謝客去了。」賈母道：「不用他也使得。你們便說我說的話，暫且也不用責罰下人。我便叫璉兒來，寫出賞格，懸在前日經過的地方，便說有人撿得送來者，情願送銀一萬兩；如有知人撿得，送信找得者，送銀五千兩。如真有了，不可吝惜銀子。這麼一找，少不得就找出來了。曰「一萬」，曰「五千」，數合十五，「聽曲文」回所謂「將笄之年」也。以金換玉，已換於彼時，固不待今日。而金鎖則假自人工，寶玉則來於天付，假金不可配真玉，固必待假玉以配之。其配之者則賈母，故招假玉者，必出自他也。若是靠着喒們家幾個人找，就找一輩子也不能得。」王夫人也不敢直言。賈母傳話告訴賈璉，叫他速辦去了。賈母便叫人：「將寶玉動用之物，都搬到我那裏去，只派襲人、秋紋跟過來，餘者仍留園內看屋子。」寶玉聽了，終不言語，只是傻笑。

賈母便攜了寶玉起身，襲人等攙扶出園，回到自己房中，叫王夫人坐下，着人收拾裏間屋內安置。仍到一同安置黛玉之所，滴滴歸原。便對王夫人道：「你知道我的意思麼？我爲的園裏人少，怡紅院裏的花樹忽萎忽開，有些奇怪。前頭仗着一塊玉，能除邪祟，如今此玉丟了，生恐邪氣易侵，故我帶他過來，一塊兒住着。這幾天也不用叫他出去，大夫來，就在這裏瞧。」原有一隙之明，遲而未遲，奈釵、鳳之蠱惑而鴛、探之不言何！王夫人聽說，便接口道：「老太太想的自然是。如今寶玉同着老太太住了，老太太的福氣大，不論什麼都壓住了。」賈母道：「什麼福氣，不過我屋裏乾净些，經卷也多，都可以念念，定定心神。你問寶玉好不好？」那寶玉見問，只是笑。襲人叫他說「好」，寶玉也就說：「好。」與黛同居，即失玉之所，來處來，去處去，即是經。好而不好，不好而好時到矣。王夫人見了這般光景，未免落淚，在賈母這裏不敢出聲。賈母知王夫人着急，便說道：「你回去罷，這裏有我調停他。隔絶天倫，是調停法。晚上老爺回來，告訴他不必來見我，不許言語就是了。」王夫人去後，賈母叫鴛鴦找些安神定魄的藥，按方吃了，不題。

且說賈政當晚回家，在車內聽見道上人說道：「人要發財也容易的很。」那個問道：「怎麼見得？」

這個人又道：「今日聽見榮府裏丢了什麼哥兒的玉了，貼着招帖兒，上頭寫着玉的大小、式樣、顏色，說有人撿了送去，就給一萬兩銀子；送信的還給五千呢。」招玉自史，聽招自政，假遂來矣。必在車中，又隱點《大車》之詩。賈政雖未聽得如此真切，既從賈政耳內聽來，卻說「雖未聽得如此真切」，則聽真切者誰與？是怪筆，是微言。心內詫異，急忙趕回，便叫門上的人，問起那事來。門上的人稟道：「奴才頭裏也不知道，今兒晌午，璉二爺傳出老太太的話，叫人去貼帖兒，纔知道的。」賈政便歎氣道：「家道該衰，偏生養這麼一個孽障。纔養他的時候，滿街的謠言，隔了十九年，略好了些，這會子又大張曉諭的找玉，成何道理！」就政立說，底面重重。說着，忙走進裏頭去問王夫人。王夫人便一五一十的告訴。又是十五。賈政知是老太太的主意，又不敢違拗，只得抱怨王夫人幾句，又走出來叫瞞着老太太，背地裏揭了這個帖兒下來。豈知早有那些遊手好閑的人揭了去了。

過了些時，竟有人到榮府門上，口稱送玉來。招揭相引，即人送玉，寫來亦突兀，亦含糊，斟酌甚好。家內人們聽見，喜歡的了不得，便說：「拿來，我給你回去。」那人便懷內掏出賞格來，指給門上人瞧，道：「這不是你府上的帖子麼？寫明送玉來的給銀一萬兩。二太爺，你們這會子瞧我窮，回來我得了銀子，就是個財主了，別這麼待理不理的。」門上聽他話頭來的硬，說道：「你到底略給我瞧一瞧，我好給你回去。」那人初倒不肯，後來聽他說的有理，便掏出那玉，托在掌中一揚，說：「這是不是？」寫來不經意，又極經意，運筆輕重如此之難。衆家人原是在外服役，只知有玉，也不常見，今日纔看見這玉的模樣兒了，有此句不爲奇，無此句不爲漏，而讀到此句不覺令人起舞。於此悟爲文之理：減一分則太短，增一分則太長也。急忙跑到裏頭搶頭報似的。今日賈政、賈赦出門，只有賈璉在家。衆人回明，賈璉還細問：「真不真？」門上人口稱：「親眼見過，只是不給奴才，要見主子，一手交銀，一手交玉。」賈璉卻也喜歡，忙去稟知王夫人，即便回明賈母，把個襲人樂得合掌念佛。賈母並不改口，此説史能信賞矣，而不知實誅史認假之罪。並不改口，掉包兒所以得行也。一疊連聲：「快叫璉兒請那人到書房内坐下，將玉取來一看，即便送銀。」賈璉依言，請那人進來，當客待他，用好言道謝：「要借這玉送到裏頭本人見了，謝銀分釐不短。」那人只得將一個綢子包兒送過去，賈璉打開一看，可不是那一塊晶瑩美玉呢？賈璉素昔原不理論，今日倒要看看。看了半日，上面的字也彷彿認得出來，什麽「除邪祟」等字。但認「除邪祟」字，在璉、鳳即邪祟也，而不理論，語中底面玲瓏。賈璉看了，喜之不盡，便叫家人伺候，忙忙的送與賈母、王夫人認去。

這會子驚動了合家的人，都等着争看。鳳姐見賈璉進來，便劈手奪去，不敢先看，送到賈母手裏。賈璉笑道：「你這麽一點兒事還不叫我獻功呢。」寫鳳姐添頰上毫，而掉包兒之獨行獨斷在焉。賈母打開看時，只見那玉比先前昏暗了好些，一面用手擦摸，鴛鴦拿上眼鏡兒來，戴着一瞧，助其目，何如提其耳。説：「奇怪，這塊玉倒是的，怎麽把頭裏的寶色都没了呢？」王夫人看了一會子，也認不出，便叫鳳姐過來看。鳳姐看了道：「像倒像，只是顔色不大對，不如叫寶兄弟自己一看就知道了。」襲人在旁，也看着未必是那一塊，只是盼得的心盛，也不敢説出不像來。鳳、襲另有見解，皆實曾經此玉者也。鳳姐於是從賈母手中接過來，同着襲人，拿來給寶玉瞧。這時寶玉正睡着纔醒。正真假往來之候。鳳姐告訴道：「你的玉有了。」寶玉睡眼矇矓，接在手裏也没瞧，便往地下一撂，道：「你們又來哄我了。」於黛玉則摔真玉，以黛玉之無玉也。於鳳、襲則撂假玉，以鳳、襲有假金也。説着，只是冷笑。鳳姐連忙拾起來，道：「這也奇了，怎麽你没瞧就知道呢？」寶玉也不答言，只管笑。王夫人也進屋裏來了，見他這樣，便道：「這不用説了。他那玉原是胎裏帶來的一種古怪東西，自然他有道理。想來這個必是人見了帖兒照樣做的。」大家此時恍然大悟。文簡意賅，寫得恰好。賈璉在外間屋裏聽見這話，便説道：「既不是，快些拿來給我問他去。人家這樣事，他敢來鬼混。」賈母喝住道：「璉兒，拿了去給他，叫他去罷。那也是窮極了的人，没法兒了，所以見我們家有這樣事，他便想着賺幾個錢也是有的。如今白白的花了錢，弄了這個東西，又叫咱們認出來了。依着我，不要難爲他，把這玉還他，説不是我們的，賞給他幾兩銀子。外頭的人知道了，纔肯有信兒就送來呢。若是難爲了這一個人，就有真的，人家也不敢拿來了。」寫賈母心地寬厚，令人贊歎，乃上作者當了。蓋此乃責以假混真之主人翁，招一假不足，而再三招之。書中寫「賢寶釵」亦用此法。賈璉答應出去。那人還等着呢，半日不見人來，正在那裏心裏發虛，只見賈璉氣忿忿的走出來了。到此方纔明説是假。前此一路寫來，絕不一露，而處處總令人見是假。作者筆下亦實有以假混真之妙。

未知如何，且看下回分解。

自「甄家僕」回至此爲一大段，乃此書大結穴，起以貼帖那人，終以送玉那人。貼帖之那人，甄士隱也；送玉之那人，賈雨村也。不必末回，已「詳説」矣，已「歸結」矣。左旋右轉，一氣如斯；秋殺春生，四時不忒。惠迪者吉，反道者妖。不明真假之往來，焉知包勇；不辨死生之根蒂，誰守通靈？宣麻不是新聞，貼帖仍爲舊案。海棠香裏，一庭風露淒然；爆竹聲中，一世榮華盡矣。鐵嘴必須自問，拐仙莫被他瞞。訛言倘會真機，奇禍都藏善果。

護花主人評曰：

焙茗説當鋪裏有玉，是爲假玉作引子。

請仙乩語，直射寶玉談禪。

若非王子騰進京及元妃薨逝二事耽延月日，賈母必早知失玉情事，無日不追尋噪鬧，寶玉亦必早移出園，文情過於急促。且襲人求黛玉勸導，黛玉避嫌不來；探春明知不祥，不肯常來；及薛姨媽寶釵母女一番説話，各人心事俱無從描寫。此文章開展法。

黛玉避嫌，亦是反跌下回。

賈政因聽見招帖，纔知失玉緣由，暗地着人揭去招帖，安頓得體。

做假玉圖騙，反襯後文真玉送來。

大某山民評曰：

此回已入甲寅年十二月事。

第九十六回　瞞消息鳳姐設奇謀　洩機關顰兒迷本性

話説賈璉拿了那塊假玉，忿忿走出，到了書房。那個人看見賈璉的氣色不好，心裏先發了虛了，連忙站起來迎着。剛要説話，只見賈璉冷笑道：「好大膽，我把你這個混賬東西！這裏是什麽地方兒，你敢來掉鬼！」回頭便問：「小厮們呢？」外頭轟雷一般，幾個小厮齊聲答應。賈璉道：「取繩子去捆起他來！等老爺回來回明了，把他送到衙門裏去。」衆小厮又一齊答應：「預備着呢！」嘴裏雖如此，卻不動身。那人先自嚇的手足無措，見這般勢派，知道難逃公道，只得跪下給賈璉磕頭，口口聲聲只叫：「老太爺別生氣，是我一時窮極無奈，纔想出這個没臉的營生來。那玉是我借錢做的，我也不敢要了，只得孝敬府裏的哥兒頑罷！」説畢，又連連磕頭。賈璉啐道：「你這個不知死活的東西！這府裏希罕你那朽不了的浪東西！」正鬧着，只見賴大進來，陪着笑，向賈璉道：「二爺別生氣了，靠他算個什麽東西，饒了他，叫他滾出去罷。」賈璉道：「實在可惡！」賴大、賈璉作好作歹，衆人在外頭都説道：「糊塗狗攮的，還不給爺和賴大爺磕頭呢。快快的滾罷！還等窩心脚呢。」那人趕忙磕了兩個頭，抱頭鼠竄而去。起得含糊，收得乾净，絶不堪文字而寫得如此妥貼，洵爲能品。一部假語村言作如是觀。看此玉果還給那人否絶不明言，足令人費十日思。從此街上鬧動了：「賈寶玉弄出假寶玉來了。」頓二句，上追「風塵懷閨秀」，下逮「歸結《紅樓夢》」。

且說賈政那日拜客回來，衆人因爲燈節底下，恐怕賈政生氣，已過去的事了，便也都不肯回。只因元妃的事，忙碌了好些時，近日寶玉又病着，雖有舊例家宴，大家無興，也無可記之事。元妃既死，氣數之天一終，尚有何事可記？到了正月十七日，十七日至二十，距大拜餘三日，所謂「先庚」「先甲」，多少警覺。王夫人正盼王子騰來京，只見鳳姐進來回說：「今日二爺在外聽得有人傳說，我們家大老爺趕着進京，離城只二百多里地，在路上沒了。」離城二百多里地，地二生火，《離》爲火，一派火象，死騰正以制金。太太聽見了沒有？」王夫人吃驚道：「我沒有聽見，老爺昨晚也沒有說起，到底在那裏聽見的？」鳳姐道：「說是在樞密張老爺家聽見的。」演此理數可謂密矣，其實處處張而揚之，奈讀者不察耳。王夫人怔了半天，那眼淚早流下來了，因拭淚說道：「回來再叫璉兒索性打聽明白了來告訴我。」鳳姐答應去了。王夫人不免暗裏落淚，悲女哭弟，又爲寶玉躭憂。其實乃是一事。如此連三接二，都是不隨意的事，六畫純《坤》，而連三接二，成五陽爻，僅餘一陰在上，爲《夬》，決去一陰則史死矣，而《剥》《復》之理總集於此。那裏擱得住？便有些心口疼痛起來。與鳳姐同一心痛。又加賈璉打聽明白了來，說道：「舅太爺是趕路勞乏，偶然感冒風寒，鳳之風，雪之寒。到了十里屯地方，延醫調治。縱橫十字，無非《易》爻，中有實理，所謂十里。《屯》則「剛柔始交而難生」之時，正切須調治之時，即「初行經便當調治」，張太醫之說正爲此。無奈這個地方沒有〔名〕醫，誤用了藥，一劑就死了。因責父師而有此書，正一劑虎狼藥也。但不知家眷可到了那裏沒有。」王夫人聽了，一陣心酸，便心口疼得坐不住，叫彩雲等扶了上炕，還扎掙着叫賈璉去回了賈政：「即速收拾行裝，迎到那裏，幫着料理完畢，即刻回來告訴我們，好叫你媳婦兒放心。」財色雙收。賈璉不敢違拗，只得辭了賈政起身。

賈政早已知道，心裏很不受用，又知寶玉失玉已後，神志惛憒，醫藥無效，又值王夫人心疼。那年正值京察，工部將賈政保列一等，二月，吏部帶領引見。皇上念賈政勤儉謹慎，即放了江西糧道。水位正北，右則西金。糧道，涼道也，所謂冷子興。即日謝恩，已奏明起程日期。雖有衆親朋賀喜，賈政也無心應酬，只念家中人口不寧，又不敢耽延在家。正在無計可施，只聽見賈母那邊叫請老爺，賈政即忙進去。看見王夫人帶着病，也在那裏，便向賈母請了安。賈母叫他坐下，便説：「你不日就要赴任，我有多少話與你説，不知你聽不聽？」説着，掉下淚來。賈政忙站起來，説道：「老太太有話只管吩咐，兒子怎敢不遵命呢？」賈母哽咽着説道：「我今年八十一歲的人了，九九數盡。你又要做外任去。偏有你大哥在家，你又不能告親老。你這一去了，我所疼的只有寶玉，偏偏的又病得糊塗，還不知道怎麼樣呢。我昨日叫賴升媳婦出去叫人給寶玉算算命，這先生算得好靈，説要娶了金命的人幫扶他，必要沖沖喜纔好。沖乃破也，用金沖喜，正是破喜，氣數之説原如此。不然，只怕保不住。我知道你不信那些話，所以叫你來商量。你的媳婦也在這裏，你們兩個也商量商量：還是要寶玉好呢，還是隨他去呢？」賈政陪笑説道：「老太太當初疼兒子這麼疼的，難道做兒子的就不疼自己的兒子不成麼？只爲寶玉不肯上進，所以時常恨他，也不過是恨鐵不成鋼的意思。老太太既要給他成家，這也是該當的，豈有逆着老太太不疼他的理？如今寶玉病着，兒子也是不放心。因老太太不叫他見我，所以兒子也不敢言語。我到底瞧瞧寶玉是個什麼病。」父子隔絶至於如此，史之罪深，政之罪深矣。

王夫人見賈政説着，也有些眼圈兒紅，知道心裏是疼的，便叫襲人扶了寶玉，見了他父親。襲人叫寶玉來請安，他請了個安。賈政見他臉面很瘦，目光無神，大有瘋傻之狀，便叫人扶了進去，便想到：「自己也是望六的人了，如今又放外任，不知道幾年回來。倘或這孩子果然不好，一則年老無嗣，直無賈環矣。雖説有孫子，到底隔了一層；書設一環一蘭以爲報復，即以爲範圍，總一心之用而已。今一心既失，則環無所用之。即由失得復，仍非正復，雖有蘭而終是隔一層也。奥義深文，以意會之可也。二則老太太最是疼寶玉的，若有差錯，可不是我的罪名更重了？」瞧瞧王夫人一包眼淚，又想到他身上，復站起來説：「老太太這麼大年紀，想法兒疼孫子，做兒子的還敢違拗？老太太主意該怎麼便怎麼就是了。天理人情，曲盡其妙，底面層層。但只姨太太那邊不知説明白了没有？」王夫人便道：「姨太太是早應了的，只爲蟠兒的事没有結案，所以這些時總没提起。」賈政又道：「這就是第一層難處了。他哥哥在監裏，妹妹怎麼出嫁？反攻薛姨，直抉寶釵。況且貴妃的事雖不禁婚嫁，寶玉應照已出嫁的姐姐有九個月的功服，攻史即以自攻。此時也難娶親。爲「政」字略按。再者，我的起身日期已經奏明，不敢躭擱，這幾天怎麼辦呢？」賈母想了一想：「説的果然不錯。若是等這幾件事過去，他父親又走了，倘或這病一天重似一天，怎麼好？只可越些禮辦了纔好。」想定主意，想定主意乃是越禮，大書特書，則釵之「成大禮」成何禮耶？便説道：「你若給他辦呢，我自然有個道理，特著此句，以明此婚未行此禮。包管都礙不着。姨太太那邊，我和你媳婦親自過去求他；蟠兒那裏，我央蝌兒去告訴他，説是要救寶玉的命，諸事將就，自然應的。禍結於此，罪滅於此，蟠不與同謀奪也。若是服裏娶親，當真使不得，「真」字特提。況且寶玉病着，也不可教他成親，殊不知先成親而後病也。不過是沖沖喜。我們兩家願意，孩子們又有金玉的道理，玉在那裏？氣數之惑人如此，而直追「巧合認通靈」，這又從頭說起。婚是不用合的了，即挑了好日子，按着咱們家分兒過了禮。趕着挑個娶親日子，一概鼓樂不用，倒按宮裏的樣子，「偷娶尤二姐」是這樣子。此樣乃元妃所主，故曰宮裏。用十二對提燈，收拾十二釵。一乘八人轎子抬了來，收拾三百八十四爻。照南邊規矩拜了堂，一樣坐床撒帳，曰一樣，是已坐過床，撒過帳了。可不是算娶了親了麽？算娶，非娶也，不予釵以娶也。寶丫頭心地明白，是不用慮的。内中又有襲人，也還是個妥妥當當的孩子，再有個明白人常勸他更好。釵、襲合一，而明白人寫得閃灼。他又和寶丫頭合的來。此事此情，此老道破。再者姨太太曾說：『寶丫頭的金鎖，也有個和尚說過，只等有玉的便是婚姻。』姨太太曾說，明明點出，三尺之童亦恍然矣。焉知寶丫頭過來，不因金鎖倒招出他那塊玉來，也定不得。從此一天好似一天，豈不是大家的造化？以假混真，言之不足，又長言之。這會子只要立刻收拾屋子，鋪排起來，這屋子是要你派的。所謂成室，所謂蓋藏。一概親友不請，也不排筵席。以寬爲嚴。待寶玉好了，過了功服，愈寬愈嚴。然後再排席請人。這麽着都趕的上，你也看見了他們小兩口兒的事，也好放心的去。」「大禮」乃如此。

賈政聽了，原不願意，只是賈母做主，不敢違命，勉强陪笑說道：「老太太想得極是，也很妥當。只是要吩咐家下衆人，不許吵嚷得裏外皆知道，這要躭不是的。再用反攻。姨太太那邊只怕不肯，若是果真應了，也只好按着老太太的主意辦去。」便是「霸成親」。賈母道：「姨太太那邊有我呢。你去罷。」三字赦，三字獄，而其聲如聞。賈政答應出來，心中好不自在，因赴任事多，部裏領憑，親友們薦人，種種應酬不絕，竟把寶玉的事聽憑賈母交與王夫人、鳳姐兒了。再定罪案，轉非深文。惟將榮禧堂後身王夫人内屋旁邊一大跨所二十餘間房屋，指與寶玉，榮禧乃正室，曰「後身」，則反面矣，尚何榮何禧？「二十餘間」即寶釵生日分資數目，而二陰數，十成數，地數一終。餘者一概不管。即此完全，尚何可管？賈母定了主意，叫人告訴他去，賈政只説很好。此是後話。曰「後話」，乃前話，到此尚何有後話。

且説寶玉見過賈政，襲人扶回裏間炕上。因賈政在外，無人敢與寶玉説話，寶玉便昏昏沈沈的睡去。賈母與賈政所説的話，寶玉一句也沒有聽見。襲人等卻靜靜兒的聽得明白，頭裏雖也聽得些風聲，到底影響，只不見寶釵過來，卻也有些信真。今日聽了這些話，心裏方纔水落歸漕，倒也喜歡，心裏想道：「果然上頭的眼力不錯，這纔配得是，我也造化。若他來了，我可以卸了好些擔子。揭明襲人心事，更是前話，話且多多。但是這一位的心裏只有一個林姑娘，幸虧他沒有聽見，若知道了，又不知要鬧到什麼分兒了。」襲人想到這裏，轉喜爲悲，心想：「這件事怎麼好？有此段之喜，即有此段轉喜爲悲。前話多即因於此。老太太、太太那裏知道他們心裏的事？初時高興，説給他知道，原想要他病好，若是他仍似前的心事，初見林姑娘便要摔玉砸玉，那怎麼好？況且那年夏天在園裏，把我當作林姑娘，説了好些私心話；後來因爲紫鵑説了句頑話兒，便哭得死去活來。歷敘前話，豈有襲人到此方纔追想之理？是乃前話中之前話。若是如今和他説要娶寶姑娘，就把林姑娘撂開，除非是他人事不知還可，若稍明白些，只怕不但不能沖喜，竟是催命了。我再不把話説明，那不是一害三個人了麼？」見得斬截，説得斬截，作者之臉鐵、心鐵。襲人想定主意，待等賈政出去，叫秋紋照看着寶玉，便從裏間出來，走到王夫人身旁，悄悄的請了王夫人到賈母後身屋裏去説話。直追「大受笞撻」以後情節，還以爲這是現在事、現在話，其人不可與言矣。賈母只道是寶玉有話，也不理會，還在那裏打算怎麽過禮，怎麽娶親。

那襲人同了王夫人到了後間，便跪下哭了。王夫人不知何意，把手拉着他説：「好端端的這是怎麽説？有什麽委屈，起來説。」襲人道：「這話奴才是不該説的，這會子因爲没有法兒了。」「這會子没法」，是法至這會子已使盡了，而辣手爲文，越像越狠。王夫人道：「你慢慢的説。」襲人道：「寶玉的親事，老太太、太太已定了寶姑娘了，自然是極好的一件事。但是奴才想着，太太看去，寶玉和寶姑娘好，還是和林姑娘好呢？」王夫人道：「他兩個因從小兒在一處，所以寶玉和林姑娘又好些。」一問問得緊，是所以「設謀」；一答答得鬆，是聽其「設謀」。襲人道：「不是『好些』。」便將寶玉素與黛玉這些光景一一的説了，一切光景，出以提筆，以明此爲前話。還説：「這些事都是太太親眼見的，獨是夏天的話，我從没敢和别人説。」此即緊接「大受笞撻」之前話。王夫人拉着襲人道：「我看外面兒已瞧出幾分來了，已瞧出幾分來了，悍婦詖奴之説，何自來耶？你今日一説，更加是了。但是剛纔老爺説的話，想必都聽見了，你看他的神情兒怎麽樣？」襲人道：「如今寶玉若有人和他説話，他就笑；没人和他説話，他就睡，所以頭裏的話卻倒都没聽見。」王夫人道：「倒是這件事叫人怎麽樣呢？」襲人道：「奴才説是説了，還得太太告訴老太太，想個萬全的主意纔好。」到此方是「刁奴蓄險心」，見於彼，演於此也。王夫人便道：「既這麽着，你去幹你的。此非襲後話，乃釵後話，緣「你去幹你的」，嫁蔣玉函而已。這時候滿屋子的人，暫且不用提起，等我瞅空兒回明老太太，再作道理。」説着，仍到賈母跟前。

賈母正在那裏和鳳姐商議，見王夫人進來，便問道：「襲人丫頭説什麽？這麽鬼鬼祟祟的。」王夫人趁問，便將寶玉的心事細細回明賈母。賈母聽了，半日没言語，王夫人和鳳姐也都不再説了。半日没言語，則有言語之半日在。不再言語，則有語言之始在。只見賈母歎道：「別的事都好說。林丫頭倒没有什麽，若寶玉真是這樣，這可叫人作了難了。」猶可及止，是就事論事；逼出奇謀，是就書論書，皆非此回曲折深意也。只見鳳姐想了一想，因說道：「難倒不難，只是我想了個主意，不知姑媽肯不肯。」主意何？但怕姑媽不肯，蓋王乃氣數之天所出。此處直抵一篇《天問》。王夫人道：「你有主意，只管說給老太太聽，大家娘兒們商量着辦罷了。」鳳姐道：「依我想，這件事只有一個掉包兒的法子。」此包即包勇之包，掉則勇之義也。真假往來，冷熱遞嬗，二「包」字括之。百廿回書，演此而已。其事迹無非合木石而破金玉，理道之天包於此，究竟破於此者，乃氣數之天，掉包兒之所成。故「奇緣」「巧合」爲掉之始，「清虚觀」醮爲掉之之中，「絳芸軒」夢爲掉之終。事已成於三十六回之前，到此不過一宣明之，以掀翻此案，暢發包勇之義也。倘作小說家設謀常套讀，則此書從何處讀起？賈母道：「怎麽掉包兒？」鳳姐道：「如今不管寶兄弟明白不明白，大家吵嚷起來，說是老爺做主將林姑娘配了他了，指稱父命，即指稱天命，此理道之天。瞧他的神情兒怎麽樣。要是他全不管，這個包兒也就不用掉了；若是他有些喜歡的意思，這事却要大費周折呢。」王夫人道：「就算他喜歡，你怎麽樣辦法呢？」鳳姐走到王夫人耳邊，如此這般的說了一遍。前半部書其秘密處有如此。王夫人點了幾點頭兒，笑了一笑，說道：「也罷了。」此非說王，借王說書也。所以演此乾坤《易》象之書，欲人人如石之點頭，而明一孝之旨，都在不言之中，故云「這也罷了」。何看官也跟着罷了之多。賈母便問道：「你娘兒兩個搗鬼，到底告訴我是怎麽着呀？」鳳姐恐賈母不懂，漏洩機關，便也向耳邊輕輕的告訴了一遍。賈母果真一時不懂，鳳姐笑着，又說了幾句。與王一言，與史再說，合成「三宣」，以明《易》卦，而本回之「瞞」字足，「洩」字亦足，而其實爲全部演義，處處瞞，處處洩。賈母笑道：必也是「笑道」。夫使果爲今日事，則方以愛子愛孫作孤注一博，其顧慮當何如？而乃以兒戲處之。王曰「笑」，史亦曰「笑」，何易於用「笑」耶？「這麽着也好，可就只忒苦了寶丫頭了。宣明掉包之無益，氣數之天不可恃，全史之用也。倘或吵嚷出來，林丫頭又怎麽樣呢？」宣明機械殺人之必敗露，又史之用。鳳姐道：「這個話原説只給寶玉聽，外頭一概不許提起，有誰知道呢？」是書借寶玉演一心，欲人人自問其心果爲絳爲黛耳。故只説給寶玉聽，非身外事，外頭那得知道。

正説間，丫頭傳進話來説：「璉二爺回來了。」王夫人恐賈母問及，使個眼色與鳳姐。鳳姐便出來迎着賈璉，努了個嘴兒，同到王夫人屋裏等着去了。一回兒王夫人進來，已見鳳姐哭的兩眼通紅。賈璉請了安，將到十里屯料理王子騰喪事的話説了一遍，便説：「有恩旨賞了內閣的職銜，內閣，相位，職銜則虛，作者直欲以草野之虛話分輔相之微權。謚了文勤公，勤則心勞日拙，乃一部掉包兒書之正訓，故曰「文勤」。命本宗扶柩回籍，着沿途地方官員照料。昨日起身，同家眷回南去了。生死未經一見其人，一部「瞞消息」書是這等瞞法。其曰「回南」，歸於火鄉也，所謂「搗鬼」。舅太太叫我回來請安問好，説如今想不到不能進京，有多少話不能説，聽見我大舅子要進京，若是遇見了，便叫他來到咱們這裏細細的説。」王夫人聽見，其悲痛自不必言。鳳姐勸慰了一番，説：「請太太略歇歇，晚上來再商量寶玉的事罷。」説畢，同了賈璉回到自己房中，告訴賈璉，叫他派人收拾新房不題。

一日，黛玉早飯後，帶着紫鵑到賈母這邊來，一則請安，二則也爲自己散散悶。[illegible]湘館，走了幾步，忽然想起忘了手絹子來，因叫紫鵑回去取來，將結絹子案，因以絹子起，蓋本性之迷，迷於情感也。自己卻慢慢的走着等他。剛走到沁芳橋那邊山石背後當日同寶玉葬花之處，必從此處起。忽聽一個人嗚嗚咽咽在那裏哭。《葬花詩》在此哭中。黛玉煞住脚聽時，又聽不出是誰的聲音，也聽不出哭着叨叨的是些什麽話，心裏甚是疑惑，便慢慢的走去。及到了跟前，卻見一個濃眉大眼的丫頭在那裏哭呢。乃是正照。黛玉未見他時，還只疑府裏這些大丫頭有什麽説不出的心事，所以來這裏發洩發洩，作如是觀。及至見了這個丫頭，卻又好笑，因想到：「這種蠢貨，有什麽情種，吾云這情種不是那情種，蓋那情種乃本性之發，這情種乃本性之迷也。直追「開闢鴻濛」源頭上，發「迷」字來歷，請參彼評。自然是那屋裏作粗活的丫頭，受了大女孩子的氣了。」細瞧了一瞧，卻不認得。那丫頭見黛玉來了，便也不敢再哭，站起來拭眼淚。黛玉問道：「你好好的爲什麽在這裏傷心？」那丫頭聽了這話，又流淚道：「林姑娘你評評這個理！破空而來説一「理」字，正與情種兩峰對峙。他們説話，我又不知道。我就説錯了一句話，我姐姐也不犯就打我呀。」黛玉聽了，不懂他説的是什麽，全書都是這般説，雖不洩已全洩，聽者自不懂耳。而面子寫傻大姐，神來紙上，妙不可言。因笑問道：「你姐姐是那一個？」那丫頭道：「就是珍珠姐姐。」黛爲絳珠，一傻大姐也，故傻大姐與珠爲同氣。而珍珠乃襲人舊名，則殺黛者也，故因聞傻大姐之言而死。妙義觸處如環。黛玉聽了，纔知他是賈母屋裏的。因又問：「你叫什麽？」那丫頭道：「我叫傻大姐兒。」黛玉笑了一笑，傻合「凶人八文」成字，乃作者借《易》象演檮杌之深文。其實結之一孝，歸之一笑，仍不過筆墨游戲而已。又問：「你姐姐爲什麽打你？你説錯了什麽話了？」那丫頭道：「爲什麽呢，就爲是我們寶二爺娶寶姑娘的事情。」寫二「洩」字有意無意，而令人眉舞色飛，吾不知是何結構揣摩，只兩言耳，而上句尤難得。更有作者，吾不信也。黛玉聽了這句話，如同一個疾雷，《乾》《坤》六子，《震》爲長男，爲「雷」。一陽之復，正取於此，乃八文中精奧也。謂之疾雷，即是包勇。心頭亂跳，略定了定神，便叫這丫頭：「你跟了我這裏來！」那丫頭跟着黛玉到那個角兒上葬桃花的去處，追「埋香塚」，乃起「離恨天」。那裏背静。背静則向動，所謂疾雷。黛玉因問道：「寶二爺娶寶姑娘，他爲什麽打你呢？」傻大姐道：「我們老太太和太太、二奶奶商量了，合集凶人。因爲我們老爺要起身，説就趕着往姨太太商量，把寶姑娘娶過來罷。頭一宗給寶二爺沖什麽喜，第二宗……」説到這裏，又瞅着黛玉笑了一笑，匪夷所思，千古才人，一齊俯首。纔説道：「趕着辦了，還要給林姑娘説婆婆家呢。」在八文中，此包仍不許其掉也。筆極戲謔，意極謹嚴，而形容直添頰上三毫。黛玉已經聽獃了。這丫頭只管説道：「我又不知道他們怎麽商量的，不叫人吵嚷，怕寶姑娘聽見害臊。我自和寶二爺屋裏的襲人姐姐説了一句：凶人之首，必不脱卻。『嗒們明日更熱鬧了，又是寶姑娘，又是寶二奶奶，這可怎麽叫呢？』又以戲謔爲謹嚴。姑娘時已成奶奶，奶奶時不是姑娘，不分不明，全部熱鬧都在於此。林姑娘，叫一聲，乃佛家之大獅子吼。你説我這話害着珍珠姐姐什麽了嗎？他走過來就打了我一個嘴巴，説我混説，因言而被打，因言而被殺也。不遵上頭的話，要攆我出去。我知道上頭爲什麽不叫言語呢，你們又没告訴我，就打我。」説着，又哭起來。一篇絶世奇文，仍以「哭」字作結，歎觀止矣。

那黛玉此時心裏竟是油兒、醬兒、糖兒、醋兒倒在一處的一般，甜苦酸鹹，竟説不上什麽味兒來了。攢簇五行，和合四象，《河》《洛》正理，不止《丹經》，乃性情之歸宿也。停了一會兒，顫巍巍的説道：「你别混説了，你再混説，叫人聽見又要打你了，你去罷。」假語村言，全結於此。説着，自己轉身要回瀟湘館去，那身子竟有千百斤重的，兩隻脚卻像踩着綿花一般，早已軟了，只得一步一步慢慢的走將來。走了半天，還没到沁芳橋畔。原來脚下軟了，走的慢，且又迷迷癡癡，信着脚從那邊繞過來，更添了兩箭地的路。這時剛到沁芳橋畔，卻又不知不覺順着堤往回裏走起來。以下出力寫「迷」字矣。讀者到此掩卷試思，當如何入手，有底有面，敵得上文二「洩」字過，則凡爲文思過半矣。紫鵑取了絹子來，卻不見黛玉。正在那裏看時，只見黛玉顏色雪白，身子恍恍蕩蕩的，眼睛也直直的，在那裏東轉西轉。又見一個丫頭，往前頭走了，離的遠，也看不出是那一個來，心中驚疑不定。只得趕過來，輕輕的問道：「姑娘怎麽又回去？是要往那裏去？」一語有千百轉身。黛玉也只模糊聽見，隨口答道：「我問問寶玉去。」回去在此，要去在此，由迷得悟，必須問問，是乃本性功夫。而語面寫「迷」字，力穿七札。紫鵑聽了，摸不着頭腦，只得攙着他到賈母這邊來。黛玉走到賈母門口，心裏微覺明晰，寫迷處忽着明晰，乃必有之情，乃必無之文。回頭看見紫鵑攙着自己，便站住了問道：「你作什麽來的？」紫鵑陪笑道：「我找了絹子來了，頭裏見姑娘在橋那邊呢。我趕着過去問姑娘，姑娘没理會。」黛玉笑道：「我打量你來瞧寶二爺來了呢，不然怎麽往這裏走呢？」紫鵑見他心裏迷惑，愈明晰愈迷。便知黛玉必是聽見那丫頭什麽話了，惟有點頭微笑而已。一部迷惑書作如是觀。只是心裏怕他見了寶玉，那一個已經是瘋瘋傻傻，這一個又這樣恍恍惚惚，一時説出些不大體統的話來，那時如何是好？心裏雖如此想，卻也不敢違拗，只得攙他進去。

那黛玉卻又奇怪了，非黛玉奇怪，實作者奇怪，豈作者亦曾迷惑過來耶？這時不似先前那樣軟了，也不用紫鵑打簾子，自己掀起簾子進來。卻是寂然無聲：萬物未生時。因賈母在屋裏歇中覺，丫頭們也有脱滑去的，也有打盹兒的，也有在那裏伺候老太太的。開發衆人，自不可少。倒是襲人聽見簾子響，必是有他，道心、人心，至此結穴而黛必接叙，一部大章法終矣。從屋裏出來，一看見是黛玉，便讓道：「姑娘屋裏坐罷。」黛玉笑着道：「寶二爺在家麽？」襲人不知底裏，剛要答言，只見紫鵑在黛玉身後和他努嘴兒，指着黛玉，又摇摇手兒。襲人不解何意，也不敢言語。「在家麽」，正「問問寶玉」之旨，非襲所能知。即作者之血淚，亦只作手口之指點而已。黛玉卻也不理會，雖有指點而不理會，則日離日遠，本性迷矣。自己走進房來，看見寶玉在那裏坐着，也不起來讓坐，禮以節性，本性之迷，始於廢禮。只瞅着嘻嘻的傻笑。黛玉自己坐下，卻也瞅着寶玉笑。兩個人也不問好，也不說話，也不推讓，只管對着臉傻笑起來。總結全書多少「笑」字，而神情如見。

襲人看見這般光景，心裏大不得主意，只是沒法兒。忽然聽着黛玉說道：「寶玉，你爲什麼病了？」寶玉笑道：「我爲林姑娘病了。」一問一答，直溯心源。蓋心本絳而變黛，心即病矣。乃追原初見摔玉情事。襲人、紫鵑兩個嚇得面目改色，連忙用言語來岔。兩個卻又不答言，仍舊傻笑起來。襲人見了這樣，知道黛玉此時心中迷惑不減於寶玉，因悄和紫鵑說道：「姑娘纔好了，我叫秋紋妹妹同着你攙回姑娘歇歇去罷。」因回頭向秋紋道：「你和紫鵑姐姐送林姑娘去罷，你可別混說話。」秋紋笑着，也不言語，一部秋紋，到此了結，而都在笑而不言中也。便來同着紫鵑攙起黛玉。那黛玉也就站起來，瞅着寶玉只管笑，只管點頭兒。一笑一點頭，再明書旨，而繪心繪神繪情一齊湧現矣。紫鵑又催道：「姑娘回家去歇歇罷。」黛玉道：「可不是？我這就是回去的時候兒了。」此語乃「復」字奧旨，非爲「歸離恨」張本也。書已至此，尚何張本？說着，便回身笑着出來了，必不脫「笑」字，底面十分完足。仍舊不用丫頭們攙扶，自己卻走得比往常飛快。復乃天心，不假人力，理則至理，文則奇文。紫鵑、秋紋後面趕忙跟着走。黛玉出了賈母院門，只管一直走去。一同安置裏間，賈母院門乃迷心之所，今則以柔變剛，以陰易陽，脫離此院門而一直走去矣。紫鵑連忙攙住，叫道：「姑娘往這裏來！」黛玉仍是笑着，隨了往瀟湘館來。離門只不遠，紫鵑道：「阿彌陀佛，可到了家了。」只這一句話沒說完，只見黛玉身子往前一栽，「哇」的一聲，一口血直吐出來。

未知性命如何，性命之學，二氏得虚，吾儒得實。「可到家了」，非到家之正也。寶之走，黛之死，止爲失心而已，故結之以吐血。而曰「未知性命如何」，血生於心，吐血爲失心也。卷尾用小説故套，而絶不容作尋常故套觀有如此者。且聽下回分解。

自此回至「相思地」爲一大段，乃一部《石頭記》文字大出落點題處。曰《情僧録》，曰《金陵十二釵》，曰《風月寶鑑》，曰《紅樓夢》，種種精華，悉聚於此。如奏鼓者之鼓心一通，旁敲側擊，只合此撾；如寫真者之人面全幅，設色勾金，只取此像。而三回書仍分過去、現在、未來。本回乃演過去，其近脈在上大段三回，其遠脈在開首兩大段八回。自彼至此計九十五回，無非寫一「瞞」字，即無非寫一「洩」字，至此同一追原之，以趨「斷癡情」「成大禮」之路而已。

護花主人評曰：

假玉一事，只可如此了結。若必究治其人，不但又生枝節，且閒費筆墨，於正文毫無關涉。

王子騰中途病故，賈存周特放糧道，一悲一喜，俱出自意外。一是見六親同運，將漸漸衰落；一是催寶玉成親，黛玉夭亡。

襲人之一喜一悲，是意中應有之事。喜是爲自己有靠，悲是爲寶、黛耽憂，不得不向王夫人將兩人園中先後光景盡情吐露。

傻大姐真是招災惹禍的種子：前拾繡囊，以致搜撿諸婢，司棋、晴雯因之殞命，芳官等被逐出家；今漏風聲，又令黛玉氣迷，遂至夭逝。傻之爲禍不淺。

寫黛玉、寶玉兩人相見時只是傻笑，一個迷失本性，一個瘋癲有病，描畫入神。

襲人叫秋紋同送黛玉回去，爲回來報信地步。

大某山民評曰：

寶、黛心事，襲人該早在老太太、太太面前將二人光景告稟明白，或上頭終於不從，便與你無涉矣。今已定準寶釵，始作此轉喜爲悲之想，向王夫人只謀瞞過一策，其居心尚可問乎？吾謂死黛玉者，襲人首罪，不獨賈母死之也。

黛玉因散悶而至橋邊，得聞娶親事，沁芳橋應作醒芳橋。

傻大姐天真爛漫，絕無機械，亦未嘗輕出。一見而晴雯攆，再見而黛玉死，甚矣傻之與情相悖也。

寶、黛兩人相見，只管點頭，生離死別，悲慘難名。「人生到此，天道寧論」，流覽一過，肝液潸潸而下。

第九十七回　林黛玉焚稿斷癡情　薛寶釵出閨成大禮

話説黛玉到瀟湘館門口，紫鵑説了一句話，更動了心，「一句話」是全書，「動了心」是全書之旨。紫鵑説乃作者説，鵑善啼，作者善淚也。一時吐出血來，幾乎暈倒，虧了還同着秋紋，兩個人攙扶着黛玉到屋裏來。一鵑爲「辛酸淚」，一紋爲「荒唐言」，以合成攙扶一心之書。那時秋紋去後，紫鵑、雪雁守着。見他漸漸甦醒過來，問紫鵑道：「你們守着哭什麼?」紫鵑見他説話明白，倒放了心了，放心必須特提。因説：「姑娘剛纔打老太太那邊回來，身上覺着不大好，嚇的我們没了主意，所以哭了。」黛玉笑道：「我那裏就能够死呢?」這一句話没完，又喘成一處。原來黛玉因昨日聽得寶玉、寶釵的事情，這本是他數年的心病，明説剛纔，又説昨日，書只兩行，豈作者亦心迷耶?能辨此「昨日」二字，則上回確爲追原既往，自以閑人評爲可信。一時急怒，所以迷惑了本性。再明作追原。及至回來，吐了這一口血，心中卻漸漸的明白過來，把頭裏的事，一字也不記得了。血爲濁陰，決去濁陰，方得清陽，所謂剥中得復。「一字也不記得」，正昨日死今日生之義，而説病情恍如自道。這會子見紫鵑哭，方模糊想起傻大姐的話來。此時反不傷心，惟求速死，以完此債。「債」字針對「償」字。這裏紫鵑、雪雁只得守着，想要告訴人去，怕又像上次招得鳳姐兒説他們失驚打怪的。

那知秋紋回去，神情慌遽，正值賈母睡起中覺來，看見這般光景，便問：「怎麽了？」秋紋嚇的連忙把剛纔的事回了一遍。賈母大驚，說：「這還了得。」連忙着人叫了王夫人、鳳姐過來，告訴了他婆媳兩個。鳳姐道：「我都囑咐到了，這是什麽人去走了風？這不更是一件難事了嗎？」掉包兒是此三人同謀，何等談笑自如，兹忽張皇如此，可見中間有大隔壁賬。看一「更」字是指那裏。賈母道：「且別管那些，那些是何所指？先瞧瞧去，是怎麽樣了？」說着，便起身帶着王夫人、鳳姐等過來看視。見黛玉顏色如雪，並無一點血色，神氣昏沈，氣息微細，半日又咳嗽了一陣，丫頭遞了痰盒，吐出都是痰中帶血的，大家都慌了。只見黛玉微微睁眼，看見賈母在他旁邊，便喘吁吁的說道：「老太太，你白疼了我了！」一語淒然，聚精會神之筆。以愛爲殺，以恩爲仇，始亂之，終破之，一切罪案，總入此一語。而特呼老太太以責之，史固一賈之主也。舉一主即大衆亦無不到。釋氏所謂「回向功德」，吾儒所謂「人窮反本」也。賈母一聞此言，十分難受，便道：「好孩子，你養着罷，不怕的。」黛玉微微一笑，把眼又閉上了。一語一笑，一部書完。外面丫頭進來回鳳姐道：「大夫來了。」於是大家略避。王大夫同着賈璉進來，一息尚存，猶堪救藥，是書之所以作也。故一語一笑，即接王大夫來。必是王大夫者，令人勿忽《易》道也。診了脈，說道：「尚不妨事。這是鬱氣傷肝，肝不藏血，所以神氣不定。如今要用斂陰止血的藥，方可望好。」王太醫說完，同着賈璉出去開方取藥去了。

賈母看黛玉神氣不好，便出來告訴鳳姐等，道：「我看這孩子的病，不是我咒他，只怕難好。你們也該替他預備預備，沖一沖，曰「預備」，曰「沖」，破木石之謀已授意於早早矣，豈是今日？或者好了，豈不是大家省心？就是怎麽樣，也不至臨時忙亂。可見此等忙亂都非臨時。咱們家裏這兩天正有事呢。」鳳姐兒答應了。賈母又問了紫鵑一回，到底不知是那個説的。賈母心裏只是納悶，清虚醮關防嚴矣，而小道士忽撲入懷，點醒多少以陰謀自逞者。因説：「孩子們從小兒在一處兒頑，好些是有的，如今大了，懂的人事，就該要分別些，纔是做女孩兒的本分，我纔心裏疼他。若是他心裏有別的想頭，成了什麽人了呢？既招忽翻，天下固多以聖賢責人者也。我可是白疼了他了。你們説了，我倒有些不放心。」放心是他，不放心是他，喚醒多少游移人。因回到房中，又叫襲人來問。襲人仍將前日回王夫人的話並方纔黛玉的光景述了一遍。述而再述，無非是述。賈母道：「我方纔看他却還不至糊塗。這個理，我就不明白了。咱們這種人家，別的事自然没有的，這心病也是斷斷有不得的。這個理不明白，非史目認，乃欲令天下古今凡爲史者早思自認也。不明理，故夢夢，喚醒多少自説咱們這種人家者。林丫頭若不是這個病呢，我憑着花多少錢都使得；若是這個病，不但治不好，我也没心腸了。」這才是老主意，原案底。黛之自取，衆之所成，史之所殺，其事則已早過去了。鳳姐道：「林妹妹的事，老太太倒不必掛心，横豎有他二哥哥天天同着大夫瞧看，倒是姑媽那邊的事要緊。有要緊之事，始有不用掛心之事，時非一時，事則一事。今日早起聽見説，房子不差什麽就妥當了。竟是老太太、太太到姑媽那邊，我也跟了去商量商量。就只一件，姑媽家裏有寶妹妹在那裏，難以説話，不如索性請姑媽晚上過來，咱們一夜都説結了，就好辦了。」未入「斷癡情」，先出「成大禮」，而寫來絶倒。曰「跟去商量」，求親，大禮也，而以有寶妹妹難説話，豈薛家僅住房一間耶？青天白日，明媒正娶，大禮也，而索性請晚上過來，一夜都説結了，鬼不鬼，賊不賊，寫得令人哭金寡婦而笑傅秋芳也。如此扭捏文字，何看官尚有未覺者？賈母、王夫人都道：「你説的是。今日晚了，明日飯後，咱們娘兒們就過去。」面子實在下不去，特着此説以掩之。説着，同賈母用了晚飯。此處必提晚飯，非尋常一切之晚飯，乃「始提親」回同薛姨再吃之晚飯，請看彼評。鳳姐同王夫人各自歸房不提。

且說次日鳳姐吃了早飯過來，便要試試寶玉，走進裏間，說道：「寶兄弟大喜！老爺已擇了吉日，要給你娶親了，試寶玉必從其父起。你喜歡不喜歡？」寶玉聽了，只管瞅着鳳姐笑，微微的點點頭兒。又是笑，又是點頭。鳳姐笑道：「給你娶林妹妹過來，好不好？」寶玉卻大笑起來。易微笑爲大笑，底面層層。鳳姐看着，也斷不透他是明白是糊塗，因又問道：「老爺說：你好了纔給你娶林妹妹呢；若還是這麼傻，便不給你娶了。」寶玉忽然正色道：「我不傻，你纔傻呢。」敬承天命，力破人謀，而「我不傻你纔傻」，喚醒多少自作聰明人。說着，便站起來，說：「我去瞧瞧林妹妹，叫他放心。」同一心，同一放，寫得八面玲瓏。鳳姐忙扶住了，說：「林妹妹早知道了，他如今要做新媳婦了，自然害羞，不肯見你的。」寶玉道：「娶過來，他到底是見我不見？」語又八面。鳳姐又好笑，又着忙，心裏想：「襲人的話不差，提了林妹妹，雖說仍舊說些瘋話，卻覺得明白些。若真明白了，將來不是林姑娘，打破了這個燈虎兒，那饑荒纔難打呢。」此段從襲人的話起，乃從「雲雨情」起，而實則從「絳芸軒」起也。曰「將來」，乃彼時之將來，非今日之將來，這便是燈虎兒。便忍笑說道：「你好好兒的便見你，若是瘋瘋顛顛的，他就不見你了。」能見心斯無病，亦無病方見心。寶玉說道：「我有一個心，前兒已交給林妹妹了，他要過來，橫豎給我帶過來，還放在我肚子裏頭。」說瘋，瘋到絕頂；說理，理到盡頭。因一心而評語千百言，評來評去只此數語，尚何嘵嘵？鳳姐聽着，竟是瘋話，便出來看着賈母笑。賈母聽了，又是笑，又是疼，便說道：「我早聽見了，如今且不用理他，叫襲人好好的安慰他，咱們走罷。」曰「早」，曰「如今」，是否追原？說着，王夫人也來了。

大家到了薛姨媽那裏，只說惦記着這邊的事，來瞧瞧。薛姨媽感激不盡，說些薛蟠的話。喝了茶，薛姨媽纔要叫人告訴寶釵，鳳姐連忙攔住道：「姑媽不必告訴寶妹妹。」又向薛姨媽陪笑説道：「老太太此來，一則爲瞧姑媽，二則也有句要緊的話，特請姑媽到那邊商量。」薛姨媽聽了，點點頭兒説：「是了。」於是大家又説些閑話，便回來了。迄無求親明文，不過説些閑話，大禮固如是乎？便回來了，「便」字寫得狡獪，亦寫得分明。

當晚薛姨媽果然過來，「果然」二字蹊蹺。見過了賈母，到了王夫人屋裏來，不免説起王子騰來，大家落了一回淚。薛姨媽便問道：轉從他先開口。「剛纔我到老太太那裏，寶哥兒出來請安，還好好兒的，不過略瘦些，怎麽你們説得很利害？」鳳姐便道：「其實也不怎麽樣，只是老太太懸心。目今老爺又要起身外任去，不知幾年纔來。老太太的意思，頭一件叫老爺看着寶兄弟成了家，也放心；二則也給寶兄弟沖沖喜，借大妹妹的金鎖壓壓邪氣，只怕就好了。」這都是面子話。薛姨媽心裏也願意，只慮着寶釵委曲，便道：「也使得。只是大家還要從長計較計較纔好。」仍是面子話，而兩「也」字生刺。王夫人便按着鳳姐的話和薛姨媽説，只説：「姨太太這會子家裏没人，不如把妝奩一概蠲免，明日就打發蝌兒去告訴蟠兒，仍無求親明文，而開口是財是勢，演來旺婦演此也。到此方告蟠，以前並未告也明矣。一面這裏過門，一面給他變法兒撕擄官事。」並不提寶玉的心事，又説：「姨太太既作了親，娶過來，早早好一天，大家早放一天心。」此語則迷惑看官。正説着，只見賈母差鴛鴦過來候信。薛姨媽雖恐寶釵委屈，然也没法兒，又見這般光景，只得滿口應承。愈寫愈不堪，演「權受辱」演此也。鴛鴦回去，回了賈母。賈母也甚喜歡，又叫鴛鴦過來求薛姨媽和寶釵説明原故，不叫他受委屈。薛姨媽也答應了，「也」字又生刺。便議定鳳姐夫婦作媒人。岫煙必以尤氏爲媒，今寶釵之婚，則以鳳姐爲媒，是直無媒而已。必曰夫婦，即尤二姐送殯之王姓夫婦也。數十回燈謎今方打破。大家散了，王夫人姊妹不免又敘了半夜話兒。

此是後話，非書中所有。

次日，薛姨媽回家，將這邊的話細細告訴了寶釵，還說：「我已經應承了。」寶釵始則低頭不語，後來便自垂淚。不堪文字，令人怕讀。到此方纔明繪悔象，爲凡爲奸雄者末路訓。作者不忍更欺人矣。薛姨媽用好言勸慰，解釋了好些話。寶釵自回房內，寶琴隨去解悶。是又了世故文字，琴已退處不用矣，尚何可解？薛姨媽又告訴了薛蝌，叫他：「明日起身，一則打聽審詳的事，二則告訴你哥哥一個信兒，你即便回來。」薛蝌去了四日，必曰四日，隱宣「離城二百里」往來之數。便回來回覆薛姨媽道：「哥哥的事，上司已經准了誤殺，一過堂就要題本了，叫咱們預備贖罪的銀子。妹妹的事，說媽媽做主很好的，趕着辦罷。」作主蟠不與聞，網開一面。薛姨媽聽了，一則薛蟠可以回家，二則完了寶釵的事，心裏安頓了好些。可見以前正不知有多少不安頓。便是看着寶釵心裏好像不願意似的，這又欺人了。「雖是這樣，他是女兒家，素來也孝順守禮的人，知我應了，他也沒得說的。」便叫薛蝌：「辦泥金庚帖，填上八字，即叫人送到璉二爺那邊去，還問了過禮的日子來，你好預備。送庚帖，問過禮，平敘中而能語語有棱。本來咱們不驚動親友，哥哥的朋友，是你說的，都是混賬人；親戚呢，就是賈王二家。如今賈家是男家，王家無人在京裏，史姑娘放定的事，他家沒有來請咱們，咱們也不用通知。湘雲放定，用寶釵送庚串出，「芍藥裀」案即「絳芸軒」也。而固一人三影者，故即於此大收場時收拾之。寶、黛、釵到此皆無所用其影矣。倒是把張德輝請了來，託他照料些。當鋪總管，用他照料，則大衆總一上當矣。他上幾歲年紀的人，到底懂事。」薛蝌領命，叫人送帖過去。

次日，賈璉過來見了薛姨媽，請了安，便說：「明日就是上好的日子，過禮日子絕不清楚，但曰明日，有今日即有明日，此日更無不分明矣。寫得苟且不堪。今日過來回姨太太，就是明日過禮罷。只求姨太太不要挑飭就是了。」說着，捧過通書來。通書即在當下，可笑可歎，令人不覺。薛姨媽也謙遜了幾句，點頭應允。賈璉趕着回去，回明賈政。賈政便道：「你回老太太說，既不叫親友們知道，諸事寧可簡便些。若是東西上，請老太太瞧了就是了，不必告訴我。」直不與聞。「父母之命，媒妁之言」、「大禮」乃是如此。賈璉答應進內，將話回明賈母。這裏王夫人叫了鳳姐，命人將過禮的物件都送與賈母過目，並叫襲人告訴寶玉。那寶玉又嘻嘻的笑道：「這裏送到園裏，回來園裏又送到這裏。咱們的人送，咱們的人收，何苦來呢？」此段話與「我有一個心」一段話互相發明，其妙正等。賈母王夫人聽了，都喜歡道：「說他糊塗，他今日怎麽這麽明白呢？」鴛鴦等忍不住好笑，只得上來一件一件的點明給賈母瞧，道：「這是金項圈，劈頭曰金項圈，到此完全金項圈案也。這是金珠首飾，共八十件。這是妝蟒四十疋。這是各色綢緞一百二十疋。這是四季的衣服，共一百二十件。合計二百六十數，《乾》《坤》兩策一終，六六之陰盡矣。《易》卦到此亦止而不用，故用鴛鴦明白交代。外面也沒有預備羊酒，這是折羊酒的銀子。」羊酒乃婚禮所重，而折銀子，市道也，哀哉！賈母看了，都說好，輕輕的與鳳姐說道：「你去告訴姨太太說，不是虛禮，求姨太太等蟠兒出來，慢慢的叫人給他妹妹做來就是了。那好日子被褥，還是咱們這裏代辦了罷。」「絳芸軒」早有現成被褥。鳳姐答應了出來，叫賈璉先過去，又叫周瑞、旺兒等，吩咐他們：「不必走大門，不走大門，直是苟合，而必使周瑞、旺兒者，「霸成親」畢，通部《易》象終矣。只從園裏從前開的便門內送去，鎖此門時，寶釵曾有向寶玉許多曖昧蹊蹺話，令讀者披尋不得。不意數十回後，忽然雪亮。吾不知其謀篇布局才居何等。我也就過去。這門離瀟湘館還遠，這門離瀟湘館遠，大爲瀟湘館洗刷。倘別處的人見了，囑咐他們不用在瀟湘館裏提起。」衆人答應着，送禮而去。寶玉認以爲真，心裏大樂，〔此真此樂乃作者之心。〕精神便覺得好些，只是語言總有些瘋傻。那過禮的回來，都不提名説姓，因此上下人等，雖都知道，只因鳳姐吩咐，都不敢走漏風聲。

且説黛玉雖然服藥，這病日重一日，〔轉從下半找歸上半，大禮之成，固屬之黛而不屬之釵也。〕紫鵑等在旁苦勸説：「這事情到了這個分兒，不得不説了。姑娘的心事，我們也都知道，至於意外之事，是再没有的。〔作者借紫鵑以權自予。〕姑娘不信，只拿寶玉的身子説起：這樣大病，怎麽做得親呢？姑娘别聽瞎説，自己安心保重纔好。」〔大病者，失玉也。無玉有金，將何所配？説「成大禮」瞎話而已。〕黛玉微笑一笑，也不答言，〔與心裏大樂意貫通。〕又咳嗽數聲，吐出好些血來。紫鵑等看去，只有一息奄奄，明知勸不過來，惟有守着流淚，天天三四趟去告訴賈母。鴛鴦測度賈母近日的心都在寶釵、寶玉身上，不見黛玉的信兒，也不大提起，只請太醫調治罷了。〔《易》爲寒熱往來之書，故寫炎涼從鴛鴦起。天心如此，人事如此。〕

黛玉向來病着，自賈母起，直到姊妹們的下人，常來問候。今見賈府中上下人等都不過來，連一個問的人都没有，睁開眼，只有紫鵑一人，自料萬無生理，〔只紫鵑一人，乃奇語，乃萝話，而萬無生理，實在於此，黛其死之久矣。〕因扎挣着向紫鵑説道：「妹妹，你是我最知心的，〔鵑之血即作者之淚，故特提知心。〕雖是老太太派你伏侍我這幾年，我拿你就當作我的親妹妹。」説到這裏，氣又接不上來。紫鵑聽了，一陣心酸，早哭得説不出話來。

遲了半日，黛玉又一面喘，一面説道：「紫鵑妹妹，我躺着不受用，你扶起我來，靠着坐坐纔好。」紫鵑道：「姑娘的身上不大好，起來又要抖摟着了。」黛玉聽了，閉上眼，不言語了。一時又要起來，紫鵑没法，只得同雪雁把他扶起，兩邊用軟枕靠住，自己卻倚在旁邊。黛玉那裏坐得住，下身自覺硌的疼，此暗演脱大肉，與可卿瘦乾了相針對。狠命的掌着，叫過雪雁來道：「我的詩本子……」說着又喘。雪雁料是要他前日所理的詩稿，因找來送到黛玉跟前。黛玉點點頭兒，又抬眼看那箱子。雪雁不解，只是發怔。黛玉氣的兩眼直瞪，又咳嗽起來，又吐了一口血。雪雁連忙回身取了水來。黛玉嗽了，吐在盆內。紫鵑用絹子給他拭了嘴。黛玉便拿那絹子，指着箱子，又喘成一處，說不上來，閉了眼。紫鵑道：「姑娘歪歪兒罷。」歪歪兒罷，直追「玉生香」回寶、黛同一歪着，正性本所迷，詩稿所由起。黛玉又搖搖頭兒。紫鵑料是要絹子，便叫雪雁開箱拿出一塊白綾絹子來。黛玉瞧了，撂在一邊，使勁說道：「有字的！」上文「詩本子」三字，此處「有字的」三字，直令病危人强力説話，其聲氣直出紙上，即面目亦來眼中，是真曠古絕今文字也。形容晴雯，歎觀止矣，不謂更有如此之形容。閑人實窮於評矣。紫鵑這纔明白過來，要那塊題詩的舊帕，只得叫雪雁拿出來遞給黛玉。紫鵑勸道：「姑娘歇歇罷，何苦又勞神？等好了再瞧罷！」只見黛玉接到手裏，也不瞧詩，扎掙着伸出那隻手來，狠命的撕那絹子，卻是只有打顫的分兒，那裏撕得動？又是意外形容，文情刻摯。紫鵑早已知他是恨寶玉，卻也不敢說破，只說：「姑娘何苦自己又生氣？」黛玉點點頭兒，掖在袖裏，便叫雪雁點燈。照此書，計此時日入酉。日入則點燈，酉金旺鄉，正需用火之候。雪雁答應，連忙點上燈來。

黛玉瞧瞧，又閉了眼坐着，喘了一會子，又道：「籠上火盆。」小火再易大火，蓋分陰悉盡，非用大火，不能不止。二氏云然。紫鵑打諒他冷，因說道：「姑娘躺下，多蓋一件罷，那炭氣只怕躭不住。」黛玉又搖頭兒，雪雁只得籠上，擱在地下火盆架上。火有步驟，道謂之文、武，儒謂之剛、柔。黛玉點頭，意思叫挪到炕上來。雪雁只得端上來，出去拿那張火盆炕桌。那黛玉卻又把身子欠起，紫鵑只得兩隻手來扶着他。黛玉這纔將方纔的絹子拿在手中，瞅着那火，點點頭兒，往上一撂。便是包勇之勇。紫鵑唬了一跳，方欲搶時，兩隻手卻不敢動，雪雁又出去拿火盆桌子。此時那絹子已經燒着了。此等處最難安頓，看他安頓得恰好。紫鵑勸道：「姑娘，這是怎麽説呢？」黛玉只作不聞，回首又把那詩稿拿起來，瞧了瞧，又撂下了。紫鵑怕他也要燒，連忙將身倚住黛玉，騰出手來拿時，黛玉又早拾起撂在火上。又有頓挫，寫此等事，何其熨貼乃爾。此時紫鵑卻彀不着，乾急。雪雁正拿進桌子來，看見黛玉一撂，不知何物，趕忙搶時，那紙沾火就着，如何能彀少待，早已烘烘的着了。雪雁也顧不得燒手，從火裏抓起來，撂在地下亂踏，卻已燒得所餘無幾了。《情僧録》《石頭記》《風月寶鑑》《金陵十二釵》《紅樓夢》一火燒完，而必曰所餘無幾者，是書之外固有餘義，乃萬不能燒之書曰六經、曰四子，雖秦火亦無如何者也。至其實，只「『明明德』外無書」一語而已。以爲無幾，真無幾也，更何須後來之假道學亂抓亂踹。那黛玉把眼一閉，往後一仰，幾乎不曾把紫鵑壓倒。紫鵑連忙叫雪雁上來，將黛玉扶着放倒，心裏突突的亂跳，欲要叫人時，天又晚了；欲不叫人時，自己同着雪雁和鸚哥幾個小丫頭，又怕一時有什麽原故。鸚哥，又見一部夢話，到底戒多言也。

好容易熬了一夜，到了次日早起，本書日子必不可算，而不可算中又確有可算以寓深義之處。如此處之次日，乃釵婚黛死之日，自薛蝌往返之四日算起，其間雖恍惚迷離，而明明寫來止得七日。蝌歸之日，當即送庚帖。次日璉送通書，是第五日。明日過禮，是第六日，即入「焚稿」。曰這病日重一日，曰天天三四趟去告訴，皆含糊追原之詞，其實只在第六日。紫鵑熬了一夜，到此次日，即第七日也，所謂「七日來復」。一片夢話中有如許道理，真索解人不得也。覺黛玉又緩過一點兒來。俗所謂回光返照，是面子話，而其實定黛之死於此日也。飯後忽然又咳又吐，又緊起來。紫鵑看着不祥了，連忙將雪雁等都叫進來看守，自己卻來回賈母。那知到了賈母上房，靜悄悄的，又找歸「成大禮」，已見人去堂空景象。只有兩三個老媽媽和幾個做粗活的丫頭在那裏看屋子呢。紫鵑因問道：「老太太呢？」那些人都説不知道。紫鵑聽這話詫異，遂到寶玉屋裏去看，也竟無人，遂問屋裏的丫頭，也説不知。紫鵑已知八九，八九七十二，地數也，氣數到此一終。兩「不知道」，一「靜悄悄」，具有妙意。「但這些人怎麽竟這樣狠毒冷淡？」四字乃辛酸淚所由來。又想到黛玉這幾天竟連一個人問的也沒有，所謂「先王以至日閉關，商旅不行，后不省方」。越想越悲，索性激起一腔悶氣來，隱演地雷。一扭身便出來了。自己想了一想：「今日倒要看看寶玉是何形狀，看他見了我怎麽過的去。那一年我説了一句謊話，他就急病了；「試莽玉」言歸也，正「復」字演義，一部謊話所由來。今日竟公然做出這件事來。可知天下男子之心真真是冰寒雪冷，責一心無主是淺文，明孤陽不生是深義。令人切齒的。」一面走，一面想，早已來到怡紅院。必到此處，紅綠歸根。只見院門虛掩，裏面卻又寂靜的很。紫鵑忽然想到：「他要娶親，自然是有新屋子的，但不知他這新屋子在何處？」

正在那裏徘徊瞻顧，看見墨雨飛跑。從怡紅串入探春，書以一歎起，以一歎結。紫鵑便叫住他。墨雨過來，笑嘻嘻的道：「姐姐在這裏做什麽？」紫鵑道：「我聽見寶二爺娶親，我要來看看熱鬧兒，誰知不在這裏，也不知是幾兒？」墨雨悄悄的道：「我這話只告訴姐姐，你可別告訴雪雁。他們上頭吩咐了，連你們都不叫知道呢。就是今日夜裏娶，那裏是在這裏，老爺派璉二爺另收拾了房子了。」「成大禮」由墨雨傳到紫鵑，此成仍在黛玉也。一墨一淚，自操其權。説着，又問：「姐姐有什麽事麽？」紫鵑道：「沒什麽事，你去罷。」墨雨仍舊飛跑去了。紫鵑自己發了一回獃，忽然想起黛玉來：「這時候還不知是死是活？」因兩淚汪汪，咬着牙，發狠道：「寶玉，我看他明兒死了，你算是躲的過，不見了。你過了你那如心如意的事兒，拿什麽臉來見我！」下遞「感癡郎」，而就一紫鵑寫孤臣心迹，真是一滴墨一滴血。一面哭，一面走，嗚嗚咽咽的自回去了。

還未到瀟湘館，只見兩個小丫頭在門裏往外探頭探腦的，一眼看見紫鵑，那一個便嚷道：「那不是紫鵑姐姐來了嗎？」紫鵑知道不好了，連忙擺手兒不叫嚷，趕忙進去看時，只見黛玉肝火上炎，兩顴紅赤。點明肝火，木之所生，制金即以自殺也。紫鵑覺得不妥，叫了黛玉的奶媽王奶奶來，一看，他便大哭起來。這紫鵑因王奶媽有些年紀，可以仗個膽兒，誰知竟是個没主意的人，倒反把紫鵑弄得心裏七上八下。一部大哭書，全借《易》道演出，故必曰王，曰有年紀；少陽甲膽之所生，故只仗膽兒；而《易》道無疆無方，乃没主意也；七上則六，八下則九，用九用六，非演《易》道而何？忽然想起一個人來，便命小丫頭急忙去請。你道是誰？原來紫鵑想起李宮裁是個孀居，今日寶玉結親，他自然迴避，想起一個人，寫得十分鄭重，因王及李，《易》固不言數而言理之書也。特用提筆曰「你道是誰」，問讀者也；稱號宮裁，重圓潔也；是個孀居，重節操也；自然迴避，絶苟合也；與鳳姐同爲料理大觀園之人，彼則演假語村言，此則演真事隱去也。此段與劉老老上場一般提頓。况且園中諸事，向係李紈料理，所以打發人去請他。

李紈正在那裏給賈蘭改詩，詩者，思也。改詩則去其不善而存其善，乃「來復」之用也。冒冒失失的見一個丫頭進來回説：「大奶奶，只怕林姑娘不好了，那裏都哭呢。」李紈聽了，嚇了一大跳，也不及問了，連忙站起身來便走。素雲、碧月跟着。一頭走着，一頭落淚，想着：「姐妹們在一處一場，更兼他那容貌才情，真是寡二少雙，惟有青女、素娥可以彷彿一二，歸結《鬬寒圖》。竟這樣小小的年紀，就作了北邙鄉女。偏偏鳳姐想出一條偷梁換柱之計，梁柱皆木，再爲木證。自己也不好過瀟湘館來，竟未能少盡姊妹之情，真真可憐可歎。」一段以「歎」字收，探春已到。一頭想着，已走到瀟湘館的門口，裏面卻又寂然無聲。李紈倒着起急來：「想來必是已死，都哭過了，吾故云黛已死之久矣。那衣衾未知妝裹妥當了没有？」連忙三步兩步走進屋子來。裏間門口一個小丫頭已經看見，便説：「大奶奶來了。」紫鵑忙往外走，和李紈走了一個對臉。全書是淚，全書是理，都在對面，所謂對臉也。極忙迫中偏有閑文抉此深意。李紈忙問：「怎麽樣？」紫鵑欲説話時，惟有喉中哽咽的分兒，卻一字説不出，那眼淚一似斷綫珍珠一般，衹將一隻手回過去指着黛玉。畫也畫不出，而明明寫出，而乃是對臉中之深文奥義。李紈看了紫鵑這般光景，更覺心酸，也不再問。説不出是自明作意，不再問是普歎讀者。連忙走過來看時，那黛玉已不能言。以能言得剥而來，以不能言得復而去，是常語，是切指。李紈輕輕叫了兩聲。黛玉卻還微微的開眼，似有知識之狀，但只眼皮嘴唇微有動意，口内尚有出入之息，卻要一句話、一點淚也没有了。「一陽初動處，萬物未生時」，而狀垂危酷肖。李紈回身，見紫鵑不在跟前，便問雪雁。雪雁道：「他在外頭屋裏呢。」李紈連忙出來，只見紫鵑在外頭空床上躺着，顔色青黄，閉了眼，只管流淚，那鼻涕眼淚把一個砌花錦邊的褥子已濕了碗大的一片。文情深摯，至於此極，而辛酸淚只見其演於床褥間，猶是外頭之見也。李紈連忙唤他。那紫鵑纔慢慢的睁開眼，欠起身來。李紈道：「傻丫頭，這是什麽時候？且只顧哭你的！林姑娘的衣衾還不拿出來，給他换上，還等多早晚呢？難道他個女孩兒家，你還叫他赤身露體，精着來，光着去嗎？」「赤條條來去無牽掛」是書面，守禮以死是書底。紫鵑聽了這句話，一發止不住痛哭起來。李紈一面也哭，一面着急，一面拭淚，一面拍着紫鵑的肩膀説：「好孩子，你把我的心都哭亂了，「一面」字凡四寫。一部痛哭書其面固自若許也。快着收拾他的東西罷。自「效戲綵」以後無非收拾東西，到此已了。再遲一會子，就了不得了。」

正鬧着，外邊一個人慌慌張張跑進來，倒把李紈唬了一跳。看時，卻是平兒。「除宿弊」「全大體」回同事之人，鳳之蔽也。此來文有八面。跑進來，看見這樣，只是獃磕磕的發怔。深文曲筆，奇文妙筆。李紈道：「你這會子不在那邊，做什麼來了？」兩邊人，所謂平。說着，林之孝家的也進來了。作大歸結，此人必到。平兒道：「奶奶不放心，叫來瞧瞧。既有大奶奶在這裏，我們奶奶就只顧那一頭兒了。」各爲一頭，成一部《石點頭》。李紈點點頭兒。平兒道：「我也見見林姑娘。」我也見見林姑娘，有劉老老在，而語面妙絶。是又「一面」「一面」處。說着，一面往裏走，一面早已流下淚來。這裏李紈因和林之孝家的道：「你來的正好，快出去瞧瞧去，告訴管事的預備林姑娘的後事，妥當了，叫他來回我，不用到那邊去。」一段分咐，何等謹嚴。本爲那邊事來，卻爲這邊事去。收拾林，正收拾孝也。林之孝家的答應了，還站着。李紈道：「還有什麼話呢？」林之孝家的道：「剛纔二奶奶和老太太商量了，那邊用紫鵑姑娘使喚使喚呢。」李紈還未答言，只見紫鵑道：「林奶奶，你先請罷！等着人死了，我們自然是出去的，那裏用這麼……」說到這裏，卻又不好說了，因又改說道：「況且我們在這裏守着病人，身上也不潔淨。林姑娘還有氣兒呢，不時的叫我。」李紈在旁邊解說道：「當真這林姑娘和這丫頭也是前世的緣法兒。倒是雪雁，是他南邊帶來的，他倒不理會，惟有紫鵑，我看他兩個一時也離不開。」林之孝家的頭裏聽了紫鵑的話，未免不受用，被李紈這番一說，卻也沒的說，又見紫鵑哭得淚人一般，只好瞅着他微微的笑，因又說道：「紫鵑姑娘這些閒話倒不要緊，只是他卻說得，我可怎麼回老太太呢？況且這話是告訴得二奶奶的嗎？」

正說着，平兒擦着眼淚出來道：「告訴二奶奶什麼事？」林之孝家的將方纔的話說了一遍。平兒低了一回頭，說：「這麼着罷，就叫雪姑娘去罷。」李紈道：「他使得嗎？」平兒走到李紈耳邊說了幾句。

李紈點點頭兒，道：「既是這麼着，就叫雪雁過去也是一樣的。」林之孝家的因問平兒道：「雪姑娘使得嗎？」平兒道：「使得，都是一樣。」林家的道：「那麼姑娘就叫雪姑娘跟了我去，我先去回了老太太和二奶奶。這可是大奶奶和姑娘的主意，回來姑娘再各自回二奶奶去。」李紈道：「是了，你這麼大年紀，連這麼點子事還不躭呢！」此段如環無端，不容分評。蓋李爲天心，鳳爲人事，紫鵑爲作者，平兒、林之孝家則一明此書，一不明此書之讀者也。掉包兒乃人事，此回「斷癡情」是黛玉，「成大禮」亦是黛玉，斷不與於寶釵，乃作者以權自予，即天心亦正如是。故於掉包兒方來，紫鵑即發話。而話有改説，作者於全書無非改説，必不容一直説出也。李以前世緣法明天心，即出雪雁以破人事。至其神情口氣，四人各爲一種，令人恍如聞見。神乎技矣。林家的笑道：「不是不躭，頭一宗這件事老太太和二奶奶辦的，我們都不能很明白。再者，又有大奶奶和平姑娘呢。」説着，平兒已叫了雪雁出來。原來雪雁因這幾日嫌他小孩子家懂得什麼，便也把心冷淡了；雪雁豈尚小孩子！蓋雪表人之潔，雁主婚之正，而固隨陽之鳥也。故變其孤寒而爲《復》。亥子二時之間，正來復之始會也。於語面則煞費經營。況且聽是老太太和二奶奶叫，也不敢不去，連忙收拾了頭。平兒叫他換了新鮮衣服，煥然一新，必從頭起。跟着林家的去了。隨後平兒又和李紈説了幾句話。李紈又囑付平兒：「打那麼催着林之孝家的，叫他男人快辦了來。」平兒答應着出來，轉了個彎子，轉彎子正對掉包兒。看見林家的帶着雪雁在前頭走呢，趕忙叫住道：「我帶了他去罷，你先告訴林大爺辦林姑娘的東西去罷！奶奶那裏我替回就是了。」那林家的答應着去了。這裏平兒帶了雪雁，到了新房子裏，雁進新房，黛成禮矣。乃平所主以洩不平。回明了，自去辦事。

卻説雪雁看見這般光景，想起他家姑娘，也未免傷心，只是在賈母、鳳姐跟前，不敢説出。文面斡旋，此人心所以不死，而無剥不復也。因又想道：「也不知用我作什麽？我且瞧瞧寶玉，成日家和我們姑娘好的蜜裏調油，這時候總不見面了，也不知是真病假病。怕我們姑娘不依他，假説丢了玉，妝出傻子樣兒來，叫我們姑娘寒了心，他好娶寶姑娘的意思。為獃雁描摹，而令「成大禮」之釵玉同歸一假，筆戲意嚴。我看看他去，看他見了我傻不傻，莫不成今兒還妝傻麽？」一面想着，已溜到裏間屋子門口，偷偷兒的瞧。這時寶玉雖因失玉昏憒，但只聽見娶了黛玉為妻，真乃是從古至今天上人間第一件暢心滿意的事了，乃天地心，乃師相心，作者竊取以成是書也，卻與續部無涉。那身子頓覺健旺起來，衹不過不似從前那般靈透，所以鳳姐的妙計，百發百中，巴不得即見黛玉。盼到今日完姻，真樂得手舞足蹈，雖有幾句傻話，卻與病時光景大相懸絶了。必演失玉，所以使金鎖無配，不予釵以成大禮也。而實失於絳黛之分，而通靈究竟澌滅也。是明告人凡「斷癡情」「成大禮」以至「卻塵緣」都無一句。雪雁看了，又是生氣，又是傷心。傷心是《剥》，生氣是《復》，滿紙傷心，滿紙生氣，都歸雪雁打一大結。他那裏曉得寶玉的心事，便各自走開。

這裏寶玉便叫襲人快快給他裝新，再歸到「成大禮」，而「裝新」二字用得掉皮。坐在王夫人屋裏，此是新房，而云王夫人屋裏者，來處來，去處去也。看見鳳姐、尤氏忙忙碌碌，再盼不到吉時，只管問襲人道：「林妹妹打園裏來，為什麽這麽費事，還不來？」襲人忍着笑道：「等好時辰就來。」又聽見鳳姐與王夫人道：「雖然有服，外頭不用鼓樂，咱們南邊規矩要拜堂的，冷清清使不得。我傳了家内學過音樂管過戲子的那些女人來，吹打熱鬧些。」作樂乃廢禮，不予釵以成大禮也，正以火制金之義，故曰南邊規矩。南為火位，不冷清而熱鬧者也。此等演義，處處皆然，非究陰陽五行，何從看得出？非主陰陽五行，何從作得出？世斷無無成竹之文，况至百廿回之大文乎？閑人獨搜得他成竹，故到處勢如破竹。王夫人點頭説：「使得。」

一時大轎從大門進來，未説發轎，而但説從大門進來，看官以爲省文也，殊不知是有送無迎，終是曖昧苟合，不成大禮。家裏細樂迎出去，十二對宫燈排着進來，倒也新鮮雅致。自贊其書，而寫「成大禮」令人失笑。作者掉皮乃爾。儐相請了新人出轎，寶玉見新人蒙着蓋頭，喜娘披紅扶着。下手扶新人的，你道是誰？原來就是雪雁。此回於李紈曰你道是誰，於雪雁曰你道是誰，皆特提重頓之筆。書重天理，書重人倫，雁得匹偶之正，固人倫之首也。寶玉看見雪雁，猶想：「因何紫鵑不來，倒是他呢？」又想道：「是了，雪雁原是他南邊家裏帶來的，紫鵑仍是我們家的，自然不必帶來。」因此見了雪雁，竟如見了黛玉的一般歡喜。枉設掉包兒，竟成轉彎子。上文自覆，此又自射。儐相贊禮，拜了天地，請出賈母，受了四拜，後請賈政夫婦，登堂行禮畢，送入洞房。還有坐床撒帳等事，只是爲此。俱是按金陵舊例。金陵舊例，則金已葬矣。一篇成禮，非寶黛而何？此處必提金陵，與上文必提南邊互相發明。賈政原爲賈母作主，不敢違拗，不信沖喜之説。那知今日寶玉居然像個好人一般，語有芒刺，正是絳黛混合之一心。賈政見了倒也喜歡。那新人曰那新人，三字八面。坐了床，便要揭起蓋頭的，鳳姐早已防備，故請賈母、王夫人等進去照應。

寶玉此時到底有些傻氣，便走到新人跟前説道：「妹妹，身上好了？好些天不見了，眼見之，心思之，口問之，非黛而誰？蓋着這勞什子做什麽？」與摔玉同解。彼一勞什，此一勞什。欲待要揭去，反把賈母急出一身冷汗來。汗爲心液，從此散火。而語面訓行險人不少。寶玉又轉念一想，道：「林妹妹是愛生氣的，不可造次。」又歇了一歇，仍是按捺不住，只得上前揭了。才一轉念，便是二心，木石破而金玉合矣。揭去此蓋，乃由底到面文字。喜娘接去蓋頭，雪雁走開，鶯兒等上來伺候。寶玉睁眼一看，好像寶釵。既到書面，猶作疑遲。心中不信，自己一手持燈，一手擦眼，一看，可不是寶釵麽？這才入書面之「成大禮」。只見他盛妝豔服，豐肩愞體，鬟低鬢嚲，眼瞤息微，真是荷粉露垂，杏花煙潤了。既入書面，自當以凝錬作提頓。而荷則竹夫人之謎，杏則賈雨村之妻也。寶玉發了一回怔，又見鶯兒立在旁邊，不見了雪雁。大禮既成，雁去鶯來。寶玉此時心無主意，自己反以爲是夢中了，呆呆的只管站着。衆人接過燈去，扶了寶玉，仍舊坐下。兩眼直視，半語全無。賈母恐他病發，親自扶他上床。鳳姐、尤氏請了寶釵進入裏間床上坐下。此等處尤、鳳雙提，自情事所應有，而實追兼美之一夢也。寶釵此時自然是低頭不語。語又生刺。

寶玉定了一回神，見賈母、王夫人坐在那邊，便輕輕的叫襲人道：「我是在那裏呢？這不是做夢麽？」「太虛境」一夢，「絳芸軒」一夢，歸宿於此。襲人道：「你今日好日子，什麽夢不夢的混說，夢是混說，好日子是真義。此固寶、黛之好日子。老爺可在外頭呢。」寶玉悄悄兒的拿手指着道：「坐在那裏這一位美人兒是誰？」近對那新人，遠對兼美，底面雙絕。襲人握了自己的嘴，笑的說不出話來，歇了半日，纔說道：「是新娶的二奶奶。」衆人也都回過頭去忍不住的笑。寶玉又道：「好糊塗！你說，二奶奶，到底是誰？」襲人道：「寶姑娘。」寶玉道：「林姑娘呢？」襲人道：「老爺作主娶的是寶姑娘，怎麽混說起林姑娘來？」一部混說，從他起，從他結，故必用他說破，而止是一笑也。寶玉道：「我纔剛看見林姑娘了麽，還有雪雁呢，怎麽說没有？你們這都是做什麽頑呢？」再明定雪雁即黛玉一語，底面雙絕，而止是筆墨游戲而已。鳳姐便走上來，輕輕的說道：「寶姑娘在屋裏坐着呢，別混說，回來得罪了他，老太太不依的。」寶玉聽了，這會子糊塗更利害了。本來原有昏憒的病，加以今夜神出鬼没，更叫他不得主意，神出鬼没，陰陽往來，正混說之主意。便也不顧別的了，口口聲聲只要找林妹妹去。賈母等上前安慰，無奈他只是不懂。但知有黛，不知有釵，作者不好明說，看官只是不懂。又有寶釵在內，又不好明說。知寶玉舊病復發，也不講明，只得滿屋裏點起安息香來，定住他的神魂，心藏神，肝藏魂，木火通明之義，便是安息。扶他睡下。衆人鴉雀無聞。停了片時，寶玉便昏沈睡去。鴉雀無聲，陽氣潛藏，復機未動之候。賈母等纔得略略放心，只好坐以待旦，一死一亡，併於頃刻。坐以待旦，大夢醒矣。叫鳳姐去請寶釵安歇。寶釵置若罔聞，置若罔聞，自是霸才，其不能安亦甚矣。也便和衣在內暫歇。賈政在外，未知內裏原由，只就方纔眼見的光景想來，心下倒放寬了。恰是明日就是起程的吉日，涼道如此之速。略歇了一歇，衆人賀喜送行。賈母見寶玉睡着，也回房去暫歇。

次早，賈政辭了宗祠，過來拜別賈母，稟稱：「不孝遠離，惟願老太太順時頤養。兒子一到任所，即修稟請安，不必掛念。一套常語，句句有着，絶非有着。寶玉的事，已經依了老太太完結，只求老太太訓誨。」互相推諉，到底都脱不過。賈母恐賈政在路不放心，並不將寶玉復病的話説起，只説：「我有一句話，寶玉昨夜完姻，並不是同房，前已確説，今又何必以不是同房白之耶？怪筆。今日你起身，必該叫他遠送纔是。他因病沖喜，如今纔好些，又是昨日一天勞乏，出來恐怕着了風，故此問你：你叫他送呢，我即刻去叫他；你若疼他，我就叫人帶了他來你見見，叫他給你磕頭就算了。」賈政道：「叫他送什麽？只要他從此已後認真念書，比送我還喜歡呢。」賈母聽了，又放了一條心。母子之間一片權術，棄親壞禮，可勝歎哉！此放心之所由來。便叫賈政坐着，叫鴛鴦去如此如此，又即「設奇謀」。帶了寶玉，叫襲人跟着來。鴛鴦去了不多一會，果然寶玉來了，仍是叫他行禮。寶玉見了父親，神志略斂些，片時清楚，也沒什麽大差。借天性演天心清明，平旦之幾希，來復之真種子也。見了父親一語，寫得恁般有味。賈政吩咐了幾句，寶玉答應了。賈政叫人扶他回去了，自己回到王夫人房中，又切實的叫王夫人管教兒子，「斷不可如前驕縱，明年鄉試務必叫他下場。」交過排場，預透後文。王夫人一一的聽了，也沒提起別的，即忙命人扶了寶釵過來，行了新婦送行之禮，也不出房。其餘內眷俱送至二門而回。賈珍等也受了一番訓飭，此句則有無限包涵。大家舉酒送行，一班子弟及晚輩親友直送至十里長亭而別。都是了世故文字，而十里長亭，已透李十。

不言賈政起程赴任。且說寶玉回來，舊病陡發，更加昏憒，連飲食也不能進了。未知性命如何，且看下回分解。

此回與下回不容分析，此回上下半亦不容分析。「斷癡情」即是「成大禮」，都縮在「焚稿」一事內，切不可各爲一事看，方許讀此回此段，方許讀百廿回。雖不容分析，卻又明明分析，一部大書寫一釵一黛相爲仇敵而已。全書目録對舉者五處：廿七回始以寶釵、黛玉作雙峯對峙，而出名不出姓，相仇之勢已成也；三十八回「菊花詩」則以林瀟湘對薛蘅蕪，而出姓不出名，相仇之局大定也；四十二回「解疑癖」，則以蘅蕪君對瀟湘子，既無姓並無名，仇者自仇，而被仇者已甘心就死而不自知；自前三處迤邐到此，方姓名並舉，作雙龍總匯結一大穴；入後「慶生辰」「聞鬼哭」，只是餘氣盤旋去脈而已。五處五變幻，而卻不能更有第六處，其通體之嚴整有如此。

護花主人評曰：

寶釵出閣成禮時，即是黛玉魂歸太虛之日。若一回並敍，未免筆墨繁瑣，顧此失彼，描寫不盡，故分作兩回。此回只寫黛玉病危，單寫寶釵成婚光景，至黛玉身故日時，卻于下回寶釵口中說出，用補筆細敘。此文章斟酌先後，變動安閒法。

賈母因知黛玉心病，疼愛之心頓減，不但道理甚正，且便專辦寶釵大事。

鳳姐試寶玉，寶玉説我有一個心，交給林妹妹，與八十二回黛玉夢境及寶玉心疼遥遥呼應。

寫薛蟠問准誤殺，既反跌後來部駁，又順勢好完寶釵婚事。

黛玉病危，没人看問，獨有紫鵑一刻不離。不但寫賈母心冷，寶釵事忙，衆人亦俱冷淡，可爲黛玉傷心；且見紫鵑情重，爲將來不睬寶玉埋根。

紫鵑若竟找着新房，看見寶玉，便恐生出枝節；今因墨雨口説，紫鵑即便哭回，既省累筆，文更緊湊。

於病勢垂危手忙脚亂時，忽然要唤紫鵑過去，令人實不堪耐，無怪紫鵑之急不擇音。若不叫雪雁去，此事殊難排解。但雪雁之去，非平兒作主，誰敢擔承？此平兒之來，不但見鳳姐細心，且即以周全此事，并可使鳳姐等俱知黛玉不起。文章細密，無以復加。

寫寶玉成禮時光景，令新人殊不堪耐，與黛玉遥遥相照。

大某山民評曰：

黛玉説那裏就死一語，傷心至此，愛吾者祝吾奚弗讀左氏書。

黛玉身不自保，焉用殘脂零粉，自燒詩稿，柔腸寸寸裂矣。

此回是丁卯年春日事。

第九十八回　苦絳珠魂歸離恨天　病神瑛淚灑相思地

話説寶玉見了賈政，回至房中，更覺頭昏腦悶，懶怠動彈，連飯也没吃，便昏沉睡去。仍舊延醫診治，服藥不效，索性連人也認不明白了。大家扶着他坐起來，還是像個好人，一連鬧了幾天。那日恰是回九之期，「斷癡情」「成大禮」是一事，此回九仍黛玉也。死日即嫁日，爲七日之復，更進二日，則三陽具足，成回九矣。與上回説薛蝌之四日同一用意，都是爲演一《復》卦作定盤。若不過去，薛姨媽臉上過不去；若説去呢，寶玉這般光景，賈母明知是爲黛玉而起，欲要告訴明白，又恐氣急生變。寶釵是新媳婦，又難勸慰，特爲寶釵下文作襯。必得姨媽過來纔好。若不回九，姨媽嗔怪。都是曲筆。便與王夫人、鳳姐商議道：「我看寶玉竟是魂不守舍，既無魂，何有人？是雖回而實未回也，是今日之寶玉。起動是不怕的，用兩乘小轎，叫人扶着，從園裏過去，應了回九的吉期，已後請姨媽過來安慰寶釵，咱們一心一計的調治寶玉，可不兩全？」王夫人答應了，即刻預備。幸虧寶釵是新媳婦，寶玉是個瘋傻的，由人掇弄過去了。寶釵也明知其事，心裏只怨母親辦得糊塗，事已至此，不肯多言。釵自有悔心，而劃到薛姨身上去，作者到底欺人，直終是書，總是一筆。獨有薛姨媽看見寶玉這般光景，心裏懊悔，此語别有來路，有去路。只得草草完事。

到家，寶玉越加沉重，次日連起坐都不能了，日重一日，甚至湯水不進。薛姨媽等忙了手脚，各處遍請名醫，皆不識病源。只有城外破寺中住着個窮醫姓畢別號知庵的，破寺則闢二氏之歸，窮醫則究生人之理。此書此意誰畢知乎？診得病源，是悲喜激射，冷暖失調，飲食失時，憂忿滯中，正氣壅閉，此內傷外感之症。數語關會全書。內傷，七情也，書非談情之書乎？外感，六淫也，書中人非意淫之人乎？只兩言能令《石頭記》無剩義。於是度量用藥。至晚服了，二更後，果然省些人事，便要水喝。賈母、王夫人等纔放了心，請了薛姨媽，帶了寶釵，都到賈母那裏，暫且歇息。寶玉片時清楚，自料難保，見諸人散後，房中只有襲人，因喚襲人至跟前，拉着手哭道：至死不悟，乃作者自留百廿回地步。「我問你，寶姐姐怎麼來的？一語令「絳芸軒」案翻身跳出，即此十字，又了全部。我記得老爺給我娶了林妹妹過來，怎麼被寶姐姐趕了去了？他爲什麼霸佔住在這裏？直到此處方借寶玉口中說破作意。既已明說作意，而猶有信「賢寶釵」者，吾未之敢信。我要說呢，又恐怕得罪了他。隱闢兼愛。你們聽見林妹妹哭得怎麼樣了？」襲人不敢明說，只得說道：「林姑娘病着呢。」寶玉又道：「我瞧瞧他去。」說着要起來。豈知連日飲食不進，身子那能動轉？便哭道：「我要死了。我有一句心裏的話，只求你回明老太太：橫豎林妹妹也是要死的，我如今也不能保，兩處兩個病人都要死的。死了越發難張羅，不如騰一處空房子，趁早將我同林妹妹兩個抬在那裏，活着也好一處醫治、伏侍，死了也好一處停放。你依我這話，不枉了幾年的情分。」不過生同衾、死同穴之說，而寫得委宛百折，恰合「情中情」下一「情」字。襲人聽了這些話，便哭的哽嗓氣噎。

寶釵恰好同了鶯兒過來，也聽見了，便說道：「你放着病不保養，何苦說這些不吉利的話？老太太纔安慰了些，你又生出事來。老太太一生疼你一個，如今八十多歲的人了，雖不圖你的封誥，將來你成了人，老太太也看着樂一天，也不枉了老人家的苦心。太太更是不必說了，一生的心血精神，撫養了你這一個兒子，若是半途死了，太太將來怎麽樣呢？我雖是命薄，也不至於此。據此三件看來，你便要死，那天也不容你死的，所以你是不得死的。一篇大道理，侃侃道出，令人才入耳即知是寶釵。作者何苦用此種怪筆畫此種怪人耶？而據此三件，又確確自宣所據而敢鋌而走險耳。千古之大奸雄，千古之廣學人成之耳。只管安穩着，養個四五天後，風邪散了，太和正氣一足，自然這些邪病都没有了。」寶玉聽了，竟是無言可答。半晌，方纔嘻嘻的笑道：「你是好些時不和我說話了，這會子說這些大道理的話給誰聽？」此寫「情中情」上二「情」字，作下文地步也。寶釵聽了這話，便又說道：「實告訴你說罷，那兩日你不知人事的時候，林妹妹已經亡故了。」斬釘截鐵。寶玉忽然坐起來，大聲詫異道：「果真死了嗎？」寶釵道：「果真死了，豈有紅口白舌咒人死的呢？老太太、太太知道你姊妹和睦，你聽見他死了，自然你也要死，所以不肯告訴你。」斷史、王諸人是奴才，此方是霸才。「和睦」二字，何等斟酌！不失寶、黛即不失已，令人愧，令人感。吾怕寶釵，吾實怕作者。書中演黛死尚在後，此時黛玉未死也，而已死於寶釵之口。作者演黛玉之死於後，正演黛玉之死於先，蓋自「埋香」以至「驚夢」，死黛玉已多多，何必待「焚稿」而始爲歸離恨以死耶？

寶玉聽了，不禁放聲大哭。倒在床上，忽然眼前漆黑，辨不出方向，心中正自恍惚，只見眼前好像有人走來。寶玉茫然問道：「借問此是何處？」那人道：「此陰司泉路。你壽未終，何故至此？」寶玉道：「適聞有一故人已死，遂尋訪至此，不覺迷途。」那人道：「故人是誰？」寶玉道：「姑蘇林黛玉。」那人冷笑道：「林黛玉生不同人，死不同鬼，無魂無魄，何處尋訪？明明說破無是公，而欲尋訪者何多多？凡人魂魄，聚而成形，散而爲氣，生前聚之，死則散焉，常人尚無可尋訪，何況林黛玉呢？汝快回去罷！」寶玉聽了，呆了半晌，道：「既云死者散也，又如何有這個陰司呢？」那人冷笑道：「那陰司説有便有，説無就無，皆爲世俗溺於生死之説，設言以警世，此段乃作者現身説法，都在兩「冷笑」內。前曰「此陰司」，後曰「那陰司」，是固在陰司中而出陰司外，以奮筆直書一部《風月寶鑑》者也。便道上天深怒愚人，或不守分安常，或生祿未終，自行夭折，或嗜淫慾，尚氣逞凶，無故自殞者，特設此地獄，囚其魂魄，受無邊的苦，以償生前之罪。汝尋黛玉，是無故自陷也。且黛玉已歸太虛幻境，汝若有心尋訪，潛心修養，自然有時相見。太虛幻境後改太虛元境，正人生之始，通靈之根。潛心修養，自然保合太和而陰陽混一矣。是正此書真解，而續者乃以爲此下手之路。如不安生，即以自行夭折之罪囚禁陰司，除父母外，欲圖一見黛玉，終不能矣。」「除父母外」一語，説得離奇，説得凝重。此書歸一「孝」字夫復何疑。那人説畢，袖中取出一石，向寶玉心口擲來。便已是幻境得通靈，而得自那人，非得自空渺也。寶玉聽了這話，又被石子打着心窩，嚇的即欲回家，只恨迷了道路。正在躊躇，忽聽那邊有人喚他，回首看時，不是別人，正是賈母、王夫人、寶釵、襲人等圍繞哭泣叫着，自己仍舊躺在床上。青埂峯石頭又一往復，而寫得十分凝重，以起下廿餘回。見案上紅燈，窗前皓月，依然錦繡叢中，繁華世界。定神一想，原來竟是一場大夢。渾身冷汗，覺得心內清爽。仔細一想，真正無可奈何，不過長歎數聲而已。上説「幽微靈秀地」，此寫「無可奈何天」，因一聯而有長歎之書也。著墨不多，提得起，放得下，但賞其文情悱惻，小矣。

寶釵早知黛玉已死，既死之以口，又死之以心，都是渾然元氣。因賈母等不許衆人告訴寶玉知道，恐添病難治，自己卻深知寶玉之病實因黛玉而起，失玉次之，吾故曰病於摔玉，不病於失玉也。故趁勢説明，使其一痛決絕，神魂歸一，庶可療治。借寶釵本領，洩全書用度。賈母、王夫人等不知寶釵的用意，再定奴才。深怪他造次，後來見寶玉醒了過來，方纔放心，立即到外書房請了畢大夫進來診視。那大夫進來診了脈，便道：「奇怪，這回脈氣沈靜，神安鬱散，明日進調理的藥，就可以望好了。」說着出去。衆人各自安心散去。襲人起初深怨寶釵不該告訴，惟是口中不好說出。鶯兒背地也說寶釵道：「姑娘忒性急了。」待正是求，緩正是急。寶釵道：「你知道什麽！好歹橫豎有我呢。」那寶釵任人誹謗，並不介意，只窺察寶玉心病，暗下針砭。何等見識，何等作用！而究竟成一没結果，警醒霸才不小。

一日，寶玉漸覺神志安定，雖一時想起黛玉，尚有糊塗。更有襲人緩緩的將「老爺選定的寶姑娘爲人和厚，嫌林姑娘秉性古怪，原恐早夭；老太太恐你不知好歹，病中着急，所以叫雪雁過來哄你」的話，時常勸解。寶玉終是心酸落淚。欲待尋死，又想着夢中之言，又恐老太太、太太生氣，又不能撩開；又想黛玉已死，寶釵又是第一等人物，方信金石姻緣有定，自己也解了好些。襲之勸，寶之想，一轉一折，都是「情悟梨香院」回中語，亦是底，亦是面，乃作者拓餘地文字。寶釵看來不妨大事，於是自己心也安了，只在賈母、王夫人等前盡行過家庭之禮後，便設法以釋寶玉之憂。寶玉雖不能時常坐起，亦常見寶釵坐在床前，禁不住生來舊病。寶釵每以正言勸解，以「養身要緊，你我既爲夫婦，豈在一時」之語安慰他。曰「生來舊病」，曰「豈在一時」，「絳芸軒」一案大白矣。那寶玉心裏雖不順遂，無奈日裏賈母、王夫人及薛姨媽等輪流相伴，夜間寶釵獨去安寢，賈母又派人服侍，只得安心静養。又見寶釵舉動温柔，也就漸漸的將愛慕黛玉的心腸，略移在寶釵身上。此是後話。是書凡提後話，無非前話。此乃抉釵、玉「繡鴛鴦」故事以前已自多多，宣釵、玉之穢，正以表寶、黛之潔，即提入下文「歸離恨」。

卻說寶玉成家的那一日，黛玉白日已經昏暈過去，卻心頭口中一絲微氣不斷，把個李紈和紫鵑哭的死去活來。到了晚間，黛玉卻又緩過來了，微微睁開眼，似有要水要湯的光景。此時雪雁已去，只有紫鵑和李紈在旁。紫鵑便端了一盞桂元湯和的梨汁，用小銀匙灌了兩三匙。桂元養心，乃寶玉。梨汁養肺，乃寶釵。含此兩毒而死，以歸兩三合六之純《坤》，爲一陽來復之地也。黛玉閉着眼静養了一會子，覺得心裏似明似暗的。此時李紈見黛玉略緩，明知是迴光返照的光景，迴光即復，惟復知復。卻料着還有一半天耐（頭）（煩），自己回到稻香村，料理了一回事情。

這裏黛玉睁開眼一看，只有紫鵑和奶媽，並幾個小丫頭在那裏。便一手攥了紫鵑的手，使着勁說道：「我是不中用的人了。你服侍我幾年，我原指望咱們兩個總在一處，不想我……」說着，又喘了一會子，閉了眼歇着。紫鵑見他攥着不肯鬆手，自己也不敢挪動，看他的光景比早半天好些，只當還可以回轉，聽了這話，又寒了半截。半天，黛玉又說道：「妹妹，我這裏並没親人，我的身子是乾净的，你好歹叫他們送我回去。」到此出「乾净」二字，乃一部大書暢發底裏處也。書中寫一不乾净之寶釵，都在暗處着筆，所謂「金簪雪裏埋」之義。寫一乾净之黛玉，都在明處着筆，所謂「玉帶林中掛」之義。然自「玉生香」以及「發幽情」等回，其不及亂止爭毫髮，說乾净正有若干不乾净在，只不過留得一身而已，正馳欲背理取死之路，故發明此語，必遣開李紈也。說到這裏，又閉了眼，不言語了，那手卻漸漸緊了，喘成一處，只是出氣大，入氣小，已經促急的很了。紫鵑忙了，連忙教人請李紈。可巧探春來了。書演一理字，由一歎起，歸一歎結，故爲海棠社主人，而一切喪敗無不因此。自應來了，了黛玉也。其在《易》道，爲《夬》之《剥》，此正決去一陰，《剥》中得《復》之候。曰「可巧」，巧爲七數，少陽之數也。紫鵑見了，忙悄悄的說道：「三姑娘，瞧瞧林姑娘罷。」說着，淚如雨下。此語如聞，此情如見，直括盡「一把辛酸淚」。探春過來摸了摸黛玉的手，已經涼了，連目光也散了。探有聲無詞，故不作一言。探春、紫鵑正哭着，叫人端水來給黛玉擦洗，李紈趕忙進來了。三個人纔見了，不及説話。三人總會合成一書，只欲人各洗其身心以全受全歸而已。其義都在底裏，語面無可尋，故曰「不及説話」。剛擦着，猛聽黛玉直聲叫道：「寶玉，寶玉，你好……」説到「好」字，便渾身冷汗，不作聲了。一心演義，截然而止。書雖千迴百折，其實止直説一心，故爲直聲。一心所分，一絳一黛而已，故曰「寶玉，寶玉」。一絳一黛，不過一陰一陽，在卦爲《乾》《坤》，爲《咸》《恒》，爲《坎》《離》《否》《泰》《剥》《夬》《姤》《復》而已，故曰「你好」。「好」合一「子」一「女」而成文。到此陰陽渾成，返還太極，更不作聲矣。以收煞甄士隱之《好了歌》，並不必末回之「詳説」矣。而有多少聰明人羣居鬭思，各猜「好」字下當是什麽字。説來説去，吾不敢謂誰是誰非，特起作者於九泉，問他「你説好什麽」，當答曰「我也不知好什麽」。紫鵑等急忙扶着，那汗愈多，那身子便漸漸的冷了。固是常套。而汗爲心液，一部書説一散一冷而已。探春、李紈叫人亂着攏頭穿衣。只見黛玉兩眼一翻，嗚呼！「嗚呼」二字，全書了結。

香魂一縷隨風散，愁緒三更入夢遥。一聲嗚呼，寫此兩語。十四字内總括全書。上一下三，以一生三，是爲《易》象、爲卦體，書之用也。魂，爲木所藏。曰隨風散，林死於鳳之風，即榮散於鳳之風。而風亦肝木所自生，風散之，實自散之也。夢，是書名，愁，是書因。因爲入夢者愁，斯爲入夢者阻，但能遥尋頭緒於一劉老老，則凡「三更」無不成「一縷」也。香玉案了。

當時黛玉氣絶，正是寶玉娶寶釵的這個時辰。金木交併，争於一刻，是乃大道。道家之錬陰，儒修之克復也。而文字穿插之妙，若網在綱矣。紫鵑等都大哭起來。李紈、探春想他素日的可疼，今日更加可憐，也便傷心痛哭。因瀟湘館離新房子甚遠，所以那邊並没聽見。一時大家痛哭了一陣，只聽得遠遠一陣音樂之聲，側耳一聽，卻又没有了。彼不聞哭，此則聞樂。樂於此即哭於此，何有於寶釵。探春、李紈走出院外再聽時，惟有竹梢風動，月影移牆，好不淒涼冷淡。

迷離恍惚，是耶非耶，又從李、探一點風月。一時叫了林之孝家的過來，將黛玉停放畢，派人看守，等明早去回鳳姐。

鳳姐因見賈母、王夫人等忙亂賈政起身，又爲寶玉昏憒更甚，正在着急異常之時，若是又將黛玉的凶信一回，恐賈母、王夫人愁苦交加，急出病來，只得親自到園。到了瀟湘館內，也不免哭了一場。「只得」「也不免」等字，畫出鳳姐爲人。見了李紈、探春，知道諸事齊備，便說：「很好。此「很好」正對發「你好狠」評語，切莫誤會。不過彼曰「好」，此亦曰「好」，千古大道同歸一「好」而已。只是剛纔你們爲什麼不言語，叫我着急？」探春道：「剛纔送老爺，怎麼說呢？」鳳姐道：「還倒是你們兩個可憐他些。這麼着，我還得那邊去招呼那個冤家呢，拉雜如亂麻中，而條貫分晰如此。可見一切矛盾語，皆有爲而云。即那邊亦止是冤家，抑又何必自外於理而獨當那邊耶？是已到「懺宿冤」。但是這件事好累贅。若是今日不回，使不得；若回，又恐怕老太太擱不住。」李紈道：「你去見機行事，見機行事，當下指點。得回再回方好。」鳳姐點頭，忙忙的去了。

鳳姐到了寶玉那裏，聽見大夫說不妨事，賈母、王夫人略覺放心。鳳姐便背了寶玉，緩緩的將黛玉的事回明了。賈母、王夫人聽得，都唬了一大跳。寶玉得死信於寶釵，史、王得死信於鳳姐，所謂冤各有頭。賈母眼淚交流，說道：「是我弄壞了他了。自「恤孤女」回到此明作一斷。但只是這個丫頭也忒傻氣。」又爲「傻」字作真着落。說着，便要到園裏去哭他一場，又惦記着寶玉，兩頭難顧。王夫人等含悲共勸賈母：「不必過去，老太太身子要緊。」賈母無奈，只得叫王夫人自去，又說：「你替我告訴他的陰靈，並不是我忍心不來送你，一段有底有面，不即不離，言外有言，令人自然意會。只爲有個親疏。你是我的外孫女兒，是親的了；若與寶玉比起來，可是寶玉比你更親些。筆如分水犀。倘寶玉有些不好，我怎麼見他父親呢？」與上段針鋒相對。說着，又哭起來。王夫人勸道：「林姑娘是老太太最疼的，但只壽夭有定。如今已經死了，無可盡心，只是葬禮上要上等的發送。一則可以少盡㗾們的心，二則就是姑太太和外甥女兒的陰靈兒也可以少安了。」賈母聽到這裏，越發痛哭起來。鳳姐恐怕老人家傷感太過，明仗着寶玉心中不甚明白，便偷偷的使人來撒個謊兒，哄老太太道：「寶玉那裏找老太太呢。」賈母聽見，纔止住淚，問道：「不是又有什麽緣故？」鳳姐陪笑道：「没什麽緣故。他大約是想老太太的意思。」着此一段，乃在上兩段夾縫中指點。賈母連忙扶了珍珠兒，鳳姐也跟着過來。走至半路，正遇王夫人過來，一一回明了賈母。賈母自然又是哀痛的，只因要到寶玉那邊，只得忍淚含悲的説道：「既這麽着，我也不過去了，由你們辦罷，我看着心裏也難受。只别委屈了他就是了。」底接底，面接面，一絲不走。王夫人、鳳姐一一答應了。賈母纔過寶玉這邊來，見了寶玉，因問：「你做什麽找我？」寶玉笑道：「我昨日晚上看見林妹妹來了，他説要回南去。」二字自應特提。我想没人留的住，還得老太太來給我留一留他。」賈母聽着，説：「使得，只管放心罷。」襲人因扶寶玉躺下。

賈母出來，到寶釵這邊來。那時寶釵尚未回九，所以每見了人，倒有些含羞之意。「倒」字生刺。這一天見賈母滿面淚痕，遞了茶。遞茶新婦禮也，找「成大禮」。賈母叫他坐下。寶釵側身陪着坐了，北禮新婦無坐。方找成禮，即隱廢禮。纔問道：「聽得林妹妹病了，不知他可好些了？」賈母聽了這話，那眼淚止不住流下來，因説道：「我的兒，我告訴你，你可别告訴寶玉。都是因你林妹妹，纔叫你受了多少委屈。你如今作媳婦了，我纔告訴你：這如今你林妹妹没了兩三天了，就是娶你的那個時辰死的。釵得死信於史，史告成功也。如今寶玉這一番病，還是爲着這個。你們先都在園子裏，自然也都是明白的。」「都是明白」一語點睛。「風月案」

至此方纔全翻。史自招承包攬矣。寶釵把臉飛紅了，面子是羞，底子是火。想到黛玉之死，又不免落下淚來。賈母又説了一回話，去了。

自此寶釵千回萬轉，想了一個主意，只不肯造次。所以過了回九，纔想出這個法子來。如今果然好些，然後大家説話（纔）（總）不似以前留神。又是追原。獨是寶玉，雖然病勢一天好似一天，他的癡心總不能解，必要親去哭他一場。賈母等知他病未除根，不許他胡思亂想。怎奈他鬱悶難堪，病多反覆。倒是大夫看出心病，索性叫他散開了，再用藥調理，倒可好得快些。寶玉聽説，立刻要往瀟湘館來。賈母只得叫人抬了竹椅子來，扶寶玉坐上。賈母、王夫人即便先行。到了瀟湘館內，一見黛玉靈柩，賈母已哭得淚乾氣噎，鳳姐等再三勸住。王夫人也哭了一場。李紈便請賈母、王夫人在裏間歇着，猶自落淚。寶玉一到，想起未病之先，常到這裏，今日屋在人亡，不禁嚎啕大哭。想起從前何等親密，今日死別，怎不更加傷感？衆人原恐寶玉病後過哀，都來解勸。寶玉已經哭得死去活來。大家攙扶歇息。寫下半正面，在衆人不過如此，都是恰好筆墨，而於寶玉亦不作十成語，豈江郎才盡耶？不知此正隱發題理。「相思」即恨也，黛死寶歸空，心已合，淚已完，所謂「離恨」也。於是則不得不周旋，以爲許多下文地步，而於義則爲可有可無。筆下輕重，力皆不吃，乃最是慘淡經營處。至責寶玉移情於釵，尚是半底半面也。其餘隨來的，如寶釵俱極痛哭。獨是寶玉，必要叫紫鵑來見，問明姑娘臨死有何話説。乃問作者。紫鵑本來深恨寶玉，今見如此，心裏已回過來些，又見賈母、王夫人都在這裏，不敢灑落寶玉，便將林姑娘怎麼復病，怎麼燒燬帕子，焚化詩稿，並將臨死的話，一一的都告訴了。既遞「感癡郎」，又爲上段作斡旋也。寶玉又哭得氣噎喉乾。探春趁便又將黛玉臨終囑咐帶柩回南的話，也説了一遍。一啼一歎，和盤托出。賈母、王夫人又哭起來。多虧鳳姐能言勸慰，略略止些，便請賈母等回去。寶玉那裏肯捨，無奈賈母逼着，只得勉强回房。

賈母有了年紀的人，打從寶玉病起，日夜不安，今又大痛一陣，已覺頭暈身熱，雖是不放心惦着寶玉，卻也掙扎不住，回到自己房中睡下。死喪無日，都起於此。王夫人更加心痛難禁，也便回去，派了彩雲，幫着襲人照應，並說：「寶玉若再悲戚，速來告訴我們。」寶釵是知寶玉一時必不能捨，也不相勸，只用諷刺的話說他。寶玉倒恐寶釵多心，也便飲泣收心，歇了一夜，倒也安穩。明日一早，衆人都來瞧他，但覺氣虛身弱，心病倒覺去了幾分，於是加意調養，漸漸的好起來。此段亦分明，亦恍惚，是好安放。賈母幸不成病，惟是王夫人心痛未痊。那日薛姨媽過來探望，看見寶玉精神略好，也就放心，暫且住下。

一日，賈母特請薛姨媽過去商量，說：「寶玉的命，都虧姨太太救的，如今想來不妨了。獨委屈了你的姑娘。如今寶玉調養百日，身體復舊，又過了娘娘的功服，正好圓房。大功九月，自去臘計之，服已過了，則此際當爲九月杪，乃秋末冬初，「初試」「一進」之候，正好圓房，乃圓於彼時，豈今日哉？這篇賬更誰算。要求姨太太作主，另擇個上好的吉日。」作主另擇，言下蹊蹺。吾不能解此圓房是何圓房。薛姨媽便道：「老太太主意很好，何必問我？寶丫頭雖生的粗笨，心裏卻還是極明白的。襲人亦是這等明白。他的性情，老太太素日是知道的。將言囁嚅，心情口角極其微妙。但願他們兩口兒言和意順，卻是一個雪雁，與他何涉！從此老太太也省好些心，我姐姐也安慰些，我也放了心了。老太太便定個日子，還通知親戚不用呢？」賈母道：「寶玉和你們姑娘生來第一件大事，況且費了多少周折，如今纔得安逸，必要大家熱鬧幾天，親戚都要請的。一來酬願，二則咱們吃杯喜酒，也不枉我老人家操了好些心。」薛姨媽聽說，自然也是歡喜的，便將要辦妝奩的話，也說了一番。賈母道：「喒們親上做親，我想也不必這些。若說動用的，他屋裏已經滿了，必定寶丫頭他心愛的要你幾件，姨太太就拿了來。我看寶丫頭也不是多心的人。不比我那外孫女兒的脾氣，所以他不得長壽。」說着，連薛姨媽也便落淚。補「成大禮」，追「斷癡情」，以起下一篇笑話。恰好鳳姐進來，笑道：「老太太、姑媽又想着什麼了？」薛姨媽道：「我和老太太說起你林妹妹來，所以傷心。」鳳姐笑道：「老太太和姑媽且別傷心，我剛纔聽了個笑話兒來了，笑話從恰好一「好」字來，頓得住本大段，攏得住全部書。意思說給老太太和姑媽聽。」說給凡爲史凡爲薛之人聽，全書是這個意思。賈母拭了拭眼淚，微笑道：「你又不知要編派誰呢？原不知編派誰，而看官偏愛指他編派誰。你說來我和姨太太聽聽。說不笑我們可不依。」只見那鳳姐未從開口，先用兩隻手比着，笑彎了腰了。未開口，令人尋於語言之先；用手比，令人得於設象之下。兩手則十指，一左一右也。分之則奇，合之則偶，各成爲五。《河圖》於此比，《洛書》於此比，而無非一「孝」之旨，一笑之用也。

未知他說出些什麼來，且聽下回分解。

此回與前回只是一回，爲本大段去路，以起下廿二回冤孽賬篇之餘尾也。聚精會神，出落全題文字。其收煞非尋常話頭綰得住，故歸之鳳姐一笑話。其在「效戲綵」回聾子爆竹，收拾東西一笑話，乃結上半部，起中半部，即以趣結末文字。此一笑話，乃結中半部，起結末，而繳上半部文字。並至此書未開之前，既完之後，都有此一笑話在空際盤旋。其史、尤、政、赦諸笑話，總括於此。

自「瞞消息」至此爲一大段，自「辱親女」回到此只了明公案。訛言既死元妃，氣數之夭，脫然離恨；真事直宣包勇，轉旋之際，勾了相思。稿子當焚，風月鑑怕留正面；包兒已破，骷髏鬼原是生身。縹緲來兮仙樂聞，嗚呼止矣哭聲寂。禮是成出閨之禮，情是斷迷性之情。既出不能入，憐他枉設機關；一死勝於生，較彼差得乾淨。顰兒暈褪，《好了歌》終。

護花主人評曰：

寶釵勸解寶玉，先説一篇大道理話，是兵家堂皇正兵；直説黛玉已故，是兵家不測奇兵。奇正相參，令人捉摸不着。

寶玉離魂一夢，必不可少。若無此夢，癡想何時醒悟？獃病何能漸愈？但此夢非寶釵説破黛玉已死，無由入夢。寶釵可謂神於醫心病者。

寶玉通靈，原是頑石。夢中石子打着心窩，通靈本質已經復回，所以漸漸醒愈。後來和尚送回通靈，一點便能超悟。

夢中迷路，忽聽有人叫唤，回首一看，卻是親人，自己身子依舊躺在床上。寫夢境入神。

黛玉臨終光景，寫得慘澹可憐，更妙在連呼寶玉，只説得「你好」二字，便咽住氣絕。真描神之筆。

空中音樂，妙在若有若無，不落小説俗套。

補寫鳳姐告知賈母及賈母告知寶釵黛玉已死日期，俱入情入理，毫無强砌痕迹。

圓房一層，不宜過遲，以便寶玉與寶釵漸調琴瑟。

第九十四回至九十八回一大段，應分三小段：九十四上半回爲一段，敘海棠復生，爲妖孽見兆，並非吉徵，九十四下半回至九十五回爲一段，敘元妃薨逝，寶玉瘋癲，以見花妖之響應；九十六、七、八回爲一段，敘釵、黛二人一婚一死，了結黛玉因果，引起寶釵後事。

大某山民評曰：

寶玉説姐姐之趕妹妹也，煞費苦心，其巴結尊上，和叶同輩，拊循下人，俱在遠處、大處預爲道地。故但見小心謹慎，大度優容，無纖芥之失，蓋諸人皆受其籠絡，而願望始酬。若云自行霸占，固係瘋傻亂話。

説有便有，説無便無，即《傳燈録》所云：道如太虚，廓然虚豁，不可强是非。至云設言警世，足破萬世庸愚見識。

雪芹先生不欲以曖昧之事糟蹋閨房，故於黛玉臨終時標出「身子乾浄」四字，使人默喻其意。

前晴雯將死，亦云悔不當初，皆作者極力周旋處。

黛玉氣斷之時，即寶釵婚成之候。新房熱鬧，滿堂合奏笙簫；舊院凄涼，半空亦有音樂。夫笙簫者，生所同也。音樂者，死所獨也。黛玉亦何慊乎釵！

此回仍是乙卯年事。

第九十九回　守官箴惡奴同破例　閲邸報老舅自擔驚

話説鳳姐見賈母和薛姨媽爲黛玉傷心，便説：「有個笑話兒爲黛玉傷心，人人知之；有個笑話，則非人所知矣。是九十八回餘文，九十九回起處。説給老太太和姑媽聽。」未從開口，先自笑了，因説道：「老太太和姑媽打諒是那裏的笑話兒？就是咱們家的那二位新姑爺、新媳婦啊。」賈母道：「怎麽了？」鳳姐拿手比着，道：「一個這麽坐着，一個這麽站着，一個這麽扭過來，一個這麽轉過來，一個又……」説到這裏，賈母已經大笑起來，五個「一個」，只是「一個」，成於一，歸於五，種種比，比此也，引而伸之，自然大笑。説道：「你好生説罷，倒不是他們兩口兒，你倒把人慪的受不得了。」薛姨媽也笑道：「你往下直説罷，不用比了。」因要慪人，故總用比，其實是直説也。而鳳姐一身解數，用側筆寫得活跳。鳳姐纔説道：「剛纔我到寶兄弟屋裏，我聽見好幾個人笑，我只道是誰，巴着窗户眼兒一瞧，原來寶妹妹坐在炕沿上，寶兄弟站在地下。寶兄弟拉着寶妹妹的袖子，口口聲聲只叫：『寶姐姐，你爲什麽不會説話了？「傷心豈獨息夫人」。你這麽説一句話，我的病包管全好。』寶妹妹卻扭着頭，只管躲。寶兄弟卻作了一個揖，上前又拉寶妹妹的衣服。寶妹妹急得一扯，寶兄弟自然病後是脚軟的，索性一撲，撲在寶妹妹身上了。撲在身上，是何所作？而乃是寶釵一扯所成。應用推而反用扯，此絳芸「夢兆」也，即梨香「情悟」也。寶妹妹急得紅了臉，說道：『你越發比先不尊重了。』」先是何時？說到這裏，賈母和薛姨媽都笑起來。鳳姐又道：「寶兄弟便立起身來，笑道：『虧了跌了這一交，好容易纔跌出你的話來了。』」話是跌出，便是直說「一朝失足易，半夜捫心難」，因有此假語村言也。薛姨媽笑道：「這是寶丫頭古怪，這有什麼的？既作了兩口兒，說說笑笑的怕什麼？他沒見他璉二哥和你。」以方議圓房而未圓房之釵、玉比璉、鳳已奇，以小嬸而見大伯說說笑笑更奇。這又是全書直說無隱處。鳳姐兒笑道：「這是怎麼說呢？我說個笑話給姑媽解悶兒，姑媽反倒拿我打起卦來了。」自侮自毀，正要人人各知打卦。賈母也笑道：「要這麼着纔好。夫妻固然要和氣，也得有個分寸兒。我愛寶丫頭就在這尊重上頭。只是我愁着寶玉還是那麼傻頭傻腦的，這麼說起來，比頭裏竟明白多了。你再說說，還有什麼笑話兒沒有？」鳳姐道：「明兒寶玉圓了房，親家太太抱了外孫子，那時候不更是笑話兒了麼？」娶婦得孫，有何笑話？古怪蹊蹺，此言特甚。是乃笑話外之笑話。賈母笑道：「猴兒，我在這裏同着姨太太想你林妹妹，你來慪個笑話還罷了，怎麼臊起皮來了？」以得孫爲臊皮，尤其古怪蹊蹺，非吾所能知矣。你不叫我們想你林妹妹，你不用太高興了。你林妹妹恨你，將來不要獨自一個到園裏去，提防他拉着你不依。」已到「幽魂」「異兆」回，「樹倒猢猻散」之時矣。故「猴兒」特提。鳳姐笑道：「他倒不怨我。他臨死咬牙切齒，倒恨着寶玉呢。」史推鳳，鳳推寶，即推即招。賈母、薛姨媽聽着還道是頑話兒，也不理會，「不理會」三字又總括一笑話。便道：「你別胡拉扯了。你去叫外頭挑個很好的日子，給你寶兄弟圓了房兒罷。」鳳姐去了，擇了吉日，重新擺酒唱戲，請親友，這不在話下。黛玉發喪，寶玉圓房，不在話下，正在話上也。

卻說寶玉雖然病好復元，寶釵有時高興，翻書觀看，談論起來，寶玉所有眼前常見的，尚可記憶，若論靈機，大不是從前活變了，連他自己也不解。遠遞「驚謎語」。寶釵明知是通靈失去，所以如此。倒是襲人時常説他：「你何故把從前的靈機都忘了？那些舊毛病忘了纔好，爲甚麽你的脾氣還覺照舊，在道理上更糊塗了呢。」近遞「候芳魂」，皆展拓文字。寶玉聽了，並不生氣，反是嘻嘻的笑。有時寶玉順性胡鬧，多虧寶釵勸説，諸事略覺收斂些。襲人倒可少費些唇舌，惟知悉心伏侍。別的丫頭素仰寶釵貞静和平，各人心服，無不安静。總不脱兩「賢」字。只有寶玉到底是愛動不愛静的，時常要到園裏去逛。賈母等一則怕他招受寒暑，二則恐他睹景傷情。雖黛玉之柩已寄放城外庵中，略還下落，而黛已出大觀之外，寶尚在大觀之中，一心了而未了也。然而瀟湘館依然人亡屋在，不免勾起舊病來，所以也不使他去。況且親戚姐妹們，薛寶琴已回到薛姨媽那邊去了；人琴俱杳。史湘雲因史侯回京，也接了家去了，煙雲悉化。又有了出嫁的日子，所以不大常來，只有寶玉娶親那一日與吃喜酒這天來過兩次，也只在賈母那邊住了，爲着寶玉已經娶過親的人，又想自己就要出嫁的，也不肯如從前的詼諧談笑，就是有時過來，也只和寶釵説話，見了寶玉，不過問好而已；金鎖、金麟原同一氣，故成禮、圓房必有他，而即串出有日子出嫁，固合一人爲三影者。那邢岫煙卻是因迎春出嫁之後，便隨着邢夫人過去；雖册外人，亦須安放。李家姊妹也另住在外，即同着李嬸娘過來，亦不過到太太們與姐姐們處請安問好即回，到李紈那裏略住一兩天就去了：所以園内的只有李紈、探春、惜春了。一部大觀，惟有歎息，此徹上徹下之理，要人各自早驅妖孽也。賈母還要將李紈挪進來，爲着元妃薨後，家中事情接二連三，也無暇及此。接二連三，再伸《易》理，而三人安頓，底面恰好。現今天氣一天熱似一天，天是何天？是圓房已歷冬春而至夏矣。園裏尚可住得，等到秋天再搬。此是後話，暫且不提。曰「是後話」，乃前話之「攜蝗大嚼圖」也。

且說賈政帶了幾個在京請的幕友，曉行夜宿。一日到了本省，見過上司，即到任拜印受事，便查盤各屬州縣糧米倉庫。賈政向來作京官，只曉得郎中事務都是一景兒的事情，就是外任，原是學差，也無關於吏治上。方入本回責賈政文字。夫政豈果能知郎中事者？不能齊家，焉能治國？只以所學之差而已，數語非泛起閑文。所以外省州縣折收糧米，勒索鄉愚這些弊端，雖也聽見別人講究，卻未嘗親辦其事，只有一心做好官。面子是美，底子是刺，書主賓、黛，書主一心也。以做官治一心而一心壞，以一心做官而官壞，所謂「於國於家無濟」也。起下文仍是追上文。便與幕賓商議，出示嚴禁，並諭以一經查出，必定詳參揭報。初到之時，果然胥吏畏懼，便百計鑽營。偏遇賈政這般古執。「古執」字下得嚴，即硯台謎之意。以下說現在，即是說既往語。語悉有映射。那些家人跟了這位老爺在都中一無出息，好容易盼到主人放了外任，便在京指着在外發財的名頭，向人借貸，做衣裳，裝體面，心裏想着到了任，銀錢是容易的了。不想這位老爺獃性發作，認真要查辦起來，州縣餽送，一概不收。無才不可以爲家，無才不可以爲國，故曰「徒善不足以爲政」也。文故作縱送，乃爲賈政「政」字下針砭。否則教人不認真而受餽送耶？特出於獃性，則無一可耳。門房簽押等人，心裏盤算道：「我們再挨半個月，衣服也要當完了，債又逼起來，那可怎麽樣好呢？眼見得白花花的銀子，只是不能到手。」那些長隨也道：「你們爺們到底還没花什麽本錢來的，我們纔冤，花了若干的銀子，打了個門子，來了一個多月，連半個錢也没見過。想來跟這個官兒，是不能撈本兒的了。明兒我們齊打夥兒告假去。」次日果然聚齊都來告假。賈政不知就裏，便說：「要來也是你們，要去也是你們，既嫌這裏不好，就都請便。」「世事洞明」、「人情練達」一聯，開首即見於秦氏房中，是未有夢先有此語，全書之作意在此。如此等處，直然犀燭，然卻是要人真練達，真洞明也。政乃不知就裏，而來不知來，去不知去，不壞何待耶？那些長隨怨聲載道而去。

只剩下些家人，又商議道：「他們可去的去了，我們去不了的，到底想個法兒纔好。」入上半回，不煩不簡，寫得恰好。内中有一個管門的，叫李十兒，「乾坤《易》之門户」，一書之成竹也。開既歸離恨以下之書，自必以《易》道特起，故曰「管門」。曰「李十兒」，李爲木子，乃少陽之生發，而寓言爲理。十則一縱一横，正天地轉旋、冷熱循環之理。又隨所轉而視之，都爲「乂」字，爲交，爲老陰。陰老必以爲少陽，而生生不息由此矣。故必曰「十兒」，乾坤六子皆兒也。是須與劉老老相對勘，必先明十兒之理，方能作老老之留。題曰「破例」，乃破全書之凡例，與第六回之尋頭緒同一鄭重也。便説：「你們没能耐的東西，着什麽忙？我見這長字號兒的在這裏，不犯給他出頭。如今都餓跑了，瞧瞧你十太爺的本領，少不得本主兒依我。長去則短至，又固從夏至之一陰而變也，即天心亦無如何，故曰「本主依我」。而靈心妙筆，寫來活脱。只是要你們齊心，打夥兒弄幾個錢，回家受用；若不隨我，我也不管了，横豎拼得你們過。」衆人都説：「好十爺，你還主兒信得過。若你不管，我們實在是死症了。」寫題中二「同」字，再明《易》道。奴爲小人，陰也，又爲臣道，坤也。然陰不遽陰，坤不遽坤，從一陰二陰馴至三陰，而《坤》象始成，又固從拆一來也。拆，破也，是曰「同破」。李十兒道：「不要我出了頭，得了銀錢，又説我得了大分兒了。窩兒裏反起來，大家没意思。」衆人道：「你萬安，没有的事。就没有多少，也强似我們腰裏掏錢。」

正説着，只見糧房書辦走來找周二爺。必是姓周，與劉老老之周瑞同點《周易》也。李十兒坐在椅子上，蹺着一隻腿，挺着腰，説道：「找他做什麽？」書辦便垂手陪着笑，説道：「本官到了一個多月的任，這些州縣太爺見得本官的告示利害，知道不好説話，到了這時候，都没有開倉。若是過了漕，你們太爺們來做什麽的？」李十兒道：「你別混説，老爺是有根蒂的，根蒂即在十兒。凡演老老、十兒，無非演二「復」字也，已到百十九回。説到那裏，是要辦到那裏。這兩天原要行文催兑，因我説了緩幾天纔歇的。你到底找我們周二爺做什麽？」書辦道：「原爲打聽催文的事，没有別的。」李十兒道：「越發胡説。方纔我説催文，你就信嘴胡謅，明説胡謅，山子野、湖州人一齊再點。可別鬼鬼祟祟來講什麽賬。我叫本官打了你，退你。」書辦道：「我在這衙門内已經三代了，是曰老。外頭也有些體面，家裏還過得，就規規矩矩伺候本官升了還能彀。不像那些等米下鍋的。」説着，回了一聲：「二太爺，我走了。」聲如聞，形如見，面妙底尤妙，可以意會，評不勝評。李十兒便站起堆着笑説：「這麽不禁頑，幾句話就臉急了。」書辦道：「不是我臉急，若再説什麽，豈不帶累了二太爺的清名呢？」李十兒過來拉着書辦的手説：「你貴姓啊？」書辦道：「不敢，我姓詹，單名是個會字，從小兒也在京裏混了幾年。」李十兒道：「詹先生，我是久聞你的名的。我們弟兄們是一樣的，有什麽説，晚上到這裏，咱們説一説。」書辦也説：「誰不知道李十太爺是能事的，把我一詐就嚇毛了。」此段忽離忽合，有順有逆，神姦畢照，是文字能品。而底裏句句是《易》，則神品矣。忽曰「二太爺」，忽曰「十太爺」，十生於二，其顯焉者也。至姓詹，則欲人玩其占；名會，則欲人會其意。倘止以詹會爲沾賄，則小矣。大家笑着走開。那晚便與書辦唧咕了半夜。

第二天，拿話去探賈政，被賈政痛駡了一頓。政爲存周，爲《大車》篇之大夫，乃東周下堂之時，於此隱演之。隔一天拜客，裏頭分咐伺候，外頭答應了。停了一會子，打點已經三下了，大堂上没有人接鼓，好容易叫個人來打了鼓。賈政踱出暖閣，站班喝道的衙役只有一個。賈政也不查問，在墀下上了轎，等轎夫又等了好一會，來齊了抬出衙門，那個炮只響得一聲。吹鼓亭的鼓手，只有一個打鼓，一個吹號筒。寫來令人失笑。而「一個」屢提，所謂「碩果不食」之象也。蓋《剥》之上爻，正《坤》之所由成也。賈政便也生氣，說：「往常還好，怎麽今兒不齊全至此？」抬頭看那執事，都是攙前落後。勉强拜客回來，便傳誤班的要打。有的說因没有帽子誤的，有的說是號衣當了誤的。又有的說三天没吃飯抬不動。賈政生氣，打了一兩個，也就罷了。全演《剥》象，而實有《復》機，故曰生氣。隔一天，管廚房的上來要錢，賈政將帶來銀兩付了。已後便覺樣樣不如意，比在京的時候倒不便了好些。無奈，便唤李十兒問道：「我跟來這些人怎樣都變了？單一而折，一折而乂，爲都變了。你也管管。現在帶來銀兩早使没有了，藩庫俸銀尚早，該打發京裏取去。」李十兒禀道：「奴才那一天不說他們？不知道怎麽樣，這些人都是没精打彩的，叫奴才也没法兒。老爺說家裏取銀子，取多少？現在打聽節度衙門這幾天有生日，别的府道老爺都上千上萬的送了，我們到底送多少呢？」賈政道：「爲什麽不早說？」李十兒說：「老爺最聖明的，我們新來乍到，又不與别位老爺很來往，誰肯送信？巴不得老爺不去，便好想老爺的美缺。」言之慨然。賈政道：「胡說！我這官是皇上放的，不與節度做生日便叫我不做不成？」特提胡說，乃胡說中理道之大。李十兒笑着回道：「老爺說的也不錯。京裏離這裏很遠，凡百樣事都是節度奏聞。他說好便好，說不好便吃不住，到得明白，已經遲了。此則胡說中氣數之天，能於氣數中而挽歸理道，則必視其人矣，便是下文「我正要問你」之說。就是老太太、太太們，那個不願意老爺在外頭烈烈轟轟的做官呢？」口說這裏，目視那裏。

賈政聽了這話，自然心裏明白，道：「我正要問你，爲什麽都說起來？」此數語費解，「正要問你」，問理道也。「都說出來」，說氣數也。或謂句有誤刻者非。李十兒回說：「奴才本不敢說，老爺既問到這裏，若不說，是奴才没良心，「剥窮上反下」。若説了，少不得老爺又生氣。」賈政道：「只要説得在理。」不中不才，直斥賈政，是爲説得在理。李十兒説道：「那些書吏衙役，都是花了錢買着糧道的衙門來想發財，俱要養家活口。自從老爺到了任，並没見爲國家出力，倒先有了口碑載道。」賈政道：「民間有什麽話？」李十兒道：「百姓説，凡有新到任的老爺，告示出得愈利害，愈是想錢的法兒。州縣害怕了，好多多的送銀子。收糧的時候，衙門裏便説，新道爺的法令明是不准要錢。這一留難叨蹬，那些鄉民心裏願意花幾個錢，早早了事。所以那些人不説老爺好，反説不諳民情。切中時弊，而實一假之所致也。故下文即接賈雨村。便是本家大人，是老爺最相好的，他不多幾年，已巴到極頂的分兒，也只爲識時務，能彀上和下睦罷了。」便已到「歸結《紅樓夢》」。賈政聽到這話，説道：「胡説？我就不識時務嗎？若是上和下睦，叫我與他們猫鼠同眠嗎？」再點胡説，以但知上和下睦者爲一胡説，以不知上和下睦者又一胡説，總一不猫不鼠之識時務而已。李十兒回説道：「奴才爲着這點忠心兒掩不住，纔這麽説。長至短至，皆起於中心一點。《易》道亘古如斯，而若輩口吻逼肖。普告天下宰官之喜聽中心話者。若是老爺就是這樣做去，到了功不成、名不就的時候，老爺又説奴才没良心，有什麽話不告訴老爺了。」良心亦即忠心。賈政道：「依你怎麽做纔好？」以漸墮入，是忠心掩不住處。李十兒道：「也没有别的，趁着老爺精神年紀，裏頭的照應，老太太的硬朗，爲顧着自己就是了。此語已不猫不鼠。不然，到不了一年，老爺家裏的錢也都貼補完了，還落了自上至下的人抱怨，都説老爺是做外任的，自然弄了錢藏着受用。倘遇着一兩件爲難的事，誰肯幫着老爺，那時辯也辯不清，悔也悔不及。」從禍福起見，正不猫不鼠之根。賈政道：「據你一説，是叫我做貪官嗎？送了命還不要緊，必定將祖父的功勳抹了纔是。」李十兒回稟道：「老爺極聖明的人，没看見舊年犯事的幾位老爺嗎？這幾位都與老爺相好，老爺常説是個做清官的，如今名在那裏？現有幾位親戚，老爺向來説他們不好的，如今升的升，遷的遷，只在要做的好就是了。「好」「了」二字，該括胡説。真處有真好，假處有假好。李十此語則總説兩好。老爺要知道：民也要顧，官也要顧。若是依着老爺，不准州縣得一個大錢，外頭這些差使誰辦？只要老爺外面還是這樣清名聲原好，裏頭的委曲，只要奴才辦去，關礙不着老爺的。奴才跟主兒一場，到底也要掏出忠心來。」賈政被李十兒一番言語，説得心無主見，他有忠心，自然此無主見。薛王諸人一切愚弄都受於此。道：「我是要顧性命的，你們鬧出來，不與我相干。」已是心肯。保性命者，果如斯乎？是歸《易》理作結。説着，便踱了進去。

李十兒便自己做起威福，鈎連內外，一氣的哄着賈政辦事，反覺得事事周到，件件隨心。所以賈政不但不疑，反多相信。便有幾處揭報，上司見賈政古樸忠厚，也不查察。惟是幕友們耳目最長，見得如此，得便用言規諫，無奈賈政不信，也有辭去的，也有與賈政相好，在內維持的。於是漕務事畢，尚無隕越。一段提頓，言簡意該，此政之爲政可知。乃破木石、合金玉之案也。

一日，賈政無事，在書房中看書。簽押上呈進一封書子。外面官封，上開着「鎮守海門等處總制公文一角，飛遞江西糧道衙門」。賈政拆開看時，只見上寫道：

金陵契好，桑梓情深。昨歲供職來都，竊喜常依座右。仰蒙雅愛，許結朱陳，至今佩德勿諼。祇因調任海疆，未敢造次奉求，衷懷歉仄，自歎無緣。今幸棨戟遙臨，快慰平生之願。正申燕賀，先蒙翰教，邊帳光生，武夫額手，雖隔重洋，尚叨樾蔭。想蒙不棄單寒，希望蔦蘿之附；小兒已承青盼，淑媛素仰芳儀。如蒙踐諾，即遣冰人。途路雖遥，一水可通，不敢云百輛之迎，敬備仙舟以俟。兹修寸幅，恭賀升祺，并求金允。臨潁不勝待命之至。世弟周瓊頓首。政王對頭親家，又必姓周，探春之所歸，一歎之所主也。其名曰瓊，猶曰窮，《易》「窮則變」也。曰「世弟」，閱世生人循環不已也。爲海門總制，海處東南，爲陽，黛玉之所從出，而《易》道行乎其間，是海門總制也。探春在《易》爲《夬》之《剥》，《夬》窮於上爻一陰，《剥》窮於上爻一陽，皆《易》之窮，而《復》在其中也。書演報復。賈於薛爲霸親，薛於賈爲附勢，今即以探春作還報。看札中語氣及已後情形，此意躍躍言下。自稱世弟，何其踞耶！

賈政看了，心想：「兒女姻緣，果然有一定的。天定勝人，人定亦勝天，看主見如何耳。舊年因見他就了京職，又是同鄉的人，素來相好，又見那孩子長得好，在席間原提起這件事，因未説定，也没有與他們説起。補筆自不可少，而乃女家先願意。席間草草提起，政一人知之，他們皆不知也。是即薛姨媽金鎖。後來他調了海疆，大家也不説了。不料我今升任至此，他寫書來問我，看起門户卻也相當，與探春倒也相配。但是我並未帶家眷，只可寫字與他商議。」正在躊躇，因未帶家眷而躊躇，躊躇不能立即送往也，又薛姨心事。只見門上傳進一角文書，是調取到省會議事件。以探春許嫁作下半回過脈。閑人評以探爲報無疑矣。賈政只得收拾上省，候節度派委。

一日，在公館閑坐，見桌上堆着一堆字紙，百廿回書只是一堆字紙，要人能自搜尋耳。賈政一一看去，見刑部一本：「爲報明事，一堆字紙，首重明刑，而乃是報。其中報應之理分明矣。會看得金陵籍行商薛蟠……」賈政便吃驚道：「了不得，已經題本了！」隨用心看下去，是：「薛蟠毆傷張三身死，串囑屍證捏供誤殺一案。」賈政一拍桌道：「完了！」再翻「風月案」。「完了」二字結上回，並結全書，而入題警策。只得又看底下是：

據京營節度使咨稱：「緣薛蟠籍隸金陵，行過太平縣，是報不平，故曰太平。在李家店歇宿，與店内當槽之張三素不相認。於某年月日，書中年月日無非如此。薛蟠令店主備酒，邀請太平縣民吴良同飲，令當槽張三取酒。因酒不甘，薛蟠令换好酒。張三因稱酒已沽定難换。薛蟠因伊倔强，將酒照臉潑去，不期去勢甚猛，恰值張三低頭拾箸，一時失手，將酒碗擲在張三顖門，皮破血出，逾時殞命。李店主趨救不及，隨向張三之母告知。伊母張王氏往看，見已身死，隨喊稟地保，赴縣呈報。前署縣詣驗，仵作將骨破一寸三分及腰眼一傷，漏報填格，詳府審轉。看得薛蟠實係潑酒失手，擲碗誤傷張三身死，將薛蟠照過失殺人，准鬥殺罪收贖。」等因前來。臣等細閱各犯證屍親前後供詞不符，且查鬥毆律註云：相争爲鬥，相打爲毆。必實無争鬥情形，邂逅身死，方可以過失殺定擬。應令該節度審明實情，妥擬具題。今據該節度疏稱薛蟠因張三不肯换酒，醉後拉着張三右手，先毆腰眼一拳，張三被毆回罵，薛蟠將碗擲出，致傷顖門深重，骨碎腦破，立時殞命。是張三之死實由薛蟠以酒碗砸傷深重致死，自應以薛蟠擬抵，將薛蟠依鬥殺律擬絞監候。吴良擬以杖徒。承審不實之府州縣，應請……

以下註着：「此稿未完。」擬爲邸報，亦離亦合，恰當如此。而腰眼爲腎，爲地。顖門爲心，爲天。釵、黛相鬥，争此而已。釵殺黛乃鬥殺，到此未完而完，稿可不必續矣。

賈政因薛姨媽之託曾託過知縣，若請旨革審起來，牽連着自己，好不放心。即將下一本開看，偏又不是。只好翻來覆去將報看完，終没有接這一本的，續而又續，何今日接這本者之多？心中狐疑不定，更加害怕起來。正在納悶，只見李十兒進來：此稿只是此人。「請老爺到官廳伺候去，大人衙門已經打了二鼓了。」賈政只是發怔，没有聽見。但知看報，不聞李十，其人正自多多。而一時情事如畫，寫「擔驚」十分精湛。李十兒又請了一遍，賈政道：「這便怎麼處？」李十兒道：「老爺有什麼心事？」賈政將看報之事說了一遍。李十兒道：「老爺放心。若是部裏這麼辦了，還算便宜薛大爺呢。奴才在京的時候，聽見薛大爺在店裏叫了好些媳婦，都喝醉了生事，直把個當槽兒的活活打死的。一段補得嚴明，解得靈活，斷得鬆泛，是好李十，是好書。而陡提放心，夫豈爲薛蟠、張三立案乎？奴才聽見不但託了知縣，還求璉二爺去花了好些錢，各衙門打通了，纔提的，不知道怎麼部裏没有弄明白。如今就是鬧破了，也是官官相護的，不過認個承審不實，革職處分罷，那裏還肯認得銀子聽情呢？老爺不用想，等奴才再打聽罷，不要誤了上司的事。」賈政道：「你們那裏知道？只可惜那知縣聽了一個情，把這個官都丟了，還不知道有罪没有呢！」都從得失禍福起見。李十兒道：「如今想他也無益，外頭伺候着好半天了，請老爺就去罷。」賈政不知節度傳辦何事，可見都是追原。且聽下回分解。

此回至「散花寺」爲一大段，俗所謂事後詳籤文字也。在上大段三回，此書已結，但留一寶玉爲後文廿餘回地步，以暢演家敗人亡之驗，都因左木右金、貴陰賤陽，顛倒錯亂所自出，而作者必不任氣數，特爲之一一報復也。故本回用一李十兒作一總冒，駡守官箴者如此，其不守者當何如？而話中有順有逆，有開有合，令人不得不入其玄中。其面命耳提於守官箴者固若斯之惠也，特案而不斷。凡欲守官箴者，各尋真正識時務之明路，倘不得此路，則於家國無非誤認，只落得自擔驚之老舅而已。上半回重一「同」字，下半回重一「自」字。「我正要問你，爲什麼都說起來」，李十真惠人無窮。而一問一説中間，則必須有大學問方行得。兩語絶不通，在全書無二處。

爲之甥者謂之舅，甥舅固姻戚之通稱也，則政爲蟠舅，亦無不可。但書爲通稱之書，在薛、王爲姨表，政爲姨丈矣。今日老舅，非作者好掉古，正特特攏出張三一案爲黛玉報復，「老舅」兩字爲的指也。書無節外之枝。

護花主人評曰：

敍鳳姐演説寶玉與寶釵頑戲情形，是專爲擇日圓房，敍園中冷落（光）景況，是騰出工夫，好寫賈政任所諸事，不是閒費筆墨。

寫李十兒設法慫恿情事，描畫長隨家人，串通書役，簸弄主人伎倆，明透如鏡。凡做官者安得不墮其術中？

借節度調取進省一層，爲探春親事定局、薛蟠命案部駁鬮榫。因薛蟠命案部駁，引出夏金桂勾引薛蝌；因勾引薛蝌，引出妒忌香菱；因妒忌香菱，引出毒人自毒。文情層層相因。

大某山民評曰：

此回仍接上回乙卯年事。

第一百回　破好事香菱結深恨　悲遠嫁寶玉感離情

話説賈政去見了節度，進去了半日，不見出來。外頭議論不一。李十兒在外，也打聽不出什麽事來，便想到報上的飢荒，報上飢荒便是親戚囑託。實在也着急。好容易，聽見賈政出來，便迎上來跟着。等不得回去，在無人處，便問：「老爺進去這半天，有什麽要緊的事？」賈政笑道：「並没有事，只爲鎮海總制是這位大人的親戚，有書來囑託照應我，所以説了些好話。又説：『我們如今也是親戚了。』」許嫁探春好處，即自獻寶釵好處。賈政方囑知縣，而總制已囑節度，同一飢荒也。而賈政滿心得意，能於言外傳神，作者何善駡耶？李十兒聽得，心内喜歡，不免又壯了些膽子，便竭力慫恿賈政許這親事。此抉鳳姐心事。賈政心想：「薛蟠的事，到底有什麽罣礙？在外頭信息不通，難以打點。」故回到本任來，便打發家人進京打聽，順便將總制求親之事，回明賈母：乃是一事，故曰「順便」。「如若願意，即將三姑娘接到任所。」語中有趣，底面玲瓏。家人奉命趕進京中，回明了王夫人，便在吏部打聽得賈政並無處分，惟將署太平縣的這位老爺革職。即寫了稟帖，安慰了賈政，然後住着等信。

且説薛姨媽爲着薛蟠這件人命官司，各衙門内不知花了多少銀錢，纔定了誤殺具題。原打量將當鋪折變，給人備銀贖罪，不想刑部駁審，又託人花了好些錢，總不中用，依舊定了個死罪監着，守候秋天大審。賈不能救薛，周不能救賈，同一枉了。薛姨媽又氣又疼，日夜啼哭。寶釵雖時常過來勸解，說是：「哥哥本來没造化，承受了祖父這些家業，就該安安頓頓的守着過日子。在南邊已經鬧得不像樣，便是香菱那件事情，就了不得。本回以香菱爲主，用如此提入，直縮上百回爲一回。因爲仗着親戚們的勢力，花了些銀錢，這算白打死了一個公子。哥哥就該改過，做起正經人來，也該奉養母親纔是。不想進了京，仍是這樣。媽媽爲他，不知受了多少氣，哭掉了多少眼淚，給他娶了親，原想大家安安逸逸的過日子，不想命該如此。曰「造化」，曰「命」，引天合人，千古奸雄都是如此。偏偏娶的嫂子，又是一個不安静的，所以哥哥躲出門的。真正俗語說的，『冤家路兒狹』，不多幾天就鬧出人命來了。媽媽和二哥哥也算不是不盡心的了，花了銀錢不算，自己還求三拜四的謀幹。三四合巧，冤家在此，直追「認通靈」以後一切謀幹。無奈命裏應該，也算自作自受。大凡養兒女，是爲老來有靠。便是小户人家，還要掙一碗飯養活母親。那裏有將現成的鬧光了，反害的老人家哭的死去活來的？不是我說，哥哥的這樣行爲，不是兒子，竟是個冤家對頭。既委咎於天，又委咎於人。媽媽再不明白，明哭到夜，夜哭到明，又受嫂子的氣。我呢，又不能常在這裏勸解。前未出嫁時又當何說？我看見媽媽這樣，那裏放的下心？他雖說是傻，也不肯叫我回去。前兒老爺打發人回來說：『看見京報，唬的了不得。所以纔叫人來打點的。』我想哥哥鬧了事，擔心的人也不少。書不即完在此，而乃自說已往心事。幸虧我還是在跟前的一樣，若是離鄉調遠，聽見了這個信，只怕我想媽媽也就想殺了。直射探春。我求媽媽暫且養養神，趁哥哥活口現在，在釵之意，以爲蟠之死罪再無可活之理矣。殺兄之毒如此。問問各處的賬目，人家該咱們的，咱們該人家的，也該請個舊夥計來算一算，看看還有幾個錢沒有。」因色及財，財亦釵之所自恃也。薛姨媽哭着説道：「這幾天爲鬧你哥哥的事，你來了，不是你勸我，便是我告訴你衙門的事。你還不知道京裏的官商名字已經退了，兩處的當鋪已經給了人家，銀子早已拿來使完了。還有一個當鋪，管事的逃了，虧空了好幾千兩銀子，也夾在裏頭打官司。你二哥哥天天在外頭要賬，料着京裏的賬已經去了幾萬銀子，只好拿南邊公分裏銀子並住房折變纔敷。前兩天還聽見一個謊信，説是南邊的公當鋪也因爲折了本兒，收了。若是這樣着，你娘的命可就活不成的了。」南北一齊敗落，剝人自剝，「錯裏錯」之禍如此。説着，又大哭起來。

寶釵也哭着勸道：「銀錢的事，媽媽操心也不中用，還有二哥哥給我們料理。單可恨這些夥計們，見咱們勢頭兒敗了，就各自奔各自的也罷了，我還聽見説幫着人家來擠我們的訛頭。可見我哥哥活了這麽大，交的人總不過是些個酒肉弟兄，急難中是一個沒有的。媽媽若是疼我，聽我的話，有年紀的人，自己保重些。媽媽這一輩子，想來不致挨凍受餓。家裏這點子衣裳家伙，只好聽憑嫂子去，那是沒法兒的了。所有的家人、婆子，瞧他們也沒心在這裏，該去的叫他們去。就可憐香菱苦了一輩子，只好跟着媽媽過去。特借香菱，照人自照。實在短什麽，我要是有的，還可以拿些過來，料我們那個也沒有不依的。空算長令人懼。力能通天者，到底不能知天也。而夏金桂事迹已在言外。就是襲姑娘，也是心術正道的，他聽見我哥哥的事，他倒提起媽媽來就哭。哭得奇。惟「心術正道」者能知「正道」。我們那一個，還道是沒事的，所以不大着急；若聽見了，也是要唬個半死兒的。」薛姨媽不等説完，便説：「好姑娘，你可別告訴他。他爲一個林姑娘，幾乎沒要了命；如今纔好了些，要是他急出個原故來，不但你添一層煩惱，我越發沒了依靠了。」從薛蟠歸到林姑娘，冤有頭，債有主，而眼光四射，直到書外。寶釵道：「我也是這麼想，所以總沒告訴他。」

正說着，只聽見金桂跑來，說林姑娘林姑娘到。外邊屋裏哭喊道：「我的命是不要的了！男人呢，已經是沒有活的分兒了。喒們如今索性鬧一鬧，大夥兒到法場上去拚一拚。」說着，便將頭往隔壁板上亂撞，撞的披頭散髮。氣得薛姨媽白瞪着兩隻眼，一句話也說不出來。還虧得寶釵「嫂子」長、「嫂子」短，好一句歹一句勸他。寶釵一番說話與上回李十兒文字一副印板，有情有理，亦宛轉，亦直截，能令人破涕，「金蘭契」之黛玉所以至死不悟也。特遇金桂其人則技窮。夫真能知言，則詖淫邪遁來即知之，世無其人也。吾安得多生夏金桂，以破在在之薛寶釵乎？金桂道：「姑奶奶，如今你是比不得頭裏的了，你兩口兒好好的過日子。語妙八面，光溢書外。我是個單身人兒，要臉做什麼？」說着，便要跑到街上回娘家去。上街正對出閨。虧得人還多，扯住了，又勸了半天方住。把個寶琴唬的再不敢見他。他即金，即釵，同一不可禁也，文筆不漏。若是薛蝌在家，他便抹粉施脂，描眉畫鬢，奇情異致的打扮收拾起來，入題如草蛇灰綫，接「縱淫心」回，絶不另起爐灶。龍門筆也。不時打從薛蝌住房前過。或故意咳嗽一聲；或明知薛蝌在屋，特問房裏何人。有時遇見薛蝌，他便妖妖喬喬、嬌嬌癡癡的，問寒問熱，忽喜忽嗔。丫頭們看見，都趕忙躲開。他自己也不覺得，只是一意一心要弄得薛蝌感情時，好行寶蟾之計。寫得如鬼如妖，現淫婦身，說淫婦法，未必入微至此。那薛蝌卻只躲着，有時遇見，也不敢不周旋一二，只怕他撒潑放刁的意思。更加金桂一則爲色迷心，越瞧越愛，越想越切，那裏還看得出薛蝌的真假來？說得恁真切，作者豈曾經耶？而乃說「絳芸軒」以前之寶釵。只有一宗：他見薛蝌有什麼東西，都是托香菱收着，「抄檢大觀園」，黛處有寶玉東西。衣服縫洗，也是香菱，兩個人偶然説話，他來了，急忙散開，全書大章法如此。一發動了個「醋」字。全書精液是醋。欲待發作薛蝌，卻是捨不得，只得將一腔隱氣都擱在香菱身上，卻又恐怕問了香菱得罪了薛蝌，倒弄得隱忍不發。「滴翠亭」以後心事。

一日，寶蟾走來，笑嘻嘻的向金桂道：「奶奶，看見了二爺没有？」金桂道：「没有。」寶蟾笑道：「我説二爺的那種假正經是信不得的，咱們前日送了酒去，他説不會喝，豈止前日耶？夢話直追「識金鎖」，無非前日而已。剛纔我見他到太太那屋裏去，那臉上紅撲撲兒的，一臉酒氣。奶奶不信，回來只在咱們院門口等他。他打那邊來時，奶奶叫住他問問，看他説什麼？」金桂聽了，一心的怒氣，便道：「他那裏就出來了呢？他既無情義，問他作什麼？」故爲一曲，文不徑直，情愈急迫。寶蟾道：「奶奶又迂了。罵盡迂人，乃是寶釵作用。他好説，咱們也好説；他不好説，咱們再另打主意。」金桂聽得有理，因叫寶蟾：「瞧着他，看他出去了。」寶蟾答應着出來。金桂卻去打開鏡奩，又照了一照，把嘴唇兒又抹了一抹，然後拿一條洒花絹子，纔要出來，又似忘了什麼的，心裏倒不知怎麼是好了。試問古今才人，更有想到此、説到此者否？神乎，神乎！只聽寶蟾外面説道：「二爺，今日高興啊。那裏喝了酒來了？」金桂聽了，明知是叫他出來的意思，連忙掀起簾子出來。只見薛蝌和寶蟾説道：「今日是張大爺的好日子，張大報復，是好日子。所以被他們强不過，吃了半鍾，到這時候臉發燒呢。」酒性屬火，此正以火剋金，爲木報復。所謂子報母讐演義也。「發燒」字是眼。一句話没有説完，金桂早接口道：「自然人家外人的酒比咱們自己家裏的酒是有趣兒的。」即此已屬勝人之筆，何況前段乎？薛蝌被他拿話一激，臉越紅了，連忙走過來陪笑道：「嫂子説那裏的話。」寶蟾見他二人交談，便躲到屋裏去了。這金桂初時原要假意發作薛蝌兩句，無奈一見他兩頰微紅，雙眸帶澀，別有一種謹愿可憐之意，早把自己那驕悍之氣感化到爪窪國去了。因笑説道：「這麽説，你的酒是硬强着纔肯喝的呢。」薛蝌道：「我那裏喝得來？」金桂道：「不喝也好，强如像你哥哥，喝出亂子來，明兒娶了你們奶奶，也象我這樣守活寡受孤單呢。」借酒作一曲，而直曲到既走寶玉之寶釵，更不少諱其醜矣。説到這裏，兩個眼已經乜斜了，兩腮上也覺紅暈了。薛蝌見這話越發邪僻了，打算着要走，金桂也看出來了，那裏容得他走？早已走過來一把拉住。薛蝌急了，道：「嫂子，你放尊重些。」説着，渾身亂顫。金桂索性老着臉道：「你只管進來，我和你説一句要緊的話兒。」此晴雯嫂之複本也。雯乃黛之影，雯有嫂如此，釵有嫂亦如此，乃爲黛作報復。要寫釵嫂於黛死之後，因先寫雯嫂於雯死之先，其深意則總一寶釵而已。説見彼評及「茜香羅」評。正鬧着的時候，忽聽背後一個人叫道：「奶奶，香菱來了！」菱爲鏡，書中人無不照。此照黛玉，以報寶釵之破木石也。黛更有影爲五兒，則菱亦即照五兒，前破雯嫂而放寶玉者乃五兒，今破釵嫂而放薛蝌者亦即五兒也。香菱也，五兒也，總一黛玉影身也。把金桂唬了一跳，回頭瞧時，却是寶蟾掀着簾子看他二人的光景，「絳芸軒」事，黛固見之。一抬頭見香菱從那裏來了，趕忙知會金桂。金桂這一驚不小，手已鬆了，薛蝌得便脱身跑了。那香菱正走着，原不理會，忽聽寶蟾一嚷，纔瞧見金桂在那裏拉住薛蝌，往裏死拽。香菱却唬的心頭亂跳，自己連忙轉身回去。這裏金桂早已連唬帶氣，獃獃的瞅着薛蝌去了。怔了半天，恨了一聲，自己掃興歸房。從此把香菱恨入骨髓。透「自焚身」，射「螃蟹詠」，而文筆簡老，句如鑄鐵。那香菱本是要到寶琴那裏，鏡可屢照，琴不再彈。剛走出腰門，看見這般，嚇回去了。

是日寶釵直接寶釵，一絲不隔。在賈母屋裏，聽得王夫人告訴老太太要聘探春一事，賈母説道：「既是同鄉的人，很好。只是聽見説那孩子到過我們家裏，怎麽你老爺没有提起？」正與「没有與他們説過」之語合，是賈政一人賬。王夫人道：「連我們也不知道。」賈母道：「好便好，但是道兒太遠。雖然老爺在那裏，倘或將來老爺調任，可不是我們孩子太單了嗎？」王夫人道：「兩家都是做官的，也是拿不定，或者那邊還調進來。即不然，終有個葉落歸根。況且老爺既在那裏做官，上司已經説了，好意思不給麽？想來老爺的主意定了，只是不敢做主，故遣人來回老太太的。」是書以元、迎、探、惜立四維，分主以琴、棋、書、畫，皆薄命册中人。探以一歎爲書之始終，是以書而生琴之禁、棋之争、畫之幻也。書能行遠，故遠嫁。而遠嫁由於爲父母之所貨，是所以爲薄命也。其演《易》爲《夬》之《剥》，《夬》主決去一陰，是爲落單，《剥》得復於七日，亦爲落單。葉落歸根，復之基也，故百十九回寫其復來於寶玉既亡，而此回先寫其遠行於黛玉既死之後。賈母道：「你們願意更好。只是三丫頭這一去了，不知三年兩年那邊可能回家？此借史以形王、政之忍以女爲貨也。而三兩爲五，兩三合六，《剥》《復》之用，其決去一陰在言下了然矣。若再遲了，恐怕我赶不上再見他一面了。」説着，掉下淚來。王夫人道：「孩子們大了，少不得總要給人家的，就是本鄉本土的人，除非不做官還使得，若是做官的，誰保得住總在一處？私心人每善説公話，而調侃做官的不少。只要孩子們有造化便好。譬如迎姑娘倒配得近呢，偏是時常聽見他被女婿打鬧，甚至不給飯吃。就是我們送了東西去，他也摸不着。近來聽見益發不好了，也不放他回來。串入迎春，既透「歸地府」，即伏「返真元」，書至末路，一律井井。兩口子拌起嘴來，就説咱們使了他的銀錢，可憐這孩子總不得個出頭的日子。迎以銀錢，探以勢利，出頭者幾人哉？前日我惦記他，打發人去瞧他，迎丫頭藏在耳房裏，不肯出來。老婆子們必要進去看，見我們姑娘這樣冷天冷天正合涼道，而無從考矣。還穿着幾件舊衣裳。他一包眼淚的告訴婆子們，説：『回去別説我這麽苦，這也是命裏所招。也不用送什麼衣服東西來，不但摸不着，反要添一頓打，說是我告訴的。』老太太想想，這倒是近處眼見的，若不好，更難受。倒虧了大太太也不理會他，大老爺也不出個頭。如今迎姑娘實在比我們三等使喚的丫頭還不如。我想探丫頭雖不是我養的，老爺既看見過女婿，定然是好纔許的。只請老太太示下，擇個好日子，多派幾個人送他到老爺任上，該怎麼着，老爺也不肯將就。」說迎之爲貨，而忘探之爲貨；說人之忍，而忘己之忍，語之妙如環。賈母道：「有他老子作主，作主必歸賈政。你就料理妥當，揀個長行的日子送他，也就定了一件事。」王夫人答應着「是」。寶釵聽得明白，也不敢則聲，只是心裏叫苦：探以不言而成寶釵，釵當以言而止探春，明知其苦而不言，所報非所施矣。人亦何必以黨自詡哉？「我們家裏姑娘們就算他是個尖兒，如今又要遠嫁，眼看着這裏的人一天少似一天。」皆是深文曲筆。見王夫人起身告辭出去，他也送了出來。一時回到自己房中，並不與寶玉說話，見襲人獨自一個做活，便將聽見的話說了。襲人也很不受用。

卻說趙姨娘聽見探春這事，反歡喜起來，心裏說道：「我這個丫頭，在家忒瞧不起我，我何從還是個娘，比他的丫頭還不濟。況且洑上水，護着別人，他擋在頭裏，連環兒也不得出頭。如今老爺接了去，我倒乾淨。想要他孝敬我，不能彀了，只願意他像迎丫頭似的，我也稱稱願。」寫趙別有肺腸，固矣。然在說探春則語語皆實，人倫乖舛，立見消亡，所以有此歎，以成此書也。一面想着，一面跑到探春那邊與他道喜，說：「姑娘，你是要高飛的人了。到了姑爺那邊，自然比家裏還好，想來你也是願意的。便是養了你一場，並沒有借你的光兒。就是我有七分不好，也有三分的好。總不要一去了，把我擱在腦杓子後頭。」於政、王、邢、赦外又跳出一個怪物，真是神禹鑄鼎。而末語不作決裂，是作者忠厚，存人心於不死處。此便是三分七分之理，葉落歸根之地也。探春聽着毫無道理，只低頭作活，一句也不言語。趙姨娘見他不理，氣忿忿的自己去了。

這裏探春又氣又笑又傷心，也不過自己掉淚而已。坐了一回，悶悶的走到寶玉這邊來。寶玉因問道：「三妹妹，我聽見林妹妹死的時候，入感情，仍從黛起，顧母也。你〔在〕(從)那裏來着。我還聽見說，林妹妹死的時候，遠遠有音樂之聲來，或者他是有來歷的，也未可知。」探春笑道：「那是你心裏想着罷了。祇是那夜卻怪，不似人家鼓樂之音，你的話或者也是。」寶玉聽了，更以爲實。又想前日自己神魂飄蕩之時，曾見一人，說是黛玉生不同人，死不同鬼，必是那裏的仙子臨凡。忽又想起那年唱戲做的嫦娥，飄飄艷艷，何等風致。過了一回，探春去了，因必要紫鵑過來，由歎到黛，由黛到鵑，悲感仍都在此。立刻回了賈母去叫他。無奈紫鵑心裏不願意，雖經賈母、王夫人派了過來，也就没法，只是在寶玉跟前不是嗳聲，就是歎氣的。寶玉背地裏拉着他，低聲下氣要問黛玉的話，紫鵑從没好話回答。寶釵倒背地裏誇他有忠心，並不嗔怪他。總頓一段，透下「觸前情」，以致「雙護玉」。那雪雁雖是寶玉娶親這夜出過力的，寶釵見他心地不甚明白，便回了賈母、王夫人，將他配了一個小厮，各自過活去了。寫「賢寶釵」，即隨勢收拾雪雁，不黏不脱。○鵑啼血，演木石之破，故不配人；雁得匹，演木石之成，故必配人。王奶媽養着他，將來好送黛玉的靈柩回南。鸚哥等大丫頭，仍伏侍了老太太。都有着落，在有意無意間。而春纖、兼兼絶無下落，固知爲一鵑一雁也。

寶玉本想念黛玉，因此及彼，又想跟黛玉的人已經雲散，所謂「湘江水逝楚雲飛」。更加納悶。悶到無可如何，忽又想黛玉死得這樣清楚，必是離凡返仙去了，反又歡喜。忽然聽見襲人和寶釵那裏講究探春出嫁之事，寶玉聽了「啊呀」的一聲，哭倒在炕上。委宛曲折，方落本題。唬得寶釵、襲人都來扶起，說：「怎麽了？」寶玉早哭的説不出來。定了一回子神，説道：「這日子過不得了，這情種即那情種，但隔一日子便復而不得復，故曰日子過不得。我姊妹們都一個一個的散了。林妹妹是成了仙去了。大姐姐呢，已經死了，這也罷了，没天天在一塊。二姐姐呢，碰着了一個混賬不堪的東西。三妹妹又要遠嫁，總不得見的了。史妹妹又不知要到那裏去。薛妹妹是有了人家的。這些姐姐妹妹難道一個都不留在家裏，單留我做什麽？」這情種是淫欲，那情種是倫常。此段以林、史安兩頭，淫欲之情也。以元、迎、探置中間，倫常之情也。而以可以此可以彼之寶琴爲之結，此正理欲夾雜，在《坤》之上六「龍戰於野」之候，而《復》之一陽動於此矣，故特藏一惜春。世有以「感離情」之情作另評者，請看閑人此評。襲人忙又拿話解勸，寶釵擺着手說：「你不用勸他，讓我來問他。」其凶勇乃爾。因問着寶玉道：「據你的心裏，要這些姐妹都在家裏陪到你老了，都不要爲終身的事嗎？若説别人，或者還有别的想頭；愈寬愈刻。你自己的姐姐妹妹，不用説没有遠嫁的，就是有，老爺作主，你有什麽法兒？打量天下獨是你一個人喜姐姐妹妹呢？一轉尤惡，一網打盡，亂倫蔑理至此已極。此「絳芸軒」必先以「雲雨情」，「雲雨情」必先以「秦可卿」也。若是都像你，就連我也不能陪你了。其實只一「醋」字釀成此話。看此語反上文「你有什麽法子」意自明。大凡人念書，原爲的是明理，怎麽你益發糊塗了？秦始焚書，大有道理。這麽説起來，我同襲姑娘各自一邊兒去，讓你把姐姐妹妹們都邀了來守着你。」其毒惡亦至於此！吾不知空中樓閣演無是公而必寫一如此之寶釵有何樂處？豈以罪之不極，殺之不快與？

寶玉聽了，兩隻手拉住寶釵、襲人道：「我也知道，爲什麽散的這麽早呢？等我化了灰的時候，再散也不遲。」襲人掩着他的嘴道：「又胡説。釵、襲各自一邊兒去，書不明説，是胡説掩嘴處。纔這兩天身上好些，二奶奶纔吃些飯，若是你又鬧翻了，我也不管了。」寶玉慢慢的聽他兩個人說話都有道理，只是心上不知道怎麽樣纔好，只得强說道：「我卻明白，但只是心裏鬧得慌。」「鬧」字是理欲交戰。寶釵也不理他，暗叫襲人〔快把定心丸給他吃了，慢慢的開導他。襲人〕便欲告訴探春，說臨行不必來辭。是乃奴才，與「瞞消息」同見。寶釵道：「這怕什麽？等消停幾日，待他心裏明白，還要叫他們多說句話兒呢。況且三姑娘是極明白的人，不像那些假惺惺的人，少不得有一番箴諫。他已後便不是這樣了。」正說着，賈母那邊打發過鴛鴦來說：「知道寶玉舊病又發，「舊病」二字便將一切悲感、這情種、那情種一齊消納。叫襲人勸說安慰，叫他不要胡思亂想。」襲人等應了。鴛鴦坐了一會子去了。那賈母又想起探春遠行，雖不備妝奩，其一應動用之物，俱該預備。便把鳳姐叫來，將老爺的主意，告訴了一遍，即叫他料理去。鳳姐答應。

不知怎麽辦理，且聽下回分解。

前回爲下文總冒，結黛玉之死，起寶玉之走，此理道之天所必報復者也。故下半即入蟠案，因蟠案而生此回上半，再以一鏡反照前書，借金桂演寶釵，令人不可寓目，駡之甚於殺之也。而恨之結，即爲恨之消，因由上回之上半，生出此回之下半，以探春爲薛家答禮。道理縱横，無怨不報，書之結局如此，而文筆謹嚴，愈後愈勇。

護花主人評曰：

補寫薛蟠家業消磨，周匝細密。

薛蝌東西，俱託香菱收放，又時常說話，縫洗衣服，金桂妒心，已不可耐，因愛薛蝌，隱忍不發，是文章到極緊處轉放寬一法。

若非香菱無心走出，薛蝌既不可聽從金桂，又不便聲喊叫彼，此時殊難擺脱，故借香菱驚散，既便薛蝌脱身，又爲積怨地步。

因探春親事，於王夫人口中述及迎春苦況，是趁勢補筆法，且爲迎春將死根由。開發雪雁，省費煩文。仍留紫鵑，生出後文。

襲人要探春不必辭行，寶釵要探春好爲箴諫，兩人不同，其憐愛寶玉則一，然畢竟寶釵所見高出一層。

大某山民評曰：

金桂一把拉住薛蝌，恐無此事。前回七十七回吴貴家的拉寶玉，僕方以爲疑，而效尤者又起。側聞西方有猢，其類有牝無牡，見男子必執與合。人面獸心，詎曰無之？

此回仍是乙卯年已交秋時事。

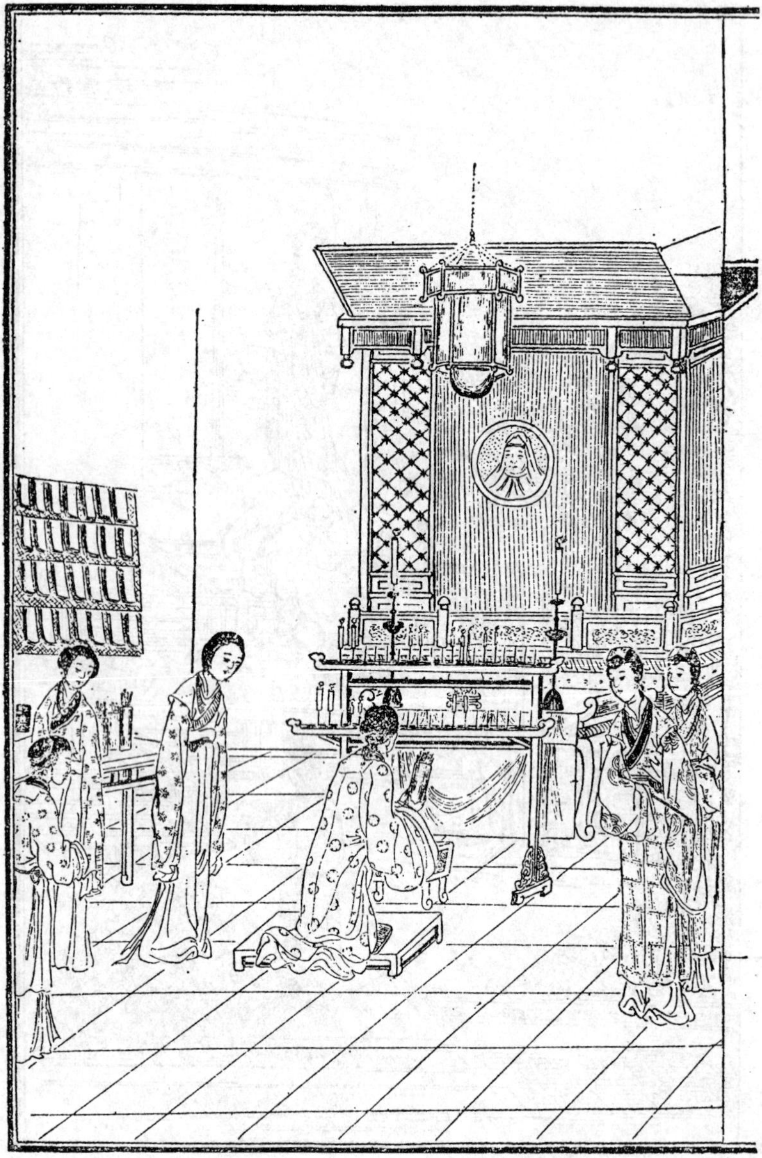

第一百一回　大觀園月夜警幽魂　散花寺神籤占異兆

卻説鳳姐回至房中，見賈璉尚未回來，便分派那管辦探春行妝奩事的一干人。那天已有黃昏已後，因忽然想起探春來，要瞧瞧他去，便叫豐兒與兩個丫頭跟着，頭裏一個丫頭打着燈籠。走出門來，見月光已上，照耀如水，鳳姐便命打燈籠的：「回去罷。」因而走至茶房窗下，聽見裏面有人嘁嘁喳喳的，又似哭又似笑，又似議論什麼的。此回開端直入本題，乃人亡家敗之根，「感幽魂」，感此也。故從他處起，更不周旋，爲探春「敏」字證也。鳳姐知道不過是家下的婆子們，又不知搬什麼是非，心內大不受用，便命小紅進去，妝做無心的樣子，細細的打聽着，用話套出原委來。小紅答應着去了。前回兩個丫頭，秦氏殯中之二丫頭也，即釵、黛也。今去其一留其一，特指名爲小紅，非黛而何？鳳姐只帶着豐兒，來至園門，前門尚未關，只虛虛的掩着。於是主僕二人方推門進去，只見園中月色比着外面更覺明朗，滿地下重重樹影，杳無人聲，甚是淒涼寂靜。是好月，是好書，都是樹影兒也。可卿正釵、黛合影。而淒涼寂靜，並無人聲，是何等景象？大觀月夜如此。剛欲往秋爽齋這條路來，只聽唿的一聲風過，吹的那樹枝上落葉滿園中唰喇喇的作響，枝梢上吱嘍嘍發哨，將那些寒鴉宿鳥都驚飛起來。畫不出，寫得出，是好景，而寓西風殺林摧榮，爲木作不平之鳴，以成《飛鳥各投林》一曲也。徒賞其作賦才，小矣。鳳姐吃了酒，被風一吹，只覺身上發噤起來。吃酒則火剋金，被風則風自害，安頓見鬼，底面皆周。那豐兒也把頭一縮，說：「好冷呀。」鳳姐也掌不住，便叫：「豐兒快回去，把那件銀鼠坎肩兒拿來，因風遣豐，開見鬼之路。乃取銀鼠坎肩，一金鎖，一耗子精相爲比肩，以成此冷而已。我在三姑娘那裏等着。」豐兒巴不得一聲，也要回去穿衣裳來，答應了一聲，回頭就跑了。

鳳姐剛舉步走了不遠，只覺身後噗哧噗哧，似有聞嗅之聲，不覺頭髮森然豎了起來。由不得回頭一看，只見黑油油一個東西，在後面伸著鼻子聞他呢。那兩隻眼睛恰似燈光一般。鳳姐唬的魂不附體，不覺失聲的咳了一聲，卻是一隻大狗。那狗掉頭回身，拖着一個掃帚尾巴，一氣跑上大土山上，方站住了，回身猶向鳳姐拱爪兒。未寫鬼，先寫狗，有聲有色，《水滸傳》能之，而彼無底裏可顧，得放筆也。此則手寫狗而目視劉老老，爲「感幽魂」對症下藥，即上爲「遊太虛」，下爲「託村嫗」通消息。其曰「走了不遠」，得《復》於《坤》初爻，爲「不遠復」也，只要肯回頭一看耳。黑油油，乃癸水，在卦爲《坤》。鼻，肺竅，其氣通天，一陽來復之義也。眼如燈，尾如帚，戒人明察幽隱，及早掉頭回身，不可自掃後梢，致無留地也。回頭拱爪，乃反覆丁寧之意。上大土山，則艮土、艮山、艮狗合成一生少陽之老老。其寓言如此，何能任筆增減，是尤難於《水滸》也。鳳姐兒此時心跳神移，急急的向秋爽齋來。已將來至門口，方轉過山子，只見迎面有一個人影兒一恍，鳳姐心中疑惑，心裏想着：「必是那一房的丫頭。」便問：「是誰？」問了兩聲，並没有人出來，已經唬得神魂飄蕩，恍恍惚惚的，似乎背後有人説道：「嬸娘連我也認不得了？」說鬼話，是鬼話，而已說在背後矣。鳳姐忙回頭一看，狗也要他回頭，鬼也要他回頭，甚矣，回頭之宜早也！只見這人形容俊俏，衣履風流，十分眼熟，只是想不起是那房那屋裏的媳婦來。只聽那人又說道：「嬸娘只管享榮華、受富貴的心盛，把我那年說的立萬年永遠之基，上句是能留。都付於東洋大海了。」下句是不能留。此立鳳姐傳所以無後，而僅留餘慶於巧姐也。鳳姐聽說，低頭尋思，總想不起。那人冷笑道：「嬸娘那時怎樣疼我了，如今就忘在九霄雲外了？」一路蓄勢，到此直出。鳳姐聽了，此時方想起來是賈蓉的前妻秦氏，便說道：「噯呀！你是死了的人哪。怎麼跑到這裏來了呢？」啐了一口，方轉回身，脚下不防一塊石頭絆了一跤，猶如夢醒一般，《石頭記》了，《紅樓夢》醒。渾身汗如雨下，雖然毛髮悚然，心中卻也明白。二語微意，書中人，書外人都在。只見小紅、豐兒影影綽綽的來了。鳳姐恐怕落人褒貶，連忙的爬起來，說道：「你們做什麼呢？去了這半天，快拿來我穿上罷！」一面豐兒走至跟前，伏侍穿上，小紅過來攙扶。鳳姐道：「我纔到那裏，他們都睡了，不見探春而見秦氏，正大壞教養之人也，是爲睡了。咱們回去罷。」一面說，一面帶了兩個丫頭急急忙忙回到家中。賈璉已回來了，只是見他臉上神色更變，不似往常，待要問他，又知他素日性格，不敢突然相問，只得睡了。

至次日五更，賈璉就起來，要往總理内庭都檢點太監裘世安家去打聽事務。求安於太監無後之人，其何能世？因太早了，見桌上有昨日送來的抄報，便拿起來閑看。第一件是：「雲南節度使王忠一本：南爲火鄉，雲南則處西南，坤位也，《易》道終矣，故曰王忠。新獲了一起私帶神鎗火藥出邊事，共有十八名人犯，頭一名鮑音，口稱係太師鎮國公賈化家人。」神鎗火藥，重以火制金。鮑音則報應之轉音。十八則二九，氣數一終，皆賈雨村言所驅使也，故爲賈化家人。但此理埋藏於書底，故這賈化不是那賈化。第二件：「蘇州刺史李孝一本：以《易》道演天人之理，所重者在忠孝，不是王忠、李孝隨便填寫。必曰蘇州，吴也，無是公也。參劾縱放家奴，倚勢凌辱軍民，以致因姦不遂，殺死節婦一家人命三口事。兇犯姓時名福，口稱係世襲三等職銜賈範家人。」時福猶云時復，即報應之說。曰賈範者，以此假雨村言特爲忠孝立範圍也，都是「彈劾平安州」事迹，而特以似是似非之筆映射之。賈璉看見這兩件事，心中早又不自在起來，待要看第三件，又恐遲了不能見裘世安的面，書演財色，並無第三件，故見裘即是三件。因此急急的穿了衣服，也等不得吃東西。恰好平兒端上茶來，喝了兩口，便出來騎馬走了。

平兒在房内收拾換下的衣服。此時鳳姐尚未起來，平兒因說道：「今兒夜裏我聽着奶奶没睡什麼覺，我這會子替奶奶搥着，好生打個盹兒罷。」鳳姐半日不言語。是見鬼裏邊事。平兒料着這意思是了，便爬上炕來，坐在身邊輕輕的搥着。纔搥了幾拳，那鳳姐剛有要睡之意，只聽那邊大姐兒哭了。鳳姐又將眼睜開，平兒連向那邊叫道：「李媽，你到底是怎麼着！姐兒哭了，你到底拍着他些，你也忒好睡了。」那邊李媽從夢中驚醒，聽得平兒如此說，心中没好氣，只得狠命拍了幾下，口裏嘟嘟噥噥的罵道：「真真的小短命鬼兒，放着屍不挺，三更半夜嚎你娘的喪。」一面說，一面咬牙，便向那孩子身上擰了一把。那孩子哇的一聲大哭起來了。是遇狗裏邊事，已到「懺宿冤」之劉老老矣。夫巧姐豈至今尚在孩提？而爲兇惡奶媽立一小傳，是乃追原「一進」之老老。在鳳已能作一息之留，是以究得巧姐之報。所謂作一分得一分，大以大報，小以小報，人總當留之以早也。此理甚大，故必指之曰「大姐」，而特提李媽。鳳姐聽見，說：「了不得！你聽聽，他該挫磨孩子了，你過去把那黑心的養漢婆娘下死勁的打他幾下子，把妞妞抱過來。」平兒笑道：「奶奶别生氣，他那裏敢挫磨姐兒，只怕是不提防，錯碰了一下子也是有的。這會子打他幾下子没要緊，明兒叫他們背地裏嚼舌根，倒說三更半夜打人。」特爲平字一寫，鳳之能留，乃平之屏也。鳳姐聽了，半日不言語，長歎一聲，說道：「你瞧瞧，這會子不是我七望八望的呢，明兒要是我死了，剩下這小孽障，還不知怎麼樣呢？」平兒笑道：「奶奶這怎麼說，大五更的，何苦來呢？」鳳姐冷笑道：「你那裏知道，我是早已明白了，我也不久了，雖然活了二十五歲，人家没見的也見了，没吃的也吃了，也算全了，所〔有〕〔以〕世上有的也都有了，氣也算賭盡了，强也算爭足了，就是壽字兒頭上缺一點兒，也罷了。」此段惻楚如聞。二十五歲，五五之數。五行四象，全歸土，鳳以一人當之也。「没見的也見」以下數語，乃深文惡詛，出於焦大之一罵，皆人類所没有之事也，壽字上缺，凡一部死喪結果人都到。平兒聽説，由不得滾下淚來。鳳姐笑道：「你這會子不用假慈悲，我死了，你們只有歡喜的。你們一心一計和和氣氣的，省得我是你們眼裏的刺似的。寫一「妒」字，直不與死俱盡。只有一件：你們知好歹，只疼我那孩子就是了。」平兒聽説這話，越發哭的淚人似的。鳳姐笑道：「别扯你娘的臊了，那裏就死了呢。哭的那麽痛，我不死還叫你哭死了呢。」喁喁絮絮，百折千回，啼笑都來紙上。平兒聽説，連忙止住哭，道：「聽奶奶説得這麽傷心。」一面説，一面又搥，半日不言語。鳳姐又矇矓睡去。

平兒方下炕來要去，只聽外面脚步響。誰知賈璉去遲了，那裘世安已經上朝去了，不遇而回，心中正没好氣，全書没好氣，皆勸人及早求安，不可遲了。進來就問平兒道：「那些人還没起來呢麽？」平兒回説：「没有呢。」賈璉一路摔簾子進來，冷笑道：「好，好！這會子還都不起來，安心打擂台、打撒手兒。」一叠聲又要吃茶，平兒忙倒了一碗茶來。原來那些丫頭老婆見賈璉出了門，又復睡了，不打諒這會子回來，原不曾預備。平兒便把温過的拿來，賈璉生氣，舉起碗來，嘩啷一聲，摔了個粉碎。鳳姐驚醒，就唬了一身冷汗，「噯喲」一聲，睜開眼。寳玉摔茶碗，一夢起，賈璉摔茶碗，一夢滅，此正「一身冷汗」「噯喲」「睜眼」時矣。茶乃黛玉。只見賈璉氣狠狠的坐在旁邊，平兒彎着腰拾碗片子呢。鳳姐道：「你怎麽就回來了？」問了一聲，半日不答應，只得又問了一聲。賈璉嚷道：「你不要我回來，叫我死在外頭嗎？」聲情酷肖，是乃微言。鳳姐笑道：「這又是何苦來呢。常時我見你不像今兒回來的快，問你一聲，也沒什麽生氣的。」賈璉又嚷道：「又沒遇見，怎麽不快回來呢？」鳳姐笑道：「沒有遇見，少不得耐煩些，明兒再去早些兒，自然遇見了。」賈璉嚷道：「我可不吃了自己的飯，替人家趕獐子呢。全書無非趕獐子，獐乃香獸，香在臍下，常諺能合痛罵，妙甚。我這裏一大堆的事，沒個動秤兒的，沒來由爲人家的事瞎鬧了這些日子，當什麽呢？正經那有事的人，還在家裏受用，死活不知，還聽見說要鑼鼓喧天的擺酒唱戲做生日呢，我可瞎跑他娘的腿子。」沒頭沒腦，全書如此，以王子騰爲之統，而語面神吻妙不可言。一面說，一面往地下啐了一口，又罵平兒。

鳳姐聽了，氣的乾咽，要和他分證，想了一想，又忍住了，勉强陪笑道：「何苦來生這麽大氣？此段屢提「陪笑」「生氣」「何苦來」，都有微意。大清早起，和我叫喊什麽？誰叫你應了人家的事？你既應了，就得耐煩些，少不得替人家辦辦。也沒見這個人，自己有爲難的事，還有心腸唱戲擺酒的鬧。」賈璉道：「你可說麽，你明兒倒也問問他。」鳳姐詫異道：「問誰？」賈璉道：「問誰？問你哥哥。」鳳姐道：「是他嗎？」賈璉道：「可不是他，還有誰呢？」再問再答，又是耳所常聞之語，目不多見之文，括盡「葫蘆僧」「葫蘆案」意旨。到此方逼出王仁，蓋仁爲果中之仁，生生不已，善果於此生，惡果亦於此生。全書根柢，實結於此。鳳姐忙問道：「他又有什麽事，叫你替他跑？」賈璉道：「你還在鏝子裏呢！」請君入甕。鳳姐道：「真真這就奇了。我連一個字兒也不知道。」便是「何苦來」。賈璉道：「你怎麽能知道呢？這個事連太太和姨太太都不知道呢。同一「何苦來」。頭一件怕太太和姨太太不放心，二則你身上又常嚷不好，所以我在外頭壓住了，不叫裏頭知道的。說起來真真令人惱。內外隔絶，陰陽否塞，又追病本。你今兒不問我，我也不便告訴你。你打諒你哥哥行事像個人呢，你知道外頭人都叫他什麽？」鳳姐道：「叫他什麽？」賈璉道：「叫他什麽，叫他忘仁。」鳳姐噗哧的笑道：「他可不叫王仁，叫什麽呢？」此一笑，乃笑看官，但知誰叫什麽便是什麽的。賈璉道：「你打諒那個王仁嗎？是忘了仁義禮智信的那個『忘仁』。」仁爲善長，義、禮、智、信皆從此生。鳳姐道：「這是什麽人，這麽刻薄嘴兒糟蹋人！」以此書刻薄，非知者道也。賈璉道：「這是糟蹋他嗎？今兒索性告訴你，你也可知道你那哥哥的好處。你可知道他給他二叔做生日嗎？」鳳姐想了一想道：「嗳喲！可是啊，我還忘了問你，二叔不是冬天的生日麽？我記得年年都是寶玉去。前者老爺升了，二叔那邊送過戲來，我還偷偷兒的説二叔爲人最是嗇刻的，比不得大舅太爺。他們各自家裏還烏眼雞似的，不麽，昨兒大舅太爺没了，你瞧他是個兄弟，也出了個頭兒、攬了個事兒嗎？所以那一天説趕他的生日，咱們還他一班戲，省了親戚跟前落虧欠。如今這麽早就做生日，也不知是什麽意思。」賈璉道：「你還作夢呢。他一到京，接着大舅太爺的首尾就開了一個吊。他怕咱們知道攔他，所以没告訴咱們，弄了好幾千銀子。後來二舅嗔着他，説他不該一網打盡，他吃不住了，變了個法兒，就指着你們二叔的生日撒了個網，想着再弄幾個錢，好打點二舅太爺不生氣。也不管親戚朋友冬天夏天的，人家知道不知道，這麽丢臉。你知道我起早爲什麽？這如今因海疆的事情，御史參了一本，説是大舅太爺的虧空，本員已故，應着落其弟王子勝，侄王仁賠補。爺兒兩個急了，找了我，給他們託人情。我見他們嚇的那麽個樣兒，再者又關係太太和你，我纔應了。想着找找總理内庭都檢點老裘替辦辦，或者前任後任挪移挪移，偏又去晚了，他進裏頭去了，我白起來跑了一趟。他們家裏還在那裏定戲擺酒，你說說叫人生氣不生氣？」鳳姐聽了，纔知王仁所行如此，但他素性要强護短，聽見賈璉如此說，便道：「憑他怎麽樣，到底是你的親大舅兒，再者這件事，死的大太爺，活的二叔，都感激你罷了，此段借「王」字演《易》，借熙鳳演西風之義，以趙「歷劫返金陵」，而作《紅樓》之大了也。《易》根無極，莫辨從生，風至無形，莫名所自，書借王氏宗支以演出之。曰「是你親大舅」，則王仁、鳳姐爲親兄妹。曰「應着落其弟王子勝侄王仁賠補」，是王仁之父當居長，王子騰居二，王子勝居三。今王子騰曰大舅太爺，王子勝曰二叔，則王仁、鳳姐之父爲何人耶？無所自出而演其人，是《易》之爲《易》，風之爲風也。是仁、鳳自爲一王，騰、勝自爲一王，即狗兒之祖王與王聯宗之旨也。王子騰無後，乃書無後，勝乃敗之，及王子勝見王仁敗矣，都隱全書。評不勝評，以意會之可也。没什麽說的。我們家的事，少不得我低三下四的求你了，省的帶累別人受氣，背地裏駡我。」說着，眼淚早流下來，掀開被窩，一面坐起來，一面挽頭髮，一面披衣裳。其人恍然紙上，而「一面」字三見，正針對「一網打盡」「撒一個網」之說，戒人當留一面之網也。賈璉道：「你倒不用這麽着，是你哥哥不是人，我並没說你呀。況且我出去了，你身上又不好，我都起來了，他們還睡覺，喒們老輩子有這個規矩麽？你如今做好好先生，不管事了。我說了一句，你就起來，明兒我要嫌這些人，你都替了他們麽？好没意思啊！」鳳姐聽了這些話，纔把淚止住了，說道：「天也不早了，我也該起來了。你有這麽說的，你替他們家在心的辦辦，那就是你的情分了。再者，也不光爲我，就是太太聽見也歡喜。」賈璉道：「是了，知道了，大蘿蔔還用屎澆？」蘿蔔即萊菔，來復也。一陽來復，此書止矣。平兒道：「奶奶這麽早起來做什麽？那一天奶奶不是起來有一定的時候兒呢。爺也不知是那裏的邪火，拿着我們出氣，何苦來呢？奶奶也算替爺爭氣了，那一點兒不是奶奶當頭陣，不是我說，爺把現成兒的也不知吃了多少？言下直說鳳姐養漢，令人失笑。這會子替奶奶辦了一點子事，又關會着好幾層兒呢，就是這麼拿糖作醋的起來，也不怕人家寒心。拿糖作醋，何嘗理會，都是妙語。況且這也不單是奶奶的事呀。我們起遲了，原該爺生氣，左右到底是奴才呀。奶奶跟前儘着身子累的成了個病（包）（那）兒了，這是何苦來呢！」說着，自己的眼圈兒也紅了。那賈璉本是一肚子悶氣，那裏見得這一對嬌妻美妾又尖利又柔情的話呢？俏語柔情，哀梨并剪，而來復之機、扶正之理具此矣。便笑道：「彀了，算了罷，他一個人就彀使的了，不用你幫着。左右我是外人，多早晚我死了，你們就清淨了。」鳳姐道：「你也別說那個話，誰知道誰怎麼樣呢？你不死我還死呢。早死一天早心淨。」說着，又哭起來。餘音嫋嫋。平兒只得又勸了一回。

那時天已大亮，日影橫窗，日影橫窗，大夢終矣，何必再說再續。賈璉也不便再說，站起來出去了。鳳姐自己起來，正在梳洗，忽見王夫人那邊小丫頭過來，道：「太太說了，叫問二奶奶今日過舅太爺那邊去不去？要去，說叫二奶奶同着寶二奶奶一路去呢。」一波未盡一波生，而只是一水。鳳姐因方纔一段話，已經灰心喪氣，恨娘家不給爭氣，又兼昨夜園中受了那一驚，也實在没精神，找上正以起下。便說道：「你先回太太去，我還有一兩件事没辦清，一兩件事，一陰一陽也。榮府未抄，村嫗未託，是未辦清。今日不能去，況且他們那不是什麼正經事，寶二奶奶要去，各自去罷。」小丫頭答應着回去回覆了，不在話下。

且說鳳姐梳了頭，換了衣服，想了想，雖然自己不去，也該帶個信兒；再者寶釵還是新媳婦，出門子自然要過去照應照應的。寶釵第一出門，乃是爲人做假生日，微言妙旨，須參看「蘅蕪院慶生辰」評。於是見過王夫人，支吾了一件事，便過來到寶玉房中。只見寶玉穿着衣服，歪在炕上，兩個眼睛獃獃的看寶釵梳頭。追「情中情」上二「情」字，而搬演異常生動。鳳姐站在門口，還是寶釵一回頭看見了，連忙起身讓坐，寶玉也爬起來，鳳姐纔笑嘻嘻的坐下。寶釵因説麝月道：「你們瞧着二奶奶進來，也不言語聲兒。」此下大段與上大段都是總匯全書，故必從説麝月起，點風月鑑也。麝月笑着道：「二奶奶頭裏進來，就擺手兒不叫言語麽。」鳳姐因向寶玉道：「你還不走，等什麽呢？沒見這麽大人了，還是這麽小孩子氣的。一言冷透。人家各自梳頭，你爬在傍邊看什麽？成日家一塊子在屋裏，還看不彀，也不怕丫頭們笑話。」酸味一縷，從脚底直沖頭頂，「潑醋」「大鬧」，都是枉了。説着，「哧」的一笑，又瞅着他咂嘴兒。寶玉雖也有些不好意思，還不理會，把個寶釵直臊的滿臉通紅，又不好聽着，又不好説什麽。此半底半面之筆，其實大家雪亮。只見襲人端過茶來，只得搭訕着，自己遞了一袋煙。遞煙乃北人新婦禮，「煙」字於書中止此一處，見以一片煙雲作大了也，已到「煙消火滅」時。鳳姐兒笑着站起來接了，道：「二妹妹你别管我們的事，都是微言，而「别管我們的事」是眼。你快穿衣服罷。」

寶玉一面也搭訕着，找這個弄那個。鳳姐道：「你先去罷。「你先去」，則釵後去矣，是書外事。那裏有個爺們等着奶奶們一塊兒走的理呢？」寶玉道：「我只是嫌我這衣裳不大好，妻爲衣服，嫌不好，嫌釵也。此追「情中情」之下「情」字。不如前年穿着老太太給的那件雀金泥好。」鳳姐因慪他道：「你爲什麽不穿？」寶玉道：「穿着太早了。」鳳姐忽然想起，自悔失言，幸虧寶釵也和王家是内親，就是那些丫頭們跟前，已經不好意思了。因雀金泥而自發假生日，凡爲鳳者，又何必如此扭捏耶？請參彼評。襲人卻接着説道：「二奶奶還不知道呢，就是穿得，他也不穿了。」鳳姐兒道：「這是什麽緣故？」襲人道：「告訴二奶奶：真真是我們這位爺的行事，都是天外飛來的。自贊其書。那一年因二舅太爺的生日，老太太給了他這件衣裳，誰知那一天就燒了。我媽病重了，我没在家。那時候還有晴雯妹妹呢，聽見説病着整給他補了一夜，第二天老太太纔没瞧出來呢。去年那一天上學天冷，我叫焙茗拿了去給他披披。誰知這位爺見了這件衣裳，想起晴雯來了，説了總不穿了，叫我給他收一輩子呢。」追「補裘」乃追「填詞」，實止追「絶粒」也。收一輩子，正是偕老，釵何苦來！鳳姐不等説完，便道：「你提晴雯，可惜了兒的。非惜雯，乃惜黛，非惜黛，乃自惜，惜其奇謀誤用耳。那孩子模樣兒手兒都好，就只嘴頭兒利害些。偏偏兒的太太不知聽了那裏的謡言，活活兒的把個小命兒要了。還有一件事，那一天我瞧見廚房裏柳家的女人，他女孩子叫什麽五兒，那丫頭長的和晴雯脱了個影兒似的。總是影兒。黛影到此有五矣，是一件事，故曰「還有一件事」，與上文「不等説完」互相發。我心裏要叫他進來，後來我問他媽，他媽説是很願意。我想着寶二爺屋裏的小紅跟了我去，我還没還他呢，就把五兒補過來。總是一件事。平兒説太太那一天説了，凡像那個樣兒的，都不叫派到寶二爺屋裏呢，寶玉處只有釵影，並無黛影，此處畫清。我所以也就擱下了。這如今寶二爺也成了家了，還怕什麽呢？不如我就叫他進來，可不知寶二爺願意不願意？要想着晴雯，只瞧見這五兒就是了。」此又一篇借刀殺人文字。宣鳳姐之悔心，於是進黛影以破釵玉之合，以洩《谷風》陰雨之恨也。無如小巧不及大巧，能制尤二姐卻不能制寶釵，而轉因「候芳魂」而釵、玉益密，則破之適以成之。天下之爲鳳姐者不少，讀此書者當亦廢然自返。寶玉本要走，聽見這些話已呆了。襲人道：「爲什麽不願意？早就要弄了來的，只是因爲太太的話説的結實罷了。」鳳姐道：「那麽着，我明日就叫他進來。太太的跟前有我呢。」如此擔當，惜已遲了。寶玉聽了，喜不自勝，纔走到賈母那邊去了。這裏寶釵穿衣服。

鳳姐兒看他兩口兒這般恩愛纏綿，想起賈璉方纔那種光景，好不傷心，坐不住，便起身向寶釵笑道：「我和你向太太屋裏去罷。」笑着出了房門，一同來見賈母。自明所演因妒生悔之旨，令看官都解，而又轉到賈璉身上去，隨以同寶釵出房二「同」字勒回。文陣轉旋，仍令人迷不可出。寶玉正在那裏回賈母往舅舅家去，賈母點頭說道：「去罷。只是少吃酒，早些回來，你身子纔好些。」寶玉答應着出來。剛走到院内，又轉身回來，向寶釵耳邊說了幾句不知什麽。寶釵笑道：「是了，你快去罷。」將寶玉催着去了。這裏賈母和鳳姐、寶釵說了没三句話，只見秋紋進來傳說：「二爺打發焙茗轉來說，請二奶奶。」寶釵說道：「他又忘了什麽，又叫他回來？」秋紋道：「我叫小丫頭問了焙茗，說是二爺忘了一句話，叫我回來告訴二奶奶：若是去呢，快些來罷；若不去呢，別儘在風地裏站着。」說的賈母、鳳姐並地下站着的衆老婆子丫頭都笑了。寶釵飛紅了臉，把秋紋啐了一口，避風如此其重，特戒之曰別在風地裏站，則爲風以殺木成金何益哉！飛紅了臉，火剋金也。啐了一口，總一罵也。說道：「好個糊塗東西，這也值得這樣慌慌張張跑了來說。」糊塗東西，《易》道分也。而慌張說來，無非一笑，無非一孝，作者亦何容心！秋紋也笑着回去，叫小丫頭去駡焙茗。那焙茗一面跑着，一面回頭說道：「二爺把我巴巴的叫下馬來，叫回來說的。我若不說，回來對出來，又駡我了。這會子說了，他們又駡我。」作者自道苦楚，不說則爲代儒所駡，說則爲賈瑞所駡，難矣哉！那丫頭笑着，跑回來說了。賈母向寶釵道：「你去罷，省的他這麽記掛。」說的寶釵站不住，纔走了，又被鳳姐慪他頑笑，正没好意思。

只見散花寺的姑子大了來了，給賈母請安，於釵、鳳交接之間入下半回。所謂大了，了於此二人而已。見過了鳳姐，坐着吃茶。必提吃茶，照顧黛玉。賈母因問他：「這一向怎麽不來？」大了道：「因這幾日廟中作好事，有幾位誥命夫人不時在廟裏起坐，所以不得空兒來。今日特來回老祖宗：明日還有一家作好事，不知老祖宗高興不高興；若高興也去隨喜隨喜。」賈母便問：「做什麽好事？」大了道：「前月爲王大人府裏不乾淨，見神見鬼的；偏生那太太夜間又看見去世的老爺。便是尤二姐送殯之王姓夫婦。因此昨日在我廟裏告訴我，要在散花菩薩跟前許願燒香，散花菩薩，作者又自起綽號。一部花敍到此散矣。做四十九天的水陸道場，保佑家口安寧，亡者昇天，生者獲福，所以我不得空兒來請老太太的安。」卻說鳳姐素日最厭惡這些事的，自從昨夜見鬼，心中總只是疑疑惑惑的，如今聽了大了這些話，不覺把素日的心性改了一半，已有三分信意，天下大奸大惡無不如此，平日詡詡以聖賢自命，末路惶惶與巫覡爲緣，大可歎。便問大了道：「這散花菩薩是誰，他怎麽就能避邪除鬼呢？」我也要問。大了見問，便知他有些信意，要毀風月鑑之代儒索然意盡。便說道：「奶奶今日問我，讓我告訴奶奶知道，這個散花菩薩來歷根基不淺，道行非常，自六經四子中來，根基自是不淺，道行自是非常，而語面酷肖若輩。生在西天大樹國中。用木生火以制金，一書作用。大樹國則林也。父母打柴爲生，養下菩薩來，頭長三角，眼横四目，身長三尺，兩手拖地。寫一怪物，乃是黛玉，句句爲「木」字、「林」字出像也。書借薛蝌、岫烟演古篆。篆文木作「朩」，頭長三角，兩手拖地也。二目具肝木之華，四目則雙木成林也，故眼横四目。天三生木，木象人身，故身長三尺。如此細密，夫誰覺得？倘借姑子口泛演天外話，增亦可，減亦可，成閑文矣，實非是書所有。父母說這是妖精，便棄在冰山之後了。誰知這山上有一個得道的老猢猻，出來打食，看見菩薩頂上白氣沖天，虎狼遠避，知道來歷非常，便抱回洞中撫養。誰知菩薩帶了來的聰慧，禪也會談，與猢猻天天談道參禪，說的天花散漫，香雨繽紛。至一千年後飛昇了。此演「恤孤女」至「歸離恨」也。冰山雌鳳是鳳姐，黛玉所棄，則於此也。老猢猻乃賈母，正抱回撫養之所。白氣沖空，虎狼遠避，金氣西風，固無奈何，究得乾净身子飛昇而去，海棠妖精始末如此，因成一部天花亂墜之書也。至今山上猶見談經之處，天花散漫，所求必靈，時常顯聖，救人苦厄，因此世人纔蓋了廟，塑了像供奉。」花有餘花，書有餘書，救人苦厄，「風月寶鑑」之靈也。鳳姐道：「這有什麽憑據呢？」大了道：「奶奶又來搬駁了。一個佛子可有什麽憑據呢？菩薩爲心，書演一心，有何憑據？何世之説書者，確確道出憑據之多？就是撒謊，也不過哄一兩個人罷了，難道古往今來多少明白人多被他哄了不成？此語與題句「誰解其中意」相反，乃忠厚待人處，得閑人評，則一兩個人也不能哄了。奶奶試想，惟有佛家香火歷來不絶，説佛正是説儒也，書旨如此，則説佛正是哄人處。他到底是祝國祝民，全書實際在此四字。有些靈驗，人纔信服。」

鳳姐聽來，大有道理，因道：「既這麽，我明日去試試。你廟裏可有籤？我去求一籤，我心裏的事，籤上批的出來，我從此就信了。」大了道：「我們的籤最是靈的，明日奶奶去求一籤，就知道了。」賈母道：「既這麽着，索性等到後日初一，是幾月初一？但演一《復》而已，所謂「月至朔旦，震來受符」也。必曰後日，則第三日，「先庚」「先甲」，多少提白。你再去求。」説着，大家吃了茶，以吃茶起，以吃茶終。到王夫人、各房裏去請了安，回去不提。

這裏鳳姐勉强扎挣着，到了初一清晨，令人預備了車馬，帶着平兒並許多奴僕，來至散花寺。大了帶了衆姑子接了進去，獻茶後，便洗手至大殿上焚香。直對「清虚觀」醮。大幻一夢興，大了一夢滅矣。那鳳姐兒也無心瞻仰聖像，一秉虔誠，磕了頭，舉起籤筒，默默的將他見鬼之事，並身體不安等故，祝告了一回，摇了三下，書借《易》卦，卦無非三，自下而上，故爲三下。只聽「唰」的一聲，筒中擻出一枝籤來。於是叩頭，拾起一看，只見上寫：「第三十三籤，上上大吉。」三十三，天數也，氣數之天，到此一終。三三爲重《乾》，十爲乂，三而乂三在上之上，爲澤天《夬》，決去一陰，史死而鳳即死矣。大了忙查籤簿看時，只見上面寫着：「王熙鳳衣錦還鄉。」與「效戲綵」回如環無端。

鳳姐一見這幾個字，吃一大驚，便問大了道：「古人也有叫王熙鳳的麽？」大了笑道：「奶奶最是通今博古，難道漢朝王熙鳳求官的這一段事也不曉得？」前曰唐是「李」字裏面事，今曰漢是「劉」字裏面事，以直趨「託村嫗」也。周瑞家的在旁笑道：「前年李先兒必用周瑞家的提李先兒，何等完密？還說這一回書的，我們還告訴他重着奶奶的名字，不要叫呢。」鳳姐笑道：「可是呢，我倒忘了。」既忘李，又忘劉，焉得不敗！說着，又瞧底下的，寫道是：

去國離家二十年，於今衣錦返家園。蜂採百花成蜜後，爲誰辛苦爲誰甜？詩意自明，擬籤是籤，而衣錦還鄉

行人至。音信遲。訟宜和。婚再議。重末一語「婚再議」，乃釵深文也。

「錦」字從金，自死於金也。用一「蜂」字，財色並到，爲鳳爲釵，毒皆枉肆。

看完了，不甚明白，大了道：「奶奶大喜，這一籤巧得很。一「巧」字寶釵之合，巧姐之復並到。奶奶自幼在這裏長大，何曾回南京去了？特提南京，南爲火鄉，金之死所也。如今老爺放了外任，或者接家眷來順便還家，奶奶可不是衣錦還鄉了？」一面說，一面抄了個籤票，交與丫頭，鳳姐也半信半疑的。大了擺了齋來，鳳姐只動了一動，放下了要走，又給了香銀。大了苦留不住，都是微言，「大了苦留不住」，尤警。只得讓他走了。鳳姐回至家中，見了賈母、王夫人等。問起籤來，命人一解，都歡喜非常，道：「或者老爺果有此心，咱們走一趟也好。」鳳姐兒見人人這麽說，也就信了，不在話下。

卻說寶玉這一日正睡午覺，醒來不見寶釵，正要問時，只見寶釵進來。直接釵、玉，以明籤注末語也。不在話下，而實在話下。寶玉問道：「那裏去了，這半日不見？」寶釵笑道：「我給鳳姐姐瞧一回籤。」寶玉聽說，便問是怎麽樣兒。寶釵把籤帖念了一回。又道：「家中人人都説好的。據我看，這『衣錦還鄉』四字裏

頭，還有原故，後來再瞧罷了。」一籤深意，都到此人。再瞧正合再議。寶玉道：「你又多疑了，妄解聖意。『衣錦還鄉』四字，從古至今都知道是好的。今日你又偏生看出原故來了。依你説，這衣錦還鄉還有什麽别的解説？」寶釵正要解説，只見王夫人那邊打發丫頭過來請二奶奶。寶釵立刻過去。

未知何事，且看下回分解。

此回還上還下都用簡筆，而於中間安放兩大段文字，作兩峯對峙。自「神遊太虛」以下至百十九回，一切意指無不包羅。瑣碎煩蕪中句句斬釘截鐵，更何人能學其一二？

自「守官箴」至此回爲一大段，乃大彰報復開端文字也。湘竹淚全乾，海棠紅未了。又將一個李十兒，再找三宣劉老老。惡奴破例，好事成空。秋社人歸，離情誰訴？隱隱一鉤殘月，憐照幽魂；明明半尺菱花，恨留瘦影。待夏三以償宿命，聽焦大而散冤家。未完稿已完，大了籤終了。

護花主人評曰：

鳳姐因料理探春粧奩，想去瞧瞧，恰在人情之内，並非無端想起。又因日間事忙，或黄昏後賈璉在家，不能分身。適值黄昏人静，賈璉未回，遂到園中去，情事逼真。

主婢四人同行，礙難見鬼，一個一個以次遣去，止剩鳳姐一人，秦氏幽魂，纔可出現。一路寫來，令人毛髮森然。

鬼魂未現，先有狗嗅一驚爲引，妙極。

鳳姐特來探望探春，乃因見鬼驚怕，託辭他們已經都睡，急忙回家，神情酷肖。若仍至秋爽軒，面見探春，不但鋪敍閒談，徒費筆墨，且神氣安閒，寫不出失神落膽形狀。

雲南節度、蘇州刺史參本與賈府有礙，不但襯起抄没後事，且見賈府家人在外無惡不作。

李嬷挫磨巧姐，鳳姐囑託平兒，及王仁爲人不端，暗伏將來串賣巧姐逃避情事。

提起晴雯補裘，不但回顧前文，且便順補五兒。

賈璉生氣，寶玉恩愛，兩相對照，鳳姐安得不傷心？

寫寶玉憐愛寶釵，妙在一團孩子氣。

散花寺求籤，忽得王熙鳳故事，籤固甚靈；又提李先兒説書，回顧前文，筆亦甚靈。

寶釵正要解籤，忽王夫人來請，不及解説。文筆善於脱卸省事。

「衣錦還鄉」四字，獨有寶釵説另有緣故。慧心人畢竟不同。

大某山民評曰：

王子騰當稱二舅，子勝當三舅，以上有鳳姐之父爲大舅也。此等處失檢點。

璉嫂子至新房見了人家，想着自己，分開一看，倏覺傷心；誰知更以人家自己合併一想，愈覺傷心。

大了説散花菩薩靈驗，果若繽紛散漫，宜爲大觀園中所供養。

此回仍是乙卯年秋冬間事。

第一百二回　寧國府骨肉病災祲　大觀園符水驅妖孽

話説王夫人打發人來喚寶釵，寶釵連忙過來請了安。王夫人道：「你三妹妹如今要出嫁了，只得你們作嫂子的大家開導開導他，也是你們姊妹之情。況且他也是個明白孩子，我看你們兩個也很合得來。只是我聽見説，寶玉聽見他三妹妹要出門，哭的了不得，你也該勸勸他。如今我的身子是十病九痛的，你二嫂子也是三日好兩日不好，你還心地明白些，諸事也別説只管吞着不肯得罪人，將來這一番家事，都是你的擔子。」本回「災祲」「妖孽」都從探春發，而合在寶釵。此曰明白，彼曰明白，全書已明白了。寶釵答應着。王夫人又説道：「還有一件事，你二嫂子昨日帶了柳家媳婦的丫頭來，説補在你們屋裏。」寶釵道：「今日平兒纔帶過來，説是太太和二奶奶的主意。」王夫人道：「是呀，你二嫂子和我説，我想也沒要緊，不便駁他的回。既以釵、鳳發妖祲之端，即以黛影定妖祲之主。王不駁回，於影既然，則當時黛玉之婚，鳳固可主也。只是一件，我見那孩子眉眼兒上頭也不是個很安頓的。起先爲寶玉房裏的丫頭狐狸似的，我攆了幾個，那時候你也知道。不然你怎麼搬回家去了呢？直刺其心。如今有你，自然不比先前了。我告訴你，不過留點神兒就是了。你們屋裏，就是襲人那孩子還可以使得。」寶釵答應了，又説了幾句話，便過來了。飯後到了探春那邊，自有一番殷勤勸慰之言，不必細説。次日探春將要起身，又來辭寶玉，寶玉自然難割難分。探春便將綱常大體的話，説的寶玉低頭不語，後來轉悲作喜，似有醒悟之意。因一歎生此書，其用是勸慰，其體是綱常，令凡爲頑石者，無不低頭醒悟也。此段何等明告看官！於是探春放心辭別衆人，竟上轎登程，水舟陸車而去。

先前衆姊妹們都住在大觀園中，後來賈妃薨後，也不修葺。到了寶玉娶親，林黛玉一死，史湘雲回去，寶琴在家住着，園中人少，況兼天氣寒冷，李紈姊妹、探春、惜春等俱搬回舊所，到了花朝月夕，依舊相約玩耍。如今探春一去，寶玉病後不出屋門，益發没有高興人了。所以園中寂寞，只有幾家看園的人住着。探春一去，一部大觀止矣。故必將前人歷歷一總，以便另作發揮。那日尤氏過來送探春起身，因天晚，省得套車，便從前年在園裏開通寧府的那個便門裏走過去了。「造釁開端首罪寧」，一部《紅樓夢》起於秦氏，實起於釵、黛之兼美也。故作追原，必從寧府。而兩府有便門可通，則東西一串，合成大觀矣。覺得淒涼滿目，臺榭依然，女牆一帶，都種作園地一般，心中悵然如有所失。興衰一瞬，寫來不覺其驟，此筆難得。因到家中，便有些身上發熱，扎挣一兩天，竟躺倒了。日間的發燒猶可，夜裏身熱異常，便譫語綿綿。賈珍連忙請了大夫看視，説感冒起的，如今傳經入了足陽明胃經，尤罪自外至，乃定珍罪，故爲外感。而自外傳内，由太陽傳陽明，入府矣。太陽、膀胱與腎表裏，病從此起，即焦大之罵。陽明胃府水穀之海，病至此結，即張太醫之攻。所以譫語不清，如有所見，有了大穢，即可身安。

尤氏服了兩劑，並不消減，更加發起狂來。賈珍着急，便叫賈蓉來，打聽外頭有好醫生再請幾位來瞧瞧。賈蓉回道：「前日這位太醫，是最興時的了，只怕我母親的病，不是藥治得好的。」賈珍道：「胡説！不吃藥，難道由他去罷？」病結已深，攻之不行。最興時之太醫，亦無如何。胡説至此亦只束手。賈蓉道：「不是説不治，爲的是前日母親從西府去回來，是穿着園子裏走來家的，一到了家，就身上發燒，别是撞着邪了罷。病也，而以爲邪，妖由人興，而底面通徹。外頭有個毛半仙，是南方人，卦起的很靈，不如請他來占他一卦。不吃藥而占卦，一部《風月寶鑑》是藥亦是卦也。毛半仙有奇妙。毛字分半，上者爲壬，壬爲水，水生木；下者爲七，七少陽，又甲木。以水生木，即全書之大藥也。然生木必先制金，制金以火，火位南方，故曰「南方人」。仙字分半，則爲人山，乃人身也。身半而毛，卻是何處？又即焦大一駡。只此三字，以嬉笑怒駡包羅大道，何等興會。看有信兒呢，就依着他；要是不中用，再請别的好大夫來。」

賈珍聽了，即刻叫人請來。坐在書房内喝了茶，便説：「府上叫我，不知占什麽事？」賈蓉道：「家母有病，請教一卦。」毛半仙道：「既如此，取净水洗手，設下香案，讓我起出一課來看就是了。」一時下人安排定了。他便懷裏掏出卦筒來，走到上頭，恭恭敬敬的作了一個揖，手内抱着卦筒，口裏念道：「伏以太極兩儀，絪緼交感。《圖》《書》出而變化不窮，神聖作而誠求必應。茲有信官賈某，爲因母病，虔請伏羲、文王、周公、孔子四大聖人，鑒臨在上，誠感則靈，有凶報凶，有吉報吉，先請内象三爻。」説着，將筒内的錢倒在盤内，説：「有靈的，頭一爻就是交。」拿起來又摇了一摇，倒出來，説是單。第三爻又是交。檢起錢來，嘴裏説是：「内爻已示，更請外象三爻，完成一卦。」起出來，是單拆單。那毛半仙收了卦筒和銅錢，便坐下説道：「請坐，請坐，讓我來細細的看看。這個卦乃是《未濟》之卦，世爻是第三爻，午火兄弟劫財，悔氣是一定該有的。如今尊駕爲母問病，用神是初爻，真是父母爻動出官鬼來。五爻上又有一層官鬼，我看令堂太夫人的病是不輕的。還好，還好，如今子亥之水休囚，寅木動而生火。世爻上動出一個子孫來，倒是尅鬼的。況且日月生身，再隔兩日，子水官鬼落空，交到戌日就好了。

但是父母爻上變鬼，恐怕令尊大人也有關礙。就是本身世〔爻〕（鬼），比劫過重，到了水旺土衰的日〔子〕，也不好。」説完了，便撅着〔鬍子〕坐着。此借增删卜《易》以演全書，無非借六十四卦增删而成之耳。卦取第一爻之交，即李十兒之父，成《未濟》之《大有》。《未濟》爲六十四卦之終，《大有》則取遏惡揚善、順天休命之大象，以總明一書用意，禍成於一鬼而已，骨肉殘，内外亂都隱括。

賈蓉起先聽他搗鬼，心裏忍不住要笑，聽他講的卦理明白，又説生怕父親也不好，便説道：「卦是極高明的，但不知我母親到底是什麽病？」毛半仙道：「據這卦上，世爻午火變水相剋，必是寒火凝結。若要斷得清楚，揲蓍也不大明白。除非用大六壬纔斷得準。」賈蓉道：「先生都高明的麽？」毛半仙道：「知道些。」揲蓍也不大明白，乃作者不敢以知《易》自道耳。用大六壬，仍是半仙之意。賈蓉便要請教，報了一個時辰。毛先生便畫了盤子，將神將排定算去，是戌上白虎。「這課叫做魄化課，大凡白虎乃是凶將，乘旺相氣受制，便不能爲害。如今乘着死神死煞，及時令囚氣，則爲餓虎，定是傷人，就如魄神受驚消散，故名魄化。這課象説是人身喪〔魄〕（鬼），憂患相仍，病多死喪，訟有憂驚。按象有日暮虎臨，必定是傍晚得病的。象内説凡占此課，定是舊宅有伏虎作怪，或有形響。如今尊駕爲大人而占，正合着虎在陽憂男，在陰憂女。此課十分凶險呢。」魂陽魄陰，陽真陰假，課曰魄化，即假語村言，無非鬼話而已。報了一個時辰，不必定報何時，十二辰總在矣。白虎爲西金之神，便是釵、鳳。賈蓉没有聽完，唬得面上失色道：「先生説得很是，但與那卦又不大相合，到底有妨礙麽？」毛半仙道：「你不用慌，待我慢慢的再看。」低着頭，又咕噥了一會子，便説：「好了，有救星了。算出巳上有貴神救解，謂之魄化魂歸，先憂後喜，是不妨事的，只要小心些就是了。」魄化魂歸，正老陰生少陽之義，是曰小心，是曰好了。

賈蓉奉上卦金，送了出門，毛半仙以吃茶起，以送金結，必不脱一釵一黛也。回稟賈珍説是：「母親的病是在舊宅傍晚得的，必曰舊宅，與張太醫初行經時互相發明。爲撞着什麽伏屍白虎。」賈珍道：「你説你母親前日從園裏走回來的，可不是那裏撞着的？你還記得你二嬸娘到園裏去，回來就病了？「你還記得」，非牽「感幽魂」，乃追「龍禁尉」也。而言下亦支離亦蹊蹺。他雖没有見什麽，後來那些丫頭老婆們都説是山子上一個毛烘烘的東西，眼睛有燈籠大，會説話，把他二奶奶趕了回來，山子野，毛半仙，會説話，不過要趕一鳳姐而已，又闡全書作用。唬出一場病來。」賈蓉道：「怎麽不記得？我還聽見寶叔家的茗烟説，晴雯是做了園裏芙蓉花的神了；林姑娘死了半空裏有音樂，必定他也是管什麽花兒了。想這許多妖怪在園裏，還了得！頭裏人多陽氣重，常來常往不打緊。如今冷落的時候，母親打那裏走，不知踹了什麽花兒呢。不然，就是撞着那一個，那卦也還算是準的。」賈珍道：「到底説有妨礙没有呢？」賈蓉道：「據他説，到了戌日就好了。得見狗兒便好了。只願早兩天好，或過兩天纔好。」文似看山不喜平，一路寫來，近於平矣，而忽突起峯巒。曰只願早兩天好，或過兩天纔好，以入「骨肉災祲」正面，真是好筆，而寓意存焉。早兩天未土，過兩天丑土，總一土也。便是通部中吃飯之説，夫誰知之？賈珍道：「這又是什麽意思？」賈蓉道：「那先生若是這樣準，恐怕老爺也有些不自在。」

正説着，裏頭喊説：「奶奶要坐起到那邊園裏去，丫頭們都按捺不住。」賈珍等進去安慰定了。只聽尤氏嘴裏亂説：「穿紅的來叫我，穿緑的來趕我。」地下這些人又怕又好笑。賈珍便命人買些紙錢，送到園裏燒化。果然那夜出了汗，便安静些。到了戌日，也就漸漸的好起來。由是一人傳十，十人傳百，都説大觀園中有了妖怪，其實是病，而妖由人作，舉世皆然。唬得那些看園的人也不修花補樹、灌溉果蔬。起先晚上不敢行走，以致鳥獸逼人，甚至日裏也是約伴持械而行。過了些時，果然賈珍也病，竟不請醫調治，輕則到園化紙許願，重則禳星拜斗。賈珍方好，賈蓉等相繼而病。如此接連數月，鬧得兩府俱怕。從此風聲鶴唳，草木皆妖，園中出息一概全蠲，各房月錢重新添起，反弄得榮府中更加拮据。直找「興利」一，所以此回必從探春發端。而文字渡下，步武安詳。那些看園的沒有了想頭，個個要離此處，每每造言生事，便將花妖樹怪編派起來，各要搬出，將園門封固，再無人敢到園中，引入下半回，不突不慢。以致崇樓高閣，瓊館瑤臺，皆爲禽獸所棲。明説大觀園爲禽獸所棲。書演至此，亦應自獻底裏，而筆致簡潔，絶不費手。

卻説晴雯的表兄吴貴，正住在園門口。他媳婦自從晴雯死後，聽見説作了花神，每日晚間便不敢出門。這一日吴貴出門買東西，回來晚了，那媳婦子本有些感冒着了，日間吃錯了藥，晚上吴貴到家，已死在炕上。外面的人，因那媳婦子不妥當，便都説妖怪爬過牆吸了精去死的。於是老太太着急的了不得，替另派了好些人，將寶玉的住房圍住，巡邏打更。這些小丫頭們還説有的看見紅臉的，有的看見很俊的女人的，吵嚷不休，唬得寶玉天天害怕。虧得寶釵有把持的，聽得丫頭們混説，便唬着他要打，所以那些謡言略好些。無奈各房的人，都是疑神疑鬼的不安静，也添了人坐更，於是更加了好些食用。以老太太、寶釵自爲一段文字，筋節細密。獨有賈赦不大很信，説：「好好園子，那裏有什麽鬼怪？」要砍海棠是他，不信是他，罪之所以不赦也。挑了個風清日暖的日子，帶了好幾個家人，手内持着器械，到園踹看動静。色厲内荏，寫來絶倒。多人持械，「不信」固如是耶？衆人勸他不依。到了園中，果然陰氣逼人，賈赦還扎挣前走，跟的人都探頭縮腦。内中有個年輕的家人，心内已經害怕，只聽「呼」的一聲，回過頭來，只見五色燦爛的一件東西跳過去，唬的「嗳喲」一聲，腿子發軟，便躺倒了。賈赦回身查問，那小子喘吁吁回道：「親眼看見一個黄臉紅鬚緑衣青裳的妖怪，走到樹林子後頭山窟窿裏去了。」不脱木石。賈赦聽了，便有些膽怯，問道：「你們都看見麼？」有幾個推順水船兒的回説：「怎麽没瞧見？因老爺在頭裏，不敢驚動罷了。奴才們還撑得住。」説得賈赦害怕，也不敢再走，急急的回來，吩咐小子們不要提及，只説看遍了，没有什麽東西。心裏實也相信，要到真人府裏請法官驅邪。上映大幻真人張道士清虚觀之醮，正妖孽所起處。豈知那些家人無事還要生事，今見賈赦怕了，不但不瞞着，反添些妝點，説得人人吐舌。

賈赦没法，只得請道士到園作法事，驅邪逐妖。擇日先在省親正殿上鋪排起壇場，上供三清聖像，傍設二十八宿並馬、趙、温、周四大將，下排三十六大將圖像。香花燈燭，設滿一堂，鐘鼓法器，排列兩邊。壇上插着五方旗號，道紀司派定四十九位道衆的執事，净了一天的壇。三位法官行香取水畢，然後擂起法鼓。法司們俱戴上七星冠，披上九宮八卦仙衣，踏着登雲履，手執牙笏，便拜表請聖。又念了一天消災邪的接福《洞元經》，已後便出榜召將。榜上大書「太乙混元上清三境靈寶大法師行文，勅令本境諸神到壇聽用」。那日兩府上下爺們，仗着法師擒妖，都到園中觀看，都説：「好大法令，呼神遣將鬧起來，不管有多少妖怪，也唬跑了。」以上用出筆，至此入賈家人眼。章法生動，而參以游戲，筆墨悉化煙雲矣。大家都擠到壇前。只見小道士們將旗旛舉起，按定五方站住，伺候法師號令。三位法師，一位手提寶劍，拿着法水；一位捧着七星皂旗；一位舉着桃木打妖鞭，立在壇前。只聽法器一停，上頭令牌三下，口中念念有詞，那五方旗便團團散佈。法師下壇，叫本家領着，到各處樓閣殿亭、房廊屋舍、山崖水畔灑了法水，將劍指畫了一陣。回來連擊令牌，將七星旗祭起。衆道士將旗旛一聚，接下打怪鞭望空打了三下。本家衆人都道拿住妖怪，争着要看，及到跟前，並不見有什麽形響。只見法師叫衆道士拿取瓶罐，將妖收下，加上封條，法師硃筆書符收禁，令人帶回本觀塔下鎮住，一面撤壇謝將。

賈赦恭敬叩謝了法師。一路筆墨，非戲非莊，都是慘淡經營。忽曰打妖鞭，忽曰打怪鞭，乃有意爲之，非誤刻也。賈蓉等小弟兄，背地都笑個不住，説：「這樣的大排場，我打量拿着妖怪給我們瞧瞧，到底是些什麽東西，那裏知道是這樣收羅，究竟妖怪拿去了没有？」賈珍聽見罵道：「糊塗東西！妖怪原是聚則成形，散則成氣，如今多少神將在這裏，還敢現形麽？無非把這妖氣收了，便不作祟，就是法力了。」衆人將信將疑，且等不見響動再説。賈赦、珍、蓉正是妖孽之藪，故以三人結此壇場。至「聚則成形」兩語，乃寶玉夢中聞人説黛玉者，斯又妖之所也。而恍惚迷離，總歸笑話，大宣夢旨。那些小人，只知妖怪被擒，疑心去了，便不大驚小怪，往後果然没人提起了。賈珍等病愈復原，都道法師神力。獨有一個小子笑説道：「頭裏那些響動，我也不知道，就是跟着大老爺進園這一日，明明是個大公野雞飛過去了，拴兒嚇昏了眼，説得活像。我們都替他圓了個謊，大老爺就認真起來，倒瞧了個很熱鬧的壇場。」衆人雖然聽見，那裏肯信，究無人住。雉主文明，「拴」字全才，云擒拿也。都是指點全書，而語妙八面。

一日賈赦無事，正想要叫幾個家人搬住在園中，看守舊屋，惟恐夜晚藏匿歹人。方欲傳出話去，只見賈璉進來，請了安，回説：「今日到他大舅家去，聽見一個謊信，説是二叔被節度使參進來，爲的是失察屬員，重徵糧米，請旨革職的事。」暗遞包勇看園，何三招盜，引起賈政被參，以趨查抄。此正剝復相尋，王仁之義，故信從他大舅處來。賈赦聽了，吃驚道：「只怕是謠言罷！前日你二叔帶書子來說，探春於某日到了任所，擇了某日吉時，送了你妹子到了海疆，路上風恬浪靜，合家不必掛念。還說節度認親，倒設席賀喜。那裏有做了親戚，倒題參起來的？且不〔必〕言語，快些到吏部打聽明白，就來回我。」可見聲援不足恃，枉作傅試而已。而以虛筆點探春下落。此回以他起，以他終。賈璉即刻出去，不到半日，回來便說：「纔到吏部打聽，果然二叔被參。題本上去，虧得皇上恩典，没有交部，便下旨意，說是：『失察屬員，重徵糧米，苛虐百姓，本應革職，姑念初膺外任，不諳吏治，被屬員蒙蔽，着降三級，加恩仍在工部員外上行走，並令即日回京。』這信是準的。不即不離，葫蘆案卻合。正在吏部說話的時候，來了一個江西引見知縣，說起我們二叔是感激的，但說是個好上司，只是用人不當，那些家人在外招搖誆騙，欺凌屬員，已經把好名聲都弄壞了。歸到李十。節度大人早已知道，也說我們二叔是個好人。不知怎麼樣，這回又參了。想是忒鬧得不好，恐將來弄出大禍，所以借了一件失察的事情參的。倒是避重就輕的意思，也未可知。」賈赦未聽說完，便叫賈璉：「先去告訴你嬸子知道，且不必告訴老太太就是了。」賈璉去回王夫人。

未知有何話說，且看下回分解。

此回至百十九回，皆兩回爲一大段，一一報復，一一歸着文字也。此段又從頭至尾作大結束。

本回上半起「詳說太虛情」，下半起「歸結《紅樓夢》」。故以探春起，以探春結，書固來於一歎也。而毛半仙出氏號，法官無名字，虛實相對，與「真事隱去」「假語村言」意旨相爲發明，不過一劉老老、胡庸醫、王道士等人而已。而花樣愈剪愈新，真令人饜飫心目。

護花主人評曰：

撥補五兒，只王夫人口中帶説。探春臨行，與衆人作别，不復細敍，簡省無數閒筆。

大觀園冷落荒凉，是極盛必衰，氣數使然。其敍病祟驅妖等事，所謂妖由人興，「抄没」預兆。

毛半仙文王與六壬課，説得有理有象，作者殆亦半仙乎？

寫衆人胡説謡言及吴貴妻病死是妖怪吸精，賈赦巡查，拴兒嚇倒，衆人附會等情狀，凡造言生事者，逼真如此。是以聽言當以理察，庶不爲訛言揺惑。

寫道士壇場鋪排，形容如畫。

國家將亡，必有妖孽。大觀園如此疑妖見鬼，賈政安得不被參？寧府安得不被查抄？

大某山民評曰：

襲人蘭形棘心，能使王夫人念念不忘。其固寵牢籠之術，如肯傳示，必有願拜門牆者。

賈赦不信鬼怪，而到園先持器械，氣已中餒；比聞浮光掠影之談，害怕縮走，旋請道士建醮：則不信者較信者爲更信。

大觀園中本來是住妖孽之地，彼妖者去，而此妖者來矣。如其不信，向之所住之妖，何獨不五色燦爛者耶？

此回仍是乙卯年事。

第一百三回　施毒計金桂自焚身　昧真禪雨村空遇舊

話説賈璉到了王夫人那邊，一一的説了。次日到了部裏打點停當，回來又到王夫人那邊，將打點吏部之事告知。王夫人便道：「打聽準了麽？果然這樣，老爺也願意，合家也放心。那外任是何嘗做得的？若不是那樣的參回來，只怕叫那些混賬東西把老爺的性命都坑了呢。」賈璉道：「太太那裏知道？」王夫人道：「自從你二叔放了外任，並沒有一個錢拿回來，把家裏的倒掏摸了好些去了。剥中有復，正是李十。你瞧那些跟老爺去的人，他男人在外頭不多幾時，那些小老婆子們便金頭銀面的妝扮起來了，可不是在外頭瞞着老爺弄錢？直注「查抄」，而金頭銀面必主寶釵。你叔叔便由着他們鬧去。若弄出事來，不但自己的官做不成，只怕連祖上的官也要抹掉了呢。」賈璉道：「嬸子説得很是。方纔我聽見參了，嚇的了不得。直等打聽明白纔放心，也願意老爺做個京官，安安逸逸的做幾年，纔保得住一輩子的聲名。參官乃「查抄」之引，即熱毒發作也。直入本回。是一件事，非兩件事。就是老太太知道了，倒也是放心的。只要太太説得寬緩些。」王夫人道：「我知道。你到底再去打聽打聽。」

賈璉答應了，纔要出來，只見薛姨媽家老婆子慌慌張張的走來，到王夫人裏間屋内，也没説請安，便道：「我們太太叫我來告訴這裏的姨太太說，我們家了不得了，又鬧出事來了！」王夫人聽了，便問：「鬧出什麽事來？」那婆子又說：「了不得，了不得！」王夫人說道：「糊塗東西！有要緊事，你到底說啊。」没頭没腦，氣極敗壞，一書正是如此。而薛家豈必無下人，無男子？所以云然，見破木石、合金玉，史王以次，無非一婆子而已。糊塗東西，必用特點。曰了不得，了不得，一陰一陽，遞嬗往來，絶無了時也。讀者只認形容筆墨，淺矣。婆子便說道：「我們家二爺不在家，一個男人也没有，這件事情出來，怎麽辦？要求太太打發幾位爺們去料理料理。」王夫人聽着不懂，一書貴陽賤陰，是人不懂。便着急道：「究竟要爺們去幹什麽事？」婆子道：「我們大奶奶死了！」王夫人聽見便啐道：「這種女人死了罷咧，也值得大驚小怪的！」婆子道：「不是好好兒死的，是混鬧死的，快求太太打發人去辦辦。」說着就要走。王夫人又生氣，又好笑，說：「這婆子好混賬。璉哥兒，倒不如你過去瞧瞧，別理那糊塗東西。」所以了不得，曰夏、曰金、曰桂而已。陰陽變亂，禍患相尋，因以混鬧死，始有混賬書。而六十四卦，一個糊塗東西在内矣。文無半句閑文。那婆子没聽見打發人去，只聽見說別理他，他便賭氣跑回去了。

這裏薛姨媽正在着急，再等不來，好容易見那婆子來了，便問：「姨太太打發誰來？」婆子歎氣說道：「人最不要有急難事，什麽好親好眷，看來也不中用。姨太太不但不肯照應我們，倒駡我糊塗。」言之慨然，足令傅試氣短。是婆舌乃婆心也。薛姨媽聽了，又氣又惱，道：「姨太太不管，你姑奶奶怎麽說了？」婆子道：「姨太太既不管，我們家的姑奶奶自然更不管了。我也没有去告訴。」薛姨媽啐道：「姨太太是外人，姑娘是我養的，怎麽不管？」婆子一時省悟道：「是啊，這麽着，我還去。」誅釵之心至於如此之極，聞之好笑，思之好怕。絶倒筆墨，乃演人心不死在一「還」字。正說着，只見賈璉來了，給薛姨媽請了安，道了惱，回說：「我嬸子知道弟婦死了，問老婆子，再説不明，着急的很，打發我來問個明白，還叫我在這裏料理。該怎麽樣，姨太太只管説了辦去。」薛姨媽本來氣得乾哭，聽見賈璉的話，便笑着説：「倒要二爺費心。我説姨太太是待我最好的，都是這老貨説不清，幾乎誤了事。老貨者，交易之道也。請二爺坐下，等我慢慢的告訴你。」便説：「不爲别的事，爲的是媳婦不是好死的。」正急促不堪處，而劈頭説「不爲别的事」，特恐人將書中事都各認爲各事也。那何如看夏金桂死案。賈璉道：「想是爲兄弟犯事，怨命死的？」薛姨媽道：「若這樣倒好了。是「桂」字裏邊事，故曰好了，乃一寶一黛也。前幾個月頭裏，他天天蓬頭赤脚的瘋鬧。是「夏」字裏邊事，所以滅雪也。後來聽見你兄弟問了死罪，他雖哭了一場，已後倒搽脂抹粉的起來。是「金」字裏邊事，追所以謀黛也。我若説他，又要吵個了不得，我總不理他。有一天不知怎麽樣，來要香菱去作伴。我説：『你放着寶蟾，還要香菱做什麽？况且香菱是你不喜的，何苦招氣生？』他必不依，我没法兒，便叫香菱到他屋裏去。可憐這香菱，不敢違我的話，帶着病就去了。誰知道他待香菱很好，我倒喜歡。你大妹妹知道了，説只怕不是好心罷，「金蘭契」之宜防，故作者以琴之禁自命也。我也不理會。頭幾天香菱病着，他倒親手去做湯給他吃。那知香菱没福，剛端到跟前，他自己燙了手，連碗都砸了。送土儀，送燕窩，都係如此。而黛則甘受，菱則未吃。菱固照黛而不必盡照者也。如此之不受毒，是照釵而不必終照者也。如後之必寫其死是。我只説必要遷怒在香菱身上。他倒没生氣，自己還拿笤帚掃了，拿水潑浄了地，仍舊兩人很好。昨日晚上，又叫寶蟾去做了兩碗湯來，自己説要同香菱一塊兒喝。隔了一回，聽見那屋裏兩隻脚蹬的響，寶蟾急的亂嚷，已後香菱也嚷着，扶着牆出來叫人。我忙着看去，只見媳婦鼻子眼睛裏都流出血來，在地下亂滚，兩手在心口亂抓，兩脚亂蹬，把我就嚇死了。問他，也說不出來，只管直嚷，鬧了一回就死了。熱毒大作，夏金桂死乃釵死也。我瞧那光景，是服了毒的。寶蟾便哭着來揪香菱，說他把藥毒死了奶奶了。我看香菱也不是這麼樣的人，再者他病的起還起不來，怎麼能藥人呢？無奈寶蟾一口咬定。我的二爺，這叫我怎麼辦？只得硬着心腸，叫老婆子們把香菱捆了，交給寶蟾，便把房門反扣了。我同你二妹妹守了一夜，等府裏的門開了，纔告訴去的。二爺，你是明白人，這件事怎麼好？」賈璉道：「夏家知道了没有？」薛姨媽道：「也得撕擄明白了纔好報啊！」賈璉道：「據我看起來，必要經官，纔了得下來。我們自然疑在寶蟾身上，別人便說寶蟾爲什麼藥死他奶奶？也是没答對的。若是在香菱身上，竟還裝得上。」自「薄命女」「葫蘆案」以及尤二、尤三種種事迹，隱隱綽綽，都括在內，總一釵、鳳殺黛，即以自殺之案耳。

正說着，只見榮府女人們進來說：「我們二奶奶來了。」賈璉雖是大伯子，因從小兒見的，也不迴避。寶釵進來見了母親，又見了賈璉，便在裏間屋裏同寶琴坐下。薛姨媽也將前事告訴一遍。一到寶釵，便作莊嚴之筆，乃是怪文。寶釵便說：「若把香菱捆了，可不是我們也說是香菱藥死的麼？媽媽說這湯是寶蟾做的，就該捆起寶蟾來問他呀。一語破的，寶釵可怕，實作者可怕也。一面便該打發人報夏家去，一面報官的是。」尤三姐不報官，是真事隱裏邊話；此必報官，是假語村言裏邊話。總成蟾、菱一風月鑑也。薛姨媽聽見有理，便問賈璉。賈璉道：「二妹子說得很是，報官還得我去，託了刑部裏的人相驗，問口供的時候方有照應。只是要捆寶蟾放香菱，倒怕難些。」非以璉之游移襯釵之決絶，正追原平日鳳爲釵役久矣。薛姨媽道：「並不是我要捆香菱，我恐怕香菱病中受冤着急，一時尋死，又添了一條人命，纔捆了交給寶蟾，也是一個主意。」賈璉道：「雖是這麽説，我們倒幫了寶蟾了。若要放都放，要捆都捆，他們三個人是一處的，寶、黛、釵三人是一處，釵、鳳、襲三人亦是一處，此語八面。只要叫人安慰香菱就是了。」薛姨媽便叫人開門進去。寶釵就派了帶來幾個女人幫着捆寶蟾。只見香菱已哭得死去活來，曰病、曰哭，都是黛玉。寶蟾方得意洋洋，已後見人要捆他，便亂嚷起來。那禁得榮府的人吆喝着，也就捆了。竟開着門，好叫人看着。此段乃文境中荆棘，看他掉臂游行。這裏報夏家的人已經去了。

那夏家先前不住在京裏，因近年消索，又記掛女兒，新近搬進京來。父親已没，只有母親，又過繼了一個混賬兒子，把家業都花完了，書是一部寃業賬，演出夏金桂，衆有兼該，亦混極矣。故夏三爲混賬，其實止以火制金，以熱滅雪之義而已。故爲乾兒，爲義子也。不時的常到薛家。那金桂原是個水性人兒，那裏守得住空房，況兼天天心裏想念薛蝌，便有些飢不擇食的光景。無奈他這個乾兄弟又是個蠢貨，雖也有些知覺，衹是尚未入港。既借金桂痛駡釵、鳳，而又故作周旋，曰乾兄弟一層，曰未入港一層，作者固忠厚而兼刻毒也。所以金桂時常回去，也幫貼他些銀錢。這些時正盼金桂回家，只見薛家的人來，心裏就想又拿什麽東西來了。不料説這裏姑娘服毒死了，一財一色，並是服毒。他便氣得亂嚷亂叫。金桂的母親聽見了，更哭喊起來，説：「好端端的女孩兒在他家，爲什麽服了毒呢？」哭着喊着的，帶了兒子，也等不得雇車，便要走來。那夏家本是買賣人家，爲夏婆出像，又支離，又逼肖。而其實夏即薛，買賣人家非薛乎？没一個男人，非薛乎？願讀者讀此處勿止讀此處也。如今没了錢，那顧什麽臉面，兒子頭裏就走，他跟了一個跛老婆子出了門，在街上啼啼哭哭的，雇了一輛破車，便跑到薛家。

進門也不答話，便兒一聲肉一聲的，要討人命。那時賈璉到刑部託人，家裏只有薛姨媽、寶釵、寶琴，何曾見過這陣仗？都嚇得不敢則聲。便要與他講理，他們也不聽，只說：「我女孩兒在你家，得過什麽好處？兩口朝打暮罵的，鬧了幾時，還不容他兩口子在一處。你們商量着，把女婿弄在監裏，永不見面。「錯裏錯」以後寶釵心迹，一口道破。非夏婆道破，乃作者道破也。何止認爲夏婆歪語。你們娘兒們，仗着好親戚受用也罷了，還嫌他礙眼，叫人藥死了他，倒說是服毒。此借口說所以殺黛玉也。他爲什麽服毒！」說着，直奔着薛姨媽來。炎威大肆，當與「鬧閨閣」同一暢。薛姨媽只得退後，說：「親家太太，且請瞧瞧你女兒，問問寶蟾，再說歪話不遲。」那寶釵、寶琴因外面有夏家的兒子，難以出來攔護，只在裏邊着急。恰好王夫人打發周瑞家的照看，一進門來，見一個老婆子指着薛姨媽的臉哭罵，周瑞家的知道必是金桂的母親，便走上來說：「這位是親家太太麽？大奶奶自己服毒死的，與我們姨太太什麽相干？也不犯這麽糟蹋呀！」那金桂的母親問：「你是誰？」「你是誰」三字問得警醒，夏雪之義當究之《周易》，而聲口如聞。薛姨媽見有了人，膽子略壯了些，語面形容薛姨不堪如狗。便說：「這就是我親戚，賈府裏的。」金桂的母親便說道：「誰不知道你們有仗腰子的親戚，纔能彀叫姑爺坐在監裏。再宣「錯裏錯」，而「仗腰子」三字化腐臭爲神奇，作者真慣掉皮。如今我的女孩兒倒白死了不成？」說着便拉薛姨媽，說：「你到底把我女兒怎樣弄殺了？給我瞧瞧！」周瑞家的一面勸說：「只管瞧瞧，用不着拉拉扯扯。」便把手一推。夏家的兒子便跑進來不依道：「你仗着府裏的勢頭兒來打我母親麽？」說着，便將椅子打去，卻沒有打着。敗壞至此，正乃《周易》重《離》之象。裏頭跟寶釵的人，聽見外頭鬧起來，趕着來瞧，恐怕周瑞家的吃虧，齊打夥的上去，半勸半喝。必不脫賈，方是正主。那夏家的母子索性撒起潑來，說：「知道你們榮府的勢頭兒，我們家的姑娘已經死了，如今也都不要命了。」說着仍奔薛姨媽拚命。

底下的人雖多，那裏擋得住，自古說的「一人拼命，萬夫難當」。

正鬧到危急之際，賈璉帶了七八個家人進來，此段爲黛玉報不平，爲釵、鳳明自害，特引「一人拼命」二語以結此混賬。七八個人來，火木成數，書遂止矣。見是如此，便教人先把夏家的兒子拉出去，便說：「你們不許鬧，有話好好兒的說。快將家裏收拾收拾，刑部裏頭的老爺們就來相驗了。」必說刑部，以支離爲闔合。金桂的母親正在撒潑，只見來了一位老爺，幾個在頭裏吆喝，那些人都垂手侍立。金桂的母親見這個光景，也不知是賈府何人，又見他兒子已被衆人揪住，又聽見說刑部來驗。他心裏原想看見女兒屍首，先鬧了一個稀爛，再去喊官去，不承望這裏先報了官，也便軟了些。薛姨媽已嚇糊塗了。還是周瑞家的回說：「他們來了，也沒有去瞧他姑娘，便作踐起姨太太來了。我們爲好勸他，那裏跑進一個野男人，在奶奶們裏頭混撒村混打，這可不是沒有王法了！」「野男人」與「仗腰子」都是妙語，善戲謔兮！賈璉道：「這回子不用和他講理，等一會子打着問他，說：男人有男人的所在，裏頭都是些姑娘奶奶們，況且有他母親，還瞧不見他們姑娘麼？他跑進來不是要打搶來了麼？」家人們做好做歹，壓伏住了。周瑞家的仗着人多，便說：「夏太太，你不懂事，既來了，該問個青紅皂白。你們姑娘是自己服毒死了，不然便是寶蟾藥死主子了，怎麼不問明白，又不看屍首，就想訛人來了呢？我們就肯叫一個媳婦兒白死了不成？現在把寶蟾捆着，因爲你們姑娘有了點病兒，所以叫香菱陪着他，也在一個屋裏住，故此兩個人，都看守在那裏。原等你們來眼看着刑部相驗，問出道理來纔是啊。」金桂的母親此時勢孤，也只得跟着周瑞家的到他女孩兒屋裏。只見滿臉黑血，直挺挺的躺在炕上，便喊哭起來。看他起落自如處。寶蟾見是他家的人來，便哭喊說：

「我們姑娘好意待香菱，叫他在一塊兒住，他倒抽空兒藥死我們姑娘。」那時薛家上下人等俱在，便齊聲吆喝道：「胡説！昨日奶奶喝了湯纔藥死的，這湯可不是你做的？」酸筍雞皮蓮葉羹，一齊收拾。此胡説中所必究者也。寶蟾道：「湯是我做的，端了來，我有事走了。不知香菱起來放些什麽在裏頭，藥死的。」金桂的母親聽未説完，就奔香菱，衆人攔住。

薛姨媽便道：「這樣子是砒霜藥的，家裏決無此物，不管香菱、寶蟾，終有替他買的。回來刑部少不得問出來，纔賴不去。如今把媳婦權放平正，好等官來相驗。」衆婆子上來抬放。寶釵道：「都是男人進來，你們將女人動用的東西檢點檢點。」必令羣陰悉盡。只見炕褥底下有一個揉成團的紙包兒。此即掉包兒之包兒。因寶釵檢點而得，正是主人翁。金桂的母親瞧見，便拾起打開看時，並没有什麽，便撩開了。寶蟾看見道：「可不是有了憑據了？這個紙包兒我認得，頭幾天耗子鬧得慌，奶奶家去與舅爺要的，拿回來擱在首飾匣内，必是香菱看見了，拿來藥死奶奶的。若不信，你們看首飾匣裏有没有了？」金桂的母親便依寶蟾所言，取出匣子，只有幾枝銀簪子。薛姨媽便説：「怎麽好些首飾都没有了？」寶釵叫人打開箱櫃，俱是空的，便道：「嫂子這些東西被誰拿去，這可要問寶蟾。」金桂的母親心裏也虚了好些，見薛姨媽查問寶蟾，便説：「姑娘的東西他那裏知道？」周瑞家的道：「親家太太，别這麽説呢。我知道寶姑娘是天天跟着大奶奶的，怎麽説不知？」這寶蟾見問得緊，又不好胡説，只得説道：「奶奶自己每每帶回家去，我管得麽？」衆人便説：「好個親家太太！哄着拿姑娘的東西，哄完了，叫他尋死，來訛我們。好罷了！回來相驗，便是這麽説。」劉老老以毒攻毒，便是此案作用。破以蟾、菱，破以「風月寶鑑」也。此等筆墨絶不費力處。

寶釵叫人到外頭告訴璉二爺說：「別放了夏家的人！」

裏面金桂的母親忙了手脚，便罵寶蟾道：「小蹄子，别嚼舌頭了！姑娘幾時拿東西到我家去！」寶蟾道：「如今東西是小，給姑娘償命是大。」寶琴道：「有了東西，就有償命的人了。寧爲東府，榮爲西府，以後皆收拾榮、寧之書。而「夏金桂」三字總括全旨。故到此將東西反覆搬演，曰償命，償黛玉命也。用寶琴説，乃示禁，過此無須琴矣。快請璉二哥哥問準了夏家的兒子買砒霜的話，回來好回刑部裏的話。」金桂的母親着了急，道：「這寶蟾必是撞見鬼了，混説起來。我們姑娘何嘗買過砒霜？若這麽説，必是寶蟾藥死了的。」寶蟾急的亂嚷説：「別人賴我也罷了，怎麽你們也賴起我來呢！你們不是常和姑娘説，叫他别受委屈，鬧得他們家破人亡，那時將東西捲包兒一走，再配一個好姑爺。這個話是有的没有？」宛轉疏瀹，自然合拍，是好筆法。而百廿回外寶釵之捲包兒正不知是這等否？金桂的母親還未及答言，周瑞家的便接口説道：「這是你們家的人説的，還賴什麽呢？」金桂的母親恨的咬牙切齒的罵寶蟾説：「我待你不錯呀！爲什麽你倒拿話來葬送我呢？回來見了官，我就説是你藥死姑娘的。」寶蟾氣得瞪着眼説：「請太太放了香菱罷，不犯着白害别人。我見官自有我的話。」蟾有毒，桂亦有毒，正是以毒攻毒，而蟾、菱到此合矣。

寶釵聽出這個話頭兒來了，便叫人反倒放開了寶蟾，説：「你原是個爽快人，何苦白冤在裏頭？你有話索性説了，大家明白，豈不完了事了呢？」惟毒知毒，惟毒能用毒。寶蟾也怕見官受苦，便説：「我們奶奶天天抱怨説：『我這樣人爲什麽碰着這個瞎眼的娘，不配給二爺，偏給了這麽個混賬糊塗行子。此與「慰癡顰」之寶釵相激射。要是能彀同二爺過一天，死了也是願意的。』與鳳姐同車事相激射。説到那裏，便恨香菱。

我起初不理會，後來看見與香菱好了，我知道是香菱教他什麼了。不承望昨日的湯不是好意……」金桂的母親接説道：「益發胡説了！」一部《紅樓夢》總説寶釵好，此借金桂不是好意以發明之。胡老名公之説，説此而已。若是要藥香菱，爲什麼倒藥了自己呢？」黛明明死，釵明明在，我也要問。寶釵便問道：「香菱，昨日你吃湯來着没有？」香菱道：「頭幾天我病得抬不起頭來，奶奶叫我喝湯，我不敢説不喝。剛要扎挣起來，那碗湯已經洒了，倒叫奶奶收拾了個難，我心裏很過不去。昨日聽見叫我喝湯，我喝不下去，没有法兒。正要喝的時候兒呢，偏又頭暈起來，只見寶蟾姐姐端了去。我正喜歡，剛合上眼，奶奶自己喝着湯，叫我嘗嘗，我便勉强也喝了。」釵殺黛，一法不行更有一法，其法多多，具在書中。前評詳矣，都在此湯。寶蟾不待説完，便道：「是了，我老實説罷。昨日奶奶叫我做兩碗湯，説是和香菱同喝。我氣不過，心裏想着香菱那裏配我做湯給他喝呢？我故意的一碗裏頭多抓了一把鹽，記了暗記兒，原想給香菱喝的。剛端進來，奶奶卻攔着我叫外頭叫小子們雇車，説今日回家去。我就去説了回來，見鹽多的這碗湯在奶奶跟前呢。我恐怕奶奶喝着鹹，又要駡我。正没法的時候，奶奶往後頭走動。我眼錯不見，就把香菱這碗湯換了過來。也是合該如此，菱受毒而非毒，桂殺人而自殺，正黛雖死而得乾浄身子，釵雖生而不知末路也。得脱因鹽，其味鹹，屬水，是爲水生木。奶奶回來就拿了湯去，到香菱牀邊勸着，説：『你到底嘗嘗。』香菱也不覺鹹，兩個人都喝完了。我正笑香菱没嘴道兒，那裏知道這死鬼奶奶要藥香菱，必定趁我不在，將砒霜撒上了，也不知道我换碗。這可就是天理昭彰，自害自身了。」於是衆人往前後一想，真正一絲不錯，此乃百廿回總一注語，一絲不錯，天理昭彰，自害自身，一絲不錯也。書到此已完，故直接下半回，故不待詳説歸結，方爲夢醒。便將香菱也放了，扶着他仍舊睡在床上。

不説香菱得放，且説金桂的母親心虚事實，還想辨賴。薛姨媽等你言我語，反要他兒子償還金桂之命。冤無了期，縱續百部，命還不完，何必，何必。正然吵嚷，賈璉在外嚷説：「不用多説了，快收拾停當，刑部的老爺就到了。」此時惟有夏家母子着忙，想來總要吃虧的。不得已，反求薛姨媽道：「千不是，萬不是，終是我死的女孩兒不長進，這也是他自作自受。若是刑部相驗，到底府上臉面不好看，求親家太太息了這件事罷！」寶釵道：「那可使不得，已經報了，怎麽能歇呢？」周瑞家的等人，大家做好做歹的勸説：「若要息事，除非夏親家太太自已出去攔驗，我們不題長短罷了。」賈璉在外也將他兒子嚇住，他情願迎到刑部具結攔驗。衆人依允，薛姨媽命人買棺盛殮不題。十分瑣碎，十分簡潔，葫蘆案如此起，如此結，賈雨村來矣。

且説賈雨村升了京兆府尹，兼管税務。京兆爲天府，税務屬地官，再上一假語村言，直蟠天際地而起，乃括全《易》。一日，出都查勘開墾地畝，欲廣福田，須憑心地。路過知機縣，到了急流津，正要渡過彼岸，因待人夫，暫且停轎。此非泛作勸人語，正開墾之大用也。曰知，曰急，乃「勇」字注脚；曰渡過彼岸，則調理中和，以成《既濟》矣。若就釋氏説以速休息，便被作者哄過。只見村傍有一座小廟，牆壁坍頽，露出幾株古松，倒也蒼老。雨村下轎，閑步進廟，但見廟内神像金身脱落，殿宇歪斜，傍有斷碣，字迹模糊，也看不明白。意欲行至後殿，只見一株翠柏下，蔭着一間茅廬，廬中有一個道士合眼打坐。小小一段，重演首回，暢明全旨。夫曰小廟坍頽，葫蘆破矣；古松蒼老，木不死也；金身脱落，金不長也；殿宇歪斜，書無正言，輒用掩覆也。而所主只是一株翠柏，合之松而雙木爲林。此廬中有真在焉。一部《石頭記》，斷碣模糊，更誰明白？雨村走近看時，面貌甚熟，想着倒像在那裏見來的，一時再想不出來。空空道人，再記石頭。從人便欲吆喝，雨村止住，徐步向前，叫一聲「老道」。那道士雙眼微啓，微微的笑道：「貴官何事？」雨村便道：「本府出都查勘事件，路過此地，見老道靜修自得，想來道行深通，意欲冒昧請教。」那道人說：「來自有地，去自有方。」雨村知是有些來歷的，大隱不拘朝市，所隱一劉老老而已。來自有地，去自有方，地方皆陰，是爲《坤》卦；又明全《易》，便是一書來歷。便長揖請問：「老道從何處修來，在此結廬？此廟何名？廟中共有幾人？或欲修真，豈無名山？或欲募緣，何不通衢？」那道人道：「葫蘆尚可安身，何必名山結舍？廟名久隱，斷碣猶存，形影相隨，何須修募？豈似那『玉在櫝中求善價，釵於匳內待時飛』之輩耶？」一釵一黛，直追首卷。

雨村原是個穎悟人，初聽見「葫蘆」兩字，後聞「寶釵」一對，對語以釵之時對玉之求，釵黛並舉。而賈云「寶釵」一對，但有釵而無黛，界劃分明。忽然想起甄士隱的事來，重復將那道士端詳一回，見他容貌依然，便屏退從人，問道：「君家莫非甄老先生麼？」那道士從容笑道：「什麼真，什麼假，要知道真即是假，假即是真。」雨村聽見說出「賈」字來，益發無疑，道士說假，雨村即說賈，丸影劍光，不可端倪。文至此等處，最易落熟，要看他運熟成新之妙。便從新施禮，道：「學生自蒙慨贈到都，託庇獲售公車，受任貴鄉，始知老先生超悟塵凡，飄舉仙境。學生雖溯洄思切，自念風塵俗吏，未由再覲仙顏，今何幸於此處相遇！求老仙翁指示愚蒙。倘荷不棄，京寓甚近，學生當得供奉，得以朝夕聆教。」居然一套惠札，乃正形容真假既遇，假之忸怩固如是也。是所謂運熟成新，令人不覺。那道士也站起來回禮道：「我於蒲團之外，不知天地間尚有何物，適纔尊官所言，貧道一概不解。」說畢依舊坐下。此段何其瀟灑，非筆之易換，乃心之有主也。雨村復又心疑：「想去若非士隱，何貌言相似若此？雖別來十九載，面色如舊，必是修鍊有成，未肯將前因說破。未肯說破，假則有破可說，真無可說，又有何破也。十九載之說，似是而非，亦說破，亦不說破。《河》《洛》參伍錯綜，無非十九而已。看官不必替算賬。但我既遇恩公，又不可當面錯過。看來不能以富貴動之，那妻女之私更不必説了。」想罷又道：書又以淺言醜語痛詆凡爲假者之心，都是調侃語。看「想罷」二字，乃追人獸關頭。在《孟子》「雞鳴而起」章「利與善之間也」「間」字内出。「仙師既不肯説破前因，弟子於心何忍。」即作收科，妙絶，妙絶。寫二「假」字中邊俱徹，較寫通部賓釵，其吃力相等，其得意亦相等。正要下禮，乃爲原諒，存人心於不死也。只見從人進來，稟説：「天色將晚，快請渡河。」雨村正無主意，那道士道：「請尊官速登彼岸，見面有期，遲則風浪頓起。果蒙不棄，貧道他日尚在渡頭候教。」兩枝筆换得這般快，怪哉！説畢，仍合眼打坐。雨村無奈，只得辭了道士出廟。正要過渡，只見一人飛奔而來。曰無主意，曰無奈，但纔無主意，便到無奈時矣。操、莽以次諸人，末路何嘗有一有奈者哉！果能於無主意、無奈中間生一渡過之想，則有一人飛來矣，此「人」字與「獸」字對。書是聚精會神之書，此尤聚精會神之處。

未知何事，且聽下回分解。

凡每回各上下兩半中間，必有過脈處；獨此回更無周旋，截上曰「不題」，入下曰「且説」，徑生手辣，煞開人眼界。凡大套説部，末路每犯散漫之病，令人可增可減，雖卓然耳目者不免。以不善隨演隨結故也。自「病災祲」到此再作一大結，令以後文字，儼然另開一部，而包涵遍覆，愈後愈嚴整矣。毛半仙度不盡癡人，賈雨村説不清故事。嫩寒鎖夢，釀成骨肉之災；熱毒焚身，顯示金蘭之報。秉夏三之威赫，雪影全消；仗焦大之聲靈，金形立化。禪真打破，浪教咄咄書空；法水噴來，洗出茫茫大地。掃除妖孽，收拾東西。

護花主人評曰：

賈政被參，是抄没先聲，接寫金桂毒死，真是六親同運。

薛家婆子急得説話不清，描寫入神。賈璉説必須經官纔了得下來，所見固是。寶釵説湯是寶蟾做的，該捆起寶蟾，一面報官，一面通信與夏家，更爲老到細密。才女見識，高出賈璉幾倍。

夏家過繼之子，自是夏三。作者不言其名，又説與金桂尚未入港，含糊其辭，是隱惡之意。

寶釵叫將女人動用的東西檢點收拾，纔檢出毒藥空紙包。寶蟾説出因耗子作鬧，向舅爺要的，然後尋看匣子箱櫃，已俱空空，寶釵得以查問，寶蟾説出金桂私自帶回。以金桂之母同寶蟾拌嘴，供出實情。由淺入深，層層追出，不鬆不驟。有寶釵之才能，自當有才人之描寫。

寶釵先放寶蟾，開導實供，世間聽訟者若能如此，何患不得實情？

金桂自害，只可息事完結；若一經刑部官審問，便難了事。

「見機而作，急流勇退」八字，人人皆曉，而能行其事者，今古寥寥。故作者設言此地名，爲戀禄者下一針砭。

「葫蘆」兩字，「釵玉」一聯，直刺人心。雨村即非穎悟，亦當猛省。

「真即是假，假即是真」，二語最有意味，慧心人當知兩個寶玉是一是二。

第九十九回至一百三回爲一大段，應分三小段：九十九、一百回爲一段，敘賈政受家奴簸弄以致被參失察，金桂被香菱撞破私情因而結恨謀害；一百一、二回爲一段，寫大觀園冷落無人，見鬼疑妖，爲鳳姐將亡、寧榮查抄之兆；一百三回爲一段，敘毒人自毒，了結金桂公案，帶敘賈雨村遇舊，爲歸結《石頭記》地步。

大某山民評曰：

桂花夏家訛詐人命，强横之狀，讕謾之談，悉呈露於字裏行間。

嘗觀失行婦女，初時親熱如火，傾肝吐膽，誓日指天，期於同死，而無不中道分飛，反眼不識者，蓋其廉恥早亡，狡詐百出，本性然也。不過上者戀嗜慾，下者貪財帛，一時弄人股掌間耳。欲期其始終不渝，是强蒲柳作松柏身也，能乎不能？若金桂、寶蟾，抑又何誅！

此回接上回，仍是乙卯年事。

第一百四回　醉金剛小鰍生大浪　癡公子餘痛觸前情

話説賈雨村剛欲過渡，見有人飛奔而來，跑到跟前，口稱：「老爺，方纔到的那廟火起了！」善爲陽，利爲陰，能用火則陰滅，此正真假轉易之機也。無主意、無奈之間一人飛來，便是此火。雨村回頭看時，只見烈焰燒天，飛灰蔽日。雨村心想：「這也奇怪。我纔出來走不多遠，這火從何而來？莫非士隱遭劫於此？」欲待回去，又恐誤了過河；若不回去，心下又不安。想了一想，便問道：「你方纔見那老道士出來了没有？」那人道：「小的原隨老爺出來，因腹内疼痛，略走了一走，回頭看見一片火光，原來就是那廟中火起，雨村不知火從何來，此即告以來處。能知疼痛而急去其穢，便是火起。特趕來稟知老爺。並没見有人出來。」雨村雖則心裏狐疑，此則酌乎其中，用人人各能之筆；而心裏狐疑，正與一人飛來，人獸針對，則又不易能矣。究竟是名利關心的人，那肯回去看視，便叫那人：「你在這裏等火滅了，進去瞧那老道在與不在，即來回稟。」此非爲賈雨村周旋，正演此等人好爲諉卸，以爲盡心耳已。不知利善之間實無中立之地，於二「假」字愈照愈清，愈勘愈細。那人只得答應了伺候。

雨村過河，仍自去查看。查了幾處，遇公館便自歇下。明日又行一程，進了都門，衆衙役接着，前呼後擁的走着。雨村坐在轎内，聽見轎前開路的人吵嚷。雨村問是何事，那開路的拉了一個人過來，跪在轎前稟道：「那人酒醉，不知迴避，反衝突過來。彼以火，此以水，真則陽，假則陰，相爲對待。小的吆喝他，他倒恃酒撒賴，躺在街心，説小的打了他了。」雨村便道：「我是管理這裏地方的，你們都是我的子民，知道本府經過，喝了酒不知退避，還敢撒賴！」那人道：「我喝酒是自己的錢，醉了躺的是皇上的地，便是大人老爺也管不得。」纔遇道士，旋見醉人，曰自己的錢，既不募緣也；曰皇上的地，亦不結舍也。雨村無可奈何矣。語面之妙，覺天空地闊。雨村怒道：「這人目無法紀，問他叫什麼名字？」那人回道：「我叫醉金剛倪二。」雨村聽了生氣，叫人：「打這金剛，瞧他是金剛不是！」手下把倪二按倒，着實的打了幾鞭，倪二負痛酒醒求饒。雨村在轎内笑道：「原來是這麽個金剛麽。我且不打你，叫人帶進衙門慢慢的問你。」衆衙役答應，拴了倪二，拉着便走。倪二哀求，也不中用。寫一潑皮以制金、生木，爲黛玉作報復，與夏金桂同義。取「醉金剛倪二」五字，非爲義俠立傳，故但如此寫便恰合，當與前「輕財尚義俠」回評參看。雨村進内覆旨回署，那裏把這件事放在心上？這件事，真事隱邊事也。「那裏放在心上」，一語兩綰。

那街上看熱鬧的，三三兩兩傳説：「倪二仗着有些氣力，恃酒訛人，今兒碰在賈大人手裏，只怕不輕饒的。」這話已傳到他妻女耳邊，那夜果等倪二不見回家。他女兒便到各處賭場尋覓，那賭博的都是這麽説，他女兒急得哭了。衆人都道：「你不用着急，那賈大人是榮府的一家，榮府裏的一個什麽二爺，和你父親相好。什麽二爺，芸二爺，即寶二爺也。入上半回，都用蜻蜓點水之筆。你同你母親去找他説個情，就放出來了。」倪二的女兒聽了，想了一想：「果然我父親常説間壁賈二爺和他好，爲什麼不找他去？」直找「遺帕」回，乃找「焚稿」回。趕着回來，即找母親説了，娘兒兩個去找賈芸。那日賈芸恰在家，見他母女兩個過來，便讓坐，賈芸的母親便倒茶。倪家母女即將倪二被賈大人拿去的話説了一遍：「求二爺説情放出來。」賈芸一口應承説：「這算不得什麼，我到西府裏説一聲就放了。那賈大人全仗我家的西府裏纔得做了這麼大官，只要打發個人去一説就完了。」此借賈芸之不自量，以追責寶玉一切託人無主張也。倪家母女歡喜，回來便到府裏，告訴了倪二，叫他：「不用忙，已經求了賈二爺。他滿口應承，討個情便放出來的。」倪二聽了也喜歡。

不料賈芸自從那日給鳳姐送禮不收，不好意思進來，也不常到榮府。那榮府的門上，原看着主子的行事，叫誰走動，纔有些體面，一時來了，他(便)(更)進去通報；若主子不大理了，不論本家親戚，他一概不回，支了去就完事。那日賈芸到府上，説：「給璉二爺請安。」門上的説：「二爺不在家，等回來我們替回罷。」賈芸欲要説「請二奶奶的安」，生恐門上厭煩，只得回家。人情世態，人人知之。此處主子必在鳳姐，預爲「致禍抱羞」寫也。折一小紅，其禍固至如此。又被倪家母女催逼着，説：「二爺常説府上是不論那個衙門，説一聲誰敢不依？如今還是府裏的一家，又不爲什麼大事，這個情還討不來，白是我們二爺了。」其語既尖利又輕鬆，底面都到。賈芸臉上下不來，嘴裏還説硬話：「昨日我們家裏有事，没打發人説去，少不得今日説了就放。什麼大不了的事。」倪家母女只得聽信。豈知賈芸近日大門竟不得進去，繞到後頭，要進園門找寶玉。不料園門鎖着，只得垂頭喪氣的回來。想起：「那年倪二借銀與我，買了香料送給他，纔派我種樹。如今我没有錢去打點，就把我拒絶。他也不是什麼好的，拿着太爺留下的公中銀錢，在外放加三錢，我們窮本家要借一兩也不能。他打諒保得住一輩子不窮的了，那知外頭的聲名很不好。我不説罷了，若説起來，人命官司不知有多少呢！」一事一浪，非倪二生之，賈芸生之也；非賈芸生之，寶、黛一心生之也。一面想着，來到家中，只見倪家母女都等着。賈芸無言可支，便説道：「西府裏已經打發人説了，只言賈大人不依。你還求我們家的奴才周瑞的親戚冷子興去纔中用。」「演説榮國府」、「一進榮國府」一團大道理，總匯於此。倪家母女聽了，説：「二爺這樣體面爺們，還不中用，若是奴才，是更不中用了。」賈芸不好意思，心裏發急道：「你不知道，如今的奴才比主子强多着呢。」倪家母女聽來無法，只得冷笑幾聲，説：「這倒難爲二爺，白跑了這幾天。等我們那一個出來，再道乏罷。」其言如刀，二爺是白跑了。説畢出來，另託人將倪二弄了出來。只打了幾板，也没有什麽罪。作者自己開脱。

倪二回家，他妻女將賈芸不肯説情的話説了一遍。倪二正喝着酒，便生氣，要找賈芸，説：「這小雜種，没良心的東西。頭裏他没有飯吃，要到府裏鑽謀事辦，虧我倪二爺幫了他。如今我有了事，他不管，好罷咧！若是我倪二鬧出來，連兩府裏都不乾净。」冤哉賈芸！冤哉寶玉！而卻是「黛」字注脚。他妻女忙勸道：「嗳，你又喝了黄湯，便是這樣有天没日頭的。前日可不是醉了鬧的亂子，捱了打，還没好呢，你又鬧了。」倪二道：「捱了打便怕他不成？只怕拿不着由頭。我在監裏的時候，倒認得了好幾個有義氣的朋友。聽見他們説起來，不獨是城内姓賈的多，外省姓賈的也不少，前日監裏收下了好幾個賈家的家人。我倒説這裏的賈家小輩子並奴才們雖不好，他們老一輩的還好，怎麽犯了事？我打聽打聽，説是這裏和賈家是一家，都是在外省審明白了，解進來問罪的，我纔放心。若説賈二這小子，他忘恩負義，我便和幾個朋友説他家怎麽倚勢欺人，怎麽盤剥小民，怎樣强娶有夫婦女。叫他們吵嚷出來，有了風聲，到了都老爺耳朵裏，這一鬧起來，叫他們纔認得倪二金剛呢！」上半回文字已了，將下文「查抄」都歸入倪二口，以明一切喪敗無非因一黛玉而已，無非因貴陰賤陽，顛倒錯亂之一心而已。安根在前，至此不過一點。他女人道：「你喝了酒睡去罷！他又强占誰家的女人來了？沒有的事，你不用混說了。」倪二道：「你們在家裏，那裏知道外頭的事？前年我在賭場裏，碰見了小張，說他女人被賈家占了。他還和我商量。我倒勸他，纔了事的。但不知這小張如今那裏去了，這兩年沒見。若碰着了他，我倪二出個主意，叫賈老二死給我瞧瞧，好好的孝敬孝敬我倪二太爺纔罷了。你倒不理我了！」說着，倒身躺下，嘴裏還是咕咕嘟嘟的說了一回，便睡去了。他妻女只當是醉話，也不理他。明日早起，倪二又往賭場中去了，不題。

且說雨村回到家中，歇息了一夜，將道上遇見甄士隱的事，告訴了他夫人一遍。他夫人便埋怨他：「爲什麼不回去瞧一瞧？倘或燒死了，可不是咱們沒良心？」說着，掉下淚來。此非爲嬌杏寫，乃反爲雨村襯。雨村道：「他是方外的人了，不肯和咱們在一處的。」正說着，外頭傳進話來，稟說：「前日老爺吩咐瞧火燒廟去的回來了，來回話。」雨村踱了出來。那衙役打千請了安，回說：「小的奉老爺的命回去，也不等火滅，便冒火進去瞧那個道士。豈知他坐的地方多燒了，再以衙役襯，而與上文「伺候雨村渡河」語相矛盾，且情節亦支離。一部《紅樓》夢話，姑妄聽之。小的想着那道士必定燒死了。那燒的牆屋往後塌去，道士的影兒都沒有，只有一個蒲團，一個瓢兒，還是好好的。小的各處找尋他的尸首，連骨頭都沒有一點兒。一蒲團，一瓢兒，太極兩儀，千變萬化在此矣。全書影兒是這兩般，全書骨頭是這兩般。小的恐老爺不信，想要拿這蒲團、瓢兒回來做個證兒。小的這麼一拿，豈知都成了灰了。」太極歸根於無極，有何證見可拿？無如喜拿證見者多多。雨村聽畢，心下明白，知士隱仙去，便把那衙役打發了出去。回到房中，並沒提起士隱火化之言，恐他婦女不知，反生悲感。只說並無形迹，必是他先走了。即生悲感者，亦婦女之見也。是情是理，小段有千百轉身。

雨村出來，獨坐書房，正要細想士隱的話，忽有家人傳報說：「內廷傳旨，交看事件。」雨村疾忙上轎進內。只聽見人說：「今日賈存周江西糧道被參回來，在朝內謝罪。」雨村忙到了內閣，見了各大人，將海疆辦理不善的旨意看了。出來即忙找着賈政，先說了些爲他抱屈的話，後又道喜，問一路可好。賈政也將違別以後的話，細細的說了一遍。雨村道：「謝罪的本上去了沒有？」賈政道：「已上去了，等膳後下來，看旨意罷。」不即不離，最合夢旨。而賈政罪通於天，隱然言下。正說着，只聽裏頭傳出旨來叫賈政，賈政即忙進去。各大人有與賈政關切的，都在裏頭等着。等了好一回，方見賈政出來，看見他帶着滿頭的汗。衆人迎上去接着，問有什麼旨意。賈政吐舌道：「嚇死人，嚇死人！倒蒙各位大人關切，且喜沒了什麼事。」小段又了全書。汗爲心液，頭爲陽位，心散陽虛，一頭汗也。人頭畜鳴，雖生猶死也。用震雷轟擊以起死回生，嚇死人也。而究竟沒有什麼事，聊以玩弄筆墨而已。而形容情事，儼然聞見，非村學究所辦。衆人道：「旨意問的是雲南私帶神鎗一案。本上奏明是原任太師賈化的家人，主上一時記着我們先祖的名字，便問起來。我忙着磕頭奏明先祖的名字是代化。主上便笑了，還降旨說：『前放兵部、後降府尹的，不是也叫賈化麼？』」那時雨村也在傍邊，倒嚇了一跳，便問賈政道：「老先生怎麼奏的？」賈政道：「我便慢慢奏道：『原任太師賈化是雲南人，現任府尹賈某是浙江湖州人。』主上又問：『蘇州刺史奏的賈範，是你一家了？』我又磕頭奏道：『是。』主上便變色道：『縱使家奴强占良民妻女，還成事麼？』我一句不敢奏。主〔上〕(子)又問：『賈範是你什麽人？』我忙奏道：『是遠族。』主上哼了一聲，降旨叫出來了。可不是詫事！」衆人道：「本來也巧，怎麽一連有這兩件事？」賈政道：「事倒不奇，倒都是姓賈的不好。陽爲奇爲一，陰爲偶爲兩。書戒用陰，故爲兩件事，戒一假而已矣。曰巧，曰奇，「巧合」「奇緣」之罪通於天矣。算來我們寒族人多，年代久了，各處都有，現在雖没有事，究竟主上記着一個『賈』字就不好。」衆人說：「真是真，假是假，怕什麽？」賈政道：「我心裏巴不得不做官，只是不敢告老。現在我們家裏兩個世襲，這也無可奈何的。」雨村道：「如今老先生仍是工部，想來京官是没有事的。」賈政道：「京官雖然無事，我究竟做過兩次外任，也就說不起了。」衆人道：「二老爺的人品行事，我們都佩服的，就是令兄大老爺，也是個好人，只要在令侄輩身上嚴緊些就是了。」賈政道：「我因在家的日子少，舍侄的事情不大查考，我心裏也不甚放心。諸位今日提起，都是至相好，或者聽見東宅的侄兒家，有什麽不奉規矩的事麽？」此段乃逆攝下文，而寫夢夢如此，政之爲政可知矣。衆人道：「没聽見別的，只有幾位侍郎心裏不大和睦，内監裏頭也有些，想來不怕什麽。只要囑咐那邊令侄諸事留神就是了。」衆人說畢，舉手而散。内監侍郎，映合男女。曰留神，留心也。舉手而散，是書又終。

賈政然後回來，衆子侄等都迎接上來。賈政迎着請賈母的安，然後衆子侄俱請了賈政的安，一同進府。王夫人等已到了榮禧堂迎接，賈政先到了賈母那裏拜見了，陳述些違别的話。賈母問探春消息，賈政將許嫁探春的事都稟明了，還說：「兒子起身急促，難過重陽，雖没有親見，聽見那邊親家的人來說的極好，親家老爺太太都說請老太太的安。還說今冬明春，大約還可調進京來，這便好了。」如今聞得海疆有事，只怕那時還不能調。」賈母始則因賈政降調回來，知探春遠在他鄉，一無親顧，心下不悦；後聽賈政將官事説明，探春安好，也便轉悲爲喜，便笑着叫賈政出去。然後弟兄相見，衆子侄拜見。〔定〕〔完〕了明日清晨拜祠堂。

賈政回到自己屋内，王夫人等見過，寶玉、賈璉替另拜見。賈政見了寶玉，果然比起身之時臉面豐滿，倒覺安静，並不知他心裏糊塗，所以心甚歡喜，不以降調爲念，心想幸虧老太太辦理的好。又見寶釵沈厚，更勝先時；蘭兒文雅俊秀，便喜形於色。獨見環兒仍似先前，大不甚鍾愛。歇息了半天，忽然想起：「爲何今日短了一人？」黛玉曰一人，合寶、黛兩玉成一心，亦爲一人，説得鄭重，以起下半回。而釵嫁黛死同一時辰，政尚未行，今乃云者，是黛死而未死也。矛盾處正大寓言處。王夫人知是想着黛玉，前因家書未報，今日又初到家，正是歡喜，不便直告，只説是病着。豈知寶玉的心裏已如刀絞，因父親到家，只得把持心性伺候。王夫人家筵接風，子孫敬酒。鳳姐雖是侄媳，現辦家事，也隨了寶釵等遞酒。賈政便叫：「遞了一巡酒，都歇息去罷。」命衆家人不必伺候，待明早拜過宗祠，然後進見。上文罪通於天，此段罪通於祖，都在賈政一人。分派已定，賈政與王夫人説些別後的話，餘者王夫人都不敢言。陰陽否塞，焉得不敗？倒是賈政先提起王子騰的事來，王夫人也不敢悲戚。賈政又説蟠兒的事，王夫人只説他是自作自受，趁便也將黛玉已死的話告訴。賈政反嚇了一驚，不覺掉下淚來，連聲歎息。王夫人掌不住也哭了。傍邊彩雲等即忙拉衣，王夫人止住，重又説些喜歡的話，便安寢了。

次日一早，至宗祠行禮，衆子侄都隨往。賈政便在祠傍廂房坐下，叫了賈珍、賈璉過來，問起家中事務。賈珍揀可説的説了。賈政又道：「我初回家，也不便來細細查問。只是聽見外頭説起，你家裏更不比往前，諸事要謹慎纔好。你年紀也不小了，孩子們該管教管教，別叫他們在外頭得罪人。璉兒也該聽聽，不是纔回家便説你們，因我有所聞，所以纔説的，你們更該小心些。」其言籠統含糊，酷肖其人，吾見多多，聞多多矣。轉瞬即到「查抄」，嗟何能及！可見知幾急流等寓意，非正筆，乃逆筆也。賈珍等臉上通紅的，臉上通紅，則已寓復於剥。作者忠厚，直許人獸同得解脱。也只答應個「是」字，不敢説什麽，賈政也就罷了。回歸西府，衆家人磕頭畢，仍復進内，女僕行禮，不必多贅。

只説寶玉因昨日賈政問起黛玉，王夫人答以有病，他便暗裏傷心，直待賈政命他回去，一路上已滴了好些眼淚。回到房中，見寶釵和襲人等説話，他便獨坐在外納悶。寶釵叫襲人送過茶來，知他必是怕老爺查問功課，所以如此，只得過來安慰。寶玉便借此説：「你們今夜先睡一回，我要定定神。」神即是心，這正是定神，而神已走矣。這時更不如從前，三言可忘兩語，老爺瞧了不好。你們睡罷，叫襲人陪着我。」寶釵聽説有理，便自己到房先睡。寶玉輕輕的叫襲人坐着，央他：「把紫鵑叫來，有話問他。但是紫鵑見了我，臉上嘴裏總是有氣似的，須得你去解釋開了他來纔好。」襲人道：「你説要定神，我倒喜歡，怎麽又想到這上頭了，有話你明日問不得？」寶玉道：「我就是今晚得閑，明日倘或老爺叫幹什麽，便没空兒。好姐姐，你快去叫他來。」襲人道：「他不是二奶奶叫不來的。」燕窩餘毒。寶玉道：「我所以央你去説明白了纔好。」襲人道：「叫我説什麽？」寶玉道：「你還不知道我的心，也不知道他的心麽？都爲的是林姑娘。你説我並不是負心的，我如今叫你們弄成了一個負心人了。」説着這話，便瞧瞧裏頭，用手一指，說：「他是我不願意的，都是老太太他們捉弄的，好端端把一個林妹妹弄死了。明說弄死，罪有攸歸。就是他死，也該叫我見見，說個明白，他自己死了也不怨我。你是聽見三姑娘他們說的，臨死還怨恨我，那紫鵑爲他姑娘，也恨得我了不得，你想我是無情的人麼？晴雯到底是個丫頭，也沒有什麼大好處，他死了，我老實告訴你罷，我還做個祭文去祭他，那時林姑娘還親眼見的。悍婦詖奴之語，是豈可以告釵、襲？如今林姑娘死了，莫非倒不如晴雯麼？死了連祭都不能祭一祭？林姑娘死了，還有知識的，他想起來，不要更怨我麼？」襲人道：「你要祭便祭去，要我們做什麼？」功成事定，其心夷然，而不圖其後也。寶玉道：「我自從好了起來，就想做一首祭文的，不知道我如今一點靈機都沒有了。若祭別人，胡亂卻使得，若是他，斷斷俚俗不得一點兒的。所以叫紫鵑來，問他姑娘這條心，他們打從那樣上看出來的。我沒病的頭裏，還想得出來，一病已後，都不記得。你說林姑娘已經好了，怎麼依然死的？他好的時候我不去，他怎麼說？我病時候他不來，他也怎麼說？所以有他的東西，我誆了過來，你二奶奶總不叫我動，不知什麼意思。」人以爲誆東西，爲寶之不忘黛作補筆也，殊不知乃「查抄」之綫索。所云東西，東西府也。襲人道：「二奶奶惟恐你傷心罷了，還有什麼？」寶玉道：「我不信，既是他這麼念我，爲什麼臨死都把詩稿燒了，不留給我作個記念？又聽見說天上有樂音，想必是他成了神，或是登了仙去。我雖見過了棺材，到底不知道棺材裏有他沒有。」以奇筆寫將疑將信之情，洵足爲下半回之鎮。而「前情」兩字遂爾如吮而出。襲人道：「你這話益發糊塗了，怎麼一個人不死就擱上一個空棺材當死了人呢？」一部《紅樓》寫一黛玉而已，寫一黛玉之死而已，而其實是個空棺材，奈何哭者之多！寶玉道：「不是嗄，大凡成仙的人，或是肉身去的，或是脫胎去的。好姐姐，你到底叫了紫鵑來。」襲人道：「如今等我細細的說明了你的心，他若肯來還好，若不肯來，還得費多少話。就是來了，見你也不肯細說。據我主意，明後日等二奶奶上去了，我慢慢的問他，或者倒可仔細。遇着閑空兒，我再慢慢的告訴你。」此見襲與釵已貳矣。伊古奸雄，急則相輔，緩則相攻，是書已照見。寶玉道：「你說得也是，你不知道我心裏的着急。」

正說着，麝月出來說：「二奶奶說，天已四更了，請二爺進去睡罷。襲人姐姐必是說高了興了，忘了時候兒了。」此言從賢不賢夾縫中描出，兩賢相厄，煞是好看。襲人聽了，道：「可不是該睡了，有話明日再說罷。」寶玉無奈，只得憂愁進去，又向襲人耳邊道：「明日不要忘了。」襲人笑說：「知道了。」麝月笑道：「你們兩個又鬧鬼了，何不和二奶奶說了，就到襲人那邊睡去，由着你們說一夜，我們也不管。」寶釵枉了。寶玉擺手道：「不用言語。」襲人恨道：「小蹄子，你又嚼舌根，看我明日撕你。」回轉頭來對寶玉道：「這不是二爺鬧的？說了四更的話，總沒有說到這裏。」這裏是那裏？於襲人明演「初試」之人猶說「沒說到這裏」，其他更有何人說到這裏耶？一面說，一面送寶玉進屋，各人散去。

那夜寶玉無眠，「無眠」二字是莊言，是戲筆。到了明日，還思這事。只聞得外頭傳進話來說：「衆親朋因老爺回來，都要送戲接風。老爺再四推辭，說唱戲不必，「前情」直接「查抄」。戲已唱足，何必再唱？竟在家裏備了水酒，倒請親朋過來，大家談談。於是定了後日擺席請人，所以進來告訴。」

不知所請何人，且看下回分解。

此回合下回爲一大段，乃「成大禮」「斷癡情」之複本，山之鳴，谷之應也。一書不外報復，故上半曰「醉金剛」以制釵之金，曰「小鰍」以生黛之木。天意如此，人心如此，是爲情之正。而乃殺木生金，貴陰賤陽，顛倒錯亂，至於如此，一切人情，亦大左矣。是爲「餘痛」，是爲「前情」，而即爲「查抄」本事。兩句目録當一串讀，上句正以注下句也。兩回書止作一回讀，上回正以注下回也。或問殺一黛玉，何便罪至抄没，以「前情」爲本事，無乃牽强？答曰：書子虛也，人烏有也，空空洞洞，説一心從何説起，故立一必不可走之寶玉，必不可死之黛玉以實之，則一心便有得搬弄，金木陰陽，乾坤剥復，四子六經，都集於此。而所以搬弄都非正心，死者死，走者走，因而傷天害理，人頭畜鳴，百出不窮，非抄没之將何以撥亂反正？故有走死，即有抄没，非兩事也。

護花主人評曰：

此庵不燒，賈雨村必重來尋訪，或遣丁接請，不但筆墨煩冗，且亦難于了結。付之一火，脱化簡净。

借醉金剛口中説起重利盤剥及張華舊事，可見人言籍籍，口碑載道，爲御史風聞，題參張本。

衆京官説侍郎、内監不甚和睦，已露參劾消息。

黛玉死後，若寶玉一哭之後，絶不提起，便與生前情意不相關照。然既與寶釵恩愛，又不便時時刻刻哀思黛玉，故借賈政歎傷，觸動前情，想起紫鵑。但竟叫紫鵑未必肯來，即來亦不肯細説，寶玉心事，無從傾吐。因借央懇襲人，復以誄祭晴雯相比，方可描出寶玉深情，即文章烘雲托月法。

大某山民評曰：

死者之心，抱恨無窮，生者之心，不能一白。是以寶玉之叫紫鵑，欲於知死者之心，稍舒鬱結。

此正萬不得已之極思也。而襲人又多方撓阻遲緩之，何哉！

黛玉已死，即寶玉日日祭奠，曾復何補於事？乃并求如晴雯之一祭而亦不能，則其心更不安矣。非謂一祭黛玉，其心便可放下也。

此回仍是乙卯年事。

第一百五回　錦衣軍查抄寧國府　驄馬使彈劾平安州

話説賈政正在那裏設宴請酒，忽見賴大急忙走上榮禧堂來，此回單刀直入，以賴大走上榮禧堂起一篇罪案。一部《易》理統在此句。回賈政道：「有錦衣府堂官趙老爺，帶領好幾位司官，説來拜望。奴才要取職名來回，趙老爺説：『我們至好，不用的。』一面就下車來走進來了。請老爺同爺們快接去。」來得突兀，恰合情事，而必是趙，即趙姨之趙，循環所自出也。賈政聽了，心想：「趙老爺並無來往，怎麽也來？現在有客，留他不便，不留又不好。」正自思想，「留」「不留」字，「思想」字，都着眼。賈璉説：「叔叔快去罷，再等一回，人都進來了。」正説着，只見二門上家人又報進來説：「趙老爺已進二門了。」賈政等搶步接去。只見趙堂官滿臉笑容，並不説什麽，「乾坤《易》之門户」，是曰二門，是笑，是不説，又抉全書，而寫來尤肖。一徑走上廳來，後面跟着五六位司官，五、六便是二門。也有認得的，也有認不得的，但是總不答話。賈政等心裏不得主意，只得跟了上來讓坐。衆親友也有認得趙堂官的，見他仰着臉，不大理人，只拉着賈政的手笑着，説了幾句寒温的話。寒温的話，是《易》道，是書旨。衆人看見來頭不好，也有躲進裏面屋裏的，也有垂手侍立的。

賈政正要陪笑敍話，只見家人慌張報道：「西平王爺到了！」金位西方，金受制則西平。賈政慌忙去接，已見王爺進來。趙堂官搶上去請了安，便説：「王爺已到，隨來各位老爺就該帶領府役，把守前後門。」衆官應了出去。賈政等知事不好，一部大書，但要人早早辨明此四字。連忙跪接。西平王用兩手扶起，笑嘻嘻的説道：「無事不敢輕造，有奉旨交辦事件，要赦老接旨。「赦」字名義到此自宣，而總不脱「笑」字，底面都到。如今滿堂中筵席未散，想有親友在此未便，且請衆位府上親友各散，獨留本宅的人聽候。」趙堂官回説：「王爺雖是恩典，但東邊的這位王爺，辦事認真，想是早已封門。」衆人知是兩府干係，恨不能脱身。只見王爺笑道：「衆位只管就請，叫人來給我送出去，告訴錦衣府的官員説：這都是親友，不必盤查，快快放出。」那些親友聽見，就一溜煙如飛的出去了。獨有賈赦、賈政一干人，嚇得面如土色，滿身發顫。

不多一回，只見進來無數番役，各門把守。本宅上下人等，一步不能亂走。趙堂官便轉過一副臉來，回王爺道：「請爺宣旨意，就好動手！」這些番役都撩衣勒臂，專等旨意。西平王慢慢的説道：「小王奉旨，帶領錦衣府趙全來查看賈赦家產。」有聲有色，如見如聞，豈作者亦曾經見耶？而老趙有轉臉，赦老無餘財矣。這便是循環，環轉無端，便是全。賈赦等聽見，俱俯伏在地。王爺便站在上頭説：「有旨意：賈赦交通外官，倚勢凌弱，辜負朕恩，有忝祖德，着革去世職，欽此。」但明罪通天祖，而旨尚未完。此書大旨正妙在未完也。趙堂官一疊聲叫：「拿下賈赦，其餘皆看守！」維時，賈赦、賈政、賈璉、賈珍、賈蓉、賈薔、賈芝、賈蘭俱在，惟寶玉假説有病，在賈母那邊打鬧，賈環本來不見大人的，所以就將現在幾人看住。赦、政、珍、璉，並在一處，絶不費手，此查抄所以必在接風擺酒時也。是乃謀篇之妙。而寶主一中，環運四周，皆虛空也，不入看住，是中邊困如鐵桶。凡假之爲假，無不看住，更無遺漏矣。巧奪天工。趙堂官即叫他的家人傳齊司員，帶同番役，分頭按房，查抄登賬。旨意未説查抄而查抄，書既以未完見長，又寓言是非天心，實人事也。這一言不打緊，嚇得賈政上下人等面面相看，喜得番役家人摩拳擦掌，就要往各處動手。西平王道：「聞得赦老與政老同房各炊的，理應遵旨查看賈赦的家資，其餘且按房封鎖，我們覆旨去，再候定奪。」前云小王奉旨查看賈赦家產，謙曰「小王」，是西平口語，非述旨詞；此又作述旨出語，以分赦、政。天人交雜，大費分析。趙堂官站起來說：「回王爺，賈赦、賈政並未分家，聞得他侄兒賈璉承總管家，不得不盡行查抄。」西平王聽了，也不言語。循環自主，天亦無權。凡人行事，總不可到西平王也不言語地也。趙堂官便說：「賈赦、賈璉兩處，須得奴才帶領去查抄纔好。」西平王便說：「不必忙，先傳言後宅且請內眷迴避，再查不遲。」所謂王善保。

一言未了，老趙家奴番役已經拉着本宅家人領路分頭查抄去了。王爺喝令：「不許囉唣！待本爵自行查看。」說着，便慢慢的站起來要走，又吩咐道：「跟我的人一個不許動，都給我站在這裏候着，回來一齊瞧着登數。」正說着，只見錦衣司官跪稟說：「在內查出御用衣裙，並多少禁用之物，不敢擅動，特來請示王爺。」一回兒又有一起人來攔住王爺，回說：「東跨所抄出兩箱房地契文，一箱借票，都是違禁取利的。」是書竊《春秋》之筆，即竊天予之權。查抄第一是禁物，是一大書罪，又竊《周易》書契，自蹈「處士橫議」之譏，是又一大罪。老趙便說：「好個重利盤剥！很該全抄。請王爺就此坐下，奴才去全抄來，再候定奪罷。」惟錢知錢，故用他說，而「剥」字、「全」字是眼，此正演《剥》之《復》如環無端際也。

說着，只見王府長史來稟說：「守門軍進來說，主上特命北静王到這裏宣旨，請爺接去。」由西而北，正剥而得復之地。自「路謁」至此，著明北静作用，而只是寶玉一心。屢見前評。趙堂官聽了，心裏喜歡說：「我好晦氣，碰着這個酸王。如今那位來了，我就好施威。」西方肅殺未甚，至北方則寒威大作，故趙謂西曰「酸王」，酸則木味，是木反能平金；

則北静，静而生動，寒極而轉爲温矣。一面想着，也迎出來。只見北静王已到大廳，就向外站着說：「有旨意，錦衣府趙全聽宣。」說：「奉旨意：着錦衣官惟提賈赦質審，餘交西平王遵旨查辦。欽此。」纔演北静，即鋪一將春未春光景，皆天心也，與老趙何與？趙亦行乎不得不行，止乎不得不止而已。西平王領了，好不歡喜，便與北静王坐下，便着趙堂官提取賈赦回衙。裏頭那些查抄的人，聽得北静王到，俱一齊出來；及聞趙堂官走了，大家没趣，只得侍立聽候。北静王便揀選兩個誠實司官，並十來個老年番役，餘者一概逐出。西平王便說：「我正與老趙生氣，幸得王爺到來降旨，不然這裏很吃大虧。」一路神情，用此數語補畫，而其人恍來紙上。「生氣」二字，正是趙全，此氣一息，乾坤息矣。北静王說：「我在朝内聽見王爺奉旨查抄賈宅，我甚放心，諒這裏不致荼毒；不料老趙這麽混賬。老趙乃人心自招，天意亦人心自致，一部混賬記此而已。但不知現在政老及寶玉在那裏，裏面不知鬧到怎麽樣了？」衆人回稟：「賈政等在下房看守着，裏面已抄得亂騰騰的了。」西平王便吩咐司員：「快將賈政帶來問話。」衆人命帶了上來。賈政跪了請安，不免含淚乞恩。北静王便起身拉着說：「政老放心。」恩從北至，而「快將賈政帶來」，出自西平，這便是「生氣」「放心」字，必特提。便將旨意說了。賈政感激涕零，望北又謝了恩，仍上來聽候。王爺道：「政老，方纔老趙在這裏的時候，番役呈稟有禁用之物，並重利欠票，我們也難掩過。這禁用之物，原辦進貴妃用的，我們聲明也無礙。獨是借券，想個什麽法兒纔好。氣數之天，可以挽回；人事之天，大費周折。如今政老且帶司員實在將赦老家産呈出，也就了事，切不可再有隱匿，自干罪戾。」賈政答應道：「犯官再不敢。但犯官祖父遺産，並未分過，惟各人所住的房屋有的東西便爲己有。」根本不分，枝葉自茂，即此還出一個由剥得復之理在處所。兩王便說：「這也無妨，惟將赦老那一邊所有的交出就是了。」「赦」字的旨。又吩咐司員等：「依命行去，不許胡混妄動！」司員領命去了。

且說賈母那邊女眷，也擺家宴，王夫人正在那邊說：「寶玉不到外頭，恐他老子生氣。」又從生氣說入，而老子正生氣之本。鳳姐帶病哼哼唧唧的說：「我看寶玉也不是怕人，他見前頭陪客的人也不少了，所以在這裏照應也是有的。倘或老爺想起裏頭少個人在那裏照應，太太便把寶兄弟獻出去，可不是好。」陪客是主，在内陪客則主中主，《復》之一陽，從内卦起。外卦爲上，内卦爲下，《復》之一陽從下而上，獻之義也。賈母笑道：「鳳丫頭病到這地位，這張嘴還是那麼尖巧。」黛以尖取禍，釵以巧取禍，一尖一巧，查抄所取。正說到高興，只聽見邢夫人那邊的人，一直聲的嚷進來說：「老太太、太太不好了！多多少少的穿鞋帶帽的强、强盜來了，翻箱倒籠的來拿東西！」賈母等聽着發呆。又見平兒披頭散髮，拉着巧姐，哭啼啼的來說：「不好了！我正與姐兒吃飯，來旺被人拴着進來說：『姑娘快快傳進去，請太太們迴避，外面王爺就要進來查抄家産。』外從賈赦、賈璉，内從邢氏、平兒發作「查抄」，條理分明。而平兒必帶巧姐，復已寓於剥中矣。我聽了着忙，正要進房拿要緊東西，被一夥人混推混趕出來的。你們這裏該穿該帶的快快收拾。」王、邢二夫人聽得俱魂飛天外，特提「魂」字，是本，乃查抄之根，不是隨筆。不知怎樣纔好。獨見鳳姐先前圓睁兩眼聽着，後來便一仰身栽到地下死了。便是衣錦還鄉，便是「醉金剛」。必說兩眼，與「魂」字同義，不是隨筆。賈母没有聽完，便嚇得涕淚交流，連話也說不出來。那時一屋子人，拉那個扯這個，鬧得翻天覆地。翻天覆地，《否》，而《泰》寓此矣。又聽見一叠聲嚷說：「叫裏面女眷們迴避，王爺進來了！」可憐寶釵、寶玉等正在没法，釵、玉必應一總，同爲禍本。而敍釵於玉之上，首從分明。只見地下這些丫頭婆子亂抬亂扯的時候，賈璉喘吁吁的跑進來說：「好了，好了，幸虧王爺救了我們了！」暢明北静之用。

衆人正要問他，賈璉見鳳姐死在地下，哭着亂叫；又見老太太嚇壞了，也急得死去。還虧平兒將鳳姐叫醒，令人扶着。老太太也回過氣來，哭得氣短神昏，躺在炕上。李紈再三寬慰。然後賈璉定神，將兩王恩典説明，惟恐賈母、邢夫人知道賈赦被拿，又要嚇死，暫且不敢明説，此處絶不及寶釵一語，已伏「力詘」回若干深意。只得出來照料自己屋內。

一進屋門，只見箱開櫃破，物件搶得半空。此時急得兩眼直豎，淌淚發呆，聽見外頭叫，只得出來。見賈政同司員登記物件，一人報説：一人報説，與「雨村遇舊」回結尾一人飛來同是一人，所以抄沒，報此一人，復此一人，使人人各自爲人而已。

赤金首飾共一百二十三件，珠寶俱全。起首是金，禍生於釵也。絳珠、寶玉合一二三。珍珠十〔二〕〔三〕掛。淡金盤二件。金碗二對。金戧碗二個。金匙四十把。銀大碗八十個。銀盤三十個。三鑲金象牙箸二把。鍍金執壺四把。鍍金折盂三對。茶托二件。銀碟七十六件。銀酒杯三十六個。黑狐皮十八張。青狐六張。貂皮三十六張。黄狐三十張。猞猁猻皮十二張。麻葉皮三張。洋灰皮六十張。灰狐腿皮四十張。醬色羊皮二十張。猢狸皮二張。黄狐腿二把。小白狐皮二十塊。洋呢三十度。嗶嘰二十三度。姑絨十二度。香鼠桶子十件。豆鼠皮四方。天鵝絨一卷。梅鹿皮一方。雲狐桶子二件。貉崽皮一卷。鴨皮七把。灰鼠一百六十張。獾子皮八張。虎皮六張。海豹三張。海龍十六張。灰色羊皮四十張。黑色羊皮六十三張。玄狐帽檐十副。倭刀帽檐十二副。貂檐帽二副。小狐皮十六張。江獺皮十張。獺子皮二張。猫皮三十五張。倭緞十二度。綢緞一百三十卷。紗綾一百八十一卷。羽綫綯三十一卷。氆氌三十卷。妝蟒緞八卷。葛布三捆。各色布三捆。各色皮衣一百三十二件。綿夾單紗絹衣三百四十件。玉玩三十二件。帶頭九副。銅錫等物五百餘件。鐘表十八件。朝珠九掛。各色妝蟒三十四件。上用蟒緞迎手靠背三分。宮妝衣裙八套。脂玉圈帶一條。黄緞十二卷。潮銀五千二百兩。赤金五十兩。錢七千吊。所有查抄之物，其數目總合十五萬零，與「祭宗祠」烏進孝之物，其數相合。不受天祿，因受天罰，所謂收拾東西。諸物以金首飾起，以金銀錢結，乃籠全書之人，統全書之事。故首飾下接珍珠十二掛，書爲十二釵作。始以襲人，終以襲人，襲人本名珍珠也。金銀器以次即接皮張，一書所演，無非禽獸。狐備五色，爲數居多，而黑狐首列，即黛之黛，一書之主，明妖媚也。雜以洋貨，變於夷也。而梅鹿只有一方，紈、蘭母子而已。梅主春陽，鹿爲天禄，其義見前。一方即北静王天心復見之一方，人留人種，書留書末也。否則鹿皮非希有之物，何必只有一方？即此以推其餘，則件件數目皆有的指。說到帽檐，笨伯則又要指朝代，然看宮妝衣裙、脂玉圈帶，固何朝代可指耶？脂玉圈帶一條，正對鹿皮一方，書以玉演心，以脂粉演污染，故必曰脂玉，其用以範圍不過是爲圈帶，於是爲梅爲鹿，要人各不出此圈而已。末歸一財，與起首之金首飾亦合亦分。看其數曰五二，即下所謂「二五之精」也。曰五十，即上所謂「十五將笄」也。曰七，即「巧合」也，此與首飾合者也。然禍起於釵，實成於鳳。且鳳亦財色兩主，而主財者居多，故此處打結轉以銀先之，而次及金及錢，不重金重在銀錢也。此與首飾分者也。賓中主，主中賓，何有條不紊乃爾。

一切動用家伙攢釘登記，以及榮國賜第俱一一開列。總合榮國賜第，赦、政分而不分，政亦何能逃過？此筆極嚴。其房地契紙，家人文書，亦俱封裹。賈璉在旁，只不聽見報他的東西，心裏正在疑惑。既作合勘，旋爲分判，仍以赦爲罪首也。無賈璉東西，其意愈寛愈嚴。只聞兩家王爺問賈政道：明問剥主。「所抄家資内有借券，實係盤剥，究是誰行的？政老據實纔好。」賈政聽了，跪在地下碰頭，說：「實在犯官不理家務，這些事全不知道，問犯官侄兒賈璉纔知。」非開脱政，正坐實政，《春秋》責備賢者，況有家而不知乎？地下碰頭，已自認剥。頭爲人之山，山附於地，非《剥》而何？倘作閑文看，則一書皆閑文矣。賈璉忙走上跪下稟説：「這一箱文書，既在奴才屋内抄出來的，敢説不知道麽？只求王爺開恩，奴才叔父並不知道的。」兩王道：「你父已經獲罪，只可併案辦理。剥主仍舊歸他，是爲併案。你全認了，也是正理如此。」叫人將賈璉看守，餘俱散收宅内，便説：「政老你須小心候旨，我們進内覆旨去了。這裏有官役看守。」説着，上轎出門，賈政等就在二門跪送。又提二門。北静王把手一伸，説：「請放心。」覺得臉上大有不忍之色。西曰小心，北曰放心，一正一反，全書了義。不忍爲仁之端，普告天下人以北静之心，願人人自去體認。

此時賈政神魂方定，魂魄再明金木。猶是發怔。賈蘭便説：「請爺爺進内瞧老太太，再想法兒打聽東府裏的事。」直接賈蘭，即北静之所生，而「孝」字隱然言下。賈政即忙起身進内。只見各門上婦女亂嘈嘈的，不知要怎樣。賈政無心查問，一直到賈母房中。只見人人淚痕滿面，王夫人、寶玉等又無寶釵。圍住賈母，寂静無言，各各掉淚，惟有邢夫人哭作一團。因見賈政進來，都説：「好了，好了！」便告訴老太太説：「老爺仍舊好好的進來，請老太太安心罷。」賈母奄奄一息的，微開雙目，説：「我的兒，不想還見得着你！」一聲未了，便嚎啕痛哭起來了，於是滿屋裏人俱哭個不住。其情慘，其語悲，作者一枝筆不知騙了多少婆子淚。曰一息，曰雙目，曰我的兒，曰還見得着，演《復》卦無一閑字，卻無人理會，枉隨聲一哭矣。賈政恐哭壞老母，即收淚説：「老太太放心罷。此放心是罪案，非北静口中之放心。本來事情原不小，蒙皇上天恩，兩位老爺的恩典，萬般軫恤，就是大老爺暫時拘質，等問明白了，皇上還有恩典。如今家裏一些也不動了。」賈母見賈赦不在，又傷心起來，賈政再三安慰方止。

衆人俱不敢走散，獨邢夫人回至自己那邊，見門總封鎖，丫頭婆子亦鎖在幾間屋内。邢夫人無處可走，放聲大哭起來，只得往鳳姐那邊去。見二門傍舍亦上封條，惟有屋門開着，裏頭嗚咽不絕。邢夫人進去，見鳳姐面如灰紙，合眼躺着，平兒在傍暗哭。邢夫人打諒鳳姐死了，又哭起來。平兒迎上來説：「太太不要哭，奶奶抬回來，覺着像是死的了，幸得歇息一回，甦過來哭了幾聲，如今痰息氣定，略安一安神。太太也請定定神罷。但不知老太太怎樣了？」邢夫人也不答言，問老太太而不答言，與賈蘭瞧老太太反覆發明「孝」字本旨，是赦之必無可赦也。仍走到賈母那邊，見眼前俱是賈政的人，自己夫、子被拘，媳婦病危，女兒受苦，現在身無所歸，那裏禁得住？衆人勸慰，李紈等令人收拾房屋，請邢夫人暫住，王夫人撥人服侍。又無寶釵。

賈政在外，心驚肉跳，拈鬚搓手的等候旨意，聽見外面看守軍人亂嚷道：「你到底是那一邊的？既碰在我們這裏，就記在這裏册上，拴着他交給裏頭錦衣府的爺們。」賈政出外看時，見是焦大，一接賈蘭，再接焦大，三接薛蝌，方收束得住此篇文字。便説：「你怎麽跑到這裏來？」焦大見問，便號天蹈地的哭道：書起於焦大一駡，終於焦大一哭，一書直寫正寫，不作隱語者，焦大一人而已。這便是一人飛來，一人報道，總成一人之大。「我天天勸，這些不長進的爺們，拿我當作寃家。連爺還不知道焦大跟着太爺受的苦，今朝弄到這個田地！珍大爺、蓉哥兒都叫什麽王爺拿了去了，裏頭女主兒們都被什麽府裏衙役搶得披頭散髮，擉在一處空房裏，那些不成材料的狗男女都像猪狗似的攔起來了，所有的都抄出，破爛磁器都打得粉碎。他們還要把我拴起來。我活了八九十歲，只有跟着太爺捆人的，那裏倒叫人捆起來！我便說：『我是西府裏的。』就跑出來。那些人不依，押到這裏，不想這裏也是那麼着。我如今也不要命了，和那些人拼了罷！」說着撞頭。哭得慷慨淋漓，罵得直截痛快，東西兩府，合在一人。此哭此罵，不容分析，而併入賈政耳，乃《春秋》責備也。衆役見他年老，又是兩王吩咐，不敢發狠，便說：「你老人家安靜些，這是奉旨的事，你且這裏歇歇，聽個信兒再說。」土中有真信，必須從焦大聽。賈政聽明，雖不理他，但是心裏刀絞似的，便道：「完了，完了，不料我們家一敗塗地如此！」

正在着急聽候内信，只見薛蝌氣噓噓的跑進來說：「好容易進來了，姨父在那裏？」賈政道：「來得好，但是外頭怎麼放進來的？」薛蝌道：「我再三央說，又許他們錢，所以我纔能彀出入的。」賈政便將抄去之事告訴了他，便煩他再去打聽打聽，「就有好親戚，在火頭上，也不便送信，是你就好通信了。」爲釵之弟，爲琴之兄，復在剥中，故合焦大同爲得信之人。薛蝌道：「這裏的事，我倒想不到；那邊東府的事，我已聽見說完了。」東西合一，與焦大同。賈政道：「究竟犯什麼事？」薛蝌道：「今朝爲我哥哥打聽決罪的事，必從蟠起，禍總在釵。在衙内聞得有兩位御史，風聞得珍大爺引誘世家子弟賭博，這款還輕；還有一大款是强占良民妻女爲妾，因其女不從，凌逼致死。那御史恐怕不確，還將咱們家的鮑二拿去，又還拉出一個姓張的來。只怕連都察院都有不是，爲的是張姓曾在都察院告過的。」定「致禍」之罪，明熙鳳之風，「風聞」二字，化熟生新。妙，妙。賈政尚未聽完，便跺脚道：「了不得，罷了，罷了！」歎了一口氣，撲簌簌的吊下淚來。兩「完了」，兩「罷了」，一「歎」，一「淚」，此書又結。

薛蝌寬慰了幾句，即便又出來打聽去了。隔了半日，仍舊進來，說：「事情不好。我在刑科打聽，倒没有聽見兩王覆旨的信，但聽得説：李御史今早參奏平安州奉承京官、迎合上司、虐害百姓好幾大款。」御史必姓李，書之理無非諫，要人各保平安也。賈政慌道：「那管他人的事，到底打聽我們的怎麽樣？」薛蝌道：「説是平安州，就有我們。那參的京官就是赦老爺，説的是包攬詞訟，所以火上澆油。政以平安爲他，自外於理矣；蝌以平安在己，故有此火上澆油之古篆文。就是同朝這些官府，俱藏躲不迭，誰肯送信？即如纔散的這些親友，有的竟回家去了，也有遠遠的歇下打聽的。可恨那些貴本家便在路上説：『祖宗挣下的世職，弄出事來了，不知道飛到那個頭上，大家也好施威。』」一賈無不賈，言之慨然。一部古篆，不得不描。賈政没有聽完，復又頓足道：「都是我們大爺忒糊塗，東府也忒不成事體。如今老太太與璉兒媳婦是死是活，還不知道呢。你再打聽去，我到老太太那邊瞧瞧。若有信，能彀早一步纔好。」再説未聽完，一部書固未完，然但知瞧老太太，則未完而完矣。何定要聽完者之多？正説着，聽見裏頭亂嚷出來説：「老太太不好了！」「歸地府」在此回，「返金陵」在此回，總以「歸離恨」在此回也。故以「老太太不好了」虚喝作結。急得賈政即忙進去。

未知生死如何，且看下回分解。

此回與上回章法同。彼以上半縮入下半，此亦以上半縮入下半。上半文皆多，下半文皆少，而少者反爲主。其實兩回書只二「前情」而已。其大易明，其細難解。

自上回合此回爲一大段，總發作「葫蘆案」，全書一大交代處也。水土和成泥，草木滋培，早尋「泥二」；金帛鋪成錦，榮、寧消歇，盡付錦衣。報未了之前情，買難逢之一醉。顯彰天道，賴大直上榮禧；重整人心，焦大已無舊土。一齊抄没，共保平安。驄馬朝天，金剛掃地。

護花主人評曰：

查抄家産，偏在設席請客時，纔是出于意外。

寫西平王處處用情，趙堂官處處挑撥，令人急殺，以爲賈母、王夫人及寶玉房中必均遭荼毒。幸有北静王來宣明恩旨，令人神魂稍定。文情如疾風暴雨時忽然雲散風和。

抄没寧府情形，只在賈政聽見登記件上寫出，可見番役查抄時，兩府内外人等，俱看守嚴密，消息不通。

於天翻地覆時，忽插入焦大噪鬧，又將賈珍等平日作爲及被抄情形細説一遍，以補筆旁筆寫出正文，方不是印板文字。

平安州被參及賈赦犯事緣由，於薛蝌口中略略一敍，妙在不能探聽詳細。

寫薛蝌獨出力探事，不但見親情之厚，薛蝌之能，且可見其餘親友之勢利，不是單寫薛蝌。

大某山民評曰：

此回仍是乙卯年事。

第一百六回　王熙鳳致禍抱羞慚　史太君禱天消禍患

話説賈政聞知賈母危急，忙進去看視，見賈母驚嚇氣逆，王夫人、鴛鴦等喚醒回來，閑閑而起，實則重頓特提，乃明定罪案之文。鳳姐、賈母兩人爲首，一死不足蔽辜，故先寫其死以誅之。罪在貴陰賤陽，不順天道，是爲氣逆，乃《易》理之剥而復也。故喚回必用王夫人、鴛鴦，餘意自明。即用疏氣安神的丸藥服了，漸漸的好些，只是傷心落淚。賈政在旁勸慰，總説：「是兒子們不肖，招了禍來，累老太太受驚。若老太太寬慰些，兒子們尚可在外料理；若是老太太有什麽不自在，兒子們的罪孽又重了。」賈母道：「我活了八十多歲，自作女孩兒起，到你父親手裏，都託着祖宗的福，從没有聽見過那些事。如今到老了，見你們倘或受罪，叫我心裏過得去麽？倒不如合上眼，隨你們去罷了。」説着又哭。賈政此時着急異常，又聽外面説：「請老爺，内廷有信。」賈政急忙出來，見是北静王府長史。一見面便説：「大喜！」賈政謝了，請長史坐下，便問：「王爺有何諭旨？」那長史道：「我們王爺同西平王爺進内覆奏，將大人懼怕的心，感激天恩的話都代奏了。書重天恩祖德，上説祖德，此説天恩，忠在孝中，是乃的旨。主上甚是憫恤，並念及貴妃溘逝未久，不忍加罪，着加恩仍在工部員外上行走；特提氣數之天，見不忠不孝亦有使然。剥雖得復，而寶玉究以不忠不孝而走，是中郎歸空之案未完也，故仍在工部行走。而以郎中爲員外，則政罪固降一等矣。所封家産，惟將賈赦的入官，餘俱給還。並傳旨：令盡心供職。惟抄出借券，令我們王爺查核，如有違禁重利的，一概照例入官；其在定例生息的，同房地文書盡行給還。賈璉着革去職銜，免罪釋放。」政罪降一等，璉罪又釋放，鳳姐乃爲剝之主矣。賈政聽畢，即起身叩謝天恩，又拜謝王爺恩典，「先請長史大人代爲稟謝，明晨到闕謝恩，並到府裏磕頭。」那長史去了。少停傳出旨來，承辦官遵旨，一一查清。入官者入官，給還者給還，將賈璉放下，所有賈赦名下男婦人等，造册入官。

可憐賈赦屋内東西，除將按例放出的文書發還外，其餘雖未盡入官的，早被查抄的人盡行搶去，所存者只有家伙物件。賈璉始則懼罪，後蒙釋放，已是大幸，及想起歷年積聚的東西並鳳姐的體己，不下七八萬金，一朝而盡，怎得不痛？前云「不聽見報他的東西」，今又云「一朝而盡」，見其自消自滅，非天命，乃人事也。七八合數十五萬，前所抄數，亦十五萬，所抄又止鳳姐一人，矛盾處正有深意。且他父親現禁在錦衣府，鳳姐病在垂危，一時悲痛。又見賈政含淚叫他，問道：「我因官事在身，不大理家，故叫你們夫婦總理家事。你父親所爲，固難勸諫，那重利盤剝，究竟是誰幹的？況且非喒們這樣人家所爲。如今入了官，在銀錢是不打緊的，這種聲名出去還了得嗎？」重究「剝」字，而在聲名起見，且以父爲難諫，一篇話恰合賈政，所謂學差。賈璉跪下説道：「侄兒辦家事，並不敢存一點私心，所有出入諸賬目，自有賴大、吴新登、戴良等登記，老爺只管叫他們來查問。現在這幾年庫内的銀子出多入少，雖没貼補在内，已在各處做了好些空頭，求老爺問太太就知道了。這些放出去的賬，連侄兒也不知道那裏的銀子，要問周瑞、旺兒纔知道。」亦自供，亦自攻。賈政道：「據你説來，連你自己屋裏的事還不知道，那些家中上下的事更不知道了。我這回也不查問你。現今你是無事的人，你父親的事和你珍大哥的事，還不快去打聽打聽！」賈璉一心委屈，「委屈」二字，寬璉所以逼鳳。含着眼淚，答應了出去。賈政歎氣，連連的想道：「我祖父勤勞王事，立下功勳，得了兩個世職。如今兩房犯事，都革去了。我瞧這些子侄，没一個長進的。老天啊，老天啊！我賈家何至一敗如此！我雖蒙聖恩格外垂慈，給還家産，那兩處食用自應歸併一處，叫我一人那裏支持得起。讀此等處，令人失笑，令人出汗。文淺而深，曲中有直。方纔璉兒所説，更加詫異，説不但庫上無銀用了，而且尚有虧空，這幾年竟是虚名在外。只恨我自己爲什麽糊塗若此，倘或我珠兒在世，尚有膀臂；寶玉雖大，更是無用之物。」想到那裏，不覺淚滿衣襟。有玉不能守，有珠又何濟！其一心顛倒如此。又想：「老太太若大年紀，兒子們並没有自能奉養一日，反累他嚇得死去活來。種種罪孽，叫我委之何人！」此是正筆。

正在獨自悲切，只見家人稟報各親友進來看候。賈政一一道謝，説起「家門不幸，是我不能管教子侄，所以至此」。有的説：「我久知令兄赦大老爺行事不妥，那邊珍哥更加驕縱，若説因官事錯誤，得個不是，於心無愧；如今自己鬧出來的，倒帶累了二老爺。」有的説：「人家鬧的也多，也没見御史參奏。不是珍老大得罪朋友，何得如此？」有的説：「也不怪御史，我們聽見説是府上的家人，同幾個泥腿在外頭吵嚷出來的。御史恐參奏不實，所以誆了這裏的人去，纔説出來的。我想府上待下人最寬的，爲什麽還有這事？」有的説：「大凡奴才們是一個養活不得的。今兒在這裏，都是好親友，我纔敢説。就是尊駕在外任，我保不得，你是不愛錢的，那外頭的風聲也不好，都是奴才們鬧的，你該提防些。如今雖説没有動你的家，倘或再遇着主上疑心起來，好些不便呢。」此段非寫親友勢利，正明親友之助，見政之學差，差於孤陋寡聞耳。各説皆天人之理，仍隱演一《剥》象。《剥》自《姤》之一陰而來，陰小起於下，故總以奴才下人爲言，而鮑二、李十不過佐證耳。若但以此認抉查抄之由，便多罣漏矣。賈政聽説，心下着忙，道：「衆位聽見我的風聲怎樣？」衆人道：「我們雖没聽見實據，只聽外面人説，你在糧道任上，怎麽叫門上家人要錢。」賈政聽了，便説道：「我是對得天的，從不敢起這要錢的念頭。只是奴才在外招摇撞騙，鬧出事來，我就吃不住了。」衆人道：「如今怕也無益，只好將現在的管家們都嚴嚴的查一查。若有抗主的奴才，查出來嚴嚴的辦一辦。」賈政聽了點頭。便見門上進來回稟説：「孫姑爺那邊打發人來説，自己有事不能來，着人來瞧瞧。説大老爺該他一〔項〕(種)銀子，要在二老爺身上還的。」賈政心内憂悶，只説：「知道了。」衆人都冷笑道：「人説令親孫紹祖混賬，真有些。如今丈人抄了家，不但不來瞧看，幫補照應，倒趕忙的來要銀子，真真不在理上。」惟其失助，故善言不來，弟兄隔膜，兒女婚姻，總以利行：舍林之窮，取薛之富；因勢嫁探，轉被參於抄前；因財嫁迎，即受迫於抄後。再著此段於親友議論中，其醒世之意深矣。賈政道：「如今且不必説他。那頭親事原是家兄配錯的，我的侄女兒的罪，已經受彀了，如今又招我來。」

正説着，只見薛蝌進來説道：「我打聽錦衣府趙堂官必要照御史參的辦去，只怕大老爺和珍大爺吃不住。」衆人都道：「二老爺，還得是你出去求求王爺，怎麽挽回挽回纔好，不然這兩家就完了。」賈政答應致謝，衆人都散。那時天已點燈時候，賈政進去請賈母的安，見賈母略略好些。回到自己房中，埋怨賈璉夫婦不知好歹，如今鬧出放賬取利的事情，大家不好，方見鳳姐所爲，心裏很不受用。鳳姐現在病重，況他所有什物，盡被抄搶一光，心内鬱結，一時未便埋怨，暫且隱忍不言。一夜無話。罪人斯得，大夢醒矣，尚有何話？次早，賈政進内謝恩，並到北静王府、西平王府兩處叩謝，求兩位王爺照應他哥哥、侄兒。兩位應許。賈政又在同寅相好處託情。

且説賈璉打聽得父兄之事不很妥，無法可施，只得回到家中。平兒守着鳳姐哭泣，秋桐在耳房中抱怨鳳姐。賈璉走近旁邊，見鳳姐奄奄一息，就有許多怨言，一時也説不出來。平兒哭道：「如今事已如此，東西已去，不能復來，奶奶這樣，還得再請個大夫調治調治纔好。」賈璉啐道：「我的性命還不保，我還管他麽？」鳳姐聽見，睁眼一瞧，口雖不言語，那眼淚流個不盡。見賈璉出去，便向平兒道：「你别不達時務，到了這樣田地，你還顧我做什麽？我巴不得今兒就死纔好。只要你能彀眼裏有我，我死之後，你扶養大了巧姐兒，我在陰司裏也感激你的。」平兒聽了，放聲大哭。鳳姐道：「你也是聰明人，他們雖没有來説我，他必抱怨我。雖説事是外頭鬧的，我若不貪財，如今也没有我的事。不但倒是枉費心計，掙了一輩子的强，如今落在人後頭。我只恨用人不當，恍惚聽得那邊珍大爺的事，説是强佔良民妻子爲妾，不從逼死，有個張姓的在裏頭。你想想還有誰？「色」字直認。若是這件事審出來，咱們二爺是脱不了的。我那時怎樣見人？我要即時就死，又躭不起吞金服毒的。尤二姐、夏金桂一齊歸着。你倒還要請大夫，可不是你爲顧我，反倒害了我了麽？」平兒愈聽愈慘，鳳之病莫救藥，與史之罪無可禱同是一事，還出上下題句，正面皆極慘文字，而通部無非可慘之書也。愈聽愈慘，不止説此一時。想來實在難處，恐鳳姐自尋短見，只得緊緊守着。

幸賈母不知底細，上下回書中特著此句作一紐，正兩罪人合成一罪人，不能分析處。史爲罪魁，總由不知底細而已，似寬之而實嚴。因近日身子好些，又見賈政無事，寶玉、寶釵在旁，天天不離左右，略覺放心。將入「禱天」，必從釵、玉起，而特提放心。素來最疼鳳姐，所以放心在最疼鳳姐，又特提之筆。便叫鴛鴦：「將我的東西拿些給鳳丫頭，再拿些銀錢交給平兒，好好的伏侍好了鳳丫頭，我再慢慢的分派。」又命王夫人照看了邢夫人。兩府俱受賈母照看，而乃從鳳姐以次分派，則兩府並壞於鳳，實壞於史也。又加以寧國府第入官，所有財産房地並家人等，俱造册收盡。這裏賈母命人將車接了尤氏婆媳等過來。可憐赫赫寧府，只剩得他們婆媳兩個，並佩鳳、偕鸞二人，連一個下人没有。賈母指出房子一所居住，就在惜春所住的間壁，「一個下人没有」，純《坤》之象，專待一陽來復，故必住惜春間壁。語面警省，發人歎息。又派了婆子四人，丫頭兩個伏侍，明用六陰。一應飯食起居，在大廚房内分送，衣裙什物又是賈母送去，零星需用亦在賬房内開銷，俱照榮府每人月例之數。那賈赦、賈珍、賈蓉在錦衣府使用，賬房内實在無項可支。如今鳳姐一無所有，賈璉況又多債務滿身，賈政不知家務，賈璉、賈政都在開脱，以便確定禍首。只說：「已經託人，自有照應。」賈璉無計可施，想到那親戚裏頭，薛姨媽家已敗，王子騰已死，餘者親戚雖有，俱是不能照應，只得暗暗差人下屯，將地畝暫賣了數千金，作爲監中使費。賈璉如此一行，那些家奴見主家勢敗，也便趁此弄鬼，並將東莊租税也就指名借用些。此是後話，暫且不題。此非後話，乃正前話也。書演剥復，《屯》正在《剥》《復》之間。時已成《坤》，皆下人所爲也。曰屯，曰東莊，劉老老、烏進孝全在裏許矣。

且說賈母見祖宗世職革去，現在子孫在監質審，邢夫人、尤氏等日夜啼哭，鳳姐病在垂危，雖有寶玉、寶釵在側，只可解勸，不能分憂，所以日夜不寧，思前想後，眼淚不乾。一日傍晚，叫寶玉回去，人心即天，禱天而必叫寶玉回去，是爲放心，尚有何天？且釵、玉並說不離左右，今止說叫寶玉回去，則釵尚在此矣。禱天而先壞天，抑又何禱？自己扎掙坐起，叫鴛鴦等各處佛堂上香，又命自己院内焚起斗香，用拐拄着，必用拐拄，明其平日全不自主，以成禍首。

到院中。琥珀知是老太太拜佛，鋪下大紅短氊拜墊。賈母上香跪下，磕了好些頭，念了一回佛，含淚祝告天地道：「皇天菩薩在上，我賈門史氏，虔誠禱告，求菩薩慈悲。一篇絶妙供狀，而起以皇天菩薩，酷肖婆子口吻，而全書大旨，非人所知在此矣。是書既不重二氏，亦不合三教，只一儒理而已。皇天而曰菩薩，磕頭而求慈悲，足見此書滿篇雜亂。我賈門數世以來，不敢行凶霸道，我幫夫助子，雖不能爲善，亦不敢作惡。精細供狀，在此二語，蓋不爲善，未有不作惡者也。此爲中上人説法。必是後輩兒孫，驕侈淫佚，暴殄天物，以使闔府抄檢。現在兒孫監禁，自然凶多吉少，皆由我一人罪孽，不教兒孫，所以至此。我叩求皇天保佑，在監逢凶化吉，有病的早早安身。今總有闔家罪孽，情願一人承當，直認。一人直認，所以此回書完，此部書完。史之所以爲史也。只求饒恕兒孫。若皇天見憐，念我虔誠，早早賜我一死，已直透「歸地府」。寬免兒孫之罪。」默默説到此，不禁傷心，嗚嗚咽咽，哭泣起來。鴛鴦、珍珠一面解勸，一面扶進房去。

只見王夫人帶了寶玉、寶釵過來請晚安。此段禱天用釵、玉綰兩頭，正罪無可禱處也。而禱天前叫寶玉回去，於寶釵無明文。此又云王夫人帶來，罪史必不赦王，而微意存焉。見賈母悲傷，三人也大哭起來。寶釵更有一層苦楚，想：「哥哥現在外監，將來要處決，不知可能減緩否。翁姑雖然無事，眼見家業蕭條。寶玉依然瘋傻，毫無志氣。」想到後來終身，更比賈母、王夫人哭得更痛。釵哭有四事，兩頭虚，中間實，由實生虚也。家業蕭條，「財」字事了。寶玉瘋傻，「色」字事了。財色都了，悔心大作。悔殺兄矣，悔誤配矣，而遂不知所終矣。末一虚，虚得惡，首一虚，虚得尤惡。止此一段，鳳姐、賈母、王氏罪都可減。寶玉見寶釵如此大痛，他也有一番悲戚，想的是：「老太太年高不得安逸，老爺、太太見此光景，不免悲傷。衆姐妹風流雲散，一日少似一日。回想在園中吟詩起社，何等熱鬧。自從林妹妹一死，我鬱悶到今，又有寶姐姐過來，未便時常悲切。見他憂兄思母，日夜難得笑容。」今見他悲哀欲絕，心裏更加不忍，竟嚎啕大哭。寶玉心事，只有一林，而乃爲薛顛倒，竟若轉因薛及林，是此罪尤在寶釵上矣。書罪一心，層層剥削，方見本主。鴛鴦、彩雲、鶯兒、襲人見他們如此，也各有所思，便也嗚咽起來。餘者丫頭們，看得傷心，也便陪哭，竟無人解慰。滿屋中哭聲驚天動地，外頭上夜婆子嚇慌，急報於賈政知道。那賈政正在書房納悶，聽見賈母的人來報，心中着忙，飛奔進內。遠遠聽見哭聲甚衆，打諒老太太不好，急得魂魄俱喪，疾忙進內。只見坐着悲啼，神魂方定，說是：「老太太傷心，你們該勸解，怎麽的齊打夥兒哭起來了？」衆人聽得賈政聲氣，急忙止哭，大家對面發怔。賈政上前安慰了老太太，又說了衆人幾句。各自心想道：「我們原恐老太太悲傷，故來勸解，怎麽忘情，大家痛哭起來？」

正自不解，一哭情事，寫來入微，作者、觀者都不自解也。而此哭實起於寶釵，哭雪、哭金，則易解耳。只見老婆子帶了史侯家的兩個女人進來，請了賈母的安，又向衆人請安畢，便說：「我們家老爺、太太、姑娘打發我來說，聽見府裏的事，原沒有什麽大事，不過一時受驚。恐怕老爺、太太煩惱，叫我們過來告訴一聲，說這裏二老爺是不怕的了。我們姑娘本欲自己來的，因不多幾日就要出閣，所以不能來了。」大哭既畢，寶、黛、釵一齊了結，故即接湘雲出閣。雲飛水逝，衆影全收矣。賈母聽了，即便道謝，說：「你回去給我問好，這是我們的家運合該如此，承你老爺、太太惦記，過一日再來奉謝。你家姑娘出閣，想來你們姑爺是不用說的了。他們的家計如何？」兩個女人回道：「家計倒不怎麽樣，只姑爺長的很好，爲人又和平，我們見過好幾次。看來與這裏寶二爺差不多。還聽得說才情學問都好的。」爲湘雲交代，爲釵、玉交代。賈母聽了，喜歡道：「咱們都是南邊人，雖則這裏住久了，那些大規矩還是從南方禮兒，所以新姑爺我們都沒見過。我前兒還想起我娘家的人來，最疼的就是你家姑娘。一年三百六十天，在我跟前的日子倒有二百多天，混得這麼大了。我原想給他説個好女壻，又爲他嬸娘不在家，我又不便作主。他既如今配了個好姑爺，我也放心。「金麒麟」案到此繳銷。月裏出閣，我原想過來吃杯喜酒的，不料我家鬧出這樣事來，我的心就像在熱鍋裏熬的似的，那裏能彀再到你們家去？你回去説我問好，我們這裏的人都説請安問好。你替另告訴你家姑娘，不要將我放在心裏。我是八十多歲的人了，就死也不算得沒福的了，只願他們過了門，兩口子和順，百年到老，我便安心了。」此又映叙，在「只願他」三字。說着，不覺掉下淚來。那女人道：「老太太也不必傷心，姑娘過了門，等回了九，少不得同姑爺過來請老太太的安，那時老太太見了纔喜歡呢。」賈母點頭，那女人出去。別人都不理論，只有寶玉發了一回怔，心裏想道：「如今一天一天的都過不得了，爲什麼人家養了女兒，到大了必要出嫁？一出了嫁就改變。史妹妹這樣一個人，又被他嬸娘硬壓着配人了。他將來見了我，必是又不理我了。我想一個人到了這個沒人理的分兒，還活着做什麼？」想到那裏，又是傷心，此處不能不就寶玉心事作湘雲收場，而寫來卻在有意無意之間，斟酌恰好。見賈母此時纔安，又不敢哭泣，只是悶悶的。

一時賈政不放心，又進來瞧瞧老太太。見是好些，便出來傳了賴大，叫他將閤府裏管事家人的花名册子拿來，一齊點了一點。除去賈赦入官的人，尚有三十餘家，共男女二百十二名。賈政叫現在府內當差的男人共二十一名進來，此回以下人起，以下人結。三十，地數也，明此時爲坤。二百十二，上二下二，兩陰相合，亦爲六畫之《坤》，《復》之基也。故男人二十一，男爲陽，一在二十下，則一陽下生爲《復》矣。問起歷年居家用度，共有若干進來，該用若干出去。那管總的家人將近來支用簿子呈上。賈政看時，所入的不敷所出，又加連年宮裏花用，賬上在外浮借的也不少。必加宮裏用度，元妃固爲剥之宰也。再查東省地租，近年頭交不及祖上一半，如今用度比祖上更加十倍。賈政不看則已，看了急得跺脚道：「這了不得！我打諒雖是璉兒管事，在家自有把持，豈知好幾年頭裏已就寅年用了卯年的，寅卯皆木，剥此而已。還是這樣妝好看，竟把世職俸禄當作不打緊的事情，爲什麼不敗呢？我如今要就省儉起來，已是遲了。」一想到那裏，背着手踱來踱去，竟無方法。衆人知賈政不知理家，大夫有家而不知理，其存周幾何哉？一語括盡《大學》八條目。也是白操心着急，便勸説道：「老爺也不用焦心，這是家家這樣的。若是統總算起來，連王爺家尚不彀，不過是妝着門面，過到那裏就到那裏。如今老爺到底得了主上的恩典，纔有這點子家産，若是一併入了官，老爺就不用過了不成？」既無祖，自無天，陰小之言如此。《周禮》周官均虚談矣。言之慨然。賈政怒道：「放屁！你們這班奴才，最没有良心的！仗着主子好的時候，任意開銷，到弄光了，走的走，跑的跑，還顧主子的死活嗎？如今你們道是没有查封是好的，那知道外頭的聲名？大本兒都保不住，隱起下文「招夥盜」，蓋剥之爲剥，必窮盡而止也。還擱得住你們在外頭支架子，説大話，誆人騙人？到鬧出事來，往主子身上一推就完了。如今大老爺與珍大爺的事，説是咱們家人鮑二在外傳播的，我看這人口册上，並没有鮑二。這是怎麽説？」此回以鮑二作起結。鮑二爲《姤》，前評已詳。蓋無姤不復，無復不姤也，定理也。而謹小慎微在人，則必不可委心任運。今就賈政一罵，乃是正訓。劈頭曰放屁，陽氣下陷，《姤》象已成，其勢甚速，不可制止，必至六陽悉盡，是大本兒保不住也。餘義自明。衆人回道：「這鮑二是不在册檔上的。先前在寧府册上，爲二爺見他老實，把他們兩口子叫過來了。「造釁開端首罪寧」，寶玉、可卿一夢作於寧府，故鮑二爲東府册上人，而「初試雲雨」「夢兆絳芸」皆在西府，故鮑二又在西府。其綫索在一鳳，故鮑二來去皆在璉也。及至他女人死了，他又回寧府去。後來老爺衙門有事，老太太們、爺們往陵上去，珍大爺替理家事帶過來的，已後也就去了。老爺數年不管家事，那裏知道這些事來？老爺打諒册上没有名字的就只有這個人，不知那個手下没有親戚們，奴才還有奴才呢！」小小無窮。狗兒之祖三「小小」，文義直達。賈政道：「這還了得！」想去一時不能清理，只得喝退衆人，早打了主意在心裏了。且聽賈赦等事審得怎樣再定。

一日正在書房籌算，只見一人飛奔進來，説：「請老爺快進内廷問話！」政有一隙之明，便是復機，故見一人飛來。快進内廷，所謂「不遠之復」也。此結尾當與雨村「遇舊」結尾參看。賈政聽了，心下着急，只得進去。

未知吉凶何如，且看下回分解。

此回合下回爲一大段，申明由《姤》至《剥》，由《剥》至《坤》，由《坤》至《復》，統百廿回之精義也。文字前最忌緩，後最忌急，蓋安根伏綫，在前易繁；結穴合龍，在後易率也。本回只不過於查抄後立鳳姐、賈母兩篇供狀而已。要看他起結，均以下人把姤復之理作一包羅，方纔把罪中之罪，魁中之魁，個個取供，層層定案。史、鳳自招之下，即着寶釵一想，大衆痛哭，末以三影之湘雲收拾之。文凡八段，何其整肅安詳，是真能後勁者已。

護花主人評曰：

榮府家産概行給還，獨抄出借券照例入官，王鳳姐一生盤剥積蓄，盡化爲烏有，所謂「採得百花成蜜後，不知辛苦爲誰甜」。貪利剝削者，讀此當亦猛省。賈政説賈璉，自己房裏的事尚且不知，家中的事必更不知道。賈璉實無辯，只好委曲含淚。寫怕老婆人有説不出許多苦處。

借親友們口中補寫家人泥腿噪鬧、門上要錢諸事，隱隱指鮑二、倪二、李十等人，卻説不出姓名，才是親朋口吻。

夾敍孫家要銀，以見孫紹祖無理無情，迎春豈能久活。

王鳳姐囑托平兒扶養巧姐，自歎枉費心計及尤二姐事，只願早死。苛毒人忽有此慘聲痛語，可爲貪財妒刻者現身説法。

敍安頓寧府眷屬及監中使費，賈璉賣地，有不得不然之勢。

賈母禱天哭泣，引出王夫人、寶玉、寶釵大哭，鴛鴦等亦皆陪哭，各人有各人心事。

賈政查看家人名册及出入賬簿，只有踱來踱去，絶無方法。描寫不能理家人情形如畫。

於哭聲嘈亂時，插敍史家人來，一則好止住哭聲，一則聲説湘雲即日出閣不來探望之故。情事周匝無遺。

衆家人回鮑二來去緣由，仍是含糊對答，及所回之話，的是奴才口吻。

家人們一個人手下尚有親戚奴才，確是勢豪家奴習氣。

大某山民評曰：

賈政説自己不要錢，可對得天，而不知任奴才要錢，罪更甚於自己要錢。他們豈顧你對得天對不得天耶？

湘雲夫壻，未著姓名，結褵不久，雖有若無。學問才情，概與草木同腐。可勝浩歎。

此回仍是乙卯年事。

第一百七回　散餘資賈母明大義　復世職政老沐天恩

話説賈政進内，見了樞密院各位大人，又見了各位王爺。北静王道：「今日我們傳你來，有遵旨問你的事。」此回演二「復」字，故以北静爲發端。賈政即忙跪下。衆大人便問道：「你哥哥交通外官，恃强凌弱，縱子聚賭，强佔良民妻女不遂偪死的事，你都知道麽？」賈政回道：「犯官自從主恩欽點學政任滿後，查看賑恤，於上年冬底回家，又蒙堂派工程，後又往江西作道，題參回都，仍在工部行走，日夜不敢怠惰。一應家務，並未留心稽察，實在糊塗，不能教管子侄，這就是辜負聖恩，只求主上重重治罪。」此段演一《坤》卦以爲受復之地，其矛盾在「上年」二字，其隱義即在「上年」二字，但著兩字，便令交過排場文字，都作新文，更有何題迫作敷衍語句？北静王據説轉奏。不多時，傳出旨來，北静王便述道：「主上因御史參奏賈赦交通外官，恃强凌弱，據該御史指出平安州互相往來，賈赦包攬詞訟，嚴鞫賈赦。據供平安州原係姻親往來，並未干涉官事，該御史亦不能指實。惟有倚勢强索石獃子古扇一款是實的，然係玩物，究非强索良民之物可比。金哥案化石獃事，明寶、黛結矣。雖石獃子自盡，亦係瘋傻所致，與逼勒至死者有間。一死一亡，都由自取，此乃大作開釋處也。今從寬將賈赦發往台站效力贖罪。赦何曾赦？所參賈珍强佔良民妻女爲妾不從逼死一款，提取都察院原案，看得尤二姐實係張華指腹爲婚未娶之妻，因伊貧苦自願退婚，尤二姐之母願給賈珍之弟爲妾，並非强佔。再尤三姐自刎掩埋並未報官一款，查尤三姐原係賈珍妻妹，本意爲伊擇配，因被逼索定禮，衆人揚言穢亂，以致羞忿自盡，並非賈珍逼勒致死。但身係世襲職員，罔知法紀，私埋人命，本應重治，念伊究屬功臣後裔，不忍加罪，亦從寬革去世職，派往海疆效力贖罪。賈蓉年幼無干，省釋。蓉而可容，人人皆詫異，或以爲罪人不孥，或以爲書存忠厚。豈知寬之正所以嚴之也。書中珍、寶以次人，所犯皆大辟不足以蔽辜，而悉在幽隱中，語面事迹不過爾爾。書重底不重面，使必大彰顯戮，則爲事迹所無。犯在幽隱，仍以幽隱誅之而已。然誅在幽隱，人所難知，則以必不能赦、人人所知之賈蓉以爲之的，曰年幼，曰無知，曰無子而省釋之，則凡罪同賈蓉者，難知而易知矣。不誅甚於誅也，其嚴乃如此。賈政實係在外任多年，居官尚屬勤慎，免治伊治家不正之罪。」如此大案，只罪赦、珍兩人，只不過收拾東西而已。一段述旨，不即不離，恰合夢，合葫蘆。笨伯又曰情節欠圓。賈政聽了，感激涕零，叩首不及，又叩求王爺代奏下忱。北靜王道：「你該叩謝天恩，更有何奏？」賈政道：「犯官仰蒙聖恩，不加大罪，又蒙將家產給還，實在捫心惶愧，願將祖宗遺受俸禄，積餘置產，一並交官。」違天棄禄，特著一假，乃明大義之發端也。北静王道：「主上仁慈待下，明慎用刑，賞罰無差。如今既蒙莫大深恩，給還財產，你又何必多此一奏？」義可多乎哉？不必也。寫來肺肝如見。故雖終篇演復，而非真能復者也。衆官也説不必。賈政便謝了恩，叩謝了王爺出來，恐賈母不放心，急忙趕回。

上下男女人等，上下男女，天地《否》也，再爲「明義」作引。不知傳進賈政是何吉凶，都在外頭打聽。一見賈政回家，都略略的放心，也不敢問。只見賈政忙忙的走到賈母跟前，將蒙聖恩寬免的事，細細告訴了一遍。賈母雖則放心，只是兩個世職革去，賈赦又往台站效力，賈珍又往海疆，不免又悲傷起來。邢夫人、尤氏聽見那話，更哭起來。賈政便道：「老太太放心，大哥雖則台站效力，也是爲國家辦事，不致受苦，只要辦得妥當，就可復職；珍兒正是年輕，很該出力，若不是這樣，便是祖父餘德亦不能久享。」說了些寬慰的話。賈母素來本不大喜歡賈赦，那邊東府賈珍究竟隔了一層。只有邢夫人、尤氏痛哭不已。邢夫人想着：「家產一空，丈夫年老遠出，膝下雖有璉兒，又是素來順他二叔的。如今是都靠着二叔，他兩口子更是順着那邊去了。獨我一人孤苦伶仃，怎麽好？」那尤氏本來獨掌寧府的家計，除了賈珍，也算是惟他獨尊，又與賈珍夫婦相和。如今犯事遠出，家財抄盡，依住榮府，雖則老太太疼愛，終是依人門下，又帶了偕鸞、佩鳳，蓉兒夫婦又是不能興家立業的人。又想着：「二妹妹、三妹妹俱是璉二叔鬧的，如今他們倒安然無事，依舊夫婦完聚。只留我們幾人，怎生度日？」想到這裏，痛哭起來。邢想在璉、鳳，尤想亦歸在璉、鳳，則璉、鳳乃禍本，明大義者所必誅也。而乃因此以入「明大義」，令「明大義」三字絶倒。

賈母不忍，便問賈政道：「你大哥和珍兒現已定案，可能回家？蓉兒既没他的事，也該放出來了。」賈政道：「若在定例，大哥是不能回家的，我已託人徇個私情，叫我們大老爺同珍兒回家，好置辦行裝。衙門内業已應了。想來蓉兒同着他爺爺、父親一起出來。只請老太太放心，兒子辦去。」賈母又道：「我這幾年老的不成人了，總没有問過家事。如今東府是全抄去了，房屋入官，不消説的。你大哥那邊，璉兒那裏，也都抄去了。咱們西府銀庫，東省地土，你知道到底還剩了多少？他兩個起身，也得給他們幾千銀子纔好。」賈政正是没法，聽見賈母一問，心想着：「若是説明，又恐老太太着急；若不説明，不用說將來，現在怎麽辦法？」定了主意，便回道：「若老太太不問，兒子也不敢説，如今老太太既問到這裏，現在璉兒也在這裏，昨日兒子已查了：舊庫的銀子早已虛空，不但用盡，外頭還有虧空。現今大哥這件事，若不花銀託人，雖說主上寬恩，只怕他們爺兒兩個也不大好，就是這項銀子尚無打算。東省的地畝，早已寅年吃了卯年的租，兒子一時也算不轉來，只好儘所有的蒙聖恩沒有動的衣服首飾，折變了給大哥、珍兒作盤費罷了。過日的事只可再打算。」賈母聽了，又急得眼淚直淌，說道：「怎麽着，咱們家到了這樣田地了麽？到這田地，《剥》極而《坤》也。我雖沒有經過，我想起我家向日比這裏還强十倍，也是擺了幾年虛架子，沒有出這樣事，已〔經〕〔極〕塌下來了，不消一二年就完了。據你說起來，咱們竟一兩年就不能支了？」堯、桀同枯骨，全史如此人，當擇所從矣。賈政道：「若是這兩個世俸不動，外頭還有些挪移；如今無可指稱，誰肯接濟？」說着，也淚流滿面，「想起親戚來，用過我們的，如今都窮了；沒有用過我們的，又不肯照應了。昨日兒子也沒有細查，只看家下的人丁册子，別說上頭的錢一無所出，那底下的人也養不起許多。」

賈母正在憂慮，只見賈赦、賈珍、賈蓉一齊進來，給賈母請安。賈母看這般光景，一隻手拉着賈赦，一隻手拉着賈珍，便大哭起來。他兩人臉上羞慚，又見賈母哭泣，都跪在地下，哭着說道：「兒孫們不長進，將祖上功勳丢了，又累老太太傷心，兒孫們是死無葬身之地的了！」滿屋中人看這光景，又一齊大哭起來。賈政只得勸解：「倒先要打算他兩個的使用，大約在家只可住得一兩日，遲則人家就不依了。」此又交代文字。其主骨在「只可住得一兩日」，所謂「不遠之復」也。老太太含悲忍怨的說道：「這件事是不能久待的，想來外面挪移，恐不中用，那時誤了欽限，怎麽好？只好我替你們打算罷了。就是家中如此亂嘈嘈的，也不是常法兒。」一面説着，便叫鴛鴦吩咐去了。這裏賈赦等出來，又與賈政哭了一會，都不免將從前任性，過後懊悔，如今分離的話説了一會，各自同媳婦那邊悲傷去來。賈赦年老，倒也抛的下。獨有賈珍與尤氏，怎忍分離？賈璉、賈蓉兩個，也只有拉着父親啼哭。雖説是比軍流減等，究竟生離死別，這也是事到如此，只得大家硬着心腸過去。纔逼出「明大義」。

却説賈母叫邢、王二夫人同了鴛鴦等開箱倒籠，將做媳婦到如今積攢的東西都拿出來，《記》曰：「子婦無私貨」。賈母做媳婦而財貨多多，正鳳姐承受衣鉢地也。禮必有義，「明大義」如此，曲筆深文，夫誰覺得。又叫賈赦、賈政、賈珍等來，一一的分派，説：「這裏現有的銀子，交賈赦三千兩：你拿二千兩去做你的盤費使用，留一千給大太太另用。這三千給珍兒，你只許拿一千去，留下二千交你媳婦過日子，仍舊各自度日。房子是在一處，飯食各自吃罷。四丫頭將來的親事，還是我的事。同是三千，《曲禮》之數，借禮言義以深誅也。而三分一，一分二，男女交互，總成《剥》《復》之象。而復究爲偏私之復，故曰惜春是我的事。請看「惑偏私」回評。只可憐鳳丫頭，操心了一輩子，如今弄得精光，也給他三千兩，叫他自己收着，不許叫璉兒用。如今他還病得神昏氣喪，叫平兒來拿去。鳳亦三千，且令獨得。看二「只」字，則赦、珍轉若因鳳而及；以致禍之人而邀上賞，義之爲義，明之爲明可知已。這是你祖父留下來的衣服，還有我少年穿的衣服首飾，如今我用不着。男的呢，叫大老爺、珍兒、璉兒、蓉兒拿去分了；女的呢，叫大太太、珍兒媳婦、鳳丫頭拿了分去。借衣服演「剥」字，而不及寶玉、賈環、紈、蘭，剥而不剥，各有深義。這五百兩銀子交給璉兒，明年將林丫頭的棺材送回南去。」五爲土數，黛爲書主，四象之所歸也。南方火鄉，解見前。分派定了，又叫賈政道：「你説現在還該着人的使用，這是少不得的，你就拿這金子變賣償還。這是他們鬧掉了我的。你也是我的兒子，我並不偏向。寶玉已經成了家，我剩下這些金銀等物，大約還值幾千兩銀子，這都是給寶玉的了。政爲寶所自出，故獨得金。金子無數目，釵、玉不知所終矣。與黛玉棺材相對勘。珠兒媳婦向來孝順我，蘭兒也好，我也分給他們些。這便是我的事情完了。」絶不及環，而蘭亦只曰分些。「明大義」者固如此乎？

賈政〔等〕見母親如此明斷分晰，俱跪下哭着說：「老太太這麼大年紀，兒孫們没點孝順，承受老祖宗這樣恩典，叫兒孫們更無地自容了。」賈母道：「别瞎說。若不鬧出這個亂兒，我還收着呢。曰「明大義」，乃瞎說。一部書無非瞎說，到此方纔破開。瞎說宣明顛倒錯亂、左木右金之真實禍首，不更收着了。只是現在家人過多，只有二老爺是當差的，留幾個人就彀了。你就吩咐管事的，將人叫齊了，也分派妥當。各家有人，便就罷了，譬如一抄盡了，怎麽樣呢？我們裏頭的，也要叫人分派。該配人的配人，賞去的賞去。書中屢提人單子，到此收拾。如今雖説咱們這房子不入官，你到底把這園子交了纔好。與交過家産一奏相同。那些田地，原交璉兒清理，該賣的賣，該留的留，斷不要支架子，做空頭。我索性説了罷，江南甄家還有幾兩銀子，二太太那裏收着，該叫人就送去罷。倘或再有點事出來，可不是他們躲過了風暴又遇了雨了麽？」此正真假混淆不及分明之會，故特提甄家寄頓。真没則假，假没則真也。而由假入真，剥之必須淨盡方得一陽之復，故必待「招夥盜」回而剥始無遺也，故説再有事出。曰風，曰雨，鳳之西風，寶之雲雨，盜之機也。

賈政本是不知當家立計的人，一聽賈母的話，一一領命，心想：「老太〔太〕實在果真是理家的人，都是我們這些不長進的鬧壞了。」再就賈政一襯「明義」，便是「人莫知其子之美」真切注脚，而《大學》此章反演出矣。賈政見賈母勞乏，求着老太太歇歇養神。賈母又道：「我所剩的東西也有限，等我死了，做結果我的使用，餘的都給伏侍我的丫頭。」何嘗結果，所結果者一鴛鴦耳。以丫頭作收科，正以《易》理作收科也。賈政等聽到那裏，又加傷感，大家跪下説：「請老太太寬懷，只願兒子們托老太太的福，過了些時都邀了恩眷，那時兢兢業業的治起家來，以贖前愆，奉養老太太到一百歲的時候。」賈母道：「但願這樣纔好，我死了也好見祖宗。都所謂瞎説。你們別打諒我是享得富貴受不得貧窮的人哪。不過這幾年看着你們轟轟烈烈，我落得都不管，説説笑笑養身子罷了。那知道家運一敗直到這樣！若説外頭好看，裏頭空虛，是我早知道的了；只是『居移氣，養移體』，一時下不得台來。如今借此正好收斂，守住這個門頭，不然叫人笑話。你還不知，只打諒我知道窮了，便着急的要死。我心裏是想着祖宗莫大的功勳，無一日不指望你們比祖宗還强，能彀守住，也就罷了。誰知他們爺兒兩個做些什麼勾當！」

賈母正是長篇大論的説，只見豐兒慌慌張張的跑來回王夫人道：「今早我們奶奶聽見外頭的事，哭了一場，如今氣多接不上來。平兒叫我來回太太。」豐兒没有説完，賈母聽見，便問：「到底怎麼樣？」王夫人便代回道：「如今説是不大好。」賈母起身道：「嗳，這些冤家，竟要磨死我了。」「冤家」二字直注寶、黛「不是冤家不聚頭」之語，而其聲如聞。説着，叫人扶着，要親自去看。賈政即忙攔住，勸道：「老太太傷了好一回的心，又分派了好些事，這會該歇歇便是。孫子媳婦有什麼事，該叫媳婦瞧去就是了，何必老太太親身過去呢！倘再傷感起來，老太太身上要有一點兒不好，叫做兒子的怎麼處呢？」叫賈政也看不上，絶倒。賈母道：「你們各自出去，等一會兒再進來，我還有話説！」賈政不敢多言，只得出來料理兄侄起身的事，又叫賈璉挑人跟去。這裏賈母纔叫鴛鴦等派人拿了給鳳姐的東西跟着過來。直是背子行私，禍首之首，罪魁之魁，作於此也。寫來令人失笑。

鳳姐正在氣厥，平兒哭得眼紅，聽見賈母帶着王夫人、寶玉、寶釵過來，疾忙出來迎接。賈母便問：「這會子怎麽樣了？」平兒恐驚了賈母，便説：「這會子好些。老太太既來了，請進去瞧瞧。」他先跑進去輕輕的揭開帳子。鳳姐開眼瞧着，只見賈母進來，滿心慚愧。以「慚愧」二字爲來復之基，見人到鳳姐尚有愧悔時，即有來復時也。是大指點。先前原打算賈母等惱他，不疼的了，是死活由他的，不料賈母親自來瞧，心裏一寬，覺那擁塞的氣略鬆動些，便要扎挣坐起。賈母叫平兒按着：「不要動，你好些麽？」鳳姐含淚道：「我從小兒過來，老太太、太太怎麽樣疼我！那知我福氣薄，叫神鬼支使的失魂落魄，鬼神指氣數之天，魂魄指一金一木。魂失魄落則不惟黛受其殃，即釵亦被其禍也。不但不能彀在老太太跟前盡點孝心，公婆前討個好，還是這樣把我當人，叫我幫着料理家務，被我鬧的七顛八倒，七八十五，所謂將笄之年，指釵婚也。破木石，成金玉，正是顛倒。我還有什麽臉兒見老太太、太太呢？今日老太太、太太親自過來，我更當不起了，恐怕該活三天的又折上了兩天去了。」兩語又括《剥》《復》。説着悲咽。賈母道：「那些事原是外頭鬧起來的，與你什麽相干？此又責賈母之文。人有恥心，作善之基也，當利導之，而乃代爲解飾，則無所用恥矣。乃宣明失教之旨在全書不在本旨也。就是你的東西被人拿去，這也算不了什麽呀。我帶了好些東西給你，任你自便。」説着，叫人拿上來給他瞧瞧。鳳姐本是貪得無厭的人，如今被抄盡净，本是愁苦，又恐人埋怨，正是幾不欲生的時候。今見賈母仍舊疼他，再責賈母縱惡，乃是明筆。王夫人也不嗔怪，過來安慰他，又想賈璉無事，心下安放好些，便在枕上與賈母磕頭，説道：「請老太太放心，若是我的病托着老太太的福好了些，我情願自己當個粗使丫頭，盡心竭力的伏侍老太太、太太罷。」賈母聽他説得傷心，不免掉下淚來。寶玉是從來没有經過這大風浪的，心下只知安樂不知憂患的人，如今碰來碰去都是哭泣的事，所以他竟比傻子尤甚，見人哭他就哭。此段寫得情景宛然，嗚咽不堪，而以寶玉作收，以起下半回，筆墨完整。「大風浪」三字是眼。鳳姐看見衆人憂悶，反倒勉强説幾句寬慰賈母的話，求着：「請老太太、太太回去，我略好些過來磕頭。」説着，將頭仰起。賈母叫平兒：「好生服侍，短什麽到我那裏要去。」説着，帶了王夫人將要回到自己房中。只聽見兩三處哭聲，賈母實在不忍聞見，便叫王夫人散去，叫：「寶玉，去見你大爺大哥，送一送就回來。」自己躺在榻上下淚。幸喜鴛鴦等能用百般言語勸解，賈母暫且安歇。

不言賈赦等分離悲痛，那些跟去的人，誰是願意的？不免心中抱怨，叫苦連天，正是生離果勝死別，看者比受者更加傷心。好好的一個榮國府，鬧到人嚎鬼哭。賈政最循規矩，在倫常上是講究的，此又交代瞎説，而底面生動。「在倫常上是講究的」是字。執手分別後，自己先騎馬趕至城外，舉酒送行，又叮嚀了好些國家軫恤勳臣、力圖報稱的話。賈赦等揮淚分頭而別。

賈政帶了寶玉回家。將寫到「復」字，必三提寶玉。復固在一心也。未及進門，只見門上有好些人在那裏亂嚷説：「今日旨意：將榮國公世職着賈政承襲。」那些人在那裏要喜錢。門上人和他們分争，説：「是本來的世職，我們本家襲了，有什麽喜報？」那些人説道：「那世職的榮耀比任什麽還難得。你們大老爺鬧掉了，想要這個再不能的了。如今的聖人在位，赦過宥罪，還賞給二老爺襲了。這是千載難逢的，復本自有，而能復則難復之時，義大矣哉！怎麽不給喜錢？」正鬧着，賈政回家，門上回了。雖則歡喜，究是哥哥犯事所致，反覺感極涕零，趕着進内告訴賈母。王夫人正恐賈母傷心，過來安慰。聽得世職復還，自是歡喜。又見賈政進來，賈母拉了説些勤勉報恩的話。天恩祖德再三申説。獨有邢夫人、尤氏心下悲苦，只不好露出來。但説外面這些趨炎附勢的親戚朋友，先前賈宅有事，都遠避不來；今見賈政襲職，知聖眷尚好，大家都來賀喜。文筆周密，底面俱到。那知賈政純厚性成，因他襲哥哥的職，心内反生煩惱，只知感激天恩。還「天恩」題面，而以弟道闕合孝道，直趨「送慈柩」回。於第二日進内謝恩，到底將賞還府第園子具摺奏請入官。内廷降旨不必，賈政方得放心回家，已後循分供職。但是家計蕭條，入不敷出，賈政又不能在外應酬。

家人們見賈政忠厚，鳳姐抱病，不能理家，賈璉的虧累一日重似一日，不免典房賣地。府内家人幾個有錢的，怕賈璉纏擾，都裝窮躲事，甚至告假不來，各自另尋門路。獨有一個包勇，雖是新投到此，恰遇榮府壞事，他倒有些真心辦事，再上包勇，上得鄭重。羣假有一真，羣陰生一陽，真陽甚微之候，故曰有些真心。有些者，不多之詞也。見那些人欺瞞主子，便時常不忿。奈他是個新來乍到的人，一句話也插不上。他便生氣，隱演《乾》之初爻「潛龍勿用」之義，正是生氣。每天吃了就睡。衆人嫌他不肯隨和，便在賈政前説他終日貪杯生事，並不當差。賈政道：「隨他去罷。政之爲政如此，乃所以貴陰賤陽，七顛八倒處。「隨他去罷」四字，甚深甚微，丹家所謂「只恐隨他不會他」也，如何能得真復。原是甄府薦來，不好意思。横豎家内添這一人吃飯，雖説是窮，也不在他一人身上。」並不叫來驅逐。衆人又在賈璉跟前説他怎樣不好。賈璉此時也不敢自作威福，只得由他。

忽一日，包勇奈不過，由他重於隨他。隨只是不理會，由便他中有我矣。「奈不過」三字極警悚。包合陰陽，勇貫來往，自陰之陽勇，自陽之陰亦勇，勢無暫停，無中立，均是奈不過也。吃了幾杯酒，在榮府街上閑逛。見有兩個人説話。那人説道：「你瞧這麽個大府，前兒抄了家，不知如今怎麽樣了？」那人道：「他家怎麽能敗？聽見説裏頭有位娘娘，是他家的姑娘，雖是死了，到底有根基的。《復》僅穉陽，無所用之，必待三陽方成「交泰」。復者，復此而已。故特提元春，子固寅之根基也。況且我常見他們來往的均是王公侯伯，那裏没有照應？便是現任府尹，前任兵部的，也是他們一家。難道有這些人還護庇不來麽？」那人道：「你（白）（自）住在這裏！别人猶可，獨是那個賈大人更了不得。我常見他在兩府來往，前兒御史雖參了，主子還叫府尹查明實迹再辦。你道他怎麽樣？他本沾過兩府的好處，怕人説他回護他家，他便狠狠的踢了一脚，所以兩府裏纔到底查抄了。你道如今世情還了得嗎？」與「葫蘆僧」同一文代，假之爲假如此。其實以假合假，自消自滅而已。兩人無心説閑話，豈知旁邊有人跟着聽的明白。包勇心下暗想：「天下有這樣負恩的人！但不知是我老爺的什麽人？我若見了他，便打他一個死，鬧出事來我承當去。」特提一段，眼光四射。有作者、讀者無限感慨，無限擔當，無限期望意，真欲擊碎唾壺矣。那包勇正在酒後胡思亂想，寫包勇一駡，必屢提酒。酒固火之用也，與「醉金剛」同義。忽聽那邊喝道而來。包勇遠遠站着，只見那兩人輕輕的説道：「這來的就是那個賈大人了。」包勇聽了，心裏懷恨，趁了酒興，便大聲的道：「没良心的男女！怎麽忘了我們賈家的恩了？」雨村在轎内聽得一個「賈」字，便留神觀看，見是一個醉漢，便不理會過去了。那包勇醉着，不知好歹，有賈母之「明大義」，便有包勇之不知好歹。以本回勘本回，令人豁然解，啞然笑。便得意洋洋，回到府中。問起同伴，知是方纔見的那位大人，是這府裏提拔起來的。「他不念舊恩，反來踢弄咱們家裏，見了他駡他幾句，他竟不敢答言。」那榮府的人本嫌包勇，只是主人不計較他。如今他又在外闖禍，不得不回。趁賈政無事，便將包勇喝酒鬧事的話回了。賈政此時正怕風波，聽得家人回稟，便一時生氣，叫進包勇，駡了幾句，便派去看園，不許他在外行走。那包勇本是直爽的脾氣，投了主子，他便赤心護主；豈知賈政反倒責罵他。他也不敢再辯，只得收拾行李，往園中看守、澆灌去了。再寫七顛八倒，直趨「招夥盜」回。時至天地不通，必須謹留人種，以爲生生不息之主宰，是所謂生氣也。園中澆灌，以水生木，正全書轉顛倒爲順序之作用。而寫英雄失意，直脱胎《水滸傳》；至隱意多多，則青出於藍矣。

未知後事如何，且看下回分解。

此回合上回爲一大段，明告看官此書以《易》理爲主骨也。書中取用《易》卦，最重《姤》《復》，以《姤》起在「初試」，以《復》結在此回。「姤」字暗演，「復」字明説。知「復」字則知「姤」字，餘卦可以類推，勢如破竹矣。寶鑑分明業鏡，骷髏自認生前；金陵瞬息荒邱，史册要留身後。仗他北静，芳魂得可返之鄉；念此世榮，春草有復蘇之日。致禍誰能消禍？禱天適以褻天。傷哉大義難明，枉矣餘資散盡。切防鮑二，立召何三。包勇歸來，雨村話罷。

護花主人評曰：

止將逼索石獃子古扇一案，審實坐罪，既照應前事，又可從寬完結，發往台站，且爲賈化落職引綫。

尤三姐一案，掩飾得毫無根迹，益見柳湘蓮出家之妙。

賈母不問家事，賈政實難訴説，趁此一問，據實回明。又説賈赦、賈珍盤費，只可折變衣飾，纔見賈母分散財資，是明白大義，不是賈政覬覦。

寫賈母分給銀兩衣物，安頓眷口度日，送回黛玉棺柩，及送還甄家銀兩，減省男女婢僕，井井有條，可見賈母年少理家，寬嚴得體，出入有經；較之鳳姐苛刻作威，相去天壤。福澤之厚薄，亦于斯可見。

賈政復職，親友都來賀喜，世態如斯，不足爲怪。獨邢夫人、尤氏暗地悲傷，又不便露出，寫得周到真切。

賈政請將園宅入官一層，必不可少，若不摺奏奉旨，居然住着，終不放心。

賈化暗傷賈府，借旁人傳言説出，是文章暗補法。

包勇看園，本是受罰，豈知轉爲後來禦盜得力之人；若不預伏此人，惜春必遭擄劫，事出無心，文卻有意。

大某山民評曰：

此回仍是乙卯年事。

第一百八回　强歡笑蘅蕪慶生辰　死纏綿瀟湘聞鬼哭

卻説賈政先前曾將房産並大觀園奏請入官，内廷不收，又無人居住，只好封鎖。因園子接連尤氏、惜春住宅，太覺寬闊無人，遂將包勇罰看荒園。大觀園爲《易》卦全圖，包勇爲《剥》之碩果。此時賈政理家，又奉了賈母之命，將人口漸次減少，諸凡省儉，尚且不能支持。幸喜鳳姐爲賈母鍾愛，王夫人等雖則不大喜歡，若説治家辦事，尚能出力，所以將内事仍交鳳姐辦理。多少才人誤國每每因此，即小見大，是書不僅家常瑣碎，又不僅性道精深。「世事洞明，人情練達」一聯盡之矣。但近來因被抄以後，諸事運用不來，也是每形拮据。那些房頭上下人等，原是寬裕慣的，如今較之往日竟去其七，去七乃去巧，餘三乃生木。七爲巧數，天三生木也。雖常語，實爲本回蘅、瀟對待之引。怎能周到，不免怨言不絶。鳳姐也不敢推辭，扶病承歡賈母。過了些時，賈赦、賈珍各到當差地方，不説何地，自是斟酌盡善處。而既無地方，則直無是事，無是人矣。恃有用度，暫且自安，寫信回家，都言安逸，家中不必掛念。於是賈母放心，邢夫人、尤氏也略略寬懷。

一日，史湘雲出嫁回門，來賈母這邊請安。賈母提起他女婿甚好，書言寶、黛、釵雖結而未結，不能驟止，故用一人三影之湘雲，另起爐灶。而上文説「少不得同姑爺過來」，今卻但用虛筆一提，是雲有婿而無婿也。即此一筆，已歸結寶、黛、釵全局。史湘雲也將那裏過日平安的話說了，請老太太放心。再點放心。又提起黛玉去世，不免大家落淚。賈母又想起迎春苦楚，越覺悲傷起來。史湘雲勸解一回，又到各家請安問好畢，仍到賈母房中安歇。言及薛家，「這樣人家，被薛大哥鬧得家敗人亡，今年雖是緩決人犯，明年不知可能減等。」賈母道：「你還不知道呢。昨兒蟠兒媳婦死得不明白，幾乎又鬧出一場大事來，倒幸虧老佛爺有眼，叫他帶來的丫頭自己供出來了，那夏奶奶纔沒的鬧了，自家攔住相驗，你姨媽這裏纔將〔皮〕裏肉的打發出去了。你說說，真真是六親同運。一夢無非喪敗，以木爲主，故首提黛玉。以春爲用，故次及迎春。而包羅一切者，夏金桂也，故特詳說。薛家是這樣了，姨太太守着薛蝌過日。爲這孩子有良心，他說哥哥在監裏，尚未結局，不肯娶親。你邢妹妹在大太太那邊，也就很苦。查抄時無一言及此，今又特說在邢夫人處。世外烟雲，固宜如是。琴姑娘爲他公公死了尚未滿服，梅家尚未娶去。二太太的娘家舅太爺一死，鳳丫頭的哥哥也不成人，那二舅太爺也是個小氣的，官項不清，也是打饑荒。甄家自從抄家已後，別無信息。」王仁、琴、岫並皆重用。王仁乃真假往來之機，故即提甄家。湘雲道：「三姐姐去了，曾有書字回來否？」賈母道：「自從嫁了去，二老爺回來說你三姐姐在海疆甚好，只是沒有書信。我也日夜惦記。爲着我們家連連的出些不好事，所以我也顧不來。如今四丫頭也沒有給他提親。環兒呢，誰有功夫提起他來？探、惜、環以次提及，以剥復循環作收也。重起爐灶，另立排場，將夢中人一總會集，而井井條條，豁人心目。如今我們家的日子，比你從前在這裏的時候更苦些。只可憐你寶姐姐，自過了門，沒過一天安逸日子。「只可憐」三字與上文鳳姐之「只可憐」同。你二哥哥還是這樣瘋瘋顛顛，這怎麼處呢？」

湘雲道：「我從小兒在這裏長大的。這裏那些人的脾氣，我都知道的。這一回來了，竟都改了樣子了。我打諒我隔了好些時没來，他們生疏我，細想起來，竟不是的。就是見了，我瞧他們的意思，原要像先前一樣的熱鬧，不知道怎麽，説説就傷心起來了。才入寶釵，即入傷心，與放心互相發明。我所以坐坐就到老太太這裏來了。」賈母道：「如今這樣日子，在我也罷了，你們年輕輕兒的人，還了得！我正要想個法兒，叫他們還熱鬧一天纔好，還熱鬧一天，僅此一天之詞也，即《剥》之上爻。只是打不起這個精神來。」湘雲道：「我想起來了，寶姐姐不是後兒的生日？叫我多住一天，給他拜過壽，大家熱鬧一天，不知老太太怎麽樣？」寶釵生日必用湘雲説起，上追「聽曲文」，下注「卻塵緣」，入夢出夢，總歸一夢也。賈母道：「我真正氣糊塗了，你不題，我竟忘了，後日可不是他的生日？我明日拿出錢來，給他辦個生日。他没有定親的時候，倒做過（好）（我）幾次；如今他過了門，倒没有做。寶玉這孩子頭裏很伶俐，很淘氣，如今爲着家裏的事不好，把這孩子越發弄的話都没有了。倒是珠兒媳婦還好。他有的時候是這麽着，没的時候他也是這麽着，帶着蘭兒静静兒的過日子，倒難爲他。」以李紈、鳳姐相對舉，一剥一復，作大提掇。

湘雲道：「别人還不離，獨有璉二嫂子，連模樣兒都改了，説話也不伶俐了。明日等我來引導他們，看他們怎麽樣。但是他們嘴裏不説，心裏要抱怨我，説我有了……」湘雲説到那裏，卻把臉飛紅了。此與虚提湘雲之婿同一用意。説「我有了」，不過説我有而已，何姓何名，總無明文。但説與寶二爺差不多，則真寶二爺而已。「把臉飛紅」，罵釵也，而神情酷肖。賈母會意道：「這怕什麽，原來姊妹們都是在一處樂慣了的，説説笑笑，再别要留這些心。不留心即是放心。大凡一個人，有也罷，没也罷，總要受得富貴，耐得貧賤纔好。你寶姐姐生來是個大方的人。頭裏他家這樣好，他也一點兒不驕傲；後來他家壞了事，他也是舒舒坦坦的。如今在我家裏，寶玉待他好，他也是那樣安頓；一時待他不好，不見他有什麼煩惱。我看這孩子倒是個有福氣的。說有福氣，即書中而論，已爲守活寡之人，何福之有？則此「有福」二字，當與襲人册詩「有福」二字相激射矣。你林姐姐，那是個最小性兒，又多心的，所以到底不長命。釵、黛又必對舉，合成一個湘雲。鳳丫頭也見過些事，很不該略見些風波就改了樣子。他若這樣沒見識，也就是小器。（他）後兒寶丫頭的生日，我替他另拿出銀子來，熱熱鬧鬧給他做個生日，也叫他喜歡這一天。」必屢提銀子，爲二十兩隱隱相結。湘雲答應道：「老太太說很是，索性把那些姐妹兒都接來了，大家敍一敍。」賈母道：「自然要請的。」一時高興道：「叫鴛鴦拿出一百銀子來，交給外頭，叫他明日起預備兩天的酒飯。」鴛鴦領命，叫婆子交了出去，一宿無話。前做生日銀子二十兩，屢評矣。此一百，乃增八數，得滿數。一部《易》理完，一部《紅樓》完矣。所謂一宿無話，而鴛鴦交出。

次日傳話出去，打發人去接迎春，又請了薛姨媽、寶琴，叫帶了香菱來，又請李嬸娘。不多半日，李紋、李綺都來了。寶釵本沒有知道，聽見老太太的丫頭來請，說：「薛姨太太來了，請二奶奶過去呢。」寶釵心裏喜歡，便是隨身衣服過去，要見他母親。只見他妹子寶琴並香菱都在這裏，又見李嬸娘等人也都來了，心想：「那些人必是知道我們家的事情完了，所以來問候的。」便去問了李嬸娘好。既爲媳，有媳禮。李嬸娘爲李紈長輩，不得止問好也。隱誅寶釵自外於理，而不爲賈氏婦。此意無人覺得。見了賈母，然後與他母親說了幾句話，便與李家姐妹們問好。湘雲在旁說道：「太太們請都坐下，讓我們姐妹們給姐姐拜壽。」寶釵聽了倒呆了一呆，回來一想：「可不是明日是我的生日嗎？」此神工鬼斧之筆。賈母說他舒舒坦坦，豈有舒舒坦坦之人把自已生日忘了之理？本文非千萬人所能理，本文（撰）（掘）寫並非千萬人所能讀。百廿回中不多見文字也。便說：「妹妹們過來瞧老太太是該的，若説爲我的生日，是斷斷的不可。」正推讓着，寶玉也來請薛姨媽、李嬸娘的安，聽見寶釵自己推讓，他心裏本早打算過寶釵生日，因家中鬧得七顛八倒，也不敢在賈母處提起。今見湘雲等衆人要拜壽，便喜歡道：「明日纔是生日，我正要告訴老太太來。」此生日湘雲記之，寶玉記之，釵自忘之，釵何憒憒乃爾！再著此段，有「兩水夾明鏡」之妙。湘雲笑道：「扯臊，老太太還等你告訴？你打諒這些人爲什麽來？是老太太請的。」總歸一夢，總罪一假。扯臊與前文「不害臊」相發明。寶釵聽了，心下未信。只聽賈母合他母親道：「可憐寶丫頭，做了一年新媳婦，家裏接二連三的有事，總没有給他做過生日。一年新媳婦没做生日，今做生日，仍在一年之中，是一年有兩生日矣。與「始提親」回兩晚飯相發明，皆千人千忽之深文曲筆也，請參彼評。今日我給他做個生日，請姨太太、太太們來，大家説説話兒。」薛姨媽道：「老太太這些時心裏纔安，他小人兒家，還没有孝敬老太太，倒要老太太操心。」湘雲道：「老太太最疼的孫子是二哥哥，難道二嫂子就不疼了麽？況且寶姐姐也配老太太給他做生日。」寶釵低頭不語。低頭不語與忘了生日同一用意，寫寶釵悔至如燒，都在無文字處。寶玉心裏怨道：「我只説史妹妹出了閣，是換了一個人了，我所以不敢親近他，他也不來理我。如今聽他的話，原是和先前一樣的，爲什麽我們那個過了門，更覺得靦腆了，話都不説出來了呢。」寶玉以雲、釵相提而論，釵即雲也。前既有「芍藥裀」，今又有新姑爺，而姑爺無姓，則百廿回外之寶釵當是何如？

正想着，小丫頭進來説：「二姑奶奶回來了。」隨後李紈、鳳姐都進來，大家厮見一番。迎春提起他父親出門，説：「本要趕來見見，只是他攔着不許來，説是咱們家正是晦氣時候，不要沾染在身上。我扭不過，没有來，直哭了兩三次。」鳳姐道：「今兒爲什麽肯放你回來？」迎春道：「他又説咱們家二老爺又襲了職，還可以走走，不妨事的，所以纔放我來。」非寫勢利，乃借中山狼演《觀》卦。二「觀」字以收束賈母，歸結全書。説着，又哭起來。賈母道：「我原爲氣得慌，今日接你們來給孫子媳婦過生日，説説笑笑，解個悶兒，你們又提起這些煩事來，又招起我的煩惱來了。」迎春等都不敢作聲了。鳳姐雖勉强説了幾句有興的話，終不似先前爽利，招人發笑。賈母心裏要寶釵喜歡，故意的慪鳳姐兒説話。鳳姐也知賈母之意，竭力張羅，説道：「今兒老太太喜歡些了，你看這些人好幾時没有聚在一處，今兒齊全。」説着，回過頭去，看見婆婆、尤氏不在這裏，又縮住了口。透寫題中「强」字，而仍在語面。賈母爲着「齊全」二字，也想邢夫人等，命人叫去。邢夫人、尤氏、惜春等，聽見老太太叫，不敢不來，心内也十分不願意。想着家業零散，偏又高興給寶釵做生日，到底老太太偏心，便來了也是無精打彩的。此宴上接「賞花妖」，顛倒到底，無可復矣。特用惜春，以正筆攻之。賈母問起岫煙來，邢夫人假説病着不來。賈母會意，知薛姨媽在這裏，有些不便，也不提起。凡得婚姻之正者，皆不與於此會。既無烟即無琴，既無琴又何有紋、綺？於釵更無所禁矣。乃文字潔浄精微處。

一時擺下果酒。賈母説：「也不送到外頭，今日只許咱們娘兒們樂一樂。」寶玉雖然娶過親的人，因賈母疼愛，仍在裏頭打混，但不與湘雲、寶琴等同席，便在賈母身旁設着一個坐兒。他代寶釵輪流敬酒。棄禮亂羣，專責賈母，人人知之，其曲筆深文則甚隱矣。經閑人評，此等處可以會意。賈母道：「如今且坐下，大家喝酒，到挨晚兒再到各處行禮去。若如今行起來了，大家又鬧規矩，把我的興頭打回去，就没趣了。」寶釵便依言坐下。賈母又叫人來道：「咱們今兒索性灑脱些，各留一兩個人伺候。我叫鴛鴦帶了彩雲、鶯兒、襲人、平兒等在後間去，也喝一鍾酒。」都是「强」字中陪客，自忘生日者方是主人翁。鴛鴦等説：「我們還没有給二奶奶磕頭，怎麼就好喝酒去呢？」賈母道：「我説了，你們只管去，用的着你們再來。」鴛鴦等去了。這裏賈母纔讓薛姨媽等喝酒，見他們都不是往常的樣子。賈母着急道：「你們到底是怎麼着？大家高興些纔好！」湘雲道：「我們又吃又喝，還要怎樣？」鳳姐道：「他們小的時候兒都高興，如今都礙着臉不敢混説，所以老太太瞧着冷静了。」寶玉輕輕的告訴賈母道：「説是没有什麼説的，再説就説到不好的上頭來了，不如老太太出個主意，叫他們行個令兒罷。」賈母側着耳朵聽了，笑道：「若是行令，又得叫鴛鴦去。」史爲罪魁，此宴此令必從他出，而所演無非姻緣，無非《易》道也。凡行令必用鴛鴦，此通部中大綫索也。寶玉聽了，不〔待〕(得)再説，就出席到後間去找鴛鴦，説：「老太太要行令，叫姐姐去呢。」鴛鴦道：「小爺，讓我們舒舒服服的喝一杯罷。何苦來，又攪什麼？」寶玉道：「當真老太太説的叫你去呢，與我什麼相干？」鴛鴦没法，説道：「你們只管喝，我去了就來。」便到賈母那邊。

賈母道：「你來了，不是要行令嗎？」鴛鴦道：「聽見寶二爺説老太太叫我，敢不來嗎？不知老太太要行什麼令兒？」賈母道：「那文的怪悶的慌，武的又不好，你倒是想個新鮮頑意兒纔好。」鴛鴦想了想，道：「如今姨太太有了年紀，不肯費心，倒不如拿出令盆骰子來，大家擲個曲牌名兒賭輸贏酒罷。」骰爲色，此正爲色字打結。曰文，曰武，骰子即牌，以上結「三宣牙牌令」也。曰曲牌名，以上結「曲演《紅樓夢》」也。劉老老、警幻仙齊到。賈母道：「這也使得。」便命人取骰盆放在桌上。鴛鴦道：「如今用四個骰子擲去，擲不出名兒來的罰一杯，擲出名兒來，每人喝酒的杯數兒，擲出來再定。」衆人聽了道：「這是容易的，我們都隨着。」鴛鴦便打點兒，衆人叫鴛鴦喝了一杯，就在他身上數起，恰是薛姨媽先擲。薛姨媽便擲了一下，卻是四個幺。鴛鴦道：「這是有名的，叫做『商山四皓』，漢文羽翼成，笑釵終飛騰，而劉老老到。有年紀的喝一杯。」於是賈母、李嬸娘、邢、王二夫人都該喝。賈母舉杯要喝，鴛鴦道：「這是姨太太擲的，還該姨太太說個曲牌名兒，下家兒接一句《千家詩》。詩必千家，非一家也。說不出的罰一杯。」薛姨媽道：「你又來算計我了，我那裏說得出來！」賈母道：「不說到底寂寞，還是說一句的好。下家兒就是我了，若說不出來，我陪姨太太喝一鍾就是了。」薛姨媽便道：「我說個『臨老入花叢』。」賈母點點頭兒道：「『將謂偷閑學少年』。」都是「晚」字注脚。說完，骰盆過到李紋，便擲了兩個四，兩個二。鴛鴦說：「也有名了，這叫做『劉阮入天台』。」得偶之正，此屬本人。李紋便接着說了個「二士入桃源」，下手兒便是李紈，說道：「『尋得桃源好避秦』。」上找「秦人舊舍」，以明羣旨，請參彼評。大家又喝了一口。骰盆又過到賈母跟前，便擲了兩個二，兩個三。五五全歸土。賈母道：「這要喝酒了。」鴛鴦道：「有名兒的，這是『江燕引雛』，衆人都該喝一杯。」鳳姐道：「雛是雛，倒飛了好些了。」已到「飛鳥各投林」。衆人瞅了他一眼，鳳姐便不言語。賈母道：「我說什麽呢？『公領孫』罷。」赦、珍之罪都在此一領。下手是李綺，便說道：「『閑看兒童捉柳花』。」衆人都說好。

寶玉巴不得要說，只是令盆輪不到。正想着，恰好到了跟前，便擲了一個二，兩個三，一個幺，便說道：「這是什麽？」鴛鴦笑道：「這是個『臭』，五黑一紅，《坤》下得《復》也。而復非正復，臭而已。先喝一杯再擲罷！」

寶玉只得喝了又擲。這一擲，擲了兩個三，兩個四。鴛鴦道：「有了，這叫做『張敞畫眉』。」色成重七，七爲巧數，即釵之「巧合」，今巧合有二矣。爲張敞畫眉，眉又兩道，總以「晚」字寓書外寶釵之再嫁。婦人謂再嫁曰晚嫁。寶玉明白打趣他，寶釵的臉也飛紅了。鳳姐不大懂得，還說：「二兄弟快說了，再找下家兒是誰。」寶玉明知難說，自認：

「罰了罷，我也没下家。」曰没有下家，曰難説，都是百廿回外寶釵之深文。過了令盆到李紈，便擲了一下兒。鴛鴦道：「大奶奶的是『十二金釵』。」寶玉聽了，趕到李紈身邊看時，只見紅緑對開，便説：「這一個好看得很。」十二金釵，明結全書，要人各得完結，同歸一善，故必屬李紈。紅緑對開，書演一紅一緑，兩幺兩五，爲《復》之正，是爲紈爲蘭，非如寶玉之不孝不忠，歸空非真復也。好看，乃全書自贊。忽然想起十二釵的夢來，便呆呆的退到自己座上，心裏想：「這十二釵説是金陵的，怎麽家裏這些人如今七大八小的就剩了這幾個？」找「神遊」回，爲下半回過脈。七大八小，得十五數，乃寶釵將笄之年，「聽曲文」回爲寶釵做生日之始也。賈母家宴以寶釵做生日始，做生日終。復又看看湘雲、寶釵都在，只是不見了黛玉，一時按捺不住，眼淚便要下來，恐人看見，便説：「身上躁的很，脱脱衣服去。」掛了籌，出席去了。已演「卻塵緣」。躁出於腎，非正陽之復。脱衣則棄妻也，遣字入妙。史湘雲看見寶玉這般光景，打諒寶玉擲不出好的，被別人擲了去，心裏不喜歡，便去了；又嫌那個令兒没趣，便有些煩。只見李紈道：「我不説了，席間的人也不齊，不如罰我一杯。」賈母道：「這個令兒也不熱鬧，不如捐了罷。讓鴛鴦擲一下，看擲出個什麽來。」鴛鴦、李紈一人而已，一擲一不擲，束住通篇。小丫頭便把令盆放在鴛鴦跟前。鴛鴦依命，便擲了兩個二，一個五，那一個骰子只管在盆中轉。鴛鴦叫道：「不要五。」那骰子單單轉出一個五來。鴛鴦道：「了不得！我輸了。」賈母道：「這是不算什麽的嗎？」鴛鴦道：「名兒倒有，只是我説不上曲牌名來。」理道之天，不敵氣數之天，是鴛鴦説不出處。賈母道：「你説名兒，我給你謅。」鴛鴦道：「這是『浪掃浮萍』。」賈母道：「這也不難，我替你説個『秋魚入菱窠』。」浪掃浮萍，凡上文之荷葉浮萍及《柳絮詞》一齊歸結。秋魚入菱窠，則收拾香菱，風月鑑止矣。必用賈母代説，釵之巧合，固有主者。鴛鴦下手的就是湘雲，便道：「『白蘋吟盡楚江秋』。」《柳絮詞》主人即夢主也，瀟湘雲夢從此收拾。衆人都道：「這句很確。」

賈母道：「這令完了，咱們喝兩杯吃飯罷。」回頭一看，見寶玉還不進來，便問道：「寶玉那裏去了，還不來？」鴛鴦道：「換衣服去了。」賈母道：「誰跟了去的？」那鶯兒便上來回道：「我看見二爺出去，我叫襲人姐姐跟了去了。」賈母、王夫人纔放心。放心於襲，放心於鶯也。一部《西廂記》了。等了一回，王夫人叫人去找來。小丫頭子到了新房，只見五兒在那裏插蠟。五兒乃黛影，此處先見，以遮下口。插蠟乃追「綠蠟」改「綠玉」之句。小丫頭便問：「寶二爺那裏去了？」五兒道：「在老太太那邊喝酒呢。」小丫頭道：「我在老太太那裏，太太叫我來找的，豈有在那裏倒叫我來找的理？」五兒道：「這就不知道了。你到別處找去罷。」小丫頭没法，只得回來，遇見秋紋，便道：「你見二爺那裏去了？」秋紋道：「我也找他。太太們等他吃飯，這會子那裏去了呢？你快去回老太太去，不必說不在家，只說喝了酒不大受用，不吃飯了，略躺一躺再來，請老太太們吃飯罷。」小丫頭依言回去告訴珍珠，珍珠依言回了賈母。賈母道：「他本來吃不多，不吃也罷了，叫他歇歇罷。告訴他今兒不必過來，有他媳婦在這裏。」珍珠便向小丫頭道：「你聽見了？」小丫頭答應着，不便説明，只得在别處轉了一轉，説告訴了。衆人也不理會，便吃畢飯，大家散坐説話，不題。

且説寶玉一時傷心，走了出來，正無主意。只見襲人趕來，問：「是怎麽了？」寶玉道：「不怎麽，只是心裏煩得慌。何不趁他們喝酒，咱們兩個到珍大奶奶那裏逛逛去。」襲人道：「珍大奶奶在這裏，去找誰？」寶玉道：「不找誰，瞧瞧他既在這裏，住的房屋怎麽樣。」襲人只得跟着。一面走，一面說，走到尤氏那邊。直追「神遊」，不找尤氏，乃找兼美也。有一個小門兒，半開半掩，已爲「招夥盜」回安置門路。寶玉也不進去。只見看園門的兩個婆子，坐在門檻上説話兒。寶玉問道：「這小門開着麼？」婆子道：「天天是不開的。今兒有人出來，説今日預備老太太要用園裏的果子，故開着門等着。」寶玉便慢慢的走到那邊，果見腰門半開。寶玉便走了進去。襲人忙拉住道：「不用去，園裏不乾浄，常没有人，不要撞見什麼。」寶玉便仗着酒氣，便是「醉金剛」。説道：「我不怕那些。」襲人苦苦的拉住，不容他去。婆子們上來説道：「如今這園子安静的了。自從那日道士拿了妖去，我們摘花兒，打果子，一個人常走的。二爺要去，咱們都跟着，有這些人，怕什麼？」仍是羣陰圍繞，可見「卻塵緣」非真復。寶玉喜歡，襲人也不便相强，只得跟着。

寶玉進得園來，只見滿目淒涼。那些花木枯萎，更有幾處亭館，彩色久經剥落。遠遠望見一叢修竹，倒還茂盛。寶玉一想，説：「我自病時出園住在後邊，一連幾個月不准我到這裏，瞬息荒涼。你看獨有那幾竿翠竹青葱，這不是瀟湘館麼？」入下半入得亦委宛，亦突兀，「不改清陰待我歸」，作者隱痛深矣。襲人道：「你幾個月没來，連方向都忘了。咱們只管説話，不覺將怡紅院走過了。」回過頭來用手指着道：「這纔是瀟湘館呢。」寶玉順着襲人的手一瞧，道：「可不是過了麼？咱們回去瞧瞧。」筆極恍惚，意極清楚。襲人道：「天晚了，老太太必是等着吃飯，該回去了。」寶玉不言，找着舊路，竟往前走。你道寶玉雖離了大觀園將及一載，豈遂忘了路徑？只因襲人恐他見了瀟湘館，想起黛玉，又要傷心，所以用言混過。自説自解，乃追襲人之心。豈知寶玉只望裏走，天又晚了，恐招了邪氣，故寶玉問他，只説已走過了，欲寶玉不去。不料寶玉的心，惟在瀟湘館内。襲人見他往前急走，只得趕上。愈混愈趕，襲又何必？凡爲釵、襲者又何必？見寶玉站着，似有所見，如有所聞，便道：「你聽什麼？」寶玉道：「瀟湘館倒有人住着麼？」襲人道：「大約没有人罷。」寶玉道：「我明明聽見有人在内啼哭，怎麼没有人？」還上正面，輕重恰合，其筆靈也。襲人道：「你是疑心。素常你到這裏常聽見林姑娘傷心，所以如今還是那樣。」寶玉不信，還要聽去。婆子們趕上説道：「二爺快回去罷，天已晚了。别處我們還走走，只是這裏路又隱僻，又聽得人説這裏林姑娘死後，常時聽見有哭聲，所以人都不敢走的。」寶玉、襲人聽説，都吃了一驚。寶玉道：「可不是？」説着，便滴下淚來道：「林妹妹，林妹妹，好好兒的，是我害了你了！你别怨我，這是父母作主，並不是我負心！」「聞鬼哭」而吃驚，一番自辨。而「我害了你」，乃是確供。愈説愈痛，便大哭起來。襲人正在没法，只見秋紋帶着些人趕來，對襲人道：「你好大膽，説襲膽大，正責寶之膽小。怎麼領了二爺到這裏來？老太太、太太他們打發人各處都找到了。剛纔腰門上有人説是你同二爺到這裏來了，唬得老太太、太太們了不得，駡着我，叫我帶人趕來。還不快回去麼！」寶玉猶是痛哭。襲人也不顧他哭，兩個人拉着就走，一面替他拭眼淚，告訴他老太太着急。寶玉没法，只得回來。

襲人知老太太不放心，將寶玉仍送到賈母那邊。衆人都等着未散。賈母便説：「襲人，我素常知你明白，纔把寶玉交給你，怎麼今兒帶他園裏去？他的病纔好，倘或撞着什麼，又鬧起來，這便怎麼處？」襲人也不敢分辨，只得低頭不語。寶釵看寶玉顏色不好，心裏着實的吃驚。吃驚總歸此人，襲乃影身，此方着實。倒還是寶玉，恐襲人受委屈，説道：「青天白日怕什麼？我因爲好些時没到園裏逛逛，今兒趁着酒興走走，那裏就撞着什麼了呢？」鳳姐在園裏吃過大虧的，聽到那裏，寒毛倒竪，説：「寶兄弟膽子忒大了。」湘雲道：「不是膽大，倒是心實，不知是會芙蓉神去了，還是尋什麽仙去了？」寶玉聽着，也不答言。獨有王夫人急得一言不發。賈母問道：「你到園裏可曾嚇着麽？這回不用説了。以後要逛，到底多帶幾個人纔好。不然，大家早散了。回去好好的睡一夜，明日一早過來，還要找補，叫你們再樂一天呢。不要爲他又鬧出什麽原故來。」衆人聽説，辭了賈母出來。薛姨媽便到王夫人那裏住了，史湘雲仍在賈母房中，迎春便往惜春那裏去了，餘者各自回去，不題。此宴人自多多，而酒令有及有不及，散去有題有不題，皆有深意。獨有寶玉回到房中，噯聲歎氣。寶釵明知其故，也不理他，只是怕他憂悶勾出舊病來，便進裏間叫襲人來，細問他寶玉到園怎麽樣的光景。

未知襲人怎生回説，且看下回分解。

此回合下回爲一大段。木石之破，金玉之成，恨人切骨。故於全書既完之後，山窮水盡，突作奇峯雙插天外，以發明寶玉、金鎖四句篆文，以成書外之書也。書中之寶釵，或就本身，或就影身，罵之、打之、踢之、死之猶不足蔽辜，則必逐使改嫁而後快，因立此篇以斷定將來之一嫁。「不離不棄」，究竟離棄，金鎖有其「繼」矣。書中黛玉，或就本身，或就影身，撮之、合之、挽之、生之終無可如何，則必同歸渺茫而後快，因立此篇以斷定到底之爲成。「莫失莫忘」，果不失忘，兩玉其爲「恒」矣。《恒》，夫婦之道也，「繼」，續匹之説也，是乃作者已自爲《續紅樓夢》一部，以洩其不平之氣。而扶弱抑强，貴陽賤陰，天理人情，即在其内，固不嫌於握拳透爪也。

凡爲續部，成黛自必破釵，試問有何法以破之？生黛又應殺釵，試問有何道以殺之？順固不可，逆又不能，即連篇累牘，已被本人説畢，況再生黛而改嫁釵，有何趣味？且已屬另一不賢之寶釵，非此書之賢寶釵矣。若把三人合在一處，是乃折辱黛玉，豈能爲黛玉報復，而作補恨書耶？費筆費墨，終無是處，閑人惜之。

護花主人評曰：

借史湘雲來于賈母閒談中敍黛玉夭亡，金桂毒死，及岫烟、寶琴俱有事未嫁，王、甄兩家情形，惜春、環兒尚未説親等事，此段文章必不可少。若無許多不如意事，寶釵生日，賈母豈至忘懷，直等湘雲提起，然後記得？是借勢總敍前事，引起後事。

湘雲説到「有了」二字便臉紅住口，活是新婦光景。

邢岫烟不來，自是正理；夾寫邢夫人、尤氏心事，周匝細密。

寶釵心事難言，鳳姐帶病勉支，邢、尤二氏褊淺妒忌，迎春滿腔苦楚，寶玉瘋傻孩氣，只有史湘雲一人，新婚燕爾，從中助興。一人向隅，舉座尚且不樂；何況衆人向隅，一人豈能獨樂？此所謂「强歡笑」也。

自鳳姐席中鬧事後，凡有慶賀筵席，必有失意之事。此番寶釵慶壽，爲通部慶筵總結。所以賈母因此得病，即爲通部不祥事之總結。

於迎春口中補出孫紹祖勢利話，可醜可笑。

寶玉擲色第一擲是「臭」，第二擲便是「張敞畫眉」，先臭後香，頗有意思。宜乎寶釵之紅臉也。

《紅樓》一夢，不久歸結，故于酒令中一提「十二金釵」。

寶玉因「十二金釵」想起衆姊妹，因衆姊妹想起死黛玉。雖是癡情，卻有次序。鴛鴦擲出「浪掃浮萍」，湘雲接説「白萍吟盡楚江秋」，俱是後文自縊、孀居讖語。寶玉於壽筵未終，忽然私去園中向鬼纏綿，不祥殊甚。

寶玉聽見哭聲，是心疑所致，經婆子們一説，竟成實事。宜寶玉之大哭也。

寶釵慶壽，是强歡笑；寶玉悼亡，是真痛哭。

大某山民評曰：

賈母説「受得富貴，耐得貧賤」二語，雖曰女則，亦實男誡，不同老生常談。

家遭耗散而慶生辰，不過破涕爲笑耳，尚用銀一百；從前之窮奢極欲，概行托出。

顰卿善哭，生前有淚而無聲，死後有聲而無淚。瀟湘館上，哭泣兩星，朗然高照。

此回入寶釵生日，已是丙辰年事。寶釵蓋生於正月二十一日也。

第一百九回　候芳魂五兒承錯愛　還孽債迎女返真元

話説寶釵叫襲人問出原故，恐寶玉悲傷成疾，便將黛玉臨死的話，與襲人假作閑談。假作閑談，又以大落墨發端。説是：「人生在世，有意有情，到了死後，各自幹各自的去了，並不是生前那樣個人，死後還是這樣。活人雖有癡心，死的竟不知道。況且林姑娘既説仙去，他看凡人是個不堪的濁物，那裏還肯混在世上？只是人自己疑心，所以招些邪魔外祟來纏擾了。」寶釵雖是與襲人説話，原説給寶玉聽的。襲人會意，也説是：「没有的事，若説林姑娘的魂靈兒還在園裏，我們也算好的，怎麼不曾夢見了一次？」寶玉在外間聽得，細細的想道：「果然也奇。我知道林妹妹死了，那一日不想幾遍，怎麼從没夢過？想是他到天上去了，瞧我這凡夫俗子不能交通神明，所以夢都没有一個兒。我就在外間睡着，或者我從園裏回來，他知道我的實心，肯與我夢裏一見，我必要問他實在那裏去了，我也好常時祭奠。若是果然不理我這濁物，竟無一夢，我便不想他了。」襲人説夢，寶玉因而尋夢，是「聞鬼哭」中襲人前後兩「趕」字義。主意已定，便説：「我今夜就在外間睡了，你們也不用管我。」寶釵也不强他，只説：「你不用胡思亂想。你不瞧瞧太太因你園中去了，急得話都説不出來。若是知道，還説不保養身子。倘或老太太知道了，又説我們不用心。」寶玉道：「是這麽説罷咧！我坐一會子就進來。你也乏了，先睡罷。」寶釵知他必進來的，假意説道：「我睡了，叫襲姑娘伺候你罷。」寶玉聽了，正合機宜，候寶釵睡了，他便叫襲人、麝月另鋪設下一副被褥，常叫人進來瞧二奶奶睡着了没有。寶釵故意裝睡，也是一夜不寧。那寶玉知道寶釵睡着，便向襲人道：「你們各自睡罷，我又不傷感。你若不信，你就伏侍我睡了再進去，只要不驚動我就是了。」襲人果然伏侍他睡了，便預備下了茶水，關好了門，進裏間去照應一回，各自假寐，寶玉若有動静，再爲出來。寶玉見襲人等進去，便將坐更的兩個婆子支到外頭，他輕輕的坐起來，暗暗的祝了幾句，便睡下了，欲與神交。起初，再睡不着，已後把心一静，便睡去了。豈知一夜安眠，並無有夢。直到天亮，寶玉醒來，拭眼坐起來，想了一回，便歎口氣道：「正是『悠悠生死别經年，魂魄不曾來入夢』！」寶釵卻一夜反没有睡着，聽寶玉在外邊念這兩句，便接口道：「這句又説莽撞了。如若林妹妹在時，又該生氣了。」兩句爲釵説，與黛玉無涉，故以爲莽撞。看「借扇雙敲」回寶玉明明以楊妃目釵，自然解此。寶玉聽了，反不好意思，只得起來，搭訕着往裏間走來，説：「我原要進來的，不覺得一個盹兒，就打着了。」寶釵道：「你進來不進來，與我什麽相干？」襲人等本没有睡，眼見他們兩個説話，即忙倒上茶來。已見老太太那邊打發小丫頭來，問：「寶二爺昨晚睡得安頓麽？若安頓時，早早的同二奶奶梳洗了就過去。」襲人便説：「你去回老太太，説寶玉昨夜很安頓，回來就過來。」小丫頭去了。

寶釵起來梳洗了，鶯兒、襲人等跟着，先到賈母那裏行了禮，便到王夫人那邊起，至鳳姐，都讓過去，本説昨晚行禮，而昨晚未行，是所謂晚禮，亦只假意，故意，白説而已，即「成大禮」已可想見。仍到賈母處，見他母親也過來了。大家問起：「寶玉晚上好麼？」寶釵說：「回去就睡了，沒有什麼。」衆人放心，說些閑話。只見小丫頭進來說：「二姑奶奶要回去了。聽見說孫姑爺那裏人來，到大太太那裏說了好些話，大太太叫人到四姑娘那邊說，不必留了，讓他去罷。如今二姑奶奶在大太太那邊哭呢，大約就過來辭老太太。」賈母衆人聽了，心中好不自在，都說：「二姑娘這樣一個人，爲什麼命裏遭着這樣的人！一輩子不能出頭，這便怎麼好？」說着，迎春進來，淚痕滿面。因爲是寶釵的好日子，只得含着淚，辭了衆人，要回去。賈母知道他的苦處，也不便强留，只說道：「你回去也罷了。但是不要悲傷，碰着了這樣人也是沒法兒的。過幾天我再打發人接你去。」迎春道：「老太太始終疼我，如今也疼不來了。可憐我只是沒有再來的時候了。」觀我生進退。說着，眼淚直流。衆人都勸道：「這有什麼不能回來的？比不得你三妹妹隔得遠，要見面就難了。」賈母等想起探春，不覺也大家落淚。只爲是寶釵的生日，即轉悲爲喜說：「這也不難，只要海疆平靜，那邊親家調進京來，就見的着了。」大家說：「可不是這麼着呢。」說着，迎春只得含淚而別。三春到此一總，所謂「勘破三春景不長」也。都縮在寶釵生日，是釵一人主之，而實元春成之也。元春合三春爲氣數之天，迎春分三春爲薄命之首。釵、黛同一薄命，而黛之死，勝於釵之生。此總罪元春之文，都在無文字處。衆人送了出來，仍回賈母那裏。從早至暮，又鬧了一天。衆人見賈母勞乏，各自散了。

獨有薛姨媽辭了賈母，到寶釵那裏說道：「你哥哥是今年過了，直要等到皇恩大赦的時候，減了等，纔好贖罪。這幾年叫我孤苦伶仃，怎麼處？我想要與你二哥哥完婚，你想想好不好？」寶釵道：「媽媽是爲着大哥哥娶了親，唬怕的了，所以把二哥哥的事猶豫起來。據我說很該就辦。邢姑娘是媽媽知道的，如今在這裏也很苦，娶了去，雖説我家窮，究竟比他傍人門户好多着呢。」既以元春收拾册中人，即以岫烟歸結册外人。薛姨媽道：「你得便的時候，就去告訴老太太，説我家没人，就要揀日子了。」寶釵道：「媽媽只管同二哥哥商量，挑個好日子，過來和老太太、大太太説了，娶過去就完了一樁事。這裏大太太也巴不得娶了去纔好。」薛姨媽道：「今日聽見史姑娘也就回去了，老太太心裏要留你妹妹在這裏住幾天，所以他住下了。我想他也是不定多早晚就走的人了，你們姊妹們也多敍幾天話兒。」前以夏金桂之婚，入岫烟之婚，乃以「强歡笑」入「死纏綿」也，爲上回作結。此以湘雲引寶琴，亦即岫烟文義，皆真姻緣也，爲本回作起。寶釵道：「正是呢。」於是薛姨媽又坐了一坐，出來辭了衆人回去了。

卻説寶玉晚間歸房，因想：「昨夜黛玉竟不入夢，或者他已經成仙，所以不肯來見我這種濁人，也是有的，不然就是我的性兒太急了，也未可知。」便想了一個主意，向寶釵説道：「我昨夜偶然在外間睡着，似乎比在屋裏睡的安穩些，今日起來，心裏也覺清净些。我的意思還要在外間睡兩夜，只怕你們又來攔我。」寶釵聽了，明知早晨他嘴裏念詩是爲着黛玉的事了，想來他那個獃性是不能勸的，倒好叫他睡兩夜，索性自己死了心也罷了，況兼昨夜聽他睡的倒也安静，便道：「好没來由，你只管睡去，我們攔你做什麽？但只不要胡思亂想，招出些邪魔外祟來。」寶玉笑道：「誰想什麽？」襲人道：「依我勸二爺，竟還是屋裏睡罷。外邊一時照應不到，着了風，倒不好。」寶玉未及答言，寶釵卻向襲人使了個眼色。襲人會意，「候芳魂」昨夜從襲人引起，今又從他引起。前後兩「會意」字是眼。便道：「也罷，叫個人跟着你罷，夜裏好倒茶倒水的。」寶玉便笑道：「這麽説你就跟着我來。」找「初試雲雨」，即透嫁蔣玉函。「跟」字是倒説。襲人聽了，倒没意思起來，登時飛紅了臉，也不言語。寶釵素知襲人穩重，便説道：「他是跟慣了我的，還叫他跟着我罷，叫麝月、五兒照料着也罷了。況且今日他跟着我鬧了一天，也乏了，該叫他歇歇去。」寶玉只得笑着出來。寶釵因命麝月、五兒給寶玉仍在外間鋪設了，出五兒必陪以麝月，以五兒乃黛玉影身，故用一月鏡以照之也。死者不可復生，則借影以生之合之。此上半回是足完「死纏綿」文字。又囑咐兩個人醒睡些，要茶要水都留點神兒，兩個答應着。看見寶玉端然坐在床上，閉目合掌，居然像個和尚一般。人以爲是透下文，其實是上應「你死了我做和尚」之言，以入本回寶必不負黛，所謂「莫失莫忘」也。兩個也不敢言語，只管瞅着他笑。寶釵又命襲人出來照應。襲人看見這般，卻也好笑，便輕輕的叫道：「該睡了，怎麼又打起坐來了？」寶玉睁開眼，看見襲人，便道：「你們只管睡罷，我坐一坐就睡。」襲人道：「因爲你昨日那個光景，鬧得二奶奶一夜没睡，你再這麼着，成何事體？」寶玉料着自己不睡，都不肯睡，便收拾睡下。襲人又囑咐了麝月等幾句，纔進去關門睡了。

這裏麝月、五兒兩個人也收拾了被褥，伺候寶玉睡着，各自歇下。那知寶玉要睡，越睡不着，見他兩個人在那裏打鋪，忽然想起那年襲人不在家時，晴雯、麝月兩個人伏侍，夜間麝月出去，晴雯要唬他，因爲没穿衣服，着了涼，後來還是從這個病上死的。想到這裏，一心移在晴雯身上去了。晴雯前事即五兒今事，總一黛玉而已。都是影身，故均以麝月作陪。忽又想起鳳姐説五兒給晴雯脱了個影兒，因又將想晴雯的心腸移在五兒身上。用晴雯遞五兒，實以五兒追黛玉。「影」字明提。自己假妝睡着，偷偷的看那五兒，越瞧越像晴雯，不覺獃性復發。聽了聽裏間已無聲息，知是睡了，卻見麝月也睡着了，便故意叫了麝月兩聲，卻不答應。五兒聽見寶玉叫人，便問道：「二爺要什麼？」寶玉道：「我要漱漱口。」五兒見麝月已睡，只得起來，重新剪了蠟花，倒了一鍾茶來，一手托着漱盂。卻因趕忙起來的，身上只穿着一件桃紅綾子小襖兒，鬆鬆的挽着一個鬢兒。寶玉看時，居然晴雯復生。晴雯復生，即黛玉復生也。「芳魂」已到。看「茶」字是眼。忽又想起晴雯説的：「早知擔個虛名，也就打個正經主意了。」不覺獃獃的呆看，也不接茶。

那五兒自從芳官去後，也無心進來了，後來聽得鳳姐叫他進來伏侍寶玉，竟比寶玉盼他進來的心還急。不想進來以後，見寶釵、襲人一般尊貴穩重，看着心裏實在敬慕。又見寶玉瘋瘋傻傻，不是先前風致，又聽見王夫人爲女孩子們和寶玉頑笑，都攆了，所以把這件事擱在心上，倒無一毫的兒女私情了。直發黛玉乾净身子。本回寶玉主意即此主意。怎奈這位獃爺今晚把他當作晴雯，只管愛惜起來。題乃「候芳魂」，文説愛晴雯。一「錯」字成三面。那五兒早已羞得兩頰紅潮，又不敢大聲説話，只得輕輕的説道：「二爺漱口呵。」寶玉笑着，接了茶在手中，也不知道漱了没有，是接茶而不知漱了口没有，底面玲瓏萬狀。便笑嘻嘻的問道：「你和晴雯姐姐好不是呵？」五兒聽了，摸不着頭腦，便道：「都是姊妹，也没有什麽不好的。」寶玉又悄悄的問道：「晴雯病重了，我看他去，不是你也去了麽？」五兒微微笑着點頭兒。笑着點頭，乃《石頭記》奧旨。而繪寫入神，淫豔恍然紙上。是文字造孽處。寶玉道：「你聽見他説什麽了没有？」五兒摇着頭兒道：「没有。」寶玉已經忘神，便把五兒的手一拉。五兒急得紅了臉，心裏亂跳，便悄悄的説道：「二爺有什麽話只管説，别拉拉扯扯的。」寶玉纔放了手，説道：「他和我説來着：『早知擔了個虛名，也就打正經主意了。』你怎麽没聽見麽？」五兒聽見這話，明明是輕薄自己的意思，輕薄正對穩重。又不敢怎麽樣，便説道：「那是他自己没臉，這也是我們女孩兒家説得的嗎？」不害臊、扯臊注脚，乃是正訓。寶玉着急道：「你怎麽也是這個道學先生？我看你長的和他一模一樣，我纔肯和你説這個話。你怎麽倒拿這些話來糟蹋他？」書取扶木制金以闡貴陽賤陰之理，於釵、黛非有厚薄也。釵固糟蹋，黛亦何嘗不糟蹋？道學先生實作者所自任。此時五兒心中也不知寶玉是怎麽個意思，便説道：「夜深了，二爺也睡罷，別儘着坐着，看涼着。剛纔二奶奶和襲人姐姐怎麽囑咐了？」寶玉道：「我不涼。」

説到這裏，忽然想起五兒没穿着大衣服，就怕他也像晴雯着了涼，便説道：「你爲什麽不穿上衣服就過來？」五兒道：「爺叫的緊，那裏有儘着穿衣裳的空兒？要知道説這半天話兒時，我也穿上了。」寶玉聽了，連忙把自己蓋的一件月白綾子錦襖兒揭起來遞給五兒，叫他披上。此與晴雯換小襖相照。補出寶玉衣服顔色是月白，寶之與黛固乾浄如月之白也。接而不接，正與茶對。五兒只不肯接，説：「二爺蓋着罷，我不涼。我涼我有我的衣裳。」説着，回到自己鋪邊，拉了一件長襖披上，又聽了聽，麝月睡的正濃，纔慢慢過來説：「二爺今晚不要養神呢嗎？」寶玉笑道：「實告訴你罷，什麽是養神，我倒是要遇仙的意思。」五兒聽了，越發動了疑心，便問道：「遇什麽仙？」寶玉道：「你要知道，這話長着呢。你挨着我來坐下，我告訴你。」五兒紅了臉，笑道：「你在那裏躺着，我怎麽坐呢？」反抉「絳芸軒」之一躺一坐。寶玉道：「這個何妨。那一年冷天，也是你麝月姐姐和你晴雯姐姐頑，我怕凍着他，還把他攬在被裏〔渥〕〔握〕着呢。這有什麽的？大凡一個人，總不要酸文假醋纔好。」直罵寶釵。五兒聽了，句句都是寶玉調戲之意，那知這位獃爺，卻是實心實意的話兒。用提筆斷定寶、黛一切事迹，一切心情。五兒此時，走開不好，站着不好，坐下不好，倒没了主意了。此没主意，乃反話。黛玉之没主意，正其有主意也。釵則大不然。因微微的笑着道：「你別混説了，看人家聽見，這是什麽意思？

怨不得人家説你專在女孩兒身上用功夫。你自己放着二奶奶和襲人姐姐都是仙人兒似的，只愛和別人胡纏。正言拒之，放着有釵、襲，而自知難而退也。要人知機，其意深遠。明兒再説這些話，我回了二奶奶，看你什麽臉見人？」

正説着，只聽外面「咕咚」一聲，把兩個人嚇了一跳。此聲此嚇，乃演「可卿救我」，到此大夢全醒。裏間寶釵咳嗽了一聲。寶玉聽見，連忙扱嘴兒。五兒也就忙忙的熄了燈，悄悄的躺下了。原來寶釵、襲人因昨夜不曾睡，又兼日間勞乏了一天，所以睡去，都不曾聽見他們説話。與麝月睡着同意。此時院中一響，早已驚醒，聽了聽，也無動静。寶玉此時躺在床上，心裏疑惑：「莫非林妹妹來了，聽見我和五兒説話，故意嚇我們的？」翻來覆去，胡思亂想，五更以後纔朦朧睡去。

卻説五兒被寶玉鬼混了半夜，又兼寶釵咳嗽，自己懷着鬼胎，生怕寶釵聽見了，也是思前想後，一夜無眠。次日一早起來，見寶玉尚自昏昏睡着，便輕輕兒的收拾了屋子。那時麝月已醒，醒者是夢，夢者是醒，一語八面。以前文字要看他逗引離合，令人耐想；以後文字要看他針鋒敲擊，令人失笑。書中不多見也。便道：「你怎麽這麽早起來了，你難道一夜没睡嗎？」五兒聽這話，又是麝月知道了的光景，便只是赸笑，也不答言。不一時，寶釵、襲人也都起來，開了門。見寶玉尚睡，卻也納悶，怎麽外邊兩夜睡得倒這般安穩？及寶玉醒來，見衆人都起來了，自己連忙爬起，揉着眼睛，細想：「昨夜又不曾夢見，可是仙凡路隔了。」用五兒追晴雯，成黛玉，不惟夢中夢完，即夢外夢亦完。此等結撰，都是鏤空之筆。倘必要和合寶、黛，實寫一夢，笨伯小説容或有之。慢慢的下了床，又想：「昨夜五兒説的，寶釵、襲人都是天仙一般，這話卻也不錯。」便怔怔的瞅着寶釵。寶釵見他發怔，雖知他爲黛玉之事，卻也定不得夢不夢，只是瞅的自己倒不好意思，便道：「二爺昨夜可真遇着仙了麼？」寶玉聽了，只道昨晚的話寶釵聽見了，笑着勉强説道：「這是那裏的話。」那五兒聽了這句話，越發心虛起來，又不好説的，只得且看寶釵的光景。只見寶釵又笑着問五兒道：「你聽見二爺睡夢中和人説話來着麼？」寶玉聽了，自己坐不住，搭赸着走開了。五兒把臉飛紅，只得含糊道：「前半夜倒説了幾句，我也没聽真，什麼擔了虛名，又什麼没打正經主意。我也不懂，勸着二爺睡了。「擔虛名」兩語凡三語，此回書主，全部書主也。「勸着睡了」一語，絶倒。夫説夢話，唤醒則可，勸則何從勸也？是乃形容五兒拙言辭，露馬脚處，正作者全書都是這般勸也。後來我也睡了，不知二爺還説來着没有。」寶釵低頭一想：「這話明是爲黛玉了。這方道破五兒是黛玉了。作者何嘗到底瞞人？則全書處處是影兒可見。但儘着叫他在外頭，恐怕心邪了，招出些花妖月媚來；況兼他的舊病原在姊妹上情重，祇好設法將他的心意挪移過來，然後能免無事。」想到這裏，不免面紅耳熱起來，這又是作者老面皮撒謊處。豈有寶釵過門經年而男女尚未居室之理，直到此方作此想耶？是乃倒抉「滴翠亭」「絳芸軒」一切心事。就赸赸的進房梳洗去了。

且説賈母兩日高興，略吃多了些，這晚有些不受用，第二天便覺得胸口飽悶。寶釵生日即賈母死日。金雪之陰寒，其害如此。鴛鴦等要回賈政，賈母不叫言語，説：「我這兩日嘴饞些，吃多了點子，我餓一頓就好了。你們快别吵嚷。」於是鴛鴦等並没有告訴一人。這日晚間，寶玉回到自己屋裏，見寶釵自賈母王夫人處纔請了晚安回來，寶玉想着早起之事，未免赧顔抱愧。寶釵看他這樣，也曉得是個没意思的光景，因想着他是個癡情人，要治他的這病，少不得仍以癡情治之。想了一回，便問寶玉道：「你今夜還在外間睡去罷咧！」寶玉自覺没趣，便道：「裏間外間都是一樣的。」寶釵意欲再説，反覺不好意思。襲人道：「罷呀，這倒是什麽道理呢？我不信睡得那麽安穩。」五兒聽見這話，連忙接口道：「二爺在外間睡，别的倒没什麽，只是愛説夢話，叫人摸不着頭腦兒，又不敢駁他的回。」「絳芸軒」案，乃寶釵必不得已之下策，舍此更無以奪寶玉矣。寶黛玉以逆迫，襲人以順導，始成「繡鴛鴦」之一事，故此處必用五兒、襲人撮合，使睡裏間也。彼時説夢話，此時亦説夢話，同一摸不着頭腦之夢話。而「不敢駁回」一語，與「勸睡着」同意。襲人便道：「我今日挪到床上睡睡，看説夢話不説；你們只管把二爺的鋪蓋鋪在裏間就完了。」寶釵聽了，也不作聲。寶玉自己慚愧不來，那裏還有强嘴的分兒？是本要强嘴而不能强嘴，即鴛鴦兜肚哄着帶不得不帶。便依着搬進裏間來。一則寶玉負愧，欲安寶釵之心；二則寶釵恐寶玉思鬱成疾，不如假以詞色，使得稍覺親近，以爲移花接木之計。移花接木，花爲釵，木爲黛，以釵易黛，則移花接木矣。明説「絳芸軒」案乃爲奪黛之計，直至掉包兒都是此計。於是當晚襲人果然挪出去。寶玉因心中愧悔，寶釵欲籠絡寶玉之心，自過門至今日，方纔如魚得水，恩愛纏綿，所謂「二五之精，妙合而凝」的了。此是後話。豈有此理！作者面皮有城牆厚，無人不笑，而彼且睜眼撒謊。不惟撒書中謊，且撒書外謊。「二五妙合」得胎孕也，爲末回「蘭桂齊芳」諸鬼話安根，而誘後來没事忙先生攢眉揮汗起作續部，都於此處誤之。殊不知二五暗説「巧合」，只以找罵「寶釵巧合」而已，何嘗更有後話？偏説此是後話，以文爲戲，更以人爲戲。

且説次日，寶釵、寶玉同起，「同起」二字更惡，見寶走而釵同走矣。上文爲「死纏綿」完場，此句爲「强歡笑」定局，一句抵一大篇，而銖兩悉稱。奇莫奇於此，隱莫隱於此矣。寶玉梳洗了，先過賈母這邊來。這裏賈母因疼寶玉，又想寶釵孝順，忽然想起一件東西，便叫鴛鴦開了箱子，取出祖上所遺一個漢玉玦，史爲罪魁，全書主腦。今將收拾此人，則必收拾全書，故借一漢玉玦，以發明演一心、演性理之總義也。書以賈闡假，祖以漢之賈復，即復見天心之復，以劉老老爲作用。劉爲漢姓，故曰漢玉也。玦者，訣也。非云訣別，實爲叮囑，令人各留漢玉也。書演東木西金，故曰一件東西。說東西即有南北，合爲鴛鴦交互之卦，故一件東西必用鴛鴦找出也。玉演一心，既分真假，則有先後天，有內外用。欲完先天，必從後天，欲安內心，必藉外心，由剥得復以此，由假還真以此，如道家之欲成內丹必先求外丹，得外丹而內丹始有以烹鍊，即吾儒顔氏之「四勿」，曾子之「三省」，都是此意。故此玉得自外家。雖不及寶玉他那塊玉石，掛在身上，卻也希罕。鴛鴦找出來，遞與賈母，便說道：「這件東西，我好像從没見過。老太太這些年還記得這樣清楚，說是那一箱什麽匣子裏裝着。我按着老太太的話，一拿就拿出來了。」「一日克己復禮」。老太太怎麽想着，拿出來做什麽？」賈母道：「你那裏知道？這塊玉還是祖爺爺給我們老太爺，老太爺疼我，臨出嫁的時候叫了我去，親手遞給我的。指明得自內家。史之內家，賈之外家也。還說：『這玉是漢時所佩的東西，很貴重，你拿着就像見了我的一般。』那時還小，拿了來也不當什麽，便撩在箱子裏。到了這裏，我見咱們家的東西也多，這算得什麽，從没帶過，一撩便撩了六十多年。花甲一周，天心來復，而自暴自棄寓在言下。今兒見寶玉這樣孝順，「孝」字乃全書的旨，故屢提孝順。制外安內，完此而已。他又丢了一塊玉，故此想着，拿出來給他，也像是祖上給我的意思。」一時寶玉請了安，賈母便歡喜道：「你過來，我給你一件東西瞧瞧。」寶玉走到床前。賈母便把那塊漢玉遞給寶玉，寶玉接來一瞧，那玉有三寸方圓，形似甜瓜，色有紅暈，甚是精緻。借玉說書。三爲《乾》象，寸十歸《河圖》，方圓合天地，瓜寓生生不息，即花落結瓜之義。甜則「稼穡作甘」，一劉老老也。神瑛、絳珠都是紅暈。寶玉口口稱讚。賈母道：「你愛麽？這是我祖爺爺給我的，我傳了你罷。」寶玉笑着，請了個安謝了，又拿了要送給他母親瞧。賈母道：「你太太瞧了告訴你老子，又說疼兒子不如疼孫子了。他們從没見過。」寶玉笑着去了。寶釵等又説了幾句話，也辭了出來。

自此賈母兩日不進飲食，胸口仍是結悶，覺得頭暈目眩咳嗽。邢、王二夫人、鳳姐等請安，見賈母精神尚好，不過叫人告訴賈政，立刻來請了安。賈政出來，即請大夫看脈。不多一時，大夫來診了脈，説是：「有年紀的人，停了些飲食，感冒了些風寒，略發散些就好了。」開了方子，賈政看了，知道尋常的藥品，命人煎好進服。已後，賈政早晚進來請安。一連三日，不見稍減。三日則陰陽俱盡，到此求醫遲矣。賈政又命賈璉打聽好大夫，「快去請來瞧老太太的病。咱們家常請的幾個大夫，我瞧着不怎麽好，所以叫你去。」賈璉想了一想，説道：「記得那年寶兄弟病的時候，倒是請了一個不行醫的來瞧好了的，如今不如找他。」賈政道：「醫道卻是極難，愈是不興時的大夫倒有本領，與時轉移，必無虎狼妙藥，此豪傑所以奮興也。你就打發人去找來罷。」賈璉即忙答應去了。回來説道：「這劉大夫新近出城教書去了，過十來天進城一次；這時等不得，又請了一位，也就來了。」前有畢大夫，並無劉大夫明文。今云劉大夫，即畢大夫也。惟知畢，故知留，既能留，自無畢矣。教書之外，更請何人？賈政聽了，只得等着，不題。

且説賈母病時，合宅女眷，無日不來請安。一日，衆人都在那裏，只見看園内腰門的老婆子進來回説：「園裏櫳翠庵的妙師父，知道老太太病着，特來請安。」妙乃全書一贊，即玉之贊。既以漢玉玦作收場，自必以一妙作歸宿，便是文妙真人。衆人道：「他不常過來，今兒特地來，你們快些請去。」鳳姐走到床前回賈母。岫煙是妙玉的舊相識，先走出去接他。必提岫煙，提乩詩四句也。徹前後總包括。只見妙玉頭戴妙常髻，身上穿一件月白素綢襖兒，外罩一件水田青緞鑲邊長背心，拴着秋香色的絲縧，腰下繫一條淡墨畫的白綾裙，手執麈尾念珠，跟着一個侍兒，飄飄曳曳的走來。就妙玉穿帶，又演全書。書重倫常，故戴妙常。書爲寶鑑，故曰月白。書明生植，故曰水田，乃道衣也，稻香村、醉金剛都在此。塵尾點絳芸之《姤》，念珠合北静之《復》。一個侍兒，需人力也。岫煙見了問好，説：「在園中同住的日子，可以常常來瞧瞧你，近來因爲園内人少，一個人輕易難出來，況且咱們這裏的腰門常關着，所以這些日子不得見你。今兒幸會。」妙玉道：「頭裏你們是熱鬧場中人，雖在園外住，我也不便常來親近。如今知道這裏的事情也不大好，又聽説是老太太病着，又惦記你，並要瞧瞧寶姑娘，我那管你們的門關不關？我要來就來，我不來你們要我來也不能啊。」問答中皆「妙」字總義。「惦記你」「瞧瞧寶姑娘」，正乃所以爲妙也。而「遭大劫」回已擊動。岫煙笑道：「你還是那種脾氣。」一面説着，已到賈母房中。衆人見了，都問了好。妙玉走到賈母床前問候，説了幾句套話。賈母便道：「你是個女菩薩。你瞧瞧我的病，可好得了好不了？」妙玉道：「老太太這樣慈善的人，壽數正有呢。一時感冒，吃幾帖藥，想來也就好了。有年紀的人，要寬心些。」賈母道：「我倒不爲這些，我是極愛尋快樂的。如今這病也不覺怎樣，只是胸口悶飽。剛纔大夫説是氣惱所致。你是知道的，誰敢給我氣受？這不是那大夫脈理平常麽？我和璉兒説了，還是頭一個大夫説感冒傷食的是，明兒仍請他來。」氣惱所致，正是金木交併，乃書中事。頭一個大夫，張太醫也，是書中理。感冒氣惱，一而已矣。説着，叫鴛鴦吩咐廚房裏辦一桌浄素菜來，請他在這裏便飯。妙玉道：「我已吃過午飯了，我是不吃東西的。」王夫人道：「不吃也罷。咱們多坐一會，説些閑話兒罷。」妙玉道：「我已久不見你們，今兒來瞧瞧你。」又説了一回話，便要走。回頭見惜春站着，便問道：「四姑娘爲什麽這樣瘦？回頭見惜春，正是妙處。而瘦乃剥也，剥極則復。不要只管愛畫，勞了心。」惜春道：「我久不畫了，如今住的房屋不比園裏的顯亮，所以没興畫。」結畫即是結書。妙玉道：「你如今住在那一所了？」惜春道：「就是你纔進來的那個門東邊的房子，你要來很近。」必曰東邊房子，春生之方也。惜之復所，妙之劫所。妙玉道：「我高興的時候來瞧你。」惜春等説着送了出去。回身過來，聽見丫頭們回説：「大夫在賈母那邊呢。」衆人暫且散去。

那知賈母這病日重一日，延醫調治不效，已後又添腹瀉。搬演病勢甚大。而腹瀉則大腸金、脾胃土之病也，乃死所。賈政着急，知病難醫，即命人到衙門告假，日夜同王夫人親視湯藥。一日，見賈母略進些飲食，心裏稍寬。收束書中老太太叫吃飯。只見老婆子在門外探頭，王夫人叫彩雲看去，問問是誰。彩雲看了，是陪迎春到孫家去的人，便道：「你來做什麽？」婆子道：「我來了半日，這裏找不着一個姐姐們，我又不敢冒撞，我心裏又急。」彩雲道：「你急什麽？又是姑爺作踐姑娘不成？」婆子道：「姑娘不好了！以不好了總結諸人，史爲之首。故必以迎春之死演於史死之上。前兒鬧了一場，姑娘哭了一夜，昨日痰堵住了。他們又不請大夫。今日更利害了。」彩雲道：「老太太病着呢，别大驚小怪的。」王夫人在内已聽見了，恐老太太聽見不受用，忙叫彩雲帶他外頭説去。豈知賈母病中心静，偏偏聽見，便道：「迎丫頭要死了麽？」王夫人便道：「没有。婆子們不知輕重，説是這兩日有些病，恐不能就好，到這裏問大夫。」賈母道：「瞧我的大夫就好，快請了去。」王夫人便叫彩雲叫這婆子回大太太去，那婆子去了。這裏賈母便悲傷起來，説是：「我三個孫女兒，一個享盡了福死了；三丫頭遠嫁不得見面；迎丫頭雖苦，或者熬的出來。不打諒他年輕輕兒的就要死了，留着我這麽大年紀的人，活着做什麽？」王夫人、鴛鴦等勸解了好半天。那時寶釵、李氏等不在房中，鳳姐近來有病，王夫人恐賈母生悲添病，便叫人叫了他們來陪着。自己回到房中，叫彩雲來埋怨道：「婆子不懂事。已後我在老太太那裏，你們有事，不用來回。」丫頭們依命不言。豈知那婆子剛到邢夫人那裏，外頭的人已傳進來説：「二姑奶奶死了。」邢夫人聽了，也便哭了一場。現今他父親不在家中，只得叫賈璉快去瞧看。知賈母病重，衆人都不敢回。可憐一位如花似月之女，結褵年餘，不料被孫家搓磨，以致身亡。又值賈母病重，衆人不便離開，竟容孫家草草完結。

書以迎春演《大壯》之《觀》。《大壯》取象於羊，故死於狼。今送信用婆子探頭，取「闚觀」之義，賈母以死活對較，「觀我生」「觀其生」之義也。實乃爲黛玉作報復。曰如花，海棠也。曰似月，素娥也。草草完結，絳珠草歸離恨也。黛玉因寶玉婚而草草完結，迎即以賈母病而草草完結，而史亦完結，與黛玉同歸完結而已。

賈母病勢日增，只想這些孫女兒。一時想起湘雲，便打發人去瞧他。回來的人悄悄的找鴛鴦，因鴛鴦在老太太身旁，王夫人等都在那裏，不便上去，到了後頭，找了琥珀，告訴他道：「老太太想史姑娘，叫我們去打聽，那裏知道史姑娘哭得了不得，説是姑爺得了暴病，大夫都瞧了，説這病只怕不能好；若變了癆病，還可捱過四五年。所以史姑娘好心裏着急；又知道老太太病，只是不能過來請安，還叫我不要在老太太面前提起。倘或老太太問起來，務必託你們變個法兒回老太太纔好。」琥珀聽了，「咳」了一聲，就也不言語了，半日説道：「你去罷。」琥珀也不便回，心裏打算告訴鴛鴦，叫他撒謊去，所以來到賈母床前。只見賈母神色大變，地下站着一屋子的人，嘁嘁的説：「瞧着是不好了。」也不敢言語了。這裏賈政悄悄的叫賈璉到身傍，向耳邊説了幾句話。賈璉輕輕的答應出去了，便傳齊了現在家的一干家人，說：「老太太的事，待一出來了，你們快快分頭派人辦去。頭一件先請出板來瞧瞧，好掛裏子。快到各處將各人的衣服量了尺寸，都開明了，便叫裁縫去做孝衣。那棚杠執事，都去講定。賬房裏還該多派幾個人。」賴大等回道：「二爺，這些事不用爺費心，我們早打算好了。只是這項銀子，在那裏打算？」賈璉道：「這種銀子不用打算了，老太太自己早留下了。自己留下，何曾留下？劉老老來而未來也。剛纔老爺的主意，只要辦的好，我想外面也要好看。」賴大等答應派人分頭辦去。

賈璉復回到自己房中，便問平兒：「你奶奶今兒怎麼樣？」平兒把嘴往裏一努說：「你瞧去。」賈璉進內，見鳳姐正要穿衣，一時動不得，暫且靠在炕桌兒上。賈璉道：「你只怕養不住了。老太太的事，今兒明兒就要出來了，你還脫得過麽？快叫人將屋裏收拾收拾，就該扎掙上去了。若有了事，你我還能回來麽？」即已到「返金陵」，而語面殊妙。鳳姐道：「咱們這裏，還有什麽收拾的？不過就是這點子東西，還怕什麽？三千金亦枉給了，寫來絕倒。你先去罷，看老爺叫你。我換件衣裳就來。」賈璉先回到賈母房裏，向賈政悄悄的回道：「諸事已交派明白了。」賈政點頭。外面又報太醫來了，賈璉接入，又診了一回。出來悄悄的告訴賈璉：「老太太的脈氣不好，防着些。」神情口吻都到。曰防着些，正全書告人處也。這便是「張太醫論病細窮源」。故此處特說「太醫來了」。賈璉會意，與王夫人等說知。王夫人即忙使眼色，叫鴛鴦過來，叫他把老太太的裝裹衣服預備出來，鴛鴦自去料理。賈母睜眼要茶喝，邢夫人便進了一杯參湯。賈母剛用嘴接着喝，便道：「不要那個，人參是釵，茶是黛，「不要那個」，史其醒乎？倒一鍾茶來我喝。」結一切吃茶。衆人不敢違拗，即忙送上來。一口喝了還要，又喝一口，便說：「我要坐起來。」賈政等道：「老太太要什麽，只管說，可以不必坐起來纔好。」賈母道：「我喝了口水，心裏好些，水之有用如此，奈平日不知以水生木，而以金制木何哉！常泛病情，大有指點。略靠着和你們説説話。」珍珠等用手輕輕的扶起，看見賈母這會精神好些。

未知生死如何，且看下回分解。

文入後路，愈見整齊。此回未入上下半，先有上下半，然後以夏金桂、邢岫烟、湘雲、寶琴作過接，方入本回「承錯愛」，而陡然以「寶玉、寶釵同起」一句，自成兩大扇格局。至「返真元」則消納於賈母文中，先之以漢玉，後之以妙玉，用湘雲爲組織。其散漫幾至不可收拾，而條貫分明如此。

此回合上回爲一大段，逐寶釵，完黛玉，收拾衆人文字也。阮郎更有劉郎，信道「芳齡永繼」；綠玉何妨綠蠟，終教「仙壽恒昌」。影合芳官，生前歡笑；魂歸柳五，死後完成。從今事了三春，狼已獨行踽踽；到底棋輸一錯，虎其枉視眈眈。喚起絳珠，玦來漢玉。淒然别淚，妙矣村言。

護花主人評曰：

寶玉一身，原是夢中人、夢中境，寶釵欲以夢醒之，是慧心人作用。無如兩夜無夢，白費寶釵苦心。

迎春臨别説「没有再來的時候」，爲下回伏綫。

寶釵勸母早爲薛蝌完姻，不但近情合理，且爲岫烟于歸伏綫。

五兒自補入寶玉房中，並未與寶玉交言，借此一敍，必不可少。

若非外面聲響，寶釵咳嗽，寶玉與五兒如何分散？文人之筆，收縱自如。

寶玉與寶釵自成親後，雖相恩愛，終非魚水；至此寶釵欲移花接木，方得兩情浹洽。不但寫寶釵是夜多情，且可見平日端莊。

「二五之精，妙合而凝」，寶釵已有身孕。

北静王之玉，是正襯通靈；無賴之假玉，是反襯通靈；賈母之玉玦，是旁襯通靈。玦者，決也，爲賈母與寶玉永訣之兆。

凡人遇有喪亡禍患，與其强顔歡笑，不若放聲大哭。蓋放聲大哭，鬱氣可伸；强顔歡笑，悶懷愈結。故寶玉大哭黛玉，脈氣頓和；賈母勉强尋歡，停食胸悶。

妙玉探望賈母，卻是閒文，要緊處在問知惜春住房，爲異日遇盜埋根。

賈母垂危，迎春先死，湘雲將寡，真如大樹一倒，人無蔭庇。

大某山民評曰：

賈政説不與時的大夫倒有本領，因醫家操生死權柄，有效驗，有憑據，揚眉吐氣，間或有之，未盡誣也。

細寫妙玉服飾，絶是《玉簪記》上場打扮，否則如《孽海記·思凡》一齣也。

鳳姐言下心頭，終未能遽忘故物；一生辛苦所係，難怪其然。

此回亦是丙辰年事。

第一百十回　史太君壽終歸地府　王熙鳳力詘失人心

卻説賈母坐起説道：「我到你們家，已經六十多年了，六十多年，天運一周，貞下起元之會，故坐起説。此書每回開端，多作鄭重語，絶無隨便接起處。從年輕的時候到老來，福也享盡了。自你們老爺起，兒子、孫子也都算是好的了。就是寶玉呢，我疼了他一場。」説到那裏，拿眼滿地下瞅着。寶玉演天心，説到寶玉而瞅地下，大顛倒矣。王夫人便推寶玉走到床前，賈母從被窩裏伸出手來拉着寶玉道：「我的兒，你要争氣纔好。」氣爲陽，只「争氣」二字，《大學》之自新、《周易》之自强盡之矣，真善爲包括。否則如此大結束處，非千言所能盡。寶玉嘴裏答應，心裏一酸，那眼淚便要流下來，酸爲木味，淚爲木液，「争氣」二字仍歸到此。又不敢哭，只得站着。聽賈母説道：「我想再見一個重孫子，我就安心了。我的蘭兒在那裏呢？」李紈也推賈蘭上去。賈母放了寶玉，拉着賈蘭道：「你母親是要孝順的，寶玉歸空，雖復非復，放心而已。故放了寶玉，拉了賈蘭，乃真能復之重孫也。所謂真復，只「孝順」二字得之。將來你成了人，也叫你母親風光風光。鳳丫頭呢？」鳳姐本來站在賈母傍邊，趕忙走到跟前説：「在這裏呢。」奸易見而不能見，絶世文情。賈母道：「我的兒，你是太聰明了，將來修修福罷。乃是正訓，而「將來」二字令人悚，令人幸。悚其時不可再，幸其一息尚存。我倒没有修什麽，不過心實吃虧，那些吃齋念佛的事，我也不大幹。心實不是好話，乃與通靈作反對。惟不通靈，故吃虧也。下語則明此書不演空空。就是舊年叫人寫了些《金剛經》送送人，不知送完了没有？」鳳姐道：「没有呢。」賈母道：「早該施捨完了纔好。我們大老爺和珍兒是在外頭罷了。看「罷了」二字，赦何嘗赦。最可惡的是史丫頭没良心，怎麽不來瞧我！」此借湘雲合寶、黛、釵三影以爲斷也。寶、黛以一心分二心，已非良心；如釵則人欲紛乘，直没良心已。一部書演心，演良心，演没良心，以史自居固不愧。鴛鴦等明知其故，都不言語。賈母又瞧了一瞧寶釵，歎了口氣，囑寶玉爭氣，瞧寶釵歎氣，凡金玉、木石之誤，亦既知之而悔無及已。玉、釵末路已見於不言之表。書以一歎起，以一歎結，即太史公「緩急人所時有」之語，故賈母必姓史。只見臉上發紅。賈政知是迴光返照，即忙進上參湯。賈母的牙關已經緊了；臉上發紅，明知恥也。牙關緊，戒多言也。意寓全書，有目送手揮之妙。而自坐起至一歎，皆屬正訓，故曰迴光返照也。合了一回眼，又睁着滿屋裏瞧了一瞧。王夫人、寶釵上去輕輕扶着，邢夫人、鳳姐等便忙穿衣。裝裹賈母，李紈爲家孫婦，自當上前。今曰王、邢、鳳、寶，竟無李紈。「成大禮」不用紈，以孀居，猶可言也；當大事不用紈，不可言也。則賈母之死，死於王、邢、鳳、寶之手，而不與李相涉，以攻其一生背理没良心。無文字處有絶大文字，看官信否？底下婆子們已將床安設停當，鋪了被褥。聽見賈母喉間略一響動，臉變笑容，竟是去了。通結全書無數「笑」字，臉變笑容而去，正是史之作用。大哉笑乎！享年八十三歲。數終於九。除九九八十一，餘二數，爲偶，爲陰，老陰也。八、十、三綜之得二十一，三七之數也，少陽也。老陰生少陽，仍合成劉老老。衆婆子疾忙停床。

於是賈政等在外一邊跪着，邢夫人等在內一邊跪着，一齊舉起哀來。外面家人各樣預備齊全，只聽裏頭信兒一傳出來，從榮府大門起至內宅門，扇扇大開，一色净白紙糊了，孝棚高起，大門前的牌樓立時豎起，上下人等登時成服。賈政報了丁憂，禮部奏聞。主上深仁厚澤，念及世代功勳，又係元妃祖母，賞銀一千兩，勸孝必勸忠，忠孝固無二致也。賞銀一千兩，完「千金一笑」之旨。諭禮部主祭。家人們各處報喪。衆親友雖知賈家勢敗，今見聖恩隆重，都來探喪。擇了吉時成殮，停靈正寢。死無年月，生日即死日也。請參看「八月初三日生日」評。賈赦不在家，賈政爲長；寶玉、賈環、賈蘭是親孫，年紀又小，都應守靈前；賈璉雖也是親孫，帶着賈蓉，尚可分派家人辦事。不見賈琮，賈母固覆宗人也。而忽有忽無，正合假家演義。雖請了些男女外親來照〔應〕，内裏邢、王二夫人、李紈、鳳姐、寶釵等是應靈旁哭泣的；尤氏雖可照應，因賈珍外出，依住榮府，一向總不上前，且又榮府的事不甚諳練；開脱尤氏，以上找「協理」回多少深文。賈蓉的媳婦更不必説了；惜春年小，雖在這裏長的，他於家事全不知道。惜春爲《乾》之《坤》，《剥》之《復》其注在此，故安置於東而不東、西而不西之界。而總言其年小，《復》之一陽，固稺陽也，與巧姐總説小同一用意。所以内裏竟無一人支持，只有鳳姐可以照管裏頭的事，況又賈璉在外作主，裏外他二人，倒也相宜。

鳳姐先前仗着自己的才幹，原打諒老太太死了，他大有一番作用。邢、王二夫人等，本知他曾辦過秦氏的事，必是妥當，於是仍叫鳳姐總理裏頭的事。鳳姐本不敢辭，自然應了，直追「協理」，禍所從生，以反振下半。心想：「這裏的事，本是我管的。那些家人都是我手下人。太太和珍大嫂子的人，本來難使喚些，如今他們都去了。銀項雖没有了對牌，這種銀子是現成的。外頭的事又是他辦着，雖説我現今身子不好，想來也不致落褒貶，必是比寧府裏還得辦些。」都從「協理」回比對而出。心下已定，且待明日接了事，後日一早，便叫周瑞家的傳出話去，將花名册取上來。鳳姐一一的瞧了，總共只有男僕二十一人，女僕只有十九人，亦從點名時起。男於二十餘一，女於二十缺一，合成四十，損一陰增一陽，《剥》之《復》也。餘者俱是些丫頭，連各房算上也不過三十多人，男女之數綜之仍三十二，故餘者亦云「也不過三十多」。説來説去無非餘一男之義。難以點派差事。心裏想道：「這回老太太的事，倒没有東府裏的人多。」又將莊上的算出幾個，也不敷差遣。

正在打算，只見一個小丫頭過來説：「鴛鴦姐姐請二奶奶。」三十二即鴛鴦。鳳姐只得過去。只見鴛鴦哭得淚人一般，一把拉着鳳姐兒説道：「二奶奶請坐，我給二奶奶磕個頭。磕頭是一陽下起，仍是三十二，而用筆突兀，以起下回。雖説服中不行禮，這個頭是要磕的。」禮主春生，行禮於喪中，正一陽生於重陰之下。鴛鴦説着跪下，慌的鳳姐趕忙拉住，説道：「這是什麼禮？有話好好的説。」便拉他起來。鴛鴦説道：「老太太的事，一應内外都是二爺和二奶奶辦。這宗銀子是老太太留下的。老太太這一輩子也没有糟蹋過什麼銀錢，鳳爲財色雙主，加以璉，則專主財。此從銀錢説話，而並責鳳、璉，便是鴛鴦之半。如今臨了這件大事，必得求二奶奶體體面面的辦一辦纔好。我方纔聽見老爺説什麼《詩》云子曰，我不懂；又説什麼『喪與其易，寧戚。』我聽了不明白。《詩》云子曰，正與《易》道相輔而行。其不明白，則二奶奶壞之也。我問寶二奶奶，説是：老爺的意思，老太太的喪事只要悲切，纔是真孝；不必糜費，圖好看的念頭。我想老太太這樣一個人，怎麼不該體面些？我雖是奴才丫頭，敢説什麼？只是老太太疼二奶奶和我「二奶奶和我」五字把鳳、鴛合爲一人矣。此鴛鴦所以必姓金，而其死爲鳳之前引，爲秦之後繼，而又忠烈萃於一人，則闢後天以追先天，秦、鳳、鴛鴦三而一矣。是乃《易》道精微，合「這情種，那情種」於一太極處。這一場，臨死了，還不叫他風光風光？我想二奶奶是能辦大事的，故此我請二奶奶來求作個主。我生是跟老太太的人，老太太死了，我也是跟老太太的。已將「殉主」意侃侃道出，正見《史》《易》相輔而行。若是瞧不見老太太的事怎麽辦，將來怎麽見老太太呢？」鳳姐聽了這話來的古怪，便説：「你放心，要體面是不難的，況且老爺雖說要省，那勢派也錯不得。便拏這項銀子都花在老太太身上，也是該當的。」鴛鴦道：「老太太的遺言說，所有剩下的東西是給我們的。二奶奶倘或用着不彀，只管拿這個去折變補上。古怪是《易》，放心是此書，折變補上是用《易》象演成此書。就是老爺說什麽，我也不好違老太太的遺言。那日老太太分派的時候，不是老爺在這裏聽見的麽？」寫出鴛鴦說話神情。鳳姐道：「你素來最明白的，怎麽這會子那樣的着急起來了？」鴛鴦道：「不是我着急，爲的是大太太是不管事的，老爺是怕招摇的。若是二奶奶心裏也是老爺的想頭，說抄過家的人家，喪事還是這麽好，將來又要抄起來，剥而未盡，直起「招夥盜」。也就不顧起老太太來，怎麽處？在我呢，是個丫頭，好歹礙不着，到底是這裏的聲名。」鳳姐道：「我知道了，你只管放心，有我呢。」說得没氣力，爲「詘」字伏根。鴛鴦千恩萬謝的託了鳳姐。

那鳳姐出來想道：「鴛鴦這東西好古怪，不知打了什麽主意？論理，老太太身上本該體面些。嗳，不要管他，且按着咱們家先前的樣子辦去。」逆折出「失人心」來，筆力夭矯。於是叫了旺兒家的來傳話出去：「請二爺進來。」不多時，賈璉進來，說道：「怎麽找我？你在裏頭照應着些就是了。横豎作主是咱們二老爺，他說怎麽着，咱們就怎麽着。」所謂同知，所謂全不理會。鳳姐道：「你也說起這個話來了，可不是鴛鴦說的話應驗了麽？」賈璉道：「什麽鴛鴦的話？」鳳姐便將鴛鴦請進去的話述了一遍。賈璉道：「他們的話算什麽！纔剛二老爺叫我去，說：『老太太的事，固要認真辦，但知道的說是老太太自己結果自己，不知道的只說咱們都隱匿起來了，如今很寬。若老太太的這宗銀子用不了，誰還要麽？仍舊該用在老太太身上。也是忠孝兩意，都是隔壁賬，寫「政」字妙析微茫。老太太南邊的墳地雖有，陰宅卻没有；老太太的柩是要歸到南邊去的，該留這銀子在祖墳上蓋起些房屋來，再餘下的買幾頃祭田。咱們回去也好，就是不回去，也叫這些貧窮族中住着，也好按時按節，早晚上香，時常祭掃祭掃。』你想這些話可不是正經主意？據你這個話，難道都花了罷？」秦氏教養之説，乃一部《紅樓》正經主意，今就賈政説了一半，有養無教，以發明讖失教本旨。鳳姐道：「銀子發出來了没有？」賈璉道：「誰見過銀子？我聽見咱們太太聽見了二老爺的話，極力的攛掇二太太和二老爺説：『這是好主意。』叫我怎麼着？現在外頭棚杠上要支幾百銀子，這會子還没有發出來。我去要，他們都説且先叫外頭辦了，回來再算。你想這些奴才們，有錢的早溜了；按住册子叫去，有的説告病，有的説下莊子去了，走不動的有幾個，只有賺錢的能耐，還有賠錢的本事麼？」即打通「狗彘奴」消息。不剥極不能復也。鳳姐聽了，呆了半天，説道：「這還辦什麼？」

正説着，見來了一個丫頭，説：「大太太的話，問二奶奶今日第三天了，裏頭還很亂，供了飯，還叫親戚們等着嗎？叫半天，來了菜短了飯，這是什麼辦事的道理？」外主於政，内主於邢。邢之設施從供飯起，意深哉！鳳姐急忙進去，吆喝人來伺候，胡弄着將早飯打發了。偏偏那日人來的多，裏頭的人都死眉瞪眼的。鳳姐只得在那裏照料了一會子，又惦記着派人，趕着出來，叫了旺兒家，傳齊了家人女人們，一一分派了。衆人都答應着不動。鳳姐道：「什麼時候，還不供飯！」又從供飯起，「失人心」之正脈。衆人道：「傳飯是容易的，只要將裏頭的東西發出來，我們纔好照管去。」鳳姐道：「糊塗東西！派定了你們，少不得有的。」家人只得勉强應着。鳳姐即往上房去發應用之物，要去請示邢、王二夫人，見人多難説，看那時候已經日漸平西了，只得找了鴛鴦，説要老太太存的這一分傢伙。鴛鴦道：「你還找我呢！那一年二爺當了，贖了來麽？」鳳姐道：「不用銀的金的，只要這一分平常使的。」鴛鴦道：「大太太、珍大奶奶屋裏使的是那裏來的？」鳳姐一想不差，轉身就走，只到得王夫人那邊，找了玉釧、彩雲，纔拿了一分出來，急忙叫彩明登賬，發與衆人收管。鴛鴦見鳳姐這樣慌張，又不好叫他回來，心想：「他頭裏作事，何等爽利周到，如今怎麽掣肘的這個樣兒。我看這兩三天連一點頭腦都没有，不是老太太白疼了他了嗎？」那裏知邢夫人一聽賈政的話，正合着將來家計艱難的心，巴不得留一點子作個收局。况且老太太的事，原是長房作主。賈赦雖不在家，賈政又是拘泥的人，有件事，便説請大太太的主意。邢夫人素知鳳姐手脚大，賈璉的鬧鬼，所以死拿住不放鬆。邢、政之用，猶可留餘，此《大車》不失爲哀周之大夫也。鳳姐力詘，正所謂「畏子不敢」，則平日之力贏，賈母能辭其咎乎？鴛鴦只道已將這項銀子交了出去了，故見鳳姐掣肘如此，便疑爲不肯用心，便在賈母靈前嘮嘮叨叨？哭個不了。力之詘於金，心之失於金，皆追原一金之禍。死一玉，走一玉，而史亦因之「歸地府」也。看「心」字屢提，都非現在。邢夫人等聽了話中有話，不想到自己不令鳳姐便宜行事，反説：「鳳丫頭果然有些不用心。」

王夫人到了晚上，叫了鳳姐過來，説：「咱們家雖説不濟，外頭的體面是要的。這兩三日人來人往，我瞧着那些人都照應不到，想是你没有吩咐，還得你替我們操點心兒纔好。」鳳姐聽了，呆了一會，要將銀兩不凑時候話説出，但是銀錢是外頭管的，王夫人説的是照應不到，鳳姐也不敢辯，只好不言語。邢夫人在旁説道：「論理，該是我們做媳婦的操心，本不是孫子媳婦的事，但是我們動不得身，所以託你的。你是打不得撒手的。」以「撒手」二字截然止住，文省拖沓，意明指點。鳳姐紫漲了臉，正要回説，只聽外頭鼓樂一奏，是燒黃昏紙的時候了。大家舉起哀來，又不得説。鳳姐原想回來再説，王夫人催他出去料理，説道：「這裏有我們呢，你快快兒的去料理明兒的事罷。」鳳姐不敢再言，只得含悲忍泣的出來，又叫人傳齊了衆人，又吩咐了一會，說：「大娘嬸子們，可憐我罷。我上頭捱了好些話，爲的是你們不齊集，叫人笑話。明兒你們豁出些辛苦來罷！」那些人回道：「奶奶辦事，不是今兒個一遭兒了，我們敢違拗嗎？只是這回的事上頭過於累贅，只說打發這頓飯罷，有的在這裏吃，有的要在家裏吃；請了那位太太，又是那位奶奶不來。諸如此類，那得齊全？還求奶奶勸勸那些姑娘們，不要挑飭就好了。」鳳姐道：「頭一層是老太太的丫頭們是難纏的，太太們的也難說話，叫我說誰去呢？」衆人道：「從前奶奶在東府裏還有署事，要打要罵，怎麼那樣鋒利，誰敢不依。如今這些姑娘們難道都管不住了？」本回反抉賈母縱容之罪，必在在以東府陪說，則又並坐王氏也。協理東府，王使之往。鳳姐歎道：「東府裏的事，雖說託辦的，太太雖在那裏，不好意思說什麼。如今是自己的事情，又是公平的，人人說得話。再者，外頭的銀錢也叫不靈，即如棚裏要一件東西，傳了出來，總不見拿進來，這叫我什麼法兒呢？」衆人道：「二爺在外頭，倒怕不應付麼？」鳳姐道：「還提那個！他也是那裏爲難：第一件，銀錢不在他手裏，要一件得回一件，那裏湊手？」衆人道：「老太太這項銀子不在二爺手裏嗎？」鳳姐道：「你們回來問管事的便知道了。」銀之有無，不用明說。筆力矯健，而爲叙之深文。衆人道：「怨不得我們聽見外頭男人抱怨，說：『這麼件大事，咱們一點摸不着，淨當苦差。』叫人怎麼能齊心呢？」鳳姐道：「如今不用說了。眼面前的事，大家留些神罷。倘或鬧的上頭有了什麼說的，我和你們不依的。」衆人道：「奶奶要怎麼樣，他們敢抱怨嗎？只是上頭一人一個主意，我們實在難周到的。」鳳姐聽了沒法，只得央說道：「好大娘們，明兒且幫我一天，等我把姑娘們鬧明白了，再説罷咧！」上頭一人一主意，《剥》卦上爻一陽也。央説大娘嬸子、好大娘們，皆《剥》窮上反下之意。幫了一天鬧姑娘，必把上爻亦作丫頭，則《剥》極成《坤》，方得《復》矣。語面極妙形容，而寓《易》象如此。衆人聽命而去。

鳳姐一肚子的委屈，愈想愈氣，直到天亮，又得上去，要把各處的人整理整理，又恐邢夫人生氣，要和那王夫人説，怎奈邢夫人挑唆。這些丫頭們見邢夫人等不助鳳姐的威風，更加作踐起他來。幸得平兒替鳳姐解排，説是：「二奶奶巴不得要好，只是老爺、太太們吩咐了外頭，不許靡費，所以我們二奶奶不能應付到了。」説過幾次，纔得安静些。丫頭安静，《坤》象成矣。雖説僧經道懺，上祭掛帳，絡繹不絶，終是銀錢吝嗇，誰肯踴躍？不過草草了事。連日王妃誥命也來得不少，鳳姐也不能上去照應，只好在底下張羅，叫了那個，走了這個，發一回急，央及一回，胡弄過了一起，又打發一起。别説鴛鴦等看去不像樣，連鳳姐自己心裏也過不去了。將「力詘」作一提頓，局度安閑，文筆酣暢。邢夫人雖説是冢婦，仗着「悲戚爲孝」四個字，倒也都不理會。王夫人落得跟了邢夫人行事，餘者更不必説了。邢、王合一，又作提頓。無文字處有文字，用筆如刀。獨有李紈瞧出鳳姐的苦處，也不敢替他説話，只自歎道：「俗語説的，『牡丹雖好，全仗緑葉扶持』。牡丹花，寶釵也。未成大禮以前，且爲照料家務；今既爲婦，值此喪事而無一言，則未爲婦之釵可知，既爲婦之釵亦可知也。以前鋪敍鳳姐「力詘」，只爲暗發此意。兵法聲東擊西，奈何只認是鳳姐傳？「獨有李紈」四字，捫之生棱。太太們不虧了鳳丫頭，那些人還幫着嗎？若是三姑娘在家還好，直追「興利」一回之寶釵，特提探春，以「敏」形「賢」。如今只有他幾個自己的人瞎張羅，面前背後的也抱怨，説是一個錢摸不着，臉面也不能剩一點兒。老爺是一味的盡孝，庶務上頭不大明白。這樣的一件大事，不撒散幾個錢就辦的開了嗎？可憐鳳丫頭鬧了幾年，不想在老太太的事上，只怕保不住臉了。」於是抽空兒叫了他的人來吩咐道：「你們別看着人家的樣兒，也糟蹋起璉二奶奶來。別打諒什麽穿孝守靈就算了大事了，不過混過幾天就是了。看見那些人張羅不開，便插個手兒也未爲不可。這也是公事，大家都該出力的。」以不管興廢之李紈猶必爲「力詘」之助，況寶釵乎？語語痛責都是理，説賈政非能明理者也。那些素服李紈的人，都答應着説：「大奶奶説得很是。我們也不敢那麽着。只聽見鴛鴦姐姐們的口話兒，好像怪璉二奶奶的似的。」李紈道：「就是鴛鴦，我也告訴過他。我説璉二奶奶並不是在老太太的事上不用心，只是銀子錢都不在他手裏，叫他巧媳婦還作的出没米的粥來嗎？如今鴛鴦也知道了，所以也不怪他了。只是鴛鴦的樣子竟是不像從前了，這也奇怪。那時候有老太太疼他，倒没有作過什麽威福。如今老太太死了，没有了仗腰子的了，我看他倒有些氣質不大好了。我先前替他愁，這會子幸喜大老爺不在家，纔躲過去了。不然他有什麽法兒？」直追「尷尬人」，作「殉主」之因，與黛之死同爲不鴛鴦而真鴛鴦者，請參彼評。

説着，只見賈蘭走來説：「媽媽睡罷。一天到晚人來客去的，也乏了，歇歇罷。我這幾天總没有摸摸書本兒，今日爺爺叫我家裏睡，我喜歡的很，要理過一兩本書纔好，別等脱了孝，再都忘了。」丫頭既已平静，便是真得《坤》象，而《復》即至矣，故必接賈蘭。其言藹然，於無形處摹出一「孝」字。文能繪風。李紈道：「好兒子，看書呢，自然是好的；今日且歇歇罷，等老太太送了殯再看罷。」賈蘭道：「媽媽要睡，我也就睡在被窩裏頭想想也罷了。」書所以明孝能復又必以此。衆人聽了都説道：「好哥兒，怎麽這點年紀，得了空兒就想到書上！不像寶二爺，娶了親的人還是那麽孩子氣。這幾日跟着老爺跪着，瞧他很不受用，巴不得老爺一動身，就跑過來找二奶奶，不知唧唧咕咕説些甚麽，甚至弄的二奶奶都不理他了。他又去找琴姑娘，琴姑娘也是遠避他。邢姑娘也不很同他説話。倒是喒們本家的什麽喜姑娘咧，四姑娘咧，哥哥長，哥哥短的，和他親密。我們看那寶二爺，除了和奶奶、姑娘們混混，只怕他心裏也沒有別的事，白過費了老太太的心，疼了他這麽大，反抉寶玉之復，終屬幻境，非蘭之復也。而寫來絶倒。那裏及蘭哥兒一零兒呢？大奶奶，你將來是不愁的了。」李紈道：「就好也還小，只怕到他大了，喒們家還不知怎麽樣了呢。環哥兒你們瞧看怎麽樣？」衆人道：「這一個更不像樣兒了。兩個眼睛倒像個活猴兒似的，東溜溜，西看看，雖在那裏嚎喪，見了奶奶、姑娘們來了，他在孝幔子裏頭凈偷着眼兒瞧人呢。」李紈道：「他的年紀其實也不小了。前日聽見説還要給他説親呢，如今又得等着了。噯，還有一件事，喒們家這些人，我看來也是説不清的。」一本姻緣簿，一本循環簿也。因環親事而曰不清，正乃閑話中之精義。且不必説閑話，後日送殯，各房的車輛是怎麽樣了？」衆人道：「璉二奶奶這幾天鬧的像失魂落魄的樣兒了，也沒見傳出去。昨日聽見我的男人説，璉二爺派了薔二爺料理，説是喒們家的車也不彀，趕車的也少，要到親戚家去借去呢。」李紈笑道：「車也都是借得的麽？」衆人道：「奶奶説笑話兒了，車怎麽借不得？只是那一日所有的親戚都用車，只怕難借，想來還得雇呢。」李紈道：「底下人的只得雇，上頭的車也有雇的麽？」衆人道：「現在大太太、東府裏的大奶奶、小蓉大奶奶都沒有車了，不雇，那裏來的呢？」李紈聽了，歎息道：「先前見有喒們家來的太太、奶奶們坐了雇的車來，喒們都笑話，如今輪到自己頭上了。你明兒去告訴你的男人，我們的車馬早早兒的預備好了，省得擠。」衆人答應了出去，不題。借車一段，人以爲形容賈家窮敗，而不知仍是説寶釵親事而已。車爲蓋，爲天，有夫象，非夫而夫之，則爲借車。李紈從一而終，故不知車之可借。衆人以爲説笑話，一部笑話書，無非演借車也。東木西金兩婚姻，乃兩車，故特提魂魄；而借者則寶釵，正不知釵此車還於何時。一段妙文以「我的男人」起，以「你的男人」結，微矣哉！

且説史湘雲因他女婿病着，賈母死後只來的一次，屈指算是後日送殯，不能不去，又見他女婿的病已成癆症，因借車而陡入湘雲，惟恐人不知借車是説寶釵，因特以金麟證金鎖。暫且不妨，只得坐夜前一日過來。想起賈母素日疼他，又想到自己命苦，剛配了一個才貌雙全的男人，性情又好，偏偏的得了冤孽症候，不過捱日子罷了，於是更加悲痛，直哭了半夜。鴛鴦等再三勸慰不止。無名無姓之壻，爲捱日子。釵之於寶，捱日子而已。「半夜」字、「不止」字皆深文。半夜則不終，不止則不守也，便是還車。寶玉瞅着，也不勝悲傷，又不好上前去勸。見他淡粧素服，不敷脂粉，更比未出嫁的時候又勝幾分。又找「情中情」上「情」字。轉念又看寶琴等淡素粧飾，自有一種天然丰韻，寶琴則曰天生，是爲琴瑟之正。於湘、釵中特著此人，而重提曰轉念，人當深究此轉念也。獨有寶釵，渾身孝服，那知道比尋常穿顔色時更有一番雅致。心裏想道：「所以千紅萬紫，終讓梅花爲魁；殊不知並非爲梅花開的早，竟是『潔白清香』四字，是不可及的了。但只這時候若有林妹妹，也是這樣打扮，又不知怎樣的丰韻了。」「壽終」「力詘」統歸到此，方見主人翁。想到這裏，不覺的心酸起來，那淚珠便直滾滾的下來了，趁着賈母的事，不妨放聲大哭。衆人正勸湘雲不止，外間又添出一個哭的來了，大家只道是想着賈母疼他的好處，所以傷悲，豈知他們兩個人各自有各自的心事。這場大哭，不禁滿屋的人無不下淚。各心事，實一心事；哭這個，卻哭那個，一部書是如此。而無不下淚者，冤哉！還是薛姨媽、李嬸娘等勸住。

明日是坐夜之期，更加熱鬧，鳳姐這日竟支撑不住，也無方法，只得用盡心力，甚至咽喉嚷破，敷衍過了半日。到了下半天，人客更多了，事情也更繁了，瞻前不能顧後。正在着急，只見一個小丫頭跑來說：「二奶奶在這裏呢，怪不得大太太說：『裏頭人多，照應不過來，二奶奶是躲住受用去了。』」鳳姐聽了這話，一口氣撞上來，往下一咽，眼淚直流，只覺得眼前一黑，嗓子裏一甜，便噴出鮮紅的血來，身子站不住，就蹲倒在地。幸虧平兒急忙過來扶住。只見鳳姐的血吐個不止。再將「力詘」竭力搬演，正以見鳳之失助。平日枉了左木右金，力主金玉姻緣也。肝爲藏血之海，血爲木液，力詘而至吐血，殺木之報亦速矣。

未知性命如何，且看下回分解。

此回合下回爲一大段，收拾史，收拾《易》，以收拾衆人文字也。史辨賢奸，以寶釵之奸險而不能知；《易》別陰陽，以寶釵之陰小而不能知，而失心欺天如此，是書所以不能不作也。太君曰「歸地府」，鴛鴦曰「登太虛」，作者直竊予奪之權，説陟降之理。

此回上半文字少，下半文字多，面子是鳳姐，底裏是寶釵，皆「强歡笑」文字也。用一李紈爲綱領，雖萬緒千頭，總歸提挈，特看官不喜搜尋耳。

護花主人評曰：

「心實吃虧」四字是修福延壽真訣，王鳳姐與此四字相反，所以無福無壽。

賈母與寶釵並無一言，惟有歎氣，心中是疼護寶玉；又憐寶釵所嫁不偶，有説不出心事。形容入神。

回顧前文寫經佈施，一絲不漏。

鳳姐心想賈母喪事比寧府易辦，是反跌後文。

賈政説喪事寧戚，還是正理，邢夫人卻是一片私心。

借鴛鴦求鳳姐及賈璉口中細説，不但敍得不露痕迹，又伏鴛鴦自盡口吻。

鴛鴦先疑鳳姐不肯用心，嘮叨哭泣，此層文章必不可少。

邢、王二夫人埋怨鳳姐，各人口氣，鳳姐欲辯不能，真無可奈何。

寫裏頭人心不齊，外頭呼應不靈，總因銀錢不應手，鳳姐没權柄，遂至諸事雜亂。

李紈獨憐鳳姐，竟與衆人不同，宜其有賈蘭之佳兒也。

百忙中夾敍賈蘭攻書，寶玉孩氣，及賈環惡狀，鴛鴦氣性，文心閒暇，文筆周密，毫無手忙脚亂，顧此失彼之病。

李紈不知車亦可借雇，致惹人笑。借此時之冷落，形容昔日之富豪。一筆之中，兩面俱到。

賈政惟知悲戚，邢夫人但知省儉，王夫人偏聽不明，只有鳳姐空拳孤掌，竭力支持，反受埋怨，安得不嘔血暈倒。

大某山民評曰：

此回仍是丙辰年，寫賈母喪事。

第一百十一回　鴛鴦女殉主登太虛　狗彘奴欺天招夥盜

話説鳳姐聽了小丫頭的話，又氣又急又傷心，不覺吐了一口血，便昏暈過去，坐在地下。史歸地府，鳳坐地下，皆一木之所致也。平兒纔來靠着，忙叫了人來攙扶着，慢慢的送到自己房中，將鳳姐輕輕的安放在炕上，立刻叫小紅斟上一杯開水，送到鳳姐脣邊。鳳姐咽了一口，昏迷仍睡。秋桐過來略瞧了一瞧，卻便走開。小紅是林，秋桐是木，於此特提。平兒也不叫他，只見豐兒在傍站着，平兒叫他：「快快的去回明白了，説二奶奶吐血發暈，不能照應的話，告訴了邢、王二夫人。」邢夫人打諒鳳姐推病藏躲，因這時女親在內不少，也不好説別的，心裏卻不全信，只説：「叫他歇着去罷。」衆人也並無言語。只説這晚人客來往不絶，幸得幾個內親照應。家下人等見鳳姐不在，也有偷閑歇力的，亂亂吵吵，已鬧到七顛八倒，不成事體了。再將七八顛倒特提寶釵。評屢見前。

到二更多天，二更多天，極陰之會，正鴛鴦將醒時也。遠客去後，便預備辭靈，孝幕內的女眷，大家都哭了一陣。只見鴛鴦已哭的昏暈過去了。大家扶住捶鬧了一陣，纔醒過來，便説「老太太疼我一場，我跟了去」的話。衆人都打諒人到悲痛，俱有這些言語，也不理會。以殉節當一句話説，調侃衆人不少。到了辭靈之時，上上下下也有百十衆餘人，只有鴛鴦不在。衆人忙亂之時，誰去檢點？到了琥珀等一干的人奠哭之時，卻不見鴛鴦，想來是他哭乏了，暫在別處歇着，也不言語。辭靈已後，外頭賈政叫了賈璉，問明送殯的事，便商量着派人看家。賈璉回説：「外人裏頭，派了芸兒在家照應，不必送殯；下人裏頭，派了林之孝的一家子照應拆棚等事，但不知裏頭派誰看家？」賈政道：「聽見你母親説是你媳婦病了，不能去，就叫他在家的。你珍大嫂子又説你媳婦病得利害，還叫四丫頭陪着，帶領了幾個丫頭婆子，照看上屋裏纔好。」「招夥盜」乃演《易》象由《剥》成《坤》，由《坤》成《復》之義，而鳳爲之主，故特寫他一病，留爲此地之用。惜春則《乾》之《坤》，乃《剥》《復》之過接，故以惜陪鳳。至所以能復則在孝，故用林之孝，而黛玉在其中矣。講孝則在書，故用賈芸，而寶玉在其中矣。是又破木石之報復也。賈璉聽了，心中想：「珍大嫂子與四丫頭兩個不合，所以攛掇着不叫他去，若是上頭就是他照應，也是不中用的。我們那一個又病着，也難照應。」想了一回，回賈政道：「老爺且歇歇兒，等進去商量定了再回。」賈政點了點頭，賈璉便進去了。

誰知此時鴛鴦哭了一場，想到：「自己跟着老太太一輩子，身子也没有着落。如今大老爺雖不在家，大太太的這樣行爲，我也瞧不上。想老太太是忠，忠原於孝。想大老爺是烈，烈發於情。情談笑話，總包於此，乃人人自有之心，借鴛鴦以演之耳。突然曰誰知，大有深意。此下一路畫鬼筆，夫又誰言而誰知之耶？而談者每以爲有其人，有其事，何其愚！讀此「誰知」二字，當亦恍然悟，啞然笑。老爺是不管事的人。以後便亂世爲王起來了，王爲《易》象，鴛鴦主之，鴛死則《易》象無主，是亂世爲王矣。然政爲《王風》之大夫，亦即發明於此。我們這些人，不是要叫他們掇弄了麽？誰收在屋子裏，誰配小子，我是受不得這樣折磨的，倒不如死了乾浄。「乾浄」二字明説黛玉。但是一時怎麽樣的個死法呢？」一面想，一面走回老太太的套間房內。黛玉初來，安置於此。剛跨進門，只見燈光慘淡，隱隱有個女人拿着汗巾子，好似要上吊的樣子。鴛鴦也不驚怕，心裏想道：「這一個是誰？和我的心事一樣，倒比我走在頭裏了。」便問道：「你是誰？咱們兩個人是一樣的心，兼美一陰一陽，《易》卦亦一陰一陽，是爲一樣。兼美爲釵、黛，鴛鴦亦合釵、黛，是爲一樣的心。要死一塊兒死。」那個人也不答言。鴛鴦走到跟前一看，並不是這屋子的丫頭，再仔細一看，覺得冷氣侵人，一時就不見了。畫鬼即有鬼氣，真是《雲漢》熱，《北風》寒，而兼美只是冷氣侵人，令人爽然自失。「風月鑑」又一現相矣。鴛鴦呆了一呆，退出在炕沿上坐下，細細一想道：死前有想，且有「細細一想」，爲「誰知」字再作掉弄。「哦，是了！這是東府裏蓉哥的小大奶奶啊。他早死了的了，怎麽到這裏來？必是來叫我來了。他怎麽又上吊呢？」書中怪事，筆下深文。怎麽上吊，怎麽又上吊，以兼美證鴛鴦耶？以鴛鴦證兼美耶？我亦要問。想了一想道：「是了，必是教給我死的法兒。」

鴛鴦這麽一想，邪侵入骨。便站起來，一面哭，一面開了妝匣，取出那年鉸的一綹頭髮，揣在懷裏，就在身上解下一條汗巾，按着秦氏方纔比的地方拴上。至此專主黛玉，絶無寶釵。鴛鴦固兼而不兼者也。揣頭髮，解汗巾，寶、黛結髮而去矣。這便是邪侵入骨，乃一翻身即成忠烈，那情種原是這情種。信然，信然。自己又哭了一回，聽見外頭人客散去，恐有人進來，急忙關上屋門，然後端了一個脚凳，自己站上，把汗巾拴上扣兒，套在咽喉，便把脚凳蹬開。可憐咽喉氣絶，香魂出竅。不惟有「想」，且有「恐」，把上吊詳細搬演，一如親見。這纔令「誰知」二字淋漓盡致。正無投奔，只見秦氏隱隱在前，鴛鴦的魂魄急忙趕上，可憐是誰？見魂魄又是誰？用筆命意，此上與尤二姐同，此下與尤二姐異。彼説釵，此説黛，固大有懸殊也。説道：「蓉大奶奶，你等等我！」那個人道：「我並不是什麽蓉大奶奶，乃警幻之妹可卿是也。」鴛鴦道：「你明明是蓉大奶奶，怎麼説不是呢？」那人道：「這也有個緣故，待我告訴你，你自然明白了。我在警幻宮中，原是個鍾情的首座，管的是風清月白；降臨塵世，自當爲第一情人，引這些癡情怨女，早早歸入情司，所以該當懸樑自盡的。秦氏在《風月寶鑑》乃亂倫蔑理之人，「造釁開端」之主，第一情人固已。而乃曰風清月白，此清白從何來耶？又曰該當自盡，此該當又從何來？疑陣結五花八門，但能辨一「情」字，則其陣立潰。因我看破凡情，超出情海，歸入情天，所以太虚幻境癡情一司竟自無人掌管。今警幻仙子已經將你補入，替我掌管此司，所以命我來引你前去的。」全書用鴛鴦演《易》理，即以《易》理演癡情，正警幻之作用也，於此發明之。鴛鴦的魂道：「我是個最無情的，怎麼算我是個有情的人呢？」那人道：「你還不知道呢，世人都把那淫慾之事當作『情』字，所以作出傷風敗化的事來，自謂風月多情，無關緊要。是「這情種」，乃「風月情濃」者也。寶玉、珍、璉、蓉、薔諸人皆是。不知『情』之一字，喜怒哀樂未發之時，便是個性；喜怒哀樂已發，便是情了。是「那情種」，乃「誰爲情種」之情種。我故曰此書演性理，以《大學》《中庸》爲主骨，看此處可知已，而絶不墮障理。至於你我這個情，正是未發之情，就如那花的含苞一樣；欲待發洩出來，這情就不爲真情了。」再爲「情」字作轉身，乃在天人交界之處，是本書説法。既非「那情種」，又非「這情種」，其辨最細。鴛鴦的魂聽了，點頭會意，便跟了秦氏可卿而去。

這裏琥珀辭了靈，聽邢、王二夫人分派看家的人，想着去問鴛鴦明日怎樣坐車的，在賈母的外間屋裏找了一遍不見，便找到套間裏頭。剛到門口，見門兒掩着，從門縫裏望裏看時，只見燈光半明不滅的，影影綽綽，心裏害怕，又不聽見屋裏有什麼動靜，便走回來説道：「這蹄子跑到那裏去了？」劈頭見了珍珠，説：「你見鴛鴦姐姐來着没有？」珍珠道：「我也找他，太太們等他説話呢，必在套間裏睡着了罷?」琥珀道：「我瞧了屋裏没有，那燈也没人夾蠟花兒，漆黑怪怕的，尋鴛鴦用此二人，鳳、襲、釵、黛全在兩名字内。必從夾蠟花説入，直找清虚觀小道士。我没進去。如今咱們一塊兒進去瞧，看有没有。」琥珀等進去，正夾蠟花，珍珠道：「誰把脚凳撂在這裏，幾乎絆我一跤！」説着，往上一瞧，嚇的「噯喲」一聲，身子往後一仰，可巧的栽在琥珀身上。賈母丫頭，鴛鴦外多作「玉」旁，皆《易》象也。珍珠栽在琥珀身上，王與玉合，《易》道於此始，《易》道於此終矣。琥珀也看見了，便大嚷起來，只是兩隻脚挪不動。虎爲西風，白爲金色，琥珀而挪不動，釵、鳳止矣。一時情事宛然，而寓意如此。外頭的人也都聽見了，跑進來一瞧，大家嚷着，報與邢、王二夫人知道。王夫人、寶釵等聽了，都哭着去瞧。至此方及寶釵，釵固兼美之半也。邢夫人道：「我不料鴛鴦倒有這樣志氣，快叫人去告訴老爺！」只有寶玉聽見此信，便唬的雙眼直竪。襲人等慌忙扶着，説道：「你要哭就哭，别閉着氣！」寶玉死命的纔哭出來了，寫「情中情」下「情」字深摯。心想：「鴛鴦這樣一個人，偏又這樣死法！」又想：「實在天地間靈氣，獨鍾在這些女子身上了。他算得了死所，鴛鴦得死所，黛玉得死所也，以視襲人之無死所，則寶釵可知。我們究竟是一件濁物，還是老太太的兒孫，誰能趕得他上！」復又喜歡起來。「這情種」「那情種」翻身處。那時寶釵聽見寶玉大哭，也出來了，及到跟前，見他又笑。襲人等忙説：「不好了，又要瘋了。」寶釵道：「不妨事，他有他的意思。」寶玉聽了，更喜歡寶釵的話，「倒是他還知道我的心，别人那裏知道?」釵翻身便是黛，黛翻身便是鴛鴦，乃齊魯一變之意。惜其止爲齊之一變也。

正在胡思亂想，賈政等進來，着實的贊歎着説道：「好孩子，不枉老太太疼他一場！」即命賈璉：「出去吩咐人，連夜買棺成殮，明日便跟着老太太的殯送出，也停在老太太棺後，全了他的心志。」必如此方全心志，黛之死，寶之亡，皆不能全心志者也。「好孩子」三字，大道存焉，不止口角心情之妙肖也。賈璉答應出去。這裏命人將鴛鴦放下，停放裏間屋內。平兒也知道了，過來同襲人、鶯兒等一干人，都哭的哀哀欲絕。內中紫鵑也想起自己終身一無着落，恨不跟了林姑娘去，又全了主僕的恩義，又得了死所。如今空懸在寶玉屋內，雖說寶玉仍是柔情密意，究竟算不得什麼，明點是黛，而惜其究不能如鴛鴦之真得死所也，即注紫鵑歸惜。於是更哭得哀切。王夫人即傳了鴛鴦的嫂子進來，叫他看着入殮，遂與邢夫人商量了，在老太太項內賞了他嫂子一百兩銀子，一，始數，奇數。百，銀數。兩，偶數。一部《周易》參伍錯綜，如此而已。還說等閒了將鴛鴦所有的東西俱賞他們。絕不提其父之有無，所謂「來無始，去無終」。他嫂子磕了頭出去，反喜歡說：「真真的我們姑娘是個有志氣的，有造化的，又得了好名聲，又得了好發送。」傍邊一個婆子說道：「罷呀，嫂子！這會子你把一個死姑娘賣了一百銀便這麼喜歡了，那時候兒給了大老爺，你還不知得多少銀錢呢，你該更得意了。」一句話戳了他嫂子的心，便紅了臉走開了。剛走到二門上，見林之孝帶了人抬了棺材來了，結果黛玉也是此人。他只得也跟進去，幫着盛殮，假意嚎哭了幾聲。

賈政因他爲賈母而死，要了香來，上了三炷，作了一個揖，說：「他是殉葬的人，不可作丫頭論，你們小一輩都該行個禮。」政之爲政是如此寫，斟酌恰好。寶玉聽了，喜不自勝，走上來恭恭敬敬磕了幾個頭。賈璉想他素日好處，也要上來行禮，被邢夫人說道：「有了一個爺們便罷了，不要折受他不得超生。」賈璉就不便過來了。以邢形政，自有軒輊，而實乃寫鴛鴦之死只有寶玉，與璉固無涉也。請參看「誓絕」回評。寶釵聽了，心中好不自在，便說道：「我原不該給他行禮，但只老太太去世，咱們都有未了之事，不敢胡爲，他肯替咱們盡孝，咱們也該託託他，好好的替咱們伏侍老太太西去，也少盡一點子心哪！」說着，扶了鶯兒走到靈前，一面奠酒，那眼淚早撲簌簌流下來了。奠畢，拜了幾拜，狠狠的哭了他一場。衆人也有說寶玉的兩口子都是傻子，也有說他兩個心腸兒好的，也有說他知禮的。賈政反倒合了意。此意既可合，則何意不可合，而坐視「力詘」耶？此句正自獻文字底裏，奈何衆人不說是傻子，便說心腸好；不說心腸好，便說知禮：說來說去，不出三條，而獨不解寶釵之已不作賈氏婦之說。〇本書凡立大疑陣後，必隨於本回前後隱作發明，其疑陣自破。如探春著棋，婆子跪哭等處，俱見本評。

一面商量定了看家的，仍是鳳姐、惜春，餘者都遣去伴靈。一夜誰敢安眠？一到五更，聽見外面人齊。到了辰初發引，萬物歸土，故用辰，辰居木火之交，初則偏重在木。書以史筆演木火通明，正「引而不發」之意也。閒文中有如許深意。賈政居長，衰麻哭泣，極盡孝子之禮。靈柩出了門，便有各家的路祭。一路上的風光，不必細說。不必細說，大費尋求。走了半日，來至鐵檻寺安靈，所有孝男等，俱應在廟伴宿，不提。

且說家中林之孝帶領人拆了棚，將門窗上好，打掃淨了院子，派了巡更的人，到晚打更上夜。另提林之孝，以入下半，不可忽讀。只是榮府規例，一到二更，三門掩上，男人便進不去了，裏頭只有女人們查夜。此下總演《易》理剝極則復之義，故從門說起。「乾坤《易》之門」，三門則內外分爲六畫之卦矣。而六畫只此三畫來，故「一到二更三門」云云，不過此二三而已，這便是何三。而有女無男，已到《坤》候。鳳姐雖隔了一夜，漸漸的神氣清爽了些，只是那裏動得？只有平兒同着惜春，各處走了一回，吩咐了上夜的人，也便各自歸房。

卻說周瑞的乾兒子何三，早見何三，正爲此回之用，乃結全書《易》象。詳評見前。去年賈珍管事之時，因他和鮑二打架，被賈珍打了一頓，攆在外頭，終日在賭場過日。近知賈母死了，必有些事情領辦，豈知探了幾天的信，一些也没有想頭，便嗳聲歎氣的，回到賭場中，悶悶的坐下。那些人便説道：「老三，你怎麽樣，不下來撈本了麽？」何三道：「倒想要撈一撈呢，就只没有錢咧。」那些人道：「你到你們周大太爺那裏去了幾日，府裏的錢，你也不知弄了多少來，又來和我們裝窮兒了。」不是追敍前文，正斷定「造釁開端」之主，乃是特提。何三道：「你們還説呢！他們的金銀不知有幾百萬，只藏着不用，明日留着，不是火燒了，便是賊偷了，他們纔死心呢。」盜即是火，火即是盜，生裏有死，死裏有生，是乃大道。盜者，道也。那些人道：「你又撒謊。他家抄了家，還有多少金銀？」何三道：「你們還不知道呢！抄去的是擌不了的。如今老太太死，還留了好些金銀，他們一個也不使，都在老太太屋裏擱着，等送了殯回來纔分呢。」

內中有一個人，聽在心裏，擲了幾骰，便説：「我輸了幾個錢，也不翻本兒了，睡去了。」説着，便走出來，拉了何三道：「老三，我和你説句話。」再呼老三。陽老則變六連之《乾》，已成六斷之《坤》。何三跟他出來。那人道：「你這樣一個伶俐人，這樣窮，爲你不服這口氣。」何三道：「我命裏窮，可有什麽法兒呢？」那人道：「你纔説榮府的銀子那麽多，爲什麽不去拿些使换使换？」何三道：「我的哥哥！他家的金銀雖多，你我去白要一二錢，他們給咱們嗎？」那人笑道：「他不給咱們，咱們就不會拿嗎？」此言委心任運之非，不逢包勇者也。何三聽了這話裏有話，便問道：「依你説，怎麽樣拿呢？」那人道：「我説你没有本事，若是我，早拿了來了。」何三道：「你有什麽本事？」那人便輕輕的説道：「你若想發財，你就引個頭兒。劉老老是全書引頭，何三亦全書引頭。我有好些朋友，都是通天的本事，不要説他們送殯去了，家裏剩下幾個女人，就讓有多少男人也不怕，一陰既進，五陽並破，是本事通天，多少男人不怕。只怕你没這麽大膽子罷呢。」何三道：

「什麼敢不敢，你打諒我怕那個乾老子麼？我是瞧着乾媽的情兒上頭，纔認他個乾老子罷咧，他又算了人了？」借一部《易》理，寫焦大一罵，故於周瑞、何三云然，則所謂「狗彘奴」，不在此而在彼矣。你剛纔的話，就只怕弄不來，倒招了飢荒。他們那個衙門不熟？別説拿不來，倘或拿了來，也要鬧出來的。」那人道：「這麼説，你的運氣來了。我的朋友，還有海邊上的呢，現今都在這裏，看個風頭，等個門路。若到了手，你我在這裏也無益，不如大家下海去受用，不好麼？海爲林所自出，大家下海，夥盜總由黛玉也。曰看風頭，又歸熙鳳。你若撂不下你乾媽，喒們索性把你乾媽也帶了去，大家夥兒樂一樂，好不好？」何三道：「老大，你別是醉了罷。別是醉了罷，又一醉金剛也。書中一切賭場，一齊收拾。倪二、張三等案都結。這些話渾説的什麼？」説着，拉了那人，走到一個僻靜地方，又各人商量了一回，各自分頭而去，暫且不題。

且説包勇自被賈政吆喝，派去看園，賈母的事出來，也忙了，不曾派他差事。他也不理會，總是自做自吃，悶來睡一覺，醒時便在園裏要刀弄棍，倒也無拘無束。以包勇接何三，是一非二，而用一動一靜寫之，便不止鋪敍英雄失志。那日賈母一早出殯，他雖知道，因没有派他差事，他任意閑遊。只見一個女尼帶了一個道婆來到園内腰門那裏扣門。觀其妙竅，正腰門上事。包勇走來説道：「女師父，那裏去？」道婆道：「今日聽得老太太的事完了，不見四姑娘送殯，想必是在家看家，想他寂寞，我們師父來瞧他一瞧。」包勇道：「主子都不在家，園門是我看的，請你們回去罷。要來呢，等主子們回來了再來。」《易》道之妙，在以陽拒陰。婆子道：「你是那裏來的個黑炭頭，也要管起我們的走動來了！」包勇道：「我嫌你們這些人，我不叫你們來，你們有什麼法兒？」黑炭頭，紅黑互變，木火相生，正是包勇。我嫌你們這些人，惡陰也，則惜春、寶玉之歸空，焉得爲真包勇？婆子生了氣，嚷道：「這都是反了天的事了，連老太太在日，還不能攔我們的來往走動呢。你是那裏的這麽個横强盜，這樣没法没天的，我偏要打這裏走！」純陰用事，時方至《坤》，是爲反了天的事，而一陽即於此得復，則亦爲反天也。道之爲道，非强不成，故曰强盜。說着，便把手在門環上狠狠的打了幾下。所謂「金環一扣，玉洞雙開」，静極而動之象也。妙玉已氣的不言語，正要回身便走，不料裏頭看二門的婆子聽見有人拌嘴似的，開門一看，見是妙玉，已經回身走去，明知必是包勇得罪了走了。近日婆子們都知道上頭太太們、四姑娘都親近得很，恐他日後說出門上不放他進來，那時如何躭得住？開門揖盜乃自上頭，與題中「奴」字針對。趕忙走來說：「不知師父來，我們開門遲了。我們四姑娘在家裏，還正想師父呢，再申明招盜之主。快請回來。看園的小子，是個新來的，他不知喒們事。回來回了太太，打他一頓，攆出去就完了。」妙玉雖是聽見，總不理他。那經得看腰門的婆子趕上，再四央求，後來纔說出怕自己擔不是，幾乎急的跪下。妙玉無奈，只得隨了那婆子過來，包勇見這般光景，自然不好攔他，氣得瞪眼歎氣而回。此下妙玉皆爲寶釵文字，實一人，爲「狗彘奴」之首也。破木石，成金玉，正包勇歎氣處。

這裏妙玉帶了道婆，走到惜春那裏，道了惱，敘了些閑話。說起：「在家看家，只好熬個幾夜，但是二奶奶病着，一個人又悶，又是害怕，能有一個人在這裏，我就放心，如今裏頭一個男人也没有。惜春在卦爲《乾》之《坤》，是一個男人也没有。能有一個人，則由《坤》而《復》矣，道妙正如此。而說一個男人也没有，於不内不外之腰門已伏一包勇，正生生不息之真種子也。今兒你既光降，肯伴我一宵，喒們下棋說話兒，可使得麽？」妙玉本自不肯，見惜春可憐，又提起下棋，一時高興應了，打發道婆回去，取了他的茶具衣褥，命侍兒送了過來，大家坐談一夜。惜春欣幸異常，便命彩屏去開上年蠲的雨水，預備好茶。那妙玉自有茶具。道婆去了不多一時，又來了個侍者，帶了妙玉日用之物。惜春親自烹茶，兩人言語投機，說了半天。那時已是初更時候，彩屏放下棋盤，兩人對弈，烹茶找「品茶」，對弈找「走火」，皆大節目處。惜春連輸兩盤，妙玉又讓了四個子兒，惜春方贏了半子。這時已是四更，邵子所謂「冬至子之半」。天空地闊，萬籟無聲。妙玉道：「我到五更，須得打坐一回，我自有人伏侍，你自去歇息。」惜春猶是不捨，見妙玉要自己養神，不便纏他。

正要歇去，猛聽得東邊上屋内上夜的人一片聲喊起。自静之動，魏伯陽所謂「震來受符」。惜春那裏的老婆子們也接着聲嚷道：「了不得了，有了人了！」唬得惜春、彩屏等心膽俱裂，聽見外頭上夜的男人便聲喊起來。妙玉道：「不好了，必是這裏有了賊了。」惜曰有人，妙曰有賊，賊即人，盜即道，此話殊不能了。正說着，這裏不敢開門，便掩了燈光，在窗户眼内往外一瞧，只見幾個男人站在院内。唬得不敢作聲，回身擺着手，輕輕的爬下來說：「了不得，外頭有幾個大漢站着！」說猶未了，又聽得房上響聲不絕，便有上頭做夜的人進來吆喝拿賊。一個人說道：「上屋裏的東西都弄了，一個人說上屋東西都弄了，《剥》之上一爻也。東西都弄，這纔剥極。並不見人，東邊有人去了，咱們到西邊去。」惜春的老婆子聽見有自己的人，便在外間屋裏說道：「這裏有好些人上了房了。」上夜的都道：「你瞧，這可不是嗎？」大家一齊嚷起來。只聽得房上飛下好些瓦來，衆人都不敢上前。正在没法，只聽園内腰門一聲大響，打進門來。見一個梢長大漢，手執大棍，衆人唬得藏躲不及。雷從地起，陽向腎生，正是腰門。而面子寫得有聲有色，少許勝多。聽得那人喊說道：「不要跑了他們一個，你們都跟我來！」這些家人聽了這話，越發唬得骨軟筋酥，連跑也跑不動了。百忙中有此調侃之筆，乃歎能勇之難。只見這人站在當地，只管亂喊。家人中有一個眼尖些的看出來了，你道是誰？正是甄家薦來的包勇。鄭重特提甄家，真假轉變之候也，而必眼尖方能看出，「尖」字正「小往大來」之象也。這些人便不覺膽壯起來，便顫巍巍的説道：「有一個走了！有的在房上呢。」包勇便在地下一撲，雷從地起爲《復》。地下一撲，底面暢滿。聳身上房追趕那賊。

這些賊人明知賈府無人，先在院内偷看惜春房内，見有個絶色女尼，便頓起淫心，此是寶釵文字，故撇開惜春，正演寶釵末局也。又欺上屋俱是女人，不足畏懼。正要踹進門去，因聽外面有人進來追趕，所以賊衆上房。見人不多，還想抵擋，猛見一人上房趕來，那些人見是一人，越發不理論了，便用短兵抵住。那經得包勇用力一棍打去，將賊打下房來。必有《坤》之一陰，方成《復》之一陽，是爲勇。那些賊飛奔而逃，從園牆過去，包勇也在房上追捕。豈知園内早藏下幾個在那裏接贜，已經接過好些，此段説盜用「豈知」二字，與上半説鬼用「誰知」二字遥遥相對。見賊夥跑回，大家舉械保護。見追的只有一人，明欺寡不敵衆，反倒迎上來。包勇一見生氣，道：「這些毛賊，敢來和我鬥敵！」那夥賊便説：「我們有一個夥計被他們打倒了，不知死活，咱們索性搶了他出來。」這裏包勇聞聲即打。那夥賊便輪起器械，四五個人圍住包勇亂打起來。一人生氣即王亦一怒之説。四五人亂打，則一陽遽進，邪正交争，正大不易。外頭上夜的人，也都仗着膽子，只顧趕了來。本文屢説「膽」字，膽爲少陽甲木，復者，復此而已，絶非閑話。衆賊見鬥他不過，只得跑了。包勇還要趕時，被一個箱子一絆，立定看時，心想東西未丢，衆賊遠逃，也不追趕，便叫衆人將燈照看，地下只有幾個空箱，叫人收拾，他便欲跑回上房。因路徑不熟，走到鳳姐那邊，見裏面燈燭輝煌，便問：「這裏有賊没有？」裏頭的平兒戰兢兢的説道：「這裏也没開門，只聽上屋叫喊，説有賊呢，你到那裏去罷。」亂之所作在妙玉處，乃寶釵也，而鳳豈能逃其罪？故次即到此。但鳳雖禍首，而縱容者則在上房，故云然。包勇正摸不着路頭，遥見上夜的人過來，纔跟着一齊尋到上房。見是門開户啓，那些上夜的在那裏啼哭。

一時賈芸、林之孝都進來，見是失盜，大家着急。進内查點，老太太的房門大開，將燈一照，鎖頭撑折。進内一瞧，箱櫃已開，路不熟，摸不着路，言之慨然。奈何止剩空箱人家，而令急而相求之人如此耶？便罵那些上夜女人道：「你們都是死人麼？賊人進來，你們不知道的麼？」那些上夜的人啼哭着説道：「我們幾個人輪更上夜，是管二三更的。我們都没有住脚，前後走的，他們是四更五更。更分上下，卦分上下也，有二三四五而無初爻上爻，是又一剥一復。如此等處，讀者自解。我們的下班時，只聽見他們喊起來，並不見一個人。趕着照看，不知什麼時候把東西早已丢了。我爺們，問管四五更的！」林之孝的道：「你們個個要死，回來再説！咱們先到各處看去。」上夜的男人領着，走到尤氏那邊，門兒關緊，有幾個接聲説：「唬死我們了！」林之孝問道：「這裏没有丢東西？」裏頭的人方開了門，道：「這裏没丢東西。」開除尤氏，不剥不復。

林之孝帶着人走到惜春院内，只聽裏面説道：「了不得了，唬死了姑娘了，醒醒兒罷！」林之孝便叫人開門，問是怎樣了，裏頭婆子開門，説：「賊在這裏打仗，把姑娘都唬壞了。虧得妙師父和彩屏纔將姑娘救醒，東西是没失。」無剥有復。林之孝道：「賊人怎麼打仗？」上夜的男人説：「幸虧包大爺上了房，把賊打跑了去了，還聽見打倒一個人呢。」包勇道：「在園門那裏呢。」賈芸等走到那邊，果見一人躺在地下死了。

「乾坤《易》之門户」，大觀所從出也，故何三必死於此。細細一瞧，好像周瑞的乾兒子。作者自明此書止借《易》卦以敷衍耳，豈敢直言衍《易》？故云「好像」。衆人見了詫異，派一個人看守着，又派兩個人照看前後門，俱仍照關鎖着。林之孝便叫人開了門，報了營官。立刻到來查勘尋察賊蹤，是從後夾道上屋的，《復》從地起，丹家所謂「夾脊三關」。到了西院房上，見那瓦破碎不堪，一直過了後園去了。衆上夜的齊聲説道：「這不是賊，是强盜。」營官着急道：「並非明火執杖，怎算是强盜？」諱盜爲竊，固是調侃營官，而深意存焉。寶、黛以死亡爲復，非真復，即非真道也。上夜的道：「我們趕賊，他在房上擲瓦，我們不能近前，幸虧我們家的姓包的上房打退。趕到園裏，還有好幾個賊竟與姓包的打仗，打不過姓包的，纔都跑了。」營官道：「可又來，若是强盜，倒打不過你們的人麽？不用説了，你們快查清了東西，遞了失單，我們報就是了。」

賈芸等又到上房，已見鳳姐扶病過來，惜春也來了。一剥一復，同集於此。賈芸請了鳳姐的安，問了惜春的好，大家查看失物。因鴛鴦已死，琥珀等又送靈去了，那些東西都是老太太的，並沒見數，只用封鎖，如今打從那裏查去？《易》數原無既極，何處可查？衆人都説：「箱櫃東西不少，如今一空，偷的時候不少，點明剥極，而《剥》自《姤》來，由五月至九月方成，是時候不少。那些上夜的人管什麽的？況且打死的賊是周瑞的乾兒子，必是他們通同一氣的。」鳳姐聽了，氣的眼睛直瞪瞪的，便説：「把那些上夜的女人都拴起來，交給營裏審問！」衆人叫苦連天，跪地哀求。

不知怎生發放，並失去的物有無着落，且看下回分解。

此回合上回爲一大段。全書以《周易》明消長。重一《復》卦，故以賈復爲之祖，處處抱定此意，斯千變萬化，層出不窮，到此回一齊收拾矣。上半下半，不容分析。「鴛鴦」是全《易》卦圖，「狗彘」是《剥》《復》卦象也。摘來廿一史，嚴分忠佞之途；編成十二釵，慎辨貞淫之界。鴛鴦歸去，還太極於清虛；狗彘招來，見天心於地府。故故西風力詘，遥遥北静王回。黑炭頭執棍來歟！紅娘子借車去矣。九州海外，孤雁天邊。這篇花繡從看，到底金針不度。

護花主人評曰：

鴛鴦殉主，固是義氣，亦是怨氣。賈赦雖已遠去，邢夫人應膽虛心戰。

鳳姐睡倒，秋桐一看便去，平兒即屬豐兒回明邢王二夫人，一筆不漏。

鴛鴦自縊時，尋取所剪頭髮揣入懷中，頓使前事刺人心目，文筆靈警異常。秦氏多情而淫，何能超出情海，歸入情天？癡情一司，恐尚未能卸事。況秦氏生前並無看破凡情影響，此說似屬無根。慧心人須將册中題畫及該當懸樑等語前後細參，此中有作者隱語真情，借筆寫影深文，可以意會，不可言傳。

寶玉、寶釵一樣行禮，兩樣心事。

强聘彩霞，是來旺之子；引路上盜，是周瑞乾兒。俱是鳳姐信用之人，安得不招物議？

何三説看乾媽情兒上，不知周瑞家與何三有何情分，是作者暗筆。

妙玉是夜忽在惜春處住宿，以致被盜窺見，爲明日被劫之由。數固有定，文亦有意。

此時包勇進來，盜不踹門，專爲保全惜春而說。

大某山民評曰：

鴛鴦自盡時，燈光慘淡，隱隱逢人之候，事在倉皇急遽，心猶從容暇豫，一綹鬢髮，殷殷懷好，應憐結者之無人。

金鴛鴦跟賈母西去，雖云自縊，卻算善終；紫鵑致恨，不從姑娘於地下，厥後隨藕榭出家，亦得墮善趣，皆麗豎中翹楚。高飛遐舉，詎伍藩籬之鷃？

妙玉回身走去，婆子若不堅求，則妙玉必不進去；不進去則賊不見，不見則不劫，不劫則不死，飛來橫禍，皆由婆子。可知凡有堅求者，必當堅卻之。

此回接上回是一時事。

第一百十二回　活冤孽妙尼遭大劫　死讎仇趙妾赴冥曹

話説鳳姐命捆起上夜衆女人，送營審問，女人跪地哀求。林之孝同賈芸道：「你們求也無益，老爺派我們看家，没有事是造化；如今有了事，上下都耽不是，誰救得你？若説是周瑞的乾兒子，連太太起，裏裏外外的都不乾淨。」一書用王姓，字義到此統繳。何三即王，王即何三。鳳姐喘吁吁的説道：「這都是命裏所招，和他們説什麽？帶了他們去就是了。這丢的東西，你告訴營裏去，説實在是老太太的東西，問老爺們纔知道，不辨東西，但委之命，千古無心而壞大事者比比皆然。甚矣！利令智昏也。等我們報了去，請了老爺們回來，自然開了失單送來。文官衙門裏，我們也是這樣報。」賈芸、林之孝答應出去。惜春一句話也没有，只是哭，道：「這些事我從來没有聽見過，爲什麽偏偏碰在咱們兩個人身上？明日老爺、太太要回來，我怎麽見人？説把家交給咱們，如今鬧到這個分兒，還想活着麽？」鳳姐道：「咱們願意嗎？現在有上夜的人在那裏。」惜自認，故爲復；鳳諉人，故爲剥。千古壞事人下場頭都是這般説。惜春道：「你還能説，況且你又病着，我是没有説的。這都是我大嫂子害了我的，他攛掇着太太派我看家的。如今我的臉擱在那裏呢？」説着，又痛哭起來。仍演「首罪寧」之義，而寫惜春一力自認，並撇鳳姐。知恥近勇，真復機亦躍然言下。鳳姐道：「姑娘你快別這麽想。若説没臉，大家一樣的。你若這麽糊塗想頭，我更擱不住了。」

二人正説着，只聽見外頭院子裏有人大嚷的説道：方就惜春演勇，因入包勇。「我説那三姑六婆是再要不得的，我們甄府裏從來是一概不許上門的。三而六，陽變陰；姑而婆，少變老。又姑婆爲老婦之稱，而姑婆乃不嫁之人，不嫁而婦，實釵之情事也。用熟語作新文，勸懲中更有勸懲。不想這府裏倒不講究這個呢。昨兒老太太的殯纔出去，那個什麽庵裏的尼姑死要到咱們這裏來。我吆喝住不准他們進來，腰門上的老婆子倒駡我，死央及叫放那姑子進去。「死要到」是死黛玉，「死央及」是死史、鳳，兩「死」字筆如鑄鐵。那腰門子一會兒開着，一會兒關着，不知做什麽，我不放心没敢睡。「腰門子不知做什麽」數語，令人失笑，而實則大道存焉。不放心，不敢睡，正形容勇之所以爲勇。此段義理深奥，真括《參同契》一部。聽到四更，這裏就嚷起來，我來叫門，倒不開了。我聽見聲兒緊了，打開了門，見西邊院子裏有人站着，我便趕走打死了。我今日纔知道這是四姑奶奶的屋子。那個姑子就在裏頭，今日天没亮，溜出去了。可不是那姑子引進來的賊麽？」「初試」即「一進」，演《姤》卦。説襲人實説寶釵也。《姤》爲《剥》之主，爲《坤》之漸，爲《復》之歸，則成現在之象者，由《姤》始，是「招夥盜」者由釵始也。一口咬定，不容移易。平兒等聽着，都説：「這是誰，這麽没規矩？姑娘、奶奶都在這裏，敢在外頭混嚷嗎？」鳳姐道：「你聽見説他甄府裏，别就是甄家薦來的那個厭物罷。」《易》無體無方，是没規矩。無處無《易》，無時無《易》，是爲厭物。惜春聽得明白，惜則明白，鳳則昧昧，死而不知其所以死，千古令人歎息。更加心裏過不的。鳳姐接着問惜春道：「那個人混説什麽姑子，你們那裏弄了個姑子住下了？」惜春便將妙玉來瞧他，留着下棋守夜的話説了。鳳姐道：「是他麽？他怎麽肯這樣？是再没有的話。但是叫這討人嫌的東西嚷出來，老爺知道了，也不好。」惜春愈想愈怕，站起來要走。走由於怕，底面玲瓏。鳳姐雖説坐不住，又怕惜春害怕，弄出事來，只得叫他先別走：「且看着人把偷剩下的東西收起來，再派了人看着，纔好走呢。」平兒道：「咱們不敢收，等衙門裏來了，踏看了纔好收呢。但知收東西，所以利令智昏，不如平兒之明也。此回平兒皆重提，蓋巧姐之爲復，復於平之屏，不復於鳳之風也。咱們只好看着。但不知老爺那裏有人去了没有？」鳳姐道：「你叫老婆子問去。」一回進來説：「林之孝是走不開，家下人要伺候查驗的，再有的是説不清楚的，已經芸二爺去了。」報信必用賈芸，小紅之主也。鳳姐點頭，同惜春坐着發愁。

且説那夥賊原是何三等邀的，偷搶了好些金銀財寶，接連出去，見人追趕，知道都是那些不中用的人，要往西邊屋内偷去，在窗外看見裏面燈光底下兩個美人：一個姑娘，一個姑子。那些賊那顧性命，頓起不良，就要踹進來。因見包勇來趕，纔獲贓而逃，只不見了何三。大家且躲入窩家，到第二天打聽動静，知是何三被他們打死，已經報了文武衙門，這裏是躲不住的，便商量趁早歸入海洋大盗一處去；若遲了，通緝文書一行，關津上就過不去了。內中一個人，胆子極大，便説：「咱們走是走，我就只捨不得那個姑子，長得實在好看，不知是那個庵裏的雛兒呢？」寶玉惟胆小，故聽釵奪黛；今劫妙玉者乃胆大之人，是正以妙代釵，爲黛報復。一個人道：「呵呀！我想起來了。必就是賈府園裏的什麽櫳翠庵裏的姑子，不是前年外頭説他和他們家什麽寶二爺有原故，後來不知怎麽又害起相思病來了，請大夫吃藥的？就是他。」那一個人聽了，説：「咱們今日躲一天，叫咱們大哥借錢置辦些買賣行頭，明日亮鐘時候，陸續出關，你們在關外二十里坡等我。」説鬼是鬼，説盗是盗，善於格物而能用筆也。至此則就妙玉脱卸寶釵，止寫寶釵。二十里坡是眼，「大受笞撻」回說蔣玉函在東郊二十里紫檀堡，今云下海出關，非東郊乎？二十里坡，即二十里堡，襲所歸之處，即釵之去路也。衆賊議定，分贓俵散，不提。

且說賈政等送殯到了寺內安厝畢，親友散去。賈政在外廂房伴靈，邢、王二夫人等在內，一宿無非哭泣。到了第二日，重新上祭。正擺飯時，只見賈芸進來，在老太太靈前磕了個頭，忙忙的跑到賈政跟前，跪下請了安，喘吁吁的將昨夜府裏被盜之事，將老太太上房的東西都偷去，包勇趕賊，打死了一個，已經呈報文武衙門的話說了一遍。看他敘事摘由，何等簡淨！而談者總不滿其繁，何也？賈政（聽）（見）了發怔，邢、王二夫人等在裏頭也聽見了，都唬得魂不附體，並無一言，只有啼哭。惜春沒話，賈政發怔，邢、王無言，總成坤靜。賈政過了一會子，問失單怎樣開的。賈芸回道：「家裏的人都不知道，還沒有開單。」《坤》有拆無單，故屢提失單，而開單即《復》，必俟過一會子也。賈政道：「還好，咱們動過家的，若開出好的來，反就罪名。快叫璉兒！」賈璉領了寶玉等去別處上祭未回，賈政叫人趕了回來。賈璉聽了，急的直跳，一見芸兒，也不顧賈政在那裏，便把賈芸狠狠的罵了一頓，說：「不配抬舉的東西！我將這樣重任託你，押着人上夜巡更，你是死人麽？虧你還有臉來告訴！」說着，往賈芸臉上啐了幾口。此透「惡子獨承家」也，面子何其周到，底子何其奧衍！賈芸垂手站着，不敢回一言。賈政道：「你罵他也無益了。」賈璉然後跪下說：「這便怎麽樣？」賈政道：「也沒法兒，只有報官緝賊。但只是一件，老太太遺下的東西，咱們都沒動。你說要銀子，我想老太太死得幾天，誰忍得動他那一項銀子？有誤認孝慈而壞事者，仍與政、刑同一壞事。原打諒完了事，算了賬，還人家；再有的，在這裏和南邊置墳產的。再有東西也沒有數兒。如今說文武衙門要失單，若將幾件好的東西開上，恐有礙；若説金銀衣飾若干，又没有實在數目，謊開使不得。倒可笑你如今竟換了一個人了，爲什麽這樣事理不開，你跪在這裏是怎麽樣呢？」《剥》而變《復》，是換了一個人。《復》從下起，故跪下。賈璉也不敢答言，只得站起來就走。賈政又叫道：「你那裏去？」賈璉又跪下道：「趕回去料理清楚再來回。」賈政「哼」的一聲，賈璉把頭低下。賈政道：「你進去回了你母親，叫了老太太的一兩個丫頭去，叫他們細細的想了開單子。」賈璉心裏明知老太太東西都是鴛鴦經管，他死了問誰？就問珍珠他們，那裏記得清楚？只不敢駁回，連連的答應了起來。走到裏頭，邢、王二夫人又埋怨了一頓，叫賈璉快回去：「問他們這些看家的，説明兒怎麽見我們？」賈璉也只得答應了出來，一面令人套車，預備琥珀等進城。珍珠是襲，琥珀是鳳，總一敘也。先單是此，開單亦是此。自己騎上騾子，跟了幾個小厮，如飛回去。賈芸也不敢再回賈政，斜簽着身子，慢慢的溜出來，騎上了馬，來趕賈璉。一路無話。一路無話，馬騾即是話。馬爲一陽，《復》也，而復非真復，故必着一騾，騾種而不育之物也。

到回了家中，林之孝請了安，一直跟了進來。賈璉到了老太太上屋，見了鳳姐、惜春在那裏，心裏又恨，又説不出來，便問林之孝道：「衙門裏瞧了没有？」林之孝自知有罪，便跪下回道：「文武衙門都瞧了，來踪去迹也看了，屍也驗了。」賈璉吃驚道：「又驗什麽屍？」林之孝又將包勇打死的夥賊似周瑞的乾兒子的話回了賈璉。賈璉道：「叫芸兒！」賈芸進來，也跪着聽話。賈璉道：「你見老爺時，怎麽没有回周瑞的乾兒子做了賊，被包勇打死的話？」賈芸説道：「上夜的人説像他的，恐怕不真，所以没有回。」賈璉道：「好糊塗東西！你若告訴了，我就帶了周瑞來一認，可不就知道了？」「像」字義評在上回，此申明之，故必特提。糊塗東西，以點清《易》卦。林之孝回道：「如今衙門裏把屍首放在市口兒招認去了。」「日中爲市，致天下之民，聚天下之貨。」《易》之無物不備有如此。賈璉道：「這又是個糊塗東西！糊塗東西特再提。誰家的人做了賊，被人打死，要償命麼？」林之孝回道：「這不用人家認，奴才就認得是他。」惟孝爲能知《易》。賈璉聽了想道：「是呵！我記得珍大爺那一年要打的可不是周瑞家的麼？」林之孝回說：「他和鮑二打架來着，爺還見過的呢。」賈璉聽了，更生氣，便要打上夜的人。林之孝哀告道：「請二爺息怒。那些上夜的人，派了他們，還敢偷懶？只是爺府上的規矩，三門裏一個男人不敢進去的，就是奴才們，裏頭不叫也不敢進去。奴才在外同芸哥兒刻刻查點，見三門關的嚴嚴的，外頭的門一重沒有開，那賊是從後夾道子來的。」賈璉道：「裏頭上夜的女人呢？」林之孝將分更上夜、奉奶奶的命捆着等爺審問的話回了。賈璉又問：「包勇呢？」林之孝說：「又往園裏去了。」賈璉便說：「去叫來。」小廝們便將包勇帶來。說：「還虧你在這裏，若沒有你，只怕所有房屋裏的東西都搶了去了呢。」此非演賈璉之明，乃演東西之亘古如新者，包勇有以留之也。是所謂劉老老。包勇也不言語。惜春恐他說出那話，心下着急，鳳姐也不敢言語。只見外頭說：「琥珀姐姐等回來了。」大家見了，不免又哭一場。賈璉叫人檢點偷剩下的東西，只有些衣服、尺頭、錢箱未動，餘者都沒有了。賈璉心裏更加着急，想着外頭的棚杠銀，廚房的錢，都沒有付給，明兒拿什麼還呢？便呆想了一會。只見琥珀等進去哭了一會，見箱櫃開着，所有的東西怎能記憶？便胡亂想猜，虛擬了一張失單，虛擬失單，便是像，是何三「像」字義。命人即送到文武衙門。賈璉復又派人上夜，鳳姐、惜春各自回房。賈璉不敢在家安歇，也不急埋怨鳳姐，竟自騎馬趕出城外。這裏鳳姐又恐惜春短見，又打發了豐兒過去安慰。

天已二更，不言這裏賊去關門，衆人更加小心，誰敢睡覺？且説夥賊一心想着妙玉，知是孤庵女衆，不難欺負。到了三更静，史、鳳、探、釵皆《剥》之主，史、鳳死，探遠嫁，皆去矣；而釵則不死不去，不知所終，故借妙玉以收拾之。夫然後剥極復生，故亦曰三更人静，亥子之間也。便拿了短兵器，帶了些悶香，跳上高牆。遠遠瞧見櫳翠庵内，燈光猶亮，便潛身溜下，藏在房頭僻處。等到四更，見裏頭只有一盞海燈，妙玉一人在蒲團上打坐。歇了一會，便嗳聲歎氣的説道：「我自玄墓到京，原想傳個名的，爲這裏請來，不能又棲他處。昨日好心去瞧四姑娘，反受了這蠢人的氣，夜裏又受了大驚；今日回來，那蒲團再坐不穩，只覺肉跳心驚。」此段爲述爲敍，殊不可分，乃作者自道也。即「登太虚」用「誰知」二字之義。因素常一個人打坐的，今日又不肯叫人相伴，豈知到了五更，寒顫起來。冷香丸從此收拾，故未聞香先説寒顫，而時在五更，木令行矣。是爲黛玉作報復。正要叫人，只聽見窗外一響，想起昨晚的事，更加害怕，不免叫人。豈知那些婆子都不答應。自己坐着，覺得一股香氣透入顖門，便手足麻木，不能動彈，口裏也説不出話來，心中更自着急。只見一個人拿着明晃晃的刀進來。此時妙玉心中卻是明白，只不能動，想是要殺自己，肚裏事，眼中人，又一一説到，都是畫鬼筆。索性横了心，倒也不怕。寶釵生平都是横心，都是不怕。那知那個人把刀插在背後，騰出手來，將妙玉輕輕的抱起，輕薄了一會子，便拖起背在身上。此時妙玉心中只是如醉如癡。可憐一個極潔極净的女兒，被這强盗的悶香薰住，由着他擺弄了去了。「欲潔何曾潔」，一妙如此，寶、黛、釵可知矣。

卻説這賊背了妙玉來到園後牆邊，搭了軟梯，爬上牆，跳出去了。外邊早有夥計弄了車輛，在園外等着。那人將妙玉放倒在車上，反打起官銜燈籠，叫開柵欄，急急行到城門，正是開門之時。門官只知是有公幹出城的，也不及查詰。本大盜也，而用車馬、官銜燈籠，門官亦以爲公幹，全書演寶釵都是如此。寫其大奸大惡，偏寫以溫厚和平，而看官亦認其爲「賢寶釵」，何此門官之比比也！趕出城去，那夥賊加鞭，趕到二十里坡，和衆强徒打了照面，各自分頭奔南海而去。不知妙玉被劫，或是甘受污辱，還是不屈而死，不知下落，也難妄擬。仍用三人合收一妙。甘受污辱，「絳芸軒」之釵也；不屈而死，「歸離恨」之黛也；不知下落，也難妄擬，寶玉之歸空門，釵之末路也。而其實側重在寶釵。

只言櫳翠庵一個跟妙玉的女尼，他本住在静室後面，睡到五更，聽見前面有人聲響，只道妙玉打坐不安。後來聽見有男人脚步，門窗響動，欲要起來瞧看，只是身子發軟，懶怠開口，又不聽見妙玉言語，只睁着兩眼聽着。到了天亮，纔覺得心裏清楚，披衣起來，叫了道婆預備妙玉茶水，他便往前面來看妙玉。豈知妙玉的踪迹全無，門窗大開，心裏詫異昨晚響動，甚是疑心，説：「這樣早，他到那裏去了？」走出院門一看，有一個軟梯靠牆立着，地下還有一把刀鞘，一條搭膊，梯所以緣物而軟，則釵之作用；鞘所以藏刀，亦釵之作用；至其到處籠絡，便是搭膊。害人即以自害，寶釵之妙也。便道：「不好了！昨晚是賊燒了悶香了！」急叫人起來查看，庵門仍是緊閉。那些婆子女侍們都説：「昨夜煤氣薰着了，今早都起不起來，這麽早，叫我們做什麽？」那女尼道：「師父不知那裏去了？」衆人道：「在觀音堂打坐呢。」女尼道：「你們還做夢呢！你來瞧瞧。」全書一夢也。在觀音堂，乃妙之來路，即妙之去路也。衆人不知，也都着忙，開了庵門，滿園裏都找到了，想來或是到四姑娘那裏去了。衆人來叩腰門，又被包勇駡了一頓。衆人説道：「我們妙師父昨晚不知去向，所以來找。求你老人家叫開腰門，問一問來了没來就是了。」包勇道：「你們師父引了賊來偷我們，已經偷到手了，他跟了賊去受用去了。」襲人所説「難道賊也跟他」。衆人道：「阿彌陀佛！説這些話的防着下割舌地獄。」包勇生氣道：「胡説！一部胡説，正是要人念心，正是叫人捫舌。你們再鬧，我就要打了！」衆人陪笑央告道：「求爺叫開門，我們瞧瞧，若沒有，再不敢驚動你太爺了。」包勇道：「你不信，你去找，若沒有，回來問你們。」包勇説着，叫開腰門。衆人且找到惜春那裏。

惜春正是愁悶，惦着妙玉：「清早去後，不知聽見我們姓包的話沒有？只怕又得罪了他，以後總不肯來，我的知己是沒有了。惜春引寶釵爲知己，明復非真復，而爲「惑偏私」立案。況我現在實難見人，父母早死，嫂子嫌我。頭裏有老太太，到底還疼我些；如今也死了，留下我孤苦伶仃，如何了局？」想到：「迎春姐姐磨折死了，史姐姐守着病人，三姐姐遠去，這都是命裏所招，不能自由。再將三春一總，而納湘雲於中，置妙玉於外，而「偏私」之見從妙玉起，是一切敗壞都從寶釵起。獨有妙玉如閑雲野鶴，無拘無束，我能學他，就造化不小了。但是我是世家之女，怎能遂意？這回看家已大躭不是，還有何顔在這裏？又恐太太們不知我的心事，將來的後事如何呢？」想到其間，便要把自己的青絲鉸去，要想出家。彩屏等聽見，急忙來勸，豈知已將一半頭髮鉸去。此書是儒理，非二氏。凡演僧道至寶玉做和尚，都是半語，故惜春頭髮鉸去一半。彩屏愈加着忙，説道：「一事不了，又出一事，這可怎麽好呢？」夥盗是《剥》之《坤》，剪髮亦《剥》之《坤》，是一事。正在吵鬧，只見妙玉的道婆來找妙玉。彩屏問起來由，先唬了一跳，説是：「昨日一早去了沒來。」裏面惜春聽見，急忙問道：「那裏去了？」四字亦顯豁，亦微妙，妙不可言。道婆們將昨夜聽見的響動，被煤氣薰着，今早沒有見妙玉，庵内梯子刀鞘的話説了一遍。惜春驚疑不定，想起昨日包勇的話來，必是那些强盗看見了他，昨晚搶去了，也未可知。但是他素來孤潔的很，豈肯惜命？「怎麼你們都没聽見麼？」「絳芸軒」無人聽見，此又何必聽見？抑且書外之書又何從聽見？衆人道：「怎麼不聽見？只是我們這些人都是睁着眼，連一句話也説不出，必是那賊子燒了悶香。妙姑一人想也被賊悶住，不能言語。悶香之作用，即冷香之作用，自元春以次諸人無不被其悶者。况且賊人必多，拿刀弄杖威逼着，他還敢聲喊麼？」此一推原尤妙尤惡，演在襲人之嫁，愈寬愈刻。正説着，包勇又在腰門那裏嚷説：「裏頭快把這些混賬的婆子趕了出來罷！快關腰門！」彩屏聽見，恐躭不是，只得叫婆子出去，叫人關了腰門。惜春於是更加苦楚。無奈彩屏等再三以禮相勸，仍舊將一半青絲籠起。大家商議不必聲張，就是妙玉被搶，也當着不知，且等老爺、太太回來再説。惜春心裏已死定下了一個出家的念頭，暫且不提。設此一段，既無妙玉，何有惜春？只立寶玉一走，寶釵亦走之影而已，故暫且不提。

且説賈璉回到鐵檻寺，將到家中查點了上夜的人，開了失單報去的話回了。賈政道：「怎樣開的？」賈璉便將琥珀所記得的數目單子呈出，並説：「這上頭元妃賜的東西，已經注明，還有那人家不大有的東西，不便開上，禍由氣數之天，故必提元妃所賜，而書中一切曖昧，皆人家不大有者也。等侄兒脱了孝，出去託人細細的緝訪，少不得弄出來的。」賈政聽了合意，就點頭不言。賈璉進内見了邢、王二夫人，商量着：「勸老爺早些回家纔好呢，不然都是亂麻似的。」邢夫人道：「可不是？我們在這裏也是提心吊胆。」賈璉道：「這是我們不敢説的，還是太太的主意，二老爺是依的。」邢夫人便與王夫人商議妥了。廢禮廢孝必出於邢。過了一夜，賈政也不放心，打發寶玉進來説：「請太太們今日回家，過兩三日再來。家人們已經派定了，裏頭請太太們派人罷。」邢夫人派了鸚哥等一干人伴靈，將周瑞家的等人派了總管，其餘上下人等都回去。一時忙亂，套車備馬。賈政等在賈母靈前辭別，衆人又哭了一場。

都起來正要走時，只見趙姨娘還爬在地下不起，周姨娘打諒他還哭，便去拉他。以周起，以周承。豈知趙姨娘滿嘴白沫，眼睛直豎，把舌頭吐出，「財」字「妒」字色相如此。反把家人唬了一大跳。賈環過來亂嚷，趙姨娘醒來説道：「我是不回去的，跟着老太太回南去。」衆人道：「老太太那用你來？」趙姨娘道：「我〔跟了一輩〕(來了一回)子老太太，大老爺還不依，弄神弄鬼來算計我。我想仗着馬道婆要出出我的氣，銀子白花了好些，也沒有弄死了一個。如今我回去了，又不知誰來算計我？」此「死讎仇」入手擒題處，乃直説鳳姐處也。「返金陵」者鳳，故跟回南。鳳不死，寶不走，書不完，《易》卦未了也。故作鴛鴦語，而卻提「叔嫂逢五鬼」，恍惚離迷，逼真鬼話。又不知誰來算計，乃明透「欺弱女」，非鳳而何？衆人聽見，早知是鴛鴦附在他身上。邢、王二夫人都不言語，瞅着。只有彩屏等代他央告道：「鴛鴦姐姐，你死是自己願意的，與趙姨娘什麼相干？放了他罷。」見邢夫人在這裏，也不敢説別的。趙姨娘道：「我不是鴛鴦，他早到仙界去了。我是閻王差人拿我去的。我而拿我，奇語奇姿，而閻王差人，則俗畫太極圖中半紅中之一黑星也。正是鴛鴦。要問我爲什麼和馬婆子用魘魔法的案件。」説着，便叫：「好璉二奶奶，你在這裏老爺面前少頂一句兒罷！我有一千日的不好，還有一天的好呢。好二奶奶，親二奶奶，並不是我要害你！我一時糊塗，聽了那個老娼婦的話。」

正鬧着，賈政打發人進來叫環兒。婆子們去回説：「趙姨娘中了邪了，三爺看着呢。」賈政道：「沒有的事，百二十回總是沒有的事。我們先走了。」於是爺們等先回。這裏趙姨娘還是混説，一時救不過來。邢夫人恐他又説出什麼來，便説：「多派幾個人在這裏瞧着他，咱們先走。到了城裏，打發大夫出來瞧罷。」王夫人本嫌他，也打撒手兒。寶釵本是仁厚的人，雖想着他害寶玉的事，心裏究竟過不去，背地裏託了周姨娘在這裏照應。「妒」字在斜陽側照。那周姨娘也是個好人，便應承了。李紈説道：「我也在這裏罷。」王夫人道：「可以不必。」於是大家都要起身。賈環急忙道：「我也在這裏嗎？」王夫人啐道：「糊塗東西！你姨媽的死活都不知，你還要走嗎？」紈則請留，環則要去，一善一惡，一陽一陰，循環無端，正糊塗東西之理也。賈環就不敢言語了。寶玉道：「好兄弟，你是走不得的。你是走不得的，用對照法以透「獨承家」。我進了城，打發人來瞧你。」説畢，都上車回家。寺裏只有趙姨娘、賈環、鸚哥等人。

賈政、邢夫人等先後到家，到了上房，哭了一場。林之孝帶了家下衆人請了安，跪着。賈政喝道：「去罷，明日問你！」此仍是《坤》卦中事，非《復》卦中事，七日之六日也，故明日問，而文面省而肖。鳳姐那日發暈了幾次，竟不能出接。只有惜春見了，覺得滿面羞慚。邢夫人也不理他，王夫人仍是照常，李紈、寶釵拉着手説了幾句話。獨有尤氏説道：「姑娘你操心了，倒照應了好幾天！」惜春一言不答，只紫漲了臉。寶釵將尤氏一拉，使了個眼色，尤氏等各自歸房去了。惜春之「惑偏私」，尤氏責之是也。而「矢素志」從此堅，仍是寶釵之所致也，在一拉，一使眼色，而各人神情如繪。賈政略略的看了一看，歎了口氣，並不言語，到書房席地坐下，叫了賈璉、賈蓉、賈芸，吩咐了幾句話。寶玉要在書房來陪賈政，賈政道：「不必。」蘭兒仍跟他母親，一宿無話。

次日，林之孝一早進書房跪着，賈政將前後被盜的事問了一遍，並將周瑞供了出來，又説：「衙門拿住了鮑二，身邊搜出了失單上的東西，現在夾訊，要在他身上要這一夥賊呢。」賈政聽了大怒道：「家奴負恩，引賊偷竊家主，真是反也！」鮑二是《姤》，反之爲《復》，故云反也。而聲容酷肖。立刻叫人到城外將周瑞捆了，送到衙門審問。林之孝只管跪着，不敢起來。賈政道：「你還跪着做什麽？」林之孝道：「奴才該死，求老爺開恩。」正説着，賴大等一干辦事家人上來請了安，呈上喪事賬簿。賈政道：「交給璉二爺算明了來回。」以周瑞、林之孝作結，乃一篇之主骨；以賬簿截然而止，正一篇不了賬也。吆喝着林之孝起來出去了。賈璉一腿跪着，在賈政身邊説了一句話，賈政把眼一瞪，道：「胡説！老太太的事，銀兩被賊偷去，就該罰奴才拿出來麽？」《剥》窮上反下演義也，胡説正是如此。賈璉紅了臉，不敢言語，站起來也不敢動。賈政道：「你媳婦怎麽樣？」賈璉跪下説：「看來是不中用了。」賈政歎口氣道：「我不料家運衰敗，一至如此。況且環哥兒他媽尚在廟中病着，也不知是什麽症候。你們知道不知道？」賈璉也不敢言語。賈政道：「傳出話去，叫人帶了大夫瞧去。」鳳之病即趙之病，致衰敗之一人也。賈政夢夢，至此日方求醫，遲矣。然猶知求醫，則尚有一隙之明，爲由《坤》而《復》之地也。賈璉即忙答應着出來，叫人帶了大夫鐵檻寺去瞧趙姨娘。

未知死活，且看下回分解。

此回合下回爲一大段，爲黛玉作報復文字也。奪黛者釵，故上半回以妙玉斷釵之末局；助釵奪黛者鳳，故下半回以趙姨作鳳之收場。上半回其義隱，以其無寶釵一字也；下半回其義顯，以其有璉二奶奶明文也。上半完「色」字，下半完「財」字，總以收束《易》道也。故文承上回，從鴛鴦、包勇而來，即起下回歸劉老老、巧姐而去。

護花主人評曰：

惜春抱怨尤氏攛掇太太派令看家，與上回賈璉心中所想尤氏與惜春不睦，派令看家，也不中用情事一綫穿成，且爲惜春決志出家根由。

三姑六婆，大户人家不應聽其走動。以妙玉如此之孤潔，尚不免於物議，何況其他？賈府門第雖高，而僧尼道婆往來無忌，便惹出許多惡事，須得包勇大鬧一場，庶幾爽人心目。

賈璉問包勇，包勇也不言語，最爲得體，且省卻無數枝節。但有功不賞，亦可見賈政、賈璉不能有心腹家人。

妙玉被劫，或甘受污辱，或不屈而死，作者雖闕疑不敘，然讀畫册所題「欲潔何曾潔，云空未必空，可憐金玉質，終是陷泥中」四句，亦可想見其人。

惜春剪髮出家之念，已不可挽回，與鴛鴦之剪髮，事異而情同。

賈璉開失單頗有斟酌。

鴛鴦既仙去，如何又附在趙姨身上？此是衆人揣度，所以仍於趙姨口中隱隱説破。

鳳姐尚在，如何先在陰司告狀？亦是疑鬼疑神情狀。

賈璉打千回話，輕聲低語，不知所言何事，乃於賈政口中喝破，描寫得情。

第一百四回至一百十二回一大段，應分三小段：一百四、五回爲一段，敘小人布散流言，以致寧府被抄；一百六、七、八、九回爲一段，寫賈母禱天散財及勉强尋歡，爲得病之由，又帶敘賈政復職，迎春物故；一百十回、十一、十二回爲一段，敘賈母壽終，鴛鴦殉主、趙姨冥報、妙玉被劫此三人公案，中間夾敘鳳姐患病，惜春剪髮，爲將來及出家之由。

大某山民評曰：

寶、妙二人，玉各有瑕，僧尼相會，行所無事焉，初時情絲絆惹，偷兒早已知覺，故敢擄掠。嗚呼，沙吒利之場，於兹再見。螞蟻不鑽無縫街，俚言可采。

銀已偷盡，早知如此，何弗拿些出來，在喪時使用，俾鳳姐不致掣肘，鴛鴦不致怨恨乎？命裏窮時只是窮，徒多兩番懊惱耳。

此回仍接前回事。

第一百十三回　懺宿寃鳳姐託村嫗　釋舊憾情婢感癡郎

話説趙姨娘在寺内得了暴病，見人少了，更加混説起來，唬得衆人都怕。就有兩個女人攙着趙姨娘，雙膝跪在地下，説一回，哭一回。有時爬在地下叫饒説：「打殺我了！紅鬍子的老爺，我再不敢了！」有一時雙手合着，也是叫疼，眼睛突出，嘴裏鮮血直流，頭髮披散。人人害怕，不敢近前。那時又將天晚，趙姨娘的聲音只管瘖啞起來了，居然鬼嚎一般，前借盗收拾寶釵，此借鬼收拾鳳姐，皆作者爲黛玉快心處也。無人敢在他跟前，只得叫了幾個有胆量的男人進來坐着。趙姨娘一時死去，隔了些時，又回過來，整整的鬧了一夜。

到了第二天，也不言語，只裝鬼臉，自己拿手撕開衣服，露出胸膛，好像有人剥他的樣子。可憐趙姨娘雖説不出來，其痛苦之狀實在難堪。妒之一字，作者深惡，故立一趙姨案以痛懲之，以懲鳳姐，即以懲凡爲趙者。凡陰毒害人，亦誰脱此痛苦。正在危急，大夫來了，也不敢診脈，只囑咐：「辦後事罷。」説了，起身就走。那送大夫的家人再三央告，説：「請老爺看看脈，小的好回稟家主。」那大夫用手一摸，已無脈息。賈環聽見，然後大哭起來。哭，孝也。賈環亦知哭，亦能大哭，人心不死，人道不絶也，是即所謂脈息。看「然後」二字，有多少惋惜，多少希冀！衆人只顧賈環，誰料理趙姨娘？只有周姨娘心裏苦楚，想道：「做偏房側室的下場頭，不過如此；況他還有兒子的，我將來死起來，還不知怎樣呢？」於是反哭的悲切。且説那人趕回家去，回稟了賈政，即派家人去照例料理，陪着環兒住了三天，一同回來。《周易》循環之理，陰陽變換，無非三天，是隨鴛鴦同作收拾。那人去了，這裏一人傳十，十人傳百，都知道趙姨娘使了毒心害人，被陰司裏拷打死了；又説是：「璉二奶奶只怕也不好了，怎麽説璉二奶奶告的呢？」這方指出主人翁。而一傳十，十傳百，無非《易》。

這些話傳到平兒耳内，甚是着急，看着鳳姐的樣子，實在是不能好的了。看着賈璉近日，並不似先前的恩愛，本來事也多，竟像不與他相干的。平兒在鳳姐跟前只管勸慰。又想着邢、王二夫人回家幾日，只打發人來問問，並不親身來看，鳳姐心裏更加悲苦，賈璉回來也没有一句貼心的話。鳳姐此時只求速死，心裏一想，邪魔悉至。「從前作過事，没興一齊來」兩語，沈摯無比，而乃是追原其始。只見尤二姐從房後走來，漸近床前，説：「姐姐，許久的不見了。做妹子的想念的很，要見不能，如今好容易進來見見姐姐。姐姐的心機也用盡了。咱們的二爺糊塗，也不領姐姐的情，倒反怨姐姐作事過於苛刻，把他的前程丢了，叫他如今見不得人。我替姐姐氣不平。」鳳姐恍惚説道：「我如今也後悔我的心忒窄了。妹妹不念舊惡，還來瞧我。」這便是趙姨裝鬼臉。彼處寫得怕人，此處寫得尤怕人，真是好筆。平兒在傍聽見，説道：「奶奶説什麽？」鳳姐一時蘇醒，想到尤二姐已死，必是他來索命，被平兒叫醒，心裏害怕，又不肯説出，只得勉强説道：「我神魂不定，歸之神魂，一寶一黛。想是説夢話，給我搥搥。」平兒上去搥着，見個小丫頭子進來，説是：「劉老老來了，婆子們帶着來請奶奶的安。」平兒急忙下來，説：「在那裏呢？」小丫頭子説：「他不敢就進來，還聽奶奶的示下。」此三進也。由《姤》而數之，在卦爲《否》；由《剥》而數之，在卦爲《復》。而進不遽進，亦聽其人；不敢就進，還聽示下，其旨微矣。平兒聽了點頭，想鳳姐病裏，必是懶怠見人，便説道：「奶奶現在養神呢，暫且叫他等着。你問他來有什麽事麽？」小丫頭子説道：「他們問過了，没有事，説知道老太太去世了，因没有報，纔來遲了。」没有報，來遲了，見史、鳳惡報到此已遲矣。六字抵多少勸善書。小丫頭子説着，鳳姐聽見，便叫平兒：「你來，人家好心來瞧，不要冷淡人家。你去請了劉老老進來，我和他説説話兒。」即此數語，藹然如春。「你來」二字，如聞其聲，直可見其心。所謂一息尚存，猶堪救藥，爲巧姐立復機，即爲全書演復義也。何物怪筆，如此曲達！平兒只得出來請劉老老這裏坐。鳳姐剛要合眼，又見一個男人一個女人走向炕前，就像要上炕似的。鳳姐着忙便叫平兒，説：「那裏來了一個男人，跑到這裏來了！」連叫兩聲，只見豐兒、小紅趕來，説：「奶奶要什麽？」鳳姐睁眼一瞧，不見有人，心裏明白，不肯説出來，鳳姐明白，是「弄權」案中人；看官亦明白，是這一男一女；我則曰寶、黛也，作者不肯説出耳。便問豐兒道：「平兒這東西那裏去了？」豐兒道：「不是奶奶叫去請劉老老去了麽？」鳳姐定了一會神，也不言語。

只見平兒同劉老老帶了一個小女孩兒進來，「一進」則帶板兒，彼時爲六畫之《乾》，故用男，以取《姤》也。「三進」則帶青兒，此時爲六畫之《坤》，故用女，以取《復》也。總爲用少不用老，以合留老老之義。又板文木反，木令方回；青爲木色，木令已達也。説：「我們姑奶奶在那裏？」平兒引到炕邊。劉老老便説：「請姑奶奶安。」鳳姐睁眼一看，不覺一陣傷心，説：「老老，你好！怎麽這時候纔來？你瞧你外孫女兒也長了這麽大了。」一語重千鈞，與「來遲了」反正皆針鋒相對。劉老老看着鳳姐骨瘦如柴，神情恍惚，心裏也就悲慘起來，説：「我的奶奶，怎麽這幾個月不見，就病到這個分兒？由五月之《姤》至十一月之《復》，不過幾個月而已，在書中卻是夢話。我糊塗的要死，書中「糊塗東西」皆指《易》

卦言，惟劉老老則總其全。五方五行均不容分，故只曰糊塗也。怎麼不早來請姑奶奶的安？」便叫青兒給姑奶奶請安。青兒只是笑，鳳姐看了，倒也十分喜歡，便叫小紅招呼他坐。青爲木色，即林，即榮，即黛，故必用小紅招呼，以點明之。「只是笑」，「笑」字妙不可言，鳳以風壞榮、助雪、殺木，及兹春轉，風又何爲？則爲黛者只有笑而已矣。笑甚於殺也。而面子以一字肖神情，直是神工鬼斧。〔劉〕老老道：「我們鄉村裏的人，不會病的；若一病了，就要求神許願，從不知道吃藥的。心藏神，求神所以求心，能求心則何藥？是教鳳姐於最初。我想姑奶奶的病，不要撞着什麼了罷？」平兒聽着那話不在理，便在背地裏扯他。劉老老會意，便不言語。不能求心，必爲外邪所乘，不在理矣。一團陰氣，不至成不言語之劉老老不止，此是戒鳳姐於中晚也。那裏知道這句話倒合了鳳姐的意，扎挣着說：「老老，你是有年紀的人，說的不錯。你見過的趙姨娘也死了，你知道麼？」必提趙姨，即彼即此，「宿冤」之「懺」，懺在此也。劉老老詫異道：「阿彌陀佛！一念佛，一詫異，令人背如負冰。好端端一個人，怎麼就死了？我記得他也有一個小哥兒，這便怎麼樣呢？」平兒道：「這怕什麼？他還有老爺、太太呢。」劉老老道：「姑娘，你那裏知道，不好死了是親身的，隔了肚皮是不中用的。」這句話又招起鳳姐的愁腸，嗚嗚咽咽的哭起來了。衆人都來解勸。

巧姐兒聽見他母親悲哭，他便走到炕前，用手拉着鳳姐的手，也哭起來。暢發「留」字、「孝」字，不着多墨，萬象森羅。鳳姐一面哭着，道：「你見過了老老沒有？」由環入巧，歸結劉老老一大頭緒。巧姐道：「沒有。」鳳姐道：「你的名字還是他起的呢，就和乾娘一樣，你給他請個安。」何三是乾兒，劉老老是乾娘，同一「義」字也。而追提以毒攻毒，尤二姐、夏金桂末局都到，總一今日之鳳也。巧姐兒便走到跟前。劉老老忙扯着，道：「阿彌陀佛！不要折殺我了。巧姑娘，我一年多不來，你還認得我麼？」於鳳則曰幾個月，由《姤》至《復》也；於巧則曰一年多，由周天至《復》也。

矛盾處書不滿一頁。巧姐道：「怎麼不認得？那年在園裏見的時候，我還小；前年你來，我還合你要隔年的蟈蟈兒，你也没有給我，必是忘了。」敍劉老老之來，有虚有實，底面都妙。蟈蟈則螽斯之類，照「攜蝗大嚼圖」。劉老老道：「好姑娘，我是老糊塗了。若是蟈蟈兒，我們屯裏多得很，只是不到我們那裏去；若去了，要一車也容易。」雖透下文，卻重「屯裏」，生生不息之種，在《坤》在《艮》也。上《坎》下《震》，爲《屯》，中互《艮》《坤》兩卦，車有夫象，映嫁周家。鳳姐道：「不然你帶了他去罷！」劉老老笑道：「姑娘這樣千金貴體，綾羅裹大了的，吃的是好東西，到了我們那裏，我拿什麼哄他頑耍，拿什麼給他吃呢？這倒不是坑殺我了麼？」千金貴體，出於金也，七月《否》卦用事，到此陰已還陽，虛者填實矣。是爲坑殺、折殺。說着，自己還笑，他說：「那麼着，我給姑娘做個媒罷。我們那裏雖說是邨鄉裏，也有大財主人家，幾千頃地，幾百牲口，銀子錢亦不少，只是不像這裏有金的有玉的，姑奶奶是瞧不起這種人家。我們莊家人瞧着這樣大財主，也算是天上的人了。」富不在金而在土，明此則知賤陰矣。金玉姻緣，非天上人，乃地獄中案。鳳姐道：「你說去，我願意就給。」劉老老道：「這是頑話兒罷咧。放着姑奶奶這樣大官大府的人家只怕還不肯給，那裏肯給莊家人！就是姑奶奶肯了，上頭太太們也不給。」巧姐因他這話不好聽，便走了去，和青兒說話。兩個女孩兒倒說得上，漸漸的就熟起來了。不好聽，金玉因緣不好聽也。巧與青合，則好聽在木矣。下字極奇，巧極斟酌。

這裏平兒恐劉老老話多，攬緊了鳳姐，便拉了劉老老說：「你提起太太來，你還没有過去呢。我出去叫人帶了你去見見，也不枉來這一趟。」用宕筆，歸之王。劉老老便要走，鳳姐道：「忙什麼？你坐下。我問你，近來的日子還過得麼？」前寫「留」字義，每從平兒，此出鳳姐，總以平兒推之，鳳姐湊之，見留之在本心，非人所能助，亦非人所能阻也。劉老老千恩萬謝的説道：「我們若不仗着姑奶奶，」説着，指着青兒説：「他的老子娘都要餓死了。如今雖説是莊家人苦，家裏也掙了好幾畝地，又打了一眼井，種些菜蔬瓜果，一年賣的錢也不少，儘彀他們嚼吃了。「留」字歸根在鳳，所謂花落結瓜；「井養不窮」，故必曰一眼井，令人各知着此一眼也。這兩年姑奶奶還時常給些衣服布疋，在我們村裏，算過得的了。阿彌陀佛！前日他老子進城，聽見姑奶奶這裏動了家，我就幾乎唬殺了。虧得又有人説，不是這裏，我纔放心。後來又聽見説這裏老爺升了，我又喜歡，就要來道喜，爲的是滿地的莊稼，來不得。能留則壞事都爲好事，便是滿地莊稼。而述傳聞用虚筆，妙合神情。昨日又聽見説，老太太没有了。我在地裏打豆子，聽見了這話，唬得連豆子都拿不起來了，史亦種豆得豆，而縱鳳致禍，是豆子拿不起來處。就在地裏，狠狠的哭了一大場。我合女婿説：『我也顧不得你們了，不管真話謊話，我是要進城瞧瞧去的。』我女兒、女婿也不是没良心的，聽見了，也哭了一回子。所謂留者，良心而已。今兒天没亮，就趕着我進城來了。我也不認得一個人，没有地方打聽，一徑來到後門。見是門神都糊了，我這一唬又不小。進了門，找周嫂子，再找不着，撞見一個小姑娘，説周嫂子他得了不是了，攆了。其來甚勇，找周瑞家的不見，《易》道終矣。「一進」是見小孩子，三進是見小姑娘，與板兒、青兒同義。我又等了好半天，遇見了熟人，纔得進來。不打諒姑奶奶也是那麽病。」説着，又掉下淚來。平兒等着急，也不等他説完，拉着就走，説：「你老人家説了半天，口乾了，嗜們喝碗茶去罷。」歸到吃茶，黛玉案結。拉着劉老老到下房坐着，青兒在巧姐兒那邊，劉老老道：「茶倒不要。好姑娘，叫人帶了我去請太太的安，哭哭老太太去罷。」平兒道：「你不用忙，今兒也趕不出城的了。方纔我是怕你説話不防頭，招的我們奶奶哭，所以催你出來，你別思量。」劉老老道：

「阿彌陀佛！姑娘是你多心，我知道。倒是奶奶的病怎麽好呢？」平兒道：「你瞧去妨礙不妨礙？」劉老老道：「説是罪過，我瞧着不好。」是罪過，是不好，鳳姐案定矣。

正説着，又聽鳳姐叫呢。平兒及到床前，鳳姐又不言語了。平兒正問豐兒，賈璉進來，向炕上一瞧，也不言語，走到裏間，氣哼哼的坐下。只有秋桐跟了進去，倒了茶，殷勤一回，不知嘁嘁喳喳的説些什麽。回來，賈璉叫平兒來問道：「奶奶不吃藥麽？」平兒道：「不吃藥怎麽樣呢？」賈璉道：「我知道麽？你拿櫃子上的鑰匙來罷！」平兒見賈璉有氣，又不敢問，只得出來鳳姐耳邊説了一聲。鳳姐不言語。平兒便將一個匣子擱在賈璉那裏就走。賈璉道：「有鬼叫你嗎？你擱着叫誰拿呢？」平兒忍氣打開，取了鑰匙，開了櫃子，便問道：「拿什麽？」賈璉道：「咱們有什麽嗎？」平兒氣得哭道：「有話明白説，人死了也願意。」賈璉道：「還要説麽？頭裏的事是你們鬧的，如今老太太的事還短了四五千銀子，老爺叫我拿公中的地賬弄銀子，你説有什麽？外頭拉的賬不開發，使得麽？誰叫我應這個名兒！只好把老太太給我的東西折變去罷了，你不依麽？」

平兒聽了，一句不言語，將櫃裏東西搬出。此段劈空而來，有聲有色，如見如聞，而如秋桐嘁喳，鳳、平耳語，都是曖昧，其實只就鳳本身再演剥極方是純《坤》，爲老老來之候也。只見小紅過來説：「平姐姐快走！奶奶不好呢。」平兒也顧不得賈璉，急忙過來，見鳳姐用手抓空。便是廟中之趙姨，用小紅報，爲黛玉報也。平兒用手攥着哭叫。賈璉也過來一瞧，把脚一跺道：「若是這樣，是要我的命了！」説着，掉下淚來。豐兒進來説：「外頭找二爺呢。」賈璉只得出去。這裏鳳姐愈加不好，豐兒等不免哭起來。巧姐聽見趕來，劉老老也急忙走到炕前，嘴裏念佛，搗了些鬼，果然鳳姐好些。一部書不是念佛，便是搗鬼而已，而寫來酷肖。自「一進」「三宣」到此，寫一劉老老，或歡樂，或喪亂，總令人認得筆妙故也。一時王夫人聽了丫頭的信，也過來了，先見鳳姐安靜些，心下略放寬。見了劉老老，便說：「劉老老你好！什麼時候來的？」劉老老便說：「請太太安。」不及細說，只言鳳姐的病，講究了半天。彩雲進來說：「老爺請太太呢。」王夫人叮嚀了平兒幾句話，便過去了。鳳姐鬧了一回，此時又覺清楚些，見劉老老在這裏，心裏信他求神禱告，便把豐兒等支開，叫劉老老坐在頭邊，告訴他心神不寧，如見鬼怪的樣。劉老老便說：我們邨裏什麼菩薩靈，什麼廟有感應。上找「信口開河」，以歸「散花寺」籤。鳳姐道：「求你替我禱告，要用供獻的銀錢，我有。」便在手腕上褪下一隻金鐲子來交給他。劉老老道：「姑奶奶，不用那個。我們村莊人家許了願，好了，花上幾百錢就是了，那用這些？就是我替奶奶求去，也是許願，等姑奶奶好了，要花什麼，自己去花罷。」「金」字結穴，劉老老所必不受者也。鳳姐明知劉老老一片好心，不好勉强，只得留下，說：「老老，我的命交給你了。我的巧姐兒也是千災百病的，也交給你了。」寫「託」字暢滿。「明知好心」一語，有千百轉身。劉老老順口答應，便說：「這麼着，我看天氣尚早，還趕得出城去，我就去了。明日姑奶奶好了，再請還願去。」鳳姐因被衆冤魂纏擾害怕，巴不得他就去，便說：「你若肯替我用心，我能安穩睡一覺，我就感激你了。你外孫女兒，叫他在這裏住下罷。」劉老老道：「莊家孩子没有見過世面，没的在這裏打嘴，我帶他去的好。」鳳姐道：「這就是多心了。既是咱們一家，這怕什麼？雖是我們窮了，這一個人吃飯也不礙什麼。」板兒是暗留，青兒是明留，蓋木青則春暢也，青即巧，同一少陽也。「窮了」爲剥極成坤，「一個人」爲一陽來復。劉老老見鳳姐真情，落得叫青兒住幾天，又省了家裏的嚼吃；只怕青兒不肯，不如叫他來問問，若是他肯，就留下。於是和青兒說了幾句。青兒因與巧姐兒頑的熟了，巧姐又不願他去，青兒又願意在這裏，劉老老便吩咐了幾句，辭了平兒，忙忙的趕出城去，不題。

且說櫳翠庵原是賈府的地址，因蓋省親園子，將那庵圈在裏頭，向來食用香火，並不動賈府的錢糧。今日妙玉被劫，那女尼呈報到官，一則候官府緝盜的下落，二則是妙玉基業不便離散，依舊住下，不過回明了賈府。那時賈府的人雖都知道，只爲賈政新喪，且又心事不寧，也不敢將這些没要緊的事回稟。只有惜春知道此事，日夜不安。櫳翠評在前，即黛字也，是人心非道心，故爲自外之內，在大觀中，出大觀外。作不補之補文字，即已透惜春下落。漸漸傳到寶玉耳邊，說：「妙玉被賊劫去。」又有的說：「妙玉凡心動了，跟人而走。」寶玉聽得十分納悶：「想來必是被强人劫去。這個人必不肯受，一定不屈而死。」但是一無下落，心下甚不放心，黛死寶走是放心，釵無所終是不放心，跟人而走之説，海外事也，書中意也，隱而微。每日長吁短歎，還說：「這樣一個人，自稱爲檻外人，怎麼遭此結局？」特提檻外人，歸入下半，仍歸到黛玉作結。又想道：「當日園中何等熱鬧。自從二姐姐出閣以來，死的死，嫁的嫁。我想他一塵不染，是保得住的了，豈知風波頓起，比林妹妹死的更奇。」由是一而二，二而三，追思起來，想道：「《莊子》上的話，虛無縹緲，人生在世，難免風流雲散。」不禁的大哭起來。將入下半，先用一哭，而以《莊子》一語爲斷，全書如此。襲人等又道是他的瘋病發作，百般的温柔解勸。寶釵初時不知何故，於鴛鴦哭笑之故則知之，此則不知，其不知黛之爲黛，並不知己之爲己，乃深文也。也用箴規。怎奈寶玉抑鬱不解，又覺精神恍惚。寶釵想不出道理，再三打聽，方知妙玉被劫，不知去向，也是傷感。只爲寶玉愁煩，便用正言解釋。因提起：「蘭兒自送殯回來，雖不上學，聞得日夜攻苦。他是老太太的重孫。老太太素來望你成人，老爺爲你日夜焦心，你爲閑情癡意，糟蹋自己，我們守着你，如何是個結果？」續《南華》「賢箴」回事到此收束，而「我們守着你」，則襲在其中矣。夫襲人果守着乎？爲「我們」者可知已。說得寶玉無言可答。過了一回，纔說道：「我那管人家的閑事？只可歎咱們家的運氣衰頹。」閑事、運氣，不容分析。寶釵道：「可又來，老爺、太太原爲是要你成人，接續祖宗遺緒，你只是執迷不悟，如何是好？」寶玉聽來話不投機，便靠在桌上睡去。睡去便是醒來。寶釵也不理他，叫麝月等伺候着，自己都去睡了。

寶玉見屋裏人少，想起：「紫鵑到了這裏，我從沒合他說句知心的話兒，冷冷清清撂着他，我心裏甚不過意。他呢，又比不得麝月、秋紋，我可以安放得的。想起從前我病的時候，他在我這裏伴了好些時，如今他的那一面小鏡子還在我這裏，他的情義卻也不薄了。如今不知爲什麽，見我就是冷冷的。就紫鵑倒宣「揆癡理」，爲「釋舊憾」之由。若說爲我們這一個呢，他是合林妹妹最好的，我看他待紫鵑也不錯。我有不在家的日子，紫鵑原與他有說有講的，到我來了，紫鵑便走開了。想來自然是爲林妹妹死了，我便成了家的原故。噯！紫鵑，紫鵑！你這樣一個聰明女孩兒，難道連我這點子苦處都看不出來麽？」因又一想：「今晚他們睡的睡，做活的做活，不如趁着這個空兒，我找他去，看他有什麽話？倘或我還有得罪之處，便陪個不是也使得。」想定了主意，輕輕的走出了房門，來找紫鵑。癡理必不能揆，情感必不能置，則惟有還他一個和尚而已。此曰主意是如此，總束上許多主意字。

那紫鵑的下房也就在西廂裏間。西廂直追「通戲語」，必在裏間。寶玉悄悄的走到窗下，只見裏面尚有燈光，便用舌頭舐破窗紙，木石之所以破，口舌傷人也，故用舌破窗，是「舊」字裏面事。往裏一瞧，見紫鵑獨自挑燈，又不是做什麼，呆呆的坐着，寶玉便輕輕的叫道：「紫鵑姐姐，還沒有睡麼？」問得竦動，一語有千百轉身。紫鵑聽了唬一跳，怔怔的半日，纔説：「是誰？」寶玉道：「是我。」紫鵑聽着，似乎是寶玉的聲音，便問：「是寶二爺麽？」寶玉在外輕輕的答應了一聲。紫鵑問道：「你來做什麼？」寶玉道：「我有一句心裏的話，要和你説説。直犯「埋香塚」，與黛玉語犯而不複。你開了門，我到你屋裏坐坐。」紫鵑停了一會兒，説道：「二爺有什麼話，天晚了，請回罷，明日再説罷。」寶玉聽了，寒了半截，自己還要進去，恐紫鵑未必開門；欲要回去，這一肚子的隱情越發被紫鵑這一句話勾起。無奈説道：「我也沒有多餘的話，只問你一句。」紫鵑道：「既是一句，就請説。」寶玉半日反不言語。千波萬折，與前工力悉敵。蓋談情之書，愈入後路愈難也。紫鵑在屋裏不見寶玉言語，知他素有癡病，恐怕一時實在搶白了他，勾起他的舊病，倒也不好了，因站起來細聽了一聽，又問道：「是走了還是傻站着呢？有什麼又不説，儘着在這裏慪人。已經慪死了一個，難道還要慪死一個麼？這是何苦來呢！」説着，也從寶玉舐破之處往外一張，見寶玉在那裏獃聽。紫鵑不便再説，回身剪了剪燭花。忽聽寶玉歎了一聲氣道：「紫鵑姐姐，你從來不是這樣鐵心石腸，怎麼近來連一句好好兒的話都不和我説了？我固然是個濁物，不配你們理我，但只我有什麼不是，只望姐姐説明了，那怕姐姐一輩子不理我，我死了倒作個明白鬼呀。」紫鵑聽了，冷笑道：「二爺就是這個話呀？還有什麼？若就是這個話呢，我們姑娘在時，我也跟着聽熟了；以爾之矛刺爾之盾，靈心妙舌，直是夜半啼血。若是我們有什麼不好處呢，我是太太派來的，二爺倒是回太太去。左右我們丫頭們更算不得什麼了。」罪其所生。「更」字是直筆，是曲筆。説到這裏，那聲兒便哽咽起來，説着，又醒鼻涕。寶玉在外知他傷心哭了，便急的跺脚，道：

「這是怎麽説！我的事情，你在這裏幾個月，還有什麽不知道的？就是別人不肯替我告訴你，難道你還不叫我説，叫我〔憋〕〔斃〕死了不成？」寫「舊」字亦籠統，亦刻劃。説着，也嗚咽起來了。

寶玉正在這裏傷心，忽聽背後一個人接言道：「你叫誰替你説呢？誰是誰的什麽？自己得罪人了，自己央及呀！人家賞臉不賞在人家，何苦來拿我們這些没要緊的墊喘兒呢？」一句話把裏外兩個人都嚇了一大跳。你道是誰？原來却是麝月。出麝月，鄭重歸結《風月寶鑑》也。寶玉自覺臉上没趣。只見麝月又説道：「到底是怎麽着？一個陪不是，一個人又不理，你倒是快快的央及呀。嗳！我們紫鵑姐姐也就太狠心了，外頭這麽怪冷的，人家央及了這半天，總連個活動氣兒也没有。」又向寶玉道：「剛纔二奶奶説了，多早晚了，打諒你在這裏呢。你却一個人站在這房檐底下做什麽？」此回正寶玉歸空必由之路，得《復》於《坤》之候，故夾點天時。曰怪冷的，曰没活動氣兒，明方《坤》也。至賈母死於寶釵生日已後，時應爲春，正不必問。紫鵑裏面接着説道：「這可是什麽意思呢？早就請二爺進去，有話明日説罷。這是何苦來？」寶玉還要説話，因見麝月在那裏，不好再説別的，只好一面同麝月走回，一面説道：「罷了，我今生今世也難白陪這個心了，惟有老天知道罷了。」説到這裏，那眼淚也不知從何處來的，滔滔不斷了。題曰「釋舊憾」，遞「雙護玉」也。文則結舊憾，逼「却塵緣」也。演一心之書止矣。麝月道：「二爺，依我勸你，死了心罷。白陪眼淚也可惜了兒的。」寶玉也不答言，遂進了屋子。只見寶釵睡了，寶玉也知寶釵妝睡。却是襲人説了一句道：「有什麽話，明日説不得？巴巴兒的跑到那裏去鬧。鬧出……」説到這裏，也就不肯説了。遲了一遲，纔接着道：「身上不覺得怎麽樣？」寶玉也不言語，只摇摇頭兒。明日説，不言語，再演《坤》象，正鬧出時也。襲人一面纔打發睡下，一夜無眠，自不必說。夢醒書完，更有何說？

這裏紫鵑被寶玉一招，越發心裏難受，直直的哭了一夜。思前想後：「寶玉的事，明知他病中不能明白，所以衆人弄鬼弄神的辦成了。後來寶玉明白了，舊病復發，常時哭想，並非忘情負義之徒。今日這種柔情，一發叫我難受。只可憐我們林姑娘，真真是無福消受他。還「釋」字「感」字正面。如此看來，人生緣分都有一定。在那未到時，大家都是癡心妄想；及至無可如何，那糊塗的也就不理會了，那情深義深的也不過臨風對月，灑淚悲啼。可憐那死的倒未必知道，那活的真真是苦惱傷心，無休無了。算來竟不如草木石頭無知無覺，也心中乾净。」以「乾净」二字結一部冷熱之局。想到此處，倒把一片酸熱之心一時冰冷了。纔要收拾睡時，只聽得東院裏吵嚷起來。鳳姐死信必從紫鵑聽來，是爲報復。而在東院，東固春生之方，鳳死於木也。

未知何事，且看下回分解。

此回合上回爲一大段，爲鳳姐文字，仍黛玉文字，以劉老老爲主，以繳消一《剥》卦，歸着一《復》卦，以了結全書也。躲不開五鬼，任教鸚鵡多言；喚不回三春，枉聽杜鵑啼血。賬上已勾冤孽，尚餘櫳翠茶煙；石頭未了癡情，猶剩怡紅花溆。牟尼一串，雲散風流；鬼話三千，煙銷火滅。此日從何懺悔，這圖大覺悽惶。早須留下青兒，切莫忘懷玄墓。東風解凍，楊柳歸春；殘雪無蹤，海棠含笑。

護花主人評曰：

賈母已故，鳳姐病危，若趙姨不死，必生出無限風波；就此了結，既見果報之不爽，又免卻日後滋事。周姨免死狐悲，人情必該如此。

鳳姐病重，邪魔悉至，雖是病昏恍惚，亦足警惕人心。諺云「神衰鬼弄人」，信然。

鳳姐託劉老老帶去巧姐，願與莊家結姻，是正伏下文。劉老老説鄉間無物可頑，無物可吃，太太們也不肯與莊家結親，是反跌下文。

上回叫捆起周瑞送官，説得一句話，並未發落。今於劉老老口中補出周瑞家有事被攆，一絲不漏。至于如何並不送官，如何逐出，必是王夫人之力。若是細細敘明，於正文無甚關係，徒浪費筆墨。簡略處極有斟酌。

劉老老借替鳳姐許願一層連夜回去，亦是省事。

寶玉胡思亂想，觸緒紛來，歸結到尋問紫鵑，寫得實在可憐。紫鵑安得不感動柔情？

紫鵑想到「不如木石無知無覺」，一片酸熱心腸，頓然冰冷，正是出家根由。

大某山民評曰：

趙姨氣質庸鄙，誠不足譏。若其一生惡迹，莫著於馬道婆魘魔一事，而其術究竟不行，似較以貪妒戕三四人命者，其罪有間，而死時之慘報竟如此，則罪浮於趙者，更可知矣。

紫鵑見寶玉，又怨恨，又憐憫，又醒悟，無限深情，莫名其妙；至忿懥極處，乃以「聽熟」二字駁之，出一切言辭海。

此回仍接前事，以下俱丙辰年事。

第一百十四回　王熙鳳歷劫返金陵　甄應嘉蒙恩還玉闕

却説寶玉、寶釵聽説鳳姐病的危急，趕忙起來，丫頭秉燭伺候。鳳之死信，來自紫鵑，本回則從釵、玉處突起、明報復也。必云秉燭，與紫鵑必剪燭花同意，蓋其仇起於清虛觀剪燭花之小道也。正要出院，只見王夫人那邊打發人來説：「璉二奶奶不好了，還没有嚥氣，二爺、二奶奶且慢些過去罷。璉二奶奶病的有些古怪，從三更天起，到四更時候，璉二奶奶没有住嘴，説些胡話，要船要轎的，説到金陵歸入册子去。衆人不懂，他只是哭哭喊喊的。璉二爺没有法兒，只得去糊了船轎，還没有拿來，璉二奶奶喘着氣等呢。鳳之冤孽仇讎，甚於趙姨，而此處用輕筆，則知彼處用重筆者，非此趙姨也。太太叫我過來，等璉二奶奶去了，再過去罷。」寶玉道：「這也奇，他到金陵做什麽？」「奇」字直道「奇緣識金鎖」。襲人輕輕的合寶玉説道：「你不是那年做夢，我還記得説有多少册子。不是璉二奶奶也到那裏去麽？」寶玉聽了，點頭道：「是呀！可惜我都記不得那上頭的話了。這麽説起來，人都有個定數的了。但不知林妹妹又到那裏去了？我如今被你一説，我有些懂得了。若再做這個夢時，我得細細的瞧一瞧，便有未卜先知的分兒了。」襲人道：「你這樣的人，可是不可合你説話的。偶然提了一句，你便認起真來了嗎？就算你能先知了，你有什麽法兒呢？」寶玉道：「只怕不能先知。若是能了，我也犯不着爲你們瞎操心了。」聞鳳將死，在鐵檻寺枕邊之寶玉自當傷心，乃漠然無事，且作閑談，是已棄之矣。正以訓天下之凡爲鳳者之枉用心也。而直提黛玉，以透「驚謎語」，則釵、襲又何必哉？

兩人正説着，寶釵走來問道：「你們説什麼？」寶玉恐他盤詰，只説：「我們談論鳳姐姐。」鳳姐而被寶玉談論，思之可笑，再思之可怕矣。寶釵道：「人要死了，你們還只管議論人。舊年你還説我呪人，那個籤不是應了麽？」自借寶釵一語，以宣此段主意，而寶釵之呪且更甚於談論，已爲鳳者真冤苦。而文境如兩鏡對照梳頭。寶玉又想了一想，拍手道：「是的，是的。這麽説起來，你倒能彀先知了。我索性問問你，你知道我將來怎麽樣？」直逼寶釵在「蜂採百花」二語。寶釵笑道：「這是又胡鬧起來了。我是就他求的籤上的話混解的，你就認了真了。襲曰你認真，釵亦曰你認真，則到底不認真是此二人也。你就和邢妹妹一樣的了。你失了玉，他去求妙玉扶乩，批出來的，衆人不解。他還背地裏合我説妙玉怎麽前知，怎麽參禪悟道。如今他遭此大難，他如何自己都不知道？這可是算得前知嗎？就是我偶然説着了二奶奶的事情，其實知道他是怎麽樣了？只怕我連我自己也不知道呢。這樣下落，可不是虚誕的事？是信得的麽？」文亦深亦淺，釵不自知而我知之，以作者告我知之也。其實作者不知，我也不知。而看官耳食皮相有知之者，曰守節，曰生子。

寶玉道：「别提他了，你只説那邢妹妹。自從我們這裏連連的有事，把他這件事竟忘記了。你們家這麽一件大事，怎麽就草草的完了？」適説册子，便了結册外人。曰草草完了，正草之得所，爲婚姻之正也。亦補亦敘，賓主合宜。也没請親喚友的。」寶釵道：「你這話又是迂了。我們家的親戚，只有喒們這裏和王家最近。王家没了什麽正經人了，喒們家遭了老太太的大事，所以也没請，就是璉二哥張羅了張羅。别的親戚雖也有一兩門子，你没過去，如何知道？算起來，我們這二嫂子的命和我差不多，好好的許了我二哥哥，我媽媽原想要體體面面的給二哥哥娶這房親事的。一則爲我哥哥在監裏，二哥哥也不肯大辦；二則爲咱們家的事；三則爲我二嫂子在大太太那邊忒苦，又加着抄了家，大太太是苛刻一點的，他也實在難受。所以我和媽媽説了，便將將就就的娶了過去。我看二嫂子如今倒是安心樂意的孝敬我媽媽，比親媳婦還强十倍呢，待二哥哥也是極盡婦道的，和香菱又甚好。二哥哥不在家，他兩個和和氣氣的過日子，雖説是窮些，我媽媽近來倒安逸好些。就是想起我哥哥來，不免悲傷，況且常打發人家裏來要使用，多虧二哥哥在外頭賬頭兒上討來應付他的。我聽見説，城裏有幾處房子已經典去，還剩了一所在那裏，打算着搬去住。」寶玉道：「爲什麽要搬？住在這裏，你來去也便宜些。若搬遠了，你去就要一天了。」寶釵道：「雖説是親戚，到底各自的穩便些。那裏有個一輩子住在親戚家的呢？」見一篇交代文字。

寶玉還要講出不搬去的理，王夫人打發人來説：「璉二奶奶嚥了氣了，所有的人都過去了，請二爺、二奶奶就過去。」寶玉聽了，也掌不住跺脚要哭。寶釵雖也悲戚，恐寶玉傷心，便説：「有在這裏哭的，不如到那邊哭去。」也掌不住，雖也悲戚，兩「也」字令人索然。於是兩人一直到鳳姐那裏，只見好些人圍着哭呢。寶釵走到跟前，見鳳姐已經停床，便大放悲聲。寶玉也拉着賈璉的手大哭起來，寫來都是排場故事，答「成大禮」如此。賈璉也重新哭泣。平兒等因見無人解勸，只得含悲上來勸止了。衆人都悲哀不止。賈璉此時手足無措，叫人傳了賴大來，叫他辦理喪事，自己回明了賈政去，然後行事。但是手頭不濟，諸事拮据，又想起鳳姐素日來的好處，更加悲傷不止；又見巧姐哭的死去活來，「死去活來」四字爲剥復演義點睛。

越發傷心。哭到天明，即刻打發人去請他大舅子王仁過來。

那王仁自從王子騰死後，王子勝又是無能的人，任他胡爲，已鬧的六親不和。今知妹妹死了，只得趕着過來哭了一場。見這裏諸事將就，心下便不舒服，說：「我妹妹在你家辛辛苦苦當了好幾年家，也沒有什麼錯處，你們家該認真的發送發送纔是，怎麼這時候諸事還沒有齊備？」賈璉本與王仁不睦，見他說些混賬話，知他不懂的什麼，也不大理他。王仁便叫了他外甥女兒巧姐過來，說：「你娘在時，本來辦事不周到，只知道一味的奉承老太太，把我們的人都不大看在眼裏。外甥女兒，你也大了，看見我曾沾染過你們沒有？如今你娘死了，諸事要聽我舅舅的話。必提外甥女兒，見黛之於賈亦外甥女兒也。則王仁之與巧姐，仍爲黛玉之報。你母親娘家的親戚，就是我和你二舅舅了。王氏外戚止實寫一王仁，而王仁並無弟兄明文，今又有二舅舅，與王子騰、王子勝同爲糊塗賬。總以立賈赦、賈政之影，以明爲黛玉有兩舅舅之報。你父親的爲人，我也早知道的了，只有重別人。那年什麼尤姨娘死了，我雖不在京，聽見人說花了好些銀子。鳳之死，即尤之死。種何仁結何果。如今你娘死了，你父親倒是這樣的將就辦去嗎？你也不快些勸勸你父親。」巧姐道：「我父親巴不得要好看，只是如今比不得從前了。現在手裏沒錢，所以諸事省些是有的。」王仁道：「你的東西還少麼？」巧姐兒道：「舊年抄去，何嘗還有呢？」王仁道：「你也這樣說！我聽見老太太又給了好些東西，你該拿出來。」此結「財」字之果。賈母所給之財，適足以禍之而已。巧姐又不好說父親用去，只推不知道。王仁便道：「哦！我知道了，不過是你要留着做嫁妝罷咧。」巧姐聽了，不敢回言，只氣得哽噎難鳴的哭起來了。平兒生氣說道：「舅老爺有話，等我們二爺進來再說。姑娘這麼點年紀，他懂的什麼？」王仁道：「你們是巴不得二奶奶死了，你們就好爲王了。此結「妒」字之果。回思「潑醋」，豈不枉了？我並不是要什麼好看，也是你們的臉面！」説着，賭氣坐着。巧姐滿懷的不舒服，心想：「我父親並不是没情。我媽媽在時，舅舅不知拿了多少東西去，如今説得這樣乾净。」直找夏三，鳳亦自焚身者。於是便不大瞧得起他舅舅了。豈知王仁心裏想來，他妹妹不知積聚了多少，「雖説抄了家，那屋裏的銀子還怕少嗎？必是怕我來纏他們，所以也幫着這麼説。這小東西兒也是不中用的。」從此王仁也嫌了巧姐兒了。立「欺弱女」之案，步武安詳。

賈璉並不知道，只忙着弄銀錢使用，外頭的大事叫賴大辦了。裏頭也要用好些錢，一時實在不能張羅。平兒知他着急，便叫賈璉道：「二爺也别過於傷了自己的身子。」賈璉道：「什麼身子！現在日用的錢都没有，這件事怎麼辦？偏有個糊塗行子又在這裏蠻纏，你想有什麼法兒？」糊塗是《易》卦，是「王」字説。行子是所生，是「仁」字説。所謂物物一太極也。曰蠻纏，蠻處南方，《易》道暢行之地；纏則周而復始，正大彰報應之日也。一劉老老，一王仁，書中見之已久，其實止爲今日一用，以爲全書結果也。平兒道：「二爺也不用着急。若説没錢使喚，我還有些東西，舊年幸虧没有抄去在裏頭。二爺要，就拿去當着使喚罷。」尤二姐死得平助，鳳死亦得平助。此平所以爲平也。枉了鳳姐。賈璉聽了，心想：「難得這樣。」便笑道：「這樣更好，省得我各處張羅，等我銀子弄到手了還你。」平兒道：「我的也是奶奶給的，什麼還不還，只要這件事辦的好看些就是了。」其語甚平，爲鳳之留，爲巧之復，都在於此，而實立扶正之案也。賈璉心裏便着實感激他，便將平兒的東西拿了去，當錢使用，諸凡事情，便與平兒商量。秋桐看着，心裏就有些不甘，每每口角裏頭便説：「平兒没有了奶奶，他要上去了；我是老爺的人，他怎麼就越過我去了呢？」平兒也看出來了，只不理他。剥者自剥，留者自留。倒是賈璉一時明白，越發把秋桐嫌了，一時有些煩惱，便拿着秋桐出氣。邢夫人知道，反說賈璉不好。賈璉忍氣不題。

且說鳳姐停了十餘日，送了殯。十餘天，天數一終，餘則周而復始矣。回憶秦氏大殯，卻是如何耶？賈政守着老太太的孝，總在外書房。那時清客相公，漸漸的都辭去了，只有個程日興還在那裏，時常陪着說說話兒。提起：「家運不好，一連人口死了好些。大老爺合珍大爺又在外頭，家計一天難似一天。外頭東莊地畝也不知道怎麽樣，總不得了呀！」程日興道：「我在這裏好幾年，也知道府上的人，那一個不是肥己的？一年一年都往他家裏拿，那自然府上是一年不殼一年了。又添了大老爺、珍大爺那邊兩處的費用，外頭又有些債務，前兒又破了好些財，要想衙門裏緝賊追贓是難事。老世翁若要安頓家事，除非傳那些管事的來，派一個心腹的人，各處去清查清查，該去的去，該留的留，有了虧空，着在經手的身上賠補，這就有了數兒了。那一座大的園子，人家是不敢買的，這裏頭的出息也不少，又不派人管了。「探春興利」是剥，程日興說不派人管是復。那年老世翁不在家，這些人就弄神弄鬼兒的，鬧的一個人不敢到園裏，這都是家人的弊。此時把下人查一查，好的使着，不好的便攆了，這纔是道理。」賈政點頭道：「先生你所不知，不必說下人，便說自己的侄兒，也靠不住。若要我查一查，那能一一親見親知？況我又在服中，不能照管這些了。我素來又兼不大理家，有的没有，我還摸不着呢。」程日興道：「老世翁最是仁德的人，若在別家的這樣的家計，就窮起來，十年五載還不怕，便向這些管家的要，也就殼了。我聽見世翁的家人，還有做知縣的呢。」以賴尚榮上追《否》卦，乃《剥》《復》之界也。賴嬤嬤一篇大道理話總攝起矣。賈政道：「一個人若要使起家人們的錢來，便了不得了，只好自己儉省些。但是册子上的産業，若是實有還好，只怕有名無實了。」程日興道：「老世翁所見極是。晚生爲什麽説要查查呢！」冊子乃全書，話中正有因，日興之因也，當及早查。此段寫鳳姐既殯，書中財色一齊收拾，欲盡理復之日矣，故接寫賈政守孝，爲真假變更之路，以起下半，而以程日興與冷子興作大對待。冷興則陰進，是書以起，日興則陽進，是書以結矣。賈政道：「先生必有所聞。」程日興道：「我雖知道些那些管家的神通，晚生也不敢言語的。」賈政聽了，便知話裏有話，便歎道：「我家自祖父以來，都是仁厚的，從沒有刻薄過一人。我看如今這些人，一日不似一日了，在我手裏行出主子樣兒來，又叫人笑話。」以整飭家人爲笑話，政在何處？足以見所學之差而已。

兩人正説着，門上的過來回道：「江南甄老爺到來了。」此一段對「演説榮國府」。彼處賈雨村來，此處甄應嘉到，是大落墨處。而一段話總歸之下人，謹小慎微，防一陰起於下也。賈政便問道：「甄老爺進京，爲什麽？」那人道：「奴才也打聽了，説是蒙聖恩起復了。」百廿回書只取這一句，到此如桶底脱。賈政道：「不用説了，快請罷。」來不知其所以來，正説之不必説處。那人出去，請了進來。那甄老爺即是甄寶玉之父，名叫甄應嘉，表字友忠，甄應嘉，猶言真應假，真假遞嬗，相應無窮也。字友忠，有忠也。「忠」文中心，正真假相應，無僞無虚之根底。也是金陵人氏，功勳之後。原與賈府有親，素來走動的，因前年罣誤革了職，動了家産，今遇主上眷念功臣，賜還世職，行取來京陛見。知道賈母新喪，特備祭禮，擇日到寄靈的地方拜奠，所以先來拜望。賈政有服，不能遠接，在外書房門口等着。那位甄老爺一見，便悲喜交集；真假一源，故事必一轍，而其轉易之樞機在一「孝」字，故必以吊喪而來，與謁北静王必在殯中同一演義。看悲喜交集，搬演尤明。因在制中，不便行禮，便拉着了手，敘了些闊别思念的話，然後分賓坐下。獻了茶，獻茶自事所必有，而其實陰提黛玉顧主也。彼此又將别後事情的話説了。賈政問道：「老親翁幾時陛見的？」甄應嘉道：「前日。」真來爲《復》，前日則《坤》。坤，臣道也，故爲陛見。吊喪演孝，陛見演忠，是乃所以爲忠也。賈政道：「主上隆恩，必有溫諭。」甄應嘉道：「主上的恩典，真是比天還高，下了好些旨意。」賈政道：「什麼好旨意？」甄應嘉道：「近來越寇猖獗，海疆一帶小民不安，派了安國公征勦賊寇。越處東南，爲陽盛之方。海寇猖狂，陽旺極矣，是必有以安之於《復》甫來之會。蓋當《姤》必求《復》，既《復》即防《姤》也。此意尤深。主上因我熟悉海疆，命我前往安撫，但是即日就要起身。昨日知老太太仙逝，謹備瓣香，至靈前拜奠，稍盡微忱。」賈政即忙叩首拜謝，便說：「老親翁即此一行，必是上慰聖心，下安黎庶，誠哉莫大之功，正在此行。求忠臣於孝子之門。但弟不克親睹奇才，只好遙聆捷報。現在鎮海統制，是弟舍親，會時務望青照。」甄應嘉道：「老親翁與統制是什麼親戚？」賈政道：「弟那年在江西糧道任時，將小女許配與統制少君，結褵已經三載。此三載可按不可按，是歎、是春、是卦，統當以三計之而已。因海口案內未清，繼以海寇聚奸，所以音信不通。弟深念小女，俟老親翁安撫事竣後，拜懇便中請爲一視。弟即修數行，煩尊紀帶去，便感激不盡了。」探爲《夬》之《剥》，皆上爻用事；《復》則下起，是以音信不通，而《復》正純《乾》之始，《夬》所由來，《姤》之所從伏也。故信必由他帶。甄應嘉道：「兒女之情，人所不免。我正在有奉託老親翁的事。自蒙聖恩召取來京，因小兒年幼，家下乏人，將賤眷全帶來京。我因欽限迅速，晝夜先行，賤眷緩行，到京尚需時日。弟奉旨出京，不敢久留。將來賤眷到京，少不得要到尊府，定叫大小兒即來進見求教，遇有姻事可圖之處，望乞留意爲感。」賈政一一答應。

那甄應嘉又說了幾句話，就要起身，說：「明日在城外再見。」賈政見他事忙，諒難再坐，只得送出書房。賈璉、寶玉早已伺候在那裏代送，因賈政未叫，不敢擅入。甄應嘉出來，兩人上去請安。寶玉爲

《復》，賈璉爲巧所從出，亦即《復》，皆非能真復者也，故曰請安。應嘉一見寶玉，呆了一呆，心想：「這個怎麽甚像我家寶玉？只是渾身縞素。」因問：「至親久闊，爺們都不認得了。」賈政忙指賈璉道：「這是家兄名赦之子璉二侄兒。」又指着寶玉道：「這是弟二小犬，名叫寶玉。」應嘉拍手道：「奇！「奇」講奇偶之奇，講奇正之奇，皆足以了全書，故於應嘉始見寶玉但以此一字括之，否則如此大結撰地方，更有何語可開端耶？觀之甚易，得之甚難。試另作一語以代之，一底一面未必更有如此恰合者。我在家聽見說老親翁有個銜玉生的愛子，名叫寶玉，因與小兒同名，心中甚爲罕異。說異實常。後來想着，這個也是常有的事，不在意了。豈知今日一見，不但面貌相同，且舉止一般。這更奇了。」問起年紀，「比這裏的哥兒略小一歲。」《復》從下起，一陽初動，是爲少陽，故小一歲。賈政便因提及「承薦包勇，問及令郎哥兒與小兒同名」的話述了一遍。應嘉因屬意寶玉，也不暇問及那包勇的得妥，以假還真，全在一勇，故必特提。只連連的稱道：「真真罕異！」因又拉了寶玉的手，極致殷勤，又恐安國公起身甚速，急須預備長行，勉强分手徐行。賈璉、寶玉送出，一路又問了寶玉好些的話。及至登車去後，賈璉、寶玉回來，見了賈政，便將應嘉問的話回了一遍。賈政命他二人散去。

賈璉又去張羅，算明鳳姐喪事的賬目。一財一色，同歸一復，故特接鳳姐喪事賬目。寶玉回到自己房中，告訴了寶釵，說是：「常提的甄寶玉，我想不能一見，今日倒先見了他父親了。見甄而先見其父，所謂認取生身處也。我還聽得說他家寶玉也不日要到京了，要來拜望我老爺呢。又人人說和我一模一樣的，我只不信。人同此心，心同此理，本無二致，其如人之不信何？若是他後日到了咱們這裏來，你們都去瞧去，看他果然和我像不像？」寶釵聽了道：「噯！你說話怎麽越發不留神了。什麽男人同你一樣都說出來了，還叫我們瞧去嗎？」

寶玉聽了，知是失言，此特説寶釵自另有一寶玉也。是書中深隱之義，非書中所見之言。今借寶玉一爲漏泄，是失言也。蓋發端以襲人立三影，胸中早有成竹矣。臉上一紅，連忙的還要解説。

不知何話，且看下回分解。

此回合下回爲一大段，乃收鳳姐以全收一「假」字，歸寶玉以總歸一「真」字。財色並收，十二釵完矣；真假既合，《石頭記》止矣。其點醒人處，總在假枉爲假，所謂小人枉了作小人也。故上半回宜以淺看，下半回則必深求。程日興是大關鍵，書中有隨便一人，留爲末路重用者，此等是也，乃弈家之冷着也。

護花主人評曰：

邢岫烟出閣，正值賈母新喪，不便夾雜敍入，必當設法補寫；但若突然補敍，便是生砌硬插，今借鳳姐病危，襲人提起夢册，寶釵提起籤兆，引出岫烟求妙玉扶乩，然後從寶釵口中略敍大概，補得毫無斧鑿痕迹。

寶玉順口説「再做這夢，要細細看看」，伏一百十六回之再夢。

寫王仁向巧姐一番説話，伏後來串賣情事。

平兒慨然取出東西，交給賈璉，且説是「奶奶所給，還與不還，毫無介意」，真是不負恩義之人，日後巧姐所以虧他保護。

賈政不肯使家人的錢，固是仁厚；但明知家業凋殘，既不能選人清查，又不能親自料理，真是毫無主意人。若再同程日興刺刺不休，此段文章如何了結？故借甄應嘉來打斷，脱卸得甚妙。

賈政憶女寄書，應嘉爲子託親，兩相關照。又爲下文探春回京、李綺姻事伏筆。

應嘉屬意寶玉，不遑問及包勇，是忽忽作别真景。

大某山民評曰：

鳳姐到嚫氣時，胡話没有住嘴，緣平居話慣耳。至死被人作談柄，何用刺刺不休，生時自恃利口爲？

第一百十五回　惑偏私惜春矢素志　證同類寶玉失相知

話説寶玉爲自己失言，被寶釵問住，想要掩飾過去，只見秋紋進來説：「外頭老爺叫二爺呢。」欲掩不掩，此書遂止。所謂文妙真人也，故必用秋紋。寶玉巴不得一聲，便走了去。到賈政那裏，賈政道：「我叫你來，不爲别的，現在你穿着孝，不便到學裏去，你在家裏，必要將你念過的文章温習温習。我這幾天倒也閑着。隔兩三日要做幾篇文章我瞧瞧，看你這些時進益了没有。」孝是孝，學是學，賈政開口便錯，此寶玉之所以歸空也。特以失教本旨爲本回發端。寶玉只得答應着。賈政又道：「你環兄弟、蘭侄兒，我也叫他們温習去了。倘若你做的文章不好了，反倒不及他們，那可就不成事了。」寶玉不敢言語，答應了個「是」，站着不動。賈政道：「去罷。」不言不動，去罷，即寶玉之復，便是「偏私」了義。寶玉退了出來，正撞見賴大諸人拿着些册子進來，寶玉一溜煙回到自己房中。寶釵問了，知道叫他作文章，倒也喜歡。惟有寶玉不願意，也不敢怠慢。正要坐下静静心，冥復正乃動機，今曰静静心，這便取「惑偏私」急脈。見有兩個姑子進來，寶玉看他是地藏庵來的，和寶釵説：「請二奶奶安。」寶釵待理不理的説：「你們好。」因叫人來：「倒茶給師父們喝。」地藏庵，正静心去處，藕、蕊之所歸，即寶、黛之所歸。你們好，來倒茶，都是點睛處。寶玉原要和那姑子説話，見寶釵似乎厭惡這些，也不好兜搭。那姑子知道寶釵是個冷人，也不久坐，辭了要去。寶釵道：「再坐坐去罷。」那姑子道：「我們因在鐵檻寺做了功德，好些時没來請太太、奶奶們的安。今日來了，見過了奶奶、太太們，還要看四姑娘呢。」寶釵點頭，由他去了。

那姑子便到惜春那裏，見了彩屏，説：「姑娘在那裏呢？」彩屏道：「不用提了。姑娘這幾天飯都没吃，只是歪着。」歪則不正，是「偏」字；不吃飯則不誠，是「私」字。那姑子道：「爲什麽？」彩屏道：「説也話長，你見了姑娘，只怕他便和你説了。」惜春早已聽見，急忙坐起，説：「你們兩個人好啊。見了我們家事差了，便不來了。」那姑子道：「阿彌陀佛！有也是施主，没也是施主，别説我們是本家庵裏的，受過老太太多少恩惠呢。如今老太太的事，太太、奶奶們都見了，只没有見姑娘，心裏惦記，今兒是特特的來瞧姑娘來的。」惜春便問起水月庵的姑子來。那姑子道：「他們庵裏鬧了些事，如今門上也不肯常放進來了。」一部風月案，歸着一地藏庵，生意滅息在此，生機發動亦在此，地雷所以爲《復》也。水月、鐵檻、饅頭、地藏一而已矣。便問惜春道：「前兒聽見説，櫳翠庵的妙師父怎麽跟了人去了？」此提妙玉，正因以歸空之路也。惜春道：「那裏的話！説這個話的人，提防着割舌頭。人家遭了强盜搶去，怎麽還説這樣的壞話？」那姑子道：「妙師父的爲人怪僻，只怕是假惺惺罷。在姑娘面前，我們也不好説的。那裏像我們這些粗夯人，只知道諷經念佛，給人家懺悔，也爲着自己修個善果。」「假惺惺」三字，乃斷定寶釵，乃書中還因而不結果者，則妙玉之果即其果，且妙玉之果究不知是何果也。全幅大觀乃是如是。惜春道：「怎麽樣就是善果呢？」那姑子道：「除了咱們家這樣善德人家兒不怕，若是别人家，那些誥命夫人、小姐也保不住一輩子的榮華，到了苦難來了，可就救不得了。只有個觀世音菩薩，大慈大悲，遇見人家有苦難的，就慈心發動，設法兒救濟。爲什麼如今都説大慈大悲、救苦救難的觀世音菩薩呢？仍歸一心，別無他妙，此書借徑。我們修了行的人，雖説比夫人、小姐苦多着呢，只是沒有險難的了。雖不能成佛作祖，修修來世，或者轉個男身，自己也就好了。詩社所以必起，別號所以必稱，劉老老所以必來，一陽來復，正轉女爲男之始也。不像如今，脱生了個女人胎子，什麼委曲煩難都説不出來。姑娘，你還不知道呢，要是人家姑娘們出了門，就這一輩子跟着人，是更没法兒的。地道也，妻道也，惜春正《乾》之《坤》，故特呼而告之。若説修行，也只要修得真。那妙師父自爲才能比我們强，他就嫌我們這些人俗。豈知俗的纔能得善果呢，他如今到底是遭了大劫了。」

惜春被那姑子一番話説得合在機上，此篇皆正訓，故但云姑子而無名。姑而子，老陰生少陽也。此段「真」字、「俗」字皆要義也，見真之地，正在人倫日用，至常至俗之地，何嘗空渺之可言耶？也顧不得丫頭們在這裏，便將尤氏待他怎樣，前兒看家的事説了一遍，並將頭髮指給他瞧，道：「你打諒我是什麼主意戀火坑的人麽？早有這樣的心，只是想不出道兒來。」此回以惜春之偏私，證寶玉之偏私，乃作者大爲歎息之處。惜以尤氏逼而剪髮，寶以寶釵奪而出家。謂之空，則有所著；謂之復，則無所生，是皆借釋道以演儒理，恐人遂以歸空爲真復，而因有此疑似之辨也。那姑子聽了，假作驚慌道：「姑娘再別説這個話！珍大奶奶聽見，還要駡殺我們，攆出庵去呢。姑娘這樣人品，這樣人家，將來配個好姑爺，享一輩子的榮華富貴……」此方是俗，此方是復，假作驚慌，正真作指點，不可被他瞞過。惜春不等説完，便紅了臉，説：「珍大奶奶攆得你，我就攆不得麽？」那姑子知是真心，便索性激他一激，真心則何所用其激，事之有激而成者皆假也。説道：「姑娘別怪我們説錯了話，太太、奶奶們那裏就依得姑娘的性子呢？那時鬧出没意思來倒不好，我們倒是爲姑娘的話。」惜春道：「這也瞧罷咧。」彩屏等聽這話頭不好，便使個眼色兒給姑子，叫他走。那姑子會意，本來心裏也害怕，不敢挑逗，便告辭出去。惜春也不留他，便冷笑道：「打諒天下就是你們一個地藏庵麽？」「雷在地中」，故爲地藏，所以爲真《復》，其實只是一個地藏庵。那姑子也不敢答言，去了。

彩屏見事不妥，恐躭不是，悄悄的去告訴了尤氏，説：「四姑娘絞頭髮的心願還没有息呢。他這幾天不是病，竟是怨命。奶奶隄防些，别鬧出事來，那會子歸罪我們身上。」尤氏道：「他那裏是爲要出家？他爲的是大爺不在家，安心和我過不去，仍歸賈珍，尤罪自外至者也。也只好由他罷了。」彩屏等没法，也只好常常勸解。豈知惜春一天一天的不吃飯，只想絞頭髮。彩屏等吃不住，只得到各處告訴。邢、王二夫人等也都勸了好幾次，怎奈惜春執迷不解。

邢、王二夫人正要告訴賈政，只聽外頭傳進來説：「甄家的太太帶了他們家的寶玉來了。」以假復出真復，與上回甄老爺來同一鄭重，而寶玉必是太太帶來，真心不離一孝也。衆人急忙接出，便在王夫人處坐下。衆人行禮，敘些寒温，不必細述。「寒温」二字即是細述。只言王夫人提起甄寶玉與自己的寶玉無二，要請甄寶玉進來一見。傳話出去，回來説道：「甄少爺在外書房同老爺説話，説的投了機了，打發人來請我們二爺、三爺，還叫蘭哥兒在外頭吃飯，吃了飯進來。」説畢，裏頭也便擺飯不題。真假循環，總不外一吃飯，男女皆然。故寶玉方來，以裏外吃飯演第一事，則閑人所評吃飯乃誠意可信矣。

且説賈政見甄寶玉相貌，果與寶玉一樣，試探他的文才，竟是應對如流，甚是心敬，故叫寶玉等三人來警勵他們；再者，到底叫寶玉來比一比。「寶玉一樣」，舉官骸耳目言之，原無從比，比之便錯，此政之所以爲政也。寶玉聽命，穿了素服，必著穿孝，乃書之體，乃文之用。帶了兄弟侄兒，出來見了甄寶玉，竟是舊相識一般。那甄寶玉也像那裏見過的，兩人行了禮，然後賈環、賈蘭相見。本來賈政席地而坐，前回與甄應嘉說分賓坐下，此回換一席地而坐，便覺於禮於義編促不安，乃隱用一「孝」字爲真假寶玉作合也，而將合未合之際，其難如此。要讓甄寶玉在椅子上坐，甄寶玉因是晚輩，不敢上坐，就在地下鋪下了褥子坐下。如今寶玉等出來，又不能同賈政一處坐着，甄寶玉又是晚一輩，又不好叫寶玉等站着。賈政知是不便，站着又說了幾句話，叫人擺飯，說：「我失陪，叫小兒輩陪着，大家說說話兒，好教他們領領大教。」甄寶玉遜謝道：「老伯大人請便，侄兒正欲領世兄們的教呢。」賈政回覆了幾句，便自往內書房去。那甄寶玉反要送出來，賈政攔住，寶玉等先搶了一步，出了書房門檻站立着，看賈政出來，然後進來讓甄寶玉坐下。此一段搬演，恍然如見，而皆一心出入往回之象，令人自然會於言下。彼此套敘了一回諸如久慕渴想的話，也不必細述。物外有物曰套，全書寫影是套，全書演《易》是套，以及諸子百家無非是套，只以明真假之理而已。

且說賈寶玉見了甄寶玉，賈寶玉見了甄寶玉只此一句，百廿回書更無剩義，與上回甄應嘉二「奇」字合來無縫。以下數語，凡秦鍾、北静諸妙義俱對勘無遺。想到夢中之境，並且素知甄寶玉爲人，必是和他同心，以爲得了知己。因初次見面，不便造次，且又賈環、賈蘭在坐，只有極力誇讚，說：「久仰芳名，無由親炙，今日見面，真是謫仙一流的人物。」從名起見，便非實心；從仙說入，便非常理。人則人心，物則物欲。此其所以爲賈寶玉也。那甄寶玉素來也知賈寶玉的爲人，今日一見，果然不差，「只是可與我共學，不可與你適道。題中「失」字轉從甄邊說入，此下都是正訓。他既和我同名同貌，也是三生石上的舊精魂了。既我略知了些道理，怎麽不和他講講？但是初見尚不知他的心與我同不同，只好緩緩的來。」便道：「世兄的才名，弟所素知的，在世兄是數萬人的裏頭選出來最清最雅的，以甄目賈，謂之清雅，可偏私，可公正，下字煞費斟酌。在弟是庸庸碌碌一等愚人，忝附同名，殊爲有辱了這兩個字。」直演《中庸》。寶玉聽了，心想：「這個人果然同我的心一樣的。但是你我都是男人，不比那女孩兒們清潔，怎麽他拿我當作女孩兒看待起來？」一心亦分陰陽，以動静爲體，以善惡爲用，作女孩兒看待，明指惡心也。便道：「世兄謬讚，實不敢當。弟是至濁至愚，只不過一塊頑石耳，何敢比世兄品望清高，實稱此兩字？」甄寶玉道：「弟少時不知分量，自謂尚可琢磨，豈知家遭消索，數年來更比瓦礫猶賤。雖不敢説歷盡甘苦，然世道人情略略的領悟了好些。此段爲第五回「世事洞明」一聯作發明，乃寶玉琢磨下手工夫，《大學》之「格物」「致知」也。世兄是錦衣玉食，無不遂心的，必是文章經濟高出人上，所以老伯鍾愛，將爲席上之珍。弟所以纔説尊名方稱。」

賈寶玉聽這話頭，又近了碌蠹的舊套，想話回答。賈環見未與他説話，心中早不自在。倒是賈蘭聽了這話，甚覺合意，六經百氏無非舊套，碌蠹亦從此而出，在其人之自會耳。故環不自在，而蘭則甚合意。便説道：「世叔所言，固是太謙。若論到文章經濟，實在從歷鍊中出來的方爲真才實學。在小侄年幼，雖不知文章爲何物，然將讀過的書細味起來，那膏粱文繡，比着令聞廣譽，真是不啻百倍的了。」蘭言闌，範圍於外者也，故其言從令聞廣譽起，見不着「心」字實際，重賓主也。甄寶玉未及答言，賈寶玉聽了蘭兒的話，心裏越發不合，想道：「這孩子從幾時也學了這一派酸論？」論是酸論，與王有酸王同義，乃木味也。便説道：「弟聞得世兄也詆盡流俗，性情中另有一番見解。今日弟幸會芝範，想欲領教一番超凡入聖的道理，從此可以浄洗俗腸，重開眼界。

不意視弟爲蠢物，所以將世路的話來酬應。」此段從第五回「授雲雨情」云云出。甄寶玉聽説，心裏曉得：「他知我少年的性情，所以疑我爲假。我索性把話説明，或者與我作個知己朋友，也是好的。」便説道：「世兄高論，固是真切。但弟少時也曾深惡那些舊套陳言。只是一年長似一年，家君致仕在家，懶於酬應，委弟接待，後來見過那些大人先生，盡都是顯親揚名的人；便是著書立説，無非言忠言孝，自有一番立德立言的事業，方不枉生在聖明之時，也不致負了父母師長養育教誨之恩，所以把少年那一派迂想癡情漸漸的淘汰了些。自開卷第一回，書中正意都用隱寫，直到此處方明明指出言忠言孝，而忠在孝内，仍用側注，是但一「孝」字了全書矣。如今尚欲訪師覓友，教導愚蒙，幸會世兄，定當有以教我。適纔所言，並非虛意。」此書問世乃是如此。

賈寶玉愈聽愈不耐煩，又不好冷淡，只得將言語支吾。幸喜裏頭傳出話來説：「若是外頭爺們吃了飯，請甄少爺裏頭去坐呢。」寶玉聽了，趁勢便邀甄寶玉進去。那甄寶玉依命而行。賈寶玉等陪着，來見王夫人。賈寶玉見是甄太太上坐，便先請過了安，賈環、賈蘭也見了。甄寶玉也請了王夫人的安。兩母兩子，互相厮認。雖是賈寶玉是娶過親的，破木成金，賤陽貴陰，正假之所以假也，故必特提娶過親。那甄夫人年紀已老，又是老親，因見賈寶玉的相貌身材與他兒子一般，不禁親熱起來。王夫人更不用説，拉着甄寶玉問長問短，覺得比自己家的寶玉老成些。回看賈蘭，也是清秀超羣的，雖不能像兩個寶玉的形像，也還隨得上。只有賈環粗夯，未免有偏愛之心。以二「偏」字再定賈之爲賈，以罪其所自出。而文面環、蘭，亦不落寂寞。衆人一見兩個寶玉在這裏，都來瞧看，説道：「真真奇事，名字同了也罷，怎麽相貌身材都是一樣的？虧得是我們寶玉穿孝，若是一樣的衣服穿着，一時也認不出來。」明明真假之别在二「孝」字，而賈之孝乃著於外者也。真假兩寶玉必有一見，其見必在賈之孝中，此百廿回之大杼軸也。賈之出見，必寫明穿了素服，此在本回之小機括也。否則豈不成《西遊記》之六耳獼猴耶？是故謀篇布局，正如結胎，有鼻即有陰陽器，作小説豈易易？內中紫鵑一時癡意發作，因想起黛玉來，心裏説道：「可惜林姑娘死了。若不死時，就將那甄寶玉配了他，只怕也是願意的。」來一甄寶玉，演一《復》卦也。在黛玉以死爲復，其實已經配了。正想着，只聽得甄夫人道：「前日聽得我們老爺回來説，我們寶玉年紀也大了，求這裏老爺留心一門親事。」王夫人正愛甄寶玉，順口便説道：「我也想要與令郎作伐。愛則用順，破木成金以逆施矣。此「順口」字當着眼。我家有四個姑娘，那三個都不用説，死的死，嫁的嫁了，還有我們珍大侄兒的妹子，只是年紀過小幾歲，恐怕難配。惜春歸空，亦演一復，其實又已配了。倒是我們大媳婦的兩個堂妹子，生得人材齊整。二姑娘呢，已經許了人家，三姑娘正好與令郎爲配。紋爲琴文，綺爲琴名，同一寶琴，同一《易》理，同一詩理也。得男女之正，是乃真復，非黛之死而惜之空也，故爲真之配。紋虛綺實，故二姑娘已許人家，而配真者必三姑娘。《易》卦三畫，《詩》數三百，無非三也。此定理，此正理，故爲李。過一天，我給令郎做媒。但是他家裏家計如今差些。」甄夫人道：「太太這話又客套了。剝極則復，以《易》爲套。如今我們家還有什麽？只怕人家嫌我們窮罷了。」王夫人道：「現今府上復又出了差，將來不但復舊，必是比先前更要鼎盛起來。」甄夫人笑着道：「但願依着太太的話更好。這麽着就求太太作個保山。」曰保山，保木石也，運熟成新。甄寶玉聽他們説起親事，便告辭出來，賈寶玉等只得陪着來到書房。見賈政已在那裏，復又立談幾句。聽見甄家的人來回甄寶玉道：「太太要走了，請爺回去罷。」隨母而來，隨母而去，便是真際。於是甄寶玉告辭出來，賈政命寶玉、環、蘭相送，不題。

且説寶玉自那日見了甄寶玉之父，知道甄寶玉來京，朝夕盼望。今日見面，原想得一知己，豈知談了半天，竟有些冰炭不投，悶悶的回到自己房中，也不言，也不笑，只管發怔。寶釵便問：「那甄寶玉果然像你麼？」寶玉道：「相貌倒還是一樣的，只是言談間看起來並不知道什麼，不過也是個祿蠹。」寶釵道：「你又編派人家了。怎麼見得他也是個祿蠹呢？」寶玉道：「他說了半天，並沒個明心見性之談，不過說些什麼文章經濟，又說什麼爲忠爲孝，這樣人可不是個祿蠹麼？再明全書所主在經濟忠孝，絶非明心見性之説。只可惜他也生了這樣一個相貌。我想來有了他，我竟要連我這個相貌都不要了。」此以釋氏説闡儒家理，其妙易見。寶釵見他又發獃話，便說道：「你真真說出句話來叫人發笑。這相貌怎麼能不要呢？況且人家這話是正理，做了一個男人，原該要立身揚名的。誰像你一味的柔情私意，不說自己沒有剛烈，倒說人家是祿蠹。」寶玉本聽了甄寶玉的話甚不耐煩，又被寶釵搶白了一場，所以令不要相貌者正是此人。心中更加不樂，悶悶昏昏，不覺將舊病又勾起來了，勾起舊病，乃是追原直到「奇緣識金鎖」。並不言語，只是傻笑。寶釵不知，只道是我的話錯了，他所以冷笑，也不理他。豈知那日便有些發獃，襲人等慪他，也不言語。過了一夜，次日起來，只是發獃，竟有前番病的樣子。

一日，王夫人因爲惜春定要鉸髮出家，尤氏不能攔阻，看着惜春的樣子，是有不依他，必要自盡的。雖然晝夜看着人看着，終非常事，本回上下半既完，重找「惑偏私」，以詳括真假。便告訴了賈政。賈政歎氣跺脚，只說：「東府裏不知幹了什麼，鬧到如此地位！」叫了賈蓉來說了一頓，叫他去和他母親說：「認真勸解勸解。若是必要這樣，就不是我們家的姑娘了。」非賈家則假而真矣，是爲復説。豈知尤氏不勸還好，一勸了，更要尋死，說：「做了女孩兒，終不能在家一輩子的。若像二姐姐一樣，老爺、太太們倒要煩心，況且死了。如今譬如我死了似的，放我出了家，乾乾淨淨的一輩子，就是疼我了。明寫惜春歸空出於不得已，爲黛映也。看「乾淨」二字是眼。且我又不出門，就是櫳翠庵，原是咱們家的基址，我就在那裏修行。櫳翠以黛爲主，妙處在一翠，惜處在一翠，黛而已矣。我要什麽，你們也照應得着。現在妙玉的當家的在那裏。你們依我呢，我就算得了命了；若不依我呢，我也没法，只有死就完了。我如若遂了自己的心願，那時哥哥回來，我和他説，並不是你們逼着我的；若説我死了，未免哥哥回來倒説你們不容我。」

尤氏本與惜春不合，聽他的話，也似乎有理，似乎有理，其實説惜春之以歸空爲復，似有理而無理也。不合正是合處。只得去回王夫人。王夫人已到寶釵那裏，見寶玉神魂失所，心下着忙，便説襲人道：「你們忒不留神。二爺犯了病，也不來回我。」從尤氏卸到寶玉，同一似乎有理之理。襲人道：「二爺的病原來是常有的，一時好，一時不好。天天到太太那裏，仍舊請安去，原是好好兒的，今日纔發糊塗些。二奶奶正要來回太太，恐防太太説我們大驚小怪。」寶玉聽見王夫人説他們，心裏一時明白，恐他們受委屈，便説道：「太太放心，我没什麽病，只是心裏覺着有些悶悶的。」王夫人道：「你是有這病根子，早説了，好請大夫瞧瞧，吃兩劑藥好了不好？若再鬧到頭裏丢了玉的時候似的，就費事了。」寶玉道：「太太不放心，便叫個人來瞧瞧，我就吃藥。」王夫人便叫丫頭傳話出來請大夫。這一個心思都在寶玉身上，便將惜春的事忘了。仍舊歸到惜春，同一「惑」而已矣。遲了一回，大夫看了服藥。王夫人回去。

過了幾天，寶玉更糊塗了，甚至於飯食不進。大家着急起來。恰又忙着脱孝，家中無人，又叫了賈芸來照應大夫。賈璉家下無人，請了王仁來，在外幫着料理。此脱孝係百日，百日數終，陰盡陽回之候，故賈芸、王仁即於此進，爲巧姐地也。那巧姐兒是日夜哭母，也是病了。所以榮府中又鬧得馬仰人翻。馬仰人翻，地天《泰》矣，爲《復》之中，從一孝來，故巧姐哭母病了，是乃與甄寶玉作對待。

一日，又當脱孝來家，王夫人親身又看寶玉，見寶玉人事不醒，急得衆人手足無措，一面哭着，一面告訴賈政説：「大夫回了，不肯下藥，只好預備後事。」賈政歎氣連連，只得親自看視，見其光景果然不好，便又叫賈璉辦去。賈璉不敢違拗，只得叫人料理，手頭又短，正在爲難，只見一個人跑進來説：「二爺，不好了！又有飢荒來了。」和尚送玉云是飢荒，正「惑偏私」微意。賈璉不知何事，這一唬非同小可，瞪着眼説道：「什麼事？」那小厮道：「門上來了一個和尚，手裏拿着二爺的那塊丢的玉，説要一萬賞銀。」賈璉照臉啐道：「我打量什麼事這樣慌張，前番那假的你不知道麼？就是真的，現在人要死了，要這玉做什麼？」小厮道：「奴才也説了。那和尚説給他銀子就好了。」又聽着外頭嚷進來，説：「這和尚撒野，各自跑進來了，衆人攔他攔不住。」賈璉道：「那裏有這樣怪事？你們還不快打出去呢！」正鬧着，賈政聽見了，也没了主意了。此没主意正和尚來源。裏頭又哭出來，説：「寶二爺不好了。」賈政益發着急。只見那和尚嚷道：「要命拿銀子來！」成金玉，破木石，正是要銀子不要命處，明白指點。賈政忽然想起：「頭裏寶玉的病是和尚治好的，這會子和尚來，或者有救星；但是這玉倘或是真，他要起銀子來，怎麼樣呢？」想了一想：「姑且不管他，果真人好了再説。」仍不主意，而一時心情酷肖。賈政叫人去請。那和尚已進來了，也不施禮，也不答話，禮爲春生，言爲動機，無禮無話，《坤》而已矣。便往裏頭跑。賈璉拉着道：「裏頭都是内眷，你這野東西混跑什麼？」那和尚道：「遲了就不能救了！」此又是儒理，所謂包勇，而寫來恍如聞見。賈璉急得一面走，一面亂嚷道：「裏頭的人不要哭了，和尚進來了！」絶倒語而真機在焉。

王夫人等只顧哭着，那裏理會。賈璉走近來又嚷，王夫人等回過頭來，見一個長大的和尚，和尚而且長大，作者掉皮，而實長至之機，大來之理。唬了一跳，躲避不及。那和尚直走到寶玉炕前。寶釵避過一邊，襲人見王夫人站着，不敢走開。釵避而襲不避，一和尚分兩用：「繡鴛鴦」是暗，「試雲雨」是明也。只見那和尚道：「施主們，我是送玉來的。」説着，把那塊玉擎着，道：「快快把銀子拿出來，我好救他。」常山蛇首尾相應在一和尚，一書大結構也。雖畫鬼筆，而大費經營，要看他複而不犯，亦荒唐，亦結實。王夫人等驚惶無措，也不擇真假，便説道：「若是救活了人，銀子是有的。」必寫王夫人與和尚交言，乃作者普告看官借和尚以演《易》理也。那和尚笑道：「拿來！」王夫人道：「你放心，横豎折變的出來。」一部《紅樓》只演放心，一部《周易》無非折變，特特提出。和尚哈哈大笑，全書到此截然而止，其實是哈哈大笑。手拿着玉在寶玉耳邊道：「寶玉，寶玉！你的寶玉回來了。」説了這一句，王夫人等見寶玉把眼一睁，襲人説道：「好了！」「好了」二字必用襲人説出，爲來爲去此一人而已。只見寶玉便問道：「在那裏呢？」那和尚把玉遞給他手裏。寶玉先前緊緊的攥着，後來慢慢的得過手來，放在自己眼前細細的一看，説：「嗳呀，久違了！」此是聖賢功夫，乃竊取《論語》中許多「仁」字演來。裏外衆人都喜歡的念佛，連寶釵也顧不得有和尚了，賈璉也走過來一看，果見寶玉回過來了，心裏一喜，疾忙躲出去了。此段又演全書：釵一色，璉一財，皆顧不得和尚者也。正是儒理，何嘗念佛？凡認爲念佛者，衆人而已。

那和尚也不言語，趕來拉着賈璉就跑。賈璉只得跟着，到了前頭，趕着告訴賈政。賈政聽了喜歡，即找和尚施禮叩謝。和尚還了禮坐下。寫此處之和尚可還禮，可不還禮，畫鬼固易着墨也，而必寫還禮，則重儒不重釋矣。賈璉心下狐疑：「必是要了銀子纔走。」賈政細看那和尚，又非前次見的，便問：「寶刹何方？法師大號？這玉是那裏得的？怎麼小兒一見便會活過來呢？」寫茫茫恰合。那和尚微微笑道：「我也不知道，只要拿一萬銀子來就完了。」「我也不知道」之説，雖不説是禪機，而乃是還禮反證。賈政見這和尚粗魯，也不敢得罪，便説：「有。」和尚道：「有便快拿來罷，我要去了。」四字亦止是透「卻塵緣」。賈政道：「略請少坐，待我進内瞧瞧。」和尚道：「你去，快出來纔好。」賈政果然進去，也不及告訴，便走到寶玉炕前。寶玉見是父親來，欲要爬起，此是透「全孝道」。因身子虚弱，起不來。王夫人按着説道：「不要動。」寶玉笑着，拿這玉給賈政瞧，道：「寶玉來了。」寶玉來了必是笑道，則寶玉之來必先究取生身處也。賈政略略一看，知道此事有些根源，也不細看，知有根源而不細看，乃賈政生平罪案。便和王夫人道：「寶玉好過來了，這賞銀怎麼樣？」王夫人道：「儘着我所有的折變了給他就是了。」寶玉道：「只怕這和尚不是要銀子的罷。」既和尚矣，尚何需金？是演一「離」字、二「棄」字義。賈政點頭道：「我也看來古怪。但是他口口聲聲的要銀子。」王夫人道：「老爺出去先款留着他再説。」賈政出來，寶玉便嚷餓了，喝了一碗粥，還説要飯。婆子們果然取了飯來，王夫人還不敢給他吃。寶玉説：「不妨的，我已經好了。」便爬着吃了一碗，漸漸的神氣果然好過來了，再束通部吃飯，與上文「裏外擺飯」相應。便要坐起來。麝月上去輕輕的扶起，因心裏喜歡，忘了情，説道：「真是寶貝，纔看了一會兒就好了，虧的當初没有砸破。」遞下回入幻境，必用麝月，《風月鑑》完於此也。而寶貝，是釵前所謂「寶姑娘」「貝姑娘」也。追提砸玉而曰虧得，幸黛之死愈於釵之生，通靈有返還之日也。寶玉聽了這話，神色一變，把玉一撂，身子往後一仰。

未知死活，且看下回分解。

一書皆假語村言，毫無真話，即有真話，亦總在隱處播弄。如王之爲《易》，劉之爲留，李之爲理，不可枚舉。至假中更有假，如本演儒家正心誠意也，卻以釋道茫茫渺渺出之。蓋不如是，則一覽無餘，縱有萬言繡虎雕龍，亦只死龍死虎而已，有何趣味？然作者一段救世婆心，究不欲終昧，故直至此處把真話説出，曰「著書立説」「言忠言孝」。至於茫茫渺渺，假中之假，則到底引而不發，令讀者自會。

此回合上回爲一大段，真是真，假是假，百廿回寫正面、繳作意文字也。警幻絶非渺茫，都爲世事人情；談情但得返還，立見聖賢經濟。留心孔孟，忽教雲雨傳方；假手羲文，已畫地雷成象。惜矣偏私不化，金陵册子，到底歸空；微乎真假難分，地藏庵中，如何是好。同類究非同類，相知絶不相知。須從文外求文，方識妙中有妙。

護花主人評曰：

賈政叫寶玉做文，不過借此截斷同寶釵説話，無甚緊要，所以不日寶玉病重，亦不復提起。

借地藏庵姑子口中竟説妙玉跟了人去，且説只怕是假惺惺，不但是文人暗筆，且見妙玉平日不滿人意情事。

惜春出家，念頭久已立定，並非惑於地藏庵姑子之言方纔決意。作者不過借此一緊，是文章由寬漸緊法。

寶玉一見甄寶玉，想起夢中光景，以爲必是同心知已，是反跌下文。

賈蘭卻是甄寶玉知己，是旁襯法。

寶玉連自己相貌都不願要，卻是深合「我相非相」妙義，宜其一病幾死，病好便要超凡也。惜春出家，因寶玉病重，暫時擱起。若此時即辦，賈政、賈璉在家，殊難安頓，是文章下坂勒馬法。

寶玉於病到極危時，忽有和尚送還通靈，一見便好，喜出望外；于正要坐起時，一聞麝月砸破一言，忽然暈倒，驚出意外：文章變幻不測。

大某山民評曰：

尤氏與惜春向非和睦，惜春要出家，尤氏此回云只好由他，後二回云算我不容。家庭乖舛，難爲講解。

野東西往裏頭跑，此時可惡；家東西往外頭跑，他時可痛。暴看衹屬閒文，卻是草蛇灰綫。

麝月説寶貝未曾砸破，語出無心，豈知寶玉猶有曩之態也，幾令吾師圓寂。

第一百十六回　得通靈幻境悟仙緣　送慈柩故鄉全孝道

話説寶玉一聽麝月的話，身往後仰，復又死去，急得王夫人等哭叫不止。麝月自知失言致禍，此時王夫人等也不及説他。那麝月一面哭着，一面打定主意，心想：「若是寶玉一死，我便自盡跟了他去。」麝月公然又一襲人，則襲人而已。今忽作殉死之説，則風月鑑現反面矣。是此回發端。不言麝月心裏的事，且言王夫人等見叫不回來，趕着叫人出來找和尚救治。豈知賈政進内出去時，那和尚已不見了。賈政正在詫異，聽見裏頭又鬧，急忙進來，見寶玉又是先前的樣子，口關緊閉，脈息全無，用手在心窩中一摸，尚是温熱。賈政只得急忙請醫灌藥救治。

那知那寶玉的魂魄早已出了竅了。此等處多説神魂，今曰魂魄，則一木一金，一陰一陽矣。借「悟仙緣」以演來復，何嘗真復？你道死了不成？原來恍恍惚惚趕到前廳，見那送玉的和尚坐着，便施了禮。你道死了不成，問得妙，而是入夢，是見和尚，而其實則見禮也。那和尚站起身來，拉着寶玉就走。寶玉跟了和尚，覺得身輕如葉，飄飄颻颻，也没出大門，不知從那裏走了出來。「誰能出不由户」，是一義；「歸而求之有餘師」，是一義。行了一程，到了個荒野地方，遠遠的望見一座牌樓，好像曾到過的。正要問那和尚時，只見恍恍惚惚來了一個女人，寶玉心裏想道：

「這樣曠野地方，那得有如此的麗人？必是神仙下界了。」寶玉想着，走近前來，細細一瞧，卻有些認得的，只是一時想不起來。見那女人合和尚打了一個照面就不見了。寶玉一想，竟是尤三姐的樣子。一部姻緣簿，兩股鴛鴦劍也。真鴛鴦，假鴛鴦，鴛鴦而不鴛鴦，不鴛鴦而鴛鴦都在此。這便是第五回之「警幻」。越想越悶：「怎麼他也在這裏？」又要問時，那和尚拉着寶玉過了那牌樓，只見牌上寫着「真如福地」四大字，易「太虛幻境」爲「真如福地」，則步步脚踏實地矣。題中之幻境仙緣當另有說，而用「真如」等字，仍是和尚話。兩邊一副對聯，乃是：

假去真來真勝假，無原有是有非無。五回是串說，此方是對說，彼攏全書，此破全書。曰真，曰有而已，不是渺茫空空；而所以爲真，爲有，則在一「勝」字，即「克己復禮」也。

轉過牌坊，便是一座宮門，門上橫書四個大字道：「福善禍淫。」易「孽海情天」爲「福善禍淫」，作者以權自予也。造種種孽，談種種情，總操禍福之柄，則人亦何可貪看正面以取禍也。又有一副對子，大書道：

過去未來，莫謂智賢能打破；前因後果，須知親近不相逢。前云「癡男怨女」，此云「智賢」，是書不止爲中下說法也。前云「古今情不盡」，是豎說；此云「親近不相逢」，是橫說。前說寬，此說迫，其爲智賢惜、爲智賢懼者深矣。「親近」字不可混作緣法說，乃父兄師友也。「不相逢」不可混作歎息說，乃愛莫能助也。必如此解，方與福善禍淫不相隔礙，所謂禍福無不自己求之者也。

寶玉看了，心下想道：「原來如此，我倒要問問因果來去的事了。」前云「原來如此」，此亦云「原來如此」，前是入夢，此是出夢，而但問因果，不問禍福，仍幻境仙緣之說也。故即見鴛鴦，歸之一釵、一黛而已。這麼一想，只見鴛鴦站在那裏招手兒叫他。寶玉想道：「我走了半日，原不曾出園子，怎麼改了樣子了呢？」不出園子，止是大觀一部而已。百廿回到底是恁般説，而所改樣子要人自會。其實言下便是。趕着要合鴛鴦説話，豈知一轉眼便不見了，心裏不免疑惑起來。走到鴛鴦站的地方兒，乃是一溜配殿，各處都有匾額。所有匾額都演過了。寶玉無心去看，只向鴛鴦立的所在奔去，見那一間配殿的門半掩半開。寶玉也不敢造次進去，心裏正要問那和尚一聲，回過頭來，和尚早已不見了。和尚即鴛鴦，鴛鴦即和尚，而寫夢境恰合。寶玉恍惚見那殿宇巍峨，絶非大觀園景象，便立住脚，抬頭看那匾額上寫道：「引覺情癡。」易「薄命司」爲「引覺情癡」，演薄命正以覺薄命也。兩邊寫的對聯道：

喜笑悲哀都是假，貪求思慕總因癡。上句爲前聯下勘語，下句爲前聯指病根，當各得接引而歸覺路矣。

寶玉看了，便點頭歎息，前云感歎，此云歎息，前後總歸一歎，而鴛鴦去矣。想要進去找鴛鴦，問他是什麽所在。細細想來，甚是熟識，便仗着胆子推門進去。滿屋一瞧，並不見鴛鴦，裏頭只是黑漆漆的，心下害怕。正要退出，見有十數個大橱橱門半掩。寶玉忽然想起：「我少時作夢曾到過這樣個地方，如今能够親身到此，也是大幸。」一害怕，一大幸，是十二釵爲福不爲禍處。而夢中説夢，恰有是景。

恍惚間，把找鴛鴦的念頭忘了，便壯着胆，把上首的大橱開了橱門一瞧，見有好幾本册子，將看册子都縮在找鴛鴦處，收束完密。而屢言壯胆，正追前文許多胆小也。心裏更覺喜歡，想道：「大凡人作夢，説是假的，豈知有這夢便有這事。我常説還要做這個夢再不能的，不料今日被我找着了。夢中説夢，更進一步，愈覺逼真。但不知那册子是那個見過的不是？」伸手在上頭取了一本，册上寫着「金陵十二釵正册」。前從副册、又副册起，乃書之發端；此從正册起，乃書之竟委。寶玉拿着一想道：「我恍惚記得是那個，只恨記不得清楚。」便打開頭一頁看去。見上頭有畫，但是畫迹模糊，再瞧不出來。後面有幾行字迹，也不清楚，尚可摹擬，便細細的看去。見有什麼「玉帶」，上頭有個好像「林」字，心裏想道：「不要是説林妹妹罷！」便認真看去。底下又有「金簪雪裏」四字，詫異道：「怎麼又像他的名字呢？」復將前後四句合起來一念，道：「也沒有什麼道理，只是暗藏着他兩個名字，並不爲奇。獨有那『憐』字、『歎』字不好，這是怎麼解？」夫既不解二「掛」、二「埋」看法，則但見兩個名字、以爲可憐可歎而已，何足爲奇書哉！想到那裏，又自啐道：「我是偷着看，若只管呆想起來，倘有人來，又看不成了。」遂往後看去，也無暇細玩那畫圖，只從頭看去。看到尾兒，有幾句詞，什麼「相逢大夢歸」一句，便恍然大悟道：「是了，果然機關不爽。這必是元春姐姐了。若都是這樣明白，我要抄了去細玩起來。那些姊妹們的壽夭窮通，沒有不知的了。我回去自不肯洩漏，只做一個未卜先知的人，也省了多少閒想。」又向各處一瞧，並沒有筆硯，又恐人來，只得忙着看去。只見圖上影影有一個放風箏的人兒，也無心去看。急急的將那十二首詩詞都看遍了，也有一看便知的，也有一想便得的，也有不大明白的，心下牢牢記着。一面歎息，探春爲書中客，一歎而已。一面又取那「金陵十二釵（又）（的）副冊」一看，看到「堪羨優伶有福，誰知公子無緣」，先前不懂，見上面尚有花席的影子，便大驚痛哭起來。是書以襲人起，以襲人結，「初試」是明寫，「再嫁」是明寫，故詩畫並明出。大驚痛哭，正是出夢地也。此處看冊明出者五人，釵、黛書之主也，元春書之天也，探春書之歸也，襲人書之結也。

待要往後再看，聽見有人説道：「你又發呆了，林妹妹請你呢。」好似鴛鴦的聲氣，回頭卻不見人。黛玉之死，固不鴛鴦而鴛鴦之一人，此處寫來卻合。心中正自驚疑，忽見鴛鴦在門外招手。寶玉一見，喜得趕出來。但見鴛鴦在前，影影綽綽的走，只是趕不上。寶玉叫道：「好姐姐，等等我。」那鴛鴦並不理，只顧前走。

寶玉無奈，儘力趕去。忽見別有一洞天，樓閣高聳，殿角玲瓏，且有好些宮女隱約其間。寶玉貪看景致，竟將鴛鴦忘了。寶玉順步走入一座宮門，內有奇花異卉，都也認不明白，惟有白石花闌圍着一顆青草，葉頭上略有紅色，綠中有紅，正是鴛鴦圖畫。但不知是何名草，這樣矜貴。只見微風動處，那青草已搖擺不休，雖説是一枝小草，又無花朵，其嫵媚之態，不禁心動神怡，魄消魂散。此乃自道。一書中寫黛玉情形正有許多造孽，每令觀者如此。寶玉只管呆呆的看着，只聽見旁邊有一人説道：「你是那裏來的蠢物，在此窺探仙草？」寶玉聽了吃了一驚，回頭看時，卻是一位仙女。便施禮道：「我找鴛鴦姐姐，誤入仙境，恕我冒昧之罪。請問神仙姐姐，這裏是何地方？怎麼我鴛鴦姐姐到此？還説是林妹妹叫我，望乞明示。」那人道：「誰知你的姐姐妹妹！我是看管仙草的，不許凡人在此逗遛。」若把此等處認作「親近不相逢」之意便錯。寶玉欲待要出來，又捨不得，只得央告道：「神仙姐姐，既是那管仙草的，必然是花神姐姐了。但不知這草有何好處？」那仙女道：「你要知這草，説起來話長着呢。那草本在靈河岸上，名曰絳珠草。因那時萎敗，幸得一個神瑛侍者，日以甘露灌溉，得以長生。後來降凡歷劫，還報了灌溉之恩，今返歸真境，所以警幻仙子命我看管，不令蜂纏蝶戀。」繳還首回而隱去還淚之説。于文于理，無不完密。

寶玉聽了不解，一心疑定必是遇見了花神了，今日斷不可當面錯過，便問：「管這草的是神仙姐姐了。還有無數名花，必有專管的，我也不敢煩問，只有看管芙蓉花的是那位神仙？」那仙女道：「我卻不知，除是我主人方曉。」寶玉便問道：「姐姐的主人是誰？」那仙女道：「我主人是瀟湘妃子。」寶玉聽道：「是了，你不知道這位妃子就是我的表妹林黛玉。」那仙女道：「胡説！此地乃上界神女之所，雖號爲瀟湘妃子，並不是娥皇、女英之輩，何得與凡人有親？你少來混說，瞧着叫力士打你出去！」絳珠、芙蓉、瀟湘總合爲一，正是一部胡說究竟。寶玉聽了發怔，只覺自形穢濁，正要退出，又聽見有人趕來說道：「裏面叫請神瑛侍者。」那人道：「我奉命等了好些時，總不見有神瑛侍者過來，你叫我那裏請去？」那一個笑道：「纔退去的不是麽？」這方是「親近不相逢」之意，蓋黛爲惡心，瑛爲善心，旦晝牿亡之際，即有一息清明，仍自交臂失之耳，便是此對神瑛不識神瑛景象。那侍女慌忙趕出來說：「請神瑛侍者回來。」寶玉只道是問別人，又怕被人追趕，只得踉蹌而逃。正走時，只見一人手提寶劍，迎面攔住說：「那裏走！」唬得寶玉驚惶無措，仗着胆抬頭一看，卻不是別人，就是尤三姐。寶玉見了，略定些神，央告道：「姐姐，怎麽你也來逼起我來了！」那人道：「你們弟兄没有一個好人，敗人名節，破人婚姻，今日你到這裏，是不饒你的了！」此演二「勇」字，方是下手工夫，而勇由知罪，故於尤不便作恍惚之辭。尤，罪也。寶玉聽去話頭不好，正自着急，只聽後面有人叫道：「姐姐快快攔住，不要放他走了。」以黑求紅，但一捉住，必不放過。此丹訣也，而實儒理也。尤三姐道：「我奉妃子之命，等候已久，今日見了，必定要一劍斬斷你的塵緣。」所謂「一日克己復禮」。寶玉聽了，益發着忙，又不懂這些話到底是什麽意思，只得回頭要跑。豈知身後說話的並非別的人，卻是晴雯。未見黛玉，先見晴雯，指明一形一影。寶玉一見，悲喜交集，便說：「我一個人走迷了道兒，遇見仇人，我要逃回，卻不見你們一人跟着我。如今好了，晴雯姐姐，快快的帶我回家去罷。」形神合一，紅黑交會，便是回家。晴雯道：「侍者不必多疑，我非晴雯。我奉妃子之命，特來請你一會，並不難爲你。」寶玉滿腹狐疑，只得問道：「姐姐說是妃子叫我，那妃子究是何人？」晴雯道：「此時不必問，到了那裏，自然知道。」

寶玉没法，只得跟着走。細看那人背後舉動，恰是晴雯，「那面目聲音是不錯的了，怎麽他說不是？我此時心裏模糊，且别管他，到了那邊見了妃子，就有不是，那時再求他。到底女人的心腸是慈悲的，指明一心之陰。必是恕我冒失。」正想着，不多時到了一個所在。只見殿宇精緻，彩色輝煌，庭中一叢翠竹，户外數本蒼松。全書凡説竹木，無非是説黛玉，到此點明。廊檐下立着幾個侍女，都是宫妝打扮，人心即理，即天，故都是宫妝。見了寶玉進來，便悄悄的説道：「這就是神瑛侍者麽？」引着寶玉的説道：「就是，你快進去通報罷。」有一侍女笑着招手，寶玉便跟着進去。過了幾層房舍，見一正房，珠簾高掛，那侍女説：「站着候旨。」寶玉聽了，也不敢做聲，只得在外等着。

那侍女進去不多時，出來説：「請侍者參見。」此非爲黛玉加尊貴，總演人心之各爲一天也。而由惡見善，必在能參，故曰參見。參，究也。釋然，儒亦然，釋空而儒實。又有一人捲起珠簾。只見一女子，頭戴花冠，身穿繡服，端坐在内。寶玉略一抬頭，見是黛玉的形容，便不禁的説道：「妹妹在這裏，叫我好想！」此二「好」二「想」兩字極重。「好」文子女，陰陽合矣。「想」文相心，善惡渾矣。這方是「得通靈」正面。那簾外的侍女悄咤道：「這侍者無禮，快快出去！」説猶未了，又見一個侍女將珠簾放下。無禮則珠簾放下，陰陽隔矣。此乃反覆叮囑之意，蓋演一心之合，只須如此，方免糾纏。此處必不容多着一些子墨也。寶玉此時欲待進去又不敢，要走又不捨，待要問明，見那些侍女並不認得，又被驅逐，無奈出來。心想要問晴雯，回頭四顧，並不見有晴雯，心下狐疑，只得怏怏出來。又無人引着。正欲找原路而去，卻又找不出舊路了。正在爲難，見鳳姐站在一所房檐下招手。寶玉看見喜歡道：「可好了，原來回到自己家裏了。我怎麽一時迷亂如此？」急奔前來，説：「姐姐在這裏麽？我被這些人捉弄到這個分兒，林妹妹又不肯見我，不知是何原故？」説着，走到鳳姐站的地方，細看起來，並不是鳳姐，原來是賈蓉的前妻秦氏。一書演敗倫蔑理，總是秦、鳳，故于通靈既合之後，必點此二人，乃再三警覺之意。見人心但有放失，未有不漸入禽獸者也。演尤三姐是「道心惟微」，演此是「人心惟危」。寶玉只得立住脚，要問鳳姐姐在那裏。那秦氏也不答言，竟自往屋裏去了。

寶玉恍恍惚惚的，又不敢跟進去，只得呆呆的站着，歎道：「我今日得了甚麽不是？衆人都不理我！」便痛哭起來。見有幾個黄巾力士執鞭趕來，説是：「何處男人，敢闖入我們這天仙福地來，快走出去！」寶玉聽得，不敢言語。正要尋路出來，遠遠望見一羣女子，説笑前來。寶玉看時，又像有迎春等一干人走來，迎在時爲立春，花敍之首也，在卦爲《大壯》之《觀》，神道設教也，足以概全書，故一干人以迎春爲首。心裏歡喜，叫道：「我迷在這裏，你們快來救我！」正嚷着，後面力士趕來，寶玉急得往前亂跑。忽見那一羣女子都變作鬼怪形象，也來追撲。寶玉正在情急，只見那送玉的和尚，手裏拿着一面鏡子一照，説道：「我奉元妃娘娘旨意，特來救你。」元妃爲氣數之天，故終歸於此。風月寶鑑反面正面一齊完繳。登時鬼怪全無，仍是一片荒郊。寶玉拉着和尚説道：「我記得是你領我到這裏，你一時又不見了。看見了好些親人，只是都不理我，忽又變作鬼怪。到底是夢是真，望老師明白指示。」那和尚道：「你到這裏曾偷看什麽東西没有？」寶玉一想道：「他既能帶我到天仙福地，自然也是神仙了，如何瞞得他？況且正要問個明白。」博學、審問、慎思、明辨四件都在裏許，要人能自得師也。便道：「我倒見了好些册子來着。」那和尚道：「可又來，你見了册子，還不解麽？世上的情緣，都是那些魔障，只要把歷過的事情細細記着，將來我與你説明。」説着，把寶玉狠命的一推，說：「回去罷！」人謂禪門棒喝矣，其實則非，看「回去罷」三字，乃在一推，正有多少事理，多少擴充，豈是空參渺茫耶？寶玉站不住脚，一交跌倒，口裏嚷道：「啊喲！」一息尚存，都可啊喲。此一啊喲，乃起死回生吃緊門路。

王夫人等正在哭泣，聽見寶玉甦來，連忙叫喚。寶玉睁眼看時，仍躺在炕上。見王夫人、寶釵等哭的眼泡紅腫，定神一想，心裏説道：「是了，我是死去過來的。」遂把神魂所歷的事，呆呆的細想，幸喜多還記得，便哈哈的笑道：「是了，是了。」甄士隱出夢，忘了一半，忘得妙；寶玉出夢，多還記得，記得妙。面妙底猶妙，大笑是了，一夢終矣。王夫人只道舊疾復發，便好延醫調治，即命丫頭婆子快去告訴賈政，説是：「寶玉回過來了。頭裏原是心迷住了，如今説出話來，不用備辦後事了。」賈政聽了，即忙進來看視，果見寶玉甦來，便道：「没福的癡兒，你要唬死誰麼！」説着，眼淚也不知不覺流下來了，又歎了幾口氣，仍出去叫人請醫生，診脈服藥。必歸賈政。自「訓劣子」至「試文字」，一切事迹全繳，而毘陵驛到矣。這裏麝月正思自盡，見寶玉回過來，也放了心。只見王夫人叫人端了桂圓湯，叫他喝了幾口，漸漸的定了神。前夢用桂圓湯，此夢亦必用桂圓湯，滴滴歸源。王夫人等放心，也没有説麝月，只叫人仍把那玉交給寶釵，給他帶上。自「認通靈」至「失通靈」一並結。想起那和尚來，「這玉不知那裏找來的，也是古怪。怎麼一時要銀，一時又不見了？莫非是神仙不成？」寶釵道：「説起那和尚來的踪迹，去的影響，那玉并不是找來的。頭裏丢的時候，必是那和尚取去的。」惟釵知玉，收放自如，乃其本領，其實枉了。王夫人道：「玉在家裏，怎麼能取的了去？」寶釵道：「既可送來，就可取去。」取玉送玉者和尚，收玉者亦和尚也。釵只解得一半，底妙面尤妙。襲人、麝月道：「那年丢了玉，林大爺測了個字，後來二奶奶過了門，我還告訴過二奶奶，説測的那字是什麼『賞』字，二奶奶還記得麼？」寶釵想道：

「是了，你們説測的是當鋪裏找去，如今纔明白了，竟是個和尚的『尚』字在上頭，可不是和尚取了去的麼？」王夫人道：「那和尚本來古怪。那年寶玉病的時候，那和尚來，説是我們家有寶貝可解，説的就是這塊玉了。他既知道，自然這塊玉到底有些來歷。況且你女壻養下來就嘴裏含着的，古往今來，你們聽見過這麼第二個麼？人同此心，心同此理，天下古今，更無一人無此玉者，是常非奇。所奇者則在文字耳。無第二個，正一人，一通靈也。而小説立意，實亦古今無二。只是不知終久這塊玉到底是怎麼着？就連咱們這一個也還不知是怎麼着。病也是這塊玉，好也是這塊玉，生也是這塊玉……」説到這裏，忽然住了，不免又流下淚來。通靈演心，演性，演《大學》明德，不演空空。而古今聖賢孰則不死，今特將「死」字截住，即全書面了底末了處。寶玉聽了，心裏卻也明白，既知生，復知死，便是通靈，實際是爲明白。更想死去的事，愈加有因，只不言語，心裏細細的記憶。

那時惜春便説道：「那年失玉，還請妙玉請過仙，説是『青埂峯下倚古松』，還有什麼『入我門來一笑逢』的話，想起來『入我門』三字大有講究。佛教的法門最大，只怕二哥哥不能入得去。」「我」字有多少擔當，豈法門所能盡？是書以釋道演儒學，惟恐人便認止是釋道，故全書以孝作主，而以「笑」字替之也。則此一笑，正是「我」字真正本源，何嘗與拈花微笑等説相干涉？必用惜春解之，正作者大爲可惜處。寶玉聽了，又冷笑幾聲。寶釵聽了，不覺的把眉頭兒乾縐着，發起怔來。尤氏道：「偏你一説又是佛門了，你出家的念頭還沒有歇麼？」孝是熱，是樂。一冷笑，一縐眉，非孝矣，特用尤氏一語喝破。看「偏」字是眼。惜春笑道：「不瞞嫂子説，我早已斷了葷了。」王夫人道：「好孩子，阿彌陀佛，這個念頭是起不得的！」惜春聽了，也不言語。再借惜春以演復非真復。夫釋氏除葷，持一戒耳，成佛何嘗專在乎此？今以斷葷而爲入我門，在釋且錯了也，是但借演一復而已。蓋斷葷則不殺，不殺則生，於孩子之「子」，非《復》而何？生於亥子之孩，非由《坤》得《復》而何？故惜春不言語，象《坤》静也。是玉尚未走，復尚未到之會，奈總歸空，只是阿彌陀佛而已。寶玉想「青燈古佛傍」的詩句，不禁連歎幾聲。忽又想起一床蓆，一枝花的詩句來，拿眼睛看着襲人，不覺又流下淚來。連歎是歎歸空，下淚是歸空且有所着，只因一黛玉而已，否則以歸空爲樂，於青燈古佛有何可歎？衆人都見他忽笑忽悲，也不解是何意，只道是他的舊病。豈知寶玉觸處機來，竟能把偷看册上詩句俱牢牢記住了，只是不説出來，心中早有一個成見在那裏了，暫且不題。此段乃水落歸漕，文字從「你死了，我做和尚」起，到此方纔出脱，煞非容易，自此更無可題矣。

且説衆人見寶玉死去復生，神氣清爽，又加連日服藥，一天好似一天，漸漸的復原起來。便是賈政見寶玉已好，現在丁憂無事，想起賈赦不知幾時遇赦，老太太的靈柩久停寺內，終不放心，欲要扶柩回南安葬，從寶玉復原，卸到賈政葬親，乃作者大用意處。蓋上半回之幻境仙緣，都是假復，乃放心，非不放心也。惟扶柩歸葬，方是實地，方是不放心，方是真復也。便叫了賈璉來商議。賈璉便道：「老爺想得極是。如今趁着丁憂，幹了一件大事更好。將來老爺起了服，生恐又不能遂意了。但是我父親不在家，侄兒呢，又不敢僭越。老爺的主意很好，只是這件事也得好幾千銀子。衙門裏緝賊，那是再緝不出來的。」賈政道：「我的主意是定了，惟送死可以當大事，凡人生之大事視此矣。非定有主意者不能。只爲大老爺不在家，叫你來商議商議怎麽個辦法。你是不能出去的，現在這裏没有人。我爲是好幾口棺材都要帶回去的，一個人怎麽樣的照應呢？想起把蓉哥兒帶了去，況且有他媳婦的棺材也在裏頭，人至蓉、璉，尚亦可復，天道何其寬！是已到「沐皇恩」。還有你林妹妹的，那是老太太的遺言，説跟着老太太一塊兒回去的。我想這一項銀子，只好在那裏挪借幾千，也就彀了。」賈璉道：「如今的人情過於淡薄。老爺呢，又丁憂，我們老爺呢，又在外頭，一時借是借不出來的了，只得拿房地文書出去押去。」孝無假借，惟求諸己。賈政道：「住的房子是官蓋的，那裏動得？」賈璉道：「住房是不能動的，外頭還有幾所，可以出脫的，等老爺起復後再贖，也使得。將來我父親回來了，倘能夠再起用，也好贖的。《復》來自《剥》，此正演《剥》卦上爻「小人剥廬」之象。只是老爺這麼大年紀，辛苦這一場，侄兒們心裏實不安。」賈政道：「老太太的事是應該的，只要你在家謹慎些，把持定了纔好。」賈璉道：「老爺這倒只管放心。侄兒雖糊塗，斷不敢不認真辦理的。「放心」字、「真」字再一點。賈政未回，寶玉已走，正放心之會。而葬親全孝，又假去真來之會也。況且老爺回南，少不得多帶些人去，所留下的人也有限了，這點子費用，還可以過的來。就是老爺路上短少些，必經過賴尚榮的地方，可也叫他出點力兒。」賴尚榮，演《姤》之《否》，正《剥》《復》必由之路。賈政道：「自己的老人家的事，叫人家幫什麼？」賈璉答應了「是」，便退出來，打算銀錢。

賈政便告訴了王夫人，叫他管了家，自己便擇了發引長行的日子，就要起身。寶玉此時身體復原，賈環、賈蘭倒認真念書。賈政都交付給賈璉，叫他管教，「今年是大比的年頭，環兒是有服的，不能入場。蘭兒是孫子，服滿了，也可以考的。務必叫寶玉同着侄兒考去，能彀中一個舉人，也好贖一贖咱們的罪名。」此段文尤深晦。夫寶玉爲孫，賈蘭爲曾孫，孫既可考，則曾孫服滿自不待言。今云蘭兒服滿可考，叫寶玉同着考去，是寶玉服尚未滿，而考者只有賈蘭，不與寶玉以鄉魁也。蓋鄉魁爲孝廉，孝對淫，廉對貪，非璉、環、寶玉所克當也，請俟後評。賈璉等唯唯應命。賈政又吩咐了在家的人，說了好些話，纔別了宗祠，便在城外念了幾天經，就發引下船，帶了林之孝等而去。前說賈蓉，此但提林之孝，不提賈蓉，仍無所容也。看念經「經」字是眼，即秦氏所病之經。是有林無蓉之所以然。也沒有驚動親友，惟有自家男女，送了一程回來。寶玉因賈政命他赴考，王夫人便不時催逼，查考起他的工課來，那寶釵、襲人時常勸勉，自不必說。那知寶玉病後雖精神日長，他的念頭一發更奇僻了，竟換了一種，不但厭棄功名仕進，竟把那兒女情緣也看淡了好些。只是衆人不大理會，寶玉也並不說出來。寫寶玉轉機，有帆隨湘轉之妙。

一日恰遇紫鵑送了林黛玉的靈柩回來，悶坐自己屋裏啼哭，想着：「寶玉無情，見他林妹妹的靈柩回去，並不傷心落淚，見我這樣痛哭，也不來勸慰，反瞅着我笑。這樣負心的人，從前都是花言巧語來哄着我們，前夜虧我想得開，不然幾乎又上了他的當。只是一件叫人不解，如今我看他待襲人等也冷冷兒的，二奶奶是本來不喜歡親熱的，麝月那些人就不抱怨他麽？我想女孩子們，多半是癡心的，白操了那些時的心，看將來怎樣結局。」反振下回「雙護玉」。正想着，只見五兒走來瞧他，見紫鵑滿面淚痕，便說：「姐姐又想林姑娘了。想一個人聞名不如眼見，頭裏聽着寶二爺女孩子跟前是最好的，我母親再三的把我弄進來。豈知我進來了，盡心竭力的伏侍了幾次病，如今病好了，連一句好話也沒有剩出來，如今索性連眼兒也都不瞧了。」紫鵑聽他說的好笑，便「撲嗤」的一笑，啐道：「呸！你這小蹄子！你心裏要寶玉怎麽個樣兒待你纔好？女孩兒家也不害臊，連名公正氣的屋裏人，瞧着他還沒事人一大堆呢，有功夫理你去？」因又笑着拿個指頭往臉上抹着，問道：「你到底算寶玉的什麽人哪？」哭歸之笑，再束全書。「什麽人」三字甚深。蓋寶玉歸空，爲黛玉一死所致，背君棄親，不成人矣，故特借五兒立法。而名公正氣之襲人，即順手定案。抹臉之羞，在黛亦何能免乎？一對小兒女寫來如畫。那五兒聽了，自知失言，便飛紅了臉，待要解說「不是要寶玉怎樣看待，說他近來不憐下」的話，只聽院門外頭亂嚷道：「外頭和尚又來了！」方說五兒，和尚便來，又特指點。要那一萬銀子呢。太太着急，叫璉二爺和他講去，偏偏璉二爺又不在家，那和尚在外頭説些瘋話，太太叫請二奶奶過去商量。」不知怎樣打發那和尚，且看下回分解。

此回合下回爲一大段，乃自揭全書底裏之處。書重一孝，起於元妃省親，結於賈政全孝。百二十回是題是文，絶無明指，直到此回目録，方才明説孝道。正如張僧繇畫龍點睛，從此破壁飛去。

此回下半乃爲上半逼出，一書所演渺渺茫茫之爲借徑，而警幻所説留意孔孟，方是正言，則所謂幻境仙緣，仍是假語村言裏邊事，非真事隱去裏邊事也。蓋此書都是假語村言，並無寶玉爲何人，榮府在何處，作者是何指之；真事隱去也。其隱去者，四子六經，性道忠孝之真事而已。奈何讀者總喜尋真事於渺茫空空之外？得此回以破之，應共豁然。

護花主人評曰：

寶玉初次之夢是真夢，所以畫册題詞俱不記得；此番是神遊幻境，並不是夢，故十二首詩詞俱牢牢記得，讀者莫亦作夢看。

寶玉神遊幻境，除在世諸人自當不見外，其餘迎春、黛玉、鳳姐、秦氏、尤三姐、鴛鴦、晴雯皆恍惚見面；元春是皇妃，不便與衆相同，故止寫詞中一語，隱隱逗明，最爲得體；若妙玉如果被害，靈魂亦應仍歸幻境，必當與寶玉一見，乃獨不提及，是作者深文隱義，不可不知。

王夫人説到「生也是這塊玉」，下句是「死也是這塊玉」，忽然止住不説，流下淚來，神情如畫。

寶玉牢記册上詩句，心中早有成見，與惜春之意相合，故借惜春口中説破「入我門」三字。賈政扶柩回南，了卻無數未完事件，且好敘後來一切家事；若賈政在家，便有許多掣肘處。寫紫鵑、五兒兩人心事不同，有清濁涇渭之分。

大某山民評曰：

是書欲唤醒世人，故作迷離幻渺之談，然皆實情實理，河漢荒唐，何可攙入！託諸夢中，自無妨礙。起于夢，結于夢，不自知其夢也，覺而後知其夢也。

五兒與至情濃，寶玉酒闌歌罷，可憐補到，竟爲蛇足。

第一百十七回　阻超凡佳人雙護玉　欣聚黨惡子獨承家

話説王夫人打發人來叫寶釵過去商量，寶玉聽見説是和尚在外頭，趕忙的獨自一人走到前頭，嘴裏亂嚷道：「我的師父在那裏！」叫了半天，並不見有和尚，只得走到外面。見李貴將和尚攔住，不放他進來。此回以釋氏演學演教，人貴能得師父也，故以叫師父發端。然所演乃儒理，非僧道，故李貴攔住不放。上追「訓劣子」，下遞「獨承家」，否則此處何必定用李貴。寶玉便説道：「太太叫我請師父進去。」李貴聽了，鬆了手，那和尚便搖搖擺擺的進去。李貴鬆手，和尚直進，王之所命也。寶玉看見那僧的形狀與他死去時所見的一般，心裏早有些明白了，便上前施禮，連叫：「師父，弟子迎候來遲。」那僧説：「我不要你們接待，只要銀子拿了來，我就走。」寶玉聽來，又不像有道行的話。看他滿頭癩瘡，渾身腌臢破爛，心裏想道：「自古説，真人不露相，露相不真人，但知化金，乃扶陽抑陰正義，故云不像有道行的。此道行指釋氏之道行，無釋氏道行則有儒家道行矣。是爲真人不露相。也不可當面錯過。我且應了他謝銀，並探探他的口氣。」便説道：「師父不必性急，現在家母料理，請師父坐下略等片刻。弟子請問師父，可是從太虛幻境而來？」那和尚道：「什麽幻境，不過是來處來，去處去罷了。上回演夢所見第一題額乃「真如福地」，無所謂太虛幻境；今寶玉問此，是問第五回之夢境矣，實乃追原一往，倒繳全書，故曰來處來，去處去。笨伯又曰禪機。我是送還你的玉來的。我且問你，那玉是從那裏來的？」寶玉一時對答不來。那僧笑道：「你自己的來路還不知，便來問我！」曰自己來路，則人自有心，非和尚所得而送矣。寶玉本來頴悟，又經點化，早把紅塵看破。只是自己的底裏未知，一聞那僧問起玉來，好像當頭一棒，便説道：「你也不用銀子了，我把那玉還你罷。」那僧笑道：「也該還我了。」玉之還，還其天而已，何嘗是還和尚？不知笑道、未知底裏，自然謂之棒喝，而語面説禪是禪，作者混人如此。其實已用李貴一攔住，一鬆手預告矣，特觀者自不留神耳。

寶玉也不答言，往裏就跑。走到自己院内，見寶釵、襲人等都到王夫人那裏去了，忙向自己床邊取了那玉，此玉之壞，正壞在床邊，今日向自己床邊取了那玉，是此玉既回，並不在身隨帶矣。便走出來，迎面碰見了襲人，撞了一個滿懷。玉不還天而還和尚，在「初試」時已定矣，故用撞一個滿懷以指點之。把襲人唬了一跳，説道：「太太説，你陪着和尚坐着很好。太太在那裏打算送他些銀兩，你又回來做什麽？」寶玉道：「你快去回太太説，不用張羅銀兩了，我把這玉還了他就是了。」襲人聽説，即忙拉住寶玉道：「這斷使不得的，那玉就是你的命，若是他拿去了，你又要病着了。」寶玉道：「如今不再病的了，我已經有了心了，要那玉何用！」明説後天落于形質，便是渣滓。此是正義，而在閑人評玉爲心，作者實已明説，何嘗有隱乎？摔脱襲人，便要想走。襲人急得趕着嚷道：「你回來！我告訴你一句話。」寶玉回過頭來道：「没有什麽説的了。」襲人顧不得什麽，一面趕着跑，一面嚷道：「上回丢了玉，幾乎没有把我的命要了。剛剛兒有了，你拿了去，你也活不成，我也活不成了。你要還他，除非是叫我死了。」襲死他還，乃是正義。説着，趕上一把拉住。寶玉急了，道：「你死也要還，你不死也要還。」你死則死矣，而又云你不死，正其摔脱而不得摔脱處也。狠命的把襲人一推，抽身要走。怎奈襲人兩隻手繞着寶玉的帶子不放鬆，哭喊着坐在地下。裏面的丫頭聽見，連忙趕來，瞧見他兩個人的神情不好，只聽見襲人哭道：「快告訴太太去，寶二爺要把那玉去還和尚呢。」丫頭趕忙飛報王夫人。那寶玉更加生氣，用手來掰開了襲人的手，幸虧襲人忍痛不放。寶玉之復，以有所激之者也，故云更加生氣。而復非真復，故雖生氣而仍不放。紫鵑在屋裏聽見寶玉要把玉給人，這一急比別人更甚，襲影生釵，鵑替死黛，同一壞玉者也，故同爲護玉。而黛則其尤，故云比別人更甚。把素日冷淡寶玉的主意都忘在九霄雲外了，連忙跑出來，幫着抱住寶玉。那寶玉雖是個男人，用力摔〔打〕（住），怎奈兩個人死命的抱住不放，也難脱身，點明「雙護玉」正面，乃「情切切」至「發幽情」八回書内事迹。歎口氣道：「爲一塊玉，這樣死命的不放，若是我一個人走了，又待怎麽樣呢？」襲人、紫鵑聽到那裏，不禁嚎啕大哭起來。

正在難分難解，王夫人、寶釵急忙趕來，見是這樣形景，便哭着喝道：「寶玉，你又瘋了嗎？」寶玉見王夫人來了，明知不能脱身，只得陪笑説道：「這當什麽，又叫太太着急。他們總是這樣大驚小怪的。我説那和尚不近人情，他必要一萬銀子，少一個不能；我生氣進來，拿這玉還他，就説是假的，要這玉幹什麽？「出入無時，莫知其鄉」，方是心，方是玉，是通靈一落形質便是假的。此段以和尚不近人情作眼。他見得我們不希罕那玉，便隨意給他些，就過去了。」王夫人道：「我打諒真要還他。這也罷了，爲什麽不告訴明白了他們，叫他們哭哭喊喊的像什麽？」寶、黛、釵許多情節都是像什麽。所謂鬼不鬼，賊不賊。寶釵道：「這麽説呢，倒還使得。要是真拿那玉給他，那和尚有些古怪，倘或一給了他，又鬧到家口不寧，豈不是不成事了麽？至于銀錢呢，就把我的頭面折變了，也還彀了呢。」頭面者，金鎖也，釵之所恃者在此，究竟枉了。王夫人聽了，道：「也罷了，且就這麽辦罷。」寶玉也不回答。只見寶釵走上來，在寶玉手裏拿了這玉，説道：「你也不用出去，我合太太給他錢就是了。」此時此玉，猶在掌握之中，財之禍人最烈。寶玉道：「玉不還他也使得，只是我還得當面見他一見纔好。」玉可有可無，而還見一見，所謂「復見天心」。襲人等仍不肯放手。到底寶釵明決，説：「放了手，由他去就是了。」釵、襲二人，不放手是他，由他去是他，所謂明決，乃「滴翠亭」以後事。襲人只得放手。寶玉笑道：「你們這些人原來重玉不重人哪。你們既放了我，我便跟着他走了，看你們就守着那塊玉，怎麽樣？」此爲一切喜用心機者作下場頭説，而「守」字直透書外。襲人心裏又着急起來，仍要拉他，只礙着王夫人和寶釵的面前，又不好太露輕薄，恰好寶玉一撒手就走了。襲人忙叫小丫頭在三門口傳了焙茗等：「告訴外頭照應着二爺，他有些瘋了。」小丫頭答應了出去。

王夫人、寶釵等進來坐下，問起襲人來由。襲人便將寶玉的話細細説了。王夫人、寶釵甚是不放心，不放心，正是放心，處處指點，此處尤切。又叫人出去，吩咐衆人伺候，聽着和尚説些什麽。回來，小丫頭傳話進來回王夫人道：「二爺真有些瘋了，外頭小厮們説，他説裏頭不給玉，他也没法，如今身子出來了，求着那和尚帶了他去。」王夫人聽了，説道：「這還了得！那和尚説什麽來着？」小丫頭回道：「和尚説要玉不要人。」寶釵道：「不要銀子了麽？」小丫頭道：「没聽見説。後來和尚合二爺兩個人説着笑着，有好些話，外頭小厮們都不大懂。」要玉不要人，所謂人欲浄盡，天理流行也。其實止是説笑，是人不能懂處。王夫人道：「糊塗東西！聽不出來，學是自然學得來的！」便叫小丫頭：「你把那小厮叫進來。」糊塗東西，全書借演《易》道之説，此處特提。而所以學此《易》道者，要人貴陽賤陰也，故以丫頭易小厮。小丫頭連忙出去，叫進那小厮在廊下，隔着窗户請了安。王夫人便問道：「和尚和二爺説的話，你們不懂，難道學也學不來嗎？」那小厮回道：「我們只聽見説什麽大荒山，什麽青埂峯，又説什麽太虛境，斬斷塵緣這些話。」竊取《周易》演《石頭記》，《紅樓夢》演此而已。而只取少陽一復，故小厮所學如此。王夫人聽了，也不懂。寶釵聽了，唬得兩眼直瞪，半句話都没有了。王字正妙括《乾》《坤》，而曰王夫人也不懂，《易》不易學，作者自道，非謙詞也。但要凡爲寶釵者知唬而已。

正要叫人出去拉寶玉進來，只見寶玉笑嘻嘻的進來説：「好了，好了。」直追首回《好了歌》，彼出道士，此歸和尚。一書總借渺渺茫茫以演復見天心也。寶釵仍是發怔。王夫人道：「你瘋瘋顛顛的説的是什麽？」寶玉道：「正經話，又説我瘋顛。那和尚與我原認得的，他不過也是要來見我一見。他何嘗是真要銀子呢？也只當化個善緣就是了。所以説明了，他自己就飄然而去了，這可不是好了麽？」王夫人不信，又隔着窗户問那小厮。那小厮連忙出來，問了門上的人，進來回説：「果然和尚走了，説：『請太太們放心，我原不要銀子。』只要寶二爺時常到他那裏去去就是了。『諸事要隨緣，自有一定的道理。』」常去去，所謂日新、又新。下二句乃言其書有一定之理，特借僧道以演姻緣也，不可合看。王夫人道：「原來是一個好和尚。你們曾問住在那裏？」門上道：「奴才也問來着，他説我們二爺是知道的。」王夫人問寶玉道：「他到底住在那裏？」寶玉笑道：「這個地方説遠就遠，説近就近。」所謂「不遠之復」。寶釵不待説完，便道：「你醒醒兒罷，別儘着迷在裏頭。現在老爺、太太就疼你一個人，老爺還吩咐叫你幹功名長進呢。」寶玉道：「我説的不是功名麽？你們不知道，『一子出家，七祖昇天』呢。」王夫人聽到那裏，不覺傷心起來，明説寶玉出家，乃是寶釵唤醒，而傷所生之心也。説：「我們的家運怎麽好？一個四丫頭口口聲聲出家，如今又添出一個來了。我這樣個日子過他做什麽？」説着，大哭起來。兩人出家一提。可見演惜春正以演寶玉，而特爲之作太息耳。不是寶玉一事，惜春又一事。寶釵見王夫人傷心，只得上前苦勸。寶玉笑道：「我說了這一句頑話，太太又認起真來了。」王夫人止住哭聲，道：「這些話也是混說的麽？」全書不過頑話，不過混說，讀者不可認真。

正鬧着，只見丫頭來回說：「璉二爺回來了，顏色大變，說請太太回去說話。」王夫人又吃了一驚，說道：「將就些，叫他進來罷。小嬸子也是舊親，不用迴避了。」此與賈政送靈柩同一用意，與上回同一接落。方說和尚即歸「孝」字，惟恐人之認真，以假和尚爲正道也。禮，叔嫂不通問。今賈璉回避小嬸，隱演復禮也；而王夫人令將就些，則棄禮在王也。看自鳳姐死後，寫賈璉另換一副筆墨，爲復字立基，與寫尤氏同其苦心經營，人自不覺耳。賈璉進來見了王夫人，請了安。寶釵迎着，也問了賈璉的安。賈璉是避，寶釵是迎，書法森嚴。回說道：「剛纔接了我父親的書信，說是病重的很，叫我就去；若遲了，恐怕不能見面。」說到那裏，眼淚便掉下來了。居然孝子，乃爲巧姐、平兒地步也。王夫人道：「書上寫的是什麽病？」賈璉道：「寫的是感冒風寒起來的，如今成了癆病了。病因風寒，因鳳之風，因雪之寒也。如今成癆，則轉爲《損》，損而不已必《益》，此其時矣。風寒是追前，成癆是超後。現在危急，專差一個人連日連夜趕來的，說如若再躭擱一兩天，就不能見面了。故來回太太，侄兒必得就去纔好。絕無擬議，寫孝正以寫復。只是家裏没人照管，芸兒、薔兒雖說糊塗，到底是個男人，外頭有了事來，還可傳個話。賈政帶一蓉，賈璉留一薔，以萬無人理之兩人而混入「孝」字之中，義有八面。侄兒家裏倒没有什麽事，秋桐是天天哭着喊着，不願意在這裏，侄兒叫了他娘家的人來領了去了，倒省了平兒好些氣。收拾秋桐，所以收拾鳳之棲止。雖是巧姐没人照應，還虧平兒的心不很壞，姐兒心裏也明白，只是性氣比他娘還剛硬些，一陽來復，正是剛反。求太太時常教管教管他。」說着，把眼圈兒一紅，連忙把腰裏拴檳榔荷包的小絹子拉下來擦眼。王夫人道：「放着他親祖母在那裏，託我做什麽？」賈璉輕輕的説道：「太太要説這個話，侄兒就該活活兒的打死了。没什麽説的，總求太太始終疼侄兒就是了。」一璉之外視本生，若王有以導之，《春秋》責備在王、政矣。而使人不以道，不能行于妻子，則邢、赦當之。文字涵蓋下文情形，妙極。説着，就跪下來了。王夫人也眼圈兒紅了，説：「你快起來，娘兒們説話兒，這是怎麽説？只是一件，孩子也大了。倘或你父親有個一差二錯，又躭擱住了，或者有個門當户對的來説親，還是等你回來，還是你太太作主？」賈璉道：「現在太太們在家，自然是太太們做主，不必等我。」即入「説親」，以遞下文。而男女以正，婚姻以時，方是真復也，乃反對惜春、寶玉之復非真復。王夫人道：「你要去，就寫了稟帖，給二老爺送個信，説家下無人，你父親不知怎樣，快請二老爺將老太太的大事早早的完結，快快回來。」兩事合爲一事。

賈璉答應了「是」，正要走出去，復轉回來，此段隨演隨收，完結一部大觀。「復轉回來」一語是眼。回説道：「咱們家的家下人，家裏還彀使唤，只是園裏没有人，太空了。包勇又跟了他們老爺去了。姨太太住的房子，薛二爺已搬到自已的房子内住了。園裏一帶屋子都空着，恐没照應，還得太太叫人常查看查看。那櫳翠庵原是咱們家的地基，如今妙玉不知那裏去了，所有的跟隨他的當家女尼不敢自已作主，要求府裏一個人管理管理。」王夫人道：「自已的事還鬧不清，還擱得住外頭的事麽？這句話好歹别叫四丫頭知道，若是他知道了，又要吵着出家的念頭出來了。你想咱們家什麽樣的人家，好好的姑娘出了家，還了得！」賈璉道：「太太不提起，侄兒也不敢説。四妹妹到底是東府裏的，又没有父母，他親哥哥又在外頭，他親嫂子又不大説的上話，侄兒聽見要尋死覓活了好幾次。他既是心裏這麽着的了，若是管着他，將來倘或認真尋了死，比出家更不好了。」見出家與死差一間耳。王夫人聽了，點頭道：「這件事真真叫我也難擔。我也做不得主，由他大嫂子去就是了。」賈璉又說了幾句，纔出來叫了衆家人來，交代清楚，寫了書，收拾了行裝。平兒等不免叮嚀了好些話。只有巧姐兒慘傷的了不得。賈璉又欲託王仁照應，巧姐到底不願意，聽見外頭託了芸、薔二人，心裏更不受用，入下半回以王仁爲主。嘴裏卻説不出來，只得送了他父親，謹謹慎慎的隨着平兒過日子。豐兒、小紅因鳳姐去世，告假的告假，告病的告病，鳳死風息，黛死林空，故豐兒、小紅從此收拾。平兒意欲接了家中一個姑娘來，一則給巧姐作伴，二則可以帶量他。遍想無人，衹有喜鸞、四姐兒是賈母舊日鍾愛的，偏偏四姐兒新近出了嫁了，喜鸞也有了人家兒，不日就要出閣，也只得罷了。

且說賈芸、賈薔送了賈璉，便進來見了邢、王二夫人。他兩個倒替着在外書房住下，日間便與衆人厮鬧，有時找了幾個朋友吃個車箍轆會，車箍轆循環無端，正合本文。甚至聚賭。裏頭那裏知道？一日，邢大舅王仁來，瞧見了賈芸、賈薔住在這裏，知道熱鬧，也就借着照看的名兒，時常在外書房設局賭錢喝酒。是舅是兒，提集於此，安置下回。所有幾個正經的家人，賈政帶了幾個去，賈璉又跟去了幾個，只有那賴、林諸家的兒子侄兒。那些少年託着老子娘的福吃喝慣了的，那知當家立計的道理。況且他們長輩都不在家，便是没籠頭的馬了。馬没籠頭則放逸奔馳，是找王子騰意，以追失教本旨。又有兩個旁主人慫恿，無不樂爲。這一鬧，把個榮國府鬧得没上没下，没裏没外。一部演《易》書，實因「譏失教也」一言而生，今更重頓特提，以作結束。没上没下，没裏没外，《易》象也。那賈薔還想勾引寶玉，賈芸攔住道：「寶二爺那個人去運氣的，不用惹他。那一年我給他說了一門子絶好的親，父親在外頭做稅官，家裏開幾個當鋪，姑娘長的比仙女兒還好看。我巴巴兒的細細的寫了一封書子給他，誰知他没造化。」説到這裏，瞧了瞧左右無人，又説：「他心裏早和咱們這個二嬸娘好上了。你没聽見説，還有一個林姑娘呢，弄的害了相思病死的，點明前事，即點明釵、黛。書到此桶底脱，而乃有看官以相思病爲疑，以好上了爲疑，到此仍被作者以「心裏」二字所騙，豈非恨事！誰不知道？這也罷了，各自的姻緣罷咧。誰知他爲這件事倒惱了我了，總不大理。他打量誰必是借誰的光兒呢？」賈薔聽了點點頭，纔把這個心歇了。了結「畫薔」，繳還「情悟」，是寶釵文字。

他兩個還不知道，寶玉自會那和尚以後，他是欲斷塵緣，一則在王夫人跟前，不敢任性，已與寶釵、襲人等皆不大款洽了。那些丫頭不知道，還要逗他，寶玉那裏看得到眼裏？他也並不將家事放在心裏，時常王夫人、寶釵勸他念書，他便假作攻書，一心想着那和尚引他到那仙境的機關，心目中觸處皆爲俗人，卻在家難受，閒來倒與惜春談講。他們兩個人講得上了，那種心更加準了幾分，那裏還管賈環、賈蘭等？因芸、薔重演姻緣，歸之情悟，遂入寶玉心事，以定離棄之因、不孝之案，爲不環不蘭之人，其穿插甚妙。那賈環爲他父親不在家，趙姨娘已死，王夫人不大理會，他便入了賈薔一路。倒是彩雲時常規勸，反被賈環辱罵。到此方由寶玉引出「惡子獨承家」，而雲霞變幻，無所分別，再爲點明。玉釧兒見寶玉瘋顛更甚，早和他娘説了，要求着出去。收拾玉釧，乃寶釵第四影身也。是先襲人已寫一求去者，則寶釵將來何如？「見寶玉瘋顛更甚」是眼。如今寶玉、賈環他哥兒兩個，各有一種脾氣，鬧得人人不理。獨有賈蘭跟着他母親上緊攻書，作了文字，送到學裏請教代儒。因近來代儒老病在床，只得自己刻苦。寶之不孝，環之無端，皆做不得，故人人不理，言其均非人理也。則得人理而爲真復者，賈蘭而已。跟着母親是孝，上緊攻書是學，不從代儒是真學，皆所以真復之根柢也。李紈是素來沈静，除了請王夫人的安，會會寶釵，餘者一步不走，只有看着賈蘭攻書。所以榮府住的人雖不少，竟是各自過各自的，誰也不肯做誰的主。人貴自立，特借李紈之在榮府以樹之的。賈環、賈薔等愈鬧的不像事了，甚至偷典偷賣，不一而足。賈環更加宿娼爛賭，無所不爲。仍舊插回本事。

一日，邢大舅、王仁都在賈家外書房喝酒，一時高興，叫了幾個陪酒的來唱着曲兒勸酒。賈薔便說：「你們鬧的太俗，我要行個令兒。」薔茨載在《風》詩，是不俗。書主「椿齡畫薔」，故是他行令。得此一令，使全書煞尾既不落莫，又不促迫，而十八筆之「薔」字方才收住。衆人道：「使得。」賈薔道：「咱們『月字流觴』罷。書爲《風月寶鑑》，是一月；黛玉一書之主，比以素娥，是一月；香菱乃書發端，其學詩第一題是月；襲人乃書結尾，其公然又一襲人是月。今用「月字流觴」，足括盈虛消長之理，以結全書。我先說起『月』字，數到那個便是那個喝酒，還要酒面酒底，須得依着令官，不依者，罰三大杯。」衆人都依了。賈薔喝了一杯令酒，便說：「飛羽觴而醉月。」順飲數到賈環。《宴桃李園》序天倫之樂事」，何嘗止說空空？果敍天倫，何至數到賈環，而令惡子承家耶？「慶壽辰」「賞中秋」諸義畢繳。賈薔說：「酒面要個『桂』字。」賈環便說道：「冷露無聲濕桂花。酒底呢？」賈薔便說個「香」字。賈環道：「天香雲外飄。」此酒底面各有淺深二意。其淺則透寶玉「中鄉魁」「卻塵緣」，既折桂而飄然去耳。其深則仍一釵一黛結果。桂爲木，則爲黛；冷露無聲，受釵之陰謀以死也。是爲酒面，書中所既演也。香曰天香，則豔冠羣芳之牡丹，爲釵，曰雲外飄，當于寶玉既走，亦即飄然雲外矣。是爲酒底，書中所未演隱義如此。邢大舅說道：「没趣，没趣。你又懂得什麽字了，也假斯文起來？這不是取樂，竟是慪人了，咱們都免了。倒是搳搳拳，輸家喝，輸家唱，叫做苦中苦。若是不會唱的，說個笑話兒也使得，只要有趣。」一月、一桂、一香，已括全書。若再行令，便是蛇足，故借大舅以亂之。曰假斯文，竊取斯文演一假也，其實没趣，其實慪人。曰倒是搳拳，二五屈伸，演《易》理也，其實是苦中苦，是笑話，又「苦」「笑」二字隱寓其中。一書固套《金瓶梅》之苦孝説而來也。是爲有趣。衆人都道：「使得。」於是亂搳起來。王仁輸了，喝了一杯，唱了一個。衆人道：「好！」又搳起來了，是個陪酒的輸了，唱了一個什麽「小姐小姐多丰采」。用《西廂·佳期》戲文收煞「絳芸軒」案，而襲止爲叙之陪也，故是陪酒的唱，苦中苦笑話起矣。以後邢大舅輸了，衆人要他唱曲兒。他道：「我唱不上來的。我説個笑話兒罷。」賈環道：「若説不笑，仍要罰的。」

邢大舅就喝了一杯，便説道：「諸位聽着！村莊上有一座玄帝廟，旁邊有個土地祠。笑話開口是村莊上，賈雨村、劉老老並到矣。玄帝主至陰之方，陽起於子地也。而鄰土地，則水土相和，即是倪二，請參彼評。那玄帝老爺常叫土地來説閑話兒。一日，玄帝廟裏被了盜，便叫土地去查訪。土地稟道：『這地方没有賊的，必是神將不小心，被外賊偷了東西去。』不小心，乃胡説中之正訓。玄帝道：『胡説！你是土地，失了盜，不問你，問誰去呢？你倒不去拿賊，反説我的神將不小心嗎？』土地稟道：『雖説是不小心，到底是神廟的風水不好。』歸責地理，亦是正訓。玄帝道：『你倒會看風水麽？』土地道：『待小神看看。』那土地向各處瞧了一會，便來回稟道：『老爺坐的身子背後兩扇紅門，就不謹慎。小神坐的背後是砌的牆，自然東西丢不了。以後老爺的背後亦改了牆就好了。』至陰之所兩扇紅門，此何處也？全書責不謹慎，責此而已，要人各自填偶爲奇，改門爲牆，方是真正好了。玄帝老爺聽來有理，便叫神將派人打牆。衆神將歎口氣道：『如今香火一炷也没有，那裏有磚灰人工來打牆？』玄帝老爺没法，叫衆神將作法，卻都没有主意。那玄帝老爺脚下的龜將軍站起來道：『你們不中用，我有主意。你們將紅門拆下來，到了夜裏，拿我的肚子墊住這門口，難道當不得一堵牆麽？』衆神將都說道：『好！又不花錢，又便當結實。』于是龜將軍便當這個差事，竟安靜了。豈知過了幾天，那廟裏又丢了東西。衆神將叫了土地來說道：『你說砌了牆便不丢東西，怎麽如今有了牆還要丢？』那土地道：『這牆砌的不結實。』衆神將道：『你瞧去。』土地一看，果然是一堵好牆，怎麽還有失事？把手摸了一摸，道：『我打諒是真牆，那裏知道是個假牆！』」以門改牆，方是真復，乃實理也。若以歸空爲復，則牆是假牆。以龜代門，以陰填陰而已，枉受一番窮剥。來復非復，龜將軍空起于足下矣。

衆人聽了，大笑起來。賈薔也忍不住的笑，說道：「傻大舅你好！我没有駡你，你爲什麽駡我？快拿杯來罰一大杯。」邢大舅喝了，已有醉意，衆人又喝了幾杯，都醉起來。邢大舅說他姐姐不好，王仁說他妹妹不好，都說的狠狠毒毒的。直追「異兆發悲音」尤氏竊聽事迹。彼爲發，此爲收。賈環聽了，趁着酒興，也說鳳姐不好，怎樣苛刻我們，怎樣踏我們的頭。衆人道：「大凡做個人，原要厚道些。看鳳姑娘仗着老太太這樣利害，如今焦了尾巴稍子了，只剩了一個姐兒，只怕也要現世現報呢。」賈芸想着鳳姐待他不好，又想起巧姐兒見他就要哭，也信着嘴兒混說。下回乃惡果惡報，必不容爽，乃作者醒世用淺顯之處，借鳳姐以發之。故此處皆是正說、直說。還是賈薔道：「喝酒罷，說人家做什麽？」那兩個陪酒的道：「這位姑娘多少年紀了？長得怎麽樣？」賈薔道：「模樣兒是好得很的，年紀也有十三四歲了。」衆人說鳳姐而賈薔迴護之，此點薔、鳳隱情也。而巧姐之難乃發于此，若薔有以開之。衆人報以財，而薔且報以色。噫！可畏哉！那陪酒的說道：「可惜這樣人生在府裏這樣人家。若生在小户人家，父母兄弟都做了官，還發了財呢。」衆人道：「怎麽樣？」那陪酒的說：「現今有個外藩王爺，最是有情的，便是真北静王。要選一個妃子，若合了式，父母兄弟都跟了去，可不是好事兒嗎？」衆人都不大理會，只有王仁心裏略動了一動，動在王仁，鳳姐惡果結于一氣。仍舊喝酒兒。

只見外頭走進賴、林兩家的子弟來，説：「爺們好樂呀！」衆人站起來説道：「老大、老三怎麽這時候纔來？叫我們好等。」林主孝説，賴主《易》説。孝爲首善，《易》象三分，故其子弟無非老大老三也。而形容如繪，我見多矣。那兩個人説道：「今早聽見一個謡言，説是咱們家又鬧出事來了，心裏着急，趕到裏頭打聽去，并不是咱們。」衆人道：「不是咱們就完了，爲什麽不就來？」那兩個説道：「雖不是咱們，也有些干係。你們知道是誰？就是賈雨村老爺。我們今日進去，看見帶着鎖子，就要解到三法司衙門裏審問去呢。假去真來之候，賈雨村必須歸着，鎖解法司，亦報應分明之日。笑話了矣。我們見他常在咱們家裏來往，恐有什麽事，便跟了去打聽。」賈芸道：「到底老大用心，原該打聽打聽。你且坐下喝一杯再説。」兩人讓了一回，便坐下喝着酒，道：「這位雨村老爺，人也能幹，也會鑽營，官也不小了，只是貪財，被人家參了個婪索屬員的幾款。如今的萬歲爺是最聖明最仁慈的，獨聽了一個貪字，或因糟蹋了百姓，或因恃勢欺良，是極生氣的，所以旨意便叫拿問。若是問出來了，只怕擱不住；若是没有的事，那參的人也不便。如今真真是好時候，只要有造化，做個官兒就好。」破除氣數之天，歸之理道之天，是大落墨處。而出于包羞之小人，蓋無《否》不成《泰》也。衆人道：「你的哥哥就是有造化的，現做知縣還不好麽？」賴家的説道：「我哥哥雖是做了知縣，他的行爲，只怕也保不住怎麽樣呢。」《易》主消長，故上一篇話歸之賴家的。在賴尚榮爲《否》之六二，其弟則《否》之六三矣。故此席寫亂羣，寫「不當位」之象，而傾《否》之造化即在此，故云也保不住。衆人道：「手也長麽？」賴家的點點頭兒，書歸孝廉，貪與廉反，要人各解點頭也。便舉起杯來喝酒。

衆人又道：「裏頭還聽見什麽新聞？」兩人道：「别的事没有，只聽見海疆的賊寇拿住了好些，也解到法司衙門裏審問。還審出好些賊寇，也有藏在城裏的，打聽消息，抽空兒就劫搶人家。如今知道朝裏那些老爺們都是能文能武，出力報效，所到之處，早就消滅了。」立言得體。衆人道：「你聽見有在城裏的，不知審出咱們家失了盜一案來没有？」兩人道：「倒没有聽見。恍惚有人説是有個内地裏的人，城裏犯了事，搶了一個女人，下海去了。那女人不依，被這賊寇殺了。那賊寇正要跳出關去，被官兵拿住了，就在拿獲的地方正了法了。」衆人道：「咱們櫳翠庵的妙玉，不是叫人搶去，不要就是他罷？」寫一妙玉，寶、黛、釵三人同在裏許。有黛之爲情而死，乾净不污，故有此一段周旋。而究是釵、玉之不知所終，故用羣小作忽疑忽信之詞，正不過透下文「卻塵緣」斬除盜賊而已。看直接惜春便見。賈環道：「妙玉這個東西是最討人嫌的。他每日家捏酸，見了寶玉就眉開眼笑了。我若見了他，他從來不拿正眼瞧我一瞧。真要是他，我纔趁願呢。」衆人道：「搶的人也不少，那裏就是他？」賈芸道：「有點信兒。前日見有人説他庵裏的道婆做夢，説看見是妙玉叫人殺了。」衆人笑道：「夢話算不得。」邢大舅道：「管他夢不夢，咱們快吃飯罷，夢不夢，快吃飯，是真實指點。今夜做個大輸贏。」

衆人願意，便吃畢了飯，大賭起來。賭到三更多天，只聽見裏頭亂嚷，説是：「四姑娘合珍大奶奶拌嘴，把頭髮都鉸掉了。趕到邢夫人、王夫人那裏去磕了頭，説是要求容他做尼姑呢，送他一個地方；若不容他，他就死在跟前。那邢、王二位太太没主意，叫請薔大爺、芸二爺進去。」三更多天，邵子所謂「冬至子之半」也，正一陽來復之會。而止是歸空，正傻大舅之笑話，故必請賈薔，而芸二爺轉在後。賈芸聽了，便知是那回看家的時候起的念頭，想來是勸不過來的了，《復》起于《剥》。便合賈薔商議道：「太太叫我們進去，我們是做不得主的，況且也不好做主，只好勸去。若勸不住，只好由他們罷。兩無所主，則歸空而已。而寫來心情如見如聞，令人失笑。咱們商量了寫封書給璉二叔，便卸下我們的干係了。」兩個商量定了主意，進去見了邢、王二位太太，便假意的勸了一回。無奈惜春立意必要出家，就不放他出去，只求一兩間浄屋子給他誦經拜佛。尤氏見他兩個不肯作主，又怕惜春尋死，自己便硬做主張，説道：「這個不是，索性我躭了罷，書中合芸、薔爲一人者，尤氏也，乃東府不死之人心，正惜春之所以爲復也，故是他主意，而乃是硬做，明言非自然之復也。説我做嫂子的容不下小姑子，逼他出了家了，就完了。若説到外頭去，你斷斷使不得；若在家裏呢，太太們都在這裏，算我的主意罷。叫薔哥兒寫封書子給你珍大爺、璉二叔就是了。」賈薔等答應了。

不知邢、王二位夫人依與不依，且看下回分解。

此回合上回爲一大段，兩回同一意。恐人誤信仙緣也，故緊接「全孝道」；恐人誤信超凡也，故緊接「獨承家」。以全孝爲賈政美，則非美，不能得親順親，以全孝於生也；以惡子爲賈政刺，則實刺，已身不中不才，以失教致禍也。全是追原以往文字，總爲賈政及史、王種種罪案，絶非今日事，蓋文到正面無文，書到本回無事也。幻境已成福地，薄命司圖畫模糊；故鄉不是仙源，《石頭記》本源清楚。一孝豁然呈露，苦中苦笑話傳來；三生難忘精魂，情中情空身歸去。箕裘既墜，惡子承家；金木雙刑，佳人傾國。打十二釵之大結，翻百廿回之情談。罪案重重，總譏失教；王道蕩蕩，豈講超凡？

寶玉問和尚來路，和尚説：「你自己來路還不知道，便來問我。」真是當頭一棒，喝醒癡迷。凡人眷戀妻兒名利，至死依依不捨，皆是不知自己來路；若曉得來路便是去路，有何可戀處？

寶玉説：「還了你玉。」和尚説：「也該還了。」針鋒相對。須知不是還玉，是反真還原。襲人聽説還玉，此驚實非小可，正如王夫人所説「生也是這塊玉」，下句「死也是這塊玉」。凡人所見，不過生死爲重，豈知佛門另有不死不生一義？

護花主人評曰：

「佛門不打誑語」，寶玉對王夫人所説，卻是誑語；須知仍是真心要走，不是誑語。

寶釵不還玉，以爲有玉即有人。寶玉説「重玉不重人」，是在人不在玉。暗裏機鋒，靈警異常。

小厮學和尚同寶玉説話，妙在似明白似糊塗。只有寶釵是慧心人，必是想起乩語，所以發怔。

寶玉説和尚住處，説遠就遠，説近就近，即是返求不遠之義也。

寶玉説出「一子出家」的話，是文章明點法，必不可少；隨以頑話撇開，是文章縱放法。不點則眼不明，不縱則勢不寬。

接寫賈璉怱忙出門，纔好敍巧姐、惜春諸事。

賈璉求王夫人照管巧姐，可見邢夫人平日行爲甚不合乃郎之意。

薛姨媽搬去自住，櫳翠庵求人管理，一是補筆，一是伏筆。

賈璉説若惜春真正尋死比出家更不好，已允許出家一着。所言邢夫人及尤氏、平兒諸人平素行爲，亦甚明白；惟託王仁、賈芸、賈薔等照管家事，殊欠知人之哲。

寫賈芸編派寶玉、寶釵、黛玉等事，真是小人口吻，即借端補明從前所寄之書，且引起下文邢舅、王仁、賈環等各人懷恨説話，爲串賣巧姐之根。

外藩買人，于陪酒人口中説起，不着痕迹。

賈雨村爲一部書中起結之人，若不爲事罷官，如何能歸結《石頭記》？趁勢插入，以爲了結地步。

忽敍妙玉一層，引起惜春鉸髮。

大某山民評曰：

綽態修容者，重玉不重人；癩頭瘸足者，重人不重玉。頑石業已點頭，則是處非處，皆如實如虛。

賈氏卒族，玉字輩若琮、瑞、珩、珖、琛、瓊、璘等，草字輩若藍、菌之近派，菖、菱等之遠派，無不可託，何獨託此二人？真巧姐之不幸也。

喜鸞、四姐均爲月彩霜姿、蘭言花笑之儔，因非在園中，遂與十二金釵無涉，草草完場。由是而推，九州四海間，遺珠奚可勝數！

寶玉與鳳姐、黛玉關涉，竟爲芸兒説破。意者曾寄膝下，故能視於無形歟？

第一百十八回　記微嫌舅兄欺弱女　驚謎語妻妾諫癡人

話説邢、王二夫人聽尤氏一段話，明知也難挽回，王夫人只得説道：「姑娘要行善，這也是前生的夙根，我們也實在攔不住。只是咱們這樣人家的姑娘出了家，不成了事體。如今你嫂子説了，准你修行，也是好處。卻有一句話要説，那頭髮可以不剃的，有明眼人謂此書合三教之旨，於此等處見之，然仍非也。看王夫人説行善是籠統話，説修行亦籠統話。而「也是好處」二「也」字則闢開二氏歸儒宗矣。「身體髮膚，受之父母，不敢毁傷」，乃以不剃頭髮直揭《孝經》之旨，何嘗渾言三教？只要自己的心真，那在頭髮上頭呢？你想妙玉也是帶髮修行的，不知他怎樣凡心一動，纔鬧到那個分兒。姑娘執意如此，我們就把姑娘住的屋子原算了姑娘的静室。所有服侍姑娘的人，也得叫他們來問，他若願意跟的，就講不得説親配人；若不願意跟的，另打主意。」爲女尼，爲女冠，總一渺茫而已，故必提妙玉，所謂文妙真人也。其跟人之願不願，仍指釵、黛。不説親配人者，黛也，所以爲紫鵑；則另打主意者，非釵而何？惜春聽了，收了淚，拜謝了邢、王二夫人、李紈、尤氏等。王夫人説了，便問彩屏等：「誰願跟姑娘修行？」彩屏等回道：「太太們派誰就是誰。」王夫人知道不願意，彩屏與平兒義相通，評在探春下棋。今平兒將爲正室，故彩屏不願意。正在想人。襲人立在寶玉身後，想來寶玉必要大哭，防着他的害病。豈知寶玉歎道：「真真難得！」真難得，真復難得也。惜之所以爲惜，寶之所以爲寶，都是難得。襲人心裏更自傷悲。寶釵雖不言語，遇事試探，見他仍是執迷不醒，只得暗中落淚。

王夫人纔要叫了衆丫頭來問，忽見紫鵑走上前去，在王夫人面前跪下，回道：「剛纔太太問跟四姑娘的姐姐，太太看着怎麽樣？」王夫人道：「這個如何强派得人的？誰願意，他自然就説出來了。」紫鵑道：「姑娘修行，自然姑娘願意，並不是别的姐姐們的意思。我有句話回太太，我也並不是拆開姐姐們，各人有各人的心。我服侍林姑娘一場，林姑娘待我也是太太們知道的，實在恩重如山，無以可報。他死了，我恨不得跟了他去，但是他不是這裏的人，我又受主子家的恩典，難以從死。如今四姑娘既要修行，我就求太太們將我派了跟着姑娘，伏侍姑娘一輩子，不知太太們准不准？若准了，就是我的造化了。」全書爲辛酸淚，故立一啼血之鵑，既主黛，又主惜。黛以死爲復，即惜以空爲復也。而説來恩義分明，便不是頑空，實爲造化矣。必從釵、襲引入，仍舊歸大章法。邢、王二夫人尚未答言，只見寶玉聽到那裏，想起黛玉，一陣心酸，眼淚早下來了。衆人纔要問他時，他又哈哈的大笑，寶玉既云斬斷情緣，則此處可不哭，而必寫一哭，則既非儒，並非空，止以一黛而走耳。因此一哭，乃有哈哈大笑之書。走上來道：「我原不該説的。只是這紫鵑蒙太太派給我屋裏，我纔敢説。求太太准了他罷，全了他的好心。」此「好」字即「寶玉你好」之「好」，全紫鵑之心，正以自全其心也。王夫人道：「你頭裏姊妹出了嫁，還哭得死去活來，如今看見四妹妹要出家，不但不勸，倒説好事。你如今到底是怎麽個意思？我索性不明白了。」寶玉道：「四妹妹修行是經准的了，四妹妹也是一定主意了。若是真的，我有一句話告訴太太；若是不定的，我就不敢混説了。」惜春道：「二哥哥話説也好笑。一個人主意不定，便扭得過太太們來了？我也是像紫鵑的話，容我呢，是我的造化；不容我呢，還有一個死呢，還有一個死，是還有一個黛玉也。那怕什麽？二哥哥既有話只管説。」寶玉道：「我這也不算什麽洩漏了，這也是一定的。我念一首詩給你們聽聽罷。」書借三百篇演詩社，到此一齊收拾。衆人道：「人家苦得很的時候，你倒來做詩慪人。」寶玉道：「不是做詩，我到一個地方兒看了來的，你們聽聽罷。」衆人道：「使得，你就念念，别順着嘴兒胡謅。」特提胡謅，一部湖州人氏之書，要人各自念之。寶玉也不分辯，便説道：

勘破三春景不長，緇衣頓改昔年妝。可憐繡户侯門女，獨卧青燈古佛傍。册中各詩，皆寶玉夢中言，作者肚裏帳。宣於大衆者，此四句而已。是惜春事，而實寶玉事。寶玉因借用以自明其心，即作者以自明其心也。在「可憐」二字内，見非得已，有迫而爲也。

李紈、寶釵聽了，詫異道：「不好了，這人入了迷了。」聽詩詫異，必先在李紈，此正棄親背禮處也。與釵同謂心迷，在李爲理，在釵爲欲。王夫人聽了這話，點頭歎息，便問寶玉：「你到底是那裏看來的？」寶玉不便説出來，回道：「太太也不必問我，自有見的地方。」王夫人回過味來，細細一想，便更哭起來，道：「你説前兒是頑話，怎麽忽然有這首詩？罷了，我知道了，你們叫我怎麽樣呢？我也没有法兒了，也只得由着你們去罷！但是要等我合上了眼，各自幹各自的，就完了。」回過味來，乃深悔以前破木石合金玉之誤，而寶玉之不孝明矣。

寶釵一面勸着，這個心比刀絞更甚，也掌不住，便放聲大哭起來。襲人已經哭得死去活來，幸虧秋紋扶着。寶玉也不啼哭，也不相勸，只不言語。總象陰静，何嘗是《復》？賈蘭、賈環聽到那裏，各自走開。李紈竭力的解說：「總是寶兄弟見四妹妹修行，他想來是痛極了，不顧前後的瘋話，這也作不得準的。獨有紫鵑的事情，准不准，好叫他起來。」王夫人道：「什麼依不依？橫豎一個人的主意定了，那也是扭不過來的。可是寶玉說的，也是一定的了。」紫鵑聽了磕頭。惜春又謝了王夫人。紫鵑又給寶玉、寶釵磕了頭。紫鵑尚跪在地下，《坤》也。磕頭起來，一陽起於下，《復》也。鵑爲忠主，不落空空，故用李紈指點。底面妙極。寶玉念聲：「阿彌陀佛！難得，難得。不料你倒先好了。」倒先好了，乃真正好了，於寶、黛、惜則皆爲倒。寶釵雖然有把持，也難掌住。只有襲人也顧不得王夫人在上，便痛哭不止，便說：「也願意跟了四姑娘去修行。」寶玉笑道：「你也是好心，但是你不能享這個清福的。」襲人哭道：「這麼說，我是要死的了？」寶玉聽到那裏，倒覺傷心，只是說不出來。「傷心」二字與「可憐」二字相發明，仍不抛「情中情」上二「情」字，則何嘗斬斷塵緣耶？此借襲人以定一死不死、空不空之寶釵，而於死空之間，夾出一條走路也。看「雖然有把持，也難掌住」兩句是眼。因時已五更，寶玉請王夫人安歇。李紈等各自散去。彩屏等暫且伏侍惜春回去，後來許配了人家。紫鵑終身伏侍，毫不改初，此是後話。五更寅木當令，復者復此木，走者亦走此木也。必說彩屏許配人家，乃爲不死不空尋出正路，以反對釵、襲之另有一路，恰是後話。一部鵑啼，從此止矣。

且言賈政扶了賈母靈柩，一路南行，因遇着班師的兵將船隻過境，河道擁擠，不能速行。在道實在心焦，幸喜遇見了海疆的官員，聞得鎮海統制欽召回京，想來探春一定回家，略略解些煩心。只打聽不出起程的日期，心裏又煩躁。一書無非攻戰，到此全收，故遇班師而得探春歸信。探在《易》爲《夬》之《剥》，乃《姤》《復》往來道路，故下文即入賴尚榮。想到盤費算來不敷，不得已，寫書一封差人到賴尚榮任上借銀五百兩，叫人沿途迎上來，急需應用。那人去了幾日，賈政的船纔行得十數里。那家人回來，迎上船隻，將賴尚榮的稟啓呈上。書内告了多少苦處，備上白銀五十兩。《夬》主書契，故書來書去。《夬》變爲《剥》，剥則窮矣，故爲盤費不敷。而《夬》《剥》所歷，皆以五計，故借五百，其應以五十，則五之五也，十之一也。五以生土，一以生水，成玄帝土地之笑話矣。在賴尚榮爲《姤》之《否》，中歷一《遯》，則爲寶玉之走所必經，故在故鄉。全孝中途，必有此一番搬演，以一歎起，以一歎結，故都消納在探春文字内。賈政看了生氣，即命家人：「立刻送還，將原書發回，叫他不必費心。」那家人無奈，只得回到賴尚榮任所。賴尚榮接到原書銀兩，心中煩悶，知事辦得不周到，又添了一百，五增百，成十五，乃釵將笄之年也，正《姤》而《否》而《遯》，以歸於《復》之主。借探、借賴以演《易》道，演寶、黛、釵一事而已。此何嘗爲賴尚榮立傳？央來人帶回，幫着説些好話。豈知那人不肯帶回，撂下就走了。賴尚榮心下不安，立刻修書到家，回明他父親，叫他設法告假贖出身來。於是賴家託了賈薔、賈芸等在王夫人面前乞恩放出。賈薔明知不能，過了一日，假説王夫人不依的話，回覆了。賴家一面告假，一面差人到賴尚榮任上，叫他告病辭官。告病辭官，演一《遯》也，是爲寶玉立有迫而走之案。王夫人並不知道。

那賈芸聽見賈薔的假話，心裏便没想頭，從賴卸到芸、薔，又撤薔卸芸，蓋芸、薔總一寶玉。薔爲釵邊之寶玉，看椿齡畫薔便解；芸爲黛邊之寶玉，看小紅遞帕便解。今於鳳姐報破木石之仇，即一一各自報仇，則芸自重而薔自輕矣。故以前於薔、鳳則歷寫曖昧舊情，於芸、鳳則歷寫拒絶諸恨，皆爲今日地也。連日在外又輸了好些銀錢，無所抵償，便和賈環相商。怨毒之於人甚矣，此回重演此句義意，令人早爲解釋也。書以鳳姐爲怨藪，末後一一報復之。黨釵殺黛，傷寶玉心，財色兩因，造第一罪，今於寶玉未走之先，借一影身之芸第一出頭以報之，而首謀之賈環，則又因財結恨之一人，是寶玉以影報，賈環以身報矣。賈環本是一個錢没有的，雖是趙姨娘積蓄些微，早被他弄光了，那能照應人家？便想起鳳姐待他刻薄，要趁賈璉不在家，要擺佈巧姐出氣。遂把這個當叫賈芸來上，賈芸相商，尚無實指。擺佈之說，謀主歸之賈環。環主之，而當叫賈芸來上，是雖主而仍不主也。則爲主而上當者芸，即爲主而上當之寶、黛也。所謂冤有頭。故意的埋怨賈芸道：「你們年紀又大，放着弄銀子的事又不敢辦，倒和我没錢的人相商。」賈芸道：「三叔你這話説的倒好笑，喒們一塊兒頑，一塊兒鬧，那裏有銀錢的事？」賈環道：「不是前兒有人説是外藩要買個偏房，你們何不和王大舅商量把巧姐説給他呢？」直出巧姐，環主而不主，仍歸主於賈芸，而總於王仁，故目録曰「舅兄」以出環入芸。賈芸道：「叔叔，我説句叫你生氣的話，外藩花了錢買人，還想能和喒們走動麼？」賈環在賈芸耳邊説了些話，賈芸雖然點頭，只道賈環是小孩子的話，也不當事。恰好王仁走來，説道：「你們兩個人商量些什麽？瞞着我麽？」賈芸便將賈環的話附耳低言的説了。此爲黛作報復，即爲巧演來復也。蓋書中演真復者一男一女，男則蘭，女則巧，以明寶、黛之死亡非復。此義甚秘，故爲附耳。而「小孩子」三字正真復之所之時也。王仁拍手道：「這倒是一種好事，又有銀子，只怕你們不能。若是你們敢辦，我是親舅舅，做得主的。正名定分曰親舅舅，曰做得主，在鳳之同氣相殘，至於斯極，則黛玉含笑於地下矣。而真正復機即在此。夫剥極則復，必剥至碩果，方見一仁，仁爲天心，少陽生矣，是爲好事。蓋果有善惡，即仁有善惡，有破木石之惡果，即有濟劉氏之善果，同出此仁而已。只要環老三在大太太跟前那麽一説，我找邢大舅再一説，太太們問起來，你們齊打夥説好就是了。」

賈環等商議定了，王仁便去找邢大舅，賈芸便去回邢、王二夫人，説得錦上添花。王夫人聽了，雖然入耳，只是不信。邢夫人聽得邢大舅知道，心裏願意，便打發人找了邢大舅來問他。那邢大舅已經聽了王仁的話，都入王仁指揮，芸爲之副，邢、環走卒而已，可謂首從分明。又可分肥，便在邢夫人跟前説道：「若説這位郡王，極是有體面的。總以王仁爲主，傻大舅之傻即傻大姐之傻，正是《易》理，故聽王仁稱説郡王體面。兩王相合以畫六畫之《坤》、《復》之所從來也。若應了這門親事，雖説是不是正配，保管一過了門，姊夫的官早復了，這裏的聲勢又好了。」邢夫人本是没主意人，被傻大舅一番假話哄得心動，請了王仁來一問，更説得熱鬧。於是邢夫人倒叫人出去追着賈芸去説。此段俱是由《坤》而《復》之演義，句句有着，尤妙在倒叫人追着賈芸去説。蓋《坤》之得《復》，正以衆陰求一陽也。而敘事簡净，各肖其人。王仁即刻找了人去到外藩公館説了。那外藩不知底細，便要打發人來相看。賈芸又鑽了相看的人，説明：「原是瞞着合宅的，只説是王府相親。等到成了，他祖母作主，親舅舅的保山，是不怕的。」那相親的人應了。賈芸便送信與邢夫人並回了王夫人。那李紈、寶釵等不知原故，李不知仇，釵不知復，同一不知原故。只道是件好事，也都歡喜。

那日，果然來了幾個女人，都是豔妝麗服。邢夫人接了進去，敘了些閑話。那來人本知是個誥命，也不敢怠慢。邢夫人因事未定，也没有和巧姐説明，只説有親戚來瞧，叫他去見。那巧姐到底是個小孩子，那管這些，便跟了奶媽過來。平兒不放心，也跟着來。只見有兩個宫人打扮的，見了巧姐，便渾身上下一看，更又起身來拉着巧姐的手，又瞧了一遍，略坐了一坐就走了。此段亦支離，亦圓到，極難下筆之處，而寫得恰合。倒把巧姐看得羞臊，回到房中納悶，想來没有這門親戚，便問平兒。

平兒先看見來頭，卻也猜着八九，必是相親的，「若説是對頭親，不該這樣相看。瞧那幾個人的來頭，不像是本支王府，好像是外頭路數。如今且不必和姑娘説明，且打聽明白再説。」平兒心下留神打聽。是書借《易》搬演，重一復字，因立巧姐一案。而於第六回即安下劉老老，爲復之根。委宛寫來，到此結穴。看平兒「心下留神」二「留」字便解。那丫頭婆子都是平兒使過的，平兒一問，所有聽見外頭的風聲都告訴了。平兒便嚇的沒了主意，雖不和巧姐說，便趕着去告訴了李紈、寶釵，求他二人告訴王夫人。王夫人知道這事不好，便和邢夫人說知。怎奈邢夫人信了兄弟並王仁的話，反疑心王夫人不是好意，便說：「孫女兒也大了，再璉兒不在家，這件事我還做得主。況且是他親舅爺爺和他親舅舅打聽的，難道倒比別人不真麽？我橫豎是願意的。倘有什麽不好，我和璉兒也抱怨不着別人。」看「做得主」三字適與王仁相合，說得斬截，絕不拖沓。邢之心情口吻直析秋毫。王夫人聽了這些話，心下暗暗生氣，一部閑話，無非暗暗生氣，復之義也。勉強說些閑話，便走了出來，告訴了寶釵，自己落淚。寶玉勸道：「太太別煩惱，這件事我看來是不成的。這又是巧姐兒命裏所招，只求太太不管就是了。」告寶釵，正明仇之所主也；而寶玉曰命裏所招，只求不管，則直怨懟其親矣。蓋合金玉是命，破木石是不管，因成此未卜先知之一人耳。王夫人道：「你一開口就是瘋話！人家說定了就要接過去。若依平兒的話，你璉二哥哥可不抱怨我麽？別說自己的侄孫女兒，就是親戚家的人，也是要好纔好。邢姑娘是我們作媒的，配了你二舅子，如今和和順順的過日子，不好麽？那琴姑娘，梅家娶了去，聽見說是豐衣足食的很好。就是史姑娘，是他叔叔的主意，頭裏原好，如今姑爺癆病死了，你史妹妹立志守寡，也就苦了。若是巧姐兒錯給了人家兒，可不是我的心壞？」從巧姐穿插一衆姻緣，或已見，或未見，都爲收拾，手筆從容如此。而湘雲守寡，則仍一人三影合傳也。正說着，平兒過來瞧寶釵，並探聽邢夫人的口氣。王夫人將邢夫人的話說了一遍，平兒呆了半天，跪下求道：「巧姐兒終身全仗着太太，若信了人家的話，不但姑娘一輩子受了苦，便是璉二爺回來，怎麽說呢？」王夫人道：「你是個明白人，起來聽我說。一跪一起，與紫鵑跪起同義。巧姐兒到底是大太太孫女兒，他要作主，我能彀攔他麽？」再以親姑媳明報復。鳳之報亦慘矣。寶玉勸道：「無妨礙的，只要明白就是了。」只要明白，金玉木石，一切怨毒，至此明白矣。平兒生怕寶玉瘋顛，嚷出來，也並不言語，回了王夫人，竟自去了。

這裏王夫人想到煩悶，一陣心痛，心痛起於寶玉房中，正此事明白之所。叫了丫頭扶着，勉强回到自己房中躺下，不叫寶玉、寶釵過來，說：「睡睡就好的。」自己卻也煩悶。聽見說李嬸娘來了，也不及接待。只見賈蘭進來請了安，回道：「今早爺爺那裏打發人帶了一封書子來，外頭小子們傳進來的。我母親接了正要過來，因我老娘來了，叫我先呈給太太瞧，回來我母親就過來回太太，還說我老娘要過來呢。」說着，一面把書子呈上。巧姐之爲復，與賈蘭之爲復同，故必入賈蘭得信，而信必從李嬸娘適至時得之。此理源之當詳審也。王夫人一面接書，一面問道：「你老娘來作什麽？」賈蘭道：「我也不知道。我只見我老娘說，我三姨兒的婆婆家有什麽信兒來了。」王夫人聽了，想起來還是前次給甄寶玉說了李綺，後來放定下茶，想來此時甄家要娶過門，所以李嬸娘來商量這件事情，不開書而問李，所謂審也。而其來乃爲甄寶玉娶李綺，則必婚姻以時，男女以正，斯爲真復也。甄寶玉如此了結，賈寶玉之金玉木石，一齊繳納於此矣。便點點頭兒，一面拆開書信，見上面寫着：

近因沿途俱係海疆凱旋船隻，不能迅速前行。聞探姐隨翁婿來都，不知曾有信否？前接到璉侄手稟，知大老爺身體欠安，亦不知已有確信否？寶玉、蘭哥場期已近，務須實心用功，不可怠惰。老太太靈柩抵家，尚需時日。我身體平善，不必罣念。此諭寶玉等知道。月日手書。蓉兒另稟。重在寶玉等知道，而上言乃不必掛念。夫子而不念所生，尚得爲知道乎？再明罪案。

王夫人看了，仍舊遞給賈蘭，説：「你拿去給你二叔叔瞧瞧，還交給你母親罷。」此信仍歸於李，則信尾之「蓉兒另稟」一語，其深意可見。

正説着，李紈同李嬸娘過來，請安問好畢，王夫人讓了坐。李嬸娘便將甄家要娶李綺的話説了一遍，大家商議了一會子。李紈因問王夫人道：「老爺的書子太太看過了麽？」王夫人道：「看過了。」賈蘭便拿着給他母親瞧。李紈看了道：「三姑娘出門了好幾年，總没有來。如今要回京了，太太也放了好些心。」一部傷心書起於一歎，結於一歎，卦演《夬》之《剥》，《復》起於《剥》，故此日探春有來信。王夫人道：「我本是心痛，看見探丫頭要回來了，心裏略好些。只是不知幾時纔到。」李嬸娘便問了賈政在路好。李紈因向賈蘭道：「哥兒瞧見了，場期近了，你爺爺惦記的什麽似的。你快拿了去給二叔叔瞧去罷。」李嬸娘道：「他們爺兒兩個又没進過學，怎麽能下場呢？」王夫人道：「他爺爺做糧道的起身時，給他們爺兒兩個捐了例監了。」李嬸娘點頭。此段從「雖曰未學」兩句來。蓋孝廉人人可能，不必一定皆由學來。但能孝廉，即太學也，正審理者點頭處。奈頑石之終不點頭何？賈蘭一面拿着書子出來，來找寶玉。

卻説寶玉送王夫人去後，正拿着《秋水》一篇在那裏細玩。寶釵從裏間走出，見他看的得意忘言，便走過來一看，見看這個，心裏着實煩悶。《秋水》，《莊子》篇，蝴蝶夢中人書也。水能生木，而秋水則轉殺木，此正寶玉因黛玉而走之根。其禍起於「戲彩蝶」，故看此書必爲寶釵所見也。一古書篇名能使面面俱照，真文字之化境。細想：「他只顧把這些出世離羣的話當作一件正經事，終久不妥。看他這種光景，料勸不過來。」便挨在寶玉傍邊，怔怔的坐着。寶玉見他這般，便道：「你這又是爲什麽？」寶釵道：「我想你我既爲夫婦，你便是我終身的倚靠，卻不在情慾之私。論起榮華富貴，原不過是過眼煙雲，但自古聖賢以人品根柢爲重。」上段是「滴翠亭」去路，此段是「絳芸軒」來路。蓋料勸不過來，故將柔情以動之，正「戲彩蝶」「繡鴛鴦」夾間心事也，而説來便是大道理。此等説道理人最可怕。寶玉也沒聽完，把那書本擱在傍邊，微微的笑道：「據你説，人品根柢，又是什麽古聖賢，你可知古聖賢説過『不失其赤子之心』，那赤子有什麽好處？不過是無知、無識、無貪、無忌。我們生來已陷溺在貪、嗔、癡、愛中，猶如泥污一般，怎麽能跳出這般塵網？如今纔曉得『聚散浮生』四字，古人説了，不曾提醒一個。既要講到人品根柢，誰是到那太初一步地位的？」此段援墨入儒，乃是面子話，正不必深看。只是作者借寶玉口以罵寶釵「絳芸軒」之一事耳。貪、嗔、癡、愛，猶如泥污，自失其初心，尚何人品耶？沒聽完，微微一笑，煞有關會。寶釵道：「你既説赤子之心，古聖賢原以忠孝爲赤子之心，並不是遁世離羣、無關無係爲赤子之心。堯、舜、禹、湯、周、孔，時刻以救民濟世爲心，所謂赤子之心，原不過是『不忍』二字。若你方纔所説的忍於抛棄天倫，還成什麽道理？」書中立言真旨，每從所重誅殛之人以發之，如教養大事出於秦氏、鳳姐是也。此段凡寶釵所説，句句是大道理，寶鑑反面，悉在於此；但轉正面，便是寶釵。反中有正，正中有反，其炫惑人如此。所謂真事隱去是這般隱去，而究不曾隱去。寶玉點頭笑道：「堯、舜不强巢、許，武、周不强夷、齊。」寶釵不等他説完，便道：「你這個話益發不是了。古來若都是巢、許、夷、齊，爲什麽如今人又把堯、舜、周、孔稱爲聖賢呢？況且你自比夷、齊更不成話。伯夷、叔齊原是生在商之末世，有許多難處之事，所以纔有託而逃。當此聖世，咱們世受國恩，祖父錦衣玉食，況你自有生以來，自去世的老太太，以及老爺、太太視如珍寶。你方纔所説，自己想一想，是與不是？」寶玉聽了也不答言，只有仰頭微笑。愈抉愈精，必如是方謂之寶玉，謂之通靈。而演此通靈，寶玉之心事亦大白於天下後世。一點頭見地，一仰頭見天，是書無愧天地也。

寶釵因又勸道：「你既理屈詞窮，我勸你從此把心收一收，好好的用用功，但能博得一第，便是從此而止，也不枉天恩祖德了。」理屈詞窮，歸空之寶玉理屈詞窮也。收心正對放心。一第而止，能孝能廉而止也，所謂「在止於至善」。語尤真切，尤箇當，都是作者打開壁子說亮話處。寶玉點了點頭，歎了口氣說道：「一第呢，其實也不是什麼難事，倒是你這個『從此而止』，『不枉天恩祖德』，卻還不離其宗。」點頭則所謂石點頭矣，而仍歎氣，則仍是頑石。點頭歎氣，邪正交雜，說不離，正是離也。此義深微。寶釵未及答言，襲人過來說道：「剛纔二奶奶說的古聖先賢，我們也不懂。我只想着我們這些人，從小兒辛辛苦苦跟着二爺，不知陪了多少小心。論起理來，原該當的，但只二爺也該體諒體諒。況且二奶奶替二爺在老爺、太太跟前行了多少孝道，就是二爺不以夫妻爲事，也不可太辜負了人心。至於神仙那一層，更是謊話，誰見過有走到凡間來的神仙呢？那裏來的這麼個和尚，說了些混話，二爺就信了真。二爺是讀書的人，難道他的話比老爺、太太還重麼？」寶玉聽了低頭不語。加襲人一段話，只出寶玉已棄寶釵而已，在「辜負人心」一句明之。書中談情，必仍歸情，因「情中情」之下「情」字而走，亦不能不爲上「情」字低頭。何嘗有神仙。

襲人還要說時，只聽外面脚步走響，隔着窗户問道：「二叔在屋裏呢麼？」寶玉聽了是賈蘭的聲音，便站起來笑道：「你進來罷。」寶釵也站起來。賈蘭進來，笑容可掬的給寶玉、寶釵請了安，問了襲人的好。襲人也問了好。便把書子呈給寶玉瞧。寶釵接在手中看了，信來信往總歸賈蘭。「笑」字此處尤重，針對寶玉之不孝也，故信來寶玉不接，而入寶釵之手。便道：「你三姑姑回來了？」賈蘭道：「爺爺既如此寫，自然是回來的了。」寶玉點頭不語，默默如有所思。統歸一歎，何嘗點頭？兩語言簡意賅。賈蘭便問：「叔叔看見爺爺後頭寫的，叫咱們好生念書了。叔叔這一〔程〕〔成〕子只怕總没作文章罷。」寶玉笑道：「我也要作幾篇，熟一熟手，好去誆這個功名。」賈蘭道：「叔叔既這樣，就擬幾個題目，我跟着叔叔作作，也好進去混場。別到臨時交了白卷子，惹人笑話。不但笑話我，人家連叔叔都要笑話了。」白卷，李紈也。笑話，全書也。悉關妙義。寶玉道：「你也不至如此。」説着，寶釵命賈蘭坐下，寶玉仍坐在原處，賈蘭側身坐了。兩個談了一回文，不覺喜動顏色。對蘭而喜，在寶自有人道也；爲釵所迫，終放走耳。意含此段。寶釵見他爺兒兩個談得高興，便仍進屋裏去了，心中細想：「寶玉此時光景，或者醒悟過來了。只是剛纔説話時把那『從此而止』四字單單的許可，這又不知是什麽意思了。」寶釵尚自猶豫，惟有襲人看他愛講文章，提到下場，更又欣然，心裏想道：「阿彌陀佛！好容易講《四書》似的纔講過來了。」借佛老而講《四書》，一書真旨，暢爲抉發。這裏寶玉和賈蘭講文，鶯兒泡過茶來，賈蘭站起來接了，又説了一會子下場的規矩，並講甄寶玉在一處的話。寶玉也甚似願意。下場乃寶玉出路，因黛玉耳，故此處必用茶一點。而假之非真，二「似」字已形之矣。

一時，賈蘭回去，便將書子留給寶玉了。那寶玉拿着書子，笑嘻嘻走進來，遞給麝月收了，書歸麝月，寶鑑正旨。便出來將那本《莊子》收了，把幾部向來最得意的如《參同契》《元命苞》《五燈會元》之類，叫出麝月、秋紋、鶯兒等都搬了，擱在一邊。各書皆《石頭記》所借以敷衍者，而其實皆擱在一邊之書。自有而着一邊，則至中至正之書在也。寶釵見他這番舉動，甚爲罕異，因欲試探他，便笑問道：「不看他倒是正經，但又何必搬開呢？」寶玉道：「如今纔明白過來了。這些書都算不得什麽，我還要一火焚之方爲乾净。」先天本無文字，一心通靈而己。既無所謂寶，何有所謂黛？至既有黛，則必思有以乾淨之，此聖賢工夫所以立也。一火焚之，正是克治，方能歸真。此作者之説也。寶釵聽了，更欣喜異常。只聽寶玉口中微吟道：

內典語中無佛性，金丹法外有仙舟。是書借僧道演儒理，兩語明告之。內典中無，則非茫茫；金丹外有，則非渺渺。人奈何求於中而不求於外耶？

寶釵也没很聽真，只聽得「無佛性」「有仙舟」幾個字，心中轉又狐疑，且看他作何光景。此則就寶玉歸空説，使果能明此儒理，何至棄親不顧而受寶釵之欺耶？寶玉便命麝月、秋紋等收拾一間静室，把那些語録名稿及應制詩之類，都找出來，擱在静室中，自己卻當真静静的用起功來。寶釵這纔放了心。這纔放了心，見其逼寶玉一走，煞非容易。凡硬做而自幸成功之人，當各爽然。

那襲人此時真是聞所未聞，見所未見，便悄悄的笑着向寶釵道：「到底奶奶説話透徹，只一路講究，就把二爺勸明白了。就只可惜遲了一點兒，臨場太近了。」寶釵點頭微笑道：「功名自有定數，中與不中倒也不在用功的遲早。但願他從此一心巴結正路，把從前那些邪魔永不沾染，就是好了。」必如此，方謂之真好了，非點頭微笑禪理也。説到這裏，見房裏無人，便悄説道：「這一番悔悟回來，固然很好，但只一件，怕又犯了前頭的舊病，和女孩兒們打起交道來，也是不好。」此一轉是夾攻法，以明本書實講聖賢學問。談空者非，談情者尤非。襲人道：「奶奶説的也是。二爺自從信了和尚，纔把這些姐妹冷淡了。如今不信和尚，真怕又要犯了前頭的舊病呢。我想奶奶和我，二爺原不大理會，紫鵑去了，如今祇他們四個。這裏頭就是五兒有些個狐媚子，聽見説他媽求了大奶奶，説要討出去給人家兒呢。釵、襲之害人自害，一妒而已。此段直追「巧合」後一切殺黛心事，故着落在五兒身上。但是這兩天到底在這裏呢。麝月、秋紋雖没別的，只是二爺那幾年也都有些頑頑皮皮的。此段是從「訴肺腑」以生出「嘗羹」「結絡」至「絳芸軒」一切安排，釵之所以從襲而「繡鴛鴦」也。而紋、月皆襲黨，亦不能容，其用心爲何如？兩段抉一破一成，令人髮指，令人失笑。如今算來只有鶯兒，二爺倒不大理會，況且鶯兒也穩重。我想倒茶倒水，只叫鶯兒帶着小丫頭們伏侍就彀了，不知奶奶心裏怎麼樣？」寶釵道：「我也慮的是這些，你説的倒也罷了。」從此便派鶯兒帶着小丫頭伏侍。那寶玉卻也不出房門，天天只差人去給王夫人請安。王夫人聽見他這番光景，那一種欣慰之情，更不待言了。言之傷心，而禍由自取，夫復誰尤？在寶玉罪通於天矣。

到了八月初三這一日，正是賈母的冥壽。再追究一個總罪人，明著日月，義有八面。寶玉早晨過來磕了頭，便回去仍到静室中去了。飯後寶釵、襲人等，都和姊妹們跟着邢、王二夫人在前面屋裏説閑話兒。寶玉自在静室，冥心危坐。忽見鶯兒端了一盤瓜果進來，説：「太太叫人送來給二爺吃的，這是老太太的克什。」寶玉站起來答應了，復又坐下，便道：「擱在那裏罷。」瓜果上追「五美吟」及「公子填詞」，皆黛玉也。此瓜果則史之祭餘，而王之所賜。重以兩重親而不敵一黛玉，見溺情之禍烈，一心之由絳而黛，竟至終不能洗也。吁，可畏哉！克什，北語言賜餘食也。鶯兒一面放下瓜果，一面悄悄向寶玉道：「太太那裏誇二爺呢。」寶玉微笑。鶯兒又道：「太太説了，二爺這一用功，明兒進場中了出來，明年再中了進士，作了官，老爺、太太可就不枉了盼二爺了。」寶玉也只點頭微笑。喁喁小語，如春雲展。其語雖膩，仍是寶釵陶淑，所以爲妙。而不足以動寶玉，再點頭微笑而已。鶯兒忽然想起那年給寶玉打絡子的時候寶玉説的話來，便道：「真要二爺中了，那可是我們姑奶奶的造化了。二爺還記得那一年在園子裏，不是二爺叫我打梅花絡子時説的，我們姑奶奶後來帶着我不知到那個有造化的人家兒去呢，如今二爺可是有造化的。」春雲再展，乃抉釵、襲之害人自害，巧正是拙。夫但令鶯兒供役，恐寶玉之近他人也，乃閑而來，直提「結絡」，以逼寶玉有黛無釵之心，是爲黛玉重敍舊情，以速其一定棄釵而走也。因絡而轉因以散，爲釵、襲者，又何必哉！寶玉覺塵心一動，連忙斂神定息，微微笑道：「據你說，我是有造化的，你們姑娘也是有造化的，你呢？」此一動，非因鶯動，乃因鶯言而爲黛玉動也。蓋「結絡」時已明明推開寶釵，專屬黛玉，故有「不知那個有造化的人家去」之說，因與黛玉有「你死了，我做和尚」之誓。今爲鶯兒一提，則黛玉之前情俱動，塵心一齊動矣。使木石果合，則無所謂仙緣，又何所謂塵心？釵、鶯固自各爲一造化而去矣。「你呢」二字，問得冷利。鶯兒把臉飛紅了，勉强道：「我們當丫頭一輩子罷咧，有什麽造化呢？」寶玉笑道：「果能彀一輩子是丫頭，你這個造化比我們還大呢。」此恨罵之詞也。黛以丫頭而死，釵丫頭時已不丫頭。此寶玉以没造化自恨，而即爲黛恨也。鶯兒聽見這話，似乎又是瘋話了，恐怕自己招出寶玉的病根來，打算着要走。只見寶玉笑着説道：「傻丫頭，結尾用「傻丫頭」一呼，十分警省。蓋黛爲傻，而釵亦止是傻，而傻且尤甚。襲之百犀塵，鶯之梅花絡，多少心機，都是枉了，轉不若黛玉一死之乾净也。其傻爲何如？我告訴你罷。」

未知寶玉又説出什麽話來，且聽下回分解。

此回合下回爲一大段，雖了事文字，而如一串錢之打結處，稍不結實，串全散矣。百廿回下手謀篇只是謀此。

書爲上智人説法須在次，爲中下人説法須在先。此回上半爲中下人説法也，故顯談報應，令人人知睚眦之怨不可積也，而淺中有深，則仍止一黛玉。下半爲上智人説法也，故隱寓提撕，令人人知渺茫之途不可入也，而深中有淺，則痛罵一寶釵。文字愈後愈勁。

護花主人評曰：

王夫人即不問彩屏等願跟惜春與否，紫鵑亦必跪求；但徑行敘入，不但文情率直，且不顯王夫人之周到處。因此一問引出紫鵑，極有步驟。

襲人也願跟惜春出家，亦是反跌後文。

寶玉此時，雖已明白因緣，但聽見紫鵑提起黛玉，一陣心酸；看見襲人痛哭，也覺傷心，尚有塵心未净。

插敘賈政向賴尚榮借銀一段，寫盡奴僕負恩樣子。

串賣巧姐，是賈環起意，王仁聽從。設法當以賈環爲首，王仁爲從，賈芸、邢大舅又減一等。邢夫人勢利薰心，毫無主見，實在不堪，寫得如見其人。文人之筆，令人可畏。平兒看出相看巧姐之人不像是對頭親，也不像是藩王府裏人，靈慧可愛。借王夫人説話中補明寶琴已嫁，湘雲已寡，簡净得法。

于賈蘭口中帶敘甄家有信，要娶李綺；趁勢敘入賈政有信，探春回京，是陪襯賓主法。

就賈政信中叮囑寶玉、賈蘭場期已近，實心用功，下文寶釵規勸，寶玉應考，俱有根由。

寶釵説博得一第，從此而止，是要寶玉易于入正，俟得第之後，徐徐再勸。不想只此四字爲寶玉心許。其一中便走之念，此時已決。

寶釵派鶯兒服侍，原是怕寶玉舊性又發，豈料轉致寶玉險些塵心復動。可見斬斷凡心，殊非易事。

鶯兒自園中打絡後，未免有心，始終與寶玉並未交言；借此送瓜果時，補此一段文字，以了前因。

大某山民評曰：

賴尚榮上任，晏衎三日，所費若干；其媽請酒時，二三萬銀子不在意中。夫何家主勢敗，借銀五百祇十之一，更陳許多苦緒？雪中送炭，自古爲難，況奴才乎？噫嘻奴才，奴也有財，奴也有才。

賣巧姐一節，似出情理之外。蓋作者深惡熙鳳爲人，謂宜得此孽報，又見世間不少王仁、賈芸一流人，特地捏出幾個豺狼，令人髮指。

邢德全爲賈璉母舅，王仁係巧姐母舅，有此兩母舅，爲甥者何處生活？

襲人又要編派人爲狐媚子，又要譏彈別個，真是好再醮貨！

紫鵑、鶯兒各侍其主，頡頏上下，無分優劣。惟鵑處逆境，易於見長，鶯處順境，末由著績，猶良臣忠臣，遭際使然耳。

第一百十九回　中鄉魁寶玉卻塵緣　沐皇恩賈家延世澤

話説鶯兒見寶玉説話摸不着頭腦，正自要走，只聽寶玉又説道：「傻丫頭，我告訴你罷！你姑娘既是有造化的，你跟着他，自然也是有造化的了。你襲人姐姐是靠不住的。只要往後你盡心伏侍他就是了。日後或有好處，也不枉你跟着他熬了一場。」人云此是書外書，我亦云此是書外書，同一謊中謊也。而人謂「蘭桂齊芳」是釵、鶯後日好處，我則謂另摸頭腦是釵、鶯後日好處也，但看他「造化」之説乃在「那一個人家」。一書痛恨金玉姻緣，重罵不貞不孝，又何必爲釵、玉立有後公案。鶯兒聽了前頭像話，後頭説的又有些不像了，便道：「我知道了。姑娘還等我呢。二爺要吃果子時，打發小丫頭叫我就是了。」寶玉點頭，鶯兒纔去了。一時，寶釵、襲人回來，各自房中去了，不題。

且説過了幾天，便是場期。别人只知盼望他爺兒兩個作了好文章，便可以高中的了，衹有寶釵見寶玉的工課雖好，只是那有意無意之間，卻别有一種冷静的光景。知他要進場了，頭一件，叔侄兩個都是初次赴考，恐人馬擁擠，有什麽失閃；第二件，寶玉自和尚去後，總不出門，雖然見他用功喜歡，只是改的太速、太好了，反倒有些信不及，只怕又有什麽變故。明明看出變故，而究不能防，人亦何樂有此巧哉？所以進場的頭一天，一面派了襲人帶了小丫頭們，同着素雲等給他爺兒兩個收拾妥當，賈蘭考具亦用寶釵收拾，以襯李紈之行所無事也；而釵之防閑周至，可謂作僞心勞矣。自己又都過了目，好好的擱起，預備着，一面過來同李紈回了王夫人，揀家裏的老成管事的，多派了幾個，只説怕人馬擁擠碰了。次日，寶玉、賈蘭換了半新不舊的衣服，欣然過來，見了王夫人。王夫人囑咐道：「你們爺兒兩個都是初次下場，但是你們活了這麽大，並不曾離開我一天。就是不在我眼前，也是丫鬟媳婦們圍着，何曾自己孤身睡過一夜？今日各自進去，孤孤恓恓，舉目無親，須要自己保重，早些作完了文章出來，找着家人，早些回來，也叫你母親、媳婦們放心。」王夫人説着，不免傷心起來。

賈蘭聽一句，答應一句。真假之際，要人詳細考察，所謂李孀娘也。而所以爲考，只考於孝不孝之間。看賈蘭之一句一應，可考見其真矣。只見寶玉一聲不哼，待王夫人説完了，走過來給王夫人跪下，滿眼流淚，磕了三個頭，説道：「母親生我一世，我也無可報答。只有這一入場，用心作了文章，好好的中個舉人出來，那時太太喜歡喜歡，便是兒子一輩（子）的事也完了，一輩子的不好也都遮過去了。」寶玉歸空，只如此搬演，有萬不得已之勢，則和尚點化又何嘗果有着落？止因情不遂而已。一情之逆理違天至於如此，故談情之書，不可不作，而凡爲人父母者，不可不防其漸於早也。王夫人聽了，更覺傷心起來，便道：「你有這個心，自然是好的。可惜你老太太不能見你的面了。」一面説，一面拉他起來。那寶玉只管跪着，不肯起來，便説道：「老太太見與不見，總是知道的，喜歡的。既能知道了，喜歡了，便不見也和見了的一樣。只不過隔了形質，並非隔了神氣啊。」此與特提陰壽同意，而語面自妙，乃空空道人得意筆墨，而其實是罵。李紈見王夫人如此，一則怕勾起寶玉的病來，二則也覺得光景不大吉祥，共賞其談空之妙矣，而按以理，則不祥之妖言也。應喜而傷，其顛倒錯亂爲何如？甚矣，人當早明李紈之理也！連忙過來說道：「太太，這是大喜的事，爲什麼這樣傷心？況且寶兄弟近來很知好歹，很孝順，又肯用功，只要帶了侄兒進去，好好的作文章，早早的回來寫出來，請喒們的世交老先生們看了，等着爺兒兩個都報了喜，就完了。」一部李紈書，只是知好歹，知好歹則知孝順矣。然孝順之理，夫婦可知可能，聖人猶有所憾，非孤陋可言也。在得師友，故必請世交老先生也。這才能完了李紈。一面叫人攙起寶玉來。寶玉卻轉過身來給李紈作了個揖，說：「嫂子放心。此一揖尊理而實外理，而李紈之放心，正其平日之不放心也。我們爺兒兩個都是必中的，日後蘭哥還有大出息，大嫂子還要戴鳳冠，穿霞帔呢。」李紈笑道：「但願應了叔叔的話，也不枉……」說到這裏，恐怕又惹起王夫人的傷心來，連忙咽住了。寶玉笑道：「只要有了個好兒子，能彀接續祖基，就是大哥哥不能見，也算他的後事完了。」因鳳冠霞帔而念其夫，此書節孝並重，乃不說出之處也。李紈見天色不早了，也不肯儘着和他說話，只好點點頭兒。

此時寶釵聽得早已呆了。這些話，不但寶玉，便是王夫人、李紈所說，句句都是不祥之兆，李知不祥，釵亦知不祥，並以李爲不祥，正其不能認真處也。卻又不敢認真，只得忍淚無言。那寶玉走到跟前，深深的作了一個揖。揖所以辭之也，而必深深者，於黛之情深，於釵之恨深也。衆人見他行事古怪，也摸不着是怎麼樣，又不敢笑他。只見寶釵的眼淚直流下來，衆人更是納罕。又聽寶玉說道：「姐姐，我要走了。你好生跟着太太聽我的喜信罷。」寶釵道：「是時候了，你不必說這些嘮叨話了。」寶玉道：「你倒催的我緊，我自己也知道該走了。」指明此走是他所催。回頭見衆人都在這裏，只没惜春、紫鵑，便說道：「四妹妹和紫鵑姐姐跟前替我說一句罷。橫豎是再見就完了。」必提惜春，既以自惜，兼惜黛也。而及紫鵑，不及襲人，正深深一揖之處。衆人見他的話，又像有理，又像瘋話，大家祇説他從没出過門，都是太太的一套話招出來的，一套話招出，再明王之罪案。不如早早催他去了，就完了事了，便説道：「外面有人等你呢。你再鬧，就誤了時辰了。」寶玉仰面大笑道：「走了，走了！不用胡鬧了，完了事了！」胡鬧即胡説。仰面大笑，胡鬧完矣。外面有人，此「人」字對禽獸説。衆人也都笑道：「快走罷。」獨有王夫人和寶釵兩個，倒像生離死别的一般，那眼淚也不知從那裏來的，直流下來，幾乎失聲哭出。但見寶玉嘻天哈地，大有瘋傻之狀，嘻天哈地，以嘻笑説石頭，而實以嘻笑演天地也。遂從此出門走了。正是：

走來名利無雙地，打出樊籠第一關。二語人以爲「卻塵緣」作證者，非也。名利無雙，一茫一渺矣。然曰無雙，則無所謂茫渺。此句是自破其書，下句則自明其書。百行孝爲先，第一關乃孝也。棄親而走，是出第一關矣。請參看「檻外人」評。

不言寶玉、賈蘭出門赴考，且説賈環見他們考去，自己又氣又恨，便自大爲王，説：「我可要給母親報仇了！家裏一個男人没有，上頭大太太依了我，還怕誰？」既走寶玉，即入賈環，「獨承家」之惡子也。不能齊家，以致骨肉相仇，循環報復，是賈政罪案也。想定了主意，跑到邢夫人那邊請了安，説了些奉承的話。那邢夫人自然歡喜，便説道：「你這纔是明理的孩子呢。像那巧姐兒的事，原該我做主的。你璉二哥糊塗，放着親奶奶倒託别人去。」賈環道：「人家那頭兒也説了，只認得這一門子，現在定了，還要備一分大禮來送太太呢。如今太太有了這樣的藩王孫女婿兒，還怕大老爺没大官做麼？不是我説自己的太太，他們有了元妃姐姐，便欺壓的人難受。將來巧姐兒别也是這樣没良心，等我去問問他。」此等處皆不易妥帖。文字太離不得，太合不得，看他乾乾淨淨寫來，已爲能品，又以元妃借比一筆，頓增無限氣色，而少陽之《復》，即爲元春，在底面矣。邢夫人道：「你也該告訴他，他纔知道你的好處。只怕他父親在家也找不出這麼門子好親事來。但只平兒那個糊塗東西，他倒説這件事不好，説是你太太也不願意。想來恐怕我們得了意。若遲了，你二哥回來，又聽人家的話，就辦不成了。」賈環道：「那邊都定了，只等太太出了八字。王府的規矩，三天就要來娶的。三天爲《泰》，即是元春。但是一件，只怕太太不願意。那邊説是不該娶犯官的孫女，只好悄悄的抬了去。等大老爺免了罪，做了官，再大家熱鬧起來。」邢夫人道：「這有什麼不願意？也是禮上應該的。」不必有是事，不妨作是説，比尤二姐爲何如？是爲應該。賈環道：「既這麼着，這帖子太太出了就是了。」邢夫人道：「這孩子又糊塗了。裏頭都是女人，你叫薔哥兒寫了一個就是了。」用親姑主害親女，慘矣。而出庚帖者，乃其私人，則尤慘。或嫌於鳳之報復輕，看此等設施何嘗輕？賈環聽了，喜歡的了不得，連忙答應出來，趕着同賈芸説了，邀着王仁到那外藩公館立文書，兑銀子去了。

那知剛纔所説的話早被跟邢夫人的丫頭聽見，那丫頭是求了平兒纔挑上的，便抽空兒趕到平兒那裏，一五一十的都告訴了。再就平兒演二「留」字，所謂種瓜得瓜，一五一十之所歸也。亦即爲後文預作彌縫。而丫頭無名，乃爲世人普同説法。平兒早知此事不好，已和巧姐細細的説明。巧姐哭了一夜，必要等他父親回來作主，大太太的話不能遵。今兒又聽見這話，便大哭起來，要和太太講去。平兒急忙攔住道：「姑娘且慢着。大太太是你的親祖母，他説二爺不在家，大太太做得主的，況且還有舅舅做保山，他們都是一氣。姑娘一個人，那裏説得過呢？我到底是下人，説不上話去。如今只可想法兒，斷不可冒失的。」層層説來，其危機不可脱而究得脱者，二「留」字之力耳。邢夫人那邊的丫頭道：「你們快快的想主意，不然可就要抬走了。」既告之，又催之，乃一五一十之精義。所謂戊己中有真信也。説着，各自去了。平兒回過頭來，見巧姐哭作一團，連忙扶着道：「姑娘哭是不中用的。如今是二爺彀不着。聽見他們的話頭……」這句話還没説完，只見邢夫人那邊打發人來告訴：「姑娘大喜的事來了！」一部書演二「復」字，是爲話頭，是爲大喜。叫平兒將姑娘所有應用的東西料理出來。若是賠送呢，原説明了，等二爺回來再辦。」平兒只得答應了。回來又見王夫人過來，巧姐一把抱住，哭得倒在懷裏。王夫人也哭道：「妞兒不用着急，我爲你吃了大太太好些話，看來是扭不過來的。我們只好應着緩下去，即刻着個家人趕到你父親那裏去告訴。」平兒道：「太太還不知道麽？早起三爺在大太太跟前説了，什麽外藩規矩，三日就要過去的。如今大太太已叫芸哥兒寫了名字年庚去了，還等得二爺麽？」王夫人聽説是三爺，便氣得説不出話來，呆了半天，一叠聲叫人找賈環。找了半天，人回：「今早同薔哥兒、王舅爺出去了。」説得危乎其危，此正報應昭然，找環之日也，乃所以逼出劉老老作一大環。王夫人問：「芸哥呢？」衆人回説不知道。巧姐屋内人人瞪眼，一無方法。王夫人也難和邢夫人争論，只有大家抱頭大哭。

有個婆子進來回説：「後門上的人説那個劉老老又來了。」此四至也，乃歷《遯》而《否》而《觀》，正主「大觀在上」之義。乃曰又至，則仍是《遯》。寶玉走，巧姐復矣。此自《姤》演，再自《剥》演，則四至爲《否》，而又至仍《遯》。其妙不可窮。王夫人道：「咱們家遭着這樣事，那有工夫接待人？不拘怎麽，回了他去罷。」平兒道：「太太該叫他進來。他是姐兒的乾媽，也得告訴告訴他。」必又是平兒留進。蓋老老之進，此進最重，所以足完上三至也。此下只以繳明一《復》，無深意矣。王夫人不言語。那婆子便帶了劉老老進來，各人見了問好。劉老老見衆人的眼圈兒都是紅的，也摸不着頭腦。遲了會子，便問道：「怎麼了？太太、姑娘們必是想二姑奶奶了。」直提鳳姐，恩有主，怨有主，而筆意從容。巧姐兒聽見提起他母親，越發大哭起來。平兒道：「老老別説閑話。你既是姑娘的乾媽，也該知道的。」便一五一十的告訴了，把個劉老老也唬怔了。等了半天，忽然笑道：「你這樣一個伶俐的姑娘，没聽見過鼓兒詞麼？這上頭的方法多着呢。這有什麼難的？」鼓兒詞，古詞也。《易》爲最初之古詞，千變萬化，其道無窮，不過一五一十而已。正老老之大用。而説得輕鬆爽快，令人眉舞色飛。平兒趕忙問道：「老老，你有什麼法兒？快説罷！」劉老老道：「這有什麼難的呢？一個人也不叫他們知道，扔崩一走就完了事了。」扔讀「仍」字，下平聲。扔崩者，乃北方鄉野語，行路疾而成聲也。正合「雷出地奮」，《復》卦大象之義。而口吻逼肖，妙合天然。平兒道：「這可是混説了。我們這樣人家的人，走到那裏去？」劉老老道：「只怕你們不走。你們要走，就到我屯裏去，我就把姑娘藏起來。屯裏去，所謂「動乎險中」，鳳、平之天造草昧日也。藏起來便是地藏庵。即刻叫我女婿弄了人，叫姑娘親筆寫個字兒，趕到姑老爺那裏，少不得他就來了，可不好麼？」平兒道：「大太太知道呢？」劉老老道：「我來他們知道麼？」平兒道：「大太太住在後頭，他待人刻薄，有什麼信，没有送給他的。你若前門走來，就知道了；如今是後門來的，不妨事。」一陽來復，必先有信，故本文屢演信。必不脱後門，是追一進之路而層層到此。劉老老道：「説咱們定了幾時，我叫女婿打了車來接了去。」平兒道：「這還等得幾時呢？你坐着罷。」急忙進去，將劉老老的話，避了傍人告訴了。王夫人想了半天，不妥當。自五月至十一月，《姤》而《復》，半年也，正是半天。而情事語而寫來恰合。平兒道：「只有這樣，爲的是太太，纔敢説明。太太就裝不知道，回來倒問大太太。我們那裏就有人去，想二爺回來也快。」王夫人不言語，歎了一口氣。巧姐兒聽見，便和王夫人道：「只求太太救我。横竪我父親回來只有感激的。」平兒道：「不用説了，太太回去罷。回來只要太太派人看屋子。」王夫人道：「掩密些，你們兩個人的衣服鋪蓋是要的。」平兒道：「要快走了纔中用呢。若是他們定了回來，就有了饑荒了。」提醒了王夫人，便道：「是了，你們快辦去罷，有我呢。」不言語，歎口氣，乃寶玉之坤而不震，云復非復，終不歸也。巧則旋去旋歸。此際歷《坤》之四五兩爻以成《剥》，剥亦不久之候也，故王夫人提衣服鋪蓋，演「黄裳」「括囊」之象，特曰提醒。於是王夫人回去，倒過去找邢夫人説閑話兒，把邢夫人先絆住了。

平兒這裏便遣人料理去了，囑咐道：「倒别避人。有人進來看見，就説是大太太吩咐的，要一輛車子送劉老老去。」這裏又買囑了看後門的人，雇了車來。平兒便將巧姐裝做青兒模樣，前回青兒已經留下，歸否絶無明文。今以巧裝青，可見青即巧，巧即青，同一少陽甲木而已。急急的去了。後來平兒只當送人，眼錯不見，也跨上車去了。原來近日賈府後門雖開，只有一兩個人看着，餘外雖有幾個家下人，因房大人少，空落落的，誰能照應？且邢夫人又是個不憐下人的，衆人明知此事不好，又都感念平兒的好處，所以通同一氣，放走了巧姐。特作周旋，於文自不可少。邢夫人還自和王夫人説話，那裏理會。只有王夫人甚不放心，説了一回話，悄悄的走到寶釵那裏坐下，心裏還是惦記着。於寶不放心是放，於巧放心是不放，特提不放心，而必到寶釵處，意深哉！寶釵見王夫人神色恍惚，便問：「太太的心裏有什麽事？」王夫人將這事背地裏和寶釵説了。寶釵道：「險得很！如今得快快兒的叫芸哥兒，止住那裏纔妥當。」王夫人道：「我找不着環兒呢。」寶釵道：「太太總要裝作不知，等我想個人去叫大太太知道纔好。」巧之復，所以定寶玉之不復也。周折都在寶釵。重「想人」二字，此「人」字又與「獸」字對。王夫人點頭，一任寶釵想人。暫且不言。

且説外藩原是要買幾個使喚的女子，據媒人一面之辭，所以派人相看。相看的人回去，稟明了藩王，藩王問起人家，衆人不敢隱瞞，只得實説。那外藩聽了，知是世代勳戚，便説：「了不得！這是有干例禁的，幾乎誤了大事。況我朝覲已過，便要擇日起程，倘有人來再説，快快打發出去。」這日恰好賈芸、王仁等遞送年庚，只見府門裏頭的人便説：「奉王爺的命，再敢拿賈府的人來冒充民女者，要拿住究治的。如今太平時候，誰敢這樣大膽！」交過排場，絶無累墨。這一嚷，唬得王仁等抱頭鼠竄的出來，埋怨那説事的人，大家掃興而散。賈環在家候信，又聞王夫人傳喚，急得煩躁起來，見賈芸一人回來，趕着問道：「定了麽？」重又歸到賈環，蓋演此一事重循環也。賈芸慌忙跺足道：「了不得，了不得！不知是什麽人露了風了。」還把吃虧的話説了一遍。賈環氣得發怔，説：「我早起在大太太跟前説的這樣好，如今怎麽樣呢？這都是你們衆人坑了我了！」

正没主意，聽見裏頭亂嚷，叫着賈環等的名字，説：「大太太、二太太叫呢！」兩個人只得跑進去。只見王夫人怒容滿面，説：「你們幹的好事！如今逼死了巧姐和平兒了，快快的給我找還屍首來完事！」《復》一陽動於純陰之下，正如人死復生。兩個人跪下，賈環不敢言語。賈芸低頭説道：「孫子不敢幹什麽爲非的事。邢舅太爺和王舅爺説給巧妹妹作媒，我們纔回太太們的。大太太願意，纔叫孫兒寫庚帖兒去的。寫帖是薔，此又是芸自認，重在寶、黛。人家還不要呢。怎麽我們逼死了妹妹呢？」王夫人道：「環兒在大太太那裏説的，三日内便要抬了走，説親作媒，有這樣的麽？我也不問，你們快把巧姐兒還了我們，等老爺回來再説。」邢夫人如今也是一句話兒説不出了，只有落淚。王夫人便駡賈環説：「趙姨娘這樣混賬的東西，留的種子也是這混賬的！」追罵趙姨，「環」字義意通身振起矣。說着，叫丫頭扶了，回到自己房中。那賈環、賈芸、邢夫人三個人互相埋怨，說道：「如今且不用埋怨，想來死是不死的，必是平兒帶了他到那什麽親戚家躲着去了。」邢夫人叫了前後看門的人來罵着，問：「巧姐和平兒，知道那裏去了？」豈知下人一口同音，說是：「大太太不必問我們，問當家的爺們就知道了。請大太太也不用鬧，等我們太太問起來，我們有話說。要打大家打，要罰大家罰。自從璉二爺出了門，外頭鬧的還了得！我們的月錢月米是不給了，賭錢喝酒，鬧小旦，還接了外頭的媳婦兒到宅裏來，這不是爺嗎？」說得賈芸等頓口無言。文既不易收煞，倘用平衍，都成閑話，要看他處處用逆筆妙法。王夫人那邊又打發人來催，說：「叫爺們快找來！」那賈環等急得無地縫可鑽，鑽地縫亦是《復》字義，此書到底無閑話。又不敢盤問巧姐那邊的人，明知衆人深恨，是必藏起來了，但是這句話怎敢在王夫人面前說，只得各處親戚家打聽，毫無踪迹。裏頭一個邢夫人，外頭環兒等，這幾天鬧的晝夜不安。

看看到了出場日期，王夫人只盼着寶玉、賈蘭回來，等到晌午，不見回來。五月爲午，《姤》卦用事，午而不回，有《姤》無《復》也。王夫人、李紈、寶釵着忙，打發人去到下處打聽。去了一起，又無消息，連去的人也不來了。回來又打發一起人去，又不見回來。三個人心裏如熱油熬煎。等到傍晚，有人進來，見是賈蘭。衆人喜歡，問道：「寶二叔呢？」賈蘭也不及請安，便哭道：「二叔丢了！」「丢了」二字，如懸崖墜石，百廿回全底全面總括於此。王夫人聽了這話，便怔了半天，也不言語，便直挺挺的躺到床上。虧得彩雲等在後面扶着，下死的叫醒轉來，哭着。見寶釵也是白瞪兩眼，襲人等已哭得淚人一般。李紈哭着罵賈蘭道：「糊塗東西！你同二叔在一處，怎麽他就丢了？」他丢你不丢，糊塗東西，真者在此不在彼，而去與拐合，人甚勿爲花子拐去以成此去也。賈蘭道：「我和二叔在下處是一處吃，一處睡；進了場，相離也不遠，刻刻在一處的。今日一早，二叔的卷子早完了，還等我呢。我們兩個人一起去交了卷子，一同出來，在龍門口一擠，回頭就不見了。我們家接場的人都問我，李貴還説看見的，相離不過數步，怎麽一擠就不見了？」明演「龍戰於野」之象，《坤》之上六，即《復》之初九也，是爲賈蘭。而寶玉則離李不遠，而就不見了。夫「不遠之復」，正不離理，今既離理，則入歧途，何有於復哉！現叫李貴等分頭的找去。我也帶了人，各處號裏都找遍了没有，我所以這時候纔回來。」王夫人是哭得的一句話也説不出來，寶釵心裏已知八九，八九七十二，地數，到此一終，與賈母略猜八九針鋒相對。襲人痛哭不已，賈薔等不等吩咐，也是分頭而去。可憐榮府的人，個個死多活少，空備了接場的酒飯。賈蘭也忘卻了辛苦，還要自己找去。寫蘭之不棄其叔，正以反形寶玉之去。倒是王夫人攔住道：「我的兒！你叔叔丢了，還禁得再〔丢〕（去）了你麽？好孩子，你歇歇去罷。」賈蘭那裏肯聽，尤氏等苦勸不止。

衆人中只有惜春心裏卻明白了，只不好説出來，便問寶釵道：「二哥哥帶了玉去没有？」寶釵道：「這是隨身的東西，怎麽不帶？」惜春聽了，便不言語。惟空知空，而以玉問，仍執滯於有形也。是爲頑空，故不言語。襲人想起那日搶玉的事來，也是料着那和尚作怪，柔腸幾斷，珠淚交流，嗚嗚咽咽哭個不住。追想當年寶玉相待的情分：「有時慪他，他便惱了，也有一種令人回心的好處；那温存體貼，是不用説了；若慪急了他，便賭誓説做和尚。那知道今日卻應了這句話！」此「撕扇子」回語也，乃是做第二個和尚。則此和尚爲黛玉做，而在襲自另有第二個和尚在矣。襲既有第二，釵將毋同？看看那天已覺是四更天色，並没有個信兒。李紈又怕王夫人苦壞了，極力的勸着回房，衆人都跟着伺候，只有邢夫人回去。賈環躲着不敢出來。王夫人叫賈蘭去了，一夜無眠。天開於子，《復》在三更。四更無信，信是不復矣。一夜無眠，其夢全。次日天明，雖有家人回來，都說沒有一處不尋到，實在沒有影兒。於是薛姨媽、薛蝌、史湘雲、寶琴、李嬸娘等接二連三的過來請安問信。如此一連數日。王夫人哭得飲食不進，命在垂危。忽有家人回道：「海疆來了一人，口稱統制大人那裏來的，說我們家的三姑奶奶明日到京了。」全書都用影兒，故此處提湘雲。全書都入一歎，故此處提探春。書至結尾最難收煞，看他層層伸，層層縮，一段結構穿插，真好手筆。王夫人聽說探春回京，雖不能解寶玉之愁，那個心略放了些。到了明日，果然探春回來。《夬》決一陰，《剥》還一陽，探之用也。在書爲客，故曰蕉下客。在册中，出册外，一大主腦也。必歸此日，卦畫純《乾》矣。衆人遠遠接着，見探春出跳得比先前更好了，服采鮮明。見了王夫人形容枯槁，衆人眼腫腮紅，便也大哭起來。哭了一會，然後行禮。看見惜春道姑打扮，心裏很不舒服。惜主《乾》之《坤》，有陰無陽，故探春不舒服，與寶玉同一心迷。又聽見寶玉心迷走失，家中多少不順的事，大家又哭起來。還虧得探春能言，見解亦高，說其能言高見，正以抉破木石，成金玉以往許多能言不言之罪案也。把話來慢慢兒的勸解了好些時，王夫人等略覺好些。再明日，三姑爺也來了，特提三姑爺，婚姻以正。不爲探春爭薄命，乃爲寶、黛作歎息也。知有這樣的事，也同探春住下勸解。跟探春的丫頭老婆也與衆姐妹們相聚，各訴別後的事。從此，上上下下的人竟是無晝無夜，專等寶玉的信。

那一夜五更多天，外頭幾個家人進來，到二門口報喜。喜報孝廉，大夢終矣，故在五更。從此無《書》無《易》，自無上下，無晝夜。幾個小丫頭亂跑進來，也不及告訴大丫頭了，進了屋子，便說：「太太奶奶們大喜！」王夫人打諒寶玉找着了，便喜歡的站起身來，説：「在那裏找着的？快叫他進來。」那人道：「中了第七名舉人。」王夫人道：「寶玉呢？」家人不言語。舉人，孝廉也。「萬惡淫爲首，百行孝爲先」，此是淫書，而所重在孝，故歸結在孝廉，以「孝」字對「淫」字也。書儆貪財，以「廉」字對「貪」字也。兩字乃全書了義，演通靈演此也，故寶玉即孝廉，孝廉即寶玉。第七名，「七日來復」也。然《復》則「雷出地奮」，自必有聲，乃不言語，仍屬陰靜，何嘗真復耶？王夫人仍舊坐下。探春便問：「第七名舉人是誰？」第七名未經明報是誰，雖爲寶玉，實在賈蘭，特用探春一問以醒之。而寫探之明敏，此筆到底不懈。家人回説：「是寶二爺。」正説着，外頭又嚷道：「蘭哥兒中了！」那家人趕忙出去接了報單回稟，見賈蘭中了一百三十名。百十成數，一三陽數，此蘭之爲真孝廉也，故必提報單，見之真也；必用家人接進，見之陽也。若第七名只是小丫頭傳進之，空言而已。丫頭爲陰，小爲陰，正與不言語互相發明。看不及告訴大丫頭，則「小」字自有寓意之處矣。李紈心下喜歡，因王夫人不見了寶玉，不敢喜形於色。面是人情，底是天理，稻香村之絶不天然，明明於書中酬之矣。王夫人見賈蘭中了，心下也是喜歡，只想：「若是寶玉一回來，喒們這些人不知怎樣樂呢？」獨有寶釵心下悲苦，又不好掉淚。書寫李紈爲完人，有真復之子，所以勸善。寫鳳爲禽獸，而一事能留，且得巧姐之復，雖爲女爲陰，遠不及李氏，然天亦寬之，所以化惡而轉爲善也。至寶釵則陰賊險狠，且得賢名，爲操、莽一流人物。是則鬼神所必殛，天地所不容者矣，故寫獨有悲苦是他，而猶必誅之於書外，所以懲惡而嚴其始也。衆人道喜，説是：「寶玉既有中的命，自然再不會丟的。況天下没有迷失了的舉人。」王夫人等想來不錯，略有笑容。衆人便趁勢勸王夫人等，多進了些飲食。此段叮囑尤切。蓋不迷失，斯爲孝廉；既孝廉，自不迷失。然猶當刻刻防檢以求，到底不錯，則笑與不錯其大端也，明眼人自當會悟。只見三門外頭焙茗亂嚷説：「我們二爺中了舉人，是丟不了的了。」衆人問道：「怎見得呢？」焙茗道：「『一舉成名天下聞』。如今二爺走到那裏，那裏就知道的，誰敢不送來!」裏頭的衆人都說:「這小子雖是沒規矩,這句話是不錯的。」惜春道:「這樣大的人,那裏有走失的?只怕他看破了世情,入了空門,這就難找着他了。」這句話又招得王夫人等又大哭起來。焙茗之言,衆人說不錯;惜春之言,令人大哭。誤入歧途,大可畏哉!

李紈道:「古來成佛作祖成神仙的,果然把爵位富貴都抛了也多得很。」王夫人道:「他若抛了父母,這就是不孝,怎能成佛作祖?」佛祖之說,轉在李;不孝之說,轉在王。此用李之理、王之《易》設爲問答,而合《易》、理以斷定孝不孝之正案也。其言有如鑄鐵。探春道:「大凡一個人不可有奇處。二哥哥生來帶塊玉來,都道是好事。這麽說起來,都是有了這塊玉的不好。若是再有幾天不見,我不是叫太太生氣,就有些原故了,只好譬如沒有生這位哥哥罷了。果然有來頭,成了正果,也是太太幾輩子的修積。」通靈者,渾然一理而已。有玉則有着,觀寶玉之心成惡心矣,故變神瑛爲黛玉,變赤心成黑心矣。用探春提明有子無子,則凡以吃齋念佛爲畢修積事者可以醒哉。寶釵聽了不言語。襲人那裏忍得住,心裏一疼,頭上一暈,便栽倒了。以襲之栽倒了形釵之不言語,是一非二。既透書尾,並含書外。王夫人見了可憐,命人扶他回去。賈環見哥哥、侄兒中了,又爲巧姐的事大不好意思,只抱怨芸、薔兩個;知道探春回來,此事不肯干休,又不敢躲開,這幾天竟是如在荆棘之中。插入賈環,底面都妙。而荆棘中有環,荆棘中有探矣。特提探春,絕不輕放以往也,乃作者手閑心謹處。

明日,賈蘭只得先去謝恩,知道甄寶玉也中了,大家序了同年。真與真同年,交代孝廉,交代甄寶玉矣。提起賈寶玉心迷走失,甄寶玉歎息勸慰。知貢舉的將考中的卷子奏聞,皇上一一的披閱,看取中的文章,俱是平正通達的。見第七名賈寶玉是金陵籍貫,第一百三十名又是金陵賈蘭,皇上傳旨詢問:「兩個姓賈的俱是金陵人氏，是否賈妃一族？」大臣領命出來，傳賈寶玉、賈蘭問話。賈蘭將寶玉迷失的話，並將三代陳明，大臣代爲轉奏。皇上最是聖明仁德，平正通達，乃秦氏房中聯；聖明仁德，乃省親別墅額。此等處最易不經意，而整肅如此。想起賈氏功勳，命大臣查覆。大臣便細細的奏明。皇上甚是憫恤，命有司將賈赦犯罪情由查案具奏。皇上又看到《海疆靖寇班師善後事宜》一本，奏的是海晏河清，萬民樂業的事。歸結全書，立言得體。百廿回總一靖寇事宜也。皇上聖心大悦，命九卿敍功議賞，並大赦天下。到此方出賈赦名義，曰大赦天下，則赦且因衆赦而赦，作者固未赦之也。其謹嚴又如此。賈蘭等朝臣散後，拜了座師，並聽見朝内有大赦的信，便回了王夫人等。合家略有喜色，只盼寶玉回來。薛姨媽更加喜歡，便要打算贖罪。插入薛蟠，完龍下蛋之語。文周理密。

一日，人報甄老爺同三姑爺來道喜，《易》窮則變，陰極陽生，復之會也。故三姑爺同甄老爺來，周瓊之所生也。王夫人便命賈蘭出去接待。不多一回，賈蘭進來，笑嘻嘻的回王夫人道：「太太們大喜了。甄老伯在朝内聽見有旨意，説是大老爺的罪名免了。珍大爺不但免了罪，仍襲了寧國三等世職。榮國世職，仍是老爺襲了，俟丁憂服滿，仍升工部郎中。所抄家産，全行賞還。書最無謂是團圓戲文，如此處赦罪還産，近之矣；而仍做隔壁戲請人聽。夫賈政仍襲榮爵，是在赦且不赦也；而賈珍復職，豈非仍是混説耶？有謂書至此處，未免支離，未免草率，請察此評。二叔的文章，皇上看了甚喜，問知是元妃兄弟，北静王還奏説人品亦好。皇上傳旨召見。衆大臣奏稱：『據伊侄賈蘭回稱出場時迷失，現在各處尋訪。』皇上降旨，着五營各衙門用心尋訪。乃捕盜廣緝文書矣，令人失笑，而正與靖寇意通。這旨意一下，請太太們放心。皇上這樣聖恩，再没有找不着的。」何嘗找着？何嘗可喜？可見人心既放，雖天亦無如何。此處「放心」二字，愈逼愈緊。王夫人等這纔大家稱賀，喜歡起來。

只有賈環等心下着急，四處找尋巧姐。於復職後必仍由賈環入敘巧姐，是底是面，一絲不走。那知巧姐隨了劉老老，帶着平兒出了城，到了莊上。劉老老也不敢輕褻巧姐，便打掃上房，讓給巧姐、平兒住下。每日供給，雖是鄉村風味，倒也潔净；又有青兒陪着，暫且寬心。那莊上也有幾家富户，知道劉老老家來了賈府姑娘，誰不來瞧？都道是天上神女。也有送菜果的，也有送野味的，倒也熱鬧。此「熱」字生於冷子興之「冷」字，一賈環圓滿矣。內中有個極富的人家姓周，家財巨萬，良田千頃，只有一子，生得文雅清秀，年紀十四歲，他父母延師讀書，新近科試，進了秀才。老老登場用周瑞起，老老收場用周姓止，閑人評此書是演《周易》，尚有以爲附會者乎？曰極富，《易》之用也。曰萬，曰千，《易》之變也。曰一子，《易》起於一奇也，本文之少陽，亦一奇。爲巧爲七，合二七則十四歲也。三才大道，統括於此，故中秀才。那日他母親看見了巧姐，心裏羨慕，自想：「我是莊家人家，那能配得起這樣世家小姐？」呆呆的想着。劉老老知他心事，拉着他説：「你的心事，我知道了，我給你們做個媒罷。」孤陰不生，獨陽不長，老老相生，正作媒之用也。周媽媽笑道：「你别哄我。他們什麽人家，肯給我們莊家人麽？」劉老老道：「説着瞧罷。」人活，道活，語活，文活，底面都妙。於是兩人各自走開。

劉老老惦記着賈府，叫板兒進城打聽。那日恰好到寧榮街，有好些車輛在那裏，板兒便在鄰近打聽，説是寧、榮兩府復了官，賞還抄的家産，如今府裏又要起來了。只是他們的寶玉中了舉，不知走到那裏去了。板兒心裏歡喜，便要回去。又見好幾匹馬到來，在門前下馬，只見門上打千兒請安，説：「二爺回來了，大喜！大老爺身上安了麽？」那位爺笑着道：「好了。又遇恩旨，就要回來了。」還問：「那些人做什麽的？」門上回説：「是皇上派官在這裏下旨意，叫人領家産。」那位爺便喜歡進去。板兒便知是賈璉了，璉非可赦之人耳，以尚能知平之爲平，故此等好處都歸在板兒耳目中。於文字則不板。也不用打聽，趕忙回去，告訴了他外祖母。劉老老聽説，喜的眉開眼笑，去和巧姐兒賀喜，將板兒的話説了一遍。平兒笑説道：「可不是？虧得老老這樣一辦，不然，姑娘也摸不着那好時候。」巧姐更是歡喜。正説着，那送賈璉信的人也回來了，説是：「姑老爺感激得很，叫我一到家，快把姑娘送回去。又賞了我好幾兩銀子。」劉老老聽了得意，便叫人趕了兩輛車，請巧姐、平兒上車。巧姐等在劉老老家住熟了，反是依依不捨，更有青兒哭着，恨不能留下。只言青、板，略不及狗兒，當王者貴，不浪擲一點墨也。劉老老知他不忍相别，便叫青兒跟了進城，來去必有青兒，正木令暢行之會。一徑直奔榮府而來。

且説賈璉先前知道賈赦病重，趕到配所，父子相見，痛哭了一場，漸漸的好起來。賈璉接着家書，知道家中的事，稟明賈赦。回來走到中途，聽得大赦，又趕了兩天，今日到家，恰遇頒賞恩旨。裏面邢夫人等正愁無人接旨，雖有賈蘭，終是年輕。人報璉二爺回來，賈蘭既中舉，而接恩旨必待賈璉，見此旨只交排場，接以賈之假，不必蘭之真。拉拉雜雜中寓若許深意，誰謂此書末路散漫？大家相見，悲喜交集。此時也不及敍話，即到前廳叩見了。欽命大人問了他父親好，説：「明日到内府領賞，寧國府第發交居住。」衆人起身辭别，賈璉送出門去。見有幾輛屯車，家人們不許停歇，正在吵鬧。賈璉早知道是送巧姐來的車，便駡家人道：「你們這般糊塗忘八崽子！我不在家，就欺心害主，將巧姐都逼走了。如今人家送來，還要攔阻，必是你們和我有什麽仇麽！」焦大一駡書起頭，賈璉一駡書結尾。彼駡色，此駡財；彼駡人，此駡人而自駡，其實止作者一駡也。衆家人原怕賈璉回來不依，想來少時纔破，豈知賈璉説得更明，心下不懂，只得站着回道：「二爺出門，奴才們有病的，有告假的，都是三爺、薔大爺、芸二爺作主，不與奴才們相干。」賈璉道：「什麽混賬東西！等我完了事，再和你們説。快把車趕進來。」

賈璉進去，見了邢夫人，也不言語，必著此句，爲文何等玲瓏！轉身到了王夫人那裏，跪下磕了個頭，回道：「姐兒回來了，全虧太太。環兄弟太太也不用説他，只是芸兒這東西，他上回看家，就鬧亂兒；如今我去了幾個月，便鬧到這樣。回太太的話，這種人攆了他，不許來也使得。」撇薔責芸，乃借芸罵寶玉也。看「這種人」云云與探春「譬如没生」之語相合。底面俱有隱義。王夫人道：「你大舅子爲什麽也是這樣？」賈璉道：「太太不用説，我自有道理。」不疏不滯，我有道理，見此道理，正生之自我也。是曰仁。正説着，彩雲等回道：「巧姐兒進來了！」見了王夫人，雖然别不多時，想起這樣逃難的景況，不免落下淚來。巧姐兒也便大哭。賈璉謝了劉老老。此五進也，位仍歸《剥》。第六回正爲此日之根。王夫人便拉他坐下，説起那日的話來。賈璉見平兒，外面不好説别的，心裏感激，眼中流淚。自此賈璉心裏愈敬平兒，打算等賈赦回來，要扶平兒爲正。此是後話，以前屢寫平兒心事爲人，只要寫此一句，以扶不正而歸於正也，乃前話非後話也。暫且不題。

邢夫人正恐賈璉不見了巧姐，是有一番的周折，又聽見賈璉在王夫人那裏，心下更是着急，便叫丫頭去打聽。回來説是巧姐兒同着劉老老在那裏説話。邢夫人纔如夢初覺，知他們的鬼，還抱怨着王夫人：「調唆我母子不和，到底是那個送信給平兒的？」寫「尷尬人」寫得十足，乃《夢》書中之一鬼，爲作者得意筆也，到底不懈。正問着，只見巧姐同着劉老老，帶了平兒，王夫人在後頭跟着進來，先把頭裏的話都説在賈芸、王仁身上，賈芸、王仁正是冤有頭，債有主。敍事了事，何等簡當。説：「大太太原是聽見人説，爲的是好事，那裏知道外頭的鬼!」邢夫人聽了，自覺羞慚，想起王夫人主意不差，心裏也服。於是邢、王夫人彼此心下相安。平兒回了王夫人，帶了巧姐，到寶釵那裏來請安。各自提各自的苦處，又説到皇上隆恩：「咱們家該興旺起來了，想來寶二爺必回來的。」正説到這話，只見秋紋匆忙來説：「襲人不好了!」不知何事，且聽下回分解。巧之苦已完，釵之苦方起，而應苦不苦則不爲稻香村，仍爲紫檀堡也可，因即以襲結本回之尾。

此回合上回爲一大段，用「孝廉」兩字打一大結。全部演財色一齊轉背，事愈散，文愈整。乃有謂書止八十回，以爲後不如前，亦未就其針綫之密，杼軸之圓，一細按之也。試更讀此大段，當知前説不足憑矣。怨不在大，雖微皆必報之嫌；餘要能留，此語非終藏之謎。打破盤中瓜果，王仁偕老老同來；種成盆裏蘭花，公子被猩猩而去。鄉魁一中，檻内人曰孝曰廉；胡鬧已完，山子野非僧非道。世澤敢忘天祖，塵緣誰卻君親。正妻妾以成家，斯爲文妙；入渺茫而證果，那有真人。荷葉浮萍，歎觀止矣；蓼汀花漵，歸去來兮。

護花主人評曰：

寶玉赴考時，辭别王夫人及李紈、寶釵説話，句句是一去不回口氣，在有意無意之間。文筆玲瓏，真有手揮目送之妙。

惜春與紫鵑已跳出樊籠，不送不辭，斟酌有意。

王夫人與寶釵一樣流淚，兩樣心事：王夫人是説話傷心，寶釵是慧心窺破。所以王夫人尚可明説，寶釵竟有不能説之苦。

賈環想報仇得意，是反跌下文。

王夫人説寫信與賈璉，差人送去，也是一法，豈知三日内即要送去，令人急殺。然後轉出劉老老逃避一法，真是山窮水盡，忽有柳暗花明之景；且使王夫人不得不依，文筆妙極。

平兒連鋪蓋衣服也不要，只求王夫人派人看屋，甚有才識，可以扶危救急。王夫人轉去絆住邢夫人，布置周密。

賈芸、王仁等有興而去，掃興而回，殊快人心。王夫人説死巧姐、平兒，要賈環找還屍身，亦着急得像。

邢夫人駡看門的人，惹得衆人索性説破賈芸等平日胡爲，使賈芸、邢夫人頓口無言，是文章趁勢法。

巧姐、平兒先走，引出寶玉也走；但巧姐、平兒兩人同走，是假走；寶玉一人獨走，是真走。一單一雙，一真一假，映襯得妙。

探春回來，死者死，嫁者嫁，走者走，出家者出家，滄桑之變，殊難爲情。

李紈、探春、惜春及家人焙茗等議論寶玉説話，各有不同，各有道理；惟寶釵、襲人心中無限苦楚，一字説不出來，情事逼真。

借寶玉、賈蘭籍貫，引起元妃；又借海疆靖寇班師，引出大赦：賈赦、賈珍亦可宥罪復職，給還家産；薛蟠亦得贖罪回家，以便歸結全部。

巧姐姻事，此時已經定局，劉老老敢於肩任者，因王鳳姐生前曾經面允，且有保護巧姐大功，並非冒昧。

劉老老遣板兒進城，探知一切，且見賈璉回家，趁勢補出送信人回來一層，劉老老便可送回巧姐、平兒，既省無數筆墨，文法亦一絲不漏。

王夫人帶領巧姐等同見邢夫人，將前事都歸在賈芸、王仁身上，安頓極妥；否則邢夫人何以相安。

第一百十三回至一百十九回一大段，應分四小段：一百十三、四回爲一段，完結王鳳姐因果，中間帶敘寶玉癡情，甄府復職；一百十五回至一百十七上半回爲一段，敘惜春決志出家，寶玉悟心幻境，夾敘出兩寶玉相會，一甄一賈，性情各别，及賈政扶柩回南，完結各葬事；一百十七下半回、十八上半回爲一段，寫賈璉出門，賈環等乘間串賣巧姐；一百十八下半回至一百十九回爲一段，敘寶玉逃禪，賈府蒙恩，以便完結全部。

大某山民評曰：

寶玉之於寶釵，比肩二年，畢於臨走一揖。回思因病成親，奠雁未揖，御輪未揖，今日反來作揖，悲哉此揖，忍哉此揖！

鳳姐照顧劉老老，十分加厚，深得敬老憐貧之意；今番脱巧姐於難，誰謂施而無報？

賈氏四春，惟三姑娘最爲鋭利，而結果獨好。可知懦弱人，皇天久不眷佑矣。賈氏漸復興旺，必多照應。惜環兒有服，不能入場；苟其混進，亦必中式，不比孤寒奇士，年年打氈氈也。

作者極力寫襲人痛哭發暈，正深惡其水性楊花，討好巴結，搬唆他人爲狐媚子，自己再嫁小旦。

邢德全與王仁二人，後來究竟賈璉作何道理，書中無明文，令人恨恨。

第一百二十回　甄士隱詳説太虚情　賈雨村歸結紅樓夢

話説寶釵聽秋紋説襲人不好，連忙進去瞧看，巧姐兒同平兒也隨着。走到襲人炕前，只見襲人心痛難禁，一時氣厥。寶釵等用開水灌了過來，仍舊扶他睡下，一面傳請大夫。巧姐兒問寶釵道：「襲人姐姐怎麽病到這個樣？」寶釵道：「大前日晚上，哭傷了心了，一時發暈栽倒了。太太叫人扶他回來，他就睡倒了。因外頭有事，没有請大夫瞧他，所以致此。」説着，大夫來了，寶釵等迴避。大夫看了脈，説是急怒所致，襲人病是急怒，作者善戲謔兮。然多怒傷肝，正是積病。開了一個方子去了。

原來襲人模糊聽見説，寶玉若不回來，便要打發屋裏人都出去，一急，越發不好了，寶玉方走，便議打發人，有是説乎？模糊聽見最妙。到大夫瞧後，秋紋給他煎藥。他獨自一人躺着，神魄未定，好像寶玉在他面前，恍惚又像是見個和尚，手裏拿着一本册子揭着看，還説道：「你别錯了主意，我是不認得你們的了。」入襲人一夢，出《紅樓》全夢矣。襲人似要和他説話，秋紋走來説：「藥好了，姐姐吃罷。」襲人睁眼一瞧，知是個夢，也不告訴人。吃了藥，便自己細細的想：「寶玉必是跟了和尚去，上回他要拿玉出去，便是要脱身的樣子，被我揪住，看他竟不像往常，把我混推混扯的，一點情意都没有。後來待二奶奶更生厭煩，在别的姊妹跟前，也是没有一點情意，這就是悟道的樣子。但是你悟了道，拋了二奶奶，怎麼好？我是太太派我服侍你，雖是月錢照着那樣的分例，其實我究竟没有在老爺、太太跟前回明，就算了你的屋裏人。若是老爺、太太打發我出去，我若死守着，又叫人笑話；若是我出去，心想寶玉待我的情分，實在不忍。」左思右想，實在難處。一段自己脱卸文字，讀之令人失笑。到底是這枝筆。想到剛纔的夢，好像和我無緣的話，倒不如死了乾净。一句一轉，真善掉皮。而「死了」二字，乃忠孝節義必不得已之大收場，從不曾受此荼毒。豈知吃藥以後，心痛減了好些，也難躺着，只好勉强支持。過了幾日，起來服侍寶釵。寶釵想念寶玉，暗中垂淚，自歎命苦。又知他母親打算給哥哥贖罪，很費張羅，不能不幫着打算。暫且不表。

且説賈政扶賈母靈柩，賈蓉送了秦氏、鳳姐、鴛鴦的棺木到了金陵，先安了葬。珍復職而敬柩不歸，趙姨有子則亦應歸，迄無明文，非漏也，奪之也。賈蓉自送黛玉的靈柩，也去安葬。賈政料理墳墓的事。一日，接到家書，一行一行的看到寶玉、賈蘭得中，心裏自是喜歡。後來看到寶玉走失，復又煩惱，只得趕忙回來。在道兒上又聞得有恩赦的旨意，又接家書，果然赦罪復職，更是喜歡，便日夜趲行。

一日，行到毘陵驛地方，毘陵驛在常州府，賈氏父子相見于此，一部大書歸一「常」字，即張太醫「細窮源」之「經」字也。那天乍寒下雪，泊在一個清净去處。賈政打發家人上岸投帖，辭謝朋友，總説即刻開船，都不敢勞動。不求朋友而孤陋寡聞爲一家言，此政之所以致今日也。是書於師於友，再三致意。船中只留一個小厮伺候，自己在船中寫家書，先要打發人起早到家。寫到寶玉的事，便停筆。抬頭忽見船頭上微微的雪影裏面一個人，光着頭，赤着脚，身上披着一領大紅猩猩毡的斗篷，寶玉此來，必在雪中，明所以致此之由也。一幅大觀園白雪紅梅圖收拾矣。光頭赤脚，所謂

「赤條條來去無牽掛」。而斗篷必曰猩猩毡，「猩猩能言，不離禽獸」，仍歸一罵也。作者誅不孝，闢二氏，何等森嚴！否則但説大紅斗篷可也，何必定説猩猩毡？向賈政倒身下拜。賈政尚未認清，急忙出船，欲待扶住，問他是誰，那人已拜了四拜，站起來打了個問訊。賈政纔要還揖，迎面一看不是別人，卻是寶玉。行禮不僧不道，止成棄親而走之一人耳。尚未認清，卻是寶玉，父子厥罪維均。賈政吃一大驚，忙問道：「可是寶玉麽？」那人祇不言語，似喜似悲。似喜似悲，説者以爲超凡可喜，棄親可悲，而實不然。蓋爲一「黛」字洗不去立案。寶玉此行，乃爲黛玉，今果踐言，是可喜也；而黛玉究竟已死，無可追尋，是可悲也。何嘗尚知有父母哉？故作者以兩「似」字定其罪。凡其似處，皆其非處也。是曰猩猩。賈政又問道：「你若是寶玉，如何這樣打扮，跑到這裏？」寶玉未及回言，只見船頭上來了兩人，一僧一道，夾住寶玉，説道：「俗緣已畢，還不快走！」以天親爲俗緣，豈作者之意乎？特繳《石頭記》排場而已。笨伯又曰到此三教歸一。説着，三人飄然登岸而去。賈政不顧地滑，即忙來趕，見那三人在前，那裏趕得上？只聽得他們三人口中不知是那個作歌曰：不知那個，直無所謂僧道，無所謂寶玉矣，只不過一歌而已。此乃作者自白。

我所居兮，青埂之峯。我所遊兮，鴻濛太空。誰與我遊兮，吾誰與從？渺渺茫茫兮，歸彼大荒。

一歌簡明，乃作者自説其書，更爲空空作一轉語耳。別無深意，而望知音則甚切。

賈政一面聽着，一面趕去，轉過一小坡，倏然不見。賈政已趕得心虛氣喘，驚疑不定，回過頭來，見自己的小厮也是隨後趕來。賈政問道：「你看見方纔那三個人麽？」小厮道：「看見的，奴才爲老爺追趕，故也趕來。後來只見老爺，不見那三個人了。」賈政還欲前走，只見白茫茫一片曠野，并無一人。所謂「白茫茫大地真乾净」，是夢非夢，有《後赤壁》煞尾之妙。賈政知是古怪，只得回來。

衆家人回船，見賈政不在艙中，問了船夫，説是：「老爺上岸追趕兩個和尚一個道士去了。」衆人也從雪地裏尋踪迎去，遠遠見賈政來了，迎上去接着，一同回船。賈政坐下，喘息方定，將見寶玉的話，説了一遍。衆人回稟，便要在這地方尋覓。凡作續部者，都是這個主意。賈政歎道：「你們不知道，這是我親眼見的，並非鬼怪。此説不解書意而妄以意揣者。親眼見的，即説人爲某氏，事出誰家，曾經親見者也。歌聲玄妙，即認真僧道説法談禪，以爲内典金丹之副本也。而總一不知道，蓋親眼見者其子，非鬼怪者則人，是子道，是人道，方是真正書意也。歌無玄妙，此段文字則大有玄妙。況聽得歌聲，大有玄妙。那寶玉生下時，銜了玉來，便也古怪，我早知不祥之兆。爲的是老太太疼愛，所以養育到今。以寶玉爲不祥，不知心，不知人，不知子矣。此是自暴，因以自棄，歸罪于其母。便是那和尚、道士，我也見了三次：見僧道三次，一虚兩實，正與劉老老之六進皆實者相對。一虚則皆虚，一實無不實。演《易》是真，談空是假也。頭一次，是那僧道來説玉的好處；第二次，便是寶玉病重，他來了，將那玉持誦了一番，寶玉便好了；第三次，送那玉來坐在前廳，我一轉眼就不見了。我心裏便有些詫異，只道寶玉果真有造化，高僧仙道來護佑他的。豈知寶玉是下凡歷劫的，竟哄了老太太十九年，如今叫我纔明白。」説到那裏，掉下淚來。九成爲十，則歸于一，《易》數也。十止于九，則缺其一，缺陷也。是書以天地缺陷演人事缺陷，而求爲裁成輔相以平之，其道在各正性情而已。故能于此十九之理而下淚，則真明白也。否則「我可明白了」，仍是翠縷也。衆人道：「寶二爺果然是下凡的和尚，就不該中舉人了，怎麽中了纔去？」孝廉、和尚，説得截然兩斷，是則正旨。賈政道：「你們那裏知道！大凡天上星宿，山中老僧，洞裏的精靈，他自具一種性情。你看寶玉何嘗肯念書？他若略一經心，無有不能的。他那一種脾氣也是各别另樣。」説着，又歎了幾聲。星、精、僧之説，皆搬演全部傳奇之行頭，只有「明明德」方是正旨，看「自有一種性情」與「一種脾氣」云云可見。是乃作者歎氣處也，即「演説榮國府」之賈雨村。衆人便拿蘭哥得中，家道復興的話解了一番。賈政仍舊寫家書，便把這事寫上，勸諭合家不必想念了。寫完封好，即着家人回去。賈政隨後趕回，暫且不題。此事用家書起，用家書結，見欲齊家必先讀書，而《大學》其要矣。不題正是題。

且説薛姨媽得了赦罪的信，便命薛蝌去各處借貸，並自己湊齊了贖罪銀兩。刑部准了，收兑了銀子，一角文書，將薛蟠放出。他們母子姊妹弟兄見面，不必細述，自然是悲喜交集了。此「悲喜」字對寶玉之「似喜似悲」説，見以薛蟠尚實有悲喜而復見其母之日。薛蟠自己立誓説道：「若是再犯前病，必定犯殺犯剮。」薛姨媽見他這樣，便要握他嘴，説：「只要自己拿定主意，必要還要安口巴舌，血淋淋的起這樣惡誓麽？「錯裏錯」案到此方銷，而戒口舌之意深矣。只香菱跟了你，受了多少的苦處，你媳婦已經自己治死自己了，如今雖説窮了，這碗飯還有得吃。據我的主意，我便算他是媳婦了，你心裏怎麽樣？」薛蟠點頭願意。寶釵等也説很該這樣。倒把香菱急得臉脹通紅，説是：「伏侍大爺一樣的，何必如此？」衆人便稱起大奶奶來，無人不服。與平兒扶正同一用意，挽回「薄命女」，塗抹一部十二釵。

薛蟠便要去拜謝賈家，薛姨媽、寶釵也都過來。見了衆人，彼此聚首，又説了一番的話。恰好那日賈政的家人回來，呈上書子，説：「老爺不日到了。」此書到於薛蟠出罪歸家之日，是蟠可復而寶不復也。王夫人叫賈蘭將書子念給聽。賈蘭念到賈政見寶玉的一段，衆人聽了，都痛哭起來。王夫人、寶釵、襲人等更甚。大家又將賈政書内叫家内不必傷悲，原是借胎的話解説了一番：人是借胎，書是借胎也，則歸渺茫之寶玉，仍自有正胎在。「與其作了官，倘或命運不好，犯了事，壞家敗産，那時倒不好了，寧可喒們家出一位佛爺，倒是老爺、太太的積德，所以纔投到咱們家來。不是説句不顧前後的話，當初東府裏太爺，倒是修煉了十幾年，也没有成了仙，這佛是更難成的。太太這麽一想，心裏便開豁了。」渾説仙佛而歸二「敬」字，一部《曲禮》在此矣。敬之反則誤爲仙佛，所以罪賈敬也。敬之正則絶非仙佛，所以宣書旨也。而爲謝珍之壞家敗産者，當知自反矣。此正合前後總發一敬之話，故特説是顧前不顧後的話。王夫人哭着，和薛姨媽道：「寶玉抛了我，我還恨他呢！我歎的是媳婦的命苦，纔成了一二年的親，一二年，奇偶而已，《易》卦而已，正不必爲之計歲月。是亦止「二五之精，妙合而凝」之説所牽合處也。怎麽他就硬着腸子，都撂下了走了呢？」薛姨媽聽了，也甚傷心，寶釵哭得人事不知。所有爺們都在外頭。王夫人便説道：「我爲他擔了一輩子的驚，剛剛兒的娶了親，中了舉人，又知道媳婦有了胎，我纔喜歡些，不想弄到這樣結局。早知這樣，就不該娶親，害了人家的姑娘。」害了人家姑娘，乃言被人家姑娘害也。「有了胎」三字爲人人説，不爲一人説，而看官又捉住「有了胎」三字死不放。請問寫寶釵又何必定寫其有胎？豈于尤二姐之胎，則必用虎狼藥決去之；于釵之胎，則又必費筆墨以保之耶？無此情理。薛姨媽道：「這是自已命定的，咱們這樣人家，還有什麽别的説的嗎？幸喜有了胎，將來生個外孫子，必定是有成立的，後來就有了結果了。」越説越像，作者固捉定「有了胎」不放，露尾正要藏頭也。蓋這樣人家已無再嫁之理，這樣人家且又有胎，更無再嫁之理矣。而必以襲人之嫁結此書，而以前百餘回處處總以襲人爲之影，則何必？豈一部影戲中以前用襲影釵，到此則釵自釵而襲自襲乎？嫁者嫁而守者守乎？作者雖狡獪，亦未嘗不明告人知。在笨伯自不出迷陣，而以劉四駡人爲老實話耳。你看大奶奶，如今蘭哥兒中了舉人，明年中了進士，可不是就做了官了麽？他頭裏的苦，也算吃盡的了，如今的甜來，也是他爲人的好處。我們姑娘的心腸兒，姐姐是知道的，並不是刻薄輕〔佻〕（挑）的人，姐姐倒不必躭憂。」此段用李紈比較，更顯然告看官矣。夫李紈名紈，言完人；寶釵名釵，言差錯，則釵何得爲紈比？豈作者心胸無善無惡，一概以「好」字還之乎？若「我們姑娘的心腸兒」，書已寫了個十足，人人知道，人人說他與李紈同一好處。

王夫人被薛姨媽一番言語說得極有理，心想：「寶釵小時候，（便）（更）是廉靜寡慾，極愛素淡的，（說）所以纔有這個事。想人生在世，真有一個定數的。看着寶釵雖是痛哭，他端莊樣兒一點不走，卻倒來勸我，這是真真難得的。寫一賢寶釵，到底是賢寶釵，此筆一絲不走。然試看書中之寶釵，果寫其賢乎？寫其陰險乎？則人人又能知其陰險矣。是「有胎」之說，作者自還他書面，作何呼，自作何應也。豈有面子是賢，到此忽說他不賢；底子是陰險，到此又說他非陰險，而果予以守節有後之報，自令底面不對耶？明此則知有胎而守之說，是子虛中之子虛。不想寶玉這樣一個人，紅塵中福分，竟沒有一點兒。」想了一回，也覺解了好些。又想到襲人身上：「若說別的丫頭呢，沒有什麼難處的，大的配了出去，小的伏侍二奶奶就是了。獨有襲人，可怎麼處呢？」此想劈空而來，然在襲人已先自想矣。方想寶釵，即緊接又想襲人，何相連而不可分如此？王夫人前于自己月錢內每月分給襲人銀二兩，所以處之者，何其明且決！今忽有「怎麼處」之說，前後不倫，寫得可笑；皮裏陽秋，寫得怕人。此時人多，也不好說，且等晚上和薛姨媽商量。那日薛姨媽并未回家，因恐寶釵痛哭，所以在寶釵房中勸解。那寶釵卻是極明理，思前想後，寶玉原是一種奇異的人，惟其奇異，所以處心積慮必欲得之。夙世前因，自有一定，原無可怨天尤人。成于人而敗于人，雖怨尤何益？更將大道理的話，告訴他母親了。薛姨媽心裏反倒安了，便到王夫人那裏，先把寶釵的話說了。王夫人點頭歎道：「若說我無德，不該有這樣好媳婦了。」必把「賢」字作十成圓滿，即以起襲人之賢。說着，更又傷心起來。

薛姨媽倒又勸了一會子，因又提起襲人來，纔說寶釵，便說襲人，纔說襲人，便入薛姨。一釵一襲，直是管夫人小詞「你合裏有我，我合裏有你」。說：「我見襲人近來瘦的了不得，他是一心想着寶哥兒。但是正配呢，理應守的；屋裏人願守也是有的。惟有這襲人，雖説是算個屋裏人，到底他和寶哥兒没有過明路兒的。」此語亦有理，然追看襲人母病回家，用周瑞家的跟去，一切服飾排場，未過明路者有此行徑否？且王夫人所云停支襲人月錢，從己名下每月分給二兩，其體例視周、趙二姨，薛所共知。今反云然，是彼作一掘，此作一掩也。王夫人道：「我纔剛想着，正要等妹妹商量商量。若説放他出去，恐怕他不願意，又要尋死覓活的；若要留着他，也罷，又恐老爺不依，所以難處。」薛姨媽道：「我看姨老爺是再不肯叫守着的。再者姨老爺並不知道襲人的事，想來不過是個丫頭，那有留的理呢？王方欲與薛商，薛已來與王商。而未過明路應去之理出自薛口，在此事用兩親母相商，自是正理，而底子則非襲人。末又添賈政一層，其掩更密，隨書説書，襲之去固情情理理也。于此歎百餘回書安頓之妙。只要姐姐叫他本家的人來，狠狠的吩咐他，叫他配一門正經親事，再多多的陪送他些東西。那孩子心腸兒也好，年紀兒又輕，也不枉跟了姐姐會子，也算姐姐待他不薄了。襲人那裏，還得我細細勸他。就是叫他家的人來，也不用告訴他，只等他家裏果然説定了好人家兒，我們還打聽打聽，若果然足衣足食，女婿長的像個人兒，然後叫他出去。」都是薛姨主意，一力擔承。寶玉走之未久，急急打發襲人，此何指也？思之令人笑，又令人羞。王夫人聽了道：「這個主意很是。不然，叫老爺冒冒失失的一辦，我可不是又害了一個人了麽？」又一個人，明明有寶釵矣。薛姨媽聽了點頭道：「可不是麽？」又説了幾句，便辭了王夫人，仍到寶釵房中去了。看見襲人淚痕滿面，愈接愈緊。薛姨媽便勸解譬喻了一會。襲人本來老實，不是伶牙利齒的人，薛姨媽説一句，他應一句，回來説道：「我是做下人的人，姨太太瞧得起我，纔和我説這些話。我是從不敢違拗太太的。」薛姨媽聽他的話，「好一個柔順的孩子！」心裏更加喜歡。勸嫁又必是他，而即用襲人之賢隨勢合拍，絶不費力。「全大體」回曰「賢寶釵」，「箴寶玉」回曰「賢襲人」。襲之賢如此，釵之賢可知矣。而本回寫釵賢，絶無棱縫，寫襲賢，則有芒刺，好聽煞人。寶釵又將大義的話説了一遍，大家各自相安。奇哉，怪哉！是何大義，突作此語？明明把寶釵蓋頭揭去矣。各自相安，又明明説出。此作者惟恐人但知嬉笑而不知怒駡處也。

過了幾日，賈政回家，衆人迎接。賈政見賈赦、賈珍已都回家，弟兄叔侄相見，大家歷敍別來的景況。寫賈政回家方及赦、珍回家，略得大有筋節，而絶不及賈蓉，是仍無所容也。一干人犯，作者用法，何嘗真赦！然後内眷們見了，不免想起寶玉來，又大家傷了一會子心。賈政喝住道：「這是一定的道理。如今只要我們在外把持家事，你們在内相助，斷不可仍是從前這樣的散漫。別房的事，各有各家料理，也不用承總。我們本房的事，裏頭全歸於你，都要按理而行。」賈政一喝，乃作者自爲喝破書旨。書重齊家，人倫起於夫婦也。一定的道理，乃説在家之寶玉，不説歸空之寶玉。各有各家，自各有各理。王夫人便將寶釵有孕的話也告訴了，「將來丫頭們都放出去。」賈政聽了，點頭無語。點頭是書面，無語是書底。否則既聞有胎，則得孫可望，焉有不作一語者耶？

次日，賈政進内請示大臣們，説是：「蒙恩感激，但未服闋，應該怎麽謝恩之處，望乞大人們指教。」衆朝臣説是代奏請旨。於是聖恩浩蕩，即命陛見。賈政進内，謝了恩。聖上又降了好些旨意，又問起寶玉的事來。賈政據實回奏。聖上稱奇，旨意説：寶玉的文章固是清奇，想他必是過來人，所以如此。若在朝中，可以進用。他既不敢受聖朝的爵位，便賞了一個「文妙真人」的道號。聖上稱奇，所謂傳奇，奇則非正也。可以進用，爲寶玉惜，惜其用之不正也。不敢受爵，罪通天祖，無可受之地也。「不敢」字最明，最確。「文妙真人」，作者自詡其文，即以自抉其文。文之所以妙，妙在真，妙在人。爲人必宜真，能真斯爲人而不爲獸，是當求之吾儒，絶無關于佛老也。故寶玉當和尚而號之爲「真人」，合僧道而渾之，則無所謂僧道矣，與賈瑞稱道士爲菩薩同一用意。而寶玉演一心，通靈演明德。一心通靈，人而真矣。若賈寶玉是烏有子虛，只爲文章之妙而已。起用一苦海慈航，結用一文妙真人，一僧一道，一齊抹去。賈政又叩頭謝恩而出。回到家中，賈璉、賈珍接着，賈政將朝内的話述了一遍，衆人喜歡。賈珍便回説：「寧國府第收拾齊全，回明了要搬過去，櫳翠庵圈在園内，給四妹妹静養。」賈政並不言語，隔了半日，卻吩咐了一番仰報天恩的話。寧國府、櫳翠庵復而不復，故並不言語也。真復在天祖，非罪人之所能，非虚無所可擬，故隔了半日也。緊接此段爲文妙真人證。賈璉也趁便回説：「巧姐親事，父親、太太都願意給周家爲媳。」賈政昨晚也知巧姐的始末，便説：「大老爺、大太太作主就是了。莫説村居不好，只要人家清白，再以巧姐之爲真復爲文妙真人證，與珍、惜作對勘。周家爲媳，非惜之不嫁矣。人家清白，非珍之畜鳴矣。孩子肯念書，能够上進，朝裏那些官兒難道都是城裏的人麽？」賈璉答應了「是」，又説：「父親有了年紀，況且又有痰症的根子，静養幾年，諸事原仗二老爺爲主。」賈政道：「提起村居養静，甚合我意，只是我受恩深重，尚未酬報耳。」歸之天恩，則祖德在其中。賈政説畢進内。賈璉打發請了劉老老來，應了這件事。劉老老見了王夫人等，便説着將來怎麽升官，怎樣起家，怎樣子孫昌盛。

正説着，劉老老六進矣，以完純《坤》之小小頭緒，一串錢打一總結，全書收束矣。自出文妙真人至此，凡作五段，俱正説處。故煞尾曰正説着，乃承上，非起下。丫頭回説：「花自芳的女人進來請安。」「庭樹不知人去盡，春來猶發舊時花」，此其時矣。書以劉老老起，以劉老老結，是正説；以襲人起，以襲人結，是奇説。故以劉老老既結全書，方演襲人一嫁。王夫人問了幾句話。花自芳的女人將親戚作媒，説的是城南蔣家的，現在有房有地，又有鋪面。姑爺年紀略大幾歲，並没有娶過的，況且人物兒長的是百裏挑一的。王夫人聽了願意，説道：「你去應了，隔幾日進來，再接你妹子罷。」王夫人又命人打聽，都説是好。王夫人便告訴了寶釵，仍請了薛姨媽，細細的告訴了襲人。襲人悲傷不已，又不敢違命，心裏想起寶玉那年到他家去，回來説的死也不出去的話，「如今太太硬作主張，若説我守着，又叫人説我不害臊；若是去了，實不是我的心願。」便哭得哽咽難言。此説了又説之幾句話也。自「恤孤女」回出襲人，直到此處方作結果。本文分四段，層層起刺，句句生稜：明明説好話，明明是駡人，爲有目所共見矣，以前都是這般説。在襲人是如此，在寶釵又何如？又被薛姨媽、寶釵等苦勸，回過念頭想道：「我若是死在這裏，倒把太太的好心弄壞了，我該死在家裏纔是。」於是襲人含悲叩辭了衆人。那姐妹分手時，自然更有一番不忍説。襲人懷着必死的心腸上車回去，見了哥哥、嫂子，也是哭泣，但只説不出來。那花自芳悉把蔣家的聘禮送給他看，又把自己所辦妝奩一一指給他瞧，説：「那是太太賞的，那是置辦的。」襲人此時更難開口。住了兩天，細想起來：「哥哥辦事不錯，若是死在哥哥家裏，豈不又害了哥哥呢？」千思萬想，左右爲難，真是一縷柔腸，幾乎牽斷，只得忍住。

那日已是迎娶吉期，襲人本不是那一種撒潑的人，委委屈屈的上轎而去，心裏另想到那裏再作打算。豈知過了門，見那蔣家辦事極其認真，全都按着正配的規矩。一進了門，丫頭僕婦都稱奶奶。襲人此時欲要死在這裏，又恐害了人家，辜負了一番好意。那夜原是哭着，不肯俯就的。那姑爺卻極柔情曲意的承順。到了第二天開箱，這姑爺看見一條猩紅汗巾，方知是寶玉的丫頭。原來當初衹知是賈府的侍兒，亦想不到是襲人。此時蔣玉函念着寶玉待他的舊情，倒覺滿心惶愧，更加周旋，又故意將寶玉所换那條松花緑的汗巾拿出來。襲人看了，方知這姓蔣的就是蔣玉函，始信姻緣前定。襲人纔將心事説出。蔣玉函也深爲歎息敬服，不敢勉强，並越發温柔體貼，弄得個襲人真無死所了。一部襲人書，作者已寫得頭昏眼暈，到此打一大嚏以噴醒之，筆力扛鼎。看官聽說，雖然事有前定，無可奈何，但孽子孤臣、義夫節婦，這「不得已」三字也不是一概推委得的。此襲人所以在「又副冊」也。剛剛一醒，旋即掩覆，真不怕眩惑煞人。夫又者，于本事說不清，則添一人于其次，是爲又也。副者，于正身說不了，則設一人于其旁，是爲副也。皆影兒之說。書名十二釵，止以釵、黛爲之主。然但就本身說，必不能暢快，故各演一又之副之之人。黛之又副爲晴雯，釵之又副爲襲人，且與正冊、副冊絕無干涉，又何嘗以正、副、又副寓褒貶耶？使果以又副爲貶，則又副尚有晴雯，貶襲之不死，而並貶晴之死，作者豈非自相矛盾？正是前人過那桃花廟的詩上說道：

千古艱難惟一死，傷心豈獨息夫人。此近人鄧孝威詩也。引此詩之巧，直是鬼斧神工。人以爲跟「看官聽說」一段話來，以誅襲人之不死也。夫襲人即亦何必死？書中用好筆寫好人，止一李紈，亦爲孀婦，書既終而其人尚在也，未嘗責以必死。況襲人乎？是蓋借息夫人之不言，以宣作者不言之旨在寶釵也，而定寶釵終如息夫人之再從人。句中「豈獨」二字，顯豁呈露，使襲人所以在又副冊之說，水落石出。吾正不知作者心有幾竅。即「桃花廟」三字，已足涵蓋全書。運用古人，何嘗是他捏造？所謂「文章本天成，妙手偶得之」。

不言襲人從此又是一番天地。天缺地陷，一部書完，有「曲終人不見」之妙。且說那賈雨村犯了婪索的案件，審明定罪，今遇大赦，遞籍爲民。雨村因叫家眷先行，自己帶了一個小厮，一車行李，來到急流津覺迷渡口。此下無書，只打一結而已。而于賈雨村必不放過，非賈餘勇，乃洩餘根。此地名與「昧真禪」回不同解。彼跟開墾來，故曰知機；此作歸結去，故曰覺迷。彼處深，此處淺。只見一個道者，從那渡頭草棚裏出來，執手相迎。雨村認得是甄士隱，也連忙打恭。士隱道：「賈老先生，別來無恙？」雨村道：「老仙長到底是甄老先生，何前次相逢，覿面不認？後知火焚草亭，下鄙深爲惶恐。今日幸得相逢，益歎老仙翁道德高深。奈鄙人下愚不移，致有今日。」

寫甄士隱仍是首回那枝筆，寫賈雨村也仍是那枝筆，而增出許多官府氣象，令人覺而不覺。吾不知其是何等揣摩，使不着筆墨處「真」「假」二字反身跳出。似此奇書，真是空前絶後。甄士隱道：「前者老大人高官顯爵，貧道怎敢相認？原因故交，敢贈片言，不意老大人相〔棄〕（契）之深！然而富貴窮通，亦非偶然，今日復得相逢，也是一樁奇事。直駡之，這樁奇事，如此而已。這裏離草庵不遠，暫請膝談，未知可否？」

雨村欣然領命。兩人攜手而行，小厮驅車隨後。到一座茅庵，士隱讓進，雨村坐下，小童獻上茶來。雨村便請教仙長超塵的始末。士隱笑道：「一念之間，塵凡頓易。此八字正爲真假説。云塵凡，借徑也。老先生從繁華境中來，豈不知温柔富貴鄉中有一寶玉乎？」雨村道：「怎麽不知？近聞紛紛傳述，説他也遁入空門。下愚當時也曾與他往來過數次，再不想此人竟有如是之决絶。」士隱道：「非也。這一段奇緣，我先知之。昔年我與先生在仁清巷舊宅門口敍話之前，我已會過他一面。」再駡之，特找提仁清巷以完《石頭記》所從來。雨村驚訝道：「京城離貴鄉甚遠，何以能見？」士隱道：「神交久矣。」雨村道：「既然如此，現今寶玉的下落，仙長定能知之。」士隱道：「寶玉，即寶玉也。此句乃全部葫蘆案葫蘆提。上寶玉是何説，下寶玉又是何説，六十餘年無解出者，得閑人評，葫蘆打破矣。那年榮、寧查抄之前，釵、黛分離之日，此玉早已離世，一爲避禍，二爲撮合。撮合有兩説，一釵一黛也。釵固合，黛亦合，一生合，一死合。從此夙緣一了，形質歸一。又復稍示神靈，高魁貴子，方顯得此玉是天奇地靈煅煉之寶，非凡間可比。前云「寶玉即寶玉也」，此即下寶玉之説。乃借通靈以演孝廉，以演《復》卦。所謂高魁貴子，貴一陽之生，生于冬至之子，而生生不息，是正人心之用也，何嘗爲寶釵有胎證？且書中所演之寶玉，乃「寶玉即寶玉也」之上寶玉，人頭畜鳴之寶玉也。始以亂常，終以棄親，尚何天奇地靈之可説？又何神靈之可示？而真予以高魁貴子，夫豈福善禍淫之意耶？乃續者紛紛，其亦未知士隱所云「寶玉即寶玉也」之説也夫！前經茫茫大士、渺渺真人攜帶下凡，如今塵緣已滿，仍是此二人攜歸本處。這便是寶玉的下落。」找還《石頭記》緣起，而下落在渺渺茫茫，仍是上寶玉也。若下寶玉，乃人同此心，心同此理，那有下落？

雨村聽了，雖不能全然明白，卻也十知四五，雨村聽了十知四五，乃聽了雨村十知四五也，乃作者忠厚待人，說看此一部假語村言有正面，有反面，雖晦而顯，凡屬中人亦必十知四五，惟下愚則不知也。本文屢說下愚，都是此意。而上智下愚無幾，惟此十知四五者。倘更細玩擴充，則全體大義無不可知。作者深望人知。六十年後得太平閑人探討於斯，寢食以之者三十年，仍未敢言全知也。而在作者已可無憾。便點頭歎道：「原來如此，下愚不知。但那玉主既有如此的來歷，又何以情迷至此，復又豁悟如此，還要請教。」雖出賈問，實則要義。這情種即那情種，只在一轉移間耳。前評屢屢詳之矣。士隱笑道：「此事說來，先生未必盡解。太虛幻境，即是真如福地，兩番閱冊，原始要終之道，歷歷生平，如何不悟？仙草歸真，焉有通靈不復原之理呢？」先生未必盡解，即十知四五者。蓋讀此書，既明明以太虛幻境改真如福地，則自然各明是福地，不是幻境。但「真如」二字面，仍是佛家話，則以此書爲歸空空而止，是仍十知四五，且究竟不知矣。夫是書實借二氏以演儒理，而《周易》爲之骨。《易》重少陽之復，惟草得少陽之氣，歸根復原，正是《復》象，非仙道，非佛道，乃原始要終之《易》道也。雨村聽着，卻不明白了，知是仙機，也不便更問。以爲仙機，既得聞命，到底不能明白矣。此開首有「誰解其中味」之句也。因又說道：「寶玉之事，既得聞命，但是敝族閨秀如此之多，何元妃以下，算來結局俱屬平常？」士隱歎息道：「老先生莫怪拙言，貴族之女，俱屬從情天孽海而來。大凡古今女子，那『淫』字固不可犯，祇這『情』字也是沾染不得的。所以崔鶯、蘇小，無非仙子塵心；宋玉、相如，大是文人口孽。凡是情思纏綿的，那結果就不可問了。」此是正問正答。自「懷閨秀」至此，知我罪我，悉聽之矣。忽插駢詞，異常姿致。雨村聽到這裏，不覺拈鬚長歎，因又問道：「請教老仙翁，那榮、寧兩府，尚可如前否？」士隱道：「福善禍淫，古今定理。現今榮、寧兩府，善者修德，惡者悔禍，將來蘭桂齊芳，家道復初，也是自然的道理。」雨村一歎，是書止矣。惟恐人止知四五也，因直出福善禍淫，而可以轉禍爲福則在悔禍。果能悔禍，自然復初，自然爲蘭之春榮，爲桂之秋實，此乃古今定理，爲大凡説，何嘗更有所謂榮寧。雨村低了半日頭，忽然笑道：「是了，是了。現在他府中有一個名蘭的，已中鄉榜，恰好應着『蘭』字。適間老仙翁説『蘭桂齊芳』，又道寶玉『高魁貴子』，莫非他有遺腹之子，可以飛黃騰達的麽？」曰「蘭桂齊芳」，是自然的道理。士隱之言何其活！並無所謂蘭，尚何有於桂？乃雨村呆呆劃到賈家。「半日低頭」，「是了，是了」，所謂下愚不知也。士隱微微笑道：「此係後事，未便預説。」

雨村還要再問，士隱不答，便命人設具盤飧，邀雨村共食。此後尚有何事，此事尚有何説？曰後事，皆前事也。曰預説，實已説也。且並無其事，並無可説，止是要人各明吃飯而已。吃飯之理，到此仍不肯放手，否則此食可省。而續者且奮然起矣，甄士隱固善會掇弄人。食畢，雨村還要問自己的終身。士隱便道：「老先生草庵暫歇，我還有一段俗緣未了，正當今日完結。」夫曰賈雨村言，果何身，果何終身乎？士隱不答，正以醒凡要問者也。俗緣對塵緣説，即此便是真終身。雨村驚訝道：「仙長純修若此，不知尚有何俗緣？」士隱道：「也不過是兒女私情罷了。」一部書是兒女私情，一部書是聖賢學問。此令人人驚訝處也。這情種即那情種，到此説明。雨村聽了，益發驚異：「請問仙長，何出此言？」士隱道：「老先生有所不知，小女英蓮，幼遭塵劫。老先生初任之時，曾經判斷。今歸薛姓，産難完劫。遺一子於薛家，以承宗祧。此時正是塵緣脱盡之時，只好接引接引。」香菱爲《風月寶鑑》之主，書起于他，結于他，必死于産。一鑑演一《復》，一陽之生所，即一陰之死所也。薛蟠有子承祧，乃繳明龍下蛋一語之義，亦説自然道理，不是爲薛蟠立傳，正與「蘭桂齊芳」同義。一書到此，悉化烟雲，尚何有一人耶？士隱説着，拂袖而起。雨村心中恍恍惚惚，就在這急流津覺迷渡口草庵中睡着了。

這士隱自然度脱了香菱，送到太虛幻境，交警幻仙子對册。剛過牌坊，見那一僧一道縹緲而來，士隱接着説道：「大士、真人，恭喜，賀喜！情緣完結，都交割清楚了麽？」那僧道説：「情緣尚未全結，倒是那蠢物已經回來了。此則繳還首回，別無深意。至蠢物既回，尚何未完？仍是掇弄人處。還得把他送到原所，將他的後事敍明，不枉他下世一回。」此云後事，問前事又是何事。凡書中一切「按下不題」等話，都是如此。則以「蘭桂齊芳」爲後事者，可曉然矣。士隱聽了，便拱手而别。那僧道仍攜了玉到青埂峯下，將寶玉安放在女媧煉石補天之處，清清楚楚，交割首回，不曰石頭，而曰寶玉，既歸之人心也。各自雲遊而去。從此後：

天外書傳天外事，兩番人作一番人。輕清之外更有何物？天既無外，何有于事？何有于書？爲荒唐無稽下轉語耳。既無事無書，何有人？則作者自謂耳。兩人一人，共是三人，所謂山子野。

這一日，空空道人又從青埂峯前經過，既以兩句渾結天人之理，明點作者之目，即接空空道人，乃《情僧録》之所由作也。「兩人一人」都是他。見那補天未用之石仍在那裏，上面字迹，依然如舊，又從頭的細細看了一遍，見後面偈文後又歷敍了多少收緣結果的話頭，此段把《石頭記》緣起都歸在内。其曰字迹依然，乃「莫失莫忘」兩語，即是偈文，不是「無才可去補青天」一偈後更有收緣結果也。看官又指八十四回之説，以爲偈後更有話頭，則被作者眩惑矣。便點頭歎道：「我從前見石兄這段奇文，原説可以問世傳奇，所以曾經鈔録，但未見返本還原，不知何時復有此一段佳話？方知石兄下凡一次，磨出光明，修成圓覺，也可謂無復遺憾了。若依此説，則《石頭記》緣起以前尚有緣起，豈非天外尋天？只怕年深日久，字迹模糊，反有舛錯，不如我再鈔録一番，尋個世上清閑無事的人，託他傳遍，此則「情僧録」至「悼紅軒」一段中說話，書固歷經三手也。在閑人是隨書說書，絕不是另有傳聞，另有考據。知道奇而不奇，俗而不俗，真而不真，假而不假。或者塵夢勞人，聊倩鳥呼歸去，山靈好客，更從石化飛來，亦未可知。」詞倩意圓，足稱首回，百廿回書都括于此。閑人總評每大段後用駢語結，效顰于此。想畢，便又抄了，仍袖至那繁華昌盛的地方，遍尋了一番，不是建功立業之人，即係餬口謀衣之輩，那有閑情更去和石頭饒舌？此段仍以罵賈雨村作過悼紅軒之脈。假語村言，遂以行世。直尋到急流津覺迷渡口草庵中，睡着一個人，因想他必是閑人，便要將這抄録的《石頭記》給他看看。那知那人再叫不醒。空空道人復又使勁拉他，纔慢慢的開眼坐起，便接來草草一看，仍舊擲下道：「這事我已親見盡知，你這抄録的尚無舛錯。我衹指與你一個人，託他傳去，便可歸結這一段新鮮公案了。」空空道人忙問何人，那人道：「你須待某年，某月，某日，某時，到一個悼紅軒中，有個曹雪芹先生，只說賈雨村言，託他如此如此。」說畢，仍舊睡下了。可見假語村言中無一醒時話，而年、月、日、時，仍找足《石頭》緣起一段《易》道。

那空空道人牢牢記着此言，又不知過了幾世幾劫，果然有個悼紅軒，見那曹雪芹先生正在那裏翻閱歷來的古史。空空道人將賈雨村言了，方把這《石頭記》示看。直以史爲接續，其自負爲何如？此假語村言中必以史太君爲之首。而曰忙問，曰牢牢記着，空空道人是何心事？那雪芹先生笑道：「果然是『賈雨村言』了。」空空道人便問：「先生何以認得此人，便肯替他傳述？」曹雪芹先生笑道：「說你空空，原來你肚裏果然空空。既是假語村言，但無魯魚亥豕以及悖謬矛盾之處，樂得與二三同志酒餘飯飽，雨夕燈窗之下，同消寂寞，又不必大人先生品題傳世。似你這樣尋根究底，便是刻舟求劍，膠柱鼓瑟了。」普告看官，大家醒醒。觀此則書有幾回，人有幾手，即至增删幾過，均不必論。那空空道人聽了，仰天大笑，擲下抄本，飄然而去。一面走着，口中説道：「果然是敷衍荒唐，不但作者不知，抄者不知，並閱者也不知，不過游戲筆墨，陶情適性而已。」結出性情，包羅萬象，天人之理兩判然矣。這才收住天，這才收住笑。直至此處，仍是其言有物。但賞其筆墨悉化烟雲，小矣！後人見了這本傳奇，亦曾題過四句，爲作者緣起之言：轉一竿頭，仍用釋語，到底瞞人。

說到辛酸處，荒唐愈可悲。由來同一夢，休笑世人癡。上二句乃史公著書，下二句爲世人進步。世人乃秦氏房中「世事」「人情」一聯冠首兩字，爲檻外人之對面，作聖作賢，從此始也。一詩仍歸於此，正爲世人更作轉語，其望世人至深切矣，何嘗是僧，何嘗是道？

此一回自爲一大段，真假對勘，合第一回爲常山蛇首尾相應，劉老老一串錢之大結頭也。真事既隱，詳説仍是虛空；假説相傳，歸結無非夢幻。要識真原不假，須從假裏搜尋；自然假會逢真，始信真非茫渺。一僧一道，即屬村言，誣爲二氏之書，大不可也；惟性惟情，確有實際，謂合三教之旨，豈其然乎？圓的的一部義經，藏爲成竹；亂紛紛兩株龍樹，散作空花。辨人獸於關頭，鑄神奸於鼎上。殺人奪貨，猶是善良；鑽穴踰牆，何傷名教？人道幾乎息矣，夢話從此生焉。冷熱循環，大觀園明言雪景；陰陽倚伏，《紅樓夢》由看梅花。聯云世事人情，練達洞明，乃宣格致；書是《中庸》《大學》，離魂驚夢，自有根源。誠意誰明，吃飯笑他每每；知言世寡，放心略過多多。褒貶寓一字之中，敢竊獲麟之筆；貞淫見三百而外，要回弋雁之風。禮節樂和，都藏言外；龜疇虺誥，悉在環中。腐史盲詞，撮爲作料；班香宋豔，摭入篇章。生將内典金丹，潛身借徑；寫得花紅柳緑，着意瞞人。教他五色全迷，造孽誠爲不少；會得一陽來復，破疑正自無難。誤談莫再空空，大道須明老老。萬惡淫爲首，因有意淫書；百行孝居先，重申苦孝説。怕人買假藥，勞我送真方。揉碎太虛情，燒破《紅樓夢》。歌曰：

他説荒唐言，我宣真實義。上下六十年，始洩其中秘。何樂亦何悲，笑啼應兩置。仁者謂之仁，智者謂之智。

護花主人評曰：

襲人病中一夢，已有出嫁之念，所以薛姨媽一勸即肯聽從。

賈政若不於途次舟中親見寶玉，聽見歌詞，則到家之後，豈有不竭力找訪，生出無限筆墨支離？必得如此見聞，方可了悟因緣，付之度外。文章固善於歸結，亦可見良工苦心。

寶釵有孕，惜春住櫳翠庵，巧姐許字周家，及賈赦居村静養，俱隨筆補明，簡而不漏。

襲人與蔣玉函前緣已定，即果真要死，亦斷不能死。況襲人如果願死，則尤三姐、司棋、鴛鴦等，登時可死，何必轉輾思量，躊躇不決？自古忠臣義士，俠客烈婦，俱一念已決，立時就義。若一有轉念，便不能死。作者説襲人懷必死之心，是憐愛襲人，故爲庇護。

甄士隱説「寶玉即寶玉」，已將實事明明説破，讀者自當領會。甄士隱又説「榮、寧查抄之前，釵、黛分離之日，此玉早已離世，一爲避禍，二爲撮合」等語，按榮、寧查抄，係一百五回之事，則一百五回以後所敍賈寶玉之事，俱係空中樓閣。細繹寶玉之出走，當在通靈走失，元妃薨逝後。賈母將寶玉移出大觀園，即爲釵、黛分離之日。看來元妃薨後，賈府已有不好消息，所以寶玉即避禍出走。至所云避禍，顯而易見；所云撮合，不知撮合何事？作者既諱而不言，讀者姑置闕疑可也。

甄士隱説「福善禍淫」，「蘭桂齊芳」，是文後餘波，勸人爲善之意，不必認爲真事。了結香菱，簡浄跳脱，又是一樣文法。

第一百二十回一大段應分四小段：賈政回家陛見，奏明寶玉情事，賞給「文妙真人」道號，爲一段，了結寶玉因果，即帶敍薛蟠贖罪回家，香菱扶正；自寧府收拾齊全，至襲人嫁蔣玉函止，爲一段，完結襲人因緣，并巧姐許字；自賈雨村遇見甄士隱，至士隱拂袖而起，爲一段，説明寶玉去來原委；自雨村睡熟草庵至末，爲一段，作者自述作此書爲游戲筆墨，掃空一切，爲更進一層之意。

大某山民評曰：

襲人既欲輕生，何須擇地？己自不顧，何暇顧人？依違以維，必無良策。雪芹曲傳無可如何之情曰「只得忍住」，殆罪疑惟輕云爾。余亦難信另抱琵琶，渠無此意也。

「襲人自是可兒，色色都佳，惟暗致晴雯、黛玉於死，乃其大罪。若再醮則出於不得已：頭宗身未分明，二宗王夫人主意，三宗薛氏母女皆勸，要亦可原。近如坊本批評，痛加譙訶，不留餘地，只覺無謂。」此閑齋評也，吾嫌其多衞護處。三姐、鴛鴦之死，誰使其然乎？否則如紫鵑可也。

此書中人凡薄命結局處，異樣俱全；其背恩再嫁者，惟花襲人一人耳。

甄士隱於草庵中一夕話，奥理妙諦，吞吐隱約，結束全部大旨。末段即作自跋，與開卷一氣回環。

紅樓夢

三家評本

中

〔清〕曹雪芹 高鶚 著

〔清〕王希廉 姚燮 張新之 評

上海古籍出版社

第三十七回　秋爽齋偶結海棠社　蘅蕪院夜擬菊花題

話說史湘雲回家後，寶玉等仍不過在園中嬉遊吟咏不提。且說賈政自元妃歸省之後，居官更加勤慎，以期仰答皇恩。皇上見他人品端方，風聲清肅，雖非科第出身，卻是書香世代，因特將他點了學差，差，謂差錯也。所學錯，故所教亦錯。見能歸省，雖非科第，可主斯文，政則非其人也。故不著地方省分，學無方，教無方而已。是此書一大歎，故下直接探春。也無非是選拔真才之意。這賈政只得奉了旨，擇於八月二十日起身。八月，金令；二十，偶數。是寶釵賬。罪則歸政。是日拜別過宗祠及賈母，起身而去。自「訓劣子」至此，既定失教罪案，便且遣開此人，直至七十回後方歸。中間若干事迹得以暢演無碍，是文章騰挪法。寶玉等如何送行，以及賈政出差外面諸事，不及細說。

單表寶玉，自賈政起身之後，每日在園中任意縱性遊蕩，真把光陰虛度，歲月空添。訓無義方，必致如此，文筆簡净。這日甚覺無聊，便往賈母、王夫人處來混了一混，仍舊進園來了。剛換了衣服，只見翠墨進來，手裏拿着一副花箋送與他，寶玉因道：「可是我忘了，要瞧瞧三妹妹去的，可好些了？你偏走來。」翠墨道：「姑娘好了，今兒也不吃藥了，不過是涼着一點兒。」寶玉聽說，便展開花箋看時，上面寫道：

妹探謹啓

二兄文几：前夕新霽，月色如洗。因惜清景難逢，不忍就卧，漏已三轉，猶徘徊桐檻之下，竟爲風露所欺，致獲採薪之患。昨親勞撫囑已，復遣侍兒問切，兼以鮮荔並魯公墨迹見賜，抑何惠愛之深耶！今因伏几處默，忽思歷來古人，處名攻利敵之場，猶置些山滴水之區，遠招近揖，投轄攀轅，務結二三同志，盤桓其中，或豎詞壇，或開吟社，雖因一時之偶興，每成千古之佳談。妹雖不才，幸叨陪泉石之間，兼慕薛、林雅調。風庭月榭，惜未讌及詩人；帘杏溪桃，或可醉飛吟盞。孰謂雄才蓮社，獨許鬚眉；不教雅會東山，讓余脂粉耶？若蒙踏雪而來，敢請掃花以俟。謹啓。一札頗好，開出無限文情詩思也。鮮荔真卿，隱寓丹顔難駐；東山蓮社，須知傳教宜追。當急思轉陰爲陽，勿令徒成一歎！

寶玉看了，不覺喜的拍手笑道：「倒是三妹妹高雅，我如今就去商議。」一面説，一面就走，翠墨跟在後面。

剛到了沁芳亭，只見園中後門上值日的婆子手裏拿着一個字帖兒走來，見了寶玉，便迎上去，口内説道：「芸哥兒請安，在後門等着呢。這是叫我送來的。」寶玉拆開看時，上寫道：

不肖男芸恭請

父親大人萬福金安：男思自蒙

天恩，認於　膝下，日夜思一孝順，竟無可孝順之處。前因買辦花草，上托　大人洪福，竟認得許多花兒匠，並認得許多名園。前因忽見有白海棠一種，不可多得，故變盡方法，只弄得兩盆。　大人若視男是親生一般，便留下賞玩。因天氣暑熱，恐園中娘娘們不便，故不敢面見。

奉書恭啓，並叩

台安。男芸跪書一笑。一札形容盡致，而不知實與前札相對而生。惟失培植，故不肖；惟不肖，故無可孝順。而不知海棠之何因而白，果能親不失親，日夜思維，一笑之旨，大人之學在是矣。「笑」作笑話看。探歎以啓其悟，芸書以集其思。一「笑」字，兩「前因」字，尤宜細按。

寶玉看了，笑問道：「獨他來了？還有什麼人？」婆子道：「還有兩盆花兒。」寶玉道：「你出去說：我知道了，難得他想着。你便把花兒送到我屋裏去就是了。」一面說，一面同翠墨往秋爽齋來。探春住秋掩書齋，今日「秋爽」，乃釵、玉之案，更無可掩矣。只見寶釵、黛玉、迎春、惜春已都在那裏了。

衆人見他進來，都大笑說：「又來了一個！」探春笑道：「我不算俗，偶然起了個念頭，寫了幾個帖兒試一試，誰知一招皆到。」寶玉笑道：「可惜遲了，見思當早，「絳芸軒」無可挽回矣。早該起個社的。」黛玉說道：「此時還不算遲，也没什麼可惜。二語妙極，見終能留得乾净身子。但是你們只管起社，可別算我，我是不敢的。」迎春笑道：「你不敢，誰還敢呢？」寶玉道：「這是一件正經大事，大家鼓舞起來，不要你謙我讓的。各有主意，只管說出來，大家評論。寶姐姐也出個主意，林妹妹也說句話兒。」寶釵道：「你忙什麼，人還不全呢！」一語未了，李紈也來了，進門笑道：「雅的很呀，要起詩社，我自舉我掌壇。惟我獨尊，惟在性道。前兒春天，我原有這個意思的，我想了一想，我又不會做詩，瞎鬧些什麽。因而也忘了，就没有説。既是三妹妹高興，我就幫你作興起來。」意本在李，而探成之。詩在性道之理，以一歎發之耳。

黛玉道：「既然定要起詩社，咱們就是詩翁了，轉女爲男，易陰爲陽之意，是黛猶可以爲善國處，故出自他。先把這些姐妹叔嫂的字様改了，纔不俗。」李紈道：「極是！何不起個别號，彼此稱呼倒雅。我是定了『稻香老農』，再無人占的。」社，土也，詩社，思何以爲完人而入土也。稻香老農自應獨得。探春笑道：「我就是『秋爽居士』罷。」寶玉道：「居士、主人，到底不確，又累贅。這裏梧桐、芭蕉儘有，或指桐蕉起個倒好。」探春道：「有了，我是喜芭蕉的，就稱『蕉下客』罷。」探在書中是賓非主，故爲夢中之客。衆人都道：「别緻有趣！」黛玉笑道：「你們快牽了他去燉了肉脯子來吃酒！」衆人不解，黛玉笑道：「莊子云『蕉葉覆鹿』，特用夢主點出夢客，清若列眉。他自稱『蕉下客』，可不是一隻鹿麽？快做了鹿脯來。」衆人聽了，都笑起來。探春因笑道：「你别忙使巧話來駡人！我已替你想了個極當的美號了。」又向衆人道：「當日娥皇、女英洒淚在竹上成斑，故今斑竹又名湘妃竹。如今他住的是瀟湘館，他又愛哭，將來他那竹子，想來也是要變成斑竹的。以後都叫他做『瀟湘妃子』就完了。」彼此詼諧，情文相生，而特命之爲妃，妃，匹也，則玉之正配當在此。乃只爲「還淚」一作一證，是乃可歎。○衆人皆易男稱，而黛仍云妃子，見諸人不變而變，黛則變而不變。因情至死，一人而已。大家聽説，都拍手叫妙。林黛玉低了頭，也不言語。李紈笑道：「我替薛大妹妹也早已想了個好的，也只三個字。」衆人忙問：「是什麽？」李紈道：「我是封他爲『蘅蕪君』，黛爲妃，而釵爲君，是黛爲釵妻也。五行尅我者爲夫，金之刑木，海棠焉得不白？不知你們以爲何如？」探春道：「這個封號極好。」寶玉道：「我呢？你們也替我想一個。」寶釵笑道：「你的號早有了，『無事忙』心之狀。三字，恰當得很。」李紈道：「你還是你的舊號『絳洞花主』就是了。」從上回來。君、主相敵。寶玉笑道：「小時候幹的營生，便是劉老老文中三見「小小」之小。還提他做什麼。」探春道：「你的號多得很，又起什麼！我們愛叫你什麼，你就答應着就是了。」寶釵道：「還得我送你個號罷，有最俗的一個號，卻於你最當，天下難得的是富貴，又難得的是閑散，這兩樣再不能兼有，不想你兼有了，就叫你『富貴閑人』也罷了。」心之用。寶玉笑道：「當不起，當不起！富貴溺心，閑散放心，是釵誘玉爲飽食終日、無所用心之人，玉何以當。倒是隨你們混叫去罷。」李紈道：「二姑娘、四姑娘起個什麼？」迎春道：「我們又不大會詩，白起個號做什麼？」探春道：「雖如此，也起個纔是。」寶釵道：「他住的是紫菱洲，就叫他『菱洲』，前云住綴錦閣，方爲綴錦，旋見陵替。四丫頭在藕香榭，就叫他『藕榭』就完了。」藕榭，不偶也。前云住蓼風軒，今特遺開。蓋《蓼莪》詩義，不落空空。此義與「惑偏私」回中互發。

李紈道：「就是這樣好。但序齒我大，你們都要依我的主意，管教說了，大家合意。我們七個人起社，我和二姑娘、四姑娘都不會做詩，性道中完人原不須語言文字，迎二惜四又皆陰静無言，故皆不做。須得讓出我們三個人去。我們三個人各分一件事。」探春笑道：「已有了號，還只管這樣稱呼，不如不有了。以後錯了，也要立個罰約纔好。」李紈道：「立了社，再定罰約。我那裏地方大，竟在我那裏作社。我雖不能做詩，這些詩人竟不厭俗，容我做個東道主人，我自然也清雅起來了，於是要推我做社長。

我一個社長，自然不彀，必要再請兩位副社長，就請菱洲、藕榭二位學究來，一位出題限韻，一位謄録監場。亦不可拘定了我們三個不做，若遇見容易些的題目韻脚，我們也隨便做一首。你們四個卻是要限定的。若如此，便起；若不依我，我也不敢附驥了。」迎春、惜春本性懶於詩詞，又有薛、林在前，聽了這話，便深合己意，二人皆説：「是極。」探春等也知此意，見他二人悦服，也不好强，只得依了。因笑道：「這話罷了！只是自想好笑，好好的我起了個主意，反叫你們三個來管起我來了。」寶玉道：「既這樣，咱們就往稻香村去。」李紈道：「都是你忙。今日不過商議了，等我再請。」寶釵道：「也要議定幾日一會纔好。」探春道：「若只管會的多，又没趣了。一月之中只可兩三次。」兩，陰；三，陽。自陰之陽。寶釵説道：「一月只要兩次就彀了，他則定以兩，數不可復矣。擬定日期，風雨無阻。除這兩日外，倘有高興的，他情願加一社的，或請到他那裏去，或附就了來，亦可使得，豈不活潑有趣？」衆人都道：「這個主意最好！」

探春道：以一歎起。「這原係我起的主意，我須得先做個東道主人，方不負我這高興。」李紈道：「既這樣説，明日你就先開一社如何？」探春道：「明日不如今日，就是此刻好。思之當急如此，言下曉然。可與「夢甜香」之説參觀而得。你就出題，菱洲限韻，藕榭監場。」迎春道：「依我説，也不必隨一人出題限韻，竟是拈鬮公道。」李紈道：「方纔我來時，看見他們抬進兩盆白海棠來，倒是好花。你們何不就詠起他來？」海棠乃黛玉，本紅色，今爲白，乃金乘之也，而究得潔白以死。故此題必出之李紈。迎春道：「花還未賞，先倒做詩？」寶釵道：「不過是白海棠，又何必定要見了纔做。古人詩賦也不過都是寄興寓情耳，若等見了做，如今也没這些詩了。」用釵敍出作書之意勿須徵實。迎春道：「既如此，待我限韻。」説着，走到書架前，抽出一本書來，隨手一揭，這首詩竟是一首七言律，七爲巧，律爲偶，皆釵本事，故考第一。遞與衆人看了，都該做七言律。迎春掩了詩。又向一個小丫頭道：「你隨口説一個字來！」那丫頭正倚門立着，便説了個「門」字。可出可入。釵則既出，不能復入矣。迎春笑道：「就是『門』字韻，『十三元』了。這頭一個韻要『門』字」。説着又要了韻牌匣子過來，抽出十三元一屜，元統四德，賅全《易》。頭一韻必要門，「乾坤，《易》之門」也。又命那小丫頭隨手拿四塊。那丫頭便拿了「盆」「魂」「痕」「昏」四塊來。寶玉道：「這『盆』『門』兩個字不大好做呢！」侍書一樣預備下四分紙筆，便都悄然各自思索起來。獨黛玉或撫弄梧桐，或看秋色，或又和丫鬟們嘲笑。迎春又命丫鬟點了一支「夢甜香」，原來這「夢甜香」只有三寸來長，有燈草粗細，以其易燼，故以此爲限。夢甜短促，説得憬然。如香燼未成，便要受罰。

一時探春便先有了，自己提筆寫出，又改抹了一回，遞與迎春。因問寶釵：「蘅蕪君，你可有了？」寶釵道：「有却有了，只是不好。」八字乃上回徵言。寶玉背着手在迴廊上踱來踱去，因向黛玉説道：「你聽他們都有了。」黛玉道：「你别管我。」寶玉又見寶釵已謄寫出來，因説道：「了不得！香只剩了一寸了，我纔有了四句。」又向黛玉道：「香要完了，只管蹲在那潮地下做什麼？」黛玉也不理，寶玉道：「我可顧不得你了，究極語。好歹也寫出來罷。」説着也走在案前寫了。李紈道：「我們要看詩了。若看完了還不交卷，是必罰的。」寶玉道：「稻香老農雖不善作，却善看，又最公道。你就評閱優劣，我們都服的。」衆人都道：「自然！」

於是先看探春的稿上寫道：

詠白海棠

斜陽寒草帶重門，苔翠盈鋪雨後盆。玉是精神難比潔，雪爲肌骨易銷魂。芳心一點嬌無力，倩影三更月有痕。莫謂縞仙能羽化，多情伴我詠黄昏。起句頽喪，歎所由生。中兩聯分歎釵、黛，「精神」是虚，「肌骨」是實。

大家看了，稱賞一回。又看寶釵的道：

珍重芳姿晝掩門，自攜手甕灌苔盆。胭脂洗出秋階影，冰雪招來露砌魂。淡極始知花更豔，愁多焉得玉無痕。欲償白帝宜清潔，不語婷婷日又昏。全詩自狀。「晝掩門」而「自攜手甕」，暗昧自獻也。末聯言「宜清潔」而不清潔，更無日能清潔矣，正收結「絳芸軒」。而「不語婷婷」，已有悔意。

李紈笑道：「到底是蘅蕪君。」説着，又看寶玉的道：

秋容淺淡映重門，七節攢成雪滿盆。出浴太真冰作影，捧心西子玉爲魂。曉風不散愁千點，宿雨還添淚一痕。獨倚畫欄如有意，清碪怨笛送黄昏。全詩揚黛而抑釵。「出浴太真」即是三十回一罵，而醒之以「清碪怨笛」，終爲嫠婦而已。

大家看了，寶玉説探春的好，是説釵不好。李紈終要推寶釵這詩有身分。「身分」二字愧之也，罵盡敗行人偏作門面語。因又催黛玉。黛玉道：「你們都有了？」説着提筆一揮而就，擲與衆人。李紈等看他寫道：

半捲湘簾半掩門，碾冰爲土玉爲盆。

看了這句，寶玉先喝起采來，只說：「從何處想來！」又看下面道：

偷來梨蕊三分白，借得梅花一縷魂。

衆人看了，也都不禁叫好，說：「果然比別人又是一樣心腸！」又看下面道：

月窟仙人縫縞袂，秋閨怨女拭啼痕。嬌羞默默同誰訴，倦倚西風夜已昏。亦全詩自狀。起以兩「半」字便是兼美，「梨」屬寶釵，「偷」指上回，「蕊」則心也，見黛只有其心。「夜已昏」，乃自陰之陽；釵之「日又昏」，則自陽之陰。

衆人看了，都道：「是這首爲上。」李紈道：「若論風流別致，自是這首。若論含蓄渾厚，終讓蘅蕪。」一評底面均極穩愜。探春道：「這評的有理。瀟湘妃子當居第二。」李紈道：「怡紅公子是壓尾，你服不服？」寶玉道：「我的那首原不好，這評論最公。」又笑道：「只是蘅、瀟二首，還要斟酌。」情有獨鍾，明爲軒輊，釵實難堪。李紈道：「原是依我評論，不與你們相干。再有多說者必罰！」寶玉聽說，只得罷了。

李紈道：「從此後我定於每月初二、十六這兩日朔望之次，復始之機，正學人用思時也。開社，出題限韻，都要依我。這其間你們有高興的，只管另擇日子補開，那怕一個月每天都開社，我也不管。只是到了初二、十六這兩日，是必往我那裏去。」五行四象全歸土。寶玉道：「到底要起個社名纔是。」探春道：「俗了又不好，忒新了，刁鑽古怪也不好。可巧纔是海棠詩開端，就叫個『海棠詩社』罷，出題。雖然俗些，因真有此事，也就不礙了。」說畢，大家又商議了一回，略用些酒果，方各自散去，也有回家的，也有往賈母、王夫人處去的，當下無話。

且說襲人因見寶玉看了字帖兒，便慌慌張張同翠墨去了，也不知何事。後來又見後門上婆子送了兩盆海棠花來，襲人問：「那裏來的？」婆子們便將前番緣故說了。襲人聽說，便命他們擺好，讓他們在下房裏坐了，自己走到房內，稱了六錢銀子此數是「社」字義。封好，又拿了三百錢此數是轉女爲男義。走來，都遞與那兩個婆子道：「這銀子賞那抬花兒的小子們，這錢你們打酒喝罷。」那婆子們站起來，眉開眼笑，千恩萬謝的不肯受。見襲人執意不收，方領了。襲人又道：「後門上外頭可有該班的小子們？」婆子忙應道：「天天有四個，原預備裏面差使的，姑娘有甚麼差使，我們吩咐去。」襲人笑道：「我有什麼差使！今兒寶二爺要打發人到小侯爺家，與史大姑娘送東西去，可巧你們來了，順便出去，叫後門上小子們雇輛車來，回來你們就往這裏拿錢，不用叫他們往前頭混碰去。」婆子答應着去了。

襲人回至房中，拿碟子盛東西與史湘雲送去，卻見槅子上碟槽空着，因回頭見晴雯、秋紋、麝月等都在一處做針黹。襲人問道：「這一個纏絲白瑪瑙碟子一切糾纏，無非煩惱。那裏去了？」衆人見問，你看我，我看你，都想不起來。半日，晴雯笑道：「給三姑娘送荔枝去的，還沒送來呢。」襲人道：「家常送東西的傢伙多，巴巴的拿這個去。」晴雯道：「我何嘗不是這樣說。這個碟子配上鮮荔枝纔好看，我送去，三姑娘見了也說好看，連碟子放着，就沒帶來。你再瞧那槅子儘上頭的一對聯珠瓶，還沒收來呢！」秋紋笑道：「提起這瓶來，我又想起笑話來了。我們寶二爺說聲〔孝〕心一動，也孝敬到二十分。那日見園裏桂花，折了兩枝，原是自己要插瓶的，忽然想起來說：『這是自己園裏纔新開的鮮花兒，不敢自己先頑。』巴巴的把那一對瓶拿下來，親自灌水插好了，叫個人拿着，親自送一瓶進老太太，又進一瓶與太太。誰知他孝心一動，連跟的人都得了福了，可巧那日是我拿去的，老太太見了這樣，喜的無可不可，見人就說：『到底是寶玉孝順我，連一枝花兒也想的到！別人還只抱怨我疼他。』上下兩半回之間著此一段，言孝之足貴，乃思之所先，而所及者廣，故必用秋紋說出。海棠、菊花，皆秋文也。你們知道老太太素日不大同我說話，有些不入他老人家的眼。那日，竟叫人拿幾百錢給我，說我『可憐兒的，生得單弱』。這可是再想不到的福氣。幾百錢原是小事，難得這個臉面。及至到了太太那裏，太太正和二奶奶、趙姨奶奶好些人翻箱子，找太太當日年輕的顏色衣裳，不知要給那一個。一見了，連衣裳也不找了，且看花兒，又有二奶奶在旁邊湊趣兒，誇寶二爺又是怎樣孝敬，又是怎樣知好歹，有的沒的，說了兩車話，當着衆人，太太臉上又增了光，堵了衆人的嘴。太太越發喜歡了，現成的衣裳，就賞了我兩件。衣裳也是小事，年年橫豎也得，卻不像這個彩頭！」晴雯笑道：「呸！好沒見世面的小蹄子！那是把好的給了人，挑剩下的纔給你，你還充有臉呢。」秋紋道：「憑他給誰剩的，到底是太太的恩典。」晴雯道：「要是我，我就不要。若是給別人剩的給我，也罷了。一樣這屋裏的人，難道誰又比誰高貴些？把好的給他，剩的纔給我，我寧可不要，冲撞了太太我也不受這口軟氣。」秋紋忙問道：「給這屋裏誰的？我因爲前日病了幾天，家去了，不知是給誰的。好姐姐，你告訴我知道。」晴雯道：「我告訴了你，難道你這會退還太太去不成？」秋紋笑道：「胡說！我自聽了歡喜歡喜，那怕給這屋裏的狗剩下的，我只領太太的恩典，也不去管別的事。」衆人聽了，都笑道：「罵的巧！可不是給了那西洋花點子哈巴兒了。」敍得詳明，罵得輕巧，各人皆到，筆有餘閑。襲人笑道：「你們這起爛了嘴的！得了空，就拿我取笑打牙兒，一個個不知怎麼死呢！」秋紋笑道：「原來姐姐得了，我實在不知道。我陪個不是罷。」襲人笑道：「少輕狂罷，你們誰取了碟子來是正經。」麝月道：「那瓶也該得空收來。老太太屋裏還罷了，太太屋裏人多手雜，別人還可已，趙姨奶奶一夥的人見是這屋裏的東西，又該使黑心弄壞了纔罷。太太也不大管這些事，不如早些收了來是正經。」晴雯聽說，便擲下針黹道：「這話倒是，等我取去。」秋紋道：「還是我取去罷，你取你的碟子去。」晴雯道：「我偏取一遭兒去。是巧宗兒，你們都得了，難道不許我得一遭兒？」麝月笑道：「統共秋丫頭得了一遭兒衣裳，那裏今兒又巧，你也遇見找衣裳不成？」晴雯冷笑道：「雖然碰不見衣裳，或者太太看見我勤謹，一個月也把太太的公費裏分出二兩銀子來給我，也定不得！」尖利無匹，徒以自殺，正詩社所當深思也。說着，又笑道：「你們別和我妝神弄鬼的，什麼事我不知道！」一面說，一面往外跑了。秋紋也同他出來，自去探春那裏取了碟子來。

襲人打點齊備東西，叫過本處的一個老宋媽媽來，送東西便曰宋媽媽。向他說道：「你先好生梳洗了，換了出門的衣裳來，如今打發你與史大姑娘送東西去。」宋媽媽道：「姑娘只管交給我，有話說與我，我收拾了，就好一順去。」襲人聽說，便端過兩個小攝絲盒子來，先揭開一個，裏面裝的是紅菱、雞頭兩樣鮮果；又揭那一個，是一碟子桂花糖蒸的新栗粉糕。又說道：「這都是今年咱們這園裏新結的果子，花粉畸零，是乃園中結果。寶二爺送來與姑娘嘗嘗。再前日姑娘說這瑪瑙碟子好，姑娘就留下頑罷。探處則必查回，雲處則以贈。一盤子，寫襲人之事，又隱言此糾纏煩惱當歸湘雲。三影皆襲人成之也。這絹包兒裏頭，是姑娘上日叫我做的活計，特以活計映合上回。姑娘別嫌粗糙，將就着用罷。替我們請安，替二爺問好，就是了。」宋媽媽道：「寶二爺不知還有什麽說的，姑娘再問問去，回來別又說忘了。」襲人因問秋紋：「方纔可是在三姑娘那裏麽？」秋紋道：「他們都在那裏，商議起什麽詩社呢，又都做詩。想來没話，你只管去罷。」宋媽媽聽了，便拿東西出去穿戴了。襲人又囑咐他們：「從後門出去，有小子和車等着呢。」宋媽媽去了，不在話下。

一時寶玉回來，先忙着看了一回海棠，至房内告訴襲人起詩社的事。襲人也把打發宋媽媽與史湘雲送東西去的話告訴了寶玉。寶玉聽了，拍手道：「偏忘了他！我自覺心裏有件事，只是想不起來，虧你提起來，正要請他去。這詩社裏若少了他，還有個什麽意思！」不漏。襲人勸道：「什麽要緊，不過頑意兒。他比不得你們自在，家裏又作不得主兒，告訴他，他要來，又由不得他；若不來，他又牽腸掛肚的，没的叫他不受用。」寶玉道：「不妨事，我回老太太打發人接他去。」正說着，宋媽媽已經回來道生受，與襲人道乏，又說：「問二爺做什麽呢，我說：『和姑娘們起什麽詩社做詩呢！』史姑娘道，他們做詩，也不告訴他去。急的了不得！」寶玉聽了，轉身便往賈母處來，立逼着叫人接去。賈母因說：「今兒天晚了，明日一早去。」寶玉只得罷了，思當急，而史緩之，是史罪案，正與探春「明日不如今日」之説反。回來悶悶的。

次日一早，便又往賈母處來催逼人接去。直至午後，史湘雲纔來了，寶玉方放了心。四字微旨。見面時，就把始末原由告訴他，又要詩與他看。李紈等因説道：「且別給他看，先説與他韻脚，他後來的，先罰他和了詩。若好，便請入社。若不好，還要罰他一個東道再説。」湘雲笑道：「你們忘了請我，我還要罰你們呢！就拿韻來，我雖不能，只得勉强出醜。容我入社，掃地焚香，我也情願。」衆人見他這般有趣，越發喜歡，都埋怨昨日怎麼忘了他，遂忙告訴他詩韻。史湘雲一心興頭，等不得推敲删改，一面只管和人説着話，心内早已和成，即用隨便的紙筆録出，先笑説道：「我卻依韻和了兩首，好歹我都不知，不過應命而已。」説着，遞與衆人。衆人道：「我們四首也算想絶了，再一首也不能了，你倒弄了兩首，那裏有許多話説？必要重了我們的。」一面説，一面看時，只見那兩首詩寫道：

咏白秋海棠和原韻

神仙昨日降都門，種得藍田玉一盆。自是霜娥偏耐冷，非關倩女欲離魂。秋陰捧出何方雪，雨漬添來隔宿痕。卻喜詩人吟不倦，豈令寂寞度朝昏。此詩純寫寶釵，以「倩女離魂」作撇筆，「昨日」「隔宿」是上回「繡鴛鴦」，曰「雨漬」即「雲雨情」。

其二

蘅芷階通薜荔門，也宜牆角也宜盆。花因喜潔難尋偶，人爲悲秋易斷魂。玉燭滴乾風裏淚，晶簾界破月中痕。幽情欲向嫦娥訴，無奈虚廊月色昏。此詩專寫黛玉矣，而首句仍在寶釵，同一「恒止情分」而已，故詩必有二首。

衆人看一句，驚訝一句，看到了，讚到了，都說：「這個不枉做了海棠詩，真該要起『海棠社』了。」史湘雲道：「明日先罰我的東道，就讓我先邀一社，可使得？」衆人道：「這更妙了！」因又將昨日的詩與他評論了一回。

至晚，寶釵將湘雲邀往蘅蕪院去安歇。湘雲燈下計議，如何設東擬題。寶釵聽他說了半日，皆不妥當，因向他說道：「既開社，便要作東。雖然是個頑意兒，也要瞻前顧後，又要自己便宜，又要不得罪了人，然後方大家有趣。將寫籠絡黛玉，必先就湘雲立一影。你家裏你又做不得主，一個月通共那幾吊錢，你還不够使，從錢起，見多少英雄盡爲所算，是可浩歎，亦是書所由來也。這會子又幹這沒要緊的事，你嬸娘聽見了，一發抱怨你了。況且你就都拿出來，做這個東也不够。難道爲這個家去要不成？還是和這裏要呢？」一席話提醒了湘雲，倒躊躇起來。條條理理，大費躊躇，此一席話提醒者何人？寶釵道：「這個我已經有個主意。我們當鋪裏是當鋪，猶云上當，而交易互易存其間矣。有一個夥計，他家田裏出的好螃蟹，可以橫行。前兒送了幾個來。現在這裏的人，從老太太起，連上房裏的人，有多一半都是愛吃螃蟹的。前日姨娘還說，要請老太太在園裏賞桂花、吃螃蟹，因爲有事，還沒有請。你如今且把詩社別提起，只普統一請，等他們散了，咱們有多少詩做不得的？我和我哥哥說，要他幾簍極肥極大的螃蟹來，再往鋪子裏取上幾罈好酒來，再備四五桌果碟，豈不又省事，又大家熱鬧了？」湘雲聽了，心中自是感服，如此施設，夫誰不知此東道出自薛家，而雲且知感而不知察也，是曰獃。極讚想的周到。

寶釵又笑道：「我是一片真心爲你的話，你千萬別多心，想着我小看了你，是謂遁詞。咱們兩個就白好了。你若不多心，我就好叫他們辦去。」湘雲忙笑道：「好姐姐！你這樣説，倒多心待我了。我憑他怎麼糊塗，連個好歹也不知，還成個人呢！我若不把姐姐當親姐姐一樣看待，上回那些家常煩難事也不肯盡情告訴你了。」見受籠絡已非一日，到此一結。寶釵聽説，便喚一個婆子來：「出去和大爺説，照前日的大螃蟹要幾簍來，明日飯後，請老太太、姨娘賞桂花。你説：大爺好歹別忘了，我今兒已請下了人了。」仍是我請人。那婆子出去説明，回來無話。

這裏寶釵又向湘雲道：「詩題也不要過於新巧了。你看古人中，那裏有那些刁鑽古怪的題目和那極險的韻？若題目過於新巧，韻過於險，再不得好詩，終是小家子氣。詩固然怕説熟話，然亦不可過於求生，只要頭一件主意清新，措詞就不俗了。論詩極是，乃論本書。究竟這也算不得什麼，還是紡績針黹，是你我的本等。一時閑了，倒是於身心有益的書看幾章是正經。」論人極是，而此等處既經看破，便覺都是妖言。湘雲只答應着，因笑道：「我如今心裏想着，昨日做了海棠詩，我如今要做個菊花詩，何如？」菊，局也，大家結局也。寶釵道：「菊花倒也合景，只是前人太多了。」佳人才子書實太多。湘雲道：「我也是如此想着，恐怕落套。」寶釵想了一想，説道：「有了。如今以菊花爲賓，以人爲主，竟擬出幾個題目來，都要兩個字，一個虛字，一個實字，大局一虛一實。實字就用菊字，虛字便用通用得的。如此又是詠菊，又是賦事，前人也没很做，也不能落套。賦景、咏物兩關着，又新鮮，又大方。」自説其書。湘雲笑道：「這卻很好，只是不知用何等虛字纔好？你先想一個我聽聽。」寶釵想了想，笑道：「『菊夢』就好。」首點書名。湘雲笑道：「果然好。我也有一個，『菊影』可使得？」次點書中用度，無非是影。雲乃以一影三者，故影特出他口。寶釵道：「也罷了，只是也有人做過。以影定形，原是成法，故爲有人做過。若題目多，這個也搭的上。我又有了一個。」湘雲道：「快說出來！」寶釵道：「『問菊』如何？」湘雲拍案叫妙，因接說道：「我也有了，『訪菊』如何？」此乃作者自道，以此書問世，誰則能訪察其意而得之者，甚望人知也。寶釵也讚：「有趣。」因說道：「爽性擬出十個來，寫上再來。」十爲滿數，一縱一橫，《易》也。說着，二人研墨蘸筆，湘雲便寫，寶釵便念，一時湊了十個。湘雲看了一遍，又笑道：「十個還不成幅，爽性湊成十二個，便全了，也如人家的字畫册頁一樣。」即十二釵薄命畫册。而必由一以生十二。作者胸中先有《易》，而後有是書。寶釵聽說，又想了兩個，一共湊成十二個，說道：「既這樣，一發編出他個次序先後來。」湘雲道：「如此更好，竟弄成個菊譜了。」普告於衆。寶釵道：「起首是『憶菊』。憶之不得故訪，第二是『訪菊』。訪之既得便種，第三是『種菊』。種既盛開，故相對而賞，第四是『對菊』。相對而興有餘，故折來供瓶爲玩，第五是『供菊』。既供而不吟，亦覺菊無采色，第六便是『咏菊』。既入詞章，不可以不供筆墨，第七便是『畫菊』。既爲畫菊，如是碌碌，究竟不知菊有何妙處，不禁有所問，第八便是『問菊』。菊如何解語，使人狂喜不禁，第九是『簪菊』。如此人事雖盡，猶有菊之可咏者，『菊影』、『菊夢』二首，續在第十、第十一。末卷便以『殘菊』總收前題之感。這便是三秋的妙景妙事都有了。」憶從心從意，心爲通靈，而反爲物欲，意爲誠意，而反爲意淫，乃書中主骨。餘則條理、層次。末用點明是影、是夢，而以「殘」字終之，歸本一歎。不曰末首，而曰末卷，詩耶？書耶？是謂秋文。

湘雲依言，將題録出。又看了一回，又問：「該限何韻？」寶釵道：「我生平最不喜限韻，分明有好詩，何苦爲韻所縛？咱們別學那小家派。只出題，不拘韻，原爲大家偶得了好句取樂，並不爲以此難人。」湘雲道：「這話很是。這樣大家的詩還進一層。但只咱們五個人，這十二個題目，難道每人做十二首不成？」寶釵道：「那也太難人了。將這題目謄好，都要七言律詩，明日貼在牆上。他們看了，誰能那一個，就做那一個。有力量者，十二首都做。不能的，一首也可。高才捷足者爲尊。若十二首已全，便不許他趕着又做，罰他便完了。」湘雲道：「這也罷了。」二人商議妥帖，方纔安寢。

要知後事如何，且聽下回分解。

此回開做詩之首，乃書中一大生發，其來源自「撕扇」回起，其去路至「焚稿」回結。

海棠社詩，其限韻實括全書。出於丫頭，秦氏殯中之二丫頭也。書演《易》道，故曰「門」。乾坤一闔一闢，門之義也。書歸《大學》，故末曰「昏」，有時而昏，「明德」「新民」之蔽也。用此二字綰住兩頭，作者成竹牢不可破。次曰「盆」，蝴蝶夢之莊周作《鼓盆歌》，有「我死妻必嫁」之説，則逼寶釵之末路也。次曰「魂」，肝藏魂，是爲木，書主黛之一木也。次曰「痕」，書中滿紙穢亂，都無實迹，痕而已矣。其細針密綫如此。至海棠主黛，乃春海棠，此則秋海棠，而且白，金之色也，則在黛轉爲借用，在釵實爲正用矣。

此回同下回不能分，同爲完足上回「絳芸軒」一事。見三秋當令，金可横行，木已失色，寶釵得以滿志矣。究之得一孤孀結局。故上半曰「海棠社」，雖主黛，亦主釵。按秋海棠爲離婦所化，乃特爲寶釵警醒，故下半回曰「菊花題」。題，提也，爲提醒此結局也。是繳足「情悟梨〔香〕（花）院」。

護花主人評曰：

八月將終，賈母所限寶玉出門之期已近，乃賈政又奉差遠出，寶玉更可任意遊蕩，以便敍及結社等事。文章生波再展法。

探春纔起意結社，賈芸適送白海棠，借此立名，便不着迹。

探春札甚雅，芸兒字極俗，映襯好看。

寶玉別號卻有三個，又聽人混叫，活變不板。

未見白海棠，先擬詩社題，與後文菊花題不用實字用虛字，俱是文章避實法。

李紈評詩，以寶釵詩含蓄渾厚取爲第一，眼力見識甚高。

各人海棠詩俱暗寫各人性情遭際，而黛玉更覺顯露。

借送果品，引出史湘雲；又借尋瑪瑙碟子，引出送桂花，爲下文賞桂伏筆。

王夫人給襲人碗菜月錢，是明寫；給衣服在衆丫頭口中説出，是暗寫。一樣事，兩樣寫法，方不雷同。

湘雲補詩二首，第一首是寶釵影子，第二首是黛玉影子。

「海棠」是初起小社，連湘雲補作，只有六首。「菊花」是續起大社，故有十二首。

海棠結社，已伏九十四回之「花妖」。

寶釵想出賞桂吃蟹，代湘雲作東，遍請一家，文章開拓變換。既照應寶玉送桂花，又引起下回借蟹譏諷一層。

大某山民評曰：

此回已入壬子年八月間事。

第三十八回　林瀟湘魁奪菊花詩　薛蘅蕪諷和螃蟹詠

話説寶釵、湘雲計議已定，一宿無話。湘雲次日便請賈母等賞桂花，賈母等都説道：「倒是他有興頭！須要擾他這雅興。」至午，果然賈母帶了王夫人、鳳姐，兼請薛姨媽等進園來。賈母因問：「那一處好？」王夫人道：「憑老太太愛在那一處，就在那一處。」鳳姐道：「藕香榭已經擺下了。那山坡下兩棵桂花開的又好，河裏水又碧清，坐在河當中亭子上，豈不敞亮？看着水，眼也清亮。」賈母聽了説：「這話很是。」説着，引了衆人往藕香榭來。始於秋爽，終於藕榭。一爲惜居，一爲探居。特爲釵作一長歎息。原來這藕香榭蓋在池中，四面有窗，左右有回廊，亦是跨水接峯，後面又有曲折橋。設爲一地方，便恍然如見此地方。設施鋪排，盡善盡美，非易能也。此書贊不勝贊。衆人上了竹橋，鳳姐忙上來攙着賈母，口裏説道：「老祖宗只管邁大步走，不相干，這竹子橋規矩是咯吱咯吱的。」

一時進入榭中，只見欄杆外另放着兩張竹案，一個上面設着杯箸酒具，一個上頭設着茶筅茶具、各色盞碟。那邊有兩三個丫頭煽風爐煮茶，這一邊另外幾個丫頭也煽風爐燙酒呢。賈母忙笑問：「這茶烹的很好，且是地方東西都乾净。」湘雲笑道：「這是寶姐姐幫着我預備的。」籠絡得力，羽翼成矣。賈母道：「我説這個孩子細緻，凡事想的妥當。」一面説，一面又看見柱上掛的黑漆嵌蚌的對子，命湘雲念道：

芙蓉影破歸蘭槳，菱藕香深瀉竹橋。上聯先以「破」字結「繡鴛鴦」之案，下則以「瀉」字直指究竟，而釵合黛離定矣。

賈母聽了，又抬頭看匾，因回頭向薛姨媽道：「我先小時，家裏也有這麽一個亭子，叫做什麽枕霞閣。枕簟烟霞，亦空亦色，爲湘雲生發，故號曰枕霞舊友。舊友者，追原之詞，見此烟霞乃有所自，而所自則賈母一人而已，將誰諉乎！我那時也只像他姐妹們這麽大年紀，同姐妹們天天頑去。那日誰知我失了脚掉下去，幾乎没淹死，好容易救了上來，到底被那木釘碰破了頭。是枕霞失了脚，霞失脚，是寶、黛、釵一齊失脚，故爲木釘所傷。木則黛，釘從金，則釘加丁爲心，則寶玉同一不可補之缺陷矣，特借此老演出。如今這鬢角上那指頭頂大一塊窩兒，就是那碰破的。衆人都怕冒了水，又怕冒了風，都説了不得了，誰知竟好了。」鳳姐不等人説，先笑道：「那時要活不得，如今這麽大福可叫誰享呢？可知老祖宗從小兒的福壽就不小，神差鬼使碰出那個窩兒來，好盛福壽的。壽星老兒頭上原是一個窩兒，因爲萬福萬壽盛滿了，所以倒凸高出些來了。」詼諧新穎，是從上段生出，已絶妙矣。而又隱「滿則溢」之一言，書無閑文如此。未及説完，賈母與衆人都笑軟了。賈母笑道：「這猴兒慣的了不得了！只管拿我取笑兒起來，恨的我撕你那油嘴！」鳳姐道：「回來吃螃蟹，恐積了冷在心裏。積冷微言。討老祖宗笑一笑開心，一高興，多吃兩個就無妨了。」賈母笑道：「明日叫你日夜跟着我，我倒常笑笑，覺得開開心，不許回家去！」王夫人笑道：「老太太因爲喜歡他，纔慣得他這樣。還這樣說，他明日越發無理了！」所謂溺愛，而媚子諂臣可懼也。賈母笑道：「我歡喜他這樣，況且他又真不是那不知高低的孩子。家常没人，娘兒們原該這樣，横豎禮體不錯就罷了。没的倒叫他們神鬼似的做什麽。」

說着，一齊進入亭子，獻過茶，鳳姐忙着安放杯筯。上面一桌，賈母、薛姨媽、寶釵、黛玉、寶玉；東邊一桌，史湘雲、王夫人、迎春、探春、惜春；西邊靠門一小桌，李紈和鳳姐虚設坐位，二人皆不敢坐，只在賈母、王夫人兩桌上伺候。鳳姐吩咐螃蟹不可多拿來，仍舊放在蒸籠内，拿十個來吃了再拿。一面又要水洗了手，站在賈母跟前剥蟹肉。頭次讓薛姨媽，薛姨媽道：「我自己剥着吃香甜，不用人讓。」鳳姐便奉與賈母。二次的便與寶玉。又說：「把酒燙得滚熱的拿來。」又命小丫頭們去取菊花葉兒桂花蕊薰的緑豆麪子，預備洗手。史湘雲陪着吃了一個，便下座來讓人，又出至外頭，命人盛兩盤子與趙姨娘送去。是釵陶淑。又見鳳姐走來道：「你不慣張羅，你吃你的去，我先替你張羅，等散了，我再吃。」湘雲不肯，又命人在那邊廊上擺了兩席，讓鴛鴦、琥珀、彩霞、彩雲、平兒去坐。鴛鴦因向鳳姐笑道：「二奶奶在這裏伺候，我可吃去了。」鳳姐兒道：「你們只管去，都交給我就是了。」說着，史湘雲仍入了席，鳳姐和李紈也胡亂應個景兒。

鳳姐仍舊下來張羅，一時出至廊上，鴛鴦等正吃得高興，見他來了，鴛鴦等站起來道：「奶奶又出來做什麽？讓我們也受用一會子！」鳳姐笑道：「鴛鴦丫頭越發壞了。我替你當差，倒不領情，還抱怨我，還不快斟一鍾酒來我喝呢。」鴛鴦笑着，忙斟了一杯酒，送至鳳姐唇邊，鳳姐一挺脖子吃了。琥珀、彩霞二人也斟上一杯，送至鳳姐唇邊，那鳳姐也吃了。平兒早剔了一殼子黃送來，鳳姐道：「多倒些薑醋。」一回也吃了。笑道：「你們坐着吃罷，我可去了。」鴛鴦笑道：「好沒臉，吃我們的東西！」鳳姐兒笑道：「你少和我作怪！你知道你璉二爺愛上了你，要和老太太討了你做小老婆呢！」透「尷尬人」消息。鴛鴦紅了臉道：「啐！這也是做奶奶說出來的話！我不拿腥手抹你一臉算不得。」說着趕來就要抹。鳳姐兒道：「好姐姐，饒我這一遭兒罷！」琥珀笑道：「鴛丫頭要去了，平丫頭還饒他？你們看看，他沒有吃了兩個螃蟹，倒喝了一碟子醋呢！」透「潑醋」消息。平兒手裏正剝了個滿黃螃蟹，聽如此奚落他，便拿着螃蟹照琥珀臉上來抹，口內笑罵：「我把你這嚼舌根的小蹄子！」琥珀也笑着往旁邊一躲，平兒使空了，往前一撞，正恰恰的抹在鳳姐腮上。鳳姐正和鴛鴦嘲笑，不妨唬了一跳，「嗳喲」了一聲，衆人掌不住都哈哈的大笑起來。鳳姐也禁不住笑罵道：「死娼婦！吃離了眼了，混抹你娘的！」平兒忙趕過來替他擦了，親自去端水。鴛鴦道：「阿彌陀佛，這纔是現報呢！」此段笑謔如聞，坐起如見，穿插映帶，文字樂境。

賈母那邊聽見，一疊連聲問：「見了什麼了，這樣樂？告訴我們也笑笑。」鴛鴦等忙高聲笑回道：「二奶奶來搶螃蟹吃，平兒惱了，抹了他主子一臉螃蟹黃子，主子奴才打架呢！」語又妙絕。賈母和王夫人等聽了也笑起來。賈母笑道：「你們看他可憐見兒的，那小腿子、臍子給他吃點子也完了。」小腿子有微旨。寶釵橫行，鳳甘爲走使，終無可食而已。鴛鴦等笑着答應了，高聲的說道：「這滿桌子的腿子，二奶奶只管吃就是了。」鳳姐洗了臉，走來又伏侍賈母等吃了一回。黛玉弱，不敢多吃，只吃了一點夾子肉，所謂螯，傲也。就下來了。賈母一時也不吃了，大家方散。都洗了手，也有看花的，也有弄水看魚的，遊玩了一回。王夫人因問賈母說：「這裏風大，纔又吃了螃蟹，老太太還是回房去歇歇罷了。若高興，明日再來逛逛。」賈母聽了笑道：「正是呢。我怕你們高興，我走了，又怕掃了你們的興。既這麼說，你們就都去罷。」回頭囑咐湘雲：「別讓你寶哥哥、林姐姐多吃了。」特提二人，故爲暢滿。湘雲答應着。又囑咐湘雲、寶釵二人說：「兩個也別多吃，那東西雖好吃，不是什麼好的，吃多了肚子疼。」微言，一戒「絳芸軒」，一戒「芍藥裀」。二人忙應着，送出園外，仍舊回來，命將殘席收拾了另擺。

寶玉道：「也不用擺，你們且做詩，把那大團圓桌子放在當中，酒菜都放着，也不必拘定坐位，有愛吃的去吃，大家散坐，豈不便宜？」寶釵道：「這話是極。」湘雲道：「雖如此說，還有別人。」因又命另擺一桌，揀了熱螃蟹來，請襲人、紫鵑、司棋、侍書、入畫、鶯兒、翠墨等，一處共坐。山坡桂樹底下，鋪下兩條花毯，命支應的婆子並小丫頭等也都坐了，只管隨意吃喝，普通沾被。等使喚再來。湘雲便取了詩題，用針綰在牆上。衆人看了，都說：「新奇，只怕做不出來！」見出此局之難。湘雲又把不限韻的緣故說了一番。寶玉道：「這纔是正理，我也最不喜限韻。」林黛玉因不大吃酒，又不吃螃蟹，自命人掇了一個繡墩倚欄坐着，拿着釣竿釣魚。寶釵手裏拿着一枝桂花，玩了一回，俯在窗檻上，掐了桂蕊擲在水面，引的遊魚浮上來唼喋。絶妙雙美圖。湘雲出一回神，又讓一回襲人等，又招呼山坡下的衆人只管放量吃。探春和李紈、惜春正立在垂柳陰中看鷗鷺，迎春又獨在花陰下拿着花針兒穿茉莉花。寶玉又看了一回黛玉釣魚，一回又俯在寶釵旁邊説笑兩句，一回又看襲人等吃螃蟹，自己也陪他飲兩口酒，描寫衆人歷落有致，而悉有深意。襲人又剥一殼肉給他吃。黛玉放下釣竿，走至坐間，拿起那烏銀梅花自斟壺來，揀了一個小小的海棠凍石蕉葉杯。丫頭看見，知他要飲酒，忙着走上來斟。黛玉道：「你們只管吃去，讓我自己斟纔有趣兒。」説着便斟了半盞，看時卻是黄酒。因説道：「我吃了一點子螃蟹，覺得心口裏微〔微〕的疼，傲不可長，心口兩病。須得熱熱的吃口燒酒。」寶玉忙接道：「有燒酒。」便命將那合歡花浸的酒燙一壺來，黛玉也只吃了一口，便放下了。一壺，一杯，一酒，名義暢心滿意，是情感以後之黛玉。寶釵也走過來，另拿了一隻杯來，也飲了一口放下，便蘸筆至牆上，把頭一個「憶菊」勾了，是他爲主，故取首題。底下又贅一個「蘅」字。寶玉忙道：「好姐姐，第二個我已有了四句了，你讓我做罷！」寶釵笑道：「我好容易有了一首，你就忙的這樣。」黛玉也不説話，接過筆來，把第八個「問菊」勾了，接着把第十一個「菊夢」也勾了，也贅上一個「瀟」字。寶玉也拿起筆來，將第二個「訪菊」也勾了，也贅上一個「怡」字。探春起來看着道：「竟没人作『簪菊』，讓我作。」又指着寶玉笑道：「纔宣過總不許帶出閨閣字樣來，你可要留神。」易陰爲陽，特又提白。説着，只見湘雲走來，將第四第五「對菊」「供菊」一連兩個都勾了，也贅上一個「湘」字。探春道：「你也該起個號。」湘雲笑道：「我們家裏如今雖有幾處軒館，我又不住着，借了來也没趣。」寶釵笑道：「方纔老太太説，你們家裏也有一個水亭叫做枕霞閣，難道不是你的？如今雖没了，你到底是舊主人。」木釘實傷，是他受之，故用他説。衆人都道：「有理。」寶玉不待湘雲動手，便代將「湘」字抹了，改了一個「霞」字。傷所從來是他，故用他改抹。與黛無涉，虛傷而已。没有頓飯工夫，此局之速如此。十二題已全，各自謄出來，都交與迎春，另拿了一張雪浪箋過來，都歸雪浪。一併謄寫出來，某人作的，底下贅明某人的號。李紈等從頭看道：十二題明敍其七，妙不板滯。計釵玉詩皆二首，爲雙偶，結上回案。黛玉詩三首，不成偶也。湘雲詩三首，一人三影也。探春詩二首，終得貴婿偶也。而釵取「憶」取「畫」，憶言用心，畫言受染。黛取「詠」取「問」取「夢」，咏問皆從口，其取害亦皆從口，有口無心，正與「憶」對。夢則夢主。湘雲取「對」取「供」取「影」，與寶玉則爲對，與釵黛則爲供，合三人爲一影也。寶玉取「訪」取「種」，言方寸種植，存乎一心。從此菊題，願看官詳細訪求，而得作書之旨。探春取「簪」取「殘」，簪在首，此社由一歎起；殘則終，此社亦一歎而止也。

憶菊　　蘅蕪君

悵望西風抱悶思，蓼紅葦白斷腸時。空籬舊圃秋無迹，冷月清霜夢有知。念念心隨歸雁遠，寥寥坐聽晚砧遲。誰憐我爲黃花瘦，慰語重陽會有期。居然思婦，末語是今日之寶釵，尚有「成大禮」時也。

訪菊　　怡紅公子

閑趁霜晴試一遊，酒杯藥盞莫淹留。霜前月下誰家種，檻外籬邊何處秋？蠟屐遠來情得得，冷吟不盡興悠悠。黃花若解憐詩客，休負今朝掛杖頭。通體寫一「遊」字，是透終局。

種菊　　怡紅公子

攜鋤秋圃自移來，籬畔庭前處處栽。昨夜不期經雨活，今朝猶喜帶霜開。冷吟秋色詩千首，醉酹寒香酒一杯。泉溉泥封勤護惜，好和井徑絶塵埃。勿忘勿助，灌溉洗滌，是乃存心之功。

對菊　枕霞舊友

别圃移來貴比金，一叢淺淡一叢深。蕭疏籬畔科頭坐，清冷香中抱膝吟。數去更無君傲世，看來惟有我知音。秋光荏苒休辜負，相對原宜惜寸陰。「冷香」影釵，「傲世」影黛，「惜寸陰」隱結陰陽《易》理。

供菊　枕霞舊友

彈琴酌酒喜堪儔，几案婷婷點綴幽。隔座香分三徑露，抛書人對一枝秋。霜清紙帳來新夢，圃冷斜陽憶舊遊。傲世也因同氣味，春風桃李未淹留。「傲世」，黛也。「抛書人」則寶玉。

咏菊　瀟湘妃子

無賴詩魔昏曉侵，繞籬欹石自沈音。毫端蘊秀臨霜寫，口角噙香對月吟。滿紙自憐題素怨，片言誰解訴秋心。一從陶令平章後，千古高風説到今。二句「石」字，重「木石姻緣」之主。末引「陶令」，曰靖節，曰淵明，乾净身子爲節，明乃「玉帶林中掛」也。第五句分明自問，與不另起號同意。

畫菊　蘅蕪君

詩餘戲筆不知狂，豈是丹青費較量。聚葉潑成千點墨，攢花染出幾痕霜。淡濃神會風前影，跳脱秋生腕底香。莫認東籬閑採掇，粘屏聊以慰重陽。狂爲心疾，寶玉受此染。〇釵詩一見「夢」字，亦夢主也。兩見「重陽」字，則九九數盡，陽氣將終，爲《剥》之會。劉老老來矣，而更有書外之書。

問菊　瀟湘妃子

欲訊秋情衆莫知，喃喃負手叩東籬。孤標傲世偕誰隱？一樣〔開花〕（花開）爲底遲？圃露庭霜何寂寞？雁歸蛩病可相思？莫言舉世無談者，解語何妨話片時？「傲世」二字，特用自言。其第三聯上問寶玉，下問寶釵也。起結處有望知音而不得，是作者問世意。

簪菊　蕉下客

瓶供籬栽日日忙，折來休認鏡中妝。長安公子因花癖，彭澤先生是酒狂。短鬢冷沾三徑露，葛巾香染九秋霜。高情不入〔時〕（詩）人眼，拍手憑他笑路旁。「休認鏡中妝」，又明曰「先生」，曰「公子」，重轉女爲男，是詩社意。

菊影　枕霞舊友

秋光疊疊復重重，潛度偷移三徑中。窗隔疏燈描遠近，籬篩破月鎖玲瓏。寒芳留照魂應駐，霜印傳神夢也空。珍重暗香踏碎處，憑誰醉眼認朦朧。第三聯上「寒芳留」指釵，「魂應駐」指黛。下指寶玉，而普同喚醒衆人。〇雲詩兩用「夢」字，乃一釵一黛。兩用「傲世」字，重爲黛玉提白。兩用「三徑」及「疊疊」「重重」「一叢一叢」等字，猶有疑閑人「一人三影」之説者乎？

菊夢　瀟湘妃子

籬畔秋酣一覺清，和雲伴月不分明。登仙非慕莊生蝶，憶舊還尋陶令盟。睡去依依隨雁斷，驚迴故故惱蛩鳴。醒時幽怨同誰訴？衰草寒煙無限情。一覺便是下回「攜蝗大嚼圖」，特用夢主喝破此局，以情字結之，乃主人翁。○黛玉詩通身轉無「夢」字，以題明爲《菊夢》也。《問菊》特用「傲世」字，乃使湘雲詩中兩用「傲世」之意明顯而無可移置。兩用「陶令」，特重明節。凡此等重複處，都是作者慘淡經營，切莫認他江郎才盡。

殘菊　　蕉下客

露凝霜重漸傾欹，宴賞纔過小雪時。蒂有餘香金淡泊，枝無全葉翠離披。半牀落月蛩聲切，萬里寒雲雁陣遲。明歲秋分知再會，暫時分手莫相思。「小雪」已透寶琴，有一歎，必有一禁，思之用也。三句醒釵，四句醒黛，五句復醒黛，是收煞「絳芸軒」之旨，餘則皆自言矣。

衆人看一首，讚一首，彼此稱揚不絕。李紈笑道：「等我從公評來：通篇看來，各人有各人的警句。今日公評，《咏菊》第一，《問菊》第二，《菊夢》第三。文以釵爲主，而主之敵則黛，故首題是釵，而第一是黛，以「咏」「問」「夢」列前三，正此書此局警戒要義。有閱此十二詩而另易甲乙者，乃是笨伯。題目新，詩也新，立意更新了，只得要推瀟湘妃子爲魁了。然後《簪菊》《對菊》《畫菊》《憶菊》《供菊》次之。」寶玉聽說，喜的拍手叫道：「極是！極公！」黛玉道：「我那個也不好，到底傷於纖巧些。」李紈道：「巧的卻好，不露堆砌生硬。」黛玉道：「據我看來，頭一句好的是『圃冷斜陽憶舊遊』，這句背面敷粉，『拋書人對一枝秋』，已經妙絕，將供菊説完，没處再説，故翻回來，想道未折未供之先，意思深遠。」李紈笑道：「固如此説，你的『口角噙香』一句也敵得過了。」探春又道：「到底要算蘅蕪君沉着。『秋無迹』『夢有知』，把個『憶』字竟烘染出來了。」寶釵笑道：「你的『短鬢冷沾』『葛巾香染』，也就把簪菊形容得一個縫兒也没了。」湘雲笑道：「『偕誰隱』『爲底遲』，真真把個菊花問得無言可對！」李紈笑道：

「你那『科頭坐』『抱膝吟』，竟一時也舍不得別開，菊花有知，也必膩煩了。」說的大家都笑了。寶玉笑道：「我又落第！難道『誰家種』『何處秋』『蠟屐遠來』『冷吟不盡』，都不是訪不成？『昨夜雨』『今朝霜』，都不是種不成？但恨敵不上『口角噙香對月吟』『清冷香中抱膝吟』『短鬢』『葛巾』『金淡泊』『翠離披』『秋無迹』『夢有知』這幾句罷了。」此段在衆人爲必有之談論，在作者爲應事之周旋，筆伯可以氣平。○「口角噙香」一句豈必壓倒衆人？重在口角能留，則黛可轉鬼爲人，故題曰「魁奪」。又道：「明日閑了，我一個人做出十二首來。」李紈道：「你的也好，只是不及這幾句新巧就是了。」大家又評了一回，復又要了熱螃蟹來，入下半回。就在大團桌上吃了一回。

寶玉笑道：「今日持螯賞桂，亦不可無詩，我已吟成，誰還敢做？」說着便忙洗了手，提筆寫出。衆人看道：

持螯更喜桂陰涼，潑醋擂薑興欲狂。饕餮王孫應有酒，橫行公子竟無腸。臍間積冷饞忘忌，指上沾腥洗尚香。原爲世人美口腹，坡仙曾笑一生忙。「絳芸軒」案，直自宣之。第二句「狂」字，便是「畫菊」第一句「狂」字。第二聯寫實事，第三聯便是由不得他不帶，末用蘇玉局作收煞，見此局在玉爲已蘇矣。

黛玉笑道：「這樣的詩，一時要一百首也有。」寶玉笑道：「你這會子才力已盡，不說不能做了，還褒貶人。」黛玉聽了，並不答言，略一仰首微吟，提起筆來一揮，已有了一首。衆人看道：

鐵甲長戈死未忘，堆盤色相喜先嘗。螯封嫩玉雙雙滿，殼凸紅脂塊塊香。多肉更憐卿八足，助情誰勸我千觴？對斯佳品酬佳節，桂拂清香菊帶霜。「絳芸軒」案，黛見而知之，以「色相先嘗」點睛。

次聯演其象，三聯「卿」字直呼其人，「多肉」「八足」便已太真同浴，「佳節」即釵詩屢見之「重陽」。首尾映橫行，映熱毒，映薛氏。

寶玉看了正喝彩，黛玉便一把撕了，命人燒去。見而不見，知而不知，做而不做，便是撕了燒去。因笑道：「我做的不及你的，我燒了他。你那個很好，比方纔的菊花詩還好，你留着他給人看。」可見菊花詩且爲此詩餘文。寶釵笑道：寶宣之，黛誚之，情何以堪？此「諷」字來由。有磨刀霍霍向黛玉之心，始以一笑藏之而已。「我也勉强了一首，未必好，寫出來取笑兒罷。」說着拿出來，大家看時，寫道：

佳靄桐陰坐舉觴，長安涎口盼重陽。眼前道路無經緯，皮裏春秋空黑黄。詩社中凡寫湘雲，必不落後，今獨不做螃蟹詩，以「絳芸軒」一案首同黛玉見之，且拉黛玉走者也。於此見釵籠絡之妙。便是次聯强横無人意。

看到這裏，衆人不禁叫絶。寶玉道：「駡得痛快！此詩與竹夫人謎相發明，故云駡得痛快。我的詩，也該燒了。」看底下道：

酒未滌腥還用菊，性防積冷定須薑。於今落釜成何益？月浦空餘禾黍香。又是「重陽」，三詩三見，乃微言也。俟後評。次聯上句敢横行自恃，下句示譏評枉用。三聯自獻底裏，末則大家究竟。

衆人看畢，都說：「這是食蟹絶唱！這小題目，原要寓大意思，纔是大才。作者自負自認。只是諷刺世人太毒了。」說着，只見平兒復進園來。

不知做什麽，且看下回分解。

此回合上回不能分，統以結三十六回之案。又此回上半，即上回之下半，以詩完題而已。此回下半，乃倒繳三十六回之上半，使之顯豁呈露，不可復掩。便是「神遊」，便是「初試」。

自三十五回至此回爲一大段，雖四回，而實止三十六之一回，其下半且但爲一點「悟」而已，皆寶釵傳。世間原有鴛鴦，聽情分之自然，何須結絡？閨閣竟生螃蟹，歎姻緣之誤合，枉用蹲身。蟲兒既入花心，昨錯又生今錯；麈柄已歸卿手，你知豈少人知？夢亦成真，思猶懼晚；腥難滌染，諷又何裨！嗚呼傷哉，秦可卿陰靈不遠；噫嘻來矣，劉老老土氣直冲。請讀秋社詩，同嘗治聾酒。

護花主人評曰：

湘雲無別號，若俟題詩時增起，未免生砌，於賈母口中説出枕霞閣，後文即取爲號，便覺自然。真一筆不苟。

敍吃蟹情事，細密周到，又活動不板。

鳳姐與鴛鴦戲言：「璉二爺要討你做小老婆。」暗伏四十六回事。

合歡酒惟釵、黛二人各飲一口，映照有情。

《菊》詩十二首，與《紅樓夢》曲遥遥相照，俱有各人身分。《紅樓夢》十二曲外，有首尾兩曲作起結；《菊花》詩十二首外，有《咏蟹》三首作餘音：亦遥遥照應。

《咏蟹》三首，黛玉先要焚毁，亦是夭亡之兆。

寶釵《蟹》詩，雖是譏刺世人，即謂專誚寶玉、黛玉亦可。寶玉説「我的也該燒了」，又兆將來止剩寶釵一人而已。

第三十三回至三十八回一大段，應分三小段：三十三回爲一段，敍寶玉受撻幾死，是第二次災難；三十四、五、六回爲一段，寫寶玉雖受痛責，而情迷如故，中間夾敍釵、黛、襲人、玉釧、金鶯、傅秋芳及「夢兆」「情悟」等事，俱是描寫寶玉癡獃；三十七、八回爲一段，敍園中結社之始盛，反照將來之漸次離散也。

大某山民評曰：

詩應是《問菊》第一，《供菊》第二，《詠菊》第三，《憶菊》第四，《訪菊》第五。若《菊夢》，與他作不甚相遠。

「一日可得百首」，一筆抹倒打油輩。袁簡齋曰：「詩到能遲纔是才。」學者毋自託於八叉、七步，以自鳴得意。

此回已入壬子年九月中事。

第三十九回　村老老是信口開河　情哥哥偏尋根究底

話説衆人見平兒來了，都説：「你們奶奶做什麽呢，怎麽不來了？」平兒笑道：「他那裏得空兒來。因爲説没有好生吃得，又不得來，所以叫我來問：還有没有？叫我要幾個拿了家去吃罷。」湘雲道：「有，多着呢。」忙命人拿盒子，裝了十個極大的。平兒道：「多拿幾個團臍的。」衆人又拉平兒坐，平兒不肯。李紈拉着他笑道：「偏要你坐！」拉着他身旁坐下，端了一杯酒，送到他嘴邊。平兒忙喝了一口，就要走。李紈道：「偏不許你去。顯見得你只有鳳丫頭，就不聽我的話了。」説着又命嬤嬤們：「先送了盒子去，就説我留下平兒了。」那婆子一時拿了盒子回來，説：「二奶奶説：叫奶奶和姑娘們别笑話要嘴吃，這個盒子裏，方纔舅太太那裏送來的菱粉糕任你横行，俄頃零粉。盒來盒去，如此而已。和雞油捲兒，給奶奶姑娘們吃的。」又向平兒道：「説使唤你來，你就貪住頑，不去了。勸你少喝一鍾兒罷。」平兒笑道：「多喝了又把我怎麽樣！」一面説，一面只管喝，又吃螃蟹。

李紈〔攬〕（攪）着他笑道：「可惜這麽個好體面模樣兒，命卻平常，只落得屋裏使唤。隱找「分定」，直透末回。不知道的人，誰不拿你當做奶奶、太太看。」平兒一面和寶釵、湘雲等吃喝着，一面回頭笑道：「奶奶別這樣，摸的我怪癢癢的。」李氏道：「噯喲，這硬的是什麼？」平兒道：「是鑰匙。」李紈道：「有什麼要緊的東西怕人偷了去，卻帶在身上？我成日家和人説笑：有個唐僧取經，就有個白馬來馱着他；劉智遠打天下，就有個瓜精來送盔甲；任其智遠，終落場空。有個鳳丫頭，就有個你。你就是你奶奶的一把總鑰匙，還要這鑰匙做什麼！」此將演劉老老也，而在鳳之能留，皆平所贊助，所以爲屏，先用李紈點明之。而如此引入，匪夷所思。平兒笑道：「奶奶吃了酒，又拿我來打趣着取笑兒了。」寶釵笑道：「這倒是真話。我們没事評論起來，你們這幾個，都是百個裏頭挑不出一個來的。妙在各人有各人的好處。」李紈道：「大小都有個天理。比如老太太屋裏，要没那個鴛鴦，如何使得？鴛鴦乃劉老老接替之人，故又用李紈特提。從太太起，那一個敢駁老太太的回？他現敢駁回，偏老太太只聽他一個人的話。老太太的那些穿帶的，別人記不得，他都記得，要不是他經管着，不知叫人誆騙了多少去呢。那孩子心也公道，雖然這樣，倒常替人説好話兒，還倒不倚勢欺人的。」惜春笑道：「老太太昨日還説呢，他比我們還强呢！」惜春歸空，鴛鴦殉主得實，故云還强，此書不演空也。平兒道：「那原是個好的，我們那裏比得上他？」寶玉道：「太太屋裏的彩霞，是個老實人。」説彩霞，目視賈環矣。此回正演循環之理，故須提到此人。探春道：「可不是外頭老實，心裏有數兒！太太是那麼佛爺似的，事情上不留心，他都知道。凡一應事，都是他提着太太行，連老爺在家出外去的一應大小事，他都知道。太太忘了，他背後告訴太太。」是探春語。李紈道：「那也罷了。」指着寶玉道：「這一個小爺屋裏，要不是襲人，你們度量到個什麼田地！襲人亦用李紈提白，見僞君子之難識。鳳丫頭就是個楚霸王，也得兩隻膀子，好舉千斤鼎。他不是這丫頭，他就得這麼周到了？」仍打到平兒。舉鼎，舉金也。平兒道：「先時賠了四個丫頭來，死的死，去的去，只剩下我一個孤鬼兒了！」李紈道：「你倒是有造化的，鳳丫頭也是有造化的。想當初珠大爺在日，何曾也没兩個人？你們看，我還是那容不下人的？天天只見他兩個不自在，所以你珠大爺一没了，趁年輕，我都打發了。若有一個好的守得住，我到底有個膀臂了。」必提襲人以此。説着不覺眼圈兒紅了。衆人都道：「這又何必傷心？」李紈傷心，了此一局。不如散了倒好。」説着便都洗了手，大家約着往賈母王夫人處問安。衆婆子丫頭打掃亭子，收洗杯盤，襲人便和平兒一同往前去。

襲人因讓平兒到房裏坐坐，再吃一鍾茶。平兒回説：「不吃茶了，再來罷。」一面説，一面便要出去。襲人又叫住，問道：「這個月的月錢，連老太太、太太還没放呢，是爲什麽？」平兒見問，忙轉身至襲人跟前，又見左近無人，悄悄説道：「你快别問，横竪再遲兩天就放了。」襲人笑道：「這是爲什麽，唬的你這個樣兒？」平兒悄聲告訴他道：「這個月的月錢，我們奶奶早已支了，放給人使呢。等别處利錢收了來，湊齊了纔放呢。敘鳳貪利，點「財」字之睛，正是須留處。而問者爲襲人，則財色并提矣。因爲是你，我纔告訴你，可不許告訴一個人去！」襲人笑道：「他難道還短錢使？還没個足厭？何苦還操這心。」平兒笑道：「何嘗不是呢！他這幾年，只拿着這一項銀子，翻出有幾百來了。他的公費月例，又使不着，十兩八兩，零碎攢了，又放出去，只他這體己利錢，一年不到，上千的銀子呢！」襲人笑道：「拿着我們的錢，你們主子奴才賺利錢，哄的我們獃等。」平兒道：「你又説没良心的話！你難道還少錢使？」襲人道：「我雖不少，只是我也没地方使去，就只預備我們那一個。」平兒道：「你倘若有要緊事用銀錢使時，我那裏還有幾兩銀子，你先拿來使，明日我扣下你的就是了。」襲人道：「此時也用不着，怕一時要用起來不彀了，我打發人取去就是了。」平兒答應着，一徑出了園門。

只見鳳姐那邊打發人來找平兒，説：「奶奶有事等你。」平兒道：「有什麼事，這麼要緊？我爲大奶奶拉扯住説話兒，我又不逃了，「逃」字透「欺弱女」消息，正劉老老事。這麼連三接四的叫人來找。」那丫頭説道：「你去不去由你，犯不上惱我，你自己敢與奶奶説去。」平兒啐了一口，急忙走來，只見鳳姐兒不在房裏，忽見上回來打抽豐的那劉老老和板兒又來了，豐既抽去，則嗇至矣，着意「財」字。必帶板兒，此定數也。坐在那邊屋裏，還有張材家的、周瑞家的陪着。周瑞寓《易》道固已，而有張材，見用《易》道以演劉老老之一人，裁剪組織，所以張大其才也，乃作者自負處。又有兩三個丫頭在地下倒口袋裏的棗子、倭瓜並些野菜。衆人見他進來，都忙站起來。劉老老因上次來過，知道平兒的身分，忙跳下地來，問：「姑娘好？」又説：「家裏都問好，早要來請姑奶奶的安、看姑娘來的，因爲莊家忙，好容易今年多打了兩擔糧食，有種必收。瓜果菜蔬也豐盛，這是頭一起摘下來的，並没敢賣呢，留的尖兒，孝敬姑奶奶、姑娘們嘗嘗。其言婉以周。姑娘們天天山珍海味的，也吃膩了，吃個野菜兒，也算我們的窮心。」「窮心」二字包括大道。平兒忙道：「多謝費心。」又讓坐，自己坐了，又讓張嬸子、周大娘坐。又命小丫頭倒茶去。

周瑞、張材兩家的因笑道：「姑娘今日臉上有些春色，眼睛圈兒都紅了。」是春色，是喜氣，正見板兒之會。平兒笑道：「可不是。我原是不吃的，大奶奶和姑娘們只是拉着死灌，不得已喝了兩鍾，臉就紅了。」張材家的笑道：「我們想着要吃呢，又没人讓我。明日再有人請姑娘，可帶了我去罷。」説着大家都笑了。周瑞家的道：「早起我就看見那螃蟹了，一斤只好秤兩個三個，這麽兩三大簍，想是有七八十斤呢。」張材家的道：「若是上上下下，只怕還不彀。」平兒道：「那裏都吃？不過都是有名兒的吃兩個子。那些散衆，也有摸着的，也有摸不着的。」劉老老道：「這樣螃蟹，今年就值五分一斤，十斤五錢，五五二兩五，三五一十五，再搭上酒菜，一共倒有二十多兩銀子。劉老老，純《坤》也，第六回已詳。此回演陰陽互生之象。二進榮府，先借算螃蟹賬抉出大衍之數。如周瑞家口中「我看那螃蟹一斤只好稱兩個三個，這麽兩三大簍，想是有七八十斤」，摘一、兩、三、兩三、七八十，凡兩字作二字算，共計得三十六數，合《乾》《坤》之策，凡三百六十也。天道、地道、人道，總括於此。劉老老口中「這樣螃蟹今年就值五分一斤，十斤五錢，五五二兩五，三五一十五，再搭酒菜，一共倒有二十多兩銀子」，便是算賬，數已不對，作八十斤算，每斤五分，則價銀四兩而已，五五二兩五、三五一兩五就是了，何以不説三五一兩五，而説三五一十五？搭上酒菜，則酒菜不過搭上而已，計多費在螃蟹，不在酒菜也，何以成二十多兩銀子？豈蟹價四兩而搭上之酒菜轉需十六兩多乎？抑必定十六兩多乎？參以《易》象，砉然而解。曰：定《坤》數也。《坤》之策百四十有四，摘五、一十五、五五二兩五、三五一十五、一二十，前兩字作二字算，共成七十七數，後兩字曰多兩，將凡有之數多綜兩之，則得百五十四數，除百四十四數《坤》之策，仍餘十數，乃天一至地十。又一《坤》策，《河》《洛》正中總一土數，歸藏於《坤》，即第六回「三二十個孩子」之義。生生不息，根於此也。本回及下二回，皆暢演此義。有見道人尚以閑人爲穿鑿否？阿彌陀佛！爲凡横行者懺悔，又萬事歸空，太極歸於無極也。這一頓的錢，彀我們莊家人過一年的了。」一年則天運一周，正是大衍。

平兒因問：「想是見過奶奶了？」劉老老道：「見過了，敍已見過鳳姐，妙有變換。叫我們等着呢。」説着又往窗外看天氣，説道：「天早晚了，我們也去罷，别出不得城，纔是飢荒呢。」周瑞家的道：

「這話倒是，我替你瞧瞧去。」說着一徑去了，半日方來，笑道：「可是你老的福來了，竟投了這兩個人的緣了。」得神而悉含妙蘊。平兒等問：「怎麽樣？」周瑞家的笑道：「二奶奶在老太太跟前呢，我原是悄悄的告訴二奶奶：『劉老老要家去呢，怕晚了趕不出城去。』二奶奶說：『大遠的難爲他扛了些東西來，晚了就住一夜，明日再去。』這可不是投上二奶奶的緣了？這也罷了，偏生老太太又聽見了，問：『劉老老是誰？』二奶奶便回明白了。老太太又說：『我正想個積古的老人家說話兒，「積古」二字是眼。請了來，我見一見。』這可不是想不到的投上緣了？」太極圖，卦體皆圓，是投上兩個緣。說着催劉老老下來前去。劉老老道：「我這生像兒，怎好見的？生像，生象也。坤爲兩儀之一，正生四象者。好嫂子，你就說我去了罷。」變動不居。平兒忙道：「你快去罷，不相干的。我們老太太最是惜老憐貧的，老而貧，《剥》之象，而寫「留」字語面恰好。比不得那個狂三詐四的那些人。三四得七，隱提巧姐少陽之數。而此曰狂、曰詐，則專指「巧合認通靈」說。想是你怯生，我和周大娘送你去。」說着，同周瑞家的引了劉老老往賈母這邊來。

二門口該班小厮們見了平兒出來，都站了起來。有兩個又跑上來，趕着平兒叫姑娘。平兒問道：「又說什麽？」那小厮笑道：「這會子也好早晚了，我媽病着，等我去請大夫。好姑娘，我討半日假可使得？」「孝」字借提，是劉老老之大者。平兒道：「你們倒好，都商議定了，一天一個告假。又不回奶奶，只和我胡纏。前日住兒去了，住兒去了，又是《易》道。二爺偏生叫不着，我應起來了，還說我做了情。你今日又來了！」周瑞家的道：「當真他媽病了，姑娘也替他應着，放了他罷。」平兒道：「明日一早來。聽着，我還要使你呢，再睡的日頭晒着屁股再來！你這一去，帶個信兒給旺兒，就說奶奶的話：

問着他那剩的利錢，明日若不交來，奶奶不要了，爽性送他使罷。」那小厮歡天喜地，答應去了。財色又提。○設爲此段，爲「平兒行權」張本，爲「救巧姐」同逃走作綫索，即「留」字脈絡也。但自鳳姐到賈母西院只走穿堂，不必到二門也，今忽從二門而遇爲母一求藥之人，是蓋《乾》《坤》爲《易》之門户，則《坤》固爲二門，而二門之間，所重只一「孝」字而已。乃大落墨處。

平兒等來至賈母房中，彼時大觀園中姊妹們都在賈母前承奉，劉老老進去，只見滿屋裏珠圍翠繞、花枝招展的，並不知都係何人。只見一張榻上獨歪着一位老婆婆，身後坐着一個紗羅裹的美人一般的個丫鬟，在那裏搥腿，鳳姐兒站着正説笑。劉老老便知是賈母了，忙上來陪着笑福了幾福，初見鳳姐曰拜了數拜，初見賈母曰福了幾福，是有微意。口裏説：「請老壽星安！」稱謂雅而妥。賈母亦忙欠身問好，「忙」字寫得好，不是鳳姐初見光景，便是爲拜、爲福所由分。又命周瑞家的端過椅子來坐着。那板兒仍是怯人，不知問候。少陽穉弱，春至無言。賈母道：「老親家，稱謂確切。此一老陰，彼一老陰，真假對待，是謂老親家。你今年多大年紀了？」劉老老忙起身答道：「我今年七十五了。」此便是螃蟹眼，三四爲七。按《河圖》三變生木，四化生金，五爲衍母，十爲衍子，子母相生，生息無窮。又五變生土，十化成之，皆七十五之義，此來欲金木交并也。賈母向衆人道：「這麽大年紀了，還這麽硬朗。比我大好幾歲呢！是爲六畫在上之《坤》。○自此至七十一回，計時不過三年，而曰賈母八旬大慶。我要到這麽年紀，還不知怎麽動不得呢！」劉老老笑道：「我們生來是受苦的人，老太太生來是享福的，若我們也這樣，那些莊家活也没人做了。」言簡意賅。賈母道：「眼睛、牙齒都還好？」劉老老道：「都還好，就是今年左邊的槽牙活動了。」左邊爲東，槽牙近北，東北爲艮，止也。病生口齒，速宜制止，説黛玉也。劉老老此行又專爲黛玉。賈母道：「我老了，都不中用了，眼也花，耳也聾，聾瞽易惑。記性也没了。你們這些老親戚，我都記不得了。親戚們來了，我怕人笑我，我都不會。不過嚼得動的吃兩口，睡了覺，悶了時，和這些孫子孫女兒頑笑一回就完了。」劉老老笑道：「這正是老太太的福了，我們想這麽着不能。」賈母道：「什麽福，不過是老廢物罷了。」説的大家都笑了。賈母又笑道：「我纔聽見鳳哥兒説，你帶好些瓜菜來，我叫他快收拾去了。我正想個地裏現結的瓜兒菜兒吃，外頭買的不像你們田地裏的好吃。」劉老老笑道：「這是野意兒，不過吃個新鮮。依我們倒想魚肉吃，只是吃不起。」一段敍談，神情確肖。賈母又道：「今日既認着了親，別空空的就去，老老不落空空。不嫌我這裏，就住一兩天再去。明寫「留」字，出自此人。我們也有個園子，園子裏頭也有果子，你明日也嘗嘗，帶些家去，也算是看親戚一趟。」鳳姐見賈母喜歡，也忙留道：也忙留。「我們這裏，雖不比你們的場院大，場納禾稼，自然是大。空屋子還有兩間，你住兩天，四字與「住兒去了」同。把你們那裏的新聞故事兒，説些與我們老太太聽聽。」賈母笑道：「鳳丫頭，別拿他取笑兒，他是屯裏人，老實，那裏擱得住你打趣！」一嘲一解，又活脱像。○《屯》卦中二三四爻成《坤》，故曰屯裏人。合初五六爻成《兑》，爲少女，爲口，即爲黛玉。天造草昧，是何用度？説着，又命人去先抓果子與板兒吃，板兒見人多了，又不敢吃。賈母又命拿些錢給他，叫小幺兒們小幺兒亦少陽數。帶他外頭頑去。劉老老吃了茶，便把鄉村中所見所聞的事，説與賈母聽，賈母越發得了趣味。

正説着，鳳姐兒便命人請劉老老吃晚飯，賈母又將自己的菜揀了幾樣，命人送過去與劉老老吃。鳳姐知道合了賈母的心，吃了飯便又打發過來，鴛鴦忙命老婆子帶了劉老老去洗了澡，自己去挑了兩件隨常的衣服，命給劉老老換上。自下回至「殉主」，鴛鴦乃書中替換劉老老之人，故特寫以己衣借與替換。那劉老老那裏見過這般行事，忙換了衣裳出來，再在賈母榻前，又搜尋些話出來説。彼時寶玉姊妹們也都在這裏坐着，他們何曾聽見過這些話，自覺比那些瞽目先生説的書還好聽。那劉老老雖是個村野人，卻生來有些見識，況且年紀老了，世情上經歷過的，見頭一個賈母高興，第二件這些哥兒姐兒們都愛聽，便没話也編出些話來講。是村言，是此書。因説道：「我們村莊上種地種菜，每年每日，春夏秋冬，風裏雨裏，那裏有個坐着的空兒，天天都是在那地頭上做歇馬涼亭，什麼奇奇怪怪的事不見呢？天時、地理、人事，信口開河如此起。就像去年冬天，接連下了幾天雪，是雪，是薛。地下壓了三四尺深。七巧數，映「巧合」。我那日起得早，還没出房門，只聽外頭柴草響，我想着必定有人偷柴草來了。我爬着窗眼兒一瞧，卻不是我們村莊上的人。」説上句，想下句，形容編謊，如聞如見。賈母道：「必定是過路的客人們冷了，見現成的柴，抽些烤火去也是有的。」劉老老笑道：「也并不是客人，所以説來奇怪。老壽星當個什麼人？原來是一個十七八歲極標緻的一個小姑娘，是寶釵。梳着溜油光的頭，穿着大紅襖兒，白綾裙兒。」

剛説到這裏，忽聽外面人吵嚷起來，忽作横截，神妙不測，奇思奇筆。又説：「不相干的，别唬着老太太！」賈母等聽了，忙問：「怎樣了？」丫鬟回説：「南院馬棚子裏走了水了。《離》位，午象，是指心，説寶玉走也。不相干，已經救下了。」賈母最膽小的，聽了這話，忙起身，扶了人出至廊上來瞧。只見東南上火光猶亮，梨香院，釵舊居在東南，「巧合」處即火起處。賈母唬得口内念佛，又忙命人去火神跟前燒香。王夫人等也忙都過來請安，又回説：「已經救下去了，老太太請進房去罷！」賈母足足的看火光息了，方領衆人進來。

寶玉且忙問劉老老：「那女孩兒大雪地裏做什麼抽柴草？倘或凍出病來呢！」賈母道：「都是纔説抽柴草，惹出火來了，你還問呢！別説這個了，再説別的罷。」全部書旨，躍躍言下。寶玉聽説，心裏雖不樂，也只得罷了。劉老老便又想了一篇話，説道：「我們莊子東邊生方。莊子上個老奶奶，到今年九十多歲了。陽數。他天天吃齋念佛，誰知就感動了觀音菩薩，一心。夜裏來託夢説：『你這樣虔心，原本你該絶後的，九十在月爲《剥》、爲《坤》，是該絶後，即前云劉老老無子息。如今奏了玉皇，給你個孫子。』以心召心。原來這老奶奶只有一個兒子，《剥》卦僅餘一陽。這兒子也只一個兒子，「碩果不食」一爻。好容易養到十七八歲上死了，十過七八，則九月矣。一爻更斷，則成純《坤》。哭得什麼似的。落後果然又養了一個，乃是《復》卦。今年纔十三四歲，十爲成數，三四得七，所謂「七日來復」，北静王之義也。生得粉團兒一般，聰明伶俐非常。乃是寶玉。可見這些神佛是有的。」這一夕話，暗合了賈母、王夫人的心事，連王夫人也都聽住了。

寶玉心中只記掛着抽柴的故事，因悶得心中籌畫。方説心，而心已爲如此之心，劉老老焉得不來？探春因問他：「昨日擾了史大妹妹，咱們回去商議着邀一社，又還了席，也請老太太賞菊花，何如？」寶玉笑道：「老太太説了：還要擺酒，還史妹妹的席，叫咱們做陪呢。等吃了老太太的，咱們再請不遲。」探春道：「越往前去越冷了，老太太未必高興。」寶玉道：「老太太又喜歡下雨下雪的，是喜雪。不如咱們等下頭場雪，請老太太賞雪豈不好？咱們雪下吟詩，也更有趣了。」透「白雪紅梅」。林黛玉忙笑道：「咱們雪下吟詩，依我説還不如弄一捆柴火雪下抽柴，還更有趣兒呢！」語妙意妙，得未曾有，令人失笑。○特借黛玉妒語，定明劉老老口中之女孩兒抽柴草，乃演寶釵抽黛玉，即鳳姐奇謀之抽梁換柱掉包兒法也。説着寶釵等都笑了。

此笑特首提此人。寶玉瞅了他一眼，也不答話。

一時散了，背地裏寶玉到底拉了劉老老，細問：「那女孩兒是誰？」劉老老只得編了告訴他道：「那原是我們莊北沿《坤》之北則《兑》位，金方也。地埂子上，有一個小祠堂裏，供的不是神佛。當先有個什麽老爺。」説着又想名姓。薛蟠之父，未敍名字。寶玉道：「不拘什麽名姓，你不必想了，只説原故就是了。」入下半回。劉老老道：「這老爺没有兒子，只有一位小姐，名叫若玉小姐，若玉便是兼美，莫因此名劃到黛玉邊去。看劉老老所説雪下抽柴，柴是黛玉，豈有自抽自者乎？又若，順也，爲寶玉之婦也。知書識字，老爺、太太愛如珍寶。可惜這若玉小姐生到十七歲，一病死了。」已死叙矣。十七歲便是周家口中「真巧死了人」。寶玉聽了，跌足歎息，又問：「後來怎麽樣？」劉老老道：「因爲老爺太太思念不盡，便蓋了這祠堂，塑了這若玉小姐的像，派了人燒香撥火。如今日久年深的，人也没了，廟也爛了，那像也就成了精。」明説是妖。寶玉忙道：「不是成精，規矩這樣人，是雖死不死的。」劉老老道：「阿彌陀佛！原來如此。不是哥兒説，我們都當他成精，他時常變了人出來，各村莊店道上閑逛。我纔説抽柴火的，就是他了。我們村莊上的人，還商議着要打了這塑像，平了廟呢。」有以此書爲可打可平者，非代儒，即村莊上人。寶玉忙道：「快別如此，若平了廟，罪過不小！」劉老老道：「幸虧哥兒告訴我，我明日回去攔住他們就是了。」寶玉道：「我們老太太、太太都是善人，就是合家大小，也都好善喜捨，最愛修廟塑神的。無不被此妖所惑，故無不喜善。我明日做一個疏頭，所謂頭緒。替你化些佈施，你就做香頭，攢了錢，把這廟修蓋，再裝塑了泥像，每月給你香火錢燒香，豈不好？」劉老老道：「若這樣時，我托那小姐的福，也有幾個錢使了。」寶玉又問他地名、莊名，來往遠近，坐落何方，劉老老便順口謅了出來。湖州人氏。寶玉信以爲真，回至房中，盤算了一夜。次日一早便出來，給了焙茗幾百錢，按着劉老老說的方向地名，着焙茗去先踏看明白，回來再作主意。那焙茗去後，寶玉左等也不來，右等也不來，急得熱鍋上螞蟻一般。好容易等到日落，方見焙茗興興頭頭的走進來。必用焙茗，所以栽培名教也。「興興頭頭」四字，底有微意，面有奇神。寶玉忙問：「可找着了？」焙茗笑道：「爺聽得不明白，叫我好找！那地名坐落，不似爺說的一樣，所以找了一日。找到東北上田埂子上，說莊北，而在東北，是書教人出死入生之法。纔有一個破廟。」寶玉聽說，喜得眉開眼笑，忙說道：「劉老老有年紀的人，一時錯記了也是有的。你且說你見的。」焙茗道：「那廟門卻倒也朝南開，向陽，雪向陰，然能知若玉爲瘟神，則轉陽矣，故曰倒也。也是稀破的。我找的正沒好氣，一見這個，我說：『可好了！』連忙進去，一看泥胎，唬的我又跑出來了。活似真的一般！」奇情恣肆，極縱送之妙，文字化境。寶玉喜的笑道：「他能變化人了，自然有些生氣。」焙茗拍手道：「那裏是什麽女孩兒！竟是一位青臉紅髮的瘟神爺。」便是風月寶鑑反面，便是應「尋」「究」之根底，就寶釵爲寶玉說法，實爲大衆普同說法，誰是果能尋根究底者？寶玉聽了，啐了一口罵道：「真是一個無用的殺才，這點子事也幹不來。」焙茗道：「爺不知看了什麽書，或聽了誰的混話，把這件沒頭腦的事派我去，怎麽說我沒用呢？」書是《石頭記》，話是假語村言，凡信真者，當爽然自失。寶玉見他急了，忙撫慰他道：「你別急，改日再找去。若是他哄我們呢，自然沒了。若竟是有的，你也積了陰騭，我必重重賞你。」說着，二門上小厮來說：「老太太房裏姑娘們，在二門口找二爺呢。」

不知找他有何言語，且聽下回分解。

自此回至四十二回爲一大段，與五回至八回同一意旨，皆劉老老文字。彼從虛處用儆覺，此從實處下針砭；彼處之來爲巧姐，此處之來爲黛玉也。黛玉污而不污，終竟能留一乾浄身子在此。此回乃作者重新提掇之書，通篇《易》道，左右逢源。故上半曰「信口開河」，河，《河圖》也。不曰劉老老，而曰村老老，是云「假語村言」也。淫豔熱鬧，在在皆然，而掩卷試思，不覺負冰在背。是末不宜認，當尋其根；面不宜觀，當究其底。故下半曰「尋根究底」，曰「情哥哥」，爲天下有情的同聲一喚「行不得也哥哥」。噫！青臉紅髮瘟神爺，豈可把做「花解語」「玉生香」看待的？

三十七回云：「賈政八月二十日起身。」敍寶玉每日遊蕩，「真把光陰虛度」云云，當已出八月，入九月，又菊花當令之候。則劉老老之來，仍是九月，爲《剥》之《坤》定矣。乃四十二回看《玉匣記》又云「八月二十五日」，則不爲《剥》而爲《觀》，見人能普同回向，亦可回天，使速進之陰，逆留陽氣，是在一心之變化而已。故「信口開河」中，有觀音奏玉皇之説。道理之地，可逆氣數之天如此。

蟹殼象太極，螯象兩儀，眉象四象，足象八卦，合成《易》體，故劉老老今從算螃蟹賬起。

護花主人評曰：

襲人、鴛鴦、平兒實爲丫頭中出類拔萃之人，於此回中借李紈總寫一番，彩霞是陪襯。

寶玉提起彩霞「老實」，探春説他「心裏有數」，即用李紈説「那也罷了」撇開，接入讚襲人，褒貶意在言外。

借平兒口中夾敍鳳姐假公濟私，放債牟利，不是閒筆，是暗暗補筆。

劉老老纔説女兒抽柴，即用馬棚火起截住，妙極。若向賈母細説，萬一賈母亦信以爲真，遣人尋廟，其事難于收拾。今將賈母撇開，卻入寶玉細問，方易於了結誆話。

寶玉説「等下頭場雪，請老太太賞雪」，伏五十回事。黛玉説「不如弄捆柴雪下去抽」，不但揣知劉老老胡謅，且已知寶玉心事，寫出聰慧過人處。

劉老老説「若玉小姐十七歲病死」，雖是胡謅，卻是黛玉一襯。焙茗尋美人廟，偏遇見瘟神像。暗中點醒癡人，是先後此書中美人俱變爲夜叉海鬼、牛頭馬面陪襯。

劉老老於此回投機入局，爲後來巧姐避難根由。

大某山民評曰：

查黛玉於己酉年入榮府時，方十一歲。此年爲壬子，卻是十四歲。其死在乙卯年，適十七歲也。劉老老所説若玉小姐，卻與黛玉暗射。

此回仍是壬子年九月間事。

第四十回　史太君兩宴大觀園　金鴛鴦三宣牙牌令

話説寶玉聽了，忙進來看時，只見琥珀站在屏風跟前，説：「快去罷，立等你説話呢。」寶玉來至上房，只見賈母正和王夫人、衆姊妹商議給史湘雲還席。此大段都從《螃蟹詠》生出。寶玉因説：「我有個主意：既没有外客，吃的東西也别定了樣數，誰素日愛吃的，揀樣兒做幾樣，也不要按桌席，每人跟前擺一張高几，各人愛吃的東西一兩樣，再一個十錦攢心盒子、自斟壺，豈不别緻？」是真别緻，而此席大家分散矣。賈母聽了説：「很是。」即命人傳與廚房：「明日就揀我們愛吃的東西做了，按着人數，再裝了盒子來。早飯也擺在園裏吃。」早晚皆在園裏，陰陽消長，悉在此園。商議之間，早又掌燈，一夕無話。

次日清早起來，可喜這日天氣清明。從天説起。李紈清晨起來，從人説起，十二釵中一人而已。看着老婆子、丫頭們掃那些落葉，並擦抹桌椅，預備茶酒器皿。只見豐兒帶了劉老老、板兒進來，説：「大奶奶倒忙的緊！」老老進來，他先見之。李紈笑道：「我説你昨兒去不成，只要忙着去。」劉老老笑道：「老太太留下我，留之晚矣。叫我也熱鬧一天去。」豐兒拿了幾把大小鑰匙，説道：「我們奶奶説了，外頭的高几恐不彀使，不如開了樓，把那收的拿下來使一天罷。奶奶原該親自來的，因和太太説話呢，請大奶奶開了，帶着人搬罷。」李氏便命素雲接了鑰匙，又命婆子出去，把二門上小厮叫幾個來。李氏站在大觀樓下，大觀特提。往上看着，命人上去開了綴錦閣，一張一張的往下抬。錦從金，開閣出几，有啓金釋木之義。小厮、老婆子、丫頭一齊動手，抬了二十多張下來。李紈道：「好生着，别慌慌張張鬼趕着似的，仔細碰了牙子！」又回頭向劉老老笑道：「老老也上去瞧瞧。」劉老老聽説，巴不得一聲兒，拉了板兒登梯上去。此金爲此老所踐履。進裏面，只見烏壓壓的堆着些圍屏、桌椅、大小花燈之類，雖不大認得，只見五彩炫耀，各有奇妙。念了幾聲佛，便下來了。然後鎖上門，一齊纔下來。李紈道：「恐怕老太太高興，越發把船上船，傳也，所以可傳，乃在老老。划子、篙槳、遮陽幔子，都搬了下來預備着。」衆人答應，又復開了門，色色的搬了下來。命小厮傳駕娘們，到船塢裏撑出兩隻船來。

正亂着，只見賈母已帶了一羣人進來了。李紈忙迎上去，笑道：「老太太高興，倒進來了。我只當還没梳頭呢，纔掐了菊花要送去。」點明時令，顧此大局。一面説，一面碧月早已捧過一個大荷葉式的翡翠盤子來，裏面養着各色折枝菊花，賈母便揀了一朵大紅的簪了鬢上。彼一《坤》，此一《坤》，同一《坤》，同一《剥》也。故頭上加大紅花，便是上爻一陽。因回頭看見了劉老老，忙笑道：「過來帶花兒！」一語未完，鳳姐兒便拉過劉老老來，笑道：「讓我打扮你。」説着，把一盤子花，横三豎四的插了一頭。彼爲定象，故一朵而止。此爲活機，故横三豎四，陰陽縱横，無不如意。賈母和衆人笑個不住。劉老老笑道：「我這頭也不知修了什麽福，今兒這樣體面起來。」衆人笑道：「你還不拔下來摔到他臉上呢！把你打扮的成了老妖精了。」變化不測，原是老妖精。劉老老笑道：「我雖老了，年輕時也風流，愛個花粉兒的，今兒老風流纔好。」陰之乘陽，自下而上，《坤》在年輕，則《巽》象也。《巽》爲風，爲花果，故云然。○一段神情口吻，妙不可言，而底面悉臻其至，是爲絶藝。

說話間，已來至沁芳亭子上。先從心起，是爲寶黛。丫鬟們抱了一個大錦褥子來，鋪在欄杆榻板上，賈母倚欄坐下，命劉老老也坐在旁邊。六爻明布，暢演園子。因問他：「這園子好不好？」劉老老念佛說道：「我們鄉下人，到了年下，都上城來買畫兒貼，時常閑了，大家都說：『怎麼得也到畫兒上逛逛！』想着那個畫兒也不過是假的，那裏有這個真地方？誰知我今日進這園裏一瞧，竟比那畫兒還强十倍。怎麼得有人也照着這個園子畫一張，伏羲、文王，兩人畫之，從「畫工猶自欠工夫」套出，語尤圓妙。我帶了家去，給他們見見，死了也得好處！」賈母聽說，指着惜春笑道：「你瞧我這個小孫女兒，他就會畫，等明兒叫他畫一張如何？」春而行四，則氣備四時。昔有四人，則羲、文、周、孔。必用惜春畫大觀園者以此。劉老老聽了，喜的忙跑過來，拉着惜春說道：「我的姑娘！你這麼大年紀兒，又這麼個好模樣兒，還有這個能幹，別是個神仙托生的罷？」

賈母少歇一回，自己領着劉老老都見識見識。先到了瀟湘館，由沁芳亭即至此，此亦一心也，而即通靈既失之心。老老之來，正是爲此。一進門，只見兩邊翠竹夾路，土地下蒼苔佈滿，中間羊腸一條石子漫的路。劉老老讓出路來與賈母衆人走，自己卻走土地。黛玉傲而示之以謙。琥珀拉他道：「老老，你上來走，仔細青苔滑倒了。」劉老老道：「不相干的，我們走熟了的，姑娘們只管走罷。可惜你們的繡鞋，別沾了泥。」他只顧上頭和人說話，不防底下果踏滑了，咕咚一交跌倒，自云走熟，而不防跌倒，現身說法。衆人都拍手呵呵的笑。眾人如此。賈母笑罵道：「小蹄子們，還不攙起來，只站着笑！」說話時，劉老老已爬了起來，自己也笑着說道：「纔說嘴，就打了嘴！」賈母問他：「可扭了腰了不曾？叫丫頭們搥一搥。」劉老老道：「那裏說的我這麼姣嫩了？那一天不跌兩下子？都要搥起來，還了得呢！」紫鵑早已打起湘簾，賈母等進來坐下，黛玉親自用小茶盤捧了一蓋碗茶來，奉與賈母。王夫人道：「我們不吃茶，姑娘不用倒了。」林黛玉聽說，便命丫頭把自己窗下常坐的一張椅子挪到下手，請王夫人坐了。劉老老因見窗下案上設着筆硯，又見書架上磊着滿滿的書，便問道：「這必定是那位哥兒的書房了？」以女爲男，令其由陰轉陽。賈母笑指黛玉道：「這是我這外孫女兒的屋子。」劉老老留神打量了林黛玉一番，留神打量，乃教轉陽之法。方笑道：「這那裏像個小姐的繡房？竟比那上等的書房還好。」賈母因問：「寶玉怎麼不見？」必找寶玉，心是一心。眾丫頭們答說：「在池子裏船上呢。」賈母道：「誰又預備下船了？」李紈忙回說：「纔開樓拿的。我恐怕老太太高興，就預備下了。」賈母聽了，方欲說話時，有人回說：「姨太太來了。」賈母等剛站起來，只見薛姨媽早進來了，是黛第一不防之人。一面歸坐，笑道：「今兒老太太高興，這早晚就來了。」賈母笑道：「我纔說，來遲了的要罰他，不想姨太太就來遲了。」說笑一回。

賈母因見窗上紗顏色舊了，北音紗、殺同音。薛姨方來，便是殺機。便和王夫人說道：「這個紗新糊上好看，過了後就不翠了。這個院子裏頭又沒有桃杏樹，這竹子已是綠的，再拿這綠紗糊上，反不配。我記得咱們先有四五樣顏色糊窗的紗呢，明兒給他把這窗上的換了。」鳳姐兒忙道：「昨兒我開庫房，看見大板箱裏還有好幾疋銀紅蟬翼紗，也有各樣折枝花樣的，也有流雲蝙蝠花樣的，也有百蝶穿花花樣的，顏色又鮮，紗又輕軟，我竟没見過這樣的，拿了兩疋出來，做兩床綿紗被，想來一定是好的。」賈母聽了，笑道：「呸！人人都説你没有不經過、不見過的，連這個紗還不認得呢，明兒還説嘴！」薛姨媽等都笑説：「憑他怎麽經過見過，如何敢比老太太呢。老太太何不教導了他，連我們也聽聽？」鳳姐兒也笑説：「好祖宗，教給我罷！」賈母笑向薛姨媽衆人道：「那個紗，比你們的年紀還大呢，怪不得你認做蟬翼紗，原也有些像。不知道的都認做蟬翼紗，正經名字叫軟烟羅。」不能脱離污穢，如蟬之羽化登仙，徒受網羅軟禁而已。名字何其新雅。鳳姐兒道：「這個名兒也好聽，只是我這麽大了，紗羅也見過幾百樣，從没聽見過這個名色。」賈母笑道：「你能活了多大？見過幾樣東西？就説嘴來了。那個軟烟羅只有四樣顏色：一樣雨過天青，一樣秋香色，一樣松緑的，一樣就是銀紅的。三賓一主，銀紅，釵也。若是做了帳子，糊了窗屜，遠遠的看着，就似烟霧一樣，所以叫做軟烟羅，又有釵玉公案。那銀紅的又叫做霞影紗。瑕玷之影，非實迹也，映帶湘雲。如今上用府紗，也没有這樣軟厚綿密的了。」薛姨媽笑道：「别説鳳丫頭没見，連我也没聽見過。」亦謹受教。鳳姐兒一面説話，早命人取了一疋來了。其速如此。賈母説：「可不是這個！先時原不過是糊窗屜，後來我們拿這個做被做帳子，試試也竟好。明日就找出幾疋來，拿銀紅的替他糊窗子。」黛入羅矣。鳳姐答應着。衆人看了，都稱讚不已。劉老老也覷着眼看，口裏不住的念佛，説道：「我們想做件衣裳也不能，拿着糊窗子豈不可惜？」言之慨然。賈母道：「倒是做衣裳不好看。」鳳姐忙把自己身上穿的一件大紅綿紗襖的底襟子拉出來，向賈母薛姨媽道：「看我的這襖兒。」賈母、薛姨媽都說：「這也是上好的了，倒是如今上用内造的，竟比不上這個。」鳳姐兒道：「這個薄片子還說是内造上用呢，竟連這個官用的也比不上了。」賈母道：「再找一找，只怕還有。若有時，都拿出來，送這劉親家兩疋。有雨過天青的，我做一個帳子掛。下剩的配上裏子，做些夾背心子給丫頭們穿，大家雲散，是乃背心。白收着霉壞了。」鳳姐兒忙答應了，仍命人送去。賈母便笑道：「這屋裏窄，再往別處逛去罷。」劉老老笑道：「人人都說大家子住大房，昨兒見了老太太正房，配上大箱大櫃，大桌子大床，果然威武。那櫃子比我們一間房子還大還高。怪道後院子裏有個梯子，我想又不上房晒東西，預備這梯子做什麽？梯子又是卦象。後來我想起來，定是爲開頂櫃取放東西，離了那梯子，怎麽得上去呢！如今又見了這小屋子，更比大的越發齊整了，滿屋裏東西都只好看，都不知叫什麽。我越看越捨不得離了這裏。」「大往小來」之際，多少留連。鳳姐道：「還有好的呢！我都帶你去瞧瞧。」說着，一徑離了瀟湘館。

遠遠望見一羣人在那裏撑船，在所必傳。賈母道：「他們既備下船，咱們就坐一回。」說着向紫菱洲蓼溆一帶走來，來至池前，只見幾個婆子，手裏都捧着一色捏絲戧金五色大盒子走來。鳳姐忙問王夫人：「早飯在那裏擺？」王夫人道：「問老太太在那裏，就在那裏罷了。」賈母聽說，便回頭說：「你三妹妹那裏好，你就帶了人擺去，我們從這裏坐了船去。」鳳姐兒聽說，便回身同了李紈、探春、鴛鴦、琥珀，帶着端飯的人，抄着近路到了秋爽齋，乃接詩社而來。就在曉翠堂上翠乃黛玉，特以劉老老曉諭之。調開桌案。鴛鴦笑道：「天天咱們說：外頭老爺們吃酒吃飯，都有一個湊趣兒的，拿他取笑兒。咱們今兒也得一個女清客了。」《坤》重濁，爲輕清之配，故爲女清客，而稱謂調侃。李紈是個厚道人，聽了不解。鳳姐兒卻知説的是劉老老了，也笑説道：「咱們今兒就拿他取個笑兒。」二人便如此這般商議。李紈笑勸道：「你們一點好事也不做！又不是小孩兒，還這麼淘氣，仔細老太太説。」是李紈。鴛鴦笑道：「很不與大奶奶相干，有我呢。」是鴛鴦。

正説着，只見賈母等來了，各自隨便坐下。先有丫鬟端過兩盤茶來，大家吃畢，鳳姐手裏拿着西洋布手巾，裹着一把烏木三鑲銀箸，按席擺下。賈母因説：「把一張小楠木桌子南而小，正是西南《坤》位。抬過來，讓劉親家挨着我這邊坐。」再布卦爻，而寫喜愛如見。衆人聽説，忙抬了過來。鳳姐一面遞眼色與鴛鴦，鴛鴦便忙拉劉老老出去，悄悄的囑咐了劉老老一席話，鴛鴦、老老從此交接。又説：「這是我們家的規矩，六十四卦，有方有圓，是爲規矩。若錯了，我們就笑話呢！」調停已畢，然後歸坐。薛姨媽是吃過飯來的，不吃，只坐在一邊吃茶。此席實布卦爻，不容攙雜，故薛姨坐在一邊。賈母帶着寶玉、湘雲、黛玉、寶釵一桌，寶釵在此，看官記清。王夫人帶着迎春姐妹三人一桌，劉老老挨着賈母一桌。賈母素日吃飯，皆有小丫鬟在旁邊拿着漱盂麈尾巾帕之物，如今鴛鴦是不當這差的了，今日偏接過麈尾來拂着。指揮如意。丫鬟們知他要撮弄劉老老，便躲開讓他。鴛鴦一面侍立，一面遞眼色。劉老老道：「姑娘放心！」此放心，特爲「情感」以後之黛玉警也。那劉老老入了坐，拿起箸來，沈甸甸的不伏手，原是鳳姐和鴛鴦商議定了，單拿了一雙老年四楞象牙鑲金的筷子兩儀生四象，所以瑣瑣演此者，爲金木不調而已。與劉老老，劉老老見了説道：「這叉巴子三百八十四爻無非叉巴，北方市語呼箸以此。比我那裏鐵掀還沈，那裏拿的動他！」

說的衆人都笑起來。

只見一個媳婦端了一個盒子站在當地，一個丫鬟上來揭去盒蓋，裏面盛着兩碗菜，李紈端了一碗放在賈母桌上，鳳姐偏揀了一碗鴿子蛋蛋象太極，鴿秉鶉火，爲心象。放在劉老老桌上。賈母這邊說聲「請」，劉老老便站起身來，高聲說道：「老劉，老劉，食量大如牛，吃個老母猪不抬頭！」文心奇肆，來從天外，我亦大笑，而其實乃作者刻意點睛處也。第一語，言既老須留，重申告語。第二則爲一勉言，當誠實寬洪有如坤土，《坤》爲牛也。第三則爲一戒言，到至陰急須省察趨向，不可不抬頭而徒事口腹也。猪爲亥水，位在北方，先天八卦《坤》之所也。閑人評劉老老爲《坤》，尚有未信者乎？自己卻鼓着腮幫子不語。不語，爲黛訓也。衆人先還發怔，後來一聽，上上下下都哈哈大笑起來。先怔後笑，恰中一時情事。湘雲湘雲。掌不住，一口茶都噴了出來。林黛玉黛玉。笑岔了氣，伏着桌子只叫「噯喲」。寶玉寶玉。滾到賈母懷裏，賈母賈母。笑的摟着寶玉叫「心肝」。王夫人王夫人。笑的用手指着鳳姐兒，卻說不出話來。薛姨媽薛姨媽。也掌不住，口裏的茶噴了探春一裙子。探春探春。手裏的茶碗都合在迎春迎春。身上。惜春惜春。離了坐位，拉着他的奶母叫「揉一揉腸子」。地下無一個不彎腰屈背，地下衆人。也有躲出去蹲着笑去的，也有忍着笑上來替他姐妹換衣裳的，獨有鳳姐、鴛鴦鳳姐、鴛鴦。二人掌着，還只管讓劉老老。衆人大笑光景，各盡其神，無不如繪。一一數出，而獨無寶釵，是蓋隱言既失之人心難成挽，蓋雖欲留而無可留也。

劉老老拿起箸來，只覺不聽使，又道：「這裏的雞兒也俊，下的這蛋也小巧，怪俊的。我且得一個兒。」雞屬酉金，小巧則「巧合」，是乃寶釵，而終不爲老老所食，一無響聲而棄之。得而不得，便是笑無寶釵之義。衆人方住了笑，聽見這話，又笑起來。只忍不住，琥珀在後搥着。賈母笑道：「這定是鳳丫頭促狹鬼兒鬧的，快別信他的話了！」那劉老老正誇雞蛋小巧，鳳姐兒笑道：「一兩銀子一個呢！你快嘗嘗罷，冷了就不好吃了。」劉老老便伸筷子要夾，那裏夾的起來？滿碗裏鬧一陣，好容易撮起一個來，纔伸着脖子要吃，偏又滑下來，滾在地下，忙放下筷子，要親自去揀，早有地下的人揀了出去了。劉老老歎道：「一兩銀子，也沒聽見個響聲兒就沒了！」衆人已沒心吃飯，都看着他取笑。賈母又說：「誰這會子又把那個筷子拿了出來？又不請客擺大筵席。都是鳳丫頭支使的，還不換了呢。」地下的人原不曾預備這牙箸，本是鳳姐同鴛鴦拿了來的，聽如此說，忙收了過去，也照樣換上一雙烏木鑲銀的。此烏木是黛玉，金不得食，木得食，老老專爲黛來。劉老老道：「去了金的，又是銀的，到底不及俺們那個伏手。」鳳姐兒道：「菜裏若有毒，這銀子下去就試出來的。」晏安鴆毒，便是墜兒。劉老老道：「這個菜裏有毒，我們那些都成了砒霜了！那怕毒死了，也要吃盡了。」賈母見他如此有趣，吃的又香甜，把自己的菜也都端過來與他吃。又命一個老嬤嬤來，將各樣的菜給板兒夾在碗上。不脱板兒。

一時吃畢，賈母等都往探春臥室中去閑話。這裏收拾殘桌，又放了一桌。劉老老看着李紈與鳳姐兒對坐着吃飯，歎道：「別的罷了，我只愛你們家這行事。怪道說『禮出大家』。」其言有物，鳳當愧死。鳳姐兒忙笑道：「你可別多心，纔剛不過大家取樂兒。」一言未了，鴛鴦也進來笑道：「老老別惱，我給你老賠個不是。」劉老老笑道：「姑娘說那裏話！咱們哄着老太太開個心兒，可有什麽惱的？你先囑咐我，我就明白了，不過大家取個笑兒。我要心裏惱，也就不説了。」水乳交融。鴛鴦便罵人：「爲什麽不倒茶給老老吃？」劉老老忙道：「纔剛那個嫂子倒了茶來，我吃過了。姑娘也該用飯了。」鳳姐兒便拉鴛鴦坐下道：「你和我們吃罷，省的回來又鬧。」鴛鴦便坐下了，婆子們添上碗箸來，三人吃畢。劉老老笑道：「我看你們這些人，都只吃這一點兒就完了，虧你們也不餓。不能誠意，即不能「食量大如牛」。怪道風兒都吹的倒！」鴛鴦便問：「今兒剩的菜不少，都那裏去了？」婆子們道：「都還没散，在這裏等着，一齊散與他們吃。」鴛鴦道：「他們吃不了這些，挑兩碗給二奶奶屋裏平丫頭送去。」鳳姐道：「他早吃了飯了，不用給他。」鴛鴦道：「他吃不了，喂你的猫。」是在豐盛有餘之時，而奢侈已極。婆子聽了，忙揀了兩樣，拿盒子送去。鴛鴦道：「素雲那裏去了？」李紈道：「他們都在這裏一處吃，又找他做什麽？」鴛鴦道：「這就罷了。」鳳姐道：「襲人不在這裏，你倒是叫人送兩樣給他去。」必用他説。鴛鴦聽説，便命人也送兩樣去。鴛鴦又問婆子們：「回來吃酒的攢盒可裝上了？」婆子道：「想必還得一會子。」鴛鴦道：「催着些兒！」婆子答應了。

鳳姐等來至探春房中，只見他娘兒們正説笑。探春素喜闊朗，這三間屋子並不曾隔斷，探春居處從老老眼中寫出。當地放着一張花梨大理石大案，案上磊着各種名人法帖，並數十方寶硯，各色筆筒、筆海内插的筆如樹林一般。那一邊設着斗大的一個汝窑花囊，插着滿滿的一囊水晶毬的白菊。西牆上當中掛着一大幅米襄陽煙雨圖，左右掛着一幅對聯，乃是顔魯公墨迹。其聯云：寫此一歎，用筆成林，而非煙火中人所能索解，故以一聯示意。聯爲顔魯公墨迹，即邀社札中同鮮荔並謝之物，何時已與煙雨圖爲配，有「渥然丹者爲槁木」之歎，是所謂「勘破三春景不長」也。

煙霞閑骨格，泉石野生涯。

案上設着大鼎，左邊紫檀架上放着一個大官窑的大盤，盤内盛着數十個嬌黄玲瓏大佛手。右邊洋漆架上懸着一個白玉比目磬，傍邊掛着小槌。任爲比目，轉眼分手，此筆此板如此。那板兒略熟了些，便要摘那槌子來擊。丫鬟們忙攔住他，他又要那佛手吃。探春揀了一個與他，説：「頑罷，吃不得的。」悉隱微意。東邊便設着卧榻拔步床，上懸着葱緑雙繡花卉草蟲的紗帳。板兒又跑來看，説：「這是蟈蟈，這是螞蚱。」生生不息之物。劉老老忙打了一個巴掌道：「下作黄子，没乾没净的亂鬧。倒叫你進來瞧瞧，就上臉了！」打的板兒哭起來，下作黄子識得一打一哭，正是警覺。衆人忙勸解方罷。

賈母因隔着紗窗往後院内看了一回，因説：「後廊檐下的梧桐也好了，只是細些。」正説話，忽一陣風過，隱隱聽得鼓樂之聲。賈母問：「是誰家娶親呢？」「娶親」二字是眼。通部書寫「斷癡情」「成大禮」而已。以音樂生發，引出牛舞。這裏臨街倒近。」王夫人等笑回道：「街上的那裏聽的見？這是咱們的那十來個女孩子們演習吹打呢。」賈母便笑道：「既他們演，何不叫他們進來演習？他們也逛一逛，咱們可又樂了。」鳳姐聽説，忙命人出去叫來，又一面吩咐擺下條桌，鋪上紅氈子。賈母道：「就鋪排在藕香榭的水亭子上，劉老老普同爲十二釵警，而此回着意在一黛玉，故女樂必全上，鋪排卻在藕榭。借着水音更好聽。回來咱們就在綴錦閣底下吃酒，宴在綴錦，金得令也。又寬闊，又聽的近。」衆人都説：「那裏好！」賈母向薛姨媽笑道：「咱們走罷！他們姊妹們都不大喜歡人來，生怕腌臢了屋子。咱們别没眼色，正經坐一回子船，喝酒去。」説着大家起身便走。探春笑道：「這是那裏的話？求着老太太、姨媽、太太來坐坐還不能呢。」賈母笑道：「我的這三丫頭卻好，只有兩個主兒可惡。兩個並提，又故爲暢滿。兩個主兒，謂寶、黛也。而後乃至櫳翠庵，則兩個總一空而已。回來吃醉了，咱們偏往他們屋裏鬧去。」説着衆人都笑了，一齊出來。

走不多遠，已到了荇葉渚。那姑蘇選來的幾個駕娘，早把兩隻棠木舫撑來。衆人扶了賈母、王夫人、薛姨媽、劉老老、鴛鴦、玉釧兒，上了這一隻船，落後李紈也跟上去。鳳姐也上去，立在船頭上，自「歸省」後寫諸人坐船，乃書中第一次。既使船不虛設，又見是書所以傳者在此。也要撑船。賈母在艙內道：「這不是頑的，雖不是河裏，也有好深的，你快給我進來。」鳳姐笑道：「怕什麽，老祖宗只管放心。」説着，便一篙點開，到了池當中。船小人多，鳳姐只覺亂晃，忙把篙子遞與駕娘，方蹲下去。然後迎春姊妹等並寶玉上了那隻，隨後跟來。其餘老媽媽、衆丫頭，俱沿河隨行。寶玉道：「這些破荷葉可恨，怎麽還不叫人來拔去？」寶釵笑道：「今年這幾日，何曾饒了這園子閑了一閑？天天逛，那裏還有叫人來收拾的工夫？」林黛玉道：「我最不喜歡李義山的詩，只喜他這一句：『留得殘荷聽雨聲。』獨喜此句，重留字也。是從黛玉邊點睛。偏你們又不留着殘荷了。」寶玉道：「果然好句！已後咱們別叫拔去了。」

説着已到了花溆的灘港之下，覺得陰森透骨，劉老老必至花溆，孝乃留之大者，而陰森透骨，此何象耶？兩岸上衰草殘菱，更助秋興。賈母因見岸上的清廈曠朗，便問：「這是薛姑娘的屋子不是？」自有居室，儼如賈母初到。衆人道：「是。」賈母忙命攏岸，順着雲步石梯上去，一同進了蘅蕪院。便到此處，又老老所必來。只覺異香撲鼻，那些奇草仙藤，愈冷愈蒼翠，都結了實，似珊瑚豆子一般，纍垂可愛。及進了房屋，雪洞一般，別一洞天。一色的玩器全無，案上只有一個土定瓶，中供着數枝菊花，並兩部書、茶杯而已。床上只吊着青紗帳幔，衾褥也十分朴素。賈母歎道：「這孩子太老實了。你没有陳設，何妨和你姨娘要些？我也不理論，也没想到你們的東西自然在家裏没帶了來。」説着命鴛鴦去取些古董來，又嗔着鳳姐兒：「爲什麽不送些玩器來與你妹妹，這樣小器。」王夫人、鳳姐等都笑回説：「他自己不要的。我們原送了來，都退回去了。」薛姨媽也笑説道：「他在家裏，也不大弄這些東西的。」賈母摇頭道：「使不得！雖然他省事，倘來一個親戚，看着不像。劉老老，親戚也，不像，不象也，見釵實違天。二則年輕的姑娘們房裏，這樣素浄也忌諱。我們這老婆子，越發該住馬圈去了！你們聽那些書上戲上説的小姐們的繡房，書戲中小姐，無非「陳腐舊套」中「賊不賊、鬼不鬼」之小姐。不要很離了格兒。有現成的東西，爲什麽不擺？若很愛素浄，少幾樣倒使得。我最會收拾屋子的，如今老了，没這閑心了。他們姊妹們也還學着收拾的好。只怕俗氣，有好東西也擺壞了。我看他們還不俗。如今讓我替你收拾，包管又大方又素浄。我的兩件體己，收到如今，没給寶玉看見過。若經了他的眼，也没了。」説着，叫過鴛鴦來，吩咐道：「你把那石頭盆景兒和那架紗照屏，還有個墨烟凍石鼎，這三樣，擺在這案上就彀了。石頭盆即是寶玉「梅花絡」，紗照屏即是「絳芸軒」，墨煙凍石即是寶、黛相爲鼎爭，皆出此老所贈。再把那水墨字畫白綾帳子拿來，此畫此帳，墨白分明。把這帳子也換了。」鴛鴦答應着，笑道：「這些東西，都擱在東樓上的不知那個箱子裏，還得慢慢找去，明兒再拿去也罷了。」賈母道：「明日後日都使得，只別忘了。」説着，坐了一回，方出來，一徑來至綴錦閣下。文官等上來請過安，文官等一提。因問：「演習何曲？」賈母道：「只揀你們熟的演習幾套罷。」文官等下來，往藕香榭去不提。

這裏鳳姐兒已帶着人擺設齊整，上面左右兩張榻，榻上都鋪着錦茵蓉簟，每一榻前兩張雕漆几，也有海棠式的，也有梅花式的，也有荷葉式的，也有葵花式的，也有方的，有圓的，其式不一。《易》道無體無方。一個上面放着爐瓶一分，攢盒一個。上面二榻四几，是賈母、薛姨媽，下面一椅兩几，是王夫人的。餘都是一椅一几。東邊劉老老，巍然在上，位東北，向西南，顛倒《艮》《坤》，死生交易。而上合史，下合王，仍《坤》象。薛姨媽席成虛位矣，故後云過謙。劉老老之下便是王夫人，西邊便是史湘雲，第二便是寶釵，第三便是黛玉，第四迎春，探春、惜春挨次下去，寶玉在末。李紈、鳳姐二人之几設於三層檻内，二層紗幮之外。此几在二層紗幮之外，自應偏下，便是西南，乃正《坤》位，與劉老老東北相對。我故謂此後以鴛鴦替老老主宰全書。攢盒式樣，亦隨几之式樣。每人一把烏銀洋鏨自斟壺，一個十錦琺瑯杯。大家坐定，賈母先笑道：「咱們先吃兩杯，今日也行一個令纔有意思。」薛姨媽笑説道：「老太太自然有好酒令，我們如何會呢！安心要我們醉了，我們都多吃兩杯就有了。」賈母笑道：「姨太太今兒也過謙起來，想是厭我老了！」薛姨媽笑道：「不是謙，是怕行不上來倒是笑話了。」王夫人忙笑道：「便説不上來，只多吃了一杯酒，醉了睡覺去，還有誰笑話咱們不成？」薛姨媽點頭笑道：「依令！老太太到底吃一杯令酒纔是。」賈母笑道：「這個自然。」説着便吃了一杯。

鳳姐兒忙走至當地，笑道：「既行令，還叫鴛鴦姐姐來行更好。」衆人都知賈母所行之令，必得鴛鴦提着，故聽了這話，都說：「很是。」鳳姐便拉了鴛鴦過來。王夫人笑道：「既在令內，没有站着的理。」回頭命小丫頭子：「端一張椅子，放在你二位奶奶席上。」鴛鴦也半推半就，謝了坐，便坐下，也吃了一鍾酒，笑道：「酒令大如軍令，不論尊卑，惟我是主，違了我的話，是要受罰的。」「三宣」點題。王夫人等都笑道：「一定如此，快些說。」鴛鴦未開口，劉老老便下席，擺手道：「別這樣捉弄人，我家去了！」衆人都笑道：「這卻使不得。」鴛鴦喝令小丫頭子們：「拉上席去！」小丫頭子們也笑着，果然拉入席中。劉老老只叫：「饒了我罷。」鴛鴦道：「再多言的，罰一壺。」劉老老方住了。

鴛鴦道：「如今我說骨牌副兒，從老太太起，順領下去，至劉老老止。自北起數，陽起於子，順下實乃逆上，故至老老止。《易》逆數也，是天運一周。比如我說牌副兒，將這三張牌拆開，骨牌副兒統括《河》《洛》《易》數。先說頭一張，〔次〕說第二張，〔再說第三張，〕說完了，合成這一副兒的名字，三畫成卦，六畫之卦因而重之而已。無論詩詞歌賦，成語俗語，比上一句，都要合韻。錯了的罰一杯。」衆人笑道：「這個令好，就說出來。」鴛鴦道：「有了一副了。左邊是張『天』。」賈母道：「頭上有青天。」以此老之《坤》，而頭上加天，便是天地《否》象，「大往小來」之所歸也。衆人道好。鴛鴦道：「當中是個五合六。」賈母道：「六橋梅花香徹骨。」寶釵。鴛鴦道：「剩了一張六合幺」。賈母道：「一輪紅日出雲霄。」元春。鴛鴦道：「湊成便是個蓬頭鬼。」乃是此象。賈母道：「這鬼抱住鍾馗腿。」鳳姐。說完，大家笑着喝彩。賈母飲了一杯。鴛鴦又道：「又有一副了。左邊是個大長五。」薛姨媽道：「梅花朵朵風前舞。」自媒自獻。鴛鴦道：「右邊是個大五長。」薛姨媽道：「十月梅花嶺上香。」向陽先得。鴛鴦道：「當中二五是雜七。」薛姨媽道：「織女牛郎會七夕。」「絳芸軒」案。鴛鴦道：「湊成二郎遊五嶽。」「卻塵緣」象。薛姨媽道：「世人不及神仙樂。」寶玉走，黛玉死，皆可樂，非釵所知也。説完，大家稱賞。飲了酒。鴛鴦又道：「有了一副了。左邊長幺兩點明。」湘雲道：「雙懸日月照乾坤。」二人三影。鴛鴦道：「右邊長幺兩點明。」湘雲道：「閑花落地聽無聲。」「芍藥裀」夢。鴛鴦道：「中間還得幺四來。」湘雲道：「日邊紅杏倚雲栽。」終有所歸。鴛鴦道：「湊成一個櫻桃九熟。」心象，口象。湘雲道：「御園卻被鳥銜出。」入釵籠絡，所謂「飽食不須愁内熱」。説完，飲了一杯。鴛鴦道：「有了一副了。左邊是長三。」寶釵道：「雙雙燕子語梁間。」「絳芸軒」。鴛鴦道：「右邊是三長。」寶釵道：「水荇牽風翠帶長。」「成大禮」。鴛鴦道：「當中三六九點在。」寶釵道：「三山半落青天外。」大荒青埂。鴛鴦道：「湊成鐵練鎖孤舟。」嫠婦之泣，幽囚之象。寶釵道：「處處風波處處愁。」自作自受。説完，飲畢。鴛鴦又道：「左邊一個天。」黛玉道：「良辰美景奈何天。」《牡丹亭》已成之勢。寶釵聽了，回頭看着他，黛玉只顧怕罰，也不理論。鴛鴦道：「中間錦屏顔色俏。」黛玉道：「紗窗也没有紅娘報。」《西廂記》未然之事。鴛鴦道：「剩了二六八點齊。」黛玉道：「雙瞻御座引朝儀。」莊嚴持重。鴛鴦道：「湊成籃子好採花。」籃，攔也。黛之不爲崔鶯，相去間不容髪，非有猛自攔截之力，何以留得乾净？此劉老老之大者也。黛玉道：「仙杖香挑芍藥花。」歸之一死，轉爲得藥。説完，飲了一口。鴛鴦道：「左邊四五成花九。」迎春道：「桃花帶雨濃。」衆人笑道：「該罰！錯了韻，而且又不像。」先春消息，易於錯過，文亦妙參活相。迎春笑着飲了一口。

原是鳳姐和鴛鴦都要聽劉老老的笑話，故意都命説錯，都罰了。摯筆圓到。至王夫人，鴛鴦代説了一個，下便該劉老老。劉老老道：「我們莊家閑了，也常會幾個人弄這個，但不如這麽説的好聽。少不得我也試一試。」衆人都笑道：「容易説的，你只管説，不相干。」鴛鴦笑道：「左邊大四是個人。」以天起，以人結，道備三才。劉老老聽了，想了半日，説道：「是個莊家人罷？」所謂務農爲業，因土以生木者。衆人鬨堂笑了。賈母笑道：「説的好，就是這樣説。」劉老老也笑道：「我們莊家人不過是現成的本色，道理無遺。衆位姑娘姐姐别笑。」鴛鴦道：「中間三四緑配紅。」劉老老道：「大火燒了毛毛蟲。」爲富貴警醒也。衆人笑道：「這是有的，還説你的本色。」爲音通説法，故非本色，本色寶黛也。鴛鴦笑道：「右邊幺四真好看。」劉老老道：「一個蘿蔔一頭蒜。」蘿蔔一名萊菔，臭而熱毒之物，「解疑癖」以後之黛玉，乃甘心來服於熱毒之寶釵，此特告之。衆人又笑了。鴛鴦笑道：「湊成便是一枝花。」書中一人爲花之主。劉老老兩隻手比着，就説道：「花兒落了結個大倭瓜。」此花雖落，卻留未剖之瓜，是乾凈身子，結果必以手比，乃範圍不過、曲成不遺之義。衆人又大笑起來。

要知席間再有何話，且聽下回分解。

此回終而未終，而又自起結分明。「老劉，老劉」，急呼也，爲一起。花落結瓜，順應也，爲一結。皆爲救黛玉文字。而放筆描繪，無不生龍活虎，爲劉老老出像，直添頰上三毫，吾不知其從何處得來者。借探春居室作自贊，洵稱不負。

上半回曰「兩宴大觀園」，或以爲接昨日湘雲之席説，或以爲即本日早飯晚飯都在園中説，皆非也，其實乃接「歸省天倫樂」之宴説。元春歷園中諸處，老老亦歷園中諸處；元春遊用虚寫，老老遊用實寫。在元春爲氣數之天，老老爲道理之地。氣數有時而不可恃，道理則萬古常昭，或氣數且凶道理爲轉移也。如叙玉之配意出元春，而黛玉之死自得老劉，彼一污、此一潔，孰重孰輕？任氣數而寶玉瘋顛，逆氣數而通靈復得，氣固無如理何耳。元春、老老，各爲一天，各爲一地，上下不可爲《否》，下上不可爲《泰》，於此書中惟有兩之，以自存其説，故云「兩宴大觀園」。看元春來一用船，今則再用船，先於此無之，後於此無之，是乃全書大關目。

下半回劉老老文字，已是鴛鴦文字，劉老老從此交卸矣。鴛鴦爲雌雄之鳥，太極、兩儀、四象、八卦，推至六十四卦之圖，陰陽對待，紅黑交錯，無非鴛鴦。而在絶偶之人，則但雌而不雄，是亦一地之象也。牙牌一副，合天地人；號令三宣，混下中上。劉老老同聲唤起鴛鴦而不鴛鴦之黛玉一人。

護花主人評曰：

「兩宴大觀園」，「三宣牙牌令」，是園中極盛之時，特特將鋪設戲玩侈説一番，反襯日後之冷落離散。

惜春畫圖，於劉老老閒話中逗起，在有意無意之間，筆有斟酌。

劉老老走路一跌，可見説話不可太滿，行事須防失足。雖係閒文，卻是借景醒人。

瀟湘館精雅華麗，不如蘅蕪〔院〕樸實素淨。秋爽軒闊大疏落，恰配探春身分。

鳳姐與鴛鴦戲弄劉老老，賈母笑駡「促狹鬼」。雖是戲言，卻是兩人早死讖語。

分送餘肴給平兒、襲人，並不送趙、周二姨娘，於周到中形容出好歹心事。

黛玉喜「殘荷雨聲」句，總是好哭。

黛玉説《牡丹》《西厢》曲句，可見平日喜看情詞，且可見其結果處。

寶釵聽黛玉説出《牡丹亭》曲，回頭一看，妙在黛玉不留意，又説出《西厢》一句，伏四十二回規勸一層。

黛玉説《牡丹》《西厢》，固見其鍾情處。寶釵説「處處風波處處愁」，亦見其遭際處。

迎春錯韻受罰，其餘俱故意説錯，惟王夫人鴛鴦代説，卻不明説牌色詩句，即接劉老老之笑話，既省筆墨，又變動不板。

劉老老説令，固是發笑，然卻與巧姐結局暗暗關照。

大某山民評曰：

挨次行令至第六迎春之下，不及探春、惜春、寶玉三人者，並非作者漏筆，祇看及王夫人上用一至字，便知其爲省文也，且有「説錯都罰」一句，明明探、惜、寶三人，乃暗點耳。

此回仍是壬子年八月間事。

第四十一回　賈寶玉品茶櫳翠庵　劉老老醉卧怡紅院

話説劉老老兩隻手比着説道：「花兒落了結個大倭瓜。」衆人聽了，鬨堂大笑起來。於是吃過門杯，因又湊趣笑道：「今兒實説罷，我的手脚子粗，又吃了酒，仔細失手打了這磁杯。要以磁杯喚醒木頭。有木頭的杯取個來，我便失了手，掉了地下，也無碍。」衆人聽了又笑起來。鳳姐兒聽如此説，便忙笑道：「果真要木頭的，我就取了來，可有一句話先説下：這木頭的可比不得磁的，他都是一套，一套，全書寫木頭耳。定要吃遍一套方使得。」劉老老聽了，心下战敠道：「我方纔不過是趣話取笑兒，誰知他果真竟有。我時常在鄉紳大家也赴過席，金杯銀杯倒都也見過，金銀一點。從没見有木頭杯的。哦！是了，想必是小孩子們使的木碗兒，埶筆又圓。不過哄我多吃兩碗，别管他，横竪這酒蜜水兒似的，多喝點子也無妨。」神氣滿足。想畢，便説：「取來再商量。」鳳姐乃命豐兒：「前面裏間書架子上，有十個竹根套杯，取來。」黛號瀟湘，故以竹楔木，借賓定主法。黄楊戹閏之木，釵爲閏也。豐兒聽了，纔要去取，鴛鴦笑道：「我知道你那十個杯還小，况且你纔説木頭的，這會子又拿了竹根的來，倒不好看。不如把我們那裏的黄楊根子整刓的十個大套杯拿來，灌他十下子。」鳳姐兒笑道：「更好了。」

鴛鴦果命人取來。劉老老一看，又驚又喜：驚的是一連十個挨次大小分下來，那大的足足的似個小盆子，極小的還有手裏的杯子兩個大；喜的是雕鏤奇絶，一色山水樹木人物，並有草字何字不可有，而必曰草字，確是黛玉。以及圖印。因忙説道：「拿了那小的來就是了。」鳳姐兒笑道：「這個杯，没有這大量的，所以没人敢使他。老老既要，好容易找出來，必定要挨次吃一遍纔使得！」劉老老唬的忙道：「這個不敢！好姑奶奶，饒了我罷。」賈母、薛姨媽、王夫人知道他有年紀的人，禁不起，忙笑道：「説是説，笑是笑，不可多吃了，只吃這頭一杯罷。」全套已在其中。劉老老道：「阿彌陀佛！我還是小杯吃罷，釋伽之想，是爲慈悲。把這大杯收着，我帶了家去，慢慢的吃罷。」説的衆人又笑起來。鴛鴦無法，只得命人滿斟了一大杯，劉老老兩手捧着喝。賈母、薛姨媽都道：「慢些，不要嗆了。」薛姨媽又命鳳姐兒佈個菜，鳳姐兒笑道：「老老要吃什麽，説出名兒來，我夾了喂你。」劉老老道：「我道什麽名兒！樣樣都是好的。」賈母笑道：「把茄鯗夾些喂他。」鳳姐兒聽説，依言夾些茄鯗，送入劉老老口中，因笑道：「你們天天吃茄子，也嘗嘗我們這茄子弄的來可口不可口？」劉老老笑道：「别哄我了，茄子跑出這個味兒了！我們也不用種糧食，只種茄子了。」衆人笑道：「真是茄子，我們再不哄你。」劉老老詫異道：「真是茄子？我白吃了半日。姑奶奶再喂我些，這一口細嚼嚼。」鳳姐兒果又夾了些放入他口内。劉老老細嚼了半日，笑道：「雖有一點茄子香，只是還不像是茄子。告訴我是個什麽法子弄的，我也弄着吃去。」鳳姐兒笑道：「這也不難。你把纔下來的茄子，把皮刨了，只要净肉，切成碎釘子，用雞油炸了，雞音幾，知幾其神乎！再用雞肉脯子合香菌、新笋、蘑茄、五香豆腐乾子、各色乾果子，都切成釘兒，拿雞湯煨乾，將香油一收，外加糟油一拌，盛在磁罐子裏封嚴，要吃時拿出來，用炒的雞瓜子一拌，就是了。」劉老老聽了，摇頭吐舌説：「我的佛祖！倒得十來隻雞來配他，怪道這個味兒。」一面笑，一面慢慢的吃完了酒，還只管細玩那杯子。便是不捨離瀟湘館意。鳳姐兒笑道：「還是不足興，再吃一杯罷。」劉老老忙道：「了不得，那就醉死了。我因爲愛這樣兒好看，虧他怎麽做來？」鴛鴦笑道：「酒吃完了，到底這杯子是什麽木頭的？」劉老老笑道：「怨不得姑娘不認得，你們住這金門繡户的，如何認得木頭？我們成日家和樹林子做街坊，困了枕着他睡，乏了靠着他坐，荒年間餓了還吃他，眼睛裏天天見他，耳朵裏天天聽他，嘴兒裏天天説他，所以好歹真假我是認得的。土木相連，演來何等親切，人當各保此木矣。讓我認一認。」一面説，一面細細端詳了半日，道：「你們這樣人家，斷没有那賤東西，那容易得的木頭，你們也不收着了。我掂着這麽體沈，斷乎不是楊木，一定是黄松做的。」松爲木公，不以爲楊木，而以爲松，欲其易陰爲陽，自釋閏厄。衆人聽了，鬨堂大笑起來。

只見一個婆子走來，請問賈母説：「姑娘們都到了藕香榭，請示下：就演罷，還是再等一回子？」賈母忙笑道：「可是，就忘了他們，就叫他們演罷。」那個婆子答應去了。不一時，只聽得簫管悠揚，笙笛並發，此樂爲賀黛玉能留而作，故專舉竹音。正值風清氣爽之時，那樂聲穿林度水而來，自然使人神怡心曠。寶玉先禁不住，拏起壺來斟了一杯，一口飲盡，復又斟上，纔要飲，只見王夫人也要飲，命人换暖酒，寶玉連忙將自己的杯捧了過來，送到王夫人口邊，王夫人便就他手内吃了兩口。儼然天倫之樂。一時暖酒來了，寶玉仍歸舊坐。王夫人提了暖壺下席來，衆人都出了席，薛姨媽也站起來，賈母忙命李、鳳二人：「接過壺來，讓你姑媽坐了，大家纔便。」用旁筆形容，少許勝人多許。王夫人見如此説，方將壺遞與鳳姐兒，自己歸坐。賈母笑道：「大家吃上兩杯，今日着實有趣。」説着，擎杯讓薛姨媽，又向湘雲、寶釵道：「你姐妹兩個也吃一杯。你林妹妹不大會吃，也別饒他。」説着，自己也乾了。湘雲、寶釵、黛玉也都吃了。當下劉老老聽見這般音樂，且又有了酒，越發喜的手舞足蹈起來。寶玉因下席過來，向黛玉笑道：「你瞧劉老老的樣子。」黛玉笑道：「當日聖樂一奏，百獸率舞，如今纔一牛耳。」詼諧敏妙絶倫，其實又爲定一《坤》象。在老老自謂牛，黛亦以爲牛，黛玉會也。衆姐妹都笑了。

須臾樂止，薛姨媽笑道：「大家的酒也都有了，且出去散散再坐罷。」賈母也正要散散，於是大家出席，都隨着賈母遊玩。賈母因要帶着劉老老散悶，遂攜了劉老老至山前樹下盤桓了半晌，又説與他這是什麼樹，這是什麼石，這是什麼花。木、石、花又爲關會。劉老老一一領會，又向賈母道：「誰知城裏不但人尊貴，連雀兒也是尊貴的。偏這雀兒到了你們這裏，他也變俊了，也會説話了。」衆人不解，因問：「什麼雀兒變俊了會説話？」劉老老道：「那廊上金架子上站的緑毛紅嘴是鸚哥兒，我是認得的。那籠子裏的黑老鴰子又長出鳳頭來，也會説話呢。」鴝鵒一名八八兒，八八六十四爻，借卦象暗演會説話者乃是老鴰，不祥之鳥也。戒黛玉，警鳳姐。衆人聽了，又都笑將起來。

一時只見丫頭們來請用點心，賈母道：「吃了兩杯酒，倒也不餓。也罷，就拿了這裏來，大家隨便吃些罷。」丫頭聽説，便去抬了兩張几來，又端了兩個小捧盒。揭開看時，每個盒內兩樣。這盒內是兩樣蒸食，一樣是藕粉桂花糖糕，一樣是松瓤鵝油捲。那盒內是兩樣炸的，一樣是只有一寸來大的小餃兒。賈母因問：「什麽餡子？」婆子們忙回：「是螃蟹的。」賈母聽了，皺眉說道：「這會子油膩膩的，誰吃這個？」又看那一樣是奶油炸的各色小麪果子，也不喜歡，因讓薛姨媽吃，薛姨媽只揀了一塊糕。賈母揀了一個捲子，只嘗了一嘗，剩的半個遞與丫頭了。劉老老因見那小麪果子都玲瓏剔透，各色各樣，又揀了一朵牡丹花樣的，笑道：「我們鄉裏最巧的姐兒們，剪子也不能鉸出這樣個紙的來！我又愛吃，又捨不得吃，包他些家去給他們做花樣子去倒好。」衆人都笑了。賈母笑道：「家去我送你一磁罎子，你先趁熱吃這個罷！」別人不過揀各人愛吃的揀了一兩樣就算了。劉老老原不曾吃過這些東西，且都做的小巧，不顯堆垛的，他和板兒每樣吃了些，就去了半盤子。剩的鳳姐又命攢了兩盤，並一個攢盒，與文官等吃去。忽見奶子抱了大姐兒來，是乃劉老老之正主，必須特寫。大家哄他頑了一會，那大姐兒因抱着一個大柚子頑，忽見板兒抱着一個佛手，大姐兒便要，丫鬟哄他取去，大姐兒等不得，便哭了。衆人忙把柚子給了板兒，將板兒的佛手哄過來與了他纔罷。柚，由也。巧姐由是得老老以援手脱難也，故與板兒以佛手對換。那板兒因頑了半日佛手，此刻又兩手抓着些果子吃，又忽見這個柚子又香又圓，更覺好頑，且當毬踢着頑去，也就不要佛手了。

當下賈母等吃過了茶，又帶了劉老老至櫳翠庵。書中設爲妙玉一人，乃作者自贊其書之妙，其來在歸省大觀園既成之後，今爲立傳，在大觀園兩宴之時，是此傳亦從劉老老邊立起也。極大結構。衆人至院中，見花木繁盛，首提花木。賈母笑道：「到底是他們修行人，没事常常修理，比別處越發好看。」一面說，一面便往東禪堂來。禪意西來，堂乃在東，禪亦誤矣。妙玉笑往裏讓，賈母道：「我們纔都吃了酒肉，你這裏頭有菩薩，從心字入題。冲了罪過。我們這裏坐坐，把你的好茶拿來，我們吃一杯就去了。」寶玉留神看他是怎麽行事。妙玉必從他眼中寫。只見妙玉親自捧了一個海棠花式雕漆填金雲龍獻壽的小茶盤，特提海棠，是乃獻壽，通盤立意如此。裏面放一個成窑五彩小蓋鍾，欲各有所成就。捧與賈母。賈母道：「我不吃六安茶。」此語着眼，不能六安，出於此老。妙玉笑説：「知道。這是老君眉。」老君白眉，衰愁之象。賈母接了，又問：「是什麽水？」妙玉道：「是舊年蠲的雨水。」陰雨所積。賈母便吃了半盞，笑着遞與劉老老，説：「你嘗嘗這個茶。」劉老老便一口吃盡，本題品茶，必先從二老分嘗。笑道：「好是好，就是淡些，戒之在色。再放濃些更好了。」賈母衆人都笑起來。然後衆人都是一色的官窑脱胎填白蓋碗。脱胎而官，便是轉女爲男。

那妙玉便把寶釵、黛玉的衣襟一拉，寫妙獨合釵、黛，便是册詩「金玉質」。二人隨他出去。寶玉悄悄的隨後跟了來。只見妙玉讓他二人在耳房内，寶釵便坐在榻上，實際。黛玉便坐在妙玉的蒲團上。空象。妙玉自向風爐上煽滾了水，另泡了一壺茶。寶玉便走了進來，妙不離心，必須他來。笑道：「偏你們吃體己茶呢！」二人都笑道：「你又趕了來撤茶吃！這裏並没你吃的。」妙玉剛要去取杯，只見道婆收了上面茶鍾來，妙玉忙命：「將那成窑的茶杯别收了，擱在外頭去罷。」將寫妙玉爲人，别開生面，從一杯起，已是狀盡孤潔，而自外於劉老老，終於無所成就，自寓底裏。寶玉會意，知爲劉老老吃了，他嫌腌臢不要了。又見妙玉另拿出兩隻杯來，一釵一黛，文之妙也，於此借茶杯演出。一個傍邊有一耳，杯上鐫著「𤫩瓟斝」三個隸字，後有一行小真字，是「王愷珍玩」，又有「宋元豐五年四月眉山蘇軾見於秘府」一行小字，𤫩文分瓜，破瓜也，「絳芸軒」案。瓟文包瓜，如「羞籠麝串」及斯抬斯敬、一切包藏不露之處皆是。斝音假，直指假語村言。王愷，石崇之對。元爲一，加五、四，共成十數。蘇號玉局，金玉姻緣既成，而兩玉之局終矣。是乃寶釵。妙玉斟了一斝遞與寶釵。那一隻形似鉢而小，也有三個垂珠篆字，鐫着「點犀盉」，靈犀一點通，心也，自「玉生香」以至「情中情」，兩心無非如此，而絕無實事。盉，喬，假，亦指假語村言。是爲黛玉。妙玉斟了一盉與黛玉。仍將前番自己常日吃茶的那隻綠玉斗拿來斟與寶玉。綠爲生氣，斗建天心，寶玉之妙也。○自己嘗的，已透「坐禪寂」消息。故妙玉在十二釵中，又妙中之妙。寶玉笑道：「常言『世法平等』，他兩個就用那樣古玩奇珍，我就是個俗器了？」人各有心，故曰俗器。妙玉道：「這是俗器？不是我說狂話，只怕你家裏未必找的出這麼一個俗器來呢。」寶玉笑道：「俗語說『隨鄉入鄉』，到了你這裏，自然把這金珠玉寶一概貶爲俗器了。」妙玉聽如此說，十分歡喜，遂又尋出一隻九曲十環一百二十節蟠虬整雕竹根的一個大盞出來，笑道：「就剩了這一個，你可吃的了這一海？」狀心之宛轉曲折，如蛟螭之不易降伏。寶黛同爲一心，故爲整雕竹根。謂之海，狀其大而不測也，故此器無名。寶玉喜的忙道：「吃的了。」妙玉笑道：「你雖吃的了，也沒這些茶你糟蹋。豈不聞一杯爲品，二杯即是解渴的蠢物，三杯便是飲驢了。你吃這一海，更成什麼？」調笑得妙，寫這情種又一樣子，精細入微。說的寶釵、黛玉、寶玉都笑了。妙玉執壺，只向海內斟了約有一杯，寶玉細細吃了，果覺輕純無比，賞讚不絕。妙玉正色道：「你這遭吃茶，是托他兩個的福，獨你來了，我是不能給你吃的。」誰問來？寶玉笑道：「我深知道，我也不領你的情，只謝他二人便了。」心領神會，筆致狡獪。妙玉聽了，方說：「這話明白。」黛玉因問：「這也是舊年的雨水？」妙玉冷笑道：「你這麼個人，竟是大俗人，連水也嘗不出來。此水悉

（是寶釵寓言，俗人如何嘗得出？）這是五年前我在玄墓蟠香寺住着，收的梅花上的雪，統共得了那一鬼臉青的花甕一甕，（玄墓得來，鬼甕收去，是何景象？）總捨不得吃，埋在地下，今年夏天纔開了。我只吃過一回，這是第二回了。你怎麼嘗不出來？隔年蠲的雨水，那有這樣輕清？如何吃得！」黛玉知他天性怪僻，不好多話，（明下考語。妙玉文字，書中不多見，而一言一動，令人到處能識，是爲能品。）亦不好多坐，吃過茶，便約着寶釵走了出來。

寶玉和妙玉陪笑道：「那茶杯雖然腌臢了，白撂了豈不可惜？依我說，不如就給了那貧婆子罷，他賣了也可以度日。你道使得麼？」（寶玉豈是如此周旋之人！而一茶杯大費宛轉，正演一心成就，乃老老慈悲處也。）妙玉聽了，想了一想，點頭說道：「這也罷了。幸而那杯子是我沒吃過的，若是我吃過的，我就砸碎了也不能給他。（筆無鬆懈。）你要給他，我也不管，只交給他，快拿了去罷。」寶玉道：「自然如此。你那裏和他說話去？越發連你都腌臢了。只交與我就是了。」妙玉便命人拿來，遞與寶玉。寶玉接了，又道：「等我們出去了，我叫幾個小幺兒來河裏打幾桶水來洗地如何？」妙玉笑道：「這更好了。只是你囑咐他們，抬了水只擱在山門外頭牆根下，別進門來。」寶玉道：「這是自然的！」說着，便袖着那杯，遞與賈母房中的小丫頭子拿着，說：「明日劉老老家去，給他帶去罷。」交代明白。賈母已經出來，要回去，妙玉亦不甚留，送出山門，回身便將門閉了，不在話下。

且說賈母因覺身上乏倦，便命王夫人和迎春姊妹陪了薛姨媽去吃酒，自己便往稻香村來歇息。鳳姐忙命人將小竹椅抬來，賈母坐上，兩個婆子抬起，鳳姐、李紈和衆丫頭婆子圍隨去了，不在話下。稻香村不用劉老來，見己自能留，無須更誡，故特云不在話下。這裏薛姨媽也就辭去。王夫人打發文官等出去，將攢盒散與衆丫頭們吃去，自己便也乘空歇着，隨便歪在方纔賈母坐的榻上，命一個小丫頭放下簾子來，又命搥着腿，吩咐他：「老太太那裏有信，你就叫我。」説着也歪着睡着了。寶玉、湘雲等看着丫頭們將攢盒擱在山石上，也有坐在山石上的，也有坐在草地下的，也有靠着樹的，也有傍着水的，倒也十分熱鬧。

一時又見鴛鴦來了，要帶着劉老老逛，必是鴛鴦。衆人也都跟着取笑。一時來至省親別墅的牌坊底下。劉老老道：「噯呀！這裏還有大廟呢。」書中扼要之處，是爲大妙。説着，便爬下磕頭。衆人笑彎了腰。劉老老道：「笑什麼？這牌樓上字我都認得，我們那裏這樣的廟宇最多，都是這樣的牌坊，那字就是廟的名字。」衆人笑道：「你認得這是什麼廟？」劉老老便抬頭指那字道：「這不是『玉皇寶殿』四字！」明演「天尊地卑」之義。省親別墅，乃即玉皇寶殿，爲天爲心，是一非二。衆人笑的拍手打掌，還要拿他取笑。劉老老覺得腹内一陣亂響，忙的拉着一個丫頭，要了兩張紙，就解衣。衆人又是笑，又忙喝他：「這裏使不得！」忙命一個婆子帶了東北角上去了。薛家新居在東北，氣數之瀉正是此處。那婆子指與他地方，便樂得走開去歇息。

那劉老老因吃了些酒，他脾胃不與黄酒相宜，且吃了許多油膩飲食發渴，多吃了幾碗茶，不免痛瀉起來，以道理之地，合氣數之天，不相交也，焉得不瀉？蹲了半日方完。天地機緘，至此大洩。及出廁來，酒被風吹，且年邁之人蹲了半天，忽一起身，只覺得眼花頭暈，辨不出路徑，四顧一望，皆是樹木山石，樓臺房舍，卻不知那一處是往那一路去的了，只得順着一條石子路慢慢的走來。及至到了房舍跟前，又找不着門，再找了半日，忽見一帶竹籬。劉老老心中自忖道：「這裏也有扁豆架子？」一面想，一面順着花障走了來，得了一個月洞門，進去，將入心境，乃是如此，而筆意何其條達！只見迎面一帶水池，只有七八尺寬，石頭砌岸，裏面碧波清水，流往那邊去了，上面有一塊白石，橫架在上面。劉老老便踱過石去，順着石子甬路走去，轉了兩個灣子，只見有個房門，於是進了房門，便見迎面一個女孩兒滿面含笑迎出來。劉老老忙笑道：「姑娘們把我丟下了，叫我磞頭磞到這裏來。」說了，只覺那女孩兒不答。劉老老便趕來拉他的手，咕咚一聲，便撞到板壁上，把頭磞的生疼。細瞧了一瞧，原來是一幅畫兒。十二釵無非畫。劉老老自忖道：「原來畫有這樣凸出來的！」一面想，一面看，一面又用手摸去，卻又一色平的，點頭歎了兩聲。此歎有微旨，全書在此。一轉身，方得了一個小門，門上掛着葱緑〔撒〕〔摧〕花軟簾。劉老老掀簾進去，抬頭一看，只見四面牆壁，玲瓏剔透，琴劍瓶爐，皆貼在牆上。錦籠紗罩，金彩珠光，連地下踩的磚皆是碧緑鑿花，竟越發把眼花了。找門出去，那裏有門？左一架書，右一架屏，剛從屏後得了一個門，此鏡即門，必須特點。只見一個老婆子也從外面迎了他進來。劉老老詫異，心中恍惚想道：「莫非是他親家母？」因連忙問道：「你想是見我這幾日沒家去，虧你找我來！那位姑娘帶你進來的？」又見他戴着滿頭花，滿頭花易漏不漏，在讀者亦且忘之。劉老老笑道：「你好沒見世面！見這園裏的花好，你就沒死活戴了一頭。」說着，那老婆子只見笑，也不答言，便心中忽然想起：「常聽富貴人家有一種穿衣鏡，這別是我在鏡子裏頭嗎？」想畢，伸手一摸，再細細一看，可不是四面雕空紫檀板壁，將這鏡子嵌在中間。便是甄寶玉，便是天，故老老認爲我，認爲親家。因說：「這已經攔住，如何走出去呢？」一面說，一面只管用手摸，這鏡子原是西洋機括，黛玉所出，故名如海。可以開合，不意劉老老亂摸之間，其力巧合，便撞開了消息，掩過鏡子，露出門來。非劉老老不能撞出此鏡，而其消息又在有意無意之間。劉老老又驚又喜，遂走出來，忽見有一副最精緻的床帳，他此時又帶了七八分的酒，七八十五，顛倒五十，到此大衍一終。又走乏了，便一屁股坐在床上。只說歇歇，不承望身不由己，便前仰後合的，朦朧着兩眼，一歪身就睡熟在床上。一部《紅樓夢》，豁然齊醒。此怡紅院也，人人得知之，而在老老眼中歷寫一過，便又覺精神百倍。此正與「試才」回相爲對待。

且說衆人等他不見，板兒没了他老老，急的哭了。不漏。衆人都笑道：「別是掉在茅廁裏了，《坤》承垢污。快叫人去瞧瞧。」因命兩個婆子去找，回來說没有。衆人各處搜尋不見，襲人敁敠道：必是他。「一定他醉了，迷了路，順着這一條路，往我們後院子裏去了。若進了花障子，到後房門進去，雖然磞頭，還有小丫頭子們知道；孰知怡紅一空，更已無人，老老掉臂遊行乎！若不進花障子去，再往西南上去，西南本位，老老既來，談何容易便去。若繞出去還好，若繞不出去，可彀他繞一會子好的！我且瞧瞧去。」底裏乾坤，面子圓到。一面說着，一面回來。進了怡紅院，便叫人，誰知那幾個在房裏的小丫頭已偷空頑去了。襲人一直進了房門，轉過集錦槅子，就聽的鼾齁如雷，此雷與仙佛同功，使妖邪喪膽。忙進來，只聞見酒屁臭氣，幽香、甜香、冷香一齊回向。滿屋一瞧，只見劉老老扎手舞脚的仰卧在床上。《坤》象。襲人這一驚不小，焉得不驚？底面都到。○自此至卷末，無一閑字，微言妙義，批不勝批。慌忙的趕上來，將他没死没活的推醒。那劉老老驚醒，睜眼見襲人，連忙爬起來道：「姑娘，我該死了！我失錯並没弄腌臢了床。」一面説，一面用手去撣。襲人恐驚動了人，被寶玉知道了，只向他摇手，不叫他説話，忙將大鼎内貯了三四把百合香，仍用罩子罩上。所喜不曾嘔吐。忙悄悄的笑道：「不相干，有我呢。你隨我出來。」劉老老答應着，跟了襲人，出至小丫頭子們房中，命他坐下，向他道：「你説醉倒在山子石上，打了個盹兒。」劉老老答應：「是。」又與他兩碗茶吃，方覺酒醒了。因問道：「這是那個小姐的繡房？這樣精緻。於黛則以爲男，於寶則以爲女，正陰陽交互之義。我就像到了天宫裏的一樣！」即是玉皇寶殿。襲人微微笑道：「這個麽，是寶二爺的卧室。」那劉老老嚇的不敢做聲。襲人帶他從前面出去，見了衆人，只説：「他在草地下睡着了，帶了他來的。」由後來，由前去，老老暢行，乃襲導之。衆人都不理會，也就罷了。

一時賈母醒了，就在稻香村擺晚飯。賈母因覺懶懶的，也没吃飯，便坐了竹椅小敞轎，回至房中歇息，命鳳姐兒等去吃飯。他姊妹方復進園來。

未知後事如何，且看下回分解。

此回言「劉老老」之義，人人當知。上半回爲十二釵以及財色諸人普同説法，故必寫共入櫳翠庵，櫳，攏統也。茶爲苦心之藥而清心，三人爲衆，三口爲品，今日品茶，概衆口也，衆口悉當深嘗。作者於此書猶嫌其淡，更煎濃些，是大眼目。下半回專爲寶玉説法，欲其由空入實。於更無一人廓廓落落之怡紅院，而特佈一扎手舞脚之《坤》象以填塞之，使不入於渺渺茫茫窠臼裏去，此尤高一層落筆，進一層期望也，而無如已爲襲人喚醒之。老老醒，寶玉又睡矣，奈何，奈何！○脾主四肢，扎手舞脚，演暢脾也。脾爲陰土；仰卧者，《乾》道覆，《坤》道仰也。奈賈母懶吃飯何！

護花主人評曰：

竹根杯引出黄楊杯，文情曲折。

若無黄楊大套杯，劉老老何至醉卧寶玉床？若非劉老老腹瀉，何由走入怡紅院？一路敍來，有情有景。

竹根、黄松、楊木，俱是陪襯黄楊杯，卻先後錯綜寫出，無一筆重複。

寶玉等聽曲飲酒，是劉老老醉後餘波。

劉老老極村俗，妙玉極僻潔，兩兩相形，覺村俗卻在人情之内，僻潔反在人情之外，寧爲老老，毋爲妙玉。

妙玉拉寶釵、黛玉衣襟，心中非無寶玉，只是不好拉耳。若心中無寶玉，因何劉老老吃的茶杯，便嫌骯髒不要；自己常吃的緑玉斗，便斟茶與寶玉，又尋出竹根大海來，且肯將成窰茶杯給與寶玉，聽他轉給劉老老？是作者皮裏陽秋，不可不知。

妙玉向寶玉説：「你獨來，我不肯給你吃。」是假撇清語，轉覺欲蓋彌彰。

妙玉出家人，何以有許多古玩茶器？五年前又在玄墓住，形迹殊屬可疑。

劉老老誤入怡紅院一段文章，有疑鬼疑神之筆，又照應鳳姐代插滿頭花，想見席中醉態，真可發笑。

大姐來園中，引出後文送祟取名情事。

大某山民評曰：

此回與上回合寫一時事，乃壬子年八月二十五日也。

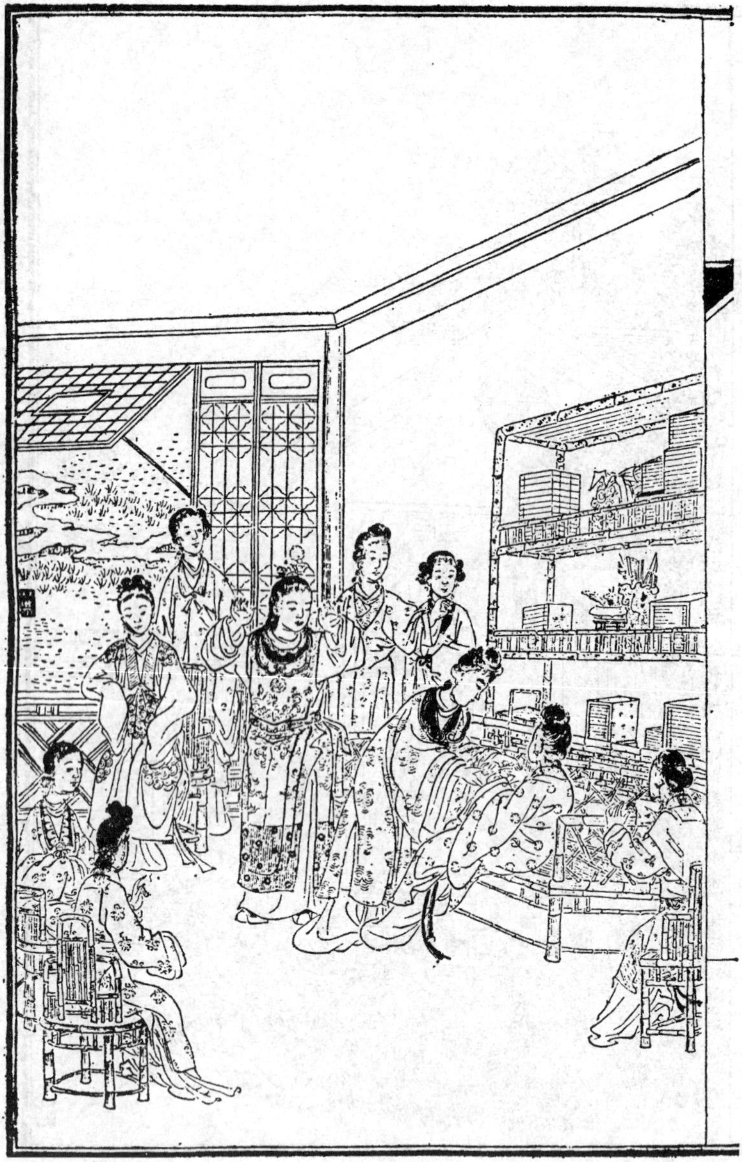

第四十二回　蘅蕪君蘭言解疑癖　瀟湘子雅謔補餘音

話說他姊妹復進園來，吃過飯，大家散出，都無別話。且說劉老老帶着板兒，處處不脫板兒。先來見鳳姐兒，說：「明日一早，定要家去了。雖然住了兩三天，日子卻不多，把古往今來没見過的、没吃過的、没聽見的，都經驗了。難得老太太和姑奶奶並那些小姐們，連各房裏的姑娘們，都這樣憐貧惜老照看我，我這一回去，没別的報答，惟有請些高香，天天給你們念佛，保佑你們長命百歲的，就算我的心了。」一段寫得入情，重「古往今來」「憐貧惜老」八字。鳳姐兒笑道：「你別喜歡，都是爲你，老太太也被風吹病了，病乃生機。睡着不舒服；我們大姐兒也着了涼，在那裏發熱呢！」劉老老聽了，忙歎道：「老太太有年紀的，不慣十分勞乏的。」鳳姐兒道：「從來没像昨兒高興。往常也進園子逛去，不過到一兩處坐坐就來了。昨兒因爲你在這裏，要叫都逛逛，一個園子倒走了多半個。大姐兒因爲我找你去，太太遞了一塊糕給他，誰知風地裏吃了，就發熱起來。」劉老老道：「大姐兒只怕不大進園子，生地方兒，小人兒家原不該去。比不得我們的孩子，會走了，那個墳圈子裏不跑去？一則風撲了也是有的，二則只怕他身上乾淨，眼睛又淨，或是遇見什麽神了。依我説，給他瞧瞧祟書本子，仔細撞客着。」一語提醒了鳳姐兒，便叫平兒拿出《玉匣記》來，着彩明來念。彩明翻了一回，念道：「八月二十五日，八月二十五日，詳在三十九回總批，義演「留」字。病者東南方得遇花神。用五色紙錢四十張，向東南方四十步送之大吉。」

鳳姐兒笑道：「果然不錯，園子裏頭可不是花神？當是牡丹花神。只怕老太太也是遇見了。」正是。一面命人請兩分紙錢來，着兩個人來，一個與賈母送祟，一個與大姐兒送祟。果見大姐兒安穩睡了。爲「感幽魂」「病災祲」設影。鳳姐兒笑道：「到底是你們有年紀的經歷的多。我這大姐兒時常肯病，也不知是什麽緣故。」劉老老道：「這也有的。富貴人家養的孩子都嬌嫩，自然禁不得一些兒委曲。再他小人兒家，過於尊貴了也禁不起，已後姑奶奶倒少疼他些就好了。」其言有物。鳳姐兒道：「這也有理。我想起來，他還没個名字，你就給他起個名字，借借你的壽。二則你們是莊家人，不怕你惱，到底貧苦些，你貧苦人起個名字，只怕壓的住他。」劉老老聽説，便想了一想，笑道：「不知他是幾時生的？」鳳姐兒道：「正是生的日子不好呢，可巧是七月初七日。」劉老老忙笑道：「這個正好，就叫做巧姐兒好。這個叫做以毒攻毒，以火攻火的法子。通身大義，到此方出，已歷評之。至「毒」「火」字乃指是書作用，即《風月寶鑑》正面，不可劃到寶釵熱毒裏去，蓋此巧非彼巧也。姑奶奶定依我這名字，必然長命百歲。日後大了，各人成家立業，或一時有不遂心的事，必然遇難成祥，逢凶化吉，都從這巧字兒來。」鳳姐兒聽了，自是歡喜，忙謝道：「只保佑他應了你的話就好了！」説着，叫平兒來吩咐道：「明兒咱們有事，恐怕不得閑兒。偷這空兒閑着，把送老老的東西打點了，他明兒一早就好走得便宜了。」劉老老道：「不敢多破費了，已經遭（擾）（搨）了幾日，又拿着走，越覺心裏不安起來。」鳳姐兒道：「也沒有什麽，不過隨常的東西，好也罷，歹也罷，帶了去，你們街坊鄰舍看着也熱鬧些，也是上城一次。」說着，只見平兒走來說：「老老過這邊瞧瞧。」劉老老忙跟了平兒到那邊屋裏，只見堆着半炕東西，以財物周濟演「留」字，亦底亦面。平兒一一的拿與他瞧着，又說道：「這是昨日你要的青紗一疋，奶奶另外送你一個實地月白紗做裏子。救黛玉出羅也。要的是青，送的是白，青白，木金之色，有面有裏，金木相合矣。這是兩個繭綢，做襖兒裙子都好。這包袱裏是兩疋綢子，年下做件衣裳穿。這是一盒各樣内造點心，也有你吃過的，也有没吃過的，拿去擺碟子請客，比你們買的强些。這兩條口袋，是你昨日裝瓜果子的，如今這一個裏頭，裝了兩斗御田粳米，熬粥是難得的；這一條裏，是園子裏的果子和各樣乾果子。以上皆吃穿之物，吃以實内，穿以聯外，《坤》能内實外聯，即已轉陰爲陽。這一包是八兩銀子，八而兩之，得八八六十四，《易》卦也。先後天道悉在此。這都是我們奶奶的。這兩包，每包五十兩，共是一百兩，是太太給的，王夫人一百兩，成數也，便是成窰茶杯，合鳳姐之八兩，得百零八數，分爲三十六、七十二，天地之數統括於中。又百八而兩之，得二百一十有六，乃《乾》之策，是《坤》已實而轉爲《乾》矣。此「留」之究竟。叫你拿去，或者做個小本買賣，或者置幾畝地，以後再别求親靠友的。」說着，又悄悄笑道：「這兩件襖兒和兩條裙子，還有四塊包頭、一包絨綫，可是我送老老的，裙在下，襖在中，包頭在上，絨綫連貫，所用合下、中、上而連貫之，亦已轉《坤》爲《乾》矣。平兒翼鳳姐爲留者，故必自有所贈。那衣裳雖是舊的，我也没大很穿，你要嫌棄，我就不敢說了。」平兒說一樣，劉老老就念一句佛，已經念了幾千佛了。又見平兒也送他這些東西，又如此謙遜，忙笑說道：「姑娘說那裏話！這樣好東西，我還嫌棄？我便有銀子，没處買這樣的去呢。只是我怪臊的，收了又不好，不收又辜負了姑娘的心。」詞令妙品。平兒笑道：「休説外話，咱們都是自己，我纔這樣，你放心收了罷，我還和你要東西呢。到年下，你只把你們晒的那個灰條菜乾子和豇豆、扁豆、茄子、葫蘆條兒各樣乾菜帶些來，我們這裏上上下下都愛吃，所要乃地中生植之物，但要乾子者，乾字即《乾》字也，《坤》之上下皆實，爲《乾》，故上上下下都愛吃。這個就算了，别的一概不要，别枉費了心。」劉老老千恩萬謝的答應了。平兒道：「你只管睡你的去，我替你收拾妥當了，就放在這裏。明兒一早打發小厮們雇輛車裝上，不用你費一點心的。」劉老老越發感激不盡，過來又千恩萬謝的辭了鳳姐兒，過賈母這邊睡了一夜。必宿於此，《坤》與《坤》合。次早梳洗了，就要告辭。

因賈母欠安，有形無氣之《坤》，自然欠安。衆人都過來請安，出去傳請大夫。一時婆子回：「大夫來了！」老嬤嬤請賈母進幔子去坐，禮别内外，賈母亦須請進幔子。張太醫診秦氏無有也。混亂内外，三十回以前事，到此方纔對面照破，何人覺得！賈母道：「我也老了，那裏養不出那阿物來，還怕他不成！託大賣老，廢制棄禮，因此老老來，因此老老去。不要放幔子，就這樣瞧罷。」衆婆子聽了，便拿過一張小桌子來，放下一個小枕頭，便命人請。一時只見賈珍、賈璉、賈蓉三個人將王太醫領來。必用珍、蓉，回射第十回，是亦一《坤》。爲老老映，故姓王，王字義評在第六回。王太醫不敢走甬路，只走傍階，跟着賈珍到了台階上。早有兩個婆子在兩邊打起簾子，兩個婆子在前引導進去。排場不漏，人所易忽。又見寶玉迎了出來，只見賈母穿着青縐綢一抖珠的羊皮褂子，端坐在榻上。兩邊四個未留頭的小丫鬟，都拿着蠅拂漱盂等物，又有五六個老嬤嬤，雁翅擺在兩旁，碧紗幮後隱隱約約有許多穿紅着緑、戴寶插金的人。諸人悉在太醫目中。王太醫便不敢抬頭，忙上來請了安。賈母見他穿着六品服色，《坤》用六。便知是御醫了，其用自天。含笑問：「供奉好？」因問賈珍：「這位供奉貴姓？」賈珍等忙回：「姓王。」賈母笑道：「當日太醫院正堂有個王君效，好脈息。」《坤》自《乾》來，周而復始，故當日之王爲君效，《乾》爲君也。王太醫忙躬身低頭含笑，回說：「那是晚生家叔祖。」曰家叔祖，歷三代矣，即王字三横。不爲祖而爲叔祖，大往小來積成王也。賈母聽了笑道：「原來這樣，也算是世交了。」一面說，一面慢慢的伸手放在小枕頭上。嬷嬷端着一張小椅子，放在小桌前面，略偏些，王太醫便屈一膝坐下，歪着頭診了半日，又診了那隻手，忙欠身低頭退出。賈母笑說：「勞動了。珍兒讓出去，好生看茶。」賈珍、賈璉等忙答應了幾個「是」，復領王太醫到外書房中。王太醫說：「太夫人並無別症，偶感一點風寒，究竟不用吃藥，「勿藥有喜」，因劉老老也。不過略淡淡些，常暖着一點兒，就好了。如今寫個方子在這裏，若老人家愛吃，便按方煎一劑吃，若懶怠吃也就罷了。」說着，吃茶，寫了方子。剛要告辭，只見奶子抱了大姐兒出來，笑說：「王老爺，也瞧瞧我們姐兒。」寫一奶子耳，且只說一句話，乃聲音情貌悉在紙上，真是怪筆。王太醫聽說，忙起身就奶子懷中，左手托着大姐兒的手，右手診了一診，又摸了一摸頭，又叫伸出舌頭來瞧瞧，笑道：「我説着姐兒又罵我了，此又眼前之語，意外之文。只是要清清浄浄的餓兩頓，就好了。與老老言合。不必吃煎藥，我送丸藥來，臨睡時用薑湯研開，吃下去就是了。」説畢，告辭而去。賈珍等拿了藥方來，回明賈母原故，將藥方放在案上出去，不在話下。

這裏王夫人和李紈、鳳姐兒、寶釵姊妹等，見大夫出去，方從廚後出來。王夫人略坐一坐，也回房去了。劉老老見無事，方上來和賈母告辭。賈母說：「閒了再來。」又命：「鴛鴦來，好生打發劉老老出去。我身上不好，不能送你。」劉老老道了謝，又作辭，方同鴛鴦出來。到了下房，鴛鴦指炕上一個包袱說道：「這是老太太的幾件衣裳，都是往年間生日節下，衆人孝敬的。老太太從不穿人家做的，收着也可惜，卻是一次也沒穿過的，昨日叫我拿出兩套兒，送你帶去，雖亦兩套，究没穿過，無氣之《坤》，終不變也。或送人，或自己家裏穿罷，別見笑。這盒子裏是你要的麪果子。這包兒裏是你前兒說的藥，梅花點舌丹也有，紫金錠也有，活絡丹也有，催生保命丹也有，每一樣是一張方子包着，總包在裏頭了。麪果則牡丹花，諸藥亦皆寶釵之映，付之老老也。這是兩個荷包，帶着頑罷。」說着，便抽開繫子，掏出兩個筆錠如意的錁子來與他瞧，又笑道：「荷包拿去，這個留下給我罷。」擔荷包庇，自呈罪案，何能如意？故鴛鴦欲留下，在鴛鴦固不如意而如意之人也。劉老老已喜出望外，早又念了幾千佛，聽鴛鴦如此說，便說道：「姑娘只管留下罷了。」鴛鴦見他信以爲真，笑着仍與他裝上，說道：「哄你頑呢。我有好些呢，留着年下給小孩子們罷。」說着，只見一個小丫頭拿了個成窰鍾子來，遞與劉老老，說：「這是寶二爺給你的。」一爻終成，乃《剥》之《復》，劉老老明去，北静王暗來。劉老老道：「這是那裏說起。我那一世修來的，今兒這樣！」說着便接了過來。鴛鴦道：「前兒我叫你洗澡換的衣裳，是我的。你不嫌棄，我還有幾件，也送你罷。」劉老老又忙道謝。鴛鴦果然又拿出幾件來，與他包好。既已交替，復爲穿貫。劉老老又要到園中辭謝寶玉和衆姊妹、王夫人等去，鴛鴦道：「不用去了。他們這會子也不見人，回來我替你説罷。閒了再來。」又命了一個老婆子，吩咐他：「二門上叫兩個小厮來，幫着老老，拿了東西送去。」婆子答應了。又和劉老老到了鳳姐兒那邊，一並拿了東西，在角門上命小厮們搬了出去，直送劉老老上車去了。是他送出。○諸處不脱板兒，此處卻無板兒，隱言此板已付鴛鴦也，不是遺漏。不在話下。

且説寶釵等吃過早飯，又往賈母處問安。回園方纔入題。至分路之處，寶釵便叫黛玉道：「顰兒，跟我來！有一句話問你。」黛玉便同了寶釵來至蘅蕪院中。進了房，寶釵便坐了，笑道：「你跪下！我要審你。」突如其來。黛玉不解何故，因笑道：「你瞧！寶丫頭瘋了。審問我什麼？」寶釵冷笑道：「好個千金小姐！好個不出閨門的女孩兒！滿嘴裏説的是什麼？你只實説便罷。」又作虛冒。黛玉不解，只管發笑，心裏也不免疑惑起來，口裏只説：「我曾説什麼？你不過要捏我的錯兒罷了。你倒説出來我聽聽。」寶釵笑道：「你還妝憨兒！昨兒行酒令，你説的是什麼？我竟不知是那裏來的。」何不答云：「我亦不知那裏來的。」黛玉一想，方想起昨兒失於檢點，把那《牡丹亭》《西廂記》説了兩句，不覺紅了臉，便上來摟着寶釵笑道：「好姐姐！原是我不知道，隨口説的。你教給我，再不説了。」蠢才。寶釵笑道：「我也不知道，聽你説的怪生的，所以請教你。」分明遁詞，而語氣自妙。黛玉道：「好姐姐！你別説與別人，我已後再不説了。」

寶釵見他羞臉飛紅，滿口央告，便不肯再往下追問。因拉他坐下吃茶，款款的告訴他道：一拍一湊。「你當我是誰？我也是個淘氣的。從小兒七八歲上，也彀個人纏的。畫出螃蟹横行變相。我們家也算是個讀書人家，祖父手裏也極愛藏書，先時人口多，姊妹兄弟也在一處，都怕看正經書。弟兄們也有愛詩的，也有愛詞的，如聞其聲。諸如這些《西廂》《琵琶》，對《西廂》不說《牡丹亭》而說《琵琶》，欺黛玉也，而已自實受兩書究竟。以及元人百種，無所不有，他們背着我們偷看，我們也背着他們偷看。無所不有，則無所不看，先自承招。後來大人知道了，打的打，罵的罵，燒的燒，丟開了。所以咱們女孩兒家，不認字的倒好。此段話亦整亦破。男人們讀書不明理，尚且不如不讀書的好，是。何況你我？連做詩寫字等事，這也不是你我分內之事，是。究竟也不是男人分內之事。男人們讀書明理，輔國治民，這更好了，趕進一層，尤其是極。只是如今並聽不見有這樣的人。讀了書，倒更壞了。這並不是書誤了他，可惜他把書糟蹋了，包羅經史，俯仰古今，我亦佩服。所以竟不如耕種買賣，倒沒有什麼大害處。至於你我，只該做些針綫紡績的事纔是，是。偏又認得幾個字。字誤卿耶？卿糟蹋字耶？既認得了字，不過揀那正經書看看也罷了，正經書，《三國志》《戰國策》《陰符經》。最怕見那些雜書，移了性情，就不可救了。」劉老老吃不成鴿蛋。一席話，說的黛玉垂頭吃茶，心下暗服，「一席話」三字中有無窮妙義，蓋非尋常之話，而實至理名言也。不惟黛玉服，凡看此書者無不服。我始亦服，而今不服，而且畏之如蛇，避之如矢，我善看此書故也。南北數萬里，上下五千年，所見所聞寶釵不少，安得把他全書個個善讀一過耶？此閑人墮淚處，當即作者墮淚處。只有答應「是」的一字。從此黛玉俯首受死。

忽見素雲進來說：「我們奶奶請二位姑娘商議要緊的事呢！二姑娘、三姑娘、四姑娘、史姑娘、寶二爺都等着呢。」入下半回。寶釵道：「又是什麼事？」黛玉道：「咱們到了那裏，就知道了。」說着，便和寶釵往稻香村來，果見衆人都在那裏。李紈見了他兩個，笑道：「社還沒起，就有脫滑兒的了，四丫頭要告一年的假呢。」黛玉笑道：「都是老太太昨兒一句話，又叫他畫什麼園子圖兒，惹得他樂得告假了。」探春笑道：「也別怪老太太，都是劉老老一句話。」追原到此。黛玉忙笑接道：「可是呢，都是他的一句話。他是那一門子的老老？直叫他做個『母蝗蟲』就是了！」蝗乃螽斯，母主生息，其生百子，是爲老老，黛玉名之，以此實已知老老門子也。説着，大家都笑起來。寶釵笑道：「世上的話，到了鳳丫頭嘴裏，也就盡了。幸而鳳丫頭不認得字，不大通，不過一概是市俗取笑。更有顰兒這促狹嘴，用《春秋》的法子，將市俗的粗話撮其要，刪其繁，再加潤色，比方出來，一句是一句。『母蝗蟲』三字，把昨兒那些形景都現出來了，虧他想的倒也快。」黛以口舌傷人，今且推而揚之，益令得意自鳴，不成獨立之勢不止，此第一服毒藥也。而全書作用都在裏許。衆人聽了都笑道：「你這一注解，也就不在他兩個以下了。」閑人今日注解此書是學寶釵，正是懼寶釵。李紈道：「我請你們大家商議，給他多少日子的假？我給了他一個月的假，消長盈虛，統於一月。他嫌少。你們怎麽説？」黛玉道：「論理一年也不多。這園子蓋纔蓋了一年，如今要畫，自然得一年的工夫呢！又要研墨，又要蘸筆，又要鋪紙，又要着顏色，又要……」剛説到這裏，黛玉也自掌不住笑道：「又要照着這樣兒慢慢的畫，可不得一年的工夫！」衆人聽了，都拍手笑個不住。寶釵笑道：「有趣！最妙落後一句是『慢慢的畫』，他可不畫去，怎麽就有了呢？所以昨兒那些笑話兒，雖然可笑，回想是没味的。你們細想，顰兒這幾句話雖没什麽，回想卻有滋味。我倒笑的動不得了。」又深譽之，曲盡籠絡，直然犀燭。

惜春道：「都是寶姐姐讚的他越發逞强得意，一語喝破。這會子拿我又取笑兒。」黛玉忙拉他笑道：「我且問你：還是單畫這園子呢，還是連我們衆人都畫在上頭呢？」惜春道：「原是只畫這園子的。昨兒老太太又説：『單畫園子，成個房樣子了。』叫連人都畫上，就像行樂似的纔好。就像行樂似的，見非真行樂也。何觀畫者每把做行樂觀。我又不會這工細樓臺，又不會畫人物，又不好駁回，正爲這個爲難呢。」黛玉道：「人物還容易，你草蟲上不能。」李紈道：「你又説不通的話了。這個上頭，那裏又用的着草蟲？或者翎毛倒要點綴一兩樣。」以渾厚襯刻薄。黛玉笑道：「別的草蟲不畫罷了，昨兒『母蝗蟲』不畫上，豈不缺了典？」絳珠草可憐蟲。全書要義，自不可缺。衆人聽了又都笑起來。黛玉一面笑的兩手捧着胸口，一面説道：「你快畫罷！我連題跋都有了，起了名字就叫做『攜蝗大嚼圖』。」猶言「悽惶大覺圖」也。紅樓夢醒。衆人聽了，越發鬨然大笑的前仰後合。只聽咕咚一聲響，不知什麼倒了，大夢既覺，爲寶、爲黛、爲釵自一齊倒。急忙看，原來是史湘雲伏在椅子背兒上，那椅子原不曾放穩，被他全身伏着背子大笑，他又不防，兩下裏錯了笋，向東一歪，連人帶椅子都歪倒了。幸有板壁擋着，賴有板兒。不曾落地。衆人一見，越發笑個不住。寶玉忙趕上去，扶住了起來，方漸漸止了笑。

寶玉和黛玉使個眼色兒，黛玉會意，便走至裏間，將鏡袱揭起照了照。只見兩鬢略鬆了些，忙開了李紈的妝奩，拿出抿子來，對鏡抿了兩抿，仍舊收拾好了，方出來。指着李紈道：「這是叫你帶着我們做針綫教道理呢，你反招了我們來大頑大笑的。」李紈笑道：「你們聽他這刁話！他領着頭兒鬧，引着人笑了，倒賴我的不是。真真恨的我！只保佑你明兒得一個利害婆婆，再得幾個千刁萬惡的大姑子、小姑子，試試你那會子還這麼刁不刁了。」黛玉早紅了臉，拉着寶釵説：「喈們放他一年的假罷。」寶釵道：「我有一句公道話，你們聽聽。藕丫頭雖會畫，不過是幾筆寫意。如今畫這園子，非離了肚子裏頭有些丘壑的，如何成畫？此書如此，此畫如此。這園子卻是像畫兒一般，山石樹木，樓臺房屋，遠近疏密，也不多也不少，恰恰的是這樣。你若照樣兒往紙上一畫，是必不能討好的。這要看紙的地步遠近，該多該少，分主分賓，該添的要添，該藏該減的要藏要減，該露的要露。這一起了稿子，再端詳斟酌，方成一幅圖樣。實有若干安置。第二件，這些樓臺房舍必是要界劃的。一點兒不留神，欄杆也歪了，柱子也塌了，門窗也倒豎過來，階砌也離了縫，甚至桌子擠到牆裏頭去，花盆放在簾子上來，豈不倒成了一張笑話兒了！安擬續部及一切小説者聽之哉。第三要安插人物，也要有疏密，有高低。衣帽裙帶，指手足步，最是要緊。一筆不細，不是腫了手，就是腫了脚，染臉撕髮倒是小事。依我看來，竟難的很。此畫之難，夫誰知之。如今一年的假也太多，一月的假也太少，竟給他半年的假，是書乃演缺陷之書，一年一月則圓滿也，故皆不許，而許半年，無非半也。又半年，六月也，在卦爲《遯》。書至寶玉走，書止矣。再派了寶兄弟幫着他，並不是爲寶兄弟知道教着他畫，那就更誤了事。不令學寶玉，言下指點。爲的是有不知道的或難安插的，寶兄弟好拿出來，問問那會畫的相公，就容易了。」此書之成，原有許多廣咨博訪。

寶玉聽了，先喜的説：「這話極是。詹子亮的工細樓臺就極好，程日興的美人是絶技，如今就問他們去。」寶釵道：「我説你是無事忙！説了一聲，你就問他去。也等着商議定了再去。如今且説拿什麽畫？」寶玉道：「家裏有雪浪紙，又大，又托墨。」寶釵冷笑道：「我説你不中用。那雪浪紙寫字畫寫意畫兒，或是會山水的畫南宋山水，托墨，禁得皴染。拿了畫這個，又不托色，又難烘，畫也不好，紙也可惜。我教給你一個法子：原先蓋這園子，就有一張細緻圖樣，此圖樣則引而不發。雖是畫工描的，那地步方向是不錯的。你和太太要了出來，也比着那紙大小，和鳳丫頭要一塊重絹，交給外邊相公們，叫他照着這圖樣删補着立了稿子、添了人物就是了。有經有緯。就是配這些青緑顔色並泥金泥銀，也得他們配去。你們也得另攏上風爐子，預備化膠、出膠、洗筆。還得一個粉油大案，鋪上氈子。你們那些碟子也不全，筆也不全，都從新再弄一分兒纔好。」

惜春道：「我何曾有這些畫器，不過隨手的筆畫畫罷了。就是顔色，只有赭石、廣花、藤黄、胭脂這四樣，再有不過是兩支着色的筆就完了。」寶釵道：「你何不早説。這些東西我卻還有，只是你用不着，惜春歸空，故用不着。給你也白放着。如今我且替你收着，等你用着這個的時候，我送你些。也只可留着畫扇子，若畫這大幅的，也就可惜了。今兒替你開個單子，照着單子和老太太要去。你們也未必知道的全，我説着，寶兄弟寫。」寶玉早已預備下筆硯了，原怕記不清白，要寫了記着，聽寶釵如此説，喜的提起筆來静聽。寶釵説道：「頭號排筆四支，二號排筆四支，三號排筆四支，大染四支，中染四支，小染四支，大南蟹爪十支，小蟹爪十支，鬚眉十支，大着色二十支，小着色二十支，開面十支，柳條二十支。一畫用筆如許，而自頭、二、三，推至鬚眉、柳條之不可數計，《易》也。箭頭硃四兩，南赭四兩，石黄四兩，石青四兩，石緑四兩，藤黄四兩，廣花八兩，鉛粉四匣，胭脂十帖，大赤飛金二百帖，青金二百帖。用顔料八，如許亦《易》數也。廣匀膠四兩，浄礬四兩，礬絹的膠礬在外。别管他們，只把絹交出去，叫他們礬去。這些顔色，咱們淘澄飛跌着，又頑了，又使了，包你一輩子都彀使了。再要頂細絹籮四個，粗籮二個，擅筆四支，大小乳鉢四個，大粗碗二十個，五寸碟子十個，三寸粗白碟子二十個，風爐兩個，沙鍋大小四個，新磁缸二口，新水桶四隻，一尺長白布口袋四個，浮炭二十斤，柳木炭一二斤，三屜木箱一個，實地紗一丈，生薑二兩，醬半斤。」黛玉忙笑道：「鐵鍋一口，鐵鏟一個。」鍋即釜，婦也。鏟，産也。一眼視釵，一眼視鳳。寶釵道：「這做什麽？」黛玉道：「你要生薑和醬這些作料，我替你要鐵鍋來好炒顏色吃呵。」原是煎熬顏色。衆人都笑起來。寶釵笑道：「顰兒你知道什麽。那顏色碟子保不住不上火烤，不拿薑汁子和醬預先抹在底子上烤過，一經了火是要炸的。」善能炮製。衆人聽説，都道：「原來如此。」

黛玉又看了一回單子，笑拉着探春悄悄的道：「你瞧瞧！畫個畫兒，又要起這些水缸箱子來，想必糊塗了，把他的嫁妝單子也寫上了。」閲至此，令人笑失聲。而其實是糊塗，是嫁妝，書固借《易》道演姻緣也。探春聽了笑個不住，説道：「寶姐姐，你還不擰他的嘴？你問問他編排你的話。」寶釵笑道：「不用問，狗嘴裏還有象牙不成？」趣語，又關《艮》土卦象，是老老文字。一面説，一面走上來，把黛玉按在炕上，便要擰他的臉。黛玉笑着，忙央告道：「好姐姐，饒了我罷。顰兒年紀小，只知説，不知道輕重，做姐姐的教導我。姐姐不饒我，我還求誰去呢？」其言婉而哀，心悦誠服矣。「解疑癖」文字終。衆人不知話内有因，都笑道：「説的好可憐兒的，連我們也軟了，饒了他罷。」寶釵原是和他頑的，忽聽他又拉扯上前番説他胡看雜書的話，便不好再和他鬧了，放他起來。黛玉笑道：「到底是姐姐，要是我，再不饒人的。」渾身墮入。寶釵笑指他道：「怪不得老太太疼你，衆人愛你，今兒我也怪疼你的了。」特又結之。過來，我替你把頭髮籠籠罷。」明寫籠絡。黛玉果然轉過身來，寶釵用手籠上去。寶玉在旁看着，只覺更好，不覺後悔：「不該令他抿上鬢去，也該留着，此時叫他替他抿上去。」正自胡想，同一心，同一冥頑罔覺，筆曲而達。只見寶釵説道：「寫完了，明兒回老太太去。若家裏有的就罷，若没有的，就拿些錢去買了來，我幫着你們配。」寶玉忙收了單子，大家又説了一回閑話。至晚飯後，又往賈母處來請安。賈母原没有大病，不過是勞乏了，兼着了些涼，温和了一日，又吃了一兩劑藥，發散了發散，至晚也就好了。

不知次日又有何話，且看下回分解。

此回以巧姐得名起，以惜春作畫終，本題上下兩言，消納於中，「蘭言」由「三宣」而來，「雅謔」自一畫而出也，悉劉老老文字。

王太醫醫賈母、巧姐，與老老同一醫也。夾寫此段於老老將去未去之際，正告諸人及早救藥。而寫賈母氣概，太醫神情，無不活跳，真不易得。

「蘭言」皆捉襟見肘之詞，只以欺黛玉蠢才耳，惡在「弟兄們」一篇鬼話。黛玉平日言談，從未偶及兩書，今忽及此，其爲寶玉近日所借看，釵既測而知之矣。是正黛所必不敢承認之處，又必要既知者包荒處也。緣「你背我看，我背你看」，在弟兄猶可言，在中表不可言也。今爲寶釵搠破之，是正呵斥不敢置喙之時，而乃規正之，喫咻之，置腹推心，莫此爲甚，尚有何疑之不解哉？噫，險矣！

議論畫大觀園圖一段文字，乃作者自言其慘淡經營處也。取精用宏，凡有之物，及一切數目，悉有實際可指，非隨意填寫者。奈批不勝批，是在閱者一隅三反，神而明之可也。是書不惟無閑話，並無閑字，閑人批評，遺漏不少。

自三十九回至此回爲一大段，百二十回中權扼要處也。胡謅假語，愛談夢裏鴛鴦；野老村兒，慣趁畫中雲雨。惜黄金之既陷，令枉三宣；幸白璧之可完，情難再誤。花緑緑牙牌一副，這東西根底誰知？冷森森苦茗半杯，甚滋味悽惶難嚼！打破鬼臉甕，君當恕罪人，撞出軟烟羅，念彼觀音力。

護花主人評曰：

大姐送祟靈驗，引出劉老老取名。

劉老老取名巧姐，既補出巧姐生日，又説「逢凶化吉，遇難成祥」，直伏一百十八回中事。

平兒要鄉間乾菜，不是閒話，是爲劉老老好不時往來地步。

劉老老此次進榮府，衣物銀兩，滿載而歸，是伏後來老老家中藉此寬裕，可以藏留巧姐地步，不是呆寫榮府念舊樂施。

鴛鴦假要筆錠如意錁子，爲抽開荷包袋掩飾無痕。

寶釵規勸黛玉，是極愛黛玉，所論亦極正大光明，并寶玉亦隱隱在内。

商量畫大觀園，開出許多需用之物，及尋索圖樣、央人起稿，且告假一年，竟像此圖必要畫成；是反照後來竟未畫完。又便稽延月日，是文章躲閃法。

大某山民評曰：

書中有「八月二十五日病者」一句，乃大姐兒發熱之日也。推查前文三十七回，賈政於七月二十日起身之後，寶玉每日在園中任意縱性遊蕩，此兩句内已藏下一月時候。試讀「光陰虚度，歲月空添」八字，便可知其爲省文。蓋自七月二十至八月二十，均已包括在内也。探春起海棠社，賈芸送白海棠，二十一日事也。接史湘雲來賈府，二十二日事也。三十八回湘雲請賈母等賞桂花，吃螃蟹，作菊花詩，三十九回劉老老來賈府，二十三日事也。寶玉着焙茗尋美女廟，二十四日事也。四十回賈母給湘雲還席，秋爽齋早飯，藕香榭演戲，綴錦閣行令，四十一回櫳翠庵品茶，怡紅院醉卧，二十五日事也。入四十二回，劉老老對鳳姐説「明日家去」，提起大姐兒發熱，送祟，取名字，又將送給劉老老之物與他瞧，二十六日事也。賈母請王太醫看病，劉老老回家以後情事，二十(七)(六)日事也。只此數日之間，而文法離奇百出，使讀者如入山陰道上，真有應接不暇，步步入勝之妙。

此回仍是壬子年八月事。

第四十三回　閑取樂偶攢金慶壽　不了情暫撮土爲香

話説王夫人因見賈母那日在大觀園不過着了些風寒，不是什麽大病，請醫生吃了兩劑藥，也就好了，命鳳姐來，吩咐他預備給賈政帶送東西。八月二十日賈政起身，二十五日賈母得病，吃兩劑藥，不過兩三日耳。行未十日，便帶送東西耶？正商議着，只見賈母打發人來叫，王夫人忙引着鳳姐兒過來。王夫人又請問：「這會子可又覺大安些？」賈母道：「今日可大好了。方纔你們送來野雞崽子湯，一湯映下回，而凡爲野雞者不少。我嘗了一嘗，倒有味兒，又吃了兩塊肉，心裏很受用。」王夫人笑道：「這是鳳丫頭孝敬老太太的，算他的孝心虔，不枉了素日老太太疼他。」賈母點頭笑道：「也難爲他想着，若是還有生的，再炸上兩塊，鹹浸浸的吃粥有味兒。那湯雖好，就只不對稀飯。」鳳姐聽了，連忙答應，命人去廚房傳話。

這裏賈母又向王夫人笑道：「我打發人找你來，不爲別的。初二日九月初二，是耶非耶？是鳳丫頭的生日，上兩年我原早想着替他做生日，偏到跟前又有大事，就混過去了。今年人又齊全，料着又没事，咱們大家好生樂一日。」王夫人笑道：「我也想着呢，既是老太太高興，何不就商議定了？」

賈母笑道：「想我往年不拘誰做生日，都是各自送各自的禮，這個也俗了，也覺太生分似的。今兒我出個新法子，又不生分，又可取樂。」王夫人忙道：「老太太怎麽想着好，就是怎麽樣行。」賈母笑道：「我想着咱們也學那小家子，出新法學小家，「大往小來」矣，衰敗已兆，是接劉老老文字。大家湊分子，多少儘着這錢去辦，你道好不好？」王夫人道：「這個很好，但不知怎麽湊法？」賈母聽説，一發高興起來，忙遣人去請薛姨媽、邢夫人等，又叫請姑娘們並寶玉，那府裏賈珍的媳婦，並賴大家的及有些頭臉管事的媳婦，也都叫了來。衆丫頭婆子見賈母十分高興，也都高興，忙忙的各自分頭去請的請，傳的傳。没頓飯的工夫，老的少的，上的下的，烏壓壓擠了一屋子，只薛姨媽和賈母對坐，邢夫人、王夫人只坐在房門前兩張椅子上，寶釵姊妹等五六個人坐在炕上，寶玉坐在賈母懷前，底下滿滿的站了一地。大衆齊集，一段大開場文字。老少上下，無非《易》道。賈母忙命拿幾張小椅子來，給賴大母親等幾個高年有體面的嬤嬤坐了。又是老老。賈府風俗，年高伏侍過父母的家人，比年輕的主子還有體面，所以尤氏、鳳姐兒等只管地下站着，那賴大的母親等三四個老嬤嬤，告了罪，都坐在小椅子上了。曲盡世情。

賈母笑着，把方纔一夕話説與衆人聽了。衆人誰不湊這趣兒？再也有和鳳姐兒好，有情願這樣的；也有畏懼鳳姐兒，巴不得奉承的。況且都是拿得出來的，所以一聞此言，都欣然應諾。賈母先道：「我出二十兩。」爲寶釵做生日二十兩，此亦二十兩。薛姨媽笑道：「我隨着老太太，也是二十兩。」同喜同貴。邢夫人、王夫人笑道：「我們不敢和老太太並肩，自然矮一等，每人十六兩罷了。」尤氏、李紈也笑道：「我們自然又矮一等，每人十二兩罷。」賈母忙和李紈道：「你寡婦失業的，那裏還拉你出這個錢！我替你出了罷。」小家子此人獨得除卻。鳳姐忙笑道：「老太太別高興，且算一算賬再攬事。老太太身上已有兩分呢，這會子又替大嫂子出了十六兩，說着高興，一會子回想又心疼了，過後兒又說：『都是爲鳳丫頭花了錢！』使個巧法子哄着我拿出三四倍子來暗裏補上，我還做夢呢。」舌有蓮花，「夢」字一提。說的衆人都笑了。賈母笑道：「依你，怎麽樣呢？」鳳姐笑道：「生日没到，我這會子已經折受的不受用了。我一個錢也不出，驚動這些人，實在不安。不如大嫂子這分我替他出了罷，我到那一日多吃些東西，就享了福了。」小家子此人必須攬來。邢夫人等聽了，都說：「很是。」賈母方允了。

鳳姐兒又笑道：「我還有一句話呢。我想老祖宗自己二十兩，又有林妹妹、寶兄弟的兩分子，姨媽自己二十兩，又有寶妹妹的一分子，這倒也公道。只是二位太太，每位十六兩，自己又少，又不替人出，這有些不公道。老祖宗吃了虧了。」賈母聽了，呵呵大笑道：「到底是我的鳳丫頭向着我，這說的很是。要不是你，我叫他們又哄了去了！」歡愛如聞，此之謂溺。鳳姐笑道：「老祖宗只把他哥兒兩個交給兩位太太，一位占一個罷。派每位替出一分就是了。」以黛付邢，刑其免乎？賈母忙說：「這很公道，就是這樣。」賴大的母親忙站起來笑道：「這可反了！我替二位太太生氣，在那邊是兒子媳婦，在這邊是内侄女兒，倒不向着婆婆姑姑，倒向着别人。别人是誰？其語有刺。這兒媳婦倒成了陌路人，内侄女兒竟成了外侄女兒了。」說的賈母與衆人都大笑起來了。賴大之母因又問道：「少奶奶們十二兩，我們自然也該矮一等了？」賈母聽説道：「這使不得。你們雖該矮一等，我知道你們這幾個都是財主，位雖低些，錢卻比他們多的。你們和他們一例纔使得。」妙有波瀾。衆媽媽聽了，連忙答應。賈母又道：「姑娘們不過應個景兒，每人照一個月的月例就是了。」又回頭叫：「鴛鴦來！你們也湊幾個人，商議湊了來。」鴛鴦答應着，去不多時，帶了平兒、襲人、彩霞等還有幾個丫頭來，也有二兩的，也有一兩的。科斂無遺。賈母因問平兒：「你難道不替你主子做生日，還入在這裏頭？」平兒笑道：「我那個私自另外的有了，這是公中的，也該出一分。」賈母笑道：「這纔是好孩子。」鳳姐又笑道：「上下都全了，還有二位姨奶奶，他出不出也問一聲兒，儘到他們是理。不然，他們只當小看了他們了。」賈母聽説，忙説：「可是呢，怎麽倒忘了他們？只怕他們不得閑兒，叫一個丫頭問問去。」説着，早有丫頭去了。半日，去了半日妙。回來説道：「每位也出二兩。」賈母喜道：「拿筆硯來，算明共計多少。」尤氏因悄駡鳳姐道：「我把你這沒足彀的小蹄子！這麽些婆婆嬸子，湊湊銀子給你做生日，你還不足，又拉上兩個苦瓠子做什麽！」寫尤氏是這等，吾故曰罪自外至。鳳姐也悄笑道：「你少胡説，一會子離了這裏，我纔和你算賬。他們兩個爲什麽苦呢？有了錢也是白填還別人，不如拘了來，咱們樂。」

説着，早已合算了，共湊了一百五十兩有餘。總算諸人，不止此數。今云一百五十兩，見此時乃三五月圓之時也，故爲有餘。賈母道：「一天戲酒用不了。」尤氏道：「既不請客，酒席又不多，兩三日的用度都彀了。頭等戲不用錢，省在這上頭。」賈母道：「鳳丫頭説那一班好，就傳那一班。」鳳姐道：「咱們家的班子都聽熟了，倒是花幾個錢，說「省」，說「彀」，說「花幾個錢」，便儼然有小家子氣。文心狡獪乃爾。叫一班來聽聽罷。」賈母道：「這件事我交給珍哥媳婦了，越發叫鳳丫頭別操一點心，受用一日纔算。」尤氏答應着，又說了一回話，都知賈母乏了，纔漸漸的散出來。

尤氏等送出邢夫人、王夫人，二人散去，他往鳳姐房裏來，商議怎麽辦生日的話。鳳姐兒道：「你不用問我，你只看老太太的眼色行事就完了。」尤氏笑道：「你這阿物兒，三五月圓，阿物便是阿堵物。○北人以稀罕物呼爲阿物兒，乃訕笑語。也忒行了大運了。我當有什麽事叫我們去，原來單爲這個。出了錢不算，還要我操心！你怎麽謝我？」鳳姐笑道：「別扯臊！我又没叫你來，謝你什麽？你怕操心，你這會子就回老太太去，再派一個就是了。」尤氏笑道：「你瞧他興的這個樣兒！我勸你收着些兒好。太滿了，就出來了。」是乃正言。二人又說了一回方散。

次日，將銀子送到寧國府來，尤氏方纔起來梳洗，因問：「是誰送過來的？」丫頭們回說：「林媽。」尤氏便命：「叫了他來。」丫頭們走至下房，叫了林之孝家的過來。尤氏命他脚踏上坐了，一面忙着梳洗，一面問他：「這一包銀子共多少？」林之孝家的回說：「這是我們底下人的銀子，湊了先送過來，老太太和太太們的還没有呢。」小家之象，自下而上。正說着，丫頭們回說：「那府裏太太和姨太太打發人送分子來了。」尤氏笑罵道：「小蹄子，專會記得這些没要緊的話。昨兒不過老太太一時高興，故意的要學那小家子湊分子，你們就記得，到了你們嘴裏，當正經的說。《易》道豈非正經。還不快接了進來，好生待茶，再打發他們去。」丫頭們笑着，忙接銀子進來，一共兩封，連寶釵、黛玉的都有了。次則邢，自下而上，以陰刑陽。次則薛，由履霜至堅冰。○數又不對。隱言此數不由人算。尤氏問：「還少誰的？」林之孝家的道：「還少老太太、太太、姑娘們的，我們底下姑娘們的。」尤氏道：「還有你們大奶奶的呢？」林之孝家的道：「奶奶過去，這銀子都從二奶奶手裏發，一共都有了。」

說着，尤氏梳洗了，命人伺候車輛，一時來至榮府。先來見鳳姐，只見鳳姐已將銀子封好，正要送去。尤氏問：「都齊了麼？」鳳姐笑道：「都有了，快拿去罷，丢了我不管。」尤氏笑道：「我有些兒不信，倒是當面點一點。」寫二人神情，神來之筆。說着，果然按數一點，只沒有李紈的一分。小來之咎在紈，惟不有其實，並不有其名，故稻香村無須老老去。尤氏笑道：「我說你鬧鬼呢，怎麼你大嫂子的沒有？」鳳姐笑道：「那麼些還不彀？便短一分兒也罷了。等不彀了，我叫找給你。」又奸又貪，真寫得出。尤氏道：「昨兒你在人跟前做人，今兒又來和我賴，這個倒不依你，我只和老太太要去。」鳳姐笑道：「我看你利害！明兒有了事，我也丁是丁卯是卯的，你也別抱怨。」尤氏笑道：「你一股兒不給也罷。不看你素日孝敬我，我本來依你麼？」說着，把平兒的一分子拿了出來，說道：「平兒來！三字如聞。把你的收了去，等不彀了我替你添上。」平兒會意，笑說道：「奶奶先使着，若剩了下來再賞我一樣。」尤氏笑道：「只許你主子作弊，就不許我做情兒？」平兒只得收了。尤氏又道：「我看着你主子這麼細緻，弄這些錢那裏使去？使不了明兒帶了棺材裏使去！」是又正言。

一面說着，一面又往賈母處來。先請了安，大概說了兩句話，便走到鴛鴦房中，和鴛鴦商議。只聽鴛鴦的主意行事，可以討賈母歡喜。乃既接老老之鴛鴦。二人計議妥當，尤氏臨走時也把鴛鴦的二兩銀子還他，說：「這還使不了呢。」說着，一徑出來，又至王夫人跟前說了一回話。因王夫人進了佛堂，把彩雲的一分也還了他。鳳姐兒不在跟前，一時把周、趙二人的也還了他。又映留字。兩個還不敢收，尤氏道：「你們可憐的，那裏有這些閑錢？鳳丫頭便知道了，有我應着呢。」二人聽說，千恩萬謝的收了。無不入情。

轉眼已是九月初二日。是九月初二日。九，陽既盡，二，陰已生之象。園中人都打聽得尤氏辦得十分熱鬧，不但有戲，連耍百戲並說書的女先兒全有，都打點着取樂頑耍。李紈又向衆姊妹道：「今兒是正經社日，可別忘了。寶玉也不來，想必他只圖熱鬧，把清雅就丢了。」正吃緊應思之會，其如衆人悉不思何？枉了李紈提白。說着，便命丫頭：「去瞧做什麽呢，快請了來。」丫頭去了半日，回說：「花大姐姐說，今兒一早就出門去了。」衆人聽了都詫異，說：「再没有出門之理。這丫頭糊塗，不知說話。」因又命翠墨去。一時翠墨回來說：「可不真出門了。說有個朋友死了，出去探喪去了。」探春道：「斷然没有的事。憑他什麽，再没有今日出門之理。你叫襲人來，我問他。」首責此人。剛說着，只見襲人走來。廢思正是此人。李紈等都說道：「今兒憑他有什麽事，也不該出門。頭一件，你二奶奶的生日，老太太都這麽高興，兩府上下衆人來湊熱鬧，他倒去了。第二件，又是頭一社的正日子，他也不告假，就私自去了。」襲人歎道：又一歎。「昨兒晚上就說了，今兒一早有要緊的事，到北静王府裏去，是此處。就趕回來的。勸他不要去，他必不依。今兒一早起來，又要素衣裳穿，想必是北静王府裏的要緊姬妾没了也未可知。」未拜壽，先探喪。李紈等道：「若果如此，也該去走走。只是也該回來了。」說着，大家又商議：「咱們只管做詩，等他來罰他。」剛説着，只見賈母已打發人來請，大家不思，又是此老。便都往前頭去了。襲人回明寶玉的事，賈母不樂，尚有不樂事在。便命人接去。

原來寶玉心裏有件心事，有此心事，其何能思？於頭一日就吩咐焙茗：「明日一早出門，備兩匹馬是金釧，是寶釵。在後門口等着，不要別一個跟着。説給李貴：我往北府裏去了。自外於禮。倘或要有人找，叫他攔住不用找，只説北府裏留下了，横竪就來的。」焙茗也摸不着頭腦，往襲人家亦是如此。我亦摸不着頭腦。只得依着説了。今兒一早，果然備了兩匹馬在園後門等着。天亮了，只見寶玉遍體純素，從角門出來，一語不發，跨上馬，一彎腰，順着街就趲下去了。焙茗也只得跨上馬，加鞭趕上。在後面忙問：「往那裏去？」寶玉道：「這條路是往那裏去的？」焙茗道：「這是出北門的大道，出去了，冷清清没有可頑的。」果是北静。寶玉聽説，點頭道：「正要冷清清的地方好。」説着越發加了兩鞭，那馬早已轉了兩個彎子，出了城門。焙茗越發不得主意，只得緊緊的跟着。

一氣跑了七八里路七八十五，便是「攢金」之數。出來，人烟漸漸稀少，寶玉方勒住馬，回頭問焙茗道：「這裏可有賣香的？」焙茗道：「香倒有，不知是那一樣？」寶玉想道：「别的香不好，須得檀、芸、降三樣。」焙茗笑道：「這三樣可難得。」寶玉爲難。焙茗見他爲難，因問道：「要香做什麼使？我見二爺時常帶的小荷包有散香，何不找一找？」一句提醒了寶玉，便回手衣襟上掛着個荷包摸了一摸，竟有兩星沈速，沈速微旨，又隱指跳井。心内歡喜：「只是不恭些。」再想：「自己親身帶的，倒比買的又好些。」於是又問爐炭，焙茗道：「這可罷了！荒郊野外那裏有？既用這些，何不早説，帶了來，豈不便宜！」寶玉道：「糊塗東西！若可帶了來，又不這樣沒命的跑了。」焙茗想了半日，笑道：「我得了個主意，不知二爺心下如何？我想來二爺不止用這個呢，只怕還要用別的，這也不是事。如今我們就往前再走二里地，就是水仙庵了。」水仙又隱點金釧。寶玉聽了，忙問：「水仙庵就在這裏？更好了，我們就去。」說着，就加鞭前行，一面回頭向焙茗道：「這水仙庵的姑子長往咱們家去，這一去，到那裏和他借香爐使使，他自然是肯的。」焙茗道：「莫說是咱們家的香火，就是平日不認識的廟裏，和他借，他也不敢駁回。只是一件，我嘗見二爺最厭這水仙庵的，如何今兒又這樣喜歡了？」寶玉道：「我素日最恨俗人不知原故，混供神，混蓋廟。這都是當日有錢的老公們和那些有錢的愚婦們，聽見有個神，就蓋起廟來供着，也不知那神是何人。因聽些野史小說，便信真了。比如這水仙庵，裏面因供的是洛神，故名水仙庵，殊不知古來並沒有個洛神，那原是曹子建的謊話。誰知這起愚人就塑了像供着。今兒卻合我的心事，故借他一用。」

說着，早已來至門前。那老姑子見寶玉來了，事出意外，竟像天上掉下個活龍來的一般，「安禪制毒龍」，人心之謂也。忙上來問好，命老道來接馬。寶玉進去，也不拜洛神之像，卻只管賞鑒。雖是泥塑的，卻真有翩若驚鴻、婉若游龍之態，荷出綠波、日映朝霞之姿。看官恍然又是一個瘟神廟。寶玉不覺滴下淚來。情文相生，如許深刻。老姑子獻了茶，寶玉因和他借香爐燒香，那姑子去了半日，連香供紙馬都預備了來。寶玉說道：「一概不用。」命焙茗捧着爐，出至後園中，揀一塊乾淨地方兒竟揀不出，焙茗道：「那井臺上如何？」寶玉點頭，一齊來至井臺上，明點。將爐放下，焙茗站過一旁，寶玉掏出香來焚上，含淚施了半禮，半禮顯然，故焙茗知是姊妹。回身命收了去。焙茗答應，且不收，忙爬下磕了幾個頭，口内説道：「我焙茗跟二爺這幾年，二爺的心事，我没有不知道的。只有今兒這一祭祀，没有告訴我，我也不敢問。只是受祭的陰魂雖不知姓名，想來自然是那人間有一、天上無雙的極聰明極清雅的一位姐姐妹妹了。奇情奇文。知二爺心事不能出口，讓我代祝：你若有靈有聖，我們二爺這樣想着你，你也時常來望候望候二爺，未嘗不可。奇而又奇。你在陰間，保佑二爺來生也變個女孩兒，和你們一處頑要，豈不兩下裏都有趣了？」這便是劉老老以怡紅院爲繡房之義。説畢，又磕了幾個頭纔爬起來。寶玉聽他没説完，便掌不住笑了。我亦掌不住笑了。因踢他道：「休胡説！看人聽見笑話。」

焙茗起來收過香爐，和寶玉走着，因道：「我已經合姑子説了，二爺還没用飯，叫他收拾了些東西，二爺勉强吃些。我知道今兒個裏頭大排筵宴，熱鬧非常，二爺爲此纔躲了來的，横豎在這裏清静一天，也就盡禮了。若不吃東西，斷使不得。」寶玉道：「戲酒既不吃，這隨便的吃些何妨！」焙茗道：「這纔是。還有一説，咱們來了，必有人不放心。若没有人不放心，便晚些進城何妨？若有人不放心，二爺須得進城回家去纔是：第一，老太太、太太也放了心；第二，禮也盡了。不過如此。就是家去了，看戲吃酒，也並不是爺有意，原不過陪着父母盡孝道。若單爲了這個，不顧老太太、太太懸心，就是方纔那受祭的陰魂，也不安生。詞令之妙，委宛如龍，令人不能不從，足以栽培名教。○心事無有不知。則寶實惡鳳，已用側筆寫出。二爺想我這話如何？」寶玉笑道：「你的意思我猜着了。你想着，只你一個跟了我出來，回來你怕擔不是，所以拿這大題目來勸我。我纔來了，不過爲盡個禮，再去吃酒看戲，並没説一日不進城。這已完了心願，趕着進城，大家放心，豈不兩盡其道。」筆有餘閑，文有深意。焙茗道：「這更好。」説着，二人來至禪堂，果然那姑子收拾了一桌素菜。寶玉胡亂吃些，焙茗也吃了，二人便上馬，仍回舊路。焙茗在後面只囑咐：「二爺好生騎着。這馬總没大騎，手提緊着些。」

一面説着，早已進了城，仍從後門進去，忙忙來至怡紅院中。襲人等都不在房中，只有幾個老婆子看屋子，見他來了，都喜的眉開眼笑道：「阿彌陀佛！可來了。没把花姑娘急瘋了呢！絶倒。上頭正坐席呢，二爺快去罷。」寶玉聽説，忙將素衣脱了，自己找了顏色吉服換上，便問道：「都在什麽地方坐席呢？」老婆子們回道：「在新蓋的大花廳上呢。」是何時新蓋的？此正從上四回用劉老老作大結束，至此方開中後一路文字，故又有新蓋的大花廳，此等機軸，切須分晰。

寶玉聽了，一徑往花廳上來，耳内早隱隱聞得簫管歌吹之聲。剛到穿堂那邊，只見玉釧兒獨坐在廊檐下垂淚，又用玉釧一醒。一見寶玉來了，便長歎了一口氣，咂着嘴兒説道：「噯，鳳凰來了！心象。快進去罷，再一會子不來可就都反了！」神情宛然。寶玉陪笑道：「你猜我往那裏去了？」玉釧兒把身一扭，也不理他，只管拭淚。寶玉只得怏怏的進去了。到了花廳上，見了賈母、王夫人等，衆人真如得了鳳凰一般。心不可失。賈母先問道：「你往那裏去了，這早晚纔來？還不給你姐姐行禮去呢。」因笑着又向鳳姐兒道：「你兄弟不知好歹，就有要緊的事，怎麽也不説一聲兒就私自跑了，這還了得！明兒再這樣，等你老子回家，必告訴他打你。」鳳姐兒笑着道：「行禮倒是小事，寶兄弟明兒斷不可不言語一聲兒，也不傳人跟着就出去。街上車馬多，頭一件叫人不放心。再，也不像咱們這樣人家出門的規矩。」史、鳳兩段話與焙茗一段話亦相觸，亦相照。這裏賈母又罵：「跟的人爲什麽都聽他的話？說往那裏去就去了，也不回一聲兒！」一面又問他：「到底是往那裏去了？可吃了些什麽没有？唬着了没有？」寶玉只回說：「北静王的一個愛妾没了，今日給他道惱去。我見他哭的那樣，不好撇下他就回來，所以多等了一會子。」賈母道：「已後再私自出門，不先告訴我，一定叫你老子打你！」寶玉連忙答應着。賈母又要打跟的人，衆人又勸道：「老太太也不必生氣了，他已經答應不敢了，況且回來又没事，大家該放心樂一會子了。」賈母先不放心，自然着急發恨，今見寶玉回來，喜且有餘，那裏還恨他？也就不提了。收筆安詳，不拖不驟。還怕他不受用，或者别處没吃飯，路上着了驚恐，反又百般的哄他。襲人早已過來伏侍。大家仍舊看戲。當日演的是《荆釵記》，釵鳳合傳。賈母、薛姨媽等都看的心酸落淚，也有笑的，也有恨的，也有駡的。

要知端底，且看下回分解。

自此回至「誓絶鴛鴦偶」爲一大段，承上大段陰陽轉變、熱極則冷、樂極則悲文字，故暗從老老起，明從鴛鴦止。

本回上半演「大往小來」，而小之所以來，金而已矣。篇中屢用尤氏正言明點，及歷還諸人分子，非重嘉尤氏也，正爲老老餘文。即以尤氏處處之留爲寧府預作斡旋，抄而復還地步，乃作者忠厚，不得已自爲掩覆之處。使無此一綫未盡之心，而止寫珍、蓉隱行，則天理不已滅絶乎！文至中幅，既大提頓，便已圖終，良工心苦如是。

金釧生日與鳳姐同，寶玉一祭，往回絶不明言，而又處處故點醒之，至下回方行補明。是見鳳姐生日已伏喪敗之機，其機隱不可宣，則仍劉老老微意也。

護花主人評曰：

「攢金慶壽」，一見賈母之寵愛鳳姐，一見鳳姐之權壓衆人，不獨變换故套。

寫衆人分金多少，及尤氏給還各人公分，俱有分寸。

鳳姐生日，偏值金釧生忌。賈母攢金取樂，偏有寶玉撮土焚香。壽筵未設，寶玉先着素衣；戲席未終，賈璉忽持利劍。且尤氏口中説出「錢帶棺材裏去」，玉釧歎氣獨自暗中拭淚，種種不祥，俱於熱鬧時見兆。

焙茗代祝，是用旁筆，寫出寶玉𩰚癡。婉勸寶玉回家，亦是旁面寫寶玉竟忘鳳姐生日。

大某山民評曰：

此回入壬子年九月初事。

第四十四回　變生不測鳳姐潑醋　喜出望外平兒理妝

話說衆人看演《荆釵記》，寶玉和姊妹一處坐着，林黛玉因看到《男祭》這齣上，便和寶釵說道：「這王十朋也不通的很，不管在那裏祭一祭罷了，必定跑到江邊上來做什麽？俗語說『睹物思人』，天下的水總歸一源，不拘那裏的水，舀一碗看着哭去，也就盡情了。」寶釵不答。金釧之祭，黛知之，釵亦知之，黛言而釵不答，正「謔餘音」時極口贊揚得力之處。其言尖利，能發人陰私，是尚有容身地乎？妒之爲害，一至於此。下開「潑醋」之端，上顯「蘭言」之效，而劉老老枉來也。寶玉回頭要熱酒敬鳳姐。原來賈母說：「今日不比往日，定要教鳳姐痛樂一日。」樂不可極。本自己懶怠坐席，只在裏間屋裏榻上歪着，和薛姨媽看戲，隨心愛吃的揀幾樣放在小几上，隨意吃着說話兒。將自己兩桌席面，賞那没有席面的大小丫頭，並那聽差的婦人等，命他們在窗外廊檐下也只管坐着，隨意吃喝，不必拘禮。隱演「大往小來」。王夫人和邢夫人在地下高桌上坐着，外面幾席是他們姊妹們坐。賈母不時吩咐尤氏等：「讓鳳丫頭坐上面，你們好生替我待東，難爲他一年到頭辛苦。」尤氏答應了，又笑回道：「他說坐不慣首席，坐在上頭横不是、豎不是的，酒也不肯吃。」賈母聽了笑道：「你不會，等我親自讓他去。」鳳姐兒忙也進來笑說：「老祖宗別信他們的話，我吃了好幾鍾了。」賈母笑着命尤氏：「快拉他出去，按在椅子上，你們都輪流敬他。他再不吃，我當真的就親自去了。」尤氏聽説，忙笑着又拉他出來坐下，命人拿了臺盞，斟了酒，笑道：「一年到頭，難爲你孝順老太太、太太和我，我今兒没什麽疼你的，親自斟酒。我的乖乖，你在我手裏喝一口罷！」尤亦能言，而迥非鳳姐，書中寫此人心地聲情最爲吃力，輕不得，重不得，用筆既避鳳姐，又避李紈也。鳳姐兒笑道：「你要安心孝敬我，跪下我就喝。」亦善諧謔。尤氏笑道：「説的你不知是誰！我告訴你説罷，好容易今兒這一遭，過了後兒，知道還得像今兒這樣的不得了？趁着儘力灌兩鍾子罷。」又是正言，作者借尤氏自注。

鳳姐兒見推不過，只得喝了兩鍾。接着衆姊妹也來，鳳姐也只得每人的喝一口。賴大嬷嬷見賈母尚且這等高興，少不得來湊趣兒，領着些嬷嬷們也來敬酒，鳳姐兒也難推脱，只得喝了兩口。鴛鴦等也都來敬，鳳姐兒真不能了，忙央告道：「好姐姐們，饒了我罷，我明兒再喝罷。」鴛鴦笑道：「真個的我們是没臉的了！就是我們在太太跟前，太太還賞個臉兒呢。往常倒有些體面，今兒當着這些人，倒做起主子的款兒來了。我原不該來，不喝我們就走！」性烈臉急，已爲「誓絶」伏綫。説着真個回去了。鳳姐兒忙拉住笑道：「好姐姐，我喝就是了。」説着，拿過酒來，滿滿的斟了一杯喝乾，「潑醋」因醉酒，而醉酒因鴛鴦成之。悲樂之機，轉關在此。是接劉老老之席。鴛鴦方笑了散去。然後又入席。鳳姐兒自覺酒沉了，心裏突突的往上撞，要往家去歇歇。只見那耍百戲的上來，便和尤氏説：「預備賞錢，我要洗洗臉去。」尤氏點頭。

鳳姐兒瞅人不防，便出了席，往房門後檐下走來。平兒留心，也忙跟了來，鳳姐便扶着他。纔至穿廊下，只見他房裏的一個小丫頭子正在那裏站着，見他兩個來了，回身就跑。鳳姐兒便疑心，忙叫那丫頭。先只妝聽不見，無奈後面連聲兒叫，也只得回來。寫來活像。鳳姐兒越發起了疑心，忙和平兒進了穿廊，叫那小丫頭子也進來，把槅扇開了。鳳姐坐在小院子的臺階上，命那丫頭子跪了，喝命平兒：「叫兩個二門上的小廝來，拿繩子鞭子，把眼睛裏没主子的小蹄子打爛了！」那小丫頭子已經唬的魂飛魄散，哭着只管碰頭求饒。鳳姐兒問道：「我又不是鬼，妙問。你見了我，不識規矩站住，怎麽倒往前跑？」小丫頭子哭道：「我原没看見奶奶來，我又記掛着房裏没人，所以跑了。」鳳姐兒道：「房裏既没人，誰叫你又來的？你便没看見，我和平兒在後頭扯着脖子叫了你十來聲，越叫越跑。離的又不遠，你聾了不成？你還和我强嘴！」説着便揚手一掌，打在臉上，打得那小丫頭子一栽；這邊臉上又一下，登時小丫頭子兩腮紫漲起來。既寫酒多，又寫潑辣。平兒忙勸：「奶奶仔細手疼。」善爲屏。鳳姐便説：「你再打着問他跑什麽！他再不説，把嘴撕爛了他的。」必究所以然，已想到此着矣。寫「妒」字得頂上圓光。那小丫頭子先還强嘴，後來聽見鳳姐兒要燒了紅烙鐵來烙嘴，方哭道：「二爺在家裏，打發我來這裏瞧着奶奶的。若見奶奶散了，先叫我送信去的。不承望奶奶這會子就來。」不承望，「不測」也。上半題中字義轉從這邊透出，妙極。鳳姐兒見話中有文章，自心中早有文章了。便又問道：「叫你瞧着我做什麽？難道怕我家去不成？必有别的原故，快告訴我，我從此以後疼你。你若不細説，立刻拿刀子來割你的肉。」「辣」字又注。説着，回頭向頭上拔下一根簪子來，向那丫頭嘴上亂戳，是活鳳姐，是活潑辣貨。唬的那丫頭一行躲，一行哭求道：「我告訴奶奶，可別説我説的。」絶倒。平兒一旁勸，一面催他，叫他快説。丫頭便説道：「二爺也是纔來，來了就開箱子，拿了兩塊銀子，映金。還有兩支簪子，映釵。兩疋緞子，映「結絲羅」，是關會寶釵矣。蓋「初試雲雨」亦《姤》卦，演襲人即演寶釵，至此又演一《姤》卦。叫我悄悄的送與鮑二的老婆去，鮑言其臭，又音同報，而《易》道在焉。物極必反，此理之常。鳳因財色殺人，直使兩府無不顛倒錯亂，是尚能不報乎？故於正盛正樂時便已安一鮑二，家敗人亡基於此，乃演卦九二爻象，其詳在本回總評。叫他進來。他收了東西，就往喒們家裏來了。二爺叫我瞧着奶奶，底下的事我就不知道了。」

鳳姐聽了，已氣得渾身發軟。一縷酸味，從脚跟直上。忙立起身來，一徑來家。剛至院門，一路規模，仍是由賈母後院到家，新花廳可見虚幻。只見有一個小丫頭在門前探頭兒，一見了鳳姐，也縮頭就跑。鳳姐兒提着名字喝住，那丫頭本來伶俐，見躲不過了，越發的跑了出來，笑道：「我正要告訴奶奶去呢，可巧奶奶來了。」寫得又像。鳳姐道：「告訴我什麽？」那丫頭便説：「二爺在家，這般如此。」將方纔的話，也説了一遍。鳳姐啐道：「你早做什麽了？這會子我看見你了，你來推乾净兒！」可稱明察。説着揚手一下，打的那丫頭一個趔趄，無所不用其打，寫來是好醋，是好酒。便躡着脚兒走了。

鳳姐來至窗前，往裏聽時，又自精細。只聽裏頭説笑道：「多早晚你那閻王老婆死了，就好了！」稱謂絶倒，至陰之主。賈璉道：「他死，再娶一個也是這樣，又怎麽樣呢？」那婦人道：「他死了，你倒是把平兒扶了正，只怕還好些。」逼出下意，此所謂報，已透末回。賈璉道：「如今連平兒他也不叫我沾一沾了。平兒也是一肚子委曲不敢説。我命裏怎麽就該犯了夜叉星！」夜叉乃閻王走使，必由夜叉方至閻王。俗畫太極圖，半紅中之一星黑點耳。○兩問兩答，無多字句，而鳳之行、璉之心、平之結果，無不籠罩。鳳姐聽了，氣的渾身亂戰，又聽他們都讚平兒，便疑平兒素日背地裏自然也有怨語了。那酒越發湧上來了，也並不忖度，回頭把平兒先打兩下，一脚踢開了門進去，也不容分説，抓着鮑二家的撕打一頓。又怕賈璉走出去，便堵着門，站着駡道：「好娼婦！你偷主子漢子，還要治死主子老婆！平兒過來，你們娼婦們一條藤兒，多嫌着我！外面兒你哄我！」説着，又把平兒打了幾下。打的平兒有冤無處訴，只氣得大哭，駡道：「你們做這些没臉的事，好好的又拉上我做什麽！」説着，也把鮑二家的撕打起來。一鬧寫得拉雜如火。「潑醋」題面，圓滿精湛，各入神理，一絲不走。

賈璉也因吃多了酒，進來高興，未曾做的機密，一見鳳姐來了，已没了主意。是賈璉。又見平兒也鬧起來，把酒也氣上來了。鳳姐兒打鮑二家的，他已又氣又愧，只不好説的，今見平兒也打，便上來踢駡道：「好娼婦，你也動手打人！」平兒氣怯，忙住了手，哭道：「你們背地裏説話，爲什麽拉我呢？」鳳姐見平兒怕賈璉，越發氣了，又趕上來打着平兒，偏叫他打鮑二家的。平兒急了，便跑出來找刀子要尋死。外面衆婆子丫頭忙攔住解勸。這裏鳳姐見平兒尋死去，便一頭撞在賈璉懷裏，叫道：「你們一條藤兒害我，被我聽見，倒都唬起我來！你也勒死我罷！」賈璉氣的牆上拔出劍來，説道：「不用尋死！我也急了，一齊殺了，我償了命，大家乾净！」正鬧的不開交，只見尤氏等一羣人來了，説道：「這是怎麽説？纔好好的，就鬧起來。」横插此句，亦整亦暇，而寓意顯然。賈璉見了人，越發倚酒三分醉，逞起威風來，故意要殺鳳姐兒。鳳姐兒見人來了，便不似先前那般潑了，丢下衆人，便哭着往賈母那邊跑。

此時戲已散了，鳳姐跑到賈母跟前，爬在賈母懷裏，只説：「老祖宗救我！璉二爺要殺我呢！」狐媚活現。賈母、邢夫人、王夫人等忙問：「怎麽了？」鳳姐兒哭道：「我纔家去换衣裳，不防璉二爺在家和人説話，我只當是有客來了，「我當是有客」乃《姤》二爻「義不及賓」映射。唬的我不敢進去，在窗户外頭聽了一聽。原來是鮑二家的媳婦，商議説我利害，此語所包者廣。要拿毒藥給我吃了治死我，把平兒扶了正。我原生了氣，又不敢和他吵，絶倒。原打了平兒兩下，問他爲什麽害我。他臊了，就要殺我。」賈母聽了，都信以爲真，説：「這還了得！快拿了那下流種子來！」一語未完，只見賈璉拿着劍趕來，後面許多人跟着。賈璉明仗着賈母素昔疼他們，連母親、嬸母也無碍，故逞强鬧了來。邢夫人、王夫人見了，氣的忙攔住，罵道：「這下流東西，連罵下流，正下流之會。你越發反了！老太太在這裏呢！」賈璉乜斜着眼道：「都是老太太慣的他，他纔這樣！連我也罵起來了！」一語喝破。邢夫人氣的奪下劍來，只管喝他：「快出去！」那賈璉撒嬌撒癡、涎言涎語的，還只管亂説。活畫。賈母氣的説道：「我知道你不把我們放在眼裏！叫人把他老子叫來，看他去不去！」賈璉聽見這話，方趔趄着脚兒出去了，賭氣也不往家去，便往外書房來。

這裏邢夫人、王夫人也説鳳姐，賈母道：「什麽要緊的事！小孩子們年輕，饞嘴猫兒似的，是要吃魚。那裏保得定不這麽着？從小兒是人都打這麽過的。説得何等輕鬆，而從小兒、保不住，皆《易》道。都是我的不是，叫你多吃了兩口酒，又吃起醋來了！」以諧語點題，敏妙之極。説的衆人都笑了。賈母又道：「你放心，明兒我叫他來替你賠不是，有拏手。你今兒別過去臊着他。」因又罵：「平兒那蹄子，素日我倒看他好，怎麽暗地裏這麽壞！」攢金時方贊「好孩子」，今已罵「那蹄子」矣，是亦不測。尤氏等笑道：「平兒没有不是，是鳳姐拿着人家出氣，兩口子不好對打，都拿着平兒煞性子。平兒委屈的什麽似的，老太太還罵人家。」又用他辨。賈母道：「原來這樣。我說那孩子倒不像那狐媚魘倒的，既這麽着，可憐見的，白受他的氣。」絶倒。轉變不測如此。因叫琥珀來：「你去告訴平兒，就說我的話：我知道他受了委曲，明兒我叫他主子來替他賠不是。今兒是他主子的好日子，不許他胡鬧。」茫無主見，活畫。

原來平兒早被李紈拉入大觀園去了。此一拉用他，是接劉老老。平兒哭的哽咽難言，寶釵勸道：「你是個明白人，你們奶奶素日何等待你？今兒不過他多吃了一口酒，他可不拿你出氣，難道拿别人出氣不成？用他勸，在李紈一拉、寶玉一讓之間。别人又笑話他是假的了。」這如何又是真的？正說着，只見琥珀走來，說了賈母的話。平兒自覺面上有了光輝，方纔漸漸的好了，也不往前頭來。寶釵等歇息了一回，方來看賈母、鳳姐。寶玉便讓了平兒到怡紅院中來，此一讓用他，是接秦可卿。襲人忙接着，笑道：「我先原要讓你的，先得我心。只因大奶奶和姑娘們都讓你，我就不好讓的了。」平兒也陪笑說：「多謝。」因又說道：「好好兒的，從那裏說起！無緣無故白受了一場氣。」嫵媚如見。襲人笑道：「二奶奶素日待你好，這不過是一時氣急了。」平兒道：「二奶奶倒没說的，只是那娼婦治的我！他又偏拿我湊趣兒。還有我們那糊塗爺倒打我！」說着，便又委屈，禁不住淚流下來。寶玉忙勸道：「好姐姐，别傷心！我替他兩個賠個不是罷。」奇事，奇談，奇情，此筆何處想來？平兒笑道：「與你什麼相干！」絶倒。寶玉笑道：「我們兄弟姊妹都一樣，他們得罪了人，我替他賠個不是，也是應該的。」何等圓通。又道：「可惜這新衣裳也沾了，這裏有你花妹妹的衣裳，何不換了下來？拿些燒酒噴了，熨一熨，把頭也另梳一梳。」漸漸入題。一面説，一面吩咐了小丫頭子們：「舀洗臉水，燒熨斗來。」

平兒素昔只聞人説，寶玉專能和女孩們接交。是又謊也。「饅頭庵」賬，果未知乎？作者鬼蜮。寶玉素日因平兒是賈璉的愛妾，又是鳳姐兒的心腹，故不肯和他厮近，因不能盡心，也常爲恨事。此事何恨？問作者當亦説不出所以然。平兒如今見他這般，心中也暗暗的战敠：战敠得蹊蹺。「果然話不虚傳，色色想的周到。」又見襲人特特的開了箱子，拿出兩件不大穿的衣服。是襲人衣服，卻是不大穿的，但云拿出來，未明言穿否，此亦薛蟠所唱哼哼韻。忙來洗了臉。寶玉一傍笑勸道：「姐姐還該擦上些脂粉，逐漸而來，如春雲展。不然倒像是和鳳姐姐賭氣了似的。況且又是他的好日子，而且老太太又打發了人來安慰你。」平兒聽了有理，果然有理，安得不從。便去找粉，只不見粉。寶玉忙走至妝臺前，將一個宣窰磁盒揭開，裏面盛着一排十根玉簪花棒兒，拈了一根，是玉，是棒，是一根，又一麈柄刷子。遞與平兒，又笑説道：「這不是鉛粉，這是紫茉莉花種研碎了，茉莉一名夜交，俗呼鬼子茉莉，是云鬼交。對上料製的。」鉛爲《坎》精，此則有氣無形。平兒倒在掌上看時，果見輕、白、紅、香四樣俱美，贊語。美備，「喜」字具足。撲在面上也容易勻淨，且能潤澤，不像别的粉澀滯。然後看見胭脂，也不是一張，卻是一個小小的白玉盒子，必不離玉。盒，合也。裏面盛着一盒，如玫瑰膏子一樣。玫瑰，玉加文鬼，乃寶玉文中鬼趣。寶玉笑道：「那市上賣的胭脂不乾淨，顏色也薄，這是上好的胭脂擰出汁子來，淘澄淨了，配了花露蒸成的。只要那簪子挑一點兒，抹在唇上，就彀了。用一點水化開，抹在手心裏，就彀拍臉的了。」平兒依言妝扮，講究道地，焉得不依。果見鮮艷異常，且又甜香滿頰。再足「喜」字。寶玉又將盆內開的一支並蒂秋蕙用竹剪刀剪了下來，與他簪在鬢上。是乃香菱所說之夫妻蕙也，簪上此花，「喜」字已了。忽見李紈打發丫頭來喚他，方忙忙的去了。可卿自可卿，老老自老老，故仍用他喚去。

寶玉因自來從未在平兒前盡過心，至此方才說明。且平兒又是個極聰明極清俊的上等女孩兒，比不得那起俗拙蠢物，深爲恨怨。一恨一怨，實在費解。今日是金釧兒生日，故一日不樂。點題。不想落後鬧出這件事來，竟得在平兒前稍盡片心，也算今生意中不想之樂。因歪在床上，心內怡然自得。怡然自得，怪語奇情。一篇黑魆魆羅刹文字，被他寫得柳媚花明，安詳熨帖。仙乎？鬼乎？忽又思及賈璉，惟知以淫樂悅己，並不知作養脂粉。又思平兒並無父母兄弟姊妹，獨自一人，供應賈璉夫婦二人，賈璉之俗，鳳姐之威，他竟能周旋妥帖，今兒還遭荼毒，也就薄命的很了。薄命司册籍，未經明注其人，今被寶玉特爲補入。而此兩「又思」，轉是作者掩覆之筆。想到此間，便又傷感起來。復又起身，見方纔的衣裳上噴的酒已半乾，便拿熨斗熨了，疊好。見他的手帕子，望去上面猶有淚痕，又擱在盆中洗了，晾上。文至「便又傷感」，已爲十分圓滿，可以止矣。而又必找補兩事，餘勇可賈。而其實揭破平兒已穿襲人之衣，又用手帕陪之，文章之鬼工也。又喜又悲，悶了一回，也往稻香村來。說一回閒話，掌燈後方散。

平兒就在李紈處歇了一夜，鳳姐兒只跟着賈母睡。賈璉晚間歸房，冷清清的，又不好去叫，只得胡亂睡了一夜。絶倒。次日醒了，想昨日之事，大没意思，後悔不來。邢夫人記罣着昨日賈璉醉了，忙一早過來叫了賈璉，過賈母這邊來。賈璉只得忍愧前來，在賈母面前跪下。賈母問他：「怎麽了？」三字如聞。乃我耳中到處常聽的，是我筆下萬想不起的。賈璉忙陪笑説：「昨兒原是吃了酒，驚了老太太的駕，今兒來領罪。」賈母啐道：「下流東西！灌了黄湯，不説安分守己的挺尸去，倒打起老婆來了。鳳丫頭成日家説嘴，霸王似的一個人，昨兒唬的可憐。夢夢。要不是我，你要傷了他的命，這會子怎麽樣？」口氣如生。賈璉一肚子的委屈，不敢分辯，只認不是。絶倒。賈母又道：「鳳丫頭和平兒還不是個美人胎子？你還不足，成日家偷雞摸狗，腥的臭的，都拉了你屋裏去。爲這起娼婦打老婆，又打屋裏的人，你還虧是大家子的公子出身，活打了嘴了！你若眼睛裏有我，你起來，我饒了你，乖乖的替你媳婦賠個不是兒，拉了他家去，我就喜歡了。要不然，你只管出去，我也不敢受你的跪。」賈璉聽如此説，又見鳳姐兒站在那邊，也不盛妝，哭的眼睛腫着，也不施脂粉，黄黄臉兒，比往常更覺可憐可愛。想着：「不如賠了不是，彼此也好了，又討老太太的喜歡。」想畢便笑道：「老太太的話，我不敢不依，了世故。只是越發縱了他了。」果然。賈母笑道：「胡説！我知道他最有禮的，再不會沖撞人。他日後得罪了你，我自然也做主，叫他降伏就是了。」賈璉聽説，爬起來，便與鳳姐兒作了一個揖，笑道：「原是我的不是，二奶奶别生氣了。」滿屋裏的人都笑了。逼肖。賈母笑道：「鳳丫頭不許惱了，再惱我就惱了。」

説着，又命人去叫了平兒來，命鳳姐兒和賈璉安慰平兒。賈璉見了平兒，越發顧不得了，所謂妻不如妾，橫插注語，筆力千鈞。聽賈母一説，便趕上來説道：「姑娘昨日受了屈了，都是我的不是。奶奶得罪了你，也是因我而起。我賠了不是不算外，還替我奶奶賠個不是。」説着也作了一個揖。兩手賠不是，是兩樣心意，筆如分水犀。引的賈母笑了，鳳姐兒也笑了。賈母又命鳳姐來安慰平兒，平兒忙走上來給鳳姐兒磕頭，説：「奶奶的千秋，我惹了奶奶生氣，是我該死。」鳳姐兒正自愧悔昨日酒吃多了，不念素日之情，浮躁起來，聽了旁人話，無故給平兒没臉。今反見他如此，又是慚愧，又是心酸，忙一把拉起來，落下淚來。平兒道：「我伏侍了奶奶這麽幾年，也没彈我一指甲。就是昨兒打我，我也不怨奶奶，都是那娼婦治的，怨不得奶奶生氣。」説着，也滴下淚來。神情意氣，細膩圓融，揣摩到家。賈母便命人：「將他三人送回房去。既作收場，又開佳境。有一個再提此話，即刻來回我，我不管是誰，拿拐棍子苦惱了。給他一頓。」此省筆也，而文已入化境。三個人從新給賈母、邢、王二位夫人磕了頭。老嬷嬷答應了，送他三人回去。一齊收拾，何等簡净。

至房中，鳳姐兒見無人，方説道：「我怎麽像個閻王，又像夜叉？那娼婦咒我死，你也幫着咒。我千日不好，也有一日好。可憐我熬的連個混賬女人也不如了！我還有什麽臉來過這日子？」説着，又哭了。賈璉道：「你還不足，你細想想昨兒誰的不是多？今兒當着人還是我跪了一跪，又賠不是，你也争足了光了。這會子還嘮叨，難道你還叫我替你跪下纔罷？太要足了强，也不是好事。」説的鳳姐兒無言可對，平兒「嗤」的一聲又笑了，賈璉也笑道：「可好了！真真的我也没法了。」正説着，只見一個媳婦來回説：「鮑二〔媳〕（家）婦吊死了。」又一命，一案。賈璉、鳳姐兒都吃了一驚。鳳姐忙收了怯色，何等才識。反喝道：「死了罷了！有什麼大驚小怪的？」一語如聞如見。一時只見林之孝家的進來，悄回鳳姐道：「鮑二媳婦吊死了，他娘家的親戚要告呢。」鳳姐兒冷笑道：「這倒好了！我正想要打官司呢。」林之孝家的道：「我纔和衆人勸了他們，又威嚇了一陣，又許了他幾個錢，也就依了。」鳳姐兒道：「我沒一個錢，有錢也不給，只管叫他告去。也不許勸他，也不用鎮嚇他，只管讓他告去。他告不成，我還問他個以尸訛詐呢！」又有條律。林之孝家的正在爲難，見賈璉和他使眼色兒，心下明白，便出來等着。賈璉道：「我出去瞧瞧，看是怎麼樣？」鳳姐兒道：「不許給他錢！」色厲内荏，弄阿璉如丸。

賈璉一徑出來，和林之孝來商議，着人去做好做歹，許了二百兩發送纔罷。賈璉生恐有變，又命人去和王子騰説了，將番役仵作人等叫幾名來，幫着辦喪事。那些人見了如此，總要復辨亦不敢辨，只得忍氣吞聲罷了。絶無累筆。賈璉又命林之孝將那二百銀子入在流年賬上，分別添補開消過去。大概如斯。而流年賬，正「下流東西」也。又體己給鮑二些銀兩，安慰他説：「另日再挑個好媳婦給你。」鮑二又有體面，又有銀子，有何不依？便仍然奉承賈璉，安「娶尤二姐」鮑二復來之根。不在話下。

裏面鳳姐心中雖不安，面上只管佯不理論，因房中無人，便拉平兒笑道：「我昨日多喝了一口酒，你別埋怨。打了那裏？讓我瞧瞧。」人心不死，「留」字一綫之緣。平兒道：「也沒打重。」只聽得説：「奶奶、姑娘都進來了。」是又餘勇。

要知後來端的，且看下回分解。

前第六回「初試」「一進」演一《姤》卦，此回上半亦演一《姤》卦。彼處主心，此處主事，榮寧禍敗，已基於此。以鮑二演出之，《姤》之二爻曰「包有魚」，故姓鮑，故行二。不期而遇之謂姤，乃指二與初遇。其妻爲初爻之陰，故與賈璉爲不期之遇，璉亦二也，看其來並無預爲期會明文，但使小丫頭叫來可見。用銀、用簪、用緞，而究以一鬧而止，便是初爻之「繫於金柅」；旋即吊死，便是「柔道牽」也。夫魚曰包，是在我猶有可制之權，故「義不及賓」。若可制不制，而使遇於衆，則爲害廣矣！厥後抄没，多由鮑二生出，便是此理。

下半回演意淫，亦一《姤》也。正是鮑，正是報，在璉方以銀簪緞子招致人妻，而自己愛妾已從他人手接玉簪棒粉矣，而設象演義，令人敢看而不敢想。平兒兄妾也，不問帷裏燈、匣中劍，即此帷此匣，已難注目。作者何恨，一至於此？

護花主人評曰：

《荆釵・男祭》必到江邊，與寶玉焚香尋至井上，暗相關照。黛玉口中説出，寶釵不答，想見兩人意中俱默曉寶玉心事。

尤氏説：「好容易今兒這一遭，過後知道還得不得？」是以讖語作伏筆。

賈璉拔劍要殺鳳姐，與二十一回對平兒説「將來都死在我手裏」句遥遥照應。

鮑二妻吊死與金釧投井，一是氣忿，一是羞忿，身分各别。

「平兒理妝」一節于極氣惱時夾寫極憐愛，有忽然狂風暴雨、忽然風和花媚之景。

賈璉與鳳姐反目，必得賈母作主，賈璉方好服禮賠罪。此一定之法，人人想得到，至寫得委婉曲折，情景宛然，非俗筆可及。

鮑二依舊奉承賈璉，伏後來伺候尤二姐，及分贓情事。

第三十九回至四十四回一大段，應分三小段：三十九、四十、四十一爲一段，敍劉老老得賈母歡心，可以不時走動，及王夫人等各相資助，從此家中漸漸寬餘，爲後來巧姐避難地步。四十二回爲一段，是上三回餘波，既寫黛玉心服寶釵，又帶敍畫圖等事。四十三四回爲一段，寫鳳姐盛時慶壽，即伏日後失時之兆。

大某山民評曰：

賈氏虐婢，相習成風，手嘴被戳，籲天無辜。不料鳳姐頭上之簪，晴雯枕邊之一丈青，皆是香閨刑具。

寶玉服侍委屈人，色色周匝。厥後以並蒂蘭替他簪鬢，則一片光明，無障無礙。猥云得意外之樂，吾知其久在意中。

此回仍是壬子年九月初事。

第四十五回　金蘭契互剖金蘭語　風雨夕悶製風雨詞

話説鳳姐兒正撫恤平兒，忽見衆姐妹進來，忙讓坐了，平兒斟上茶來。鳳姐兒笑道：「今兒來的這些人，倒像下帖子請了來的。」探春先笑道：「我們有兩件事，一件是我的，一件是四妹妹的，兩事，一詩、一畫。思既不思，畫亦枉畫，付之歎惜而已。還夾着老太太的話。」鳳姐兒笑道：「有什麽事這麽要緊？」探春笑道：「我們起了個詩社，頭一社就不齊全，衆人臉軟，思須用剛。所以就亂了例了。我想必得你去做個『監社御史』，透「一夜北風緊」消息。鐵面無私纔好。再四妹妹爲畫園子用的東西這般那般不全，書是缺陷，畫亦缺陷。回了老太太，老太太説：『只怕後頭樓底下還有當年剩下的，找一找。若有呢，拿出來；若没有，叫人買去。』」鳳姐兒笑道：「我又不會做什麽『濕』的『乾』的，要我吃東西去不成？」趣語而四象在其中。探春道：「你雖不會做，也不要你做，你只監察着我們裏頭有偷安怠惰的，該怎麽樣罰他就是了。」鳳姐兒笑道：「你們别哄我，我猜着了，那裏是請我做『監察御史』？分明是叫我做個進錢的『銅商』！情妙，語妙。其實言剛而不正，志在貨利，非御史爲銅商而已。你們弄什麽社，必是要輪流做東道的，你們的錢不彀花，想出這個法子來勾了我去，好和我要錢。可是這個主意？」説的衆人都笑道：「你卻猜着了！」李紈笑道：「真真你是個水晶心肝玻璃人兒。」以探春唱，以李紈和。鳳姐兒笑道：「虧你是個大嫂子呢。姑娘們原叫你帶着念書，學規矩、針綫，俱要教道他們的。這會子起詩社能用幾個錢？你就不管了？老太太、太太罷了，原是老封君。你一個月十兩銀子的月錢，比我們多兩倍子。十兩，土數、成數。曰多兩倍，則鳳月得三兩三錢三分不盡，畸零之數。老太太、太太還說你『寡婦失業』的，可憐，不彀用，又有個小子，足足的又添了十兩銀子，亦十兩，便是成窰茶杯。和老太太、太太平等。又給你園子裏的地，各人取租子。亦即務農爲業。年終分年例，你又是上上分兒。你娘兒們主子奴才共總没有十個人，吃的穿的仍舊是大官衆的。通共算起來，也有四五百銀子。又算不來。而四五則得九，陽之數。此段重恤寡，見榮府上代立法之厚實，乃預爲「復世職」等處作地步也，是此書謀大局苦心。這會子你就每年拿出一二百兩一二百，三百也，乃「詩三百」隱意。來陪他們頑頑，能有幾年呢？他們明兒出了閣，難道還要你賠不成。這會子你怕花錢，挑唆他們來鬧我，我樂得去吃一個河涸海乾，我還不知道呢！」

李紈笑道：「你們聽聽！我説了一句，他就説了兩車無賴的話。真真泥腿市俗，專會打細算盤，分金掰兩的。你這個東西，虧了還托生在詩書仕宦人家做小姐，現在又出了嫁，還是這麼着。若生在貧寒小門小户人家，做了小子丫頭，「小」字疊見。還不知怎麼下作呢，天下人都被你算計了去！昨兒還打平兒，虧你伸的出手來。歸到打平兒。此兩車話正是金棍之象。那黄湯難道灌喪了狗肚子裏去了？氣的我只要替平兒打抱不平呢。忖度了半日，好容易『狗長尾巴尖兒』的好日子，北人戲謔人生日曰「狗長尾巴尖兒」。又怕老太太心裏不受用，因此没來。究竟氣還不平，你今兒倒招我來了。給平兒拾鞋還不要呢！你們兩個，很該換一個過兒纔是。」《姤》卦本爲以柔遇剛，而在鳳之打，乃剛之不正，故用李紈隱演之。說的衆人都笑了。鳳姐忙笑道：「哦，我知道了，竟不是爲詩爲畫來找我，竟是爲平兒報仇來了。「報」字一點。我竟不知道平兒有你這一位仗腰子的人，可知就有鬼拉着我的手，我也不敢打他了。平姑娘過來，我當着你大奶奶、姑娘們替你陪個不是，擔待我『酒後無德』罷！」久後無所得也。說的衆人都笑了。李紈笑問平兒道：「如何？我說必要給你争争氣纔罷。」平兒笑道：「雖如此，奶奶們取笑，我可禁不起呢。」李紈道：「什麽禁得起禁不起，有我呢。一段詼諧，瀏亮輕鬆，令人神爽。快拿鑰匙叫你主子開門找東西去罷。」迫其思，迫其畫，正是勸其留。

鳳姐兒笑道：「好嫂子，你且同他們去園子裏去。纔要把這米賬合他們算一算，那邊大太太又打發人來叫，又不知有什麽話說，須得過去走一走。還有你們年下添補的衣服，打點給人做去呢。」米充飢，衣禦寒，年下爲冬春之交。○那邊太太叫，隱透下回。李紈笑道：「這些事情我都不管，你只把我的事完了，我好歇着去。省得這些姑娘小姐鬧我。」鳳姐忙笑道：「好嫂子，賞我一點空兒。你是最疼我的，怎麽今兒爲平兒就不疼我了？往常你還勸我，說『事情雖多，也該保全身子，檢點着偷空兒歇歇』，你今兒倒反逼起我的命來了？非逼命，正留命。況且誤了别人年下的衣裳無礙，他姐兒們的若誤了，卻是你的責任，老太太豈不怪你不管閑事，連一句現成的話也不說？我寧可自己落不是，也不敢累你呀。」李紈笑道：「你們聽聽，說的好不好？把他會說話的！我且問你：這詩社到底管不管？」鳳姐兒笑道：「這是什麽話？我不入社花幾個錢，我不成了大觀園的反叛了麽，逆上爲叛，不思則一陰逆上，不可制止。還想在這裏吃飽不成？明日一早就到任，下馬拜了印，先放下五十兩銀子，五十，中央之數，四象、五行悉會於此。此正詩社之所歸。給你們慢慢的做會社東道。過後幾天，我又不作詩作文，只不過是個俗人罷了，俗人，常人也。惟其不思，是爲常人。監察也罷，不監察也罷，有了錢了，愁着你們還不攆我出來！」趣甚，妙甚。說的衆人又都笑起來。鳳姐兒道：「過會子我開了樓房，凡有這些東西，叫人搬出來你們看，若使得，留着使，若少什麽，照你們單子，我叫人替你們買去就是了。畫絹我就裁出來。那圖樣沒有在太太跟前，還在那邊珍大爺那裏。凡演《易》道，說榮便有寧在，故畫圖在彼處。說給你們，省了太太那邊碰釘子去。我去打發人取了來，聯合兩處是鳳姐，如「協理寧國府」等事，故此圖必須他取。一並叫人連絹交給相公們礬去如何？」礬，石也。以礬爲先，是《石頭記》。李紈點頭笑道：「這難爲你，果然這樣還罷了。既如此，咱們家去罷。等着他不送了去，再來鬧他。」說着便帶了他姐妹們就走。鳳姐兒道：「這些事再没别人，都是寶玉生出來的。」心主。李紈聽了，忙回身笑道：「正是爲寶玉來，反忘了他！頭一社是他誤了，誤於金。我們臉軟，你說該怎麽罰他？」鳳姐兒想了一想，說道：「没有别的法子，只叫他把你們各人屋子裏的地，罰他掃一遍纔好。」罰得雅極。其實言心地必須拂拭，方能思無邪也。而又指明此段皆演《姤》卦，蓋掃地乃去垢，各人屋子皆女處也。垢去土加女，非姤字而何？看官信否？衆人都笑道：「這話不差。」

說着纔要回去，只見一個小丫頭扶了賴嬤嬤進來。接入賴嬤嬤，乃自《姤》而《否》演義，詳在本回總評。鳳姐兒等忙站起來，笑道：「大娘坐下。」又都向他道喜。賴嬤嬤向炕沿上坐了，笑道：「我也喜，主子們也喜。若不是主子們的恩典，我這喜從何來？來得没頭没腦，說得没頭没腦，始進不期而遇，論文則奇峯突出。昨兒奶奶又打發彩哥賞東西，我孫子在門上朝上磕了頭了。」李紈笑道：「多早晚上任去？」先隱演《姤》之大象，「后以施命誥四方」。賴嬤嬤歎道：「我那裏管他們？由他們去罷。「歎道」以下皆天花亂落文字，贊不勝贊。前兒在家裏給我磕頭，我没好話，我說：『哥兒，别說你是官了，横行霸道的，言之慨然，戒其不可浸長。你今年活了三十歲，雖然是人家奴才，奴才三十歲，「《姤》，女壯」也。一落娘胎胞，主子恩典，放你出來，自《姤》一陰，進至《否》之三陰，中間歷《遯》之二陰而成。故設爲主子放出以借演之，放出者，退，《遯》乃退也。上托着主子的洪福，下托着你老子娘，《否》上天下地，地爲臣道，故做官；天爲君主，故上托主子洪福；《姤》爲天地相遇，故下托老子娘。也是公子哥兒似的，讀書寫字，也是丫頭老婆奶子捧鳳凰似的，映射寶玉。長了這麽大，你那裏知道那『奴才』兩字是怎麽寫？惡毒語。乃言陰柔之進，其晝難知。只知道享福，也不知你爺爺和你老子受的那苦惱！熬了兩三輩子，好容易掙出你這個東西，歷盡陽剛，方生一《姤》，兩三得五，《乾》之五陽也。從小兒三災八難，花的銀子照樣也打出你這個銀人兒來了。到二十歲上，又蒙主子的恩典，許你捐了前程在身上。二陰浸長，陽當退避，故許捐前程。你看那正根正苗，忍飢挨餓的要多少？閥閱家通病，言之慨然。你一個奴才秧子，一陰始生，故曰秧子，語又惡毒。仔細折了福。如今樂了十年，不知怎麽弄神弄鬼，由弱而壯，皆上所養，鬼神之機也。求了主子，又選了出來。縣官雖小，剛遇中正，故官正印。事情卻大，爲那一州的官，就是那一方的父母，此話被此人說，調侃不少，而父母乃《否》之上天下地。你不安分守己、盡忠報國、孝敬主子，只怕天也不容你。』」一篇傷心話，筆力扛鼎。李紈、鳳姐兒都笑道：「你也多慮。賴嬤說畫，李、鳳說詩，多慮者思也。一句敵一篇，可做《易》《詩》分柱兩大扇文字讀。我們看他也就好。先那幾年還進來了兩次，有好幾年没來了。年下生日，只見他的名字就罷了。前兒給老太太、太太磕頭來，在老太太那院裏，見他又穿着新官的服色，倒越發的威武了，比先時也胖了。他這一得了官，正該你樂呢，反倒愁起這些來！他不好，還有他的父母呢，你只受用你的就完了。閑時坐個轎子進來，和老太太鬥鬥牌，説説話兒，誰好意思的委屈了你？家去一般也是樓房廈廳，誰不敬你？自然也是老封君似的了！」

平兒斟上茶來，賴嬤嬤忙站起來道：「姑娘不管叫那孩子倒來罷了，又生受你。」説着，一面吃茶，一面又道：「奶奶不知道，這小孩子們全要管的嚴，饒這麼嚴，他們還偷空兒鬧個亂子來，叫大人操心。其言妥協，恰是此人此等分際。知道的，説小孩子們淘氣；不知道的人家，就説仗着財勢欺人，連主子名聲也不好。譏失教也，一語又被他道破。恨的我没法兒，常把他老子叫了來罵一頓，纔好些。」因又指寶玉道：「不怕你嫌我，如今老爺不過這麼管你一管，老太太就護在頭裏。當日老爺小時討你爺爺打，誰没看見的！老爺小時何曾像你這麼天不怕地不怕的呢。心之主，書之主，在所必及。而本本源源，皮裏陽秋，一齊籠罩，其身分、神情、口吻，直如聞見。還有那邊〔大〕（太）老爺，雖然淘氣，也没像你這扎窩子的樣兒，也是天天打。還有東府裏你珍大哥哥的爺爺。那纔是火上澆油的性子，説聲惱了，什麼兒子，竟是審賊。如今我眼裏看着，耳朵裏聽着，那珍大爺管兒子，倒也像當日老祖宗的規矩，只是着三不着兩的。他自己也不管一管自己，這些兄弟侄兒怎麼怨的不怕他？你心裏明白，喜歡我説；不明白，嘴裏不好意思，心裏不知怎麼罵我呢！」

說着，只見賴大家的來了，接着周瑞家的、張材家的都進來回事情。劉老老來，是此二人陪待，《易》之用也。賴嬤嬤來，又必是人同來，吾謂演《易》，信否？鳳姐兒笑道：「媳婦來接婆婆來了。」賴大家的笑道：「不是接他老人家來的，倒是打聽打聽奶奶姑娘們賞臉不賞臉。」口頭言，意外筆。賴嬤嬤聽了，笑道：「可是我糊塗了。正經說的話倶不說，且說『陳穀子、爛芝蔴』的。因爲我們小子選了出來，穿插曲折，敘事妙品，而「陳穀子、爛芝蔴」正陳陳相因、生生不息種子。衆親友要給他賀喜，少不得家裏擺個酒。我想擺一日酒，請這個不請那個，也不是。生發下文，突而不突。又想了一想，托主子的洪福，想不到的這麼榮耀光彩，就傾了家，我也願意的。所謂傾，《否》，先《否》後喜，是又一劉老老。因此吩咐了他老子，連擺三日酒：頭一日，在我們破花園子裏自《姤》而《否》，連進三陰，破三畫而成破花園。擺幾席酒，一臺戲，請老太太、太太們，奶奶、姑娘們，去散一日悶；外頭大廳上一臺戲，幾席酒，請老爺們、爺們增增光；伏「獃霸王」回。第二日，再請親友；第三日，再把我們兩府裏的伴兒請一請。熱鬧三天，也是托着主子的洪福一場，光輝光輝。」托主子福，《乾》在上也，曰光彩，曰增光，曰光輝，「光」字三見。「光」字小在上，小人三進而成《坤》成《否》也。李紈、鳳姐兒都笑道：「多早晚的日子？我們必去，只怕老太太高興要去，也定不得。」賴大家的忙道：「擇的日子是十四，鳳姐生日明言九月初二，此乃九月十四，過重陽之第五日，正歷純《乾》而生一陰之候。只看我們奶奶的老臉罷了。」鳳姐兒笑道：「別人我不知道，我是一定去的。先說下，我可沒有賀禮，也不知道放賞的，吃了就走，可別笑話。」賴大家的笑道：「奶奶說那裏話？奶奶一喜歡，要賞我們三二萬銀子，就有了。」賴嬤嬤笑道：「我纔去請老太太，老太太也說去，可算我這臉還好。」

説畢，叮嚀了一回，方起身要走。因看見周瑞家的，便想起一事來，因説道：「可是還有一句話問奶奶：這周嫂子的兒子犯了什麽不是，攆了他不用？」鳳姐兒聽了笑道：「正是我要告訴你媳婦兒呢，事情多，也忘了。賴嫂子回去説給你老頭子：兩府裏不許收留他兒子，叫他各人去罷。」是補筆，是省筆，此段渾言兒子，乃爲何三映射，正《易》道歸宿處。賴大家的只得答應着。周瑞家的忙跪下央求。賴嬤嬤忙道：「什麽事？説給我評評。」無一平筆。鳳姐兒道：「前兒我的生日，裏頭還沒吃酒，他小子先醉了。老娘那邊老娘便是老老，北人同稱。送了禮來，他不在外頭張羅，倒坐着罵人，禮也不送進來。兩個女人進來了，他纔帶領小幺兒們往裏抬。小幺兒們倒好好的，他拿的一盒子倒失了手，撒了一院子饅頭。人去了，我打發彩明去説他，他倒罵了彩明一頓。這樣無法無天的忘八羔子，還不攆了做什麽！」賴嬤嬤道：「我當什麽事情，原來爲這個。奶奶聽我説：他有不是，打他罵他，使他改過就是了。攆了出去，斷乎使不得。他又比不得是咱家的家生子兒，他現是太太的陪房，映「狗彘奴」回。奶奶只顧攆了他，太太臉上不好看。依我説，奶奶教導他幾板子，以戒下次，仍舊留着纔是。不看他娘，也看太太。」聲口活脱。鳳姐兒聽了，便向賴大家的説道：「既這樣，明兒叫了他來，打他四十棍，以後不許他吃酒。」周瑞兒子逐而復留，便犯「包有魚」之戒。賴大家的答應了。周瑞家的纔磕頭起來，又要與賴嬤嬤磕頭，賴大家的拉着方罷。一段必夾寫在詩畫之間。然後他三人去了。

李紈等也就回園中來。至晚，果然鳳姐命人找了許多舊收的畫具出來，送至園中。寶釵等選了一回，各色東西，可用的只有一半。將那一半開了單，與鳳姐兒去照樣置買，未得細説。

一日，外面礬了絹，起了稿子進來，寶玉每日便在惜春那邊幫忙，探春、李紈、迎春、寶釵等也都往那裏來閑坐，一則觀畫，二則便於會面。寶釵因見天氣涼爽，夜復漸長，遂至母親房中商議，打點些針綫來。日間至賈母處、王夫人處兩次省候，不免又承色陪坐，（承色陪坐，又必兩次省候，儼事舅姑矣。語中有刺。）閑時園中姐妹處，也要不時閑話一回，（曰「不免」，曰「也要」，皮裏陽秋。）故日間不大得閑。每夜燈下，女工必至三更方寢。黛玉每歲至春分秋分之後，必犯舊疾。今秋又遇賈母高興，多遊玩了兩次，未免過勞了神，近日又復嗽起來，覺得比往常又重，（情而病，病而死，須迤邐寫來。）所以總不出門，只在自己房中將養。有時悶了，又盼個姐妹來說些閑話排遣；及至寶釵等來望候他，說不得三五句話，又厭煩了。（按下畫圖，擱起詩社，婉爲安置。）衆人都體諒他病中，且素日形體姣弱，禁不得一些委曲，所以他接待不周、禮數疏忽，也都不責他。（寫出病深。）

這日寶釵來望他，因說起這病症來，寶釵道：「這裏走的幾個太醫雖都還好，只是你吃他們的藥總不見效，不如再請一個高手的人來瞧一瞧，治好了豈不好？（方入本題。）每年間鬧一春一夏，又不老，又不小，成個什麼？也不是常法兒。」黛玉道：「不中用。我知道我的病是不能好的了。且別說病，只論好的時候我是怎麼個形景兒，就可知了。」寶釵點頭道：「可正是這話。古人說『食穀者生』，（「失穀者亡」，明說其必死矣。與「物離鄉貴」之語同一用心。）你素日吃的，竟不能添養精神氣血，也不是好事。」黛玉歎道：「『生死有命，富貴在天』，也不是人力可强求的。（三語直破寶釵，又陰進不可制止之義。）今年比往年反覺又重了些似的。」說話之間，已咳嗽了兩三次。寶釵道：「昨兒我看你那藥方上，人參、肉桂覺得太多了。肉桂，熱毒之物，即寶釵也。人身何以自養？雖說益氣補神，也不宜太熱。依我說，先以平肝養氣爲要，自是正理。而平肝者，則金也。肝火一平，不能尅土，胃氣無病，飲食就可以養人了。每日早起，拿上等燕窩一兩，冰糖五錢，燕，性熱毒。窩，窩盤也。此正寶釵以熱毒窩盤黛玉處。其言甚甘，故爲冰糖。用銀吊子熬出粥來，若吃慣了，比藥還强，最是滋陰補氣的。」黛玉歎道：「你素日待人，固然是極好的，然我最是個多心的人，只當你有心藏奸。從前日你說看雜書不好，又勸我那些好話，竟大感激你。往日竟是我錯了，實在誤到如今。細細算來，我母親去世的時候，又無姐妹兄弟，我長了今年十五歲，竟沒一個人像你前日的話教導我。怪不得雲丫頭說你好，我往日見他讚你，我還不受用，昨兒我親自經過，纔知道了。一似真知灼見，而渾身墮入，寫黛之獃，正形釵之險。比如你說了那個，我再不輕放過你的；你竟不介意，反勸我那些話，可知我竟自誤了。若不是前日看出來，今日這話再不對你說。你方纔叫我吃燕窩粥的話，雖然燕窩易得，但只我因身上不好了，每年犯了這病也沒什麼要緊的去處，請大夫熬藥，人參、肉桂，已經鬧了個天翻地覆了。這會子我又興出新文來，熬什麼燕窩粥，老太太、太太、鳳姐姐這三個人便沒話說，主殺黛玉，正此三人，而乃以爲靠。那些底下老婆丫頭們未免嫌我太多事了。你看這裏這些人，因見老太太多疼了寶玉和鳳姐姐兩個，他們尚虎視眈眈，背地裏言三語四的，何況於我？略大見細，步步留心。留此而已，寫盡傻角。況我又不是正經主子，原是無依無靠投奔了來的，他們已經多嫌着我呢。如今我還不知進退，何苦叫他們咒我？」說得可憐，窩盤更易。

寶釵道：「這樣說，我也是和你一樣。」黛玉道：「你如何比我？我亦要問。你又有母親，又有哥哥，這裏又有買賣地土，家裏又仍舊有房有地，你不過親戚的情分，白住在這裏，一應大小事情，又不沾他們一文半個，要走就走了。我是一無所有，吃穿用度，一草一木，皆是和他們家的姑娘一樣，那起小人豈有不多嫌的？」寶釵笑道：「將來也不過多費得一副嫁妝罷了，如今也愁不到那裏！」駁得無詞，姑且以笑語間之，而既説其死，又説其嫁，重違其心而增其病也。黛玉聽了，不覺臉紅了，笑道：「人家纔拿你當個正經人，把心裏煩難告訴你聽，你反拿我取笑兒。」寶釵笑道：「雖是取笑兒，卻也是真話。更坐實一句，若實有所聞知者，惡甚。在他事則黛必然究問，而此何事，黛豈能再問乎？不能再問，而展轉憂疑，其病增劇矣。你放心！他也説「你放心」。我在這裏一日，我與你消遣一日。你有什麼委屈煩難，只管告訴我。我能解的，自然替你解。我雖有個哥哥，你也是知道的，只有個母親，比你略強些。咱們也算同病相憐。「和你一樣」太説離了，作此挽回，究竟生扭。見陰險人語亦自有破綻可尋。你也是個明白人，何必作司馬牛之歎？你纔説的也是，多一事不如省一事，我明日家去和媽媽説了，只怕燕窩我們家裏還有，與你送幾兩，每日叫丫頭們就熬了，又便宜，又不驚師動衆的。」落到利，結爲「財」字，歎。黛玉忙笑道：「東西是小，難得你多情如此。」果然。寶釵道：「這有什麼！放在家裏的，只愁我在人跟前失於應候罷了。愁失應候，果何爲乎？又是破綻語。這會子只怕你煩了，我且去了。」何等親密。黛玉道：「晚上再來，和我説句話兒。」何等親密。寶釵答應着便去了。

這裏黛玉喝了兩口稀粥，仍歪在床上。不想日未落，天就變了，淅淅瀝瀝下起雨來。秋霖脈脈，陰晴不定，那天漸漸的黄昏，且陰的沈黑。西金當令，陰其凝矣。兼着那雨滴竹梢，更覺淒涼。一片愁慘，寫得恰好。知寶釵不能來，便在燈下隨便拿了一本書，卻是《樂府雜稿》，有《秋閨怨》《別離怨》等詞。黛玉不覺心有所感，亦不禁發於章句，遂成《代別離》一首，代別離，爲釵訓也。害人自害，何必何必！擬《春江花月夜》之格，乃名其詞曰《秋窗風雨夕》。詞曰：

秋花慘淡秋草黃，耿耿秋燈秋夜長。已覺秋窗秋不盡，那堪風雨助淒涼！助秋風雨來何速？驚破秋窗秋夢續。抱得秋情不忍眠，自向秋屏挑淚燭。淚燭搖搖爇短檠，牽愁照恨動離情。誰家秋院無風入，何處秋窗無雨聲？羅衾不耐秋風力，殘漏聲催秋雨急。連宵脈脈復颼颼，燈前似伴離人泣。寒煙小院轉蕭條，疏竹虛窗時滴瀝。不知風雨幾時休？已教淚灑紗窗濕。秋一陰，雨二陰，夕三陰，一詞明宣《否》象。雖黛之現景，實釵之末路，故曰《代別離》，乃演「習習谷風，以陰以雨」，婦人爲夫所棄之詩。

吟罷擱筆，方欲安寢，丫鬟報說：「寶二爺來了。」一語未盡，只見寶玉頭上戴着大箬笠，身上披着蓑衣。黛玉不覺笑道：「那裏來的這麼個漁翁！」漁從魚水，黛以爲終成魚水矣。殊不知乃《寄生草》詞中「烟蓑雨笠捲單行」，《遯》之象也。寶玉忙問：「今兒好些？吃藥沒有？今兒一日吃了多少飯？」一面說，一面摘了笠，脱了蓑，忙一手舉起燈來，一手遮着燈兒向黛玉臉上照了一照，覷着瞧了一瞧，笑道：「今兒氣色好了些。」黛玉看他脱了蓑衣，裏面只穿半舊紅綾短襖，繫着綠汗巾子，膝上露出綠綢撒花袴子，底下是掐金滿繡的綿紗襪子，靸着蝴蝶落花鞋。黛玉問道：「上頭怕雨，底下這鞋襪子是不怕雨的？也倒乾浄。」寶玉笑道：「我這一套是全的，有一雙棠木屐，屐下兩斷，特明《遯》爻。纔穿了來，脱在廊檐下了。」黛玉又看那蓑衣斗笠，不是尋常市賣的，十分細緻輕巧。因説道：「是甚麼草編的？怪道穿上不像那刺蝟似的。」寶玉道：「這三樣都是北静王送的。與念珠是同一路。他閑常下雨時，在家裏也是這樣。你喜歡這個，我也弄一套來送你。欲其歸空。别的都罷了，惟有這斗笠有趣，上頭這頂兒是活的，冬天下雪，戴上帽子，就把竹信子抽了去，拿下頂子來，只剩了這個圈子。下雪時，男女都帶得。我送你一頂，冬天下雪戴。」欲其禦雪。林黛玉笑道：「我不要他。戴上那個，成個畫兒上畫的和戲上扮的漁婆兒了。」故爲暢滿。及説了出來，方想起來這話忒與方纔説寶玉的話相連了，後悔不迭，羞的臉飛紅，伏在桌上嗽個不住。情病相生。

寶玉却不留心，「情感」以後之寶、黛不復口角，故此處以「不留心」三字蓋過。倘接言，便又落「通戲語」關目了。因見案上有詩，遂拿起來看了一遍，又不覺叫好。在以前看此詩必悲歎，今則一贊而已，文意筋節如此。黛玉聽了，忙起來奪在手内，燈上燒了。已透「焚稿」回。寶玉笑道：「我已記熟了。」黛玉道：「我要歇了，你請去罷，明日再來。」寶玉聽了，回手向懷内掏出一個核桃大的金表來瞧了一瞧，那針已指到戌末亥初之間，通回皆演《易》道，故以一表收束之。曰「核桃大」，猶云「合遯逃」之意也。戌末亥初，陰極之候矣。忙又揣了，説道：「原該歇了。又攪的你勞了半日神。」説着，披蓑戴笠出去了。又翻身進來，問道：「你想什麼吃？你告訴我，我明兒一早回老太太，豈不比老婆子們説的明白？」一問與寶釵針對。假言繁，真言簡。黛玉笑道：「等我夜裏想着了，明日一早告訴你。你聽雨越下緊了，快去罷。可有人跟没有？」兩個婆子答應：「有人，外面拿着傘，點着燈籠呢。」黛玉笑道：「這個天點燈籠？」寶玉道：「不相干，是羊角的，不怕雨。」黛玉聽説，回手向書架上把個玻璃繡毬燈拿了下來，命點一枝小蠟來，遞與寶玉，道：「這個又比那個亮，正是雨裏點的。」便是《傳燈録》。寶玉道：「我也有這麽一個，怕他們失脚滑倒了打破了，所以没點來。」「上窮吝也」，《姤》爻一終。黛玉道：「跌了燈值錢呢，是跌了人值錢？你又穿不慣木屐子。那燈籠命他們前頭點着，這個又輕巧又亮，原是雨裏自己拿着的。你自己手裏拿着這個豈不好？明兒再送來。就失了手也有限的，怎麽忽然又變出這『剖腹藏珠』的脾氣來。」演出係《遯》。寶玉聽了，隨過來接了。前頭兩個婆子打着傘，拿着羊角燈，後頭還有兩個小丫鬟打着傘，寶玉便將這個燈遞與一個小丫頭捧着，寶玉扶着他的肩，一徑去了。

就有蘅蕪院一個婆子仍歸章法。也打着傘，提着燈，送了一大包燕窩來，還有一包子潔粉梅片雪花洋糖，説：「這比買的强。我們姑娘説：『姑娘先吃着，完了再送來。』」黛玉回説：「費心。」命他外頭坐了吃茶。婆子笑道：「不吃茶了，我還有事呢。」黛玉笑道：「我也知道你們忙，如今天又涼，夜又長，越發該會個夜局，痛賭兩場了。」婆子笑道：「不瞞姑娘説，今年我大沾光兒了。横豎每夜有幾個上夜的人，誤了更也不好，不如會個夜局，又坐了更，又解了悶。今兒又是我的頭家，透七十三回，而頭家乃在蘅蕪院，閑筆是眼。如今園門關了，就該上場兒了。」黛玉聽了，笑道：「難爲你。誤了你的發財，冒雨送來。」命人：「給他幾百錢打些酒吃，避避雨氣。」那婆子笑道：「又破費姑娘賞酒吃。」説着，磕了一個頭，外面接了錢，打傘去了。紫鵑收起燕窩，然後移燈下簾，伏侍黛玉睡下。黛玉自在枕上感念寶釵，一時又羨他有母有兄，一回又想寶玉素昔和睦，終〔有〕〔身〕嫌疑，又聽見窗外竹梢蕉葉之上雨聲淅瀝，清寒透幕，不覺又滴下淚來。直到四更，方漸漸的睡熟了。暫且無話。

要知端的，且看下回分解。

此大段演一《否》卦，而《否》必自《姤》來，故此兩回詳演《姤》之《否》象。上回用一鮑二，此回用一賴嬤嬤。天地之道，《否》《泰》而已。泰極則否，此理之常。而聖人設象立辭，必於無可挽回之會而思挽回之，以示扶陽抑陰之意。此際重賴有人矣，故曰賴嬤嬤。《否》之初二小象曰「拔茅貞吉」，曰「大人否亨」，何等期望，何等揆度。小人果遂變爲君子乎？而在人事自當如此。故賴嬤嬤劈頭説喜，末乃説傾，必先傾《否》而後能喜。今未説傾而即説喜，是直欲無此《否》卦之一會矣，則大賴嬤嬤爲劉老老。

此回上下叙黛文字也，而不滿四頁書了之。説詩社，説畫圖，又夾一賴嬤嬤纍纍若干言，豈不强賓奪主？殊不知「金蘭語」即黛之《姤》，「風雨詞」即黛之《否》，則畫占此也，詩思此也，乃落本題，一點便了。寶釵知寶玉所主在黛一人，縱有「絳芸軒」之籠絡，而於事仍無濟。則一日有黛，必一日不能移寶玉之情，惟有殺之而已。不能磨刀霍霍，則惟有暗刀殺之而已。而暗刀之用，不合則不及，不密則不深，必步步籠絡，步步窩盤，使其引虎以自衞，甘鴆而代飴，縱有明眼人從而指點之，亦無從破其一心之固結，夫而後飲我暗刀，至於死而猶不覺也。其陰柔爲何如哉！故「金蘭語」爲一陰進，從此而《遯》，而《否》，因有《風雨夕》之一詞。在黛爲《否》，在釵亦即《否》爾。其關，在中間之一《遯》。黛玉死，而寶玉遯，而寶釵孀矣。是又曰：小人枉了做小人，以戒陰柔之浸長，乃作《易》之本心，即作是書之來意。

護花主人評曰：

畫圖需用物件，應接四十二回寫。因鳳姐生日鬧事，擱起多日，今借和事之後，夾帶敍入替平兒抱不平等語，前後文氣仍打成一片，無斷續痕迹。又帶説監社一層作陪襯，更不單弱。

鳳姐口中帶出邢夫人來叫，引起下回賈赦要鴛鴦情事。

敍賴大得官請酒，不但引起薛蟠被柳湘蓮痛打，及伏探春整頓大觀園，且見榮府聲勢，奴子俱爲正印，又反照後來賈政借銀之事。

借賴嬤嬤口中訓説寶玉一番，暗補寧榮兩府昔日家教之嚴，以形此時之放縱。

補寫周瑞之子於鳳姐生日酒醉無禮一層，爲是日鬧事餘波。且見鳳姐生辰，内外上下俱不安静。

黛玉心事，向寶釵實説，不但寫黛玉平日多心，且見寶釵賢德，并暗寫出衆人背後議論。

黛玉悶製《風雨詞》已難爲情，又見寶玉冒雨探望，寶釵致送燕窩，更撩撥起無限感懷，宜乎直到四更方睡也。

大某山民評曰：

值宿人等開場聚賭爲惹事根由，妙於無意中帶出。

從賴嬤嬤口中詳述賈府恩德，正爲後來政老借銀負恩一層反照。

按黛玉以十七歲死，在乙卯年，逆推是年壬子，則爲十四歲。原刻是年作十五歲，則與寶玉同庚矣。然寶玉生日在四月，黛玉生日在二月十二，何以寶呼黛爲妹，黛呼寶爲哥耶？可見「十五」二字爲「十四」之誤無疑也。況寶長於黛，書有明文。今故更正。

此回仍是壬子年九月間事。

第四十六回　尷尬人難免尷尬事　鴛鴦女誓絶鴛鴦偶

話説林黛玉直到四更將闌，方漸漸的睡去，暫且無話。如今且説鳳姐兒因見邢夫人叫他，不知何事，忙另穿戴了一番，坐車過來。邢夫人將房内人遣出，悄向鳳姐兒道：「叫你來不爲別的，有一件爲難的事，老爺託我，我不得主意，先和你商議。老爺因看上了老太太屋裏的鴛鴦，要他在房裏，叫我和老太太討去。我想這倒是平常有的事，就是怕老太太不給。你可有法子辦這件事麽？」公公看上了人，要兒媳設法，絶倒。鳳姐兒聽了，忙道：「依我説，竟別碰這個釘子去。老太太離了鴛鴦，飯也吃不下去的，那裏就捨得了？況且平日説起閑話來，老太太常説老爺：『如今上了年紀，做什麽左一個小老婆右一個小老婆放在屋裏，躭誤了人家？放着身子不保養，官兒也不好生做去，成日和小老婆喝酒。』太太聽聽，很喜歡喒們老爺麽？這會子迴避還恐迴避不及，反倒拿草棍兒戳老虎的鼻子眼兒去了。太太別惱，我是不敢去的。明放着不中用，而且反招出没意思來。老爺如今上了年紀，行事不免有點兒背晦，太太勸勸纔是。比不得年紀輕，做這些事無礙。如今兄弟、侄兒、兒子、孫子一大羣，還這麽鬧起來，怎麽見人呢？」此是初心，雖至鳳姐，亦自有之。邢夫人冷笑道：「大家子三房四妾的也多，偏咱們就使不得？我勸了也未必依。就是老太太心愛的丫頭，這麽鬍子蒼白了又做了官的一個大兒子，要了做房裏人，也未必好駁回的。我叫了你來，不過商議商議，你先派上了一篇不是！也有叫你去的理？自然是我説去。你倒説我不勸，你還是不知道那性子的？勸不成，先和我惱了！」書中設演一邢氏，其没分曉到絶頂，與賈赦恰是一對。一横一柔，同爲「尷尬人」也。即此篇話，已盡題情。

鳳姐兒知道邢夫人稟性愚弱，只知承順賈赦以自保，次則婪取財貨爲自得，家中一應大小事務，俱由賈赦擺佈，凡出入銀錢事，一經他手，便尅扣異常，以賈赦浪費爲名，「須得我就中儉省，方可償補」，兒女奴僕，一人不靠，一言不聽的。明敍一通。如今又聽邢夫人如此的話，便知他又弄左性，勸了不中用，連忙陪笑説道：「太太這話説的極是。我能活了多大，知道什麽輕重？想來父母跟前别説一個丫頭，就是那麽大的一個活寶貝，不給老爺給誰？此是轉念，就一轉念，生出生龍活虎文章，好看煞人。背地裏的話，那裏信得？我竟是個獃子！拿着二爺説起，或有日得了不是，老爺、太太恨的那樣，恨不得立刻拿來一下子打死，及至見了面，也罷了，依舊拿着老爺、太太心愛的東西賞他。特爲引證，惡甚。如今老太太待老爺，自然也是那樣子。依我説，老太太今兒喜歡，要討今兒就討去。我先過去哄着老太太，等太太過去了，我搭赸着走開，把屋子裏的人我也帶開，太太好和老太太説。給了更好，不給也没防礙，衆人也不得知道。」何等機變。邢夫人見他這般説，便又喜歡起來，活畫。又告訴他道：「我的主意，先不和老太太説。老太太説不給，這事便死了。我心裏想着先悄悄的和鴛鴦説，他雖害臊，我細細的告訴了他，他自然不言語，就要了。那時再和老太太説，老太太雖不依，擱不住他願意。常言『人去不中留』，自然這就妥了。」計出萬全。鳳姐兒笑道：「到底是太太有智謀，這是千妥萬妥。別説是鴛鴦，憑他是誰，那一個不想巴高望上，不想出頭的？放着半個主子不做，倒願意做丫頭，將來配個小子就完了呢？」三刀兩面，真寫得出。邢夫人笑道：「正是這個話了。別説鴛鴦，就是那些執事的大丫頭，誰不願意這樣呢？你先過去，別露一點風聲，我吃了早飯就過來。」

鳳姐兒暗想：「鴛鴦素昔是個極有心胸識見的丫頭，雖如此説，保不住他願意不願意。我先過去了，太太後過去，若他依了，便没得話説；倘或不依，太太是多疑的人，只怕疑我走了風聲，使他拿腔作勢的。那時太太又見應了我的話，羞惱變成怒，拿我出氣起來，倒没意思。不如同着一齊過去了，他依也罷，不依也罷，就疑不到我身上了。」一想是極。凡處世待人，遇如邢氏，此想在所必須。但正用則正，邪用則邪，視乎人耳。想畢，因笑道：「纔我臨來，舅母那邊送了兩籠子鵪鶉，籓籬之鷃，豈知鴻鵠？是駡邢夫人不知鴛鴦。又善鬥之鳥，供人戲弄，此正邢氏受弄處也。我吩咐他們炸了，原要趕太太早飯上送過來的。我纔進大門時，見小子們抬車，説『太太的車扳了縫，拿去收拾去了』，不如這會子坐了我的車，一齊過去倒好。」邢夫人聽了，便命人來換衣服。鳳姐忙着伏侍了一會，娘兒兩個坐車過來。鳳姐兒又説道：「太太過老太太那裏去，我若跟了去，老太太若問起我過來做什麼的，倒不好，不如太太先去，我脱了衣裳再來。」弄邢氏於股掌之上。

邢夫人聽了有理，便自往賈母處來。和賈母説了一回閑話，便出來假託往王夫人房裏去，從後房門出去，打鴛鴦的卧房門前過。只見鴛鴦正坐在那裏做針綫，見了邢夫人，站起來。邢夫人笑道：

「做什麽呢？我看看。你扎的花兒越發好了。」一面説，一面便進來，接他手内的針綫看了一看，只管讚好。放下針綫，又渾身打量，只見他穿着半新的藕色綾襖，偏是藕色。青緞掐牙背心，下面水緑裙子，蜂腰削(背)(臂)，鴨蛋臉，烏油頭髮，高高的鼻子，兩邊腮上微微的幾點雀斑。不是晴雯，不是司棋，不是襲人，而既寫其貌，又寫其神。雀斑，痣也，志也。鴛鴦見這般看他，自己倒不好意思起來，心裏便覺詫異，因笑問道：「太太這會子不早不晚的過來做什麽？」邢夫人使個眼色兒，跟的人退出。邢夫人便坐下，拉着鴛鴦的手，笑道：「我特來給你道喜來的。」突如其來。鴛鴦聽了，心中已猜着三分，不覺紅了臉，低了頭，不發一言。聽邢夫人道：「你知道，老爺跟前竟没有個可靠的人，心裏再要買一個，又怕那些牙子家出來的，不乾不净，也不知道毛病兒，買了來家，三日兩日又弄鬼掉猴的。因滿府裏要挑一個家生女兒，又没個好的，不是模樣兒不好，就是性子不好，有了這個好處，没了那個好處。因此常冷眼選了半年，這些女孩子裏頭，就只你是個尖兒。模樣兒，行事做人，温柔可靠，一概是齊全的。意思要和老太太討了你去，收在屋裏。你不比外頭新買新討的，你這一進去了，就開了臉，就封你作姨娘，封得奇。又體面，又尊貴。你又是個要强的人，俗語説的，『金子還是金子换』，誰知竟被老爺看中了你。如今這一來，可就了素日心高志大的願了，又堵一堵那些嫌你的人的嘴。那些人。跟了我，回老太太去！」説着，拉了他的手就要走。一篇話，瑣碎支離，即可手拉手回老太太去，其心中是何景象，我不解作者有多少人譜。

鴛鴦紅了臉，奪手不行。邢夫人知他害臊，便又説道：「這有什麽臊處？你又不用説話，只跟着我就是了。」一要跟着，奇。鴛鴦只低頭不動身。邢夫人見他這般，便又説道：「難道你還不願意不成？若果然不願意，可真是個傻丫頭了！放着主子奶奶不做，倒願意做丫頭？三年兩年，不過配上個小子，還是奴才。你跟我們去，你知道我的性子又好，又不是那不容人的人，老爺待你們又好。過一年半載，生個一男一女，你就和我並肩了。是這般見地。家裏的人，你要使喚誰，誰還不動？現成主子不做去，錯過了機會，後悔就遲了。」只覺其言之厭。鴛鴦只管低頭，仍是不語。邢夫人又道：「你這麼個爽快人，怎麼又這樣積稔起來？有什麼不稱心之處，只管說與我，我管保你遂心如意就是了。」鴛鴦仍不語。六寫鴛鴦，文法六變，人所易忽。邢夫人又笑道：「想必你有老子娘，你自己不肯說話，怕臊，你等他們問你呢。這也是理。想得真到。讓我問他們去，叫他們來問你，有話只管告訴他們。」說畢，便往鳳姐兒房中來。

鳳姐兒早換了衣服，因房裏無人，便將此話告訴了平兒。平兒也搖頭笑道：「據我看來，未必妥當。平常我們背着人說起話來，聽他那主意，未必是肯的。也只說着看罷了。」若知之矣，而仍不可必，在心爲志也。鳳姐兒道：「太太必來這屋裏商議。依了還可，若是不依，白討個没趣兒。當着你們，豈不臉上不好看。你說給他們炸些鵪鶉，再有什麼配幾樣，預備吃飯。你且別處逛逛去，估量着走了，你再來。」有見識，有調度，才之累人如是。平兒聽說，照樣傳與婆子們，便逍遥自在的園子裏來。

這裏鴛鴦見邢夫人去了，必到鳳姐房裏商議去了，必定有人來問他的，不如躲了這裏，因找了琥珀道：「老太太要問我，只說我病了，没吃早飯，往園子裏逛逛就來。」琥珀答應了。鴛鴦也往園子裏來各處遊玩，不想正遇見平兒。平兒見無人，便笑道：「新姨娘來了！」妙語。鴛鴦聽了，便紅了臉，說道：「怪道你們串通一氣來算計我！等着我和你主子鬧去就是了。」平兒見鴛鴦滿臉惱意，自悔失言，便拉到楓樹底下，紅葉也，而已透鬼氣。坐在一塊石上，越發把方纔鳳姐過去回來所有的形景言詞始末原由，告訴於他。鴛鴦紅了臉，向平兒冷笑道：「只是咱們好，比如襲人、琥珀、素雲、紫鵑、彩霞、玉釧、麝月、翠墨，跟了史姑娘去的翠縷，死了的可人和金釧，去了的茜雪，諸人一總，惟可人無明文，則鴛鴦即可人也。可陰可陽，可生可死，而惟可人不可獸。連上你我，這十來個人，從小兒什麼話兒不說，什麼事兒不做？這如今因都大了，各自幹各自的去了，然我心裏仍是照舊，有話有事，並不瞞你們。這話我先放在你心裏，且別和二奶奶說。別說大老爺要我做小老婆，就是太太這會子死了，他三媒六聘的娶我去做大老婆，我也不能去！」所謂志。

平兒方欲說話，只聽山石背後哈哈的笑道：「好個沒臉的丫頭，虧你不怕牙磣。」二人聽了，不覺吃了一驚，忙起身向山後找尋，不是別個，卻是襲人，笑着走了出來。問：「什麼事情？告訴我。」說着，三人坐在石上。必用此人同坐石上，石，寶玉也。襲有實迹，平則幻影，鴛鴦並影而亦泯之，此鴛鴦而不鴛鴦，轉得順受其正者也。平兒又把方纔的話說與襲人，襲人聽了，說道：「這話論理不該我們說，這個大老爺真真太好色了。略平頭整臉的，他就不能放手了。」平兒道：「你既不願意，我教你個法兒。」鴛鴦道：「什麼法兒？」平兒笑道：「你只和老太太說，就說已經給了璉二爺了，大老爺就不好要了。」謔語毒惡。鴛鴦啐道：「什麼東西！你還說呢！前兒你主子不是這麼混說？誰知應到今兒了。」襲人笑道：「他兩個都不願意，依我說，就和老太太說，叫老太太就說把你已經許了寶二爺了，平言是賓，此言是主。在鴛鴦亦從情字中入虎穴、得虎子者也。大老爺也就死了心了。」鴛鴦又是氣，又是臊，又是急，罵道：「兩個壞蹄子，再不得好死的！人家有爲難的事，拿着你們當做正經人，告訴你們，與我排解排解，饒不管，你們倒替換着取笑兒。你們自以爲都有了結果了，將來都是作姨娘的！據我看來，天底下的事未必都那麼遂心如意的。透襲改嫁、平扶正消息，而至理存焉。你們且收着些兒罷，別忒樂過了頭兒。」本大段意是劉老老。二人見他急了，忙陪笑道：「好姐姐，別多心。咱們從小兒都是親姊妹一般，不過無人處偶然取個笑兒。你的主意，告訴我們知道，也好放心。」鴛鴦道：「什麼主意！我只不去就完了。」說「什麼主意」，而主意自定，非如襲人之口口聲聲「有主意」也。平兒摇頭道：「你不去，未必得干休。大老爺的性子，你是知道的。雖然你是老太太房裏的人，此刻不敢把你怎麼樣，難道你跟老太太一輩子不成？也要出去的。那時落了他的手，倒不好了。」慮他後來，正是堅其現在，鴛鴦得平助。鴛鴦冷笑道：「老太太在一日，我一日不離這裏。若是老太太歸西去了，他横豎還有三年的孝呢，三年孝，尚以人待賈赦也，正是接替劉老老處。没個娘纔死了，他先弄小老婆的！等過了三年，知道又是怎麼個光景兒呢？那時再説。總到了至急爲難，我剪了頭髮做姑子去。不然，還有一死。一輩子不嫁男人又怎麼樣？樂得乾净呢！」看其説之緩，而後來行之決。口頭禪便不這般説。平兒、襲人笑道：「真個這蹄子没了臉，越發信口兒都説出來了。」鴛鴦道：「事到如此，臊一回子怎麼樣？你們不信，慢慢的看着就是了。何等豁達，仍不説滿。太太纔説了，找我老子娘去。我看他南京找去！」平兒道：「你的父母都在南京看房子，没上來，終久也尋的着。現在還有你哥哥、嫂子在這裏。先出其哥嫂。可惜你是這裏的家生女兒，不如我們兩個只單在這裏。」鴛鴦道：「家生女兒怎麽樣？牛不喝水强按頭？「志」字注脚，而以牛自命。我故説又一劉老老。我不願意，難道殺我的老子娘不成！」

正説着，只見他嫂子從那邊走來。乘勢接入。襲人道：「他們當時找不着你的爹娘，一定和你嫂子説了。」鴛鴦道：「這個娼婦，專管是個『六國販駱駝』的。聽了這話，他有個不奉承去的？」説話之間，已來到跟前。他嫂子笑道：「那裏没有找到？姑娘跑到這裏來！你跟了我來，我和你説話。」活畫。平兒、襲人都忙讓坐，他嫂子只説：「姑娘們請坐，找我們姑娘説句話。」襲人、平兒都裝不知道，笑説：「什麽事這麽忙？我們這裏猜謎兒呢，是猜謎。等猜了這個再去。」鴛鴦道：「什麽話？你説罷。」他嫂子笑道：「你跟我來，到那邊告訴你，横豎有好話兒。」心事和盤托出。鴛鴦道：「可是太太和你説的那話？」他嫂子笑道：「姑娘既知道，還奈何我。快來，我細細告訴你。可是天大的喜事！」其神情恍在紙上。鴛鴦聽説，立起身來，照他嫂子臉上下死勁啐了一口，寫得出。指着駡道：「你快夾着你那毬嘴，語妙無敵。離了這裏，好多着呢！什麽好話！又是什麽喜事！怪道成日家羡慕人家的女兒做了小老婆，一家子都仗着他横行霸道的，一家子都成了小老婆了！絶倒。看的眼熱了，也把我送在火坑裏去！我若得臉呢，你們外頭横行霸道，自己就封了自己是舅爺；我若不得臉，敗了時，你們把忘八脖子一縮，生死由我去！」一番笑駡，曲中世情，痛快之極。一面駡，一面哭。平兒襲人攔着勸他。他嫂子臉上下不來，因説道：「願意不願意，你也好説，不犯着拉三扯四的。俗語説的好，『當着矮人，别説〔短〕（這）話』，姑娘駡我，我不敢還言，這二位姑娘並没惹着你，小老婆長、小老婆短，人家臉上怎麼過的去？」文善生發，意有激射。襲人、平兒忙道：「你倒別說這話，他也並不是說我們，你倒別拉三扯四的。你聽見那位太太太爺們封了我們做小老婆？平兒仍是通房大丫頭。況且我們兩個也沒有爹娘、哥哥、兄弟在這門子裏仗着我們橫行霸道的。他罵的人，自由他罵去，我們犯不着多心。」犀利無匹。鴛鴦道：「他見我罵了他，他臊了，沒的蓋臉，又拿話調唆你們兩個。幸虧你們兩個明白。原是我急了，也沒分別出來，他就挑出這個空兒來！」他嫂子自覺沒趣，賭氣去了。

鴛鴦氣的還罵，平兒襲人勸他一回，方罷了。平兒因問襲人道：「你在那裏藏着做什麼？我們竟沒有看見你。」襲人道：「我因爲往四姑娘房裏看我們寶二爺去的，誰知遲了一步，說是家去了。我疑惑怎麼沒遇見呢？想要往林姑娘家找去，又遇見他的人說也沒去。我這裏正疑惑是出園子去了，可巧你從那裏來了，我一閃，你也沒看見。後來他又來了，我從這樹後頭走到山子石後，我卻見你兩個說話來了，誰知你們四個眼睛沒見我。」一語未了，又聽身後笑道：「四個眼睛沒見你，你們六個眼睛還沒見我呢！」活脫而出，語極敏妙，文似看山不喜平，歎觀止矣。三人嚇了一跳，回身一看，不是別人，正是寶玉。歸到此人。襲人先笑道：「叫我好找！你在那裏來的？」寶玉笑道：「我從四妹妹那裏出來，迎頭看見你走來了，我就知道是找我去的，我就藏了起來哄你。看你揚着頭過去了，進了院子，又出來了，逢人就問，我在那裏好笑。只等你到了跟前，嚇你一跳的，後來見你也藏藏躲躲的，我就知道也是要哄人了。此一哄，彼一哄。我探頭往前看了一看，卻是他兩個，所以我就繞到你身後，你出去，我就躲在你躲的那裏了。」平兒笑道：「咱們再往後找找去罷，只怕還找出兩個人來也未可知。」寶玉笑道：「這可再沒有了。」鴛鴦已知這話俱被寶玉聽了，只伏在石頭上裝睡。不脱石頭。寶玉推他笑道：「這石頭上冷，咱們回房裏去睡豈不好？」説着拉起鴛鴦來。又忙讓平兒來家吃茶，和襲人都勸鴛鴦走，鴛鴦方立起身來，四人竟往怡紅院來。寶玉將方纔的話俱已聽見，心中着實替鴛鴦不快，以前鴛鴦與寶玉是這般寫。只默默的歪在床上，便是同坐石上。任他三人在外間説笑。寫得恰好。

那邊邢夫人因問鳳姐兒鴛鴦的父親，串過這邊，以接爲補。鳳姐因説：「他爹的名字叫金彩，兩口子都在南京看房子，生色爲彩，兩口子一陰一陽，闡《易》道也。故在南京看房，是明説《京房易》。不大上來。他哥哥文翔，現在是老太太的買辦。見機爲翔。《易》道無物不備，故爲買辦。他嫂子也是老太太那邊漿洗上頭兒。」鴛鴦暫絶，第一能湔滌人也，故爲漿洗頭兒。邢夫人便命人叫了他嫂子金文翔媳婦來，細細説與他。金家媳婦自是歡喜，興興頭頭去找鴛鴦，指望一説必妥。不想被鴛鴦搶白了一頓，又被襲人、平兒説了幾句，敘事穿插，妙無痕迹。羞惱回來，便對邢夫人説：「不中用，他罵了我一場！」因鳳姐兒在旁，不敢提平兒，世情。説：「襲人也幫着搶白我，説了我許多不知好歹的話，回不得主子的。太太和老爺商議再買罷，諒那小蹄子也沒有這麽大福，我們也沒有這麽大造化。」不蔓不支。邢夫人聽了，説道：「又與襲人什麽相干？他們如何知道的？」又問：「還有誰在跟前？」金家的道：「還有平姑娘。」鳳姐兒忙道：「你應該拿嘴巴子打他回來！我一出了門，他就逛去了，回家來連一個影兒也摸不着他。他必定也幫説什麽來着？」玲瓏剔透。金家的道：「平姑娘沒在跟前，遠遠的看着，倒像是他，可也不真切，不過是我自忖度。」所謂幻影，而曲肖世情。鳳姐便命人：「去快找了他來！告訴我家來了，太太也在這裏，叫他來幫個忙兒。」語妙，情妙。豐兒忙上來回道：「林姑娘打發了人下請字兒請了三四次，他纔去了。奶奶一進門，我就叫他去的。林姑娘説：『告訴奶奶，我煩他有事呢。』」林姑娘即一鴛鴦也。豈能隨機圓謊，是謂屏風。鳳姐兒聽了方罷，故意的還説：「天天煩他，有什麽事情！」像極。

邢夫人無計，吃了飯回家，晚間告訴了賈赦。賈赦想了一想，即刻叫賈璉來，説：「南京的房子，還有人看着，不止一家，即刻叫上金彩來。」絶倒。賈璉回道：「上次南京信來，金彩已經得了痰迷心竅，所謂糊塗東西。那邊連棺材銀子都賞了，不知如今是死是活。即便活着，人事不知，叫來無用。他老婆子又是個聾子。」一部《周易》，自《乾》而生，《乾》卦爻象皆龍，故曰聾子。賈赦聽了，喝了一聲，又罵：「混賬没天理的囚攮的！偏你這麽知道，還不離了我這裏！」寫得又像。嚇的賈璉退出。一時又叫：「傳金文翔！」賈璉在外書房伺候着，又不敢家去，又不敢見他父親，只得聽着。一時金文翔來了，小幺兒們直帶入二門裏去。隔了四五頓飯的工夫，纔出來去了。敍事圓浄。賈璉暫且不敢打聽，隔了一會，又打聽賈赦睡了，方纔過來。至晚間鳳姐兒告訴他，方纔明白。

且説鴛鴦一夜没睡。至次日，他哥哥回賈母接他家去逛逛，賈母允了，叫他家去。鴛鴦意欲不去，只怕賈母疑心，只得勉强出來。他哥哥只得將賈赦的話説與他，又許他怎麽體面，又怎麽當家做姨娘，鴛鴦只咬定牙不願意。他哥哥無法，少不得回去回覆了賈赦。賈赦大怒起來，因説道：「我説與你，叫你女人向他説去！就説我的話：『自古嫦娥愛少年』，他必定嫌我老了，大約他戀着少爺們，多半是看上了寶玉，只怕也有賈璉。醜不堪聞。若有此心，叫他早早歇了。我要他不來，已後誰敢收他？這是一件。「尷尬人」心事是這等寫。第二件，想着老太太疼他，將來外邊聘個正頭夫妻去。叫他細想，憑他嫁到了誰家，也難出我的手心。轉爲鴛鴦開出道路。除非他死了，或是終身不嫁男人，我就服了他。其言横極，物極必反，故賴嬤嬤重以横行霸道爲戒也。若不然時，叫他趁早回心轉意，有多少好處！」賈赦説一句，金文翔應一聲「是」。賈赦道：「你别哄我！明兒我還打發你太太過去問鴛鴦，你們説了，他不依，便没你們的不是；若問他，他再依了，仔細你們的腦袋！」文字圓滿。金文翔忙應了又應，退出回家，也等不得告訴他女人轉説，竟自已對面説了這話，從對面襯出賈赦之横。把個鴛鴦氣的無話可回，想了一想，「翔而後集」，在此一想，其間有無數文字。便説道：「我便願意去，也須得你們帶了我回聲老太太去。」他哥嫂只當他回想過來，都喜之不盡。他嫂子即刻帶了他上來見賈母。

可巧王夫人、薛姨媽、李紈、鳳姐兒、寶釵等姊妹獨無黛玉。並外頭的幾個執事有頭臉的媳婦，都在賈母跟前湊趣兒呢。鴛鴦看見，忙拉了他嫂子，到賈母跟前跪下，一面哭，一面説，把邢夫人怎麽來説，園子裏嫂子又如何説，今兒他哥哥又如何説，「因爲不依，方纔大老爺越發説我戀着寶玉，不然，要等着往外聘，憑我到天上，這一輩子也跳不出他的手心去，終久要報仇。我是横了心的，當着衆人在這裏，我這一輩子，别説是寶玉，便是『寶金』、『寶銀』、『寶天王』、『寶皇帝』，横豎不嫁人就完了！所云「誓絶」，乃絶此人。就是老太太逼着我，一刀子抹死了，也不能從命！伏侍老太太歸了西，我也不跟着我老子娘哥哥去，或是尋死，或是剪了頭髮當姑子去！若説我不是真心，暫且拿話支吾，這不是天地鬼神、日頭月亮照着！嗓子裏頭長疔！」正面文字，十分暢快，一時情急氣壅，如聞如見。原來這鴛鴦一進來時，便袖内帶了一把剪刀，橫插補筆。一面説着，一面回手打開頭髮就鉸。説時遲，那時快，《水滸》得意筆也，我即以評此剪。衆婆子丫鬟看見，忙來拉住，已剪下半綹來了。衆人看時，幸而他的頭髮極多，鉸的不透，連忙替他挽上。

賈母聽了，氣的渾身打戰，口内只説：「我通共剩了這麼一個可靠的人，他們還要來算計！」因見王夫人在旁，便向王夫人道：「你們原來都是哄我的！何嘗不是。外頭孝順，遠地裏盤算我！有好東西也來要，有好人也來要，剩了這個毛丫頭，見我待他好了，你們自然氣不過，弄開了他，好擺弄我！」王夫人忙站起來，不敢還一言。薛姨媽見連王夫人怪上，反不好勸的了。李紈一聽見鴛鴦這話，早帶了姊妹們出去。不復問人間興廢，而安置妥極。探春有心的人，想王夫人雖有委屈，如何敢辨？薛姨媽現在親姊妹，自然也不好辨；寶釵也不便爲姨母辨；李紈、鳳姐、寶玉一發不敢辨。這正用着女孩兒之時：迎春老實，惜春小。因此窗外聽了一聽，便走進來，陪笑向賈母道：是探春。已爲五十六回「敏」字安眼。○歷歷分疏，獨無黛玉，見鴛鴦即黛玉也。書中每用此法。「這事與太太什麼相干？老太太想一想，也有大伯子的事，小嬸子如何知道？」一言而解，才足釋紛。話未説完，賈母笑道：「可是我老糊塗了，姨太太别笑話我！你這個姐姐，他極孝順我，不像我那大太太，一味怕老爺，婆婆跟前不過應景兒。可是我委屈了他。」薛姨媽只答應「是」，又説：「老太太偏心，多疼小兒子媳婦，也是有的。」賈母道：「不偏心！」因又説：「寶玉，我錯怪了你娘，你怎麼也不提我，看着你娘受委屈？」寶玉笑道：「我偏着母親説大爺大娘不成？通共一個不是，我母親要不認，卻推誰去？我倒要認是我的不是，老太太又不信。」智通無累，一片禪機，一團《易》理。賈母笑道：「這也有理。你快給你娘跪下，你說：『太太別委屈了，老太太有年紀了，看着寶玉罷。』」寶玉聽了，忙走過來，便跪下要說。王夫人忙笑着拉他起來，說：「快起來，斷乎使不得！難道替老太太給我陪不是不成？」寶玉聽說，忙站起來。一路關目，簡净周詳。賈母又笑道：「鳳丫頭也不提我。」鳳姐笑道：「我倒不派老太太的不是，老太太倒尋上我了！」逆筆陡開奇境，心花怒生。賈母聽了，與衆人都笑道：「這可奇了！倒要聽聽這『不是』。」鳳姐兒道：「誰叫老太太會調理人？調理的水葱兒似的，怎麽怨得人要？我幸虧是孫子媳婦，要是孫子，我早要了，還等到這會子呢！」一語能解八面圍，匪夷所思，左氏得意文章也。賈母笑道：「這倒是我的不是了。」鳳姐笑道：「自然是老太太的不是了。」賈母笑道：「這樣，我也不要了，你帶了去罷。」鳳姐兒道：「等着修了這輩子，來生托生男人，我再要罷。」直透詩社，隱闡畫圖，完此大段。賈母笑道：「你帶了去，給璉兒放在屋裏，已撇寶玉，明出「誓絕」。看你那没臉的公公還要不要了！」鳳姐兒道：「璉兒不配，就只配我和平兒這一對燒糊了的饞子和他混罷。」趣甚，妙甚。說的衆人都笑起來了。丫頭回說：「大太太來了。」王夫人忙迎了出去。

要知端的，且聽下回分解。

「牙牌令」花落結瓜，黛玉之局終矣。在黛爲《否》之《泰》，在大衆爲《泰》之《否》，正鴛鴦畫圖中往來之義。而能誓絕者，鴛鴦而不鴛鴦，爲真鴛鴦，爲《泰》；不能誓絕者，非鴛鴦而鴛鴦，爲假鴛鴦，爲《否》。則《姤》之宜絕也。

自「閑取樂」至此回爲一大段，老老、鴛鴦交關文字也。上大段演自《姤》而《坤》，爲禍敗之機，是遠脈。此大段演自《姤》而《否》，爲禍敗之勢，是近脈。一𨠵醨醋，大衆争嘗；萬縷心香，癡情共抱。喜分同氣，兩脚跨人獸關頭；樂聚衆財，一點起鴛鴦圖下。夜叉現無窮變相，鮑二須防；風雨泄不測機緘，燕窩何用？咦！劉老老既去矣，賴嬷嬷其來乎？

護花主人評曰：

此回賈赦要鴛鴦，爲一百十一回鴛鴦自縊之根由。雖是單寫一件事，又夾寫邢夫人愚懦，王鳳姐使乖。

鴛鴦向平兒、襲人説「做姑子」「還有一死」的話，姑子是賓，一死是主，伏後來殉主情事。

鴛鴦正生氣時，又閒敍平兒、襲人互相取笑，不但文有生趣，且見鴛鴦胸中已早認定一「死」字。

賈赦向金文翔一番説話，全是倚勢霸道，俱在鴛鴦逆料之中。此賈母一故，鴛鴦所以必死也。

探春勸賈母，開脱王夫人，鳳姐派賈母不是，一個勸得有理，一個派得有趣，真是善於勸解者。

大某山民評曰：

此回仍是壬子年九月間事。

第四十七回　獃霸王調情遭苦打　冷郎君懼禍走他鄉

話説王夫人聽見邢夫人來了，連忙迎了出去。邢夫人猶不知賈母已知鴛鴦之事，正還又來打聽信息，夢夢。進了院門，早有幾個婆子悄悄的回了他，他纔知道。待要回去，裏面已知，又見王夫人接了出來，少不得進來，先與賈母請安。賈母一聲兒不言語，自己也覺得愧悔。鳳姐兒早指一事迴避了，鴛鴦也自回房去生氣，薛姨媽、王夫人等恐礙着邢夫人的臉面，也都漸漸的退了。邢夫人且不敢出去。寫得好。賈母見無人，方説道：「我聽見你替你老爺説媒來了，你倒也三從四德的，只是這賢惠也太過了。聲口如聞。你們如今也是孫子兒子滿眼了，你還怕他使性子？我聞得你還由着你老爺的那性兒鬧。」邢夫人滿臉通紅，回道：「我勸過幾次不依，老太太還有什麼不知道的呢！我也是不得已兒。」賈母道：「他逼着你殺人，你也殺去？如今你也想想，你兄弟媳婦本來老實，又生的多病多痰，上上下下，那不是他操心？你一個媳婦雖然幫着，也是天天丢下爬兒弄掃帚。凡百事情，我如今自己減了。他們兩個，就有些不到的去處，有鴛鴦那孩子還心細些。我的事情，他還想着一點子：該要的，他就要了來；該添什麼，他就趁空兒告訴他們添了。鴛鴦再不這樣，他娘兒兩個裏頭、外頭，大的、小的，那裏不忽略一件半件？我如今反倒自己操心去不成？還是天天盤算，和他們要東要西去？我這屋裏有的没有的，剩了他一個，年紀也大些，我凡做事的脾氣性格兒，他還知道些。他二則也還投主子的緣法，他也並不指着我和那位太太要衣裳去，又和那位太太要銀子去。所以這幾年一應事情，他説什麽，從你小嬸和你媳婦起，至家下大大小小，没有不信的。所以不單我得靠，連你小嬸、媳婦也都省心。我有了這麽個人，便是媳婦、孫子媳婦想不到的，我也不得缺了，也没氣可生了。這會子他去了，你們又弄了什麽人來我使？你們就弄他那麽一個真珠的人來，不會説話也無用。從賈母口中爲鴛鴦立傳，聲情畢現。我正要打發人和你老爺説去，他要什麽人，我這裏有錢，叫他只管一萬八千的買去就是！要這個丫頭不能！留下他，伏侍我幾年，就比他日夜伏侍我盡了孝的一般。你來的也巧，就去説，更妥當了。」説畢，命人來：「請了姨太太及姑娘們來。纔高興説個話兒，怎麽的又都散了？」截然而止，更不拖沓。自上回開首至此，皆極難妥帖文字。丫頭忙答應找去了。

衆人趕忙的又來，只有薛姨媽向那丫頭道：「我纔來了，又做什麽去？你就説我睡了。」那丫頭道：「好親親的姨太太，姨祖宗，我們老太太生氣呢。你老人家不去，没個開交了。只當疼我們罷！你老人家怕走，我背了你老人家去。」薛姨媽阿諛取容光景，借一丫頭側筆寫出，善繪風景。薛姨媽笑道：「小鬼頭兒，你怕些什麽？不過罵幾句就完了。」説着，只得和這小丫頭子走來。賈母忙讓坐，又笑道：「咱們鬥牌罷。人頭牌，取宋江等三十六人之黨爲之。三十六，天數也，而乃盗藪。姨太太的牌也生，咱們一處坐着，別叫鳳丫頭混了我們去。」薛姨媽笑道：「正是呢，老太太替我看着些兒。就是咱們娘兒四個鬥呢，還是添一兩個人呢？」王夫人笑道：「可不只四個人。」鳳姐兒道：「再添一個人熱鬧些。」賈母道：「叫鴛鴦來，叫他在這下手裏坐着。姨太太的眼花了，咱們兩個的牌都叫他看着些兒。」鳳姐笑了一聲，向探春道：「你們知書識字的，倒不學算命？」算命又映《易》道，而造語自奇。探春道：「這又奇了！這會子你不打點精神贏老太太幾個錢，又想算命？」鳳姐兒道：「我正要算算今兒該輸多少，我還想贏呢？你瞧瞧場兒没上，上下左右都埋伏下了。」真能涉趣，而乃殺機。說的賈母、薛姨媽都笑起來。

一時鴛鴦來了，便坐在賈母下首。鴛鴦之下，便是鳳姐兒。鋪下紅毡，洗牌告幺，五人起牌鬥了一回。鴛鴦見賈母的牌已十成，只等一張二餅，便遞了暗號兒與鳳姐兒。鳳姐兒正該發牌，便故意躊躇了半晌，笑道：「我這一張牌定在姨媽手裏扣着呢，我若不發這一張牌，再頂不下來的。」五人鬥牌，爲天五生土，賈母十成，爲地十成之，《河》《洛》理數也。只等二餅，爲地二生火，陰在上矣。陰火銷鑠，鳳實主之，故在他手。○此場實止四人，而曰五人者，鴛鴦既經誓絶，乃不偶而偶，轉以一人當兩人也。以繳上，以起下。薛姨媽道：「我手裏並没有你的牌。」鳳姐兒道：「我回來是要查的。」薛姨媽道：「你只管查，你且發下來我瞧瞧，是張什麽？」鳳姐兒便送在薛姨媽跟前，薛姨媽一看，是個二餅，便笑道：「我倒不稀罕他，只怕老太太滿了。」妙能摇曳。鳳姐聽了，忙笑道：「我發錯了！」此錯難挽。賈母笑的已擲下牌來，說：「你敢拿回去！誰叫你錯的不成？」鳳姐兒道：「可是我要算一算命呢！這是自己發的，也怨不得人了。」渾身解數，是活鳳姐。賈母笑道：「可是你自己打着你那嘴，問着你自己纔是。」又向薛姨媽笑道：「我不是小氣愛贏錢，原是個采頭兒。」薛姨媽笑道：「我們可不是這樣想，那裏有那樣糊塗人，説老太太愛錢呢？」鳳姐兒正數着錢，聽了這話，忙又把錢穿上了，向衆人笑道：「彀了我的了！竟不爲贏錢，單爲贏采頭兒。我到底小氣，輸了就數錢，快收起來罷。」賈母是規矩鴛鴦代洗牌的，因和薛姨媽説笑，不見鴛鴦動手。賈母道：「你怎麼惱了，連牌也不替我洗？」鴛鴦拿起牌來，笑道：「奶奶不給錢。」賈母道：「他不給錢，那是他交運了。」交運正是算命，一切諧謔悉有隱意，但明是《易》，是《姤》，是《否》，無不迎刃而解。如「小氣」「采頭」「愛錢」「一吊又一吊」都是，評不勝評。便命小丫頭子：「把他那一吊錢都拿過來！」小丫頭子真就拿了，擱在賈母旁邊。鳳姐兒忙笑道：「賞我罷！照數兒給就是了。」薛姨媽笑道：「果然鳳姐兒小氣，不過頑意罷了。」

鳳姐兒聽説，便站起來，拉住薛姨媽，回頭指着賈母素日放錢的一個木箱子笑道：「姨媽瞧瞧！那個裏頭不知頑了我多少去了。這一吊錢頑不了半個時辰，那裏頭的錢就招手兒叫他了。只等把這一吊也叫進去了，牌也不用鬥了，老祖宗氣也平了，又有正經事差我辦去了。」敏妙絶倫。話未説完，引的賈母衆人笑個不止。正説着，偏平兒怕錢不彀，又送了一吊來。鳳姐兒道：「不用放在我跟前，也放在老太太的那一處罷，一齊叫進去倒省事，不用做兩次，叫箱子裏的錢費事。」賈母笑的手裏的牌撒了一桌子，推着鴛鴦叫：「快撕他的嘴！」平兒依言放下錢，也笑了一回方回來。

至院門前，遇見賈璉，問道：「太太在那裏呢？老爺叫我請過去呢！」平兒忙笑道：「在老太太跟前，站了這半日還没動呢。難受。〇鳳姐坐而邢氏立，見賈母以愛憎壞禮，亦用側筆出之。趁早兒丢開手罷，老太太生了半日氣，這會子虧二奶奶湊了半日的趣兒，纔略好了些。」賈璉道：「我過去只說討老太太示下，十四日往賴大家去不去，好預備轎子的。又請了太太，又湊了趣兒，豈不好？」平兒笑道：「依我說，你竟別過去罷。合家子連太太、寶玉都有了不是，這會子你又填眼去了。」賈璉道：「已經完了，難道還找補不成？況且與我又無干。二則老爺親自吩咐我請太太的，這會子我打發了人去，倘或知道了，正没好氣呢，指着這個拿我出氣罷！」遞本回，實找上大段，令人不可忘了鮑二。說着就走。平兒見他說的有理，二之進不可制止，是有理。也便跟了過來。

賈璉到了堂屋裏，便把脚步放輕了，往裏間探頭，只見邢夫人站在那裏。鳳姐兒眼尖，先瞧見了，便使眼色兒不命他進來，又使眼色與邢夫人。邢夫人不便就走，只得倒了一碗茶來，放在賈母跟前。賈母一回身，賈璉不防，便没躲過。賈母便問：「外頭是誰？倒像個小子一伸頭的是的。」是小子。鳳姐兒忙起身說：「我也恍惚看見有一個人影兒。」一面說，一面起身出來。賈璉忙進去陪笑道：「打聽老太太十四可出門，好預備轎子。」賈母道：「既這麽樣，怎麽不進來？又做鬼做神的。」賈璉陪笑道：「見老太太頑牌，不敢驚動，不過叫媳婦出來問問。」賈母道：「就忙到這一時？等他家去，你問他多少問不得？那一遭兒你這麽小心來着？又不知是來做耳報神的，也不知是來做探子的，鬼鬼祟祟，倒唬我一跳，什麽好下流種子！你媳婦和我頑牌呢，還有半日的空兒，你家去再和那趙二家的趙二則錢，財色並到。商量治你媳婦去罷！」說着，衆人都笑了。鴛鴦笑道：「鮑二家的！老祖宗又拉上趙二家的去。」必用他指明白。賈母也笑道：「可是！我那裏記得什麽抱着背着呢？提起這些事來，不由我不生氣。我進了這門子做重孫媳婦起，到如今我也有個重孫媳婦了，連頭帶尾五十四年，六九之數，《乾》《坤》之用一周。憑着大驚大險千奇百怪的事也經了些，所謂史。從没經過這些事！還不離了我這裏呢！」一段嬉笑怒罵，八面玲瓏。

賈璉一聲兒不敢説，忙退了出來。平兒在窗外站着悄悄笑道：「我説你不聽，到底碰在網裏了。」正説着，只見邢夫人也出來。賈璉道：「都是老爺鬧的，如今都擱在我和太太身上。」有是父，有是子。邢夫人道：「我把你這没孝心的種子！人家還替老子死呢。白説了幾句，你就抱怨天抱怨地了？你還不好好的呢。這幾日生氣，仔細他搥你。」心情口語活畫。賈璉道：「太太快過去罷，叫我來請了你半日了。」説着，送他母親出來，過那邊去。邢夫人將方纔的話只略説了幾句，「略」字下得妙，極能把邢氏見識和盤托出，以一字繪全神，古大家能有幾人？賈赦無法，又且含愧，自此便告了病。且不敢見賈母，只打發邢夫人及賈璉每日過去請安。只得又各處遣人購求尋覓，終久費了八百兩銀子，買了一個十七歲女孩子來，名喚嫣紅，嫣，淹也，文字收場。收在屋裏，不在話下。

這裏鬥了半日牌，吃晚飯纔罷。此一二日間無話。一二日，三日也，乃重陽後二日，收束以上所演二陰。轉眼到了十四，九月十四。黑早，賴大的媳婦又進來請。賈母高興，便帶了王夫人、薛姨媽薛姨媽也在帶中。及寶玉姊妹等，至賴大花園中坐了半日。那花園雖不及大觀園，卻也十分齊整寬闊，泉石林木，樓臺亭軒，也有好幾處動人的。「敏探春」一回生於此。外面大廳上，薛蟠、賈珍、賈璉、賈蓉中後路文字多半出此四人身上，特爲一總。並幾個近族的都來了。那賴大家的也請了幾個現任的官長，並幾個大家子弟作陪。因其中有個柳湘蓮，柳湘蓮，此書中一大關鍵，照應空渺，照應真假，乃鴛鴦而不鴛鴦、真爲鴛鴦之一人，尤三姐匹也。其實爲寶、黛兩影，合成一人，與寶釵無干涉。其姓名淺言之，則柳之風流，蓮之清浄，乃出淤泥而不染，又瀟湘雲夢，狀其歸空，已足盡其名其人之義。但其姓柳，从木从卯，卯爲木，又加木，則爲林，乃黛玉之姓也。書重木石姻緣，乃演還淚，淚即泪，湘字一水一目，合之成泪，中加木字，分明木泪，黛玉之案也。蓮則佛花，上爲草，下爲連，爲走，草宜連而不連，因歸佛而走，非寶玉乎？在寶、黛共爲一心，柳湘蓮遂自爲一心，吾故曰合兩影而成一人也。又湘即湘雲，以一人作三影者，此特除去寶釵，一於陽類，不欲以陰柔雜之也。薛蟠自上次會過了一次，已念念不忘，又打聽他最喜串戲，且都串的是生旦風月戲文，既串生，又串旦，風月鑑中之生、旦，寶、黛也。吾故謂合寶、黛爲一人。不免錯會了意，誤認他做了風月子弟。在風月鑑中，出風月鑑外。正要與他相交，恨没有個引進，這日可巧遇見，樂得無可不可。且賈珍等也慕他的名，酒蓋住了臉，就求他串了兩齣戲。下來，移席和他一處坐着，問長問短，説東説西。

那柳湘蓮原係世家子弟，讀書不成，父母早喪，素性爽俠，不拘細事，酷好耍鎗舞劍，賭博吃酒，以及眠花卧柳，吹笛彈箏，無所不爲。因他年紀輕，又生得美，不知他身分的人，都誤認作優伶一類。特立小傳。那賴大之子賴尚榮當儉德避難，不可榮禄之時，而且賴上以榮也，是乃包羞之小人，《否》成矣。其名到此方出。與他素昔交好，故今日請來作陪。不想酒後别人猶可，獨薛蟠又犯了舊病，謂之舊病，奇。心中早已不快，得便意欲走開完事。無奈賴尚榮又説：「方纔寶二爺又囑咐我，纔一進門雖見了，只是人多不好説話，叫我囑咐你散的時候别走，他還有話説呢。没字處有許多文章，而秦鍾儼然尚存也。你既一定要走，等我叫出他來，你兩個見了再走，與我無干。」説着便命小厮們：「到裏頭找一個老婆子，悄悄告訴，請出寶二爺來。」那小廝去了。没一杯茶時，果見寶玉出來了。賴尚榮向寶玉笑道：「好叔叔，把他交給你，我張羅人去了。」説着，已經去了。

寶玉便拉了柳湘蓮到廳側書房中坐下，問他：「這幾日可到秦鍾的坟上去了？」湘蓮道：「怎麽不去？前日我們幾個放鷹去，放鷹去，掉皮。離他坟上還有二里。我想今年夏天雨水勤，恐怕他的坟站不住，我背着衆人走到那裏去瞧了一瞧，略又動了一點子。回家來就便弄了幾百錢，第三日一早出去，雇了兩個人，收拾好了。」許多文字，補之不及補，詳之不及詳，而又要爲情種作十成語，此大難事也。乃以上坟一事，輕輕托出死生相繫之情，何等思路！寶玉説：「怪道呢。上月我們大觀園的池子裏頭結了蓮蓬，我摘了十個，叫焙茗出去到坟上供他去。略補。回來我也問他，可被雨冲壞了没有？他説：『不但没冲，更比上回新了些。』我想着必是這幾個朋友新收拾了。那幾個。我只恨我天天圈在家裏，一點兒做不得主，行動就有人知道，不是這個攔，就是那個勸的，能説不能行。雖然有錢，又不由我使。」柳湘蓮道：「這個事也用不着你操心。外頭有我，你只心裏有了就是了。寫得圓。眼前十月初一日，已到「揆癡理」，回看此語及鳳姐生日，則此日爲九月十四也。作者欲借此日明其演《易》大指，而故不肯説出九月，或先之，或後之，夾對而出，其狡獪如此。我已經打點下上坟的花銷。你知道我一貧如洗，家裏是没有積聚的，縱有幾個錢來，隨手就光的，不畜長物，已能脱卻財字一關，則不爲利動，薛蟠無可如何。惜黛玉受燕窩之愚也。不如趁空兒留下這一分，省的到了跟前扎煞手。」不以貧富爲轉移。寶玉道：「我也正爲這個，這情種便是那情種。要打發焙茗找你。你又不大在家，知道你天天萍踪浪迹，没個一定的去處。」柳湘蓮道：「你也不用找我，這個事也不過各盡其道，眼前我還要出門去走走，外頭逛逛，三年五載再回來。」三、五、八數。曰年，曰載，動爲周天，又一鴛鴦圖畫。寶玉聽了，忙問：「這是爲何？」柳湘蓮冷笑道：「我的心事，等到跟前你自然知道。鴛鴦劍出手矣，是不能明言。我如今要别過了。」寶玉道：「好容易會着，晚上同散豈不好？」湘蓮道：「你那令姨表兄還是那樣，再坐着未免有事，不如我迴避了倒好。」寶玉想一想，説道：「既是這麽樣，倒是迴避了爲是。只是你要果真遠行，必須先告訴我一聲，千萬别悄悄的去了。」寫本回斟酌恰好，令文字、情事兩不徑直。説着，便滴下淚來。一往情深，此「淚」字同上坟是一樣文法。柳湘蓮道：「自然要辭你去，你只休和别人説就是了。」酷肖。説着，就站起來要走，又道：「你就進去罷，不必送我。」湘蓮深細，文又一曲。一面説，一面出了書房。

剛至大門前，早遇見薛蟠在那裏亂叫：「誰放了小柳兒走了？」如聞。柳湘蓮聽了，火星亂迸，恨不得一拳打死；復思酒後揮拳，又礙着賴尚榮的臉面，只得忍了一忍。薛蟠忽見他走出來，如得了珍寶，忙趔趄着走上去，一把拉住，笑道：「我的兄弟，你往那裏去了？」湘蓮道：「走走就來。」薛蟠笑道：「你一去，都没了興頭了，好歹坐一坐，就算疼我了。憑你什麽要緊的事，交給哥哥，只别忙。你有這個哥哥，你要做官發財都容易。」其醜如鬼，而作者何處得來？湘蓮見他如此不堪，心中又恨又愧，早生一計，到此方入。拉他到僻静處，笑道：「你真心和我好，還是假心和我好呢？」薛蟠聽見這話，喜得心癢難撓，乜斜着眼笑道：「好兄弟，你怎麽問起我這樣話來？其言甚膩。我要是假心，立刻死在眼前。」既有其妹，而有乃兄。湘蓮道：「既如此，這裏不便，等坐一坐，我先走，你隨後出來，跟我到下處，咱們索性喝一夜酒。我那裏還有兩個絶好的孩子，亦即燕窩，其妹之所施，乃兄之所受矣。從没出門的。你可連一個跟的人也不用帶，到了那裏，伏侍人都是現成的。」薛蟠聽如此說，喜的酒醒了一半，說：「果然如此？」寫他疑，正是信，喜極之詞也。湘蓮笑道：「如何！人拿真心待你，你倒不信了？」薛蟠忙笑道：「我又不是獃子，如此點題妙極。怎麽有個不信的呢。既如此，我又不認得，你先去了，我在那裏找你？」湘蓮道：「我這下處在北門外頭。祭金釧於此門外。你可捨得家，城外住一夜去？」語無不奇。薛蟠道：「有了你，我還要家做什麽！」更膩。湘蓮道：「既如此，我在北門外頭橋上等你。咱們席上且吃酒去，你看我走了之後，你再走，他們就不留神了。」薛蟠聽了，連忙答應道：「是。」二人復又入席，飲了一回。那薛蟠一發難熬，只拿眼看湘蓮，心内越想越樂，左一壺，右一壺，並不用人讓，自己便吃了又吃，不覺的有八九分了。絶倒。湘蓮便起身出來，瞅人不防，出至門外，命小厮杏奴：柳之奴爲杏，得先春而結佳果，是大幸也。而字面妙甚趣甚。「先家去罷。我到城外就來。」説畢，已跨馬直出北門橋上，等候薛蟠。

一頓飯的工夫，只見薛蟠騎着一匹大馬，遠遠的趕了來，張着嘴，瞪着眼，頭似撥浪鼓一般不住左右亂瞧，紙上活畫，而畫亦畫不出。及至從湘蓮馬前過去，只顧往遠處瞧，不曾留心近處。湘蓮又笑又恨他，便也撒馬隨後跟來。此筆尤其難得。薛蟠往前看時，漸漸人烟稀少，便又圈馬回來。再不想一回頭見了湘蓮，如獲奇珍，奇情，奇文。忙笑道：笑得更妙。「我説你是個再不失信的！」果然。湘蓮笑道：「快往前走，仔細人看見跟了來就不好了。」説着，先就撒馬前去，足爲「金蘭語」答禮。薛蟠也就緊緊跟來。湘蓮見前面人烟已稀，且有一帶葦塘，便下馬將馬拴在樹上，向薛蟠笑道：「你下來，咱們先設個誓，日後要變了心，告訴人去的，便應誓。」仍是奇情，而機智如見。薛蟠笑道：「這話有理！」連忙下了馬，也拴在樹上，便跪下説道：「我要日久變心，告訴人去的，天誅地滅！」「誓絶」之後，不想更有此一誓，真令看官醫心。一言未了，只聽「鏜」的一聲，背後好似鐵鎚砸下來，只覺得一陣黑，滿眼金星亂迸，文至此亦金星亂迸，惜黛玉無此老拳耳。身不由己，便倒下來。湘蓮走上來瞧瞧，知道他是個不慣挨打的，「霸王」絶倒。只使了三分氣力，向他臉上拍了幾下，登時便開了果子鋪。薛蟠先還要扎掙起來，又被湘蓮用脚尖點了一點，仍舊跌倒，步驟筋節，無不恰好。口内説道：「原來是兩家情願，你不依，只管好説，爲什麼哄出我來打我？」一面説，一面亂罵。語雖已軟，霸氣猶存。湘蓮道：「我把你這瞎了眼的！你認認柳大爺是誰？你不説哀求，你還傷我！我打死你也無益，只給你個利害罷。」説着，便取了馬鞭子過來，從背後至脚脛，打了三四十下。三四得七，巧數也，正責乃妹之巧。

薛蟠的酒早已醒了大半，不覺疼痛難禁，不禁有「噯喲」之聲。「霸王」掃地。湘蓮冷笑道：「也只如此！我只當你是不怕打的。」一面説，一面又把薛蟠的左腿拉起來，向葦中泥濘處拉了幾步，滾得滿身泥水。掉陷污泥中，乃兄代證之。又問道：「你可認得我了？」薛蟠不應，只伏着哼哼。湘蓮又擲下鞭子，用拳頭向他身上擂了幾下。薛蟠便亂滾亂叫，説：「肋條折了！我知道你是正經人，因爲我錯聽了旁人的話了！」是薛蟠，寫得好。湘蓮道：「不用拉旁人，只説現在的。」薛蟠道：「現在也没什麼説的，不過你是個正經人，我錯了！」漸入央告形景，口氣逼真，豈作者亦曾經耶？湘蓮道：「還要説軟些，纔饒你。」薛蟠哼哼的道：「好兄弟！」湘蓮又一拳。斬截得像。薛蟠「噯」了一聲，便道：「好哥哥！」湘蓮又連兩拳。豪傑之愛惜「兄弟」「哥哥」之名稱如是，不似世途結盟通譜之泛泛也。薛蟠忙「噯喲」叫道：「好老爺！饒了我這沒眼睛的瞎子罷！從今以後，我敬你怕你了！」一央告作三層，文境匪夷所思，當有若干無賴思集其腕下。湘蓮道：「你把那水喝兩口！」薛蟠一面聽了，一面皺眉道：「這水實在腌臢，怎麽喝得下去！」湘蓮舉拳就打。薛蟠忙道：「我喝，我喝！」説着，只得俯頭向葦根下喝了一口，猶未咽下去，只聽「哇」的一聲，把方纔吃的東西都吐了出來。寫「苦」字淋漓盡致。至央告可歇矣，而必令其喝水者，借蟠爲黛洩不平也，蓋釵乃以籠絡既受污者，非止文字作十分暢滿。湘蓮道：「好腌臢東西，你快吃完了饒你。」薛蟠聽了，叩頭不迭，求道：「好歹積陰功饒我罷，這至死不能吃的。」湘蓮道：「這樣氣息，沒的熏壞了我！」熏壞一語，寫出美而自好，恰是湘蓮，順勢便作收煞。説着，丢下了薛蟠，便牽馬認鐙去了。這裏薛蟠見他已去，方放下心來，後悔自己不該誤認了人。方纔被打，即着此語，見蟠之未嘗不可教，此正是好機會。待要扎掙起來，無奈遍體疼痛難禁。

誰知賈珍等席上忽不見了他兩個，各處尋找不見。有人説：「恍惚出北門去了。」薛蟠的小廝，素日是懼他的，他吩咐了不許跟去，誰敢找去。後來還是賈珍不放心，命賈蓉帶着小廝們尋踪問迹的，直找出北門下橋二里多路，忽見葦坑傍邊薛蟠的馬拴在那裏。衆人都道：「好了，有馬必有人。」一齊來至馬前，只聽葦中有人呻吟，大家忙走來一看，只見薛蟠的衣衫零碎，面目腫破，沒頭沒臉，遍身内外滚的似個泥母猪一般。賈蓉心内已猜着八九了，是他猜着。忙下馬命人攙了起來，笑道：「薛大叔天天調情，今日調到葦子坑裏，「調情」字用他點出，「獃」字用自點出，都是奇筆。必定是龍王爺也愛上你風流，你就碰到龍犄角上了。」趣語，爲「蟠」字設色。又蒼龍，木宿，則爲黛玉。薛蟠羞的没地縫兒鑽進去，又能知羞，都是龍下蛋處。那裏爬的上馬去？賈蓉命人趕到關廂裏，雇了一乘小轎子，薛蟠坐了，一齊進城。賈蓉還要抬往賴家去赴席，善戲謔兮，而餘意躍然。薛蟠百般苦告，央及他不用告訴人，賈蓉方依允了，讓他各自回家。賈蓉仍往賴家回覆賈珍，並方纔的形景。賈珍也知湘蓮所打，也笑道：「他須得吃個虧纔好。」轉是正言。至晚散了，便來問候。薛蟠自在卧房將養，推病不見。

賈母等回來，各自歸家時，薛姨媽與寶釵見香菱哭的眼睛腫了，問起原故，忙來瞧薛蟠時，臉上身上雖見傷痕，並未傷筋動骨。上文斟酌之妙。薛姨媽又是心疼，又是發恨，駡一回薛蟠，又駡一回柳湘蓮，意欲告訴王夫人，遣人尋拿柳湘蓮。寶釵忙勸道：「這不是什麽大事，不過他們一處吃酒，酒後反臉常情。誰醉了，多挨幾下子打，也是有的。況且咱們家的無法無天，人所共知。媽媽不過是心疼的原故。要出氣也容易，等三五天哥哥好了，出得去的時候，那邊珍大爺、璉二爺這干人，也未必白丢開了，自然備個東道，叫了那個人來，當着衆人，替哥哥賠不是認罪就是了。堂堂正正，情理兼到，寶釵是好，作者是凶。如今媽媽先當做大事，告訴衆人，倒顯的媽媽偏心溺愛，縱容他生事招人，今兒偶然吃了一次虧，媽媽就這樣興師動衆，倚着親戚之勢，欺壓平人。」此言尤好，此意尤凶。薛姨媽聽了道：「我的兒，到底是你想得到。我一時氣糊塗了。」寶釵笑道：「這纔好呢。他又不怕媽媽，又不聽人勸，一天縱似一天。吃過兩三個虧，他也罷了。」以餘文遞後文。薛蟠睡在炕上，痛駡湘蓮，又命小廝：

「去拆他的房子！打死他！和他打官司！」薛姨媽喝住小厮們，只說：「柳湘蓮一時酒後放肆，如今酒醒，後悔不及，懼罪逃走了。」以兩句虛話了下半回，奇極，幻極。

薛蟠聽見如此説了，要知端的，且看下回分解。

自此回至「雅製春燈謎」爲一大段，乃提頓以上四十六回，生發中路，即收拾末路處。本回上一「情」字便是「情切切」以下之情，下一「禍」字便是「致禍抱羞慚」以上之禍。蓋寫情至此，人欲恣肆，已如毒龍不可制伏，必須節節遏抑，故以薛蟠被打爲之始。至於禍敗之機雖伏，而禍敗之勢未張，是須於無形中而見其有形，始能生其恐懼，故演懼禍之走，只在若有若無之間。以一行敵全卷，而一回上下能銖兩悉稱，是真絶大力量，古文不多見文字。

護花主人評曰：

賈母若不鬥牌，邢夫人如何回去？衆人如何又來？是文章借景脱卸法。又借鳳姐戲謔，了結鴛鴦一案。

賴大家一席，不但探春異日興利除弊，派人管園，於此起念；且薛蟠受打，及湘蓮救薛蟠，尤三姐自刎等事，皆因此席而起。

柳湘蓮同秦鍾相好，寶玉蓮蓬，是借境補寫。

寶玉因在馮紫英家私同蔣琪互換腰巾，致受痛責；薛蟠亦因在賴大家誤認湘蓮，致遭毒毆。遥遥相照。

湘蓮向寶玉説：「眼前就要出門。」想見此時湘蓮心中，已早有算計薛蟠之念。薛蟠要同湘蓮打官司，薛姨媽要告知榮府，若無寶釵勸住，不能了結。借此撇開，不但有隨起隨落之妙，且爲後文湘蓮救薛蟠地步。

大某山民評曰：

湘蓮之誘薛蟠，與鳳姐之誘賈瑞同一機杼，而又有别。瑞識鳳姐而不自諒，若蟠則全不識人，罔之生也幸而免。

前文賈瑞於鳳姐喜得抓耳撓腮，此處薛蟠於湘蓮喜得心癢難搔，居然成對。

天祥、文起，淫心同熾，而受報攸分，緣所遇者異耳。柳爲爽直，鳳則陰毒矣，且男色女色亦殊。古來感應書，好龍陽而獲譴者尚少，其陰隲罪過，或從末減事。

此回是九月十四日賴大家吃酒事。

第四十八回　濫情人情誤思遊藝　慕雅女雅集苦吟詩

話説薛蟠聽見如此説了，氣方漸平。三五日後，疼痛雖愈，傷痕未平，只裝病在家，愧見親友。展眼已到十月，點明十月，純陰用事。因各鋪面夥計内有算年賬要回家的，少不得家内治酒餞行。内有一個張德輝，是書至此將作大發揮，文字皆在薛蟠之遊，故着一張德輝名姓。張，大也。德輝，得一發揮也。自幼在薛蟠當鋪裏攬總，家内也有了二三千金的過活，文章富有。今歲也要回家，明春方來。因説起：「今年紙劄香料短少，紙劄香料，用於鬼神之物。薛蟠此行若或使之。明年必是貴的。明年先打發大小兒上來，後路文從此生，故爲打發大小兒上來。當鋪裏照管照管。趕端陽前，端陽前則四月，自十月至四月，由《坤》轉《乾》，陰陽一周。我順路就販些紙劄香扇來賣。又以「扇」明大旨。除去關税花消，亦可以多剩得幾個利錢。」薛蟠聽了，心下忖度：「如今我捱了打，正難見人，想着要躲避一年半載，又没處去躲，天天裝病也不是事。況且我長了這麽大，文不文，武不武，雖説做買賣，究竟戥子、算盤總没拿過，地土風俗、遠近道路又不知道。不如也打點幾個本錢，和張德輝逛一年來。賺錢也罷，不賺錢也罷，且躲躲羞去。二則逛逛山水，也是好的。」迤邐入題。心内主意已定，至酒席散後，便和氣平心薛蟠而能和氣平心，此正不可不發揮處也。與張德輝説知，命他等一二日一同前往。

晚間薛蟠告訴他母親，薛姨媽聽了，雖是歡喜，但又恐他在外生事，花了本錢倒是小事，因此不命他去。特先一反，而實是正。只説：「你好歹守着我，我還能放心些。況且也不用這買賣，等不着這幾百銀子用。」薛蟠主意已定，那裏肯依？只説：「天天又説我不知世務，這個也不知，那個也不學。如今我發狠把那些没要緊的都斷了，如今要成人立業，學習買賣，又不准我了。叫我怎麽樣呢？我又不是個丫頭，把我關在家裏，何日是個了手？況且那張德輝又是個有年紀的，喒們和他是世交，我同他怎麽得有錯？我就有一時半刻不好的去處，他自然説我勸我。就是東西貴賤行情，他是知道的，自然色色問他，何等順利，倒不叫我去！過兩日我不告訴家裏，私自打點了走，明年發了財回來，纔知道我呢！」是他母子口吻，一絲不走。説畢，賭氣睡覺去了。

薛姨媽聽他如此説，因和寶釵商議。壞了。寶釵笑道：「哥哥果然要經歷正事，倒也罷了。只是他在家裏説着好聽，到了外頭舊病復發，難拘束他了。明明知之。但也愁不得許多。一轉，惡毒。他若是真改了，是他一生的福；若不改，媽媽也不能又有别的法子。一半盡人力，一半聽天罷了。好歹守着還放心，便是法子。不等銀子用，便不必别尋法子。寶釵何必定要盡人、聽天？抑又何嘗盡人耶？這麽大人了，若只管怕他不知世務，出不得門，幹不得事，今年關在家裏，明年還是這個様兒。他既説的名正言順，媽媽就打量着丢了一千八百銀子，竟交與他試一試，横豎有夥計幫着他，也未必好意思哄騙他的。二則他出去了，左右没了助興的人，又没有倚仗的人，到了外頭誰還怕誰？有了的吃，没了的餓着，舉眼無靠，他見了這樣，只怕比在家裏省了事也未可知。」直以薛蟠爲孤注矣。末語「也未可知」乃拿不穩之詞，是仍知其必不改，不改則必及於禍，蟠其能免乎？釵力主其行，是何肺腑？薛姨媽聽了，思忖半晌，特寫思忖半晌，以襯寶釵之決絕。道：「倒是你説的是。花兩個錢，叫他學些乖來也值。」商議已定，一宿無話。

至次日，薛姨媽命人請了張德輝來，在書房中命薛蟠款待酒飯，自己在後廊下，隔着窗子千言萬語囑託張德輝照管照管。何等不放心。張德輝滿口應承。吃過飯，告辭，又回説：「十四日自九月十四至十月十四，月一周天，《剥》爲《坤》矣，而俱在望前一日，則又自消及長、自虚及盈，無限期望在此，是大發揮之主意。是上好出行日期，大世兄即刻打點行李，雇下騾子，十四日一早就長行了。」薛蟠喜之不盡，將此話告訴薛姨媽。薛姨媽便和寶釵、香菱並兩個年老的嬷嬷，連日打點行裝。派下薛蟠之奶公老蒼頭一名，其父無名，奶公亦無姓，蒼在黑白之間，正薛蟠狀。當年諳事舊僕二名，外有薛蟠隨身常使小厮二名，厮僕悉無姓名，以無所取義也，是書無一閒字。主僕一共六人，雇了三輛大車，單拉行李使物，又雇了四個長行騾子。薛蟠自騎一匹家内養的鐵青大走騾，外備一匹坐馬。諸事完畢，薛蟠行色如此鋪張，見非家計所迫爲不得已之行也，而寶釵必欲盡人、聽天，何故？薛姨媽、寶釵等連夜勸戒之言，自不必備説。至十三日，薛蟠先去辭他母舅，然後過來辭了賈宅諸人，賈珍等未免又有餞行之説，也不必細述。至十四日一早，薛姨媽、寶釵等直同薛蟠出了儀門，母女兩個，四隻眼看他去了，方回來。寫得傷心，卻是何苦。

薛姨媽上京帶來的家人，不過四五房，並兩三個老嬷嬷、小丫頭。今跟了薛蟠一去，外面只剩了一兩個男子。因此薛姨媽即日到書房，將一應陳設玩器並簾帳等物，盡行搬了進來收貯。命兩個跟去男子之妻，一並也進來睡覺。隱隱約約爲「復惹放流刑」以後地步，文何嘗真矛盾。又命香菱：「將他屋裏也收拾嚴緊，將門鎖了，晚間和我去睡。」寶釵道：「媽媽既有這些人作伴，不如叫菱姐姐和我做伴去。我們園裏又空，夜長了，我每夜做活，越多一個人，豈不越好？」薛姨媽笑道：「正是我忘了，原該叫他同你去纔是。此一「該」該得奇！薛氏親人，一母、一子、一女而已。正當朝夕相依，而乃以寶釵置之園中，令與中表之男同居一地。今蟠既行，則釵必宜歸依母處矣，而轉索兄妾，使其伴己，致生「石榴裙」之疑案。而令其母塊然獨處，談忠説孝、講禮明義者，固如此乎？此作者明白告看官處。我前日還和你哥哥説：『文杏又小，道三不着兩的；鶯兒一個人，不彀伏侍的。』明説「一個人」，便是「陳腐舊套」中只一貼身丫鬟之小姐。此等處皆背攻法。還要買一個丫頭來你使。」寶釵道：「買的不知底細，倘或走了眼，花了錢事小，没的淘氣。倒是慢慢打聽着，有知道來歷的，買個還罷了。」一面説，一面命香菱收拾了衾褥妝奩，命一個老嬷嬷並臻兒送至蘅蕪院去。然後寶釵和香菱纔同回園中來。將寫羣陰畢集，先寫香菱爲首懸一鏡照起之。而陰之總領則寶釵，故由他帶進。

香菱向寶釵道：「我原要和太太説的，等大爺去了，我和姑娘做伴去。我又恐怕太太多心，説我貪着園裏來頑，誰知你竟説了。」寶釵笑道：「我知道你心裏羨慕這園子不是一日兩日的了，是園是人，有面有底。只是没個空兒。就每日來一趟，慌慌張張的，也没趣兒。所以趁這機會，越發住上一年，我也多個做伴的，你也遂了你的心。」香菱笑道：「好姑娘！趁着這個功夫，你教給我做詩罷。」一鏡之用，上照正册，下照又副册，既入畫圖，豈可不入詩社？寶釵笑道：「我説你得隴望蜀呢。我勸你且緩一緩，今兒頭一日進來，先出園東角門，從老太太起，東角門是混話，出東角門如何從老太太處起？各處各人，你都瞧瞧，問候一聲兒。也不必特意告訴他們搬進園來，若有提起因由兒的，你只帶口說我帶了你進來做伴兒就完了。回來進了園，再到各姑娘房裏走走。」普同一照。香菱應着，纔要走時，只見平兒忙忙的走來。香菱忙問了好，平兒只得陪笑相問。「只得」二字，未出下文，已有下文。寶釵因向平兒笑道：「我今兒把他帶了來做伴兒，正要回你奶奶一聲兒。」平兒笑道：「姑娘說的是那裏的話？我竟沒話答言了。」寶釵道：「這纔是正理。無不有理。店房有個主人，廟裏有個住持，雖不是大事，到底告訴一聲。就是園裏坐更上夜的人，知道添了他兩個，也好關門候户的了。你回去就告訴一聲罷，我不打發人說去了。」平兒答應着，因又向香菱道：「你既來了，也不拜一拜街坊鄰舍去？」寶釵笑道：「我正叫他去呢。」平兒道：「你且不必往我們家去，二爺病了在家裏呢。」從此敘出一事。香菱答應着去了。先從賈母處來，不在話下。

且說平兒見香菱去了，便拉寶釵，悄說道：「姑娘可聽見我們的新文了？」新文是他先聞。寶釵道：「我沒聽見新文，因連日打發我哥哥出門，所以你們這裏的事一概不知道，連姊妹們這兩日沒見。」凡書中一切壞事，大多從寶釵邊敘出，人所不覺。平兒笑道：「老爺把二爺打了個動不得，難道姑娘就沒聽見？」寶釵道：「早起恍惚聽見了一句，也信不真。是恍惚不真。我也正要瞧你奶奶去呢，不想你來。又是爲了什麼打他？」平兒咬牙罵道：「都是那什麼賈雨村，半路途中那裏來的餓不死的野雜種！認了不到十年，痛罵處，正大提掇處。不到十年，則黛玉已來了十年矣。以下悉抉是書作意。生了多少事出來。今年春天，從春天起。老爺不知在那個地方看見幾把舊扇子，回家來，看家裏所有收着的這些好扇子都不中用了，立刻叫人各處搜求。是撕扇之扇。以扇爲善，多以閑人爲穿鑿，然則請問如此等大落墨處，又是甚麼意思？誰知就有個不知死的冤家，混號兒人都叫他做石獃子，寶玉是石，黛玉亦石，同一石，同一獃，書之主。窮的連飯也没的吃，偏他家就有二十把舊扇子，《大學》只有十章，今云二十，反善而爲惡矣。死也不肯拿出大門來。二爺好容易煩了多少情，是多少情。見了這個人，説之再三，他把二爺請了到他家裏坐着，拿出這扇子來略瞧了一瞧。據二爺説，原是不能再得的，全是湘妃棕竹、麋鹿玉竹的，湘妃是黛，玉竹是寶。棕音宗，賈氏宗人如珍蓉等。麋鹿一陰一陽，無非是獃。全書俱在矣。皆是古人寫畫真迹。自負其文，《詩》《易》《四書》，皆古人真迹也。回來告訴了老爺，便叫買他的，要多少銀子，給他多少。偏那石獃子説：『我餓死凍死，一千銀子一把我也不賣。』老爺没法了，天天駡二爺没能爲。已經許他五百銀子，先兑銀子，後拿扇子，他只是不賣，只説『要扇子先要我的命』。百折不回，兩石獃傳。姑娘想想，這有什麼法子？誰知那雨村没天理的以駡爲點。聽見了，便設了法子，訛他拖欠官銀，拿了他到衙門裏去，説所欠官銀，變賣家産賠補。把這扇子抄了來，做了官價，送了來。此書至抄没而止。那石獃子如今不知是死是活。一死一活。老爺問着二爺説：『人家怎麼弄了來了？』二爺只説了一句：『爲這點子小事，小事，陰事也。釵爲色，鳳爲財，皆小事。弄的人家傾家敗産，也不算什麼能爲。』老爺聽了就生了氣，説二爺拿話堵老爺，因此這是第一件大事。這幾日還有幾件小的，我也記不清，有實有虚，小多大少。所以都湊在一處，就打起來了。也没拉倒用板子棍子，就站着，不知他拿了什麼混打了一頓，臉上打破了兩處。我們聽見姨太太這裏有一種藥，上棒瘡的，姑娘尋一丸給我呢。』歸着在求藥。此書勸世人及早求藥也。寶釵聽了，忙命鶯兒去找了兩丸來與平兒。寶釵道：「既這樣，你去替我問候罷，我就不去了。」平兒向寶釵答應着去了，不在話下。

且説香菱一鏡之主。見了衆人之後，吃過晚飯，寶釵等都往賈母處去了，自己便往瀟湘館中來。此時黛玉已好了大半了，見香菱也進園來住，自是歡喜。香菱因笑道：「我這一進來了，你得空兒好歹教給我做詩，就是我的造化了。」見詩之重。蓋人能詩，則造化在手。黛玉笑道：「既要學做詩，你就拜我爲師。我雖不通，大略也還教的起你。」香菱笑道：「果然這樣，我就拜你爲師，你可不許煩膩的。」黛玉道：「什麽難事，也值得去學！不過是起承轉合，當中承轉是兩副對子，書文不過如此。兩副對子，寶黛爲一對，釵玉爲一對而已。平聲的對仄聲，虛的對實的，實的對虛的。若是果有了奇句，連平仄虛實不對都使得的。」香菱笑道：「怪道我常弄本舊詩，偷空兒看一兩首，又有對的極工的，又有不對的。又聽見説：『一三五不論，二四六分明』，一陰陽之數。看古人的詩上，亦有順的，亦有二四六上錯了的，所以天天疑惑。如今聽你一説，原來這些規矩竟是没事的，只要詞句新奇爲上。」如銜玉、還淚都是。黛玉道：「正是這個道理。詞句究竟還是末事，第一是立意要緊。若意趣真了，連詞句不用修飾，自是好的。明告看官。這叫做不以詞害意。」香菱笑道：「我只愛陸放翁詩『重簾不捲留香久，古硯微凹聚墨多』，説的真切有趣。」黛玉道：「斷不可看這樣的詩。你們因不知詩，所以見了這淺近的就愛；一入了這個格局，再學不出來的。你只聽我説，你若真心要學，我這裏有《王摩詰全集》，你且把他的五言律一百首細心揣摩透熟了，若看此書，止從其留聚之處，而以爲放翁之放，則此樣必不可學。必須從王維之維，而知其維持名教讀去，方可得《紅樓》全集作者深義。如此不必一定左陸右王，專説詩也。而即説學詩亦不謬。然後再讀一百二十首老杜的七言律，次之再把李青蓮的七言絶句讀一二百首，肚子裏先有了這三個人做了底子，李、杜詩宗，固説詩矣。而借杜爲杜絶之杜，借李爲留其清白，是三人乃是書底子。然後再把陶淵明、應、劉、謝、阮、庾、鮑等人的一看，諸人乃是書潤色，而首淵明則潛藏靖節，如稻香老農是。你又是這樣一個極聰明伶俐的人，不用一年工夫，不愁不是詩翁了。」思原不難。香菱聽了笑道：「既這樣，好姑娘，你就把這書給我拿出來，我帶回去夜裏念幾首也是好的！」清夜正用思之會。黛玉聽説，便命紫鵑將王右丞的五言律拿來，遞與香菱道：「你只看有紅圈的，都是我選的。圈象中空，紅爲心色，空而不實，徒思而已，乃黛之步步留心。有一首，念一首，不明白的，問你姑娘，或者遇見我，我講與你就是了。」香菱拿了詩，回至蘅蕪院中，諸事不管，只向燈下一首一首的讀起來。寶釵連催他數次睡覺，他也不睡。寶釵見他這般苦心，只得隨他去了。

一日黛玉方梳洗完了，只見香菱笑吟吟的送了書來，又要換杜律。黛玉笑道：「共記得多少首？」香菱笑道：「凡紅圈選的，我盡讀了。」黛玉道：「可領略了些没有？」香菱笑道：「我倒領略了些，只不知是不是，説與你聽聽。」黛玉笑道：「正要講究討論，方能長進。你且説來我聽聽。」香菱笑道：「據我看來，詩的好處，有口裏説不出來的意思，想去卻是逼真的；有似乎無理的，想去竟是有理有情的。」詩固然，此書亦然。黛玉笑道：「這話有了些意思。但不知你從何處見得？」香菱笑道：「我看他《塞上》一首，内一聯云：『大漠孤烟直，長河落日圓。』落日一。想來烟如何直？日自然是圓的。這『直』字似無理，『圓』字似太俗。合上書一想，倒像是見了這景的。若説再找兩個字換這兩個，竟再找不出兩個字來。再還有『日落江湖白，落日二。潮來天地青』，這『白』、『青』兩個字也似無理。想來必得這兩個字，纔形容的盡，念在嘴裏，倒像有幾千斤重的一個橄欖是的。還有『渡頭餘落日，落日三。香菱三引詩，三「落日」，豈別無所念，而止念此三聯乎？則三陽下斷，在卦爲《否》，演破敗之勢無疑。墟里上孤烟』，這『餘』字合『上』字，難爲他怎麼想來！我們那年上京來，那日下晚，便挽住船，岸上又没有人，只有幾棵樹，遠遠的幾家人家作晚飯，復説一證，則現在破敗即可眼見。那個烟竟是青碧連雲。誰知我昨兒晚上看了這兩句，倒像我又到了那個地方去了。」

正説着，寶玉和探春來了，都入座聽他談詩。寶玉笑道：「既是這樣，也不用看詩，會心處不在遠，以心説心。聽你説了這兩句，可知三昧你已得了。」黛玉笑道：「你説他這『上孤烟』好，你還不知他這一句，還是套了前人的來。我給你一句瞧瞧，更比這個淡而現成。」説着，便把陶淵明的「曖曖遠人村，依依墟里烟」翻了出來，又三引詩，有兩「孤烟」，乃黛也，用他自解。指出陶詩，明點宗王祖陶，重爲明爲節意。而「曖曖」「依依」，能合本傳，是乃天成。遞與香菱。香菱瞧了，點頭歎賞，笑道：「原來『上』字是從『依依』兩個字上化出來的。」墟里烟化矣。寶玉大笑道：「你已經得了。不用再講，是書既終，不用再講。續部補部，何再講之多！若再講，倒學離了。你就做起來，必是好的。」探春笑道：「明兒我補一個柬，來請你入社。」原從探起。香菱笑道：「姑娘何苦打趣我！我不過是心裏羡慕，纔學這個頑罷了。」探春、黛玉都笑道：「誰不是頑？難道我們是認真做詩呢。若説我們真個做詩，出了這園子，把人的牙還笑掉了呢。」作者自謙，又作者自白。寶玉道：「這也算自暴自棄了。前日我在外頭，和相公們商量畫兒，他們聽見喒們起詩社，求我把稿子給他們瞧瞧，我就寫了幾首給他們看看，誰不是真心歎服？又作自負，而言下有深意。他們抄了刻去了。」先只抄本，後方付刻，商畫刻詩，每稱相公，隱然以裁成輔相自命。探春、黛玉忙問道：「你這是真話麼？」寶玉笑道：「說謊的是那架上鸚哥。」戒多言也，特作誓詞。黛玉、探春聽說，都道：「這真真胡鬧！且別說那不成詩，便成詩，我們的筆墨，也不該傳到外頭去。」作者婆心。寶玉笑道：「怕什麼？古來閨閣筆墨不要傳出去，如今也沒人知道了。」「有諸內必形諸外」。說着，只見惜春打發了入畫詩不離畫，是書一終。來請寶玉，寶玉方去了。香菱又逼着換出杜律，又央探春、黛玉二人：「出個題目，讓我謅去，謅了來替我改正。」黛玉道：「昨夜的月最好，我正要謅一首，未謅成。你做一首來，『十四寒』的韻，由你愛用那幾個字去。」書名「風月寶鑑」，故第一題是「月」，正與「落日」對勘，而晦朔、弦望、盈虛、消長道理具足。用「寒」韻，即是冷子興。屢說「謅」，便是假語村言。

香菱聽了，喜的拿着詩回來。又苦思一回，做兩句詩，又捨不得杜詩，又讀兩首。如此茶飯無心，坐臥不定。寶釵道：「何苦自尋煩惱？凡爲寶釵一類人，無不以思爲自尋煩惱。都是顰兒引的你，我和他算賬去！你本來獃頭獃腦的，再添上這個，越發弄成個獃子了。」寶、黛獃，因有石獃子之獃；石獃子獃，因有香菱之獃；及至薛蟠，亦即是獃。而不獃者，惟寶釵矣。香菱笑道：「好姑娘，別混我。」一面說，一面做了一首，《月》詩三做始成，正配所引之三「落日」。此十月之月也，爲《坤》，在六畫之卦爲《否》。先與寶釵看了，笑道：「這個不好，不是這個做法。你別怕臊，只管拿了給他瞧去，看他是怎麼說。」香菱聽了，便拿了詩找黛玉。黛玉看時，只見寫道是：

月到中天夜色寒，清光皎皎影團團。詩人助興常思玩，野客添愁不忍觀。翡翠樓邊懸玉鏡，珍珠簾外掛冰盤。良宵何用燒銀燭？晴彩輝煌映畫欄。中天團圓，言時正盛；良宵燭，言然暗炬。皆是書意，故借黛玉説有意思。

黛玉笑道：「意思卻有，只是措詞不雅。皆因你看的詩少，被他縛住了。把這首詩丟開，再做一首，放開胆子只管去做。」

香菱聽了，默默的回來，越發連房也不進去，只在池邊樹下，或坐在山石上出神，或蹲在地下摳地。來往的人都詫異，李紈、探春、寶釵、寶玉等聽得此言，都遠遠的站在山坡上瞧着他笑。只見他皺一回眉，又自己含笑一回。一皺眉，一含笑，是書又了。寶釵笑道：「這個人定是瘋了！昨夜唧唧噥噥，直鬧到五更，纔睡了没一頓飯的工夫，天就亮了。我就聽見他起來了，忙忙碌碌梳了頭，就找顰兒去。一回來了，獃了一日，做了一首又不好，自然這會子另做呢。」寶玉笑道：「這正是地靈人傑！老天生人，再不虛賦情性的。正論。我們成日歎説：『可惜他這麼個人，竟俗了。』誰知到底有今日。可見天地至公。」寶釵聽了，笑道：「你能彀像他這苦心就好了，久假不歸，討厭之極，而「苦」字從他點出。學什麼有個不成的？」寶玉不答。只見香菱興興頭頭的，又往黛玉那邊來了。探春笑道：「咱們跟了去，看他有些意思没有。」説着，一齊都往瀟湘館來。夾寫衆人，文字生動。只見黛玉正拿着詩和他講究，衆人因問黛玉：「做的如何？」黛玉道：「自然算難爲他了，只是還不好。這一首過於穿鑿了，「穿鑿」二字，乃自説穿穴鑿破其書矣。詩中「殘粉」是釵，「輕霜」是玉。即一「殘」字，便已將金玉姻緣穿穴鑿破。還得另做。」衆人因要詩看時，只見做道是：

非銀非水映窗寒，試看晴空護玉盤。淡淡梅花香欲染，絲絲柳帶露初乾。只疑殘粉塗金砌，恍若輕霜抹玉欄。夢醒西樓人迹絶，餘容猶可隔簾看。

寶釵笑道：「不像吟月了！『月』字底下添一個『色』字，倒還使得。「色」字用他說出，通部原演「色」字。你看句句倒是月色。這也罷了，原是詩從胡說來，是亦湖州人氏。再遲幾天就好了。」

香菱自爲這首詩妙絶，聽如此說，自己又掃了興，不肯丢開手，便要思索起來。因見他姊妹們說笑，便自己走至階下竹前，挖心搜膽的，耳不傍聽，目不別視。良工心苦，成是書之難如此。一時，探春隔窗笑說道：「菱姑娘，你閒閒罷！」香菱怔怔答道：「閒字是『十五刪』的，錯了韻了。」是書無閑字，一切删去，視爲閑文，便錯。衆人聽了，不覺大笑起來。寶釵道：「可真詩魔了。都是顰兒引的他！」黛玉笑道：「聖人說：『誨人不倦。』他要來問我，我豈有不說的理？」香菱得師於黛，作者得師於「在明明德」也，故直舉聖人。李紈笑道：「咱們拉了他往四姑娘房裏去，引他瞧瞧畫兒，叫他醒一醒纔好。」畫可醒詩，乃至知機其神地位。說着，真個出來，拉他過藕香榭，至暖香塢中。藕榭而有暖香，陰極陽生，在此圖畫。惜春正乏倦在牀上歪着睡午覺，畫繒立在壁間，用紗罩着。衆人喚醒了惜春，揭紗看時，十停方有了三停，書百二十回，今四十八回，故有了三停。見畫上有幾個美人，因指香菱道：「凡會做詩的，都畫在上頭，你快學罷。」不解思，焉知《易》。說着，頑笑了一回，各自散去。香菱滿心中正是想詩，至晚間，對燈出了一回神，至三更已後，上牀躺下，兩眼睜睜，直到五更方纔朦朧睡去了。

一時天亮，寶釵醒了，聽了一聽，他安穩睡了，心下想：「他翻騰了一夜，不知可做成了？這會子乏了，且別叫他。」正想着，只見香菱從夢中笑道：「可是有了！難道這一首還不好？」自贊，實亦不愧。寶釵笑道：「又是可歎，又是可笑！」連忙喚醒了他，問他：「得了什麼？你這誠心，都通了仙了。思之思之，鬼神通之。此夢醒，此書成矣。開首作者自云「歷過一番夢幻之後」，至此演出。學不成詩，弄出病來呢。」一面説，一面梳洗了，會同姊妹往賈母處來。原來香菱苦志學詩，精血誠聚，精血誠聚信然。日間不能做出，忽於夢中得了八句。梳洗已畢，便忙寫出來。到沁芳亭，以沁芳亭結，以心結也。只見李紈與衆姊妹方從王夫人處回來。寶釵正告訴他們説：「他夢中做詩，説夢話。」衆人正笑，抬頭見他來了，便都争着要詩看。

要知端的，且看下回分解。

此回上半，立寶釵因色棄兄背母罪案也。夫曰「情誤」，在蟠原有可轉之機，以釵之才，豈不能匡助其母羈縻之，勸誡之，使由誤而悔，而改？乃必聽之出遊，一若迫於必不得已者。是豈薛姨之心哉？蓋其根實伏於「以錯勸哥哥」之日。金鎖之假，惟有自知，金玉私心，豈可搠破？以有口無心之薛蟠，能不爲之旁洩乎？此釵之所寒心，有天而不共戴之處也。於是殺黛以清内，逐蟠以安外，夫然後暢所欲爲，而得終成大禮。

此回下半，與「試才」回同，乃作者自明其書立意所在，以爲中後路之綱領。一《月》詩成，稿凡三易，便是胡老名公，便是山子野，便是三子也。嘔心鏤血，獃亦甚矣，故學詩者爲獃香菱，又先之以一不知死活之石獃子，始生出以下七十二回之假語村言。「復惹放流刑」，爲夏金桂逼走也，而非此行不得見夏金桂。一篇孽賬，從此行結，則薛氏之家破人亡，實即寶釵致之。天道好還，鴛鴦畫圖如此。

護花主人評曰：

薛蟠出門，寫得行李輝煌，是遇盗之由。所謂慢藏誨盗也。

香菱係薛蟠之妾，未便住大觀園；然是甄士隱之女，十二金釵之副，必須聚集一處。今因薛蟠出門，搬進園中，與寶釵作伴，絶無牽强痕迹。即順寫學詩，以便拉入詩社。

賈璉受責，原其根由，已在賈赦要鴛鴦時。

晴雯撕扇，是恃寵撒嬌；雨村訛扇，是倚勢害良。而晴雯之被逐，賈赦之獲罪，皆種於此。扇子雖小，可以扇風，可以扇焰，其爲禍頗大。

賈赦打賈璉，在平兒口中補出，固省筆墨，但若特地來説，殊不得體，故以要棒瘡藥爲由。

香菱學詩，實費苦心苦功，是作者自言做詩工夫。《月》詩三首，及黛玉等講究諸詩，是作者教人做詩法則。香菱第三首詩於夢中得來，畢竟是此書中人，暗相映照。

大某山民評曰：

石獃子因幾柄舊扇，致身亡産盡，與王忠愍愛《清明上河圖》同以懷古膺无妄之災。「匹夫無罪，懷璧其罪」，其斯之謂與！

石獃子一段小文字，看之似乎閒文，及至後來抄没，即此事亦在罪案中，方知無意中埋伏之妙。此等處最容易草草讀過，以負作者之苦心也。

薛家棒瘡藥專爲人家打兒子用。故文起傷痕甚多，未曾敷好。

若今之閨閣詩人，大半是捉刀者多，何能如大觀園中之諸姊妹，個個出自心裁？

此回入壬子年冬十月間事。

第四十九回　琉璃世界白雪紅梅　脂粉香娃割腥啖膻

話説香菱見衆人正説笑他，便迎上去，笑道：「你們看這首詩若使得，我便還學；若還不好，我就死了這做詩的心了。」問世之難，自疑正是自信。説着，把詩遞與黛玉及衆人看時，只見寫道是：

精華欲掩料應難，影自娟娟魄自寒。一片砧敲千里白，半輪雞唱五更殘。緑蓑江上秋聞笛，紅袖樓頭夜倚闌。博得嫦娥應自問，何緣不使永團圞？此詩成矣，而專主寶釵説，書中重戒小人也。起聯是「絳芸軒」案，次聯槀砧夢醒，五句離人，六句思婦，末便是「恩愛夫妻不到冬」也。死者長已矣，生者如之何？而詩自超脱，不愧寶鑑。

衆人看了，笑道：「這首不但好，而且新巧、有意趣。「巧」字是釵，而書之巧，直奪鬼斧神工。可知俗語説：『世上無難事，只怕用心人。』社裏一定請你了。」香菱聽了，心下不信，料着是他們哄自己的話，還只管問黛玉、寶釵等。

正説之間，只見幾個小丫頭并老婆子忙忙的走來，都笑道：「來了好些姑娘、奶奶們，我們都不認得。奶奶、姑娘們快認親去。」香菱詩成，是書成矣。即接新到諸人，無非爲書立證，故來於香菱疑信之間。李紈笑道：「這是那裏話來？你到底説明白了，是誰的親戚？」那婆子、丫頭都笑道：「奶奶的兩位妹子都來了；還有一位姑娘，説是薛大姑娘的妹子；還有一位爺，説是薛大爺的兄弟。我這會子請姨太太去呢，奶奶和姑娘們先上去罷。」説着，一逕去了。寶釵笑道：「我們薛蝌和他妹子來了不成？」李紈笑道：「或者我嬸娘又上京來了，怎麽他們都湊在一處？這可是奇事。」

大家來至王夫人上房，只見黑壓壓的一地，又有邢夫人的嫂子，帶了女兒岫煙，進京來投邢夫人的，先出岫煙，見是書如雲出無心，自成變幻，作者以自白也。又袖攜御爐煙，見此情書來從天帝。可巧鳳姐之兄王仁也正進京，王合《乾》《坤》兩象，可陰可陽。仁則果中之種，種善結善，種惡結惡。鳳之所種，惡而已矣。故此仁結惡果，於正盛時已到，是此書大落墨。兩親家一處搭幫來了。走至半路泊船時，遇見李紈寡嬸帶着兩個女兒，長名李紋，次名李綺，也上京，紋、綺爲紈生色，即爲書生色。李嬸娘，見此消長之機，必須審察也。是與禁交相爲用。大家敍起來又是親戚，因此三家一路同行。後有薛蟠之從弟薛蝌，蝌蚪篆，古文也。是書自負今之古文。又爐煙結篆，故配岫煙。因當年父親在京時已將胞妹薛寶琴許配都中梅翰林之子爲媳，琴者，禁也。是書存天理於既滅，實一禁字主之。果其能禁，則爲琴瑟之正，而得春生而梅翰林之子之配矣。故與紋、綺皆不入薄命司者。正欲進京發嫁，聞得王仁進京，他也隨後帶了妹子趕來，此來轉以王仁爲主。天人之理，一仁而已。先以王、李、邢三家一總。王爲《易》，李爲《詩》，邢爲《春秋》，是爲三家，而皆古文也，皆爲禁用也。故蝌、琴乃趕來，是書所取給者如此。所以今日會齊了來訪投各人親戚。於是大家見禮敍過，賈母、王夫人都歡喜非常。賈母因笑道：「怪道昨日晚上燈花爆了又爆，結了又結，煞是熱鬧，是喜。原來應到今日。」一面敍些家常，收了帶來的禮物，一面命留酒飯。鳳姐兒自不必説，忙上加忙。李紈、寶釵自然和嬸娘、姊妹敍離別之情。黛玉見了，先是喜歡，後想起衆人都有親眷，獨自己孤單無倚，不免又去垂淚。諸人之來，既爲書證，又即形容黛玉之孤，第一缺陷人也。寶玉深知其情，十分勸慰了一番方罷。只如此寫，恰得。

然後寶玉忙忙來至怡紅院中，向襲人、麝月、晴雯笑道：「你們還不快着看去，誰知寶姐姐的親哥哥是那個樣子，他這叔伯兄弟形容舉止另是個樣子，倒像是寶姐姐同胞的兄弟似的。以論爲點，形出薛蝌。更奇在你們成日家只説寶姐姐是絕色的人物，你們如今瞧見他這妹子，還有大嫂子的兩個妹子，我竟形容不出來了。老天，老天！你有多少精華靈秀？生出這些人上之人來！可知我井底之蛙，成日家自説：『現在的這幾個人，是有一無二的。』誰知不必遠尋，就是本地風光，一個賽似一個。如今我又長了一層學問了。十二釵外，正自有人，未必紅顏都爲薄命。此正老天故爲顛倒，欲人自長學問。除了這幾個，難道還有幾個不成？」一面説，一面自笑。襲人見他又有些魔意，便不肯去瞧。晴雯等早去瞧了一遍，不肯去瞧，其心齷齪。早去瞧了，其心坦白。回來帶笑向襲人説道：「你快瞧瞧去。大太太一個侄女兒，寶姑娘一個妹妹，大奶奶兩個妹妹，倒像一把子四根水葱兒。」

一語未了，只見探春也笑着進來找寶玉，因説：「咱們詩社可興旺了。」詩社一總微旨。寶玉笑道：「正是呢。這是一高興起詩社，鬼使神差來了這些人。但只一件，不知他們可學過做詩不曾？」探春道：「我纔都問了問，雖是他們自謙，看其光景，沒有不會的。便是不會，也沒難處，你看香菱就知道了。」未之思也，夫何遠？晴雯笑道：「他們裏頭，薛大姑娘的妹妹更好，三姑娘看着怎麽樣？」琴用特提，在晴雯口。探春道：「果然的，據我看來，連他姐姐並這些人，總不及他。」襲人聽了，又是詫異，詫異在比寶釵好，另有心事也。又笑道：「這也奇了。還從那裏再尋好的去呢？我倒要瞧瞧去。」不瞧是妒，去瞧是恐。即一瞧一不瞧，寫襲人心事已極奇巧。探春道：「老太太一見了，歡喜的無可不可的，已經逼着咱們太太認了乾女孩兒了。從探春口旁敘寶琴，文字生動。老太太要養活，纔剛已經定了。」寶玉喜的忙問：「這話果然麽？」探春道：「我幾時説過謊？」又笑道：「老太太有了這個好孫女兒，就忘了你這孫子了。」寶玉笑道：「這倒不妨，原該多疼女孩兒些纔是正理。明兒十六，咱們可該起社了。」十一月十六日，在歲爲一陽生，在月爲一陰生，陰陽夾雜，正須用禁之處也。探春道：「林丫頭剛起來了，二姐姐又病了，終是七上八下的。」七上則六，八下則九，六陰九陽，上下交錯，又即十一月十六。寶玉道：「二姐姐又不大做詩，没有他又何妨？」探春道：「索性等幾天，等他們新來的混熟了，咱們邀上他們，豈不好？這會子大嫂子、寶姐姐心裏自然没有詩興的，況且湘雲没來，顰兒纔好了，人都不合式。不如等着雲丫頭來，這幾個新的也混熟了，顰兒也大好了，大嫂子和寶姐姐心也閑了，香菱詩也長進了，如此邀一滿社豈不好？咱們兩個如今且往老太太那裏去聽聽，除寶姐姐的妹妹不算外，他一定是在咱們家住定了的，倘或那三個要不在咱們這裏住，咱們央告着老太太留下他們，也在園子裏住了，咱們豈不多添幾個人，越發有趣了？」集思廣益，是爲詩社。寶玉聽了，喜的眉開眼笑，忙説道：「倒是你明白。我終久是個糊塗心腸，空歡喜了一會子，卻想不到這上頭。」

說着，兄妹兩個一齊往賈母處來。果然王夫人已認了薛寶琴做乾女兒，曰乾女兒，則名分定。賈母歡喜非常，不命往園中住，不住園中，則地位清，是悉不入十二釵畫册者。晚上跟着賈母一處安寢。薛蝌自向薛蟠書房中住下了。不漏。賈母和邢夫人說：「你侄女兒也不必家去了，園裏住幾天，逛逛再去。」邢夫人兄嫂前云嫂子帶了女兒岫煙，今云兄嫂，此兄即傻大舅耶？抑另有一兄耶？後文曰「邢忠夫婦」，曰「邢德全」，都是煙雲變幻。家中原艱難，這一上京，原仗的是邢夫人與他們治房舍，幫盤纏，聽如此說，豈不願意？邢夫人便將邢岫煙交與鳳姐兒，鳳姐兒算着園中姊妹多，情性不一，且又不便另設一處，有何不便？邢之戚，異於王之戚也。莫若送到迎春一處去，倘日後邢岫煙有些不遂意的事，總然邢夫人知道了，與自己無干。有斟酌。

從此後，除邢岫煙家去住的日期不算，若是大觀園住到一個月上，鳳姐兒亦照迎春分例送一分與岫煙。若住不及一月便怎麼算？勢利起於家庭，信然。鳳姐兒冷眼敁敪岫煙心性行爲，竟不像邢夫人及他父母一樣，卻是個極温厚可疼的人。從鳳姐形出岫煙。因此鳳姐兒反憐他家貧命苦，比別的姊妹多疼他些，鳳姐亦可感格，見天下無難處之人。而岫煙好處，用背面敷粉法托出。邢夫人倒不大理論了。此句找得妙。賈母、王夫人等因素喜李紈賢惠，且年輕守節，令人敬服，特用正筆提。今見他寡嬸來了，便不肯叫他外頭去住。那嬸母雖十分不肯，寫來有身分。無奈賈母執意不從，只得帶着李紋、李綺在稻香村住下了。當下安插已定。

誰知忠靖侯史鼎「忠靖」音中净，東廁也。鼎爲器，東廁之器。而姓史，乃賈母内家。其納污含垢爲何如！又湘雲所自出，亦不爲諱矣。作者笑裏藏刀。又遷委了外省大員，不日要帶家眷去上任。賈母因捨不得湘雲，收羅湘雲。便留下他了。接到家中，原要命鳳姐兒另設一處與他住，史湘雲執意不肯，另設非不便，乃本人不肯，較岫煙有體面。只要和寶釵一處住,因此也就罷了。死心塌地皈依寶釵。

此時大觀園中,比先又熱鬧了多少。是真熱鬧,是「留香久」「聚墨多」,這樣子是學他不得。李紈爲首,餘者迎春、探春、惜春、寶釵、黛玉、湘雲、李紋、李綺、寶琴、邢岫煙特將諸人一總,而以杏稻爲首。再添上鳳姐兒和寶玉,「和寶玉」和得奇,而已司空見慣。一共十三人。敍起年庚,除李紈年紀最長,鳳姐次之,餘者皆不過十五六七歲,大半同年異月,連他們自己也不能記清誰長誰幼,並賈母、王夫人及家中婆子丫頭也不能細細分清,這便是書中寫諸人年紀,一切日月處,自云不能分清,而看官乃偏要給他分清。不過是姊妹兄弟四個字隨便亂叫。

如今香菱正滿心滿意只想做詩,又不敢十分囉唆寶釵,可巧來了個史湘雲,那史湘雲極愛説話的,那裏禁得香菱又請教他談詩?越發高興了,没晝没夜高談闊論起來。一書得意之筆在湘雲。寶釵因笑道:「我實在聒噪的受不得了!一個女孩兒家,只管拿着詩做正經事講起來,叫有學問的人聽了反笑話,説不守本分。一個香菱没鬧清,又添上你這個話口袋子,一語笑貌聲音都在紙上。滿口裏説的是什麼怎麼是杜工部之沈鬱、韋蘇州之雅淡,又怎麼是温八叉之綺靡、李義山之隱僻,是書兼而有之。癡癡顛顛,那裏還像兩個女兒家呢?」説得香菱、湘雲二人都笑起來。

正説着,只見寶琴來了,披着一領斗篷,金翠輝煌,不知何物。寶釵忙問:「這是那裏的?」寶琴笑道:「因下雪珠兒,特點下雪,正金翠輝煌之候。老太太找了這一件給我的。」香菱上來瞧道:「怪道這麼好看,原來是孔雀毛織的。」湘雲笑道:「那裏是孔雀毛?就是野鴨子頭上的毛做的。孔雀毒鳥，多文多眼，野鴨則非家凫，皆指寶釵也。琴之此來，正首爲釵禁，故獨得此禦寒之具。可見老太太疼你了。這麽樣疼寶玉，也没給他穿。」寶釵笑道：「真真俗語説的『各人有各人緣法』，我也再想不到他這會子來，既來了，又有老太太這麽疼他。」不容黛，不容雲，並不容琴，幸其已爲梅氏配矣。湘雲道：「你除了在老太太跟前，就在園子裏來，這兩處只管頑笑吃喝。到了太太屋裏，若太太在屋裏，只管和太太説笑，多坐一回無妨，若太太不在屋裏，你别進去，那屋裏人多心壞，都是要咱們的。」湘雲此言，正襯寶釵隨地皆宜。説的寶釵、寶琴、香菱、鶯兒等都笑了。此語未答，豈不枉説？寶釵笑道：「説你没心卻有心，雖然有心，到底嘴太直了！我們這琴兒，今兒你竟認他做親妹妹罷。」湘雲又瞅着寶琴笑道：「這一件衣裳也只配他穿，别人穿了實在不配。」一齊抹倒。

正説間，只見琥珀走來笑道：「老太太説了，叫寶姑娘别管緊了琴姑娘，他還小呢，讓他愛怎麽樣就由他怎麽樣，卻借此老，反注「禁」字。他要什麽東西只管要，别多心。」寶釵忙起身答應了，又推寶琴笑道：「你也不知是那裏來的這段福氣？你倒去罷，仔細我們委曲了你。我就不信，我那些兒不如你！」戲耶？真耶？説話之間，寶玉、黛玉進來了，寶釵猶自嘲笑。湘雲因笑道：「寶姐姐，你這話雖是頑，卻有人真心是這樣想呢！」在湘雲是説黛玉，而不知實是寶釵。琥珀笑道：「真心惱的，再没别人，就只是他。」口裏説，手指着寶玉。寶釵、湘雲都笑道：「他倒不是這樣人。」兩知己。琥珀又笑道：「不是他，就是他。」説着又指黛玉。非琥珀冒失，欲逼出「金蘭語」效驗耳。湘雲便不作聲，趣。寶釵笑道：「更不是了。我的妹妹和他的妹妹一樣，方叫湘雲認親妹妹，又推黛玉做親姐姐，即一妹有若干用項。他喜歡的比我還甚呢，那裏還惱。你信雲兒混説，他的那嘴有什麽正經！」寶玉素昔深知黛玉有些小性兒，尚不知近日黛玉和寶釵之事，正恐賈母疼寶琴，他心中不自在，不説我心，且説他心，何等結實。今見湘雲如此説了，寶釵又如此答，再審度黛玉聲色亦不似往日，果然與寶釵之説相符，心中甚是不解。是石獃子。因想他兩個素日不是這樣的，如今看來，更比他人好了一倍。是石獃子。一時又見黛玉赶着寶琴叫「妹妹」，並不提名道姓，直似親姊妹一樣。那寶琴年輕心熱，年輕心熱，有任我取舍、忘他毁譽、不勞乃姐若干撮合處。且本性聰敏，自幼讀書識字，今在賈府住了兩日，大概人物已知，又見衆姊妹都不是那輕薄脂粉，且又和姐姐皆和氣，故也不肯怠慢；其中又見林黛玉是個出類拔萃的，便更與黛玉親近異常。寶玉看着，只是暗暗的納罕。

一時寶釵姊妹往薛姨媽房内去後，湘雲往賈母處來，林黛玉回房歇着。寶玉便找了黛玉來，笑道：「我雖看了《西廂記》，特提《西廂》，回顧前文。也曾有明白的幾句，説了取笑，你還曾惱過。如今想來，竟有一句不解，我念出來，你講講我聽。」黛玉聽了，便知有文章，因笑道：「你念出來我聽聽。」寶玉笑道：「那《鬧簡》上有一句説的最好：『是幾時孟光接了梁鴻案？』明以釵、黛爲一夫一妻，在五行尅我者爲夫，我尅者爲妻也。這五個字不過是現成的典，難爲他『是幾時』三個虚字問的有趣，是幾時接了？你説説我聽聽。」隨勢一問，靈心慧舌。黛玉聽了，禁不住也笑起來，因笑道：「這原問的好：他也問的好，你也問的好。」針鋒相對。寶玉道：「先是你只疑我，如今你也没的説了！」着，着，着！黛玉笑道：「誰知他竟真是個好人！着，着，着！我素日只當他藏奸。」因把説錯了酒令，寶釵怎樣説他，連送燕窩病中所談之事，細細的告訴寶玉。寶玉方知原故，因説道：「我説呢。正納悶『是幾時孟光接了梁鴻案』，原來是從『小兒家口没遮攔』上就接了案了。」言黛玉不過一小孩兒，故其受騙之易如此。黛玉因又説起寶琴來，想起自己没有姊妹，不免又哭了。寶玉忙勸道：「這又自尋煩惱了。你瞧瞧，今年比舊年越發瘦了，寶釵爲黛增病是人事，諸人亦爲黛增病是天數。你還不保養？每天好好的，你必自尋煩惱，哭一會子，纔算完了這一天的事。」深刻語，八面俱到。黛玉拭淚道：「近來我只覺心酸，眼淚卻像比舊年少了些的，心裏只管酸痛，眼淚卻不多。」書既三停，淚還大半。寶玉道：「這是你哭慣了，心裏疑惑，豈有眼淚會少的？」

正説着，只見他屋裏的小丫頭子送了猩猩氊斗篷來，又説：「大奶奶纔打發人來説：『下了雪，要商議明日請人做詩呢。』」一語未了，只見李紈的丫頭走來請黛玉，寶玉便邀着黛玉同往稻香村來。商量滿社必須在此。黛玉换上掐金挖雲紅香羊皮小靴，罩了一件大紅羽緞面、白狐狸皮的鶴氅，繫一條青金閃緑雙環四合如意縧，上罩了雪帽，二人一齊踏雪行來。單寫二人，一齊踏雪，至堅冰矣。只見衆姊妹都在那裏，都是一色大紅猩猩氊與羽毛緞斗篷，獨李紈穿一件多羅呢對襟褂子，薛寶釵穿一件蓮青斗紋、錦上添花、洋綫番羓絲的鶴氅，邢岫煙仍是家常舊衣，並没避雨之衣。一片大紅，都爲火色，若與雪爲魘勝者，正以抑陰爲禁也。在李爲完，故不需。岫煙名從山火，象爲白賁，亦無需，且自有火足以禦之，無事外飾，自不寒也。釵本陰雪，故亦無火色。一時史湘雲來了，穿着賈母與他的一件貂鼠腦袋面子、大毛黑灰鼠裏子、裏外發燒大褂子，頭上帶着一頂挖雲鵝黃片金裏大紅猩猩氈昭君套，又圍着大貂鼠風領。黛玉先笑道：「你們瞧瞧，孫行者來了。雲爲釵黨，亦不衣紅，而裏外發燒，又關寶、黛。爲孫行者變化多端，一心之用。他一般的拿着雪褂子，故意粧出個小騷達子樣兒來。」湘雲笑道：「你們瞧我裏頭打扮的。」一面說，一面脱了褂子。只見他裏頭穿着一件半新的靠色三廂領袖秋香色盤金五色繡龍窄褙小袖掩襟銀鼠短襖，裏面短短的一件水紅粧緞狐肷褶子，腰裏緊緊束着一條蝴蝶結子長穗五色宮縧，脚下也穿着鹿皮小靴，越顯得蜂腰猿背、鶴勢螂形。贊語凝鍊。分寫諸人妝飾，胸藏美富，非村學究所能辦。衆人都笑道：「偏他只愛打扮成個小子的樣兒。寶玉影身。原比他打扮女兒更俏麗了些。」

湘雲笑道：「快商議做詩！我瞧瞧是誰的東家？」李紈道：「我的主意，想來昨日的正日已自過了，再等正日又太遠，可巧又下雪，不如咱們大家湊個社。又給他們接風，風雪並至。又可以做詩，你們意思怎麽樣？」寶玉先道：「這話很是！只是今日晚了，若到明日，晴了又無趣。」衆人都道：「這雪未必晴，縱晴了，這一夜下的也彀賞了。」李紈道：「我這裏雖然好，又不如蘆雪（庭）（亭）好，蘆同廬，可以避風雪。我已經打發人籠地炕去了，咱們大家擁爐做詩。老太太想來未必高興，況且咱們小頑意兒，單給鳳丫頭個信兒就是了。你們每人一兩銀子就彀了，陽從下起。送到我這裏來。」指着香菱、寶琴、李紋、李綺、岫煙：「五個不算外，咱們裏頭，二丫頭病了不算，四丫頭告了假也不算，你們四分子送了來，我包管五六兩銀子也儘彀了。」五六得三十，三十兩之得六十，以四合，湊得六十四，是又卦數一周，故曰滿社。寶釵等一齊應諾。因又擬題限韻，李紈笑道：「我心裏早已定了，等到了明日臨期，橫竪知道。」橫豎知道，微旨也，從性道來。說畢，大家又閑話了一回，方往賈母處來，本日無話。

到了次日一早，寶玉因心裏記掛着這事，一夜沒好生得睡，恰有此情。天亮了，就爬起來。掀起帳子一看，雖然門窗尚掩，只見窗上光輝奪目，心内早躊躇起來，埋怨：「定是晴了，日光已出。」一面忙起來，揭起窗屜，從玻璃窗内往外一看，原來不是日光，竟是一夜雪下的將有一尺多厚，天上仍是搓綿扯絮一般。眼前境界，意外文章，直抵一篇《雪賦》，而以雪影爲日光，便是誤認「金蘭契」。寶玉此時歡喜非常，忙喚起人來，盥漱已畢，只穿一件茄色哆囉呢狐狸皮襖，罩一件海龍小鷹膀褂子，束了腰，披上玉針蓑，帶了金藤笠，登上沙棠屐，是《寄生草》曲文。曰玉，曰金，姻緣已畢；屐則沙棠，走因木也。忙忙的往蘆雪〔庭〕（亭）來。出了院門，四顧一望，並無二色，遠遠的是青松翠竹，自己卻似裝在玻璃盆内一般。點題異樣新穎，能敵千言。於是走至山坡之下，順着山脚剛轉過去，已聞得一股寒香撲鼻，回頭一看，卻是妙玉那邊櫳翠庵中有十數株紅梅，如胭脂一般，映着雪色，分外顯得精神，文亦分外精神，不着纖塵。而得寒香之妙，必在回頭處。好不有趣。寶玉便立住，細細的賞玩了一回方走。只見蜂腰板橋上一個人打着傘走來，是李紈打發了請鳳姐兒去的人。

寶玉來至蘆雪〔庭〕（亭），只見丫頭婆子正在那裏掃雪開徑。原來這蘆雪〔庭〕（亭）蓋在一個傍山臨水河灘之上，一帶幾間茅檐土壁，橫籬竹牖，推窗便可垂釣，四面皆是蘆葦掩覆，一條去徑，逶迤穿蘆度葦過去，便是藕香榭的竹橋了。插敘蘆雪庭，居然又一稻香村，過此便是藕榭矣。文筆整暇。衆丫頭婆子見他披蓑帶笠而來，都笑道：「我們纔說正少一個漁翁，如今果然全了。是黛玉眼中漁翁，而「絶」「滅」

「孤」「獨」，唐人一詩，全兆於此。姑娘們吃了飯纔來呢。你也太性急了。」寶玉聽了，只得回來。剛至沁芳亭，見探春正從秋爽齋出來，圍着大紅猩猩氈的斗篷，帶着觀音兜，獨得自在。扶着個小丫頭，後面一個婦人打着一把青綢油傘。寶玉知道他往賈母處去，遂立在亭邊，等他來到，二人一同出園前去。寶琴正在裏間房内梳洗更衣。

一時衆姊妹來齊，寶玉只嚷餓了，連連催飯。好容易等擺上飯時，頭一樣菜是牛乳蒸羊羔，居然党太尉，卻是劉老老。賈母便説：「這是我們有年紀人的菜，没見天日的東西，没見天日，是何景象？可惜你們小孩子吃不得。今兒另外有新鮮鹿肉，你們等着吃罷。」所謂蕉下客，又「禄」同，此回乃夢中新鮮文字。衆人答應了。寶玉等不得，只拿茶泡了一碗飯，就着野雞瓜子野雞瓜，釵之映。忙忙的爬拉完了。賈母道：「我知道你們今兒又有事情，連飯也不顧吃。」便叫：「留着鹿肉與他晚上吃罷。」鳳姐兒忙説：「還有呢，吃殘了的倒罷了。」吃殘了，又釵之映。史湘雲便和寶玉計較道：「有新鹿肉，不如咱們要一塊，自己拿了園裏弄着，又吃又頑。」文情相生。遞入下半回。寶玉聽了，真和鳳姐要了一塊，命婆子送入園去。

一時大家散後，進園齊往蘆雪（庭）（亭）來，聽李紈出題限韻，獨不見湘雲、寶玉二人。黛玉道：「他兩個再到不得一處，若到了一處，生出多少故事來。言下隱隱約約。這會子一定算計那塊鹿肉去了。」正説着，只見李嬸娘也走來看熱鬧，因問李紈道：「怎麽那一個帶玉的哥兒和那一個掛金麒麟的姐兒，用局外人一點，金玉是乃特提。那樣乾浄清秀，又不少吃的，他兩個在那裏商議着要吃生肉呢，說的有來有去的。我只不信肉也生吃得的。」其實是吃生肉即寶玉所說藥方面子，是南人初見北食。衆人聽了，都笑道：「了不得，快拿了他兩個來。」黛玉笑道：「這可是雲丫頭鬧的。我的卦再不錯。」「卦」字映合大旨。李紈即忙出來，找着他兩個，說道：「你們兩個要吃生的，我送你們到老太太那裏吃去，那怕一隻生鹿，撑病了不與我相干！其實老太太叫吃也。這麽大雪，怪冷的，快替我做詩去罷！」寶玉忙笑道：「没有的事，我們燒着吃呢。」北人冬月常食。李紈道：「這還罷了。」只見老婆子們拿了鐵爐、鐵叉、鐵絲蒙來，李紈道：「仔細，割了手不許哭！」說着，方進去了。

那邊鳳姐打發了平兒回復不能來，爲發放年例正忙。平兒先來，文勢一曲，風未至而先設一屏，令人知避也。湘雲見了平兒，那裏肯放？平兒也是個好頑的，素日跟着鳳姐兒無所不至，四字微言。見如此有趣，樂得頑笑，因而褪去手上的鐲子，伏五十二回，節節生發。三個人圍着火，平兒便要先燒三塊吃。那邊寶釵、黛玉平素看慣了，不以爲異，寶琴等及李嬸娘深爲罕事。禮以節性，審察當禁者先在棄禮。探春與李紈等議定了題韻，探春笑道：「你們聞聞，香氣這裏都聞見了，我也吃去。」亦夢中緊要人，故也吃，而氣概自見。說着，也找了他們來。李紈也隨來，說：「客已齊了，你們還吃不彀？」湘雲一面吃，又一面說道：「我吃這個，方愛吃酒，吃了酒，纔有詩。若不是這鹿肉，今兒斷不能做詩。」詩，思此鹿而已。說着，只見寶琴披着鳧靨裘，前借香菱、湘雲，已爲此裘擬議隱爲釵矣，今出名字乃「無厭求」，正明爲釵禁。站在那裏笑。湘雲笑道：「傻子！你來嘗嘗。」寶琴笑道：「怪腌臢的。」寶釵笑道：「你嘗嘗去，好吃的很呢。你林姐姐弱，吃了不消化，不然，他也愛吃。」寶琴聽了，便過去吃了一塊，食「禄」有方。黛無所歸，故不食；琴得婚姻之正，自當食也。果然好吃，便也吃起來。一時鳳姐兒打發小丫頭來叫平兒，平兒説：「史姑娘拉着我呢，你先去罷。」小丫頭去了。一時，只見鳳姐兒也披了斗篷走來，風而有篷，其行速矣。笑道：「吃這樣好東西，也不告訴我！」説着，也湊在一處吃起來。嗜食尤甚者。黛玉笑道：「那裏找這一羣花子去！罷了，罷了，今日蘆雪（庭）（亭）遭劫，生生被雲丫頭作踐了。我爲蘆雪（庭）（亭）一大哭。」是他口吻，自外於鹿，直無煙火氣矣。湘雲冷笑道：「你知道什麽！『是真名士自風流』，你們都是假清高，最可厭的。調侃不少。我們這會子腥的羶的大吃大嚼，回來卻是錦心繡口。」點題。滿紙腥羶，卻是錦心繡口。寶釵笑道：「你回來若做的不好了，把那肉掏出來，就把這雪壓的蘆葦子摁上些，以完此劫。」明説是劫。説着，吃畢，洗了一回手。

平兒帶鐲子時，卻少了一個，是即金釧，是即寶釵。左右前後亂找了一番，踪迹全無。衆人都詫異。鳳姐兒笑道：「我知道這鐲子的去向。你們只管做詩去，我們也不用找，只管前頭去。安詳静鎮，寫鳳之才，而去向獨知，隱意悉在。不出三日，「先甲」「先庚」，釵其曉乎？包管就有了。」説着，又問：「你們今兒做什麽詩？老太太説了，離年又近了，正月裏還該做些燈謎兒大家頑笑。」串下回。衆人聽了，都笑道：「可是呢，倒忘了。如今趕着做幾個好的，預備着正月裏頑。」説着，一齊來至地炕屋内，只見杯盤果菜，俱已擺齊了，牆上已貼出詩題、韻脚、格式來了。寶玉、湘雲二人忙看時，只見題目是「即景聯句，五言排律一首，即景是大觀，是畫圖；聯句則求其在圖中連而不斷，正扶陽抑陰，寶琴來意。限二蕭韻」。預演蕭索，此韻已出冷子興口。後面尚未列次序。李紈道：「我不大會做詩，我只起三句罷，首推忠孝完人。然後誰先得了誰先聯。」寶釵道：「到底分個次序。」

要知端的，且看下回分解。

此回於熱鬧中現一清凉世界，於清凉處現一妖怪情形，寶釵文字，仍乃鴛鴦文字，突來衆美，皆真鴛鴦也。鴛鴦文字，其實畫圖文字，一點陽春，生於積冷凝寒之下，是曰「白雪紅梅」，而以寶琴主之，琴固雪女而字梅也。是爲佛説因緣。大衆都入琉璃世界，無如羣情陷溺，污穢已深，湛湛通靈，生呑活剥，是必現身説法，或冀禁止於萬一。則寶琴已入花子羣而吃生肉，庶其一洗脂粉腥羶，回向櫳翠，紅梅不爲妖怪。作者苦心，借二氏以演儒道也。

邢、王皆賈氏内戚，王仁與岫煙之母成何親家？今謂之「兩親家一處搭幫來了」，醉語耶？囈語耶？而不知大道存焉。蓋天地之間，惟此一仁。因此一仁，遂生出《易》《書》《詩》《禮》《春秋》之教。而《易》《書》《詩》《禮》《春秋》，無非蝌篆古文。則此一仁，實蝌之父。在岫煙，蝌之匹也。煙之母，蝌之父，非親家而何？一陰一陽，非兩親家搭幫而何？如此大疑陣，作者姑爲擺布以自娱，謂千軍萬馬，無從破其一壘。未必索解人，亦索解人不得也。而被閑人一喝而破，作者當亦棄甲投戈。特未識壁上觀諸公肯信否耳？

護花主人評曰：

第三首《月》詩固好，然「一片砧聲」、「五更殘月」，及「秋江獨夜」「團圞不永」等句，不但爲香菱結果影子，且是黛玉、寶釵小照。

香菱會做詩，引出許多能詩閨秀來。若不于此時敘入，則香菱講詩幾無了結之時。撇上起下，靈動順利。

薛、李、邢、王四家親戚，路遇齊來，省卻許多筆墨。若逐家分起各敘，頭緒既繁，文亦冗雜。是文章併疊類敘法。

詩社是探春興起，要留衆姊妹必該探春説起，一絲不走。

香菱得湘雲同住，詩學自然日進。借寶釵厭煩語敘出，不用正寫，妙極。

寶琴可以入畫，即于此時伏筆。

琥珀戲頑，反挑寶琴已有壻家，又借此寫出黛玉與寶釵相得情況。

寶玉借《西廂》問黛玉，又借《西廂》解悟，靈巧恰合，又照應前文。

各人裝束，各有好看，惟邢岫煙仍是家常衣服，更爲好看。又伏下文鳳姐送衣，寶釵贖當等事。

寶玉吃飯慌忙，賈母已知有事。下回冒雪而來，便不突兀。

于賞雪聯句之前，夾寫湘雲等炙吃鹿肉，事雖近俗，而雅趣倍加。

平兒失鐲，伏晴雯撵墜兒事。

大某山民評曰：

黛玉自云近日少淚，不知無淚之比有淚，其心爲更傷，其病爲更深。

邢姑娘廁金貂錦鳥，而以儒素自安，微特如仲由氏不耻緼袍，抑有韋布傲公卿之概。使爲男子，定許列名《高士傳》矣。

不料吃螃蟹之後，又得此一段吃鹿肉妙文。吃螃蟹寫得十分飛揚，吃鹿肉又寫得十分閒雅，真是才子之文。

此回入壬子年冬時事。

第五十回　蘆雪庭争聯即景詩　暖香塢雅製春燈謎

話説薛寶釵道：「到底分個次序，讓我寫出來。」雪詩次序必由他分。説着，便令衆人拈鬮爲序。起首恰是李氏，然後按次各名開出。鳳姐兒道：「既這樣説，我也説一句在上頭。」鳳姐亦要做詩，奇事。豈必以鳳姐能詩，方足爲文字生色乎？不知此局乃爲破敗之勢大集其成，而鳳固破敗第一人，則首句必須是他也。衆人都笑起來，説：「這樣更妙了。」寶釵將「稻香老農」之上補了一個「鳳」字，李紈又將題目講與他聽。鳳姐想了半日，笑道：「你們别笑話我，我只有了一句粗話，可是五個字的。下剩的我就不知道了。」此皆吃力之筆，不易爲也。衆人都笑道：「越是粗話越好。你説了，就只管幹正事去罷。」鳳姐兒笑道：「想下雪必刮北風，昨夜聽見一夜的北風，我有一句，這一句就是『一夜北風緊』。」雪得風助，雪則釵也，熙鳳借音西風，殺木壞榮而助雪。今云北風，則歷秋而冬。曰緊，曰一夜，則速而且急，其陰寒尚可禦乎！使得使不得，我就不管了。」都是硬做。衆人聽説，都相視笑道：「這句雖粗，不見底下的，這正是會作詩的起法，不但好，而且留了寫不盡的多少地步與後人。又隱顧劉老老及詩社意，見人至鳳姐，亦知思善，果能及今自留地步，猶可以爲善國。就是這句爲首，稻香老農快寫上，續下去。」不脱不漏。鳳姐和李嬸娘、平兒又吃了兩杯酒，自去了。以李爲首是勸善，以鳳爲首是懲惡。此處重明禁字，故加鳳於李之上。

這裏李紈便寫道：

一夜北風緊，

自己聯道：

開門雪尚飄。入泥憐潔白，我所謂靛缸中拉出白布。

香菱道：

匝地惜瓊瑶。有意榮枯草，對句自説，出句説黛玉。曰「有意」，則寶玉在其中，先點夢主。

探春道：先發一歎。

無心飾萎苗。價高村釀熟，對句説黛，出句説寒。

李綺道：因一歎，而生出綺、紋筆墨。

年稔府糧饒。葭動灰飛管，當及是時，求好消息。

李紋道：

陽回斗轉杓。寒山已失翠，但得開泰，黛不自黛。

岫煙道：當焚香讀之。

凍浦不生潮。易掛疏枝柳，以止水無波之心，演出《易》卦，爲春生之卯木而已。

湘雲道：夫然後出書中人。寶、黛、釵不能同出，則以一人三影者先出之。

難堆破葉蕉。麝煤融寶鼎，對句渾言夢，而夢已破。出句薰染，說釵。

寶琴道：雲乃三人；琴之爲禁，正爲三人，因接琴。

綺袖籠金貂。光奪窗前鏡，對句金貂說釵，出句自說。禁所以奪其情，凡在禁中，都爲所奪矣。

黛玉道：主人翁方出，乃第一奪之而受奪者。

香黏壁上椒。斜風仍故故，椒性熱毒味辣，受釵之毒與鳳之辣，又因「東風壓西風」之言而故。

寶玉道：黛之正匹爲寶玉，因緊接出。

清夢轉聊聊。何處梅花笛，此夢無聊，駕黄鶴而去，不知所之矣。通首只一「夢」字，在此點出。

寶釵道：釵爲比肩，故既出寶、黛，即出寶釵，其次序如此，看官尚欲倒置乎？

誰家碧玉簫。鼇愁坤軸陷，已作引鳳之曲，而尚未有明言，故云「誰家」，雖終成大禮，仍爲地陷已。

李紈笑道：「我替你們看熱酒去罷。」寶釵命寶琴續聯，只見湘雲起來道：開除李紈熱酒去，亦重禦寒，而諸人既周，又首寶琴，自是主意。但禁必有所加，則仍先之以三人也。文亦錯落不板。

龍鬥陣雲銷。野岸迴孤棹，《坤》之上六，至陰之極，正三人不可開交處，而簑笠翁走矣。

寶琴也聯道：

吟鞭指灞橋。賜裘憐撫戍，一賦別離，征人不返，爲釵禁。

湘雲那裏肯讓人，且別人也不如他敏捷，都看他揚眉挺身的說道：橫插三語，寫「争」字有勢，而湘以一當三。

加絮念征徭。坳垤翻夷險，對句仍釵，出句說黛，令其知所審擇。

寶釵連聲讚「好」，也便聯道：加一贊，生動，奈明知當審而不審何！

枝柯怕動摇。皚皚輕趁步，當自説矣，而意在黛玉，「絳芸軒」有悔心焉，無如不可挽何！在釵此日勢已騎虎，如此處説林之不易摇，而轉羡其踐履之潔白也。

黛玉忙聯道：

剪剪舞隨腰。苦茗成新賞，柳而剪，柳折矣！是爲苦命。

一面説，一面推寶玉命他聯。插敘又好，而寶、黛必緊相連。寶玉正看寶釵、寶琴、黛玉三人共戰湘雲，十分有趣，那裏還顧得聯詩？今見黛玉推他，方聯道：

孤松訂久要。鴻泥從印迹，情有獨鍾，一木而已。雪爪之迹，印亦徒印，釵能不悔乎？

寶琴接着聯道：三人既過，便又接他。

林斧或聞樵。伏象千峯凸，戒林遠害。或者，疑詞，猶可止也。是須參覌伏羲《易》象。

湘雲忙聯道：

盤蛇一徑遥。花緣經冷結，狀釵毒而曲，以冷爲用也。

寶釵與衆人又都讚好。釵之贊好，以冷結爲得意。探春聯道：中以一歎。

色豈畏霜凋。深院驚寒雀，亦戒黛玉，使知禦雪，如鳥之迴翔審視也。

湘雲正渴了，忙忙的吃茶，已被岫煙搶着聯道：妙有安插。

空山泣老鴉。階墀隨上下，演此鴉音無非涕泣，而道仍出隨步，豈有心哉？

湘雲忙丢了茶杯，聯道：

池水任浮漂。照耀臨清曉，對句説寶玉，即「我只取一瓢飲」之意。出句教人出陰入陽。

黛玉忙聯道：以下皆作者自明書意，又就各人身分自寫。

繽紛入永宵。誠忘三尺冷，黛則至死不變，而誠信寶釵不悟也。

湘雲忙笑聯道：

瑞釋九重焦。僵卧誰相問，袁安卧雪，雲自寫境況。

寶琴也忙笑聯道：

狂遊客喜招。天機斷縞帶，疏狂自喜爲此文章。琴多遊歷，天機自是《易》理。

湘雲又忙道：

海市失鮫綃。雲爲空象，不過海市蜃樓。

林黛玉不容他道出，接着便道：

寂寞封臺榭，黛已無家，那問頹垣敗井。

湘雲忙聯道：

清貧懷簞瓢。樂在其中，湘雲境況。

寶琴也不容情，也忙聯道：

烹茶水漸沸，茶香。〇水火既濟。

湘雲見這般，自爲得趣，又是笑，又忙聯道：

煮酒葉難燒。酒熟。○興豪而寒。

寶玉也笑道：

没帚山僧掃，一片婆心，寶玉出家。

寶琴也笑道：

埋琴稚子挑。不失赤子，自點其名。

湘雲笑彎了腰，忙念了一句。争字酣暢。衆人問道：「到底説的是什麽？」湘雲道：

石樓閑睡鶴，神仙多善睡。○映「芍藥茵」。

黛玉笑得握着胸口，高聲嚷道：

錦罽暖親猫。畜類解温存。○叙好如猫而親之。

寶琴也忙笑道：

月窟翻銀浪，月窟，天根之理，乃《易》道。

湘雲忙聯道：

霞城隱赤標。騷壇牛耳之文。○其號「枕霞」。

黛玉忙笑道：

沁梅香可嚼，先春獨見梅開。○乾净身子。

寶釵笑稱好句，也忙聯道：

淋竹醉堪調，五月要扶竹醉，瀟湘受其調弄。

寶琴也忙道：

或濕鴛鴦帶，愛演鴛鴦畫。○乃真鴛鴦，亦《易》道。

湘雲忙聯道：

時凝翡翠翹。豈營翡翠巢？○「點翠麒麟」。

黛玉又忙道：

無風仍脈脈，醫熙鳳之狂。○總因風死。

寶琴又忙笑聯道：

不雨亦瀟瀟。止瀟湘之淚。○「密雲不雨」，《易》象。

湘雲伏着已笑軟了。衆人看他三人對搶，也都不顧作詩，看着也只是笑。黛玉還推他往下聯，又道：「你也有才盡力窮之時？我聽聽還有什麽舌頭嚼了！」湘雲只伏在寶釵懷裏，笑個不住。寶釵推他起來，道：「你有本事，把『二蕭』的韻全用完了，我纔服你。」湘雲起身笑道：「我也不是做詩，竟是搶命呢！」不可嚼舌，及早搶命，一戒一勉，包羅全部。衆人笑道：「倒是你自己説罷。」探春早已料定没有自己聯的了，便早寫出來，因説：「還没收住呢。」李紋聽了，接過來便聯了一句道：以紋、綺收束，仍是以完人收束，此絕大願力。

　　欲誌今朝樂，

李綺收了一句道：

　　憑詩祝舜堯。以頌揚作結得體。此書以「皇恩重」起，以「沐皇恩」終也。或有誚其敷衍作結、失閨閣氣者焉得解此！○一詩通首各有寓意，若謎語然。看其手寫此，目視彼，亦難甚矣，詩翁詩伯請弗苛求。上云排律，自當排偶，詩合天數，應三十六韻，今則缺一，便隱偶而不偶，天缺之義，是人所不覺也。凡欲作續部者，何弗先增此詩？

　　李紈道：「彀了，彀了。雖沒做完了韻，騰挪的字，若生扭了，倒不好了。」說着，大家來細細評論一回，獨湘雲的多，都笑道：「這都是那塊鹿肉的功勞。」李紈笑道：「逐句評去，卻還一氣，只是寶玉又落了第了。」以詩觀之，寶玉何以落第？乃言心之不可失也。則凡書中詩之甲乙，看官不必另評。寶玉笑道：「我緣不會聯句，只好擔待我罷。」李紈笑道：「也沒有社社擔待的。又說韻險了，又整誤了，又不會聯句：今日必罰你。我纔看見櫳翠庵的紅梅有趣，我要折一枝來插瓶，橫插妙文，凡大提段必及妙玉，全書之贊。可厭妙玉爲人，我不理他，如今罰你取一枝來，插着頑兒。」衆人都道：「這罰的又雅，又有趣！」寶玉也樂爲，答應着就要走。湘雲、黛玉一齊說道：「外頭冷得很，你且吃杯熱酒再去。」於是湘雲早執起壺來，黛玉遞了一個大杯，滿斟了一杯。已爲餽送。湘雲笑道：「你吃了我們這酒，要取不來，加倍罰你。」寶玉忙吃了一杯，冒雪而去。

　　李紈命人好好跟着，黛玉忙攔說：「不必，有了人反不得了。」眼光四射。李紈點頭道是，一面命丫鬟將一個美女聳肩瓶拿來，聳肩，寒象，爲諸人映。貯了水，準備插梅。因笑道：「回來該吟紅梅了。」

生發寶琴。湘雲忙道：「我先作一首。」自應一虛爲陪。寶釵笑道：「今日斷不容你再作了。你都搶了去，衆人都閑着了没趣。回來罰寶玉，他説不會聯句，如今就教他自己做去。」黛玉笑道：「這話很是。我還有主意，方纔聯句不彀，莫若揀那聯得少的人做紅梅詩。」寶釵笑道：「這話是極。方纔邢、李三位屈才，且又是客。琴兒和顰兒、雲兒他們搶了許多，我們一概都别做，只他們三人做纔是。」香菱一聯，寶釵不説，非自謙也，實乃鏡之不容再照。李紈因説：「綺兒也不大會做，安放李綺。還是讓琴妹妹罷。」琴由他推。寶釵只得依允，又道：「就用『紅、梅、花』三個字做韻，每人一首七言律：邢大妹妹做『紅』字，你們李大妹妹做『梅』字，琴兒做『花』字。」「紅」爲陽象，「梅」主春生，琴主其實，故做「花」字。李紈道：「饒過寶玉去，我不服。」第一責望。湘雲忙道：「有個好題目命他做。」衆人問：「何題？」湘雲道：「命他就做『訪妙玉乞紅梅』，豈不有趣？」一「乞」字衆妙咸該。衆人聽了，都説：「有趣！」

一語未了，只見寶玉笑欣欣擎了一枝紅梅進來，衆丫鬟忙已接過，插入瓶内。衆人都過來賞玩。寶玉笑道：「你們如今賞罷，又不知費了我多少精神呢。」作者自道。説着探春早又遞過一鍾暖酒來。歸着一歎。衆丫鬟上來接了簑笠撣雪，各人房中丫鬟都添送衣服來，襲人也遣人送了半舊的狐腋褂來。李紈命人將那蒸的大芋頭盛了一盤，又將朱橘、黄橙、橄欖等物盛了兩盤，大芋頭，言壞「玉」之頭一人，又名「蹲鴟」，必當於此一提，出自李紈，故末爲橄欖，要知其悔。命人帶與襲人去。湘雲且告訴寶玉方纔的詩題，又催寶玉快做。寶玉道：「好姐姐、好妹妹們，讓我自己用韻罷，别限韻了。」衆人都説：「隨你做去罷。」一面説，一面大家看梅花。原來這一枝梅花只有二尺來高，傍有一枝縱横而出，約有二三尺長，是好梅贊，是好書贊。書有百二十回，上下目録共二百四十句，是高有二尺也。至此計五十回，書方未半，而突來寶琴生發中後路大文，是横出者二三尺。二三得五，梅五出也。其間小枝分歧，或如蟠螭，或如僵蚓，或孤削如筆，或密聚如林，真乃花吐胭脂，香欺蘭蕙：各各稱賞。誰知岫煙、李紋、寶琴三人都已吟成，各自寫了出來，衆人便依「紅」「梅」「花」三字之序看去，寫道：

賦得紅梅花

桃未芳菲杏未紅，冲寒先喜笑東風。魂飛庾嶺春難辨，霞隔羅浮夢未通。緑萼添妝融寶炬，縞仙扶醉跨殘虹。看來豈是尋常色，濃淡由他冰雪中。邢岫煙。○爲琴之陪客，故一詩止寫本身，着意「岫」「煙」二字，故不容移置他人。

白梅懶賦賦紅梅，逞豔先迎醉眼開。凍臉有痕皆是血，酸心無恨亦成灰。誤吞丹篆移真骨，偷下瑶臺脱舊胎。江北江南春燦爛，寄言蜂蝶漫疑猜。李紋。○亦琴陪客，有李紈在，故次聯云然。

疏是枝條豔是花，春妝兒女競奢華。閑庭曲檻無餘雪，流水空山有落霞。幽夢冷隨紅袖笛，遊仙香泛絳河槎。前身定是瑶臺種，無復相疑色相差。寶琴。○此紅梅之主矣。次聯超逸，上句點雪之禁，下句明琴之用，餘皆自寫。

衆人看了，都笑着稱贊，又指末一首更好。寶玉見寶琴年紀最小，才又敏捷。黛玉、湘雲二人斟了一小杯酒，齊賀寶琴。寶釵笑道：「三首各有好處，你們兩個天天捉弄厭了我，如今又捉弄他來了。」李紈又問寶玉：「你可有了？」寶玉忙道：「我倒有了，纔一看見這三首，又嚇忘了。等我再想。」湘雲聽説，便拿了一支銅火箸擊着手爐，笑道：「我擊了，若鼓絶不成，又要罰的。」寶玉笑道：「我已有了。」黛玉提起筆來，笑道：「你念我寫。」必是他寫，不脱聯字。湘雲便擊了一下，笑道：「一鼓絶。」寶玉笑道：「有了，你寫罷。」衆人聽他念道：

酒未開樽句未裁，

尋春問臘到蓬萊。

黛玉寫了，摇頭笑道：「起得平平。」間以評語，斷續有致。湘雲又道：「快着！」寶玉笑道：

黛玉、湘雲都點頭笑道：「有些意思了。」寶玉又道：

不求大士瓶中露，爲乞孀娥檻外梅。

黛玉寫了，摇頭説：「小巧而已。」梅，媒也，釵能得之，故乞自孀娥，而黛玉謂之小巧。湘雲將手又敲了一下，寶玉笑道：

入世冷挑紅雪去，離塵香割紫雲來。透斷塵緣，反找石頭來歷。槎枒誰惜詩肩瘦，衣上猶沾佛院苔。

黛玉寫畢，湘雲、大家纔評論詩，只見幾個丫鬟跑進來道：「老太太來了。」不置可否，以老太太來截住，光景恰合。衆人忙迎出來。大家又笑道：「怎麽這等高興？」説着，遠遠見賈母圍了大斗篷，曰大斗篷，鳳姐斗篷之所託芘也。帶着灰鼠暖兜，坐着小竹轎，打着青綢油傘，鴛鴦、琥珀等五六個丫鬟，每人都是打着傘，擁轎而來。李紈等忙往上迎，賈母命人止住，説：「只站在那裏就是了。」來至跟前，賈母笑道：「我瞞着你太太和鳳丫頭來了。「瞞」字玲瓏。大雪地下，我坐着這個無妨，没的叫他娘兒們踏雪。」衆人忙一面上前接斗篷，攙扶着，一面答應着。賈母來至室中，先笑道：「好俊梅花！一贊。你們也會樂，我也不饒你們！」説着，李紈早命人拿了一個大狼皮褥子來，鋪在當中，賈母坐了。因笑道：「你們只管照舊頑笑喝吃，我因爲天短了，不敢睡中覺，抹了一會牌，想起你們來了，我也來湊個趣兒。」李紈早又捧過手爐來，探春另拿了一副杯箸來，親自斟了暖酒，奉與賈母。賈母便飲了一口，問：「那個盤子是什麽東西？」衆人忙捧了過來，回説：「是糟鵪鶉。」鶉也，時已晏也。賈母説：「這倒罷了，撕一點子腿兒來。」李紈忙答應了，要水洗手，親自來撕。賈母道：「你們仍舊坐下説笑，我聽着纔歡喜。」又命李紈：「你也只管坐下，就如同我没來的一樣纔好。不然，我就走了。」衆人聽了，方纔依次坐下，只李紈挪到儘下邊。賈母因問：「你們作什麽頑呢？」衆人便説：「做詩呢。」賈母道：「有做詩的，不如做些燈謎兒，大家正月裏好頑。」爲下半回生發。衆人答應，説笑了一回。賈母便説：「這裏潮濕，你們别久坐，仔細着了凉。倒是你四妹妹那裏暖和，我們到那裏瞧瞧他的畫兒，有詩必有畫。趕年下可能有了不能？」衆人笑道：「那裏能年下就有了？只怕明年端陽纔有呢。」見畫中人不能開泰，只爲《姤》而已，故須五月纔有。賈母道：「這還了得，他竟比蓋這園子還費工夫了。」園即畫，畫即園。

説着，仍坐了竹椅轎子，大家圍隨，過了藕香榭，穿入一條夾道，惜已「偶謝」矣。今能畫畫，直並「偶謝」亦超離之。出陰入陽，得「暖香塢」。東西兩邊皆是過街門，門樓上裏外都嵌着石頭匾，如今進的是西門，向外的匾上鑿着「穿雲」二字。向裏的鑿着「度月」兩字。來至堂中，進了向南的正門，惟其「穿雲」「度月」，故能西並東交，而入堂堂正陽門户。賈母下了轎，惜春已接了出來。從裏面遊廊過去，便是惜春卧房，門斗上有「暖香塢」三字。三字點得鄭重。早有幾個人打起猩紅毡簾，已是温香拂臉。已無餘雪，寫「暖」字，另一世界。大家進入房中，賈母並不歸坐，便問惜春：「畫在那裏？」惜春因笑回：「天氣寒冷了，膠性皆凝澀不潤，畫了恐不好看，故此收起來了。」賈母笑道：「我年下就要的，都作此想，奈不能何？你別託懶兒，快拿出來，給我快畫。」

一語未了，忽見鳳姐兒披着紫羯絨褂，笑嘻嘻來了。詩畫以他起，以他結。口内説道：「老祖宗今兒也不告訴人，私自就來了，要我好找！」賈母見他來了，心中喜歡，道：「我怕你們冷着了，所以不許人告訴你們去。你真是個鬼靈精兒，到底找了我來。論禮，孝敬也不在這上頭。」鳳姐兒笑道：「我那裏是孝敬的心找了來？我因爲到了老祖宗那裏，鴉没鵲静的，便是以後「成大禮」紫鵑到賈母房中光景，故此來曰「瞞」，即「瞞消息」也。問小丫頭子們，他又不肯叫我找到園裏來。我正疑惑，忽然又來了兩三個姑子，姑子，陰也。兩進三進爲《否》，兩三合成五，五進則《剥》矣。鳳實主之。我心裏纔明白了：那姑子必是來送年疏或要年例香例銀子，老祖宗年下的事也多，一定是躲債來了。實琴之來，正要人躲此債。我趕忙問了那姑子，果然不錯。我連忙把年例給了他們去了。如今來回老祖宗：債主兒已去了，不用躲着了。已預備下稀嫩的野雞，文明之贊。請用晚飯去罷，再遲一回就老了。」他一行説，衆人一行笑。鳳姐兒也不等賈母説話，便命人：「擡過轎來。」是活鳳姐，有聲有色，而不容賈母久留暖處。賈母笑着挽了鳳姐兒的手，仍上了轎，帶着衆人，説笑出了夾道東門。

一看四面，粉妝銀砌，忽見寶琴披着鳧靨裘站在山坡背後遥看，身後一個丫鬟抱着一瓶紅梅。極妙畫本，普通一贊。衆人都笑道：「怪道少了兩個，他卻在那裏等着。也弄梅花去了！」各得春生也。賈母喜的忙笑説道：「你們瞧！這雪坡兒上，配上他這個人物兒，又是這件衣裳，後頭又是這梅花，像個什麽？」衆人都笑道：「就像老太太屋裏掛的仇十洲畫的《豔雪圖》。」賈母摇頭笑道：「那畫的那裏有這件衣裳？人也不能這樣好。」一語未了，只見寶琴身後又轉出一個穿大紅猩猩毡的人來。賈母道：「那又是那個女孩兒？」衆人笑道：「我們都在這裏，那是寶玉。」賈母笑道：「我的眼越發花了。」説話之間，來至跟前，可不是寶玉和寶琴兩個。寶玉笑向寶釵、黛玉等道：「我纔又到了櫳翠庵，妙玉竟每人送你們一枝梅花，我已經打發人送去了。」衆人都笑道：「多謝你費心。」

説話之間，已出了園門，來至賈母房中。吃畢飯，大家又説笑了一回，忽見薛姨媽也來了。説：「好大雪！一日也没過來望候老太太，今日老太太倒不高興？正該賞雪纔是。」賈母笑道：「何曾不高興了？我找了他們姊妹去，頑了一會子。」薛姨媽笑道：「昨日晚上，我原想着今日要和我們姨太太借一日園子，擺兩桌粗酒，請老太太賞雪的。此日之聚，隱然作他東道，釵玉之媒從此合矣。又見老太太安息的早，我聞得寶兒説：『老太太心上不爽快。』因此今日也不敢驚動。早知如此，我竟該請了纔是呢。」賈母笑道：「這纔是十月，十一月也，而曰十月，勒一陽，留六陰，此老實主之。是頭場雪，往後下雪的日子多着呢，再破費姨太太不遲。」薛姨媽笑道：「果然如此，算我的孝心虔了。」鳳姐兒笑道：「姨媽仔細忘了。如今現稱五十兩銀子來，交給我收着，一下雪，我就預備下酒，姨媽也不用操心，也不得忘了。」一段笑話，映射「設奇謀」事，又從鳳姐特演「財」字。賈母笑道：「既這麼説，姨太太給他五十兩銀子收着，我和他每人分二十五兩。到下雪的日子，我裝心裏不快，混過去了。姨太太更不用操心，我和鳳丫頭倒得實惠。」鳳姐將手一拍，笑道：「妙極了，這和我的主意一樣！」衆人都笑了。賈母笑道：「呸！没臉的，就順着竿子爬上來了。你不説：『姨太太是客，在喒們家受屈，我們該請姨太太纔是，那裏有破費姨太太的理？』不這樣説呢，還有臉先要五十兩銀子。真不害臊。」鳳姐笑道：「我們老祖宗最是有眼色的，試一試姨媽，若鬆呢，拿出五十兩來，就和我分。這會子估量着不中用了，翻過來拿我做法子，説出這些大方話來。如今我也不和姨媽要銀子了，我竟替姨媽出銀子治了酒，請老祖宗吃了。我另外再封五十兩銀子，孝敬老祖宗，算是罰我個包攬閑事，這可好不好？」話未説完，衆人已笑倒在炕上。

賈母因又説及寶琴雪下折梅，比畫兒上還好，又細問他的年庚八字，並家內景況。薛姨媽度其意思，大約是要與他求配。薛姨媽心中因也遂意，只是已許配梅家了，因賈母尚未明説，自己也不好擬定，遂半吐半露告訴賈母道：此何事也，而半吐半露？文字蹊蹺。「可惜了這孩子没福！前年他父親就没了。他從小兒見的世面倒多，跟他父親四山五嶽都走遍了。伏下回《懷古》詩。他父親好樂的，各處因有買賣，帶了家眷，這一省逛一年，明年又到那一省逛半年，所以天下十停走了有五六停了。讀萬卷書，必須行萬里路，作者自負。那年在這裏，把他許了梅翰林的兒子，明説已許梅家，何曾半吐半露，則所半吞半藏者果何在也？〇釵有絳芸軒事，黛有送手帕事，皆自以爲訂定矣。殊不想來一寶琴，幾乎兩俱決撒，見天下事大不可知也。文字故作險筆，設爲賈母、薛姨一談，而以「已許梅家」勒回。釵之黨與幾乎急煞！偏第二年他父親就辭世了。如今他母親又是痰症。」鴛鴦之父亦是痰症。鳳姐兒也不等説完，便嗐聲跺脚説道：「偏不巧！我正要做個媒呢，又已經許了人家。」此是自心寬慰語。賈母笑道：「你要給誰做媒？」鳳姐笑道：「老祖宗别管。心裏看準了他們兩個是一對，如今已許了人，説也無益，不如不説罷了。」風止波平，見賈母此時尚無定見。「金玉姻緣」鳳獨主之，是背攻法。賈母也知鳳姐兒之意，聽見已有人家，也就不提了。大家又閒話了一會方散。一宿無話。

次日雪晴，飯後賈母又囑咐惜春：「不管暖冷，你只畫去。趕到年下，十分不能，便罷了。第一要緊把昨日琴兒便是紅梅横出旁枝。和丫頭、梅花，照樣一筆别錯，快快添上。」此畫全幅皆爲雪景，此書所演無非陰寒，而要緊即在梅花，春生即在陰寒中矣。惜春聽了，雖是爲難的事，只得應了。一時衆人都來看他如何畫，惜春只是出神。出神微旨。李紈因笑向衆人道：「讓他自己想去，咱們且説話兒。昨兒老太太只叫做燈謎兒，回到家，和綺兒、紋兒睡不着，我就編了兩個《四書》的，謎從李出，而首提《四書》，是乃主腦。他兩個每人也編了兩個。」衆人聽了，都笑道：「這倒該做的。先説了，我們猜猜。」李紈笑道：「『觀音未有世家傳』，觀音乃一心，此書但演一心，並無家世可求，普告看官要尋找世家者。打《四書》一句。」湘雲接着就説道：「『在止於至善。』」先用湘雲錯猜，文字不板。而「在止於至善」，乃正明此書之旨。寶釵笑道：「你也想一想『世家傳』三個字的意思再猜。」李紈笑道：「再想。」黛玉笑道：「我猜罷，可是『雖善無徵』？」第一是他猜着，見此書之無可考，所謂不過《中庸》《大學》。衆人都笑道：「這句是了。」李紈又説：「『一池青草草何名』。」一書着意在草，而池塘春草，正合夢字。湘雲又忙道：「這一定是『蒲蘆也』，再不是不成？」李紈笑道：「這難爲你猜。此句妙極，《中庸》轉爲他用矣。上句關合「敏政」二字，「敏」乃黛母，「政」爲寶父；「敏樹」，關林姓，故云「難爲你猜」。紋兒是『水向石邊流出冷』，打一古人名。」探春笑問道：「可是山濤？」山濤，猶言石濤，透「卻塵緣」。李紈道：「是。」李紈又道：「綺兒是個『螢』字，打一個字。」眾人猜了半日，寶琴道：「這個意思卻深，不知可是花草的『花』字？」李紈笑道：「是了。」眾人道：「螢與花何干？」黛玉笑道：「妙的很！螢可不是草化的？」「化」即死，透「歸離恨」。眾人會意，都笑說：「好！」

寶釵道：「這些雖好，不合老太太的意，不如做些淺近的物兒，大家雅俗共賞纔好。」善爲迎合。眾人都道：「也要做些淺近的俗物纔是。」湘雲想了一想，笑道：「我編了一支《點絳唇》，卻真是俗物，你們猜猜。」說着，便念道：

溪壑分離，紅塵遊戲，真何趣？名利猶虛，後事終難覓。一曲乃寶玉之來路，鳳姐之去路，合指兩人。此回上半詩，下半謎，鳳始終之。

眾人都不解，想了半日，有猜和尚的，有猜道士的，有猜偶戲人的，寶玉笑了半日，道：「都不是。空空渺渺，女樂皆一映，而全書，不是僧，不是道，並不是戲。我猜着了，必定是耍的猴兒！」是他猜着，「悲讖語」回中說寶玉是「開了鎖的猴子」，賈母每叫鳳姐爲「猴兒」，吾故云爲兩指。是書固財、色並演也。湘雲笑道：「正是這個。」眾人道：「前頭都好，末後一句怎麼樣解？」湘雲道：「那一個耍的猴兒，不是剁了尾巴去的？」書中人事，多無尾巴。許多續部，乃要硬插尾巴。眾人聽了，都笑起來：「偏是他編個謎兒也刁鑽古怪是的。」作者自喜。李紈道：

「昨日姨媽説琴妹妹見得世面多，走的道路也多，正該編謎兒，況且你的詩又好，爲什麽不編幾個我們猜猜？」倒提下回。寶琴聽了，點頭含笑，自去尋思。寶釵也有一個，念道：

鏤檀鐫梓一層層，豈係良工堆砌成？雖是半天風雨過，何曾聞得梵鈴聲？此是松塔，松爲木公，金母之配，金玉因緣也。塔乃浮屠，寶玉究竟。

衆人猜時，寶玉也有一個，念道：

天上人間兩渺茫，琅玕節過謹堤防。鸞音鶴信須凝睇，好把欷歔答上蒼。此是吹火筒，狀其通靈。首提僧道，次言黛死則逃，琅玕竹也。三四句爲寶釵末路。

黛玉也有了一個，念道：

騄駬何勞縛紫繩？馳城逐塹勢狰獰。主人指示風雲動，鼇背三山獨立名。此是走馬燈，自狀。意馬奔馳，而得所指，示不污而死，爲獨立名也。

探春也有一個，方欲念時，歎有聲無詞，故虛寫而過，且不容以客奪主。寶琴走來笑道：「從小兒所走過地方的古迹不少，我如今揀了十個地方的古迹，做了十首懷古詩。詩雖粗鄙，卻懷往事，又暗隱俗物十件，姐姐們請猜一猜。」衆人聽了，都説：「這倒巧，二「巧」字束通回。何不寫出來大家一看？」

要知端的，且看下回分解。

此回極熱而實極冷，花團錦簇，都在雪中，此書之不可不作，琴之不可不彈也。琴爲今之二王，便是王與王連宗之義，六十四卦，縱橫而出。其姓薛，雪六出；其字梅，梅五出：一陰一陽之爲道也。彈琴必焚香，故同來有岫煙以配之。綺爲緑綺，古琴之名。紋爲斷紋，古琴之體。皆一琴也。

自「獃霸王」回至此爲一大段，通體結束，如一身之有帶，以承上起下文字也。冷極暖來，懼禍者打開燈謎；景因情誤，争聯者錯認梅花。得詩意於一言，豈容走馬？聽琴聲之再鼓，非譜《求凰》。霸王終讓空王，春色都來櫳翠；人鏡居然月鏡，桂枝已動金風。圖上鴛鴦，陡生劍氣；夢中蕉鹿，請善屠刀。

護花主人評曰：

蘆雪庭聯句，暖香隝製謎，爲詩社極盛時。從此以後，漸有雪消香散之況。

上回先寫寶玉看見紅梅，此回接敘乞梅，聯絡自然。

《白海棠》詩，湘雲一人補題二首爲餘波。《紅梅花》詩，邢岫煙等三人各咏一首，又寶玉另作《乞梅》一首，爲聯句餘波。遥遥關照，而文法復變化不同。

李紈厭妙玉爲人，畢竟是正經人。黛玉攔住寶玉不要跟人，畢竟是慧心人。四十一回中妙玉説寶玉「若獨自一個來不給茶吃」，何以紅梅花寶玉一人去偏能折來？且又去第二次，分送各人一枝。可見妙玉心中愛寶玉殊甚，前説「不給茶吃」是假撇清，此番分送紅梅亦是假掩飾。

妙玉送寶釵、黛玉梅花，兩人不謝妙玉，轉謝寶玉費心，文人深筆。

賈母至園中，不但引出注意寶琴添入畫圖，及薛姨媽説破「寶琴已許字梅家」等説話，且爲做燈謎接榫。

薛姨媽説寶琴「天下十停走了五六停」，伏下回《懷古》十首燈謎。

寶釵燈謎，似是樹上松毬；寶玉燈謎，似是風筝琴，俗名鷂鞭；黛玉燈謎，似是走馬燈。各燈謎，或猜着，或不及猜，變换不板。

大某山民評曰：

即景聯句，鳳姐也與，豈即葱化爲茝，亦蓬在麻中，不折自直云爾。

五言長排一首，共計三十五韻，七十句。鳳姐一句，李紈二句，香菱二句，探春四句，李綺三句，李紋三句，岫煙四句，湘雲十八句，寶琴十三句，寶玉四句，黛玉十一句，寶釵五句，共是十二人。

寶琴穿着鳧靨裘站在山坡邊，身後轉出人來，相偎相倚，在不離不即間。

此回仍是壬子年冬時事。

第五十一回　薛小妹新編懷古詩　胡庸醫亂用虎狼藥

話説衆人聞得寶琴將素昔所經過各省内古跡爲題，做了十首《懷古》絶句，内隱十物，是書無非《懷古》，無非隱語。十爲滿數，特用一琴做圓滿功德，不惟提挈本大段，並通束全書。皆説：「這自然新巧。」都争着看時，只見寫道是：

赤壁懷古第一争漢鼎，乃寶、黛、釵鼎足而三，爲書之主，又其中暗藏一焦大。

赤壁沈埋水不流，徒留名姓載空舟。喧闐一炬悲風冷，無限英魂在内遊。此是法船，即十八回所云苦海慈航，書中大命意處，故爲第一謎。

交趾懷古第二歎榮寧勳業，爲馬伏波，便暗藏《河圖》。再「交趾」何事也？隱「雲雨情」，隱《姤》象。

銅柱金城振紀綱，聲傳海外播戎羌。馬援自是功勞大，鐵笛無煩説子房。此是洋琴，琴之作用書如觀海。

鍾山懷古第三爲功名捷徑，便是賈雨村，書之所來也。

名利何曾絆此身，無端被詔出凡塵。牽連大抵難休絶，莫怨他人嘲笑頻。此是耍猴，所謂「樹倒猢猻散」，亦書中大意。

淮陰懷古第四爲不看風月鑑背面者戒，「相君之背，貴不可言」，淮陰事迹也，隱有賈瑞。

壯士須防惡犬欺，三齊位定蓋棺時。寄言世俗休輕鄙，一飯之恩死也知。此是打狗棒，作諸惡業，死有餘恐。北俗，人死則以飯一碗，插三秫桿，煨麵爲槌供之，槌名打狗棒，供亡者過惡狗村之用云。

廣陵懷古第五爲敗國亡家、毀滅綱常者說，有珍、寶、蓉、薔諸人在。

蟬噪鴉棲轉眼過，隋堤風景近如何？只緣占盡風流號，惹得紛紛口舌多。此是雪柳，雪則釵，柳則黛，並爲喪物。北俗以細篾條沾碎白紙如柳葉，插瓶中，送喪棒以爲儀。

桃葉渡懷古第六凡爲姬妾者說，爲如周、趙、平、襲諸人是。

衰草閑花映淺池，桃根桃葉總分離。六朝梁棟多如許，小照空懸壁上題。此是撥燈棍，欲人於幽暗中求光明也。

青塚懷古第七傷讒，爲黛玉。

黑水茫茫咽不流，冰絃撥盡曲中愁。漢家制度誠堪笑，樗櫟應慚萬古羞。此是墨斗，即繩墨也，黛雖污而不污。

馬嵬懷古第八憂亂，爲寶釵。

寂寞脂痕積汗光，温柔一旦付東洋。只因遺得風流迹，此日衣裳尚有香。此是胰皂，釵肥，而受染不可湔濯矣。

蒲東寺懷古第九又寶釵，照《西廂記》。

小紅骨賤一身輕，私掖偷期强撮成。雖被夫人時吊起，已經勾引彼同行。此是鞋拔，卑賤之用。是書于薛氏無非駡。

梅花觀懷古第十又黛玉，照《牡丹亭》。

「不在梅邊在柳邊」，個中誰拾畫嬋娟？團圓莫憶春香到，一別西風又一年。此是月光馬，即泥塑兔兒爺，雖戲物，而尊貴，正與鞋拔對勘。北俗中秋節兒童以果餅、香供爲戲者。終以戲物，見是書不過嬉戲而已。乃作者自白。○十謎皆歷評出，閑人亦煞費苦心，謎中有謎，隱中有隱，則實不勝書。每題、每謎、每句悉一一關合主意，如第十謎爲黛玉，曰「不在梅邊」，終不媒也；在柳邊，卯木春生也，又卯屬兔，故爲月兔。「拾畫」本《牡丹亭》齣名，關合本題。「畫嬋娟」，則黛玉之門寒圖。「春香」關合本題。「團圓莫憶」，則黛之終不團圓爲缺陷也。「一別西風」，便是「東風壓了西風」之説。其餘九謎，無不如此，是在閱者以意得之可耳。

衆人看了，都稱奇妙。何等自負乎！寶釵先説道：「前八首都是史鑑上有據的，後二首卻無考，我們也不大懂得，不如另做兩首爲是。」黛玉忙攔道：「這寶姐姐也忒膠柱鼓瑟，矯揉造作了。兩首雖於史鑑上無考，咱們雖不曾看這些外傳，不知底裏，難道咱們連兩本戲也没見過不成？那三歲的孩子也知道，何況咱們！」「解疑癖」「金蘭契」諸處，釵道之，黛聽之。今復作此言，其矯揉造作至黛亦聽不過而斥之，見假人不可做也。使黛玉諸人能從此等處看入，則釵亦何能爲役？無如當審而不審，當禁而不禁，則李嬸娘與寶琴亦徒來而已。探春便道：「這話正是了。」李紈又道：「況且他原走到這個地方的，這兩件事雖無考，古往今來以訛傳訛，好事者竟故意的弄出這古迹來以愚人。比如那年上京的時節，便是關夫子的坟倒見了三四處，關夫子一身事業皆是有據的，如何又有許多的坟？自然是後來的人敬愛他生前爲人，只怕從這敬愛上穿鑿出來，也是有的。及至看那《廣輿記》上，不止關夫子的坟多，有古來有名望的人，那坟就不少，無考的古迹更多。如今這兩首詩雖無考，凡説書唱戲，甚至於求的籤上都有，老少男女俗語口頭，人人皆知皆説的，况且又並不是看了《西廂記》《牡丹亭》的詞曲，怕看了邪書了。這也無妨，只管留着。」羣起而攻，釵亦險甚。李紈一段話，至以關夫子爲引證，且直出《西廂》《牡丹》兩書名，可見書無邪正，人自邪正，書何尤哉？是風月寶鑑並可無反面矣！是又進一層，高一層，絶大指點處。寶釵聽説，方罷了。大家猜了一回，皆不是的。都被閑人一齊猜着。今日天短，覺得又是吃晚飯時候，一齊往前頭來吃晚飯。

因有人回王夫人説：「襲人的哥哥花自芳在外頭回進來，説他母親病重了，想他女孩兒，他來求恩典，接襲人家去走走。」直上找「花解語」，是書從頭説起。王夫人聽了，便説：「人家母女一場，豈有不許他去的？」隱言「孝」字，乃大主腦。一面就叫了鳳姐來告訴了，命他酌量辦理。鳳姐兒答應了，回至房中，便命周瑞家的去告訴襲人原故。吩咐周瑞家的：「再將跟着出門的媳婦傳一個，你們兩個人，再帶兩個小丫頭子，跟了襲人去。分頭派四個有年紀跟車的，要一輛大車，你們帶着坐；一輛小車，給丫頭們坐。」前云周瑞家的跟太太、奶奶出門，今襲人亦用他跟，且若許排場，襲人儼然「奶奶」矣。周瑞家的答應了。纔要去，鳳姐又道：「那襲人是個省事的，是省事。你告訴説我的話：叫他穿幾件顏色好衣裳，大大的包一包袱衣裳拿着，包袱也要好好的，手爐也拿好的，臨走時，叫他先到這裏來我瞧。」周瑞家的答應去了。

半日，果見襲人穿戴了，兩個丫頭與周瑞家的拿着手爐與衣包。鳳姐看襲人頭上戴着幾枝金釵珠釧，倒也華麗，又看身上穿着桃紅百花刻絲銀鼠襖，葱綠盤金彩繡綿裙，外面穿着青緞灰鼠褂。鳳姐笑道：「這三件衣裳都是老太太的，賞了你倒是好的。但這件褂子太素了些，如今穿着也冷，你該穿一件大毛的。」襲人笑道：「太太就給了這灰鼠的，還有一件銀鼠的，說趕年下再給大毛的呢。」鳳姐笑道：「我倒有一件大毛的，我嫌風毛兒出不好了，正要改去，也罷，先給你穿去罷。易衣而着，有隱意。等年下太太給你做的時節，我再收罷，只當你還我的一樣。」衆人都笑道：「奶奶慣會說這話。成年家大手大脚的，替太太不知背地裏賠墊了多少東西，真真賠的是說不出來的。那裏又和太太算去？偏這會子又說這小氣話取笑兒來了。」夾寫衆人，逼肖世情。鳳姐兒笑道：「太太那裏想的到這些？究竟這又不是正經事，再不照管，也是大家的體面。說不得我自己吃些虧，把衆人打扮體統了，寧可我得個好名兒也罷了。一個一個燒糊了的饅子似的，人先笑話我，說我當家，倒把人弄出花子來了。」「花子」特提，與十九回「花子拐去」之說針對。衆人聽了，都歎說：「誰似奶奶這樣聖明！在上體貼太太，在下又疼顧下人。」一面說，一面只見鳳姐命平兒將昨日那件石青刻絲八團天馬皮褂子，拿出來與了襲人。石青褂，大紅褂，乃正室之服。襲人何等而竟服此服？廢禮僭亂如此，而末回乃以無名而去，誠何心哉！又看包袱，只得一個彈墨花綾水紅綢裏子夾包袱，裏面只見包着兩件半舊綿襖與皮褂子。鳳姐又命平兒把一個玉色綢裏的哆囉呢包袱拿出來，便是「掉包兒」，乃寶釵案。又命包上一件雪褂子，「雪」字特點。平兒走去拿了出來，一件是半舊大紅猩猩毡的，不離禽獸。一件是半舊大紅羽緞的。襲人道：「一件就當不起了。」平兒笑道：「你拿這猩猩毡的。把這件順手帶出來，叫人給邢大姑娘送去。昨兒那麽大雪，人人都穿着不是猩猩毡，就是羽緞的，十來件大紅衣裳，映着大雪，好不齊整。只有他穿着那幾件舊衣服，越發顯的拱肩縮背，好不可憐兒的。如今把這件給他罷。」寫平兒，乃寫劉老老。鳳姐笑道：「我的東西，他私自就要給人！我一個還花不彀，再添上你提着，更好了。」是得意語。衆人笑道：「這都是奶奶素日孝敬太太，疼愛下人。若是奶奶素日是小氣的，只以東西爲事，不顧下人的，姑娘那裏敢這樣？」鳳姐笑道：「所以知道我的心的，也就是他還知三分罷了。」説着，又囑咐襲人道：「你媽要好了就罷，要不中用了，只管住下，打發人來回我，我再另打發人來給你送鋪蓋去。可別使他們的鋪蓋和梳頭的家伙。」又吩咐周瑞家的道：「你們自然是知道這裏的規矩的，也不用我吩咐了。」周瑞家的答應：「都知道。我們這去到那裏，總叫他們的人回避；居然關防。若住下，必是另要一兩間内房的。」説着，跟了襲人出去，又吩咐小廝預備燈籠，遂坐車往花自芳家來，不在話下。

這裏鳳姐又將怡紅院的嬷嬷喚了兩個來，吩咐道：「襲人只怕不來家了，你們素日知道那個大丫頭知好歹，派出來在寶玉屋裏上夜，你們也好生照管着，別由着寶玉胡鬧。」遞入下半回。兩個嬷嬷答應着去了。一時來回説：「派了晴雯和麝月在屋裏。我們四個人，原是輪流着帶管上夜的。」鳳姐聽了點頭，又説道：「晚上催他早睡，早晨催他早起。」老嬷嬷們答應了，自回園去。一時果有周瑞家的帶了信回鳳姐知：「襲人之母業已停床，不能回來。」書從新另起，必先寫死喪。鳳姐回明了王夫人，一面着人往大觀園去取他的鋪蓋粧奩。

寶玉看着晴雯、麝月，皆卸罷殘妝，脱換過裙襖，晴雯只在薰籠上圍坐。麝月笑道：「你今兒別妝小姐了，襲妝奶奶，晴妝小姐，相映射。我勸你也動一動兒。」晴雯道：「等你們都去浄了，我再動不遲。有你們一日，我且受用一日。」麝月笑道：「好姐姐，我鋪床，你把那穿衣鏡的套子放下來，鏡子必應特提。上頭的划子划上，你的身量比我高些。」說着，便去與寶玉鋪床。晴雯「嗐」了一聲，笑道：「人家纔坐暖和了，你就來鬧。」微言。此時寶玉正坐着納悶，想襲人之母不知是死是活，忽聽見晴雯如此説，便自己起身出去，放下鏡套，划上消息，進來笑道：「你們暖和罷，我都弄完了。」晴雯笑道：「終久暖和不成，微言。我又想起來，湯婆子還没拿來呢。」是爲麝爲花之類。麝月道：「這難爲你想着！他素日又不要湯壺，咱們那薰籠上又暖和，比不得那屋裏炕冷，今兒可以不用。」寶玉笑道：「你們兩個都在那上頭睡了，我這外邊没個人，我怪怕的，一夜也睡不着。」晴雯道：「我是在這裏睡的。麝月，你叫他往外邊睡去。」説話之間，天已二更，麝月早已放下簾幔，移燈炷香，伏侍寶玉卧下，二人方睡。瑣瑣碎碎，悉細意熨貼之文。晴雯自在薰籠上，麝月便在暖閣外邊。

至三更以後，寶玉睡夢之中便叫：「襲人！」好夢正濃，必從他起。叫了兩聲，無人答應，自己醒了，方想起襲人不在家，自己也好笑起來。微言。晴雯已醒，因喚麝月道：「連我都醒了，他守在旁邊還不知道？真是挺死尸呢。」麝月翻身打個哈哈，笑道：「他叫襲人，與我什麼相干？」情文並妙。因問：

「做什麽?」寶玉説:「要吃茶。」麝月忙起來,穿着紅綢小綿襖兒。寶玉道:「披了我的皮襖再去,仔細冷着。」照黛玉起。麝月聽説,回手便把寶玉披着起來的一件貂頦滿襟暖襖披上,下去向盆内洗洗手,先倒了一鍾温水,拿了大嗽盂,寶玉嗽了口,然後纔向茶桶上取了茶碗,先用温水過了,向暖壺中倒了半碗茶,遞與寶玉吃了。自己也嗽了一嗽,吃了半碗。何等細密。晴雯笑道:「好妹妹,也賞我一口兒呢。」麝月笑道:「越發上臉兒了!」晴雯道:「好妹妹!明兒晚上你别動,我伏侍你一夜,如何?」麝月聽説,只得也伏侍他嗽了口,倒了半碗茶與他吃了。同一吃苦。麝月笑道:「你們兩個别睡,説着〔話〕兒,我出去走走回來。」晴雯笑道:「外頭有個鬼等着呢。」逐漸生發,趣語妙有關合。寶玉道:「外頭有大大月亮的,我們説着話,你只管去。」一面説,一面便嗽了兩聲。

麝月便開了後房門,揭起氈簾一看,果然好月色。晴雯等他出去,便欲嚇他頑耍,仗着素日比人氣壯,不畏寒冷,也不披衣,只穿着小襖,便躡手躡脚的下了薰籠,隨後出來。寶玉勸道:「罷呀,凍着不是頑的。」晴雯只擺手,隨後出了房門,只見月光如水,是即一鏡,皆作特提。忽然一陣微風,只覺侵肌透骨,不禁毛骨悚然,心下自思道:「怪道人説『熱身子不可被風吹』,這一冷果然利害。」病源因風。乃是黛玉,而寫來逼真。一面正要嚇他,只聽寶玉在内高聲説道:「晴雯出來了!」如聞如見。晴雯忙回身進來,笑道:「那裏就嚇死他了?偏你慣會這麽蝎蝎螫螫老婆子樣兒。」寶玉笑道:「倒不爲嚇壞了他。頭一件,你凍着也不好;二則他不防,不免一喊,倘或驚醒了别人,不説咱們是頑意兒,倒反説襲人纔去了一夜,你們就見神見鬼的。你來把我這邊的被掖一掖罷。」晴雯聽説,便上來掖了一掖,伸手進去就渥一渥。寶玉笑道：「好冷手！我說看凍着。」一面又見晴雯兩腮如胭脂一般，用手摸了一摸，也覺冰冷。已伏七十三回扯謊妝病之漸，「抄檢大觀園」「抱屈夭風流」之根也。寶玉道：「快進被來渥渥罷！」膩極。

一（語）（說）未了，只聽「咯噔」的一聲門響，麝月慌慌張張的笑着進來，說道：「嚇我一跳！好的黑影子裏，山子石後頭，只見一個人蹲着。我纔要叫喊，原來是那個大錦雞，絕大文章，都從七十三回發作，而此處已透消息。是何等文彩？乃大錦雞。見了人一飛，飛到亮處來，我纔見了。若冒冒失失一嚷，倒鬧起人來。」一面說，一面洗手，又笑道：「說晴雯出去了，我怎麼没見？一定是要嚇我去了。」寶玉笑道：「這不是他？不在這裏渥着呢！公然同衾，而屬虚名，便是「玉生香」黛玉文字。我若不嚷得快，可是倒嚇一跳。」晴雯笑道：「也不用我嚇去，這小蹄子已經自驚自怪的了。」一面說，一面仍回自己被中去。來去自如。麝月道：「你就這麼跑解馬的打扮兒，黛玉謎乃走馬燈。伶伶俐俐的出去了不成？」寶玉笑道：「可不就是這麼出去了。」麝月道：「你死不揀好日子！戲語逼肖，而直透「夭風流」。你出去白站一站兒，把皮不凍破了你的。」說着，又將火盆上的銅罩揭起，拿灰鍬重將熟炭埋了一埋。拈了兩塊速香放上，仍舊罩了，至屏後重剔亮了燈，方纔睡下。晴雯因方纔一冷，是冷。如今又一暖，不覺打了兩個噴嚏。寶玉歎道：「如何？到底傷了風了。」是傷風。麝月笑道：「他早起就嚷不受用，一日也没吃碗正經飯，他這會子不說保養着些，還要捉弄人。明兒病了，叫他自作自受的。」此一段話，明爲黛戒也。釵欲殺黛，黛豈不欲殺釵？奈無才以制之，轉步步自殺矣。便是晴欲嚇麝，而轉自害。寶玉問道：「頭上可熱？」晴雯咳了兩聲，說道：「不相干，那裏這麼姣嫩起來？」說着只聽外間房內槅上的自鳴鐘「噹」「噹」

的兩聲，丑正矣，自陰之陽，晴、黛結果。外間值宿的老嬤嬤嗽了兩聲，因説道：「姑娘們睡罷，明兒再説笑罷。」寶玉方悄悄的笑道：「咱們别説話了，看又惹他們説話。」説着，方大家睡了。

至次日起來，晴雯果覺有些鼻塞聲重，懶怠動彈。寶玉道：「快不用聲張，太太知道了，又叫你搬了家去養息。透下。家裏縱好，到底冷些，不如在這裏。你就在裏間屋裏躺着，我叫人請了大夫，悄悄的從後門進來瞧瞧就是了。」方入題。自後門進來，又一劉老老。晴雯道：「雖如此説，你到底要告訴大奶奶一聲兒。必回大奶奶，黛玉死時一切皆回大奶奶也。不然，一時大夫來了，人問起來，怎麽説呢？」寶玉聽了有理，便唤一個老嬤嬤來，吩咐道：「你回大奶奶去，就説晴雯自冷着了些，不是什麽大病，襲人又不在家，他若家去養病，這裏更没有人了。傳一個大夫，悄悄的從後門進來瞧瞧，别回太太去。」老嬤嬤去了半日，來回説：「大奶奶知道了，説兩劑藥好了便罷，若不好時，還是出去的爲是。如今時氣不好，沾染了别人事小，姑娘們的身子要緊。」晴雯睡在暖閣裏，只管咳嗽，聽了這話，氣的嚷道：「我那裏就害（瘟）（温）病了？生怕招了人，我離了這裏，看你們這一輩子都别頭疼腦熱的！」説着，便真要起來。寶玉忙按他笑道：「别生氣！這原是他的責任，生恐太太知道了説他，不過白説一句。你素昔又愛生氣，如今肝火自然又盛了。」是肝火，是木火。

正説時，人回：「大夫來了。」寶玉便走過來，避在書架後面。避寶玉于書後，正是「虎狼藥」作用。只見兩三個後門口的老婆子，帶了一個太醫進來。這裏的丫頭都迴避了。是丫頭都迴避。有三四個老嬤嬤，放下暖閣上的大紅繡幔，晴雯從幔中單伸出手出去。那太醫見這隻手上，有兩根指甲足有二三寸長，尚有鳳仙花染的通紅的痕迹，指甲特提，直注「夭風流」。指甲乃肝木之華，便是榮，便是黛，而甲乃兵象。曰「兩根」，陰數也。曰「二三寸」，得五數，陽數也。是自陰之陽。上有金鳳仙，金則寶釵，鳳則熙鳳，黛之死所，即晴之死所也。便回過頭來。回過頭來；「虎狼」妙用。有一個老嬤嬤忙拿了一塊手帕掩了。那太醫方診了一回脈，起身到外間，向嬤嬤們說道：「小姐的症，曰小姐，指黛玉說。是外感內滯。近日時氣不好，竟算是個小傷寒。傷於陰寒之小人。幸虧是小姐素日飲食有限，風寒也不大，不過是血氣原弱，偶然沾染了些，吃兩劑藥疏散就好了。」放也。放心而不放心，故不能好了。說着，便又隨婆子們出去。彼時李紈已遣人知會過後門上的人及各處丫鬟迴避，李紈知會，寫得鄭重。太醫只見了園中景致，並不曾見個女子。廓然肅清，羣陰悉盡。一時出了園門，就在守園門的小厮們的班房內坐了，開了藥方。此方正是守園門之用。老嬤嬤道：「老爺且別去，我們小爺囉唆，恐怕還有話問。」那太醫忙道：「方纔不是小姐，是位爺不成？面寫「庸醫」，一語絕倒，而實隱轉女爲男，詩社用意，及劉老老顛倒男女諸要義。那屋子竟是繡房，劉老老亦嘗說。又是放下幔子來瞧的，如何是位爺呢？」老嬤嬤笑道：我亦笑。「我的老爺，怪道小子纔說：『今兒請了一位新太醫來了。』張太醫，王太醫，劉老老，皆舊太醫矣。今寶琴來，乃一新太醫，故又有胡太醫之新太醫。真不知我們家裏的事！那屋子是我們小哥兒的，那人是屋裏的丫頭，倒是個大姐，那裏是小姐的繡房！是大非小，是陽非陰。小姐病了，你那麼容易就進去了？」一般關白，足解人頤。說着，拿了藥方進去了。

寶玉看時，上面有紫蘇、桔梗、防風、荊芥等藥，一派疏風，乃治鳳姐。後面又有枳實、麻黃。破氣散肺，便是瀉金，乃治寶釵。治鳳治釵，正以治黛，正以治榮，正以治天下財色陷溺。寶玉道：「該死，該死！正是良藥妙藥，其如不服何！便是該死。他拿着女孩兒們也像我們一樣治，如何使得！憑他有什麽内滯，這枳實、麻黄如何禁得？誰請了來的？快打發他去罷，再請一位熟的來罷。」老嬤嬤道：「用藥好不好，我們不知道。如今再叫小廝去請王太醫去倒容易，只是這個大夫又不是告訴總管房請的，這馬錢是要給他的。」必應酬謝，見此藥方真實值錢。寶玉道：「給他多少？」婆子道：「少不好看，也得一兩銀子，纔是我們這樣門户的禮。」《乾》《坤》爲《易》之門户，一者奇，兩者偶。寶玉道：「王太醫來了給他多少？」婆子笑道：「王太醫和張太醫每常來了，也並没個給錢的，不過每年四節一打躉兒送禮，王太醫、張太醫爲《易》，胡太醫亦一《易》，故相爲比較。而曰節曰年，即是天數。不曰三節，而曰四節，合四序也。再提「禮」字須着眼。那是一定的年例。這個新來了一次，須得給他一兩銀子。」寶玉聽説，便命麝月去取銀子。麝月道：「花大姐姐還不知擱在那裏呢？」寶玉道：「常見他在那小螺甸櫃子裏拿錢，我和你找去。」説着，二人來至襲人堆東西的房内，開了螺甸櫃子，上一槅都是些筆墨、扇子、香餅、各色荷包、汗巾等類的東西，下一槅卻有幾串錢。諸物皆有關合，自劉老老以下，寶琴以上，爲一串錢者屢見，故云有幾串錢。於是開了抽屜，纔看見一個小笸籮内放着幾塊銀子，倒也有一桿戥子。麝月便拿了一塊銀，提起戥子來問寶玉：「那是一兩的星兒？」寶玉笑道：「你問的我有趣兒！你倒成了是纔來的了。」寫出紈袴，而寓言一心不知權衡，早須求藥也。麝月也笑了，又要去問人。寶玉道：「揀那大的給他一塊就是了，能見其大，抑亦可矣。又不做買賣，算這些做什麽？」明言交易。麝月聽了，便放下戥子，揀了一塊，掂了一掂，笑道：「這一塊只怕是一兩了。寧可多些，别少了，叫那窮小子笑話，一部《易》道，無非窮小。不説咱們不認得戥子，倒説咱們有心小氣似的。」

一心迷惑，即是小氣。婆子站在門口笑道：「那是五兩的定子由一生二，積而至於五，五而兩之，大衍一終，仍歸于一，此定理也。夾了半個，這一塊至少還有三兩呢。是書方爲五十一回，故爲夾了一半。三而兩之則六，陰具足，《坤》象成矣。這會子又没夾剪，姑娘收了這塊，揀一塊小些的。」麝月早關了櫃子出來，笑道：「誰又找去，多些你拿了去完了。」便是糊塗東西。〇此段寶玉不知銀數，猶可言也，而麝月諸人豈無數目可稽，何至以三兩爲一兩？是乃演天君無主，上下皆迷而已。寶玉道：「你只快叫焙茗再請大夫去就是了。」婆子接了銀子，自去料理。

一時焙茗果請了王太醫來，先診了脈，後説病症，也與前相仿。同一太醫。只是方子上果没有枳實、麻黄等藥，去虎狼而虎狼暢行。倒有當歸、陳皮、白芍等藥，轉用養陰，是「王」字象。那分兩較先又減了些。寶玉喜道：「這纔是女孩兒們的藥，雖疏散也不可太過。舊年我病了，卻是傷寒，内裏飲食停滯，他瞧了，還説我禁不起麻黄、石膏、枳實等虎狼藥。「虎狼藥」轉從他點，亦悉肺藥，害于金也。我和你們，就如秋天芸兒送我的那纔開白海棠似的，特提海棠，特提詩社。我禁不起的藥，你們如何禁得起？一切究竟，言下憬然。比如人家墳裏的大楊樹，看着枝葉茂盛，卻是空心子的。」麝月笑道：「野墳裏只有楊樹，難道就没有松柏不成？最討人嫌的是楊樹，那麼大樹，只一點子葉子，没一點風兒他也是亂響，你偏要比他，你也太下流了。」寶玉笑道：「松柏不敢比，連孔夫子都説『歲寒然後知松柏之後凋』呢。此段便是劉老老「木頭套杯」演義。直提《四書》，並直提孔夫子，以收本回，束全書。可知這兩件東西高雅，特讚。不害臊的纔拿他混比呢。」説着，只見老婆子取了藥來。寶玉命把煎藥的銀鍋子找了出來，就命在火盆上煎。晴雯因説道：「正經給他們茶房裏煎去，弄的這屋裏藥氣如何使得？」寶玉道：「藥氣比一切花香還香得雅呢。神仙採藥燒藥，再者高人逸士採藥治藥，最妙的一件東西。這屋裏，我正想各色都齊了，就只少藥香，如今恰全了。」得藥則全。一面說，一面早命人煨上。又囑咐麝月：「打點些東西，叫個老嬷嬷去看襲人，勸他少哭。」一一妥當，方過前邊，來賈母、王夫人處問安吃飯。吃藥便是吃飯，特爲結東，即又生發柳五兒文字。

正值鳳姐兒和賈母、王夫人商議，說：「天又短又冷，不如以後大嫂子帶着姑娘們在園子裏吃飯，等天暖和了，再來回的跑也不妨。」王夫人笑道：「這也是好主意，刮風下雪倒便宜。吃東西受了冷氣也不好；空心走來，一肚子冷氣，壓上些東西也不好。不如園子後門裏頭的五間大房子，橫豎有女人們上夜的，挑兩個廚子女人在那裏，單給他姊妹弄飯，新鮮菜蔬是（有）（又）分例，在總管房裏支了去，或要錢要東西，那些野雞獐狍，各樣野味，分些給他們就是了。」賈母道：「我也正想着呢，就怕又添廚房多事些。」鳳姐道：「並不多事，一樣分例，這裏添了，那裏減了。就便多費些事小，姑娘們受了冷氣，別人還可，第一林妹妹如何禁得住？就連寶玉兄弟也禁不住，況兼衆位姑娘都不是結實的身子。」特提寶、黛，帶提衆人，十分謹嚴。

鳳姐說畢，未知賈母何言，且聽下回分解。

自此回至「效戲彩斑衣」爲一大段，統演寶琴，爲「財」「色」痛下針砭，即在宣明是書作用，此回又其大綱領處也。上半以十首詩謎統括全書，曰新編，便是從新更作提掇，而謎中屢隱死喪之物，是即風月鑑之反面，是即起死回生之妙藥，而實虎狼藥也。蓋砒硫能起沉疴，在於人之善用。因而生出下半回曰「胡庸醫亂用虎狼藥」，若止看面子，不過一笑談，被他瞞過矣。「庸」，常也，即張太醫爲可卿所調之經。「亂用」者，亂以止亂，所謂「刑亂國用重典」也，別本作「誤」字非。醫必姓「胡」，非雜湊「胡」「亂」字樣，便是胡老名公之「胡」。造大觀園是他，用虎狼藥亦是他，則編《懷古》詩，及《紅樓夢》曲書中一切詩詞酒令無非是他。存天理於既滅，絶奸淫之禍胎，不過一枳實、麻黄作用。故六十九回墮尤二姐之胎亦即用此虎狼藥，而作者顛倒看官如此。若解看以一藥方，及不能分是男是女、大姐小姐兩句混話，便敵住鄭鄭重重之十首詩謎，合爲一回，則必不爲所顛倒矣。

書爲談情，其開端在「情切切」「意綿綿」、「西廂記」「牡丹亭」兩回中。今以襲人回家安插在「懷古詩」後，便是「花解語」，以晴雯同衾安插在「虎狼藥」前，便是「玉生香」。詩謎末二首，曰「蒲東寺」，便是「妙詞通戲語」；曰「梅花觀」，便是「豔曲驚芳心」。乃全書大綫索。

護花主人評曰：

《交趾懷古》，似是馬上招軍，俗名喇叭。《廣陵懷古》，似是柳絮。《青冢懷古》，似是匠人墨斗。《蒲東寺懷古》，似是紅天燈。《梅花觀懷古》，似是紈扇。

寶釵前因黛玉行令説《西廂》《牡丹》曲，曾規勸過一番。今寶琴燈謎亦用《西廂》《牡丹》，若不説另做，未免偏袒。此駁必不可少。隨借李紈口中説「不是看詞曲邪書」，爲之剖白，前後不相干礙，針綫細密。

寫鳳姐厚待襲人，包給衣服，是體貼王夫人之意。即順借平兒送給邢岫煙雪褂，正合鳳姐之意，真（是）（似）一對有心人。

襲人母死，引起後文許多喪事，又爲晴雯、麝月親近寶玉之由，及晴雯得病之根。

太醫診脈，看見晴雯手上兩根指甲長二三寸，預爲七十七回晴雯臨危時咬下贈寶玉伏綫。

麝月取銀給醫生一節，描寫紈袴公子不知物力，及平日一切俱係襲人料理，亦是補寫暗描法。

大某山民評曰：

寶琴以一女子足迹半天下，所過名山大川、遺踪勝迹，皆足廣其聞見，拓其懷抱，於是矢爲嘔吟，供人諷咏。而懸弧有志者反株守里閈，悲夫！

稻香老農生出大議論來，見穿鑿亦是不妨。爲膠柱鼓瑟者施針炙，不與妄語兒等埒。

襲人一個丫頭耳，但一出門，寫得如許體面：跟隨者六人，坐者大車，妝身者盛服，而又上得太太之懽心，下承奶奶之恩典，比尋常服役者不同。作者所以特書之以著微詞也。

自襲人以外，竟無一個見知於鳳姐，吾爲晴、麝等一歎，且見平日襲人之巴結二奶奶者獨勤懇。

寶玉於睡夢中便叫襲人，可知平素衾裯一夜未曾離過者。

此回仍是壬子年冬時事。

第五十二回　俏平兒情掩蝦鬚鐲　勇晴雯病補雀金裘

話説賈母道：「正是這個了。上次我要説這話，我見你們太事多，如今又添出些事來，你們固然不敢抱怨，未免想着我只顧疼這些小孫子孫女兒們，就不體貼你們這當家人了。你既這麼樣説出來，便好了。」吃飯乃是書要義，此處故大集衆人而止爲贊鳳姐賢孝，便是賈母當服虎狼藥處。因此時薛姨媽、李嬸娘都在座，邢夫人及尤氏等也都過來請安，還未過去，賈母因向王夫人等説道：「今日我纔説這話，素日我不説，一則怕壞了鳳丫頭的臉，二則衆人不服。今日你們都在這裏，都是經過妯娌姑嫂的，還有他這樣想得到的没有？」寫溺愛透骨。薛姨媽、李嬸娘、尤氏齊笑道：「真個少有！别人不過是禮上面子情兒，實在他是真疼小姑子、小叔子，就是老太太跟前也是真孝順。」賈母點頭歎道：「我雖疼他，我又怕他太伶俐了也不是好事。」許多注射而仍是寫溺愛。鳳姐兒忙笑道：「這話老祖宗説差了！世人都説『太伶俐聰明怕活不長』，世人都説，世人都信，獨老祖宗不當説，不當信。老祖宗只有伶俐聰明過我十倍的，怎麼如今這麼福壽雙全的？只怕我明兒還勝老祖宗一倍呢，我活一千歲後，等老祖宗歸了西，我纔死呢。」解鈴繫鈴，妙能百折。賈母笑道：「衆人都死了，單剩喒們兩個老妖精，有什麼意思？」一切妖孽都在此兩人，以趣語達正意，爲本回總冒。說的衆人都笑了。

寶玉因記罣着晴雯等事，便先回園裏來。到了屋中，藥香滿室，一人不見，八字微妙，「藥」字特提。只有晴雯獨卧於炕上，臉上燒的飛紅。又摸了一摸，只覺燙手，忙又向爐上將手烘暖，伸進被去摸了一摸，身上也是火熱。因說道：「別人去了也罷，麝月、秋紋也這樣無情，各自去了？」襲人不在家，此二人便是，其實是一寶釵。言下妙有深意。晴雯道：「秋紋是我攆他去吃飯的，開脫一個，蓋「公然又一襲人」乃麝月，秋紋則晴襲之閒人也。麝月是方纔平兒來找他出去了，兩個人鬼鬼祟祟的不知說什麽，入題。必是說我病了，不出去。」寶玉道：「平兒不是那樣人，特爲「屏」字下注脚。況且他並不知你病特來瞧你，想來一定是找麝月來說話，偶然見你病了，隨口說『特瞧你的病』，這也是人情乖覺取和兒的常事。注「屏」字有斟酌，見其爲鳳之屏不過如此。善亦屏，惡亦屏，故題頭兩云「俏平兒」，「俏」字小人而肖人也。便不出去有不是，與他何干？你們素日又好，斷不肯爲這無干的事傷和氣。」便與「俏丫鬟」「俏」字打通。晴雯道：「這話也是。只是疑他爲什麽忽然又瞞起我來？」直透「瞞消息」「瞞」字。寶玉笑道：「等我從後門出去，到那窗根下聽聽他說些什麽，來告訴你。」說着，果然從後門出去，至窗下潛聽。此一潛聽，倒射「戲綵蝶」回。

麝月悄問道：「你怎麽就得了的？」平兒道：「那日彼時洗手時不見了，倒找「割腥啖羶」。二奶奶就不許吵嚷，出了園子，即刻就傳給園裏各處的媽媽們小心訪查。我們只疑惑邢姑娘的丫頭，本來又窮，只怕小孩子家没見過，拿了起來是有的，邢姑娘丫頭，篆兒也。篆多曲折，墜則徑直。疑篆兒而乃墜兒，見釵之謀奪惟知徑行直遂，以鑄成此一大錯。再不料定是你們這裏的。幸而二奶奶没有在屋裏，你們這裏的宋媽去了，拿着這支鐲子説是小丫頭墜兒偷起來的，被他看見，來回二奶奶的。我趕忙接了鐲子，想了一想，寶玉是偏在你們身上留心用意、爭勝要强的，那一年有一個良兒偷玉，剛冷了這二年，閒時還常有人提起來趁願，良，涼也。用偷玉一虚，形偷金一實。虚爲涼，故云「冷了二年」；實爲熱，墜之爲墜，熱而已矣。這會子又跑出一個偷金子的來了，而且更偷到街坊家去了。釵、黛爲鄰比，同是墜兒。偏是他這樣，偏是他的人打嘴，寶玉亦一墜兒。所以我倒忙叮嚀宋媽：『千萬別告訴寶玉必用宋媽，一送不返，正是「墜」字。只當没有這事，總別和一個人提起。』第二件，老太太、太太聽了生氣。三則襲人和你們也不好看。所以我回二奶奶，只説：『我往大奶奶那裏去來着，誰知鐲子褪了口，丢在草根底下，雪深了没看見，今兒雪化盡了，黄澄澄的映着日頭，還在那裏呢，此明演「金簪雪裏埋」，便知此鐲是寶釵，能自失自見，何致有「絳雲軒」一案，而究成自害，此欲其化而不化，何日方見天日？不肯服「虎狼藥」之故也。我就撿了起來。』二奶奶也就信了。所以我來告訴你們，你們以後防着他些，別使唤他到別處去，等襲人回來，你們商議着變個法子打發出去就完了。」麝月道：「這小娼婦也見過些東西，怎麽這麽眼淺？」「眼」字特提。平兒道：「究竟這鐲子能多重？原是二奶奶的，説這叫做蝦鬚鐲，蝦鬚鐲，雀金泥，評在本回總評。倒是這顆珠子重了。能爍金而使金成器。晴雯那蹄子是塊爆炭，要告訴了他，他是忍不住的，一時氣上來，或打或駡，依舊嚷出來。所以單告訴你，留心就是了。」倒點「情掩」。説着，便作辭而去。

寶玉聽了，又喜又氣又歎。喜的是平兒竟能體貼自己的心，氣的是墜兒小竊，歎的是墜兒那樣伶俐，做出這醜事來。一氣一歎，皆是寶釵。因而回至房中，把平兒之話，一長一短告訴了晴雯。又説：

「他說你是個要强的，如今病了，聽了這話，越發要添病的，等好了再告訴你。」晴雯聽了，果然氣的蛾眉倒蹙，鳳眼圓睁，即時就叫墜兒。寶玉忙勸道：「這一喊出來，豈不辜負了平兒待你我的心呢？不如領他這個情，過後打發他出去，就完了。」晴雯道：「雖如此說，只是這氣如何忍得住！」寶玉道：「這有什麼氣的？你只養病就是了。」晴雯服了藥，至晚間又服了二和，夜間雖有些汗，還未見效，仍是發燒頭疼，鼻塞聲重。

次日王太醫又來診視，另加減湯劑，雖然稍減了燒，仍是頭疼。寶玉便命麝月取鼻煙來：「給他聞些，痛打幾個噴嚏，就通快了。」通肺即通金。麝月果真去取了一個金鑲雙金星玻璃小扁盒兒來，金盒。遞與寶玉。寶玉便揭開盒蓋，裏面是個西洋琺瑯的黄髮赤身女子，兩肋又有肉翅，裏面盛着些真正上等洋煙。晴雯只顧看畫兒，此畫乃寶釵象。寶玉道：「聞些，走了氣，就不好了。」晴雯聽說，忙用指甲挑了些，抽入鼻中，不見怎麽，便又多多挑了些抽入，忽覺鼻中一股酸辣，透入顖門，接連打了五六個噴嚏，眼淚鼻涕登時齊流。晴雯忙收了盒子，笑道：「了不得，辣！一字句，如聞其聲。而辣乃金味，釵、鳳悉到。快拿紙來。」早有小丫頭子遞過一搭子細紙，晴雯便一張一張的拿來醒鼻子。寶玉笑問：「如何？」晴雯笑道：「果然通快些，只是太陽還疼。」寶玉笑道：「越發盡用西洋藥治一治，一派西，一派金，正是「虎狼藥」料。只怕就好了。」說着，便命麝月：「往二奶奶要去，就說我說的：『姐姐那裏常有那西洋貼頭疼的膏子藥，藥在他處，便是二十八回藥方。叫做依弗哪，三字當有譯言，而概曰「依不得」，見此藥不可順用，此書不可正看。找尋一點兒。』」麝月答應，去了半日，果然拿了半節。是書方至半。又便去找了一塊紅緞子角兒，鉸了兩塊指頭大的圓式，將那藥烤和了，用簪挺攤上，晴雯自拿着一面靶兒鏡子，貼在兩太陽上。麝月笑道：「病的蓬頭鬼一樣，如今貼了這個，倒俏皮了。微言。○北俗以有風致爲俏皮。二奶奶貼慣了，倒不大顯。」倒點鳳姐平日妝飾，乃第一依弗哪。說畢，又向寶玉道：「二奶奶說：『明日是舅老爺的生日，太太說了，叫你去呢。』明兒穿什麼衣裳？今兒晚上好打點齊備了，省的明兒早上費手。」迤邐入下半回。寶玉道：「什麼順手，就是什麼罷了。一年鬧生日也鬧不清。」隱透後文王子勝作謊生日。說着，便起身出房，往惜春房去看畫兒。

剛到院門外邊，忽見寶琴小丫頭名小螺的，從那邊過。小螺，琴之徽也。寶玉忙趕上問：「那裏去？」小螺笑道：「我們二位姑娘都在林姑娘房裏呢，我如今(去)也往那裏去。」寶玉聽了轉步，也便同他往瀟湘館來。不但寶釵姊妹在此，且連邢岫煙也在那裏，彈琴必焚香。四人團坐在薰籠上敍家常。紫鵑倒坐在暖閣裏，臨窗做針綫。着眼紫鵑，無非血淚，正此回文字夾縫處。一見他來，都笑說：「又來了一個！没了你的坐處了。」隱用「此地無公坐處」語。寶玉笑道：「好一幅『冬閨集豔圖』！本看惜春畫，卻來看此畫，同一畫也。可惜我遲來了一步。微言。橫豎這屋子比各屋子暖，這椅子坐着並不冷。」說着，便坐在黛玉常坐的搭着灰鼠椅搭的一張椅上。「念茲在茲」。因見暖閣之中有一玉石條盆，是玉，是石。裏面攢三聚五栽着一盆單瓣水仙，攢三聚五，明演仙機，明演《易》道，破花園二《易》，琴亦二《易》，故爲賴送琴者。寶玉便極口讚道：「好花！這屋子越暖，這花香的越濃。怎麼昨兒没見？」黛玉笑道：「這是你家的大總管賴大奶奶送薛二姑娘的，兩盆水仙，兩盆蠟梅。他送了我一盆水仙，送了雲丫頭一盆蠟梅。我原不要的，又恐辜負了他的心，你若要，我轉送你，如何？」寶玉道：「我屋裏卻有兩盆，只是不及這個。琴妹妹送你的，如何又轉送人？這個斷斷使不得。」《易》求其連，懼其斷。斷斷使不得，語極鄭重。黛玉道：「我一日藥銱子不離火，我竟是藥培着呢，即花，即藥。那裏還擱的住花香來薰？越發弱了。況且這屋子裏一股藥香，反把這花香攪壞了，不如你抬了去，這花兒倒清淨了，没什麽雜味來攪他。」現身説法。寶玉笑道：「我屋裏今兒也有個病人煎藥呢，你怎麽知道的？」打通一片，是二是一，着眼在藥。黛玉笑道：「這説奇了。我原是無心話，誰知你屋裏的事？你不早來聽古記兒，這會子來了，自驚自怪的。」此古記是奇，多少自驚自怪。

寶玉笑道：「咱們明兒下一社，又有題目了，就詠『水仙』『蠟梅』。」通部所詠，無非二物。黛玉聽了，笑道：「罷，罷，再不敢做詩了。做一回，罰一回，没的怪羞的！」説着，便兩手握起臉來。知恥是下手工夫，而寫兒女情如畫。寶玉笑道：「何苦來，又打趣我做什麽？我還不怕臊呢，你倒握起臉來了。」寶釵因笑道：「下次我邀一社，四個詩題，四個詞題，每人四首詩，四（闋）（個）詞。四個四個得八，積至六十四，無非四四。頭一個詩題，四個生於一個。『詠太極圖』，限『一先』的韻，一個尚有二先，乃太極歸根於無極也。五言排律，奇數偶用，爲五爲律。要把『一先』的韻都用盡了，一個不許剩。」先既盡，則爲後，於是參伍錯綜，生出一部傳奇。○寶釵一段話，是明此書括一部《易》理。寶琴笑道：「這一説，可知是姐姐不是真心起社了。」不惟姐姐不是真心，凡諸有心皆非真心，即黛之死情，寶之歸空，寫茫茫、渺渺、空空，並非真心，無非假語村言。這分明是難人。此書誠不易讀，實是難人。若論起來，也强扭的出來，實是强扭。不過顛來倒去，弄些《易經》上的話生填，如劉老老、鴛鴦、寶琴、包勇、烏進孝、王太醫、傻大姐、賴媽媽、王道士等等，無非顛來倒去，生填《易經》。究竟有何趣味？不過演「回頭試想真無趣」而已，故曰「究竟」。○寶琴一段話，是反抉此書括一部《易》理，與釵語互相發明，非駁語也。看官莫被他瞞過。我八歲的時節，跟我父親到西海沿上買洋貨，必云「八歲」，正是四個四個，其義制金，其才賦海，而必跟父親，重孝也。誰知有個真真國的女孩子，纔十五歲，寧國賈，榮國賈，則爲假假國，必有一真真國爲之對。十五所謂將笄之年，此女孩乃寶釵，琴之來爲釵救也。看「真真」二字，多少審慎，多少叮嚀。那臉面就和那西洋畫上的美人一樣，鼻煙盒上人，是一非二。也披着黃頭髮，打着聯垂，滿頭帶着都是瑪瑙、珊瑚、猫兒眼、祖母緑，身上穿着金絲織的鎖子甲，洋錦襖袖，帶着倭刀，也是鑲金嵌寶的，甲是金絲，刀是金寶，特爲寶釵點睛，使移不到别人去。實在畫兒上也没他那麽好看。有人説，他通中國的詩書，會講《五經》，能做詩填詞。是寶釵學問。因此我父親央煩了一位通官，煩他寫了一張字，先通後字，通是「絳芸軒」，字是「成大禮」，女子適人曰字，一語隱如許深義，我故云此書無閑文。就寫他做的詩。」《螃蟹詠》、竹夫人謎語，種種皆在。

衆人都稱奇道異。是衆人，而其實是正非奇，是常非異，所謂「庸醫」，所謂「亂用」。寶玉忙笑道：「好妹妹，你拿出來我們瞧瞧。」寶琴笑道：「在南京收着呢，此時那裏去取？」金陵十二釵全在個裏。寶玉聽了，大失所望，便説：「没福得見這世面。」「優伶有福，公子無緣」。襲即釵，故寶玉曰無福。又三十五回寶玉對鶯説：「我常和襲人説，明兒不知那一個有福的消受你們主兒兩個呢。」正與此處對勘。玉之外釵如此，則釵又何必定爲墜兒？黛玉笑拉寶琴道：「你别哄我們，我知道你這一來，你的這些東西，未必放在家裏，自然都是要帶上來的。這會子又扯謊，説没帶來，你們雖信，我是不信的。」寶玉已自分無福不得見矣，而黛必欲迫其見，便是下半「勇補雀金裘」裏故事。寶琴便紅了臉，低了頭，微笑不答。示以知恥，示以謹言。寶釵笑道：「偏是顰兒慣説這些話，你就伶俐的太過了。」直説他活不長，借本回首賈母語意。而越伶俐越呆，釵已知之稔矣。黛玉笑道：「帶了來，就給我們見識見識也罷了。」寶釵笑道：「箱子籠子一大堆，還没理清，知道在那個裏頭呢？等過日收拾清了，找出來，大家再看就是了。」又向寶琴道：「你若記得，何不念念我們聽聽？」切己之問，琴當答之曰：「你必記得，何不念念？」寶琴答道：「記得他做的五言律一首，亦即太極圖。若論外國的女子，也就難爲他了。」寶釵道：「你且別念，等我把雲兒叫了來，也叫他聽聽。」三影身、一鏡子悉當聽。説着，便叫小螺來，吩咐道：「你到我那裏去，就説我們這裏有一個外國的美人來了，外國美人是釵，而欲爲釵禁是琴，則琴亦外國美人矣。又不歸榮、寧，不入十二釵册之義。做的好詩，請你這『詩瘋子』來瞧去，再把我們『詩獃子』也帶來。」小螺笑着去了。

半日，只聽湘雲笑問：「那一個外國的美人來了？」一頭説，一頭走，和香菱來了。衆人笑道：「人未見形，先已聞聲。」微旨。寶琴等讓坐，遂把方纔的話重訴了一遍。湘雲笑道：「快念來聽聽。」寶琴因念道：

昨夜朱樓夢，今宵水國吟。島雲蒸大海，嵐氣接叢林。月本無今古，情緣自淺深。漢南春歷歷，焉得不關心？一詩不泛演全書，乃專爲寶釵開一虎狼藥方。第一句爲「絳芸軒」案，而案無實據。第二言昨夢當醒，醒而不醒，必幽沈伏處，歸「卻塵緣」以後究竟。第三、第四「島」「嵐」皆從山，爲石，爲寶玉；「海」「林」爲黛；曰「蒸」曰「接」，則相合無間，見寶黛既情有獨鍾，則釵速當醒而知退。五句言月有盈虧，釵質雖虧，而書無明文，猶可已也，故曰「無今古」。六句即

三、四生出，在寶黛情緣自深，在釵玉情緣自淺，奈何定欲强淺爲深耶？第七「漢南」爲荊楚，瀟湘也；「春歷歷」，寶黛一切情事釵悉見而知之，則亦何能以巧力勝之哉？「歷歷」字，重此回書都從眼目立說。第八作當頭棒喝，言宜關心而不關心，其愚有甚於黛玉者矣！乃驚怪語。

衆人聽了，都道：「難爲他，竟比我們中國人還强。」一語未了，只見麝月走來說：「太太打發了人來告訴二爺，明兒一早往舅舅那裏去，就說太太身上不大好，「虎狼藥」是難吃。不得親身來。」寶玉忙站起來，答應道：「是。」因問寶釵、寶琴：「你們二位可去？」寶釵道：「我們不去，昨兒單送了禮去了。」大家說了一回方散。

寶玉因讓諸姊妹先行，自己在後面，黛玉便又叫住他，問道：「襲人到底多早晚回來？」寶玉道：「自然等送了殯纔來呢。」說此詩在襲人喪中，襲之喪，即釵之喪，詩正以惘其喪也。特用麝月代襲人收拾此詩。黛玉還有話說，又不能出口，出了一回神，便說道：「你去罷。」寶玉也覺心裏有許多話，只是口裏不知要說什麼，想了一想，也笑道：「明兒再說罷。」面面俱到，費筆處能省筆。一面下台階，低頭正欲邁步，復又忙回身問道：「如今夜越發長了，你一夜咳嗽幾次？醒幾遍？」黛玉道：「昨兒夜裏好了，只嗽了兩遍，卻只睡了四更一個更次，就再不能睡了。」寶玉又笑道：「正是有句要緊的話，這會子才想起來。」一面說，一面便挨近身來，悄悄道：「我想寶姐姐送你的燕窩……」一語未了，只見趙姨娘走進來瞧黛玉，問：「姑娘這幾天可好了？」直欲破此窩盤，而終不能破，乃爲趙姨娘所間，妒害之也。黛玉便知他從探春處來，從門前過，順路的人情，忙陪笑讓坐，說：「難得姨娘想着，怪冷的，親自走來。」又忙命倒茶，一面又使眼色與寶玉。寶玉會意，便走了出來。正值吃晚飯時，見了王夫人，又囑咐他早去。寶玉回來，看晴雯吃了藥。此夕寶玉便不命晴雯挪出暖閣來，自己便在晴雯外邊，又命將薰籠抬至暖閣前，麝月便在薰籠上睡，一宿無話。既代襲人，便不知有話無話。

至次日天未明，晴雯便叫醒麝月道：「你也該醒了，只是睡不彀。話裏有話。你出去叫人，給他預備茶水，我叫醒他就是了。」麝月忙披衣起來，道：「咱們叫他起來，穿好衣裳，擡過這火箱去，再叫他們進來。老媽媽們已經說過，不叫他在這屋裏，怕過了病氣。如今他們見咱們擠在一處，又嘮叨了。」晴雯道：「我也是這麽說。」二人纔叫時，寶玉已醒了，忙起身披衣。麝月先叫進小丫頭子來，收拾妥了，纔命秋痕等進來，一面伏侍寶玉梳洗畢。麝月道：「天又陰陰的，只怕有雪，穿一套毡子的罷。」寶玉點頭，即時換了衣裳。小丫頭便用小茶盤捧了一蓋碗建蓮紅棗湯來，藥之映，本回所重。寶玉喝了兩口，麝月又捧過一小碟法製紫薑來，寶玉噙了一塊，又囑咐了晴雯一回，便往賈母處來。

賈母猶未起來，知道寶玉出門，便開了房門，命寶玉進去。寶玉見賈母身後，寶琴面向裏睡着未醒。爲睡不着者說法。賈母見寶玉身上穿着荔支色哆囉呢的箭袖，大紅猩猩毡盤金彩繡石青粧緞沿邊的排穗褂，賈母道：「下雪呢麽？」「雪」字特點。寶玉道：「天陰着，還沒下呢。」猶可止。賈母便命：「鴛鴦來，把昨兒那一件孔雀毛的氅衣給他罷！」入下半回。鴛鴦答應走去，果取了一件來。寶玉看時，金翠輝煌，碧彩閃灼，是鼻煙盒，是寶琴詩。又不似寶琴所披之鳧靨裘。只聽賈母笑道：「這叫做雀金泥，這是俄羅斯國拿孔雀毛拈了綫織的。前兒那件野鴨子的，給了你小妹妹，這件給你罷。」寶玉磕了一個頭，便披在身上。賈母笑道：「你先給你娘瞧瞧去，再去。」寶玉答應了，便出來，只見鴛鴦站在地下揉眼睛。亦是主婚之人。因自那日鴛鴦發誓絶婚之後，他總不合寶玉説話，寶玉正自日夜不安，此時見他又要迴避，寶玉便上來，笑道：「好姐姐，你瞧瞧我穿着這個好不好？」鴛鴦一摔手，便進賈母房中來了。特着此段在此。明此婚之當絶也。寶玉只得到了王夫人房中，與王夫人看了。然後又回至園中，與晴雯、麝月看過，來回復賈母，説：「太太看了，只説可惜了的，叫我仔細穿，別糟蹋了。」應「始提親」賈政語。賈母道：「就剩了這一件，你糟蹋了，也再没了。這會子特給你做這個，也是没有的事。」恰是現成。説着，又囑咐：「不許多吃酒，早些回來。」寶玉應了幾個「是」。

老嬤嬤跟至廳上，只見寶玉的乳兄李貴、王和榮、張若錦、趙亦華、錢啓、周瑞六個人，特提李貴，直找「訓劣子」回。張、王、趙則李之配，曰「錦」曰「榮」曰「華」，狀其盛也。錢啓、周瑞乃明《易》道，錢外圓内方，象《易》卦圖。啓，開也。帶着焙茗、伴鶴、鋤藥、掃紅四個小厮，此處四小厮次序人名，另具深意，見欲培植名教，必須脱然物表，能早得藥，始能掃除一切，重在鋤藥。背着衣包，拿着坐褥，籠着一匹雕鞍彩轡的白馬，早已伺候多時了。老嬤嬤又囑咐他們些話，六個人忙應了幾個「是」，忙捧鞍墜鐙，寶玉慢慢的上了馬。李貴、王和榮籠着嚼環，中爻偶。錢啓、周瑞二人在前引導，上爻偶。張若錦、趙亦華在兩邊緊貼寶玉身後。下爻偶。寶玉在馬上笑道：特佈一《坤》卦象，而以一馬在中，馬爲《乾》陽也。見一心能體乾剛，則偶可悉化爲奇，變《坤》爲《乾》矣。「周哥、錢哥，咱們打這角門走罷，省了到老爺的書房門口又下來。」《易》與《禮》通，奈不走正路而廢禮何！周瑞側身笑道：「老爺不在書房裏，天天鎖着，爺可以不用下來罷了。」廢禮即失《易》，故周瑞云然。寶玉笑道：「雖鎖着，也要下來的。」錢啓、李貴都笑道：「爺說的是。便託懶不下來，倘或遇見賴大爺、林二爺，雖不好說爺，也要勸兩句，所有的不是都派在我們身上，又說我們不教給爺禮了。」禮字明點。周瑞、錢啓便一直出角門來。不孝不敬，公然廢禮，是故爲《坤》。

正說話時，頂頭見賴大進來，破花園主人。寶玉忙籠住馬，意欲下來。賴大忙上來抱住腿，寶玉便在鐙上站起來，笑着攜手說了幾句話，接着又見個小厮，帶着二三十人，小厮，少陽也，可二可三可十，又一《易》。拿着掃帚簸箕進來，道在去污。見了寶玉，都順牆垂手立住，獨爲首的小厮打了個千兒：「請爺安！」安與不安，總在爲首者。寶玉不知名姓，只微笑點點頭兒，馬已過去，一心茫昧，不能知性道名義之學，終至歸空，成就釋氏，微笑點頭而已。是書重儒不重佛。那人方帶人去了。於是出了角門外，有李貴等六人的小厮並幾個馬夫早預備下十來匹馬專候，一出角門，李貴等各上馬前引，一陣煙去了。心意奔騰，究竟如此。〇一路規矩排場歷歷如繪，必曾經見過，方寫得出。不在話下。

這裏晴雯吃了藥，仍不見病退，急的亂罵大夫說：「只會騙人的錢，一劑好藥也不給人吃。」虎狼方是好藥，奈不服何！麝月笑勸他道：「你太性急了。俗語說，『病來如山倒，病去如抽絲』，又不是老君仙丹，那有這樣靈藥？你只靜養幾天，自然好了；你越急越費手。」優柔不斷，正是養癰，兩人聲情酷肖。晴雯又罵：「小丫頭子們那裏攢沙去了？瞅我病了，都大着膽子走了！明兒我好了，一個一個的纔揭了你們的皮呢。」唬的小丫頭子定兒忙進來問：「姑娘做什麼？」定爲墜之證，恐人不明定之爲墜也。晴雯道：「別人都死了，就剩了你不成？」說着，只見墜兒也蹭了進來。即定即墜。晴雯道：「你瞧瞧這小蹄子，不問他還不來呢！這裏又放月錢了，又散菓子了，你該跑在頭裏了。你往前些，我是老虎吃了你？」墜兒只得往前湊了幾步，晴雯便冷不防欠身一把將他的手抓住，向枕邊拿起一丈青，向他手上亂戳。青爲木色，晴即黛也，夫曰一丈，則十成滿足，高亢已極，焉得不危？晴雯狂暴如此，已爲「天風流」作地步，而戒天下後世於無窮，即與黛玉之目無下塵爲對照也。口内罵道：「要這爪子做什麼？拈不得針，拿不動綫，只會偷嘴吃！眼皮子又淺，爪子又輕，打嘴現世的，不如戳爛了！」墜兒疼的亂喊，麝月忙拉開，按着晴雯躺下，道：「你纔出了汗，又作死，等你好了，要打多少打不得？這會子鬧什麼？」晴雯便命人叫宋嬤嬤進來，説道：「寶二爺纔告訴了我，叫我告訴你們：墜兒很懶，寶二爺當面使他，他撥嘴兒不動，連襲人使他他也背地罵他，今日務必打發他出去，明兒寶二爺親自回太太就是了。」彼以「情掩」來，此以「情掩」受，在晴雯到底亦不説破，此鐲更無破時矣。偷金者亦何懼而不爲墜兒！宋嬤嬤聽了，心下便知鐲子事發，因笑道：「雖如此説，也等花姑娘回來知道了再打發。」晴雯説：「寶二爺今兒千叮嚀萬囑咐的，什麼花姑娘草姑娘的！普同爲掩，何待花草。我們自然有道理，你只依我的話，快叫他家裏的人來領他出去。」麝月道：「這也罷了。早也是去，晚也是去，早帶了去，早清淨一日。」大家究竟。

宋嬤嬤聽了，只得出去喚了他母親來，打點他的東西。又見了晴雯等，説道：「姑娘們怎麼了？你侄女兒不好，你們教導他，怎麼攆出去？也到底給我們留個臉兒。」晴雯道：「這話只等寶玉來問他，與我們無干。」寶玉心也，掩心者情，故借叫名字，暢發「情掩」之義。那媳婦冷笑道：「我有胆子問他去？他那件事不是聽姑娘們的調停？是説晴雯矣，而晴雯亦自有受調停時。他總依了，姑娘們不依，也未必中用。非透筆，乃點悟説滿話人。比如方纔説話，雖背地裏，姑娘就直叫他的名字，在姑娘們就使得，在我們就成了野人了。」放説廢禮。晴雯聽説，越發急紅了臉，説道：「我叫了他的名字了，你在老太太、太太跟前告我去，説我野，也攆出我去！」「老妖精」注解。麝月道：「嫂子，你只管帶了人出去，有話再説。這個地方，豈有你叫喊講禮的？你見誰和我們講過禮？別説嫂子，就是賴大奶奶、林大娘，也得擔待我們三分。便是叫名字，從小兒直到如今，都是老太太吩咐過的，你們也知道的，恐怕難養活，巴巴的寫了他的小名兒，各處貼着，叫萬人叫去，爲的好養活。連挑水挑糞花子都叫得，何況我們？所謂放心。連昨兒林大娘叫了一聲爺，老太太還説呢。此是一件。二則我們這些人常回老太太、太太的話去，可不叫着名回話，難道也稱爺？那一日不把寶玉兩字叫二百遍？偏嫂子又來挑這個了。過一日嫂子閒了，在老太太、太太跟前聽聽我們當着面兒叫他，就知道了。嫂子原也不得在老太太、太太跟前當些體統差使，成年家只在三門外頭混，怪不得不知道我們裏頭的規矩！一折如龍。這裏不是嫂子久站的，再一會，不用我們説話，就有人來問你了。有什麼分證的話，且帶了他去，你回了林大娘，叫他來找二爺説話。家裏上千的人，他也跑來，我也跑來，我們認人問姓還認不清呢。」一段意如剥蕉，詞同倒峽，文亦十分恣肆。説着便叫小丫頭子拿了擦地的布來擦地。那媳婦聽了，無言可對，亦不敢久站，賭氣帶了墜兒就走。宋嬤嬤忙道：「怪道你這嫂子不知規矩，你女兒在屋裏一場，臨去時也給姑娘們磕個頭。没有别的謝禮，他們也不希罕。不過磕個頭，盡心罷咧。怎麼説走就走？」墜兒聽了，只得翻身進來，給他兩個磕頭。「墜」字到底。又找秋紋等，他們也並不睬他。那媳婦嗐聲歎氣，口不敢言，抱恨而去。

晴雯方纔又閃了風，着了氣，反覺更不好了。翻騰至掌燈，剛安靜了些，只見寶玉回來，進門就嗐聲頓足。麝月忙問原故，寶玉道：「今兒老太太歡歡喜喜的給了這件褂子，誰知不防後衿子上燒了一塊，幸而天晚了，老太太、太太都不理論。」一面脱下來，麝月瞧瞧，果然有指頭大的燒眼，説：「這必定是手爐裏的火迸上了。這不值什麽，趕着叫人悄悄拿出去，叫個能幹織補匠人織上就是了。」此衣既破，天之幸也，而必欲補。説着，便用包袱包了，一個嬷嬷送出去，説：「趕天亮就有纔好，千萬别給老太太、太太知道。」婆子去了半日，仍就拿回來，説：「不但織補匠，能幹裁縫，繡匠，並做女工的，問了都不認的這是什麽，都不敢攬。」金之難識如此。麝月道：「這怎麽樣呢？明兒不穿也罷了。」寶玉道：「明兒是正日子，老太太、太太説了，還叫穿過這個去呢，偏頭一日就燒了，豈不掃興！」

晴雯聽了半日，忍不住翻身説道：「拿來我瞧瞧罷！没那福氣穿，就罷了。」又醒無福。説着，便遞與晴雯，又移過燈來細瞧了一瞧。晴雯道：「這是孔雀金綫的，如今咱們也拿孔雀金綫，就像界綫似的界密了，只怕還可混的過去。」所以能補，在識其綫。麝月笑道：「孔雀綫現成的，但這裏除你，還有誰會界綫？」界之，適所以補之，黛於釵處處界，無非處處補，故只他會補。晴雯道：「説不的我掙命罷了。」寶玉忙道：「這如何使得！纔好了些，如何做得活？」晴雯道：「不用你蝎蝎螫螫的，我自知道。」一面說，一面坐起來，挽了一挽頭髮，披了衣裳，只覺頭重身輕，滿眼金星亂迸，哀哉。實實掌不住。待不做，又怕寶玉着急，少不得狠命咬牙捱着。寫「情」字入木三分。便命麝月只幫着拈綫，晴雯先拿了一根比一比，笑道：「這雖不很像，若補上也不很顯。」寶玉道：「這就很好，那裏又找俄羅斯國的裁縫去！」晴雯先將裏子拆開，用茶杯口大小一個竹弓釘綳在背面，再將破口四邊用金刀刮的散鬆鬆的，然後用針縫了兩條，分出經緯，亦如界綫之法，先界出地子來後，依本紋回來織補。補兩針，又看看，織補不上三五針，便伏在枕上歇一會。寶玉在旁，一時又問：「吃些滾水不吃？」一時又命：「歇一歇！」一時又拿一件灰鼠斗篷，替他披在背上。一時又拿個枕頭與他靠着。急的晴雯央道：「小祖宗！你只管睡罷，再熬上半夜，明兒眼睛摳摟了，那可怎麽好？」重在眼睛。寶玉見他着急，只得胡亂睡下，仍睡不着。一時只聽自鳴鐘已敲了四下，寅木陽生。剛剛補完；又用小牙刷慢慢的剔出毧毛來。麝月道：「這就好了，若不留心，再看不出的。」寶玉忙要了瞧瞧，笑說：「真真一樣了。」晴雯已嗽了幾陣，好容易補完了，說了一聲：「補雖補了，到底不像。我也再不能了！」「噯喲」了一聲，便身不由主倒下了。便是終局，寫「勇」字力穿七札。

要知端的，且看下回分解。

此回從上回「藥」字生出，全爲醫寶釵之藥。醫寶，黛在其中矣。以「眼」字爲主，二十二回寶釵燈謎有曰「有眼無珠腹内空」，見其覇寶玉、籠黛玉，明察秋毫矣，而實則有眼無珠。故上半曰「蝦鬚鐲」，鐲爲金，爲水之母，而蝦爲水母之目，平兒說「倒是這顆珠子重了」，重在眼之有珠也。下半曰「雀金泥」，所謂「可憐金玉質，污掉陷泥中」。一失一破，使能從此冰釋，豈非一服清凉散？而失者且爲之掩，釵不可醫，即寶不可醫；破者且爲之補，釵不可醫，即黛不可醫。特借影身以演出耳。

此大段重寶琴之用。上下之間，着一真真國女子詩，直宣紅樓之旨；上半之下，着「太極圖」詩題一段，以明《易》道；下半之上，着寶玉出門一段，以明禮教，即仍歸《易》道。乃中幅借寶琴諸人之來大發明處。

大觀園畫起於劉老老，結於薛寶琴，同一《易》道也。自此回以後，絶不再提。人但見其糊糊塗塗而止，何不詳察此處必先之以赤身肉翅女子一畫，後之以真真國女子一詩，中間用寶玉往惜春處看畫而乃至瀟湘館看「冬閨集艷圖」，蓋「冬閨集艷圖」即「擕蝗大嚼圖」也，其收拾之嚴密有如此。書中固皆無尾巴之耍猴兒，實又有明明剁去之處，看官自不解尋見耳。

護花主人評曰：

賈母説鳳姐「太伶俐了不是好事」，是正照；鳳姐説「我活一千歲」，是反挑。

平兒遮蓋墜兒偷鐲，又私囑麝月「等襲人回來設法遣去，勿告訴晴雯」，居心行事，明白仁厚，宜其結果勝於衆婢。

鼻烟壺是西洋琺瑯的，黄髮赤身女子引起後文西洋詩女，真是一筆不肯鶻突。

藥氣花香，黛玉、寶玉房中亦復相同，真是兩人同志，映襯有意，不是閒筆。

外國女兒詩，隱隱是一部《紅樓夢》。

寶、黛兩人各有説不出話，含蓄有味。寶玉纔説「寶姐姐送燕窩」一句，便被趙姨娘來打斷，更妙。

鴛鴦發誓絶婚後即不合寶玉説話，貞烈之性，實不可及。

寫寶玉出門，僕從簇擁，衆人請安，反襯後來衰敗出家光景。

墜兒被攆，引出後來晴雯、司棋等被攆等事。

偷鐲激晴雯之氣，補裘增晴雯之病，其死已定，即不被逐，恐亦難活。

寫晴雯攆墜兒，説話氣驕志滿，是反挑後來自己亦被逐出。

抽寫寶玉疼愛晴雯，反照後來不能照看。

寶玉若不告訴墜兒偷鐲，何至晴雯病中生氣？寶玉若不燒破雀毛裘，何至晴雯病上加病？晴雯之死實由寶玉，所謂「愛之適所以害之」也。

第四十五回至五十二回一大段，應分五小段：四十五回爲一段，寫黛玉之多病，寶釵之多情；四十六回爲一段，寫賈赦之漁色，鴛鴦之烈性；四十七、八回爲一段，敍薛蟠之出門，香菱之進園；四十九回至五十一回上半回爲一段，寫園中閨秀之多，詩社之盛；五十一回下半回至五十二回爲一段，寫晴雯之氣病重。

大某山民評曰：

寶玉見了黛玉，不知要説什麽，大家多散，二人心緒如麻，各格格不能吐。蓋凡能吐者，俱非情之至也。

晴雯説墜兒「連襲人都使他不動」，可知襲人之在怡紅院迥然特出於諸人之上矣。晴雯於宋媽前出此言者，其亦自知在襲人下耳。襲人去，而晴雯無與並矣。

晴雯決計攆墜兒，而宋媽云「等花姑娘回來」，則「逢彼之怒」，愈緩愈緊，是以墜兒必不能多留矣。

描寫晴、麝二人錚錚辨論，不但不聽見者想所不到，即聽見者亦筆所難達。何物雪芹，具此狡獪！

燒破雀毛裘，晴雯説寶玉「没福氣穿」，此豈婢女對主人之言乎？可知其平日縱容嬌養者慣矣。

寫晴雯織補雀毛裘細微周到，淋漓盡致，直是形容得無以復加。想譙周裔冑，諒亦工於織補焉。

此回仍是壬子年冬時事。

第五十三回　寧國府除夕祭宗祠　榮國府元宵開夜宴

話説寶玉見晴雯將雀裘補完，已使得力盡神危，忙命小丫頭子來，替他搥着，彼此搥打了一回。歇下没一頓飯（補）工夫，天已大亮。且不出門，只叫：「快請大夫！」一時王太醫來了，診了脈，疑惑説道：「昨日已好了些，今日如何反虛浮微縮起來？敢是吃多了飲食？不然，就是勞了神思。外感卻倒輕了。這汗後失了調養，非同小可。」一面説，一面出去，開了藥方進來，寶玉看時，已將疏散驅邪諸藥減去，倒添了茯苓、地黄、當歸等益神養血之劑。人壽無常，終歸黄土，藥何益哉？寶玉一面忙命人煎去，一面歎説：「這怎麼處？倘或有個好歹，都是我的罪孽！」晴雯睡在炕上嗐道：「好二爺！你幹你的去罷，那裏就得了癆病了呢？」寶玉無奈，只得去了。至下半天，説身上不好，就回來了。晴雯此症雖重，幸虧他素昔是個使力不使心的，再者素昔飲食清淡，飢飽無傷。這賈宅中的秘法：無論上下，只略有些傷風咳嗽，總以淨餓爲主，原是善法，而曰賈宅秘法，則與吃飯對勘。次則服藥調養。故於前一日病時，就餓了兩三日，又謹慎服藥調理，如今雖勞碌了些，又加倍培養了幾日，便漸漸的好了。波起波平，收放自如。近日園中姐妹皆各在房中吃飲，炊爨飲食甚便，寶玉自能要羹要湯調停，不必細説。

襲人送母殯後，業已回來，麝月便將墜兒一事，並晴雯攆逐出去，也曾回過寶玉，一一的告訴襲人。尚嫌掩之不密。襲人也没説别的，只説：「太性急了。」只因李紈亦因時氣感冒，不是内病。邢夫人正害火眼，火眼絶倒，正找足「蝦鬚鐲」「雀金泥」隱意在眼也，不然則何病不可説？迎春、岫煙皆過去朝夕侍藥，李紈之兄李紈有兄而其人未一見，恍惚之中有甚深義。又接了李嬸娘、李紋、李綺家去住幾日，寶玉又見襲人常常思母含悲，晴雯又未大愈，因此詩社一事，皆未有人作興，便空了幾社。必須安頓。當下已是臘月，離年日近，王夫人與鳳姐兒治辦年事，入題。王子騰升了九省都檢點，此人爲王、薛助聲勢，爲意馬，狀奔騰，而從未實出場，是爲九省都檢點，作者特以省筆爲警省。虚寫李紈兄是存理，虚寫王子騰是遏欲，此意何人覺得？賈雨村補授了大司馬，協理軍機，參贊朝政，不提。夏官執政，爲時極盛，賈雨村言正説至此，特與王子騰並提。

且説賈珍那邊開了宗祠，着人打掃，收拾供器，請神主。又打掃上房，以備懸供遺真影像。此時榮、寧二府，内外上下，皆是忙忙碌碌。這日寧府中尤氏正起來，同賈蓉之妻秦可卿一照。打點送賈母這邊的針綫禮物，正值丫頭捧了一茶盤押歲錁子進來，劈頭提押歲錁子，乃本回「除夕」精義。回説：「興兒回奶奶：前兒那一包碎金子，書重抑金，總課乘除必是金。共是一百五十三兩六錢七分，裏頭成色不等，總傾了二百二十個錁子。」一百五十三兩六錢七分，總計一、五、十、三、六、七，得三十二數，以中間兩字兩之，得六十四數，卦氣也。傾了二百二十個錁子，則每錁得六錢九分二釐二毫。是言人生百歲，自少至老，僅此卦氣，倘自傾之，則速至陰，歸之二百二十之數，「傾」字最重。主金説，便主釵説，釵之始終，在一「巧」字，巧則七數，今每錁止六錢九分二釐二毫，欲成爲七，尚欠七釐八毫。七八十五，所謂將笄之年，即在彼時，已見巧而不巧矣。豈非失之毫釐？看官又説閑人穿鑿否？説着遞上去。尤氏看一看，只見也有梅花式的，也有海棠式的，也有「筆錠如意」的，也有「八寶聯春」的。都有關合，人所共知，其金子數目豈是亂填。尤氏命：「收拾起來，就叫興兒將銀錁子快快交了進來。」銀則虛説，可見主金。丫鬟答應去了。

一時賈珍進來吃飯，賈蓉之妻迴避了。若干影射。賈珍因問尤氏：「咱們春祭的恩賞可領了不曾？」尤氏道：「今兒我打發蓉兒關去了。」賈珍道：「咱們家雖不等這幾兩銀子使，多少是皇上天恩。上照「皇恩重」，下照「沐皇恩」，爲「孝」字之對。早關了來，給那邊老太太送過去，置辦祖宗的供，上領皇上的恩，下則是托祖宗的福。咱們那怕用一萬銀子供祖宗，到底不如這個有體面，從體面説全不是了，而寫紈袴道地。又是沾恩錫福。除咱們這樣一二家之外，那些世襲窮官兒家，若不仗着這銀子，拿什麼上供過年？真正皇恩浩蕩，想得周到。」此等字面，每從若輩道出，乃作者得意處。尤氏道：「正是這話。」二人正説着，只見人回：「哥兒來了。」賈珍便命：「叫他進來。」只見賈蓉捧了一個小黄布口袋進來。賈珍道：「怎麼去了這一日？」賈蓉陪笑回説：「今兒不在禮部關領了，既已爲蔑禮之人，自不在禮。又在光禄寺庫上。因又到了光禄寺，纔領下來了。飲食之終，必爲訟獄。光禄寺官兒們都説，問父親好，多日不見，都着實想念。」賈珍笑道：「他們那裏是想我？這又到了年下了，不是想我的東西，就是想我的戲酒了。」得意之極。一面説，一面瞧那黄布口袋，上有封條，就是「皇恩永錫」四個大字。何等鄭重。那一邊又有禮部祠祭司的印記，一行小字，道是：「寧國公賈演，榮國公賈源，演此榮寧，實主忠孝大法。恩賜永遠春祭賞共二分，净折銀若干兩，某年月日，龍禁尉候補侍衛賈蓉當堂領訖。值年寺丞某人。」下面一個硃筆花押。寫來如見，不即不離。

賈珍看了，吃過飯，盥漱畢，換了靴帽，命賈蓉捧着銀子，跟了來回過賈母、王夫人，又至這邊回過賈赦、邢夫人，方回家去，取出銀子，命將口袋向宗祠大爐内焚了。又命賈蓉道：「你去問問你那邊二嬸娘，正月裏請吃年酒的日子擬了没有？若擬定了，叫書房裏明白開了單子來，咱們再請時，就不能重複了。舊年不留神，重了幾家，人家不説咱們不留心，倒像兩宅商議定了，送虚情怕費事的一樣。」天祖之外，便及賓客，蓋信乎朋友，正在獲上順親之間，故不可送虚情，隱演《中庸》，切莫作閑文看。賈蓉忙答應去了。一時，拿了請人吃年酒的日期單子來了。賈珍看了，命：「交與賴昇去看了，請人別重了這上頭的日子。」因在廳上看着小廝們抬圍屏，擦抹几案金銀供器。只見小廝手裏拿着一個稟帖，並一篇賬目，回説：「黑山村烏莊頭來了。」此特提「孝」字也。烏鳥之私，人人知之，至村名黑山，人則以爲從烏字生發，涉筆成趣而已，殊不知大道存焉。黑色陰位，正北，山《艮》象，位東北，合《坤》《艮》爲一人，是又一劉老老。而顯然名之曰「進孝」，乃書中明明點睛處，故爲莊頭。蓋寫珍、蓉諸人一切事迹，正如一座黑暗地獄，而歸重卻在「孝」字，便是寓「蓼汀」於「花漵」之意，當與十八回參看。賈珍道：「這個老砍頭的，今兒纔來！」不烏則梟，其來不可遲，言下警省，而笑駡如聞，化工之筆。

賈蓉接過稟帖和賬目，忙展開捧着，賈珍倒背着兩手，便作臨刑之象，而面子形容，曲盡神態。向賈蓉手内看去。那紅稟上寫着：「門下莊頭烏進孝叩請爺奶奶萬福金安，並公子小姐金安。新春大喜大福，榮貴平安，加官進祿，萬事如意。」能進孝，則能受福有如此。而形容鄉野文墨，直添頰上三毫。賈珍笑道：「莊家人有些意思。」莊家人特提，是劉老老否？此等意，惜知之者少。賈蓉也忙笑道：「別看文法，只取個吉利兒罷。」全書大旨，而如此吉利，乃在賈珍倒背兩手看去，夫誰解得？一面忙展開了單子看時，只見上面寫着：

大鹿三十隻，獐子五十隻，麅子五十隻，暹猪二十個，湯猪二十個，龍猪二十個，野猪二十個，家臘猪二十個，野羊二十個，青羊二十個，家湯羊二十個，家風羊二十個，鱘鰉魚二百個，各色雜魚二百斤，活雞鴨鵝各二百隻，風雞鴨鵝二百隻，野雞野猫各二百對，熊掌二十對，鹿筋二十斤，海參五十斤，鹿舌五十條，牛舌五十條，蟶乾二十斤，榛松桃杏瓤各二口袋，大對蝦五十對，乾蝦二百斤，銀霜炭上等選用一千斤，中等二千斤，柴炭三萬斤，御田胭脂米二擔，碧糯五十斛，白糯五十斛，粉秔五十斛，雜色粱穀各五十斛，下用常米一千擔，各色乾菜一車。水陸珍錯，無分南北，悉由進孝而來，天之所以酬孝者也。故開首是鹿，禄也，即必得其禄。其數綜計得三萬六千二百七十五，乃積人生百年閏餘之差，即是必得其壽。外賣粱穀牲口各項折銀二千五百兩。二千五百而兩之，則爲五千，《道德》五千，一孝概之，是借老子《道德》隱闡《中庸》之達德達道。外門下孝敬哥兒頑意兒：活鹿兩對，白兔四對，黑兔四對，活錦雞兩對，西洋鴨兩對。四樣活東西，思之失笑，乃言以錦雞之文章，寫蕉鹿之夢境，而哥兒頑意，無非鴨兔，賈蓉、可卿諸人將何所逃。

賈珍看完，説：「帶進他來。」一時只見烏進孝進來，只在院内磕頭請安。賈珍命人拉起他來，笑説：「你還硬朗？」烏進孝笑道：「不瞞爺説，小的們走慣了，孝須習慣。不來也悶的慌。他們可不是都願意來見見天子脚下世面？移孝作忠。他們到底年輕，怕路上有閃失，再過幾年就可以放心了。」須教須養。賈珍道：「你走了幾日？」烏進孝道：「回爺的話：今年雪大，外頭都是四五尺深的雪，壞榮者雪也，阻孝者即雪。路上竟難走得很，耽擱了幾日。雖走了一個月零兩日，晦盡魄死之期。日子有限，怕爺心焦，可不趕着來了！」日子有限，有一喜一懼之警，寫得悚然。賈珍道：「我說呢，怎麼今兒纔來！我纔看那單子上，今年你這老貨又來打擂臺來了。」擂，雷也，天用之以殛不孝，與「老砍頭」對。烏進孝忙進前兩步回道：「回爺說：今年年成實在不好，從三月下雨，接連着直到八月，竟沒有一連晴過五六日；九月一場碗來大的雹子，當陽令而積陰，漸至九月，《剥》卦則冷子興矣。方近二三百里地方，連人帶房，並牲口糧食，打傷了上千上萬的：所以纔這樣。小的並不敢說謊。」便是賈雨村演說榮國府。賈珍皺眉道：「我算定你至少也有五千銀子來，這彀做什麼的？如今你們一共只剩了八九個莊子，今年倒有兩處報了旱潦，八九個去兩處，則餘七八，成十五數，月正圓時也。你們又打擂臺，真真是叫人別過年了！」烏進孝道：「爺的這地方還算好呢！我兄弟離我那裏只一百多地，竟又大差了。誅殛之速如此。他現管着那府八處莊地，比爺這邊多着幾倍，今年也是這些東西，不過二三千兩銀子，也是有饑荒打呢。」說寧必及榮，同一孝也，文筆亦極穿插裁補之妙。賈珍道：「正是呢。我這邊倒可已，没什麼外頭大事，不過是一年的費用。我受用些就費用些，我受些委曲就省些。再者年例送人請人，我把臉皮厚些，也就完了。正十成得意語，而作者何以想出！比不得那府裏，這幾年添了許多花錢的事，卻又不添銀子產業。這一二年裏賠了許多，不和你們要，找誰去？」預爲地步。

烏進孝笑道：「那府裏如今雖添了事，有去有來，娘娘和萬歲爺豈不賞呢？」此回即十七、十八回複本，故進孝必提元春。賈珍聽了，笑向賈蓉等道：「你們聽聽，他說的可笑不可笑？」賈蓉等忙笑道：「你們山坳海沿子上的人，那裏知道這道理！娘娘難道把皇上的庫給我們不成？必須重提。他心裏總有這心，他不能作主。豈有不賞之理？按時按節，不過些綵緞、古董、頑意兒。就是賞，也不過一百金子，纔值一千多兩銀子，彀什麽？這二年，那一年不賠出幾千兩銀子來？頭一年省親，連蓋花園子，你算算那一注花了多少就知道了。再二年，再省一回親，只怕就精窮了。」即此便是再省，是當窮其精義。賈珍笑道：「所以他們莊家老實人，『外明不知裏暗的事』，『黄楊木作了磬槌子，外頭體面裏頭苦』。」終竟歸空，不服苦口之藥也。賈蓉又説又笑，向賈珍道：「果真那府裏窮了，前兒我聽見二嬸娘和鴛鴦悄悄商議，要偷老太太的東西去當銀子呢。」《春秋》筆法，讀者莫忽。賈珍笑道：「那又是鳳姑娘的鬼，那裏就窮到如此？他必定是見去路大了，實在賠得很了，不知又要省那一項的錢，透筆。先設出這法子來，使人知道，説窮到如此了。我心裏卻有個算盤，還不至此田地。」伏後來，安現在，七穿八達。説着，便命人帶了烏進孝出去，好生待他，不在話下。

這裏賈珍吩咐將方纔各物留出供祖宗的來，「宗廟享之」。將各樣取了些，命賈蓉送過榮府裏去，然後自己留了家中所用的，餘者派出等第，一分一分堆在月臺底下，命人將族中子侄喚來，分與他們。「子孫保之」。接着榮國府也送了許多供祖之物及與賈珍之物。賈珍看着收拾完備供器，靸鞋披着一件猞猁猻大皮襖，命人在庭柱下石階上太陽中，鋪了一個大狼皮褥子負暄，人而獸時方向陽。閑看各子弟們來領取年物。因見賈芹也來領物，能孝必先能教，頻宫芹藻，教之效也，故特着賈芹一段。賈珍叫他過來，説道：「你做什麽也來了？誰教你來的？」賈芹垂手回説：「聽見大爺這裏叫我們領東西，我没等人去，就來了。」賈珍道：「我這東西，原是給那些閑着無事没進益的叔叔兄弟們的，那二年你閑着，我也給過你的。你如今在那府裏管事，家廟裏管和尚道士們，芹而管僧道，尚何孝之可教！一月又有你的分例外，這些和尚的分例銀錢，都從你手裏過。你還來取這個來，太也貪了。你自己瞧瞧你穿的，可像個手裏使錢辦事的？先前你説没進益，如今又怎麽了？比先倒不像了！」賈芹道：「我家裏原人口多，費用大。」賈珍冷笑道：「你又支吾我，你在家廟裏幹的事，打諒我不知呢！你到了那裏，自然是爺了，没人敢抗違你，你手裏又有了錢，離着我們又遠，你就爲王稱霸起來，夜夜招聚匪類賭錢，養老婆小子。預伏「風月案」。這會子花得這個形象，你還敢領東西來！領不成東西，領一頓馱水棍去纔罷！等過了年，我和你二叔説，叫回你來。」賈芹紅了臉，不敢答言。人回：「北府王爺送了對聯荷包來。」北王死趣。賈珍聽説，忙命賈蓉：「出去款待，只説我不在家。」賈蓉去了。這裏賈珍攆走賈芹，看着領完東西，暫且躲過一路閑目口白，爲不多得文字。回房與尤氏吃畢晚飯，一宿無話。至次日更忙，不必細説。

已到了臘月二十九日了，落題簡净。各色齊備，兩府中都换了門神、對聯、掛牌，新油了桃符，焕然一新。寧國府從大門、儀門、大廳、暖閣、内廳、内三門、内儀門並内塞門，直到正堂，一路正門大開，兩邊階下一色硃紅大高燭，點的兩條金龍一般。次日由賈母有封誥者，皆按品級着朝服，先坐八人大轎，帶領衆人進宫朝賀行禮。領宴畢回來，便到寧府暖閣下轎。諸子弟有未隨入朝者，皆在寧府門前排班伺候，然後引入宗祠。

且說寶琴是初次進賈祠觀看，一面細細留神，打〔量〕（諒）這宗祠。書中荒唐，無過此處，而看官每每忽之，作者枉示以隙矣。夫祭宗祠何事也？而姻戚之女同往觀必無是理。則此一段大文，悉入寶琴作用，尚何疑乎？原來寧府西邊另一個院子，黑油栅欄内五間大門，大觀園門五間，此門亦五間。上面懸一匾，寫着是「賈氏宗祠」四個字，開宗明義。旁書「特晉爵太傅前翰林掌院事王希獻書」，自寫其書爲王朝文獻，掌翰林爵太傅，以文爲教也。兩邊有一副長聯，寫道：

肝腦塗地，兆姓賴保育之恩；功名貫天，百代仰蒸嘗之盛。是書之作，苦心如此，乃欲爲衆人延壽命，而自信其書必傳永久。

也是王太傅所書。進入院中，白石甬路，兩邊皆是蒼松翠柏，月臺上設着古銅鼎彝等器。抱廈前面懸一塊九龍金匾，寫道：

星輝輔弼。代天宣化，左右斯民。

乃先皇御筆。兩邊一副對聯，寫道是：

勳業有光昭日月，是書既成。○《參同契》云：「日月爲《易》。」書中所取給者在此。功名無間及兒孫。兒孫則《乾》《坤》六子，子各有孫，成六十四卦也。乃明指此書演《易》道。間有以日月爲明，妄生附會者，請正告之。

也是御筆。五間正殿前，懸一塊鬧龍填青匾，寫道是：

慎終追遠。只是要人如此。

傍邊一副對聯，寫道是：

已後兒孫承福德，至今黎庶念榮寧。是書之成效，人果能孝，則受福無窮。是演義，是法言，是榮寧。也是御筆。裏邊燈燭輝煌，錦幛繡幙，雖列着些神主，卻看不真。假則不真。

只見賈府人分了昭穆，排班立定，此「只見」仍是寶琴只見。奇情恣肆。賈敬主祭，賈赦陪祭，賈珍獻爵，賈璉、賈琮璉行二，而又次琮之上，所謂不真。獻帛，寶玉捧香，賈菖、賈菱展拜墊，守焚池。青衣樂奏，三獻爵，興拜畢，焚帛，奠酒。禮畢，樂止，退出。衆人圍隨賈母至正堂上。影前錦帳高掛，彩屏張護，香燭輝煌；上面正房中，懸着榮、寧二祖遺像，皆是披蟒腰玉，兩邊還有幾軸列祖遺像。賈荇、賈芷等從内儀門挨次列站，直到正堂廊下，檻外方是賈敬、賈赦，檻内是各女眷。衆家人小厮皆在儀門之外。每一道菜至，傳至儀門，賈荇、賈芷等便接了，按次傳至階下賈敬手中。賈蓉係長房長孫，獨他隨女眷在檻裏，每賈敬捧菜至，傳於賈蓉，賈蓉便傳於他媳婦，又傳於鳳姐、尤氏諸人，直傳至供桌前，方傳於王夫人，王夫人傳於賈母，賈母方捧放在桌上。邢夫人在供桌之西，東向立，同賈母供放。直至將菜飯、湯點、酒茶傳完，賈蓉方退出去，歸入賈芹階位之首。設一地，擬一事，俱能令人如見，洵是大觀。當時凡從文旁之名者，賈敬爲首；下則從玉者，賈珍爲首；再下從草頭者，賈蓉爲首。左昭右穆，男東女西。俟賈母拈香下拜，衆人方一齊跪下，將五間大廳、三間抱廈、内外廊檐、階上階下、兩丹墀内，花團錦簇，塞的無一些空地。鴉雀無聞，只聽鏗鏘丁噹，金鈴玉佩微微搖曳之聲，並起跪靴履颯沓之響。整齊嚴肅，筆有餘閑，「只聽」跟「只見」來也，是寶琴。

一時禮畢，賈敬、賈赦等便忙退出，至榮府專候與賈母行禮。尤氏上房地下，鋪滿紅氈，當地放着象鼻三足泥鰍溜金琺瑯大火盆，正面炕上鋪着新猩紅氈，設着大紅彩繡「雲龍捧壽」的靠背、引枕、坐褥，外另有黑狐皮的袱子搭在上面。大白狐皮坐褥，請賈母上去坐了。兩邊又鋪皮褥，讓賈母一輩的兩三個妯娌坐了。這邊橫頭排插之後，小炕上也鋪了皮褥，讓邢夫人等坐了。地下兩面相對十二張雕漆椅上，都是一色灰鼠椅搭小褥，每一張椅下一個大銅脚爐，讓寶琴等姐妹坐。尤氏用茶盤親捧茶與賈母，賈蓉媳婦捧與衆老祖母，然後尤氏又捧與邢夫人等，賈蓉媳婦又捧與衆姊妹。鳳姐、李紈等只在地下伺候。茶畢，邢夫人等便先起身來侍賈母吃茶。賈母與年老妯娌們閑話了兩三句，便命看轎，寶琴等方纔安置何所？作者鬼蜮。鳳姐兒忙上去攙起來。尤氏笑回說：「已經預備下老太太的晚飯，每年都不肯賞些體面、用過晚飯再過去，果然我們就不濟鳳丫頭不成？」鳳姐兒攙着賈母，笑道：「老祖宗走罷！咱們家去吃去，別理他。」賈母笑道：「你這裏供着祖宗，忙得什麼似的，那裏還擱得住我鬧？況且我每年不吃，你們也要送去的。不如還送了來，我吃不了，留着明兒再吃，豈不多吃些？」此回重除舊更新，賈母乃作此言，除而不除也。說得衆人都笑了。又吩咐他：「好生派妥當人夜裏坐着看香火，不是大意得的。」尤氏答應了。一面走出來，至暖閣前，尤氏等閃過屏風，小廝們纔領轎夫請了轎，出大門。尤氏亦隨邢夫人等回至榮府。

這裏轎出大門，這一條街上，東一邊設立着寧國公的儀仗執事樂器，把一條街都塞滿了，來往行人皆屏退不從此過。一時來至榮府，也是大門正門一直開到裏頭，如今便不在暖閣下轎了，過了大廳，轉彎向西，至賈母這邊正廳上下轎。衆人圍隨同至賈母正室之中，亦是錦裀繡屏，煥然一新。

當地火盆内焚着松柏香、百合草。賈母歸了座，老嬤嬤來回：「老太太們來行禮。」賈母忙起身要迎，只見兩三個老妯娌已進來了。仍是未迎，驕慢棄禮，隱歸此老。大家挽手笑一回，讓了一回，吃茶去後，賈母只送至内儀門便回來，歸了正坐。賈敬、賈赦等領了諸子弟進來，賈母笑道：「一年家難爲你們，不行禮罷。」口吻逼肖，而乃不令行禮。一面男一起，女一起，一起一起俱行過了禮。左右設下交椅，然後又按長幼挨次歸坐受禮。兩府男女、小廝、丫鬟，各按差役上、中、下行禮畢。何等詳細。然後散了押歲錢，並荷包金銀錁等物。擺上合歡宴來，男東女西歸座，獻屠蘇酒、合歡湯、吉祥果、如意糕畢，賈母起身進内，衆人方各散出。便抵一篇歸省文字。

那晚各處佛堂灶王前焚香上供。王夫人正房院内設着天地紙馬香供。大觀園正門上挑着角燈，兩旁高照，各處皆有路燈。上下人等，打扮的花團錦簇，一夜人聲雜沓，語笑喧闐，爆竹煙火，絡繹不絶。至次日五鼓，賈母等人按品大粧，全副執事，進宮朝賀，兼祝元春千秋。領宴回來，又至寧府祭過列祖，方回來。受禮畢，便换衣歇息。所有賀節來的親友，一概不會，只和薛姨媽、李嬸娘二人説話，取便或同寶玉、寶釵等姊妹趕圍棋、摸牌作戲。詳略都好。王夫人與鳳姐天天忙着請人吃年酒，那邊廳上與院内皆是戲酒，親友絡繹不絶。一連忙了七八日，纔完了，早又元宵將近，入下半，筆清健。寧、榮二府皆張燈結彩。十一日是賈赦請賈母等，次日賈珍又請賈母，王夫人和鳳姐兒也連日被人請去吃年酒，不能勝記。

至十五這一晚上，賈母便在大花廳上命擺幾席酒，定一班小戲，滿掛各色花燈，帶領榮、寧二府各子侄孫男孫媳等家宴。「天倫樂」。賈敬素不飲酒茹葷，因此不去請他。賈敬獨不與。十七日，祀祖已完，他便出城修養。就是這幾日在家，也只静室默處，一概無聞。自外天倫。不在話下。賈赦領了賈母之賞，告辭而去。賈母知他在此不便，也隨他去了。是亦自外天倫。賈赦到家中，與衆門客賞燈吃酒，笙歌聒耳，錦繡盈眸，其取樂與這裏不同。

這裏賈母花廳之上擺了十來席，每席旁邊設一几，几上設爐瓶三事，焚御賜百合宫香，又有八寸來長、四五寸寬、二三寸高、點綴着山石的小盆景，俱是新鮮花卉。又有小洋漆茶盤放着舊窑十景小茶杯，又有紫檀雕嵌的宫紗透繡花草詩字的瓔珞。各色舊窑小瓶中，都點綴着「歲寒三友」「玉堂富貴」等鮮花。上面兩席是李嬸娘、薛姨娘坐，東邊單設一席，乃是雕夔龍護屏、矮足短榻，靠背、引枕、皮褥俱全，榻上設一個輕巧洋漆描金小几，几上放着茶碗、漱盂、洋巾之類，又有一個眼鏡匣子。賈母歪在榻上，與衆人説笑一回，又取眼鏡向戲臺上照一回，與邢夫人害火眼同意，而搬演排場詳到如此。又説：「恕我老了骨頭疼，容我放肆些，歪着相陪罷。」又形容驕態而乃老歪。又命琥珀坐在榻上，拿着美人拳捶腿。榻下並不擺席面，只一張高几，設着高架纓絡、花瓶、香爐等物，外另設一高桌擺杯箸，旁邊一席，命寶琴、湘雲、黛玉、寶玉四人坐着，獨無寶釵。每饌果菜來，先捧與賈母看，喜則留在小桌上，嘗一嘗，仍撤了放在席上，只算他四人跟着賈母坐。下面方是邢夫人、王夫人之位，下邊便是尤氏、李紈、鳳姐、賈蓉之妻，西邊便是寶釵、李紋、李綺、岫煙、迎春姊妹等。兩邊大梁上掛着連三聚五玻璃彩穗燈，每席前豎着倒垂荷葉一柄，柄上有彩燭插着。這荷葉乃是洋鏨琺瑯活信，可以扭轉向外，將燈影逼住，照着看戲，分外真切。窗槅門户，一齊摘下，全掛彩穗各種宮燈。廊檐内外及兩邊遊廊罩棚，將羊角、玻璃、戳紗、刻絲，或繡、或畫、或絹、或紙諸燈掛滿。廊上幾席，便是賈珍、賈璉、賈環、賈琮、賈蓉、賈芹、賈芸、賈菖、賈菱等。一切排場，紙上令人炫目，而寫賈母驕態致不可耐，爲禍敗伏機，筆有神力。

賈母也曾差人去請衆族中男女，奈他們有年老的懶於熱鬧，有家内没有人，又有疾病淹留、欲來竟不能來，有一等妒富愧貧不肯來的，更有憎畏鳳姐之爲人、賭氣不來的，更有羞手羞脚不慣見人、不敢來的。曲中人情，而天倫之樂，其不易聚如此。因此族中雖多女眷，而來者不過賈藍之母婁氏，帶了賈藍來。座上苦無襤縷客，特爲點省。男人只有賈芹、賈芸、賈菖、賈菱四個現在鳳姐麾下辦事的來了。當下人雖不全，在家庭小宴，也算熱鬧的了。略頓。當下又有林之孝之妻，帶了六個媳婦，抬了三張炕桌，每一張上搭着一條紅氊，放着選净一般大新出局的銅錢，用大紅繩串穿着，每二人抬一張，共三張。林之孝家的叫將那兩張擺在薛姨媽、李嬸娘的席下，將一張送至賈母榻下。賈母便説：「放在當地罷。」這媳婦素知規矩，放下桌子，一並將錢都打開，將紅繩抽去，堆在桌上。此時正唱《西樓會》，這齣將終，戲有錯夢，時方好會。于叔夜賭氣去了，那文豹便發科諢道：自贊其文，南山霧隱。「你賭氣去了，恰好今日正月十五，榮國府中老祖宗家宴，待我騎了這馬，趕進去討些果子吃，是要緊的。」要緊是結果。説畢，引得賈母等都笑了。薛姨媽等都説：「好個鬼頭孩子，可憐兒的。」亦是文贊。鳳姐便説：「這孩子纔九歲了。」此文爲陽九。賈母笑説：「難爲他説得巧。」見全書，是寶釵。説了一個「賞」字。早有三個媳婦已經手下預備下小笸籮，聽見一個「賞」字，走上去將桌上散堆錢每人撮了一笸籮，走出來向戲臺說：「老祖宗、姨太太、親家太太賞文豹買果子吃的。」說畢，向臺一撒，只聽「豁啷啷」滿臺的錢響。擲地成聲，文之妙也，而以錢收拾本回，仍是寶琴，仍是《易》象。賈珍、賈璉已命小廝們抬大笸籮的錢預備。

未知怎生賞去，且聽下回分解。

此回合下回爲十七、八回複本，彼以一園，此以一祠；彼主一蓼汀花溆，此主一黑山村烏莊頭；彼以一元春爲主宰，此以一寶琴爲作用。而寶琴之根，已預伏在元春之婢曰抱琴矣。園中聯額多，祠中聯額少，多以布書之目，少以提書之綱，要看他筆筆犯，而又無一筆犯，何等力量。而儀度詳明，鋪陳美備，無以復加。就賈珍一身，形容紈袴，入妙入微。而盛衰倚伏之機，已令人洞若觀火。五十三、四回正書之中幅，非此何足以鎮全部。

護花主人評曰：

晴雯力疾補裘，爲鍾情寶玉之第一事。此異日《芙蓉誄》之所以作，及不忍再披此皮也。寶玉説「倘有好歹」，是正照其將來之死；晴雯説「那裏就得癆病」，是反襯其將來之死。

寧、榮二國公名諱，借恩賞祭祀銀補出恰好。

莊頭送年物銀兩，是反照將來之查抄。

借莊頭問答，寫出榮府費用浩繁，入不敷出，伏起後來虧乏。

賈珍嗔説賈芹，伏九十三回事。

宗祠聯扁殿宇及行禮等事，若竟直敍，則作書者並非賈氏宗支，不在與祭之列，何由得知其細，便爲識者所笑。今借寶琴留神細看，一一鋪敍，文筆即有根底。

極寫祭祠之盛，賞燈之樂，反照後來之蕭索。

大某山民評曰：

祠堂扁對，悉滿酒肉烟火氣，蓋邇時世族之家，大率類此。設作典雅語，則狂國人以不狂爲狂矣。爰强顔模仿之，乃避謗，非趨時也。

前可卿喪時，荇、芷二人未見，此番祭祠時，代字輩無一人，文字輩無政、敕、效、敦，玉字輩無瑞、珩、珖、琛、瓊、璘等，草字輩薔、芸、蓁、萍、藻、蘅、芬、芳、藍、菌、芝等俱未敍。

敍寫布置席面，井井有條，從中插入賈母一段，遂使化板爲活。

此回自壬子臘底，入癸丑年正月時事。

上自第十八回入壬子正月十五日起，至此回壬子冬止，共計書三十五回。

第五十四回　史太君破陳腐舊套　王熙鳳效戲彩斑衣

卻說賈珍、賈璉暗暗預備下大笸籮的錢，聽見賈母說「賞」，忙命小廝們快撒錢，只聽滿臺錢響，賈母大悅。酷肖。二人遂起身，小廝們忙將一把新暖銀壺捧來，遞與賈璉手內，隨了賈珍趨至裏面。賈珍先到李嬸娘席上，躬身取下杯來，回身，賈璉忙斟了一盞。然後便至薛姨媽席上，也斟了。二人忙起身，笑說：「二位爺請坐着罷了，何必多禮。」於是除邢、王二夫人，滿席都離了席，也俱垂手傍侍。周詳。賈珍等至賈母榻前，因榻矮，二人便屈膝跪了。賈珍在前捧杯，賈璉在後捧壺。雖祇二人捧酒，那賈琮弟兄等卻也是排班按序，一溜隨着他二人進來，見他二人跪下，都一溜跪下。寶玉也忙跪下。此座富態而有《損》象。湘雲悄推他，笑道：「你這會子又幫着跪下做甚麼？有這樣，你也去斟一巡酒，豈不好？」寶玉悄笑道：「再等一會再斟去。」說着，等他二人斟完，起來，又與王、邢夫人斟過了。賈珍笑說：「妹妹們怎麽樣呢？」賈母等都說道：「你們去罷，他們倒便宜些。」酷肖。說了，賈珍等方退出。

當下天未二鼓，戲演的是《八義·觀燈》八齣，正在熱鬧之際。趙氏其亡，此時恰在熱鬧。寶玉因下席往外走。賈母問：「往那裏去？外頭炮仗利害，仔細天上吊下火紙來燒着。」寶玉笑回説：「不往遠去，只出去就來。」賈母命婆子們：「好生跟着。」於是寶玉出來，只有麝月、秋紋幾個小丫頭隨着。賈母因説：「襲人怎麽不見？發端之人必特提。他如今也有些拿大了，單支使小女孩兒出來。」王夫人忙起身笑回道：「他媽前日没了，因有熱孝，不便前頭來。」方在熱鬧，必及死喪，而「孝」字一閃。賈母點頭，又笑道：「跟主子，卻講不起這孝與不孝來。若是他還跟我，難道這會子也不在這裏？這些竟是成了例了。」忠孝並域而居，語面恰合口吻。鳳姐兒忙過來笑回道：「今晚便没孝，那園子裏頭也須得看着燈燭花炮，最是擔險的。這裏一唱戲，園子裏的誰不來偷瞧瞧？他還細心，各處照看。況且這一散後，寶兄弟回去睡覺，各色都是齊全的。黨護周至，乃是寶釵。若他再來了，衆人又不經心，散了回去，鋪蓋也是冷的，茶水也不齊全，便各色都不便宜，所以我叫他不用來。老祖宗要叫他來，我就叫他就是了。」「左之右之」，無不宜之。賈母聽了這話，忙説：「你這話很是，比我想得周到。快别叫他了。但只他媽幾時没了？我怎麽不知道？」鳳姐兒笑道：「前兒襲人去親自回老太太的，怎麽倒忘了？」賈母想了想，笑道：「想起來了，我的記性竟平常了。」狀其昏。衆人都笑説：「老太太那裏記得這些事！」賈母因又歎道：「我想着他從小兒伏侍我一場，又伏侍了雲兒，末後給了這個魔王，與他磨了這好幾年。隱找「花解語」。他又不是喒們家根生土長的奴才，没受過喒們什麽大恩典。他娘没了，隱照「賈夫人仙逝」。我想着要給他幾兩銀子發送他娘，也就忘了！」鳳姐兒道：「前兒太太賞了他四十兩銀子，就是了。」賈母聽説，點頭道：「這還罷了。寫此老茫無定見，所以受弄。正好前兒鴛鴦的娘也死了，我想他老子娘都在南邊，我也没叫他家去守孝。如今他兩個都有孝，何不叫他二人一處作伴去？」又命婆子拿些果子、菜饌、點心之類與他二人吃去。琥珀笑道：「還等這會子？他早就去了。」略爲點逗。說着，大家又吃酒看戲。

且説寶玉一徑來至園中，衆婆子見他回房，便不跟去，只坐在園門裏茶房内烤火，和管茶的女人偷空飲酒鬥牌。寶玉至院中，雖是燈光燦爛，卻無人聲。盛中衰景。麝月道：「他們都睡了不成？咱們悄悄進去，嚇他們一跳。」於是大家躡脚潛蹤，進了鏡壁一看，必提此鏡，此段一片影子也。只見襲人和一個人對歪在地炕上，「花解語」「玉生香」並影到。那一頭有兩三個老嬷嬷打盹。關合「夢」字。寶玉只當他兩個睡着了，纔要進去，忽聽鴛鴦歎了一聲，説道：「天下事可知難定。只此一語，全書《易》理統括無遺，而以一歎出之，上追「詩社」，下起「興利」探春一切事迹。論理你單身在這裏，父母在外頭，每年他們東去西來，没個定準，想來你是再不能送終的了，偏生今年就死在這裏，你倒出去送了終。」理雖無定，而有定者，孝之一字而已。襲人道：「正是，我也想不到能彀看着父母殯殮，回了太太，又賞了四十兩銀子，這倒也算養我一場，我也不敢妄想了。」寶玉聽了，忙轉身悄向麝月等道：「誰知他也來了。我這一進去，他又賭氣走了。不如咱們回去罷，讓他兩個清清浄浄的説一回。是清浄。襲人正一個悶着，幸他來得好。」照「金蘭語」。説着，仍悄悄出來。寶玉便走過山石之後去，站着撩衣。麝月、秋紋皆站住，背過臉去，口内笑説：「蹲下再解小衣，小衣一提，隱找「初試」。仔細風吹了肚子。」後面兩個小丫頭知是小解，小解隱找「清虛醮」。忙先出去茶房内預備水去了。

這裏寶玉剛過來，只見兩個媳婦迎面來了，又問：「是誰？」秋紋道：「寶玉在這裏，大呼小叫，仔細嚇着罷！」那媳婦們忙笑道：「我們不知，大節下來惹禍了。姑娘們可連日辛苦了。」説着，已到跟前。麝月等問：「手裏拿着什麽？」媳婦道：「是送給金、花二姑娘的。」麝月又笑道：「外頭唱的是《八義》，没唱《混元盒》，那裏又跑出金花娘娘來了？」明指金、花乃妖邪之主，釵、黛以次無非金花娘娘。寶玉命：「揭起來我瞧瞧。」秋紋、麝月忙上去，將兩個盒子揭開。兩個媳婦忙蹲下身子，寶玉看了兩個盒内，都是席上所有的上等果品茶點，點了一點頭就走。麝月等忙胡亂掩了盒蓋，跟上來。寶玉笑道：「這兩個女人倒和氣，會説話，他們天天乏了，倒説你們連日辛苦，不是那矜功自伐的。」以小説大。麝月道：「這兩個就好，那兩個就太不知理了。」寶玉道：「你們是明白人，擔待他們是粗莽可憐的人就完了。」一面説，一面就走出了園門。那幾個婆子雖吃酒鬥牌，卻不住出來打探，見寶玉出來，也都跟上。

到了花廳後廊上，只見那兩個小丫頭一個捧着小盆，又一個搭着手巾，照「送宫花」。又拿着甌子小壺兒，在那裏久等。秋紋先忙伸手向盆内試了試，説道：「你越大越粗心了！那裏弄得這冷水？」小丫頭笑道：「姑娘你瞧瞧這個天！我怕水冷，倒的是滚水，這還冷！」冷之甚速。正説着，可巧見一個老婆子提着一壺滚水走來，小丫頭便説：「好奶奶，過來給我倒上些。」那婆子道：「姐姐，這是老太太泡茶的，勸你自去舀來罷，那裏就走大了脚呢？」秋紋道：「憑你是誰的，你不給我，管把老太太的茶吊子倒了洗手。」隅隅都肖。那婆子回頭見了秋紋，忙提起壺來倒了些。秋紋道：「彀了。你這麼大年紀，也没見識。誰不知是老太太的？要不着的，就敢要了？」婆子笑道：「我眼花了，没認出這姑娘來。」寶玉洗了手，那小丫頭子拿小壺兒倒了一甌子在他手内，寶玉漱了口，秋紋、麝月也稱熱水洗了一回，影影綽綽。跟進寶玉來。

寶玉便要了一壺暖酒，也從李嬸娘斟起，他二人也笑讓坐。賈母便説：「他小人兒，讓他斟去。大家倒要乾過這杯。」説着便自己乾了，寫偏愛，曲而達。邢、王二夫人也忙乾了，薛姨媽、李嬸娘也只得乾了。「只得」好。賈母又命寶玉道：「你連姐姐妹妹的一齊斟上，不許亂斟，都要叫他乾了。」寶玉聽説，答應着，一一按次斟上了。至黛玉前，他偏不飲，照「愈斟情」深義。拿起杯來，放在寶玉唇邊，寶玉一氣飲乾。只半行字，將寶、黛一切情景和盤托出，其不自檢束爲何如？凡欲得寶玉者，必欲得甘心矣，是謂蠢才。黛玉笑説：「多謝。」不受此酒而謝之，便是得乾浄而去。寶玉替他斟上一杯。鳳姐兒便笑道：「寶玉，别喝冷酒，仔細手顫，明兒寫不的字、拉不的弓。」一縷酸味，從脚根起，專從「色」字著筆。寶玉道：「没有吃冷酒。」鳳姐兒笑道：「我知道没有，不過白囑咐你。」薛姨、寶釵曾同勸寶玉吃冷酒，今用鳳姐勸之，直是羣攻黛玉。〇此段隱宣「滴翠亭」深義，語妙情妙。然後寶玉將裏面斟完，只除賈蓉之妻，是命丫鬟們斟的。反射「神遊」。復出至廊下，又與賈珍等斟了，坐了一回，方進來，仍歸舊坐。

一時上湯之後，又接着獻元宵。賈母便命：「將戲暫歇，元宵既獻，戲便可歇。小孩子們可憐兒的，也給他們些滚湯熱菜的，吃了再唱。」又命：「將各樣果子元宵等物，拿些與他們吃。」一時歇了戲，便有婆子帶了兩個門下常走的女先兒進來，必用兩瞽者，此大段重在眼目。放下兩張杌子在那一邊，賈母命他們坐了，將絃子琵琶遞過去。賈母便問李、薛二人：「聽什麼書？」他二人都回說：「不拘什麼都好。」賈母便問：「近來可又添些什麼新書？」兩個女先兒回說：「倒有一段新書，《紅樓夢》。是殘唐五代的故事。」一百一回大了口中說是漢朝，此云殘唐五代，便是首回「假借漢唐名色」等語，俗所謂髒唐臭漢也。賈母問：「是何名？」女先兒說：「這叫做《鳳求鸞》。」無非如此。賈母道：「這名字倒好，不知因什麼起的？你先說大概，若好，再說。」女先兒道：「這書上乃是說殘唐之時，有一位鄉紳，本是金陵人氏，名喚王忠，曾做過兩朝宰輔，如今告老還家，膝下只有一位公子，名喚王熙鳳。」財色總統。衆人聽了，笑將起來。賈母笑道：「這不重了我們鳳丫頭了？」媳婦忙上去推他，說：「是二奶奶的名字，少混說。」是混說，是村言。賈母道：「你只管說罷。」女先兒忙笑着站起來，說：「我們該死了，「該死」二字八面玲瓏。不知是奶奶的諱。」鳳姐兒笑道：「怕什麼？你說罷。重名重姓多着呢。」女先兒又說道：「那年，王老爺打發了王公子上京趕考，那日遇了大雨，到了一個莊子上避雨。誰知這莊上也有個鄉紳，姓李，與王老爺是世交，便留下這公子住在書房裏。這李鄉紳膝下無兒，只有一位千金小姐，芳名叫做雛鸞，琴棋書畫，無所不通。」賈母忙道：「怪道叫做『鳳求鸞』！有「有鳳來儀」，又有末世凡鳥，此「鳳」正多。不用說了，我已經猜着了。止住得妙，處處是如此止住。自然是王熙鳳要求這雛鸞小姐爲妻了。」女先兒笑道：「老祖宗原來聽過這回書。」衆人都道：「老太太什麼沒聽見過？就是沒聽見，也猜着了。」「史」字注脚。賈母笑道：「這些書就是一套子，左不過是佳人才子，入題。最没趣兒。把人家女兒說的這麼壞，還說是『佳人』，編的連影兒也没有了。此語最爲吃緊，凡這些套子，因没有影兒，所以數回便盡，既没影兒，所以千頭一面，陳腐可厭。今此書没人不是影兒，又没人没有影兒，且一影、二影至三、四、五影之多，於是因影生形，因形生事，因事生書，遂浩浩蕩蕩至一百二十回，而無一閑文，無一舊套，是悉影之爲用也。請告看官，無他謬巧。開口都是『鄉紳門第』，父親不是尚書，就是宰相，一個小姐必是愛如珍寶，必是通文知禮，無所不曉，竟是絶代佳人。只是見了一個清俊男人，不管是親是友，想起他的終身大事來，父母也忘了，書也忘了，鬼不成鬼，賊不成賊，那一點像個佳人？說得有聲有色，「鬼不鬼，賊不賊」，語妙無敵，財色諸人一齊敗露。就是滿腹文章，做出這樣事來，也算不得是佳人了。比如一個男人家滿腹的文章，去做賊，難道那王法就看他是個才子，不入賊情一案了不成？此書辟以止辟，用一比如正喻俱到。可知那編書的是自己堵自己的嘴。《西廂記》《牡丹亭》因没影，故被駁。此亦一《西廂》，一《牡丹》，奈其都在影處何？再者，既說是仕宦書香大家小姐，都知禮讀書，連夫人都知書識禮，就是告老還家，自然這樣大家人口多，奶媽丫鬟，伏侍小姐的人也不少。怎麼這些書上，凡有這樣的事，就只小姐和緊跟的一個丫頭？你們自想想，那些人都是管做什麼的？可是前言不答後語不是？」寫黛玉如「春困發幽情」，便照顧此說，寫寶釵如「夢兆絳芸軒」，便不必照顧此說，也是前言不答後語。看官有覺有不覺耳。

衆人聽了，都笑說：「老太太這一說，是謊都批出來了。」夢中說夢，謊裏批謊，是好大膽。賈母笑道：「有個原故，編這樣書的人，有一等妒人家富貴的，或者有求不遂心，所以編出來糟蹋人家。觀此說，則必指定爲某人、爲某事者可止。再有一等人，他自己看了這些書，看邪了，想着得一個佳人纔好，所以編出來取樂兒。觀此說，則定指爲實有其人、自寫其事者可止。他何嘗知道那世宦讀書家的道理？别說書上那些世宦詩禮大家，如今眼下拿着咱們這中等人家説起，也没那樣的事。別叫他謅掉了下巴胳子罷！足以解頤。我們從不許説這些書，連丫頭們也不懂這些話。反抉「蘭言解疑癖」，令人竊笑。這幾年我老了，他們姊妹們住的遠，我偶然悶了，説幾句聽聽，他們一來，就忙着止住了。」李、薛二人都笑説道：「這正是大家子的規矩。連我們家，也没有這些雜話叫孩子們聽見。」語又八面。

鳳姐兒走上來斟酒，笑道：「罷，罷！酒冷了，老祖宗喝一口潤潤嗓子。這一回就叫做《辨謊記》，要人各辨此荒唐言也。就出在本朝本地本年本月本日本時。老祖宗『一張口難説兩家話』，六用「本」字，是《易》，是《書》，是《春秋》。首當辨此六「本」實一本。一口分兩家，《易》也。『花開兩朵，各表一枝』，兩朵、一枝，無物不有，無義不該。『是真是謊且不表，再整觀燈看戲的人』。上追首回，下抵末回。老祖宗且讓這二位親戚吃杯酒、看兩齣戲着，再從逐朝的謊辨起，如何？」本地風光，且就現在。○此段借各小説彈詞家節略，形容鳳姐貧嘴，已令人叫好。而其中能以舊套寓本書大義，則神乎技矣。一面説，一面斟酒，一面笑。是活鳳姐。未説完，衆人俱已笑倒了。兩個女先兒也笑個不住，都説：「奶奶好剛口，猶云利口，北人以江湖局騙之言爲剛口。奶奶要一説書，真連我們吃飯的地方都没了。」拉以爲類同，是有眼無珠。薛姨媽笑道：「你少興頭些，外頭有人，比不得往常。」生發恰好。鳳姐兒笑道：「外頭只有一位珍大哥哥，我們還是論哥哥妹妹，從小兒一處淘氣，淘了這麼大。鏡光四照，現出「協理寧國府」孽相。這幾年因做了親，我如今立了多少規矩了。便不是從小兒兄妹，只論大伯子小嬸兒，那二十四孝上『斑衣戲彩』，他們不能來戲彩引老祖宗笑一笑，我這裏好容易引得老祖宗笑一笑，多吃點東西，大家喜歡，都該謝我纔是，難道反笑我不成？」歸到「孝」字，合

「天倫樂」，而孝在老來，已傷遲暮矣。關照「劉老老」以點本題。賈母笑道：「可是這兩日我竟没有痛痛的笑一場，倒是虧他纔一路說，笑的我這裏痛快了些。我再吃鍾酒。」吃着酒，又命：「寶玉！來敬你姐姐一杯。」鳳姐兒笑道：「不用他敬，我討老祖宗的壽罷。」語又四射。說着，便將賈母的杯拿起來，將半盞剩酒吃了，將杯遞與丫鬟，另將温水浸的杯換一個上來。又爲挹注。於是各席上的都撤去，另將温水浸着的代換，斟了新酒上來，共此一「悲」。然後歸坐。

女先兒說：「老祖宗不聽這書，或者彈一套曲子聽聽罷？」賈母道：「你們兩個對一套《將軍令》罷。」肅殺。二人聽說，忙合弦按調撥弄起來。賈母因問：「天有幾更了？」衆婆子忙回說：「三更了。」陰陽轉換之時。賈母道：「怪道寒浸浸起來。」微言。早有衆人丫鬟拿了添換的衣裳送來。王夫人起身陪笑說：「老太太不如挪進暖閣裏地炕上倒也罷了。注「歸地府」。這二位親戚，也不是外人，我們陪着他就是了。」賈母聽說，笑道：「既這樣說，不如大家都挪進去，豈不暖和？」王夫人道：「恐裏頭坐不下。」賈母道：「我有道理。如今也不用這些桌子，只用兩三張并起來，大家坐在一處擠着，又親熱，又暖和。」衆人都道：「這纔有趣兒。」口氣如聞。說着，便起了席。衆媳婦忙撤去殘席，裏面直順并了三張大桌，又添換了果饌，擺好。賈母便說：「都别拘禮，聽我分派，你們就坐纔好。」說着，便讓薛、李正面上坐，自己西向坐了，叫寶琴、黛玉、湘雲三人皆緊傍左右坐下，向寶玉說：「你挨着你太太。」於是邢夫人、王夫人之中夾着寶玉，寶釵等姐妹在西邊，挨次下去便是婁氏帶着賈藍，尤氏、李紈夾着賈蘭，下面横頭便是賈蓉之妻。賈母便說：「珍阿哥帶着你兄弟們去罷，我也就睡了。」賈珍等忙答應，又都進來聽吩咐。賈母道：「快去罷，不用進來。纔坐了，又都起來，你快歇着罷，明兒還有大事呢。」是何大事？《易》所謂「臣弑其君，子弑其父」者是。賈珍忙答應了，又笑道：「留下蓉兒斟酒纔是。」賈母笑道：「正是忘了他。」賈珍應了一個「是」，便轉身帶領賈璉等出來，二人自是歡喜，便命人將賈琮、賈環各自送回家去，便約了賈璉去追歡買笑，不在話下。

這裏賈母笑道：「我正想着，雖然這些人取樂，必得重孫一對雙全的在席上纔好。蓉兒這可全了。蓉兒和你媳婦坐在一處，倒也團圓了。」造釁開端之人必須留下，而亂亦甚矣。因有家人媳婦呈上戲單，賈母笑道：「我們娘兒們正説得興頭，又要吵起來，況且那孩子們熬夜怪冷的，也罷，且叫他們歇歇。不脱不累。把喒們的女孩子們叫他來，就在這台上唱兩齣罷，也給他們瞧瞧。」媳婦子們聽了，答應出來，忙的一面着人往園裏去傳人，無限包荒，悉是此老。一面二門口去傳小廝們伺候。小厮們忙至戲房，將班中所有大人一概帶出，只留下小孩子們。細密。一時梨香院的教習帶了文官等十二人，既唱團圓，十二女樂必須登場。從遊廊角門出來，婆子抱着幾個軟包，因不及抬箱，料着賈母愛聽的三五齣戲的彩衣包了來。借戲又罩全書，戲具在預備歸省時爲第一事。婆子們帶了文官等進去見過，只垂手站着。賈母笑道：「大正月裏，你師父也不放你們出來逛逛。你們如今唱什麽？纔剛八齣《八義》鬧的我頭疼，喒們清淡些好。你瞧瞧薛姨太太，這李親家太太，都是有戲的人家，不知聽過多少好戲的。這些姑娘們，都比喒們家的姑娘見過好戲，聽過好曲子。如今這小戲子又是那有名頑戲的人家的班子，雖是小孩子，卻比大班子還强。喒們好歹别落了褒貶，少不得弄個新樣兒的，叫芳官芳官名從此出。芳從草，乃黛玉，亦即寶玉，俟後評。唱一齣《尋夢》，《牡丹亭》，是黛玉，首先演此。只用簫和笙笛，都是竹，是瀟湘。餘者一概不用。」文官笑道：「老祖宗説的是。我們的戲自然不能入姨太太和親家太太、姑娘們的眼，酷肖。不過聽我們一個發脱口齒，再聽個喉嚨罷了。」又自説其書。賈母笑道：「正是這話了。」李嬸娘、薛姨媽喜的笑道：「好個靈透孩子，你也跟着老太太打趣我們。」賈母笑道：「我們這原是隨便頑意兒，又不出去做買賣，所以竟不大合時。」説着，又叫葵官：葵心赤，便是神瑛。「唱一齣《惠明下書》，寶玉做和尚，而因《西廂》故事有寶釵在内。也不用抹臉。釵玉事迹都是白描。只用這兩齣，可見全書無非這兩齣。叫他們二位太太聽個助意兒罷了。若省了一點兒力，我可不依。」文官等聽了出來，忙去扮演上臺，先是《尋夢》，次是《下書》。次第如此。衆人鴉雀無聞。薛姨媽笑道：「實在戲也看過幾百班，從没見過只用簫管的。」此書正脚，並無鑼鼓喧闐戲文。賈母道：「也有，只是像方纔《西樓》「楚江情」一隻，多有小生吹簫合的。這合大套的實在少。這也在人講究罷了，這算什麼出奇？」指湘雲道：「我像他這麼大的時候兒，他爺爺有一般小戲，便是《楚江情》。偏有一個彈琴的湊了《西廂記》的《聽琴》，《玉簪記》的《琴挑》，《續琵琶》的《胡笳十八拍》，竟成了真的了，籠罩十二釵諸人，而悉歸之於琴，則假即成真，寶琴作用。〇各戲名悉映全書，而《續胡笳十八拍》則指文姬再嫁，乃寶釵也。是此書固有續而不續，卻不是今之諸續。比這個更如何？」衆人都道：「這更難得了。」賈母於是叫過媳婦們來：「吩咐文官等，叫他們吹彈一套《燈月圓》。」元春、寶琴圓滿功德。媳婦們領命而去。

當下賈蓉夫妻二人捧酒一巡。鳳姐兒因賈母十分高興，「十分」二字是眼。便笑道：「趁着女先兒們在這裏，不如咱們傳梅，行一套『春喜上眉梢』的令如何？」喜正當令。賈母笑道：「這是個好令，正對時景。」忙命人取了一面黑漆銅釘花腔令鼓來，與女先兒們擊着，席上取了一枝紅梅，一枝紅梅收拾本大段。賈母笑道：「若到了誰手裏，住了鼓，吃一杯，也要說些什麽纔好。」鳳姐兒笑道：「依我說，誰像老祖宗要什麽有什麽呢？我們這不會的，豈不没意思？依我說，也要雅俗共賞，不如誰住了，誰說個笑話兒罷。」全書無非笑話。衆人聽了，都知道他素日善說笑話，最是肚内有無限新鮮趣令，財、色、勢、利，四字概之。今兒如此說，不但在席的諸人喜歡，連底下伏侍的老小人等無不喜歡。那小丫頭子們都忙去找姐姐喚妹妹的，告訴他們：「快來聽，二奶奶又說笑話兒了。」烘託入妙。衆丫頭子們便擠了一屋子。

於是戲完樂罷，一勒微妙，乃笑話開場。賈母將些湯點細果與文官等吃去，便命響鼓。那女先兒們都是慣熟的，或緊或慢，或如殘漏之滴，或如迸豆之急，或如驚馬之馳，或如疾電之光。是好鼓贊，是好書贊，四語包括無遺。忽然咽住鼓聲，筆勢矯健，「忽然咽住」四字微旨。那梅方遞至賈母手中，鼓聲恰住。大家哈哈大笑，賈蓉忙上來斟了一杯，此人乃笑話引子。衆人都笑道：「自然老太太先喜了，我們纔託賴些喜。」賈母笑道：「這酒也罷了，只是這笑話兒倒有些難說。」衆人道：「老太太的比鳳姑娘說得還好！禍首罪魁。賞一個我們也笑一笑。」賈母笑道：「並没有新鮮的招笑兒，少不得老臉厚皮的說一個罷。」因說道：「一家子養了十個兒子，聚了十房媳婦兒，五十大衍，子母相生。惟有第十房媳婦兒聰明伶俐，心巧嘴乖，公婆最疼，成日家說：『那九個不孝順。』「孝」字特提，其用四十有九。這九個媳婦兒委屈，便商議説：『喒們九個心裏孝順，是爲陽數。只是那小蹄子們嘴巧，所以公公婆婆只説他好。這委屈向誰訴去？』自道。有主意的説道：『喒們明兒到閻王廟去燒香，五行四象全歸土，故必到閻王廟。和閻王爺説去，問他一問：叫我們託生爲人，怎麼單單給那小蹄子兒一張乖嘴，我們都入了笨嘴裏頭？』那八個聽了都喜歡，説：『這主意不錯！』第二日，便都往閻王廟裏來燒香，九個都在供桌底下睡着了，入夢。九個魂專等閻王駕到。左等不來，右等也不到，正着急，婆婆口氣酷肖。只見孫行者駕着觔斗雲來了，「孫」爲生生不息，「行者」則行道之人，主孝説。看見九個魂，便要拿金箍棒打來，嚇得九個魂忙跪下央求。孫行者問起原故來，九個人忙細細的告訴了他。孫行者聽了，把脚一跺，歎了一口氣道：『這原故幸虧遇見我，等這閻王來了，他也不得知道。』九個人聽了，就求説：『大聖發個慈悲，我們就好了！』孫行者笑道：『卻也不難，那日你們妯娌十個托生時，可巧我到閻王那裏去，因爲撒了一泡尿在地下，你那個小嬸兒便吃了，孫又生孫之處，乃鳳姐之劉老老。你們如今要伶俐嘴乖，有的是尿，再撒泡你們吃就是了。』」説畢，大家都笑起來。鳳姐兒笑道：「好的呀，幸而我們都還夯嘴夯腮的，不然，也就吃了猴兒尿了。」尤氏、婁氏都笑向李紈道：「喒們這裏頭，誰是吃過猴兒尿的？別裝没事人兒。」襯合都好。薛姨媽笑道：「笑話兒在對景就發笑。」

說着，又擊起鼓來。收拾都好。小丫頭子們只要聽鳳姐兒的笑話，便悄悄的和女先兒説明，以咳嗽爲記，須臾傳至兩遍，剛到鳳姐兒手裏，小丫頭子們故意咳嗽，女先兒便住了。衆人齊笑道：「這可拿住他。快吃了酒，説一個好的罷，別太鬧人笑得腸子疼。」旁生波瀾，無不入妙。鳳姐兒想一想，笑道：「一家子也是過正月節，合家賞燈吃酒，真真的熱鬧非常。祖婆婆、太婆婆、媳婦、孫子媳婦、重孫子媳婦、親孫子媳婦、侄孫子、重孫子、灰孫子、滴里搭拉的孫子、孫女兒、外孫女兒、姨表孫女兒、姑表孫女兒，嗳喲喲！真好熱鬧！」本地風光，即此已足。衆人聽他説着，已經笑了，都説：「聽這數貧嘴的，又不知要編派那一個呢。」尤氏笑道：「你要招我，我可撕你的嘴。」鳳姐兒起身，拍手笑道：「人家這裏費力，你們緊着混，我就不説了。」賈母笑道：「你説你的。底下怎麼樣？」鳳姐兒想了一想，笑道：「底下就團圓的坐了一屋子，吃了一夜酒，就散了。」全書大旨，而有聲有色，神情全現，洵爲笑話妙品。

衆人見他正言厲色的説了，也都再無别話，怔怔的還等往下説，只覺他冰冷無味的就住了。史湘雲看了他半日，一人當三，同爲夢夢。鳳姐兒笑道：「再説一個過正月節的。幾個人以指喻指，妙不可言。拿着房子大的炮仗往城外放去，便是元春所作燈謎。引了上萬的人跟着瞧去。有一個性急的人，等不得，便偷着拿香點着，只聽見撲哧的一聲，衆人哄然一笑，都散了。這抬炮仗的抱怨賣炮仗的捍的不結實，没等放就散了。」便是首回「謹防佳節元宵夜，便是煙消火滅時」。湘雲道：「難道本人没聽見？」必用他問。鳳姐兒道：「本人原是個聾子。」絶妙絶妙，而天下之爲聾子者正多。衆人聽説，想一回，不覺失聲都大笑起來。恰有是情，底面都到。又想着先前那一個没完的，問他道：「先那一個到底怎麼樣？也該説完了。」鳳姐兒將桌子一拍道：「好囉唆！到了第二日是十六日，年也完了，節也完了，我看人忙着收東西還鬧不清，那裏還知道底下事了！」吾故云此書至此已是圓滿功德，五十五回以下，不過忙着收東西而已。倘必定要問到底怎麼樣，自然要作續部。要看續部，徒被鳳姐拍案大叫「好囉唆」而不覺耳。衆人聽說，復又笑起來。凡可笑處，都在轉想。鳳姐兒笑道：「外頭已經四更多了，依我說，老祖宗也乏了，咱們也該『聾子放炮仗，散了罷』。」結出本意。尤氏等用手帕握着嘴，笑得前仰後合，指他說道：「這東西真會數貧嘴！」賈母笑道：「真真這鳳丫頭越發貧嘴了。」貧嘴屢點。一面說，一面吩咐道：「他提起炮仗來，咱們也把煙火放了，解解酒。」賈蓉聽了，忙出去帶着小廝們，就在院子內安下屏架，將煙火設吊齊備。

這煙火俱係各處進貢之物，雖不甚大，卻極精緻，各色故事俱全，夾着各色花炮。又是全書。林黛玉稟氣虛弱，不禁劈拍之聲，賈母便摟他在懷內。薛姨媽便摟湘雲，一摟摟得勢利。湘雲笑道：「我不怕。」寶釵笑道：「他專愛自己放大炮仗，還怕這個呢！」王夫人便將寶玉摟入懷中。鳳姐兒笑道：「我們没人疼的。」尤氏笑道：「有我呢，我摟着你。你這會又撒姣兒了，聽見放炮仗，就像吃了蜜蜂兒尿的，今兒又輕狂了！」姿態橫生。鳳姐兒笑道：「等散了，咱們園子裏放去，我比小廝們還放得好呢。」說話之間，外面一色色的放了又放，又有許多「滿天星」「九龍入雲」「平地一聲雷」「飛天十響」之類的零星小炮仗。放罷，然後又命小戲子打了一回蓮花落，撒得滿臺的錢，如此結果。那些孩子們滿臺的搶錢取樂。上湯時，賈母說：「夜長，不覺得有些餓了。」鳳姐忙回說：「有預備鴨子肉粥。」賈母道：「我吃清淡的罷。」鳳姐兒忙道：「也有棗兒秔的粳米粥，預備太太們吃齋的。」特重齋心，特重補脾，書中多少吃飯，都縮於此兩粥中。賈母說：「倒是這個還罷了。」說着，已命撤去殘席，內外另設各種精緻小菜，大家隨便吃了些，用過漱口茶，方散。許多茶字，到此一總。

十七日一早，又過寧府行禮，伺候掩了祠門，收過影像，方回來。此日便是薛姨媽請吃年酒，賈母連日覺得身上乏了，坐了半日回來。自十八日以後，親友來請，或來赴席的，賈母一概不會，五日燈宵過而未了。有王夫人、邢夫人、鳳姐三人料理。連寶玉只除王子騰家去了，餘者亦皆不去，串聯上回，不可分拆。只說是賈母留下解悶。閑言不提。此等「閑言」，乃了結中後大半部書文，他偏說「閑言不提」。當下元宵已過。

要知端的，且聽下回分解。

此回即從上回「元宵宴」生出，束上五十三回，起下六十六回，凡前後大節目，一一影照，而歸重一「孝」字。「元者善之長，百行孝爲先」，爲不落套之笑話也。笑話中「收東西」一語最重，東寧西榮，東木西金，都在底下慢慢收拾至百十九回而止。

自《懷古》詩至此爲一大段，乃全書上下關鍵也。琴善養心，頓令變今爲古；藥原苦口，卻能去腐生新。二王闡天道乘除，一孝萃人間福禄。炯炯睁開巨眼，看他福善禍淫；勤勤辦個誠心，領此慎（終）（重）追遠。難逢除夕，速返墜兒；最美元宵，勿爲聾子！大衆總來榮國府，三十六宫都是春；一齊打破黑山村，七十二層全脱獄。念彼山子野，共謝胡庸醫。

護花主人評曰：

于極熱鬧時，插入寶玉出席赴園，並襲人、鴛鴦閒話。既寫寶玉疼愛襲人，且補出鴛鴦父母俱故，心中更無牽掛。

鳳姐借照應園中及預備寶玉回房等事，開脱襲人不來伺候，又引出鴛鴦母死不來伺候，靈變可愛。

寫寶玉小解及洗手等事，雖是閒文，卻見平日寶玉嬌養已極。

黛玉偏不飲酒，拿杯放寶玉唇邊，寶玉即一氣飲乾，未免太露。鳳姐説「莫吃冷酒」，尖刺殊妙。

賈母説編書一節，固是作者深詆唱本小説，亦是暗照寶玉、黛玉兩人心事。

女先兒説王熙鳳故事，直伏一百一回「散花寺神籤」。《尋夢》《下書》，偏是《西廂》《牡丹》，一是黛玉病死之根由，一是黛玉婚阻之模樣。

《聽琴》《琴挑》《胡笳十八拍》，俱與黛玉有關照。

鳳姐不説完笑話，説「那知道底下的事」，接着便散，雖是文章變换法，即是暗伏以後喪敗諸事。

宴罷打蓮花落，亦非吉兆。

大某山民評曰：

此回入正傳之第五年，癸丑元宵事。

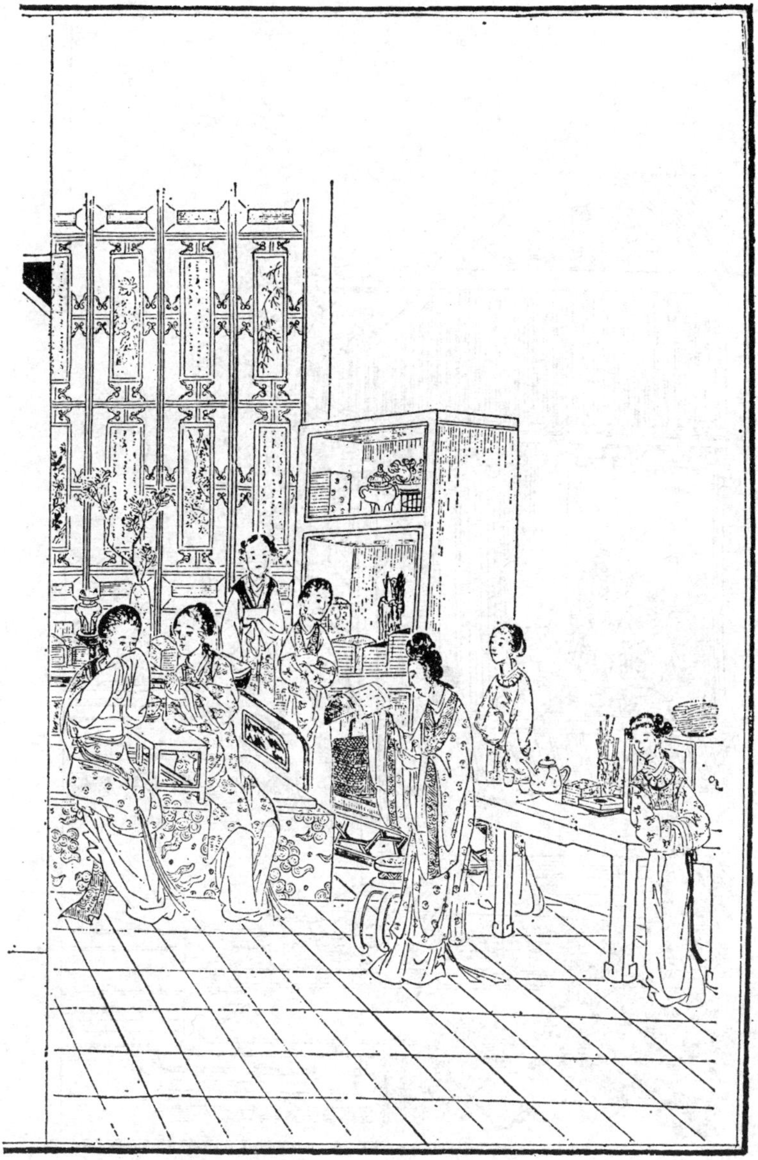

第五十五回　辱親女愚妾争閒氣　欺幼主刁奴蓄險心

且説榮府中剛將年事忙過，鳳姐兒因年内年外操勞太過，一時不及檢點，便小月了，小爲陰，月又陰，上演《否》象，至此又進二陰，則《剥》矣。破敗之勢，必從他始。不能理事，天天兩三個太醫用藥。鳳姐兒自恃强壯，雖不出門，然籌畫計算，想起什麽事來，便命平兒去回王夫人，任人諫勸，他只不聽。王夫人便覺失了膀臂，一人能有多少精神？凡有了大事，便自己主張；將家中瑣碎之事，一應都暫令李紈協理。李紈本是個尚德不尚才的，未免逞縦了下人，王夫人便命探春合同李紈裁處。出脱此人，便人探春。只説過了一月，鳳姐將息好了，仍交與他；誰知鳳姐稟賦氣血不足，兼年幼不知保養，平生争强鬥智，心力更虧，微言警省。故雖係小月，竟着實虧虚下來，一月之後，又添了下紅之症。一陰再進，則爲《坤》，便是土崩瓦解，故演一崩症。他雖不肯説出來，衆人看他面目黄瘦，便知失於調養。王夫人只令他好生服藥調養，不令他操心，他自己也怕成了大症，遺笑於人，便想偷空調養，恨不得一時復舊如常。誰知服藥調養直到三月間，纔漸漸的起復過來，下紅也漸漸止了，此是後話。《剥》極則《復》，故云後話。

如今且説目今王夫人見他如此，探春與李紈暫難謝事，園中人多，又恐失於照管，特請了寶釵來，入主人翁。託他各處小心，因囑咐他：「老婆子們不中用，得空兒吃酒鬥牌，白日裏睡覺，夜裏鬥牌，我都知道的。「送燕窩」回中有云「夜局」，痛睹乃在蘅蕪院而王夫人不知。其後查大小頭家，又無蘅蕪院人，是皆深文。鳳丫頭在外頭，他們還有個怕懼，如今他們又該取便了。好孩子，你還是個妥當人，果然。你兄弟妹妹又小，我又没工夫，你替我辛苦兩天，照看照看，居然婦職。凡有想不到的事，你來告訴我，別等老太太問出來，我没話回。那些人不好了，你只管説，他們不聽，你來回我，別弄出大事來纔好。」伏後事。寶釵聽説，只得答應了。

時屆季春，在卦爲《夬》，決去一陰爲純《乾》，而探爲女體，則爲陰，爲《夬》之《剥》，是《剥》去一陽，爲純《坤》矣。「季春」二字是眼。黛玉又犯了咳嗽，湘雲亦因時氣所感，亦卧病於蘅蕪院，一天醫藥不斷。探春同李紈相住間隔，二人近日同事，不比往年，來往回話的人亦甚不便，故二人議定：每日早辰，皆到園門口《易》之門户。南邊的三間小花廳上去會齊辦事。南爲下，爲陽中陰處，三間三斷也。下三斷爲《否》，三斷而再小則《坤》矣，正演探爲《夬》之《剥》，而必以李紈共之者，《復》即在《剥》中也。吃過早飯，於午錯方回。這三間廳，原係預備省親之時衆執事太監起坐之處，陽中陰人。故省親已後也用不着了，微旨。每日只有婆子們上夜。一派陰。如今天已和暖，無往不復。不用十分修飾，只不過略略的陳設了，便可他二人起坐。這廳上也有一處匾，題着「補仁諭德」四字，正訓。家下俗呼，皆只叫議事廳。時方陽盛，一切破敗尚可制止，故爲議事廳。議者，未定之辭也。如今他二人每日卯正至此，午正方散，陽盛。凡一應的執事媳婦等，來往回話者絡繹不絶。衆人先聽見李紈獨辦，各各心中暗喜，以爲李紈素日是個厚道，多恩無罰的，自然比鳳姐兒好搪塞。便添了一個探春，也都想着不過是個未出閨閣的年輕小姐，且素日也最平和恬淡。因此都不在意，比鳳姐兒前便懈怠了許多。只三四日後，幾件事過手，漸覺探春精細處不讓鳳姐，只不過是言語安静，性情和順而已。決而和，《夬》也。而静爲山，順爲地，又明演山地《剥》。可巧連日有王公侯伯世襲官員十幾處，皆係榮寧非親即世交之家，或有升遷，或有黜降，或有昏喪紅白等事，王夫人賀吊迎送，應酬不暇，陰陽並用。前邊更無人照管。他二人便一日皆在廳上起坐，寶釵便一日在上房監察，直接此任。至王夫人回方散。每於夜間針綫暇時，臨寢之先，坐了轎，帶領園中上夜人等，各處巡察一次。他三人如此一理，更覺比鳳姐兒當權時倒更謹慎了些。極盡婦職，反對「力絀」回中，全無他事而筆有芒刺。因而裏外下人都暗中抱怨，說：「剛剛的倒了一個巡海夜叉，又添了三個鎮山太歲，夜叉陰爻，加山乃《剥》。越發連夜裏偷着吃酒頑的工夫都没了。」

這日王夫人正是往錦鄉侯府去赴席，便是衣錦還鄉。李紈與探春早已梳洗，伺候出門。去後回至廳上，坐了剛吃茶時，只見吴新登的媳婦進來，回說：「趙姨娘的兄弟趙國基，昨日出了事。入上半回，即遞下半回。滅六國者，六國也，趙爲六國之一，割地賂秦，基業自剥，榮、寧亦如是也。此正責探春而警愚柔。已回過老太太、太太，說知道了，叫回姑娘來。」說畢便垂手旁侍，再不言語。「刁」「險」二字，先略透一筆。彼時來回話者不少，都打聽他二人辦事如何，若辦得妥當，大家則安個畏懼之心，若少有嫌隙不當之處，不但不畏服，一出二門，還說出多少笑話來取笑。吴新登的媳婦心中已有主意，若是鳳姐前，他便早已獻殷勤，說出許多主意，又查出許多舊例來，任鳳姐揀擇施行。如今他藐視李紈老實，探春是年輕的姑娘，所以只説出這一句話來，試他二人有何主見。寫「蓄險心」深刻，而「刁奴」乃吴新登家管銀庫者，重在金也。探春便問李紈，李紈想了一想，便道：「前日襲人的媽死了，聽見説賞銀四十兩，這也賞他四十兩罷了。」非李不酌，乃定襲爲妾也。吴新登的媳婦聽了，忙答應了個「是」，接着對牌就走。

探春道：「你且回來！」四字有聲。吴新登家的只得回來。探春道：「你且別支銀子，我且問你。「你」「我」字有棱。那幾年老太太屋裏的幾位老姨奶奶，也有家裏的，也有外頭的，有兩個分別。家裏的若死了人，是賞多少？外頭的死了人，是賞多少？你且説兩個我們聽聽。」一問，吴新登家的便都忘了，忙陪笑回説道：「這也不是什麽大事，賞多賞少，誰還敢爭不成？」探春笑道：「這話胡鬧！依我説，賞一百倒好。若不按理，別説你們笑話，明兒也難見你二奶奶。」吴新登家的笑道：「既這麽説，我查舊賬去，此時卻記不得。」探春笑道：「你辦事辦老了的，還不記得，倒來難我們。你素日回你二奶奶，也現查去？若有這道理，鳳姐姐還不算利害，也就算是寬厚了。還不快找了來我瞧！再遲一日，不説你們粗心，倒像我們没主意了。」兩段「笑道」，笑裏有刀。吴新登家的滿面通紅，忙轉身出來。衆媳婦們都伸舌頭。這裏又回別的事。一時吴家的取了舊賬來，探春看時：兩個家裏的，皆賞過二十四兩；兩個外頭的，皆賞過四十兩；外還有兩個外頭的，一個賞過一百兩，一個賞過六十兩，這兩筆底下皆有原故，一個是隔省遷父母之柩，外賞六十兩，一個是現買葬地，外賞二十兩。探春便遞與李紈看了。探春便説：「給他二十兩銀子，把這賬留下我們細看。」《易》道無非裏外，裏頭二十四，乃四六之數，成四陰之《觀》卦也，故爲舊賬。今乃給二十，則五四之數，六爲陰，四亦陰，成五陰之《剥》卦矣。既以明探春之矯枉失正，刻薄廢公，以對抉題中「親」字；爲《剥》之主，因隱然布一《剥》象也。吴新登家的去了。

忽見趙姨娘進來，李紈、探春忙讓坐。趙姨娘開口便説道：「這屋裏的人都踹下我的頭去還罷了，姑娘你也想一想，該替我出氣纔是！」一面説，一面便眼淚鼻涕哭起來。探春忙道：「姨娘這話説誰？我竟不懂。誰踹姨娘的頭？説出來，我替姨娘出氣。」趙姨娘道：「姑娘現踹我，我訴誰去？」疾擒「愚」字，聲情並到。探春聽説，忙站起來，説道：「我並不敢。」李紈也忙站起來勸。趙姨娘道：「你們請坐下，聽我説。我這屋裏熬油似的，熬了這麽大年紀，又有你兄弟，這會子連襲人都不如，我還有什麽臉？連你也没臉面，别説是我呀！」探春笑道：「原來爲這個。我説我並不敢犯法違禮。」禮也，乃反抉「親」字。一面便坐下，拿賬翻與趙姨娘瞧，又念與他聽。又説道：「這是祖宗手裏舊規矩，人人都依着，偏我改了不成？聲口託大，見有定分。這也不但襲人，將來環兒收了外頭的，自然也是同襲人一樣，乃是正意。這原不是什麽争大争小的事，講不到有臉没臉的話上。他是太太的奴才，又是笑。我是按着舊規矩辦。説辦的好，領祖宗的恩典，太太的恩典；若説辦的不匀，那是他糊塗，不知福，也只好憑他抱怨去。太太連房子賞了人，我有什麽有臉之處？一文不賞，我也没什麽没臉之處。此説似是，而實牽强。依我説，太太不在家，姨娘安静些養神罷了，何苦只要操心？太太滿心疼我，因姨娘每每生事，幾次寒心。棄親之所以然在此。我但凡是個男人，是女非男，故虚爲《夬》，而實爲《剥》。可以出得去，我必早走了立一番事業，那時自有一番道理。是何等心事？偏我是女孩兒家，一句多話也没我亂説的。太太滿心裏都知道，如今因看我重，纔叫我照管家務。還没有做一件好事，姨娘倒先來作踐我！倘或太太知道了，怕我爲難，不叫我管，那纔正經没臉呢！連姨娘也真没臉了。」一矢破的。一面說，一面不禁滾下淚來。

趙姨娘没了别話答對，便說道：「太太疼你，越發拉扯拉扯我們。反襯。你只顧討太太的疼，就把我們忘了。」「愚」字透闢，「親」字的當。探春笑道：「我怎麼忘記了？叫我怎麼拉扯？這也問他們各人！那一個主子不疼出力得用的人？那一個好人用人拉扯的？」李紈在旁，只管勸說：「姨娘别生氣，也怨不得姑娘，他滿心裹要拉扯，口裹怎麼說得出來？」探春忙道：「這大嫂子也糊塗了。我拉扯誰？誰家姑娘們拉扯奴才了？他們的好歹，你們該知道，與我什麼相干？」趙姨娘氣得問道：「誰叫你拉扯别人去了？你不當家，我也不來問你。你今現在說一是一，說二是二。如今你舅舅死了，你多給了二三十兩銀子，難道太太就不依你？分明太太是好太太，都是你們尖酸剋薄。可惜太太有恩無處使。「争」字暢快，乃是正意。姑娘放心！這也使不着你的銀子。明日等出了閣，我還想你額外照看趙家呢。如今没有長翎毛兒，就忘了根本，只揀高枝兒飛去了！」探春没聽完，只氣得臉白氣噎，抽抽咽咽的，一面哭，一面問道：「誰是我舅舅？我舅舅纔升了九省檢點，那裹又跑出一個舅舅來？我倒素昔按禮尊敬，越發敬出這些親戚來了！既這麼說，環兒每日出去，爲什麼趙國基又站起來，又跟他上學？爲什麼不拿出舅舅的款來？足以破愚，其言如刀。何苦來！誰不知道我是姨娘養的，必要過兩三個月，尋出由頭來徹底來翻騰一陣，怕人不知道，故意表白表白！我不知道是誰給誰没臉！便是自剥，真何苦來。幸虧我還明白，但凡糊塗不知禮的，早急了！」李紈急得只管勸，趙姨娘只管還嘮叨。

忽聽見有人説：「二奶奶打發平姑娘説話來了。」趙姨娘聽説，方把嘴止住。只見平兒走來，趙姨娘忙陪笑讓坐，又忙問：「你奶奶好些？我正要瞧去，就只沒得空兒。」李紈見平兒進來，因問他：「來作什麽？」平兒笑道：「奶奶說：『趙姨奶奶的兄弟沒了，恐怕奶奶和姑娘不知舊例。若照常例，只得二十兩。常例明明二十四，今亦云二十，演《剝》必不脱鳳姐也。如今請姑娘裁度着再添些也使得。』」探春早已拭去淚痕，忙説道：「又好好的添什麽！誰又是二十四個月養的？十月懷胎同也，隱抉「親」字。不然也是出兵放馬，背着主人逃出命來過的人不成？以忠襯孝，而焦大之罵一恍。彼罵以色蔑倫，此罵以財滅義。你主子真個倒巧！叫我開了例，他做好人。拿着太太不心疼的錢，樂得做人情。你告訴他，我不敢添減，混出主意。他添他施恩，等他好了出來，愛怎麽樣添怎麽樣添！」平兒來時，已明白了對半，今聽這話，越發會意。見探春有怒色，便不敢以往日喜樂之時相待，只一邊垂手默侍。

時值寶釵也從上房中來，探春等忙起讓坐。龍華一會。未及開言，又有一個媳婦進來回事。因探春纔哭了，便有三四個小丫鬟捧了臉盆、巾帕、靶鏡等物來，此時探春因盤膝坐在矮板榻上，《剝》受於《賁》，白賁無飾，故必説板榻。那捧盆丫鬟走至跟前，便雙膝跪下，高捧臉盆，兩個丫鬟也都在旁屈膝捧着巾帕並靶鏡、脂粉之類。平兒見侍書不在這裏，便忙上來與探春挽袖卸鐲，又接過一條大手巾來，將探春面前衣衿掩了，探春方伸手向臉盆中盥洗。演尊貴排場固矣，而實演《剝》象。初爻曰：「剝床以足。」二爻曰：「剝床以辨。」集注辨爲床幹，馬、鄭則以辨爲膝下。四爻曰：「剝床以膚。」此回屢演板榻、板床，非「剝床」乎？探春盤膝，丫鬟屈膝，非「以足」「以辨」乎？盥沐脂粉，非「以膚」乎？閑人總好附會，何文義若此之合也！媳婦便回道：「奶奶、姑娘，家學裏支環爺和蘭哥兒一年的公費。」平兒先道：「你忙什麼！你睁着眼看見姑娘洗臉，你不出去伺候着，倒先説話來！二奶奶跟前你也這樣没眼色來着？姑娘雖恩寛，我去回了二奶奶，只説你們眼裏都没姑娘，你們都吃了虧，可别怨我。」唬得那個媳婦忙陪笑説：「我粗心了。」一面説，一面忙退出去。

探春一面匀臉，一面向平兒冷笑道：「你遲了一步，没見還有可笑的。連吴姐姐這麽個辦老了事的，也不清楚了，就來混我們。幸虧我們問他，他竟有臉説忘了。我説他：『回二奶奶事，也忘了再找去？』我料着你主子未必有耐性兒等他去找！」平兒笑道：「他有這麽一次，包管腿上的筋早折了兩根。演《剥》從《夬》來，故隱以「臀無膚」一爻映合。姑娘别信他們，那是他們瞅着大奶奶是個菩薩，姑娘又是腼腆小姐，故然是托懶來混。」説着，又向門外説：「你們只管撒野，等奶奶大安了，咱們再説。」門外的衆媳婦都笑道：「姑娘，你是個最明白的人，俗語説：『一人罪，一人當。』我們並不敢欺弊主子。如今主人是姣客，若認真惹惱了，死無葬身之地。」平兒冷笑道：「你們明白就好了。」又陪笑向探春道：「姑娘知道二奶奶本來事多，那裏照看得這些？保不住不忽略。俗語説：『旁觀者清。』這幾年姑娘冷眼看着，或有該添該減的去處，二奶奶没行到，姑娘竟一添減：頭一件，於太太有益，第二件，也不枉姑娘待我們奶奶的情義了。」可見《剥》雖從探起，而實從鳳起，主意在彼不在此。話未説完，寶釵、李紈皆笑道：「好丫頭！真怨不得鳳丫頭偏疼他，本來無可添減之事，如今聽你一説，倒要找出兩件來斟酌斟酌，不辜負你這話。」探春笑道：「我一肚子氣，正要拿他奶奶出氣去，偏他碰了來，說了這些話，叫我也没了主意了。」一面說，一面叫進方纔那媳婦來，問：「環爺和蘭哥家學裏，這一年的銀子是做那一項用的？」那媳婦便回説：「一年學裏吃點心，或者買紙筆，每位有八兩銀子的使用。」探春道：「凡爺們的使用，都是各屋裏支月錢的。環哥的是姨娘領二兩，寶玉的老太太屋裏襲人領二兩，是回處處有襲人，財色並提。蘭哥兒是大奶奶屋裏領，蘭獨無數，由《剥》之《復》，不可限量。怎麽學裏每人多這八兩？原來上學去的是爲這八兩銀子，從今日起，把這一項蠲了。點心是養，紙筆是教，劈首先蠲教養之資，正背可卿夢中之語，乃《剥》之大者。其言决絶，自《夬》來也。平兒回去告訴你奶奶！説我的話：把這條務必免了。」平兒笑道：「早就該免，舊年奶奶原説要免的。主意在彼。因年下忙，就忘了。」那個媳婦只得答應着去。

就有大觀園中媳婦捧了飯盒子來，侍書、素雲早已抬過一張小飯桌來，平兒也忙着上菜。探春笑道：「你説完了話，幹你的去罷，在這裏又忙什麽？」平兒笑道：「我原没事的，二奶奶打發了我來，一則説話，再則恐這裏人不方便，原是叫我替着妹妹們伏侍奶奶、姑娘的。」探春因問：「寶姑娘的怎麽不端來一處吃？」丫鬟們聽説，忙出至檐外，命媳婦們去説：「寶姑娘如今在廳上一處吃，叫他們把飯送了這裏來。」探春聽説，便高聲説道：「你别混支使人！那都是辦大事的管家娘子們，你們支使他要飯要茶的，連個高低都不知道！文有餘波，人有餘健。平兒這裏站着，叫他叫去。」

平兒答應了一聲出來。那些媳婦都悄悄拉住，笑道：「那裏用姑娘去叫！我們已有人叫去了。」一面說，一面用手帕撣石磯上，說：「姑娘站了半天，乏了，這太陽地裏且歇歇。」平兒便坐下，又有茶房裏的兩個婆子拿了個坐褥鋪下，說：「石頭冷，重此句，非閑文。人事之冷，從此回始也。這是極乾淨的，姑娘將就坐一坐兒罷。」平兒忙陪笑道：「多謝。」一個又捧了一碗精緻新茶出來，也悄悄笑說：「這不是我們常用的茶，原是伺候姑娘們的，姑娘且潤一潤罷。」平兒忙欠身接了。因指衆媳婦悄悄說道：「你們太鬧的不像了。他是個姑娘家，不肯發威動怒，這是他尊重，你們就藐視欺負他。果然招他動了大氣，不過說他一個粗糙就完了，你們就現吃不了的虧！他撒個嬌，太太也得讓他一二分，二奶奶也不敢怎樣，你們就這麼大膽子小看他，可是雞蛋往石頭上碰？」衆人都忙道：「我們何嘗敢大膽了！都是趙姨娘鬧的。」平兒也悄悄的道：「罷了，好奶奶們！『牆倒衆人推』，那趙姨奶奶原有些顛倒，着三不着兩，有了事，都就賴他。是爲平。你們素日那眼裏沒人，心術利害，這幾年難道還不知道？二奶奶若是料差一點兒的，早被你們這些奶奶們治倒了。饒這麼着，得一點空兒，還要難他一難。正點「欺」「險」。衆人都道他利害，你們都怕他，惟我知道他心裏也就不算不怕你們的。前日我還議論到這裏，再不能依頭順尾，必有兩場氣生。那三姑娘雖是個姑娘，你們都横看了他，二奶奶在這些大姑子小姑子裏頭，也就只單怕他五分，你們這會子倒不把他放在眼裏了。」

正說着，只見秋紋走來，肅殺方始，是乃秋文。衆媳婦忙趕着問好，又說：「姑娘且歇一歇。裏頭擺飯呢，等撤下飯桌子來，再去回話。」秋紋笑道：「我比不得你們，我那裏等得？」說着便直要上廳去，平兒忙叫他回來。秋紋回頭見了平兒，笑道：「你又在這裏充什麽外圍子的防護？」是爲屏。一面回身，便坐在平兒褥上。平兒悄問：「回什麽？」秋紋道：「問一問寶玉的月錢，我們的月錢，多早晚纔領？」月陰象，錢刀象，是乃肅殺。平兒道：「這什麽大事？你快回去告訴襲人，説我的話：憑有什麽事，今日都别回。若回一件，管駁一件，回一百件，管駁一百件。」駁，剥也。如此明説，參以全文，看官尚未明乎？秋紋聽了，忙問：「這是爲什麽？」平兒與衆媳婦等都忙告訴他原故，又説：「正要找幾處利害事，與有體面的人來開例，作法子鎮壓，與衆人作榜樣呢，直破其隱。何苦你們先來碰在這釘子上？你這一去説了，他們若拿你們也作一二件榜樣，又礙着老太太、太太；若不拿着你們作一二件，人家又説『偏一個向一個，仗着老太太、太太威勢的就怕，不敢惹，只拿着軟的做鼻子頭』。你聽聽罷，二奶奶的事，他還要駁兩件，纔壓得衆人口聲呢。」再明自剥。秋紋聽了，伸了伸舌頭，笑道：「幸而平姐姐在這裏，没得臊一鼻子灰，趁早知會他們去。」説着，便起身走了。

接着，寶釵的飯至，平兒忙進來伏侍。那時趙姨娘已去，三人在板床上吃飯，寶釵面南，探春面西，李紈面東。同演剥床，而李位居第三，乃《剥》之三爻，曰「剥之无咎」，去黨從正者也。否則何必一定不脱板床，而着序坐閑文？衆媳婦皆在廊下静候，裏頭只有他們緊跟常侍的丫鬟伺候，别人一概不敢擅入。這些媳婦們都悄悄議論説：「大家省事罷，别安着没良心的主意。連吴大娘纔都討了没意思，咱們又是什麽有臉的。」他們一邊悄議：等飯完回事。只覺裏面鴉雀無聞，並不聞碗箸之響。陰静已極。一時只見一個丫頭將簾櫳高揭，又兩個將桌抬出。茶房内有三個丫鬟捧着三個沐盆兒，見飯桌已撤，三人便進去了。一回又捧出沐盆並漱盂來，方有侍書、素雲、鶯兒三個人每人用茶盤捧了一蓋碗茶進去。一時等他三人出來，侍書命小丫頭子：「好生伺候着，我們吃飯來換你們，可又别偷坐着去。」衆媳婦們方慢慢的安分回事，不敢先前輕慢疏忽了。

探春氣方漸平，因向平兒道：「我有一件大事，早要和你奶奶商議，如今可巧想起來。你吃了飯快來，寶姑娘也在這裏，咱們四個人商議了，再細細的問你奶奶可行可止。」平兒答應回去。鳳姐因問：「爲何去這半日？」平兒便笑着將方纔的原故細細説與他聽了。鳳姐兒笑道：「好好好！好個三姑娘，我説不錯，只可惜他命薄，没託生在太太肚裏。」平兒笑道：「奶奶也説糊塗話了。他便不是太太養的，難道誰敢小看他，不與别的一樣看待麽？」鳳姐歎道：「你那裏知道，雖然庶出一樣，女兒卻比不得男人，將來攀親時，如今有一種輕狂人，半要打聽姑娘是正出是庶出，多有爲庶出不要的。殊不知别説庶出，便是我們的丫頭，比人家小姐還强呢。將來不知那個没造化的爲挑庶出誤了事呢，也不知那個有造化的不挑庶出得了去？」自是爲世人正訓，而隱抉「親」字，與上半回對勘。説着，又向平兒笑道：「你知道我這幾年，生了多少省儉的法子，一家子大約也没個背地裏不恨我的。我如今騎上老虎背了，「風從虎」。雖然看破些，無奈一時也難寛放。二則家裏出去的多，進來的少，凡百大小事兒，仍是照着老祖宗手裏的規矩，卻一年進的産業，又不及先時。多省儉了，外人又笑話，漸入蕭索，文章步驟。老太太、太太也受委屈，家下也抱怨刻薄，若不趁早兒料理省儉之計，再幾年就都賠盡了。」空算長。

平兒道：「可不是這話！將來還有三四位姑娘，還有兩三個小爺們，一位老太太，這幾件大事未完呢。」鳳姐兒笑道：「我也慮到，這裏倒也彀了。寶玉和林妹妹他兩個，一娶一嫁，可以使不着官中錢，老太太自有體己拿出來。寶、黛婚姻猶在未定，便是議事廳意。二姑娘是大老爺那邊的，也不算。剩了三、四兩個，四自有父兄，而三四並提，已無寧府，敬、珍、蓉罪不可復矣。滿破着每人花上一萬銀子。環哥娶親有限，花上三千兩銀子，若不彀，那裏省一抿子就彀了。老太太的事出來，一應都是全了的，不過零星雜項使費些，滿破三五千兩，如今再省儉些，陸續就彀了。明透後文。只怕如今平空再生出一兩件事來，可就了不得了。咱們且別慮後事，歸之此句，直注可卿，直注《大學》。你且吃了飯，快聽他們商議什麽。這正碰了我的機會，我正愁没個膀臂：雖有個寶玉，他又是這裏頭的貨，總收伏了他也不中用。大奶奶是個佛爺，也不中用。二姑娘更不中用，亦且不是這屋裏的人。四姑娘小呢。蘭小子與環兒，更是個燎毛的小凍貓子，蘭、環類提，必比以貓。貓睛具十二辰，正循環之理也。只等有熱竈火炕讓他鑽去罷。真真一個娘肚子裏，跑出這樣天懸地隔的兩個人來，我想到那裏就不服。再者，林丫頭和寶姑娘，他兩個人倒好，偏又都是親戚，又不好管咱們家務事。林、寶並提，見鳳姐此時尚無一定主張，以反襯釵之獨預家務。况且一個是美人燈兒，風吹吹就壞了；風故故。一個是拿定主意，不干己事不張口，一問摇頭三不知，也難十分去問他。倒只剩了三姑娘一個，心裏嘴裏，都也來得，又是咱家的正人，太太又疼他，雖然面上淡淡的，皆因是趙姨娘那老東西鬧的，心裏卻是和寶玉一樣呢。似是而非。比不得環兒，實在令人難疼，要依我的性子，早攆出去了。如今他既有這主意，正該和他協同，大家做個膀臂，我也不孤不獨了。曰「膀臂」，探不過鳳之翼耳，賓主分明。按正禮、天理良心上論，咱們有他這個人幫着，咱們也省些心，與太太的事也有益。若按私心藏奸上論，我也太行毒了，也該抽回退步，回頭看看，再要窮追苦尅，人恨極了，他們笑裏藏刀，咱們兩個纔四個眼睛兩個心，一時不防，倒弄壞了。趁着緊溜之中，他出頭一料理，衆人就把往日咱們的恨暫可解了。還有一件，我雖知你極明白，恐怕你心裏挽不過來，如今囑咐你：他雖是姑娘家，心裏卻事事明白，不過是言語謹慎，他又比我知書識字，更利害一層了。定評也，又書契取諸《夬》。如今俗語說：『擒賊必先擒王。』以賊自居。他如今要作法子，一定是先拿我開端。倘或他駁我的事，你可別分辨，你只越恭敬，越說『駁的是』纔好。千萬別想着怕我沒臉，和他一强，就不好了。」探轉爲鳳所愚。

平兒不等說完，便笑道：「你太把人看糊塗了！我纔已經行在先了，這會子纔囑咐我。」鳳姐兒笑道：「我是恐怕你心裏眼裏只有了我，一概沒有他人之故，不得不囑咐。既已行在先，更比我明白了。老奸巨猾，狼狽相倚，寫來好看煞人。這不是你又急了，滿嘴裏便『你』呀『我』的起來了？」平兒道：「偏說『你』！你不依，這不是嘴巴子？再打一頓，難道這臉上還沒嘗過的不成？」餘音嬝嬝，照顧「潑醋」，實照顧鮑二之《姤》卦也。鳳姐兒笑道：「你這小蹄子兒，要掂多少過兒纔罷？你看我病的這個樣兒，還來慪我呢。過來坐下，横豎沒人來，咱們一處吃飯是正經。」以廢禮收束本回之不孝不忠。說着，豐兒等三四個小丫頭子進來放小炕桌。鳳姐只吃燕窩粥，兩碟子精緻小菜，每日分例菜已暫減去。豐兒便將平兒的四樣分例菜端至桌上，與平兒盛了飯來。平兒屈一膝於炕沿之上，半身猶立於炕下，平有半禮，隱爲後文地步。陪着鳳姐兒吃了飯。伏侍漱口畢，吩咐了豐兒些話，方往探春處來。只見院中寂静，人已散出。

要知端的，且聽下回分解。

自此回至五十八回爲一段，乃上回笑話中「收拾東西」一語之始。東寧國，西榮國，故此回發端用一趙國基。至所收拾，財、色而已。故此大段上半説財，下半説色。此回爲探春正傳，演探，正以演鳳也。

本書最重「孝」字，因並重「忠」字。「皇恩重」「天倫樂」等處，評之詳矣。一切壞事必從不孝不忠起，故此回上半演不孝，下半演不忠，而因題遣人，因人命意，都在似是而非之介，令人不覺。他本有以此回目録倒置者，未免强作解事，不忠必由於不孝也。

護花主人評曰：

要寫探春才能，必須令其管事。若非鳳姐久病，雖有正事，探春無因可管。故借鳳姐之病，徐徐寫起。若單令探春代管，斷無如此大家專叫未出閣之閨女料理一切，故又託李紈、寶釵公同照應，穩細周到。

借趙國基死後給賞，補明趙姨娘出身，不露痕迹。探春查舊例，先寫李紈照襲人例，賞銀四十兩作襯。既見探春之能，又挑起趙姨娘之忿。

舊賬内分别内外多寡，文章錯綜細密。

寫探春才能見識超出諸姊妹之上，已暗伏將來遠嫁，絕無依戀，必能相夫理家。中間夾寫平兒靈細，及鳳姐心事，不但引起下回「興利除弊」等事，且暗描鳳姐平日之苛刻利害。

此回雖專寫探春之才，而家人之先欺後畏，李紈之忠厚老實，寶釵之不肯多言，平兒之乖巧恃愛，及鳳姐之深心籌度，衆丫頭之見怒小心，無不一一如畫。

大某山民評曰：

探春於議事廳上侃侃而談，既無支離，亦無畏縮，裙釵中具此雋異，不枉稱玫瑰花兒。

趙姨視環兒如掌上珍，視探春如眼中釘，寶康瓠而棄周鼎，殆《列子》所云「狀與吾同者，近而愛之；狀與吾異者，疏而畏之」之謂矣。

此回已入癸丑三月間，因卷中有「時屆季春」一語也。

第五十六回　敏探春興利除宿弊　賢寶釵小惠全大體

話説平兒陪着鳳姐兒吃了飯，伏侍盥漱畢，方往探春處來。見院中寂靜，只有丫鬟婆子諸内壼近人，在窗外聽候。平兒進入廳中，他姊妹姑嫂三人正議論此家務，説的便是年内賴大家請吃酒，他家花園中事故。破花園。見他來了，探春便命他脚踏上坐了，因説道：「我想的事，不爲别的，只想着我們一月所用的頭油脂粉，「剥床以膚，切近災也」。又下五陰《剥》，上一陽，故從頭上起。又是二兩的事。我想我們一月已有了二兩月銀，丫頭們又另有月錢，可不是又同剛纔學裏的八兩一樣，重重叠叠！這事雖小，錢有限，看起來也不妥當。你奶奶怎麽就没想到這個？」平兒笑道：「這有個原故。姑娘們所用的這些東西，自然該有分例，每月每處買辦買了，令女人們交送我們收管，不過預備姑娘們使用就罷了。没有個我們天天各人掌着錢，找人買這些去的。所以外頭買辦總領了去，按月使女人按房交與我們。至於姑娘們每月的這二兩，原不是爲買這些的，爲的是一時當家的奶奶太太或不在家，或不得閑，姑娘們偶然要個錢使，省得找人去。這不過是恐怕姑娘們受委屈意思。如今我另眼看着各房裏，我們的姐妹都是現拿錢買這些東西的，竟有一半了。我就疑惑不是買辦脱了空，就是買的不是正經貨。」探春、李紈都笑道：「你也留心看出來了！脱空是没有的，只是遲些日子。催急了，不知那裏找些來，不過是個名兒，其實使不得，依然還得現買。就用二兩銀子，另叫别人的奶媽子的弟兄兒子買來，方纔使得。若使官中的人去，依然是那一樣的，不知他們是什麽法子？」平兒便笑道：「買辦買的是那樣，别人買了好的來，買辦的也不依，他又説他使壞心，要奪他的買辦了，所以他們寧可得罪了裏頭，不肯得罪了外頭辦事的。若是姑娘們使了奶媽子們，他們也就不敢説閑話了。」瑣碎切中事情。

探春道：「因此我心裏不自在，饒費兩起兒錢，東西又白丢一半，不如竟把買辦的這一項每月蠲了爲是。此是第一件事。第二件，往賴大家去，你也去的，你看他那小園子比咱們這個如何？」平兒笑道：「還没有咱們這一半大，樹木花草也少多着呢。」探春道：「我因和他們家的女孩兒説閑話兒，他説這園子除他們帶的花兒，吃的笋菜魚蝦，一年還有人包了去，年終足有二百兩銀子剩。從那日，我纔知道一個破荷葉，一根枯草根子，都是值錢的。」寶釵笑道：「真真膏粱紈袴之談！你們雖是千金，原不知道這些事，但只你們也都念過書、識過字的，竟没有見過朱夫子有一篇『不自棄』的文麽？」探春笑道：「雖也看過，不過是勉人自勵，虚比浮詞，那裏都真有的？」寶釵道：「朱子都有虚比浮詞了，那句句都是有的！你纔辦了兩天事，就利慾薰心，把朱子都看虚浮了。你再出去見了那些利弊大事，越發連孔子也都看虚了呢。」正闡書義，乃自他口。探春笑道：「你這樣一個通人，竟没看見《姬子書》？當日姬子有云：『登利禄之場，處運籌之界者，着堯舜之詞，背孔孟之道。』」

寶釵笑道：「底下一句呢？」探春笑道：「如今斷章取義，念出底下一句，我自己罵我自己不成？」閑人窮，藏書少，實未見《姬子書》，故底下一句無從注，大約罵而已。則正探之自罵，即以罵釵並罵鳳。寶釵道：「天下沒有不可用的東西，既可用，便值錢。難爲你是個聰明人，這大節目正事竟沒經歷。」李紈笑道：「叫人家來了，又不說正事，你們且對講學問！」「敏」字「賢」字正面，以旁語烘托。寶釵道：「學問中便是正事，若不拿學問提着，便都流入市俗去了。」議論明達，文境安閑。

三人取笑了一回，便仍談正事。探春又接說道：「咱們這個園子只算比他們的多一半，加一倍算起來，一年就有四百銀子的利息。由二生四，推至六十四，便是破花園。若此時也出脱生發銀子，自然小器，不是咱們這樣人家的事；若不派出兩個人來，管着園中許多值錢之物，一味任人作踐，也似乎暴殄天物。不如在園子裏所有的老媽媽中，揀出幾個本分老成、能知園圃的，派他們收拾料理，也不必要他們交租納稅，弊從此始。○《剥》之象曰「上以厚下安宅」，故以宅中所産給下演之。只問他們一年可以孝敬些什麼。一則園子有專定之人修理花木，自然一年好似一年的，也不用臨時忙亂；「臨時」照顧「歸省」。二則也不至作踐白辜負了東西；三則老媽媽們也可借此小補，不枉年日在園中辛苦；四則亦可以省了這些花兒匠、山子匠並打掃人等的工費。將此有餘，以補不足，未爲不可。」四則便是四百，正演其破之甚速，乃「敏」字深義。口聲如聞，形神如見，爲「賢」字取影。寶釵正在地下看壁上的字畫，聽如此說，便點頭笑道：「善哉！三年之内無饑饉矣。」李紈道：「好主意！果然這麼行，太太必喜歡。省錢事小，園子有人打掃，專司其職，又許他去賣錢，使之以權，動之以利，再無不盡職的了。」不重《剥》而重《復》，是李紈。

平兒道：「這件事，須得姑娘說出來。我們奶奶雖有此心，未必好出口，此刻姑娘們在園裏住着，不能多弄些頑意兒陪襯，反叫人去監管修理，圖省錢，這話斷不好出口。」「嗔鶯叱燕」已到。

寶釵忙走過來，摸着他的臉笑道：「你張開嘴，我瞧瞧你的牙齒舌頭是什麼做的？從早起來到這會子，你說了這些話，一套一個樣子。也不奉承三姑娘，也不說你們奶奶才短，想不到三姑娘說一套話出來，你就有一套話回奉，總是三姑娘想得到的，你們奶奶也想到了，只是必有個不可辦的原故。這會子，又是因姑娘們住的園子，不好因省錢令人去監管。你們想想這話，若果真交與人弄錢去的，那人自然是一枝花也不許掐，一個果子也不許動了。姑娘們分中自然是不敢講究，天天和小姑娘們就吵不清。他這遠愁近慮，不抗不卑，爲平出考。他們奶奶便不是和咱們好，聽他這一番話，也必要自愧的變好了。」探春道：「我早起一肚子氣，聽他來了，忽然想起他主子來：素日當家，使出來的好撒野的人！我見了他，更生氣了。誰知他來了，避猫鼠兒似的，以貓自比。站了半日，怪可憐的。接着又說了那些話，不說他主子待我好，倒說『不枉姑娘待我們奶奶素日的情意了』，這一句話，不但没了氣，我倒愧了，又傷起心來。我細想我一個女孩兒家，自己還鬧得没人疼没人顧的，我那裏還有好處去待人？」口内說到這裏，不免又流下淚來。

李紈等見他說得懇切，又想他素日趙姨娘每生誹謗，在王夫人跟前亦爲趙姨娘所累，亦都不免流下淚來。兩段文情融洽，妙不可言。都忙勸他：「趁今日清静，大家商議兩件興利剔弊的事情，也不枉太太委託一場。又提這没要緊的事做什麽？」平兒忙道：「我已明白了，姑娘竟說誰好，竟一派人就完了。」探春道：「雖如此說，也須得回你奶奶一聲。我們這裏搜剔小利，已經不當，點題。皆因你奶奶是個明白人，我纔這樣行。若是糊塗，多歪多妒的，我也不肯：倒像抓他的乖一般了。豈可不商議了行的？」正意。平兒笑道：「既這樣，我去告訴一聲兒。」說着，去了。半日方回來，笑道：「我說是白走一趟。這樣好事，奶奶豈有不依的？」仍歸西風。探春聽了，便和李紈命人將園中所有婆子的名單要來，大家參度，大概定了幾個人。又將他們一齊傳來，李紈大概告訴與他們。轉用李告訴，《復》即在《剥》中也。衆人聽了，無不願意。也有說：「那片竹子單交給我，一年工夫，明年又是一片，除了家裏吃的筍，一年還可交些錢糧。」竹子先提，黛乃書之主也，故《剥》從此始。這一個說：「那一片稻地交給我，一年這些頑的大小雀鳥的糧食，不必動官中錢糧，我還可以交錢糧。」書重性道，故次及稻。探春纔要說話，人回：「大夫來了，進園瞧史姑娘去。」文勢一閑，而寶、黛、釵至此時應同求藥。衆婆子只得去領大夫。平兒忙說：「單你們有一百個也不成個體統，難道没有兩個管事的頭腦？」帶進大夫來回事的那人說：「有吴大娘和單大娘，吴，無；單，善。「無」是書源，「善」是書旨，財色兩診。他兩個在西南角上聚錦門等着呢。」時方聚錦，而已處《坤》方矣，言之悚然。平兒聽說，方罷了。

衆婆子去後，探春問寶釵：「如何？」寶釵笑答道：「勤於始者怠於終，善其辭者嗜其利。」即卿即是，乃自道也。看「力絀」回，釵豈有一事一言乎？探春聽了，點頭稱讚，便向册上指出幾個來與他三人看。平兒忙去取筆硯來。他三人說道：「這一個老祝媽是個妥當的，祝與竹通，爲黛作頌禱。況他老頭子和他兒子，代代都是管打掃竹子，有後。如今竟把這所有的竹子交與他。這一個老田媽，本是種莊家的，心田培植，自能得祿。稻香村一帶，凡有菜蔬稻稗之類，雖是頑意兒，不必認真大治大耕，也須得他去，再細細按時加些植養，豈不更好？」探春又笑道：「可惜蘅蕪院和怡紅院這兩處大地方，竟没有出息之物。」是没出息，義正詞嚴。李紈忙笑道：「蘅蕪院裏更利害，更利害乃微言，即没出息，惟李知之。如今香料鋪並大市大廟賣的各處香料、香草兒，都不是這些東西？算起來，比別的利息更大。怡紅院別説別的，單只説春夏天一季玫瑰花，共下多少花朶？玫瑰花，探春外號也。下多少，其自剥爲何如？還有一帶籬笆上薔薇、月季、寶相、金銀花、藤花，都有映合。這幾色的草花，乾了，賣到茶葉鋪、藥鋪去，也值好些錢。」探春笑道：「原來如此！只是弄香草的，没有在行的人。」平兒忙笑道：「跟寶姑娘的鶯兒，他媽就是會弄這個的。上回他還採了些，晒乾了，編成花籃葫蘆，給我頑呢。又遞五十九回。姑娘倒忘了不成？」寶釵笑道：「我纔讚你，你倒來捉弄我了。」三人都詫異，問道：「這是爲何？」我亦要問。寶釵道：「斷斷使不得。你們這裏多少得用的人，一個個閑着没事辦，這會子我又弄個人來，叫那起人連我也看小了。我亦恍然。我倒替你們想出一個人來，怡紅院有個老葉媽，他就是焙茗的娘，那是個誠實老人家，他又合我們鶯兒媽極好，管香草則爲葉，焙茗有娘，鶯兒亦有娘，釵悉知之。葉耶？業耶？孽耶？不如把這事交與葉媽。他有不知的，不必咱們説給他，他就找鶯兒的娘去商議了。那怕葉媽全不管，竟交與那一個，這是他們的私情，見有人説閑話，也就怨不到咱們身上。是一是二，是私情是大體。如此一行，你們辦得又至公，於事又甚妥。」弄人於股掌之上。李紈、平兒都道：「是極。」探春笑道：「雖如此，只怕他們見利忘義呢。」曲筆。平兒笑道：「不相干。前日鶯兒還認了葉媽做乾娘，請吃飯吃酒，兩家相厚得很呢。」下映「慰癡顰」。探春聽了，方罷了。又共斟酌出幾人來，俱是他四人素昔冷眼取中的，又虛寫幾人，文字不板。書中只重四大處，而派管四處，獨無瀟湘館，見黛玉所處無可生息。然派管第一條即提竹子，竹非瀟湘館所生乎？在三人口中不明指其處，有甚深微。用筆圈出。

一時婆子們來回：「大夫已去。」將藥方送上去，三人看了。一面遣人送出外邊去取藥，監派調服，一面探春與李紈明示諸人：某人管某處，「按四季除家中定例用多少外，餘者任憑你們採取了去，利錢年終算賬。」探春笑道：「我又想起一件事，若年終算賬，歸錢時自然歸到賬房，仍是上頭又添一層管主，還在他們手心裏，又剥一層皮。這如今我們興出這事來，派了你們，已是跨過他們的頭去了，心裏有氣，只説不出來，你們年終去歸賬，他還不捉弄你們等什麽？再者，這一年間，管什麽的，主子有一全分，他們就得半分，這是每常的舊規，人所共知的。如今這園子是我的新創，竟别入他們的手，每年歸賬，竟歸到裏頭來纔好。」更剥一層，則爲純《坤》，是悉内陰生事，故不許歸到外頭。「又剥一層」四字爲《易》點睛。寶釵笑道：「依我説，裏頭也不用歸賬，這個多了，那個少了，倒多了事。不如問他們誰領這一分的，他就攬一宗事去，不過是園裏的人動用。我替你們算出來了：有限的幾宗事，不過是頭油、胭脂、香粉，上飾。每一位姑娘，幾個丫頭，都是有定例的；再者，各處笤箒、簸箕、撣子，下除。並大小禽鳥、鹿、兔吃的糧食，不過這幾樣。都是他們包了去，不用賬房去領錢，你算算，就省下多少來？」生生不息，《剥》在此，《復》即在此。平兒笑道：「這幾宗雖小，一年通共算了，也省得下四百兩銀子。」

寶釵笑道：「卻又來！一年四百，二年八百兩，以四爲積，推至無窮。打粗的房子也能多買幾間，「小人剥廬」，已到《剥》之上爻。薄沙地也可以添幾畝了。《坤》爲地，是《剥》之終，一房一地，卦象顯然。雖然還有敷餘，但他們既辛辛苦苦一年，也要叫他們剩些，黏補自家。雖是興利儉用爲綱，然亦不可太嗇，總再省上二三百銀子，失了大體統，也不像。所以如此一行，外頭賬房裏一年少出四五百銀子，也不覺得很艱嗇了。他們裏頭卻也得些小補，這些没營生的媽媽們也寬裕了，園子裏花木也可以每年滋長繁盛，如此你們也得了可使之物，這庶幾不失大體。若一味要省時，那裏不搜尋出幾個錢來？凡有些餘利的，一概入了官中，那時裏外怨聲載道，豈不失了你們這樣人家的大體？點下半回題。而其留餘，正其所以買衆，遂羣以爲賢，而終「成大禮」。故本題曰「賢」，曰「全大體」，體即禮也，是《剥》之主腦。如今這園裏幾十個老媽媽們，若只給了這個，那剩的也必抱怨不公。我纔説的他們只供給這個幾樣，也未免太寬裕了。一年竟除這個之外，他每人不論有餘無餘，只叫他拿出若干吊錢來，大家湊齊，單散與這些園中的媽媽們。至公至明，令人感服，非操、莽無其匹焉，得不入玄中？而寫「賢」字，得頂上圓光。他們雖不料理這些，卻日夜也自在園中照看，當差之人，關門閉户，起早睡晚，大雨大雪，姑娘們出入，擡轎子，撑船，拉冰牀，一應粗重活計，都是他們的差使。一年在園裏辛苦到頭，這園内既有出息，也是分内該沾帶些的。纖悉畢照。還有一句至小的話，越發説破了：你們只管了自己寬裕，不分與他們些，他們雖不敢明怨，心裏卻都不服，只用假公濟私的，多摘你們幾個果子，多掐幾枝花兒，你們有冤還没處訴呢。他們也沾帶些利息，你們有照顧不到的，他們就替你們照顧了。」鳳能馭探，而釵又能馭鳳，强中有强，作者是何等位置。

衆婆子聽了這個議論，又去了賬房受轄治，又不與鳳姐兒去算賬，一年不過多拿出若干吊錢來，各各歡喜異常，都齊聲稱説：「願意！强如出去被他們揉搓着，還得拿出錢來呢。」那不得管地的，聽了每年終無故得錢，也都歡喜起來，其效如神。口内説：「他們辛苦收拾，是該剩些錢黏補的，我們怎麽好穩吃三注呢？」寶釵笑道：「媽媽們也别推辭了，這原是分内應當的。你們只要日夜辛苦些，别躲懶縱放人吃酒賭錢就是了。看後來種種敗露，令人失笑。見才如寶釵，仍是枉了。不然，我也不該管這事。你們也知道，我姨娘親口囑託我三五回，説大奶奶如今又不得閑，别的姑娘又小，託我照看照看。我若不依，分明是叫姨娘操心。直撇衆人，獨當一面。我們太太又多病，家務也忙，我原是個閑人，便是街坊鄰居，也要個幫忙的，何況是姨娘託我？講不起衆人嫌我。倘或我只顧沽名釣譽的，那時酒醉賭輸了生出事來，我怎麽見姨娘？你們那時後悔也遲了，就連你們素昔的老臉也都丢了。反覆告戒，而一切奸盜賭博，轉從此叠出，猶未曉作者之意乎？何真認「賢寶釵」者之多！這些姑娘小姐們，這麽一所大花園，都是你們照管，皆因看得你們是三四代的老媽媽，最是循規蹈矩，原該大家齊心顧些體統。你們反縱放别人，任意吃酒賭博。反遞七十三回，正抉此舉實爲沽名釣譽，普告天下權馭術馭之必無實效也。誰云小説不見大意？姨娘聽見了，教訓一場猶可，倘若被那幾個管家娘子聽見了，他們也不用回姨娘，竟教導你們一場，你們這年老的反受了小的教訓。雖是他們是管家，管得着你們，何如自已存些體統，他們如何得來作踐呢？所以我如今替你們想出這個額外的進益來，也爲的是大家齊心，把這園裏周全得謹謹慎慎的，使那些有權執事的看見這般嚴肅謹慎，且不用他們操心，他們心裏豈不敬服？也不枉替他們籌畫些進益了。再點「上以厚下」之象。你們去細細想想這話。」衆人都歡喜說：「姑娘說得很是。從此姑娘奶奶只管放心，姑娘奶奶這樣疼顧我們，我們再要不體上情，天地也不容了。」

剛說着，只見林之孝家的進來，說：「江南甄府裏家眷昨日到來，假到如此，物極則反矣，故緊接甄來。今日進宮朝賀，此刻先遣人來送禮請安。」有禮則安。說着，便將禮單送上去。探春接了，看道是：「上用的粧緞蟒緞十二疋。上用雜色緞十二疋。上用各色紗十二疋。上用宮綢十二疋。官用各色緞紗綢綾二十四疋。」有重禮只有綢緞，更無他物之理？見陰陽真假交關之際，一惟求其聯續而已。而數必用十二，月一周也；用二十四，氣一周也。此正維持《剥》上一陽之用。李紈、探春看過，說：「用上等封兒賞他。」因又命人去回了賈母。賈母命人叫李紈、探春、寶釵等都過來，將禮物看了。李紈收過一邊，吩咐內庫上人說：「等太太回來看了再收。」賈母因說：「這甄家又不與別家相同。上等封兒賞男人，只怕展眼又打發女人來請安，預備下尺頭。」上等封兒、尺頭皆謹護《剥》之一陽爻也，無如男去女來，不容制止，枉費此老許多擬議。

一語未了，果然人回：「甄府四個女人來請安。」四個陰人，陰數其何能安？賈母聽了，忙命人帶進來。那四個人都是四十往上年紀，穿帶之物皆比主子不大差別。請安問好畢，賈母便命拿了四個脚踏來，他四人謝了坐，等着寶釵坐下，方都坐下。必等他坐，方成五陰，微言勿忽。賈母便問：「多早晚進京的？」四人忙起身回說：「昨兒進的京，今兒太太帶了姑娘進宮請安去了，陰進之候，雖真亦假，隱有元春。所以叫女人們來請安，問候姑娘們。」賈母笑問道：「這些年沒進京，也不想到就來。」四人也都笑回道：「正是。今年是奉旨喚進京的。」賈母問道：「家眷都來了？」四人回說：「老太太和哥兒、兩位小姐，並別位太太，都没來。隱有寶玉、史、邢、迎、惜諸人。就只太太帶了三姑娘來了。」必是三姑娘，此回竟以三姑娘演《夬》之《剥》也，其太太則王之對照，正《乾》《坤》消長之會。賈母道：「還没有呢。」賈母笑道：「你們大姑娘和二姑娘，這兩家，都和我們家甚好。」又不必一定大姑娘是元春，妙參活相。四人道：「有人家没有？」四人笑道：「正是。每年姑娘們有信回來説，全虧府上照看。」以假照真，則真亦假，是以甄家旋見抄没。賈母笑道：「什麽照看！原來是世交，又是老親，真假遞嬗，是爲老親。原應當的。你們二姑娘更好，不自尊大，所以我們纔走的親密。」隱躍反照迎春。四人笑道：「這是老太太過謙了。」

賈母又問：「你這哥兒也跟着你們老太太？」四人回説：「也跟着老太太呢。」賈母道：「幾歲了？」又問：「上學不曾？」四人笑説：「今年十三歲。由他説。因長得齊整，老太太很疼，自幼淘氣異常，天天逃學，老爺太太也不便十分管教。」賈母笑道：「也不成了我們家的了？你這哥兒叫什麽名字？」四人道：「因老太太當作寶貝一樣，他又生得白，老太太便叫作『寶玉』。」爲寶玉立真假對照，都是順筆。因白得名，乃是先天。至有色爲赤爲絳，便入後天矣。賈母笑向李紈道：獨向他道。「偏也叫個『寶玉』！」李紈等忙欠身笑道：「從古至今，同時隔代，重名的很多。」理言所謂「人同此心」。四人也笑道：「起了這小名兒之後，我們上下都疑惑，不知那位親友家也倒是曾有一個的，只是這十來年没進京來，都記不真了。」不真是眼。賈母笑道：「那就是我的孫子。人來！」「人來」二字有聲，妙旨寓焉。衆媳婦丫頭答應了一聲，走近幾步。賈母笑道：「園裏把咱們的寶玉叫了來，給這四個管家娘子瞧瞧，比他們的寶玉如何。」

衆媳婦聽了，忙去了。半刻，圍了寶玉進來。寶玉而羣陰圍之，自然不真。四人一見，忙起身笑道：「唬了我們一跳！若是我們不進府來，倘若别處遇見，還只當我們的寶玉後趕着也進了京呢。」亦是順筆。一面説，一面都上來拉他的手，問長問短。寶玉也笑問個好。賈母笑道：「比你們的寶玉長得如何？」李紈等笑道：「四位媽媽纔一説，可知是模樣兒相彷了。」賈母笑道：「那有這樣巧事？必不脱「巧」字。大家子孩子們，再養得姣嫩，除了臉上有殘疾十分醜的，大概看去都是一樣齊整，這也没有什麼怪處。」四人笑道：「如今看來，模樣是一樣！據老太太説，淘氣也一樣。我們看，這位哥兒，性情卻比我們的好些。」賈母忙問：「怎見得？」四人笑道：「方纔我們拉哥兒的手説話，便知道了。若是我們那一個，只説我們糊塗。漫説拉手，他的東西，我們略動一動也不敢。所使唤的人，都是女孩子們。」四人未説完，李紈姊妹等禁不住都失聲笑出來。賈母也笑道：「我們這會子也打發人去見了你們寶玉，若拉他的手，他也自然勉强忍奈着。不知你我這樣人家的孩子，憑他們有什麼刁鑽古怪的毛病，見了外人，必是要還出正經禮數來的。斡旋之筆，而非怪則常也。若他不還正經禮數，也斷不容他刁鑽去了。就是大人溺愛他，也因爲他一則生的得人意兒，二則見人禮數竟比大人行出來的更不錯，使人見了可愛可憐，背地裏所以纔縱得一點子。若一味他只管没裏没外，不與大人争光，憑他生得怎樣，也是該打死的。」此段天花爛漫，妙在以逆筆對抉出寶玉情事，如襲人約法三章而第一事轉從寶玉邊出同一用筆。○此篇文字，乃書中最不容易安頓恰好之處，當知其難。四人聽了，都笑説：「老太太這話正是。雖然我們寶玉淘氣古怪，有時見了客，規矩禮數比大人還有趣，所以無人見了不愛，只説：『爲什麼還打他？』殊不知他在家裏無法無天，大人想不到的話偏會說，想不到的事偏會行，以補筆爲生發。所以老爺太太恨的無法。就是任性，也是小孩子的常情；胡亂花費，也是公子哥兒的常情；怕上學，也是小孩子的常情：都還治得過來。這一種刁鑽古怪的脾氣，如何使得？」就「情」字「性」字又恰恰鋪一寶玉，若非上文生發，卻如何鋪敍得出？合觀此處爲文，思過半矣。一語未了，人回：「太太回來了。」截住得妙。王夫人進來問過安，他四人請了安，大概說了兩句，賈母便命：「歇歇去罷。」王夫人親捧過茶，方退出去。四人告辭了賈母，便往王夫人處來，說了一會子家務，打發他們回去，不必細說。此處誰能細說。

這裏賈母喜得逢人便告訴：也有一個寶玉，也都一般行景。衆人都想着，天下的世宦大家，同名的這也很多，祖母溺愛孫子也是常事，不是什麽罕事，皆不介意。獨寶玉是個迂闊獃公子的心性，自謂是那四人承悅賈母之詞。後至園中去看湘雲病去，將入夢，先尋夢。史湘雲因說他：「你放心鬧罷！先還單絲不成綫，獨木不成林，如今有了個對子，鬧急了，再打狠了，你好逃走到南京找那一個去。」寶玉道：「那裏的謊話，你也信了？偏又有寶玉了？」微言。湘雲道：「怎麽列國有個藺相如，漢朝又有個司馬相如呢？」寶玉笑道：「這也罷了，偏又模樣兒也一樣，這是沒有的事。」湘雲道：「怎麽匡人看見孔子，只當是陽貨呢？」寶玉笑道：「孔子、陽貨雖同貌，卻不同名。藺與司馬雖同名，而又不同貌。偏我和他就兩樣俱同不成？」兩路逼拶，乃逼孟子「性善」之旨。湘雲沒了話答對，因笑道：「你只會胡攪，我也不和你分證，有也罷，沒也罷，與我無干。」說着，便睡下了。

寶玉心中便又疑惑起來：若說必無，也似必有；若說必有，又並無目睹。此段問答，乃太虛幻境「真假」「有無」對聯精義。心中悶悶，回至房中榻上，默默盤算，不覺昏昏睡去，乃書之原，乃夢之因。竟到一座花園之内。寶玉詫異道：「除了我們大觀園，竟又有這一個園子？」正疑惑間，忽那邊來了幾個女孩兒，都是丫鬟，寶玉又詫異道：「鴛鴦、襲人、平兒之外，也竟還有這一干人？」三人殊不類，而括盡書中人。只見那些丫鬟笑道：「寶玉，怎麽跑到這裏來？」寶玉只當是説他，忙來陪笑説道：「因我偶步到此，不知是那位世交的花園？姐姐們帶我逛逛。」衆丫頭都笑道：「原來不是咱們家的寶玉，他生得也還乾浄，嘴兒也倒乖覺。」寶玉聽了，忙道：「姐姐們，這裏也竟還有個寶玉？」丫鬟們忙道：『寶玉』二字，我們家是奉老太太、太太之命，爲保佑他延年消災，我們叫他，他聽見喜歡。你是那裏遠方來的小廝，也亂叫起來？仔細你的臭肉不打爛了你的！」又一個丫鬟笑道：「咱們快走罷，別叫寶玉看見，又説同這臭小子説了話，把咱們薰臭了。」説着，一徑去了。曰「遠方」，曰「臭」「小」，都爲既失通靈，放心不求之義。寶玉納悶道：「從來没有人如此荼毒我，他們如何竟這樣的？莫不真也有我這樣一個人不成？」一面想，一面順步早到了一所院内。寶玉詫異道：「除了怡紅院，也竟還有這麽一個院落？」忽上了台階，進入屋内，只見榻上有一個人卧着，那邊有幾個女兒做針綫，或有嬉笑頑耍的。只見榻上那個少年歎了一聲，真往假處則睡，假來真處則醒。一個丫鬟笑問道：「寶玉，你不睡，又歎什麽？想必爲你妹妹病了，你又胡愁亂恨呢。」寶玉聽説，心下也便吃驚，只見榻上少年説道：「我聽見老太太説，長安都中也有個寶玉，和我一樣的性情，我只不信。我纔做了一個夢兒，竟夢中到了都中一個花園子裏頭，遇見幾個姐姐，都叫我臭小廝，不理我。好容易我到他房裏，偏他睡覺，空有皮囊，真性不知往那裏去了！」寶玉聽説，忙説道：「我因找寶玉來到這裏，原來你就是寶玉？」榻上的忙下來拉住，笑道：「原來你就是寶玉！這可不是夢裏了？」寶玉道：「這如何是夢？真而又真的。」一語未了，只見人來説：「老爺叫寶玉。」嚇得二人皆慌了。一個寶玉就走，一個便忙叫：「寶玉快回來！寶玉快回來！」一番夢境，寫得又迷離，又清楚，有印證，有警覺，可謂文章妙境矣，而只是順序一副對聯耳。以父親叫煞一夢，「孝」字的旨。「快回來」三字重。

襲人在旁，必是他。聽他夢中自喚，忙推醒他，笑問道：「寶玉在那裏？」此時寶玉雖醒，神意尚恍惚，因向門外指説：「纔去了不遠。」與「快回來」對勘，所謂「不遠復」。襲人笑道：「那是你夢迷了。你揉眼細瞧，是鏡子裏照的你的影兒。」劉老老來矣。寶玉向前瞧了一瞧，原是那嵌的大鏡對面相照，自己也笑了。風月寶鑑，歸結一笑。早有丫鬟捧過漱盂茶滷來，漱了口。麝月道：「怪道老太太常囑咐説：『小人兒屋裏不可多有鏡子，人小魂不全，有鏡子照多了，睡覺驚恐做胡夢。』如今倒在大鏡子那裏安了一張床！有時放下鏡套還好，往前去，天熱困倦，那裏想得到放他？比如方纔就忘了，自然先躺下照着影兒頑來着，一時合上眼，自然是胡夢顛倒的。不然，如何叫起自己的名字來呢？不如明日挪進床來是正經。」一語未了，只見王夫人遣人來叫寶玉。

不知有何話説，且聽下回分解。

破敗從此而興，勢如破竹，故曰「敏探春」，敏，速也。寫探實以寫鳳，寫鳳實以寫釵，故曰「全大體」。而曰「賢寶釵」，則與二十一回「賢襲人」之「賢」同。

此回用事者釵、探、鳳、平、紈，有首有從，而合計得五陰，演一《剥》卦，顯豁呈露矣。而猶恐人之不覺，乃於卷末緊接寶玉一夢，正以《復》卦定《剥》卦，《復》生於《剥》也。不然，絶大意思自應單爲一卷，而必附於此者何居？

前有「神游太虚境」一夢，爲《姤》，爲夢之來源。後有「幻境得通靈」一夢，爲《復》，爲夢之去路。今演此夢在中，正《姤》之終，《復》之始，真假有無之樞紐，而劉老老、北静王總匯也，是爲常山蛇腰。

護花主人評曰：

探春有才，寶釵有識，中間夾敍學問一段，是作者指示經濟必須根柢學問中來，方能興利除弊，不失大體。

寶釵要瞧平兒齒舌是什麽做的；探春説「早起一肚子氣，看見他站了半日，説了些話，不但没氣，轉自愧傷心」，烘染平兒伶俐如畫。

未曾派人分管，先説衆人議論：「竹子稻地，年年可以交錢糧。」隨借醫生看史湘雲病剪斷，然後派人，文情曲折。

寶釵不用鶯兒之母，煞有深心。仍借鶯兒提起焙茗之母，可謂公私兼盡。

鶯兒葉媽，爲五十九回「嗔鶯叱燕」伏筆。

年終算賬，不歸賬房，借此寫出賬房積弊。

寶釵令管園者年終各出錢文分給衆人，施恩之後，即分付循規蹈矩，不可任意吃酒賭博，可謂恩威並濟。兼且伏後文鬧賭等事。

甄夫人進京，遣人問安，説起家中亦有寶玉，面貌情性，與賈寶玉無異。接寫湘雲戲言「好逃往南京」，又接寫寶玉一夢，與甄寶玉夢中彼此拉住。讀者試想，兩個寶玉是一是二？若僅作後文甄府被抄，及甄寶玉入都看，見未免爲作者暗笑。

此回下半段專寫兩個寶玉，與上半探春興利、寶釵得體絶不相屬，而一回標題卻止説探春、寶釵，此作者因下半段頗有關係，不便標題，另有一片深心，不可不知。

第五十三回至五十六回一大段，應分二小段：五十三、四回爲一段，極言寧、榮二府祭祠賞燈之盛，反照後來之衰敗；五十五、六回爲一段，寫探春、寶釵之才識，整理大觀園，又引起後文園中生事。而五十六回之下半，夾敘甄、賈兩寶玉，暗藏後事，是一小段中之另一段。

大某山民評曰：

賈寶玉夢見甄寶玉一段文字，可知天下事有假必有真。假者只一，可向實處用筆；真者無窮，須於空中會意。恐以賈滋天下之疑，遂以甄堅天下之信。命意措詞，俱極慘淡經營。

此回仍是癸丑年季春事。

第五十七回　慧紫鵑情詞試莽玉　慈姨媽愛語慰癡顰

話說寶玉聽王夫人喚他，忙至前邊來，原來是王夫人要帶他拜甄夫人去。寶玉自是歡喜，忙去換衣服，跟了王夫人到那裏。見其家形景，自與榮、寧不甚差別，或有一二稍盛者。細問，果有一寶玉。甄夫人留席，竟一日方回。只虛寫、略寫，此時只演《復》之機耳。寶玉不信。因晚間回家來，王夫人又吩咐預備上等的席面，定名班大戲，請過甄夫人母女。後二日，他母女便不作辭，回任去了，無話。

這日寶玉因見湘雲漸愈，然後去看黛玉，正值黛玉纔歇午覺，寶玉不敢驚動。因紫鵑正在迴廊上手裏做針綫，便上來問他：「昨日夜裏咳嗽的可好了？」閑閑而入。紫鵑道：「好了些。」寶玉笑道：「阿彌陀佛！寧可好了罷！」「魘魔」以黛玉念佛起，此從寶玉念佛起，都是一心自剥。紫鵑笑道：「你也念起佛來，真是新聞。」明指此書不演空空。寶玉笑道：「所謂『病急亂投醫』了。」一面說，一面見他穿着彈墨綾薄綿襖，外面只穿着青緞夾背心，寶玉便伸手向他身上抹了一抹，說道：「穿這樣單薄，還在風口裏坐着，時氣又不好，你再病了，越發難了。」紫鵑便說道：「從此咱們只可說話，別動手動脚的。一年大，二年小的，叫人看着不尊重。打緊的那起混賬行子們背地裏說你，你總不留心，還只管和小時一般行爲，如何使得？姑娘常常吩咐我們，不叫和你説笑。你近來瞧他，遠着你還恐遠不及呢。」説着，便起身攜了針綫，進別的房裏去了。緩鋪「試」字，急擒「慧」字，恍如聞見。

寶玉見了他這般景況，心中像澆了一盆冷水一般，只瞅着竹子發了一回獃。因祝媽正在那裏刨土種竹，掃竹葉子，頓覺一時魂魄失守，隨便坐在一塊山石上出神，不覺滴下淚來。直獃了一頓飯工夫，千思萬想，總不知如何是可。「情」字「莽」字都絶。偶值雪雁從王夫人房中取了人參來，從此經過，忽扭頭看見桃花樹下石上一人，手託着腮頰，正出神呢。不是別人，卻是寶玉。妙相妙意。雪雁疑惑道：「怪冷的，他一個人在這裏做什麼？春天凡有殘疾的人肯犯病，敢是他也犯了獃病了？」一邊想，一邊便走過來，蹲下笑道：「你在這裏做什麼呢？」寶玉忽見了雪雁，便説道：「你又做什麼來找我？你難道不是女兒？他既防閑，不許你們理我，你又來尋我，倘被人看見，豈不又生口舌？你快家去罷了！」憨狀如見，妙語如聞，文情都絶。

雪雁聽了，只當是他又受了黛玉的委曲，只得回至房中。黛玉未醒，將人參交與紫鵑。紫鵑因問他：「太太做什麼呢？」雪雁道：「也歇中覺呢，所以等了這半日。姐姐，你聽笑話兒：我因等太太的工夫，和玉釧兒姐姐坐在下房裏説話兒，誰知趙姨奶奶招手兒叫我。我只當有什麼話説，原來他和太太告了假，出去給他兄弟伴宿坐夜，明日送殯去。跟他的小丫頭子小吉祥兒所謂「小人吉」。沒衣裳，要借我的月白綾子襖兒。我想，他們一般也有兩件子的，往這地方去，恐怕弄壞了，自己的捨不得穿，故此借別人的。借我的弄壞了也是小事，只是我想他素日有什麼好處到咱們跟前？所以我說了：『我的衣裳簪環都是姑娘叫紫鵑姐姐收着呢，如今先得去告訴他，還得回姑娘，費多少事？別誤了你老人家出門，不如再轉借罷。』」必着此一節，找「辱親女」，以聯本大段也。曰借衣，即《剥》義，而寫小兒女瑣碎入神。紫鵑笑道：「你這個小東西兒倒也巧，你不借給他，你往我和姑娘身上推，叫人怨不着你。他這會子就去麽？還是等明日一早纔去呢？」雪雁道：「這會子就去的，只怕此時已去了。」紫鵑點頭。雪雁道：「姑娘還没醒呢，是誰給了寶玉氣受？坐在那裏哭呢。」絶倒。紫鵑聽了，忙問：「在那裏？」雪雁道：「在沁芳亭後頭桃花底下呢。」絶妙。

紫鵑聽説，忙放下針綫，又囑咐雪雁：「好生聽叫，若問我，答應我就來。」説着，便出了瀟湘館，一竟來尋寶玉。走至寶玉跟前，含笑説道：「我不過説得那兩句話，爲的是大家好，你就一氣跑了這風地裏來哭，弄出病來還了得！」寶玉忙笑道：「誰賭氣了？我因爲聽你説得有理，我想你們既這樣説，自然别人也是這樣説，將來漸漸的都不理我了。我所以想到這裏，自己傷心起來。」奇情至理。紫鵑也便挨他坐着。寶玉笑道：「方纔對面説話你尚走開，這會子如何又來挨我坐着？」紫鵑道：「你都忘了？幾日前你們姊妹兩個正説話，趙姨娘一頭走了進來。我纔聽見他不在家，所以我來問你。正是前日你和他纔説了一句『燕窩』就歇住了，總没提起，我正想着問你。」寶玉道：「也没什麽要緊，不過我想着寶姐姐也是客中，既吃燕窩，又不可間斷，若只管和他要，也太託實。雖不便和太太要，我已經在老太太跟前略露了個風聲，只怕老太太和鳳姐姐説了。我告訴他的，竟没告訴完。如今我聽見一日給你們一兩燕窩，這也就完了。」燕窩之毒幾爲寶玉所破。紫鵑道：「原來是你説了，這又多謝你費心。我們正疑惑，老太太怎麼忽然想起來，叫人每日送一兩燕窩來呢？這就是了。」寶玉笑道：「這要天天吃慣了，吃上三二年就好了。」三二得五，乃土數也。已到歸「土」，便是「好了」。紫鵑道：「在這裏吃慣了，明年家去，那裏有這閑錢吃這個？」「試」字入步。

寶玉聽了，吃了一驚，忙問：「誰家去？」「莽」字入步。紫鵑道：「妹妹回蘇州去。」寶玉笑道：「你又説白話！蘇州雖是原籍，因没了姑母，無人照看，纔就了來的。明年回去找誰？可見你扯謊。」「莽」字一縱。紫鵑冷笑道：「你太看小了人。你們賈家獨是大族，人口多的，除了你家，别人只得一父一母，房族中真個再無人了不成？我們姑娘來時，原是老太太心疼他年小，雖有叔伯，不如親父母，故此接來住幾年。大了該出閣時，自然要送還林家的，終不成林家女兒在你賈家一世不成？「慧」字一擒。林家雖貧到没飯吃，也是世代書香人家，斷不肯將他家的人丢與親戚奚落恥笑。所以早則明年春天，遲則秋天，這裏縱不送去，林家亦必有人來接的。前日夜裏姑娘和我説了，叫我告訴你，將從前小時頑的東西，有他送你的來還他，他也將你送他的打點在那裏呢，叫你都打點出。」寶玉聽了，便如頭頂上響了一個焦雷一般。紫鵑看他怎麼回答，等了半天，見他只不作聲，「試」字出落。纔要再問，只見晴雯找來，按章法此處當接釵、襲，今接晴雯者，正見自賊自剥也。説道：「老太太叫你呢，誰知在這裏。」紫鵑笑道：「在這裏問姑娘的病症，我告訴了他半日，他只不信，你倒拉他去罷。」説着，自己便走回房去了。

晴雯見他獃獃的，一頭熱汗，滿臉紫脹，忙拉他的手一直到怡紅院中。襲人見了這般，慌起來了，只說時氣所感，熱身被風撲了。無奈寶玉發熱事猶小可，更覺兩個眼珠兒直直的起來，口角邊津液流出，皆不知覺。給他個枕頭，他便睡下；扶他起來，他便坐着；倒了茶來，他便吃茶。「以假混真」回是這般寫，此亦以假混真之際也，看上回末之夢便知。衆人見了這樣，一時忙亂起來，又不敢造次去回賈母，先便差人去請李嬤嬤來。一時李嬤嬤來了，看了半日，問他幾句話，也無回答，用手向他脈上摸了摸，嘴唇人中上着力掐了兩下，掐得指印如許來深，竟不覺疼。情事如繪。李嬤嬤只說了一聲：「可了不得了！」「呀」的一聲，便摟頭放聲大哭起來。此哭如聞。急得襲人忙拉他說：仍接章法。「你老人家瞧瞧可怕不怕，告訴我們，去回老太太、太太去。你老人家怎麽先哭起來？」必是「我們」。李嬤嬤搥床搗枕說：「這可不中用了！我白操了一世的心了！」活畫氣急。襲人因他年老多知，所以請他來看，如今見他這般一說，都信以爲實，也哭起來了。

晴雯便告訴襲人方纔如此這般。襲人聽了，便忙到瀟湘館來，見紫鵑正伏侍黛玉吃藥，也顧不得什麽，便走上來問紫鵑道：「你纔和我們寶玉說了些什麽話？你瞧瞧他去！你回老太太去，我也不管了。」說着，便坐在椅上。黛玉忽見襲人滿面急怒，又有泪痕，舉止大變，更不免也着了忙，因問：「怎麽了？」襲人定了一回，哭道：「不知紫鵑姑奶奶說了些什麽話，紫鵑稱「姑奶奶」，大奇，而氣急敗壞湧現紙上。那個獃子眼也直了，手脚也冷了，話也不說了，李媽媽掐着也不疼了，已死了大半個了！連媽媽都說不中用了，那裏放聲大哭，只怕這會子都死了！」七個「了」字湧出紙上。黛玉聽此言，李媽媽乃久經老嫗，說不中用了，可知必不中用，「哇」的一聲，將所服之藥一口嘔出，抖腸搜肺、炙胃搧肝的啞聲大嗽了幾陣，一時面紅髮亂，目腫筋浮，喘的抬不起頭來。真寫得出。紫鵑忙上來搥背，黛玉伏枕喘息了半晌，推紫鵑道：「你不用搥，你竟拿繩子來勒死我是正經！」奮然不顧，直作此語，有千百轉身。紫鵑哭道：「我並沒説什麼，不過是説了幾句頑話，他就認真了。」襲人道：「你還不知道他那是傻子，每每頑話認了真？」看官聽者，慎勿學莽。黛玉道：「你説了什麼話，趁早兒去解説，他只怕就醒過來。」心心相印。紫鵑聽説，忙下床同襲人到了怡紅院。

誰知賈母、王夫人等已都在那裏了，賈母一見了紫鵑，便眼内出火，駡道：「你這小蹄子！和他説了什麼？」紫鵑忙道：「並没敢説什麼，不過説幾句頑話。」誰知寶玉見了紫鵑，方「噯呀」了一聲哭出來了。寫得恰好。衆人一見，都放下心來。賈母便拉住紫鵑，只當他得罪了寶玉，命他賠罪。誰知寶玉一把拉住紫鵑，死也不放，説：「要去，連我帶了去！」語究竟。衆人不解，細問起來，方知紫鵑説「要回蘇州去」一句頑話引出來的。賈母流淚道：「我當有什麼要緊大事！原來是這句頑話。」又向紫鵑道：「你這孩子，素日是個伶俐聰明的，旁出「慧」字。你又知道他有個獃根子，平白的哄他做什麼？」薛姨媽勸道：「寶玉本來心實，可巧林姑娘又是從小兒來的，他姊妹兩個一處長得這麼大，比别的姊妹更不同。這會子熱刺刺的説一個去，别説他是個實心的傻孩子，便是冷心腸的大人，也要傷心。這並不是什麼大病，老太太和姨太太只管萬安，吃一兩劑藥就好了。」必入薛姨一段，乃是點睛，説得有情有理，知病知醫，則寶黛之婚必不可奪，而釵玉之婚必不可合明矣。乃終竟奪之合之，至於三敗俱傷，誰之咎耶？則甚矣，自剥之宜戒也！史、王以次諸人同。

正説着，人回：「林之孝家的、單大家的都來瞧哥兒來了。」賈母道：「難爲他們想着，叫他們來瞧瞧。」寶玉聽了一個「林」字，便滿床鬧起來，説：「了不得了！林家的人接他們來了！快打出去罷！」賈母聽了，也忙説：「打出去罷！」又忙安慰説：「那不是林家的人，林家的人都死絶了，没人來接他的，你只放心罷。」「放心」二點，明明許之。寶玉哭道：「憑他是誰，除了林妹妹，都不許姓林的。」情有獨鍾，深刻乃爾。賈母道：「没姓林的來，凡姓林的都打出去了。」一面吩咐衆人：「已後別叫林之孝家的進園來，你們也別説林家。孩子們！你們聽了我這一句話罷。」衆人忙答應，又不敢笑。一時寶玉又一眼看見了十錦槅子上陳設的一隻金西洋自行船，便指着亂説：「那不是接他們來的船來了？灣在那裏呢！」賈母忙命：「拿下來！」襲人忙拿下來。寶玉伸手要，襲人遞過去，寶玉便掖在被中，笑道：「這可去不成了。」設想奇妙，乃責寶玉自無主張，漫不覺釵、鳳之奸，而以黛爲已在掌握之中也。一面説，一面死拉着紫鵑不放。

一時人回：「大夫來了。」賈母忙命：「快進來。」王夫人、薛姨媽、寶釵等暫避入裏間，賈母便端坐在寶玉身傍。王太醫進來，見許多的人，忙上去請了賈母的安，拿了寶玉的手，診了一回。那紫鵑少不得低了頭，王太醫也不解何意，筆無疏漏，情景俱妙。起身説道：「世兄這症，乃是急痛迷心。古人曾云：『痰迷有別：有氣血虧柔飲食不能鎔化痰迷者，有怒惱中痰急而迷者，有急痛壅塞者。』此亦痰迷之症，係急痛所致，不過一時壅蔽，較諸痰迷似輕。」賈母道：「你只説怕不怕，誰同你背藥書呢。」治心無語言，文字語面絶倒。王太醫忙躬身笑道：「不妨，不妨。」賈母道：「果真不妨？」王太醫道：「實在不妨！都在晚生身上。」王合《乾》《坤》，《剥》下得《復》，乃在冬至，是曰「晚生」，是曰「不妨」。賈母道：「既如此，請到外面坐，開藥方。若吃好了，我另外預備好謝禮，叫他親自捧了送去磕頭；若躭誤了，我打發人去拆了太醫院的大堂！」王太醫只躬身陪笑，說：「不敢，不敢！」他原聽了說「另具上等謝禮，命寶玉去磕頭」，故滿口說「不敢」，竟未聽見賈母後來說「拆太醫院」之戲語，猶說「不敢」，賈母衆人反倒笑了。「小人剥廬」，戒以「不敢」，乃是深意，而語面狀盡一時冗錯。一時按方煎藥，藥來服下，果覺比先安静。無奈寶玉只不肯放紫鵑，只說：「他去了，便是要回蘇州去了。」賈母、王夫人無法，只得命紫鵑守着他，另將琥珀去服侍黛玉。黛玉不時遣雪雁來探消息。

這晚間，寶玉稍安，賈母、王夫人等方回去了，一夜還遣人來問信幾次。李奶媽帶宋媽等幾個老年人，用心看守，紫鵑、襲人、晴雯等日夜相伴。有時寶玉睡去，必從夢中驚醒，不是哭了說「黛玉已去」，便是説「有人來接」，每一驚時，必得紫鵑安慰一番方罷。情有獨摯，筆有餘閑。彼時賈母又命將祛邪守靈丹及開竅通神散各樣上方秘製諸藥按方飲服，次日又服了王太醫藥，漸次好了起來。寶玉心下明白，因恐紫鵑回去，倒故意作出佯狂之態。紫鵑自那日也着實後悔，如今日夜辛苦，並没有怨意。此「悔」字乃「試」字水落石出時。襲人等皆心安神定，因向紫鵑笑道：「都是你鬧的，還得你來治。也没見我們這獃子，『聽了風就是雨』，往後怎麽好。」與薛姨一段同意，已預透「瞞消息」等事。暫且按下。

且説此時湘雲之症已愈，天天過來瞧，看見寶玉明白了，湘雲何嘗見來？今云然者，與釵、黛同一人也。便將他病中狂態形容與他瞧，引得寶玉自己伏枕而笑。原來他起先那樣，竟是不知的。如今聽人說，還不信。無人時，紫鵑在側，寶玉又拉他的手問道：「你爲什麼唬我？」紫鵑道：「不過是哄你頑的，你就認真。」寶玉道：「你説得那樣有情有理，如何是頑話呢？」紫鵑笑道：「那些頑話，都是我編的。林家實没了人口，縱有，也是極遠的族中，也都不在蘇州住，各省流寓不定。縱有人來接，老太太也必不放去的。」寶玉道：「便老太太放去，我也不依。」果有此心，何不早打正經主意？甚矣，獃之誤事也！紫鵑笑道：「果真的不依？只怕是口裏的話。你如今也大了，連親也定下了，過二三年再娶了親，你眼睛裏還有誰了？」既以反試，又以正逼，鵑之血，黛之淚也。寶玉聽了，又驚問：「誰定了親？定了誰？」紫鵑笑道：「年裏我就聽見老太太説，定了琴姑娘呢！「薛」字一恍。不然那麼疼他？」寶玉笑道：「人人只説我傻，你比我更傻。不過是句頑話，他已經許給梅翰林家了。果然定下了他，我還是這個形景麼？先是我發誓賭呪，砸這勞什子，你都没勸過嗎？我病的剛剛的這幾日纔好了，你又來慪我。」一面説，一面咬牙切齒的，又説道：「我只願這會子立刻就死了，把心迸出來你們瞧見了，然後連皮帶骨一概都化成一股灰，再化成一股煙，一陣大風，吹得四面八方都登時散了，這纔好！」一面説，一面又滚下淚來。正逼正迎，千鍾百鍊。

紫鵑忙上來握他的嘴，替他擦眼淚，又忙笑解釋道：「你不用着急。這原是我心裏着急，故來試你。」明點「試」字，轉是波瀾。寶玉聽了，更又詫異，問道：「你又着什麼急？」要問。紫鵑笑道：「你知道我並不是林家的人，我也和襲人、鴛鴦是一夥的，偏把我給了林姑娘使，偏生他又和我極好，比他蘇州帶來的還好十倍，一時一刻我們兩個離不開。我如今心裏卻愁他倘或要去了，我必要跟了他去的。我是合家在這裏，我若不去，辜負了我們素日的情長；若去，又棄了本家。所以我疑惑，故說出這謊話來問你，誰知你就傻鬧起來。」炳如日星，襲人愧死。寶玉笑道：「原來是你愁這個，所以你是傻了。從此後再別愁了！我告訴你一句打躉兒的話：活着咱們一處活着，不活着咱們一處化灰，化煙。如何？」有如皎日，其如西洋船已在室中何？紫鵑聽了，心下暗暗籌畫。忽有人來回：「環爺、蘭哥兒問候。」寶玉道：「就說難爲他們，我纔睡了，不必進來。」婆子答應去了。紫鵑笑道：「你也好了，該放我回去瞧瞧我們那一個去了。」寶玉道：「正是這話。我昨夜就要叫你去的，偏又忘了。我已經大好了，你就去罷。」紫鵑聽說，方打疊鋪蓋妝奩之類。寶玉笑道：「我看見你文具裏頭有兩三面鏡子，你把那面小菱花的給我留下罷，隱以香菱，重醒薄命，「葫蘆案」了。我擱在枕頭旁邊，睡着好照，明日出門帶着也輕巧。」紫鵑聽說，只得與他留下。先命人將東西送過去，然後別了衆人，自回瀟湘館來。

林黛玉近日聞得寶玉如此形景，未免又添些病症，多哭幾場。今見紫鵑來了，問其原故，已知大愈，仍遣琥珀去伏侍賈母。夜間人靜後，紫鵑已寬衣臥下之時，悄向黛玉笑道：「寶玉的心倒實，聽見咱們去，就那樣起來。」此從上文「暗暗籌畫」而來。黛玉不答。不答。紫鵑停了半晌，自言自語的說道：「一動不如一靜，我們這裏就算好人家。別的都容易，最難得的是從小兒一處長大，脾氣性情都彼此知道的了。」黛玉啐道：啐。「你這幾天還不乏？趁這會子不歇一歇，還嚼什麼蛆！」紫鵑笑道：「倒不是白嚼蛆，我倒是一片真心爲姑娘，替你愁了這幾年了。無父母，無兄弟，誰是知冷知熱的人？趁早兒老太太還明白硬朗的時節，作定了大事要緊。俗語說的：『老健春寒秋後熱。』倘或老太太一時有個好歹，那時雖也完事，只怕躭誤了時光，還不得趁心如意呢。公子王孫雖多，那一個不是三房五妾，今日朝東，明日朝西？娶一個天仙來，也不過三夜五夜，也就丢在脖子後頭了。甚至憐新棄舊，反目成仇的。若娘家有人有勢的還好些，若姑娘這樣的人，有老太太一日，還好一日，若没了老太太，也只是憑人去欺負罷了，所以說拿主意要緊。姑娘是個明白人，豈不聞俗語說的『萬兩黄金容易得，知心一個也難求』？」黛玉聽了，便說道：「這丫頭今日可瘋了！怎麽去了幾日，忽然變了一個人？我明日必回老太太，退回你去。我不敢要你了。」不敢要了。紫鵑笑道：「我說的是好話，不過叫你心裏留神，並没叫你去爲非作歹。何苦回老太太？叫我吃了虧，又有什麽好處？」說着，竟自已睡了。四段說話，杜鵑夜半猶啼血也。要緊在「拿主意」，「心裏留神」，「没叫你爲非作歹」，而清晰透闢，得「慧」字圓光。黛玉聽了這話，口内雖如此說，心内未嘗不傷感？待他睡了，便直哭了一夜，一哭了事，徒以自戕。至天明方打了一個盹兒。次日，勉强盥漱了，吃了些燕窩粥。便有賈母等親來看視了，又囑咐了許多話。

目今是薛姨娘的生日，並無月日。三十六回云「在熱天」，與此尚合。自賈母起，諸人皆有祝賀之禮，黛玉亦只得備了兩色針綫送去。是日也定了一本小戲，請賈母與王夫人等，獨有寶玉與黛玉二人不曾去得。至晚散時，賈母等順路又瞧了他二人一遍，方回房去。次日，薛姨媽家又命薛蝌陪諸夥計吃了一天酒。連忙了三四天，方纔完結。

因薛姨媽看見邢岫煙生得端雅穩重，且家道貧寒，是個荊釵裙布的女兒，便欲說與薛蟠爲妻；因薛蟠素日行止浮奢，又恐糟蹋了人家女兒。正在躊躇之際，忽想起薛蝌未娶，看他二人恰是一對天生地設的夫妻，知岫煙、薛蝌爲好夫妻，此薛姨之明，即薛姨生日也，故「情悟」以生日結，此事以生日起，乃反對釵玉强合。因謀之於鳳姐兒。鳳姐兒笑道：「姑媽素知我們太太有些左性的，這事等我慢謀。」因賈母去瞧鳳姐兒，便和賈母說道：「姨媽有一件事求老祖宗，只是不好啓齒的。」賈母忙問：「何事？」鳳姐便將求親一事說了。賈母笑道：「這有什麼不好啓齒？這是極好的好事。等我和你婆婆說了，怕他不依？」因回房來，即刻就命人來請了邢夫人過來，硬作保山。邢夫人想了一想：「薛家根基不錯，且現今大富，薛蝌生得又好，且賈母又作保山。」將計就計，便應了。賈母十分歡喜。亦鳳之謀，亦史之主，亦史往鳳處，與釵玉同。忙命人請了薛姨媽來，二人見了，自然有許多謙詞。邢夫人即刻命人去告訴邢忠夫婦，刑德相循，刑終則德生矣。忠，終也，是爲岫烟。○四十九回但說「邢夫人的嫂子帶了女兒來」，今云「邢忠夫婦」，與傻大舅是一是二？無非煙雲變幻。他夫婦原是來此投靠邢夫人的，如何不依？早極口的說：「妙極！」兩字了事，文亦妙極。賈母笑道：「我最愛管閑事，今日又管成了一件事，不知得多少謝媒錢？」薛姨媽笑道：「這是自然的！縱抬了整萬銀子來，只怕不稀罕。但只一件，老太太既是作媒，還得一位主親纔好。」賈母笑道：「別的没有，我們家折腿爛手的人還有兩個。」說着，便命人去叫過尤氏婆媳二人來，是皆收拾東西之文，不可說西而無東，故主親必用尤氏也。賈母告訴他原故，彼此忙都道喜。賈母吩咐道：「我們家裏規矩，你是盡知的，從没有兩親家争禮争面的。如今你算替我在當中料理，不可太省，也不可太費，把他兩家的事周全了回我。」尤氏忙答應了。薛姨媽喜之不盡，回家命寫了請帖，補送過寧府。尤氏深知邢夫人性情，本不欲管，無奈賈母親自囑咐，只得應了，惟忖度邢夫人之意行事。薛姨媽是個無可無不可的人，倒還易説，這且不在話下。

如今薛姨媽既定了邢岫煙爲媳，合宅皆知。邢夫人本欲接出岫煙去住，賈母因説：「這又何妨？兩個孩子，又不能見面，就是姨太太和他一個大姑子、一個小姑子，又何妨？況且都是女孩兒，正好親近些呢。」邢夫人方罷。那薛蝌、岫煙二人，前次途中曾有一面之遇，大約二人心中皆如意。《紅樓》乃大不如意之書，而獨寫二人如意，猶開卷之有嬌杏也。爐烟結篆，皆當作如是觀。只是邢岫煙未免比先時拘泥了些，不好與寶釵姊妹共處閑談，又兼湘雲是個愛取笑的，更覺不好意思。幸他是個知書達禮的，雖是女兒，還不是那種佯羞詐鬼，一味輕薄造作之輩。無人不合，是大本領。寶釵自那日見他起，想他家業貧寒，二則別人的父母都是年高有德之人，獨他的父母偏是酒糟透了的人，於女兒分中平常，邢夫人也不過是臉面之情，亦非真心疼愛，一切安放都好。且岫煙爲人雅重，迎春是個老實人，連他自己尚未照管齊全，如何能管到他身上？凡閨閣中家常一應需用之物，或有虧乏，無人照管，他又不與人張口，寶釵倒暗中每相體貼接濟，也不敢與邢夫人知道，也恐怕是多心閑話之故。恰中世情。如今卻是衆人意料之外奇緣，作成這門親事。岫煙心中先取中寶釵，有時仍與寶釵閑話，寶釵仍以姊妹相呼。

這日寶釵因來瞧黛玉，恰值岫煙也來瞧黛玉，二人在半路相遇。寶釵含笑喚他到跟前，二人同走至一塊石壁後。寶釵笑問他：「這天還冷得很，你怎麽倒全換了夾的了？」岫煙見問，低頭不答。寶釵便知道又有了原故，因又笑問道：「必定是這個月的月錢又没得，鳳丫頭如今也這樣没心没計了。」岫煙道：「他倒想着，不錯日子給的。因姑媽打發人和我説道：一個月用不了二兩銀子，叫我省一兩，給爹媽送出去；要使什麽，横豎有二姐姐的東西，能着些搭着就使了。姐姐想，二姐姐是個老實人，也不大留心，我使他的東西，他雖不説什麽，他那些媽媽丫頭那一個是省事的？那一個是嘴裏不尖的？我雖在那屋裏，卻不敢很使喚他們。過三天五天，我倒得拿些錢出來，給他們打酒買點心吃纔好。因此一月二兩銀子還不彀使，如今又去了一兩。前日我悄悄的把綿衣服叫人當了幾吊錢盤纏。」此非爲邢夫人立案，乃演岫煙雖不入册，亦薄命也。其境有似湘雲，正以岫煙總括大衆，固不能與寶琴之獨占春生同寫也，故下文直接「梅家」云云。寶釵聽了，愁歎道：「偏梅家又合家在任上，後年纔進來。若是在這裏，琴兒過去了，好再商量你的事，離了這裏就完了。如今不完了他妹妹的事，也斷不敢先娶親的。如今倒是一件難事。再遲兩年，我又怕你熬煎出病來。等我和媽媽再商議。」寶釵又指他裙上一個璧玉珮問道：「這是誰給你的？」岫煙道：「這是三姐姐給的。」寶釵點頭道：「他見人人皆有，獨你一個没有，怕人笑話，故此送一個。這是他聰明精細之處。」玉字演心，岫煙則雲出無心，何等自在，乃探必欲其多此一心，正探之誤，所以勘「興利破敗」之舉。故釵贊其聰明，正遥接本大段「敏」字案。岫煙又問：「姐姐此時那裏去？」寶釵道：「我到瀟湘館去。你且回去，拿那當票子叫丫頭送來，我那裏悄悄的取出來，晚上再悄悄的送給你去，早晚好穿。不然，風閃着還了得！再足「賢」字案。但不知當在那裏了？」岫煙道：「叫做什麽『恒舒』，二字是「君子坦蕩蕩」之變語，是岫煙。是鼓樓西大街的。」可以振聾。寶釵笑道：「這鬧在一家去了。夥計們倘或知道了，好説人没過來，衣裳先到了。」不如意中尚有如意，正是《剥》必有《復》，交《易》之道。岫煙聽説，便知是他家的本錢，也不答，紅了臉一笑，二人走開。

寶釵就往瀟湘館來，恰正值他母親也來瞧黛玉，正説閑話呢。寶釵笑道：「媽媽多早晚來的？我竟不知道。」薛姨媽道：「我這幾日忙，總没來瞧瞧寶玉和他，開口便雙提。所以今日瞧他兩人，都也好了。」黛玉忙讓寶釵坐了，因向寶釵道：「天下的事，真是人想不到的。拿着姨媽和大舅母説起，怎麽又作一門親家！」開門揖盗。薛姨媽道：「我的兒，你們女孩兒家那裏知道？自古道：『千里姻緣一綫牽。』管姻緣的有一位月下老人，預先注定，暗裏只用一根紅絲，把這兩人的脚絆住，憑你兩家那怕隔着海呢，倘若有姻緣的，終久有機會作了夫婦。這一件事，都是出人意料之外。憑父母本人都願意了，或是年年在一處，已爲是定了的親事，若是月下老人不用紅絲拴的，再不能到一處。直指寶黛説。比如你姐妹兩個的婚姻，此刻也不知在眼前，也不知在山南海北呢。」同爲一撇。寶釵道：「惟有媽媽説動話拉上我們！」一面説，一面伏在母親懷裏，笑説：「喒們走罷。」黛玉就笑道：「你瞧，這麽大了，離了姨媽，他就是個最老到的；見了姨媽，他就撒姣兒。」直抉寶釵陰毒，亦明亦暗。薛姨媽將手摩弄着寶釵，向黛玉歎道：「你這姐姐，就和鳳哥兒在老太太跟前一樣，有了正經事，就有話和他商量，没有了事，幸虧他開我的心。我見了他這樣，有多少愁不散的？」正言以傷其心。

黛玉聽説，流淚歎道：「他偏在我這裏這樣，分明是氣我没娘的人，故意形容我！」寶釵笑道：「媽媽，你瞧他這輕狂樣兒，倒説我撒姣兒。」薛姨媽道：「也怨不得他傷心，可憐没父母，到底没個親人。」又摩着黛玉，笑道：「好孩子，别哭。你見我疼你姐姐，你傷心，你知我心裏更疼你呢。正寫「慈」字，何等扭捏。你姐姐雖没父親，到底有我，有親哥哥，這就比你强了。再正言。我每每和你姐姐説，心裏很疼你，只是外頭不好帶出來的。你這裏人多嘴雜，説好話的人少，説歹話的人多。不説你無依靠，爲人做人可配人疼，只説我們看太太疼你，我們也洑上水去了。」黛玉笑道：「姨媽既這麽説，我明日就認姨媽做娘。姨媽若是棄嫌，便是假意疼我。」認賊爲子。薛姨媽道：「你不厭我，就認了。」寶釵忙道：「認不得的。」黛玉道：「怎麽認不得？」寶釵笑道：「我且問你：我哥哥還没定親事，爲什麽反將邢妹妹先説與我兄弟了？是什麽道理？」黛玉道：「他不在家，或是屬相生日不對，所以先説與兄弟了。」寶釵笑道：「不是這樣。我哥哥已經相準了，只等來家就放定，也不必提出人來。我説你認不得，讓你細想去！」此以折辱爲殺，其報復在夏金桂，金桂一人三用，黛在其中，看此段自明。説着，便和他母親擠眼兒發笑。

黛玉聽了，便一頭伏在薛姨媽身上，説道：「姨媽不打他，我不依！」薛姨媽摟着他笑道：「你别信你姐姐的話。他是和你頑呢。」寶釵笑道：「真個媽媽明日和老太太求了，聘作媳婦，豈不比外頭尋的好？」再折辱。黛玉便攏上來要抓他，口内笑説：「你越發瘋了！」薛姨媽忙笑勸，用手分開方罷。又向寶釵道：「連邢姑娘我還怕你哥哥糟蹋了他，所以給你兄弟，别説這孩子，我也斷不肯給他。薛一切明白。前日老太太要把你妹妹説給寶玉，偏生又有了人家，不然倒是門子好親事。前日我説定了邢姑娘，老太太還取笑説：『我原要説他的人，誰知他的人没到手，倒被他説了我們一個去了。』雖是頑話，細想來倒也有些意思。我想寶琴雖有了人家，我雖無人可給，釵現在，何謂無人？黛聞此語，能不憂心？難道一句話也不説？我想你寶兄弟，老太太那樣疼他，他又生得那樣，若要外頭説去，老太太斷不中意，不如把你林妹妹定與他，豈不四角俱全？」直刺心窩。黛玉先還怔怔的聽，後來見説到自己身上，便啐了寶釵一口，紅了臉，拉着寶釵笑道：「我只打你！爲什麽招出姨媽這些老没正經的話來？」見此一慰乃釵主使。寶釵笑道：「這可奇了。媽媽説你，爲什麽打我？」紫鵑忙跑來笑道：「姨太太既有這主意，爲什麽不和太太説去？」一語破的，乃李逵駡宋江。薛姨媽笑道：「這孩子急什麽！想必催着姑娘出了閣，你也要早些尋一個小女婿子去了？」用戲語撇過，以「何不和太太説」之語難答也。而薛姨醜詐，恍如聞見。紫鵑也紅了臉，笑道：「姨太太真個倚老賣老的。」説着，便轉身去了。黛玉先駡：「又與這蹄子什麽相干！」煞有相干。後來見了這樣，也笑道：「阿彌陀佛，該，該，該！也臊了一鼻子灰去了。」冥然罔覺，而佛歸空、鼻歸土乃究竟。薛姨媽母女及婆子丫鬟都笑起來。

一語未了，忽見湘雲走來，手裏拿着一張當票，口内笑道：「這是什麽賬篇子？」此賬篇無非煙雲。黛玉瞧了不認得。上當而不知上當，束下半回。地下婆子都笑道：「這可是一件好東西。這個乖不是白教的。」乖對呆，黛呆而不乖，故須學乖，語面酷肖。寶釵忙一把接了看時，正是岫煙纔説的當票子，忙摺了起來。他乖。薛姨媽忙説：「那必是那個媽媽的當票子失落了，回來急得他們找。那裏得的？」湘雲道：

「什麼是當票子？」湘以一人三影，見不惟寶、黛不識上當，以釵之巧合，亦是上當。一語問得悚然。衆人都笑道：「真真是個獃子，連當票子也不知道。」當學乖。薛姨媽歎道：「怨不得他，真真是侯門千金，反襯薛家。而且又小，那裏知道這個？那裏去看這個？便是家下人有這個，他如何得見？別笑他是獃子，若給你們家的姑娘看了，也都成了獃子。」語有軒輊，黛所傷心，抉「慰」字反面，筆刻棘猴。衆婆子笑道：「林姑娘方纔也不認得。別説姑娘們，就如寶玉，倒是外頭常走出去的，只怕也還没見過呢。」薛姨媽忙將原故講明，湘雲、黛玉二人聽了，方笑道：「這人也太會想錢了。痛罵之，少施報復。姨媽家當鋪也有這個不成？」問得妙，方罵得實。衆人笑道：「這又獃了。『天下老鴰一般黑』，不祥之鳥。豈有兩樣的？」薛姨媽因又問：「是那裏拾的？」湘雲方欲説時，寶釵忙説：「是一張死了没用的，所謂「恒舒」，是岫煙。不知是那年勾了賬的，二人如意。香菱拿着哄他們頑的。」此宜詳照。薛姨媽聽了此話是真，也就不問了。一時人來回：「那府裏大奶奶過來請姨太太説話呢。」薛姨媽起身去了。

這裏屋内無人時，寶釵方問湘雲：「何處拾的？」湘雲笑道：「我見你令弟媳的丫頭篆兒，蝌斗成文，爐煙結篆，故篆兒必特提。而語氣酷肖。悄悄的遞與鶯兒，鶯兒便隨手夾在書裏，只當我没看見。我等他們出去了，我偷着看，見不認得，知道你們都在這裏，所以拿來大家認認。」黛玉忙問：「怎麽他也當衣裳不成？既當了，怎麽又給你？」寶釵見問，不好隱瞞他兩個，便將方纔之事都告訴了他二人。黛玉便説：「兔死狐悲，物傷其類。」史湘雲聽了，便動了氣，説：「等我問問二姐姐去！我罵那起老婆子丫頭一頓，給你們出氣，何如？」説着，便要去。寶釵忙拉住，笑道：「你又發瘋了，還不給我坐下呢。」安放都好。黛玉笑道：「你要是個男人，出去打一個抱不平兒。你又充什麽荆軻、聶政？真真好笑。」荆軻、聶政待夏金桂。「真真好笑」，全書了義。湘雲道：「既不叫問他去，明日也可把他接到喒們院裏一處住，豈不是好？」寶釵笑道：「明日再商量。」説着，人報：「三姑娘、四姑娘來了。」三人聽説，忙掩口不提此事。

要知端詳，且聽下回分解。

此回上半曰「慧」，真慧也。明察寶、黛心事，而惜其無主意、不留神、而游移無定，因生出一試。下半回曰「慈」，假慈也。經一試而病幾死，知寶、黛之必不可分，聞賈母「你放心」、「不許人説『林』字」之言，知寶、黛之必有主者使必不分。釵情急，薛之情同急矣。不殺黛玉更有何術？於是生出一「慰」，「慰」之正所以殺之也。殊不知也是獃子，也是上當。

當票有無相濟，交易變通，正是《易》理。此書以《易》理演財色，而主腦在演缺陷，借寶、黛之不如意以實之耳，總皆煙雲變幻，文章游戲而已。故正中幅着岫、蝌一婚，而以一當票自明其用。

護花主人評曰：

紫鵑拒斥寶玉，暗伏黛玉死後不睬寶玉情事。

紫鵑正言拒寶玉，使寶玉發獃；誆言試寶玉，致寶玉痰迷。由淺入深，文有層次。

借紫鵑問話，補出賈母每日送燕窩，了結前文，一絲不漏。又即借吃燕窩，説起「明年回去」。絶無有心痕迹，真是天衣無縫。

寶玉發獃，若非雪雁看見告知紫鵑，則紫鵑無由尋試寶玉，鬥榫處自然無迹。

不許别人姓林，掖住自行船，描寫痰迷人如畫。

寶玉向紫鵑説「活則都活，死則都死」，亦是反襯後來一死一生。

紫鵑自言自語，恰是黛玉心事，不便自己説，故借紫鵑代説。如畫正午牡丹，無從落筆，借貓眼一綫畫出。夾敘邢岫煙事，旁襯黛玉之婚姻無就。

寶釵替邢岫煙贖當，不但寫寶釵之賢，且見迎春之愚呆，衆人之勢利，邢夫人之薄情，探春之明細，及富貴之不知窮苦。一件極没要緊事，寫出無數人情物理。

黛玉與寶玉是月下老人未拴紅綫者，寶釵與寶玉是已拴紅綫者，故即于薛姨媽口中接入姊妹兩個。隨後又插入紫鵑，是紅綫不曾牽帶者。

寶釵先説薛蟠，引出薛姨媽提及寶玉，便不唐突。紫鵑試寶玉，深信其必娶黛玉；薛姨媽慰黛玉，逆料其必配寶玉。皆反襯後文。

大某山民評曰：

紫鵑身上一抹，低聲囑其尊重。凝睇相看，身已半許。寶玉發一回怔，不是不省，正見弗肯莽撞耳。

寶玉坐在桃花底下，尚是季春時候。卻與五十五回「時届季春」四字合榫。

典號「恒舒」，于歸之時，財已不舒矣，邢岫煙真是貧星照命。

黛玉苦緒熱腸，有觸即發，不能少忍須臾。紫鵑翊戴，更無他志，惜姨媽不諒，反使抱慚而去。

然安知非爲愛女計，故假作癡獃，聊用諧語相卻乎？

此回寫寶、黛二人之情，純乎從紫鵑一人身上結撰而出。而紫鵑之真心事主，亦刻露到十分。即以此回爲紫鵑作傳，亦無不可者。

此回仍是癸丑年季春事。

第五十八回　杏子陰假鳳泣虛凰　茜紗窗真情揆癡理

話説他三人因見探春等進來，忙將此話掩住不提。春至無言，是當票，是《易》理。探春等問候過，大家説笑了一回，方散。

誰知上文所表的那位老太妃已薨，老太妃薨，決去在上一陰也，乃上回演義，故必着探春引出，在文字爲騰挪生發。凡誥命等皆入朝隨班，按爵守制。勑諭天下：凡有爵之家，一年内不得筵宴音樂；庶民皆三月不得婚姻。賈母婆媳祖孫等俱每日入朝隨祭，至未正已後方回。在大偏宫宫名可笑，所謂村言。二十一日後，方請靈入先陵，地名孝慈縣。孝慈二字乃正訓，偏之爲害，不孝不慈也，故必待三七陽復。此等明白指點，看官何竟略過？這陵離都來往得十來日之功，如今請靈至此，還要停放數日，方入地宫，故得一月光景。寧府賈珍夫妻二人，也少不得是要去的：兩府無人，因此大家計議，家中無主，便報了尤氏産育，將他騰挪出來，協理榮、寧兩處事件。正騰挪出尤二姐文字，故先騰挪此人。因託了薛姨媽在園内照管他姊妹丫鬟，薛姨媽只得也挪進園來。因寶釵處有湘雲、香菱；李紈處目今李嬸母雖去，然有時亦來往，三五日不定，賈母又將寶琴送與他去照管；琴理共處。迎春處有岫煙；探春因家務冗雜，且不時有趙姨娘與賈環來嘈聒，甚不方便；惜春處房屋狹小；前敍暖香隖正自寬大，而云狹小者，時方自《否》而《剥》，來復之機尚屬微渺，況雪陰象，豈容居暖處耶？況賈母又千叮嚀，萬囑咐，託他照管林黛玉，薛姨媽素性也最憐愛他的，今既巧遇這事，便挪至瀟湘館來，和黛玉同房。一應藥餌飲食，十分經心。黛玉感戴不盡，已後便一如寶釵之稱呼，連寶釵前亦直以「姐姐」呼之，引虎自衞。寶琴前直以「妹妹」呼之，儼似同胞共出，較諸人更似親切。又足「愛」字。賈母見如此，也十分喜悦放心。令人廢然長歎。薛姨媽只不過照管他姊妹，禁約的丫鬟輩，一應家中大小事務，也不肯多口。尤氏雖天天過來，也不過應名點卯，亦不敢亂作威福。且他家內上下，也只剩他一人料理，遞「獨豔理親喪」。再者，每日還要照管賈母、王夫人的下處一應所需飲饌鋪設之物，所以也甚操勞。

當下榮、寧兩處人等，或有人跟隨入朝的，或有朝外照理下處事務的，又有先踩踏下處的，也都各各忙亂。因此兩處下人無了正經頭緒，也都偷安，或乘隙結黨，與權攝執事者竊弄威福。榮府只留得賴大並幾個管家照管外務，賴大手下常用幾個人已去，雖另委人，都是生的，只覺不順手。且他們無知，或賺騙無節，或呈告無據，或舉薦無因，種種不善，在在生事，也難備述。虛籠下文一切事迹。又見各官宦家，凡養優伶男女者，一概蠲免遣發。尤氏等便議定，待王夫人回家回明，也欲遣發十二個女孩子。服僅一年，何致便遣女樂？蓋借以此收拾十二釵矣。文字一總，又即生發本回。又說：「這些人原是買的，如今雖不學唱，儘可留着使喚，只令其教習們自去也罷了。」王夫人因說：「這學戲的倒比不得使喚的，他們也是好人家的女兒，因無能，賣了做這事，妝醜弄鬼的幾年。如今有這機會，不如給他們幾兩銀子盤費，各自去罷。當日祖宗手裏都是有這例的。咱們如今損陰壞德，而且還小器。如今雖有幾個老的還在，那是他們各有原故，不肯回去的，所以纔留下使喚，大了配了我們家裏小廝們了。」尤氏道：「如今我們也去問他十二個，有願意回去的，就帶了信兒叫他父母來親自領回去，給他們幾兩銀子盤纏方妥。倘若不叫上他的親人來，只怕有混賬人冒名領出去，又轉賣了，豈不辜負這恩典？顛倒錯亂，厚正爲薄，十二釵同受之。若有不願意回去的，就留下。」王夫人笑道：「這話妥當。」

尤氏等遣人告訴了鳳姐兒，一面說與總理房中，每教習給銀八兩，數必以八。令其自便，凡梨香院一應物件，查清記册收明，派人上夜。將十二個女孩子叫來當面細問，倒有一多半不願意回家的：十二釵終局，書只見半。也〔有〕說父母雖有，他只以賣我們姊妹爲事，這一去還被他賣了；也有〔說〕父母已亡，或被叔伯兄弟所賣的；也有說無人可投的；也有說戀恩不捨的。與十二釵都有映合。所願去者只四五人。王夫人聽了，只得留下。將去者四五人皆令其乾娘領回家去，單等他親父母來領；將不願去者，分散在園中使喚。賈母便留下文官自使，文即史，史即文。將正旦芳官指與寶玉，諸名從草，皆是實物，芳則無實可着，乃一寶一黛，同一心也。便是書中「沁芳」文義，俟後評。〇各角歷指，文官自然是正生，卻獨無明言，至芳官而特指爲正旦，則舉一正旦而正生在其中矣，爲寶、黛合爲一人。將小旦蕊官送了寶釵，小旦乃正旦之副，是釵本角，而蕊則狀其多心也。將小生藕官指與了黛玉，小生爲正生之副，玉之匹也，故名爲藕，斯爲正偶。將大花面葵官送了湘雲，可男可女，可正可邪，是爲湘雲。葵心傾日，則西南東日三易向，爲一人三影。將小花面荳官送了寶琴，全書只演一琴之用，正令人種豆得豆，然究不過科諢笑罵游戲而已。故小花面歸他。〇釵、湘、琴曰「送了」，寶、黛則曰「指與」，見賈母此時正着意在二人也。其如黛玉以無主意而病日增，不留神而讒日起，終至賈母離心，夫誰之咎？將老外艾官與了探春，書以釵、黛爲主，探春賓也，故號蕉下客，而與之以老外。外猶客也。五十日艾，爲衰之始，正本大段「興利」真詮。尤氏便討了老旦茄官去。茄種出外國而有毒，便是罪自外至，故爲他討去，而文法變換不板。當下各得其所，就如倦鳥出籠，每日園中游戲。便是「飛鳥各投林」一曲，而書中枝節横生，寶官、玉官、齡官從此更無下落，是寶、黛、釵一齊收拾。衆人皆知他們不能針黹，不慣使用，皆不大責備。其中或有一二個知事的，愁將來無應時之技，亦將本技丢開，便學起針黹紡績女工諸務。

一日正是朝中大祭，賈母等五更便去了。下處用些點心小食，然後入（朝）（廟），早饍已畢，方退至下處歇息，用過早飯，略下片刻，復入（朝）（廟）侍中、晚二祭，方出至下處歇息。用過晚飯方回家。可巧這下處乃是一個大官的家廟，乃比丘尼焚修，房舍極多極淨。東西二院，榮府便賃了東院，北静王府便賃了西院。太妃少妃每日晏息，見賈母等在東院，彼此同出同入，東極則陰，則《剥》，西極則陽，則《復》。《剥》《復》相循，故云同出同入。北静王，書中《復》卦演義也。都有照應。外面諸事不消細述。

且説大觀園内，因賈母、王夫人天天不在家内，又送靈去一月方回，各丫鬟婆子皆有閑空，多在園中遊玩，更又將梨香院内伏侍的衆婆子一概撤回，併散在園内聽使，更覺園内人多了幾十個。因文官等一干人，或心性高傲，或倚勢凌下，或揀衣挑食，或口角鋒芒，大概不安分守已者多，因此衆婆子含怨，自是口中不敢與他們分争。如今散了學，大家趁了願，也有丢開手的，也有心地窄狹猶懷舊怨的，因將衆人皆分在各房名下，不敢來厮侵。

可巧這日乃是清明之日，要人心各清明。賈璉已備下年例祭祀，帶領賈環、賈琮、琮又次環。賈蘭三人去鐵檻寺祭柩燒紙。寧府賈蓉也同族中人各處祭祀前往。隱括「孝」字，清明必當在此。因寶玉病未大愈，故不曾去得。飯後發倦，襲人因說：「天氣甚好，你且出去逛逛，省得丢下飯碗就睡，存在心裏。」寶玉聽說，只得拄了一枝杖，靸着鞋，走出院來。因近日將園中分與衆婆子料理，各司各業，皆在忙時，也有修竹的，也有剔樹的，也有栽花的，也有種豆的，照顧「興利」本大段開端。池中間又有駕娘們行着船夾泥的，種藕的。湘雲、香菱、寶琴提掇文字必集此三人。與些丫鬟等，都坐在山石上瞧他們取樂。寶玉也慢慢行來。湘雲見他來了，忙笑說：「快把這船打出去！他們是接林妹妹的。」敏妙絶倫，束上起下。衆人都笑起來。寶玉紅了臉，也笑道：「人家的病，誰是好意的？你也形容着取笑兒。」湘雲笑道：「病也比人家另一樣，微言。原招笑兒，反説起人來。」説着，寶玉便也坐下，看着衆人忙亂了一回。湘雲因說：「這裏有風，石頭上又冷，坐坐去罷。」

寶玉也正要去瞧黛玉，「念兹在兹」。起身拄拐，屢言拄拐，見前病之甚，又無主意之點睛。辭了他們，從沁芳橋一帶堤上走來。只見柳垂金綫，桃吐丹霞，山石之後，一株大杏樹，花已全落，葉稠陰翠，上面已結了豆子大小的許多小杏。所謂不幸中之幸，乃是黛玉。寶玉因想道：「纔病了幾天，把杏花辜負了，「紅綃香斷有誰憐」？正是辜負。不覺到『緑葉成陰子滿枝』了！」因此仰望杏子不捨。又想起邢岫煙已擇了夫壻一事，雖說男女大事，不可不行，但未免又少了一個好女兒，不過二年，便也要『緑葉成陰子滿枝』了。興會無窮，而必從岫煙起者，正以黛之所不能，而嬌杏之難得也。再幾日，這杏樹子落枝空；再幾年，岫煙也不免烏髮如銀、紅顔似縞了。因此，不免傷心，景在眼前，文來天外，夫誰知之？只管對杏歎息。正想歎時，忽有一個雀兒方入上半回。飛來落於枝上亂啼。點「泣」字。寶玉又發了獃性，心下想道：「這雀兒必定是杏花正開時他曾來過，今見無花空有了葉，故也亂啼。這聲韻想是啼哭之聲，亦即黛玉。可恨公冶長不在眼前，不能問他。但不知明年再發時，這個雀兒可還記得飛到這裏來與杏花一會不能？」

正胡思間，忽見一股火光從山石那邊發出，將雀兒驚飛。寶玉吃了一驚，又聽外邊有人喊道：「藕官，你要死！怎麽弄些紙錢進來燒？我回奶奶們去，仔細你的肉！」怨毒之於人甚矣。寶玉聽了，益發疑惑起來，忙轉過山石看時，只見藕官滿面淚痕，蹲在那裏，手内還拿着火，守着些紙錢灰作悲。已到「焚稿」回。寶玉忙問道：「你與誰燒紙錢？快不要在這裏燒！你或是爲父母兄弟，你告訴我姓名，外頭去叫小廝們打了包袱、寫上名姓去燒。」藕官見了寶玉，只不做一聲。寶玉數問不答，忽見一個婆子惡狠狠的走來拉藕官，口内説道：「我已經回了奶奶們，奶奶們氣得了不得！」藕官聽了，終是孩氣，怕辱没了没臉，便不肯去。婆子道：「我説你們别太興頭過餘了，如今還比得你們在外頭亂鬧呢！這是尺寸地方兒。」指着寶玉道：「連我們的爺還守規矩呢，你是什麽阿物兒？跑來胡鬧！怕也不中用，跟我快走罷。」寶玉忙道：「並没燒紙錢，原是林妹妹叫他燒那爛字紙的，你没看真，反錯告了他。」藕官正在没了主意，見了寶玉，也正添了畏懼，忽聽他反替遮掩，心中轉憂成喜，也便硬着口説道：「你看真是紙錢子麽？我燒的是林姑娘寫壞的字紙。」是寫壞的。那婆子便彎腰向紙灰中揀出不曾化盡的遺紙在手内，説道：「你還嘴硬？有證又有憑，只和你廳上講去。」説着，拉了袖子，拽着要走。寶玉忙拉藕官，又用拄杖隔開那婆子的手，説道：「你只管拿了回去。實告訴你，我昨夜做了一夢，夢見杏花神和我要一掛白錢，特提一夢，而夢中杏花也要錢，見黛不敵釵，一半正坐無錢也。不可叫本房人燒，另叫生人替燒，我的病就好得快了，所以我請了白錢，巴巴的煩他來替我燒了。我今日纔能起來，偏你又看見了！這會子又不好了，都是你沖了！還要告他去？藕官，你只管見他們去，就依着這話說。」藕官聽了，越得主意，反拉着要走。那婆子忙丟下紙錢，陪笑央告寶玉，說道：「我原不知道，若回太太，我這人豈不完了？」寶玉道：「你也不許再回，我便不說。」婆子道：「我已經回了，原叫我帶他。只好說他被林姑娘叫去了。」寶玉點頭應允，婆子自去。絶不拖沓。這裏寶玉細問藕官：「爲誰燒紙？必非父母兄弟，定有私自的情理。」疑團百結。藕官因方纔護庇之情，心中感激，知他是自己一流人物，況再難隱瞞，便含淚說道：「我這事，除了你屋裏的芳官，和寶姑娘的蕊官，並沒第三個人知道。今日忽然被你撞見，這意思，少不得也告訴了你，只不許再對一人言講。」又哭道：「我也不便和你面說，你只回去，背人悄悄問芳官就知道了。」說畢，怏怏而去。六段六寫藕官，奇事，奇情，奇文，筆筆變，步步深，真妙品。

寶玉聽了，心下納悶，只得踱到瀟湘館，瞧黛玉仍歸到此。越發瘦得可憐，問起來，比往日大好了些。黛玉見他也比先大瘦了，想起往日之事，不免流下淚來。些微談了一談，便催寶玉去歇息調養。病後初次見面，用數語淡淡敍過，而堅深刻至，都在個裏，乃神品也。寶玉只得回來，因記掛着要問芳官原委，偏有湘雲、香菱來了，正和襲人、芳官一處說笑，不好叫他，話中有話。恐人又盤詰，人是何人？只得耐着。一時芳官又跟了他乾娘去洗頭，他乾娘偏又先叫他親女兒洗過，纔叫芳官洗。又蹴波瀾，看官亦只可耐着。

芳官見了這般，便説他：「偏心！把你女兒的剩水給我洗？春燕虛上。我一個月的月錢都是你拿着，沾我的光不算，反倒給我剩東剩西的。」他乾娘羞惱變成怒，便罵他：「不識抬舉的東西，怪不得人人都説戲子没一個好纏的，憑你什麽好的，入了這一行，都學壞了。這一點子小崽子，也挑幺挑六，鹹嘴淡舌，咬羣的騾子似的！」都用提敍，筆致簡凈。娘兒兩個吵起來。

襲人忙打發人去説：「少亂嚷！瞅着老太太不在家，一個個連句安静話也都不説了。」三人口吻，各臻其妙。晴雯因説：「這是芳官不省事，不知狂的什麽。也不過是會兩齣戲，倒像殺了賊王、擒過反叛來的。」動輒自賊。襲人道：「『一個巴掌拍不響』，老的也太不公些，小的也太可惡些。」是敍陶淑。寶玉道：「怨不得芳官，自古説『物不平則鳴』，他失親少眷的，在這裏没人照看，賺了他的錢又作踐他，如何怪得？」又向襲人説：「他到底一月多少錢？已後不如你收了過來照管他，豈不省事？」襲人道：「我要照看他，那裏不照看了？又要他那幾個錢纔照看他？没的討人罵去了。」此等處都用提筆，絶不犯實。説着，便起身至那房裏，取了一瓶花露油、雞蛋、香皂、頭繩之類，叫了一個婆子來：「送給芳官去，叫他另要水自洗，不要吵鬧了。」他乾娘越發羞愧了，説芳官：「没良心！只説我尅扣你的錢！」便向他身上拍了幾下，絶倒，乃映黛認娘被打。芳官便哭起來。寶玉便走出來，襲人忙勸：「做什麽？我去説他。」晴雯忙先過來，指他乾娘説道：「你這麽大年紀，太不懂事！你不給他好好的洗，我們纔給他東西。你自己不臊，還有臉打他？他要是在班裏學藝，你也敢打他不成？」那婆子便説：「『一日叫娘，終身是母』，八字如聞。他排揎我，我就打得。」

襲人喚麝月道：「我不會和人拌嘴，晴雯性太急，你快過去震嚇他兩句。」麝月聽了，忙過來説道：「你且別嚷，我且問你：別説我們這一處，你看滿園子裏，誰在主子屋裏教導過女兒的？就是你的親女兒，既經分了房，有了主子，自有主子打罵，再者，大些的姑娘姐姐們也可以打罵得。誰許你老子娘又半中間管起閑事來了？都這樣管，又叫他們跟着我們學什麽？越老越没了規矩！你見前日墜兒的媽來吵，回顧「蝦鬚鐲」。你如今也跟他學。你們放心，因連日這個病那個病，再老太太又不得閑，所以我也没有去回。等兩日咱們去痛回一回，大家把這威風煞一煞兒纔好呢。況寶玉纔好了些，連我們也不敢説話，你反打得人狼號鬼哭的。上頭出了幾日門，你們就無法無天的，眼珠子裏就没了人了。再兩天，你們就該打我們了。他也不要你這乾娘，怕糞草埋了他不成？」一段話有聲有色，而又不是襲人，不是晴雯，恰是麝月。是如何揣摩來的？寶玉恨得拿拄杖打着門檻子，説道：「這些老婆子都是鐵心石腸似的，真是大奇事！爲黛玉慮，即自慮，檻內、檻外人都到。不能照看，反倒折挫他們。地久天長，如何是好？」恣肆尤妙，其實自道。晴雯道：「什麽『如何是好』？都攆了出去，不要這些中看不中吃的！」那婆子羞愧難當，一言不發。那芳官只穿着海棠紅的小綿襖，底下綠綢洒花夾褲，敞着褲腿，一頭烏油似的頭髮披在腦後，哭得淚人一般。芳官第一畫。麝月笑道：「把個鶯鶯小姐反弄成纔拷打完的紅娘了。這會子又不裝扮了，還是這麽着？」遞「斬情」回。晴雯因走過去拉了他，替他洗净了髮，用手巾擰乾，鬆鬆的挽了一個慵妝髻，命他：「穿了衣服，過這邊來。」必用他帶過來，是一是二。

接着，司内廚的婆子柳家虛上，五兒來矣。來問：「晚飯有了，可送不送？」此是晚飯，時已暮矣。小丫頭聽了，進來問襲人。襲人笑道：「方纔胡鬧了一陣，也没留心，聽得幾下鐘了？」晴雯道：「這勞什子又不知怎麽了，又得去收拾。」説着，拿過表來瞧了一瞧，説道：「再略等半鍾茶的工夫就是了。」小丫頭去了。麝月笑道：「提起淘氣來，芳官也該打兩下兒，昨日是他擺弄了那墜子半日，就壞了。」鐘爲芳官所壞，正演寶、黛自戕。説話之間，便將食具打點現成。一時小丫頭子捧了盒子進來，站住，晴雯、麝月揭開看時，還是這四樣小菜。晴雯笑道：「已經好了，還不給兩樣清淡菜吃！這稀飯鹹菜，鬧到多早晚？」一面擺好，一面又看那盒中，卻有一碗火腿鮮筍湯，一湯隱言「先損」。忙端了放在寶玉跟前。寶玉便就桌上喝了一口，説道：「好湯！」如聞。衆人都笑道：「菩薩！能幾日没見葷腥兒？饞得這樣起來。」語又如聞。一面説，一面端起來輕輕用口吹着。是誰吹？因見芳官在側，便遞與芳官，説道：「你也學些服侍，别一味傻頑傻睡。口兒輕着些，别吹上唾沫星兒。」吹湯人未明指，而語氣恰是晴雯，已暗與芳官一氣交代。芳官依言，果吹了幾口，甚妥。

他乾娘也端飯在門外伺候，向裏忙跑進來，笑道：「他不老成，仔細打了碗，讓我吹罷。」一面説，一面就接。興會一至於此，行文樂境。晴雯忙喊道：「快出去！你讓他砸了碗，也輪不到你吹。你什麽空兒跑到裏槅兒來了？」絶倒。一面又駡小丫頭們：「瞎了眼的！他不知道，你們也該説給他！」小丫頭們都説：「我們攆他不出去，説他又不信，如今帶累我們受氣。這是何苦呢，何今日這婆子比比皆是？你可信了？我們到的地方兒，有你到的一半兒，那一半兒是你到不去的呢。何況又跑到我們到不去的地方還不算，又去伸手動嘴的了！」語如剥蕉，好聽煞人。一面説，一面推他出去。階下幾個等空盒家伙的婆子見他出來，都笑道：「嫂子也没有用鏡子照一照，就進去了。」處世爲人，當普同一照。羞得那婆子又恨又氣，只得忍耐下去了。芳官吹了幾口，寶玉笑道：「你嘗嘗，好了没有？」芳官當是頑話，只是笑着看襲人等。襲人道：「你就嘗一口何妨？」晴雯笑道：「你瞧我嘗。」説着，便喝一口。芳官見如此，他便嘗了一口，説：「好了。」三人共嘗此湯，乃是「好了」，「歸水月」「夭風流」「斷癡情」「卻塵緣」一齊都到矣。遞與寶玉，喝了半碗，吃了幾片筍，又吃了半碗粥，就罷了。衆人便收出去，小丫頭捧沐盆，盥漱畢，襲人等去吃飯。

寶玉使個眼色與芳官，芳官本來伶俐，又學了幾年戲，何事不知？便妝肚子疼，不吃飯了。情景都妙。襲人道：「既不吃，在屋裏做伴兒。故縱之。把粥留下，你餓了再吃。」説着去了。寶玉將方纔見藕官，如何謊言護庇，如何「藕官叫我問你」，細細的告訴一遍，方入下半回。又問：「他祭的果係何人？」得情得神，妙不直截。芳官聽了，眼圈兒一紅，又歎一口氣，道：「這事説來，藕官兒也是胡鬧。」虚冒得勢。寶玉忙問：「何如？」我亦忙問。芳官道：「他祭的就是死了的藥官兒。」死者爲藥官，一死轉爲得藥也，正是黛玉。寶玉道：「他們兩個也算朋友，也是應當的。」芳官道：「那裏又是什麼朋友呢？那都是傻想頭。奇峯突出。他是小生，藥官是小旦，往常時他們扮作兩口兒，每日唱戲的時候，都裝着那麼親熱，一來二去，兩個人就裝糊塗了，倒像真的一樣兒。後來兩個竟是你疼我我愛你，異想天開，從何得來？談情乃有百千萬億化身如此。藥官兒一死，他就哭的死去活來的，照「淚洒相思地」。到如今不忘，所以每節燒紙。後來補了蕊官，便是寶釵。我們見他也是那樣，照「候芳魂」以後同寶釵事迹。就問他：『爲什麽得了新的，就把舊的忘了？』照「情婢感癡郎」回紫鵑心事。他說：『不是忘了，比如人家男人死了女人，也有再娶的，只是不把死的丟過不提，就是有情分了。』你說他是傻不是呢？」偏從女人邊說，照襲之嫁，並於釵有書外深誅焉。寶玉聽了這獃話，獨合了他的獃性，不覺又喜又悲，又稱奇道絶，拉着芳官囑咐道：「既如此說，我有一句話囑咐你，須得你告訴他：創出一解。已後斷不可燒紙，逢時按節，只備一爐香，一心虔誠，自能感應了。斂影歸形，收魂入竅。我那案上也只設着一個爐，我有心事，不論日期，時常焚香，隨便新水新茶就供一盞，或有鮮花鮮果，甚至葷腥素菜都可。只在敬心，不在虛名。金釧、晴雯、黛玉，凡祭都醒。已後快命他不可再燒紙。」芳官聽了，便答應着。一時吃過粥，便有人來回：「老太太回來了。」

要知端的，且看下回分解。

此回幻中弄幻，影外生影，興會淋漓文字也，而總着重在黛玉一人。不惟「虛凰」「癡理」，立意特奇，即說杏樹，說雀兒，無非不可思議。

本回上半曰「假鳳」，下半曰「真情」，明以真假對待作一回。百廿回中，前於此無之，後於此無之，恐看官未必察，是正上承卷首，下遞結尾，「甄士隱」「賈雨村」之關鍵也。作者謀篇整嚴乃爾，如何可以忽讀？

自「辱親女」回至此爲一大段，乃冷淡之機關，真假之來往，以收拾大觀文字也。有利必有害，興利者一總曰癡；誰賢亦誰愚，見賢焉無非是險。鵑啼夜半，其如春不能回？鳳泣花陰，要識夢原是假。假慈悲鼠聞猫哭，真敗落主受奴欺。甄寶玉尚在鏡中，《復》其未也；北静王已同院内，《坤》既成哉。一散梨園，半完花溆。漸教心返，速治痰迷。

護花主人評曰：

老太妃薨，及後文周妃薨，皆爲元妃薨逝引子。

藕官、芳官、蕊官是一氣，偏分給寶玉、釵、黛，亦是隱隱相照。

湘雲「打出船去」趣語，可謂善謔，又照應上回。

寶玉拄杖行去，纔是病後初愈光景，且即借以隔開婆子手，並打着門檻之用，更爲細密。

鳥啼花落，最易動人傷感。作者雖寫寶玉癡獃，而文情曲折，令人無限低徊，且引出藕官焚紙火光，滿面淚痕，使多情寶玉，不得不極力護庇。

藕官與藥官燒紙，是假鳳虚凰；寶玉替金釧焚香、晴雯製誄，是真情實意。前後文遥相映照。

芳官與乾娘拌嘴，襯起下文「嗔鶯叱燕」等事。

寶玉教芳官設爐焚香，補出寶玉平日所爲。

大某山民評曰：

晴雯叫芳官吹湯，囑其「輕着，勿吹上唾沫」。豈知寶玉饞癆，每愛女兒唾沫。晴雯似殺風景。要亦就中更有深意耶？

此回仍是癸丑年季春事。

第五十九回　苻葉渚邊嗔鶯叱燕　絳芸軒裏召將飛符

話説寶玉聞聽賈母等回來，隨多添了一件衣服，拄了杖前邊來，都見過了。一病之重如此，衆人都知之矣。賈母等因每日辛苦，都要早些歇息，一宿無話。次日五鼓，又往朝中去。離送靈日不遠，鴛鴦、琥珀、翡翠、玻璃四人，都忙着打點賈母之物；玉釧、彩雲、彩霞雲、霞又兩提。皆打點王夫人之物，當面查點與跟隨的管事媳婦們。跟隨的一共大小六個丫鬟，十個老婆媳婦子，男人不算。連日收拾馱轎器械。鴛鴦與玉釧兒皆不隨去，只看屋子。一面先幾日預備帳幔鋪陳之物，先有四五個媳婦並幾個男子領了出來，坐了幾輛車，遶道先至下處，鋪陳安插等候。臨日，賈母帶着賈蓉媳婦坐一乘馱轎，王夫人在後亦坐一乘馱轎，賈珍騎馬，率領衆家丁圍護。又有幾輛大車，與婆子丫鬟等坐，並放些隨换的衣包等件。是日薛姨媽、尤氏率領諸人直送至大門外方回。賈璉恐路上不便，一面打發他父母起身，趕上了賈母、王夫人馱轎，自己也隨後帶領家丁押後跟來。鋪敍許多事迹，明白簡浄，此唐詩中之單圈句也，最難學。榮府内，賴大添派人丁上夜，將兩處廳院都關了，一應出入人等皆走西邊小角門。此門無定向。日落時，便命關了儀門，不放人出入。園中前後東西角門亦皆關鎖，已有「招夥盜」回光景，而盛衰自別。只留王夫人大房之後常係他姊妹出入之門，東邊通薛姨媽的角門，此兩門亦有定，亦無定。這兩門因在裏院，不必關鎖。裏面鴛鴦和玉釧兒也將上房關了，自領丫鬟婆子下房去歇。每日林之孝家的帶領十來個老婆子上夜，「招夥盜」回是林之孝看家，此回亦用林之孝家的。穿堂内又添了許多小厮打更，已安插得十分妥當。反對「招夥盜」回。

一日清曉，寶釵春困已醒，搴帷下榻，微覺輕寒，及啓户視之，見院中土潤苔青，原來五更時落了幾點微雨。從此人起，而寫來意静神閑，詞清筆倩。於是喚起湘雲等人來，一面梳洗。湘雲因説兩腮作癢，恐又犯了杏斑癬，因問寶釵要些薔薇硝擦。姿態横生，而硝粉在下文俱已引起。寶釵道：「前日剩的，都給了妹子了。」因説：「顰兒配了許多，我正要要他些來，因今年竟没發癢，就忘了。」因命鶯兒去取些來。鶯兒應了纔去時，蕊官便説：「我同你去，順便瞧瞧藕官。」閑閑入題，又隱找「癡理」，乃做搭題善法。説着，一徑同鶯兒出了蘅蕪院。二人你言我語，一面行走，一面説笑，不覺到了荇葉渚。順着柳堤走來，乃荇葉渚，别本有作柳葉渚者俱非，評在十八回中。因見葉纔點碧，絲若垂金，「辱親女」回已云季春，歷過許時，而寫景尚如此，留春之意深矣。鶯兒便笑道：「你會拿這柳條子編東西不會？」蕊官笑道：「編什麼東西？」鶯兒道：「什麼編不得？頑的、使的都可。等我摘些下來，帶着葉子編一個花籃，採了各色花兒放在裏頭，纔是好頑呢。」説着，且不去取硝，就伸手採了許多嫩條，命蕊官拿着，他卻一行走，一行編花籃。隨路見花，便採一二枝，編出一個玲瓏過梁的籃子。閑閑而入。枝上自有本來翠葉滿佈，將花放上，卻也别致有趣。文亦如之。喜得蕊官笑説：「好姐姐，給我罷。」兩小女，一花籃，都現紙上。鶯兒道：「這一個咱們送林姑娘，回來咱們再多採些，編幾個大家頑。」説着，來至瀟湘館中。

黛玉也正晨妝，見了這籃子，便笑道：「這個新鮮花籃是誰編的？」鶯兒説：「我編了送與姑娘頑的。」結絡，絡寶玉也。編柳，編黛玉也。柳從卯木，卯亦木，則雙木，林也。看面子何等可喜，看裏子何等可惡，是乃釵也。黛玉接了笑道：「怪道人人讚你的手巧，這頑意兒卻也別致。」一面瞧了，一面便叫紫鵑掛在那裏。鶯兒又問候薛姨媽，方和黛玉要硝。黛玉忙命紫鵑去包了一包，遞與鶯兒。黛玉又説道：「我好了，今日要出去逛逛，你回去説與姐姐，不用過來問候媽了，叫得親熱。也不敢勞他過來。我梳了頭，同媽都往你那裏去吃飯，大家熱鬧些。」鶯兒答應了出來，便到紫鵑房中找蕊官。只見蕊官卻與藕官二人正説得高興，不能相捨，又找「癡理」。鶯兒便笑説：「姑娘也去呢，藕官先(同)(回)去等着，豈不是好？」紫鵑聽見如此説，便也説道：「這話倒是。他這裏淘氣的可厭。」一面説，一面便將黛玉的匙箸用了一塊洋布包了，交與藕官道：「你先帶了這個去，也算一趟差了。」藕官接了，笑嘻嘻同他二人出來，一徑順着柳堤走來。鶯兒便又採些柳條，索性坐在山石上編起來，又命蕊官先送了硝去再來。他二人只顧愛看他編，那裏捨得去？鶯兒只管催，説：「你們再不去，我也不編了。」藕官便説：「同你去了，再快回來。」二人方去了。

這裏鶯兒正編，只見何媽的女兒春燕走來，燕乃鶯之侶，亦即寶釵也。其母爲何媽，即寶釵之父無名字。笑問：「姐姐編什麼呢？」正説着，蕊官、藕官也到了，春燕便向藕官道：「前日你到底燒了什麼紙？找上回。被我姨媽看見了，要告你没告成，倒被寶玉賴了他好些不是，氣得他一五一十告訴我媽。你們在外頭二三年了，自「省親」至此，僅周一年，何嘗二三年？積了些什麼仇恨，如今還不解開？」藕官冷笑道：「有什麼仇恨？他們不知足，反怨我們了！在外頭這兩年，不知賺了我們多少東西。你說說，可有的沒有？」春燕笑道：「他是我的姨媽，是姨媽，便是王夫人。也不好向着外人，反說他的。怨不得寶玉說：『女孩兒未出嫁，是顆無價寶珠；出了嫁，不知怎麼就變出許多的不好的毛病兒來；再老了，更不是珠子，竟是魚眼睛了。』奇創之談，戒由真入假。分明一個人，怎麼變出三樣來？這話雖是混賬話，想起來真不錯。別人不知道，只說我媽和姨媽他老姐兒兩個，如今越老了，越把錢看得真了。先是老姐兒兩個在家抱怨沒個差使進益，幸虧有了這園子，把我挑進來，可巧把我分到怡紅院。怡紅院丫頭以鳥名者只春燕，且以前從未見，今儼居上等，蓋將演《飛鳥各投林》一曲矣。家裏省了我一個人的費用不算外，每月還有四五百錢的餘剩，這也還說不彀。後來老姐兒兩個都派到梨香院去照看他們，藕官認我姨媽，芳官認了我媽，黛玉認薛姨媽做媽，方纔點出，是好穿插。這幾年着實寬綽了。如今挪進來，也算撂開手了，還只無厭。你說好笑不好笑？接着我媽和芳官又吵了一場，明指薛家，而用女說娘，便是自剥。又欲給寶玉吹湯，討個没趣兒。幸虧園裏的人多，没人記得清楚誰是誰的親故，若有人記得，我們一家子叫人家看着什麼意思呢？你這會子又跑了來弄這個，這一帶地方上的東西，都是我姑媽管着，黛玉之母，與賈爲姑。他一得了這地，每日起早睡晚，自已辛苦了還不算，每日逼着我們來照看，生怕有人糟蹋。我又怕誤了我的差事。如今我們進來了，老姑嫂兩個照看得謹謹慎慎，一根草也不許人亂動，「興利」效驗。你還掐這些好花兒，又折他的嫩樹枝子，他們即刻就來，仔細他們抱怨。」折入本文。鶯兒道：「別人折掐使不得，獨我使得。自從分了地基之後，各房裏每日皆有分例的，不用算；單算花草頑意兒，誰管什麽，每日誰就把各房裏姑娘丫頭帶的，必要各色送些折枝去，另有插瓶的。惟有我們姑娘説了：『一概不用送，等要什麽再和你要。』究竟總没要過一次。我今便掐些，他們也不好意思説的。」何嘗不是，其如不可以常情測何！寫小兒女低低都都，真是如瓶瀉水。

一言未了，他姑媽果然拄了拐杖前來，必拄拐杖，惜黛之無主張也。鶯兒、春燕等忙讓坐。那婆子見採了許多嫩柳，又見藕官等採了許多鮮花，心裏便不受用。看着鶯兒編籃，又不好説什麽，便説春燕道：「我叫你來照看照看，你就貪着頑不去了！倘或叫起你來，你又説我使你了，拿我作隱身草兒，你來樂！」口角如聞。春燕道：「你老人家又使我，又怕，這會子反説我，難道把我劈分瓣子不成？」燕語。鶯兒笑道：「姑媽，你别信小燕兒的話，這都是他摘下來，煩我給他編，我攆他，他不去。」鶯聲。春燕笑道：「你可少頑兒！你只顧頑，他老人家就認真的。」那婆子本是愚夯之輩，兼之年邁昏眊，戒之在得。惟利是命，「利」字是眼。一概情面不管，正心疼肝斷，無計可施，聽鶯兒如此説，便倚老賣老，拿起拄杖，因編籃重在柳，則此婆護柳即以護黛，其如無計可施何！甚矣拄杖之不可失也。向春燕身上擊了幾下，罵道：「小蹄子！我説着你，你還和我强嘴呢。便謂打罵寶釵也可。你媽恨得牙癢癢，要撕你的肉吃呢，你還和我梆子似的！」打得春燕又愧又急，因哭道：「鶯兒姐姐頑話，你就認真打我！我媽爲什麽恨我？又没燒糊了洗臉水，有什麽不是？」語尖新，北人常説之戲語，其始當出於此書。鶯兒本是頑話，忽見婆子認真動了氣，上前拉扯，笑道：「我纔是頑話，你老人家打他，這不是臊我了嗎？」那婆子道：「姑娘，你別管我們的事，難道爲姑娘這裏，不許我們管孩子不成？」逼肖。鶯兒聽這番蠢話，便賭氣紅了臉，撒了手，冷笑道：「你要管，那一刻管不得？偏我說了一句頑話，就管他了？我看你管去。」說着便坐下，仍編柳籃子。寫得好，而雖有阻者，其編自若。

偏又春燕的娘出來找他，喊道：「你不來舀水，在這裏做什麼？」這婆子便接聲兒道：「你來瞧瞧！你女孩兒連我也不服了，在這裏排揎我呢！」那婆子一面走過來，說：「姑奶奶又怎麼了？我們丫頭眼裏沒娘罷了，連姑媽也沒了不成？」一語有若干語。鶯兒見他娘來了，只得又說原故。他姑媽那裏容人說話？便將石上的花柳與他娘瞧，道：「你瞧瞧，你女孩兒這麼大孩子頑的！他領着人糟蹋我，我怎麼說人？」他娘也正爲芳官之氣未平，又恨春燕不遂他的心，各有所蓄。便走上來打了個耳刮子，怨毒已甚。罵道：「小娼婦！你能上了幾年臺盤？你也跟着那起輕薄浪小婦學？怎麼就管不得你們了？乾的我管不得，你是我自己生出來的，難道也不敢管你不成？他偏有理。既是你們這起蹄子到得去的地方我到不去，你就死在那裏伺候，又跑出來浪漢子！」罵得痛快，乃出自其母。一面又抓起柳條子來，直送到他臉上，問道：「這叫做什麼？這編的是你娘的什麼？」鶯燕一體，皆叙也。用「你娘的」二總，薛姨已在其中。妙絶，妙絶！而聲口如聞，情態如見，能人所不能。鶯兒忙道：「那是我們編的，你別指桑罵槐的。」直認「我們」，寶釵到矣。那婆子深妒襲人、晴雯一干人，早知道凡房中大些的丫鬟都比他們有些體統權勢，凡見了這一干人，心中又畏又讓，未免又氣又恨，亦且遷怒於衆。復又看見了藕官，又是他姐姐的冤家，四處湊成一股怨氣。恰中世情，而文如織錦。

那春燕啼哭着往怡紅院去了，他娘又恐問他爲何哭，怕他又説出來，又要受晴雯等的氣，不免趕着來喊道：「你回來！我告訴你再去！」春燕那裏肯回來，急得他娘跑了去要扯他。春燕回頭看見，便也往前飛跑。絶倒。他娘只顧趕他，不防脚下被青苔滑倒，引得鶯兒三個人反都笑了。劉老老一見。鶯兒賭氣將花柳皆擲於河中，終得乾浄。自回房去。這裏把個婆子心疼的只念佛，寶、黛同歸。又罵：「促狹小蹄子！糟蹋了花兒，雷也是要劈的。」一陽來復，而誅殛亦甚嚴矣。自己且掐花與各房送去。

卻説春燕一直跑入院中，頂頭遇見襲人往黛玉處問安去，春燕便一把抱住襲人，説：「姑娘救我，我媽又打我呢！」剥皆自剥，救亦須自救，是必抱住襲人。襲人見他娘來了，不免生氣，便説：「三日兩頭兒，打了乾的打親的，這是賣弄你女孩兒多，還是認真不知王法？」這婆子來了幾日，見襲人不言不語，是好性兒的，醒筆也，願人切勿誤看。便説道：「姑娘，你不知道別管我們閑事，都是你們縱的，還管什麽？」真像。説着，便又趕着打。襲人氣得轉身進來，麝月正在海棠下晾手巾，聽得如此喊鬧，便説：「姐姐別管，看他怎樣！」迴不猶前，有複無犯。一面使眼色與春燕，真像。春燕會意，直奔了寶玉去。芳官之進，必以晴雯。春燕之進，必以花、麝。各以其類也。頭緒如麻中，而條分縷析如此，設使胸中無一釵一黛萬變不移之主張，則頭緒自亦亂摸矣，何能分析成百二十回大書？衆人都笑説：「這可是從來没有的事，今兒都鬧出來了。」其發源在「興利」，其歸結在「查抄」。麝月向婆子道：「你再略煞一煞氣兒，難道這些人的臉面，和你討一個情還討不出來不成？」那婆子見他女兒奔到寶玉身邊去，又見寶玉拉了春燕的手，説：「你別怕，有我呢。」明見之是「奇緣」「巧合」回中薛姨媽事。春燕一行哭，一行將方纔鶯兒等事都説出來。寶玉越發急起來，道：「你只在這裏鬧也罷了，怎麽連親戚也都得罪起來。」是親戚所自取。麝月又向婆子及衆人道：「怨不得這嫂子説我們管不着他們的事，我們雖無知，錯管了，如今請出一個管得着的人來管一管，嫂子就心服口服，也知道規矩了。」便回頭命小丫頭子：「去把平兒給我叫來，點下半回，平兒一實。平兒不得閑，就把林大娘叫了來。」林大娘一虛。那小丫頭子應了便走。衆媳婦上來笑説：「嫂子快求姑娘們叫回那孩子來罷。平姑娘來了，可就不好了。」那婆子説道：「憑是那個姑娘來了，也要評過理。沒有見過娘管女孩兒，大家管着娘的！」到底有理，柳必不容編也。衆人笑道：「你當是那個平姑娘？是二奶奶屋裏頭的平兒姑娘！他有情，説你兩句；他一翻臉，嫂子你吃不了兜着走。」

説着，只見那個小丫頭回來説：「平姑娘正有事呢，問我做什麽，我告訴了他。他説既這樣，且攆他出去，告訴林大娘，在角門打四十板子就是了。」那婆子聽見如此説了，嚇得淚流滿面，央告襲人等説：得風便轉，絶不費力。「好容易我進來了，況且我是寡婦家，寡婦是眼，薛亦寡婦，有乾女，有親女。沒有壞心，一心在裏頭伏侍姑娘們。我這一去，不知苦到什麽地步！」襲人見他如此説，又心軟了，與他合。便説：「你既要在這裏，又不守規矩，又不聽話，又亂打人，那裏要你這個不曉事的人來天天鬧口齒？也叫人笑話。」晴雯道：「理他呢。打發他去了正經，那裏那麽大工夫和他對嘴對舌的？」與他離。那婆子又央衆人道：「我雖錯了，姑娘們吩咐了，已後改過。姑娘們那不是行好積德？」一面又央告春燕：「原是爲打你起的，饒沒打成你，我如今反受了罪。好孩子，你好歹替我求求罷。」寶玉見如此可憐，便命留下：「不許再鬧。再鬧，一定打了攆出去。」終是他留。那婆子一一謝過下去。

只見平兒走來，問係何事。襲人等忙説：「已完了，不必再提。」平兒笑道：「『得饒人處且饒人』，得將就的，就省些事罷。釵、鳳、探一齊諦聽。但只聽見各屋大小人等都作起反來了，一處不了又一處，叫我不知管那一處是。」虚喝下文。襲人笑道：「我只説我們這裏反了，原來還有幾處。」平兒笑道：「這算什麽事？這三四日的工夫，一共大小出了八九件呢，三陽，四陰，三四日工夫，陰陽之介也。八九七十二，爲地數，正《坤》之《剥》，故作此大段開場。比這裏的還大，可氣可笑！」

不知平兒説出何事，且看下回分解。

自此回至「石榴裙」爲一大段，乃從上大段生出一切凋零破敗之根，而奸盜叢生，以直趨「查抄」之漸也。雖探春案，而實寶釵案。故此回先痛罵寶釵，而以許多親戚演出《剥》之爲剥，無非自取而已。此回上半曰「嗔鶯叱燕」，鶯、燕皆釵也，下半曰「召將飛符」，將乃將兵之主，符乃將兵之用，而主者爲麝月，麝固又一襲人，又一襲則又一釵矣。一派肅殺，從此而集。

護花主人評曰：

賈母等送靈，一切跟隨人等及看守門户，寫得詳細周到。隨後即寫園中婆子與鶯、燕噪鬧，平兒又説「三四日工夫出了八九件事」，所謂「外寇未興，内患已萌」。若認作敍事閒筆，辜負作者苦心。

薔薇硝，是下回茉莉粉、玫瑰露、茯苓霜引子。

襲人見婆子央求，即便心軟。平兒説「得饒人處且饒人」。兩人慈厚存心，所以結果不同。晴雯偏説「打發出去」，心狠結怨，豈知後來婆子未逐而自己卻遭攆逐。此等處俱是反伏後文。且梨園女子概行遣去，亦即于此埋根。

大某山民評曰：從鶯兒口中寫出寶釵平日不愛花豔光景，與前賈母到寶釵房中嫌其太喜素净，一同閒中點綴，爲後來寶釵守寡作影子。

此回仍是癸丑年春間事。

第六十回　茉莉粉替去薔薇硝　玫瑰露引出茯苓霜

話説襲人因問平兒：「何事這等忙亂？」平兒笑道：「都是世人想不到的，説來也好笑。是虛冒一切壞事，恰與閑人《石頭》評作證。等過幾日告訴你。如今没頭緒呢，且也不得閑兒。」一語未了，只見李紈的丫鬟來了，説：「平姐姐可在這裏？奶奶等你，你怎麼不去了？」此處必被此人唤去，乃爲平出罪。平兒忙轉身出來，口内笑説：「來了，來了。」活現。襲人等笑道：「他奶奶病了，他又成了『香餑餑』了，都搶不到手。」是日可食，語面新穎。平兒去了，不提。

這裏寶玉便叫：「春燕，你跟了你媽去到寶姑娘房裏，給鶯兒句好話兒聽聽，也不可白得罪了他。」春燕答應了，和他媽出去。寶玉又隔窗説道：「不可當着寶姑娘説，仔細反叫鶯兒受教導。」寶玉周到，其實作者周到，其練達爲何如？娘兒兩個應了出來，一邊走着，一面説閑話兒。春燕因向他娘道：「我素日勸你老人家，再不信。何苦鬧出没趣來纔罷。」他娘笑道：「小蹄子，你走罷。俗語説：『不經一事，不長一智。』我如今知道了，你又該來支問着我了。」恰得神理。春燕笑道：「媽，你若好生安分守己，在這屋裏，長久了自有許多好處。我且告訴你句話：寶玉常説，這屋裏人，無論家裏外頭的，一應我們這些人，他都要回太太全放出去，與本人父母自便呢。燕乃釵，則此放在釵，與合鶯兒結絡時「有福」之談互相發明。你只說這一件，可好不好？」他娘聽說，喜的忙問：「這話果真？」春燕道：「誰可扯謊做什麼！」婆子聽了，便念佛不絕。曲肖母女閑談，而隱放寶釵聽其母自便，須待寶、黛死亡之後也。「可好不好」，便是「寶玉你好」一語。「念佛不絕」，便是「文妙真人」之名。當下來至蘅蕪院中，正值寶釵、黛玉、薛姨媽等吃飯，鶯兒自去泡茶。春燕便和他媽一徑到鶯兒前，陪笑說：「方纔言語冒撞，姑娘莫嗔莫怪，特來陪罪。」鶯兒也笑了，讓他坐，又倒茶。他娘兒兩個說有事，便作辭回來。簡潔。忽見蕊官趕出，叫：「媽媽，姐姐，略站一站。」一面走上，遞了一個紙包兒與他們，說是薔薇硝，帶與芳官去擦臉。春燕笑道：「你們也太小氣了。大往爲長，小來爲消，故曰小氣。還怕那裏沒這個給他？巴巴兒的又弄一包給他去。」蕊官道：「他是他的，我送的是我送的，姐姐千萬帶回去罷。」春燕只得接了。娘兒兩個回來，正值賈環、賈琮二人來問候寶玉，也纔進去。凡寫環，必同蘭，今有琮無蘭，正以演賈氏宗支由長入消之會乃是循環，而蘭則轉消爲長之人也。春燕便向他娘說：「只我去罷，你老人家不用去。」他娘聽了。自此百依百隨的，不敢崛强了。見釵能制其母，而文筆細密。

春燕進來，寶玉知道回復了，便先點頭。春燕知意，便不再說一語，略站了一站，便轉身出來。真能理會人情，何等文心，何等世故。使眼色與芳官。芳官出來，春燕方悄悄說與他蕊官之事，並與了他硝。活畫。寶玉並無與琮、環可談之語，因笑問芳官：「手裏是什麼？」芳官便忙遞與寶玉瞧，又說：「是擦春癬的薔薇硝。」寶玉笑道：「難爲他想得到。」賈環聽了，便伸着頭瞧了一瞧，又聞得一股清香，便彎腰向靴統内掏出一張紙來，托着笑道：「好哥哥，給我一半兒。」削弱宗支，寶、環正各分一半，而形容鹵莽，又是何等文心。寶玉只得要給他。芳官心中因是蕊官之贈，不肯給別人，連忙攔住，笑説：「別動這個，我另拿些來。」寶玉會意，忙笑道：「且包了拿去。」芳官接了這個，自去收好，便從奩中去尋自己常使的。啓奩看時，盒内已空，心中疑惑：「早上還剩了些，如何就没了？」因問人時，都説不知。麝月便説：「這會子且忙着問這個！不過是這屋裏人一時短了使了，你不管拿些什麼給他們，那裏看得出來？快打發他們去了，咱們好吃飯。」芳官聽説，便將些茉莉粉包了一包拿來。茉莉，末利也，正發「興利」逐末，以致釁隙叢生，致榮、寧爲粉碎。上半題意如此。賈環見了，喜的就伸手來接。芳官便忙向炕上一擲，賈環見了，也只得向炕上拾了，揣在懷内，方作辭而去。

原來賈政不在家，且王夫人等又不在家，賈環連日也便妝病逃學。如今得了硝，興興頭頭來找彩雲。正值彩雲和趙姨娘閑談，賈環笑嘻嘻向彩雲道：「我也得了一包好的，送你擦臉。你常説薔薇硝擦癬比外頭買的銀硝强，你看是這個不是？」寫兩人都恰好，又是何等文心。彩雲打開一看，嗤的一笑，説道：「你是和誰要來的？」是彩雲。賈環便將方纔之事説了一遍。彩雲笑道：「這是他們哄你這鄉老兒呢。神情語氣又自不同，而鄉老兒乃關會劉老老，此正循環之理也。這不是硝，這是茉莉粉。」賈環看了一看，果見比先的帶些紅色，聞聞也是噴香，因笑道：「這是好的，硝、粉一樣，留着擦罷。消必致粉，故云一樣。横竪比外頭買的高便好。」彩雲只得收了。趙姨娘便説：「有好的給你？誰叫你要去了？怎麼怨他們要你？依我，拿了去照臉摔給他去！這會子撞屍的撞屍去了，挺床的挺床，吵一軸子，大家別心浄，也算是報報仇，怨毒之於人甚矣！「報」字是眼。莫不成兩個月之後，還找出這個渣兒來問你不成？就問你，你也有話説。寶玉是哥哥，不敢沖撞他罷了，難道他屋裏的猫兒狗兒也不敢去問問？」不管怎樣，忍耐些罷了。」口吻神情，一絲不走。賈環聽了，便低了頭。好。彩雲忙説：「這又是何苦來。不管怎樣，忍耐些罷了。」又好。趙姨娘道：「你也別管，横豎與你無干。」趁着抓住了理，駡那些蕩娼婦們一頓也是好的。」又指賈環道：「呸！你這下流没剛性的，也只好受這些毛丫頭的氣！平日我説你一句兒，或無心中錯拿了一件東西給你，你倒會扭頭暴筋，瞪着眼撴摔娘。這會子被那起毛崽子耍弄，倒就罷了？你明日還想這些家裏人怕你呢！你没有什麼本事，我也替你恨。」一步緊一步，文如瀉水。賈環聽了，不免又愧又急，又不敢去，只摔手説道：「你這麼會説，你又不敢去。支使了我去鬧，他們倘或往學裏告去，我捱了打，你敢自不疼的！遭遭調唆我去，鬧出事來我捱了打駡，你一般也低了頭。這會子又調唆我和毛丫頭們去鬧。你不怕三姐姐，你敢去，我就服你。」這纔逼出主人翁。一句話戳了他娘的肺，便嚷道：「我腸子裏爬出來的，我再怕了，這屋裏越發有得活了！」一面説，一面拿了那包子，便飛也似的往園中去了。彩雲死勸不住，只得躲入别房。賈環也便躲出儀門，自去頑耍。

趙姨娘直進園子，正是一頭火，頂頭遇見藕官的乾娘夏婆子走來，藕花於夏，故曰夏，卻與夏金桂打通。瞧見趙姨娘氣得眼紅面青的走來，因問：「姨奶奶那裏去？」趙姨娘拍着手道：「你瞧瞧！這屋裏連三日兩日進來唱戲的小粉頭們都三般兩樣，掂人的分兩放小菜兒了。若是别一個我還不惱，若叫這些小娼婦捉弄了，還成了什麼了？」真添頰上三毫。夏婆子聽了，正中已懷，忙問：「因什麼事？」

趙姨娘遂將以粉作硝，輕侮賈環之事，説了一回。夏婆子道：「我的奶奶！你今日纔知道？這算什麼事！連昨日這個地方他們私自燒紙錢，寶玉還攔在頭裏。又找上文，正不脱焚稿之恨。人家還没拿進個什麼兒來，就説使不得；不乾不净的東西忌諱，這燒紙倒不忌諱？你想一想，這屋裏除了太太，誰還大似你？「你」字絶倒，又是何等文心。你自己掌不起，但凡掌的起來，誰還不怕你老人家？又「你老人家」，凡有形容，無不盡態，真是獅子搏兔，亦用全力。如今我想，趁這幾個小粉頭兒都不是正經貨，就得罪他們也有限的。快把這兩件事抓着理，扎個筏子，更有道理。我幫你作證兒。好貨。你老人家把威風也抖一抖，以後也好争别的。就是奶奶姑娘們，也不好爲那起小粉頭子説你老人家的不是。」好貨。趙姨娘聽了這話，越發有理，五十五回一「愚」字，至此方纔暢發，有題之文，固是易做。便説：「燒紙的事我不知道，你細細告訴我。」夏婆子便將前事一一的説了。又説：「你只管説去，倘或鬧起來，還有我們幫着你呢。」趙姨娘聽了，越發得了意，仗着膽子，便一徑到了怡紅院中。

可巧寶玉往黛玉那裏去了，安放既好，而此來正爲此二人也。芳官正與襲人等吃飯，見趙姨娘來了，忙都起身讓坐，問：「姨奶奶有什麼事，這等忙？」趙姨娘也不答話，走上來，便將粉照芳官臉上摔來，手指着芳官駡道：「小娼婦養的！你是我們家銀子錢買了來學戲的，不過娼婦粉頭之流，我家裏下三等奴才也比你高貴些。梨香院一網打盡。你都會『看人下菜碟兒』？寶玉要給東西，你攔在頭裏，莫不是要了你的了？拿這個哄他，你只當他不認得呢。好不好，他們是手足，都是一樣的主子，那裏有你小看他的？」芳官那裏禁得住這話，一行哭，一行便説：「没了硝，我纔把這個給他的。若説没了，又怕不信。難道這不是好的？我便學戲，也没往外頭唱去。我一個女孩兒家，知道什麽『粉頭』『麪頭』的！姨奶奶犯不着來罵我，我又不是姨奶奶家買的。『梅香拜把子，都是奴才』罷咧。這是何苦來呢！」尖利無匹，恰是學過戲的小女兒。襲人忙拉他説：「休胡説！」趙姨娘氣得發怔，便上來打了兩個耳刮子，襲人等忙上來拉勸，説：「姨奶奶不要和小孩子一般見識，等我們説他。」芳官捱了兩下打，那裏肯依？便打滚撒潑的哭鬧起來。口内便説：「你打的着我麽？你照照你那模樣兒再動手！我叫你打了去，也不用活着了！」撞在他懷内叫他打。衆人一面勸，一面拉。晴雯悄拉襲人説：「不用管他們，讓他們鬧去，看怎麽開交。如今『亂世爲王』了，什麽你也來打，我也來打，都這樣起來，還了得呢。」筆有餘閑，而作此説者爲晴雯，正是自戕。外面跟趙姨娘來的一干人聽見如此，心中各各趁願，都念佛説：「也有今日！」又有那一干懷怨的老婆子，見打了芳官，也都趁願。筆有餘閑，而凡破「木石」之人都到。

當下藕官、蕊官等正在一處頑，湘雲的大花面葵官、寶琴的荳官，兩個聽見此信，忙找着他兩個説：「芳官被人欺負，咱們也没趣兒，須得大家破着大鬧一場，方争的過氣來。」梨香院全到。四人終是小孩子心性，只顧他們情分上義憤，便不顧别的，一齊跑入怡紅院中。荳官先就照着趙姨娘撞了一頭，幾乎不曾將趙姨娘撞了一跤。那三個也便走上來，放聲大哭，手撕頭撞，把個趙姨娘裹住。晴雯等一面笑，一面假意去拉。急得襲人拉起這個，又跑了那個，口内只説：「你們要死啊！有委曲只管好説，這樣没道理，還了得了！」趙姨娘反没了主意，只好亂罵。藕官、蕊官兩個一邊一個，抱住左右手，葵官、荳官前後頭頂住，只説：「你打死我們四個就罷。」芳官直挺挺躺在地下，哭得死過去。紙上鼎沸，與「鬧書房」一樣筆墨。

正没開交，誰知晴雯早遣春燕回了探春，當下尤氏、李紈、探春三人帶着平兒與衆媳婦走將來，忙把四個喝住。問起原由來，趙姨娘氣得瞪着眼、粗了筋，一五一十，説個不清。「一五一十，説個不清」，妙情，妙語，而隱消長大衍之數，便是趙姨前後左右五人之象。尤、李兩個不答言，只喝禁他四人。探春便歎氣説道：「這是什麽大事！姨娘太肯動氣了。點出探之爲歎，一辱再辱，「争閑氣」至此一舒。我正有一句話要請姨娘商議，怪道丫頭們説不知在那裏，原來在這裏生氣呢。姨娘快同我來。」收得便捷，「敏」字再注。尤氏、李紈都笑説：「請姨娘到廳上來，咱們商量。」直找「興利」回之議事廳。趙姨娘無法，只得同他三人出來，口内猶説長説短。風定波平。探春便説：「那些小丫頭子們原是頑意兒，喜歡呢，和他説説笑笑，不喜歡，可以不理他就是了。他不好了，如同猫兒狗兒抓咬了一下子，可恕就恕，不恕時，也只該叫管家媳婦們，説給他去責罰。何苦不自尊重，大吆小喝？也失了體統。你瞧周姨娘，怎麽没人欺他，他也不尋人去？又好。我勸姨娘且回房去煞煞性兒，别聽那説瞎話的混賬人挑唆，惹人笑話自己獃，白給人家做弄。明如觀火。心裏有二十分的氣，也忍耐這幾天，等太太回來，自然料理。」一席話，説得趙姨娘閉口無言，只得回房去了。

這裏探春氣得和李紈、尤氏説：「這麽大年紀，行出來的事總不叫人敬服。這是什麽意思，也值得吵一吵？並不留體統！耳朵又軟，心裏又没有算計，這又是那起没臉面的奴才們挑唆的，作弄出個獃人，替他們出氣！」越想越氣，因命人查是誰挑唆的。禍由自召，更欲問誰，是乃微言。媳婦們只得答應着，出來相視而笑，都說是：「大海裏那裏撈針去？」只得將趙姨娘的人並園中人喚來盤詰，都說不知道，衆人也無法。只得回探春：「一時難查，慢慢的訪。凡有口舌不妥的，一總來回了責罰。」探春氣漸漸平服，方罷。了世故了得鬆懈。可巧艾官便悄悄的向探春說：一鬧無艾官，外也。在梨園中，出梨園外，便是探春。「都是夏媽素日和這芳官不對，每每的造出些事來。前日賴藕官燒紙，幸虧是寶二爺自己應了，他纔没話。今日我與姑娘送手帕去，見他和姨奶奶在一處說了半天，嘁嘁喳喳的，見了我來，纔走開了。」探春聽了，雖知情弊，亦料定他們皆一黨，本皆淘氣異常，便只答應，也不肯據此爲證。自是探春見地，而隱義存焉。

誰知夏婆的外孫女兒小蟬兒，便是探春處當差的，金風未動蟬先覺，乃是黛玉，以外孫女醒出。時常與房中丫鬟們買東西，衆女孩兒皆待他好。這日飯後，探春正上廳理事，翠墨在家看屋子，因命小蟬出去叫小幺兒買糕去。小蟬便笑說：「我纔掃了個大院子，腰腿生疼的，你叫別的人去罷。」翠墨笑說：「我又叫誰去？你趁早兒去，我告訴你一句好話：你到後門順路告訴你老娘，防着些兒。」說着，便將艾官告他老娘的話告訴了他。小蟬聽說，忙接了錢，道：「這個小蹄子也要捉弄人，等我告訴去。」說着便起身出來。至後門邊，只見廚房内手閑之時，都坐在臺階上說閑話呢，夏婆亦在其内。小蟬便命一個婆子出去買糕，他且一行罵，一行說，將方纔的話告訴了夏婆子。夏婆子聽了，又氣又怕，便欲去找艾官問他，又要往探春前去訴冤。百弊叢生，都在探處。小蟬忙攔住說：「你老人家去怎麽説呢？這話怎麽知道的？可又叨登不好了。説給你老人家防着就是了，那裏忙在一時兒？」

正説着，忽見芳官走來，扒着院門，笑向廚房中柳家媳婦説道：廚房一現，正東生火之方，木之所也。「柳嬸子，寶二爺説了：晚飯的素菜，要一樣涼涼的酸酸的東西，只不要擱上香油弄膩了。」柳家的笑道：「知道。今兒怎麽又打發你來告訴這麽句要緊的話呢？你不嫌腌臢，進來逛逛。」柳家媳婦必從芳官敍出，重五兒也。芳官纔進來，忽有一個婆子，手裏托了一碟子糕來。芳官戲説：「誰買的熱糕？我先嘗一塊兒。」小蟬一手接了，道：「這是人家買的，你們還希罕這個？」見芳之寵。柳家的見了忙笑道：「芳姑娘，你愛吃這個，我這裏有纔買下給你姐姐吃的，五兒虛上。他没有吃，還收在這裏，乾乾淨淨没動的。」纔出五兒，便提乾净，重影黛玉。説着，便拿了一碟子出來，遞與芳官。又説：「你等我替你燉口好茶來。」一面進去，現通開火燉茶。芳官便拿着那糕，舉到小蟬臉上，説：「誰希罕吃你那糕！這個不是糕不成？我不過説着頑罷了，你給我磕頭，我還不吃呢。」説着，便把手内的糕掰了一塊，擲着逗雀兒頑，口内笑説道：「柳嬸子，你别心疼，我回來買二斤給你。」口角情形如見，而驕盈至此，其招妒致禍爲何如？是加一倍寫黛玉。小蟬氣得怔怔的瞅着，説道：「雷公老爺也有眼睛，「雷」字又提，物極必反，《復》之機也。怎麽不打這作孽的人！」衆人都説道：「姑娘們罷喲！天天見了就咕唧。」有幾個伶透的，見了他們拌起嘴來，又怕生事，都拿起脚來各自走開。當下小蟬也不敢十分説話，一面咕噥着去了。都恰好。

這裏柳家的見人散了，忙出來和芳官説：「前日那話説了没有？」芳官道：「説了。等一兩天，再提這事。突而不突。偏那趙不死的，又和我鬧了一場。前日那玫瑰露，姐姐吃了没有？他到底可好些？」入手便提病。柳家的道：「可不都吃了，他愛得什麽似的。又不好合你再要。」芳官道：「不值什麽，等我再要些來給他就是了。」原來這柳家的有個女兒，今年纔十六歲，二八皆陰數，對十五將笄之年，是爲黛。雖是廚役之女，卻生得人物與平、襲、鴛、紫相類。以四人合一人，悉有妙義，批不勝批，以意得之也可。因他排行第五，故叫他五兒。其姓爲柳，即雙木林，乃黛玉第五影身，故曰五兒。又《乾》《坤》六子，第五少男爲《艮》，艮，止也。書至此可止矣，而王成、狗兒、板兒一齊歸結。因素有弱疾，故没得差使。近因柳家的見寶玉房中丫鬟差輕人多，且又聞得寶玉將來都要放他們，釵、襲以活放固放，黛、晴以死放亦不能不放，是曰都要放。故如今要送到那裏去應名。正無路頭，可巧這柳家的是梨香院的差使，柳亦在梨園，《牡丹亭》黛固獨主也。也最小意殷勤，伏侍得芳官一干人比別的乾娘還好，芳官等待他們也極好。如今便和芳官說了，央芳官去與寶玉說。寶玉雖是依了，只是近日病着，又有事，尚未得說。前言少述，正補多少前言。且說當下芳官回至怡紅院中，回復了寶玉。這裏寶玉正爲趙姨娘吵鬧，心中不悦，補筆好。說又不是，不說又不是，只等吵完了，打聽着探春勸了他去後，方又勸了芳官一陣。因使他到廚房說話去，今見他回來，又說還要些玫瑰露與柳五兒吃去，寶玉忙道：「有着呢，我又不大吃，你都給他吃去罷。」說着，命襲人取了出來。見瓶中也不多，遂連瓶與了芳官。

芳官便自攜了瓶與他去。愛適以害，何莫不然。正值柳家的帶進他女兒來散悶，在那邊畸角子一帶地方逛了一回，便回到廚房内，正吃茶歇脚兒。見芳官正拿了一個五寸來高的小玻璃瓶來，迎亮照着，裏面有半瓶胭脂一般的汁子，還當是寶玉吃的西洋葡萄酒。逃之西方，爲「出家」映。母女兩個忙說：「快拿鏇子盪滚了水，你且坐下。」芳官笑道：「就剩了這些，連瓶子給你罷。」五兒聽說，方知是玫瑰露，忙接了，又謝芳官。因說道：「今日好些，進來逛逛。這後邊一帶，也没有什麽意思，廚是東，後邊是北，東北畸角，正是艮方。不過是些大石頭大樹和房子後牆，正經好景致也没看見。」芳官道：「你爲什麽不往前去？」柳家道：「我没叫他往前去。姑娘們也不認得他，倘有不對眼的人看見了，又是一番口舌。明遞下文，而板兒之來亦從後邊。明日託你攜帶他，有了房頭兒，怕没人帶着逛呢！只怕逛膩了的日子還有呢。」芳官聽了，笑道：「怕什麽？有我呢。」滿盈已極，暗補寶玉之寵。柳家的忙道：「嗳喲喲！我的姑娘！我們的頭皮兒薄，比不得你們。」說着，又倒了茶來。芳官那裏吃這茶？只漱了一口就走了。旁襯。柳家的說：「我這裏佔着手呢，五丫頭送送。」

五兒便送出來。因見無人，又拉着芳官說道：「我的話到底說了没有？」芳官笑道：「難道哄你不成？我聽見屋裏正經還少兩個人的窩兒，並没補上。一個是小紅的，黛玉第三影。璉二奶奶要了去，還没給人來；一個是墜兒的，亦黛之證。也没補。如今要你一個也不算過分。皆因平兒每每和襲人說：凡有動人動錢的事，得挨的且挨一日。如今三姑娘正要拿人作筏子呢，必歸到此，乃題中「引出」二字精義。連他屋裏的事都駁了兩三件，如今正要尋我們屋裏的事没尋着，何苦來往網裏碰去？倘或說些話駁了，那時候老了，倒難可挽回。且等冷冷兒，是等冷。老太太，太太心閑了，憑是天大的事，先和老的兒一說，没有不成的。」不是說五兒，乃借影說形，說黛玉也。夫黛玉之與寶玉，何話不說？特不及亂而已。使能明正自託，以寶玉受史、王溺愛，自然一説没有不成，乃計不出此，而送帕而私定情，題帕而徒增病，轉落爲非作歹之迹，招衆人忌，失史、王歡，以致終歸寶釵。一死一亡，何莫非無主不留神所致哉！不圖紫鵑勸「拿主意」之説，到此回纔演出，看天大的事，一句自明。真是東雲現鱗，西雲現爪。五兒道：「雖如此説，我卻性兒急，等不得了。確是黛玉，乃「玉在櫝中求善價」一「求」字。與「冷香丸」之「只好等着罷了」正相對。趁如今挑上了，頭宗，給我媽争口氣，也不枉養我一場；二宗，我添了月錢，家裏又從容些；三宗，我開開心，只怕這病就好了。便是請大夫吃藥，也省了家裏的錢。」芳官説：「你的話我都知道了，你只管放心。」「放心」二字，寶、黛吃緊眼目。説畢，芳官自去了。

且表五兒回來，與他娘深謝芳官之情。他娘因説：「再不承望得了這些東西！雖然是個尊貴物兒，卻是多吃了也動熱，竟把這個倒些送個人去，也是人情。」五兒問：「送誰？」他娘道：「送你姑舅兄弟一點兒，他那熱病，也想這些東西吃。姑舅爲寶玉影射徒然病熱。我倒半盞給他去。」五兒聽了，半日没言語，隨他媽倒了半盞去，將剩的連瓶便放在傢伙廚内。遞筆。五兒冷笑道：「依我説，竟不給他也罷了。倘或有人盤問起來，倒又是一場是非。」他娘道：「那裏怕起這些來，還了得！我們辛辛苦苦的，裏頭賺些東西，也是應當的。難道是作賊偷的不成？」反注下文。説着，不聽，一徑去了，直至外邊他哥哥家中。他侄兒正躺着，一見這個，他哥哥、嫂子、侄兒無不歡喜。現從井上取了涼水，吃了一碗，心中爽快，頭目清涼。剩的半盞，用紙蓋着，放在桌上。

可巧又有家中幾個小斯，同他侄兒素日相好的伴兒，走來看他的病。内中有一個叫做錢槐，是趙姨娘之内親，趙之内親定姓錢，錢質是金，乃木之鬼賊，故名槐，是即釵。他父母現在庫上管賬，他本身又派跟賈環上學。因他手頭寬裕，尚未娶親，素日看上柳家的五兒標緻，一心和父母説了，娶他爲妻。我尅者爲妻，便是一君一妃。也曾央中保媒人，再四求告。柳家父母卻也情願，爭奈五兒執意不從，雖未明言，卻已中止，他父母未敢應允。近日又想往園內去，越發將此事丟開，只等三五年後放出時，自向外邊擇壻了。錢槐家中人見如此，也就罷了。爭奈錢槐不得五兒，心中又氣又愧，發恨定要弄取成配，方了此願。便是釵必奪黛心事。此段提敍，全書了矣。今日也同人來看望柳氏的侄兒，不期柳家的在內。

柳家的見一羣人來了，内中有錢槐，便推説不得閑，起身走了。他哥哥嫂子忙説：「姑媽怎麽不吃茶就走？倒難爲姑媽記罣着。」柳家的因笑道：「只怕裏面傳飯，再閑了，出來瞧侄兒罷。」他嫂子因向抽屜内取了一個紙包兒出來，拿在手内，送了柳家的出來，至牆角邊，遞與柳家的，又笑道：「這是你哥哥昨日在門上該班兒，誰知這五日的班兒，一個外財没發，只有昨日有廣東的官兒來拜，送了上頭兩小簍子茯苓霜，餘外給了門上人一簍作門禮，你哥哥分了這些。亦遞亦補。昨兒晚上，我打開看了看，怪俊，雪白的。説拿人乳和了，每日早起吃一鍾，最補人的。没人乳就用牛乳，再不得就是滚白水也好。我們想着，正是外甥女兒吃得的，上半天原打發小丫頭子送了家去，他説鎖着門，連外甥女兒也進去了。本來我要瞧瞧他去，給他帶了去的，又想着主子們不在家，各處嚴緊，我又没什麽差使，跑什麽？況且這兩日風聞得裏頭家反宅亂的，倘或沾帶了，倒值多了。姑媽來得正好，親自帶去罷。」柳氏道了生受，作別回來。

剛走到角門前，只見一個小幺兒笑道：少男之映。「你老人家那裏去了？裏頭三次兩轉叫人傳呢，叫我們三四個人各處都找到了。你老人家從那裏來了？這條路又不是家去的路，我倒要疑心起來了。」那柳家的笑道：「好猴兒崽子，你也合我胡説起來了。回來問你。」

要知端的，且看下回分解。

此第六十回也，書之上半至此完結，下半從此生發。曰粉，曰硝，曰露，曰霜，篇中已評出矣。其間「替去」「引出」四字尤重，乃暑往寒來，財色大交關處。書中財色並演，而究重在「色」字。爲寶、黛掌姻緣簿而終不成，則爲黛叫不平而已。故此篇中借趙姨一人爲報復。芳、藕、蕊、葵，無非梨香院中人，則無非寶釵，罵之打之，殊爲痛快。而探之堅忍刻薄，致所自出，放情毀辱，剥人自剥，即報復中「財」字亦到。

護花主人評曰：

此回同下回，就平兒所説「三四日内出了八九件事」中補敍兩三件，因與趙姨、探春、平兒、司棋、彩雲等俱有干係，是以摘出補寫。此外與園内上房無干者，略而不敍。是文章剪裁法。

趙姨之愚惡，夏婆之挑唆，及芳官等之縱放，若非探春鎮以正静，幾至不可收拾。而趙姨之蓄恨，芳官等之禍胎，已不可解矣。

探春查誰人挑唆，必不可少。但若竟查出來，便難處分。隨手抹殺，省卻無數枝節。又偏有翠墨告知小蟬，小蟬轉告夏婆一層，以爲積怨地步，用筆最細。寫芳官之無知恃寵，真畫出小孩氣象。

玫瑰露，柳家若不送給伊侄，則茯苓霜亦無由而得。茯苓霜，五兒若不送給芳官，則玫瑰瓶亦無由搜出。真是禍福互相倚伏。

六十回當與六十一回併作一氣看，纔事事俱有根由。

大某山民評曰：

差輕人多，則人浮於事矣。寶玉房中尚如此，合府可知矣。

賈府之婢，與平、襲、鴛、紫可列者，晴雯也。柳五兒酷肖晴雯，以此類之非過。

此回仍是癸丑年春時事。

第六十一回　投鼠忌器寶玉瞞贓　判冤決獄平兒行權

話説那柳家的，聽了這小幺兒一夕話，此大段無非一夕話，而滿紙都是暗昧蹊蹺，看官亦覺得否？笑道：「好猴兒崽子，你親嬸子找野老兒去了，你豈不多得一個叔叔？有什麼疑的！不要討我把你頭上的馬子蓋揪下來。此演《剥》下得《復》之機，《剥》上卦爲《艮》，《艮》爲少男。「馬子」陰器，「蓋」則上一陽爻也，若更揪下，則成純《坤》。還不開門讓我進去呢。」小厮且不推門，且拉着笑道：「好嬸子，你這一進去，好歹偷幾個杏兒出來賞我吃。我這裏老等。你若忘了，日後半夜三更，打酒買油的，我不給你老人家開門，也不答應你，隨你乾叫去。」伏下夜賭。柳氏啐道：「發了昏的，今年還比往年？把這些東西，都分給了衆媽媽了。再找「興利」，是《剥》之主。一個個的不像抓破了臉的，人打樹底下一過，兩眼就像那黧雞是的，還動他的果子！所謂「碩果不食」。可是你舅母姨娘兩三個親戚都管着，寶、黛、釵無非這些親戚，無非小幺兒。怎不和他們要去，倒和我來要？這可是『倉老鼠向老鴰去借糧，鼠屬子，爲北方至陰，前四爪故前四刻爲陰，後五爪故後四刻爲陽，正是《坤》下得《復》，暢至純陽，悉從此起。老鴰屬火，正南方也。而語面新巧絶倫。守着的没有，飛着的倒有』！」小厮笑道：「噯喲喲！没有罷了，説上這些閑話，我看你老人家從今已後就用不着我了。就是姐姐有了好地方，隱隱躍躍。將來呼喚我們的日子多着呢。只要我們多答應他些就有了。」柳氏聽了笑道：「你這個小猴兒精，又搗鬼了。猴兒，寶、鳳俱到，謂之精，乃《復》之所由生，而現在卻是搗鬼。你姐姐有什麼好地方了？」那小廝笑道：「不用哄我了，早已知道了。單是你們有內縴，難道我們就没有內縴不成？內縴則內連矣，《坤》陰都斷而內連一爻，非《復》而何？我雖在這裏聽差，裏頭卻也有兩個姐姐成個體統的。什麼事瞞了我們？」隱隱躍躍。○上回尾此回首，用一老陰一少陽，暢演《易》象，乃六十、六十一回頭，百廿回書正中間之大樞紐也，而異常新穎，神情口角如見如聞，不知作者從何處得來。

正説着，只聽門内又有老婆子向外叫：「小猴兒，快傳你柳嬸子去罷，再不來，可就誤了。」飯不可誤，言下憬然。柳家的聽了，不顧和小厮説話，忙推門進去，笑説：「不必忙，我來了。」一面來至廚房，雖有幾個同伴的人，他們都不敢自專，單等他來調停公派。卯木春生，書中獨主之要義，所有多少叫吃飯總匯於此。一面問衆人：「五丫頭那裏去了？」衆人都説：「纔往茶房裏，自尋苦吃。找他們姐妹去了。」柳家的聽了，便將茯苓霜擱起，前回結，此回起。且按着房頭分派菜饌。忽見迎春房裏小丫頭蓮花兒走來蓮花兒，蓮茂於夏，與蟬同時，正陰生之會。道：「司棋姐姐説要碗雞蛋，頓得嫩嫩的。」上大段以《夬》之《剥》定探春，此回以《大壯》之《觀》定迎春，以便立後文惡姻緣之案。元春正月之卦，爲《泰》居長，次迎春居二，爲二月卦則《大壯》。悉女體也，則凡陽皆陰，變《大壯》爲《觀》矣，《觀》巽上坤下，特借其婢要雞蛋以演出之，巽爲雞蛋，即卵爲腎，位正北，先天之坤也。是以奴定主法，而即司棋本傳。棋黑白分明，蛋青黄不混，後以烈死，乃書中野鴛鴦而真鴛鴦之一人，正是蛋之演義。柳家的道：「就是這一樣兒尊貴，不知怎麼今年雞蛋短的很，十個錢一個還找不出來。昨日上頭給親戚家送粥米去，四五個買辦出去，好容易纔湊了二千個來，我那裏找去？你説給他，改日吃罷。」語氣不平，足啓争端，是真好筆。蓮花兒道：「前日要吃豆腐，你弄了些餿的，叫他說了我一頓。今日要雞蛋，又没有，什麽好東好西！我就不信連雞蛋都没有了。不要叫我翻出來！」一面說，一面真個走來，揭起菜箱一看，只見裏面果有十來個雞蛋，說道：「這不是？你就這麽利害，吃的是主子分給我們的分例，你爲什麽心疼？蓮花兒舌有蓮花。又不是你下的蛋，怕人吃了！」又妙。

柳家的忙丟了手裏的活計，便上來說道：「你少滿嘴裏混謅，你媽纔下蛋呢！通共留下這幾個，預備菜上的澆頭，姑娘們先要，還不肯做上去呢！預備遇急兒的。你們吃了，倘或一聲要起來，没有好的，連雞蛋都没了？你們深宅大院，水來伸手，飯來張口，只知雞蛋是平常物件，那裏知道外頭買賣的行市呢？别說這個，有一年連草根子還没了的日子還有呢。言之慨然。我勸他們，細米白飯，每日肥雞大鴨子，將就些兒也罷了。吃膩了腸子，天天又鬧起故事來了。貞元運會，不過故事。雞蛋、豆腐，又是什麽麪觔、醬蘿蔔炸兒，敢自倒換口味！只是我又不是答應你們的，一處要一樣，就是十來樣，我倒不要伺候頭層主子，只預備你們二層主子了！」主爲陽，《觀》卦上二陽爲二層。蓮花兒聽了，便紅了臉，喊道：「誰天天要你什麽來，你說上這兩車子話！叫你來，不是爲便宜，卻爲什麽？前日春燕來說晴雯姐姐要吃蘆蒿，死喪之映。你怎麽忙得還問肉炒雞炒？春燕說葷的因不好，纔另叫你炒個麪觔兒，少擱油纔好，你忙得倒說自己發昏，趕着洗手炒了，狗顛屁股兒似的，親捧了去。今日反倒拿我作筏子，說我給衆人聽！」

柳家的忙道：「阿彌陀佛，這些人眼見的，不要說前日一次，就從前年以來，凡各房裏偶然間，不論姑娘姐兒們，要添一樣半樣，誰不是先拿了錢來另買别添？有的没的，名聲好聽。算着連姑娘帶姐兒們四五十人，不止此數。一日也要兩隻雞，兩隻鴨子，十來斤肉，一吊錢的菜蔬，園中寶、黛、釵、迎、探、惜、李，計七處，此數豈敷供膳耶？作者洞明練達，何支離若此，是固以矛盾演《剥》也。你們算算，彀做什麼的？連本分兩頓飯還撐持不住，還擱得住這個點這樣那個點那樣？買來又不吃，又要别的去。既這樣，不如回了太太，多添些分例，也像大廚房裏預備老太太的飯，把天下所有的菜蔬，用水牌寫了，天天轉着吃，到一個月現算倒好。盛極必衰，此時正盛。前日三姑娘和寶姑娘同爲《剥》主。偶然商量了，要吃個油鹽炒菜芽兒來，芽屬句芒，少陽之象，由《剥》而生。現打發個姐兒，拿着五百錢給我，五爲土數，芽所託根。我倒笑起來了，説『二位姑娘就是大肚子彌勒佛，佛，覺也。大肚皮，胃土也。乃萬物所歸藏，此佛當念。也吃不了五百錢的。這二三十個錢的事，二三得五，以十成之仍爲土。還備得起。』趕着我送回錢去，到底不收，説賞我打酒吃。又説：『如今廚房在裏頭，保不住屋裏的人不去叨登。一鹽一醬，那不是錢買的？你不給又不好，給了你又没得賠的，你拿着這個錢，權當還了他們素日叨登的東西窩兒。』這就是明白體下的姑娘，我們心裏，只替他念佛。獨能得衆。没得趙姨奶奶聽了，不脱趙，乃不脱上大段。又氣不忿，反説太便宜了我，隔不了十天，也打發個小丫頭子來尋這樣，尋那樣，此廚備園中人飯，趙居於外，何亦來尋？則内外混同爲陰矣，是以矛盾暗演大義，書中每用此法。我倒好笑起來。你們竟成了例，不是這個，就是那個，我那裏有這些賠的？」一篇話寫得淋漓盡致，而依聲賴勢，凌弱怕强，芳官氣息相通，都在言下，洵是妙文。

正亂時，只見司棋又打發人來催蓮花兒，説他：「死在這裏嗎？怎麼就不回去？」蓮花兒賭氣回來，便添了一篇話，告訴了司棋。書中如此等瑣屑文字，人多不耐看，倘試執筆仿爲一通，則繚戾冗沓，欲求其似，戞戞其難之，況又消納許多隱意於其中乎。今經評出，請看官再讀，便當眉舞色飛矣。司棋聽了，不免心頭起火，此刻伺候迎春飯罷，帶了小丫頭們走來，見了許多人正吃飯，見他來得勢頭不好，都忙起身陪笑讓坐。司棋便喝命小丫頭子動手：「凡箱櫃所有的菜蔬，只管丟出去喂狗，大家賺不成！」棋寓戰爭，寫司棋第一登場如此，而橫恣如見。小丫頭子們巴不得一聲，七手八脚，搶上去一頓亂翻亂擲，慌得衆人一面拉勸，一面央告司棋說：「姑娘不要誤聽了小孩子的話，柳嫂子有八個頭，也不敢得罪姑娘。說雞蛋難買是真，我們纔也說他不知好歹，憑是什麼東西，也少不得變法兒弄去。他已經悟過來了，連忙蒸上了。姑娘不信，瞧那火上。」寫衆人恰好。司棋被衆人一頓好言語，方將氣勸得漸平了。小丫頭子們也没得摔完東西，便拉開了。司棋連說帶罵，鬧了一回，方被衆人勸去。柳家的只好摔碗丟盤，自己咕唧了一回，蒸了一碗蛋，令人送去。詳略各得。司棋全潑了地下。全神都到而乃自戕，巽爲雞爲風，又演風地《剥》。那人回來，也不敢說，恐又生事。

柳家的打發他女兒喝了一回湯，吃了半碗粥，又將茯苓霜一節說了。入上半回。五兒聽罷，便心下要分些贈芳官，即黛之與寶。遂用紙另包了一半，趁黄昏人稀之時，自己花遮柳隱的來找芳官。且喜無人盤問，鬼不鬼，賊不賊。一徑到了怡紅院門首，有來路，無去路。不好進去，只在一簇玫瑰花前站立，情景俱妙，必是玫瑰花，既點時令，又見總由探春也。遠遠的望着。有一盞茶時候，可巧春燕出來，忙上前叫住。春燕不知是那一個，到跟前方看真，即黛遇釵。笑道：「姐姐太性急了。横豎等十來日就來了，只管找他做什麼？方纔使了他往前頭去了，你且等他一等。不然，有什麼話告訴我，等我告訴他。恐怕你等不得，只怕關了園門。」五兒便將茯苓霜遞與春燕，又說這是茯苓霜，如何吃，如何補益，「我得了些送他的，轉煩你遞與他就是了。」轉送，何其魯莽，是黛行事。說畢，便走回來。

正走蓼溆一帶，特提此處。忽迎見林之孝家的，帶着幾個婆子走來，五兒藏躲不及，只得上來問好。

林家的問道：「我聽見你病了，怎麼跑到這裏來？」截問如聞。五兒陪笑説道：「因這兩日好些，跟我媽進來散散悶，纔因我媽使我到怡紅院送傢伙去。」林之孝家的説道：「這話岔了，方纔我見你媽出去，我纔關門。既是你媽使了你去，他如何不告訴我説你在這裏呢？竟出去讓我關門，是何主意？可是你撒謊。」五兒聽了，没話回答，只説：「原是我媽一早教我取去的，我忘了，挨到這時我纔想起來了，只怕我媽錯認我先去了，所以没和大娘説得。」林之孝家的聽他詞遁意虚，又因近日玉釧兒説那邊正房内失落了東西，幾個丫鬟對賴，没主兒，心下便起了疑。可巧小蟬、蓮花兒並幾個媳婦子走來，狹路相逢。見了這事，便説道：「林奶奶倒要審審他。這兩日他往這裏頭跑得不像，鬼鬼祟祟的，不知幹些什麼事？」小蟬又道：「正是。昨日玉釧姐姐説：『太太耳房裏的櫃子開了，少了好些零碎東西。』璉二奶奶打發平姑娘和玉釧姐姐要些玫瑰露，誰知也少了罐子，若不是尋露還不知道呢。」蓮花兒笑道：「這我没聽見，今日我看見一個露瓶子。」迤邐逗笋。林之孝家的正因這事没主兒，每日鳳姐兒使平兒催逼他，一聽此言，忙問：「在那裏？」蓮花兒便説：「在他們廚房裏呢。」林之孝家的聽了，忙命打了燈籠，帶着衆人來尋。五兒急得便説：「那原是寶二爺屋裏的芳官給我的。」林之孝家的便説：「不管你方官圓官，現有贓證，我只呈報了，憑你主子前辨去。」陰陽合爲一人，故不管方圓，而語面自妙。此以五兒之屈直注黛玉之死，李、探乃黛玉送終之人，其停放乃林之孝家的。一面説，一面進入廚房，蓮花兒帶着，取出露瓶。恐還偷有别物，又細細搜了一遍，又得了一包茯苓霜，一並拿了，帶了五兒來回李紈與探春。

那時李紈正因蘭兒病了，不理事務，只命去見探春。探春已歸房，人回進去，丫鬟們都在院内納涼。「納涼」二字是混語。探春在内盥沐，只有侍書回進去，半日出來説：「姑娘知道了，叫你們找平兒回二奶奶去。」都不管，而二人各爲一意，俟後評。林之孝家的只得領出來，到鳳姐那邊，先找着平兒進去回了，鳳姐方纔睡下，聽見此事，便吩咐：「將他娘打四十板子，攆出去，永不許進二門。把五兒打四十板子，鳳主殺黛，故作此言，四板一棺也。立刻交給莊子上，或賣或配人。」平兒聽了，出來依言吩咐了林之孝家的。五兒嚇得哭哭啼啼，給平兒跪着細訴芳官之事。平兒道：「這也不難，等明日問了芳官，便知真假。但這茯苓霜，前日人送了來，還等老太太、太太回來看了纔敢打動，這不該偷了去。」五兒見問，忙又將他舅舅送的一節説了出來。平兒聽了笑道：「這樣説，你竟是個平白無辜之人，拿你來頂缸的。「冤」字明點。此時天晚，太太纔進了藥歇下，不便爲這點小事去絮叨。如今且將他交給上夜的人看守一夜，等明日我回了奶奶，再作道理。」林之孝家的不敢違拗，只得帶了出來，交與上夜的媳婦看守，自己便去了。這裏五兒被人軟禁起來，便是軟煙羅。一步不敢多走。又兼衆媳婦也有勸他説：「不該做這没行止的事。」也有報怨説：「正經更還坐不上來，又弄個賊來給我們看守，倘或眼不見尋了死，或逃走了，都是我們的不是。」又有素日一干與柳家不睦的人，見了這般，十分趁願，都來奚落嘲戲他。這五兒心内又氣又委曲，竟無處可訴。悉由自取。且本來怯弱有病，這一夜思茶無茶，思水無水，思睡無衾枕，嗚嗚咽咽，直哭了一夜。便作「焚稿」回觀。

誰知和他母女不和的那些人，巴不得一時就攆他出門去，生恐次日有變，大家先起了個清早，都悄悄的來買轉平兒，送了些東西，一面又奉承他辦事簡斷，一面又講述他母親素日許多不好處。畫鬼筆。平兒一一都應着，打發他們去了，卻悄悄的來訪襲人，問他可果真芳官給他玫瑰露了。「權」字已到。襲人便説：「露卻是給了芳官，芳官轉給何人，我卻不知。」公道不昧，雖襲不能以黛爲污，是以從他出脱。○此露來路本從他手，在二十四回彼處説三寸瓶，此處説五寸瓶，是一是二？襲人於是又問芳官，芳官聽了，唬了一跳，忙應是自己送他的。芳官便又告訴了寶玉，寶玉也慌了，説：「露雖有了，若勾起茯苓霜來，他自然也實供。若聽見了是他舅舅門上得的，他舅舅又有了不是，豈不是人家的好意反被喒們陷害了？」因忙和平兒計議：「露的事雖完，然這霜也是有不是的。此霜恍忽。好姐姐，你只叫他説也是芳官給他的，就完了。」平兒笑道：「雖如此，只是他昨晚已經同人説是他舅舅給的了，如何又説你給的？況且那邊所丟之露，正没主兒，如今有贓證的白放了，又去找誰？誰還肯認？衆人也未必心服。」晴雯走來笑道：「太太那邊的霜，再無別人，分明是彩雲偷了給環哥兒去了，你們可瞎亂説。」大家雪亮。平兒笑道：「誰不知這個原故？但今玉釧兒急的哭。悄悄問着他，他若應了，玉釧兒也罷了，大家也就混着不問了，難道我們好兜攬這事不成？可恨彩雲不但不應，他還擠玉釧兒，説他偷了去了。兩個人窩裏炮先吵得合府皆知，我們如何裝没事人？少不得要查的。殊不知告失盜的就是賊，自剥。又没贓證，怎麽説他？」寶玉道：「也罷，這件事，我也應起來，就説是我唬他們頑的，悄悄的偷了太太的來了，兩件事都完了。」襲人道：「也倒是一件陰隲事，保全人的賊名兒。「瞞」字正面，見窩主爲寶玉，副之者襲人也，此義陰隱，故爲陰隲。只是太太聽見，又説你小孩子氣象，不知好歹了。」平兒笑道：「也倒是小事，如今便從趙姨娘屋裏頭起了贓來也容易，我只怕又傷着一個好人的體面。別人都不要管，只這一個人，豈不又生氣？我可憐的是他，不肯爲打老鼠傷了玉瓶。」説着，把三個指頭一伸。歸重「興利」之主，了完題句。「鼠」字義重，正是循環。襲人等聽説，便知他説的是探春，大家都忙説：「可是這話，竟是我們這裏應了起來爲是。」平兒又笑道：「也須得把彩雲和玉釧兒兩個孽障叫了來，問準了他方好。不然，他們得了意，不説爲這個，倒像我没有本事問不出來。就是這裏完事，他們已後越發偷的偷，不管的不管了。」襲人等笑道：「正是，也要你留個地步。」「留」字重。

平兒便命一個人，叫了他兩個來説道：「不用慌，賊已有了。」玉釧兒先問：「賊在那裏？」釧乃環類，而必攻訐，是亦自剥。平兒道：「現在二奶奶屋裏呢，財色窩主並歸此處，而一語入面。問他什麽，應什麽。我心裏明白，知道不是他偷的，可憐他害怕，都承認了。這裏寶二爺不過意，要替他認一半。財一半，色一半，故認一半。我待要説出來，但只是這做賊的，素日又是和我好的一個姐妹，窩主卻是平常，裏面又傷了一個好人的體面，因此爲難。少不得央求寶二爺應了，大家無事。如今反要問你們兩個，還是怎樣：若從此已後，大家小心存體面，這便求寶二爺應了；若不然，我就回了二奶奶，不要冤屈了人。」彩雲聽了，不覺紅了臉，一時羞惡之心感發，所謂良心，《剥》下得《復》矣，是曰環。便説道：「姐姐放心，也不要冤屈好人，我説了怕傷體面，偷東西原是趙姨奶奶央告我再三，我拿了些與環哥兒是情真。必拉環、趙，重演循環也，且立彩雲旁傳，正不必作十成語，是有斟酌。連太太在家，我們還拿過，各人去送人，也是常有的。我原説嚷過兩天就罷了，如今既冤屈了好人，我心也不忍。姐姐竟帶了我回奶奶去，一概應了完事。」衆人聽了這話，一個個都詫異他竟這樣有肝膽。寶玉忙笑道：「彩雲姐姐果然是個正經人。周而復始，是爲正經。如今也不用你應，我只説我悄悄的偷的嚇你們頑，如今鬧出事來，我原該承認。我只求姐姐們已後省些事，大家就好了。」彩雲道：「我幹的事，爲什麽叫你應？死活我該去受。」平兒、襲人忙道：「不是這樣說，你一應了，未免又叨登出趙姨奶奶來，那時三姑娘聽了，豈不又生氣？竟不如寶二爺應了，大家無事。且除這幾個人，皆不得知道，這樣何等乾浄！但只以後，千萬大家小心些就是了。要拿甚麽，好歹等太太到家，那怕連房子給了人，我們就没干係了。」「小人剥廬」。彩雲聽了，低頭想了一想，方依允。略推即合卻好。

於是大家商議妥貼，平兒帶了他兩個，並芳官來至上夜房中，叫了五兒，將茯苓霜一節，也悄悄的叫他説係芳官所贈，阿私顯見。五兒感謝不盡。平兒帶他們來至自己這邊，已見林之孝家的，帶領了幾個媳婦，押解着柳家的，等彀多時。林之孝家的又向平兒説：「今日一早押了他來，恐園中没人伺候姑娘們飯，我暫且將秦顯的女人派了去，伺候姑娘們的飯呢。」秦顯言人情奸險也，爲司棋之親，則黑白分明，又何必苟且鑽營，徒貽笑柄乎，其警世深矣。○司棋姓秦，特爲「情」字又立一格。平兒道：「秦顯的女人是誰？我不大相熟。」林之孝家的道：「他是園裏南角子上夜的，白日裏没什麽事，所以姑娘不大認識。高高兒孤拐，大大的眼睛，最乾浄爽利的。」玉釧道：「是了，姐姐你怎麽忘了？他是跟二姑娘的司棋的嬸子。司棋的父親，雖是大老爺那邊的人，他這叔叔，卻是咱們這邊的。」棋乃分勢。平兒聽了，方想起來，笑道：「哦！你早説是他，我就明白了。」又笑道：「也太派急了些，如今這事八下裏水落石出了，連前日太太屋裏丢的，也有了主兒。又如問見。是寶玉那日過來，和這兩個孽障無非孽障。不知道要什麽的。偏這兩個孽障慪他頑，説：『太太不在家，不敢拿。』寶玉便瞅他兩個不提防時節，自己進去拿了些什麽出來。這兩個孽障不知道，就嚇慌了。如今寶玉聽見帶累了别人，方細細的告訴了我，拿出東西來，我瞧一件不差。那茯苓霜也是寶玉外頭得了的，也曾賞過許多人，不獨園內人有，連媽媽丫鬟們討出去給親戚們吃，又轉送人。襲人也曾給過芳官一流的人。他們私情，各自來往，也是常事。前日那兩簍還擺在議事廳上，好好的原封没動，怎麽就混賴起人來？此霜恍惚，忽失忽得，正有微旨。等我回了奶奶再説。」説畢，抽身進了卧房，將此事照前言回了鳳姐兒一遍。

鳳姐兒道：「雖如此説，但寶玉爲人，不管青紅皂白，玉易受污。愛兜攬事情。別人再求求他去，他又擱不住人兩句好話，給他個灰簍子戴上，什麽事他不應承？咱們若信了，將來有大事也如此，如何治人？還要細細的追求纔是。依我的主意，把太太屋裏的丫頭都拿來，雖不便擅加拷打，只叫他們墊着磁瓦子，跪在太陽地下，茶飯也不要給他們吃。一日不説，跪一日，便是鐵打的，一日也管招了。」以鳳之辣，襯平之平，托出「行權」。又道：「蒼蠅不抱没縫兒的雞蛋，找上文雞蛋。雖然這柳家的没偷，到底有些影兒，人纔説他。此是説寶黛情事。雖不加賊刑，也革出不用。朝廷原有罣誤的，到底不算委屈了他。」黛自無詞。平兒道：「何苦來操這心，得放手時須放手，什麽大不了的事，樂得施恩呢！正訓。依我説，總在這屋裏操上一百分心，終久是回那邊屋裏去的，人每忘了各有那邊，百歲終須死也。没的結些小人仇恨，使人含恨抱怨。況且自己又三災八難的，好容易懷了一個哥兒，到了六七個月還掉了，焉知不是素日操勞太過、氣惱傷着的？直提五十五回鳳姐小月，乃生「興利」之因。如今趁早兒見一半不見一半的，也倒罷了。」老老、鴛鴦全到。一夕話，説得鳳姐兒倒笑了，道：「隨你們罷，没的慪氣。」平兒笑道：「這不是正經話？」此回以一夕話起首，以一夕話結尾，一夕話乃是正經，此書何可輕視。説畢，轉身出來，一一發放。

要知端的，且聽下回分解。

此回乃此書的正中，故爲司棋立傳，一黑一白之轉關，正是循環，故「瞞贓」「行權」，都從賈環生發。

起以柳家一夕話，結以平兒一夕話。一夕話，夢話也。而恩怨刑德，無不包羅。愈瑣碎，愈整齊。篇中總發冤家路仄之意，而一切無非以己害己。如林之孝，黛類也，而攻柳；鳳、平，赦屬也，而左迎。則天理循環，正有許多雲霞變幻。

護花主人評曰：

假薔薇硝，趙姨娘乾動真氣；真玫瑰露，賈寶玉甘冒假贓。

暗換茉莉粉，芳官賺趙姨兩下嘴巴；私送茯苓霜，五兒賠芳官一宵眼淚。

指鹿爲馬，芳官調換粉硝；以李代桃，寶玉認偷霜露。

司棋若不因雞蛋噪鬧，叫小丫頭亂翻亂摸，則玫瑰露瓶，蓮花兒何由看見？敘司棋噪鬧一層，是此回之根綫。

司棋逞性，不但伏後文敗事之根，且以見迎春素日不知約束下人。

柳五兒事，若李紈辦理，必不能明白。若探春究問，又多有干礙，非平兒不可。但平兒何能作主？故借鳳姐已睡，分付發落，五兒纔得跪訴冤枉，平兒始訪問襲人，寶玉方肯代認。層層脱卻，不露痕迹。

層層脱卸到寶玉認偷，事已可完，但竟就完結，索然無味。又寫平兒慮後，唤到玉釧、彩雲，隱隱躍躍，説出原委，彩雲挺身認罪一節，然後平兒、襲人説出干礙三姑娘，彩雲依允。不但波瀾忽起忽落，情事亦周匝細密。

鳳姐要細細追求，平兒勸解，是此回餘波。然不寫此一層，便不像鳳姐平日爲人，如此方無缺漏。

大某山民評曰：

諺有「踏沈船，打落水狗」之説，未曾分清皂白，趁勢蹂躪。作者目中看不過，心裏忍不住，爰借柳五兒暢言之。

連上一回，其形容柳嫂子勢利處，真是水銀瀉地，無孔不入。總之無錢無勢，日日想吃白食者，不能討此等人好也。

此回已入癸丑年夏時事。

第六十二回　憨湘雲醉眠芍藥裀　獃香菱情解石榴裙

話説平兒出來，吩咐林之孝家的道：「『大事化爲小事，小事化爲無事』，所謂造化。方是興旺之家。若是一點子小事，便揚鈴打鼓亂掀騰起來，不成道理。正訓。今將他母女帶回，照舊去當差，將秦顯家的仍舊遣回，再不必提此事。只是每日小心巡察要緊。」説畢，起身走了。柳家的母女，忙上前磕頭。林家的就帶回園中，回了李紈、探春，二人都説：「知道了。寧可無事，很好。」

司棋等人，空興頭了一陣。何必。那秦顯家的好容易等了這個空子鑽了來，只興頭了半天，可爲驚歎。在廚房内正亂接收家伙米糧煤炭等物，又查出許多虧空來，説：「粳米短了兩石，常用米又多支了一個月的，炭也欠着額數。」一面又打點送林之孝的禮，悄悄的備了一簍炭、一石粳米在外邊，就遣人送到林家去了。又打點送賬房兒的禮。又備幾樣菜蔬，請幾位同事的人，説：「我來了，全仗你們列位扶持。自今以後，都是一家人了，我有照顧不到的，好歹大家照顧些。」世故人情，無不燭照，寫來絶倒。正亂着，忽有人來説：「你看完了這一頓早飯，就出去罷。柳嫂兒原無事，如今還交與他管了。」秦顯家的聽了，轟去了魂魄，垂頭喪氣，登時偃旗息鼓，捲包而去。送人之物，白白去了許多，自己倒要折變賠補虧空。連司棋都氣了個直眉瞪眼，無計挽回，只得罷了。此一頓飯工夫，正不知氣壞多少人？可以醒矣！

趙姨娘正因彩雲私贈了許多東西，被玉釧兒吵出，生恐查問出來，每日捏着一把汗，偷偷的打聽信兒。忽見彩雲來告訴說：「都是寶玉應了，從此無事。」趙姨娘方把心放下來。誰知賈環聽如此說，便起了疑心，將彩雲凡私贈之物都拿了出來，照着彩雲臉上摔了來，說：「你這兩面三刀的東西，我不希罕！你不和寶玉好，他如何肯替你應？你既有擔當給了我，原該不與一個人知道。如今你既然告訴了他，我再要這個，也没趣兒。」雖寫無端，亦情談中所應有，又演自剥。彩雲見如此，急得發呪賭誓，至於哭了。百般解說，賈環執意不信，說：「不看你素日，我索性去告訴二嫂子，就說你偷來給我，我不敢要。你細想去罷！」說畢，摔手出去了。急的趙姨娘罵：「没造化的種子，這是怎麽說！」氣得彩雲哭了個淚乾腸斷。趙姨娘百般的安慰他：「好孩子，他辜負了你的心，我横豎看得真。我收起來，過兩日，他自然回轉過來了。」說着，便要收東西。彩雲賭氣，一頓捲包起來，趁人不見，來至園中，都撇在河内，順水沈的沈，漂的漂了。自己氣得夜間在被内暗哭了一夜。

當下又值寶玉生日已到，日無明文，以上文玫瑰、下文芍藥揆之，則爲《乾》卦四月純陽之月也，是乃追原先天之心。原來寶琴也是這日，二人相同。琴爲太初之音，其用爲禁，即落後天能禁此心，則能反兩王之《坤》，爲兩三之《乾》也，故與寶玉同生日。王夫人不在家，也不曾像往年熱鬧，往年乃「魘魔法」以後，「泣殘紅」以前，何嘗熱鬧。只有張道士首提大道。送了四樣禮，換的記名符兒，還有幾處僧尼廟的和尚、姑子，無非陰陽性命演義。送了供尖兒，並壽星、紙馬、疏頭，並本宮星官、值年太歲、周歲換的鎖兒。家中常走的男女，先日來上壽。王子騰那邊，仍是一套衣服，一雙鞋襪，一百壽桃，一百束上用銀絲掛麪。束其外實其内，正一心奔騰之戒。薛姨媽處減一半。「減半」二字奇，衣服一套不可減半，鞋襪一雙不可減半，或者只有衣服鞋襪無桃麪，有桃麪無衣服鞋襪爲減半耶？請試猜之。其餘家中，尤氏仍是一雙鞋襪，罪自外至，故禁其行。鳳姐兒是一個宫製四面扣合荷包，必無所逃。裏面裝一個金壽星，定主以玉配金。一件波斯國的玩器。猶言夷器。夷，傷也。各廟中遣人去放堂捨錢。又另有寶琴之禮，不能備述。姊妹們皆隨便，或有一扇的，或有一字的，或有一畫的，或有一詩的，一扇，一善也，爲《大學》之明德；一字爲《春秋》之褒貶；一畫爲大《易》之奇偶；一詩爲《國風》之正變。吾故曰是書演《大學》，以《周易》明消長，以《國風》正貞淫，以《春秋》示予奪。奈何看官都把作閑文略過。聊爲應景而已。

這日，寶玉清晨起來，梳洗已畢，冠帶起來，至前廳院中，已有李貴等四個人李貴正對張道。在那裏設下天地香燭。寶玉炷了香，行了禮，奠茶焚紙後，便至寧府内宗祠祖先堂兩處行禮，出至月臺上，又朝上遥拜過賈母、賈政、王夫人等。一順到尤氏上房，行過禮，三提行「禮」，正爲《詩》《易》《春秋》之配，其所出曰政，其同生曰琴，則《書》與《樂》在其中矣。合之《六經》《四書》，無不具備，乃是鄭重演寶玉，乃是鄭重演石頭，看官信否？坐了一回，方回榮府。先至薛姨媽處，再三拉着，此處無行禮明文，正壞心之所。然後又見過薛蝌，讓一回，方進園來。方入大觀，此書又從頭起。晴雯、麝月二人一釵、一黛，是書主腦。跟隨，小丫頭夾着氈子，從李氏起，一一挨着，比自己長的房中到過；復出二門，至四個奶媽家讓了一回方進來。雖衆人要行禮，也不曾受。不行禮不受禮，乃入大觀之寶玉，而排場都好。回至房中，襲人等第一人。只都來説一聲就是了，王夫人有言，不令年輕人受禮，恐折了福壽，故此皆不磕頭。廢禮自王，大書特書。

一時賈環、賈蘭來了，襲人連忙拉住，亦未行禮，無兄無父，總由王命。坐了一坐，便去了。寶玉笑道：「走乏了。」便歪在床上。入夢微言。方吃了半盞茶，只聽外頭咭咭呱呱，一羣丫頭笑了進來，但一歪便見羣陰悉進，而一時情事，恍如見聞。原來是翠墨、小螺、翠縷、入畫，邢岫煙的丫頭篆兒，並奶子抱着巧姐兒，彩鸞、繡鸞八九個人，是人都有妙義，不是雜湊，批不勝批，八九七十二，乃地數也。都抱着紅氈子，笑着進來，說：「拜壽的擠破門了，快拿麪來我們吃！」剛進來時，探春、湘雲、寶琴、岫煙、惜春也都來了。此五人一總，悉有妙義，看官當自知之。寶玉忙迎出來，笑說：「不敢起動，快預備好茶。」進入房中，不免推讓一回，大家歸座。襲人等捧過茶來，纔吃了一口，平兒也打扮得花枝招展的來了。此回此段要緊人物，故單提特舉。寶玉忙迎出來笑說：「我方纔到鳳姐姐門上，回進去，說不能見我，我又打發人進去讓姐姐的。」平兒笑道：「我正打發你姐姐梳頭，不得出來回你。後來聽見又說讓我，我那裏禁當得起？所以特給二爺來磕頭。」寶玉笑道：「我也禁當不起。」襲人是在外間安了坐，讓他坐，平兒便拜下去，都不行禮，獨他行禮，無剥不復，其機在此，否則王夫人不令行禮之命豈獨未之聞，而獨不遵耶！故讀書貴得閒。寶玉作揖不迭，平兒便跪下去，寶玉也忙還跪下，襲人連忙攙起來；又拜了一拜，寶玉又還了一揖。襲人笑推寶玉：「你再作揖。」寶玉道：「已經完了，怎麼又作揖？」此書至此，實已完又作。襲人笑道：「這是他來給你拜壽，今日也是他的生日，你也該給他拜壽。」用襲人出平兒生日，恰有關會。寶玉喜得忙作揖，笑道：「原來今日也是姐姐的好日子。」平兒趕着也還了禮。湘雲拉寶琴、岫煙說：「你們四個人對拜壽，直拜一天纔是。」岫煙生日用湘雲說出，煙雲一體也。而四人同一生日，大有深文，在「一天」二字。琴所以正人心，而彈琴必焚香，此岫煙爲琴之配也。於是化其陂而使之平，去其偏而扶之正，而後分陰悉盡，以復清虛自在之天，此平、寶之合爲一天也，是乃一部《紅樓》真實作用，而敍事穿插，直逼龍門矣。探春忙問：「原來邢妹妹也是今日？我怎麽就忘了。」岫煙生日，湘雲記之，而探春忘之，此皮裹陽秋也。本回寫探春，都是此筆。忙命丫頭：「去告訴二奶奶，趕着補了一分禮，與琴姑娘的一樣，送到二姑娘屋裏去。」丫頭答應着去了。岫煙見湘雲直口説出來，少不得要到各房去讓讓。

探春笑道：「倒有些意思。此書之讚。一年十二個月，月月有幾個生日。人多了，便這等巧。「巧」字乃書中要義。也有三個一日的，兩個一日的。大年初一也不白過，大姐姐占了去，怨不得他福大，生日比別人就占先。又是太祖太爺的生日冥壽。中幅開場，始於「興利」，則探春便是冷子興，此段便是「演説榮國府」，故必從大年初一追原太祖生日。過了燈節，就是老太太和寶姐姐，他們娘兒兩個遇的巧。賈母生日，七十一回明説八月初三，詳在本評。今必説在正月者，正以此書又開端也，而必與寶釵同時者，同爲罪魁禍首也，故曰遇的巧。三月初一是太太的，三月初一仍一王字。初九是璉二哥哥，璉乃壞榮之陰小，今以三連之《乾》，而於初九一爻變生一陰，則爲《巽》爲風，是西風之配。〇「桃花社」回説探春生日在三月初三，此處不言，俟後評。二月没人。」文筆一曲，而黛以死，襲以嫁，同爲没人也。襲人道：「二月十二日林姑娘，二二重陰，十歸土數，乃正花朝，林固花敍中主人也。怎麽没人？死得乾浄，雖没人，實有人。只不是咱家的人。」終於客死，襲人三言，全傳了矣！其實寶釵又何嘗是咱家人。探春笑道：「你看我這個記性兒。」不記岫煙生日，猶可言也，不記黛玉生日，探豈憒憒若此？是乃微詞。寶玉笑指襲人道：「他和林妹妹是一日，初試雲雨第一人，亦花敍之主，固與黛玉異出同源。他所以記得。」探春笑道：「原來你兩個倒是一日，不應是而是，曰倒是。每年連頭也不給我們磕一個。平兒的生日，我們也不知道，這也是纔知道的。」平兒笑道：「我們是那牌兒名上的人?不入《紅樓夢曲》,故無牌名。生日也没拜壽的福,又没受禮的職分,可吵嚷什麽,可不悄悄兒的就過去了嗎?今日他又偏吵出來了。等姑娘回房,我再行禮去罷。」探春笑道:「也不敢驚動。只是今日倒要替你過個生日,我心裏纔過得去。」後半部書從此日生,故探春云然,而其勢利附鳳,自在言外。寶玉、湘雲等一齊都説:「很是。」探春便吩咐了丫頭:「去告訴他奶奶説:我們大家説了,今日一天不放平兒出去,「一天」二字再點。我們也大家湊了分子過生日呢!」找「攢金上壽」,彼爲《剥》之基,此爲《復》之兆。丫頭笑着去了,半日回來説:「二奶奶説了,多謝姑娘們給他臉。不知過生日給他些什麽吃?只别忘了二奶奶,就不來絮聒他了。」語面是戲,語意覺慘,平兒扶正到矣。衆人都笑了。探春因説道:「可巧今日裏頭廚房不預備飯,一應下麪弄菜,都是外頭收拾,喒們就湊了錢,叫柳家的來領了去,只在喒們裏頭收拾倒好。」衆人都説:「很好。」

探春一面遣人去請李紈、寶釵、黛玉,一面遣人去傳柳家的進來,「爲此春酒」,正須柳氏。吩咐他内廚房中,快收拾兩桌酒席。柳家的不知何意,因説:「外廚房都預備了。」探春笑道:「你原來不知道,今日是平姑娘的好日子,外頭預備的是上頭的,這如今我們私下又湊了分子,單爲平姑娘預備兩桌請他。你只管揀新巧的菜蔬,預備了來,開了賬,我那裏領錢。」柳家的笑道:「今日又是平姑娘的千秋,我們竟不知道。」説着,便向平兒磕頭,慌得平兒拉起他來。柳主春生,平能受之,而「行權」之報已在言外。柳家的忙去預備酒席。

這裏探春又邀了寶玉同到廳上去吃麪,等到李紈、寶釵一齊來全,又遣人去請薛姨媽與黛玉。卻無迎春，看探春是何心地。因天氣和暖，黛玉之疾漸愈，書又開頭，故寫黛愈。故也來了，花團錦簇，擠了一廳的人。誰知薛蝌又送了巾扇香帛四色壽禮與寶玉，文無脱漏，巾扇香帛都有寓意。寶玉於是過去陪他吃麪。兩家皆辦了壽酒，互相酬送，彼此同領。至午間，寶玉又陪薛蝌吃了兩杯酒。一榮一雪，冷熱倚伏。寶釵帶了寶琴過來與薛蝌行禮，把盞畢，寶釵因吩咐薛蝌：「家裏的酒，也不用送過那邊去，這虚套竟收了。你只請夥計們吃罷。我們和寶兄弟進去，和得奇。還要待人去呢，也不能陪你了。」薛蝌忙説：「姐姐、兄弟只管請，獨不説妹妹。只怕夥計們也就好來了。」寶玉忙又告過罪，方同他姊妹回來。

一進角門，寶釵便命婆子將門鎖上，把鑰匙要了，自己拿着。寶玉忙説：「這一道門何必關？又没多的人走，況且姨娘、姐姐、妹妹都在裏頭，倘或要家去取什麽，豈不費事？」寶釵笑道：「小心没過逾的。你們那邊，這幾日七事八事，七八十五，又是將笄之年，七事八事，不過此事。竟没有我們那邊的人，可知是這門關得有功效了。若是開着，保不住那起人圖順脚走近路，從這裏走，攔誰的是？不如鎖了，連媽媽和我也禁着些，大家别走。總有了事，就賴不着這邊的人了。」寶玉笑道：「原來姐姐也知道我們那邊近日丢了東西。」寶釵笑道：「你只知道玫瑰露和茯苓霜兩件，乃因人而及物，若不是裏頭有人，你是連這兩件還不知道呢。殊不知還有幾件，比這兩件大的呢。若以後叨登不出來，是大家的造化，若叨登出來了，不知裏頭連累多少人呢。一篇話説得蹺蹊暗昧，見一切壞事有平、鳳所不知，而釵獨知之者，則其爲奸盜之主，尚復何疑！是乃重新演一《姤》卦也。大觀園爲《易卦圖》，四月生日爲純《乾》，關斷通雪通冷之門，則一陽下斷，非《姤》而何？書開首演「寶玉初試」演此也，中幅演「鳳姐潑醋」演此也，而無非演寶釵，今用寶釵自演之，正是作者另立爐竈。你也是不管事的人，我才告訴你。平兒是個明白人，我前日也告訴了他，皆因他奶奶不在外頭，所以使他明白了。若不犯出來，大家落得丟開手；若犯出來，他心裏已有了稿兒，自有頭緒，就冤枉不着平人了。你只聽我說，已後留神小心就是了。這話也不可告訴第二個人。」不可告第二人，而寶琴固同在此，豈不聞之？「初試」回之老老，「潑醋」回之鴛鴦，都在個裏。說着，來到沁芳亭邊，仍從心起。只見襲人、香菱、侍書、晴雯、麝月、芳官、蕊官、藕官十來個人，都在那裏看魚頑呢，此處章法，當接黛玉或晴雯或湘雲，今必首提襲人者，正抉上段話，爲演「初試」也，餘人妙義當自得之。觀魚者，魚水之諧究歸金也。見他們來了，都說：「芍藥欄裏藥寓扶養，欄寓範圍，是風月寶鑑之用。預備下了，快去上席罷。」寶釵等隨攜了他們，同至芍藥欄中紅香圃紅香圃即是大觀園。三間小〔敞〕（廠）廳內，連尤氏已請過來了，榮寧合一。諸人都在那裏，只沒平兒。

原來平兒出去，有賴、林諸家送了禮來，連三接四，上中下三等家人，拜壽送禮的不少。平兒忙着打發賞錢道謝，一面又色色的回明了鳳姐兒，不過留下幾樣，也有不受的，也有受下即刻賞與人的。忙了一回，又直等鳳姐兒吃過麪，方換了衣裳，往園裏來。剛進了園，就有幾個丫鬟來找他，一同到了紅香圃中。只見筵開玳瑁，褥設芙蓉，衆人都笑說：「壽星全了。」上面四座，定要讓他們四個人坐。四人皆不肯。薛姨媽說：「我老天拔地，不合你們的羣兒，我倒拘的慌，不如我到廳上，隨便躺躺去倒好。我又吃不下什麼去，又不大吃酒，這裏讓他們倒便宜。」尤氏等執意不從。寶釵道：「這也罷了，倒是讓媽媽在廳上歪着自如些，有愛吃的，送些過去，倒自在了。且前頭沒人，在那裏又可照看了。」探春笑道：「既這樣，恭敬不如從命。」決去一陰，正探爲主，而安置恰好。因大家送到議事廳上，眼看着命小丫頭們鋪了一個錦褥，並靠背引枕之類，又囑咐：「好生給姨太太搥腿，要茶要水，別推三拉四的。回來送了東西來，姨太太吃了，賞你們吃，只別離了這裏。」小丫頭子們都答應了。探春等方回來，終久讓寶琴、岫煙二人在上，共爲一天。平兒面西坐，寶玉面東坐。探春又接了鴛鴦來，一探不平，生出《易》卦無數鴛鴦文字，是書主人。二人並肩對面相陪。西邊一桌，寶釵、黛玉、湘雲、迎春、迎春到此方見，卻無往請明文。惜春依序，一面又拉了香菱、玉釧兒二人打横。三桌上尤氏、李紈，又拉了襲人、彩雲陪坐。四桌上，便是紫鵑、鶯兒、晴雯、小螺、司棋等人圍坐。並有司棋，不脱本大段。四桌坐得不倫不類，而皆有意義可尋。

當下探春等還要把盞，寶琴等四人都説：「這一鬧，一日也坐不成了！」方纔罷了。兩個女先兒要彈詞上壽，衆人都説：「我們没人要聽那些野話，你廳上去説給姨太太解悶兒去罷。」必找「破舊套」。一面又將各色吃食揀了，命人送與薛姨媽去。寶玉便説：「雅坐無趣，須要行令纔好。」必找「三宣令」。衆人中有的説行這個令好，又有那個説行那個令纔好。黛玉道：必用書主。「依我説，拿了筆硯，將各色令都寫了，拈成鬮兒，「鬮」字絶妙，書中人無非此字。咱們抓出那個來，就是那個。」衆人都道：「妙極。」即命拿了一副筆硯花箋。香菱近日學了詩，又天天學寫字，見了筆硯，便巴不得連忙起來，説：「我寫。」必用他寫，是乃寶鑑。衆人想了一回，共得十來個，「十」字縱横如意。念着，香菱一一寫了，搓成鬮兒，擲在一個瓶中。探春便命平兒拈，後半生發，必用此人。平兒向内攪了一攪，用筯夾了一個出來，打開一看，上寫「射覆」二字。書中情事，無非射覆。寶釵笑道：「把個令祖宗拈出來了。射覆從古有的，如今失了傳，這是後纂的，比一切的令都難。射覆本於《易》道，乃書之祖，故曰令祖宗。《石頭記》祖《易》道而成書，正是後纂，而其難特甚，作者自道甘苦。這裏頭倒有一半是不會的，一半，反面也。一半不會，歎世人只解看正面也。不如毀了，另拈一個雅俗共賞的。」便是代儒之言。探春笑道：「既拈了出來，如何再毀？閑人前評曾云：既鑄不能毀。如今再拈一個，若是雅俗共賞的，便叫他們行去，咱們行這一個。」說着，又叫襲人拈了一個，追前起後，必用此人。卻是「拇戰」。對五伸縮，仍是《易》數，仍是射覆而戰爭形焉，便是「滴翠亭」案。史湘雲笑着說：「這個簡斷爽快，如此簡爽，其如人不猜何。合了我的脾氣。我不行這個射覆，沒的垂頭喪氣悶人，我只猜拳去了。」探春道：「惟有他亂令，寶姐姐快罰他一鍾。」寶釵不容分說，便灌了湘雲一杯。

探春道：「我吃一杯，我是令官，也不用宣，只聽我分派。取了令骰令盆來，從琴妹妹擲起挨着擲下去，對了點的二人射覆。」寶琴一擲是個「三」，必是三，是《乾》。岫煙、寶玉等皆擲的不對，直到香菱方擲了個「三」。菱乃甄出，真也，惟一真乃合琴，故亦得三，以成純《乾》。寶琴笑道：「只好室內生春，所謂仙鄉不離房。若說到外頭去，可太沒頭緒了。」探春道：「自然。三次不中者罰一杯，你覆他射。」寶琴想了一想，說了個「老」字。乃劉老老，與寶琴是一非二，爲四月純陽，陽已老矣，指定此篇，重演一《姤》卦。香菱原生於這令，一時想不到，滿室滿席，都不見有與「老」字相連的成話。湘雲先聽了，便也亂看，忽見門斗上貼着「紅香圃」三個字，便知寶琴覆的是「吾不如老圃」的「圃」字，是莊家人。見香菱射不着，衆人一鼓又催，便悄悄的拉香菱，教他說「藥」字。即到香夢沈酣，乃是令人求藥。黛玉偏看見了，說：「快罰他，又在那裏傳遞呢！」傳遞直追「逞才藻」回，故必用他說。鬧得衆人都知道了，忙又罰了一杯。恨的湘雲拿筷子敲黛玉的手。於是罰了香菱一杯。下則寶釵和探春對了點子，不對之對，正找「除宿弊」「全大體」，兩人同事爲一對。探春便覆了一「人」字，此「人」字對天字、道字說，便是襲人之人，壞天心、道心者。寶釵笑道：「這個『人』字泛得很。」探春笑道：「添一個字，兩射一覆，也不泛了。」說着，便又說了一個「窗」字。窗取其明，便是「秋爽齋」義。寶釵一想，因見席上有雞，便知他是用「雞窗」「雞人」二典了，因覆了一個「塒」字。探春知他射着，用了「雞栖於塒」的典，得所栖止。二人一笑，此一笑有微旨。各飲一口門杯。

湘雲等不得，早和寶玉三五亂叫，猜起拳來。三五皆奇數，是黛影；合之得八，則偶數，是釵影；乃合寶玉，一人二影。那邊尤氏和鴛鴦隔着席，也七八亂叫，搳起拳來。平兒、襲人也作了一對。叮叮噹噹，只聽得腕上鐲子響。一時湘雲贏了寶玉，襲人贏了平兒，筆有餘閑，聲情畢現。二人限酒底酒面。湘雲便說：「酒面要一句古文，一句舊詩，一句骨牌名，一句曲牌名，皆書中所取給。還要一句時憲書上有的話，共總成一句話。酒底要關人事的果菜名。」凡書中一果一菜，無不關合人事，酒底正是書底，觀此則知閑人所評，如酸笋雞皮湯、蓮葉羹等等，絕非穿傅。衆人聽了，都說：「惟有他的令，比人嘮叨，倒也有些意思。」自道其書。便催寶玉快說。寶玉笑道：「誰說過這個，也等想一想兒。」黛玉便道：「你多喝一鍾，我替你都說說。」是爲一心一口。寶玉真個喝了酒，聽黛玉說道：

落霞與孤鶩齊飛，風急江天過雁哀，卻是一枝折脚雁，叫得人九迴腸。這是鴻雁來賓。都是寶釵究竟，絕無黛玉身事，見演一《姤》卦，不惟本回全是寶釵，而自「神遊太虛」至「出閨成禮」，無非寶釵也。

說得大家笑了。衆人說：「這一串子，倒有些意思。」又是書讚。黛玉又拈了一個榛瓤，說酒底道：

榛子非關隔院砧，何來萬户搗衣聲？征夫不返，又是寶釵。

令完，鴛鴦襲人等，皆説的是一句俗語，都帶一個壽字，俗語常言也，《大學》、《中庸》、壽世、壽人，都在其中。不須多贅。

大家輪流亂了一陣。這上面湘雲又和寶琴對了手，李紈和岫煙對了點子。李紈便覆了一個「瓢」字，瓢乃一半葫蘆，「葫蘆案」方演至半也。又半邊人正與本身關合，妙極，妙極。岫煙便射了一個「緑」字，篆煙本色，是木是榮。二人會意，乃酒字也，酒文水西，西爲金，金殺木，書中處處總演殺黛。水生木，書中處處又總演救黛，正扶陽抑陰，秘而不宣之的旨也，故不明言。而岫煙之爲古文，李紈之爲真理在是矣。○元春特去「怡紅快緑」之「緑」，兩人共以「緑」字回氣數之天。各飲了一口。湘雲的拳卻輸了，請酒面酒底。寶琴笑道：「請君入甕。」本回上半，便是入甕。大家笑起來，説：「這個典用得當。」湘雲便説道：

奔騰澎湃，江間波浪兼天湧，須要鐵索攬孤舟，既遇着一江風，不宜出行。亦是説釵，而寓懲戒之意。狀其心迹奔騰，徒泣孤舟嫠婦，鳳之爲風，其撮合爲禍敗，不可冒險而行也。

説的衆人都笑了，説：「好個謅斷了腸子的！便是湖州人氏，而人但知爲笑，而不知爲斷腸也。怪道他出這個令，故意惹人笑。」又催他：「快説酒底兒。」湘雲吃了酒，夾了一塊鴨肉，呷口酒，忽見碗内有半個鴨頭，遂夾了出來吃腦子。便是寶玉所説藥方之象。衆人催他：「別只顧吃，你到底快説了。」湘雲便用筯子舉着説道：

這鴨頭不是那丫頭，頭上那有桂花油？是即秦氏大殯中之二丫頭，凡爲丫頭者都在裏許，而此則專指寶釵，乃「首如飛蓬」之思婦也。桂花油，則夏金桂已到，亦是懲戒。

衆人越發笑起來，引得晴雯、小螺等一干人都走過來説：「雲姑娘會開心兒，拿着我們取笑兒，快罰一杯纔罷。怎見得我們就是該擦桂花油的？倒得每人給一瓶子桂花油擦擦。」情妙語妙。黛玉笑道：「他倒有心給你們一瓶子油，又怕罣誤着打竊盜官司。」取死之道，此處尤甚，見探春以次之人，皆其自召。衆人不理論，寶玉卻明白，忙低了頭。彩雲心裏有病，不覺的紅了臉。顧本大段重在「平兒行權」。寶釵忙暗暗的瞅了黛玉一眼，黛玉自悔失言。原來是打趣寶玉的，就忘了趣了彩雲了，自悔不及，忙一頓的行令猜拳岔開了。心事神情，各臻其妙。

底下寶玉可巧和寶釵對了點子，方見主人翁，巧字是眼。寶釵便覆了一個「寶」字，寶玉想了一想，便知是寶釵作戲，指着自己的通靈玉說的，便笑道：「姐姐拿我作雅謔，我卻射着了，說出來姐姐別惱，就是姐姐的諱『釵』字就是了。」衆人道：「怎麽解？」寶玉道：「他說『寶』，底下自然是『玉』字了。我射『釵』字，舊詩曾有『敲斷玉釵紅燭冷』，本地風光，而詩語頹喪已極，又是懲戒。豈不射着了？」湘雲道：「用時事使不得，玉、釵令下，必緊接湘雲、香菱，本回正寶玉與湘雲、香菱案，而其實總寶釵案也。兩個人都該罰。」香菱道：「不止時事，也有出處。」編新即是述古。湘雲道：「『寶玉』二字並無出處，銜玉而生，造語奇創，是無出處。不過春聯上或有，正是絕妙春聯，乃唐寅畫册。詩書紀載並無。」全書絕不明用詩書搬演。香菱道：「前日我讀岑嘉州五言律，現有一句，說『此鄉多寶玉』，「惟心之謂與」。怎麽你倒忘了？後來又讀李義山七言絕句，又有一句『寶釵無日不生塵』，詩又頹喪之極。我還笑說他兩個名字，都原來在唐詩上呢。」唐多内亂。衆人笑說：「這可問住了，快罰一杯。」湘雲無話，只得飲了。迤逗取一「醉」字，湘雲記問何必不及香菱？特要逼出春聯一句話，以宣釵玉故事耳。大家又該對點揎拳。這些人因賈母、王夫人不在家，沒了管束，便任意取樂，呼三喝四，喊七叫八，滿廳中紅飛翠舞，玉動珠搖，真是十分熱鬧。作小結束以起本文，誰不說此書熱鬧。頑了一回，大家方起席散了。卻忽然不見了湘雲，只當他外頭自便就來，自便二字是眼。誰知越等越沒了影兒，湘雲沒了影兒，寶玉、寶釵有了影兒也。使人各處去找，那裏找得着？

接着，林之孝家的，此處必入林之孝家的，孝乃書之要義。同着幾個老婆子來，一則恐有正事呼喚，二則恐丫鬟們年輕，趁王夫人不在家，不服探春等約束，恣意痛飲，失了體統，是教是孝。故來請問有事無事。探春見他們來了，便知其意，忙笑道：「你們又不放心，來查我們來了。我們並沒有多吃酒，不過是大家頑笑，將酒作引子，媽媽們別耽心。」李紈、尤氏都也笑說：「你們歇着去罷，我們也不敢叫他們多吃了。」林之孝家的等人笑說：「我們知道，連老太太讓姑娘們吃酒，姑娘還不肯吃呢，何況太太們不在家，自然頑罷了。我們怕有事，來打聽打聽。二則天長了，姑娘們頑一回子，還該點補些小食兒。素日又不大吃雜項東西，如今吃一兩杯酒，若不多吃些東西，怕受傷。」書重吃飯。探春笑道：「媽媽說的是，我們也正要吃呢。」回頭命取點心來。兩傍丫鬟們齊聲答應了，忙去傳點心。探春又笑讓：「你們歇着去，或是姨媽那裏說話兒去，我們即刻打發人送酒你們吃去。」林之孝家的等人笑回：「不敢領了。」又站了一回，方退了出來。平兒摸着臉笑道：「我的臉都熱了，也不好意思的見他們。羞惡之良。依我說，竟收了罷，別惹他們再來，倒沒意思了。」探春笑道：「不相干，橫豎咱們不認真喝酒就罷了。」此良轉從他昧。

正說着，只見一個小丫頭，笑嘻嘻的走來說：「姑娘們快瞧，雲姑娘吃醉了圖涼快，冷子興。在山子後頭一塊青石板磴上大荒山青埂峯。睡着了。」眾人聽說，都笑道：「快別吵嚷。」說着，都走來看時，果見湘雲臥於山石僻處一個石磴子上，「石」字屢點。業經香夢沈酣，便是「紅樓夢」，而此夢方濃。四面芍藥花飛了一身，滿頭臉衣襟上皆是紅香散亂。「贈之以芍藥」。手中的扇子掉在地下，也半被落花埋了，一羣蜜蜂、蝴蝶鬧嚷嚷的圍着。又用鮫帕包了一包芍藥花瓣枕着。特提扇子，直找三十一回，蜂便是「一個蟲兒」，蝶便是「玉色蝴蝶」，遊仙一夢到此已了，全完麒麟案，仍是完金鎖案，以上找「絳芸軒」。而布景設色鮮豔異常，遂成絶妙畫本，是此書造孽處。衆人看了，又是愛，又是笑，忙上來推喚攙扶。湘雲口内猶作睡語，説酒令，唧唧嚷嚷説：「泉香酒洌，……醉扶歸，宜會親友。」衆人笑推他説道：「快醒醒兒，吃飯去。這潮磴上還睡出病來呢！」湘雲慢啓秋波，見了衆人，又低頭看了一看自己，方知是醉了。原是納涼避静的，不覺因多罰了兩杯酒，姣嬝不勝，便睡着了，餘波悉有關會。心中反覺自愧。警省。早有小丫頭端了一盆洗臉水，一個捧着鏡奩。衆人等着他。便在石磴上重新匀了臉，攏了鬢，連忙起身同着來至紅香圃中。又吃了兩盞濃茶。探春忙命將醒酒石拿來，給他銜在口内，便是寶玉，自「忽然不見了湘雲」，至此文中，但説衆人，並無寶玉下落，豈有如此一段情事，而寶玉不着一語者，看官當知之矣。一時又命他吃了些酸湯，方纔覺得好了些。

當下又選了幾樣果菜，與鳳姐兒送去。必接鳳姐，找「饅頭庵」枕邊案。鳳姐兒也送了幾樣來。寶釵等吃過點心，大家也有坐的，也有立的，也有在外觀花的，也有停着看魚的，各自取便，説笑不一。再作小束。探春便和寶琴下棋，寶釵、岫煙觀局，林黛玉和寶玉在一簇花下，唧唧噥噥，不知説些什麼。只見林之孝家的和一羣女人，帶了一個媳婦進來。突如其來。那媳婦愁眉淚眼，也不敢進廳來，到階下，便朝上跪下磕頭。探春因一塊棋受敵，算來算去，總得了兩個眼，便折了官着兒。寫探春着棋，形神俱妙，其所以左黛右釵，只是怕折官着而已。兩眼只瞅着棋盤，一隻手伸在盒內，只管抓棋子作想。林之孝家的站了半天。因回頭要茶時，纔看見，問：「什麽事？」林之孝家的便指那媳婦說：「這是四姑娘屋裏小丫頭彩兒的娘，現是園內伺候的人，嘴很不好，纔是我聽見了，問着他，他說的話也不敢回姑娘，曖昧蹊蹺。竟要攆出去纔是。」探春道：「怎麽不回大奶奶？」林之孝家的道：「方纔大奶奶在廳上姨太太處去，頂頭看見，我已回明白了，叫回姑娘來。」探春道：「怎麽不回二奶奶？」兩問神理都妙，而皆黛玉死時相送之人。平兒道：「不回去也罷，我回去說一聲就是了。」既這麽着，就攆他出去？探春當主而不主，仍由平主。等太太回來再回，請姑娘定奪。」探春點頭，仍又下棋。這裏林之孝家的，帶了那人出去，不題。橫插此段，令人奇悶，思之屢年，乃始得之。蓋演「鳳姐設奇謀」，黛玉「歸離恨」一影也。夫彩屏乃合彩明、平兒爲一名，鳳爲彩、平主母，則彩屏之母即是鳳姐。以探春之明，豈不知寶黛之不可强拆，釵玉之不容强合，正當決去鳳姐陰謀，而於史、王諸人前一暢斥其非，而乃袖手旁觀，不發一言。「回大奶奶」「回二奶奶」，若干推諉，將誰欺乎！至彩屏之母終竟攆出，乃作者爲黛玉報不平，與探春殊無干涉。○閑人評此，或又以爲風影，殊不知實出本文，看此前寫寶、黛唧噥，此後寫寶、黛議論，中間夾此一事，自可知矣。書讀百遍，其義自出，信然。

黛玉和寶玉二人站在花下，遥遥盼望，正乃盼望決去陰謀，否則何必曰盼望。黛玉便說道：「你家三丫頭，倒是個乖人，乖乃巧之合。雖然叫他管些事，倒也一步不肯多走，差不多的人，就早作起威福來了。」寶玉道：「你不知道呢，你病着時，他幹了幾件事，這園子也分了人管，如今多掐一根草也不能了。直誅「興利」。又蠲了幾件事，單拿我和鳳姐姐做筏子，最是心裏有算計的人，直誅其心，乃着棋時許多肚裏賬。豈止乖呢。」黛玉道：「要這樣纔好，又認賊爲子。咱們也太費了。我雖不管事，心裏每常閑了，替他們一算，出的多，進的少。如今若不省儉，必致後手不接。」寶玉笑道：「憑他怎麼後手不接，也不短了咱們四個人的。」四個人説得蹊蹺，舊有批本云爲襲人、紫鵑，似是矣。然細按此書，絶無着實呆指處，姑闕疑也可。總之寶、黛一無主意，且任讒賊交攻，懵然謂其事必成也，何其獃。黛玉聽了，轉身就往廳上尋寶釵説笑去了。神情俱妙，底面玲瓏。

寶玉正欲走時，只見襲人走來，手内捧着一個小連環洋漆茶盤，裏面可式放着兩鍾新茶。因問：「他往那裏去了？我見你兩個半日没吃茶，巴巴的倒了兩鍾來，他又走了。」「他」「你」兩字響甚。寶玉道：「那不是他？你給他送去。」兩「他」字又響，皆暢心滿意之詞。説着，自拿了一鍾。襲人便送了那鍾去，偏和寶釵在一處，「偏」字耐想。只得一鍾茶，便説：「那位喝時，那位先接了，我再倒去。」勢不能兼。寶釵笑道：「我倒不喝，只要一口漱漱就是了。」此茶乃襲人遞過，又是「絳芸軒」案，而可喝可不喝。説着，先拿起來喝了一口，剩了半杯，遞在黛玉手内。好至忘形，而隱意存焉。襲人笑説：「我再倒去。」黛玉笑道：「你知道我這病，大夫不許多吃茶，這半鍾儘彀了。幸能以醫自保。難爲你想得到。」説畢，飲乾，將杯放下。飲乾放下，此茶轉得全受全歸。○行茶，婚禮也，演此一段，全書又完，而各人聲情如聞如見。襲人又來接寶玉的，寶玉因問：「這半日不見芳官，他在那裏呢？」襲人四顧一瞧，説：「纔在這裏，幾個人鬥草頑，這會子不見了。」即用雙影，遞下半回。

寶玉聽説，便忙回至房中，果見芳官面向裏睡在床上。寶玉推他説道：「快别睡覺，咱們外頭頑去一會子好吃飯。」芳官道：「你們吃酒不理我，叫我悶了半日，可不來睡覺罷了。」心性口角，又是一副。寶玉拉了他起來笑道：「咱們晚上家裏再吃，回來我叫襲人姐姐帶了你桌上吃飯何如？」芳官道：「藕官、蕊官都不上去，單我在那裏，也不好。我也不慣吃那個麪條子，早起也没好生吃，剛纔餓了，我已告訴了柳嬸子先給我做一碗湯，盛半碗粳米飯送來，我這裏吃了就完事。若是晚上吃酒，不許叫人管着我，我要儘力吃彀了纔罷。順遞下回。我先在家裏吃一二三斤好惠泉酒呢，如今學了這勞什子，他們說怕壞嗓子，這幾年也沒聞見，趁今日我可是要開齋了。」語妙可想。寶玉道：「這個容易。」說着，只見柳家的果遣人送了一個盒子來。春燕接着，揭開看時，裏面是一碗蝦丸雞皮湯，是何物象？又是一碗酒釀清蒸鴨子，一碟醃的胭脂鵝脯，鴨、鵝，龜類，書中人到處都是。還有一碟四個奶油松瓤捲酥，又象何物？云四個，釵、湘、平、菱悉在其中。並一碗熱騰騰、碧瑩瑩綠畦香稻粳米飯。即黛即芳。○一食寫得奢侈，芳之寵，柳之奉，而其時富盛，面子都到。乃書中或穢或潔無不映照，夫誰覺得乎！春燕放在案上，走來安小菜碗筯，過來撥了一碗飯。芳官便說：「油膩膩的，誰吃這些東西！」照黛不污。只將湯泡飯，吃了一碗，揀了兩塊醃鵝，就不吃了。照寶之爲龜，兩塊者釵與襲也，參看「嫁個男人是烏龜」評語自見。寶玉聞着，倒覺比往常之味又勝些似的，遂吃了一個捲酥，亦嘗食此耶！又命春燕也撥了半碗飯，泡湯一吃，十分香甜可口。春燕和芳官都笑了。吃畢，春燕便將剩的要交回。寶玉道：「你吃了罷，若不彀，再要些來。」春燕道：「不用要，這就彀了。方纔麝月姐姐拿了兩盤子點心給我們吃了，我再吃了這個，儘彀了，不用再吃了。」說着，便站在桌傍，一頓吃了。「也教俺夫妻每共桌而食」。又留下兩個捲酥說：「這個留着給我媽吃，四個捲酥，寶玉吃了一個，留下兩個，則春燕亦吃一個了，是爲釵案。春燕之媽何媽也，即薛姨之影。兩捲酥都留給，則上照「絳芸軒」，下映「石榴裙」，兩個都出薛家也。芳官未吃自見。晚上要吃酒，給我兩個吃酒就是了。」寶玉笑道：「你也愛吃酒？等着咱們晚上痛喝一陣。你襲人姐姐和晴雯姐姐的量也好，也要喝，只是每日不好意思，趁今日大家開齋。還有一件事，想着囑咐你，竟忘了，此刻纔想起來。已後芳官全要你照看他，他或有不到處，你提他。」襲人照顧不過這些人來。」映「金蘭契」，何其獃，而春燕乃與襲並立矣！春燕道：「我都知道，不用你操心。但只五兒的事，怎麼樣？」寶玉道：「你和柳家的說去，明日直叫他進來罷，等我告訴他們一聲就完了。」芳官聽了笑道：「這倒是正經事。」春燕非五兒類，而反用以引進，是曰正經。春燕又叫兩個小丫頭進來，伏侍洗手倒茶，自己收了家伙，交與婆子，也洗手，便去找柳家的，不在話下。

寶玉便出來，仍往紅香圃尋衆姊妹。芳官在後，拿着巾扇。剛出了院門，只見襲人、晴雯二人攜手回來。又是「金蘭契」。寶玉問：「你做什麼？」襲人道：「擺下飯了，等你吃飯呢。」寶玉便笑着，將方纔吃飯的一節，告訴了他兩個。襲人笑道：「我說你是猫兒食。笑内藏刀，襲乃猫兒。雖然如此，也該上去陪他們，多少應個景兒。」晴雯用手指戳在芳官額上，說道：「你就是狐媚子，妒情可想，是狐媚，乃自剥。什麼空兒，跑了去吃飯！此語便是猫。兩個怎麼約下了，也不告訴我們一聲兒。」襲人笑道：「不過是誤打誤撞的遇見，說約下可是没有的事。」其實自道。晴雯道：「既這麼着，要我們無用。明日我們都走了，讓芳官一個人就彀使了。」襲人笑道：「我們都去了使得，你卻去不得。」晴雯道：「惟有我是第一個要去，又懶、又夯，性子又不好，又没用。」襲人笑道：「倘或那孔雀褂子襟再燒了窟窿，你去了誰可會補呢？你倒别和我拿三搬四的，我煩你做個什麼，把你懶的『横針不拈，豎綫不動』，一般也不是我的私活煩你，横豎都是他的，你就都不肯做。怎麼我去了幾天，你病的七死八活，一夜連命也不顧，給他做了出來，這又是什麼緣故？你到底說話呀！怎麼粧憨兒，和我笑？那也當不了什麼。」一段寫得細膩淫豔，情態如見，而無猜無忌，險自險，獃自獃，煞是好聽好看。晴雯笑着啐了一口。大家說着，來至廳上。又作小束，方入下半回。薛姨媽也來了，依序坐下吃飯。寶玉只用茶泡了半碗飯，應景而已。

一時吃畢，大家吃茶閑話，又隨便頑笑。外面小螺凡寫隱情，必先設禁，故用小螺起頭。和香菱、芳官、蕊官、藕官、荳官等四五個人，滿園頑了一回，大家採了些花草來，兜着坐在花草堆中鬥草。這一個說：「我有觀音柳。」那一個說：「我有羅漢松。」那一個又說：「我有君子竹。」這一個又說：「我有美人蕉。」這個又說「我有星星翠。」那個又說：「我有月月紅。」這個又說：「我有《牡丹亭》上的牡丹花。」那個又說：「我有《琵琶記》裏的枇杷果。」《琵琶記》以吃糠爲寶釵究竟，《牡丹亭》以離魂爲黛玉究竟，乃此書一定綫索。今此《牡丹亭》則仍釵，而非黛，以本回香菱案即寶釵案也，故云牡丹花，看下回酒令釵所得花名，便可解矣。荳官便說：「我有姊妹花。」衆人没了，香菱便說：「我有夫妻蕙。」荳官說：「從没聽見有個夫妻蕙。」香菱道：「一個剪兒一個花兒，叫做蘭；一個剪兒幾個花兒，叫做蕙。直注「平兒理妝」。上下結花的爲兄弟蕙，並頭結花的爲夫妻蕙。典雅分明，是曾學詩。我這枝並頭的，怎麽不是夫妻蕙？」荳官没得說了，便起身笑道：「依你說，若是這兩枝一大一小，就是老子兒子蕙了？若是兩枝背面開的，就是仇人蕙了？科諢謔浪，是曾學戲，而一切隱意寓焉。你漢子去了大半年，你想他了，便拉扯着蕙上也有了夫妻了，好不害羞！」香菱聽了，紅了臉，忙要起身擰他，笑駡道：「我把你這個爛了嘴的小蹄子，滿口裏放屁胡說！」荳官見他要站起來，怎肯容他，便連忙伏身將他壓住，回頭笑着央告蕊官等：「來幫着我擰他這張嘴。」兩個人滾在地下。衆人拍手笑說：「了不得了，那是一窪子水，可惜弄壞了他的新裙子。」荳官回頭看了一看，果見旁邊有一汪積雨，香菱的半條裙子都污濕了，自己不好意思，忙奪手跑了。衆人笑個不住，怕香菱拿他們出氣，也都笑着一哄而散。

香菱起身，低頭一瞧，見那裙子猶滴滴點點流下緑水來。此裙之污由梨香院，薛舊居也，荳官分給寶琴，亦薛屬也，其惡薛爲何如。正恨罵不絶。可巧寶玉見他們鬥草，也尋了些花草來湊戲，忽見衆人跑了，只剩了香菱一個低頭弄裙。因問：「怎麽散了？」一路寫得都好。香菱便説：「我有一枝夫妻蕙，他們不知道，反説我謅，因此鬧起來，把我的新裙子也糟蹋了。」寶玉笑道：「你有夫妻蕙，我這裏倒有一枝並蒂菱。」即兩花名，此案已了。口内説着，手裏真個拈着一枝並蒂菱花，又拈了那枝夫妻蕙在手内。香菱道：「什麽夫妻不夫妻、並蒂不並蒂，你瞧瞧這裙子！」寶玉便低頭一瞧，「噯呀」了一聲，説：「怎麽就拉在泥裏了？可惜！這石榴紅綾，最不禁染。」香菱道：「這是前日琴姑娘帶了來的，姑娘做了一條，我做了一條，今日纔上身。」點石榴裙，多子之果也，乃人道之正，故爲寶琴帶來，而今則此裙已污，而釵、菱共爲一條也。寶玉跌脚歎道：「若你們家，一日糟蹋這麽一件，也不值什麽。罵得更毒。只是頭一件，既係琴姑娘帶來的，你和寶姐姐每人纔一件，他的尚好，撒謊，釵何嘗尚好耶！你的先弄壞了，豈不辜負他的心。二則姨媽老人家嘴碎，饒這麽樣，我還聽見常説你們『不知過日子，只會糟蹋東西，不知惜福』呢！兩語蹊蹺之極，但解此語，則作者伎倆皆破。這叫姨媽看見了，又説個不清。」香菱聽了這話，卻碰在心坎兒上，反倒喜歡起來。喜歡得奇。因笑道：「就是這話，我雖有幾條新裙子，卻不合這一樣。若有一樣的，趕着換了，也就好了，過後再説。」寶玉道：「你快休動，只站着方好，不然，連小衣、膝褲、鞋面都要弄上泥水了。我有主意，襲人上月做了一條和這個一模一樣的，釵、襲、菱一人而已。他因有孝，如今也不穿，竟送了你換下這個來，如何？」香菱笑着搖頭説：「不好，倘或他們聽見了，倒不好。」語又蹊蹺。寶玉道：「這怕什麽？等他孝滿了，他愛什麽，難道不許你送他别的不成？你若這樣，不是你素日爲人了。況且不是瞞人的事，作此文法，正要瞞人，惟閒人不受瞞。只管告訴寶姐姐也可，只不過怕姨媽老人家生氣罷了。」香菱想了一想有理，是。點頭笑道：「就是這樣罷了，别辜負了你的心。是。等着你，千萬叫他親自送來纔好。」

寶玉聽了，喜歡非常，蹊蹺。答應了，忙忙的回來，一壁低頭心下暗想：「可惜這麽一個人，没父母，連自己本姓也忘了，被人拐出來，直找「葫蘆案」。偏又賣與這個霸王。」因又想起：「上日平兒也是意外想不到的，曖昧蹊蹺，特提平兒，正令看官把兩事合觀，便知之矣。今日更是意外之意外的事了。」一面胡思亂想，「夢」字正訓。來至房中，拉了襲人，細細告訴了他緣故。香菱之爲人，無人不憐愛的，襲人又本是手中撒漫的，況與香菱相好，一聞此信，忙就開箱取了出來，一切斡旋之筆，無非故意瞞人。摺好，隨了寶玉來尋香菱。見他還站在那裏等呢。襲人笑道：「我説你太淘氣了，總要淘出個故事來纔罷。」「太虚境」是秦氏事，「絳芸軒」是寶釵事，「饅頭庵」是鳳姐事，「芍藥裀」是湘雲事，至香菱已數見不鮮，故爲故事。香菱紅了臉笑説：「多謝姐姐了，誰知那起促狹鬼使的黑心。」説着，接了裙子，展開一看，果然合自己的一樣，又命寶玉背過臉去，又是瞞人，而面子自妙。自己向内解下來，將這條繫上。襲人道：「把這腌臢了的，交與我拿回去，收拾了給你送來。你若拿回去看見了，又是要問的。」香菱道：「好姐姐，你拿去不拘給那個妹妹罷，我有了這個，不要他了。」得新棄舊，正罵襲人。襲人道：「你倒大方得很。」香菱忙又拜了兩拜，道謝襲人。面子何等細致。一面襲人拿了那條泥污了的裙子就走。

香菱見寶玉蹲在地下，將方纔夫妻蕙與並蒂菱用樹枝兒挖了一個坑，此種舉動，異想天開，作者真是怪物，其實只是照「埋香塚」一事而已。香菱爲鏡，書中人潔亦照，污亦照，前評詳之矣。此回正是要緊發明照寶釵處，而書中正主乃在黛玉，使但照「絳芸軒」不照「埋香塚」，此鏡只照一半了，故正名定分曰夫妻，曰並蒂，而用寶玉手埋之，黛玉雖死得所歸矣。故必待襲人既去之後，以裙子案絕無黛玉也。先抓些落花來鋪墊了，將這菱蕙安放上，又將些落花來掩了，方撮土掩埋平伏。一亮。香菱拉他的手笑道：「這又叫做什麼？怪道人人說你慣會鬼鬼祟祟，使人肉麻呢。更亮，而實作者鬼祟，善令人肉麻。你瞧瞧！你這手弄得泥污苔滑的，一污同污。還不快洗去。」着此句便是用小螺起。寶玉笑着，方起身走了去洗手。香菱也自走開。

二人已走了數步，香菱復轉身回來，叫住寶玉。不是餘波，正是特告看官。寶玉不知有何話說，札煞着兩隻泥手，笑嘻嘻的轉來，問：「作什麼？」香菱紅了臉，只管笑，嘴裏卻要說什麼，又說不出口來。形神俱妙，猶未明乎。因那邊他的小丫頭臻兒走來說：「二姑娘等你說話呢。」香菱臉又一紅，蹊蹺。方向寶玉道：「裙子的事，可別和你哥哥說，就完了。」桶底脫。說畢，即轉身走了。寶玉笑道：「我可不瘋了？往虎口裏探頭兒去呢！」語又蹊蹺，而虎則西金也，是正金木感應之理，故用看《感應篇》之迎春叫去以作收煞。說着，也回去了。

要知端的，且聽下回分解。

上半湘雲文字，下半香菱文字，而其實皆寶釵文字。通身以探春爲主，以平兒爲用，乃百廿回書總匯之處。極拉雜散漫，極嚴密周詳，而妙義微詞，剥蕉抽繭，話中有話，神外傳神，評不勝評。讀者其以意得之也可。

自「荇葉渚」回至此回爲一大段，乃上大段所生發，爲是書中權柄要文字也。燕鶯雖巧，留不住九十韶光；蜂蝶空猜，鬧不清三千夢幻。露濃霜重，珠林旋見摧殘；藥謝榴開，絳洞又添公案。冤獄君偏入甕，獃人誰解觀棋。熱烘烘重整梨園，無非是罵；秋瑟瑟更開棠社，抑又何悲。切學耗子精，休信猫兒哭。

護花主人評曰：

一部書中慶壽不少，寶玉生日，自不可缺。但一例鋪敍，便是印板文字。今夾敍平兒、寶琴、岫煙同日誕生，文法既變換不板，又省卻另敍三人生辰。

寶琴、岫烟、平兒生日是實鋪，太祖冥壽，王夫人、賈璉、襲人是虚補，筆法不同。

寫寶釵鎖門細心，的是當家人舉動。又虚補所失物件，不止茯苓霜、玫瑰露，且暗描寶玉不管事，寶釵有涵養，一筆寫出幾層深意。

上、中、下三等家人送平兒壽禮，尤見周到。

寶釵既鎖角門，薛姨媽不能回家，但許多幼少與老人同坐，實多不便。廳上獨坐，安頓極妙，如此衆人方好猜拳行令，毫無拘束。

令女先兒到廳上相陪薛姨媽，亦見周到。

黛玉、湘雲所説酒令，俱是兩人小照，莫作閒文看過。寶釵、寶玉對點射覆，俱以名互戲，有心有緣，意在言外，又借香菱口中補出命名典故，玲瓏細密。

插敍林之孝家查看一層，周匝無遺。

湘雲醉眠，是香菱解裙陪襯。

插敍攆逐媳婦一層，是描寫弈棋神情，及探春作事得體。且以見惜春素日，亦不知管束婢嫗。

黛玉獨和寶玉在花下密語，只寫不知說些什麽，藏筆最爲蘊藉。

襲人送茶兩鍾，黛玉偏先走開，若襲人單送黛玉，豈不得罪寶釵？乃說「那位先吃，我再倒去」，真是伶俐口齒。然必要再添一鍾，文章便呆笨。隨以寶釵漱口，只剩半鍾，黛玉不多吃茶，半鍾已足。兩鍾之茶，三人同飲，而寶玉獨吃一鍾，釵黛合吃一鍾，雙關在有意無意間，文人巧思不可揣摸。

黛玉說給桂花油恐打竊盜官司，是暗刺彩雲。襲人說補雀裘，是明誚晴雯。

芍藥裀，引出石榴裙。觀音柳、羅漢松、君子竹、美人蕉、牡丹花、枇杷果、姊妹花，引出夫妻蕙、並蒂菱。

荳官駁夫妻蕙，口齒甚利。

衆人都散，寶玉獨攜並蒂菱而來，可稱巧合。

香菱石榴裙，因爭夫妻蕙而濕，因遇並蒂菱而解，妙有意味。

寶玉埋夫妻蕙、並蒂菱，及看平兒、鴛鴦梳粧等事，是描寫「意淫」二字。

香菱叫住寶玉，紅了臉，欲說不說，只囑裙子的事別告訴薛蟠，臉又一紅，情深意厚，言外畢露。

此回有變換，有補綴，有明寫，有暗寫，有伏綫，有映照，文法最爲靈細。

大某山民評曰：

寶玉一生日，而先敍道士、和尚、尼姑所送之禮，則寶玉之結局可知，此作者之微意也。

香菱換裙時，有人在側，佯教寶玉背過臉去。及襲人既走，即來拉手，以後臉紅脈脈，至半晌方云裙子的事。其媟嫚之痕，西江不能濯也。

此回仍是癸丑年夏時事。

第六十三回　壽怡紅羣芳開夜宴　死金丹獨豔理親喪

話説寶玉回至房中洗手，用洗手開頭，此篇是乾净文字。因與襲人商議：「晚間吃酒，大家取樂，不可拘泥。如今吃什麽好，早説給他們備辦去。」襲人笑道：「你放心，三字乃黛玉文字。我和晴雯、麝月、秋紋四個人，每人五錢銀子，共是二兩。芳官、碧痕、春燕、四兒四個人，每人三錢銀子，他們有假的不算。尚有檀雲、綺霞諸人，特以「有假的不算」一語蓋過，以此舉止用八數也，底面都到。蓋天三生木，地八成之，此回乃成寶黛之書也，其隱義寓在芳官一身。共是三兩二錢銀子，二而兩之，加三得七，少陽，木之生數也。三而兩之，加二得八，厥陰，木之成數也。早已交給了柳嫂子，預備四十碟果子，四十乃五八，五生土，八成木，黛得所歸矣。我和平兒説了，已經抬了一罈好紹興酒，東南之水，救木制金。藏在那邊了。我們八個人，單替你做生日。」寶玉聽了，喜的忙説：「他們是那裏的錢？不該叫他們出纔是。」晴雯道：「他們没錢，難道我們是有錢的？這原是各人的心。那怕他偷的呢，只管領他的情就是了。」「心」、「情」字一提，「偷」字一提，説得爽快。寶玉聽了笑説：「你説的是。」襲人笑道：「你這個人，一天不挨他兩句硬話村你，你再過不去。」情妙，語妙，神妙。晴雯笑道：「你如今也學壞了，專會調三窩四。」説着大家都笑了。寶玉説：「關了門罷。」襲人笑道：「怪不得人説你是無事忙，找結社起號。這會子關了門，人倒疑惑起來，索性再等一等。」

寶玉點頭，因説：「我出去走走，四兒舀水去，春燕一個跟我來罷。」舀水取其潔，黛玉也。跟來同其穢，寶釵也。説着，走至外邊，因見無人，便問五兒之事。春燕道：「我纔告訴了柳嫂子，他倒歡喜得很。只是五兒那夜受了委屈煩惱，回去又氣病了，那裏得來？只等好了罷。」寶玉聽了，未免後悔長歎。悔不拿主意，以定木石姻緣也，否則於五兒有何悔？因又問：「這事襲人知道不知道？」春燕道：「我没告訴，不知芳官可説了不曾？」寶玉道：「我卻没告訴過他。也罷，等我告訴他就是了。」寶玉心事與襲人早已分張。説畢，復走進來，故意洗手。

已是掌燈時分，聽得院門前有一羣人進來，大家隔窗悄視，果見林之孝家的必入此人。和幾個管事的女人走來，前頭一人提着大燈籠。晴雯悄笑道：「他們查上夜的人來了，這一出去，咱們就好關門了。」只見怡紅院凡上夜的人，都迎了出去，林之孝家的看了不少，又吩咐：「別耍錢吃酒，放倒頭睡到大天亮，我聽見是不依的。」衆人都笑説：「那裏有這麽大膽子的人？」林之孝家的又問：「寶二爺睡下了没有？」衆人都回「不知道」。襲人忙推寶玉，寶玉靸了鞋便迎出來，靸鞋是將要睡狀，寫小兒女搗鬼，妙甚。而背孝之旨微矣。笑道：「我還没睡呢，媽媽進來歇歇。」又叫：「襲人倒茶來。」林之孝家的忙進來笑説：「還没睡呢，如今天長夜短了，該早些睡。明日起遲了，人家笑話，不是個讀書上學的公子了，倒像那起挑脚漢了。」挑脚漢語妙雙關。説畢，又笑。寶玉忙笑道：「媽媽説得是，我每日都睡得早，媽媽每日進來，可都是我不知道的，已經睡了。今日因吃了麪，怕停食，所以多頑一回。」林之孝家的又向襲人笑説：「該泡些普洱茶吃。」襲人、晴雯二人忙説：「泡了一大茶缸子女兒茶。不吃普洱茶，而吃女兒茶，正晴、襲之所引。已經吃過兩碗了，大娘也嘗一碗，都是現成的。」説着，晴雯便倒了來。林家的站起接了，又笑道：「這些時，我聽寶二爺嘴裏都換了字眼，趕着這幾位大姑娘們竟叫起名字來。雖然在這屋裏，到底是老太太、太太的人，還該嘴裏尊重些纔是。若一時半刻，偶然叫一聲使得，若只管順口叫起來，怕已後兄弟侄兒們照樣，便惹人笑話這家子的人眼裏没有長輩。」瑣碎一郎當管家婆口吻，帶了酒，神情妙極矣，而隱「父母之所愛亦愛之，至於犬馬皆然」一節書義，斯乃深文。寶玉笑道：「媽媽説得是，我不過是一時半刻的，偶然叫一句是有的。」襲人、晴雯都笑説：「這可别委屈了他，直到如今，他可姐姐没離了嘴，不過頑的時候叫一聲半聲名字。若當着人，卻是和先一樣。」林之孝家的道：「這纔好呢，這纔是讀書知禮的，越自己謙遜，越尊重。别説是三五代的陳人，現從老太太、太太屋裏撥過來的；便是老太太、太太屋裏的猫兒狗兒，輕易也傷不得他，這纔是受過調教的公子行事。」説畢，吃了茶，便説：「請安歇罷，我們走了。」寶玉還説：「再歇歇。」那林之孝家的，已帶了衆人，又查别處去了。

這裏晴雯等忙命關了門進來，笑説：「這位奶奶，那裏吃了一杯來了，又妙，然善讀者不必到此方知吃了一杯也，是結尾出題點睛法。嘮三叨四的，又排場了我們一頓去了。」麝月笑道：「他也不是好意的？少不得也要常提着些兒，也提防着，怕走了大摺兒的意思。」語氣又一襲人。説着，一面擺上酒果。襲人道：「不用高桌，喒們把那張花梨圓炕桌子，放在炕上坐，又寬綽，又便宜。」説着，大家果然抬來。麝月和四兒那邊去搬果子，用兩個大茶盤，做四五次，方搬運了來。兩個老婆子蹾在外面火盆上篩酒。寶玉説：「天好熱，喒們都脱了大衣裳纔好。」衆人笑道：「你要脱，你脱，我們還要輪流安席呢。」寶玉笑道：「這一安席，就要到五更天了。知道我最怕這些俗套，在外人跟前，不得已的。這會子還慪我，就不好了。」衆人聽了，都說：「依你。」於是先不上坐，且忙着卸妝寬衣。一時將正妝卸去，頭上隨便挽着鬢兒，身上皆是長裙短襖。不脫《剥》卦，而生發異常鮮豔。寶玉只穿着大紅綿紗小襖兒，下面綠綾彈墨夾褲，散着褲腳，繫着一條汗巾，羣芳總繪。靠着一個各色玫瑰芍藥花瓣裝的玉色夾紗新枕頭，一枕近找上回，遠匯全書。和芳官兩個先搳拳。上半回主人翁之影，而必搳拳，則二五不調。當時芳官滿口嚷熱，是時正熱。只穿着一件玉色紅青駝絨三色緞子鑲的水田小夾襖，必穿水田衣，道服也。全注「歸水月」、「卻塵緣」。束着一條柳綠汗巾，束必柳綠，乃是黛。底下是水紅灑花夾褲，也散着褲腿，頭上齊額編着一圈小辮，總歸至頂心，結一根粗辮，拖在腦後。明明寶玉。右耳根內只塞着米粒大小的一個玉塞子，玉塞耳根，則失聰失明，乃是振醒寶、黛聾瞽。必右耳者，右爲金方，正失於金也。左耳上單一個白果大小的硬紅鑲金大墜子，墜子即墜兒，湘雲以一人影三人，故作男妝有兩個墜子，隱一釵一黛也。芳官以一人影二人，故作男妝只一個墜子，止一黛玉也。必在左耳，左爲木方也。越顯得面如滿月猶白，眼似秋水還清。清白是眼，讚芳官實讚寶、黛，而紙上如見其人。引得衆人笑說：「他兩個倒像一對雙生的弟兄。」用衆人點出隱義。

襲人等一一斟上酒來，說：「且等一等再搳拳，雖不安席，在我們每人手裏吃一口罷了。」於是襲人爲先，專在唇上吃了一口，其餘依次下去，一一吃過，淫豔已極，書誠造孽，凡紈褲慕之，而窮措大亦慕之，噫！大家方團圓坐了。春燕、四兒因炕沿坐不下，便端了兩張椅子，近炕放下。那四十個碟子，皆是一色白彩定窯的，定者，木石姻緣，不定而定也。不過只有小茶碟大，裏面不過是山南海北，乾鮮水陸的酒饌果菜。寶玉因說：「咱們也該行個令纔好。」襲人道：「斯文些纔好，別大呼小叫，叫人聽見。二則我們不識字，可不要那些文的。」麝月笑道：「拿骰子，咱們搶紅罷。」寶玉道：「沒趣，不好，咱們占花名兒好。」是曰花溆。晴雯笑道：「正是，早已想弄這個頑意兒。」襲人道：「這個頑意雖好，人少了没趣。」取題中「羣」字。春燕笑道：「依我説，咱們竟悄悄的把寶姑娘、雲姑娘、林姑娘請了來，頑一回子，用春燕生發，乃首在釵。到二更天再睡不遲。」襲人道：「又開門闔户的鬧，倘或遇見巡夜的問。」寶玉道：「怕什麽，咱們三姑娘也吃酒，秋爽結社，此人是主，其無迎、惜者，三春總歸一歎也。再請他一聲纔好，還有琴姑娘。」必不可少。衆人都道：「琴姑娘罷了，他在大奶奶屋裏，叨登的大發了。」曲折生發，以小説而演天地元音，聖賢真理，是爲叨登大發。寶玉道：「怕什麽，你們就快請去。」

　春燕、四兒都巴不得一聲，二人忙命開門，分頭去請。晴雯、麝月、襲人三人又説：「他兩個去請，只怕寶、林兩個不肯來，須得我們請去，死活拉他來。」於是襲人、晴雯忙又命老婆子打個燈籠，二人同去。春燕、四兒，釵、黛遠影；晴、襲則近影也，故必須二人同去。果然寶釵説：「夜深了。」黛玉説：「身上不好。」他二人再三央求：「好歹給我們一點體面，略坐坐再來。」衆人聽了，卻也喜歡。因想：「不請李紈，倘或被他知道了，倒不好。」便命翠墨同了春燕，也再三的請了李紈和寶琴二人。李必同琴，而用翠墨同請，是探爲之主矣。會齊，先後都到了怡紅院中。襲人又死活拉了香菱來，必不可少。炕上又併了一張桌子，圓桌不可併，併的自然是方桌，易圓爲方，易陽爲陰矣。此席自以芳官爲主，所謂「不管方官圓官」，正多隱義。方坐開了。寶玉忙説：「林妹妹怕冷，過這邊靠板壁坐。」過這邊自然寶、黛同坐，便已合成芳官，看下文乃知中間尚夾有湘雲，則合而不合，夢而已矣。又拿了個靠背墊着些。襲人等都端了椅子，在炕沿下陪着。黛玉〔卻〕〔都〕離桌遠遠的靠着靠背。因笑向寶釵、李紈、探春等道：「你們日日説人家夜飲聚賭，今日我們自己也如此，以後怎麽説人！」是戲語，是正訓，而開口如聞。

李紈笑道：「有何妨礙？一年之中，不過生日節間如此，並沒夜夜如此，這倒也不怕。」李説「不怕」，對寶玉屢説「怕什麽」。怕即帕，乃寶、黛公案，是言木石有應合之理也。又怕即膽小，應合不合，則以寶玉膽小所致。

説着，晴雯拿了一個竹雕的簽筒來，裏面裝着象牙花名簽子，搖了一搖，放在當中。又取過骰子來，盛在盒内，搖了一搖，揭開一看，裏面是六點，數至寶釵。搖簽搖骰必用晴雯，黛爲主也。六點偶數，黛當偶也。而偶而不偶，乃至寶釵。寶釵便笑道：「我先抓，不知抓出個什麽來？」説着，將筒搖了一搖，伸手掣出一簽，大家一看，只見簽上畫着一枝牡丹，題着「豔冠羣芳」四字。所謂國色天香，即秦可卿爲天香樓主人也。曰「冠羣芳」，則大衆都歸籠罩。用二「豔」字，有楊貴妃《清平調》三章在内。下面又有鐫的小字一句唐詩，道是：

任是無情也動人。寶着意只在黛，而與釵又有「絳芸軒」案，是雖有情而無情，不過動而已矣。取句令人恍然。

又注着：「在席共賀一杯。此爲羣芳之冠，隨意命人，不拘詩詞雅謔，或新曲一支爲賀。」衆人都笑説：「巧得很，「巧」字必提。你也原配牡丹花。」牡丹得意，《紅樓夢》曲終矣。説着，大家共賀了一杯。寶釵吃過，便笑説：「芳官唱一隻我們聽罷。」必用他唱，面子自因曾爲戲旦，而《紅樓十二曲》歸此矣，與晴雯爲令主同。芳官道：「既這樣，大家吃了門杯好聽。」於是大家吃酒。芳官便唱：「壽筵開處風光好……」衆人都道：「快打回去！這會子很不用你來上壽，此時正好，而豈能真壽真好？故衆人説打回去，看上文屢説死活，是何情況。揀你極好的唱來。」芳官只得細細的唱了一隻《賞花時》：仍是本地風光。「翠鳳毛翎扎帚杈，閑踏天門掃落花……」纔罷。纔賞花已掃花，「卻塵緣」、「歸離恨」、「歸水月」，一齊都到。

寶玉卻只管拿着那簽，口内還顛來倒去念「任是無情也動人」，聽了這曲子，眼看着芳官不語。一念一不語，詩情心事一齊湧現。湘雲忙一手奪了用他奪，八面玲瓏。擲與寶釵，寶釵又擲了一個十六點，此席計十六人，故必擲十六點，所謂冠也。而十爲成數，六爲偶數，仍成金玉姻緣。數到探春。當言不言，歸責此人。探春笑道：「還不知得個什麽？」伸手掣了一根出來，自己一瞧，便擲在桌上，紅了臉笑道：「這裏頭不該行這令！這原是外頭男人們行的令，許多混話在上頭。」妙有波瀾，而一部混話歸於一歎也。衆人不解，襲人等忙拾了起來，衆人看上面是一枝杏花，那紅字寫着「瑶池仙品」四字。王母所居，一《坤》陰也，乃《剥》之既成。詩云：

日邊紅杏倚雲栽。便是嬌杏，雨村之配，村言混話，一人而已。

注云：「得此簽者，必得貴婿。大家共恭賀一杯，共同飲一杯。」衆人笑説道：「我們説是什麽呢？這簽原是閨閣中取笑的，除了這兩三根有這話的，並無雜話，這有何妨？我們家已有了皇妃，難道你也是皇妃不成？大喜，大喜！」説着，大家來敬。探春那裏肯飲，卻被史湘雲、香菱、李紈等三四個人，强死强活，灌了一鍾纔罷。探春只命：「蠲了這個，再行别的。」衆人斷不肯依，湘雲拿着他的手，强擲了個十九點出來，便該李氏掣。十有九則缺一，總一缺陷而已，故到李氏。

李氏摇了一摇，掣出一根來，一看笑道：「好極，你們瞧瞧這行字，竟有些意思。」衆人瞧那簽上，畫着一枝老梅，獨占春先，《剥》極則《復》，必曰老梅，劉老老到矣。是寫着「霜曉寒姿」四字，曉則陰極陽生。那一面舊詩是：

竹籬茅舍自甘心。稻香村注釋。

注云：「自飲一杯，下家擲骰。」李紈笑道：「真有趣，你們擲去罷，我只自吃一杯，不問你們的廢興。」寶、黛之不可拆，以李之明亦自知之，而不言者，以才不如探而勢不及鳳也。觀此一言，何等憤懣。說着，便吃酒，將骰過與黛玉。黛居李次，妯娌定位。黛玉一擲，是十八點，十爲成數，八又李之成數。便該湘雲掣。十八點到湘雲，坐次分明。湘雲笑着，揎拳擄袖的，伸手掣了一根出來。大家看時，一面畫着一枝海棠，海棠，黛玉也，故必由黛擲，用湘掣，湘亦黛影也。題着「香夢沈酣」四字，同爲夢主。那面詩道是：

只恐夜深花睡去。有保護意，有提醒意，劉老老文字，乃作者心願也。

黛玉笑道：「『夜深』二字，改『石涼』兩個字。」是嘲湘雲，實則自斷，此石終無熱氣矣。衆人便知他打趣白日間湘雲醉卧的事，都笑了。湘雲笑指那自行船與黛玉看，又說：「快坐上那船家去罷，別多說了。」口角都肖，嘲人自嘲。衆人都笑了。因看注云：「既云香夢沈酣，掣此籤者，不便飲酒，只令上下兩家各飲一杯。」便與湘雲無涉，不過爲寶、黛立影，故總歸上下家。湘雲拍手笑道：「阿彌陀佛，究竟歸空。真真好籤！」恰好黛玉是上家，寶玉是下家，二人斟了兩杯，只得要飲。寶玉先飲了半杯，瞅人不見，遞與芳官。芳官即便端起來，一仰脖喝了。兩人又歸此一人。黛玉只管和人說話，將酒全折在漱盂內了。此酒黛究未吃。湘雲便抓起骰子來，一擲個九點，數去該麝月。九爲老陽，陽極陰生。月，陰象也。麝月便掣了一根出來，大家看時，這面是一枝荼蘼花，「睡足荼蘼夢亦香」，蘅蕪院聯也，即麝，即襲，即釵。題着「韶華盛極」四字，陽極矣，便是九點。那邊寫着一句舊詩，道是：

開到荼蘼花事了。到「繡鴛鴦」，此事了。到「成大禮」，此書了。

注云：「在席各飲三杯（送春）。」襲人、麝月問：「怎麼講？」寶玉皺眉，忙將籤藏了，寶玉走矣。說：「咱們且喝酒。」八面玲瓏。説着，大家吃了三口，以充三杯之數。麝月一擲個十點，該香菱。十爲成數，風月鑑完，故到他。便掣了一根並蒂花，題着「聯春繞瑞」，瑞音睡，一切春聯無非夢境。那面寫着一句舊詩，道是：

連理枝頭花正開。一黛一釵，一虚一實並到，而本回重寶、黛。

注云：「共賀掣者三杯，大家陪飲一杯。」香菱便又擲了個六點，該黛玉。偶數到黛，與晴雯同點。黛玉默默的想道：「不知還有什麽好的，被我掣着方好。」一面伸手取了一根，只見上面畫着一枝芙蓉花。已到《芙蓉誄》。題着「風露清愁」四字，露是顯露，清是乾净。那面一句舊詩，道是：

莫怨東風當自嗟。偶而不偶，是自取之，夫復何尤。

注云：「自飲一杯，牡丹陪飲一杯。」是爲比肩。衆人笑説：「這個好極，除了他，别人不配做芙蓉。」黛玉也自笑了，於是飲了酒，便擲了個二十點，該着襲人。十爲成數，二十則雙成矣，隱再嫁，故到襲人。襲人便伸手取了一枝出來，卻是一枝桃花，以桃花終，無非薄命而已。題着「武陵别景」四字。景，影也。襲乃釵之影，既以「别」字注襲人再嫁，而爲之形者當何如？直駡寶釵於百二十回之外。那一面寫着舊詩，道是：

桃紅又見一年春。襲爲釵影，有影有形也，書言襲以改志嫁，卻説釵以守志留，何有此影而無此形耶？空中樓閣，吾不知作者何意，此詩句「又見」二字，直耐人十日思。

注云：「杏花陪一盞，必拉杏花，重責探春。坐中同庚者陪一盞，同姓者陪一盞。」衆人笑道：「這一回熱鬧有趣。」大家算來，香菱、晴雯、寶釵三人皆與他同庚，首在香菱，正是無非薄命。黛玉與他同辰，只無同姓者。芳官忙道：「我也姓花，我也陪他一鍾。」於是大家斟了酒。黛玉因向探春笑道：「命中該招貴壻的，你是杏花，快喝了，我們好喝。」必用他説，責探之意顯然，而口角逼肖。探春笑道：「這是什麽話？大嫂子順手給他一巴掌。」「順手」二字，再點下家。李紈笑道：「人家不得貴壻，反捱打，我也不忍得。」多少憤懣。衆人都笑了。

襲人纔要擲，只聽有人叫門，老婆子忙出去問時，原來是薛姨媽打發人來接黛玉的。是書既了，倘使襲人再擲，便是續部。○此席有寶琴，而無一事一語，是在「薄命册」外，故並無岫煙；又以見設一禁於花敍書中，而所以用禁，都在語言文字外也。否則如此一席，以寶琴之要緊人，何竟絶不一提？豈作者忘記耶？至燕、四、紋、痕則影外之影，自無庸提。寶玉、晴、芳亦無詩簽者，以寶玉爲心，芳乃心源，心在先天自無文字，晴則既爲令主，又有芙蓉、海棠以映合之矣。合計八簽，必用木之成數，且作書亦不是開賬單也。衆人因問：「幾更了？」人回：「二更已後了。鐘打過十一下了。」寶玉猶不信，要過表來瞧了一瞧，已是子初二刻十分了。去子正尚餘二十分，二與十分之則餘八，是仍歸木之成數，而子後四刻方交陽分，則此時正陰極之會也。這便是「玉生香」回中之秏子精。黛玉便起身説：「我可撑不住了，回去還要吃藥呢。」一語淒然。衆人説：「也都該散了。」襲人、寶玉等還要留着衆人，李紈、探春等都説：「夜太深了，不像，這已是破格了。」襲人道：「既如此，每位再吃一杯再走。」説着，晴雯等已都斟滿了酒，每人吃了，都命點燈。襲人等都送過沁芳亭河那邊，方回來。

關了門，大家復又行起令來。書正復起。襲人等又用大鍾斟了幾鍾，用盤子攢了各樣茶果，與底下的老媽媽吃。彼此有了三分酒，便揞拳贏唱小曲兒。大戲都完，此後無非小曲。那天已四更時分，老媽媽們一面明吃，一面暗偷，酒缸已罄。衆人聽了，方收拾盥漱睡覺。芳官吃得兩腮胭脂一般，眉梢眼角，添了許多丰韻，身子動不得，便睡在襲人身上説：「姐姐，我心跳得很。」必特提此人，正是心跳，而情景宛然。襲人笑道：

「誰叫你儘力灌呢。」春燕、四兒也熬不得，早睡了，晴雯還只管叫。寶玉道：「不用叫了，咱們且胡亂歇一歇。」自己便枕了那紅香枕，是黛玉。身子一歪，就睡着了。襲人見芳官醉得很，恐鬧他唾酒，只得輕輕起來，就將芳官扶在寶玉之側，由他睡下。自己卻在對面榻上倒下，芳官之睡，必用襲人扶在寶玉身側，似乎有釵案矣，而殊不然，看自己在對面一語可知。一虛一實，正是對面。大家黑甜一覺，不知所之。香夢沈酣，完全兼美。

及至天明，襲人睜眼一看，只見天色晶明，忙說：「可遲了！」向對面床上瞧了一瞧，只見芳官頭枕着炕沿上，睡猶未醒。仍非並頭，亦曖昧，亦分明。連忙起來叫他。寶玉已翻身醒了，笑道：「可遲了。」此語蹊蹺，而卻是醒了，五花八門，炫惑煞人。因又推芳官起身，那芳官坐起來，猶發怔揉眼睛。襲人笑道：「不害羞，你吃醉了，怎麼也不揀地方兒亂挺下了？」芳官聽了，瞧一瞧，方知是和寶玉同榻，忙笑的下地來說：「怎麼吃得不知道了？」寶玉笑道：「我竟也不知道了。明點污而不污，兩不知道，絳黛之所以分也。若知道，給你臉上抹些黑墨。」必提他，即芳官，即黛玉。說着，丫頭進來伺候梳洗。寶玉笑道：「昨日有擾，今日晚上我還席。」襲人笑道：「罷，罷，罷！今日可別鬧了，再鬧就有人說話了。」寶玉道：「怕什麼！不過纔兩次罷了。咱們也算會吃酒的了，那一罈子酒，怎麼就吃光了？正是有趣，偏又沒了。」襲人笑道：「原要這樣纔有趣，必致興盡了反無後味。此是書讚。昨日都好上來了，晴雯連臊也忘了，我記得也還唱了一個曲兒。」四兒笑道：「姐姐忘了，連姐姐還唱了一個呢，在席的誰沒唱過？」四兒即晴雯，用他過脈。衆人聽了，俱紅了臉，用兩手握着，笑個不住。

忽見平兒笑嘻嘻的走來說：「我親自來請昨日在席的人，今日我還東，短一個也使不得。」衆人忙讓坐吃茶。晴雯笑道：「可惜没他。」平兒忙問：「你們夜裏做什麽來？」襲人便説：「告訴不得你。昨日夜裏熱鬧非常，連往日老太太、太太帶着衆人頑，也不及昨日這一頑。一罈酒，我們都鼓搗光了。一個個喝得把臊都丢了，又都唱起來。四更多天，纔横三豎四的，打了一個盹兒。」平兒笑道：「好呀，瞞我吃了酒來，也不請我，還説給我聽，氣我。」晴雯道：「今日他還席，必自來請你的，等着罷。」轉眼死喪，此席不能還了。平兒笑問道：「他是誰？誰是他？」晴雯聽了，把臉飛紅了，趕着打，笑説道：「偏你這耳朵尖，聽得真。」此正以晴雯定黛玉，而形神俱妙。平兒笑道：「呸！不害臊的丫頭，這會子有事，不和你説，我幹事去了。回來再打發人請，一個不到，我是打上門來的。」寶玉等忙留他，已經去了。

這裏寶玉梳洗了，正吃茶，忽然一眼看見硯台底下壓着一張紙，於墨石下得此卦文。因説道：「你們這麽隨便混壓東西，也不好。」襲人、晴雯等忙問：「又是怎麽了？誰又有了不是了？」寶玉指道：「硯台下是什麽？一定又是那位的樣子，忘記收的。」晴雯忙啓硯拿了出來，卻是一張字帖兒，遞與寶玉看時，原來是一張粉紅箋紙，上面寫着：「檻外人妙玉恭肅遥叩芳辰。」自乞梅櫳翠庵，此人至此方見。本回羣芳即櫳翠也，以一號發大議論。寶玉看畢，直跳了起來，忙問：「是誰接了來的？也不告訴。」襲人、晴雯等見了這般，不知當是那個要緊的人來的帖子，忙一齊問：「昨日誰接下了這個帖子？」四兒忙飛跑進來，笑説：「昨日妙玉並没親來，只打發個媽媽送來，我就擱在這裏。見帖前後，都從晴雯着筆，是總合釵、黛兩人爲一妙，而接帖必是四兒，乃黛一人三影，則此妙文專屬黛矣，正承上半回本文。誰知一頓喝的就忘了。」衆人聽了道：「我當是誰，大驚小怪，這也不值得。」寶玉忙命快拿紙來，當下拿了紙，研了墨，看他下着「檻外人」三字，自己竟不知回帖上回個什麼字纔相敵，只管提筆出神，半天仍没主意。因又想若問寶釵去，他必又批評怪誕，不如問黛玉去。妙在一人。想罷，袖了帖兒，徑來尋黛玉。

剛過了沁芳亭，忽見岫煙顫顫巍巍的迎面走來，畫出爐煙裊裊。寶玉忙問：「姐姐那裏去？」岫煙笑道：「我找妙玉説話。」不謀而合。寶玉聽了詫異，説道：「他爲人孤癖，不合時宜，萬人不入他的目，原來他推重姐姐，竟知姐姐不是我們一流俗人。」是書自況。岫煙笑道：「他也未必真心重我，一在册中，一在册外，自謂檻外，實在檻内，故云未必真心。但我和他做過十年的鄰居，只一牆之隔，他在蟠香寺修煉，蟠香正與煙合。我家原寒素，賃房居住，竟賃了他廟裏房子，住了十年。無事到他廟裏去作伴，我所認得的字，都是承他所授。我和他又是貧賤之交，又有半師之分。追敍因緣，聞香得妙，妙在一琴之用也。因我們投親去了，聞得他因不合時宜，權勢不容，竟投到這裏來。如今又天緣湊合，我們得遇，舊情竟未改易，承他青目，更勝當日。」寶玉聽了，恍如聽了焦雷一般，來復之機，「雷出地奮」。喜得笑道：「怪道姐姐舉止言談，超然如野鶴閑雲，原本有來歷。我正因他的一件事爲難，要請教別人去，如今遇見姐姐，真是天緣湊合，求姐姐指教。」本尋黛而遇煙，一縷妙香，太虚無物矣，是爲上半回作明證。説着，便將拜帖取與岫煙看。岫煙笑道：「他這脾氣，竟不能改，竟是生成這等放誕詭僻了。從來没見拜帖上寫别號的，這可是俗語説的『僧不僧，俗不俗，女不女，男不男』，成個什麼理數？」一書大妙，正是如此，數語包羅萬象。寶玉聽説，忙笑道：「姐姐不知道，他原不在這些人中，算他原是世人意外之人。因取了我是個些微有知識的，方給我這帖子。我因不知回什麼字樣纔好，竟没了主意。正要去問林妹妹，可巧遇見了姐姐。」岫煙聽了寶玉這話，且只管用眼上下細細打量了半日，方笑道：「怪道俗語説的，『聞名不如見面』，又怪不得妙玉竟下這帖子給你，又怪不得上年竟給你那些梅花。既連他這樣，少不得我告訴你原故。未免有情，而正是借立「走火入邪」之案。看「既連他這樣」云云可知，而屢説「怪不得」，見人心之難制如此。他常説，古人中，自漢、晉、五代、唐、宋以來，皆無好詩，作此小説，目空千古。只有兩句好，説道：『縱有千年鐵門限，終須一個土饅頭。』此范石湖《自營壽藏》詩也，實爲本書「財色」二字下大勘語，故爲十五回對待題目，特用秦、寶、熙鳳演之，遂爲衆妙集大成也。一寺一庵名義，到此方出，可見當日謀篇不是枝枝節節爲之。論者猶有增入四十回之説，何荒謬乃爾耶！所以他自稱檻外人。也是書，不是人。又常讚：文是莊子的好，莊之文以無爲有，無非寓意蝴蝶夢主，即紅樓夢主也，看官何必徵實。故又或稱爲畸人。若他帖子上是自稱畸人的，你就還他個『世人』。畸人者，他自稱是畸零之人，也是書，不是人。你謙自己乃世上擾擾之人，「世事洞明」一聯，正以「世」「人」二字冠首，人知此書之妙在畸人，而不知其妙正在世人也。他便喜了。如今只自稱檻外之人，是自謂蹈於鐵檻之外了，故你如今只下『檻内人』，便合了他的心了。」死有鴻毛泰山之别，伊古聖賢何人不死，何必定出鐵檻？而未入饅頭以前，正有若干人道當盡。是書教忠教孝，講性講心，何嘗真演渺茫、空空？奈何讀者但知檻外人之妙，而不知檻内人之妙耶！看設一妙玉自號如此，而終竟究是如何？可見三字正是話柄。○兩「人」字一虚一實，其妙在一釵一黛。寶玉聽了，如醍醐灌頂，嗳喲了一聲，方笑道：「怪道我們家廟説是鐵檻寺呢，原來有這一説。姐姐就請，讓我去寫回帖。」岫煙聽了，便自往櫳翠庵來。寶玉回房，寫了帖子，上面只寫：「檻内人寶玉薰沐謹拜」幾字，親自拿了到櫳翠庵，只隔門縫兒投進去，便是一個檻外人，思之失笑。便回來了。

因飯後平兒還席，説紅香圃太熱，便在榆蔭堂中已到桑榆暮景。擺了幾席新酒佳餚。可喜尤氏又帶了佩鳳、偕鸞二妾過來遊玩。借二妾名，映起本大段「偷娶」「思嫁」一切事故，必須尤氏帶來。這二妾亦是青年姣憨女子，不常過來的，今既入了這園，再遇見湘雲、香菱、芳、蕊一干女子，雲、菱、芳、蕊無非釵黛，否則妾與妾類，與芳、蕊且不侔，況湘雲耶！所謂方以類聚，物以羣分，二語不錯。只見他們説笑不了，也不管尤氏在那裏，只憑丫鬟們去服役，且同衆人一一的遊玩。閑言少述。總照本大段偏説閑言。

且説當下衆人都在榆蔭堂中，以酒爲名，大家頑笑，命女先兒擊鼓，平兒採了一枝芍藥，大家約二十來人，傳花爲令，熱鬧了一回。詳略各妙。因人回説：「甄家有兩個女人送東西來了。」探春和李紈、尤氏三人，出去議事廳相見。大過脈。這裏衆人且出來散一散，佩鳳、偕鸞兩個去打鞦韆頑耍。「鞦韆院落夜沈沈」，便是尤家綫索。寶玉便説：「你兩個上去，讓我送。」慌得佩鳳説：「罷了，別替我們鬧亂子。」「斷送玉容人上天」，便是寶玉殺尤三姐公案。

忽見東府中幾個人，慌慌張張跑來説：「老爺歸天了。」入下半回，而歸天二字何等僭妄。衆人聽了，嚇了一大跳，忙都説：「好好的並無疾病，怎麽就没了？」家人説：「老爺天天修煉，定是功成圓滿，昇仙去了。」絶倒。尤氏一聞此言，又見賈珍父子並賈璉等皆不在家，一時竟没個着己的男子來，未免忙了。點「獨」字。只得忙卸了妝飾，命人先到玄真觀，將所有的道士都鎖了起來，等大爺來家審問；一面忙忙坐車，帶了賴昇一干老家人媳婦出城。又請太醫看視，到底係何病症。大夫們見人已死，何處診脈來？絶倒。素知賈敬導氣之術，總屬虛誕，更至參星禮斗，守庚申，服靈砂等，妄作虛爲，過於勞神費力，反因此傷了性命的。點悟多少癡人。如今雖死，腹中堅硬似鐵，面皮嘴唇燒的紫絳皺裂，如此結果，「敬」

字絶倒。便向媳婦回說：「係道教中吞金服砂燒脹而沒。」死於金也，其惡金如此，而尤二姐、夏金桂皆到。衆道士慌的回道：「原是秘製的丹砂，吃壞了事，道教之道，代儒之儒，同是罵人。小道們也曾勸說：『功夫未到，且服不得。』不承望老爺於今夜守庚申時，悄悄的服了下去，便昇仙去了。這是虔心得道，已出苦海，脱去皮囊了。」絶倒。尤氏也不便聽，只命鎖着，等賈珍來發放。且命人飛馬報信。一面看視，裏面窄狹，不能停放，横竪也不能進城的。特先着此句。忙裝裹好了，用軟轎抬至鐵檻寺來停放。一個檻外人。掐指算來，至早也得半月的工夫，賈珍方能來到。是點「獨理親喪」，而正不與敬以有子，不與珍以有父也。是《春秋》法。目今天氣炎熱，實不能相待，遂自行主持，命天文生擇了日期入殮。壽木早年已經備下，寄在此廟中，甚是便宜。三日後便破孝開吊，一面且做起道場來。因那邊榮府中鳳姐兒出不來，李紈又照顧姊妹，寶玉不識事體，只得將外頭事務，暫託了幾個家中二等管事人，賈瑞、賈珖、賈珩、賈瓔、賈菖、賈菱等各有執事。尤氏不能回家，便將他繼母接來，在寧府看家。這繼母只得將兩個未出嫁的女孩兒帶來，一並住着，纔放心。疊逼「獨理」，爲此而已。

且說賈珍聞了此信，急忙告假，並賈蓉是有職人員。禮部見當今隆敦孝弟，不敢自專，具本請旨。原來天子極是仁孝過天的，且更隆重功臣之裔，此書無罪，大書特書。一見此本，便詔問賈敬何職。禮部代奏：「係進士出身，甲榜也，出甲死庚，乃演金木，而「先庚」「先甲」當思矣。祖職已蔭其子賈珍。賈敬因年邁多疾，常養静於都城之外玄真觀，今因疾歿於觀中。其子珍，其孫蓉，現因國喪隨駕在此，故乞假歸殮。」天子聽了，忙下額外恩旨曰：「賈敬雖無功於國，念彼祖父之忠，追賜五品之職，令其子孫扶柩由北下門入都，恩賜私第殯殮，不能入城，尤氏知之，而今仍准入城治喪，此正演「皇恩重」也。任子孫治喪禮畢，扶柩回籍。外着光祿寺按上例賜祭。朝中由王公以下，准其祭吊。欽此。」此旨一下，不但賈府中人謝恩，連朝中所有大臣，皆高呼稱頌不絕。

賈珍父子，星夜馳回。半路中又見賈㻞、賈珖二人，領家丁飛騎而來，看見賈珍，一齊滾鞍下馬請安。賈珍忙問：「做什麽？」賈㻞回說：「嫂子恐哥哥和侄兒來了，老太太路上無人，叫我們兩個來護送老太太的。」賈珍聽了，贊聲不絕，又問：「家中如何料理？」賈㻞等便將如何拿了道士，如何挪至家廟，怕家内無人，接了親家母和兩個姨奶奶在上房住着。賈蓉當下也下了馬，聽見兩個姨娘來了，喜的笑容滿面。突出怪語，卻是順筆。賈珍忙説了幾聲「妥當」，加鞭便走，店也不投，連夜換馬飛馳。一日到了都門，先奔入鐵檻寺。奔喪常情，而寫得蹊蹺。那天已是四更天氣，坐更的聞知，忙喝起衆人來。賈珍下了馬，和賈蓉放聲大哭，從大門外便跪爬進來，至棺前稽顙泣血，（直）（真）哭到天亮，喉嚨都哭啞了方住。稽顙泣血，把做一句話説過，寫來令人失笑，筆特狡獪。尤氏等都一齊見過，賈珍父子忙按禮換了凶服，在棺前俛伏。無奈自要理事，竟不能目不視物，耳不聞聲，少不得減了些悲戚，好指揮衆人。因將恩旨備述給衆親友聽了，一面先打發賈蓉家中來，料理停靈之事。

賈蓉巴不得一聲兒，便先騎馬跑來，到家，忙命前廳收桌椅，下槅扇，掛孝幔子，門前起鼓手棚、牌樓等事。又忙着進來看外祖母、兩個姨娘。原來尤老安人，年高喜睡，常常歪着。薛、史、邢、王總匯於此十四字中。他二姨娘、三姨娘都和丫頭們做活計，二有釵、鳳、迎，三有黛、李、探，請俟後評。見他來了，都道煩惱。固是吊慰常言，而實二三身受，故劈頭同道此。賈蓉且嘻嘻的望他二姨娘笑説：「二姨娘，你又來了，我父親正想你呢。」尤二姐紅了臉，罵道：「好蓉小子！我過兩日不罵你幾句，你就過不得了，越發連個體統都没了。還虧你是大家公子哥兒，每日念書學禮的，越發連那小家子的也跟不上。」説着，順手拿起一個熨斗來，兜頭就打，嚇得賈蓉抱着頭，滚到懷裏告饒。是補筆，是開筆，此下繪獸寫禽，並撤幃燈匣劍，既無隱義，可省贅批。尤三姐便轉過臉去説道：「等姐姐來家，再告訴他。」賈蓉忙笑着跪在炕上求饒，因又和他二姨娘搶砂仁吃。那二姐兒嚼了一嘴渣子，吐了他一臉，兩副心情，略略一畫。賈蓉用舌頭都舔着吃了。衆丫頭看不過，都笑説：「熱孝在身上，老娘纔睡了覺。他兩個雖小，到底是姨娘家，你太眼裏没有奶奶了。回來告訴爺，你吃不了兜着走。」賈蓉撇下他姨娘，便抱着那丫頭親嘴，説：「我的心肝，你説得是。咱們饒他們兩個。」丫頭們忙推他，恨得罵：「短命鬼！你一般有老婆丫頭，只和我們鬧！知道的説是頑，不知道的人，再遇見那樣髒心爛肺的、愛多管閑事嚼舌頭的人，吵嚷到那府裏，背地嚼舌，説咱們這邊混賬。」注寶玉、湘蓮一篇話，而其實那府裏正有人此等穢亂，明演這府，正暗演那府也。賈蓉笑道：「各門另户，誰管誰的事？都彀使的了！從古至今，連漢朝和唐朝，人還説『髒唐臭漢』，王熙鳳求官，一説殘唐，一説漢朝，其意到此發明。何況咱們這宗人家。誰家没風流事？别叫我説出來。連那邊大老爺這麽利害，璉二叔還和那小姨娘不乾净呢。鳳嬸子那樣剛强，瑞大叔還想他的賬：那一件瞞了我？」賈蓉只管信口開河，胡言亂道，三姐兒沈了臉，早下炕進裏間屋裏，叫醒尤老娘。

這裏賈蓉見他老娘醒了，忙去請安問好。又説：「老祖宗勞心，又難爲兩位姨娘受委屈，我們爺兒們感激不盡。惟有等事完了，我們合家大小登門磕頭去。」尤老安人點頭道：「我的兒，倒是你會說話，親戚們原是該的。」又問：「你父親好？幾時得了信趕到的？」賈蓉笑道：「剛纔到的。先打發我瞧你老人家來了，好歹求你老人家事完了再去。」劉老老到。說着，又和他二姨娘擠眼兒。尤二姐便悄悄咬牙罵道：「很會嚼舌頭的猴兒崽子！留下我們，給你爹做媽不成？」賈雨村到。賈蓉又與尤老娘道：「放心罷，我父親每日爲兩位姨娘操心，要尋兩個有根基，又富貴，又年輕，又俏皮的兩位姨父，好聘嫁這二位姨娘。這幾年總没揀着，可巧前日路上纔相準了一個。」映照下文。尤老娘只當是真話，忙問：「是誰家的？」尤二姐丢了活計，一頭笑，一頭趕着打，說：「媽媽，别信這混賬孩子的話。」三姐兒道：「蓉兒，你說是說，别只管嘴裏這麼不清不混的。」略分涇渭。說着，人來回話，說：「事已完了，請哥兒出去看了，回爺的話去呢。」那賈蓉方笑嘻嘻的出來。

不知如何，且看下回分解。

自此回至六十六回爲一大段，入尤家案，仍是釵、黛案，側重黛玉文字也，故起以芳官，結以湘蓮，兩人皆寶、黛合影者。

上回用湘雲、香菱以合演釵、玉之實，爲上半部作結，此回用芳官以單演寶、黛之虛，爲下半部作起，乃全本戲文重整排場處，故兩處都先着林之孝家的一番訓誡，必不脱「孝」字也。

上半回爲寶、黛叫不平之書也，作者外金玉而金玉究成，内木石而木石終敗，大無可如何之事也。於是强爲撮合，使必爲一聚，因立此芳、寶同夢一重公案，然究竟是情是意是虛，而必不同於寶釵之實事。看兩個玉色新枕頭之「新」字，此意便見。而芳官究是頭枕炕沿，則臉上何嘗真抹黑墨？雖黛而不黛也。此篇文字與「情悟梨香院」回，皆最深晦難讀。

下半回上找「死封龍禁尉」，下遞「殉主登太虛」，亦是書一大過脈處。故中間着甄家人送東西，及檻外人若干寓意。

護花主人評曰：

寶玉生日有夜宴，平兒生日有答席，與別人生日不同，變換不板。

敍林家查夜一層，與日間查看一層，兩兩對照，筆法周密。

寶釵、探春、李紈、湘雲、香菱、麝月、黛玉、襲人等所掣花名，俱與本人身分貼切。而香菱之並蒂花，湘雲之睡海棠，更與上回並蒂菱、芍藥裀關照得妙。

別人生日，妙玉不賀，獨賀寶玉芳辰，其意何居，其情可知，是文章暗描法。

鳳姐生日，鬧出鮑妻自縊。平兒答席，忽有賈敬暴亡。且尤二姐、尤三姐，亦於是時引出。寧府不祥，種種已兆。

第五十七回至六十三回上半回一大段，應分四小段：五十七回爲一段，寫寶、黛兩人之癡情；五十八、九回爲一段，敍園中人多，漸生口舌是非；六十回、六十一回爲一段，寫趙姨、女伶等不安本分，乘間生事；六十二回、六十三上半回爲一段，寫賈母、王夫人出門，寶玉、平兒生日，放膽宴會。

大某山民評曰：

象牙籤上所有之字，各藏意義，預爲他日之兆。

佩鳳、偕鸞二姝，豈忘引玉？其罷鞦韆，即行悤悤判袂，特以衆香窟裏，悉屬柳腰檀臉，斷難攙越。

又宅隔東西，弗克常聚，不如以免記掛，綽於無情處見其多情。

聞祖父之死，不聞其哭；聞姨娘來家，笑容滿面。蓉兒之居心可知矣！

此回仍是癸丑年夏間事。

第六十四回　幽淑女悲題五美吟　浪蕩子情遺九龍珮

話説賈蓉見家中諸事已妥，連忙趕至寺中，回明賈珍。於是連夜分派各項執事人役，並預備一切應用旛杠等物，擇於初四日卯時請靈柩進城。聞死信是四月，珍來至早須半月，來而料理又需時日，則此初四當是六月初四，《遯》卦用事，爲四陽在上也。用卯時者，卯木爲林，林死而寶遯矣。是本回上半虚冒。然再詳核此後歷敍許多月日，則又全行抹畫，正與秦可卿一病至死許多月日用意相同。一面使人知會諸位親友。是日喪儀焜耀，賓客如雲，自鐵檻寺至寧府，夾路看的何止數萬人。內中有嗟歎的，也有羨慕的，又有一等半瓶醋的讀書人，説是喪禮與其奢易，莫若儉戚的。此段普説看是書而不解是書者。一路紛紛議論不一。至未申時方到，申金制卯木，未則六月，仍是上文。將靈柩停放正堂之內，供奠舉哀已畢，親友漸次散回，只剩族中人，分理迎賓送客等事。近親只有邢舅太爺相伴未去。邢大舅上，直注卷末。賈珍、賈蓉此時爲禮法所拘，不免在靈傍藉草枕塊，寢苫居喪。人散後，仍乘空尋他小姨子們厮混。寶玉亦每日在寧府穿孝，至晚人散，方回園裏。鳳姐身體未愈，雖不能時常在此，或遇開壇誦經，親友上祭之日，亦扎掙過來相幫尤氏料理。敍來又歷許多日子。

一日，供畢早飯，因此時天氣尚長，天氣尚長，自是初秋，與七月説合。賈珍等連日勞倦，不免在靈傍假寐。

寶玉見無客至，遂欲回家看視黛玉，入上半回。因先回至怡紅院中。進入門來，只見院中寂靜無人，有幾個老婆子與小丫頭們在迴廊下取便乘涼，也有睡卧的，也有坐着打盹的。寶玉也不去驚動。只有四兒看見，連忙上前來打簾子。將掀起時，只見芳官自内帶笑跑出，幾乎與寶玉撞個滿懷。亦黛玉影身，幾乎撞，則仍未撞。一見寶玉，方含笑站着，説道：「你怎麼來了？你快與我攔住晴雯，他要打我呢。」兩人合一人。一語未了，只聽得屋裏嘻嚁嘩喇的亂響，不知是何物撒了一地。隨後晴雯趕來罵道：「我看你這小蹄子往那裏去？輸了不叫打，一路都是黛玉，晴打芳，正是自戕。寶玉不在家，我看你有誰來救你？」寶玉連忙帶笑攔住道：「你妹子小，不知怎麼得罪了你，看我的分上，饒他罷！」聲情俱妙。晴雯也不想寶玉此時回來，乍一見，不覺好笑，遂笑説道：「芳官竟是狐狸精變的？便是花妖。竟是會拘神遣將的，符咒也没有這樣快！」又笑道：「就是你真請了神來，我也不怕。」遂奪手仍要捉拿，芳官早已藏在寶玉身後。寶玉遂一手拉了晴雯，一手攜了芳官，早入屋内看時，只見西邊炕上麝月、秋紋、碧痕、春燕等，正在那裏抓子兒贏瓜子兒呢。北人堆杏核數十枚，爲閨中兒女抓擲之戲，謂之抓子。卻是芳官輸與晴雯，芳官不肯叫打，跑了出去，晴雯因趕芳官，將懷内的子兒撒了一地。不幸之幸，演芳官正演黛玉。杏，幸也。寶玉歡喜道：「如此長天，我不在家，正恐你們寂寞，吃了飯睡覺，睡出病來。大家尋件事頑笑消遣甚好。」此事翻覆，乃是自尋。因不見襲人，又問道：「你襲人姐姐呢？」晴雯道：「襲人麼？越發道學了，獨自個在屋裏面壁呢。直注「卻塵緣」，而語面自妙。這好一會，我們没進去，不知他作什麼呢，一些聲氣也聽不見。你快瞧瞧去罷，或者此時參悟了，也未可定。」

寶玉聽説，一面笑，一面走至裏間。只見襲人坐在近窗床上，手中拿着一根灰色縧子，正在那裏打結子呢。心若死灰，方卻塵緣。此書打結矣，乃由襲人。見寶玉進來，連忙起立笑道：「晴雯這東西，編派我什麼呢？我因要趕着打完了這結子，没工夫和他們瞎鬧，因哄他道：『你們頑去罷。趁着二爺不在家，我要在這裏静坐一坐，養一養神。』他就編派了我這些混話，什麼『面壁了』『參禪了』的。等一會我不撕他那嘴！」寶玉笑着，挨近襲人坐下，瞧他打結子，問道：「這麼長天，你也該歇息歇息，或和他們頑笑，何不瞧瞧林妹妹去也好。怪熱的，打這個那裏使？」襲人道：「我見你帶的扇套，還是那年東府裏蓉大奶奶的事情上作的，書中許多扇子，到此總結。扇套義見前剪扇套評。那個青東西，除族中或親友家夏天有喪事方帶得着。秦氏死在夏天，是夢話。一年遇着帶一兩遭，平常又不犯做。如今那府裏有事，這是要過去天天帶的，所以我趕着另作一個，等打完了結子給你换下那舊的來。上找秦氏死，直溯此善汩没之初，乃舊事也。現在之喪，爲尤二三姐過脈，乃新事也。結舊即以换新，無非毁心滅性，是大落墨。你雖然不講究這個，若叫老太太回來看見，又該説我們躲懶，連你的穿帶之物，都不經心了。」寶玉笑道：「這真難爲你想的到，只是也不可過於趕，熱着了，倒是大事。」説着芳官早托了一杯涼水内新湃的茶來，因寶玉素昔秉賦柔脆，雖暑月不敢用冰，只以新汲井水將茶連壺浸在盆内，不時更换，取其涼意而已。時方昌盛，而冷局已結，故云涼意。寶玉就芳官手内吃了半盞，遂向襲人道：「我來時已吩咐了焙茗，若珍大哥那邊有要緊的客來時，叫他即刻送信。若無要緊的事，我就不過去了。」説畢，遂出了房門，又回頭向碧痕等道：「如有事，往林姑娘處來找我。」

於是一徑往瀟湘館來看黛玉。將過了沁芳橋，只見雪雁領着兩個老婆子，手中拿着菱藕瓜果之類。結果。寶玉忙問雪雁道：「你們姑娘從來不吃這些涼東西的，拿這些瓜果何用？不是要請那位姑娘奶奶麽？」雪雁笑道：「我告訴你，可不許你對姑娘說去。」寶玉點頭應允。雪雁便命兩個婆子：「先將瓜果送去，交與紫鵑姐姐，他要問我，你就說我做什麽呢就來。」那婆子答應着去了。雪雁方說道：「我們姑娘這兩日方覺身上好些了，今日飯後，三姑娘來會着要瞧二奶奶去，正破木石合金玉之兩人。姑娘也沒去，又不知爲着些甚麽來，自己哭了一回，提筆寫了好些不知是詩是詞。叫我傳瓜果去時，又聽叫紫鵑將屋内擺着的小琴桌上的陳設搬下來，將桌子挪在外間當地，又叫將那龍文鼎放在桌上，等瓜果來時聽用。若說是請人呢，不犯先忙着把個爐擺出來；若說點香呢，我們姑娘素日屋裏除擺新鮮花果木瓜之類，又不大喜薰衣服。就是點香，亦當點在常坐卧之處。難道是老婆子們把屋子薰臭了，要拿香薰薰不成？究竟連我也不知何故。」說得迷離，口吻入妙。說畢，便連忙去了。

寶玉這裏不由的低頭，心内細想道：「據雪雁說來，必有原故。若是同那一位姊妹們閑坐，不必如此先設饌具。或者是姑爹姑媽的忌辰？在家從父，適人從夫，此祭爲不得所適也，故以父母映之。但我記得每年到此日期，老太太都吩咐另外整理餚饌，送去林妹妹私祭，此時已過。大約必是七月，因爲瓜果之節，特點七月，乃巧月也，直注「巧合」。黛之不得所適，正坐在此，而《長生殿》之梅妃，亦是枉了。家家都上秋季的墳，林妹妹有感於心，所以在私室自己祭奠，取《禮記》『春秋薦其時食』之意，也未可定。但我此刻走去，見他傷感，必極力勸解，又怕他煩惱鬱結於心。若竟不去，又恐他過於傷感，無人勸止。兩件皆足致疾。莫若先到鳳姐姐處一看，在彼稍坐即回。如若見林妹妹傷感，再設法開解。既不至使其過悲，哀痛稍申，亦不至抑鬱致病。」

想畢，遂出了園門，一徑到鳳姐處來。宛轉纏綿，寫「情」字淋漓盡致，而責寶玉深矣。夫以寶之與鳳，其隱情具在書中，又何不可以婚必主黛之説，直以明告，而昏迷無主，終致乖違。雖鳳所成，實寶自誤也。此《五美吟》所由來，故此際必往此處。正有許多執事婆子回事畢，紛紛散去，鳳姐兒正倚着門和平兒説話呢。檻内人、檻外人並到。一見了寶玉，笑道：「你回來了麽？我纔吩咐了林之孝家的，必用此人，前兩回實用，此半回虚用，皆是大關節處。叫他使人告訴跟你的小厮，若没什麽事，便請你回來歇息歇息。再者，那裏人多，你那裏禁得住那些氣味？不想恰好你倒來了。」寶玉笑道：「多謝姐姐記掛。我也因今日没事，又見姐姐這兩日没往那府裏去，不知身上可大愈否？所以回來看視看視。」鳳姐道：「左右也不過是這樣，兩日好，三日不好的。老太太、太太不在家，這些大娘們，噯！那一個是安分的！每日不是打架就拌嘴，連賭博偷盜的事情都鬧出兩三件來了。雖説有三姑娘幫着辦理，他又是個没出閣的姑娘，也有叫他知道得的，也有望他説不得的事，只好强扎挣着罷了。此處特爲探春開脱，坐實鳳姐，正坐實寶玉也。總不得心静一會兒，别説想病好，求其不添也就罷了。」寶玉道：「姐姐雖如此説，姐姐還要保重身體，少操些心纔是。」説畢，又説了些閑話，敍鳳、寶一篇話，直是扯淡。作者正大排疑陣，果暇作此閑文耶！别了鳳姐，一直往園中走來。

進了瀟湘館院門看時，只見爐裊殘烟，奠餘玉醴，紫鵑正看着人往裏收桌子，搬陳設呢。寶玉便知已經祭奠完了，疑陣百出。走入屋内，只見黛玉面向裏歪着，病體懨懨，大有不勝之態。紫鵑連忙説道：「寶二爺來了。」黛玉方慢慢的起來，含笑讓坐。寶玉道：「妹妹這兩天可大好些了？氣色倒覺静些，只是爲何又傷心了？」黛玉道：「可是你没的説了，好好的，我多早晚又傷心了？」寶玉笑道：「妹妹臉上現有淚痕，如何還哄我呢？只是我想妹妹素日本來多病，凡事當各自寬解，不可過作無益之悲。若作踐壞了身子，使我……」「使我」正對「你好」，便已打結。説到這裏，覺得以下的話，有些難説，連忙咽住。只因他雖説和黛玉一處長大，情投意合，又願同生死，卻只是心中領會，從來未曾當面説出。況兼黛玉多心，每每説話造次，得罪了他。今日原爲的是來勸解，不想把話又説造次了，接不下去，明用提筆説無主張，徒爲楚囚相對而已。心中一急，又怕黛玉惱他，又想一想自己的心，實在的是爲好，因而轉念爲悲，早已滾下淚來。談情至此，歎觀止矣，而卻是「情感」，以後另開生面。黛玉起先原惱寶玉説話不論輕重，直責之，底面俱到。如今見此光景，心有所感，本來素昔愛哭，此時亦不免無言對泣。

卻説紫鵑端了茶來，打諒二人又爲何事口角，因説道：「姑娘身上纔好些，寶二爺又來慪氣了。到底是怎麽樣？」寶玉一面拭淚，笑道：「誰敢慪妹妹了？」一面搭訕着起來閑步。只見硯台底下微露一紙角，妙玉拜帖是硯台底下，《五美吟》亦出此，正所以爲妙也。不禁伸手拿起。黛玉忙要起身來奪，已被寶玉揣在懷内，笑央告道：「好妹妹，賞我看看罷。」黛玉道：「不管什麽，來了就混翻。」一語未了，只見寶釵走來，必接此人。笑道：「寶兄弟要看什麽？」寶玉因未見上面是何言詞，又不知黛玉心中如何，未敢造次回答，卻望着黛玉笑。恰中一時情事。黛玉一面讓寶釵坐，一面笑説道：「我曾見古史中有才色的女子，終身遭際，令人可欣、可羨、可悲、可歎者甚多。今日飯後無事，欲擇出數人，胡亂湊幾句詩，以寄感慨。可巧探丫頭來，會我瞧鳳姐姐去，我也心上懶懶的，没同他去。剛纔做了五首，探來會鳳，正《五美吟》之成就，「可巧」二字是眼。一時困倦起來，撂在那裏，不想二爺來了，就瞧見了。此處稱二爺，疏之而實親之，看以前並無此稱。其實給他看也倒没有什麽，但只是嫌他是不是的寫給人看去。」此意不令人知，便是自誤。寶玉忙道：「我多早晚給人看來的？同一自誤。昨日那把扇子，原是我愛那幾首白海棠的詩，特提詩社，重在扇子。所以我自己用小楷寫了，不過爲的是拿在手中看着便易。我豈不知閨閣中詩詞字迹，是輕易往外傳誦不得的。自從你説了，我總未拿出園子去。」

寶釵道：「林妹妹這慮的也是。你既寫在扇子上，偶然忘記了，拿在書房裏去，被相公們看見了，豈有不問是誰做的呢？倘或傳揚開了，反爲不美。自古道『女子無才便是德』，總以貞静爲主，女工還是第二件。其餘詩詞，不過是閑中游戲，原可以會，可以不會。咱們這樣人家的姑娘，倒不要這些才華的名譽。」久假不歸，令人生厭。因又笑向黛玉道：「拿出來，給我看看無妨，只不叫寶兄弟拿出去就是了。」黛玉笑道：「既如此説，連你也可以不必看了。」「以子之矛，刺子之盾」。又指着寶玉笑道：「他早已收了去了。」一責之，一受之。寶玉聽了，方自懷内取出，湊至寶釵身傍，受責正在此處。一同細看。只見寫道是：

西施感離也。

一代傾城逐浪花，吴宫空自憶兒家。效顰莫笑東村女，頭白溪邊尚浣紗。五詩通責史、王以次諸人，而以夫差之强，不能庇一婦人，則專責寶玉。

虞姬傷亂也。

腸斷烏啼夜嘯風，虞兮幽恨對重瞳。黥彭甘受他年醢，飲劍何如楚帳中？英雄如項羽，不能庇一婦人，責寶玉。

明妃憂讒也。

絶豔驚人出漢宮，紅顔命薄古今同。君王縱使輕顔色，予奪權何畀畫工？堂堂漢帝，不能庇一婦人，責寶玉。

緑珠悲遇也。

瓦礫明珠一例抛，何曾石尉重妖嬈？都緣禍福前生造，更有同歸慰寂寥。石崇一豪富，不能庇一婦人，責寶玉。

紅拂警懦也。

長劍雄談態自殊，美人巨眼識窮途。尸居餘氣楊公幕，豈得羈縻女丈夫？此則自責，而並責寶玉，責寶之不能爲李靖，而自責不能爲紅拂也。

寶玉看了，讚不絶口，又説道：「妹妹這詩，恰好只做了五首，何不就命曰《五美吟》？」於是不容分説，便提筆寫在後面。五爲奇數、土數，不偶而死也，黛作之，寶成之，故云不容分説。寶釵亦説道：「做詩不論何題，只要善翻古人之意。是説此書善翻古意。若要隨人脚蹤走去，縱使字句精工，已落第二義，究竟算不得好詩。即如前人所詠昭君之詩甚多，有悲輓昭君的，有怨恨延壽的，又有譏漢帝不能使畫工圖貌賢臣而畫美人的，紛紛不一。後來王荆公復有『意態由來畫不成，當時枉殺毛延壽』，歐陽永叔有『耳目所見尚如此，萬里安能制夷狄』，二詩俱能各出己見，不與人同。仍是説書並説看書人，而必提明妃者，以日月陰陽演寶、黛妃匹，書之主意也。

今日林妹妹這五首詩，亦可謂命意新奇，别開生面了。」

仍欲往下説時，只見有人回道：「璉二爺回來了。適纔外間傳説往東府裏去了好一會了，想必就回來的。」下半回「遺珮」文字，必從寶釵説詩遞入，筋節細微。寶玉聽了，連忙起身，迎至大門以内等待，恰好賈璉已自下馬進來。於是寶玉先迎着賈璉跪下，口中給賈母、王夫人等請了安，又給賈璉請了安。二人攜手走了進來，只見李紈、鳳姐、寶釵、黛玉、迎、探、惜等，惜春乃敬女，自當居未出嫁女之喪，乃同在此處，是隱奪敬子並奪敬女，復見天心，敬不能矣，何等森嚴，何等支離。早在中堂等候，一一相見已畢。因聽賈璉説道：「老太太明日一早到家，一路身體甚好。今日先打發我來回家看視。明日五更，還要出城迎接。」説畢，衆人又問了些路途的景況。因賈璉是遠路跋涉，遂大家别過，讓賈璉回房歇息。一宿晚景，不必細述。

至次日飯時前後，果見賈母、王夫人等回來，衆人接見已畢，略坐了一坐，吃了一杯茶，便領了王夫人等人過寧府中來。只聽見裏面哭聲震天，卻是賈赦、賈璉送賈母到家，即過這邊來了。當下賈母進入裏面，早有賈赦、賈璉率領族中人哭着迎了出來。他父子一邊一個，挽了賈母，走至靈前，又有賈珍、賈蓉跪着，撲入賈母懷中痛哭。賈母暮年人，見此光景，亦摟了珍、蓉等痛哭不已。賈赦、賈璉在旁苦勸，方略略止住。又轉至靈右，見了尤氏婆媳，不免又相持大痛一場。哭畢，衆人方上前一一請安問好。一路寫來，明白簡淨，此筆不易。賈珍因賈母纔回家來，未得歇息，坐在此間看着，未免要傷心，遂再三的勸。賈母不得已，方回來了。果然年邁的人，禁不住風霜傷感，至夜間，便覺頭悶心酸，鼻塞聲重，連忙請了醫生來診脈下藥，足足的忙亂了半夜一日。幸而發散的快，未曾傳經，至三更天，些須發了點汗，脈静身涼，大家方放了心。至次日，仍服藥調理。又過了數日，乃賈敬送殯之期，賈母猶未大愈，遂留寶玉在家侍奉。必設賈母一病，正爲留寶玉，使不與送秦氏喪相犯也。鳳姐因未曾大好，亦未去。其餘賈赦、賈璉、邢夫人、王夫人等率領家人僕婦，都送至鐵檻寺，至晚方回。賈珍、尤氏並賈蓉，仍在寺中守靈，等過百日後，方扶柩回籍。兩寫東府喪事，一詳一略，各臻其妙。家中仍託尤老娘並二姐兒、三姐兒照管。

卻説賈璉素日既聞尤氏姊妹之名，恨無緣得見。近因賈敬停靈在家，每日與二姐兒、三姐兒相認已熟，不禁動了垂涎之意。況知與賈珍、賈蓉等素昔有聚麀之誚，因而乘機百般撩撥，眉目傳情。明白指出，是曰尤，是曰罪自外至。那三姐兒卻只是淡淡相對，只有二姐兒也十分有意，但只是眼目衆多，無從下手。賈璉又怕賈珍吃醋，不敢輕動，只好二人心領神會而已。書中凡實寫者曰卍兒，曰智能，曰多姑娘，曰鮑二家的，曰司棋，曰夏金桂，曰襲人，曰尤二姐。其餘如寶釵諸人皆心領神會而已。今寫尤二姐必先作此語，則凡爲心領神會者，都已在個中矣。此時出殯以後，賈珍家下人少，除尤老娘帶領二姐兒、三姐兒，並幾個粗使的丫鬟老婆子在正室居住外，其餘婢妾都隨在寺中，外面僕婦，不過晚間巡更，日間看守門户。白日無事，亦不進裏面去。所以賈璉便欲趁此時下手，遂託相伴賈珍爲名，亦在寺中住宿。又時常借着替賈珍料理家務，不時至寧府中來勾搭二姐兒。虚虚總籠。

一日，有小管家俞禄榮寧天禄所餘無幾，故曰小管家。來回賈珍道：「前者所用棚杠孝布，並請杠人青衣，共使銀一千一百十兩，除給銀五百兩外，仍欠六百零十兩。其數無非畸零，從此零落分散矣。必實指一致禍之事，故生出尤二姐、張華一案，雖成於璉、鳳，卻始於珍、蓉，所謂「首罪寧」也，然仍是本傳寶、黛、釵公案。昨日兩處買賣人俱來催討，奴才特來討爺的示下。」賈珍道：「你且向庫上領去就是了，這又何必來回我？」俞禄道：「昨日已曾上庫上去領，但只是老爺歸天已後，各處支領甚多，所剩還要預備百日道場及廟中用度，此時竟不能發給，所以奴才今日特來回爺，或者爺内庫裏暫且發給，或者挪借何項，吩咐了奴才好辦。」賈珍笑道：「你還當是先呢，有銀子放着不使。你無論那裏借了給他罷。」漸入窮敗。俞禄笑回道：「若説一二百，奴才還可巴結。這五六百，奴才一時那裏辦得來？」賈珍想了一回，向賈蓉道：「你問你娘去，昨日出殯以後，有江南甄家送來打祭銀五百兩，未曾交到庫上去，假窮則甄現，故必提甄家，相爲倚伏也。家裏再找找，湊齊了給他去罷。」賈蓉答應了，連忙過這邊來，回了尤氏，復轉來回他父親道：「昨日那項銀子，已使了二百兩，下剩的三百兩，令人送至家中，交與老娘收了。」賈珍道：「既然如此，你就帶了他去，向你老娘要了出來，交給他。再也瞧瞧家中有事無事，問你兩個姨娘好。下剩的，俞禄先借了添上罷。」

賈蓉與俞禄答應了，方欲退出，只見賈璉走了進來。俞禄忙上前請了安。賈璉便問：「何事？」賈珍一一告訴了。賈璉心中想道：「趁此機會，正可至寧府尋二姐兒。」一面遂説道：「這有多大事，何必向人借去？昨日我方得了一項銀子，還没有使呢。莫若給他添上，豈不省事？」賈珍道：「如此甚好，你就吩咐了蓉兒，一並令他取去。」賈璉忙道：「這必得我親身取去。從取銀子起，已直注「吞生金」，全部財色並到。再我這幾日没回家了，還要給老太太、老爺、太太們請請安去，到大哥那邊查查家人們有無生事，再也給親家太太請請安。」賈珍笑道：「只是又勞動你，我心裏倒不安。」賈璉也笑道：「自家弟兄，這有何妨呢？」必先正名定分。賈珍又吩咐賈蓉道：「你跟了你叔叔去，也到那邊給老太太、老爺、太太們請安，説我和你娘都請安。打聽打聽老太太身上可大安了，還服藥呢没有。」賈蓉一一答應了，跟隨賈璉出來，帶了幾個小廝，騎上馬，一同進城。

在路叔侄閑話，賈璉有心便提到尤二姐，因誇説如何標緻，如何做人好，舉止大方，言語温柔，無一處不令人可敬可愛，是寶釵。「人人都説你嬸子好，據我看，那裏及你二姨兒一零兒呢？」賈蓉揣知其意，便笑道：「叔叔既這麼愛他，我給叔叔作媒，説了做二房何如？」突如其來，是他爲主。賈璉笑道：「你這是頑話，還是正經話？」賈蓉道：「我説的是當真的話。」賈璉又笑道：「敢自好，只是怕你嬸子不依，再也怕你老娘不願意。況且我聽見説你二姨兒已有了人家了。」賈蓉道：「這都無妨，我二姨兒、三姨兒都不是我老爺養的，敘法與秦可卿同一意，彼曰兼美，此曰二、三，亦兼美也。原是我老娘帶了來的。聽見説，我老娘在那一家時，就把我二姨兒許給皇糧莊頭皇糧莊頭爲王土，有鳳姓，有《易》理。張家，指腹爲婚。其姓張，即張太醫之張，將以長弓攻之也。其名華，華即榮，即林也。後來張家遭了官司，敗落了，我老娘又自那家嫁了出來。不惟無名，並無姓。如今這十數年，兩家音信不通，我老娘時常抱怨，要與他家退婚。我父親也要將姨兒轉聘，只等有了好人家，不過令人找着張家，給他十幾兩銀子，寫上一張退婚的字兒。想張家窮極了的人，見了銀子，有什麼不依的？再他也知道咱們這樣的人家，也不怕他不依。爲黛玉歎，爲「財」字歎，既寫財色，必寫勢利。觀賈蓉所云，其自恃爲何如？而轉瞬抄没在此，正喚醒多少自恃人。又是叔叔這樣人，説了做二房，一映寶二奶奶，再映璉二奶奶，故云二房。我管保我老娘和我父親都願意。倒只是嬸子那裏卻難。」賈璉聽到這裏，心花都開了，那裏還有什麼話説，只是一味呆笑而已。又自狀其書，至此又心花怒發，卻只是一「笑」字也，而狀璉入微。賈蓉又想了一想，此「想」字有多少關合。

笑道：「叔叔若有膽量，依我的主意，管保無妨，不過多花幾個錢。」賈璉忙道：「好孩子，你有什麼主意，只管說給我聽聽。」賈蓉道：「叔叔回家，一點聲色也別露。等我回明了我父親，同我老娘說妥，然後在咱們府後方近左右，買上一所房子，及應用傢伙，再撥兩窩子家人過去服侍，擇了日子，人不知，鬼不覺，娶了過去。囑咐家人，不許走漏風聲。嬸子在裏面住着，深宅大院，那裏就得知道了？叔叔兩下裏住着，過個一年半載，即或鬧出來，不過挨上老爺一頓罵。叔叔只說嬸子總不生育，原是爲子嗣起見，所以私自在外面作成此事。就是嬸子，見『生米做成熟飯』，也只得罷了。再求一求老太太，沒有不完的事。」是「設奇謀」，乃鳳姐殺黛玉法，而蓉即以其人之法還治其人之身，語妙、意妙、理妙。

自古道：「慾令智昏。」另立排場，必應特提，而四字總括全書所隱，四子六經，無非演此。賈璉只顧貪圖二姐美色，聽了賈蓉一篇話，遂以爲計出萬全，將現今身上有服，並停妻再娶，嚴父妒妻，種種不妥之處，皆置之度外了。一段專罪賈蓉，而實專罪鳳姐，演此一事，又影全書也。卻不知賈蓉亦非好意，素日因同他姨娘有情，只因賈珍在內，不能暢意，如今若是賈璉娶了，少不得在外居住，趁賈璉不在時，好去鬼混之意。陡抉賈蓉心事，筆致矯健，而實抉鳳姐因圖寶玉而成釵殺黛心事也，詳見前評。賈璉那裏思想及此？遂向賈蓉致謝道：「好侄兒！你果然能彀說成了，我買兩個絕色的丫頭謝你。」無非二丫頭。說着，已至寧府門首。賈蓉說道：「叔叔進去，向我老娘要出銀子來，就交與俞禄罷。我先給老太太請安去。」賈璉含笑點頭道：「老太太跟前，別說我和你一同來的。」一路皆畫鬼筆，而盡態極妍如此，洵爲能品。賈蓉道：「知道。」又附耳向賈璉道：「今日要遇見二姨兒，可別性急了，鬧出事來，往後倒難辦了。」又是怪筆。賈璉笑道：「少胡說，你快去罷。我在這裏等你。」於是賈蓉自去給賈母請安。

賈璉進入寧府，早有家人頭兒率領家人等請安，一路圍隨至廳上，賈璉一一的問了些話，不過是塞責而已，便命家人散去，獨自往裏面走來。原來賈璉、賈珍素日親密，又是弟兄，本無可避忌之人，自來是不等通報的。於是走至上房，早有廊下伺候的老婆子打起簾子讓賈璉進去。賈璉進入房中一看，只見南邊炕上，只有尤二姐帶着兩個丫鬟一處做活，卻不見尤老娘與三姐兒。賈璉忙上前問好相見。尤二姐含笑讓坐，便靠東邊排插兒坐下。賈璉仍將上首讓與二姐兒，又是怪筆，人多不覺。夫南炕東排插，則以西爲上首，仍讓出上首，則並坐於東矣，故二姐下炕否無明文，設爲一坐炕裏，一坐炕邊，同靠排插疑迹。○北人正室多用南炕，炕橫頭立半截板壁，略隔裏外，曰排插。說了幾句見面情兒，便笑問道：「親家太太和三妹妹那裏去了？怎麽不見？」尤二姐笑道：「纔有事往後頭去了，也就來的。」此時伺候的丫鬟，因倒茶去，無人在跟前。賈璉不住的拿眼瞟着二姐兒，二姐兒低了頭，只含笑不理。賈璉又不敢造次動手動脚，因見二姐兒手中拿着一條拴着荷包的絹子擺弄，便搭訕着往腰裏摸了摸，説道：「檳榔荷包也忘記了帶了來，妹妹有檳榔，賞我一口吃。」二姐兒道：「檳榔倒有，只是我的檳榔從來不給人吃。」賈璉便笑着欲近身來拿，二姐兒怕有人來看見不雅，便連忙一笑，撂了過來。賈璉接在手中，都倒了出來，揀了半塊吃剩的，撂在口中吃了，又將剩下的都揣了起來。剛要把荷包親身送過去，只見兩個丫鬟倒了茶來。賈璉一面接了茶吃茶，一面暗將自己帶的一個漢玉九龍珮解了下來，拴在手絹上，趁丫鬟回頭時，仍撂了過去。浪蕩如龍，其擾攘爲何如？是此書心花怒發時也。而必曰漢玉，則劉老老、元春都到。九龍陽極，是爲氣數之天，《剥》極而《坤》之會矣，中幅鄭重，八面玲瓏。二姐兒亦不去拿，只妝看不見，坐着吃茶。

只聽後面一陣簾子響，卻是尤老娘、三姐兒帶着兩個小丫頭，自後面走來。賈璉送目與二姐兒，令其拾取。這尤二姐亦只是不理。賈璉不知二姐兒何意，甚是着急，只得迎上來，與尤老娘、三姐兒相見。一面又回頭看二姐兒時，只見二姐兒笑着没事人似的，再又看一看絹子，已不知那裏去了。此有藍本。賈璉方放了心，於是大家歸坐後，敍了些閑話。賈璉説道：「大嫂子説，前日有一包銀子，交給親家太太收起來了，今日因要還人，大哥令我來取，再也看看家裏有事無事。」尤老娘聽了，連忙使二姐兒拿鑰匙去取銀子。這裏賈璉又説道：「我也要給親家太太請請安，瞧瞧二位妹妹。親家太太臉面倒好，只是二位妹妹在我們家裏受委屈。」尤老娘笑道：「咱們都是至親骨肉，説那裏的話？在家裏也是住着，在這裏也是住着。不瞞二爺説，我們家裏，自從先夫去世，家計也着實艱難了，全虧了這裏姑爺幫助。如今姑爺家裏有了這樣大事，我們不能別的出力，白看一看家，還有什麽委屈了的呢？」正説着，二姐兒已取了銀子來，交與尤老娘。尤老娘便遞與賈璉。賈璉叫一個小丫頭，叫了一個老婆子來，吩咐他道：「你把這個交給俞禄，叫他拿過那邊去等我。」老婆子答應了出去。

只聽得院内是賈蓉的聲音説話，須臾進來給他老娘、姨娘請了安，又向賈璉笑道：「剛纔老爺還問叔叔呢，説有什麽事情要使唤，原要使人到廟裏去叫，我回老爺説：『叔叔就來。』老爺還吩咐，若路上遇着叔叔，叫快去呢。」賈璉聽了，忙要起身，又聽賈蓉向他老娘説道：「那一次我和老太太説的，我父親要給二姨兒説的姨夫，就和我這叔叔的面貌身量差不多兒。老太太説好不好？」一面説着，又悄悄的用手指着賈璉和他二姨兒努嘴。二姐兒倒不好意思說什麼，只見三姐兒似笑非笑、似惱非惱的罵道：「壞透了的小猴兒崽子，没了你娘的說了！多早晚我纔撕他那嘴呢！」賈蓉早笑着跑了出去，賈璉也笑着辭了出來。走至廳上，又吩咐了家人們不可耍錢吃酒等語。又悄悄的央賈蓉回去，急速和他父親說。一面便帶了俞禄過來，將銀子添足，交給他拿去。一面給賈赦請安，又給賈母去請安不提。

卻說賈蓉見俞禄跟了賈璉去取銀子，自己無事，便仍回至裏面，和他兩個姨娘嘲戲一回，必寫兩個，且不分拆，便是太虛幻境之兼美。方起身。至晚到寺，見了賈珍，回道：「銀子已竟交給俞禄了，老太太已大愈了，如今已經不服藥了。」愈瑣碎，愈周密。說畢，趁便將路上賈璉要娶尤二姐做二房之意說了，又說如何在外面置房子住，不使鳳姐知道，「此時總不過爲的是子嗣艱難起見。黛玉多病，鳳主金玉因緣，得以徑行者，正執子嗣之說也。爲的是二姨是見過的，親上做親，比別處不知道的人家說了來的好，所以二叔再三央我對父親說」。只不說是他自己的主意。賈珍想了想，也想了想。笑道：「其實倒也罷了，只不知你二姨娘心中願意不願意？明日你先去和你老娘商量，問準了你二姨娘，再作定奪。」於是又教了賈蓉一篇話，轉用他教，並爲罪首。便走過來，將此事告訴了尤氏。尤氏卻知此事不妥，因而極力勸止，無奈賈珍主意已定，素日又是順從慣了的，況且他與二姐兒本非一母，不便深管，因而只得由他們鬧去了。重責探春，力能說不說；出脱李紈，力不能說不說。本案於尤氏已從輕減。

至次日一早，果然賈蓉復進城來，見他老娘，將他父親之意說了，又添上許多話，說賈璉做人如何好，目今鳳姐身子有病，已是不能好的了，暫且買了房子，在外面住着，過個一年半載，只等鳳姐一死，便接了二姨兒進去做正室。一教一添，不分首從，爲黛玉作報復，即從鳳姐心腹人口中殺之，何等痛快！又説他父親此時如何聘，賈璉那邊如何娶，如何接你老人家養老，往後三姨兒也是那邊應了替聘，説得天花亂墜，不由得尤老娘不肯。況且素日全虧賈珍周濟，此時又是賈珍作主替聘，而且妝奩不用自己置買，賈璉又是青年公子，强勝張家，遂忙過來與二姐兒商議。二姐兒又是水性人兒，生之謂性，水生於金，正點寶釵。在先已和姐夫不妥，又常怨恨當時錯許張華，致使後來終身失所，今見賈璉有情，況是姐夫將他聘嫁，有何不肯？也便點頭依允。此時尤三姐何竟無一言，便是探春知而不言影本。當下回復了。

賈蓉回了他父親。次日，命人請了賈璉到寺中來，賈珍當面告訴了他尤老娘應允之事。賈璉自是喜出望外，感謝賈珍、賈蓉父子不盡。直注「平兒理妝」，是爲報復。於是二人商量着，使人看房子，打首飾，給二姐兒置買妝奩，及新房中應用床帳等物。不過幾日，早將諸事辦妥。已於寧榮街後二里遠近小花枝巷内，花溆中又生枝節，故云小花枝巷。買定一所房子，共二十餘間，又買了兩個小丫鬟。只是府裏家人不敢擅動，外頭買人，又怕不知心腹，走漏了風聲。忽然想起家人鮑二來，鮑二爲《姤》之二爻，詳見前評。至此乃使遇於衆，難將作矣。當初因和他女人偷情，被鳳姐打鬧了一陣，含羞吊死了。賈璉給了一百銀子，叫他另娶一個。那鮑二向來卻就合廚子多渾蟲的媳婦多姑娘有一手兒，多姑娘即鳳姐影本，詳見前評。後來多渾蟲酒癆死了，這多姑娘兒見鮑二手裏從容了，便嫁了鮑二。況且這多姑娘兒原也合賈璉好的，此時都搬出外頭住着。賈璉一時想起來，便叫了他兩口兒，到新房子裏來，預備二姐兒過來時服侍。那鮑二兩口子聽見這個巧宗兒，如何不來呢。「巧」字直注「巧合」，釵、鳳、尤三而一。

再説張華之祖，原當皇糧莊頭，後來死去。至張華父親時，仍充此役。因與尤老娘前夫相好，所以將張華與尤二姐指腹爲婚，後來不料遭了官司，敗落家産，弄得衣食不周，那裏還娶得起媳婦呢？尤老娘又自那家嫁了出來，兩家有十數年音信不通。今被賈府家人唤至，逼他與二姐兒退婚，心中雖不願意，無奈懼怕賈珍等勢焰，不敢不依，只得寫了一張退婚文約。尤老娘與了二十兩銀子，賈母爲釵作生日，係二十兩，書中每用此數，爲釵立影。兩家退親不提。交過排場，自不可少。這裏賈璉等見諸事已妥，遂擇了初三黄道吉日，又明注日期，而無月分，以上半七月之説揆之，自是八月秋金正令也，黄道正是金色，而七十一回説八月初三爲賈母大慶，正有絶大交關處，但此等日月如何計算？以便迎娶二姐兒過門。

要知端的，且聽下回分解。

此回書意，多於夾縫中掩藏，亦甚難解。上半回黛玉一祭，從雪雁口中鋪敘，「奠雁」夫婦之禮，而雪則潔白不污，是黛玉案。又雪即薛，此奠仍歸寶釵矣，故後文「成大禮」攙拜必用他，其綫索早藏於此矣。下半回立尤二姐傳，仍是寶釵傳，借以立一「查抄」之根而已。而先之以俞禄，後之以鮑二，而兩府禍敗藏此矣。

凡書中所演太虚境，饅頭庵，芍藥裀，以及理妝、解裙，都是心領神會，無非絳芸軒釵玉案而已。恐人不解，特以初試之襲人明點於前；仍恐人不解，再以偷娶之尤二姐明點於後。而循環報復，五花八門，要無人打出此疑陣矣。得閑人評，重圍立潰。

護花主人評曰：

上半回寫幽淑女悲吟，下半回寫浮蕩子調情，是兩扇反對文字。

襲人獨留心扇絛，與晴雯等迥異；寶釵獨説貞静爲主，亦與黛玉等不同。的是賢妻好妾。

黛玉《五美吟》，惟《虞姬》一首頗有意味，其餘四首，未見新奇。

私娶尤二姐，説合籌畫，俱是賈蓉主見，真是禍首罪魁。寫尤二姐善於偷情，是暗補聚麀情事。

尤三姐憤烈性情，已於上回及此回隱隱伏筆。

大某山民評曰：

撩雲撥雨慣家，首推賈蓉，其眉頭眼下，悉露油光。

賈璉進房後，與尤二姐進房後，其種種狎暱情狀，非過來人不能道也。

此回已入癸丑年之秋。

第六十五回　賈二舍偷娶尤二姨　尤三姐思嫁柳二郎

話説賈璉、賈珍、賈蓉等三人商議，事事妥貼，至初二日，先將尤老娘和三姐兒送入新房。尤老娘看了一看，雖不似賈蓉口内之言，倒也十分齊備，母女二人已算稱了心願。以三姐之明，亦以爲稱了心願，無此事也，是以黛玉影身殺寶釵影身爲稱願耳，與三姐無涉，其知而不言，亦隱此意。鮑二兩口子見了，如一盆火兒，管着尤老娘一口一聲叫「老娘」，又或是「老太太」，稱呼不倫不類，語下生刺，人知罵尤家矣，殊不知乃罵薛家，看「一盆火」是眼，火能制金。管着三姐兒叫「三姨兒」或是「姨娘」。至次日五更天，一乘素轎，將二姐兒抬來，各色香燭紙馬並鋪蓋以及酒飯，早已預備得十分妥當。一時，賈璉素服，坐了小轎來了，「成大禮」是服中。拜了天地，焚了紙馬。那尤老娘見了二姐兒身上頭上，焕然一新，不似在家模樣，十分得意。攙入洞房，是夜賈璉同他顛鸞倒鳳，百般恩愛，不消細説。小説套語，此偏寫得不堪之至。

那賈璉越看越愛，越瞧越喜，不知要怎麽奉承這二姐兒纔過得去。聚精會神寫出蕩子行徑，所以報鳳姐也。乃命鮑二等人，不許提三説二，直以「奶奶」稱之，自己也稱「奶奶」，竟將鳳姐一筆勾銷。映射「協理」情事，見如鳳姐亦是呆子。有時回家，只説在東府有事。鳳姐因知他和賈珍好，有事相商，也不疑心。家下人雖多，都也不管這些事。便有那游手好閑，專打聽小事的人，都去奉承賈璉，誰肯去露風？於是賈璉深感賈珍不盡。賈璉一月出十五兩銀子，做天天的供給。此數豈能敷用？而必説十五兩者，以十、五皆土數，所以生金也。若不來時，他母女三人一處吃飯。若賈璉來，他夫妻二人一處吃，他母女便回房自吃。賈璉又將自己積年所有的體己，一並搬來，與二姐兒收着。財色並提，再死鳳姐。又將鳳姐兒素日爲人行事，枕邊衾裏，盡情告訴了他，只等一死，便接他進去。二姐兒聽了，自然是願意的了。當下十來個人，倒也過起日子來，十分豐足。

眼見已是兩月光景，這日賈珍在鐵檻寺做完佛事，晚間回家時，與他姊妹久別，竟要去探望探望。先命小廝去打聽賈璉在與不在。小廝回來説：「不在那裏。」賈珍歡喜，將家人一概先遣回去，只留兩個心腹小童牽馬。「牽馬」固是趣語，而正狀意馬奔騰，至斯已極也，與「九龍珮」同意。一時到了新房子裏，已是掌燈時候，悄悄進去。兩個小廝，將馬拴在圈内，自往下房去聽候。賈珍進來，屋裏纔點燈，先看過尤氏母女，然後二姐兒出來相見。賈珍見了二姐兒，滿面的笑容，一面吃茶，一面笑説：「我做的保山如何？若錯過了，打着燈籠還莫處尋。燈籠即對火盆，此書絶無閑話。過日你姐姐還備禮來瞧瞧你們呢。」一見尤氏尚未來，乃是出脱。説話之間，三姐兒已命人預備下酒饌。關起門來，都是一家人，原無避諱。此等處轉是順筆，而有目共賞者。那鮑二來請安，賈珍便説：「你還是個有良心的，所以二爺叫你來伏侍，日後自有大用你之處。直注「查抄」，正有大用。不可在外頭吃酒生事，我自然賞你。倘或這裏短了什麽，你二爺事多，那裏人雜，你只管來回我，我們弟兄不比别人。」正名定分。鮑二答應道：「小的知道，若小的不盡心，除非不要這腦袋了。」隱演「包無魚」之象。賈珍笑着點頭道：「你要知道就好。」當下四人一處吃酒。二姐兒此時，恐怕賈璉一時走來，彼此不雅，吃了兩鍾酒便推故往那邊去了。賈珍此時也無可奈何，只得看着二姐兒自去，剩下尤老娘同三姐兒相陪。此處難得恰好。那三姐兒雖向來和賈珍偶有戲言，但不似他姐姐那樣隨和兒，以補筆爲遞筆。所以賈珍雖有垂涎之意，卻也不肯造次了，致討没趣。況且尤老娘在旁邊陪着，賈珍也不好太露輕薄。

卻説跟的兩個小厮，都在廚下和鮑二飲酒。那鮑二的女人多姑娘兒上灶，忽見兩個丫頭也走了來嘲笑，要吃酒。鮑二因説：「姐兒們不在上頭伏侍，也偷着來了。一時叫起來没人，又是事。」他女人駡道：「糊塗渾嗆了的忘八，你撞喪那黄湯罷。撞喪醉了，夾着你那腦袋挺你的屍去。叫不叫與你什麽相干？一應有我承當呢。風啊雨的，横豎淋不到你頭上來。」聲情俱妙，二十一回之多姑娘，令人認得。這鮑二原因妻子之力，在賈璉前十分有臉。近日他女人越發在二姐兒跟前殷勤伏侍，他便自己除賺錢吃酒之外，一概不管，一聽他女人吩咐，百依百隨，且吃彀了便去睡覺。這裏鮑二女人陪着這些丫鬟小厮吃酒，又和那幾個小厮們打牙撂嘴兒的頑笑，討他們的好，準備在賈珍前討好兒。

四人正吃的高興，忽聽見叩門的聲兒，鮑二的女人忙出來開門看時，見是賈璉下馬，問有事無事。鮑二女人便悄悄的告訴他説：「大爺在這裏西院裏呢。」賈璉聽了，便至卧房。見尤二姐和兩個小丫頭在房中，見他來了，臉上卻有些𧼨𧼨的。賈璉反推不知，只命：「快拿酒來，咱們吃兩杯好睡覺，我今日乏了。」二姐兒忙忙陪笑，接衣捧茶，問長問短。賈璉喜的心癢難受。一時鮑二的女人端上酒來，二人對飲，兩個小丫頭在地下服侍。

賈璉的心腹小童隆兒拴馬去，瞧見有了一匹馬，細瞧一瞧，知是賈珍的，心下會意，也來廚下。只見喜兒、壽兒兩個，正在那裏坐着吃酒，三小廝名字都是反面，而隆兒屬璉，即九龍珮之映，又與興兒並寓隱意。見他來了，也都會意，珍、璉同室，有小廝所不忍明言者，是何寫法。笑道：「你這會子來得巧。我們因趕不上爺的馬，恐怕犯夜，往這裏來借個地方兒睡一夜。」隆兒便笑道：「我是二爺使我送月銀的。交給了奶奶，我也不回去了。」鮑二的女人便道：「咱們這裏有的是炕，爲什麽不大家睡呢？」喜兒便說：「我們吃多了，你來吃一鍾。」隆兒纔坐下，端起酒來，忽聽馬棚内鬧將起來。原來二馬同槽，不能相容，故蹶踶起來。「二馬」乃「九龍」之對，借罵珍、璉，亦是順筆。隆兒等慌得忙放下酒杯，出來喝馬，好容易喝住，另拴好了進來。鮑二的女人笑說：「你三人就在這裏罷，茶也現成了，我可去了。」說着，帶門出去。這裏喜兒喝了幾杯，已是楞子眼了，北人市囂語，以醉爲楞子眼。隆兒、壽兒關了門，抬頭見喜兒直挺挺的仰卧炕上，二人便推他說：「好兄弟，起來好生睡。只顧你一個人舒服，我們就苦了。」那喜兒便說道：「咱們今兒可要公公道道貼一爐子燒餅了。」以頑皮筆寫頑皮人，非夫人所能矣，而隱翻覆報應於中，尤非夫人所能。蓋「偷娶」所以死鳳姐，「吞金」所以殺寶釵，爲黛報不平文字，而即天道好還文字也。金能殺木，而火又能鑠金，貼一爐子燒餅，非火之用而翻覆爲制乎？這便是公公道道。隆兒、壽兒見他醉了，也不便多說，只得吹了燈將就卧下。

尤二姐聽見馬鬧，心下着實不安，只管用言語混亂賈璉。屢以馬生情，至此雖馬亦不甘任，他偏能寫得熨貼。那賈璉吃了幾杯，春興發作，便命收了酒果，掩門寬衣。尤二姐只穿着大紅小襖，散挽烏雲，滿臉春色，比白日更增顏色。進一步法。賈璉摟着他笑道：「人人都説我們那夜叉婆齊整，如今我看來給你拾鞋也不要。」人夜叉之，自亦夜叉之，必不饒鳳姐也。二姐兒道：「我雖標緻，卻無品行。看來到底是不標緻的好。」賈璉忙説：「如何説這話？我就不懂。」尤二姐滴淚説道：「你們拿我作糊塗人待，什麼事我不知道？我如今和你作了兩個月夫妻，日子雖淺，我也知你不是糊塗人。我生是你的人，死是你的鬼。如今既做了夫妻，終身我靠你，豈敢瞞藏一字。我算是有倚有靠了。將來我妹子卻如何結果？由上半入下半，迤邐布置，都是慘淡經營處。據我看來，這個形景，恐非常策，要作長久之計方可。」賈璉聽了笑道：「你且放心，我不是那拈酸吃醋的人。你前頭的事，我都知道了。你不必驚慌。如今你跟了我來，大哥跟前自然倒要拘起形迹來了。依我的主意，不如叫三姨兒也合大哥成了好事，彼此兩無拘束，索性大家作個通家之好。你的意思怎麼樣？」尤二姐一面拭淚，一面説道：「雖然你有這個好意，頭一件三妹妹脾氣不好；第二件也怕大爺臉上下不來。」賈璉道：「這個無妨。我這會子就過去，索性破了例。」入「尤三姐」絶妙一篇文字，如此逼拶而來，作小説豈易易。珍、璉總一玉旁，東西通爲一府，前有鳳之協理，此有璉之破例，乃逆案統束也。説着走了，便至西院中來。只見窗内燈燭輝煌。賈璉便推門進去，説：「大爺在這裏呢，兄弟來請安。」

賈珍聽是賈璉的聲音，倒唬了一跳，見賈璉進來，不覺羞慚滿面。書演至此，尚留一息人心。尤老娘也覺不好意思。賈璉笑道：「何必做如此景象，咱們弟兄，從前是如何樣來？大哥爲我操心，我今日粉身碎骨，感激不盡。大哥若多心，我倒不安了。從此已後還求大哥照常方好；不然，兄弟寧可絶後，再不敢到此處來了。」是爲多官人。説着，便要跪下。慌得賈珍連忙攙起，只説：「兄弟怎麼説，我無不領命。」賈璉忙命人：「拿酒來，我和大哥吃兩杯。」因又笑嘻嘻向三姐兒道：「三妹妹爲什麽不和大哥吃個雙鍾兒？我也敬一杯，給大哥和三妹妹道喜。」得隴望蜀，其意在此。一片荆棘中，而坦坦行來，真是怪筆。三姐兒聽了這話，就跳起來，站在炕上，指着賈璉冷笑道：「你不用和我花馬吊嘴的！咱們『清水下雜麪，你吃我看』；『提着影戲人子上場兒，好歹别戳破這層紙』。至此方正寫三姐，爲李爲探爲黛共一影，本是絶妙影戲人子，而全書用意無不具備。你别糊塗油蒙了心，打諒我們不知道你府上的事呢！這會子花了幾個臭錢，你們哥兒兩個，拿着我們姊妹兩個權當粉頭來取樂兒，就打錯了算盤了。我也知道你那老婆太難纏。如今把我姐姐拐了來做了二房，『偷來的鑼鼓兒打不得』。我也要會會那鳳奶奶去，看他是幾個腦袋？幾隻手？若大家好，取和兒便罷，倘或有一點叫人過不去，我有本事先把你兩個的牛黄狗寶掏出來，再和那潑婦拼了這條命！足褫鳳姐之魄，而有《五美吟》中紅拂氣概，惜黛不能出此耳。牛、狗皆屬土，土畏木，一篇話正爲木發其威令也。喝酒怕什麽？咱們就喝！」説着，自己拿起壺來，斟了一杯，自己先喝了半杯，揪過賈璉來就灌，説：「我倒不曾和你哥哥吃過，今日倒要和你吃一吃，咱們也親近親近。」揮灑自如，直破其隱。嚇得賈璉酒都醒了。賈珍也不承望尤三姐這等拉的下臉來。弟兄兩個，本是風流場中耍慣的，不想今日反被這個閨女一席話，説得不能答言。尤三姐看了這樣，越發一疊聲又叫：「將姐姐請來，要樂，咱們四個大家一處樂。俗語説的：『便宜不過當家』，你們是哥哥兄弟，我們是姐姐妹妹，又不是外人，只管上來！」再破其隱，其言如刀。尤二姐反不好意思起來。賈珍得便就要溜，尤三姐那裏肯放？賈珍此時反後悔，不承望他是這種人，與賈璉反不好輕薄起來。即生發即收拾，良工心苦。

這尤三姐索性卸了妝飾，脱了大衣服，鬆鬆的挽個鬢兒，身上只穿着大紅襖兒，半掩半開，故意露出葱緑抹胸，一痕雪脯，底下緑褲紅鞋，鮮豔奪目，忽起忽坐，忽喜忽嗔，没半刻斯文。兩個墜子就和打鞦韆一般；與芳官相掩映，而兩個墜子云云，其形容令人叫絶矣，而隱兩個墜兒，乃一釵一黛。釵以曖昧而生，雖得所歸，而究爲離棄。黛以乾浄而死，亦得寶玉，而絶不分明。同一打鞦韆，無定之象也。何如三姐明媒明證明以身殉，爲有定之鴛鴦乎！燈光之下，越顯得柳眉籠翠，檀口含丹。本是一雙秋水眼，再吃了幾杯酒，越發横波入鬢，轉盼流光。直把那珍、璉二人弄的欲近不敢，欲遠不捨，迷離恍惚，落魄垂涎。再加方纔一席話，直將二人禁住。弟兄兩個，竟全然無一點兒能爲，别説調情鬥口，竟連一句響亮話都没了。尤三姐自己高談闊論，任意揮霍，村俗流言，洒落一陣。由着性兒，拿他弟兄二人嘲笑取樂。一時他的酒足興盡，更不容他弟兄多坐，竟攆了出去，自己關門睡去了。

自此後，或略有丫鬟婆子不到之處，便將賈珍、賈璉、賈蓉三個厲言痛罵，説他爺兒三個誆騙他寡婦孤女。薛家母女又何嘗非被誆騙？用提筆作收場。而賈珍此夜走否，絶不交代。賈珍回去之後，也不敢輕易再來。那三姐兒有時高興，又命小厮來找。及至到了這裏，也只好隨他的便，乾瞅着罷了。看官聽説：這尤三姐天生脾氣，和人異樣詭僻。只因他的模樣兒風流標緻，他又偏愛打扮的出色，另式另樣，做出許多萬人不及的風情體態來。文亦如之。那些男子們，别説賈珍、賈璉這樣風流公子，便是一班老到人，鐵石心腸，看見了這般光景，也要動心的。及至到他跟前，他那一種輕狂豪爽，目中無人的光景，早又把人的一團高興逼住，不敢動手動脚。所以賈珍向來和二姐兒無所不至，漸漸的厭了，卻一心注定在三姐兒身上，便把二姐兒樂得讓給賈璉，自己卻和三姐兒捏合。偏那三姐一般和他頑笑，別有一種令人不敢招惹的光景。他母親和二姐兒也曾十分相勸，他反説：「姐姐糊塗！咱們金玉一般的人，「金玉」二字明明點睛，二姐爲金爲釵，三姐爲玉爲黛，從此看入，勢如破竹。白叫這兩個現世寶玷污了去，也算無能！直罵寶玉。而且他家現放着個極利害的女人，如今瞞着，自然是好的，請觀此言，則知閒人戲影人之説不謬。倘或一日他知道了，豈肯干休？勢必有一場大鬧。你二人不知誰生誰死，這如何便當作安身樂業的去處？」逆料後來，明如觀火。他母女聽了他這話，料着難勸，也只得罷了。尤三姐天天挑揀穿吃，打了銀的，又要金的。有了珠子，又要寶石。吃着肥鵝，又宰肥鴨。或不趁心，連桌一推。衣裳不如意，不論綾緞新整，便用剪刀剪碎，撕一條罵一句。究竟賈珍等何曾隨意了一日，反花了許多昧心錢。提筆痛快，足洩不平。

賈璉來了，只在二姐房內，心中也漸漸的悔上來了。無奈二姐兒倒是個多情人，以爲賈璉是終身之主了，凡事倒還知疼着熱。若論溫柔和順，卻較鳳姐還有些體度；就論起那標緻來，以及言談行事，也不減於鳳姐。但已經失了脚，有了一個「淫」字，憑他什麽好處，也不算了。又爲寶釵立傳。偏這賈璉又説：「人誰無錯？知過必改，就好。」故不提已往之淫，只取現今之善。便如膠似漆，一心一計，誓同生死，那裏還有鳳、平二人在意了。二姐在枕邊衾内，也常勸賈璉説：「你和珍大爺商議，揀個相熟的，把三丫頭聘了罷；留着他不是常法子，終久要生事故。」賈璉道：「前日我也曾回大哥的，他只是捨不得。我還説：『就是塊肥羊肉，無奈燙的慌；羊肉其味羶，木亦其臭，羶，是隱黛玉。玫瑰花兒可愛，刺多扎手。探春外號。咱們未必降得住，正經揀個人聘了罷。』他只意意思思的，就丢開手了。你叫我有什麽法兒？」二姐兒道：「你放心，咱們明日先勸了三丫頭，他肯了，讓他自己鬧去。鬧的無法，少不得聘他。」賈璉聽了，說：「這話極是。」

至次日，二姐兒另備了酒，賈璉也不出門，至午間，特請他妹妹過來，與他母親上坐。尤三姐便知其意，剛斟上酒，也不用他姐姐開口，便先滴淚說道：是還淚賬，而寫來聲情俱到。「姐姐今日請我，自然有一番大道理要說。但我也不是糊塗人，也不用絮絮叨叨的。從前的事情，我已盡知，說也無益。既如今姐姐也得了好處安身，媽媽也有了安身之處，我也要自尋歸結去，方是正禮。理禮特提，吾故曰有李紈之影，靛缸中拉出白布也。但終身大事，一生至一死，非同兒戲。此意何人識得？寶、黛、釵，兒戲而已。向來人家看着咱們娘兒們微弱，都安着不知什麽心，我所以破着没臉，人家纔不敢欺負。何等作用，非黛所能，並非釵所能。這如今要辦正事，不是我女孩兒家没羞恥，必得我揀一個素日可心如意的人，方跟他。若憑你們揀擇，雖是有錢有勢的，我心裏進不去，白過了這一世。」惜寶、黛有此心，不能有此語。賈璉笑道：「這也容易。憑你說是誰，就是誰。一應綵禮，都有我們置辦，母親也不用操心。」三姐兒道：「姐姐横竪知道，不用我說。」賈璉笑問二姐兒：「是誰？」二姐兒一時想不起來。賈璉料定必是此人無疑了，便拍手笑道：「我知道這人了，果然好眼力。」二姐兒笑道：「是誰？」賈璉笑道：「别人他如何進得去？一定是寶玉。」「柳湘蓮」三字乃合演寶、黛心事，則即寶玉也。二姐兒與尤老娘聽了，也以爲必然是寶玉了。三姐兒便啐了一口，說：「我們有姊妹十個，也嫁你弟兄十個不成？難道除了你家，天下就没有好男人不成？」其言爽快，足醫鈍疾，而乃是笑古今小說及看此書而不解都是影身者。使無影身則十姊妹嫁十弟兄，呆呆十件事，推至千百，亦無不可；倘見一人爲一人，見一事爲一事，亦何能辨湘蓮之爲湘蓮，而不受三姐一啐乎！衆人聽了都詫異：「除了他，還有那一個？」三姐兒道：「別只在眼前想，姐姐只在五年前想就是了。」一五爲土數，四象所歸，一部鴛鴦圖畫實主於此矣。

正説着，忽見賈璉的心腹小廝興兒走來請賈璉，説：「老爺那邊緊等着叫爺呢。」興兒、隆兒乃興隆街大爺，賈雨村也，此下即又「演説榮國府」。小的答應往舅老爺那邊去了，小的連忙來接。」賈璉又忙問：「昨日家裏問我來着麽？」寫外宅便是外宅。興兒説：「小的回奶奶：爺在家廟裏，同珍大爺商議做百日的事，只怕不能來。」賈璉忙命拉馬，隆兒跟隨去了，留下興兒答應人。

尤二姐便要了兩碟菜來，命拿大杯斟了酒，就命興兒在炕沿下站着吃，一長一短，向他説話兒。問道：「家裏奶奶多大年紀？怎麽個利害的樣子？老太太多大年紀？姑娘幾個？」各樣家常等話。興兒笑嘻嘻的在炕沿下，一頭吃，一頭將榮府之事，備細告訴他母女。又説：「我是二門上該班的。我們共是兩班，一班四個，共是八個人。有幾個是奶奶的心腹，有幾個是爺的心腹。奶奶的心腹，我們不敢惹。爺的心腹，奶奶卻敢惹。提起來，我們奶奶的事，告訴不得奶奶！他心裏歹毒，口裏尖快，我們二爺也算是個好的，那裏見得他？倒是跟前平姑娘，爲人很好，雖然和奶奶一氣，他倒背着奶奶，常作些好事。抑鳳揚平，歸結林、薛，爲此書另立門面，是爲二門。小厮爲興不爲冷，以直注「沐皇恩」「延世澤」也。小的們有了不是，奶奶是容不過的，只求求他去就完了。如今合家大小，除了老太太、太太兩個，没有不恨他的，只不過面子情兒怕他。皆因他一時看得人都不及他，只一味哄着老太太、太太兩個人喜歡。他説一是一，説二是二，没人敢攔他。又恨不得把銀子錢省了下來堆成山，好叫老太太、太太說他會過日子。殊不知苦了下人，他討好兒。或有好事，他就不等別人去說，他先抓尖兒。或有不好的事，或他自己錯了，他便一縮頭，推到別人身上來，他還在旁邊撥火兒。如今連他正經婆婆太太都嫌了他，說他『雀兒揀着旺處飛』，『黑母雞一窩兒，自家的事不管，倒替人家去瞎張羅』。若不是老太太在頭裏，早叫過他去了。」

尤二姐笑道：「你背着他這等說他，將來你又不知怎麼樣說我呢？我又差他一層兒，越發有的說了。」興兒忙跪下說道：「奶奶要這樣說，小的不怕雷霹嗎？但凡小的要有造化，起先娶奶奶時，若得了這樣的人，小的們也少挨些打罵，也少提心吊膽的。如今跟爺的幾個人，誰不是背前背後稱揚奶奶盛德憐下？我們商量着，叫二爺要出來，情願來伺候奶奶呢。」乃映寶釵能得衆心。尤二姐笑道：「你這小猾賊兒，還不起來？說句頑話兒，就嚇得這個樣兒。你們做什麼往這裏來？我還找了你奶奶去呢。」興兒連忙搖手說：「奶奶千萬不要去，我告訴奶奶：一輩子別見他纔好。『嘴甜心苦，兩面三刀』，『上頭笑着，脚底下就使絆子』，『明是一盆火，暗是一把刀』，都占全了。再提一盆火，其一把刀，則遞下「借劍」，二姐死所，即寶釵死所也，而寶釵本身本領，亦即在此中矣。只怕三姨兒的這張嘴，還說不過他呢。奶奶這樣斯文良善人，那裏是他的對手？」二姐兒笑道：「我只以理待他，他敢怎麼樣我？」寶釵開口便是理。興兒道：「不是小的吃了酒放肆胡說，奶奶便用着理讓，他見奶奶比他標緻，又比他得人心兒，他就肯善罷干休了？人家是醋罐子，他是醋缸、醋甕！凡丫頭們，二爺多看一眼，他有本事當着爺打個爛羊頭似的。雖然平姑娘在屋裏，大約一年間兩個有一次在一處，他還要嘴裏掂十來個過兒呢。氣得平姑娘性子上來，哭鬧一陣，說：『又不是我自己尋來的，你逼着，我原不願意，又説我反了。這會子又這樣！』他一般的也罷了，倒央告平姑娘。」尤二姐笑道：「可是撒謊！這樣一個夜叉，怎麽反怕屋裏的人呢？」興兒道：「就是俗語説的『三人抬不過一個理字去』了。再提平兒，以「理」字結之，此正《剥》極得《復》，老陰生少陽之理也，劉老老、青兒、板兒三人都到。這平姑娘原是他自幼兒的丫頭，此理不假外求。陪了過來一共四個，死的嫁的只剩下這個心腹，收了屋裏。一則顯他的賢良，二則又拴爺的心。那平姑娘又是個正經人，從不會挑三窩四的，倒一味忠心赤膽伏侍他，所以纔容下了。」

尤二姐笑道：「原來如此，但只我聽見你們還有一位寡婦奶奶和幾位姑娘，他這樣利害，這些人如何依他？」以鳳、平演「理」字既畢，故即緊接李而次及三春，悉消長之理也，故皆應不依他。興兒拍手笑道：「原來奶奶不知道，我們家這位寡婦奶奶，第一善德人，不管事的，只教姑娘們看書寫字，針綫道理，這是他的事情。前日因爲他病了，這大奶奶暫管了幾日事，總是按着老例兒行，所以爲《復》，非老無以生少也，是云老例。不像他那麽多事逞才的。我們大姑娘，不用説是好的了。天不言，故不用説，而一語略過，是輕氣數之天，置之不議不論。二姑娘混名兒叫二木頭，迎春在卦爲雷天《大壯》《震》主木而在上，故曰二木頭。木畏金，二姐終爲金殺，是亦迎春影子。三姑娘的混名兒叫玫瑰花兒，又紅又香，無人不愛，只是有刺扎手，本回明以玫瑰花比三姐矣，看此言，尚何疑三姐有探春影子之説。可惜不是太太養的，老鴰窩裏出鳳凰。探才足敵鳳，而私心隱忍壞之，乃不祥之老鴰也。四姑娘小，正經是珍大爺的親妹子，太太抱過來的，養了這麽大，生於東，育於西，所謂「嬰兒本是東家子，送向西隣寄體生」，而乾坤大道存焉。也是一位不管事的。惜在卦爲《乾》之《坤》，乾坤不用事，以六子用事，陰老必變，則亦《復》也。《復》之大象曰「先王以至日閉關，商旅不行，后不省方」，不管事之義也。李紈爲書之《復》，云不管事，惜春亦書之《復》，故云也不管事。奶奶不知道，我們家裏姑娘們不算外，還有兩位姑娘，真是天下少有。一位是我們姑太太的女孩兒，姓林；一位是姨太太的女孩兒，姓薛。二人必用興兒特提，書之主也，而林先薛後，序次分明。這兩位姑娘都是美人兒一樣，又都知書識字的，或出門上車，或園子裏遇見，我們連氣兒也不敢出。」能令人無生氣，色字勘語。尤二姐笑道：「你們家規矩大，小孩子進得去，遇見姑娘們，原該遠遠的藏躲着，敢出什麽氣兒呢？」興兒摇手道：「不是那麽不敢出氣兒。是怕這氣兒大了，吹倒了林姑娘；氣兒暖了，又吹化了薛姑娘。」樹倒雪化，是書了矣，而語妙絶倫。説得滿屋裏都笑了。用「笑」字煞住，乃書之大旨。

要知尤三姐要嫁何人，且聽下回分解。

書至中幅，另開生面，文字亦另開生面。寫一尤三姐，真是生龍活虎，吾不知作者有多大力量。

上半回一「偷」字，就事言，釵、襲以次諸人，無不收拾；下半回一「思」字，就心言，黛、晴以次諸人，無不收拾。一部姻緣簿，到此總束矣，而無非一釵一黛，兩場惡夢而已。重重複複，令人不覺，方津津然指之曰：此尤家事，此賈家事，此林家、薛家事。可惜百廿回大觀，都作賬簿看過了。

護花主人評曰：

二舍偷娶，三姐思嫁，細味「偷」字「思」字，便知不能始終兩全。

寫尤三姐倜儻不羈，英氣逼人，爲後來剛烈飲劍描神。敍王鳳姐陰險刁刻，人多懷怨，爲異時尤二姐受騙吞金伏筆。

尤二姐、尤三姐之死於非命，禍胎皆種於珍、璉二人，寧府淫惡，造孽無窮。

尤三姐剛僻，是正筆寫。王鳳姐陰妒，是旁筆寫。文法變化。

尤三姐心許柳湘蓮，若一問便説，率直無味，今止説五年前想，又即截住，留爲下回尤二姐夜間盤問。如正要探勝尋幽，忽被白雲遮斷，文勢曲折紆徐。

氣兒大吹倒林姑娘，氣兒暖吹化薛姑娘，妙語解頤，恰是童兒口吻。

大某山民評曰：

賈璉娶尤二姐一節，或云其所有體己，當在鳳姐處，如何肯聽其搬出來？我謂賈璉之體己，並鳳姐有所不知者。於何知之？於鳳姐之體己，如饅頭庵之三千兩，賈璉不知也。鳳姐於賈璉如此，賈璉於鳳姐可知。況平日打飢荒時，夫婦間之你推我推，非一端耶！今舉而與尤二姐收之，則鳳姐真一筆勾倒矣。

前自賈珍入小花枝巷後讀起，只覺得黑魆魆一片烟塵，滿紙陰氣，正不知天日光照何處世界也。及讀尤三姐一段文字，其議論做作，頓覺大地光明。尤三姐傾倒而言，旁若無人，其激昂慷慨之氣概，爲大觀園中所無。脱令今有其人，我欲旦暮遇之，倒地拜之。

此回仍是癸丑年秋間事。

第六十六回　情小妹恥情歸地府　冷二郎心冷入空門

話說興兒說：「怕吹倒了林姑娘，吹化了薛姑娘。」大家都笑了，那鮑二家的打他一下子，笑道：「原有些真，到了你嘴裏，越發没了譜兒了。又是說書。你倒不像跟二爺的人，這些話倒像是寶玉的人。」此番演說，豈有不及寶玉之理，而必用鮑二家的引出，正一《姤》卦，爲書要義也。尤二姐纔要又問，忽見尤三姐笑問道：「可是，你們家那寶玉，除了上學，他做些什麽？」必用三姐截問，乃書之主。興兒笑道：「三姨兒别問他，説起來，三姨兒也未必信。他長了這麽大，獨他没有上過正經學。我們家從祖宗直到二爺，誰不是學裏的師老爺嚴嚴的管着念書？偏他不愛念書，是老太太的寶貝，老爺先還管，如今也不敢管了。再定罪案。外頭人人看着好清俊模樣兒，心裏自然是聰明的，誰知裏頭更糊塗，見了人一句話也没有，成天家瘋瘋顛顛的，說話人也不懂，幹的事人也不知。胡老名公，假雨村言。所有的好處：雖没上過學，倒難爲他認得幾個字。每日又不習文，又不學武，又怕見人，只愛在丫頭羣兒裏鬧。再者，也没個剛氣兒。有一遭見了我們，喜歡時没上没下，大家亂頑一陣。不喜歡，各自走了，他也不理人。我們坐着卧着，見了他也不理他，他也不責備。因此没人怕他，只管隨便，都過的去。」

尤三姐笑道：「主子寬了，你們又這樣；嚴了，又報怨。可知你們難纏。」尤二姐道：「我們看他倒好，原來這樣。可惜了兒的一個好胎子。」尤三姐道：「姐姐信他胡說？咱們也不是見過一面兩面的，行事言談吃喝，原有些女兒氣的，三姐有男子氣，寶玉有女兒氣，正一陰一陽之爲道。自然是天天只在裏頭慣了的。若說糊塗，那些兒糊塗？正闡通靈。姐姐記得穿孝時，特提「孝」字。咱們同在一處，那日正是和尚們進來繞棺，咱們都在那裏站着，他只站在頭裏擋着人。人說他不知禮，又没眼色。過後，他即悄悄的告訴咱們說：『姐姐們不知道，我並不是没眼色，想和尚們的那樣腌臢，只恐怕氣味薰了姐姐們。』接着他吃茶，姐姐又要茶，那個老婆子就拿了他的碗去倒，他趕忙說『我吃腌臢了的，另洗了再斟來。』既說不糊塗，說孝，說和尚，以明書旨；即緊接吃茶以明書故。茶乃婚禮，必在黛不在釵，而二姐乃釵之影身也，故不容同用一碗。這兩件上，我冷眼看去，原來他在女孩兒跟前，不管什麽都過的去，只不大合外人的式，所以他們不知道。」這兩件全書已了，惜衆人不能知也，真是芥納須彌。尤二姐聽說笑道：「依你說，你兩個已是情投意合了，竟把你許了他，豈不好？」三姐見有興兒，不便說話，只低了頭，磕瓜子兒。盡在不言中。尚有疑三姐非黛玉，湘蓮非寶玉者乎？興兒笑道：「若論模樣兒行爲，倒是一對兒好人，只是他已經有了人了，只是没有露形兒，將來準是林姑娘定了的。指定黛玉，形未露，而影即在此也，觀此語夫何疑！因林姑娘多病，變卦在此，殺機在此。二則都還小，所以還没辦呢。又是書中謊賬，作者最得意處。再過三二年，便是三姐所說之五年。老太太便一開言，那是再無不準的了。」故作暢滿。

大家正說話，只見隆兒又來了，演說既完，隆兒即至，必合成興隆街大爺也。說：「老爺有事，是件機密大事，要遣二爺往平安州去。不過三五日就起身，來回得十五六天的工夫。大事在赦，罪人之事也，爲璉所自出，當下即是大事。曰機密，破敗之反也；曰平安，危亂之反也，直注「彈劾平安州」。三五，八數，卦氣一周。十五六，綜之二十一，爲三七，陽數之盡也。興隆演説結之以此。今日不能來了，請老奶奶早和二姨兒定了那件事，明日爺來，好做定奪。」説着，帶了興兒也回去了。這裏尤二姐命掩了門，早睡下了，盤問他妹子一夜。

至次日午後，賈璉方來了。尤二姐因勸他，説：「既有正事，何必忙忙又來？千萬別爲我誤事。」賈璉道：「没什麽事，只是偏偏的又出來了一件遠差。出了月兒就起身，得半月工夫纔來。」此等月日，更無着落矣。尤二姐道：「既如此，你只管放心前去，這裏一應不用你記罣。三妹妹他從不會朝更暮改的，他已擇定了人，你只管依他就是了。」賈璉忙問：「是誰？」尤二姐笑道：「這人此刻不在這裏，不知多早晚纔來。也難爲他的眼力，他自己説了，這人一年不來，他等一年，十年不來，等十年。若這人死了，再不來了，他情願剃了頭當姑子去，吃長齋念佛，再不嫁人。」賈璉問：「到底是誰，這樣動他的心？」二姐兒笑道：「説來話長。五年前，我們老娘家做生日，黛之與寶亦在老娘家。媽媽和我們到那裏與老娘拜壽，他家請了一起頑戲的人，也都是好人家子弟。通靈寶玉，子孝弟恭，其原本如此。裏頭有個妝小生的叫做柳湘蓮，串小生則單影寶玉，三姐固黛影也。如今要是他纔嫁。舊年聞得這人惹下禍逃走了，不知回來了不曾？」賈璉聽了道：「怪道呢，我説是個什麽人，原來是他！果然眼力不錯。你不知道，那柳老二那樣一個標緻人，最是冷面冷心的，「冷」字正點。差不多的人，他都無情無義。他最和寶玉合的來，「合」字明説，是一非二。去年因打了薛獃子，他不好意思見我們的，不知那裏去了，一(向)(晌)没來。聽見有人説來了，不知是真是假？真假一恍。一問寶玉的小廝們就知道了。倘或不來時，他是萍蹤浪迹，知道幾年纔來？豈不白躭擱了？」尤二姐道：「我們這三丫頭，説的出來幹的出來。惜寶、黛不能。他怎麽説，只依他便了。」

二人正説之間，只見尤三姐走來説道：「姐夫，你也不知道我們是什麽人，今日合你説罷。你只放心，我們不是那心口兩様的人，説什麽是什麽。若有了姓柳的來，我便嫁他。從今日起，我吃齋念佛，只伏侍母親。等來了，嫁了他去。若一百年不來，我自己修行去了。」説着，將頭上一根玉簪拔下來磕作兩段，説：「一句不真，就合這簪子一樣。」侃侃而談，聲情畢現，惜寶、黛不能也。而折簪設誓，上追二十一回，下遞「斷癡情」「卻塵緣」兩結果，讀之令人起舞。説着，回房去了。真個竟非禮不動，非禮不言起來。「復其見天地之心乎」，平填此句，而筆力屈鐵。賈璉無了法，只得和二姐商議了一回家務，復回家與鳳姐商議起身之事。一面着人問焙茗。焙茗説：「竟不知道，大約没來。若來了，必是我知道的。」一面又問他的街坊，也説没來。賈璉只得回復了二姐兒。至起身之日已近，前兩天便説起身，卻先往二姐這邊來住兩夜，從這裏再悄悄的長行。果見三姐兒竟像又换了一個人的是的，又見二姐兒持家勤慎，自是不消記掛。

是日一早出城，竟奔平安州大道，曉行夜住，渴飲飢飡。八字乃小説常套，而平安大道在此，非人云亦云。方走了三日，那日正走之間，頂頭來了一羣馱子，内中一夥，主僕十來匹馬。走的近了，一看時不是别人，就是薛蟠和柳湘蓮來了。賈璉深爲奇怪，忙拍馬迎了上來，大家一齊相見，説些别話寒温，便入一酒店歇下，共敍談敍談。賈璉因笑道：「鬧過之後，我們忙着請你兩個和解，誰知柳二弟蹤迹全無，怎麽你們兩個今日倒在一處了？」薛蟠笑道：「天下竟有這樣奇事。我同夥計販了貨物，自春天起身，此春天是糊塗賬。往回裏走，一路平安。誰知前日到了平安州地面，遇見一夥强盜，平安州而遇强盜，設名可想見矣。已將東西劫去。不想柳二弟從那邊來了，方把賊人趕散，奪回貨物，還救了我們的性命。我謝他又不受，所以我們結拜了生死弟兄，設一事以爲薛、柳之合，絶不多着筆墨，而薛與柳合，雪與木交矣。由冬而春，是爲生死弟兄，是爲龍下蛋。如今一路進京。從此後，我們是親弟兄一般。到前面岔口上分路，他就分路往南二百里，他有一個姑媽，必是姑媽，亦射寶、黛。他去望候望候。我先進京去安置了我的事，然後給他尋一所房子，尋一門好親事，大家過起來。」賈璉聽了道：「原來如此倒好。只是我們白懸了幾日心。」因又説道：「方纔説起給柳二弟做親，我正有一門好親事，堪配二弟。」説着，便將自己娶尤氏，如今又要發嫁小姨子一節説了出來。必先己後人，煞有分曉，與先孝敬母親同是微言。只不説尤三姐自擇之語。三姐死於此矣，璉殺之，鳳殺之，而實寶玉自殺之，黛玉《五美吟》所以作也。賈璉蓋以自擇爲醜，豈知孟光必待梁鴻而後嫁哉，君子深恨賈璉之無識命也。原評與本文尚有合，故録之。又囑薛蟠：「且不可告訴家裏，等生了兒子，龍下蛋。自然是知道的了。」薛蟠聽了大喜，説：「早該如此，這都是舍表妹之過。」湘蓮忙笑説：「你又忘情了，還不住口。」薛蟠忙止住不語，便説：「既是這等，這門親事定要做的。」湘蓮道：「我本有願，定要一個絶色的女子，如今既是貴昆仲高誼，顧不得許多了，任憑定奪，我無不從命。」寫湘蓮爲人何致如此曲從，乃責寶玉之不堅而不早拿主意，以自誤也。賈璉笑道：「如今口説無憑，等柳二弟一見，便知我這內娣的品貌，是古今有一無二的了。」湘蓮聽了大喜，見色便喜，又責寶玉。説：「既如此説，等弟探過姑母，不過月中就進京的，那時再定如何？」賈璉笑道：「你我一言爲定，只是我信不過柳二弟，你是萍蹤浪迹，倘然去了不來，豈不誤了人家一輩子的大事？須得留一個定禮。」湘蓮道：「大丈夫豈有失信之禮，小弟素係寒貧，況且客中，那裏能有定禮？」薛蟠道：「我這裏現成，就備一分，二哥帶去。」賈璉道：「也不用金銀珠寶，須是柳二弟親身自有的東西，不論貴賤，不過帶去取信耳。」曰定禮，定理也。曰取信，五行四象全歸土也。如此逼出鴛鴦劍，分之二，合之一，爲乾坤奇偶，爲男女匹配，一部《易》理在此，一部《紅樓》在此矣。當與「鴛鴦女」傳參看。湘蓮道：「既如此說，弟無別物，囊中還有一把鴛鴦劍，乃弟家中傳代之寶，貞元運會，萬古如斯，故云傳代之寶。弟也不敢擅用，只是隨身收藏着。二哥就請拿去爲定。弟縱係水流花落之性，亦斷不舍此劍。」説畢，大家又飲了幾杯，方各自上馬作別起程去了。

且說賈璉一日到了平安州，見了節度，完了公事，因又囑咐他十月前後，「遺珮」在七月後初三日，「偷娶」當是八月，云過了兩月，則此時已十月矣。今又說十月前後，是何等糊塗賬，蓋止演《剥》《復》二字而已，十月前《剥》卦用事，十月後《復》卦用事也。務要還來一次。賈璉領命，次日連忙取路回家，先到尤二姐那邊。

且說二姐兒操持家務，十分謹肅。每日關門閉户，一點外事不聞。那三姐兒果是個斬釘截鐵之人，每日侍奉母親之餘，必顧「孝」字。只和姐姐一處作些活計。雖賈珍趁賈璉不在家，也來鬼混了兩次，無奈二姐兒只不兜攬，推故不見。那三姐兒的脾氣，賈珍早已領過教的，那裏還敢招惹他去？所以蹤迹益發疏闊了。安放簡妥，不脱不沾。卻説這日賈璉進門，看見二姐兒、三姐兒這般景況，喜之不盡，深念二姐兒之德。大家敍些寒温。賈璉便將路遇柳湘蓮一事，説了一回，又將鴛鴦劍取出，遞與三姐兒。三姐兒看時，上面龍吞夔護，珠寶晶瑩，及至拿出來看時，裏面卻是兩把合體的，一把上面鏨一「鴛」字，一把上面鏨一「鴦」字，冷颼颼明亮亮，如兩痕秋水一般。是好劍贊，是好書贊。三姐兒喜出望外，連忙收了，掛在自己繡房床上。每日望着劍，自喜終身有靠。亦反亦正。賈璉住了兩天，回去復了父命，回家合宅相見。那時鳳姐已大愈，出來理事行走了。賈璉又將此事告訴了賈珍。賈珍因近日又搭上了新相知，二則正惱他姐妹們無情，把這事丢過了，全不在心上，任憑賈璉裁奪。只怕賈璉獨力不能，又給他幾十兩銀子。賈璉拿來，交與二姐兒預備妝奩。

誰知八月內，又是八月，好一張硬嘴，一副老臉。湘蓮方進了京。先來拜見薛姨媽，又遇見薛蟠，方知薛蟠不慣風霜，不服水土，一進京時，便病倒在家，請醫調治。聽見湘蓮來了，請入臥室相見。薛姨媽也不念舊事，只感救命之恩，母子們十分稱謝。又説起親事一節，凡一應東西，皆置辦妥當，只等擇日。特爲安頓，便寫下文。柳湘蓮也感激不盡。次日，又來見寶玉，二人相會，如魚得水。湘蓮因問賈璉偷娶二房之事，寶玉笑道：「我聽見焙茗説，我卻未見，我也不敢多管。我又聽見焙茗説，璉二哥哥着實問你，不知有何話説？」湘蓮就將路上所有之事，一概告訴寶玉。寶玉笑道：「大喜！大喜！難得這個標緻人，果然是個古今絶色，堪配你之爲人。」都是寶玉没主張影射，而以支離筆寫深晦文，特令讀者共肆譏評以自娱。湘蓮道：「既是這樣，他那少了人物？如何只想到我？況且我又素日不甚和他相厚，也關切不至於此。自問自。路上忙忙的，就那樣要求定下，難道女家反趕着男家不成？我自己疑惑起來，後悔不該留下這劍作定，所以後來想起你來，可以細細問了底裏纔好。」寶玉道：「你原是個精細人，如何既許了定禮，又疑惑起來？你原説只要一個絶色的，如今既得了個絶色的，便罷了，何必再疑？」湘蓮道：「你既不知他來歷，如何又知是絶色？」寶玉道：「他是珍大嫂子的繼母帶來的兩位妹子，我在那裏和他們混了一個月，怎麽不知?真真一對尤物，他又姓尤。」一對尤物，是兼美注脚。湘蓮聽了跌脚道：「這事不好，斷乎做不得。你們東府裏，除了那兩個石頭獅子乾淨罷了。」便是焦大一駡，乃獅子吼也。而兩個石頭則一寶一黛，是爲不鴛鴦而真鴛鴦者作定譜。寶玉聽説，紅了臉。湘蓮自慚失言，連忙作揖説：「我該死，胡説，你好歹告訴我他品行如何?」寶玉笑道：「你既深知，又來問我做甚麽?連我也未必乾净了。」「神游太虛」是東府事，則乾净石頭，一黛而已。湘蓮笑道：「原是我自己一時忘情，好歹别多心。」寶玉笑道：「何必再提。這倒似有心了。」以無心殺黛，公案已了。

湘蓮作揖，告辭出來。心中想着，若找薛蟠，一則他病着，二則他又浮躁，不如去要回定禮。主意已定，便一徑來找賈璉。賈璉正在新房中，聞湘蓮來了，喜之不盡，忙迎出來，讓到内室，與尤老娘相見。湘蓮只作揖稱「老伯母」，自稱晚生。賈璉聽了詫異。吃茶之間，湘蓮便説：「客中偶然忙促，誰知家姑母於四月訂了弟婦，使弟無言可回。若從了二哥，背了姑母，似不合理。若係金帛之定，弟不敢索取。但此劍係祖父所遺，請仍賜回爲幸。」賈璉聽了，心中自是不自在。便道：「二弟，這話你説錯了。定者，定也。原怕反悔，所以爲定。豈有婚姻之事，出入隨意的?這個斷乎使不得。」湘蓮笑道：「如此説，弟願領責領罰，然此事斷不敢從命。」賈璉還要饒舌。湘蓮便起身説：「請兄外座一敍，此處不便。」那尤三姐在房，明明聽見，好容易等了他來，今忽見返悔，便知他在賈府中聽了什麽話來，把自己也當作淫奔無耻之流，不屑爲妻。今若容他出去，和賈璉説退親，料那賈璉不但無法可處，就是争辨起來，自己也無趣味。以斡旋爲迴護。一聽賈璉要同他出去，連忙摘下劍來，將一股雌鋒隱在肘後，出來便説：「你們也不必出去再議，還你的定禮。」一面淚如雨下。還淚賬了，而寫來神情奕奕。左手將劍並鞘，送與湘蓮，右手回肘，只往項上一橫，可憐：敍事則石破天驚，沙明水淨。

揉碎桃花紅滿地，玉山傾倒再難扶！上結「埋香塚」，下起「桃花社」，《五美吟》演義至此終。

當下唬的衆人急救不起。尤老娘一面嚎哭，一面大罵湘蓮。賈璉揪住湘蓮，命人捆了送官。二姐兒忙止淚，反勸賈璉，「人家並沒威逼他，是他自尋短見。你便送他到官，又有何益？反覺生事出醜。不如放他去罷。」解鈴還是繫鈴人。賈璉此時也沒了主意，便放了手，命湘蓮快去。湘蓮反不動身，拉下手絹拭淚道：照「淚洒相思地」。必説手絹，照手帕公案。「我並不知是這等剛烈人，真真可敬！是我沒福消受。」大哭一場，等買了棺木，眼看着入殮，又撫棺大哭一場，方告辭而去。出門正無所之，昏昏默默，自想方纔之事：「原來這樣標緻人，又這等剛烈！」自悔不及。信步行來，也不自知了。草草了過，必無之事。然此處稍作周旋，即屬累筆贅墨，蓋演此一事，不過出一影本，即三姐所云提影戲上場也，了結影戲人自當如此。

正走之間，只聽得隱隱一陣環珮之聲。尤三姐從那邊來了，一手捧着鴛鴦劍，一手捧着一卷册子，劍即册，册即劍，皆此書耳。三姐主之，即黛主之矣。向湘蓮哭道：「妾癡情待君五年，不期君果冷心冷面，妾以死報此癡情。妾今奉警幻仙姑之命，前往太虛幻境，修注案中所有一干情鬼。以册外之人修注册中人，見是書爲既醒之書。妾不忍相別，故來一會，從此再不能相見矣。」何來續部。説畢，又向湘蓮洒了幾點眼淚，再明還淚，文情茂滿。便要告辭而行。湘蓮不捨，忙欲上來拉住問時，那尤三姐一摔手便自去了。這裏柳湘蓮放聲大哭，不覺自夢中哭醒，似夢非夢，夢中有夢，便是似夢非夢。睜眼看時，竟是一座破廟，傍邊坐着一個瘸腿道士捕虱。書中經緯，作大結束必曰捕虱，虱字乃缺左之風，全書無非捕風，以演缺陷而已。湘蓮便起身稽首相問：「此係何方？仙師何號？」道士笑道：「連我不知道此係何方，我係何人。不過暫來歇足而已。」不是機鋒，乃明告看官，此書如此。柳湘蓮聽了，冷然如寒冰浸骨。掣出那股雄劍來，將萬根煩惱絲，一揮而盡，便隨那道士，不知往那裏去了。此不過爲寶玉做和尚作一影本，都是了結影戲人，正不必作深文讀。看跟道士出家，而必去髮，可見不脫茫茫大士也。

要知端的，且看下回分解。

上回末此回首，用興兒作過接，正與而必敗，敗而必與正義也。故其語皆正義，抑揚褒貶，絶不作書中一切反話，愈呆板，愈玲瓏。

書至六十六回，正六六數終，陰極陽生之會，故用兩「情」字、兩「冷」字作大對待。而結末以警幻渺茫約略作束。中出鴛鴦劍，以死黛玉之影，而通靈得來復之機矣，是爲全書之鎮。

自「壽怡紅」至此爲一大段，釵、黛並演，而收拾黛玉文字也。花折芙蓉，玉色枉聯新枕；庭陳瓜果，金聲又出香奩。可憐鸞鳳打鞦韆，兼美都歸蕩子；更把鴛鴦鋪錦繡，渺茫不落空門。金丹莫誤先生，玉珮休談漢女。《情僧》半部，影戲重開。

護花主人評曰：

興兒說寶玉糊塗，是反襯尤三姐說寶玉不糊塗；尤三姐冷眼看寶玉，是旁襯熱心嫁湘蓮。

尤二姐說三姐與寶玉已情投意合，興兒說寶玉一定配林姑娘，俱是反挑筆。

尤三姐思嫁柳湘蓮，若自己向賈璉說，到底不成體統。今從尤二姐口中說出，便不着迹，又暗補夜間姊妹密談心話，詳略明暗，文筆細緻。

劍雖至寶，畢竟是凶器，以此定親，殊非吉兆。

甄士隱、柳湘蓮出家，俱是寶玉出家引子。

柳湘蓮掣出雄劍，揮斷萬根煩惱絲，此三句大有意味。煩惱絲無影無形，與頭髮絶不相干，劍鋒雖利，豈能一揮即斷？讀者試掩卷細思，柳二郎是否果真出家？抑何别樣結局？自有妙文在内。

大某山民評曰：

此回仍是癸丑年秋間事。

第六十七回　見土儀顰卿思故里　聞秘事鳳姐訊家童

話説尤三姐自盡之後，尤老娘尤老娘自此不見下落。合二姐兒、賈珍、賈璉等，俱不勝悲悼，自不必説，忙令人盛殮，送往城外埋葬。柳湘蓮見尤三姐身亡，癡情眷戀，卻被道人數句冷言，打破迷關，竟自截髮出家，跟隨瘋道人飄然而去，不知何往。暫且不表。文有以疏爲貴者，此等處是。

且説薛姨媽聞知湘蓮已説定了尤三姐爲妻，心中甚喜，正是高高興興，要打算替他買房子，治家伙，擇吉迎娶，以報他救命之恩。非寫薛姨知恩，正襯寶釵畜恨。忽有家中小厮吵嚷：「三姐兒自盡了！」被小丫頭們聽見，告知薛姨媽。薛姨媽不知爲何，心甚歎〔息〕。正在猜疑，寶釵從園裏過來。薛姨媽便對寶釵説道：「我的兒，你聽見了没有？你珍大嫂子的妹妹三姑娘，他不是已經許定給你哥哥的義弟柳湘蓮了麽？不知爲什麽自刎了。那柳湘蓮也不知往那裏去了。真正奇怪的事，叫人意想不到。」寶釵聽了，並不在意，便説道：「俗語説的好：『天有不測風雲，人有旦夕禍福。』這也是他們前生命定。是誠何心？人以爲寶釵達觀耳，殊不知因「錯裏錯」之言，不致之死不可也，乃既遇盜而又遇救，則救之者正其所深恨者也。此處乃深文曲筆。前日媽媽爲他救了哥哥，商量着替他料理，如今已經死的死了，走的走了，依我説也只好由他罷了。明知如此，悍然不顧。媽媽也不必爲他們傷感了。此處淡漠，是寫他心事，不比他處作用。倒是自從哥哥打江南回來了一二十日，販了來的貨物，想來也該發完了。那同伴去的夥計們，辛辛苦苦的，回來幾個月了，遭打在去年深秋，至此已逾一年，今云幾個月，是糊塗賬。媽媽合哥哥商議商議，也該請一請，酬謝酬謝纔是，忘大德而思小惠，輕重倒置，正要抉出志在殺兄心事。別叫人家看着無理似的。」

母女正説話間，見薛蟠自外面入，眼中尚有淚痕。一進門來，便向他母親拍手説道：「媽媽可知道柳二哥、尤三姐的事麽？」寫蟠心熱，反襯寶釵。薛姨媽説：「我纔聽見説，正在這裏合你妹妹説這件公案呢。」薛蟠道：「媽媽可聽見説柳湘蓮跟着一個道士出了家了麽？」薛姨媽道：「這越發奇了，怎麽柳相公那樣一個年輕的聰明人，一時糊塗，就跟了道士去了呢？我想你們好了一場，他又無父母兄弟，隻身一人在此，你該各處找找他纔是，靠那道士，能往那裏遠去？左不過是在這方近左右的廟寺裏罷了。」薛蟠説：「何嘗不是呢。我一聽見這個信兒，就連忙帶了小厮們在各處尋找，連一個影兒也没有。又去問人，都説没看見。」薛姨媽説：「你既尋找過，没有，也算把你作朋友的心盡了，焉知他這一出家，不是得了好處去呢？只是你如今也該張羅張羅買賣，二則把你自己娶媳婦應辦的事情，倒早些料理料理。夏金桂暗上，正釵所召以爲報復者，故於此一提。咱們家没人，俗語説的：『夯雀兒先飛。』『飛鳥各投林』一曲到了。省得臨時丟三落四的不齊全，令人笑話。再者你妹妹纔説，你也回家半個多月了，想貨物也該發完了，同你去的夥計們，也該擺桌酒，給他們酧個勞才是。人家陪着你走了二三千里的路程，受了四五個月的辛苦，四五個月，混話由他説。況且在路上，又替你擔了多少的驚怕沈重。」此當念，而救命者當何如？薛蟠聽説便道：「媽媽説的很是，倒是妹妹想的周到。想的周到，乃只在此，看官但於此等處推求之，則寶釵心事雪亮。我也這樣想着。只因這些日子，爲各處發貨，鬧的腦袋都大了。又爲柳二哥的事，忙了這幾日，見其一心在柳。反倒落了一個空，白張羅了一會子，倒把正經事都誤了。滿肚懊惱。要不然，定了明兒後兒，下帖兒請罷。」薛姨媽道：「由你辦去罷。」

話猶未了，外面小厮進來，回説：「管總的張大爺差人送了兩箱子東西來，説這是爺各自買的，不在貨賬裏面，本要早送來，因貨物箱子壓着，没得拿。昨兒貨物發完了，所以今日纔送來了。」一面説，一面又見兩個小厮，搬進了兩個夾板夾的大棕箱。薛蟠一見，説：「嗳喲，可是我怎麽就糊塗到這步田地了？特特的給媽給妹妹帶來的東西都忘了，没拿了家裏來，還是夥計送了來了。」寶釵説：「虧你説還是特特的帶來的，纔放了二十天。若不是特特的帶來，大約要放到年底下纔送來呢。我看你也諸事太不留心了。」薛蟠笑道：「想是在路上叫人把魂嚇吊了，還没歸竅呢。」隱合「錯勸」回撞客之説。説着，大家笑了一回，便向小丫頭説：「出去告訴小厮們，東西收下，叫他們回去罷。」薛姨媽同寶釵因問：「到底是什麽東西？這樣捆着綁着的。」薛蟠便命叫兩個小厮進來，解了繩子，去了夾板，開了鎖。看時，這一箱都是綢、緞、綾、錦、洋貨等家常應用之物。薛蟠笑着道：「那一箱是給妹妹帶的。」親自來開。母女二人看時，却是些筆、墨、紙、硯、各色箋紙、香袋、香珠、扇子、扇墜、花粉、胭脂等物，皆書中所取給之物。外有虎丘帶來的虎丘乃埋劍之所，三姐飲劍，鳳姐借劍，都在此矣。自行人酒令兒，水銀灌的打金斗小小子，沙子燈，一齣一齣的泥人兒的戲，用青紗罩的匣子裝着。又有在虎丘山上泥捏的薛蟠小像，與薛蟠毫不相差。所謂泥蟠，已在寶釵掌握中矣。寶釵見了，别的都不理論，倒是薛蟠的小像，拿着細細看了一看，又看他哥哥，不禁笑起來了。因叫鶯兒帶着幾個老婆子，將這些東西連箱子送到園裏去。又和他母親、哥哥説了一回閑話兒，纔回園裏去了。這裏薛姨媽將箱子裏的東西取出，一分一分的打點清楚，叫同喜送給賈母並王夫人等處不提。

且説寶釵到了自己房中，將那些頑意兒一件一件的過了目，除了自己留用之外，一分一分配合妥當。也有送筆、墨、紙、硯的，也有送香袋、扇子、香墜的，也有送脂粉、頭油的，有單送頑意兒的。只有黛玉的比别人不同，且又加厚一倍。曰不同，曰加厚，請看官着眼。一一打點完畢，使鶯兒同着一個老婆子，跟着送往各處。這邊姊妹諸人，都收了東西，賞賜來使，説：「見面再謝。」惟有林黛玉看見他家鄉之物，反自觸目傷情，正使如此。想起：「父母雙亡，寄居親戚家中，那裏有人也給我帶些土物？」想到這裏，不覺的又傷起心來了。紫鵑深知黛玉心腸，但也不敢説破，只在一旁勸道：「姑娘的身子多病，這兩日看着比那些日子略好些，雖説精神長了一點兒，還算不得十分大好。今兒寶姑娘送來的這些東西，可見寶姑娘素日看得姑娘很重，紫鵑呆。姑娘看着該喜歡纔是，爲什麽反倒傷心起來？這不是寶姑娘送東西來，倒叫姑娘煩惱了不成？紫鵑慧。即借慧舌，直破其隱。就是寶姑娘聽見，反覺臉上不好看。再者，這裏老太太們爲姑娘的病體，千方百計請好大夫配藥診治，也爲是姑娘的病好。這如今纔好些，又這樣哭哭啼啼，豈不是自己糟蹋了自己身子，叫老太太看着，添了愁煩了麽？況且姑娘這病，原是素日憂慮過度，傷了氣血。姑娘的千金貴體，也别自己看輕了。」與夜勸之言相爲表裏。

紫鵑正在這裏勸解，只聽見小丫頭子在院内説：「寶二爺來了。」紫鵑忙説：「請二爺進來罷。」只見寶玉進房來了。黛玉讓坐畢，寶玉見黛玉淚痕滿面，便問：「妹妹，又是誰氣着你了？」黛玉勉强笑道：「誰生什麽氣？」傍邊紫鵑將嘴向床後桌上一努，寶玉會意，紫鵑會意，寶玉會意，而寶釵獨不會意耶？往那裏一瞧，見堆着許多東西，就知道是寶釵送來的。便取笑説道：「那裏這些東西，不是妹妹要開雜貨鋪啊？」見其多，見其厚，乃見其險陰。黛玉也不答言。紫鵑笑着道：「二爺還提東西呢。因寶姑娘送了些東西來，姑娘一看，就傷起心來了。我正在這裏勸解，恰好二爺來的很巧，「巧」字必提。替我們勸勸。」寶玉明知黛玉是這個緣故，卻也不敢提頭兒，只得笑説道：「你們姑娘的原故，想來不爲别的，必是寶姑娘送來的東西少，所以生氣傷心。「少」字爲「多」字點睛。妹妹你放心，等我明年叫人往江南去，與你多多的帶兩船來，省得你淌眼抹淚的。」語中有刺。乃爲釵心事點睛也。黛玉聽了這些話，也知寶玉是爲自己開心，也不好推，也不好任，因説道：「我任憑怎麽没見世面，也到不了這步田地，因送的東西少，就生氣傷心，我又不是兩三歲的小孩子，你也忒把人看得小氣了。我有我的緣故，你那裏知道？」説着，眼淚又流下來了。直爲加功而已。寶玉忙走到床前，挨着黛玉坐下，將那些東西，一件一件拿起來擺弄着細瞧，故意問：「這是什麽？叫什麽名字？」「那是什麽做的，這樣齊整？」「這是什麽？要他做什麽使用？」又説：「這一件可以擺在面前。」又説：「那一件可以放在條桌上，當古董兒倒好呢。」一味的將些没要緊的話來厮混。只曉如此。黛玉見寶玉如此，自己心裏倒過不去，便説：「你不用在這裏混攪了，咱們到寶姐姐那邊去罷。」寶玉巴不得黛玉出去散散悶，解了悲痛，便道：「寶姐姐送咱們東西，咱們原該謝謝去。」黛玉道：「自家姊妹，這倒不必。「金蘭語」效驗如此，尚説不是孩子。只是到他那邊，薛大哥回來了，必然告訴他些南邊的古迹兒，我去聽聽，只當回了家鄉一趟的。」《五美吟》首西施。説着眼圈兒又紅了。寶玉便站着等他，黛玉只得同他出來，往寶釵那裏去了。

且説薛蟠聽了母親之言，急下了請帖，辦了酒席。次日請了四位夥計，俱已到齊，不免説些販賣賬目發貨之事。不一時，上席讓坐。薛蟠挨次斟了酒，薛姨媽又使人出來致意，大家喝着酒説閑話兒。內中一個道：「今日這席上短兩個好朋友。」衆人齊問：「是誰？」那人道：「還有誰！就是賈府上的璉二爺和大爺的盟弟柳二爺。」大家果然都想起來，問着薛蟠道：「怎麽不請璉二爺和柳二爺來？」薛蟠聞言，把眉一皺，歎口氣道：「璉二爺又往平安州去了，頭兩天就起了身的。那柳二爺，真别提起，真是天下頭一件奇事。屢言奇事不偶。什麽是柳二爺，如今不知那裏作柳道爺去了。」衆人都詫異道：「這是怎麽説？」薛蟠便把湘蓮前後事體，説了一遍。衆人聽了，越發駭異，因説道：「怪不得前日我們在店裏，髣髣髴髴也聽見人吵嚷，説：『有一個道士，三言兩語，把一個人度了去了。』又説：『一陣風刮了去了。』只不知是誰。我們大正發貨，那裏有閑工夫打聽這個事去？到如今，還是似信不信的，誰知就是柳二爺呢。早知是他，我們大家也該勸勸他纔是。任他怎麽着，也不叫他去。」內中一個道：「别是這麽着罷？」衆人問：「怎麽樣？」那人道：「柳二爺那樣個伶俐人，未必是真跟了道士去罷？他原會些武藝，又有力量，或看破那道士的妖術邪法，特意跟他去，在背地擺布他，也未可知。」便是捕風，而寫俗情猜測如聞。薛蟠道：「果然如此，倒也罷了。聲口如聞，而突然一語，此筆非人所能。世上這些妖言惑衆的人，怎麽没人治他一下子。」與余信名字同解。衆人道：「那時難道你知道了，也没找尋他去？」薛蟠説：「城裏城外，那裏没有找到？不怕你們笑話，我找不着他，還哭了一場呢。」（必盡致寫，以爲寶釵反襯。）言畢，只是長吁短歎，無精打彩的，不像往日高興。衆夥計見他這樣光景，自然不便久坐，不過隨便喝了幾杯酒，吃了飯，大家散了。

且説寶玉同着黛玉到寶釵處來。寶玉見了寶釵，便説道：「大哥哥辛辛苦苦的帶了東西來，姐姐留着使罷，又送我們。」寶釵笑道：「原不是什麽好東西，不過是遠路帶來的土物兒，大家看着新鮮些就是了。」黛玉道：「這些東西我們小時候倒不理會，如今看見真是新鮮物兒了。」寶釵因笑道：「妹妹知道，這就是俗語説的『物離鄉貴』，（「物離鄉貴」與「得穀者生」同一用意，直説黛玉人離鄉賤，以傷其心也。明演殺黛，尚未明乎？）其實可算什麽呢。」寶玉聽了這話，正對了黛玉方纔的心事，連忙拿話岔道：「明年好歹大哥哥再去時，替我們多帶些來。」黛玉瞅了他一眼，便道：「你要，你只管説，不必拉扯上人。（語中有刺。）姐姐你瞧，寶哥哥不是給姐姐來道謝，竟又要定下明年的東西來了。」（正是定下「成大禮」。）説的寶釵、寶玉都笑了。三個人又閑話了一回，因提起黛玉的病來，寶釵勸了一回，因説道：「妹妹若覺着身子不爽快，倒要自己勉强扎挣着出來，各處走走逛逛，散散心，比在屋裏悶坐着到底好些。我那兩日，不是覺着發懶，渾身發熱，只是要歪着，也因爲時氣不好，怕病，（殺人自殺，正是同病。）因此尋些事情自己混着，這兩日纔覺着好些了。」黛玉道：「姐姐説的何嘗不是？我也是這麽想着呢。」大家又坐了一會子方散。寶玉仍把黛玉送至瀟湘館門首，方各自回去了。（只解如此。）

且説趙姨娘，因見寶釵送了賈環的東西，心中甚是喜歡。（必接此人，見釵之殺黛，鳳之殺尤，妒而已矣。而循環即在其中。想道：「怨不得别人都説那寶丫頭好，會做人，很大方。如今看起來，果然不錯。他哥哥能帶了多少東西來？他挨門兒送到，並不遺漏一處，也不露出誰薄誰厚，連我們這樣没時運的，他都想到了。若是那林丫頭，他把我們娘兒們正眼也不瞧，那裏還肯送我們東西？」相形之下，孰巧孰拙。一面想，一面把那些東西，翻來覆去的擺弄，瞧看一回。忽然想到寶釵係王夫人的親戚，勢衆情親。爲何不到王夫人跟前賣個好兒呢？自己便蠍蠍螫螫的，拿着東西，走至王夫人房中，站在旁邊，陪笑説道：「這是寶姑娘剛纔給環哥兒的，難爲寶姑娘這麽年輕的人，想的這樣周到，真是大户人家的姑娘，又展樣，又大方，怎麽叫人不敬服呢！怪不得老太太和太太成日家都誇他疼他，我也不敢自專就收起來，特拿來給太太瞧瞧，太太也喜歡喜歡。」王夫人聽了，早知道來意了。何嘗知道？又見他説的不倫不類，也不便不理他，説道：「你只管收了去給環哥頑罷。」趙姨娘來時，興興頭頭，誰知抹了一鼻子灰，滿心生氣，又不敢露出來，只得訕訕的出來了。到了自己房中，將東西丢在一邊，嘴裏咕咕噥噥，自言自語道：「這個又算了個什麽兒呢？」聲情畢現。一面坐着，各自生了一回悶氣。

卻説鶯兒帶着老婆子們送東西回來，回覆了寶釵，將衆人道謝的話，並賞賜的銀錢，都回完了，那老婆子便出去了。鶯兒走近前來一步，挨着寶釵，悄悄的説道：「剛纔我到璉二奶奶那邊，看見二奶奶一臉的怒氣，我送下東西出來時，悄悄的問小紅，説：『剛纔二奶奶從老太太屋裏回來，不似往日歡天喜地，叫了平兒去，唧唧咕咕，不知説什麽。』看他光景，倒像有什麽大事。姑娘没聽見那邊老太太有什麽事？」賈璉遺珮事，從寶釵評詩時敘入；鳳姐訊童事，從寶釵送物時敘入。尤二姐始終都在他處生發，此等綫索，何人理會？寶釵聽了，也自己納悶，想不出鳳姐是爲什麽有氣，便道：「各人家有各人的事，咱們那裏管得？你去倒茶去罷。」鶯兒於是出來，自去倒茶不提。

且説寶玉送了黛玉回來，想着黛玉的孤苦，不免也替他傷感起來。因要將這話告訴襲人，認賊爲子。進來時，卻只有麝月、秋紋在房中。因問：「你襲人姐姐那裏去了？」麝月道：「左不過在這幾個院裏，那裏就丢了他？一時不見就這樣找！」直破其愚，一言點悟。寶玉笑着道：「不是怕丢了他，因我方纔到林姑娘那邊，見林姑娘又正傷心呢。問起來，卻是爲寶姐姐送了他東西，他看見是他家鄉的土物，不免對景傷情。我要告訴你襲人姐姐，叫他閑時過去勸勸。」正説着，晴雯進來了，因問寶玉道：「你回來了！你又叫勸誰？」寶玉將方纔的話，説了一遍。晴雯道：「襲人姐姐纔出去。聽見他説，要到璉二奶奶那邊去，保不住還到林姑娘那裏。」寶玉聽了，便不言語。秋紋倒了茶來，寶玉漱了一口，遞給小丫頭子，心中着實不自在，就隨便歪在床上。

卻説襲人因寶玉出門，自己作了回活計，忽想起鳳姐身上不好，這幾日也没有過去看看，況聞賈璉出門，正好大家説説話兒，便告訴晴雯：「好生在屋裏，别都出去了，叫寶玉回來抓不着人。」晴雯道：「噯喲！這屋裏單你一個人記掛着他，我們都是白閑着混飯吃的。」襲人笑着，也不答言，就走了。剛來到沁芳橋畔，那時正是夏末秋初，怪語，豈七月之《五美吟》又經一年耶？池中蓮藕新殘相間，紅緑相披。意在此二語，爲三姐、二姐婚姻過接而已，令人昏，實令人亮。襲人走着，沿堤看玩了一回，猛擡頭看見那邊葡萄架底下，有人拿着撣子在那裏撣什麽呢。走到跟前，卻是老祝媽。管竹子的。又管葡萄，乃子孫生息之象，其如氣數之天何。那老婆子見了襲人，便笑嘻嘻的迎上來，説道：「姑娘怎麽今日得工夫出來逛逛？」襲人道：「可不是，我要到璉二奶奶家瞧瞧去，你在這裏做什麽呢？」那婆子道：「我在這裏趕蜜蜂兒，正找上回「興利」，而有人趕蜜蜂，黛得所庇矣。今年三伏裏雨水少，天實爲之。這果子樹上都有蟲子，把果子吃的疤納流星的，吊下好些下來。姑娘還不知道呢，這馬蜂最可惡的，一嘟嚕上只咬破三兩個兒，那破的滴水到好的上頭，連這一嘟嚕都是要爛的。姑娘，你瞧！咱們説話的空兒没趕，就落上許多了。」襲人道：「你就是不住手的趕，也趕不了許多。你倒是告訴買辦，叫他多多做些小冷布口袋兒，一嘟嚕套上一個，又透風，又不糟蹋。」婆子笑道：「倒是姑娘説的是，我今年纔管上，那裏知道這個巧法兒呢？」籠絡巧法，襲能實釵能。因又笑着説道：「今年果子雖糟蹋了些，味兒倒好，不信摘一個姑娘嘗嘗。」老祝令襲偷吃，即是賈母令襲偷試。襲人正色道：「這那裏使得？不但没熟，吃不得，就是熟了，上頭還没有供鮮，你們倒先吃了。你是府裏使老了的，難道連這個規矩都不懂了？」老祝忙笑道：「姑娘説得是，我見姑娘很喜歡，我纔敢這麽説，可就把規矩錯了。我可是老糊塗了。」襲人道：「這也没有什麽，只是你們有年紀的老奶奶們，別先領着頭兒這麽着就好了。」自注乃爲史注。説着，遂一徑出了園門，來到鳳姐這邊。

一到院裏，只聽鳳姐説道：「天理良心，「吞金」正是天理循環，劈頭一語，事妙情妙語妙，而必從襲人耳中寫出，與從釵處叙出同意。我在這屋裏熬的越發成了賊了！」自招承，語如聞。襲人聽見這話，知道有原故了，又不好回來，又不好進去，遂把脚步放重些，隔着窗子問道：「平姐姐在家裏呢麽？」平兒忙答應着迎出來。襲人便問：「二奶奶也在家裏呢麽？身上可大安了？」説着，已走進來。鳳姐妝着在床上歪着呢，見襲人進來，也笑着站起來，説：「好些了，叫你惦着。怎麼這幾日不過我們這邊坐坐？」襲人道：「奶奶身上欠安，本該天天過來請安纔是。但只怕奶奶身上不爽快，倒要靜靜兒的歇歇兒，我們來了，倒吵的奶奶煩。」鳳姐笑道：「煩是没的話，倒是寶兄弟屋裏，雖然人多，也就靠着你一個照看他，也實在的離不開。我常聽見平兒告訴我，説你背地裏還惦着我，常常問我，這就是你盡心了。」急脈緩受，寫來恰好。一面説着，叫平兒挪了張椅子，放在床旁邊，讓襲人坐下。豐兒端進茶來。襲人欠身道：「妹妹坐着罷。」一面説閑話兒。只見一個小丫頭子，在外間屋裏悄悄的和平兒説：「旺兒來了，在二門上伺候着呢。」又聽見平兒也悄悄的道：「知道了。叫他先去，回來再來。别在門口兒站着。」襲人知他們有事，又説了兩句話，便起身要走。鳳姐道：「閑來坐坐，説説話兒，我倒開心。」因命平兒：「送送你妹妹。」平兒答應着送出來。只見兩三個小丫頭子，都在那裏屏聲息氣，齊齊的伺候着。迴非平日氣象。襲人不知何事，正是他事，與寶釵納悶，同一寫法。便自去了。

卻説平兒送出襲人，進來回道：「旺兒纔來了，因襲人在這裏，我叫他先到外頭等等兒。這會子還是立刻叫他呢，還是等着？請奶奶的示下。」鳳姐道：「叫他來！」三字聲來紙上。平兒忙叫小丫頭去傳旺兒進來，這裏鳳姐又問平兒：「你到底是聽見怎麼説的？」平兒道：「就是頭裏那小丫頭子的話。聽見外頭兩個小厮説：『這個新二奶奶，比咱們舊二奶奶還俊呢，脾氣兒也好。』不知是旺兒是誰，吆喝了兩個一頓，説：『什麼新奶奶舊奶奶的，還不快悄悄兒的呢。叫裏頭知道了，你的舌頭還割了呢！』」此將演鳳自殺鳳，釵自殺釵公案，正作者爲古今報一切不平，故其破必自平兒，正所以名平也。平兒正説着，只見一個小丫頭進來，因說：「旺兒在外頭伺候着呢。」鳳姐聽了，冷笑了一聲，摹神之筆，「冷」字特點，書是天理良心，而冷熱乃其作用，「笑」字乃其歸結也。說：「叫他進來。」那小丫頭出來說：「奶奶叫呢！」旺兒連忙答應着進來。旺兒請了安，在外間門口，垂手侍立。鳳姐兒道：「你過來，我問你話。」旺兒纔走到裏間門傍站着。鳳姐兒道：「你二爺在外頭弄了人，你知道不知道？」旺兒又打着千兒回道：「奴才天天在二門上聽差事，如何能知道二爺外頭的事呢？」鳳姐笑道：「你自然不知道，你要知道，你怎麽攔人呢？」旺兒見這話，知道剛纔的話，已經走了風了，料着瞞不過，便又跪回道：「奴才實在不知，就是頭裏興兒和喜兒兩個人，喜兒乃東府人，此處已前無之，見此事實榮、寧並敗也，正是收拾東西，正是公公道道貼燒餅。在那裏混說，奴才吆喝了他們兩句，內中還有底裏，奴才不知道，不敢妄回。求奶奶問興兒，他是長跟二爺出門的。」絕不拖沓。鳳姐兒聽了，下死勁啐了一口，又摹神，而全書大都是啐。罵道：「你們這一起没良心的混賬忘八崽子，都是一條藤兒！打量我不知道呢？先去給我把興兒那個忘八崽子叫了來。你也不許走，問明白了他，回來再問你。你好好的，纔是我使出來的好人呢！」有聲有色，而都是枉了。那旺兒只得連聲答應幾個「是」，磕了一個頭，爬起來出去，去叫興兒。

卻說興兒正在賬房兒裏和小廝們頑呢，必在賬房，正將了一切賬。聽見說「二奶奶叫」，先唬了一跳，卻也想不到是這件事發作了，連忙跟着旺兒進來。旺兒先進去，回說：「興兒來了。」鳳姐兒厲聲道：「叫他！」兩字聲來紙上。那興兒聽見這個聲音兒，早已没了主意了，只得（乍）（裝）着膽子進來。鳳姐兒一見，便說：「好小子啊！你和你爺辦的好事啊！你只實說罷。」興兒一聞此言，又看見鳳姐兒氣色，及兩邊丫頭們的光景，早唬軟了，不覺跪下，只是磕頭。興兒軟而跪而磕頭，作者是何形容，真是掉皮。鳳姐兒道：「論起這事來，我也聽見說不與你相干，但只你不早來回我知道，這就是你的不是了。你要實說了，我還饒你。再有一字虛言，你先摸摸你脖子上幾個腦袋瓜子？」有擒有縱，機智百出，是好才，是好筆。興兒戰兢兢的，朝上磕頭道：「奶奶問的是什麼事，奴才同爺辦壞了？」欲落不落，暫不使一直筆，而小人狡賴情景，無不曲肖。鳳姐聽了，一腔火都發作起來，喝命：「打嘴巴！」旺兒過來纔欲打時，鳳姐兒罵道：「什麼糊塗忘八崽子！叫他自己打，用你打嗎？一會子你再各人打你那嘴巴子，還不遲呢！」那興兒真個自己左右開弓，打了自己十幾個嘴巴。自打便是自殺，而巨家排場如見。左右開弓，張太醫到矣。鳳姐兒喝聲：「站住！」問道：「你二爺外頭娶了什麼新奶奶舊奶奶的事，你大概不知道啊？」興兒見說出這件事來，越發着了慌，連忙把帽子抓下來，在甎地上咕咚咕咚碰的頭山響，口裏說道：「只求奶奶超生，奴才再不敢撒一個字兒的謊。」又不拖沓。鳳姐道：「快說！」

興兒直蹶蹶的跪起來，興又直蹶蹶的起來，凡此掉皮，正以奉承妒婦，而令人失笑。回道：「這事頭裏奴才也不知道。就是這一天，東府裏大老爺送了殯，俞禄往珍大爺廟裏去領銀子。二爺同着蓉哥兒到了東府裏，直注可卿。道兒上，爺兒兩個說起珍大奶奶那邊的二位姨奶奶來，二爺誇他好。蓉哥兒哄着二爺，說把二姨奶奶說給二爺。」鳳姐聽到這裏，使勁啐道：前啐大衆，此專啐薛姨，又是書中主見，意密筆閑，洵爲神品。「呸！沒臉的忘八蛋！他是你那一門子的姨奶奶？」興兒忙又磕頭，說：「奴才該死！」往上瞅着，不敢言語。鳳姐兒道：「完了嗎？怎麼不說了？」興兒方纔又回道：「奶奶恕奴才，奴才纔敢回。」鳳姐啐道：「放你媽的屁！這還什麼恕不恕了！你好生給我往下説，好多着呢。」又妙，真是事愈急筆愈閑。興兒又回道：「二爺聽見這個話，就歡喜了。後來奴才也不知道怎麼就弄真了。」綽有餘閑。鳳姐微微冷笑道：「這個自然麽！你可那裏知道呢？你知道的只怕都煩了呢。是了，説底下的罷。」興兒回道：「後來就是蓉哥兒給二爺找了房子。」鳳姐忙問道：「如今房子在那裏？」興兒道：「就在府後頭。」鳳姐兒道：「哦！」一字聲來紙上。回頭瞅着平兒道：「咱們都是死人哪，你聽聽！」是活鳳姐。平兒也不敢作聲。恰好。

興兒又回道：「珍大爺那邊給了張家不知多少銀子，那張家就不問了。」「突提張家，曲肖一時心口，而長弓之來不及防，則隱義也。鳳姐道：「這裏頭怎麼又拉扯上什麼張家、李家咧呢？」長弓即天理，故與李家並提，而聲口如聞。興兒回道：「奶奶不知道，這二奶奶……」剛説到這裏，又自己打了個嘴巴，但見二奶奶必打，正是作意，而伶俐小厮真如活畫。把鳳姐兒倒慪笑了，兩邊的丫頭，也都抿嘴兒笑。興兒想了想説道：「那珍大奶奶的妹子……」鳳姐兒接着道：「怎麼樣，快説呀！」興兒道：「那珍大奶奶的妹子，原來從小兒有人家的，姓張，叫什麼張華，如今窮的待好討飯。珍大爺許了他銀子，他就退了親了。」鳳姐兒聽到這裏，點了點頭兒，回頭便望丫頭們説道：「你們都聽見了，小忘八崽子，頭裏他還説他不知道呢！」閑情逸致，事在意中，文出意外。試問今日文家，握題在手，縱盡情揮洒之處，仍是死抱不放，吃力處也。有此筆否？可心服矣！興兒又回道：「後來二爺纔叫人裱糊了房子，娶過來了。」鳳姐道：「打那裏娶過來的？」興兒回道：「就在他老娘家抬過來的。」鳳姐道：「好罷咧！」又問：「没人送親麽？」興兒道：「就是蓉哥兒，還有幾個丫頭老婆子們，没別人。」鳳姐道：「你大奶奶没來嗎？」興兒道：「過了兩天，大奶奶纔拿了些東西來瞧的。」鳳姐兒笑了一笑，回頭向平兒道：「怪道那兩天，二爺稱贊大奶奶不離嘴呢。」妙絕，妙絕。掉過臉來，又問興兒：「誰服侍呢？自然是你了。」興兒趕着碰頭不言語。神氣活現紙上，真不易有之筆。鳳姐又問：「前頭那些日子，説給那府裏辦事，想來辦的就是這個了。」興兒回道：「也有辦事的時候，也有往新房子裏去的時候。」鳳姐又問道：「誰和他住着呢？」機心已起。興兒道：「他母親和他妹子，昨兒他妹子各人抹了脖子了。」補筆，令人寒心。鳳姐道：「這又爲什麽？」興兒隨將柳湘蓮的事，説了一遍。鳳姐道：「這個人還算造化高，省了當那出名兒的忘八。」亦補亦照。因又問道：「没了别的事了麽？」興兒道：「别的事，奴才不知道。奴才剛纔説的，字字是實，没一字虚假。奶奶問出來，只管打死奴才，奴才也無怨的。」

鳳姐低了一回頭，二姐死矣。便又指着興兒説道：機智百出。「你這個猴兒崽子，就該打死，這有什麽瞞着我的？你想着瞞了我，就在你那糊塗爺跟前，討了好兒了？你新奶奶好疼你？我不看你剛纔還有點懼怕兒，不敢撒謊，我把你的腿不給你砸折了呢！」説着，喝聲：「起去！」興兒磕了個頭，纔爬起來，退到外間門口，不敢就走。鳳姐道：「過來！我還有話呢。」興兒趕忙垂手敬聽。鳳姐道：「你忙什麽？新奶奶等着賞你什麽呢？」餘勇可賈。興兒也不敢抬頭。鳳姐道：「你從今日不許過去，我什麽時候叫你，你什麽時候到。遲一步兒，你試試。再作餘波。出去罷！」興兒忙答應幾個「是」，退出門來。鳳姐又叫道：「興兒！」興兒趕忙答應回來。鳳姐道：「快出去，告訴你二爺去，是不是啊？」時璉外出，必如此説者，見平安州事，即此處事也。興兒回道：「奴才不敢。」鳳姐道：「你出去提一個字兒，堤防你的皮！」興兒連忙答應着，纔出去了。鳳姐又叫：「旺兒呢！」旺兒連忙答應着過來。鳳姐把眼直瞪瞪的瞅了兩三句話的工夫，纔説道：「好旺兒！很好！去罷！外頭有人提一個字兒，全在你身上！」再點「枉」字，而追神攝魄。旺兒答應着也出去了。

鳳姐便叫：「倒茶。」此等處每接吃茶，吃苦而已，書中與吃飯相對。小丫頭子們會意，都出去了。這裏鳳姐纔和平兒說：「你都聽見了？這纔好呢。」語又如聞。平兒也不敢答言，只好陪笑兒。鳳姐越想越氣，歪在炕上，只是出神。忽然眉頭一皺，計上心來。便叫：「平兒，來！」平兒連忙答應過來。鳳姐道：「我想這件事，竟該這麼着(纔)(該)好，又好，而以二「好」字二「笑」字收住本回。也不必等你二爺回來再商量了。」

未知鳳姐如何辦理，且聽下回分解。

自此回至七十回爲一大段，尤家案仍寶、黛案，側重寶釵文字也。上半回釵殺黛用明演，而仍以隱躍之詞出之，令讀者自得；至其殺兄則並無一字可尋，而本文實又歷歷寫出之，是所謂哼哼韻。篇中重提薛蟠知恩，正演人心不死，爲來復之機，以爲後來遇赦地步，乃作者苦心周旋處，即天道一定不易處。

下半回寫鳳姐，真是生龍活虎，通身解數，令人笑，令人恐，令人喜，令人惜。其餘諸人，亦各窮形盡相，令人如目見耳聞，爲書中不易得文字，況其他乎！

護花主人評曰：

上回尤三姐公案，已經了結。尤二姐如何接局，自當接敍，但竟接連直寫，文情便少波折。此回卻先敍薛蟠酬客，次寫寶釵送物，及黛玉思鄉，徐徐接入鳳姐聞風，紆迴曲折，引人入勝。

敍薛蟠酬客，寶釵送物，不但文情曲折，且借薛姨媽口中，逗起薛蟠娶親，借鶯兒口中，引起鳳姐聞風。遠針近綫，絲絲入扣。

酬客送物，並非閒筆，正是事事周到處。

寫鳳姐怒詰興兒，先後回話，將一副兇惡面孔，一副畏懼形狀，描畫入神，丹青不及。

大某山民評曰：

此回仍是癸丑年秋間事。

第六十八回　苦尤娘賺入大觀園　酸鳳姐大鬧寧國府

話説賈璉起身去後，偏值平安節度巡邊在外，約一個月方回。賈璉未得確信，只得住在下處等候。及至回來相見，將事辦妥，睜眼説夢話，乃見平安州事，即尤二姐事，非更有一事也。回程已是將近兩個月的限了。此兩個月，亦糊塗亦清楚。

誰知鳳姐早已心下算定，只待賈璉前脚走了，回來便使各色匠役，收拾東廂房三間，必在東廂，以木方爲死所，乃爲黛報也。照依自己正室一樣妝飾陳設。至十四日，便回明賈母、王夫人，説十五日一早，要到姑子廟進香去。幾月十五無從計矣，總取十五爲將笄之年，姑子正寶釵之映。只帶了平兒、豐兒、周瑞媳婦、旺兒媳婦四人。四人都有深義，可合看諸評而得之。未曾上車，便將原故告訴了衆人，又吩咐衆男人素衣素蓋，一徑前來。興兒引路，一直到了門前叩門。鮑二家的開了，興兒笑道：「快回二奶奶去，大奶奶來了！」此「大」字即「平安州大事」之「大」。鮑二家的聽了這句，頂梁骨走了真魂，魂爲陽《姤》陰遞，頂而走則純《坤》矣，乃《易》理點睛處，不比他書作閑文用。忙飛跑進去報與尤二姐。尤二姐雖也一驚，但已來了，只得以禮相見，忙整理衣服，迎了出來。至門前，鳳姐方下車進來。尤二姐一看，只見頭上都是素白銀器，身上月白緞子襖，青緞子掐銀綫的褂子，白綾素裙；雖點服制，而現一派肅殺。眉彎柳葉，高吊兩梢；目横丹鳳，神凝三角；俏麗若三春之桃，清素若九秋之菊。下遞「桃花社」，上溯「菊花題」，爲報不平文字，不是隨手點染。周瑞、旺兒二女人，攙進院來。尤二姐陪笑，忙迎上來拜見，張口便叫「姐姐」，説：「今日實在不知姐姐下降，不曾遠接，求姐姐寬恕。」説着，便拜下去。鳳姐忙陪笑還禮不迭，趕着拉了二姐兒的手，同入房中。

鳳姐上坐，尤二姐忙命丫頭拿褥子，便行禮，説：「妹子年輕，一從到了這裏，諸事都是家母和家姐商議主張。今日有幸相會，若姐姐不棄寒微，凡事求姐姐的指教，情願傾心吐膽，只服侍姐姐。」寶釵何等明通，而偏以不知事之尤二姐演之，言外微旨。説着，便行下禮去。鳳姐忙下坐還禮，口内忙説：「皆因我也年輕，向來總是婦人的見識，一味的只勸二爺保重，别在外邊眠花宿柳，恐怕叫太爺太太耽心。這都是你我的癡心，誰知二爺倒錯會了我的意。若是外頭包占人家姐妹，瞞着家裏也罷了。如今娶了妹妹作二房，這樣正經大事，也是人家大禮，大禮特提。卻不曾合我説。我也勸過二爺，早辦這件事，果然生個一男半女，連我後來都有靠。何等深刻，明知如此而倒行逆施，正定西風壞榮鐵案，而抉一「色」字之髓。不想二爺反以我爲那等妒忌不堪的人，私自辦了，真真叫我有冤没處訴。我的這個心，惟有天地可表。頭十天頭裏，我就風聞着知道了，所以我親自過來拜見，還求妹妹體諒我的苦心，起動大駕，挪到家中，你我姐妹同居同處，彼此合心合意的，諫勸二爺謹慎世務，保養身子，這纔是大禮呢。要是妹妹在外頭，我在裏頭，妹妹自想想，我心裏怎麼過的去呢？再者叫外人聽着，不但我的聲名不好聽，就是妹妹的名兒也不雅。況且二爺的名聲，更是要緊的，倒是談論咱們姐妹們還是小事。「小」字正對「平安州大事」之「大」字。至於那起下人小人之言，未免見我素昔持家太嚴，背地裏加減些話，也是常情。妹妹想，自古說的『當家人，惡水缸』，我要真有不容人的地方兒，上頭三層公婆，當中有好幾位姐姐、妹妹、妯娌們，怎麼容的我到今兒？此等話若實釵必不說，鳳之才不敵釵之才，全書寫來遂覺奸雄又分大小，作者筆具化工。就是今兒二爺私娶妹妹在外頭住着，我自然不願意見妹妹，我如何還肯來呢？拿着我們平兒說起，我還勸着二爺收他呢。這都是天地神佛不忍我叫這些小人糟蹋，所以纔叫我知道了。我如今來求妹妹，進去和我一樣兒，住的、使的、穿的、帶的，你我總是一樣兒。妹妹這樣伶透人，若肯真心幫我，我也得個膀臂。不但那起小人堵了他們的嘴，就是二爺回來一見，他也從今後悔，我並不是那種吃醋調歪的人，你我三人，更加和氣。所以妹妹還是我的大恩人呢。要是妹妹不合我去，我也願意搬出來陪着妹妹住，只求妹妹在二爺跟前替我好言方便方便，留我個站脚的地方兒，就教我服侍妹妹梳頭洗臉，我也是願意的！」說着，便嗚嗚咽咽哭將起來。「賺」字寫得圓滿。尤二姐見了這般，也不免滴下淚來。

二人對見了禮，分序坐下。平兒忙也上來要見禮。尤二姐見他打扮不凡，舉止品貌不俗，料定是平兒，連忙親身攙住，只叫：「妹子快別這麼着，你我是一樣的人。」報不平正所以爲平，故云一樣。鳳姐兒忙也起身笑說：「折死了他，妹妹只管受禮。尤之結果，平之演義。他原是咱們的丫頭，已後快別如此。」說着，又命周瑞家的從包袱裏取出四疋上色尺頭，四對金珠簪環，爲拜見禮。簪是寶釵，環是賈環，是「成大禮」受循環日也。尤二姐忙拜受了。釵所施即釵所受，乃報復「金蘭契」。二人吃茶，對訴已往之事。鳳姐口內，全是自怨自錯：「怨不得別人，如今只求妹妹疼我。」尤二姐見了這般，便認做他是個極好的人，小人不遂心，誹謗主人，亦是常理。故傾心吐膽敘了一回，再用提筆作束，心火膽木，再提此語，正木火相生，以制金也。竟把鳳姐認爲知己。又見周瑞家等媳婦在傍邊稱揚鳳姐素日許多善政，必參旁言，情事恰好，而借《易》道以演全書，視此矣。「只是吃虧心太癡了，反惹人怨。」又說：「已經預備了房屋，奶奶進去一看便知。」尤氏心中早已要進去同住方好，今又見如此，豈有不允之理？便說：「原該跟了姐姐去，只是這裏怎麼樣？」鳳姐兒道：「這有何難？妹妹的箱籠細軟，只管着小廝搬了進去。這些粗夯貨，要他無用，還叫人看着。妹妹說誰妥當，就叫誰在這裏。」尤二姐忙說：「今日既遇見姐姐，這一進去，凡事只憑姐姐料理。我也來的日子淺，也不曾當過家事，不明白，如何敢作主？這幾件箱櫃拿進去罷。我也沒有什麼東西，那也不過是二爺的。」

鳳姐聽了，便命周瑞家的記清，好生看管着，抬到東廂房去。於是催着尤二姐急忙穿戴了，二人攜手上車，同坐一處，絶不及尤老娘，與了結三姐同意，至下回又説死後接去，總是夢話。又悄悄的告訴他：「我們家的規矩大，這事老太太、太太一概不知，倘或知道二爺孝中娶你，管把他打死了。如今且別見老太太、太太。我們有一個花園子極大，姊妹們住着，容易沒人去的。你這一去，且在園裏住兩天，等我設個法子回明白了，那時再見方妥。」二姐道：「任憑姐姐主裁。」那些跟車的小廝們，皆是預先說明的，如今不進大門，只奔後門來。劉老老來路。下了車，趕散衆人，鳳姐便帶了尤氏進了大觀園的後門，來到李紈處相見了。

必到李紈處者，此正天理循環，一部大觀中大點悟也。

彼時大觀園中，十停人已有九停人知道了。十不全，正演缺陷。今忽見鳳姐帶了進來，引動衆人來看問，尤二姐一一見過，衆人見了他標緻和悦，無不稱揚。正映寶釵。鳳姐一一的吩咐了衆人：「都不許在外走了風聲，「風」字特是。若老太太、太太知道，我先叫你們死！」園中婆子丫頭都素懼鳳姐的，又係賈璉國孝、家孝中所行之事，知道關係非常，婆子丫頭能知關係，而鳳姐不知耶？是借攻法。都不管這事。鳳姐悄悄的求李紈收養幾日，「等回明白了，我們自然過去的。」李紈見鳳姐那邊已收拾房屋，況在服中不好張揚，自是正理，只得收下權住。安置都妥，筆能恰好。鳳姐又便去將他的丫頭一概退出，又將自己的一個丫頭送他使喚。用雪雁攙拜之映。暗暗吩咐他園中媳婦們：「好生照看着他，若有走失逃亡，一概和你們算賬。」自己又去暗中行事不提。頓筆，見鳳之巧，而實見鳳之拙。

且說合家之人，都暗暗的納罕，說：「看他如何這等賢惠起來了？」那尤二姐得了這個所在，又見園中姊妹各各相好，倒也安心樂業的，自爲得所。誰知三日之後，丫頭善姐便有些不服使喚起來。此「善」字爲反面，人得而知之。而惟善足以制惡，是乃制陰惡文字。善乃正面，人不得而知之矣。尤二姐因說：「沒了頭油了，你去回一聲大奶奶，拿些過來。」「頭上那有桂花油」，凡爲丫頭者如是矣。「苦」字從此入手。善姐兒便道：「二奶奶，你怎麽不知好歹，没眼色？我們奶奶天天承應了老太太，又要承應這邊太太，那邊太太，這些姑娘妯娌們，上下幾百男女，天天起來都等他的話。一日少說大事也有一二十件，小事還有三五十件。外頭的從娘娘算起，以及王公侯伯家多少人情，家裏又有這些親友的調度，銀子上千，錢上萬，一日都從他一個手一個心一個嘴裏調度，那裏爲這點小事去煩瑣他？與劉老老上場提頓文字相照，是「苦」字發端。我勸你耐着些兒罷，咱們又不是明媒正娶來的，這是他亘古少有一個賢良人，纔這樣待你。若差些兒的人聽見了這話，吵嚷起來，把你丟在外頭，死不死活不活，你又敢怎麽樣呢？」一夕話，說的尤氏垂了頭。因爲有這一說，少不得將就些罷了。那善姐漸漸的連飯也懶端來與他吃，或早一頓或晚一頓，所拿來的東西，皆是剩的。尤二姐說過兩次，他反瞪着眼，叫喚起來。尤二姐又怕人笑他不安本分，少不得忍着。隔上五日八日，見鳳姐一面。那鳳姐卻是和容悅色，滿嘴裏「好妹妹」不離口。直注寶釵。又說：「倘有下人不到之處，你降不住他們，只管告訴我，我打他們。」又罵丫頭媳婦說：「我深知你們軟的欺，硬的怕，背着我的眼，還怕誰？倘或二奶奶告訴我一個不字，我要你們的命！」「賢寶釵」「賢襲人」都到。二姐見他這般好心，「既有他，我又何必多事？下人不知好歹是常情，我若告了他們，受了委曲，反叫人說我不賢良。」因此反替他們遮掩。越寫得可憐，越報得痛快，是皆黛玉所受者。

鳳姐使旺兒在外打聽這尤二姐的底細，皆已深知，果然已有了婆家的。女婿現在纔十九歲，成日在外賭博，已伏倪二。不理世業，家私花盡，父母攆他出來，現在賭錢場上存身。父親得了尤婆子二十兩銀子，退了親的，這女婿尚不知道。原來這小夥子名叫張華。至此方用提筆出張華名字，爲黛報冤，爲榮起禍。鳳姐都一一盡知原委，便封了二十兩銀子與旺兒，又是二十兩。悄悄命他將張華勾來養活，「着他寫一張狀子，只要往有司衙門中告去，就告璉二爺國孝、家孝的裏頭，背旨瞞親，仗財倚勢，强逼退親，停妻再娶。」罪名定自鳳姐。這張華也深知利害，先不敢造次。旺兒回了鳳姐，鳳姐氣的罵道：「真是他娘的話！怨不得俗語說，『懶狗扶不上牆』的。文勢一曲，必不可少，是狗兒，是王成。你細細說給他：『就告我們家謀反也沒事的！』何等自恃，喚醒多少癡人。不過是借他一鬧，大家沒臉。若告大了，我這裏自然能彀平服的。」旺兒領命，只得細說與張華。鳳姐又吩咐旺兒：「他若告了你，你就和他對詞去。」如此，如此：「我自有道理。」旺兒聽了有他做主，便又命張華狀子上，添上自己，說：「你只告我來旺過付，一應調唆二爺做的。」

張華得了主意，和旺兒商〔議〕（意）定了，寫了一張狀子。次日便往都察院處喊了冤。察院坐堂，看狀子，是告賈璉的事，上面有家人旺兒一人，只得遣人去賈府傳旺兒來對詞。青衣不敢擅入，只命人帶信。那旺兒正等着此事，不用人帶信，早在這條街上等候。見了青衣，反迎上去，笑道：「起動衆位弟兄，必是兄弟的事犯了。說不得，快來套上。」衆青衣不敢，只說：「好哥哥，你去罷，別鬧了。」於是來至堂前跪了。察院命將狀子與他看，旺兒故意看了一遍，碰頭說道：「這事小的盡知的，主人實有此事。但這張華素與小的有仇，故意拉小的在內，其中還有人，求老爺再問。」張華碰頭道：「雖還有人，小的不敢告他，所以只告他下人。」旺兒故意的說：「糊塗東西！還不快說出來，這是朝廷公堂上，憑是主人也要說出來。」張華便說出賈蓉來，蓉、旺同是枉了。察院聽了無法，只得去傳賈蓉。鳳姐又差了慶兒，罄也，一名直遞「抄没」。暗中打聽告了起來，便忙將王信喚來，亡信也，榮敗鳳亦隨亡矣。告訴他此事，命他託察院，只要虛張聲勢，驚唬而已。又拿了三百銀子，與他去打點。是夜，王信到了察院私宅，安了根子，那察院深知原委，收了贓銀。次日回堂，只說張華無賴，因拖欠了賈府銀兩，妄捏虛詞，誣賴良人。都察院素與王子騰相好，王信也只到家說了一聲，況是賈府之人，巴不得了事，便也不提此事，且都收下，只傳賈蓉對詞。寫來一切支離，乃是恰好。

且說賈蓉等正忙着賈璉之事，忽有人來報信，說：「有人告你們。」如此如此，這般這般，「快作道理。」賈蓉慌忙來回賈珍。賈珍說：「我卻早防着這一着，倒難爲他這麽大膽子。」是乃說鳳，而膽爲甲木。即刻封了二百銀子着人去打點察院。又命家人去對詞。正商議間，又報：「西府二奶奶來了。」入下半回。賈珍聽了這話，倒吃了一驚，忙要同賈蓉藏躲，不想鳳姐已經進來了，說：「好大哥哥，帶着兄弟們幹的好事！」語氣如聞。賈蓉忙請安，鳳姐拉了他就進來。賈珍還笑説：「好生伺候你嬸娘，吩咐他們殺牲口備飯。」北人呼雞爲牲口，酉，金也，此正殺金演義。説了，忙命備馬躲往别處去了。安放清脱。

這裏鳳姐帶着賈蓉走來上房，尤氏也迎了出來，見鳳姐氣色不善，忙説：「什麽事情，這麽忙？」鳳姐照臉一口唾沫，啐道：「鬧」字發端用一啐，是此書作用。「你尤家的丫頭，没人要了，偷着只往賈家送，難道賈家人人都是好的，此語不專指賈璉，見湘蓮即賓玉，故與三姐之言合。並天下死絶了男人了？你就願意給，也要三媒六證，大家説明，成了體統纔是。注定「成大禮」。你痰迷了心，脂油蒙了竅，國孝、家孝兩重在身，就把個人送來了！這會子被人告我們，連官場中都知道我利害吃醋。自定罪狀。如今指名提我，要休我，我到了你家，幹錯了什麽不是，你這等害我？或是老太太、太太有了話在你心裏，使你們做這圈套，要擠我出去？如今咱們兩個一同去見官分證明白，回來咱們公同請了合族中人，大家覿面説個明白，給我休書，我就走！」一面説，一面大哭，拉着尤氏只要去見官。急的賈蓉跪在地下碰頭，只求：「嬸娘息怒！」鳳姐一面又罵賈蓉：「天打雷霹五鬼分屍的没良心的種子，不知天有多高，地有多厚，成日家調三窩四，幹出這些没臉面没王法敗家破業的營生。又定蓉罪。你死了的娘，陰靈兒也不容你，出脱尤氏，非蓉所自出。祖宗也不容你，還敢來勸我！」一面罵着，揚手就打。唬得賈蓉忙碰頭説道：「嬸娘别動氣，只求嬸娘别看這一時，侄兒千日裏不好，還有一日的好。是那一日？一笑。實在嬸娘氣不平，何用嬸娘打，讓我自己打，嬸娘只别生氣。」説着，就自己舉手左右開弓，張太醫又到。自己打了一頓嘴巴子，又自己問着自己説：「已後可還再顧三不顧四的不了？已後還單聽叔叔的話不聽嬸娘的話不了？嬸娘是怎麽樣待你？你這樣没天理没良心的！」形容得未曾有，而天理良心正是喝破書旨，又三四七合成巧數，是在寶釵。衆人又要勸，又要笑，又不敢笑。忙裏偷閑，書之長技。

鳳姐兒滾到尤氏懷裏，嚎天動地，大放悲聲，只説：「給你兄弟娶親我不惱，爲什麼使他背旨違親，將混賬名兒給我背着？咱們只去見官，省得捕快皂隸來拿。再者，咱們過去，只見了老太太、太太和衆族人等，大家公議了，我既不賢良，又不容丈夫買妾，只給我一張休書，我即刻就走！你妹妹，我也親身接了來家，生怕老太太、太太生氣，也不敢回，現在三茶六飯，金奴銀婢的住在園内！我這裏趕着收拾房子，和我一樣的，只等老太太知道了，原説下接過來，大家安分守己的，我也不提舊事了，誰知又是有了人家的！不知你們幹的什麼事！我一概又不知道。如今告我，我昨日急了，縱然我出去見官，也丟的是你賈家的臉，少不得偷把太太的五百兩銀子去打點。演鳳姐必不脱「財」字。如今把我的人還鎖在那裏。」説了又哭，哭了又駡，後來又放聲大哭起「祖宗爺娘」來，又要撞頭尋死。把個尤氏搓揉成一個麵團兒，衣服上全是眼淚鼻涕，「大鬧」字圓滿。並無別話，只駡賈蓉：「混賬種子！和你老子做的好事！再點罪自外至。我當初就説使不得。」鳳姐兒聽説這話，哭着搬着尤氏的臉，問道：「你發昏了？你的嘴裏難道有茄子塞着，即茄官之説。不就是他們給你嚼子銜上了？同爲禽獸。爲什麼你不來告訴我去？你若告訴了我，這會子不平安了？怎麼得驚官動府，鬧到這步田地？再自定罪狀。你這會子還怨他們！自古説『妻賢夫禍少』，『表壯不如裏壯』，你但凡是個好的，他們怎麼敢鬧出這些事來？你又没才幹，又没口齒，鋸了嘴子的葫蘆，只就會一味瞎小心，應賢良的名兒！」再爲出脱。説着，啐了幾口。啐起啐結，其勢已緩。尤氏也哭道：「何曾不是這樣？你不信，問問跟的人，我何曾不勸的？也要他們聽！叫我怎麼樣呢？怨不得妹妹生氣，我只好聽着罷了。」

衆姬妾丫頭媳婦等，已是黑壓壓跪了一地，陪笑求說：「二奶奶最聖明的，雖是我們奶奶的不是，奶奶也作踐殼了，當着奴才們，奶奶們素日何等好來？如今還求奶奶給留點臉兒。」說着，捧上茶來，鳳姐也摔了。一回止了哭，挽頭髮，收場恰好。又喝罵賈蓉：「出去請你父親來，我對面問他，問親太爺的孝纔五七，侄兒娶親，這個禮，我竟不知道。我問問也好學着，日後教導你們！」賈蓉只跪着磕頭說：「這事原不與父親相干，都是侄兒一時吃了屎，調唆着叔叔做的。我父親也並不知道。嬸娘若鬧起來了，侄兒也是個死。只求嬸娘責罰侄兒，侄兒謹領。此段必不可少，筆特熨貼。這官司還求嬸娘料理，侄兒竟不能幹這大事。嬸娘是何等樣人！豈不知俗語說的『胳膊折了在袖子裏』，是爲自戕。侄兒糊塗死了，既做了不肖的事，就和那猫兒、狗兒一般，正訓。少不得還要嬸娘費心費力，將外頭的事壓住了纔好。只當嬸娘有這個不肖的兒子，就惹了禍，少不得委曲還要疼他呢！」直搠其心，語有挾制。說着，又磕頭不絕。

鳳姐兒見了賈蓉這般，心裏早軟了，只是碍着衆人面前，又難改過口來，因歎了一口氣，一面拉起來，一面拭淚，寫諸隱意，乃作收場文字。向尤氏道：「嫂子也別惱我，我是年輕不知事的人，一聽見有人告訴了，把我嚇昏了，不知方纔怎麽得罪了嫂子。可是蓉兒說的，『胳膊折了往袖子裏藏』，帆隨湘轉，而獨認此語。少不得嫂子要體諒我，還得嫂子在哥哥跟前替說，先把這官司按下去纔好。」尤氏、賈蓉一齊都說：「嬸娘放心，橫竪一點兒連累不着叔叔嬸娘。方纔說用過了五百兩銀子，少不得我們娘兒們打點五百兩銀子，與嬸娘送過去，好補上，不然豈有教嬸娘又添上虧空的？越發我們該死了。財色乃鳳姐心事，瞞不得賈蓉。但還有一件，老太太、太太們跟前，嬸娘還要周全方便，别提這話方好。」

鳳姐又冷笑道：「你們饒壓着我的頭幹了事，這會子反哄着我替你們周全，我就是個傻子，也傻不到如此。又何嘗不傻。嫂子的兄弟，是我的什麼人？嫂子既怕他絕了後，我難道不更比嫂子更怕絕後？明知故犯，正是傻子。嫂子的妹子就合我的妹子一般，我一聽見這話，連夜喜歡的，連覺也睡不成，趕着傳人收拾了屋子，就要接進來同住。此語如何騙得賈蓉？倒是奴才小人的見識，他們倒說：『奶奶太性急，若是我們的主意，先回了老太太、太太，看是怎麼樣，再收拾房子去接也不遲。』我聽了這話，叫我要打要罵的，纔不言語了。誰知偏不稱我的意，偏偏打的嘴，半空裏又跑出一個張華來，告了一狀。我聽見了，嚇的兩夜没合眼兒，又不敢聲張，只得求人去打聽這張華是什麼人，這樣大膽。大膽又提。打聽了兩日，誰知是個無賴的花子。小子們說：『原是二奶奶許了他的。他如今急了，凍死餓死也是個死。現在有這個理他抓住，總然死了，死的倒比凍死餓死還值些。怎麼怨的他告呢？這事原是二爺做的太急了，國孝一層罪，家孝一層罪，背着父母私娶一層罪，停妻再娶一層罪。俗語說：「拼着一身剮，敢把皇帝拉下馬。」定此罪名，比照叛逆。他窮瘋了的人，什麼事做不出來？況且他又拿着這滿理，爲張華說，乃爲黛玉說。不告等請不成？』嫂子說，我就是個韓信、張良，聽了這話，也把智謀嚇回去了。明溯劉漢，直注老老，而正破賈蓉「何等樣人」之說，針鋒相對，無文字處有文字，是爲神品。你兄弟又不在家，又没個人商量，少不得拿錢去墊補，誰知越使錢越叫人拿住刀靶兒，越發來訛。我是『耗子尾巴上長瘡，多少膿血兒？』打到「財」字，而耗子尾病，陰極不復矣，是點致禍已不可挽。所以又急又氣，少不得來找嫂子。」

尤氏、賈蓉不等説完，都説：「不必操心，自然要料理的。」賈蓉又道：「那張華不過是窮急，故捨了命纔告，咱們如今想了一個法兒，竟許他些銀子就完了。」鳳姐兒咂着嘴兒笑道：淫態惡態都現紙上。「難爲你想！怨不得你顧一不顧二的，前蓉説顧三不顧四，此説顧一不顧二，合成十數，一齊歸結。做出這些事來，原來你竟是這麽個糊塗東西，我往日看錯了你了！往日又是何日？正見鳳姐自露馬脚。若你説的這話，他暫且依了，且打出官司來，又得了銀子，眼前自然了事。這些人既是無賴的小人，銀子到手，三天五天就光了，他又來找事譌詐，再要叨登起來，咱們雖不怕，終久耽心。擱不住他説：既没毛病，爲什麽反給他銀子？」賈蓉原是個明白人，聽如此一説，便笑道：「我還有個主意：『來是是非人，去是是非者』，這事還得我了纔好。如今我竟問張華個主意，或是他定要人，或是他願意了事，得錢再娶？他若説一定要人，少不得我去勸我二姨娘，叫他出來仍嫁他去。百二十回外之寶釵隱隱躍躍。若説要錢，我們這裏少不得給他。」鳳姐兒忙道：「雖如此説，我斷捨不得你姨娘出去，我也斷不肯使他出去。他若出去了，咱們家的臉在那裏呢？依我説，只寧可多給錢爲是。」又多給錢爲是，與前言矛盾，見作詐語人，必有不檢點處可摘。賈蓉深知鳳姐兒口雖如此，心卻是巴不得只要本人出來，他卻做賢良人。是深知。如今怎麽説，只好怎麽依。

鳳姐兒歡喜了，又説：「外頭好處了，家裏終久怎麽樣？你也同我過去回明老太太、太太纔是。」尤氏又慌了，拉鳳姐兒討主意，如何撒謊纔好。鳳姐冷笑道：「既没這本事，誰教你幹這樣事？這會子這個腔兒，我又看不上；待要不出個主意，我又是個心慈面軟的人，憑人撮弄我，我還是一片傻心腸兒。黛玉所受。説不得讓我應起來。如今你們只别露面，我只領了你妹妹去給老太太、太太們磕頭，只説『原係你妹妹，我看上了很好，正因我不大生長，原說買兩個人放在屋裏的，今既見了你妹妹很好，而且又是親上做親的，我願意娶來做二房，皆因家中父母姊妹親近一概死了，日子又難，不能度日，若等百日之後，無奈無家無業，實在難等。就算我的主意，接了進來，已經厢房收拾了出來，暫且住着，等滿了孝再圓房兒。』仗着我這不害臊的臉，死活賴去，有了不是，也尋不着你們了。你們娘兒兩個想想，可使得？」尤氏賈蓉一齊笑說：「到底是嬸娘寬洪大量，足智多謀，等事妥了，少不得我們娘兒們過去拜謝。」鳳姐兒道：「罷呀！還說什麽拜謝不拜謝。」又指着賈蓉道：「今日我纔知道你了。」說着，把臉卻一紅，眼圈兒也紅了，似有多少委曲的光景。賈蓉忙陪笑道：「罷了！嬸娘少不得饒恕我這一次。」說着，忙又跪下。鳳姐兒扭過臉去不理他。此等處爲有目共賞，轉非深文。賈蓉纔笑着起來了。

這裏尤氏忙命丫頭們舀水，取粧奩，伏侍鳳姐兒梳洗了，趕忙又命預備晚飯。鳳姐兒執意要回去，尤氏攔着道：「今日二嬸子要這麽走了，我們什麽臉還過那邊去呢？」賈蓉傍邊笑着勸道：「好嬸娘，親嬸娘，已後蓉兒要不真心孝順你老人家，天打雷霹。」寫來恰好。鳳姐瞅了他一眼，啐道：「誰信你這……」說到這裏，又咽住了。「五美吟」中有咽住之「使我」二字，此有咽住之「你這」二字，都爲黛玉之「你好」二字報復。一面老婆子丫頭們擺上酒來。尤氏親自遞酒佈菜。賈蓉又跪着敬了一鍾酒，鳳姐便合尤氏吃了飯。丫頭們遞了漱口茶，又捧上茶來，鳳姐喝了兩口，便起身回去。賈蓉親身送過來，纔回去了。

且說鳳姐進園中，將此事告訴尤二姐，又說「我怎麽樣操心，又怎麽打聽，須得如此如此，方保得衆人無罪，少不得喒們按着這個法兒來纔好。」

不知鳳姐又變出什麽法兒來，且聽下回分解。

上半回一「賺」字，止「幣重言甘，其誘我也」及「其言甘者其心苦」二語演義，而有認有推，有以認爲推，以推爲認，而或誘或制，令二姐必入玄中，乃十分出色文字。

書是葫蘆案，故篇中寫官司處，都作支離恍惚筆墨，絶無些子着迹。如此回不過立一熙鳳致禍之案而已。

下半回寫一「鬧」字，亦淋漓盡致，足敵上半「賺」字，而處處都用賈蓉揭破，正演欲令智昏，爲凡爲鳳者戒也。其演蓉鳳隱情，轉屬面子文字，原蓉鳳隱情，作者每用隱而不隱之筆，絶不比寫釵、玉之一味曖昧也。

護花主人評曰：

此回專寫王鳳姐陰毒陰惡，爲尤二姐吞金自盡之由。

寫鳳姐向尤二姐一番説話，婉曲動聽。尤二姐雖亦伶俐，不由不落其陷阱。丫頭善姐嗔説尤二姐之話，須知俱是鳳姐暗中囑付。

鳳姐對尤二姐説：「倘有下人不到之處，只管告訴我。」是先發制人，使尤二姐不得不替丫頭們遮掩，惡極！

借鳳姐口中説：「就告我們家謀反也没事的。」又敍王信打點，察院得賦，以見榮府此時財勢薰天，反跌後來之衰落。

鳳姐大鬧寧府，寫得淋漓盡致。既顯鳳姐之潑悍，又見賈蓉、尤氏之庸懦，兩面俱到。

鳳姐託王信打點察院使銀三百兩，令尤氏母子許還銀五百兩，鳳姐不但占盡上風，又賺銀二百兩，恶極！

哭罵噪鬧後，忽指着賈蓉道：「今日才知道你了。」臉上眼圈兒一紅。及賈蓉跪下，鳳姐扭過臉去。賈蓉説：「已後不真心孝順，天打雷劈。」鳳姐瞅了一眼，啐説：「誰信你這……」又咽住不説。此一段文字，隱隱躍躍，暗藏無限情事。如金鼓震天時，忽有鶯啼燕語。又如一片黑雲中，微露金龍鱗爪。文人之筆，莫可端倪。

大某山民評曰：

此回仍是癸丑年秋間事。

第六十九回　弄小巧用借劍殺人　覺大限吞生金自逝

話説尤二姐聽了，又感謝不盡，只得跟了他來。尤氏那邊怎好不過來的，少不得也過來，跟着鳳姐去回，方是大禮。大禮屢提。鳳姐笑説：「你只别説話，等我去説。」尤氏道：「這個自然。但有了不是，往你身上推就是了。」説着，大家先至賈母房中。正值賈母和園中姐妹們説笑解悶，忽見鳳姐帶了一個標緻小媳婦進來，明是媳婦，見已開臉，尚未圓房，都是夢話。忙覷着眼瞧説：「這是誰家的孩子？好可憐見兒的。」鳳姐上來笑道：「老祖宗倒細細的看看，好不好？」此等處，每令人叫絶。説着，忙拉二姐兒説：「這是太婆婆，正名定分，乃是實叙。快磕頭。」二姐兒忙行了大禮，「成大禮」。展拜起來。又指着衆姊妹説，這是某人某人，「你先認了，太太瞧過了，再見禮。」清虚觀醮無王夫人，故此處亦不見王夫人，太太二字，混合邢、王。二姐兒聽了，一一又從新故意的問過，垂頭站在傍邊。賈母上下瞧了一遍，因又笑問：「你姓什麼？今年十幾歲了？」鳳姐忙又笑説：「老祖宗且别問，只説比我俊不俊？」無一直筆，妙絶。賈母又帶上眼鏡，是爲鏡中人。命鴛鴦、琥珀：「把那孩子拉過來，我瞧瞧肉皮兒。」衆人都抿着嘴兒笑着，推他上去。賈母細瞧了一遍，又命琥珀：「拿出他的手來我瞧瞧。」賈母瞧畢，摘下眼鏡來，笑説道：「竟是個齊全孩子，特點齊全，金玉姻緣也。我看比你還俊些呢！」鳳姐聽説，笑着忙跪下，將尤氏那邊所編之話，一五一十，細細的説了一遍，一五一十，書中要旨，已見前評。「少不得老祖宗發慈心，先許他進來住，一年後，再圓房。」賈母聽了道：「這有什麽不是？既你這樣賢良，很好，只是一年後方可圓得房。」夢話影戲，直注釵玉。鳳姐聽了，叩頭起來，又求賈母：「着兩個女人，一同帶去見太太們，説是老祖宗的主意。」賈母依允，清虚觀醮，賈母轉爲附和。遂使二人帶去，見了邢夫人等。王夫人正因他風聲不雅，「風」字再點。深爲憂慮；今見他行此事，豈有不樂之理？於是尤二姐自此見了天日，挪到廂房居住。

鳳姐一面使人暗暗調唆張華，止叫他要原妻，這裏還有許多陪送外，還贈他銀子安家過活。張華原無膽無心告賈家的，一木一火，黛不能制釵，如火之制金，是原無膽無心。在作者爲凡爲黛玉者報不平，又設一鏡中人而已。後來又見賈蓉打發了人對詞，並無姓名。那人原説的：「張華先退了親，我們原是親戚，接到家裏住着是真，又恍惚照顧尤老娘，真以文爲戲。並無娶之説。皆因張華拖欠我們的債務，追索不給，方誣賴小的主兒。」那個察院都和賈、王兩處有瓜葛，況又受了賄，只説張華無賴，以窮訛詐，狀子也不收，打了一頓趕出來。此一曲折，必不可少。慶兒在外替張華打點，也没打重，又調唆張華，説道：「親原是你家定的，你只要親事，官必還斷給你。」於是又告。王信那邊又透了消息與察院。察院便批：「張華借欠賈宅之銀，令其限内按數交還；其所定之親，仍令其有力時娶回。」又傳了他父親來，當堂批准。他父親亦係慶兒説明，樂得人財兩進，便去賈家領人。

鳳姐一面嚇的來回賈母，説如此這般：「都是珍大嫂子，幹事不明，那家並没退準，惹人告了。如此官斷。」賈母聽了，忙喚尤氏過來，説他做事不妥：「既你妹子從小與人指腹爲婚，又没退斷，使人告了，這是什麽事？」尤氏聽了，只得説：「他連銀子都收了，怎麽没準？」鳳姐在傍説：「張華的口供上，現説没見銀子，也没見人去。他老子又説：『原是親家説過一次，並没應準；親家死了，你們就接進去做二房。』如此没有對證話，只好由他去混説。幸而璉二爺不在家，不曾圓房，這還無妨；只是人已來了，怎麽送回去？豈不傷臉？」賈母道：「又没圓房，没的强占人家有夫之人，聲名也不好，不如送給他去。那裏尋不出好人來？」尤二姐聽了，又回賈母説：「我母親實於某年某月某日，給了他二十兩銀子，退準的。他因窮急了告，又翻了口。我姐姐原没錯辦。」賈母聽了，便説：「可見刁民難惹，鳳丫頭去料理料理。」明使干預外事，鳳之罪，皆史之罪。

鳳姐聽了無法，只得應着回來，只命人去找賈蓉。賈蓉深知鳳姐之意，若要使張華領回，成何體統？便回了賈珍，暗暗遣人去説張華：「你如今既有許多銀子，何必定要原人？若只管執定主意，豈不怕爺們一怒，尋出一個由頭，你死無葬身之地。你有了銀子，回家去，什麽好人尋不出來？你若走呢，還賞你些路費。」張華聽了，心中想了一想：「這倒是好主意。」和父母商議已定，約共也得了有百金。父子次日起了五更，便回原籍去了。影戲只須如此唱。賈蓉打聽得真了，來回了賈母、鳳姐，説：「張華父子，妄告不實，懼罪逃走。官府亦知此情，也不追究，大事完畢。」大事完畢，平安州大事完畢也，「彈劾平安州」大事完畢也，四字乃大眼目。鳳姐聽了，心中一想：「若必定着張華帶回二姐兒去，未免賈璉回來，再花幾個錢包占住，不怕張華不依；還是二姐兒不去，自己拉絆着還妥當，寫「妒」字深心，千回萬轉。且再作道理。只是張華此去，不知何往？倘或他再將此事告訴了別人，或日後再尋出這由頭來翻案，自己原先不該如此，將刀靶付與外人去的。」是皆正筆。因此悔之不迭。復又想了一個主意出來，悄命旺兒遣人尋着了他，或訛他做賊，和他打官司，將他治死，或暗使人算計，務將張華治死，方剪草除根，保住自己的名譽。旺兒領命出來，回家細想：「人已走了完事，何必如此大做？人命關天，非同兒戲。我且哄過他去，再作道理。」因此在外躲了幾日，回來告訴鳳姐，只説：「張華因有幾兩銀子在身上，逃去第三日，在京口地界，五更天，已被截路打悶棍的打死了。以餘波演旺之爲枉，而死張華於悶棍，見全書無非「悶」字也，而亦支離，亦簡凈，不是他小説套子。他老子嚇死在店房，在那裏驗屍掩埋。」鳳姐聽了不信，説：「你要撒謊，我再使人打聽出來，敲你的牙！」自此，方丢過不究。鳳姐和尤二姐和美非常，竟比親姊妹還勝幾倍。提筆陡接「借劍」，乃釵之於黛。

那賈璉一日事畢回來，先到了新房中，已經静悄悄的關鎖，只有一個看房子的老頭兒。曰老頭兒，仍是《姤》之一陰，馴至《坤》也，乃爲鮑二演義。賈璉問起原故，老頭子細説原委，賈璉只在鐙中跺足。少不得來見賈赦與邢夫人，將所完之事回明。賈赦十分歡喜，説他中用，賞了他一百兩銀子，滿數，即是大事完畢。又將房中一個十七歲的丫鬟名喚秋桐，賞他爲妾。桐爲鳳所棲，秋則金令，正合西風以壞榮，而桐爲木，爲鳳所借以殺尤，使必以金自殺，是反用木以殺金，用黛以殺釵也。賈璉叩頭領去，喜之不盡。見了賈母，合家衆人，回來見了鳳姐，未免臉上有些媿色。誰知鳳姐反不似往日容顔，同尤二姐一同出來，敍了寒温。賈璉將秋桐之事説了，未免臉上有些得意驕矜之色。鳳姐聽了，忙命兩個媳婦坐車，在那邊接了來。心中一刺未除，又平空添了一刺，説不得且吞聲忍氣，將好顔面换出來遮飾。一面又命擺酒接風，一面帶了秋桐，來見賈母與王夫人等。賈璉心中也暗暗的納罕。寫蓉則深知，寫璉則納罕，調侃多官人不少。

且説鳳姐在家，外面待尤二姐自不必説的，只是心中又懷别意，無人處只和尤二姐説：「妹妹的聲名很不好聽，連老太太、太太們都知道了，説妹妹在家做女孩兒就不乾浄，又和姐夫來往，『可見没人要的，你揀了來。還不休了，再尋好的！』我聽見這話，氣的什麽兒是的。後來打聽是誰説的，又察不出來。這日久天長，這些奴才們跟前，怎麽説嘴？我反弄了魚頭來拆！」説了兩遍，自己已氣病了，茶飯也不吃。除了平兒，必除平兒，爲劉老老地步。衆丫頭媳婦無不言三語四，指桑説槐，暗相譏刺。

且説秋桐自以爲係賈赦之賜，無人僭他的，連鳳姐、平兒皆不放在眼裏，豈容那先姦後娶，没漢子要的婦女？鳳姐聽了暗樂。自從妝病，便不和尤二姐吃飯，每日只命人端了菜飯，到他房中去吃。那茶飯俱係不堪之物。平兒看不過，自拿了錢出來弄菜與他吃，或是有時只説和他園中去頑，在園中廚内，另做了湯水與他吃。也無人敢回鳳姐。只有秋桐撞見了，便去説舌，告訴鳳姐，説：「奶奶名聲，半是平兒弄壞了的。這樣好菜好飯，浪着不吃，卻往園中去偷吃。」鳳姐聽了，罵平兒説：「人家養貓拿耗子，我的貓只倒咬雞！」平兒不敢多説，自此也要遠着了，又暗恨秋桐。園中姊妹一干人，暗爲二姐躭心，雖都不敢多言，卻也可憐。每當無人處，説起話來，尤二姐淌眼抹淚，又不敢抱怨鳳姐兒。因無一點壞形。

賈璉來家時見了鳳姐賢良，也便不留心。直注玉之棄釵。況素昔見賈赦姬妾丫頭最多，賈璉每懷不軌之心，只未敢下手；便是殺牲口之説。今日天緣湊巧，竟把秋桐賞了他，真是一對烈火乾柴，烈火乾柴，木火交通以制金也。如膠投漆，燕爾新婚，連日那裏拆得開？賈璉在二姐身上之心，也漸漸淡了，只有秋桐一人是命。寫蕩子十分暢滿。鳳姐雖恨秋桐，且喜借他先可發脱二姐，用「借刀殺人」之法，點題。「坐山觀虎鬥」，虎乃金神。等秋桐殺了尤二姐，自己再殺秋桐。寫「借」字圓足。主意一定，没人處常又私勸秋桐說：「你年輕不知事。他現是二房奶奶，你爺心坎兒上的人，我還讓他三分，你去硬碰他，豈不是自尋其死？」那秋桐聽了這話，越發惱了，天天大口亂罵，說：「奶奶是軟弱人，那等賢惠，我卻做不來！奶奶把素日的威風，怎麼都没了？奶奶寬洪大量，我卻眼裏揉不下沙子去。披沙正以揀金。讓我和這娼婦做一回，他纔知道呢！」鳳姐兒在屋裏，只妝不敢出聲兒。氣得尤二姐在房裏哭泣，連飯也不吃，又不敢告訴賈璉。次日，賈母見他眼睛紅紅的腫了，問他又不敢說。秋桐正是抓乖賣俏之時，他便悄悄的告訴賈母、王夫人等說：「他專會作死，好好的，成天喪聲嚎氣。背地裏咒二奶奶和我早死了，好和二爺一心一計的過。」賈母聽了，便說：「人太生嬌俏了，可知心就妒忌了。鳳丫頭倒好意待他，他倒這樣爭鋒吃醋，可知是個賤骨頭。」釵父無名，是云賤骨。因此，漸次便不大喜歡。衆人見賈母不喜，不免又往上踐踏起來。弄得這尤二姐要死不能，要生不得。都是黛玉所受光景。還是虧了平兒，時常背着鳳姐與他排解。

那尤二姐原是「花爲腸肚，雪作肌膚」的人，花是襲人，雪是寶釵，二而一也。用此兩語，指定即尤即薛，可無疑矣。如何經得這般磨折？不過受了一月的暗氣，一月者，盈虛消息，循環一周也。便懨懨得了一病，四肢懶動，茶飯不進，漸次黃瘦下去。夜來合上眼，只見他妹妹手捧鴛鴦寶劍，前來說：「姐姐，你爲人一生心癡意軟，終吃了這虧！休信那妒婦花言巧語，外作賢良，內藏奸滑。他發恨定要弄你一死方罷。若妹子在世，斷不肯令你進來。就是進來，亦不容他這樣。此亦係理數應然，此一夢，乃周旋尤三姐不言之筆，必不可少，而無多深意，只重此四字，以明報復也。只因你前生前生即是今生。淫奔不才，使人家喪倫敗行，故有此報。可卿、鳳姐都在其中。你速依我，將此劍斬了那妒婦，一同歸至警幻案下，聽其發落。不然你則白白的喪命，且無人憐惜。」尤二姐哭道：「妹妹，我一生品行既虧，今日之報，既係當然，何必又生殺戮之冤？」三姐兒聽了，長歎而去。尤二姐驚醒，卻是一夢。等賈璉來看時，因無人在側，便哭着合賈璉說：「我這病不能好了！我來了半年，腹中已有身孕，所謂「二五之精，妙合而凝」。但不能預知男女。倘老天可憐，生了下來還可，若不然，我的命還不能保，何況於他！」賈璉亦哭說：「你只放心，我請名人來醫治。」於是出去，即刻請醫生。

誰知王太醫此時已走了，因謀幹了軍前效力，回來好討蔭封的。兵凶戰危而以求榮，正是王太醫作用。小廝們走去，便仍舊請了那年給晴雯看病的太醫胡君榮來。殺雯即殺黛，殺尤即殺釵，必用一人，以明報復，大道存焉。診視了，說是經水不調，全要大補。賈璉便說：「已是三月庚信不行，又常嘔酸，恐是胎氣。」胡君榮聽了，復又命老婆子請出手來，再看了半日，說：「若論胎氣，肝脈自應洪大。然木盛則生火，經水不調，亦皆因肝木所致。醫生要大膽，又提大膽。須得請奶奶將金面略露一露，金面是眼。醫生觀看氣色，方敢下藥。」賈璉無法，只得命將帳子掀起一縫，尤二姐露出臉來。胡君榮一見，早已魂飛天外，那裏還能辨氣色？色之迷人，正胡君榮演義；而魂飛天外，與鮑二家的走了真魂同意。一時掩了帳子，賈璉陪他出來，問是如何？胡太醫道：「不是胎氣，只是瘀血凝結。如今只以下瘀通經要緊。」於是寫了一方，作辭而去。賈璉令人送了藥禮，抓了藥來，調服下去。只半夜光景，半夜子時，乃陰極陽生之候。尤二姐腹痛不止，誰知竟將一個已成形的男胎打了下來。決去淫胎，正「虎狼藥」妙用，是風月寶鑑反面。於是血行不止，二姐就昏迷過去。賈璉聞知，大罵胡君榮，便是代儒之罵。一面遣人再去請醫調治，一面命人去找胡君榮。胡君榮聽了，早已捲包逃走。作者無名氏但云胡老名公而已，正是捲包逃走之意，當與「虎狼藥」回評語參看方得。這裏太醫便說：「本來血氣虧弱，受胎以來，想是着了些氣惱，鬱結於中。這位先生，誤用虎狼之劑，如今大人元氣，十傷八九，一時難保就愈。煎、丸二藥並行，還要一些閑話閑事不問，庶可望好。」說畢而去，也開了個煎藥方子，並調元散鬱的丸藥方子，去了。急的賈璉便查：「誰請的姓胡的來！」一時查出，便打了個半死。

鳳姐比賈璉更急十倍，只說：「咱們命中無子，好容易有了一個，遇見這樣没本事的大夫來！」於是天地前燒香禮拜，自己通誠禱告，說：「我情願有病，只求尤氏妹妹身體大愈，再得懷胎，生一男子，我願吃長齋念佛。」雖演鳳姐醜態，而實演同一自殺。賈璉衆人見了，無不稱讚。賈璉與秋桐在一處，鳳姐又做湯做水的，着人送與二姐，又叫人出去算命打卦。偏算命的回來，又說：「係屬兔的陰人沖犯了。」此等處，自然有鳳姐主使在內，而轉非深文，重在屬兔陰人，兔爲卯木，其沖則酉金也。大家算將起來，只有秋桐一人屬兔，說他沖的。

秋桐見賈璉請醫調治，打人罵狗，爲尤二姐十分盡心，他心中早浸了一缸醋在內了。今又聽見如此說他沖了，鳳姐兒又勸他，說：「你且别處躲幾日再來。」秋桐便氣得哭罵道：「理那起餓不死的雜種，混嚼舌根！我和他『井水不犯河水』，水能生木。怎麼就沖了他？好個『愛八哥兒』！在外頭什麼人不見？偏來了就沖了！我還要問問他呢，到底是那裏來的孩子？他不過哄我們那個綿花耳朵的爺罷了，總有孩子，也不知張姓王姓的。奶奶希罕那雜種羔子，我不喜歡！誰不會養？一年半載養一個，倒還是一點攙雜没有的呢！」作報不平文字，不嫌痛駡。衆人又要笑，又不敢笑。

可巧邢夫人過來請安，秋桐便告訴邢夫人説：「二爺、二奶奶要攆我回去，我没了安身之處，太太好歹開恩！」邢夫人聽説，便數落了鳳姐兒一陣，又駡賈璉：「不知好歹的種子，憑他怎樣，是你父親給的，爲個外來的攆他，連老子都没了。」總歸邢、赦，是大罪狀。説着，賭氣去了。秋桐更又得意，越發走到窗户根底下大駡起來。尤二姐聽了，不免更添煩惱。「借」字完足。晚間賈璉在秋桐房中歇了，鳳姐已睡，平兒過尤二姐那邊來，勸慰了一番，尤二姐哭訴了一回，平兒又囑咐了幾句，夜已深了，方去安息。黛玉臨死有平兒一往。

這裏尤二姐心中自思：「病已成勢，日無所養，反有所傷，料定必不能好。況胎已經打下，無甚懸心，何必受這些零氣？不如一死，倒還乾净。常聽見人説『生金子可以墜死』，豈不比上吊自刎又乾净。」想畢，扎掙起來，打開箱子，找出一塊生金，也不知多重。哭了一回，外邊將近五更天氣，寅木得令，金死之候。那二姐咬牙狠命，便吞入口中，幾次直脖方咽了下去。以金自殺，寶釵案了，必寫狠命，寫直脖子，皆想當然之詞，究竟何人見來，便是金鎖來歷不明。於是趕忙將衣服首飾穿戴齊整，上炕躺下，當下人不知，鬼不覺。到第二日早晨，丫鬟媳婦們見他不叫人，樂得自己梳洗。鳳姐、秋桐都上去了。平兒看不過，説丫頭們：「就這等没人心的，打着駡着使也罷了！一個病人，也不知可憐可憐。他雖好性兒，你們也該拿出個樣兒來，别太過逾了，『牆倒衆人推』！」丫頭聽了，急推房門進來看時，卻穿戴的齊齊整整，死在炕上，於是方嚇慌了，喊叫起來。平兒進來瞧見，不禁大哭。衆人雖素昔懼怕鳳姐，然想尤二姐實在溫和憐下，如今死去，誰不傷心落淚？只不敢與鳳姐看見。

當下合宅皆知。賈璉進來，摟屍大哭不止。鳳姐也假意哭道：「狠心的妹妹！你怎麽丢下我去了？辜負了我的心！」尤氏、賈蓉等，也都來哭了一場，勸住賈璉。賈璉便回了王夫人，討了梨香院，停放五日，必用梨香院，正點明寶釵舊居，惟恐人不覺尤之爲釵也。挪到鐵檻寺去。王夫人依允。賈璉忙命人去往梨香院，收拾停靈，將二姐兒抬上去，用衾單蓋了，八個小厮和八個媳婦，小厮陽，媳婦陰，必用八數，合演《易》卦，全書了義。圍隨抬往梨香院來。那裏已請下天文生，擇定明日寅時入殮大吉，死於寅，殮於寅，皆木也。五日出不得，七日方可。五爲土之生數，所以生金。七爲火之成數，所以制金。故不用五而用七。又七爲巧數，乃寶釵平生作用，至此反自行葬送也。賈璉道：「竟是七日。因家叔、家兄皆在外，珍自在家，此家兄是誰？小喪不敢久停。」天文生應諾，寫了殃榜而去。寶玉一早過來，陪哭一場，必應特點此人。衆族人也都來了。賈璉忙進去，找鳳姐要銀子治辦喪禮。鳳姐兒見抬了出去，推有病，上回老太太：「太太説我病着，忌喪房，不許我去，我因此也不出來穿孝。」且往大觀園中來，繞過羣山，至北界牆根下，往外聽了一言半語回來，北牆界，至陰之方也。一言半語，「寶玉你好」也。正黛受釵荼毒至極之所，故作報復，必至毁滅其尸而後快，而寫得陰森有鬼氣，遂與「感幽魂」相映射。又回賈母説，如此這般。賈母道：「信他胡説！「胡説」二字又是全書。誰家癆病死的孩子不燒了？也認真開喪破土起來！既是二房一場，也是夫妻情分，停五七日抬出來，或一燒，或亂葬埂上埋了完事。」鳳姐笑道：「可是這話，我又不敢勸他。」

正説着，丫鬟來請鳳姐，説：「二爺在家等着奶奶拿銀子呢。」鳳姐兒只得來了，便問他：「什麽銀子？家裏近日艱難，你還不知道？咱們的月例，一月趕不上一月。昨兒我把兩個金項圈當了三百兩，用剩了還有二十幾兩，你要就拿去。」何物不可説，而必説金項圈？正金鎖了賬也。三百風詩，婚姻之正，奈何以圈套詭謀强奪之，而究竟反成自害耶！二十兩前已屢評。説着，命平兒拿了出來，遞與賈璉，指着賈母有話，又去了。恨得賈璉無話可説，只得開了尤氏箱籠，去拿自己體己。及開了箱櫃，一點無存，只有些折簪爛花，並幾件半新不舊的綢絹衣裳，都是尤二姐素日穿的。不禁又傷心哭了。想着他死得不分明，又不敢説。只得自己用個包袱，一齊包了，也不用小厮丫鬟來拿，自己提着來燒。情事恰合，寫得微至。平兒又是傷心，又好笑，連忙將二百兩一包碎銀二爲陰數，百爲成數，又劉老老之義。偷了出來，悄遞與賈璉，説：「你別言語纔好。你要哭，外頭有多少哭不得？又跑了這裏來點眼。」情妙語妙，而鳳之衆叛親離如此，猶自以爲得計耶？唤醒天下多少癡人。賈璉便説道：「你説得是。」接了銀子，又將一條汗巾遞與平兒，説：「這是他家常繫的，你好生替我收着，做個念心兒。」平兒只得接了，自己收去。汗巾爲襲人、蔣玉函案，乃即釵、玉案也，尤爲釵影，再點明之。賈璉有了銀子，命人買板進來，連夜趕造，一面分派了人口守靈。晚上自己也不進去，只在這裏伴宿。

要知端的，且聽下回分解。

六十六回「歸地府」，了結尤三姐，實了結黛玉文字。此回「吞生金」，了結尤二姐，實了結寶釵文字也。篇中越寫得可憐，越報得暢快，乃《紅樓》一大複本，在本書已有若干續部矣，可惜看官都不覺得。

上半回曰「小巧」，見鳳之巧較釵爲小，而小巧且以殺大巧，令人知巧之即拙。下半曰「大限」，見人生分定，不可强爲，令人各當猛省也，即蘅芷清芬、攜蝗大嚼副義。

護花主人評曰：

尤二姐被賺進園，已落深阱，即無秋桐，亦斷不能久活。今又添一秋桐，其死更速。

鳳姐既暗害二姐，又欲暗害張華，刻毒陰險，令人可怕。

旺兒之説誆，與平兒之慈心，皆是反襯鳳姐之妒惡。

秋桐之肆潑，是鳳姐之挑唆。然秋桐異時之被遣，已於此日埋根。

胡醫生誤用打胎藥，不過了結二姐身孕，以便速死。其實墮胎亦死，不墮胎亦死，與胡醫無涉。

賈璉開二姐箱櫃，一概無存，是暗補鳳姐早已搜羅情事。

第六十三回下半回至六十九回一大段，應分四小段：六十三下半回爲一段，敘賈敬暴亡，爲接尤老娘母女，暫住寧府之由；六十四回、六十五上半回爲一段，敘賈璉之偷娶尤二姐；六十五下半回、六十六回爲一段，敘尤三姐自刎，柳湘蓮出家，了結兩人因果；六十七、八、九回爲一段，敘王鳳姐設計陰毒，尤二姐落阱吞金，了結二姐公案，中間夾敘黛玉悲吟思鄉，是借作反襯引綫。

大某山民評曰：

此回已入癸丑之冬，下回接入甲寅年事，冬月無事，故不詳寫。

第七十回　林黛玉重建桃花社　史湘雲偶填柳絮詞

話説賈璉自在梨香院伴宿七日夜，天天僧道不斷做佛事。賈母喚了他去，咐吩不許送往家廟中，賈璉無法，只得又和時覺説了，悽惶大覺，正此時矣。就在尤三姐之上，點了一個穴，破土埋葬。二、三并葬，金玉木石同歸於盡。那日送殯，只不過族中人與王姓夫婦、王姓夫婦突如其來，本章前後並無其人，蓋即鳳，即璉，即王，即政，一《乾》一《坤》，王字演義也。尤氏婆媳而已。鳳姐一應不管，只憑他自去辦理。又因年近歲逼，自「死金丹」入尤家案，至此又經一年，其月日可按不可按。諸事煩雜不算外，又有林之孝開了一個人單子來回：共有八個二十五歲的單身小厮，應該娶妻成房的，等裏面有該放的丫頭，好求指配。金玉木石，無非指配。鳳姐看了，先來問賈母和王夫人。大家商議，雖有幾個應該發配的，奈各人皆有緣故：第一個鴛鴦，發誓不去。第一必是此人，全書總義，已直注「殉主」回。自那日之後，一向未與寶玉説話，也不盛妝濃飾。衆人見他志堅，也不好相强。第二個琥珀，琥珀二王，即王姓夫婦；白虎則金神也。亦書中要義，故爲第二。現又有病，這次不能了。彩雲因近日和賈環分崩，以雲霞變幻之筆，寫冷熱循環之理，故到他。也染了無醫之症。只有鳳姐兒和李紈房中粗使的大丫頭發出去了。約略寫此兩處，一善一惡，「一陰一陽之爲道」在語言文字外也，故不着姓名。其餘年紀未足，令他們外頭自娶去了。

原來這一晌因鳳姐兒病了，李紈、探春料理家務，不得閑暇。接着過年、過節，許多雜事，竟將詩社擱起。如今仲春天氣，雖得了工夫，爭奈寶玉因柳湘蓮遁迹空門，又聞得尤三姐自刎，尤二姐被鳳姐逼死，又兼柳五兒自那夜監禁之後，病越重了：連連接接，閑愁胡恨，一重不了一重添，弄的情色若癡，話言常亂，似染怔忡之病。怔忡，心病也。必首湘蓮，末五兒，而消納尤二、三姐於中，正寶、黛失心指點。慌的襲人等又不敢回賈母，只百般逗他頑笑。

這日清晨方醒，只聽得外間屋内咭咭呱呱笑聲不斷。襲人因笑說：「你快出去拉拉罷，晴雯和麝月兩個人，按住芳官那裏隔肢呢。」隔肢無非取笑，見此書所以取笑也。寶玉聽了，忙披上灰鼠長襖，必曰灰鼠，乃耗子精要旨。出來一瞧，只見他三人被褥尚未叠起，大衣也未穿。那晴雯只穿着葱綠杭綢小襖，紅綢子小衣兒，披着頭髮，騎在芳官身上。鮮豔如見。麝月是紅綾抹胸，披着一身舊衣，在那裏抓芳官的肋肢。芳官卻仰在炕上，穿着灑花緊身兒，紅褲綠襪，兩脚亂蹬，笑的喘不過氣來。「笑」字又書中隱義正義。寶玉忙笑說：「兩個大的欺負一個小的，等我來撓你們。」說着，也上床來隔肢晴雯。晴雯觸癢，笑的忙丢下芳官，來合寶玉對抓，芳官趁勢將晴雯按倒。襲人看他四人滾在一處，倒好笑，因說道：「仔細凍着了可不是頑的，都穿上衣裳罷。」教人以禦寒。忽見碧月進來說：「昨兒晚上，奶奶在這裏把塊手絹子忘了，不知可在這裏没有？」是書以《國風》正貞淫，而寫來寫去，無非「情感」回之手帕公案，故必先出李紈，而忘了絹子，正寓貞而不淫也。春燕忙應道：「有。我在地下拾起來，不知是那一位的，纔洗了，潔而不污。剛晾着，還没有乾呢。」碧月見他四人亂滾，因笑道：「倒是你們這裏熱鬧，大清早起來就咭咭呱呱的頑到一處。」寶玉笑道：「你們那裏人也不少，怎麽不頑？」碧月道：「我們奶奶不頑，微言，一部《紅樓》，所不頑者李紈一人而已。把我們兩個姨娘和姑娘也都拘住了。正言。如今琴姑娘跟了老太太前頭去，更冷冷清清的了。寶琴交代矣。兩個姨娘到明年冬天，也都家去了，那纔更冷清呢。紋、綺無非一琴，在所必及，而「冷清」字是眼。你瞧瞧寶姑娘那裏，出去了一個香菱，就像短了多少人似的，把個雲姑娘落了單了。」鑑主、夢主都是要緊人，故又特提。「單」，對「拆」，亦字眼。

正説着，見湘雲又打發了翠縷來説：「請二爺快出去瞧好詩。」觀《桃花行》必從他起，夢主也。寶玉聽了，忙梳洗出來，果見黛玉、寶釵、湘雲、寶琴、探春都在那裏，手裏拿着一篇詩看。見他來時，都笑道：「這會子還不起來，咱們的詩社散了一年，此一年又可按。也没有一個人作興作興。如今正是初春時節，前日仲春，此又曰初春，重勸人留春也。萬物更新，正該鼓舞兩語乃全書眼目。另立起來纔好。」湘雲笑道：「一起詩社時是秋天，就不應發達的。如今卻好萬物逢春，咱們重新整理起這個社來，自然更有生趣兒。上半部演《復》之《剥》，下半部演《剥》之《復》，數語括之，而大道存焉。況這首《桃花詩》又好，就把海棠社改作桃花社，豈不大妙？」海棠乃黛玉，全書之主也。桃花乃薄命，全書之人也。是爲大妙，也爲大觀。寶玉聽着點頭，石點頭。説：「很好。」且忙着要詩看。衆人都又説：「咱們此時就訪稻香老農去，大家議定好起社。」説着，一齊站起來，都往稻香村來。貞而不淫，同歸性道。寶玉一壁走，一壁看，詩必從寶玉看，出主人翁也。而「走」字是眼。寫着道：

桃花行寶玉走，是書了，故曰行。

桃花簾外東風軟，桃花簾内晨妝懶。簾外桃花簾内人，人與桃花隔不遠。東風有意揭簾櫳，花欲窺人簾不捲。桃花簾外開仍舊，簾中人比桃花瘦。花解憐人花也愁，隔簾消息風吹透。風透簾櫳花滿庭，庭前春色倍傷情。閑苔隔落門空掩，斜日闌干人自凭。凭闌人向東風泣，茜裙偷傍桃花立。桃花桃葉亂紛紛，花綻新紅葉凝碧。樹樹烟封一萬株，烘照樓壁紅模糊。天機燒破鴛鴦錦，春酣欲醒移珊枕。侍女金盆進水來，香泉欲蘸胭脂冷。胭脂鮮艷何相類，花之顏色人之淚。欲將人淚比桃花，淚自長流花自媚。淚眼觀花淚易乾，淚乾春盡花憔悴。憔悴花遮憔悴人，花飛人倦易黄昏。一聲杜宇春歸盡，寂寞簾櫳空月痕。十二釵無非桃花，而總之者黛玉一人而已，故作自他而情事亦皆寫他，詩好。

寶玉看了，並不稱贊，癡癡獃呆，竟要滾下淚來。是還淚賬，是還淚書。又怕衆人看見，忙自己拭了。因問：「你們怎麽得來？」寶琴笑道：「你猜是誰做的？」寶玉笑道：「自然是瀟湘子的稿子。」心心相印，是一非二。寶琴笑道：「現是我做的呢！」是書無非禁心之用，正是琴作。寶玉道：「我不信。這聲調口氣，迥乎不像。」此譏皮相是書者。寶琴笑道：「所以你不通。調侃看官。難道杜工部首首都作『叢菊兩開他日淚』之句不成？一般的也有『紅綻雨肥梅』、『水荇牽風翠帶長』等語。」以一淚、一紅、一翠總括全書，而引杜以示禁者，杜字訓止，天然湊泊。寶玉笑道：「固然如此，但我知道姐姐斷不許妹妹有此傷悼語句；琴瑟之正，哀而不傷，而姐姐不許。妹妹本有此才，卻也斷不肯做的。比不得林妹妹曾經離喪，作此哀音。」二語沉着，豈亦作者之心耶！衆人聽説都笑了。

已至稻香村中，將詩與李紈看了，自不必説，稱賞不已。説起詩社，大家議定：明日是三月初二日，曰仲春，曰初春，曰二月，總見三春易過，當早作挽回也。就起社，便改海棠社爲桃花社，黛玉爲社主。明日飯後，齊集瀟湘館。因又大家擬題，黛玉便説：「大家就要《桃花詩》一百韻。」寶釵道：「使不得。百爲圓滿之數，書演缺陷，寶釵主之，故曰使不得。古來《桃花詩》最多，縱作了，必落套，凡小說必作圓滿者，宜視此。比不得你這一首古風。須得再擬。」正說着，人回：「舅太太來了，請姑娘們出去請安。」因此大家都往前頭來，見了王子騰的夫人，凡歇落處每用王子騰，正戒意馬奔騰也。陪着說話。飯畢，又陪着入園中來遊玩了一遍，至晚飯後掌燈方去。

次日乃是探春的壽日，初三壽日，則探春生日乃三月三日，三三合六爻，月日分陰陽；三三見九，老陽之數，三三成六，老陰之數，《易》道也。三月三爲上巳，巳火制金，書旨也，正一歎所從生。元春早打發了兩個小太監，送了幾件玩器。立一氣數之天，搬演缺陷之理，筆墨玩弄而已，與隔肢評參看。合家皆有壽禮，自不必細說。飯後，探春換了禮服，各處行禮。黛玉笑向衆人道：「我這一社，開的又不巧了，不巧正一歎所生。偏忘了這兩日是他的生日。雖不擺酒唱戲，略寫以避「壽怡紅」文。少不得都要陪他在老太太、太太跟前頑笑一日，如何能得閑空兒？」因此改至初五。二五奇數，黛不偶也。三五八數，木之成也。

這日，衆姊妹皆在房中，侍早膳畢，便有賈政書信到了。是書以學明倫爲一心用，故賈政信到，寶玉之父而時爲學政也。寶玉請安，將請賈母的安稟拆開，念與賈母聽。上面不過是請安的話，說六月准進京等語。前年八月廿日學差去，今年六月如何便回？乃告人政之所失，學之不足也。其餘家信事物之帖，自有賈璉和王夫人開讀。衆人聽說六七月回京，都喜之不盡。偏生這日王子騰之女許與保寧侯之子爲妻，擇於五月間過門。保安意馬，五月午火，屬心屬馬。鳳姐兒又忙着張羅，常三五日不在家。這日王子騰的夫人又來接鳳姐兒，一並請衆甥男甥女閑樂一日。賈母和王夫人，命寶玉、探春、林黛玉、寶釵四人同鳳姐去。財色總爲意馬，故五人同去，賈母至愛如寶琴不與也，琴心和平，有何奔騰？衆人不敢違拗，只得回房去，另妝飾了起來。五人去了一日，掌鐙方回。

寶玉進入怡紅院，歇了半刻，襲人便乘機見景，勸他收一收心，閑時把書理一理，預備着。寶玉屈指算一算，說：「還早呢。」襲人道：「書還是第二件，到那時，總然你有了書，你的字寫的在那裏呢？」寶玉笑道：「我時常也有寫了的好些，難道都没收着？」襲人道：「何曾没收着？你昨兒不在家，我就拿出來，統共數了一數，纔有五百六十幾篇。這三四年的工夫，難道只有這幾張字不成？何嘗有三四年？通靈乃先天，本無字，乃必使之有字，且多字，甚矣後天之污也。依我說，明日起，把别的心都收了起來，天天快臨幾張字補上。雖不能按日都有，也要大概看得過去。」寶玉聽了，忙得自己又親檢了一遍，實在搪塞不過，便說：「明日爲始，一天寫一百字纔好。」說話時，大家睡下。至次日起來，梳洗了，便在窗下恭楷臨帖。賈母因不見了他，只當病了，字正玉之病。忙使人來問。寶玉方去請安，便說：「寫字之故，因此出來遲了。」賈母聽說，十分歡喜，就吩咐他：「以後只管寫字念書，不用出來也使得，你去回你太太知道。」寶玉聽說，便往王夫人房中來說明。王夫人便道：「臨陣磨鎗，也不中用。鎗乃殺人之器。有這會子着急，天天寫寫念念，有多少完不了的？這一趕，又趕出病來纔罷。」寶玉回說：「不妨事。」寶釵、探春等都笑說：「太太不用着急，書雖替不得他，字都替得的，我們每日每人臨一篇給他，搪塞過這一步兒去就完了。必是釵、探替寫，一財，一色，皆後天之污也。而欺父欺天，意在言下。一則老爺不生氣，二則他也急不出病來。」王夫人聽說，喜之不盡。

原來林黛玉聞得賈政回家，必問寶玉的功課，寶玉一向分心，到臨期自然要吃虧。因自己只妝不耐煩，把詩社更不提起。不思而已，而安頓恰好。探春、寶釵二人，每日也臨一篇楷書字與寶玉。寶玉每日自己也加工，或寫二百三百不拘。至三月下旬，便將字又積了許多。這日正等着再得五十篇，便是一五二十。也就搪得過了，誰知紫鵑走來，送了一卷東西。寶玉拆開看時，卻是一色捶油紙上臨的鍾王蠅頭小楷，蠅乃穢物，爲黛不爲絳，正污心之第一義，故曰蠅頭。一色油紙，油亦善污物也。字迹且與自己十分相類。喜的寶玉和紫鵑作了一個揖，又親自來道謝。接着，湘雲、寶琴二人也都臨了幾篇相送。湘一人三影，正自有字。琴之爲禁，法令條律，亦皆有字。湊成雖不足功課，亦可搪塞了。寶玉放了心，放心是眼。於是將應讀之書，又溫理過幾次，正是天天用功。可巧近海一帶海嘯，海爲林所自出，故因借爲文勢一曲。又糟蹋了幾處生民，地方官題本奏聞，奉旨就着賈政順路查看賑濟回來。如此算法，至七月底方回。寶玉聽了，便把書字又丢過一邊，仍是照舊遊蕩。

時值暮春之際，湘雲無聊，因見柳花飄舞，便偶成一小令，調寄《如夢》。其詞曰：桃花柳絮，總歸雲夢。

豈是繡絨纔吐，捲起半簾香霧。纖手自拈來，空使鵑啼燕妒。且住，且住，莫使春光別去！詞止一半，夢方一半，也是明缺陷，而留春之意深矣。

自己做了，心中得意，便用一條紙兒寫好，與寶釵看了，又來找黛玉。必先此二人，三而一也。黛玉看畢，笑道：「好新鮮有趣兒，我卻不能。」詞爲詩餘，蓋自「吞金自逝」，是書已了，此下無非餘意，故曰新鮮。湘雲說道：「咱們這幾社總沒有填詞，你明日何不起社填詞，豈不新鮮些？」黛玉聽了，偶然興動，作者無非偶然興動。便說：「這話也倒是。」湘雲道：「咱們趁今兒天氣好，爲什麽不就是今日？」當下即是，無可不可。黛玉道：「也使得。」說着，一面吩咐預備了幾桌果點，一面就打發人分頭去請。

這裏二人便擬了柳絮爲題，又限出幾個調來，寫了粘在壁上。衆人來看時：「以柳絮爲題，限各色小調。」與「壽怡紅」之小曲同。又都看了湘雲的，稱賞了一回。寶玉笑道：「這詞我倒平常，少不得也要胡謅起來。」假語村言又起。於是大家拈鬮。寶釵炷了一支夢甜香，大家思索起來。一時黛玉有了，寫完。接着寶琴也忙寫出來。寶釵笑道：「我已有了，瞧了你們的再看我的。」探春笑道：「今兒這香怎麽這樣快！夢甜之速如此。我纔有了半首。」亦止半首。因又問寶玉：「你可有了？」寶玉雖做了些，自己嫌不好，又都抹了，要另做。回頭看，香已盡了。言之悚然。李紈等笑道：「寶玉又輸了。蕉丫頭的呢？」探春聽説，寫了出來。衆人看時，上面卻只半首《南柯子》，蕉丫頭用李特問，正説夢微旨，而《如夢令》半，《南柯子》亦半，同一不全之夢，是爲可歎。寫道是：

空掛纖纖縷，徒垂絡絡絲。也難管繫也難羈。一任東西南北、各分離。探爲書，書行遠，以遠爲薄命者，故先是他，而詞意云然。

李紈笑道：「這也卻好，何不再續上？」寶玉見香沒了，情願認輸，不肯勉强塞責，將筆擱下來，瞧只半首。見沒完時，反倒動了興，乃提筆續：

落去君休惜，飛來我自知。寶、黛得配，何致如絮飛揚，而終竟歸空，以探知而不言所致耳，故爲續《南柯子》之半。鶯愁蝶倦晚芳時。縱是明春再見、隔年期。天運一周，《剥》極而《復》。

衆人笑道：「正經你分內的又不能，這卻偏有了。總然好，也算不得。」説着，看黛玉的是一闋《唐多令》：唐多轉音唐突，所謂唐突西施，《五美吟》之一也。

〔粉〕（紛）墮百花洲，香殘燕子樓。一團團、逐隊成毬。飄泊亦如人命薄，空繾綣，說風流。草木也知愁，韶華竟白頭。歎今生、誰捨誰收。嫁與東風春不管，憑爾去，忍淹留？一詞正《五美吟》複本，責寶玉也。而「嫁與東風」一語，並元春、探春責之深矣。

衆人看了，俱點頭感歎說：「太作悲了，好是果然好的。」因又看寶琴的《西江月》：無非水月。

漢苑零星有限，隋堤點綴無窮。三春事業付東風。明月梅花一夢。　幾處落紅庭院，誰家香雪簾櫳。江南江北一般同。偏是離人恨重。冊外人爲冊中人作結，故詞意云然。而「明月梅花」一言，則不得移置他人。

衆人都笑說：「到底是他的聲調悲壯。非詞贊，乃書贊。『幾處』、『誰家』兩句最妙。」落紅爲黛，香雪爲釵，書之妙也。寶釵笑道：「終不免過於喪敗。我想柳絮原是一件輕薄無根的東西，自己道破。依我的主意，偏要把他說好了，纔不落套。此作者自道，全書寫寶釵主意，也是不落套。所以我謅了一首來，未必合你們的意思。」衆人笑道：「不要太謙，自然是好的。我們賞鑒賞鑒。」因看這一闋《臨江仙》道：詞名乃自贊其文。

白玉堂前春解舞，東風捲得均勻。特賞此句，即「莫怨東風當自嗟」意。

湘雲先笑道：「好一個『東風捲得均勻』，這一句就出人意表了。」

蜂團蝶陣亂紛紛。幾曾隨逝水，豈必委芳塵？　萬縷千絲終不改，任他隨聚隨分。韶華休笑本無根。好風憑借力，送我上青雲。自狀徑行直遂，終成金玉姻緣。曰好風，鳳姐一風，襲人又一風也。其父無名字，是無根。

衆人拍案叫絶，都説：「果然翻得好！書贊。自然這首爲尊。纏綿悲感，讓瀟湘子。情致嫵媚，卻是枕霞。小薛與蕉客，今日落第，要受罰的。」就詞論，小薛、蕉客何必落第，一局外人，一夢中客也。寶琴笑道：「我們自然受罰，但不知交白卷子的又怎麽罰？」玉又何嘗果然白卷。李紈道：「不用忙，這定要重重的罰他，下次爲例。」

一語未了，只聽窗外竹子上一聲響，恰似窗屜子倒了一般，衆人嚇了一跳。丫鬟們出去瞧時，簾外丫頭子們回道：「一個大蝴蝶風筝，掛在竹梢上了。」既以柳絮分結衆人，即以風筝演「飛鳥各投林」一曲。衆丫鬟笑道：「好一個齊整風筝！不知是誰家放的，斷了綫，咱們拿下他來。」寶玉等聽了，也都出來看時，寶玉笑道：「我認得這風筝，這是大老爺那院裏嫣紅姑娘放的。鴛鴦替身。拿下來，給他送過去罷。」紫鵑笑道：「難道天下没有一樣的風筝，無非嫣紅，看「天下」二字便解。單他有這個不成？二爺也太使心眼兒了。我不管，我且拿起來。」探春笑道：「紫鵑也太小器了，你們一般有，這會子拾人走了的，也不嫌個忌諱？」數語七通八達，又了寶黛全傳，必用紫鵑者，責寶玉，責探春也。看「使心」「小器」「走了」「忌諱」字便見。黛玉笑道：「可是呢。把咱們的拿出來，咱們也放放晦氣。」晦盡則朔來，一陽復矣，是書了義。

丫頭們聽了放風筝，巴不得一聲兒，七手八脚，都忙着拿出來，七爲火之成數，八爲木之成數，木火用事以爍雪銷金，乃一書大旨。七手八脚，何等急急。也有美人兒的，十二釵是。也有沙雁兒的。衆姻緣是。丫頭們搬高墩，捆剪子股兒，一面撥起簍子來。寶釵等立於院門前，命丫頭們在院外敞地下放去。寶琴笑道：「你這個不好看，不如三姐姐的一個軟翅子大鳳凰好。」鳳凰必曰軟翅，探固鳳之羽翼也。又得貴婿之映，而續部遂以奮興矣。寶釵回頭向翠墨笑道：「你去把你們的拿來也放放。」寶玉又興頭起來，也打發個小丫頭子家去，說：「把昨日賴大娘送的那個大魚取來。」破花園主人送的是大魚，修鱗赴壑矣。小丫頭去了半天，空手回來，笑道：「晴雯姑娘昨兒放走了。」寶玉道：「我還沒放一遭兒呢。」探春笑道：「橫豎是給你放晦氣罷了。」與黛同復。寶玉道：「再把大螃蟹拿來罷。」丫頭去了，同了幾個人，扛了一個美人並籰子來。回說：「襲姑娘說，昨兒把螃蟹給了三爺了，襲即釵，以蟹給環，任爾橫行，難逃天理。這一個是林大娘纔送來的，放這一個罷。」寶玉細看了一回，只見這美人要螃蟹得美人，乃是寶釵。做的十分精緻，心中歡喜，「絳芸軒」案。便叫放起來。此時探春的也取了來了，丫頭們在那山坡上已放起來。寶琴叫丫頭放起一個大蝙蝠來，能如琴之禁，則爲秏子精，爲《復》爲蝠。寶釵也放起個一連七個大雁來，大雁而七，則有孤雁。七爲巧數，乃指巧合姻緣。以巧而成，究爲離棄，何必，何必。獨有寶玉的美人再放不起來。寶玉說丫頭們不會放，自己放了半天，只放起房高便落下來了，急得寶玉頭上的汗都出來了。衆人又笑，寶玉恨得擲在地下，指着風箏說道：「若不是個美人，我一頓脚跺個稀爛！」美人放不起，寶玉必不能擺脱寶釵。跺個稀爛，其恨何如？是死金釧、踢襲人、駡楊妃之證。黛玉笑道：「那是頂綫不好，拿去叫人換好了，就好放了。再取一個來放罷。」

寶玉等大家都仰面看天上這幾個風箏起在空中。一時風緊，「一夜北風緊」。衆丫鬟都用手帕墊手。黛玉果見風力緊大，過去將籰子一鬆，只聽得一陣「豁喇喇」響，登時綫盡，風箏隨風去了。黛玉因讓衆人來放，衆人都説：「林姑娘的病根兒，都放了去了，微言。咱們大家都放了罷。」於是丫頭們拿過一把剪子來，鉸斷了綫，那風箏都飄飄飖飖的隨風而去。「既然洞達須剛斷」。一時只有雞蛋大，一展眼，只剩了一點黑星兒，一會兒就不見了。太極歸根於無極，一部《易》理於何云住，一部《紅樓》作如是觀。衆人仰面説道：「有趣！有趣！」不知所終，是以有趣。而看官必要尋風箏以求續部，亦可謂無趣甚矣。説着，有丫頭來請吃飯，大家方散。以叫吃飯住，此處尤要緊，此書一終也。

從此寶玉的工課，也不敢像先竟撂在脖子後頭了，有時寫寫字，有時念念書，悶了也出來合姊妹們頑笑半天，或往瀟湘館去閑話一回。衆姊妹都知他工課虧欠，大家自去吟詩取樂，或講習針黹之事，也不肯去擾他。便是黛玉更怕賈政回來，寶玉受氣，每每推睡，不大兜攬他。寶玉也只得在自己屋裏，隨便用些工課。展眼間，已是夏末秋初。敍時候以略爲詳，轉有可按。一日，賈母處兩個小丫頭，匆匆忙忙來叫寶玉。

不知何事，且看下回分解。

是書乃一部姻緣簿，至此回打一大結，故開首以人單子説起，配必用八，合卦數也。至此回又作一大冒，故以桃花社易海棠社，曰萬物更新，另立起來，以起下半部大觀，當與海棠社評語參看。海棠社後賈政出差，桃花社前賈政信到，乃一書勸學教孝大旨。是書總分三大支，《讀法》已詳。第二支以寶琴副鴛鴦，終於尤二姐吞金，「禁」字之義已了。故此回説寶琴出大觀園，至下回仍以鴛鴦合劉老老入第三支。

自「見土儀」至此回爲一大段，釵、黛並演，而收拾寶釵文字也。苦是茶香，酸爲木味，拗不轉五行生剋，偏教以木刑金；花原輕薄，柳亦顛狂，締不就一段姻緣，誰果補天煉石。秘事無非小巧，自離先用離他；土儀即是生金，殺人還以殺己。填來精衛，恨海已自成田；叫徹鵩鴣，續部何勞覓尾。

護花主人評曰：

桃花命薄，柳絮風飄，林、薛二金釵，遭逢暗合。而寶釵填詞，有「好風借力，送上青雲」之句，尚不至墮溷沾泥。若黛玉歌行，則「杜宇春歸，簾櫳月冷」，竟是夭亡口吻。

「青雲」二字，本指仙家而言。自岑嘉州有「青雲羨鳥飛」句，後人遂以訛承訛，作爲功名字面。寶釵詞內「青雲」字，應仍作仙家言，則與寶玉出家，更相應照。

此社是歸結從前詩社，從此以後，漸漸風流雲散，勝會難逢。故桃花一社，有名無實。柳絮填詞，偶然一聚，便接寫剪放風箏，飄飖星散，已有凄凉景況。

賈政放賑，是文章展拓法。

大某山民評曰：

寶玉以芳官年小，不可被大的欺侮，袒庇私情，亦徵公道，我儀圖之，定爲護花鳥轉世。

放風箏以一時風緊，登時綫盡，競謂黛玉病根放去，實言其日後身子也。故志放走者，先有晴雯。

此回入書中之第六年仲春，是爲甲寅，又點醒三月初二日，即遞入夏末秋初，因前詳寫春夏，故此處從簡焉。

第七十一回　嫌隙人有心生嫌隙　鴛鴦女無意遇鴛鴦

話說賈母處兩個丫頭，匆匆忙忙來找寶玉，口裏說道：「二爺快跟着我們走罷，老爺家來了。」寶玉聽了，又喜又悲，何悲？只得忙忙換了衣服，前來請安。賈政正在賈母房中，連衣服未換，看見寶玉進來請安，心中自是歡喜，卻又有些傷感之意。又敍了些任上的事情，賈母便說：「你也乏了，歇歇去罷。」賈政忙站起來，笑着答應了個「是」。又略站着說了幾句話，纔退出來。寶玉等也都跟過來。賈政自然問問他的工課，也就散了。敍事卻好，不即不離。

原來賈政回京覆命，因是學差，故不敢先到家中。珍、璉、寶玉，頭一天並迎出一站去接見了，賈政先請了賈母安，便命都回家伺候。次日面聖，諸事完畢，纔回家來。又蒙恩賜假一月，在家歇息。因年景漸老，事重身衰，又近因在外幾年，骨肉離異，今得宴然復聚，自覺喜幸不禁。一應大小事務，一概付之度外，只是看書，悶了便與清客們下棋吃酒，或日間在裏邊，母子夫妻，共敍天倫之樂。此段則語中有刺。

因今歲八月初三日，乃賈母八旬大慶，三十九回劉老老說：「我今年七十五。」賈母說：「比我大好幾歲。」自此至五十三回「祭宗祠」終一年，至七十回云「年近歲逼」又終一年，計至此年八月未滿兩年也，而云八旬大慶，人壽無常，實有深意。又因親友全來，恐筵宴排設不開，便早同賈赦及賈璉等商議：議定於七月二十八日起，至八月初五日止，賈母生日，前在探春口中云「才過燈節便是」，今乃云八月初三，見春秋轉變，天運靡常也。其慶賀之期，八旬用八日，八八六十四，《易》道也。綜計之，八月初三，三八二十四也；八月初五，五八四十也。二十四加四十仍得六十四，是爲卦氣一終也。七月二十八起，七八五十六，加二十得七十六，至正日八月初三，三八二十四，合七十六共成一百，爲滿盈之數。七月二十八至初五，七八五十六，加二十得七十六，更加五得八十一，爲九九盡陽之數。經所謂「正好用工修二八，不可隨他不會他」，而乃悠忽虛擲，至此悔之無及。賈母生於此，遂死於此也。而劉老老即三至，故百十八回云「八月初三爲老太太冥壽」。榮、寧兩處，齊開筵宴。榮國府中，單請〔堂〕〔官〕客，寧國府中，單請〔官〕〔堂〕客。大觀園中，收拾出綴錦閣並嘉蔭堂等幾處大地方來，做退居。普告大衆，早作退居，正大觀之用。二十八日，請皇親、駙馬、王公、郡主、王妃、公主、郡君、太君、夫人等；二十九日，便是各府督鎮及誥命等；三十日，便是諸官長及誥命，並遠近親友及堂客。初一日，是賈赦的家宴；初二日，是賈政；初三日，是賈珍、賈璉；初四日，是賈府中合族長幼大小共湊家宴；初五日，是賴大、林之孝等家下管事人等，共湊一日。自七月上旬，送壽禮者便絡繹不絕。禮部奉旨：欽賜金玉如意一柄，彩緞四端，金玉杯各四件，帑銀五百兩。元春又命太監送出金壽星一尊，沉香拐一枝，〔伽〕〔茄〕楠珠一串，福壽香一盒，金錠一對，銀錠四對，彩緞十二疋，玉杯四隻。上有金玉杯，此有玉杯，即「萬艷同悲」之杯也，餘皆義意可尋。餘者自親王、駙馬，以及大小文武官員家，凡所來往者，莫不有禮，不能勝記。堂房內，設下大桌案，鋪來紅毡，將凡有精緻之物都擺上，請賈母過目。先一二日，還高興過來瞧瞧，後來煩了，也不過目，只說：「叫鳳丫頭收了，爲壽爲禮，都交西風收拾。改日閑了再瞧。」

至二十八日，兩府中俱懸燈結彩，屏開鸞鳳，褥設芙蓉，笙簫鼓樂之音，通衢越巷。寧府中本日，只有北静王、南安郡王、永昌駙馬、樂善郡王，能北静自得南安，能樂善自得永昌，乃「壽」字正義。並幾位世交公侯蔭襲。榮府中，南安王太妃。北静王妃，並世交王侯誥命。賈母等皆是按品大妝迎接。大家厮見，先請至大觀園内嘉蔭堂，茶畢更衣，方出至榮慶堂上前日榮禧，此日榮慶，榮將罄矣。拜壽入席。大家謙遜半日，方纔入席。上面兩席是南北王妃，下面依序便是衆公侯命婦。下手一席陪客，是錦鄉侯誥命與臨昌伯誥命。寶玉文曰「仙壽恒昌」，陪客曰臨昌、曰錦鄉，寶玉還鄉之日矣。右邊下手，方是賈母主位。邢夫人、王夫人帶領尤氏、鳳姐以慶賀寓喪敗，故無李紈。並族中幾個媳婦，兩溜雁翅，站在賈母身後侍立。林之孝、賴大家的帶領衆媳婦，都在竹簾外面伺候上菜上酒。周瑞家的帶領幾個丫鬟，在圍屏後伺候呼唤。凡跟來的人，早又有人款待别處去了。一時參了場，臺下一色十二個未留髮的小丫頭，都是小厮打扮，垂手伺候。須臾，一個捧了戲單，至堦下，先遞與回事的媳婦，接了，纔遞與林之孝家的，林之孝家的用小茶盤托上，挨身入簾來，遞與尤氏的侍妾佩鳳，佩鳳接了，纔奉與尤氏。尤氏托着走至上席，南安太妃謙讓了一回，點了一齣吉慶戲文，然後又讓北静王妃，也點了一齣。衆人又讓了一回，命隨便揀好的唱罷了。少時，菜已四獻，湯始一道，跟來各家的放了賞，大家便更衣便入園來，另獻好茶。一切排場，悉皆道地，非村學究所能辦，而點戲無名，非所重也。

南安太妃因問寶玉。賈母笑道：「今日幾處廟裏念《保安延壽經》，他跪經去了。」寶玉已去。又問衆小姐們。賈母笑道：「他們姊妹們病的病，弱的弱，見人靦腆，所以叫他們給我看屋子去了。有的是小戲子，傳了一班，在那邊廳上，陪着他姨娘家姊妹們也看戲呢。」南安太妃笑道：「既這樣，叫人請來。」賈母回頭，命了鳳姐兒：「去把史、薛、林四位小姐帶來。一書緊要之人。再只叫你三妹妹陪着來罷。」鳳姐答應了，來至賈母這邊，只見他姊妹們正吃果子看戲，寶玉也纔從廟裏跪經回來。鳳姐說了，寶釵姊妹與黛玉、湘雲五人來至園中，見了大家，俱請安問好。內中也有見過的，還有一兩家不曾見過的，都齊聲誇讚不絕。其中湘雲最熟，南安太妃因笑道：「你在這裏，聽見我來了，還不出來，還等請去！我明兒和你叔叔算賬。」聲情逼肖，非經見聞者不能。因一手拉着探春，一手拉着寶釵，問：「十幾歲了？」又連聲誇讚，因又鬆了他兩個，又拉着黛玉、寶琴，也着實細看，極誇一回，又笑道：「都是好的，不知叫我誇那一個的是。」真寫得出。早有人將備送禮物，打點出幾分來：金玉戒指各五個，元妃爲氣數之天，故金玉曰如意。南安乃道理之正，故金玉曰戒指。奈戒指不知戒止，而如意亦枉了如意，氣數究不敵道理也。腕香珠五串。「念之哉」。南安太妃笑道：「你姊妹們別笑話，留着賞丫頭們罷。」雖是套語，而實見其不能自用也。五人忙拜謝過。北靜王妃也有五樣禮物。云也有，便也是一念一戒而已，文字則詳略各得。餘者不必細說。

吃了茶，園中略逛了一逛，賈母等因又讓入席。南安太妃便告辭，說：「身上不快，今日若不來，實在使不得，因此恕我竟先要告別了。」賈母等聽說，也不便强留，大家又讓了一回，送至園門，坐轎而去。接着，北靜王妃略坐了一坐，也就告辭了。身分逼肖，情節適合。餘者，也有終席的，也有不終席的。賈母勞乏了一日，次日便不見人，一應都是邢夫人款待。有那些世家子弟拜壽的，只到廳上行禮，賈赦、賈政、賈珍還禮，看待至寧府坐席，不在話下。文筆周至。

這幾日，尤氏晚間也不回那府去，白日間待客，晚間陪賈母頑笑，又幫着鳳姐料理出入大小的器皿，以及收放禮物，晚間在園内李氏房中歇宿。入上半回。這日晚間，伏侍過賈母晚飯後，因說：「你們也乏了，我也乏了，早些尋一點吃了歇歇去，明兒還要起早呢。」尤氏答應着，退了出去，來到鳳姐兒房裏來吃飯。宿於李，食於鳳，尤之爲人在李、鳳之介。鳳姐在樓上看着人收送來的圍屏呢，只有平兒在房裏與鳳姐疊衣服。尤氏想起二姐兒在時多承平兒照應，便點着頭兒說道：「好丫頭！你這樣好心人兒，難爲你在這裏熬。」平兒把眼圈一紅，拿別的話岔過去。冤緣報復，特從此起，寫得八面玲瓏。尤氏因笑問道：「你們奶奶吃了飯兒没有？」平兒笑道：「吃飯豈不請奶奶去的？」尤氏笑道：「既這樣，我別處找吃的去罷，餓得我受不得了。」說着就走。平兒忙笑道：「奶奶請回來，這裏有點心，且點補些兒，回來再吃飯。」尤氏笑道：「你們忙得這樣，我園裏和他姊妹鬧去。」一面說，一面就走。平兒留不住，只得罷了。

且說尤氏來至園中，只見園中正門與各處角門，仍未關好，猶吊着各色彩燈。因回頭命小丫頭，叫該班的女人。那丫鬟走入班房中，竟没一個人影，回來回了尤氏，尤氏便命傳管家的女人。這丫頭應了，便出去到二門外鹿頂内，乃是管事的女人議事聚集之所。到了這裏，只有兩個婆子分果菜吃。因問：「那一位管事的奶奶在這裏，東府裏的奶奶，立等一位奶奶，有話吩咐。」一路瑣碎，入微入細。這兩個婆子，只顧分菜果，又聽見是東府裏的奶奶，不大在心上，因就回說：「管家奶奶們纔散了。」世情如此。小丫頭道：「既散了，你們家裏傳他去。」婆子道：「我們只管看屋子，不管傳人，姑娘要傳人，再派傳人的去。」聲情逼肖。小丫頭聽了道：「嗳喲！這可反了。怎麽你們不傳去？你哄新來的，怎麽哄起我來了？素日你們不傳誰傳去?這會子打聽了體已信兒,或是賞了那位管家奶奶的東西,你們争着狗顛屁股兒的傳去了,不知誰是誰呢。璉二奶奶要傳,你們可也這麽回?」這婆子一則吃了酒,二則被這丫頭揭着弊病,便羞惱成怒了,因回口道:「扯你的臊!我們的事傳不傳,不與你相干。你倒會挑揭我們,你想想你那老子娘,在那邊管家爺們跟前,比我們還更會溜呢。各門各户的,你有本事排揎你們那邊的人去。我們這邊,你離着還遠些呢!」丫頭聽了,氣白了臉,因説道:「好,好!這話説得好。」一面轉身進來回話。

尤氏早已進園來。因遇見了襲人、寶琴、湘雲三人,必遇此三人,正與食宿兩處同意。同着地藏庵的兩個姑子,正説故事頑笑。此一慶賀,正乃幽冥故事。尤氏因説餓了,先到怡紅院,「嫌隙」必落此處。襲人裝了幾樣葷素點心出來與尤氏吃。那小丫頭子一徑找了來,氣狠狠的把方纔話都説了出來。尤氏聽了,冷笑道:「這是兩個什麽人?」襲人正「嫌隙」之根,用「人」字打通點題。那兩個姑子笑推這丫頭道:「你這姑娘好氣性大,那糊塗老嬷嬷們的話,你也不該來回纔是。咱們奶奶萬金之體,勞乏了幾日,黄湯辣水没吃,咱們只有哄他歡喜的,説這些話做什麽?」襲人也忙笑拉他出去,説:「好妹子!你且出去歇歇,我打發人叫他們去。」尤氏道:「你不要叫人,你去就叫這兩個婆子來,到那邊把他們家的鳳姐叫來。」襲人笑道:「我請去。」尤氏笑道:「偏不要你。」兩個姑子忙立起身來笑説:「奶奶素日寬宏大量,今日老祖宗千秋,奶奶生氣,豈不惹人議論?」寶琴、湘雲二人也都笑勸,尤氏道:「不爲老太太千秋,我一定不依。且放着就是了。」

説話之間,襲人早又遣了一個丫頭去到園門外找人。可巧遇見周瑞家的,這小丫頭子就把這話告訴他了。周瑞家的雖不管事，因他素日仗着王夫人的陪房，原有些體面，心性乖滑，專慣各處獻勤討好，所以各房主人都喜歡他。他今日聽了這話，忙跑入怡紅院，一面飛走，口裏又一面說：「可了不得，氣壞了奶奶了。一語飛來紙上。偏我不在跟前！且打他幾個嘴巴子，再等過了這幾天算賬！」尤氏見了他，也便笑道：「周姐姐，你來！有個理理乃《易》理。你說說：這早晚園門還大開着，明燈蠟燭，出入的人又雜，倘有不妨的事，如何使得！眼光四射。因此叫該班的人吹燈關門。誰知一個人牙兒也沒有。」周瑞家的道：「這還了得！前兒二奶奶還吩咐過的，今日就沒了人，過了這幾日，必要打幾個纔好。」尤氏又說小丫頭子的話。周瑞家的說：「奶奶不要生氣，等過了事，我告訴管事的，打他個臭死，只問他們誰說『各門各户』的話。我已經叫他們吹燈關門呢，奶奶也別生氣了。」正亂着，只見鳳姐兒打發人來請吃飯。尤氏道：「我也不餓了，纔吃了幾個餑餑，請你奶奶自己吃罷。」

一時周瑞家的出去，便把方纔之事，回了鳳姐。鳳姐便命：「將那兩個的名字記上，等過了這幾日，捆了送到那府裏，憑大嫂子開發。或是打，或是開恩，隨他就完了。什麽大事！」周瑞家的聽了，巴不得一聲。素日因與這幾個人不睦，出來便命一個小廝，到林之孝家去傳鳳姐的話，立刻叫林之孝家進來見大奶奶。一面又傳人便立刻捆起這兩個婆子來，鳳只記名，等過日捆送；而周已傳人立刻捆起，遂至嫌隙叢生，怨毒之於人甚矣。而鳳坐此而病而死，何莫非殺尤二姐之報，是皆天道，故曰周瑞。交到馬圈裏，派人看守。林之孝家的不知甚麽事，忙坐車進來，先見鳳姐。至二門上傳進話來，丫頭們出來說：「奶奶纔歇下了，大奶奶在園内，叫大娘見見大奶奶就是了。」林之孝家的只得進園來，到稻香村。丫鬟們回進去。尤氏聽了，反過不去，忙喚進他來，因笑向他道：「我不過爲找人找不着，因問你；你既去了，也不是什麽大事，誰又把你叫進來？倒要你白跑一趟。不大的事，已經撂過手了。」寫尤氏是尤氏。林之孝家的也笑回道：「二奶奶打發人傳我，説奶奶有話吩咐。」尤氏道：「大約周姐姐説的，你家去歇着罷，没有什麽大事。」李紈又要説原故，尤氏反攔住了。

林之孝家的見如此，只得便回身出園去。可巧遇見趙姨娘，因笑説：「嗳喲喲！我的嫂子！這會子還不家去歇歇，跑什麽？」必遇他，乃循環所出，否則何必？林之孝家的便笑説：「何曾不家去？」如此這般，「進來了。」趙姨娘便説：「這事也值一個屁！開恩呢，就不理論，心窄些兒，也不過打幾下就完了。也值得叫你進來，你快歇歇去，我也不留你吃茶了。」寫趙姨是趙姨，絲毫不走。説畢，林之孝家的出來，到了側門前，就有纔兩個婆子的女兒上來，哭着求情。林之孝家的笑道：「你這孩子好糊塗！誰叫他好喝酒，混説話？惹出事來，連我也不知道。二奶奶打發人捆他，何嘗是他捆來？冤人者人必冤之。連我還有不是呢，我替誰討情去？」這兩個小丫頭纔七八歲，火木成數照顧制金。原不識事，只管啼哭求告。纏得林之孝家的没法，因説道：「糊塗東西，你放着門路不去求，卻纏我來。你姐姐現給了那邊大太太作陪房的費大娘的兒子，此道理費而隱。又廢也，故爲刑之陪，二姓皆括甄士隱名義。你過去告訴你姐姐，叫親家娘和大太太一説，什麽完不了的？」一語提醒了這一個，那一個還求。林之孝家的啐道：「糊塗攮的！他過去一説，自然都完了，没有單放他媽，又打你媽的理。」情事宛然，同歸一費。説畢，上車去了。

這一個小丫頭子，果然過來告訴了他姐姐，和費婆子説了。這費婆子原是個不大安静的，便隔牆大罵一陣，南安、北靜悉在個中，而一罵痛快。便走來求邢夫人，說他親家「與大奶奶的小丫頭白鬥了兩句話，周瑞家的挑唆了二奶奶，現捆在馬圈裏，等過兩日還要打呢。求太太和二奶奶說聲，饒他一次罷！」邢夫人自爲要鴛鴦討了没意思，賈母冷淡了他；且前日南安太妃來，賈母又單令探春出來，自己心内早已怨忿。又有在側一干小人，心内嫉妒，挾怨鳳姐，便挑唆得邢夫人着實憎惡鳳姐。着重此人。如今又聽了如此一篇話，也不說長短。

至次日一早，見過賈母。衆族人到齊開戲，承上起下。賈母高興，又今日都是自己族中子侄輩，只便妝出來堂上受禮。當中獨設一榻，引枕、靠背、脚踏俱全，自己歪在榻上。榻之前後左右，皆是一色的矮凳，寶釵、寶琴、黛玉、湘雲、迎春、探春、惜春姊妹等圍繞。因賈㻞之母帶了女兒喜鸞，賈瓊之母也帶了女兒四姐兒，㻞，偏也。偏之爲害，家不能齊，乃演賈母偏護鳳姐，以致家敗人亡；主金玉姻緣，是其大端，故有女曰喜鸞。瓊，窮也。《剥》極則《復》，窮而後通，故有女曰四姐，與惜春同曰四。惜在《易》爲《乾》之《坤》，《坤》而必《復》。横插兩人，全書已結矣。還有幾房的孫女兒，大小共有二十來個，賈母獨見喜鸞、四姐兒生得又好，說話行事，與衆不同，心中歡喜，便叫他兩個也坐在榻前。前寫正席無李紈，此寫近親無李嬸娘，並無岫烟、紋、綺，是皆有生意。寶玉卻在榻上，與賈母捶腿。首席便是薛姨媽，下面兩溜順着房頭輩數下去。簾外兩廊，都是族中男客，也依次而坐。先是那女客一起一起行禮，後是男客行禮。賈母歪在榻上，只命人說：「免了罷。」然後賴大等帶領衆家人，從儀門直跪到大廳上磕頭。禮畢，又是衆家下媳婦，然後各房丫鬟，足鬧了兩三頓飯時。然後又抬了許多雀籠來，在當院中放了生。是排場所必有，而已演「飛鳥各投林」一曲也。賈赦等焚過天地壽星紙馬，方開戲飲酒。直到歇了中台，賈母方進來歇息，命他們取便，因命鳳姐兒留下喜鸞、四姐兒，頑兩日再去。留此兩人必用鳳姐，意可想見。鳳姐兒出來，便和他母親説。他兩個母親素日承鳳姐的照顧，願意在園内頑笑，至晚便不回去了。

邢夫人直至晚間散時，當着衆人，陪笑和鳳姐求情説：「我昨日晚上，聽見二奶奶生氣，打發周管家的娘子，捆了兩個老婆子，可也不知犯了什麽罪？論理我不該討情。我想老太太好日子，發狠的還要捨錢捨米、周貧濟老，咱們倒先磨折起老家人來了？便不看我的臉，權且看老太太，暫且竟放了他們罷！」説畢上車去了。形神如見，口角如聞，直繪一邢氏在紙上，而「嫌隙」字、「有心」字寫得圓足。鳳姐聽了這話，又當着衆人，又羞又氣。一時找尋不着頭腦，頭腦在尤二姐，實頭腦在黛玉。逼得臉紫脹，回頭向賴大家的等冷笑道：「這是那裏的話？昨兒我因爲這裏人得罪了那府的大嫂子，我怕大嫂子多心，所以儘讓他發放，並不爲得罪了我。這又是誰的耳報神這麽快？」都是周瑞作祟，天道如是。王夫人因問：「什麽事？」鳳姐兒笑將昨兒的事説了。尤氏也笑道：「連我並不知道，你原也太多事了。」鳳姐兒道：「我爲你臉上過不去，所以等你開發，不過是個禮。就如我在你那裏，有人得罪了我，你自然送了來儘我。憑他是什麽好奴才，到底錯不過這個禮去。這又不知誰過去，没的獻勤兒，這也當作一件事情去説！」王夫人道：「你太太説的是，就是珍阿哥媳婦，也不是外人，也不用這些虚套。老太太的千秋要緊，放了他們爲是。」説着，回頭便命人去放了那兩個婆子。寫王氏是王氏。鳳姐由不得越想越氣越愧，不覺的一陣心灰，落下淚來。因賭氣回房哭泣，又不使人知覺。所謂「没興一齊來」。偏是賈母打發了琥珀來叫，必用琥珀，演二王也，絶非隨便。立等説話。琥珀見了詫異道：「好好的，這是什麽原故？那裏立等你呢。」鳳姐聽了，忙擦乾了淚，洗臉另施了脂粉，方同琥珀過來。

賈母因問道：「前兒這些人家送禮來的，共有幾家有圍屏？」圍屏所以禦風，乃全書大用。鳳姐兒道：「共有十六家。十六，二八也，八八六十四卦乃全書取義。有十二架大的，十二釵全書總演，故曰大。四架小的炕屏。炕屏即賈蓉向鳳姐所借之炕屏，曰四則釵、湘、秦、鳳。內中只有甄家一架大屏，十二扇大紅緞子刻絲『滿牀笏』，一面泥金『百壽圖』的是頭等。假必有真，相爲倚伏，故曰頭等。而「滿床笏」「百壽圖」在今日皆假也，數用十二即十二釵。還有粵海將軍鄔家的一架玻璃的還罷了。」海處東南，陽也。書重扶陽。鄔取烏，烏孝也。書重勸孝。烏爲幽暗，而玻璃則光明，書以暗寫明，是又全部演義。賈母道：「既這樣，這兩架别動，好生擱着，我要送人的。」正要普贈世人，共完人事。鳳姐兒答應了。鴛鴦忽過來向鳳姐兒臉上細瞧，引得賈母問説：「你不認得他？只管瞧什麽？」鴛鴦笑道：「我看他的眼腫腫的，所以我詫異。」突如其來，寫得入細，而用琥珀叫來，鴛鴦看出，全該《易》理。賈母便叫近來，也細看着。鳳姐笑道：「纔覺得發癢，揉腫了些。」鴛鴦笑道：「别又是受了誰的氣了罷？」鳳姐笑道：「誰敢給我受氣！便受了氣，老太太好日子，我也不敢哭的。」口吻逼肖，而微意寓焉。賈母道：「正是呢。我正要吃飯，你在這裏打發我吃，剩下的，你和珍兒媳婦吃了。你兩個在這裏幫着兩個師父，替我揀佛豆兒，你們也積積壽。鳳死坐於此，而曰積壽乃微言。前兒你姊妹們和寶玉都揀了，如今也叫你們揀揀，别説我偏心。」「偏」字用反點出，明此則明賈瑞名義。凡是書隱意，無有不從本文宣出者，而略讀者不辨也。説話時，先擺上一桌素的來，兩個姑子吃。然後擺上葷的，賈母吃畢，抬出外間。尤氏、鳳姐二人正吃着，賈母又叫把喜鸞、四姐兒二人叫來，跟他一人吃畢，洗了手，點上香，捧上一升豆子來，兩個姑子先念了佛偈，上段明「瑞」字，此段明「瓊」字，故中間必插叫喜鸞、四姐兒，種豆得豆，正窮而必通之義。姑子念佛，直說惜春矣。然後一個一個的揀在一個笸籃内，明日煮熟了，令人在十字街結壽緣。賈母歪着，聽兩個姑子說些因果。

鴛鴦早已聽見琥珀說鳳姐哭之一事，又在平兒前打聽得原故，晚間人散時，便回說：「二奶奶還是哭的，那邊大太太當着人給二奶奶没臉。」冤各有頭。賈母因問：「爲什麼原故？」鴛鴦便將原故說了。賈母道：「這纔是鳳丫頭知禮處。難道爲我的生日，由着奴才們把一族中主子都得罪了，也不管罷？這是大太太素日没好氣兒，不敢發作，所以今兒拿着這個作法，明是當着衆人給鳳姐兒没臉罷了。」面面都到。正說着，只見寶琴來了，也就不說了。一禁而止，冤緣都散。賈母忽想起留下的喜鸞、四姐兒，特提兩人，可見爲書要義。叫人吩咐園中婆子們：「要和家裏姑娘們一樣照應。倘有人小看了他們，我聽見可不饒。」婆子答應了，方要走時，鴛鴦說道：「我說去罷。他們那裏聽他的話？」說着，便一徑往園裏來。

先到稻香村，李紈與尤氏都不在這裏。問丫鬟們，都說：「在三姑娘那裏呢。」必先到此處，明性明道明理而歸之一歎，故全歸探春處。鴛鴦回身，又來至曉翠堂，曉翠責探春知黛而不言，以起本下半回。果見那園中人都在那裏說笑。見他來了，都笑說：「你這會子又跑到這裏做什麼？」又讓他坐。鴛鴦笑道：「不許我逛逛麽？」聲口曲肖。於是把方纔的話說了一遍。李紈忙起身聽了，即刻就叫人把各處的頭兒喚了一個來，令他們傳與諸人知道，不在話下。這裏尤氏笑道：「老太太也太想得到。實在我們年輕力壯的人，捆上十個也趕不上。」李紈道：「鳳丫頭仗着鬼聰明，還離脚踪兒不遠，鳳爲鬼而離不遠，則賈亦鬼矣，生日即死日，其義自明。咱們是不能的了。」不爲鬼。鴛鴦道：「罷喲！還提鳳丫頭、虎丫頭呢。鳳、虎正合西風。他的爲人，也可憐見兒的！雖然這幾年没有在老太太、太太跟前有個錯縫兒，暗裏也不知得罪了多少人。總而言之，爲人是難做的：若太老實了，没有個機變，公婆又嫌太老實了，家裏人也不怕；若有些機變，未免又『治一經損一經』。如今咱們家便好，新出來的這些底下字號的奶奶們，一個個心滿意足，都不知要怎樣纔好，少有不得意，不是背地裏嚼舌根，就是挑三窩四的。我怕老太太生氣，一點兒也不肯説。不然我告訴出來，大家别過太平日子。這不是我當着三姑娘説，老太太偏疼寶玉，有人背地怨言還罷了，算是偏心。如今老太太偏疼你，我聽着，也是不好。這可笑不可笑？」鴛鴦總括先、後天《易》道，氣數之天亦在其中。故偏袒鳳姐與探春同。金玉不可聯，木石不可拆，在賈母前能言而不言也，是爲氣數。此段文字大有深意。探春笑道：「糊塗人多，那裏較量得許多？我説倒不如小人家，雖然寒素些，倒是天天娘兒們歡天喜地，大家快樂。我們這樣人家，人都看着我們不知千金萬金，何等快樂，〔殊〕（除）不知這裏説不出來的煩難，更利害。」是乃正義。寶玉道：「誰都像三妹妹好多心多事？我常勸你别聽那些俗話，想那些俗事，直責「興利」。只管安富尊榮纔是，比不得我們，没有這清福，應該混鬧的。」尤氏道：「誰都像你是一心無罣碍！只知道和姊妹們頑笑，餓了吃，困了睡，再過幾年，不過是這樣，一點後事也不慮。」寶玉笑道：「我能彀和姊妹們過一日是一日，死了就完了，什麽後事不後事。」李紈等都笑道：「這可又是胡説了。就算你是個没出息的，終老在這裏，難道他姊妹們都不出門的？」尤氏笑道：「怨不得人都説是假長了一個胎子，究竟是個又傻又獃的。」寶玉笑道：「人事莫定，誰死誰活？倘或我在今日、明日、今年、明年死了，也算是隨心一輩子了。」衆人不等説完，便説：「可又瘋了，別和他説話纔好。若和他説話，不是獃話，便是瘋話了。」一衆問答各有妙義，人人底面都到。喜鸞因笑道：「二哥哥，你別這樣説，等這裏姐姐們果然都出了門，横豎老太太、太太也寂寞，我來和你作伴兒。」請問看官是寶釵否？李紈、尤氏等都笑道：「姑娘也別説獃話，難道你是不出門的？這話哄誰？」直誅寶釵於百二十回外，書中話，是哄誰？説得喜鸞也低了頭。當下已起更時分，大家各自歸房安歇不提。八月更起於戌，大家歸土矣。

且説鴛鴦一徑回來，剛至園門前，只見角門虚掩，猶未上栓。此時園内無人來往，只有該班的房内燈光掩映，微月半天。鴛鴦又不曾有伴，也不曾提燈，獨自一人，脚步又輕，所以該班的人皆不理會。偏要小解，因下了甬路，找微草處走動，人下半回。行至一塊湘山石後，大桂樹底下來。特點木石，本回眼。剛轉至石後，只聽一陣衣衫響，嚇了一驚不小。定睛一看，只見是兩個人在那裏，見他來了，便想往樹叢石後藏躲。再點木石，則兩人之爲寶、黛何疑。鴛鴦眼尖，趁着半明的月色，早看見一個穿紅裙子，梳鬅頭，高大豐壯身材的，是迎春房裏司棋。棋爲女爲陰，則輸棋也。隸於迎春，則懦主也。迎爲《大壯》之《觀》，《大壯》取象以羊，故死於狼，而虎與狼同類，「鳳丫頭虎丫頭」，亦一虎也。文中曰高大豐壯，已明指「大壯」，是演黛之懦，黛之輸，而死於鳳姐，爲不鴛鴦而真鴛鴦之一人。鴛鴦只當他和別的女孩子也在此方便，見自己來了，故意藏躲嚇着頑耍。因便笑叫道：「司棋！你不快出來，嚇着我，我就喊起來當賊拿了。這麽大丫頭，也没個黑夜白日，只是頑不彀。」這本是鴛鴦戲語叫他出來。誰知他賊人膽虚，只當鴛鴦已看見他的首尾了，生恐叫喊出來，使衆人知覺更不好。且素日鴛鴦又和自己親厚，不比別人。便從樹後跑出來，一把拉住鴛鴦，便雙膝跪下，只説：「好姐姐！千萬別嚷！」鴛鴦反不知爲的什麽，忙拉他起來，問道：「這是怎麽説？」司棋只不言語，拿手帕拭淚。（手帕拭淚，寶、黛公案。）鴛鴦越發不解，再瞧了一瞧，又有一個人影兒，恍惚像個小廝，心下便猜着了八九分。自己反羞的心跳耳熱，又怕起來。（情事恰合。）因定了一會，忙悄問：「那一個是誰？」司棋又跪下道：「是我姑舅兄弟。」（寶黛爲姑舅親。）鴛鴦啐了一口，卻羞的一句話也説不出來。司棋又回頭悄叫道：「你不用藏躲，姐姐已經看見了，快出來磕頭。」那小廝聽了，只得也從樹後跑出來，磕頭如搗蒜。（再點樹後而搗蒜，則寓制金，蒜味辛，金味也。）鴛鴦忙要回身，司棋拉住苦求哭道：「我們的性命都在姐姐身上，只求姐姐超生我們罷！」（自是應有之言，而深意在言外。）鴛鴦道：「你不用多説了，快叫他去罷。橫豎我不告訴人就是了。（正要告訴方是超生。）你這是怎麽説呢！」

一語未了，只聽角門上有人説道：「金姑娘已經出去了，角門上鎖罷。」鴛鴦正被司棋拉住，不得脱身，聽見如此説，便忙着接聲道：「我在這裏有事，且略等等兒，我就來了。」司棋聽了，只得鬆手，讓他去了。

要知端的，且看下回分解。

自此回至「惑奸讒」回爲一大段，乃兜翻全案，破敗榮、寧，下半部總冒文字，使大衆各報復也。上半回曰「嫌隙人」，固屬邢氏，而實爲尤氏，尤爲體而邢爲用也。看從想尤二姐、同平兒一番説話便見。下半回重責鴛鴦，明見司棋兩人，曰：「性命在姐姐身上，只求超生。」是明知木石姻緣之有關性命，而以賈母之言聽計從，則已力足以超生之，乃知而不言，以致一死一亡，正恨氣數之天動爲缺陷也。看「我告訴了出來，大家别過太平日子」便見。

護花主人評曰：

賈母八旬大慶，是極盛時事，而於南安王太妃請見姑娘們，賈母只傳探春，邢夫人懷怨，又因尤氏生氣，王鳳姐暗哭，寶玉又説「人事莫定，誰死誰活」瘋話，從此以後，家運漸衰，已於極熱鬧時生冷淡根芽。

司棋偷情，偏被鴛鴦撞見。後來兩人俱不善終，一死於多情，一死於絶情，其實兩人俱是深於情者。

司棋之私情敗露，引出繡春囊、纍金鳳，及搜檢大觀園，攆逐晴雯等事。此回敘事，爲下文幾十回伏綫。

大某山民評曰：

寶玉心地明朗，而衆人反以爲癡獃。如此癡獃，世不多得。

此回已入甲寅年八月間事。

第七十二回　王熙鳳恃强羞説病　來旺婦倚勢霸成親

且説鴛鴦出了角門，臉上猶熱，心内突突的亂跳，真是意外之事。因想：「這事非常，若説出來，姦盜相連，關係人命，還保不住帶累傍人。横竪與己無干，姑且藏在心内，不説與人知道。」知而不言，又是此等意，見面是司棋，底乃黛玉。回房復了賈母的命，大家安息不提。

且説司棋因從小兒和他姑表兄弟一處頑笑，起初時小兒戲言，便都定下將來不娶不嫁。近年大了，彼此又出落得品貌風流，常時司棋回家時，二人眉來目去，舊情不斷，只不能入手。摔玉、送帕、情試、絶粒，一切情節，都在個中。又彼此生怕父母不從，寶、黛並不怕有此意。二人便設法，彼此裏外買囑園内老婆子們，留門看道，今日趁亂，方從外進來。初次入港，雖未成雙，卻也海誓山盟，私傳表記，已伏下回。已有無限風情。皆非寶、黛所能。忽被鴛鴦驚散，明責鴛鴦，與趙盾弑君同一筆法。那小厮早穿花度柳，必着穿花度柳，筆致鮮艷，而隱點確爲乎寶玉也。從角門出去了。司棋一夜不曾睡覺，又後悔不來。至次日，見了鴛鴦，自是臉上一紅一白，百般過不去，此段必不可少。心内懷着鬼胎，茶飯無心，起坐恍惚。挨了兩日，竟不聽見有動静，方略下放了心。這日晚間，忽有個婆子來，悄悄告訴道：「你兄弟竟逃去了，三四天没上家。如今打發人四處找他呢。」司棋聽了，又急又氣又傷心。《五美吟》所以作。因想道：「縱然鬧出來，也該死在一處，真真男人没情義，先就走了。」因此又添了一層氣。另一番情事，另一副口角，真寫得出。次日，便覺心内不快，支持不住，一頭睡倒，懨懨的成了一病。

鴛鴦聞知那邊無故走了一個小廝，園内司棋病重，要往外挪，心下料定：「是二人懼罪之故，生怕我說出來。」因此自己過意不去，指着來望候司棋，支出人去，反自己賭咒發誓，與司棋說：「我若告訴一個人，立刻現死現報！你只管放心養病，别白糟蹋了小命兒。」看此一段，又是開脱鴛鴦，非如探春之附鳳勢而有心右釵左黛者也。司棋一把拉住哭道：「我的姐姐！咱們從小兒耳鬢廝磨，你不曾拿我當外人待，我也不敢怠慢了你，如今我雖一脚走錯，你果然不告訴一個人，你就是我的親娘一樣了。從此以後，我活一日，是你給我一日。我的病要好了，把你立個長生牌位，我天天燒香磕頭，保佑你一輩子福壽雙全的。我若死了時，變驢變狗報答你，倘或咱們散了，已後遇見，我自有報答的去處。」一面說，一面哭。這一夕話，反把鴛鴦說的心酸，也哭起來了。因點頭道：「你也是自家要作死喲！我做什麽管你這些事，壞你的名兒，我白去獻勤兒？況且這事，我也不便開口向人說，你只放心。從此養好了，可要安分守己的，再别胡行亂鬧了。」司棋在枕上點首不絶。

鴛鴦又安慰了他一番，方出來。因知賈璉不在家中，又因這兩日鳳姐兒聲色怠惰了些，不似往日一樣，便順路來問候。剛進入鳳姐兒院中，二門上的人見是他來，便站立待他進去。旁筆襯出鴛鴦勢要。鴛鴦來至堂屋，只見平兒從裏頭出來，見了他來，便忙上前悄聲笑道：「纔吃了一口飯，歇了午覺了，你且這屋裏略坐坐。」鴛鴦聽了，只得同平兒到東邊房裏來。小丫頭倒了茶來，鴛鴦悄問道：「你奶奶這兩日是怎麽了？我近來看着他懶懶的。」平兒見問，因房内無人，便歎道：「他這懶懶的，也不止今日了。這有一月之先，一月與五十五回小月參看。便是這樣的。這幾日忙亂了幾天，又受了些閑氣，從新又勾起來。新起於「嫌隙人」。這兩日又比先添了些病，所以支不住，便露出馬脚來了。」是王短腿。鴛鴦道：「既這樣，怎麽不早請大夫治？」平兒歎道：「我的姐姐，你還不知道那脾氣的？别説請大夫來吃藥，我看不過，白問一聲：『身上覺怎麽樣？』他就動了氣，反説我咒他病了。饒這樣天天還是察三訪四，自己再不看破些，且養身子！」點醒多少癡人。鴛鴦道：「雖然如此，到底該請大夫來瞧瞧是什麽病，也都好放心。」平兒歎道：「説起來，此病據我看，他不是什麽小症候。」鴛鴦忙道：「是什麽病呢？」平兒見問，又往前湊了一湊，向耳邊説道：「只從上月行了經之後，這一個月竟瀝瀝淅淅的没有止住。這可是大病不是？」如見如聞。鴛鴦聽了，忙答應道：「嗳喲！依這麽説，可不成了血山崩了嗎？」一旦山陵崩，元妃薨逝，賈母壽終都到。平兒忙啐了一口，又悄笑道：「你女孩兒家，這是怎麽説？你倒會咒人的。」鴛鴦見説，不禁紅了臉，又悄笑道：「究竟我也不知什麽是崩不崩的。你倒忘了不成，先我姐姐不是害這病死了？我也不知是什麽病，因無心中聽見媽和親家媽説，我還納悶，後來聽見原故，纔明白了一二分。」一奇二偶，三百八十四爻無非一二所分，無非令人知此崩而早爲之所。

二人正説着，只見小丫頭向平兒道：「方纔朱大娘又來了，我們回了他『奶奶纔歇午覺』，他往太太上頭去。」平兒聽了點頭。鴛鴦問：「那一個朱大娘？」平兒道：「就是官媒婆朱嫂子。因個什麽孫大人來和咱們求親，在司棋傳後即虛入迎春傳，嫁孫家爲羊入狼口，故媒必曰朱婆，猪羊同類也。否則何姓不可，而必曰朱？所以他這兩日，天天弄個帖子來，鬧得人怪煩的。」一語未了，小丫頭跑來説：「二爺進來了。」説話之間，賈璉已走至堂屋門口，平兒忙迎出來。賈璉見平兒在東屋裏，便也過這間房内來，走至門前，忽見鴛鴦坐在炕上，便煞住脚，笑道：「鴛鴦姐姐，今兒貴脚幸踏賤地。」鴛鴦只坐着笑道：「來請爺、奶奶的安，偏又不在家，睡覺的睡覺。」賈璉笑道：「姐姐一年到頭辛苦伏侍老太太，我還没看去，那裏還敢勞動來看我們！」一段神情問答見璉之趨奉，則鴛鴦勢要可知。又説：「巧得很，我纔要找姐姐去，因爲穿着這袍子熱，先來换了夾袍子，再過去找姐姐去，不想老天爺可憐省我走一趟。」有言外言。一面説，一面在椅子上坐下。

鴛鴦因問：「又有什麽説的？」賈璉未語先笑道：「因有一件事竟忘了，只怕姐姐還記得：上年老太太生日，曾有一個外路和尚來孝敬一個臘油凍的佛手，因老太太愛，就即刻拿過來擺着了。因前日老太太生日，我看古董賬，還有一筆在這賬上，卻不知此時這件着落何處。古董房裏的人，也回過我兩次，等我問準了，好註上一筆。所以我問姐姐，如今還是老太太擺着呢？還是交到誰手裏去了呢？」鴛鴦聽説，便説道：「老太太擺了幾日，厭煩了，就給你們奶奶了。是爲棘手滑手空手，鳳之究竟，故爲老太太愛而給之者。你這會子又問我來了，我連日子還記得，還是我打發了老王家的送來。「王家」亡家也，是正乾坤《易》理。你忘了，或是問你們奶奶和平兒。」平兒正拿衣服，聽見如此説，忙出來回説：「交過來了，現在放在樓上。奶奶已經打發人去説過，他們發昏没記上，又來叨登這些没要緊的事。」賈璉聽説笑道：「既然給了你奶奶，我怎麽不知道，你們竟昧下？」平兒道：「奶奶告訴二爺，二爺還要送人，奶奶不肯，好容易留下的。

這會子自己忘了，倒說我們昧下！那是什麽好東西！比那强十倍的，也没昧下一遭兒。這會子就愛上那不值錢的嗎？」「錢」字一提，正收拾「財」字賬。賈璉垂頭含笑，想了想，拍手道：「我如今竟糊塗了！丢三忘四，惹人抱怨，竟大不像先了。」言外有言，所謂利令智昏，勸人得放手時須放手也。鴛鴦笑道：「也怨不得。事情又多，口舌又雜，你再喝上兩鍾酒，那裏記得許多？」一面說，一面起身要走。

賈璉忙也立起身來說道：「好姐姐，略坐一坐兒，兄弟還有一事相求。」說着便罵小丫頭：「怎麽不泡好茶來？快拿乾淨蓋碗，把昨日進上的新茶泡一碗來！」何等奉承。說着，向鴛鴦道：「這兩日，因老太太千秋，所有的幾千兩都使完了。幾處房租地租，統在九月纔得，得於《剥》月，碩果僅存矣，敗落以漸演來。這會子竟接不上。明兒又要送南安府裏的禮，又要預備娘娘的重陽節，還有幾家紅白大禮，至少還要二三千兩銀子用，一時難去支借。俗語說的好：『求人不如求己。』說不得姐姐擔回不是，暫且把老太太查不着的金銀家伙，必曰金銀器，此書總重制金也。偷着運出一箱子來，暫押千數兩銀子，支騰過去。不上半月的光景，銀子來了，我就贖了交還，斷不能叫姐姐落不是。」鴛鴦聽了笑道：「你倒會變法兒，虧你怎麽想了。」賈璉笑道：「不是我撒謊，若論除了姐姐，也還有人手裏管得起千數兩銀子，只是他們爲人，都不如你明白有膽量，我和他們一說，反嚇住了他們。所以我『寧撞金鐘兒一下，不打鐃鈸三千』。」金鐘、鐃鈸，無非法器，與佛手合。一語未了，賈母那邊小丫頭忙忙走來找鴛鴦，說：「老太太找姐姐半日，我那裏不找到？卻在這裏。」鴛鴦聽說，忙的且去見賈母。見鴛鴦爲璉、鳳趨奉之人，其勢足以制鳳姐，破金玉而合木石，究之同於探春，人固無如氣數何也。看此段必裝在問候司棋之後，自可想見矣。

賈璉見他去了，只得回來瞧鳳姐。誰知鳳姐已醒了，聽他和鴛鴦借當，自己不便答話，只躺在榻上。聽見鴛鴦去了，賈璉進來，鳳姐因問道：「他可應准了？」賈璉笑道：「雖未應准，卻有幾分成了。須得你再去和他說一說，就十分成了。」鳳姐笑道：「我不管這些事。倘或說准了，這會子說的好聽，到了有錢的時節，你就丢在頦子後頭了，誰和你打饑荒去？倘或老太太知道了，倒把我這幾年的臉面都丢了。」賈璉笑道：「好人，你若說定了我謝你。」鳳姐笑道：「你謝我什麽？」賈璉笑道：「你要什麽，就有什麽。」平兒一傍笑道：「奶奶倒不要别的，剛纔正說要做一件什麽事，恰少一二百銀子使，不如借了來，奶奶拿這麽一二百兩銀子，豈不兩全其美？」平之爲屏。鳳姐笑道：「幸虧提起我來，就是這樣也罷了。」賈璉笑道：「你們也太狠了。你們這會子，别說一千兩的當頭，就是現銀子要三五千，只怕也難不倒。我不和你們借也就罷了。這會子煩你說一句話，還要個利錢，真真了不得。」鳳姐聽了，翻身起來說道：「我三千五千，不是賺得你的。如今裏裏外外，上上下下，背着嚼說我的不少了，就短了你來說了。可知『没家親引不出外鬼來』。我們看着你家什麽石崇、鄧通？把我王家地縫子掃一掃，就彀你們一輩子過的了。說出來的話也不害臊！現有對證，把太太和我的嫁妝細看，比一比，我們那一樣是配不上你們的？」賈璉笑道：「說句頑話就急了。這有什麽這樣的？你要一二百兩銀子值什麽？多的没有，這還能彀。先拿進來，你使了，再說去，何如？」鳳姐道：「我又不等着『含口墊背』，忙什麽呢？」是辣手，是滑手，而後文都到，及看「致禍抱羞」回方知此處警省積財者不少。賈璉道：「何苦來？不犯着這樣肝火盛。」肝火與尤二姐同，皆以金自殺也，因即提尤二姐。鳳姐聽了，又笑起來道：「不是我着急，你說的話，戳人的心。我因爲想着後日是尤二姐的周年，周年是糊塗賬。我們好了一場，雖不能别的，到底給他上個墳燒張紙，也是姊妹一場。他雖没個男女留下，也别要『前人灑土，迷了後人的眼』纔是。」後人者，平兒也。賈璉半晌方道：「難爲你想得周全。」世故語，夫婦以利行，此以假來，彼以假應。鳳姐一語，倒把賈璉説没了話，低頭打算，説：「既是後日纔用，若明日得了這個，你隨便使多少就是了。」

一語未了，只見來旺兒媳婦進來。鳳姐便問：「可成了没有？」突入下半。來旺媳婦道：「竟不中用，我説須得奶奶做主就成了。」此事亦金玉因緣之映也，故必是他作主。賈璉便問：「又是什麽事？」鳳姐兒見問，便説道：「不是什麽大事。來旺有個小子，今年十七歲了，還没娶媳婦兒，因要求太太房裏的彩霞，忽雲忽霞，變幻無端，而鳳枉作寃家，究竟冥漠而已。不知太太心裏怎麽樣。前日太太見彩霞大了，一則又多病多災的，此又黛玉之映。因此開恩，打發他出去了，給他老子隨便自己擇女壻去罷。因此來旺媳婦來求我。我想兩家也就算門當户對了，一説去自然成的。誰知他這會子來了説不中用！」賈璉道：「這是什麽大事？比彩霞好的多着呢。」旺兒家的便笑道：「爺雖如此説，連他家還看不起我們，别人越發看不起我們了。好容易想看準一個媳婦兒，我只説求爺、奶奶的恩典，替作成了，奶奶又説他必是肯的，我就煩了人過去試一試，誰知白討了個没趣。若論那孩子倒好，據我素日合意兒試他心裏，没有什麽説的，只是他老子娘兩個老東西，太心高了些。」釵有母無父，黛父母俱無，此亦「霸」字作兩用，因寫爲父母俱存，遂兩映而兩不着迹。一語戳動了鳳姐和賈璉。鳳姐因見賈璉在此，且不做一聲，只看賈璉的光景。賈璉心中有事，那裏把這點事放在心裏？待要不管，只是看着鳳姐兒的陪房，且素日出過力的，臉上實在過不去，因説：「什麽大事？

只管咕咕唧唧的。放心，你且去。我明日打發兩個有體面的人做媒，一面説，一面帶着定禮去，就説是我的主意。他十分不依，叫他來見我。」寶釵通媒放定都是如此，霸霞實霸辞也。

來旺家的看着鳳姐，鳳姐便努嘴兒。旺兒家的會意，忙爬下就給賈璉磕頭謝恩。賈璉忙道：「你只管給你姑娘磕頭，我雖如此説了這樣行，到底也得你姑娘打發人，叫他女人上來，和他好説更好些，不然太霸道了，明點「霸」字，一段寫得情事恰合。日後你們兩親家也難走動。」鳳姐忙道：「連你還這樣開恩操心呢，我反倒袖手旁觀不成？旺兒家的你聽見了，這事説了，你也忙忙的給我完了事來，説給你男人，外頭所有的賬目，一概趕今年年底收了進來，少一個錢也不依。「財」字一煞，弄璉於股掌之上。我的名聲不好，再放一年，都要生吃了我呢。」旺兒媳婦笑道：「奶奶也太膽小了，誰敢議論奶奶？若收了時，我也是一場癡心白使了。」鳳姐道：「我真個還等錢做什麼？不過爲的是日用，出得多，進得少，這屋裏有的没的，我和你姑爺一月的月錢，再連上四個丫頭的月錢，通共一二十兩銀子，還不彀三五天使用的呢。若不是我千湊萬挪的，早不知過到什麼破窑裏去了！何等自恃。如今倒落了一個放賬的名兒。既這樣，我這收了回來，我比誰不會花錢？咱們已後就坐着花，到多早晚就是多早晚。這不是樣兒？前兒老太太生日，太太急了兩個月，想不出來法兒，還是我提了一句，後樓上現有些没要緊的大銅錫家伙四五箱子，拿出去弄了三百銀子，纔把太太遮羞禮兒搪過去了。我是你們知道的，那一個金自鳴鐘，賣了五百六十兩銀子，没有半個月，大事小事没十件，白填在裏頭。今兒外頭也短住了，不知是誰的主意搜尋上老太太了。明兒再過一年，便搜尋到頭面衣服，可就好了！」旺兒媳婦笑道：「那一位太太奶奶頭面衣服折變了，不彀過一輩子的？只是不肯罷了。」鳳姐道：「不是我説莫能耐的話，要像這樣，我竟不能了。直注「力絀」回。昨兒晚上，忽然做了一個夢，説來可笑，設爲一夢，夢書已結。夢見一個人，雖然面善，卻又不知姓名，他和我説：娘娘打發他來，要一百疋錦。衣錦還鄉，又是卍兒演義，百爲滿數，至此已是圓滿。我問他是那一位娘娘，他説的又不是咱們的娘娘。我就不肯給他，他就來奪。正奪時，就醒了。」旺兒家的笑道：「這是奶奶日間操心，常應候宮裏的事。」

一語未了，人回：「夏太監打發了一個小内家來説話。」時方昌盛，故仍是夏太監。賈璉聽了，忙皺眉道：「又是什麽話？他們也搬彀了！」陰盛陽衰，小來大往，時方在夏，已有此象。鳳姐道：「你藏起來，等我見他。若是小事罷了；若是大事，我自有回話。」賈璉便躲入内套間去。這裏鳳姐命人帶進小太監來，讓他椅上坐了吃茶，因問：「何事？」那小太監説：「夏爺爺因今兒偶見一所房子，因房事而來，是戲筆，是大道。如今竟短二百銀子，打發我來問舅奶奶家裏，有現成銀子暫借一二百，過一兩日就送來。」鳳姐兒聽了笑道：「什麽是送來？有的是銀子，只管先兑了去，改日等我們短了再借去也是一樣。」小太監道：「夏爺爺還説，上兩回還有一千二百兩銀子没送來，等今年年底下，自然一齊補送過來。」夏之禮在年底，正物極必反，《復》之義也。鳳姐笑道：「你夏爺爺好小氣，這也值得放在心裏？我説一句話，不怕他多心，若都這樣記清了還我們，不知要還多少了！只怕我們没有，若有，只管拿去。」因叫旺兒媳婦出去，不管那裏先支二百兩銀子來。旺兒媳婦會意，因笑道：「我纔因别處支不動，纔來和奶奶支的。」鳳姐道：「你們只會裏頭來要錢，叫你們外頭弄去，就不能了。」説着，叫平兒：「把我那兩個金項圈拿出去，暫且押四百兩銀子。」

平兒答應了去，果然拿了一個錦盒子來，裏面錦袱包着。打開時，一個金纍絲攢珠的，那珍珠都有蓮子大小。一個點翠嵌寶石的。總不離項圈，主金玉因緣也。曰珠曰翠，則黛玉在内，故必用兩個，仍是「霸」字裏文章。兩個都與宮中之物不離上下。一時拿去，果然拿了四百銀子來。鳳姐命與小太監打叠一半，那一半與了旺兒媳婦，命他拿去辦八月中秋的節。秋已將半，冬夏平分之候。那小太監便告辭了，鳳姐命人替他拿住銀子，送出大門去了。這裏賈璉出來，笑道：「這一起外祟，何日是了！」夏爲外祟，元妃爲外祟也，書恨氣數之天如此。鳳姐笑道：「剛說着，就來了一股子。」賈璉道：「昨兒周太監，演元妃必先陪一周妃，演夏監必虛陪一周監，書演《周易》，看官猶未信乎！張口一千兩，我略慢應了些，他就不自在。將來得罪人處不少。點悟多少癡人。這會子再發三二百萬的財就好了！」一面說，一面平兒伏侍着鳳姐另洗了臉，更衣，往賈母處伺候晚飯。

這裏賈璉出來，剛至外書房，忽見林之孝走來。賈璉因問：「何事？」林之孝說道：「方纔打聽得雨村降了，書中主腦。卻不知因何事，只怕未必真。」賈璉道：「真不真，真不真亦點眼文字，書至此必應以此人作提頓。他那官兒未必保得長。只怕將來有事，咱們寧可疏遠着他好。」林之孝道：「何嘗不是？只是一時難以疏遠。如今東府大爺和他更好，老爺又喜歡他，時常來往，那個不知？」賈璉道：「橫竪不和他謀事，也不相干，你去再打聽真了，是爲什麽。」以案斷爲生發，面面到。林之孝答應了，卻不動身，坐在椅子上再說閑話。是大管家身分，而越禮犯分，即雨村所犯之事。因又說起家道艱難，便趁勢說：「人口太衆了，不如揀個空日回明老太太、老爺，把這些出過力的老家人，用不着的，開恩放幾家出去。一則他們各有營運；二則家裏一年也省口糧月錢，再者裏頭的姑娘也太多。俗語說『一時比不得一時』，如今說不得先時的例了，少不得大家委屈些，該使八個的使六個，使四個的使兩個。又是人單子演義。若各房算起來，一年也可以省得許多月米月錢。況且裏頭的女孩子們，一半都大了，也該配人的配人，成了房，豈不又滋生出人來？」財色並提起，演《剥》是演《復》。賈璉道：「我也這樣想，只是老爺纔回家來，多少大事未回，那裏議到這個上頭？前兒官媒拿了個庚帖來求親，太太還說老爺纔來家，每日歡天喜地的說『骨肉完聚』，忽然提起這事，恐老爺又傷心，所以且不叫提起。」林之孝道：「這也是正理，太太想的周到。」

賈璉道：「正是，提起這話，我想起一件事來：我們旺兒的小子，要說太太房裏的彩霞，纔寫政老夢夢，即入「霸成親」之旺兒，是果爲旺兒立傳乎！他昨兒求我，我想什麼大事？不管誰去說一聲去，就說我的話。」林之孝答應了，半晌笑道：「依我說，二爺竟別管這件事。一語眼光四射，書之旨，書之用，都在此。旺兒的那小子，雖然年輕，在外吃酒賭錢，無所不至。以無所不至，立寶玉病狀。雖說都是奴才，到底是一輩子的。彩霞那孩子，這幾年我雖沒見，聽見說越發出跳得好了，何苦來白糟蹋他一個人？」寶釵何嘗不是白糟蹋。賈璉道：「他小兒子原會吃酒不成人麽？這樣那裏還給他老婆？且給他一頓棍，鎖起來，再問他老子娘。」林之孝道：「何必在這一時？那是我錯了，等他再生事，我們自然回爺處治，如今且恕他。」賈璉不語，一時林之孝出去。

晚間鳳姐已命人喚了彩霞之母來說媒。那彩霞之母，滿心縱不願意，見鳳姐自和他說，何等體面，便心不由己的滿口應了出去。少時，賈璉進來。鳳姐又問：「可說了沒有？」賈璉因說：「我原要說的，打聽得他小兒子大不成人，故還不曾說。若果然不成人，且管教他兩日，再給他老婆不遲。」屢言不成人，失玉瘋顛，一心迷惑不成人也，終竟歸空，人於二氏不成人也。鳳姐笑道：「我們王家的人，連我還不中你們的意，何況奴才呢。我已經和他娘說了，他娘已經歡天喜地，難道又叫進他來，不要了不成？」賈璉道：「既你說了，又何必退？明日說給他老子，好生管他就是了。」這裏說話不提。

且說彩霞因前日出去等父母擇人，心中雖與賈環有舊，此「有舊」二字大有深意，一霞兩映，黛與寶有舊，乃有心，有心而繼之以死，黛之舊畢矣。釵與寶有舊，乃有事，有事而不知所終，釵之舊未畢也。既以未畢舊之霞映釵，而乃竟棄環而歸旺，則寶玉既走之後之釵居何等耶！直誅釵於百二十回之外，其根金爲何如！尚未作準。今日又見旺兒每每來求親，早聞得旺兒之子酗酒賭博，而且容貌醜陋，不能如意。自此，心中越發懊惱，惟恐旺兒仗勢作成，終身不遂，未免心中急躁。寶釵心事，到許婚時是如此。至晚間，悄命他妹子小霞，以霞狀釵爲反覆小人，故曰小霞。進二門來，找趙姨娘問個端的。趙姨素日深與彩霞好，巴不得與了賈環，方有膀臂，不承望王夫人又放了出去。每每調唆賈環去討，一則賈環羞口難開，二則賈環也不在意，不過是個丫頭，他去了，自然將來還有，夢夢。此責寶玉無可不可。遂遷延住不說，意思便丢開手。無奈趙姨娘又不捨，又見他妹子來問，是晚得空，先求了賈政。賈政說道：「且忙什麼！等他們再念一二年書，再放人不遲。我已經看中了兩個丫頭，一個與寶玉，一個給環兒。必及寶玉，演環仍演寶也。只是年紀還小，又怕他們誤了念書，再等一二年再題。」趙姨娘還要說話，只聽外面一聲響，不知何物，大家吃了一驚。固是小說常套，而此處實重在不知何物一語。蓋不「霸成親」，則趙可不必求政；不求政，則無小鵲之報而致大觀之查抄。其間循環無端，道理隱秘，迨事既來，而人但知吃驚，其本本原原則仍不知何物而已，「知幾其神」，信哉！

未知如何，且看下回分解。

此回上半從上回上半生出，蓋演八旬大慶，即演「壽歸地府」。此曰「恃强」，正對「力絀」回也。「失人心」從鴛鴦邊哭出，「羞説病」亦從鴛鴦邊問出，遥相對待。

此回下半從上回下半生出，蓋演司棋乃演黛玉，以死相酬，爲棒打不退之真鴛鴦；此演彩霞乃演寶釵，不知所終，爲不分不明之假鴛鴦也。自此以至書完，更不及彩霞、環、旺婚姻一語，正與百廿回外之釵、玉同一渺茫。

護花主人評曰：

王鳳姐之病，來旺兒之横，於此回逗明。迎春之嫁婿失所，鳳姐之違禁放債，亦於此回引起。彩霞放出，爲司棋、晴雯等被逐出引子。

榮府日用不敷，賈璉支持不住，爲漸漸敗落氣象。寫賈璉畏懼鳳姐，胸中全無主意，描畫入神。

賈雨村降官，爲寧府敗事引子。

彩霞鍾情賈環，賈環無心彩霞，一則見彩霞見識遠不如晴雯、鴛鴦、司棋、紫鵑等，一則見賈環輕薄，遠不如寶玉。

鳳姐夢人奪錦，是被抄先兆。

事有做不成，話有説不完者，須用意外一事剪斷，如柳絮填詞，議論紛紛，則以風箏一事剪斷；趙姨求情，刺刺未休，則以窗屜一響剪斷：是文章脱卸法。

大某山民評曰：旺兒之子在外吃酒，林之孝恐其糟蹋彩霞，則會吃酒者，一輩子無好老婆矣。敢告同志，且少吃些兒。

此回仍是甲寅年秋間事。

第七十三回　癡丫頭誤拾繡春囊　懦小姐不問纍金鳳

話説那趙姨娘和賈政説話，忽聽外面一聲響，不知何物，忙問時，原來是外間窗屜不曾扣好，滑了屈戌掉下來。明暗遮隔，一切破除。趙姨娘罵了丫頭幾句，自己帶領丫鬟上好，方進來打發賈政安歇，不在話下。

郤説怡紅院中，寶玉方纔睡下，丫鬟們正欲各散安歇，忽聽有人來敲院門。老婆子開了，見是趙姨娘房内的丫頭，名喚小鵲的。鵲屬朱雀，爲喜鳥，陽也。此正陰極陽生之會，乃《太極圖》中小紅一點，故曰小鵲，而隸於循環所自出。問他什麽事，小鵲不答，直往房内來找寶玉。只見寶玉纔睡下，晴雯等猶在牀邊坐着，大家頑笑。見他來了，都問：「什麽事？這時候又跑來做什麽？」小鵲笑向寶玉道：「我來告訴你一個信兒，正是喜信。方纔我們奶奶，咕咕唧唧在老爺前不知説了你些什麽，我只聽見『寶玉』二字。我來告訴你，仔細明兒老爺向你説話，着實留神。」喜信只是「寶玉」二字，而二字只是留神，於天倫之際包括全旨。説着，回身去了。襲人命人留他吃茶，因怕關門，遂一直去了。

這裏寶玉知道趙姨娘心術不正，合自己仇人似的，又不知他説些什麽，聽了便如孫大聖聽見了

「緊箍咒」一般，金緊禁，以制心猿，正全寶玉之用。登時四肢五内，一時皆不自在起來。想來想去，別無他法，且理熟了書，預備明兒盤考。只要書不舛錯，便有他事，也可搪塞。一面想罷，忙披衣起來要讀書。心中又自後悔：讀書所以制心。「這些日子，只説不提了，偏又丟生。早知該天天好歹温習些的。」如今打算打算，肚子裏現可背誦的，不過只有《學》、《庸》、二《論》是背得出來。特提《學》、《庸》、二《論》，乃聖學之源。至上本《孟子》，就有一半是夾生的，若憑空提一句，斷不能背的。至下《孟》，就有大半生的。《孟子》七篇，代有駁議，此隱演之。而面子恰與小兒讀書大致相合。算起《五經》來，因近來做詩，常把《五經》集些，《六經》自在人心，賴有思以觸發之，故云詩集。雖不甚熟，還可塞責。別的雖不記得，素日賈政幸未叫讀的，縱不知也還不妨。至於古文這道，那幾年所讀過的幾篇，《左傳》、《國策》、《公羊》、《穀梁》、漢、唐等文，這幾年未曾讀得，不過一時之興，隨看隨忘，未曾下過苦功，如何記得？這是更難塞責的。心之用，書之用，都在個裏。更有時文八股一道，因平素深惡此道，原非聖賢之制撰，焉能闡發聖賢之奥，見爲人心所本無，不必一定重斥時文。不過是後人餌名釣禄之階。雖賈政當日起身，選了百十篇命他讀的，不過是後人的時文，偶見其中一二股内，或起承之中，有做得精緻，或流蕩，或遊戲，或悲感，稍能動性者，偶爾一讀，不過供一時之興趣，都是微言。畢究何曾成篇潛心玩索？如今若温習這個，又恐明日盤究那個；若温習那個，又恐盤駁這個。一夜之功，亦不能全然温習。因此越添了焦躁。自己讀書不知緊要，卻累着一房丫鬟們，都不能睡。纔一讀書，睡者皆醒，而語面絶倒。襲人等在傍剪燭斟茶，那些小的都困倦起來，前仰後合。晴雯駡道：「什麽蹄子！一個個黑夜白日挺屍挺不彀，偶然一次睡遲了些，就妝出這個腔調兒來了。再這樣，我拿針戳你們兩下子。」

話猶未了，只聽外間「咕咚」一聲。急忙看時，原來是一個小丫頭坐着打盹，一頭撞到壁上了，從夢中驚醒。卻正是晴雯説這話之時，他怔怔的當是晴雯打了他一下，遂哭着央説道：「好姐姐！我再不敢了。」衆人都發起笑來。情事絶倒，都是微言。寶玉忙勸道：「饒他罷。原該叫他們睡去，你們也該替換着睡。」襲人道：「小祖宗！你只顧你的罷。統共這一夜的工夫，你把心暫且用在這幾本書上，「心」字「書」字必用此人特提。等過了這一關，由你再張羅别的，也不算誤了什麽。」寶玉聽他説的懇切，只得又讀幾句。麝月斟了一杯茶來潤舌，寶玉接茶吃了。因見麝月只穿着短襖，解了裙子，寶玉道：「夜静了冷，到底穿一件大衣裳纔是。」麝月笑指着書道：「你暫且把我們忘了，且把心對着他些罷。」麝月又一襲人，正壞心壞書之物也，而寫得神情如畫。

話猶未了，只聽春燕、秋紋悉襲之類，悉釵之類也，禍從此成。從後房門跑進來，口内喊説：「不好了！一個人從牆上跳下來了！」所謂「鬼不鬼，賊不賊」。衆人聽説，忙問：「在那裏？」即喝起人來，各處找尋。晴雯因見寶玉讀書苦惱，勞費一夜神思，明日也未必妥當，心上正要替寶玉想出一個主意來，好脱此難。又必用此人主意，禍從此起，晴自害即黛自害，而寶玉因而脱難也。忽然逢着這一驚，便生計向寶玉道：「趁這個機會快妝病，只説唬着了。」正中寶玉心懷。因而叫起上夜人等來，打着燈籠，各處搜尋，并無蹤迹。都説：「小姑娘們想是睡花了眼出去，風摇的樹枝兒錯認了人。」黛是樹，晴爲樹枝，是爲自賊。晴雯便道：「别放屁！你們查得不嚴，怕躭不是，還拿這話來支吾！剛纔並不是一個人見得，寶玉和我們出去有事，大家親見的。如今寶玉唬得顔色都變了，滿身發熱，我如今還要上房裏取安魂丸藥去。太太問起來，是要回明白的，難道依你説就罷了不成？」衆人聽了，嚇得不敢則聲，只得又各處去找。晴雯和秋紋二人果出去要藥，故意鬧得衆人皆知寶玉着了驚，嚇病了。王夫人聽了，忙命人來看視給藥，又吩咐各上夜人仔細搜查。又一面叫查二門外隣園牆上夜的小厮們。於是園内燈籠火把，直鬧一夜。至五更天，就傳管家的細看查訪。

賈母聞知寶玉被嚇，細問原由，不敢再隱，只得回明。賈母道：「我不料倒有此事。如今各處上夜人都不小心還是小事，只怕他們就是賊，也未可知。」一語眼光四射，而夢夢與賈政同。當下邢夫人並尤氏等都過來請安，鳳姐、李紈及姊妹等皆陪侍，聽賈母如此説，都默無所答。獨探春出位笑道：「近因鳳姐姐身子不好幾日，園裏的人比先放肆許多。「興利除弊」到此廢然，故必用他出一頭地。先前不過是大家偷着一時半刻，或夜裏坐更時，三四個人聚在一處，或擲骰，或鬥牌，小小的頑意，不過爲熬困起見。邇來漸次放誕，竟開了賭局，甚至頭家局主，或二十吊、五十吊大輸贏。半月前竟有争鬧相打之事。」賈母聽了，忙説：「你既知道，爲何不早回我們來？」問得肯綮，凡鳳之謀、釵之黨、寶黛之情節，一齊都到矣。探春道：「我因想着太太事多，且連日不自在，所以没回，只告訴大嫂子和管事的人們，戒飭過幾次，近日好些。」仍找「興利」，乃是遁詞。賈母忙道：「你姑娘家，如何知道這裏頭的利害？你以爲賭錢常事，不過怕起争論。殊不知夜間既要錢，就保不住不吃酒，既吃酒，就未免門户任意開鎖，或買東西。其中夜静人稀，趁便藏賊引盗，何等事做不出來？况且園内你姊妹們起居所伴者，皆係丫頭媳婦們，賢愚混雜。賊盗事小，倘有别事，略沾帶些，關係非小。這事豈可輕恕？」原是明白，何前此夢夢乃爾，點醒多少主家人。

探春聽說，便默然歸坐。鳳姐雖未大愈，精神未嘗稍減。今見賈母如此說，便忙道：「偏生我又病了。」遂回頭命人速傳林之孝家的等總理家事的四個媳婦到來，當着賈母，申飭了一頓。賈母命：「即查丫頭家賭家來！有人出首者賞，隱情不告者罰。」林之孝家的等見賈母動怒，誰敢徇私，忙去園内傳齊，又一一盤查。雖然大家賴一回，終不免水落石出。查得大頭家三人，小頭家八人，聚賭者統共二十多人，都帶來見賈母，跪在院内，磕響頭求饒。賈母先問大頭家名姓，利錢之多少。原來這大頭家，一個是林之孝家的兩姨親家，一個是園内廚房内柳家媳婦之妹，書以黛爲主，林、柳皆黛類，故爲大頭家。書又以釵爲比，故曰兩姨，曰妹，薛、王之映也。一個是迎春之乳母。這是三個爲首的，餘者不能多記。迎以懦死，亦爲黛映，故大頭家在此。其數必以三，所謂山子野。小頭家必八數，乃書以八卦錯綜而成也。俱無名字，其義自明。賈母便命將骰子紙牌一並燒燬，所有的錢入官，分散與衆人。將爲首者每人打四十大板，攆出去，總不許再入。從者每人打二十板，革去三月月錢，撥入圊廁行内。又將林之孝家的申飭了一番。林之孝家的見他的親戚又與他打嘴，自己也覺没趣。迎春在坐也覺没意思。黛玉、寶釵、探春等也是三大頭。見迎春的乳母如此，也是物傷其類的意思，遂都起身笑向賈母討情，道：「這個奶奶，素日原不頑的，不知怎麽也偶然高興；求看二姐姐面上，饒過這次罷。」賈母道：「你們不知道：大約這些奶子們，一個個仗着奶過哥兒姐兒，原比別人有些體面，他們就生事，比別人更可惡。專管調唆主子，護短偏向。我都是經過的。況且要拿一個作法，迎爲邢、赦所出，正立法之地。恰好果然就遇見了一個。你們別管，我自有道理。」寶釵等聽說，只得罷了。此則獨以寶釵冠首，觀前文園中壞事有平、鳳所不知而伊獨知者，且送燕窩回明說夜局在蘅蕪院，今則大小頭家全不之及，是三家、八家無非薛之一家而已。

一時賈母歇晌，大家散出，都知賈母生氣，生氣二字特重，昏暗中特見光明，正陰極於坤，陽生於子之義。皆不敢回家，只得在此暫候。尤氏到鳳姐兒處來閑話一回，因他也不自在，只得園内去閑談。邢夫人在王夫人處坐了一回，也要到園内走走。剛至園門前，只見賈母房内的小丫頭子，名唤傻大姐的，笑嘻嘻走來，手内拿着個花紅柳緑的東西，低頭瞧着只管走，花紅是釵，柳緑是黛，所謂兼美，而紙上已畫出一癡丫頭。不防迎頭撞見邢夫人，抬頭看見，方纔站住。邢夫人因説：「這傻丫頭，又得個什麽愛巴物兒，這樣歡喜？拿來我瞧瞧。」原來這傻大姐年方十四五歲，十四五，十九也，十去九則餘一，一畫也，該全《易》。是新挑上來的，與賈母這邊專做粗活。因他生得體肥面闊，兩隻大脚，做粗活爽利簡捷，且心性愚頑，一無知識，出言可以發笑。是悉黛玉反照。賈母歡喜，便起名爲「傻大姐」。若有錯失，也不苛責他。無事時，便入園内來頑耍。正往山石背後掏促織去，必是山石，必是寶玉也。掏促織，正携蝗之映。忽見一個五彩繡香囊，上面繡的並非花鳥等物，一面卻是兩個人，赤條條的相抱，一面是幾個字。這癡丫頭原不認得是春意兒，心下打諒：「敢是兩個妖精打架？不就是兩口子打架呢？」左右猜解不來，當與劉老老玩黄楊木套杯參觀，都是微言。而左木右金，無非妖精，無非兩口，能解者少其人也。正要拿去與賈母看呢，賈終於不見，邢壞之矣！所以笑嘻嘻走回。忽見邢夫人如此説，便笑道：「太太真個説的巧，真是個愛巴物兒。「巧」字「愛」字，釵、湘並到，而黛實主之。太太瞧一瞧。」説着便送過去。邢夫人接來一看，嚇得連忙死緊攥住，忙問：「你是那裏得的？」傻大姐道：「我掏促織兒，正是促織，肅殺中有生意也。在山子石後頭揀的。」邢夫人道：「快别告訴人！這不是好東西。連你也要打死呢。因你素日是個傻丫頭，已後再别提了。」這傻大姐聽了，反嚇得黄了臉，説：「再不敢了。」磕了頭，呆呆而去。

邢夫人回頭看時，都是些女孩兒，不便遞與他們，自己便擄在袖裏。歸在邢手，言下有警有歎，有罵有快。心内十分罕異，揣摩此物從何而來，且不形於聲色，且到迎春房裏。徑接此處，大有筋節。迎春正因他乳母獲罪，心中不自在，忽報母親來了，即接入奉茶畢。邢夫人因説道：「你這麼大了，你那奶媽子行此事，你也不説説他。如今别人都好好的，偏咱們的人做出這事來，什麼意思。」迎春低頭弄衣帶，半晌答道：「我説他兩次，他不聽，也叫我無法兒。況且他是媽媽，只有他説我的，没有我説他的。」入下半回即擒「懦」字起，便已追神攝影，而《巽》之順，《坤》之柔，以成爲《觀》，的的演出。邢夫人道：「胡説！你不好了，他原該説。如今他犯了法，你就該拿出姑娘身分來。他敢不依，你就回我去纔是。如今直等外人共知，可是什麼意思！再者，放頭兒，還只怕他巧語花言的和你借貸些簪環衣服作本錢。你這心活面軟，未必不周濟他些。若被他騙了去，我是一個錢没有的，看你明日怎麼過節？」必歸到此，便是邢氏，更移置不得。迎春不語，只低着頭。邢夫人見他這般，因冷笑道：「你是大老爺跟前的人養的，此正爲迎春出脱，本不屬邢，則孽非自作，所以爲薄命也。這裏探丫頭是二老爺跟前人養的，出身一樣，你娘比趙姨娘强十分，你也該比探丫頭强纔是。怎麼你反不及他一半？倒是我無兒女的一生乾净，惟邢無後，則璉同環矣。也不能惹人笑話！」忽有人回：「璉二奶奶來了。」邢夫人聽了，冷笑兩聲，命人出去説：「請他自己養病，我這裏不用他伺候。」再找「嫌隙」。接着，又有探事的小丫頭來報説：「老太太醒了。」邢夫人方起身往前邊來。

迎春送至院外方回。繡橘因説道：「如何？前兒我回姑娘：『那一個攢珠纍絲金鳳，竟不知那裏去了。』金爲寶釵，鳳則鳳姐，珠則絳珠，乃黛玉也。纍金鳳而攢珠，珠何以堪。迎春之懦，因此物寫出，演迎仍以演黛。回了姑娘，竟不問一聲兒。我說：『必是老奶奶拿去，當了銀子，放頭兒的。』姑娘不信，只說：『司棋收着。』叫問司棋，司棋雖病，心裏卻明白，說：『沒有收起來，還在書架上匣內放着，預備八月十五要帶呢。』姑娘該叫人去問老奶奶一聲。」迎春道：「何用問去？自然是他拿了去摘了肩兒了。我只說他悄悄的拿了出去，不過一時半晌，仍舊悄悄的放在裏頭，願金鳳自回，其如都爲墜兒何。誰知他就忘了。今日偏又鬧出來，問他也無益。」繡橘道：「何曾是忘記？他是試準了姑娘性格，所以纔這樣。如今我有個主意：走到二奶奶房裏，將此事回了，他找着人要，他或省事，拿幾吊錢來替他贖了，如何？」迎春忙道：「罷，罷，罷！省事些好。寧可沒有了，又何必生事？」繡橘道：「姑娘怎這樣軟弱？都要省起事來，將來連姑娘還騙了去。我竟去的是。」說着便走。迎春便不言語，只好由他。

誰知迎春乳母之媳玉桂兒媳婦，爲他婆婆得罪，來求迎春去討情，他們正說金鳳一事，且不進去。也因素日迎春懦弱，他們都不放在心上。迎在書爲三春正義，而所出無姓，其乳母又無姓，寫其懦弱，正見春至無聲也。如今見繡橘立意去回鳳姐，又看這事脫不過去，只得進來，陪笑先向繡橘說：「姑娘，你別去生事。姑娘的金絲鳳，原是我們老奶奶老糊塗了，輸了幾個錢，沒的撈稍，所以借去。不想今日弄出事來。雖然這樣，到底主子的東西，我們不敢遲誤，終久是要贖的。如今還要求姑娘，看着從小兒吃奶的情分，往老太太那邊去討一個情，救出他來纔好。」迎春便說道：「好嫂子，你趁早打了這妄想，要等我去說情兒，等到明年也是不中用的。方纔連寶姐姐、林妹妹大夥兒說情，老太太還不依，何況是我一個人？我自己臊還臊不過來，還去討臊去？」繡橘便說：「贖金鳳是一件事，說情是一件事，別要絞在一處。難道姑娘不去說情，你就不贖了不成？嫂子且取了金鳳來再說。」說得黑白分明，特借橘中之樂，爲「棋」字一按，爲「情」字一按。玉桂兒家的聽見迎春如此拒絕他，繡橘的話又鋒利，無可回答，一時臉上過不去，也明欺迎春素日好性，乃向繡橘發話道：「姑娘你别太張勢了。你滿家子算一算，誰的媽媽奶奶不仗着主子哥兒姐兒多得些意？偏咱們丁是丁卯是卯的。」雖是常言，實關木火。只許你們偷偷摸摸的哄騙了去？自從邢姑娘來了，太太吩咐一個月儉省出一兩銀子來與舅太太去，這裏饒添了邢姑娘的使費，反少了一兩銀子。常時少了這個，短了那個，那不是我們供給？誰又要去？不過大家將就些罷了。算到今日，少説也有三十兩了。必曰三十兩，以三十而兩之，得六十，而又兩之共成六十四，仍爲傻大姐。我們這一向的錢，豈不白填了眼呢？」繡橘不待説完，便啐了一口道：「做什麼你白填了三十兩？我且和你算算賬，姑娘要了些什麼東西？」迎春聽了這媳婦發邢夫人之私意，忙止道：「罷！罷！罷！不能拿了金鳳來，你不必拉三扯四亂嚷。三四七，巧數也，正是金鳳作用。我也不要那鳳了，便是太太問時，我只説丟了，也妨碍不着你什麼，你出去歇息歇息倒好。」一面叫繡橘倒茶來。繡橘又氣又急，因説道：「姑娘雖不怕，我們是做什麼的？把姑娘東西丟了，他倒賴説姑娘使了他們的錢，這如今竟要準折起來！倘或太太問姑娘爲什麼使了這些錢，敢是我們就中取勢？這還了得！」以迎春之懦，而有剛如繡橘，烈如司棋之婢，乃天道，乃人事，悉爲黛玉填恨海也。一行説，一行就哭了。司棋聽不過，只得勉强過來，幫着繡橘，問着那媳婦。迎春勸止不住，自拿了一本《太上感應篇》去看。「太上貴德，其次施報」，乃全書來意，故特立迎春傳以演之，而《大壯》之《觀》，《易》象寓焉。

三人正没開交，可巧寶釵、黛玉、寶琴、探春等既出《太上感應》，自應將要緊人物一總。因恐迎春今日不自在，都約着來安慰。他們走至院中，聽見幾個人講話。探春從紗窗內一看，只見迎春倚在牀上看書，若有不聞之狀，探春也笑了。小丫頭們忙打起簾子報道：「姑娘們來了。」迎春放下書起身。那媳婦見有人來，且又有探春在內，不勸自止了，遂趁便就走。探春坐下，便問：「剛纔誰在這裏說話，倒像拌嘴似的？」開言便妙，令人認得。迎春笑道：「沒有甚麼，左不過他們小題大做罷了，何必問他？」此是以反話說此書，書演太上而以兒女私情出之，大題小做也。不必問他，歎索解人不得也。探春笑道：「我纔聽見什麼『金鳳』，又是什麼『沒有錢，只合我們奴才要。』誰和奴才要錢了？難道姐姐和奴才要錢不成？」金鳳是情，又即是錢，語氣咄咄逼人。司棋、繡橘道：「姑娘說得是了。姑娘何曾和他要什麼了？」探春笑道：「姐姐既沒有和他要，必定是我們和他們要了不成？你叫他進來，我倒要問問他。」迎春笑道：「這話又可笑。你們又無沾礙，何必如此？」探春道：「這倒不然。我和姐姐一樣，姐姐的事和我一般。他說姐姐，即是說我。我那邊有人怨我，姐姐聽見，也是合怨姐姐一樣。語尤深刻，金正希、項水心文字也，夫誰學得？喒們是主子，自然不理論那錢財小事，只知想起什麼要什麼，也是有的事。但不知金絲纍鳳因何又夾在裏頭？」那玉柱兒媳婦生恐繡橘等告出他來，遂忙進來用話掩飾。探春深知其意，因笑道：「你們所以糊塗。如今你奶奶已得了不是，趁此求二奶奶，把方纔的錢，未曾散人的拿出些來贖取就完了。比不得沒鬧出來，大家都藏着留臉面。「健而說，決而和」，自立一解，如聞如見。如今既是沒了臉，趁此時，總有十個罪也只一人受罰，沒有砍兩顆頭的理。一噴一醒。你依我說，竟是和二奶奶趁便說去。在這裏大聲小氣，如何使得！」這媳婦被探春說出真病，也無可賴了，只不敢往鳳姐處出首。探春笑道：「我不聽見便罷，既聽見，少不得替你們分解分解。」

誰知探春早使了眼色與侍書，「敏」字圓光。侍書出去了。這裏正説話，忽見平兒進來。寶琴拍手笑道：「三姐姐敢是有驅神召將的符術？」黛玉笑道：「這倒不是道家玄術，倒是用兵最精的所謂『守如處女，出如脱兔』，『出其不備』的妙策。」各人口角心情，無不玲瓏剔透，而是書不入渺茫，爲撥亂反正之兵法，直揭底裏矣。「處女」「脱兔」云云，乃黛究竟，亦即釵究竟。二人取笑，寶釵便使眼色與二人，遂以別話岔開。探春見平兒來了，遂問：「你奶奶可好些了？真是病糊塗了，事事都不在心上，叫我們受這樣委屈。」平兒忙道：「誰敢給姑娘氣受？姑娘吩咐我。」那玉桂兒媳婦方慌了手脚，遂上來趕着平兒叫：「姑娘坐下，讓我説原故，姑娘請聽。」平兒正色道：「姑娘這裏説話，也有你混插口的理！你但凡知禮，只該在外頭伺候，也有外頭的媳婦們無故到姑娘房裏來的？」繡橘道：「你不知我們這屋裏是没禮的，誰愛來就來！」平兒道：「都是你們不是！姑娘好性兒，你們就該打出去，然後再回太太纔是。」桂兒媳婦見平兒出了言，紅了臉，方退出去。探春接着道：「我且告訴你：若是別人得罪了我，倒還罷了。如今這桂兒媳婦和他婆婆，仗着是媽媽，又瞅着二姐姐好性兒，私自拿了首飾去賭錢，而且還捏造假賬，逼着去討情，和這兩個丫頭在卧房裏大嚷大叫，二姐姐竟不能轄治。所以我看不過，纔請你來問一聲：還是他本是天外的人，不知道理？還是有誰主使他如此，尤爲深刻。先把二姐姐制伏了，然後就要治我和四姑娘了？」三春並及，一黛受之。其言如萬弩齊發。平兒忙陪笑道：「姑娘怎麼今日説出這話來？我們奶奶如何當得起！」探春冷笑道：「俗語説得：『物傷其類，齒竭唇亡。』我自然有些驚心。」眼光四射，數語有千百轉身。

平兒問迎春道：「若論此事，極好處的。但他是姑娘的奶媽，姑娘怎麽樣爲是？」當下迎春只合寶釵看《感應篇》故事，《感應》故事，釵正當看。究竟連探春之話亦不曾聞得，忽見平兒如此說，仍笑道：「問我，我也没什麽法子。他們的不是，自作自受。我也不能討情，我也不去加責，就是了。是真太上。至於私自拿去東西，送來我收下，不送來，我也不要了。太太們要來問我，可以隱瞞遮飾的過去，是他的造化。若瞞不住，我也没法兒，没有個爲他們反欺誑太太們的理，少不得直說。你們若說我好性兒，没個決斷，有好主意可以八面周全，不叫太太們生氣，任憑你們處治，我也不管。」衆人聽了，都好笑起來。黛玉笑道：「真是『虎狼屯於階陛，尚談因果』。」借黛玉語再明此書不落空空，而其實自道。現在所處之境，曰「金」曰「鳳」，非虎狼乎！即「中山狼」亦到。若使二姐姐是個男人，一家上下這些人，又如何裁制他們？」迎春笑道：「正是，多少男人尚且如此，何況我呢？」泥佛說土佛。一語未了，只聽又有一人走來。

不知是誰？且聽下回分解。

此回文字，聚精聚神，書中不多得者。上半寫一「癡」字已盡態極妍，爲能品矣；而下半寫一「懦」字，直令人心灰氣盡，斯神品矣。其屢云：「罷！罷！罷！」則欲凡爲珠爲金爲鳳者，各知所止也。

上半春囊，總歸一刑，書由此滅。下半金鳳，總歸一歎，書由此生。寫一探春真令人處處叫絶，要問作者何處得來？

護花主人評曰：

小鵲報信一層，暗寫趙姨平日挑唆生事，及寶玉平日爲人人所愛。

寫寶玉温理舊書，無從温起，又時時刻刻分心在丫頭身上，妙景如畫。

小丫頭打盹，撞壁上一響，引出牆上跳過人來，不肯一筆鶻突，且與前兩回風箏、窗屜響聲，隱隱關照。

晴雯教寶玉裝病，故意亂鬧，因此惹出金鳳、香囊等事，以致司棋及迎春之乳母等人或逐或死，均受其害，而晴雯亦即被逐殞命，害人即以自害，報施甚速。

寫迎春之懦弱可憐，異時之受壻折磨，已先爲描出。寫探春鋒利可畏，下回之不受搜檢，亦先爲伏筆。

大某山民評曰：

迎春之懦弱性情，以前並未寫過，故借金鳳事，出力洗刷一番。以此回爲迎春之正傳可也。司棋、繡橘，口角鋒鋭不可當，迎春能無顧忌。但繡橘僅三等丫頭，如此明慧，閨閣英才，盛哉乎斯世！

此回仍是甲寅年秋間事。

第七十四回　惑奸讒抄檢大觀園　避嫌隙杜絶寧國府

話説平兒聽迎春説了，正自好笑，忽見寶玉也來了。既出《太上感應》，因大集要緊人物，寶玉爲一書之主，自然在所必及，而其來乃因柳，則仍因黛也。原來管廚房柳家媳婦妹子，也因放頭開賭，得了不是。因這園中有素與柳家的不好的，便又要告出柳家的來，説他和妹子是夥計，賺了平分。因此鳳姐要治柳家之罪。那柳家的聽得此信，便慌了手脚；因思素與怡紅院的人最爲深厚，故走來悄悄的央求晴雯、芳官等人，轉告訴了寶玉。寶玉因思内中迎春的嬭嬭也現有此罪，不若來約同迎春去討情，比自己獨去單爲柳家的説情又更妥當，故此前來。忽見許多人在此，見他來時，都問他：「你的病可好了？跑來做什麽？」寶玉不便説出討情一事，只説：「來看二姐姐。」當下衆人也不在意，且説些閑話。

平兒便出去辦纍金鳳一事。彼鳳即此鳳，二而一。那玉桂兒媳婦緊跟在後，口内百般央求，只説：「姑娘好歹口内超生，我横竪去贖了來。」平兒笑道：「你遲也贖，早也贖，『既有今日，何必當初』！你的意思『得過就過』；既是這樣，我也不好意思告人，趁早取了來，交與我送去，一字不提。」玉桂兒媳婦聽説，方放下心來，就拜謝，又説：「姑娘自去貴幹，趕晚贖了來，先回了姑娘，再送去如何？」平兒道：「趕晚不來，可別怨我。」説畢，二人方分路，各自散去。

平兒到房，鳳姐問他：「三姑娘叫你做什麽？」平兒笑道：「三姑娘怕奶奶生氣，叫我勸着奶奶些，問奶奶這兩天可吃些甚麽？」鳳姐笑道：「倒是他還記罣我。剛纔又出了一件事：有人來告柳二媳婦和他妹子通同開局，凡妹子所爲，都是他作主。我想你素日曾勸我，多一事不如省一事，自己保養保養也是好的。我因聽不進去，果然應了，先把太太得罪了，而且反賺了一場病。如今我也看破了，隨他們鬧去罷。横豎還有許多人呢！我白操一會子心，倒惹得萬人咒駡，不如且自養養病。就是病好了，我也會做好好先生，得樂且樂，得笑且笑，一概是非，且都憑他們去罷。所以我只答應着『知道了』。」平兒笑道：「奶奶果然如是，那就是我們的造化了。」自無而有謂之造，自有而無謂之化，此時正一語未了時也。

一語未了，只見賈璉進來，拍手歎道：「好好兒的又生事！前兒我和鴛鴦借當，那邊太太怎麽知道了？纔剛太太叫過我去，叫我不管那裏先借二百銀子，做八月十五節下使用。我回没處借，太太就説：『你没有錢，就有地方挪移，我白和你商量，你就搪塞我，你就没地方兒！前兒一千銀子的當是那裏的？連老太太的東西你都有神通弄出來，這會二百銀子你就這樣難。虧我没和别人説去！』我想太太分明不短，何苦來要尋事奈何人！」鳳姐兒道：「那日並没個外人，誰走了這個消息？」平兒聽了，也細想那日有誰在此，想了半日，笑道：「是了！那日説話時没人，但晚上送東西來的時節，老太太那邊傻大姐兒的娘，可巧來送漿洗衣服，鴛鴦之嫂管漿洗，傻大姐之母亦管漿洗，故兩評須參看，則知傻大姐即鴛鴦，即《易》道也。他在下房裏坐了一回子，看見一大箱子東西，自然要問，必是小丫頭們不知道，説出來了也未可知。」因此便喚了幾個小丫頭來問：「那日誰告訴傻大姐的娘了？」一書奸盜財色，悉以傻大姐指點，而特恍惚之筆出之，俱深意也。衆小丫頭慌了，都跪下賭神發誓說：「自來也不敢多說一句話。有人凡問什麽，都答應不知道，這事如何敢說！」鳳姐詳情度理，說：「他們必不敢多說一句話，倒别委屈了他們。如今把這事靠後，且把太太打發了去要緊。寧可咱們短些，又别討没意思。」因叫平兒：「把我的金首飾，又是金。再去押二百銀子來送去完事。」賈璉道：「越發多押二百，咱們也要使呢。」鳳姐道：「很不必，我没處使。這還不知指那一項贖呢！」平兒拏了去，交給旺兒媳婦領去，不一時拏了銀子來，賈璉親自送去，不在話下。

這裏鳳姐和平兒猜疑走風的人：「反叫鴛鴦受累，豈不是咱們過失！」正在此胡想，人報太太來。鳳姐聽了詫異，太太來有何詫異，悉恍惚之筆。不知何事，隨即與平兒等忙迎出來。只見王夫人氣色更變，只帶一個貼己小丫頭走來，一語不發，走至裏間坐下。鳳姐忙捧茶，因陪笑問道：「太太今日高興，到這裏逛逛？」王夫人喝命：「平兒出去！」平兒見了這般，不知怎麽了，忙應了一聲，帶着衆小丫頭一齊出去，在房門外站住，越發將房門掩了，自己坐在台階上，所有的人一個不許進去。鳳姐也着了慌，不知有何事。只見王夫人含着淚，從袖裏擲出一個香袋來，說：「你瞧！」未事不能防，既事不能鎮，寫「王」字絶倒。鳳姐忙拾起一看，見是十錦春意香袋，也嚇了一跳，忙問：「太太從那裏得來？」王夫人見問，越發淚如雨下，顫聲說道：「我從那裏得來？我天天坐在井裏！身居坎陷，是乃自道。念你是個細心人，所以我纔偷空兒；誰知你也和我一樣！這樣東西，大天白日擺在園裏山石上，被老太太的丫頭拾着，不虧你婆婆看見，早已送到老太太跟前去了！我且問你：這個東西如何丢在那裏？」坐實鳳姐，面面都到。鳳姐聽了，也更了顏色，忙問：「太太怎麼知道是我的？」王夫人又哭又歎道：「你反問我？你想一家子除了你們小夫小妻，餘者老婆子們，要這個何用？女孩子們是從那裏得來？自然是那璉兒不長進下流種子那裏弄來的！你們又和氣，當作一件頑意兒，年輕的人，兒女閨房私意是有的，你還和我賴！幸而園內上下人等不解事，尚未揀得，倘或丫頭們揀着，你姊妹看見，這還了得！不然，有那丫頭們揀着，出去說是在園內揀的，外人知道，這性命臉面要也不要？」

鳳姐聽說，又急又愧，登時紫漲了臉，便挨着炕雙膝跪下，也含淚(沿)訴道：「太太說的固然有理，我也不敢辯我並無這樣東西。但其中還要求太太想想：這香袋兒是外頭仿着內工繡的，帶子連穗子，一概是市買的東西，我雖年輕不尊重，也不肯要這樣東西。再者，這也不是常帶着的，我總然有，也只好在私處擱着，焉肯在身上常帶，各處逛去？況且又在這園裏去，個個姊妹，我們多肯拉拉扯扯，倘或露出來，不但在姊妹前看見，就是奴才看見，我有什麼意思？二則論主子內，我是年輕媳婦，算起來，奴才比我更年輕的又不止一個了，況且他們也常在園走動，焉知不是他們掉的？再者，除我常在園裏，還有那邊太太常帶過幾個小姨娘來，嫣紅、翠雲必及賈赦之人，而翠爲紅配，即是花紅柳緑。那幾個人，也都是年輕的人，他們更該有這個了。還有那邊珍大嫂子，他也不算很老，也常帶過佩鳳他們來，既及「尷尬人」，又及「嫌隙人」。又焉知不是他們的？況且園內丫頭太多，保不住多是正經的。或者年紀大些的，知道了人事，一刻查問不到，偷了出去，或借着因由，合二門上小幺兒們打牙撂嘴兒外頭得了的，也未可知呢！衆賓一主，已到司棋邊際。不但我沒此事，連平兒我也可以下保的。太太請細想。」

王夫人聽了這一夕話，恰很近情理，一夕話委曲詳明，得一「敏」字，而口角恰是鳳姐，不是探春，作者真能肖物。因歎道：「你起來。我也知道你是大家子的姑娘出身，不至這樣輕薄，不過我氣激你的話。又迴不是邪。但只如今卻怎麼處？你婆婆纔打發人封了這個給我瞧，把我氣了個死。」鳳姐道：「太太快別生氣。若被衆人覺察了，保不定老太太不知道。且平心静氣，暗暗訪察，才能得這個實在；縱然訪不出，外人也不能知道。如今惟有趁着賭錢的因由，革了許多人這空兒，把周瑞媳婦、旺兒媳婦等四五個貼近不能走話的人，安頓在園内，以查賭爲由。再如今，他們的丫頭也太多了，保不住人大心大，生事作耗，等鬧出來，反悔之不及。如今若無故裁革，不但姑娘們委屈煩惱，就連太太和我也過不去。不如趁此機會，以後凡年紀大些的，或有些咬牙難纏的，拏個錯兒攆出去，配了人。一則保得住没有别事，二則也可以省些用度。太太想我這話何如？」財色雙關，正鳳之用，而晴雯已死於此，不待王善保家也。王夫人歎道：「你説的何嘗不是。但從公細想，你這幾個姊妹，每人只有兩三個丫頭像人，餘者竟是小鬼兒似的，如今再去了，不但我心裏不忍，只怕老太太未必就依。雖然艱難，也還窮不至此。我雖没受過大榮華，比你們是强些，如今可以省我些，别委屈了他們。所謂王，所謂政。你如今且叫人傳周瑞家等人進來，就吩咐他們快快暗訪這事要緊。」鳳姐即喚平兒進來，吩咐出去。

一時，周瑞家的與吴興家的、鄭華家的、來旺家的、來喜家的現在五家陪房進來。抄檢大觀必以周瑞爲首，《易》理也。五家又有來喜，與小鵲同義。王夫人正嫌人少，不能勘察，忽見邢夫人的陪房王善保家的走來，道之以政，自必齊之以刑，故必用邢氏陪房；必姓王，則熙鳳在其中；必司棋之外祖母，則賈母在其中；其名善保，爲善報轉音，即「善有善報，惡有惡報」之意，正從《感應篇》生發也。正是方纔是他送香袋來的。王夫人向來看視邢夫人之得力心腹人等原無二意，今見他來打聽此事，便向他說：「你去回了太太，也進園來照管照管，比別人强些。」王善保家的因素日進園去，那些丫鬟們不大趨奉他，他心裏不自在，要尋他們的故事又尋不着，恰好生出這件事來，以爲得了把柄；又聽王夫人委託他，正碰在心坎上，道：「這個容易。不是奴才多話，論這事該早嚴緊些的。太太也不大往園裏去，這些女孩子們一個個倒像受了封誥似的，他們就成了千金小姐了。見黛之千金轉不如司棋之卓識。鬧下天來，誰敢哼一聲兒。不然，就調唆姑娘們，說欺負了姑娘們了，誰還躭得起！」王夫人道：「這也有的常情，跟姑娘們的丫頭，比別的姣貴些。」王善保家的道：「別的還罷了，太太不知，頭一個是寶玉屋裏的晴雯。那丫頭仗着他生的模樣兒比別人標緻些，又生了一張巧嘴，天天打扮像那西施樣子，在人跟前能說慣道，抓尖要强。一句話不投機，他就立起兩隻眼睛來罵人，妖妖調調，大不成個體統。」晴有取死之道，即黛有取死之道，一爲感，一爲應矣。

王夫人聽了這話，猛然觸動往事，「往事」二字乃恍惚之筆，不止下文。便問鳳姐道：「上次我們跟了老太太進園逛去，有一個水蛇腰削肩膀兒，眉眼又有些像林妹妹的，正在那裏罵小丫頭。我心裏很看不上那狂樣子。一生善罵，此狂切戒。因同老太太走，我不曾說得，後來要問是誰，又偏忘了。今日對了檻兒，這丫頭想必就是他了？」鳳姐道：「若論這些丫頭，共總比起來，都沒晴雯生得好。論舉止言語，他原輕薄些。方纔太太說的倒很像他，又恍惚又分明，語中有刺，足殺晴雯。我也忘了那日的事，不敢亂說。」自招承語。王善保家的便道：「不用這樣，此刻不難叫了他來，太太瞧瞧。」王夫人道：「寶玉房裏，常見我的，只有襲人、麝月，這兩個夯夯的倒好。若有這個，他自然不敢來見我的，我一生最嫌這樣的人。且又出來這件事。我好好的寶玉，寶玉又何嘗好好，甚矣，玉之宜監也。倘或叫這蹄子勾引壞了，那還了得。」因叫自己丫頭來，吩咐他道：「你去只說我有話問他，留下襲人、麝月伏侍寶玉不必來。有一個晴雯，最伶俐，叫他即刻快來。你不許和他說什麽！」

小丫頭答應了，走入怡紅院，正值晴雯身上不自在，睡中覺纔起來，此病將愈，此夢將醒。正發悶，聽如此說，只得隨了他來。素日晴雯不敢出頭，因連日不自在，並没十分妝飾，自爲無碍。及到了鳳姐房中，王夫人一見他釵斜鬢鬆，衫垂帶褪，大有春睡捧心之態。而且形容面貌恰是上月的那人，不覺勾起方纔的火來。王夫人便冷笑道：「好個美人兒！真像個『病西施』了。《五美吟》中第一人。你天天作這輕狂樣兒給誰看！你幹的事，打量我不知呢。言外有言。我且放着你，自然明兒揭你的皮！寶玉今日可好些兒？」晴雯一聽如此說，心内詫異，便知有人暗算了他，雖然着惱，只不敢作聲。他本是個聰明過頂的人，見問寶玉可好些，他便不肯以實話答應，忙跪下回道：「我不大到寶玉房裏去，又不常和寶玉在一處，好歹我不能知，那都是襲人和麝月兩個人的事，太太問他們。」王夫人道：「這就該打嘴。你難道是死人？要你們做什麽？」晴雯道：「我原是跟老太太的人，因老太太說園裏空大人少，寶玉害怕，所以撥了我去外間屋裏上夜，不過看屋子。我原回過我不能伏侍，老太太罵了我，『又不叫你管他的事，要伶俐的做什麽？』我聽了，纔不敢不去，纔去的。不過十天半月之内，寶玉叫着了，答應幾句話就散了。至於寶玉飲食起居，上一層有老奶奶老媽媽們，下一層有襲人、麝月、秋紋幾個人。我閒着還要做老太太屋裏的針綫，所以寶玉的事，竟不曾留心。太太既怪，從此後我留心就是了。」既寫鳳姐一番詳辯，又寫晴雯一番詭辯，無筆不轉，無轉不靈，歇末一語尤令人拍絶，果然有才如海，其筆如林。王夫人信以爲實了，忙説：「阿彌陀佛！你不近寶玉，是我的造化。造化在佛，直注卷末。竟不勞你費心！既是老太太給寶玉的，我明兒回了老太太再攆你。」令與寶玉同居套間之黛玉，亦賈母所給，回明再攆，注「始提親」。因向王善保家的道：「你們進去好生防他幾日，不許他在寶玉房裏睡覺，等我回過老太太再處治他。」喝聲：「出去！站在這裏，我看不上這浪樣兒。誰許你這樣花紅柳緑的妝扮！」此等處與「訓劣子」諸義參看，然後歎「大車哼哼」之猶賢也。晴雯只得出來，這氣非同小可，一出門，便拏手帕子握臉，一頭走，一頭哭，直哭到園内去。真寫得出，而必提手帕，手帕公案將結矣。

這裏王夫人向鳳姐等自怨道：「這幾年我越發精神短了，照顧不到。這樣妖精似的東西，妖由自作，竟没看見！只怕這樣的還有，明日倒得查查。」鳳姐見王夫人盛怒之際，又因王善保家的是邢夫人的耳目，常時調唆着邢夫人生事，縱有千百樣言語，此刻也不敢説，只低頭答應着。故作周旋，半底半面。王善保家的道：「太太且請息怒。這些小事，只交與奴才。如今要查這個，是極容易的。等到晚上園門關了的時節，内外不通風，我們竟給他們個冷不防，是讒口，是微言，不通風、冷不防，深意也。帶着人到各處丫頭們房裏搜尋。想來誰有這個，斷不單有這個，自然還有別的。那時翻出別的來，自然這個也是他的了。」王夫人道：「這話倒是。若不如是，斷乎不能明白。」兩王意見相合，即王姓聯宗演義。因問鳳姐：「如何？」鳳姐只得答應着：「太太説是，就行罷了。」王夫人道：「這主意很是，不然一年也查不出來。」再足二王相合，一年則卦氣一終。於是大家商議已定。

至晚飯後，待賈母安寢了，此老夢夢。寶釵等入園時，此日入園必提此人，乃大關目。王家的便請了鳳姐一並進園，喝命將角門皆上鎖，便從上夜的婆子處來抄揀起，不過抄揀些多餘攢下蠟燭燈油等物。必先以此等物作引，乃於幽暗中得光明也。王善保家的道：「這也是贓，不許動的，等明日回過太太再動。」於是先就到怡紅院中，主人翁處。喝命開門。寶玉因晴雯不自在，忽見這干人來，不知爲何，直撲了丫頭們的房門去，因迎出鳳姐來，問是何故。鳳姐道：「丟了一件要緊東西，要緊東西，寶玉也。因大家混賴，恐怕有丫頭們偷了，所以大家都查一查，去疑兒。」一面說，一面坐下吃茶。王家的等搜了一回，又細問：「這幾個箱子是誰的？」都叫本人來親自(己)開。襲人因見晴雯這樣，必有異事，又見這番抄揀，只得自己先出來打開了箱子並匣子，任其搜檢一番，不過平常通用之物。隨放下，又搜別人的。挨次都一一搜過，到晴雯的箱子，因問：「是誰的？怎麼不打開叫搜？」襲人方欲代晴雯開時，只見晴雯挽着頭髮闖進來，「豁啷」一聲，將箱子掀開，兩手提着底子，往地下一翻，將所有之物盡倒出來。真寫得出，是乃乾淨。王善保家的也覺沒趣兒，便紫漲了臉，說道：「姑娘別生氣，我們並非私自來的，原是奉太太的命來搜察。你們叫翻呢，我們就翻一翻；不叫翻，我們還許回太太去呢。那用急的這個樣子！」晴雯聽了這話，越發火上澆油，便指着他的臉說道：「你說你是太太打發來的，我還是老太太打發來的呢！太太那邊的人我也都見過，就只沒看見你這麼個有頭有臉大管事的奶奶！」犀利無前，至死不變。鳳姐見晴雯說話鋒利尖酸，心中甚喜，卻碍着邢夫人的臉，忙喝住晴雯。那王善保家的又羞又氣，剛要還言，鳳姐道：「媽媽你也不必合他們一般見識，你還只管搜你的。咱們還到別處走走呢。再遲了，走了風，我可擔不起。」王善保家的只得咬咬牙，且忍了這口氣，細細的看了一看，也無甚私弊之物，回了鳳姐，要別處去，鳳姐道：「你可細細的查，若這一番查不出來，難回話了。」衆人都道：「盡都細翻了，沒有什麼差錯東西，雖有幾樣男人物件，都是小孩子東西，想是寶玉的舊物，沒甚關係的。」冤各有頭，債各有主，寫來不拖不漏。鳳姐聽了笑道：「既然如此，咱們就走，再瞧別處去。」說着一徑出來，向王善保家的道：「我有一句話，不知是不是：要抄揀只抄揀咱們家的人，薛大姑娘屋裏，斷乎抄檢不得的。」賭頭既無他處人，抄揀又無他處事，是大眼目。王善保家的笑道：「這個自然，豈有抄起親戚家來的。」鳳姐點頭道：「我也這樣說呢。」一頭說，一頭到了瀟湘館內。方云不抄親戚，而已來瀟湘館內，黛玉非親戚乎？

黛玉已睡了，忽報這些人來，不知爲甚事，纔要起來，只見鳳姐已走進來，忙按住他不叫起來，只說：「睡着罷，我們就走的。」這邊且說些閒話。那王善保家的帶了衆人到了丫鬟房中，也一一開箱倒籠抄揀了一會，因從紫鵑房中，搜出兩副寶玉往常換下來的寄名符兒，一副束帶上的帔帶，兩個荷包並扇套，套內有扇子，打開看時，皆是寶玉往日曾用過的。諸物總一通靈寶玉演義，兩玉合一玉，必不容分者，見寶玉實寄於此也。王善保家的自爲得了意，遂忙請鳳姐過來驗視，又說：「這些東西從那裏來的？」鳳姐笑道：「寶玉和他們從小兒在一處混了幾年，直注賈母罪案。這自然是寶玉的舊東西。況且這符兒和扇子，都是老太太和太太常見的，媽媽不信，咱們只管拏了去。」王家的忙笑道：「二奶奶既知道就是了。」曾在饅頭庵枕邊，焉得不知。鳳姐道：「這也不算什麼稀罕事，撂下再往別處去是正經。」紫鵑笑道：「直到如今，我們兩下裏的賬也算不清，要問這一個，連我也忘了是那年月日有的了。」直認不諱，意淫之主也，所謂「玉帶林中掛」。

這裏鳳姐合王善保家的，又到探春院内。誰知早有人報與探春了。探春也就猜着必有原故，所以引出這等醜態來。醜從西從鬼，西爲金，此正金之作祟，而恰合探春見地。遂命衆丫頭秉燭開門而待。别有聲勢。一時衆人來了，探春故問：「何事？」鳳姐笑道：「因丢了一件東西，連日訪察不出人來，恐怕旁人賴這些女孩子們，所以大家搜一搜，使人去疑兒。倒是洗净他們的好法子。」探春笑道：「我們的丫頭，自然都是些賊，我就是頭一個窩主。如聞其聲，如見其人。既如是，先來搜我的箱櫃，他們所偷了來的，都交給我藏着呢。」迥不猶人，言如山倒，而「興利」實殘賊之主，自招承矣。説着，便命丫鬟們把箱一齊打開，將鏡奩妝盒衾袱衣包，若大若小之物，一齊打開，請鳳姐去抄閲。鳳姐陪笑道：「我不過是奉太太的命來，妹妹别錯怪了我。」因命丫鬟們：「快快給姑娘關上。」平兒、豐兒等先忙着替侍書等，關的關，收的收。探春道：「我的東西，倒許你們搜閲，要想搜我的丫頭，這卻不能。是何等心胸，是何等筆墨。我原比衆人歹毒，凡丫頭所有的東西，我都知道，都在我這裏間收着。一針一綫，他們也没得收藏。要搜，所以止來搜我。是又自任，與乖人參看。你們不依，止管去回太太，只説我違背了太太，該怎麽處治，我自去領。平日有作爲，斯臨事有擔當，用世者其知之。你們别忙，自然你們抄的日子有呢。演此特演「錦衣軍」回，特點明之。你們今日早起，不是議論甄家，自己家裏好好的抄家，果然今日真抄了！甄家之抄於此點出，此正真假往來之會。咱們也漸漸的來了！可知這樣大族人家，若從外頭殺來，一時是殺不死的。這可是古人説的『百足之蟲，死而不僵』，必須先從家裏自殺自滅起來，纔能一敗塗地呢！」説着，不覺流下淚來。固爲後文伏筆，而寫來有聲有色，非他小説可比。鳳姐只看着衆媳婦們。周瑞家的便道：「既是女孩子的東西，全在這裏，奶奶且請在别處去罷，也讓姑娘好安寢。」鳳姐便起身告辭。探春道：「可細細搜明白了，若明日再來，我就不依了。」以收拾爲生發，酣暢之極。鳳姐笑道：「既然丫頭們的東西都在這裏，就不必搜了。」探春冷笑道：「你果然倒乖，連我的包袱都打開了，還說没翻！明日敢說我護着丫頭，不許你們翻了。你趁早說明，若還要翻，不妨再翻一遍。」此語中有餒意，非爲此處寫，乃爲寶黛情事知而不言寫，蓋其心不能爲無慾之剛也，神工鬼斧，亦復何人解此文字！鳳姐知道探春素日與衆不同的，只得陪笑道：「已經連你的東西，都搜察明白了。」探春又問衆人：「你們也都搜明白了没有？」周瑞家的等都陪笑說：「都明白了。」

那王善保家的本是個心内没成算的人，是說賈母。素日雖聞探春的名，他想衆人没眼色，没膽量罷了，那裏一個姑娘就這樣利害起來，況且又是庶出，他敢怎麽着？自己又仗着是邢夫人的陪房，連王夫人尚另眼相待，何況他人？此等人到處有之，現身說法，作者婆心。只當探春認真單惱鳳姐，與他們無干，他便要乘勢作臉，因越衆向前，拉起探春的衣襟，故意一掀，嘻嘻的笑道：「連姑娘身上，我都翻了，果然没有什麽。」此筆異想天開，而探春已實被搜檢，「興利」殘賊，自取之矣！鳳姐見他這樣，忙說：「媽媽走罷，别瘋瘋顛顛的。」一語未了，只聽「啪」的一聲，王家的臉上早着了探春一巴掌。其聲直出紙上，一巴掌五陽也，以五陽決去一陰，正《夬》之象。探春登時大怒，指着王家的問道：「你是什麽東西？敢來拉扯我的衣裳！我不過看着太太的面上，你又有幾歲年紀，叫你一聲『媽媽』，你就狗仗人勢，天天作耗，曰狗曰耗，又劉老老演義。在我們跟前逞臉。如今越發了不得了，你索性望我動手動脚的了！你打諒我是同你們姑娘那麽好性兒，由着你們欺負，你就錯了主意了。你來搜檢東西，我不惱，你不該拏我取笑兒！」説着，便親自要解鈕子，解鈕又演《剥》象，雖《夬》而實爲《剥》也，詳在前評。拉着鳳姐兒細細的翻，「省得你們叫奴才來翻我！」鳳姐、平兒等都忙與探春理裙整袂，口内喝着王善保家的説：「媽媽吃兩口酒，就瘋瘋顛顛起來，前兒把太太也沖撞了。虚説而有實義，王與王合，不沖，何以六斷？不撞，何以六連？快出去，别再討臉了。」又忙勸探春：「好姑娘，别生氣，他算什麽，姑娘氣着倒值多了。」探春冷笑道：「我但凡有氣，早一頭碰死了。直注司棋。不然怎麽許奴才來我身上搜賊贓呢！明兒一早，先回過老太太、太太，再過去給大娘賠禮，該怎麽着，我去領。」那王善保家的討了個没臉，趕忙躲出窗外，只説：「罷了！罷了！這也是頭一遭挨打。我明兒回了太太，仍回老娘家去罷。又酷肖，而老娘家則劉老老到。這個老命還要他做什麽！」探春喝命丫鬟：「你們聽見他説話，還等我和他拌嘴去不成？」無非八數文字，餘勇可賈。侍書聽説，便出去説道：「媽媽你知點好歹兒，省一句兒罷！你果然回老娘家去，倒是我們的造化了。同爲一復。只怕你捨不得去，你去了，叫誰討主子的好兒，調唆着察考姑娘，折磨我們呢？」《復》從《剥》來。鳳姐笑道：「好丫頭，真是有其主必有其僕。」探春冷笑道：「我們做賊的人，嘴裏都有三言兩語的，就只不會背地裏調唆主子。」平兒忙也陪笑勸解，一面又拉了侍書進來，周瑞家的等人，勸了一番。鳳姐直待伏侍探春睡下，方帶着人在對過暖香塢來。

彼時李紈猶病在牀上，他與惜春是緊鄰，又與探春相近。故順路先到這兩處。因李紈纔吃了藥睡着，不好驚動，只到丫鬟們房中一一的搜了一遍，也没有什麽東西。人既宜略，文亦詳略相互。遂到惜春房中來。因惜春年少尚未識事，嚇的不知當有什麽事故，惜春爲《乾》之《坤》，年少未識事，乃「潛龍勿用」之意，嚇的不知甚麽事，乃「龍戰於野」、「陰疑於陽」之義。鳳姐少不得安慰他。誰知竟在入畫箱中，尋出一大包銀錁子來，約共三四十個，曰入畫，一大觀也，一八卦圖也。其實止一《坤》卦圖而已矣。納污含垢者坤，故於此得贓，曰三四十，仍歸寶釵巧數。爲查奸情反得賊贓。奸盜一致，畫總畫此。又有一副玉帶板子，不脱玉帶。並一包男人的靴襪等物。鳳姐也黄了臉，點明地道。因問：「是那裏來的？」入畫只得跪下哭訴真情，説：「這是珍大爺賞我哥哥的，寧爲首罪，乃搜檢大節目。因我們老子娘都在南方，先天八卦，《乾》在南方。如今只跟着叔叔過日子。惜亦跟叔嬸過日子，是隱罵赦、政、邢、王。我叔叔嬸子，只要吃酒賭錢，我哥哥怕交給他們，又花了，所以每常得了，悄悄的煩老媽媽帶進來，叫我收着的。」惜春膽小，見了這個，也害怕，説：「我竟不知道，這還了得？二嫂子要打他，好歹帶他出去打罷，我聽不慣的。」鳳姐笑道：「若果真呢，也倒可恕。隱然見不忍之心，義中有仁，復之機也。只是不該私自傳送進來。這個可以傳遞，怕什麽不可傳遞？申明陰陽遞嬗。這倒是傳遞的人不是了。若這話不真，倘是偷來的，你可就别想活了。」入畫跪哭道：「我不敢撒謊，奶奶明日只管問我們奶奶和大爺去，若説不是賞的，就拏我和哥哥一同打死無怨。」鳳姐道：「這個自然要問的。只是真賞的，你也有不是，誰許你私自傳送東西的？你且説是誰接應，我便饒你。下次萬萬不可。」惜春道：「嫂子，别饒他，這裏人多，若不管了他，那些大的聽見了，又不知怎麽樣呢。嫂子若依他，我也不依。」「其德剛健」。鳳姐道：「素日我看他還使得，誰没有一個錯兒。只這一次，二次再犯，二罪俱罰。但不知傳遞是誰？」惜春道：「若説傳遞，再無别個，必是後門上的張媽。即張太醫之張，是秦可卿案中人，即全幅畫圖中傳遞之人。他常和這些丫頭鬼鬼祟祟的，這些丫頭們也都肯照顧他。」鳳姐聽説，便命人記下，將東西且交給周瑞家的暫且拏着，等明日對明再議。誰知那老張媽原和王善保家有親，張、王皆《易》道，故曰有親。近因王善保家的在邢夫人跟前作了心腹人，便把親戚伙伴兒們，都看不到眼裏了。後來張家的氣不平，鬥了兩次口，彼此都不說話了。先合後分，正是《易》道，正是《易》畫。如今王家的，聽見是他傳遞，碰在他心坎兒上，更兼剛纔挨了探春的打，受了侍書的氣，没處發洩，聽見張家的這事，因攛掇鳳姐道：「這傳東西的事，關係更大。想來那些東西，自然也是傳遞進來的。奶奶倒不可不問。」鳳姐兒道：「我知道，不用你說。」於是别了惜春，方往迎春房内去。

迎春已經睡着了，丫鬟們也纔要睡，衆人叩門，半日纔開。鳳姐吩咐：「不必驚動姑娘。」安頓迎春，省無限累筆贅墨，且見春至無言。遂往丫鬟們房裏來。因司棋是王善保家的外孫女兒，點明黛玉。鳳姐要看他家的可藏私不藏私，遂留神看他搜檢。先從别人箱子搜起，亦皆無别物。及到了司棋箱中，隨意掏了一會，王善保家的說：「也没有什麽東西。」纔要關箱時，周瑞家的道：「這是什麽話？有没有，總要一樣看看纔公道。」必用周瑞破案，《易》道循環在此。說着，便伸手掣出一雙男子的錦襪，並一雙緞鞋。所謂脚踏實地。又有一個小包袱，打開看時，裏面是一個同心如意，有此同心如意，凡書中屢見之金玉如意一齊抹煞。並一個字帖兒。一總遞與鳳姐。鳳姐因理家務久，每每看帖看賬，也頗識得幾個字了。關合「一夜北風緊」詩句來歷。那帖是大紅雙喜箋，真鴛鴦。便看上面寫道：

上月你來家後，父母已覺察你我之意。賈、王諸人都到。但姑娘未出閣，寶釵到。尚不能完你我之心願。若園内可以相見，你可託張媽給一信息。若得在園内一見，倒比家來說話好。千萬，千萬！一園總主，千變萬化，無非説此。再所賜香珠二串，香玉絳珠，點定黛玉。今已查收。外特寄香袋一個，略表我心。千萬收好。千心萬心，無非一心。表弟潘又安拜具。美容貌人也，乃正映寶玉，與旺兒之子醜陋對看，蓉、薔諸人全照。

鳳姐看罷，不怒而反樂。別人並不識字。王善保家的，素日並不知道他姑表姊弟有這一節風流故事，見了這鞋襪，心内已是有些毛病。又見有一紅帖，鳳姐看着又笑，他便説道：「必是他們寫的賬目不成字，「饅頭庵」也是這賬。所以奶奶見笑。」鳳姐笑道：「正是，這個賬竟算不過來，你是司棋的老娘，他的表弟也該姓王，怎麽又姓潘呢？」王善保家的見問得奇怪，只得勉强回道：「司棋的姑媽給了潘家，所以他姑表兄弟姓潘。上次逃走了的潘又安，就是他。」棋出舅家，則棋轉爲寶。潘出姑家，則潘轉爲黛。顛倒陰陽，是真《易》道，是真鴛鴦。鳳姐笑道：「這就是了。」因説：「我念給你聽聽。」説着，從頭念了一遍，大家都唬一跳。這王家的一心只要拏人的錯兒，不想反拏住他外孫女兒，明説感應，大衆一齊回向。他又氣又臊。周瑞家的四人聽見鳳姐兒念了，都吐舌頭摇頭兒。周瑞家的道：「王大媽聽見了！這是明明白白，再没得話説了！各爲感應。這如今怎麽樣呢？」王家的只恨無地縫兒可鑽。鳳姐只瞅着他，抿着嘴兒嘻嘻的笑，向周瑞家的道：「這倒也好，不用他老娘操一點心兒。鴉雀不聞，就給他們弄了個好女婿來了。」惜黛之所不能。周瑞家的也笑着湊趣兒，王家的無處煞氣，只得打着自己的臉罵道：「老不死的娼婦，怎麽造下孽了！説嘴打嘴，現世現報。」現身説法。衆人見他如此，要笑又不敢笑，也有趁願的，也有心中感動報應不爽的。明點感應。鳳姐見司棋低頭不語，也並無畏懼慚愧之意，倒覺可異。料此時夜深，且不必盤問，只怕他夜間自尋短志，遂唤兩個婆子監守，且帶了人拏了贜證，回來歇息，等待明日料理。寫得恰好，承上起下，必不可少。誰知夜裏下面淋血不止，次日便覺身體十分軟弱起來，藉演山崩，即爲安置地步，文字恰好。遂掌不住。請醫診視，開方立案，說要保重而去。老嬤嬤們拏了方子，回過王夫人，不免又添一番愁悶。遂將司棋之事，暫且擱起。

可巧這日尤氏來看鳳姐，坐了一回，又看李紈等。忽見惜春遣人來請，尤氏到他房中，惜春便將昨夜之事，細細告訴了。又命人將入畫的東西，要來與尤氏過目。入下半回。尤氏道：「實是你哥哥賞他哥哥的，只不該私自傳送，如今官鹽反成了私鹽了。」鹽爲北方至陰之味，實《復》之所從生。因罵入畫：「糊塗東西！」鴛鴦圖畫正是糊塗東西，前評屢詳。惜春道：「你們管教不嚴，反罵丫頭。這些姊妹，獨我的丫頭沒臉，我如何去見人？」由之之不早辨，發言警省。昨兒叫鳳姐姐帶了他去又不肯，今日嫂子來的恰好，快帶了他去，或打或殺或賣，我一概不管。」入畫聽說，跪地哀求，百般苦告。尤氏和媽媽等人，也都十分解說：「他不過一時糊塗，下次再不敢的。看他從小兒伏侍一場。」誰知惜春年幼天性孤僻，任人怎說，只是咬定牙斷乎不肯留着，更又說道：「不但不要入畫，如今我也大了，連我也不便往你們那邊去的。是穉語，是剛斷，而畫中人之罪有如此。況且近日聞得多少議論，當與「惑偏私」回評語參看。我若再去，連我也編派。」無剥不復。尤氏道：「誰敢議論什麽？又有什麽可議論的？姑娘是誰？我們是誰？姑娘既聽見人議論我們，就該問着他纔是。」口吻見地，李、鳳之介有此一人，令人認得。惜春冷笑道：「你這話問着我倒好。我一個姑娘家，只好躲是非的。我反尋是非，成個什麽人了？「括囊无咎」。況且古人說的，『善惡生死，父子不能有所勗助。』何況你我二人之間？我只能保住自己就彀了，以後你們有事，好歹別累我。」《坤》之貞順，已透末局。

尤氏聽説，又氣又好笑，因向地下衆人道：「怪道人人都説四姑娘年輕糊塗，我只不信，你們聽這些話，無原無故，又没輕重，真真的叫人寒心。」衆人都勸説道：「姑娘年輕，奶奶自然該吃些虧的。」惜春冷笑道：「我雖年輕，這話卻不年輕。乃劉老老，《坤》一老陰，《乾》一老陽也。你們不看書，不識字，此書洵不易看，此字洵不易識。都是獃子，倒説我糊塗。」尤氏道：「你是狀元，《乾》元《坤》元正《易》之首，故以狀元目之，而婦人口角如聞。第一個才子，我們糊塗人，不如你明白。」惜春道：「據你這話，就不明白。狀元難道没有糊塗的？」部《易》理糊塗，正是狀元糊塗，而以駁語出之又肖。可知你們這些人，都是世俗之見，那裏眼裏識得真假，心裏分得出好歹來？此是説看此書者。你們要看真人，總在最初一步的心上想起，直揭「七日來復」之義，所謂「一陽初動處，萬物未生時」。惜春了義，《紅樓夢》了義也。纔能明白呢！」便是翠縷所云明白。尤氏笑道：「好，纔是才子，這會子又做大和尚，又講起參悟來了。」惜春道：「我也不是什麽參悟，指明此書不演空空。我看如今人一概也都是入畫一般，没有什麽大説頭兒。」因有此書。尤氏道：「可知你真是個心冷嘴冷的人。」「冷」字特點，此書已了。惜春道：「怎麽我不冷？我清清白白的一個人，爲什麽叫你們帶累壞了？」尤氏心内原有病，怕説這些話，聽説有人議論，已是心中着惱，只是今日惜春分上，不好發作，忍耐了大半天。今見惜春又説這話，因按捺不住，便問道：「怎麽就帶累了你？你的丫頭的不是，無故説我。我倒忍了這半日，你倒越發得了意，只管説這話。你是千金小姐，我們以後就不敢親近你，(仔)(你)細些帶累了小姐的美名兒，即刻就叫人將入畫帶了過去。」入畫則大觀生，出畫則大觀滅，無窮生滅，總由一畫。説着，便賭氣起身去了。惜春道：「你這一去了，若果然不來，倒也省了口舌是非，大家倒還乾净。」「多聞闕疑，慎言其餘，則寡尤。」作者有此鑑戒。因借一多言自殺之黛玉作爲《紅樓夢》一書，而以「乾净」二字結之，此處特爲點出。尤氏也不答應，一徑往前邊去了。

不知後事如何，且看下回分解。

上半回曰「惑奸讒」，從晴雯生，而實從黛玉生。因林生榮，故於「查抄」前去黛玉，於「抄檢」後去晴雯。熱而冷，興而敗，此上半了之。

下半回曰「避嫌隙」，從尤氏生，實從秦氏生也。造釁開端，至此結案，因榮而及寧，乃因寧以及榮也。歹而好，假而真，此下半了之。

自「嫌隙人」回至此爲一大段，乃總括以下四十六回，作一複本文字也。鴛鴦晝就，安排冷熱，還他死死生生；《感應篇》成，收拾東西，早已乾乾净净。春囊任繡，傻丫頭何意何心；喜帖自書，玉桂兒誰强誰弱。不待錦衣驄馬，大觀園已破奸贓；何須金鳳明珠，黑地獄尚尋嫌隙。睚眦必報，毫髮無差。請溯最初，共談文妙。

護花主人評曰：

搜檢大觀園，是抄家預兆。杜絶寧國府，是出家根由。

迎春一味懦弱，探春主意老辣，惜春孤介性癖，三人身分不同，可知結果均異。

鳳姐向王善保家的説：「要抄檢，只抄檢咱們家的人。薛大姑娘屋裏，斷乎抄檢不得的。」王善保家的説：「這個自然，豈有抄起親戚家來的。」試問林姑娘獨非親戚乎？則黛玉之受欺，不止不給月銀一端，宜乎其日以淚痕洗面也。

侍書之説話鋒利，晴雯之性情躁急，及入畫之哭訴實情，司棋之並無慚懼，各人肚裏，各有主意，而司棋之視死如歸，已於此定念。

鴛鴦偷賈母箱子，於此回補出。又帶寫邢夫人之見小貪利，王鳳姐之善於安頓，三面俱到。

大某山民評曰：

寶釵屋裏，緣親戚不可抄，而黛玉獨非其例耶？王善保家的欲將荷包、扇袋作把柄，以爲得意。斯時人聲鼎沸，雞犬不寧，而高卧者置若罔聞，諺曰小事不足道。

此回仍是甲寅年秋間事，下回入中秋。

第七十五回　開夜宴異兆發悲音　賞中秋新詞得佳讖

話説尤氏從惜春處賭氣出來，正欲往王夫人處去，跟從的老嬤嬤們因悄悄的道：「回奶奶：且別往上房去。纔有甄家的幾個人來，還有些東西，不知是做什麽機密事。奶奶這一去，恐怕不便。」尤氏聽了道：「昨日聽見你老爺説：看見抄報上，甄家犯了罪，現今抄沒家私，再寫甄家抄沒，而此卷發端正太虚境聯語注釋。調取進京治罪。怎麽又有人來？」老嬤嬤道：「正是呢。纔來了幾個女人，氣色不成氣色，慌慌張張的，想必有甚麽瞞人的事。」尤氏聽了，便不往前去，仍往李紈這邊來了。真假往來是爲理，故仍到此處。恰好太醫纔診了脈去。李紈近日也覺清爽了些，「七日來復」。擁衾倚枕，坐在牀上，正欲人來説些閒話。因見尤氏進來不似方纔和藹，只呆呆的坐着，李紈因問道：「你過來了，可吃些東西？只怕餓了。」命素雲：「瞧有什麽新鮮點心拿來。」尤氏忙止道：「不必，不必。你這一晌病着，那裏有什麽新鮮東西？況且我也不餓。」李紈道：「昨日人家送來的好茶麵子，倒是對碗來你喝罷。」説畢，便吩咐去對茶。尤氏出神無語。跟來的丫頭媳婦們，因問：「奶奶今日中晌尚未洗臉，這會子趁便可淨一淨好？」尤氏點頭。李紈忙命素雲來取自己妝奩。素雲又將自己脂粉拿來，笑道：「我們奶奶就少這個，奶奶不嫌腌臢，能着用些。」李紈道：「我雖没有，你就該往姑娘們那裏去取，怎麼公然拏出你的來？幸而是他，若是别人，豈不惱呢？」尤氏笑道：「這何妨。」説着，一面洗臉。丫頭又只彎腰捧着臉盆。李紈道：「怎麼這樣没規矩？」那丫頭趕着跪下。既以麵茶演誠意，又以浄面演滌污，而上下之介、禮義之防，隱然言外。請問看官是《大學》否？尤氏笑道：「我們家下大小的人，只會講外面假禮假體面，究竟做出來的事都彀使的了。」李紈聽如此説，便已知道昨夜的事。因笑道：「你這話有因，誰做的事竟彀使的了？」尤氏道：「你倒問我！你敢是病着死過去了？」昨日之事，抄没之事也。由假而來，死過則生來，即譬如昨日死今日生之義，是謔語，是微言，而口角逼肖。

一語未了，只見人報：「寶姑娘來了。」昨夜之事，正因此人而生，故陡接他來。二人忙説「快請」時，寶釵已走進來。尤氏忙擦臉起身讓坐，因問：「怎麼一個人忽然走進來，「一個人」問得最妙，一切敗壞悉一個人。别的姊妹都不見？」寶釵道：「正是，我也没有見他們。只因今日我們媽媽身上不自在，家裏兩個女人也都因時症未起炕，别的靠不得，我今兒要出去伴着老人家夜裏作伴。大觀既没，此人可出。要去回老太太、太太，我想又不是什麼大事，且不用提，等好了，我横豎進來的。安坐以待「成大禮」。所以來告訴大嫂子一聲。」理數歸結。李紈聽説，只看着尤氏笑。尤氏也看着李紈笑。煞有神情，而兩「笑」字特重。一時尤氏盥洗已畢，大家吃麵茶。李紈因笑着向寶釵道：「既這樣，且打發人去請姨娘的安，問是何病？我也病着，不能親自去看。好妹妹，你去只管去，我且打發人去到你那裏去看屋子。你好歹住一兩天，還進來，别教我落不是。」寶釵笑道：「落什麼不是呢？也是人之常情。你又不曾賣放了賊。以賊自認，與探春等。依我的主意，也不必添人過去，竟把雲丫頭請了來，你和他住一兩日，豈不省事？」雲歸於理，此夢醒矣。尤氏道：「可是，史大妹妹往那裏去了？」寶釵道：「我纔打發他們找你們探丫頭去了，叫他同到這裏來，我也明白告訴他。」

正説着，果然報：「雲姑娘和三姑娘來了。」大家讓坐已畢，寶釵便説要出去的事。探春道：「很好，不但姨媽好了還來，就便好了不來也使得。」迥不猶人，是何怪筆。尤氏笑道：「這話奇怪，怎麽攆起親戚來了？」探春冷笑道：「正是呢，有别人攆的，不如我先攆。社起於他，社散於他，自下一歎注脚。親戚們好，也不在必要死住着纔好。咱們倒是一家子親骨肉呢，一個個不像烏眼雞似的，「飛鳥各投林」，仍不脱西金。恨不得你吃了我，我吃了你！」骨肉自殘，作者傷之。尤氏忙笑道：「我今兒是那裏來的晦氣？偏都碰着你姊妹的氣頭上了。」探春道：「誰叫你趁熱火來了？」照顧制金。因問：「誰又得罪了你呢？」因又尋思道：「鳳丫頭也不犯合你慪氣。卻是誰呢？」尤氏只含糊答應。探春知他畏事，不肯多言，因笑道：「你别妝老實了。除了朝廷治罪，没有砍頭的，你不必唬的這個樣兒。告訴你罷：我昨日把王善保家那老婆子打了，我還頂着罪呢。不過背地裏説我些閑話，難道也還打我一頓不成？」聲情曲肖，至理存焉。寶釵忙問：「因何又打他？」探春悉把昨夜的事，一一都説了出來。昨夜事獨無寶釵，正獨在寶釵也，一切奸贓令人想見，是背攻法。尤氏見探春已經説了出來，便把惜春方纔的事，也説了出來。探春道：「這是他向來的脾氣，孤介太過，我們再扭不過他的。」隨案隨斷。又告訴他們説：「今日一早不見動静，打聽了鳳丫頭病着，就打發人四下打聽王善保家的是怎樣。回來告訴我説：『王善保家的挨了一頓打，嗔着他多事。』」尤氏、李紈道：「這倒也是正理。」探春冷笑道：「這種遮人眼目兒的事，誰不會做？且再瞧就是了。」尤氏、李紈皆默無所答。一時丫頭們來請用飯，湘雲、寶釵回房，打點衣衫，不在話下。

尤氏辭了李紈往賈母這邊來。賈母歪在榻上，王夫人正説甄家因何獲罪，如今抄没了家産，來京治罪等語。賈母聽了，心中甚不自在。恰好見他姊妹來了，因問：「從那裏來的？可知鳳姐妯娌兩個病着，今日怎麽樣？」方説真假抄没，便及真假兩人，皆大指點。尤氏等忙回道：「今日都好些了。」賈母點頭歎道：「咱們别管人家的事，且商量咱們八月十五賞月是正經。」圓滿功德、天心人事俱集於「八月十五」四字，是曰正經，前後諸評盡之矣。王夫人笑道：「已預備下了，不知老太太揀在那裏好？只是園裏恐夜晚風涼。」「風涼」二字特題。賈母笑道：「多穿兩件衣服何妨？一部大觀，盈虚消長，令人各知禦寒。那裏正是賞月地方，豈可倒不去的？」

説話之間，媳婦們擡過飯桌，王夫人、尤氏等忙上來放箸捧飯。賈母見自己幾色菜已擺完，另有兩大捧盒内，盛了幾色菜，便是各房孝敬的舊規矩。將演賞月，必從吃飯起，而特提孝敬，乃一書作意也。其漸入蕭索，已即從此處發端。賈母説：「我吩咐過幾次，蠲了罷，都不聽，也只罷了。」王夫人笑道：「不過都是家常東西。今日我吃齋，没有别的，那些麵筋豆腐老太太又不甚愛吃，只揀了一樣椒油蓴齏醬來。」賈母笑道：「我倒也想這個吃。」鴛鴦聽説，便將碟子挪在跟前，寶琴一一的讓了，方歸坐。賈母便命探春來同吃，探春又都讓過了，便和寶琴對面坐下。鳳之辣，王之齋，而爲賈母所喜，此陰陽氣數不能禁止，可爲長歎者也。故陪食必有琴、探。侍書忙去取了碗箸，鴛鴦又指那幾樣菜道：「這兩樣看不出是什麽東西來，是大老爺孝敬的。孝敬之物而看不出什麼東西，寫得絕倒。這一碗是雞髓筍，是外頭老爺點上來的。」一面說，一面就將這碗筍送至桌上。賈母略嘗了兩點，便命將那幾樣，着人都送回去，「就說我吃了，已後不必天天送。我想什麼，自然着人來要。」享政不享赦，面演偏愛，底注復機。而不令再進，廢孝廢敬，罪歸史也。媳婦們答應着，仍送過去，不在話下。

賈母因問：「拏稀飯來，吃些罷。」尤氏早捧過一碗來，說是紅稻米粥。賈母接來吃了半碗，便吩咐：「將這粥送給鳳姐兒吃去。」又指着這一盤果子，獨給平兒吃去。因鳳及平，既寫史之偏心；李、鳳同病而一物不及賜，則李之知而不言爲無罪矣。以果及平，又以見惟平則有結果。又向尤氏道：「我吃了，你就來吃了罷。」尤氏答應着，侍賈母漱口洗手畢，賈母便下地，和王夫人說閒話行食。尤氏告坐吃飯。此人乃寧府復機，故又及之。賈母又命鴛鴦等來陪吃。重注「殉主」。賈母見尤氏吃的，仍是白米飯，因問說：「怎麼不盛我的飯？」丫頭們回道：「老太太的飯完了。一語凄然，已到壽終。今日添了一位姑娘，所以短了些。」鴛鴦道：「如今都是『可着頭做帽子』了，要一點兒富餘也不能的！」六陽已盡。王夫人忙回道：「這兩年旱澇不定，田上的米，都不能按數交的，歸之天地。這細米更艱難，所以都是可着吃的做。」賈母笑道：「正是『巧媳婦做不出沒米粥來』。」寶釵了義，巧姐了義。衆人都笑起來。鴛鴦回頭，向門外伺候媳婦們道：「既這樣，你們把三姑娘的飯拏來添上。」何等支絀，由興入敗，寫來匪易，而食之無餘，必從探春寫出，甚言興利正以致敗也。尤氏笑道：「我已彀了，不用去取。」鴛鴦道：「你彀了，我不會吃的？」媳婦們聽說，方忙着取去。一時王夫人也去用飯，這裏尤氏直陪賈母說話取笑，到起更的時候，賈母說：「你也過去罷。」尤氏方告辭，走至二門外，上了車，衆媳婦放下簾子來，四個小厮拉出來，套上牲口，幾個媳婦帶着小丫頭子們先走，到那邊大門口等着去了。這裏送的丫頭們也回來了。

尤氏在車内，因見自己門首兩邊獅子下，放着四五輛大車，大觀之抄因賭，此亦因賭，而必提獅子，即湘蓮所説之石獅子，與春囊正相激射，財色雙縮也。便知係來赴賭之人。向小丫頭銀蝶兒道：白蝶也，「紙灰飛作白蝴蝶」，此夢醒矣。「你看，坐車的是這些，騎馬的又不知有幾個呢！」説着，進府，已到了廳上。賈蓉媳婦帶了丫鬟媳婦，也都秉着羊角手罩，接了出來。尤氏笑道：「成日家我要偷着瞧瞧他們賭錢，也没得便，今兒倒巧，必用尤氏偷瞧，所謂罪自外至，而「巧」字一提，乃書之眼。順便打他們窗户跟前走過去。」衆媳婦答應着，提燈引路。又有一個先去悄悄的知會伏侍的小厮們，不要失驚打怪。於是尤氏一行人，悄悄的來至窗下，只聽裏面稱三讚四，要笑之音雖多，又兼有恨五罵六，忿怨之聲亦不少。頓筆整齊，而大道寓焉。

原來賈珍近因居喪，不得遊玩，無聊之極，便生了個破悶的法子，日間以習射爲由，請了幾位世家弟兄及諸富貴親友來較射。因説：「白白的只管亂射，終是無益，不但不能長進，且壞了式樣。必須立了罰約，賭個利物，大家纔有勉力之心。」因此，天香樓下箭道内立了鵠子，皆約定每日早飯後時射鵠子。賈珍不便出名，便命賈蓉做局家。這些都是少年，正是鬭雞走狗、問柳評花的一干遊俠紈袴。因此大家議定，每日輪流作晚飯之主。天天宰猪割羊，屠鵝殺鴨，好似「臨潼鬭寶」的一般，都要賣弄自己家裏的好廚役，好烹調。不到半月工夫，賈政等聽見這般，不知就裏，反説：「這纔是正理，文既誤了，武也當習。況在武蔭之屬。」遂也命寶玉、賈環、賈琮、賈蘭等四人，於飯後過來，跟着賈珍習射一回，方許回去。此一段推原曲中世情，意暢詞圓，已足爽人心目，而横插賈政一節，寫「漸」字、寫「昏」字，立失教罪案，乃轉不及賈赦，此《春秋》責備賢者也，尤令人笑，令人歎。賈珍志不在此，再過幾日，便漸次以歇肩養力爲由，晚間或抹骨牌，賭個酒東兒，以後漸次至錢。如今三四個月光景，竟一日一日的賭勝於射了，公然鬭葉擲骰，放頭開局，大賭起來。家下人借此各有些利益，巴不得如此，所以竟成了局勢。外人皆不知一字。一字，「漸」字也，而人皆不知。請問誰是一眼讀《紅樓》，一眼讀「履霜堅冰」之一爻者？近日邢夫人胞弟邢德全五行生尅，無非刑德；因射及賭，成即以敗，是謂邢德全。一名概《易》理，一名概此書，而必曰胞弟，與邢岫烟有分别。也酷好如此，所以也在其中。又有薛蟠，頭一個慣喜送錢與人的，見此豈不快樂？這邢德全雖係邢夫人的胞弟，卻居心行事，大不相同，他只知吃酒賭錢，眠花宿柳爲樂，手中濫漫使錢，待人無心，因此都叫他傻大舅。與傻大姐同一傻，合閱彼評。則閒人以此名爲《易》理不謬。薛蟠早已出名的獃大爺。曰傻曰獃，仍注黛玉書主。今日二人湊在一處，都愛搶快，便會了兩家，在外間炕上搶快。又有幾個又在當地下大桌子上趕羊。裏間又有一起斯文些的，抹骨牌打天九。此間伏侍的小厮，都是十五歲以下的孩子。此是前話。一提一頓，筆力千鈞，而前話正是後話。

且説尤氏潛至窗外偷看，其中有兩個陪酒的小幺兒，都打扮得粉妝錦飾。今日薛蟠又擲輸了，正沒好氣，幸而後手裏漸漸的翻過來了，除了沖賬的，反贏了好些，心中只是興頭起來。賈珍道：「且打住，吃了東西再來。」因問：「那兩處怎麽樣？」裏頭打天九、趕老羊的未清，先擺下一桌，賈珍陪着吃。薛蟠興頭了，便摟着一個小幺兒吃酒，又命將酒去敬傻大舅。傻大舅輸家，沒心腸，吃了兩杯，便有些醉意，嗔着陪酒的小幺兒，只趕贏家不理輸家了。因駡道：「你們這起兔子，真是些沒良心的忘八羔子！

天天在一處，誰的恩你們不沾？只不過這會子輸了幾兩銀子，你們就這樣三六九等兒的了。難道從此以後，再没有求着我的事了？」衆人見他帶酒，那些輸家不便言語，只抿着嘴兒笑。那些贏家忙説：「大舅駡的很是，這小狗攮的們都是這個風俗兒。」因笑道：「還不給舅太爺斟酒呢。」兩個小孩子都是演就的圈套，忙都跪下奉酒，扶着傻大舅的腿，一面撒嬌兒説道：「你老人家别生氣，看着我們兩個小孩子罷。我們師父教的：不論遠近厚薄，只看一時有錢的便親近。你老人家不信，回來大大的下一注，贏了，再瞧瞧我們兩個是什麽光景兒。」説的衆人都笑了。從尤氏眼中耳中寫，一切盡態極妍，意嚴筆戲。這傻大舅掌不住也笑了，一面伸手接過酒來，一面説道：「我要不看着你們兩個素日怪可憐兒的，我這一脚把你兩個小蛋黄子踢出來。」説着，把腿一擡。兩個孩子趁勢兒爬起來，越發撒嬌撒癡的，拏着灑花絹子，托了傻大舅的手，把那鍾酒灌在傻大舅嘴裏。傻大舅哈哈大笑着，一揚脖子，把一鍾酒都喝乾了，因擰了那孩子的臉一下兒説道：「我這會子看着，又怪心疼的了。」寫「傻」字又是一副樣本，令人叫絶，何其才之無窮耶。

正説着，忽然想起舊事來，乃拍案對賈珍説道：「昨日我和你令伯母慪氣，你可知道麽？」賈珍道：「不曾聽見。」邢大舅歎道：「就爲錢這件東西。老賢甥，你不知我們邢家的底裏。我們老太太去世時，我還小呢，世事不知。他姊妹三個人，只有你令伯母居長，映射尤氏。他出閣時，把家私都帶了過來。如今你二姨兒也出了閣了，家裏也很艱窘。你三姨兒尚在家裏。映射尤二姐、尤三姐。一應用度，都是這裏陪房王善保家的掌管，我就是來要幾個錢，也並不是要賈府裏的家私，我邢家的家私也就彀我花了，無奈竟不能到手，你們就欺負我没錢。」重明感應，而三邢餘一，則僅存上爻一陽，加王之《坤》於下，仍是山地《剥》義。賈珍見他酒醉，外人聽見不雅，忙用話勸解。外面尤氏等聽得十分真切，乃悄向銀蝶兒等笑説：「你聽見了，這是北院裏大太太的兄弟抱怨他呢。王仁亦到，而大太太居北院，所謂「投畀有北」也，與黑油大門相發明。可見他親兄弟還是這樣，就怨不得這些人了。」因還要聽時，正值趕老羊的那些人也歇住了，要酒。有一個人問道：「方纔是誰得罪了舅太爺？我們竟没聽明白。且告訴我們，評評理。」邢德全把兩個陪酒的孩子不理的話，説了一遍。那人接過來就説：「可惱！怨不得舅太爺生氣。我問你：舅太爺不過輸了幾個錢罷咧，並没有輸掉了雞巴，怎麽你們就不理他了？」説着，大家都笑起來。邢德全也噴了一地飯，用刑德大道以演此書，只供噴飯而已。説：「你這個東西，行不動兒就撒村搗怪的。」撒村搗怪悉入尤氏之耳，自取之而已，而文字關節異樣生動。尤氏在外面聽了這話，悄悄的啐了一口，駡道：「你聽聽，這一起没廉恥的小挨刀的，再灌喪了黄湯，還不知唚出些什麽新樣兒的來呢。」一面便進去，卸妝安歇。至四更時，賈珍方散，往佩鳳房裏去了。

次日起來，就有人回：「西瓜、月餅都全了，只待分派送人。」賈珍吩咐佩鳳道：「你請奶奶看着送罷，我還有别的事呢。」佩鳳答應去了，回了尤氏，一一分派遣人送去。一時佩鳳來説：「爺問奶奶今兒出門不出門，説咱們是孝家，「孝」字大書特書。十五過不得節，今兒晚上倒可以大家應個景兒呢。」尤氏道：「我倒不願意出門呢，那邊珠大奶奶又病了，璉二奶奶也躺下了，我再不去，越發没個人了。」東西合一，從此收拾。佩鳳道：「爺説奶奶出門好歹早些回來，叫我跟了奶奶去呢。」尤氏道：「既這麽樣，快些吃了，我好走。」佩鳳道：「爺説早飯在外頭吃，請奶奶自己吃罷。」尤氏問道：「今日外頭有誰？」佩鳳道：「聽見外頭有兩個南京新來的，倒不知是誰。」《易》道自南而北，其理隱微，借不知是誰以演之。說畢，吃飯更衣，尤氏等仍過榮府來，至晚方回去。

果然賈珍煮了一口猪，燒了一腔羊，猪羊之宴。備了一桌菜蔬果品，在會芳園叢緑堂中，此園已拆，今又見之，空中樓閣，作如是觀，至彙羣芳而叢緑，則三春消歇矣。帶領妻子姬妾先吃過晚飯，然後擺上酒，開懷作樂賞月。孝家如是，其孝可知，乃東上起下大落墨處。將一更時分，真是風清月朗，銀河微隱。不雕不琢，寫來乃爾清佳。賈珍因命佩鳳等四個人也都入席，下面一溜坐下，猜枚搳拳。飲了一回，賈珍有了幾分酒，高興起來，便命取了一枝紫竹簫來，命佩鳳吹簫，文花唱曲。喉清韻雅，真令人魄散魂消。簫消花散，此宴當之。唱罷，復又行令。那天將有三更時分，賈珍酒已八分，大家正添衣喝茶，換盞更酌之際，忽聽那邊牆下有人長歎之聲。大家明明聽見，都毛髮悚然。賈珍忙厲聲叱問：「誰在那邊？」連問幾聲，無人答應。尤氏道：「必是牆外邊人家人，也未可知。」賈珍道：「胡說。「萬惡淫爲首，百行孝居先」，乃胡老名公經營大觀主意，故於此處大書「胡說」。莫作閒言看過。這牆四面皆無下人的房子，況且那邊又緊靠着祠堂，焉得有人？」一語未了，只聽得一陣風聲，竟過牆去了，恍惚聞得祠堂内槅扇開闔之聲，只覺得風氣森森，比先更覺悽慘起來。看那月色時，也淡淡的不似先前明朗，衆人都覺毛髮倒竪。罪通天祖，寫得怕人，繪北風寒、繪雲漢熱具半幅中，洵爲奇觀。賈珍酒已嚇醒了一半，只比別人掌得住些，心裏也十分警畏。以賈珍而知警畏，見桀紂亦可悔禍之人，何等期望。便大没興頭，勉强又坐了一會，也就歸房安歇去了。

次日一早起來，乃是十五日，帶領衆子侄，開祠行朔望之禮，細察祠内，都仍是照舊好好的，並無怪異之迹。賈珍自以爲醉後自怪，千古喪敗，一言盡之。也不提此事。禮畢，仍舊閉上門，看着關鎖好了。賈珍夫妻至晚飯後，方過榮府來。只見賈赦、賈政都在賈母房裏坐着説閑話兒，與賈母取笑呢。賈璉、寶玉、賈環、賈蘭皆在下侍立。又正敍天倫之樂。賈珍來了，都一一見過，説了兩句話，賈珍方在挨門小杌子告了坐，側着身子坐下。賈母笑問道：「這兩日，你寶兄弟的箭如何了？」爲刑爲德，此人主之，以補筆爲提筆。賈珍忙起身笑道：「大長進了，不但式樣好，而且弓也長了一個勁。」賈母道：「這也彀了，且別貪力，仔細努傷着。」賈珍忙答應了幾個「是」。賈母又道：「你昨日送來的月餅好。西瓜看着倒好，打開也罷了。」賈珍答應：「月餅是新來的一個專做點心的廚子，我試了試果然好，纔敢做了孝敬來的。西瓜往年都還可以，不知今年怎麽就不好了。」賈政道：「大約今年雨水太勤之過。」特借瓜餅，説人事、説天心。賈母笑道：「此時月亮已上來了，喈們且去上香。」説着，便起身扶着寶玉的肩，帶領衆人，齊往園中來。

當時園子正門俱已大開，吊着羊角燈。嘉蔭堂月臺上，焚着斗香，秉着燭，陳設着瓜果月餅等物。邢夫人等皆在裏面久候。真是月明燈彩，人氣香烟，晶豔氤氲，不可名狀。整鍊之極。地下鋪着拜毯錦褥。賈母盥手上香，拜畢，與「禱天」回相爲掩映。於是大家皆拜過。賈母便説：「賞月在山上最好。」因命在那山上的大花廳上去。衆人聽説，就忙着在那裏鋪設。賈母且在嘉蔭堂中吃茶少歇，説些閒話。一時，人回：「都齊備了。」賈母方扶着人上山來。王夫人等因回説：「恐石上苔滑，還是坐竹椅子上去。」賈母道：「天天打掃，況且極平穩的寬路，何必不疏散疏散筋骨？」纔平穩而賈赦旋被石絆，人甚勿自恃也。於是賈赦、賈政等在前引路，又是兩個老婆子，秉着兩把羊角手罩，鴛鴦、琥珀、尤氏等貼身〔攙〕（換）扶，邢夫人等在後園隨，從下逶迤不過百餘步，到了土山峯脊上，便是這座敞廳。因在山之高脊，故名曰凸碧山莊。凸碧、凹晶，新鮮典雅，而日月盈虛，陰陽消長，總括之矣。廳前平臺上，列下桌椅，又用一架大圍屏隔做兩間。凡桌椅形勢皆是圓的，特取團圓之意。全部傳奇團圓於此，乃凸凹兩合之象：大衆熱鬧縱恣於此，乃「凸」字滿盈之象；一切冷敗變換於此，乃「凹」字缺陷之象。上面居中，賈母坐下，左邊賈赦、賈珍、賈璉、賈蓉，右邊賈政、寶玉、賈環、賈蘭，團團圍坐，只坐了半桌。曰圓實半，全書大旨。此中賈琮忽有忽無，則賈氏宗支，無非如此。下面還有半桌餘空。賈母笑道：「常日倒還不覺人少，今日看來，究竟咱們的人也甚少，算不得甚麼。想當年過節的日子，今夜男女三四十個，何等熱鬧！追前正以起後。今日又這樣太少，如今叫女孩兒們來坐在那邊罷。」於是令人向圍屏後邢夫人等席上將迎春、探春、惜春三個請過來。此席計十二人，一年十二月也，而以三春綰之，明演天道。賈璉、寶玉等一齊出坐，先儘他姊妹坐了，然後在下依次坐定。

賈母便命折一枝桂花，命一媳婦在屏後擊鼓傳花，若花在手中，飲酒一杯，罰說笑話一個。傳花而說笑話，正蓼汀花溆之意。於是先從賈母起，次賈赦，一一接過，鼓聲兩轉，恰恰在賈政手中住了，孝先及政，《春秋》責備。只得飲了酒。衆姊妹弟兄，都你悄悄的你扯我一下，我暗暗的又捏你一把，都〔含〕（冷）笑心裏想着，倒要聽是何笑話。筆有餘閒，文有深意。賈政見賈母歡喜，只得承歡。方欲說時，賈母又笑道：「若說得不笑了，還要罰。」賈政笑道：「只得一個，若不說笑了，也只好願罰。」要言不煩。賈母道：「你就說這一個。」賈政道：「一家子一個人最怕老婆。」老婆，陰也。「最怕老婆」一語，全書已了。聖人扶陽而抑陰，是真能怕老婆者，夫誰說而誰聽之。只說了這一句，大家都笑了，因從沒聽見賈政說過，所以纔笑。賈母笑道：「這必是好的。」賈政笑道：「若好，老太太先多吃一杯。」一語足以奉觴上壽。賈母笑道：「使得。」賈赦連忙捧杯，賈政執壺斟了一杯。賈赦仍舊遞給賈政，賈赦旁邊侍立。賈政捧上，安放在賈母面前。賈母飲了一口。賈赦、賈政退回本位。於是賈政又說道：「這個怕老婆的人，從不敢多走一步。偏是那日八月十五，以指喻指。到街上買東西，便見了幾個朋友，死活拉在家裏去吃酒。不想吃醉了，便在朋友家裏睡着了。第二日醒了，後悔不及，只得來家陪罪。他老婆正洗脚，祓濯陰濁，必究本根。說：『既這樣，你替我舔舔就饒你。』這男人只得給他舔，未免惡心，要吐。他老婆便惱了要打，說：『你這樣輕狂！』唬得他男人忙跪下，求說：『並不是奶奶的脚骯髒，只因昨兒喝多了黃酒，又吃了月餅餡子，所以今兒有些作酸呢！』」木味酸，作酸猶云起木。說得賈母與衆人都笑了。賈政忙又斟了一杯，送與賈母。賈母笑道：「既這樣，快教人取燒酒來，別教你們有媳婦的人受累。」起木所以制金，燒酒，火也。衆人又都笑起來。

於是又擊鼓，便從賈政傳起，可巧傳到寶玉手中，鼓止。寶玉因賈政在坐，早已踧踖不安，偏又在他手中，因想：「說笑話，倘或說不好了，又說沒口才；若說好了，又說正經的不會，只慣貧嘴，更有不是。不如不說好。」乃起身對賈政：「不能說笑話，寶玉之不孝，乃政之不中不才有以致之，而語意恰合人情。求限別的罷。」賈政道：「既這樣，限一個『秋』字，就即景做一首詩。好便賞你；若不好，明日仔細。」賈母忙道：「好好的行令，如何又做詩？」賈政陪笑道：「他能的。」孝無語言文字，故寶玉不說。而詩之教原於孝，即詩即孝也，爲心之聲，故不學而能。賈母聽說：「既這樣，就做。快命人取紙筆來。」賈政道：「只不許用這些『水』『晶』『冰』『玉』『銀』『彩』『光』『明』『素』等堆砌字樣，上溯「試才」，書無堆砌。要另出主見，試你這幾年才思。」寶玉聽了，碰在心坎兒上，遂立想了四句，向紙上寫了，呈與賈政看。即詩仍不落語言文字，欲人人自得之。賈政看了，點頭不語。賈母見這般，知無甚不好，便問：「怎麽樣？」賈政因欲賈母歡喜，便説：「也難爲他，只是不肯念書，到底詞句不雅。」書爲後天救藥，乃正訓，又全部《紅樓》不掉斯文袋子，以爲不雅，乃借賈政形容看官。賈母道：「這就罷了。就該獎勵，他已後越發上心了。」賈政道：「正是。」因回頭命個老嬤嬤出去，「吩咐小厮們，把我海南帶來的扇子，作詩以代笑話，而賞詩必以扇，閑人以笑字訓孝，扇字訓善，可無疑。取來給兩把與寶玉。」善不可二，心不可二，而必給兩把，政壞之也。寶玉磕了一個頭，仍復歸坐行令。當下賈蘭見獎勵寶玉，他便出席，也做一首，出人頭地，是《復》之機。呈與賈政看。賈政看了，喜不自勝。遂並講與賈母聽時，賈母也十分歡喜，也忙令賈政賞他。

於是大家歸坐，復行起令來。這次賈赦手内住了，只得吃了酒，説笑話，先及政是責賢，次及赦是宥罪。因説道：「一家子一個兒子最孝順，偏生母病了，各處求醫不得，大書特書，可與政説怕老婆參觀而得。便請了一個針灸的婆子來。這婆子原不知道脈理，只説是心火，一針就好了。這兒子便慌了，便問：『心見鐵就死，如何針得？』婆子道：『不用針心，只針肋條就是了。』兒子道：『肋條離心遠着呢，怎麽就針得好？』婆子道：『不妨事，你不知天下作父母的，偏心的多着呢。』」是則偏之爲害，正賈母罪狀，而赦之爲赦，底面都到。衆人聽説都笑起來，賈母只得也吃半杯酒，半日笑道：「我也得這婆子針一針就好了。」自認不諱。賈赦聽説，自知出言冒撞，賈母疑心，忙起身笑與賈母把盞，以别言解釋。

賈母也不好再提，且行令。不料這花傳在賈環手裏，環乃下半回書主，故必及他，而切欲人人知此循環也。賈環近日讀書稍進，亦好外務，提敍恰好，而「外務」二字，有千百轉身。今見寶玉做詩受奬，他便技癢，當着賈政不便造次，如今可巧花在手中，便也索紙筆來，立就一絶，呈與賈政。賈政看了，亦覺罕異，只詞句中終帶着不樂讀書之意，即讀書且爲外務，況不樂讀書乎？環訓無端，此乃正言警省。遂不悦道：「可見是弟兄了，發言吐意，總然邪派。古人中有『二難』，你兩個也可以稱『二難』了，思其難，圖其易，一勉一戒，亦是正訓。就只不是那一個『難』字，卻是做『難以教訓』『難』字講纔好。哥哥是公然温飛卿自居，如今兄弟又自爲曹唐再世了。」温飛卿八叉也，一部《易》卦無非八叉，以八叉演一心，此心同，此理同，故寶玉曰公然。曹唐善爲遊仙詩，必寶玉出家而環始得襲世職，以符佳讖，故環曰再世。説得衆人都笑了。賈赦道：「拿詩來我瞧。」便連聲讚：「好。」道：「這詩據我看甚是有氣骨，想來咱們這樣人家，原不必寒窗燈火。只要讀些書，比人略明白些，可以做得官時，就跑不了一個官兒的，何必多費了工夫，反弄出書獃子來。作此想者不一而足，我見其人，我聞其語。而環之無端，史、政同爲不可赦之列矣。所以我愛他這詩，竟不失咱們侯門氣概。」惟無端合無端。因回頭吩咐人去取自己的許多玩物來，賞賜與他。玩物喪志，正與扇相反。因又拍着賈環腦袋道：「已後就這樣做去，這世襲的前程，就跑不了你襲了。」赦現襲世職，則繼襲應及璉，璉行二，其上當有兄。若謂依珠大璉二排之，則寶玉當行三，環當行四。書中但設一賈琮，若大若小，忽有忽無，是璉之行二，直無從位置，直無其人矣。今以世襲加諸環，是削之奪之，罪已不赦，使人各知「沐皇恩」回爲演無往不復之意，而已非赦、珍輩真可赦也。至預伏寶玉歸空，其意猶淺。賈政聽説，忙勸説：「他不過胡謅如此，以胡謅煞住，已到「賈雨村歸結紅樓夢」。那裏就論到後事了。」説着，便斟了酒，又行了一回令。賈母便説：「你們去罷，自然外頭還有相公們候着，也不可輕忽了他們。不可輕忽，意當與「祭宗祠」回賈珍請年酒評參看。況且天已二更多了，你們散了，再讓姑娘們多樂一回子，好歇着了。」賈政聽了，方止令起身，大家公進了一杯酒，方帶着子侄們出去了。要知端的，且聽下回分解。

自此回至「芙蓉誄」回爲一大段，上承「抄檢」，下起「查抄」，以收拾黛玉文字也。故本回以甄家抄没起，而以「月盈則虧」一言概之。

本回以一飯寓正意，較他處爲尤重。上半回誅不孝，下半回誅不弟；上半演樂中悲，下半演剥之復；上半以胡説作眼，下半以笑話爲經。

護花主人評曰：

寧府荒淫作惡，不但人言可畏，甚至先靈悲歎，其一敗塗地，自當不遠。

甄府抄没，是賈府抄家引子。上回於探春口中微露一句，若不補寫明白，便有疏漏，若竟細敍原委，難免冗繁。今借老嬷們補説，不露痕迹。

寶釵不可不去，不得不去，是寶釵身分，且爲園中離散之象。又借探春口中説破，妙極。

敍賈珍堂中飲酒賭博，及邢、薛二人浮蕩模樣，全是敗家所爲。

賈珍夜宴，鬼爲悲歎。與賈母賞月，大不相同。一敗一復，於斯已見。

寶玉、賈環詩不明寫出，最爲得體，且文法亦見變换。

大某山民評曰：

此回仍是甲寅年中秋事。

第七十六回　凸碧堂品笛感淒清　凹晶館聯詩悲寂寞

話説賈赦、賈政帶領賈珍等散去不題。且説賈母這裏，命將圍屏撤去，兩席並作一席，衆媳婦另行擦桌整菓，更杯洗筯，陳設一番。賈母等都添了衣，盥漱吃茶，方又坐下，團團圍繞。賈母看時，寶釵姊妹二人不在內坐，知他家去圓月。且李紈、鳳姐二人又病，少了這四個人，便覺清冷了好些。賈母因笑道：「往年你老爺們不在家，喒們越發請過姨太太來，大家賞月，卻十分熱鬧。忽一時想起你老爺來，又不免想到母子夫妻兒女，不能一處，也都沒興。及至今年，你老爺來了，正該大家團圓取樂，又不便請他們娘兒來説笑説笑。況且他們今年又添了兩口人，也難丢了他們，跑到這裏來。偏又把鳳丫頭病了，有他一人來説説笑笑，還抵得十個人的空兒。可見天下事總難十全！」説畢，不覺長歎一聲。暢説缺陷，其義自明，而發端一薛，歸結一鳳，合成一歎。隨命：「拿大杯來斟熱酒。」王夫人笑道：「今日得母子團圓，自比往年有趣。往年娘兒雖多，終不似今年骨肉齊全的好。」賈母因笑道：「正是爲此，所以我纔高興，拿大杯來吃酒。你們也換大杯纔是。」寫得勉强，趨入本回。邢夫人等只得換上大杯，因夜深體乏，且不能勝酒，未免都有些倦意。無奈賈母興猶未闌，只得陪飲。賈母又命將氈毯鋪在階上，命將月餅、西瓜、菓品等類，都叫搬下去，命丫頭媳婦們也都團團圍坐賞月。

賈母因見月至天中，比先越發精彩可愛，滿盈極矣。因說：「如此好月，不可不聞笛。」笛從竹，仍主黛玉。因命又將十番上女子傳來。賈母道：「音樂多了，反失雅致。只用吹笛的遠遠的吹起來，就彀了。」說畢，剛纔去時，只見跟邢夫人的媳婦走來，向邢夫人說了兩句話，賈母便問：「什麼事？」邢夫人便回說：「方纔大老爺出去，被石頭絆了一下，歪了腿。」第一摧傷，從此人起。賈母聽了，忙命了兩個婆子快看去，又命邢夫人快去。邢夫人遂告辭起身。賈母便又說：「珍哥媳婦也趁着便就家去罷，我也就睡了。」尤氏笑道：「我今日不回去了，定要和老祖宗吃一夜。」賈母笑道：「你們小夫妻家使不得，今夜不要團團圓圓，如何爲我躭擱了？」尤氏紅了臉笑道：「老祖宗說的我們太不堪了。我們雖是年輕，已經二十來年的夫妻，也算四十歲的人了，況且孝服未滿。特提「孝」字。陪着老太太頑一夜是正理。」賈母聽說道：「這話很是，我倒也忘了孝服未滿，可憐你公公已死了二年多了！敬死於去夏，計一年餘，而曰二年，見生促死速也。可是我倒忘了，該罰我一大杯。既這樣，就別去，竟陪着我罷。叫蓉兒媳婦送去，就順便回去罷。」尤氏笑說了，賈蓉媳婦答應着，送出邢夫人，一同至大門，各自上車回去，不在話下。

這裏衆人賞了一回桂花，又入席換暖酒來。正說着閑話，猛不防那壁廂桂花樹下嗚咽悠揚，吹出笛聲來，趁着這明月清風，天空地静，真令煩心頓釋，萬慮齊除，肅然起坐，默然相賞。突入聞笛，筆勢矯健，詞旨清嚴，而笛之爲黛，桂之爲釵，仍抱書主。聽約兩盞茶時，方纔止住。大家稱讚不已，於是遂又斟上暖酒來。賈母笑道：「果然好聽麽？」衆人笑道：「實在可聽。我們也想不到這樣。須得老太太帶領着，我們也得開些心兒。」賈母道：「這還不大好，須得揀那好曲譜，越慢慢的吹來越好聽。」便命斟一大杯酒，送給吹笛之人，慢慢的吃了，再細吹一套來。此乃借笛説全書也，書至「賞中秋」，一套已完，又開一套。媳婦們答應，方送去，只見方纔看賈赦的兩個婆子回來説：「瞧了右脚面上，白腫了好些，如今調服了藥，疼的好些，也無甚大關係。」兩套中間間以賈赦傷足，乃「尴尬人」意旨。賈母點頭歎道：「我也太操心。打緊説我偏心，我反這樣。」説着，鴛鴦拿兜巾與大斗篷來，情景宛然，而大斗篷與「蘆雪庭」相照。説：「夜深了，恐露水下了，風吹了頭，坐坐也該歇了。」賈母道：「偏今兒高興，你又來催，難道我醉了不成？偏到天亮！」因命再斟酒來，戴上兜巾，一面披了斗篷，大家陪着又飲，説些笑話。只聽桂花陰裏，發出一縷笛音來，果然比先越發凄涼。大家都寂然而坐。夜静月明，賈母不禁傷心，點本回題面而傷感在又一套，此後無非傷感矣！衆人忙陪笑發語解釋，又命換酒止笛。尤氏笑道：「我也就學了一個笑話，與老太太解解悶。」歸着一笑。賈母勉强笑道：「這樣更好，快説來我聽。」尤氏乃説道：「一家子養了四個兒子，一部缺陷書，到此住了，必曰四子，四子書也。所謂無非《中庸》《大學》。大兒子只一個眼睛，二兒子只一個耳朵，三兒子只一個鼻孔，四兒子倒都齊全，偏又是個啞巴。」正説到這裏，只見席上賈母已朦朧雙眼，似有睡去之態。尤氏就住了口，和王夫人輕輕叫請賈母安歇。賈母便睁眼笑道：「我不困，自閉閉眼養神，你們這管説，我聽着呢。」文字從容乃爾。王夫人等道：「夜已深了，風露也大，請老太太安歇罷，明日再賞，十六月色也好。」一切續部，都想賞十六月色。賈母道：「什麽時候？」王夫人笑道：「已交四更，子時已過，天心來復，便到百十九回。他們姊妹們熬不過，都去睡了。」賈母聽説，細看了一看，果然都散了，只有探春一人在此。止餘一歎，正寫「凄清」。賈母笑道：「也罷，你們也熬不慣，況且弱的弱，病的病，去了倒省心。只有三丫頭，尚還等住，可憐你也去罷，我們散了。」寫「感」字入木三分，能令觀者亦覺愀然，何等筆致。說着，便起身吃了一口清茶，書中一切吃茶收拾於此，而下半回之妙玉已到。便坐竹椅小轎，兩個婆子抬起，衆人圍隨出園去了，不在話下。

這裏衆媳婦收拾杯盤，卻少了一個細茶杯，各處尋覓不見，又問衆人：「必是失手打了，撂在那裏，告訴我拿了磁瓦去交收，是證見。不然，又說偷起來了。」衆人都說：「沒有打碎，只怕跟姑娘的人打了，也未可知。你細想想，或問問他們去。」一語便提醒了那媳婦，笑道：「是了，那一會記得是翠縷拿着的，我去問他。」說着，便找時，剛到了甬道，就遇見紫鵑、翠縷來了。翠縷便問道：「老太太散了，可知我們姑娘往那裏去了？」這媳婦道：「我來問你要一個茶鍾那裏去了，你倒問我要姑娘。」上下過脈必用茶杯，即劉老老櫳翠庵之茶杯，故以之關合凹凸，包羅萬象。翠縷笑道：「我因倒茶給姑娘吃的，展眼回頭，就連姑娘也沒了。」那媳婦道：「太太纔散，都睡覺去了。你不知那裏頑去了，還不知道呢！」翠縷和紫鵑道：「斷乎沒有悄悄睡去之理，只怕在那裏走了一走，如今老太太走了，趕過前邊送去也未可知。我們且往前邊找去，有了姑娘，自然你的茶杯也有了。姑娘即老老，老老即茶杯。你明日一早再找罷，有什麼忙的？」媳婦笑道：「有了下落，就不必忙了。明兒和你要罷。」說畢，回去查收家伙。這裏紫鵑和翠縷，便往賈母處來，不在話下。

原來黛玉和湘雲二人，並未去睡。遞入湘雲「因麒麟」回，全文俱到。只因黛玉見賈府中許多人賞月，賈母猶歎人少，又提寶釵姐妹家去，母女弟兄自去賞月，不覺對景感懷，自去倚闌垂淚。寶玉近因晴雯病勢甚重，諸務無心。只王夫人再四遣他去睡，他從此去了。探春又因近日家事惱着，無心遊玩。雖有迎春、惜春二人，偏又素日不大甚合，所以止剩湘雲一人寬慰他。書主寶、黛、釵，此處以湘雲一人總合三影，歸結一夢，歸結一妙也。因說：「你是個明白人，還不自己保養。可恨寶姐姐、琴妹妹，天天說親道熱，早已說今年中秋，大家要一處賞月，必要起詩社，大家聯句。到今日，便棄了咱們，自己賞月去了，社也散了，詩也不做了。上半「感」字仍歸此人。倒是他們父子叔侄，縱橫起來！你可知宋太祖說得好：『臥榻之側，豈容他人酣睡。』釵黛傳奇全部了義，而心情口吻，的是湘雲。他們不來，咱們兩個人竟聯起句來，明日羞他們一羞。」

黛玉見他這般勸慰，也不肯負他的豪興，因笑道：「你看這裏這等人聲嘈雜，有何詩興！」湘雲笑道：「這山上賞月雖好，總不及近水賞月更妙。無非水月。你知道這山坡底下，就是池沼。山凹裏，近水一個所在，就是凹晶館。可知當日蓋這園子，就有學問。這山之高處，就叫凸碧；山之低窪近水處，就叫凹晶。這凸、凹二字，歷來用的人最少，如今直用着軒館之名，更覺新鮮，不落窠臼。可知這兩處，一上一下，一明一暗，一高一矮，一山一水，竟是特因玩月而設此處。有愛那山高月小的，便往這裏來；又愛那皓月清波的，便往那裏去。又說全書，而凹凸兩字，必從湘雲更作發揮，正陰陽《易》理之總匯處也。只是這兩個字，俗念作『窪』『拱』二音，便說俗了，詩文中不大見用。只陸放翁用了一個凹字，『古硯微凹聚墨多』，還有人批他俗，豈不可笑？」特找香菱學詩，已見前評。黛玉道：「也不止放翁纔用，古人中用者太多。如江淹《青苔賦》、東方朔《神異經》，以至《畫記》上云『張僧繇畫一乘寺』的故事，不可勝舉。是悉書中所取給。只是今人不知，誤作俗字用了。實和你説罷，這兩個字，還是我擬的呢。全書只演凹凸二義，黛固書中主人翁，故出自他。因那年試寶玉，寶玉擬未妥，我們擬寫出來，兩玉實一玉，故必提「試才」。送與大姐姐瞧了，他又帶出來，命給與了舅舅瞧過，所以都用了。如今咱們就往凹晶館去。」

説着，二人同下山坡，只一轉灣就是。由凸至凹，轉灣就是，盈虛一瞬而已。池沼上，一帶竹欄相接，直通着那藕香榭的路徑。必曰竹欄，以瀟湘爲主也，路通藕榭，書演偶射。只有兩個婆子上夜，因知在凸碧山莊賞月，與他們無干，早已息燈睡了。一派陰象。黛玉、湘雲見息了燈，都笑道：「倒是他們睡了好，咱們就在捲篷底下賞這水月如何？」二人遂在兩個竹墩上坐下，只見天上一輪皓月，池中一個月影，上下争輝，如置身於晶宮鮫室之内。好月贊，好水贊，乃好書贊也。一月一影，請各領略。微風一過，粼粼然池面皺碧疊紋，真令人神氣清爽。湘雲笑道：「怎得這會子上船吃酒倒好！要是我家裏這樣，我就立刻坐船了。」湘雲史姓，作者直欲追踪司馬。黛玉道：「正是古人常説的：『事若求全何所樂？』據我説，這也罷了，偏要坐船起來？」自注全書，續部各當恍然。湘雲笑道：「得隴望蜀，人之常情。」想其既脱稿時何等擬議。

正説間，只聽笛韻悠揚起來。黛玉笑道：「今日老太太、太太高興了，這笛子吹得有趣，倒是助咱們的興趣了。」以笛串詩，打通凹凸。咱兩個都愛五言，就還是五言排律罷。」五言不偶，排律又偶，終于三十五韻，仍偶而不偶，一湘雲合三影並到矣。湘雲道：「限何韻？」黛玉笑道：「咱們數這個欄杆上的棍，這頭到那頭爲止，他是第幾根，就是第幾韻。」（湘雲）（黛玉）笑道：「這倒別緻。」於是二人起身，便從頭數至盡頭，止十三根。湘雲道：「偏又是十三元了。天運一周，貞下起元，現成韻目，卻合凹凸妙理，曰偏又是，直追「海棠社」也。這個韻，可用的少，作排律，只怕牽强不能壓韻呢。少不得你先起一句罷了。」黛玉笑道：「倒要試試喒們誰强誰弱。只是没有紙筆記。」湘雲道：「明兒再寫，只怕這一點聰明還有。」黛玉道：「我先起一句現成的俗語罷。」此書無非俗語，以黛爲主，故從他起。此後黛更無詩矣，全部始終，概括於此。因念道：

三五中秋夕，是俗語，是《易》道。

湘雲想了一想道：

清遊擬上元。雖演秋殺，實重春生，直追「天倫樂」一回。撒天星斗燦，《易》首《乾》《坤》，故接天地。

林黛玉笑道：

匝地管絃繁。自説其書，家絃户誦。幾處狂飛盞？

湘雲笑道：「這一句『幾處狂飛盞』，有些意思。這倒要對的好呢。」想了一想，笑道：

誰家不啓軒？輕寒風剪剪，「一夜北風緊」之來原，所謂起於蘋末，黛以爲俗語，正鳳姐俗話也。

黛玉道：「好對！比我的卻好。只是這句，又説俗話了，就該加勁説去纔是。」湘雲笑道：「詩多韻險，也要鋪陳些纔是。自道其書，雖鋪陳實無閑話也。總有好的，且留在後頭。」黛玉笑道：「到後頭没有好的，我看你羞不羞。」因聯道：

良夜景暄暄。争餅嘲黄髪，

湘雲笑道：「這句不好，杜撰。用俗事來難我了。」黛玉笑道：「我説你不曾見過書呢，吃餅是舊典，

《唐書》《唐志》，你看了來再説。」爭餅主史，分瓜主釵，書是杜撰，而實有所本。湘雲道：「也難不倒，我也有了。」因聯道：

分瓜笑綠媛。香新榮玉桂，

黛玉道：「這可是實實你的杜撰了。」湘雲笑道：「明日喒們對查了出來，大家看看，這會子别躭擱工夫。」黛玉笑道：「雖如此，下句也不好。不犯又用『玉桂』『金蘭』等字樣來塞責。」特駁金玉。因聯道：

色健茂金萱。蠟燭輝瓊宴，駁金玉而實以金配玉，人無如氣數之天何？故對語指元妃，出句即「綠蠟春猶捲」之「蠟」。

湘雲笑道：「金萱二字，便宜了你，省了多少力，這樣現成的韻，被你得了，只不犯着替他們頌聖去。況且下句你也是塞責了。」黛玉笑道：「你不説玉桂，我難道强對個金萱罷？再也要鋪陳些富麗，方是即景之實事。」湘雲只得又聯道：

觥籌亂綺園。分曹尊一令，追「三宣令」。

黛玉笑道：「下句好，只難對些。」因想了一想聯道：

射覆聽三宣。追「芍藥裀」。骰彩紅成點，色也，一書所主。

湘雲笑道：「三宣有趣，竟化俗成雅了。只是下句又説上骰子！」少不得聯道：

傳花鼓濫喧。追元宵宴。晴光摇院宇，

黛玉笑道：「對得卻好。下句又溜了，只管拿些風月來塞責。」湘雲道：「究竟没説到月上，也要點綴點綴，方不落題。」黛玉道：「且姑存之，明日再斟酌。」因聯道：

素彩接乾坤。追「海棠社」。賞罰無賓主，

湘雲道：「又説到他們做什麽？不如説喒們。」因聯道：

吟詩序仲昆。構思時倚檻，

黛玉道：「這可以入上你我了。」因聯道：

擬句或依門。詩起於海棠社，終於凹晶館，彼得「門」字用元韻，此亦元韻，正寓一元默運。酒盡情猶在，

湘雲説道：「這時候了！」乃聯道：

更殘樂已諼。漸聞笑語寂，

黛玉説道：「這時候，可知一步難似一步了。」自道其書，後半尤難。因聯道：

空剩雪霜痕。追「蘆雪庭」，寶釵也。階露團朝菌，舊有《詠菌》詩「狀似行脚僧」，寶玉也。

湘雲道：「這一句怎麽叶韻？讓我想想。」因起身負手，想了一想，笑道：「彀了，幸而想出一個字來，不然幾乎敗了。」因聯道：

庭煙斂夕棔。棔爲木本，宜爲石之配，而乃爲明開夜合之木，則寶釵矣，故即入寶姐姐云。秋湍瀉石髓，追「初試雲雨情」。

黛玉聽了，不禁也起身叫「妙」，説：「這促狹鬼，罵得玲瓏。果然留下好的。這會子方説棔字，虧你想得出！」湘雲道：「幸而昨日看《歷朝文選》，見了這個字，我不知何樹，因要查一查，寶姐姐説：『不用查，

這就是如今俗叫做朝開夜合花。』我信不及，到底查了一查，果然不錯。看來寶姐姐知道的竟多。」黛玉笑道：「棔字用在此時更恰，也還罷了。只是『秋湍』一句，虧你好想，只這一句，別的都要抹倒。我少不得打起精神來，對這一句。只是再不能似這一句了。」因想了一想道：

風葉聚雲根。木石姻緣，自此句至「鶴影」「詩魂」皆指黛玉。皆指全書。寶婺情孤潔，風月鑑。

湘雲道：「這對得也還好，只是這一句，你也溜了。幸而是景中情，不單用寶婺來塞責。」因聯道：

銀蟾氣吐吞。藥催靈兔搗，

黛玉不語，點頭半日，隨念道：

人向廣寒奔。鬥寒圖。犯斗邀牛女，牛女合于巧夕，指寶釵也，故爲合掌。

湘雲也望月點首聯道：

乘槎訪帝孫。盈虛輪莫定，

黛玉道：「對句不好，合掌。下句推開一步，倒還是『急脈緩炙法』。」因又聯道：

晦朔魄空存。盈虛晦朔，書之正脈。壺漏聲將涸，鍾鳴漏歇，大夢終矣。

湘雲方欲聯時，黛玉指池中黑影與湘雲看道：「你看那河裏，怎麼像個人到黑影裏去了？敢是個鬼？」湘雲笑道：「可是又見鬼了，我是不怕鬼的，等我打他一下。」異樣生發，文情並茂。因彎腰拾了一塊小石片，向那池中打去，只聽打得水響，一個大圓圈將月影激蕩，散而復聚者幾次，妙繪水月，百二十回作如是觀。只聽那黑影裏戛的一聲，卻飛起一個白鶴來，直往藕香榭去了。翛然沖舉，「卻塵緣」也。黛玉笑道：「原來是他，猛然想不到，反嚇了一跳。」湘雲笑道：「倒是這個鶴有趣，倒助了我了。」文境詩情並皆佳妙。因聯道：

窗燈焰已昏。寒塘度鶴影，全書皆影，屢見前評。

林黛玉聽了，又叫好，又跺足，說：「了不得，這鶴真是助他的了。這一句更比『秋湍』不同，叫我對什麼纔好？『影』字只有一個『魂』字可對。況且『池塘度鶴』何等自然，何等現成，本來有景，且又新鮮，我竟要擱筆了。」湘雲笑道：「大家細想想就有了，不然就放着明日再聯也可。」黛玉只看天，不理他，半日，猛然笑道：「你不必誇嘴，我也有了！你聽聽。」因對道：

冷月葬詩魂。身外有身，魂即是影。

湘雲拍手贊道：「果然好極，非此不能對。作者自負。好個『葬詩魂』！」因又歎道：「詩固新奇，只是太頹喪了些，你現病着，不該過於作此清淒奇譎之語。」敵得一篇《天問》《招魂》。黛玉笑道：「不如此，如何壓倒你？只爲用工在這一句了。」黛玉一死，月鑑終矣，續部從何處下手？

一語未了，只見欄外山石後，轉出一個人來，笑道：「好詩，好詩！果然太悲涼了，此書何嘗熱鬧。不必再往下做。若底下只這樣去，反不顯這兩句了，倒弄得堆砌牽强。」「斷癡情」後書已可止，何況續部。二人不防，倒嚇了一跳，細看時不是別人，卻是妙玉。百廿回書只演黛玉一死而已。而書仍未完，妙於如此也，故一語未終，妙玉即來。二人皆詫異，因問：「你如何到了這裏來？」妙玉笑道：「我聽見你們大家賞月，又吹得好笛，我也出來玩賞這清池皓月，順脚走到這裏，忽聽見你們兩個吟詩，更覺清雅異常，故此就聽住了。吹笛吟詩，總歸一妙，凸凹之理，總歸一妙也。只是方纔聽見這一首中，有幾句雖好，只是過於頹敗淒楚。此亦關人之氣數而有，重明氣數，而氣數必有氣數之天，閑人因以元妃當之，實本於此，非臆斷也。所以我出來止住。如今老太太都已散了，滿園的人，想俱已睡熟了，你兩個丫頭還不知在那裏找呢？你們也不怕冷了！快同我來，到我那裏去吃杯茶，直接「品茶」。只怕就天亮了。」黛玉笑道：「誰知道就這個時候了？」

三人遂一同來至櫳翠庵中，只見龕焰猶青，爐香未燼，幾個老嬤嬤也都睡了。只有小丫頭在蒲團上垂頭打盹，妙玉喚他起來，現烹茶。忽聽叩門之聲，丫鬟忙去開門看時，卻〔是〕紫鵑、翠縷與幾個老嬤嬤來找他姊妹兩個，進來見他們正吃茶，因都笑道：「要我們好找，一個園裏走遍了，連姨太太那裏都找到了。那小亭裏找時，可巧那裏上夜的正睡醒了，我們問他們，他們說：『方纔亭外頭棚下兩個人說話，後來又添了一個人，是曰文妙真人。聽見說大家往庵裏去。』我們就知道是這裏了。」妙玉忙命丫鬟引他們到那邊去，坐着歇息吃茶，自卻取了筆硯紙墨出來，將方纔的詩，命他二人念着，遂從頭寫出來。黛玉見他今日十分高興，便笑道：「從來没見你這樣高興，我也不敢唐突請教，只還可以見教否？若不堪時，便就燒了。若或可改，即請改正改正。」作者何等虛心。妙玉笑道：「也不敢妄評。閑人不得已也。只是這纔有二十二韻，二十二之得四，四更二之得八，其原序八十回之説乎！我意思想着你二位警句已出，再續時，倒恐後力不加。我竟要續貂，又恐有玷。」明明云續，究何嘗續乎？黛玉從没見妙玉做過詩，今見他高興如此，忙說：「果然如此，我們雖不好，亦可以帶好了。」妙玉道：「如今收結，到底還歸到本來面目上去。本來面目，究取父母生身也，乃「孝」字的旨，非「空」字演義。若只管丟了真情真事，且去搜奇檢怪，一則失了咱們的閨閣面目，二則也與題目無涉了。」真情是何情？真事是何事？問有明白這題目的否？被閑人評出矣。林、史二人皆道：「極是。」妙玉提筆一揮而就，遞與他二人道：「休要見笑，依我必須如此，方翻轉過來。無往不復。雖前頭有淒楚之句，亦無甚碍了。」二人接了看時，只見他續道：

香篆銷金鼎，冰霜膩玉盆。香銷金，「斷癡情」也，冰膩玉，「成大禮」也。續首金玉，正是本文，何嘗另生枝節。簫增嫠婦泣，寶釵究竟。衾倩侍兒温。空帳悲金鳳，仍是寶釵，而鳳姐在其中矣。閑屏投彩鴛。露濃苔更滑，霜重竹難捫。露濃霜重，慈竹低垂，賈母壽終也。猶步縈紆沼，還登寂寞原。同歸泉路，續至此已作結，故下聯又以木石對上金玉，以接爲起。石奇神鬼縛，木怪虎狼蹲。一部木石姻緣，無非鬼神之德，虎狼之藥，而聞鬼、感魂、驅妖、還孽均伏此。贔屭朝光透，罘罳曉露屯。重《離》「繼明」、「復世職」等回是。振林千樹鳥，啼谷一聲猿。上語指書中人，即「飛鳥各投林」；下語指作書人，即「一把辛酸淚」，書完矣。歧熟焉忘徑，泉知不問源。以下五聯乃全書大意，普告看官。鐘鳴櫳翠寺，雞唱稻香村。有興悲何極，自悲。無愁意豈煩。自負。芳情只自遣，自命。雅趣向誰言。自白。徹旦休云倦，自惜。烹茶更細論。自苦。

後書「右中秋夜大觀園即景聯句三十五韻」。蘆雪庭聯句亦三十五韻，此即彼之複本，一部缺陷一部《易》道，統括於「三十五」三字中，可參觀而得。黛玉、湘雲二人稱贊不已，説：「可見我們天天是捨近求遠。現有這樣詩人在此，卻天天去紙上談兵。」妙玉笑道：「明日再潤色，此時已天明了，到底也歇息歇息纔是。」林、史二人聽説，忙起身告辭，帶領丫鬟出來。妙玉送至門外，看他們去遠，方掩門進來，不在話下。

這裏翠縷向史湘雲道：「大奶奶那裏，還有人等着咱們睡去呢，如今還是那裏去好？」湘雲笑道：「你順路告訴他們去，叫他們睡罷，我這一去，未免驚動病人，不如鬧林姑娘去罷。」説着，大家走至瀟湘館中。同歸於此，是氣數非理道，故不往李處。有一半人已睡去，二人進去，方卸妝寬衣，盥洗已畢，上牀安歇，紫鵑放下綃帳，移燈掩門出去。誰知湘雲有擇席之病，雖在枕上，只是睡不着。歎夢中人不能自擇所安。黛玉又是個心血不足，常失眠的，今日又錯過困頭，自然也睡不着。二人在枕上翻來覆去。黛玉因問道：「怎麼還不睡着？」湘雲微笑道：「我有個擇席的病，況且走了困，只好躺躺兒罷。你怎麼睡不着？」黛玉歎道：「我睡不着，也並非一日了。大約一年之中，通共也只好睡十夜滿足的。」詩畢書完，更無可夢。湘雲道：「你這病就怪不得了。」

要知後事如何，且聽下回分解。

凸凹之象，正日盈則昃，月盈則虧，令人持盈，及早湔祓，及早思慮，爲紅樓醒夢之人也。上半曰「品笛」，笛，滌也，所以蕩滌邪穢，以歸雅正也。下半「聯詩」，詩，思也。所以懲創佚志，以底於無邪也。笛曰品，當何等審擇；詩曰聯，當何等繼續。因賞月而來，正風月寶鑑反覆叮嚀處也。

護花主人評曰：

賈赦回家絆跌，亦是將敗之兆。

賈珍夜宴，鬼聲悲歎。賈母賞月，笛音凄楚。深淺不同，其不吉之徵無異。

尤氏説笑話，因賈母打盹中止，亦是變換筆法。

借不見茶杯，引起林、史二人往凹晶館看月聯句。可見賈母打盹，姊妹先散情形。

聯句一節，是詩社結局餘波。

妙玉足成三十五韻，是仿昌黎「怪道士傳」文法。

寒塘鶴影，引出妙玉來。

借妙玉口中說出氣數使然，後文已躍躍筆端。

大某山民評曰：

中秋夕，凸碧堂前之笛，凹晶館外之月，清氣徐來，俗塵退屏，又換一番世界。惟湘雲、黛玉，始能消受。然一則早夭，一則早寡。可知享清閒之福者，天忌之；稟高潔之性者，天更忌之。

此回繳足上回中秋事。

第七十七回　俏丫鬟抱屈夭風流　美優伶斬情歸水月

話説王夫人見中秋已過，鳳姐病也比先減了，雖未大愈，然亦可以出入行走得了，仍命大夫每日診脈服藥，又開了丸藥方來，配調經養榮丸。此回乃借晴雯收黛玉文字，調經養榮乃全書主意也。因用上等人參二兩，二而兩之，合四大爲人身也。王夫人即時翻尋了半日，只向小匣內尋了幾枝簪挺粗細的。王夫人看了嫌不好，命再找去，又找了一大包鬚沫出來。人身難得。王夫人焦躁道：「用不着偏有，但用着了，再找不着。成日家我叫你們查一查，多歸攏一處，你們再不聽，就隨手混撂。」彩雲道：「想是没了，「霸成親」是彩霞，此處又見彩雲，可按不可按。就只有這個。上次那邊的太太來尋了去了。」王夫人道：「没有的話，你再細找找。」彩雲只得又去找尋，拿了幾包藥材來説：「我們認不得這個，請太太自看。除了這個没有了。」王夫人打開看時，也都忘了，不知都是什麽，並没有一枝人參。因一面遣人去問鳳姐有無。鳳姐來説：「也只有些參膏蘆鬚，雖有幾根，也不是上好的。每日還要煎藥裏用呢。」王夫人聽了，只得向邢夫人那裏問去。説：「因上次没了，纔往這裏來尋，早已用完了。」王夫人没法，只得親身過來請問賈母。賈母忙命鴛鴦取出當日餘的來，竟還有一大包，皆有手指頭粗細不等，遂秤了二兩與王夫人。王夫人出來，交與周瑞家的拿去，就令小廝送與醫生家去。又命將那幾包不能辨的藥，也帶了去，命醫生認了，各包號上。解辨醫生便見藥師王佛，寫家道窮敗，婦女恍惚，都合情事，而甚深微意寓焉。一時，周〔瑞〕家的又拿了進來，說：「這幾樣都各包號上名字了，但那一包人參，固然是上好的，只是年代太陳。這東西比別的大不同，憑是怎樣好的，只過一百年後，便自己成了灰了。人無不壞之身，品笛、聯詩，各當及早。看此等處，是書何嘗以金丹舍利專演渺茫。如今這個雖未成灰，然已成了糟朽爛木，指之爲木，此回正演木死。也沒有力量的了。請太太收了這個，倒不拘粗細，多少再換些新的。」自新、新民，總此「新」字。王夫人聽了，低頭不語，半日纔說：「這可沒法了，只好去買二兩來罷。」既求諸外，便是務財，便是自欺，寶釵之差從此入矣！也無心看那些，只命：「都收了罷。」因問周瑞家的：「你就去說給外頭人們，揀好的換二兩，倘或一時老太太問你們，只說用的是老太太的，不必多說。」

周瑞家的方纔要去時，寶釵因在坐，乃笑道：「姨娘且住，如今外頭人參，都沒有好的。雖有全枝，他們也必截兩三段，鑲嵌上蘆泡鬚枝，攙勻了好賣，看不得粗細。人身詐僞，自他發明。我們鋪子裏常與參行交易，如今我去和媽媽說了，哥哥去託個夥計過去和參行裏要他二兩原枝來，不妨喒們多使幾兩銀子，也得了好的。」王夫人笑道：「倒是你明白，但是還得你親自走一趟，纔能明白。」「小人之使爲國家」。於是寶釵去了半日，回來說：「已遣人去，趕晚就有回信的。明日一早去配也不遲。」王夫人自是喜悅，因說道：「『賣油的娘子水梳頭』，此即「頭上那有桂花油」之說，請參彼評。自來家裏有的，給人多少，這會子輪到自家用，反倒各處尋去。」說畢長歎。寶釵笑道：「這東西雖然值錢，總不過是藥，原該濟衆散人纔是。輕視人身，而語面闊大，恰是寶釵。喒們比不得沒見世面的人家，得了那這個，就珍藏密斂的。」王夫人點頭道：

「你這話也是。」博施濟衆，堯舜猶病。云「也是」二字，有千百轉身。

一時寶釵去後，因見無别人在室，遂喚周瑞家的，問：「前日園中搜檢的事情，可得下落？」周瑞家的是已和鳳姐商議停妥，鳳配藥，釵尋藥，釵鳳合一殺黛玉矣，本回之引。一字不隱，遂回明王夫人。王夫人吃了一驚，想道：「司棋係迎春丫頭，乃是那邊的人，只是令人去回邢氏。」歸之邢赦。周瑞家的回道：「前日那邊太太嗔着王善保家的多事，打了幾個嘴巴子，如今他也妝病在家，不肯出頭了。況且又是他外〔孫〕（甥）女兒，自己打了嘴，他只好妝個忘了，日久平服了再説。如今我們過去回時，恐怕又多心，倒像咱們多事的，不如直把司棋帶過去，一並連贓證，都與那邊太太瞧了，不過打一頓配了人，再指個丫頭來，豈不省事？如今白告訴去，那邊太太，再推三阻四的，又説：『既這樣，你太太就該料理，又來説什麽？』豈不倒躭擱了？倘或那丫頭瞅空兒尋了死，反不好了。如今看了兩三天，都有些懶惰，倘一時不到，豈不倒弄出事來？」王夫人想了一想，説：「這也倒是，快辦了這一件，再辦咱們家的那些妖精。」

周瑞家的聽説，會齊了那邊幾個媳婦，先到迎春房裏回明迎春。迎春聽了含淚，似有不捨之意。因前夜之事，丫頭們悄悄説了原故，雖數年之情難捨，但事關風化，亦無可如何了。周旋之筆，亦支離亦湊合。那司棋亦曾求了迎春，實指望能救，只是迎春語言遲慢，耳軟心活，是不能作主的。虛寫司棋，實入晴雯，是一非二。司棋見了這般，知不能免，因跪着哭道：「姑娘好狠心，哄了我這兩日，如今怎麽連一句話也沒有？」此借司棋演「驚噩夢」。周瑞家的説道：「你還要姑娘留你不成？便留下，你也難見園裏的人了。依我們的話，快快收了這樣子，倒是人不知鬼不覺的去罷，大家體面些。」迎春手裏拿着一本書正看呢，一本書，一部《紅樓夢》也，一部紅樓噩夢也，而狀迎春如繪。聽了這話，書也不看，話也不答，只管扭着身子呆呆的坐着。周瑞家的又催道：「這麽大女孩兒，自己作的，還不知道？把姑娘都帶的不好看，你還敢緊着纏磨他。」迎春聽了，方發話道：「你瞧入畫也是幾年的，怎麽説去就去了？必及入畫，造釁開端去路也，而語面悽然，本回都到。自然不止你兩個，想這園裏凡大的都要去呢。依我説，將來總有一散，不如各人去罷！」周瑞家的道：「故到底是姑娘明白，明兒還要打發這些人呢，你放心罷。」司棋無法，只得含淚與姑娘磕頭，和衆人告别。又向迎春耳邊説：「好歹打聽我受罪，替我説個情兒，就是主僕一場。」迎春亦含淚答應：「放心」。「放心」二字末路。

於是周瑞家的等人，帶了司棋出去。又有兩個婆子，將司棋所有的東西，都與他拿着。走了没幾步，只見後頭繡橘趕來，一面也擦着淚，一面遞與司棋一個絹包，説：「這是姑娘給你的。主僕一場，如今一旦分離，這個與你做個想念罷。」絹包了手帕公案也，而寫迎春之戀戀於棋，正愧史、王之落落於黛也。司棋接了，不覺大哭起來了，又和繡橘哭了一回。周瑞家的不耐煩，只管催促，二人只得散了。司棋因又哭告道：「嬸子大娘們，好歹略徇個情兒。如今且歇一歇，讓我到相好姊妹跟前辭一辭，也是幾年我們相好一場。」周瑞家的等人皆各有事，做這些事，便是不得已了。況且又深恨他們素日大樣，如今那裏工夫聽他的話？因冷笑道：「我勸你去罷，别拉拉扯扯的了。我們還有正經事呢。誰是你一個衣包裏爬出來的，辭他們做什麽？你不過挨一會是一會，難道算了不成？依我説，快走罷！」一面説，一面總不住脚，直帶着後角門出去。司棋無奈，又不敢再説，只得跟了出來。

可巧正值寶玉從外頭進來，一見帶了司棋出去，又見後面人抱着些東西，料着此去再不能來了，因聞得上夜之事，又晴雯的病亦因那日加重，細問晴雯，又不説是爲何。必遇此人，「噩夢」中歸結也。而重説晴雯，恰又賓主分明。今見司棋亦走，不覺如散魂魄。因忙攔住問道：「那裏去？」周瑞家的等皆知寶玉素昔行爲，又恐嘮叨誤事，因笑道：「不干你事，快念書去罷！」寶玉笑道：「姐姐們且站一站，我有道理。」周瑞家的便道：「太太吩咐不許少捱時刻。又有什麼道理？我們只知道太太的話，管不得許多。」司棋見了寶玉，因拉住哭道：「他們做不得主，好歹求求太太去。」寶玉不禁也傷心，明明「噩夢」中情景，看寶玉傷心便得。含淚説道：「我不知你犯了什麼大事？晴雯也氣病着，説棋必及晴，同一瀟湘噩夢也。而云不知所犯事，乃周旋文面。如今你又要去了，這卻怎麼着好？」周瑞家的發躁向司棋道：「你如今不是副小姐了，若不聽説，我就打得你了。别想往日有姑娘護着，任你們作耗！越説着，還不好走。如今有了小爺見面，又拉拉扯扯，成何體統？」那幾個婦人不由分説，拉着司棋便出去了。

寶玉又恐他們去告舌，恨得只瞪着他們，看已走遠了，方指着恨道：「奇怪，奇怪！怎麼這些人，只一嫁了漢子，染了男人的氣味，就這樣混賬起來，比男人更可殺了。」守園門的婆子聽了，也不禁好笑起來，因問道：「這樣説，凡女兒個個是好的，男人個個是壞的了。」寶玉點頭道：「不錯，不錯！」此是説寶釵。釵，差也，錯也。黛以女兒，終不與釵同污，故曰不錯。正説着，這幾個老婆子走來，忙説道：「你們小心傳齊了伺候着。此刻太太親自到園裏查人呢。」又吩咐：「快叫怡紅院晴雯姑娘的哥嫂來，在這裏等着，領出他妹子去。」因又笑道：「阿彌陀佛，今日睁了眼，把這個禍害妖精退送了，大家清净些。」提筆絶倒。寶玉一聞得王夫人進來親查，便料道晴雯也保不住了，早飛也似的趕了去，所以後來趁願之話，竟未聽見。及跑到了怡紅院，只見一羣人在那裏。王夫人在屋裏坐着，一臉怒色，見寶玉來也不理。晴雯四日水米不曾沾牙，如今在炕上拉了下來，蓬頭垢面，兩個女人攙架起來去了。王夫人吩咐：「把他貼身的衣服撂出去，餘者留下，給好的丫頭們穿。」又命：「把這裏所有的丫頭們，都叫來一一過目。」

原來王夫人惟怕丫頭們教壞了寶玉，乃從襲人起，從襲人起是字眼。以至於極小的粗活小丫頭們，個個親自看了一遍。因問：「誰是和寶玉一日的生日？」本人不敢答應。老嬷嬷指道：「這一個蕙香，又叫做四兒的，是同寶玉一天生日的。」黛玉第四影身，卻同生日，寶玉、黛玉同一玉也。王夫人細看了一看，雖比不上晴雯一半，卻有幾分水秀，視其行止，聰明皆露在外面，且也打扮得不同。王夫人冷笑道：「這也是個沒廉恥的貨，他背地裏説的同日生的就是夫妻，這可是你説的？吾故謂「壽怡紅」乃借芳官一人爲寶、黛和合。打諒我隔的遠，都不知道呢。可知我身子雖不大來，我的心耳神意，時時都在這裏。襲人將何所逃。難道我統共一個寶玉，就白放心憑你們勾引壞了不成？」回視「初試雲雨」，令人失笑。這個四兒，見王夫人説着他素日和寶玉的私語，不禁紅了臉，低頭垂淚。王夫人即命：「也快把他家人叫來，領出去配人。」又問：「那芳官呢？」芳官只得過來。王夫人道：「唱戲的女孩子，自然更是狐狸精了，上次放你們，你們又不願去，可就該安分守己纔是。你就成精鼓搗起來，調唆寶玉，無所不爲。」文法變換，而蓄意尤深。芳官笑辨道：「並不敢調唆什麼了。」只一「笑」字，而芳官身分心情無不攝入，百忙中從容乃爾。王夫人笑道：「你還强嘴，連你乾娘都壓倒了，豈止別人！」因喝命：「喚他乾娘來領去，就賞他外頭找個女壻罷。他的東西，一概給他。」吩咐：「上年凡有姑娘分的唱戲女孩子，一概不許留在園裏，都令其各人乾娘帶去，自行聘嫁。」《五美吟》、十二曲一齊了結。一語傳出，這些乾娘皆感恩趁願不盡，都約齊與王夫人磕頭領去。王夫人又滿屋裏搜檢寶玉之物，凡略有眼生之物，一並命收捲起來，拿到自己房裏去了。因説：「這纔乾浄，省得旁人口舌。」曰乾浄，曰省得，寫「王」字、「政」字，令人俯仰千古作長太息。又吩咐襲人、麝月等人：「你們小心，往後再有一點分外之事，我一概不饒。因叫人查看了，今年不宜遷挪，暫且挨過今年，明年一並給我仍舊搬出去才心浄。」應挪不挪，襲亦枉出主意，凡滅裂者無不優柔，有政事之責者戒之哉。説畢，茶也不吃，遂帶領衆人，又往别處去查人。

暫且説不到後文。即此便是後文。如今且説寶玉，只道王夫人不過來搜檢搜檢，無甚大事，誰知竟這樣雷嗔電怒的來了。所責之事，皆係平日私語，一字不爽，料必不能挽回的。雖心下恨不能一死，但王夫人盛怒之際，自不敢言。一直跟送王夫人到沁芳亭，王夫人命：「回去好生念念那些書，仔細明兒問你，纔來發下狠了。」是「訓劣子」聲口，王、政如此。寶玉聽見此話，纔回來，一路打算：「誰這樣犯舌？況這裏事也無人知道，如何就都説着了？」一面想，一面進來。其然豈其然，事不眩惑人，文則眩惑人，在此「想」字。只見襲人在那裏垂淚。且去了第一等的人，豈不傷心？便倒在床上大哭起來。襲人知他心裏，别的猶可，獨有晴雯是第一件大事。乃勸道：「哭也不中用，起來我告訴你，晴雯已經好了，筆有荆棘，而《好了歌》已完。他這一家去，倒心浄養幾天，你果然捨不得他，等太太氣消了，你再求老太太，慢慢的叫進來也不難。求老太太不難，責寶玉也。而言出襲人，文有八面。太太不過偶然聽了别人的閒話，在氣頭上罷了。」寶玉道：「我究竟不知晴雯犯了什麽迷天大罪？」襲人道：「太太只嫌他生的太好，未免輕狂些。太太是深知這樣美人似的人，心裏是不能安静的，所以很嫌他了。咄咄逼人。像我們這粗粗笨笨的倒好。」已爲窮寇。寶玉道：「美人似的，心裏就不安静麽？你那裏知道，古來的美人安静的多呢。這也罷了，咱們私自的頑話，怎麽也知道了？又没外人走風，這可奇怪了。」此段筆路一步難似一步，看他掉臂游行。襲人道：「你有什麽忌諱的？一時高興，你就不管有人没人了。我也曾使過眼色，也曾遞過暗號，被那人知道了，你還不覺得。」寶玉道：「怎麽人人的不是，太太都知道了，單不挑出你和麝月、秋紋來？」禍伏於壽怡紅宴而不及春燕者，乃鶯花之類也，餘則若有若無。襲人聽了這話，心内一動，低頭半日，無可回答。八字足矣，戒之哉，戒之哉！因便笑道：「正是呢，若論我們也有頑笑的去處，怎麽太太竟忘了。想是還有别的事，等完了再發落我們，也未可知。」寶玉笑道：「你是頭一個出了名的至善至賢的人，他兩個又是你陶冶教育來的，焉得有什麽該罰之處？只是芳官尚小，過於伶俐，未免倚强壓倒了人，惹人厭。四兒是我誤了他，還是那年我和你拌嘴的那日起，叫上來做細活的，衆人見我待他好，未免奪了地位也是有的，故有今日。此等情節，夫誰不知？而搦管抒寫，殊非易易。只是晴雯，也是和你們一樣，從小在老太太屋裏過來的，雖生得比人强，也没什麽妨礙着誰的去處，就只是他的性情爽利，口角鋒芒，究竟也没得罪了那一個。可是你説的，想是他過於生得好了，反被這個好帶累了。」一語八面。説畢，復又哭起來。

襲人細揣此話，直是寶玉有疑他之意，竟不好再勸。因歎道：「天知道罷了，此時也查不出人來了，白哭一會子，也無益了。」寶玉冷笑道：「原是想他自幼姣生慣養的，何嘗受過一日委屈？如今是一盆纔透出嫩箭的蘭花，送到猪圈裏去一般，況晴即以況黛。況又是一身重病，裏頭一肚子悶氣，他也沒有親爹熱娘，只有一個醉泥鰍姑舅哥哥，寶玉宛轉濡滯，是泥鰍也。明知釵、襲之奸，而不能早爲之計，昏昏醉醉，是醉泥鰍也。看姑舅哥哥是眼。他這一去，那裏還等得一月半月，再不能見一面兩面的了。」說着越發心痛起來。襲人笑道：「可是你『自許州官放火，不許百姓點燈』。王、政如此。我們偶說一句妨礙的話，就說不吉利，你如今好好的咒他，就該的了？」寶玉道：「我不是妄口咒人，今年春天已有兆頭的。」襲人忙問：「何兆？」寶玉道：「這階上好好的一株海棠花，竟無故死了半邊，我就知道有壞事，果然應在他身上。」點明晴即是黛，下注「賞花妖」。襲人聽了又笑起來，說：「我要不說，又掌不住。你也太婆婆媽媽的了。這樣的話，怎麼是你讀書的人說的？」寶玉歎道：「你們那裏知道？不但草木，凡天下有情有理的東西，也和人一樣，得了知己，便極有靈驗的。若用大題目比，就像孔子廟前檜樹，墳前的蓍草，諸葛祠前的古柏，岳武穆墳前的松樹，這都是堂堂正大之氣，千古不磨之物。世亂他就枯乾了，世治他就茂盛了，幾千年枯了又生的幾次。這不是應兆麽？「堯、舜與人同耳」，這情種即那情種，充類至盡之說也。若是小題比說，就像楊太真沈香亭的木芍藥，端正樓的相思樹，王昭君墳上的長青草，難道不也有靈驗？所以這海棠，亦是應着人生的。」是爲近之而轉非的旨，乃以釵、襲反照那情種。襲人聽了這篇癡話，又可笑，又可歎，因笑道：「真真的這話，越發說上我的氣來了。那晴雯是個什麽東西？就費這樣的心思，比出這些正經人來。還有一說，他縱好，也越不過我的次序去。就是這海棠，也該先來比我，也還輪不到他。想是我要死了。」寶玉聽說，忙掩他的嘴，勸道：「這是何苦？一個鬧不清，你又這樣起來，罷了，再別提這事，別弄了去了三個，又饒上一個。」襲人聽說，心下暗想：「若不如此，也沒個了局。」心事不覺和盤托出，而文境匪夷所思。

寶玉又道：「我還有一句話要和你商量，不知你肯不肯？現在他的東西，是瞞上不瞞下，悄悄的送還他去。再或有咱們當日積攢下的錢，拿些出去給他養病，也是你姊妹好了一場。」是抉責「揆癡理」之説，乃「醉泥鰌」實際，非若他處作世故周旋也。襲人聽了笑道：「你太把我看得忒小器，又沒人心了。這話還等你說？我纔把他的衣裳各物，已打點下了，放在那裏。如今白日裏，人多眼雜，又恐生事，且等到晚上，悄悄的叫宋媽給他拿去，我還有攢下的幾吊錢，也給他去。」寶玉聽了，點點頭兒。襲人笑道：「我原是久已出名的賢人，連這一點子好名，還不會買去不成？」明明養奸，反用襲人自道，文如以鏡取影，復以鏡取鏡。寶玉聽了他方纔的話，又陪笑撫慰他，怕他寒了心。《五美吟》所以作，而寫一心無主，令人髮指。晚間果遣宋媽送去。寶玉將一切人穩住了，便獨自得便，到園子後角門，央一個老婆子，帶他到晴雯家去。先這婆子百般不肯，只說怕人知道，「回了太太，我還吃飯不吃飯？」無奈寶玉死活央告，又許他些錢，那個婆子方帶了他去。

卻說這晴雯當日是賴大買的，必從賴大處來，破花園主人也。還有個姑舅哥哥，叫做吳貴，人都叫他貴兒。吳貴猶言烏龜，請與「嫁個男人是烏龜」評參看，便知的指寶玉也。那晴雯纔得十歲，時常賴嬤嬤帶進來，賈母見了喜歡，故此賴嬤嬤就孝敬了賈母。過了幾年，賴大又給他姑舅哥哥娶一房媳婦。誰知貴兒一味膽小老實，寶玉考語而賈璉在其中。那媳婦卻倒伶俐，又兼有幾分姿色，看着貴兒無能爲，每日在家打扮的妖妖調調，兩隻眼兒水汪汪的，招惹的賴大家人如蠅逐臭，漸漸做出些風流勾當來。痛罵釵、襲，而鳳在其中，便是多姑娘。那時晴雯已在寶玉房中，他便央及了晴雯，轉求鳳姐，合賴大家的要過來，自今兩口兒就在園子後角門外居住，伺候園中買辦雜差。寶玉爲心，萬物皆備，故爲買辦。這晴雯一時被攆出來，住在他家。那媳婦那裏有心腸照管，吃了飯，便自去串門子，只剩下晴雯一人，在外間屋內爬着。

寶玉命那婆子在外瞭望，他獨掀起布簾進來，一眼就看見晴雯睡在一領蘆席上，蘆花似雪，薛也。席，襲也。晴之死所即黛之死所也。一語點明，而令人不堪注目。是文字奪標處，而隱義天成。幸而被褥還是舊日鋪蓋的，心內不知自己怎麼纔好，因上來，含淚伸手輕輕拍他，悄喚兩聲。當下晴雯又因着了風，又受了哥嫂的歹話，病上加病，咳了一日，纔朦朧睡了。忽聞有人喚他，强展雙眸，一見是寶玉，又驚又喜，又悲又痛，一把死攥住他的手，哽咽了半日。此下皆聚精會神之筆，與「焚稿」回爲對待，情之慘，文之妙，評不勝評。方説道：「我只道不得見你了。」八字八面，寶、黛究竟，一切都到。接着，便咳個不住。寶玉也只有哽咽之分。晴雯道：「阿彌陀佛，你來得好，且把那茶倒半碗我喝，「茶」字結穴。渴了半天，叫半個人也叫不着。」寶玉聽説，忙拭淚問：「茶在那裏？」晴雯道：「在爐台上。」寶玉看時，雖有個黑煤烏嘴的吊子，也不像個壺。只得桌上去拿一個茶碗，未到手，先聞得油羶之氣。寶玉只得拿了來，先拿些水，洗了兩次，復用自己的絹子拭了，聞了聞，還有些氣味，没奈何，提起壺來斟了半碗，看時絳紅的，也不大像茶。晴雯扶枕道：「快給我喝一口罷，這就是茶了，那裏比得咱們的茶呢？」寶玉聽説，先自己嘗了一嘗，並無茶味，鹹澀不堪，只得遞與晴雯。只見晴雯如得了甘露一般，一氣都灌下去了。

寶玉看看，眼中淚直流下來，連自己的身子都不知爲何物了。一面問道：「你有什麼説的？趁着没人告訴我。」晴雯嗚咽道：「有什麽説的？不過挨一刻是一刻，挨一日是一日，我已知横竪不過三五日的光景，三五成八，卦氣一周，此書一終。我就好回去了。只是一件我死也不甘心，我雖生得比别人好些，並没有私情勾引，怎麽一口死咬定了我是個狐狸精？我今日既擔了虛名，况且没了遠限，不是我説一句後悔的話，早知如此，我當日……」此段爲晴定案，乃爲黛定案，全部演此而已。至此明明説出，與黛説「乾净身子」相照，是做把戲者自宣底裏處，而仍作不了語，爲百廿回大眼目。説到這裏，氣往上咽，便説不出來，兩手已經冰冷。寶玉又痛又急又害怕，便歪在席上，一隻手攥着他的手，一隻手給他輕輕的搥打着。又不敢大聲的叫。真真萬箭攢心。兩三句話時，晴雯纔哭出來。寶玉拉着他的手，只覺瘦如枯柴，腕上猶帶着四個銀鐲，了「蝦鬚鐲」案。因哭道：「除下來，等好了再帶上去罷。」又説：「這一病好了，又瘦好些。」晴雯拭淚，把那手用力拳回，擱在口邊，狠命一咬，只聽「咯吱」一聲，把兩根葱管一般的指甲，齊根咬下。指甲爲肝木之華，是爲黛玉，已詳見「虎狼藥」回評。曰葱管，通也。曰齊根咬下，斷也。人能剛斷則陽氣潛通，死愈於生矣。拉了寶玉的手，將指甲擱在他手中，又回身扎挣着連揪帶脱，在被窩内將貼身穿着的一件紅綾小襖兒脱下，遞給寶玉。衣服主妻子，既給寶玉，則真夫妻矣，即晴即黛。不想虛弱透了的人，那裏禁得這樣抖摟？早〔喘〕（揣）成一處了。寶玉見他這般，已經會意，連忙解開外衣，將自己的襖兒褪下來，蓋在他身上。寶玉小襖，不明言是何顔色，見怡紅之主，轉屬晴、黛也。却把這件穿上，不及扣鈕，只用外間衣服掩了。剛繫腰時，只見晴雯睁眼道：「你扶起我來坐坐。」寶玉只得扶他，那裏扶得起？好容易欠起半身，晴雯伸手把寶玉的襖兒往自己身上拉，寶玉連忙給他披上了，拖着肐膊，伸上袖子，輕輕放倒，明演交易，而寫情事，何等暢滿。然後將他的指甲裝在荷包裏。不脱不漏。晴雯哭道：

「你去罷，這裏腌臢，你那裏受得？你的身子要緊。今日這一來，我就死了，也不枉擔了虛名。」壽怡紅宴正義，寶、黛爲不鴛鴦之真鴛鴦矣。

一語未完，只見他嫂子笑嘻嘻掀起簾子來道：寶釵來矣，直追「滴翠亭」。「好呀，你兩個的話我已都聽見了。」又向寶玉道：「你一個做主子的，跑到下人房裏來做什麽？看着我年輕長的俊，你敢莫是來調戲我麽？」其醜如鬼，作者怪筆，當有一箱。寶玉聽見，嚇得忙陪笑央及道：「好姐姐，快別作聲的，他伏侍我一場，我私自來瞧瞧他。」那媳婦兒點着頭兒笑道：「怨不得人家都説你有情有義兒的。」便一手拉了寶玉進裏間來，笑道：「你要不叫我喊，這也容易，你只是依我一件事。」「花解語」有三件事，與此「一件事」相對照，襲即釵也。説着，便自己坐在炕沿上，把寶玉拉在懷中，緊緊的將兩條腿夾住。三件事即一件事，同一緊緊夾住。寶玉那裏見過這個，心内早突突的跳起來了，急得滿臉紅脹，身上亂戰，又羞又愧，又怕又惱，只説：「好姐姐別鬧。」那媳婦也斜了眼兒笑道：「呸，成日家聽見你在女孩兒們身上用工夫，怎麽今兒個就發起赸來了。」寶玉紅了臉笑道：「姐姐撒開手，有話咱們慢慢兒的説。外頭有老媽媽聽見，什麽意思呢？」那媳婦那裏肯放？笑道：「我早進來了，已令老婆子去到園門口兒等着呢。我等甚麽兒似的，今日纔等着你了。配冷香丸云「也只好等罷了」，是這般等法。你要不依我，我就嚷起來。叫裏頭太太聽見了，我看你怎麽樣？你這麽個人，只這麽大膽子兒。我剛纔進來了一會子，在窗下細聽，屋内只你兩個人，竟還是各不相擾兒的。我可不能像他那麽傻。」再明點晴、黛真案，同爲傻大姐也。○談情書中又有這副樣本，作者是何怪筆。説着，就要動手，寶玉急的死往外拽。

正鬧着，只聽窗外有人問道：「晴雯姐姐在這裏住呢不是？」那媳婦子也嚇了一跳，連忙放了寶玉。這寶玉已經嚇怔了，聽不出聲音。外邊晴雯聽見他嫂子纏磨寶玉，又急又臊又氣，一陣虛火上攻，早昏暈過去。那媳婦連忙答應着，出來看，不是別人，卻是柳五兒，黛玉來矣，必仍歸大章法。和他母親兩個，抱着一個包袱。柳家的拿着幾吊錢，無不受其籠絡，財而已矣，即襲即釵。悄悄的問那媳婦道：「這是裏頭襲姑娘叫拿出來給你們姑娘的，他在那屋裏呢？」那媳婦兒笑道：「就是這個屋子。」那柳家的領着五兒，剛進門來，只見一個人影兒往屋裏一閃。那柳家的素知這媳婦子不妥，只打諒是他的私情人，看見晴雯睡着了，用「睡着」二字安頓最妥，否則尚有許多慰問，成累筆矣，明此可與爲文。連忙放下，帶着五兒往外走。誰知五兒眼尖，早已見是寶玉。便問他母親道：「頭裏不是襲人姐姐那裏，悄悄兒的找寶二爺呢嗎？」柳家的道：「噯喲，可是忘了。方纔老宋媽說：『見寶二爺出角門來了。門上還有人等着，要關園門呢。』」因回頭問那媳婦兒，那媳婦兒自己心虛，便道：「寶二爺那裏肯到我們這屋裏來？」柳家的聽說，便要走。這寶玉一則怕關了門，二則怕那媳婦子進來又纏，也顧不得什麽了，連忙掀了簾子出來叫：「柳嫂子，你等等我，一路兒走。」柳家的聽了，倒嚇了他一大跳，說：「我的爺，你〔怎〕〔這〕麽跑了這裏來了？」那寶玉也不答言，一直飛走。撇下寶釵飛走，因五兒，實因黛玉。那柳五兒道：「媽，你快叫住寶二爺不用忙，仔細冒冒失失被人碰見倒不好。況且纔出來時，襲人姐姐已經打發人留了門了。」說着，趕忙同他娘來趕寶玉。這裏晴雯的嫂子，乾瞅着把個妙人走了。妙人，文妙真人也，寶釵何必，何必！

卻說寶玉跑進角門，纔把心放下來，還是突突亂跳，又怕五兒關在外頭，眼巴巴瞅着他母女也進來了。遠遠聽見裏邊嬤嬤們正查人，若再遲一步，就關了園門了。文閑意密。寶玉忙進入園中，且喜無人知道，到了自己房內，告訴襲人，只説在薛姨媽家去的，也就罷了。吴家即薛家，閑人以晴雯嫂爲寶釵，看官到此信乎！一時鋪床，襲人不得不問：「今日怎麽睡？」寶玉道：「不管怎麽睡罷了。」原來這一二年間，襲人因王夫人看重了他，越發自要尊重，或背人之處，或夜晚之間，總不與寶玉狎昵，較先小時，反倒疏遠了。鬼蜮之筆，令人笑，令人怕，令人醒，婆心也。雖無大事辦理，然一應針綫，並寶玉及諸小丫頭出入銀錢衣履什物等事，也甚煩瑣。且有吐血之症，追原一踢。故近來夜間，總不與寶玉同房。寶玉夜間膽小，説吴貴膽小，隨説寶玉膽小，作者隱義，每用本回文注本回事，看官自不留心耳！醒了便要唤人，因晴雯睡卧警醒，故夜間一應茶水，起坐呼唤事，皆以委他一人，所以寶玉外床，只是睡着晴雯。他今去了，襲人只得將自己鋪蓋搬來，鋪設床外。

寶玉發了一晚上的呆。襲人催他睡下，然後自睡。只聽寶玉在枕上長吁短歎，覆去翻來，直至三更已後，方漸漸安頓了。襲人方放心，也就矇矓睡着。没半盞茶時，只聽寶玉叫：「晴雯。」襲人忙連聲答應，問：「做什麽？」「候芳魂」以後之寶釵。寶玉因要吃茶。襲人倒了茶來，寶玉乃笑道：「我近來叫慣了他，卻忘了是你。」此段當與「虎狼藥」回叫人吃茶參看，彼處誤叫不答，此處誤叫連答，是何等章法？是何等書法？百廿回作一回觀也可。襲人笑道：「他乍來，你也曾睡夢中叫我的，已後纔改了。」説着，大家又睡下。寶玉又翻轉了一個更次，至五更方睡去時，只見晴雯從外走來，仍是往日形景，進來向寶玉道：「你們好生過罷。句内分置「你好」二字，黛玉絶命語也。我從此就别過了！」説畢，翻身就走。寶玉忙叫時，又將襲人叫醒。襲人還只當他慣了口亂叫，卻見寶玉哭了，説道：「晴雯死了！」襲人笑道：「這是那裏話來？被人聽着什麽意思？」寶玉那裏肯睡，恨不得一時天亮了，就遣人去問信。

及至亮時，就有王夫人房裏小丫頭，叫開前角門，傳王夫人的話：『即時叫起寶玉，快洗臉，換了衣裳，快來。因今兒有人請老爺賞秋菊，「菊花題」打結。老爺因喜歡他前兒做的詩好，故此要叫他們去。』這都是太太的話，你們快告訴去，立逼他快來，老爺在上房正等他們吃麪茶呢。環哥兒已來了，快快兒的去罷。我叫蘭哥兒去了。」裏面的婆子，聽一句應一句，一面扣着鈕子，一面開門。襲人聽得扣門，知道有事，一面命人問時，自己已起來了。聽得這話，忙催人來舀了洗臉水，催寶玉起來梳洗，他自去取衣。因思跟賈政出門，便不肯拿出十分出色的新鮮衣服來，只揀那三等成色的來。何等心思，何等寫法。寶玉此時已無法，只得忙忙前來。果然賈政在那裏吃茶，十分喜悅。寶玉請了早安，賈環、賈蘭二人，也都見過。賈政命坐吃茶，安頓恰好。向環、蘭二人道：「寶玉讀書不及你兩個，論題聯和詩，這種聰明，你們皆不及他。今日此去，未免叫你們做詩，寶玉須隨便助他們兩個。」寶玉、環、蘭合爲一氣，天心復矣。王夫人自來不曾聽見這等考語，真是意外之喜。復字微言，而喜來意外，則空復也。

一時候他父子去了，方欲過賈母這邊來時，就有芳官等三個乾娘走來。即接意外之喜。回說：「芳官自前日蒙太太的恩典，賞了出去，他就瘋了似的，茶飯都不吃，勾引上藕官、蕊官，三個人尋死覓活，只要剪了頭髮做尼姑去。芳官合爲寶、黛，藕、蕊分爲寶、黛，以芳爲主，則爲黛既死以後之寶玉一人而已。我只當是小孩子家，一時出去不慣，也是有的，不過隔兩日就好了。誰知越鬧越凶，打罵着也不怕，實在没法，所以來求太太，或是依他們做尼姑去，或教導他們一頓，賞給別人做女孩兒去罷，我們没這福。」王夫人聽了道：

「胡說！那裏由得他們起來？佛門也是輕易進去的麼？每人打一頓，給他們看，還鬧不鬧！」當下因八月十五日，前因後果，無非八月十五。各廟内上供去，皆有各廟内的尼姑來送供尖，因曾留下水月庵的智通，與地藏庵的圓信住下。智屬水，故居水月。信屬土，故居地藏。黛死寶亡，一切水月，總付幽冥，得大圓通矣。又一水一土，合成倪二。因聽得此信，就想拐兩個女孩子去做活使喚。深慮看官誤指此書專主二氏，故特提明。都向王夫人說：「府上到底是個善人家，因太太好善，所以感應得這些小姑娘們皆如此。雖然說『佛門容易難上』，也要知道『佛法平等』，我佛立願，普度一切衆生。如今兩三個姑娘，既然無父母，家鄉又遠，他們既經了這富貴，又想從小命苦，入了風流行次，將來知道終身怎麼樣？所以『苦海回頭』，立意出家，修修來世，也是他們的高意。太太倒不要阻了善念。」形容酷肖。王夫人原是個善人，語中有刺。起先聽見這話，諒該小孩子不遂心的話，將來熬不得清淨，反致獲罪。今聽了這兩個拐子的語，大近情理，所謂余信。且近日家中多故，又有邢夫人遣人過來知會，明日接迎春家去住兩日，以備人家相看，且又有官媒來求說探春等，心緒正煩，那裏着意在這些小事？即串入迎、探，而惜春在其中矣，迤邐收拾。既聽此言，便笑答道：「你兩個既這等說，你們就帶了做徒弟去，如何？」二姑子聽了，念一聲佛道：「善哉，善哉！若如此，可是老人家的陰德不小。」說畢，便稽首拜謝。王夫人道：「既這樣，你們叫他去。若果真心，即上來當着我拜了師父去罷。」這三個女人聽了出去，果然將他三人帶來。王夫人問之再三，他三人已立定主意，遂與兩個姑子叩了頭，又拜辭了王夫人。王夫人見他們意皆決斷，知不可强了，反倒傷心可憐，忙命人來取了些東西來賞他們，又送了兩個姑子些禮物。從此芳官跟了水月庵的智通，蕊官、藕官二人跟了地藏庵的圓信，各自出家去了。此下半只爲寶玉「卻塵緣」先立一證而已，故絶不多費筆墨。

要知後事如何？且聽下回分解。

上半回立「歸離恨」之影，從上回聯句「詩魂」生出，着重在人身難得，不可做用情自殺之黛玉，故以人參爲發端。下半立「卻塵緣」之影，從上回聯句「鶴影」生出，着重在天倫爲大，不可做因情棄親之寶玉，故以拐子爲去路。是有功世道，有功人道文字。

本書造一寶釵，爲古今懲陰惡立傳。尤二姐以金殺之，猶不蔽辜；乃又借晴雯嫂以罵之，罵之甚於殺之也。作者筆有業風，硯有地獄，而身是菩提。

護花主人評曰：

敍王夫人處〔無〕有人參，賈母所藏之參又不適用，已見消乏氣象。借周瑞家口中，補出邢夫人嗔王善保家多事，受責妝病，以便王夫人遣逐司棋，省卻無數筆墨。

姦與盜，俱在迎春房中敗露。可見一味忠厚，不能正率下人。所謂「忠厚者無用之别名」也。迎春之不能約束老嬷丫鬟，其不能持家，受壻折磨，已可預見。是以即插入邢夫人接迎春家去，被人相看情事。

寫寶釵換參一節，顯出寶釵精細，非比富貴家閨閣中不諳世務。寫襲人勸解一層，描出襲人涵養，迥異輕浮婦女全無斟酌。

遣司棋，逐晴雯，是此回正主。其餘四兒、芳官等，俱是陪襯。海棠偶死不是凶徵，海棠復生卻非吉兆，與九十四回遥相關照。晴雯來歷，於此時補出，而姓氏籍貫，仍無着實，伏下回《芙蓉誄》中句。芳官等出家，是將來惜春、紫鵑出家引子。

王夫人持家嚴正，固爲正理，但未免性急偏聽。金釧之投井，晴雯之屈死，司棋之殞命，及芳官等之出家，皆王夫人所作之孽，是故一味嚴峻，亦非和氣致祥之道。

大某山民評曰：

此回仍是甲寅年秋時事。